omnibus

Les grands romans de
LA GUERRE DE
14-18

Henri BARBUSSE
Le Feu
Roland DORGELÈS
Les Croix de bois
Joseph KESSEL
L'Equipage
Ernst JÜNGER
Orages d'acier
Arnold ZWEIG
Education héroïque devant Verdun
Jérôme et Jean THARAUD
La Randonnée de Samba Diouf

Préface de François Rivière

OMNIBUS

Couverture : dessin original de Tardi

SOMMAIRE

Les romans de 14-18

La première et notable incidence de la Grande Guerre sur le destin de la littérature française fut le long délai imposé à la publication du deuxième pan d'*A la recherche du temps perdu*, prévu pour 1914 et qui ne parut finalement qu'en 1919, raflant du même coup le prix Goncourt aux *Croix de bois* de Dorgelès. Bon prince, Marcel ne fut jamais indifférent au son du canon, s'inquiétant pour son frère Robert — blessé à Verdun — ou son grand ami Reynaldo Hahn, présent au front. Il n'en poursuivit pas moins sa vie d'oiseau nocturne, retrouvant ses proches au *Ciro's* et comparant, au fil de la conversation, les généraux à des personnages de Balzac. Mais, tandis que les lecteurs encore peu nombreux à être passés *Du côté de chez Swann* prenaient leur mal en patience, l'effervescence coutumière du petit monde des lettres s'effaçait pudiquement devant la rumeur grandissante d'un désastre. S'élevèrent alors des voix de circonstance. La poésie patriotique d'Henri Bataille ou de Rostand, voire de Claudel dont les *Poèmes de guerre* s'attardent sur le sens spirituel du conflit franco-allemand, s'associèrent à quelques morceaux de bravoure en prose comme ceux d'Henry Bordeaux ou de Charles Le Goffic, plus « excités » que réellement intéressants.

Les écrivains partirent au front et, sans tarder, de l'Artois à la Champagne, des Flandres aux Vosges, des esprits s'échauffèrent au contact de l'horreur, des mots jaillirent spontanément, ultime barrage contre l'anéantissement qui menaçait chacun. Ils furent nombreux à écrire, professionnels et amateurs, et, dès les premiers mois de la guerre, les principales maisons d'édition parisiennes s'élancèrent à la conquête d'un nouveau public, celui des lecteurs de « récits de guerre ». Jean-Norton Cru, longtemps professeur de littérature française au Williamstown College, dans le Massachusetts, a entrepris en 1929 de recenser l'ensemble de la production livresque engendrée par la Grande Guerre. Sous le titre de *Témoins*, il a publié cet inventaire de plus de deux cent cinquante ouvrages, commentés de manière méticuleuse, parmi lesquels les œuvres de fiction — minoritaires, bien sûr, à côté des livres de stratégie militaire, des journaux intimes et d'innombrables recueils de correspondance — sont loin de démériter aux yeux de ce sourcilleux spécialiste. La mémoire de nos pères ayant, depuis, fait le tri dans cette avalanche de romans parus pendant la guerre mais également au cours des années qui ont suivi — celles d'un dur réveil après l'anesthésie de toute une population —, seuls survivent aujourd'hui les livres nés sous la plume de créateurs mus par une authentique émotion esthétique.

Jean-Norton Cru n'a pas pris en compte le regard de *l'ennemi*, nullement négligeable et même terriblement éclairant et instructif — ainsi qu'en témoignent les superbes romans de Jünger et d'Arnold Zweig qu'on trouvera dans ce volume. Il n'a pas non plus retenu l'abondante et précieuse littérature de nos alliés anglais, née d'une curiosité déjà longue de ce peuple à l'égard du nôtre et de l'enrôlement massif des Tommies dès l'invasion de la Belgique. Les écrivains anglais ont été les premiers à rendre un hommage fervent au roi Albert Ier sous la forme d'un somptueux album édité par le *Daily Telegraph*. Par la suite, de prestigieux correspondants parcourront la ligne des tranchées, parmi lesquels Arthur Conan Doyle et Rudyard Kipling. Ce dernier, porté par une francophilie qui remonte à son enfance, publie en 1915 un passionnant tableau de *La France en guerre*, où la poésie et le réalisme alternent pour souligner « l'éclatante vitalité » de l'armée au combat. L'humour de certaines de ses descriptions du petit monde de « l'arrière » se confond avec le propos du jeune André Maurois, affecté comme interprète auprès de l'état-major anglais. C'est à Ypres, dans le Nord, qu'il écrira *Les Silences du colonel Bramble*. Ces chroniques à peine romancées des amères douceurs de la guerre éprouvées par un esprit subtil connaîtront les faveurs du public lettré en 1917, en contrepoint aux *Lectures pour une ombre* de Giraudoux et aux *Poissons morts* de Mac Orlan, joliment illustrés par Gus Bofa.

Toutefois, c'est sur le théâtre du front que se joue le véritable spectacle, celui de *l'action*, matière première de la plupart des œuvres fortes nées de la guerre. C'est dans les tranchées, où les poilus sont au contact direct de l'ardeur adverse et où ils mesurent aussi jusqu'au vertige le rôle absurde et grandiose qui leur a été dévolu, que s'écrira le roman de 14-18.

Est-ce parce qu'il a reçu, à l'âge de trois ans, un baiser attendri de Victor Hugo, qu'il se sent, trente ans plus tard, l'âme héroïque ? Toujours est-il qu'Henri Barbusse, expédié au front en décembre 1914, couvre ses carnets de phrases qui ne doivent rien à une quelconque stratégie littéraire, encore moins à des émois égoïstes. Lui, c'est Zola qui l'inspire, cet écrivain au réalisme démesuré qu'il rêve d'égaler dans la relation de la *vérité*. Ces carnets déboucheront sur le plus puissant roman qu'ait sans doute inspiré la guerre de sapes, *Le Feu*, *Journal d'une escouade*, commencé à l'hôpital de Chartres où Barbusse a été évacué dès 1916. Il l'achèvera dans un autre hôpital, celui de Plombières. Il a été simple soldat, puis brancardier et c'est la dysenterie qui va lui donner le temps de devenir le romancier farouche et désabusé des tranchées.

Le Feu, publié en feuilleton dans *l'Œuvre* à partir du 3 août 1916, avant de paraître en volume chez Flammarion puis de remporter le prix Goncourt quelques mois plus tard, obéit à un refus violent et pathétique de l'horreur pour l'horreur. Le projet de Barbusse, qu'il évoquera plus tard, en citant son maître Zola (« C'est par le livre et non par l'épée que l'humanité vaincra le mensonge, l'injustice et conquerra la paix finale de la fraternité entre les peuples. »), ce projet est celui d'un voyant. Ayant partagé la vie des plus humbles combattants, souvent aveugles sur leur sort comme sur celui de leur engagement, il entend exalter les consciences, voire même, tout simplement, contribuer à leur éveil. Une idéologie précise sous-tend son labeur d'écrivain. Les scènes rapides, d'un réalisme cru, parfois débonnaire mais toujours étayé d'une volonté de tordre le cou aux clichés, cette écriture hachée, odorante et colorée de témoin forme la trame d'un message que des textes ultérieurs, comme *Clarté* (roman paru en 1919) ou *Les Enchaînements* (un autre roman, publié en 1925) rendront encore plus palpable. Ce que veut dire Barbusse, c'est que la guerre est un suicide, non seulement des hommes mais aussi des nations, et son appel est un défi lancé à la barbarie opportunément déclenchée par ceux, capitalistes et stratèges, qui méprisent l'humanité.

Avec les personnages qui, tour à tour, s'animent à la clarté du *Feu* de Barbusse, nous pénétrons dans le labyrinthe du Front, au fil d'une série de tableaux qui, en dépit des apparences — et du romanesque évident de leur construction — ne mettent en scène qu'une seule chose : la vision très personnelle de l'enfer que l'auteur s'est donné pour tâche de décrire. On ne peut s'empêcher de rapprocher ce livre de celui de Remarque, paru beaucoup plus tard, en 1928, *A l'ouest rien de nouveau*. Tandis que l'écrivain allemand s'efforce de faire sentir à travers le drame psychologique d'un groupe de jeunes conscrits affrontant la terreur des combats sans y avoir été préparés, recourant parfois à un sentimentalisme un peu facile, Barbusse, lui, élève sans cesse le débat. Sa manière a ceci de troublant qu'elle s'élabore à partir des notations en apparence les plus triviales — le déroulement des heures dans les tranchées, la faim, le froid, la peur, etc. — pour étayer subtilement l'intention sous-jacente de l'auteur. Si on le compare à *Gaspard*, le roman de René Benjamin paru quelques mois plus tôt et qui remporta d'ailleurs le Goncourt 1915, on saisit bien ce qui différencie la « littérature d'excitation nationale » d'une œuvre véritablement ambitieuse comme celle de Barbusse, décriée parfois pour les raisons qui, à notre sens, en font la grandeur. *Le Feu* est bel et bien le roman de « la contagion fatale » qui saisit un jour les poilus subjugués par l'odieuse mais pourtant bien réelle fièvre de l'assaut pour en faire les acteurs d'une fiction définitive et messagère.

Le cas Dorgelès est tout autre. Engagé volontaire en août 14, combattant dans l'Artois puis la Somme avant de passer dans l'aviation en 1916, Roland Dorgelès incarne le soldat français type, ou mieux encore, l'écrivain-soldat décidé à faire revivre, sans idéologie préalable, le formidable événement qu'il a vécu. La vision que proposent *Les Croix de bois* — que certains considèrent comme le seul vrai grand roman de 14-18 — est celle d'un témoin acharné à ne jamais dissocier l'humain de l'inhumain. Son roman fait, en effet, la part égale à la sensibilité et à la froideur de la relation, déroulant sous nos yeux le film précis, dépourvu de sensationnel, de la guerre au jour le jour. Ses héros sont les mêmes, à peu de choses près, que ceux de Barbusse. Et pour cause. Ils pataugent dans la même boue, saignent du même sang, mais leurs vies, ni plus ni moins ordinaires que celles de Volpatte ou de Paradis, s'enracinent dans une familiarité plus tangible — et certainement plus émouvante. Les « frères d'armes » de Dorgelès partagent une sorte d'émotion fragile — très proche de celle des protagonistes de Remarque — qui rend palpable le climat de la guerre. L'obsession de la nourriture, l'intensité du chant des oiseaux durant la brève accalmie des tirs, l'attente du courrier, la vénalité d'une population bien décidée à profiter du dénuement des soldats, tous ces soucis du poilu détaché des lointains desseins de la Guerre nous sont révélés avec une précision naturaliste qui n'exclut pas quelques « scènes de roman » dont on aurait tort de faire grief à l'auteur.

En s'engageant dans l'univers infiniment plus touffu, psychologiquement plus dru et dramatique, du roman d'Arnold Zweig, *Éducation héroïque devant Verdun*, le lecteur ressentira l'attrait des eaux profondes. La fiction de Zweig procède d'une autre intention, celle d'une patiente transfiguration du décor et des êtres au profit d'un projet d'une ampleur sans égale. Juif allemand, Arnold Zweig s'est engagé dans la guerre avec, sur la conscience, le poids déjà fatal de son appartenance à la classe intellectuelle rejetée par son pays. *Éducation héroïque* est le troisième volet d'une tétralogie intitulée *La Grande Guerre des hommes blancs*, amorcée dès 1927 — donc avec le recul du temps — et dont le héros, Werner Bertin, est écrivain. Bertin est juif, c'est un artiste mais c'est aussi et surtout un être en proie au désir de traquer l'injustice d'une situation militaire qu'il affronte, nourri des pires appréhensions. Et c'est dans un récit soigneusement ourdi autour du thème de la trahison — celle dont le héros est témoin et qu'il s'acharnera à dénoncer — que s'engage Bertin, plongé dans un double combat. Arnold Zweig réussit le prodige de bâtir un roman à l'intrigue forte, sous-tendue par l'analyse psychologique d'acteurs qui sont bien sûr ceux de la guerre qui se joue mais se rattachent aussi au drame intime de Werner Bertin. La fiction ici se ressource sans cesse au plus profond des débats, et à la thématique essentielle de l'œuvre de Zweig : le vertige de l'homme déraciné.

Avec l'aventure humaniste de Werner Bertin, notre regard s'éloigne des « lignes parallèles », plaies béantes du théâtre de la Grande Guerre, pour s'intéresser aux conséquences du formidable et très romanesque déplacement des hommes, au coup de pied dans la fourmilière qu'a provoqué le conflit mondial. Symboliquement, la guerre dans les airs — une première dans l'histoire de l'humanité — cristallise en ses raids spectaculairement héroïques l'indéniable sang-froid d'acteurs bénéficiant de l'admiration sans mélange de leurs frères rampants. Des tranchées, les personnages du *Feu* et des *Croix de bois* saluent la prouesse des équipages alliés lancés au-dessus d'eux à la poursuite des avions marqués de croix noires. Peut-être ont-ils vu passer, au-dessus de leurs têtes, au cours de l'année 1916, l'avion transportant le lieutenant-observateur Joseph Kessel, tout juste âgé de dix-huit ans ? C'est le souvenir de ces délicates missions de repérages de l'ennemi, par-delà les plaines de Champagne, qui servira de support au premier roman de Kessel, *L'Équipage*, publié en 1923. La trajectoire personnelle de ce fougueux garçon, né en Argentine de parents russes et à qui la guerre a permis de venir survoler le pays de ses ancêtres avant de le soumettre aux périls encore plus grands de la vie d'une escadrille, est celle d'un authentique aventurier. Mais *L'Équipage*, comme la plupart des livres qu'il publiera ensuite, superpose habilement l'expérience du danger à celle de ses émois intimes.

Le livre évoque la rivalité entre un pilote et l'aspirant-observateur qui l'accompagne en vol, le second étant l'amant de la femme du premier. La fiction qui naît de ce récit de guerre et d'amour n'est pas hybride. Tout au contraire, elle porte en germe un foisonnement inégal de romans d'amour sur fond de guerre — et vice-versa — dont les lecteurs de l'entre-deux-guerres seront très friands. Kessel mêle astucieusement la fraîcheur et le cynisme, le danger du combat à celui de la joute plus secrète mais tout aussi meurtrière des rivaux dans un élan romanesque parfaitement maîtrisé, qui est déjà celui de l'auteur de *Fortune carrée* et des *Cavaliers*.

Le destin de l'Allemand Ernst Jünger, dont les *Orages d'acier* nous replongent dans le feu terrestre, est celui d'un écrivain et d'un penseur qui, dès 1917, oppose à l'effroyable gâchis de la guerre la détermination d'un esprit d'entomologiste et d'un combattant obstiné. Jünger est certainement, de tous les romanciers de la guerre de 14-18, celui qui a poussé le plus loin le désir de vivre dangereusement. C'est à partir de son journal de guerre qu'il compose son livre, où s'unissent une apparente froideur face au déroulement de l'inévitable et l'envie obsédante de comprendre le pourquoi d'un tel déchaînement. Jünger est philosophe, c'est-à-dire que les forces humaines, la tactique des militaires, ne sont rien d'autre à ses yeux que les composantes d'une expérience qu'il a vécue de la même façon qu'il envisagera, plus tard, le voyage de la drogue. Mais *Orages d'acier* s'offre dès l'abord comme un témoignage poignant du soldat épris d'absolu, se jetant la tête la première dans le feu de l'action, nageur impétueux que le flot crépitant rejette, étourdi quelque temps puis repartant à l'attaque... Loin des artifices du roman, les pages de Jünger nous font frémir par leur inlassable lucidité, leur désir d'approcher le cœur des choses plus encore que des êtres, tant leur narrateur fait figure de dieu solitaire soumis à la folie des hommes et à la fascination que leurs dérèglements engendrent. On y retrouve parfois l'écho de la douloureuse mélodie du *Feu*, mais l'expression de Jünger jaillit, semble-t-il, d'un cerveau chauffé à blanc par les voies sans limites au long desquelles il a osé s'aventurer.

Curieusement dans le récit de cette guerre déjà longue et qui s'enkyste peu à peu dans le paysage lunaire des tranchées, le discours de ceux qui s'y enlisent ne cesse de revenir à l'anecdote. Le mot doit être pris dans toutes ses acceptions, du dérisoire au symbolique, car le moindre détail de la vie quotidienne des combattants peut revêtir, soudain, l'aspect le plus solennel. Allemands et Français, côte à côte, se scrutent et se découvrent. Les poilus qui s'élançaient naguère au cri de *On les aura !* ont lentement compris qu'un pari un peu fou les avait dupé. A l'arrière, la grande effervescence des débuts a fait place à l'attente, c'est-à-dire à l'angoisse routinière qui ronge les nerfs. Les soldats français et allemands ont à présent « fait connaissance ». Ils subissent une même tension devant l'incertitude des combats et l'absurdité du conflit prend pour certains d'entre eux — éméchés ou distraits — la forme d'une rencontre inopinée au détour de la fameuse « tranchée internationale » aménagée entre les lignes du front. Pour les observateurs qui sans cesse parcourent le long déploiement de forces immobiles et se captivent pour ce spectacle insolite, un certain folklore se fait jour. Il naît par exemple de la présence sur le sol français de compagnies venues des lointaines contrées colonisées, tel le 113e Bataillon Noir, ces tirailleurs sénégalais dont les frères Jérôme et Jean Tharaud se feront les historiographes inspirés. *La Randonnée de Samba Diouf* que ces disciples fervents de Péguy firent paraître en 1922, s'attache à décrire de l'intérieur, sur un ton parfois amusé mais toujours extraordinairement documenté, la présence aux combats d'êtres attachés à défendre leur « mère nourricière ». Les Tharaud avaient une profonde connaissance du monde africain, celui des missionnaires barbus mais aussi celui des tribus comme celle de Samba Diouf, qui éprouvèrent un jour le désir d'unir leur destin à celui des frères lointains que Dieu leur avait donnés. Le propos de nos deux romanciers n'est peut-être pas aussi naïf qu'on pourrait le croire. Il révèle en tout cas un aspect non négligeable de la guerre, sur un mode parfois proche de celui des plus beaux contes de Kipling — dont ils s'étaient pourtant bien moqué dans leur roman-charge *Dingley, l'illustre écrivain*, en 1902.

Ainsi, surgissant du magma considérable de la fiction née de 14-18, l'ensemble des textes complémentaires réunis ici pour la première fois nous force à prendre en compte le rôle immense des romanciers témoins, ou des témoins romanciers. Que pourrait-on leur reprocher ? Un surcroît d'imagination préjudiciable à la compréhension des hommes et des événements auxquels les confrontèrent les « raisons » de la guerre ? En aucun cas. Pas un d'entre eux ne s'est permis d'extrapoler, de passer outre les limites de sa sensibilité tellement nous les sentons, toujours, pétris d'une émotion retenue face à l'énorme responsabilité qu'ils eurent au combat. Car ce furent tous des combattants — Jérôme et Jean Tharaud avaient respectivement quarante et trente-sept ans lorsqu'ils furent mobilisés comme simples soldats au 94ᵉ Territorial d'Angoulême. Hommes parmi d'autres hommes, ils ont mis au service d'une vérité forcément toujours discutable les armes de la création romanesque pour nous aider à sentir au plus profond les sursauts de l'âme comme les faiblesses momentanées de l'énorme fraternité convoquée sous le feu. Comment leur refuser d'avoir usé d'un pouvoir unanimement reconnu chez Goethe ou Stendhal, alors que notre propre curiosité, notre propre désir de savoir s'abreuvent avec le même respect au fruit de leur travail ? L'histoire, jamais, ne cessera d'être écrite, puis réécrite par ses spécialistes, évoluant curieusement à mesure que nous progressons dans le temps. Alors, pourquoi ne pas croire à la parole donnée de ceux qui parlent à notre cœur, par le truchement de l'imaginaire, sous le serment du sang versé ?

François RIVIÈRE

I

D'UN CÔTÉ

Henri Barbusse, *Le Feu*
Roland Dorgelès, *Les Croix de bois*
Joseph Kessel, *L'Equipage*

Henri Barbusse

LE FEU
Journal d'une escouade

A la mémoire des camarades tombés à côté de moi à Crouy et sur la cote 119.

H.B.

Henri Barbusse a 41 ans en 1914
Le Feu a paru en 1916

PREMIÈRE PARTIE

1

La vision

La Dent du Midi, l'Aiguille Verte et le mont Blanc font face aux figures exsangues émergeant des couvertures alignées sur la galerie du sanatorium.

Au premier étage de l'hôpital-palais, cette terrasse à balcon de bois découpé, que garantit une véranda, est isolée dans l'espace, et surplombe le monde.

Les couvertures de laine fine — rouges, vertes, havane ou blanches — d'où sortent des visages affinés aux yeux rayonnants, sont tranquilles. Le silence règne sur les chaises longues. Quelqu'un a toussé. Puis, on n'entend plus que de loin en loin le bruit des pages d'un livre, tournées à intervalles réguliers, ou le murmure d'une demande et d'une réponse discrète, de voisin à voisin, ou parfois sur la balustrade, le tumulte d'éventail d'une corneille hardie échappée aux bandes qui font, dans l'immensité transparente, des chapelets de perles noires.

Le silence est la loi. Au reste, ceux qui, riches, indépendants, sont venus ici de tous les points de la terre, frappés du même malheur, ont perdu l'habitude de parler. Ils sont repliés sur eux-mêmes, et pensent à leur vie et à leur mort.

Une servante paraît sur la galerie ; elle marche doucement et est habillée de blanc. Elle apporte des journaux, les distribue.

— C'est chose faite, dit celui qui a déployé le premier son journal, la guerre est déclarée.

Si attendue qu'elle soit, la nouvelle cause une sorte d'éblouissement, car ceux qui sont là en sentent les proportions démesurées.

Ces hommes intelligents et instruits, approfondis par la souffrance et la réflexion, détachés des choses et presque de la vie, aussi éloignés du reste du genre humain que s'ils étaient déjà la postérité, regardent au loin, devant eux, vers le pays incompréhensible des vivants et des fous.

— C'est un crime que commet l'Autriche, dit l'Autrichien.

— Ou l'Angleterre, dit l'Anglais.

— J'espère que l'Allemagne sera vaincue, dit l'Allemand.

Ils se réinstallent sous les couvertures, sur l'oreiller, en face des

*sommets et du ciel. Mais, malgré la pureté de l'espace, le silence est
plein de la révélation qui vient d'être apportée.*

— La guerre !

*Quelques-uns de ceux qui sont couchés là rompent le silence, et
répètent à mi-voix ces mots, et réfléchissent que c'est le plus grand
événement des temps modernes et peut-être de tous les temps.
Et même, cette annonciation crée sur le paysage limpide qu'ils
fixent, comme un confus et ténébreux mirage.*

*Les étendues calmes du vallon orné de villages roses comme des
roses et de pâturages veloutés, les taches magnifiques des montagnes,
la dentelle noire des sapins et la dentelle blanche des neiges éternelles,
se peuplent d'un remuement humain.*

*Des multitudes fourmillent par masses distinctes. Sur des champs,
des assauts, vague par vague, se propagent, puis s'immobilisent ; des
maisons sont éventrées comme des hommes, et des villes comme des
maisons, des villages apparaissent en blancheurs émiettées, comme
s'ils étaient tombés du ciel sur la terre, des chargements de morts et
de blessés épouvantables changent la forme des plaines.*

*On voit chaque nation, rongée de massacres sur les bords, qui s'ar-
rache sans cesse du cœur de nouveaux soldats pleins de force et pleins
de sang ; on suit des yeux ces affluents vivants d'un fleuve de mort.*

*Au nord, au sud, à l'ouest, ce sont des batailles, de tous côtés, dans
la distance. On peut se tourner dans un sens ou l'autre de l'étendue :
il n'y en a pas un seul au bout duquel la guerre ne soit pas.*

*Un des voyants, pâles, se soulevant sur son coude, énumère et
dénombre les belligérants actuels et futurs : trente millions de soldats.
Un autre balbutie, les yeux pleins de tueries :*

— Deux armées aux prises, c'est une grande armée qui se suicide.

*— On n'aurait pas dû, dit la voix profonde et caverneuse du premier
de la rangée.*

Mais un autre dit :

— C'est la Révolution française qui recommence.

— Gare aux trônes ! annonce le murmure d'un autre.

Le troisième ajoute :

— C'est peut-être la guerre suprême.

*Il y a un silence, puis quelques fronts encore blanchis par la fade
tragédie de la nuit où transpire l'insomnie, se secouent.*

*— Arrêter les guerres ! Est-ce possible ! Arrêter les guerres ! La
plaie du monde est inguérissable.*

*Quelqu'un tousse. Ensuite, le calme immense au soleil des somptueu-
ses prairies où luisent doucement les vaches vernissées, et les bois
noirs, et les champs verts et les distances bleues, submergent cette
vision, éteignent le reflet du feu dont s'embrase et se fracasse le vieux
monde. Le silence infini efface la rumeur de haine et de souffrance du
noir grouillement universel. Les parleurs rentrent, un à un, en eux-*

mêmes, préoccupés du mystère de leurs poumons, du salut de leurs
corps.
Mais quand le soir se prépare à venir dans la vallée, un orage éclate
sur le massif du Mont-Blanc.
Il est défendu de sortir, par ce soir dangereux où l'on sent parvenir
jusque sous la vaste véranda — jusqu'au port où ils sont réfugiés —
les dernières ondes du vent.
Ces grands blessés que creuse une plaie intérieure embrassent des
yeux ce bouleversement des éléments : ils regardent sur la montagne
éclater les coups de tonnerre qui soulèvent les nuages horizontaux
comme une mer, et dont chacun jette à la fois dans le crépuscule une
colonne de feu et une colonne de nuée, et bougent leurs faces blêmes
aux joues écorchées pour suivre les aigles qui font des cercles dans le
ciel et qui regardent la terre d'en haut, à travers les cirques de brume.
*   — Arrêter la guerre ! disent-ils. Arrêter les orages !*
Mais les contemplateurs placés au seuil du monde, lavés des pas-
sions des partis, délivrés des notions acquises, des aveuglements, de
l'emprise des traditions, éprouvent la simplicité des choses et les possi-
bilités béantes...
*   Celui qui est au bout de la rangée s'écrie :*
*   — On voit, en bas, des choses qui rampent.*
*   — Oui... c'est comme des choses vivantes.*
*   — Des espèces de plantes...*
*   — Des espèces d'hommes...*
Voilà que dans les lueurs sinistres de l'orage, au-dessous des nuages
noirs échevelés, étirés et déployés sur la terre comme de mauvais
anges, il leur semble voir s'étendre une grande plaine livide. Dans leur
vision, des formes sortent de la plaine, qui est faite de boue et d'eau,
et se cramponnent à la surface du sol, aveuglées et écrasées de fange,
comme des naufragés monstrueux. Et il leur semble que ce sont des
soldats. La plaine, qui ruisselle, striée de longs canaux parallèles,
creusée de trous d'eau, est démesurée, et ces naufragés qui cherchent
à se déterrer d'elle sont une multitude... Mais les trente millions
d'esclaves jetés les uns sur les autres par le crime et l'erreur, dans la
guerre de la boue, lèvent leurs faces humaines où germe enfin une
volonté. L'avenir est dans les mains des esclaves, et on voit bien que
le vieux monde sera changé par l'alliance que bâtiront un jour entre
eux ceux dont le nombre et la misère sont infinis.

2

Dans la terre

Le grand ciel pâle se peuple de coups de tonnerre : chaque explosion
montre à la fois, tombant d'un éclair roux, une colonne de feu dans le
reste de la nuit et une colonne de nuée dans ce qu'il y a déjà de jour.

Là-haut, très haut, très loin, un vol d'oiseaux terribles, à l'haleine puissante et saccadée, qu'on entend sans les voir, monte en cercle pour regarder la terre. La terre ! Le désert commence à apparaître, immense et plein d'eau, sous la longue désolation de l'aube. Des mares, des entonnoirs, dont la bise aiguë de l'extrême matin pince et fait frissonner l'eau ; des pistes tracées par les troupes et les convois nocturnes dans ces champs de stérilité et qui sont striées d'ornières luisant comme des rails d'acier dans la clarté pauvre ; des amas de boue où se dressent çà et là quelques piquets cassés, des chevalets en *x*, disloqués, des paquets de fil de fer roulés, tortillés, en buissons. Avec ses bancs de vase et ses flaques, on dirait une toile grise démesurée qui flotte sur la mer, immergée par endroits. Il ne pleut pas, mais tout est mouillé, suintant, lavé, naufragé, et la lumière blafarde a l'air de couler.

On distingue de longs fossés en lacis où le résidu de nuit s'accumule. C'est la tranchée. Le fond en est tapissé d'une couche visqueuse d'où le pied se décolle à chaque pas avec bruit, et qui sent mauvais autour de chaque abri, à cause de l'urine de la nuit. Les trous latéraux, si on s'y penche en passant, puent aussi, comme des bouches.

Je vois des ombres émerger de ces puits horizontaux de la tranchée, et se mouvoir, masses énormes et difformes : des espèces d'ours qui pataugent et qui grognent. C'est nous.

Nous sommes emmitouflés à la manière des populations arctiques. Lainages, couvertures, toiles à sac, nous empaquettent, nous surmontent, nous arrondissent étrangement. Quelques-uns s'étirent, vomissent des bâillements. On perçoit des figures, rougeoyantes ou livides, avec des salissures qui les balafrent, trouées par les veilleuses d'yeux brouillés et collés au bord, embroussaillées de barbes non taillées ou encrassées de poils non rasés.

Tac ! Tac ! Pan ! Les coups de fusil, la canonnade. Au-dessus de nous, partout, ça crépite ou ça roule, par longues rafales ou par coups séparés. Le sombre et flamboyant orage ne cesse jamais, jamais. Depuis plus de quinze mois, depuis cinq cents jours, en ce lieu du monde où nous sommes, la fusillade et le bombardement ne se sont pas arrêtés du matin au soir et du soir au matin. On est enterré au fond d'un éternel champ de bataille ; mais comme le tic tac des horloges de nos maisons, aux temps d'autrefois, dans le passé quasi légendaire, on n'entend cela que lorsqu'on l'écoute.

Une face de poupard, aux paupières bouffies, aux pommettes si carminées qu'on dirait qu'on y a collé de petits losanges de papier rouge, sort de terre, ouvre un œil, les deux ; c'est Paradis. La peau de ses grosses joues est striée par la trace des plis de la toile de tente dans laquelle il a dormi la tête enveloppée.

Il promène les regards de ses petits yeux autour de lui, me voit, me fait signe et me dit :

— Encore une nuit de passée, mon pauvre vieux.

— Oui, fils, combien de pareilles en passerons-nous encore ?
Il lève au ciel ses deux bras boulus. Il s'est extrait, à grand frottement, de l'escalier de la guitoune, et le voilà à côté de moi. Après
avoir trébuché sur le tas obscur d'un bonhomme assis par terre, dans
la pénombre, et qui se gratte énergiquement avec des soupirs rauques,
Paradis s'éloigne, clapotant, cahin-caha, comme un pingouin, dans le
décor diluvien.

Peu à peu, les hommes se détachent des profondeurs. Dans les coins,
on voit de l'ombre dense se former, puis ces nuages humains se
remuent, se fragmentent... On les reconnaît un à un.

En voilà un qui se montre, avec sa couverture formant capuchon. On
dirait un sauvage ou plutôt la tente d'un sauvage, qui se balance de
droite à gauche et se promène. De près, on découvre, au milieu d'une
épaisse bordure de laine tricotée, un carré de figure jaune, iodée, peinte
de plaques noirâtres, le nez cassé, les yeux bridés, chinois, et encadrés
de rose, une petite moustache rêche et humide comme une brosse à
graisse.

— V'là Volpatte. Ça ira-t-il, Firmin ?

— Ça va, ça va t'et ça vient, dit Volpatte.

Il a un accent lourd et traînant qu'un enrouement aggrave. Il tousse.

— J'ai attrapé la crève c'coup-ci. Dis donc, t'as entendu, c'te nuit,
l'attaque ? Mon vieux, tu parles d'un bombardement qu'ils ont balancé.
Quelque chose de soigné comme décoction ?

Il renifle, passe sa manche sous son nez concave. Il fourre sa main
dans sa capote et sa veste, cherchant sa peau, et se gratte.

— A la chandelle, j'en ai tué trente ! grommelle-t-il. Dans la grande
guitoune, à côté du passage souterrain, mon vieux, tu parles s'il y a
quelque chose comme mie de pain mécanique ! On les voit courir dans
la paille comme je te vois.

— Qui ça a attaqué, les Boches ?

— Les Boches et nous aussi. C'était du côté de Vimy. Une contre-
attaque. T'as pas entendu ?

— Non, répond pour moi le gros Lamuse, l'homme-bœuf. J' ron-
flais. Faut dire que j'ai été de travaux de nuit, l'autre nuit.

— Moi, j'ai entendu, déclare le petit Breton Biquet. J'ai mal dormi,
pas dormi pour mieux dire. J'ai une guitoune individuelle. Ben, tenez,
la v'là, c'te putain-là.

Il désigne une fosse qui s'allonge à fleur du sol, et où, sur une mince
couche de fumier, il y a juste la place d'un corps.

— Tu parles d'une installation à la noix, constate-t-il en hochant sa
rude petite tête pierreuse qui a l'air pas finie, j'ai presque point rou-
pillé ; j'étais parti pour, mais j'ai été réveillé par la relève du 129e qui
a passé par là. Pas par le bruit, par l'odeur. Ah ! tous ces gars avec
leurs pieds à hauteur de ma gueule. Ça m'a réveillé, tellement ça me
faisait mal au nez.

Je connais cela. J'ai souvent été réveillé, moi, dans la tranchée, par le sillage de senteur épaisse qu'une troupe en marche traîne avec elle.

— Si ça tuait les gos, seulement, dit Tirette.

— Au contraire, ça les excite, observe Lamuse. Plus t'es dégueulasse, plus tu cocotes, plus t'en as !

— Et c'est heureux, poursuivit Biquet, qu'ils m'ont réveillé en m'emboucanant. Comme je l'racontais tout à l'heure à c' gros pressepapier, j'ai ouvert les carreaux juste à temps pour me cramponner à ma toile de tente qui fermait mon trou et qu'un de ces fumiers-là parlait de m' grouper.

— C'est des crapules dans c' 129-là.

On distinguait, au fond, à nos pieds, une forme humaine que le matin n'éclaircissait pas et qui, accroupie, empoignant à pleines mains la carapace de ses vêtements, se trémoussait ; c'était le père Blaire. Ses petits yeux clignotaient dans une face où végétait largement la poussière. Au-dessus du trou de sa bouche édentée, sa moustache formait un gros paquet jaunâtre. Ses mains étaient sombres, terriblement : le dessus si encrassé qu'il paraissait velu, la paume plaquée d'une dure grisaille. Son individu, recroquevillé, et velouté de terre, exhalait un relent de vieille casserole.

Affairé à se gratter, il causait néanmoins avec le grand Barque qui, un peu écarté, se penchait sur lui.

— J' suis pas sale comme ça dans l'civil, disait-il.

— Ben, mon pauv'vieux, ça doit salement t'changer ! dit Barque.

— Heureusement, renchérit Tirette, parce qu'alors, en fait de gosses, tu f'rais des petits nègres à ta femme !

Blaire se fâcha. Ses sourcils se froncèrent sous son front où s'accumulait la noirceur.

— Qu'est-ce que tu m'embêtes, toi ? Et pis après ? C'est la guerre. Et toi, face d'haricot, tu crois p't'être que ça n'te change pas la trompette et les manières, la guerre ? Ben, r'garde-toi, bec de singe, peau d'fesse ! Faut-il qu'un homme soye bête pour sortir des choses comme v'là toi !

Il passa la main sur la couche ténébreuse qui garnissait sa figure et qui, après les pluies de ces jours-ci se révélait réellement indélébile, et il ajouta :

— Et pis, si j'suis comme je suis, c'est que j'le veux bien. D'abord, j'ai pas d'dents. Le major m'a dit d'puis longtemps : « T'as pus une seule piloche. C'est pas assez. Au prochain repos, qu'il m'a dit, va donc faire un tour à la voiture estamalogique. »

— La voiture tomatologique, corrigea Barque.

— Stomatologique, rectifia Bertrand.

— C'est parce que je l'veux bien que j'y suis pas t'été, continua Blaire, pisque c'est à l'œil.

— Alors pourquoi ?

— Pour rien, à cause du changement, répondit-il.

— T'as tout du cuistancier, dit Barque. Tu devrais l'être.

— C'est mon idée aussi, repartit Blaire, naïvement.

On rit. L'homme noir s'en offusqua. Il se leva.

— Vous m'faites mal au ventre, articula-t-il avec mépris. J'vas aux feuillées.

Quand sa silhouette trop obscurcie eut disparu, les autres ressassèrent une fois de plus cette vérité qu'ici-bas les cuisiniers sont les plus sales des hommes.

— Si tu vois un bonhomme barbouillé et taché de la peau et des frusques, à ne le toucher qu'avec des outils, tu peux t'dire : c'est un cuistot, probab' ! Et tant plus il est sale, tant plus il est cuistot.

— C'est vrai et véritable, tout de même, dit Marthereau.

— Tiens, v'là Tirloir. Eh ! Tirloir !

Il approche affairé, flairant de-ci, de-là ; sa mince tête, pâle comme le chlore, danse au milieu du bourrelet de son col de capote beaucoup trop épais et large. Il a le menton taillé en pointe, les dents de dessus proéminentes ; une ride, autour de la bouche, profondément encrassée, a l'air d'une muselière. Il est, selon son ordinaire, furieux, et, comme toujours, il rousse :

— On m'a fauché ma musette, c'te nuit !

— C'est la relève du 129. Où c'que tu l'avais mise ?

Il désigne une baïonnette fichée dans la paroi, près d'une entrée de cagna :

— Là, pendue à c'cure-dents qu'est planté ici-là.

— Ballot ! s'écrie le chœur. A la portée de la main des soldats qui passent ! T'es pas dingue, non ?

— C'est malheureux, tout de même, gémit Tirloir.

Puis, tout d'un coup, il est pris d'une crise de rage ; sa face se chiffonne, furibonde, ses petits poings se serrent, se serrent, comme des nœuds de ficelle. Il les brandit.

— Alors quoi ? Ah ! si je tenais la carne qui me l'a faite ! Tu parles que j'y casserais la gueule, que j'y défoncerais le bide, que j'y... Y avait dedans un camembert pas entamé. J'vas encore chercher.

Il se frictionne le ventre du poing, à petits coups secs, comme un guitariste, et il s'enfonce dans le gris du matin, à la fois digne et grimaçant, avec sa silhouette engoncée de malade en robe de chambre. On l'entend roussoter jusqu'à disparition.

— C'con-là, dit Pépin.

Les autres ricanent.

— Il est fou et loufoque, déclare Marthereau, qui a coutume de renforcer l'expression de sa pensée par l'emploi simultané de deux synonymes.

— Tiens, p'tit père, dit Tulacque, qui arrive, vise-moi ça ?

Tulacque est magnifique. Il porte une casaque jaune citron, faite au moyen d'un sac de couchage en toile huilée. Il a pratiqué un trou au milieu pour passer la tête et a assujetti, par-dessus cette carapace, ses bretelles de suspension et son ceinturon. Il est grand, osseux. Il tend en avant, lorsqu'il marche, une énergique figure aux yeux louches. Il tient quelque chose à la main.

— J'ai trouvé ça en creusant la terre, cette nuit, au bout du Boyau Neuf, quand on a changé les caillebotis pourris. Ça m'a plu tout de suite, c't'affutiau. C'est une hache ancien modèle.

Pour un ancien modèle, c'en est un : une pierre pointue emmanchée dans un os bruni. Ça m'a tout l'air d'un outil préhistorique.

— C'est bien en main, dit Tulacque en maniant l'objet. Mais oui. C'est pas si mal compris que ça. Plus équilibré que la hachette réglementaire. C'est épatant pour tout dire. Tiens, essaye voir... Hein ? Rends-la-moi. J'la garde. Ça m'servira bien, tu voiras...

Il brandit sa hache d'homme quaternaire et semble lui-même un pithécanthrope affublé d'oripeaux, embusqué dans les entrailles de la terre.

On s'est, un à un, groupés, ceux de l'escouade de Bertrand et de la demi-section, à un coude de la tranchée. En ce point, elle est un peu plus large que dans sa partie droite, où, lorsqu'on se croise avec un autre passant, il faut, pour passer, se jeter contre la paroi et frotter son dos à la terre et son ventre au ventre du camarade.

Notre compagnie occupe, en réserve, une parallèle de deuxième ligne. Ici, pas de service de veilleurs. La nuit, nous sommes bons pour les travaux de terrassement à l'avant, mais tant que le jour durera, nous n'aurons rien à faire. Entassés les uns contre les autres et enchaînés coude à coude, il ne nous reste plus qu'à atteindre le soir comme nous pourrons.

La lumière du jour a fini par s'infiltrer dans les crevasses sans fin qui sillonnent cette région de la terre ; elle affleure aux seuils de nos trous. Lumière triste du Nord, ciel étroit et vaseux, lui aussi ; chargé, dirait-on, d'une fumée et d'une odeur d'usine. Dans cet éclairement blême, les mises hétéroclites des habitants des bas-fonds apparaissent à cru, dans la pauvreté immense et désespérée qui les créa. Mais c'est comme le tic tac monotone des coups de fusil et le ronron des coups de canon : il y a trop longtemps que dure le grand drame que nous jouons, et on ne s'étonne plus de la tête qu'on y a prise et de l'accoutrement qu'on s'y est inventé, pour se défendre contre la pluie qui vient d'en haut, contre la boue qui vient d'en bas, contre le froid, cette espèce d'infini qui est partout.

Peaux de bêtes, paquets de couvertures, toiles, passe-montagnes, bonnets de laine, de fourrure, cache-nez enflés, ou remontés en turbans, capitonnages de tricots et surtricots, revêtements et toitures de capuchons goudronnés, gommés, caoutchoutés, noirs, ou de toutes les couleurs — passées — de l'arc-en-ciel, recouvrent les hommes, effacent leurs uniformes presque autant que leur peau, et les immensifient.

L'un s'est accroché dans le dos un carré de toile cirée à gros damiers blancs et rouges, trouvé au milieu de la salle à manger de quelque asile de passage : c'est Pépin, et on le reconnaît de loin à cette pancarte d'arlequin plus qu'à sa blême figure d'apache. Ici se bombe le plastron de Barque, taillé dans un édredon piqué, qui fut rose, mais que la poussière et la pluie ont irrégulièrement décoloré et moiré. Là, l'énorme Lamuse semble une tour en ruine avec des restants d'affiches. De la moleskine, appliquée en cuirasse, fait au petit Eudore un dos ciré de coléoptère ; et, parmi tous, Tulacque brille, avec son thorax orange de Grand Chef.

Le casque donne une certaine uniformité aux sommets des êtres qui sont là, et encore ! L'habitude prise par quelques-uns de le mettre soit sur le képi, comme Biquet, soit sur le passe-montagne, comme Cadilhac, soit sur le bonnet de coton, comme Barque, produit des complications et des variétés d'aspect.

Et nos jambes !... Tout à l'heure, je suis descendu, plié en deux, dans notre guitoune, petite cave basse, sentant le moisi et l'humidité, où l'on trébuche sur des boîtes de conserves vides et des chiffons sales et où deux longs paquets gisaient endormis, tandis que dans le coin, à la lueur d'une chandelle, une forme agenouillée fouillait dans une musette...

En remontant, j'ai, par le rectangle de l'ouverture, aperçu les jambes. Horizontales, verticales ou obliques, étalées, repliées, mêlées — obstruant le passage et maudites par les passants —, elles offrent une collection multicolore et multiforme : guêtres, jambières noires et jaunes, hautes et basses, en cuir, en toile tannée, en un quelconque tissu imperméable : bandes molletières bleu foncé, bleu clair, noires, réséda, kaki, beiges... Seul de son espèce, Volpatte a gardé ses petites jambières de la mobilisation. Mesnil André exhibe depuis quinze jours une paire de bas de grosse laine verte à côtes, et on a toujours connu Tirette avec des bandes de drap gris à rayures blanches, prélevées sur un pantalon civil qui pendait on ne sait où, au commencement de la guerre... Marthereau, lui, en possède qui ne sont pas du même ton toutes deux, car il n'a pu trouver pour les débiter en lanières deux bouts de capote aussi usés et aussi sales l'un que l'autre. Et il est des jambes emballées dans des chiffons, voire des journaux, maintenus par des spirales de ficelles ou, ce qui est plus pratique, de fils téléphoniques. Pépin éblouit les copains et les passants avec une paire de guêtres fauves, empruntées à un mort... Barque qui a la prétention (et Dieu sait s'il en devient parfois embêtant, le frère !) d'être un gars débrouillard, riche en idées, a les mollets blancs : il a disposé des bandes de pansement autour de ses houseaux, pour les préserver ; ce blanc forme, au bas de sa personne, un rappel de son bonnet de coton, qui dépasse de son casque et d'où dépasse sa mèche rousse de clown. Poterloo marche depuis un mois dans des bottes de fantassin allemand, de belles bottes quasi neuves avec leurs fers à cheval aux talons. Caron les lui a confiées lorsqu'il a été évacué pour son bras. Caron les avait prises lui-même à un mitrailleur bavarois abattu près de la route des Pylônes. J'entends encore Caron raconter l'affaire :

— Mon vieux, le frère Miroton, il était là, le derrière dans un trou, plié ; i'zyeutait l'ciel, les jambes en l'air. I'm'présentait ses pompes d'un air de dire qu'elles valaient l'coup. « Ça colloche », que j'm'ai dit.

Mais tu parles d'un business pour lui reprendre ses ribouis : j'ai travaillé dessus, à tirer, à tourner, à secouer, pendant une demi-heure, j'attige pas : avec ses pattes toutes raides, il ne m'aidait pas, le client. Puis, finalement, à force d'être tirées, les jambes du macchab se sont décollées aux genoux, son froc s'est déchiré, et le tout est venu, v'lan ! J'm'ai vu, tout d'un coup, avec une botte pleine dans chaque grappin. Il a fallu vider les jambes et les pieds de d'dans.

— Tu vas fort !...

— Demande au cycliste Euterpe si c'est pas vrai. J'te dis qu'il l'a fait avec moi, lui : on enfonçait notre abatis dans la botte et on retirait de l'os, des bouts de chaussettes et des morceaux de pied. Mais regarde si elles en valaient l'coup !

... Et en attendant que Caron revienne, Poterloo use à sa place les bottes que n'a pas usées le mitrailleur bavarois.

C'est ainsi que l'on s'ingénie, selon son intelligence, son activité, ses ressources et son audace, à se débattre contre l'inconfort effrayant. Chacun semble, en se montrant, avouer : « Voilà tout ce que j'ai su, j'ai pu, j'ai osé faire, dans la grande misère où je suis tombé. »

Mesnil Joseph somnole. Blaire bâille. Marthereau fume, l'œil fixe. Lamuse se gratte comme un gorille et Eudore comme un ouistiti. Volpatte tousse et dit : « J'vas crever. » Mesnil André a sorti sa glace et son peigne, et cultive comme une plante rare sa belle barbe châtain. Le calme monotone est interrompu, de-ci, de-là, par les accès d'agitation acharnée que provoque la présence endémique, chronique et contagieuse, des parasites.

Barque, qui est observateur, promène un regard circulaire, retire sa pipe de sa bouche, crache, cligne de l'œil et dit :

— Tout de même, c'qu'on ne se ressemble pas !

— Pourquoi se ressemblerait-on ? dit Lamuse. Ça serait un miracle.

Nos âges ? Nous avons tous les âges. Notre régiment est un régiment de réserve que des renforts successifs ont renouvelé en partie avec de l'active, en partie avec de la territoriale. Dans la demi-section, il y a des R.A.T., des bleus et des demi-poils. Fouillade a quarante ans. Blaire pourrait être le père de Biquet, qui est un duvetier de la classe 13. Le caporal appelle Marthereau « grand-père » ou « vieux détritus » selon qu'il plaisante ou qu'il parle sérieusement. Mesnil Joseph serait à la caserne s'il n'y avait pas eu la guerre. Cela fait un drôle d'effet quand nous sommes conduits par notre sergent Vigile, un gentil petit garçon qui a un peu de moustache peinte sur la lèvre, et qui, l'autre jour, au cantonnement, sautait à la corde, avec des gosses. Dans notre groupe disparate, dans cette famille sans famille, dans ce foyer sans foyer qui nous groupe, il y a, côte à côte, trois générations qui sont là, à vivre, à attendre, à s'immobiliser, comme des statues informes, comme des bornes.

Nos races ? Nous sommes toutes les races. Nous sommes venus de partout. Je considère les deux hommes qui me touchent : Poterloo, le mineur de la fosse Calonne, est rose ; ses sourcils sont jaune paille, ses yeux bleu de lin ; pour sa grosse tête dorée, il a fallu chercher longtemps dans les magasins la vaste soupière bleue qui le casque ; Fouillade, le batelier de Cette, roule des yeux de diable dans une longue maigre face de mousquetaire creusée aux joues et couleur de violon. Mes deux voisins diffèrent, en vérité, comme le jour et la nuit.

Et non moins, Cocon, le mince personnage sec, à lunettes, au teint chimiquement corrodé par les miasmes des grandes villes, fait contraste avec Biquet, le Breton pas équarri, à peau grise, à mâchoire de pavé ; et André Mesnil, le confortable pharmacien de sous-préfecture normande, à la jolie barbe fine, qui parle tant et si bien, n'a pas grand rapport avec Lamuse, le gras paysan du Poitou, aux joues et à la nuque de rosbif. L'accent faubourien de Barque, dont les grandes jambes ont battu dans tous les sens les rues de Paris, se croise avec l'accent quasi belge et chantant de ceux « de ch'Nord » venus du 8ᵉ territorial, avec le parler sonore, roulant sur les syllabes comme sur des pavés, que nous versa le 144ᵉ, avec le patois s'exhalant des groupes que forment entre eux, obstinément, au milieu des autres, comme des fourmis qui s'attirent, les Auvergnats du 124... Je me rappelle la première phrase de ce loustic de Tirette, quand il se présenta : « Moi, mes enfants, j'suis d'Clichy-la-Garenne ! Qui dit mieux ? » et la première doléance qui rapprocha Paradis de moi : « I' s'foutions d'moi parce que j'sommes Morvandiau... »

Nos métiers ? Un peu de tout, dans le tas. Aux époques abolies où on avait une condition sociale, avant de venir enfouir sa destinée dans des taupinières qu'écrasent la pluie et la mitraille, et qu'il faut toujours recommencer, qu'étions-nous ? Laboureurs et ouvriers pour la plupart. Lamuse fut valet de ferme, Paradis, charretier. Cadilhac, dont le casque d'enfant surmonte en branlant un crâne pointu — effet de dôme sur un clocher, dit Tirette —, a des terres à lui. Le père Blaire était métayer dans la Brie. De son tri-porteur, Barque, garçon livreur, faisait des acrobaties entre les tramways et les taxis parisiens, en invectivant magistralement, à ce qu'il dit, dans les avenues et les places, le poulailler effaré des piétons. Le caporal Bertrand, qui se tient toujours un peu à l'écart, taciturne et correct, avec une belle figure pâle, bien droite, le regard horizontal, était contremaître dans une manufacture de gainerie. Tirloir peinturlurait des voitures, sans ronchonner, affirme-t-on. Tulacque était bistro à la barrière du Trône, et Eudore, avec sa figure douce et pâlotte, tenait sur le bord d'une route, pas très loin du front actuel, un estaminet ; l'établissement a été malmené par les obus — naturellement, car Eudore n'a pas de chance, c'est connu. Mesnil André, l'homme encore vaguement distingué et peigné, vendait du bicarbonate et des spécialités infaillibles sur une grand'place ; son frère Joseph vendait des journaux et des romans illustrés dans une gare du réseau de l'État, tandis que, loin de là, à Lyon, Cocon, le binocard, l'homme-chiffre, s'empressait, revêtu d'une blouse noire, les mains plombées et brillantes, derrière les comptoirs d'une quincaillerie, et que Becuwe Adolphe et Poterloo, dès l'aube, traînant la pauvre étoile de leur lampe, hantaient les charbonnages du Nord.

Et il y en a d'autres dont on ne se rappelle jamais le métier et qu'on confond les uns avec les autres, et les bricoleurs de campagne qui colportaient dix métiers à la fois dans leur bissac, sans compter l'équivoque Pépin qui ne devait pas en avoir du tout (ce qu'on sait, c'est qu'il y a trois mois, au dépôt, après sa convalescence, il s'est marié... pour toucher l'allocation des femmes de mobilisés)...

Pas de profession libérale parmi ceux qui m'entourent. Des instituteurs sont sous-officiers à la compagnie ou infirmiers. Dans le régiment, un frère mariste est sergent au service de santé ; un ténor, cycliste du major ; un avocat, secrétaire du colonel ; un rentier, caporal d'ordinaire à la Compagnie Hors Rang. Ici, rien de tout cela. Nous sommes des soldats combattants, nous autres, et il n'y a presque pas d'intellectuels, d'artistes ou de riches qui, pendant cette guerre, auront risqué leurs figures aux créneaux, sinon en passant, ou sous des képis galonnés.

Oui, c'est vrai, on diffère profondément.

Mais pourtant on se ressemble.

Malgré les diversités d'âge, d'origine, de culture, de situation, et de tout ce qui fut ; malgré les abîmes qui nous séparaient jadis, nous sommes en grandes lignes les mêmes. A travers la même silhouette grossière, on cache et on montre les mêmes mœurs, les mêmes habitudes, le même caractère simplifié d'hommes revenus à l'état primitif.

Le même parler, fait d'un mélange d'argots d'atelier et de caserne, et de patois, assaisonné de quelques néologismes, nous amalgame, comme une sauce, à la multitude compacte d'hommes qui, depuis des saisons, vide la France pour s'accumuler au nord-est.

Et puis, ici, attachés ensemble par un destin irrémédiable, emportés malgré nous sur le même rang, par l'immense aventure, on est bien forcé, avec les semaines et les nuits, d'aller se ressemblant. L'étroitesse terrible de la vie commune nous serre, nous adapte, nous efface les uns dans les autres. C'est une espèce de contagion fatale. Si bien qu'un soldat apparaît pareil à un autre sans qu'il soit nécessaire, pour voir cette similitude, de les regarder de loin, aux distances où nous ne sommes que des grains de la poussière qui roule dans la plaine.

On attend. On se fatigue d'être assis : on se lève. Les articulations s'étirent avec des crissements de bois qui joue et de vieux gonds : l'humidité rouille les hommes comme les fusils, plus lentement mais plus à fond. Et on recommence, autrement, à attendre.

On attend toujours, dans l'état de guerre. On est devenu des machines à attendre.

Pour le moment, c'est la soupe qu'on attend. Après, ce seront les lettres. Mais chaque chose en son temps : lorsqu'on aura fini avec la soupe, on songera aux lettres. Ensuite, on se mettra à attendre autre chose.

La faim et la soif sont des instincts intenses qui agissent puissamment sur l'esprit de mes compagnons. Comme la soupe tarde, ils commencent à se plaindre et à s'irriter. Le besoin de la nourriture et de boisson leur sort de la bouche en grognements :

— V'là huit plombes. Tout d'même, cette croûte, qu'est-ce qu'elle fout, qu'elle radine pas ?

— Justement, moi qui ai la dent depuis hier midi, rechigne Lamuse, dont l'œil est humide de désir et dont les joues présentent de gros coups de badigeon de la couleur du vin.

Le mécontentement s'aigrit de minute en minute :

— Plumet a dû s'envoyer dans l'entonnoir mon bidon d'réglisse qu'i' d'vait m'apporter, et d'autres avec, et il est tombé saoul qué'qu'part par là.

— C'est sûr et certain, appuie Marthereau.

— Ah ! les malfaisants, les vermines, que ces hommes de corvée ! beugle Tirloir. Quelle race dégoûtante ! Tous, becs-salés et cossards ! Ils se les roulent toute la journée à l'arrière, et ils ne sont pas fichus de monter à l'heure. Ah ! si j'étais le maître, ce que je les ferais venir aux tranchées à la place de nous, et il faudrait qu'ils bossent ! D'abord, je dirais : chacun dans la section sera graisseux et soupier à tour de rôle. Ceux qui veulent, bien entendu... Et alors...

— Moi, j'suis sûr, crie Cocon, que c'est c'cochon de Pépère qui met les autres en retard. Il le fait exprès, d'abord, et aussi, il ne peut pas s'déplumer, l'matin, l'pauv'petit. Il lui faut ses dix heures de pucier, tout comme à un mignard. Sans ça, monsieur a la cosse toute la journée.

— J't'en foutrai, moi ! gronde Lamuse. Attends voir comme j'le ferais décaniller du pajot, si seulement j'étais là. J'te l'réveillerais à coups d'tartine sur la tétère, et j'te l'poisserais par un abatis...

— L'autre jour, poursuit Cocon, j'ai compté : il a mis sept heures quarante-sept minutes pour venir du 31-Abri. Il faut cinq heures bien tassées, mais pas plus.

Cocon est l'homme-chiffre. Il a l'amour, l'avarice, de la documentation précise. A propos de tout, il fouine pour trouver des statistiques qu'il amasse avec une patience d'insecte, et sert à qui veut l'entendre. Pour le moment, où il manie ses chiffres comme des armes, sa figure chétive, faite de sèches arêtes, de triangles et d'angles sur lesquels se pose le double rond des lunettes, est crispée de rancune.

Il monte sur la banquette de tir, pratiquée du temps où c'était ici la première ligne, érige la tête, rageusement, par-dessus le parapet. Dans la lumière frisante d'un petit rayon froid qui traîne sur la terre, on voit briller les verres de ses binocles et aussi la goutte qui lui pend au nez, comme un diamant.

— Et puis, c'Pépère, tu parles aussi d'un quart à trous ! C'est à ne pas y croire c'q'i's'laisse tomber de kilos dans l'étui, dans l'espace seulement d'une journée.

Le père Blaire « fume » dans son coin. On voit trembler sa grosse moustache, blanchâtre et tombante comme un peigne en os.

— Veux-tu que j'te dise ? Les hommes de soupe, c'est le type des sales types. C'est : J'fous rien, J'men fous, Jean-Foutre et Compagnie.

— Ils ont tout du fumier, soupire avec conviction Eudore qui, affalé par terre, la bouche entr'ouverte, a l'air d'un martyr et suit d'un œil atone Pépin qui va et vient, telle une hyène.

L'irritation haineuse contre les retardataires monte, monte.

Tirloir le roussoteur s'empresse et se multiplie. Il est à son affaire. Il aiguillonne la colère ambiante avec ses petits gestes pointus :

— Si on disait : « Ça s'ra bon !», mais ça va être encore de la vacherie qu'il va falloir que tu t'enfonces dans la lampe.

— Ah ! les potes, hein, la barbaque qu'on nous a balancée hier, tu parles d'une pierre à couteaux ! Du bifteck de bœuf, ça ? Du bifteck de bicyclette, oui, plutôt. J'ai dit aux gars : « Attention, vous autres ! N'mâchez pas trop vite : vous vous casseriez les dominos ; des fois que l'bouif aurait oublié de r'tirer tous les clous !»

Le boniment, lancé par Tirette, ex-régisseur, paraît-il, de tournées cinématographiques, aurait, en d'autres moments, fait rire, mais les esprits sont excités et cette déclaration a pour écho un grondement circulaire.

— D'aut'fois, pour que tu t'plaignes pas qu'c'soit dur, i' t'collent en fait d'bidoche, qué'qu'chose de mou : d'l'éponge qui n'a point de goût, du cataplasme. Quand tu croûtes ça, c'est comme si tu boives un quart d'eau, ni plus ni moins.

— Tout ça, dit Lamuse, ça n'a pas d'consistance, ça n'tient pas au bide. Tu crois qu't'es rempli, mais, au fond d'ta caisse, t'es vide. Aussi, p'tit à p'tit, tu tournes de l'œil, empoisonné par le manque de nourriture.

— La prochaine fois, clame Biquet, exaspéré, j'demande à parler au vieux : j'y dirai : « Mon capitaine... »

— Moi, dit Barque, je m'fais porter pâle. J'y dirai à « Monsieur le major... »

— C'que tu y casseras ou rien, c'est du pareil au même. Ils s'entendent tous pour exploiter l'troufion.

— J'te dis, moi, qui veul'tent not' peau !

— C'est comme la gniole. On a droit qu'on nous en distribue aux
tranchées — vu qu'ça a été voté que q'part, j'sais pas quand, ni où,
mais je l'sais — et d'puis trois jours qu'on est ici, v'là trois jours qu'on
nous en sert au bout d'une fourche.

— Ah, malheur !

— V'là la bectance ! annonce un poilu qui guettait au tournant.

— Il n'est qu'temps !

Et l'orage des récriminations violentes tombe net, comme par
enchantement. Et on voit leur fureur se changer, subitement, en satisfaction.

Trois hommes de corvée, essoufflés, la face larmoyante de sueur,
déposent par terre des bouteillons, un bidon à pétrole, deux seaux de
toile et une brochette de boules traversées par un bâton. Adossés au
mur de la tranchée, ils s'essuient la figure avec leurs mouchoirs ou
leurs manches. Et je vois Cocon s'approcher de Pépère, avec le sourire,
et oublieux des outrages dont il a couvert sa réputation, tendre la main,
cordialement, vers un des bidons de la collection qui gonfle circulaire-
ment Pépère d'une manière de ceinture de sauvetage.

— Qu'est-ce qu'il y a à becqueter ?

— C'est là, répond évasivement le deuxième homme de corvée.

L'expérience lui a appris que l'énoncé du menu provoque toujours
des désillusions acrimonieuses.

Et il se met à déblatérer, en haletant encore, sur la longueur et les
difficultés du trajet qu'il vient d'accomplir : « Y en a, tout partout, du
populo ! c'est un fourbi arabe pour passer. A des moments, faut s'dé-
guiser en feuille de papier à cigarette »... « Ah ! y en a qui disent qu'à
la cuistance, on est embusqué » !... Eh bien, il aimerait cent mille fois
mieux, quant à lui, être avec la compagnie dans les tranchées pour la
garde et les travaux, que de s'appuyer un pareil métier deux fois par
jour pendant la nuit !

Paradis a soulevé les couvercles des bouteillons et inspecté les récipients :

— Des fayots à l'huile, de la dure, bouillie, et du jus. C'est tout.

— Nom de Dieu ! Et du pinard ? braille Tulacque.

Il ameute les camarades.

— V'nez voir par ici, eh, vous autres ! Ça, ça dépasse tout ! V'là
qu'on s'bombe de pinard !

Les assoiffés accourent en grimaçant.

— Ah ! merde alors ! s'écrient ces hommes désillusionnés jusqu'au
fond de leurs entrailles.

— Et ça, qu'est-ce qu'y a dans c'siau-là ? dit l'homme de corvée,
toujours rouge et suant, en montrant du pied un seau.

— Oui, dit Paradis. J'm'ai trompé, y a du pinard.

— C't'emmanché-là ! fait l'homme de corvée en haussant les épaules et en lui lançant un regard d'indicible mépris. Mets tes lunettes à vache, si tu n'y vois pas clair !

Il ajoute :

— Un quart par homme... Un peu moins, peut-être, parce qu'y a un fourneau qui m'a cogné en passant dans le Boyau du Bois, et il y a eun' goutte e' d'renversée... Ah ! s'empresse-t-il d'ajouter en élevant le ton, si je n'avais pas été chargé, tu parles d'un coup de trottinant qu'il aurait reçu dans le croupion ! Mais il a ripé à la quatrième vitesse, l'animau !

Et nonobstant cette ferme déclaration, il s'esquive lui-même, rattrapé par les malédictions — pleines d'allusions désobligeantes pour sa sincérité et sa tempérance — que fait naître cet aveu de ration diminuée.

Cependant, ils se jettent sur la nourriture et mangent, debout, accroupis, à genoux, assis sur un bouteillon ou un havresac tiré du puits où on couche, ou écroulés à même le sol, le dos enfoncé dans la terre, dérangés par les passants, invectivés et invectivant. A part ces quelques injures ou quolibets courants, ils ne disent rien, d'abord occupés tout entiers à avaler, la bouche et le tour de la bouche graisseux comme des culasses.

Ils sont contents.

Au premier arrêt des mâchoires, on sert des plaisanteries obscènes. Ils se bousculent tous et criaillent à qui mieux mieux pour placer leur mot. On voit sourire Farfadet, le fragile employé de mairie qui, les premiers temps, se maintenait au milieu de nous, si convenable et aussi si propre qu'il passait pour un étranger ou un convalescent. On voit se dilater et se fendre, sous le nez, la tomate de Lamuse, dont la joie suinte en larmes, s'épanouir et se réépanouir la pivoine rose de Poterloo, se trémousser de liesse les rides du père Blaire, qui s'est levé, pointe la tête en avant et fait gesticuler le bref corps mince qui sert de manche à son énorme moustache tombante, et on aperçoit même s'éclairer le petit faciès plissé et pauvre de Cocon.

— Sin jus, on va-t-i' pas l'fouaire recauffir ? demande Bécuwe.

— Avec quoi, en soufflant d'ssus ?

Bécuwe, qui aime le café chaud, dit :

— Laissez-mi bric'ler cha. Ch'n'est point n' n'affouaire. Arrangez cheul'men ilà in ch'tiot foyer et in grille avec d'fourreaux d'baïonnette. J'sais où c'qu'y a d'bau. J'allau en fouaire de copeaux avec min couteau assez pour cauffer l'marmite. V's allez vir...

Il part à la chasse au bois.

En attendant le Caoua, on roule la cigarette, on bourre la pipe.

On tire les blagues. Quelques-unes ont des blagues en cuir ou en caoutchouc achetées chez le marchand. C'est la minorité. Biquet extrait son tabac d'une chaussette dont une ficelle étrangle le haut. La plupart des autres utilisent le sachet à tampon anti-asphyxiant, fait d'un tissu imperméable, excellent pour la conservation du perlot ou du fin. Mais il y en a qui ramonent tout bonnement le fond de leur poche de capote.

Les fumeurs crachent en cercle, juste à l'entrée de la guitoune où loge le gros de la demi-section et inondent d'une salive jaunie par la nicotine la place où l'on pose les mains et les genoux quand on s'aplatit pour entrer ou sortir.

Mais qui s'aperçoit de ce détail ?

Voici qu'on parle denrées, à propos d'une lettre de la femme de Marthereau.

— La mère Marthereau m'a écrit, dit Marthereau. Le cochon gras, tout vif, vous ne savez pas combien i'vaut chez nous, m'tenant ?

... La question économique a dégénéré soudain en une violente dispute entre Pépin et Tulacque.

Les vocables les plus définitifs ont été échangés, puis :

— Je m'fous pas mal de c'que tu dis ou d'c'que tu n'dis pas. La ferme !

— J'la fermerai si j'veux, saleté !

— Un trois kilos te la fermerait vite !

— Non, mais chez qui ?

— Viens-y voir, mais viens-y donc !

Ils écument et grincent et s'avancent l'un vers l'autre. Tulacque étreint sa hache préhistorique et ses yeux louches lancent deux éclairs. L'autre, blême, l'œil verdâtre, la face voyou, pense visiblement à son couteau.

Lamuse interpose sa main pacifique grosse comme une tête d'enfant et sa face tapissée de sang, entre ces deux hommes qui s'empoignent du regard et se déchirent en paroles.

— Allons, allons, vous n'allez pas vous abîmer. Ce s'rait dommage !

Les autres interviennent aussi et on sépare les adversaires. Ils continuent à se jeter, à travers les camarades, des regards féroces.

Pépin mâche des restants d'injures avec un accent fielleux et frémissant :

— L'apache, la frappe, le crapulard ! Mais, attends, i'me revaudra ça !

De son côté, Tulacque confie au poilu qui est à côté de lui :

— C'morpion-là ! Non, mais tu l'as vu ! Tu sais, y a pas à dire : ici on fréquente un tas d'individus qu'on sait pas qui c'est. On s'connaît et pourtant on s'connaît pas. Mais ç'ui là, s'il a voulu zouaviller, il est tombé sur le manche. Minute : je te démolirai bien un de ces jours, tu voiras.

Pendant que les conversations reprennent et couvrent les derniers doubles échos de l'altercation :

— Tous les jours, alors ! me dit Paradis. Hier, c'était Plaisance qui voulait à toute force fout' sur la gueule à Fumex à propos de je n'sais quoi, une affaire de pilules d'opium, j'pense. Pis c'est l'un, pis c'est l'autre, qui parle de s'crever. C'est-i qu'on devient pareil à des bêtes, à force de leur ressembler ?

— C'est pas sérieux, ces hommes-là, constate Lamuse, c'est des gosses.

— Ben sûr, pis que c'est des hommes.

La journée s'avance. Un peu plus de lumière a filtré des brumes qui enveloppent la terre. Mais le temps est resté couvert, et voilà qu'il se résout en eau. La vapeur d'eau s'effiloche et descend. Il bruine. Le vent ramène sur nous son grand vide mouillé, avec une lenteur désespérante. Le brouillard et les gouttes empâtent et ternissent tout jusqu'à l'andrinople tendue sur les joues de Lamuse, jusqu'à l'écorce d'orange dont Tulacque est caparaçonné, et l'eau éteint au fond de nous la joie dense dont le repas nous a remplis. L'espace s'est rapetissé. Sur la terre, champ de mort, se juxtapose étroitement le champ de tristesse du ciel.

On est là, implantés, oisifs. Ce sera dur aujourd'hui de venir à bout de la journée, de se débarrasser de l'après-midi. On grelotte, on est mal ; on change de place sur place, comme un bétail parqué.

Cocon explique à son voisin la disposition de l'enchevêtrement de nos tranchées. Il a vu un plan directeur et il a fait des calculs. Il y a dans le secteur du régiment quinze lignes de tranchées françaises, les unes abandonnées, envahies par l'herbe et quasi nivelées, les autres entretenues à vif et hérissées d'hommes. Ces parallèles sont réunies par des boyaux innombrables qui tournent et font des crochets comme de vieilles rues. Le réseau est plus compact encore que nous le croyons, nous qui vivons dedans. Sur les vingt-cinq kilomètres de largeur qui forment le front de l'armée, il faut compter mille kilomètres de lignes creuses, tranchées, boyaux, sapes. Et l'armée française a dix armées. Il y a donc, du côté français, environ dix mille kilomètres de tranchées et autant du côté allemand... Et le front français n'est à peu près que la huitième partie du front de la guerre sur la surface du monde.

Ainsi parle Cocon, qui conclut en s'adressant à son voisin :

— Dans tout ça, tu vois ce qu'on est, nous autres...

Le pauvre Barque — face anémique d'enfant des faubourgs que souligne un bouc de poils roux, et que ponctue, comme une apostrophe, sa mèche de cheveux — baisse la tête :

— C'est vrai, quand on y pense, qu'un soldat — ou même plusieurs soldats — ce n'est rien, c'est moins que rien dans la multitude, et alors on se trouve tout perdu, noyé, comme quelques gouttes de sang qu'on est, parmi ce déluge d'hommes et de choses.

Barque soupire et se tait — et, à la faveur de l'arrêt de ce colloque, on entend résonner un morceau d'histoire racontée à demi-voix :

— Il était v'nu avec deux chevaux. Pssiii... un obus. I' n'lui reste plus qu'un chevau...

— On s'embête, dit Volpatte.

— On tient ! ronchonne Barque.

— Faut bien, dit Paradis.

— Pourquoi ? interroge Marthereau, sans conviction.

— Y a pas besoin d'raison, pis qu'il le faut.

— Y a pas d'raison, affirme Lamuse.

— Si, y en a, dit Cocon... C'est... Y en a plusieurs, plutôt.

— La ferme ! C'est bien mieux qu'y en aye pas, pis qu'i' faut t'nir.

— Tout d'même, fait sourdement Blaire, qui ne perd jamais une occasion de réciter cette phrase, tout d'même, i's veul'nt not' peau !

— Au commencement, dit Tirette, j'pensais à un tas de choses, j'réfléchissais, j'calculais ; maint'nant, j'pense plus.

— Moi non plus.

— Moi non plus.

— Moi, j'ai jamais essayé.

— T'es pas si bête que t'en as l'air, bec de puce, dit Mesnil André de sa voix aiguë et gouailleuse.

L'autre, obscurément flatté, complète son idée.

— D'abord, tu peux rien savoir de rien.

— On n'a besoin de savoir qu'une chose, et cette seule chose, c'est que les Boches sont chez nous, enracinés, et qu'il ne faut pas qu'ils passent et qu'il faut même qu'ils les mettent, un jour ou l'autre — le plus tôt possible, dit le caporal Bertrand.

— Oui, oui, faut qu'ils en jouent un air : y a pas d'erreur ; autrement, quoi ? C'est pas la peine de se fatiguer le ciboulot à penser à aut'chose. Seul'ment c'est long.

— Ah ! bougre de bagasse ! exclame Fouillade, eunn peu !

— Moi, dit Barque, je ne rouspète plus. Au commencement, je rouspétais contre tout le monde, contre ceux de l'arrière, contre les civils, contre l'habitant, contre les embusqués. Oui, j'rouspétais, mais c'était au commencement de la guerre, j'étais jeune. Maint'nant j'prends mieux les choses.

— Y a qu'une façon de les prendre : comme elles viennent !

— Pardi ! Autrement tu deviendrais fou. On est déjà assez dingo comme ça, pas, Firmin ?

Volpatte fait oui de la tête, profondément convaincu, crache, puis contemple son crachat d'un œil fixe et absorbé.

— Tu parles, appuie Barque.

— Ici, faut pas chercher loin devant toi. Faut vivre au jour le jour, heure par heure, même si tu peux.

— Pour sûr, face de noix. Faut faire ce qu'on nous dit de faire, en attendant qu'on nous dise de nous en aller.

— Et voilà, bâille Mesnil Joseph.

Les faces cuites, tannées, incrustées de poussière, opinent, se taisent. Évidemment, c'est là l'idée de ces hommes qui ont, il y a un an et demi, quitté tous les coins du pays pour se masser sur la frontière :

renoncement à comprendre, et renoncement à être soi-même ; espérance de ne pas mourir et lutte pour vivre le mieux possible.

— Faut faire ce qu'on doit, oui, mais faut s'démerder, dit Barque, qui, lentement, de long en large, triture la boue.

— Il l'faut, souligne Tulacque. Si tu t'démerdes pas, on l'fera pas pour toi, t'en fais pas !

— I' n'est pas encore fondu, c'ui qui s'occupera de l'autre.

— Chacun pour soi, à la guerre !

— Videmment, videmment.

Un silence. Puis, du fond de leur dénuement, ces hommes évoquent des images savoureuses.

— Tout ça, reprend Barque, ça n'vaut pas la bonne vie qu'on a eue, un temps à Soissons.

— Ah ! foutre !

Un reflet de paradis perdu illumine les yeux et, semble-t-il, les trognes, déjà attisées par le froid.

— Tu parles d'une nouba, soupire Tirloir, qui s'arrête, pensivement, de se gratter, et regarde au loin, à travers la terre de la tranchée.

— Ah ! nom de Dieu, toute cette ville quasi évacuée et qui, en somme, était à nous ! Les maisons, avec les lits...

— Les armoires !

— Les caves !

Lamuse en a les yeux mouillés, la face en bouquet, et le cœur gros.

— Vous y êtes restés longtemps ? demande Cadilhac, qui est venu depuis, avec le renfort des Auvergnats.

— Plusieurs mois...

La conversation, presque éteinte, se ranime en flammes vives, à l'évocation de l'époque d'abondance.

— On voyait, dit Paradis, comme dans un rêve, des poilus s'couler à l' long et à derrière les piaules, en rentrant au cantonnement, avec des poules autour du cylindre et, sous chaque abatis, un lapin emprunté à un bonhomme ou à une bonne femme qu'on n'avait pas vu, et qu'on n'reverra pas.

Et on pense au goût lointain du poulet et du lapin.

— Y avait des choses qu'on payait. L'pognon, i' dansait aussi, va. On était encore aux as, en c' temps-là.

— C'est des cent mille francs qui ont roulé dans les boutiques.

— Des millions, oui. C'était toute la journée un gaspillage dont t'as pas une idée d'ssus, une espèce de fête surnaturelle.

— Crois-moi, ou crois-moi pas, dit Blaire à Cadilhac, mais au milieu de tout ça, comme ici et comme partout où c'qu'on passe, ce qu'on avait le moins, c'était le feu. Il fallait courir après, l'trouver, l'gagner, quoi. Ah ! mon vieux, c'qu'on a couru après le feu !

— Nous, nous étions dans le cantonnement de la C.H.R. Là, l'cuistot, c'était le grand Martin César. Il était à la hauteur, lui, pour dégoter du bois.

— Ah ! oui, lui, c'était un as. Y a pas à tortiller du croupion, i' savait y faire !

— Toujours du feu dans sa cuistance, toujours, ma vieille cloche.

Tu rechassais des cuistots qui bagotaient dans les rues en tous sens, en chialant parce qu'ils n'avaient pas d'bois ni d'charbon ; lui, il avait du feu. Quand i' n'avait pas rien, i' disait : « T'occupe pas, j'vas m'démieller. » Et c'était pas long.

— Il attigeait même, on peut l'dire. La première fois que j'l'ai zévu dans sa cuisine, tu sais avec quoi i' f'sait mijoter la tambouille ? Avec un violon qu'il avait trouvé dans la maison.

— C'est vache, tout de même, dit Mesnil André. J'sais bien qu'un violon, ça sert pas à grand-chose pour l'utilité, mais, tout d'même...

— D'autres fois, il s'est servi des queues de billard. Zizi a tout juste pu en grouper une pour se faire une canne. Le reste, au feu. Après, les fauteuils du salon, qui étaient en acajou, y ont passé en douce. I' les zigouillait et les découpait pendant la nuit, parce qu'un gradé aurait pu trouver à redire.

— Il allait fort, dit Pépin... Nous, on s'est occupé avec un vieux meuble qui nous a fait quinze jours.

— Pourquoi aussi qu'on n'a rien de rien ? Faut faire la soupe, zéro bois, zéro charbon. Après la distribution, t'es là avec tes croches vides devant l'tas de bidoche, au milieu des copains qui s'fichent de toi en attendant qu'ils t'engueulent. Alors quoi ?

— C'est l'métier qui veut ça. C'est pas nous.

— Les officiers ne disaient trop rien quand on chapardait ?

— I's s'en foutaient eux-mêmes plein la lampe, et comment ! Tu t'rappelles, Desmaisons, le coup du lieutenant Virvin défonçant la porte d'une cave d'un coup de hache ? Même qu'un poilu l'a vu et qu'il lui a donné la porte pour en faire du bois à brûler, à cette fin que l'copain i' n'aille pas ébruiter la chose.

— Et c'pauvr' Saladin, l'officier de ravitaillement : on l'a rencontré entre chien et loup, sortant d'un sous-sol avec deux bouteilles de blanc dans chaque bras, le frère. On aurait dit une nourrice portant quatre lardons. Comme il a été repéré, il a été obligé de redescendre dans la mine aux bouteilles et d'en distribuer à tout le monde. Même que l'caporal Bertrand, qu'a des principes, n'a pas voulu en boire. Ah ! tu t'rappelles, saucisse à pattes !

— Où c'qu'il est maintenant le cuisinier qui trouvait toujours du feu ? demande Cadilhac.

— Il est mort. Une marmite est tombée dans sa marmite. Il n'a rien eu, mais il est tout de même mort d'saisissement, quand il a vu son macaroni les jambes en l'air ; un spasme du cœur, qu'a dit le toubi. Il avait l'cœur faible, i' n'était fort que pour trouver du bois. On l'a enterré proprement. On lui a fait un cercueil avec le parquet d'une chambre ; on a ajusté ensemble les planches avec les clous des tableaux de la maison, et on se servait de briques, pour les enfoncer. Pendant qu'on l'transportait, je m'disais : « Heureusement pour lui, qu'il est mort, s'i' voyait ça, i' pourrait jamais s'consoler d'avoir pas pensé aux planches du parquet pour son feu.» Ah ! l'sacré numéro, l'enfant de cochon !

— L'troufion se démerde bien sur le dos du copain. Quand tu filoches devant une corvée ou qu'tu prends l'bon morceau ou la bonne place, c'est les autres qui écopent, philosopha Volpatte.

— Moi, dit Lamuse, je m'suis souvent démerdé pour ne pas monter aux tranchées, et j'compte pas les fois qu'j'y ai coupé. Ça, je l'avoue. Mais, quand des copains sont en danger, j'suis pus chercheur de filon, j'suis pus démerdard. J'oublie mon uniforme, j'oublie tout. J'vois des hommes et j'marche. Mais, autrement, mon vieux, j'pense à bibi.

Les affirmations de Lamuse ne sont pas de vains mots. C'est un virtuose du tirage au flanc, en effet ; néanmoins, il a sauvé la vie à des blessés en allant les chercher sous la fusillade.

Il explique le fait sans forfanterie :

— On était couchés tous dans l'herbe. Ça buquait. Pan ! pan ! Zim, zim... Quand j'les ai vus attigés, je me suis levé — malgré qu'on m'gueulait : « Couche-toi ! » J'pouvais pas les laisser comme ça. J'n'ai pas d'mérite, pisque je n'pouvais pas faire autrement.

Presque tous les gars de l'escouade ont quelque haut fait militaire à leur actif et, successivement, les croix de guerre se sont alignées sur leurs poitrines.

— Moi, dit Biquet, j'ai pas sauvé des Français, mais j'ai poiré des Boches.

Aux attaques de mai, il a filé en avant ; on l'a vu disparaître comme un point, et il est revenu avec quatre gaillards à casquette.

— Moi, j'en ai tué, dit Tulacque.

Il y a deux mois, il en a aligné neuf, avec une coquetterie orgueilleuse, devant la tranchée prise.

— Mais, ajoute-t-il, c'est surtout après l'officier boche que j'en ai.

— Ah ! les vaches !

Ils ont crié cela plusieurs à la fois, du fond d'eux-mêmes.

— Ah ! mon vieux, dit Tirloir, on parle de la sale race boche. Les hommes de troupe, j'sais pas si c'est vrai ou si on nous monte le coup là-dessus aussi, et si, au fond, ce ne sont pas des hommes à peu près comme nous.

— C'est probablement des hommes comme nous, fait Eudore.

— Savoir !... s'écrie Cocon.

— En tout cas, on n'est pas fixé pour les hommes, reprend Tirloir, mais les officiers allemands, non, non, non : pas des hommes, des monstres. Mon vieux, c'est vraiment une sale vermine spéciale. Tu peux dire que c'est les microbes de la guerre. Il faut les avoir vus de près, ces affreux grands raides, maigres comme des clous, et qui ont tout de même des têtes de veaux.

— Ou bien des tas qui ont tout de même des gueules de serpent.

Tirloir poursuit :

— J'en ai vu un, prisonnier, une fois, en r'venant de liaison. La dégoûtante carne ! Un colonel prussien qui avait une couronne de prince, qu'on m'a dit, et un blason en or sur ses cuirs. I' ram'nait-i' pas, pendant qu'on l'emmenait dans le boyau, parce qu'on s'était permis de l'frôler en passant ! Et i' r'gardait tout le monde du haut de son col ! J'mai dit : « Attends, ma vieille, j'vas t'faire râler, moi ! » J'ai pris mon temps, je me suis mis en quarante derrière lui, et j'y ai balancé de toute ma force un coup de pied au cul. Mon vieux, il est tombé par terre, à moitié étranglé.

— Étranglé ?

— Oui, par la fureur, quand il a compris ce qui en était, à savoir qu'il venait d'avoir son postérieur d'officier et de noble défoncé par la chaussette à clous d'un simple poilu. Il est parti à pousser des gueulements comme une femme, et à gesticuler comme un épileptique.

— Moi, j'suis pas méchant, dit Blaire. J'ai des gosses, et ça m'turlupine, chez nous, quand il faut que je tue un cochon que je connais, mais, de ceux-là, j'en embrocherais bien un — dzing — en pleine armoire à linge.

— Moi aussi !

— Sans compter, dit Pépin, qu'ils ont des couvercles d'argent et des pistolets que tu peux revendre cent balles quand tu veux, et des jumelles prismatiques qu'a pas d'prix. Ah ! malheur, pendant la première partie de la campagne, ce que j'en ai laissé perdre des occases ! J'ai eu tout de l'emmanché à c'moment-là. C'est bien fait pour moi. Mais t'en fais pas : un casque d'argent, j'en aurai un. Écoute-moi bien, j'te jure que j'en aurai un. Il me faut pas seulement la peau, mais les frusques d'un galonné de Guillaume. T'en fais pas : j'saurai bien goupiller ça avant que la guerre finisse.

— Tu crois à la finition de la guerre, toi ? demande l'un.

— T'en fais pas, répond l'autre.

Cependant, il se produit un brouhaha sur notre droite, et subitement, on voit déboucher un groupe mouvant et sonore où des formes sombres se mêlent à des formes coloriées.

— Qu'est-c' que c'est qu'ça ?

Biquet s'est aventuré pour reconnaître ; il revient, et nous désignant du pouce, par-dessus son épaule, la masse bariolée :

— Eh ! les poteaux, v'nez mirer ça. Des gens.

— Des gens ?

— Oui, des messieurs, quoi. Des civelots avec des officiers d'état-major.

— Des civils ! Pourvu qu'ils tiennent !

C'est la phrase sacramentelle. Elle fait rire, malgré qu'on l'ait entendue cent fois, et qu'à tort ou à raison, le soldat en dénature le sens
originel et la considère comme une atteinte ironique à la vie de privations et de dangers.

Deux personnages s'avancent ; deux personnages à pardessus et à
cannes ; un autre habillé en chasseur, orné d'un chapeau pelucheux et
d'une jumelle.

Des tuniques bleu tendre, sur lesquelles reluisent des cuirs fauves ou
noirs vernis, suivent et pilotent les civils.

De son bras où étincelle un brassard en soie brodé d'or et brodé de
foudres d'or, un capitaine désigne la banquette de tir, devant un vieux
créneau, et engage les visiteurs à y monter pour se rendre compte. Le
monsieur en complet de voyage y grimpe en s'aidant de son parapluie.

Barque dit :

— T'as visé l'chef de gare endimanché qui indique un compartiment
de 1re classe, gare du Nord, à un riche chasseur, le jour de l'ouverture :
« Montez, monsieur le Propriétaire. » Tu sais, quand les types de la
haute sont tout battants neuf d'équipements, de cuirs et de quincaillerie,
et font leurs mariolles avec leur attirail de tueurs de petites bêtes !

Trois ou quatre poilus qui étaient déséquipés ont disparu sous terre.
Les autres bougent pas, paralysés, et même les pipes s'éteignent, et
on n'entend que le brouhaha des propos qu'échangent les officiers et
leurs invités.

— C'est les touristes des tranchées, dit à mi-voix Barque.

Puis, plus haut : « Par ici, mesdames et messieurs ! » qu'on leur dit.

— Débloque ! lui souffle Farfadet, craignant qu'avec « sa grande
gueule » Barque n'attire l'attention des puissants personnages.

Du groupe, des têtes se tournent de notre côté. Un monsieur se
détache vers nous, en chapeau mou et en cravate flottante. Il a une
barbiche blanche et semble un artiste. Un autre le suit, en pardessus
noir, celui-là, avec un melon noir, une barbe noire, une cravate blanche
et un lorgnon.

— Ah ! ah ! fait le premier monsieur, voilà des poilus... Ce sont de
vrais poilus, en effet.

Il s'approche un peu de notre groupe, un peu timidement, comme au
Jardin d'Acclimatation, et tend la main à celui qui est le plus près de
lui, non sans gaucherie, comme on présente un bout de pain à
l'éléphant.

— Hé, hé, ils boivent le café, fait-il remarquer.

— On dit le « jus », rectifie l'homme-pie.

— C'est bon, mes amis ?

Le soldat, intimidé lui aussi par cette rencontre étrange et exotique,
grogne, rit et rougit, et le monsieur dit : « Hé, hé ! »

Puis il fait un petit signe de la tête, et s'éloigne à reculons.

— C'est très bien, c'est très bien, mes amis. Vous êtes des braves !

Le groupe, fait des teintes neutres des draps civils semées de teintes

militaires vives — comme des géraniums et des hortensias parmi le sol
sombre d'un parterre —, oscille, puis passe et s'éloigne par le côté
opposé à celui d'où il est venu. On a entendu un officier dire : « Nous
avons encore beaucoup à voir, messieurs les journalistes. »
Quand le brillant ensemble s'est effacé, nous nous regardons. Ceux
qui s'étaient éclipsés dans les trous s'exhument, par le haut du corps,
graduellement. Les hommes se ressaisissent et haussent les épaules.
— C'est des journalistes, dit Tirette.
— Des journalistes ?
— Ben oui, les sidis qui pondent les journaux. T'as pas l'air de
saisir, s'pèce d'chinoique : les journaux, i' faut bien des gars pour les
écrire.
— Alors, c'est eux qui nous bourrent le crâne ? fait Marthereau.
Barque prend une voix de fausset et récite en faisant semblant de
tenir un papier devant son nez :
— « Le kronprinz est fou, après avoir été tué au commencement de
la campagne, et, en attendant, il a toutes les maladies qu'on veut. Guillaume va mourir ce soir et remourir demain. Les Allemands n'ont plus
de munitions, becquettent du bois ; ils ne peuvent plus tenir, d'après
les calculs les plus autorisés, que jusqu'à la fin de la semaine. On les
aura quand on voudra, l'arme à la bretelle. Si on attend quéq' jours
encore, c'est que nous n'avons pas envie d'quitter l'existence des tranchées, on y est si bien, avec l'eau, le gaz, les douches à tous les étages.
Le seul inconvénient, c'est qu'il y fait un peu trop chaud l'hiver...
Quant aux Autrichiens, y a longtemps qu'euss i's n'tiennent plus : i'
font semblant... » V'là quinze mois que c'est comme ça et que l'directeur dit à ses scribes : « Eh ! les poteaux, j'tez-en un coup, tâchez
moyen de m'décrotter ça en cinq secs et de l'délayer sur la longueur
de ces quatre sacrées feuilles blanches qu'on a à salir. »
— Eh oui ! dit Fouillade.
— Ben quoi, caporal, tu rigoles, c'est pas vrai, c'qu'on dit ?
— Y a un peu de vrai, mais vous abîmez, les petits gars, et vous
seriez bien les premiers à en faire une tirelire s'il fallait que vous vous
passiez de journaux. Oui, quand passe le marchand de journaux, pourquoi que vous êtes tous à crier : « Moi ! moi ! » ?
— Et pis, qu'est-ce que ça peut bien te faire tout ça ! s'écrie le père
Blaire. T'es là à en faire une tinette sur les journaux, mais fais donc
comme moi : y pense pas.
— Oui, oui, en v'là marre ! Tourne la page, nez d'âne !
La conversation se tronçonne, l'attention se fragmente, se disperse.
Quatre bonshommes se conjuguent pour une manille qui durera jusqu'à
ce que le soir efface les cartes. Volpatte fait des efforts pour capturer
une feuille de papier à cigarette qui a fui de ses doigts et qui sautille et
zigzague au vent sur la paroi de la tranchée comme un papillon fugace.
Cocon et Tirette évoquent des souvenirs de caserne. Les années de
service militaire ont laissé dans les esprits une impression indélébile ;

c'est un fonds de souvenirs riches, bon teint et toujours prêts, où l'on a l'habitude depuis dix, quinze ou vingt ans, de puiser des sujets de conversation... Si bien qu'on continue, même après avoir fait pendant un an et demi la guerre sous toutes ses formes.

J'entends en partie le colloque, j'en devine le reste. C'est, d'ailleurs, sempiternellement le même genre d'anecdotes que les ex-troupiers sortent de leur passé militaire : le narrateur a cloué le bec à un gradé mal intentionné, par des paroles pleines d'à-propos et de crânerie. Il a osé, il a parlé haut et fort, lui !... Des bribes me parviennent aux oreilles :

— ... Alors, tu crois que j'ai bronché quand Nenœil m'a eu cassé ça ? Pas du tout, mon vieux. Tous les copains la fermaient ; mais moi, j'y ai dit tout haut : « Mon adjudant, qu'j'ai dit, c'est possible, mais... » (suit une phrase que je n'ai point retenue)... Oh ! tu sais, tel que ça, j'y ai dit. I' n'a pas pipé « C'est bon, c'est bon », qu'il a dit en foutant le camp, et après, il a été bath comme tout avec moi.

— C'est comme moi avec Dodore, l'juteux de la 13ᵉ quand j'faisais mon congé. Une carne. Maint'nant, il est au Panthéon, comme gardien. I' m'avait dans l'nez. Alors...

Et chacun de déballer son bagage personnel de mots historiques. Ils sont chacun comme les autres : il n'en est pas un qui ne dise pas : « Moi, je ne suis pas comme les autres. »

— Le vaguemestre !

C'est un haut et large homme aux gros mollets, et de mise confortable et soignée comme un gendarme.

Il est de mauvaise humeur. Il y a eu de nouveaux ordres, et maintenant il faut qu'il aille chaque jour jusqu'au poste de commandement du colonel porter le courrier. Il déblatère sur cette mesure comme si elle était exclusivement dirigée contre lui.

Cependant, tout en déblatérant, il parle à l'un, à l'autre, en passant, suivant son habitude, tandis qu'il appelle les caporaux aux lettres. Et nonobstant sa rancœur, il ne garde pas pour lui tous les renseignements dont il arrive pourvu. En même temps qu'il ôte les ficelles du paquet de lettres, il distribue sa provision de nouvelles verbales.

Il dit d'abord que, sur le rapport, il y a en toutes lettres la défense de porter des capuchons.

— T'entends ça ? dit Tirette à Tirloir. Te v'la forcé de lancer ton beau capuchon en l'air.

— Plus souvent ! J'marche pas. Ça n'a rien à faire avec moi, répond l'encapuchonné, dont l'orgueil non moins que le confort est en jeu.

— Ordre du général commandant l'armée.

— Il faut alors que l'général en chef donne l'ordre qu'i' n'pleuve plus. J'veux rien savoir.

La plupart des ordres, même de moins extraordinaires que celui-là, sont toujours accueillis de la sorte... avant d'être exécutés.

— Le rapport ordonne aussi, dit l'homme-lettres, de tailler les barbes. Et les douilles, à la tondeuse rasoche !

— Ta bouche, mon gros ! dit Barque, dont le toupet est directement menacé par cette consigne. Tu m'as pas ar'gardé. Tu peux t'mettre la tringle.

— Tu m'dis ça à moi. Fais-le ou fais-le pas. J'm'en fous pas mal.

A côté des nouvelles positives, écrites, il y en a de plus amples, mais aussi plus incertaines et plus fantaisistes : la division serait relevée pour aller soit au repos — mais au vrai repos, pendant six semaines — soit au Maroc, et peut-être en Égypte.

— Eh !... Oh !... Ah !...

Ils écoutent. Ils se laissent tenter par le prestige du nouveau, du merveilleux.

Quelqu'un cependant demande au vaguemestre :

— Qui t'a dit ça ?

Il indique ses sources :

— L'adjudant commandant le détachement de territoriaux qui fait les corvées au Q.G. du C.A.

— Au quoi ?

— Au quartier général du corps d'armée... Et y a pas que lui qui le dit. Y a, tu sais bien, l'client dont je ne sais plus le nom : celui qui ressemble à Galle et qui n'est pas Galle. Il a je n'sais plus qui dans sa famille qui est je n'sais plus quoi. Comme ça, il est renseigné.

— Et alors ?

Ils sont là, en cercle, le regard affamé, autour du conteur d'histoires.

— En Égypte, tu dis, nous irions ?... J'connais pas. J' sais qu'y avait des Pharaons du temps où j'étais gosse et que j'allais à l'école. Mais depuis !...

— En Égypte...

L'idée s'ancre insensiblement dans les cervelles.

— Ah non ! dit Blaire, parce que j'ai l'mal de mer... Et, après tout, ça n'dure pas, l'mal de mer... Oui, mais que dirait la patronne ?

— Que veux-tu ? elle s'y fera ! On verra des nègres et des grands oiseaux plein les rues, comme on voit chez nous des moiniaux.

— Mais ne devait-on pas aller en Alsace ?

— Si, dit le vaguemestre. Y en a qui le croient au Trésor.

— Ça m'irait assez...

... Mais le bon sens et l'expérience acquise reprennent le dessus et chassent le rêve. On a affirmé si souvent qu'on allait partir au loin, et si souvent on l'a cru, et si souvent on a déchanté ! Aussi c'est comme si, à un moment donné, on se réveillait.

— Tout ça, c'est des bobards. On nous l'a trop fait. Attends avant de croire — et ne t'en fais pas une miette.

Ils regagnent leur coin, quelques-uns par-ci par-là ont à la main le fardeau léger et important d'une lettre.

— Ah ! dit Tirloir, i' faut qu'j'écrive. J'peux pas rester huit jours sans écrire. Ça n'a rien à faire.

— Moi aussi, dit Eudore, i' faut qu'j'écrive à ma p'tit' femme.

— A va bien, Mariette ?

— Oui, oui. T'en fais pas pour Mariette.

D'aucuns se sont déjà installés pour la correspondance. Barque debout, son papier posé à plat sur un carnet dans une anfractuosité de la paroi, semble en proie à une inspiration. Il écrit, penché, le regard captivé, l'air absorbé d'un cavalier lancé au galop.

Lamuse, qui n'a pas d'imagination, passe son temps, une fois qu'il s'est assis, qu'il a posé sur la pointe matelassée de ses genoux sa pochette de papier et mouillé son crayon-encre, à relire les dernières lettres reçues, et à ne pas savoir quoi dire d'autre chose que ce qu'il a déjà dit, et à s'entêter à vouloir dire autre chose.

Une douceur de sentimentalité semble répandue sur le petit Eudore qui s'est recroquevillé dans une sorte de niche de terre. Il se recueille, le crayon aux doigts, les yeux sur son papier ; rêveur, il regarde, il dévisage, il voit, et on voit l'autre ciel qui l'éclaire. Son regard va là-bas. Il est agrandi jusqu'à chez lui...

Le moment des lettres est celui où l'on est le plus et le mieux ce que l'on fut. Plusieurs hommes s'abandonnent au passé et reparlent d'abord de mangeaille.

Sous l'écorce des formes grossières et obscurcies, d'autres cœurs laissent murmurer tout haut un souvenir et évoquent des clartés antiques : le matin d'été, quand le vert frais du jardin déteint dans toute la blancheur de la chambre campagnarde, ou quand, dans les plaines, le vent donne au champ de blé des remuements lents et forts, et, à côté, agite le carré d'avoine de petits frissons vifs et féminins. Ou bien, le soir d'hiver, la table autour de laquelle sont les femmes et leur douceur et où se tient debout la lampe caressante, avec le tendre éclat de sa vie et la robe de son abat-jour.

Cependant le père Blaire reprend sa bague commencée. Il a enfilé la rondelle encore informe d'aluminium dans un bout de bois rond et il la frotte avec la lime. Il s'applique à ce travail, réfléchissant de toutes ses forces, deux plis sculptés sur le front. Parfois il s'arrête, se redresse, et regarde la petite chose, tendrement, comme si elle le regardait aussi.

— Tu comprends, m'a-t-il dit une fois à propos d'une autre bague, il ne s'agit pas de bien ou de pas bien. L'important, c'est que je l'aye faite pour ma femme, tu comprends ? Quand j'étais à ne rien faire, à avoir la cosse, je regardais cette photo (il exhibait la photographie d'une grosse femme mafflue), et alors je m'y mettais tout facilement, à cette sacrée bague. On peut dire que nous l'avons faite ensemble, tu comprends ? La preuve c'est qu'elle me tenait compagnie et que je lui ai dit adieu quand je l'ai envoyée à la mère Blaire.

Il en fait à présent une autre où il y aura du cuivre. Il travaille avec ardeur. C'est son cœur qui veut s'exprimer le mieux possible et s'acharne à une sorte de calligraphie.

Dans ces trous dénudés de la terre, ces hommes inclinés avec respect sur ces bijoux légers, élémentaires, si petits que la grosse main durcie les tient difficilement et les laisse couler, ont l'air encore plus sauvages, plus primitifs, et plus humains, que sous tout autre aspect.

On pense au premier inventeur, père des artistes, qui tâcha de donner à des choses durables la forme de ce qu'il voyait et l'âme de ce qu'il ressentait.

— En v'là qui vont passer, annonce Biquet, mobile, qui fait le concierge dans notre secteur de tranchée. Y en a une tinée.

Justement, un adjudant, sanglé du ventre et du menton, débouche en brandissant son fourreau de sabre.

— Dégagez, vous autres ! Ben quoi, dégagez, que j'vous dis ! Vous êtes là à faire flanelle... Allons oust, la fuite ! J'veux plus vous voir dans le passage, hé !

On se range mollement. Quelques-uns avec lenteur, sur les côtés, s'enfoncent par degrés dans le sol.

C'est une compagnie de territoriaux chargés dans le secteur des travaux de terrassement de seconde ligne et de l'entretien des boyaux d'arrière. Ils apparaissent, armés de leurs outils, misérablement fagotés et tirant la patte.

On les regarde un à un approcher, passer, s'effacer. Ce sont de petits vieux rabougris, aux joues poudrées de cendre, ou de gros poussifs encerclés à l'étroit dans leurs capotes passées et tachées, auxquelles manquent des boutons et dont l'étoffe bâille, édentée...

Tirette et Barque, les deux loustics, adossés et serrés sur la paroi, les dévisagent d'abord en silence. Puis ils se mettent à sourire.

— Le défilé des balayeurs, dit Tirette.

— On va rigoler trois minutes, annonce Barque.

Quelques-uns des vieux travailleurs sont cocasses. Celui-ci, qui arrive dans la file, a des épaules tombantes de bouteille ; il est extrêmement mince du thorax et maigre des jambes, et, néanmoins, il est ventru.

Barque n'y tient plus.

— Eh, dis donc, Dubidon !

— Mince de paletot, remarque Tirette devant une capote qui passe, infiniment rapiécée de tous les bleus.

Il interpelle le vétéran.

— Eh l'père échantillons... Eh, dis donc, là-bas, toi, insiste-t-il.

L'autre se tourne, le regarde, bouche bée.

— Dis donc, papa, si tu veux être bien gentil, tu me donneras l'adresse de ton tailleur de Londres.

La figure surannée et gribouillée de rides ricane — puis le

bonhomme, arrêté un instant sous l'injonction de Barque, est bousculé par le flot qui le suit, emporté.

Après quelques figurants moins remarquables, une nouvelle victime se présente aux quolibets. Sur sa nuque rouge et rugueuse végète une espèce de laine sale de mouton. Les genoux pliés, le corps en avant et le dos voûté, ce territorial se tient mal debout.

— Tiens, braille Tirette en le désignant du doigt, le célèbre homme-accordéon ! A la foire, on paierait pour le voir. Ici la vue n'en coûte rien !

Tandis que l'interpellé balbutie des injures, on rit ici et là.

Il n'en faut pas davantage pour exciter encore les deux compères que le désir de placer un mot jugé drôle par un public peu difficile incite à tourner en dérision les ridicules de ces vieux frères d'armes qui peinent nuit et jour, au bord de la grande guerre, pour préparer et réparer les champs de bataille.

Et même les autres spectateurs s'y mettent aussi. Misérables, ils raillent plus misérables qu'eux.

— Vise-moi ç'ui-ci. Et ç'ui-là, donc !

— Non, mais pige-moi la photographie de ce p'tit bas-du-cul. Eh ! loin-du-ciel, eh !

— Et c'ui-là qui n'en finit pas ! Tu parles d'un gratte-ciel. Tiens, là, i' vaut l'jus. Oui, tu vaut l'jus, mon vieux !

L'homme en question fait de petits pas, en portant sa pioche en avant comme un cierge, la figure crispée et le corps tout penché, bâtonné par le lumbago.

— Eh ! grand-père, veux-tu deux sous ? lui demande Barque en lui tapant sur l'épaule lorsqu'il passe à portée.

Le poilu déplumé, vexé, grogne : « Bougre de galapiat. »

Alors, Barque lance d'une voix stridente :

— Dis donc, tu pourrais être poli, face de pet, vieux moule à caca !

L'ancien, se retournant tout d'une pièce, bafouille, furieux.

— Eh ! mais, crie Barque en riant, c'est qu'i' raloche, c'débris. Il est belliqueux, voyez-vous ça, et i' s'rait malfaisant s'il avait seulement soixante ans de moins.

— Et s'i' n'était pas saoul, ajoute gratuitement Pépin, qui en cherche d'autres de l'œil dans le flux des arrivants.

La poitrine creuse du dernier traînard apparaît, puis son dos déformé disparaît.

Le défilé de ces vétérans usagés, salis par les tranchées, se termine au milieu des faces sarcastiques et quasi malveillantes de ces troglodytes sinistres émergeant à moitié de leurs cavernes de boue.

Cependant les heures s'écoulent, et le soir commence à griser le ciel et à noircir les choses ; il vient se mêler à la destinée aveugle, en même temps qu'à l'âme obscure et ignorante de la multitude qui est là ensevelie.

Dans le crépuscule, un piétinement roule ; une rumeur ; puis une autre troupe se fraye un passage.

— Des tabors.

Ils défilent avec leurs faces bises, jaunes ou marron, leurs barbes rares, ou drues et frisées, leurs capotes vert-jaune, leurs casques frottés de boue qui présentent un croissant à la place de notre grenade. Dans les figures épatées, ou, au contraire, anguleuses et affûtées, luisantes comme des sous, on dirait que les yeux sont des billes d'ivoire et d'onyx. De temps en temps, sur la file, se balance, plus haut que les autres, le masque de houille, d'un tirailleur sénégalais. Derrière la compagnie, est un fanion rouge avec une main verte au milieu.

On les regarde et on se tait. On ne les interpelle pas, ceux-là. Ils imposent, et même font un peu peur.

Pourtant, ces Africains paraissent gais et en train. Ils vont, naturellement, en première ligne. C'est leur place, et leur passage est l'indice d'une attaque très prochaine. Ils sont faits pour l'assaut.

— Eux et le canon 75, on peut dire qu'on leur z'y doit une chandelle ! On l'a envoyée partout en avant dans les grands moments, la Division marocaine !

— Ils ne peuvent pas s'ajuster à nous. Ils vont trop vite. Et plus moyen de les arrêter...

De ces diables de bois blond, de bronze et d'ébène, les uns sont graves ; leurs faces sont inquiétantes, muettes, comme des pièges qu'on voit. Les autres rient ; leur rire tinte, tel le son de bizarres instruments de musique exotique, et montre les dents.

Et on rapporte des traits de Bicots : leur acharnement à l'assaut, leur ivresse d'aller à la fourchette, leur goût de ne pas faire quartier. On répète les histoires qu'ils racontent eux-mêmes volontiers, et tous un peu dans les mêmes termes et avec les mêmes gestes : ils lèvent les bras : « Kam'rad, kam'rad ! » « Non, pas kam'rad ! » et ils exécutent la mimique de la baïonnette qu'on lance devant soi, à hauteur du ventre, puis qu'on retire, de bas en haut, en s'aidant du pied.

Un des tirailleurs entend, en passant, de quoi l'on parle. Il nous regarde, rit largement dans son turban casqué, et répète, en faisant : non, de la tête : « Pas kam'rad, non pas kam'rad, jamais ! Couper cabêche ! »

— I' sont vraiment d'une autre race que nous, avec leur peau de toile de tente, avoue Biquet qui, pourtant, n'a pas froid aux yeux. Le repos les embête, tu sais ; ils ne vivent que pour le moment où l'officier remet sa montre dans sa poche et dit : « Allez ! partez ! »

— Au fond ce sont de vrais soldats.

— Nous ne sommes pas des soldats, nous, nous sommes des hommes, dit le gros Lamuse.

L'heure s'est assombrie, et pourtant cette parole juste et claire met comme une lueur sur ceux qui sont ici, à attendre, depuis ce matin, et depuis des mois.

Ils sont des hommes, des bonshommes quelconques arrachés brusquement à la vie. Comme des hommes quelconques pris dans la masse, ils sont ignorants, peu emballés, à vue bornée, pleins d'un gros bon sens, qui, parfois, déraille ; enclins à se laisser conduire et à faire ce qu'on leur dit de faire, résistants à la peine, capables de souffrir longtemps.

Ce sont de simples hommes qu'on a simplifiés encore, et dont, par la force des choses, les seuls instincts primordiaux s'accentuent : instinct de la conservation, égoïsme, espoir tenace de survivre toujours, joie de manger, de boire et de dormir.

Par intermittences, des cris d'humanité, des frissons profonds, sortent du noir et du silence de leurs grandes âmes humaines.

Quand on commence à ne plus voir très bien, on entend là-bas murmurer, puis se rapprocher, plus sonore, un ordre :

— Deuxième demi-section ! Rassemblement !

On se range. L'appel se fait.

— Hue ! dit le caporal.

On s'ébranle. Devant le dépôt d'outils, stationnement, piétinement. On charge chacun d'une pelle ou d'une pioche. Un gradé tend les manches dans l'ombre :

— Vous, une pelle. Na, filez. Vous, une pelle encore, vous une pioche. Allons, dépêchez-vous et dégagez.

On s'en va par le boyau perpendiculaire à la tranchée, droit vers l'avant, vers la frontière mobile, vivante et terrible de maintenant.

Parmi la grisaille céleste, en grandes orbes descendantes le halètement saccadé et puissant d'un avion qu'on ne voit plus tourne en remplissant l'espace. En avant, à droite, à gauche, partout, des coups de tonnerre déploient dans le ciel bleu foncé de grosses lueurs brèves.

3

La descente

L'aube grisâtre déteint à grand' peine sur l'informe paysage encore noir. Entre le chemin en pente qui, à droite, descend des ténèbres, et le nuage sombre du bois des Alleux — où l'on entend sans les voir les attelages du train de combat s'apprêter et démarrer — s'étend un champ. Nous sommes arrivés là, ceux du 6ᵉ Bataillon, à la fin de la nuit. Nous avons formé les faisceaux, et, maintenant, au milieu de ce cirque de vague lueur, les pieds dans la brume et la boue, en groupes sombres à peine bleutés ou en spectres solitaires, nous stationnons, toutes nos têtes tournées vers le chemin qui descend de là-bas. Nous attendons le reste du régiment : le 3ᵉ Bataillon, qui était en première ligne et a quitté les tranchées après nous...

Une rumeur...

— Les voilà !

Une longue masse confuse apparaît à l'ouest et dévale comme de la nuit sur le crépuscule du chemin.

Enfin ! Elle est finie, cette relève maudite qui a commencé hier à six heures du soir et a duré toute la nuit ; et à présent le dernier homme a mis le pied hors du dernier boyau.

Le séjour aux tranchées a été, cette fois-ci, terrible. La dix-huitième compagnie était en avant. Elle a été décimée : dix-huit tués et une cinquantaine de blessés, un homme sur trois de moins en quatre jours ; et cela sans attaque, rien que par le bombardement.

On sait cela et, à mesure que le Bataillon mutilé approche, là-bas, quand nous nous croisons entre nous en piétinant la vase du champ et qu'on s'est reconnu en se penchant l'un vers l'autre :

— Hein, la dix-huitième !...

En se disant cela : on songe : « Si ça continue ainsi, que deviendrons-nous tous ? Que deviendrai-je moi ?... »

La dix-septième, la dix-neuvième et la vingtième arrivent successivement et forment les faisceaux.

— Voilà la dix-huitième !

Elle vient après toutes les autres : tenant la première tranchée, elle a été relevée en dernier.

Le jour s'est un peu lavé et blêmit les choses. On distingue descendant le chemin, seul en avant de ses hommes, le capitaine de la compagnie. Il marche difficilement, en s'aidant d'une canne, à cause de son ancienne blessure de la Marne, que les rhumatismes ressuscitent et, aussi, d'une autre douleur. Encapuchonné, il baisse la tête ; il a l'air de suivre un enterrement ; et on voit qu'il pense, et qu'il en suit un, en effet.

Voilà la compagnie.

Elle débouche, très en désordre. Un serrement de cœur nous prend tout de suite. Elle est visiblement plus courte que les trois autres, dans le défilé du bataillon.

Je gagne la route et vais au-devant des hommes de la dix-huitième qui dévalent. Les uniformes de ces rescapés sont uniformément jaunis par la terre ; on dirait qu'ils sont habillés de kaki. Le drap est tout raidi par la boue ocreuse qui a séché dessus ; les pans de capotes sont comme des bouts de planche qui ballottent sur l'écorce jaune recouvrant les genoux. Les têtes sont hâves, charbonneuses, les yeux grandis et fiévreux. La poussière et la saleté ajoutent des rides aux figures.

Au milieu de ces soldats qui reviennent des bas-fonds épouvantables, c'est un vacarme assourdissant. Ils parlent tous à la fois, très fort, en gesticulant, rient et chantent.

Et l'on croirait, à les voir, que c'est une foule en fête qui se répand sur la route !

Voici la deuxième section, avec son grand sous-lieutenant dont la capote est serrée et sanglée autour du corps raidi comme un parapluie roulé. Je joue des coudes tout en suivant la marche, jusqu'à l'escouade de Marchal, la plus éprouvée : sur onze compagnons qu'ils étaient et qui ne s'étaient jamais quittés depuis un an et demi, il ne reste que trois hommes avec le caporal Marchal.

Celui-ci me voit. Il a une exclamation joyeuse, un sourire épanoui ; il lâche sa bretelle de fusil et me tend les mains, à l'une desquelles pend la canne des tranchées.

— Eh, vieux frère, ça va toujours ? Qu'est-ce que tu deviens ?

Je détourne la tête et, presque à voix basse :

— Alors, mon pauvre vieux, ça s'est mal passé...

Il s'assombrit subitement, prend un air grave.

— Eh oui, mon pauv'vieux, que veux-tu, ça a été affreux, cette fois-ci... Barbier a été tué.

— On le disait... Barbier !

C'est samedi à onze heures du soir. Il avait le dessus du dos enlevé par l'obus, dit Marchal, et comme coupé par un rasoir.

— Besse a eu un morceau d'obus qui lui a traversé le ventre et l'estomac. Barthélemy et Baubez ont été atteints à la tête et au cou. On a passé la nuit à cavaler au galop dans la tranchée, d'un sens à l'autre, pour éviter les rafales. Le petit Godefroy, tu le connais ? le milieu du corps emporté ; il s'est vidé de sang sur place, en un instant, comme un baquet qu'on renverse : petit comme il était, c'était extraordinaire tout le sang qu'il avait ; il a fait un ruisseau d'au moins cinquante mètres dans la tranchée. Cougnard a eu les jambes hachées par des éclats. On l'a ramassé pas tout à fait mort. Ça, c'était au poste d'écoute. Moi, j'y étais de garde avec eux. Mais quand c't'obus est tombé, j'étais allé dans la tranchée demander l'heure. J'ai retrouvé mon fusil, que j'avais laissé à ma place, plié en deux comme avec une main, le canon en tire-bouchon, et la moitié du fût en sciure. Ça sentait le sang frais à vous soulever le cœur.

— Et Mondain, lui aussi, n'est-ce pas ?...

— Lui, c'était le lendemain matin — hier par conséquent — dans la guitoune qu'une marmite a fait s'écrouler. Il était couché et sa poitrine a été défoncée. T'a-t-on parlé de Franco, qui était à côté de Mondain ? L'éboulement lui a cassé la colonne vertébrale ; il a parlé après qu'on l'a eu dégagé et assis par terre ; il a dit, en penchant la tête sur le côté : « Je vais mourir », et il est mort. Il y avait aussi Vigile avec eux ; lui, son corps n'avait rien, mais sa tête s'est trouvée complètement aplatie, aplatie comme une galette, et énorme : large comme ça. A le voir étendu sur le sol, noir et changé de forme, on aurait dit que c'était son ombre, l'ombre qu'on a quelquefois par terre quand on marche la nuit au falot.

— Vigile qui était de la classe 13, un enfant ! Et Mondain et Franco, si bons types malgré leurs galons !... Des chics vieux amis en moins, mon vieux Marchal.

— Oui, dit Marchal.

Mais il est accaparé par une horde de ses camarades qui l'interpellent et le houspillent. Il se débat, répond à leurs sarcasmes, et tous se bousculent en riant.

Mon regard va de face en face ; elles sont gaies et, à travers les crispations de la fatigue et le noir de la terre, elles apparaissent triomphantes.

Quoi donc ! s'ils avaient pu, pendant leur séjour en première ligne, boire du vin, je dirais : « Ils sont tous ivres. »

J'avise un des rescapés qui chantonne en cadençant le pas d'un air dégagé, comme les hussards de la chanson : c'est Vanderborn, le tambour.

— Eh bien quoi, Vanderborn, comme tu as l'air content !

Vanderborn, qui est calme d'ordinaire, me crie :

— C'est pas encore pour cette fois, tu vois : me v'là !

Et, avec un grand geste de fou, il m'envoie une bourrade sur l'épaule.

Je comprends...

Si ces hommes sont heureux, malgré tout, au sortir de l'enfer, c'est que, justement, ils en sortent. Ils reviennent, ils sont sauvés. Une fois de plus, la mort, qui était là, les a épargnés. Le tour de service fait que chaque compagnie est en avant toutes les six semaines ! Six semaines ! Les soldats de la guerre ont, pour les grandes et les petites choses, une philosophie d'enfant : ils ne regardent jamais loin ni autour d'eux, ni devant eux. Ils pensent à peu près au jour le jour. Aujourd'hui, chacun de ceux-là est sûr de vivre encore un bout de temps.

C'est pourquoi, malgré la fatigue qui les écrase, et la boucherie toute fraîche dont ils sont éclaboussés encore, et leurs frères arrachés tout autour de chacun d'eux, malgré tout, malgré eux, ils sont dans la fête de survivre, ils jouissent de la gloire d'être debout.

4

Volpatte et Fouillade

En arrivant au cantonnement, on cria :

— Mais où est Volpatte ?

— Et Fouillade, où c'qu'il est ?

Ils avaient été réquisitionnés et emmenés en première ligne par le 5ᵉ Bataillon. On devait les retrouver au cantonnement. Rien. Deux hommes de l'escouade perdus !

— Bon sang d'bon sang ! Voilà c'que c'est que d'prêter des hommes ! beugla le sergent.

Le capitaine, mis au courant, jura, sacra, et dit :

— I' m' faut ces hommes. Qu'on les retrouve à l'instant. Allez !

Farfadet et moi, nous fûmes hélés par le caporal Bertrand dans la grange où, étendus, nous nous immobilisions déjà et nous engourdissions.

— Faut aller chercher Volpatte et Fouillade.

Nous fûmes vite debout, et nous partîmes avec un frisson d'inquiétude. Nos deux camarades, pris par le 5ᵉ, ont été emportés dans cette infernale relève. Qui sait où ils sont et ce qu'ils sont maintenant !

... Nous remontons la côte. Nous recommençons à faire, en sens inverse, le long chemin fait depuis l'aube et la nuit. Bien qu'on soit sans bagages, avec, seulement, le fusil et l'équipement, on se sent las, ensommeillé, paralysé, dans la campagne triste, sous le ciel empoussiéré de brume. Bientôt Farfadet souffle. Il a parlé un peu, au début, puis la fatigue le fait taire, de force. Il est courageux mais frêle ; et, pendant toute sa vie antérieure, il n'a guère appris à se servir de ses jambes, dans le bureau de mairie où, depuis sa première communion, il griffonnait entre un poêle et de vieux cartonniers grisonnants.

Au moment où l'on sort du bois pour s'engager, en glissant et pataugeant, dans la région des boyaux, deux ombres fines se profilent en avant. Deux soldats qui arrivent : on voit la boule de leur paquetage et la ligne de leur fusil. La double forme balançante se précise.

— Ce sont eux !

L'une des ombres a une grosse tête blanche, emmaillotée.

— Il y en a un blessé ! C'est Volpatte !

Nous courons vers les revenants. Nos semelles font un bruit de décollage et d'enfoncement spongieux, et nos cartouches, secouées, sonnent dans nos cartouchières.

Ils s'arrêtent et nous attendent quand on est à portée :

— Il n'est qu'temps ! crie Volpatte.

— Tu es blessé, vieux ?

— Quoi ? dit-il.

Les épaisseurs de bandages qui lui encerclent la tête le rendent sourd. Il faut crier pour arriver jusqu'à son ouïe. On s'approche de lui, on crie. Alors, il répond :

— C'est rien d'ça... On r'vient du trou où le 5ᵉ Bataillon nous a mis jeudi.

— Vous êtes restés là, depuis ? lui hurle Farfadet, dont la voix aiguë et quasi féminine pénètre bien le capitonnage qui défend les oreilles de Volpatte...

— Eh ben oui, on est resté là, dit Fouillade, bagasse, nom de Dieu, macarelle ! Tu t' figures pas qu'on s'serait envolé avec des ailes, et encore moins qu'on s'rait parti sur ses pattes, sans ordre ?

Mais tous deux se laissent tomber assis par terre. La tête de Volpatte, enveloppée de toiles, avec un gros nœud au sommet, et qui présente la tache jaunâtre et noirâtre de la figure, semble un ballot de linge sale.

— On vous a oubliés, pauvres vieux !

— Un peu ! s'écrie Fouillade, qu'on nous a oubliés ! Quatre jours et quatre nuits dans un trou d'obus sur qui les balles pleuvaient d'travers, et qui, en plus, sentait la merde.

— Tu parles, dit Volpatte. C'était pas un trou d'écoute ordinaire où qu'on va t'et vient en service régulier. C'était un trou d'obus qui r'ssemblait à un aut' trou d'obus, ni plus ni moins. On nous avait dit jeudi : « Postez-vous là, et tirez sans arrêt », qu'on nous avait dit. Y a bien eu l' lendemain un type de liaison du 5e Bataillon qu'est v'nu montrer son naz : « Qu'est-ce que vous foutez là ! » « Ben, nous tirons ; on nous a dit d'tirer ; on tire, qu'on a dit. Pisqu'on nous l'a dit, y doit y avoir une raison d'ssous ; nous attendons qu'on nous dise de faire aut' chose que d'tirer.» Le type s'est pisté ; il avait l'air pas rassuré et s'en r'ssentait pas pour la marmitée. « C'est 22 », qu'il disait.

— On avait, dit Fouillade, à nous deuss, une boule de son et un seau d'vin que nous avait donné la 18e, en nous installant, et toute une caisse de cartouches, mon vieux. On a brûlé les cartouches et bu le fuchsia. On a conservé par prudence quelques cartouches et un quignon du Saint-Honoré ; mais on n'a pas conservé d'vin.

— On a z'eu tort, dit Volpatte, vu qu'i' fait soif. Dis donc, les gars, vous n'auriez pas rien pour la gorge ?

— J'ai encore un petit quart d'vin, répondit Farfadet.

— Donne-z'y, dit Fouillade en désignant Volpatte. Vu que lui a perdu du sang. Moi, j'n'ai qu'soif.

Volpatte grelottait et, dans la gangue énorme de chiffons qui était posée sur ses épaules, ses petits yeux bridés s'embrasaient de fièvre.

— Ça fait bon, dit-il en buvant.

« Ah ! Et pis aussi, ajouta-t-il tandis qu'il jetait, comme la politesse l'exige, la goutte de vin qui restait au fond du quart de Farfadet, on a poiré deux Boches. I's rampaient dans la plaine, sont tombés dans not' trou, à l'aveugle, comme des taupes dans un piège à mâchoire, ces cons-là. On les a empaquetés. Et puis voilà. Une fois qu'on a eu tiré pendant trente-six heures, on n'avait pus d' munitions. Alors on a rempli d' cartouches les magasins d' nos seringues et on a attendu, d'vant les colis d'Boches. L'type de liaison a oubelié de dire chez lui qu'on était là. Vous, l'sixième, vous avez oubelié de nous réclamer, la 18e nous a oubliés aussi, et, comme on n'était pas dans un poste d'écoute fréquenté où la r'lève se fait régulièrement comme à l'administration, j'nous voyais déjà rester là jusqu'au retour du régiment. C'est, finalement, des bras-cassés du 204 venus pour fouiner dans la plaine à la chasse aux amochés, qui nous ont signalés. Alors, on nous a donné l'ordre de nous replier, immédiatement, qu'on a dit. On s'a harnaché, en rigolant, de c't'"immédiatement-là". On a déficelé les jambes des Boches, on les a emmenés, remis au 204, et nous v'là.

« On a même repêché en passant un sergent qui s'tassait dans un trou et qui n'osait pas en sortir, vu qu'il avait été commotionné. On l'a engueulé ; ça l'a remis un peu et i' nous a remerciés : l' sergent Sacerdote i' s'appelait.

— Mais ta blessure, mon vieux frère ?

— C'est aux oreilles. Une marmite — et un macavoué, mon ieux — qui a pété comme qui dirait là. Ma tête a passé, j'peux dire, entre les éclats, mais tout juste, rasibus, et les esgourdes ont pris.

— Si tu voyais ça, dit Fouillade, c'est dégueulasse, ces deux oreilles qui pend. On avait nos deux paquets de pansements et les brancos nous en ont encore balancé z'un. Ça fait trois pansements qu'il a enroulés autour de la bouillotte.

— Donnez-nous vos affaires, on va rentrer.

Farfadet et moi nous nous sommes partagé le barda de Volpatte. Fouillade, sombre de soif, travaillé par la sécheresse, grogne et s'entête à garder ses armes et ses paquets.

Et nous déambulons lentement. C'est toujours amusant de ne pas marcher dans le rang ; c'est si rare que ça étonne et ça fait du bien. Un souffle de liberté nous égaie bientôt tous les quatre. On va dans la campagne comme pour son plaisir.

— On est des promeneurs ! dit fièrement Volpatte.

Quand on arrive au tournant du haut de la côte, il se laisse aller à des idées roses.

— Mon vieux, c'est la bonne blessure, après tout, j' vas être évacué, y a pas d'erreur.

Ses yeux clignent et scintillent dans l'énorme boule blanche, qui oscille sur ses épaules — rougeâtre de chaque côté, à la place des oreilles.

On entend, du fond où se trouve le village, sonner dix heures.

— J' me fous d' l'heure, dit Volpatte. L'temps qui passe, ça n'a pu rien à faire avec moi.

Il devient volubile. Un peu de fièvre anime et presse ses discours au rythme du pas ralenti où déjà il se prélasse.

— On va m'attacher une étiquette rouge à la capote, y a pas d'erreur, et m'mener à l'arrière. J' s'rai conduit, à c' coup, par un type bien poli qui m' dira : « C'est par ici, pis tourne par là... Na !... mon pauv' ieux. » Pis l'ambulance, pis l'train sanitaire avec des chatteries des dames de la Croix Rouge tout le long du chemin comme elles ont fait à Crapelet Jules, pis l'hôpitau de l'intérieur. Des lits avec des draps blancs, un poêle qui ronfle au milieu des hommes, des gens qui sont faits pour s'occuper de nous et qu'on regarde y faire, des savates réglementaires, mon ieux, et une table de nuit : du meuble ! Et dans les grands hôpitals, c'est là qu'on est bien logé comme nourriture ! J'y prendrai des bons repas, j'y prendrai des bains ; j'y prendrai tout c'que j'trouverai. Et des douceurs sans qu'on soit obligé pour en profiter, de s'battre avec les autres et de s'démerder jusqu'au sang. J'aurai sur le drap mes deux mains qui n'ficheront rien, comme des choses de luxe

— comme des joujoux, quoi ! — et, d'ssous l' drap, les pattes chauffées
à blanc du haut en bas et les arpions élargis en bouquets de violettes...

... Volpatte s'arrête, se fouille, tire de sa poche, en même temps que sa
célèbre paire de ciseaux de Soissons, quelque chose qu'il me montre :

— Tiens, t' as vu ça ?

C'est la photographie de sa femme et de ses deux garçons, il me l'a
déjà montrée maintes fois. Je regarde, j'approuve.

— J' irai en convalo, dit Volpatte, et pendant qu'mes oreilles se
recolleront, la femme et les p'tits me regarderont, et je les regarderai.
Et pendant c'temps-là qu'elles r'pouss'ront comme des salades, mes
amis, la guerre, elle s'avancera... Les Russes... On n'sait pas quoi !...

Il se berçait au ronron de ses prévisions heureuses, pensait tout haut,
déjà isolé parmi nous dans sa fête particulière.

— Bandit ! lui cria Fouillade. T'as trop d' chance, bon Diou d' bandit !

Comment ne pas l'envier ? Il allait s'en aller pour un, ou deux ou
trois mois et pendant cette saison, au lieu d'être exposé et misérable,
il serait métamorphosé en rentier !

— Au commencement, dit Farfadet, je trouvais drôle quand j'entendais désirer la « bonne blessure ». Mais tout de même, quoi qu'on
puisse dire, tout de même, je comprends maintenant qu'c'est la seule
chose que puisse espérer un pauvre soldat qui ne soit pas fou.

On s'approchait du village. On contournait le bois.

A la corne du bois, soudain une forme de femme surgit à contre-
jour. Le jeu des rayons la délimitait de lumière. Elle se dressait debout
à la lisière des arbres, qui formaient un fond de hachures violâtres —
svelte, la tête tout allumée de blondeur ; et on voyait, dans sa face pâle,
les taches nocturnes de deux yeux immenses. Cette créature éclatante
nous dévisageait en tremblant sur ses jambes, puis brusquement elle
s'enfonça dans le sous-bois comme une torche.

Cette apparition et cette disparition impressionnèrent Volpatte qui en
perdit le fil de son discours.

— C't' une biche, c'te femme-là !

— Non, dit Fouillade qui avait mal entendu. C'est Eudoxie qu'elle
s'appelle. J'la connais pour l'avoir déjà vue. Une réfugiée. J'sais pas
d'où qu'elle d'vient, mais elle est à Gamblin, dans une famille.

— Elle est maigre et belle, constata Volpatte. On y f'rait bien une
p'tite douceur... C'est du fricot, du véritable poulet... Elle a quequ'
chose comme z' yeux !

— Elle est drôle, dit Fouillade. A tient pas en place. Tu la vois ici,
là, avec ses cheveux blonds en haut d'elle. Pis, partez ! Plus personne
n'y est. Et tu sais, elle connaît pas l' danger. Des fois, a bagote presque
en première ligne. On l'a vue naviguer sur la plaine en avant des tranchées. Elle est drôle.

— Tiens, la r' voilà, c't' apparition ! A nous perd pas de yeux. Ce serait-i' qu'on l'intéresse ?

La silhouette, dessinée en lignes de clarté, embellissait en cette minute l'autre bout de la lisière.

— Moi, les femmes, j'm'en fous, déclara Volpatte, repris totalement par l'idée de son évacuation.

— Y en a un, en tout cas, dans l'escouade, qui s'en r'ssent salement pour elle. Tiens : quand on parle du loup...

— On en voit la queue...

— Pas encore, mais presque... Tiens !

On voit pointer et déboucher d'un taillis, sur notre droite, le museau de Lamuse comme un sanglier roux...

Il suivait la femme à la piste. Il l'aperçut, tomba en arrêt, et, attiré, il prit son élan. Mais, en se jetant vers elle, il tomba sur nous.

En reconnaissant Volpatte et Fouillade, le gros Lamuse poussa des exclamations de joie. Il ne songea plus sur le moment qu'à s'emparer des sacs, des fusils, des musettes.

— Donnez-moi tout ça ! J'suis r'posé. Allons, donnez ça !

Il voulut tout porter. Farfadet et moi nous nous débarrassâmes volontiers du fourbi de Volpatte, et Fouillade consentit, à bout de forces, à abandonner ses musettes et son fusil.

Lamuse devint un amoncellement ambulant. Sous le faix énorme et encombrant, il disparaissait, plié, et n'avançait qu'à petits pas.

Mais on le sentait sous l'empire d'une idée fixe et il jetait des regards de côté. Il cherchait la femme vers laquelle il s'était lancé.

Chaque fois qu'il s'arrêtait pour arrimer mieux un bagage, pour souffler et essuyer l'eau grasse de sa transpiration, il examinait furtivement tous les coins de l'horizon et scrutait la lisière du bois. Il ne la revit pas.

Moi, je la revis. Et j'eus bien cette fois l'impression que c'était à l'un de nous qu'elle en avait.

Elle surgissait à demi, là-bas, à gauche, de l'ombre verte du sous-bois. Se retenant d'une main à une branche, elle se penchait et présentait ses yeux de nuit et sa face pâle qui, vivement éclairée par tout un côté, semblait porter un croissant de lune. Je vis qu'elle souriait.

Et suivant la direction de son regard qui se donnait ainsi, j'aperçus, un peu en arrière de nous, Farfadet qui souriait pareillement.

Puis elle se déroba dans l'ombre des feuillages, emportant visiblement ce double sourire...

C'est ainsi que j'eus la révélation de l'entente de cette Bohémienne souple et délicate, qui ne ressemblait à personne, et de Farfadet qui, parmi nous tous se distinguait, fin, flexible et frissonnant comme un lilas. Évidemment...

... Lamuse n'a rien vu, aveuglé et encombré par les fardeaux qu'il a pris à Farfadet et à moi, attentif à l'équilibre de sa charge et à la place où il pose ses pieds terriblement alourdis.

Il a pourtant l'air malheureux. Il geint ; il étouffe d'une épaisse préoccupation triste. Dans le halètement rauque de sa poitrine, il me semble que je sens battre et gronder son cœur. En considérant Volpatte encapuchonné de pansements, et le gros homme puissant et bondé de sang qui traîne l'éternel élancement profond dont il est seul à mesurer l'acuité, je me dis que le plus blessé n'est pas celui qu'on pense.

On descend enfin au village.

— On va boire, dit Fouillade.

— J'vas être évacué, dit Volpatte.

Lamuse fait :

— Meuh... Meuh...

Les camarades s'exclament, accourent, s'assemblent sur la petite place où se dresse l'église avec sa double tour, si bien éborgnée par un obus qu'on ne peut plus la regarder en face.

5

L'asile

La route blafarde qui monte au milieu du bois nocturne est bouchée et obstruée d'ombres, étrangement. Il semble que, par enchantement, la forêt y déborde et y roule, dans l'épaisseur de la ténèbre. C'est le régiment qui marche, en quête d'un nouveau gîte.

A l'aveugle, les files pesantes d'ombres, hautement et largement chargées, se bousculent : chaque flot, poussé par celui qui le suit, heurte celui qui le précède. Sur les côtés, évoluent, détachés, les fantômes plus sveltes des gradés. Une sourde rumeur, faite d'un mélange d'exclamations, de bribes de conversations, d'ordres, de quintes de toux et de chants, monte de cette dense cohue endiguée par les talus. Ce tumulte de voix est accompagné par le roulement des pieds, le tintement des fourreaux de baïonnette, des quarts et des bidons métalliques, par le grondement et le martèlement des soixante voitures du train de combat et du train régimentaire qui suivent les deux bataillons. Et c'est une masse telle qui piétine et s'étire sur la montée de la route que, malgré le dôme infini de la nuit, on nage dans une odeur de cage aux lions.

Dans le rang, on ne voit rien : parfois, quand on a le nez dessus à la suite d'un remous, on est bien forcé de discerner le fer-blanc d'une gamelle, l'acier bleuté d'un casque, l'acier noir d'un fusil. D'autres fois, au jet d'étincelles éblouissantes qui fuse d'un briquet, ou à la flamme rouge éployée sur la hampe lilliputienne d'une allumette, on perçoit, au-delà de proches et éclatants reliefs de mains et de figures, la silhouette de bandes irrégulières d'épaules casquées qui ondulent comme des vagues à l'assaut de l'obscurité massive. Puis tout s'éteint et, pendant que les jambes font des pas, l'œil de chaque marcheur fixe interminablement la place présumée du dos qui vit devant.

Après plusieurs haltes où on se laisse tomber sur son sac, au pied des faisceaux — qu'on forme, au coup de sifflet, avec une hâte fiévreuse et une lenteur désespérante à cause de l'aveuglement, dans l'atmosphère d'encre — l'aube s'indique, se délaie, s'empare de l'espace. Les murs de l'ombre, confusément, croulent. Une fois de plus nous subissons le grandiose spectacle de l'ouverture du jour sur la horde éternellement errante que nous sommes.

On sort enfin de cette nuit de marche, à travers, semble-t-il, des cycles concentriques, d'ombre moins intense, puis de pénombre, puis de lueur morne. Les jambes ont une raideur ligneuse, les dos sont engourdis, les épaules meurtries. Les figures demeurent grises et noires ; on dirait qu'on s'arrache mal de la nuit ; on n'arrive plus jamais maintenant à s'en défaire tout à fait.

C'est dans un nouveau cantonnement que le grand troupeau régulier va, cette fois, au repos. Quel sera ce pays où l'on doit vivre huit jours ? Il s'appelle, croit-on (mais personne n'est sûr de rien), Gauchin-l'Abbé. On en dit merveille :

— Paraît qu' c'est tout à fait à la coque !

Dans les rangs des camarades dont on commence à deviner les formes et les traits, à spécialiser les trognes baissées et les bouches bâillantes, au fond du crépuscule du matin, s'élèvent des voix qui renchérissent :

— Jamais on n'aura eu un cantonnement pareil. Y a la Brigade. Y a l' Conseil de Guerre. Tu y trouves de tout chez les marchands.

— Si y a la Brigade, y a du pied.

— Tu crois qu'on trouvera une table pour manger pour l'escouade ?

— Tout c' qu'on voudra, j'te dis !

Un prophète de malheur hoche la tête :

— Ce que sera c' cantonnement où on n'a jamais été, j' sais pas, dit-il. Mais c' que j' sais, c'est qu'i s'ra pareil aux autres.

Mais on ne le croit pas, et, au sortir de la fièvre tumultueuse de la nuit, il semble à tous que c'est d'une espèce de terre promise qu'on s'approche à mesure qu'on marche du côté de l'Orient, dans l'air glacé, vers le nouveau village que va apporter la lumière.

On atteint, au petit jour, en bas d'une côte, des maisons qui dorment encore, enveloppées dans des épaisseurs grises.

— C'est là !

Ouf ! On a fait ses vingt-huit kilomètres dans la nuit...

Mais, quoi donc !... On ne s'arrête pas. On dépasse les maisons, qui se renfoncent graduellement dans leur brume informe et le linceul de leur mystère.

— Paraît qu' faut encore marcher longtemps. C'est là-bas, là-bas !

On marche mécaniquement, les membres sont envahis d'une sorte de torpeur pétrifiée ; les articulations crient et font crier.

Le jour est tardif. Une nappe de brouillard couvre la terre. Il fait si froid que pendant les haltes les hommes écrasés de lassitude n'osent pas s'asseoir et vont et viennent comme des spectres dans l'humidité opaque. Un vent âpre d'hiver flagelle la peau, balaye et disperse les paroles, les soupirs.

Enfin le soleil perce cette buée qui s'étale sur nous et dont le contact nous trempe. C'est comme une clairière féerique qui s'ouvre au milieu des nuages terrestres.

Le régiment s'étire, se réveille vraiment, et lève doucement ses faces dans l'argent doré du premier rayon.

Puis, très vite, le soleil devient ardent, et, alors, il fait trop chaud.

On halète dans les rangs, on sue, et on grogne plus encore que tout à l'heure, lorsqu'on claquait des dents et que le brouillard nous passait son éponge mouillée sur la figure et les mains.

La région que nous traversons dans la matinée torride, c'est le pays de la craie.

— I's empierrent avec de la pierre à chaux, ces salauds-là !

La route s'est faite aveuglante et c'est maintenant un long nuage desséché de calcaire et de poussière qui s'étend au-dessus de notre marche et nous frotte au passage.

Les figures rougeoient, se vernissent et brillent ; telles faces sanguines semblent enduites de vaseline ; des joues et des fronts se plaquent d'une couche bise qui s'agglutine et s'effrite. Les pieds perdent leur vague forme de pieds, et semblent avoir barboté dans des auges de maçons. Le sac, le fusil se saupoudrent de blanc, et notre foule en longueur trace à droite et à gauche un sillage laiteux sur les herbes de bordure.

Pour comble :

— A droite ! Un convoi !

On se porte sur la droite, à la hâte, non sans bousculades.

Le convoi de camions — longue chaîne d'énormes bolides carrés, enroulés dans un infernal tintamarre — se rue sur la route. Malédiction ! Il soulève à mesure, en passant, l'épais tapis de poudre blanche qui ouate le sol, et nous le jette à la volée sur les épaules.

Nous voici habillés d'un voile gris clair et sur nos figures se sont posés des masques blafards, plus épais aux sourcils, aux moustaches, à la barbe et dans les stries des rides. Nous avons l'air d'être à la fois nous-mêmes et d'étranges vieillards.

— Quand on s'ra vioques, c'est comme ça qu'on sera laids, dit Tirette.

— Tu craches blanc, constate Biquet.

Lorsque la halte nous immobilise, on croirait voir des files de statues de plâtre au travers desquelles transparaissent, en sale, des restes d'humanité.

On se remet en route. On se tait. On peine. Chaque pas devient dur à accomplir. Les figures font des grimaces qui se figent et se fixent sous la lèpre pâle de la poussière. L'interminable effort nous contracte, et nous bonde de morne lassitude et de dégoût.

On aperçoit enfin l'oasis tant poursuivie : au-delà d'une colline, sur une autre colline plus haute, des toits ardoisés dans des bouquets de feuillage d'un vert frais de salade. Le village est là ; le regard l'embrasse, mais on n'y est pas. Longtemps il a l'air de s'éloigner à mesure que le régiment rampe vers lui. A la fin des fins, sur le coup de midi, on arrive à ce cantonnement qui commençait à devenir invraisemblable et légendaire.

Le régiment, au pas cadencé, l'arme sur l'épaule, inonde jusqu'aux bords la rue de Gauchin-l'Abbé. La plupart des villages du Pas-de-Calais se composent d'une seule rue. Mais quelle rue ! Elle a souvent plusieurs kilomètres de longueur. Ici, la grande rue unique se sépare en fourche devant la mairie et forme deux autres rues : la localité est un vaste Y irrégulièrement ourlé de façades basses.

Les cyclistes, les officiers, les ordonnances, se détachent du long bloc mouvant. Puis, par fractions, à mesure qu'on avance, des hommes s'engouffrent sous les porches des granges, les maisons d'habitation encore disponibles étant réservées aux officiers et aux bureaux. Notre peloton est d'abord conduit au bout du village, puis — il y a eu malentendu entre les fourriers — à l'autre bout, celui par où nous sommes entrés.

Ce va-et-vient prend du temps et, dans l'escouade, ainsi traînée du nord au sud et du sud au nord, outre l'énorme fatigue et l'énervement des pas inutiles, on manifeste une fébrile impatience. Il est d'une importance capitale d'être installés et lâchés le plus tôt possible si l'on veut mettre à exécution le projet caressé depuis longtemps : trouver à louer chez un habitant un emplacement muni d'une table où l'escouade puisse s'installer aux heures des repas. On a beaucoup parlé de cette affaire-là et de ses doux avantages. On s'est concerté, on s'est cotisé, et on a décidé de se lancer cette fois-ci dans cette dépense supplémentaire.

Mais sera-ce possible ? Beaucoup de locaux sont déjà accaparés. Nous ne sommes pas les seuls à apporter ici ce rêve de confort, et ce sera la course à la table... Trois compagnies arrivent après la nôtre, mais quatre sont arrivées avant, et il y a les popotes officieuses des infirmiers, des scribes, des conducteurs, des ordonnances et autres, les popotes officielles des sous-officiers, de la section, que sais-je encore ?... Tous ces gens-là sont plus puissants que les simples soldats des compagnies, ont plus de mobilité et de moyens, et peuvent tirer leurs plans d'avance. Et déjà, alors que nous marchons par quatre, vers la grange dévolue à l'escouade, on en voit de ces fantaisistes, qui apparaissent sur des seuils conquis, et se livrent à des occupations ménagères.

Tirette imite le bruit du beuglement et du bêlement.

— Voilà l'étable !

Une grange assez vaste. La paille, hachée, et où la marche soulève des flots de poussière, sent les cabinets. Mais c'est à peu près clos. On prend place et on se déséquipe.

Ceux qui rêvaient, une fois de plus, d'un paradis spécial, déchantent une fois de plus.

— Dis donc, ça m'a l'air aussi moche qu'ailleurs.

— C'est du pareil au même.

— Hé oui, coquine de Dious.

— Naturellement...

Mais il ne s'agit pas de perdre son temps à parler. Il s'agit de se débrouiller et de brûler les autres : le système D, à toute force et en vitesse. On se précipite. Malgré les reins rompus et les pieds endoloris, on s'acharne à ce suprême effort d'où dépendra le bien-être d'une semaine.

L'escouade se scinde en deux patrouilles qui partent au trot, l'une à droite, l'autre à gauche dans la rue déjà encombrée de poilus affairés et chercheurs — et tous les groupes s'observent, se surveillent... et se dépêchent. En certains points, même, par suite de rencontres, il y a bousculades et invectives.

— Commençons par là-bas tout de suite ; sans ça, nous s'rons grillés !...

— J'ai l'impression d'une sorte de combat désespéré entre tous les soldats, dans les rues du village qu'on vient d'occuper.

— Pour nous, dit Marthereau, la guerre, c'est toujours la lutte et la bataille, toujours, toujours !

On frappe de porte en porte, on se présente timidement, on s'offre, comme une marchandise misérable. Une de nos voix s'élève :

— Vous n'avez pas un petit coin, madame, pour des soldats ? On paierait.

— Non, vu que j'ai des officiers — ou : des sous-officiers — ou bien : vu que c'est ici la popote des musiciens, des secrétaires, des postiers, de ces messieurs des Ambulances, etc.

Déboires sur déboires. Successivement, on referme toutes les portes qu'on a entr'ouvertes et on se regarde, de l'autre côté du seuil avec une provision diminuante d'espoir dans l'œil.

— Bon Dieu ! tu vas voir qu'on va rien trouver, grogne Barque. Y a eu trop d' choléras qui s' sont démerdés avant nous. Quels fumiers que les autres !

Le niveau de la foule monte de toutes parts. Les trois rues se noircissent toutes, selon le principe des vases communicants. On croise des indigènes : des vieux ou des hommes mal fichus, tordus dans leur marche ou au faciès avorté ou bien des êtres jeunes, sur qui planent des mystères de maladies cachées ou de relations politiques. Dans les jupons, des vieilles femmes, et beaucoup de jeunes filles, obèses, aux joues ouatées, et qui balancent des blancheurs d'oies.

A un moment, entre deux maisons, dans une ruelle, j'ai une vision brève : une femme a traversé le trou d'ombre...

C'est Eudoxie ! Eudoxie, la femme biche que Lamuse pourchassait là-bas, dans la campagne, comme un faune, et qui, le matin où l'on a ramené Volpatte blessé et Fouillade, m'est apparue, penchée au bord du bois, et reliée à Farfadet par un commun sourire.

C'est elle que je viens d'entrevoir, comme un coup de soleil, dans cette ruelle. Puis elle s'est éclipsée derrière le pan de mur ; l'endroit est retombé dans l'ombre... Elle, ici, déjà ! Eh quoi, elle nous a suivis dans notre longue et pénible émigration ! Elle est attirée...

D'ailleurs, elle a l'air attirée : si vite interceptée qu'ait été sa figure au clair décor de cheveux, je l'ai bien vue grave, rêveuse, préoccupée.

Lamuse, qui vient sur mes talons, ne l'a point vue. Je ne lui en parle pas. Il s'apercevra bien assez tôt de la présence de cette jolie flamme vers qui tout son être se jette et qui l'évite comme un feu follet. Pour le moment, du reste, nous sommes en affaires. Il faut absolument conquérir le coin convoité. On s'est remis en chasse avec l'énergie du désespoir. Barque nous entraîne. Il a pris la chose à cœur. Il en frémit et on voit trembler son toupet poudré de poussière. Il nous guide, le nez au vent. Il nous propose de faire une tentative sur cette porte jaune qu'on voit. En avant !

Près de la porte jaune, on rencontre une forme pliée : Blaire, le pied sur la borne, dégrossit avec son couteau le bloc de son soulier, et en fait tomber des plâtras... Il a l'air de faire de la sculpture.

— T'as jamais eu les pieds si blancs, goguenarde Barque.

— Fouterie à part, dit Blaire, tu saurais pas où elle est, c't' espèce de voiture ?

Il s'explique :

— Faut que j' cherche la voiture-dentiste, à cette fin qu'on m'accroche c' râtelier et qu'i's m'ôtent les vieux dominos qui m'restent. Oui, paraît qu'a stationne ici, c'te voiture pour la gueule.

Il replie son couteau, l'empoche et s'en va le long du mur, hanté par la résurrection de sa mâchoire.

Une fois de plus, nous servons notre boniment de mendigots :

— Bonjour, madame, vous n'auriez pas un petit coin pour manger ? On paierait, on paierait, bien entendu...

— Non...

Un bonhomme lève, dans la lueur d'aquarium de la fenêtre basse, une figure curieusement plate, striée de rides parallèles et semblables à une vieille page d'écriture.

— T'as bien l'chenil, ilo.

— Y a pas d' place dans l' chenil et pisqu'on y fait la lessive du linge...

Barque saisit la balle au bond.

— Ça ira, p't' êt' ben. On pourrait voir.

— On y fait la lessive, marmonne la femme en continuant de balayer.

— Vous savez, dit Barque en souriant, d'un air engageant, nous n'sommes pas d' ces gens pas convenables qui s' soûlent et font du foin. On pourrait voir, hé ?

La bonne femme a lâché son balai. Elle est maigre et sans relief. Son caraco pend sur ses épaules comme sur un portemanteau. Elle a une tête inexpressive, figée, cartonnière. Elle nous regarde, hésite, puis à contre-cœur, nous conduit dans un local très sombre, en terre battue, encombré de linge sale.

— C'est magnifique, s'écrie Lamuse, sincère.

— Est-elle mignonne, cette tite gosse ! dit Barque, et il tapote la face ronde, en caoutchouc peint, d'une petite fille qui nous dévisage, son petit nez sale levé dans la pénombre. C'est à vous, madame ?

— Et c'ui-là ? risque Marthereau, en avisant un bébé monté en graine, à la joue tendue comme une vessie où des traces luisantes de confiture engluent la poussière de l'air.

Et Marthereau hasarde une caresse vers cette face peinturée et juteuse.

La femme ne daigne pas répondre.

Nous sommes là à nous dandiner, en ricanant, comme des mendiants non encore exaucés.

— Pourvu qu' al' marche, c'te vieille saloperie ! me souffle Lamuse, rongé d'appréhension et de désir. C'est épatant, ici, et tu sais, ailleurs, tout est poiré !

— Y a pas d'table, dit enfin cette femme.

— N' vous en faites pas pour la table ! s'exclame Barque. Tenez, v'là, remisée dans c' coin, une vieille porte. Elle nous servira de table.

— Vous n'allez pas m'trimballer et m'mettre en l'air toutes mes affaires ! répond la femme en carton, méfiante, regrettant visiblement de ne pas nous avoir chassés tout de suite.

— N' vous en faites pas, j' vous dis. Tenez, vous allez voir. Eh, Lamuse, mon vieux coco, aide-moi.

On dispose la vieille porte sur deux tonneaux, sous l'œil mécontent de la virago.

— Avec un petit nettoyage, dis-je, ce sera parfait.

— Eh oui, maman, un bon coup d' balai nous servira de nappe.

Elle ne sait trop que dire ; elle nous regarde haineusement.

— Y a qu' deux escabeaux, et combien vous êtes ?

— Une douzaine, à peu près.

— Une douzaine, Jésus Maria !

— Qu'est-ce que ça fait, ça ira bien, attendu qu'y a une planche ici, là : c'est un banc tout trouvé. Pas, Lamuse ?

— Nature ! dit Lamuse.

— C'te planche-là, fait la femme, j'y tiens. Des soldats qui étaient avant vous ont déjà essayé de m' la prendre.

— Mais nous, on n'est pas des voleurs, insinue Lamuse, avec modé-
ration pour ne pas irriter la créature qui dispose de notre bien-être.

— J' dis pas, mais vous savez, les soldats, i's abîment tout. Ah !
quelle misère que c'te guerre !

— Alors comme ça, combien ça s'ra, la location de la table et aussi
pour faire chauffer quelque chose sur le fourneau ?

— Ça s'ra vingt sous par jour, articula l'hôtesse avec contrainte,
comme si on lui extorquait cette somme.

— C'est cher, dit Lamuse.

— C'est c' que donnaient les autres qui étaient ici, et même i's
étaient bien gentils, ces messieurs, et on profitait de leur manger. J'sais
bien que pour les soldats c'est pas difficile. Si vous trouvez qu' c'est
trop cher, j'suis pas en peine d' trouver d'autres clients pour c'te chambre et c'te table et l' fourneau, et qui seront pas douze. I' va en v'nir
tout le temps et qui paieraient même plus cher encore si on voulait.
Douze !...

— J' dis « c'est cher », mais enfin, ça ira, se hâta d'ajouter Lamuse,
hein, vous autres ?

A cette interrogation de pure forme, nous opinâmes.

— On boirait bien un p'tit coup, fit Lamuse. Vous vendez du vin ?

— Non, dit la bonne femme.

Elle ajouta avec un tremblotement de colère :

— Vous comprenez, l'autorité militaire force ceux qui tiennent du
vin à le vendre quinze sous. Quinze sous ! Quelle misère que c'te maudite guerre ! On y perd, à quinze sous, monsieur. Alors, j' n'en vends
pas d' vin. J'ai bien du vin pour nous. J' dis pas que quéqu' fois, pour
obliger, j'en cède pas à des gens qu'on connaît, des gens qui comprennent
nent les choses, mais vous pensez bien, messieurs, pas pour quinze
sous.

Lamuse fait partie de ces gens qui comprennent les choses. Il empoigne son bidon qui pend par habitude à son flanc.

— Donnez-m'en un litre. Ce s'ra combien ?

— Ce s'ra vingt-deux sous, l' prix qu'i' m' coûte. Mais vous savez,
c'est pour vous obliger parce que vous êtes des militaires.

Barque, à bout de patience, grommelle quelque chose à l'écart. La
femme lui jette de côté un regard hargneux et elle fait le geste de rendre
le bidon à Lamuse.

Mais Lamuse, lancé dans l'espoir de boire enfin du vin, et dont la
joue rougit, comme si le liquide y déteignait déjà doucement, s'empresse d'intervenir :

— N'ayez pas peur, c'est entre nous, la mère, on vous trahira pas.

Elle déblatère, immobile et aigre, contre le tarifage du vin. Et, vaincu
par la concupiscence, Lamuse pousse l'abaissement et la capitulation
de conscience jusqu'à lui dire :

— Que voulez-vous, madame, c'est militaire ! Faut pas essayer de
comprendre.

Elle nous conduit dans le cellier. Trois gros tonneaux remplissent ce réduit de leurs rotondités imposantes.

— C'est là vot' petite provision personnelle ?

— Elle sait y faire, la vieille, ronchonne Barque.

La mégère se retourne, agressive.

— Vous ne voudriez pas qu'on se ruine à cette misère de guerre ! C'est assez de tout l'argent qu'on perd à ci et à ça.

— A quoi ? insiste Barque.

— On voit que vous n' risquez pas vot' argent, vous.

— Non, nous ne risquons que not' peau.

On s'interpose, inquiets du tour dangereux pour nos intérêts immédiats que prend ce colloque. Cependant la porte du cellier est secouée et une voix d'homme la traverse :

— Eh, Palmyre ! clame la voix.

La bonne femme s'en va clopin-clopant, en laissant prudemment la porte ouverte.

— Y a du bon ! C'est j'té ! nous fait Lamuse.

— Quels salauds que ces gens-là ! murmure Barque, qui ne digérait pas cette réception.

— C'est honteux et dégueulasse, dit Marthereau.

— On dirait qu' tu vois ça pour la première fois !

— Et toi, Dumoulard, gourmande Barque, qui y dis d'un p'tit air pour sa volerie d' vin : « Que voulez-vous, c'est militaire !» Ben, mon vieux, t'as pas les foies !

— Quoi faire d'autre, quoi dire ? Alors, il aurait fallu nous mettre la ceinture, pour la table et pour l'aramon ? Elle nous ferait payer son vin quarante sous qu'on y prendrait tout de même, n'est-ce pas ? Alors, faut s'estimer bien heureux. J'avoue, je n'étais pas rassuré, et j' drelinguais qu'a veule pas.

— J' sais bien que c'est partout et toujours la même histoire : mais c'est égal...

— I's' démerde l'habitant, ah ! oui ! I' faut bien qu'i y en ait qui fassent fortune. Tout le monde ne peut pas se faire tuer.

— Ah ! les braves populations de l'Est !

— Ben, et les braves populations du Nord !

— ... Qui nous accueillent les bras ouverts !...

— La main ouverte, oui...

— J' te dis, répète Marthereau, que c'est un' honte et une dégueulasserie.

— La ferme ! Rev' là c'te vache.

On fit un tour au cantonnement pour annoncer la réussite de la chose ; on alla aux emplettes. Quand nous revînmes dans notre nouvelle salle à manger, nous fûmes bousculés par les préparatifs du déjeuner. Barque était allé à la distribution, et était parvenu à se faire donner directement, grâce à ses relations personnelles avec le chef, rebelle en principe à ce fractionnement des parts, les pommes de terre et la viande qui constituaient la portion des quinze hommes de l'escouade.

Il avait acheté du saindoux — une petite boule pour quatorze sous —, on ferait des frites. Il avait acquis aussi des petits pois en conserve : quatre boîtes. La boîte de veau à la gelée de Mesnil André servirait de hors-d'œuvre.

— Tout cela, ça n'aura rien de sale ! dit Lamuse, ravi.

On inspecta la cuisine. Barque circulait avec bonheur autour de la cuisinière de fonte qui meublait de sa masse chaude et respirante un côté de cette pièce.

— J'ai ajouté en douce une cocotte pour la soupe, me souffla-t-il.

Il souleva le couvercle de la marmite.

— C' feu n'est pas très fort. V'là une demi-heure de temps que j'y ai fichu la barbaque et l'eau est encore propre.

L'instant d'après, on l'entendit qui discutait avec l'hôtesse. C'était à cause de cette marmite supplémentaire : elle n'avait plus assez de place sur son fourneau ; on lui avait dit qu'on n'avait besoin que d'une casserole ; et elle l'avait cru ; si elle avait su qu'on lui ferait des difficultés, elle n'aurait pas loué cette chambre. Barque répondit, plaisanta et, bon enfant, parvint à calmer ce monstre.

Les autres, un à un, arrivèrent. Ils clignaient de l'œil, se frottaient les mains, pleins de rêves succulents, comme les invités d'un repas de noces.

En s'arrachant de l'éblouissement du dehors, et en pénétrant dans ce cube de noir, ils ont les yeux crevés et restent là quelques minutes, perdus, comme des hiboux.

— C'est pas très clarteux, dit Mesnil Joseph.

— Ben, mon vieux, qu'est-ce qu'il te faut !

Les autres s'exclament en chœur :

— On est bougrement bien, ici.

Et on voit les têtes remuer et faire oui, dans ce crépuscule de cave.

Un incident : Farfadet s'étant frotté par inadvertance au mur mou et sale, le mur a déteint sur son épaule en une large tache si noire qu'elle se voit, même ici. Farfadet, soigneux de sa personne, grognonne et pour éviter une seconde fois le contact du mur, il heurte la table et fait tomber sa cuiller par terre. Il se baisse et tâtonne sur le sol raboteux où durant des années la poussière et les toiles d'araignée sont retombées en silence. Quand il retrouve l'ustensile, celui-ci est tout charbonneux et des filaments en pendent. Évidemment, laisser tomber quelque chose par terre est une catastrophe. Il faut vivre ici avec précaution.

Lamuse pose entre deux couverts sa main grasse comme de la charcuterie.

— Allons, à table !

On mange. Le repas est abondant et de fine qualité. Le bruit des conversations se mélange à celui des bouteilles qui se vident et des

mâchoires qui s'emplissent. Pendant qu'on savoure la joie de le savourer assis, une lueur filtre par le soupirail et enveloppe d'une aube poussiéreuse un pan d'atmosphère et un carré de la table, allume d'un reflet
un couvert, une visière, un œil. Je regarde à la dérobée cette petite fête
lugubre, où la gaîté déborde.

Biquet raconte ses tribulations suppliantes pour trouver une blanchisseuse qui consentît à lui rendre le service de laver du linge, mais
« c'était chérot, foutre ! ». Tulacque décrit la queue qu'on fait devant
l'épicier : on n'a pas le droit d'entrer ; on est parqué dehors comme
des moutons.

— Et malgré qu' tu soyes dehors, si tu n'es pas content et qu' tu
l'ouvres trop, on t'expulse de là.

Quelles nouvelles encore ? Le rapport édicte des sanctions sévères
contre les déprédations chez l'habitant et contient déjà une liste de
punitions. — Volpatte est évacué. — Les hommes de la classe 93 vont
aller à l'arrière : Pépère en est.

Barque, en apportant les frites, annonce que notre hôtesse a des soldats à sa table : les infirmiers des mitrailleurs.

— I's ont cru prend' le mieux, mais c'est nous qui sommes les
mieux, dit Fouillade avec conviction en se carrant dans l'ombre de ce
local étroit et infect — où l'on est aussi obscurément entassés que dans
une guitoune (mais qui songerait à faire ce rapprochement ?).

— Vous savez pas, dit Pépin, les gars de la 9ᵉ, ils sont vernis ! Une
vieille les reçoit pour rien, rapport à c' que son vieux, qu'est mort y a
cinquante ans, a été voltigeur dans l' temps. Paraît même qu'elle leur
y a donné, pour rien, un bossu qu'i's sont en train de becqueter en civet.

— Y a du bon monde partout. Mais les gars de la 9ᵉ ont eu une rude
chance d'être, dans tout l' village, tombés juste sur la piaule où c' qu'y
avait l' bon monde !

Palmyre vient apporter le café, qu'elle fournit. Elle s'apprivoise,
nous écoute et même nous pose des interrogations d'un ton rogue :

— Pourquoi que vous appelez l'adjudant : le juteux ?

Barque répond sentencieusement :

— Toujours ça a été.

Quand elle a disparu, on juge son café :

— Tu parles d'une clarté ! On voit l' suc' qui s' balade au fond
du verre.

— Elle vend ça dix sous.

— C'est d' l'eau filtrée.

La porte s'entr'ouvre et fait une raie blanche ; la figure d'un petit
garçon s'y dessine. On l'attire comme un petit chat, et on lui présente
un morceau de chocolat.

— J' m'appelle Charlot, gazouille alors l'enfant. Chez nous, c'est à
côté. On a des soldats aussi. On en a toujours, nous. On leur z'y vend
tout ce qu'i' veulent, seulement, voilà, des fois, i's sont saouls.

— Dis donc, petit, viens un peu ici, dit Cocon, en prenant le bambin

entre ses genoux. Écoute bien. Ton papa i' dit, n'est-ce pas : « Pourvu
que la guerre continue ! » hé ?
— Pour sûr, dit l'enfant en hochant la tête, parce qu'on devient
riche. Il a dit qu'à la fin d' mai on aura gagné cinquante mille francs.
— Cinquante mille francs ! C'est pas vrai !
— Si, si ! trépigne l'enfant. Il a dit ça avec maman. Papa voudrait
qu' ça soit toujours comme ça. Maman, des fois, elle ne sait pas, parce
que mon frère Adolphe est au front. Mais on va le faire mettre à l'arrière et, comme ça, la guerre pourra continuer.
Des cris aigus, venus des appartements de nos hôtes, interrompent
ces confidences. Le mobile Biquet va s'enquérir.
— C'est rien, dit-il en revenant. C'est l' bonhomme qui engueule la
bonne femme parce qu'elle ne sait pas y faire, qu'i' dit, parce qu'elle
a mis la moutarde dans un verre à pied, et on n'a pas idée de ça,
qu'i' dit.
On se lève. On quitte la pesante odeur de pipe, de vin et de café
stagnant dans notre souterrain. Dès qu'on a passé le seuil, une chaleur
lourde nous souffle à la face, aggravée par le relent de friture qui habite
la cuisine, et en sort chaque fois qu'on ouvre la porte.
On traverse des multitudes de mouches qui, accumulées sur les murs
par couches noires, s'éploient en nappes bruissantes lorsqu'on passe.
— Ça va recommencer comme l'année dernière !... Les mouches à
l'extérieur, les poux à l'intérieur...
— Et les microbes encore plus à l'intérieur.
Dans un coin de cette sale petite maison encombrée de vieilleries,
de débris poussiéreux de l'autre saison, emplie par la cendre de tant de
soleils éteints, il y a, à côté des meubles et des ustensiles, quelque chose
qui remue : un vieux bonhomme, muni d'un long cou pelé, raboteux et
rose qui fait penser au cou d'une volaille déplumée par la maladie. Il
a également un profil de poule : pas de menton et un long nez ; une
plaque grise de barbe feutre sa joue rentrée, et on voit monter et descendre de grosses paupières rondes et cornées, comme des couvercles sur
la verroterie dépolie de ses yeux.
Barque l'a déjà observé :
— Vise-le : i' cherche un trésor. I' dit qu'y en a un quéqu' part dans
c'te cambuse, dont il est l' beau-père. Tu l' vois tout d'un coup s' mett'
à quat' pattes et pointer son quart de brie dans tous les coins. Tiens,
vise-le.
Le vieux procédait, à l'aide de son bâton, à un sondage méthodique.
Il toquait sur le bas des murs et sur les briques du dallage. Il était
bousculé par les allées et venues des habitants de la maison, des arrivants, et par le passage du balai de Palmyre qui le laissait faire sans rien
dire, en pensant sans doute par devers elle que, plus que des cassettes
aléatoires, l'exploitation du malheur public est un trésor.
Deux commères, debout, échangeaient des paroles confidentielles à

voix basse, dans une embrasure, près d'une vieille carte de Russie peuplée de mouches.

— Oui, mais c'est avec le Picon, marmottait l'une, qu'il faut faire attention. Si vous n'avez pas la main légère, vous ne trouverez pas vos seize doses par bouteille, et alors, vous manquez trop à gagner. Je ne dis pas qu'on y est de son porte-monnaie, non tout de même, mais on manque à gagner. Pour parer à ça, il faudrait s'entendre entre débitants, mais l'entente est si difficile, même dans l'intérêt général !

Dehors, rayonnement torride, criblé de mouches. Les bestioles, rares il y avait quelques jours encore, multipliaient partout les murmures de leurs minuscules et innombrables moteurs. Je sors accompagné de Lamuse. On va flâner. Aujourd'hui, on sera tranquille : c'est repos complet, à cause de la marche de cette nuit. On pourrait dormir, mais il est bien plus avantageux de profiter de ce repos pour se promener librement : demain on sera repris par l'exercice et les corvées...

Il y en a de moins chanceux que nous, qui d'ores et déjà sont impliqués dans l'engrenage des corvées...

A Lamuse qui lui demande de venir flânocher avec nous, Corvisart répond en tripotant sur sa face oblongue son petit nez rond planté horizontalement comme un bouchon :

— J' peux pas. J' suis d' colombins.

Il montre la pelle et le balai à l'aide desquels il accomplit le long des murs, penché dans une atmosphère malade, sa tâche de boueux et de vidangeur.

Nous marchons à pas alanguis. L'après-midi pèse sur la campagne assoupie, et écrase les estomacs garnis et ornés richement de victuailles. On échange de rares propos.

Là-bas, on entend des cris : Barque est en proie à une ménagerie de ménagères... Et la scène est épiée par une fillette pâle, aux cheveux réunis par-derrière en un pinceau de filasse, à la bouche brodée de boutons de fièvre, et par des femmes qui, installées devant leur porte, dans un peu d'ombre, travaillent à quelque fade ouvrage de lingerie.

Six hommes passent, conduits par un caporal fourrier. Ils sont porteurs de piles de capotes neuves, et de ballots de chaussures.

Lamuse considère ses pieds boursouflés, racornis :

— Y a pas d'erreur. I' m' faut des péniches, un peu plus tu verrais mes panards à travers celles-ci... J' peux pourtant pas marcher sur la peau de mes pinceaux, hein ?

Un aéroplane ronfle. On suit ses évolutions, la face en l'air, le cou tordu, les yeux larmoyants de l'éclat aigu du ciel. Quand nos regards sont retombés ici-bas, Lamuse me déclare :

— Ces machines-là, jamais ça ne deviendra pratique, jamais.

— Comment peux-tu dire ça ! On a fait tellement de progrès, si vite...

— Oui, mais on s'arrêtera là. On ne fera jamais mieux, jamais.

Je ne discute pas, cette fois-ci, ce dur refus buté que l'ignorance oppose, toutes les fois qu'elle peut, aux promesses du progrès, et je laisse mon gros camarade s'imaginer opiniâtrement que l'extraordinaire effort de la science et de l'industrie s'est, tout à coup, arrêté à lui. Ayant commencé à me dévoiler sa pensée profonde, il continue, et, rapprochant et baissant la tête, il me dit :

— Tu sais qu'elle est ici, l'Eudoxie.

— Ah ! fis-je.

— Oui, mon vieux. Tu n' remarques jamais rien, toi, j' lai r'marqué (et Lamuse me sourit avec indulgence). Alors, tu sais : si elle est venue c'est qu'on l'intéresse, pas ? Elle nous a suivis pour quelqu'un de nous, y a pas d'erreur.

Il reprend :

— Mon vieux, veux-tu que je te dise ? Elle est venue pour moi.

— En es-tu sûr, mon pauvre vieux ?

— Oui, dit sourdement l'homme-bœuf. D'abord, j' la veux. Et puis, à deux fois, mon vieux j' l'ai trouvée sur mon passage, juste sur mon passage, à moi, t'entends bien ? Tu m'diras qu'elle s'est sauvée ; c'est qu'elle est timide, ça, oui...

Il se figea au milieu de la rue et me regarda en face. Sa figure épaisse, aux joues et au nez humides de graisse, était grave. Il porta son poing globuleux à sa moustache jaune sombre soigneusement roulée, et la lissa avec tendresse. Puis il continua à me montrer son cœur.

— J'la veux, mais, tu sais, j' la marierai bien, moi. Elle s'appelle Eudoxie Dumail. Avant j' pensais pas à l'épouser. Mais depuis que j'connais son nom de famille, i' m' semble que c'est changé, et j'marcherais bien. Ah ! nom de Dieu, elle est si jolie, c'te femme. Et c'est pas tant encore qu'elle soit jolie... Ah !...

Le gros garçon débordait d'une sentimentalité et d'une émotion qu'il cherchait à me prouver par des paroles.

— Ah ! mon vieux !... Y a des fois qu'i' faudrait me r'tenir avec un crochet, martela-t-il avec un sombre accent, tandis que le sang affluait aux quartiers de chair de son encolure et de ses joues. Elle est si belle, elle est... Et moi, j' suis... Elle est si pas pareille — t'as remarqué, je suis sûr, toi qui r'marques. — C'est une paysanne, oui, eh bien, elle a je n' sais quoi qu'elle a qu'est pire qu'une Parisienne, même une Parisienne chic et endimanchée, pas ? Elle... Moi, j'...

Il fronça ses sourcils roux. Il aurait voulu m'expliquer la splendeur de ce qu'il pensait. Mais il ignorait l'art de s'exprimer, et il se tut ; il restait seul avec son émotion inavouable ; toujours seul malgré lui.

« Nous nous avançâmes à côté l'un de l'autre le long des maisons. On voyait se ranger devant les portes des haquets chargés de barriques. On voyait les fenêtres donnant sur la rue se fleurir de massifs multicolores de boîtes de conserves, faisceaux de mèches d'amadou — de tout ce que le soldat est forcé d'acheter. Presque tous les paysans cultivaient l'épicerie. Le commerce local avait été long à se déclencher ; maintenant l'élan était donné ; chacun se jetait dans le trafic, pris par la fièvre des chiffres, ébloui par les multiplications.

Les cloches sonnèrent. Un cortège déboucha. C'était un enterrement militaire. Une fourragère, conduite par un tringlot, portait un cercueil enveloppé dans un drapeau. A la suite, un piquet d'hommes, un adjudant, un aumônier et un civil.

— L' pauvre petit enterrement à queue coupée ! dit Lamuse.

« L'ambulance n'est pas loin, murmura-t-il. A s'vide, que veux-tu ! Ah ! ceux qui sont morts sont bien heureux. Mais des fois, seulement, pas toujours... Voilà !

Nous avons dépassé les dernières maisons. Dans la campagne, au bout de la rue, le train régimentaire et le train de combat se sont installés. Les cuisines roulantes et les voitures tintinnabulantes qui les suivent avec leur bric-à-brac de matériel, les voitures à croix rouge, les camions, les fourragères, le cabriolet du vaguemestre.

Les tentes des conducteurs et des gardiens essaiment autour des voitures. Dans des espaces, des chevaux, les pieds sur la terre vide, regardent le trou du ciel avec leurs yeux minéraux. Quatre poilus plantent une table. La forge en plein air fume. Cette cité hétéroclite et grouillante, posée sur le champ défoncé dont les ornières parallèles et tournantes se pétrifient dans la chaleur, est frangée déjà largement d'ordures et de débris.

Au bord du camp, une grande voiture peinte en blanc tranche sur les autres par sa propreté et sa netteté. On dirait, au milieu d'une foire, la roulotte de luxe où l'on paye plus cher que dans les autres.

C'est la fameuse voiture stomatologique que cherchait Blaire.

Justement, Blaire est là, devant, qui la contemple. Il y a longtemps, sans doute, qu'il tourne autour, les yeux attachés sur elle. L'infirmier Sambremeuse, de la Division, revient de courses, et gravit l'escalier volant de bois peint, qui mène à la porte de la voiture. Il tient dans ses bras une boîte de biscuits de grande dimension, un pain de fantaisie et une bouteille de champagne. Blaire l'interpelle :

— Dis donc, Du Fessier, c'te bagnole-là, c'est les dentistes ?

— C'est écrit dessus, répondit Sambremeuse, un petit replet, propre, rasé, au menton blanc et empesé. Si tu ne le vois pas, c'est pas l' dentiste qu'il faut demander pour te soigner les piloches, c'est le vétérinaire pour te torcher la vue.

Blaire, s'étant approché, examine l'installation.

— C'est barloque, dit-il.

Il s'approche encore, s'éloigne, hésite à engager sa mâchoire dans cette voiture. Il se décide enfin, met un pied sur l'escalier, et disparaît dans la roulotte.

Nous poursuivons la promenade... On tourne dans un sentier dont les hauts buissons sont poivrés de poussière. Les bruits s'apaisent. La lumière éclate partout, chauffe et cuit le creux du chemin, y étale d'aveuglantes et brûlantes blancheurs çà et là, et vibre dans le ciel parfaitement bleu.

Au premier tournant, à peine entendons-nous un crissement léger de pas, et nous nous trouvons face à face avec Eudoxie !

Lamuse pousse une exclamation sourde. Peut-être s'imagine-t-il, encore une fois, qu'elle le cherchait, croit-il à quelque don du destin... Il va à elle, de toute sa masse.

Elle le regarde, s'arrête, encadrée par de l'aubépine. Sa figure étrangement maigre et pâle s'inquiète, ses paupières battent sur ses yeux magnifiques. Elle est nu-tête ; son corsage de toile est échancré sur le cou, à l'aurore de sa chair. Si proche, elle est vraiment tentante dans le soleil, cette femme couronnée d'or. La blancheur lunaire de sa peau appelle et étonne le regard. Ses yeux scintillent ; ses dents, aussi, étincellent dans la vive blessure de sa bouche entr'ouverte, rouge comme le cœur.

— Dites-moi... J' vais vous dire..., halète Lamuse. Vous me plaisez tant...

Il avance le bras vers la précieuse passante immobile.

Elle a un haut-le-corps, et lui répond :

— Laissez-moi tranquille, vous me dégoûtez !

La main de l'homme se jette sur une des petites mains. Elle essaie de la retirer et la secoue pour se dégager. Ses cheveux d'une intense blondeur se défont, et remuent comme des flammes. Il l'attire à lui. Il tend le cou vers elle, et ses lèvres aussi se tendent en avant. Il veut l'embrasser. Il le veut de toute sa force, de toute sa vie. Il mourrait pour la toucher avec sa bouche.

Mais elle se débat, elle jette un cri étouffé ; on voit palpiter son cou, sa jolie figure s'enlaidir haineusement.

Je m'approche et mets la main sur l'épaule de mon compagnon, mais mon intervention est inutile ; il recule et gronde, vaincu.

— Vous n'êtes pas malade, des fois ! lui crie Eudoxie.

— Non !... gémit le malheureux, déconcerté, atterré, affolé.

— N'y revenez pas, vous savez ! dit-elle.

Et elle s'en va, toute pantelante, et il ne la regarde même pas s'en aller : il reste les bras ballants, béant devant la place où elle était, martyrisé, dans sa chair, réveillé d'elle et ne sachant plus de prière.

Je l'entraîne. Il me suit, muet, tumultueux, en reniflant, essoufflé comme s'il avait fui pendant longtemps.

Il baisse le bloc de sa grosse tête. Dans la clarté impitoyable de l'éternel printemps, il est pareil au pauvre cyclope qui rôdait sur les antiques rivages de Sicile, bafoué et dompté par la force lumineuse d'une enfant, tel un jouet monstrueux, au commencement des âges.

Le marchand de vin ambulant, poussant sa brouette bossuée d'un tonneau, a vendu quelques litres aux hommes de garde. Il disparaît au tournant de la route, avec sa face jaune et plate comme le camembert,

ses rares cheveux légers, effilochés en flocons de poussière, si maigre
dans son pantalon flottant qu'on dirait que ses pieds sont rattachés à
son torse par des ficelles.

Et entre les poilus désœuvrés du corps de garde, au bout du pays,
sous l'aile de la plaque indicatrice, ballottante et grinçante qui sert
d'enseigne au village, il s'établit une conversation à propos de ce
polichinelle errant.

— Il a une sale bougie, dit Bigornot. Et pis, veux-tu que je te dise ?
On ne devrait pas laisser tant de civelots se baguenauder sur le front,
en douce poil-poil, surtout des mecs dont on ne connaît pas bien l'originalité.

— Tu abîmes, pou volant, répond Cornet.

— T'occupe pas, face de semelle, insiste Bigornot, on s' méfie pas
assez. J' sais c' que j' dis quand je l'ouvre.

— Tu sais pas, dit Canard, Pépère va à l'arrière.

— Les femmes ici, murmura La Mollette, a sont laides, c'est des
r'mèdes.

Les autres hommes de garde, promenant leurs regards braqués dans
l'espace, contemplent deux avions ennemis et l'écheveau embrouillé
de leurs lacis. Autour des oiseaux mécaniques et rigides, qui, suivant
le jeu des rayons, apparaissent dans les hauteurs, tantôt blancs, tantôt
noirs comme des corbeaux, tantôt blancs comme des mouettes — des
multitudes d'éclatements de shrapnells pointillent l'azur et semblent
une longue volée de flocons de neige dans le beau temps.

On rentre. Deux promeneurs s'avancent. Ce sont Carassus et
Cheyssier.

Ils annoncent que le cuisinier Pépère va s'en aller à l'arrière, cueilli
par la loi Dalbiez et expédié dans un régiment territorial.

— V'là un filon pour Blaire, dit Carassus, qui a au milieu de la
figure un drôle de grand nez qui ne lui va pas.

Dans le village, des bandes de poilus passent, ou des couples, liés
par les liens entre-croisés du dialogue. On voit des isolés se joindre
deux à deux, se quitter, puis, pleins encore de conversations, se rejoindre à nouveau, attirés l'un vers l'autre comme par un aimant.

Une cohue acharnée : au milieu, des blancheurs de papier ondoient.
C'est le marchand de journaux qui vend, pour deux sous, les journaux
à un sou. Fouillade est arrêté au milieu du chemin, maigre comme la
patte d'un lièvre. A l'angle d'une maison, Paradis présente dans le
soleil sa face rose comme le jambon.

Biquet nous rejoint, en petite tenue : veste et bonnet de police. Il se
lèche les babines.

— J'ai rencontré des copains. On a bu un coup. Tu comprends ;
demain, va falloir se remettre à gratter ; et, d'abord, nettoyer ses frusques et son lance-pierres. Rien qu' ma capote, ça va être quéqu' chose,

à tirer au clair ! C'est pus une capote, c'est une doublure d'une manière de cuirasse.

Montreuil, employé au bureau, surgit, et hèle Biquet :

— Eh, l' chiard ! Une lettre. V'là une heure qu'on t' cherche après ! T'es jamais là, œuf !

— J' peux pas être ici z' et là, gros sac. Donne voir.

Il examine, soupèse, et annonce en déchirant l'enveloppe :

— C'est d' ma vieille.

On ralentit le pas. Il lit en suivant les lignes avec son doigt, en hochant la tête d'un air convaincu, et en remuant les lèvres comme une dévote.

A mesure qu'on gagne le centre du village, l'affluence augmente. On salue le commandant, et l'aumônier noir qui marche à côté, comme une promeneuse. On est interpellé par Pigeon, Guenon, le jeune Escutenaire, le chasseur Clodore. Lamuse semble être aveugle et sourd, et ne plus savoir que marcher.

Bizouarne, Chanrion, Roquette, arrivent en tumulte, annonçant une grande nouvelle :

— Tu sais, Pépère va s'en aller à l'arrière.

— C'est drôle, c'qu'on s'gourre ! dit Biquet en levant le nez hors de sa lettre. La vieille s'en fait pour moi !

Il me montre un passage de la missive maternelle : « Quand tu recevras ma lettre, épèle-t-il, tu seras sans doute dans la boue et le froid, à n'avoir rien, privé de tout, mon pauvre Eugène... »

Il rit.

— Y a dix jours qu'elle m'a marqué ça. Elle n'y est pas du tout ! On n'a pas froid, puisqu'i' fait beau depuis c'matin. On n'est pas malheureux, pisqu'on a une chambre où boulotter. On a eu des misères, mais on est bien maintenant.

Nous regagnons le chenil dont nous sommes locataires, en méditant cette phrase. Sa touchante simplicité m'émeut et me montre une âme, des multitudes d'âmes. Parce que le soleil s'est montré, parce qu'on a senti un rayon et un semblant de confort, le passé de souffrance n'existe plus, et l'avenir terrible n'existe pas non plus... « On est bien maintenant. » Tout est fini.

Biquet s'installe à la table, comme un monsieur, pour répondre. Il dispose avec soin et vérifie le papier, l'encre, la plume, puis promène bien régulièrement, en souriant, sa grosse écriture le long de la petite page.

— Tu rigolerais, me dit-il, si tu savais c'que j'y écris, à la vieille.

Il relit sa lettre, s'en caresse, se sourit.

6

Habitudes

Nous trônons dans la basse-cour.

La grosse poule, blanche comme le fromage à la crème, couve dans un fond de panier, près de la cabane dont le locataire enfermé farfouille. Mais la poule noire circule. Elle dresse et rentre, par saccades, son cou élastique, s'avance à grands pas maniérés ; on entrevoit son profil où cligne une paillette, et sa parole semble produite par un ressort métallique. Elle va, chatoyante de reflets noirs et lustrés, comme une coiffure de gitane, et, en marchant, elle déploie çà et là sur le sol une vague traîne de poussins.

Ces légères petites sphères jaunes, sur qui l'instinct souffle et qu'il fait refluer toutes, se précipitent sous ses pas par courts crochets rapides, et picorent. La traîne reste accrochée : deux poussins, dans le tas, sont immobiles et pensifs, inattentifs aux déclics de la voix maternelle.

— C'est mauvais signe, dit Paradis. Le poulet qui réfléchit est malade.

Et Paradis décroise et recroise ses jambes.

A côté, sur le banc, Blaire allonge les siennes, émet un grand bâillement qu'il fait durer paisiblement et il se remet à regarder ; car, entre tous les hommes, il adore observer les volailles pendant la courte vie où elles se dépêchent tant de manger.

Et on les contemple de concert, et aussi le vieux coq dégarni, usé jusqu'à la corde, et dont, à travers du duvet décollé, apparaît à nu la cuisse caoutchouteuse, sombre comme une côtelette grillée. Celui-là approche de la couveuse blanche qui tantôt détourne la tête, d'un « non » sec, en donnant quelques coups assourdis de crécelle, tantôt l'épie avec les petits cadrans bleus émaillés de ses yeux.

— On est bien, dit Barque.

— Vise les petits canards, répond Blaire... I's sont boyautants.

On voit passer une file de canetons tout jeunes — presque encore des œufs à pattes — et dont la grande tête tire en avant le corps chétif et boiteux, très vite, par la ficelle du cou. De son coin, le gros chien, lui, suit aussi de son œil honnête, profondément noir, où le soleil posé sur lui en écharpe met une belle roue fauve.

Au-delà de cette cour de ferme, par l'échancrure du mur bas, se présente le verger, dont un feutrage vert, humide et épais, recouvre la terre onctueuse, puis un écran de verdure avec une garniture de fleurs, les unes blanches comme des statuettes, les autres satinées et multicolores comme des nœuds de cravate. Plus loin, c'est la prairie, où l'ombre des peupliers étale des rayures vert-noir et vert-or. Plus loin encore, un carré de houblons, debout, suivi d'un carré de choux assis en rang par terre. On entend dans le soleil de l'air et dans le soleil de la terre, les abeilles qui travaillent musicalement, en conformité avec les poésies, et le grillon qui, malgré les fables, chante sans modestie et remplit à lui seul tout l'espace.

Là-bas, du faîte d'un peuplier descend, toute tourbillonnante, une pie qui, mi-blanche, mi-noire, semble un morceau de journal à moitié brûlé.

Les soldats s'étirent délicieusement sur un banc de pierre, les yeux demi-clos, et s'offrent au rayon qui, dans le creux de cette vaste cour, chauffe l'atmosphère comme un bain.

— Voilà dix-sept jours qu'on est là ! Et on croyait qu'on allait s'en aller du jour au lendemain !

— On n'sait jamais ! dit Paradis, en hochant la tête et en claquant la langue.

Par la poterne de la cour ouverte sur le chemin, on voit se promener une bande de poilus, le nez en l'air, gourmands de soleil, puis, tout seul, Tellurure : au milieu de la rue, il balance le ventre florissant dont il est propriétaire, et déambulant sur ses jambes arquées comme deux anses, crache tout autour de lui, abondamment, richement.

— On croyait aussi qu'on s'rait malheureux ici comme dans les autres cantonnements. Mais cette fois-ci, c'est le vrai repos, et par le temps qu'i' i' dure, et par la chose qu'il est.

— Tu n'as pas trop d'exercice, pas trop d'corvées.

— Et, entre-temps, tu viens ici, te prélasser.

Le vieux bonhomme entassé au bout du banc — et qui n'était autre que le grand-père au trésor aperçu le jour de notre arrivée — se rapprocha et leva le doigt.

— Quand j'étais jeune, j'étais bien vu des femmes, affirma-t-il en secouant le chef. J'en ai mouflé, des d'moiselles !

— Ah ! fîmes-nous avec distraction, l'attention attirée, à travers ce bavardage sénile, par le profitable bruit de la charrette qui passait, chargée et pleine d'efforts.

— Maintenant, reprit le vieux, j' pense pus qu'à l'argent.

— Ah oui, c' trésor que vous cherchez, papa.

— Bien sûr, dit le vieux paysan.

Il sentit l'incrédulité qui l'entourait.

Il se frappa la boîte cranienne avec son index, qu'il tendit ensuite vers la maison.

— T'nez c'te bête-là, fit-il, en désignant une bestiole obscure qui courait sur le plâtre. Qu'est-c' qu' alle dit ? Alle dit : J' suis l'araignée qui fait le fil de la Vierge.

Et l'antique bonhomme ajouta :

— Faut jamais juger c' qu'on fait, pa' c' qu'on n' peut pas juger c' qui arrive.

— C'est vrai, lui répondit poliment Paradis.

— Il est drôle, dit Mesnil André entre ses dents, tout en cherchant sa glace dans sa poche, pour contempler ses traits flattés par le beau temps.

— Il est louf, murmura Barque, béatement.

— J' vous quitte, dit le vieux, tourmenté, et ne tenant pas en place.

Il se leva pour aller à nouveau chercher son trésor. Il entra dans la maison à laquelle nos dos s'appuyaient ; il laissa la porte ouverte et, par là, on aperçut dans la chambre, au pied de la cheminée géante, une petite fille qui jouait à la poupée si sérieusement que Blaire réfléchit et dit :

— Alle a raison.

Les jeux des enfants sont de graves occupations. Il n'y a que les grandes personnes qui jouent.

Après avoir regardé passer les bêtes et les promeneurs, on regarde le temps qui passe, on regarde tout.

On voit la vie des choses, on assiste à la nature, mêlée aux climats, mêlée au ciel, teinte par les saisons. Nous nous sommes attachés à ce coin de pays où le hasard nous a maintenus, au milieu de nos perpétuels errements, plus longtemps et plus en paix qu'ailleurs, et ce rapprochement nous rend sensibles à toutes ses nuances. Déjà, le mois de septembre, lendemain d'août et veille d'octobre et qui est par sa situation le plus émouvant des mois, parsème les beaux jours de quelques fins avertissements. Déjà, on comprend ces feuilles mortes qui courent sur les pierres plates comme une bande de moineaux.

... En vérité, on s'est habitué, ces lieux et nous, à être ensemble. Tant de fois transplantés, nous nous implantons ici, et nous ne pensons plus réellement au départ, même lorsque nous en parlons.

— La onzième Division est bien restée un mois et demi au repos, dit Blaire.

— Et le 375ᵉ, donc, neuf semaines ! reprend Barque, irréfutablement.

— Pour moi, nous resterons pour le moins autant, pour le moins, je dis.

— On finirait bien la guerre ici...

Barque s'attendrit et n'est pas loin de le croire :

— Après tout, elle finira bien un jour, quoi !

— Après tout !... redisent les autres.

— Évidemment, on n' sait jamais, fait Paradis.

Il dit cela faiblement, sans grande conviction. Pourtant c'est une parole contre laquelle il n'y a rien à répondre. On la répète doucement, on s'en berce comme d'une vieille chanson.

Farfadet nous a rejoints depuis un moment. Il s'est placé près de nous, un peu à l'écart cependant, et s'est assis, les poings au menton, sur une cuve renversée.

Celui-là est plus solidement heureux que nous. On le sait bien ; lui aussi le sait bien : relevant la tête, il a regardé successivement du même œil lointain, le dos du vieux qui allait à la chasse de son trésor, et notre groupe qui parlait de ne plus s'en aller ! Sur notre délicat et sentimental compagnon brille une sorte de gloire égoïste qui en a fait un être à part, le dore et l'isole de nous, malgré lui, comme des galons qui lui seraient tombés du ciel.

Son idylle avec Eudoxie a continué ici. Nous en avons eu des preuves, et même, une fois, il en a parlé.

Elle n'est pas loin, et ils sont bien près l'un de l'autre... Ne l'ai-je point vue passer, l'autre soir, le long du mur du presbytère, la chevelure mal éteinte par une mantille, allant visiblement à un rendez-vous, ne l'ai-je point vue, se hâtant, penchée et commençant déjà à sourire ?... Bien qu'il n'y ait peut-être entre eux que des promesses et des certitudes, elle est à lui, et c'est lui l'homme qui la tiendra dans ses bras.

Et puis, il va nous quitter : il va être appelé à l'arrière, à l'État-Major de la Brigade, où on a besoin d'un malingre qui sache se servir de la machine à écrire. C'est officiel, c'est écrit. Il est sauvé : le sombre futur, que les autres ne peuvent pas voir, est précis et clair pour lui.

Il regarde une fenêtre ouverte, qui donne sur le trou noir d'une chambre quelconque, là-bas ; il s'éblouit de cette ombre de chambre : il espère, il vit double. Il est heureux ; car le bonheur prochain, qui n'existe pas encore, est le seul ici-bas qui soit réel.

Aussi un pauvre mouvement d'envie naît autour de lui.

— On n' sait jamais ! murmure Paradis à nouveau, mais sans plus de conviction que les autres fois qu'il a proféré, dans l'étroitesse de notre décor d'aujourd'hui, ces mots démesurés.

7

Embarquement

Barque, le lendemain, prit la parole et dit :

— J' vas t'expliquer ce qui en est. Y en a qui gou...

Un féroce coup de sifflet coupa son explication, net, à cette syllabe.

On était dans une gare, sur un quai. Une alerte nous avait, dans la nuit, arrachés au sommeil et au village, et on avait marché jusqu'ici. Le repos était fini ; on changeait de secteur, on nous lançait ailleurs. On avait disparu de Gauchin à la faveur des ténèbres, sans voir les choses et les gens, sans leur dire adieu du regard, sans en emporter une dernière image.

... Une locomotive manœuvrait, proche à nous coudoyer, et elle braillait à pleins poumons. Je vis la bouche de Barque, bouchée par la vocifération de cette voisine colossale, prononcer un juron : et j'apercevais grimacer, en proie à l'impuissance et à l'assourdissement, les autres faces, casquées et ceinturées de jugulaires — car nous étions sentinelles dans cette gare.

— Après toi ! glapit Barque, furieux, en s'adressant au sifflet empanaché.

Mais le terrible appareil continuait de plus belle à renfoncer impérieusement les paroles dans les gorges. Quand il se tut, et que son écho tinta dans nos oreilles, le fil du discours était rompu à jamais, et Barque se contenta de conclure brièvement :

— Oui.

Alors, on regarda autour de soi.

On était perdus dans une espèce de ville.

Des rames de wagons interminables, des trains de quarante à soixante voitures formaient comme des rangées de maisons aux façades sombres, basses et identiques, séparées par des ruelles. Devant nous, longeant l'agglomération des maisons roulantes, la grande ligne, la rue sans bornes où les rails blancs disparaissaient à une extrémité et à une autre, dévorés par l'éloignement. Des tronçons de trains, des trains entiers, en grandes colonnes horizontales, s'ébranlaient, se déplaçaient et se replaçaient. On entendait de toutes parts le martèlement régulier des convois sur le sol cuirassé, des sifflements stridents, le tintement de la cloche d'avertissement, le fracas métallique et plein des colosses cubiques qui ajustaient leurs moignons d'acier, avec des contrecoups de chaînes et des retentissements dans la longue carcasse vertébrée du convoi. Au rez-de-chaussée du bâtiment qui s'élevait au centre de la gare, comme une mairie, le grelot précipité du télégraphe et du téléphone roulait, ponctué d'éclats de voix. Tout autour, sur le sol charbonneux : les hangars à marchandises, les magasins bas dont on entrevoyait par les porches les intérieurs encombrés, les cabanes des aiguilleurs, le hérissement des aiguilles, les colonnes à eaux, les pylônes de fer à claire-voie dont les fils réglaient le ciel comme du papier à musique ; par-ci par-là, les disques, et, surmontant dans la nue cette cité sombre et plate, deux grues à vapeur semblables à des clochers.

Plus loin, dans des terrains vagues et des emplacements vides, aux alentours du dédale des quais et des bâtisses, stagnaient des voitures militaires et des camions et s'alignaient des files de chevaux, à perte de vue.

— Tu parles d'un business que ça va être !

— Tout le corps d'armée qu'on commence d'embarquer à c' soir.

— Tiens, en v'là qui arrivent.

Un nuage, qui couvrait un tremblement bruyant de roues et un roulement de sabots de chevaux, approchait grossissant dans l'avenue de la gare qu'on embrassait par l'enfilée des constructions.

— Y a déjà des canons d'embarqués.

Sur des wagons plats là-bas, entre deux longs dépôts pyramidaux de caisses, on voyait, en effet, des profils de roues, et des becs effilés de pièces. Caissons, canons et roues étaient bariolés, tigrés, de jaune, de marron et de vert.

— I's sont camouflés. Là-bas, y a bien des chevaux qui sont peints.

Tiens, pige çui-là, là, qu'a les pattes larges qu'on dirait qu'il a des pantalons ? Eh ben, l'était blanc et on y a foutu une peinture pour qu'y change sa couleur.

Le cheval en question se tenait à l'écart des autres, qui semblaient s'en méfier, et présentait une teinte grisâtre jaunâtre, manifestement mensongère.

— L' p'auv' bougre ! dit Tulacque.

— Tu vois, les bourins, dit Paradis, non seulement on les fait tuer, mais on les emmerde.

— C'est pour leur bien, que veux-tu !

— Eh oui, nous aussi, c'est pour not' bien !

Sur le soir, des soldats arrivèrent. De tous côtés, il en coulait vers la gare. On voyait des gradés sonores courir sur le front des files. On limitait les débordements d'hommes et on les enserrait le long des barrières ou dans les carrés palissadés, un peu partout. Les hommes formaient les faisceaux, déposaient leurs sacs et, n'ayant pas le droit de sortir, attendaient, enterrés côte à côte dans la pénombre.

Les arrivées se succédaient avec une ampleur croissante, à mesure que le crépuscule s'accentuait. En même temps que les troupes, affluaient des automobiles. Ce fut bientôt un grondement sans arrêt : des limousines, au milieu d'une gigantesque marée de petits, de moyens et de gros camions. Tout cela se rangeait, se calait, se tassait dans des emplacements désignés. Un vaste murmure de voix et de bruits divers sortait de cet océan d'êtres et de voitures qui battait les abords de la gare et commençait à s'y infiltrer par endroits.

— C'est rien ça encore, dit Cocon, l'homme-statistique. Rien qu'à l'État-Major du Corps d'Armée, il y a trente autos d'officiers, et tu sais pas, ajouta-t-il, combien i' faudra de trains de cinquante wagons pour embarquer tout le Corps — bonhommes et camelote — sauf, bien entendu, les camions qui rejoindront le nouveau secteur avec leurs pattes ? N' cherche pas, bec d'amour. Il en faudra quatre-vingt-dix.

— Ah ! zut alors ! Et y en a trente-trois, d' Corps !

— Y en a même trente-neuf, pouilleux !

L'agitation augmente. La gare se peuple et se surpeuple. Aussi loin que l'œil peut discerner une forme ou un spectre de forme, c'est un tohu-bohu et une organisation mouvementée comme une panique. Toute la hiérarchie des gradés s'éploie et s'évertue, passe, repasse, comme des météores, et, agitant des bras où brillent les galons, multiplie les ordres et les contre-ordres que portent, en se faufilant, les plantons et les cyclistes ; les uns lents, les autres évoluant en traits rapides comme des poissons dans l'eau.

Voilà le soir, décidément. Les taches formées par les uniformes des poilus groupés autour des monticules de faisceaux deviennent indistinctes et se mêlent à la terre, puis leur foule est décelée seulement par la lueur des pipes et des cigarettes. A certains endroits au bord des groupements, la suite ininterrompue des petits points clairs festonne l'obscurité comme une banderole illuminée de rue en fête.

Sur cette étendue confuse et houleuse, les voix mélangées font le bruit de la mer qui se brise sur le rivage ; et, surmontant ce murmure sans limites, des ordres encore, des cris, des clameurs, le remue-ménage de quelque déballage et de quelque transbordement, des fracas de marteaux-pilons redoublant leur sourd effort parmi les ombres, et des rugissements de chaudières.

Dans l'immense assombrissement, plein d'hommes et de choses, partout, les lumières commencent à s'allumer.

Ce sont les lampes électriques des officiers et des chefs de détachement, et les lanternes à acétylène des cyclistes qui promènent en zigzag, çà et là, leur point intensément blanc et leur zone de résurrection blafarde.

Un phare à acétylène éclôt, aveuglant, et répand un dôme de jour. D'autres phares trouent et déchirent le gris du monde.

La gare prend alors un aspect fantastique. Des formes incompréhensibles surgissent et plaquent le bleu noir du ciel. Des amoncellements s'ébauchent, vastes comme les ruines d'une ville. On perçoit le commencement de files démesurées de choses qui s'enfoncent dans la nuit. On devine des masses profondes dont les plus proches reliefs jaillissent d'un gouffre d'inconnu.

A notre gauche, des détachements de cavaliers et de fantassins s'avancent toujours comme une inondation épaisse. On entend se propager le brouillard des voix. On voit quelques rangs se dessiner dans un coup de lumière phosphorescente ou une lueur rouge, et on prête l'oreille à de longues traînées de rumeurs.

Dans des fourgons dont on perçoit, à la flamme tournoyante et nuageuse des torches, les masses grises et les gueules noires, des tringlots embarquent des chevaux à l'aide de plans inclinés. Ce sont des appels, des exclamations, un piétinement frénétique de lutte, et les furibonds tapements de sabots d'une bête rétive — insultée par son conducteur — contre les panneaux du fourgon où on l'a claustrée.

A côté, on transporte des voitures sur des wagons-tombereaux. Un fourmillement encercle une colline de bottes de fourrage. Une multitude éparse s'acharne sur d'énormes assises de ballots.

— V'là trois heures qu'on est sur son pivot, soupire Paradis.

— Et ceux-là, qui c'est ?

On voit dans des échappées de lumière une bande de lutins, entourés de vers luisants, poindre et disparaître en emportant de bizarres instruments.

— C'est la Section des projecteurs, dit Cocon.

— Te v'là en songement, toi, camarade, qu'est-ce que tu songes ?

— Il y a quatre Divisions, à cette heure, au Corps d'Armée, répond Cocon. Ça change : quelquefois c'est trois, des fois, c'est cinq. Pour le moment, c'est quatre. Et chacune de nos divisions, reprend l'homme-

chiffre que notre escouade a la gloire de posséder, renferme trois R.I.
— régiment d'infanterie ; — deux B.C.P. — bataillons de chasseurs à
pied ; un R.I.T. — régiment d'infanterie territoriale — sans compter les
régiments spéciaux, Artillerie, Génie, Train, etc., sans non plus compter
l'État-Major de la D.I. et les services non embrigadés, rattachés directement à la D.I. Un régiment de ligne à trois bataillons occupe quatre
trains : un pour l'E.M., la Compagnie de mitrailleuses et la C.H.R.
(compagnie hors rang), et un par bataillon. Toutes les troupes n'embarquent pas ici : les embarquements s'échelonneront sur la ligne selon le
lieu des cantonnements et la date des relèves.

— J' suis fatigué, dit Tulacque. On mange pas assez du consistant,
vois-tu. On s' tient debout parce que c'est la mode, mais on n'a plus
d' force ni d' verdure.

— Je m' suis renseigné, reprend Cocon. Les troupes, les vraies troupes, ne s'embarqueront qu'à partir du milieu de la nuit. Elles sont
encore rassemblées çà et là dans les villages à dix kilomètres à la ronde.
C'est d'abord tous les services du Corps d'Armée qui partiront et les
E.N.E. — éléments non endivisionnés, explique obligeamment Cocon,
c'est-à-dire rattachés directement au C.A.

« Parmi les E.N.E., tu ne verras pas le Ballon, ni l'Escadrille : c'est
des trop gros meubles, qui naviguent par leurs seuls moyens avec leur
personnel, leurs bureaux, leurs infirmeries. Le régiment de chasseurs
est un autre de ces E.N.E.

— Y a pas d' régiment de chasseurs, dit étourdiment Barque. C'est
des bataillons. Vu qu'on dit : tel bataillon de chasseurs.

On voit dans l'ombre Cocon hausser ses épaules noires et ses lunettes jeter un éclair méprisant.

— T'as vu ça, bec de cane ? Eh bien, tu sauras, si t'es si malin,
qu' les chasseurs à pied et les chasseurs à cheval, ça fait deux.

— Zut ! dit Barque, j'oubliais les à cheval.

— Que ça ! fit Cocon. Comme E.N.E. du Corps d'Armée, il y a
l'Artillerie de Corps, c'est-à-dire l'artillerie centrale qui est en plus de
celle des divisions. Elle comprend l'A.L. — artillerie lourde —, l'A.T.
— artillerie de tranchées —, les P.A. — parcs d'artillerie —, les auto-
canons, les batteries contre avions, est-ce que je sais ! Il y a le Génie,
la Prévôté, à savoir le service des cognes à pied et à cheval, le Service
de Santé, le Service vétérinaire, un escadron du Train des équipages,
un régiment territorial pour la garde et les corvées du Q.G. — Quartier
Général —, le Service de l'Intendance (avec le Convoi administratif,
qu'on écrit C.V.A.D. pour ne pas l'écrire C.A. comme le Corps d'Armée).

« Il y a aussi le Troupeau de Bétail, le Dépôt de Remonte, etc ; le
Service Automobile — tu parles d'une ruche de filons dont j' pourrais
t' parler pendant une heure si j' voulais —, le Payeur, qui dirige les
Trésors et Postes, le Conseil de Guerre, les Télégraphistes, tout le
Groupe électrogène. Tout ça a des directeurs, des commandants, des

branches et des sous-branches, et c'est pourri de scribes, de plantons et d'ordonnances, et tout l' bazar à la voile. Tu vois d'ici au milieu d' quoi s' trouve un général commandant de Corps !

A ce moment, nous sommes environnés par un groupe de soldats porteurs, en plus de leur harnachement, de caisses et de paquets ficelés dans du papier, qu'ils traînent cahin-caha et posent à terre en faisant : ouf.

— C'est les secrétaires d'État-Major. Ils font partie du Q.G. — du Quartier Général — c'est-à-dire de quelque chose comme la suite du Général. Ils trimbalent, quand ils déménagent, leurs caisses d'archives, leurs tables, leurs registres et toutes les petites saletés qu'il leur faut pour leurs écritures. Tiens, tu vois, ça, c'est une machine à écrire que ces deux-là — ce vieux papa et c' petit boudin — emportent, la poignée enfilée dans un fusil. Ils sont en trois bureaux, et il y a aussi la Section du Courrier, la Chancellerie, la S.T.C.A. — Section Topographique du Corps d'Armée — qui distribue les cartes aux divisions et fait des cartes et des plans, d'après les aéros, les observateurs et les prisonniers. C'est les officiers de tous les bureaux qui, sous les ordres d'un sous-chef et d'un chef — deux colons — forment l'État-Major du C.A. Mais le Q.G. proprement dit, qui comprend aussi des ordonnances, des cuisiniers, des magasiniers, des ouvriers, des électriciens, des gendarmes, et les cavaliers de l'Escorte, est commandé par un commandant.

A ces mots, nous recevons un terrible renfoncement collectif.

— Eh ! attention ! rangez-vous ! crie, en guise d'excuse, un homme qui, aidé de plusieurs autres, pousse une voiture vers les wagons.

Le travail est laborieux. Le sol est en pente et la voiture, dès qu'on cesse de s'arc-bouter contre elle et de se cramponner aux roues, recule. Les hommes sombres se pressent sur elle en grinçant et grondant, comme sur un monstre, au sein des ténèbres.

Barque, tout en se frottant les reins, interpelle un des équipiers forcenés :

— Penses-tu y arriver, vieux canard ?

— Nom de Dieu ! brame celui-ci, tout à son affaire, gare à ce pavé ! Vous allez m' fusiller ma bagnole.

Dans un brusque mouvement il bouscule à nouveau Barque, et, cette fois, le prend à partie :

— Pourquoi qu' t'es là, dedans d' fumier, outil ?

— Non, mais tu s'rais pas alcoolique ? riposte Barque. Pourquoi qu' j' suis là ! Elle est bonne, celle-là ! Dis donc, bande de poux, tu m' la copieras !

— Rangez-vous ! crie une voix nouvelle qui conduit des hommes pliés sous des faix disparates mais pareillement écrasants...

On ne peut plus rester nulle part. On gêne partout. On avance, on se disperse, on recule dans cette mêlée.

— En plus, j' le dis, continue Cocon, impassible comme un savant, il y a les Divisions, organisées chacune à peu près comme un Corps d'Armée...

— Oui, on sait, passe la main !

— Il en fait un chambard, c' tréteau, dans son écurie à roulettes, constate Paradis. Ça doit être la belle-mère d'un autre.

— C'est, j' parie, l' têtard du major, çui que l' véto disait qu' c'était un veau en train de d'venir une vache.

— C'est bien organisé tout d' même, tout ça, y a pas à dire ! admire Lamuse, refoulé par un flot d'artilleurs portant des caisses.

— C'est vrai, concède Marthereau, pour conduire tout c' fourbi à la voile, faut pas être une bande de navets, et pas non plus une bande de flans... Bon Dieu, fais attention où c' que tu poses tes ribouis maudits, peau d' tripe, bête noire !

— Tu parles d'un déménagement. Quand j'mai installé à Marcoussis, avec ma famille, ça a fait moins d' chichi. C'est vrai que j' suis pas chichiard non plus.

On se tait et alors on entend Cocon qui dit :

— Pour voir passer toute l'armée française qui tient les lignes — je ne parle pas de c' qui est installé en arrière, où il y a deux fois plus d'hommes encore, et des services comme des ambulances qu'ont coûté 9 millions et qui vous évacuent des 7 000 malades par jour — pour la voir passer dans des trains de soixante wagons qui se suivraient sans arrêt à un quart d'heure d'intervalle, il faudrait quarante jours et quarante nuits.

— Ah ! disent-ils.

Mais c'en est trop pour leur imagination ; ils se désintéressent, se dégoûtent de la grandeur de ces chiffres. Ils bâillent, et suivent d'un œil larmoyant dans le bouleversement des galopades, des cris, de la fumée, des mugissements, des lueurs et des éclairs — au loin, sur un embrasement de l'horizon, la ligne terrible du train blindé qui passe.

8

La permission

Eudore s'assit là un moment, près du puits de la route, avant de prendre, à travers champs, le chemin qui conduisait aux tranchées. Un genou dans ses mains croisées, levant sa frimousse pâle — où il n'y avait pas de moustache sous le nez, mais seulement un petit pinceau plat au-dessus de chaque coin de la bouche — il sifflota, puis bâilla jusqu'aux larmes à la face du matin.

Un tringlot qui cantonnait à la lisière du bois, là-bas — où il y a une file de voitures et de chevaux, telle une halte de bohémiens — et qu'attirait le puits de la route, s'avançait avec deux seaux de toile qui, à chacun de ses pas, dansaient au bout de chacun de ses bras. Il s'arrêta devant ce fantassin sans armes muni d'une musette gonflée, et qui avait sommeil.

— T'es permissionnaire ?

— Oui, dit Eudore, j'en rentre.

— Ben, mon vieux, dit le tringlot en s'éloignant, t'es pas à plaindre, si t'as comme ça six jours de permission dans l' bidon.

Mais voilà que quatre hommes descendaient la route, d'un pied lourd et pas pressé, et leurs souliers, à cause de la boue, étaient énormes comme des caricatures de souliers. Ils s'arrêtèrent comme un seul homme en percevant le profil d'Eudore.

— V'là Eudore ! Eh ! Eudore ! Eh ! cette vieille noix, c'est donc que t'es r'venu ! s'écrièrent-ils ensuite, en s'élançant vers lui, et en lui tendant leurs mains aussi grosses que s'ils portaient des gants de laine rousse.

— Bonjour, les enfants, dit Eudore.

— Ça s'est bien tiré ? Quoi qu' tu dis, mon gars, quoi ?

— Oui, répondit Eudore. Pas mal.

— Nous v'nons d' corvée de vin ; nous avons fait not' plein. On va rentrer ensemble, pas ?

Ils descendirent à la queue leu leu le talus de la route et s'en allèrent bras dessus bras dessous à travers le champ enduit d'un mortier gris où la marche faisait un bruit de pâte brassée au pétrin.

— Comme ça, t'as vu ta femme, ta petite Mariette, pisque tu n'vivais que pour ça, et que tu n'pouvais pas ouvrir ton bec sans nous visser un ours à propos d'elle !

La figure pâlotte d'Eudore se pinça.

— Ma femme, je l'ai vue, bien sûr, mais une petite fois seulement. Y a pas eu plan d'avoir mieux. C'est pas d'veine, j'dis pas, mais c'est comme ça.

— Comment ça ?

— Comment ? Tu sais que nous habitons Villers-l'Abbé, un hameau de quatre maisons ni plus ni moins, à cheval sur une route. Une de ces maisons, c'est justement notre estaminet, qu'elle tient ou plutôt qu'elle retient depuis que l'patelin n'est plus amoché par le marmitage.

« Et alors, en vue d'une permission, elle avait demandé un laissez-passer pour Mont-Saint-Éloi où sont mes vieux, et moi, ma perme était pour Mont-Saint-Éloi. Tu saisis la combine ?

« Comme c'est une petite femme de tête, tu sais, elle avait demandé un laissez-passer bien avant la date qu'on croyait de mon départ en perme. Quoique ça, mon départ est arrivé, si j'peux dire, avant qu'elle ait eu son autorisation. J'suis parti tout d'même. Tu sais qu'à la compagnie faut pas louper son tour. J'suis donc resté avec mes vieux à attendre. J'les aime bien, mais j'faisais tout de même la gueule. Eux, ils étaient contents de me voir et embêtés de m'voir embêté dans leur compagnie. Mais qu'y faire ? A la fin du sixième jour — à la fin d'ma perme, la veille de rentrer ! — un jeune homme en vélo — l'fils Flo-

rence — m'apporte une lettre de Mariette, qu'elle n'avait pas encore
son laissez-passer...

— Ah ! malheur ! exclamèrent les interlocuteurs.

— ... mais, continua Eudore, qu'y avait qu'une chose à faire, c'était
que j'demand', moi, la permission au maire de Mont-Saint-Éloi, qui
d'mand'rait à l'autorité militaire, et que j'aille de ma personne, et au
galop, à Villers, la voir.

— Il aurait fallu faire ça l'premier jour, et pas l'sixième !

— Videmment, mais j'avais peur d'm'croiser avec elle et d'la louper, vu que, dès mon arrivée, j'l'attendais toujours, et qu'à chaque
instant j'pensais la voir dans la porte ouverte. J'ai fait c'qu'elle me
disait.

— En fin de compte, t'l'as vue ?

— Qu'un jour, ou plutôt qu'une nuit, répondit Eudore.

— Ça suffit ! s'écria gaillardement Lamuse.

— Eh oui ! renchérit Paradis. En une nuit, un zigotteau comme toi,
ça en fait, et même ça en prépare, du boulot !

— Aussi, vise-le, c't'air fatigué ! Tu parles d'une nouba qu'i' s'est
envoyée, ce va-nu-pieds-là ! Ah charogne, va !

Eudore secoua sa figure pâle et sérieuse sous l'averse des quolibets
scabreux.

— Les gars, bouclez-les cinq minutes, vos grandes gueules.

— Raconte-nous ça, petit.

— C'est pas une histoire, dit Eudore.

— Alors, tu disais que t'avais l'cafard entre tes vieux ?

— Eh oui ! i's avaient beau essayer de m'remplacer Mariette avec
des belles tranches de notre jambon, de l'eau-de-vie de prune, des rac-
commodages de linge et des petites gâteries... (Et même j'ai r'marqué
qu'i's s'ret'naient de s'engueuler comme d'habitude.) Mais tu parles
d'une différence ; et c'était toujours la porte que j'regardais pour voir
si des fois elle remuerait pas et s'changerait en femme. J'ai donc visité
l'maire et je m'suis mis en route, hier, vers les deux heures de l'après-
midi — vers les quatorze heures, j'peux bien dire plutôt, vu que
j'comptais bien les heures depuis la veille ! J'avais donc plus juste
qu'une nuit d'permission !

« En approchant, à la brune, par la portière du wagon du petit chemin
de fer qui marche encore là-bas sur des bouts de voie, je r'connaissais
à moitié le paysage et à moitié je le r'connaissais pas. Je l'sentais par-
ci par-là tout d'un coup qui s'refaisait et se fondait dans moi comme
si il s'mettait à m'parler. Puis, i's'taisait. A la fin, on a débarqué, et il
a fallu, c'qu'est un comble, aller à pied jusqu'à la dernière station.

« Jamais, mon vieux, jamais j'ai eu temps pareil : six jours qu'i'
pleuvait ; six jours que le ciel i' lavait la terre et la r'lavait. La terre
s'amollissait et s'bougeait et allait dans des trous et en f'sait d'autres.

— Ici aussi. La pluie n'a pas décessé que c'matin.

— C'est bien ma veine. Aussi partout des ruisseaux grossis et nou-

veaux qui venaient effacer comme des lignes sur le papier, la bordure
des champs ; des collines qui coulaient depuis le haut jusqu'en bas. Des
coups de vent qui faisaient dans la pluie, tout d'un coup, des nuages de
pluie passant et roulant au galop et vous cinglant les pattes, et la figure
et l'cou.

« C'est égal, quand j'ai arrivé pedibus à la station, il en aurait fallu
un qui fasse une rudement laide grimace pour me faire retourner en
arrière !

« Mais v'là-t-i pas qu'en arrivant au pays, on était plusieurs : d'autres permissionnaires, qui n'allaient pas à Villers, mais étaient obligés
d'y passer pour aller aut' part. De c'te façon, on est entré en bande...
On était cinq vieux camarades qui s'connaissaient pas. Je n'retrouvais
rien de rien. Par là, ça a été plus bombardé encore que par ici, et pis
l'eau, et puis, ça f'sait soir.

« J'vous ai dit qu'il n'y a qu' quatre maisons dans l'pat'lin. Seulement, elles sont loin l'une de l'autre. On arrive dans le bas de la hauteur. J'savais pas très bien où j'étais, non plus qu'les copains qui
avaient pourtant une petite idée du pays, vu qu'i's étaient des environs
— tant plus qu'l'eau tombait à pleins seaux.

« Ça d'venait impossible d'aller pas vite. On s'met à courir. On passe
devant la ferme des Alleux — une espèce de fantôme de pierre ! —
qui est la première maison. Des morceaux de murs déchirés en colonnes, qui sortaient de l'eau : la maison avait fait naufrage, quoi. L'autre
ferme, un peu plus loin, noyée kif-kif.

« Notre maison est la troisième. Elle est au bord de la route qu'est
tout sur le haut de la pente. On y grimpe, face à la pluie qui nous tapait
d'sus et commençait dans l'ombre à nous aveugler — on en sentait
l'froid mouillé dans l'œil, v'lan ! — et à nous mettre en débandade,
tout comme des mitrailleuses.

« La maison ! J'cours comme un dératé, comme un Bicot à l'assaut.
Mariette ! Je la vois dans la porte lever les bras au ciel, derrière c'te
mousseline de soir et de pluie — de pluie si forte qu'elle la refoulait
et la retenait toute penchée entre les montants de la porte, comme une
Sainte-Vierge dans sa niche. Au galop, je me précipite, mais pourtant,
j'pense à faire signe aux camaros d'm'suivre. On s'engouffre dans la
maison. Mariette riait un peu et avait la larme à l'œil d'me voir, et elle
attendait qu'on soit tout seuls ensemble pour rire et pleurer tout à fait.
J'dis aux gars de se r'poser et de s'asseoir les uns sur les chaises, les
autres sur la table.

« — Où vont-ils, ces messieurs ? demanda Mariette. — Nous allons
à Vauvelles. — Jésus ! qu'elle dit, vous n'y arriverez pas. Vous ne
pouvez pas faire cette lieue-là par la nuit avec des chemins défoncés
et des marais partout. N'essayez même pas. — Ben, on ira d'main
alors ; on va seulement chercher où passer la nuit. — J'vais aller avec
vous, que j'dis, jusqu'à la ferme du Pendu. Y a d'la place, c'est pas ça

qui manque là dedans. Vous y ronflerez et pourrez partir au p'tit jour.

— Jy ! mettons-y un coup jusque-là.

« Cette ferme, la dernière maison de Villers, elle est sur la pente ; aussi y avait des chances qu'elle soye pas enfoncée dans l'eau et la vase.

« On r'sort. Quelle dégringolade ! On était mouillé à n' pas y t'nir, et l'eau vous entrait aussi dans les chaussettes par les semelles et par le drap du froc, détrempé et transpercé aux g'noux. Avant d'arriver à c'Pendu, on rencontre une ombre en grand manteau noir avec un falot. A lève le falot et on voit un galon doré sur la manche, puis une figure furibarde.

« — Qu'est-ce que vous foutez là ? dit l'ombre en s'campant en arrière et en mettant un poing sur la hanche, tandis que la pluie faisait un bruit de grêle sur son capuchon.

« — C'est des permissionnaires pour Vauvelles. Ils n'peuvent pas r'partir à c'soir. I's voudraient coucher dans la ferme du Pendu.

« — Quoi vous dites ? Coucher ici ? C'est-i' qu'vous seriez marteaux ? C'est ici le poste de police. J'suis l'sous-officier de garde, et il y a des prisonniers boches dans les bâtiments. Et même, j'vas vous dire, qu'i' dit : il faudrait voir à c'que vous vous fassiez la paire d'ici, en moins de deux. Bonsoir.

« Alors on fait d'mi-tour et on se r'met à r'descendre en faisant des faux pas comme si on était schlass, en glissant, en soufflant, en clapotant, en s'éclaboussant. Un des copains m'crie dans la pluie et le vent :

« — On va toujours t'accompagner jusqu'à chez toi ; pisqu'on n'a pas d'maison, on a l'temps. — Où allez-vous coucher ? — On trouvera bien, t'en fais pas, pour quéqu'heures qu'on a à passer ici. — On trouv'ra, on trouv'ra, c'est pas dit, que j'dis... En attendant, rentrez un instant. — Un p'tit moment, c'est pas d'refus.

« Et Mariette nous voit encore rentrer à la file, tous les cinq, trempés comme des soupes.

« On est là, à tourner et r'tourner dans notre petite chambre qu'est tout ce que contient la maison, vu qu'c'est pas un palais.

« — Dites donc, madame, demanda un des bonshommes, y aurait-il pas une cave ici ?

« — Y a d'l'eau d'dans, que fait Mariette : on ne voit pas la dernière marche de l'escalier, qui n'en a que deux.

« — Ah ! zut alors, dit l'bonhomme, parce que j'vois qu'y a pas d'grenier non plus...

« Au bout d'un p'tit moment, i' s'lève :

« — Bonsoir, mon vieux, qu'i' m'dit. On les met.

« — Quoi, vous partez par un temps pareil, les copains ?

« — Tu penses, dit c'type, qu'on va t'empêcher de rester avec ta femme !

« — Mais, mon pauv' vieux.

« — Y a pas d'mais. Il est neuf heures du soir ; et t'es obligé de ficher le camp avant l'jour. Allons, bonsoir. Vous v'nez, vous autres ?

« — Pardine ! que disent les gars. Bonne nuit, messieurs dames.

« Les v'là qui gagnent la porte, l'ouvrent. Mariette et moi, on s'est regardé tous les deux. On n'a pas bougé. Puis on s'est regardé encore, et on s'est élancé sur eux. J'ai attrapé un pan de capote, elle, une martingale, tout ça mouillé à tordre.

« — Jamais de la vie. On vous laissera pas partir. Ça ne se peut pas.

« — Mais...

« — Y a pas d'mais, que j'réponds, pendant qu'elle boucle la lourde.

— Alors quoi ? demanda Lamuse.

— Alors, rien du tout, répondit Eudore. On est resté comme ça, bien sagement — toute la nuit. Assis, calés dans des coins à bâiller, comme ceux qui veillent un mort. On a parloché un peu d'abord. De temps en temps, l'un disait : « Est-ce qu'il pleut encore ? » et allait voir, et disait : « I' pleut. » Du reste, on l'entendait. Un gros, qui avait des moustaches de Bulgare, luttait contre le sommeil comme un sauvage. Quelquefois, un ou deux dormaient dans le tas ; mais il y en avait toujours un qui bâillait et ouvrait un œil, par politesse, et s'étirait ou se levait à moitié pour se rasseoir mieux.

« Mariette et moi, on n'a pas dormi. On s'est regardé, mais on regardait aussi les autres, qui nous regardaient, et voilà.

« Le matin est venu débarbouiller la fenêtre. Je me suis levé pour aller voir le temps. La pluie n'avait guère diminué. Dans la chambre, je voyais des formes brunes qui bougeaient, respiraient fort. Mariette avait les yeux rouges de m'avoir regardé toute la nuit. Entre elle et moi, un poilu, en grelottant, bourrait une pipe.

« On tambourine à la vitre. J'entr'ouvre. Une silhouette au casque tout ruisselant, comme apportée et poussée là par le vent terrible qui souffle et qui entre avec, apparaît et demande :

« — Eh ! l'estaminet, y a-t-il moyen d'avoir du café ?

« — On y va, monsieur, on y va ! crie Mariette.

« Elle se lève de d'sus sa chaise, un peu engourdie. Elle ne parle point, se regarde dans notre bout de glace, se touche un peu les cheveux et elle dit, tout bonnement, c'te femme :

« — J'vais préparer le café pour tout le monde.

« Quand on l'a bu, fallait s'en aller tous. Du reste, les clients radinaient chaque minute.

« — Hé, la p'tite mère ! qu'is criaient en introduisant leur bec par la fenêtre entr'ouverte, vous avez ben un peu d'jus. Comme qui dirait trois jus ! Quatre ! "Et deux encore en plus", que disait une aut'voix.

« On s'approche de Mariette pour lui dire adieu. I's savaient bien qu'ils avaient été bougrement de trop cette nuit ; mais j'voyais bien qu'i's n'savaient pas s'il était convenable de parler de c't'affaire-là ou de n'pas en parler du tout.

« Le gros Macédonien s'y est décidé :

« — On vous a bien emmerdés, hein, ma p'tite dame ?

« I' disait ça, pour montrer qu'il était bien élevé, l'vieux frère.

« Mariette le r'mercie et lui tend la main.

« — C'est rien d'ça, monsieur. Bonne permission !

« Et moi, j'te la serre dans mes bras et j'te l'embrasse le plus long-temps que j'peux, pendant une demi-minute... Pas content — dame, y avait d'quoi ! — mais content tout de même que Mariette n'ait pas voulu fiche dehors les camarades comme des chiens. Et j'sentais aussi qu'elle me trouvait brave de ne l'avoir point fait.

« — Mais c'est pas tout ça, dit l'un des permissionnaires en rel'vant un pan d'sa capote et en fourrant sa main dans sa poche de froc. C'est pas tout ça : combien qu'on vous doit pour les cafés ?

« — Rien, puisque vous avez habité cette nuit chez moi : vous êtes mes invités.

« — Oh ! madame, pas du tout !...

« Et voilà-t-il pas qu'on s'fait des protestations et des petits saluts les uns devant les autres ! Mon vieux, tu diras ce que tu voudras, on n'est que des pauvres bougres, mais c'était épatant, cette petite mani-gance de politesses.

« — Allons, jouons-en un air, hein ?

« Ils filent un à un. Je reste en dernier.

« Un aut'passant s'met en ce moment à cogner aux carreaux : encore un qui claquait du bec de jus. Mariette, par la porte ouverte, se penche et lui crie :

« — Une seconde !

« Puis elle me met dans les bras un paquet qu'elle avait prêt.

« — J'avais acheté un jambonneau. C'était pour le souper, nous, tous les deux, en même temps qu'un litre de vin bouché. Ma foi, quand j'ai vu que tu étais cinq, j'ai pas voulu l'partager tant, et maintenant encore moins. Voilà le jambon, le pain, le vin. Je te les donne pour que tu en profites tout seul, mon gars. Eux, on leur a donné assez ! qu'elle a dit.

« Pauv' Mariette, soupire Eudore. Y avait quinze mois que je ne l'avais vue. Et quand est-ce que je la reverrai ! Et est-ce que je la rever-rai ?

« C'était gentil, c't'idée qu'elle avait. Elle me fourra tout ça dans ma musette...

Il entr'ouvre sa musette de toile bise.

— Tenez, les v'là : l'jambon ici là, et le grignolet, et v'là l'kilo. Eh bien, puisque c'est là, vous ne savez pas ce qu'on va en faire ? Nous allons nous partager ça, hein, mes vieux poteaux ?

9

La grande colère

Lorsqu'il rentra de son congé de convalescence, après deux mois d'absence, on l'entoura. Mais il se montrait renfrogné, taciturne et fuyait vers les coins.

— Eh bien quoi ! Volpatte, tu ne dis rien ? C'est tout ça qu'tu dis ?

— Parle-nous de c'que t'as vu pendant ton hôpital et ta convalo, vieille cloche, depuis le jour que t'es parti avec tes bandages, et ta gueule entre parenthèses. Paraît qu't'as été dans les bureaux. Parle, quoi, nom de Dieu !

— J'veux pus rien dire de ma putain de vie, dit enfin Volpatte.

— Quoi qu'dis ? Quoi qu'il dit ?

— J'suis dégoûté, v'là c'que j'suis ! Les gens, j'les débecte, et j'les r'débecte, tu peux leur dire.

— Quoi qu'i t'ont fait ?

— C'sont des vaches, dit Volpatte.

Il était là, avec sa tête d'autrefois, aux oreilles recollées, aux pommettes de Tartare, buté, au milieu du cercle intrigué qui l'assiégeait. On le sentait, au fond de lui-même, aigri et tumultueux, sous pression, la bouche fermée de force sur du mauvais silence.

Des paroles finirent par déborder de lui. Il se retourna — du côté de l'arrière — et montra le poing à l'espace infini.

— Y en a trop, dit-il, entre ses dents grises, y en a trop !

Et il semblait, dans son imagination, menacer, repousser, une marée montante de fantômes.

Un peu plus tard, on l'interrogea à nouveau. On savait bien que son irritation ne se maintiendrait pas ainsi à l'intérieur, et qu'à la première occasion ce farouche silence exploserait.

C'était dans un profond boyau d'arrière, où après une matinée de terrassement, on était réuni pour prendre le repas. Il tombait une pluie torrentielle ; on était brouillés et noyés et bousculés par l'inondation, et on mangeait debout, à la file, sans abri, en plein ciel liquéfié. Il fallait faire des tours de force pour préserver le singe et le pain des jets qui coulaient de tous les points de l'espace, et on mangeait, en se cachant, autant que possible, les mains et la figure sous les capuchons. L'eau grêlait, sautait et ruisselait sur les molles carapaces de toile ou de drap et venait, tantôt brutalement et tantôt sournoisement, détremper nos personnes et notre nourriture. Les pieds s'enfonçaient de plus en plus, prenaient largement racine dans le ruisseau qui courait au fond du fossé argileux.

Quelques têtes riaient, la moustache dégoulinante, d'autres grimaçaient d'avaler du pain spongieux et de la viande lessivée et d'être cinglés par les gouttes qui leur assaillaient de tous côtés la peau au moindre défaut de leur épaisse cuirasse bourbeuse.

Barque, qui serrait sa gamelle sur son cœur, brailla à Volpatte :

— Alors, des vaches, tu dis, qu'tas vues, là-bas d'où c'que tu d'viens ?

— Exemple ? cria Blaire dans un redoublement de rafale qui secouait les paroles et les éparpillait. Quoi qu'tas vu en fait d'vaches ?

— Y a..., commença Volpatte, et pis... Y en a trop, nom de Dieu ! Y a...

Il essayait de dire ce qu'il y avait. Il ne pouvait que répéter : « Y en a trop » ; et il était oppressé et soufflait, et il avala une bouchée déliquescente de pain, et il ravala aussi la masse désordonnée étouffante de ses souvenirs.

— C'est i' des embusqués qu'tu veux causer ?

— Tu parles !

Il avait lancé par-dessus le talus le restant de son bœuf, et ce cri, ce soupir, sortit violemment de sa bouche comme une soupape.

— T'en fais pas pour les embusqués, vieille colique, conseilla Barque, goguenard, mais non sans quelque amertume. A quoi ça sert ?

Ramassé et dissimulé sous le toit fragile et inconsistant de son capuchon ciré où l'eau précipitait un glacis brillant, et tendant sa gamelle vide à la pluie pour la nettoyer, Volpatte gronda :

— J'suis pas maboul tout à fait, et j'sais bien qu'des mecs de l'arrière, l'en faut. Qu'on aye besoin d'traîne-pattes, j'veux bien... Mais y en a trop, et c'est trop là, c'est toujours les mêmes, et pas les bons, voilà !

Soulagé par cette déclaration qui mettait un peu de lumière à travers le sombre méli-mélo des colères qu'il rapportait parmi nous, Volpatte parla par bribes, à travers les nappes acharnées de pluie :

— Dès le premier patelin où on m'a expédié à petite vitesse, j'en ai vu des chiées, des chiées, et i's ont commencé à m'faire une mauvaise impression sur moi. Toutes sortes de services, de sous-services, de directions, de centres, de bureaux, de groupes. Pendant les premiers temps, quand t'es là-dedans, autant de bonhommes tu rencontres, autant d'services différents qui se ressemblent pas comme noms. C'est à en devenir r'tourné. Mon vieux, celui qui a inventé les noms de tous ces services, il avait une rude tête !

« Alors, tu veux pas qu'j'en soye indigestionné ? J'en ai plein les mirettes et malgré moi, quand j'fais à moitié aut'chose, j'en rêve à moitié !

« Ah ! mon vieux, ruminait notre camarade, tous ces mecs qui baguenaudent et qui papelardent là-dedans, astiqués, avec des kébrocs et des paletots d'officiers, des bottines — qui marquent mal, quoi — et qui mangent du fin, s'mettent, quand ça veut, un cintième de casse-pattes dans l'cornet, s'lavent plutôt deux fois qu'une, vont à la messe, n'défument pas et l'soir s'empaillent dans la plume en lisant sur le journal. Et ça dira, après : "J'suis t'été à la guerre."

Un point avait surtout frappé Volpatte et ressortait de sa vision confuse et passionnée :

— Tous ces poilus-là, ça n'emporte pas son couvert et son quart, pour manger sur le pouce. l' leur faut ses aises. l's préfèr't mieux aller s'installer chez une mouquère de l'endroit, à une table exprès pour eux, pour chiquer la légume, et la rombière leur carre dans son buffet leur vaisselle, leurs boîtes de conserves et tout leur bordel pour le bec, enfin les avantages de la richesse et de la paix dans ce sacré nom de Dieu d'arrière !

Le voisin de Volpatte secoua la tête sous les cataractes qui tombaient du ciel et dit :

— Tant mieux pour eux.

— J'suis pas maboul..., recommença à dire Volpatte.

— P't'être, mais t'es pas conséquent.

Volpatte se sentit injurié par ce terme ; il sursauta, leva furieusement la tête, et la pluie, qui le guettait, s'appliqua en paquet sur sa figure.

— Non, mais des fois ! Pas conséquent ! C'purin-là !

— Parfaitement, monsieur, reprit le voisin. J'dis que tu rousses et qu'pourtant tu voudrais bien être à leur place, à ces Jean Foutre.

— Pour sûr, mais qu'est-ce que ça prouve, face de fesse ? D'abord, nous, on a été au danger et ce s'rait bien not'tour. C'est toujours les mêmes, que j'te dis, et pis, pa'ce qu'y a là d'dans des jeunes qu'est fort comme un bœuf, et balancé comme un lutteur, et pis pa'c' qu'y en a trop. Tu vois, c'est toujours « trop » que j'y dis, parce que c'est ça.

— Trop ! qu'en sais-tu, vilain ? Ces services, connais-tu qui i' sont ?

— J'sais pas c'qu'i's sont, repartit Volpatte, mais j'dis...

— Tu crois qu'c'est pas un fourbi d'faire marcher toutes les affaires des armées ?

— J'm'en fous, mais...

— Mais tu voudrais que ce s'rait toi, pas ? goguenarda le voisin invisible qui, au fond de son capuchon sur lequel se déversaient les réservoirs de l'espace, cachait soit une grande indifférence, soit l'impitoyable désir de faire monter Volpatte.

— J'sais pas y faire, dit simplement celui-ci.

— Y en a qui sav't pour toi, intervint la voix aiguë de Barque ; j'en connais un...

— Moi aussi, j'en ai vu ! hurla désespérément Volpatte dans la tempête. Tiens, pas loin du front, à j'sais pas quoi, où il y a l'hôpital d'évacuation et une sous-intendance, c'est là qu'j'ai rencontré c't'anguille.

Le vent, qui passait sur nous, demanda en cahotant :

— Qu'est-ce que c'est qu'ça ?

A ce moment, il se produisit une accalmie, et le mauvais temps laissa tant bien que mal parler Volpatte, qui dit :

— I' m'a servi d'guide dans tout le fouillis du dépôt comme dans une foire, vu qu'il était lui-même une des curiosités de l'endroit. I' m'menait dans des couloirs, des salles de maisons ou d'baraquements supplémentaires ; i' m'entr'ouvrait une porte à l'étiquette ou m'la montrait et i' m'disait : « Vise ça, et ça donc, vise-le ! » J'ai visité avec lui ; mais lui n'est pas revenu, comme moi, aux tranchées : n't'en fais pas. I' n'en r'venait du reste pas non plus, fais t'en pas. C't'anguille, la première fois que j'lai vue, elle marchait tout doucement dans la cour ; « C'est l'service courant », qu'i' m'dit. On a causé. L'lendemain, i' s'était fait coller ordonnance, pour couper à un départ, vu qu'c'était son tour de partir depuis l'commencement d'la guerre.

« Sur le pas de la porte où il s'était pagnoté toute la nuit dans un plumard, i' cirait les godasses de son ouistiti : des palaces pompes jaunes. I'leur z'y collait d'l'encaustique, i' les dorait, mon vieux. J'm'ai arrêté pour voir ça. Le gars m'a raconté son histoire. Mon vieux, j'me rappelle plus besef de c'bourrage de crâne arabe, pas plus que j'me rappelle de l'Histoire de France et des dates qu'on chantait à l'école. Jamais, mon vieux, i' n'avait été envoyé sur le front, quoique de la classe 3 et un costaud bougre, tu sais. L'danger, la fatigue, la mocherie de la guerre ; c'était pas pour lui, pour les autres, oui, l'savait que si i' mettait l'pied sur la ligne de feu, la ligne prendrait toute la bête, aussi i' coulait de toutes les pattes pour rester sur place. On avait essayé de tous les moyens pour le posséder, mais c'était pas vrai, il avait glissé des pinces de tous les capitaines, de tous les colonels, de tous les majors, qui s'étaient pourtant bougrement foutus en colère contre lui. I'm'racontait ça. Comment qu'i' f'sait ? I' s'laissait tomber assis. I' prenait un air con. I' faisait l'saucisson. I' d'venait comme un paquet de linge sale. "J'ai comme une espèce de fatigue générale", qu'i' chialait. On savait pas comment l' prendre et, au bout d'un temps, on le laissait tomber, i' s'faisait vomir par tout un chacun. V'là. I' changeait sa manière aussi suivant les circonstances, tu saisis ? Quéqu'fois, l'pied y faisait mal, dont i' savait salement bien s'servir. Et pis, i' s'arrangeait, l'était au courant des binaises, savait toutes les occases. Tu parles d'un mecton qui connaissait les heures des trains ! Tu l'voyais s'rentrer en s'glissant en douce dans un groupe du dépôt où c'était l'filon, et y rester, toujours en douce poil poil, et même, i' s'donnait beaucoup d'mal pour que les copains aient besoin de lui. I' s'levait à des trois heures du matin pour faire le jus, allait chercher de l'eau pendant que les autres bouffaient : enfin quoi, partout où il s'était faufilé, il arrivait à être d'la famille, c'pauv' type, c'te charogne ! Il en mettait pour ne pas en mettre. I' m'faisait l'effet d'un mec qu'aurait gagné honnêtement cent balles avec le travail et l'emmerdement qu'il apporte à fabriquer un faux billet de cinquante. Mais voilà. I' raboulera sa peau, çui-là. Au front, i' s'rait emporté dans l'mouvement, mais pas si bête. I' s'fout d'ceux qui prennent la bourre sur la terre, et i' s'foutra d'eux plus encore quand i's seront d'ssous. Quand i's auront fini tous de s'battre, i' r'viendra chez lui, l'dira à ses amis et connaissances : "Me v'là sain t' et sauf", et ses copains s'ront contents, parce que c'est un bon type, avec des magnes gentilles, tout saligaud qu'il est, et — c'est bête comme tout mais c't'enfant d'vermine-là, tu l'gobes.

« Eh bien, des clients de c'calibre-là, faut pas croire qu'y en ait qu'un : y en a des tinées dans chaque dépôt, qui s'cramponnent et serpentent on ne sait pas comment à leur point d'départ, et disent : "J'marche pas", et marchent pas, et on n'arrive jamais à les pousser jusqu'au front.

— C'est pas nouveau, tout ça, dit Barque, Nous l'savons, nous l'savons !

— Y a les bureaux ! ajouta Volpatte, lancé dans son récit de voyage. Y en a des maisons entières, des rues, des quartiers. J'ai vu que mon tout petit coin de l'arrière, un point, et j'en ai plein la vue. Non, j'n'aurais pas cru qu'pendant la guerre, y avait tant d'hommes sur des chaises...

Une main, dans la file, sortit, tâta l'espace.

— V'là la sauce qui n'tombe plus...

— Alors, on va s'en aller dans un abri, t'vas vouère...

En effet, on cria : « Marche ! »

L'averse s'était tue. On défila dans la longue mare mince qui stagnait dans le fond de la tranchée et sur laquelle, l'instant d'avant, se trémoussaient des plaques de pluie.

Le murmure de Volpatte reprit dans le fatras du déambulement et les remous des pas pataugeurs.

Je l'entendais, en regardant se balancer devant moi les épaules d'une pauvre capote pénétrée jusqu'aux os.

C'était après les gendarmes qu'en avait alors Volpatte.

— A m'sure que tu tournes le dos à l'avant, t'en vois en plus en plus.

— I' n'ont pas l' même champ d'bataille que nous.

Tulacque avait une vieille rancune contre eux.

— Faut voir, dit-il, comment dans les cantonnements les frères se développent, pour chercher d'abord où bien loger et bien manger. Et puis, après qu'la chose du bidon est réglée, pour choper les débits clandestins. Tu les vois guetter avec la queue de l'œil les portes des casbas pour voir si des fois des poilus n'en sortent pas en douce, avec un air d'avoir deux airs, en r'luquant d'droite et d'gauche et en se léchant les moustaches.

— Y en a d'bons : j'en connais un, dans mon pays, la Côte-d'Or, d'où j'suis...

— Tais-toi, interrompit péremptoirement Tulacque. I' s'valent tous ; y en a pas un pour raccommoder l'autre.

— Oui, i' sont heureux, dit Volpatte... Mais tu crois p't'être qu'i' sont contents ? Pas du tout... I's roussent.

Il rectifia :

— Y en a un qu' j'ai rencontré et qui roussait. Il était bougrement embêté par la théorie : « C'est pas la peine d'apprendre la théorie, qu'i' disait, elle change tout l' temps. T'nez, le service prévôtal ; eh bien, vous apprenez c'qui fait le principal chapitre de la chose, après c'n'est plus ça. Ah ! quand cette guerre s'ra-t-elle finie ? qui disait.

— I's font ce qu'on leur dit de faire, ces gens, hasarda Eudore.

— Bien sûr ! C'est pas d'leur faute, en somme. N'empêche que ces soldats de profession, pensionnés, médaillés — alors que nous, on est qu'des civils — auront eu une drôle de façon de faire la guerre.

— Ça m'fait penser à un forestier qu'j'ai vu aussi, dit Volpatte, qui f'sait d'la rouscaillure rapport aux corvées qu'on l'obligeait. « C'est dégoûtant, m'disait c't'homme, c'qu'on fait d'nous. On est des anciens sous-off's, des soldats ayant au moins quatre années de service. On nous donne la haute paie, c'est vrai ; et après ? Nous sommes des fonctionnaires ! Mais on nous humilie. Dans des Q.G., on nous fait nettoyer, et enlever les ordures. Les civils voient c'traitement qu'on nous inflige et nous dédaignent. Et si tu as l'air de rouspéter, c'est tout juste si on n'parle pas de t'envoyer aux tranchées, comme les fantassins ! Qu'est-ce que devient notre prestige ? Quand nous serons de retour dans les communes, comme gardes, après la guerre — si on en revient de la guerre — les gens, dans les communes et les forêts, diront : "Ah ! c'est vous que vous décrottiez les rues à X... ?" Pour reprendre notre prestige compromis par l'injustice et l'ingratitude humaines, j'sais bien — qu'i' disait — qu'il va falloir verbaliser, et verbaliser encore, et verbaliser à tour de bras, même contre les riches, même contre les puissants ! » qu'i' disait.

— Moi, dit Lamuse, j'ai vu un gendarme qui était juste : « Le gendarme est sobre en général, qu'i' disait. Mais il y a toujours de sales bougres partout, pas ? Le gendarme fait positivement peur à l'habitant, c'est un fait, qu'i' disait ; eh bien, je l'avoue, y en a qui abusent à ça, et ceux-là — qu'est la racaille de la gendarmerie — s'font servir des p'tits verres. Si j'étais chef ou brigadier, j'les visserais, ceuss-là, et pas un peu, qu'i' disait, parce que l'opinion publique, qu'i' disait encore, s'en prend au corps de métier du fait de l'abus d'un seul agent verbalisateur. »

— Moi, dit Paradis, un des plus mauvais jours de ma vie, c'est qu'une fois j'ai salué un gendarme, le prenant pour un sous-lieutenant, avec ses brisques blanches. Heureusement (j'dis pas ça pour me consoler, mais parce que tout d'même c'est p'têt' vrai), heureusement que j'crois qu'i' m'a pas vu.

Un silence.

— Oui, videmment, murmurent les hommes. Mais quoi faire ? Faut pas s'en faire.

Un peu plus tard, alors que nous étions assis le long d'un mur, le

dos aux pierres, les pieds enfoncés et plantés par terre, Volpatte continua son déballage d'impressions.

— J'entre dans une salle qu'était un bureau du Dépôt, celui d'la
comptabilité j' crois bien. Elle grouillait d' tables. Y avait du monde
là d'dans comme au marché. Un nuage de paroles. Tout au long des
murs de chaque côté, et au milieu, des types assis devant leur étalage
comme des marchands d' vieux papiers. J'avais fait une demande pour
être reversé dans mon régiment et on m'avait dit : « Démerde-toi et
occupe-toi z'en. » J' tombe sur un sergent, un p'tit poseur, frais comme
l'œil, à lorgnon d'or — des lunettes à galon. Il était jeune, mais étant
rengagé, il avait l' droit de n' pas partir à l'avant. J'y dis : « Sergent ! »
Mais i' n'm'écoute pas, en train qu'il était d'engueuler un scribe :
« C'est malheureux, mon garçon, qu'i' disait : j'vous ai dit vingt fois
qu'il fallait en notifier un pour exécution au Chef d'Escadron, Prévôt
du C.A., et un à titre de renseignement, sans signature, mais avec mention de la signature, au Prévôt de la Force Publique d'Amiens et des
centres de la région dont vous avez la liste — sous couvert, bien
entendu, du général commandant la région. C'est pourtant bien simple », qu'i' disait.

« J' m'ai éloigné de trois pas pour attendre qu'il ait fini d'engueuler.
Cinq minutes après, je m'suis approché du sergent. I' m'a dit : « Mon
brave, j'ai pas l' temps d' m'occuper d' vous, j'ai bien d'autres choses
en tête. » En effet, il était dans tous ses états devant sa machine à écrire,
c't' espèce de moule, pa'c' qu'il avait oublié, qu'i' disait, d'appuyer sur
le levier d' la touche des majuscules, et alors, au lieu de souligner le
titre de sa page, il avait foutu en plein dessus une ligne de 8. Alors, i'
n'entendait rien et i' gueulait contre les Américains, vu qu' le système
de sa machine venait d'là.

« Après, i' rouspétait contre une autre jambe de laine, parce que sur
le bordereau de répartition des cartes, qu'i' disait, on avait pas mis le
Service des Subsistances, le Troupeau de Bétail et le Convoi Administratif de la 328ᵉ D.I.

« A côté, un outil s'entêtait à tirer sur la pâte plus de circulaires
qu'elle ne pouvait et i' suait sang et eau pour arriver à pondre des
fantômes à peine lisibles. D'autres causaient : "Où sont les attaches
parisiennes ?" que demandait un élégant. Et pis i' n'appellent pas les
choses par leur nom : "Dites-moi donc, s'il vous plaît, quels sont les
éléments cantonnés à X..." Les éléments, qu'est-ce que c'est que ce
parlage ? dit Volpatte.

« Au bout de la grande table où étaient les types que j' vous dis et
dont j' m'avais approché et en haut de laquelle le sergent, derrière un
monticule de papelars, se démenait et donnait des ordres (l'aurait mieux
fait de donner d' l'ordre), un bonhomme ne faisait rien et tapotait sur
son buvard avec sa patte : il était chargé, l' frère, du service des permissions, et, comme la grande attaque était commencée et que les permis-

sions étaient suspendues, i' n'avait pus rien à faire : "Chic ! alors !"
qu'i'disait.

« Et ça, c'est une table dans une salle, dans un service, dans un
dépôt. J'en ai vu d'autres, pis d'autres, de plus en plus. J' sais pus,
c'est à d'venir louftingue, que j' te dis.

— I's avaient des brisques ?

— Pas beaucoup là, mais dans les services qui sont en deuxièmes
lignes, tous en ont : t'as là d'dans des collections, des jardins d'accli-
mation de brisquards.

— C' que j'ai vu de plus joli en fait d' brisquards, dit Tulacque,
c'est un automobiliste habillé dans un drap qu' t'aurais dit du satin,
avec des brisques fraîches et des cuirs d'officier anglais, tout soldat de
2ᶜ classe qu'il était. Et l' doigt à la joue, il était appuyé du coude sur
c'te bath voiture ornée de glaces, dont il était l' valet d' chambre. Tu
t' serais marré. I' faisait un rond d' jambe, c'te chic fripouille !

— C'est tout à fait l' poilu qu'on voit dessiné dans les journaux à
femmes, les chics petits journaux cochons.

Chacun a son souvenir, son couplet sur ce sujet tant ruminé des
« filonneurs », et tout le monde se met à déborder et à parler à la fois.
Un brouhaha nous enveloppe au pied du mur triste où nous sommes
tassés comme des ballots, dans le décor piétiné, gris et boueux qui gît
devant nous, stérilisé par la pluie.

— ... Ses frusques commandées au pique-pouces, pas demandées au
garde-mites.

— ... Planton au Service Routier, pis à la Manute, pis cycliste au
ravitaillement du XIᶜ Groupe.

— ... I' a chaque matin un pli à porter au Service de l'Intendance,
au Canevas du Tir, à l'Équipage des Ponts, et le soir à l'A.D. et à l'A.T.
C'est tout.

— ... « Quand j' suis rentré d' perme, disait c't' ordonnance, les
bonnes femmes nous acclamaient à toutes les barrières de passage à
niveau du train. — Elles vous prenaient pour des soldats », qu' j'y dis...

— ... « Ah ! qu' j'y dis, vous êtes donc mobilisé, vous, qu' j'y dis.

— Parfaitement, qu'i' m' dit, attendu qu' j'ai fait une tournée d' conférences en Amérique avec mission du ministre. C'est p'têt' pas êt' mobilisé, ça ? Du reste, mon ami, qu'i' m'dit, j'paye pas mon loyer, donc
je suis mobilisé. »

— Et moi...

— Pour finir, cria Volpatte, qui fit taire tous les bourdonnements
avec son autorité de voyageur revenant de là-bas, pour finir, j'en ai vu,
d'un seul coup, toute une secouée à un gueuleton. Pendant deux jours,
j'ai été comme aide à la cuisine d'un des groupes de C.O.A., parce
qu'on ne pouvait pas me laisser à rien faire en attendant ma réponse,
qui s' dépêchait pas, vu qu'on y avait ajouté une redemande et une
archi-demande et qu'elle avait, aller et retour, trop d'arrêts à faire à
chaque bureau.

« Total, j'ai été cuistot dans c' bazar. Une fois j'ai servi, vu que l' cuisinier en chef était rentré de permission pour la quatrième fois, et était fatigué. J' voyais et j'entendais c' monde, toutes les fois qu' j'entrais dans la salle à manger, qu'était dans la Préfecture, et qu' tout c' bruit chaud et lumineux m'arrivait sur la gueule.

« I' n'y avait là-dedans rien que des auxiliaires, mais y en avait ben aussi dans l' nombre, du service armé : y avait des vieux, avec en plus pas mal de jeunes assis par-ci par-là.

« J'ai commencé à m'marrer quand un d' ces manches a dit : "Faut fermer les volets, c'est plus prudent." Mon vieux, on était à une pièce de deux cents kilomètres de la ligne de feu, mais c' vérolé-là, i' voulait faire croire qu'y aurait danger d' bombardement d'aéro...

— J'ai bien mon cousin, dit Tirloir, en se fouillant, qui m'écrit... Tiens, v'là c' qui' m'écrit : « Mon cher Adolphe, me voilà définitivement maintenu à Paris, comme attaché à la Boîte 60. Pendant qu' t'es là-bas, je reste donc dans la capitale, à la merci d'un taube ou d'un zeppelin ! »

— Ah ! Hi ! Ho !

Cette phrase répand une douce joie et on la digère comme une friandise.

— Après, reprit Volpatte, je m' suis marré plus encore pendant cette croûte d'embusqués. Comme dîner, ça f'sait bon : d'la morue, vu qu' c'était vendredi ; mais préparée comme les soles Marguerite, est-ce que je sais ? Mais comme parlement...

— I's appellent la baïonnette Rosalie, pas ?

— Oui, ces empaillés-là. Mais pendant l' dîner, ces messieurs parlaient surtout d'eux. Chacun, pour expliquer qu'i' n'était pas ailleurs, disait, en somme, tout en disant aut' chose et tout en mangeant comme un ogre : « Moi, j' suis malade, moi, j' suis affaibli, r'gardez-moi c'te ruine, moi, j' suis gaga. » I's allaient chercher des maladies dans l' fond d'eux pour s'en affubler : « J' voulais partir pour la guerre, mais j'ai une hernie, deux hernies, trois hernies. » Ah ! non, c' gueule-ton ! Les circulaires qui parlent d'expédier tout le monde, expliquait un loustic, c'est comme les vaudevilles, qu'il expliquait : y a toujours un dernier acte qui vient r'arranger tout le mic-mac du reste. C' troisième acte, c'est le paragraphe : « ... à moins que les besoins du service s'y opposent... » Y en a un qui racontait : « J'avais trois amis officiers sur qui j' comptais pour un coup d'épaule. Je voulais m'adresser à eux : l'un après l'autre un peu avant que j' fasse la demande, i's ont été tués à l'ennemi ; croyez-vous, qu'i' disait, que j'ai pas de chance ! » Un autre expliquait à un autre que, quant à lui, il aurait bien voulu partir, mais que le médecin-major l'avait pris à bras-le-corps pour le retenir de force au dépôt dans l'auxiliaire. « Eh bien, qu'i' disait, j' me suis résigné. Après tout, j' rendrai plus d' services en mettant mon intelligence au service du pays qu'en portant l' sac. » Et c'lui qu'était à côté faisait : « Oui », avec sa tirelire qu'était plumée en haut. Il avait

bien consenti à aller à Bordeaux pendant l' moment où les Boches
approchaient de Paris et où alors Bordeaux était devenu la ville chic,
mais après il était carrément revenu en avant, à Paris, et disait quéqu'
chose comme ça : « Moi j' suis utile à la France avec mon talent qu'i'
faut absolument que j' conserve à la France. »

« I's parlaient d'autres qu'étaient pas là : du commandant qui s' mettait à avoir un caractère impossible et i's expliquaient que tant plus i'
d'venait ramolli, tant plus i' d'venait dur ; d'un général qui faisait des
inspections inattendues à cette fin de débusquer le monde, mais qui,
depuis huit jours, était au pieu, très malade. "Il va mourir sûrement ;
son état n'inspire plus aucune inquiétude", qu'i's disaient, en fumant
des cigarettes que des poires de la haute envoient aux dépôts pour les
soldats du front. "Tu sais, qu'on disait, le tout p'tit Frazy, qui est si
mignon, c' Chérubin, il a enfin trouvé un filon pour rester : on a
demandé des tueurs de bœufs à l'abattoir, et il s'est fait embaucher là-
dedans par protection, quoique licencié en droit et malgré qu'i' soit
clerc de notaire. Quant au fils Flandrin, il a réussi à s' faire nommer
cantonnier. — Cantonnier, lui ? tu crois qu'on va l' laisser ? — Bien
sûr, répond un d' ces couillons, cantonnier, c'est pour longtemps..."

— Tu parles d'imbéciles et d' ploums, gronde Marthereau.

— Et ils étaient tous jaloux, je n' sais pas pourquoi, d'un nommé
Alfred, dont je me rappelle pas du nom : « Autrefois i' m'nait la grande
vie parisienne : i' déjeunait et dînait en ville. I' faisait dix-huit visites
par jour. I' papillonnait dans les salons depuis five o'clock jusqu'à
l'aube. Il était infatigable pour conduire les cotillons, organiser des
fêtes, avaler des pièces de théâtre, sans compter les parties d'auto, le
tout plein d' champagne. Mais v'là la guerre. Alors il n'est plus capable, le pauvre petit, de veiller un peu tard à un créneau et d' couper du
fil de fer. Il lui faut rester tranquillement au chaud. Et puis, lui, un
Parisien, aller en province, s'enterrer dans la vie des tranchées ? Jamais
de la vie ! — J' comprends, moi, répondait un mec, qu'ai trente-sept
ans, j' suis arrivé à l'âge de m' soigner ! » Et pendant que c't' individu
disait ça, j' pensais à Dumont, l' garde-chasse, qu'avait quarante-deux
ans, qui a été défoncé auprès d' moi sur la cote 132, si près, qu'après
que l' paquet de balles lui est entré dans la tête, mon corps remuait du
tremblement du sien.

— Et comment qu'i's étaient avec toi, ces gibiers ?

— I's' foutaient d' moi, mais ne l' montraient pas trop ! de temps
en temps seulement, quand i's pouvaient pus se r'tenir. I's me r'gardaient du coin de l'œil et faisaient surtout attention de n' pas
m' toucher en passant, parce que j'étais encore sale de la guerre.

« Ça m' dégoûtait un peu d'être au milieu de c't' amoncellement de
g'noux creux, mais je m'disais : "Allons, t'es d' passage, Firmin..." Y
a qu'une fois j'ai failli m' fout' en rogne, c'est quand un a dit : "Plus
tard, quand on r'viendra, si on r'vient." Ça non ! Il n'avait pas le droit
de dire ça. J' veux bien qu'on filoche, mais pas qu'on joue à l'homme

exposé quand on a foutu l' camp, avant d' partir. Et tu les entendais aussi raconter des batailles, car i's sont au courant mieux qu' toi des grands machins et d' la façon dont s' goupille la guerre, et après, quand tu r'viendras, si tu r'viens, c'est toi qu'auras tort au milieu de toute cette tripotée de blagueurs, avec ta p'tite vérité.

« Ah ! ce soir-là, mon vieux, ces têtes dans la fumée des lumières, la ribouldingue de ces gens qui jouissaient de la vie, qui profitaient de la paix ! On aurait dit un ballet d' théâtre, une apothéose, tu sais ? Y en avait, y en avait... Y en a encore des cent mille, conclut enfin Volpatte, ébloui.

Mais les hommes qui payaient de leur force et de leur vie la sécurité des autres s'amusaient de la colère qui l'étouffait, l'acculait dans son coin et le submergeait sous des spectres d'embusqués.

— Heureusement qu'i' nous parle pas des ouvriers d'usine qu'ont fait leur apprentissage à la guerre et d' tous ceux qui sont restés chez eux sous des prétextes de défense nationale mis sur pattes en cinq sec ! murmura Tirette. I' nous jamberait avec ça jusqu'à la Saint-Saucisson.

— Tu dis qu'y en a des cent mille, peau d' mouche, railla Barque. Eh bien, en 1914, t'entends bien ? Millerand, le ministre de la Guerre, a dit aux députés : « Il n'y a pas d'embusqués. »

— Millerand, grogna Volpatte, mon vieux, je l' connais pas, c't' homme-là, mais, s'il a dit ça, c'est vraiment un salaud !

— Mon vieux, les autres, i' font c' qu'i' veul't dans leur pays, mais chez nous, et même dans un régiment en ligne, y a des filons, des inégalités.

— On est toujours, dit Bertrand, l'embusqué de quelqu'un.

— Ça c'est vrai : n'importe comment tu t'appelles, tu trouves, toujours, toujours, moins crapule et plus crapule que toi.

— Tous ceux qui chez nous ne montent pas aux tranchées, ou ceux qui ne vont jamais en première ligne ou même ceux qui n'y vont que de temps en temps, c'est, si tu veux, des embusqués et tu verrais combien y en a, si on ne donnait des brisques qu'aux vrais combattants.

— Y en a deux cent cinquante par régiment de deux bataillons, dit Cocon.

— Y a les ordonnances, et à un moment, y avait même les tampons des adjudants.

— Les cuistots et les sous-cuistots.

— Les sergents-majors et le plus souvent les fourriers.

— Les caporaux d'ordinaire et les corvées d'ordinaire.

— Qué'ques piliers de bureau et la garde du drapeau.

— Les vaguemestres.

— Les conducteurs, les ouvriers et toute la section, avec tous ses gradés, et même les sapeurs.

— Les cyclistes.

— Pas tous.

— Presque tout le service de santé.

— Pas les brancardiers, bien entendu, puisque non seulement i's font un foutu métier, mais qu'i's s' logent avec les compagnies, et, en cas d'assaut, chargent avec leur brancard ; mais les infirmiers.

— C'est presque tous curés, surtout à l'arrière. Parce que, tu sais, les curés qui portent le sac, j'en ai pas vu lourd, et toi ?

— Moi non plus. Dans des journaux, mais pas ici.

— Y en a eu, i' paraît.

— Ah !

— C'est égal ! L' fantassin i' prend qu'èque chose dans c'te guerre-là.

— Y en a d'autres aussi qui sont exposés. Y en a pas qu' pour nous !

— Si ! dit âprement Tulacque, y en a presque que pour nous !

Il ajouta :

— Tu m' diras — j' sais bien c' que tu vas m' dire — que les automobilistes et les artilleurs lourds ont pris à Verdun. C'est vrai, mais i's ont tout d' même le filon à côté d' nous. Nous, on est exposés toujours comme eux l'ont été une fois (et même on a en plus les balles et les grenades qu'i's n'ont pas). Les artilleurs lourds, i's ont élevé des lapins près d' leurs guitounes, et i's ont fait des omelettes pendant dix-huit mois. Nous, on est vraiment au danger ; ceux qui y sont un peu, ou une fois, n'y sont pas. Alors, comme ça, tout le monde y serait : la bonne d'enfants qui navigue dans les rues d' Paris l'est aussi, pisqu'y a les taubes et les zeppelins, comme disait c't' andouille que parlait l' copain tout à l'heure.

— A la première expédition des Dardanelles, y a bien eu un pharmacien blessé par un éclat. Tu m' crois pas ? C'est vrai pourtant, un officier à bordure verte blessé !

— C'est l' hasard, comme j' l'écrivais à Mangouste, conducteur d'un cheval haut-le-pied à la section, et qui a été blessé, mais lui c'était par un camion.

— Mais oui, c'est tel que ça. Après tout, une bombe peut dégringoler sur une promenade à Paris, ou à Bordeaux ou à Salonique.

— Oui, oui. Alors c'est trop facile de dire : « Faisons pas de différence entre les dangers ! » Minute, depuis le commencement, y en a quelques-uns d'eux autres qui ont été tués par un malheureux hasard : de nous, y en a quéqu's-uns qui vivent encore, par un hasard heureux. C'est pas pareil, ça, vu qu' quand on est mort c'est pour longtemps.

— Voui, dit Tirette, mais vous d'venez empoisonnants avec vos histoires d'embusqués. Du moment qu'on n'y peut rien, faudrait voir à tourner la page. Ça me fait penser à un ancien garde champêtre de Cherey, où on était l' mois dernier, qui marchait dans les rues de la ville en zyeutant partout pour dégoter un civil en âge de porter les armes, et qui flairait les fricoteurs comme un dogue. V'là-t-i' pas qu'i' s'arrête devant une forte commère qu'avait d' la moustache, et n' regarde plus que c'te moustache et il l'engueule : « Tu n' pourrais pas être sur le front, toi ? »

— Moi, dit Pépin, j' m'en fais pas pour les embusqués ou les demi-embusqués, pisque c'est perdre le temps qu'on a, mais où j' les ai à la caille, c'est quand i' crânent. J' suis d'l'avis d' Volpatte : qu'i's filonnent, bon, c'est humain, mais qu'après, i' viennent pas dire : « J'ai été un guerrier. » Tiens, les engagés, par exemple...

— Ça dépend des engagés. Ceux qui se sont engagés sans conditions, dans l'infanterie, oui — c'est drôle, mais faut s' taire ; mais les engagés dans les services ou les armes spéciales, même l'artillerie lourde, i' commencent à m' taper sur l'os. On les connaît, ceux-là ! I's diront, en f'sant l' gracieux dans leur monde : « J' m'ai engagé pour la guerre. — Ah ! comme c'est beau, c' que vous avez fait : vous avez, de votre propre volonté, affronté la mitraille ! — Mais oui, madame la marquise, j' suis comme ça. » Eh, va donc, fumiste !

— J' connais un monsieur qui s'est engagé dans les parcs d'aviation. Il avait un bel uniforme : il aurait mieux fait de s'engager à l'Opéra-Comique.

— Oui, mais c'est toujours la même histoire. I' n'aurait pas pu dire après dans les salons : « Tenez, me v'là : regardez ma gueule d'engagé volontaire ! »

— Qu'est-ce que j' dis « il aurait aussi bien fait ! ». Il aurait beaucoup mieux fait, oui. Au moins il aurait carrément fait rigoler les autres, au lieu d' les faire rire jaune.

— Quand il y a la guerre, on doit risquer sa peau, pas, caporal ?

— Oui, dit Bertrand. La guerre signifie danger de mort pour tout le monde, pour tout le monde : personne n'est sacré. Il faut donc y aller tout droit, et non pas faire semblant de le faire, avec un uniforme de fantaisie. Les services de l'arrière, qui sont nécessaires, doivent être assurés automatiquement par les vrais faibles et les vrais vieux.

— Vois-tu, y a eu trop d' gens riches et à relations qui ont crié : « Sauvons la France ! — et commençons par nous sauver ! » A la déclaration de la guerre, y a eu un grand mouvement pour essayer de se défiler, voilà c' qu' y a eu. Les plus forts ont réussi. J'ai remarqué, moi, dans mon p'tit coin, qu' c'étaient surtout ceux qui gueulaient le plus, avant, au patriotisme... En tout cas — comme ils disaient tout à l'heure, eux autres — si on s' carre à l'abri, la dernière vacherie qu'on puisse faire c'est d' faire croire qu'on a risqué. Pa'c' que ceux qui risquent vraiment, on doit les aimer autant que les morts.

— Et pis après ? C'est toujours comme ça, mon vieux. Tu changeras pas l'homme.

— Rien à faire. Rouspéter, t' plaindre ? Tiens, en fait d' plainte, t'as connu Margoulin ?

— Margoulin, c' bon type de chez nous qu'on a laissé mourir sur le Crassier parc' qu'on l'a cru mort ?

— Eh ben, lui voulait s' plaindre. Tous les jours i' parlait d' faire une réclamation sur tout ça là-dessus au capitaine, au commandant, et de d'mander qu'i' soit établi que chacun montera à son tour aux tranchées. Tu l'entendais dire après la croûte : « J'y dirai, vrai comme v'là un quart de vin là.» Et l'instant d'après : « Si j'y dis pas, c'est qu' jamais y a un quart de vin là.» Et si tu r'passais tu l' r'entendais : « Tiens, c'est-i' un quart de vin ça ? Eh bien, tu verras si j'y dirai !» Total : i' n'a rien dit du tout. Tu m' diras : « Il a été tué.» C'est vrai, mais avant, il avait eu le temps de le faire deux mille fois.

— Tout ça, ça m'emmerde, gronda Blaire, sombre, avec un éclair de fureur.

— Nous autres, on n'a rien vu — vu qu'on voit rien. Mais si on voyait !...

— Mon vieux, s'écria Volpatte, les dépôts, écoute bien c' que j' vais t' dire : faudrait détourner dans eux tous, tout partout, la Seine, la Garonne, le Rhône et la Loire pour les nettoyer. En attendant là-dedans, i's vivent, et même i's vivent bien, et i's vont roupiller tranquillement, chaque nuit, chaque nuit !

Le soldat se tut. Au loin, il voyait, lui, la nuit qu'on passe, recroquevillé, palpitant d'attention et tout noir, au fond du trou d'écoute dont se silhouette, tout autour, la mâchoire déchiquetée, chaque fois qu'un coup de canon jette son aube dans le ciel.

Cocon fit amèrement :

— Ça ne donne pas envie de mourir.

— Mais si, reprend placidement quelqu'un, mais si... N'exagère pas, voyons, peau d'hareng saur.

10

Argoval

Le crépuscule du soir arrivait du côté de la campagne. Une brise douce, douce comme des paroles, l'accompagnait.

Dans les maisons posées le long de cette voie villageoise — grande route habillée sur quelques pas en grande rue — les chambres, que leurs fenêtres blafardes n'alimentaient plus de la clarté de l'espace, s'éclairaient de lampes et de chandelles, de sorte que le soir en sortait pour aller dehors, et qu'on voyait l'ombre et la lumière changer graduellement de place.

Au bord du village, vers les champs, des soldats déséquipés erraient, le nez au vent. Nous finissions la journée en paix. Nous jouissions de cette oisiveté vague dont on éprouve la bonté quand on est vraiment las. Il faisait beau ; l'on était au commencement du repos, et on rêvait. Le soir semblait aggraver les figures avant de les assombrir, et les fronts réfléchissaient la sérénité des choses.

Le sergent Suilhard vint à moi et me prit par le bras. Il m'entraîna.

— Viens, me dit-il, je vais te montrer quelque chose.

Les abords du village abondaient en rangées de grands arbres calmes, qu'on longeait, et, de temps en temps, les vastes ramures, sous l'action de la brise, se décidaient à quelque lent geste majestueux.

Suilhard me précédait. Il me conduisit dans un chemin creux qui tournait, encaissé ; de chaque côté, poussait une bordure d'arbustes dont les faîtes se rejoignaient étroitement. Nous marchâmes quelques instants environnés de verdure tendre. Un dernier reflet de lumière, qui prenait ce chemin en écharpe, accumulait dans les feuillages des points jaunes clairs ronds comme des pièces d'or.

— C'est joli, fis-je.

Il ne disait rien. Il jetait les yeux de côté. Il s'arrêta.

— Ça doit être là.

Il me fit grimper par un petit bout de chemin dans un champ entouré d'un vaste carré de grands arbres, et bondé d'une odeur de foin coupé.

— Tiens ! remarquai-je en observant le sol, c'est tout piétiné par ici. Il y a eu une cérémonie.

— Viens, me dit Suilhard.

Il me conduisit dans le champ, non loin de l'entrée. Il y avait là un groupe de soldats qui parlaient à voix baissée. Mon compagnon tendit la main.

— C'est là, dit-il.

Un piquet très bas — un mètre à peine — était planté à quelques pas de la haie, faite à cet endroit de jeunes arbres.

— C'est là, dit-il, qu'on a fusillé le soldat du 204, ce matin.

« On a planté le poteau dans la nuit. On a amené le bonhomme à l'aube, et ce sont les types de son escouade qui l'ont tué. Il avait voulu couper aux tranchées ; pendant la relève, il était resté en arrière, puis était rentré en douce au cantonnement. Il n'a rien fait autre chose ; on a voulu, sans doute, faire un exemple.

Nous nous approchâmes de la conversation des autres :

— Mais non, pas du tout, disait l'un. C'était pas un bandit ; c'était pas un de ces durs cailloux comme tu en vois. Nous étions partis ensemble. C'était un bonhomme comme nous, ni plus, ni moins — un peu flemme, c'est tout. Il était en première ligne depuis le commencement, mon vieux, et j' l'ai jamais vu saoul, moi.

— Faut tout dire : malheureusement pour lui, qu'il avait de mauvais antécédents. Ils étaient deux, tu sais, à faire le coup. L'autre a pigé deux ans de prison. Mais Cajard [1], à cause d'une condamnation qu'il avait eue dans le civil, n'a pas bénéficié de circonstances atténuantes. Il avait, dans le civil, fait un coup de tête étant saoul.

— On voit un peu d' sang par terre quand on r'garde, dit un homme penché.

— Y a tout eu, reprit un autre, la cérémonie depuis A jusqu'à Z, le

---

1. J'ai changé le nom de ce soldat, ainsi que celui du village. (H.B.)

colonel à cheval, la dégradation ; puis on l'a attaché, à c' petit poteau bas, c' poteau d' bestiaux. Il a dû être forcé de s' mettre à genoux ou de s'asseoir par terre avec un petit poteau pareil.

— Ça s' comprendrait pas, fit un troisième après un silence, s'il n'y avait pas cette chose de l'exemple que disait le sergent.

Sur le poteau, il y avait, gribouillées par les soldats, des inscriptions et des protestations. Une croix de guerre grossière, découpée en bois, y était clouée et portait : « A Cajard, mobilisé depuis août 1914, la France reconnaissante. »

En rentrant au cantonnement, je vis Volpatte, entouré, qui parlait. Il racontait quelque nouvelle anecdote de son voyage chez les heureux.

11

Le chien

Il faisait un temps épouvantable. L'eau et le vent assaillaient les passants, criblaient, inondaient et soulevaient les chemins.

De retour de corvée, je regagnais notre cantonnement, à l'extrémité du village. A travers la pluie épaisse, le paysage de ce matin-là était jaune sale, le ciel tout noir — comme couvert d'ardoises. L'averse fouettait l'abreuvoir avec ses verges. Le long des murs, des formes se rapetissaient et filaient, pliées, honteuses, en barbotant.

Malgré la pluie, la basse température et le vent aigu, un attroupement s'agglomérait devant la poterne de la ferme où nous logions. Les hommes serrés là, dos à dos, formaient, de loin, comme une vaste éponge grouillante. Ceux qui voyaient, par-dessus les épaules et entre les têtes, écarquillaient les yeux et disaient :

— Il en a du fusil, le gars !

— Pour n'avoir pas les grolles, i' n'a point les grolles !

Puis les curieux s'éparpillèrent, le nez rouge et la face trempée, dans l'averse qui cinglait et la bise qui pinçait, et, laissant retomber leurs mains qu'ils avaient levées au ciel d'étonnement, ils les enfonçaient dans leurs poches.

Au centre, demeura, strié de pluie, le sujet du rassemblement : Fouillade, le torse nu, qui se lavait à grande eau.

Maigre comme un insecte, agitant de longs bras minces, frénétique et tumultueux, il se savonnait et s'aspergeait la tête, le cou et la poitrine jusqu'au grillage proéminent de ses côtes. Sur sa joue creusée en entonnoir l'énergique opération avait étalé une floconneuse barbe de neige, et elle accumulait sur le sommet de son crâne une visqueuse toison que la pluie perforait de petits trous.

Le patient utilisait, en guise de baquet, trois gamelles qu'il avait remplies d'eau trouvée on ne savait où dans ce village où il n'y en avait pas, et, comme il n'existait nulle part, dans l'universel ruissellement céleste et terrestre, de place propre pour poser quoi que ce fût, il fourrait, après usage, sa serviette dans la ceinture de son pantalon, et mettait, chaque fois qu'il s'en était servi, son savon dans sa poche.

Ceux qui étaient encore là admiraient cette gesticulation épique au sein des intempéries, et répétaient en hochant la tête :

— C'est une maladie de propreté qu'il a.

— Tu sais qu'i' va avoir une citation, qu'on dit, pour l'affaire du trou d'obus avec Volpatte.

— Ben, mon vieux cochon, les a pas volées, ses citations !

Et on mêlait, sans bien s'en rendre compte, les deux exploits, celui de la tranchée et celui-là, et on le regardait comme le héros du jour, tandis qu'il soufflait, reniflait, haletait, rauquait, crachait, essayait de s'essuyer sous la douche aérienne, par coups rapides et comme par surprise, puis, enfin, se rhabillait.

Une fois lavé, il a froid.

Il tourne sur place et se poste, debout, à l'entrée de la grange où l'on gîte. La bise glaciale tache et placarde la peau de sa longue face creuse et basanée, tire des larmes de ses yeux et les éparpille sur ses joues mordues jadis par le mistral ; et son nez aussi pleure et pleuvote.

Vaincu par la lanière subtile du vent qui l'attrape aux oreilles, malgré son cache-nez noué autour de sa tête, et aux mollets malgré les bandes jaunes dont ses jambes de coq sont écaillées, il rentre dans la grange, mais il en ressort aussitôt, en roulant des yeux féroces et en murmurant : « Pute de moine » et : « Voleur ! » avec l'accent qui éclôt aux gosiers à mille kilomètres d'ici, dans le coin de terre d'où la guerre l'exila.

Et il reste debout, dehors, dépaysé plus qu'il ne le fut jamais dans ce décor septentrional. Et le vent vient, se glisse en lui, et revient, avec de brusques mouvements, secouer et malmener ses formes décharnées et légères d'épouvantail.

C'est qu'elle est quasi inhabitable — coquine de Diou ! — la grange qu'on nous a assignée pour vivre pendant cette période de repos. Cet asile s'enfonce, ténébreux, suintant et étroit comme un puits. Toute une moitié en est inondée — on y voit surnager des rats — et les hommes sont massés dans l'autre moitié. Les murs, faits de lattes agglutinées par de la boue séchée, sont cassés, fendus, percés, sur tout le pourtour, et largement troués dans le haut. On a bouché tant bien que mal, la nuit où l'on est arrivé — jusqu'au matin — les lézardes qui sont à portée de la main, en y fourrant des branches feuillues et des claies. Mais les ouvertures du haut et du toit sont toujours béantes. Alors qu'un faible jour impuissant y demeure suspendu, le vent, au contraire, s'y engouffre, s'y aspire de tous côtés, de toute sa force, et l'escouade subit la poussée d'un éternel courant d'air.

Et quand on est là, on demeure planté debout, dans cette pénombre bouleversée, à tâtonner, à grelotter et à geindre.

Fouillade, qui est rentré encore une fois, aiguillonné par le froid, regrette de s'être lavé. Il a mal aux reins et dans le côté. Il voudrait faire quelque chose, mais quoi ?

S'asseoir ? Impossible. C'est trop sale, là dedans : la terre et les pavés sont enduits de boue, et la paille disposée pour le couchage est tout humide à cause de l'eau qui s'y infiltre et des pieds qui s'y décrottent. De plus, si l'on s'assoit, on gèle, et si on s'étend sur la paille, on est incommodé par l'odeur du fumier et égorgé par les émanations ammoniacales... Fouillade se contente de regarder sa place en bâillant à décrocher sa longue mâchoire qu'allonge une barbiche où l'on verrait des poils blancs si le jour était vraiment le jour.

— Les autres copains et poteaux, dit Marthereau, faut pas croire qu'i' soyent mieux ni plus bien que nous. Après la soupe, j'ai été voir un gibier à la onzième, dans la ferme, près de l'infirmerie. Il faut enjamber de l'autre côté d'un mur par une échelle trop courte — tu parles d'un coup de ciseau, remarque Marthereau qui est court sur pattes — et une fois qu' t'es dans c' poulailler et c' clapier, t'es bousculé et pigné par tout un chacun et tu gênes tout un chacun. Tu sais pas où mett' tes pommes. J' suis filé de là en ripant.

— J'ai voulu, moi, dit Cocon, quand on a été quitte de becqueter, entrer chez l' forgeron pomper quelque chose de chaud, en l'achetant. Hier, i' vendait du jus, mais des cognes sont passés là ce matin : le bonhomme a la tremblotte et il a fermé sa porte à clef.

Fouillade les a vus rentrer la tête basse et venir s'échouer au pied de leur litière.

Lamuse a essayé de nettoyer son fusil. Mais on ne peut pas nettoyer son fusil ici, même en s'installant par terre, près de la porte, même en soulevant la toile de tente mouillée, dure et glacée, qui pend devant comme une stalactite : il fait trop sombre.

— Et pis, ma vieille, si tu laisses tomber une vis, tu peux t' mettre la corde pour la retrouver, surtout qu'on est bête de ses pattes quand on a froid.

— Moi, j'aurais des choses à coudre, mais, salut !

Reste une alternative : s'étendre sur la paille, en s'enveloppant la tête dans un mouchoir ou une serviette pour s'isoler de la puanteur agressive qu'exhale la fermentation de la paille, et dormir. Fouillade qui n'est, aujourd'hui, ni de corvée, ni de garde, et est maître de tout son temps, s'y décide. Il allume une bougie pour chercher dans ses affaires, dévide le boyau d'un cache-nez, et on voit ses formes étiques, découpées en noir, qui se plient et se déplient.

— Aux patates, là dedans, mes petits agneaux ! brame à la porte, dans une forme encapuchonnée, une voix sonore.

C'est le sergent Henriot. Il est bonhomme et malin, et tout en plaisantant avec une grossièreté sympathique, il surveille l'évacuation du cantonnement à cette fin que personne ne tire au flanc. Dehors, dans la pluie infinie, sur la route coulante, s'égrène la deuxième section, racolée, elle aussi, et poussée au travail par l'adjudant. Les deux sections se mêlent. On grimpe la rue, on gravit le monticule de terre glaise où fume la cuisine roulante.

— Allons, mes enfants, jetons-en un coup, c'est pas long, quand tout le monde s'y met... Allons, qu'est-ce t'as à rouspéter, encore, toi ? Ça sert à rien.

Vingt minutes après, on rentre au trot. Dans la grange, on ne touche plus en tâtonnant que des choses et des formes trempées, humides et frigides, et une âcre senteur de bête mouillée s'ajoute aux exhalaisons du purin que renferment nos lits.

On se rassemble, debout, autour des madriers qui soutiennent la grange, et autour des filets d'eau qui tombent verticalement des trous du toit — vagues colonnes au vague piédestal d'éclaboussements.

— Les voilà ! crie-t-on.

Deux masses, successivement, bouchent la porte, saturées d'eau et qui s'égouttent. Lamuse et Barque sont allés à la recherche d'un brasero. Ils reviennent de cette expédition, complètement bredouilles, hargneux et farouches : « Pas l'ombre d'un fourneau. D'ailleurs ni bois ni charbon, même en se ruinant pour.»

Impossible d'avoir du feu.

— La commande, elle est loupée, et là où j'ai pas réussi, personne réussira, dit Barque avec un orgueil que cent exploits justifient.

On reste immobile, on se déplace lentement, dans le peu d'espace qu'on a, assombris par tant de misère.

— A qui c' journal ?

— C'est à mi, dit Bécuwe.

— Qu'est-c' qui chante ? Ah, zut, on peut pas lire dans c'te nuit !

— I's disent comme cha, qu'à ch't' heure, on a fait tout ch' qu'i fallait pour l'soldats, et les récaufir dans s' tranchées. I's ont toudich' qu'i leur faut, et d' lainages, et d'kemises, d' fourneaux, d' brasos et d' carbon à pleins tubins. Et qu'ch' est comme cha dans l' tranchées d' première ligne.

— Ah ! tonnerre de Dieu ! ronchonnent quelques-uns des pauvres prisonniers de la grange, et ils montrent le poing au vide du dehors et au papier du journal.

Mais Fouillade se désintéresse de ce qu'on dit. Il a plié dans l'ombre sa grande carcasse de don Quichotte bleuâtre et tendu son cou sec tressé de cordes à violon. Quelque chose est là, par terre, qui l'attire.

C'est Labri, le chien de l'autre escouade.

Labri, vague berger mâtiné à queue coupée, est couché en rond sur une toute petite litière de poussière de paille.

Il le regarde et Labri le regarde.

Bécuwe s'approche et, avec son accent chantant des environs de Lille :

— Il minge pas s'pâtée. Il va pas, ch'tiot kien. Eh ! Labri, qu'ch'o qu't'as ? V'là tin pain, tin viande. R'vêt'cha. Cha est bon, deslo qu'est dans t'tubin... l' s'ennuie, i' souffre. Un d'ch'matin, on l' r'trouvera, ilo, crévé.

Labri n'est pas heureux. Le soldat à qui il est confié est dur pour lui et le malmène volontiers, et, par ailleurs, ne s'en préoccupe guère. L'animal est attaché toute la journée. Il a froid, il est mal, il est abandonné. Il ne vit pas sa vie. Il a, de temps en temps, des espoirs de sortie en voyant qu'on s'agite autour de lui, il se lève en s'étirant et ébauche un frétillement de queue. Mais c'est une illusion, et il se recouche, en regardant exprès à côté de sa gamelle presque pleine.

Il s'ennuie, il se dégoûte de l'existence. Même s'il évite la balle ou l'éclat auquel il est tout aussi exposé que nous, il finira par mourir ici.

Fouillade étend sa maigre main sur la tête du chien ; celui-ci le dévisage à nouveau. Leurs deux regards sont pareils, avec cette différence que l'un vient d'en haut et l'autre d'en bas.

Fouillade s'est assis tout de même — tant pis ! — dans un coin, les mains protégées par les plis de sa capote, ses longues jambes renfermées comme un lit pliant.

Il songe, les yeux clos sous ses paupières bleutées. Il revoit. C'est un de ces moments où le pays dont on est séparé prend, dans le lointain, des douceurs de créature. L'Hérault parfumé et coloré, les rues de Cette. Il voit si bien, de si près, qu'il entend le bruit des péniches du canal du Midi et des déchargements des docks, et que ces bruits familiers l'appellent distinctement.

En haut du chemin qui sent le thym et l'immortelle si fort que cette odeur vient dans la bouche et est presque un goût, au milieu du soleil, dans une bonne brise toute parfumée et chauffée, qui n'est que le coup d'aile des rayons, sur le mont Saint-Clair, fleurit et verdoie la baraquette des siens. De là, on voit en même temps, se rejoignant, l'étang de Thau, qui est vert bouteille, et la mer Méditerranée, qui est bleu ciel, et on aperçoit aussi quelquefois, au fond du ciel indigo, le fantôme découpé des Pyrénées.

C'est là qu'il est né, qu'il a grandi, heureux, libre. Il jouait, sur la terre dorée et rousse, et même il jouait au soldat. L'ardeur de manier un sabre de bois animait ses joues rondes qui sont maintenant ravinées et comme cicatrisées... Il ouvre les yeux, regarde autour de lui, hoche la tête, et s'adonne au regret du temps où il avait un sentiment pur, exalté, ensoleillé, de la guerre et de la gloire.

L'homme met sa main devant ses yeux, pour retenir la vision intérieure.

Maintenant, c'est autre chose.

C'est là-haut, au même endroit, que, plus tard, il a connu Clémence. La première fois, elle passait, luxueuse de soleil. Elle portait dans ses bras une javelle de paille et elle lui est apparue si blonde qu'à côté de sa tête la paille avait l'air châtain. La seconde fois, elle était accompagnée d'une amie. Elles s'étaient arrêtées toutes les deux pour l'observer. Il les entendit chuchoter et se tourna vers elles. Se voyant découvertes, les deux jeunes filles se sauvèrent en froufroutant, avec un rire de perdrix.

Et c'est là aussi qu'ils ont, tous les deux, ensuite, établi leur maison. Sur le devant court une vigne qu'il soigne en chapeau de paille, quelle que soit la saison. A l'entrée du jardin se tient le rosier qu'il connaît bien et qui ne se sert de ses épines que pour essayer de le retenir un peu quand il passe.

Retournera-t-il près de tout cela ? Ah ! il a vu trop loin au fond du passé, pour ne pas voir l'avenir dans son épouvantable précision. Il songe au régiment décimé à chaque relève, aux grands coups durs qu'il y a eu et qu'il y aura, et aussi à la maladie, et aussi à l'usure...

Il se lève, s'ébroue, pour se débarrasser de ce qui fut et de ce qui sera. Il retombe au milieu de l'ombre glacée et balayée par le vent, au milieu des hommes épars et décontenancés qui, à l'aveugle, attendent le soir, il retombe dans le présent et continue à frissonner.

Deux pas de ses longues jambes le font buter sur un groupe où, pour se distraire et se consoler, à mi-voix on parle mangeaille.

— Chez moi, dit quelqu'un, on fait des pains immenses, des pains ronds, grands comme des roues de voiture, tu parles !

Et l'homme se donne la joie d'écarquiller les yeux tout grands, pour voir les pains de chez lui.

— Chez nous, intervient le pauvre Méridional, les repas de fêtes sont si longs, que le pain, frais au commencement, est rassis à la fin !

— Y a un p'tit vin... I' n'a l'air de rien, ce p'tit vin d'chez nous, eh bien, mon vieux, s'i' n'a pas quinze degrés, i' n'en a pa' un !

Fouillade parle alors d'un rouge presque violet, qui supporte bien le coupage, comme s'il avait été mis au monde pour ça.

— Nous, dit un Béarnais, y a l' jurançon ; mais l' vrai, pas c'qu'on t'vend pour jurançon et qui vient d'Paris. Moi, j'connais un des propriétaires justement.

— Si tu vas par là, dit Fouillade, j'ai chez moi les muscats de tout genre, de toutes les couleurs de la gamme, tu croirais des échantillons d'étoffe de soie. Tu viendrais chez moi un mois d'temps que j't'en f'rais goûter chaque jour du pas pareil, mon pitchoun.

— Tu parles d'une noce ! dit le soldat reconnaissant.

Et il arrive que Fouillade s'émeut à ces souvenirs de vin où il plonge et qui lui rappellent aussi la lumineuse odeur d'ail de sa table lointaine. Les émanations du gros bleu et des vins de liqueur délicatement nuancés lui montent à la tête, parmi la lente et triste tempête qui sévit dans la grange.

Il se remémore brusquement, qu'établi dans le village où l'on cantonne est un cabaretier originaire de Béziers. Magnac lui a dit : « Viens donc me voir, mon camarade, un de ces quatre matins, on boira du vin de là-bas, macarelle ! J'en ai quelques bouteilles que tu m'en diras des nouvelles. »

Cette perspective, tout d'un coup, éblouit Fouillade. Il est parcouru dans toute sa longueur d'un tressaillement de plaisir, comme s'il avait trouvé sa voie... Boire du vin du Midi et même de son Midi spécial, en boire beaucoup... Ce serait si bon de revoir la vie en rose, ne serait-ce qu'un jour ! Hé oui, il a besoin de vin, et il rêve de se griser. Incontinent, il quitte les parleurs pour aller de ce pas s'attabler chez Magnac.

Mais il se cogne à la sortie — à l'entrée — contre le caporal Broyer, qui va galopant dans la rue comme un camelot en criant à chaque ouverture :

— Au rapport !

La compagnie se rassemble et se forme en carré, sur la butte glaiseuse où la cuisine roulante envoie de la suie à la pluie.

« J'irai boire après le rapport ! » se dit Fouillade.

Et il écoute, distraitement, tout à son idée, la lecture du rapport. Mais si distraitement qu'il écoute, il entend le chef qui lit : « Défense absolue de sortir des cantonnements avant dix-sept heures, et après vingt heures », et le capitaine qui, sans relever le murmure circulaire des poilus, commente cet ordre supérieur :

— C'est ici le Quartier Général de la Division. Tant que vous y serez, ne vous montrez pas. Cachez-vous. Si le Général de Division vous voit dans la rue, il vous fera immédiatement mettre de corvée. Il ne veut pas voir un soldat. Restez cachés toute la journée au fond de vos cantonnements. Faites ce que vous voudrez, à condition qu'on ne vous voie pas, personne !

Et l'on rentre dans la grange.

Il est deux heures. Ce n'est que dans trois heures, quand il fera tout à fait nuit, que l'on pourra se risquer dehors sans être puni.

Dormir en attendant ? Fouillade n'a plus sommeil ; son espoir de vin l'a secoué. Et puis, s'il dort le jour, il ne dormira pas la nuit. Ça non ! Rester les yeux ouverts, la nuit, c'est pire que le cauchemar.

Le temps s'assombrit encore. La pluie et le vent redoublent, dehors et dedans...

Alors quoi ? Si on ne peut ni rester immobile, ni s'asseoir, ni se coucher, ni se balader, ni travailler, quoi ?

Une détresse grandissante tombe sur ce groupe de soldats fatigués et transis, qui souffrent dans leur chair et ne savent vraiment pas quoi faire de leur corps.

— Nom de Dieu, c'qu'on est mal !

Ces abandonnés crient cela comme une lamentation, un appel au secours.

Puis, instinctivement, ils se livrent à la seule occupation possible ici-bas pour eux : faire les cent pas sur place pour échapper à l'ankylose et au froid.

Et les voilà qui se mettent à déambuler très vite, de long en large, dans ce local exigu qu'on a parcouru en trois enjambées, qui tournent en rond, se croisant, se frôlant, penchés en avant, les mains dans les poches, en tapant la semelle par terre. Ces êtres, que cingle la bise jusque sur leur paille, semblent un assemblage de miséreux déchus des villes qui attendent, sous un ciel bas d'hiver, que s'ouvre la porte de quelque institution charitable. Mais la porte ne s'ouvrira pas pour ceux-là, sinon dans quatre jours, à la fin du repos, un soir, pour remonter aux tranchées.

Seul dans un coin, Cocon est accroupi. Il est mordu de poux, mais, affaibli par le froid et l'humidité, il n'a pas le courage de changer de linge, et il reste là, sombre, immobile et mangé...

A mesure qu'on approche, malgré tout, de cinq heures du soir, Fouillade recommence à s'enivrer de son rêve de vin, et il attend, avec cette lueur à l'âme.

— Quelle heure est-il ?... Cinq heures moins un quart... Cinq heures moins cinq... Allons !

Il est dehors dans la nuit noire. Par grands sautillements clapotants, il se dirige vers l'établissement de Magnac, le généreux et loquace Biterrois. Il a grand' peine à trouver la porte dans le noir et la pluie d'encre. Bou Diou, elle n'est pas éclairée ! Bou Diou d'bou Diou, elle est fermée ! La lueur d'une allumette, qu'abrite sa grande main maigre comme un abat-jour, lui montre la pancarte fatidique : « Établissement consigné à la troupe. » Magnac, coupable de quelque infraction, a été exilé dans l'ombre et l'inaction !

Et Fouillade tourne le dos à l'estaminet devenu la prison du cabaretier solitaire. Il ne renonce pas à son rêve. Il ira ailleurs, ce sera du vin ordinaire, et il paiera, voilà tout.

Il met la main dans sa poche pour tâter son porte-monnaie. Il est là.

Il doit avoir trente-sept sous. Ce n'est pas le Pérou mais...

Mais subitement, il sursaute et s'arrête net en s'envoyant une claque sur le front. Son interminable figure fait une affreuse grimace, masquée par l'ombre.

Non, il n'a plus trente-sept sous ! Hé, couillon qu'il est ! Il avait oublié la boîte de sardines qu'il a achetée la veille, tellement les macaronis gris de l'ordinaire le dégoûtaient, et les chopes qu'il a payées aux cordonniers qui lui ont remis des clous à ses brodequins.

Misère ! Il ne doit plus avoir que treize sous !

Pour arriver à s'exciter comme il convient et à se venger de la vie présente, il lui faudrait bien un litre et demi, foutre ! Ici le litre de rouge coûte vingt et un sous. Il est loin de compte.

Il promène ses yeux dans les ténèbres autour de lui. Il cherche quelqu'un. Il existe peut-être un camarade qui lui prêterait de l'argent, ou bien qui lui paierait un litre.

Mais, qui, qui ? Pas Bécuwe, qui n'a qu'une marraine pour lui envoyer, tous les quinze jours, du tabac et du papier à lettres. Pas Barque, qui ne marcherait pas ; pas Blaire, qui, avare, ne comprendrait pas. Pas Biquet, qui a l'air de lui en vouloir, pas Pépin qui mendigote lui-

même et ne paie jamais, même quand il invite. Ah ! si Volpatte était
avec eux !... Il y a bien Mesnil André, mais il est justement en dette
avec lui pour plusieurs tournées. Le caporal Bertrand ? Il l'a envoyé
coucher brutalement à la suite d'une observation, et ils se regardent de
travers. Farfadet ? Il ne lui adresse guère la parole d'ordinaire... Non,
il sent bien qu'il ne peut pas demander ça à Farfadet. Et puis, mille
dious ! à quoi bon chercher des messies dans son imagination ? Où
sont-ils, tous ces gens, à cette heure ?

Lent, il revient en arrière, vers le gîte. Puis, machinalement il se
retourne et repart en avant, à pas hésitants. Il va essayer tout de même.
Peut-être, sur place, des camarades attablés... Il aborde la partie centrale
du village à l'heure où la nuit vient d'enterrer la terre.

Les portes et les fenêtres éclairées des estaminets se reflètent dans
la boue de la rue principale. Il y en a tous les vingt pas. On entrevoit
les spectres lourds des soldats, la plupart en bandes, qui descendent la
rue. Quand une automobile arrive, on se range, et on la laisse passer,
ébloui par les phares et éclaboussé par la vase liquide que les roues
projettent sur toute la largeur du chemin.

Les estaminets sont pleins. Par les vitres embuées, on les voit bondés
d'un nuage compact d'hommes casqués.

Fouillade entre dans l'un d'eux, au hasard. Dès le seuil, l'haleine
tiède du caboulot, la lumière, l'odeur et le brouhaha l'attendrissent. Cet
attablement est tout de même un morceau du passé dans le présent.

Il regarde, de table en table, s'avance en dérangeant les installations
pour vérifier tous les convives de cette salle. Aïe ! Il ne connaît personne.

Autre part, c'est pareil. Il n'a pas de chance. Il a beau tendre le
cou et quêter éperdument de l'œil une tête de connaissance parmi ces
uniformes qui, par masses ou par couples, boivent en conversant, ou,
solitaires, écrivent. Il a l'air d'un mendiant et personne n'y fait attention.

Ne trouvant nulle âme pour venir à son aide, il se décide à dépenser
au moins ce qu'il a dans sa poche. Il se glisse jusqu'au comptoir...

— Une chopine de ving et du bonn...

— Du blanc ?

— Eh oui !

— Vous, mon garçon, vous êtes du Midi, dit la patronne en lui
remettant une petite bouteille pleine et un verre, et en encaissant ses
douze sous.

Il s'installe sur le coin d'une table déjà encombrée par quatre
buveurs qu'une manille attache les uns aux autres ; il remplit la chope
à ras et la vide, puis la remplit de nouveau.

— Eh, à ta santé, n'casse pas le verre ! lui glapit dans le nez un
arrivant en bourgeron bleu charbonneux, porteur d'une épaisse barre
de sourcils au milieu de sa face blême, d'une tête conique et d'une
demi-livre d'oreilles. C'est Harlingue, l'armurier.

Il n'est pas très glorieux d'être installé seul devant une chopine en présence d'un camarade qui donne les signes de la soif. Mais Fouillade fait semblant de ne pas comprendre le desideratum du sire qui se dandine devant lui avec un sourire engageant, et il vide précipitamment son verre. L'autre tourne le dos, non sans grommeler qu'ils sont « pas beaucoup partageux et plutôt goulafes, ceuss du Midi ».

Fouillade a posé son menton sur ses poings et regarde sans le voir un angle de l'estaminet où les poilus s'entassent, se coudoient, se pressent et se bousculent pour passer.

C'était assez bon, évidemment, ce petit blanc, mais que peuvent ces quelques gouttes dans le désert de Fouillade ? Le cafard n'a pas beaucoup reculé, et il est revenu.

Le Méridional se lève, s'en va, avec ses deux verres de vin dans le ventre et un sou dans son porte-monnaie. Il a le courage de visiter encore un estaminet, de le sonder des yeux et de quitter l'endroit en marmottant pour donner le change : « Hildepute ! I' n'est jamais là, c't' animau-là ! »

Puis il rentre au cantonnement. Celui-ci est toujours aussi bruissant de rafales et de gouttes. Fouillade allume sa chandelle, et, à la lueur de la flamme qui s'agite désespérément comme si elle voulait s'envoler, il va voir Labri.

Il s'accroupit, le lumignon à la main devant le pauvre chien qui mourra peut-être avant lui. Labri dort, mais faiblement, car il ouvre aussitôt un œil et remue la queue.

Le Cettois le caresse et lui dit tout bas :

— Y a rienn à faire. Rienn...

Il ne veut pas en dire davantage à Labri pour ne pas l'attrister ; mais le chien approuve en hochant la tête avant de refermer les yeux.

Fouillade se lève un peu péniblement à cause de ses articulations rouillées, et va se coucher. Il n'espère plus qu'une chose : maintenant dormir, pour que meure ce jour lugubre, ce jour de néant, ce jour comme il y en aura encore tant à subir héroïquement, à franchir, avant d'arriver au dernier de la guerre ou de sa vie.

12

Le portique

— Y a du brouillard. Veux-tu qu'on y aille ?

C'est Poterloo qui m'interroge, tournant vers moi sa bonne tête blonde, que ses deux yeux bleu clair semblent rendre transparente.

Poterloo est de Souchez et, depuis que les Chasseurs ont enfin repris Souchez, il a envie de revoir le village où il vivait heureux, jadis, quand il était homme.

Pèlerinage dangereux. Ce n'est pas que nous soyons loin : Souchez est là. Depuis six mois, nous avons vécu et manœuvré, dans les tranchées et les boyaux, quasi à portée de voix du village. Il n'y a qu'à grimper directement, d'ici-même, sur la route de Béthune, le long de laquelle rampe la tranchée et sous laquelle fouillent les alvéoles de nos abris — et qu'à descendre pendant quatre ou cinq cents mètres cette route, qui s'enfonce vers Souchez. Mais tous ces endroits-là sont régulièrement et terriblement repérés. Depuis leur recul, les Allemands ne cessent d'y envoyer de vastes obus qui tonitruent de temps en temps en nous secouant dans notre sous-sol et dont on aperçoit, dépassant les talus, tantôt ici, tantôt là, les grands geysers noirs, de terre, et de débris, et les amoncellements verticaux de fumée, hauts comme les églises. Pourquoi bombardent-ils Souchez ? On ne sait pas, car il n'y a plus personne ni plus rien dans le village pris et repris, et qu'on s'est si fort arraché les uns aux autres.

Mais ce matin, en effet, un brouillard intense nous enveloppe, et, à la faveur de ce grand voile que le ciel jette sur la terre, on peut se risquer... On est sûr, tout au moins, de ne pas être vu. Le brouillard obstrue hermétiquement la rétine perfectionnée de la saucisse qui doit être là quelque part là-haut ensevelie dans l'ouate, et il interpose son immense paroi légère et opaque entre nos lignes et les observatoires de Lens et d'Angres d'où l'ennemi nous épie.

— Ça colle ! dis-je à Poterloo.

L'adjudant Barthe, mis au courant, remue la tête de haut en bas, et il abaisse les paupières pour indiquer qu'il ferme les yeux.

Nous nous hissons hors de la tranchée, et nous voilà tous les deux debout sur la route de Béthune.

C'est la première fois que je marche là pendant le jour. Nous ne l'avons jamais vue que de très loin, cette route terrible, que nous avons si souvent parcourue ou traversée par bonds, courbés dans l'ombre et sous les sifflements.

— Eh bien, tu viens, vieux frère ?

Au bout de quelques pas, Poterloo s'est arrêté au milieu de la route où le coton du brouillard s'effiloche en longueur, il est là à écarquiller ses yeux bleu horizon, à entr' ouvrir sa bouche écarlate.

— Ah ! là là, ah ! là là !... murmure-t-il.

Tandis que je me tourne vers lui, il me montre la route et me dit en hochant la tête :

— C'est elle. Bon Dieu, dire que c'est elle !... C'bout où nous sommes, j'le connais si bien qu'en fermant les yeux, j'le r'vois tel que, exact, et même i' s' revoit tout seul. Mon vieux, c'est affreux, d'la r'voir comme ça. C'était une belle route, plantée, tout au long, de grands arbres...

« Et maintenant, qu'est-ce que c'est ? Regarde-moi ça : une espèce de longue chose crevée, triste... Regarde-moi ces deux boyaux de chaque côté, tout du long à vif, c'pavé labouré, et moulu, ces arbres sortis de terre, sciés, roussis, des bûchers, éparpillés, percés par des balles —

tiens, c't'écumoire, ici ! — Ah ! mon vieux, tu peux pas t'imaginer c'qu'elle est défigurée, cette route !

Et il s'avance, en regardant à chaque pas, avec de nouvelles stupeurs.

Le fait est qu'elle est fantastique, la route de chaque côté de laquelle deux armées se sont tapies et cramponnées, et sur qui se sont mêlés leurs coups pendant un an et demi. Elle est la grande voie échevelée parcourue seulement par les balles et par des rangs et des files d'obus, qui l'ont sillonnée, soulevée, recouverte de la terre des champs, creusée et retournée jusqu'aux os. Elle semble un passage maudit, sans couleur, écorchée et vieille, sinistre et grandiose à voir.

— Si tu l'avais connue ! Elle était propre et unie, dit Poterloo. Tous les arbres étaient là, toutes les feuilles, toutes les couleurs, comme des papillons, et il y avait toujours dessus quelqu'un à dire bonjour en passant : une bonne femme ballottant entre deux paniers ou des gens parlant haut sur une carriole, dans l' bon vent, avec leurs blouses en ballons. Ah ! comme la vie était heureuse autrefois !

Il s'enfonce vers les bords du fleuve brumeux qui suit le lit de la route, vers la terre des parapets. Il se penche et s'arrête à des renflements indistincts sur lesquels se précisent les croix des tombes, encastrées de distance en distance dans le mur du brouillard, comme des chemins de croix dans une église.

Je l'appelle. On n'arrivera pas si on marche comme ça d'un pas de procession. Allons !

Nous arrivons, moi en avant et Poterloo qui, la tête brouillée et alourdie de pensée, se traîne derrière, essayant vainement d'échanger des regards avec les choses, à une dépression de terrain. Là, la route est en contrebas, un pli la cache du côté du nord. En cet endroit abrité, il y a eu un peu de circulation.

Sur le terrain vague, sale et malade, où de l'herbe desséchée s'envase dans du cirage, s'alignent des morts. On les transporte là lorsqu'on en a vidé les tranchées ou la plaine, pendant la nuit. Ils attendent — quelques-uns depuis longtemps — d'être nocturnement amenés aux cimetières de l'arrière.

On s'approche d'eux doucement. Ils sont serrés les uns contre les autres ; chacun ébauche, avec les bras ou les jambes, un geste pétrifié d'agonie différent. Il en est qui montrent des faces demi-moisies, la peau rouillée, jaune avec des points noirs. Plusieurs ont la figure complètement noircie, goudronnée, les lèvres tuméfiées et énormes : des têtes de nègres soufflées en baudruche. Ce ne sont pas des nègres. Entre deux corps, sortant confusément de l'un ou de l'autre, un poignet coupé et terminé par une boule de filaments.

D'autres sont des larves informes, souillées, d'où pointent de vagues objets d'équipement ou des morceaux d'os. Plus loin, on a transporté un cadavre dans un état tel qu'on a dû, pour ne pas le perdre en chemin, l'entasser dans un grillage de fil de fer qu'on a fixé ensuite aux deux extrémités d'un pieu. Il a été ainsi porté en boule dans ce hamac métal-

lique, et déposé là. On ne distingue ni le haut, ni le bas de ce corps ;
dans le tas qu'il forme, seule se reconnaît la poche béante d'un pantalon. On voit un insecte qui en sort et y rentre.

Autour des morts volètent des lettres qui, pendant qu'on les disposait
par terre, se sont échappées de leurs poches ou de leurs cartouchières.
Sur l'un de ces bouts de papier tout blancs, qui battent de l'aile à la
bise, mais que la boue englue, je lis, en me penchant un peu, une
phrase : « Mon cher Henri, comme il fait beau temps pour le jour de
ta fête ! » L'homme est sur le ventre ; il a les reins fendus d'une hanche
à l'autre par un profond sillon ; sa tête est à demi retournée ; on voit
l'œil creux et sur la tempe, la joue et le cou, une sorte de mousse verte
a poussé.

Une atmosphère écœurante rôde avec le vent autour de ces morts et
de l'amoncellement de dépouilles qui les avoisine : toiles de tentes ou
vêtements en espèce d'étoffe maculée, raidie par le sang séché, char-
bonnée par la brûlure de l'obus, durcie, terreuse et déjà pourrie, où
grouille et fouille une couche vivante. On en est incommodé. Nous
nous regardons en hochant la tête et n'osant pas avouer tout haut que
ça sent mauvais. On ne s'éloigne pourtant que lentement.

Voici poindre dans la brume des dos courbés d'hommes qui sont
joints par quelque chose qu'ils portent. Ce sont des brancardiers territoriaux chargés d'un nouveau cadavre. Ils avancent, avec leurs vieilles
têtes hâves, ahanant, suant et faisant la grimace sous l'effort. Porter un
mort dans des boyaux, à deux, lorsqu'il y a de la boue, c'est une besogne presque surhumaine.

Ils déposent le mort qui est habillé de neuf.

— Y a pas longtemps, va, qu'il était d'bout, dit un des porteurs.
V'là deux heures qu'il a reçu sa balle dans la tête pour avoir voulu
chercher un fusil boche dans la plaine ; il partait mercredi en permission et voulait l'apporter chez lui. C'est un sergent du 405e, de la classe
14. Un gentil p'tit gars, avec ça.

Il nous le montre : il soulève le mouchoir qui est sur la figure : il est
tout jeune et a l'air de dormir ; seulement, la prunelle est révulsée,
la joue est cireuse, et une eau rose baigne les narines, la bouche et
les yeux.

Ce corps souple qui met une note propre dans ce charnier, qui,
encore souple, penche la tête sur le côté quand on le remue, comme
pour être mieux, donne l'illusion puérile d'être moins mort que les
autres. Mais, moins défiguré, il est, semble-t-il, plus pathétique, plus
proche, plus attaché à qui le regarde. Et si nous disions quelque chose
devant tout ce morceau d'êtres anéantis, nous dirions : « Le pauvre
gars ! »

On reprend la route qui, à partir de là, commence à descendre vers
le fond où est Souchez. Cette route apparaît sous nos pas, dans les
blancheurs du brouillard, comme une effrayante vallée de misère.
L'amas des débris, des restes et des immondices, s'accumule sur

l'échine fracassée de son pavé et sur ses bords fangeux, devient inextricable. Les arbres jonchent le sol ou ont disparu, arrachés, leurs moignons déchiquetés. Les talus sont renversés ou bouleversés par les obus. Tout le long, de chaque côté de ce chemin où seules sont debout les croix des tombes, des tranchées vingt fois obstruées et recreusées, des trous, des passages sur des trous, des claies sur des fondrières.

A mesure qu'on avance, tout apparaît retourné, terrifiant, plein de pourriture, et sent le cataclysme. On marche sur un pavage d'éclats d'obus. A chaque pas, le pied en heurte ; on se prend comme à des pièges, et on trébuche, dans la complication des armes rompues, des fragments d'ustensiles de cuisine, de bidons, de fourneaux, de machines à coudre, parmi les paquets de fils électriques, les équipements allemands et français, déchirés dans leur écorce de boue sèche, les monceaux suspects de vêtements englués d'un mastic brun-rouge. Et il faut veiller aux obus non éclatés qui, partout, sortent leur pointe ou présentent leurs culots ou leurs flancs, peints en rouge, en bleu, en bistre.

— Ça, c'est l'ancienne tranchée boche, qu'ils ont fini par lâcher...

Elle est par endroits bouchée ; à d'autres, criblée de trous de marmite. Les sacs de terre ont été déchirés, éventrés, se sont écroulés, vidés, secoués au vent, les boiseries d'étai ont éclaté et pointent dans tous les sens. Les abris sont remplis jusqu'au bord par de la terre et par on ne sait quoi. On dirait, écrasé, élargi et limoneux, le lit à demi desséché d'une rivière abandonnée par l'eau et par les hommes. A un endroit, la tranchée est vraiment effacée par le canon ; le fossé évasé s'interrompt et n'est plus qu'un champ de terre fraîche formé de trous placés symétriquement à côté les uns des autres en longueur et en largeur.

J'indique à Poterloo ce champ extraordinaire où une charrue gigantesque semble avoir passé.

Mais il est préoccupé jusqu'au fond des entrailles par le changement de face du paysage.

Il désigne du doigt un espace dans la plaine, d'un air stupéfait, comme s'il sortait d'un songe.

— Le Cabaret Rouge !

C'est un champ plat dallé de briques cassées.

Et qu'est-ce que c'est que ça ?

Une borne ? Non, ce n'est pas une borne. C'est une tête, une tête noire, tannée, cirée. La bouche est toute de travers, et on voit de la moustache qui se hérisse de chaque côté : une grosse tête de chat carbonisée. Le cadavre — un Allemand — est dessous, enterré en hauteur.

— Et ça ?

C'est un lugubre ensemble formé d'un crâne tout blanc, puis à deux mètres du crâne, une paire de bottes, et, entre les deux, un monceau de cuirs effilochés et de chiffons cimentés par une boue brune.

— Viens. Il y a déjà moins de brouillard. Dépêchons-nous.

A cent mètres en avant de nous, dans les ondes plus transparentes du brouillard, qui se déplacent avec nous et nous voilent de moins en moins, un obus siffle et éclate... Il est tombé à l'endroit où nous allons passer.

On descend. La pente s'atténue.

Nous allons côte à côte. Mon compagnon ne dit rien, regarde à droite, à gauche.

Puis il s'arrête encore, comme sur le haut de la route. J'entends sa voix balbutier, presque basse :

— Ben quoi ! on y est... C'est qu'on y est...

En effet, nous n'avons pas quitté la plaine, la vaste plaine stérilisée, cautérisée — et cependant nous sommes dans Souchez !

Le village a disparu. Jamais je n'ai vu une pareille disparition de village. Ablain-Saint-Nazaire et Carency gardent encore une forme de localité, avec leurs maisons défoncées et tronquées, leurs cours comblées de plâtras et de tuiles. Ici, dans le cadre des arbres massacrés — qui nous entourent, au milieu du brouillard, d'un spectre de décor — plus rien n'a de forme : il n'y a pas même un pan de mur, de grille, de portail, qui soit dressé, et on est étonné de constater qu'à travers l'enchevêtrement de poutres, de pierres et de ferraille, sont des pavés ; c'était ici, une rue !

On dirait un terrain vague et sale, marécageux, à proximité d'une ville, et sur lequel celle-ci aurait déversé pendant des années régulièrement, sans laisser de place vide, ses décombres, ses gravats, ses matériaux de démolitions et ses vieux ustensiles ; une couche uniforme d'ordures et de débris parmi laquelle on plonge et l'on avance avec beaucoup de difficulté, de lenteur. Le bombardement a tellement modifié les choses qu'il a détourné le cours du ruisseau du moulin et que le ruisseau court au hasard et forme un étang sur les restes de la petite place où il y avait la croix.

Quelques trous d'obus où pourrissent d'énormes chevaux gonflés et distendus, d'autres où sont éparpillés les restes, déformés par la blessure monstrueuse de l'obus, de ce qui était des êtres humains.

Voici, en travers de la piste qu'on suit et qu'on gravit ainsi qu'une débâcle, ainsi qu'une inondation de débris, sous la tristesse dense du ciel, voici un homme étendu comme s'il dormait ; mais il a cet aplatissement étroit contre la terre qui distingue un mort d'un dormeur. C'est un homme de corvée de soupe, avec son chapelet de pains enfilés dans une sangle, la grappe des bidons des camarades retenus à son épaule par un écheveau de courroies. Ce doit être cette nuit qu'un éclat d'obus lui a creusé et troué le dos. Nous sommes sans doute les premiers à le découvrir, obscur soldat mort obscurément. Peut-être sera-t-il dispersé avant que d'autres le découvrent. On cherche sa plaque d'identité, elle est collée dans le sang caillé où stagne sa main droite. Je copie le nom écrit en lettres de sang.

Poterloo m'a laissé faire tout seul. Il est comme un somnambule. Il regarde, regarde éperdument, partout ; il cherche à l'infini parmi ces choses éventrées, disparues parmi ce vide, il cherche jusqu'à l'horizon brumeux.

Puis il s'assoit sur une poutre qui est là, en travers, après avoir, d'un coup de pied, fait sauter une casserole tordue posée sur la poutre. Je m'assois à côté de lui. Il bruine légèrement. L'humidité du brouillard se résout en gouttelettes et met un léger vernis sur les choses.

Il murmure :

— Ah ! zut !... zut !...

Il s'éponge le front ; il lève sur moi des yeux de suppliant. Il essaye de comprendre, d'embrasser cette destruction de tout ce coin du monde, de s'assimiler ce deuil. Il bafouille des propos sans suite, des interjections. Il ôte son vaste casque et on voit sa tête qui fume. Puis il me dit, péniblement :

— Mon vieux, tu peux pas te figurer, tu peux pas, tu peux pas...

Il souffle :

— Le Cabaret Rouge, où c'est qu'il y a c'te tête de Boche, et, tout autour, des fouillis d'ordures... c't' espèce de cloaque, c'était... sur le bord de la route, une maison en briques et deux bâtiments bas, à côté... Combien de fois, mon vieux, à la place même où on s'est arrêté, combien de fois, là, à la bonne femme qui rigolait sur le pas de sa porte, j'ai dit au revoir en m'essuyant la bouche et en regardant du côté de Souchez où je rentrais ! Et après quelques pas, on se retournait pour lui crier une blague ! Oh ! tu peux pas te figurer...

« Mais ça, alors ça !...

Il fait un geste circulaire pour me montrer toute cette absence qui l'entoure...

— Faut pas rester ici trop longtemps, mon vieux. Le brouillard se lève, tu sais.

Il se met debout avec un effort.

— Allons...

Le plus grave est à faire. Sa maison...

Il hésite, s'oriente, va...

— C'est là... Non, j'ai dépassé. C'est pas là. J'sais pas où c'est — où c'que c'était. Ah ! malheur, misère.

Il se tord les mains, en proie au désespoir, se tient difficilement debout au milieu des plâtras et des madriers. Il cherche ce qu'il y avait dans sa maison : c'est l'intimité des chambres, le demi-jour intérieur. Cela a été éparpillé dans l'espace, jeté au vent. A un moment, perdu dans cette plaine encombrée, sans repères, il regarde en l'air pour chercher.

Après plusieurs va-et-vient, il s'arrête à un endroit, se recule un peu.

— C'était là. Y a pas d'erreur. Vois-tu : c'est c'te pierre-là qui m'fait reconnaître. Il y avait un soupirail. On voit la trace d'une barre de fer du soupirail qui s'est envolé.

Il renifle, pense, hochant lentement la tête sans pouvoir s'arrêter.

— C'est quand y a plus rien qu'on comprend bien qu'on était heureux. Ah ! on était heureux !

Il vient à moi, rit nerveusement.

— C'est pas ordinaire, ça, hein ? J'suis sûr que tu n'as jamais vu ça ; ne pas retrouver sa maison où on a toujours vécu d'puis toujours...

Il fait demi-tour, et c'est lui qui m'entraîne.

— Ben, fichons l'camp, puisqu'y a plus rien. Quand on regard'ra la place des choses pendant une heure ! Mettons-les, mon pauv' vieux.

On s'en va. Nous sommes les deux vivants faisant tache dans ce lieu illusoire et vaporeux, ce village qui jonche la terre, et sur lequel on marche.

On remonte. Le temps s'éclaircit. La brume se dissipe très rapidement. Mon camarade qui fait de grandes enjambées, en silence, le nez par terre, me montre un champ :

— Le cimetière, dit-il. Il était là avant d'être partout, avant d'avoir tout pris à n'en plus finir.

A mi-côte, on avance plus lentement. Poterloo s'approche de moi.

— Tu vois, c'est trop, tout ça. C'est trop effacé, toute ma vie jusqu'ici.

— Voyons, ta femme est en bonne santé, tu le sais ; ta petite fille aussi.

Il prend une drôle de tête :

— Ma femme... J'vas t'dire une chose : ma femme...

— Eh bien ?

— Eh bien, mon vieux, je l'ai r'vue.

— Tu l'as vue ? Je croyais qu'elle était en pays envahi ?

— Oui, elle est à Lens, chez mes parents. Eh bien, je l'ai vue... Ah ! et puis, après tout, zut !... Je vais tout te raconter. Eh bien, j'ai été à Lens, il y a trois semaines. C'était le 11. Y a vingt jours, quoi.

Je le regarde, abasourdi... Mais il a bien l'air de dire la vérité. Il bredouille tout en marchant à côté de moi dans la clarté qui s'étend :

— On a dit, tu t'rappelles p't'êt... Mais t'étais pas là, j'crois. On a dit : faut renforcer le réseau de fils de fer en avant de la parallèle Billard. Tu sais c'que ça veut dire, ça. On n'avait jamais pu le faire jusqu'ici : dès qu'on sort de la tranchée, on est en vue sur la descente, qui s'appelle d'un drôle de nom.

— Le toboggan.

— Oui, tout juste, et l'endroit est aussi difficile la nuit ou par la brume, que par le plein jour, à cause des fusils braqués d'avance sur des chevalets et des mitrailleuses qu'on pointe pendant le jour. Quand i's n'voient pas, les Boches arrosent tout.

« On a pris les pionniers de la compagnie hors rang ; mais y en a qui ont filoché et on les a remplacés par quéqu' poilus choisis dans les compagnies. J'en ai été. Bon. On sort. Pas un seul coup de fusil ! "Quoi qu'ça veut dire ?" qu'on disait. Voilà-t-il pas qu'on voit un Boche, deux Boches, dix Boches qui sortent de terre — ces diables gris-là — et nous font des signes en criant : "*Kamarad !*" "Nous sommes des Alsaciens" qu'i' disent en continuant de sortir de leur Boyau International. "On vous tirera pas dessus, qu'i's disent. Ayez pas peur les amis. Laissez-nous seulement enterrer nos morts." Et v'là qu'on travaille chacun de son côté, et même qu'on parle ensemble, parce que c'étaient des Alsaciens. En réalité, i' disaient du mal de la guerre et de leurs officiers. Not' sergent savait bien qu'c'est défendu d'entrer en conversation avec l'ennemi et même on nous a lu qu'il fallait causer avec eux qu'à coups de flingue. Mais l'sergent disait que c'était une occasion unique de renforcer les fils de fer, et pisqu'ils nous laissaient travailler contre eux, y avait qu'à en profiter...

« Or, voilà un des Boches qui s'met à dire : "Y aurait-i' pas quelqu'un d'entre vous qui soye des pays envahis et qui voudrait avoir des nouvelles de sa famille ?"

« Mon vieux, ça a été plus fort que moi. Sans savoir si c'était bien ou mal, j'm'ai avancé, et j'ai dit : "Ben, y a moi." Le Boche me pose des questions. J'y réponds que ma femme est à Lens chez ses parents, avec la p'tite. I' m'demande où elle loge. J'y explique, et i' dit, qu'i voit ça d'ici. "Écoute, qu'i' m'dit, j'vas y porter une lettre, et non seul'ment une lettre, mais même la réponse j'te porterai." Puis, tout d'un coup, i' s'frappe son front, c'Boche, et i' s'rapproche d'moi : "Écoute, mon vieux, bien mieux encore. Si tu veux faire c'que j'te dis, tu la verras, ta femme, et aussi tes gosses, et tout, comme j'te vois." I' m'raconte que pour ça, y a qu'à aller avec lui, à telle heure, avec une capote boche et un calot qu'i' m'aura. I' m'mêlerait à la corvée du charbon dans Lens ; on irait jusqu'à chez nous. J'pourrais voir, à condition de m'planquer et de n'pas m'faire voir, attendu qu'i' répond des hommes qui s'ront d'la corvée, mais qu'y a, dans la maison, des sous-offs dont il n'répondait pas... Eh bien, mon vieux, j'ai accepté.

— C'était grave !

— Bien sûr oui, c'était grave. Je m'suis décidé tout d'un coup, sans réfléchir, sans vouloir réfléchir, vu qu'j'étais ébloui à l'idée que j'allais revoir mon monde, et si après j'étais fusillé, eh bien tant pis, donnant donnant. C'est l'offre de la loi et de la d'mande, comme dit l'autre, pas ?

« Mon vieux, ça n'a pas fait une arnicoche. L'seul avatar c'est qu'ils ont eu du boulot à m'trouver un calot assez large, parce que, tu sais, j'ai la tête très forte. Mais ça même ça s'est arrangé : on m'a déniché, à la fin, une boîte à poux assez grande pour que ma tête puisse y contenir. J'ai justement des bottes boches, celles à Caron, tu sais. Alors, nous v'là partis dans les tranchées boches (même qu'elles sont salement pareilles aux nôtres) avec ces espèces de camarades boches qui

m'disaient en très bon français — comme çui que j'cause — de n'pas
m'en faire.

« Y a pas eu d'alerte, rien. Pour aller, ça a été. Tout s'est passé si en
douce et si simplement que je m'figurais pas qu' j'étais un Boche à la
manque. On est arrivé à Lens à la nuit tombante. J'm'rappelle avoir
passé devant la Perche et avoir pris la rue du Quatorze-Juillet. J'voyais
des gens de la ville qui naviguaient dans les rues comme dans nos
cantonnements. J'les r'connaissais pas à cause du soir ; eux non plus,
à cause du soir aussi, et aussi, à cause de l'énormité de la chose... l'
f'sait noir à n'pas pouvoir s'mett' l' doigt dans l'œil quand j'suis arrivé
dans l'jardin d'mes parents.

« Le cœur me battait ; j'en étais tout tremblant des pieds à la tête
comme si je n'étais plus qu'une espèce de cœur. Et je me r'tenais pour
ne pas rigoler tout haut, et en français, encore, tellement j'étais heureux, ému. Le kamarade me dit : "Tu vas passer une fois, puis une
autre fois, en regardant dans la porte et la fenêtre. Tu r'gardras sans en
avoir l'air... Méfie-toi..." Alors, je m'ressaisis, j'avale mon émotion,
v'lan, d'un coup. C'était un chic type, ce bougre-là, parce qu'il écopait
salement si je m'faisais poisser, hé ?

« Tu sais, chez nous, comme tout partout dans le Pas-de-Calais, les
portes d'entrée des maisons sont divisées en deux : en bas, ça forme
une sorte de barrière jusqu'à mi-corps, et en haut, ça forme comme qui
dirait volet. Comme ça, on peut fermer seulement la moitié d'en bas
de la porte et être à moitié chez soi.

« Le volet était ouvert, la chambre, qui est la salle à manger et aussi
la cuisine bien entendu, était éclairée, on entendait des voix.

« J'ai passé en tendant l'cou de côté. Il y avait, rosées, éclairées, des
têtes d'hommes et de femmes autour de la table ronde et de la lampe.
Mes yeux se sont jetés sur elle, sur Clotilde. Je l'ai bien vue. Elle était
assise entre deux types, des sous-offs, je crois, qui lui parlaient. Et quoi
qu'elle faisait ? Rien ; elle souriait, en penchant gentiment sa figure
entourée d'un petit cadre de cheveux blonds où la lampe mettait de
la dorure.

« Elle souriait. Elle était contente. Elle avait l'air d'être bien, à côté
de cette gradaille boche, de cette lampe et de ce feu qui me soufflait
une chaleur que je reconnaissais. J'ai passé, puis je me suis r'tourné,
et j'ai repassé. Je l'ai revue, toujours avec son sourire. Pas un sourire
forcé, pas un sourire qui paye, non, un vrai sourire, qui venait d'elle et
qu'elle donnait. Et pendant l'temps d'éclair que j'ai passé dans les deux
sens, j'ai pu voir aussi ma gosse qui tendait les mains vers un gros
bonhomme galonné et essayait de lui monter sur les genoux, et puis, à
côté, qui donc ça que j'reconnaissais ? C'était Madeleine Vandaërt, la
femme de Vandaërt, mon copain de la 19ᵉ, qui a été tué à la Marne,
à Montyon.

« Elle le savait qu'il avait été tué, puisqu'elle était en deuil. Et elle,

elle rigolait, elle riait carrément, j'te l'dis... et elle regardait l'un et l'autre avec un air de dire : "Comme j'suis bien ici !"

« Ah ! mon vieux, j'suis sorti d'là et j'ai buté dans les kamarades qui attendaient pour me ram'ner. Comment je suis revenu, je pourrais pas le dire. J'étais assommé. J'suis marché en trébuchant comme un maudit. I' n'aurait pas fallu m'emmerder, à ce moment-là ! J'aurais gueulé tout haut ; j'aurais fait une scandale pour me faire tuer et qu'ce soye fini de cette sale vie !

« Tu saisis ? Elle souriait, ma femme, ma Clotilde, ce jour-là de la guerre ! Alors quoi ? Il suffit qu'on soit pas là pendant un temps pour qu'on ne compte plus ? Tu fous le camp de chez toi pour aller à la guerre, et tout a l'air cassé ; et pendant que tu l'crois, on se fait à ton absence, et peu à peu tu deviens comme si tu n'étais pas, vu qu'on s'passe de toi pour être heureuse comme avant, et pour sourire. Ah ! bon sang ! Je ne parle pas de l'autre garce qui riait, mais ma Clotilde, à moi, qui, à c' moment-là, que j'ai vu par hasard, à c' moment-là, qu'on dise ce qu'on voudra, se fichait pas mal de moi !

« Et encore si elle avait été avec des amis, des parents ; mais non, justement avec des sous-offs boches. Dis-moi, y avait-il pas de quoi sauter dans sa chambre lui foutre une paire de gifles et tordre le cou à c't'aut' poule en deuil !

« Oui, oui, j'ai pensé à l' faire. J' sais bien que j'allais fort... j'étais emballé, quoi.

« Note que j'veux pas en dire plus que je ne dis. C'est une bonne fille, Clotilde. J' la connais et j'ai confiance en elle : pas d'erreur, tu sais : si j'étais bousillé, elle pleurerait toutes les larmes de son corps pour commencer. Elle me croit vivant, j' l'accorde, mais s'agit pas d'ça. Elle ne peut pas s'empêcher d'être bien, et satisfaite, et de sourire, dès lors qu'elle a un bon feu, une bonne lampe et de la compagnie, que j'y soye ou que j'y soye pas.

J'entraînai Poterloo.

— Tu exagères, mon vieux. Tu te fais des idées absurdes, voyons...

On avait marché tout doucement. On était encore au bas de la côte. Le brouillard s'argentait avant de s'en aller tout à fait. Il allait y avoir du soleil. Il y avait du soleil.

Poterloo regarda et dit :

— On va faire le tour par la route de Carency et remonter par-derrière.

Nous obliquâmes dans les champs. Au bout de quelques instants, il me dit :

— J'exagère, tu crois ? Tu dis que j'exagère ?

Il réfléchit :

— Ah !

Puis il ajouta avec ce hochement de tête qui ne l'avait pas beaucoup quitté ce matin-là :

— Mais enfin ! Tout d' même, y a un fait...

Nous grimpâmes la pente. Le froid s'était changé en tiédeur. Arrivés à une plate-forme de terrain :

— Asseyons-nous encore un petit coup avant de rentrer, proposat-il.

Il s'assit, lourd d'un monde de réflexions qui s'enchevêtraient. Son front se plissait. Puis il se tourna vers moi d'un air embarrassé comme s'il avait un service à me demander.

— Dis donc, vieux, je m' demande si j'ai raison.

Mais après m'avoir regardé, il regardait les choses comme s'il voulait les consulter plus que moi.

Une transformation se faisait dans le ciel et sur la terre. Le brouillard n'était presque plus qu'un rêve. Les distances se dévoilaient. La plaine étroite, morne, grise, s'agrandissait, chassait ses ombres et se colorait. La clarté la couvrait peu à peu, de l'est à l'ouest, comme deux ailes.

Et voilà que là-bas, à nos pieds, on a vu Souchez entre les arbres. A la faveur de la distance et de la lumière, la petite localité se reconstituait aux yeux, neuve de soleil !

— Est-ce que j'ai raison ? répéta Poterloo, plus vacillant, plus incertain.

Avant que j'aie pu parler, il se répondit à lui-même, d'abord presque à voix basse, dans la lumière :

— Elle est toute jeune, tu sais ; ça a vingt-six ans. Elle ne peut pas r'tenir sa jeunesse ; ça lui sort de partout et, quand elle se repose à la lampe et au chaud, elle est bien obligée de sourire ; et, même si elle riait aux éclats, ce serait tout bonnement sa jeunesse qui lui irait dans la gorge. C'est point à cause des autres, à vrai dire, c'est à cause d'elle. C'est la vie. Elle vit. Eh oui, elle vit voilà tout. C'est pas d'sa faute si elle vit. Tu voudrais pas qu'elle meure ? Alors, qu'est-ce que tu veux qu'elle fasse ? Qu'elle pleure, rapport à moi et aux Boches, tout le long du jour ? Qu'elle rouspète ? On peut pas pleurer tout le temps ni rouspéter pendant dix-huit mois. C'est pas vrai. Il y a trop longtemps, que j' te dis. Tout est là.

Il se tait pour regarder le panorama de Notre-Dame-de-Lorette, maintenant tout illuminé.

— C'est kif-kif la gosse qui, quand elle se trouve à côté d'un bonhomme qui ne parle pas de l'envoyer baller, finit par chercher à lui monter sur les genoux. Elle aimerait p't' êt' mieux que ce soit son oncle ou un ami de son père — p't' êt' — mais elle essaie tout de même auprès de celui qui est seul à être toujours là, même si c'est un gros cochon à lunettes.

« Ah ! s'écrie-t-il en se levant, et en venant gesticuler devant moi, on pourrait m' répondre une bonne chose : si je revenais pas de la guerre, j' dirais : "Mon vieux, t'es fichu, plus de Clotilde, plus d'amour ! Tu vas être remplacé un jour ou l'autre dans son cœur. Y a pas à tourner : ton souvenir, le portrait de toi qu'elle a dans sa tête, il va s'effacer peu à peu et un autre se mettra dessus et elle recommencera une autre vie." Ah ! si j' rev'nais pas !

Il a un bon rire.

— Mais j'ai bien l'intention de revenir ! Ah ! ça oui, faut être là. Sans ça !... Faut être là, vois-tu, reprend-il plus grave. Sans ça, si tu n'es pas là, même si tu as affaire à des saints ou à des anges, tu finiras par avoir tort. C'est la vie. Mais j'suis là.

Il rit.

— J'suis même un peu là, comme on dit !

Je me lève aussi et lui frappe sur l'épaule.

— Tu as raison, mon vieux frère. Tout ça finira.

Il se frotte les mains. Il ne s'arrête plus de parler.

— Oui, bon sang, tout ça finira. T'en fais pas.

« Oh ! je sais bien qu'il y aura du boulot pour que ça finisse, et plus encore après. Faudra bosser. Et j'dis pas seulement bosser avec les bras.

« Faudra tout r'faire. Eh bien, on refera. La maison ? Partie. Le jardin ? Plus nulle part. Eh bien, on refera la maison. On refera le jardin. Moins y aura et plus on refera. Après tout c'est la vie, et on est fait pour refaire, pas ? On r'fera aussi la vie ensemble ; on refera les jours, on refera les nuits.

« Et les autres aussi. Ils referont leur monde. Veux-tu que je te dise ? Ça sera peut-être moins long qu'on croit...

« Tiens j' vois très bien Madeleine Vandaërt épousant un autre gars. Elle est veuve ; mais, mon vieux, y a dix-huit mois qu'elle est veuve. Crois-tu qu' c'est pas une tranche, ça, dix-huit mois ? On n' porte même plus l' deuil, j' crois, autour de c'temps-là ! On ne fait pas attention à ça quand on dit : "C'est une garce !" et quand on voudrait, en somme, qu'elle se suicide. Mais, mon vieux, on oublie, on est forcé d'oublier. C'est pas les autres qui font ça ; c'est même pas nous-mêmes ; c'est l'oubli, voilà. Je la retrouve tout d'un coup ; de la voir rigoler ça m'a chamboulé, tout comme si son mari venait d'être tué d'hier — mais quoi ! Y a une paye qu'il est clamsé, le pauv' gars. Y a longtemps ; y a trop longtemps. On n'est plus les mêmes. Mais, attention, faut r' venir, faut être là ! On y sera et on s'occupera de redevenir !

En chemin, il me regarde, cligne de l'œil et, ragaillardi d'avoir trouvé une idée où appuyer ses idées :

— J' vois ça d'ici, après la guerre, tous ceux de Souchez se remettant au travail et à la vie... Quelle affaire ! Tiens, le père Pouce, mon vieux, ce numéro-là ! Il était si tellement méticuleux que tu l'voyais balayer l'herbe de son jardin avec un balai d'crin, ou, à genoux sur sa pelouse, couper le gazon avec une paire d'ciseaux. Eh bien, il s'paiera ça encore ! Et Mme Imaginaire celle qu'habitait une des dernières maisons du côté du château de Carleur, une forte femme qu'avait l'air de rouler par terre comme si elle avait eu des roulettes sous le gros rond de ses jupes. Elle pondait un enfant tous les ans. Réglé, recta : une

vraie mitrailleuse à gosses ! Eh bien a r'prendra c't' occupation à tour
d' bras.

Il s'arrête, réfléchit, sourit à peine, presque en lui-même :

— ... Tiens, j' vais t' dire, j'ai r' marqué... Ça n'a pas grande importance, ça, insiste-t-il, comme gêné subitement par la petitesse de cette
parenthèse — mais j'ai remarqué (on r'marque ça d'un coup d'œil en
r' marquant aut' chose), que c'était plus propre chez nous que
d' mon temps...

On rencontre par terre de petits rails qui rampent perdus dans le foin
séché sur pied. Poterloo me montre, de sa botte, ce bout de voie abandonné, et sourit :

— Ça, c'est notre chemin de fer. C'est un tortillard, qu'on appelle.
Ça doit vouloir dire « qui se grouille pas ». Il n'allait pas vite ! Un
escargot y aurait tenu le pied ! On le refera. Mais il n'ira pas plus vite,
certainement. Ça lui est défendu !

Quand nous arrivâmes en haut de la côte, il se retourna et jeta un
dernier coup d'œil sur les lieux massacrés que nous venions de visiter.
Plus encore que tout à l'heure, la distance recréait le village à travers
les restes d'arbres qui, diminués et rognés, semblaient de jeunes pousses. Mieux encore que tout à l'heure, le beau temps disposait sur ce
groupement blanc et rose de matériaux une apparence de vie et même
un semblant de pensée. Les pierres subissaient la transfiguration du
renouveau. La beauté des rayons annonçait ce qui serait, et montrait
l'avenir. La figure du soldat qui contemplait cela s'éclairait aussi d'un
reflet de résurrection. Le printemps et l'espoir y déteignaient en sourire ; et ses joues roses, ses yeux bleus si clairs et ses sourcils jaune
d'or avaient l'air peints de frais.

On descend dans le boyau. Le soleil y donne. Le boyau est blond,
sec et sonore. J'admire sa belle profondeur géométrique, ses parois
lisses polies par la pelle, et j'éprouve de la joie à entendre le bruit franc
et net que font nos semelles sur le fond de terre dure ou sur les caillebotis, petits bâtis de bois posés bout à bout et formant plancher.

Je regarde ma montre. Elle me fait voir qu'il est neuf heures ; et elle
me montre aussi un cadran délicatement colorié où se reflète un ciel
bleu et rose, et la fine découpure des arbustes qui sont plantés là, au-
dessus des bords de la tranchée.

Et Poterloo et moi nous nous regardons également, avec une sorte
de joie confuse ; on est content de se voir, comme si on se revoyait !
Il me parle, et moi qui suis bien habitué pourtant à son accent du Nord
qui chante, je découvre qu'il chante.

Nous avons eu de mauvais jours, des nuits tragiques, dans le froid,
dans l'eau et la boue. Maintenant, bien que ce soit encore l'hiver, une
première belle matinée nous apprend et nous convainc qu'il va y avoir
bientôt, encore une fois, le printemps. Déjà le haut de la tranchée s'est
orné d'herbe vert tendre et il y a, dans les frissons nouveau-nés de cette

herbe, des fleurs qui s'éveillent. C'en sera fini des jours rapetissés et étroits. Le printemps vient d'en haut et d'en bas. Nous respirons à cœur joie, nous sommes soulevés.

Oui, les mauvais jours vont finir. La guerre aussi finira, que diable ! Et elle finira sans doute dans cette belle saison qui vient et qui déjà nous éclaire et commence à nous caresser avec sa brise.

Un sifflement. Tiens, une balle perdue.

Une balle ? Allons donc ! C'est un merle !

C'est drôle comme c'était pareil... Les merles, les oiseaux qui crient doucement, la campagne, les cérémonies des saisons, l'intimité des chambres, habillées de lumière... Oh ! la guerre va finir, on va revoir à jamais les siens : la femme, les enfants, ou celle qui est à la fois la femme et l'enfant, et on leur sourit dans cet éclat jeune qui, déjà, nous réunit.

... A la fourche des deux boyaux, sur le champ, au bord, voici comme un portique. Ce sont deux poteaux appuyés l'un sur l'autre avec, entre eux, un enchevêtrement de fils électriques qui pendent comme des lianes. Cela fait bien. On dirait un arrangement, un décor de théâtre. Une mince plante grimpante enlace l'un des poteaux et, en la suivant des yeux, on voit qu'elle a déjà osé aller de l'un à l'autre.

Bientôt, à longer ce boyau dont le flanc herbeux frissonne comme les flancs d'un beau cheval vivant, nous aboutissons dans notre tranchée de la route de Béthune.

Voici notre emplacement. Les camarades sont là, groupés. Ils mangent, jouissent de la bonne température.

Le repas fini, on nettoie les gamelles ou les assiettes en aluminium avec un bout de pain...

— Tiens, y a plus de soleil !

C'est vrai. Un nuage s'étend et l'a caché.

— I' va même flotter, mes petits gars, dit Lamuse.

— Voilà bien notre veine ! Justement pour le départ !

— Sacré pays, milédi ! dit Fouillade.

Le fait est que ce climat du Nord ne vaut pas grand'chose. Ça bruine, ça brouillasse, ça fume, ça pleut. Et, quand il y a du soleil, le soleil s'éteint vite au milieu de ce grand ciel humide.

Nos quatre jours de tranchées sont finis. La relève aura lieu à la tombée du soir. On se prépare lentement au départ. On remplit et on range le sac, les musettes. On donne un coup au fusil et on l'enveloppe.

Il est déjà quatre heures. La brune tombe vite. On devient indistincts les uns aux autres.

— Bon sang, la voici la pluie !

Quelques gouttes. Puis c'est l'averse. Oh ! là là là ! On ajuste des capuchons, des toiles de tente. On rentre dans l'abri en pataugeant et en se mettant de la boue aux genoux, aux mains et aux coudes, car le

fond de la tranchée commence à être gluant. Dans la guitoune, on a à
peine le temps d'allumer une bougie posée sur un bout de pierre, et de
grelotter autour.

Allons, en route !

On se hisse dans l'ombre mouillée et venteuse du dehors. J'entrevois
la puissante carrure de Poterloo. Nous sommes toujours à côté l'un de
l'autre dans le rang. Je lui crie quand on se met en marche :

— Tu es là, mon vieux ?

— Oui, d'vant toi, me crie-t-il en se retournant.

Il reçoit dans ce mouvement une gifle de vent et de pluie, mais il
rit. Il a toujours sa bonne figure heureuse de ce matin. Ce n'est pas
une averse qui lui ôtera le contentement qu'il emporte dans son cœur
ferme et solide, et ce n'est pas une maussade soirée qui éteindra le
soleil que j'ai vu, il y a quelques heures, entrer dans sa pensée.

On marche. On se bouscule. On fait quelques faux pas... La pluie ne
cesse pas et l'eau ruisselle dans le fond de la tranchée. Les caillebotis
branlent sur le sol devenu mou : quelques-uns penchant à droite ou à
gauche et on y glisse. Et puis, dans le noir, on ne les voit pas, et il
arrive qu'aux tournants on met le pied à côté, dans les trous d'eau.

Je ne perds pas des yeux, dans le gris de la nuit, le poil ardoisé du
casque de Poterloo, ruisselant comme un toit sous l'averse, et son large
dos garni d'un carré de toile cirée qui miroite. Je lui emboîte le pas et,
de temps en temps, je l'interpelle et il me répond — toujours de bonne
humeur, toujours calme et fort.

Quand il n'y a plus de caillebotis, on piétine dans la boue épaisse.
Il fait noir, maintenant. On s'arrête brusquement, et je suis jeté sur
Poterloo. On entend, en avant, une invective demi-furieuse :

— Ben quoi, vas-tu avancer ? On va être coupés !

— J' peux pas décoller mes reposoirs ! répond une voix piteuse.

L'enlisé arrive enfin à se dégager, et il nous faut courir pour rattraper
le reste de la compagnie. On commence à haleter et à geindre et à
pester contre ceux qui sont en tête. On pose les pieds au petit bonheur :
on fait des faux pas, on se retient aux parois, et on a les mains enduites
de boue. La marche devient une débandade pleine de bruit de ferraille
et de jurons.

La pluie redouble. Second arrêt subit. Il y en a un qui est tombé !
Brouhaha.

Il se relève. On repart. Je m'évertue à suivre de tout près le casque
de Poterloo, qui luit faiblement dans la nuit devant mes yeux, et je lui
crie de temps en temps :

— Ça va ?

— Oui, oui, ça va, me répond-il, en reniflant et en soufflant, mais
de sa voix toujours sonore et chantante.

Le sac tire et fait mal aux épaules, secoué dans cette course houleuse
sous l'assaut des éléments. La tranchée est bouchée par un éboulement
frais dans lequel on s'enfonce... On est obligé d'arracher ses pieds de

la terre molle et adhérente, en les levant très haut à chaque pas. Puis, ce passage laborieusement franchi on redégringole tout de suite dans le ruisseau glissant. Les souliers ont tracé au fond deux ornières étroites où le pied se prend comme dans un rail, ou bien il y a des flaques où il entre à grand floc. Il faut, à un endroit, se baisser très bas pour passer au-dessous du pont massif et gluant qui franchit le boyau, et ce n'est pas sans peine qu'on y arrive : on est forcé de s'agenouiller dans la boue, de s'écraser par terre et de ramper à quatre pattes pendant quelques pas. Un peu plus loin, il nous faut évoluer en empoignant un piquet que le détrempage du sol a fait pencher de travers juste au milieu du passage.

On parvient à un carrefour.

— Allons, en avant ! maniez-vous, les gars ! dit l'adjudant, qui s'est plaqué dans une encoignure pour nous laisser passer et nous parler. L'endroit n'est pas bon.

— On est éreinté, meugle une voix si enrouée et si haletante que je ne reconnais pas le parleur.

— Zut ! j'en ai marre, j'reste là, gémit un autre à bout de souffle et de force.

— Que voulez-vous que j'y fasse ? répond l'adjudant, c'est pas d' ma faute, hé ! Allons, grouillez-vous, l'endroit est mauvais. Il a été marmité à la dernière relève !

On va au milieu de la tempête d'eau et de vent. Il semble qu'on descende, qu'on descende, dans un trou. On glisse, on tombe et on bute contre la paroi de la tranchée, puis, avec un grand coup de coude sur cette paroi, on se rejette debout. Notre marche est une espèce de longue chute où l'on se retient comme on peut et où on peut. Il s'agit de trébucher devant soi et le plus droit possible.

Où sommes-nous ? Je lève la tête, malgré les vagues de pluie, hors de ce gouffre où nous nous débattons. Sur le fond à peine distinct du ciel couvert, je découvre le rebord de la tranchée, et voici tout d'un coup apparaître à mes yeux, dominant ce bord, une espèce de poterne sinistre faite de deux poteaux noirs penchés l'un sur l'autre, au milieu desquels pend comme une chevelure arrachée. C'est le portique — que j'avais découvert cet après-midi.

— En avant ! En avant !

Je baisse la tête et je ne vois plus rien ; mais j'entends à nouveau les semelles entrer dans la vase et en sortir, le cliquetis des fourreaux de baïonnettes, les exclamations sourdes et le halètement précipité des poitrines.

Encore une fois, remous violent. On stoppe brusquement et comme tout à l'heure je suis jeté sur Poterloo et m'appuie sur son dos, son dos fort, solide, comme une colonne d'arbre, comme la santé et l'espoir. Il me crie :

— Courage, vieux, on arrive !

On s'immobilise. Il faut reculer... Nom de Dieu !... Non, on avance
à nouveau !...

Tout à coup, une explosion formidable tombe sur nous. Je tremble
jusqu'au crâne, une résonance métallique m'emplit la tête, une odeur
brûlante de soufre me pénètre les narines et me suffoque. La terre s'est
ouverte devant moi. Je me sens soulevé et jeté de côté, plié, étouffé et
aveuglé à demi dans cet éclair et ce tonnerre... Je me souviens bien
pourtant : pendant cette seconde où, instinctivement, je cherchais,
éperdu, hagard, mon frère d'armes, j'ai vu son corps monter, debout,
noir, les deux bras étendus de toute leur envergure, et une flamme à la
place de la tête !

13

Les gros mots

Barque me voit écrire. Il vient vers moi à quatre pattes à travers la
paille, et me présente sa figure éveillée, ponctuée par son toupet roussâ-
tre de Paillasse, ses petits yeux vifs au-dessus desquels se plissent et
se déplissent des accents circonflexes. Il a la bouche qui tourne dans
tous les sens à cause d'une tablette de chocolat qu'il croque et mâche,
et dont il tient dans son poing l'humide moignon.

Il bafouille, la bouche pleine, en me soufflant une odeur de boutique
de confiserie.

— Dis donc, toi qui écris, tu écriras plus tard sur les soldats, tu
parleras de nous, pas ?

— Mais oui, fils, je parlerai de toi, des copains, et de notre existence...

— Dis-moi donc...

Il indique de la tête les papiers où j'étais en train de prendre des
notes. Le crayon en suspens, je l'observe et l'écoute. Il a envie de me
poser une question.

— Dis donc, sans t'commander... Y a quéqu'chose que j'voudrais
te d'mander. Voilà la chose : si tu fais parler les troufions dans ton
livre, est-ce que tu les f'ras parler comme ils parlent, ou bien est-ce
que tu arrangeras ça, en lousdoc ? C'est rapport aux gros mots qu'on
dit. Car enfin, pas, on a beau être très camarades et sans qu'on s'engueule pour ça, tu n'entendras jamais deux poilus l'ouvrir pendant une
minute sans qu'i's disent et qui's répètent des choses que les impri-
meurs n'aiment pas besef imprimer. Alors, quoi ? Si tu ne le dis pas,
ton portrait ne sera pas r'ssemblant : c'est comme qui dirait que tu
voudrais les peindre et que tu n'mettes pas une des couleurs les plus
voyantes partout où elle est. Mais pourtant ça s'fait pas.

— Je mettrai les gros mots à leur place, mon petit père, parce que
c'est la vérité.

— Mais, dis-moi, si tu l'mets, est-ce que des types de ton bord, sans s'occuper de la vérité, ne diront pas que t'es un cochon ?

— C'est probable, mais je le ferai tout de même sans m'occuper de ces types.

— Veux-tu mon opinion ? Quoique je ne m'y connais pas en livres : c'est courageux, ça, parce que ça s'fait pas, et ce sera très chic si tu l'oses, mais t'auras de la peine au dernier moment, t'es trop poli !... C'est même un des défauts que j'te connais depuis qu'on s'connaît. Ça, et aussi cette sale habitude que tu as quand on nous distribue de la gniole, sous prétexte que tu crois que ça fait du mal, au lieu de donner ta part à un copain, de la verser sur la tête pour te nettoyer les tifs.

14

Le barda

La grange s'ouvre au bout de la cour de la Ferme des Muets, dans la construction basse, comme une caverne. Toujours des cavernes pour nous, même dans les maisons ! Quand on a traversé la cour où le fumier cède sous les semelles avec un bruit spongieux, ou bien qu'on l'a contournée en se tenant difficultueusement en équilibre sur l'étroite bordure de pavés, et qu'on se présente devant l'ouverture de la grange, on ne voit rien du tout...

Puis, en insistant, on perçoit un enfoncement brumeux où de brumeuses masses noires sont accroupies, sont étendues ou bien évoluent d'un coin à un autre. Au fond, à droite et à gauche, deux pâles lueurs de bougies, aux halos ronds comme de lointaines lunes rousses, permettent enfin de distinguer la forme humaine de ces masses dont la bouche émet soit de la buée, soit de la fumée épaisse.

Ce soir, notre vague repaire, où je m'engouffre avec précaution, est en proie à l'agitation. Le départ aux tranchées a lieu demain matin et les nébuleux locataires de la grange commencent à faire leurs paquets.

Assailli par l'obscurité qui, au sortir du soir pâle, me bouche les yeux, j'évite néanmoins le piège des bidons, des gamelles et des équipements qui traînent par terre, mais je bute en plein dans les boules entassées juste au milieu, tels des pavés dans un chantier... J'atteins mon coin. Un être, à l'énorme dos laineux et sphérique, est là, à croupetons, penché sur une série de petites choses qui miroitent par terre. Je donne une tape sur son épaule matelassée d'une peau de mouton. Il se retourne et, à la lueur brouillée et saccadée de la bougie que supporte une baïonnette plantée par terre, je vois la moitié de la figure, un œil, un bout de moustache et un coin de la bouche entr'ouverte. Il grogne, amicalement, et se remet à regarder son fourbi.

— Qu'est-ce que tu fabriques là ?

— Je range. Je m'range.

Le simili-brigand qui semble inventorier son butin est mon camarade Volpatte. Je vois ce qu'il en est : il a étendu sa toile de tente pliée en quatre par-dessus son lit — c'est-à-dire la bande de paille à lui réservée — et sur ce tapis, il a vidé et étalé le contenu de ses poches. Et c'est tout un magasin qu'il couve des yeux avec une sollicitude de ménagère, tout en veillant, attentif et agressif, à ce qu'on ne lui marche pas dessus... J'épèle de l'œil l'abondante exposition.

Autour du mouchoir, de la pipe, de la blague à tabac, laquelle renferme aussi le cahier de feuilles, du couteau, du porte-monnaie et du briquet (le fond nécessaire et indispensable), voici deux bouts de lacets de cuir emmêlés comme des vers de terre autour d'une montre incluse dans une boîte en celluloïd transparent qui se ternit et blanchit singulièrement, en vieillissant. Puis une petite glace ronde et une autre carrée ; celle-ci est cassée, mais de plus belle qualité, taillée en biseau. Un flacon d'essence de térébenthine, un flacon d'essence minérale presque vide, et un troisième flacon vide. Une plaque de ceinturon allemand portant cette devise : *Gott mit uns*, un gland de dragonne de même provenance ; enveloppée à demi dans du papier, une fléchette d'aéro qui a la forme d'un crayon d'acier et est pointue comme une aiguille ; des ciseaux pliants et une cuiller-fourchette également pliante ; un bout de crayon et un bout de bougie ; un tube d'aspirine contenant aussi des comprimés d'opium, plusieurs boîtes de fer-blanc.

Voyant que j'inspecte en détail sa fortune personnelle, Volpatte m'aide à identifier certains articles.

— Ça, c'est un vieux gant d'officier en peau. J'coupe les doigts pour boucher l'canon d'mon arbalète ; ça, c'est du fil téléphonique, la seule affaire avec quoi tu attaches tes boutons d'capote si tu veux qu'ils tiennent. Et ici, là dedans, tu t'demandes c'qu'y est ? Du fil blanc, solide, et pas d'celui-là qu't'es cousu quand on te livre des effets neufs, de fil r'tire, avec la fourchette, du macaroni au fromage, et, là, un jeu d'aiguilles sur une carte postale. Les épingles de nourrice a sont là, à part...

« Et ici, c'est les papyrus. Tu parles d'une biothèque.

Il y a, en effet, dans l'étalage des objets issus des poches de Volpatte, un étonnant amoncellement de papiers : c'est la pochette violette de papier à lettres dont la mauvaise enveloppe imprimée est éculée ; c'est un livret militaire dont la couverture, racornie et poussiéreuse comme la peau d'un vieux routier, s'effrite et diminue de partout ; c'est un carnet en moleskine éraillée bondé de papiers et de portraits : au milieu trône l'image de la femme et des petits.

Hors de la liasse des papiers jaunis et noircis, Volpatte extrait la photographie et me la montre une fois de plus. Je refais connaissance avec Mme Volpatte, une femme au buste opulent, aux traits doux et mous, entourée de deux garçonnets à col blanc, l'aîné mince, le cadet rond comme une balle.

— Moi, dit Biquet, qui a vingt ans, je n'ai que des photos de vieux.

Et il nous fait voir, en la plaçant tout près de la bougie, l'image d'un couple de vieillards qui nous regardent, l'air bien sage comme les petits enfants de Volpatte.

— J'ai les miens aussi avec moi, dit un autre. J'quitte jamais la photographie de la nichée.

— Dame ! chacun emporte son monde, ajoute un autre.

— C'est drôle, constate Barque, un portrait, ça s'use à force d'être regardé. Il ne faut pas le z'yeuter trop souvent et être trop longtemps dessus : à la longue, j'sais pas c'qui s'passe, mais le rapprochement fiche le camp.

— T'as raison, dit Blaire. Moi j'trouve ça comme ça aussi, exactement.

— J'ai aussi dans mes papelards une carte de la région, continue Volpatte.

Il la déplie devant la lumière. Élimée et transparente aux plis, elle a l'air de ces stores faits de carrés cousus l'un à l'autre.

— J'ai encore du journal (il déroule un article de journal sur les poilus), et un livre (un roman à vingt-cinq centimes, *Deux Fois vierge*)... Tiens, un autre morceau de journal : *l'Abeille d'Étampes*. J'sais pas pourquoi j'ai gardé ça. Il doit y avoir une raison d'ssous. J'voirai tête reposée. Et puis, mon jeu de cartes, et un jeu d'dames en papier avec des pions en espèce de pain à cacheter.

Barque, qui s'est approché, regarde la scène, et dit :

— Moi, j'ai plus d'choses encore qu'ça dans mes profondes.

Il s'adresse à Volpatte :

— As-tu un soldbuch boche, crâne de pou, des ampoules d'iode, un browning ? Moi, j'ai ça et j'ai deux couteaux.

— Moi, dit Volpatte, j'ai pas d'revolver, ni de livret boche, mais j'aurais pu avoir deux couteaux ou même dix couteaux ; mais j'n'ai besoin que d'un.

— Ça dépend, dit Barque. Et as-tu des boutons mécaniques, face de dos ?

— Moi, j'n'ai dans m'poch', s'écrie Bécuve.

— L'troufion, il n'peut pas s'en passer, assure Lamuse. Sans ça pour faire t'nir les bertelles au froc, c'est pas vrai.

— Moi, dit Blaire, j'ai toujours dans la poche, pour être à portée de ma main, ma trousse à bagues.

Il la sort, enveloppée dans un sachet à masque, et il la secoue. Le tiers-point et la lime sonnent, et on entend aussi le cliquetis des anneaux bruts d'aluminium.

— Moi, j'ai toujours de la ficelle, c'est ça qu'est utile ! dit Biquet.

— Pas tant que des clous, dit Pépin, et il en fait voir trois dans sa main : un gros, un petit et un moyen.

Un à un, les autres viennent participer à la conversation, tout en bricolant. On s'habitue à la demi-obscurité. Mais le caporal Salavert, qui a la juste réputation de n'être pas bête de ses mains, adapte une bougie dans la suspension qu'il a fabriquée avec une boîte de camembert et du fil de fer. On allume, et autour de ce lustre, chacun raconte avec des partialités et des préférences de mère ce qu'il a dans ses poches.

— D'abord, combien en a-t-on ?

— D'poches ? Dix-huit, dit quelqu'un, qui est naturellement Cocon, l'homme-chiffre.

— Dix-huit poches ! Tu charries, nez d'rat, fait le gros Lamuse.

— Parfaitement : dix-huit, réplique Cocon. Compte-les, si t'es si malin qu'ça.

Lamuse veut se faire une raison là-dessus, et, plaçant ses deux mains près du lumignon pour compter plus juste, il énumère sur ses gros doigts de brique poussiéreuse : deux poches dans la capote derrière qui pendent, la poche à paquet à pansement qui sert pour le tabac, deux à l'intérieur de la capote, devant ; les deux poches extérieures de chaque côté avec patte. Trois dans le pantalon et même trois et demie, parce qu'il y la pochette de devant.

— J'y mets une boussole, dit Farfadet.

— Moi, mon rabiot d'amadou.

— Moi, dit Tirloir, un tit sifflet qu'ma femme m'a envoyé en m'disant comme ça : « Si t'es blessé dans la bataille, tu siffleras pour que les camarades viennent t'sauver la vie. »

On rit de la phrase naïve.

Tulacque intervient, indulgent et dit à Tirloir :

— Ça sait pas c'que c'est qu'la guerre, à l'arrière. Si tu voulais parler de l'arrière, c'est toi qui en dirais des conneries !

— Ne la comptons pas, elle est trop petite, dit Salavert. Ça fait dix.

— Dans la veste, quatre. Ça ne fait toujours que quatorze.

— Y a les deux poches à cartouches : ces deux poches nouvelles qui tiennent avec des sangles.

— Seize, dit Salavert.

— Tiens, enfant de malheur, tête de pied, rechasse ma veste. Ces deux poches-là, tu les as pas comptées ! Eh bien alors, qu'est-ce qu'i t'faut ! C'est pourtant les poches à la place ordinaire. C'est les poches civiles où c'que tu fourres, dans l'civil, ton tire-jus, ton tabac et l'adresse où tu vas livrer.

— Dix-huit ! fait Salavert, grave comme un fonctionnaire. Y en a dix-huit, pas d'erreur, adjugé !

A ce moment de la conversation, quelqu'un fait sur les pavés du seuil une série de faux pas sonores, tel un cheval qui piafferait — et blasphémerait.

Puis après un silence, une voix bien timbrée glapit avec autorité :

— Eh, là dedans, on s'prépare ? Il faut que tout soye prêt à c'soir, et, vous savez, des paxons bien solides. On va en première ligne, cette fois, et même, ça va p'têt' chauffer.

— Ça va, ça va, mon adjudant, répondent distraitement des voix.

— Comment ça s'écrit, Arnesse, demande Benech qui, à quatre pattes, travaille par terre une enveloppe avec un crayon.

Tandis que Cocon lui épèle « Ernest » et que l'adjudant, éclipsé, répète son boniment qu'on entend plus loin, à la porte d'à côté, Blaire prend la parole et dit :

— Faut toujours, mes enfants — écoutez c'que j'vous dis —, mett' vot' quart dans vot' poche. Moi, j'ai essayé de l'coller partout autrement, mais y a qu'la poche que c'est vraiment pratique, crois-moi. Si t'es en marche, équipé, ou bien si t'es déséquipé à naviguer dans la tranchée, tu l'as toujours sous la pince des fois qu'i s'produit une occase : un copain qu'a du pinard et qui t'veut du bien et qui t'dit : « Donne ta quart », ou bien un marchand qui baguenaude. Mes vieux cerfs, écoutez c'que j' dis, vous vous en trouv'rez toujours bath : mets ton quart é d' dans ta poche.

— Plus souvent, dit Lamuse, que tu m'voiras mett' mon quart dans m'poche. C't'une idée à la graisse d'hérisson et à la mords-moi l'doigt, ni plus ni moins, j'préfère beaucoup mieux l'amurer à ma bretelle de suspension avec un crochet.

— Attaché à un bouton d'la capote, comme le sachet à masque, c'est plus mieux. Pa'ce que suppose que t'ôtes ton équipement, alors t'es vert si justement i' passe du vin.

— Moi, j'ai un quart boche, dit Barque. C'est plat, ça s'met dans la poche de côté, si on veut, et ça entre très bien dans la cartouchière, un coup qu't'as foutu tes cartouches en l'air, ou qu'tu les as carrées dans ta musette.

— Un quart boche, c'est ça qu'est pas extra, dit Pépin. Ça ne tient pas d'bout. Ça sert juste à encombrer.

— Attends voir, bec d'asticot, dit Tirette qui ne manque pas de psychologie : cette fois-ci, si on attaque, comme le juteux a eu l'air de nous l'casser tu en trouv'ras p'têt' un, d'quart boche, et alors, c'est ça qui s'ra extra !

— L'juteux a dit ça, observe Eudore, mais i'sait pas.

— Ça contient plus d'un quart, l'quart boche, remarque Cocon, vu qu'la contenance du quart juste, elle est marquée d'un trait aux trois quarts du quart. Et t'es toujours avantageux d'en avoir un grand, parce que si t'as un quart qui tient juste un quart, pour que tu ayes un quart de jus, de vin, ou d'eau bénite ou d'n'importe quoi, i' faut qu'on l'emplisse rasibus et on l'fait jamais dans les distrib, et, si on l'fait, tu l'renverses.

— J'te crois qu'on l'fait plutôt pas, dit Paradis, outré quand il évoquait ces procédés. L'fourrier i' sert en foutant l'doigt dans l'quart, et il a collé deux gnons sur l'cul des quarts. Total, t'es fabriqué du tiers, et tu t'accroches trois belles ceintures l'une sur l'autre.

— Oui, dit Barque, c'est vrai. Mais faut pas non plus un quart trop grand, parc'qu'alors celui qui t'sert, i' s'méfie ; i' t'en fout une goutte avec la tremblote, et pour ne pas t'en donner plus que la m'sure, i' t'en donne moins, et tu t'mets la tringle, avec ta soupière dans les pattes.

Cependant, Volpatte remettait un à un dans ses poches les objets dont il avait composé un étalage. Arrivé au porte-monnaie, il le considéra d'un air plein de pitié.

— Il est salement plat, le frère.

Il compta :

— Trois francs ! Mon vieux, faudrait voir à m'remplumer, sans ça, en r'descendant, j'suis verdure.

— T'es pas l'seul à avoir pas lourd dans son morlingue.

— L'soldat dépense plus qu'n'gagne, y a pas d'erreur. Je m'demande c'que d'viendrait celui qui n'aurait que son prêt.

Paradis répondit avec une simplicité cornélienne :

— l' crèverait.

— Et tenez, moi, voilà ce que j'ai dans ma poche, qui ne me quitte pas.

Et Pépin, l'œil émerillonné, montra un couvert en argent.

— Il lui appartenait, dit-il, à la guenon où on a logé à Grand'Rosoy.

— Il lui appartient peut-être bien encore ?

Pépin eut un geste vague où l'orgueil se mêlait à la modestie, puis il s'enhardit, sourit et dit :

— J'la connais, la vieille fouineuse. Sûr qu'elle va passer le restant de sa vie à le chercher partout, dans chaque coin, son couvert d'argent.

— Moi, dit Volpatte, je n'ai jamais pu faucher qu'une paire de ciseaux. Y en a qui ont la veine. Pas moi. Aussi, nature si j'les garde précieusement, ces ciseaux, et pourtant j'peux dire qu'i' n'me serv'nt pas de rien.

— Moi, j'ai bien chapardé quéqu'petits machins par-ci par-là, mais qu'est-ce que c'est qu'ça ? Les sapeurs, i's m'ont toujours grillé pour la chose du fauchage, alors quoi ?

— On a beau faire c'qu'on veut, on est toujours grillé par quelqu'un, pas, vieux frère ! T'en fais pas.

— Eh là d'dans, qui veut d'la teinturiotte ? cria l'infirmier Sacron.

— Moi, j'garde les lettres de ma femme, dit Blaire.

— Moi, j'les lui renvoie.

— Moi, j'les garde. Les v'là.

Eudore exhibe un paquet de papiers usés, luisants, dont la pénombre voile pudiquement la noirceur.

— J'les garde. Quelquefois, j'les relis. Quand on a froid et qu'on a mal, j'les relis. Ça vous réchauffe pas, mais ça fait semblant.

Cette drôle de phrase doit avoir un sens profond, car plusieurs ont relevé la tête et disent : « Oui, c'est ça. »

La conversation continue à bâtons rompus au sein de cette grange fantastique, traversée de grandes ombres mouvantes, avec des entassements de nuit aux coins et les points souffreteux de quelques chandelles disséminées.

Je les vois aller et venir, se profiler étrangement, puis s'abaisser, s'affaler sur le sol, ces déménageurs affairés et encombrés, qui soliloquent ou s'interpellent, les pieds empêtrés dans les choses. Ils se montrent l'un à l'autre leurs richesses :

— Tiens, r'garde !

— Tu parles ! répond-on avec envie.

On voudrait avoir tout ce qu'on n'a pas. Et il y a dans l'escouade des trésors légendairement enviés par tous : par exemple, le bidon de deux litres détenu par Barque et qu'un talentueux coup de fusil à blanc a dilaté jusqu'à la contenance de deux litres et demi ; le célèbre grand couteau à manche de corne de Bertrand.

Dans le fourmillement tumultueux, des regards de côté effleurent ces objets de musée, puis chacun se remet à regarder devant soi, chacun se consacre à sa « camelote » et s'acharne à la mettre en ordre.

Triste camelote, en effet. Tout ce qui est fabriqué pour le soldat est commun, laid, et de mauvaise qualité, depuis leurs souliers en carton découpé, aux pièces attachées ensemble par des grillages de méchant fil, jusqu'à leurs vêtements mal taillés, mal bâtis, mal cousus, mal teints, en drap cassant et transparent — du papier buvard — qu'un jour de soleil fait passer, qu'une heure de pluie transperce, jusqu'à leurs cuirs amincis à l'extrême, friables comme des copeaux et que déchirent les tenons, leur linge de flanelle plus maigre que du coton, leur tabac qui ressemble à de la paille.

Marthereau est à côté de moi. Il me désigne les camarades :

— R'garde-les, ces pauv' vieux qui ar'garedent leur capharnion. Tu croirais une flopée d'mères zyeutant leurs p'tits. Couteles, i's'appellent leurs trucs. Tiens, çui-là, dès lors qu'i' dit : « Mon couteau ! » c'est kif comme s'i' disait : « Léon, ou Charles, ou Dolphe. » Et, tu sais, impossible pour eux de diminuer son chargement. C'est pas vrai. C'est pas qu'i's veul'tent pas — vu que l'métier c'est pas ça qui vous renfortifie, pas ? —, c'est qu'i's peuv'tent pas. Ils ont trop d'amour pour.

Le chargement ! Il est formidable, et on sait bien, parbleu, que chaque objet le rend un peu plus méchant, que chaque petite chose est une meurtrissure de plus.

Car il n'y a pas que ce qu'on fourre dans ses poches et dans ses musettes. Il y a, pour compléter le barda, ce qu'on porte sur son dos.

Le sac, c'est la malle et même c'est l'armoire. Et le vieux soldat connaît l'art de l'agrandir quasi miraculeusement par le placement judicieux de ses objets et provisions de ménage. En plus du bagage réglementaire et obligatoire — les deux boîtes de singe, les douze biscuits, les deux tablettes de café, et les deux paquets de potage condensé, le sachet de sucre, le linge d'ordonnance et les brodequins de rechange — nous trouvons bien moyen d'y mettre quelques boîtes de conserves, du tabac, du chocolat, des bougies et des espadrilles, voire du savon, une lampe à alcool, et de l'alcool solidifié et des lainages. Avec la couverture, le couvre-pied, la toile de tente, l'outil portatif, la gamelle et l'ustensile de campement, il grossit, grandit et s'élargit, et devient monumental et écrasant. Et mon voisin dit vrai : chaque fois, quand il arrive à son poste après des kilomètres de boyaux, le poilu se jure bien que, la prochaine fois, il se débarrassera d'un tas de choses et se délivrera un peu les épaules du joug du sac. Mais, chaque fois qu'il se prépare à repartir, il reprend cette même charge épuisante et presque surhumaine ; et il ne la quitte jamais bien qu'il l'injurie toujours.

— Y a des malins gars qu'ont l'filon, dit Lamuse, et qui trouv'nt l'joint pour coller quéqu'chose dans la voiture de compagnie ou la voiture médicale. J'en connais un qu'a deux liquettes neuves et un can'çon dans la cantine d'un adjupette — mais, tu comprends, t'es tout d'suite deux cent cinquante bonshommes à la compagnie, et l'truc est connu et y en a pas besef qui peuv'nt le profiter : surtout des gradés : tant plus i' sont sous-offs, tant pu i' sont sucrés pour carrer leur fourbi. Sans compter que l'commandant, i' visite les voitures, des fois, sans t'avertir et i' t'fout tes frusques au beau milieu de la route s'ils les trouve dans une bagnole où c'est pas vrai : allez partez ! sans compter l'engueulade et la tôle.

— Dans les premiers temps, c'était franc, mon vieux. Y en avait, j'l'ai vu, qui collaient leurs musettes et même leur armoire dans une voiture de gosse qu'i' poussaient sur la route.

— Ah ! tu parles ! c'était l'bon temps d'la guerre ! Mais on a changé tout ça.

Sourd à tous les discours, Volpatte, affublé de sa couverture comme d'un châle, ce qui lui donne l'air d'une vieille sorcière, tourne autour d'un objet qui gît par terre.

— J'm'demande, dit-il, en ne s'adressant à personne, si j'vais emporter ce sale bouteillon-là. C'est l'seul de l'escouade et j'l'ai toujours porté. Oui, mais i' fuit comme un panier à salade.

Il ne peut pas prendre une décision, et c'est une vraie scène de séparation.

Barque le considère de côté et se moque de lui. On l'entend qui dit : « Gaga, maladif. » Mais il s'arrête dans son persiflage.

— Après tout, on s'rait à sa place, qu'on s'rait aussi con qu'lui.

Volpatte remet sa décision à plus tard :

— J'verrai ça demain au matin, quand j'mont'rai Philibert.

Après l'inspection et le remplissage des poches, c'est au tour des musettes, puis des cartouchières, et Barque disserte sur le moyen de faire entrer les deux cents cartouches réglementaires dans les trois cartouchières. En paquets, c'est impossible. Il faut les dépaqueter, et les placer l'une à côté de l'autre debout, tête-bêche. On arrive ainsi à bonder chaque cartouchière sans laisser de vide et à se faire une ceinture qui pèse dans les six kilos.

Le fusil a été nettoyé déjà. On vérifie l'emmaillotage de la culasse et le bouchage — précautions indispensables à cause de la guerre des tranchées.

Il s'agit de reconnaître facilement chaque fusil.

— Moi, j'ai fait des entailles dans la bretelle. Tu vois, j'ai découpé l'bord.

— Moi, j'y ai enroulé, en haut à la bretelle, un cordon de soulier — et comme ça, je l'reconnais à la main comme avec l'œil.

— Moi, un bouton mécanique. Pas d'erreur. Dans l'noir je l'sens tout de suite et j'dis : « C'est ma carabine. » Pa'ce que, tu comprends, y a des gars qui s'en font pas, i's s'les roulent pendant que l'copain nettèye, pis i' s'foulent l'poignet en douce sur la clarinette de la poire qu'a nettéyé ; pis même i's n'ont pas la trouille ed' dire après : « Mon capitaine, j'ai un fusil qu'est olrède. » Moi, j'marche pas dans la combine. C'est l'système D, et l'système D, mon vieux phénomène, y a des fois où ce que j'en ai pus que marre.

Et les fusils, tout en se ressemblant, diffèrent comme les écritures.

— C'est curieux et bizarre, me dit Marthereau, on monte demain aux tranchées, et il n'y a pas encore de viande saoule ni d'futur bois, ce soir et — coute ! — pas de disputes encore. Tant qu'à moi...

« Ah ! j'dis pas, concède-t-il tout de suite, que ces deux-là n'soient pas un peu garnis, ni un peu vaseux... Sans être tout à fait mûrs, ils ont l'nez sale, quoi...

— C'est Poitron et Poilpot, de l'escouade à Broyer.

Ils sont couchés et parlent bas. On distingue le nez rond de l'un qui brille comme sa bouche, juste à côté d'une bougie, et sa main qui fait, un doigt levé, de petits gestes explicatifs suivis fidèlement par une ombre portée.

— J'sais allumer le feu, mais j'sais pas l'rallumer quand il est éteint, déclare Poitron.

— Ballot ! dit Poilpot, si tu sais l'allumer, tu sais l'rallumer, vu qu'si tu l'allumes, c'est qu'il a été éteint, et tu peux dire que tu l'rallumes quand tu l'allumes.

— Tout ça c'est du bourre-mou. J'sais pas calculer et je m'fous des boniments que tu m'balances. J'te dis et j'te répète que, pour allumer un feu, j'suis là, mais pour l'rallumer quand i' s'a éteint, ça n'a rien à faire. J'peux pas mieux dire.

Je n'entends pas l'insistance de Poilpot.

— Mais bougre de nom de Dieu d'entêté, râle Poitron, pis que j'te dis trente fois que j'sais pas. Faut-y qu'i soye tête de cochon, tout de même !

— C'est marrant, c't'écoutation-là, me confie Marthereau.

En vérité, tout à l'heure, il a parlé trop vite.

Une certaine fièvre, provoquée par les libations des adieux, règne dans le taudis plein de paille nuageuse où la tribu — les uns debout et hésitants, les autres à genoux et tapant comme des mineurs — répare,

empile, assujettit ses provisions, ses hardes et ses outils. Un grondement de paroles, un désordre de gestes. On voit saillir, dans les lueurs
enfumées, des reliefs de trognes, et des mains sombres remuer debout
au-dessus de l'ombre, comme des marionnettes.

De plus, dans la grange attenante à la nôtre, et qui n'en est séparée
que par un mur à hauteur d'homme, s'élèvent des cris avinés. Deux
hommes, là, se prennent à partie avec une violence et une rage désespérées. L'air vibre des plus grossiers accents qui soient ici-bas. Mais l'un
d'eux, un étranger d'une autre escouade, est expulsé par les locataires,
et le jet d'injures de l'autre s'affaiblit et s'éteint.

— Tant qu'à nous, on s'tient ! remarque Marthereau avec une certaine fierté.

C'est vrai. Grâce à Bertrand, obsédé par la haine de l'alcoolisme, de
cette fatalité empoisonnée qui joue avec les multitudes, notre escouade
est une de celles qui sont le moins viciées par le vin et la gniole.

... Ils crient, ils chantent, ils extravaguent tout autour. Et ils rient
sans fin ; dans l'organisme humain, le rire fait un bruit de rouage et
de chose.

On essaye d'approfondir certaines physionomies qui se présentent
avec un relief de touche émouvant dans cette ménagerie d'ombres, cette
volière de reflets. Mais on ne peut pas. On les voit, mais on ne voit
rien au fond d'elles.

— Déjà dix heures, les amis, dit Bertrand. On finira de monter Azor
demain. Il est temps de mettre la viande en torchon.

Chacun, alors, se couche, lentement. Le bavardage ne cesse guère.
Le soldat prend toutes ses aises chaque fois qu'il n'est pas absolument
obligé de se dépêcher. Chacun va, vient, un objet à la main — et je
vois glisser sur le mur l'ombre démesurée d'Eudore qui passe devant
une chandelle, en balançant au bout de ses doigts deux sachets de
camphre.

Lamuse s'agite à la recherche d'une position. Il semble mal à l'aise :
quelle que soit sa capacité, aujourd'hui, manifestement, il a trop mangé.

— Y en a qui veulent dormir ! Vos gueules, bande de vaches ! crie
Mesnil Joseph, de sa couche.

Cette exhortation calme un moment, mais n'arrête pas le brouhaha
des voix ni les allées et venues.

— C'est vrai qu'on monte demain, dit Paradis, et que, le soir, on
file en première ligne. Mais personne n'y pense. On le sait, voilà tout.

Petit à petit chacun a rejoint sa place. Je me suis étendu sur la paille,
Marthereau s'emmaillote à côté de moi.

Une masse colossale entre en prenant des précautions pour ne point
faire de bruit. C'est le sergent infirmier, un frère mariste, énorme
bonhomme à barbe et à lunettes, qu'on sent, lorsqu'il a ôté sa capote
et qu'il est en veste, gêné de montrer ses jambes. On voit se hâter

discrètement cette silhouette d'hippopotame barbu. Il souffle, soupire, marmotte.

Marthereau me le désigne de la tête, et me dit tout bas :

— Regarde-le. C'gens-là, il faut toujours qu'ils disent des blagues.

Quand on lui d'mande ce qu'i'fait dans l'civil, i'n'dit pas : « J'suis frère des écoles » ; i' dit, en vous r'luquant par en dessous ses lunettes avec la moitié d'ses yeux : « J'suis professeur.» Quand i' s'lève très tôt pour aller à la messe, et qu'il voit qu'il vous réveille, il n'dit pas : « J'vais à la messe », i' dit : « J'ai mal au ventre. Faut que j'aille faire un tour aux feuillées, y a pas d'erreur.»

Un peu plus loin, le père Ramure parle du pays.

— Chez nous, c'est un petit patelin qu'est pas grand. Tout l'jour il y a mon vieux qui culotte des pipes ; qu'i' travaille ou qu'i' s'r'pose, i' pousse sa fumée dans l'grand air ou dans la fumée d'la marmite...

J'écoute cette évocation champêtre, qui prend soudain un caractère spécialisé et technique :

— Pour ça, i' prépare un paillon. Tu sais c'que c'est qu'un paillon ? Tu prends la tige du blé vert, t'ôtes la peau. Tu fends en deux, pis encore en deux, et tu as des grandeurs différentes, comme qui dirait des numéros différents. Pis avec un fil et les quatre brins de paille, il entoure la verge de la pipe.

Cette leçon s'interrompt, aucun auditeur ne s'étant manifesté.

Il n'y a plus que deux bougies allumées. Une grande aile d'ombre couvre l'amas gisant des hommes.

Des conversations particulières voltigent encore dans le primitif dortoir. Il m'en arrive des bribes aux oreilles.

Le père Ramure, à présent, déblatère contre le commandant :

— L'commandant, mon vieux, avec ses quat' ficelles, j'ai remarqué qu'i' n'savait pas fumer. I' tire à tour de bras sur ses pipes, et il les brûle. C'est pas une bouche qu'il a dans la tête, c'est une gueule. Le bois se fend, se grille et, au lieu d'être du bois, c'est du charbon. Les pipes en terre, elles résistent mieux, mais tout de même, il les rissole. Tu parles d'une gueule. Aussi, mon vieux, écoute-moi bien c'que j'te dis : il arrivera ce qui n'est pas souvent arrivé jamais : à force d'être poussée à blanc et cuite jusqu'aux moelles, sa pipe lui pétera dans le bec, devant tout l'monde. Tu voiras.

Peu à peu, le calme, le silence et l'obscurité s'établissent dans la grange et ensevelissent les soucis et les espoirs de ses habitants. L'alignement de paquets pareils que forment ces êtres enroulés côte à côte dans leurs couvertures semble une espèce d'orgue gigantesque d'où s'élèvent des ronflements divers.

Déjà le nez dans la couverture, j'entends Marthereau qui me parle de lui-même.

— J'suis marchand de chiffons, tu sais, dit-il, chiffonnier, pour mieux dire, mais tant qu'à moi, je l'suis en gros ; j'achète aux petits chiffonniers d'la rue, et j'ai un magasin — un grenier, quoi ! — qui m'sert de dépôt. J'fais tout l'chiffon, à dater du linge jusqu'à la boîte de conserves, mais principalement le manche de brosse, le sac et la savate ; et, naturellement, j'ai la spécialité des peaux d'lapin.

Et, je l'entends, encore, un peu plus tard, qui me dit :

— Tant qu'à moi, tout petit et mal foutu que je suis, je porte encore un curond de cent kilos au grenier, à l'échelle, et avec des sabots aux pieds. Une fois, j'ai eu affaire à une espèce d'individu interloque, vu qu'i' s'occupait, qu'on disait, à traire les blanches, eh bien...

— Milédi, c'que j'peux pas blairer, hé, s'écrie tout d'un coup Fouillade, c'est c't'exercice et ces marches qu'on nous esquinte pendant le repos, j'en ai l'rein hachuré, et j'peux pas roupiller, courbaturé comme je le suis.

Bruit de ferraille du côté de Volpatte. Il s'est décidé à monter son bouteillon, tout en le gourmandant d'avoir ce funeste défaut d'être troué.

— Oh là là, quand ce s'ra-t-i' fini toute c'te guerre ! gémit un demi-dormeur.

Un cri de révolte entêté et incompréhensif jaillit :

— I's veul'nt not' peau !

Puis c'est un : « T'en fais pas ! » aussi obscur que le cri de révolte.

... Je me réveille longtemps après, tandis que deux heures sonnent et je vois dans une blafarde clarté, sans doute lunaire, la silhouette agitée de Pinégal. Un coq, au loin, a chanté. Pinégal se soulève à moitié sur son séant. J'entends sa voix éraillée :

— Ben quoi, c'est la pleine nuit, et v'là un coq qui pousse son gueulement. Il est mûr, c'coq !

Et il rit, en répétant : « Il est mûr, c'coq », et il se rentortille dans la laine et se rendort avec un gargouillis où le rire se mêle de ronflements.

Cocon a été réveillé par Pinégal. Alors, l'homme-chiffre pense tout haut et dit :

— L'escouade avait dix-sept hommes quand elle est partie pour la guerre. Elle en a, à présent, dix-sept aussi, avec les bouchages de trous. Chaque homme a déjà usé quatre capotes, une du premier bleu, trois bleu fumée de cigare, deux pantalons, six paires de brodequins. Il faut compter par bonhomme deux fusils : mais on ne peut pas compter les salopettes. On a renouvelé vingt-trois fois nos vivres de réserve. A nous dix-sept, nous avons eu quatorze citations, dont deux à la brigade, quatre à la division et une à l'armée. On est resté une fois seize jours dans les tranchées sans arrêt. On a été cantonné et logé dans quarante-sept villages différents jusqu'ici. Depuis le commencement de la campagne, douze mille hommes sont passés par le régiment, qui en a deux mille.

Un étrange zézaiement l'interrompt. C'est Blaire que son râtelier neuf empêche de parler, comme il l'empêche aussi de manger. Mais il le met chaque soir, et il le garde toute la nuit avec un courage acharné, car on lui a promis qu'il finirait par s'habituer à cet objet qu'on lui a inséré dans la tête.

Je me soulève à demi comme sur un champ de bataille. Je contemple encore une fois ces créatures qui ont roulé ici l'une sur l'autre parmi les régions et les événements. Je les regarde tous, enfoncés dans le gouffre d'inertie et d'oubli, au bord duquel quelques-uns semblent se cramponner encore, avec leurs préoccupations pitoyables, avec leurs instincts d'enfants et leur ignorance d'esclaves. L'ivresse du sommeil me gagne. Mais je me rappelle ce qu'ils ont fait et ce qu'ils feront. Et devant cette profonde vision de pauvre nuit humaine qui remplit cette caverne sous son linceul des ténèbres, je rêve à je ne sais quelle grande lumière.

DEUXIÈME PARTIE

15

L'œuf

On était désemparés. On avait faim, on avait soif et dans ce malheureux cantonnement, rien !

Le ravitaillement, d'ordinaire régulier, avait fait défaut, alors, la privation arrivait à l'état aigu.

Un groupe hâve grinçait des dents et la maigre place faisait cercle tout autour, avec ses poternes décharnées, avec ses ossements de maisons et ses poteaux télégraphiques chauves. Le groupe constatait l'absence de tout :

— L'caoutchouc a fait l'mur, nib de bidoche, et on s'met la ceinture d'électrique.

— Quant au fromgi, macache, et pas pus d'confiture que d'beurre en broche.

— On n'a rien, sans fifrer, on n'a rien, et toute la rouscaillure n'y f'ra pas rien.

— Aussi, tu parles d'un cantonnement à la manque : trois canfouines avec rien d'dans, que des courants d'air et d' la flotte !

— Ça n' sert à rien d'être aux as, ta blanche, c'est comme si t'avais peau d'balle dans ton morlingue, pisqu'y a pas d'marchands.

— Tu s'rais Rothschild ou bien un tailleur militaire, ta fortune servirait à quoi ?

— Hier, y avait un p'tit macaou qui ronronnait du côté de la 7ᵉ. J'suis sûr qu'ils ont croûté c'macaou.

— Oui, j'sais, et encore, on lui voyait les côtes comme au bord de la mer.

— Y a pas à s'démieller, c'est comme ça.

— Y en a, dit Blaire, qui ont fait vite en arrivant, et i's s'sont vus trouver à acheter quéqu' bidons d'pinard chez l'quénaupier qu'est au coinsteau d'la rue.

— Ah ! les vaches ! I's sont vernis, ceux-là, d'pouvoir s'glisser ça le long du cou !

— Faut dire que c'était d'la saloperie : du vin à culotter les quarts comme des pipes.

— Y en a même, qu'on dit, qui ont voracé un piquenterre !

— Hildepute ! dit Fouillade.

— Moi, j'm'ai presque pas cogné la tête : i' m'restait une sardine, et, dans l'fond d'un sachet, du thé qu'j'ai mâché avec du sucre.

— C'est pas assez tout ça, même si tu manges pas beaucoup, et qu't'as l'boyau plat.

— D'puis deux jours, une soupe : un trucmuche jaune, brillant comme de l'or. Pas du bouillon, d'la friture ! Tout l'morceau de soupe est resté dans la marmite.

— On l'a coulé en chandelles, faut croire.

— L'pus pire, c'est qu'on n'peut pas allumer sa pipe.

— C'est vrai, c'est la misère ! J'ai pus d'mèche. J'en avais quéqu' bouts, mais, allez, partez ! J'ai beau fouiller toutes les poches de mon étui à puces, rien. Et pour en acheter, comme tu dis, c'est midi.

Ça, c'est dur, en effet, et il est pitoyable de voir les poilus qui ne peuvent pas allumer leur pipe ou leur cigarette, et qui, résignés, les mettent dans la poche et se promènent. Par bonheur, Tirloir a son briquet à essence avec encore un peu d'essence dedans. Ceux qui le savent s'accumulent autour de lui, porteurs de leur pipe bourrée et froide. Et même pas de papier qu'on allumerait à la flamme du briquet : il faut se servir de la flamme même de la mèche et user le liquide qui reste dans son maigre ventre d'insecte.

... Moi, j'ai eu de la chance... Je vois Paradis qui erre, sa bonne face au vent, en ronchonnant et en mâchant un bout de bois.

— Tiens, lui dis-je, prends ça !

— Une boîte d'allumettes ! s'exclame-t-il, émerveillé en regardant l'objet comme on regarde un bijou. Ah, zut ! c'est chic, ça ! Des allumettes !

Un instant après, on le voit qui allume sa pipe, sa figure en cocarde magnifiquement empourprée par le reflet de la flamme, et tout le monde se récrie et dit :

— Paradis qu'a des allumettes !

Vers le soir, je rencontre Paradis près des restes triangulaires d'une façade, à l'angle des deux rues de ce village misérable entre les villages, il me fait signe :

— Psst !...

Il a un drôle d'air, un peu gêné.

— Dis donc, tout à l'heure, me dit-il d'une voix attendrie, en regardant ses pieds, tu m'as balancé une boîte de flambantes. Eh ben, tu s'ras récompensé d'ça. Tiens !

Et il me met quelque chose dans la main.

— Attention ! me souffle-t-il. C'est fragile !

Ébloui de la splendeur et de la blancheur de son présent, osant à peine le croire, je reconnais... un œuf !

16

Idylle

— De vrai, me dit Paradis qui était mon voisin de marche, tu m'croiras si tu voudras, mais j'suis éreinté, j'suis surmonté... J'ai jamais eu marre d'une marche comme j'ai de celle-là.

Il tirait le pied et penchait dans le soir son buste carré embarrassé d'un sac dont le profil élargi et compliqué et la hauteur paraissaient fantastiques. A deux reprises, il buta et trébucha.

Paradis est dur. Mais il avait toute la nuit couru dans la tranchée en qualité d'homme de liaison pendant que les autres dormaient, et il avait des raisons d'être rendu.

Aussi grognait-il :

— Quoi ? Ils sont en caoutchouc, ces kilomètres, c'est pas possible autrement.

Et il rehaussait brusquement son sac tous les trois pas, d'un coup de reins, et ça tirait et il soufflait, et tout l'ensemble qu'il formait avec ses paquets ballottait et geignait comme une vieille patache surchargée.

— On arrive, dit un gradé.

Les gradés disent toujours cela, à tout propos. Or — nonobstant cette affirmation du gradé —, on arrivait, en effet, dans le village vespéral où les maisons semblaient dessinées à la craie et à gros traits d'encre sur le papier bleuté du ciel, et où la silhouette noire de l'église — au clocher pointu, flanqué de deux tourelles plus fines et plus pointues — était celle d'un grand cyprès.

Mais, quand il fait son entrée dans le village où il doit cantonner, le troupier n'est pas au bout de ses peines. Il est rare que l'escouade ou la section arrivent à se loger dans le local qui leur a été assigné : malentendus et doubles emplois, qui s'embrouillent et se débrouillent sur place, et ce n'est qu'au bout de plusieurs quarts d'heure de tribulations que chacun est mené à son définitif gîte provisoire.

Nous fûmes donc, après les errements habituels, admis à notre cantonnement de nuit : un hangar soutenu par quatre madriers et ayant pour murs les quatre points cardinaux. Mais ce hangar était bien couvert : avantage appréciable. Il était occupé déjà par une carriole et une charrue, à côté desquelles on se casa. Paradis, qui n'avait cessé de maugréer et de grogner pendant l'heure des piétinements et allées et venues, jeta son sac, puis se jeta lui-même à terre, et resta là un bout de temps, assommé, se plaignant qu'il avait les membres sans connaissance et que la semelle de ses pieds lui faisait mal ; et toutes ses coutures aussi, du reste.

Mais voici que la maison dont dépendait le hangar, et qui s'élevait juste devant nos yeux, s'éclaira. Rien n'attire le soldat comme, dans le gris monotone du soir, une fenêtre derrière laquelle il y a l'étoile d'une lampe.

— Si on faisait une virée ! propose Volpatte.

— Tout de même, dit Paradis.

Il se soulève, se lève. Boitant de fatigue, il se dirige vers la fenêtre dorée qui a fait son apparition dans l'ombre ; puis vers la porte.

Volpatte le suit et moi je viens après.

On entre, et on demande au vieux bonhomme qui nous a ouvert et qui présente une tête clignotante, aussi usée qu'un vieux chapeau, s'il a du vin à vendre.

— Non, répond le vieux en secouant son crâne où un peu d'ouate blanche pousse par places.

— Pas de bière, de café ? quelque chose, quoi...

— Non, mes amis, rien de rien. On n'est pas d'ici ; on est des réfugiés, vous savez...

— Alors, pisqu'il n'y a rien, mettons-les.

On fait demi-tour. On a tout de même, pendant un moment, profité de la chaleur qui règne dans la pièce, et de la vue de la lampe... Déjà, Volpatte a gagné le seuil et son dos disparaît dans les ténèbres.

Cependant, j'avise une vieille, affaissée au fond d'une chaise, dans l'autre coin de la cuisine et qui a l'air très occupée à un travail.

Je pince le bras de Paradis :

— Voilà la belle du logis. Va lui faire la cour !

Paradis a un geste superbe d'indifférence. Il se fiche pas mal des femmes, depuis un an et demi que toutes celles qu'il voit ne sont pas pour lui. Du reste, quand bien même elles seraient pour lui, il s'en fiche aussi.

— Jeune ou vieille, peuh ! me dit-il en commençant de bâiller.

Par désœuvrement, par paresse de partir, il va à la bonne femme.

— Bonsoir, grand'mère, marmonne-t-il en finissant de bâiller.

— Bonsoir, mes enfants, chevrote la vieille.

De près, on la voit en détail. Elle est ratatinée, pliée et repliée dans ses vieux os, et elle a la figure toute blanche d'un cadran d'horloge.

Et que fait-elle ? Calée entre sa chaise et le bord de la table, elle s'escrime à nettoyer des chaussures. C'est une grosse besogne pour ses mains d'enfant : ses gestes ne sont pas sûrs et elle lance parfois un coup de brosse à côté ; de plus, les chaussures sont fort sales.

Voyant qu'on la considère, elle nous chuchote qu'il lui faut bien cirer, ce soir même, les bottines de sa petite-fille, qui est modiste à la ville, et s'y rend dès le matin.

Paradis s'est penché pour regarder mieux les bottines, et, tout à coup, il tend la main vers elles.

— Laissez ça, grand'mère, j'vas vous les astiquer en trois temps, les p'tits croq'nots de vot' jeune fille.

La vieille fait signe que non, en secouant sa tête et ses épaules.

Mais mon Paradis prend d'autorité les chaussures, tandis que la grand'mère, paralysée par sa faiblesse, se débat et nous montre un fantôme de protestation.

Il a saisi une bottine dans chaque main, il les tient doucement et les contemple un instant, et même on dirait qu'il les serre un peu.

— Sont-elles petites ! fait-il avec une voix qui n'est pas la voix ordinaire qu'il a avec nous.

Il s'est emparé aussi des brosses, et se met à frotter avec ardeur et avec précaution, et je vois que, les yeux fixés sur son travail, il sourit.

Puis, quand la boue est enlevée des bottines, il prend du cirage à l'extrémité de la brosse double pointue, et il les caresse avec, très attentif.

Les chaussures sont fines. Ce sont bien des chaussures de jeune fille coquette : une rangée de petits boutons y brille.

— Il n'en manque pas un, de bouton, me souffle-t-il, et il y a de la fierté dans son accent.

Il n'a plus sommeil, il ne bâille plus. Au contraire, ses lèvres sont serrées ; un rayon jeune et printanier éclaire sa physionomie et, lui qui allait s'endormir, on dirait qu'il vient de s'éveiller.

Et il promène ses doigts, où le cirage a mis du beau noir, sur la tige qui, s'évasant largement du haut, décèle un tout petit peu la forme du bas de la jambe. Ses doigts, si adroits pour cirer, ont tout de même quelque chose de maladroit, tandis qu'il tourne et retourne les souliers, et qu'il leur sourit, et qu'il pense — au fond, au loin —, et que la vieille lève les bras en l'air et me prend à témoin.

— Voilà un soldat bien obligeant !

C'est fini. Les bottines sont cirées, et fignolées. Elles miroitent. Plus rien à faire...

Il les pose sur le bord de la table, en faisant bien attention, comme si c'étaient des reliques ; puis, enfin, il en sépare ses mains.

Il ne les quitte pas tout de suite des yeux, il les regarde, puis, baissant le nez, regarde ses brodequins, à lui. Je me souviens qu'en faisant ce rapprochement, ce gros garçon à destinée de héros, de bohémien et de moine, sourit encore une fois de tout son cœur.

... La vieille s'agita dans le fond de sa chaise. Elle avait une idée.

— J'vais lui dire ! Elle vous remerciera, monsieur. Eh ! Joséphine ! cria-t-elle en se retournant dans la direction d'une porte qui était là.

Mais Paradis l'arrêta d'un large geste que je trouvai magnifique.

— Non. C'est pas la peine, l'ancienne, laissez-la où elle est. On s'en va, nous autres. C'est pas la peine, allez !

Il pensait si fort ce qu'il disait que son accent avait de l'autorité, et la vieille, obéissante, s'immobilisa et se tut.

Nous nous en allâmes nous coucher dans le hangar, entre les bras de la charrue qui nous attendait.

Et Paradis se remit alors à bâiller, mais, à la lueur de la chandelle, dans la crèche, un bon moment après, on voyait qu'il lui restait encore du sourire heureux sur la face.

17

La sape

Dans le fouillis d'une distribution de lettres dont les hommes reviennent, qui avec la joie d'une lettre, qui avec la demi-joie d'une carte postale, qui avec un nouveau fardeau, vite reconstitué, d'attente et d'espoir, un camarade, brandissant un papier, nous apprend une extraordinaire histoire :

— Tu sais l'père la Fouine, de Gauchin ?

— C'vieux ticket qui cherchait un trésor ?

— Eh bien, il l'a trouvé !

— Non ! Tu charries...

— Pisque j'te l'dis, espèce de gros morceau. Qu'est-ce que tu veux que j'te dise ? La messe ? J'la sais pas... La cour de sa piaule a été marmitée, et près du mur, une caisse pleine de monnaie en a été déterrée : il a reçu son trésor en plein sur le râble. Même que l'curé s'est aboulé en douce et parlait d'prendre c'miracle-là leur compte.

On reste bouche bée.

— Un trésor... Ah ! vrai... Ah ! tout d'même, c'vieux manche à poils !

Cette révélation inattendue nous plonge dans un abîme de réflexions.

— Comme quoi on n'sait jamais !

— S'est-on jamais assez foutu de c'vieux pétard, quand il en f'sait un saladier à propos de son trésor, et qu'i' nous t'nait la jambe et nous cassait l'bonnet avec ça !

— On l'disait bien, là-bas, on n'sait jamais, tu t'rappelles ! On n'se doutait pas comme on avait raison, tu t'rappelles ?

— Tout de même, y a des choses dont on est sûr, dit Farfadet, qui, depuis qu'on parlait de Gauchin, restait songeur, l'air absent, comme si une figure adorable lui souriait.

— Mais ça, ajouta-t-il, je l'aurais pas cru non plus, moi !... Ce que je vais le trouver fier, le vieux, quand je retournerai là-bas, après la guerre.

— On demande un homme de bonne volonté pour aider les sapeurs à faire un travail, dit le grand adjudant.

— Plus souvent ! grognent les hommes sans bouger.

— C'est utile pour dégager les camarades, reprend l'adjudant.

Alors, on cesse de grogner, quelques têtes se lèvent.

— Présent ! dit Lamuse.

— Harnache-toi, mon gros, et viens avec moi.

Lamuse boucle son sac, roule sa couverture, assujettit ses musettes.

Il est devenu, depuis le temps que sa crise d'amour malheureux s'est calmée, plus sombre qu'autrefois, et bien qu'il continue à engraisser par une sorte de fatalité, il s'absorbe, s'isole et ne parle plus guère.

Le jour a passé. Le soir, quelque chose approche, dans la tranchée, montant et descendant selon les bosses et les trous du fond : une forme qui semble nager dans l'ombre, et tendre à certains moments les bras, comme un appel au secours.

C'est Lamuse. Il nous rejoint. Il est plein de terreau et de boue. Frémissant, ruisselant de sueur, il a l'air d'avoir peur. Ses lèvres remuent et il marmotte : « Meuh... Meuh... » avant de pouvoir dire une parole qui ait une forme.

— Eh ben quoi ? lui demande-t-on vainement.

Il s'affale dans un coin, entre nous, et s'étend.

On lui offre du vin. Il refuse d'un signe. Puis, il se tourne vers moi, un geste de sa tête m'appelle. Quand je suis près de lui, il me souffle, tout bas, comme dans une église :

— J'ai revu Eudoxie.

Il cherche sa respiration ; sa poitrine siffle et il reprend, les prunelles fixées sur un cauchemar :

— Elle était pourrie.

« C'était l'endroit qu'on avait perdu, poursuit Lamuse et que les coloniaux ont r'pris à la fourchette y a dix jours.

« On a d'abord creusé le trou pour la sape. J'en mettais. Comme j'foutais plus d'ouvrage que les autres, j'm'ai vu en avant. Les autres élargissaient et consolidaient derrière. Mais voilà que j'trouve des fouillis d'poutres : j'avais tombé dans une ancienne tranchée comblée, videmment. A d'mi comblée : y avait du vide et d'la place. Au milieu des bouts de bois tout enchevêtrés et qu'j'ôtais un à un de d'vant moi, y avait quéqu'chose comme un grand sac de terre en hauteur, tout droit, avec quéqu'chose dessus qui pendait.

« Voilà une poutrelle qui cède, et c'drôle de sac qui m'tombe et me pèse dessus. J'étais coincé et une odeur de macchabée qui m'entre dans la gorge... En haut de c'paquet, il y avait une tête et c'étaient les cheveux que j'avais vus qui pendaient.

« Tu comprends, on n'y voyait pas beaucoup clair. Mais j'ai r'connu les cheveux qu'y en a pas d'autres comme ça sur la terre, puis le reste de figure, toute crevée et moisie, le cou en pâte, le tout mort depuis un mois, p't'être. C'était Eudoxie, j'te dis.

« Oui, c'était c'te femme que j'ai jamais su approcher avant, tu sais, — que j'voyais d'loin, sans pouvoir jamais y toucher, comme des diamants. Elle courait, tout partout, tu sais. Elle bagotait dans les lignes. Un jour, elle a dû r'cevoir une balle, et rester là, morte et perdue, jusqu'au hasard de c'te sape.

« Tu saisis la position. J'étais obligé de la soutenir d'un bras comme je pouvais, et de travailler de l'autre. Elle essayait d'me tomber d'ssus de tout son poids. Mon vieux, elle voulait m'embrasser, je n'voulais pas, c'était affreux. Elle avait l'air de m'dire : "Tu voulais de moi, eh bien, viens, viens donc !" Elle avait sur le... elle avait là, attaché, un reste de bouquet de fleurs, qu'était pourri aussi, et, à mon nez, c'bouquet fouettait comme le cadavre d'une petite bête.

« Il a fallu la prendre dans mes bras, et tous les deux, tourner doucement pour la faire tomber de l'autre côté. C'était si étroit, si pressé, qu'en tournant, à un moment, j'l'ai serrée contre ma poitrine sans le vouloir, de toute ma force, mon vieux, comme je l'aurais serrée autrefois, si elle avait voulu...

« J'ai été une demi-heure à me nettoyer de son toucher et de c't'odeur qu'elle me soufflait malgré moi et malgré elle. Ah ! heureusement que j'suis esquinté comme une pauv'bête de somme.

Il se retourne sur le ventre, ferme ses poings et s'endort, la face enfoncée dans la terre, en son espèce de rêve d'amour et de pourriture.

18

Les allumettes

Il est cinq heures du soir. On les voit tous les trois remuer au fond de la tranchée sombre.

Ils sont épouvantables, noirs et sinistres, dans l'excavation terreuse, autour du foyer éteint. La pluie et la négligence ont fait mourir le feu, et les quatre cuisiniers regardent les cadavres des tisons ensevelis dans la cendre et ces restes du bûcher d'où la flamme s'est envolée, s'est enfuie, et qui refroidissent là.

Volpatte chancelle jusqu'au groupe, et jette un bloc noir qu'il avait sur l'épaule.

— J'lai arraché à une guitoune sans que ça se voie trop.

— On a du bois, dit Blaire, mais faut l'allumer. Autrement, comment faire cuire c'te dure ?

— C'est un beau morceau, gémit un homme noir. D'la hampe. Pour moi, v'là le meilleur morceau de bœuf : la hampe.

— Du feu ! réclame Volpatte. Y a pus d'allumettes, y a pus rien.

— l'faut du feu ! grognonne Poupardin, dont l'incertitude roule et balance, dans le fond de cette espèce de cage obscure, la stature d'ours.

— Y a pas à tourner, l'en faut, souligne Pépin qui émerge de sa guitoune, tel un ramoneur d'une cheminée.

Il sort, apparaît, masse grise, comme de la nuit dans le soir.

— T'en fais pas, j'en aurai, déclare Blaire d'un accent où se concentrent la fureur et la résolution.

Il n'y a pas longtemps qu'il est cuisinier, et il tient à se montrer à hauteur des circonstances difficiles dans l'exercice de ses fonctions.

Il a parlé comme parlait Martin César, du temps qu'il existait. Il vit à l'imitation de la grande figure légendaire du cuisinier qui trouvait toujours du feu — comme d'autres, parmi les gradés, essayent d'imiter Napoléon.

— J'irai, s'il le faut, déboiser jusqu'à l'os la camigeotte du poste de commandement. J'irai réquisitionner les allumettes du colon. J'irai...

— Allons chercher du feu.

Poupardin marche en tête. Sa figure est ténébreuse, pareille à un fond de casserole où, peu à peu, le feu s'est imprimé en sale. Comme il fait cruellement froid, il est enveloppé de toutes parts. Il porte une pelisse moitié peau de bique et moitié peau de mouton : mi-brune, mi-blanchâtre, et cette double dépouille aux teintes géométriquement tranchées le fait ressembler à quelque étrange animal cabalistique.

Pépin a un bonnet de coton si noirci et si luisant de crasse que c'est le fameux bonnet de coton de soie noire. Volpatte, à l'intérieur de ses passe-montagnes et lainages, ressemble à un tronc d'arbre ambulant : une découpure en carré présente une face jaune, en haut de l'épaisse et massive écorce du bloc qu'il forme, fourchu de deux jambes.

— Allons du côté de la 10ᵉ. Ils ont toujours ce qu'il faut. C'est sur la route des Pylônes, plus loin que le Boyau-Neuf.

Les quatre magots effrayants se mettent en marche, tel un nuage, dans la tranchée qui se déploie sinueusement devant eux comme une ruelle borgne, peu sûre, pas éclairée et pas pavée. Elle est d'ailleurs inhabitée en cet endroit, constituant un passage entre les secondes et les premières lignes.

Les cuisiniers partis à la recherche du feu rencontrent deux Marocains dans la poussière crépusculaire. L'un a un teint de botte noire, l'autre un teint de soulier jaune. Une lueur d'espoir brille au fond du cœur des cuisiniers.

— Allumettes, les gars ?

— Macache ! répond le noir, et son rire exhibe ses longues dents de faïence dans la maroquinerie havane de sa bouche.

Le jaune s'avance et demande à son tour :

— Tabac ? Un chouia de tabac ?

Et il tend sa manche réséda et son battoir de chêne, frotté d'un brou de noix qui s'est déposé dans les plis de la paume — et terminé par des ongles violâtres.

Pépin grommelle, se fouille, et tire de sa poche une pincée de tabac mêlé de poussière qu'il donne au tirailleur.

Un peu plus loin, on rencontre une sentinelle qui dort à moitié au milieu du soir, dans des éboulis de terre. Ce soldat à moitié éveillé dit :

— C'est à droite, puis encore à droite, et alors tout droit. Ne vous gourez pas.

Ils marchent. Ils marchent longtemps.

— On doit être loin, dit Volpatte au bout d'une demi-heure de pas inutiles, et de solitude encaissée.

— Dis donc, ça descend bougrement, vous ne trouvez pas ? fait Blaire.

— T'en fais pas, vieux panneau, raille Pépin. Mais si t'as les grelots, tu peux nous laisser tomber.

On marche encore dans la nuit qui tombe... La tranchée toujours déserte — un terrible désert en longueur — a pris un aspect délabré et bizarre. Les parapets sont en ruine ; des éboulements font onduler le sol comme des montagnes russes.

Une appréhension vague s'empare des quatre énormes chasseurs de feu, à mesure qu'ils s'enfoncent avec la nuit dans cette sorte de chemin monstrueux.

Pépin, qui est à présent en tête, s'arrête, et tend la main pour qu'on s'arrête.

— Un bruit de pas..., disent-ils à voix contenue, dans l'ombre.

Alors, au fond d'eux, ils ont peur. Ils ont eu tort de quitter tous leur abri depuis si longtemps. Ils sont en faute. Et on ne sait jamais.

— Entrons là, vite, dit Pépin, vite !

Il désigne une fente rectangulaire, à niveau du sol.

Tâtée avec la main, cette ombre rectangulaire s'avère pour être l'entrée d'un abri. Ils s'y introduisent l'un après l'autre : le dernier, impatient, pousse les autres, et ils se tapissent, à force, dans l'ombre massive du trou.

Un bruit de pas et de voix se précise et se rapproche.

Du bloc des quatre hommes qui bouche étroitement le terrier, sortent et se hasardent des mains tâtonnantes. Tout à coup, voici Pépin qui murmure d'une voix étouffée :

— Qu'est-ce que c'est que ça ?...

— Quoi ? demandent les autres, serrés et calés contre lui.

— Des chargeurs ! dit à voix basse Pépin... Des chargeurs boches sur la planchette ! Nous sommes dans le boyau boche !

— Mettons-les.

Il y a un élan des trois hommes pour sortir.

— Attention, bon Dieu ! Bougez pas !... Les pas...

On entend marcher. C'est le pas assez rapide d'un homme seul.

Ils ne bougent pas, retiennent leur souffle. Leurs yeux braqués à ras de terre voient la nuit remuer, à droite, puis une ombre avec des jambes se détache, approche, passe... Cette ombre se silhouette. Elle est surmontée d'un casque recouvert d'une housse sous laquelle on devine la pointe. Aucun autre bruit que celui de la marche de ce passant.

A peine l'Allemand est-il passé que les quatre cuisiniers, d'un seul mouvement, sans s'être concertés, s'élancent, se bousculent, courent comme des fous, et se jettent sur lui.

— *Kamerad,* messieurs ! dit-il.

Mais on voit briller et disparaître la lame d'un couteau. L'homme s'affaisse comme s'il s'enfonçait par terre, Pépin saisit le casque tandis qu'il tombe et le garde dans sa main.

— Foutons le camp, gronde la voix de Poupardin.

— Faut l'fouiller, quoi !

On le soulève, on le tourne, on relève ce corps mou, humide et tiède. Tout à coup, il tousse.

— Il n'est pas mort.

— Si, il est mort. C'est l'air.

On le secoue par ses poches. On entend les souffles précipités des quatre hommes noirs penchés sur leur besogne.

— A moi l'casque, dit Pépin. C'est moi qui l'ai saigné. J'veux l'casque.

On arrache au corps son portefeuille avec des papiers encore chauds, ses jumelles, son porte-monnaie et ses guêtres.

— Des allumettes ! s'écrie Blaire en secouant une boîte. Il en a !

— Ah ! la rosse ! crie Volpatte, tout bas.

— Maintenant, donnons-nous de l'air en vitesse.

Ils tassent le cadavre dans un coin, et s'élancent au galop, en proie à une espèce de panique, sans se préoccuper du vacarme que fait leur course désordonnée.

— C'est par ici !... Par ici !... Eh ! les gars, faites vinaigre !

On se précipite, sans parler, à travers le dédale du boyau extraordinairement vide, et qui n'en finit plus.

— J'ai pus d'vent, dit Blaire, j'suis foutu...

Il titube et s'arrête.

— Allons ! mets-en un coup, vieux machin, grince Pépin d'une voix rauque et essoufflée.

Il le prend par la manche et le tire en avant comme un limonier rétif.

— Nous y v'là ! dit tout d'un coup Poupardin.

— Oui, je r'connais c't'arbre.

— C'est la route des Pylônes !

— Ah ! gémit Blaire que sa respiration secoue comme un moteur.

Et il se jette en avant, d'un dernier élan, et vient s'asseoir par terre.

— Halte-là ! crie une sentinelle.

— Ben quoi ! balbutie ensuite cet homme en voyant les quatre poilus. D'où c'est-i'que vous venez, par là ?

Ils rient, sautent comme des pantins, ruisselants de sueur et pleins de sang, ce qui dans le soir les fait paraître encore plus noirs ; le casque de l'officier allemand brille dans les mains de Pépin.

— Ah ! merde alors ! marmonne la sentinelle, béante. Mais quoi ?...
Une réaction d'exubérance les agite et les affole.

Tous parlent à la fois. On reconstitue confusément, à la hâte, le
drame dont ils s'éveillent sans bien savoir encore. En quittant la sentinelle à moitié endormie ils se sont trompés et ont pris le Boyau international, dont une partie est à nous et une partie aux Allemands. Entre le
tronçon français et le tronçon allemand, pas de barricade, de séparation.
Il y a seulement une sorte de zone neutre aux deux extrémités de
laquelle veillent perpétuellement deux guetteurs. Sans doute le guetteur
allemand n'était pas à son poste, ou bien il s'est caché en voyant quatre
ombres, ou bien s'est replié et n'a pas eu le temps de ramener du
renfort. Ou bien encore l'officier allemand s'est fourvoyé trop en avant
dans la zone neutre... Enfin, bref, on comprend ce qui s'est passé sans
bien comprendre.

— Le plus rigolo, dit Pépin, c'est qu'on savait tout ça et qu'on n'a
pas songé à s'en méfier quand on est parti.

— On cherchait du feu ! dit Volpatte.

— Et on en a ! crie Pépin. T'as pas perdu les flambantes, vieux manche ?

— Y a pas d'pet ! dit Blaire. Les allumettes boches c'est d'meilleure
qualité qu'les nôtres. Et pis c'est tout c'qu'on a pour allumer ! Perd'
ma boîte ! Faudrait un qui vienne m'en amputer !

— On est en r'tard. L'eau d'la croûte est en train d'g'ler. Mettons-
en un coup jusque-là. Après, on ira raconter c'te bonne blague qu'on a
fait aux Boches, dans l'égout où sont les copains.

19

Bombardement

En rase campagne, dans l'immensité de la brume.

Il fait bleu foncé. Un peu de neige tombe à la fin de cette nuit ; elle
poudre les épaules et les plis des manches. Nous marchons par quatre,
encapuchonnés. Nous avons l'air, dans la pénombre opaque, de vagues
populations décimées qui émigrent d'un pays du Nord vers un autre
pays du Nord.

On a suivi une route, traversé Ablain-Saint-Nazaire en ruine. On a
entrevu confusément les tas blanchâtres des maisons et les obscures
toiles d'araignées des toitures suspendues. Ce village est si long qu'en-
gouffrés dedans en pleine nuit, on en a vu les dernières bâtisses qui
commençaient à blêmir du gel de l'aube. On a discerné, dans un
caveau, à travers une grille, au bord des flots de cet océan pétrifié, le
feu entretenu par les gardiens de la ville morte. On a pataugé dans des
champs marécageux ; on s'est perdu dans des zones silencieuses où la
vase nous saisissait par les pieds ; puis on s'est remis vaguement en

équilibre sur une autre route, celle qui mène de Carency à Souchez.
Les grands peupliers de bordure sont fracassés, les troncs déchiquetés ;
à un endroit, c'est une colonnade énorme d'arbres cassés. Puis, nous
accompagnant, de chaque côté, dans l'ombre, on aperçoit des fantômes
nabots d'arbres, fendus en palmiers ou tout bousillés et embrouillés en
charpie de bois, en ficelle, repliés sur eux-mêmes et comme agenouillés. De temps en temps, des fondrières bouleversent et font cahoter la
marche. La route devient une mare qu'on franchit sur les talons en
faisant avec les pieds un bruit de rames. Des madriers ont été disposés,
là-dedans, de place en place. On glisse dessus quand, envasés, ils se
présentent de travers. Parfois il y a assez d'eau pour qu'ils flottent ;
alors, sous le poids de l'homme, ils font flac ! et s'enfoncent, et
l'homme tombe ou trébuche en jurant frénétiquement.

Il doit être cinq heures du matin. La neige a cessé, le décor nu et
épouvanté se débrouille aux yeux, mais on est encore entouré d'un
grand cercle fantastique de brume et de noir.

On va, on va toujours. On parvient à un endroit où se discerne un
monticule sombre, au pied duquel semble grouiller une agitation
humaine.

— Avancez par deux, dit le chef du détachement. Que chaque
équipe de deux prenne, alternativement, un madrier et une claie.

Le chargement s'opère. Un des deux hommes prend avec le sien le
fusil de son co-équipier. Celui-ci remue et dégage, non sans peine, du
tas, un long madrier boueux et glissant qui pèse bien quarante kilos,
ou bien une claie de branchages feuillus, grande comme une porte et
que le porteur peut tout juste maintenir sur son dos, les mains en l'air
et cramponnées sur les bords en se pliant.

On se remet en marche, parsemés sur la route maintenant grisâtre,
très lentement, très pesamment, avec des geignements et de sourdes
malédictions que l'effort étrangle dans les gorges. Au bout de cent
mètres, les deux hommes formant équipe échangent leurs fardeaux —
celui qui portait les deux fusils porte le madrier ou la claie —, de sorte
qu'au bout de deux cents mètres, malgré la bise aigre et blanchissante
du petit matin, tout le monde, sauf les gradés, ruisselle de sueur.

Tout à coup une étoile intense s'épanouit là-bas, vers les lieux vagues
où nous allons : une fusée. Elle éclaire toute une partie du firmament
de son halo laiteux, en effaçant les constellations, et elle descend gra-
cieusement avec des airs de fée.

Une rapide lumière en face de nous, là-bas ; un éclair, une détonation.

C'est un obus.

Au reflet horizontal que l'explosion a instantanément répandu dans
le bas du ciel, on voit nettement que, devant nous, à un kilomètre peut-
être, se profile, de l'est à l'ouest, une crête.

Cette crête est à nous dans toute la partie visible d'ici, jusqu'au sommet que nos troupes occupent. Sur l'autre versant, à cent mètres de notre première ligne, est la première ligne allemande. L'obus est tombé sur le sommet, dans nos lignes. Ce sont eux qui tirent. Un autre obus. Un autre, un autre plantent, vers le haut de la colline, des arbres de lumière violacée dont chacun illumine sourdement tout l'horizon.

Et bientôt un scintillement d'étoiles éclatantes et une forêt subite de panaches phosphorescents sur la colline : un mirage de féerie bleu et blanc se suspend légèrement à nos yeux dans le gouffre entier de la nuit.

Ceux d'entre nous qui consacrent toutes les forces arc-boutées de leurs bras et de leurs jambes à empêcher leurs vaseux fardeaux trop lourds de leur glisser du dos et à s'empêcher eux-mêmes de glisser par terre, ne voient rien et ne disent rien. Les autres, tout en frissonnant de froid, en grelottant, en reniflant, en s'épongeant le nez avec des mouchoirs mouillés qui pendent de l'aile, en maudissant les obstacles de la route en lambeaux, regardent et commentent.

— C'est comme si tu vois un feu d'artifice, disent-ils.

Complétant l'illusion de grand décor d'opéra féerique et sinistre devant lequel rampe, grouille et clapote notre troupe basse, toute noire, voici une étoile rouge, une verte ; une gerbe rouge, beaucoup plus lente.

On ne peut s'empêcher, dans nos rangs, de murmurer avec un confus accent d'admiration, populaire, pendant que la moitié disponible des paires d'yeux regardent :

— Oh ! une rouge !... Oh ! une verte !...

Ce sont les Allemands qui font des signaux, et aussi les nôtres qui demandent de l'artillerie.

La route tourne et remonte. Le jour s'est enfin décidé à poindre. On voit les choses en sale. Autour de la route couverte d'une couche de peinture gris perle avec des empâtements blancs, le monde réel fait tristement son apparition. On laisse derrière soi Souchez détruit dont les maisons ne sont que des plates-formes pilées de matériaux et les arbres des espèces de ronches déchiquetées bossuant la terre. On s'enfonce, sur la gauche, dans un trou qui est là. C'est l'entrée du boyau.

On laisse tomber le matériel dans une enceinte circulaire qui est faite pour ça, et, échauffés à la fois et glacés, les mains mouillées, crispées de crampes et écorchées, on s'installe dans le boyau, on attend.

Enfouis dans nos trous jusqu'au menton, appuyés de la poitrine sur la terre dont l'énormité nous protège, on regarde se développer le drame éblouissant et profond. Le bombardement redouble. Sur la crête, les arbres lumineux sont devenus, dans les blêmeurs de l'aube, des espèces de parachutes vaporeux, des méduses pâles avec un point de feu : puis, plus précisément dessinés à mesure que le jour se diffuse, des panaches de plumes de fumée : des plumes d'autruche blanches et grises qui naissent soudain sur le sol brouillé et lugubre de la cote 119, à cinq ou six cents mètres devant nous, puis, lentement, s'évanouissent. C'est vraiment la colonne de feu et la colonne de nuée qui tourbillonnent ensemble et tonnent à la fois. A ce moment, on voit, sur le flanc de la colline, un groupe d'hommes qui courent se terrer. Ils s'effacent un à un, absorbés par les trous de fourmis semés là.

On discerne mieux maintenant la forme des « arrivées » : à chaque coup, un flocon blanc soufré, souligné de noir, se forme, en l'air, à une soixantaine de mètres de hauteur, se dédouble, se pommelle, et, dans l'éclatement, l'oreille perçoit le sifflement du paquet de balles que le flocon jaune envoie furieusement sur le sol.

Cela explose par rafales de six, en file : pan, pan, pan, pan, pan, pan. C'est du 77.

On les méprise, les shrapnells de 77 — ce qui n'empêche pas que Blesbois ait justement été tué, il y a trois jours, par l'un d'eux. Ils éclatent presque toujours trop haut.

Barque nous l'explique, bien que nous le sachions :

— Le pot de chambre te protège suffisamment l'caberlot contre les billes de plomb. Alors, ça t'démolit l'épaule et ça t'fout par terre, mais ça t'bousille pas. Naturellement, faut t'coqter tout d'même. Avise-toi pas de l'ver la trompe en l'air pendant l'moment que dure la chose, ou de tendre la main pour voir s'il pleut. Tandis que le 75 à nous !...

— Y a pas qu'des 77, interrompit Mesnil André. Y en a de tout poil. Allume-moi ça...

Des sifflements aigus, tremblotants ou grinçants, des cinglements. Et sur les pentes dont l'immensité transparaît là-bas, et où les nôtres sont au fond des abris, des nuages de toutes les formes s'amoncellent. Aux colossales plumes incendiées et nébuleuses, se mêlent des houppes immenses de vapeur, des aigrettes qui jettent des filaments droits ; des plumeaux de fumée s'élargissant en retombant — le tout blanc ou gris vert, charbonné ou cuivré, à reflets dorés, ou comme taché d'encre.

Les deux dernières explosions étaient toutes proches ; elles forment, au-dessus du terrain battu, des énormes boules de poussières noires et fauves qui, lorsqu'elles se déplient et s'en vont sans hâte, au gré du vent, leur besogne faite, ont des silhouettes de dragons fabuleux.

Notre file de faces à ras du sol se tourne de ce côté et les suit des yeux, du fond de la fosse, au milieu de ce pays peuplé d'apparitions lumineuses et féroces, de ces campagnes écrasées par le ciel.

— Ça, c'est des 150 fumants.

— C'est même des 210, bec de veau.

— Y a des percutants aussi. Les vaches ! Vise un peu ç'ui-là !

On a vu un obus éclater sur le sol et soulever, dans un éventail de nuée sombre, de la terre et des débris. On dirait, à travers la glèbe fendue, le crachement effroyable d'un volcan qui s'amassait dans les entrailles du monde.

Un bruit diabolique nous entoure. On a l'impression inouïe d'un accroissement continu, d'une multiplication incessante de la fureur universelle. Une tempête de battements rauques et sourds, de clameurs furibondes, de cris perçants de bêtes s'acharne sur la terre toute couverte de loques de fumée, et où nous sommes enterrés jusqu'au cou, et que le vent des obus semble pousser et faire tanguer.

— Dis donc, braille Barque, je m'suis laissé dire qu'i's n'ont plus de munitions !

— Oh là là ! on la connaît, celle-là ! Ça et les aut' bobards qu'les journaux nous balancent par s'ringuées.

Un tic tac mat s'impose au milieu de cette mêlée de bruits. Ce son de crécelle lente est de tous les bruits de la guerre celui qui vous point le plus le cœur.

— Le moulin à café ! Un des nôtres, écoute voir : les coups sont réguliers tandis que ceux boches n'ont pas le même temps entre les coups ; ils font : tac... tac-tac-tac... tac-tac... tac...

— Tu t' goures, fil à trous ! C'est pas la machine à découdre : c'est une motocyclette qui radine sur le chemin de l'Abri 31, tout là-bas.

— Moi, j' crois plutôt que ce soit, tout là-haut, un client qui s' paye le coup d'œil sur son manche à balai, ricane Pépin qui, levant le nez, inspecte l'espace en quête d'un aéro.

Une discussion s'établit. On ne peut savoir ! C'est comme ça. Au milieu de tous ces fracas divers, on a beau être habitué, on se perd. Il est bien advenu à toute une section, l'autre jour, dans le bois, de prendre, un instant, pour le bruissement rauque d'une arrivée les premiers accents de la voix d'un mulet qui, non loin, se mettait à pousser son braiement-hennissement.

— Dis donc, y a quelque chose en fait d' saucisses en l'air, c' matin, remarque Lamuse.

Les yeux levés, on les compte.

— Y a huit saucisses chez nous et huit chez les Boches, dit Cocon, qui avait déjà compté.

En effet, au-dessus de l'horizon, à intervalles réguliers, en face du groupe des ballons captifs ennemis, plus petits dans la distance, planent les huit longs yeux légers et sensibles de l'armée, reliés aux centres de commandement par des filaments vivants.

— I's nous voient comme on les voit. Comment veux-tu leur z'y échapper à ces espèces de grands bons dieux là ?

— Voilà not' réponse !

En effet, tout d'un coup, derrière notre dos, éclate le fracas net, strident, assourdissant du 75. Ça crépite sans arrêt.

Ce tonnerre nous soulève, nous enivre. Nous crions en même temps que les pièces et nous nous regardons sans nous entendre — sauf la voix extraordinairement perçante de cette « grande gueule » de Barque — au milieu de ce roulement de tambour fantastique dont chaque coup est un coup de canon.

Puis nous tournons les yeux en avant, le coup tendu, et nous voyons,

en haut de la colline, la silhouette supérieure d'une rangée noire
d'arbres d'enfer dont les racines terribles s'implantent dans le versant
invisible où se tapit l'ennemi.

— Qu'est-ce que c'est qu' ça ?

Pendant que la batterie de 75 qui est à cent mètres derrière nous
continue ses glapissements — coups nets d'un marteau démesuré sur
une enclume, suivis d'un cri, vertigineux de force et de furie —, un
gargouillement prodigieux domine le concert. Ça vient aussi de chez
nous.

— Il est pépère, celui-là !

L'obus fend l'air à mille mètres peut-être au-dessus de nos têtes. Son
bruit couvre tout comme d'un dôme sonore. Son souffle est lent ; on
sent un projectile plus bedonnant, plus énorme que les autres. On l'entend passer, descendre en avant avec une vibration pesante et grandissante de métro entrant en gare ; ensuite son lourd sifflement s'éloigne.
On observe, en face, la colline. Au bout de quelques secondes, elle se
couvre d'un nuage couleur saumon que le vent développe sur toute une
moitié de l'horizon.

— C'est un 220 de la batterie du point gamma.

— On les voit, ces h'obus, affirme Volpatte, quand c'est qu'ils sortent du canon. Et si t'es bien dans la direction du tir, tu les vois
d' l'œil, même loin de la pièce.

Un autre succède.

— Là ! Tiens ! Tiens ! T'las vu, c'ti-là ? T'as pas r'gardé assez vite,
la commande elle est loupée. Faut s' manier la fraise. Tiens, un autre !
Tu l'as vu ?

— J' lai pas vu.

— Paquet ! Faut-i' qu' t'en tiennes une couche ! Ton père, il était
peintre ! Tiens, vite, ç'ui-là, là ! Tu l' vois bien, guignol, raclure ?

— J' lai vu. C'est tout ça ?

Quelques-uns ont aperçu une petite masse noire, fine et pointue
comme un merle aux ailes repliées qui, du zénith, pique le bec en avant,
en décrivant une courbe.

— Ça pèse cent dix-huit kilos, ça, ma vieille punaise, dit fièrement
Volpatte, et, quand ça tombe sur une guitoune, ça tue tout le monde
qu'y a dedans. Ceux qui ne sont pas arrachés par les éclats sont assommés par le vent du machin, ou clabotent asphyxiés sans avoir le temps
de souffler ouf.

— On voit aussi très bien l'obus de 270 — tu parles d'un bout de
fer ! — quand le mortier le fait sauter en l'air : allez, partez !

— Et aussi le 155 Rimailho, mais celui-là, on le perd de vue parce
qu'il file droit et trop loin : tant plus tu le r'gardes, tant plus i' s'fond
devant tes lotos.

Dans une odeur de soufre, de poudre noire, d'étoffes brûlées, de terre calcinée, qui rôde en nappes sur la campagne, toute la ménagerie donne, déchaînée. Meuglements, rugissements, grondements farouches et étranges, miaulements de chat qui vous déchirent férocement les oreilles et vous fouillent le ventre, ou bien le long hululement pénétrant qu'exhale la sirène d'un bateau en détresse sur la mer. Parfois même des espèces d'exclamations se croisent dans les airs, auxquelles des changements bizarres de ton communiquent comme un accent humain. La campagne, par places, se lève et retombe ; elle figure devant nous, d'un bout de l'horizon à l'autre, une extraordinaire tempête de choses.

Et les très grosses pièces au loin, au loin, propagent des grondements très effacés et étouffés, mais dont on sent la force au déplacement de l'air qu'ils vous tapent dans l'oreille.

... Voici fuser et se balancer sur la zone bombardée un lourd paquet d'ouate verte qui se délaie en tous sens. Cette touche de couleur nettement disparate dans le tableau attire l'attention, et toutes nos faces de prisonniers encagés se tournent vers le hideux éclatement.

— C'est des gaz asphyxiants, probable. Préparons nos sacs à figure !

— Les cochons !

— Ça, c'est vraiment des moyens déloyaux, dit Farfadet.

— De quoi ? dit Barque, goguenard.

— Ben oui, des moyens pas propres, quoi, des gaz...

— Tu m' fais marrer, riposte Barque, avec tes moyens déloyaux et tes moyens loyaux... Quand on a vu des hommes défoncés, sciés en deux, ou séparés du haut en bas, fendus en gerbes, par l'obus ordinaire, des ventres sortis jusqu'au fond et éparpillés comme à la fourche, des crânes rentrés tout entiers dans l' poumon comme à coup de massue, ou, à la place de la tête, un p'tit cou d'où une confiture de groseille de cervelle tombe, tout autour, sur la poitrine et le dos. Quand on l'a vu et qu'on vient dire : « Ça, c'est des moyens propres, parlez-moi d' ça ! »

— N'empêche que l'obus, c'est permis, c'est accepté...

— Ah ! là là ! Veux-tu que j' te dise ? Eh bien, tu m' f'ras jamais tant pleurer que tu m' fais rire !

Et il tourne le dos.

— Hé ! gare, les enfants !

On tend l'oreille : l'un de nous s'est jeté à plat ventre ; d'autres regardent instinctivement, en sourcillant, du côté de l'abri qu'ils n'ont pas le temps d'atteindre ; pendant ces deux secondes, chacun plie le cou. C'est un crissement de cisailles gigantesques qui approche de nous, qui approche, et qui, enfin, aboutit à un tonitruant fracas de déballage de tôles.

Il n'est pas tombé loin de nous, celui-là : à deux cents mètres peut-être. Nous nous baissons dans le fond de la tranchée et restons accroupis jusqu'à ce que l'endroit où nous sommes soit cinglé par l'ondée des petits éclats.

— Faudrait pas encore recevoir ça dans l'vasistas, même à cette distance, dit Paradis, en extrayant de la paroi de terre de la tranchée un fragment qui vient de s'y ficher et qui semble un petit morceau de coke hérissé d'arêtes coupantes et de pointes, et il le fait sauter dans sa main pour ne pas se brûler.

Il courbe brusquement la tête ; nous aussi.

Bsss, bss...

— La fusée !... Elle est passée.

La fusée du shrapnell monte, puis retombe verticalement ; celle du percutant, après l'explosion, se détache de l'ensemble disloqué et reste ordinairement enterrée au point d'arrivée ; mais, d'autres fois, elle s'en va où elle veut, comme un gros caillou incandescent. Il faut s'en méfier. Elle peut se jeter sur vous très longtemps après le coup, et par des chemins invraisemblables, passant par-dessus les talus et plongeant dans les trous.

— Rien de vache comme une fusée. Ainsi il m'est arrivé à moi...

— Y a pire que tout ça, interrompit Bags, de la onzième ; les obus autrichiens : le 130 et le 74. Ceux-là i' m' font peur. I' sont nickelés, qu'on dit, même c' que j' sais, vu qu' j'y étais, c'est qu'i font si vite qu'y a jamais rien d' fait pour se garer d'eux ; sitôt qu' tu l'entends ronfler, sitôt i' t'éclatent dedans.

— Le 105 allemand non plus, tu n'as pas guère l'temps d' t'écraser et d' planquer tes côtelettes. C'est c' que j' me suis laissé expliquer une fois par des artiflots.

— J' vas te dire : les obus des canons d' marine, t'as pas l' temps d' les entendre, faut qu' tu les encaisses avant.

— Et y a aussi ce salaud d'obus nouveau qui pète après avoir ricoché dans la terre et en être sorti et rentré une fois ou deux, sur des six mètres... Quand j' sais qu'y en a en face, j'ai les colombins. Je m' souviens qu'eune fois...

— C'est rien d' tout ça, mes fieux, dit le nouveau sergent, qui passait et s'arrêta. I' fallait voir c' qui nous ont balancé là d'où je deviens justement. Et rien que des maous : des 380, des 420, des deux 44. C'est quand on a été sonné là-bas qu'on peut dire : « J' sais c' que c'est d'êt' sonné ! » Les bois fauchés comme du blé, tous les abris repérés et crevés même avec trois épaisseurs de rondins, tous les croisements de route arrosés, les chemins fichus en l'air et changés en des espèces de longues bosses de convois cassés, de pièces amochées, de cadavres tortillés l'un dans l'autre comme entassés à la pelle. Tu voyais des trente types rester sur le carreau, d'un coup, aux carrefours ; tu voyais des bonshommes monter en tourniquant, toujours bien à des quinze mètres dans l'air du temps, et des morceaux de pantalon rester accrochés tout en haut des arbres qu'il y avait encore. Tu voyais de ces 380-là entrer dans une cambuse, à Verdun, par le toit, trouer deux ou trois étages, éclater en bas, et toute la grande niche être forcée de sauter ; et, dans les campagnes, des bataillons entiers se disperser et s' planquer sous la rafale comme un pauv' petit gibier sans défense. T'avais par terre, à chaque pas, dans les champs, des éclats épais comme le bras, et larges comme ça, et i' fallait quatre poilus pour soulever ce bout de fer. Les champs, t'aurais dit des terrains pleins d' rochers !... Et, pendant des mois, ça n'a pas décessé. Ah ! tu parles ! tu parles ! répéta le sergent en s'éloignant pour aller sans doute recommencer ailleurs ce résumé de ses souvenirs.

— Tiens, r'gard' donc, caporal, ces gars, là-bas, i' sont mabouls ?

On voyait, sur la position canonnée, des petitesses humaines se déplacer en hâte, et se presser vers les explosions.

— Ce sont des artiflots, dit Bertrand, qui, aussitôt qu'une marmite a éclaté, courent fouiner pour chercher la fusée dans le trou, parce que la position de la fusée, de la manière qu'elle est enfoncée, donne la direction de la batterie, tu comprends ; et la distance, on n'a qu'à la lire : elle se marque sur les divisions gravées autour de la fusée au moment qu'on débouche l'obus.

— Ça n' fait rien, i's sont culottés, ces zigues-là, d' sortir par un marmitage pareil.

— Les artieurs, mon vieux, vient nous dire un bonhomme d'une autre compagnie qui se promenait dans la tranchée, les artieurs, c'est tout bon ou tout mauvais. Ou c'est des as, ou c'est de la roustissure. Ainsi, moi, qui t' parle...

— C'est vrai de tous les troufions, ça qu' tu dis.

— Possible. Mais j' te cause pas d' tous les troufions. J' te cause des artieurs, et j' te dis aussi que...

— Eh ! les enfants, est-ce qu'on cherche une calebasse pour planquer ses os ? On pourrait peut-être bien finir par attraper un éclat en poire.

Le promeneur étranger remporta son histoire, et Cocon, qui avait l'esprit de contradiction, déclara :

— On s'y fera des cheveux, dans ta cagna, puisque déjà, dehors, on s'amuse pas besef.

— Tenez, là-bas, i's envoient des torpilles ! dit Paradis en désignant nos positions dominant sur la droite.

Les torpilles montent tout droit, ou presque, comme des alouettes, en se trémoussant et froufroutant, puis s'arrêtent, hésitent et retombent tout en annonçant aux dernières secondes leur chute par un « cri d'enfant » qu'on reconnaît bien. D'ici, les gens de la crête ont l'air d'invisibles joueurs alignés qui jouent à la balle.

— Dans l'Argonne, dit Lamuse, mon frère m'a écrit qu'ils r'çoivent des tourterelles, qu'i' disent. C'est des grandes machines lourdes, lancées de près. Ça arrive, en roucoulant, de vrai, qu'i' m' dit, et quand ça pète, tu parles d'un baroufe, qu'i' m' dit.

— Y a pas pire que l' crapouillot, qui a l'air de courir après vous et de vous sauter dessus, et qui éclate dans la tranchée même, rasoche du talus.

— Tiens, tiens, t'as entendu ?

Un sifflement arrivait vers nous, puis brusquement il s'est éteint. L'engin n'a pas éclaté.

— C'est un obus qui dit merde, constata Paradis.

Et on prête l'oreille pour avoir la satisfaction d'en entendre — ou de ne pas en entendre — d'autres.

Lamuse dit :

— Tous les champs, les routes, les villages, c'est couvert d'obus non éclatés, de tous calibres ; des nôtres aussi, faut l' dire. Il doit y en avoir plein la terre, qu'on n' voit pas. Je m' demande comment on fera, plus tard, quand viendra le moment qu'on dira : « C'est pas tout ça, mais faut s' remettre à labourer.»

Et toujours, dans sa monotonie forcenée, la rafale de feu et de fer continue : les shrapnells avec leur détonation sifflante, bondée d'une âme métallique et furibonde, et les gros percutants, avec leur tonnerre de locomotive lancée, qui se fracasse subitement contre un mur, et de chargements de rails ou de charpentes d'acier qui dégringolent une pente. L'atmosphère finit par être opaque et encombrée, traversée de souffles pesants ; et, tout autour, le massacre de la terre continue, de plus en plus profond, de plus en plus complet.

Et même d'autres canons se mettent de la partie. Ce sont des nôtres. Ils ont une détonation semblable à celle du 75, mais plus forte, et avec un écho prolongé et retentissant comme de la foudre qui se répercute en montagne.

— C'est les 120 longs. Ils sont sur la lisière du bois, à un kilomètre. Des baths canons, mon vieux, qui ressemblent à des lévriers gris. C'est mince et fin du bec, ces pièces-là. T'as envie de leur dire « madame». C'est pas comme le 220 qui n'est qu'une gueule, un seau à charbon, qui crache son obus de bas en haut. Ça fait du boulot, mais ça ressemble, dans les convois d'artillerie, à des culs-de-jatte sur leur petite voiture.

La conversation languit. On bâille, par-ci par-là.

La grandeur et la largeur de ce déchaînement d'artillerie lassent l'esprit. Les voix s'y débattent, noyées.

— J'en ai jamais vu comme ça, d' bombardement, crie Barque.

— On dit toujours ça, remarque Paradis.

— Tout d' même, braille Volpatte. On a parlé d'attaque ces jours-ci. J' te dis, moi, qu' c'est l' commencement de quelque chose.

— Ah ! font simplement les autres.

Volpatte manifeste l'intention de « piquer un roupillon » et il s'installe par terre, adossé à une paroi, les semelles butées contre l'autre paroi.

On s'entretient de choses diverses. Biquet raconte l'histoire d'un rat qu'il a vu.

— Il était pépère et comaco, tu sais... J'avais ôté mes croquenots,
et c' rat, i' parlait-i' pas de mettre tout l' bord de la tige en dentelles !
Faut dire que j' les avais graissés.

Volpatte qui s'immobilisait, se remue et dit :

— Vous m'empêchez de dormir, les jaspineurs !

— Tu vas pas m' faire croire, vieille doublure, qu' tu s' rais fichu
d' dormir et d' faire schloff avec un bruit et un papafard pareils comme
celui qu'y a tout partout là ici, dit Marthereau.

— Crôô, répondit Volpatte, qui ronflait.

— Rassemblement. Marche !

On change de place. Où nous mène-t-on ? On n'en sait rien. Tout au
plus sait-on qu'on est en réserve et qu'on nous fait circuler pour consolider successivement certains points ou pour dégager les boyaux — où
le règlement des passages de troupes est aussi complexe, si l'on veut
éviter les embouteillages et les collisions, que l'organisation du passage
des trains dans les gares actives. Il est impossible de démêler le sens
de l'immense manœuvre où notre régiment roule comme un petit
rouage, ni ce qui se dessine dans l'énorme ensemble du secteur. Mais,
perdus dans le lacis de bas-fonds où l'on va et vient interminablement,
fourbus, brisés et démembrés par des stationnements prolongés, abrutis
par l'attente et le bruit, empoisonnés par la fumée — on comprend que
notre artillerie s'engage de plus en plus et que l'offensive semble avoir
changé de côté.

— Halte !

Une fusillade intensive, furieuse, inouïe, battait les parapets de la
tranchée où on nous fit arrêter en ce moment-ià.

— Fritz en met. I' craint une attaque ; i' s'affole. Ah ! c' qu'il en
met !

C'était une grêle dense qui fondait sur nous, hachait terriblement
l'espace, raclait et effleurait toute la plaine.

Je regardai à un créneau. J'eus une rapide et étrange vision :

Il y avait, en avant de nous, à une dizaine de mètres au plus, des
formes allongées, inertes, les unes à côté des autres — un rang de
soldats fauchés — et arrivant en nuée, de toutes parts, les projectiles
criblaient cet alignement de morts !

Les balles qui écorchaient la terre par raies droites, en soulevant de
minces nuages linéaires, trouaient, labouraient les corps rigidement collés au sol, cassaient les membres raides, s'enfonçaient dans des faces
blafardes et vidées, sauçaient, avec des éclaboussements, des yeux
liquéfiés et on voyait sous la rafale se remuer un peu et se déranger
par endroits la file des morts.

On entendait le bruit sec produit par les vertigineuses pointes de
cuivre en pénétrant les étoffes et les chairs : le bruit d'un coup de
couteau forcené, d'un coup strident de bâton appliqué sur les vête-

ments. Au-dessus de nous se ruait une gerbe de sifflements aigus, avec le chant descendant, de plus en plus grave, des ricochets. Et on baissait la tête sous ce passage extraordinaire de cris et de voix.

— Faut dégager la tranchée. Hue !

On quitte ce fragment infime du champ de bataille où la fusillade déchire, blesse et tue à nouveau des cadavres. On se dirige vers la droite et vers l'arrière. Le boyau de communication monte. En haut du ravin, on passe devant un poste téléphonique et un groupe d'officiers d'artillerie et d'artilleurs.

Là, nouvelle pause. On piétine et on écoute l'observateur d'artillerie crier des ordres que recueille et répète le téléphoniste enterré à côté :

— Première pièce, même hausse. Deux dixièmes à gauche. Trois explosifs à une minute !

Quelques-uns de nous ont risqué la tête au-dessus du rebord du talus et ont pu embrasser de l'œil, le temps d'un éclair, tout le champ de bataille autour duquel notre compagnie tourne vaguement depuis ce matin.

J'ai aperçu une plaine grise, démesurée, où le vent semble pousser, en largeur, de confuses et légères ondulations de poussière piquées par endroits d'un flot de fumée plus pointu.

Cet espace immense, où le soleil et les nuages traînent des plaques de noir et de blanc, étincelle sourdement de place en place — ce sont nos batteries qui tirent — et je l'ai vu à un moment, tout entier pailleté d'éclats brefs. A un autre moment, une partie des campagnes s'est estompée sous une taie vaporeuse et blanchâtre : une sorte de tourmente de neige.

Au loin, sur les sinistres champs interminables, à demi effacés et couleur de haillons, et troués autant que des nécropoles, on remarque, comme un morceau de papier déchiré, le squelette d'une église et, d'un bord à l'autre du tableau, de vagues rangées de traits verticaux rapprochés et soulignés, comme les bâtons des pages d'écriture : des routes avec leurs arbres. De minces sinuosités rayent la plaine en long et en large, la quadrillent, et ces sinuosités sont pointillées d'hommes.

On discerne des fragments de lignes formées de ces points humains, qui, sorties des raies, creuses, bougent sur la plaine à la face de l'horrible ciel déchaîné.

On a peine à croire que chacune de ces taches minuscules est un être de chair frissonnante et fragile, infiniment désarmé dans l'espace, et qui est plein d'une pensée profonde, plein de longs souvenirs et plein d'une foule d'images : on est ébloui par ce poudroiement d'hommes aussi petits que les étoiles du ciel.

Pauvres semblables, pauvres inconnus, c'est votre tour de donner ! Une autre fois, ce sera le nôtre. A nous demain, peut-être, de sentir les cieux éclater sur nos têtes ou la terre s'ouvrir sous nos pieds, d'être

assaillis par l'armée prodigieuse des projectiles, et d'être balayés par
des souffles d'ouragan cent mille fois plus forts que l'ouragan.

On nous pousse dans les abris d'arrière. A nos yeux le champ de
mort s'éteint. A nos oreilles, le tonnerre s'assourdit sur l'enclume formidable des nuages. Le bruit d'universelle destruction fait silence.
L'escouade s'enveloppe égoïstement des bruits familiers de la vie, s'enfonce dans la petitesse caressante des abris.

20

Le feu

Réveillé brusquement, j'ouvre les yeux dans le noir.

— Quoi ? Qu'est-ce qu'il y a ?

— C'est ton tour de garde. Il est deux heures du matin, me dit le
caporal Bertrand que j'entends, sans le voir, à l'orifice du trou au fond
duquel je suis étendu.

Je grogne que je viens, je me secoue, bâille dans l'étroit abri
sépulcral ; j'étends les bras et mes mains touchent la glaise molle et
froide. Puis je rampe au milieu de l'ombre lourde qui obstrue l'abri, en
fendant l'odeur épaisse, entre les corps intensément affalés des dormeurs. Après quelques accrochages et faux pas sur des équipements,
des sacs, et des membres étirés dans tous les sens, je mets la main sur
mon fusil et je me trouve debout à l'air libre, mal réveillé et mal équilibré, assailli par la bise aiguë et noire.

Je suis, en grelottant, le caporal qui s'enfonce entre de hauts entassements sombres dont le bas se resserre étrangement sur notre marche. Il
s'arrête. C'est là. Je perçois une grosse masse se détacher à mi-hauteur
de la muraille spectrale, et descendre. Cette masse hennit un bâillement.
Je me hisse dans la niche qu'elle occupait.

La lune est cachée dans la brume, mais il y a, répandue sur les
choses, une très confuse lueur à laquelle l'œil s'habitue à tâtons. Cet
éclairement s'éteint à cause d'un large lambeau de ténèbres qui plane
et glisse là-haut. Je distingue à peine, après l'avoir touché, l'encadrement et le trou du créneau devant ma figure, et ma main avertie rencontre, dans un enfoncement aménagé, un fouillis de manches de
grenades.

— Ouvre l'œil, hein, mon vieux, me dit Bertrand à voix basse.
N'oublie pas qu'il y a notre poste d'écoute, là, en avant, sur la gauche.
Allons, à tout à l'heure.

Son pas s'éloigne suivi du pas ensommeillé du veilleur que je relève.

Les coups de fusil crépitent de tous côtés. Tout à coup, une balle
claque net dans la terre du talus où je m'appuie. Je mets la face au
créneau. Notre ligne serpente dans le haut du ravin : le terrain est en
contrebas devant moi, et on ne voit rien dans cet abîme de ténèbres où

il plonge. Toutefois, les yeux finissent par discerner la file régulière des piquets de notre réseau plantés au seuil des flots d'ombre, et çà et là, les plaies rondes d'entonnoirs d'obus, petits, moyens ou énormes ; quelques-uns, tout près, peuplés d'encombrements mystérieux. La bise me souffle dans la figure. Rien ne bouge, que le vent qui passe et que l'immense humidité qui s'égoutte. Il fait froid à frissonner sans fin. Je lève les yeux ; je regarde ici, là. Un deuil épouvantable écrase tout. J'ai l'impression d'être tout seul, naufragé, au milieu d'un monde bouleversé par un cataclysme.

Rapide illumination de l'air ; une fusée ; le décor où je suis perdu s'ébauche et pointe autour de moi. On voit se découper la crête déchirée, échevelée, de notre tranchée, et j'aperçois, collés sur la paroi d'avant, tous les cinq pas, comme des larves verticales, les ombres des veilleurs. Leur fusil s'indique, à côté d'eux, par quelques gouttes de lumière. La tranchée est étayée de sacs de terre ; elle est élargie de partout et, en maints endroits, éventrée par des éboulements. Les sacs de terre, aplatis les uns sur les autres et disjoints, ont l'air, à la lueur astrale de la fusée, de ces vastes dalles démantelées d'antiques monuments en ruine. Je regarde au créneau. Je distingue, dans la vaporeuse atmosphère blafarde qu'a épandue le météore, les piquets rangés et même les lignes ténues des fils de fer barbelés qui s'entrecroisent d'un piquet à l'autre. C'est, devant ma vue, comme des traits à la plume qui gribouillent et raturent le champ blême et troué. Plus bas, dans l'océan nocturne qui remplit le ravin, le silence et l'immobilité s'accumulent.

Je descends de mon observatoire et me dirige au jugé vers mon voisin de veille. De ma main tendue, je l'atteins.

— C'est toi, lui dis-je à voix basse, sans le reconnaître.

— Oui, répond-il sans savoir non plus qui je suis, aveugle comme moi.

— C'est calme à c' t' heure, ajoute-t-il. Tout à l'heure, j'ai cru qu'ils allaient attaquer, ils ont peut-être bien essayé, sur la droite, où ils ont lancé une chiée de grenades. Il y a eu un barrage de 75, vrrrran... vrrrran... Mon vieux, je m' disais : « Ces 75-là, c'est pas possible, i' sont payés pour tirer ! S'ils sont sortis, les Boches, i's ont dû prendre quéque chose ! » Tiens, écoute, là-bas, les boulettes qui r'biffent ! T'entends ?

Il s'arrête, débouche son bidon, boit un coup, et sa dernière phrase, toujours à voix basse, sent le vin :

— Ah ! là ! là ! tu parles d'une sale guerre ! Tu crois qu'on s'rait pas mieux chez soi ? Eh bien, quoi ! Qu'est-ce qu'il a, c' ballot ?

Un coup de feu vient de retentir à côté de nous, traçant un court et brusque trait phosphorescent. D'autres partent, çà et là, sur notre ligne : les coups de fusil sont contagieux la nuit.

Nous allons nous enquérir, à tâtons, dans l'ombre épaisse retombée sur nous comme un toit, auprès d'un des tireurs. Trébuchant et jetés parfois l'un sur l'autre, on arrive à l'homme, on le touche.

— Eh bien ! quoi ?

Il a cru voir remuer, puis, plus rien. Nous revenons, mon voisin inconnu et moi, dans l'obscurité dense et sur l'étroit chemin de boue grasse, incertains, avec effort, pliés comme si nous portions chacun un fardeau écrasant.

A un point de l'horizon, puis à un autre, tout autour de nous, le canon tonne, et son lourd fracas se mêle aux rafales d'une fusillade qui tantôt redouble et tantôt s'éteint, et aux grappes de coups de grenade, plus sonores que les claquements du lebel et du mauser et qui ont à peu près le son des vieux coups de fusil classiques. Le vent s'est encore accru, il est si violent qu'il faut se défendre dans l'ombre contre lui : des chargements de nuages énormes passent devant la lune.

Nous sommes là, tous les deux, cet homme et moi, à nous rapprocher et nous heurter sans nous connaître, montrés puis interceptés l'un à l'autre, en brusques à-coups, par le reflet du canon ; nous sommes là, pressés par l'obscurité, au centre d'un cycle immense d'incendies qui paraissent et disparaissent, dans ce paysage de sabbat.

— On est maudits, dit l'homme.

Nous nous séparons et nous allons chacun à notre créneau nous fatiguer les yeux sur l'immobilité des choses.

Quelle effroyable et lugubre tempête va éclater ?

La tempête n'éclata pas, cette nuit-là. A la fin de ma longue attente, aux premières traînées du jour, il y eut même accalmie.

Tandis que l'aube s'abattait sur nous comme un soir d'orage, je vis encore une fois émerger et se recréer, sous l'écharpe de suie des nuages bas, les espèces de rives abruptes, tristes et sales, infiniment sales, bossuées de débris et d'immondices, de la croulante tranchée où nous sommes.

La lividité de la nue blêmit et plombe les sacs de terre aux plans vaguement luisants et bombés, tel un long entassement de viscères et d'entrailles géantes mises à nu sur le monde.

Dans la paroi, derrière moi, se creuse une excavation, et là un entassement de choses horizontales se dresse comme un bûcher.

Des troncs d'arbres ? Non : ce sont des cadavres.

A mesure que les cris d'oiseaux montent des sillons, que les champs vagues recommencent, que la lumière éclôt et fleurit en chaque brin d'herbe, je regarde le ravin. Plus bas que le champ mouvementé avec ses hautes lames de terre et ses entonnoirs brûlés, au delà du hérissement des piquets, c'est toujours un lac d'ombre qui stagne, et, devant le versant d'en face, c'est toujours un mur de nuit qui s'érige.

Puis je me retourne et je contemple ces morts qui peu à peu s'exhument des ténèbres, exhibant leurs formes raidies et maculées. Ils sont quatre. Ce sont nos compagnons Lamuse, Barque, Biquet et le petit Eudore. Ils se décomposent là, tout près de nous, obstruant à moitié

le large sillon tortueux et boueux que les vivants s'intéressent encore
à défendre.

On les a posés tant bien que mal ; ils se calent et s'écrasent, l'un sur
l'autre. Celui d'en haut est enveloppé d'une toile de tente. On avait
mis sur les autres figures des mouchoirs, mais en les frôlant, la nuit,
sans voir, ou bien le jour, sans faire attention, on fait tomber les
mouchoirs, et nous vivons face à face avec ces morts, amoncelés là
comme un bûcher vivant.

Il y a quatre nuits qu'ils ont été tués ensemble. Je me souviens mal
de cette nuit, comme d'un rêve que j'ai eu. Nous étions de patrouille,
eux, moi, Mesnil André et le caporal Bertrand. Il s'agissait de reconnaître un nouveau poste d'écoute allemand signalé par les observateurs
d'artillerie. Vers minuit, on est sorti de la tranchée, et on a rampé sur
la descente, en ligne, à trois ou quatre pas les uns des autres, et on est
descendu ainsi très bas dans le ravin, jusqu'à voir, gisant devant nos
yeux, comme l'aplatissement d'une bête échouée, le talus de leur
Boyau International. Après avoir constaté qu'il n'y avait pas de poste
dans cette tranche de terrain, on a remonté, avec des précautions infinies ; je voyais confusément mon voisin de droite et mon voisin de
gauche, comme des sacs d'ombre, se glisser lentement, onduler, se rouler dans la boue, au fond des ténèbres, poussant devant eux l'aiguille
de leur fusil. Des balles sifflaient au-dessus de nous, mais elles nous
ignoraient, ne nous cherchaient pas. Arrivés en vue de la bosse de notre
ligne, on a soufflé un instant ; l'un de nous a poussé un soupir, un autre
a parlé. Un autre s'est retourné, en bloc, et son fourreau de baïonnette
a sonné contre une pierre. Aussitôt une fusée a jailli en rugissant du
Boyau International. On s'est plaqué par terre, étroitement, éperdument, on a gardé une immobilité absolue, et on a attendu là, avec cette
étoile terrible suspendue au-dessus de nous et qui nous baignait d'une
clarté de jour, à vingt-cinq ou trente mètres de notre tranchée. Alors
une mitrailleuse placée de l'autre côté du ravin a balayé la zone où
nous étions. Le caporal Bertrand et moi avons eu la chance de trouver
devant nous, au moment où la fusée montait, rouge, avant d'éclater en
lumière, un trou d'obus où un chevalet cassé trempait dans la boue ;
on s'est aplati tous les deux contre le rebord de ce trou, on s'est enfoncé
dans la boue autant qu'on a pu et le pauvre squelette de bois pourri
nous a cachés. Le jet de la mitrailleuse a repassé plusieurs fois. On
entendait un sifflement perçant au milieu de chaque détonation, les
coups secs et violents des balles dans la terre, et aussi des claquements
sourds et mous suivis de geignements, d'un petit cri et, soudain, d'un
gros ronflement de dormeur qui s'est élevé puis a graduellement baissé.
Bertrand et moi, frôlés par la grêle horizontale des balles qui, à quelques centimètres au-dessus de nous, traçaient un réseau de mort et
écorchaient parfois nos vêtements, nous écrasant de plus en plus,
n'osant risquer un mouvement qui aurait haussé un peu une partie de

notre corps, nous avons attendu. Enfin la mitrailleuse s'est tue, dans un énorme silence. Un quart d'heure après, tous les deux, nous nous sommes glissé hors du trou d'obus en rampant sur les coudes et nous sommes enfin tombés, comme des paquets, dans notre poste d'écoute. Il était temps, car, en ce moment, le clair de lune a brillé. On a dû demeurer dans le fond de la tranchée jusqu'au matin, puis jusqu'au soir. Les mitrailleuses en arrosaient sans discontinuer les abords. Par les créneaux du poste, on ne voyait pas les corps étendus, à cause de la déclivité du terrain : sinon, tout à ras du champ visuel, une masse qui paraissait être le dos de l'un d'eux. Le soir, on a creusé une sape pour atteindre l'endroit où ils étaient tombés. Ce travail n'a pu être exécuté en une nuit ; il a été repris la nuit suivante par les pionniers, car, brisés de fatigue, nous ne pouvions plus ne pas nous endormir.

En me réveillant d'un sommeil de plomb, j'ai vu les quatre cadavres que les sapeurs avaient atteints par-dessous, dans la plaine, et qu'ils avaient accrochés et halés avec des cordes dans leur sape. Chacun d'eux contenait plusieurs blessures à côté l'une de l'autre, les trous des balles distants de quelques centimètres : la mitrailleuse avait tiré serré. On n'avait pas retrouvé le corps de Mesnil André. Son frère Joseph a fait des folies pour le chercher ; il est sorti tout seul dans la plaine constamment balayée, en large, en long et en travers, par les tirs croisés des mitrailleuses. Le matin, se traînant comme une limace, il a montré une face noire de terre et affreusement défaite, en haut du talus.

On l'a rentré, les joues égratignées aux ronces des fils de fer, les mains sanglantes, avec de lourdes mottes de boue dans les plis de ses vêtements et puant la mort. Il répétait comme un maniaque : « Il n'est nulle part. » Il s'est enfoncé dans un coin avec son fusil, qu'il s'est mis à nettoyer sans entendre ce qu'on lui disait, et en répétant : « Il n'est nulle part. »

Il y a quatre nuits de cette nuit-là et je vois les corps se dessiner, se montrer, dans l'aube qui vient encore une fois laver l'enfer terrestre.

Barque, raidi, semble démesuré. Ses bras sont collés le long de son corps, sa poitrine est effondrée, son ventre creusé en cuvette. La tête surélevée par un tas de boue, il regarde venir par-dessus ses pieds ceux qui arrivent par la gauche, avec sa face assombrie, souillée de la tache visqueuse des cheveux qui retombent, et où d'épaisses croûtes de sang noir sont sculptées, ses yeux ébouillantés sont saignants et comme cuits. Eudore, lui, paraît au contraire tout petit, et sa petite figure est complètement blanche, si blanche qu'on dirait une face enfarinée de Pierrot, et c'est poignant de la voir faire tache comme un rond de papier blanc parmi l'enchevêtrement gris et bleuâtre des cadavres. Le Breton Biquet, trapu, carré comme une dalle, apparaît tendu dans un effort énorme : il a l'air d'essayer de soulever le brouillard ; cet effort profond déborde en grimace sur sa face bossuée par les pommettes et le front saillant, la pétrit hideusement, semble hérisser par place ses cheveux terreux et desséchés, fend sa mâchoire pour un spectre de cri, écarte toutes grandes ses paupières sur ses yeux ternes et troubles, ses yeux de silex ; et ses mains sont contractées d'avoir griffé le vide.

Barque et Biquet sont troués au ventre. Eudore à la gorge. En les traînant et en les transportant, on les a encore abîmés. Le gros Lamuse, vide de sang, avait une figure tuméfiée et plissée dont les yeux s'enfonçaient graduellement dans leurs trous, l'un plus que l'autre. On l'a entouré d'une toile de tente qui se trempe d'une tache noirâtre à la place du cou. Il a eu l'épaule droite hachée par plusieurs balles et le bras ne tient plus que par des lanières d'étoffe de la manche et des ficelles qu'on y a mises. La première nuit qu'on l'a placé là, ce bras pendait hors du tas des morts et sa main jaune, recroquevillée sur une poignée de terre, touchait les figures des passants. On a épinglé le bras à sa capote.

Un nuage de pestilence commence à se balancer sur les restes de ces créatures avec lesquelles on a si étroitement vécu, si longtemps souffert.

Quand nous les voyons, nous disons : « Ils sont morts tous les quatre. » Mais ils sont trop déformés pour que nous pensions vraiment : « Ce sont eux. » Et il faut se détourner de ces monstres immobiles pour éprouver le vide qu'ils laissent entre nous et les choses communes qui sont déchirées.

Ceux des autres compagnies ou des autres régiments, les étrangers, qui passent ici le jour — la nuit, on s'appuie inconsciemment sur tout ce qui est à portée de la main, mort ou vivant — ont un haut-le-corps devant ces cadavres plaqués l'un sur l'autre en pleine tranchée. Parfois, ils se mettent en colère :

— A quoi qu'on pense, de laisser là ces macchabs ?

— C'est t' honteux.

Puis ils ajoutent :

— C'est vrai qu'on ne peut pas les ôter de là.

En attendant, ils ne sont enterrés que dans la nuit.

Le matin est venu. On découvre, en face, l'autre versant du ravin : la cote 119, une colline rasée, pelée, grattée — veinée de boyaux tremblés et striée de tranchées parallèles montrant à vif la glaise de la terre crayeuse. Rien n'y bouge et nos obus qui y déferlent çà et là, avec de larges jets d'écume comme des vagues immenses, semblent frapper leurs coups sonores contre un grand môle ruineux et abandonné.

Mon tour de veille est terminé, et les autres veilleurs, enveloppés de toiles de tente humides et coulantes, avec leurs zébrures et leurs plaquages de boue, et leurs gueules livides, se dégagent de la terre où ils sont encastrés, se meuvent et descendent. Le deuxième peloton vient occuper la banquette de tir et les créneaux. Pour nous, repos jusqu'au soir.

On bâille, on se promène. On voit passer un camarade, puis un autre. Des officiers circulent, munis de périscopes et de longues-vues. On se retrouve ; on se remet à vivre. Les propos habituels se croisent et se choquent. Et n'étaient l'aspect délabré, les lignes défaites du fossé qui nous ensevelit sur la pente du ravin, et aussi la sourdine imposée aux voix, on se croirait dans les lignes d'arrière. De la lassitude pèse pourtant sur tous, les faces sont jaunies, les paupières rougies ; à force de veiller, on a la tête des gens qui ont pleuré. Tous, depuis quelques jours, nous nous courbons et nous avons vieilli.

L'un après l'autre, les hommes de mon escouade ont conflué à un tournant de la tranchée. Ils se tassent à l'endroit où le sol est tout crayeux, et où, au-dessous de la croûte de terre hérissée de racines coupées, le terrassement a mis à jour des couches de pierres blanches qui étaient étendues dans les ténèbres depuis plus de cent mille ans.

C'est là, dans le passage élargi, qu'échoue l'escouade de Bertrand. Elle est bien diminuée à cette heure, puisque, sans parler des morts de l'autre nuit, nous n'avons plus Poterloo, tué dans une relève, ni Cadilhac, blessé à la jambe par un éclat le même soir que Poterloo (comme cela paraît loin, déjà !) ; ni Tirloir, ni Tulacque qui ont été évacués, l'un pour dysenterie, et l'autre pour une pneumonie qui prend une vilaine tournure — écrit-il dans les cartes postales qu'il nous adresse pour se désennuyer, de l'hôpital du centre où il végète.

Je vois encore une fois se rapprocher et se grouper, salies par le contact de la terre, salies par la fumée grise de l'espace, les physionomies et les poses familières de ceux qui ne se sont pas encore quittés depuis le début — fraternellement rivés et enchaînés les uns aux autres. Moins de disparate, pourtant, qu'au commencement, dans les mises des hommes des cavernes...

Le père Blaire présente dans sa bouche usée une rangée de dents neuves, éclatantes — si bien que, de tout son pauvre visage, on ne voit plus que cette mâchoire endimanchée. L'événement de ses dents étrangères, que peu à peu il apprivoise, et dont il se sert maintenant, parfois, pour manger, a modifié profondément son caractère et ses mœurs : il n'est presque plus barbouillé de noir, il est à peine négligé. Devenu beau, il éprouve le besoin de devenir coquet. Pour l'instant, il est morne, peut-être — ô miracle ! — parce qu'il ne peut pas se laver. Renfoncé dans un coin, il entrouvre un œil atone, mâche et rumine sa moustache de grognard, naguère la seule garniture de son visage, et crache de temps en temps un poil.

Fouillade grelotte, enrhumé, ou bâille, déprimé, déplumé. Marthereau n'a point changé : toujours tout barbu, l'œil bleu et rond, avec ses jambes si courtes que son pantalon semble continuellement lui lâcher la ceinture et lui tomber sur les pieds. Cocon est toujours Cocon par sa tête sèche et parcheminée, à l'intérieur de laquelle travaillent des chiffres ; mais, depuis une huitaine, une recrudescence de poux, dont on voit les ravages déborder à son cou et à ses poignets, l'isole dans de longues luttes et le rend farouche quand il revient ensuite parmi nous. Paradis garde intégralement la même dose de belle couleur et de bonne humeur ; il est invariable, inusable. On sourit quand il apparaît

de loin, placardé sur le fond de sacs de terre comme une affiche neuve.
Rien n'a modifié non plus Pépin qu'on entrevoit errer, de dos avec sa
pancarte de damiers rouges et blancs en toile cirée, de face avec son
visage en lame de couteau et son regard gris froid comme le reflet d'un
lingue ; ni Volpatte avec ses guêtrons, sa couverture sur les épaules et
sa face d'Annamite tatouée de crasse ; ni Tirette qui depuis quelque
temps, pourtant, est excité — on ne sait par quelle source mystérieuse —, des filets sanguinolents dans l'œil. Farfadet se tient à l'écart,
pensif, dans l'attente. Aux distributions de lettres, il se réveille de sa
rêverie pour y aller, puis il rentre en lui-même. Ses mains de bureau-
crate écrivent de multiples cartes postales, soigneusement. Il ne sait pas
la fin d'Eudoxie. Lamuse n'a plus parlé à personne de la suprême et
terrifiante étreinte dont il a embrassé ce corps. Lamuse — je l'ai compris — regrettait de m'avoir un soir chuchoté cette confidence à
l'oreille, et jusqu'à sa mort il a caché l'horrible chose virginale en lui,
avec une pudeur tenace. C'est pourquoi on voit Farfadet continuer à
vivre vaguement avec la vivante image aux cheveux blonds, qu'il ne
quitte que pour prendre contact avec nous par de rares monosyllabes.
Autour de nous, le caporal Bertrand a toujours la même attitude
sérieuse, toujours prêt à nous sourire avec tranquillité, à donner sur ce
qu'on lui demande des explications claires, à aider chacun à faire ce
qu'il faut.

On cause comme autrefois, comme naguère. Mais l'obligation de
parler à voix contenue raréfie nos propos et y met un calme endeuillé.

Il y a un fait anormal : depuis trois mois, le séjour de chaque unité
aux tranchées de première ligne était de quatre jours. Or, voilà cinq
jours qu'on est ici, et on ne parle pas de relève. Quelques bruits d'attaque prochaine circulent, apportés par les hommes de liaison et la corvée
qui, une nuit sur deux — sans régularité ni garantie —, amène le ravitaillement. D'autres indices s'ajoutent à ces rumeurs d'offensive : la
suppression des permissions, les lettres qui n'arrivent plus ; les officiers
qui, visiblement, ne sont plus les mêmes : sérieux et rapprochés. Mais
les conversations sur ce sujet se terminent toujours par un haussement
d'épaules : on n'avertit jamais le soldat de ce qu'on va faire de lui ; on
lui met sur les yeux un bandeau qu'on n'enlève qu'au dernier
moment. Alors :

— On voira bien.

— Y a qu'à attendre !

On se détache du tragique événement pressenti. Est-ce impossibilité
de le comprendre tout entier, découragement de chercher à démêler des
arrêts qui sont lettre close pour nous, insouciance résignée, croyance
vivace qu'on passera à côté du danger cette fois encore ? Toujours est-
il que, malgré les signes précurseurs, et la voix des prophéties qui
semblent se réaliser, on tombe machinalement et on se cantonne dans
les préoccupations immédiates : la faim, la soif, les poux dont l'écrase-

ment ensanglante tous les ongles, et la grande fatigue par laquelle nous sommes tous minés.

— T'as vu Joseph, ce matin ? dit Volpatte. I' n'en mène pas large, le pauvre p'tit gars.

— I' va faire un coup de tête, c'est sûr. L'est condamné, c' garçon-là, vois-tu. A la première occase, i' s' foutra dans une balle, comme j' te vois.

— Y a aussi d' quoi vous rendre piqué pour le restant d' ses jours ! I's étaient six frères, tu sais. Y en a eu quatre de clam'cés : deux en Alsace, un en Champagne, un en Argonne. Si André est tué, c'est l' cintième.

— S'il avait été tué, on lui aurait trouvé son corps, on l'aurait eu vu d' l'observatoire. Y a pas à tortiller du cul et des fesses. Moi, mon idée, c'est qu' la nuit où euss i's ont été en patrouille, il s'est égaré pour rentrer. L'a rampé d' travers, le pauv' bougre — et l'est tombé droit dans les lignes boches.

— I' s'est p'têt' bien fait déglinguer sur leurs fils de fer.

— On l'aurait r'trouvé, j' te dis, s'il était crampsé, car tu penses bien que si ça était, les Boches ne l'auraient pas rentré son corps. On a cherché partout, en somme. Pisqu'i' s'est pas vu r'trouvé, faut bien que, blessé ou pas blessé, i's soye fait faire aux pattes.

Cette hypothèse, qui est si logique, s'accrédite — et maintenant qu'on sait qu'André Mesnil est prisonnier, on s'en désintéresse. Mais son frère continue à faire pitié :

— Pauv' vieux, il est si jeune !

Et les hommes de l'escouade le regardent à la dérobée.

— J'ai la dent ! dit tout d'un coup Cocon.

Comme l'heure de la soupe est passée, on la réclame. Elle est là : c'est le reste de ce qui a été apporté la veille.

— A quoi que l' caporal pense de nous faire claquer du bec ? Le v'là. J' vais l' agrafer. Eh ! caporal, à quoi qu' tu penses d' pas nous faire croûter ?

— Oui, oui, la croûte ! répète le lot des éternels affamés.

— Je viens, dit Bertrand, affairé, et qui, le jour et la nuit, n'arrête pas.

— Alors quoi ! fait Pépin, toujours mauvaise tête, j' m'en ressens pas pour encore becter des clarinettes ; j' vais ouvrir une boîte de singe en moins de deux.

La comédie quotidienne de la soupe recommence, à la surface de ce drame.

— Ne touchez pas à vos vivres de réserve ! dit Bertrand. Aussitôt revenu de voir le capitaine je vais vous servir.

De retour, il apporte, il distribue et on mange la salade de pommes de terre et d'oignons, et, à mesure qu'on mâche les traits se détendent, les yeux se calment.

Paradis a arboré pour manger un bonnet de police. Ce n'est guère le lieu ni le moment, mais ce bonnet est tout neuf et le tailleur qui le lui a promis depuis trois mois ne le lui a donné que le jour où on est monté. La souple coiffure biscornue de drap colorié en bleu vif, posée sur sa bonne balle florissante, lui donne l'aspect d'un gendarme en carton-pâte aux joues enluminées. Cependant, tout en mangeant, Paradis me regarde fixement. Je m'approche de lui.

— Tu as une bonne tête.

— T'occupe pas, répond-il. J' voudrais t' causer. Viens voir par ici.

Il tend la main vers son quart demi-plein, posé près de son couvert et de ses affaires, hésite, puis se décide à mettre en sûreté le vin dans son gosier et le quart dans sa poche. Il s'éloigne.

Je le suis. Il prend en passant son casque qui bée sur la banquette de terre. Au bout d'une dizaine de pas, il se rapproche de moi et me dit tout bas, avec un drôle d'air, sans me regarder, comme il fait quand il est ému :

— Je sais où est Mesnil André. Veux-tu le voir ? Viens.

En disant cela, il ôte son bonnet de police, le plie et l'empoche, met son casque. Il repart. Je le suis sans mot dire.

Il me conduit à une cinquantaine de mètres de là, vers l'endroit où se trouve notre guitoune commune et la passerelle de sacs sous laquelle on se glisse, avec, chaque fois, l'impression que cette arche de boue va vous tomber sur les reins. Après la passerelle, un creux se présente dans le flanc de la tranchée, avec une marche faite d'une claie engluée de glaise. Paradis monte là, et me fait signe de le suivre sur cette étroite plate-forme glissante. Il y avait en ce point, naguère, un créneau de veilleur qui a été démoli. On a refait le créneau plus bas avec deux pare-balles. On est obligé de se plier pour ne pas dépasser cet agencement avec la tête.

Paradis me dit, à voix toujours très basse :

— C'est moi qui ai arrangé ces deux boucliers-là, pour voir — parce que j'avais mon idée, et j'ai voulu voir. Mets ton œil au trou de ç'ui-là.

— Je ne vois rien. La vue est bouchée. Qu'est-ce que c'est que ce paquet d'étoffes ?

— C'est lui, dit Paradis.

Ah ! c'était un cadavre, un cadavre assis dans un trou, épouvantablement proche...

Ayant aplati ma figure contre la plaque d'acier, et collé ma paupière au trou du pare-balles, je le vis tout entier. Il était assis, la tête pendante en avant entre les jambes, les deux bras posés sur les genoux, les mains demi fermées, en crochets — et tout près, tout près ! —, reconnaissable, malgré ses yeux exorbités et opaques qui louchaient le bloc de sa barbe vaseuse et sa bouche tordue qui montrait les dents. Il avait l'air à la fois de sourire et de grimacer à son fusil, embourbé, debout, devant lui. Ses mains tendues en avant étaient toutes bleues en dessus et écarlates en dessous, empourprées par un humide reflet d'enfer.

C'était lui, lavé de pluie, pétri de boue et d'une espèce d'écume, souillé et horriblement pâle, mort depuis quatre jours, tout contre notre talus, que le trou d'obus où il était terré avait entamé. On ne l'avait pas trouvé parce qu'il était trop près !

Entre ce mort abandonné dans sa solitude surhumaine, et les hommes qui habitent la guitoune, il n'y a qu'une mince cloison de terre, et je me rends compte que l'endroit où je pose la tête pour dormir correspond à celui où ce corps terrible est buté.

Je retire ma figure de l'œilleton.

Paradis et moi nous échangeons un regard.

— Faut pas lui dire encore, souffle mon camarade.

— Non, n'est-ce pas, pas tout de suite...

— J'ai parlé au capitaine pour qu'on le fouille ; et il a dit aussi : « Faut pas le dire tout de suite au petit. »

Un léger souffle de vent a passé.

— On sent l'odeur !

— Tu parles.

On la renifle, elle nous entre dans la pensée, nous chavire l'âme.

— Alors, comme ça, dit Paradis, Joseph reste tout seul sur six frères. Et j' vas t' dire une chose, moi : j' crois qu'i' rest'ra pas longtemps. C' gars-là s' ménagera pas, i' s' f'ra zigouiller. I' faudrait qu'i' lui tombe du ciel une bonne blessure, autrement, il est foutu. Six frères, c'est trop, ça. Tu trouves pas qu' c'est trop ?

Il ajoute :

— C'est épatant c' qu'il était près de nous.

— Son bras est posé juste contre l'endroit où je mets ma tête.

— Oui, dit Paradis, son bras droit où il y a la montre au poignet.

— La montre...

Je m'arrête... Est-ce une idée, est-ce un rêve ?... Il me semble, oui, il me semble bien, en ce moment, qu'avant de m'endormir, il y a trois jours, la nuit où on était si fatigués, j'ai entendu comme un tic tac de montre et que même je me suis demandé d'où cela sortait !

— C'était p't'êt ben tout d' même c'te montre que t'entendais à travers la terre, dit Paradis, à qui j'ai fait part de mes réflexions. Ça continue à réfléchir et à tourner, même quand l'homme s'arrête. Dame, ça vous connaît pas, c'te mécanique ; ça survit tout tranquillement en rond son p'tit temps.

Je demandai :

— Il a du sang aux mains ; mais où a-t-il été touché ?

— Je n' sais pas. Au ventre, je crois, il me semble qu'il y avait du noir au fond d' lui. Ou bien à la figure. T'as pas remarqué une petite tache sur la joue ?

Je me remémore la face glauque et hirsute du mort.

— Oui, en effet, il y a quelque chose sur la joue, là. Oui, peut-être elle est entrée là.

— Attention ! me dit précipitamment Paradis, le voilà ! Il n'aurait pas fallu rester ici.

Mais nous restons quand même, irrésolus, balancés, tandis que Joseph Mesnil s'avance droit sur nous. Jamais il ne nous a paru si frêle. On voit de loin sa pâleur, ses traits serrés, forcés, il se voûte en marchant et va doucement, accablé par la fatigue infinie et l'idée fixe.

— Qu'est-ce que vous avez à la figure ? me demande-t-il.

Il m'a vu montrer à Paradis la place de la balle.

Je feins de ne pas comprendre, puis je lui fais une réponse évasive quelconque.

— Ah ! répond-il d'un air distrait.

A ce moment, j'ai une angoisse : l'odeur. On la sent et on ne peut s'y tromper : elle décèle un cadavre. Et peut-être qu'il va se figurer justement...

Il me semble qu'il a tout d'un coup senti le signe, le pauvre appel lamentable du mort.

Mais il ne dit rien, il va, il continue sa marche solitaire, et disparaît au tournant.

— Hier, me dit Paradis, il est venu ici même avec sa gamelle pleine de riz qu'i' n' voulait plus manger. Comme par un fait exprès, c' couillon-là, il s'est arrêté là et zig !... le v'là qui fait un geste et parle de jeter le reste de son manger par-dessus le talus, juste à l'endroit où était l'autre. C'te chose-là, j'ai pas pu l'encaisser, mon vieux, j'y ai empoigné l'abatis au moment où i' foutait son riz en l'air et l' riz a dégouliné ici, dans la tranchée. Mon vieux, il s'est r'tourné vers moi, furieux, tout rouge : « Qu'est-ce qui t' prend, t'es pas en rupture, des fois ? » qu'i m' dit. J'avais l'air d'un con, et j'y ai bafouillé j' sais pas quoi, que j' l'avais pas fait exprès. Il a haussé les épaules et m'a regardé comme un petit coq. Il est parti en ram'nant : « Non, mais tu l'as vu, qu'il a dit à Montreuil qui était là, tu parles d'un gourde. » Tu sais qu'i' n'est pas patient le p'tit client, et j'avais beau grogner : « Ça va, ça va », i' ram'nait ; et j'étais pas content, tu comprends, parce que dans tout ça, j'avais tort, tout en ayant raison.

Nous remontons ensemble en silence.

Nous rentrons dans la guitoune où les autres sont réunis. C'est un ancien poste de commandants, et elle est spacieuse.

Au moment de s'y enfoncer, Paradis prête l'oreille.

— Nos batteries donnent bougrement depuis une heure, tu trouves pas, hein ?

Je comprends ce qu'il veut dire, j'ai un geste vague :

— On verra, mon vieux, on verra bien !

Dans la guitoune, en face de trois auditeurs, Tirette dévide des histoires de caserne. Dans un coin, Marthereau ronfle ; il est près de l'entrée et il faut enjamber, pour descendre, ses courtes jambes qui semblent rentrées dans son torse. Un groupe de joueurs à genoux autour d'une couverture pliée jouent à la manille.

— A moi d' faire !

— 40, 42 ! — 48 — 49 ! — C'est bon !

— En a-t-il de la veine, c' gibier-là. C'est pas possible, t'es cocu trois fois ! J'veux pus y faire avec toi. Tu m'pètes, c' soir, et l'aut' jour aussi, tu m'as biglé, espèce de tarte aux frites !

— Pourquoi tu t'es pas défaussé, bec de moule ?

— J' n'avais que l' roi, j'avais l' roi sec.

— L'avait l' manillon de pique.

— C'est bien rare, peau d' crachat, qui l'avait.

— Tout de même, murmure dans un coin, un être qui mangeait... C'camembert, i' coûte vingt-cinq sous, mais aussi tu parles d'une saleté : dessus c'est une couche de mastic qui pue, et dedans c'est du plâtre qui s' casse.

Cependant, Tirette raconte les avanies que lui a fait subir, pendant ses vingt et un jours, l'humeur agressive d'un certain commandant-major :

— C' gros cochon, c'était, mon vieux, tout c' qu'y a d' plus carne sur la terre. Tous qu' nous étions n'en m'naient pas large quand i' croisait c' tas qu'i' l'voyait au burlingue du doublard, étalé sur une chaise qu'on n' voyait pas d' ssous, avec son bide énorme et son immense képi, encerclé de galons du haut en bas, comme un tonneau. Il était dur pour le griffeton. Il s'appelait Loeb — un Boche, quoi.

— J' lai connu ! s'écria Paradis. Quand la guerre elle s'est produit, il a été déclaré inapte au service armé, naturellement. Pendant que je faisais ma période, i' savait déjà s'embusquer, mais c'était à tous les coins de rue pour te poisser : un jour d' prison, i' t' collait par bouton non boutonné, et i' t'en f'sait par-dessus le marché quinze grammes devant tout le monde si t'avais un p'tit quéqu'chose dans la mise qui bichait pas avec le règlement — et le monde rigolait : lui croyait que c'était d' toi, mais toi tu savais qu' c'était d' lui ; mais t'avais beau l' savoir, t'étais bon jusqu'au trognon pour la tôle.

— Il avait une femme, reprend Tirette. C'te vieille...

— J' m'en rappelle aussi, exclama Paradis, tu parles d'un choléra !

— Y en a qui traînent un roquet, lui, i' traînait partout c'te poison qu'était jaune, tu sais, comme y a d' ces pommes, avec des hanches de sac à brosse, et l'air mauvais. C'est elle qui excitait c' vieux nœud contre nous : sans elle, il était plus bête que méchant, mais du coup qu'elle était là, i' d'venait plus méchant qu' bête. Alors, tu parles si ça bardait...

A ce moment, Marthereau qui dormait près de l'entrée se réveille dans un vague gémissement. Il se redresse, assis sur sa paille comme un prisonnier, et on voit sa silhouette barbue se profiler en ombre chinoise et son œil rond qui roule, qui tourne, dans la pénombre. Il regarde ce qu'il vient de rêver.

Puis, il passe sa main sur ses yeux et, comme si cela avait un rapport avec son rêve, il évoque la vision de la nuit où l'on est monté aux tranchées.

— Tout de même, dit-il d'une voix embarrassée de sommeil et de songe, y en avait du vent dans les voiles cette nuit-là ! Ah ! quelle nuit ! Toutes ces troupes, des compagnies, des régiments entiers qui hurlaient et chantaient en montant tout le long de la route ! On voyait dans l' clair de l'ombre le fouillis des poilus qui montaient, qui montaient — t'aurais dit d' l'eau d' la mer — et gesticulaient à travers tous les convois d'artillerie et d'autos d'ambulance qu'on a croisés cette nuit-là. Jamais j'en avais tant vu, d' convois dans la nuit, jamais ! Puis il s'assène un coup de poing sur la poitrine, se rassoit d'aplomb, grogne, et ne dit plus rien.

La voix de Blaire s'élève, traduisant la hantise qui veille au fond des hommes :

— Il est quatre heures. C'est trop tard pour qu'il y ait aujourd'hui quelque chose de notre côté.

Un des joueurs, dans l'autre coin, en interpelle un autre en glapissant :

— Ben quoi ? Tu joues ou tu n' joues-t'i' pas, face de ver ?

Tirette continue l'histoire de son commandant.

— Voilà-t-i' pas qu'un jour, on nous avait servi à la caserne de la soupe au suif. Mon vieux, une infestion. Alors un bonhomme demande à parler au capitaine et lui porte sa gamelle sous l' nez.

— Espèce ed' pied, exclame-t-on dans l'autre coin, très en colère, pourquoi qu' t'as pas joué, atou, alors ?

— « Ah, zut alors ! que dit l' capiston. Otez-moi ça d' mon nez. Ça empeste positivement. »

— C'était pas mon jeu, chevrote une voix mécontente, mais mal assurée.

— Et l' pitaine fait un rapport au commandant. Mais v'là que l' commandant, furieux, i' s'aboule, en s'couant le rapport dans sa patte : « De quoi, qu'i' dit, où elle est c'te soupe qui fait cette révolte, que j'y goûte ? » On y en apporte dans une gamelle propre. I' r'nifle. « Ben quoi, qu'i' dit, ça sent bon ! On vous en foutra, d' la soupe riche comme ça !... »

— Pas ton jeu ! Pisqu'il était maître, lui. Sabot ! volaille ! C'est malheureux, t'sais.

— Or, à cinq heures, à la sortie d' la caserne, mes deux phénomènes se raboulent et s' plantent devant les biffins qui sortent, en essayant de voir s'ils n'avaient pas quelque chose qui collochait pas, et i' disait : « Ah ! mes gaillards, vous avez voulu vous payer ma tête en vous plaignant d'une soupe excellente que j' m'ai régalé, et la commandante aussi, attendez voir un peu si j' vais vous rater... Eh ! là-bas, l'homme aux cheveux longs, l' grand artiste, v'nez donc un peu ici ! » Et pendant que l' rossard i' parlait comme ça, la rossinante, droite, raide comme un piquet, faisait : oui, oui, de la tête.

— ... Ça dépend, pisque lui n'avait pas d' manillon, c'est un cas t'à part.

— Mais, tout d'un coup, on la voit qui d'vient blanc comme linge, elle s' pose sa main sur son magasin, est secouée d'un je ne sais quoi, et, tout d'un coup, au milieu de la place et de tous les fantaboches qui l'emplissent, la v'là qui laisse tomber son parapluie, et elle se met à dégobiller !

— Eh ! attention ! fait brusquement Paradis. V'là qu'on crie dans la tranchée. Vous entendez pas ? C'est-i' pas « alerte ! » qu'on crie ?

— Alerte ! T'es pas fou ?

A peine a-t-on dit cela qu'une ombre s'insinue dans l'entrée basse de notre guitoune et crie :

— Alerte, la 22ᶜ ! En armes !

Un coup de silence. Puis, quelques exclamations.

— Je l' savais bien, murmure Paradis entre ses dents, et il se traîne sur les genoux, vers l'orifice de la taupinière où nous gisons.

Ensuite, les paroles s'arrêtent. On est devenus muets. A la hâte, on se redresse à demi. On s'agite, pliés ou agenouillés ; on boucle les ceinturons ; des ombres de bras se lancent de côté et d'autre ; on fourre des objets dans les poches. Et on sort pêle-mêle, en tirant derrière soi les sacs par les courroies, les couvertures, les musettes.

Dehors, on est assourdis. Le vacarme de la fusillade a centuplé, et nous enveloppe, sur la gauche, sur la droite et devant nous. Nos batteries tonnent sans discontinuer.

— Tu crois qu'ils attaquent ? hasarde une voix.

— Est-ce que j' sais ! répond une autre voix, brièvement, avec irritation.

Les mâchoires sont serrées. On avale ses réflexions. On se dépêche, on se bouscule, on se cogne, en grognant sans parler.

Un ordre se propage :

— Sac au dos !

— Il y a contre-ordre..., crie un officier qui parcourt la tranchée à grandes enjambées, en jouant des coudes.

Le reste de sa phrase disparaît avec lui.

Contre-ordre ! Un frisson visible a parcouru les files, un choc au cœur fait relever les têtes, arrête tout le monde dans une attente extraordinaire.

Mais non : c'est contre-ordre seulement pour les sacs. Pas de sac ; la couverture roulée autour du corps, l'outil à la ceinture.

On déboucle les couvertures, on les arrache, on les roule. Toujours pas de paroles, chacun a l'œil fixe, la bouche comme impétueusement fermée.

Les caporaux et les sergents, un peu fébriles, vont çà et là, bousculant la hâte muette où les hommes se penchent :

— Allons, dépêchez-vous ! Allons, allons, qu'est-ce que vous foutez ! Voulez-vous vous dépêcher, oui ou non ?

Un détachement de soldats portant comme insigne des haches croisées sur la manche, se frayent passage et, rapidement, creusent des trous dans la paroi de la tranchée. On les regarde de côté en achevant de s'équiper.

— Qu'est-ce qu'ils font, ceux-là ?

— C'est pour monter.

On est prêt. Les hommes se rangent, toujours en silence, avec leur couverture en sautoir, la jugulaire du casque au menton, appuyés sur leurs fusils. Je regarde leurs faces crispées, pâlies, profondes.

Ce ne sont pas des soldats : ce sont des hommes. Ce ne sont pas des aventuriers, des guerriers, faits pour la boucherie humaine — bouchers ou bétail. Ce sont des laboureurs et des ouvriers qu'on reconnaît dans leurs uniformes. Ce sont des civils déracinés. Ils sont prêts. Ils attendent le signal de la mort et du meurtre ; mais on voit, en contemplant leurs figures entre les rayons verticaux des baïonnettes, que ce sont simplement des hommes.

Chacun sait qu'il va apporter sa tête, sa poitrine, son ventre, son corps tout entier, tout nu, aux fusils braqués d'avance, aux obus, aux grenades accumulées et prêtes, et surtout à la méthodique et presque infaillible mitrailleuse — à tout ce qui attend et se tait effroyablement là-bas — avant de trouver les soldats autrement vêtus qu'il faudra tuer. Ils ne sont pas insouciants de leur vie comme des bandits, aveuglés de colère comme des sauvages. Malgré la propagande dont on les travaille, ils ne sont pas excités. Ils sont au-dessus de tout emportement instinctif. Ils ne sont pas ivres, ni matériellement, ni moralement. C'est en pleine conscience, comme en pleine force et en pleine santé, qu'ils se massent là, pour se jeter une fois de plus dans l'acte de fou imposé à tout homme par la folie du genre humain. On voit ce qu'il y a de songe et de peur, et d'adieu dans leur silence, leur immobilité, dans le masque de calme qui leur étreint surhumainement le visage. Ce n'est pas le genre de héros qu'on croit, mais leur sacrifice a une valeur que ceux qui ne les ont pas vus ne seront jamais capables de comprendre.

Ils attendent. L'attente s'allonge, s'éternise. De temps en temps, l'un ou l'autre, dans la rangée, tressaille un peu lorsqu'une balle, tirée d'en face, frôlant le talus d'avant qui nous protège, vient s'enfoncer dans la chair flasque du talus d'arrière.

La fin du jour répand une sombre lumière grandiose sur cette masse forte et intacte de vivants dont une partie seulement vivra jusqu'à la nuit. Il pleut — toujours de la pluie qui se colle dans mes souvenirs sur toutes les tragédies de la grande guerre. Le soir se prépare, il va tendre devant les hommes son piège grand comme le monde.

De nouveaux ordres se colportent de bouche en bouche. On distribue des grenades enfilées dans des cercles de fil de fer. « Que chaque homme prenne deux grenades ! »

Le commandant passe. Il est sobre de gestes, en petite tenue, sanglé, simplifié. On l'entend qui dit :

— Y a du bon, mes enfants. Les Boches foutent le camp. Vous allez bien marcher, hein ?

Des nouvelles passent à travers nous, comme du vent :

— Il y a les Marocains et la 21ᵉ Compagnie devant nous. L'attaque est déclenchée à notre droite.

On appelle les caporaux chez le capitaine. Ils reviennent avec des brassées de ferraille. Bertrand me palpe. Il accroche quelque chose à un bouton de ma capote. C'est un couteau de cuisine.

— Je mets ça à ta capote, me dit-il.

Il me regarde, puis s'en va, cherchant d'autres hommes.

— Moi ! dit Pépin.

— Non, dit Bertrand. C'est défendu de prendre des volontaires pour ça.

On attend, au fond de l'espace pluvieux, martelé de coups, et sans bornes autres que la lointaine canonnade immense. Bertrand a achevé sa distribution et revient. Quelques soldats se sont assis, et il en est qui bâillent.

Le cycliste Billette se faufile devant nous, en portant sur son bras le caoutchouc d'un officier, et détournant visiblement la tête.

— Ben quoi, tu ne marches pas, toi ? lui crie Cocon.

— Non, j'marche pas, dit l'autre. J'suis de la 17ᵉ. L'cinquième Bâton n'attaque pas !

— Ah ! Il est toujours verni l'5ᵉ Bâton. Jamais i' n'donne comme nous !

Billette est déjà loin, et les figures grimacent un peu en le regardant disparaître.

Un homme arrive en courant et parle à Bertrand. Bertrand se tourne alors vers nous.

— Allons-y, dit-il, c'est à nous.

Tous s'ébranlent à la fois. On pose le pied sur les degrés préparés par les sapeurs et, coude à coude, on s'élève hors de l'abri de la tranchée et on monte sur le parapet.

Bertrand est debout sur le champ en pente. D'un coup d'œil rapide, il nous embrasse. Quand nous sommes tous là, il dit :

— Allons, en avant !

Les voix ont une drôle de résonance. Ce départ s'est passé très vite, inopinément, on dirait, comme dans un songe. Pas de sifflement dans l'air. Parmi l'énorme rumeur du canon, on distingue très bien ce silence extraordinaire des balles autour de nous.

On descend sur le terrain glissant et inégal, avec des gestes automatiques, en s'aidant parfois du fusil agrandi de la baïonnette. L'œil s'accroche machinalement à quelque détail de la pente, à ses terres détruites qui gisent, à ses rares piquets décharnés qui pointent, à ses épaves dans des trous. C'est incroyable de se trouver debout en plein jour sur cette descente où quelques survivants se rappellent s'être coulés dans l'ombre avec tant de précautions, où les autres n'ont hasardé que des coups d'œils furtifs à travers les créneaux. Non, il n'y a pas de fusillade contre nous. La large sortie du bataillon hors de la terre a l'air de passer inaperçue ! Cette trêve est pleine d'une menace grandissante, grandissante. La clarté pâle nous éblouit.

Le talus, de tous côtés, s'est couvert d'hommes qui se mettent à dévaler en même temps que nous. A droite se dessine la silhouette d'une compagnie qui gagne le ravin par le boyau 97, un ancien ouvrage allemand en ruine.

Nous traversons nos fils de fer par les passages. On ne tire encore pas sur nous. Des maladroits font des faux pas et se relèvent. On se reforme de l'autre côté du réseau, puis on se met à dégringoler la pente un peu plus vite : une accélération instinctive s'est produite dans le mouvement. Quelques balles arrivent alors entre nous. Bertrand nous crie d'économiser nos grenades, d'attendre au dernier moment.

Mais le son de sa voix est emporté : brusquement, devant nous, sur toute la largeur de la descente, de sombres flammes s'élancent en frappant l'air de détonations épouvantables. En ligne, de gauche à droite, des fusants sortent du ciel, des explosifs sortent de la terre. C'est un effroyable rideau qui nous sépare du monde, nous sépare du passé et de l'avenir. On s'arrête, plantés au sol, stupéfiés par la nuée soudaine qui tonne de toutes parts ; puis un effort simultané soulève notre masse et la rejette en avant, très vite. On trébuche, on se retient les uns aux autres, dans de grands flots de fumée. On voit, avec de stridents fracas et des cyclones de terre pulvérisée, vers le fond où nous nous précipitons pêle-mêle, s'ouvrir des cratères, çà et là, à côté les uns des autres, les uns dans les autres. Puis on ne sait plus où tombent les décharges. Des rafales se déchaînent si monstrueusement retentissantes qu'on se sent annihilé par le seul bruit de ces averses de tonnerre, de ces grandes étoiles de débris qui se forment en l'air. On voit, on sent passer près de sa tête des éclats avec leur cri de fer rouge dans l'eau. A un coup, je lâche mon fusil, tellement le souffle d'une explosion m'a brûlé les mains. Je le ramasse en chancelant et repars tête baissée dans la tempête à lueurs fauves, dans la pluie écrasante des laves, cinglé par des jets de poussier et de suie. Les stridences des éclats qui passent vous font mal aux oreilles, vous frappent sur la nuque, vous traversent les tempes, et on ne peut retenir un cri lorsqu'on les subit. On a le cœur soulevé, tordu par l'odeur soufrée. Les souffles de la mort nous poussent, nous soulèvent, nous balancent. On bondit ; on ne sait pas où on marche. Les yeux clignent, s'aveuglent et pleurent. Devant nous, la vue est obstruée par une avalanche fulgurante, qui tient toute la place.

C'est le barrage. Il faut passer dans ce tourbillon de flammes et ces horribles nuées verticales. On passe. On est passé, au hasard ; j'ai vu çà et là, des formes tournoyer, s'enlever et se coucher, éclairées d'un brusque reflet d'au-delà. J'ai entrevu des faces étranges qui poussaient des espèces de cris, qu'on apercevait sans les entendre dans l'anéantissement du vacarme. Un brasier avec d'immenses et furieuses masses rouges et noires tombaient autour de moi, creusant la terre, l'ôtant de dessous mes pieds, et me jetant de côté comme un jouet rebondissant. Je me rappelle avoir enjambé un cadavre qui brûlait, tout noir, avec une nappe de sang vermeil qui grésillait sur lui, et je me souviens aussi que les pans de la capote qui se déplaçait près de moi avaient pris feu et laissaient un sillon de fumée. A notre droite, tout au long du boyau 97, on avait le regard attiré et ébloui par une file d'illuminations affreuses, serrées l'une contre l'autre comme des hommes.

— En avant !

Maintenant, on court presque. On en voit qui tombent tout d'une pièce la tête en avant, d'autres qui échouent, humblement, comme s'ils s'asseyaient par terre. On fait de brusques écarts pour éviter les morts allongés, sages et raides, ou bien cambrés, et aussi, pièges plus dangereux, les blessés qui se débattent et qui s'accrochent.

Le Boyau International !

On y est. Les fils de fer ont été déterrés avec leurs longues racines en vrille, jetés ailleurs et enroulés, balayés, poussés en vastes monceaux par le canon. Entre ces grands buissons de fer humides de pluie, la terre est ouverte, libre.

Le boyau n'est pas défendu. Les Allemands l'ont abandonné, ou bien une première vague est déjà passée... L'intérieur est hérissé de fusils posés le long du talus. Au fond, des cadavres éparpillés. Du fouillis de la longue fosse émergent d'immobiles mains tendues hors de manches grises à parements rouges, et des jambes bottées. Par places, le talus est renversé, la boiserie hachée ; tout le flanc de la tranchée crevé, submergé d'un indescriptible mélange. En d'autres endroits, béent des puits ronds. J'ai gardé surtout de ce moment-là la vision d'une tranchée bizarrement en guenilles, recouverte de loques multicolores : pour confectionner leurs sacs de terre, les Allemands s'étaient servi de draps, de cotonnades, de lainages à dessins bariolés, pillés dans quelque magasin de tissus d'ameublement. Tout ce méli-mélo de lambeaux de couleurs, déchiquetés, effilochés, pend, claque, flotte et danse aux yeux.

On s'est répandu dans le boyau. Le lieutenant, qui a sauté de l'autre côté, se penche et nous appelle en criant et en faisant des signes :

— Ne restons pas là. En avant ! Toujours en avant !

On escalade le talus du boyau en s'aidant des sacs, des armes, des dos qui y sont entassés. Dans le fond du ravin, le sol est labouré de coups, comblé d'épaves, fourmillant de corps couchés. Les uns ont l'immobilité des choses ; les autres sont agités de remuements doux ou convulsifs. Le tir de barrage continue à accumuler ses infernales décharges en arrière de nous, à l'endroit où nous l'avons franchi. Mais là où nous sommes, au pied de la butte, c'est un point mort pour l'artillerie.

Vague et brève accalmie. On cesse un peu d'être sourds. On se regarde. Il y a de la fièvre aux yeux, de sang aux pommettes. Les souffles ronflent et les cœurs tapent dans les poitrines.

On se reconnaît confusément, à la hâte, comme si on se retrouvait un jour face à face, au fond des rivages de la mort. On se jette, dans cette éclaircie d'enfer, quelques paroles précipitées :

— C'est toi !

— Oh ! là là ! qu'est-ce qu'on prend !

— Où est Cocon ?

— J'sais pas.

— T'as vu l'capitaine ?

— Non...

— Ça va ?

— Oui...

Le fond du ravin est traversé. L'autre versant se dresse. On l'escalade à la file indienne, par un escalier ébauché dans la terre.

— Attention !

C'est un soldat qui, arrivé à la moitié de l'escalier, frappé aux reins par un éclat d'obus venu de là-bas, tombe, comme un nageur, décoiffé, les deux bras en avant. On distingue la silhouette informe de cette masse qui plonge dans le trou ; j'entrevois le détail de ses cheveux épars au-dessus du profil noir de sa figure.

On débouche sur la hauteur. Un grand vide incolore s'étend devant nous. On ne voit rien d'abord qu'une steppe crayeuse et pierreuse, jaune et grise, à perte de vue. Aucun flot humain ne précède le nôtre ; en avant de nous, personne de vivant, mais le sol est peuplé de morts : des cadavres récents qui imitent encore la souffrance ou le sommeil, des débris anciens déjà décolorés et dispersés au vent, presque digérés par la terre.

Dès que notre file, lancée, cahotée, émerge, je sens que deux hommes près de moi sont frappés, deux ombres sont précipitées à terre, roulent sous nos pieds, l'une avec un cri aigu, l'autre en silence comme un bœuf. Un autre disparaît dans un geste de fou, comme s'il avait été emporté. On se resserre instinctivement en se bousculant en avant, toujours en avant ; la plaie, dans notre foule, se referme toute seule. L'adjudant s'arrête, lève son sabre, le lâche, et s'agenouille ; son corps agenouillé se penche en arrière par saccades, son casque lui tombe sur les talons, et il reste là, la tête nue, face au ciel. La file s'est tendue précipitamment dans son élan, pour respecter cette immobilité.

Mais on ne voit plus le lieutenant. Plus de chefs, alors... Une hésitation retient la vague humaine qui bat le commencement du plateau. On entend dans le piétinement le souffle rauque des poumons.

— En avant ! crie un soldat quelconque.

Alors tous reprennent en avant, avec une hâte croissante, la course
à l'abîme.

— Où est Bertrand ? gémit péniblement une des voix qui courent
en avant.

— Là ! Ici...

Il s'était, en passant, penché sur un blessé, mais il quitte rapidement
cet homme qui lui tend les bras et a l'air de sangloter.

C'est au moment où il nous rejoint qu'on entend devant nous, sortant
d'une espèce de bosse, le tac-tac de la mitrailleuse. C'est un moment
angoissant, plus grave encore que celui où nous avons traversé le tremblement de terre incendié du barrage. Cette voix bien connue nous parle
nettement et effroyablement dans l'espace. Mais on ne s'arrête plus.

— Avancez ! Avancez !

L'essoufflement se traduit en gémissements rauques et on continue
à se jeter sur l'horizon.

— Les Boches ! J'les vois ! dit tout à coup un homme.

— Oui... Leurs têtes, là, au-dessus de la tranchée... C'est là qu'est
la tranchée, c'te ligne. C'est tout près. Ah ! les vaches !

On distingue en effet de petites calottes grises qui montent, puis
s'interceptent au ras du sol, à une cinquantaine de mètres, au-delà d'une
bande de terre noire sillonnée et bossuée.

Un sursaut soulève ceux qui forment à présent le groupe où je suis.
Si près du but, indemnes jusque-là, n'y arrivera-t-on pas ? Si, on y
arrivera ! On fait de grandes enjambées. On n'entend plus rien. Chacun
se lance devant soi, attiré par le fond terrible, raidi en avant, presque
incapable de tourner la tête à droite ou à gauche.

On a la notion que beaucoup perdent pied et s'affaissent à terre. Je
fais un saut de côté pour éviter la baïonnette brusquement érigée d'un
fusil qui dégringole. Tout près de moi, Farfadet, la figure en sang, se
dresse, me bouscule, se jette sur Volpatte qui est à côté de moi et se
cramponne à lui ; Volpatte plie et, continuant son élan, le traîne quelques pas avec lui, puis il le secoue et s'en débarrasse, sans le regarder,
sans savoir qui il est, en lui jetant d'une voix entrecoupée, presque
asphyxiée par l'effort :

— Lâche-moi, lâche-moi, nom de Dieu !... Tout à l'heure, on t'ra-
massera. T'en fais pas.

L'autre s'effondre, et sa figure enduite d'un masque vermillon, d'où
toute expression a été arrachée, se tourne de côté et d'autre — tandis
que Volpatte, déjà loin, répète machinalement entre ses dents : « T'en
fais pas », l'œil fixé en avant, sur la ligne.

Une nuée de balles giclent autour de moi, multipliant les arrêts
subits, les chutes retardées, révoltées, gesticulantes, les plongeons faits
d'un bloc avec tout le fardeau du corps, les cris, les exclamations sourdes, rageuses, désespérées ou bien les « han ! » terribles et ceux où la

vie entière s'exhale d'un coup. Et nous qui ne sommes pas encore
atteints, nous regardons en avant, nous marchons, nous courons, parmi
les jeux de la mort qui frappe au hasard dans toute notre chair.

Les fils de fer. Il y en a une zone intacte. On la tourne. Elle est
éventrée d'un large passage profond : c'est un colossal entonnoir formé
d'entonnoirs juxtaposés, une fantastique bouche de volcan creusée là
par le canon.

Le spectacle de ce bouleversement est stupéfiant. Il semble vraiment
que cela est venu du centre de la terre. L'apparition d'une pareille
déchirure des couches du sol aiguillonne notre ardeur d'assaillants, et
d'aucuns ne peuvent s'empêcher de s'écrier, avec un sombre hochement de tête, en ce moment où les paroles s'arrachent difficilement
des gorges :

— Ah ! zut alors, qu'est-ce qu'on leur a foutu là ! ah ! zut !

Poussés comme par le vent, on monte et on descend, au gré des
vallonnements et des monceaux terreux, dans cette brèche démesurée
du sol qui fut fouillé, noirci, cautérisé par les flammes acharnées. La
glèbe se colle aux pieds. On s'en arrache avec rage. Les équipements,
les étoffes qui tapissent le sol mou, le linge qui s'y est répandu hors
des musettes éventrées, empêchent qu'on ne s'embourbe et on a soin
de jeter le pied sur ces dépouilles quand on saute dans les trous ou
qu'on escalade les monticules.

Derrière nous, des voix nous poussent :

— En avant, les gars, en avant ! nom de Dieu !

— Tout le régiment est derrière nous, crie-t-on.

On ne se retourne pas pour voir, mais cette assurance électrise encore
notre ruée.

Il n'y a plus de casquettes visibles derrière les talus de la tranchée
dont on approche. Des cadavres d'Allemands s'égrènent devant —
entassés comme des points ou étendus comme des lignes. On arrive.
Le talus se précise avec ses formes sournoises, ses détails : les créneaux... On en est prodigieusement, incroyablement près...

Quelque chose tombe devant nous. C'est une grenade. D'un coup de
pied, le caporal Bertrand la renvoie si bien qu'elle saute en avant et va
éclater juste sur la tranchée.

C'est sur ce coup heureux que l'escouade aborde le fossé.

Pépin s'est précipité à plat ventre. Il évolue autour d'un cadavre. Il
atteint le bord, il s'y enfonce. C'est lui qui est entré le premier. Fouillade, qui fait de grands gestes et crie, bondit dans le creux presque au
moment où Pépin s'y coule... J'entrevois — le temps d'un éclair —
toute une rangée de démons noirs, se baissant et s'accroupissant pour
descendre, sur le faîte du talus, au bord du piège noir.

Une salve terrible nous éclate à la figure, à bout portant, jetant devant
nous une subite rampe de flammes tout le long de la bordure de terre.
Après un coup d'étourdissement, on se secoue et on rit aux éclats,

diaboliquement ; la décharge a passé trop haut. Et aussitôt, avec des exclamations et des rugissements de délivrance, nous glissons, nous roulons, nous tombons vivants dans le ventre de la tranchée !

Une fumée incompréhensible nous submerge. Dans le gouffre étranglé, je ne vois d'abord que des uniformes bleus. On va dans un sens puis dans l'autre, poussés les uns par les autres, en grondant, en cherchant. On se retourne, et, les mains embarrassées par le couteau, les grenades et le fusil, on ne sait pas d'abord quoi faire.

— I's sont dans leurs abris, les vaches ! vocifère-t-on.

De sourdes détonations ébranlent le sol : ça se passe sous terre, dans les abris. On est tout à coup séparé par des masses monumentales d'une fumée si épaisse qu'elle vous applique un masque et qu'on ne voit plus rien. On se débat comme des noyés, au travers de cette atmosphère ténébreuse et âcre, dans un morceau de nuit. On bute contre des récifs d'êtres accroupis, pelotonnés, qui saignent et crient, au fond. On entrevoit à peine les parois, toutes droites ici, et faites de sacs de terre en toile blanche qui est déchirée partout comme du papier. Par moments, la lourde buée tenace se balance et s'allège, et on revoit grouiller la cohue assaillante. Arrachée au poussiéreux tableau, une silhouette de corps à corps se dessine sur le talus, dans une brume, et s'affaisse, s'enfonce. J'entends quelques grêles « Kamerad » émanant d'une bande à têtes hâves et à vestes grises acculée dans un coin qu'une déchirure immensifie. Sous le nuage d'encre, l'orage d'hommes reflue, monte dans le même sens, vers la droite, avec des ressauts et des tourbillonnements, le long de la sombre jetée défoncée.

Et soudain, on sent que c'est fini. On voit, on entend, on comprend que notre vague qui a roulé ici à travers les barrages n'a pas rencontré une vague égale, et qu'on s'est replié à sa venue. La bataille humaine a fondu devant nous. Le mince rideau de défenseurs s'est émietté dans les trous où on les prend comme des rats, ou bien où on les tue. Plus de résistance, du vide, un grand vide. On avance, entassés, comme une file terrible de spectateurs.

Et ici, la tranchée est toute foudroyée. Avec ses murs blancs écroulés, elle semble en cet endroit l'empreinte vaseuse, amollie, d'un fleuve anéanti dans ses berges pierreuses avec, par places, le trou plat et arrondi d'un étang tari aussi ; et au bord, sur le talus et sur le fond, traîne un long glacier de cadavres, — et tout cela s'emplit et déborde des flots neufs de notre troupe déferlante. Dans la fumée vomie par les abris et l'air ébranlé par les explosions souterraines, je parviens à un groupe compact d'hommes accrochés les uns aux autres qui tournoient dans un cirque élargi. Au moment où nous arrivons, la masse tout entière s'effondre, ce reste de bataille agonise ; je vois Blaire s'en dégager, le casque pendant au cou par la jugulaire, la figure écorchée, et il pousse un hurlement sauvage. Je heurte un homme qui est cramponné

là à l'entrée d'un abri. S'effaçant devant la trappe noire béante et traî-
tresse, il se retient de la main gauche au montant. De la droite, il
balance pendant plusieurs secondes une grenade. Elle va éclater... Elle
disparaît dans le trou. L'engin a explosé aussitôt arrivé, et un horrible
écho humain lui a répondu dans les entrailles de la terre. L'homme
saisit une autre grenade.

Un autre, avec une pioche ramassée là, frappe et fracasse les montants de l'entrée d'un autre abri. Un affaissement de la terre se produit
et l'entrée se trouve obstruée. On voit plusieurs ombres qui piétinent
et gesticulent sur ce tombeau.

L'un, l'autre... Dans la bande vivante qui jusqu'ici, jusqu'à cette
tranchée tant poursuivie, est arrivée en lambeaux, après s'être heurtée
aux obus et aux balles invincibles lancées à sa rencontre, je reconnais
mal ceux que je connais, comme si tout le reste de la vie était devenu
tout d'un coup très lointain. Quelque chose les pétrit et les change. Une
frénésie les agite tous et les fait sortir d'eux-mêmes.

— Pourquoi qu'on s'arrête ici ? dit l'un, grinçant des dents.

— Pourquoi qu'on s'en va pas jusqu'à l'autre ? me demande le
deuxième plein de fureur. Maintenant qu'on est v'nu, en quelques
bonds, on y s'rait !

— Moi aussi, j'veux continuer.

— Moi aussi. Ah ! les vaches !...

Ils se secouent comme des drapeaux, portant comme de la gloire leur
chance d'avoir survécu, implacables, débordants, enivrés d'eux-mêmes.

On stagne, on piétine dans l'ouvrage conquis, cette étrange voie en
démolition qui serpente dans la plaine et qui va de l'inconnu à l'inconnu.

— Avancez à droite !

Alors on continue à s'écouler dans un sens. Sans doute c'est un
mouvement combiné là-haut, là-bas, par les chefs. On foule des corps
mous dont quelques-uns remuent et changent lentement de place, et
d'où sortent à la hâte des ruisseaux et des cris. Des cadavres sont entassés en long, en travers, comme des poutres et des décombres, sur des
blessés, font effort sur eux, les étouffent, les étranglent et leur prennent
leur vie. Je pousse, pour passer, un torse égorgé dont le cou est une
source de sang gémissant.

On ne rencontre plus, dans le cataclysme des terres effondrées ou
dressées et des débris massifs, par-dessus le grouillement des blessés
et des morts qui bougent ensemble, à travers la mouvante forêt de
fumée implantée dans la tranchée et sur toute la zone environnante,
que des faces enflammées, sanglantes de sueur, aux yeux étincelants.
Des groupes ont l'air de danser en brandissant leurs couteaux. Ils sont
joyeux, immensément rassurés, féroces.

L'action s'éteint insensiblement. Un soldat dit :

— Alors, qu'est-ce qu'on a à faire, maintenant ?

Elle se rallume soudain en un point : à une vingtaine de mètres dans la plaine, vers un circuit que fait le talus gris, un paquet de coups de fusil crépite et jette ses brûlures éparses autour d'une mitrailleuse qui, enterrée, crache par intermittence, et semble se débattre. Sous l'aile charbonneuse d'une sorte de nimbus bleuâtre et jaune, on voit des hommes qui cernent la fulgurante machine et se resserrent sur elle. Je distingue, près de moi, la silhouette de Mesnil Joseph qui, tout debout, sans chercher à se dissimuler, se dirige sur le point où des suites saccadées d'explosions aboient.

Une détonation jaillit d'un coin de la tranchée, entre nous deux. Joseph s'arrête, oscille, se baisse, et s'abat sur un genou. Je cours à lui, il me regarde venir.

— Ce n'est rien : la cuisse... Je peux ramper tout seul.

Il semble devenu sage, enfantin, docile. Il ondule doucement vers le creux...

J'ai encore dans les yeux, exactement, le point d'où s'est allongé le coup de feu qui l'a atteint. Je me glisse là, par la gauche, en faisant un détour.

Je ne rencontre qu'un des nôtres. C'est Paradis.

— Toi !

Je le regarde.

Il me répond en me regardant.

Nous sommes bousculés par des hommes qui portent sur l'épaule ou sous le bras des pièces de fer qui ressemblent à de grands insectes. Ils encombrent la sape et nous séparent.

— La mitrailleuse est prise par la septième ! crie-t-on. A n'gueul'ra plus. Elle était enragée : sale bête ! sale bête !

— Qu'est-c' qu'il y a à faire, maintenant ?

— Rien.

On demeure là, pêle-mêle. On s'assoit. Les vivants ont cessé de haleter, les mourants finissent de râler, environnés de fumées et de lumières, et du fracas du canon, roulant à tous les bouts du monde. On ne sait plus où on en est. Il n'y a plus de terre, ni de ciel, il n'y a toujours qu'une espèce de nuage. Un premier temps d'arrêt se dessine dans le drame du chaos. Il se fait un ralentissement universel des mouvements et des bruits. Et la canonnade diminue, et c'est plus loin, maintenant, qu'elle secoue le ciel comme une toux. L'exaltation s'apaise, il ne reste plus que l'infinie fatigue qui remonte et nous noie, et l'attente infinie qui recommence.

Où est l'ennemi ? Il a laissé des corps partout et on a vu des rangées de prisonniers : là-bas, encore, il s'en profile une, monotone, indéfinie et toute fumeuse sur le ciel sale. Mais le gros semble s'être dissipé au loin. Quelques obus nous arrivent ici, là, maladroitement ; on s'en moque. On est délivré, on est tranquille, on est seul, dans cette sorte de désert où des immensités de cadavres aboutissent à une ligne de vivants.

La nuit est venue. La poussière s'est envolée, mais elle a fait place à la pénombre et à l'ombre, sur le désordre de la foule étirée en longueur. Les hommes se rapprochent, s'asseyent, se lèvent, marchent, appuyés ou accrochés les uns aux autres. Entre les abris, bloqués par des mêlées de morts, on se groupe, on s'accroupit. Quelques-uns ont posé leur fusil par terre et vaguent aux abords de la fosse, les bras ballants ; de près, on voit qu'ils sont noircis, brûlés, les yeux rouges, et balafrés de boue. On ne parle guère, mais on commence à chercher.

On aperçoit des brancardiers dont les silhouettes découpées cherchent, s'inclinent, s'avancent, cramponnés deux à deux à leurs longs fardeaux. Là-bas, à notre droite, on entend des coups de pioche et de pelle.

J'erre au milieu de ce sombre tohu-bohu.

Dans un endroit où le talus de la tranchée, écrasé par le bombardement, forme une pente douce, quelqu'un est assis. Un vague éclairement règne encore. La calme attitude de cet homme, qui regarde devant lui et pense, me semble sculpturale et me frappe. Je le reconnais en me penchant. C'est le caporal Bertrand.

Il tourne la figure vers moi et je sens qu'il me sourit dans l'ombre avec son sourire réfléchi.

— J'allais te chercher, me dit-il. On organise la garde de la tranchée, en attendant qu'on ait des nouvelles de ce qu'ont fait les autres et de ce qui se passe en avant. Je vais te mettre en sentinelle double, avec Paradis, dans un trou d'écoute que les sapeurs viennent de creuser.

Nous contemplons les ombres des passants et des morts, qui se profilent en taches d'encre, courbés, pliés dans diverses poses, sur la grisaille du ciel, tout le long du parapet en ruine. C'est étrange, cette gesticulation ténébreuse à laquelle participent les immobiles, parmi ces campagnes où les batailles font, depuis deux ans, errer et stagner des villes de soldats sur des nécropoles.

Deux êtres obscurs passent dans l'ombre, à quelques pas de nous ; ils s'entretiennent à demi-voix.

— Tu parles, mon vieux, qu'au lieu de l'écouter, j'y ai foutu ma baïonnette dans l'ventre, que j'pouvais plus la déclouer.

— Moi, i's étaient quat' dans l'fond du trou. J'les ai appelés pour les faire sortir ; à mesure qu'un sortait, j'y ai crevé la peau. J'avais du rouge qui me descendait jusqu'au coude. J'en ai les manches collées.

— Ah ! reprit le premier, quand on racontr'ra ça plus tard, si on r'vien, à eux autres chez nous, près du fourneau et de la chandelle, qui voudra y croire ? C'est-i' pas malheureux, s'pas ?

— J'm'en fous, pourvu qu'on r'vienne, fit l'autre. Vitement, la fin, et qu'ça.

Bertrand parlait peu, d'ordinaire, et ne parlait jamais de lui-même. Il dit pourtant :

— J'en ai eu trois sur les bras. J'ai frappé comme un fou. Ah ! nous étions tous comme des bêtes quand nous sommes arrivés ici !

Sa voix s'élevait avec un tremblement contenu.

— L'avenir ! s'écria-t-il tout d'un coup comme un prophète. De quels yeux ceux qui vivront après nous regarderont-ils ces exploits dont nous ne savons pas même, nous qui les commettons, s'il faut les comparer à ceux des héros de Plutarque et de Corneille, ou à des exploits d'apaches !

« Et pourtant, continua Bertrand, regarde ! Il y a une figure qui s'est élevée au-dessus de la guerre et qui brillera pour la beauté et l'importance de son courage...

J'écoutais, appuyé sur un bâton, penché sur lui, recueillant cette voix qui sortait, dans le silence du crépuscule, d'une bouche presque toujours silencieuse. Il cria d'une voix claire :

— Liebknecht !

Il se leva, les bras croisés. Sa belle face, aussi profondément grave qu'une face de statue, retomba sur sa poitrine. Mais il sortit encore une fois de son mutisme marmoréen pour répéter :

— L'avenir ! L'avenir ! L'œuvre de l'avenir sera d'effacer ce présent-ci, et de l'effacer plus encore qu'on ne pense, de l'effacer comme quelque chose d'abominable et de honteux. Et pourtant, ce présent, il le fallait, il le fallait ! Honte à la gloire militaire, honte aux armées, honte au métier de soldat, qui change les hommes tour à tour en stupides victimes et en ignobles bourreaux. Oui, honte : c'est vrai, mais c'est trop vrai ; vrai, ce n'est pas encore pour nous autres. Attention à ce que nous pensons maintenant ! Ce sera vrai lorsque ce sera écrit parmi d'autres vérités qu'on pourra comprendre en même temps. Nous sommes encore perdus et exilés loin de ces époques-là.

Il eut une sorte de rire plein de résonance et de rêves.

— Une fois, je leur ai dit que je croyais aux prophéties — pour les faire marcher.

Je m'assis à côté de Bertrand. Ce soldat, qui avait toujours fait plus que son devoir et pourtant survivait encore, revêtait en ce moment à mes yeux l'attitude de ceux qui incarnent une haute idée morale, et ont la force de se dégager de la bousculade des contingences, et qui sont destinés, pour peu qu'ils passent dans un éclat d'événement, à dominer leur époque.

— J'ai toujours pensé toutes ces choses, murmurai-je.

— Ah ! fit Bertrand.

Nous nous regardâmes sans un mot, avec un peu de surprise et de recueillement. Après ce grand silence, il reprit :

— Il est temps de commencer le service. Prends ton fusil et viens.

De notre trou d'écoute, nous voyons vers l'est une lueur d'incendie se propager, plus bleue, plus triste qu'un incendie. Elle raye le ciel au-dessous d'un long nuage noir qui s'étend, suspendu, comme la fumée d'un grand feu éteint, comme une tache sur le monde. C'est le matin qui revient.

Il fait un froid tel qu'on ne peut rester immobile malgré l'enchaînement de la fatigue. On tremble, on frissonne, on claque des dents, on larmoie. Peu à peu, avec une lenteur désespérante, le jour s'échappe du ciel. Tout est glacé, incolore et vide ; un silence de mort règne partout. Du givre, de la neige, sous un fardeau de brume. Tout est blanc. Paradis remue, c'est un épais fantôme blafard ; nous sommes tout blancs aussi, nous. J'avais placé ma musette sur le revers du parapet de l'écoute, et on la dirait enveloppée dans du papier. Au fond du trou, un peu de neige surnage, rongée, teinte en gris, sur le bain de pieds noir. Hors du trou, sur les entassements, dans les excavations, par-dessus la cohue des morts, une mousseline est posée.

Deux masses baissées s'estompent, mamelonnées, au travers du brouillard : elles se foncent et arrivent à nous, nous hèlent. Ces hommes viennent nous relever. Ils ont la face brun-rouge et humide de froid, les pommettes comme des tuiles émaillées, mais leurs capotes ne sont pas poudrées : ils ont dormi sous la terre.

Paradis se hisse dehors. Je suis dans la plaine son dos de bonhomme Hiver, et la marche de canard de ses souliers qui ramassent de blancs paquets de semelles feutrées. Nous regagnons, pliés en deux, la tranchée : les pas de ceux qui nous ont remplacés sont marqués en noir sur la mince blancheur qui recouvre le sol.

Dans la tranchée au-dessus de laquelle, par endroits, des bâches brochées de velours blanc, ou moirées de givre, sont tendues à l'aide de piquets, en vastes tentes irrégulières, s'érigent, çà et là, des veilleurs. Entre eux, des formes accroupies, qui geignent, essayent de se débattre contre le froid, d'en défendre le pauvre foyer de leur poitrine, ou qui sont à jamais glacées. Un mort est affalé, debout, à peine de travers, les pieds dans la tranchée, la poitrine et les deux bras couchés sur le talus. Il brassait la terre quand il s'est éteint. Sa face, dirigée vers le ciel, est recouverte d'une lèpre de verglas, la paupière blanche comme l'œil, la moustache enduite d'une bave dure. On voisine avec la puanteur.

D'autres corps dorment, moins blanchis que les autres : la couche de neige n'est intacte que sur les choses : objets et morts.

— Faut dormir.

Paradis et moi, nous cherchons un gîte, un trou où l'on puisse se cacher et fermer les yeux.

— Tant pis s'il y a des macchabées dans une guitoune, marmotte Paradis. Par ce froid-là, i's s'retiendront, i's s'ront pas méchants.

Nous nous avançons, si las que nos regards traînent à terre.

Je suis seul. Où est Paradis ? Il a dû se coucher dans quelque fond. Peut-être m'a-t-il appelé sans que je l'aie entendu.

Je rencontre Martfereau.

— J'cherche où dormir : j'étais d'garde, me dit-il.

— Moi aussi. Cherchons.

— Qu'est-ce que c'est de c'bruit et de c'shproum ? dit Marthereau.

Un murmure de piétinements et de voix, tassés, déborde du boyau qui débouche là.

— Les boyaux sont pleins d'bonhommes et d'types... Qui c'est qu'vous êtes ?

Un de ceux auxquels on se trouve tout d'un coup mêlé répond :

— On est le 5ᵉ Bâton.

Les nouveaux venus font la pause. Ils sont en tenue. Celui qui a parlé s'assoit, pour souffler, sur les rotondités d'un sac de terre qui dépasse l'alignement, et pose ses grenades à ses pieds. Il s'essuie le nez du revers de sa manche.

— Quoi qu'vous v'nez faire par ici ? On vous l'a dit ?

— Plutôt qu'on nous l'a dit : nous v'nons pour attaquer. On va là-bas, jusqu'au bout.

De la tête, il indique le nord.

La curiosité qui les contemple s'accroche à un détail :

— Vous avez emporté tout vot' bordel ?

— Nous avons mieux aimé l'garder, et voilà.

— En avant ! leur commande-t-on.

Ils se lèvent et s'avancent, mal réveillés, les yeux bouffis, les rides soulignées. Il y a des jeunes au cou mince et aux yeux vides, et des vieux, et, au milieu, des hommes ordinaires. Ils marchent d'un pas ordinaire et pacifique. Ce qu'ils vont faire nous semble, à nous qui l'avons fait la veille, au-dessus des forces humaines. Et pourtant ils s'en vont vers le nord.

— Le réveil des condamnés, dit Marthereau.

On s'écarte devant eux, avec une espèce d'admiration et une espèce de terreur.

Quand ils sont passés, Marthereau hoche la tête et murmure :

— De l'aut' côté, y en a qui s'apprêtent aussi, avec leur uniforme gris. Tu crois qu'i's s'en ressentent pour l'assaut, ceux-là ? T'es pas fou ? Alors, pourquoi qu'i' sont venus ? C'est pas eux, j'sais bien, mais c'est euss tout de même pisqu'ils sont ici... J'sais bien, j'sais bien, mais tout ça, c'est bizarre.

La vue d'un passant change le cours de ses idées :

— Tiens, v'là Truc, Machin, l'grand, tu sais ? C'qu'il est immense, c'qu'il est pointu, c't'être-là ! Tant qu'à moi, j'sais bien que j'suis pas grand tout à fait assez, mais lui, i' va trop haut. Il est toujours au courant de tout, c'double-mètre. Comme savement de tout, y en a pas un qui lui fasse la grille. On va y demander pour une cagna.

— S'il y a des gourbis ? répond le passant surélevé en se penchant sur Marthereau comme un peuplier. Pour sûr, mon vieux Caparthe. Y a qu'ça. Tiens là — et, déployant son coude, il fait un geste indicateur de télégraphe à signaux — Villa von Hindenburg, et ici, là ; Villa Glük sauf. Si vous n'êtes pas contents, c'est qu'ces messieurs sont difficiles.

Y a p'têtr' quéqu' locataires dans l'fond, mais des locataires pas remuants, et tu peux parler tout haut d'vant eux, tu sais !

— Ah ! nom de Dieu !... s'écria Marthereau un quart d'heure après que nous fûmes installés dans une de ces fosses équarries, y a des locataires qu'i' nous disait pas, ct'affreux grand paratonnerre, c't'infini !

Ses paupières se fermaient, mais se rouvraient, et il se grattait les bras et les flancs.

— J'ai la lourde ! Pourtant, pour ronfler, c'est pas vrai. C'est pas résistable.

Nous nous mîmes à bâiller, à soupirer, et finalement nous allumâmes un petit bout de bougie qui résistait, mouillé, bien qu'on le couvât des mains. Et nous nous regardâmes bâiller.

L'abri allemand comprenait plusieurs compartiments. Nous étions contre une cloison de planches mal ajustées et de l'autre côté, dans la cave n° 2, des hommes veillaient aussi : on voyait de la lumière filtrer dans les interstices des planches, et on entendait des voix bruisser.

— C'est de l'autre section, dit Marthereau.

Puis on écouta, machinalement.

— Quand j'suis t'été en permission, bourdonnait un invisible parleur, on a été triste d'abord, parce qu'on pensait à mon pauv' frère qu'a disparu en mars, mort sans doute, et à mon pauv' petit Julien, de la classe 15, qu'a été tué aux attaques d'octobre. Et puis, peu à peu, elle et moi, on s'est remis à être heureux d'être ensemble, que veux-tu ? Not' petit loupiot, le dernier, qui a cinq ans, nous a bien distraits. I' voulait jouer au soldat avec moi. J'y ai fabriqué un petit flingot. J'y ai expliqué les tranchées, et lui, tout freluquant de joie comme un z'oiseau, i' m'tirait d'ssus en gueulant. Ah ' le sacré p'tit mec, il en mettait ! Ça fera un fameux poilu plus tard. Mon vieux, il a tout à fait l'esprit militaire !

Silence. Ensuite vague brouhaha de conversations au milieu desquelles on entend le mot de : « Napoléon », puis une autre voix — ou la même — qui dit :

— Guillaume, c'est une bête puante d'avoir voulu c'te guerre. Mais Napoléon, ça, c'est un grand homme !

Marthereau est à genoux devant moi dans le chétif et étroit rayonnement de notre chandelle, au fond de ce trou obscur et mal bouché où passent par moment des frissonnements de froid, où grouille la vermine et où l'entassement des pauvres vivants entretient un vague relent de sarcophage... Marthereau me regarde ; il entend encore, comme moi, l'anonyme soldat qui a dit : « Guillaume est une bête puante, mais Napoléon est un grand homme », et qui célébrait l'ardeur guerrière du petit qui lui restait encore. Il laisse tomber ses bras, hoche sa tête lassée — et la lumière légère jette sur la cloison l'ombre de ce double geste, en fait une brusque caricature.

— Ah ! dit mon humble compagnon, nous sommes tous des pas mauvais types, et aussi, des malheureux et des pauv' diables. Mais nous sommes trop bêtes, nous sommes trop bêtes !

Il tourne à nouveau son regard sur moi. Dans sa face toute plantée de poils, dans sa face de barbet, on voit deux yeux de chien qui s'étonne, songe, très confusément encore, à des choses, et qui, dans la pureté de son obscurité, se met à comprendre.

On sort de l'abri inhabitable. Le temps s'est un peu adouci : la neige a fondu et tout s'est resali.

— L'vent a léché l'sucre, dit Marthereau.

Je suis désigné pour accompagner Joseph Mesnil au Poste de Secours des Pylônes. Le sergent Henriot me donne livraison du blessé et me remet le billet d'évacuation.

— Si vous rencontrez Bertrand en route, nous dit Henriot, faudrait voir d'avoir à y dire de s'grouiller, hé ? Bertrand est parti en liaison cette nuit et on l'attend depuis une heure — même que l'vieux s'impatiente et parle de s'foutre en colère d'un moment à l'autre.

Je m'achemine avec Joseph qui, un peu plus pâle que de coutume et toujours taciturne, marche tout doucement. De temps en temps, on le voit s'arrêter, la figure crispée. Nous suivons les boyaux.

Un bonhomme paraît tout d'un coup. C'est Volpatte, qui dit :

— J'vais aller avec vous jusqu'au bas de la côte.

Désœuvré, il manie une magnifique canne torse et secoue dans sa main comme des castagnettes la précieuse paire de ciseaux qui ne le quitte jamais.

Nous sortons tous trois du boyau quand la pente du terrain permet de le faire sans danger de balles — puisque le canon ne donne pas. Aussitôt dehors, nous heurtons un rassemblement. Il pleut. A travers les jambes lourdes plantées comme des arbres tristes, dans la brume, sur la plaine bise, on aperçoit un mort.

Volpatte se faufile jusqu'à la forme horizontale autour de laquelle attendent ces formes verticales. Alors, il se retourne violemment et nous crie :

— C'est Pépin !

— Ah ! dit Joseph qui est déjà presque défaillant.

Il s'appuie sur moi. Nous nous approchons. Pépin, allongé, a les pieds et les mains tendus, crispés, et sa figure sur qui coule la pluie est tuméfiée, talée et affreusement grise.

Un homme, qui tient une pioche et dont la face en sueur est pleine de petites tranchées noirâtres, nous raconte la mort de Pépin :

— L'était entré dans une calebasse où des Boches s'étaient planqués. Et v'là qu'on ne l'savait pas et qu'on a enfumé la niche pour nettoyer, et l'pauv' petit frère, on l'a r'trouvé après l'opération, campsé, et tout étiré comme un boyau d'chat, au milieu de la viande des Boches qu'il avait saignés avant — et bien proprement saignés, j'peux l'dire, moi que j'suis établi boucher dans la banlieue parisienne.

— Un de moins à l'escouade ! dit Volpatte, tandis que nous nous en allons.

Nous nous trouvons maintenant en haut du ravin, à l'endroit où commence le plateau que notre charge a parcouru éperdument, hier au soir, et qu'on ne reconnaît pas.

Cette plaine, qui m'avait alors donné l'impression d'être toute de niveau et qui, en réalité, se penche, est un extraordinaire charnier. Les cadavres y foisonnent. C'est comme un cimetière dont on aurait enlevé le dessus.

Des bandes le parcourent, identifiant les morts de la veille et de la nuit, retournant les restes, les reconnaissant à quelque détail, malgré leurs figures. Un de ces chercheurs, agenouillé, retire de la main d'un mort une photographie déchiquetée, effacée, un portrait tué.

Des fumées noires d'obus montent en volutes, puis détonent sur les horizons, au loin ; des armées de corbeaux balayent le ciel de leur vaste geste pointillé.

En bas, parmi la multitude des immobiles, voici, reconnaissables à leur usure et leur effacement, des zouaves, des tirailleurs et des légionnaires de l'attaque de mai. L'extrême bord de nos lignes se trouvait alors au bois de Berthonval, à cinq ou six kilomètres d'ici. Dans cet assaut, qui a été un des plus formidables de la guerre et de toutes les guerres, ils étaient parvenus d'un seul élan, en courant, jusqu'ici. Ils formaient alors un point trop avancé sur l'onde d'attaque et ils ont été pris de flanc par les mitrailleuses qui se trouvaient à droite et à gauche des lignes dépassées. Il y a des mois que la mort leur a crevé les yeux et dévoré les joues — mais même dans leurs restes disséminés, dispersés par les intempéries et déjà presque en cendres, on reconnaît les ravages des mitrailleuses qui les ont détruits, leur trouant le dos et les reins, les hachant en deux par le milieu. A côté de têtes noires et cireuses de momies égyptiennes, grumeleuses de larves et de débris d'insectes, où des blancheurs de dents pointent dans des creux ; à côté de pauvres moignons assombris qui pullulent là, comme un champ de racines dénudées, on découvre des crânes nettoyés, jaunes, coiffés de chéchias de drap rouge dont la housse grise s'effrite comme du papyrus. Des fémurs sortent d'amas de loques agglutinées par de la boue rougeâtre, ou bien, d'un trou d'étoffes effilochées et enduites d'une sorte de goudron, émerge un fragment de colonne vertébrale. Des côtes parsèment le sol comme de vieilles cages cassées, et, auprès, surnagent des cuirs mâchurés, des quarts et des gamelles transpercés et aplatis. Autour d'un sac haché, posé sur des ossements et sur une touffe de morceaux de drap et d'équipements, des points blancs sont régulièrement semés, en se baissant, on voit que ce sont les phalanges de ce qui, là, fut un cadavre.

Parfois, des renflements allongés — car tous ces morts sans sépulture finissent tout de même par entrer dans le sol — un bout d'étoffe seulement sort, indiquant qu'un être humain s'est anéanti en ce point du monde.

Les Allemands qui, hier, étaient ici, ont abandonné sans les ensevelir leurs soldats à côté des nôtres — ainsi qu'en témoignent ces trois cadavres putréfiés l'un sur l'autre, l'un dans l'autre — avec leurs calottes grises dont le bord rouge est caché par une sangle grise, leurs vestes gris-jaune, leurs figures vertes. Je cherche les traits de l'un d'eux : depuis les profondeurs de son cou jusqu'aux touffes de cheveux collés au bord de son calot, il présente une masse terreuse, la figure changée en fourmilière — et deux fruits pourris à la place des yeux. L'autre, vide, sec, est aplati sur le ventre, le dos en loques quasi flottant, les mains, les pieds et la face enracinés dans le sol.

— Regardez ! Il est récent, celui-ci...

Au milieu de la plaine, au fond de l'air pluvieux et glacé, dans ce lendemain blême d'une orgie de massacre, c'est une tête plantée par terre, une tête exsangue et humide, avec une lourde barbe.

Un des nôtres : le casque est à côté. Les paupières enflées laissent voir un peu de la morne faïence des yeux et une lèvre luit comme une limace dans la barbe obscure. Sans doute, il est tombé dans un trou d'obus qu'un autre obus a comblé, l'enterrant jusqu'au cou comme l'Allemand à tête de chat du Cabaret Rouge.

— Je ne le reconnais pas, dit Joseph, qui s'avance très lentement et s'exprime avec peine.

— Moi, je le reconnais, répond Volpatte.

— C'barbu-là ? fait la voix blanche de Joseph.

— Il n'a pas de barbe. Tu vas voir.

Accroupi, Volpatte passe l'extrémité de sa canne sous le menton du cadavre et détache une sorte de pavé de boue où la tête s'enchâssait et qui semblait une barbe. Puis il ramasse le casque du mort, l'en coiffe, et il lui tient un instant devant les yeux les deux anneaux de ses fameux ciseaux, de manière à imiter des lunettes.

— Ah ! nous écrions-nous alors, c'est Cocon !

— Ah !

Quand on apprend ou qu'on voit la mort d'un de ceux qui faisaient la guerre à côté de vous et qui vivaient exactement de la même vie, on reçoit un choc direct dans la chair avant même de comprendre. C'est vraiment presque un peu son propre anéantissement qu'on apprend tout d'un coup. Ce n'est qu'après qu'on se met à regretter.

Nous regardons cette tête hideuse de jeu de massacre, cette tête massacrée qui déjà efface cruellement le souvenir. Encore un compagnon de moins... On reste là autour de lui, intimidés.

— C'était...

On voudrait parler un peu. On ne sait pas quoi dire qui soit assez grave, assez important, assez vrai.

— Venez, articule avec effort Joseph, accaparé tout entier par sa brutale souffrance physique. J'ai pas assez de force pour m'arrêter tout le temps.

Nous quittons le pauvre Cocon, l'ex-homme-chiffre, avec un dernier regard écourté, presque distrait.

— On peut pas s'figurer..., dit Volpatte.

... Non, on ne peut pas se figurer. Toutes ces disparitions à la fois excèdent l'esprit. Il n'y a plus assez de survivants. Mais on a une vague notion de la grandeur de ces morts. Ils ont tout donné ; ils ont donné, petit à petit, toute leur force, puis, finalement, ils se sont donnés, en bloc. Ils ont dépassé la vie ; leur effort a quelque chose de surhumain et de parfait.

— Tiens, il vient d'être attigé, celui-là, et pourtant...

Une blessure fraîche mouille le cou d'un corps presque squelettique.

— C'est un rat, dit Volpatte. Les macchabées sont anciens, mais les rats les entretiennent... Tu vois des rats crevés — empoisonnés p't'êt' bien — près d'nous ou d'chaque corps. Tiens, c' pauv' vieux va nous montrer les siens.

Il soulève du pied la dépouille aplatie et on trouve, en effet, deux rats morts enfoncés là.

— J'voudrais r'trouver Farfadet, dit Volpatte. J'y ai dit d'attendre un moment où on courait et qu'i' m'a agafé. L'pauv' gars, pourvu qu'il ait attendu !

Alors il va et vient, poussé vers les morts par une étrange curiosité. Indifférents, ils se le renvoient l'un à l'autre, et à chaque pas il regarde par terre. Tout à coup il pousse un cri de détresse. Il nous appelle de la main et s'agenouille devant un mort.

— Bertrand !

Une émotion aiguë, tenace, nous empoigne. Ah ! il a été tué, lui aussi, comme les autres, celui qui nous dominait le plus par son énergie et sa lucidité ! Il s'est fait tuer, il s'est fait enfin tuer, à force de faire toujours son devoir. Il a enfin trouvé la mort là où elle était !

Nous le regardons, puis nous nous détournons de cette vision et nous nous considérons entre nous.

— Ah !...

Il est abominable à voir. La mort a donné l'air et le geste d'un grotesque à cet homme qui fut si beau et si calme. Les cheveux éparpillés sur les yeux, la moustache bavant dans la bouche, la figure bouffie, il rit. Il a un œil grand ouvert, l'autre fermé, et tire la langue. Les bras sont étendus en croix, les mains ouvertes, les doigts écartés. Sa jambe droite se tend d'un côté ; la gauche, qui est cassée par un éclat et d'où est sortie l'hémorragie qui l'a fait mourir, est tournée tout en cercle, disloquée, moite, sans charpente. Une lugubre ironie a donné aux derniers sursauts de cette agonie l'allure d'une gesticulation de paillasse.

On le dispose, on le couche droit, on calme ce masque effrayant. Volpatte a retiré un portefeuille de la poche de Bertrand et, pour le porter jusqu'au bureau, il le place religieusement dans ses propres papiers, à côté du portrait de sa femme et de ses enfants. Cela fait, il secoue la tête :

— Celui-là, c'était vraiment un bonhomme, mon vieux ! Quand i' disait quéqu' chose, ç'ui-là, c'était la preuve que c'était vrai. Ah ! on avait pourtant bien besoin d'lui !

— Oui, dis-je, on aurait eu besoin de lui, toujours.

— Ah ! là ! là !... murmure Volpatte, et il tremble.

Joseph répète tout bas :

— Ah ! nom de Dieu ! Ah ! nom de Dieu !

La plaine est couverte de monde comme une place publique. Des corvées en détachements, des isolés. Les brancardiers commencent patiemment et petitement, ici, là, leur immense besogne démesurée.

Volpatte nous quitte pour retourner à la tranchée annoncer nos nouveaux deuils et surtout la grande absence de Bertrand. Il dit à Joseph :

— On s'perdra pas d'vue, pas ? Écris de temps en temps un simple mot : « Tout va bien, signé : Camembert », pas ?

Il disparaît parmi tous ces gens qui se croisent dans l'étendue dont une morne pluie infinie s'est entièrement emparée.

Joseph s'appuie sur moi. Nous descendons dans le ravin.

Le talus par lequel nous descendons s'appelle les Alvéoles des Zouaves... Les zouaves de l'attaque de mai avaient commencé à s'y creuser des abris individuels autour desquels ils ont été exterminés. On en voit qui, abattus au bord d'un trou ébauché, tiennent encore leur pelle-bêche dans leurs mains décharnées ou la regardent avec leurs orbites profondes où se racornissent des entrailles d'yeux. La terre est tellement pleine de morts que les éboulements découvrent des hérissements de pieds, de squelettes à demi vêtus et des ossuaires de crânes placés côte à côte sur la paroi abrupte, comme des bocaux de porcelaine.

Il y a dans le sol, ici, plusieurs couches de morts, et en beaucoup d'endroits l'affouillement des obus a sorti les plus anciennes et les a disposées et étalées par-dessus les nouvelles. Le fond du ravin est complètement tapissé de débris d'armes, de linge, d'ustensiles. On foule des éclats d'obus, des ferrailles, des pains et même des biscuits échappés des sacs et pas encore dissous par la pluie. Les gamelles, les boîtes de conserves, les casques sont criblés et troués par les balles, et on dirait des écumoires de toutes les espèces de formes ; et les piquets disloqués qui subsistent sont pointillés de trous.

Les tranchées qui courent dans ce vallon ont l'air de crevasses sismiques, et il semble que sur les ruines d'un tremblement de terre on ait déversé des tombereaux d'objets hétéroclites. Et là où il n'y a pas de morts, la terre elle-même est cadavéreuse.

Nous traversons le Boyau International, toujours frissonnant des hardes omnicolores — cette tranchée informe à laquelle le désordre d'étoffes arrachées donne l'air d'avoir été assassinée — à un endroit où l'inégal fossé tortueux est en coude. Tout au long, jusqu'à une barricade terreuse formant barrage, des cadavres allemands y sont enchevêtrés et noués comme des torrents de damnés, quelques-un émergeant de grottes boueuses au milieu d'une incompréhensible agglomération de poutres, de cordages, de lianes de fer, de gabions, de claies, et de boucliers. Au barrage, on voit un cadavre debout planté dans les autres ; planté à la même place, un autre est oblique dans l'espace lugubre : cet ensemble paraît un grand morceau de roue envasée, une aile démantelée de moulin à vent ; et sur tout cela, sur cette débâcle d'ordures et de chairs, sont semées des profusions d'images religieuses, de cartes postales, de brochures pieuses, de feuillets où des prières sont écrites en gothique, et qui se sont répandus à flots hors des vêtements éventrés. Ces paroles font semblant de fleurir de leurs mille blancheurs de mensonge et de stérilité ces rives pestiférées, cette vallée d'anéantissement.

Je cherche un passage solide pour y guider Joseph que sa blessure paralyse graduellement : il la sent s'étendre dans tout son corps. Tandis que je le soutiens et qu'il ne regarde rien, je regarde le bouleversement macabre par-dessus lequel nous fuyons.

Un feldwebel est assis, appuyé aux planches déchirées qui formaient, là où nous mettons le pied, une guérite de guetteur. Un petit trou sous l'œil : un coup de baïonnette l'a cloué aux planches par la figure. Devant lui, assis aussi, les coudes sur les genoux, les poings au cou, un homme a tout le dessus du crâne enlevé comme un œuf à la coque. A côté d'eux, veilleur épouvantable, la moitié d'un homme est debout : un homme coupé, tranché en deux depuis le crâne jusqu'au bassin, est appuyé, droit, sur la paroi de terre. On ne sait pas où est l'autre moitié de cette sorte de piquet humain dont l'œil pend en haut, dont les entrailles bleuâtres tournent en spirale autour de la jambe.

Par terre, le pied décolle d'une gangue de sang durci des baïonnettes françaises faussées, pliées, tordues par la puissance du choc.

Par une brèche du talus taillade, on découvre un fond où se trouvent des corps de soldats de la garde prussienne agenouillés, semble-t-il, dans des poses de suppliants, et qui sont troués par-derrière, de trous sanglants, empalés. On a tiré hors du groupe de ceux-là, sur le bord, un tirailleur sénégalais énorme, qui, pétrifié dans la position où il est mort, tordu, s'appuie sur le vide, y cramponne ses pieds, et qui fixe ses deux poignets coupés, sans doute, par l'explosion d'une grenade qu'il tenait : toute la face remuante, il semble mâcher des vers.

— Ici, nous dit un alpin qui passe, ils ont fait le coup du drapeau blanc ; et comme i's avaient affaire à des Bicots, tu parles si on les a ratés !... Tiens, v'là l'drapeau blanc, justement, qu'ces fumiers se sont servis.

Il empoigne et secoue une longue hampe qui gît là, et sur laquelle est cloué un carré d'étoffe blanche — qui se déploie innocemment.

... Une théorie de porteurs de pelles s'avance le long du boyau démantelé. Ils ont l'ordre de faire tomber la terre dans les restes des tranchées, de boucher tout, pour enterrer les corps sur place. Ainsi, ces travailleurs casqués vont accomplir, en cet endroit, œuvre de justiciers, en restituant leurs pleines formes à ces campagnes, en nivelant ces trous déjà à demi comblés par des chargements d'envahisseurs.

De l'autre côté du boyau, on m'appelle : un homme assis par terre, appuyé à un piquet. C'est le père Ramure. Par sa capote et sa veste déboutonnées, on voit des bandages qui lui entourent la poitrine.

— Les infirmiers sont venus me panser, me dit-il d'une voix creuse et légère, pleine de souffles, mais on ne pourra pas m'emporter d'ici avant ce soir. Mais j'l'sais bien, j'vas passer d'un moment à l'autre.

Il hoche la tête :

— Reste un peu, me demande-t-il.

Il s'attendrit. Des larmes coulent de ses yeux. Il me tend sa main et retient la mienne. Il voudrait me parler longuement et presque se confesser :

— J'ai été honnête homme avant la guerre, fait-il, tout en bavant ses larmes. J'travaillais du matin au soir pour nourrir la smala. Et puis, j'suis v'nu par ici pour tuer des Boches... Et maintenant j'ai été tué... Écoute, écoute, écoute, ne t'en vas pas, écoute-moi...

— Il faut que j'emmène Joseph qui n'en peut plus. Après je reviendrai.

Ramure leva les yeux ruisselants sur le blessé.

— Non seulement vivant, mais blessé ! Débarrassé de la mort ? Ah ! il y a des femmes et des enfants qui ont de la chance. Eh bien, conduis-le, et reviens... J'espère que je t'attendrai...

Maintenant, il faut gravir l'autre versant du ravin. Nous nous engageons dans la dépression difforme et malmenée du vieux boyau 97.

Tout à coup des sifflements forcenés déchirent l'atmosphère. Une rafale de shrapnells, là-haut, sur nous... Au sein de nuages d'ocre des aérolithes fulgurent et se dispersent en nuées épouvantables. Des charges roulantes se ruent dans le ciel, pour aller déflagrer et se broyer sur la pente, fouiller la colline et y déterrer les vieux ossements du monde. Et les flamboiements tonitruants se multiplient sur une ligne régulière.

C'est un tir de barrage qui recommence.

On crie comme des enfants :

— Assez ! Assez !

Dans cet acharnement des machines de mort, de ce cataclysme mécanique qui nous poursuit à travers l'espace, il y a quelque chose de surnaturel. Joseph, sa main dans la mienne, debout, regarde, par-dessus son épaule, l'averse d'éclatements qui crève. Il plie le cou, comme une bête traquée, affolée.

— Et quoi, encore ! Toujours, alors ! gronde-t-il. Tout ce qu'on a fait, tout ce qu'on a vu... Et voilà que ça recommence ! Ah ! non, non !

Il tombe sur les genoux, halette, jette un vain regard chargé de haine devant lui et derrière lui. Il répète :

— Ça n'est donc jamais fini, jamais !

Je le prends par le bras, je le relève.

— Viens, ça va être fini pour toi.

Il faut patienter là, avant de monter. Je songe à aller trouver Ramure agonisant qui m'attend. Mais Joseph se cramponne à moi, et puis je vois une agitation d'hommes autour de l'endroit où j'ai laissé le mourant. Je crois deviner : ce n'est plus la peine d'y aller.

La terre du ravin où nous sommes tous les deux groupés étroitement à nous tenir, sous la tempête, frémit et on sent, à chaque coup, le sourd simoun des obus. Mais dans le creux où nous sommes, nous n'avons guère de risque d'être atteints. Dès la première accalmie, des hommes, qui attendaient comme nous, se détachent et se mettent à monter : des brancardiers qui multiplient des efforts inouïs pour grimper en portant un corps et font penser à des fourmis obstinées repoussées par des successions de grains de sable ; et d'autres accouplés et isolés : des blessés ou des hommes de liaison.

— Allons-y, dit Joseph, les épaules fléchissantes, en mesurant de l'œil la côte, la dernière étape de son calvaire.

Des arbres sont là : une file de troncs de saules écorchés, quelques-uns larges comme des faces, d'autres creusés, béants, semblables à des cercueils debout. Le décor au milieu duquel nous nous débattons est déchiré et bouleversé, avec des collines, des gouffres et des ballonnements sombres, comme si tous les nuages de la tempête avaient roulé ici-bas. Par-dessus cette nature suppliciée et noire, la débandade des troncs se profile sur un ciel brun, strié, laiteux par places et obscurément scintillant — un ciel d'onyx.

A l'entrée du boyau 97, en travers, un chêne terrassé tord son grand corps.

Un cadavre bouche le boyau. Il a la tête et les jambes enfouies. L'eau vaseuse qui ruisselle dans le boyau a couvert le reste d'un glacis sablonneux. On voit se bomber à travers ce voile humide la poitrine et le ventre couverts d'une chemise.

On enjambe cette dépouille glacée, visqueuse et claire comme le ventre d'un vague saurien échoué — et cela est ardu à cause du terrain mou et glissant. On est obligé de s'enfoncer les mains jusqu'aux poignets dans la boue du talus.

A ce moment, un sifflement infernal nous tombe dessus. On plie comme des roseaux. Le shrapnell éclate, assourdissant et aveuglant, dans l'air, en avant de nous, et nous ensevelit sous une montagne de fumée sombre horriblement sifflante. Un soldat qui montait a battu l'espace de ses bras et a disparu, lancé dans quelque bas-fond. Des clameurs se sont élevées et sont retombées comme des débris. Tandis qu'on voit, à travers le grand voile noir que le vent arrache du sol et renvoie dans le ciel, les brancardiers déposer le brancard, courir vers le point de l'explosion et soulever quelque chose d'inerte, j'évoque l'inoubliable image de la nuit où mon frère d'armes Poterloo, qui avait le cœur plein d'espoir, s'est comme envolé, les deux bras étendus, dans la flamme d'un obus.

Et nous parvenons enfin sur la hauteur que marque, comme un signal, un blessé effarant : il est là, debout dans le vent ; secoué mais debout, enraciné là ; dans son capuchon tout relevé qui bat en l'air, on voit sa figure convulsée et hurlante, et on passe devant cette espèce d'arbre qui crie.

Nous sommes arrivés à notre ancienne première ligne, celle d'où nous sommes partis pour l'attaque. Nous nous asseyons sur une banquette de tir adossée aux degrés que les sapeurs ont creusés au dernier moment pour le départ des nôtres. Le cycliste Euterpe, que nous avons revu depuis, passe et nous dit bonjour. Une fois passé, il revient sur ses pas et tire du parement de sa manche une enveloppe dont le bord dépassant lui faisait un galon blanc.

— C'est toi, n'est-ce pas, me dit-il, qui prends les lettres de Biquet qui est décédé ?

— Oui.

— Voilà un retour. L'adresse a fichu l'camp.

L'enveloppe, exposée sans doute à la pluie sur le dessus d'un paquet, s'est lavée, et sur le papier séché et effrité on ne peut plus lire l'adresse parmi les moirures d'eau violacée. Seule a subsisté, lisible dans l'angle, l'adresse de l'expéditeur... J'en tire doucement la lettre : « Ma chère maman... »

— Ah ! je me rappelle !...

Biquet, qui gît en plein air, dans cette tranchée même où nous faisons en ce moment la pause, a écrit cette lettre il n'y a pas longtemps au cantonnement de Gauchin-l'Abbé, par un après-midi flamboyant et splendide, en réponse à une lettre de sa mère, dont les alarmes tombaient à faux et l'avaient fait rire...

« Tu crois que je suis au froid, à la pluie, au danger. Pas du tout, au contraire. C'est fini tout ça. Il fait chaud, on sue et on n'a rien à faire qu'à se balader au soleil. J'ai ri de ta lettre... »

Je replace dans l'enveloppe abîmée et fragile cette lettre qui, si le hasard n'avait pas évité cette nouvelle ironie des choses, aurait été lue par la vieille paysanne au moment où le corps de son fils n'est plus, dans le froid et la tempête, qu'un peu de cendre mouillée qui filtre et coule comme une source sombre sur le talus de la tranchée.

Joseph a posé sa tête en arrière. A un moment ses yeux se ferment, sa bouche s'entr'ouvre et laisse passer un souffle saccadé.

— Courage ! lui dis-je.

Il rouvre les yeux.

— Ah ! me répondit-il, ce n'est pas à moi qu'il faut dire ça. Regardez ceux-là, ils retournent là-bas, et vous aussi vous allez retourner.

Ça va continuer pour vous autres. Ah ! il faut être vraiment fort pour continuer, continuer !

21

Le poste de secours

A partir d'ici, on est en vue des observatoires ennemis et il ne faut plus quitter les boyaux. On suit d'abord celui de la route des Pylônes. La tranchée est creusée sur le côté de la route, et la route s'est effacée : les arbres en ont été extirpés ; la tranchée l'a, tout au long, à moitié rongée et avalée ; et ce qui restait a été envahi par la terre et par l'herbe, et mêlé aux champs par la longueur des jours. A certains endroits de la tranchée, là où un sac de terre a crevé en laissant une alvéole boueuse, on retrouve, à hauteur de ses yeux, l'empierrage de l'ex-route rogné à vif, ou bien les racines des arbres de bordure qui ont été abattus et incorporés à la substance du talus. Celui-ci est découpé et inégal comme une vague de terre, de débris et d'écume sombre, crachée et poussée par l'immense plaine jusqu'au bord du fossé.

On parvient à un nœud de boyaux ; au sommet du tertre bousculé qui se profile sur la nuée grise, un lugubre écriteau est piqué obliquement dans le vent. Le réseau des boyaux devient de plus en plus étroit ; et les hommes qui, de tous les points du secteur, s'écroulent vers le Poste de Secours, se multiplient et s'accumulent dans les chemins profonds.

Les mornes ruelles sont jalonnées de cadavres. Le mur est interrompu à intervalles irréguliers, jusqu'en bas, par des trous tout neufs, des entonnoirs de terre fraîche, qui tranchent sur le terrain malade d'alentour, et là, des corps terreux sont accroupis, les genoux aux dents, ou appuyés sur la paroi, muets et debout comme leurs fusils qui attendent à côté d'eux. Quelques-uns de ces morts restés sur pied tournent vers les survivants leurs faces éclaboussées de sang, ou, orientés ailleurs, échangent leur regard avec le vide du ciel.

Joseph s'arrête pour souffler. Je lui dis comme à un enfant :

— Nous approchons, nous approchons.

La voie de désolation, aux remparts sinistres, se rétrécit encore. On a une sensation d'étouffement, un cauchemar de descente qui se resserre, s'étrangle, et dans ses bas-fonds dont les murailles semblent aller se rapprochant, se refermant, on est obligé de s'arrêter, de se faufiler, de peiner et de déranger les morts et d'être bousculés par la file désordonnée de ceux qui, sans fin, inondent l'arrière : des messagers, des estropiés, des gémisseurs, des crieurs, frénétiquement hâtés, empourprés par la fièvre, ou blêmes et secoués visiblement par la douleur.

Toute cette foule vient enfin déferler, s'amonceler et geindre dans le carrefour où s'ouvrent les trous du Poste de Secours.

Un médecin gesticule et vocifère pour défendre un peu de place libre contre cette marée montante qui bat le seuil de l'abri. Il pratique, en plein air, à l'entrée, des pansements sommaires, et on dit qu'il ne s'est pas arrêté, non plus que ses aides, de toute la nuit et de toute la journée, et qu'il fait une besogne surhumaine.

En sortant de ses mains, une partie des blessés est absorbée par le puits du Poste, une autre est évacuée à l'arrière du Poste de Secours plus vaste aménagé dans la tranchée de la route de Béthune.

Dans ce creux étroit que dessine le croisement des fossés, comme au fond d'une espèce de cour des miracles, nous avons attendu deux heures, ballottés, serrés, étouffés, aveuglés, nous montant les uns sur les autres comme du bétail, dans une odeur de sang et de viande de boucherie. Des faces s'altèrent, se creusent, de minute en minute. Un des patients ne peut plus retenir ses larmes, les lâche à flots, et, secouant la tête, en arrose ses voisins. Un autre, qui saigne comme une fontaine, crie : « Eh là ! attention à moi ! » Un jeune, les yeux allumés, lève les bras et hurle d'un air de damné : « J'brûle ! » et il gronde et souffle comme un bûcher.

Joseph est pansé. Il se fraye un passage jusqu'à moi et me tend la main.

— Ce n'est pas grave, paraît-il ; adieu, me dit-il.

Nous sommes tout de suite séparés par la cohue. Le dernier regard que je lui jette me le montre, la figure défaite, mais absorbé par son mal, distrait, se laissant conduire par un brancardier divisionnaire qui a posé sa main sur son épaule. Soudain, je ne le vois plus.

A la guerre, la vie, comme la mort, vous sépare sans même qu'on ait le temps d'y penser.

On me dit de ne pas rester là, de descendre dans le poste de secours pour me reposer avant de repartir.

Il y a deux entrées, très basses, à ras du sol. A celle-ci affleure la bouche d'une galerie en pente, étroite comme une conduite d'égout. Pour pénétrer dans le poste, il faut d'abord se retourner et s'engager à reculons en pliant le corps dans ce tube rétréci où le pied sent se dessiner des marches : tous les trois pas, une marche haute.

Quand on est entré là-dedans, on est comme pris, et on a d'abord l'impression qu'on n'aura pas la place, ni de descendre, ni de remonter. En s'enfonçant dans ce gouffre, on continue le cauchemar d'étouffement qu'on a subi graduellement à mesure qu'on avançait dans les entrailles des tranchées avant de sombrer jusqu'ici. De tous côtés, on se cogne, on frotte, on est empoigné par l'étroitesse du passage, on est arrêté, coincé. Il faut changer de place ses cartouchières en les laissant glisser sur son ceinturon, et prendre ses musettes dans ses bras, contre sa poitrine. A la quatrième marche, l'étranglement augmente encore et

on a un moment d'angoisse : si peu qu'on lève le genou pour avancer
en arrière, le dos porte contre la voûte. A cet endroit-là, il faut se traîner
à quatre pattes, toujours à reculons. A mesure qu'on descend dans la
profondeur, une atmosphère empestée et lourde comme de la terre vous
ensevelit. La main éprouve le contact, froid, gluant, sépulcral, de la
paroi d'argile. Cette terre vous pèse de tous côtés, vous enlinceule dans
une lugubre solitude, et vous touche la figure de son souffle aveugle et
moisi. Aux dernières marches, qu'on met longtemps à gagner, on est
assailli par la rumeur ensorcelée qui monte du trou, chaude, comme
une espèce de cuisine.

Quand on arrive enfin en bas de ce boyau à échelons, qui vous cou-
doie et vous étreint, à chaque pas, le mauvais rêve n'est pas terminé :
on se trouve dans une cave où règne l'obscurité, très longue, mais
étroite, qui n'est qu'un couloir, et qui n'a pas plus d'un mètre cinquante
de hauteur. Si on cesse de se plier et de marcher les genoux fléchis,
on se heurte violemment la tête aux madriers qui plafonnent l'abri et,
invariablement, on entend les arrivants grogner — plus ou moins fort,
selon leur humeur, et leur état — : « Ben, heureusement que j'ai mon
casque ! »

Dans une encoignure, on distingue le geste d'un être accroupi. C'est
un infirmier de garde qui, monotone, dit à chaque arrivant : « Otez la
boue de vos souliers avant d'entrer. » C'est ainsi qu'un tas de boue
s'accumule, dans lequel on bute et on s'empêtre, au bas des marches,
au seuil de cet enfer.

Dans le brouhaha des lamentations et des grondements, dans l'odeur
forte qu'un foyer innombrable de plaies entretient là, dans ce décor
papillotant de caverne, peuplé d'une vie confuse et inintelligible, je
cherche d'abord à m'orienter. De faibles flammes de chandelles luisent
le long de l'abri, n'effaçant l'obscurité qu'aux places où elles la
piquent. Au fond, au loin, comme au bout des oubliettes d'un souterrain, apparaît une vague lumière de jour ; ce trouble soupirail permet
d'apercevoir de grands objets rangés le long du couloir : des brancards
bas comme des cercueils. Puis on entrevoit se déplacer, autour et par-
dessus, des ombres penchées et cassées et, contre les murs, grouiller
des files et des grappes de spectres.

Je me retourne. Du côté opposé à celui où filtre la lointaine lumière,
une cohue est massée devant une toile de tente tendue de la voûte
jusqu'au sol. Cette toile de tente forme, de la sorte, un réduit dont on
voit l'éclairement transparaître à travers le tissu d'ocre, d'aspect huilé.
Dans ce réduit, à la clarté d'une lampe à acétylène, on pique contre le
tétanos. Quand la toile se soulève pour faire sortir puis pour laisser
entrer quelqu'un, on voit s'éclabousser brutalement de lumière les
mises débraillées et haillonneuses des blessés qui stationnent devant,
attendant la piqûre, et qui, courbés par le plafond bas, assis, agenouillés
ou rampants, se poussent pour ne pas perdre leur tour ou prendre celui

d'un autre, en criant : « Moi ! », « Moi ! », « Moi ! », comme des abois.
Dans ce coin où remue cette lutte contenue, les puanteurs tièdes de
l'acétylène et des hommes sanglants sont terribles à avaler.
Je m'en écarte. Je cherche ailleurs où me caser, où m'asseoir.
J'avance un peu, tâtonnant, toujours penché, recroquevillé, et les mains
en avant.
A la faveur d'une pipe qu'un fumeur incendie, je vois devant moi
un banc chargé d'êtres.
Mes yeux s'habituent à la pénombre qui stagne dans la cave, et je
discerne à peu près cette rangée de personnages dont des bandages et
des emmaillotements tachent pâlement les têtes et les membres.
Éclopés, balafrés, difformes — immobiles ou agités —, cramponnés
sur cette espèce de barque, ils figurent, clouée là, une collection disparate de souffrances et de misères.
L'un d'eux, tout d'un coup, crie, se lève à demi, et se rassoit. Son
voisin, dont la capote est déchirée et la tête nue, le regarde et lui dit :
— Quand tu te désoleras !
Et il redit cette phrase plusieurs fois, au hasard, les yeux fixés devant
lui, les mains sur les genoux.
Un jeune homme assis au milieu du banc parle tout seul. Il dit qu'il
est aviateur. Il a des brûlures sur un côté du corps et à la figure. Il
continue à brûler dans la fièvre, et il lui semble qu'il est encore mordu
par les flammes aiguës qui jaillissaient du moteur. Il marmotte : « *Gott
mit uns !* » puis : « Dieu est avec nous ! »
Un zouave, en bras en écharpe, et qui, incliné de côté, porte son
épaule comme un fardeau déchirant, s'adresse à lui :
— T'es l'aviateur qu'est tombé, s'pas ?
— J'en ai vu des choses..., répond l'aviateur, péniblement.
— Moi aussi, j'en ai vu ! interrompt le soldat. Y en a qui battraient
des ailes, s'ils avaient vu ce que j'ai vu.
— Viens t'asseoir ici, me dit un des hommes du banc en me faisant
une place. T'es blessé ?
— Non, j'ai conduit un blessé et je vais repartir.
— T'es pire que blessé, alors. Viens t'asseoir.
— Moi, je suis maire dans mon pays, explique un des assis, mais
quand je rentrerai, personne ne me reconnaîtra, tellement longtemps
j'ai été triste.
— Voilà quatre heures que j'suis là attaché sur ce banc, gémit une
sorte de mendiant dont la main trépide, qui a la tête baissée, le dos
rond, et tient son casque sur ses genoux comme une sébile palpitante.
— On attend d'être évacué, tu sais, m'apprend un gros blessé qui
halette, transpire, a l'air de bouillir de toute sa masse ; sa moustache
pend comme à moitié décollée par l'humidité de sa face.
Il présente deux larges yeux opaques, et on ne voit pas sa blessure.
— C'est ça même, dit un autre. Tous les blessés de la brigade viennent se tasser ici l'un après l'autre, sans compter ceux d'ailleurs. Oui,

regarde-moi ça : c'est ici, c'trou, la boîte aux ordures de toute la brigade.

— J'suis gangrené, j'suis écrasé, j'suis en morceaux à l'intérieur, psalmodiait un blessé qui, la tête dans ses mains, parlait entre ses doigts. Pourtant, jusqu'à la semaine dernière, j'étais jeune et j'étais propre. On m'a changé : maintenant j'n'ai plus qu'un vieux sale corps tout défait à traîner.

— Moi, dit un autre, hier j'avais vingt-six ans. Et maintenant quel âge j'ai ?

Il essaye de lever pour qu'on la voie sa figure branlante et flétrie, usée en une nuit, vidée de chair, avec les trous des joues et des orbites, et une flamme de veilleuse qui s'éteint dans l'œil huileux.

— Ça m'fait mal ! dit, humblement, un être invisible.

— Quand tu t'désoleras ! répète l'autre, machinalement.

Il y eut un silence. L'aviateur s'écria :

— Les officiants essayaient, des deux côtés, de se couvrir la voix.

— Qu'est-ce que c'est que ça ? fit le zouave étonné.

— C'est-i' qu'tu déménages, mon pauv'vieux ? demanda un chasseur blessé à la main, un bras lié au corps, en quittant un instant des yeux sa main momifiée pour l'aviateur.

Celui-ci avait les regards perdus, et essayait de traduire un mystérieux tableau que partout il portait devant ses yeux.

— D'en haut, du ciel, on ne voyait pas grand'chose, vous savez. Dans les carrés des champs et les petits tas des villages, les chemins font comme du fil blanc. On découvre aussi certains filaments creux qui ont l'air d'avoir été tracés par la pointe d'une épingle qui écorcherait du sable fin. Ces réseaux qui festonnent la plaine d'un trait régulièrement tremblé, c'est les tranchées. Dimanche matin, je survolais la ligne de feu. Entre nos premières lignes et leurs premières lignes, entre les bords extrêmes, entre les franges des deux armées immenses qui sont là, l'une contre l'autre, à se regarder et à ne pas se voir en attendant — il n'y a pas beaucoup de distance : des fois quarante mètres, des fois soixante. A moi, il me paraissait qu'il n'y avait qu'un pas, à cause de la hauteur géante où je volais. Et voici que je distingue, chez les Boches et chez nous, dans ces lignes parallèles qui semblaient se toucher, deux remuements pareils : une masse, un noyau animé et, autour, comme des grains de sable noir éparpillés sur du sable gris. Ça ne bougeait guère ; ça n'avait pas l'air d'une alerte ! Je suis descendu quelques tours pour comprendre.

« J'ai compris : c'était dimanche et c'étaient deux messes qui se célébraient en dessous de moi : l'autel, le prêtre et le troupeau des types. Plus je descendais, plus je voyais que ces deux agitations étaient pareilles, si exactement pareilles que ça avait l'air idiot. Une des cérémonies — au choix — était le reflet de l'autre. Il me semblait que je voyais double. Je suis descendu encore ; on ne me tirait pas dessus. Pourquoi ? Je n'en sais rien. Alors, j'ai entendu. J'ai entendu un murmure — un seul. Je ne recueillais qu'une prière qui s'élevait en bloc, qu'un seul bruit de cantique qui montait au ciel en passant par moi.

J'allais et venais dans l'espace pour écouter ce vague mélange de chants qui étaient l'un contre l'autre, mais qui se mêlaient tout de même — et plus ils essayaient de se surmonter l'un l'autre, plus ils s'unissaient dans les hauteurs du ciel où je me trouvais suspendu.

« J'ai reçu des shrapnells au moment où, très bas, je distinguais les deux cris terrestres dont était fait leur cri : *"Gott mit uns !"* et "Dieu est avec nous !"* — et je me suis renvolé.

Le jeune homme hocha sa tête couverte de linges. Il était comme affolé par ce souvenir.

— Je me suis dit, à ce moment : « Je suis fou ! »

— C'est la vérité des choses qu'est folle, dit le zouave.

Les yeux luisants de délire, le narrateur tâchait de rendre la grande impression émouvante qui l'assiégeait et contre laquelle il se débattait.

— Non ! mais quoi ! fit-il. Figurez-vous ces deux masses identiques qui hurlent des choses identiques et pourtant contraires, ces cris ennemis qui ont la même forme. Qu'est-ce que le bon Dieu doit dire, en somme ? Je sais bien qu'il sait tout ; mais, même sachant tout, il ne doit pas savoir quoi faire.

— Quelle histoire ! cria le zouave.

— I' s'fout bien de nous, va t'en fais pas.

— Et pis, qu'est-ce que ça a de rigolo, tout ça ? Les coups de fusil parlent bien la même langue, pas, et ça n'empêche pas les peuples de s'engueuler avec, et comment !

— Oui, dit l'aviateur, mais il n'y a qu'un seul Dieu. Ce n'est pas le départ des prières que je ne comprends pas, c'est leur arrivée.

La conversation tomba.

— Y a un tas de blessés étendus, là-dedans, me montre l'homme aux yeux dépolis. Je m'demande, oui, je m'demande comment on a fait pour les descendre là. Ça a dû être terrible, leur dégringolade jusqu'ici.

Deux coloniaux, durs et maigres qui se soutenaient comme deux ivrognes, arrivèrent, butèrent contre nous, et reculèrent, cherchant par terre une place où tomber.

— Ma vieille, achevait de raconter l'un, d'un organe enroué, dans c'boyau que j'te dis, on est resté trois jours sans ravitaillement, trois jours pleins, sans rien, rien. Que veux-tu, on buvait son urine, mais c'était pas ça.

L'autre, en réponse, expliqua qu'autrefois il avait eu le choléra :

— Ah ! c'est une sale affaire, ça : de la fièvre, des vomissements, des coliques : mon vieux, j'en étais malade !

— Mais aussi, gronda tout d'un coup l'aviateur qui s'acharnait à poursuivre le mot de la gigantesque énigme, à quoi pense-t-il ce Dieu, de laisser croire comme ça qu'il est avec tout le monde ? Pourquoi nous laisse-t-il tous, tous, crier côte à côte comme des dératés et des brutes. « Dieu est avec nous ! » « Non, pas du tout, vous faites erreur, Dieu est avec nous ! »

Un gémissement s'éleva d'un brancard, et pendant un instant voleta tout seul dans le silence, comme si c'était une réponse.

— Moi, dit alors une voix de douleur, je ne crois pas en Dieu. Je sais qu'il n'existe pas — à cause de la souffrance. On pourra nous raconter les boniments qu'on voudra, et ajuster là-dessus tous les mots qu'on trouvera, et qu'on inventera : toute cette souffrance innocente qui sortirait d'un Dieu parfait, c'est un sacré bourrage de crâne.

— Moi, reprend un autre des hommes du banc, je ne crois pas en Dieu, à cause du froid. J'ai vu des hommes dev'nir des cadavres p'tit à p'tit, simplement par le froid. S'il y avait un Dieu de bonté, il y aurait pas le froid. Y a pas à sortir de là.

— Pour croire en Dieu, il faudrait qu'il n'y ait rien de c'qu'y a. Alors, pas, on est loin de compte !

Plusieurs mutilés, en même temps, sans se voir, communient dans un hochement de tête de négation.

— Vous avez raison, dit un autre, vous avez raison.

Ces hommes en débris, ces vaincus isolés et épars dans la victoire, ont un commencement de révélation. Il y a, dans la tragédie des événements, des minutes où les hommes sont non seulement sincères, mais véridiques, et où on voit la vérité sur eux, face à face.

— Moi, fit un nouvel interlocuteur, si je n'y crois pas, c'est...

Une quinte de toux terrible continua affreusement la phrase. Quand il s'arrêta de tousser, les joues violettes, mouillé de larmes, oppressé, on lui demanda :

— Par où c'que t'es blessé, toi ?

— J'suis pas blessé, j'suis malade.

— Oh alors ! dit-on d'un accent qui signifiait : tu n'es pas intéressant.

Il le comprit et fit valoir sa maladie :

— J'suis foutu. J'crache le sang. J'ai pas d'forces ; et, tu sais, ça r'vient pas quand ça s'en va par là.

— Ah, ah, murmurèrent les camarades, indécis, mais convaincus malgré tout de l'infériorité des maladies civiles sur les blessures.

Résigné, il baissa la tête et répéta tout bas, pour lui-même :

— J'peux pus marcher, où veux-tu qu'j'aille ?

Dans le gouffre horizontal qui, de brancard en brancard, s'allonge en se rapetissant, à perte de vue, jusqu'au blême orifice du jour, dans ce vestibule désordonné où çà et là clignotent de pauvres flammes de chandelles qui rougeoient et paraissent fiévreuses, et où se jettent de temps en temps des ailes d'ombres, un remous s'élève on ne sait pourquoi. On voit s'agiter le bric-à-brac des membres et des têtes, on entend des appels et des plaintes se réveiller l'un l'autre, et se propager, tels des spectres invisibles. Les corps étendus ondulent, se replient, se retournent.

Je distingue, dans cette espèce de bouge, au sein de cette houle de captifs, dégradés et punis par la douleur, la masse épaisse d'un infirmier dont les lourdes épaules tanguent comme un sac porté transversalement, et dont la voix de stentor se répercute au galop dans la cave :

— T'as encore touché à ton bandage, enfant d'veau, verminard ! tonitrue-t-il. J' vas te l' refaire parce que c'est toi, mon coco, mais, si tu y r'touches, tu verras ce que je te ferai !

Le voici dans la grisaille qui tourne une bande de toile autour du crâne d'un bonhomme tout petit, presque debout, porteur de cheveux hérissés et d'une barbe soufflée en avant, et qui, les bras ballants, se laisse faire en silence.

Mais l'infirmier l'abandonne, regarde à terre et s'exclame avec retentissement :

— Qu'est-ce que c'est que d'ça ? Eh, dis donc, l'ami, t'es pas des fois maboule ? En voilà des manières, de s'coucher sur un blessé !

Et sa main volumineuse secoue un corps, et il dégage, non sans souffler et sacrer, un second corps flasque sur lequel le premier s'était étendu comme sur un matelas — tandis que le nabot au bandage, aussitôt laissé libre, sans mot dire, porte les mains à sa tête et essaie à nouveau d'ôter le pansement qui lui enserre le crâne.

... Une bousculade, des cris : des ombres, perceptibles sur un fond lumineux, paraissent extravaguer dans l'ombre de la crypte. Ils sont plusieurs, éclairés par une bougie, autour d'un blessé, et, secoués, le maintiennent à grand'peine sur son brancard. C'est un homme qui n'a plus de pieds. Il porte aux jambes des pansements terribles, avec des garrots pour refréner l'hémorragie. Ses moignons ont saigné dans les bandelettes de toile et il semble avoir des culottes rouges. Il a une figure de diable, luisante et sombre, et il délire. On pèse sur ses épaules et ses genoux : cet homme, qui a les pieds coupés, veut sauter hors du brancard pour s'en aller.

— Laissez-moi partir ! râle-t-il d'une voix que la colère et l'essoufflement font chevroter — basse avec de soudaines sonorités comme une trompette dont on voudrait sonner trop doucement. Bon Dieu, laissez-moi m'barrer que j'vous dis. Han !... Non, mais vous n'pensez pas que j'vas rester ici ! Allons, dégagez, ou je vous saute sur les pattes !

Il se contracte et se détend si violemment, qu'il fait aller et venir ceux qui tentent de l'immobiliser par leur poids cramponné, et on voit zigzaguer la bougie tenue par un homme à genoux que de l'autre bras, ceinture le fou tronqué ; et celui-ci crie si fort qu'il réveille ceux qui dorment, secoue l'assoupissement des autres. De toutes parts, on se tourne de son côté, on se soulève à moitié, on prête l'oreille à ces incohérentes lamentations, qui finissent cependant par s'éteindre dans le noir. Au même moment, dans un autre coin, deux blessés couchés, crucifiés par terre, s'invectivent, et on est obligé d'en emporter un pour rompre ce colloque forcené.

Je m'éloigne vers le point où la lumière du dehors pénètre parmi les poutres enchevêtrées comme à travers une grille abîmée. J'enjambe l'interminable série de brancards qui occupent toute la largeur de cette allée souterraine, basse et étranglée, où j'étouffe. Les formes humaines qui y sont abattues sur les brancards ne bougent plus guère à présent sous les feux follets des chandelles, et stagnent dans leurs geignements sourds et leurs râles.

Sur le bord d'un brancard un homme s'est assis, appuyé contre le mur ; et, au milieu de l'ombre de ses vêtements entr'ouverts, arrachés, apparaît une blanche poitrine émaciée de martyr. Sa tête, toute penchée en arrière, est voilée par l'ombre ; mais on aperçoit le battement de son cœur.

Le jour qui, goutte à goutte, filtre au bout, provient d'un éboulement : plusieurs obus, tombés à la même place, ont fini par crever l'épais toit de terre du poste de secours.

Ici, quelques reflets blancs plaquent le bleu des capotes aux épaules et le long des plis. On voit se presser vers ce débouché, pour goûter un peu d'air pâle, se détacher de la nécropole, comme des morts à demi réveillés, un troupeau d'hommes paralysés par les ténèbres en même temps que par la faiblesse. Au bout du noir, ce coin présente comme une échappée, une oasis où l'on peut se tenir debout, et où on est effleuré angéliquement par la lumière du ciel.

— Y avait là des bonshommes qu'ont été étripés quand les obus ont radiné, me dit quelqu'un qui attendait, la bouche entr'ouverte, dans le pauvre rayon enterré là. Tu parles d'un rata. Tiens, v'là le curé qui décroche tout ce qui, d'eux, a sauté en l'air.

Le vaste sergent infirmier, en gilet de chasse marron, ce qui lui donne un torse de gorille, ôte des boyaux et des viscères qui pendent, entortillés autour des poutres de la charpente défoncée. Il se sert pour cela d'un fusil muni de sa baïonnette, car on n'a pu trouver de bâton assez long, et ce gros géant, chauve, barbu et poussif, manie l'arme gauchement. Il a une physionomie douce, débonnaire et malheureuse, et, tout en tâchant d'attraper dans les coins des débris d'intestins, marmotte d'un air consterné un chapelet de « Oh ! » semblables à des soupirs. Ses yeux sont masqués par des lunettes bleues ; son souffle est bruyant ; il a un crâne de faibles dimensions et l'énorme grosseur de son cou a une forme conique.

A le voir ainsi piquer et dépendre en l'air des bandes d'entrailles et de loques de chair, les pieds dans les décombres hérissés, à l'extrémité du long cul-de-sac gémissant, on dirait un boucher occupé à quelque besogne diabolique.

Mais je me suis laissé choir dans un coin, les yeux à demi fermés, ne voyant presque plus le spectacle qui gît, palpite et tombe autour de moi.

Je perçois confusément des fragments de phrases. Toujours l'affreuse monotonie des histoires de blessures :

— Nom de Dieu ! A c't 'endroit-là, je crois bien que les balles elles se touchaient toutes...

Il avait la tête traversée d'une tempe à l'autre. On aurait pu y passer une ficelle.

Plus près de moi, on bredouille à la fin d'un récit :

— Quand j'dors, j'rêve, et il me semble que je le retue.

D'autres évocations bourdonnent parmi les blessés inhumés là, et c'est le ronron des innombrables rouages d'une machine qui tourne, tourne...

Quelqu'un s'avance en tâtant le mur, avec un bâton, aveugle, et arrive à moi. C'est Farfadet ! Je l'appelle. Il se tourne à peu près vers moi, et me dit qu'il a un œil abîmé. L'autre œil aussi est bandé. Je lui donne ma place, et je le fais asseoir en le tenant par les épaules. Il se laisse faire et, assis à la base du mur, attend patiemment avec sa résignation d'employé, comme dans une salle d'attente.

Je m'échoue un peu plus loin, dans un vide. Là, deux hommes étendus se parlent bas ; ils sont si près de moi que je les entends sans les écouter. Ce sont deux soldats de la légion étrangère, au casque et à la capote jaune sombre.

— C'est pas la peine de bonimenter, gouaille l'un d'eux. J'vas y rester, à cette fois-ci. C'est couru : j'ai l'intestin traversé. Si j'étais dans un hôpitau, dans une ville, on m'opérerait à temps et ça pourrait coller. Mais ici ! C'est hier que j'ai été attigé. On est à deux ou trois heures de la route de Béthune, pas, et d'la route, y a combien d'heures, dis voir, pour une ambulance où on peut opérer ? Et pis, quand nous ramassera-t-on ? C'est d'la faute à personne, tu m'entends, mais faut voir c' qui est. Oh ! de ce moment-ci, j' sais bien, ça ne va pas plus mal que ça. Seul'ment voilà, c'est forcé de n' pas durer, pisque j'ai un trou tout du long dans l'paquet de mes boyaux. Toi, ta patte se r'mettra, ou on t'en r'mettra une autre. Moi, j'vais mourir.

— Ah ! dit l'autre, convaincu par la logique de son interlocuteur.

Celui-ci reprend alors :

— Écoute, Dominique, t'as eu une mauvaise vie. Tu picolais et t'avais l' vin mauvais. T'as un sale casier judiciaire.

— J' peux pas dire que c'est pas vrai puisque c'est vrai, dit l'autre. Mais qu'est-ce que ça peut t' faire ?

— T'auras encore une mauvaise vie après la guerre, forcément, et pis t'auras des ennuis pour l'affaire du tonnelier.

L'autre, sauvage, devient agressif :

— La ferme ! Qu'est-ce que ça peut t'foutre ?

— Moi, j'ai pas plus d'famille que toi. Personne, que Louise — qui n'est pas d' ma famille, vu qu'on n'est pas mariés. Moi, j'ai pas d' condamnations en dehors de qu'équ' bricoles militaires. Y a rien sur mon nom.

— Et pis après ? Je m'en fous.

— J' vas te dire : prends mon nom. Prends-le, j' te l'donne : pisqu'on n'a pas d' famille ni l'un ni l'autre.

— Ton nom ?

— Tu t'appelleras Léonard Carlotti, voilà tout. C'est pas une affaire. Qu'est-ce que ça peut t'fiche ? Du coup, tu n'auras pus d'condamnation. Tu ne s'ras pas traqué, et tu pourras être heureux comme je l'aurais été si c'te balle ne m'avait pas traversé le magasin.

— Ah ! merde alors, dit l'autre, tu f'rais ça ? Ça, ben mon vieux, ça m' dépasse !

— Prends-le. Il est là dans mon livret, dans ma capote. Allons, prends et passe-moi l' tien, d'livret — que j'emporte tout ça avec moi. Tu pourras vivre où tu voudras, sauf chez moi ! où on m'connaît un peu à Longueville, en Tunisie. Tu t' rappelleras et pis, c'est écrit. Faudra le lire, c' livret. Moi, je l' dirai à personne : pour que ça réussisse, ces coups-là, il faut motus absolu.

Il se recueille, puis il dit avec un frémissement :

— Je l' dirai peut-êt' tout de même à Louise, pour qu'elle trouve que j'ai bien fait et qu'elle pense mieux à moi — quand je lui écrirai pour lui dire adieu.

Mais il se ravise et secoue la tête dans un effort sublime :

— Non, j'y dirai pas, même à elle. J'sais bien que c'est elle, mais les femmes sont si bavardes.

L'autre le regarde et répète :

— Ah ! nom de Dieu !

Sans être remarqué par les deux hommes, j'ai quitté le drame qui se déchaîne à l'étroit dans ce lamentable coin tout bousculé par le passage et le vacarme.

Tandis que je commence à me frayer un passage pour sortir du basfond, il se produit là-bas un grand bruit de chute et un concert d'exclamations.

C'est le sergent infirmier qui est tombé. Par la brèche qu'il déblayait de ses débris mous et sanglants, une balle lui est arrivée dans la gorge. Il s'est étalé par terre, de tout son long. Il roule de gros yeux abasourdis et il souffle de l'écume.

Sa bouche et le bas de sa figure sont entourés bientôt d'un nuage de bulles roses. On lui place la tête sur un sac à pansements. Ce sac est aussitôt imbibé de sang. Un infirmier crie que ça va gâter les paquets de pansements, dont on a besoin. On cherche sur quoi mettre cette tête qui produit sans arrêt de l'écume légère et teintée. On ne trouve qu'un pain, qu'on glisse sous les cheveux spongieux.

Tandis qu'on prend la main du sergent, qu'on l'interroge, lui ne fait que baver de nouvelles bulles qui s'amoncellent et on voit sa grosse tête, noire de barbe, à travers ce nuage rose. Horizontal, il semble un monstre marin qui souffle, et la transparente mousse rose s'amasse et couvre jusqu'à ses gros yeux troubles, nus de leurs lunettes.

Puis il râle. Il a un râle d'enfant, et il meurt en remuant la tête de droite et de gauche, comme s'il essayait très doucement de dire non.

Je regarde cette énorme masse immobilisée, et je songe que cet homme était bon. Il avait un cœur pur et sensible. Et combien je me reproche de l'avoir quelquefois malmené à propos de l'étroitesse naïve de ses idées et d'une certaine indiscrétion ecclésiastique qu'il apportait en tout ! Et comme je suis heureux parmi cette détresse — oui, heureux à en frissonner de joie — de m'être retenu, un jour qu'il lisait de côté une lettre que j'écrivais, de lui adresser des paroles irritées qui l'auraient injustement blessé ! Je me rappelle la fois où il m'a tant exaspéré avec son explication sur la Sainte Vierge et la France. Il me paraissait impossible qu'il émît sincèrement ces idées-là. Pourquoi n'aurait-il pas été sincère ? *Est-ce qu'il n'était pas bien réellement tué aujourd'hui ?*

... C'est alors que le tonnerre est entré : Nous avons été lancés violemment les uns sur les autres par le secouement effroyable du sol et des murs. Ce fut comme si la terre qui nous surplombait s'était effondrée et jetée sur nous. Un pan de l'armature de poutres s'écroula, élargissant le trou qui crevait le souterrain. Un autre choc : un autre pan, pulvérisé, s'anéantit en rugissant. Le cadavre du gros sergent infirmier roula comme un tronc d'arbre contre le mur. Toute la charpente en longueur du caveau, ces épaisses vertèbres noires, craqua à nous casser les oreilles, et tous les prisonniers de ce cachot firent entendre en même temps une exclamation d'horreur.

D'autres explosions résonnent coup sur coup et nous poussent dans tous les sens. Le bombardement déchiquette et dévore l'asile de secours, le transperce et le rapetisse. Tandis que cette tombée sifflante d'obus martèle et écrase à coups de foudre l'extrémité béante du poste, la lumière du jour y fait irruption par les déchirures. On voit apparaître plus précises — et plus surnaturelles — les figures enflammées ou empreintes d'une pâleur mortelle, les yeux qui s'éteignent dans l'agonie ou s'allument dans la fièvre, les corps empaquetés de blanc, rapiécés, les monstrueux bandages. Tout cela, qui se cachait, remonte au jour. Hagards, clignotants, tordus, en face de cette inondation de mitraille et de charbon qu'accompagnent des ouragans de clarté, les blessés se lèvent, s'éparpillent, cherchent à fuir. Cette population effarée roule par paquets compacts, à travers la galerie basse, comme dans la cale tanguante d'un grand bateau qui se brise.

L'aviateur, dressé le plus qu'il peut, la nuque à la voûte, agite ses bras, appelle Dieu et lui demande comment il s'appelle, quel est son vrai nom. On voit se jeter sur les autres, renversé par le vent, celui qui, débraillé, les vêtements ouverts ainsi qu'une large plaie, montre son cœur comme le Christ. La capote du crieur monotone qui répète : « Quand tu te désoleras ! », se révèle toute verte, d'un vert vif, à cause de l'acide picrique dégagé, sans doute, par l'explosion qui a ébranlé son cerveau. D'autres — le reste —, impotents, estropiés, remuent, se coulent, rampent, se faufilent dans les coins, prenant des formes de taupes, de pauvres bêtes vulnérables que pourchasse la meute épouvantable des obus.

Le bombardement se ralentit, s'arrête, dans un nuage de fumée retentissante encore des fracas, dans un grisou palpitant et brûlant. Je sors par la brèche : j'arrive, tout enveloppé, tout ligoté encore de rumeur désespérée, sous le ciel libre, dans la terre molle où sont noyés des madriers parmi lesquels les jambes s'enchevêtrent. Je m'accroche à des épaves : voici le talus du boyau. Au moment où je plonge dans les boyaux, je les vois, au loin, toujours mouvants et sombres, toujours emplis par la foule qui, débordant des tranchées, s'écoule sans fin vers les postes de secours. Pendant des jours, pendant des nuits, on y verra rouler et confluer les longs ruisseaux d'hommes arrachés des champs de bataille, de la plaine qui a des entrailles, et qui saigne et pourrit là-bas, à l'infini.

22

La virée

Ayant suivi le boulevard de la République, puis l'avenue Gambetta, nous débouchons sur la place du Commerce. Les clous de nos souliers cirés sonnent sur les pavés de la ville. Il fait beau. Le soleil ensoleillé miroite et brille comme à travers les verrières d'une serre, et fait étinceler les devantures de la place. Nos capotes bien brossées ont leurs pans abaissés et, comme ils sont relevés d'habitude, on voit se dessiner, sur ces pans flottants, deux carrés, où le drap est plus bleu.

Notre bande flâneuse s'arrête un instant, et hésite, devant le café de la Sous-Préfecture, appelé aussi le Grand Café.

— On a le droit d'entrer ! dit Volpatte.

— Il y a trop d'officiers là-dedans, repartit Blaire qui, haussant sa figure par-dessus le rideau de guipure qui habille l'établissement, a risqué un coup d'œil dans la glace, entre les lettres d'or.

— Et pis, dit Paradis, on n'a pas encore assez vu.

On se remet en marche et les simples soldats que nous sommes passent en revue les riches boutiques qui font cercle sur la place : les magasins de nouveautés, les papeteries, les pharmacies, et, tel un uniforme constellé de général, la vitrine du bijoutier. On a sorti ses sourires comme un ornement. On est exempt de tout travail jusqu'au soir, on est libre, on est propriétaire de son temps. Les jambes font un pas doux et reposant ; les mains, vides, ballantes, se promènent, elles aussi, de long en large.

— Y a pas à dire, on profite de ce repos-là, remarque Paradis.

Cette ville qui s'ouvre devant nos pas est largement impressionnante. On prend contact avec la vie, la vie populeuse, la vie de l'arrière, la

vie normale. Si souvent nous avons cru que, de là-bas, nous n'arrive-
rions jamais jusqu'ici !

On voit des messieurs, des dames, des couples encombrés d'enfants,
des officiers anglais, des aviateurs reconnaissables de loin à leur élégance svelte et à leurs décorations, et des soldats qui promènent leurs
habits grattés et leur peau frottée, l'unique bijou de leur plaque d'identité gravée, scintillant au soleil sur leur capote, et se hasardent, avec
soin, dans le beau décor nettoyé de tout cauchemar.

Nous poussons des exclamations comme font ceux qui viennent de
bien loin.

— Tu parles d'une foule ! s'émerveille Tirette.

— Ah ! c'est une riche ville ! dit Blaire.

Une ouvrière passe et nous regarde.

Volpatte me donne un coup de coude, l'avale des yeux, le cou tendu,
puis me montre plus loin deux autres femmes qui s'approchent ; et,
l'œil luisant, il constate que la ville abonde en élément féminin.

— Mon vieux, il y a d' la fesse !

Tout à l'heure, Paradis a dû vaincre une certaine timidité pour s'approcher d'un groupe de gâteaux luxueusement logés, les toucher et en
manger ; et on est obligé à chaque instant de stationner au milieu du
trottoir pour attendre Blaire, attiré et retenu par les étalages où sont
exposés des vareuses et des képis de fantaisie, des cravates de coutil
bleu tendre, des brodequins rouges et brillants comme de l'acajou.
Blaire a atteint le point culminant de sa transformation. Lui qui détenait
le record de la négligence et de la noirceur, il est certainement le plus
soigné de nous tous, surtout depuis la complication de son râtelier cassé
dans l'attaque et refait. Il observe une allure dégagée.

— Il a l'air jeune et juvénile, dit Marthereau.

Nous nous trouvons tout à coup face à face avec une créature édentée
qui sourit jusqu'au fond de la gorge. Quelques cheveux noirs se héris-
sent autour de son chapeau. Sa figure aux grands traits ingrats, criblée
de petite vérole, semble une de ces faces mal peintes sur la toile à gros
grains d'une baraque foraine.

— Elle est belle, dit Volpatte.

Marthereau, à qui elle a souri, est muet de saisissement.

Ainsi devisent les poilus placés tout d'un coup dans l'enchantement
d'une ville. Ils jouissent de mieux en mieux du beau décor net et invrai-
semblablement propre. Ils reprennent possession de la vie calme et
paisible, de l'idée de confort et même du bonheur pour qui les maisons,
en somme, ont été faites.

— On s'habituerait bien à ça, tu sais, mon vieux, après tout.

Cependant le public se masse autour d'une devanture où un
marchand de confection a réalisé, à l'aide de mannequins de bois et de
cire, un groupe ridicule :

Sur un sol semé de petits cailloux comme celui d'un aquarium, un
Allemand à genoux dans un complet neuf dont les plis sont marqués,

et qui est même ponctué d'une croix de fer en carton, tend ses deux mains de bois rose à un officier français dont la perruque frisée sert de coussin à un képi d'enfant, dont les joues se bombent, incarnadines, et dont l'œil de bébé incassable regarde ailleurs. A côté des deux personnages gît un fusil emprunté à quelque panoplie d'une boutique de jouets. Un écriteau indique le titre de la composition animée : « Kamarad ! »

— Ah ! ben zut, alors !...

Devant cette construction puérile, la seule chose rappelant ici l'immense guerre qui sévit quelque part sous le ciel, nous haussons les épaules, nous commençons à rire jaune, offusqués et blessés à vif dans nos souvenirs frais ; Tirette se recueille et se prépare à lancer quelque insultant sarcasme ; mais cette protestation tarde à éclore dans son esprit à cause de notre transplantation totale, et de l'étonnement d'être ailleurs.

Or, une dame très élégante, qui froufroute, rayonne de soie violette et noire, et est enveloppée de parfums, avise notre groupe et, avançant sa petite main gantée, elle touche la manche de Volpatte puis l'épaule de Blaire. Ceux-ci s'immobilisent instantanément, médusés par le contact direct de cette fée.

— Dites-moi, vous, messieurs, qui êtes de vrais soldats du front, vous avez vu cela dans les tranchées, n'est-ce pas ?

— Euh... oui... oui..., répondent, énormément intimidés, et flattés jusqu'au cœur, les deux pauvres hommes.

— Ah !... tu vois ! Et ils en viennent, eux ! murmure-t-on dans la foule.

Quand nous nous retrouvons entre nous, sur les dalles parfaites du trottoir, Volpatte et Blaire se regardent. Ils hochent la tête.

— Après tout, dit Volpatte, c'est à peu près ça, quoi.

— Mais oui, quoi !

Et ce fut, ce jour-là, leur première parole de reniement.

On entre dans le Café de l'Industrie et des Fleurs.

Un chemin en sparterie habille le milieu du parquet. On voit, peints le long des murs, le long des montants carrés qui soutiennent le plafond et sur le devant du comptoir, des volubilis violets, de grands pavots groseille et des roses comme des choux rouges.

— Y a pas à dire, on a du goût en France, fait Tirette.

— Il en a fallu un paquet de patience, pour faire ça, constate Blaire à la vue de ces fioritures versicolores.

— Dans ces établissements-là, ajoute Volpatte, c'est pas seulement le plaisir de boire !

Paradis nous apprend qu'il a l'habitude des cafés. Il a souvent jadis hanté, le dimanche, des cafés aussi beaux et même plus beaux que celui-là. Seulement, il y a longtemps et il avait, explique-t-il, perdu le goût qu'ils ont. Il désigne une petite fontaine en émail décoré de fleurs et pendue au mur.

— Y a d' quoi se laver les mains.

On se dirige, poliment, vers la fontaine. Volpatte fait signe à Paradis d'ouvrir le robinet.

— Fais marcher l' système baveux.

Puis, tous les cinq, nous gagnons la salle déjà garnie, dans son pourtour, de consommateurs, et nous nous installons à une table.

— Ce s' ra cinq vermouth-cassis, pas ?

— On s' rhabituerait bien, après tout, répète-t-on.

Des civils se déplacent et viennent dans notre entourage. On dit à demi-voix :

— Ils ont tous la croix de guerre, Adolphe, tu vois...

— Ce sont de vrais poilus !

Les camarades ont entendu. Ils ne conversent plus entre eux qu'avec distraction, l'oreille ailleurs, et, inconsciemment, se rengorgent.

L'instant d'après, l'homme et la femme qui émettaient ces commentaires, penchés vers nous, les coudes sur le marbre blanc, nous interrogent :

— La vie des tranchées, c'est dur, n'est-ce pas ?

— Euh... Oui... Ah ! dame, c'est pas rigolo toujours...

— Quelle admirable résistance physique et morale vous avez ! Vous arrivez à vous faire à cette vie, n'est-ce pas ?

— Mais oui, dame, on s'y fait, on s'y fait très bien...

— C'est tout de même une existence terrible et des souffrances, murmure la dame en feuilletant un journal illustré qui contient quelques sinistres vues de terrains bouleversés. On ne devrait pas publier ces choses-là, Adolphe... Il y a la saleté, les poux, les corvées... Si braves que vous soyez, vous devez être malheureux !...

Volpatte, à qui elle s'adresse, rougit. Il a honte de la misère d'où il sort et où il va rentrer. Il baisse la tête et il ment, sans peut-être se rendre compte de tout son mensonge :

— Non, après tout, on n'est pas malheureux... C'est pas si terrible que ça, allez !

La dame est de son avis :

— Je sais bien, dit-elle, qu'il y a des compensations ! Ça doit être superbe, une charge, hein ? Toutes ces masses d'hommes qui marchent comme à la fête ! Et le clairon qui sonne dans la campagne : « Y a la goutte à boire là-haut ! » et les petits soldats qu'on ne peut pas retenir et qui crient : « Vive la France ! » ou bien qui meurent en riant... Ah ! nous autres, nous ne sommes pas à l'honneur comme vous : mon mari est employé à la Préfecture, et, en ce moment, il est en congé pour soigner ses rhumatismes.

— J'aurais bien voulu être soldat, moi, dit le monsieur, mais je n'ai pas de chance : mon chef de bureau ne peut pas se passer de moi.

Les gens vont et viennent, se coudoient, s'effacent l'un devant l'autre. Les garçons se faufilent avec leurs fragiles et étincelants fardeaux verts, rouges et jaune vif bordé de blanc. Les crissements de pas sur le parquet sablé se mélangent aux interjections des habitués qui se retrouvent, les uns debout, les autres accoudés, aux bruits traînés sur le marbre des tables par les verres et les dominos... Dans le fond, le choc des billes d'ivoire attire et tasse un cercle de spectateurs d'où s'exhalent des plaisanteries classiques.

— Chacun son métier, mon brave, dit dans la figure de Tirette, à l'autre bout de la table, un homme dont la physionomie est pavoisée de teintes puissantes. Vous êtes des héros. Nous, nous travaillons à la vie économique du pays. C'est une lutte comme la vôtre. Je suis utile, je ne dirai pas plus que vous, mais autant.

Je vois Tirette — le loustic de l'escouade ! — qui fait des yeux ronds parmi les nuages des cigares, et je l'entends à peine dans le brouhaha, qui répond, d'une voix humble et assommée :

— Oui, c'est vrai... Chacun son métier.

Nous sommes partis furtivement.

Quand nous quittons le Café des Fleurs, nous ne parlons guère. Il nous semble que nous ne savons plus parler. Une sorte de mécontentement crispe et enlaidit mes compagnons. Ils ont l'air de s'apercevoir que, dans une circonstance capitale, ils n'ont pas fait leur devoir.

— Tout c'qu'i' nous ont raconté dans leur patois, ces cornards-là ! grogne enfin Tirette avec une rancune qui sort et se renforce à mesure que nous nous retrouvons entre nous.

— On aurait dû s'saouler aujourd'hui !... répond brutalement Paradis.

On marche sans souffler mot. Puis au bout d'un temps :

— C'est des moules, des sales moules, reprend Tirette. Ils ont voulu nous en foutre plein la vue, mais j'marche pas ! Si j'les r'vois, s'irrite-t-il crescendo, j'saurai bien leur dire !

— On n'les reverra pas, fait Blaire.

— Dans huit jours, on s'ra p't'êt' crevés, dit Volpatte.

Aux abords de la place, nous heurtons une cohue s'écoulant de l'Hôtel de Ville et d'un autre monument public qui présente un fronton et des colonnes de temple. C'est la sortie des bureaux : des civils de tous les genres et de tous les âges, et des militaires vieux et jeunes qui, de loin, sont habillés à peu près comme nous... Mais, de près, s'avoue leur identité de cachés et de déserteurs de la guerre à travers leurs déguisements de soldats et leurs brisques.

Des femmes et des enfants les attendent, groupés comme de jolis bonheurs. Les commerçants ferment leurs boutiques avec amour, souriant à la journée finie et au lendemain, exaltés par l'intense et perpétuel frisson de leurs bénéfices accrus, par le cliquetis grandissant de la caisse. Et ils sont restés en plein au cœur de leur foyer ; ils n'ont qu'à se baisser pour embrasser leurs enfants. On voit briller aux premières étoiles de la rue tous ces gens riches qui s'enrichissent, tous ces gens tranquilles qui se tranquillisent chaque jour, et qui sont pleins, malgré tout, d'une inavouable prière. Tout cela rentre doucement, grâce au soir, se case dans les maisons perfectionnées et les cafés où l'on vous sert. Des couples et des jeunes femmes et des jeunes hommes, civils, ou soldats, portant brodé sur leur col quelque insigne de préservation, se forment, et se hâtent dans l'assombrissement du reste du monde, vers l'aurore de leur chambre, vers la nuit de repos et de caresse.

En passant tout près de la fenêtre entr'ouverte d'un rez-de-chaussée, nous avons vu la brise gonfler le rideau de dentelle et lui donner la forme légère et douce d'une chemise de femme. L'avancée de la multitude nous refoule comme des étrangers pauvres que nous sommes.

Nous errons sur les pavés de la rue, le long du crépuscule, qui commence à se dorer d'illuminations — dans les villes, la nuit se pare de bijoux. Le spectacle de ce monde nous a enfin donné, sans que nous puissions nous en défendre, la révélation de la grande réalité : une Différence qui se dessine entre les êtres, une Différence bien plus profonde et avec des fossés plus infranchissables que celle des races, la division nette, tranchée — et vraiment irrémissible, celle-là — qu'il y a parmi la foule d'un pays, entre ceux qui profitent et ceux qui peinent..., ceux à qui on a demandé de tout sacrifier, tout, qui apportent jusqu'au bout leur nombre, leur force, et leur martyre, lesquels marchent, avancent, sourient et réussissent les autres.

Quelques vêtements de deuil font tache dans la masse et communient peut-être avec nous, mais le reste est en fête, non en deuil.

— Y a pas un seul pays, c'est pas vrai, dit tout à coup Volpatte avec une précision singulière. Y en a deux. J'dis qu'on est séparés en deux pays étrangers : ceux qui donnent, et ceux qui prennent.

— Que veux-tu ! I' faut bien qu'y ait des malheureux pour que les heureux s'en servent.

— Et qu'les heureux soient les ennemis des malheureux.

— Que veux-tu ! dit Tirette.

— Tant pis ! ajoute Blaire, plus simplement encore.

— Dans huit jours on s'ra p't'êt' crevés, se contente de répéter Volpatte, tandis qu'on s'en va, tête basse.

23

La corvée

Le soir tombe sur la tranchée. Pendant toute la journée, il s'est approché, invisible comme la fatalité, et maintenant, il envahit les talus des longs fossés comme les lèvres d'une plaie infinie.

Au fond de la crevasse, depuis le matin, on a parlé, on a mangé, on a dormi, on a écrit. A l'arrivée du soir, un remous s'est propagé dans le trou sans bornes, secouant et unifiant le désordre inerte et les solitudes des hommes éparpillés. C'est l'heure où l'on se dresse pour travailler.

Volpatte et Tirette s'approchent ensemble.

— Encore un jour de passé, un jour comme les autres, dit Volpatte en regardant la nue qui se fonce.

— T'en sais rien, not' journée n'est pas finie, répond Tirette.

Une longue expérience du malheur lui a appris qu'il ne faut pas, là où nous sommes, préjuger même de l'humble avenir d'une soirée banale et déjà entamée...

— Allons, rassemblement !

On se réunit dans la lenteur distraite de l'habitude. Chacun s'apporte avec son fusil, ses cartouchières, son bidon, et sa musette garnie d'un morceau de pain. Volpatte mange encore, la joue pointue et palpitante. Paradis grognonne et claque des dents, le nez violâtre. Fouillade traîne son fusil comme un balai. Marthereau regarde puis remet dans sa poche un triste mouchoir bouchonné, empesé.

Il fait froid, il bruine. Tout le monde grelotte.

On entend psalmodier, là-bas :

— Deux pelles, une pioche, deux pelles, une pioche...

La file s'écoule, vers ce dépôt de matériel, stagne à l'entrée et en repart hérissée d'outils.

— Tout le monde y est ? Hue ! dit le caporal.

On dévale, on roule. On va vers l'avant, on ne sait pas où. On ne sait rien, sinon que le ciel et la terre vont se confondre dans un même abîme.

On sort de la tranchée déjà noircie comme un volcan éteint, et on se retrouve sur la plaine dans le crépuscule nu.

De grands nuages gris, pleins d'eau, pendent du ciel. La plaine est grise, pâlement éclairée, avec de l'herbe bourbeuse et des balafres d'eau. De place à autre, des arbres dépouillés ne montrent plus que des schémas de membres et des contorsions.

On ne voit pas loin autour de soi, dans la fumée humide. D'ailleurs, on ne regarde que par terre, la vase où l'on glisse.

— Mince de bouillasse !

A travers champs, on pétrit et on écrase une pâte consistante visqueuse qui s'étale et reflue sans cesse devant les pas.

— D'la crème au chocolat... D'la crème au moka !

Sur les parties empierrées — les ex-routes effacées, devenues stériles comme les champs — la troupe en marche broie, à travers une couche gluante, le silex qui se désagrège et crisse sous les semelles ferrées.

— Tu dirais que tu marches sur du pain grillé avec du beurre dessus.

Parfois, sur la pente d'une butte, c'est de l'épaisse boue noire, profondément crevassée, comme il s'en accumule à l'entour des abreuvoirs dans les villages. Dans les creux : des flaques, des mares, des étangs, dont les bords irréguliers semblent en loques.

Les quolibets des loustics qui, frais et neufs au départ, criaient « coin, coin » quand il y avait de l'eau, se raréfient, s'assombrissent. Peu à peu, les loustics s'éteignent. La pluie se met à tomber dru. On l'entend. Le jour diminue, l'espace embrouillé se rapetisse. Par terre, dans l'eau, un reste de clarté jaune et livide se vautre.

A l'ouest se dessine une silhouette embuée de moines sous la pluie. C'est une compagnie du 204, enveloppée de toiles de tentes. On voit, en passant, leurs faces hâves et déteintes, leurs nez noirs, à ces grands loups mouillés. Puis on ne les voit plus.

Nous suivons la piste qui est, au milieu des champs confusément herbeux, un champ glaiseux rayé d'innombrables ornières parallèles, labouré dans le même sens par les pieds et les roues qui vont vers l'avant et qui vont vers l'arrière.

On saute par-dessus des boyaux béants. Ce n'est pas toujours facile : les bords en deviennent gluants, glissants, et des éboulements les évasent. De plus, la fatigue commence à nous peser sur les épaules. Des véhicules nous croisent à grand bruit et à grand éclaboussement. Les avant-trains d'artillerie piaffent et nous aspergent de gerbes d'eau lourde. Les camions automobiles emportent des espèces de roues liquides qui tournoient autour des roues et giclent dans le rayon de chaque tumultueuse roulotte.

A mesure que la nuit s'accentue, les attelages secoués et d'où se soulèvent des encolures de chevaux et les profils des cavaliers avec leurs manteaux flottants et leurs mousquetons en bandoulière se silhouettent d'une façon plus fantastique sur les flots nuageux du ciel. A un moment, il y a un encombrement de caissons d'artillerie. Ils s'arrêtent, piétinent, pendant qu'on passe. On entend un brouillement de cris d'essieux, de voix, de disputes, d'ordres qui se heurtent, et le grand bruit d'océan de la pluie. On voit fumer, par-dessus une mêlée obscure, les croupes des chevaux et les manteaux des cavaliers.

— Attention !

Par terre, à droite, quelque chose s'étend. C'est une rangée de morts. Instinctivement, en passant, le pied l'évite et l'œil y fouille. On perçoit des semelles dressées, des gorges tendues, les creux de vagues faces, des mains à demi crispées en l'air, au-dessus du fouillis noir.

Et nous allons, nous allons, sur ces champs encore blêmes et usés par les pas, sous le ciel où des nuages se déploient, déchiquetés comme des linges à travers l'étendue noircissante qui semble s'être salie, depuis tant de jours, par le long contact de tant de pauvre multitude humaine.

Puis on redescend dans les boyaux.

Ils sont en contre-bas. Pour les atteindre on fait un large circuit, de sorte que ceux qui sont à l'arrière-garde voient à une centaine de mètres l'ensemble de la compagnie se déployer dans le crépuscule, petits bonshommes obscurs accrochés aux pentes, qui se suivent et s'égrènent, avec leur outil et leur fusil dressés de chaque côté de leur tête, mince ligne insignifiante de suppliants qui s'enfoncent en levant les bras.

Ces boyaux, qui sont encore en deuxième ligne, sont peuplés. Au seuil de leurs abris où pend et bat une peau de bête, ou une toile grise, des hommes accroupis, hirsutes, nous regardent passer d'un œil atone, comme s'ils ne regardaient rien. Hors d'autres toiles, tirées jusqu'en bas, sortent des pieds et des ronflements.

— Nom de Dieu ! C'que c'est long ! commence-t-on à grogner parmi les marcheurs.

Un remous, un refoulement.

— Halte !

Il faut s'arrêter pour en laisser passer d'autres. On s'amoncelle, en vitupérant, sur les côtés fuyants de la tranchée. C'est une compagnie de mitrailleurs avec ses étranges fardeaux.

Ça n'en finit plus. Ces longues pauses sont harassantes. Les muscles commencent à tirer. Le piétinement prolongé nous écrase.

A peine s'est-on remis en marche qu'il faut reculer jusqu'à un boyau de dégagement pour laisser passer la relève des téléphonistes. On recule, comme un bétail malaisé.

On repart plus lourdement.

— Attention au fil !

Le fil téléphonique ondoie au-dessus de la tranchée qu'il traverse par places entre deux piquets. Quand il n'est pas assez tendu et que sa courbe plonge dans le creux, il accroche les fusils des hommes qui passent, et les hommes pris se débattent, et déblatèrent contre les téléphonistes qui ne savent jamais attacher leurs ficelles.

Puis, comme l'enchevêtrement fléchissant des fils précieux augmente, on suspend le fusil à l'épaule la crosse en l'air, on porte les pelles tête basse, et on avance en pliant les épaules.

Un soudain ralentissement s'impose à la marche. On n'avance que pas à pas, emboîtés les uns dans les autres. La tête de la colonne doit être engagée dans une passe difficile.

On arrive à l'endroit : une déclivité du sol mène à une fissure qui bée. C'est le Boyau Couvert. Les autres ont disparu par cette espèce de porte basse.

— Alors, faut entrer dans c'boudin ?

Chacun hésite avant de s'engloutir dans la mince ténèbre souterraine. C'est la somme de ces hésitations et de ces lenteurs qui se répercute dans les tronçons d'arrière de la colonne, en flottements, en engorgements avec parfois des freinages brusques.

Dès les premiers pas dans le Boyau Couvert, une lourde obscurité nous tombe dessus, et, un à un, nous sépare. Une odeur de caveau moisi et de marécage nous pénètre. On distingue au plafond de ce couloir terreux qui nous absorbe quelques rais et trous de pâleur : les interstices et les déchirures des planches du dessus ; des filets d'eau en tombent par places, abondamment, et, malgré les précautions tâtonnantes, on trébuche sur des amoncellements de bois : on heurte, de flanc, la vague présence verticale des madriers d'étai.

L'atmosphère de cet interminable passage clos trépide sourdement : c'est la machine du projecteur qui y est installée et devant laquelle on va passer.

Au bout d'un quart d'heure qu'on tâtonne, noyés, là-dedans, quelqu'un, excédé d'ombre et d'eau, et las de se cogner à de l'inconnu, grogne :

— Tant pis, j'allume !

Une lampe électrique fait jaillir son point éblouissant. Aussitôt, on entend hurler le sergent :

— Vingt dieux ! Quel est l'abruti complètement qui allume ! T'es pas dingo ? Tu n'vois donc pas qu'ça s'voit, galeux, à travers l'parquet !

La lampe électrique, après avoir éveillé, dans son cône lumineux, de sombres parois suintantes, rentre dans la nuit.

— C'est rare que ça s'voit, gouaille l'homme, on n'est pas en première ligne, tout de même !

— Ah ! ça s'voit pas !...

Et le sergent qui, inséré dans la file, continue à se porter en avant, et, on le devine, se retourne en marchant, entreprend une explication heurtée.

— Peau d'ordure, bon Dieu d'acrobate...

Mais, soudain, il brame à nouveau :

— Encore un qui fume ! Sacré bordel !

Il veut s'arrêter cette fois, mais il a beau se cabrer et se cramponner en ahanant, il est obligé de suivre le mouvement, précipitamment, et il est emporté avec les vociférations rentrées qui le dévorent, tandis que la cigarette, cause de sa fureur, disparaît en silence.

Le tapement saccadé de la machine s'accentue, et une chaleur s'épaissit autour de nous. A mesure qu'on avance, l'air tassé du boyau en vibre de plus en plus. Bientôt, la trépidation du moteur nous martèle les oreilles et nous secoue tout entiers. La chaleur augmente : c'est comme un souffle de bête qui nous vient à la face. Nous descendons vers l'agitation de quelque infernale officine, par la voie de cette fosse ensevelie, dont une rambleur rouge sombre, où s'ébauchent nos massives ombres, courbées, commence à empourprer les parois.

Dans un crescendo diabolique de vacarme, de vent chaud et de lueurs, on roule vers la fournaise. On est assourdis. On dirait maintenant que c'est le moteur qui se jette à travers la galerie, à notre rencontre, comme une motocyclette effrénée, et qui approche vertigineusement avec son phare et son écrasement.

On passe, à demi aveuglés, brûlés, devant le foyer rouge et le moteur noir, dont le volant ronfle comme l'ouragan. On a à peine le temps de voir là des remuements d'hommes. On ferme les yeux, on est suffoqué au contact de cette haleine incandescente et tapageuse.

Ensuite, le bruit et la chaleur s'acharnent en arrière de nous et s'affaiblissent... Et mon voisin ronchonne dans sa barbe :

— Et c't'idiot-là qui disait qu'ma lampe, ça s'voyait !

Voici l'air libre ! Le ciel est bleu très foncé, de la couleur à peine délavée de la terre. La pluie donne de plus belle. On marche péniblement dans ces masses limoneuses. Tout le soulier s'enfonce et c'est une meurtrissure aiguë de fatigue pour retirer le pied chaque fois. On n'y voit guère dans la nuit. On voit cependant, à la sortie du trou, un désordre de poutres qui se débattent dans la tranchée élargie : quelque abri démoli.

Un projecteur arrête en ce moment sur nous son grand bras articulé et féerique, qui se promenait dans l'infini — et on découvre que l'emmêlement de poutres déracinées et enfoncées, et de charpentes cassées, est peuplé de soldats morts. Tout près de moi, une tête a été rattachée à un corps agenouillé, avec un vague lien, et lui pend sur le dos : sur la joue une plaque noire dentelée de gouttes caillées. Un autre corps entoure de ses bras un piquet et n'est qu'à moitié tombé. Un autre, couché en cercle, déculotté par l'obus, montre son ventre et ses reins blafards. Un autre, étendu au bord du tas, laisse traîner sa main sur le passage. Dans cet endroit où l'on ne passe que la nuit — car la tranchée, comblée là par l'éboulement, est inaccessible le jour — tout le monde marche sur cette main. A la lumière du projecteur, je l'ai bien vue, squelettique, usée — vague nageoire atrophiée.

La pluie fait rage. Son bruit de ruissellement domine tout. C'est une désolation affreuse. On la sent sur la peau ; elle nous dénude. On s'engage dans le boyau découvert, tandis que la nuit et l'orage reprennent à eux seuls, et brassent cette mêlée de morts échoués et cramponnés sur ce carré de terre comme sur un radeau.

Le vent glace sur nos figures les larmes de la sueur. Il est près de minuit. Voilà six heures qu'on marche dans la pesanteur grandissante de la boue.

C'est l'heure où, dans les théâtres de Paris, constellés de lustres et fleuris de lampes, emplis de fièvre luxueuse, de frémissements de toilettes, de la chaleur des fêtes, une multitude encensée, rayonnante, parle, rit, sourit, applaudit, s'épanouit, se sent doucement remuée par les émotions ingénieusement graduées que lui a présentées la comédie, ou s'étale, satisfaite de la splendeur et de la richesse des apothéoses militaires qui bondent la scène du music-hall.

— Arrivera-t-on ? Nom de Dieu, arrivera-t-on jamais ?

Un geignement s'exhale de la longue théorie qui cahote dans les fentes de la terre, portant le fusil, portant la pelle ou la pioche sous l'averse sans fin. On marche ; on marche. La fatigue nous enivre et nous jette d'un côté, puis d'un autre : alourdis et détrempés, nous frappons de l'épaule la terre mouillée comme nous.

— Halte !

— On est arrivé ?

— Ah ! ben ouiche, arrivés !

Pour le moment, une forte reculade se dessine et nous entraîne, parmi laquelle une rumeur court :

— On s'est perdus.

La vérité se fait jour dans la confusion de la horde errante : on a fait fausse route à quelque embranchement, et maintenant, c'est le diable pour retrouver la bonne voie.

Bien plus, le bruit arrive, de bouche en bouche, que derrière nous est une compagnie en armes qui monte aux lignes. Le chemin que nous avons pris est bouché d'hommes. C'est l'embouteillage.

Il faut, coûte que coûte, essayer de regagner la tranchée qu'on a perdue et qui, paraît-il, est à notre gauche, en y filtrant par une sape quelconque. L'énervement des hommes à bout de forces éclate en gesticulations et en violentes récriminations. Ils se traînent, puis jettent leur outil et restent là. Par places, il en est de grappes compactes — on les entrevoit à la blancheur des fusées — qui se laissent tomber par terre. La troupe attend, éparpillée en longueur du sud au nord, sous la pluie impitoyable.

Le lieutenant qui conduit la marche et qui nous a perdus arrive à se frayer un passage le long des hommes, cherchant une issue latérale. Un petit boyau s'ouvre, bas et étroit.

— C'est par là qu'il faut prendre, y a pas d'erreur, s'empresse de dire l'officier. Allons, en avant, les amis !

Chacun reprend en rechignant son fardeau... Mais un concert de malédictions et de jurons s'élève du groupe qui s'est engagé dans la petite sape.

— C'est des feuillées !

Une odeur nauséabonde se dégage du boyau, en décelant indiscutablement la nature. Ceux qui étaient entrés là s'arrêtent, se butent, refusent d'avancer. On se tasse les uns sur les autres, bloqués au seuil de ces latrines.

— J'aime mieux aller par la plaine, crie un homme.

Mais des éclairs déchirent la nue au-dessus des talus, de tous les côtés, et le décor est si empoignant à voir, de ce trou garni d'ombre grouillante, avec ces gerbes de flammes retentissantes qui le surplombent dans les hauteurs du ciel, que personne ne répond à la parole du fou.

Bon gré, mal gré, il faut passer par là puisqu'on ne peut pas revenir en arrière.

— En avant dans la merde ! crie le premier de la bande.

On s'y lance, étreints par le dégoût. La puanteur y devient intolérable. On marche dans l'ordure dont on sent, parmi la bourbe terreuse, les fléchissements mous.

Des balles sifflent.

— Baissez la tête !

Comme le boyau est peu profond, on est obligé de se courber très bas pour n'être pas tué et d'aller, en se pliant, vers le fouillis d'excréments taché de papiers épars qu'on piétine.

Enfin, on retombe dans le boyau qu'on a quitté par erreur. On recommence à marcher. On marche toujours, on n'arrive jamais.

Le ruisseau qui coule à présent au fond de la tranchée lave la fétidité et l'infâme encrassement de nos pieds, tandis que nous errons, muets, la tête vide, dans l'abrutissement et le vertige de la fatigue.

Les grondements de l'artillerie se succèdent de plus en plus fréquents et finissent par ne former qu'un grondement de la terre entière. De tous les côtés, les coups de départ ou les éclatements jettent leur rapide rayon qui tache de bandes confuses le ciel noir au-dessus de nos têtes. Puis le bombardement devient si dense que l'éclairement ne cesse pas. Au milieu de la chaîne continue de tonnerre, on s'aperçoit distinctement les uns les autres, casques ruisselants comme le corps d'un poisson, cuirs mouillés, fers de pelle noirs et luisants, et jusqu'aux gouttes blanchâtres de la pluie éternelle. Je n'ai jamais encore assisté à un tel spectacle : c'est, en vérité, comme un clair de lune fabriqué à coups de canon.

En même temps une profusion de fusées partent de nos lignes et des lignes ennemies, elles s'unissent et se mêlent en groupes étoilés ; il y a eu, un moment, une Grande Ourse de fusées dans la vallée du ciel qu'on aperçoit entre les parapets — pour éclairer notre effrayant voyage.

On s'est de nouveau perdus. Cette fois, on doit être bien près des premières lignes ; mais une dépression de terrain dessine dans cette partie de la plaine une vague cuvette parcourue par des ombres.

On a longé une sape dans un sens, puis dans l'autre. Dans la vibration phosphorescente du canon, saccadée comme au cinématographe d'avant-guerre, on aperçoit au-dessus du parapet deux brancardiers essayant de franchir la tranchée avec leur brancard chargé.

Le lieutenant, qui connaît tout au moins le lieu où il doit conduire l'équipe des travailleurs, les interpelle :

— Où est-il, le Boyau Neuf ?

— J'sais pas.

On leur pose, des rangs, une autre question : « A quelle distance est-on des Boches ? » Ils ne répondent pas. Ils se parlent.

— J'm'arrête, dit celui de l'avant. J'suis trop fatigué.

— Allons ! avance, nom de Dieu ! fait l'autre d'un ton bourru en pataugeant pesamment, les bras tirés par le brancard. On va pas rester à moisir ici.

Ils posent le brancard à terre sur le parapet, l'extrémité surplombant la tranchée. On voit, en passant par-dessous, les pieds de l'homme étendu ; et la pluie qui tombe sur le brancard en dégoutte noircie.

— C'est un blessé ? demande-t-on d'en bas.

— Non, un macchab, grogne cette fois le brancardier, et i' pèse au moins quatre-vingts kilos. Des blessés, j'dis pas — d'puis deux jours et deux nuits, on n'en déporte pas — mais c'est malheureux d's'esquinter à trimbaler des morts.

Et le brancardier, debout sur le talus, jette un pied sur la base du talus qui fait face, par-dessus le trou, et, les jambes écartées à fond, péniblement équilibré, empoigne le brancard et se met en devoir de le traîner de l'autre côté ; et il appelle son camarade à son secours.

Un peu plus loin, on voit se pencher la forme d'un officier encapuchonné. Il a porté la main à sa figure et deux figures dorées ont apparu à sa manche.

Il va nous indiquer le chemin, lui... Mais il parle : il demande si on n'a pas vu sa batterie, qu'il cherche.

On n'arrivera jamais.

On arrive pourtant.

On aboutit à un champ charbonneux, hérissé de quelques maigres piquets ; et sur lequel on grimpe et on se répand en silence. C'est là.

Pour se mettre en place, c'est une affaire. A quatre reprises différentes, il faut avancer, puis rétrograder pour que la compagnie s'échelonne régulièrement sur la longueur du boyau à creuser et que le même intervalle subsiste entre chaque équipe d'un piocheur et deux pelleurs.

— Appuyez encore de trois pas... C'est trop. Un pas en arrière. Allons, un pas en arrière. Êtes-vous sourd ?... Halte !... Là !...

Cette mise au point est conduite par le lieutenant et un gradé du génie surgi de terre. Ensemble ou séparément, ils se démènent, courent le long de la file, crient leurs commandements à voix basse dans la figure des hommes qu'ils prennent par le bras, parfois, pour les guider. L'opération, commandée avec ordre, dégénère, en raison de la mauvaise humeur des hommes épuisés qui ont continuellement à se déraciner du point où ils se sont affalés, en houleuse cohue.

— On est en avant des premières lignes, dit-on tout bas autour de moi.

— Non, murmurent d'autres voix, on est juste derrière.

On ne sait pas. La pluie tombe toujours, moins fort cependant qu'à certains moments de la marche. Mais qu'importe la pluie ! On s'est étalés par terre. On est si bien, les reins et les membres posés sur la boue moelleuse, qu'on reste indifférents à l'eau qui nous pique la figure, nous passe sous la peau, et au lit spongieux qui nous tient.

Mais c'est à peine si on a le temps de souffler. On ne nous laisse pas imprudemment nous ensevelir dans le repos. Il faut se mettre au travail d'arrache-pied. Il est deux heures du matin : dans quatre heures il fera trop clair pour qu'on puisse rester ici. Il n'y a pas une minute à perdre.

— Chaque homme, nous dit-on, a à creuser 1,50 m de longueur sur 0,70 de largeur et 0,80 de profondeur. Chaque équipe a donc ses 4,50 m. Et mettez-en un coup, je vous le conseille : plus tôt ce sera fini, plus tôt vous vous en irez.

On connaît le boniment. Il n'y a pas d'exemple dans les annales du régiment qu'une corvée de terrassement soit partie avant l'heure où il fallait nécessairement qu'elle vidât les lieux pour ne pas être aperçue, repérée et détruite avec son ouvrage.

On murmure :

— Oui, oui, ça va... C'est pas la peine de nous la faire. Économise.

Mais — sauf quelques dormeurs invincibles qui tout à l'heure seront obligés de travailler surhumainement — tout le monde se met à l'œuvre avec courage.

On attaque la première couche de la ligne nouvelle : des mottes de terre filandreuses d'herbes. La facilité et la rapidité avec lesquelles s'entame le travail — comme tous les travaux de terrassement en pleine terre — donnent l'illusion qu'il sera vite terminé, qu'on pourra dormir dans son trou, et cela ravive une certaine ardeur.

Mais soit à cause du bruit des pelles, soit parce que quelques-uns, malgré les objurgations, bavardent presque haut, notre agitation éveille une fusée, qui grince verticalement sur notre droite avec sa ligne enflammée.

— Couchez-vous !

Tout le monde s'abat, et la fusée balance et promène son immense pâleur sur une sorte de champ de morts.

Lorsqu'elle est éteinte, on entend, çà et là, puis partout, les hommes se dégager de l'immobilité qui les cachait, se relever, et se remettre au travail avec plus de sagesse.

Bientôt, une autre fusée lance sa longue tige dorée, couche et immobilise encore lumineusement la ligne obscure des faiseurs de tranchées. Puis une autre, puis une autre.

Des balles déchirent l'air autour de nous. On entend crier :

— Un blessé !

Il passe soutenu par des camarades ; il semble même qu'il y a plusieurs blessés. On entrevoit ce paquet d'hommes qui se traînent l'un l'autre, et s'en vont.

L'endroit devient mauvais. On se baisse, on s'accroupit. Quelques-uns grattent la terre à genoux. D'autres travaillent allongés, peinent et se tournent et retournent, comme ceux qui ont des cauchemars. La terre, dont la première couche nous fut légère à enlever, devient glaiseuse et collante, est dure à manier et adhère à l'outil comme du mastic. Il faut, à chaque pelletée, racler le fer de la bêche.

Déjà serpente une maigre bosselure de déblais, et chacun se donne l'impression de renforcer cet embryon avec sa musette et sa capote roulée, et se pelotonne derrière ce mince tas d'ombre lorsqu'une rafale arrive...

On transpire quand on travaille ; dès qu'on s'arrête, on est transpercé de froid. Aussi est-on obligé de vaincre la douleur de la fatigue et de reprendre la tâche.

Non, on n'aura pas fini... La terre devient de plus en plus lourde. Un enchantement semble s'acharner contre nous et nous paralyser les bras. Les fusées nous harcèlent, nous font la chasse, ne nous laissent pas remuer longtemps ; et, après que chacune d'elles nous a pétrifiés dans sa lumière, nous avons à lutter contre une besogne plus rétive. C'est avec une lenteur désespérante, à coups de souffrances, que le trou descend vers les profondeurs.

Le sol s'amollit, chaque pelletée s'égoutte et coule, et se répand de la pelle avec un bruit flasque. Quelqu'un, enfin, crie :

— Y a d'la flotte !

Ce cri se répercute et court tout le long de la rangée de terrassiers.

— Y a d'la flotte. Rien à faire !

— L'équipe où est Mélusson a creusé plus profond, et c'est de l'eau. On arrive à une mare.

— Rien à faire.

On s'arrête, dans le désarroi. On entend, au sein de la nuit, le bruit des pelles et des pioches qu'on jette comme des armes vides. Les sous-officiers cherchent à tâtons l'officier pour réclamer des instructions. Et, par places, sans en demander davantage, des hommes s'endorment délicieusement sous la caresse de la pluie et sous les fusées radieuses.

C'est à peu près à ce moment — autant qu'il me souvient — que le bombardement a commencé.

Le premier obus est arrivé dans un craquement terrible de l'air, qui a paru se déchirer en deux, et d'autres sifflements convergeaient déjà sur nous lorsque son explosion souleva le sol vers la tête du détachement au sein de la grandeur de la nuit et de la pluie, montrant des gesticulations sur un brusque écran rouge.

Sans doute, à force de fusées, ils nous avaient vus et avaient réglé leur tir sur nous...

Les hommes se précipitèrent, se roulèrent vers le petit fossé inondé qu'ils avaient creusé. On s'y inséra, on s'y baigna, on s'y enfonça, en disposant les fers des pelles au-dessus des têtes. A droite, à gauche, en avant, en arrière, des obus éclatèrent, si proches, que chacun nous bousculait et nous secouait dans notre couche de terre glaise. Ce fut bientôt un seul tremblement continu qui agitait la chair de ce morne caniveau bondé d'hommes et écaillé de pelles, sous des couches de fumée et des chutes de clarté. Les éclats et les débris se croisaient dans tous les sens avec leurs réseaux de clameurs, sur le champ ébloui. Il

ne s'est pas passé de seconde que tous n'aient pensé ce que quelques-
uns balbutiaient la face par terre :

— On est foutu, c'coup-ci.

Une forme, un peu en avant de l'endroit où je suis, s'est soulevée et
a crié :

— Allons-nous-en !

Des corps qui gisaient s'érigèrent à moitié hors du linceul de boue
qui, de leurs membres, coulaient en pans, en lambeaux liquides, et ces
spectres crièrent :

— Allons-nous-en !

On était à genoux, à quatre pattes ; on se poussait du côté de la
retraite.

— Avancez ! Allons, avancez !

Mais la longue file resta inerte. Les plaintes frénétiques des crieurs
ne la déplaçaient pas. Ceux qui étaient, là-bas, au bout, ne bougeaient
pas et leur immobilité bloquait la masse.

Des blessés passèrent par-dessus les autres, rampant sur eux comme
sur des débris, et ces blessés ont arrosé toute la compagnie de leur sang.

On apprit enfin la cause de l'affolante immobilité de la queue du
détachement :

— Y a un barrage au bout.

Une étrange panique emprisonnée, aux cris inarticulés, aux gestes
murés, s'empara des hommes qui étaient là. Ils se débattaient sur place
et clamaient. Mais, si petit que fût l'abri du fossé ébauché, personne
n'osait sortir de ce creux qui nous empêchait de dépasser le niveau du
sol, pour fuir la mort vers la tranchée transversale qui devait être là-
bas... Les blessés auxquels il était permis de ramper par-dessus les
vivants risquaient singulièrement en le faisant et à tout instant étaient
frappés et retombaient au fond.

C'était vraiment une pluie de feu qui s'abattait partout, mêlée à la
pluie. De la nuque aux talons on vibrait, mêlés profondément aux
vacarmes surnaturels. La plus hideuse des morts descendait et sautait
et plongeait tout autour de nous dans des flots de lumière. Son éclat
soulevait et arrachait l'attention dans tous les sens. La chair s'apprêtait
au monstrueux sacrifice !... L'émotion qui nous annihilait était si forte
qu'en ce moment seulement on s'est souvenu qu'on avait déjà parfois
éprouvé cela, subi ce déversement de mitraille avec sa brûlure hurlante
et sa puanteur. Ce n'est que pendant un bombardement qu'on se rappelle vraiment ceux qu'on a supportés déjà.

Et, sans arrêt, rampaient de nouveaux blessés, fuyant quand même,
qui faisaient peur et au contact desquels on gémissait parce qu'on se
répétait :

— On ne sortira pas de là, personne ne sortira de là.

Soudain, un vide se produisit dans l'agglomération humaine ; la
masse s'aspirait vers l'arrière ; on dégageait.

On a commencé par ramper, puis on a couru, courbés dans la boue et l'eau miroitante d'éclairs ou de reflets pourprés, en trébuchant et en tombant à cause des inégalités du fond cachées par l'eau, semblables nous-mêmes à de lourds projectiles éclabousseurs qui se ruaient, bousculés par la foudre à ras de terre.

On arriva au début du boyau qu'on avait commencé à creuser.

— Y a pas d'tranchée. Y a rien.

En effet, dans la plaine où s'était amorcé notre travail de terrassement, l'œil ne découvrait pas l'abri. On ne voyait que la plaine, un énorme désert furieux, même au coup d'aile tempétueux des fusées. La tranchée ne devait pas être loin puisque nous étions arrivés en la suivant. Mais de quel côté se diriger pour la trouver ?

La pluie redoubla. On resta là un instant, balancés dans un lugubre désappointement, accumulés au bord de l'inconnu foudroyé, puis ce fut une débandade. Les uns se portèrent à gauche, les autres à droite, les autres droit devant eux, tous minuscules et ne durant qu'un instant au sein de la pluie tonitruante, séparés par des rideaux de fumée enflammée et des avalanches noires.

Le bombardement diminua sur nos têtes. C'était surtout vers l'emplacement où nous nous étions trouvés qu'il se multipliait. Mais d'une seconde à l'autre, il pouvait venir tout barrer et tout faire disparaître.

La pluie devenait de plus en plus torrentielle. C'était le déluge dans la nuit. Les ténèbres étaient si épaisses que les fusées n'en éclairaient que des tranches nuageuses, rayées d'eau, au fond desquelles allaient, venaient, couraient en rond des fantômes désemparés.

Il m'est impossible de dire pendant combien de temps j'ai erré avec le groupe auquel j'étais resté attaché. Nous sommes allés dans les fondrières. Nos regards tendus essayaient, en avant de nous, de tâtonner vers le talus et le fossé sauveurs, vers la tranchée qui était quelque part, dans le gouffre, comme un port.

Un cri de réconfort s'est enfin fait entendre à travers le fracas de la guerre et des éléments :

— Une tranchée !

Mais le talus de cette tranchée bougeait. C'étaient des hommes confusément mêlés, qui semblaient s'en détacher, l'abandonner.

— N'restez pas là, les gars, crièrent ces fuyards, ne v'nez pas, n'approchez pas ! C'est affreux. Tout s'écroule. Les tranchées foutent le camp, les guitounes se bouchent. La boue entre partout. Demain matin y aura plus d'tranchées. C'est fini d'toutes les tranchées d'ici !

On s'en alla. Où ? On avait oublié de demander la moindre indication à ces hommes qui, aussitôt qu'ils étaient apparus, ruisselants, s'étaient engloutis dans l'ombre.

Même notre petit groupe s'émietta au milieu de ces dévastations. On ne savait plus avec qui on était. Chacun allait : tantôt c'était l'un, tantôt c'était l'autre qui sombrait dans la nuit, disparaissant vers sa chance de salut.

On monta, on descendit des pentes. J'entrevis devant moi des hommes fléchis et bossus gravissant une côte glissante où la boue les tirait en arrière, d'où les repoussaient le vent et la pluie, sous un dôme d'éclairs sourds.

Puis, on reflua dans un marécage où on enfonçait jusqu'aux genoux. On marchait en levant très haut les pieds avec un bruit de nageurs. On accomplissait pour avancer un effort énorme qui, à chaque enjambée, se ralentissait d'une façon angoissante.

Là on a senti approcher la mort, mais nous avons échoué sur une sorte de môle d'argile qui coupait le marécage. Nous avons suivi le dos glissant de ce grêle îlot, et je me souviens qu'à un moment, pour ne pas être précipités en bas de la crête flasque et sinueuse, nous avons dû nous baisser, et nous guider en touchant une bande de morts qui y étaient à demi enfoncés. Ma main a rencontré des épaules, des dos durs, une face froide comme un casque, et une pipe qu'une mâchoire continuait à serrer désespérément.

Sortis de là, levant vaguement nos faces au hasard, nous entendîmes un groupe de voix résonner non loin de nous.

— Des voix ! Ah ! des voix !

Elles nous ont semblé douces, ces voix, comme si elles nous appelaient par nos noms. On s'est réunis pour s'approcher du fraternel murmure.

Les paroles devinrent distinctes ; elles étaient tout près, dans ce monticule entrevu là comme une oasis, et pourtant on n'entendait pas ce qu'elles disaient. Les sons s'embrouillaient ; on ne comprenait pas.

— Qu'est-c' qu'i's disent donc ? demanda l'un de nous d'un ton étrange.

Nous cessâmes, instinctivement, de chercher par où entrer.

Un doute, un soupçon nous empoignaient. Alors on perçut des mots très nettement articulés qui retentirent :

— Achtung !... Zweites Geschütz... Schuss...

Et, en arrière, un coup de canon a répondu à cet ordre téléphonique. La stupéfaction et l'horreur nous assommèrent d'abord.

— Où sommes-nous ? Tonnerre de Dieu ! où sommes-nous ?

On a fait demi-tour, lentement malgré tout, alourdis par plus d'épuisement et de regret, et on s'enfuit, criblés de fatigue comme d'une quantité de blessures, tirés vers la terre ennemie, gardant juste assez d'énergie pour repousser la douceur qu'il y aurait eu à se laisser mourir.

Nous arrivâmes dans une grande plaine. Et là, on s'arrêta, on se jeta par terre, au bord d'un tertre, on s'y adossa, incapables de faire un pas de plus.

Mes vagues compagnons et moi, nous ne bougeâmes plus. La pluie nous lava la face ; elle nous ruissela dans le dos et la poitrine, et, pénétrant par l'étoffe des genoux, remplit nos souliers.

On serait peut-être tués au jour, ou prisonniers. Mais on ne pensait plus à rien. On ne pouvait plus, on ne savait plus.

24

L'aube

A la place où nous nous sommes laissés tomber, nous attendons le jour. Il vient, peu à peu, glacé et sombre, sinistre, et se diffuse sur l'étendue livide.

La pluie a cessé de couler. Il n'y en a plus au ciel. La plaine plombée, avec ses miroirs d'eau ternis, a l'air de sortir non seulement de la nuit, mais de la mer.

A demi assoupis, à demi dormants, ouvrant parfois les yeux pour les refermer, paralysés, rompus et froids, nous assistons à l'incroyable recommencement de la lumière.

Où sont les tranchées ?

On voit des lacs, et, entre ces lacs, des lignes d'eau laiteuse et stagnante.

Il y a plus d'eau encore qu'on n'avait cru. L'eau a tout pris ; elle s'est répandue partout, et la prédiction des hommes de la nuit s'est réalisée : il n'y a plus de tranchées. Ces canaux, ce sont les tranchées ensevelies. L'inondation est universelle. Le champ de bataille ne dort pas, il est mort. Là-bas, la vie continue peut-être, mais on ne voit pas jusque-là.

Je me soulève à moitié, péniblement, en oscillant, comme un malade, pour regarder cela. Ma capote m'étreint de son fardeau terrible. Il y a trois formes monstrueusement informes à côté de moi. L'une — c'est Paradis avec une extraordinaire carapace de boue, une boursouflure à la ceinture, à la place de ses cartouchières — se lève aussi. Les autres dorment et ne font aucun mouvement.

Et puis, quel est ce silence ? Il est prodigieux. Pas un bruit, sinon, de temps en temps, la chute d'une motte de terre dans l'eau, au milieu de cette paralysie fantastique du monde. On ne tire pas... Pas d'obus, parce qu'ils n'éclatent pas. Pas de balles, parce que les hommes...

Les hommes, où sont les hommes ?

Peu à peu on les voit. Il y en a, non loin de nous, qui dorment affalés, enduits de boue des pieds à la tête, presque changés en choses.

A quelque distance, j'en distingue d'autres, recroquevillés et collés comme des escargots le long d'un talus arrondi et à demi résorbé par l'eau. C'est une rangée immobile de masses grossières, de paquets placés côte à côte, dégoulinant d'eau et de boue, de la couleur du sol auquel ils sont mêlés.

Je fais un effort pour rompre le silence ; je parle, je dis à Paradis qui regarde aussi de ce côté :

— Sont-ils morts ?

— Tout à l'heure on ira voir, dit-il à voix basse. Restons là encore un peu. Tout à l'heure on aura le courage d'y aller.

Tous les deux on se regarde et on jette les yeux sur ceux qui sont venus s'abattre ici. On a des figures tellement lassées que ce ne sont plus des figures ; quelque chose de sale, d'effacé et de meurtri, aux yeux sanglants, en haut de nous. Nous nous sommes vus sous tous les aspects, depuis le commencement — et pourtant, nous ne nous reconnaissons plus.

Le bloc de Paradis se détourne, regarde ailleurs.

Tout à coup, je le vois qui est saisi d'un tremblement. Il étend un bras énorme, encroûté de boue :

— Là... là..., fait-il.

Sur l'eau qui déborde d'une tranchée au milieu d'un terrain particulièrement hachuré et raviné, flottent des masses, des récifs ronds.

Nous nous traînons jusque-là. Ce sont des noyés.

Leurs têtes et leurs bras plongent dans l'eau. On voit transparaître leurs dos avec les cuirs de l'équipement, vers la surface du liquide plâtreux et leurs cottes de toile bleue sont gonflées, avec les pieds emmanchés de travers sur ces jambes ballonnées, comme les pieds noirs boulus adaptés aux jambes informes des bonshommes en baudruche. Sur un crâne immergé, des cheveux se tiennent droit dans l'eau comme des herbes aquatiques. Voici une figure qui affleure, la tête est échouée contre le bord, et le corps disparaît dans la tombe trouble. La face est levée vers le ciel. Les yeux sont deux trous blancs, la bouche est un trou noir. La peau jaune, boursouflée, de ce masque, apparaît molle et plissée, comme de la pâte refroidie.

Ce sont les veilleurs qui étaient là. Ils ne sont pas blessés : leurs blessures se verraient par la couleur de l'eau. Ils n'ont pas pu se dépêtrer de la boue. Tous leurs efforts pour sortir de cette fosse à l'escarpement gluant qui s'emplissait d'eau, lentement, fatalement, ne faisaient que les attirer davantage au fond. Ils sont morts cramponnés à l'appui fuyant de la terre.

Là sont nos premières lignes, et là les premières lignes allemandes, pareillement silencieuses et refermées dans l'eau.

Nous allons jusqu'à ces molles ruines. On passe au milieu de ce qui était hier encore la zone d'épouvante, dans l'intervalle terrible au seuil duquel a dû s'arrêter l'élan de notre dernière attaque, où les balles et les obus n'avaient pas cessé de sillonner l'espace depuis un an et demi, et où, ces jours-là, leurs averses transversales se sont furieusement croisées au-dessus de la terre, d'un horizon à l'autre.

C'est maintenant un surnaturel champ de repos. Le terrain est partout taché d'êtres qui dorment, ou qui, s'agitant doucement, levant un bras, levant la tête, se mettent à revivre, ou sont en train de mourir.

La tranchée ennemie achève de sombrer en elle-même dans le fond de grands vallonnements et d'entonnoirs marécageux, hérissés de boue, et elle y forme une ligne de flaques et de puits. On en voit, par places, remuer, se morceler et descendre les bords qui surplombaient encore. A un endroit, on peut se pencher sur elle.

Dans ce cycle vertigineux de fange, pas de corps. Mais, là, pire qu'un corps, un bras, seul, nu et pâle comme la pierre, sort d'un trou qui se dessine confusément dans la paroi à travers l'eau. L'homme a été enterré dans son abri et n'a eu que le temps de faire jaillir son bras.

De tout près, on remarque que des amas de terre alignés sur les restes des remparts de ce gouffre étranglé sont des êtres. Sont-ils morts ? dorment-ils ? On ne sait pas. En tout cas, ils reposent.

Sont-ils allemands ou français ? On ne sait pas.

L'un d'eux a ouvert les yeux et nous regarde en balançant la tête. On lui dit :

— Français ?

Puis :

— Deutsch ?

Il ne répond pas, il referme les yeux et retourne à l'anéantissement. On n'a jamais su qui c'était.

On ne peut pas déterminer l'identité de ces créatures : ni à leur vêtement, couvert d'une épaisseur de fange ; ni à la coiffure : ils sont nu-tête ou emmaillotés de laine sous leur cagoule fluide et fétide ; ni aux armes : ils n'ont pas leur fusil, ou bien leurs mains glissent sur une chose qu'ils ont traînée, masse informe et gluante, semblable à une espèce de poisson.

Tous ces hommes à face cadavérique, qui sont devant nous et derrière nous, au bout de leurs forces, vides de paroles comme de volonté, tous ces hommes chargés de terre, et qui portent, pourrait-on dire, leur ensevelissement, se ressemblent comme s'ils étaient nus. De cette nuit épouvantable il sort d'un côté ou d'un autre quelques revenants revêtus exactement du même uniforme de misère et d'ordure.

C'est la fin de tout. C'est, pendant un moment, l'arrêt immense, la cessation épique de la guerre.

A une époque, je croyais que le pire enfer de la guerre ce sont les flammes des obus, puis j'ai pensé longtemps que c'était l'étouffement des souterrains qui se rétrécissent éternellement sur nous. Mais non, l'enfer, c'est l'eau.

Le vent s'élève. Il est glacé et son souffle glacé passe au travers de nos chairs. Sur la plaine déliquescente et naufragée, mouchetée de corps entre ses gouffres d'eau vermiculaires, entre ses îlots d'hommes immobiles agglutinés ensemble comme des reptiles, sur ce chaos qui s'aplatit et sombre, de légères ondulations de mouvements se dessinent. On voit se déplacer lentement des bandes, des tronçons de caravanes composées d'êtres qui plient sous le poids de leurs casques et de leurs tabliers de boue, et se traînent, se dispersent et grouillent au fond du reflet obscurci du ciel. L'aube est si sale qu'on dirait que le jour est déjà fini.

Les survivants émigrent à travers cette steppe désolée, chassés par un grand malheur indicible qui les exténue et les effare — lamentables, et quelques-uns sont dramatiquement grotesques lorsqu'ils se précisent, à demi déshabillés par l'enlisement dont ils se sauvent encore.

En passant, ils jettent les yeux autour d'eux, nous contemplent, puis retrouvent en nous des hommes, et nous disent dans le vent :

— Là-bas, c'est pire qu'ici. Les bonshommes tombent dans les trous et on n'peut pas les retirer. Tous ceux qui, pendant la nuit, ont mis pied sur le bord d'un trou d'obus, sont morts... Là-bas, d'où qu'on vient, tu vois par terre une tête qui r'mue les bras, scellée ; il y a un chemin de claies qui, par endroits, ont cédé et se sont trouées, et c'est une souricière d'hommes. Là où il n'y a plus de claies, il y a deux mètres d'eau... Leur fusil ! y en a qui n'ont jamais pu l'déraciner. Regarde ceux-là : on a coupé tout le bas de leur capote — tant pis pour les poches — pour les dégager, et ainsi parce qu'ils n'avaient pas la force de tirer un poids pareil... La capote de Dumas, qu'on a pu lui enlever, elle pesait bien quarante kilos : on pouvait tout juste, à deux, la soulever des deux mains... Tiens, lui, qu'a les jambes nues, ça lui a tout arraché, son pantalon, son caleçon, ses souliers. — tout ça arraché par la terre. On n'a jamais vu ça, jamais.

Et égrenés, car ces traînards ont des traînards, ils s'enfuient dans une épidémie d'épouvante, leurs pieds extirpant du sol de massives racines de boue. On voit s'effacer ces rafales d'hommes, décroître les blocs qu'ils font, murés dans des vêtements énormes.

Nous nous levons. Debout, le vent glacial nous fait frissonner comme des arbres.

Nous allons à petits pas. On oblique, attirés par une masse formée de deux hommes étrangement mêlés, épaule contre épaule, les bras autour du cou l'un de l'autre. Le corps à corps de deux combattants qui se sont entraînés dans la mort et s'y maintiennent, incapables pour toujours de se lâcher ? Non, ce sont deux hommes qui se sont appuyés l'un sur l'autre pour dormir. Comme ils ne pouvaient pas s'étendre sur le sol qui se dérobait et voulait s'étendre sur eux, ils se sont penchés l'un vers l'autre, se sont empoignés aux épaules, et se sont endormis, enfoncés jusqu'aux genoux dans la glaise.

On respecte leur immobilité, et on s'éloigne de cette double statue du pauvre cœur humain.

Puis nous nous arrêtons bientôt nous-mêmes. Nous avons trop présumé de nos forces. Nous ne pouvons pas encore nous en aller. Ce n'est pas encore fini. On s'écroule à nouveau dans une encoignure pétrie, avec le bruit d'un bloc de gadoue qu'on jette.

On ferme les yeux. De temps en temps, on les ouvre.

Des gens se dirigent en titubant vers nous. Ils se penchent sur nous, et parlent d'une voix basse et lassée. L'un d'eux dit :

— *Sie sind todt. Wir bleiben hier...*

L'autre répond : « *Ia* », comme un soupir.

Mais ils nous voient remuer. Alors, aussitôt, ils échouent en face de nous. L'homme à la voix sans accent s'adresse à nous :

— Nous levons les bras, dit-il.

Et ils ne bougent pas.

Puis ils s'affalent rapidement — soulagés, et, comme si c'était la fin de leur tourment l'un d'eux, qui a sur la face des dessins de boue comme un sauvage, esquisse un sourire.

— Reste là, lui dit Paradis sans remuer sa tête qui est appuyée en arrière sur un monticule. Tout à l'heure, tu viendras avec nous, si tu veux.

— Oui, dit l'Allemand. J'en ai assez.

On ne lui répond pas.

Il dit :

— Les autres aussi ?

— Oui, dit Paradis, qu'ils restent aussi s'ils veulent.

Ils sont quatre qui se sont étendus par terre. L'un d'eux se met à râler. C'est comme un chant sanglotant qui s'élève de lui. Alors les autres se dressent à demi, à genoux, autour de lui et roulent de gros yeux dans leurs figures bigarrées de saleté. Nous nous soulevons et regardons cette scène. Mais le râle s'éteint, et la gorge noirâtre, qui remuait seule sur ce grand corps comme un petit oiseau, s'immobilise.

— *Er ist todt,* dit un des hommes.

Il commence à pleurer. Les autres se réinstallent pour dormir. Le pleureur s'endort en pleurant.

Quelques soldats sont venus, en faisant des faux pas, cloués par des arrêts soudains, comme des ivrognes, ou bien en glissant comme des vers, se réfugier jusqu'ici parmi les creux où nous sommes déjà incrustés, et on s'endort pêle-mêle dans la fosse commune.

On se réveille. On se regarde, Paradis et moi, et on se souvient. On rentre dans la vie et dans la clarté du jour comme dans un cauchemar. Devant nous renaît la plaine désastreuse où de vagues mamelons s'estompent, immergés, la plaine d'acier, rouillée par places, et où reluisent les lignes et les plaques de l'eau — et dans l'immensité, semés çà et là comme des immondices, les corps anéantis qui y respirent ou s'y décomposent.

Paradis me dit :

— Voilà la guerre.

« Oui, c'est ça, la guerre, répète-t-il d'une voix lointaine. C'est pa' aut' chose.

Il veut dire, et je comprends avec lui :

« Plus que les charges qui ressemblent à des revues, plus que les batailles visibles déployées comme des oriflammes, plus même que les corps à corps où l'on se démène en criant, cette guerre, c'est la fatigue épouvantable, surnaturelle, et l'eau jusqu'au ventre, et la boue et l'ordure et l'infâme saleté. C'est les faces moisies et les chairs en loques et les cadavres qui ne ressemblent même plus à des cadavres, surnageant sur la terre vorace. C'est cela, cette monotonie infinie de misères, interrompue par des drames aigus, c'est cela, et non pas la baïonnette qui étincelle comme de l'argent, ni le chant de coq du clairon au soleil ! »

Paradis pensait si bien à cela qu'il remâcha un souvenir, et gronda :

— Tu t'rappelles la bonne femme de la ville où on a été faire une virée, y a pas si longtemps d'ça, qui parlait des attaques, qui en bavait, et qui disait : « Ça doit être beau à voir !... » ?

Un chasseur, qui était allongé sur le ventre, aplati comme un manteau, leva la tête hors de l'ombre ignoble où elle plongeait, et s'écria :

— Beau ! Ah ! merde alors !

« C'est tout à fait comme si une vache disait : "Ça doit être beau à voir, à La Villette, ces multitudes de bœufs qu'on pousse en avant !" »

Il cracha de la boue, la bouche barbouillée, la face déterrée comme une bête.

— Qu'on dise : « Il le faut », bredouilla-t-il d'une étrange voix saccadée, déchirée, haillonneuse. Bien. Mais beau ! Ah ! merde alors !

Il se débattait contre cette idée. Il ajouta tumultueusement :

— C'est avec des choses comme ça qu'on dit, qu'on s'fout d'nous jusqu'au sang !

Il recracha, mais, épuisé par l'effort qu'il avait fait, il retomba dans son bain de vase et il remit la tête dans son crachat.

Paradis, hanté, promenait sa main sur la largeur du paysage indicible, l'œil fixe, et répétait sa phrase :

— C'est ça, la guerre... Et c'est ça partout. Qu'est-ce qu'on est, nous autres, et qu'est-ce que c'est, ici ? Rien du tout. Tout ça qu'tu vois, c'est un point. Dis-toi bien qu'il y a ce matin dans le monde trois mille kilomètres de malheureux pareils, ou à peu près, ou pires.

— Et puis, dit le camarade qui était à côté de nous — et qu'on ne reconnaissait pas, même à la voix qui sortait de lui —, demain ça r'commencera. Ça avait bien r'commencé avant-hier et les autres jours d'avant !

Le chasseur, avec effort, comme s'il déchirait le sol, arracha son corps de la terre où il avait moulé une dépression semblable à un cercueil suintant, et il s'assit dans ce trou. Il cligna des yeux, secoua sa figure frangée de vase, pour la nettoyer, et dit :

— On s'en tirera cette fois-ci encore. Et qui sait, p't'êt' que demain aussi on s'en tirera ! Qui sait ?

Paradis, le dos plié sous des tapis de terreau et de glaise, cherchait à rendre l'impression que la guerre est inimaginable, et incommensurable dans le temps et l'espace.

— Quand on parle de toute la guerre, songeait-il tout haut, c'est comme si on n'disait rien. Ça étouffe les paroles. On est là, à r'garder ça, comme des espèces d'aveugles...

Une voix de basse roula un peu plus loin :

— Non, on n'peut pas s'figurer.

A cette parole un brusque éclat de rire se déchira.

— D'abord, comment, sans y avoir été, s'imaginerait-on ça ?

— I' faudrait être fou ! dit le chasseur.

Paradis se pencha sur une masse étendue, à côté de lui.

— Tu dors ?

— Non, mais j'bouge pas, barbota aussitôt une voix étouffée et terrorisée qui sourdait de la masse, couverte d'une housse limoneuse, épaisse et si bossuée qu'elle semblait piétinée. J'vas t'dire : j'crois qu'j'ai l'ventre crevé. Mais j'en suis pas sûr, et j'ose pas l'savoir.

— On va voir...

— Non, pas encore, dit l'homme. J'voudrais rester encore un peu comme ça.

Les autres ébauchaient des mouvements en clapotant, se traînant sur les coudes, rejetant l'infernale couverture pâteuse qui les écrasait. La paralysie du froid se dissipait petit à petit parmi cette grappe de suppliciés, bien que la clarté ne progressât plus sur la grande mare irrégulière où descendait la plaine. La désolation continuait, non le jour.

L'un de nous, qui parlait tristement, comme une cloche, dit :

— T'auras beau raconter, s'pas, on t'croira pas. Pas par méchanceté ou par amour de s'ficher d'toi, mais pa'ce qu'on n'pourra pas. Quand tu diras plus tard, si t'es encore vivant pour placer ton mot : « On a fait des travaux d'nuit, on a été sonnés, pis on a manqué s'enliser », on répondra : « Ah ! », p't'êt' qu'on dira : « Vous n'avez pas dû rigoler lourd pendant l'affaire. » C'est tout. Personne ne saura. I' n'y aura qu'toi.

— Non, pas même nous, pas même nous ! s'écria quelqu'un.

— J' dis comme toi, moi : nous oublierons, nous... Nous oublions déjà, mon pauv' vieux !

— Nous en avons trop vu !

— Et chaque chose qu'on a vue était trop. On n'est pas fabriqué pour contenir ça... Ça fout l'camp d'tous les côtés ; on est trop p'tit.

— Un peu, qu'on oublie ! Non seulement la durée de la grande misère qui est, comme tu dis, incalculable, depuis l'temps qu'elle dure : les marches qui labourent et r'labourent les terres, talent les pieds, usent les os, sous le poids de la charge qui a l'air de grandir dans le ciel, l'éreintement jusqu'à ne plus savoir son nom, les piétinements et les immobilités qui vous broient, les travaux qui dépassent les forces, les veilles, sans bornes, à guetter l'ennemi qui est partout dans la nuit, et à lutter contre le sommeil — et l'oreiller de fumier et de poux. Mais même les sales coups où s'y mettent les marmites et les mitrailleuses, les mines, les gaz asphyxiants, les contre-attaques. On est plein de la présence de la réalité au moment ; au moment, on a raison. Mais tout ça s'use dans vous et s'en va, au moment, on ne sait comment, on ne sait où, et i' n'reste plus qu'les noms, qu'les mots de la chose, comme dans un communiqué.

— C'est vrai, c'qui dit, fit un homme sans remuer la tête dans sa cangue. Quand j'sui' été en permission, j'ai vu qu'j'avais oublié déjà bien des choses de ma vie d'avant. Y a des lettres de moi que j'ai relues comme si c'était un livre que j'ouvrais. Et pourtant, *malgré ça*, j'ai oublié aussi ma souffrance de la guerre. On est des machines à oublier. Les hommes, c'est des choses qui pensent un peu, et qui, surtout, oublient. Voilà ce qu'on est.

— Ni les autres, ni nous, alors ! Le malheur est perdu !

Cette perspective vint s'ajouter à la déchéance de ces créatures comme la nouvelle d'un désastre plus grand, les abaisser encore sur leur grève de déluge.

— Ah ! si on se rappelait ! s'écria l'un.

— Si on s' rappelait, dit l'autre, y aurait plus d'guerre !

Un troisième ajouta magnifiquement :

— Oui, si on s'rappelait, la guerre serait moins inutile qu'elle ne l'est.

Mais tout d'un coup, un des survivants couchés se dressa à genoux, secoua ses bras boueux et d'où tombait la boue, et, noir comme une grande chauve-souris engluée, il cria sourdement :

— Il ne faut plus qu'il y ait de guerre après celle-là !

Dans ce coin bourbeux où, faibles encore et impotents, nous étions assaillis par des souffles de vent qui nous empoignaient si brusquement et si fort que la surface du terrain semblait osciller comme une épave, le cri de l'homme qui avait l'air de vouloir s'envoler éveilla d'autres cris pareils :

— Il ne faut plus qu'il y ait de guerre après celle-là !

Les exclamations sombres, furieuses, de ces hommes enchaînés à la terre, incarnés de terre, montaient et passaient dans le vent comme des coups d'aile :

— Plus de guerre, plus de guerre !

— Oui, assez !

— C'est trop bête, aussi... C'est trop bête, mâchonnaient-ils. Qu'est-ce que ça signifie, au fond, tout ça — tout ça qu'on n'peut même pas dire !

Ils bafouillaient, ils grognaient comme des fauves sur leur banquise disputée par les éléments, avec leurs sombres masques en lambeaux. La protestation qui les soulevait était tellement vaste qu'elle les étouffait.

— On est fait pour vivre, pas pour crever comme ça !

— Les hommes sont faits pour être des maris, des pères — des hommes, quoi ! —, pas des bêtes qui se traquent, s'égorgent et s'empestent.

— Et tout partout, partout, c'est des bêtes, des bêtes féroces ou des bêtes écrasées. Regarde, regarde !

... Je n'oublierai jamais l'aspect de ces campagnes sans limites sur la face desquelles l'eau sale avait rongé les couleurs, les traits, les reliefs, dont les formes attaquées par la pourriture liquide s'émiettaient et s'écoulaient de toutes parts, à travers les ossatures broyées des piquets, des fils de fer, des charpentes — et, là-dessus, parmi ces sombres immensités de Styx, la vision de ce frissonnement de raison, de logique et de simplicité, qui s'était mis soudain à secouer ces hommes comme de la folie.

On voyait que cette idée les tourmentait : qu'essayer de vivre sa vie sur terre et d'être heureux, ce n'est pas seulement un droit, mais un devoir — et même un idéal et une vertu ; que la vie sociale n'est faite que pour donner plus de facilité à chaque vie intérieure.

— Vivre !...

— Nous !... Toi... Moi...

— Plus de guerre. Ah ! non... C'est trop bête !... ! Pire que ça, c'est trop...

Une parole vint en écho à leur vague pensée, à leur murmure morcelé et avorté de foule... J'ai vu se soulever un front couronné de fange et la bouche a proféré au niveau de la terre :

— Deux armées qui se battent, c'est une grande armée qui se suicide !

— Tout de même, qu'est-ce que nous sommes depuis deux ans ? De pauvres malheureux incroyables, mais aussi des sauvages, des brutes, des bandits, des salauds.

— Pire que ça ! mâcha celui qui ne savait employer que cette expression.

— Oui, je l'avoue !

Dans la trêve désolée de cette matinée, ces hommes qui avaient été tenaillés par la fatigue, fouettés par la pluie, bouleversés par toute une nuit de tonnerre, ces rescapés des volcans et de l'inondation entrevoyaient à quel point la guerre, aussi hideuse au moral qu'au physique, non seulement viole le bon sens, avilit les grandes idées, commande tous les crimes — mais ils se rappelaient combien elle avait développé en eux et autour d'eux tous les mauvais instincts sans en excepter un seul : la méchanceté jusqu'au sadisme, l'égoïsme jusqu'à la férocité, le besoin de jouir jusqu'à la folie.

Ils se figurent tout cela devant leurs yeux comme tout à l'heure ils se sont figuré confusément leur misère. Ils sont bondés d'une malédiction qui essaye de se livrer passage et d'éclore en paroles. Ils en gei-

gnent ; ils en vagissent. On dirait qu'ils font effort pour sortir de
l'erreur et de l'ignorance qui les souillent autant que la boue, et qu'ils
veulent enfin savoir pourquoi ils sont châtiés.

— Alors quoi ? clame l'un.

— Quoi ? répète l'autre, plus grandement encore.

Le vent fait trembler aux yeux l'étendue inondée et, s'acharnant sur
ces masses humaines, couchées ou à genoux, fixes comme des dalles
et des stèles, leur arrache des frissons.

— Il n'y aura plus d'guerre, gronde un soldat, quand il n'y aura
plus d'Allemagne.

— C'est pas ça qu'il faut dire ! cria un autre. C'est pas assez. Y
aura plus de guerre quand l'esprit de la guerre sera vaincu !

Comme le mugissement du vent avait étouffé à moitié ces mots, il
érigea sa tête et les répéta.

— L'Allemagne et le militarisme, hacha précipitamment la rage
d'un autre, c'est la même chose. Ils ont voulu la guerre et ils l'avaient
préméditée. Ils sont le militarisme.

— Le militarisme..., reprit un soldat.

— Qu'est-ce que c'est ? demanda-t-on.

— C'est... c'est la force brutale préparée qui, tout d'un coup, à un
moment, s'abat. C'est être des bandits.

— Oui. Aujourd'hui, le militarisme s'appelle Allemagne.

— Oui ; mais demain, comment qu'i' s'appellera ?

— J'sais pas, dit une voix grave, comme celle d'un prophète.

— Si l'esprit de la guerre n'est pas tué, t'auras des mêlées tout le
long des époques.

— Il faut... il faut...

— Il faut se battre ! gargouilla la voix rauque d'un corps qui, depuis
notre réveil, se pétrifiait dans la boue dévoratrice. Il le faut ! — et le
corps se retourna pesamment. — Il faut donner tout ce que nous avons,
et nos forces et nos peaux, et nos cœurs, toute not' vie, et les joies qui
nous restent ! L'existence de prisonniers qu'on a, il faut l'accepter des
deux mains ! Il faut tout supporter, même l'injustice, dont le règne est
venu, et le scandale et la dégoûtation qu'on voit — pour être tout à la
guerre, pour vaincre ! Mais, s'il faut faire un sacrifice pareil, ajouta
désespérément l'homme informe, en se retournant encore, c'est parce
qu'on se bat pour un progrès, non pour un pays ; contre une erreur, non
contre un pays.

— Faut tuer la guerre, dit le premier parleur, faut tuer la guerre,
dans le ventre de tous les pays !

— Tout de même, fit un de ceux qui étaient assis là, enraciné comme
une espèce de germe, tout de même, on commence à comprendre pourquoi il fallait marcher.

— Tout de même, marmotta à son tour le chasseur, qui s'était
accroupi, y en a qui se battent avec une autre idée que ça dans la tête.
J'en ai vu des jeunes, qui s'foutaient pas mal des idées humanitaires.

L'important, pour eux, c'est la question nationale, pas aut'chose, et la guerre une affaire de patries : chacun fait reluire la sienne, voilà tout. I's s'battaient, ceux-là, et i's s'battaient bien.

— I's sont jeunes, ces petits gars qu'tu dis. I's sont jeunes. Faut y pardonner.

— On peut bien faire sans savoir bien c'qu'on fait.

— C'est vrai qu'les hommes sont fous ! Ça, on l'dira jamais assez !

— Les chauvins, c'est d'la vermine..., ronchonna une ombre.

Ils répétèrent plusieurs fois, comme pour se guider à tâtons :

— Faut tuer la guerre. La guerre, elle !

L'un de nous, celui qui ne bougeait pas la tête, dans l'armature de ses épaules, s'entêta dans son idée :

— Tout ça, c'est des boniments. Qu'est-ce que ça fait qu'on pense ça ou ça ! Faut être vainqueurs, voilà tout.

Mais les autres avaient commencé à chercher. Ils voulaient savoir et voir plus loin que le temps présent. Ils palpitaient, essayant d'enfanter en eux-mêmes une lumière de sagesse et de volonté. Des convictions éparses tourbillonnaient dans leurs têtes et il leur sortait des lèvres des fragments confus de croyances.

— Bien sûr... Oui... Mais faut voir les choses... Mon vieux, faut toujours voir le résultat.

— L'résultat ! Être vainqueurs dans cette guerre, se buta l'homme-borne, c'est pas un résultat ?

Ils furent deux à la fois qui répondirent :

— Non !

A cet instant, il se produisit un bruit sourd. Des cris jaillirent à la ronde et nous frissonnâmes.

Tout un pan de glaise s'était détaché du monticule où nous étions vaguement adossés, déterrant complètement, au milieu de nous, un cadavre assis les jambes allongées.

L'éboulement creva une poche d'eau amassée en haut du monticule et l'eau s'épandit en cascade sur le cadavre et le lava pendant que nous le regardions.

On cria :

— Il a la figure toute noire !

— Qu'est-ce que c'est que cette figure ? haleta une voix.

Les valides s'approchaient en cercle comme des crapauds. Cette tête qui apparaissait en bas-relief sur la paroi que la chute de terre avait mise à nu, on ne pouvait pas la dévisager.

— Sa figure ! C'est pas sa figure !

A la place de la face, on trouvait une chevelure.

Alors on s'aperçut que ce cadavre qui semblait assis était plié et cassé à l'envers.

On contempla dans un silence terrible ce dos vertical que nous présentait la dépouille disloquée à la place de la poitrine, ces bras pendants et courbés en arrière, et ces deux jambes allongées qui posaient sur la terre fondante par la pointe des pieds.

Alors le débat reprit, réveillé par ce dormeur effroyable. On clama furieusement comme s'il écoutait :

— Non ! être vainqueurs ce n'est pas le résultat. Ce n'est pas eux qu'il faut avoir, c'est la guerre.

— T'as donc pas compris qu'il faut en finir avec la guerre ? Si on doit remettre ça un jour, tout c'qui a été fait ne sert à rien. Regarde ; ça ne sert à rien. C'est deux ans ou trois ans, ou plus, de catastrophes gâchées.

— Ah ! mon vieux, si tout c'qu'on a subi n'était pas la fin de c'grand malheur-là ! — j'tiens à la vie : j'ai ma femme, ma famille, avec la maison autour d'eux, j'ai des idées pour ma vie d'après, va... Eh bien, tout de même, j'aimerais mieux mourir.

— J'vais mourir, fit en ce moment précis, comme un écho, le voisin de Paradis, qui sans doute avait regardé la blessure de son ventre, je l'regrette à cause de mes enfants.

— Moi, murmura-t-on ailleurs, c'est à cause de mes enfants que je ne le regrette pas. J'vais mourir, donc j'sais c'que j'dis, et j'me dis : « I's auront la paix, eux ! »

— Moi, j'mourrai p't'êt' pas, dit un autre avec un frémissement d'espoir qu'il ne put contenir, même à la face des condamnés, mais j'souffrirai. Eh bien, j'dis : tant pis, et j'dis même tant mieux ; et j'saurai souffrir plus, si je sais que c'est pour quelque chose !

— Alors faudra continuer à s'battre après la guerre ?

— Oui, p't'êt'...

— T'en veux encore, toi !

— Oui, parce que j'n'en veux plus ! grogna-t-on.

— Et pas contre des étrangers, p't'êt', i' faudra s'battre ?

— P't'êt', oui...

Un coup de vent plus violent que les autres nous ferma les yeux et nous étouffa. Quand il fut passé, et qu'on vit la rafale s'enfuir à travers la plaine en saisissant par endroits et en secouant sa dépouille de boue, en creusant l'eau des tranchées qui béaient longues comme la tombe d'une armée, on reprit :

— Après tout, qu'est-ce qui fait la grandeur et l'horreur de la guerre ?

— C'est la grandeur des peuples.

— Mais les peuples, c'est nous !

Celui qui avait dit cela me regardait, m'interrogeait.

— Oui, lui dis-je, oui, mon vieux frère, c'est vrai ! C'est avec nous seulement qu'on fait les batailles. C'est nous la matière de la guerre. La guerre n'est composée que de la chair et des âmes des simples soldats. C'est nous qui formons les plaines de morts et les fleuves de sang, nous tous — dont chacun est invisible et silencieux à cause de l'immensité de notre nombre. Les villes vidées, les villages détruits, c'est le désert de nous. Oui, c'est nous tous et c'est nous tout entiers.

— Oui, c'est vrai. C'est les peuples qui sont la guerre ; sans eux, il n'y aurait rien, rien, que quelques criailleries, de loin. Mais c'est pas eux qui la décident. C'est les maîtres qui les dirigent.

— Les peuples luttent aujourd'hui pour n'avoir plus de maîtres qui les dirigent. Cette guerre, c'est comme la Révolution Française qui continue.

— Alors, comme ça, on travaille pour les Prussiens aussi ?

— Mais, dit un des malheureux de la plaine, il faut bien l'espérer.

— Ah zut, alors ! grinça le chasseur.

Mais il hocha la tête et n'ajouta rien.

— Occupons-nous de nous ! Il ne faut pas s'mêler des affaires des autres, mâchonna l'entêté hargneux.

— Si ! il le faut... parce que ce que tu appelles les autres, c'est justement pas les autres, c'est les mêmes !

— Pourquoi qu'c'est toujours nous qui marchons pour tout le monde ?

— C'est comme ça, dit un homme, et il répéta les mots qu'il avait employés à l'instant : Tant pis ou tant mieux !

— Les peuples, c'est rien et ça devrait être tout, dit en ce moment l'homme qui m'avait interrogé — reprenant sans le savoir une phrase historique vieille de plus d'un siècle, mais en lui donnant enfin son grand sens universel.

Et l'échappé de la tourmente, à quatre pattes sur le cambouis du sol, leva sa face de lépreux et regarda devant lui, dans l'infini avec avidité. Il regardait, il regardait. Il essayait d'ouvrir les portes du ciel.

— Les peuples devraient s'entendre à travers la peau et sur le ventre de ceux qui les exploitent d'une façon ou d'une autre. Toutes les multitudes devraient s'entendre.

— Tous les hommes devraient enfin être égaux.

Ce mot semblait venir à nous comme un secours.

— Égaux... Oui... Oui... Il y a de grandes idées de justice, de vérité. On y croit, on se tourne vers ça pour s'y attacher à une chose de lumière. Il y a surtout l'égalité.

— Il y a aussi la liberté et la fraternité.

— Il y a surtout l'égalité !

Je leur dis que la fraternité est un rêve, un sentiment nuageux, inconsistant ; qu'il est contraire à l'homme de haïr un inconnu, mais qu'il lui est également contraire de l'aimer. On ne peut rien baser sur la fraternité. Sur la liberté non plus : elle est trop relative dans une société où toutes les présences se morcellent forcément l'une l'autre.

Mais l'égalité est toujours pareille. La liberté et la fraternité sont des mots, tandis que l'égalité est une chose. L'égalité (sociale, car les individus ont chacun plus ou moins de valeur, mais chacun doit participer à la société dans la même mesure, et c'est justice, parce que la vie d'un être humain est aussi grande que la vie d'un autre), l'égalité c'est la grande formule des hommes. Son importance est prodigieuse. Le principe de l'égalité des droits de chaque créature et de la volonté sainte de la majorité est impeccable, et il doit être invincible — et il amènera tous les progrès, tous, avec une force vraiment divine. Il amènera d'abord la grande assise plane de tous les progrès : le règlement des conflits par la justice qui est la même chose, exactement, que l'intérêt général.

Ces hommes du peuple qui sont là, entrevoyant ils ne savent encore quelle Révolution plus grande que l'autre, et dont ils sont la source, et qui déjà monte, monte à leur gorge, répètent :

— L'égalité !...

Il semble qu'ils épèlent ce mot, puis qu'ils le lisent clairement partout — et qu'il n'est pas sur la terre de préjugé, de privilège et d'injustice qui ne s'écroulent à son contact. C'est une réponse à tout, un mot sublime. Ils tournent et retournent cette notion et lui trouvent une sorte de perfection. Et ils voient les obus brûler d'une éclatante lumière.

— Ce s'rait beau ! dit l'un.

— Trop beau pour être vrai ! dit l'autre.

Mais le troisième dit :

— C'est parce que c'est vrai que c'est beau. Ça n'a pas d'autre beauté : alors !... Et ce n'est pas parce que c'est beau que ça sera. La beauté n'a pas cours, pas plus que l'amour. C'est parce que c'est vrai que c'est fatal.

— Alors, puisque la justice est voulue par les peuples et que les peuples sont la force, qu'ils la fassent.

— On commence déjà ! dit une bouche obscure.

— C'est sur la pente des choses, annonça un autre.

— Quand tous les hommes se seront faits égaux, on sera bien forcé de s'unir.

— Et il n'y aura pas, à la face du ciel, des choses épouvantables faites par trente millions d'hommes qui ne les veulent pas.

C'est vrai. Il n'y a rien à dire contre cela. Quel semblant d'argument, quel fantôme de réponse pourrait-on, oserait-on opposer à cela : « Il n'y aura pas, à la face du ciel, des choses faites par trente millions d'hommes qui ne les veulent pas » ? J'écoute, je suis la logique des paroles que profèrent ces pauvres gens jetés sur ce champ de douleur, les paroles qui jaillissent de leur meurtrissure et de leur mal, les paroles qui saignent d'eux.

Et maintenant, le ciel se couvre. De gros nuages le bleuissent et le cuirassent en bas. En haut, dans un faible étamage lumineux, il est traversé par des balayures démesurées de poussière humide. Le temps s'assombrit. Il va y avoir encore de la pluie. Ce n'est pas fini de la tempête et de la longueur de la souffrance.

— On se demandera, dit l'un : « Après tout, pourquoi faire la

guerre ? » Pourquoi, on n'en sait rien ; mais pour qui, on peut le dire.
On sera bien forcé de voir que si chaque nation apporte à l'Idole de la
guerre la chair fraîche de quinze cents jeunes gens à égorger chaque
jour, c'est pour le plaisir de quelques meneurs qu'on pourrait compter ;
que les peuples entiers vont à la boucherie, rangés en troupeaux d'armées, pour qu'une caste galonnée d'or écrive ses noms de princes dans
l'histoire, pour que des gens dorés aussi, qui font partie de la même
gradaille, brassent plus d'affaires — pour des questions de personnes
et des questions de boutiques. — Et on verra, dès qu'on ouvrira les
yeux, que les séparations qui sont entre les hommes ne sont pas celles
qu'on croit, et que celles qu'on croit ne sont pas.
— Écoute ! interrompit-on soudain.
On se tait, et on entend au loin le bruit du canon. Là-bas, le grondement ébranle les couches aériennes et cette force lointaine vient
déferler faiblement à nos oreilles ensevelies, tandis qu'alentour l'inondation continue à imprégner le sol et à attirer lentement les hauteurs.
— Ça r'prend...
Alors l'un de nous dit :
— Ah ! tout c'qu'on aura contre soi !
Déjà il y a un malaise, une hésitation, dans la tragédie du colloque
qui s'ébauche, entre ces parleurs perdus — spacieux chef-d'œuvre de
destinée. Ce n'est pas seulement la douleur et le péril, la misère des
temps, qu'on voit recommencer interminablement. C'est aussi l'hostilité des choses et des gens contre la vérité, l'accumulation des privilèges, l'ignorance, la surdité et la mauvaise volonté, les partis pris, et
les féroces situations acquises, et des pesanteurs inébranlables, et des
lignes inextricables.
Et le rêve tâtonnant des pensées se continue par une autre vision où
les adversaires éternels sortent de l'ombre du passé et se présentent
dans l'ombre orageuse du présent.

Les voici... Il semble qu'on la voie se silhouetter au ciel sur les
crêtes de l'orage qui endeuille le monde, la cavalcade des batailleurs,
caracolants et éblouissants — des chevaux de bataille porteurs d'armu-
res, de galons, de panaches, de couronnes et d'épées... Ils roulent, distincts, somptueux, lançant des éclairs, embarrassés d'armes. Cette
chevauchée belliqueuse, aux gestes surannés, découpe les nuages plantés dans le ciel comme un farouche décor théâtral.
Et bien au-dessus des regards enfiévrés qui sont à terre, des corps
sur qui s'étage la boue des bas-fonds terrestres et des champs gaspillés,
tout cela afflue des quatre coins de l'horizon, et refoule l'infini du ciel
et cache les profondeurs bleues.
Et ils sont légion. Il n'y a pas seulement la caste des guerriers qui
hurlent à la guerre et l'adorent, il n'y a pas seulement ceux que l'esclavage universel revêt d'un pouvoir magique : les puissants héréditaires,
debout çà et là par-dessus la prostration du genre humain, qui appuient

soudain sur la balance de la justice, parce qu'ils entrevoient un grand coup à faire. Il y a toute une foule consciente et inconsciente qui sert leur effroyable privilège.

— Il y a, clame en ce moment un des sombres et dramatiques interlocuteurs, en étendant la main comme s'il voyait, il y a ceux qui disent : « Comme ils sont beaux ! »

— Et ceux qui disent : « Les races se haïssent ! »

— Et ceux qui disent : « J'engraisse de la guerre, et mon ventre en mûrit ! »

— Et ceux qui disent : « La guerre a toujours été, donc elle sera toujours ! »

— Il y a ceux qui disent : « Je ne vois pas plus loin que le bout de mes pieds, et je défends aux autres de le faire ! »

— Il y a ceux qui disent : « Les enfants viennent au monde avec une culotte rouge ou bleue sur le derrière ! »

— Il y a, gronda une voix rauque, ceux qui disent : « Baissez la tête, et croyez en Dieu ! »

Ah ! vous avez raison, pauvres ouvriers innombrables des batailles, vous qui aurez fait toute la grande guerre avec vos mains, toute-puissance qui ne sert pas encore à faire le bien, foule terrestre dont chaque face est un monde de douleurs — et qui, sous le ciel où de longs nuages noirs se déchirent et s'éploient échevelés comme de mauvais anges, rêvez courbés sous le joug d'une pensée ! —, oui, vous avez raison. Il y a tout cela contre vous. Contre vous et votre grand intérêt général, qui se confond en effet exactement, vous l'avez entrevu, avec la justice, il n'y a pas que les brandisseurs de sabre, les profiteurs et les tripoteurs.

Il n'y a pas que les monstrueux intéressés, financiers, grands et petits faiseurs d'affaires, cuirassés dans leurs banques ou leurs maisons, qui vivent de la guerre, et en vivent en paix pendant la guerre, avec leurs fronts butés d'une sourde doctrine, leurs figures fermées comme un coffre-fort.

Il y a ceux qui admirent l'échange étincelant des coups, qui rêvent et qui crient comme des femmes devant les couleurs vivantes des uniformes. Ceux qui s'enivrent avec la musique militaire ou avec les chansons versées au peuple comme des petits verres, les éblouis, les faibles d'esprit, les fétichistes, les sauvages.

Ceux qui s'enfoncent dans le passé, et qui n'ont que le mot d'autrefois à la bouche, les traditionalistes pour lesquels un abus a force de loi parce qu'il s'est éternisé, et qui aspirent à être guidés par les morts, et qui s'efforcent de soumettre l'avenir et le progrès palpitant et passionné au règne des revenants et des contes de nourrice.

Il y a avec eux tous les prêtres, qui cherchent à vous exciter et à vous endormir, pour que rien ne change, avec la morphine de leur paradis. Il y a des avocats — économistes, historiens, est-ce que je sais ! — qui vous embrouillent de phrases théoriques, qui proclament l'antagonisme des races nationales entre elles, alors que chaque nation moderne n'a qu'une unité géographique arbitraire dans les lignes abstraites de ses frontières, et est peuplée d'un artificiel amalgame de races ; et qui, généalogistes véreux, fabriquent aux ambitions de conquête et de dépouillement de faux certificats philosophiques et d'imaginaires titres de noblesse. La courte vue est la maladie de l'esprit humain. Les savants sont en bien des cas des espèces d'ignorants qui perdent de vue la simplicité des choses et l'éteignent et la noircissent avec des formules et des détails. On apprend dans les livres les petites choses, non les grandes.

Et même lorsqu'ils disent qu'ils ne veulent pas la guerre, ces gens-là font tout pour la perpétuer. Ils alimentent la vanité nationale et l'amour de la suprématie par la force. « Nous seuls, disent-ils chacun derrière leurs barrières, sommes détenteurs du courage, de la loyauté, du talent, du bon goût ! » De la grandeur et de la richesse d'un pays, ils font comme une maladie dévoratrice. Du patriotisme, qui est respectable, à condition de rester dans le domaine sentimental et artistique, exactement comme les sentiments de la famille et de la province, tout aussi sacrés, ils font une conception utopique et non viable, en déséquilibre dans le monde, une espèce de cancer qui absorbe toutes les forces vives, prend toute la place et écrase la vie et qui, contagieux, aboutit, soit aux crises de la guerre, soit à l'épuisement et à l'asphyxie de la paix armée.

La morale adorable, ils la dénaturent : combien de crimes dont ils ont fait des vertus, en les appelant nationales — avec un mot ! Même la vérité, ils la déforment. A la vérité éternelle, ils substituent chacun leur vérité nationale. Autant de peuples, autant de vérités, qui ne s'admettent pas l'une l'autre et faussent et tordent la vérité.

Tous ces gens-là, qui entretiennent ces discussions d'enfants, odieusement ridicules, que vous entendez gronder au-dessus de vous : « Ce n'est pas moi qui ai commencé, c'est toi ! — Non, ce n'est pas moi, c'est toi ! — Commence, toi ! — Non, commence, toi ! » puérilités qui éternisent la plaie immense du monde parce que ce ne sont pas les vrais intéressés qui en discutent, au contraire, et que la volonté d'en finir n'y est pas ; tous ces gens-là, qui ne peuvent pas ou ne veulent pas faire la paix sur la terre ; tous ces gens-là, qui se cramponnent, pour une cause ou pour une autre, à l'état de choses ancien, lui trouvent des raisons ou lui en donnent, ceux-là sont vos ennemis !

Ce sont vos ennemis autant que le sont aujourd'hui ces soldats allemands qui gisent ici entre vous, et qui ne sont que de pauvres dupes odieusement trompées et abruties, des animaux domestiques... Ce sont vos ennemis, quels que soient l'endroit où ils sont nés et la façon dont se prononce leur nom et la langue dans laquelle ils mentent. Regardez-les dans le ciel et sur la terre. Regardez-les partout ! Reconnaissez-les une bonne fois, et souvenez-vous à jamais !

— Ils te diront, grogna un homme à genoux, penché, les deux mains dans la terre, en secouant les épaules comme un dogue : « Mon ami, t'as été un héros admirable ! » J'veux pas qu'on m'dise ça !

« Des héros, des espèces de gens extraordinaires, des idoles ? Allons donc ! On a été des bourreaux. On a fait honnêtement le métier de bourreaux. On le r'fera encore, à tour de bras, s'il faut encore le faire ce métier-là pour punir la guerre et l'étouffer. Le geste de tuerie est toujours ignoble — quelquefois nécessaire, mais toujours ignoble. Oui, de durs et infatigables bourreaux, voilà ce qu'on a été. Mais qu'on ne me parle pas de la vertu militaire parce que j'ai tué des Allemands.

— Ni à moi, cria un autre à voix si haute que personne n'aurait pu lui répondre, même si on avait osé, ni à moi, parce que j'ai sauvé la vie à des Français ! Alors, quoi, ayons le culte des incendies à cause de la beauté des sauvetages !

— Ce serait un crime de montrer les beaux côtés de la guerre, murmura un des sombres soldats, même s'il y en avait !

— On t'dira ça, continua le premier, pour te payer en gloire, et pour se payer aussi de c'qu'on n'a pas fait. Mais la gloire militaire, ce n'est même pas vrai pour nous autres, simples soldats. Elle est pour quelques-uns, mais en dehors de ces élus, la gloire du soldat est un mensonge comme tout ce qui a l'air d'être beau dans la guerre. En réalité, le sacrifice des soldats est une suppression obscure. Ceux dont la multitude forme les vagues d'assaut n'ont pas de récompense. Ils courent se jeter dans un effroyable néant de gloire. On ne pourra jamais accumuler même leurs noms, leurs pauvres petits noms de rien.

— Nous nous en foutons, répondit un homme. Nous avons aut' chose à penser.

— Mais tout cela, hoqueta une face barbouillée et que la boue cachait comme une main hideuse, peux-tu seulement le dire ? Tu serais maudit et mis sur le bûcher ! Ils ont créé autour du panache une religion aussi méchante, aussi bête et aussi malfaisante que l'autre !

L'homme se souleva, s'abattit, mais se souleva encore. Il était blessé sous sa cuirasse immonde, et tachait le sol, et, quand il eut dit cela, son œil élargi contempla par terre tout le sang qu'il avait donné pour la guérison du monde.

Les autres, un à un, se dressent. L'orage s'épaissit et descend sur l'étendue des champs écorchés et martyrisés. Le jour est plein de nuit. Et il semble que, sans cesse, de nouvelles formes hostiles d'hommes et de bandes d'hommes s'évoquent, au sommet de la chaîne de montagnes des nuages, autour des silhouettes barbares des croix et des aigles des églises, des palais souverains et des temples de l'armée, et s'y multiplient, cachant les étoiles qui sont moins nombreuses que l'humanité. Et il semble même que ces revenants remuent de toutes parts dans les excavations du sol, ici, là, parmi les êtres réels qui y sont jetés à la volée, à demi enfouis dans la terre comme des grains de blé.

Mes compagnons encore vivants se sont enfin levés ; se tenant mal debout sur le sol effondré, enfermés dans leurs vêtements embourbés, ajustés dans d'étranges cercueils de vase, dressant leur simplicité affreuse hors de la terre profonde comme l'ignorance, ils bougent et crient, les yeux, les bras et les poings tendus vers le ciel d'où tombent le jour et la tempête. Ils se débattent contre des fantômes victorieux, comme des Cyrano et des don Quichotte qu'ils sont encore.

On voit leurs ombres se mouvoir sur le grand miroitement triste du sol et se refléter sur la blême surface stagnante des anciennes tranchées que blanchit et habite seul le vide infini de l'espace, au milieu du désert polaire aux horizons fumeux.

Mais leurs yeux sont ouverts. Ils commencent à se rendre compte de la simplicité sans bornes des choses. Et la vérité non seulement met en eux une aube d'espoir, mais aussi y bâtit un recommencement de force et de courage.

Et tandis que nous nous apprêtons à rejoindre les autres, pour recommencer la guerre, le ciel noir, bouché d'orage, s'ouvre doucement au-dessus de nos têtes. Entre deux masses de nuées ténébreuses, un éclair tranquille en sort, et cette ligne de lumière, si resserrée, si endeuillée, si pauvre, qu'elle a l'air pensante, apporte tout de même la preuve que le soleil existe.

Décembre 1915.

Roland Dorgelès

LES CROIX DE BOIS

Roland Dorgelès a 28 ans en 1914
Les Croix de Bois ont paru en 1919
(édition révisée par l'auteur en 1964)

1

Frères d'armes

Les fleurs, à cette époque de l'année, étaient déjà rares, pourtant on en avait trouvé pour décorer tous les fusils du renfort et la clique en tête entre deux haies muettes de curieux, le bataillon, fleuri comme un grand cimetière, avait traversé la ville à la débandade.

Avec des chants, des larmes, des rires, des querelles d'ivrognes, des adieux déchirants, ils s'étaient embarqués. Ils avaient roulé toute la nuit, avaient mangé leurs sardines et vidé les bidons à la lueur d'une misérable bougie, puis, las de brailler, ils s'étaient endormis, tassés les uns contre les autres, tête sur épaule, jambes mêlées.

Le jour les avait réveillés. Penchés aux portières, ils cherchèrent dans les villages, d'où montaient les fumées du petit matin, les traces des derniers combats. On se hélait de wagon à wagon.

— Tu parles d'une guerre, même pas un clocher de démoli !

Puis, les maisons ouvrirent les yeux, les chemins s'animèrent, et retrouvant de la voix pour hurler des galanteries, ils jetèrent leurs fleurs fanées aux femmes qui attendaient, sur le môle des gares, le retour improbable de leurs marins partis. Aux haltes, ils se vidaient et faisaient le plein des bidons. Et vers dix heures, ils débarquaient enfin à Dormans, hébétés et moulus.

Après une pause d'une heure pour la soupe, ils s'en allèrent par la route — sans clique, sans fleurs, sans mouchoirs agités — et arrivèrent au village où notre régiment était au repos, tout près des lignes.

Là, on tint comme une grande foire, leur troupeau fatigué fut partagé en petits groupes — un par compagnie — et les fourriers désignèrent rapidement à chacun une section, une escouade, qu'ils durent chercher de ferme en ferme, comme des chemineaux sans gîte, lisant sur chaque porte les grands numéros blancs tracés à la craie.

Bréval, le caporal, qui sortait de l'épicerie, trouva les trois nôtres comme ils traînaient dans la rue, écrasés sous le sac trop chargé où brillaient insolemment des ustensiles de campement tout neufs.

— Troisième compagnie, cinquième escouade ? C'est moi le cabot. Venez, on est cantonnés au bout du patelin.

Quand ils entrèrent dans la cour, ce fut Fouillard, le cuisinier, qui donna l'alerte.

— Hé ! les gars, v'là le renfort.

Et ayant jeté, devant les moellons noirs de son foyer rustique, la brassée de papier qu'il venait de remonter de la cave, il examina les nouveaux camarades.

— Tu t'es pas fait voler, dit-il sentencieusement à Bréval. Ils sont beaux comme neufs.

Nous nous étions tous levés et entourions d'un cercle curieux les trois soldats ahuris. Ils nous regardaient et nous les regardions sans rien dire. Ils venaient de l'arrière, ils venaient des villes. La veille encore ils marchaient dans les rues, ils voyaient des femmes, des tramways, des boutiques ; hier encore ils vivaient comme des hommes. Et nous les examinions émerveillés, envieux, comme des voyageurs débarquant des pays fabuleux.

— Alors, les gars, ils ne s'en font pas là-bas ?

— Et ce vieux Paname, questionna Vairon, qu'est-ce qu'on y fout ?

Eux aussi nous dévisageaient, comme s'ils étaient tombés chez les sauvages. Tout devait les étonner à cette première rencontre ; nos visages cuits, nos tenues disparates, le bonnet de fausse loutre du père Hamel, le fichu blanc crasseux que Fouillard se nouait autour du cou, le pantalon de Vairon cuirassé de graisse, la pèlerine de Lagny, l'agent de liaison, qui avait cousu un col d'astrakan sur un capuchon de zouave, ceux-ci en veste de biffin, ceux-là en tunique d'artilleur, tout le monde accoutré à sa façon ; le gros Bouffioux, qui portait sa plaque d'identité à son képi, comme Louis XI portait ses médailles, un mitrailleur avec son épaulière de métal et son gantelet de fer qui le faisaient ressembler à un homme d'armes de Crécy, le petit Belin, coiffé d'un vieux calot de dragon enfoncé jusqu'aux oreilles, et Broucke, « le gars de ch'Nord » qui s'était taillé des molletières dans des rideaux de reps vert.

Seul Sulphart, par dignité, était resté à l'écart, juché sur un tonneau, où il épluchait des patates, avec l'air digne et absorbé qu'il prenait pour accomplir les actes les plus simples de l'existence. Grattant sa barbe de crin roux, il tourna négligemment la tête et regarda avec une indifférence affectée un des trois nouveaux, un jeune à l'air maussade, imberbe ou rasé, on ne savait pas, coiffé d'un beau képi de fantaisie et chargé d'une large musette de moleskine blanche.

— Il est tout bath, avec sa petite casquette à manger du mou, railla d'abord Sulphart à mi-voix.

Puis, comme l'autre déposait son barda, il découvrit la musette. Alors, il éclata.

— Hé vieux ! cria-t-il, c'est exprès pour monter aux tranchées que tu t'es fait tailler ta gibecière ? Si des fois t'avais peur que les Boches ne te repèrent pas assez, tu pourrais peut-être emporter un petit drapeau et jouer de la trompette.

Le nouveau s'était redressé, vexé, un pli barrant son petit front têtu. Mais, tout de suite décontenancé par l'attitude railleuse de l'ancien, il détourna la tête et rougit. Le rouquin se contenta de ce succès flatteur. Il descendit de son trône et, pour montrer qu'il ne songeait pas à s'acharner sur un copain irresponsable, il haussa ses critiques jusqu'à l'autorité militaire dont tous les actes, suivant lui, étaient dictés par la sottise et le désir évident de molester le soldat.

— J'dis pas ça pour toi, tu sais pas encore. Mais les autres enfifrés qui vous font passer les gamelles à la pâte au sabre pour qu'elles reluisent mieux, tu crois qu'on devrait pas tous les fusiller... Ils trouvent qu'on ne se fait pas assez viser comme ça ?... Tu me refileras ta musette, tiens, j'te la noircirai au bouchon, et on passera vos bouteillons, vos galetouses et tout l'truc à la fumée de paille, y a pas meilleur.

Lemoine, qui ne quittait jamais Sulphart d'un pas, haussa lentement les épaules.

— Tu vas pas déjà abrutir ces mecs-là avec tes boniments à la graisse, lui reprocha-t-il de sa voix traînante. Laisse-les au moins débarquer.

Le nouveau à la musette blanche s'était assis sur une brouette. Il semblait épuisé. La sueur, en rigoles noires, avait tracé des accolades de ses tempes au bas de ses joues. Il déroula ses molletières mais n'osa pas retirer ses chaussures, de beaux brodequins de chasse aux semelles débordantes.

— J'ai le talon tout écorché, me dit-il. Je dois avoir le pied en sang. Je suis tellement chargé.

Lemoine soupesa son sac.

— Ce qu'il est lourd, fit-il. Qu'est-ce que tu as pu foutre là-dedans... Tu y a mis des pavés ?

— Juste ce qu'on m'avait dit.

— C'est les cartouches qui pèsent, intervint le caporal... Ils vous en ont donné combien ?

— Deux cent cinquante... Mais je ne les ai pas dans mon sac.

— Où ça alors ?

— Dans ma musette. Vous comprenez, j'aime mieux ça. Si tout d'un coup on était attaqués.

— Attaqués ?

Les autres le regardèrent, étonnés. Puis, tous ensemble partirent à rire, d'un rire énorme qu'ils forçaient encore, étouffant, gesticulant, échangeant de lourdes claques sur les épaules comme des caresses de battoirs.

— Attaqués, qu'il dit... Tu parles d'un mec qui s'en ressent.

— Mais non, il a les foies...

— Attaqués, qu'il dit... Au fou... Lâchez les chiens !

Cette candeur inouïe nous faisait rire jusqu'à la suffocation. Le père Hamel en pleurait. Fouillard, lui, ne riait pas. Il haussait les épaules, tout de suite hostile, regardant déjà de travers ce soldat trop propre qui parlait poliment.

— Un gars aux sous qui veut nous en mettre plein la vue, dit-il à Sulphart.

Le rouquin, uniquement préoccupé de parler plus que les autres, considérait le nouveau avec compassion.

— Mais, mon pauvre gars, lui dit-il, tu ne crois pas qu'on se bat comme ça ; c'était bon le premier mois. On ne se bat plus maintenant. Tu ne te battras peut-être jamais.

— Sûrement, approuva Lemoine, tu ne te battras pas, mais t'en baveras tout de même.

— Tu n'tirero jamais un coup de fusil, prophétisa Broucke, le « ch'timi » aux yeux d'enfant.

Le nouveau ne répliqua rien, pensant sans doute que les anciens cherchaient à l'épater. Mais l'oreille tendue, sans entendre Sulphart discourir, il écoutait le canon qui ébranlait le ciel à grands coups de bélier, et il aurait voulu être déjà là-bas, de l'autre côté des coteaux bleus, dans la plaine inconnue où se jouait la guerre au parfum de danger.

Le nouveau s'est présenté à moi :
— Gilbert Demachy... Je faisais mon droit...
Et je me suis fait connaître :
— Jacques Larcher. J'écris...

Dès son arrivée, j'ai compris que Gilbert serait mon ami, je l'ai compris à sa voix, à ses mots, à ses manières. Tout de suite je lui ai dit « vous » et nous avons parlé de Paris. Enfin, je trouvais quelqu'un avec qui m'entretenir de nos livres, de nos théâtres, de nos cafés, des jolies filles parfumées. Rien que les noms que je prononçais me faisaient revivre un instant tout ce bonheur perdu. Je me rappelle que Gilbert, assis sur une brouette, avait posé ses pieds déchaussés sur un journal, en guise de tapis. Nous parlions, fiévreusement :
— Vous vous souvenez... Vous vous souvenez ?...

Les copains aidaient les nouveaux à s'installer dans l'écurie où couchait l'escouade et empilaient leurs sacs avec les nôtres dans la mangeoire. Quand ils eurent fini, Gilbert tendit deux billets de cent sous pour offrir à boire.

— C'est ça, plein la vue... grogna Fouillard jaloux.

Les autres, reconnaissants, retournèrent à l'écurie pour soigner la place du nouveau. Ils brassèrent sa paille pour la rafraîchir et lui firent un rebord aux pieds. Broucke avait pris respectueusement l'oreiller de caoutchouc de Demachy et s'amusait à le gonfler, comme un jouet, avec une peur secrète de l'user. Ceux qui devaient changer de coin, pour faire de la place, déménageaient, en se volant mutuellement de la paille.

— Toi, gras du ventre, dit Fouillard à Bouffioux, tu coucheras là-haut, dans la soupente. Comme j'couche juste en dessous, tu feras attention de n'pas m'tomber dessus au milieu d'la noïe, les souliers sur la gueule ; j'ai l'sommeil léger.

Sulphart ne lâchait pas le nouveau, qu'il étourdissait de conseils inutiles, de recettes saugrenues, un peu par complaisance naturelle, un peu pour remercier du vin offert, mais surtout pour se faire valoir. Tous

étaient joyeux, comme s'ils avaient déjà bu, Vairon, en corps de chemise, se mit à faire l'hercule forain, lançant le boniment d'une voix
grasse et canaille qui sentait la barrière. Rangés autour, nous faisions
la foule. Jaloux de son succès, Sulphart tira Lemoine par la manche.

— Viens avec moi, on va se marrer.

— Pourquoi foutre que j'irais avec toi ? fit Lemoine, toujours prêt
à contredire le rouquin avant de l'imiter.

— Viens toujours.

Tout en protestant, Lemoine le suivit dans l'escalier. La maison du
notaire, dont nous occupions modestement l'écurie, était une belle
demeure campagnarde avec un haut bonnet d'ardoise, des consoles de
stuc et un cadran solaire drôlement peint qui marquait midi sur le coup
de dix heures.

Elle attendait son monde au haut d'un large perron, et ses volets
fraîchement peints étaient d'un vert de jeune feuillage. Ils étaient restés
fermés depuis la guerre. Les propriétaires avaient fui lors de l'avance
allemande, n'ayant eu le temps de rien sauver, et ils n'étaient jamais
revenus. Le vaguemestre y avait un moment installé son bureau, mais
un obus ayant un matin ajouté un œil-de-bœuf à la façade, il avait jugé
prudent de s'en aller à l'autre bout du pays.

On nous avait formellement défendu d'entrer dans la maison, dont
toutes les portes étaient verrouillées. L'adjudant Morache, qui aimait
nous gâter de ces sortes de promesses, avait tout de suite annoncé
douze balles dans la peau pour le contrevenant, sans compter le coup
de grâce. Cela avait donné l'idée à Sulphart de visiter la villa. Il la
connaissait à présent dans ses moindres recoins, ouvrant les portes avec
ménagement, à grands coups de soulier, quand une adroite pesée avec
un tronçon de baïonnette ne suffisait pas.

Il conduisit Lemoine au premier, dans une grande chambre aux tentures claires.

— V'là ce qu'il nous faut, dit-il en ouvrant l'armoire.

Et, jetant, en vrac, du linge et des robes sur le tapis, fouillant les
tiroirs, vidant les rayons, il fit son choix.

— J'vas m'habiller en poule et toi en homme, tu piges, face d'âne.

Le temps de déchirer quelques corsages dans des essayages malheureux, et ils purent s'admirer dans la glace, transformés en mariés de
mardi gras. Quand ils parurent dans la cour, bras dessus, bras dessous,
ce fut une courte stupéfaction, puis une clameur les salua.

— Vive la noce ! beugla le premier, Fouillard.

Les autres braillèrent plus fort, et l'escouade hurlant de joie entoura
les deux chienlits. Sulphart avait passé sur son pantalon rouge un joli
pantalon de femme garni de dentelles, qui laissait voir, par son ouverture, son large derrière garance. Il avait endossé une sorte de matinée
blanche, et, sur sa tête hérissée de charbonnier, il avait posé de travers
une couronne de mariée, à l'oranger un peu jauni : la couronne de la
notaresse qui dormait sous un globe. Lemoine, qui ne riait pas, avait

plutôt l'air soucieux d'un militaire en service commandé, s'était contenté d'un jupon écossais, tenue sans façon dont il corrigeait le regrettable laisser-aller par une redingote à revers de satin et un solennel chapeau haut de forme préalablement brossé à rebrousse-poil.

Le petit Broucke, émerveillé, gambadait derrière eux comme à la ducasse.

— J'vo à la noce, criait-il.

Tous, chantant et beuglant, se mirent à danser, accompagnés par Fouillard qui croyait faire de la musique en cognant avec une poignée de baïonnette sur le fond noir de son chaudron.

— Vive la mariée ! reprenions-nous en chœur.

La maigre figure de Bréval était élargie par un rire bienheureux. Pourtant, il cherchait à nous apaiser.

— Pas si fort, bon Dieu, un officier va vous entendre...

Vairon avait pris Sulphart par la taille et dansait une java, avec des grâces de bal musette, tandis que Lemoine, se croyant à la fête du pays, exécutait des ailes de pigeon en faisant claquer ses talons cloutés.

— Et la fête continue, vive monsieur le maire ! braillait le cuistot, qui essayait en vain de laver ses mains noires en les frottant sur son front en sueur.

Ils sautillaient l'un derrière l'autre, en farandole, riant comme des gosses. Le nouveau suivait à la queue, tout clopinant, tenant Lagny par son capuchon. Sulphart, la bouche sèche, sortit le premier de la ronde.

— Bon Dieu, on la crève ici... Et l'autre outil qui ne r'vient pas avec le pinard. Pourvu qu'il s'soit pas fait poirer par Morache.

La pensée de cette catastrophe arrêta les danseurs.

— Ça serait pourtant l'moment de boire le coup, se désola Vairon.

— Mais un autre peut aller en acheter, dit Demachy en sortant deux nouveaux billets. J'ai trop ri, je boirais bien.

Respectueux ou jaloux, les camarades regardèrent le nouveau ouvrir son porte-monnaie de cuir fin, et Broucke était si troublé qu'il dit « merci » en prenant l'argent.

Fouillard, qui avait oublié son rata, s'était jeté à quatre pattes devant son feu noirci et soufflait à pleines joues sur les cendres, sans en tirer une étincelle.

— Allez me chercher du papier, demanda-t-il, c'te vache de bois mouillé n'veut pas prendre.

Quelqu'un dégringola à la cave et en remonta une pile de papiers multicolores qu'il jeta près de l'âtre. Des feuillets s'envolèrent, blancs et bleus, presque tous du même format. C'étaient les papiers du notaire. La flamme, en se dressant, les fit voleter, et l'on crut lire un instant, dans le feu même, les belles bâtardes d'étude et les écritures appliquées de paysan.

— Moi, j'trouve ça ballot, fit Lemoine de sa voix bonasse. C'est des trucs qui se gardent... Si on brûlait les papelards de mes vieux pour les terres, j'l'aurais à la caille.

— Ta gueule, toussa Fouillard dans la fumée. C'est déjà toi qu'as pas voulu qu'on brûle la porte et qu'on aille chercher c'te saloperie de bois vert qui n'veut pas prendre. Comme si c'était pas la guerre.

— Sûr que c'est la guerre, approuva le petit Belin, qui avait projeté de se faire un gilet avec une redingote et en découpait soigneusement les basques.

— C'est vrai, nous faisons la guerre, répéta le nouveau en trinquant avec Broucke.

Et regardant Sulphart en pantalon de linon, il se mit à rire.

— Ça ne se dirait pas, dit-il. On s'amuse au moins au front. J'en étais sûr que je m'ennuierais moins qu'à la caserne.

Bréval, dont la face creuse avait repris ses deux plis de tourment en travers des joues, le regarda en hochant la tête :

— Tu ne te figures pas que c'est tous les jours comme ça, non ? Tu te tromperais, tu sais.

Le nez dans son quart, Fouillard ricanait. Sulphart, compatissant, haussa simplement les épaules.

— Ça ne sait pas, dit-il.

— Si tu t'étais tapé Charleroi comme moi, lui dit Lagny, à la figure ratatinée de vieille femme, t'aurais pas été si pressé de revenir.

— Et encore, t'as pas fait la retraite, toi, intervint Vairon. J'te jure que c'était pas la pause.

— C'est ça qu'a été le plus dur, approuva Lemoine.

— Et la Marne ? demanda Demachy.

— La Marne, c'était rien, trancha Sulphart. C'est pendant la retraite qu'on en a le plus roté. C'est là qu'on a reconnu les hommes...

Ils étaient tous les mêmes. La retraite, c'était l'opération stratégique dont ils étaient le plus fiers, la seule action à laquelle ils se vantaient immodérément d'avoir participé, c'était le fond de tous leurs récits : la Retraite, la terrible marche forcée, de Charleroi à Montmirail, sans haltes, sans soupe, sans but, les régiments mêlés, zouaves et biffins, chasseurs et génie, les blessés effarés et trébuchants, les traînards hâves que les gendarmes abattaient ; les sacs, les équipements jetés dans les fossés, les batailles d'un jour, toujours acharnées, parfois victorieuses — Guise, où l'Allemand recula — le sommeil de pierre, pris sur le talus ou sur la route, malgré les caissons qui passaient, broyant des pieds, les épiceries pillées, les basses-cours dévastées, le pain moisi qu'on se disputait ; mitrailleurs sans mulets, dragons sans chevaux, Sénégalais sans chefs ; les chemins encombrés de tapissières et de chars à bœufs, où s'entassaient des gosses et des femmes en larmes ; les arbis traînant des chèvres, les villages en flammes, les ponts qui sautaient, les copains qu'on abandonnait sanglants ou fourbus, et toujours, harcelant la tragique colonne, l'aboiement du canon. La Retraite... dans leurs bouches, cela prenait des airs de Victoire.

— J'te jure que quand tu lisais sur les plaques « Paris 60 kilomètres », ça te faisait drôle...

— Surtout à ceux de Paname, fit le grand Vairon.

— Et après, termina négligemment Sulphart, comme l'épilogue banal d'un beau récit, après ç'a été la Marne.

— Tu t'souviens des petits melons de Tilloy... Ce qu'on a pu s'en taper ?...

— Eh ben, et les seaux de pinard, quand on est entré dans Gueux.

— J'men rappellerai, moi, d'la saucisse de Montmirail... Tu pouvais pas t'déplacer, les obus te pistaient... Ah ! les tantes...

Demachy avait repris sa mine grave et regardait ces hommes avec envie.

— J'aurais bien voulu y être, dit-il... Etre d'une victoire.

— Sûr que ç'a été une victoire, concéda Sulphart qui tournait sa couronne entre ses doigts comme une casquette. Si t'y avais été, t'en aurais bavé comme les copains, et rien de plus. Demande voir aux gars ce qu'on a sonné à Escardes... Seulement, faut pas parler sans savoir... Tous les mecs qu'ont écrit des conn... là-dessus dans les journaux, ils auraient mieux fait de n'pas l'ouvrir... Moi j'y étais, hein, j'sais comment que ça s'est passé. Eh bien, on était restés plus d'quinze jours sans toucher l'prêt, depuis la fin d'août... Alors, après le dernier coup dur, on nous a tout payé d'un coup : on nous a refilé à chacun quinze ronds. C'est ça la vérité. Alors, si tu vois des mecs qui t'parlent de la Marne, t'as qu'à leur dire une chose : la Marne, c'est une combine qu'a rapporté quinze sous aux gars qui l'ont gagnée...

La nuit tombe vite, en novembre. Avec l'ombre, le froid était venu et là-bas, aux tranchées, la fusillade s'était éveillée, à l'heure des hiboux. Nous avions mangé la soupe dans l'écurie, accroupis sur la paille, d'autres juchés, jambes pendantes, sur les mangeoires.

Les anciens racontaient des histoires compliquées et brutales avec des « et pis alors » et des « tu t'rappelles », nécessaires à la belle ordonnance d'un récit. Mais les nouveaux, qu'ils voulaient épater, n'écoutaient plus : ils dormaient à moitié, l'œil vague et le menton bas.

— Il est l'heure de se coucher, les gars, dit Bréval en délaçant ses chaussures. Les copains ont passé la nuit en chemin de fer.

Chacun passa à sa place avec la docilité des chevaux qui connaissent leur coin. Lemoine hésitait à fouler ce beau tapis de paille fraîche.

— C'est pas malheureux... Du blé qu'a pas été battu...

Soigneusement, comme il faisait toute chose, le petit Belin préparait son lit. Il étendait d'abord sa toile de tente, puis, en guise d'oreiller, il enfonçait sa musette sous la paille. Pour avoir chaud aux pieds, il les glissait dans les manches de sa veste, puis il s'enroulait dans sa large couverture pliée en deux et adroitement, comme un pêcheur lance l'épervier, il jetait sa capote sur ses jambes. Alors on ne voyait plus qu'un petit coin de figure satisfaite, par la lucarne du passe-montagne tricoté : Belin était couché.

Demachy l'avait regardé faire, mais pas avec la même admiration que moi : avec effroi plutôt. Puis il regarda les autres se préparer avec stupeur, une sorte de terreur grandissante. Au troisième qui commença à se déchausser, il se redressa sur son coin de paille.

— Mais on ne va pas tout garder fermé ici, s'écria-t-il, on va au moins laisser la porte ouverte ?

Les autres le regardèrent étonnés.

— Non, t'es en chaleur... grogna Fouillard. La porte ouverte, tu veux donc nous faire crever ?

La pensée de dormir, entassé sur la paille avec ces hommes pas lavés, l'écœurait, l'épouvantait. Il n'osait pas le dire, mais, effrayé, il regardait Fouillard son voisin, qui, ayant déroulé sans hâte ses molletières boueuses, retirait ses gros souliers.

— Mais, c'est très malsain, vous savez, insista-t-il ; surtout qu'il y a de la paille fraîche... Cela fermente... Il y a eu des cas d'asphyxie, souvent... Cela s'est vu...

— T'en fais pas pour l'asphyxie.

Les autres étaient prêts à dormir, bien serrés pour se tenir chaud ; Sulphart cherchait à atteindre sa chaussure, pour abattre la bougie qui pleurait sur le bat-flanc. Accablé, le nouveau ne dit plus rien. A genoux devant la mangeoire, comme s'il priait le dieu des bêtes, il se mit à chercher un flacon dans sa musette.

— Gare la casse ! cria Sulphart.

Et son godillot bien lancé emporta la bougie dans le noir...

— Bonne nuit tout le monde.

Demachy, à tâtons, s'enveloppa maladroitement dans sa couverture, et, le visage enfoui dans son mouchoir arrosé d'eau de Cologne, il ne bougea plus.

L'odeur se répandit vite dans l'écurie. Le premier, Vairon s'étonna :

— Mais ça pue. Qu'est-ce que c'est que ça ?

— Ça sent le coiffeur.

— C'est du coup qu'on va être asphyxiés, railla Fouillard qui avait compris.

Et se tournant sur le côté gauche, pour ne pas sentir, il ronchonna :

— Il a tout d'la gonzesse, ce mec-là...

Le nouveau ne répondit rien. Les autres se taisaient, indifférents. Le sommeil, près de nous, allait s'étendre. Dans le noir, pourtant, des voix bavardaient encore.

— Ça fait quinze jours qu'elle ne m'a pas écrit, confiait tout bas Bréval à un copain. Jamais elle n'a été si longtemps... Ça me tourmente, tu sais...

Un des nouveaux interrogeait Vairon, dont je reconnaissais la voix gouapeuse.

— Quand vous allez au repos, vous êtes bien reçus ?

— Heu... Ils n'nous foutent pas de coups de fourche, il n'y a rien à dire...

Sulphart, pour s'endormir, injuriait doucement Lemoine qui avait promis de trouver du rhum, et était rentré les mains vides.

— Tu m'apprendras à dénicher les bons coins, face à piler le riz, marmonnait-il. Tu parles d'un œuf... d'une bille...

Le sommeil les emportait, l'un après l'autre, mêlant leurs respirations lentes ou saccadées, des soupirs égaux d'enfant et des plaintes de mauvais songe.

Dehors, la nuit aux aguets écoutait la tranchée. Elle était tranquille ce soir-là. On n'entendait ni le sourd ébranlement du canon, ni le sec crépitement de la fusillade. Seule, une mitrailleuse tirait, coup par coup, sans colère ; on eût dit une ménagère lunatique qui battait ses tapis. Autour du village, c'était le lourd silence des campagnes frileuses. Mais soudain, sur la route, un bourdonnement s'éveilla, grossit, roula vers nous, et les murs se mirent à trembler... Les camions.

Ils roulaient pesamment, avec un bruit cahotant de ferraille. Que j'aurais voulu m'endormir avec ce roulement familier dans les oreilles et dans l'esprit ! Les autobus, naguère, passaient ainsi sous mes fenêtres et me tenaient éveillé, tard dans la nuit. Comme je les détestais, en ce temps-là ! Sans rancune, pourtant, ils revenaient me voir dans mon exil. Comme autrefois, ils faisaient tressauter mon demi-sommeil, et je sentais trembler les murs. Ils venaient me bercer.

— Est-ce drôle, on n'entend pas leurs durs cahots sur le pavé, ce soir, ni les vitres qui tremblent, ni le passant attardé qui appelle... Leur bruit ne fait plus qu'un ronron dans ma tête qui s'endort... Ils grincent, ils cahotent, ils sont passés...

2

A la sueur de ton front

Un tas de colis devant lui comme un éventaire de camelot, le fourrier appelait les lettres en souffrance au milieu d'une cohue de soldats qui jouaient des coudes et s'écrasaient les pieds. C'était à notre porte, entre le lavoir communal, si petit que trois laveuses n'auraient pas tenu sous son auvent, et la maison du notaire, qui portait en sautoir une écharpe rouge de vigne vierge. Grimpés sur le banc de pierre, nous écoutions.

— Duclou Maurice, 1re section...

— Il a été tué à Courcy, cria quelqu'un.

— Vous en êtes sûr ?

— Oui, des copains l'ont vu tomber devant l'église... Il avait reçu une balle. Maintenant, hein, je n'y étais pas...

Dans le coin de l'enveloppe, au crayon, le fourrier écrivit : « Tué. »

— Marquette Edouard.

— Il doit être tué aussi, dit une voix.

— T'es pas louf, protesta un autre... Le soir qu'on dit qu'il s'est fait descendre, il est allé à l'eau avec moi.

— Alors, demanda le fourrier, il serait à l'hôpital. Mais on n'a pas reçu sa fiche.

— A mon idée, il a été évacué par un autre régiment.

— Mais non, il était blessé ; les Boches ont dû le ramasser.

— C'est malheureux, c'est toujours ceux qui ont rien vu qui ont le plus de gueule.

Tout le monde parlait à la fois dans un tohu-bohu d'affirmations contradictoires et de démentis insultants. Le fourrier, pressé, les mit d'accord.

— J'm'en fous. Je le porte « disparu »... Brunet André, 13ᵉ escouade...

— Présent pour lui.

Les autres, à mi-voix, discutaillaient toujours ; ceux des derniers rangs criaient pour les faire taire et personne n'entendait plus rien. Bréval écoutait quand même, anxieusement, et quand un nom rappelait le sien, il faisait répéter :

— C'est pas pour moi, des fois ? Caporal Bréval...

Mais ce n'était jamais pour lui, et tournant vers nous son pauvre visage gêné, il expliquait :

— Elle écrit si mal, hein, ça n'aurait rien de drôle.

A mesure que le tas diminuait, ses lèvres se pinçaient. La dernière appelée, il s'en alla, le cœur et les mains vides. Au moment d'entrer dans la maison, il se tourna vers nous.

— A propos, Demachy, c'est ton tour de corvée. Tu prendras un sac et tu iras aux distributions...

— De quoi ? Le nouveau aux distributions... Tu te fous de nous !

Et Sulphart indigné quitta son groupe de copains pour s'approcher du caporal.

— Un gars qui débarque, qui croit que les carottes ça pousse chez le fruitier, c'est tout ce que tu trouves pour envoyer aux distribes. Ah, t'en connais des combines... Si les c... nageaient, t'aurais pas besoin de bateau pour traverser la Seine.

— Si tu veux y aller, je ne t'empêche pas, répondit posément Bréval.

— Sûrement que j'irai, clama Sulphart. J'irai parce que je ne veux pas que l'escouade bouffe avec les chevaux de bois et que le gars m'a l'air foutu de choisir un morceau de barbaque comme moi de dire la messe.

Demachy, qui depuis son arrivée était abasourdi par les cris, les revendications bruyantes et les joies brutales du rouquin, chercha à se réhabiliter.

— Pardon, je vous assure que je saurai très bien. A la caserne...

Il s'y prenait mal. Le seul mot d'active ou de caserne suffisait à faire perdre la raison à Sulphart, qui avait passé ses trois ans à défendre fièrement la cause du droit contre des adjudants vindicatifs et des officiers mal intentionnés, qui envoyaient de préférence les bons soldats coucher à la salle de police les veilles de permission. La colère l'étrangla.

— La caserne... Il s'croit encore à la caserne, l'autre crâne d'alouette... Ça débarque du dépôt et ça veut en remontrer à nous autres !... Eh bien vas-y, aux distributions, tiens, on rigolera... Les gars de l'escouade sont toujours sûrs de se mettre une belle corde. Moi je m'en colle, je m'débrouillerai pour moi.

Et pour bien montrer qu'il n'était plus solidaire d'une escouade conduite aux abîmes par un caporal incapable, il s'en alla vers l'église, en sifflotant un petit air.

On faisait l'appel des escouades lorsque Gilbert entra dans la cour où le fourrier avait fait décharger, à quelques pas de la fosse à purin, les quartiers de viande frigorifiée qu'un homme découpait à coups de hachette, les pommes de terre, le singe, un sac crevé d'où s'écoulait le riz en mince filet, et les biscuits, que les gosses emportaient dans leur tablier pour faire la pâtée des cochons.

Penchés sur le tonneau de vin qu'ils tapotaient pour s'assurer qu'il était bien plein, ceux qui attendaient leur tour discutaient sur le nombre de bidons qui reviendraient à chaque escouade, et il y en avait qui criaient déjà que ça ne faisait pas leur compte. On distribua les lentilles, les patates, le café en grains. Surpris, Demachy fit remarquer :

— Mais nous n'avons pas de moulin.

Les autres le regardèrent et rirent. Derrière le groupe, quelqu'un vociféra :

— Vous pouvez vous marrer, allez. V'là le gars qu'on envoie aux distributions pour une escouade...

C'était Sulphart, qui était venu là en curieux, rien que pour voir. Embarrassé, son képi plein de sucre, ses poches remplies de café, le fond de son sac plein de lentilles, Gilbert s'affolait, ne sachant plus où mettre son riz. Comme on riait autour de lui et que le fourrier criait : « Eh bien ! et la mesure tu veux pas la bouffer », il perdit la tête et la vida n'importe où : dans son sac avec les lentilles. Alors Sulphart éclata :

— Ça, c'est plus bath... Visez la gueule du cuistot s'il s'amuse à trier son riz et ses punaises... Non, quelle armée ! Et on parle de chasser les Boches ? Laissez-moi me marrer...

Agacé, le nouveau se retourna, tout rouge :

— Fiche-moi la paix, hein. Tu n'avais qu'à y venir tout seul.

Sulphart, sans s'émouvoir, attendait la suite du partage. Il observait le caporal d'ordinaire qui jetait les morceaux de viande, les uns d'un beau rouge frais, les autres veinés de graisse, sur une toile de tente boueuse.

— On va tirer au sort, dit le cabot.

— Non, protestèrent plusieurs escouades, y en a qui truquent... Qu'on partage d'après le nombre d'hommes.

— Nous, à la deuxième, on est quatorze, je veux ce morceau-là.

— Et nous, alors, de la première...

Tous, penchés sur l'étal, les mains tendues, se disputaient d'avance la pâture en braillant sous les regards impassibles du fourrier.

— Vous avez fini de gueuler, dit-il enfin. Je vais distribuer. Troisième escouade, celui-là... Quatrième escouade... Cinquième...

Il n'eut pas le temps d'achever, ni de désigner le quartier du bout de son bâton. Avec un rugissement, Sulphart s'était rué dans le groupe :

— Non, braillait-il, j'marche pas... Vous voulez pas qu'on la crève à l'escouade. Ils profitent que c'est un gars qui ne sait pas y faire pour nous englanter.

Les autres le huèrent, le fourrier voulut l'écarter, mais déchaîné, agitant les bras, il criait plus fort qu'eux tous.

— J'veux pas de ce morceau-là... Je l'dirai au pitaine, et au colon s'il le faut... C'est toujours les mêmes qui se dém... J'veux ma part... C'est à la cinquième qu'on est le plus.

— Vous n'êtes que onze...

— C'est pas vrai !... On se plaindra... Y a que des os...

Il poussait des cris tour à tour aigus et rauques, terrifiants et plaintifs, repoussant les uns, bousculant les autres. Ceux qui étaient déjà servis serraient leur part sur leur cœur, comme les mères de Bethléem devaient tenir leurs enfants la nuit du Massacre. Heureusement, le fourrier lui tendit une tranche, n'importe laquelle, et il se tut aussitôt, rasséréné d'un coup, sa colère inutile puisqu'il était servi. Il se tourna alors vers Demachy, tandis qu'on continuait le partage.

— Tu comprends, lui dit-il amicalement, t'as de l'idée, mais tu gueules pas assez... Si tu veux être mieux servi que les autres, il faut gueuler, même sans savoir : c'est l'seul moyen d'avoir ton compte.

Gilbert Demachy l'écoutait sans répondre, amusé par ce grand braillard à la barbe hérissée ; son silence attentif plut à Sulphart.

— Comme de juste, c'te bille de Bréval ne t'a pas dit de prendre le seau ou les bouteillons pour le pinard. Alors, dans quoi que tu veux l'emporter, dans tes grolles ? Heureusement que j'y ai pensé. V'là un seau, et j'ai pris un bidon, pour s'il y avait de l'eau-de-vie... Ça ne fait rien, un cabot qui ne va pas lui-même aux distributions ça ne se voit qu'à la cinquième. Il est encore resté à écrire à sa bourgeoise... Peau de fesse !

Sulphart ne daigna pas se mêler de la distribution de boîtes de singe, denrée qu'il méprisait, mais il cria pourtant : « Il m'en manque une ! » simplement pour montrer qu'il était là.

— Au vin, dit le fourrier.

Sulphart s'élança le premier et, tant que dura la distribution, il ne leva pas la tête ; à mesure qu'un seau se remplissait, il geignait, poussait des petits cris, comme si ç'avait été son sang qu'on eût versé.

— Assez... Assez, criait-il... Il tient plus que le compte... Voleur !

Mais les autres, qui avaient l'habitude, subissaient les injures et gardaient le vin. Son tour vint enfin et il fit emplir son seau jusqu'au bord, jurant qu'il était arrivé six nouveaux, que le cabot allait se plaindre, qu'on s'était déjà « mis la bride » la veille, que le pitaine...

— Tiens, et fous le camp, lui dit le fourrier exaspéré en lui versant un dernier quart. Ah ! quel métier...

Content de lui, Sulphart s'en revint en triomphateur, son seau d'une main et le sac sur l'épaule. Ils traversèrent le village, où flânaient les soldats désœuvrés en quête d'un débit, et, tout en cheminant, il chercha à inculquer au nouveau les premiers principes d'astuce et de mauvaise foi nécessaires à un militaire en campagne.

— Chacun pour soi, tu comprends. J'aime mieux boire le pinard des autres, que ça soye les autres qui boivent le mien... C'est jamais que les plus honteux qui perdent.

Arrêté dans un coin où il ne passait personne, il puisa avec son quart dans le seau et le tendit à Gilbert.

— Tiens, lui dit-il, bois ça, tu y as droit.

Il avait en effet composé dans son esprit, et à son usage seulement, un petit traité des droits et des devoirs du soldat où il était admis de bon accord que l'homme de corvée avait droit à un quart de vin comme récompense. Il en but un aussi, puisqu'il aidait l'homme de corvée, et repartit plus léger. Tout en marchant, il racontait des histoires à Gilbert, lui parlant à la fois de sa femme qui était couturière, de la bataille de Guise, de l'usine où il avait travaillé à Paris, et de l'adjudant Morache, un rempilé, notre bête noire. Quand ils arrivèrent au cantonnement, il déposa son seau, jurant qu'il n'avait même pas goûté le vin et offrant comme preuve de faire sentir son haleine, puis il se rapprocha de Demachy, pour qui il lui venait de la sympathie.

— Si j'avais été aux sous comme toi, lui dit-il, et que j'aie eu ton instruction, j'te jure qu'ils ne m'auraient pas vu venir au rif comme ça. J'aurais demandé à suivre les cours d'officier, je serais allé passer quelques mois au camp et on m'aurait nommé sous-lieutenant au milieu de 1915. Et à ce moment-là, la guerre sera finie... A mon idée, t'as pas su nager.

3

Le fanion rouge

Depuis le petit jour, le régiment aunait la route de son long ruban bleu. C'était une grosse rumeur de piétinement, de voix et de rires qui avançait dans la poussière. Inlassablement, les camarades, coude à coude, se racontaient de ces histoires rebattues de régiment, toutes pareilles, qu'on croirait arrivées dans la même caserne. On se querellait, de rang à rang ; on vidait, à la régalade, les bidons remplis à la pause, et on interpellait au passage le cantonnier sur le bord de la route, le paysan dans sa vigne, la femme qui rentrait des champs. Parfois, on croisait un gendarme.

— Hé, gars... C'est pas par là les tranchées.

Personne ne pensait à la guerre. Cela sentait l'insouciance et la rigolade. Il ne faisait pas trop chaud, le pays était gai, et l'on regardait les choses avec des yeux amusés de soldats aux manœuvres.

Le visage luisant de Bouffioux portait des traces noires, la marque de ses doigts et des rigoles de sueur descendant du képi. Il s'était mis à côté de Hamel pour parler du Havre. Ils fraternisaient sur des noms de rues et de bistrots et, pour la centième fois, ils s'étonnaient de ne pas s'être connus dans le civil.

— T'as pourtant une grosse face qu'on reconnaît, répétait chaque fois Hamel.

Solide, il avançait à larges enjambées ; le gros Bouffioux, au contraire, allait à petits pas pressés, et Fouillard, qui marchait derrière lui, son fichu sale noué autour du cou, n'arrêtait pas de grogner.

— Vas-tu marcher droit, gros jeton... Si seulement il me prenait mon plat... Pourquoi que tu ne le portes jamais, d'abord ? T'es bien content de becqueter... Rien qu'un bout de bois il ne l'apporterait pas, ce cochon-là... Tu viendras en chercher de la soupe, ce soir... On se marrera...

La graisse heureuse du marchand de chevaux était une de ses haines : Bouffioux était gras, lui maigre ; il était aisé, lui pauvre ; il restait à l'arrière, lui montait aux tranchées.

— Pas étonnant qu'il ait une face comme des fesses, avec tout ce qu'il bouffe... Les copains n'en goûtent pas souvent de ses colis. Il profite qu'on est aux tranchées pour se la taper en Suisse. Mais ça durera pas ; ça fait assez longtemps qu'il s'embusque, il faudra qu'il y monte, aux tranchées...

Bouffioux se laissait injurier, mais n'y montait pas. Depuis la guerre, il avait fait tous les métiers ; un seul lui répugnait vraiment : le nôtre. Il était prêt à n'importe quoi pour ne pas prendre les tranchées. Il ne s'était battu qu'une fois, à Charleroi, et il en avait conservé une telle terreur qu'il n'avait plus qu'une idée : se planquer. Il y parvenait en employant autant de ruses que naguère à la foire pour vendre un cheval rogneux. Tous les filons, il les avait usés. Il avait fait la retraite comme cycliste du trésorier, sachant tout juste se tenir en selle et courant sans répit sur le flanc de la colonne, son vélo crevé à la main. La Marne, il l'avait gagnée comme téléphoniste à la brigade. Depuis on l'avait connu bûcheron, aide-vaguemestre, armurier, convoyeur du ravitaillement, cordonnier. Il s'offrait pour toutes les besognes, effrontément, et se cramponnait à la place usurpée, jusqu'à ce qu'on l'en chassât. Avait-on besoin d'un secrétaire qui sût tout juste lire, d'un menuisier n'ayant jamais tenu un rabot, d'un tailleur ne sachant pas coudre : il était là. On aurait demandé un aumônier pour la division qu'il eût crié : « Présent ! » Il ne voulait pas se battre, c'était tout, et la peur lui donnait toutes les audaces. Pour le moment, il payait à boire à tous les caporaux du train de combat et partageait ses colis avec le sergent muletier des mitrailleurs, qui lui promettait de le faire affecter à l'échelon. Mais le capitaine ne voulait pas lui laisser quitter la compagnie et Bouffioux pliait une nuque songeuse sous les menaces de Fouillard.

— Pourquoi que tu serais plus que les autres, gros tas ! T'y monteras, j'te dis...

Fouillard, très fier d'avoir fait Montmirail à quatre pattes dans un fossé et orgueilleux de son titre d'ancien, détestait également Demachy, qui avait trop d'argent et des façons de monsieur. Alors quand il était fatigué d'injurier le dos placide de Bouffioux, il regardait le nouveau, et la ride de crasse qui lui coupait la joue se creusait pour sourire.

— Vise-le, s'il en bave, ricanait-il.

Gilbert allait le cou tendu, les pouces passés sous les courroies, le pas traînant. De pause en pause, son sac était plus lourd. Il l'avait pourtant bouclé gaiement, au départ. Il avait ressenti une allégresse sportive sous ce fardeau bien arrimé. Les jarrets dispos, il aurait voulu chanter, partir au pas accéléré, la clique en tête.

Mais au bout d'une heure, le sac était déjà lourd. Au lieu de le pousser comme au départ, il se faisait pesant, et semblait le retenir, le tirer en arrière, par les deux courroies. Il rejetait bien son fardeau d'un coup d'épaule, tous les cent pas, mais le sac reglissait vite, encore plus pesant. Son pied meurtri s'était rouvert, ses genoux secs s'ankylosaient et, maintenant, le sac de plomb jouait avec lui, le faisait tituber comme un homme saoul. Pour la première fois, on l'avait entendu jurer, dire des gros mots, d'une petite voix rageuse qui ne savait pas. Le buste en avant, peinant comme s'il avait dû traîner la route, il haletait sous son carcan :

— Je fous tout en l'air à la pause, et leur saleté de biscuits...

A chaque halte, il faisait son inventaire sur le talus et se délestait de quelque chose — des ampoules de pharmacie, un filtre portatif, une boîte de poudre de viande — un tas d'objets saugrenus que les camarades se disputaient sauvagement sans savoir au juste ce qu'ils en feraient. Sulphart lui portait la moitié de sa charge, son bouteillon, sa musette blanche pleine à crever, et quand l'étape tirait à sa fin, il lui prenait même son fusil, dont la bretelle lui sciait l'épaule. Mais le peu qu'il devait porter était encore trop lourd et à chaque halte il croyait qu'il n'irait pas plus loin. Quand le coup de sifflet commandait : « Aux faisceaux », il aurait voulu ne pas entendre, ou bien qu'on eût pitié de lui et qu'on le laissât là une heure, tout seul, laisser son talon se cicatriser et s'apaiser la fièvre de ses tempes battantes. Pourtant, il se relevait comme les autres et repartait en boitillant, plus perclus, une souffrance à chaque pas. Le sac dégarni n'était pas moins lourd et les bornes indifférentes ajoutaient sans cesse de nouveaux kilomètres à l'étape déjà longue.

Peu à peu, la rumeur de la troupe en marche s'apaisait. On sentait la fatigue : « La pause ! La pause ! » criait-on en se cachant. Des éclopés sortaient du rang et se déchaussaient, assis au pied du talus. Sur le bord de la route, Barbaroux, le major à quatre galons, donnait une consultation, maintenant des rênes et du genou son cheval qui piaffait. Devant lui, tout gauche, un homme se tenait au garde-à-vous.

— Tais-toi ! criait le major, les veines des tempes gonflées. Tu marcheras comme les autres... Je suis commandant, tu entends, commandant ! Qu'est-ce que tu me dois ?

Le biffin hébété le regardait.

— Mais je ne sais pas... Je ne vous dois rien, m'sieur le major.

— Tu me dois le respect, hurlait Barbaroux sautant sur sa selle... Tiens-toi droit... Tends la main, je t'ordonne de tendre la main... Naturellement sa main tremble... Tous alcooliques, fils d'alcooliques... Eh bien, fiche-moi le camp, les autres marchent, tu marcheras... Et que je ne te voie pas traîner derrière ou gare le tourniquet !

A la halte, étendus derrière la ligne des faisceaux, les hommes se délassaient. Les nouveaux — le corps moins endurci — ne débouclaient même plus leur sac ; ils se couchaient sur le dos, le barda remonté sous la tête, comme un dur oreiller, et sentaient frémir la fatigue dans leurs jambes endolories.

— Sac au dos !

On repartait en clopinant. On ne riait plus, on parlait moins fort. Le régiment qui tout à l'heure emplissait la route poudreuse jusqu'au dos des coteaux, se perdait dans une buée légère. Bientôt on ne vit plus la tête du bataillon ; puis la compagnie elle-même ondula dans la brume. Le soir allait venir, on entrait dans du rêve. Les villages se reposaient, la journée terminée, et leur haleine agreste de bois brûlé montait des toits pointus.

On s'était battu en septembre dans ce pays, et, tout le long de la route, les croix au garde-à-vous s'alignaient, pour nous voir défiler.

Près d'un ruisseau, tout un cimetière était groupé ; sur chaque croix flottait un petit drapeau, de ces drapeaux d'enfant qu'on achète au bazar, et cela tout claquant donnait à ce champ de morts un air joyeux d'escadre en fête.

Sur le bord des fossés, leur file s'allongeait, croix de hasard, faites avec deux planches ou deux bâtons croisés. Parfois toute une section de morts sans nom, avec une seule croix pour les garder tous. « Soldats français tués au champ d'honneur », épelait le régiment. Autour des fermes, au milieu des champs, on en voyait partout : un régiment entier avait dû tomber là. Du haut du talus encore vert, ils nous regardaient passer, et l'on eût dit que leurs croix se penchaient, pour choisir dans nos rangs ceux qui, demain, les rejoindraient.

Pourtant, elles n'étaient pas tristes, ces premières tombes de la guerre. Rangées en jardins verdoyants, encadrées de feuillage et couronnées de lierre, elles se donnaient encore des airs de charmille pour rassurer les copains qui partaient. Puis, à l'écart, dans un champ nu, une croix noire, toute seule, avec un calot gris.

— Un Boche ! cria quelqu'un.

Et tous les nouveaux se bousculèrent pour regarder : c'était le premier qu'ils voyaient.

Dans un bourdonnement assourdi de voix étouffées, de cliquetis et de pas fourbus, la compagnie entra dans le village noyé d'ombre. Pas bien loin, les fusées barraient la nuit d'un long boulevard de clarté, et, par instants, cela s'égayait de lueurs rouges ou vertes, vite éteintes, pareilles à des enseignes lumineuses.

Ce ciel de guerre faisait penser à une nuit populaire de quatorze juillet. Rien de tragique. Seul, le vaste silence.

Au milieu de la grande rue, une ferme qui brûlait mettait au-dessus des toits démantelés un rouge brutal de fête foraine, et l'on était tout surpris de ne pas entendre les orgues. Des lapins enflammés traversèrent les rangs, comme de petites torches vivantes. Puis, entre deux murs près de crouler, on vit courir dans la buée rouge de l'incendie des ombres muettes qui portaient des seaux.

— Pressons, pressons, répétaient les officiers, ils vont encore tirer.

Tombées l'une vers l'autre, les maisons blessées mêlaient leurs ruines et l'on trébuchait sur les gravats. De loin en loin, une façade abattue tout entière barrait la rue. On franchissait en sacrant cet amas de pierraille, et la compagnie disloquée se reformait en trottinant.

Au bout du pays, un gosse qu'on voyait mal dans le noir cherchait des débris d'on ne sait quoi dans les ruines de sa maison. Il leva le nez, nous regarda passer sans rien dire et salua gravement l'officier, sa petite patte blanche de plâtre portée à sa tignasse.

— Petite vache, grommela Sulphart... Qu'est-ce que ça fout dehors au moment d'une relève, ces poux-là, faut pas le demander... Et vise-moi toutes ces lumières qui font des signaux. Tu peux être sûr que les Boches savent qu'on est là.

Une vieille femme passa, d'une cour à l'autre, cachant sa lanterne sous son tablier, pour l'aveugler et l'abriter du vent. On eût dit qu'elle emportait une étoile dans son giron.

— Encore une... Hé ! la vieille... La lanterne ! cria Sulphart.

Maroux, qui se disait braconnier, grogna avec lui : il voyait des espions partout, celui-là. La moindre lumière lui semblait suspecte, et il imaginait on ne sait quel code mystérieux et compliqué de signaux nocturnes entre les paysans allumant leur chandelle et l'état-major ennemi.

Harassé, tendant le cou comme un cheval qui monte une côte, Demachy suivait le braconnier. Quand la file s'arrêtait, il allait buter dans son sac, et attendait, engourdi, que ça reparte. Sa fatigue même avait disparu : il était une chose exténuée, sans volonté, qu'on pousse. Les yeux tournés vers les premières lignes, il cherchait cependant à voir les fusées, entre deux murs. C'était pour lui une déception, cette première vision de la guerre. Il aurait voulu être ému, éprouver quelque chose, et il regardait obstinément vers les tranchées, pour se donner une émotion, pour frissonner un peu.

Mais il se répétait : « C'est la guerre... Je vois la guerre » sans parvenir à s'émouvoir. Il ne ressentait rien, qu'un peu de surprise. Cela lui semblait tout drôle et déplacé, cette féerie électrique au milieu des champs muets. Les quelques coups de fusil qui claquaient avaient un air inoffensif. Même ce village dévasté ne le troublait pas : cela ressemblait trop à un décor. C'était trop ce qu'on pouvait imaginer. Il eût fallu des cris, du tumulte, une fusillade, pour animer tout cela, donner une âme aux choses : mais cette nuit, ce grand silence, ce n'était pas la guerre...

Et c'était bien elle pourtant : une rude et triste veille plutôt qu'une bataille.

La rue s'arrêtait brusquement, coupée par une barricade faite de herses et de tonneaux. Il fallait la franchir un par un, en se glissant sous un timon qui accrochait les sacs.

— Silence... Rassemblement dans le champ à gauche.

Le groupe immobile des soldats faisait dans l'ombre comme une vigne noire, avec tous les fusils dressés. Seul, un point rouge de cigarette piquait la nuit. On le voyait monter aux lèvres, se raviver, puis redescendre lentement.

— Eh ! l'autre salaud qui va nous faire repérer, grogna quelqu'un... Ça ferait tuer les copains pour une cibiche, ces enfifrés-là.

Ayant débouclé son sac, Gilbert s'était couché. La terre des champs était molle et froide, encore humide des pluies récentes, et cela lui gelait les jambes, à travers la capote mince. Son sac sous la tête, les mains glissées dans les manches, il reposait, les yeux pleins de ciel. La meurtrissure des deux courroies lui chauffait maintenant les épaules d'une bonne brûlure, et sa fatigue s'écoulait par tous ses membres lâches.

Dans le village, de l'autre côté de la barricade, une compagnie empilée se bousculait pour les distributions. On entendait les ordres, les disputes, tout un tohu-bohu de jour de marché. Une voix pointue criait :

— Faut qu'ils soient saouls... A l'escouade on a touché trois fois du sucre et rien à bouffer...

D'autres s'appelaient : « Par ici la corvée d'eau... Les chefs d'escouade au vin. »

Puis c'étaient des mitrailleurs qui braillaient, leurs mulets pris dans la cohue. Un chef, pour rétablir le calme, hurlait : « Silence ! Moins de bruit, nom de Dieu ! » Toute cette rumeur réveilla Gilbert engourdi. Il s'accouda.

— Les Boches sont encore loin d'ici ? demanda-t-il.

— Non, de l'autre côté de la route, lui répondit Sulphart, couché près de lui dans l'herbe humide. Tu vas voir qu'à force d'entendre ce boucan-là, les Boches vont se mettre à tirer dans le tas... Je donnerais vingt ronds pour que tous ces c...-là se fassent bigorner... Mais écoute-les gueuler !...

Lui ne criait plus. Sa voix de braillard s'était prudemment assourdie ; il avait même rentré sa pipe, et avançait le dos courbé. Ces précautions étonnèrent Gilbert.

— Il n'y a pas de danger ici ? demanda-t-il.

— Non, au contraire, écoute.

Des petits sifflements mélodieux rayaient la nuit, prolongés, comme une guitare qu'on pince.

— Tu entends ? C'est des balles.

Gilbert écouta, amusé. Cela lui plaisait que les balles eussent ce joli son de guêpe. Et il ne pensa même pas que cela pouvait tuer. A un commandement transmis tout bas, de bouche en bouche, la compagnie se redressa, dans un long cliquetis.

— Ligne d'escouade à cinq pas... Arme à la main... Pas de bruit.

En longue file zigzaguante, la troupe descendit vers la grand-route dont on apercevait la ligne d'arbres, en contrebas. On n'avait pas encore creusé de boyaux pour y descendre.

Les betteraves aux hautes fanes et l'herbe folle des champs incultes trempaient les jambes jusqu'aux genoux et tendaient des collets aux pieds pesants. On ne voyait rien. Le monde s'arrêtait à quelques pas, la terre noire et le ciel sombre confondus. A peine devinait-on les silhouettes penchées des camarades. Parfois, un homme trébuchait et s'abattait de tout son long, dans un affreux tintamarre de gamelle, de quart et de bidon. Alors, sur toute la file, des rires étouffés couraient.

Soudain Gilbert entendit comme un souffle rapide qui s'enflait et au même instant, il vit la longue file d'hommes s'abattre d'un seul coup. Il fit comme eux. Un éclair éclata avec un terrible fracas de cuivre et de ferraille. Les éclats, en jurant, vinrent fouetter le sol, et l'âcre fumée se rabattit.

Gilbert, à genoux, le cœur dansant, respira une large goulée de son premier obus.

— Cela sent bon, pensa-t-il.

Déjà les autres se relevaient et repartaient plus vite, presque courant. Rejetant le bidon qui lui battait les cuisses, il suivit Lemoine, qui traînait, au bout d'une corde, un malheureux chien, arc-bouté sur ses quatre pattes raides.

— Halte ! firent passer des voix assourdies.

La tranchée était creusée juste devant la route. Trois fils de fer la protégeaient, comme une pelouse de square. Sous nos pieds, ronchonnaient des soldats invisibles qui mettaient sac au dos.

— Ils ne se sont rien cassé, pour faire la relève, grognaient-ils. Sûrement qu'on leur rendra leur vacherie.

Et sur cette bienvenue, les camarades s'en allèrent.

Un joli soleil pâle de la Saint-Martin. Sur le ciel d'un bleu tendre, les nuages étaient pareils à des flocons de shrapnells. Un émouchet et un corbeau se poursuivaient à coups de bec, sauvagement. On entendait chanter une alouette, qui bougeait à peine. C'était dimanche.

Par-dessus les sacs à terre, on pouvait voir les tranchées allemandes : deux lignes minces, l'une de terre brune, l'autre de marne blanche. Les champs dévastés avaient des airs de terrain vague, avec leurs meules en ruine et leurs javelles culbutées. Sur le bord d'un chemin, une faucheuse abandonnée dressait ses longs bras désœuvrés.

La tranchée flânait. On se promenait dans les boyaux comme dans les rues d'une petite ville dont chaque coin vous est familier et l'on faisait la causette, à l'entrée des gourbis.

Sous leurs abris, les camarades bricolaient. Le petit Belin mettait le sien à sa mesure, taillant un trou pour sa bougie, un deuxième pour son quart, et un autre, plus grand, pour y glisser ses pieds. Bréval écrivait à sa femme et Broucke dormait, son seul plaisir entre deux soupes.

Fouillard accroupi finissait une boîte de singe, qu'il prenait par grosses bouchées, entre son couteau verdi et son pouce terreux. Gilbert le regardait de côté. Il n'aimait pas cet être chétif et sale ; tout le dégoûtait, sa voix, ses yeux rouges et jusqu'à son éternel fichu de laine, dont pendaient les pompons crasseux. Ils couchaient tous les deux dans le même trou, serrés, reins contre reins, et c'est surtout pour cela qu'il l'exécrait.

Pourtant, le nouveau s'était accoutumé assez vite à notre vie brutale. Il savait à présent laver son assiette avec une poignée d'herbe, il commençait à boire notre pinard avec plaisir, et n'avait plus honte de faire ses besoins devant les autres.

— Tu te fais, gars, tu te fais, constatait Bréval avec satisfaction.

Vautré sur la paille pourrie de sa niche, Sulphart somnolait, ne laissant couler qu'une mince bande de lumière dans ses yeux mi-clos. Il tirait de lentes bouffées de sa pipe au tuyau mâchonné et rêvassait à la foire Saint-Romain, avec ses bals, ses manèges, ses loteries, ses tirs, toute une joie pétaradante sentant les frites et le gros vin.

N'ayant pas de veille à prendre, ils s'étendaient l'un après l'autre, fatigués de la longue nuit passée à charrier des tôles ondulées. Vairon grognait dans un demi-sommeil, le ronflement de Lemoine l'empêchant de dormir. Ceux qui n'avaient pas de tanière s'étaient couchés dans la tranchée, enroulés dans leur couverture. Dans un trou, des voix piailleuses de manilleurs. Tous les autres s'assoupissaient.

Brusquement, une rafale d'explosions les secoua. Ce fut une seconde d'affolement. Ils se levaient, sortaient des trous, se bousculaient pour prendre leurs fusils, tout de suite hébétés par le tonnerre assourdissant de l'artillerie subitement déchaîné.

Au même signal, sur toute la ligne, nos pièces s'étaient mises à tirer, et dans ce déchirant fracas, on n'entendait même plus les obus rayer l'air. Nous nous étions précipités aux créneaux, fouillant déjà la cartouchière.

Au bout du terrain vague qui séparait les deux réseaux, juste sur la ligne allemande dont on apercevait encore le lacet sinueux dans la fumée, les obus tapaient à coups furieux, faisant voler des morceaux de tranchée blanche, comme des copeaux sous un rabot de menuisier.

Enervés, nous courions de droite à gauche, on s'appelait, on se renseignait l'un l'autre, sans rien savoir.

— C'est les Boches qui attaquent... C'est un barrage...

— Non, c'est pour faire sauter leurs mitrailleuses...

— Il paraît que le troisième bataillon va sortir pour enlever le bois...

Chaque obus soulevait une longue gerbe de terre dans un nuage de fumée ; ceux qui tombaient sur le bois déracinaient des arbres entiers et les jetaient dans le taillis, tout droits, intacts, comme de gros bouquets. Un agent de liaison passa vite, en nous bousculant.

— Tout le monde dans les gourbis. C'est un tir d'une demi-heure, ils vont peut-être répondre.

Personne ne rentra. Toute la tranchée massée regardait le spectacle, et comme l'artillerie allemande ne répondait pas, les plus prudents devenaient braves. Fouillard s'était même assis sur le parapet, pour n'en rien perdre.

Quand une salve bien pointée donnait sur la tranchée ses quatre coups de pic, arrachant une gerbe de terre, de pierres et de madriers, un cri d'admiration montait, une clameur ravie de feu d'artifice. Dans le vacarme, on n'entendait plus que ce rire heureux, ce rire honnête, comme si nous avions jugé l'effet de balles à massacre sur les têtes de bois d'une noce villageoise. Parfois un cri dominait le tumulte.

— Visez, les gars, un poilu qui saute, hurlait Vairon avec des gestes désarticulés.

— T'as des visions, ripostait Lemoine, jaloux de n'avoir rien vu, c'est un rondin.

— De quoi ! Je te dis que c'est un Boche, même qu'il avait les panards en l'air.

Puis, un gros noir arrivait, haletant, comme un rapide entrant en gare, et tous les yeux braqués guettaient l'endroit où il allait tomber. C'était alors un énorme geyser noir qui jaillissait, zébré de feu, puis on entendait tonner le coup.

— Ah le bath ! criait la tranchée.

Le bois bombardé fumait comme une usine. Gesticulant dans la cohue, Sulphart braillait sa joie.

— Qui n'a pas gagné va gagner ! C'est à la chance et à l'idée du joueur... Allons pressons-nous, qui n'a pas sa plaque, six pour deux sous.

Il agitait d'une main des numéros imaginaires, comme un marchand forain, et ses beuglements couvraient le vacarme. Avec un affreux craquement d'os broyés, d'autres éclataient encore, arrachant les fils de fer ainsi que des rubans.

— Boum ! Le monsieur a gagné un superbe poulet d'Inde. Allons, au suivant ! Risquons-nous. Au petit bonheur la chance...

Un coup tonna plus sourd, en plein dans la tranchée, arrachant une grosse gerbe de terre et de rondins.

— C'te fois, ça y est, cria Vairon, qui tenait à son idée. J'ai vu sauter le poilu. Il est retombé sur le talus.

Les autres, qui n'avaient encore rien vu, guettaient anxieusement le prochain coup, le regard fixe. Demachy, étrangement fébrile, les poings serrés, chantonnait un air, pour montrer qu'il n'avait pas peur. Les oreilles s'habituent vite à ce roulant fracas. On les reconnaît tous, rien qu'à leur voix : le soixante-quinze qui claque, rageur, file en miaulant et passe si vite qu'on le voit éclater quand on entend le départ ; le cent vingt essoufflé, qu'on croirait trop las pour achever sa course ; le cent cinquante-cinq qui semble patiner sur des rails et les gros noirs, qui passent très haut, avec un bruit tranquille d'eau qu'on agite. Le vent, en dénouant les tourbillons épais, apportait jusqu'à nous une haleine de soufre, une forte odeur de poudre. Gilbert la respirait, à s'en saouler. Parfois, on entendait bien l'obus siffler, mais, cinq, dix secondes s'écoulaient, et il n'éclatait pas, tombé on ne sait où. Un murmure de déception s'élevait, un grognement de badauds trompés.

— Il a foiré...

Son quart à l'oreille comme un récepteur, le petit Belin jouait à l'artilleur.

— Quatre mille huit cents mètres... Explosif... Tambour trois... Feu des deux pièces...

Le tir, d'abord bloqué devant le bois, s'était élargi sur toute la ligne ennemie et les panaches noirs et verts la bordaient à présent tout entière, comme une infernale allée d'arbres. Soudain, on crut voir des calots gris passer.

— Les Boches qui se barrent ! cria Vairon.

On se bouscula, on grimpa sur les sacs.

— Là, où ça vient de tomber.

Et les doigts désignaient l'endroit, sous un dais vert haché d'éclairs. Tous les soldats des derniers renforts tendaient le cou, dressés sur le bout carré de leurs godillots.

— Je vais faire un carton, dit Vairon, en chargeant son fusil.

Il épaula, visa à peine, lâcha le coup... Encore abasourdi par la détonation, il entendit le cri furieux de l'adjudant Morache qui arrivait sur lui en gesticulant, brandissant son bâton comme s'il allait le battre.

— Qui est-ce qui a tiré ?... Je veux savoir qui a tiré... C'est vous ? Vous serez puni.

Son visage maigre tout crispé, il glapissait sous le nez de Vairon interdit.

— Alors, c'est défendu de tuer les Boches, maintenant, riposta l'autre mollement... En trois mois, c'est la première fois que je tire.

— Taisez-vous, je vous défends de discuter.

Vairon, devenu blême, baissa sa tête volontaire de grand voyou et déchargea son lebel, serrant les dents sur sa colère.

— C'est bon, murmura-t-il tout de même, on vous les tuera pas vos Boches... Mais alors je me demande ce qu'on fout ici...

— Comment ! Qu'est-ce que vous dites ? cria Morache à se casser la voix. Je vais prévenir le capitaine.

Vairon se tut. Il s'éloigna, traînant son fusil comme un gourdin inutile. Puis, pour punir ses chefs, il se désintéressa ostensiblement du bombardement et alla s'étendre dans son trou. Il sortit sa blague et roula une cigarette, d'une main qui tremblait encore. Une série de détonations cuivrées lui fit lever le nez, en connaisseur.

— Des fusants, murmura-t-il.

Le cri d'admiration de la tranchée lui fit regretter de ne les avoir pas vus, mais il avait sa dignité d'homme : il ne se releva pas. A ce moment, nette et sèche dans le fracas, on entendit taper une mitrailleuse allemande. Ce fut plus fort que lui : il bondit au créneau.

Nous nous étions arrêtés de crier, étonnés, un peu inquiets. La mitrailleuse tirait toujours, exaspérante, semblant enfoncer des clous. Et brusquement, nous vîmes sur qui elle tirait.

— Des poilus qui sortent !... On attaque de l'autre côté du ruisseau...

Tout le monde avait crié ensemble, puis aussitôt, on s'était tus, anxieux, cloués. Une compagnie venait de sortir des tranchées, sur notre gauche, et en tirailleurs, sans sacs, à la baïonnette, les soldats couraient dans les champs nus. Le régiment voisin tentait un coup de main et c'étaient eux que cherchait la maxim au tap-tap régulier de machine à coudre. Le tir, s'étant fixé, parut faire dans la ligne d'hommes un large accroc.

— Ils sont fauchés.

— Non, ils se planquent...

Les soldats redressés couraient, se couchaient, repartaient, mais malgré le barrage qui pilait leur ligne, les Allemands s'étaient mis à tirer, et l'on voyait dans le grand terrain vague tournoyer, culbuter des hommes. Il y en avait qui, couchés, s'agitaient encore, se traînaient vers les trous d'obus. D'autres, tombés lourdement en paquet, ne bougeaient plus. La fusillade crépitait, plus serrée, mais ce qui restait de la compagnie fonçait quand même, les soldats dispersés se regroupant à mesure qu'ils approchaient de la tranchée comme s'ils avaient craint de l'aborder seuls. Sur cette troupe massée, la mitrailleuse bloqua son tir, et, presque d'un coup, les hommes s'abattirent.

Un seul cri douloureux jaillit de nous. Puis des jurons, de la colère, de la détresse.

— Mais non, ils s'sont cor planqués, cria Broucke.

— Oui, dit Demachy, qui avait pris sa jumelle et regardait,

angoissé... Il en reste. Ils sont dans les trous d'obus. Les fils de fer les ont arrêtés...

Nous nous bousculions derrière lui, tendant la main.

— Passe-moi ta jumelle, dis... Passe-la-moi...

En regardant bien, malgré la fumée, on les voyait encore, petits, serrés, éparpillés dans les trous. Mais, brusquement, un nuage de fumée les cacha : notre artillerie reprenait son tir et se mettait à taillader, trop tard, la large haie de barbelé.

— Nom de Dieu ! hurla Hamel, mais ils leur tirent dessus !

Une salve jeta ses cinq coups terribles autour de la vivante épave, puis les shrapnells claquèrent au-dessus d'eux. L'artillerie aveugle s'acharnait sur ce coin-là.

— Mais il faut prévenir... Il faut arrêter le feu, criait Demachy, livide...

Le capitaine passa en courant.

— Ils ne voient donc pas !... Un homme de liaison... Vite au téléphone.

Cela tombait toujours, hersant la terre. Entre deux salves, on vit quelque chose s'agiter dans les trous d'obus, une forme se relever : un des survivants avait dénoué sa ceinture de flanelle, une large ceinture rouge, et agenouillé sur le bord de son trou, à trente pas des Allemands, il agitait son fanion, le bras levé très haut.

— Rouge ! Il demande qu'on allonge le tir, cria la tranchée.

Secs, tragiques, des coups de mauser claquèrent. Le soldat s'était recouché, touché peut-être... Des obus piochèrent encore le point maudit, arrachant un tourbillon de terre dans la fumée lourde. Anxieux, nous attendions que le nuage s'écartât...

Non, il n'était pas mort. L'homme se redressait et, levant le bras très haut, il agitait sa ceinture d'un grand geste rouge. Encore une fois les Boches tirèrent. Le soldat retomba...

On hurlait...

— Salauds ! Salauds !

— Il faut attaquer, criait Gilbert, hagard.

Entre deux bordées de tonnerre, le soldat se relevait toujours, son fanion au poing, et les balles ne le faisaient coucher qu'un instant. « Rouge ! Rouge ! » répétait la ceinture agitée. Mais notre artillerie prise de folie continuait de tirer, comme si elle eût voulu les broyer tous. Les obus encerclaient le groupe terré, se rapprochaient encore, allaient les écraser...

Alors l'homme se leva tout droit, à découvert, et d'un grand geste fou, il brandit son fanion, au-dessus de sa tête, face aux fusils. Vingt coups partirent. On le vit chanceler et il s'abattit, le corps cassé, sur les fils acérés dont les liens le reçurent.

L'homme tombé, les Boches tiraient quand même, férocement, et le crépitement meurtrier nous faisait mal, cruellement mal, comme s'il nous avait blessés tous. Un nuage d'obus cacha l'horrible scène. Mais on entendait encore tirer, derrière le mouvant rideau. La fumée s'écarta. Rien ne bougeait plus... Si... Un bras remuait encore, remuait à peine, traînant son fanion dans l'herbe. « Rouge !... Allongez le tir... Allongez le tir... »

Des lumières se cachaient sous les paillotes. Des rires et des voix s'y blottissaient, frileusement. C'était l'heure d'avant dormir. Le vent froid qui passait dans les branches avec un bruit d'écluse apportait des tranchées les coups de feu égarés des sentinelles anxieuses.

Puis, brusquement, le long craquement d'un feu de salve déchirait le silence, les fusées biffaient la nuit de leur trait livide et la fusillade reprenait, comme un feu qu'on ravive d'une bourrée de bois mort.

— Tiens, ça recommence, disaient les camarades.

Et Vairon, la couverture au nez, ronchonnait :

— Pourvu qu'ils demandent pas du renfort.

Soucieux, inquiet peut-être, le capitaine Cruchet se promenait nerveusement sur le chemin, parfois il grimpait sur le talus, derrière les vignes, et inspectait les grands champs noirs, vers la bergerie. C'était là qu'on tirait. Pourtant on ne voyait rien. La nuit était opaque, sans un éclair, sans une flamme d'obus et les fusées qui crevaient au-dessus de la route en grandes bulles lumineuses ne découvraient que de beaux arbres taciturnes dans les champs endormis.

Que se passait-il ? on ne savait pas. Les Allemands peut-être attaquaient la route. La fusillade se resserrait sur deux cents mètres à peine, et elle était comme perdue dans ce vaste horizon tranquille. Ne sachant rien, on écoutait se battre les deux bruits, et quand le silence retombait après un feu de salve, nous pensions : « Ça y est... Ils ont repoussé les Boches. »

Sulphart rebattait les cartes, et Broucke, pour se bercer, reprenait sa chanson :

Dors, min p'tit quinquin,
Min p'tit pouchin,
Min p'tit ruchin...

Les autres dormaient déjà. Dans le fond obscur de la paillote, on n'entendait plus que le bruit régulier des ongles d'un copain qui se grattait le ventre, tourmenté par les poux. La fusillade, en reprenant, ne les réveillait pas. Devant les cagnas, le capitaine veillait seul, grand corps maigre, tout en jambes. Il attendait Bourland, un de ses hommes de liaison, qu'il avait envoyé à la route pour avoir des nouvelles. J'entendis le retour des souliers cloutés du soldat.

Peu après, un ordre passa de hutte en hutte : « Debout... Rassemblement. »

Comme la fusillade semblait s'étendre, on sortit vite, en se poussant, les mains se disputant les fusils dans l'ombre. Rapidement, les sections s'alignèrent. Les hommes réveillés frissonnaient, surpris par la nuit glacée.

— La quatrième compagnie va peut-être avoir besoin de nous, nous dit le capitaine de sa voix sèche. Ils s'attendent à une attaque. Donc, défense expresse de se déchausser, n'est-ce pas. On gardera les sacs montés, la couverture dessus, chaque homme son fusil près de lui... Maintenant il me faut un volontaire...

Nous écoutions, coude à coude, les quatre sections en carré. Un crépitement désordonné de fusillade le fit taire un instant, l'oreille tendue, puis le bruit s'émietta en coups dispersés, et un silence inquiétant effaça tout. Étaient-ils à la route ?

— Un volontaire qui connaisse assez le secteur, reprit plus vite le capitaine. Il s'agit de guider une patrouille de la quatrième qui doit se mettre en liaison avec les territoriaux qui sont à droite du ruisseau. Des éléments ennemis se sont peut-être glissés là... Je connais plus d'un brave à la compagnie, n'est-ce pas, parmi mes anciens.

— Présent ! cria tout de suite une voix...

C'était Gilbert. Vite, il avait crié, spontanément, sans réfléchir, rien que pour la joie vibrante d'entendre dans le silence sa voix qui n'avait pas peur ; rien que pour lancer orgueilleusement son nom devant trois cents hommes muets.

— Demachy... Première section.

Et son cœur battit d'entendre sa propre voix, son nom offert. Assuré, il sortit du rang, se frayant un passage d'un coup de coude, et se mit au garde-à-vous.

— J'aurais mieux aimé un ancien, dit le capitaine. Enfin, puisque vous vous présentez, c'est bien... C'est très bien.

On nous fit rentrer sous les abris, et Gilbert ayant pris les ordres s'éloigna, l'arme à la main.

Il escalada le talus et prit par les champs. Comme il longeait la vigne, il sursauta. Un homme là, devant lui... C'était une sentinelle qui surveillait la plaine.

— Tu vas à la route ? Descends jusqu'au pommier, après t'as plus qu'à suivre le sentier... Mais grouille-toi, tu sais, ça siffle dur quand ils se mettent à tirer.

Il repartit. Des perdrix s'éveillèrent et filèrent dans ses jambes, d'un vol lourd. Il dut encore réprimer un brusque mouvement de recul, et les mains glacées il chargea son fusil. Ses yeux fouillaient l'ombre : pas un arbre. A trois cents mètres des gourbis il se sentait seul, déjà menacé, loin de tout. Il n'avait pas peur, cependant, c'était ce grand silence, ce vide, cette ombre qui l'inquiétaient.

La fusillade reprit d'un coup et quelques balles sifflèrent autour de lui. Il ne les craignait pas. Il croisa seulement son fusil, de façon que la crosse lui protégeât le ventre, et il baissa la tête, pensant naïvement qu'ainsi rien ne pouvait plus l'atteindre. Les fusées seules le guidaient, et l'invisible fusillade. Il marchait péniblement, arrachant à chaque pas

ses souliers lourds de glèbe. Parfois un bruit furtif le saisissait et tombé
à genoux, doigt à sa gâchette, il épiait...
   Les tranchées, au ruisseau, ne se joignaient pas. Si des Allemands
s'étaient glissés par là ? Il attendait un instant et repartait, plus courbé.
Un sentier coupait les champs. Était-ce le bon ?... Il le suivit, au hasard.
Le son brutal de la fusillade se faisait plus proche. Enfin il distingua
la rangée d'arbres de la route et se laissa glisser le long du talus. Dans
le fossé traînaient des équipements, des armes, des sacs ; contre un tas
de cailloux un mort était couché. Gilbert détourna les yeux et franchit
rapidement la chaussée. La quatrième compagnie était déployée en
tirailleurs, les soldats accrochés au flanc pierreux du talus. Assis sur
une borne, un homme trempait du pain dans un quart.
   — Qui êtes-vous ?
   — De la troisième compagnie... Je cherche le capitaine Stanislas,
pour la patrouille.
   — C'est moi.
   A ce moment une voix tomba de là-haut :
   — Ça remue près de la meule.
   Le capitaine enfla la voix.
   — Attention, pour un feu de salve. A gauche de la meule de paille...
Joue... Feu !
   Un terrible craquement étourdit Gilbert. Il avait vu, tout le long du
talus, jaillir la mince bordure de flammes.
   — Suivez la route jusqu'à l'arbre couché en travers, à cinq cents
mètres... lui dit l'officier en se rasseyant. La patrouille vous attend.
   Gilbert se hâta. Dans les ténèbres, on devinait la bergerie, grand
bâtiment désert aux murs crevés de meurtrières. Plus loin, le talus
s'amincissait surplombant à peine la route, et, à cet endroit, un arbre
était abattu. Gilbert s'arrêta et, le fusil croisé, mit un genou en terre.
Du champ obscur, une voix le héla :
   — C'est toi l'homme de la troisième ?... Viens.
   Ils étaient cinq. Le derrière sur les talons, le caporal inspectait la
nuit avec méfiance.
   — Tu connais bien la route ?
   — Oui, dit Gilbert, c'est par là...
   Et d'un geste, il leur montra un coin de nuit.
   — C'est là qu'ils ont fait un coup de main dimanche ? Le gars au
fanion rouge ?
   — Oui.
   Ils mirent baïonnette au canon et les fusils s'allongèrent d'une lueur
mince. Le caporal se redressait lorsqu'une fusée siffla.
   — Ne bougez pas !
   Ils restèrent immobiles. La fusée épanouie retombait, hochant sa tête
éblouissante. Accroupis en rond, ils semblaient prêts à danser la capu-
cine. Sur la crête, une file d'hommes se découvrit, chargée de rondins
et d'outils, puis disparut, la fusée morte.

— Allons-y.

La fusillade un instant apaisée se ranimait parfois, pour se taire aussitôt.

— Écoute-les, grommela le caporal. Ils ne veulent pas laisser une betterave debout.

— On vous a attaqués ?

— Les poteaux du chemin de fer, oui, et la meule de paille. C'est là-dessus qu'on tire depuis deux heures... Heureusement qu'ils ne visent pas par ici ses c...-là.

Ils avançaient en tirailleurs, espacés de quelques pas. Un grand marchait tout cassé, comme un bineur. Gilbert allait devant. A la crête, une sourde rumeur animait l'ombre, des tintements de pelle. Puis on entrait dans l'inconnu.

Ils faisaient cent pas, s'agenouillaient, fouillaient le champ d'un œil aigu, repartaient. Le caporal piqua une forme noire du bout de sa baïonnette... Le cœur de Gilbert fit un bond.

— Rien... Une gerbe.

Ils devaient approcher du ruisseau lorsque la nuit sembla s'éclairer. Il n'y avait plus devant la lune qu'un mince rideau ; le vent le tira et les champs parurent, tout nus. La patrouille ne bougeait plus, démasquée par l'immense fusée. Un long moment, ils restèrent tapis, muets, sans un mouvement. Seul Gilbert s'était redressé sur les coudes, sans képi, et cherchait à s'orienter. Quand la lune se cacha, il se releva le premier et partit tout droit. Il avait aperçu, couchés dans l'herbe, les premiers cadavres. C'était la bonne route. Au premier qu'il frôla, il eut un brusque geste d'effroi, la peur de la main froide qui allait l'agripper. L'homme était tombé en boule, les genoux repliés, semblant continuer dans l'infini sa terrible prière.

Gilbert n'osait plus avancer, la peur au ventre, les jambes molles. Il se serra brusquement contre le caporal.

— Quoi, murmura la voix, c'est pas par là ?

— Si...

Il regardait les morts, tous ces morts qu'il avait vus courir à leur atroce destin. Leur grand champ l'effrayait : toutes ces gerbes oubliées... Il en devinait partout, dans chaque trou d'obus, dans chaque sillon, et n'osait plus bouger. Rien ne pouvait le défendre, pas même le camarade contre lequel il se pressait.

— Eh bien, quoi, on avance ?

Un peu plus loin, les capotes se serraient par grappes. Elles étaient si plates déjà, les corps si vides, qu'on pouvait à peine s'imaginer que cela avait vécu, que cela courait... Une détresse infinie pesait sur le cœur de Gilbert. Ils ne lui faisaient plus peur à présent. A-t-on peur de ceux qu'on aime ? Faisant un effort sur lui-même, forçant ses mains qui ne voulaient pas, il se pencha sur un cadavre et déboutonna la capote, pour prendre les papiers. Il eut à peine un frisson nerveux, quand il sentit la chair froide du cou, sous ses doigts craintifs. Le caporal, penché, prenait déjà la médaille d'un autre.

Les pauvres camarades qu'ils revenaient voir dans leur néant devaient revivre pour un instant sous leurs gestes fraternels. Et réveillés, miséricordieux, c'étaient les morts qui guidaient la patrouille, semblant se passer les vivants de main en main.

Gilbert est rentré au petit jour.

— J'ai conduit la patrouille jusqu'au réseau boche, a-t-il rendu compte au capitaine.

Cruchet a seulement répondu :

— Ah !...

Et il a eu un tel sourire d'incrédulité que Gilbert en a rougi. Quelqu'un a aussitôt raconté l'histoire à sa façon et des camarades ont regardé le volontaire d'un air narquois.

— Y en a qui savent bourrer la caisse, a dit Fouillard, à la cantonade... Il les aura, ses galons de cabot.

Et un autre :

— Tu te planques dans un trou pendant deux heures, tu comprends, et tu racontes après que t'as visité leur poste d'écoute.

Gilbert, qui parlait avec nous, n'a pas riposté. Un petit sourire amer lui plissait les lèvres.

— Je vais emmailloter mon fusil comme toi, a-t-il dit à Lemoine, la pluie a tout rouillé le mien.

Il s'est éloigné, la tête basse. Assis à l'entrée du gourbi, il a pris son fusil entre ses genoux, et, déboutonnant sa capote, il a sorti une large ceinture de flanelle rouge. D'un seul coup les rires se sont tus.

On a regardé dans la plaine, devant la tranchée allemande. Le fanion rouge n'y était plus.

4

La bonne vie

Nous faisions le gros dos sous la pluie. Ce village boueux et noir ne nous attendait pas, et, tassés par paquets mouillés le long des maisons endormies, nous guettions le retour des fourriers qui nous cherchaient des cantonnements. Le nôtre, le grand Lambert, venait d'entrer dans cette ferme dont la fenêtre aux rideaux rouges ensanglantait la nuit d'une lueur d'assommoir et, de la rue, nous reconnaissions, sans distinguer les mots, sa voix cordiale qui cherchait à convaincre l'habitant. Le fermier, quelque paysan buté, répondait en braillant.

— Non, non, j'en coucherai point dans le cellier que j'vous dis. Ils m'boiraient la feuillette qu'il me reste.

La compagnie qui descendait des tranchées s'était abattue au coup de sifflet, harassée, boueuse, trempée. Devant nous, d'autres défilaient encore, avec un piétinement pressé d'enterrement attardé trottinant vers Bagneux. Après les mitrailleurs et leurs mulets crottés, entrevus dans un brouillard de fatigue et de pluie, passèrent les caissons cahotants du train de combat, la voiture à viande, l'ambulance aux roues ferrées et, à la queue du régiment, les voitures de compagnie, cavalcade burlesque de limonières, de pataches et de tape-culs ramassés au hasard des marches et des contremarches, de Charleroi à Reims, antiques guimbardes aux essieux grinçants, tapissières débordant de sacs et de fusils, carrioles vêtues de bâches ruisselantes, breaks de famille et camions de brasseurs, puis, fermant la colonne, le phaéton du vaguemestre, tiré par un percheron de labour que les brancards habillaient trop juste.

Les hommes ne regardaient rien, exténués, dormant à moitié. Les roues les frôlaient et ils ne retiraient même pas leurs pieds. Ils s'étaient laissés tomber où ils étaient, sans regarder, la boue ne pouvant plus les salir, et accroupis contre le mur pour s'abriter sous le rebord des toits, ils se réchauffaient l'un l'autre comme des bêtes, ne trouvant plus le courage de grogner. Quelques-uns, restés debout, les bras croisés sur le fusil, parlaient de paille fraîche, de vin pas cher, de repos sans exercice, tout un chimérique bonheur, et les camarades assis sur leurs sacs écoutaient sans répondre, trop hébétés pour rien désirer d'autre que le droit de dormir.

Par moments un officier passait et, d'un coup subit de sa lampe électrique, éclairait crûment les corps effondrés.

— Les agents de liaison... Où est la liaison ? C'est insensé !

Un fourrier cria, tout courant :

— Ça va, mon capitaine. J'ai déjà trouvé un bon cantonnement pour les chevaux.

La pluie tombait toujours, fine, froide et molle. Là-haut, entre les berges blafardes des maisons, la nuit coulait, comme une eau noire.

Toute la maison braille, de la cour au grenier. Dans la cuisine, d'où s'envole une âcre fumée de bois vert, on se bat pour des quarts de jus. Dans l'escalier, on grimpe, on dégringole, on chante.

Mais ici au jardin, tout est tranquille. J'ai pris, pour m'asseoir, le seau que j'ai retourné et, adossé à la muraille, installé comme sur un fauteuil, je rêvasse. C'est le petit matin. Il n'y a pas longtemps que le jour a fini sa toilette : l'herbe est encore toute mouillée. Et le ciel sort des brassées de nuages blancs qu'il met à sécher, comme du linge.

L'œil indolent, encore lourd de sommeil, je regarde le jardin en friche, avec ses arbustes dépouillés, ses plants d'herbe folle et sa pompe grinçante où des camarades se nettoient. Je paresse, entre veille et somme.

On a bien dormi. Pour la première fois depuis quinze jours, on a pu se déchausser, retirer le ceinturon, la baïonnette, tout ce sale équipement qui vous meurtrit les reins. Je me suis réveillé comme je m'étais couché : saucissonné dans ma couverture, la tête dans un placard, avec le plancher pour matelas et un sac de haricots en guise d'oreiller. J'ai dû faire un beau rêve : il m'en restait, au réveil, des bribes dans l'esprit, comme un duvet d'édredon.

Les caporaux, rassemblés dans la buanderie, se partagent des effets de laine pour leurs escouades. Depuis qu'il fait moins froid, il en arrive des ballots toutes les semaines. Il était temps...

Le long de la haie, Sulphart brosse les molletières de Gilbert, tout en sifflant. Il a trouvé, chez de bonnes gens, une salle où nous ferons notre popote, et, déjà, il pense au déjeuner. Manger sur une table, dans des assiettes, cela me paraît presque trop beau, et je n'ose pas tout à fait y croire, de peur d'être déçu.

« C'est la bonne vie », répète Sulphart. Autour de lui, ils sont six ou sept qui nettoient leurs capotes crottées. Ils grattent d'abord la boue avec leur couteau ou un tesson de bouteille, et quand elle est convertie en poussière, ils battent leurs frusques comme un tapis, à grands coups de bâton. C'est ce que nous appelons se brosser.

— Tu parles d'une garce de boue... Et ça tient bon, c'est de la craie...

Avec la charmante impudeur des soldats, deux copains, le torse nu, cherchent leurs poux. Vairon tient sa flanelle à bout de bras, comme un peintre regarde une toile, et le nez froncé, l'œil fixe, il inspecte son linge. Puis, quand il a découvert la bête, il joint rapidement les pouces, et « clac », il l'écrase. Broucke, au contraire, examine sa chemise pli par pli, le nez dessus et chasse posément. Quand il en débusque un gros, il pousse un cri.

— Cor un qui n'maquera plus mi.

Vairon, dont les ongles claquent, compte à haute voix :

— Trente-deux... Trente-trois.

— Vingt-sept... vingt-huit, réplique tranquillement le gars du Nord.

Tout en grattant les molletières, Sulphart les suit des yeux en connaisseur. Il a déjà son favori.

— Tu verras que ça sera Vairon qu'en aura le plus. Il a le sang plus chaud... C'est des gros ?

— « Des à la croix de fer », renseigne vaniteusement le camarade.

— C'est encore rien, ceux-là, fait Sulphart de son air important. On en a eu des rouges, des poux d'arbis. C'est les plus féroces, ceux-là, ça vous bouffe le sang. Et puis ça donne des maladies. Tandis que les autres, ça retirerait plutôt les mauvaises humeurs.

— Y a rien de meilleur pour la santé, ajoute un camarade instruit qui retire sa chemise pour commencer sa battue. Ça vous suce le mal...

— J'ai eu mon petit frère, c'est les poux et la gourme qui l'ont empêché d'avoir la méningite.

— Ça ne m'étonne pas, reprend l'autre, qui commence l'inspection de sa ceinture.

Mais dès le premier regard il se sent découragé. Son linge fourmille de vermine ; on voit grouiller une file noire dans chaque pli. Un moment, il semble hésiter, puis, se décidant, il met tout en boule, sa chemise, son caleçon, sa ceinture et jette le ballot par-dessus le mur.

— Tant pis, j'en toucherai du neuf. Ça me fera toujours ça de moins à laver.

Fouillard, que j'entendais depuis un moment crier dans sa tanière, vient de se montrer sur la porte, ses bras nus noirs de suie et luisants de graisse ; de ses souliers délacés à ses cheveux en broussaille, on ne trouverait pas, même en cherchant bien, un endroit à salir. Sa peau, son linge, son pantalon, tout est gras, maculé, et quand, d'un geste familier, il se passe les paumes sur les reins, pour les essuyer, on se demande lequel va tacher l'autre, de son fond de culotte ou de ses mains. Il nous dévisage un instant avec sévérité, fouille le jardin d'un regard méfiant, et crie :

— Quel est le salaud qui m'a calotté mon seau ?

Mon premier mouvement a été de me lever, pour lui restituer l'objet. Mais non, je suis vraiment trop bien. Je me trouve encore mieux assis, depuis qu'on veut me le prendre. Le bien-être me paralyse.

— J'peux pourtant pas aller chercher de la flotte dans mes godasses, braille le cuistot.

Oh ! non, cela ne serait pas à conseiller. Pourtant je serre hypocritement les genoux pour cacher mon siège, et je regarde innocemment Fouillard déchaîné qui hurle sa fureur impuissante.

— Tas de vaches !... Puis après tout, j'men colle. J'vous laisse tomber avec votre cuistance, s'il y en a un qui veut la place, il n'a qu'à aller se faire inscrire au burlingue.

Nous devons faire un bel ensemble, les quatre sections en carré, en ligne sur deux rangs.

Pas deux tenues qui se ressemblent. Sauf les derniers venus, nous avons été équipés de bric et de broc, dans le désarroi du premier mois de guerre, et depuis on s'est arrangés comme on a pu. Il y a des capotes de toutes les teintes, de toutes les formes, de tous les âges. Celles des grands sont trop petites, et celles des petits trop longues. La martingale de Fouillard lui bat minablement les fesses, et sur le large coffre du père Hamel, la capote trop étroite fait des plis circulaires, tous les boutons prêts à péter. Moi, c'est Sulphart que je préfère.

Il est vêtu d'une capote ancien modèle, bleu foncé, avec une grande poche rapportée, d'un joli bleu hussard. Il a cousu son paquet de pansement sur son téton gauche et renforcé ses molletières grises d'une bande de gros cuir, découpée dans des jambières réglementaires. Comme tout bon soldat d'active, il a voulu se distinguer en cassant la visière de son képi, à la Bat' d'Af', et il a encore enjolivé ce couvre-chef, plus aplati qu'une galette, d'une jugulaire tressée du meilleur effet.

Ses larges godillots craquelés et racornis, qu'on dirait taillés à la serpe dans du vieux bois, portent encore à leurs talons tournés un peu de la boue glorieuse des tranchées, et son pantalon rouge apparaît aux cuisses, par une large déchirure dans sa cote de toile bleue. On le croirait dessiné pour l'*Illustration*.

D'autres, qui ont déjà touché les nouvelles capotes bleu horizon, font les farauds. On dirait qu'ils vont faire la guerre en habit des dimanches. Les camarades les regardent avec une ironie forcée.

— T'occupe pas, toujours les mêmes qui se démerdent.

— En douce, tu comprends, le fourrier n'en a refilé qu'aux mecs qui lui lavent la gueule.

Et Sulphart, qui regarde ces petits élégants avec des yeux captivés, songe déjà aux heureuses transformations qu'il fera subir à la sienne.

— J'taillerai deux grandes poches raglan de chaque côté, et j' m'arrangerai un col aiglon... Tu verras si je serai *rider*.

Le capitaine Cruchet, qui a l'oreille fine, se retourne, lèvres pincées.

— Silence ! Qui a parlé ?... Vous êtes au garde-à-vous. Faites attention à vos hommes, Morache.

Ricordeau, qui attend son galon de sergent, fronce les sourcils en nous regardant pour faire croire qu'il a de l'autorité. Sulphart ne bronche pas, mais derrière lui Gilbert se ratatine, ayant peur qu'on ne découvre son chandail qui dépasse. Tout le monde se tait. Satisfait, le capitaine continue sa revue. A mesure qu'il approche, les corps se redressent, comme sous un déclic ; les bras gauches tombent bien raides et les yeux pas rassurés regardent intelligemment dans le vague, à une distance que la théorie évalue à quinze pas. Maigre, haut sur jambes, sa longue figure encadrée de courts favoris noirs, le capitaine Cruchet a un air naturellement sévère qui impressionne. Les sourcils soucieux il avance sans hâte, dévisageant chaque homme comme s'il le rencontrait pour la première fois.

— Décoiffez-vous.

Le camarade, tout rouge, retire gauchement son képi.

— Tt ! Tt ! Tt ! Tt ! C'est trop long, c'est sale. Il faudra me faire couper ces cheveux-là... Prenez son nom, Morache.

Comme il nous tourne le dos, plusieurs copains se décoiffent furtivement, et, s'étant craché dans les mains, collent de leur mieux leurs cheveux rétifs. Malheureusement, le capitaine ne s'intéresse pas qu'aux cheveux. Il remarque tout : le bouton qui manque, le point de rouille au fusil, le brodequin mal graissé, la tache de boue sur la cartouchière ; et, la voix glaciale, il demande :

— Où vous êtes-vous sali comme ça ?

Quelle drôle de question !...

Ayant gourmandé Bréval, dont la cartouchière tient avec des ficelles, il s'arrête devant Sulphart. L'autre s'est raidi, talons joints, le regard fixe. Le capitaine l'examine un bon moment, puis :

— Il est joli, celui-là, raille-t-il.

Sulphart n'a pas bougé, pas même baissé les yeux. Les voisins le regardent de biais, avec des sourires en coulisse.

— Vous vous trouvez plus séduisant avec votre visière cassée, comme une casquette de voyou, ttt... ttt... C'est pour plaire aux filles ? Elles auraient du goût.

La joie des camarades fuse en petits rires serviles. Sulphart ne bronche toujours pas, la main gauche bien ouverte, la tête une idée renversée.

— Et ces cheveux ! Ma parole, il ne les a pas fait couper depuis le début de la campagne... Un pantalon déchiré, ttt... ttt... de la boue aux souliers... Mauvaise tenue, très mauvaise tenue. Vous prendrez son nom, Morache, quatre jours de prison... Et qu'on lui coupe les cheveux, ttt... ttt... bien ras.

Sulphart est resté impassible. Il n'a pas sourcillé, pas frémi. Ah ! ces vainqueurs de la Marne...

On croyait la revue terminée et des impatiences nous fourmillaient dans les genoux, quand le capitaine a commandé :

— Sac à terre !

J'en étais sûr ! C'est la revue des vivres de réserve à présent. A genoux devant le barda débouclé, il faut tout démonter, tout défaire, tout sortir, pour retrouver la tablette de potage salé écrasée sous les chemises ou le cube de café qui s'émiette dans les chaussettes, et salit le linge.

A genoux on vide son armoire en rageant.

— Y croit qu'on va les bouffer ses biscuits, bon, grogne Vairon.

On étale tout son bien : les cartouches, le sachet de sucre, la boîte de singe. Le sac qu'on avait eu tant de mal à monter doit être vidé jusqu'au fond. Des camarades à quatre pattes comptent et recomptent leurs cartouches d'un air inquiet.

— Bon Dieu, il m'en manque un paquet... T'en as pas un en rab' ?

Tout notre bien tient dans ce petit tas de hardes et de conserves, que le capitaine dérange du bout de sa canne, pour compter les trousses de cartouches. Il fait rapidement le tour, puis se plaçant face à notre section il demande :

— Quelqu'un veut-il être cuisinier ? Celui de la cinquième escouade est relevé. Qui veut le remplacer ?

Aussitôt, d'un seul mouvement, tout le monde a regardé Bouffioux. Deux cents bonnes têtes épanouies le dévisagent, rigolant d'avance. Le marchand de chevaux est devenu tout rouge, mais il a crié quand même :

— Présent !

— Vous savez faire la cuisine ? lui a demandé Cruchet.

— J'ai été cuisinier dans le civil, mon capitaine.

Alors, la compagnie tout entière a éclaté de rire. Broucke étouffait, plié en deux. Les sergents au garde-à-vous ne pouvaient pas se retenir et Cruchet, mécontent, a dû commander : « Rompez vos rangs ! »

Quand je redescendis dans la cuisine où des lames de parquet brûlaient en flammes joyeuses, l'ancien cuistot, noir comme un savoyard, passait ses pouvoirs à Bouffioux devant l'escouade assemblée. La cérémonie fut toute simple. Fouillard, qui remuait le rata avec un bout d'échalas, tendit l'objet à son remplaçant.

— Tiens v'là la cuiller. T'as plus qu'à servir... Pour ce soir, c'est toi qui feras la croustance... Seulement, moi, j'boufferai avec du saucisson, parce que t'as autant une gueule à être cuistot comme moi à être sacristain.

Un hurlement chargé de rires salua le cuisinier. Bouffioux, posément, retira sa capote.

— T'en fais pas pour la croûte, répondit-il doucement.

Sulphart, qui le regardait avec sympathie, lui bourra les côtes.

— Hé, nez de bœuf, on dit que t'as la tremblote pour monter aux tranchées. Tu serais pas né un jour de grand vent, des fois ?

Bouffioux commençait tranquillement à remuer son rata.

— T'en fais pas pour le vent non plus... Moi, pourvu que mes cheveux frisent et que mon ventre ne fasse pas de plis, je ne m'en fais jamais...

C'est ainsi que les sauvages doivent faire leur cuisine, j'imagine.

A genoux devant son chaudron, Bouffioux, un peu saoul, les yeux larmoyants, sa grosse face luisante de sueur et balafrée de suie, souffle à perdre haleine sur un petit bûcher mouillé qui fume sans vouloir flamber. Près de lui, tenant le couvercle comme un bouclier, Vairon remue le rata avec l'échalas, tandis que Broucke, dépenaillé, demi-nu, découpe du « frigo » bien rouge avec une hachette à bois, en hurlant des refrains flamands. On dirait qu'il dépèce un explorateur. Précautionneusement il jette les tranches glacées sur un sac à patates, boueux comme un paillasson.

Tout autour du foyer, des camarades se pressent, les mains dans les poches, l'air prodigieusement intéressé, avec un bout de sourire au coin des lèvres. On dirait qu'ils pincent la bouche pour ne pas laisser fuser leur joie ; de leurs yeux brillants à leurs joues gonflées, on les sent tout prêts à péter de rire.

A genoux, Bouffioux souffle toujours, s'arrêtant pour tousser et cracher de la suie.

— Vas-y mec, l'encourage Vairon, ça commence à bouillonner.

Et ayant prévenu les copains, d'un coup d'œil complice, il ajoute, très sérieux :

— Veux-tu mon idée, gosse de gosse ? Eh bien, ton fricot serait meilleur si t'ajoutais un peu de riz... Ça te lierait ta sauce.

L'autre lève sa face aux yeux pleurards, l'air ahuri.

— Quoi, du riz ?...

Ainsi écroulé sur les genoux, tout en larmes, hirsute et barbouillé, on dirait qu'il demande pardon à ses bourreaux au moment d'être rôti vif.

— Nature, du riz, approuve perfidement Fouillard qui veut faire bénéficier Bouffioux de son expérience. Ça te fera quéque chose de plus doux, de plus présentable.

Les camarades se bourrent les côtes, étouffant de joie.

— Allons-y pour du riz, consent Bouffioux qui se relève péniblement.

Et il va en prendre plein ses deux mains, une écuellée qu'il jette dans la marmite. Caché derrière le cabot d'ordinaire, l'un des cuisiniers rit dans son mouchoir, n'en pouvant plus.

— Ah ! j'me marre... Qu'est-ce qu'ils vont bouffer les gars de la cinquième...

— Du bois, ch'timi, commande Vairon, le feu reprend. Pas de branches, surtout, ça fume de trop.

Sans changer d'arme, Broucke prend une moitié de porte, posée contre le mur, et la fend, d'un bon coup.

— Va falloir cor inlever d'marches à l'z'escayer, dit-il, v'lo qu'y a déjà plus d'bo... Ch'est cor cha qui brûle el mieux.

En effet, sur ce bois bien sec qui flambe clair, la soupe se met à chanter.

— Ça y est ! Ça chauffe ! bredouille le marchand de chevaux. Je serai à l'heure !

Tout un cercle de faces épanouies le contemple : leur joie devient de la béatitude.

— Tu sais pas, Bouffioux, suggère alors astucieusement le caporal d'ordinaire, à ta place, j'verserais deux bons litres de vin là n'dedans et je ferais bouillir un petit quart d'heure.

Un rire fuse : Fouillard ne peut plus se retenir. Mais les autres approuvent de la tête, sérieux comme un concile.

— T'es pas louf que je vas y foutre du vin, proteste pourtant Bouffioux qui retrouve une lueur de raison dans les fumées du tord-boyaux... Vous m'avez déjà fait mettre du lait.

— Qu'est-ce que ça prouve ? D'abord du lait, t'en as pas mis lerche, et puis les légumes ont tout bu. J'te dis que tu as tort.

— Sûr, que ça serait meilleur, opine hypocritement Vairon.

— Mais j'en ai pas d'pinard. J'peux pourtant pas prendre celui de l'escouade.

Le caporal d'ordinaire, sentant faiblir le cuistot désemparé, a un beau geste.

— Tiens, j'ten refile deux litres, moi... Broucke, prends dans le coin. Il y en a six seaux pleins et trois bouteillons.

Prompt, le ch'timi saisit le premier seau venu — je reconnais le seau de toile dans lequel, ce matin, j'ai fait ma toilette — et en vide quatre bons quarts, au jugé.

— Ça sera fameux, affirme Vairon, qui fait déjà claquer sa langue d'un air de gourmandise.

— Tu crois ? demande Bouffioux vaguement inquiet.

— Probable, approuvent tous les autres avec ensemble. T'as rien mis de mauvais dedans... De la viande, des patates, du lait pour adoucir, des poireaux, du vin, du lard d'Amérique pour graisser un peu, du riz pour lier la sauce, des biscuits. C'est du bon, tout ça.

Bouffioux, soucieux, malgré tout, soulève le couvercle et flaire le mélange.

— J'sais pas si c'est une idée, mais ça sent drôle.

— Pourquoi que ça sentirait drôle, proteste Sulphart qui veut s'en mêler.

Et écartant les autres, il vient humer à son tour le fumet de notre dîner.

— Ça donne faim, affirme-t-il avec un aplomb scandaleux. Tu goûtes pas ?

Vairon, sans se faire prier, puise dans le chaudron avec son quart, et en sort une sorte de pâte épaisse et violâtre dont la seule vue lève le cœur. Il goûte lentement, à petites gorgées de gourmet.

— C'est fameux, fait-il. Sans charre, c'est pépère, seulement — et il semble chercher un moment — on dirait tout de même qu'il manque...

— Quoi, éclate Bouffioux, tu vas pas dire qu'il manque encore quelque chose !

— J'dis pas, seulement à mon idée, un petit peu de chocolat râpé dans ce fricot-là, ça ne ferait rien de sale...

Tous les dos se courbent ; ils étranglent de rire, ils étouffent, ils n'en peuvent plus. Mais cette fois, le cuistot résiste. Il hausse les épaules en relevant son pantalon à deux mains, d'un geste de dandy.

— Du chocolat dans d'la soupe, ça s'serait jamais vu. Tu m'prends pour un c...

— Dans d'la soupe qu'il dit, l'enfifré ! s'exclame Sulphart. Ce que c'est de la soupe, d'abord ? Et puis moi, hein, j'men colle. Mais si t'étais si marle que ça, c'était pas la peine de venir me chercher avec Broucke pour t'aider à faire la croûte. Une autre fois, tu ne m'auras plus...

Toute la bande approuve Sulphart, et Fouillard flétrit en trois mots crus la noire ingratitude de son successeur.

— Il t'donne un bon conseil et tu l'envoies ch... T'as tout d'la vache.

— Mais non, braille Vairon, il sait tout mieux que tout le monde...

Un des cuistots haussa les épaules.

— Ils sont tous les mêmes. Ça ne sait rien foutre et ça ne veut écouter personne. Demande voir aux gars de mon escouade si je leur fais pas du riz au chocolat maous...

— Mais c'est pas du riz, se défend encore Bouffioux, plus mollement, c'est du rata.

— Ça ne fait rien, intervient le cabot. T'as tort de t'obstiner. Du chocolat, c'est toujours bon... Ce soir, je becqueterai à ton escouade, tiens, tu m'feras une part...

Cette fois encore le marchand de chevaux, abruti, se résigne avec une docilité de poivrot. Sortant son couteau, il râpe deux barres de chocolat dans son rata qui bout, tandis que derrière son dos Broucke mime une danse canaque, en brandissant sa hachette.

En bousculade, les autres sortent, étouffant de rire, pliés, bégayant, et laissent Bouffioux tout seul devant son chaudron.

Dans le jardin, au pied du mur brodé de joubarbes, des foyers fument : la cuisine de toutes les escouades. Ici de la soupe, là du rata. Celui de la deuxième prépare des frites.

— C'est pas nous qui aurons la veine d'en dégauchir un comme ça, regrette Vairon.

Un autre, planté perplexe devant son feu, tient dans sa large patte noire un gros morceau de bœuf conservé, enroulé dans sa gaze.

— Encore du paquet de pansement, peste-t-il avec dégoût. Comment que tu veux faire cuire c'te saloperie-là, j'te le demande.

Et il considère longuement sa viande, l'air absorbé, comme Hamlet devait regarder le crâne de Yorick. Je cherche Sulphart. Sifflotant, il s'est planté au bout du clos, la pensée au vent, les regards perdus par-delà les bois dépouillés.

— A quoi penses-tu, Sulphart ?

Il garde son air rêveur.

— J'pense qu'à la mobilisation, en quittant l'usine, j'ai laissé mes outils et mes bleus chez l'bistrot d'en face en lui disant : « Mettez ça de côté, j'vous les reprendrai un de ces samedis, en rentrant de Berlin... »

5

La veille des armes

— Six heures, et la croûte qu'est pas encore là... Non, c'est tout de même cherré !

Sulphart ne peut plus tenir en place. Ayant sorti son quart et sa gamelle, il va se poster à l'entrée du boyau des Zouaves, par où arrivent les corvées. Ainsi perché sur ses deux jambes maigres aux molletières plaquées de boue séchée, on le croirait monté sur pilotis. Adossé à la tranchée, il regarde, il regarde furieusement.

— Tu parles de fumiers ces cuistots-là... Y a pas, moins t'en fous, moins t'en veux foutre. Et j'ai une dent !

Mais personne ne l'écoute, personne ne le plaint. Les uns lisent, les autres dorment dans leur terrier, le petit Belin coud les boutons de sa capote avec du fil téléphonique, Hamel chique. Il y en a même un qui, poussé par l'oisiveté, regarde au créneau. Cette veulerie générale écœure Sulphart. Il hausse les épaules, se venge d'un coup de pied dans une gamelle qui traîne, et, peut-être pour ne pas entendre ses boyaux gémir, il entreprend un âpre réquisitoire où ses camarades, les cuisiniers et le haut commandement sont comparés à des cochons, à des hommes de mœurs abominables et plus particulièrement à de la paille souillée par les bestiaux. Il trouve même le courage de ricaner.

— On les aura... oui... On les aura les lentilles aux cailloux et le macaroni à l'eau froide. Et pendant ce temps-là, les cuistots se tapent la tête avec les autres vaches.

Je connais Sulphart et ses opinions excessives : « les autres vaches » ne peuvent désigner que l'ensemble des individus qui ne prennent pas les tranchées, sans distinction de sexe, de costume, ni de grade. Ensuite il se perd dans des projets de réformes d'ordre militaire où il est expressément convenu que « tous les mecs seront cuistots, chacun son tour », et qu'ils seront condamnés « à bouffer de leur tambouille au lieu de se caler avec des frites, parce que comme ça ils mettront un peu plus de goût à préparer la cuistance des poilus ». Telles sont les paroles d'un juste.

Mais les autres, qui n'ont pas encore faim, n'ont pas le moindre mot d'approbation : Bréval écrit, Broucke ronfle, Vairon sifflote. Alors, définitivement dégoûté, Sulphart se tait, sort son couteau et se met à découper en tartines la boue durcie qui alourdit ses godillots. A ce moment, un bruit familier lui fait relever la tête.

— Les v'là !... A la soupe, les gars !

Dans un brimbalement de bouteillons et de bidons, c'est en effet la corvée de soupe qui arrive. Bouffioux marche en tête, portant en sautoir un gros chapelet de boules de pain enfilées sur une corde, un plat de rata d'une main et, de l'autre, un bidon à essence qui tient ses cinq bons litres de vin.

Tous les cuistots suivent en file indienne, chargés de bouteillons qu'ils portent à deux, suspendus à une perche, de sacs à patates gonflés d'on ne sait quoi, de plats où la terre dégouline, de seaux de toile, de boules de pain mises en brochettes sur un gourdin, tout un attirail rudimentaire de négresses ravitaillant leur tribu.

Sulphart a tout de suite découvert le bidon que Bouffioux a en bandoulière.

— Bath, y a du cric...

Écrasés contre la paroi qui s'écaille ou rentrés dans nos trous, nous laissons passer la corvée, puis nous entourons notre cuistot et son aide, qui ont posé leur charge. Avidement on découvre les plats.

— Qu'est-ce qu'il y a à becqueter ?

Tout le monde à la fois interroge Bouffioux qui s'éponge.

— T'as les babilles ? Ce que j'en ai ?

— Ce que t'as pensé à m'apporter une bougie et un paquet de trèfle ?

Les deux hommes répondent posément, à petits mots, avec un drôle d'air que j'ai remarqué tout de suite.

— C'est du paquet de pansement [1], renseigne Bouffioux, on n'a pas

---

1. Viande de conserve dont la gaze protectrice rappelle fâcheusement celle du paquet de pansement.

touché d'autre viande. J'ai fait du riz au chocolat, il doit être pépère...
Le bidon de pinard est à ras... C'est le copain qui a les lettres.

Mais il dit tout cela d'une voix pas naturelle, avec un air préoccupé
que Vairon à son tour finit par remarquer.

— Vous en faites une drôle de gueule, leur dit-il gentiment... Qu'est-
ce qu'il y a de cassé ?

Bouffioux hoche la tête, et sa grosse face, si reluisante que je l'ai
longtemps soupçonné de se laver avec un morceau de lard, réussit presque à paraître soucieuse.

— On ne peut pas être content, répond-il comme à regret... Vous
attaquez après-demain.

Un bref silence tomba sur nous : juste le temps que le cœur fasse
toc-toc. Plusieurs ont brusquement pâli ; d'imperceptibles petits tics :
un nez qui se fripe, une paupière qui saute. Les cuisiniers nous dévisagent, en hochant la tête. On les regarde, voulant douter. Puis, d'un
même mouvement, on se serre autour d'eux et des demandes se bousculent :

— T'en es sûr ? Mais on devait être relevés demain... Pas possible,
c'est un bobard... qui c'est qui t'a dit ça ?

Bouffioux, fort des vérités qu'il apporte, se tourne simplement vers
son second :

— Ce que c'est pas vrai ?

L'autre confirme, d'une voix affligée :

— Vous pensez bien qu'on n'irait pas vous bourrer la caisse avec
un machin comme ça. C'est tout ce qu'il y a de vrai et de sûr.

Broucke s'est réveillé tout seul et est sorti de son gourbi. Sulphart a
reposé la gamelle où il allait faire chauffer la boîte de cassoulet de
Gilbert, et Bréval a replié la lettre qu'il lisait. Avec un peu d'angoisse
dans la poitrine on écoute.

— Y a les bicots qui sont à Fismes, explique Bouffioux, le patelin
en est plein, toute la division marocaine... Les infirmiers divisionnaires
sont arrivés à Jonchery, on les a amenés en camions... Il paraît que le
deuxième corps arriverait de Lorraine... Et puis de l'artillerie, alors,
des pièces maous, il faut voir ça...

Toute une armée surgit de leurs paroles décousues : des cavaliers,
des nègres, des aviateurs, des zouaves, du génie. Il paraît même que la
Légion en serait, mais cela Bouffioux ne le jurerait pas : c'est le
cycliste du trésorier qui l'a entendu dire au téléphone. Enfin, on a tout
prévu : les brancardiers pour nous ramasser et les aumôniers pour la
messe des morts.

Je suis resté une minute interloqué, mon sourire oublié sur mes
lèvres comme un drapeau de 14 juillet qu'on n'aurait pas pensé à
décrocher. « Non, il faut encore aller faire les fous dans la plaine ? Eh
bien ! vrai... » Et mon sourire s'est décroché tout seul.

Les camarades non plus ne rient pas : rien qu'en tournant la tête, ils
pourraient voir, par le créneau, ceux de la dernière attaque, restés

couchés dans l'herbe haute. Aucun ne sort un médaillon de sa poche pour l'embrasser furtivement, aucun non plus ne s'écrie, comme dans les contes : « Enfin ! On va sortir des trous. » Comme mot historique, Sulphart dit simplement : « Ah ! les tantes... » et sans savoir lui-même à qui s'adresse le compliment.

Muets, nous écoutons les hommes de soupe qui parlent d'abondance, l'un relayant l'autre. Ils rangent les troupes, ils installent l'artillerie, ils assurent le ravitaillement, ils étudient l'arrivée des réserves... Ils parlent, parlent...

Ils donnent même tant de précisions, qu'un léger doute commence à me gagner. J'en ai tellement entendu de ces tuyaux de cuisine que les cuistots recueillent à l'arrière avec une crédulité de Peau-Rouge et nous montent le soir aux tranchées, en même temps que le jus et les bouteillons de riz.

Le matin, à la distribution des vivres, ils échangent leurs nouvelles, issues de sources mystérieuses ; ce que le cycliste du trésorier a compris de travers, ce qu'un téléphoniste a cru entendre dire, ce qu'un planton de la brigade a rapporté au voiturier du colonel. On assemble tout cela, on commente, on suppose, on déduit et on invente un peu, pour que cela fasse mieux. C'est fini, le rapport des cuisines est au point. Et le soir, la tranchée apprend que le régiment part au Maroc, que le kronprinz est mort, que Joffre a tué Sarrail d'un coup de sabre, que nous sommes envoyés au repos à Paris, que le pape a imposé la paix ou que l'observateur de la saucisse a été fusillé parce qu'il était feld-maréchal dans l'armée allemande. On est impitoyable avec celui-là : on le fusille au moins une fois par mois.

Personne ne doute, surtout quand le messager vous apprend, la veille d'un coup dur, qu'on restera « peinards » en soutien d'artillerie. Le lendemain on est généralement dans les fils de fer à se battre comme des Sioux, mais on a autre chose à faire qu'à blâmer l'imposture des cuisiniers, et la fois suivante, on les croira quand même. Depuis la guerre, la vérité sort des marmites, tant mieux pour elle, d'ailleurs : elle y a moins froid que dans son puits.

Tous ces racontars, toutes ces balivernes me reviennent à mesure en mémoire, et cela, peu à peu, me rend méfiant. J'écoute encore un instant Bouffioux, qui discute à présent l'attaque au point de vue purement stratégique, et poliment, ne voulant pas le vexer, je lui demande :

— Dis donc, vieux, tu en es sûr, au moins ? Ça ne serait pas un tuyau de cuisine ?

Le maquignon tout suant s'est arrêté brusquement de discourir, une moitié de mot sur les lèvres, l'air stupéfait. J'ai dû le froisser. Il reste deux secondes bouche bée, trop indigné pour répondre. Puis il devient tout rouge, il va éclater...

Mais non, il se ressaisit. Il prend simplement une lippe méprisante, se penche, ramasse son plat et déclare avec une dignité d'apôtre outragé :

— Ça va bien, je suis un c..., tout ce que je vous ai dit c'est du bourrage de crâne. Seulement vous verrez après-demain.

Il veut écarter les camarades pour s'en aller, mais les autres se serrent les coudes et, pour le retenir, lâchement ils me donnent tort.

— L'écoute pas... Dis-nous voir... C'est vrai que le troisième bataillon restera en réserve ?... Pourquoi celui-là plutôt qu'un autre... D'où qu'on sortira ?... Ce qu'on attaquera aussi le Bois carré ?

Ils le retiennent à deux mains, comme des pauvres cramponnés à la robe de saint Vincent de Paul. Par pure bonté d'âme, Bouffioux consent tout de même à livrer ses derniers tuyaux, et, professant le pardon des injures, il renseigne les camarades en laissant tout bonnement « tomber l'autre noix ». C'est moi, l'autre noix.

Sans me vexer je m'écarte et je me jette à quatre pattes, comme si j'allais demander pardon. Mais non, je respecterai mon uniforme. Je me glisse dans mon trou la tête la première, et je cherche à tâtons une boîte de conserve dans ma musette. Je sors mon réchaud à alcool solidifié, ma gamelle remplie d'eau sale que j'ai précieusement conservée depuis hier matin et, installé sur un sac à terre, je prépare mon bain-marie.

Penché sur la flamme bleue, je me donne un air absorbé, pour tromper mon monde, mais j'écoute hypocritement le marchand de chevaux qui parle toujours. Pour me mortifier, il retrouve des détails oubliés, des précisions nouvelles dont une seule suffirait à me confondre. Comme un refrain, il répète :

— C'est peut-être des bobards, ça aussi...

Tant d'assurance finit par me troubler. Si c'était vrai, pourtant ? ils n'ont pas l'air de plaisanter. La tête penchée, je les observe sournoisement, par-dessus ma gamelle où l'eau commence à chantonner. Toute l'escouade est groupée autour d'eux, agitée. Seul Demachy reste calme et les écoute criailler avec son sourire de tous les jours, narquois, un peu amer, un sourire d'enfant gâté à qui rien ne plaît plus.

En me voyant commencer à manger, les camarades se rappellent que la soupe les attend.

— Ça va froidir, fait remarquer Broucke.

Et il remplit sa gamelle, grasse encore du rata précédent, des haricots restés collés au fond. Après lui chacun se sert, honnêtement. Puis en cercle, tendant le quart, nous entourons Bréval qui partage le vin. Pendant qu'il verse le rabiot goutte à goutte, Sulphart ausculte le bidon d'eau-de-vie. Il fait entendre un cri plaintif, de douleur et d'indignation.

— Ah ! il n'est même pas plein...

Et, brandissant le bidon comme un témoignage accablant, il beugle :

— Ça de cric pour douze hommes, la veille d'une attaque ! Faut pas demander qui c'est qui s'le tape à notre santé... Eh bien ! qu'ils en demandent des volontaires, ils peuvent toujours aller se faire coller.

— C'est le compte, lui répond fermement Bouffioux. Pas tout à fait le bidon par escouade.

— Eh ben va voir au château, à la table des officemars, s'ils ont pas chacun leur plein demi-setier. Et après ça on se foutra des Boches ? Non, laissez-moi me marrer. Tiens, j'en veux pas de leur cric, ils peuvent se le foutre au...

Et il jette avec dégoût le bidon sur le bord du parapet, après s'être assuré que le bouchon tenait bien.

Les bouteillons sont vides, les plats saucés, Bouffioux et son aide reprennent leurs ustensiles, emportant quelques cartes écrites à la hâte.

— Au revoir, les gars, nous souhaite le gros cuistot... Ne vous en faites pas, allez, il y aura des baths filons à récolter... Ce que je souhaite à tout chacun, c'est la petite blessure coquette avec trois semaines d'hostau...

Ces vœux, que l'autre nous fait d'une voix bonasse, ont fait sursauter Fouillard. D'un œil mauvais, il regarde le maquignon rougeaud, qui a hérité de sa place.

— Tu ne l'auras pas toi, la blessure coquette, lui lance-t-il de sa voix usée de poitrinaire. Ça te va bien de parler d'attaque, toi qui t'es toujours planqué, foireux !

Bouffioux s'est retourné.

— Écoute-moi l'autre... Mais s'il fallait que j'fasse l'attaque, j'aurais pas plus les foies que toi... On a fait la Retraite, dis donc.

— Oui, au cul d'un camion.

— Tiens, t'as des raisons de terreux, riposte l'autre pour en finir, j'aime mieux pas discuter.

Et dédaigneux, il s'en va sur un dernier « Bonne chance les gars » rejoindre la procession des cuistots, qui s'en retourne par le boyau des Zouaves. Un court instant on n'entend plus qu'un bruit de bouches qui lapent, les têtes penchées sur les gamelles comme un cheval de fiacre plongé dans sa musette.

— Ça ne fait rien, il vous l'a bien mis, raille le père Hamel qui se gave de riz au chocolat.

— Débloque pas, lui répond Fouillard, sa barbe rare grasse de soupe. Moi j'l'avais dans l'idée qu'on allait attaquer.

— Eh bien, si on attaque, on le verra, s'écrie Gilbert. Toutes les balles ne tuent pas.

Accroupi dans son trou comme dans une échoppe, le petit Belin l'approuve :

— Quoi, ils ne bouffent pas le linge, les Boches. Pas la peine de s'en faire d'avance.

Toute la tranchée connaît à présent la nouvelle ; l'assiette à la main, on bavarde, et des bruits courent d'escouade en escouade. Il paraît que les pionniers vont venir cette nuit, pour préparer les escaliers d'attaque. On doit installer des petits canons de 37 et des lance-bombes. La première compagnie va faire une grosse patrouille.

Tout cela commence à m'ébranler et pourtant, partageant mon fromage avec Gilbert, j'essaie de le convaincre que nous n'attaquerons pas. Sulphart beugle, la bouche encore pleine. Il ne pense plus à l'attaque, mais seulement aux injustices qui l'entourent. Tout en nettoyant son assiette avec une poignée d'herbe, il flétrit l'infamie du Grand Quartier Général qui favorise indignement « les gonziers du troisième bataillon qu'en foutent jamais une ramée » et ne donne même pas aux combattants l'eau-de-vie à laquelle ils ont droit. Il pousse ses cris sous le nez de Bréval, seul gradé à présent, pourtant innocent de ce déni de justice et, pour le faire taire, il faut que le sergent Berthier se dérange.

On se répand dans la tranchée, comme le village dans sa rue, après la soupe du soir. On parle, on discute, on s'énerve. Quelqu'un m'appelle.

— Jacques !

C'est Bourland, l'un des cyclistes du colonel.

— Eh bien ?

— C'est vrai ; on attaque... Je suis allé toucher deux mille cigares au ravitaillement.

J'ai dressé brusquement la tête. Quoi !... des cigares, des cigares à bague ? Cette fois, je suis convaincu, nous attaquons sûrement.

Hamel, dont l'esprit est cependant fermé aux déductions subtiles, ne s'y est pas trompé non plus.

— Il avait tout de même raison, l'autre vendu, soupire-t-il.

Puis, comme le sage ne doit considérer que le bon côté des pires choses, il ajoute :

— Comme tu ne fumes pas, tu me donneras le tien, hein ? Je le retiens.

Distraitement, avec une sorte de gêne au cœur, je me rapproche des camarades.

Vairon, monté sur la banquette de tir, regarde par le créneau le grand champ désolé, crevé de trous d'obus comme autant d'accrocs, où s'est brisée la dernière attaque. On peut compter les morts, dispersés dans l'herbe jaune. Ils sont tombés comme ils chargeaient, front en avant ; certains, abattus sur les genoux, semblent encore prêts à bondir. Beaucoup portent le pantalon rouge du début. On en voit un, adossé à une petite meule, qui, de ses mains crispées, tient sa capote ouverte pour nous montrer le trou qui l'a tué. Vairon les regarde longuement, rêveur, sans bouger, et il murmure :

— Alors il va falloir aller renforcer les copains d'en face...

Comme je dois prendre la veille le deuxième, je rentre dans le gourbi pour me reposer un peu. Bréval y est déjà ; il écrit. Allongé sur sa toile de tente, les mains sous la nuque, Gilbert rêve. Je prépare mon coin, ma musette pour oreiller, et je m'allonge. On n'entend plus rien que nos respirations égales et, dans les rondins du plafond, le cui-cui pointu des rats.

Bientôt, chassés par le froid qui tombe sur la tranchée avec le soir, les camarades rentrent. Une autre bougie s'allume, un quillon de baïonnette pour bougeoir, et, accroupis en rond autour de la lumière, ils se mettent à jouer à la banque. Mais la partie s'arrête vite : le cœur n'y est pas, ce soir.

— J' m'en gourais qu'on allait attaquer, dit le premier, Lemoine.

Leur fièvre d'un instant est tombée ; ils parlent maintenant de l'attaque avec résignation — presque de l'indifférence.

— Quoi ! On l'enlèvera cor bien, l'bois, s'écrie Broucke, qui par miracle ne dort pas encore. On a fait pire...

Bréval a cacheté sa lettre. A la bougie, je vois son maigre menton qui tremble.

— Si, seulement, après ça, on nous renvoyait chez nous, soupire-t-il. Chez nous ! Rentrer !... Toutes les faces s'éclairent subitement, les bouches rient comme celles des gosses à qui l'on parle de Noël.

— Dis donc, Lemoine, demande Sulphart, assis sur le créneau de bois blanc qui lui sert d'escabeau, une supposition qu'on te dirait : vous allez rentrer chez vous, seulement il faudra faire la route à reculons, avec un gros rondin sur le dos en plus du sac complet et sans godasses, tu marcherais ?

— Sûrement que je marcherais, accepte Lemoine sans hésiter... Et toi, si on te disait : la guerre sera finie pour toi, seulement t'as plus le droit de boire de vin ni d'eau-de-vie jusqu'à ce que tu meures. Qu'est-ce que tu dirais ?

Sulphart réfléchit un moment, un obscur combat doit se livrer dans son âme.

— Heu... J'pourrais toujours boire du cidre, pas vrai ?... Et puis en douce, ça n'm'empêcherait pas d'me mettre un vieux coup de rhum dans le col. Je dirais oui.

Les voilà lancés dans les suppositions insensées, les hypothèses absurdes qui, pendant des heures, les font parler, bercés de fabuleux espoirs. La volière est ouverte : les rêves les plus saugrenus vont s'envoler. Ils imaginent des marchés impossibles, des conditions stupéfiantes que le général en personne vient leur proposer — donnant, donnant — contre leur libération. Et si formidables que soient ces conditions, ils acceptent toujours.

De supposition en supposition, ils en arrivent à offrir un membre, à sacrifier un peu de leur peau, pour sauver le reste. Chacun choisit sa blessure : un œil, une main, une jambe.

— Mi, dit Broucke en se grattant, j'donnero min pied gauche... J'in o pas besoin, d'min pied pour travailler à ch'cuve... Et pis, vaut cor mieux rintrer à cloche-pied que point rintrer du tout.

— J'aimerais mieux avoir un œil crevé, moi, dit Fouillard. A quoi que ça sert, d'abord, d'avoir deux yeux ? Tu vois aussi bien avec un... Tu vois même mieux, à preuve que t'en fermes un pour mieux viser.

Ils discutent posément, raisonnablement, chacun faisant valoir ses préférences, et en petites phrases honnêtes ils taillent dans leur chair vive, ils débitent tranquillement leur corps par membres, en choisissant soigneusement l'endroit.

— Non, un œil ça se touche pas, dit Sulphart qui a des principes. Une bonne jambe assez amochée, c'est ce qu'il y a de mieux. Seulement, comme si t'attends les brancardiers t'es sûr de cramser sur l'tas, v'là comment que j'ferais.

Il prend deux lebels aux culasses emmaillotées de flanelle et, sa crosse sous l'aisselle, s'en servant comme de béquilles, il se met à sautiller dans le gourbi, une jambe morte, en geignant d'une voix aiguë :

— Houla ! Houla !... Laissez-moi passer, les gars...

Il a minutieusement réglé sa scène d'évacuation jusqu'au ton de ses cris, glapissants et plaintifs. Mais tout cela ne convainc pas le ch'timi têtu :

— C'est cor el'pied qui vaut l'mieux.

— Eh bien moi, dit le père Hamel, je veux leur laisser ni pied, ni patte, ni rien... Et le Boche qui voudra m'avoir, faudra pas qu'il s'y reprenne à deux fois, sans cela, je lui crève le ventre, comme à celui de Courcy.

Ils se taisent, songeurs. Se voient-ils déjà courant dans la plaine, tête enfoncée, courbant le dos sous la mort qui siffle ?

Sulphart et Vairon parlent tout bas :

— Moi, j'ai repéré un trou d'obus, près du ruisseau... Si je vois que l'attaque loupe, je m'planque dedans et j'attends le soir.

— Si on leur paume leurs tranchées, y aura du fricot... Ça fait longtemps que je voudrais une jumelle boche, ou un revolver... Après Montmirail, j'en ai vendu un vingt balles à un automobiliste.

Bréval sort de sa méditation morose.

— Ça ne fait rien, dit-il en déroulant ses molletières, on n'en reviendra pas tous...

Près de lui Broucke retire ses godillots.

— Tu sais bien que c'est défendu de se déchausser, lui dit-il. S'il y avait une alerte ?

— J'iro à pied d'bas, lui répond tranquillement le ch'timi en posant sur sa musette sa tête ébouriffée aux cheveux de lin.

Hamel et Vairon, qui ont des trous individuels, sortent du gourbi, et, sous la toile de tente qu'ils soulèvent, entre un peu de nuit froide et noire.

— Ça va encore pincer dur, me dit Fouillard qui enfonce son passe-montagne. Tu me réveilleras, hein, on prend ensemble.

Je ne veux pas dormir : j'aurais à peine le temps de fermer les yeux. Je prends mon sac à patates et j'y glisse mes jambes pour ne pas avoir froid. Puis, la couverture tirée jusqu'aux yeux, les mains sous les aisselles, je regarde rêveusement sautiller la flamme de la bougie qui meurt. Je reconnais la voix de Sulphart, qu'une fureur impuissante tient éveillé.

— Ce qui me fout à ressaut, explique-t-il au petit Belin, c'est d'aller me faire fendre la gueule pour aller prendre trois champs de betteraves qui ne servent à rien... Qu'est-ce que tu veux qu'ils en foutent, de leur petit bois qui est dans un creux. C'est pour le plaisir de faire descendre des bonshommes, quoi...

Le monologue du rouquin doit bercer le gosse comme une chanson de maman. Et sa voix endormie répond :

— Cherche pas à comprendre, va, cherche pas à comprendre.

Les autres voix ont bourdonné un instant, puis se sont tues. Ils dorment à présent. Redressé sur le coude, je les regarde, à peine distincts ; je les devine plutôt. Ils dorment, sans cauchemar, comme les autres nuits. Leurs respirations se confondent : lourds souffles de manœuvres, sifflements de malades, soupirs égaux d'enfants. Puis il me semble que je ne les entends plus, qu'elles se perdent aussi dans le noir. Comme s'ils étaient morts... Non, je ne peux plus les voir dormir. Le sommeil écrasant qui les emporte ressemble trop à l'autre sommeil. Ces visages détendus ou crispés, ces faces couleur de terre, j'ai vu les pareils, autour des tranchées, et les corps ont la même pose, qui dorment éternellement dans les champs nus. La couverture brune est tirée sur eux comme le jour où deux copains les emporteront rigides. Des morts, tous des morts... Et je n'ose dormir, ayant peur de mourir comme eux.

Brusquement, Bréval se réveille avec un cri rauque et se dresse, effaré. Il reste un instant assis, appuyé sur ses bras raides, pas encore dégagé du mauvais rêve. Il se force à rire.

— Sans blague, je rêvais que les Boches...

Une voix grogne. Les autres ne se sont pas réveillés.

— Alors quoi, personne a soufflé la chandelle ? Je m'en fous, je la laisse...

Il s'étend, se ramasse, se rendort. La bougie à sa fin éclaire soudainement le gourbi d'une flamme plus haute, la dernière... Tout est noir...

Je les envie, maintenant. On est si bien, ici, à l'abri, les pieds chauds, les membres lâches. Dormir... après-demain ? Baste ! c'est encore loin...

Quelqu'un a écarté la toile de tente :

— Jacques... Fouillard... Il est l'heure.

Déjà !... Je secoue Fouillard qui grogne, nos mains tâtonnent à la recherche des fusils. Nous sortons. Qu'il fait froid ! Le camarade qui m'a réveillé claque des dents, sous sa couverture mise en capuchon.

— Rien de neuf ?

— Non... Une patrouille va sortir... Bonsoir.

On ne voit rien ; dans la tranchée obscure on ne peut distinguer les gabions des guetteurs somnolents. Je glisse mon fusil dans le créneau. Trois heures à passer là...

Par-dessus le parapet, on ne voit pas à dix pas. Le regard fouille les ténèbres jusqu'au réseau enchevêtré où titubent les pieux, puis se perd. Hébété, je regarde sans voir. Je regarde la nuit et j'ai froid. Cela me glisse le long des bras, comme un vent glacé, et me pénètre. Je me mets alors à danser d'un pied sur l'autre, en serrant bien ma couverture.

Quand on sort du gourbi le froid vous mordille le menton, vous pique le nez comme une prise, il vous amuse. Puis il devient mauvais, vous grignote les oreilles, vous torture le bout des doigts, s'infiltre par les manches, par le col, par la chair, et c'est de la glace qui vous gèle jusqu'au ventre. Frissonnant, on danse...

Un long piétinement se rapproche, un cliquetis d'armes. C'est la patrouille qui va sortir. Les hommes portent d'énormes cisailles au cou, comme les vaches suisses portent leurs cloches.

— Tu parles d'un business, dit le premier qui grimpe, il faut ramener chacun un bout de fil de fer boche, pour montrer qu'on y est allé... Comment qu'on va déguster.

Pesamment, ils escaladent le parapet, cherchent la chicane et s'éloignent, le dos voûté. Le silence retombe sur notre fosse obscure. Des veilleurs parlent à voix basse. Sous une toile de tente glisse un fil mince de lumière : on doit faire du vin chaud.

On entend monter des gourbis la respiration de ceux qui dorment ; on dirait que la tranchée geint comme un enfant malade. Transi, je me remets à danser comme un ours, devant mon créneau noir, sans penser à rien qu'à l'heure qui s'écoule. Nez à nez, les bras croisés, les hommes sautillent pesamment en bavardant, ou battent la semelle d'un rythme régulier. La nuit s'anime de ce bruit cadencé. Dans le cheminement, dans le boyau, la terre gercée résonne sous tous ces pieds cloutés. Toute la tranchée danse, cette nuit. Tout le régiment danse, cette veille d'attaque, toute l'armée doit danser, la France entière danse, de la mer jusqu'aux Vosges... Quel beau communiqué pour demain !

Fatigué, je ne saute plus. Accoudé au parapet, je pense vaguement à des choses... Puis ma tête tombe tout d'un coup et je me redresse... C'est bête, je m'endormais. Je regarde ma montre à mon poignet, encore deux heures. Jamais je ne pourrai attendre minuit, jamais. J'écoute avec envie le ronflement d'un camarade qui « en écrase » dans son trou. Si je pouvais me glisser près de lui, sur la paille tiède, la tête sur son oreiller de sacs à terre, et dormir... Mes yeux se ferment délicieusement en y pensant...

Non, pas de blague... Je me secoue et me force à regarder le trou noir du créneau, où l'on ne voit jamais rien. C'est trop tranquille aussi, pas un obus ; on dirait que les Allemands sont partis.

Tac ! Un coup de feu claque sec, venant des lignes boches. Puis un autre, aussitôt... Les hommes qui rêvassaient à leur créneau se sont brusquement redressés. Nous écoutons, anxieux. Un instant se passe, puis quelques coups de feu partent à la débandade, et la fusillade gagne en crépitant.

— Ils tirent sur la patrouille !

Une fusée ennemie tire son trait blanc et éclate. Une autre siffle à droite, puis à gauche, et leurs yeux fulgurants, balancés par le vent, épient la plaine réveillée. Rien n'y bouge, les nôtres sont planqués.

Face à nous, toute la ligne allemande tire : les balles miaulent au-dessus de la tranchée, très bas, et plusieurs claquent sur le parapet, comme des coups de fouet. Dans ce bruit de fusillade, le crépitement régulier d'une mitrailleuse domine, exaspérant. Gare, une fusée verte, les Allemands demandent l'artillerie. Nous attendons, un peu plus courbés derrière nos créneaux.

Cinq coups éclatent, en gerbes rouges, cinq shrapnells bien en ligne. Leur lueur soudaine éclaire les dos ronds et les têtes qui s'enfoncent. Dans la plaine, dispersés, des obus éclatent, percutants et fusants. Quelques minutes de fracas et, sans raison, tout se tait ; le canon a passé sa colère. La fusillade aussi s'est arrêtée.

— Faites passer, ne tirez pas... La patrouille est dehors, commande une voix.

— Faites passer, ne tirez pas.

Le commandement arrive, passe, s'éloigne. Nous guettons, nous écoutons... Clac ! A quelques pas, un coup de feu brise le silence. Mais il est fou celui-là ? Clac ! Encore un...

— Ne tirez pas, bon Dieu ! crie le sergent Berthier qui est sorti de son gourbi. C'est la patrouille qui rentre.

Au même instant, j'entends dans les ténèbres une voix qui grelotte. On dirait qu'on chante... Mais oui, c'est une chanson.

Je veux revoir ma Normandie...

Derrière moi Fouillard rit. Et je ris aussi malgré moi, le cœur serré. C'est tragique et burlesque cette romance bredouillée dans le noir. La voix se rapproche et cesse de chanter :

— Ne tirez pas... Verneau, de la quatrième... Patrouille.

Mais un autre, plus loin, a repris le refrain, d'une voix étouffée :

... ma Normandie,
C'est le pays qui m'a donné le jour...

Plus loin encore, on en entend un troisième qui siffle, perdu dans les champs d'ombre :

En avant la Normandie !

Partout, dans les champs noirs, on entend les voix assourdies qui fredonnent et des sifflotements peureux, au ras des champs. C'est comme un retour de foire, saisissant et bouffon. Pour se garder d'une ruse des Allemands, qui peuvent avoir surpris le mot, on a ordonné aux patrouilles de chanter des airs du pays, pour se faire reconnaître. Et rampant dans les betteraves dures, se traînant, ils chantent. Leurs voix étranglées rôdent, de l'autre côté de la broussaille barbelée ; ils cherchent la chicane.

— Par ici les gars !...

Un homme saute dans la tranchée.

— Y en a de mouchés ?

— Je ne sais pas... Ils nous ont entendus, les vaches. C'était forcé avec leur saloperie de cisailles qui s'entendent à une lieue.

D'autres se laissent glisser dans notre trou, l'arme à la main. On distingue un groupe sombre qui s'avance lentement.

— Ne tirez pas. Un blessé.

Par-dessus le parapet, on leur tend la main. Péniblement ils font descendre leur camarade qui geint. Il se tient courbé en deux, comme cassé, touché aux reins.

— On en a laissé un autre près du ruisseau... Une balle en pleine tête. Tu parles que leur mitrailleuse tirait bas.

On entend encore une voix égarée qui chantonne. Elle se rapproche enfin. Un saut dans la tranchée. Plus rien...

— Tout le monde est rentré, attention, fait passer Berthier.

— Tout le monde est rentré, répètent les guetteurs.

Dans un gourbi, derrière moi, des voix discutent :

— Après c'te patrouille-là, ils vont se douter de quelque chose... On va encore être bonards... Et le troisième bataillon, pourquoi qu'il n'attaque pas ?

J'écoute à peine, je m'engourdis. Encore une heure un quart... Je vais compter jusqu'à mille, cela fera bien un quart d'heure. Après, je n'aurai plus qu'une heure à tirer.

Mais cela m'endort, ce chapelet de chiffres bêtes. Pour me tenir éveillé, je veux penser à l'attaque, notre course folle dans la plaine, la chaîne d'hommes qui se brise maille à maille ; je veux me faire peur. Mais non, je ne peux pas. Ma tête lourde ne m'obéit plus. Mon esprit engourdi se perd en titubant dans une rêverie confuse.

La guerre... Je vois des ruines, de la boue, des files d'hommes fourbus, des bistrots où l'on se bat pour des litres de vin, des gendarmes aux aguets, des troncs d'arbres déchiquetés et des croix de bois, des croix, des croix... Tout cela défile, se mêle, se confond. La guerre...

Il me semble que ma vie entière sera éclaboussée de ces mornes horreurs, que ma mémoire salie ne pourra jamais oublier. Je ne pourrai plus jamais regarder un bel arbre sans supputer le poids du rondin, un coteau sans imaginer la tranchée à contre-pente, un champ inculte sans chercher les cadavres. Quand le rouge d'un cigare luira au jardin, je crierai peut-être : « Eh ! le ballot qui va nous faire er'repérer !... » Non, ce que je serai embêtant, avec mes histoires de guerre, quand je serai vieux.

Mais serai-je jamais vieux ? On ne sait pas... Après-demain... Ce qu'ils ronflent, les veinards ! Un coin de paille n'importe où, ma couverture, je n'envie plus que cela. Dormir...

Dans un demi-sommeil, ma pensée vacillante ébauche une idylle burlesque, une sorte de songe inconscient que je ne comprends pas.

J'ai rejoint la jeune fille à l'entrée de son cantonnement et, lui montrant la campagne d'un geste autoritaire, je lui fixe le rendez-vous.

— Devant vous, à douze cents mètres une meule de paille... A deux doigts à gauche, un arbre en boule...

Et militairement, les pieds en équerre, la jeune fille me répond en saluant :

— Vu...

Ce qu'il fait froid... Et noir... Pourquoi sommes-nous là, tous ?... C'est bête. C'est triste. Ma tête penche, tombe... J'ai peur de dormir... Je dors...

6

Le moulin sans ailes

J'ai retrouvé la ferme telle que nous l'avions laissée dimanche, avant l'attaque. On croirait que les quatre compagnies viennent à peine de franchir l'herbage, montant aux tranchées, et le gros chien qui gambade semble courir après un traînard. Rien n'a bougé.

C'est là, par ce chemin de boue gercée, que nous sommes partis. Combien sont revenus ? Oh ! non, ne comptons pas...

Je rentre dans la grande salle, tout embaumée de soupe, et m'assieds près de la fenêtre, sur *ma* chaise. Voici *mon* bol, *mes* sabots, *mon* petit flacon d'encre. Cela semble si bon, de retrouver ces choses à soi, ces riens amis qu'on aurait pu ne jamais revoir.

Mon bonheur m'attendait ; la vie continue, avec de nouveaux délais d'espoir. Une sorte d'âpre joie sourd en mon cœur. Je vois le soleil, moi, j'entends l'eau qui chante, moi ; et mon cœur est tranquille, lui qui a tant battu.

Comme l'homme est dur, malgré ses cris de pitié, comme la douleur des autres lui semble légère, quand la sienne n'y est pas mêlée. Je regarde les choses d'un œil distrait. Le tas de fumier, humide et luisant, est appuyé au mur, si bien que, de la salle, on voit le petit coq noir à hauteur de la fenêtre, dans une légère vapeur bleue. Sur les pierres grises de l'étable, des balles perdues ont laissé comme des cicatrices blanches. Au milieu du courtil, le puits à la margelle usée, et ses trois murs verdis... Comment, cela n'est pas fini, là-bas ? On dirait que le canon reprend. Qui nous a relevés ? Le 148. Pauvres gars...

L'eau du ru passe en cascadant, devant la ferme. Elle traverse la mare sans y tracer son passage et s'échappe en sautant de pierre en pierre, jusqu'à la roue pourrie du moulin, sur laquelle un gros chat feint de dormir.

Les volées froufroutantes de pigeons vont et viennent, caressant les murs de leurs ombres rapides ; les oies promènent leur troupe grave, marchant, criant et se taisant ensemble. Deux petits veaux, l'un taché de noir, l'autre de roux, jouent avec des grâces pataudes de jeunes chiens et le grand épagneul, tout jappant, s'amuse à faire peur aux poules. Ils n'entendent rien. Seul, l'âne qui mange lentement son foin, très digne sous sa tunique de boue séchée, écoute d'une oreille. Parfois, de la paille aux dents, il s'arrête de mâcher, lève sa longue tête rêveuse et écoute le canon qui tonne.

Quel brouhaha, dimanche, dans la cour, quand on a distribué le « cric » — un quart pour deux ! — et donné les cigares, de beaux cigares à deux sous, avec la bague. Ma foi, nous avions bien mangé.

— Si les Boches m'font l'autopsie, ils ne me trouveront pas le buffet vide, avait dit le grand Vairon, les joues violettes et le ceinturon débouclé.

C'est là, dans cette grange au toit hérissé de chaume, que nous avions entassé nos sacs. Ils y sont encore, presque tous : l'ossuaire d'un bataillon. C'est un tragique fouillis d'outils rouillés, d'équipements, de havresacs éventrés, de cartouchières, de musettes. Du linge traîne, déjà boueux. Une boule de pain pas entamée, un goulot qui dépasse, des paquets de lettres, des cartes en couleurs, si niaises et qui feraient pleurer... Malgré soi, on lit les noms, sans se baisser : je les connais tous...

Ça, c'est la veste de Vairon. Il l'avait laissée craignant d'avoir trop chaud. On a tout fouillé, on s'est partagé le chocolat et les boîtes de singe, et on a noué dans un mouchoir les papiers, les pauvres bricoles qu'on envoie aux familles : héritages de soldats. Une photo a glissé dans l'ornière : une maman en robe des dimanches, son gros bébé sur les genoux. Des chemises encore pliées, des paquets de pansement, une pipe. Et, perdu sur ce tas misérable, un coussin de soie, un beau coussin rose, amené là on ne sait comment, par on ne sait qui.

Bon sang, mais cela tonne dur...

C'est comme un gros convoi qui roule, un orage assourdi qui gronde et se rapproche. Puis la fusillade commence à pétiller, tout un brusque fracas d'attaque.

Le chien inquiet rentre le premier, l'échine basse. Puis les volailles apeurées, puis les deux petits veaux, soudain surpris de se voir seuls dans le courtil. L'âne n'a pas bougé. Songeur, il reste devant sa botte. Parfois il dresse ses oreilles, renverse la tête comme s'il allait braire ; puis dédaignant ce tonnerre qu'il connaît il s'incline sagement, tire une gueulée de foin, et la tête basse, il mange...

Je n'aime pas les gens de ce village. Les marchands ne nous estiment même pas pour l'argent qu'ils nous volent. Ils nous regardent avec une sorte de dégoût ou de crainte, et quand on entre dans leurs boutiques en s'écrasant, ses billets de cent sous à la main pour être plus tôt servis, ils crient plus fort que si les Prussiens venaient les piller.

Quand les Allemands occupaient le pays, nous ont dit les paysannes, ils étaient moins fiers. Ils n'avaient pas voulu se sauver, à cause des marchandises. Mais lorsque les derniers Français furent passés — des chasseurs à pied qui firent le coup de feu pendant tout un après-midi embusqués dans le cimetière — la panique les prit. Ils cachaient tout : leurs liqueurs, leurs conserves, leurs gros sous, et les femmes gei-gnaient pendant que les vieux creusaient des trous dans le jardin pour y enfouir le magot.

L'institutrice — une petite femme volontaire, aux joues pâles, que les gens n'aiment pas parce qu'elle se coiffe en bandeaux — avait fermé les fenêtres de l'école et mis son drapeau en berne. Mais le gros Thomas, l'épicier marchand de vins du « Lion d'Or », avait aussitôt couru chez elle, suivi de quelques mégères, pour l'obliger à retirer son drapeau « qui allait faire mettre le pays à feu et à sang ».

La petite lui avait tenu tête un moment.

— Vous n'êtes pas le maire, vous n'êtes rien. Je n'ai pas d'ordres à recevoir de vous.

— Ordre ou pas ordre, vous ferez comme tout le monde, s'étranglait l'épicier, qui se voyait déjà fusillé à son comptoir. C'est moi qui l'or-donne.

— Au nom de qui ?

— J'm'en fous, au nom du roi de Prusse si vous voulez !

Bégayant, apoplectique, les yeux prêts à rouler, le mercanti cognait furieusement le bureau de l'institutrice de son poing massif. Elle avait dû céder.

Terrorisés, les uns cachés dans leur maison, les autres groupés muets sur le bord de la route, les paysans avaient regardé passer les premiers bataillons bavarois qui braillaient joyeusement : « Paris ! Paris ! » comme s'ils avaient dû, le lendemain, le mettre à sac. C'était une auto-mobile qui était arrivée d'abord, pleine de soldats armés. Les gamins gambadaient autour, en faisant des grimaces.

— Allez-vous arrêter, maudits garnements ! leur criait une vieille, la doyenne du pays ; ils vont croire que vous vous moquez d'eux.

Et elle faisait de si grands saluts que les longs rubans noirs de son bonnet des dimanches traînaient par terre.

Les Allemands riaient, et jetaient aux enfants des poignées de bon-bons, qu'ils avaient volés dans Reims. Pendant cinq jours, le pays avait été plein de Bavarois et de Prussiens. Ils avaient emmené trois otages qu'on n'avait plus revus ; le plus vieux, disait-on, avait été fusillé à une lieue de là, sur le bord de la route, sans raison, pour servir d'exemple.

— Et ils payaient recta, ces cochons-là, racontait avec admiration le gros Thomas. Les officiers payaient avec des bons, mais les hommes nous donnaient de l'argent, et de l'argent français, même.

Cet argent-là — celui de nos prisonniers, de nos blessés, de nos morts —, l'épicier en avait pris plein ses tiroirs, et ç'avait été pour sa boutique le commencement de la prospérité, qui continuait avec nous.

Le jour de l'attaque, comme il ne restait pas un seul soldat dans le village, il avait pu enfin prendre un peu de repos. Il aurait voulu aller à la pêche, mais les sentinelles, au bout du Chemin des Vaches, l'avaient arrêté. Il était rentré chez lui en rage, brandissant sa gaule au risque de casser ses bocaux. Puis, pour passer le temps, grimpé dans son grenier, il avait suivi le combat à la jumelle, pendant que sa femme faisait des crêpes.

Quand il nous avait vus, à midi juste, sortir de nos tranchées, et nous élancer au pas de charge vers la ligne ennemie, jetés dans les champs nus comme des graines au vent, il avait éprouvé quelque chose qui était peut-être un sentiment.

— Viens vite voir, avait-il braillé à sa bourgeoise. Dépêche, il ne va plus en rester.

— Je peux pas laisser le lait, avait-elle répondu d'en bas, il va se sauver.

Et seul, Thomas avait tout vu.

Le village, cependant, a eu un frisson d'émotion ce jour-là, en voyant revenir les premiers brancards et la longue file des blessés clopinants, qui traînaient leurs pattes sanglantes. Sur le pas de sa porte, la mère Bouquet, larmoyante, cherchait à reconnaître ses clients, dans le défilé. En plein champ l'institutrice avait installé une sorte de relais où elle attendait les blessés avec un broc de citronnade.

Le curé — un vieux brave homme qui nous aime bien — ne s'est pas couché de la nuit ; au petit jour, il donnait encore l'absolution à des mourants.

On en a enterré six fosses pleines, et les derniers ont dû attendre, mis en tas dans un coin, que les territoriaux eussent fini de creuser le trou. On n'a pas trouvé de fleurs pour parer leurs tombes, que quelques giroflées transies, et c'est ce qui a donné l'idée aux Thomas d'ouvrir un rayon de couronnes.

— On gagne encore plus là-dessus que sur la conserve, a avoué le gros homme.

Il y en a tout un choix, sur une étagère, alignées comme des liqueurs de marque. On en trouve de toutes simples, en immortelles jaunes, qui sentent la pharmacie, et de grandes en perles, où s'entrelacent des fleurs noires à tiges violettes.

— C'est pour la clientèle aisée, celles-là, me dit Demachy qui les examine complaisamment, en monsieur sérieux qui réfléchit avant d'acheter.

Et il ajoute gentiment :

— C'est une comme cela que je t'offrirai.

La soupe mangée, les boutiques se remplissent et les rues s'animent. Le village prend un air de dimanche. Tout le monde est dehors : de vieilles grands-mères qui trottinent, les bidons en bandoulière, des gosses qui piaillent en jouant à la marelle avec les débris du calvaire abattu par un 305, des paysans qui ne vont plus aux champs, et des soldats, des soldats...

On se bat à la porte des épiceries, sans trop savoir ce qu'on y achètera. Au passage, on se donne des tuyaux.

— Hé ! Ils n'ont plus de pinard au « Comptoir français ».

— La maîtresse d'école a reçu des saucisses.

— Y en a aussi chez le charron, mais faut se grouiller.

Tout le monde est marchand ici ; chaque maison est une boutique, chaque ferme un cabaret, et toutes les fenêtres sont enguirlandées d'amadou au mètre, en guise d'enseigne. Le charcutier vend des peignes et M. le maire du tord-boyaux.

Devant le « Comptoir français », trente soldats se bousculent et braillent. Rien que des bidons vides.

— Tas de vaches, crie un des hommes, en fendant le groupe pour s'en aller. Comment que j'serai heureux l'jour où une marmite défoncera leur crèche.

— Y a que les cognes qui sont bien reçus ici, approuve un autre. Ils sautent la patronne, tu comprends, comme ça elle est parée pour les contraventions et eux ont la croûte...

La porte du boulanger est verrouillée, les volets mis. Une douzaine de naïfs font pourtant la queue, dans l'espoir insensé d'avoir un peu de pain chaud. Un arrêté du maire interdit d'en vendre à d'autres qu'aux civils, et la porte ne s'ouvre pas.

Nous l'avons vu en gerbes, pourtant, en meules blondes, le beau pain des civils, après la Marne. Ah ! c'est bon le pain chaud...

Dans les maisons, on entend chanter. Sur la place, on discute, on rigole.

La guerre est finie pour nous, finie pour cinq jours. L'attaque, les morts, c'est oublié, on s'en souvient juste pour parler entre copains, se dire avec une joie sourde : « On s'en est tiré, hein ! » Dans cinq jours, c'est vrai, il faudra remonter aux tranchées, au redan ou à gauche du ruisseau, mais personne n'y pense. Il n'y a que le présent, le jour même qui compte — le seul qu'on soit certain de vivre. Sans y prêter attention, comme l'oreille s'habitue à un tic-tac d'horloge, on entend le canon. Quand ce sont les 75 de la gare qui tirent, on dirait que leur miaulement traverse la place.

— Tu vas voir qu'à force de jouer aux c..., ils vont finir par gagner, dit Lemoine qui n'aime pas les artilleurs. Les Boches nous foutent la paix, il faut qu'ils les emm... Total, ils bombardent le patelin et c'est nous qui serons encore verts.

Les Allemands bombardent souvent et la mairie, toute neuve, avec son clocheton d'ardoise, leur sert de cible. Des maisons, crevées jusqu'à la cave, laissent voir leur pauvre cœur mis à nu et leur toiture sans tuile s'ouvre sur le ciel, comme une porte à claire-voie. De grands trous chaotiques sont creusés où se trouvaient des granges ; au fond de la cuvette, l'obus a pilé des pierres, des solives et des débris calcinés d'on ne sait quoi. Avec toutes ces ruines, les territoriaux font, sans trop se presser, des petits tas, et les gamins viennent y chercher des lattes de plafond, pour se faire des sabres. Car les gosses aussi jouent à la guerre.

En sortant de chez Thomas, nous allons chez la mère Bouquet, dont la boutique peinte en noir attriste la place aux ormes dépouillés. Il faut faire la queue pour entrer, se battre pour être servi. Dans la salle d'épicerie aux casiers vides, c'est une cohue d'hommes qui beuglent. La mère Bouquet, une femme énorme, se défend à son comptoir contre vingt mains avides.

— Il n'y a plus de sardines... trente-deux sous le camembert... Si vous n'en voulez pas, laissez-le, on a la vente... N'allez-vous pas tripoter tout comme ça, tas de dégoûtants.

Ceux qui s'écrasent contre le comptoir se font suppliants, et ceux de derrière braillent par-dessus les têtes.

— Madame Bouquet, la boîte d'haricots qu'est là-haut, s'il vous plaît... Moi, je suis un bon client...

— Du pâté, madame Bouquet... Hé ! par ici... ça fait une demi-heure que j'attends.

L'épicière se démène, crie et ne sert personne, ne pensant qu'à écarter les mains qui se tendent, de peur qu'on ne lui vole quelque chose.

— Y a plus rien, j'vous dis... Allez-vous-en... Lucie ! Viens fermer la porte... Ils vont tout casser, les saligauds !

Mais Lucie, la fille de la patronne, ne bouge pas : elle n'aime pas les saligauds. Un sautoir en argent sur son corsage empesé, ses cheveux fades ondulés aux papillotes, elle reste, hautaine, dans la petite salle du fond, aussi fière sur son tabouret, entre le portrait du général Joffre et le tableau des pièces à refuser, qu'une grue débutante dans son taxi.

Tout le régiment connaît Lucie, tous les hommes la désirent, et quand elle traverse le débit bondé, portant les verres, ils la guignent d'un air goulu et disent crûment leur goût. Les plus hardis tendent la main en se cachant et palpent, au passage. Elle ne daigne même pas s'en apercevoir et passe au milieu d'eux avec l'air offensé d'une princesse en exil condamnée à faire des ménages. On peut dire d'elle ce qu'on veut, c'est une fille qui garde son rang. Elle ne sourit qu'aux soldats « bien » et ne rougit que pour les officiers.

Un soldat « bien » c'est celui qui achète du lait condensé, des petits gâteaux, du chocolat extra et du vin bouché. Ce sont à ses yeux des denrées nobles dont l'acquisition dénote l'éducation accomplie et les goûts « comme il faut » d'un fils de famille. Demachy ayant acheté de l'eau de Cologne et du champagne est estimé presque à l'égal d'un sous-lieutenant et Lucie l'appelle Monsieur.

— Quatre petits verres, mademoiselle, commande Lemoine. Quelque chose de doux.

— Du marc, par exemple, ajoute Sulphart à titre d'indication.

La fille minaude, en regardant Gilbert :

— Vous n'êtes pas raisonnables. Vous savez bien que c'est

défendu... Je vais vous servir quand même, mais faudra vous dépêcher de boire que je remporte les verres.

Sulphart obéissant vide le sien d'un trait et passe dans l'autre salle, où il va faire nos achats pour le dîner. Tout de suite, il commence à brailler :

— J'l'avais retenu, l'boudin. Pas vrai, madame Bouquet... Et le gruyère, « mon » gruyère...

A l'entendre, il aurait tout retenu depuis la veille, depuis huit jours, depuis tout le temps.

— Il est à moi, l'boudin, gueule de raie... demande-z-y voir.

A une table, près de nous, des copains boivent du vin rouge, litre sur litre. Avant, on le payait vingt-quatre sous. Mais une note du colonel a interdit de vendre le vin ordinaire plus de quatre-vingts centimes. Alors, la mère Bouquet a fait cacheter le goulot de ses litres, et maintenant, nous le payons trente sous : c'est devenu du vin bouché.

Vieublé, un soldat de notre compagnie, fait le service en bras de chemise. Dans tous les villages où nous allons au repos, il trouve un débitant pour l'embaucher. Il est dans la salle, descend à la cave, lave les verres, ramasse les pourboires, chaparde, et tous les soirs va se coucher saoul. Avec le cuisinier du colonel, c'est l'homme le plus envié du régiment.

Il s'approche de notre table avec un sourire satisfait de patron dont les affaires prospèrent.

— Eh bien les gars, vous avez aussi coupé à la marche ?... Moi, j'm'suis fait porter pâle, l'toubib me r'connaît toujours. Y m'fout une purge et c'est marre... Y a bien Morache qu'a essayé de me poirer au tournant, mais comment que j'en ai joué !...

— Oui, je l'ai vu qui faisait le pet derrière les saules. Il trouve que c'est pas assez des bourres.

— Et on a nommé ça sous-lieutenant ! s'indigne Vieublé, son torchon sous le bras. C'est toujours pas pour ce qu'il a fait le jour de l'attaque.

— Tu peux être sûr que si le colon l'avait vu comme on l'a vu, il aurait pas été nommé... Tu sais qu'il a foutu quatre jours à Broucke, sans même qu'on sache pourquoi.

— Aie pas peur, prédit Sulphart qui revient chargé comme une corvée, tout ça se paiera en gros et en détail.

— C'est du bien de mineur, ça rapporte, opine sentencieusement Lemoine.

— On se retrouvera après la guerre.

C'est toujours la même chanson : cela se réglera après la guerre. De fixer leurs revanches à cette date incertaine, cela les venge déjà plus qu'à moitié.

A la caserne, pendant leur temps d'active, quand l'adjudant les nommait de piquet d'incendie ou que le sergent leur faisait faire demi-tour à la grille, ils s'en allaient, rageant à blanc, et grommelant de mystérieuses menaces.

— Que la guerre arrive, on se marrera... On les retrouvera, les mecs...

La guerre a éclaté ; ils ont en effet retrouvé l'adjudant et le sergent qu'ils ont vite emmenés à la cantine en les appelant « ma vieille ». Puis, ils en ont détesté d'autres — ou bien les mêmes. Et maintenant qu'on se bat, ce n'est plus à la guerre qu'ils remettent leurs desseins de vengeance, c'est à la paix...

— Qu'on redevienne civils, tu verras...

Et Demachy, qui sait bien qu'il ne verra rien, sourit d'un air sceptique, en jouant avec le fond de son verre, où roule une goutte de lumière.

Venant de l'épicerie ou de la rue, d'autres s'attablent bruyamment.

— Hé ! vieux, un litron de rouge.

Un gros caporal essaie vainement de fléchir Mlle Lucie, méprisante et revêche.

— Deux petits verres seulement, mam'zelle, on boira vite. N'importe quoi pourvu que ça soit du solide, du « tiens-toi bien ».

— Fichez-moi la paix, on ne vend que du vin ici, c'est pas pour les soûlots.

Les coudes sur la table ou à cheval sur des tabourets, les buveurs discutent, dans un tumulte de voix, de godillots traînés, de cris, de verres qu'on choque.

— Paraît que le ...ᵉ qui nous a relevés à Berry s'est fait poirer une tranchée.

— Ça ne m'étonne pas de ces enfoirés-là.

— Des bons à lappe qu'ont même pas été foutus de creuser de bons gourbis... C'est pas de la blague, y a que nous qui grattent.

Une dispute éclate soudain entre Vieublé et des mitrailleurs qui veulent lui carotter un litre. Un petit rougeaud aux yeux sans cils défend ses sous et sa réputation d'une voix pâteuse.

— Faut pas crâner, tu sais. C'est pas parce qu'on n'est pas des Parisiens qu'on est des voleurs. On l'est peut-être pas plus que toi. Et j'y ai été avant toi, à Paname, moi qui te cause.

— Tais-toi, réplique Vieublé sans se fâcher. T'as jamais eu l'honneur d'y traîner tes grolles, à Paname, bouseux. Je la connais ta capitale : y a que des cochons sur le boulevard.

— Quoi qu'il dit ce feignant-là !

— Il dit que t'as jamais débarqué à Paris, plein de vase, même avec ton biau costume des dimanches et le canard dans le panier. D'abord, t'aurais pas pu, avec la machine à refouler les croquants. Tu la connais seulement pas, c'te machine, bellure. C'est juste en face de la gare, quand un péquant débarque, v'lan ! y a un grand coup de piston et le mec est refoutu dans son train. Ça t'en bouche un coin, Saturnin...

Sa voix de faubourg, aux mots qui traînent, me rappelle étrange-

ment celle de Vairon. Je crois encore l'entendre rouspéter, le matin de
l'attaque, parce qu'on lui donnait à porter une grande planche qu'il
devait jeter au-dessus de la tranchée allemande pour servir de passerelle. Pauvre gars ! Broucke nous a dit qu'il était repassé près de lui,
en se repliant, et qu'il remuait encore. A présent, depuis quatre jours,
c'est sûrement fini. Et pourtant...

— Allons, sois pas méchant, Ferdinand, fait Vieublé la main tendue.
Lâche les trente bourgues et ne pleure pas : tu la reverras ton étable.

A la table qui prolonge la nôtre, des soldats de la compagnie causent
du moulin et des Monpoix, les fermiers, en nous regardant de côté,
comme s'ils parlaient pour nous. Tout leur paraît suspect dans la bicoque : les pigeons qui volent à heure fixe, la fumée, le chien blanc qui
gambade dans le pré, en vue des Allemands, et surtout le vieux qui,
chaque soir, sort tout seul pour fumer sa pipe.

— Plus de dix fois, je te dis, il a fait marcher son briquet.

— Mais, il y en a qui s'en foutent, tu comprends ; pourvu qu'ils se
tapent bien la cloche, insinue un petit maigrichon au nez retroussé.

Sulphart, qui sert d'arbitre dans le conflit des mitrailleurs, n'est pas
là pour leur répondre et Demachy ne les entend pas. Le menton dans
les paumes, il rêvasse, les yeux perdus.

— A quoi penses-tu, Gilbert ? Le cafard ?

— Non, souvenirs...

Et il parle tout bas, de loin, comme si le passé le gardait.

— L'an dernier, jour pour jour, j'arrivais à Agay. C'était le matin.
Je me souviens que, près de la gare, on brûlait un beau tas vert d'euca-
lyptus ou de pin dont l'âcre fumée piquait l'air d'un parfum sauvage.
Elle me disait que cela la faisait tousser. Elle portait une robe bleue,
bleu pervenche...

Puis il se força un peu pour rire :

— Maintenant, c'est moi qui suis en bleu. C'est la guerre...

Nos voisins parlent plus fort, avec de mauvais rires et des brocards
qui sont pour nous. Un soir qu'ils rejoignaient leur gourbi, une gamelle
de riz dans le ventre, sans même un quart de vin, ils ont dû nous
entendre rire, dans la maison bien chaude, et cela les a rendus jaloux.
Comme ils voient que je suis décidé à ne pas répondre, ils insistent.

— J'te dis qu'ils s'envoient la fille, moi. On peut toujours, en douce,
avec ses sous... Ah ! je voudrais bien faire la guerre comme ça.

Gilbert tourne à peine la tête et les regarde. Il sourit drôlement —
un peu amer, un peu narquois — et me dit, sans baisser la voix :

— Tu les entends ?

Puis il hausse les épaules, songe un instant, et :

— Après la guerre, reprend-il, son sourire déçu au coin des lèvres,
nous ne pourrons plus nous montrer, même avec une jambe de bois. Si
on paraît avoir de l'argent, on ne se sera pas battu. Avec un faux col
et des gants, on ne croira jamais que tu as été dans les tranchées, et le
charretier du train de combat, le laveur des camions automobiles, le

cuistot du colonel, le mécanicien en sursis, tout cela t'injuriera dans la
rue et te demandera où tu te cachais pendant la guerre. Moi, cela m'est
égal. Pour être sûr de ne pas me faire écharper, dès que je verrai que
cela tourne mal, je m'achèterai des espadrilles, une casquette de trente-
neuf sous, et je ferai ma toilette avec du cambouis... Ça et une cuite,
on est à peu près sûr de s'en tirer : les ivrognes sont les seuls qu'on
épargne, pendant les révolutions.

Les débits devant fermer à une heure, nous payons Lucie, qui nous
rend autant de sourires que de gros sous, et sortons. Sulphart veut nous
entraîner au café Culdot, où, assure-t-il, on trouve de l'absinthe, en
venant de la part du fourrier de la troisième. Par habitude, Lemoine dit
que ça n'est pas vrai. Nous partons en flânant. Le village est maintenant
presque désert. Il est interdit de quitter les cantonnements avant cinq
heures et les quelques traînards qui musardent rasent les murs et tendent le cou, à chaque coin de rue, craignant de se jeter dans les gendarmes.

— Ça serait pas le coup de se faire poirer, dit Sulphart l'œil méfiant.
Être pris à se baguenauder pendant que les autres se font les pieds,
ça ch...

— Y a pas de danger, rassure Lemoine optimiste — il l'est toujours
quand il a bu son compte.

— Pas de danger ! L'ouvre pas, tiens, tu causeras mieux.

Prisonniers dans leurs granges, les hommes désœuvrés se sont assis
aux lucarnes, jambes pendantes. Ils savourent une bonne oisiveté en
regardant passer les compagnies qui vont à l'exercice pour apprendre
à présenter les armes en décomposant.

Sur le Chemin des Vaches, où passe le Decauville, des territoriaux
grisonnants qui vont à la corvée jouent au chemin de fer. L'un d'eux,
un vieux, assis sur un wagonnet, se laisse entraîner sur la pente en
faisant : « Pin ! Pin ! » et les autres courent derrière, criaillant comme
des gosses.

Pour traverser la place il faut raser les murs, se défiler derrière les
piles de rondins, utiliser le terrain.

— Vise, nous dit Lemoine, le gars Broucke qui nous fait bonjour.

Le ch'timi est enfermé dans le sous-sol de la mairie, dont on a fait
une prison. La tête passée entre les barreaux du soupirail, il prend l'air
et sans rien dire, de peur de nous faire repérer, il nous sourit.

— Passer son repos en taule quand on n'a rien fait, c'est tout de
même ressautant, grogne Sulphart. Y a pas à chiquer contre, on est
moins que rien. Si jamais Morache nous disait : « Vous allez me baiser
le gras des reins », on n'aurait rien à répondre, rien à foutre, qu'à
l'aider à se déculotter. Sans charre, y a de l'abus... Puisqu'on est en
République on devrait tous être égal.

Gilbert, qui n'est pas démocrate, hausse les épaules et fait sa petite
moue de guenon déçue.

— L'égalité, c'est un mot, l'égalité... Qu'est-ce que c'est, l'égalité ?

Sulphart réfléchit un instant. Puis il répond, sans vouloir rire :

— L'égalité, c'est de pouvoir dire m... à tout le monde.

Au bout du village, nous nous arrêtons un instant pour bavarder avec Bernadette, qui garde ses bêtes. Elle plaît beaucoup à Gilbert, avec ses longs yeux minces de chevrette, ses joues criblées de son et son cou frêle de Parisienne. Il lui dit des bêtises qui la font éclater d'un gros rire, et je crois qu'il la voit en cachette. Trop niaise pour être perverse, cela doit l'amuser, tous ces hommes échauffés qui la poursuivent, la relancent jusque dans l'écurie. Peut-être, cependant en a-t-elle remarqué un dans la bande.

Elle pense à nous, lorsque le régiment est aux tranchées. Et quand le canon tonne dur, elle compte candidement chaque coup... « Un peu... Beaucoup... Passionnément... » comme si elle effeuillait la marguerite.

— Dépêchez-vous, monsieur Sulphart, vous allez m'aider à plumer le canard.

Une bonne haleine chaude nous accueille en entrant dans la cuisine. La table ronde, toute blanche sous la lampe, semble nous attendre pour lire. Mes chaussons sont là, près du poêle, le gros chat roux couché dessus. On croirait rentrer chez soi, un jour de pluie.

Les joues encore brûlantes de la marche au vent vif des champs, nous soufflons, tout heureux.

— On est mieux ici que dans la tranchée, hein, gamins, nous dit la mère Monpoix, qui tourne dans son saladier la pâte crémeuse des beignets.

C'est vrai, on est bien au moulin. Cela fait deux mois que nous y venons au repos : six jours en ligne, trois jours à la ferme.

Au début, nous avons dormi dans les granges, sous la remise, au grenier et jusque dans l'escalier. Mais depuis, sans nous soucier des Allemands qui du clocher de L... devaient nous voir piocher, nous nous sommes creusé des gourbis dans l'herbage. De loin tous ces tumulus font songer à des tombes fraîches qui attendraient leur croix. Il ne reste plus, des fragiles paillotes construites en septembre, que quelques huttes de malgaches, dont les pluies ont pourri le bois et crevé la toiture de roseaux. Pourtant le cantonnement s'appelle toujours le village nègre. Ceux que je visitais, enfant, pour vingt sous, n'étaient pas plus amusants, et je crois, quand je nous regarde, retrouver les mêmes sauvages — un peu moins noirs tout de même — qui préparent leurs couscous dans des gamelles de fer-blanc.

Nous sommes une dizaine de camarades, sergents et soldats, qui vivons à la ferme en popote. On y retrouve Lambert, le fourrier, Bourland, de la liaison du colonel, Demachy, Godin qui était sergent et que Barbaroux, le major, a fait casser pour une bêtise, Ricordeau et parfois l'adjudant Berthier, quand il s'ennuie à sa popote.

Malgré les gourbis creusés dans l'herbage, malgré la fumée qui leur montre que la maison est habitée, jamais les Allemands ne tirent par ici. Ils marmitent tout, détruisent le village toit par toit, mais jamais un obus sur la ferme. On dirait que quelque chose de miraculeux la préserve.

— Ce sont les arbres qui cachent, explique Monpoix.

La ferme, c'est notre maison. On ne la quitte jamais tout à fait, même étant aux tranchées : on y laisse son bonheur en partant.

Les bergers provençaux, lorsqu'ils conduisent le troupeau dans la montagne, voient toujours de là-haut la ferme blanche, les étables, les pâtis verts, et croient vivre quand même dans le mas au bonnet de tuiles tuyautées. Nous, de la tranchée, nous vivons encore à la ferme : nous voyons descendre et monter la spirale blanche des pigeons, se dénouer la fumée légère, d'un bleu tout pareil à celui des peupliers, et, au matin, quand rentrent les derniers guetteurs, on entend le coq qui nous crie bonjour.

— C'est des signaux, tout ça, répète obstinément Fouillard, qui sait que cela nous ennuie.

Des signaux, ils croient en voir toutes les nuits, là et ailleurs. Parfois une patrouille part en courant, vers la lumière, et bat les champs. On tourne des heures, on s'égare, on rôde autour de fermes endormies, ou bien on va terrifier une femme qui montait coucher ses petits, une bougie à la main.

Quand on parle de cela à la ferme, Monpoix grogne :

— C'est tout espions, dans ce pays, gamin... Ah ! les brigands.

Le matin, très tôt, avant d'aller aux champs, il vient bavarder avec nous, dans la cuisine obscure où nous prenons le chocolat. Une grande flambée lèche la plaque d'âtre, aux trois fleurs de lys à demi rongées, et, piquant les tartines à la pointe d'une baïonnette, on se fait griller du pain.

Cela lui plaît notre jeunesse bruyante de soldats. Et puis il aime à parler de nos travaux, de tout ce qu'on creuse, là-bas, dans ses champs.

— De bonnes tranchées, au moins ?... Vous ne les laisserez plus passer ces bandits de Prussiens... Et ce poste d'écoute, où que vous le mettrez à c't'heure ?

Il connaît le secteur comme nous, boyau par boyau, sans y être jamais allé. Malgré ses airs bourrus, il doit nous aimer. Les cuisiniers m'ont dit que le matin de l'attaque, il était plus agité que nous. Je leur ai demandé :

— Il connaissait l'heure de l'attaque ?

— Oui, comme tout le monde... Il nous l'avait demandée souvent.

La mère Monpoix, elle, n'entend rien « à toute notre guerre », mais la fille tient du père : une mémoire dure et fidèle de paysanne. Un jour qu'on parlait de batteries lourdes allemandes, démasquées dans les Bois noirs, elle avait dit :

— Ah oui, sur la cote 91.

Surpris, je l'avais regardée. Rien ne ternissait son regard naïf. Elle avait dû dire cela tout simplement ; un chiffre retenu...

Les Monpoix sortent à peine. On leur a bien permis de rester à la ferme, mais il leur est interdit de circuler du côté des lignes. Pour se dérouiller les jambes, le père faisait autrefois le tour du village nègre, mais il s'est disputé avec des soldats, à propos de deux brancards tout neufs qu'ils ont pris pour faire le chambranle d'une porte de gourbi, et, injurié par eux, il n'ose plus se montrer dans le cantonnement.

Depuis, il va faire son tour du côté des batteries. Il siffle Féroce, son grand chien, et on les voit de très loin aller et venir, le maître noir et le chien blanc. Jusqu'à la crête : il ne va jamais plus loin. Si les Allemands se mettent à tirer, il ne se presse pas de rentrer : il n'a pas peur.

Parfois, au milieu de la journée, si une lubie lui vient, il monte se coucher, sans rien dire à personne. On l'entend qui marche dans le grenier, qui déplace des caisses, ouvre et ferme les lucarnes. Cela fait rire sa femme.

— Qu'est-ce qu'il peut faire ? Il ne peut pas tenir en place, ce maudit-là...

Je ne sais pourquoi, je me sens gêné pendant ces absences que rien n'explique.

Ce que nous donnons aux Monpoix pour la popote les aide à vivre, car ils n'ont pas d'argent. Ils vendent du lait, des œufs, un peu de volaille. Mais jusqu'à présent, ils n'ont pas voulu vendre de pigeons, même au colonel.

— C'est que ça ne se prend pas comme ça, pas vrai, gamins, nous dit Monpoix. Allez donc les attraper, ces bestioles-là. On ne veut pas non plus y monter la nuit, les Prussiens verraient la lumière. Et puis on s'habitue à ses bêtes, aussi.

Dès qu'il fait beau, la ronde infatigable des pigeons fait au moulin une couronne blanche, d'où quelques fleurs s'envolent. Un jour, de la tranchée, on en a tiré un qui volait très bas au-dessus des lignes. A-t-il eu peur ? Il s'est sauvé du côté des Boches.

Mais nous ne verrons plus longtemps les pigeons de la ferme : le colonel a parlé de les faire tuer tous.

Les Monpoix ne s'indignent pas de ces tracasseries. Ils ne semblent même pas s'apercevoir de la défiance qui les entoure et n'en parlent jamais. C'est ce qui m'étonne le plus.

Si on leur refuse un laissez-passer de quelques heures, le père grogne un peu, c'est tout. La fille fait parfois une allusion, de sa voix qui traîne, mais sans montrer la moindre émotion, comme elle parlerait d'un ennui naturel qu'il faut subir avec les autres, parce que c'est la guerre.

Drôle de fille, falote, douce, maladive, qui parle d'une voix pâle comme ses joues. Je sens bien que nous l'amusons, mais elle ne rit jamais aux éclats comme sa mère. Elle a toujours cet air réfléchi, et, quand nous parlons sérieusement, au lieu de brailler, elle s'arrête de travailler pour nous écouter, quel que soit le sujet. Elle n'oublie rien de ce qu'elle entend — notre vie à tous, nos familles, nos affaires —

et de son côté elle ne recevrait pas une lettre de son frère le chasseur à pied, dont elle est si fière, sans nous la lire.

Nos travaux de soldats aussi l'intéressent. Elle connaît, depuis qu'elle en entend parler, les détours tortueux des boyaux, dans les bois où naguère elle allait aux mûrons, et l'emplacement des batteries, qu'on croirait installées devant la ferme, tant les murs tremblent quand elles tirent. Elle ne questionne jamais ; elle nous écoute sans placer un mot, et l'on pourrait supposer qu'elle pense à autre chose, quand on observe ses yeux vagues.

Je me souviens qu'un matin, devant Morache qui prenait alors son chocolat à la ferme, elle parlait à Demachy de notre corvée de la nuit précédente. Nous avions creusé un emplacement à la lisière du bois et charrié des rondins, pour un abri de mitrailleuse. Gilbert lui expliquait l'endroit : sous les sapins, près du ruisseau.

— Bavard, dangereux bavard, avait lancé l'adjudant de sa voix criarde.

Gilbert, je me rappelle, était devenu tout pâle ; mais elle avait seulement regardé Morache d'un air à peine étonné, sans rien répondre. Elle n'a jamais reparlé de l'incident.

Emma est encore plus prévenante que sa mère. J'ai toujours, quand je descends des tranchées, de l'eau chaude pour laver mes cuisses à vif. Elle connaît les goûts de tout le monde, fait la soupe aux choux comme l'aime Gilbert et prépare le café très fort, pour nous plaire, préférant n'en pas boire. Le jour où le bataillon redescend, nos chaussons sont devant le feu depuis le déjeuner, et quand un blessé passe, tout raide, sur un wagonnet, elle court vite jusqu'au chemin, pour voir si ce n'est pas un de ses soldats. Dès qu'un de nous parle, elle s'approche. Je l'observe, qui écoute Berthier. Il explique à Gilbert comment il envisagerait une nouvelle attaque, en précisant chaque détail. Son bol à la main, elle se tient debout, près de la lampe, et l'on dirait que son menton taché de lumière a trempé dans le lait. Écoute-t-elle seulement ?

Elle tourne la tête, m'aperçoit, et se rapproche aussitôt de sa mère, les yeux baissés, sans qu'on entende ses chaussons sur les carreaux.

Monpoix est assoupi dans son coin. C'est une heure chaude et tranquille de bon repos. On est bien. Je m'étire paresseusement, comme un chien qui se chauffe, et je m'assieds contre le lit, un bras sur le dossier, un bras sur le matelas. On se sent à l'abri de tout, dans ces aîtres familiers, mieux que dans une sape profonde. Il suffit de tirer les gros rideaux et d'allumer la lampe pour se sentir chez soi et ne plus rien craindre. Par prudence, on met encore une toile de tente devant la fenêtre. La nuit n'aura rien de notre chaleur, pas un fil de notre lumière.

On est chez soi, loin du danger, loin de la guerre. Les énormes rondins des gourbis craignent l'obus et s'arc-boutent ; ici, c'est un joli mur tendu de papier rose, qui nous protège. On a confiance. Mieux que par tous les parapets on se sent défendu par cette lumière qui vous semble si belle après la lueur jaune et dansante des bougies, on se sent défendu par le feu qui ronfle, par la marmite qui fume, par tout cet humble bonheur — et même par cette odeur provocante d'oignons, tout pareils à de petits fruits blancs, dans une assiette.

Un vrai dîner de famille, de ces dîners d'hiver, plus intimes, plus cordiaux que les autres, où le bonheur frileux vient se blottir près du feu.

Sommes-nous des soldats ? A peine, on l'oublie. Il y a bien la vareuse de Berthier, une ou deux vestes bleues, mais les autres sont en chandail, en gilet, sans rien de militaire. Demachy s'est même fait envoyer un gros pyjama à brandebourgs de soie, ce qui l'a définitivement perdu dans l'esprit du village nègre et désigné à la malveillance tenace de Morache.

Insoucieux, solides, nos vingt-cinq ans éclatent de rire. La vie est un grand champ, devant nous, où l'on va courir.

Mourir ! Allons donc ! Lui mourra peut-être, et le voisin, et encore d'autres, mais soi, on ne peut pas mourir, soi... Cela ne peut pas se perdre d'un coup cette jeunesse, cette joie, cette force dont on déborde. On en a vu mourir dix, on en verra tomber cent, mais que son tour puisse venir, d'être un tas bleu dans les champs, on n'y croit pas. Malgré la mort qui nous suit et prend quand elle veut ceux qu'elle veut, une confiance insensée nous reste. Ce n'est pas vrai, on ne meurt pas ! Est-ce qu'on peut mourir, quand on rit sous la lampe, penchés sur le plat d'où monte un parfum vert de pimprenelle et d'échalote ?

D'ailleurs, nous ne parlons jamais de la guerre : c'est défendu pendant les repas. Il est également interdit de parler argot et de s'entretenir du service. Pour toute infraction, il faut verser deux sous d'amende à la cagnotte : c'est notre jeu de tous les jours. Ricordeau, notre nouveau sergent, y mange ses dix-huit sous de solde. Il parle prudemment, pourtant, car nous l'avons rendu méfiant, mais Sulphart trouve toujours des ruses nouvelles pour amener la conversation sur le terrain glissant et, tout à coup, le mot malheureux échappe : la corvée de la veille, l'attaque de seize, le poste d'écoute...

— Deux sous ! Deux sous ! crions-nous.

Si par malheur Ricordeau veut se défendre, c'est pour mieux se perdre :

— Je ne marche pas, proteste-t-il, ne voulant pas payer l'amende.

Aussitôt, tout le monde hurle de plus belle :

— C'est de l'argot ! Deux sous de plus !...

De quoi parlons-nous ? De tout, pêle-mêle. On parle de son métier, de ses amours, de ses affaires, avec de la gaieté partout. La vie de chacun se disperse en bribes d'anecdotes et, sans vouloir mentir, on brode un peu : il y a si peu de chose dans notre passé naissant de jeunes gens.

Les moins gais n'ont jamais de souvenirs tristes à raconter, on n'en devine dans l'existence d'aucun. Ils ont connu des deuils pourtant, des misères. Oui, mais c'est passé... De sa vie, l'homme ne garde que les souvenirs heureux, les autres, le temps les efface, et il n'est pas de douleur que l'oubli ne cicatrise, pas de deuil dont on ne se console. Le passé s'embellit ; vus de loin, les êtres semblent meilleurs. Avec quel amour, quelle tendresse, on parle des femmes, des maîtresses, des fiancées. Elles sont toutes franches, fidèles, joyeuses, et l'on croirait, à nous entendre ces soirs-là, qu'il n'y a que du bonheur dans la vie.

Parfois, quelque chose claque sur le mur, comme un coup de fouet. Clac ! C'est une balle perdue.

— Entrez ! crie Demachy.

Si quelqu'un parle du Fritz qui l'a tirée, toute la tablée s'agite : « Deux sous ! deux sous ! » Et l'on rit.

— Il a fallu la guerre pour nous apprendre que nous étions heureux, dit Berthier, toujours grave.

— Oui, il a fallu connaître la misère, approuve Gilbert. Avant, nous ne savions pas, nous étions des ingrats...

Maintenant, on savoure la moindre joie, comme un dessert dont on est privé. Le bonheur est partout ; c'est le gourbi où il ne pleut pas, une soupe bien chaude, la litière de paille sale où l'on se couche, l'histoire drôle qu'un copain raconte, une nuit sans corvée... Le bonheur, mais cela tient dans les deux pages d'une lettre de chez soi, dans un fond de quart de rhum. Pareil aux enfants pauvres, qui se construisent des palais avec des bouts de planche, le soldat fait du bonheur avec tout ce qui traîne.

Un pavé, rien qu'un pavé où se poser dans un ruisseau de boue, c'est encore du bonheur. Mais il faut avoir traversé la boue, pour le savoir.

J'essaie de pénétrer l'avenir, de voir plus loin que la guerre, dans ce lointain brumeux et doré comme une aube d'été. Irons-nous jusque-là ? Et que nous donnera-t-il ? Serons-nous jamais lavés de cette longue souffrance ; oublierons-nous jamais cette misère, cette boue, ce sang, cet esclavage ? Oh oui, j'en suis certain, nous oublierons, et il ne restera rien dans notre mémoire, que quelques images de bataille, que la peur n'enlaidira plus, quelques blagues, quelques soirées comme celle-ci. Et je leur dis :

— Vous verrez... Des années passeront. Puis nous nous retrouverons un jour, nous parlerons des copains, des tranchées, des attaques, de nos misères et de nos rigolades, et nous dirons en riant : « C'était le bon temps... »

Alors ils protestent tous, même Berthier, bruyamment.

— Hou ! Assez !

— Si tu t'y plais, rempile.

— Le bon temps, les relèves dans la boue ! tu vas fort.

— Et la corvée de tôle ondulée la nuit où il pleuvait, tu l'as oubliée ? Tu gueulais pourtant assez.

— Est-ce que c'était le bon temps, le seize, à midi moins deux ?

Je ris, heureux de les entendre crier :

— Vous verrez !

La mère Monpoix, qui s'amuse autant que nous, tournant le coin de son tablier bleu, m'approuve dans le brouhaha.

— Certainement, vous regretterez la ferme.

— On y reviendra, la maman !

Bourland s'est levé pour aller prendre son violon. Il l'a fabriqué lui-même avec une boîte à cigares et des cordes qu'il a demandées à Paris, et c'est à ce joujou, à cet instrument de cirque, que nous devons nos meilleures soirées.

Il l'accorde — deux plaintes — et aussitôt on se tait. Musique, notre amie à tous...

C'est l'*adagio* de la *Pathétique* qu'il joue. Tout s'apaise... Musique ardente et tendre comme nos cœurs. Y a-t-il rien de pathétique dans ce long frisson ? Non... C'est comme un beau rêve déchirant. Et puis, qu'importe ce qu'il joue... La *Mort d'Aase*, une *aria* de Bach, je ne sais plus. La pensée ne suit pas. Autant de trames ténues où brodent nos songes.

Nous écoutons, l'esprit et les regards en allés. Voici les voix chères d'autrefois qui reviennent. Qu'elles sont douces, entendues de si loin ! On rêve... C'est un dimanche chez Colonne, l'atelier où le piano égrenait les gouttes du *Jardin sous la pluie*, l'air que chantait une amie...

Berthier, la bouche un peu déclose et les mains jointes, écoute comme on prie. De Gilbert, je ne vois rien que son front droit d'enfant têtu au-dessus des doigts mêlés qui cachent ses yeux. Sulphart a pris un air sérieux, les traits tendus, comme s'il fallait comprendre. Puis, je ferme les paupières, pour ne plus rien voir.

N'être plus rien qu'une âme charmée et qui s'endort. Tout s'abolit. Loin, la guerre... Loin, le présent... Les jurons, les râles, le canon, tous les bruits de notre pauvre vie de bêtes, cela ne pouvait pas endurcir notre âme et flétrir la tendresse infinie. Elle renaît, jardin d'août sous l'ondée. Et dix soldats, ce n'est plus qu'un même cœur qu'on berce, dix soldats...

— La *Méditation de Thaïs*, Bourland !

— Non ! la *Valse des Ombres*.

Gilbert, qui a une jolie voix, chante les romances, *mezza voce*, et toutes les voix bourdonnent au refrain. Alors, c'est Paris qui revient, le beau Paris d'automne dont les trottoirs pluvieux luisent sous les réverbères. On les chante toutes, l'une après l'autre, tous les succès du dernier hiver, et, de refrain en refrain, les voix grossissent. Renversés sur nos chaises, nous crions, insoucieux, gonflés de trop de joie. Le violon de Bourland ne s'entend plus, perdu dans ce chœur assourdissant, on braille...

— Écoutez !

Un brusque silence tombe. Bourland s'est arrêté, l'archet levé. Les visages surpris se froncent... On écoute, inquiet. Qu'est-ce que c'est ? Le même poing cogne à la porte, et une voix vient de la nuit.

— Un blessé.

On ouvre vite ; les paupières clignotantes, il entre. Il est blême, avec de grands yeux cernés qui lui mangent les joues. Son bras gauche est tenu en écharpe par un grand mouchoir sale où s'élargit une tache rouge, et, ayant glissé jusqu'à sa main inerte, le sang s'égoutte sur son passage.

— Non, pas de rhum. J'aime mieux du vin.

La main de Monpoix tremble en le servant. Muets, gênés, nous entourons le copain. Il s'est assis lourdement, énergie fauchée. Plus un bruit, que le glouglou du vin dans sa gorge sèche.

Le chien s'est réveillé. Il se lève, flaire la piste, et, goutte à goutte, il lèche le sang encore tiède, sur les carreaux.

Six jours encore de tranchée — six jours de pluie — et nous voici revenus à la ferme. J'écris. Assis tout contre le poêle, tassé, le dos rond, Monpoix a laissé sa pipe s'éteindre. On n'entend que la soupe qui chantonne et sa respiration oppressée qui siffle.

Je le trouve changé, depuis l'attaque. Il ne plaisante plus avec nous comme autrefois. Il reste des heures sans rien dire, acagnardé sur sa chaise basse, et quand nous parlons entre nous, il tourne à peine la tête pour nous écouter, l'air gêné, comme s'il avait peur qu'on ne le rabroue.

Sa femme dit qu'il est malade. Pourtant il ne se plaint pas. Il a bougonné qu'il ne voulait pas voir le major, et il se soigne à sa façon, avec de pleins bols de tisane.

Que peut-il avoir ? J'y pense souvent. Sans doute, ses traits tirés, la fièvre dont il frissonne chaque soir, montrent qu'il est malade, mais cette raison ne me suffit pas. Il me semble qu'il doit y avoir autre chose sous cet abattement ; ce n'est pas seulement un malaise qui peut le voûter ainsi et le tenir des jours entiers devant son feu, taciturne. Il ne paraît pas souffrir. Il réfléchit, c'est tout.

— C'est un homme qui se mine, a diagnostiqué Maroux, qui autrefois sortait avec lui, pour lui raconter ses histoires de chasse.

On dirait en effet qu'un chagrin le tourmente. Les nouvelles de son fils sont toujours bonnes, pourtant. A quoi peut-il penser, pendant ces longues siestes ? Il ne sort plus, même à la nuit, pour fumer sa pipe. L'autre soir pourtant, il s'est levé, a pris sa blague, et s'est dirigé vers la porte du courtil, d'un pas traînant. Il a ouvert et s'est arrêté sur le seuil, regardant le champ noir où se hélaient des hommes : est-ce le vent froid, est-ce l'ombre, je l'ai vu frissonner. Brutalement, il a refermé la porte et est revenu s'asseoir à sa place, devant le poêle. Il n'a pas fumé ce soir-là.

Quel souci cache-t-il donc ? On ne l'ennuie pas plus qu'avant l'attaque, au contraire. On lui a même proposé plusieurs fois des laissez-passer dont il n'a pas voulu.

Rien ne l'intéresse plus, pas même les gambades de Féroce.

— Pourquoi n'allez-vous pas faire un petit tour avec le chien, monsieur Monpoix ?

— Je n'ai pas le goût à sortir, gamin.

Plusieurs fois, Berthier a dit :

— Nous vous cassons la tête, à brailler ainsi. Nous mangerons dans la cuisine.

La mère Monpoix et Emma ont protesté ; ne plus nous entendre rire, chanter, nous chamailler, ah non ! Et le vieux a dit comme elles.

— Restez, au contraire. De vous entendre causer, ça me change les idées.

Cependant, il ne nous parle guère. Plus jamais il ne nous questionne comme autrefois sur les nouvelles tranchées, nos corvées, nos patrouilles, tout ce qui l'intéressait tant. Au contraire, lorsque nous en parlons, il a toujours une raison pour s'écarter, ou bien il baisse la tête et ferme à demi les yeux, comme s'il cherchait à s'assoupir. Je ne suis pas le seul à avoir observé cela.

— Ce pauvre homme, on dirait que ça lui fait quelque chose quand on parle de l'attaque, m'a dit Gilbert apitoyé.

C'est vrai. Pas une fois il ne nous a parlé de l'affaire du seize, jamais il ne s'est approché pour en écouter le récit. Lorsqu'on en parle, il ne tourne même pas les yeux. Seulement, on dirait que son dos se voûte encore plus, et que sa tête s'incline... Je ne vois que son dos, son large dos rond, mais j'y devine cachée je ne sais quelle attention farouche. On jurerait qu'il sommeille, et il écoute, pourtant, je suis sûr qu'il écoute.

L'autre soir, Berthier racontait au sergent vaguemestre le repli par le boyau en V, quand il avait fallu reculer. Quelques hommes et lui couvraient le mouvement, tirant sur les capotes qui coupaient par les champs, et jetant en travers du boyau des débris de chevaux de frise, des rondins, tout ce qui traînait. Dans les lignes droites, il faisait courir ses hommes, craignant le feu d'enfilade, et comme ils regardaient derrière eux, ils se prenaient les pieds dans des cadavres et s'abattaient en jurant. Heureusement on avait déjà emporté les blessés, car maintenant il était trop tard. Jusqu'à la première ligne, ils n'en avaient rencontré qu'un. Il était assis sur le parapet, jambes pendantes, comme au bord d'un fossé — ne craignant plus les balles — et il criait d'une longue plainte obstinée : « Je ne vois plus clair... Ne me laissez pas... je ne vois plus clair... » Un large filet rouge coulait de sa tempe et lui barrait la joue.

Il les avait entendus passer en galopant et, ayant deviné sans doute qu'on se repliait, il avait couru derrière eux, penché d'abord, presque à quatre pattes, puis tout droit, trébuchant, tâtant la nuit de ses mains effarées. Sa supplication les avait poursuivis un instant : « Ne me laissez pas, les copains, je vous jure de ne pas crier...» Puis, un pas dans le vide du boyau, et d'un bloc, les mains tendues, l'aveugle était tombé dans son tombeau. Comme ils tournaient le redan, ils avaient entendu le coup sec d'un mauser. Le coup de grâce, sans doute.

Par hasard, je regardais Monpoix pendant que Berthier parlait. Il avait à demi levé la tête pour écouter, et il ouvrait des yeux étranges, de grands yeux fixes dont les paupières ne battaient pas. Mais il m'avait vu et aussitôt il avait rebaissé la tête et repris son somme.

Ce n'est rien, ce regard surpris, et cependant depuis ce soir-là, d'étranges idées me viennent. Malgré moi, d'instinct, j'observe le vieux.

A quoi peut-il penser pendant des journées entières ? Je crois le savoir à présent. Ce n'est rien, pas même une supposition, rien qu'une inquiétude vague, une angoisse irraisonnée qui se cristallise. Mais cela s'impose à mon esprit, avec des petits faits qui se raccordent, des coïncidences banales. J'épie ses moindres gestes, à présent, comme si je devais découvrir quelque chose.

Parfois, je résiste à cette obscure suggestion. Voyons, c'est stupide, pourquoi vouloir prêter une âme de roman à ce paysan malade ? Il souffre comme souffriraient ses bêtes qui, ne sachant pas se plaindre, se couchent le mufle au mur et dorment sur leur mal. Il n'y a point là de psychologie à faire.

Et cependant... Le doute hésitant se précise, c'est comme un pressentiment que la raison ne peut écarter.

Il doit sentir cette attention tenace qui le suit et il n'aime pas que nous restions seuls. On dirait qu'il a peur que je ne lui parle. Je vais m'asseoir de l'autre côté du poêle, à cheval sur une chaise, le menton posé sur mes bras croisés, comme si j'allais bavarder avec lui. Il n'ouvre même pas les yeux. Pourtant, je suis certain qu'il me sait là et que cela le gêne. Je pourrais dire les mots qui l'effraient, je les connais. Nos deux angoisses se devinent. Au bout d'un moment, je crois voir trembler ses grosses mains aux ongles courts sur ses genoux de velours usé. Va-t-il enfin ouvrir les yeux, me regarder en face ?

Non. Peu à peu, sa respiration s'allonge, se fait régulière. Il s'est endormi... Alors, tout mon échafaudage de soupçons s'abat d'un coup, et comme ses mains tremblent toujours, frémissantes de fièvre, je voudrais le réveiller, honteux d'avoir été mentalement cruel, et lui parler comme autrefois, gaiement, en camarade.

Pourquoi me suis-je mis dans l'idée qu'il avait peur de passer près de la grange où les hardes des morts sont entassées ? L'autre jour, comme il passait devant, je l'ai rejoint. Echappé des sacs éventrés, le linge traînait jusque sur le chemin.

— Tenez, lui ai-je dit, voilà le sac du grand Vairon. Ce sont les lettres de sa mère qui dépassent. Elle était à l'hôpital. Elle s'était crevée pour lui envoyer quelques sous, de bons tricots, la pauvre vieille... Deux tués d'un coup.

Il s'est retourné, tout blême.

— Il ne faut pas me raconter cela, gamin. Mon fils est soldat aussi. Je n'ai su que dire, je l'ai laissé rentrer sans oser le suivre. Le soir, j'hésitais presque à pousser la porte de la salle où j'entendais sa voix essoufflée. Je suis entré avec Bourland. Le vieux demandait à Gilbert :

— C'est vrai que ce grand Vairon, il appelait encore le lendemain, blessé dans la plaine ?

Nous ayant vus, il s'est arrêté, les yeux vite détournés. Il n'a plus reparlé ce soir-là et est monté se coucher avant qu'on se soit mis à table. Je me remémore tout cela et je n'écris plus. Je regarde le vieux qui respire à coups haletants, les épaules secouées. Il a mauvaise mine ce soir. Ses joues se devinent grises et creuses, sous sa barbe de huit jours. Je le trouve plus abattu encore qu'à notre dernier tour de repos. Toujours acagnardé sur sa chaise basse, il poursuit son mauvais songe.

Et dans le jour mourant qui frotte d'un éclat glacé le dos ciré des chaises, il me semble que je vais voir, penchées sur lui, toutes les ombres de nos morts, pour qui l'horloge égrène son rosaire.

On enterre Monpoix. Il est mort l'autre nuit, sans une plainte, sans agonie. Au jour, sa femme l'a trouvé froid dans son lit.

Sa bière portée à bras vient de partir à travers champs, deux robes noires derrière, quelques paysans et des soldats. Pouvant à peine marcher, je suis resté seul à la ferme. Je la sens autour de moi vaste et triste.

On n'entend plus rien que le sautillement des pigeons dans le grenier. C'est inquiétant ce grand silence qui sent la mort. Je me sens seul et menacé, pourtant. Les deux escabeaux rapprochés semblent encore attendre son cercueil. Il est bien revenu une fois, déjà...

Sur le moment, cet incident en somme banal ne m'a rien fait, mais, maintenant, resté seul, une sorte de malaise indéfini me gagne. Je ne devrais plus y penser.

Comme l'enterrement, ayant traversé l'herbage, atteignait le chemin, les Allemands nous ont aperçus et se sont mis à tirer. Le premier obus est tombé court, l'autre à cinquante pas, et le cortège, aussitôt, s'est disloqué. Les quatre porteurs — je les vois encore — s'étaient arrêtés, interdits, puis, voyant les paysans courir, ils ont lourdement posé le brancard d'où la bière a culbuté et ils ont sauté derrière nous, dans le fossé. Il était temps : le troisième obus a éclaté juste sur le talus, criblant le cercueil. En file, courbés, nous avons filé en nous poussant, et le mort est resté seul au milieu du sentier, sa bière renversée échappée du drap noir. La mère et la fille, qui n'ont jamais peur, s'étaient sauvées en criant, et quand des camarades ont ramené la bière à la ferme, Emma s'est évanouie. Elle avait remarqué, la première, que la boîte était à demi déclouée, comme si le vieux avait fait un effort pour sortir et se sauver aussi.

Sa bière couchée sur les deux escabeaux, il est resté jusqu'à la brune dans sa ferme qu'il ne voulait pas quitter. Au jour tombant, les paysans sont revenus et les porteurs ont repris leur charge. Ils viennent à peine de partir ; dehors le chien hurle encore, tirant sur sa chaîne.

Ce retour tragique du vieux m'a frappé comme un intersigne. Jamais ils n'avaient bombardé si près de la ferme. Vont-ils la détruire, maintenant qu'il n'est plus là ? Un trouble inexplicable m'envahit. J'ai l'impression gênante d'avoir quelqu'un derrière moi, tout près.

Alors, une crainte vague à fleur de peau, je me lève, et sans me retourner, sans un regard à la chaise basse du vieux, je sors dans le courtil en sifflotant. Vite, je tire la porte sur moi...

La nuit est presque venue. Le puits de pierre a un air de tombeau. De l'autre côté du ru, une relève passe, troupe noire qui bourdonne. Lourdes silhouettes confondues, hérissées de pioches et de fusils : une bande de terrassiers en armes. Quelques traînards suivent, appuyés sur le gourdin. Des territoriaux sans doute.

Pas un coup de feu aux tranchées. Loin, sur Berry, le canon aux coups sourds. Les saules au front penché rêvent autour de l'étang ; dans l'ombre, les canards couchés ont des airs de cygnes. La nuit tient tout entière, dans cette eau morte. Les arbres y découpent leur silhouette précise, branche par branche, et l'on y revoit le ciel d'étain, le grand ciel triste qui se mire.

Plus un bruit. Dans la campagne une voix perdue, une perdrix qui radote. Ce vaste silence me calme... Tiens, pourquoi Féroce n'aboie-t-il plus ?

Brusquement, dans le pigeonnier, s'éveille un bruit léger de plumes, le bruit froufroutant qu'on entend lorsqu'on éveille un poulailler. Un pigeon, deux pigeons sortent et d'un coup d'aile vont se poser sur une branche... Pourquoi ? Qui les a dérangés ?

Une idée absurde me vient : Emma est rentrée, elle est montée là-haut, en se cachant, et elle fait quelque chose, elle fait ce que faisait le vieux... L'esprit alerté, le cœur battant, j'écoute. Quelque chose a craqué ; une lucarne qu'on ouvre ?

Tant pis, je veux savoir. J'entre dans la ferme par le fournil obscur. Mes mains tâtonnent. Je me cogne à une brouette, et mon cœur débuché bat, bat...

Je monte par l'escalier de bois. Dieu qu'il crie... Le grenier. Un peu de nuit bleue entre par les carreaux sales de la lucarne. Dans l'ombre des formes tapies... Non, rien, des sacs.

Mes jambes tremblent. Je n'ai pas peur pourtant. J'avance d'un pas étouffé et mes mains froides fouillent le noir, reconnaissent les choses. Mes yeux qui scrutent s'habituent. Je reconnais une capote qui sèche, bras pendants.

De l'autre côté de la cloison de planches, les pigeons s'agitent toujours. J'approche, et lentement, pour étouffer le cri aigu des gonds qui grincent, je pousse la porte... Le cou tendu, le poing serré, je regarde. Rien, rien...

La clarté lunaire qui filtre par les tuiles éclaire les pigeons, en boule sur les perchoirs. Un roucoule. Dehors le vent siffle un air aigu, les lèvres pincées...

Alors, je referme la porte qui grince, et seul, tout seul dans le grenier obscur, je regarde la triste défroque aux bras pendants, cette capote lasse où mourra un soldat.

7

Au Café de la Marine

On avait dit à Demachy : « Tu les retrouveras au Café de la Marine, près du pont de pierre. »

Le grand pont aux piles ébréchées ne se franchissait plus que la nuit. Le jour, il suffisait qu'un cycliste s'y montrât pour déchaîner une salve qui fouettait furieusement l'eau ou arrachait un pan de parapet. Arrivé à la fin de l'après-midi, Demachy passa la rivière en amont, sur le pont de bateaux.

Dans l'eau verdâtre, qui frissonnait à peine, les hauts peupliers plongeaient jusqu'à leur cime, comme s'ils avaient encore cherché du ciel dans l'eau tranquille. Une grosse péniche dormait près de la berge, couchée sur le côté. Ses planches arrachées laissaient voir la cale vide, entre ses énormes côtes de bois, et l'on se demandait comment cette carcasse de baleine était venue s'échouer si loin.

La rivière froufroutait, en se brisant sur les bateaux du pont. C'étaient de ces petites barques, vertes ou noires, de pêcheurs, qu'on mène d'une rame indolente, les beaux dimanches d'été. A l'avant de la plus fraîche, peinte en blanc, on lisait un nom : « Lucienne Brémont. Roucy ». Un éclat d'obus l'avait blessée au côté.

Tout le long de la berge, des croix de bois, grêles et nues, faites de planches ou de branches croisées, regardaient l'eau couler. On en voyait partout, et jusque dans la plaine inondée, où les képis rouges flottaient, comme d'étranges nénuphars.

Avec la crue, des croix devaient s'en aller, au fil de l'eau grise, pour accoster on ne sait où, près d'un enfant qui épellerait sur la planche rongée : « ... infanterie... pour la France... » et s'en ferait un sabre de bois. On eût dit que ces morts fuyaient leurs tombes oubliées, et la file infinie des autres morts les regardait partir, leurs croix si rapprochées qu'elles semblaient se donner la main.

Dans le taillis touffu, les églantiers fleuris tendaient leurs bouquets blancs. Demachy en cueillit tout en marchant. Il approchait de la Tuilerie. Sur le toit éventré, le drapeau à croix rouge ne flottait plus : c'était une sorte de loque grise, déchiquetée, qui pendait le long de la hampe. Le mur de briques, percé de meurtrières en septembre, avait été crevé par les obus, la tourelle abattue, la façade criblée et, à présent, on pouvait entrer dans l'ambulance par dix brèches. C'est pourtant là qu'on soignait les blessés, depuis que l'eau avait envahi les caves. Et comme on n'osait rien allumer, la nuit, dans cette ferme repérée, on les pansait dans l'ombre, à tâtons, les doigts cherchant les plaies.

Ceux qu'on ne sauvait pas avaient leur lit fait à la porte : les trous étaient creusés, ils n'avaient qu'à sortir. Le cimetière aussi avait appris à faire la guerre ; il ne laissait plus ses morts aller à la débandade, il les rassemblait en compagnie devant la Tuilerie. Il fallait se pencher, soulever une couronne de lierre, une cocarde tricolore faite de trois haillons pour retrouver un numéro de régiment, un nom. Le couteau d'un camarade avait bien gravé ces choses sur une plaque de ceinturon, mais la rouille les rongeait vite, comme si la mort avait voulu tuer jusqu'à leur souvenir.

Demachy s'arrêta aux premières tombes. Des cadavres avaient été amenés depuis la veille, et attendaient leur fosse, couchés entre les croix. L'un était enveloppé dans une toile de tente, linceul rigide que le sang durcissait encore. Les autres étaient restés comme ils s'étaient battus, la capote terreuse, le pantalon boueux, et sans rien pour cacher leurs visages bouffis ou cireux, leurs pauvres faces violacées, qu'on eût dites barbouillées avec de la lie de vin. La tête d'un sergent, pourtant, était voilée. On l'avait enfoncée dans une musette, comme dans une cagoule, et l'on devinait l'horrible blessure, sous ce suaire de sang caillé. Il portait une alliance au doigt. Le bras d'un petit chasseur s'était détendu et semblait barrer l'allée, les ongles enfoncés dans la terre molle. S'étaient-ils traînés depuis les tranchées, pour venir mourir là ?

Parmi les croix blanches et noires, Demachy chercha celle de Nourry, qui avait été tué au Bois des Sources, huit jours auparavant. Le petit Belin l'avait faite avec une grande planche de caisse fendue en deux, et Gilbert la reconnut de derrière, en lisant : « Champag... ». Au pied, quelqu'un avait enfoncé une douille d'obus où jaunissait un bouquet de muguets. Demachy le jeta pour y mettre ses églantines.

Les yeux fermés, il songeait à Nourry, le dernier jour. Blessé au ventre, il avait râlé dans le gourbi toute la nuit, les brancardiers n'arrivant pas, et, tournant parfois vers nous sa maigre tête au nez pincé, il murmurait :

— Hein, je vous empêche de dormir, mes pauvres gars.

Il était mort au petit jour. La fusillade nocturne s'était tue, les canons ne tiraient pas encore. Un pinson chantait dans le bois. Et, dans cette paix, on avait mieux compris cette mort.

Pour lui donner une vraie tombe, l'escouade avait voulu le ramener à l'arrière. Quatre hommes étaient partis pour la soupe au lieu de deux, portant alternativement le grand corps enroulé dans sa couverture brune, et Demachy les avait suivis, la croix de bois blanc sous le bras, tenant les bouteillons de l'autre main.

Depuis la mort de Nourry il était arrivé deux lettres à son nom. On aurait pu les retourner avec le brutal avis de décès, dans le coin : « Le destinataire n'a pu être atteint ». Demachy avait cru mieux faire de les prendre. Il les sortit de sa cartouchière, les déchira sans les ouvrir, et sur cette tombe réglementaire de soldat, carrée comme un lit de caserne, il effeuilla les pétales de lettres, pour qu'il pût au moins dormir sous des mots de chez lui.

Ce camarade lui était plus cher, maintenant qu'il n'était plus. Il regrettait de n'avoir pas mieux aimé ce grand garçon timide et doux, de n'avoir pas été meilleur. Il portait ainsi en lui le nom de quelques camarades, laissés dans les petits cimetières de Champagne ou de l'Aisne, ou bien entre les lignes, sur la terre à personne, et il leur parlait, les écoutait se plaindre, ces pauvres hommes que, vivants, il n'avait pas toujours aimés, parce qu'ils étaient parfois grossiers, le geste et l'esprit lourds. Il n'en oubliait aucun et aimait se pencher sur leur souvenir, alors qu'il ne restait déjà plus d'eux qu'un nom banal dans la mémoire oublieuse de leurs copains d'escouade.

Ainsi arrêté sur une tombe, il retrouvait, intacte, son âme d'autrefois, son âme d'avant guerre, douloureuse et passionnée, qui dormait, usée par la fatigue, la vie misérable, les appétits quotidiens, le frottement des autres. Elle se réveillait ainsi, aux heures de solitude — le temps de souffrir...

— Hé, vieux ! lui cria un brancardier qui le vit s'en aller, ne traîne pas dans le pays. Ils sont mauvais, c't'après-midi, ils n'arrêtent pas de marmiter.

Il repartit sans hâte, en suivant l'eau, pas pressé d'arriver. Il aurait aimé rester seul, ce soir-là.

Les premières maisons, dont les jardins en friche continuaient les champs, étaient presque habitables, tout juste écornées par les 210, leurs tuiles envolées devant l'obus comme des nichées de pigeons rouges. Mais le raidillon monté, c'était le massacre.

On voyait l'église d'abord ; une ruine de clocher sans faîte et une haute muraille démantelée, dont les fenêtres en ogive ouvraient sur le ciel. La petite porte du presbytère, bien droite, gardait ces ruines et, au-dessus de la sonnette, une plaque bleue conseillait innocemment : « Tirez fort ».

L'artillerie peut s'acharner sur un pays, il restera toujours quelque chose : un pan de mur avec son papier à fleurs et deux photographies au cadre noir en pendant ; une porte de chambre fraîchement peinte qui coquette au milieu des moellons pilés, une cheminée de marbre restée là-haut, en équilibre, sur trois lames de parquet.

Avec ces débris, Demachy imaginait le pays vivant. Ce n'était ni un village, ni un bourg de campagne : un petit coin de plaisance, plutôt, une villégiature paisible où les boutiquiers de la ville devaient se retirer, à la soixantaine, pour bouturer des roses et pêcher à la ligne. Pas de fermes, des villas, qu'on reconnaissait malgré tout aux trois marches de grès d'un perron, à un bout de façade rose, dont les éclats avaient griffé la peinture.

Il suivait en trébuchant la grande rue bordée de boutiques dévastées et de vestiges de maisons. Sous les ruines, montant des escaliers des caves, on entendait des voix, des rires, le hennissement d'un cheval, le grincement d'un violon.

Derrière les pans de mur, des cuistots accroupis essayaient de faire du feu sans fumée et tournaient simplement la tête, en curieux, quand un obus s'annonçait en froissant l'air. On peut bien risquer quelque chose, quand on veut des frites.

— Le Café de la Marine ? leur cria Demachy.

— Plus bas, à gauche.

Il repartit en se pressant, car un gros noir venait de tomber tout près, dans les ruines, arrachant une gerbe de gravats et de fumée. Il espérait trouver l'enseigne encore vivante sur un bout de façade, mais autour du pont de pierre, que les Boches cherchaient, il ne restait qu'un bouleversement de pierres et de poutres broyées autour d'un grand toit rouge, que les obus n'avaient pas vu. Pourtant, par les trous des soupiraux, on entendait brailler. Il se pencha et demanda :

— Le Café de la Marine ?

— A côté... Il y a une cage à la porte.

D'un coup d'œil circulaire il chercha, mais ne vit rien. Des shrapnells ayant éclaté au-dessus de l'église — deux coups cuivrés — il s'énerva : « Il n'y a pas de cage, bon Dieu ! »

Les éclats passèrent, en jurant, et rebondirent sur les tuiles, comme des grêlons. Il se redressa et aussitôt tendit l'oreille.

— Ah ! ils sont là...

Il venait de reconnaître la voix de Sulphart, qui devait s'expliquer amicalement avec Lemoine.

— Quoi ! vociférait-il, mais pauvre croquant, tu marchais à quatre pattes que j'avais déjà des vernis.

Guidé par ces clameurs, Demachy chercha l'escalier et s'y jeta. En effet, à l'entrée, une grande volière était posée, et un maigre corbeau hérissé se tenait dans un coin, son long bec dans ses plumes, observant le désastre d'un œil rond.

C'était au sujet de l'oiseau qu'on se disputait, dans la cave du Café de la Marine où notre section attendait la relève, n'ayant fait que trois jours en première ligne.

— Demande-z-y voir à Demachy, braille Sulphart en apercevant son ami dont le regard tâtonnait dans le noir du souterrain, demande-z-y si les corbeaux ça ne vit pas des cent ans.

— J'en ai déniché plus que t'en as jamais vu, répliquait tranquillement Lemoine assis sur une moitié de tonneau coupé en baquet. Tu ne sais pas ce que tu causes : le corbeau, il n'y a pas plus bête.

— N'empêche que ça vit vieux, et que celui-là il a vu plus de guerres que toi, peut-être la Révolution, et 70...

Etendu dans un coin, sur un hamac en grillage, Vieublé protesta.

— Ah ! ne nous en fais pas un plat avec 70. Tu parles d'une guerre à la noix. Ils se battaient une journée tous les mois et ils croyaient avoir tout bouffé. Et les gars qui se baladaient dans Paname avant d'aller se mettre ça à Buzenval, tu crois pas que c'était un filon ? Ça me fait marrer moi, des guerres comme ça.

— J'te parle pas de 70, insistait Sulphart têtu, je parle du corbeau.

— Hou !... Hououu !... Ta gueule !

Tout le monde se mit à hurler, pour le faire taire. Quelqu'un lui lança un quart de boule.

— Ça va, dit-il, d'un ton vexé. Je vais toujours lui donner à becqueter.

Et ayant pris un morceau de singe, un bout de fromage et le quart de boule qu'on lui avait jeté, il monta le dîner de son corbeau, qui n'en demandait pas tant.

Demachy, brusquement, se sentait heureux. Sulphart lui avait gardé une bonne place, sur un sommier, et il allait pouvoir lire, rêvasser, paresseusement étendu, comme sur un divan.

La grande cave regardait la rivière par deux longs soupiraux grillagés. Le matin, il y entrait, avec le petit jour, un brouillard glacé qui sentait l'eau.

On y voyait à peine, et, pour écrire, les hommes avaient allumé une bougie, fixée avec trois larmes de suif sur le coin d'un guéridon en acajou. Il y avait de tout dans cette cave : des chaises, des lits, des tables, des casiers à bouteilles qui nous servaient d'armoire, des matelas, et jusqu'à un rocking-chair, que Bouffioux lorgnait pour allumer son feu. Jamais, depuis qu'ils étaient en guerre, ceux de la compagnie n'avaient si bien dormi. Ils savouraient leur bonheur toute la journée, vautrés dans leur coin, marquant la literie de leurs godillots sales, et la tête moelleusement posée sur un oreiller de duvet.

Dans la cave du fond, on faisait un concert. Un caporal jouait de l'ocarina, et, accroupis autour de lui, les camarades reprenaient la romance au refrain, avec des voix langoureuses. Juché sur un secrétaire Empire, jambes ballantes, le père Hamel marquait la mesure à coups de talon sur le panneau de palissandre.

On se rendait des visites de cave à cave. Toutes étaient bien meublées. Il ne devait plus rien rester dans les maisons, ni même sous les pierres : peu à peu on avait tout enlevé. Ce qu'on n'avait pas descendu dans les caves, on l'avait emporté dans le bois où l'on prenait les tranchées. Le soir, les corvées arrivaient, en bandes d'ombres, et s'en retournaient chargées de tables, de fauteuils, de sommiers. Meuble par meuble, le village déménageait et l'on rencontrait dans le Bois des Sources d'étranges gourbis dont la porte était celle d'un bahut Renaissance avec d'affreux petits Bretons bien sculptés qui jouaient du biniou. Dans notre guitoune, nous avions trouvé un fauteuil en osier et un édredon rouge. Le sous-lieutenant Berthier possédait un canapé et une grande glace fendue au milieu, sur laquelle un guerrier crédule avait gravé : « Trois mois et la classe ».

Sur le bord de la route, il y avait même un piano que les hommes, découragés, avaient abandonné à mi-chemin du bois, et le soir, en attendant les voitures de distribution, les cuistots, en sourdine, jouaient un petit air d'un seul doigt.

Les premières lignes n'étaient pas terribles, dans ce secteur sylvestre. Quelques obus indifférents, de loin en loin — c'est ainsi qu'avait été tué Nourry — une balle à risquer quand on allait cueillir du muguet entre deux boyaux, c'était tout. On se promenait librement dans le bois et les cuistots y faisaient leur tambouille, cent mètres à l'arrière, suffisamment cachés par les taillis. Pour la première fois aux tranchées on avait mangé chaud et bu du café qui fumait dans les quarts.

Les Allemands, au début, avaient lancé des torpilles, d'énormes « tuyaux de poêle » qui broyaient tout. Aussitôt on avait fait venir une section de bombardiers, pour leur répondre. Ceux-ci avaient creusé la terre pendant près d'un mois, nuit et jour charrié des rondins, et fait un abri aux étais solides qui ne craignait rien. Puis, ils avaient amené leur canon.

C'était une riche pièce de musée, une sorte de tout petit mortier en bronze qui portait, gravé sur son ventre de crapaud, ses date et lieu de naissance : 1848, République française, Toulouse. On le chargeait au jugé : un gramme de poudre par mètre. Nous étions à cent quatre-vingts mètres de l'ennemi, à peu près ; on en mettait quatre cuillerées, et, pour faire bonne mesure, le sergent bombardier ajoutait une pincée de rabiot. Cela faisait un bruit épouvantable et le mortier ayant tiré sautait d'effroi. On voyait le boulet décrire en tournoyant une immense parabole et il tombait où il voulait, dans le bois, acclamé par les Boches qui, je crois bien, criaient bravo. Cela éclatait parfois. Après un court séjour, les bombardiers avaient touché un autre canon — un vrai — et s'en étaient allés l'essayer ailleurs, nous laissant avec leur beau gourbi une arme baroque et inoffensive, une espèce de grande fronde ou de baliste faite avec les caoutchoucs de pneumatique et des leviers de bois. Avec cet instrument on pouvait lancer des grenades : le premier qui avait essayé en était mort.

Depuis, les sections en ligne s'en servaient pour envoyer les projectiles les plus imprévus : des godillots, des bouteilles vides, des bottes de tranchées aux semelles de bois et, en général, tous les objets qui traînaient, à condition que leur poids fût satisfaisant.

Sulphart était d'une jolie force, à ce jeu-là. Il avait passé ses trois jours à bombarder la sape qui se trouvait à quarante mètres de nos lignes. Il avait jeté tout ce qu'il avait pu : des chaussettes bourrées de cailloux, des boîtes de singe, des briques, des culots d'obus. La veille, au moment de partir, il leur avait lancé le coup d'adieu ; un gros pot à moutarde plein de terre qui dut tomber en plein dans la tranchée, car on entendit crier. On avait acclamé Sulphart, hué les Boches, et de leur sape l'un d'eux — peut-être le blessé — avait répondu en mauvais français, nous traitant de vaches et de cocus.

Depuis, Sulphart manifestait une joie insolente. Il avait braillé, pendant toute la relève, raconté son fait d'armes à tout le régiment, interpellé les officiers, ameuté les cuisiniers à la sortie des boyaux, sa face radieuse pétant d'orgueil.

— Il l'a reçu en pleine gueule, que je vous dis, j'en suis sûr — à preuve qu'il m'a appelé cocu, et en français... C'était sûrement un officier.

Il avait couru dans toutes les caves pour narrer son histoire, et, pour un quart de vin, il en faisait en public un récit détaillé et adroitement enjolivé. A l'entrée de la cave où il gavait patiemment son oiseau vorace, on l'entendait raconter son histoire pour la centième fois, à des bleus gobeurs qui l'admiraient.

— Oui, mon gars, braillait-il, le général l'a reçu en pleine gueule. Même qu'il m'a appelé cocu en français.

Et comme il savait, malgré tout, rendre hommage à ses ennemis, il ajoutait, avec une intonation de respect :

— Y a pas, ils sont tout de même instruits ces mecs-là !...

8

Le mont Calvaire

Du Bois des Sources, on le voyait entre les branches, où se posaient en essaims verts les premiers bourgeons. Hersée par les obus, éventrée à coups de torpilles, usée, tragique, c'était une haute butte crayeuse, hérissée de quelques pieux qui avaient été des arbres. Sur les cartes d'état-major, elle devait avoir un nom. Les soldats l'avaient appelée le mont Calvaire.

C'était l'enfer du secteur. Lorsque le régiment montait en ligne, on se demandait, anxieux : « Qu'est-ce qui prend au Calvaire, ce coup-ci ?... » Et quand on l'avait appris, les victimes grognaient :

— Toujours les mêmes... Sûr que le piston s'en fout, on ne le verra pas souvent là-haut...

Bombardé sans répit, le Calvaire fumait comme une usine. On voyait les torpilles monter du bois des Boches et tomber lourdement sur cette terre morte où elles ne pouvaient plus rien arracher que des lambeaux d'hommes et des cailloux. La nuit, c'était là qu'on tirait le feu d'artifice : globes rouges, étoiles blanches, chenilles vertes balancées, vision splendide des nuits de guerre. Des éclairs d'éclatements y joignaient leur fracas. Et pendant quatre jours, deux sections restaient là, guettant l'inconnu par-dessus un champ râpé jonché de capotes bleues et de dos gris.

De loin, lorsqu'on regardait le nuage jaune et vert des éclatements qui ne se dissipait jamais, qu'on voyait le panache épais des torpilles, qu'on entendait cet orage incessant, on se disait :

— C'est impossible. On ne peut pas tenir là... Il ne doit pas en revenir un.

On y tenait quand même, on en revenait pourtant.

Notre tour était venu d'y monter. Ce n'était pas un boyau qui menait au Calvaire, mais une sorte de sentier taillé dans la craie, un chemin muletier, bordé d'étroits gourbis suintants et froids. Tout le long, c'était un navrant fouillis d'équipements, de bouteillons, de cartouches, de hardes, d'outils, tout un cimetière de choses. Et de loin en loin, des croix de bois : « Brunet, 148ᵉ d'infanterie... Cachin, 74ᵉ d'infanterie... Ici un soldat allemand... » A peine recouverts d'une couche de marne, on voyait nettement la boursouflure des corps. Il y avait plus de douze stations à ce chemin de croix.

La relève se fit plus vite, ce soir-là. On avançait le dos bossu, l'oreille inquiète. On se poussait. Comme on distinguait, à la lueur des fusées, les courts moignons des arbres, le sous-lieutenant Berthier, qui nous guidait, fit passer :

— On approche, silence.

Conseil inutile. Pas un grognement, pas un tintement, pas un murmure. Lemoine, qui ne croyait pas au danger, retenait pourtant sa baïonnette qui ferraillait. La même gravité nous dominait tous. Seul, Maroux était satisfait. Il avait prétendu que c'était un filon, que là-haut personne ne viendrait nous voir, que nous serions tranquilles. Mais comme les autres, il allait la tête basse, maintenant sa gamelle qui brimbalait.

— Planquez-vous !

Deux obus sifflèrent et vinrent éclater à vingt pas, éclair rouge qui nous éblouit. Tous s'étaient écrasés, les uns dans les autres. Les éclats fouettèrent la craie.

— Faites passer, en avant...

Dans la tranchée étroite, creusée sur l'autre versant de la butte, les hommes du régiment relevé nous attendaient, impatients, sac au dos. Tout bas, à mots hachés, les sergents passèrent les consignes :

— Leur tranchée est à la lisière du bois... Un peu plus de cent mètres. Ne tirez pas sur la gauche plus loin que les bouleaux. C'est un petit poste à nous...

Brièvement, les camarades nous souhaitaient bonne chance, tout en ramassant leur barda.

— Gare aux torpilles, surtout le soir à l'heure de la soupe. Si vous pouvez, ramenez le gars qui est dans le champ, juste devant les fils de fer. C'est un copain à nous qui s'est fait descendre l'autre nuit. Vous l'enterrerez, hein ? Un nommé Questel...

Vite, ils partirent, encaqués dans l'étroit boyau où toute la tranchée se déversait. Leur rumeur étouffée s'éloigna et se tut. Veinards...

Ils n'avaient rien laissé au Calvaire : quelques boîtes de singe, des paquets de cartouches, des boules pas entamées, un copain dans la plaine... Ils étaient partis.

Tandis que les premiers guetteurs, s'accoudant au parapet, prenaient la veille, notre section reflua sur l'autre versant du mont pour s'installer.

Un régiment de mineurs — des gars du Nord tristes et violents — avait creusé là une sorte de grotte dont l'entrée donnait sur nos lignes et les créneaux sur le bois boche. Elle comprenait une galerie assez haute, solidement étayée, flanquée à droite et à gauche d'étroits réduits, garnis de vieille paille et de journaux. Les premiers arrivés s'y jetèrent en braillant, repoussant les autres des poings et des pieds, et ce fut dans le demi-jour d'une bougie tremblotante une brusque bousculade, un tohu-bohu furieux de cris et de jurons. Sans mal, Berthier rétablit l'ordre :

— Allons, pas de pagaille, pas de dispute, ça ne sert à rien... Tout le monde aura de la place.

Avec sa lampe électrique, il fouillait les coins sombres et logeait posément les hommes. Les soldats, derrière lui, attendaient bien sages, comme des enfants que case le maître, et personne ne criait plus, pour ne pas l'ennuyer. On acceptait le coin désigné et l'on se nichait.

Bréval, en déroulant sa couverture, faisait des trouvailles dans la paille : « Un journal de chez nous ! s'écria-t-il joyeusement... Je vais lire au lit, comme dans le temps... »

Nous étions quatre dans notre soupente, bien serrés, le ceinturon défait et les molletières dénouées. Broucke avait même retiré ses chaussures et ronflait déjà, tandis que le petit Belin fabriquait avec un bout de barbelé un bougeoir ingénieux, dont la lumière ne se verrait pas du dehors.

— Ah ! on est bien, soupira Bréval en s'étirant... Pourvu que les Boches nous foutent la paix...

— Dans le fond, c'est bien ce que j'avais dit, fit Maroux qui couchait de l'autre côté de la galerie. De loin, avec ce qui dégringole, on se fait des idées, et quand on y est, c'est pas pire qu'ailleurs.

A tout moment, pourtant, un coup sourd ébranlait la butte et la détonation entrait avec un coup de vent dans notre grotte dont les bougies tremblaient. Cela tombait parfois sur l'autre versant du Calvaire, devant l'entrée de notre sape, et l'on voyait flamber l'éclair sur la toile de tente.

— Trop long, disait Lemoine, rassuré par les quatre mètres de terre que nous avions au-dessus de nous.

Broucke ronflait plus que d'ordinaire, pour ne pas entendre les obus, et Bréval lisait son journal loin de la guerre.

— Tas de dégoûtantes, grommela-t-il... Encore des femmes qu'on a arrêtées, au camp des Anglais. Et pas des catins, tu peux en être sûr : des femmes mariées... On m'a dit comme ça qu'on affichait leur nom à la mairie. Tu parles d'un coup pour leur mari, quand il apprendra ça...

Il lut encore quelques lignes, puis coléreusement froissa son journal, le jeta et se tourna contre le mur de craie humide en me disant : « Tu souffleras. »

A grands coups sourds, têtue, l'artillerie s'acharnait sur le Calvaire, tout en haut du Calvaire, là où auraient dû se dresser les trois croix. Entre deux explosions, on n'entendait rien, que parfois un pas d'homme trébuchant sur les cailloux ou des coups de feu égarés, lubie de sentinelle.

A la clarté dansante de la bougie qui se mourait, je regardais les rondins trapus où pendaient nos équipements et nos bidons. Les musettes gonflées couvraient le mur, des baïonnettes pour patères. Sous la tête, nos sacs ; dans un coin, les fusils... Et l'on porte tout cela, des nuits, des jours, des lieues... On porte sa maison, on porte sa cuisine, et jusqu'à son linceul : la couverture brune où, bien enroulé, je vais dormir.

La nuit, lentement, semblait fondre. On eût dit que la dernière étoile se dépêchait de rentrer.

Dans le brouillard du petit jour, les choses revenaient de leur voyage au pays noir et sagement reprenaient leur place : l'arbre en fourche devant la tranchée, la meule brûlée contre le réseau Brun. Ce fut Broucke qui le premier vit les morts.

— Ben y en o, dit-il. Cor un bois qui reviendro cher...

Gilbert cherchait à découvrir celui de l'autre nuit, que les camarades nous avaient demandé d'enterrer. L'aube le découvrit enfin. Il était resté à vingt mètres des fils de fer, déjà plat et fané, comme les autres. A quoi bon risquer de se faire tuer pour traîner ce cadavre plus près de la tranchée ? Une place ici ou un trou là... On avait ses papiers, cela suffisait. Sa tombe ? Quelque part, sur le front...

Avec le jour, l'artillerie s'éveilla. Une salve de shrapnells tonna d'abord, couronnant le Calvaire d'une auréole verte vite dénouée. Puis, ce fut le tour des gros. Les premiers qui sifflèrent nous jetèrent terrés au fond de la tranchée. Ce fut un déchirant fracas, et une gerbe de pierraille retomba sur nous en lourds grêlons. Bréval poussa un petit cri, touché à la nuque par un éclat mort ou un caillou. La peau seule était déchirée, mais il saignait.

— Pas de veine, lui dit Lemoine en lui mettant un peu de teinture d'iode... Si ç'avait pu te casser un bras, hein.

— C'est pas moi qu'aurais cette veine-là, regretta le caporal.

La journée se passa ainsi, courbés sous les obus, fuyant sous les torpilles.

Vers onze heures, cela redoubla et les hommes de soupe hésitèrent un bon moment avant de s'en aller, plus à l'abri dans la sape que dans le boyau partout éboulé. Lorsqu'ils revinrent, la moitié du vin était renversé, le macaroni plein de terre et Sulphart s'étranglait à injurier Lemoine qui n'était « pas même foutu de porter un bouteillon ».

Le rata mangé, on commença à jouer aux cartes en attendant le soir. Broucke s'était mis à ronfler ; couché près de lui, Gilbert essayait de rêver.

Soudain il se redressa et nous dit, la voix sèche :
— On creuse là-dessous.
Tous se retournèrent, cartes tombées.
— Tu es sûr ?
Il fit oui, de la tête. Je secouai brutalement Broucke, qui ronflait toujours, et Maroux, Bréval, Sulphart se couchèrent dans la galerie, l'oreille à terre. Nous autres les regardions, muets, le cœur dans l'étau. Nous avions tous compris : une mine... Anxieusement, nous écoutions, rageant contre les obus qui ébranlaient la butte de leurs coups de bélier. Bréval se releva le premier.

— On ne peut pas se tromper, fit-il à mi-voix, ils creusent.
— Il n'y en a qu'un qui travaille, on entend bien, précisa Maroux. Ils ne sont pas loin.

Nous étions tous serrés, immobiles, regardant le sol dur. Quelqu'un était allé chercher le sergent Ricordeau. Il arriva, écouta un moment et dit :

— Oui... Il faudrait prévenir le lieutenant.

Chacun à son tour se couchait pour entendre et se relevait rembruni. Dans la tranchée, la nouvelle avait déjà couru, et, entre deux obus, les guetteurs écoutaient la pioche effarante qui creusait, creusait...

Le sous-lieutenant Berthier arriva à la nuit, avec la corvée de soupe. Il écouta assez longtemps, hocha la tête, et, tout de suite, voulut nous rassurer.

— Peuh !... Ce sont peut-être des pionniers qui creusent une tranchée, et même assez loin... Cela trompe beaucoup, vous savez, ces bruits-là. Je vais demander quelqu'un du génie... Mais ne vous montez pas la tête, c'est certainement encore loin, il n'y a pas de danger...

Nous prîmes la veille. Les obus tombaient toujours, mais ils faisaient moins peur à présent. On écoutait la pioche.

Nos deux heures finies, nous remontâmes dans la grotte. Le bruit avait diminué.

— Il est raisonnable, dit Broucke. Il fo moins d'train.

Et tranquillement, il s'endormit.

On allait souffler la bougie quand le lieutenant Berthier revint, accompagné d'un adjudant du génie. Tout le monde se releva et se tassa dans la galerie. Le premier mot que nous saisîmes fut :

— Nous nous en doutions.

Fouillard eut un tic qui lui tira l'œil.

L'adjudant s'était couché, l'oreille contre terre et écoutait, les yeux fermés. Nos silences écoutaient avec lui. Il se releva, brossa d'une tape sa capote blanche de craie, et repartit avec Berthier sans rien nous dire ; pas un mot.

— C'est qu'il n'y a pas encore de danger, supposa Lemoine.
— C'est que nous allons sauter, prédit Sulphart.

On se coucha, pourtant. Et l'on dormit. Berthier revint au petit jour ; il avait un air triste, un air soucieux qu'on ne lui connaissait pas et qui nous inquiéta tout de suite. Que savait-il ? Il écouta encore piocher, sans coller son oreille à terre, car les coups, à présent, nous parvenaient plus distincts. Nous nous sentions troublés par un pressentiment vague, une crainte confuse. Berthier releva la tête :

— L'escouade de Bréval, rassemblement.

Il nous regarda tous, de son profond regard de brave homme, puis arrêtant ses yeux sur Bréval seul, qui, depuis sa coupure, portait un pansement autour du cou, comme un faux col, il lui dit :

— Comme vous l'aviez deviné, les Allemands creusent une mine. Le génie va peut-être venir pour faire une sape, mais la leur doit être bien avancée pour qu'on puisse la couper. Alors... n'est-ce pas... il est inutile que tout le monde reste ici... Vous comprenez bien ça... Alors... c'est votre escouade qui va rester, Bréval : on a tiré au sort. On va relever les deux sections qui vont se porter en deuxième ligne, et vous resterez ici avec votre escouade et des mitrailleurs... Ce n'est pas beaucoup, mais le colonel a confiance en vous, on sait que vous êtes des braves... Et puis on n'a pas d'attaque à craindre puisqu'ils creusent... D'ailleurs, leur mine n'est pas encore près d'être finie, vous n'avez pas à avoir peur... Il n'y a pas de danger, aucun danger... C'est une simple mesure de précaution...

Il commençait à bafouiller, la gorge serrée. Son regard fit encore une fois le tour de l'escouade, cherchant nos yeux à tous. Personne ne dit rien ; seul Fouillard bredouilla :

— On pourra tout de même partir pour aller à la soupe.

— On vous l'enverra.

Les autres se turent, un peu pâles, c'est tout. Courage ? Non. Discipline. Notre tour était venu...

— On est bons, dit simplement Vieublé.

— Mais non, vous êtes fou, coupa vivement le lieutenant. Ne vous faites pas cette idée-là... Tenez — et il baissa les yeux, gêné — j'aurais bien voulu rester avec vous. C'était ma place. Le colonel n'a pas voulu... Allons, bonne chance.

Sa lèvre inférieure tremblait, une buée mouillait ses yeux sous le lorgnon. Brusquement, il nous donna à tous une poignée de main et s'éloigna, les dents serrées, tout pâle.

Déjà les camarades s'en allaient, en se poussant, comme s'ils avaient eu peur que la mort ne les rattrapât. Ils nous regardaient drôlement, en passant devant nous, et les derniers nous dirent : « Bonne chance. » Le cliquetis des chaînettes sur les gamelles s'éloigna, le tintement des bidons vides, les cailloux qui roulent, les voix... Nous restions seuls. Les mitrailleurs s'assirent à leur pièce. Trois de l'escouade descendirent dans la tranchée, et nous rentrâmes dans notre casemate.

— Il n'y a plus qu'à attendre, dit Demachy, qui exagérait son air indifférent.

Attendre quoi ? Tous assis sur le bord de nos litières, nous regardions la terre, comme un désespéré regarde couler l'eau sombre, avant le

saut. Il nous semblait que la pioche cognait plus fort à présent, aussi
fort que nos cœurs battants. Malgré soi, on s'agenouillait pour l'écouter encore.

Fouillard s'était allongé dans un coin, la tête sous sa couverture pour
ne plus rien entendre, ne plus rien voir. Bréval commença d'une voix
hésitante :

— Après tout, ce n'est pas dit qu'on va sauter... Ça ne se fait pas
comme ça une mine.

— Surtout dans la pierre.

— On dirait que c'est tout près, et il y en a peut-être encore pour
huit jours.

Ils parlaient tous ensemble, à présent, ils mentaient tous pour se
donner du cœur, espérer quand même. Ce fut une discussion bruyante
d'un moment, où chacun avait son histoire de mine à raconter, et quand
ils écoutèrent à nouveau, il leur parut que cela tapait déjà moins.
Machinalement, on déroula les couvertures, on se coucha.

— Tu parles d'un réveil en sursaut, ronchonna Vieublé en se
déchaussant.

Où la terre allait-elle se fendre ? En fermant les yeux, on croyait voir
ces ignobles photographies des illustrés, ces entonnoirs béants avec des
pieux, de la ferraille et des bouts d'hommes qui dépassent, mal ensevelis.

Etendus, la tête sur le sac, nous n'entendions plus que le terrible pic,
régulier comme un tic-tac d'horloge, qui creusait notre trou.

— Ça va en faire un bruit, murmura Belin. Tu parles d'une charge
qu'il faut pour arracher une butte comme celle-là.

— Encore trois jours avant de se barrer.

— Non, plus que deux et demi, on doit être relevés le mercredi soir.

Bréval, absorbé, écrivait sur ses genoux, son sac pour pupitre.

— Tu le fais à l'émotion à ta bourgeoise, blagua Lemoine. Tu lui
racontes qu'on va sauter ?

Les obus tombaient moins nombreux cette nuit. La brève aurore des
fusées naissait et mourait sur la toile de tente. La nuit était presque
tranquille. Seul, ce bruit de pioche assourdi, qui nous berçait...

A minuit, je pris la veille. Il faisait froid dans la tranchée. Le vent
rabattait du bois des frissons glacés et Gilbert grelottait sous sa couverture.

— Tu entends ?

— Oui, ça cogne toujours.

On ne regardait plus dans la plaine. A quoi bon ? On n'y voyait
jamais que du noir trembler dans du noir. On écoutait, on songeait.

Le premier, Demachy parla à mi-voix, avec ce petit ton persifleur
qui m'irritait et que j'aimais pourtant.

— C'était trop beau... C'est vrai, c'était trop beau. Une vie d'insouciance, de joie quotidienne. Un jour, quelqu'un frappe : « Pan ! Pan !

C'est la vie — Mais je ne vous connais pas —... Tant pis, c'est bien votre tour !» Elle vous a mis une pioche et un fusil entre les mains, et creuse bonhomme, et marche bonhomme, et crève bonhomme...

— Pourquoi que tu t'es engagé aussi, lui dit Lemoine, puisque t'étais réformé ?... Surtout dans la biffe.

— Le devoir, un emballement : des bêtises...

Nous nous rapprochâmes des mitrailleurs, entassés muets sous leur caponnière. L'un dormait dans le fond, la tête renversée.

— Plus que deux jours et demi, hein ? nous dit le chef de pièce.

— Ils auront fini avant, dit l'autre.

Lemoine, qui, sans y voir, sculptait sa canne commencée l'autre jour, s'accroupit dans un coin.

— S'ils sont sûrs que ça doit sauter, fit-il, ils avaient qu'à nous relever comme les copains... Et pourquoi notre escouade plutôt qu'une autre, d'abord ?

Le vent fauchait les étoiles. La nuit devenait plus épaisse. Nous n'étions plus dans la tranchée que des tas noirs, et dans l'ombre de la caponnière on ne distinguait rien, que le point rougeoyant d'une pipe. Parfois, quelqu'un soulevait le rideau du créneau et regardait. Rien... Un frisson, un murmure : les moutons du soir broutaient les champs.

Après les trois heures de veille, nous étions rentrés gelés. Et bien serrés sous nos couvertures, nos musettes côte à côte comme des oreillers, nous nous étions endormis d'un bon sommeil de brutes.

Au matin, ce fut un présage, une détresse intérieure qui nous réveilla. Ce n'était plus le bruit : un silence tragique, au contraire. L'escouade était muette, atterrée, penchée sur Bréval qui écoutait, couché de tout son long. Redressés sur notre litière, nous les regardions.

— Qu'est-ce qu'il y a ? chuchota Demachy.

— Ils ne cognent plus !... Ils doivent bourrer la mine.

Mon cœur s'arrêta net, comme si quelqu'un l'avait pris dans sa main. Je ressentis comme un frisson. C'était vrai, on n'entendait plus creuser. C'était fini.

Bréval se releva, un sourire machinal aux lèvres.

— Il n'y a pas à se tromper. Ils ne cognent plus.

Nous regardions la terre, muets comme elle. Fouillard, blême, fit le geste de sortir. Sans un mot, Hamel le retint par le bras. Maroux s'était assis, les mains croisées entre les genoux, et tambourinait la planche de sa litière, avec ses gros talons.

— Tais-toi, lui dit durement Vieublé. Ecoute...

Nous tendîmes tous le cou, anxieux, ayant peur de nous tromper. Non ! La pioche avait bien repris. Elle cognait. Oh ! ce qu'on put l'aimer un instant, cette horrible pioche. Elle creusait. C'était la grâce. On ne bourrait pas encore la mine, on ne mourrait pas encore...

Vieublé s'était dégagé de l'angoisse, d'un coup de collier. Blême de rage, il bondit dehors en braillant.

— Il est fou ! s'écria Bréval. Qu'est-ce qu'il fait ?

On courut après lui. Il avait grimpé sur des sacs à terre, et, sorti de la tranchée jusqu'au ventre, le cou tendu, il hurlait :

— Vous pouvez creuser, tas de vaches, on vous em... On sautera peut-être tous, mais on vous em...

Sulphart l'avait pris à bras-le-corps.

— Vas-tu te taire, grand c...

Bréval aussi le tirait par le bras, mais l'autre résistait.

— Faut que j'en bute un avant de sauter... Je veux pas crever comme une lope, rugissait-il, il m'en faut un !...

On put pourtant le faire descendre et le rentrer dans la sape, où il se calma, en buvant le vieux marc de Demachy.

— C'est du bon, fit-il en connaisseur.

Toc... Toc... Toc... Elle creusait toujours... Toc, toc... Puis elle s'arrêtait. Nous écoutions alors, plus angoissés. Non. Toc... Toc... Toc...

Cela dura deux jours encore, et une nuit. Quarante heures que l'on comptait, qu'on arrachait, par lambeaux de minutes. Deux jours et une nuit à écouter, la bouche sèche de fièvre. Le dernier soir, on ne put retenir Vieublé : il partit avec quatre grenades dans sa musette, et, au bout d'une heure, nous entendîmes quatre aboiements, coup sur coup, puis des plaintes hurlées à la lisière du bois. Il avait bien distribué ses sodas.

Comme il rentrait dans la tranchée, le lieutenant Berthier arriva, précédant la relève. Déjà nous mettions sac au dos, prêts à partir.

— Ah ! je suis content, nous dit-il... Vous voyez qu'il ne fallait pas se désespérer. C'est fini.

— On n'est pas encore partis, trembla Fouillard.

— Sauter maintenant, ça serait vraiment pas de veine, remarqua posément Lemoine.

Les coups réguliers nous parvenaient, rassurants malgré tout. Mais ce n'était plus la pioche qu'on guettait, c'était la relève. Une rumeur assourdie nous avertit.

— La relève... Entrez dans la grotte pour dégager. Je me charge des consignes, nous dit Berthier.

Nous regardâmes passer les hommes d'un régiment inconnu. Ils étaient dix seulement, et quatre mitrailleurs. Le dernier s'arrêta, nous ayant devinés dans l'ombre de la galerie.

— Alors, ils creusent une mine en dessous ?... On est sûrs de sauter. Tu parles, quatre jours...

Tous ensemble, nous cherchâmes à le rassurer.

— Y a pas de raison... Regarde, nous autres, on y est bien restés... C'est long ces trucs-là... Faut pas s'en faire.

Mais par-dessus son sac nous guettions le lieutenant, des frémissements dans les genoux, tant nous étions pressés de partir. Fouillard, on ne sait comment, avait déjà disparu. Berthier revint enfin.

— En route !... Bonne chance, mes petits.

Et, s'étant retourné vers Demachy, il ajouta, tout bas :

— Les pauvres gars, j'ai peur pour eux...

Sans le lieutenant qui allait en tête d'un bon pas, nous aurions peut-être couru. On avait peur de ce Calvaire blafard, que les fusées parfois mettaient à nu. Peur de ce danger qu'on sentait derrière soi, tout près encore.

On glissa dans le chemin crayeux, on traversa vite la passerelle sur le ruisseau, et là seulement, on osa se retourner. Le Calvaire se détachait, terrible, sur la nuit verte, avec ses moignons d'arbres, pareils à des montants de croix.

On cassa la croûte à la sortie des tranchées. Les cuistots avaient fait du jus et l'on mangeait voracement, ne sentant plus à l'estomac ces doigts crispés qui vous serraient. On buvait du vin à pleins quarts : il fallait vider les seaux avant de repartir. Vantard, Sulphart racontait des histoires à ceux de la compagnie :

— Et comment qu'on les a engueulés, les Boches, avec le gars Vieublé.

Chaque homme de l'escouade avait son groupe et palabrait. Vieublé, dont la voix paresseuse et grasseyante de gouape se remarquait parmi les autres, racontait sa patrouille :

— Tu parles, si ça a gueulé... Je m'étais levé, je tenais un pieu de leur réseau de la main gauche et v'lan, en plein dedans... J'ai même pas reçu un coup de flingue... Et vise la bath jumelle que j'ai prise à un macchabée boche, un officier...

La compagnie suivait le canal, en longue file décousue. Des gourbis des artilleurs, creusés dans la berge, une vapeur montait, et l'on enviait leurs trous humides : « Finir la guerre là-dedans, tiens, tu parles d'un filon... »

L'eau noire ne reflétait que de la nuit et ne vivait que d'un clapotis léger. On franchit la rivière sur un pont tanguant, fait de barques et de tonneaux. Le canal passé, on entrait dans le bois et la fraîcheur vous tombait sur les épaules comme un manteau humide. Cela sentait le printemps mouillé. Quelque part un oiseau chantait, ne sachant pas que c'était la guerre.

Derrière nous, les fusées dessinaient la ligne infinie des tranchées. Bientôt les arbres les cachèrent et les hautes futaies étouffèrent la voix acharnée du canon. On s'éloignait de la mort.

En entrant dans le premier village, l'escouade de tête se mit à fredonner en sourdine, et machinalement on se mit à marcher au pas.

C'est aujourd'hui marche de nuit,
Au lieu d'roupiller, on s'promène...

Alors, brusquement, venu de loin, un bruit sourd ébranla la nuit : un bruit tonnant de catastrophe, que l'écho répéta longuement. La mine avait sauté.

La colonne, comme au commandement, s'était arrêtée. Plus une voix... On écoutait encore, le cœur serré, comme si on avait pu, de cette rive, entendre les cris. Les canons aussi s'étaient tus, interdits.

Mais non, plus rien, c'était fini...

— Combien qu'ils étaient ? demanda dans le rang une voix étranglée.

— Dix... répondit quelqu'un. Et quatre mitrailleurs...

9

Mourir pour la Patrie

Non, c'est affreux, la musique ne devrait pas jouer ça...

L'homme s'est effondré en tas, retenu au poteau par ses poings liés. Le mouchoir, en bandeau, lui fait comme une couronne. Livide, l'aumônier dit une prière, les yeux fermés pour ne plus voir.

Jamais, même aux pires heures, on n'a senti la Mort présente comme aujourd'hui. On la devine, on la flaire, comme un chien qui va hurler. C'est un soldat, ce tas bleu ? Il doit être encore chaud.

Oh ! Être obligé de voir ça, et garder pour toujours, dans sa mémoire, son cri de bête, ce cri atroce où l'on sentait la peur, l'horreur, la prière, tout ce que peut hurler un homme qui brusquement voit la mort là, devant lui. La mort : un petit pieu de bois et huit hommes blêmes, l'arme au pied.

Ce long cri s'est enfoncé dans notre cœur à tous, comme un clou. Et soudain, dans ce râle affreux, qu'écoutait tout un régiment horrifié, on a compris des mots, une supplication d'agonie : « Demandez pardon pour moi... Demandez pardon au colonel... »

Il s'est jeté par terre, pour mourir moins vite, et on l'a traîné au poteau par les bras, inerte, hurlant. Jusqu'au bout il a crié. On entendait : « Mes petits enfants... Mon colonel... » Son sanglot déchirait ce silence d'épouvante et les soldats tremblants n'avaient plus qu'une idée : « Oh ! vite... vite... que ça finisse. Qu'on tire, qu'on ne l'entende plus... »

Le craquement tragique d'une salve. Un autre coup de feu, tout seul : le coup de grâce. C'était fini...

Il a fallu défiler devant son cadavre, après. La musique s'était mise à jouer *Mourir pour la Patrie*, et les compagnies déboîtaient l'une après l'autre, le pas mou. Berthier serrait les dents pour qu'on ne voie pas sa mâchoire trembler. Quand il a commandé : « En avant ! » Vieublé, qui pleurait, à grands coups de poitrine, comme un gosse, a quitté les rangs en jetant son fusil, puis il est tombé, pris d'une crise de nerfs.

En passant devant le poteau, on détournait la tête. Nous n'osions pas même nous regarder l'un l'autre, blafards, les yeux creux, comme si nous venions de faire un mauvais coup.

Voilà la porcherie où il a passé sa dernière nuit, si basse qu'il ne pouvait s'y tenir qu'à genoux. Il a dû entendre sur la route le pas cadencé des compagnies descendant à la prise d'armes. Aura-t-il compris ?

C'est dans la salle de bal du Café de la Poste qu'on l'a jugé hier soir. Il y avait encore les branches de sapin de notre dernier concert, les guirlandes tricolores en papier, et, sur l'estrade, la grande pancarte peinte par les musicos : « Ne pas s'en faire et laisser dire.»

Un petit caporal, nommé d'office, l'a défendu, gêné, piteux. Tout seul sur cette scène, les bras ballants, on aurait dit qu'il allait « en chanter une », et le commissaire du gouvernement a ri, derrière sa main gantée.

— Tu sais ce qu'il avait fait ?

— L'autre nuit, après l'attaque, on l'a désigné de patrouille. Comme il avait déjà marché la veille, il a refusé. Voilà...

— Tu le connaissais ?

— Oui, c'était un gars de Cotteville. Il avait deux gosses.

Deux gosses, grands comme son poteau...

10

Notre-Dame des biffins

La grand-route grouillait, bruyante et noire, comme une galerie de mine où l'on aurait soudain éteint les lampes à l'heure de la remontée. Toute une foule obscure qu'on ne voyait pas, mais qu'on sentait vivre, luttait dans cette nuit d'encre, chaque troupe forant son chemin, et de cette cohue montait une rumeur de piétinements, de voix, de grincements de roue, de hennissements, d'injures, tout cela confondu, mêlé, comme se mêlaient les champs, la route et les hommes dans la même ombre épaisse.

Cependant, il y avait de l'ordre dans cette cohue. Les territoriaux revenant à l'arrière, nos régiments montant en ligne, les voitures, les caissons, tout avait son chemin ; les compagnies se croisaient coude à coude, rejetées contre le talus par des motocyclistes : « Appuyez à droite ! A droite !» ; les naseaux des chevaux d'artillerie nous soufflaient au visage, les roues énormes des camions frôlaient les godillots, et dans ce tumulte de choses et d'êtres, l'armée d'attaque enfonçait lentement ses colonnes au piétinement infini.

Tassés le long du fossé, des régiments arrêtés nous regardaient passer. Les hommes debout tendaient la tête, semblant chercher quelqu'un dans ce flot noir. On en devinait d'autres vautrés dans l'herbe : une musette blanche, le point rouge d'une cigarette. D'eux à nous, des voix se hélaient :

— Quel régiment ?

— Ce qu'il y a encore un patelin avant les tranchées ?

— D'où que vous venez ?

Une voix gouaparde de Parisien criait de nos rangs :

— Ce qu'il y a des gars de Montmartre ? Bonjour à ceux de Barbès.

Ces voix inconnues se cherchaient et se joignaient comme des mains. Sulphart, qu'un coup de vin venait de réveiller, répondait des blagues.

— Quelle compagnie ?

— Compagnie du gaz !

On allait par à-coups, d'une marche inégale qui brisait les jambes. Parfois on s'arrêtait, la route embouteillée ; on entendait dans les ténèbres tinter la gourmette des chevaux cabrés et jurer les artilleurs. Des hommes nous prenaient par le bras.

— C'est vous qui allez attaquer ? Les sidis sont déjà là... Et il y a la chiée de canons, vous savez...

Alors, près de moi, Fouillard grognait :

— Et les Boches, ils n'en ont pas de canons, non ? Tas de vieux jetons. Ça me fout en rogne d'entendre ça.

Comme la colonne repartait, se laminant entre deux files de caissons et de chevaux baveux, il en saisit un par la queue, à deux mains, et tira brutalement. La lourde croupe de la bête ne bougea même pas.

— Il ne sait donc pas jinguer, ton sale bourrin ? cria-t-il au conducteur, empaqueté sur son siège. Il ne pourrait pas me casser une jambe, nom de Dieu !

Un mulet de mitrailleurs marchait dans nos rangs, faisant sonner ses caisses, il se colla derrière, dans l'espoir d'une ruade et, pour l'y inciter, il reprit son jeu, lui tirant la queue comme un cordon de sonnette. Abruti comme un homme, le mulet ne broncha pas.

— T'es pas tombé fou, dit Hamel... Et s'il te foutait un coup de sabot dans le ventre ?

— J'm'en fous... J'en ai marre, je ferai pas l'attaque.

Derrière lui, Gilbert railla, du ton qu'il aurait pris pour lire une citation à l'armée.

— « A toujours fait preuve de la plus courageuse initiative, donnant à ses camarades l'exemple d'une incomparable bravoure. »

Fouillard se retourna :

— Toi je t'em... Occupe-toi de tes fesses.

Ecrasé sous le sac, Bréval murmura :

— ... Le courage de s'engueuler... Plus bêtes que les chevaux...

On distinguait à peine la silhouette des arbres, tant la nuit était noire, et au loin, vers les lignes, où nos canons tonnaient par bouffées, nulle lueur n'éclairait le ciel bas. La bataille invisible se déroulait, derrière ce grand mur sombre, et les routes, gonflées ainsi que des artères, chassaient vers elle du sang nouveau.

La colonne, un instant, piétina sur place : « Appuyez à gauche ! » criait-on devant nous. On repartit en file disloquée. Des choses noires barraient la route : deux chevaux aux longues pattes raides, une voiture culbutée et des cadavres, dont on devinait la forme douloureuse sous la toile de tente. Une odeur fade et chaude montait de cet amas. Hâtivement, des territoriaux comblaient le large trou qu'avait creusé l'obus.

Un des anciens ne travaillait pas. Debout sur une borne, il dominait notre marée montante et se penchant, cherchant à voir, il criait :

— Bailleul Émile, de la cinquième compagnie... C'est pas la cinquième compagnie qui passe ? Émile ! Émile !... Vous connaissez pas Bailleul, c'est mon fils. Hé ! Émile !

La colonne fourbue défilait devant lui, obscure, impénétrable. Personne ne répondait. Des têtes, en passant, se tournaient et regardaient le vieux. Derrière nous, sa voix appelait encore :

— Émile... Vous connaissez pas le petit Bailleul de la cinquième ?

Parbleu, oui, nous l'avions connu... Pauvre gosse !

De l'église, on n'a gardé que ce coin d'autel : la chapelle de la Vierge et six rangs de prie-Dieu. Tout le reste a été transformé en ambulance et de l'autre côté d'une cloison en planches, qui nous sépare de la nef, on entend les blessés gémir.

Deux cents hommes s'écrasent pour entendre la messe. Les autres se tiennent sous le porche et jusque dans le cimetière, où ils écoutent les cantiques en bavardant, assis sur des coins de tombe.

Les uns arrivent de la tranchée, boueux, le teint gris, les mains terreuses ; d'autres, au contraire, sont tout rouges encore de la toilette à la pompe. On se bouscule, on s'entasse, capotes sales et vareuses d'officiers. Quelques femmes, toutes en deuil, quelques filles, qu'on lorgne en se bourrant du coude, et, à la place d'honneur, un paysan rasé, cinquante ans, très digne dans ses habits noirs du dimanche.

A chaque génuflexion du prêtre, on aperçoit sous la soutane ses molletières bleues : c'est un brancardier de chez nous qui officie. Sur l'unique marche de pierre, quatre soldats barbus égrènent leur chapelet : des prêtres encore. Le vent agite mollement des linges blancs, qui cachent des vitraux brisés.

Pas un chandelier sur l'autel, le tabernacle même a été enlevé. Il ne reste plus que la Vierge en robe bleue piquée d'étoiles, un bouquet de pâquerettes à ses pieds. Notre-Dame des biffins...

Elle étend ses deux mains, deux petites mains roses de plâtre peint, deux mains toutes-puissantes qui sauvent qui la prie. Ils ne croient pas tous, ces soldats désœuvrés, mais tous croient à ses mains, ils veulent y croire, aveuglément, pour se sentir défendus, protégés ; ils veulent la prier comme on se serre contre un plus fort, la prier pour n'avoir plus peur et garder, ainsi qu'un talisman, le souvenir de ses deux mains.

Quelques-uns sont venus vraiment pour prier. Les autres, dont la foule déborde dans le cimetière, attendent le défilé des filles : la messe, c'est un spectacle de soldats.

Cette veille d'attaque, ils sont venus plus nombreux encore que les autres dimanches. Ils chantent. Leurs voix mâles conservent dans la prière un rude accent de vie brutale ; ils chantent sans retenue, à pleine gorge, comme dans une salle de débit, et le cantique, par instant, étouffe le canon :

Sauvez, sauvez la France
Au nom du Sacré-Cœur...

Ils chantent cela sans penser aux mots, ingénument, comme des enfants de chœur qui s'égosillent, et combien sommes-nous, les yeux fermés, le front dans les mains, que ce cantique émeut à nous serrer la gorge !

Sauvez, sauvez la France...

C'est comme un cri profond qui monte de ces orgues humaines. De l'autre côté de la cloison, un blessé crie : « Non ! Vous me faites mal... Pas comme ça ! » On devine la main pressée arrachant le pansement boueux. Ce sont ces plaintes, ces cris rauques qui font au prêtre les réponses.

Puis, la clochette tinte, toutes les têtes s'inclinent. On dirait que la prière les courbe tous, sous son coup de vent. Nous nous tenons, coude à coude, serrés comme dans une sape d'attaque. Le canon rage et tonne, sonnant ainsi l'Élévation, mais on ne l'entend plus, ni le râle des blessés... Il n'y a plus rien, dans cette église, que deux bras de soldats élevant le ciboire vers la Vierge aux bonnes mains.

La cloche tinte... Qu'implorons-nous de vous, sinon l'espoir, Notre-Dame des biffins !

Nous acceptons tout : les relèves sous la pluie, les nuits dans la boue, les jours sans pain, la fatigue surhumaine qui nous fait plus brutes que les bêtes, nous acceptons toutes les souffrances, mais laissez-nous vivre, rien que cela, vivre... Ou seulement le croire jusqu'au bout, espérer toujours, espérer quand même. Maintenant et à l'heure de notre mort, ainsi soit-il...

Rangés sur deux rangs, les soldats regardaient sortir les filles, de fortes dondons aux corsages voyants, les joues astiquées comme pour une revue de détail, qui riaient et parlaient fort, pour se donner le genre de Paris. Des yeux goulus les convoitaient et des compliments crus saluaient les plus belles.

La fille du maire, chafouine et chlorotique, était partie les yeux baissés, avec la demoiselle des postes, une jeune fille légère, en robe noire comme une vendeuse de magasin, qui marchait d'un pas dansant et devait mettre un brin de poudre sur ses joues mates. Bourland, en la voyant, était devenu tout rouge et elle lui avait souri.

— On la filoche ? proposa Sulphart qui, tondu de frais, se croyait invincible.

Mais Vieublé n'y tenait pas. Avec un long épi, il était occupé à chatouiller de loin le creux de la main de la bistrote, qui faisait la belle avec ses compagnes.

— T'occupe pas, répondit-il tout bas au rouquin, j'te dis qu'on boira à l'œil.

A la porte du cimetière, sa bicyclette posée contre le mur, l'aumônier faisait une distribution de scapulaires et de papier à cigarettes.

De l'autre côté de la rue, c'étaient des couteaux qu'on distribuait.

Cela se passait dans la cour du maréchal-ferrant. Devant la maison, les hommes du train de combat déchargeaient un caisson de munitions, de lourdes caisses de cartouches qu'ils prenaient à quatre, comme les croque-morts descendent leurs cercueils. Passé le porche, c'était un étalage de marché aux puces. On avait fait sur le pavé un tas de gros couteaux — de forts « surins » au manche de bois — et Lambert, le fourrier, accroupi devant son étalage forain, les distribuait par escouade. C'était une cohue bruyante, tout le monde braillait en jouant des coudes.

— Ça m'est égal, criait Lambert, les joues empourprées, c'est pas moi que ça regarde... On m'a dit de donner des couteaux à toute la deuxième section, je donne des couteaux... On m'aurait dit de vous distribuer des parapluies, je vous donnerais des parapluies... Le reste, c'est pas mon rayon... Allez expliquer ça au major...

Peu à peu, le tas de lames diminuait.

— Pressons-nous ! blaguait le fourrier. Il n'y en aura pas pour tout le monde. Allons, qui n'a pas son couteau ?

Et se retournant vers un vieux sergent que je n'avais pas remarqué et qui se tenait debout derrière lui, il ajoutait, le front plissé :

— J'en connais qui n'en auront pas besoin, de couteaux... Ce sont des malins qui savent faire la guerre, ceux-là...

Le vieux ne répondait pas. Il avait une barbe blanche, et les copains qui le dévisageaient se demandaient tout haut ce qu'il venait faire là.

— Ce qu'il vient faire, nous expliqua Lambert, il vient prendre ma place, tout bonnement. Oui, mes gars, je suis relevé, et versé à la troisième comme chef de section : c'est le vieux pèlerin qui me remplace...

— Mais qui c'est ?...

— C'est une vieille noix qui a eu ses deux fils tués, s'emportait le fourrier. Alors, il s'est engagé... Bien entendu, quand le colon a vu débarquer ce vieux zèbre-là, il n'a pas voulu le foutre dans la tranchée et il l'a nommé à ma place, sans s'en faire... Est-ce que c'est pas honteux, hein ?... Moi je m'en fous de ses deux fils ! C'est pas à moi de les venger. J'en ai assez bavé pendant un an que j'ai pris les tranchées. S'il s'en ressentait pour se battre, il n'avait qu'à y aller lui-même, au lieu de me prendre mon filon et de m'envoyer me faire casser la gueule pour lui... Seulement, ça fait bien, pas vrai, engagé, à son âge. Vieille bille !

Le vieux, à l'écart, ne disait rien, l'air absent, avec un regard triste et lointain qui, malgré tout, me serrait le cœur.

— Allons, la septième, appelait Lambert, dépêchez-vous... Dix belles lames toutes neuves. Ce n'est pas un lot, c'est une affaire.

Les caporaux s'en allaient, des couteaux plein les poches. Dans la rue, pour épater les filles, certains ouvraient le leur, d'un déclic sec, et en essayaient la pointe sur le dos de leur main.

— Tu parles d'un business, me dit un petit de la compagnie, le visage consterné. Qu'est-ce que tu veux que je foute d'un couteau, je suis jardinier, moi, dans le civil. Et j'ai un de mes poilus qu'est même libraire. Ce que c'est des métiers à se servir d'un couteau ?

Berthier se promenait seul, toujours songeur, les mains nouées derrière le dos et la tête baissée. Je le rejoignis. Il me répéta tout ce qu'il avait appris sur l'attaque, au rapport du matin. Un seul mot d'ordre pour l'instant : passer. On ne relèverait aucune unité pendant le combat ; de nouvelles vagues renforceraient sans cesse les vagues décimées, et on avancerait quand même. A nos côtés la division marocaine, la Légion, du vingtième corps ; derrière, toute l'armée...

— J'ai confiance, me dit-il d'un ton résolu.

Arrêté, il me regardait bien droit.

— Je crois qu'on va passer.

— Moi aussi... je le crois.

Cette confiance insensée, on la sentait chez tous les hommes, dans toutes les voix, elle était dans l'air, dans les choses même. Était-ce le canon qui sonnait sans relâche, pilant la terre à conquérir, qui enfonçait en nous cette certitude de vaincre ? Sans raison, d'instinct, on avait confiance... Pour la première fois, on avait la sensation de se préparer à une bataille et non pas à l'une de ces bousculades tragiques, à l'un de ces déménagements burlesques, qu'avaient été les attaques précédentes.

Au bout du village, derrière un petit bois, la lourde tirait par salves précipitées, sans rien voir de la guerre qu'un rideau vert de noisetiers. Comme il faisait chaud, les servants avaient retiré leur veste pour être à l'aise et, luisants de sueur, ils enfournaient leurs obus comme du pain.

— Jamais on n'a autant tiré, nous dit un brigadier de l'échelon. Chaque pièce n'a pas vingt mètres à battre ; il ne peut rien rester, rien...

Dans un seau d'eau, près d'une pyramide de douilles dorées, des bouteilles étaient au frais. Entre deux tirs, les artilleurs en corps de chemise venaient boire un coup, puis, s'étant épongé le front d'un revers de main, ils reprenaient leur infernale partie de boules.

Sur la route, ou couchés le long du talus, des cavaliers flânochaient, laissant leurs chevaux arracher par lambeaux l'écorce des arbres. On les regardait d'abord de travers, jaloux de leur poste meilleur, de leurs vestes trop propres, et surtout des bonjours que, de loin, leur adressaient les filles, mais on ne leur lançait pas les blagues ordinaires, personne ne leur demandait, avec un air de se payer leur tête : « Tu sais où que ça se trouve, les tranchées ? » Bientôt, au contraire, on parlait en copains. Ils nous disaient :

— C'est nous, l'armée de poursuite... Une fois que vous aurez fait la brèche, on charge et on va attaquer leurs réserves.

Derrière nous, toute une armée attendait : des autos blindées, des pontonniers, des escadrons, des batteries de 75, et cette masse, on croyait déjà la sentir, qui nous poussait. On parlait, on discutait, gagné par une fièvre. Un grand artilleur, un peu saoul, répétait :

— J'vous dis qu'après ce coup-là, la guerre est finie... C'est la dernière attaque, les gars...

Jamais nous n'avions vu tant d'uniformes différents, jusqu'à de grands manteaux rouges de spahis derrière la grille rouillée du château. C'était peut-être l'ardeur montée de tous ces êtres, comme une haleine, qui nous faisait vivre pour un jour dans cette chaude atmosphère d'espoir. Cela saoulait les moins braves, d'avoir tant de témoins, d'être devant tous ceux-là « les biffins qui allaient attaquer ».

Pour séduire les filles, pour épater les bleus, on parlait fort, on crânait, et lorsqu'on croisait les hommes d'un régiment relevé qui descendait au repos, on les regardait de haut, un peu gouailleurs.

— C'est bon qu'à se faire paumer les tranchées que les autres prennent.

— Aie pas peur, tu ne la gagneras pas, la croix de bois !

Par les fenêtres ouvertes d'un cabaret, dans une fraîche ruelle bordée de sureau blanc qui sucrait les lèvres, on entendait crier. On renversait les chaises, on se bousculait, on chantait dans un cliquetis de verres entrechoqués et l'on sentait, rien qu'au bruit, croître leur humeur belliqueuse. Vrai, je ne les reconnaissais plus...

Debout, le verre en main, Fouillard essayait de hurler, d'une voix qui se cassait :

— Baïonnette au canon... En avant !

Vieublé qui passait, faisant le beau avec sa croix de guerre et sa médaille, haussa les épaules.

— C'est toujours ceux-là qui ont le plus de gueule, nargua-t-il.

— Où vas-tu par là, à la soupe ?

— Non, je mange avec vous, chez le bistrot qui vous fait la croûte... C'est Gilbert qui m'a invité, parce que je lui ai juré d'aider Sulphart à le ramener, si des fois il était blessé.

Tout en marchant, un mégot jauni collé à sa lèvre pendante, il méditait.

— Et encore... Sulphart, hein, c'est un copain. Eh bien, j'aurais pas confiance. C'est encore un mec qui se dégonfle.

Machinalement, comme des chevaux qui rentrent, nous nous dirigeâmes vers l'enclos où Bouffioux avait installé sa roulante. Entassés autour d'une table rustique, une vingtaine d'hommes s'agitaient.

Au milieu du groupe, écartant les autres d'un geste circulaire, comme un hercule forain qui va faire des poids, Hamel, les manches retroussées, donnait une exhibition. Il avait sorti son coutelas de matelot, qu'il tenait bien en poigne, dans sa grosse main velue, il s'arc-boutait et d'un coup rude, avec un « han » de bûcheron, il enfonçait sa lame entière dans un énorme quartier de bœuf, déjà crevé de vingt plaies. Ceux qui avaient touché des couteaux de tranchées se bousculaient derrière lui, le couteau à la main, criant comme s'ils allaient se battre. Ils se jetaient sur la viande, et l'un après l'autre, à coups féroces, ils l'éventraient.

Après leur lame, ils emportaient des lambeaux de graisse, des copeaux de tendon et la viande poignardée perdait sa forme, s'aplatissait en loque sur la table entaillée. Prévenu par Lemoine qui seul « ne trouvait pas marle qu'on esquinte la barbaque », Bouffioux survint en courant, son gros ventre dansant au-dessus de sa culotte qui tombait.

— Bande de c... ! hurlait-il. Et après ça vous irez encore vous plaindre que le rata ne vaut rien... Je m'en fous, ce coup-ci, je le dis au lieutenant.

Hamel, en essuyant son couteau, regardait le cuisinier avec un air de gros chien qu'on dérange.

— Ça te gêne qu'on leur montre ? Et les copains qui vont peut-être avoir à se battre demain, tu t'en fous, toi... Tu resteras là à éplucher tes patates. Embusqué !

— Pourquoi que tu l'engueules, intervint Lemoine de sa voix molle. T'es bien content de bouffer sa soupe.

— Et toi, de quoi que tu te mêles, betterave, répliqua aussitôt Vieublé.

Le grand Lemoine ne broncha pas ; il garda même ses mains dans les poches, dominant de la tête le Parigot hargneux qui venait le provoquer sous le nez.

— Péquenot ! Ç'a été élevé dans un bas de buffet et ça la ramène.

— Je la ramènerai tant que je voudrai et c'est pas toi qui m'empêcheras, riposta posément l'autre, plissant son front buté. On ne chahute pas avec la viande.

— Parce qu'on en bouffait pas chez toi, groin de porc.

— Je me suis peut-être mieux nourri que toi... T'as beau crâner, t'as pas dû toujours bouffer à ta faim pour avoir c'te gueule-là.

— Taisez-vous, gonzesse, je vais vous corriger.

D'un coup, le cercle attentif se resserra : gare, il lui avait dit « vous », les choses allaient se gâter... Cramoisi, bégayant, la sueur aux tempes, Bouffioux bredouillait des choses confuses.

— C'est toujours pas toi qui me corrigeras, dit encore Lemoine, mais sans trop d'assurance.

— Et puis, après, quand la soupe... s'égosillait Bouffioux.

D'autres s'en mêlaient, sans savoir, pour le plaisir de brailler.

— Il ne casse pas les pattes aux escargots, non, avec sa grande gueule.

— Faut pas en avoir pour se laisser dire ça.

— Moi, je pense qu'il a raison. Il nous court, le cuistot. La viande n'est pas plus à lui qu'à nous.

— Ceux qui ne sont pas de la compagnie n'ont qu'à la boucler, et d'une...

Attiré par ce vacarme, le sergent Ricordeau, qui se rasait, parut à la baie du grenier, la figure barbouillée de savon.

— Vous n'avez pas bientôt fini de crier ? Je vous jure que si vous me faites descendre, ça ne sera pas pour rien... Tenez, v'là le lieutenant Morache qui arrive, vous êtes contents ?

C'était le seul mot qu'il fallait dire : tout le monde se tut, la bande s'émietta.

Dans le quartier de viande, un grand couteau était resté planté, férocement, jusqu'à la garde, avec une main sanglante marquée sur son manche de bois.

Dans l'arrière-boutique où nous déjeunions serrés à huit autour d'une table ronde, les buveurs de la grande salle trop pleine refluaient, le verre à la main. Le roulement continu du canon faisait trembler nos bouteilles et danser les assiettes peintes de la crédence ; parfois un coup plus violent entrait brutalement et couvrait les voix.

— Ce que ça cogne !

— Quoi, c'est-y demain qu'on attaque, oui ou non ?

La guerre, l'attaque, l'ambulance, on ne parlait que de cela, et quand on l'oubliait un instant pour parler du bonheur passé, de Paris, du chez-soi perdu, le canon revenait, qui cognait à la porte.

Au comptoir, dans un tumulte, les camarades parlaient interminablement de la tranchée : il n'y a que le soldat qui écoute sans lassitude les histoires de soldats. La bouche déjà gonflée de la réplique traditionnelle : « C'est comme moi, figure-toi... », ils s'entendaient l'un l'autre sans chercher à comprendre et pensant seulement à placer leur récit.

Jusqu'à la soupe du soir, on a traîné, on a bu, on a parlé, on s'est fatigué. Les trois rues du village regorgeaient de troupes et, sur la grand-route, les camions poudreux ronflaient, emportant des fantassins qui, au passage, nous criaient dans la poussière leur numéro de régiment.

Le ciel, d'un bleu cru de lessive, se tachait de shrapnells dont le troupeau blanc s'amassait, pareils à ces moutons floconneux d'été qui présagent le beau temps. Au milieu d'eux, scintillant et léger, tournoyait un avion. Sur des coins de table, assis sur une brouette ou sur un timon de voiture, accroupis sous leur tente ou le dos au mur, des soldats écrivaient. Dans un pré, on jouait au football avec de grands cris et des camarades suivaient la partie, à cheval sur des selles lustrées, tout en se faisant tondre les cheveux par les muletiers du train de combat.

De l'autre côté du village, les venelles étaient désertes. Partout, des sureaux fleuris dont le parfum candide s'aspirait comme un apaisement.

— Vrai, ce n'est pas un temps pour aller se battre, soupira Gilbert, mordillant une tige d'anis.

Lambert, qui nous suivait le nez baissé, parut se réveiller.

— Un temps pour se battre ! s'emporta-t-il. C'est dans le *Pêle-Mêle* que tu as lu ça ?... Ah ! ils connaissent de bonnes blagues tous les petits coquins qui écrivent sur la guerre... Mourir au soleil, tu parles d'une affaire !... Tiens, je voudrais bien en voir un crever la gueule ouverte dans le barbelé pour lui demander d'apprécier le paysage...

Et passant sa colère sur des ombelles, qu'il fauchait d'un coup de badine, il bougonna rageusement.

— Qu'on y envoie le vieux pèlerin, puisqu'il veut venger ses fils.

Glissant de feuille en feuille, le soleil tombait en larges gouttes sur le chemin. Un ruisseau coulait entre les mauves, entraînant de longues algues dénouées : les cheveux d'Ophélie. Sous bois, des camarades cueillaient des fleurs, avant de cacheter leur lettre.

— Allons, ne pensons pas trop, dit Gilbert en se secouant... Entrons ici, tiens, ils ont l'air de s'amuser.

Nous poussâmes la porte du café et, dès l'entrée, j'aperçus Bouffioux et Fouillard attablés devant des litres vides. Une cuite les avait réconciliés : le cuisinier apoplectique, les yeux brillants, l'autre blafard, le regard vitreux. Ils avaient joué tournée sur tournée, puis — une idée d'ivrogne — Fouillard avait proposé en toussotant de rire :

— Je te joue ma croix, en cinq sec... J'en ai vu de baths chez le menuisier, avec une plaque, comme pour un officier...

Bouffioux avait accepté ; il avait perdu. Il avait demandé sa revanche : la croix pour un copain de l'escouade. Il avait encore perdu.

— Il faut être saoul, tout de même... avaient grogné des camarades. On ne blague pas avec ça... Allez faire vos c... dehors.

Eux, fanfarons, s'étaient remis à boire : la tournée du gagnant, puis « le dernier », puis « le der des der » et maintenant, gavés à en rester bouche bée, les jambes molles, ils restaient avachis, le menton sur la table, n'ayant même plus la force de boire ni de gueuler.

— J't'ai gagné, répétait stupidement Fouillard.

Et l'autre faisait « oui », d'une tête alourdie.

— Ne restons pas ici, venez, nous dit brusquement Lambert.

Et nous sortîmes.

Toute la journée j'ai pensé malgré moi à leur enjeu d'ivrogne. Maintenant, couché, sous la tente, j'y songe encore... Le bombardement s'est apaisé, mais le vent qui s'élève apporte de la tranchée des bruits de fusillade. Un côté de la tente resté ouvert donne sur les lignes et, par-delà les bois noirs, on aperçoit parfois l'aube fugitive des fusées.

Étendus sur la paille neuve qui craque, nous écoutons, le cœur grand ouvert, un murmure confus de voix sourdes et de chansons. Dans l'om-

bre, on entrevoit des taches blanches que la brise ondule : du linge de
soldat qui sèche. Mais avec cette nuit claire, ces romances, cette tendresse éparse, on peut croire à des robes blanches qui s'attardent, on
peut rêver que des femmes sont là, tout près, qui nous écoutent. On ne
leur parlerait pas, non : rien que pour leur présence, les sentir là...
On est si bien sous la caresse de ce vent doux. Des voix alanguies
reprennent le refrain, en sourdine, et traînent sur les mots d'amour,
pour les goûter mieux.

> *Ferme tes jolis yeux,*
> *Car les heures sont brèves*
> *Au pays merveilleux,*
> *Au doux pays du rê...ê...ve.*

Les voix s'attendrissent, la chanson meurt... On ne veut plus rien
voir : les soldats, la guerre... Elles ne sont pas si tristes, dans la nuit,
nos capotes pâles. Tu n'aimerais pas une robe de cette couleur-là ?

Couché tout au fond de la tente, Gilbert dit des vers, précieuses
tendresses de Samain que les autres écoutent, sans oser remuer, les
yeux criblés d'étoiles.

Les esprits sont loin, si loin : Paris, le village, le mail tranquille, le
lit aux draps brodés ou bien le grand lit de province, avec son ventre
rouge qu'on enfonce d'un coup de poing. Chez soi !... Le souvenir des
joies passées fond dans la bouche comme une pâte exquise, et les cœurs
sont si tendres qu'on en fait couler des romances, en les pressant.

> *Ferme tes jolis yeux...*

Soudain, sur la route, on entend un pas égal de troupe en marche.
Qu'est-ce ?... On les reconnaît tout de suite, à leur brassard blanc. Les
premiers portent sur l'épaule des brancards roulés, ceux qui suivent
poussent de légères voitures à deux roues. L'un d'eux tient une lanterne
dont la clarté jaune danse autour de lui, comme un chien fou. Le régiment du silence qui s'en va...

— Allons, quoi, rompt une voix gênée, tu nous en chantes encore
une.

— Non, sans blague, je ne sais plus rien...

Le silence tombe... Il n'y avait rien, cependant, qu'un murmure, mais
il suffisait d'un murmure pour étouffer les bruits de cette nuit inquiète.
Maintenant, ils nous parviennent tous : un souffle oppressé de dormeur,
la paille qui craque sous les corps tourmentés, et, là-bas, l'angoissante
rumeur de la tranchée qui lutte. Silencieuse, la nuit a brusquement
changé — à présent vaste et grave comme un rêve de trente ans.

La lune monte sans hâte, derrière une mantille de sapins. Elle couche
lentement sur l'herbe rase l'ombre précise des piquets et des faisceaux,
et cela peint d'étranges signes noirs, sur ce beau champ poudré. Un
mousqueton, suspendu au quillon d'un fusil, trace comme deux bras
baroques que je regarde distraitement...

Mais, brusquement, mon cœur a un sursaut, et dans ce dessin noir je distingue une croix, une prophétique croix d'ombre que la lune a posée sur le grand corps de Lambert endormi.

11

Victoire

De l'arrière aux tranchées, par vingt cheminements gonflés, les régiments d'attaque montaient en ligne.

— Faites passer, en avant.

— En avant, bande de c..., répétaient des voix furieuses.

Et la colonne démembrée repartait d'un trot lourd, dans un tintement de gamelles et d'outils. Le petit jour nous avait découverts dans les boyaux où la compagnie, partie une des dernières, piétinait depuis deux heures du matin, sans cesse coupée par des brancardiers, retardée par des relèves, et aussitôt l'artillerie allemande s'était mise à tirer. Les shrapnells semblaient nous poursuivre, avançant avec nous, et le bataillon harcelé courait vers les lignes sous une voûte zigzaguante de fumée verte.

Guidés par Morache affolé qui ne trouvait plus le chemin, nous allions comme voulait le boyau, traqués par les fusants. Entre deux fracas, nous entendions la voix de Cruchet, froide et méticuleuse comme à l'exercice.

— Eh bien, Morache... Vous vous y reconnaissez ?

Les obus nous pourchassaient, comme s'ils avaient eu des yeux. Nous allions, bifurquions, rebroussions chemin, mais la meute ne nous lâchait pas, hurlant à nous assourdir et nous saoulant d'âcre fumée.

A chaque flamme, on se jetait les uns dans les autres, têtes et jambes mêlées, aplatis contre la paroi, incrustés dans les trous. Les coups éclataient bas, fouettant parfois le boyau d'éclats, et des cris montaient de tous ces corps blottis.

— Holà ! je suis touché.

Hébétés, nous enjambions des corps ; on avançait de vingt pas en se poussant, puis on se rejetait à quatre pattes, la bouche et les yeux étirés par un tic, bombant le dos sous le fracas.

— Eh bien, Morache, reprenait le capitaine, c'est bien par là ? Ttt ! Ttt !... Vous êtes sûr ?

On repartait, la gorge sèche, sans savoir où. Pas d'affolement pourtant, une sorte de discipline dans le vertige ; l'esprit vacillait un peu étourdi, comme au sortir d'une forge infernale, mais malgré tout lucide, et entre deux salves les commandements passaient quand même, méthodiquement, ainsi qu'un ordre de contremaître transmis dans un fracas d'usine.

Enfin, d'un seul coup, le barrage nous perdit. Ce fut soudain comme un grand calme, et l'on s'aperçut que le soleil était levé. Nous venions de déboucher sur un chemin creux dont d'épais buissons verts habillaient les talus. Tout de suite, Sulphart s'élança, fouillant les branches.

— Hé, les gars... Y a des mûres !...

— Ne me touchez pas, ne me touchez pas... répétait le blessé livide, tout en avançant dans le boyau.

Ses bras broyés pendaient comme deux nattes rouges. Arrivé près de nous, il dit de la même voix blanche où ne frémissait même plus la souffrance :

— Je veux m'asseoir, prenez-moi par ma capote.

En le soutenant par le col, on le posa sur la banquette de tir, le buste raide, ses deux bras de bouillie sanglante ne tenant plus que par les manches lacérées. Son nez était mince, pincé, comme si déjà la mort avait cherché à l'étouffer.

— Tu devrais te dépêcher d'aller au poste de secours, lui dit Lemoine voyant couler les deux rigoles de sang.

— Oui, j'y vais... Allumez-moi une cigarette. Mettez-la-moi dans la bouche.

On le releva, il fit merci de la tête, et il repartit d'un pas mécanique, un camarade le précédant pour faire écarter les soldats massés.

— Laissez passer, un blessé...

La compagnie entière était entassée là, grand bouclier vivant de casques rapprochés, devant quatre échelles grossières. La couverture roulée, pas de sac, l'outil au côté : « Tenue de gala » avait blagué Gilbert.

A notre droite, empilée dans la même parallèle, une compagnie d'un régiment de jeunes classes venait de mettre baïonnette au canon ; ils devaient sortir avec nous, en première vague. Toutes les sapes, toutes les tranchées étaient pleines et de se sentir ainsi pressés, reins à reins, par centaines, par milliers, on éprouvait une confiance brutale. Hardi ou résigné, on n'était plus qu'un grain dans cette masse humaine. L'armée, ce matin-là, avait une âme de victoire.

Des camarades, l'œil luisant, les joues rouges, parlaient vite, gagnés par une sorte de fièvre. D'autres restaient muets, tout pâles, et le menton tremblant un peu.

Par-dessus les sacs à terre on regardait les lignes allemandes, ensevelies sous un panache de fumée où craquaient des éclairs ; plus loin encore, dans la plaine, trois villages semblaient brûler, et notre artillerie tirait toujours, dans un tonnerre rejaillissant où se confondaient les arrivées et les départs. Les champs tanguaient sous cette fureur, et je sentais contre mon coude la tranchée frémir et s'effriter.

A tout moment, Gilbert regardait sa montre. Cette attente angoissante lui crispait le cœur, il eût voulu entendre le signal, partir tout de suite, en finir. Il pensa tout haut :

— Ils font durer le plaisir.

Sur le parapet, entre deux touffes d'herbe, deux bêtes se battaient ;

un gros scarabée mordoré à la cuirasse épaisse et un insecte bleu aux fines antennes. Gilbert les regardait, et quand le scarabée allait écraser l'autre, il le renversait sur le dos, du bout du doigt. De son front une goutte de sueur tomba sur la petite bête bleue, qui secoua ses ailes bigarrées.

— Attention, il va être l'heure, prévint un officier sur notre droite.

Plus près, Cruchet commanda :

— Baïonnette au canon... Les grenadiers en tête.

Un frisson d'acier courut tout le long de la tranchée. Penché, Gilbert observait toujours ses insectes, n'écoutant pas battre son cœur. Le scarabée secouait sa lourde carapace, mais l'autre l'avait saisi entre ses longues antennes, et il le maintenait, ne le lâchait plus.

Posément, Cruchet serrait sa jugulaire. Debout sur la première marche d'un escalier de sacs à terre, il nous dominait tous. Il nous regarda.

— Mes amis.... Ttt... Ttt... C'est pour la France, hein !... Une belle attaque... Nous allons enlever ça...

Était-ce l'émotion, il me sembla que sa voix était moins sèche, moins coupante qu'à l'ordinaire. Comme une brusque révélation, on comprenait ce mot : un chef. On serrait le ceinturon, on repoussait l'outil qui battait la cuisse. Au pied d'une échelle, Berthier était prêt à sortir. En tournant la tête, il vit Morache le visage décomposé.

— Après vous, mon lieutenant, fit-il militairement, en s'écartant d'un pas.

L'autre, défait, vit un prétexte.

— Quoi ? bredouilla-t-il... Vous avez peur de sortir le premier ?...

Sans rien dire, le sous-lieutenant se retourna et remit le pied sur l'échelon. De dos, on vit simplement son haussement d'épaules.

— Morache qui se dégonfle ! cria Vieublé dans le bruit.

Le lieutenant avait peut-être entendu, mais il ne bougea pas. Montant de ce tas d'hommes hérissé de baïonnettes, la voix gouapeuse continuait :

— Ça ne suffit plus maintenant d'avoir de la gueule... Il faut y aller... C'est plus dur que de foutre les types en taule... On est tous égal, ce coup-ci.

On n'entendait plus que cette voix railleuse sous le canon, et les copains riaient, sans colère, comme si ces mots les avaient soulagés.

Les corps prêts à surgir se balançaient, battant déjà le parapet, comme un jusant.

En jets aigus, des 75 sifflèrent et, au même instant, le grondement de la lourde parut se taire ou s'éloigner.

— Nous y sommes ?... demanda Cruchet, d'une voix plus forte.

Les cœurs sautèrent un grand coup, ou un seul cœur pour cette foule armée.

— T'as bien l'adresse de chez moi, dit encore Sulphart à Gilbert, d'une voix saccadée dont l'émotion entrechoquait les mots.

Tiens, le scarabée doré ne bougeait plus, l'insecte l'emportait... Oh ! cette poudre, quelle âcre puanteur... Une rumeur monta vers la droite, des cris ou une chanson : « Les zouaves sont sortis !» Une rafale de 105 éclata, cinq coups de cymbales...

— En avant la troisième ! cria le capitaine.

— En avant !...

Des cris, une bousculade, un homme qui retombe en jurant, des fusils qui s'accrochent... Les tempes bourdonnantes on s'agrippe au parapet, puis on se redresse, les jambes un peu molles. On regarde la plaine immense, la plaine nue... « En avant !» On est sorti, on court... Une mitrailleuse, une seule, s'était mise à tousser. Réveillée folle, l'artillerie allemande cognait partout.

Déjà, la chaîne d'hommes se formait, minces silhouettes, fusils obliques, et progressait, d'un trot égal, face aux tranchées muettes. Sur la gauche, clairons en tête, un bataillon chargeait en criant.

Resté seul, un sabre à la main, un commandant poussait les dernières escouades de bleus, qui hésitaient devant le barrage.

— Allons... Dépêchons-nous, dehors, dehors !

Un paquet de gosses monta. Devant eux, comme un grisou, un fusant jaillit ; éruption rouge, volée d'éclats... Un corps haché éclaboussa la sape. Dans la fumée, des voix geignirent.

— Allons-y ! Il n'y a plus de danger... Dehors !

Une autre section, en flageolant, escalada les sacs qui s'éboulaient, mais une rafale hersa le champ. Ils refluèrent...

Ils s'acharnèrent encore, escouade sur escouade, ne sachant plus, hagards. Mais, à chaque effort, le feu les rejetait d'un coup, culbutés dans leur trou. Chaque fois, une salve plongeait sur eux.

— Dehors, nom de Dieu !

Leur pauvre vague battit plus mollement le talus qu'elle ne pouvait pas franchir... Mais non, ils n'osaient plus...

Le commandant grimpa d'un bond.

— En avant, tas de flanchards !

Un petit aspirant les bourrait dans le dos, les forçant à sortir, en criant d'une voix de fille. Trébuchant, leur vivant holocauste parut, chassé du poing, et eut devant la mort comme un sursaut suprême, un dernier recul.

— Ça y est !... En avant ! cria la voix de fille...

Ils se ruèrent par la chicane, s'éparpillèrent, foncèrent droit sur le mur de fumée... C'était fini, le barrage était passé...

Emiettés dans les champs, les bataillons couraient et quelqu'un, au-delà des premières lignes, agitait un fanion : le village était pris.

Des murs écroulés, des façades béantes, des tas de tuiles et de moellons, des toits tombés tout d'une pièce, des jambes raides surgissant des décombres... La rue, on la devinait à des rails tordus, parfois visibles sous les gravats. On courait de ruine en ruine, s'accotant aux pans de mur, tiraillant devant soi, criblant de grenades des caves vides. On criait...

Le canon tonnait moins fort, mais, par les soupiraux, des mitrailleuses fauchaient le village. Des hommes s'écroulaient, pliés en deux, comme emportés par le poids de leur tête. D'autres tournoyaient, les bras en croix, et tombaient face au ciel, les jambes repliées. On les remarquait à peine : on courait.

Quelqu'un blanc de plâtre cria à Gilbert :

— Lambert est tué !

Autour d'un puits, des hommes se battaient à coups de crosse, à coups de poing ou au couteau : une rixe dans la bataille. Vieublé, d'un coup de tête, culbuta un Allemand par-dessus la margelle, et l'on vit sauter le calot, un calot gris à bande rouge. Tout cela s'inscrivait dans la pensée en traits précis, brutalement, sans émouvoir : cris d'hommes qu'on tue, détonations, aboiements de grenades, camarades qui culbutent. Sans connaître de direction, l'un suivant l'autre, on chargeait, droit devant soi...

Aplatis, derrière un mur, des traînards se cachaient : « Avec nous, salauds ! » leur cria Gilbert.

Quelques Boches passèrent en courant, déséquipés, les mains hautes, filant vers nos lignes. Assis à l'entrée d'une cave, un autre épongeait avec un mouchoir sale le sang qui lui coulait du front ; de la main gauche, il nous fit bonjour.

Malgré le crépitement, on entendait le long halètement des marmites qui s'écroulaient au milieu du village, arrachant un nuage épais de poussière et de fumée et, le dos bossu, on se jetait contre les murs.

Dans la poussière et les plâtras, nous avions pris la teinte neutre de ce cimetière de choses. Rien de vivant, de façonné ; des débris pilonnés, un chantier de catastrophe où tout se confondait : les cadavres émergeant des décombres, les pierres broyées, les lambeaux d'étoffes, les débris de meubles, les sacs de soldats, tout cela semblable, anéanti, les morts pas plus tragiques que les cailloux.

Epuisés, haletants, nous ne courions plus. Une route coupait les ruines et une mitrailleuse invisible la criblait, soulevant un petit nuage à ras de terre. « Tous dans le boyau ! » cria un adjudant.

Sans regarder, on y sauta. En touchant du pied ce fond mou, un dégoût surhumain me rejeta en arrière, épouvanté. C'était un entassement infâme, une exhumation monstrueuse de Bavarois cireux sur d'autres déjà noirs, dont les bouches tordues exhalaient une haleine pourrie, tout un amas de chairs déchiquetées, avec des cadavres qu'on eût dit dévissés, les pieds et les genoux complètement retournés, et, pour les veiller tous, un seul mort resté debout, adossé à la paroi, étayé par un monstre sans tête. Le premier de notre file n'osait pas avancer sur ce charnier, on éprouvait comme une crainte religieuse à marcher sur ces cadavres, à écraser du pied ces figures d'hommes. Pourtant, chassés par la mitrailleuse, les derniers sautaient quand même, et la fosse commune parut déborder.

— Avancez, nom de Dieu !...

On hésitait encore à fouler ce dallage qui s'enfonçait, puis, poussés par les autres, on avança sans regarder, pataugeant dans la Mort... Par un caprice démoniaque, elle n'avait épargné que les choses : sur dix mètres de boyau, intacts dans leurs petites niches, des casques à pointe étaient rangés, habillés d'un manchon de toile. Des camarades s'en emparèrent. D'autres décrochaient des musettes, des bidons.

— Vise, la belle paire de pompes ! beugla Sulphart, agitant deux bottes jaunes.

A la sortie du boyau, un sergent accroupi criait : « A gauche, en tirailleurs, à gauche ! » et la file repartait en courant sur une petite route que bordait un fossé. Plus loin, dans les champs, on ne voyait qu'un réseau de fils de fer à demi caché par l'herbe folle... Et pas une tranchée, pas un Allemand, pas un coup de feu.

Bientôt, comme on ne tirait pas, le trot se ralentit, on se groupa ; mais une salve de shrapnells tonna, plantant tout le long du chemin sa rangée d'arbres vaporeux, et quand on regarda, la route était vide. Tous s'étaient terrés dans le fossé, ou derrière des pans de mur. En paquet, nous nous étions entassés dans une rigole étroite, creusée au pied d'une muraille en torchis. Nerveusement, on ramenait sur sa nuque le bourrelet de la couverture roulée, on attendait... Les obus s'acharnèrent un instant, des 88 qui passaient si bas, si près, qu'on s'étonnait de ne pas voir l'herbe fauchée devant soi et qu'on s'enfonçait la tête à deux mains. Puis le tir égaré s'allongea, continuant son cache-cache dans le village. Tout le long du chemin la file d'hommes se redressa, sans quitter ses abris.

— On reste là ? demanda un soldat qui paraissait enfoui dans un large terrier.

— Non, on avance toujours, nous cria Ricordeau qui passait en courant.

— C'est pas la peine, l'autre village là-bas est pris.

— Comment qu'il s'appelle, ce village ?

Personne ne le savait.

— Le coup est loupé, soufflait Fouillard écrasé contre moi. Il va falloir reculer.

Les uns criaient : « On voit la légion qui avance » et d'autres : « Gare ! v'là les Boches qui attaquent. »

— On va être pris de flanc.

— T'es saoul, c'est nos tranchées.

Le bombardement un instant les fit taire. Recroquevillés, on vidait les bidons, entre deux rafales.

— Mon capitaine ! On est là, mon capitaine...

Cruchet venait de se laisser glisser du haut du talus, entraînant des plâtras. Berthier courait derrière lui, et ils allaient de trou en trou, se jetant à plat ventre quand soufflait un obus. Le capitaine criait :

— Vous êtes de braves cochons... On va enlever leur troisième ligne... Attention au signal sur la droite... Il avait un nouveau visage, rouge, suant, sa bouche fendue d'un grand rire muet. Tout courant, il répétait :

— Au signal sur la droite... La droite...

Un fracas, et je n'entendis plus rien... Ce fut comme un coup de masse qui nous culbuta tous, un choc qui vous assomme, un souffle qui vous culbute... Et l'épais nuage, la nuit... Dix idées : nous sommes tués, je suis aveugle, nous sommes ensevelis. Puis des cris :

— A moi ! vite...

Dans la fumée, des blessés se sauvaient. Fouillard était couché devant moi, la tête dans une flaque rouge, et son dos s'agitait convulsivement comme s'il avait sangloté. C'était son sang qu'il pleurait.

Un souffle encore piqua sur nous... Je m'étais ramassé, la tête dans les genoux, le corps en boule, les dents serrées. Le visage contracté, les yeux plissés à être mi-clos, j'attendais... Les obus se suivaient, précipités, mais on ne les entendait pas, c'était trop près, c'était trop fort. A chaque coup, le cœur décroché fait un bond, la tête, les entrailles, tout saute. On se voudrait petit, plus petit encore, chaque partie de soi-même effraie, les membres se rétractent, la tête bourdonnante et vide veut s'enfoncer, on a peur, enfin, atrocement peur... Sous cette mort tonnante, on n'est plus qu'un tas qui tremble, une oreille qui guette, un cœur qui craint...

Entre chaque salve, dix secondes s'écoulaient, dix secondes à vivre, dix secondes immenses où tient tout le bonheur, et je regardais Fouillard qui maintenant ne bougeait plus. Couché sur le côté, le visage violacé, il avait le cou béant, égorgé comme on égorge les bêtes.

La puante fumée masquait le chemin, mais on ne voulait rien voir : on écoutait, effaré. Piochant autour de nous, les obus nous giflaient de pierraille et nous restions tassés, dans notre ornière, deux vivants et un mort.

Brusquement, sans raison, le feu cessa. Des gros obus tombaient encore sur les ruines, soulevant des geysers noirs, mais c'était plus loin, c'était pour d'autres. Dans nos têtes ébranlées, cet instant de paix fut auguste. Je me retournai et, au pied du talus, je vis Berthier penché sur un corps étendu. Qui ?

Tout le long du chemin, les camarades se redressaient : « Les grenadiers ! » appelait une voix.

Puis, venant de la droite, un ordre parvint, crié de trou en trou.

— Le colonel demande qui commande à gauche... Faites passer...

— Faites passer... Le colonel demande qui commande à gauche.

Je vis Berthier reposer doucement sur l'herbe la tête du mort. Il se releva livide, et il cria :

— Sous-lieutenant Berthier, de la troisième... Faites passer...

Le tirant par sa capote, Gilbert traîna le cadavre jusqu'au bord du large entonnoir où nous nous étions jetés. Depuis longtemps, les morts ne lui faisaient plus peur. Pourtant, il n'osa pas le prendre par la main, sa pauvre main crispée, jaune et boueuse, et il évita le regard éteint de ses yeux blancs.

— Il en faudrait encore trois, quatre comme ça, fit Lemoine. Ça nous ferait un bon parapet, avec un peu de terre dessus.

Il y a un instant, le pauvre gars courait avec nous les yeux rivés, fixes d'angoisse, sur la tranchée allemande d'où jaillissaient les flammes courtes et droites des mausers. Puis des rafales d'obus avaient troué la compagnie, les mitrailleuses avaient fauché des rangées d'hommes, et de la masse frémissante qui chargeait, tragique, silencieuse, il ne restait que ces vingt hommes blottis, ces blessés qui se traînaient, geignant, et tous ces morts...

Gilbert, entre deux explosions, avait entendu le camarade s'écrier : « Ah ! c'est fini ! » Le blessé s'était encore traîné quelques mètres, comme une bête écrasée, et il était mort là, dans un sanglot. Etait-ce triste ? A peine... Dans ce champ pauvre aux airs de terrain vague, cela faisait un cadavre de plus, un autre dormeur bleu qu'on enterrerait après l'attaque, si l'on pouvait. A quelques pas, sous un tertre crayeux, des Allemands étaient enfouis : leur croix servirait pour les nôtres, un calot gris sur une branche, un calot bleu sur l'autre.

— Alors, qu'est-ce qu'on va foutre ? demanda Hamel dont la manche déchirée laissait couler un peu de sang. Tu ne vois pas qu'ils nous laissent en rade ?

— Mais non, dit Gilbert. Le deuxième bâton va certainement sortir, mais on doit attendre que l'artillerie prépare.

— Et s'ils tirent trop court, ça sera encore pour nos gueules.

Cachée dans les hautes herbes, la tranchée allemande se devinait à peine, derrière la toile barbelée des araignées de fer. Les Allemands ne tiraient plus, et leurs canons même se taisaient. Seuls quelques 210 essoufflés passaient très haut, avec un glouglou de bouteille qui se vide, et allaient tomber sur le village, empanachant les ruines d'un lourd nuage d'usine.

Couchés au bord de l'entonnoir, quelques soldats guettaient, l'œil au ras de l'herbe ; les autres discutaient, entassés dans le trou.

— Tu crois qu'on va remettre ça pour enlever leur troisième ligne ?

— Peut-être bien. A moins qu'on creuse une tranchée ici.

— Sans charre, c'est pas avec ce qu'il reste de poilus qu'ils espèrent attaquer.

— Je la crève. Il ne te reste rien dans ton bidon ?

— Non... Vise, ce qu'il est descendu de copains depuis le village.

Des morts, il y en avait partout : accrochés dans les ronces de fer, abattus dans l'herbe, entassés dans les trous d'obus. Ici des capotes bleues, là des dos gris. On en voyait d'horribles, dont le visage gonflé était comme recouvert d'un masque épais de feutre gris. D'autres étaient charbonneux, les yeux déjà vides : ceux des premières attaques. On les regardait sans émotion, sans dégoût, et quand on lisait un numéro inconnu, au col de la capote, on se disait simplement : « Tiens, je ne savais pas que leur régiment avait donné... »

A quelques pas de l'entonnoir, un officier était couché sur le côté, sa capote ouverte, et dans ses doigts osseux il tenait son paquet de pansement, qu'il n'avait pas pu dérouler.

— On devrait essayer de le traîner jusqu'ici, dit Lemoine qui ne lâchait pas son idée, ça ferait un de plus pour le parapet. Et avec le Boche qui est là plus loin...

— T'es pas louf, grogna Hamel. Tu veux nous faire repérer en les empilant tous devant.

— Ceux des autres trous s'en sont bien fait, des parapets.

En effet, de loin en loin, tout le long de la crête, des hommes se dissimulaient, qu'on pouvait prendre pour des grappes de morts. Allongés derrière la moindre butte, blottis dans les plus petits trous, ils travaillaient presque sans bouger, grattant la terre avec leur pelle-bêche, et, patiemment, ils élevaient devant eux de petits monticules, des taupinières qu'un souffle eût emportées.

— Notre trou est plus profond, on risque moins, observa Gilbert.

— Oui, mais quand ils auront repéré la crête, qu'est-ce qu'on va déguster !

A ce moment l'artillerie allemande s'éveilla. On entendit arriver quelques obus, des fusants, qui éclatèrent beaucoup trop haut, dans un flocon noir, puis, le tir réglé, le bombardement commença. Les premiers tombèrent assez loin, sur la gauche, puis la rafale se rapprocha, suivant la crête, et tout à coup... Quatre coups pressés, quatre jets de vapeur, quatre explosions... La salve s'était abattue devant notre entonnoir, et un nuage épais, puant la poudre, remplit le trou. Le corps en boule, nous nous étions jetés les uns contre les autres, chacun cherchant à s'enfoncer sous les jambes emmêlées. Gilbert cachait instinctivement sa tête sous son bras replié, comme un gosse qui a peur. Une pluie de terre retomba... Déjà l'autre salve arrivait piochant autour de nous, à grands coups furieux, à droite, à gauche. Puis, brusquement, ce fut quelque chose de brutal, on ne sait quoi de terrible, qu'on croirait jailli de soi-même...

L'obus avait dû éclater sur le bord de l'entonnoir. Deux hommes ne bougeaient plus, glissés au fond du trou. Des blessés affolés se sauvaient, le visage sanglant, les mains rouges. Ceux qui restaient les regardaient à peine, incrustés dans la terre, la tête dans les épaules, attendant le coup suprême. Mais, soudain le tir s'allongea : ils balayaient à droite. Toutes les têtes se relevèrent. Oh ! l'unique minute de bonheur, quand la mort est allée plus loin !

Gilbert jeta un regard dans la plaine. Les Boches ne sortaient pas ? Non... On ne voyait rien. Après, seulement, il regarda les deux camarades dont la bouche entrouverte semblait parler au ciel.

— On ne peut pas les laisser là, à marcher dessus, proposa Lemoine, mettons-les plutôt devant.

Deux camarades saisirent le premier, s'engluant les mains de sang coagulé, et le hissèrent au bord de l'entonnoir. Gilbert lui tourna le visage vers l'ennemi, pour ne pas le voir. L'autre cadavre étant plus lourd, il dut les aider, maintenant la tête du mort qui ne tenait plus.

— Comme ça, fit Lemoine satisfait, on a déjà un bon parapet... Les pauvres gars, s'ils avaient pensé ça, tout à l'heure... Juste un copain que j'avais l'adresse de chez lui... Gare !

Cela recommençait, des 88, à présent, sous lesquels nous nous aplatissions, la figure écrasée contre la terre sèche. Ils arrivaient par cinq, si rapides que le départ et l'explosion claquaient ensemble.

Dans le champ, les blessés couraient, et les éclats en fauchaient qui n'allaient pas plus loin. Mais de l'autre côté du réseau de fil de fer on ne voyait rien, toujours rien. C'était la bataille sans ennemis, la mort sans combat. Depuis le matin, que nous nous battions, nous n'avions pas vu vingt Allemands. Des morts, rien que des morts.

Le visage contracté, les poings crispés, les mâchoires serrées, nous comptions les coups. Peu à peu, la tête se vide, tout en semblant plus lourde. Mais pourquoi reste-t-on si calme, malgré tout ? On guette, on se gare, mais le cœur ne bat pas plus vite, et l'on regarde autour de soi, sans fièvre, sans surprise. On n'entend plus rien que ces explosions infernales qui vous déchirent la poitrine. Ils tirent, ils tirent... On se sent les jambes molles, les mains froides, le front brûlant. Est-ce cela, la peur ?

Un autre corps gisait au fond du trou. Celui-là n'était pas mort sur le coup. Il s'était tordu un long moment, râlant, livide. Maintenant il ne bougeait plus.

— Est-ce qu'on le met aussi en haut, demanda Lemoine, la tête cachée sous son bras replié.

— En attendant que ça soit notre tour, répondit Hamel.

Nous nous regardions avec une angoisse confuse. Lequel hisserait-on là-haut, dans un moment, pour élargir la muraille de morts ?

Péniblement, nous sortîmes le dernier de la fosse commune, et son corps mutilé marqua d'un sillon brun le flanc de l'entonnoir.

Comme un orage s'apaise, la canonnade s'était ralentie et, de tous les trous, des têtes inquiètes surgissaient. Allaient-ils attaquer ? Un officier se montra derrière un tertre.

— Tenez bon, les gars, cria-t-il, tenez bon...

Au même instant, à quelques pas, une voix avertit :

— Attention, les v'là !

Ils venaient de surgir, une centaine à peine, d'un petit boqueteau, à deux cents mètres de la crête. Aussitôt un autre groupe se montra, venu d'on ne sait où, puis un autre encore, qui s'élança en braillant, et les lignes de tirailleurs se déployèrent.

— Les Boches. Tirez, tirez... Visez bas...

Tout le monde criait, des commandements montaient de chaque terrier et le crépitement de la fusillade gagna toute la ligne. Brusquement, on ne vit plus rien. S'étaient-ils couchés ? Les avait-on couchés ? Une minute après, le bombardement reprenait plus brutal, plus précis. Entre deux rafales, on voyait s'échapper les blessés. Courant ou se traînant, ils cherchaient à rejoindre un petit talus feuillu qui bornait la plaine.

— Ils se planquent dans le boyau boche, cria un petit de la classe 15. On ne peut plus passer tant il y en a. Et les obus qui tombent en plein dedans, tu parles d'un gâchis.

Notre artillerie répondait — 75 miaulant, 120 brutal et le canon-revolver, qui jure comme un chat. Les salves ripostaient aux salves. Et dans notre trou, blottis contre les morts que les plus apeurés ramenaient sur eux, comme de sanglants boucliers, les survivants attendaient. On ne voyait plus qu'un soldat de loin en loin, chose bleue tassée dans un trou. On eût dit que la chaîne d'hommes tendue devant le village conquis se brisait, maille à maille. Tous les dix pas, des soldats étaient étendus, le front au ciel, les cuisses écartées et les genoux hauts, ou bien à plat ventre, la tête sur le bras. L'un d'eux était si bien couché qu'on eût dit qu'il dormait, et, l'ayant regardé, Gilbert l'envia.

Brusquement une nouvelle salve tonna. Quand Gilbert releva la tête, il aperçut dans la fumée qui se dissipait le petit bleu renversé sur le côté. Sur sa capote neuve s'arrondissait une tache rouge. Il se traîna vers lui, le souleva, puis l'ayant laissé retomber lourdement, revint d'un bond.

— Pas la peine, dit-il, il est bien mouché... il râle déjà...

Les explosions s'entrechoquaient, la fumée n'avait plus le temps de se dénouer, et les éclats passaient, par volées furieuses. Soudain, une flamme jaune et rouge nous aveugla. D'un seul mouvement, nous nous étions blottis, l'un dans l'autre, abasourdis, le cœur décroché. Et Gilbert dut tomber, sans avoir rien entendu, rien senti, qu'un grand coup de poing sur la tête, un souffle d'enfer en plein visage...

Quand il revint à lui, la tête pesante, il remua craintivement les jambes. Elles obéirent, elles bougèrent... Non, il n'avait rien là. Il se passa ensuite la main sur la figure... Tiens, elle était rouge. C'était au front, près de la tempe. Penché sur lui, je lui dis :

— Ce n'est rien... Juste une coupure.

Il ne me répondit pas, encore étourdi, et un bon moment demeura immobile. Tout contre lui, Hamel était resté à genoux, la face en terre. Il ne remuait pas, ne soufflait pas, mais Gilbert n'osa pas lui parler, pas même le toucher, pour conserver une minute encore l'illusion qu'il n'était pas mort. Puis il demanda à Lemoine, évitant le mot :

— Il y est, hein ?

Simplement, l'autre lui montra, entre le casque et la capote, un mince filet de sang, qui rayait le cou. Au fond de l'entonnoir, dix corps au moins étaient entassés. Entre deux capotes sanglantes, sous les cadavres, une tête blême se montrait, les yeux grands ouverts, hagards. Mort ou vivant ?

Gilbert ouvrit son paquet de pansement et se banda le front. Avec son mouchoir, il essuya le sang qui coulait le long de sa joue en caresse chaude, puis, pour calmer sa tête brûlante, il la posa sur le canon bien froid de son fusil. Durant une courte accalmie, il entendit sur la droite crépiter la fusillade et aboyer les grenades. Il pensa confusément : « Ils vont encore attaquer. » Mais il n'eut pas le courage de relever la tête pour regarder dans la plaine.

Une salve rageuse s'abattit, fouillant la terre morte, puis un 105 shrapnell éclata juste au-dessus de nous. Gilbert resta un instant ébloui, le cœur arrêté. Puis d'un coup de reins, il fut debout, sauta sur le bord de l'entonnoir et se sauva. Il allait se cacher dans un autre trou, n'importe où, mais il ne voulait plus rester dans cette fosse, dans ce tombeau béant. Une autre salve souffla, il s'aplatit. Puis il se releva, affolé, courut à droite, à gauche, trébuchant sur les corps. Tous les trous étaient pris : partout des morts broyés, des blessés exsangues, des soldats aux aguets.

— Y a pas une place avec toi ?

— Non... J'ai un copain blessé.

Il tourna encore un moment, puis il se jeta à plat ventre derrière une petite butte. Son cœur battait à grands coups, ainsi qu'une bête qu'il aurait écrasée sous lui. Haletant, il écoutait le canon, sans une idée dans sa tête fiévreuse. Brusquement il pensa :

— Mais je me suis sauvé !...

Il se le répéta plusieurs fois, ne comprenant pas bien, tout d'abord. Puis, ayant relevé la tête, il vit Lemoine qui lui faisait signe. Alors, en courant, d'une seule haleine, il rejoignit l'entonnoir. Son poste...

Il était tout pareil à un pressoir, ce trou tragique aux parois violacées, et, pour ne pas fouler les corps des camarades qui remplissaient la cuve, il fallait se maintenir sur le flanc de la fosse, les doigts enfoncés dans la terre cassante. Gilbert crut défaillir. Pas de souffrance, pas d'émotion : de lassitude plutôt. L'officier, toujours agenouillé derrière son tertre, l'aperçut et le héla.

— Hé ! là-bas, ça va ?

Gilbert le regarda, il regarda les morts. D'un revers de main, il essuya sa joue que le sang chatouillait, puis il répondit :

— Ça va...

Le jour s'éloigne, traînant sa brume sur la plaine. A gauche, la fusillade brasille encore, mais comme un feu qui va s'éteindre.

Que s'est-il passé depuis midi ? Nous avons tiré, brûlés par le soleil, la tête lourde, la gorge sèche. Enfin, il a plu, et cette pluie d'orage a lavé la fièvre dont nous brûlions tous. Par rafales, l'artillerie balayait la crête, rageant d'y trouver des hommes encore vivants. Puis on croyait voir des Boches s'élancer. Et on tirait, on tirait...

Tout près, tombés dans leurs propres fils de fer, des Allemands sont étendus, le corps en boule, et l'on dirait les grains d'un funèbre rosaire. J'en remarque un, sa musette de grenades sur le ventre, qui parfois lève le bras, d'un effort expirant, et bat l'air un instant.

Dans l'ombre qui s'alourdit, le petit bleu râle toujours. C'est effrayant ce gamin qui ne veut pas mourir.

Est-ce la relève ? Des hommes arrivent, en courant, et vont de trou en trou, le dos courbé.

— Hé ? les gars, ça y est ? On s'en va ? Quel régiment ?

Non, ce sont nos agents de liaison.

— Eh bien ? On s'en va ?...

— Non... Il faut passer encore la nuit. Les compagnies de renfort vont arriver avec des outils. Il faut s'organiser sur la crête.

Surgis de tous côtés, des hommes se rapprochent, à quatre pattes.

— Quoi ? rester ici ? Sans blague... On n'est plus trente de la compagnie.

— Toujours les mêmes, alors... Je m'en fous, je suis blessé, je les mets...

— Ce sont les ordres, répètent les agents. Il faut tenir. On nous relèvera demain.

Tiens, on n'entend plus le petit blessé... Gilbert se sent faible, la tête vide. Il voudrait ne plus bouger et dormir, dormir. Son linge est collé sur son dos. La pluie ? La sueur ?

L'artillerie s'est tue, à bout de forces, la voix cassée. On entend mieux les plaintes à présent...

Attendez, mes petits, attendez, ne criez plus, les brancardiers vont venir.

La nuit avance...

Et, doucement, le soir silencieux tisse sa brume, seul grand linceul de toile grise, pour tant de morts qui n'en ont pas.

C'est un grand troupeau hâve, un régiment de boue séchée qui sort des boyaux et s'en va par les champs, à la débandade. Nous avons des visages blafards et sales que la pluie seule a lavés. On marche d'un pas traînant, le dos voûté, le cou tendu.

Arrivé sur la hauteur, je m'arrête et me retourne, pour voir une dernière fois, emporter dans mon âme l'image de cette grande plaine couturée de tranchées, hersée par les obus, avec les trois villages que nous avons pris : trois monceaux de ruines grises.

Comme c'est triste un panorama de victoire ! La brume en cache encore des coins sous son suaire et je ne reconnais plus rien, sur cette vaste carte de terre retournée. Les Trois Chemins, la Ferme, le Boyau blanc, tout cela se confond ; c'est la même plaine, usée jusqu'à sa trame de marne blanche, une lande anéantie, sans un arbre, sans un toit, sans rien qui vive, et partout mouchetée de taches minuscules : des morts, des morts...

— Il y a vingt mille cadavres boches ici, s'est écrié le colonel, fier de nous.

Combien de Français ?

Il a fallu tenir dix jours sur ce morne chantier, se faire hacher par bataillons pour ajouter un bout de champ à notre victoire, un boyau éboulé, une ruine de bicoque. Mais je puis chercher, je ne reconnais plus rien. Les lieux où l'on a tant souffert sont tout pareils aux autres, perdus dans la grisaille, comme s'il ne pouvait y avoir qu'un même aspect pour un même martyre. C'est là quelque part... L'odeur fade des cadavres s'efface, on ne sent plus que le chlore, répandu autour des tonnes à eau. Mais, moi, c'est dans ma tête, dans ma peau que j'emporte l'horrible haleine des morts. Elle est en moi, pour toujours : je connais maintenant l'odeur de la pitié.

A mesure qu'on s'éloignait des lignes, les débris de section se renouaient, les compagnies reprenaient une forme. On se regardait l'un l'autre, et nous nous faisions peur.

Des soldats étendus sur l'herbe dartreuse se levèrent et vinrent vers nous. Le soir même ils devaient monter en ligne.

— C'est dur, les copains ?

— Le secteur de la mort.

Et montrant notre bande harassée d'un mouvement de menton, Bréval dit simplement :

— Une compagnie...

On traversa, le front bas, un minable pays, aux fenêtres sans carreaux et aux toits percés, puis on nous arrêta dans un champ, en bordure de la grand-route où attendaient les camions. Là on mangea du riz chaud qui vous remplissait le ventre et qu'on ne se lassait pas de bâfrer, goulûment, avec de pleins quarts de café brûlant, moins par faim réelle que pour la joie bestiale de manger, pour rattraper ces jours de misère, pour se gaver, se sentir plein.

Le vieux fourrier à barbe blanche distribuait de l'eau-de-vie comme on verse du vin, à pleins quarts.

— Il faut la finir, nous criait-il cordialement.

Pour le vin, on n'avait qu'à puiser. Tout en buvant, les copains vautrés suivaient l'ancien d'un œil hostile.

— C'est de sa faute si le grand Lambert est tué.

— Pauvre gars... Il n'avait pas pris les tranchées depuis Berry.

Taciturne, je pensais à sa croix, sa fatidique croix d'ombre.

— Il paraît qu'il s'est relevé trois fois, racontait Gilbert à haute voix, pour que le fourrier l'entendît, les trois fois touché par la mitrailleuse. Après, il s'est encore traîné en criant... Je lui avais promis d'écrire à sa mère.

Les plus fourbus s'étaient endormis. Par petits groupes mêlés aux conducteurs, les autres discutaient : ils parlaient tous ensemble, fiévreusement, jetant pêle-mêle leurs impressions encore pantelantes, semblant vouloir se décharger de ces souvenirs trop lourds. Plus émus que nous-mêmes, les automobilistes écoutaient, et comme eux seuls avaient lu les journaux, ils nous expliquèrent la bataille, dont nous ne savions rien. Les camarades arboraient tous des dépouilles ennemies, des casques à leur ceinture, comme des scalps.

— Je te l'achète, proposa un des chauffeurs à un copain.

Tenté par le prix, un autre offrit son butin, et sur le bord de la route le marché s'organisa. On vendait toutes sortes de souvenirs, tout ce qu'une attaque peut rejeter d'épaves : des pattes d'épaule, des calots gris, des fusées d'obus — « ça fait de baths encriers, gars... » —, des chargeurs de mausers qu'on estimait vingt sous, des sacs au ventre de poils roux, des petits quarts en aluminium, pas encombrants, mais qui vous brûlent les doigts, des bidons recouverts de drap kaki, des cartes postales remplies de tendresses inconnues. Sur certains casques aux aigles éployées, on se penchait curieusement, pour regarder le trou meurtrier par où la vie s'était envolée. Sulphart agitait sa paire de bottes jaunes comme une pièce rare.

— Des souliers de Boche, les mecs, criait-il... Des baths godasses d'officier, qui c'est qui en veut ? Un joli cadeau à faire à une poule... Qui c'est qui veut se propager dans Paname avec des grolles de Boche !

Il se tut brusquement et ramassa son étalage, comme un camelot surpris.

— Acré, v'là Morache...

Nous ne l'avions pas vu depuis dix jours, depuis le matin de l'attaque. Il n'avait pas quitté une seule minute la cave fétide — la première venue — qu'il avait prise comme poste de commandement, et il en était sorti avec un teint moisi, des lèvres décolorées, des yeux tout clignotants. Criaillant, il rassemblait la compagnie — sa compagnie, maintenant que Cruchet était tué — et réveillait brutalement les dormeurs en les piquant du bout de sa canne.

— Allons, j'ai commandé sac au dos, paresseux, criait-il sous le nez du petit Broucke qui se relevait, tout vacillant, les yeux encore vagues de sommeil.

En maugréant, on s'équipait.

— C'est tout de même pas lui qu'on va nous coller comme piston, après ce qu'il a foutu... C'est Berthier qui a tout fait...

— Oui, mais il n'a qu'une ficelle.

— Heureusement pour Vieublé qu'il s'est fait évacuer, ce qu'il en aurait roté.

— C'est celui-là qui a eu le vrai filon, tiens... Si tu l'avais vu se barrer avec sa patte amochée, je te jure qu'il était marrant.

On embarqua. En un instant, tout le monde fut casé, les sacs empilés au fond des camions, et l'on pouvait encore s'asseoir, s'étendre, prendre ses aises.

— Ils auraient dû prévoir, dit en haussant les épaules le conducteur qui nous regardait, à genoux sur son siège. Ils ont commandé juste

autant de voitures que pour vous amener, et vous n'êtes plus aussi
nombreux, pas vrai...

Alors, seulement, on remarqua les places vides. Ce qu'il en manquait... Je croyais encore voir le grand Lambert, qui se forçait pour rire,
le père Hamel, fumant sa pipe dans le coin, et Fouillard, qui s'était
assis à l'arrière, les jambes pendantes. A chaque cahot il disait :

— Si seulement je pouvais tomber et me casser la gueule.

Le convoi s'ébranla, s'enfonçant dans un nuage épais de poussière
qui frangeait les yeux des chauffeurs et leur faisait des barbes de vieux.
Étourdis et bercés, écœurés de chaleur, de fatigue et de mauvais vin,
on sommeillait à moitié, trop secoués cependant pour dormir. Seul
Broucke se remit tout de suite à ronfler, couché sur le dos, sa tête de
paille jaune tressautant sur le sac.

Maroux penché rigolait aux filles, agitant triomphalement un casque
à pointe, comme s'il l'avait gagné en combat singulier. Des villages
aux camions s'échangeaient des signaux, des cris, des baisers même,
que nous rendaient des filles en sueur, la chemise échancrée sur la poitrine.

On s'éloignait de la guerre ; les fenêtres avaient des vitres, les toits
des tuiles. Soudain, les camions dansèrent sur les pavés et, aussitôt, on
entendit hurler dans les premières voitures. Toutes les têtes se glissèrent
sous les bâches, tous les corps se penchèrent à l'arrière, et alors, tout
le long du convoi, ce fut une acclamation folle : apparition fabuleuse,
double miracle, on voyait un chemin de fer, un vrai chemin de fer
civil, avec de vrais wagons, et, sur la place de la gare, une femme
en chapeau.

Le passage à niveau franchi, c'était toute une petite ville, avec des
boutiques, des trottoirs, des femmes, des cafés, que nous regardions
avec une hébétude éblouie de sauvage, sans nous lasser de crier notre
joie. Ceux qui étaient pansés au front retiraient leur casque pour se
faire mieux voir, et Belin, fièrement, envoyait des baisers avec sa main
blessée, comme un paquet de linge neuf.

A une fenêtre fleurie, une jolie tête blonde se montra — les têtes sont
toujours jolies, qu'on n'entrevoit qu'un instant — saluée au passage par
une longue clameur, et le tourbillon était déjà passé qu'elle écoutait
encore, penchée sur ce sillage de poussière et de cris.

Le convoi roulait toujours et nul ne se plaignait de la route trop
longue. On eût voulu mettre encore des villages, encore des champs,
encore des lieues, entre la guerre et nous. Tant mieux, on n'entendrait
plus le canon. Dans les éteules, les batteuses, en ronflant, mangeaient
des gerbes blondes ; les boqueteaux d'un vert frais baignaient nos yeux
brûlés ; on enviait le bonheur des villages entrevus sous les arbres, de
ces fermes aux toits rouges, qui n'étaient plus pour nous que des cantonnements.

Il faisait trop chaud sous les bâches où le soleil tapait droit. Engourdis, nous ne criions plus, on eût voulu dormir... Enfin les camions ralentirent, puis s'arrêtèrent.

Les jambes faisaient mal, les têtes étaient lourdes, les corps endoloris. En grognant, on bouclait le sac, qui n'avait jamais paru si lourd.

— Pourquoi qu'ils ne nous ont pas débarqués juste dans le village ?... On voit bien qu'ils ne sont pas fatigués, à l'état-major...

A peine descendus, certains s'étaient affalés sur l'herbe. D'autres avançaient en boitillant, les pieds gonflés dans les chaussures racornies que nous n'avions pas quittées depuis deux semaines. Ils s'étayaient sur leurs fusils, s'accotaient aux arbres, bande boueuse d'éclopés qu'aucune volonté ne raidissait plus. Bourland arriva sur sa bicyclette basse et m'appela :

— Jacques !... On va défiler dans le village, musique en tête. Le général est sur la place.

Sur le talus des têtes de gars couchés se redressèrent indignées ; les éclopés se rapprochèrent.

— Quoi ? La parade maintenant ? Ils ne se foutent pas de nous ? On n'est pas assez crevés comme ça ?

— Non, le général veut compter ceux qu'il n'a pas fait tuer...

— Eh ben, moi je marche pas ; Morache peut toujours gueuler...

Sulphart criait plus fort que les autres, agitant ses bottes invendues.

— Ils ne sont bons qu'à faire des cavalcades... Il n'y a qu'aux tranchées qu'on ne les voit pas. Ils ne faisaient pas de mi-carême, aux Trois-Chemins.

— Faire une revue après ce qu'on vient de se tasser, il faut avoir du crime, approuvait posément Lemoine. On ne devrait pas marcher.

Comme ils discutaient, une automobile s'arrêta et Berthier en descendit. Sa capote fangeuse tombait raide, comme un cylindre de boue durcie ; les yeux creux derrière ses verres, il avançait d'un pas traînant. Visiblement, il ne tenait plus.

— On en a marre, mon lieutenant, lui déclara Sulphart, avec une ferme dignité d'homme libre. On ne s'en ressent pas pour défiler devant les péquenots.

— Peut-être bien, mais il y a le général, répliqua doucement Berthier. Allons, mes vieux, sac au dos. Il y a un bataillon de jeunes recrues qui est cantonné là, il faut leur montrer que nous ne sommes pas un régiment de petites filles.

Ils s'équipèrent tout de même, en bougonnant. On s'aligna.

— A droite par quatre !

Sur la route, on voyait se grouper la musique, et le drapeau, sorti de sa gaine, prendre son rang.

— En avant !... marche !

Le régiment s'ébranla. En tête la musique jouait la marche du régiment, et, à la reprise victorieuse des clairons, il me sembla que les dos las se redressaient. Le départ avait été pesant, mais déjà la cadence se faisait plus nette, et les pieds talonnaient la route d'un rythme régulier.

C'étaient des mannequins de boue qui défilaient, godillots de boue, cuissards de boue, capotes de boue, et les bidons pareils à de gros blocs d'argile.

Pas un des blessés légers n'avait quitté les rangs, mais ils n'étaient pas plus blêmes, pas plus épuisés que les autres. Tous avaient sous le casque les mêmes traits d'épouvante : un défilé de revenants.

Les paysans du front ont le cœur endurci et ne s'émeuvent plus guère, après tant d'horreurs ; pourtant quand ils virent déboucher la première compagnie de ce régiment d'outre-tombe, leur visage changea.

— Oh ! les pauvres gars...

Une femme pleura, puis d'autres, puis toutes. C'était un hommage de larmes, tout le long des maisons, et c'est seulement en les voyant pleurer que nous comprîmes combien nous avions souffert. Un triste orgueil vint aux plus frustes. Toutes les têtes se redressèrent, une étrange fierté aux yeux. La musique nous entraînait, à pleins cuivres, tambour roulant ; les plus fourbus semblaient revivre et on les sentait tout prêts à crier : « C'est nous qui avons fait l'attaque !... C'est nous qui revenons de là-haut... »

Sur la place, le bataillon de jeunes était rangé, capotes neuves, baïonnette au canon. Quelques pas en avant, le général à cheval, avec sa suite chamarrée. Pas une voix dans nos rangs, pas un murmure en face. On n'entendait, sous la musique fiévreuse, que la cadence mécanique du régiment en marche. Le regard volontaire de ceux qui défilaient semblait vouloir dominer tous ces gosses muets qui présentaient les armes.

Le général s'était levé sur ses étriers et d'un grand geste de théâtre, d'un beau geste de son épée nue, il salua notre drapeau troué, il *Nous* salua... Le régiment, soudain, ne fut plus qu'un être unique. Une seule fierté : être ceux qu'on salue ! Fiers de notre boue, fiers de notre peine, fiers de nos morts !...

Les clairons éclatants reprirent et nous entrâmes dans la grand-rue, glorieux, raidis, entre une haie mouvante de gosses qui marchaient au pas. La jeune fille des postes, les yeux rouges, la tête renversée, nous fit bonjour de son mouchoir mouillé, en criant quelque chose qu'un sanglot étrangla.

Alors, Sulphart tout pâle ne put se retenir.

— C'est nous autres qui avons pris le village ! lui cria-t-il d'une voix forte. C'est nous !

Et de toutes les têtes tournées, de tous les yeux brillants, de toutes les lèvres, le même cri d'orgueil semblait jaillir : « C'est nous ! C'est nous ! »

La musique sonore nous saoulait, semblant nous emporter dans un dimanche en fête ; on avançait, l'ardeur aux reins, opposant à ces larmes notre orgueil de mâles vainqueurs.

Allons, il y aura toujours des guerres, toujours, toujours...

12

Dans le jardin des morts

La compagnie avançait par à-coups, arrêtée ici par les fusées, plus loin par les blessés qu'on emportait.

Le boyau évasé sortait parfois de terre, comblé par un obus, et, devant soi, on voyait émerger de l'ombre les camarades au dos rond qui galopaient à travers champs, l'arme à la main, puis ressautaient bien vite dans le fossé bouleversé. On ne parlait pas, on grognait à peine : nous filions, vite, comme si le bonheur nous avait attendus au bout.

— Attention, fit passer à voix basse l'agent de liaison qui nous guidait vers les premières lignes, il y a deux hommes de corvée qui sont restés en travers du boyau. On n'a pas encore eu le temps de les enlever.

Gilbert, qui marchait devant moi, m'avertit :

— Enjambe.

Je butai dans quelque chose : deux boursouflures, deux tertres mous. Foulés par toute une relève, les corps aplatis se recouvraient déjà d'un mince linceul de boue.

— D'ici demain, on ne les verra plus, fit une voix.

Le marmitage ennemi continuait, régulier, féroce. Mais, dans ce grondement continu, nous n'écoutions que les obus qui se fracassaient près de nous : les autres ne comptaient pas. A chaque salve, on se terrait, tapi sous le sac, guettant la torche rouge de l'explosion. Puis on repartait d'un trot cahotant.

Dans le dos de l'agent de liaison, qui parfois hésitait entre deux boyaux, les hommes grognaient, par habitude.

— C'est malheureux... Toujours les plus c... qu'on choisit pour conduire les autres... Tu vas voir qu'il va nous perdre.

Nous traversâmes en courant une route jonchée de pierraille et, abandonnant le boyau, nous contournâmes les ruines du village, en nous défilant derrière des bouts de mur qui nous venaient aux reins. Où allions-nous ? Relever qui ? On ne savait pas.

— Plus vite, plus vite, criaillait Morache.

Les fusées maintenant se voyaient très proches, derrière un talus, et leur courbe capricieuse semblait plonger sur nous. On n'entendait plus autour de soi la rumeur étouffée des relèves, le bourdonnement chamailleur des corvées ; tous les bruits s'étaient tus et, sous la rage tonnante du canon, on sentait tout près le grand silence inquiet des tranchées.

— Faites passer : silence, murmura notre guide.

— Aie pas peur, répondit Sulphart, personne veut chanter.

Un grand mur barrait la plaine, crevé, démantelé, avec de grands pans presque intacts. Il se dessinait tragiquement noir sur ce ciel de guerre d'un blanc cru. De loin en loin, un moignon d'arbre. Était-ce la sucrerie, depuis qu'on en parlait ? On bien le parc du château ?

— C'est là, fit tout bas l'agent de liaison.

Il y avait dans le mur une brèche plus large : on y passa. Des baïonnettes s'accrochèrent, un bidon tinta et, chacun suivant la silhouette d'un autre, on avança, butant dans les pierres. Avec un sifflement, deux fusées montèrent, d'un jet pareil.

— Ne bougez pas !

La lumière aveuglante éclaira brutalement l'endroit. Immobiles, sans même remuer la tête, les hommes regardèrent. D'un seul coup d'œil, ils virent les croix, les dalles, les cyprès : nous étions dans le cimetière. C'était un grand chantier de pierres broyées, d'arbres déchiquetés, et, dominant ces ruines, un grand saint sévère tenait sur ses bras joints un livre de marbre où, chaque nuit, les éclats sifflants gravaient des choses.

— Par ici, première section, commanda le sergent Ricordeau.

Notre file le suivit. Une torpille éclata à vingt pas, dans une gerbe rouge. Tout le monde s'abattit. Dans le noir, un blessé cria.

— Allons, vite, pressa le sergent... L'escouade à Bréval ici.

Devant moi, aplati contre un parapet de sacs, un guetteur grogna :

— Bande de c... Si vous gueulez comme ça, vous n'en reviendrez pas un. Les Boches sont pas à vingt mètres.

Ricordeau, qui tendait le cou pour reconnaître son monde, plaçait les hommes.

— Lemoine, au créneau, tu prends le premier. On va te passer les consignes. Bréval, tu as ces trois gourbis-là pour ton escouade, grouille...

Bréval et d'autres entrèrent dans une étroite chapelle, sans toit, et je les vis s'enfoncer sous terre, à plat ventre. Demachy, qui me précédait, jeta ses musettes dans un trou noir, au pied d'une dalle, et sauta. Je le suivis. Au même instant un éclatement terrible fit trembler la terre et cela grêla sur notre toit de pierre.

— Il était temps, dit Gilbert.

A tâtons, on cherchait à découvrir les choses autour de soi et nos mains glissaient sur les murs froids. Au-dessus de nos têtes, l'entrée s'ouvrait, comme une lucarne bleue.

— Bouchons ça et allumons.

On accrocha avec des cartouches une toile de tente pliée en deux et Gilbert fit craquer son briquet. La bougie à la mèche écrasée hésita, vacillante, puis la lumière éclaira notre trou. Les quatre murs luisaient, humides. Sur le dallage du caveau, il n'y avait qu'un matelas sale de vieux journaux, où l'on lisait des titres allemands.

— Les anciens locataires nous ont laissé de quoi lire, tu vois... Tiens, il y en a un qui a gravé son nom.

Sur la chaux nue, en effet, un Allemand, patiemment, avait commencé à graver : « Siegf... » Pourquoi vouloir laisser son nom dans ce tombeau ?... Et l'autre, le premier qu'on avait couché là, celui dont le nom devait être gravé sur la croix, qu'en avaient-ils fait ?

— Cela ne te fait rien d'être là-dedans ?... Au fond, tu sais, avec une couverture dessous et une dessus, on ne sera pas mal.

— Et puis, ces dalles-là, c'est épais, il faudrait que ça tombe en plein dessus. Je prends la veille le deuxième, de trois à cinq, et toi ?

On s'étendit. La place n'était pas plus large que dans un lit d'enfant : malgré la capote, la couverture et la mince litière de journaux, on sentait sous ses reins le froid de la pierre. J'avais posé la tête sur l'épaule de Gilbert, et, les mains glissées sous les aisselles, le col relevé, j'essayais de dormir. On ne voyait rien, rien...

Là-haut, dans un grondement épouvanté, le bombardement continuait, préparant leur contre-attaque, et, parfois, le coup de bélier d'une torpille ébranlait le cimetière. Une sorte de cauchemar lucide hantait mon esprit. Contre mon dos je sentais l'haleine humide du tombeau qui me faisait frissonner.

— Tu as froid ?

— Non.

Les os ?... Où a-t-on jeté leurs os ? Une idée bête me poursuit. Je voudrais sortir pour lire le nom, savoir dans le lit de qui je suis couché. Alors si une torpille cognait là, ce serait fini ? Pas la peine de nous enterrer, pas même besoin d'une croix : on l'a plantée pour l'autre. N'est-ce pas tenter la mort, n'est-ce pas la narguer que de coucher dans un tombeau ? Pourtant, ce n'est pas de notre faute à nous... Oui, je voudrais connaître le nom de l'autre. Malgré moi, je pense à lui. Je l'imagine couché, bien droit. Et, superstitieux, ayant peur, rigide comme lui, d'être pris pour un mort, je me recroqueville, je ramène mes genoux.

— Ce que tu remues !

Une ombre lourde nous écrase. Les deux murs rapprochés nous serrent l'un contre l'autre, comme deux gosses dans un giron. Gilbert non plus ne dort pas, je sens contre ma joue son souffle rapide.

Siegfried... Pourquoi n'est-il pas resté ici, puisqu'il avait gravé son nom ? C'est l'autre mort qui l'aura chassé, qui n'aura pas voulu, et il est allé mourir dehors, n'importe où, dans ces gravats hachés par la ferraille. Ce sont peut-être ses pieds raides qui, tout à l'heure, m'ont fait trébucher.

J'ai vu un mousqueton pendu à la branche d'une croix, des musettes sont accrochées, où étaient des couronnes, les obus ont tordu les grilles... En ai-je traversé, de ces cimetières de campagne où les chèvre-feuilles nouaient leurs branches sur les tombes oubliées ! Une fille en corsage rouge sarclait l'allée. C'était l'été. Non, ils ne pouvaient pas avoir aussi froid que nous, sous leur tertre d'herbe grasse ; nous sommes plus morts qu'eux, sous ces dalles où l'on tremble. Un frisson de froid et d'angoisse, glissant par mes manches, vient me glacer jusqu'au ventre. Ce n'est donc pas un mensonge, ce froid de la tombe dont parlent les poètes ? Oh ! ce que j'ai froid...

Là-haut, les obus à tâtons cherchent toujours des hommes dans le noir. On va dormir pourtant. Nous sommes, sous les croix, cinquante, cent morts qui dormons. Ressuscités, les veilleurs guettent, l'œil dur, par-dessus le parapet qui s'éboule. Combien de songes, combien de rêves, cette nuit, dans ces alcôves éternelles ?

Certes, ils doivent trouver les vivants bien ingrats
De dormir, comme ils font, chaudement, dans leurs draps...

Trois jours, cela fait trois jours que nous tenons le cimetière pilé par les obus. Rien à faire, qu'à attendre. Quand tout sera bouleversé, qu'il ne devra plus rester qu'un mélange broyé de pierres et d'hommes, ils attaqueront. Alors, il faudra qu'il surgisse des vivants.

Entre ces quatre murs qui se crénellent et s'éboulent, la compagnie est prisonnière, isolée du régiment par les marmites qui piochent les ruines, par les mitrailleuses qui balaient les pistes.

Le soir, quelques hommes de corvée partent, quelques brancardiers se hasardent. Et vite, en se cachant, ils exhument un homme d'un grand caveau de famille où des blessés geignent, sans soins possibles, depuis des jours. Ils volent un mort au cimetière.

Ils sont encore six, dans ce tombeau dont les Allemands ont fait un poste de secours. Quand on se penche sur cette bauge, on respire l'odeur terrible de leur fièvre et la plainte suppliante de leurs râles confondus. L'un d'eux est là depuis une semaine, abandonné par son régiment. Il ne parle plus. C'est une chose tragiquement maigre, avec des yeux immenses, des joues creuses salies de barbe, et des mains décharnées, dont les griffes raclent la pierre. Il ne bouge pas, pour ne plus sentir la blessure assoupie de ses cuisses broyées, mais une soif horrible le fait geindre.

La nuit, on lui porte de l'eau, du café quand il en arrive. Mais, dès midi, tous les bidons sont vides. Alors, brûlé de fièvre, il tend son cou maigre et lèche avidement la pierre du tombeau, où l'eau suinte.

Un petit, dans un coin, racle sa langue blanche avec un couteau. Un autre ne vit plus que par l'imperceptible halètement de sa poitrine, les yeux fermés, les dents serrées, toute sa force ramassée pour se défendre contre la mort, sauver son peu de vie qui tremblote et va fuir.

Il espère pourtant, ils espèrent tous, même le moribond. Tous veulent vivre, et le petit répète obstinément :

— Ce soir, les brancardiers vont sûrement venir, ils nous l'ont promis hier...

La vie, mais cela se défend jusqu'au dernier frisson, jusqu'au dernier râle. Mais s'ils n'espéraient pas les brancardiers, si le lit d'hôpital ne luisait pas comme un bonheur dans leur rêve de fièvre, ils sortiraient de leur tombe, malgré leurs membres cassés ou leur ventre béant, ils se traîneraient dans les pierres avec leurs griffes, avec leurs dents. Il en faut de la force, pour tuer un homme, il en faut de la souffrance, pour abattre un homme...

Cela arrive pourtant. L'espoir s'envole, la résignation, toute noire, s'abat lourdement sur l'âme. Alors, l'homme résigné ramène sur lui sa couverture, ne dit plus rien, et, comme celui-là qui meurt dans un coin de tombeau, il tourne seulement sa tête fiévreuse et lèche la pierre qui pleure.

On dirait que rien ne vit, dans ce chantier de gravats brûlé par le soleil. Cette nuit, on tremblait de froid dans les trous, maintenant on suffoque. Rien ne bouge. Ecrasé contre le parapet de sacs à terre, dont sa capote a pris la teinte, le guetteur attend, sans un mouvement, pareil à celui qu'on voit couché devant la chapelle, les bras en croix et la nuque béante, le crâne gobé par la blessure.

Les obus tombent toujours, mais on ne les entend plus. Hébétés, fiévreux, nous sommes allés en visite dans la tombe à Sulphart. On la reconnaît à son enseigne :

« Mathieu, ancien maire. »

Du matin à la nuit, il joue aux cartes avec Lemoine, et comme il perd, il crie, il injurie l'autre et l'accuse de le voler. Lemoine reste tranquille.

— Gueule pas tant, lui dit-il seulement, tu vas réveiller le maire.

Tassés tous les quatre dans le tombeau étroit, nous haletons. Il n'est que trois heures, tous les bidons sont à sec depuis longtemps, et les hommes de corvée qui partent à la brune ne rentreront pas avant minuit. Je ne parle plus, pour avoir moins soif. Cette poussière de pierre pilée et de poudre nous brûle la gorge, et les lèvres sèches, les tempes bourdonnantes, on pense à boire, à boire comme des bêtes, la tête dans un baquet.

— Tu paieras un seau de vin, hein, Gilbert, répète Sulphart... On se mettra à genoux autour et on boira à en crever.

Depuis qu'il nous a dit cela, l'idée nous poursuit. Cette jouissance impossible nous fascine jusqu'à l'égarement : boire, boire avec tout son visage, son menton, ses joues, boire à pleine auge.

Par instant, Demachy rage. « A boire, éclate-t-il, je veux boire ! »

Personne n'a plus rien, pas une goutte. Hier, j'ai payé un quart de café quarante sous, mais aujourd'hui le copain a préféré tout garder. Il y a un puits, pourtant, dans le village : une quinzaine d'hommes sont couchés autour. Les tireurs ennemis guettent, grimpés sur le mur ; ils attendent que le camarade qui s'est dévoué arrive, tous ses bidons en bandoulière, et ils le descendent, en visant bien, comme un gibier. Maintenant, on a posté un sous-lieutenant à l'entrée du boyau, et il empêche de passer. On ne va plus à l'eau que la nuit.

— Je te dis que j'irai, moi, gueule Sulphart... J'aime mieux risquer de me faire descendre que de la péter comme ça, je sens que je deviens dingue...

— Y va pas, tu vas te faire tuer, lui dit Lemoine.

Alors c'est sur lui que Sulphart passe sa rage :

— Nature, toi tu t'en fous, bouseux, t'as pas soif. C'est pas l'usage de boire quand on est aux champs, tu t'es habitué à sécher, au cul de la charrue, Parisien en sabots, gaveux de cochons...

— Si t'avais si soif, réplique raisonnablement Lemoine, tu gueulerais pas tant...

Alors, on se rassied, le dos au mur, et on attend. Faire la guerre n'est plus que cela : attendre. Attendre la relève, attendre les lettres, attendre la soupe, attendre le jour, attendre la mort... Et tout cela arrive, à son heure : il suffit d'attendre...

Quelqu'un a brusquement soulevé notre toile de tente, et cela a jeté dans le caveau une pelletée de jour.

— Venez vite, Bréval est blessé.

Demachy s'est redressé. Il dormait, une voilette nouée sur la figure, à cause des mouches.

— Hein ? Bréval ?

Et sans retirer sa voilette à ramages, qui sent encore la poudre de riz, il a couru vers la chapelle aux fusées, où l'on a traîné le caporal.

Il est blessé à la poitrine : une balle de shrapnell. Couché, la tête sur la marche de l'autel, il regarde les copains avec des yeux inquiets, de grands yeux apeurés. En apercevant Gilbert il a fait un signe de tête, comme un bonjour.

— Je suis content de te voir, tu sais.

Demachy, les mains tremblantes, dénouait sa voilette.

— C'est commode, ton truc, lui dit Bréval. Avec ces garces de mouches, on ne peut pas dormir. On avait tort de se foutre de toi.

Tout de suite fatigué, il a fermé les yeux. Malgré le paquet de pansement, une tache brune s'élargit sur sa capote. Il est bien touché. Brusquement sa lèvre s'est détendue, et comme un gosse il s'est mis à pleurer, à sangloter, avec une plainte douloureuse sous les larmes convulsives.

Gilbert lui a soulevé la tête pour la prendre sur son bras, et, penché sur lui, il lui a parlé, la voix bourrue.

— Qu'est-ce que tu as ?... Tu n'es pas fou. Il ne faut pas pleurer, ne te fais pas d'idées, voyons. Tu es blessé, ce n'est rien. C'est un filon, au contraire, on va t'emmener ce soir à l'ambulance et demain tu coucheras dans un lit.

Sans répondre, sans ouvrir les yeux, Bréval pleurait toujours. Puis cela s'est apaisé, et il a dit :

— C'est pour ma pauvre petite fille que je pleure.

Il a regardé Gilbert encore un long moment sans parler, puis semblant se décider, il lui a dit à mi-voix :

— Écoute, je vais te dire une chose, à toi tout seul, c'est une commission...

Gilbert a voulu l'arrêter, lui parler de la belle fiche d'évacuation à
la capote, le tromper... Mais il a hoché la tête.

— Non, je suis foutu. Je veux que tu me fasses une commission. Tu
vas me jurer, hein ? Tu iras à Rouen, tu verras ma femme... Tu lui diras
que ce n'est pas bien, ce qu'elle a fait. Que j'ai eu trop de peine. Je ne
peux pas tout te dire, mais avec un aide qu'elle a pris, elle a fait des
bêtises... Tu lui diras qu'il ne faut pas, hein, pour notre petite fille... Et
que je l'ai pardonnée avant de mourir. Hein, tu lui diras...

Et il s'est remis à pleurer, silencieusement. Personne ne disait rien.
Nous le regardions tous, penchés sur lui comme sur une tombe qui
s'ouvre. Il s'est enfin arrêté de pleurer, n'ayant plus qu'une plainte aux
lèvres, et s'est tu un moment. Puis ses dents se sont serrées, et se
redressant sur ses coudes, l'œil farouche, il a grincé :

— Et puis, non ! Je ne veux pas... Écoute, Gilbert, au nom du bon
Dieu, je te demande d'aller à Rouen. Il faut que tu y ailles !... Tu me
le jures. Et tu lui diras que c'est une vache, t'entends, tu lui diras que
c'est à cause d'elle que je suis crevé... Il faut que tu lui dises... Et tu
le diras à tout le monde, que c'est une salope, qu'elle faisait la vie
pendant que j'étais au front... Je la maudis, t'entends, et je voudrais
qu'elle crève comme moi, avec son type... Tu lui diras que je lui ai
craché à la figure avant de mourir, tu lui diras...

Il tendait son maigre visage, terrible, un peu de bave rouge au coin
des lèvres. Blême, Gilbert cherchait à l'apaiser. Il l'avait pris par le
cou, très doucement, et voulait le coucher... L'autre, n'en pouvant plus,
s'est laissé faire. Il est resté un long moment inerte, les yeux fermés,
puis de grosses larmes ont coulé de ses paupières closes.

Penché sur lui, Gilbert lui frôlait le front de son haleine, jusqu'à
sentir contre ses lèvres la sueur suprême qui déjà perlait à ses tempes.

— Allons vieux, ne pleure pas, répétait-il d'une voix que des larmes
contenues éraillaient... Ne pleure pas, tu n'es que blessé.

Et il caressait pieusement la maigre tête qui pleurait. Bréval a murmuré plus bas :

— Non... Pour la petite fille... vaut mieux pas lui dire tout ça... Tu
lui diras qu'il faut être sérieuse, hein, pour la petite... qu'il faut lui
donner du bonheur, et pas le mauvais exemple. Tu lui diras qu'il faut
se sacrifier à la gosse. Tu lui diras que je lui ai demandé ça avant de
mourir, et que c'est dur de mourir comme ça...

Les mots coulaient de sa bouche, tout doucement, comme coulaient
ses larmes. Dans le coin, la tête dans son bras replié, Sulphart sanglo-
tait. Le lieutenant Morache, qu'on avait prévenu, était livide. Il voulait
se maîtriser, mais on voyait ses lèvres et son menton trembler.

Bréval ne bougeait plus ; on n'entendait que sa respiration courte qui
sifflait. Mais il a brusquement sursauté dans les bras de Gilbert, comme

s'il cherchait à se redresser, et lui serrant durement la main, il a gémi en suffoquant.

— Non... Non... je veux qu'elle sache... J'ai eu trop de chagrin... Tu lui diras que c'est une garce, tu lui diras...

Il parlait avec peine à présent, il dut s'arrêter, épuisé. Sa tête retomba lourdement sur le bras de Gilbert, dont la capote se tachait de sang. Plus pâle que le mourant, il le berçait et, doucement, il essuyait sa bouche, où l'écume venait crever en bulles rosâtres. Bréval chercha encore à ouvrir ses yeux, aux paupières trop lourdes, et voulut parler :

— Petite fille heureuse... faut pas... Tu lui diras, hein... tu...

Sa prière inconnue s'éteignit, comme vacillait le dernier regard dans ses yeux de pauvre homme. Et comme s'il avait cru lui garder encore un instant de vie en le cachant à Celle qui emporte les morts, Gilbert le serrait contre sa poitrine, sa joue contre sa joue, les mains sous ses épaules, et pleurant sur son front.

— Ils attaquent !

Gilbert et moi avons bondi ensemble, assourdis. Nos mains aveugles cherchent le fusil et arrachent la toile de tente qui bouche l'entrée.

— Ils sont dans le chemin creux !

Le cimetière hurle de grenades, flambe, crépite. C'est comme une folie de flammes et de fracas qui brusquement éclate dans la nuit. Tout tire. On ne sait rien, on n'a pas d'ordres : ils attaquent, ils sont dans le chemin, c'est tout...

Un homme passe en courant devant notre trou et s'abat, comme s'il avait buté. D'autres ombres passent, courent, avancent, se replient. D'une chapelle ruinée, les fusées rouges jaillissent, appelant le barrage. Puis le jour semble naître d'un coup ; de grandes étoiles blafardes crèvent au-dessus de nous, et, comme à la lueur d'un phare, on voit naître des fantômes, qui galopent entre les croix. Des grenades éclatent, lancées de partout. Une mitrailleuse glisse sous une dalle, comme un serpent, et se met à tirer, au tir rapide, fauchant les ruines.

— Ils sont dans le chemin, répètent des voix.

Et, aplatis contre le talus, des hommes lancent toujours des grenades, sans s'arrêter, de l'autre côté du mur. Par-dessus le parapet, sans viser, les hommes tirent. Toutes les tombes se sont ouvertes, tous les morts se sont dressés, et, encore aveugles, ils tuent dans le noir, sans rien voir, ils tuent de la nuit ou des hommes.

Cela pue la poudre. Les fusées blanches, en tombant, font courir des ombres fantastiques sur le cimetière ensorcelé. Près de moi, Maroux, en se cachant la tête, tire entre deux sacs dont la terre coule. Un homme se tord dans les gravats, comme un ver qu'on a coupé d'un coup de bêche. Et d'autres fusées rouges montent encore, semblant crier : « Barrage ! barrage ! »

Les torpilles tombent, par volées, défonçant les marbres. Elles arrivent par salves, et c'est comme un tonnerre qui rebondirait cinq fois.

— Tirez ! tirez ! hurle Ricordeau qu'on ne voit pas.

Abasourdis, hébétés, on recharge le lebel qui brûle. Demachy, sa musette déjà vide, a ramassé les grenades d'un copain tombé et les lance, avec un grand geste de frondeur. Dans le fracas, on entend des cris, des plaintes, sans y prendre garde. Il y en a certainement qui sont ensevelis. Un instant, les fusées découvrent un grand mort, couché sur une dalle, tout en long, comme un homme de pierre.

En rafale, notre barrage arrive enfin et une haie rouge de fusants crève la nuit, en tonnant. Les obus se suivent, mêlant leurs aiguillées, et cela forge une haie de fer au-dessus de nous. Percutants et fusants se plantent furieusement devant nos lignes, barrant la route, et, empanaché de fusées, claquant d'obus, le cimetière semble vomir des flammes. D'un parapet à l'autre, les hommes courent sans savoir, trébuchant, se poussant. Beaucoup culbutent, la tête lourde, les reins pliés, et les tombes en vomissent toujours d'autres, dont les shrapnells et les fusées découvrent les silhouettes traquées.

Au centre, devant le saint impassible, les torpilles piochent, hachant les soldats sous les dalles, écrasant les blessés au pied des croix. Dans les tombes, sur les gravats, cela geint, cela se traîne. Quelqu'un s'abat près de moi et me saisit furieusement la jambe, en râlant.

Les coups précipités nous cognent sur la nuque. Cela tombe si près qu'on chavire, aveuglé d'éclatements. Nos obus et les leurs se joignent en hurlant. On ne voit plus, on ne sait plus. Du rouge, de la fumée, des fracas...

Quoi, est-ce leur 88 ou notre 75 qui tire trop court ?... Cette meute de feu nous cerne. Les croix broyées nous criblent d'éclats sifflants... Les torpilles, les grenades, les obus, les tombes même éclatent, tout saute, c'est un volcan qui crève. La nuit en éruption va nous écraser tous...

Au secours ! Au secours ! On assassine des hommes !

13

La maison du bouquet blanc

C'est la fin du dîner. Qu'on serait bien s'ils se taisaient. La lumière jaune de la bougie danse dans une bouteille vide. Il reste un peu de vin au fond des quarts, un vin blond, un peu trouble, qui poisse les doigts et caresse la gorge. Dans l'âtre, de grosses solives se consument en pétillant.

Penché sur une bassine fumante, rouge et luisant de sueur, Sulphart attentif prépare notre vin chaud. Il a retroussé ses manches jusqu'aux coudes et largement ouvert sa chemise sur sa poitrine velue. A son côté gauche pendillent six épingles de nourrices mises en brochette : le seul insigne qu'on n'ait pas volé aux soldats. Lemoine est assis devant le feu, sur un billot, ses larges mains inutiles tombées placidement jointes entre ses genoux, et il regarde faire son copain avec un petit sifflement qui n'a l'air de rien mais où Sulphart, susceptible, devine une critique.

— T'espère pas m'apprendre à faire du vin chaud, non, peau d'hareng ! raille-t-il avec aigreur. J'dis et j'prétends que pour adoucir, il faut ajouter deux quarts de flotte par litre de pivre et mettre cinq bons morceaux de sucre par quart.

— C'est de trop, répond tranquillement Lemoine. Tu sens plus l'vin.

— On sent plus l'vin, qu'il dit !

Mais au lieu de se mettre en colère, Sulphart hausse simplement les épaules, comme s'il acceptait bénévolement d'être outragé.

— J'aime mieux pas discuter, tiens, t'y mets tout de suite d'la mauvaise foi.

Lemoine ne réplique pas. Il crache dans le feu et songe à des choses... Le vin chante dans la bassine.

Les murs de la ferme sont très vieux, trapus et noircis. La fenêtre a des petits carreaux poussiéreux que le clair de lune traverse en hésitant. De précieuses toiles d'araignées, qu'on dirait de velours gris, pendent du plafond où se tord une énorme poutre de châtaignier. Toute la guerre et tous les champs, tout cela tient dans cette pièce sombre, raconté par quelques objets disparates qui traînent : des terrines sur un bahut bancal, des cartouches dans une jarre, des sacs d'on ne sait quoi, des fusils alignés, des casques, un grand van.

Accroupi sur un petit escabeau de trayeuse, Broucke fait rôtir ses jambes nues, regardant fumer son pantalon bleu qu'il a mis à sécher au-dessus de l'âtre, avec le linge de Maroux.

— J'pourrai cor mieux dormir, explique-t-il à notre nouveau caporal. Ché poux n'me maqueront plus le ventre.

A la grande table — un antique établi au bois entaillé, avec une planche sur deux paniers en guise de chaise —, l'escouade achevait son repas, dans un brouhaha. Un camarade mangeait debout, lapant dans son assiette de fer-blanc. A genoux, un autre cassait du bois mouillé, des branches pluvieuses d'automne qui brûlaient en fumant.

Brutalement poussée, la porte s'ouvrit, laissant entrer la nuit froide, comme un intrus.

— Aux distributions, les gars ! cria le gros Bouffioux. Qui c'est qui vient avec moi ?

— J'y vas, répondit Maroux.

— J'te suis, dit le petit Belin en se levant.

— Oublie pas de revenir, hein, cria Sulphart au cuisinier, sans ça, gare tes os. T'as promis de payer le coup.

La porte se referma et notre intimité sembla soudain meilleure, la chaleur plus douce :

— On se dirait chez soi, murmura un copain heureux.

Rares minutes où le bonheur vient nous visiter, comme un ami qu'on n'espérait plus revoir. Rares instants où l'on se souvient d'avoir été un homme, d'avoir été un maître, le plus puissant de tous : son maître. Un feu qui flambe, une table, une lampe, voici le passé qui revient...

Un des nouveaux, s'étant essuyé les mains après son pantalon de velours, sortit délicatement une photo de son livret militaire écorné.

— Elle est jeunette, hein ? C'est ma femme... Elle avait pas dix-huit ans quand je l'ai eue.

— T'as plus de goût qu'elle, lui dit Sulphart.

— Qui c'est qui t'remplace depuis qu'elle est veuve ?

Broucke se mit à rire. Pourtant, un tic avait tiré la bouche du camarade, et presque bégayant, il répliqua :

— Déc... pas. J'comprends pas qu'on blague là-dessus. Si t'étais marié, tu comprendrais.

— J'suis marié, crâna Sulphart. Seulement j'suis pas jaloux : la mienne s'explique pour m'envoyer des colis.

Les autres avaient tous sorti une photo, d'un portefeuille usé ou d'un livret gras de sueur. On se les passait de main en main, portraits gauches de jolies filles endimanchées et de ménagères en robe noire, serrant contre elles un gosse à la cravate bien nouée.

A la grande table, on se disputait le dessert : des biscuits fades et poussiéreux que Gilbert avait offerts. On buvait beaucoup. Devant le feu, le petit Belin racontait une histoire.

— C'étaient des gars morts à l'ambulance. T'as pas vu le cercueil du quatrième ? Le sang avait coulé à travers, ça avait taché le drapeau. C'était le sergent, celui-là...

Ils vidaient quart sur quart, la face allumée.

— Tu te souviens du jour qu'on a cassé la gueule au père Cent... Trente litres pour huit ! C'qu'on était pleins...

— Et le nouveau juteux, un Corse...

Sulphart et Lemoine, qui avaient fait le partage du vin chaud, échangeaient leurs souvenirs à tue-tête, comme s'ils s'étaient confessés à toute la ferme.

— Y gueulaient tous : « Tirez pas ! Camarades anglais ! » Et tout d'un coup, pif, ping ! ping !... C'étaient les Boches... Ah ! les fumiers !

— Moi, j'avançais en tenant ma musette devant moi, comme si ça pouvait arrêter une balle... Ce qu'on est bille dans ces moments-là.

Demachy les écoutait en respirant la chaude haleine de son vin chaud. A ce moment, on entendit galoper dans la cour, et Bouffioux entra en soufflant.

— Eh ! les gars, dit-il en jetant sur l'établi son sac plein de lentilles, on va se marrer. J'paie le coup dans une boîte où il y a des poules.

Tous s'étaient retournés vers lui, alléchés et méfiants.

— Quoi ? Tu cherres... Non, sans blague, tu veux nous l'mettre.

Mais la face épanouie du gros Normand, sa peau radieusement tendue, ses yeux luisants, tout prouvait qu'il ne mentait pas.

— Des poules qui marchent, parfaitement, affirma-t-il. Des poules qu'en demandent.

— Elles en auront ! hurla Sulphart.

Tous se levèrent en se bousculant et entourèrent Bouffioux.

— C'est le grand Chambosse, de chez le vaguemestre, qui m'a raconté... C'est une crèche au bout du patelin, une grande maison qu'a les volets fermés, comme de bien entendu. Et pour qu'on se gourre pas, les gonzesses ont collé un bouquet blanc à la porte.

Un tumulte éclata, de rires et de cris. La chair allumée, ils s'apprêtaient hâtivement et se bourraient les côtes en rigolant. Fébrile, Broucke se reculottait, enroulant sa ceinture de flanelle sans la tendre, comme une corde, autour de son pantalon mouillé.

— Partez point sans mi, suppliait-il.

— En patrouille, les gars, beuglait Sulphart, déjà sûr de les séduire toutes.

Seul Gilbert restait calme. Il semblait se méfier.

— Je le connais Chambosse, me dit-il, un voyou, un bourreur de crâne... Il aura voulu faire marcher ce gros idiot.

Mais les autres étaient déjà prêts.

— On n'attend pas Maroux ?

Tous protestèrent, pressés d'y être.

— Ah ! non, allons-y vite, des fois qu'ils auraient trop de monde. Il nous rejoindra.

Nous partîmes. La terre gercée de cette nuit de novembre sonnait sous les pas comme une boîte creuse. Le ciel lui-même semblait glacé, un grand ciel d'étain sombre, tout piqué d'or. Dans les granges voisines, on chantait en chœur. Par une fenêtre aux carreaux cassés, j'aperçus quelques visages brutalement éclairés par une lanterne, et dans le fond noir de la salle, des ombres qui dansaient au son d'un accordéon. Devant la mairie, accroupis autour d'une flambée, des mitrailleurs préparaient un brûlot dans une gamelle.

— Où que vous allez ?

— En reconnaissance, leur répondit Sulphart qui courait devant.

On s'était mis en file indienne, comme une relève dans les boyaux. Ne connaissant que cela, on jouait à la guerre.

— Pas si vite en tête, criait Belin.

— Faites passer, la troisième ne suit pas...

— Attention au fil !

Sulphart imitait la voix croassante du commandant.

— Mais on s'y perd, dans ce secteur, on s'y perd. La liaison à moi...

Le clair de lune poudrait les champs et couchait sur la route blanche l'ombre des arbres. La nuit avait détaché les bois ancrés au sol et on les voyait prendre la mer, sur la brume infinie. Là-bas, le canon fatigué n'aboyait plus. On se mit à chanter. Broucke nous conduisait, sans savoir où c'était. Gilbert et moi venions derrière, en nous donnant le bras.

En revenant de Montmartre,
De Montmartre à Paris,
J'rencontre un grand prunier qu'était couvert de prunes.
Voilà l'beau temps...

Nous chantions à tue-tête comme si nous avions voulu dépenser notre joie brutale à coups de gueule.

Voilà l'beau temps,
Ture-lure-lure,
Voilà l'beau temps,
Pourvu que ça dure,
Voilà l'beau temps pour les amants.

— Ne criez pas comme ça, nous dit Maroux qui nous rejoignait en courant. On va se faire poirer.

— Sûrement, approuva Lemoine, qui suivait en traînant ses grands pieds paresseux. Et si les poules entendent gueuler, ça sera midi pour entrer.

Obéissants, nous étouffâmes notre joie en gros rires assourdis.

— J'm'en ressens, confessait Sulphart.

— Y paraît que la patronne, c'est une bath brune, expliquait Bouffioux, une belle femme tout à fait.

— Mi, j'l'o vue, s'écria Broucke. Elle o une paire ed'z'yeux grands comme m'n'assiette... Ah ben, si c'est cheulle-lo on auro du plaisir...

Nous arrivions au bout du pays, où les fermes s'espaçaient. Quelque chose de sombre se dessina, tassé sur le bord de la route.

— Une sentinelle ! s'exclama Maroux.

Le soldat, un vieux territorial, nous regardait venir sans émotion, accoudé sur son fusil. Un cache-nez qui l'entortillait jusqu'aux yeux étouffait sa voix.

— Vous n'avez pas le mot ? nous demanda-t-il. C'est Clermont...

On passa vite, presque en courant, et bientôt, dans la nuit légère, nous aperçûmes une grande bâtisse blanche, peinte de lune, avec ses volets clos.

— C'est là !

A pas muets, nous approchâmes. Oui, c'était bien là : un bouquet blanc était fixé au-dessus de la porte. Tous le virent en même temps et un murmure de joie remercia Bouffioux.

— J'cogne, dit Sulphart agité.

Il frappa. Nous écoutions, respirant à peine, serrés coude contre coude. Broucke avait un petit rire de poule qui glousse. Sulphart, l'oreille collée au panneau de la porte, nous fit signe de nous taire. On entendit marcher, puis une clef tourna dans la serrure et la porte s'ouvrit à demi, comme une bande de lumière. Une seconde, nous entrevîmes un beau visage de femme, très pâle, avec des bandeaux noirs. Puis aussitôt, brutalement, la porte se referma.

— C'est cheulle-lo, s'était écrié Broucke, n'ayant vu que les yeux, ses beaux grands yeux.

— Quoi qu'y s'passe ? s'étonna Bouffioux. Et nous restions interloqués, déçus, devant la porte refermée. Personne ne comprenait.

— Elle est louf la môme, grogna Sulphart prêt à se fâcher. Hé ! là-dedans...

Et il cogna à la porte.

— Ils vont pas nous laisser à la cour, non ? Lemoine, qui se tenait en arrière, les mains dans les poches, hocha sentencieusement la tête.

— Elle a trouvé qu'on était d'trop, jugea-t-il. Y en a qu'auraient dû s'planquer.

— C'est pas une raison pour ne pas ouvrir, ragea Sulphart. Et brutalement, le poing fermé, il cogna plus fort. Rien ne répondit.

— Non, comment que j'dresserais ça à coups de latte, si j'étais civil, mâchonnait-il, les dents serrées.

Lemoine espérait encore. Il ne pouvait pas croire que ce chaud bonheur qu'il avait convoité s'était si vite enfui.

— Sans charre, murmurait-il, elle va revenir...

— On a de quoi payer ! cria Bouffioux, qui connaissait le cœur des femmes.

Lemoine, à tout hasard, cria le mot d'ordre : « Clermont ! Clermont ! » pensant qu'on n'admettait peut-être dans la maison que les militaires en règle.

Chacun à son idée se mit à brailler quelque chose, croyant décider les femmes.

— Hé ! les poules. On vient pour vous pousser la romance. Ouvrez-nous quoi. On a des sous... On paie le champagne.

Pinçant une imaginaire mandoline, Sulphart se mit à chanter une sérénade sous les fenêtres éclairées :

Si je chante sous ta fenêtre,
Ainsi qu'un galant troubadour...

Un autre tambourinait plus fort contre la porte, sur la cadence des lampions, en criant : « La patronne ! La patronne ! » tandis que Broucke s'égratignait, à vouloir escalader les murs jusqu'aux persiennes closes. On n'ouvrait toujours pas. Alors tous en chœur, on attaqua un refrain :

Si tu veux faire mon bonheur,
Marguerite ! Marguerite !
Si tu veux faire...

Les femmes devaient aimer la musique. La porte se rouvrit, toute grande cette fois.

— Ah ! cria notre bande.

Ce fut comme une longue clameur de feu d'artifice, à la première fusée. Et l'on s'élança...

La belle brune se tenait en arrière, levant sa lampe pour nous éclairer. Ils voulaient tous entrer ensemble, et s'écrasaient en riant. Ayant foncé le premier, Sulphart tendait déjà goulûment les mains. La femme le repoussa.

— Vous venez pour vous amuser, dit-elle d'une voix dure qui me surprit, vous voulez voir ?... Tenez, c'est joli, ça vaut la peine...

Et brutalement, elle poussa une porte...

Dans la grande pièce froide et nue, une bougie veillait, près d'un petit lit de fer. Un enfant y était couché, tout blanc, ses mains frêles serrant sur sa petite poitrine un gros crucifix noir. Une branche de buis baignait dans une soucoupe. Sans un cri, effarée, l'escouade reflua...

C'est la coutume, dans ce pays, de placer un bouquet à la porte des maisons où est mort un enfant.

14

Mots d'amour

La pluie fouettait la boue et les hommes. On ne la voyait pas, mais on entendait grêler ses rafales sur la terre molle et les capotes trempées.

La nuit cachait tout, une nuit épaisse, sans ciel, sans horizon, et les dernières corvées de soupe qui sortaient du boyau n'avaient pour se guider que le bourdonnement étouffé des voix. Les hommes avançaient, les paupières plissées, les joues froides. Le vent leur sifflait dans les oreilles, un vent perdu qui ne trouvait rien à secouer, ni branches ni choses.

Autour des cuisines roulantes, les escouades se tassaient. Les soldats étaient blottis sous les voitures, comme des mendiants sous un porche. Les premiers à servir se bousculaient, tendant leur plat ou leur bouteillon. La pluie entrait par paquets dans la chaudière ouverte et l'homme de la dernière escouade, qui piétinait dans une mare, grommelait en pressant les autres :

— C'est plus du ragoût qu'on va toucher, ce sera de la soupe.

Debout sur sa voiture, comme un forain misérable obstiné à faire la parade, un cuistot brandissait une grande croix de bois blanc, toute neuve.

— La septième est pas là ? braillait-il. Qui c'est qu'a commandé une croix ?

Il s'agitait, semblait l'offrir comme une plaque de loterie. Les hommes s'interrogeaient.

— Ils ont un tué à la septième ?

— Oui, Audibert, une torpille. Ils l'ont enterré au chemin creux.

Ruisselants, le pantalon collé aux cuisses, ils pataugeaient en bavardant. Plusieurs, penchés sur le tonneau qui glougloutait, regardaient distribuer le vin. Sulphart surveilla un long moment le partage, ses boules de pain toutes visqueuses en brochette sur son gourdin, puis il sortit du groupe.

— Prends les babilles, Demachy. J'vas toucher le cric.

Les lettres, Gilbert n'était venu que pour cela. Il avait demandé à aller à la soupe — quatre heures aller et retour dans la boue gluante des boyaux — pour être sûr d'avoir la lettre de Suzy, la chercher lui-même dans le tas du fourrier : cela faisait cinq jours qu'il n'avait rien reçu d'elle, cinq nuits qu'il rageait au créneau contre le vaguemestre, le fourrier, les cuistots, tous ceux qui devaient lui voler ses lettres. Ce soir, n'y tenant plus, il s'était offert pour la corvée.

Plusieurs fois, il arrêta le vieil engagé qui courait du tonneau aux voitures, surveillant les cuisiniers.

— Est-ce que j'ai des lettres ?

Mais le fourrier n'avait pas le temps.

Enfin, le vin distribué, il vint s'abriter sous une roulante et sortit ses lettres d'un sac, nouées par escouades. Aussitôt toutes les ombres éparses se détachèrent de la nuit et se groupèrent.

— Aux lettres ! aux lettres !...

Le cercle bourdonnant se serra autour de la voiture, ceux des premiers rangs accroupis, d'autres faufilés entre les roues. On voulait être tout près pour mieux entendre. C'était la meilleure ration qu'on allait partager : ce qu'on touche de bonheur pour vingt-quatre heures. Éclairé par une lampe électrique de poche, dont on assourdissait la lueur sous un bonnet de police, le fourrier lisait mal. On écoutait, les mains et le cœur tendus.

— Présent... Présent.

Chaque homme, dès qu'il tenait son paquet, cherchait vite sa lettre avec ses doigts mouillés, et malgré l'ombre épaisse, malgré la pluie qui aveuglait, il la reconnaissait aussitôt, rien qu'à la forme, rien qu'au toucher. Le sac fut bientôt vide. Un murmure de déception s'éleva :

— Eh bien et nous alors ?... Y en a pas pour moi ? Tu es sûr, t'as bien regardé ?... Ah, on est fadé comme vaguemestre... Il doit les foutre en l'air au burlingue.

Ceux qui n'avaient rien reçu s'écartaient découragés, et pour se soulager de leur rage impuissante, ils regardaient le fourrier d'un air mauvais, comme s'ils l'avaient vraiment soupçonné de jeter leur courrier aux feuillées.

— T'en fais pas, il reçoit les siennes, lui.

Gilbert était heureux. En prenant son paquet, il avait tout de suite reconnu la large enveloppe de Suzy qui dépassait. Une bouffée de bonheur lui était montée à la tête.

Maintenant qu'il avait sa lettre dans sa poche il n'était plus pressé de la lire, il ne voulait pas dépenser toute sa joie d'un seul coup. Il la goûterait à petits mots, lentement, couché dans son trou, et s'endormirait avec leur douceur dans l'esprit.

Dans le champ de ténèbres, entre les voitures embourbées que les cuisiniers poussaient à la roue en jurant, les hommes se hélaient. Pesantes silhouettes encapuchonnées sous des toiles de tente, peaux de mouton grossièrement ficelées, ombres étranges chargées de sacs, de plats et de bidons. Pour préserver le rata, ils couvraient les bouteillons comme ils pouvaient, avec un pan de capote, un bout de capuchon, un journal mis en couvercle. Emportée par des coups de vent, la pluie tombait plus serrée, plus rageuse. Elle crépitait sur les casques et glissait dans le cou, malgré le mouchoir noué en foulard. On frissonnait.

— En route, la troisième.

Les corvées repartaient, compagnie par compagnie, en longues files titubantes. Dans un bourdonnement, la plaine noire se vidait de ses ombres.

La boue venait à mi-jambes, dans le boyau. L'eau coulait de partout, de la paroi gluante et de la nuit. Ils pataugeaient dans ce ruisseau de glu noire, et, pour ne pas s'embourber, il fallait poser le pied dans l'empreinte des autres, marcher de trou en trou. On n'entendait que les clapotis des pieds arrachés à la vase et les grognements des hommes qui devaient marcher de biais, à cause de leur charge. La paroi molle collait aux coudes et des paquets de boue tombaient dans les seaux de vin ou de rata en faisant « floc ! ».

Plus on avançait, plus le ruisseau était profond. Les pieds hésitants cherchaient un coin solide où se poser ; puis un faux pas, et l'homme glissait jusqu'aux genoux dans un puisard d'écoulement. Alors, ne pouvant pas se mouiller plus, il lançait un « m... ! » résolu, et repartait tout droit, s'enfonçant délibérément dans la vase. Des blagues, à présent, se mêlaient aux jurons.

— Moi, je vais demander au colonel de faire venir ma femme.

— Eh, t'as lu, à Paris, ils ne trouvent pas de voiture en sortant du théâtre.

— T'en fais pas, le baromètre est au beau.

Chaque pas était un effort, la fange aspirant les lourds godillots, et, malgré la pluie, il fallait s'arrêter pour faire la pause. Le dos bossu, les mains au chaud dans les poches, les hommes soufflaient. Les prévoyants n'oubliaient jamais leur quart ; il passait de main en main et chacun puisait un coup de vin dans le seau de toile, ou bien, à la régalade, ils buvaient au bidon un peu de café chaud.

Les tranchées ne tiraillaient pas, engourdies sous la pluie. Pas un obus. On n'entendait rien que le sourd effort de la corvée. De loin en loin, la troupe fatiguée se jetait dans une autre, venant en sens inverse, ou dans une relève. Les deux files luttaient front à front, têtues, ne voulant pas céder le pas. Un officier au capuchon baissé lançait des ordres que personne n'écoutait. De bande à bande, des injures se croisaient :

— Allez-vous reculer... Tu parles de c... On est chargé.

— On ne peut pas. Y a des brancardiers derrière.

Une fusée blafarde, dont la lumière se diluait dans la pluie, démasquait un instant une corvée chargée d'outils. Puis tout cela se mêlait. Incrustés dans la paroi, les jambes et le dos dans la boue, les hommes se croisaient, dans un brouhaha de jurons. On repartait, des grognements à l'arrière.

— Pas si vite, en tête !... Faites passer, ça ne suit pas...

Au prochain tournant, la colonne aveugle brusquement s'arrêtait devant un nouvel obstacle. Seuls les premiers savaient, les autres ne voyaient rien que la file des dos voûtés qui se perdait dans le noir. Les mains glacées posaient leur charge.

— Eh bien quoi ? On repart ?

De l'avant, l'ordre revenait :

— Laissez passer, un blessé.

Le fossé de fange étant à peine assez large pour un brancard, il fallait donner le passage aux porteurs. La queue de la corvée refluait dans un gras clapotis de boue agitée, jusqu'à la dernière parallèle. Des hommes, à quatre pattes, s'enfonçaient dans des niches et ceux qui n'avaient pas de trous où se tapir, ayant posé leur pain ou leurs bouteillons sur le bord du boyau, se hissaient dehors en s'agrippant au parapet gluant dont la terre cédait sous les paumes.

Des exclamations s'entendaient :

— Mon vin qu'est foutu par terre !

Agenouillés sur le bord du talus, les hommes regardaient passer le blessé, quelque chose de rigide sous la couverture brune, les lourds godillots dépassant. La face blême, les yeux immenses, les lèvres serrées, il ne parlait pas ; rien qu'un gémissement rauque, quand les porteurs heurtaient son brancard. Il ne semblait voir personne, comme s'il regardait en lui-même la vie s'enfuir.

Sa main pendant, comme une chose morte.

Ecrasés sous la charge, les brancardiers ahanaient, patinant dans la boue, et comme se rapprochait le sourd bourdonnement d'une autre corvée, celui de tête prévenait d'une voix épuisée :

— Laissez passer... Un blessé.

Il fallait attendre que la file fût reformée pour repartir. Les escouades se cherchaient : voix perdues dans le noir et la pluie. L'eau avait crevé tous les couvercles de papier et ce qui ruisselait des parois s'égouttait dans les plats. De la queue, les voix appelaient toujours :

— Pas si vite... Ça ne suit pas.

Mais la pluie les chassait devant elle, cinglant les joues gelées, et ils pataugeaient dans la boue, sans rien entendre, sans rien voir, chaînons fourbus de la longue file transie.

A la parallèle de Nancy, où notre section était en réserve, la corvée bifurqua. Sulphart, ayant posé sa brochette de boules et son plat de rata, alla de trou en trou.

— A la soupe, les gars ! criait-il.

En même temps que sa voix, ils entendaient la pluie rageuse. Des grognements endormis répondaient.

— Tu peux te la carrer dans le train, ta soupe... Bon Dieu que ça tombe, faudrait avoir faim.

Pourtant quelques-uns sortirent. Dans une étroite cagna, à ras de terre, une bougie s'alluma. Accroupis ils remplissaient leur gamelle et on les entendit manger.

— Je prends min quart ed'vin, dit Broucke.

Mais de son trou, Maroux réveillé cria :

— Passez-moi le seau de vin et l'eau-de-vie. Je veux pas qu'on y touche. Je distribuerai au jour.

Gilbert les lui porta avec le paquet de lettres et courut jusqu'à son trou. Il se courba pour passer sous les sacs à terre et sauta. Cela éclaboussa comme s'il avait mis le pied dans un ruisseau. La pluie, malgré la planche qu'il avait posée pour former barrage, avait pénétré dans sa cagna et, comme elle était creusée en pente, cela faisait vers l'entrée une petite mare. Encore s'agenouiller dans la boue pour creuser un puisard à coups de pelle-bêche, encore écoper avec sa boîte à singe, lutter contre cette eau qui s'infiltre malgré tout... Il n'en eut pas le courage. Tant pis, il resterait acagnardé au lieu de s'étendre.

Il retira son caoutchouc et fut tout heureux de trouver sa capote sèche. Dans la nuit crépitait la pluie et il sourit en l'écoutant. Il était à l'abri, il était chez lui ; rien à faire qu'à lire sa lettre, la relire, puis dormir avec elle.

Ayant déroulé ses molletières de boue et raclé ses godillots, il glissa ses pieds mouillés dans deux petits sacs à terre, qui lui tiendraient chaud. Puis il s'enroula dans sa couverture, jeta son caoutchouc luisant sur ses genoux et moucha sa bougie humide. Plus rien à désirer, à présent...

Il lisait :

« Je me plais beaucoup ici, l'hôtel est très gai. De loin, on ne voit que son toit rouge : les mimosas cachent le reste.

« A propos, j'ai retrouvé à l'hôtel un ami dont je t'ai déjà parlé, Marcel Bizot. C'est un charmant garçon que je serai heureuse de te faire connaître, après la guerre.

« Nous sortons souvent ensemble. Cela ne t'ennuie pas, mon grand ? J'aime mieux te le dire, parce qu'il y a des imbéciles qui nous ont rencontrés et je les crois capables de t'écrire des méchancetés. J'ai fait le Mal Infernet, avec lui. Le Mal Infernet, tu te souviens. »

Dehors une relève passait, lente rumeur de bruits sourds. L'eau ruisselait toujours à l'entrée du gourbi, et, goutte à goutte, pleurait dans la mare.

Un frais parfum montait de la lettre : de la verveine. Autrefois, elle le poursuivait avec son vaporisateur sous le nez, pour lui faire peur. Si

loin, le temps des parfums. Et toujours si près de son cœur, pourtant...
Le regard et la pensée vagues, il écoutait la pluie chanter.

Sulphart souleva la toile et, pissant d'eau, sauta dans le trou.

— Ouf ! Ça y est... T'avais une lettre ?

— Oui, répondit Gilbert la voix distraite.

Pensait-il ? Immobile, son sourire d'enfant déçu au coin des lèvres,
il regardait très loin, l'air absent.

— Les nouvelles sont bonnes ?

La pluie... On eût dit une goutte de pluie, aussi, sur son regard.

— Oui, bonnes...

15

En revenant de Montmartre

Nous regardions distraitement la campagne : d'Artois ou de Champagne, de Lorraine ou des Flandres, qu'elles soient bordées d'ormes ou
de champs blonds, de tourbières ou de vignes, les routes sont toutes les
mêmes, pour le biffin : de la poussière ou de la boue qui mène, à rudes
étapes, du repos aux tranchées.

Penchés à l'arrière des camions, des soldats aux cils blancs s'amusaient à crier : « Bée ! bée !... » et le convoi ferraillant emportait dans
le bruit leur plainte de moutons. D'autres chantaient.

Cette route charriant des hommes, toujours des hommes, me semblait
vivre d'une vie infernale, et je croyais voir, au loin, tous ces affluents
de poussière qui alimentent intarissablement le lit desséché du grand
fleuve sans nom, le large Styx de pierre et de fumée où semblent reposer tous les noyés du monde, sur un limon d'épaves et de lianes rouillées.

Derrière nous se dressaient les baraquements noirs d'une ambulance
et, comme dépendances, un verger de croix de bois. Elles se tenaient
rigides sur leurs tertres crayeux, bien alignées, éternellement prêtes
pour la grande Revue, et l'on avait, plus loin, couché les « tiraillous »,
la tête vers la Mecque, veillés par l'étroite planchette taillée en ogive.

A l'autre bout du cimetière, les territoriaux travaillaient. On s'approcha, sans penser à rien, simplement pour voir : c'étaient des fosses
qu'ils creusaient, toute une allée de fosses. En nous apercevant, les
pépères avaient cessé de piocher, comme honteux. L'un d'eux, appuyé
sur sa pelle, nous expliqua d'un air gêné :

— C'est des ordres, hein... Avant un coup dur, il vaut mieux prendre
ses précautions... La dernière fois, il y en a qui ont dû attendre trois
jours, heureusement que c'était l'hiver.

Nous ne répondions rien. Nous regardions nos trous... Le premier,
Sulphart se révolta :

— Ah non ! s'exclama-t-il, ce coup-là, il y a de l'abus... Nous donner ça comme cinéma avant de remonter au casse-pipes, c'est bluffer l'homme.

Et d'une traite, il courut aviser le commandant qui passait à cheval. On eut juste le temps de le voir se mettre au garde-à-vous et dire deux mots : d'un bond, le cheval était sur le talus. Cramoisi, étranglé de colère, le commandant criait aux anciens effarés :

— Allez-vous me foutre le camp... Allez-vous filer, ou je vous fais chasser par mes poilus à coups de pied dans le cul... Qui est-ce qui vous a donné cet ordre-là ?... Je vous ordonne de me le dire !...

Tous les territoriaux avaient filé, abandonnant leurs outils ; il ne restait plus qu'un grand vieux, qui écoutait le nez baissé, considérant ses pieds changés en motte de terre.

— Êtes-vous sourd ?... Je veux savoir qui vous a commandé ce travail-là.

— Y a pas de mal, mon commandant, bredouilla-t-il d'une voix de vieille chèvre, moi ça ne me gêne pas, c'est ma partie : je suis bedeau, fossoyeur dans le civil, à Prieuré-sur-Claise, par Mézières, Indre.

Tout en parlant, il tirait sa veste bleue, avec ses doigts terreux, comme s'il avait prétendu la faire descendre plus bas que son ventre. Désarmé, le commandant le regarda avec une sorte de commisération bourrue.

— Tiens, va-t'en, lui dit-il en haussant les épaules... Je vais régler ça moi-même.

Et laissant là son cheval, il pénétra dans l'ambulance, d'où les infirmiers suivaient la scène en roulant de la bande à pansement.

Sans blaguer, le cœur mal à l'aise, nous rejoignîmes les camarades dans le champ où ils cassaient la croûte. On mangeait par petits groupes, toujours les mêmes ensemble : ceux qui recevaient de gros colis partageaient avec les copains qui en recevaient d'aussi gros, les petits colis mangeaient avec les petits colis, et ceux qui ne recevaient rien mangeaient de leur côté, unissant leurs indigences pour se payer un litre. Les plus malins flattaient Gilbert, sachant qu'il n'était pas « regardant » et faisait volontiers goûter ses conserves aux camarades gavés de macaroni.

Debout derrière lui, un petit maigrichon aux joues criblées de son disait d'un air madré :

— Ah ! c'est bien ce que t'as fait l'autre jour, de ne pas te laisser embusquer, de ne pas vouloir quitter les copains...

Demachy, couché sur le côté, mordillait un brin de paille. Rudement, sans même se retourner, il répondit :

— Non, passe la main, vieux... Ce n'est pas bien du tout : c'est idiot. Mais cela me plaît parfois, à moi, de faire des choses idiotes.

Huit jours auparavant, comme nous étions au grand repos, un de ses cousins était venu le voir, un officier à brassard brodé, qui lui avait proposé de le faire passer dans l'automobile.

— Merci, lui avait répondu Gilbert, comme auto, je ne conduis que la mienne.

Personne n'avait compris, et Sulphart lui-même, qui pourtant eût perdu gros si Demachy était parti, l'avait injurié toute une soirée, criant comme un sourd que l'eau allait toujours à la rivière et les filons « aux gars trop billes pour savoir en profiter ».

A moi, Gilbert avait avoué :

— La joie de crâner, tu comprends, de cingler quelqu'un d'une réplique... C'est pour cela surtout... Je n'ai même pas pris le temps de réfléchir, cela m'a échappé, comme une injure. Après, je ne pouvais plus me reprendre, il était trop tard... Est-ce bête, hein, de jouer sa peau pour un mot... Mais vraiment, il me dégoûtait trop avec ses bottes lacées et ses gants paille.

Jamais je ne l'avais vu boire autant que ce soir-là, et il avait saoulé le gros Bouffioux, qu'on venait le même jour de reverser dans le rang, remplacé à la roulante par un maçon qui avait trois enfants.

La promenade dans le cimetière et la découverte des fosses vides avaient définitivement accablé l'ancien cuisinier, dont le moral était déjà bien bas. Rien que sa façon de hocher la tête en répétant : « Je crois qu'ils nous ont... » aurait découragé un régiment à fourragère. Il raconta l'incident à Gilbert, exagérant le nombre des trous, et Sulphart ne trouva à ajouter que cette assurance réconfortante :

— Je te jure qu'il n'y aura pas de bousculade, tout le monde trouvera à se placer... Ah ! les tantes...

En mangeant, Bouffioux taciturne posait de loin en loin des questions inquiètes, qui révélaient le fond de sa méditation.

— D'après toi, est-ce que c'est vraiment si mauvais que ça comme secteur ? Est-ce que les brancardiers font bien leur boulot dans les coups durs ?... Est-ce sûr, seulement, qu'on doit attaquer ?... A ton idée, combien qu'il peut se faire descendre de types dans un truc comme ça ?...

Pour le rassurer, Maroux lui répondit :

— Peut-être plus de la moitié, on ne sait pas.

Bouffioux, renseigné, ne demanda plus rien. Il but son café — le café du maçon, clair comme de la petite bière — et, couché sur le dos, il se mit à réfléchir. Je l'entendis soupirer :

— Si seulement on était sûr que les prisonniers soient bien traités...

A tâtons, sans bruit, le bataillon quittait les baraques Adrian où nous avions dormi une moitié de nuit et les compagnies d'ombres s'alignaient sur le chemin.

— Manque personne... manque personne... répondaient les caporaux à l'appel de leur escouade.

Quand vint son tour, Maroux répondit :

— Manque Bouffioux... Il est allé réveiller l'adjudant à la ferme en face. Je vais le chercher.

Il entra dans la grande cour obscure, s'embourba dans le fumier, buta en jurant contre une herse oubliée, et, à l'aveuglette, il appela :

— Hé, Bouffioux !... Où que t'es ?...

Il entendit comme un craquement derrière lui, à la hauteur du toit, et une masse qui tombait lui ayant frôlé l'épaule vint s'écraser sur le fumier avec un bruit mou, entraînant l'échelle du grenier, qui s'abattit sur le pavé.

Maroux, saisi, avait fait un saut de côté, puis il s'élança sur l'homme, qui se relevait étourdi.

— T'as rien de cassé ?

— Non, rien... grelotta une voix blanche.

— Comment... C'est toi, Bouffioux ?

— Oui, bafouilla l'autre, encore tout tremblant ; j'ai fait un faux pas, j'ai manqué l'échelon...

— Mais qu'est-ce que tu foutais là-haut ?

— Eh bien... je pensais que des fois l'adjudant...

Le caporal haussa les épaules. Il avait compris.

— Ça va... Ramasse ton flingue et ton sac... Viens. Mais ne rebiffe jamais à ce truc-là, hein, je ne veux pas d'histoire à l'escouade...

Ils rejoignirent la colonne qui se formait et Maroux cria : « Manque personne. »

On s'engagea sur un chemin humide dont l'argile engluait les pieds. Dans l'ombre, à des cliquetis d'armes, on devinait d'autres troupes montant ou descendant. Le canon grondait, infatigablement, sans éclat, d'un roulement continu, et des versants invisibles les éclairs rouges se répondaient. La route cahotait, plus bossuée à chaque pas, puis sa trace même s'effaçait, elle se perdait dans un désert de gravats. Pas même un boyau, dans ce bouleversement : des pistes sinueuses que les morts jalonnaient.

La relève serpentait, silencieusement. Des compagnies, en file obscure, nous croisaient, si clairsemées qu'elles faisaient peur. Une odeur de poudre, d'acide et de cadavres s'exhalait de cette terre rongée. De loin en loin on distinguait, coupant la plaine, les silhouettes penchées de brancardiers au joug.

On marcha une heure, on traversa des ruines sous lesquelles on entendait parler, on grimpa un chemin rocailleux où nos souliers cloutés patinaient, puis, harassés, on fit la pause. Tout près de nous, à peine protégés par un talus hâtif, des 75 étaient en batterie. Le voisinage déplut à Sulphart.

— Nous faire arrêter juste près des artiflots, c'est bien une idée de Morache. Comme ça, si Fritz se met à tirer, ça sera pour nos gueules.

Comme nous repartions, un ronflement d'obus à bout de souffle nous courba tous : il éclata devant les pièces, avec un bruit foireux.

— Les gaz !

Les mains fouillèrent fiévreusement la boîte à masque. Les lèvres pincées, toute la poitrine murée, on passait vite la cagoule. Bruyamment, des casques roulèrent. D'autres obus éclataient et leur torche rouge éclairait une seconde cette troupe effrayante de scaphandriers égarés, qui cherchaient une nuit plus épaisse pour y plonger.

On marchait vite. A la lueur des éclatements, je devinais, sur la pente, un morne éboulement de corps, de pierres, de loques, d'armes brisées. Puis, le masque brouillé me cacha tout ; je suffoquais sous mon bâillon, les poumons brûlants, et sentant à mes tempes l'agaçant chatouillement de la sueur. La relève filait quand même, aveuglée, et, à tâtons, elle s'engagea dans un large boyau. Des hommes accroupis mangeaient. Nous retirâmes nos masques.

— Ayez pas peur, gouaillèrent les camarades qui ramenaient leurs jambes pour nous laisser passer, c'est des boules puantes !... Si vous mettez vos groins à chaque coup, vous n'aurez même plus le temps de becqueter, ils nous en sonnent toute la journée.

Des corvées passaient, chargées de pieux, de tôles, d'outils, d'araignées barbelées qui agrippaient nos sacs et ne les lâchaient plus.

Écrasés sous leur charge, bousculés, haletants, les hommes nous grognaient des injures, pour se soulager, comme ils auraient insulté leurs caisses de fusées, leurs sacs de grenades, ou les cerceaux de réseau brun, qui les faisaient pareils à des écuyers de cirque. Le cheminement parfois s'élargissait, s'étalant presque au ras des champs, puis il se renfonçait peureusement entre deux murs de sacs éventrés. Plus loin, il s'évasait de nouveau, formant comme un large carrefour, et l'on devinait, dans ces ténèbres, un étrange mouvement d'ombres silencieuses. Des soldats débouchaient des boyaux, d'autres arrivaient par les pistes, tous penchés en avant comme sont les haleurs, et l'on ne comprenait pas, tout d'abord, quels étaient ces longs paquets noirs qu'ils traînaient au bout de leurs cordes raidies. C'étaient des morts.

Des brancards ? — à peine en avait-on assez pour les blessés, et puis les postes de secours ne voulaient pas prêter les leurs. Alors, on traînait par les pieds tous les morts glanés dans les champs, on les tirait avec une corde, comme les chevaux étripés des corridas, et on les empilait dans une longue sape, l'un sur l'autre, face aux étoiles, sentant ruisseler sur leurs visages douloureux la terre éternelle, qui s'écoulait des sacs crevés comme d'autant de sabliers.

La fosse était déjà pleine et deux hommes, à genoux, appuyaient sur les cadavres, les tassaient, pour faire de la place aux autres.

Le capitaine Morache avait arrêté la colonne et l'ordre nous parvint, à peine murmuré :

— Baïonnette au canon !

Face à l'immense tombe, la compagnie se rangea. Une fusée lointaine fit briller d'un fugace éclair la haie des baïonnettes.

— Aux soldats morts au champ d'honneur... Présentez, armes !

Toutes les crosses claquèrent, d'une unique détente, puis plus rien. Corps raidis, têtes hautes, nous regardions muets, les dents serrées : les soldats n'ont rien à offrir que leur silence.

— Reposez, armes...

La compagnie repartit et quitta le cheminement qui sortait de terre, semblant se prolonger par une piste. Un homme sautillait lourdement sur place, encapuchonné dans sa couverture.

— Faut pas passer par là, nous prévint-il d'une voix endormie, c'est défendu. Il faut prendre l'autre piste, celle-là est repérée.

Le nouveau sous-lieutenant, à qui il s'adressait, regarda la vaste forge d'ombre où des éclairs, çà et là, éclataient sous les coups de marteau.

— Mais ça n'a pas l'air de tomber là plus qu'ailleurs, observa-t-il.

L'homme battait toujours la terre de sa danse pesante, ses mains blotties sous les aisselles et la figure enfouie.

— J'dis pas non, répondit-il la voix perdue sous sa couverture. Moi j'suis là seulement pour dire que c'est défendu... Maintenant, ceusses qui veulent y passer y passent ; moi, comme de bien entendu, j'm'en fous...

Cette tranchée toute neuve était ourlée de terre fraîche, comme une fosse commune. C'était peut-être pour gagner du temps qu'on nous y avait mis vivants.

Ceux que nous relevions l'avaient creusée en deux nuits, exhumant à coups de pioche des cadavres entassés, et, par endroits, des morceaux d'hommes émergeaient du mur. A un pied clouté qui dépassait, Sulphart avait accroché ses musettes, et les mitrailleurs avaient posé leur pièce sur le ventre gonflé d'un Allemand dont un bras pendait et que cachait à peine une gangue friable. Il pesait dans ce trou une odeur âcre et douçâtre de mauvais marais. On avait mis au jour l'entrée de deux gourbis boches. L'escalier de l'un était éboulé, ses étais broyés par une torpille. Sur une planche, à l'entrée, quelqu'un avait écrit comme épitaphe :

Ici des soldats allemands.

Dans l'autre gourbi, une moitié de la section pouvait dormir, pendant que les camarades prenaient la veille.

Il s'était remis à pleuvoir, une pluie pressée qui cinglait par rafales, vous plaquant sur le dos la capote trempée. Son mouchoir noué autour du cou pour arrêter l'eau, Gilbert toussotait. Le général ayant interdit, sous peine de prison, le port des caoutchoucs, il avait dû laisser le sien et avait pris froid. Pour se préserver de la pluie, les uns s'étaient taillé dans des sacs de couchage en toile huilée des chasubles jaune serin qu'ils attachaient avec des ficelles. D'autres se faisaient des capuchons de leur toile de tente, tout de suite transpercée. Lemoine, qui ne craignait que pour ses souliers troués, avait mis en guise de snowboots deux sacs à terre tout neufs qui lui venaient à mi-jambe, et, dressé sur ces pieds évasés d'éléphant, il se tenait sur une planche, avec une échine résignée de vieux héron, les deux mains dans les poches. Quant au petit Broucke, insensible à tout, sa capote mal boutonnée laissant ruisseler l'eau sur sa poitrine maigre, il dormait tout debout, accoté à la paroi visqueuse, le coude maintenu par le soulier du Prussien qui dépassait.

Les explosions étaient plus sourdes, étouffées par la pluie, la lueur des fusées se diluait dans ce mouvant bassin et les éclatements d'obus se voyaient comme au travers d'un voile. Pas un coup de feu ; les deux lignes, face à face, se guettaient, haineuses et résignées.

Comme nous venions de prendre la veille, Ricordeau, qui depuis qu'on l'avait nommé adjudant n'osait plus dormir, par peur de Morache, vint choisir des hommes pour le poste d'écoute. C'était un trou en avant du nôtre, pas moins d'eau et un peu plus de grenades, des « tourterelles » à fusil dont on reconnaissait le départ un peu sourd et qui arrivaient en sifflant.

Au hasard des premiers aperçus, renonçant à s'y retrouver dans les « tours » compliqués où veilles et corvées se confondaient sans s'annuler, le premier à marcher pour la soupe étant le dernier à marcher pour une patrouille, si bien qu'on ne pouvait désigner personne sans faire crier tout le monde, Ricordeau recruta les guetteurs. On les vit s'enfoncer dans une ébauche de sape, puis s'éloigner en rampant, traînant leur fusil dans la boue.

— Hé ! vieux, dit Gilbert au dernier qui sortit, essayez de ramener le blessé qu'ils ont laissé devant... On l'entend encore crier, le pauvre bougre.

— On tâchera.

Ce blessé était couché on ne savait où, perdu dans ce grand champ funèbre. A intervalles réguliers, comme s'il avait dû chaque fois s'endurcir pour un nouvel effort, il appelait :

— Sergent Brunet, de la septième... A moi les copains... Ne me laissez pas...

Puis sa voix épuisée se taisait. L'oreille tendue on n'entendait plus rien, que l'ondoyante rumeur de la pluie et du vent.

Sous mes bras posés à plat sur le parapet, la terre frémissait, pilonnée sans répit. Mais devant nous, ils ne marmitaient plus. Sur notre gauche, on percevait un tintamarre étouffé de relève : une compagnie de chez nous venait d'arriver et les autres, qui avaient le sac au dos depuis longtemps, déboîtaient hâtivement. Les nouveaux grognaient.

— Juste un gourbi et c'est la troisième qui l'a pris... Toujours les mêmes qui se dém... Les copains peuvent toujours crever.

Sans abri, sans un trou pour se blottir, ceux qui n'étaient pas de veille s'accroupirent, le dos voûté sous la toile de tente, et, le menton sur les genoux, ils essayèrent de dormir.

Une petite flamme de briquet jaillit, la pluie l'éteignit aussitôt. Elle éclata encore, tout de suite soufflée.

— Lumière ! gronda une voix irritée.

Pas intimidé, l'homme s'entêta, voulant sans doute allumer sa pipe.

Trois fois, quatre fois, le mince feu follet surgit. Je vis alors une silhouette se dresser et bousculer les autres, pour s'approcher du fumeur.

— Vous n'êtes pas fou ?... Vous ne savez pas que c'est défendu de
faire de la lumière...

— T'as les grolles de te faire repérer ? répondit l'homme, d'une
voix qui me surprit.

— Taisez-vous !... Je vous dis que...

— Ah ! passe la main, gars, passe la main, répondit l'autre posément, de la même voix gouapeuse que je croyais reconnaître.

— Savez-vous à qui vous parlez ?... Levez-vous d'abord pour me
répondre.

— Poisse-z-en un autre, dis, tu me fais mal.

— Je suis adjudant.

— Y a pas de honte...

— L'adjudant Rouget...

— Et moi, Vieublé, soldat de deuxième par protection, médaillé
militaire et croix de guerre... Si les Boches aiment pas la lumière, je
les em...

— Ah ! Vieublé qui est revenu, s'écria joyeusement Lemoine.

Nous nous faufilâmes vite jusqu'à son coin, où, toujours accroupi, il
écoutait sans bouger l'adjudant bon garçon lui adresser en guise de
punition quelques observations dépareillées sur la prudence à observer
en première ligne et le respect dû aux supérieurs, sans lequel « tout le
monde commanderait, chacun ferait comme il voudrait et on serait
autant fichu de faire la guerre qu'un troupeau de cochons ».

— Hé ! Vieublé, on ne dit pas bonjour aux copains ?

Le Parisien leva le nez et nous reconnut tout de suite.

— Ah ! les vieilles rosses... Ah ! si je suis content de vous retrouver... Je vous croyais tous morts ou évacués, les gars de la compagnie
n'avaient pas été foutus de rien me dire... On est arrivé en renfort ce
matin, on nous fout aux tranchecailles, ce soir, tu parles s'ils ne perdent
pas de temps... Ah ! je suis heureux. Et Sulphart ?

Des voisins grommelèrent :

— Pas si fort, eh c...

Vieublé se glissa derrière nous, jusqu'à notre coin de sape. Dans
l'obscurité, dévisageant toutes les têtes, il cherchait les anciens.

— Bonjour, ch'timi, hein, comme on se retrouve... Ah, Bouffioux,
grosse coquine, qu'est-ce que tu fous là... Et Belin ?

— Evacué... Il a eu les gaz... T'as su que Bréval avait été tué, c'est
Maroux notre cabot maintenant... Berthier a été porté disparu, en
Argonne.

— Un bon fieu, c'est dommage. Et c'est Morache qui est passé
piston. Non, ce qu'il faut voir... C'est égal, vous ne restez plus lerche
d'anciens.

On s'entassa à l'entrée du gourbi, assis sur les marches boueuses.
Sulphart, au fond, préparait un brûlot, n'ayant pris dans son sac ni

cartouches, ni linge, ni biscuits, pour pouvoir emporter deux bouteilles de rhum, qu'il avait empaquetées dans des chaussettes tricotées.

— Eh bien, et à l'arrière, on se la coule douce ?

— Tu parles. Trois mois d'hôpital, dans un hôtel tout ce qu'il y a de palace. Rien à foutre qu'à se laisser laver les pieds ; des confitures tant que tu en veux, la bonne vie, quoi... Et nous, encore, c'est rien, c'est les Anglais qui sont riders. Si tu voyais ça, des officiers qui font canne, des soldats tout neufs qui se paient tout ce qui leur plaît, des gonzes en jupe qui vont à l'exercice en jouant du fifre. Les femmes les ont à la bonne, je ne te dis que ça, tu peux être sûr que les gars ne demandent pas à changer de secteur. Et leurs blessés, si tu les voyais ! Un bath habit bleu, coquet, une chemise blanche avec une cravate rouge. Gandins, tu sais, et propres, on ne peut pas croire qu'ils ont pâti.

— Et les nôtres ? Il y en a beaucoup ?

— Une tinée. A l'hostau où que j'étais, ça ne désemplissait pas... Seulement, nous autres, on est habillé avec des fringues en rab', des vestes trop grandes, des frocs trop courts, des vieilles capotes ; pour faire le poil aux tommies, j'te jure qu'il faut être beau môme... Seulement, on a pour nous qu'on sait causer... On se balade réunis comme on est blessé, c'est crevant. Ceux à qui il manque un bras ou bien qui ont la tête amochée, ils s'en vont en bandes, parce que leur blessure, ça ne les empêche pas de marcher, ils peuvent faire vinaigre. Nous autres, les pattes folles, on faisait équipe à part. Moi j'avais juste deux cannes, mais les autres il leur manquait un pied, un bout de jambe et ça fait triste, ce bruit de béquille sur le trottoir, tu ne peux pas savoir... Les civils n'y font plus attention ; ils disent comme ça que maintenant ils ont pris l'habitude. Les gars l'ont pas, eux, l'habitude, tu peux en être sûr... J'avais un social qui avait le bas de la tête enlevé, il n'osait pas se montrer, il avait honte... Tiens, c'était un gars du six neuf, ceux qu'ont donné avec nous à Carency.

Ayant bu une gorgée de rhum brûlant, il remercia :

— Ça réchauffe. Ce vieux Demachy se soigne toujours l'estomac, je vois ça.

Sulphart penché cherchait à lire l'avenir dans son fond de quart.

— Et la guerre, demanda-t-il, quand est-ce que ça va finir ?

Vieublé, avant de répondre, eut un ricanement.

— Ah ! ce retard... Tu crois pas qu'ils en parlent, non !... Mais à Paname, ils ne savent plus que c'est la guerre. Personne y pense, sauf les vieilles qui ont leurs mômes au front... Les ménesses ont jamais été si girondes. J'ai retrouvé des poteaux qui gagnent vingt francs par jour... Tiens, un gars qui avait une petite taule où il faisait la réparation de bicyclettes, il est millionnaire, maintenant, il fume des cigares à bague, que t'oserais pas y toucher. Et ce peuple au cinéma, dans les bars, partout... Tu peux aller te propager aux Champs-Elysées pour voir les riches, ils sont encore tous là, t'en fais pas. Pour eux autres, c'est comme si la guerre était à Madagascar ou chez les Chinois, j'te jure qu'ils ne se frappent pas pour la campagne d'hiver. C'est le fricot, je te dis, le grand fricot...

— Oui, j'ai vu ça en perme, approuva un des nouveaux.

Le narrateur, du coin de l'œil, regarda l'intrigant.

— T'as rien vu du tout, lui dit-il. On n'a pas le temps de se rendre compte, en une semaine. Moi, j'y ai resté vingt jours en convalo, plus deux permes de quarante-huit heures, et un dimanche que j'ai pris en douce... Parce qu'au dépôt, vous parlez si on se fait ch... Des sous-off, qui nagent pour ne pas repartir et qui t'en font baver ; des marches de jour, des marches de nuit, du service, de l'exercice. Un jour ils ont voulu me mettre de semaine aux prisonniers de guerre. J'ai dit au dou-blard : « Si vous me foutez avec les Fritz, j'en crève un... Je ne veux plus voir leurs sales gueules... » Du coup, il ne m'en a plus reparlé. Moi, à cause de ma médaille, ils me collaient toujours de planton parce que ça fait riche... Un samedi, j'étais noir, je les ai engueulés tous, en rentrant ; j'ai dit que j'en avais marre des embusqués de l'arrière et j'ai demandé à repartir... On est resté trois semaines au dépôt divisionnaire, et me v'là...

— Dommage qu'on t'ait pas reversé avec nous, regretta Maroux.

— Avec mon copain Morache ?... Tu connais de bonnes blagues, toi. Je t'emmènerai à Saint-Cloud, le dimanche, tu porteras le panier.

La pluie avait cessé. Assis sur la première marche, les yeux dans la nuit épaisse aux nuages si bas que les fusées, en éclatant, éclairaient leur masse boueuse, Gilbert écoutait la plainte atroce du blessé. Le cœur serré, il ne pensait plus qu'à cela, devinant l'instant où le mori-bond allait appeler, comptant les secondes...

— Venez me chercher, les copains... Sergent Brunet, de la sep-tième...

Puis la voix épuisée retombait dans le noir.

— S'ils ne vont pas le chercher, j'y vais, songeait Gilbert boule-versé. Tant pis si je me fais descendre.

Vidant le fond de la gamelle — Y a du rabiot, les gars ! — Vieublé parlait toujours.

— Dans le fond, ici, on a la bonne place... A l'arrière on les tracasse, on ne parle que de les relever, les toubibs les font foutre à poil tous les quinze jours, les femmes les charrient. Tandis qu'ici, on n'a pas ça à craindre... T'as jamais vu une commission venir faire une inspection en première ligne pour relever les sagouins qui ne seraient pas à leur place. Y a pas à dire, t'es paré, on te fout la paix... On a la bonne place, on n'a qu'à ne pas jouer au c... pour la conserver.

Une grenade à fusil vint éclater devant le parapet. Après la détona-tion, dans le silence plus profond, en entendit un sanglot accablé.

— Les copains... Louis !... Petit Louis !... Venez vite, les copains, criait la voix à bout de forces, vite...

Une autre grenade éclata, dont la flamme rouge éclaira brutalement les guetteurs au dos courbé, puis une troisième... Dans la tranchée allemande une petite fusillade crépitait, cherchant à cacher les départs des grenades dans sa pétarade.

— Alerte ! Ils attaquent... cria une voix.

Une houle remua les hommes, du bout de la sape au fond noir du gourbi. Dans la tranchée, les échines voûtées se redressèrent. Une fusée siffla, impérieuse. On entendit le bruit sec de fusils qu'on armait, et sans attendre, au jugé, d'un geste violent de leurs corps débandés, les grenadiers lancèrent leurs citrons. Ce fracas d'explosifs couvrit tout le vacarme.

— Alerte ! Debout... criait-on dans le gourbi.

Les mains, à tâtons, cherchaient fiévreusement le fusil, reconnaissant du doigt son maillot de flanelle ou de toile cirée. Les pieds s'écrasaient. C'était un sourd tumulte de jurons, de gamelles décrochées, d'armes s'abattant lourdement, avec leur chapelet d'équipements suspendu au quillon.

— Dehors ! nom de Dieu...

En sortant, la lueur brutale des fusées aveuglait. On commençait à tirailler. Chacun se jetait au parapet, n'importe où, et épaulait. Coude à coude, nous étions soudainement comme autant de machines au travail : poussée brutale du recul, quand le coup part, geste automatique de la culasse qu'on ouvre et bloque, main qui se brûle au canon trop chaud. Par goulées, on respirait la poudre. Une seule idée : tirer. L'éclatement des obus qui cherchaient la tranchée nous faisait tanguer sans qu'on y pensât : on recharge, on épaule, on tire...

— Cessez le feu ! cria une voix derrière nous.

Ricordeau, monté sur des sacs à terre, regardait la plaine déchirée de lueurs. La fusillade arrêtée, les tonnantes explosions du barrage s'entendirent mieux. Les têtes se cachèrent.

— C'était pour nous attirer dehors, dit l'adjudant. Maintenant ils vont marmiter dur... Allons, tout le monde dans l'abri.

En cohue, on s'entassa dans l'escalier de la cagna. Les 210 qui venaient en soufflant semblaient pousser les derniers, d'une poigne brutale. On s'empilait, aveugles...

— Allumez, bon Dieu !... Qui c'est qui a un briquet ?

Une bougie éclaira le gourbi, vaste, bas, paraissant s'arc-bouter pour soutenir ce faix sur ses étais trapus. Là-haut, cela tonnait plus fort, et, à chaque coup de bélier, on sentait trembler les rondins.

— Est-il resté un veilleur là-haut ? demanda Ricordeau dont la face poupine reluisait à la bougie.

Personne ne répondit.

— Il y a ceux du poste d'écoute.

— Ça ne suffit pas, il faut désigner un homme. C'est à ton escouade, Maroux.

Le caporal, par principe, rognonna « naturellement... » et il nous demanda : « A qui c'est de marcher ? »

Un nouveau dit tout de suite :

— C'est pas mon tour... Il y a Bouffioux qui n'a pas encore pris.

L'ancien cuisinier était enfoncé dans un coin, entre deux piles de sacs.

— Et pourquoi que ça serait à moi, protesta-t-il d'une voix larmoyante en tournant vers nous sa grosse tête pitoyable. On ne va pourtant pas me mettre en sentinelle tout seul ?... Je n'y vois presque pas, surtout la nuit, j'ai un œil comme perdu...

— Assez, Bouffioux, interrompit Ricordeau, le bureau des pleurs est fermé.

— Tout de même, bredouilla l'autre, je trouve que je serais plus utile tout à l'heure à piocher.

Le petit Broucke regarda le gros tas d'un air dégoûté.

— Tiens, j'y vo, déclara-t-il, j'y vo à t'place... J'sais mi ce que t'o din l'ventre, mais c'est point grand-chose.

Il grimpa l'escalier. Comme il sortait, un coup plus violent ébranla le gourbi où il jeta une lueur d'éclair.

— Broucke ! appela Maroux inquiet.

De là-haut, une voix tranquille répondit :

— T'in fais point...

C'était un pilonnage régulier, inexorable, où les obus se suivaient sans répit, broyant mètre par mètre la terre ravagée. Debout au pied de l'escalier, Ricordeau écoutait les arrivées.

— Il n'est pas tombé loin... C'est du 150... Qu'est-ce qu'ils nous sonnent !

Le nez au plafond bas, fait de rondins serrés, les camarades discutaient.

— Je me demande si un 210 passerait.

— Penses-tu, il y a plus de quatre mètres de terre.

— Ça ne prouve rien. Leurs gros à percussion retardée...

— T'as du trèfle ? Ma blague est vide.

— T'auras pas le temps d'en rouler une.

— Avec ça, ils bombardent pour une heure.

— Il faudrait que ça tombe juste en plein dessus.

— Et encore. J'ai vu une fois, moi, à Vauquois...

On n'entendait qu'un grondement sourd, et, parfois, un fracas plus proche, qui résonnait jusque dans l'abri. Maroux se précipitait, grimpait quelques marches et appelait :

— Broucke !

La voix assourdie répondait :

— Ça vo, ça vo...

Sous le bombardement infernal, on eut un instant d'hébétude. On restait affalé, les mains entre les genoux, la tête vide. Dans une boîte à singe, qu'on se passait de main en main, on se soulageait. Puis, nerveusement on se remit à parler, vite, plus vite. On lançait des blagues, la bouche sèche : « Son réveil est en avance... Qu'est-ce qu'il a reçu

de chez Krupp, comme colis !... Ce que tu crois qu'on aura la guerre ?...
Si j'avais su, je serais allé coucher à l'hôtel... »

Mais le bélier terrible parut se rapprocher encore, dans une rage de
tonnerre, et les bavards se turent. Je croyais, contre mon épaule, sentir
battre le cœur de Gilbert. Bouffioux s'était enroulé dans sa couverture,
se cachant la tête pour ne plus rien voir. Le dos résigné, on attendait.

Un grand coup éclata, broiement de ferraille, et le vent s'engouffrant
souffla notre bougie. Avec l'ombre, l'angoisse nous étreignit. Maroux,
d'abord étourdi, grimpa vite.

— Broucke ! Broucke... appelait-il.

On entendit sa voix sortir, s'éloigner... Puis, comme on venait de
rallumer la bougie, le caporal reparut. La lumière éclaira sa face blême,
sous la barre d'ombre du casque.

— Il faut quelqu'un, dit-il simplement d'une voix étranglée... C'est
à toi, Demachy.

Gilbert dit : « Bien. » Il remit son casque qu'il avait posé, prit son
fusil, me fit un petit au revoir de la tête, et monta.

A peine sorti, deux éclatements le courbèrent, et quelque chose
fouetta sa capote, pierre ou éclat. La tranchée, devant lui, étant défoncée, il enjamba les sacs, piétina dans la terre gluante.

Broucke n'avait pas bougé. A demi assis sur un renflement de la
paroi, le bras étendu sur le parapet, il semblait continuer son somme,
la tête penchée, son col mal boutonné, laissant couler la pluie sur sa
poitrine maigre. On ne remarquait rien : deux petits filets rouges cou-
lant de ses narines, et c'était tout.

Les obus, maintenant, piochaient à gauche, moins réguliers, d'une
rage lassée. Les coups s'espacèrent... Alors, au ras du sol, Gilbert
entendit la voix, l'imperceptible voix du blessé inconnu qui suppliait
encore.

— ... Me chercher... J'ai une maman, les copains, j'ai une maman.

Et il prononçait : « Moman », comme les gosses de Paris.

Il allait encore pleuvoir ; le jour était d'une blancheur livide qui
aveuglait. A terre, des lambeaux de pluie traînaient, en flaques jaunâtres que le vent fripait, et quelques gouttes espacées y faisaient des
ronds. La pluie n'espérait pourtant pas laver cette boue, laver ces haillons, laver ces cadavres ? Il pourrait bien pleuvoir toutes les larmes du
ciel, pleuvoir tout un déluge, cela n'effacerait rien. Non, un siècle de
pluie ne laverait pas ça.

Aucune défense devant nous, pas un pieu, pas un fil de fer. Des
bosses, des trous, une terre lacérée où germaient des débris, et, à douze
cents mètres, le bois qu'il fallait enlever, morne pépinière de troncs
déchiquetés.

On disait que l'attaque était pour huit heures, mais personne n'en
savait rien. Toute la nuit, les agents de liaison avaient apporté des
ordres, des contre-ordres ; une note envoyée au commandant lui avait

signalé que le plan du secteur qu'on lui avait remis au départ n'était pas à jour, et Ricordeau faisait demander depuis l'aube si l'ouvrage de sacs à terre qu'on apercevait sur la gauche était aux Allemands ou bien à nous. Une seule fois notre artillerie avait donné, mais les obus tombant trop court avaient tué les guetteurs du petit poste et nous avions vite lancé une fusée demandant d'allonger le tir. Depuis, l'artillerie n'avait plus tiré.

Recroquevillés sous leur couverture, des soldats sommeillaient encore, et les agents de liaison les enjambaient en se pressant, sans savoir si c'étaient des vivants ou des morts.

— Il est tué, celui-là ?

— Pas encore, attends à ce soir, bougonnait l'homme en ramenant ses pieds.

Blotti dans un coin, Bouffioux ne voulait plus quitter son masque, effrayé à la moindre bouffée de poudre que le vent rabattait sur nous. Pendant une heure on l'avait entendu bredouiller : « Ça sent la pomme... Ça sent la moutarde... Ça sent l'ail... » et, chaque fois, il remettait peureusement sa cagoule. Maintenant, il ne la retirait plus, et, tapi dans son trou, on eût dit un monstre de carnaval, avec cette hure qui dodelinait.

— C'est les plus foireux qui crèvent, lui cria un copain, pour lui redonner courage.

On ne se parlait pas. Quelques-uns mangeaient, arrosant leur pain de la pluie qui ruisselait du casque, les autres attendaient, le dos hottu, sans rien regarder, sans rien dire.

Entre deux explosions, un lourd silence pesait sur la tranchée, et quand on regardait les camarades bien en face, on croyait voir dans leurs yeux las une même pensée, comme un reflet du ciel livide. Soudain, un commandement se répéta :

— Faites passer, la montre du colonel...

On se la passait de main en main, et, sans un mot, les chefs de section prenaient l'heure.

C'était un petit boîtier d'argent, bombé et ciselé comme un cadeau de communiante, avec ses guirlandes de roses. Et c'était elle, elle seule qui savait l'heure, l'instant terrible où il faudrait sortir des trous, foncer dans la fumée, droit aux balles.

— J'ai acheté la pareille à ma petite fille, me dit un camarade.

Gilbert, toujours un peu fiévreux les jours de coup dur, était étrangement calme, ce matin-là. Il y avait dans sa voix, dans sa pose résignée, quelque chose de fatal qui inquiétait, et lui-même se sentait au cœur une crainte qu'il n'avait jamais connue. Taciturne, il regardait le bois, la tragique forêt de pieux rognés où les obus déchiraient leur fumée. Comme c'était loin... Combien pouvaient-ils avoir de mitrailleuses ?

Il avait si froid, qu'il ne sentait pas, dans sa main droite, le canon mouillé de son fusil. C'était étrange, il avait toujours froid, ces jours-là. Mais ces jambes molles, cette tête vide, cette crainte au cœur, c'était la première fois...

— Viens t'asseoir, Gilbert, lui dit Sulphart, on est mieux au sec...

Nous étions serrés sous une sorte d'auvent, fait d'une porte de grange que maintenaient en équilibre les sacs à terre du parapet, et sans appétit, pour passer le temps, nous entamions une boîte de singe. Gilbert ne se retourna pas. Il tendit brusquement le cou et cria :

— Ah !

Au même instant, on entendit cingler la fusillade, éclater des grenades, tout un tumulte de bataille brusquement déchaînée.

Ricordeau, qui était assis à l'entrée du gourbi, sortit en courant, et, sans prendre garde aux balles qui miaulaient, il sauta sur un tas de sacs et regarda par-dessus le parapet : c'était l'attaque. Des petits flocons de grenades éclataient dans les champs et, déjà, des obus arrivaient, crevant en nuages épais. Se terrant sous les salves, puis repartant, les nôtres chargeaient. Dispersés, émiettés, ils étaient si petits qu'ils paraissaient perdus dans cette plaine immense.

Machinalement, Ricordeau avait serré sa jugulaire, et il criait d'une voix cassée :

— Ce n'est pas possible, ils se trompent... C'est dans une heure seulement... Baïonnette au canon !... Non, non, ne bougez pas, il n'est pas l'heure... C'est une erreur... Vite, faites passer au capitaine : « Qu'est-ce qu'il faut faire ? »

Il courait affolé dans la tranchée, nous bousculant tous, puis se montrant en entier, debout sur les sacs éboulés, il cherchait à voir ce que faisaient les autres compagnies. Des sections sortaient, comme hésitantes, une ici, puis une autre plus loin. A deux cents mètres, un officier nous faisait des signes que nous ne comprenions pas et, derrière lui, on apercevait dans la tranchée une troupe compacte, hérissée de baïonnettes.

— Tant pis, on y va, s'écria Ricordeau la voix soudainement allégée de toute son angoisse.

Sans rien commander, il sauta sur le parapet, courut quelques mètres, puis se retournant, comme s'il se souvenait de nous, il cria sans s'arrêter :

— En avant !

Un remous agita la tranchée. Tout du long, le parapet s'abattit, les sacs arrachés. L'un poussant l'autre, on grimpait. Une seconde d'hésitation devant la terre bouleversée, la plaine nue : on attendait de voir sortir quelques copains pour se sentir les coudes, puis un dernier regard derrière soi... Et sans un cri, tragique, silencieuse, la compagnie disloquée s'élança...

Nous précédant de plus de vingt mètres, Ricordeau courait sans se baisser. Plus loin encore, sous la fumée, on voyait des sections s'enfoncer dans le bois. Cachées entre les débris d'arbres, les maxims crépitaient ; un canon de tranchée tirait aussi, à coups pressés, furieusement.

Des hommes s'abattaient... Nous courions droit devant nous, farouches, sans un cri : on aurait craint, rien qu'en ouvrant la bouche, de laisser s'échapper tout ce courage qu'on retenait, les dents serrées. Les corps et les esprits étaient tendus vers ce seul but : le bois, arriver au bois. Il paraissait affreusement loin, avec toutes ces gerbes d'obus qui nous en séparaient. Un tonnerre sans fin nous retentissait dans la tête et le sol ébranlé tremblait sous nos pas. On courait en haletant. On se jetait à plat ventre quand éclatait un obus, puis, abasourdi, on repartait, noyé dans la fumée. Les paquets d'hommes semblaient fondre sous les éclairs.

Devant moi, un homme blessé laissa tomber son fusil. Je le vis vaciller un instant sur place, puis, lourdement, il repartit les bras ballants, et courut comme nous, sans comprendre qu'il était déjà mort... Il fit quelques mètres en titubant et roula...

Comme ils sortaient les derniers de la tranchée, un shrapnell les avait brutalement repoussés de son souffle chaud — une détonation si terrible qu'ils n'avaient rien entendu, assommés. Sulphart se laissa glisser dans le boyau. Des voix criaient :

— Houla ! je suis blessé...

La fumée se dissipant laissa voir des hommes qui se relevaient. Etendu, le nez en terre, Bouffioux frémit un instant, puis ne bougea plus, les reins ouverts. Les blessés redressés jetaient leur fusil, l'équipement, la musette, et partaient en courant.

D'autres, moins atteints, attendaient que le bombardement se ralentît et, posément, ils ouvraient d'un coup de dents leur paquet de pansement. Sulphart se tenait plié en deux, pouvant à peine respirer.

— J'y suis, soufflait-il en regardant un camarade, l'air éperdu.

— C'est rien, lui dit l'autre, c'est juste ta main.

— Non. Dans le dos...

Sous l'épaule, sa capote était trouée et le sang se voyait à peine, faisant juste une tache d'un rouge foncé.

— Ça saigne beaucoup ? demanda-t-il.

— Non. File vite au poste de secours. Je vais simplement panser ta main.

Alors seulement, Sulphart regarda sa main. Ses doigts étaient comme broyés, tout empâtés de sang, et d'avoir vu sa blessure, il sentit aussitôt la douleur.

— Vas-y doucement, ça me fait mal. J'ai de la teinture d'iode dans ma cartouchière jaune, prends-la...

Le camarade versa sur la main fracassée la moitié du flacon et cette atroce brûlure le fit crier. Grossièrement, sans oser serrer, l'autre lui fit son pansement, qui rougissait à mesure qu'on enroulait la toile.

— Et toi ? Où que tu es blessé ? demanda Sulphart.

— Nulle part... je vais rejoindre les autres.

Ils étaient trois, que l'obus avait épargnés.

Ils regardèrent la section qui, un instant arrêtée par une rafale de mitrailleuse, repartait en tirailleurs, puis ils regardèrent les blessés.

— Vous en tirez votre peau, vous autres, dit l'un d'un air d'envie... Y en a pas un qui a du tabac ?

— Si. Il m'en reste un paquet, attends.

— Moi, j'ai du chocolat, fit Sulphart d'une voix courte. Lequel qui en veut ?

Les blessés vidèrent leurs sacs, leurs musettes et les trois autres choisirent ce qui leur plut. Le butin partagé :

— Alors, on y va ? dit l'un des trois, un caporal dont on découvrait la pâleur sous des traînées de sueur et de boue... Au revoir les copains, bonne chance !

Ils sortirent de la tranchée et d'un trot lourd, ployés sous le bruit, ils coururent vers le bois, tout seuls — trois pygmées qui chargeaient sur des géants de fumée.

Assis sur les sacs à terre, accoté à la paroi molle, Sulphart se sentait presque bien, la chair endolorie, la tête brûlante. Mais il était sans forces, sans volonté ; un camarade moins blessé dut l'aider à se relever.

— Allons, dépêche-toi, lui répétaient ceux qui le précédaient.

Il ne pouvait pas marcher vite, avec ce point pénétrant qui l'empêchait de respirer.

— Hé ! voulut-il appeler... Attendez-moi.

Mais sa voix étouffée ne portait pas loin et les autres se pressaient. Il vit la capote du dernier disparaître au tournant de la tranchée. Arrêté un instant, il reprit haleine, puis, ayant ramassé un bâton, il repartit, courbé comme un vieux.

Des blessés cheminaient tout le long des boyaux. Il y en avait de terribles, au teint gris, qui s'arrêtaient pour râler, accroupis dans des renfoncements et vous regardaient passer avec des yeux hagards qui ne voyaient plus. Sulphart les remarquait à peine, allant toujours du même pas tenace.

Le boyau, à cet endroit, serpentait entre les ruines d'un hameau. Comme il passait derrière un mur, il entendit siffler un obus et se blottit. Le coup jaillit si près qu'il crut voir l'éclair rouge, derrière ses paupières fermées. La peur au ventre, il repartit plus vite. D'autres obus suivaient, toute une meute lancée sur ces débris de maisons. Sulphart se mit alors à courir, cherchant un abri. Il aperçut un escalier de cave, en haut duquel se tenait un brancardier.

— Il n'y a plus de place, lui dit l'homme en le repoussant. Va plus loin.

Dans le noir de l'escalier, on devinait des soldats entassés et les taches blanches de leurs pansements. Sulphart, en se serrant, crut pourtant s'abriter un peu, comme se fracassait un autre fusant. Les éclats fouettèrent le mur. Il courut quelques mètres plus loin, mais l'autre cave aussi était pleine. Les lèvres et les yeux étirés par un tic, il allait en bombant le dos sous les explosions, cherchant un trou où s'enfoncer. A chaque flamme, il s'aplatissait contre la paroi, se cachant la tête derrière son bras replié.

Des territoriaux chargés d'outils s'écrasaient dans les moindres recoins ; il se jeta sur l'un d'eux, dont les jambes seules dépassaient et s'insinua dans son trou, d'un furieux effort. Ecrasés, face à face, souffles mêlés, les deux hommes se regardaient, chacun ne pouvant voir de l'autre que ses yeux fixes, et la moustache dure du vieux piquait les lèvres de Sulphart. Ils ne se parlaient pas, abasourdis, et leurs jambes mêlées se renfonçaient peureusement, voulant se cacher encore mieux.

Les coups se suivaient, par salves infernales, et tombaient si près qu'à chaque obus ils sentaient la terre lutter sous eux. Une détonation plus terrible gronda et la fumée, subitement, remplit le trou... Sulphart se crut enseveli. Il fit un mouvement violent pour se dégager, mais son bras était pris sous le buste de l'autre, leurs deux corps se coinçaient et il ne put bouger. Effrayé, il se débattit, croyant sentir qu'il étouffait sous l'éboulement ; déjà il suffoquait, quand la fumée, en s'envolant, lui montra le jour. Alors, devant sa face, contre ses yeux, Sulphart vit la Mort dans le regard du vieux. Il fut un instant terrible, ce regard d'homme, il eut une seconde d'atroce résistance, puis une lueur sembla s'y éteindre, il devint terne, troublé, vitreux... Et Sulphart reçut sur ses lèvres le dernier souffle du moribond, un geignement horrible, comme s'il avait vraiment rendu sa vie dans ce dernier hoquet. Sulphart resta un instant encore serré contre le mort, dont les yeux à présent se révulsaient ; il se dégagea brutalement et sortit du trou, en levant sa main gauche qui le torturait au moindre heurt. Quand il fut debout, il sentit dans sa bouche un goût étrange. Il cracha, c'était tout rose... Apeuré, il but d'un trait le fond de rhum qu'il avait dans son bidon, et il repartit plus vite, craignant de tomber en route.

Il ne connaissait pas ces boyaux sinueux taillés dans la boue. Mais de loin en loin, des agents de liaison ou des brancardiers lui disaient : « Suis tout droit » et il allait tout droit, sans vouloir se reposer.

Il aperçut enfin une planchette : « Poste de secours » et descendit dans le gourbi. Pour arriver en bas, il fallait enjamber les blessés accroupis sur les marches. La cagna aussi en était pleine : de grands blessés, couchés sur des brancards, et qui râlaient, les yeux fermés sur leur souffrance.

Le major dit à Sulphart :

— Je ne peux rien te faire ici... Repose-toi là et à la nuit, quand cela tirera moins, vous partirez tous ensemble pour l'ambulance.

Il cherchait une place pour s'asseoir lorsqu'un petit sergent, le bras tenu en écharpe par un grand mouchoir à carreaux, se leva et dit :

— Je ne veux plus attendre ici... Ce soir, il ne me restera plus de sang.

Tout chancelant, il sortit en bousculant les autres, et Sulphart s'assit sur sa marche.

Le ciel pluvieux hâta la nuit, et, au jour tombant, plusieurs blessés partirent. Sulphart les suivit. Devant lui marchait un chasseur qui tenait à deux mains sa mâchoire broyée. En chemin, ils en rejoignirent d'autres et leur bande grossie arriva près des batteries. Les artilleurs sortirent pour les voir.

— Vous êtes sur la bonne route, les gars... Le village n'est pas loin...

Ils repartirent. De loin en loin, un soldat était couché, blessé, à bout de sang que la Mort avait rejoint. Elle devait connaître leur route et les guetter au passage, pour les achever. Ils reconnurent ainsi le sergent, à son grand mouchoir à carreaux. Pourquoi aussi avait-il voulu partir seul ? A deux, on lui fait face, on se défend...

Ce qui restait de jour s'écoulait, comme d'une vasque fêlée. Dans la buée du crépuscule, ils entrevoyaient des compagnies de renfort, pliées sous le sac et les outils. Le soir s'animait un instant d'un bruit tintant d'armes et de gamelles. Puis la route redevint déserte.

Un blessé, puis un autre, s'arrêtèrent, n'en pouvant plus. L'un se laissa tomber sur le bord du fossé et se mit à pleurer.

— On va t'envoyer les brancardiers, lui promirent les camarades en s'éloignant de leur pas fourbu.

Ils aperçurent enfin dans les ténèbres une ferme au toit bas, dont les fenêtres aveuglées laissaient fuir une mince lumière. Ils entrèrent. Au fond d'un couloir obscur, une large vitre versait sa clarté heureuse : cela les attira comme des papillons de nuit. Ils suivirent le couloir en tâtonnant et, collant aux carreaux leurs visages blêmes, ils regardèrent. La table était modestement servie — plus de quarts que de verres — mais ces assiettes blanches, cette lampe, ce plat qui fumait, cela leur parut d'un luxe inouï ; goulûment, ils contemplaient...

Ayant levé les yeux, un des officiers attablés aperçut dans l'ombre leur rangée d'yeux en fièvre, tous ces morts casqués, et, collée à la vitre, la terrible figure du chasseur, dont le menton broyé n'était qu'un caillot noir. Il eut un haut-le-corps et se leva, très pâle. Les autres, surpris, se retournèrent et, à leur tour, ils virent les fantômes. D'un coup leurs voix se turent, comme étranglées...

— Vous allez boire un coup, hein, dit enfin un commandant d'artillerie en leur ouvrant la porte. Vous l'avez bien gagné, mes pauvres petits.

Ils hésitaient à entrer, la lumière trop vive leur faisant cligner les yeux. Ils se tassèrent quand même près de la porte, avec un bruit de godillots traînés, et, se passant les quarts, ils burent avidement. A chaque gorgée du chasseur, le vin traversant son menton troué retombait sur sa capote, en un filet mince.

— Tiens, trinquons tous les deux, lui dit le commandant.

En sortant de la salle éclairée, la nuit épaisse les étourdit. Des bandes d'hommes se distinguaient, tachant la route de leur masse confuse et de leur brouhaha ; ils les suivirent vers le village. Les rues obscures et les cours sombres grouillaient de soldats invisibles et de voix cachées. Parfois, le feu brutal d'une roulante éclairait des silhouettes groupées. Des bataillons de renfort attendaient, encombrant la rue, et les soldats se levaient pour questionner les blessés.

— On n'en sait pas plus que vous... C'est le mauvais coin... Où qu'est l'ambulance ?

Ils se pressaient, ayant aperçu la lanterne rouge, tout au fond de la nuit. Sur le pilier de la porte, une pancarte était clouée :

Ici, blessés légers pouvant marcher.

L'enseigne ne leur donna pas confiance, avec son air badin.

— Pas ici, dit l'un ; ils ne doivent pas évacuer.

L'ambulance divisionnaire se trouvait de l'autre côté de la place. C'était une grande maison déserte et noire sans un meuble, sans un grabat.

En corps de chemise, son front brillant de sueur, le major examinait rapidement les blessés, dont un infirmier éclairait les plaies avec sa lanterne. Sur le parquet traînaient des pansements souillés, des tampons d'ouate. Une grande cuvette débordait d'eau rougie.

— Un autre, disait le major, en s'épongeant le front de son bras nu.

Et le suivant s'asseyait, tendant son bras bandé ou écartant sa veste. Plié sur une table de bois blanc, un soldat affairé remplissait les fiches, que les évacués attachaient eux-mêmes à leur capote, comme une carte de pesage.

Dans une pièce voisine, sans lumière, on entendait crier un grand blessé.

— N'est-ce pas qu'on me couchera dans un lit, monsieur le major ?... Oh ! que je voudrais y être... Un lit avec des draps, hein, monsieur le major... Est-ce que la voiture viendra bientôt?... Vite, faites-la venir.

Le major déchira la chemise de Sulphart pour regarder sa blessure.

— Cela ne coule plus... On te lavera là-bas... Donne la main, à présent.

Sulphart ne put s'empêcher de crier, quand on défit son pansement collé.

— Ce n'est rien, belle blessure, lui dit le major... Seulement il va falloir te couper deux doigts.

— Tant pis, lui répondit le rouquin, je ne suis pas pianiste.

— J'ai mal... oh ! que j'ai mal...

Gilbert répétait ces mots à mi-voix, comme s'il avait cru attendrir sa souffrance en se plaignant. Il était resté couché sur le côté, comme il était tombé, et quand, avec effort, il soulevait sa tête lourde, un sanglot sans larmes lui montait du cœur.

La douleur l'avait engourdi et il ne sentait plus ses membres ni sa tête, il ne sentait que sa blessure, la plaie profonde qui lui fouillait le ventre.

Pas un instant il n'avait perdu connaissance, et cependant les heures avaient passé plus vite que s'il avait vraiment veillé. Maintenant que sa pensée se dégageait de cette anesthésie, il commençait à se sentir souffrir. La première idée qui lui vint le frappa rudement, comme une blessure : « Est-ce que les brancardiers vont venir ? »

L'angoisse le saisit, et il se redressa à demi, pour regarder. Mais la douleur, brutalement, le recoucha.

Est-ce que les brancardiers allaient venir ?... Oui, certainement, quand la nuit serait tout à fait tombée. Et s'ils ne venaient pas ? Une noire horreur obscurcit son cerveau, et il resta un moment immobile, comme terrassé, et presque sans souffrance. Puis il rouvrit les yeux.

Le crépuscule attristait encore ce bois tragique dont tous les arbres étaient nus comme des montants de croix. A quelques pas un soldat était tombé, le corps en boule, et l'on apercevait le blanc de sa chemise, sous sa capote ouverte, comme s'il avait cherché sa blessure avant de mourir. Un autre, plus loin, semblait faire la sieste, adossé à un tronc rogné, la tête courbée sur l'épaule. Et ce pan d'étoffe bleue, en était-ce encore un ? Oui, encore...

La peur le reprit. Pourquoi serait-il seul vivant dans cette forêt hantée ? Pour rester couché là, ne fallait-il pas être muet comme eux, froid comme eux ? C'était forcé, il fallait mourir...

Mais ce seul mot — mourir — le révolta au lieu de l'accabler. Eh bien, non... Il ne voulait pas mourir, il ne voulait pas ! L'esprit tendu, les poings crispés, il chercha à comprendre où il était. Nul indice, rien... Des obus entrecroisaient leurs rails par-dessus le bois ou se fracassaient tout près, faisant sauter la terre sous le sommeil des morts. Étaient-ce des obus allemands, ou des obus de chez nous ?... Il entendait bien de brèves fusillades, à la lisière du bois, mais sans pouvoir s'orienter. Avions-nous avancé ? L'ennemi avait-il repris la forêt ?... Rien ne pouvait le renseigner. Son angoisse vivait seule dans ce bois mutilé, parmi ces dormeurs insensibles que l'épouvante ne tourmentait plus.

Avec le soir, pourtant, la canonnade s'apaisait. Il rôdait un vent froid qui sentait la pluie, et la terre visqueuse glaçait les jambes. La peur se rapprochait, couleur de nuit.

Soudain, il lui sembla entendre un craquement de branches. Faisant un brusque effort, il se redressa sur le coude et appela :

— Par ici... Je suis blessé...

Rien ne répondit, rien ne bougea. Brisé par son effort, il retomba sur le côté, geignant. Sa blessure exaspérée lui tenaillait la poitrine, les entrailles, les reins, tout le corps. Dans le vertige de son mal, il balbutiait :

— Je ne bougerai plus... Je jure de ne plus bouger, mais faites-moi moins de mal...

Et pour apitoyer le Maître obscur qui le forçait à souffrir, il restait inerte, les yeux scellés, enfonçant ses doigts crochus dans la terre glacée.

La souffrance, lentement, se fit moins cruelle et une pensée s'éveilla dans sa tête bourdonnante.

— Il ne faut plus rester sans bouger... Si je m'évanouis, on ne me verra pas, on me laissera mourir. Il faut que je me redresse, il faut que j'appelle.

Alors avec une volonté tenace, il décida : « Je vais m'adosser à un arbre et me panser... Puis quand des soldats passeront, je crierai... Il le faut... C'est ma peau... »

Il n'avait pas encore osé toucher sa blessure, cela lui faisait peur, et sa main s'écartait même de son ventre, pour ne pas sentir, ne pas savoir.

— L'hémorragie doit être arrêtée, pensait-il, ça ne coule plus. Je vais faire mon pansement.

Les dents serrées sur les cris qui lui montaient de la gorge, il se redressa péniblement, se traîna, puis se laissa tomber, le dos contre un arbre. Sa blessure réveillée lui battait aux reins, d'un pouls de fièvre. Il s'accorda un instant de répit, les yeux fermés : il lui semblait qu'il venait de se sauver un peu.

Il prit son paquet de pansement dans sa cartouchière et déchira l'enveloppe. Maintenant, il fallait atteindre sa blessure, la toucher. Ses mains plusieurs fois glissèrent vers son ventre, mais elles hésitaient, n'osaient pas. Enfin il se dompta, et, la bande prête, résolument il toucha la plaie. C'était au-dessus de l'aine gauche. Sa capote était déchirée et, sous ses doigts craintifs, il ne sentait rien qu'une chose gluante. Lentement, pour ne pas souffrir, il déboucla son ceinturon, ouvrit sa capote et son pantalon, puis il essaya de soulever sa chemise. Ce fut horrible, il lui sembla qu'il allait s'arracher les entrailles, emporter sa chair... Torturé, il s'arrêta, sa main posée sur sa chair nue. Il sentit quelque chose de tiède qui, doucement, lui coulait le long des doigts. Alors effrayé, pour arrêter son sang, il prit son pansement et sans le dérouler, en tampon, il l'appliqua sur sa blessure. Il mit par-dessus l'enveloppe de grosse toile, puis son mouchoir, et, pour tenir cela bien serré sur la plaie sanglante, il referma son pantalon, torture atroce qui lui broyait les reins.

Enfin, à bout de forces, il laissa retomber ses bras et, la tête renversée, il s'abîma dans sa souffrance. Il respirait à souffles saccadés, d'une haleine rauque. Les ténèbres descendaient dans ses yeux, comme pour les remplir. Sur son corps glacé, sa tête bourdonnante de fièvre semblait brûler, et le vent froid qui battait l'ombre ne rafraîchissait pas son front. Quelques gouttes de pluie, larges et lourdes, lui firent un bien infini, en s'écrasant sur son visage. Il aurait voulu rester ainsi toujours, jusqu'à l'arrivée des brancardiers.

Les idées, sous ses tempes, battaient comme une fièvre. Non, ils ne viendraient pas le chercher... C'était pour le punir. Pourquoi n'était-il pas allé chercher le blessé, la veille ?... Il avait appelé toute la nuit, pourtant. C'était pour le punir ; lui aussi on le laisserait mourir... Il pensait toujours à cet homme qui avait crié toute la nuit, dans le désert noir. Cela l'obsédait... Il se disait dans son délire :

— Si j'arrive à ne plus penser à lui, je suis sauvé... C'est lui qui m'empêche d'être guéri... Il ne faut plus...

Et il se répétait : « Je veux... je veux... », mais d'une voix sans force, comme un enfant en larmes que son chagrin va endormir.

Dans l'ombre, des voix tragiques s'éveillaient. Il entendit un Allemand qui suppliait, avec un accent :

— Ici... Blessé vrançais... Venez, vrançais.

Puis, soudain, ce fut un rire horrible, un rire dément qui fit trembler la nuit.

— Hé, les copains !... criait un autre... j'serai plus soldat... Venez voir, les gars, je peux plus être soldat, je n'ai plus de jambes...

Les moribonds s'éveillaient l'un l'autre, se répondaient... Puis le silence retomba, tragique.

Gilbert sentait sa tête s'alourdir, tout son corps s'écraser... Une fois encore il se raidit. A présent qu'il faisait noir, des brancardiers allaient certainement arriver, ou des renforts, quelqu'un... Il ne fallait pas dormir, il ne fallait pas mourir.

Dans sa tête obscurcie les deux mamans se confondaient : la sienne et celle que le mourant avait appelée toute une nuit... Laquelle était la sienne ?... Non, il ne fallait plus penser à cela. Les mains à plat sur la terre froide et molle, le visage offert à la pluie bienfaisante, il regarda la nuit lourde, où rien ne bougeait...

Il fallait rester ainsi longtemps, tant qu'il faudrait, jusqu'à ce qu'on vienne. Il ne fallait plus penser à rien, s'obliger à ne plus penser. Alors, d'une voix étranglée qui s'effrayait elle-même, il se mit à chanter :

En revenant de Montmartre,
De Montmartre à Paris,
J'rencontre un grand prunier qu'était couvert de prunes.
Voilà l'beau temps...

Sulphart était encore devant lui, poussant sa chanson à tue-tête. Le petit Broucke dansait derrière, car il n'était plus mort...

Voilà l'beau temps,
Ture-lure-lure,
Voilà l'beau temps,
Pourvu que ça dure,
Voilà l'beau temps pour les amants.

La pluie maintenant tombait plus serrée, en rafales froides, faisant un bruit plus sourd sur les capotes des morts... Le long de ses joues, elle glissait en frissons glacés qui éteignaient sa fièvre... Sans comprendre, en délirant, il chantait toujours, la voix entrecoupée :

J'rencontre un grand prunier,
Qu'était couvert de prunes.
Je jette mon bâton dedans, j'en fais tomber quelqu'-z-unes.
Voilà l'beau temps...

La nuit semblait se mettre en marche, sur ses mille pattes d'eau qui piétinaient. Contre l'arbre humide qui le soutenait, un cadavre accroupi glissa et tomba lourdement, sans sortir de son rêve. Gilbert ne chantait plus. Son souffle épuisé mourait dans un murmure que recouvrait la pluie. Mais ses lèvres semblaient bouger encore :

Voilà l'beau temps,
Ture-lure-lure,
... l'beau temps, pourvu que ça dure...

La pluie ruisselait en pleurs le long de ses joues amaigries. Puis deux lourdes larmes coulèrent de ses yeux creux : les deux dernières...

16

Le retour du héros

C'était le printemps. On le devinait rose et blond, derrière les longs rideaux de l'hôpital et l'air qui tombait du vasistas était frais et doux comme des mains.

Jamais Sulphart ne fut aussi heureux que pendant les quelques mois qu'il passa à l'Hôtel-Dieu de Bourg. Seules, les premières semaines furent pénibles et, quand il s'éveillait le matin, l'amère pensée, aussitôt, lui pinçait le cœur.

— Mince... le billard.

Le café lui semblait moins bon — il lui trouvait un goût — et il lisait sans s'amuser les journaux de Lyon, que la marchande portait de salle en salle. Il ne pensait qu'au billard, et ces dix minutes de souffrance lui gâtaient sa matinée, ces bonnes heures de paresse où le soleil se lève aussi dans les esprits. Quand arrivaient les premières poussettes sur lesquelles on glissait les blessés, il faisait malgré lui une grimace, et il regardait vite de l'autre côté. Il comptait peureusement combien il en restait à passer avant lui, son ventre se serrait à mesure que son tour approchait, il espérait confusément qu'il allait se produire quelque chose, qu'on allait peut-être l'oublier, et quand la voiturette accostait tout de même le long de son lit, il laissait éclater sa colère impuissante, pour se soulager. Il regardait le porteur avec un air mauvais : un grand diable aux joues hérissées de poils drus.

— Des mecs qui font la guerre en charriant ceux qui se font casser

la gueule à leur place, grognait-il. Y en a qui savent nager... Houla !
Houla ! Tu peux pas y aller plus doucement, non. Tu crois rentrer ton
foin ? Paysan !
— T'es pas content d'aller faire ta partie, blaguait l'autre sans se
fâcher.

De la salle d'opération, on entendait monter les cris, des plaintes
aiguës, et parfois des gémissements rauques, quand la douleur était trop
forte. Ceux qui avaient déjà passé ou ne descendaient pas au pansement
rigolaient dans leur lit.
— C'est le petit chasseur... Écoute-le chanter... Une vraie voix de
ténor, j'te dis.

Lorsqu'on remontait, inerte et cireux sur sa voiture, un opéré encore
sous le chloroforme, c'était un divertissement d'une heure, tout le
monde se taisait pour l'écouter divaguer. Le jour où l'on avait opéré
Sulphart, les sœurs, pourtant habituées à tout entendre, avaient dû
s'éloigner, par décence. Il avait braillé des horreurs et les petits des
jeunes classes, qui n'avaient pas connu la caserne d'avant guerre et
l'enseignement profitable des anciens, purent apprendre par cœur la
Mère Blaise et le *Navet*, dont il chanta tous les couplets.

Une fois opéré et sûr de ne pas retourner au front avant longtemps,
Sulphart allégé de deux tourments se sentit revivre et, sans les séances
de pansement, il eût été pleinement heureux. Sa main, encore tout
empaquetée de blanc, avec ses deux doigts amputés, le gênait bien un
peu, et il ne parlait pas sans fatigue, les chirurgiens lui ayant ouvert
deux fois la poitrine pour sortir des éclats, mais cela le classait parmi
les grands blessés, et en plus du traitement de faveur que cela lui valait
— du café au lait, des confitures, des biftecks — il en tirait quelques
avantages moraux auxquels il était très sensible. On avait pour lui certains égards, les majors lui parlaient plus doucement qu'aux autres, on
lui passait la « mandoline » au premier appel et jamais une infirmière
ne se serait arrêtée auprès de son lit sans lui arranger les oreillers à son
idée, même s'il s'était donné beaucoup de mal pour les disposer autrement. On disait de lui, avec une nuance de sympathie :
— C'est celui à qui on a scié une côte.

Et il inclinait la tête avec un pâle sourire, comme s'il avait voulu
remercier.

Il n'avait guère dans la salle qu'un concurrent sérieux, un pauvre
diable à qui l'on avait coupé une jambe, et il était un peu jaloux de
voir accorder à cet autre grand blessé un peu des gentillesses qui lui
revenaient de droit. D'abord, l'autre était artilleur, et, suivant Sulphart,
les seuls soldats qui aient fait la guerre, c'étaient les biffins, les autres
étaient là tout juste pour « marquer le coup » ; aussi quand on lui parlait
des hauts faits d'un aviateur, d'un artilleur ou d'un cavalier, il disait
simplement : « Au bout d'une perche », ce qui signifiait qu'il ne croyait
pas un mot de ces prétendues prouesses. Pour embêter l'amputé, il
racontait aux infirmières que les artilleurs étaient « des gars qui pas-

saient leurs journées à élever des lapins et à peloter des poules » et qu'il était de notoriété publique qu'ils ne pouvaient pas se mettre à leur pièce sans tirer trop court, et tuer les trois quarts des pauvres poilus qui étaient dans la tranchée.

Comme tous les blessés, Sulphart était bourré de souvenirs de guerre qu'il aurait bien voulu raconter ; il en avait autant dire les joues gonflées, et ils lui coulaient tout naturellement des lèvres, comme le lait de la bouche du bébé qui a trop tété. Dès qu'il parlait, c'était des tranchées, de barbelé, de veille, de macaroni, de barrage, de gaz, de tout ce cauchemar qu'il ne pouvait oublier.

Cependant, au début, il avait été étrangement réservé. Il avait lu dans les journaux des récits stupéfiants qui l'avaient rendu honteux : le caporal valeureux qui à lui seul exterminait une compagnie avec son fusil mitrailleur et achevait le reste à la grenade ; le zouave qui enfilait cinquante Boches à la pointe de sa baïonnette ; un bleu qui ramenait de patrouille une ribambelle de prisonniers, dont un officier qu'il tenait en laisse ; le chasseur à pied convalescent qui se sauvait de l'hôpital en apprenant que l'offensive était commencée et allait se faire tuer avec son régiment... Quand il avait lu un de ces récits-là, il n'osait plus placer les siens, se rendant compte que ses petites anecdotes ne feraient aucun effet au milieu de ces faits d'armes.

Mais il lui était impossible de rester silencieux bien longtemps. Un jour, il se risqua, et raconta à sa manière, sans gloriole, avec plutôt une pointe de blague, une histoire entièrement fausse où il tenait avec un modeste courage le rôle exposé de patrouilleur volontaire. Il avait, une nuit, quitté la tranchée pour aller cueillir une boule de gui qu'il avait repérée entre les lignes, et il avait trouvé, à cheval sur une branche, un gros Bavarois également amateur de gui. Il l'avait fait descendre, l'avait obligé à lui faire la courte échelle, puis, sa boule de gui à la main, l'avait ramené à la tranchée française en le guidant à grands coups de soulier.

Son voisin de lit, un colonial, n'en avait pas cru un mot et avait failli étouffer de rage, mais la bonne sœur à qui était destiné le récit en avait ri toute la journée.

Cela avait décidé Sulphart à en raconter d'autres, si bien qu'il fut bientôt le héros de l'établissement et que des civils vinrent spécialement pour l'entendre.

Le personnel de l'hôpital — les majors, les infirmières, les sœurs, l'aumônier, les dames qui arrivaient à onze heures, tout essoufflées, et passaient vite leur blouse blanche pour servir le déjeuner des blessés —, tous et toutes avaient entendu raconter tant d'histoires de soldats que les récits de guerre ne les étonnaient plus, mais avec Sulphart c'était un renouvellement complet du genre.

Dans sa bouche, la guerre devenait une sorte de grande blague, une succession abracadabrante de veilles, de patrouilles, d'attaques, de ribouldingues. En l'écoutant, le plus rétif des auxiliaires eût demandé à partir au front.

Mais, les autres blessés qui en revenaient étaient des auditeurs moins crédules, et les histoires de Sulphart les rendaient malades de fureur. Tant que les infirmières étaient en rond autour du lit, écoutant attentivement le narrateur, ils n'osaient rien dire — tout au plus ricaner en sourdine — mais dès qu'elles étaient parties, on voyait se ranimer même les plus débiles, les derniers opérés sortir de leur demi-coma, les convalescents abandonner leur macramé, et, redressés sur leur lit, ils commençaient à injurier Sulphart avec des figures convulsées.

— C'est au cinéma que t'as vu jouer tout ça ?

— On te la fera fermer ta grande gueule, bourreur ! avec tes histoires à la noix.

— Sûrement qu'il n'a dû rien foutre au front, pour en raconter tant que ça...

— Ça licherait les pieds des femmes pour être mieux servi que les copains, ces gars-là.

Seul l'artilleur ne se fâchait jamais. Quand Sulphart avait longtemps parlé et se carrait contre ses oreillers, les joues fleuries, fier de son succès, il lui disait simplement d'un petit air affectueux :

— T'as bonne mine... Ça fait plaisir à voir... Le major a l'air content, tu as remarqué ?... Allons, t'en fais pas, à la première visite, tout s'arrangera, quinze jours de convalo et tu remonteras au rif...

Cette sorte de promesse éteignait brusquement la joie de Sulphart, et, quand il racontait des histoires, rien ne l'irritait plus que la voix perfide de l'amputé qui répétait doucement, avec une obstination de perroquet :

— Apte !... Apte !...

Les autres, d'ailleurs, ne lui tenaient pas longtemps rancune : il distribuait les paquets de cigarettes que lui donnaient ces dames et partageait les litres de vin qu'il se faisait monter en cachette à la nuit. Cela finissait par les rendre indulgents.

Sulphart resta plus d'un mois sans nouvelles du régiment ; puis, un matin, une lettre de Lemoine lui apprit tout à la fois : la mort de Gilbert, celle de Bouffioux, Vieublé grièvement blessé, Ricordeau disparu... un vrai massacre.

Sa douleur ne fut pas muette. Il relut la lettre deux fois, avec des exclamations de désespoir. Toute la journée il ne parla que de Gilbert, de sa largesse, de son intelligence, des coups durs traversés ensemble, et de la bonne vie qu'ils coulaient quand le régiment était au repos ; il délaya son chagrin dans de longs bavardages, répétant à tout le monde qu'il avait perdu son meilleur copain, autant dire un frère, puis, le soir venu, son agitation tombée, seul éveillé dans la salle aux lits blancs, il avait songé, et il avait alors vraiment senti que son ami était mort.

Avec une étrange netteté, il se souvenait de Gilbert, le jour de son arrivée au front, et de leur premier sommeil, dans l'étroite écurie où s'entassait l'escouade. Les yeux au plafond nu, où les lampes de veille peignaient leur triste écran, il revoyait tous les camarades à la place exacte qu'ils occupaient cette nuit-là, celui-ci recroquevillé sous sa couverture, et celui-là tout droit, avec ses chaussettes percées qui dépassaient. Ils renaissaient tous dans sa mémoire, leurs visages s'abluaient avec leurs traits précis, leurs regards, leurs voix, un petit détail d'uniforme qu'il croyait oublié. Et ressuscitant l'un après l'autre, ils semblaient tous se lever pour un suprême appel : Bréval, Vairon, Fouillard, Nourry, Bouffioux, Broucke, Demachy... Et leurs voix répondaient : mort, mort, mort...

Ses premières sorties, Sulphart les fit dans le petit jardin de l'Hôtel-Dieu, dont les beaux arbres émiettaient le soleil. Assis sur un banc, il regardait les camarades jouer aux boules, leur donnant des conseils qu'ils ne demandaient pas, ou bien il bavardait avec de jeunes femmes qui venaient là faire de la couture.

Puis on lui donna la permission de sortir en ville et il vécut alors en petit rentier, faisant son tour jusqu'à la gare par l'avenue d'Alsace-Lorraine, flânant aux devantures, allant lire le communiqué pour voir si l'on parlait des secteurs où il s'était battu, prenant l'apéritif lorsqu'on le lui offrait et rentrant tout juste pour la soupe.

On le trouvait changé. Il était moins bruyant, moins gai. Parfois, une des infirmières, une dame de la ville, forte et rieuse, que les blessés aimaient bien, lui demandait :

— Ça ne va pas, mon petit... Vous avez des ennuis ?

Mais lui répondait vite :

— Oh ! non, madame... Y a pas à se plaindre.

Ses soucis, il ne les confiait à personne. Posant au casse-cœur de petits bars, au malin « qui dresse les poules », il ne pouvait pas avouer que c'était à cause de sa femme qu'il était triste si souvent. Elle ne lui écrivait plus que de loin en loin, des lettres de dix lignes où elle disait par politesse : « J'espère que tu vas bien », mais sans s'inquiéter outre mesure. Jamais elle ne lui demandait s'il comptait bientôt revenir, ni pour combien de temps. Elle lui avait bien écrit qu'elle n'était plus au même atelier, mais sans lui apprendre où elle travaillait depuis, et à toutes les questions qu'il lui posait, elle ne répondait jamais rien. On le voyait suer sur de longues lettres où il entassait pêle-mêle reproches et tendresses, mais elle n'en parlait même pas dans sa réponse.

Alors, il pensait en serrant brusquement les poings :

— Que j'arrive seulement en convalo... Qu'est-ce que je lui sonnerai !

Mais à la réflexion sa colère ne tenait pas.

— Si je joue au mariole et qu'elle me laisse tomber, calculait-il, c'est encore moi qui serai de la revue...

Depuis qu'il était guéri, la pensée de sa visite aussi l'inquiétait. Si on allait le garder service armé, le renvoyer au front ?... Il suivait avec un intérêt extrême les débats des conseils de réforme et de la commission des congés. Il interrogeait interminablement ceux qui venaient de passer, il suivait avec anxiété le baromètre des conseils, tendres aujourd'hui, sévères le lendemain, et intriguait auprès des secrétaires. Il connaissait déjà le nom de tous les majors, savait leurs manies, leurs préférences, et il avait une opinion bien arrêtée sur chacun, les trouvant d'autant plus savants qu'ils réformaient plus facilement.

Il recommençait à tousser, en se forçant un peu, il ne mangeait pas à sa faim et apprenait à marcher voûté, appuyé sur une canne. L'artilleur l'accusait même de fumer du soufre, les matins de visite, pour faire siffler ses poumons.

En promenade, il retrouvait pourtant de la voix pour brailler.

— Ils ne m'auront pas... On ne renvoie pas au casse-pipes un gars amoché comme moi... Ils me traîneront plutôt par les pieds.

L'artilleur, qui le suivait en béquillant, lui grognait dans le dos :

— Il se dégonfle !... J'en étais sûr...

— J'ai fait ma bonne part, ripostait Sulphart... Maintenant j'en ai marre... Ceux qui s'en ressentent, c'est pas moi qui prendrai leur place.

Le jour où il passa son conseil, ses camarades cassaient la croûte dans un petit café dont la patronne faisait de la friture. Il arriva transfiguré, sans canne, les pommettes roses.

— Réformé numéro 1, brailla-t-il... Avec pension, les gars... Vive la classe !

L'artilleur lui tendit une lettre.

— Tiens, v'là une babille qui est arrivée pour toi...

C'était de sa concierge : elle lui apprenait que sa femme était partie avec un Belge, en emmenant les meubles.

Les autres ne s'aperçurent de rien ; pas même de son affreuse pâleur. Il offrit deux bouteilles, il blagua avec eux et, le verre en main, il chanta : *Le rêve passe*. Seulement, en sortant — peut-être un coup de froid — il se mit à cracher le sang.

— Oui, madame Quignon, je vous dis que c'est une ordure, cette femme-là.

— Bah ! répondait la concierge en tournant son ragoût, c'est toujours une fois qu'on les a quittés que les hommes s'aperçoivent de ces choses-là.

Sulphart, vexé, remontait alors dans son logement, où sa femme n'avait laissé qu'un lit-cage, une chaise cannée et un beau calendrier qu'on leur avait offert pour leur mariage. Depuis huit jours qu'il était revenu, il traînait désœuvré dans Rouen, allait voir les anciens amis de leur ménage, tuait le temps chez les marchands de vin, attendait les camarades à la porte de l'usine, et, partout, il ne parlait que de sa femme, même à ceux qui ne l'avaient pas connue.

— Foutre le camp avec les bois, la garce !... Et pas une lettre, rien...

A raconter éternellement la même histoire, il avait vite lassé tout le monde. Les femmes, généralement, lui donnaient tort, disant que Mathilde ne pouvait pourtant pas rester toujours seule à s'embêter, que « ça » durait depuis trop longtemps, et que les hommes auraient peut-être fait pire à la place des femmes.

Sulphart s'aigrissait. Il n'avait eu que des déceptions depuis son arrivée. A la caserne, où il comptait retrouver ses effets de civil qu'il y avait laissés le 2 août 1914, le sergent-major avait haussé les épaules : les « fringues » ? Elles étaient loin... On avait bien fait des paquets de vêtements, soigneusement étiquetés et mis en tas réglementaires ; malheureusement, les uns avaient laissé un morceau de fromage dans leur poche, les autres un sandwich ou un reste de saucisson, tout cela avait pourri, les rats et la vermine s'y étaient mis et il avait fallu tout brûler.

C'est une Œuvre qui dut l'habiller, et, comme chaussures, on lui laissa à titre de souvenir ses brodequins des tranchées, tout racornis de boue. A l'atelier il n'avait pas retrouvé sa place, le patron ayant sous-loué à une usine de munitions, et au Chemin de fer, on l'avait trouvé trop faible. D'ailleurs, il cherchait de l'ouvrage sans désir d'en trouver, s'en remettant au hasard pour le nourrir quand il aurait mangé ses quelques francs, et trop habitué à trouver son rata prêt à la roulante pour ne pas admettre que la soupe était due aux hommes comme la lumière du jour. Tout lui semblait marcher de travers et il disait :

— S'il y avait autant de pagaille et de saloperies au front comme il y en a à l'arrière, les Boches seraient à Bordeaux depuis une paie.

En rentrant le soir — souvent avec un verre de trop —, il s'arrêtait chez sa concierge, et, avant de monter dans sa chambre nue, il se soulageait de tout ce qu'il avait de rage au cœur et de peine cachée. Ce malheur injuste — sa femme partie — dressait autour de lui quatre murs de prison où il se cognait la tête.

— Non, après ce que j'en ai bavé... c'est tout de même de trop... C'est qu'on a souffert, nous autres, madame Quignon... Tenez, à Craonne, figurez-vous...

Mais la concierge levait aussitôt les bras, comme pour demander grâce :

— Ah ! monsieur Sulphart, suppliait-elle, ne me racontez plus de ces histoires de tranchées, on en a les oreilles rebattues.

Découragé, il montait se coucher. Il avait planté une baïonnette dans le plancher, à la tête de son lit, et cela lui servait de bougeoir, comme au front. Il sortait d'un placard des illustrés poussiéreux, de vieux journaux, et les lisait pour s'endormir. C'est ainsi qu'il tomba sur l'article oublié d'un académicien :

Nous avons contracté envers nos poilus une dette de reconnaissance que nous n'oublierons jamais, disait l'écrivain. *Nous sommes débiteurs de toutes les souffrances que nous n'avons pas subies...*

Sulphart découpa l'article et le rangea dans son calepin.

Il arriva à Paris avec seulement sept francs en poche, mais le matin même, il était embauché pour le lendemain dans une maison de Levallois. Pour la première fois depuis qu'il avait repris le veston de civil, il se sentit heureux. Quinze francs par jour ! Il supputait tout ce qu'il allait avoir de bien-être, d'aise, de bonheur, pour ses quinze francs. C'était son tour maintenant de « se la couler douce ». Il allait se faire de bons copains — des gars qui seraient allés au front comme lui —, il dénicherait un petit bistro convenable pour manger à midi, il trouverait une chambre pas trop loin, pour pouvoir se lever tard. Déjà, en traversant les ateliers, il avait remarqué des ouvrières, une, surtout, qui riait en relevant ses cheveux d'une main noircie par la potée. Cela le faisait sourire de penser à elle.

— C'est du sérieux, ces poules-là... Ça sait tenir une maison.

Il suivait son petit rêve, les yeux distraits, quand une auto remplie de grues et d'uniformes chics faillit le renverser. D'un recul brusque, il évita le capot.

— Embusqué ! lui cria celui qui était au volant.

Sulphart fit mine de s'élancer, mais il se contenta de montrer le poing à la voiture, en hurlant des injures dont les passants seuls purent bénéficier.

L'insulte reçue lui pesa sur le cœur pendant tout le déjeuner, et, pour le faire descendre, il reprit trois fois du vieux marc avec son café. Alors, ragaillardi, il alla faire un tour sur les boulevards. A la porte d'un journal où le communiqué était affiché, des gens discutaient.

— On devrait faire une grande offensive, disait d'une voix courte un gros monsieur aux yeux en boule.

— Avec ta viande, lui cria Sulphart dans le nez.

Tous ces civils qui osaient parler de la guerre le mettaient hors de lui, mais il ne détestait pas moins ceux qui n'en parlaient pas, et qu'il accusait d'égoïsme.

En flânant devant les boutiques, il aperçut à la devanture d'un bureau de tabac un tableau superbe, en couleurs, qui l'arrêta émerveillé. Formé d'une douzaine de cartes postales assemblées, ce chef-d'œuvre représentait une femme géante, en cuirasse d'argent, qui tenait une palme d'une main, une torche de l'autre et semblait conduire une farandole où l'on reconnaissait des soldats gris, des soldats verts, des soldats kaki. Le soldat français, crut-il remarquer, lui ressemblait comme un frère, et cela le flatta infiniment. Il entra et demanda à la marchande :

— Combien votre truc ?

— Trois francs, dit sèchement la patronne.

Sulphart fit la grimace en pensant qu'il ne lui restait plus que trente-huit sous.

— J'en voudrais seulement une, celle du bas, insista-t-il... Où qu'il y a un poilu qui me ressemble.

La buraliste haussa les épaules.

— On ne détaille pas, répondit-elle sèchement.

Sulphart sentit qu'il devenait tout rouge. Et d'un coup rageur, frappant le comptoir de sa main mutilée, il gronda :

— Et ma main, moi, je ne l'ai pas détaillée ?

La marchande cligna simplement des yeux, comme si ces cris lui faisaient mal, mais sans lever la tête, et elle continua de peser du tabac à priser.

— Enfin, dit Sulphart en s'adressant à un monsieur qui choisissait des cigares, s'il y en a qui reviennent du front, ils doivent comprendre que je l'aie à la caille.

Le client fit un vague signe de tête, se retourna et prit du feu, à larges bouffées. Les consommateurs, à côté, regardaient le fond de leur verre et le garçon, pour ne rien entendre, avait ouvert un journal. Sulphart, les ayant regardés tous, comprit et haussa les épaules, déjà résigné.

— Ça va bien, dit-il, jetant trente sous sur le comptoir, donnez-moi un paquet de cigarettes anglaises, ça fait longtemps que je n'ai fumé que du gros.

L'après-midi, ayant longtemps hésité, passé et repassé devant la porte sans oser entrer, il rendit visite aux parents de Demachy. Le luxe de l'appartement l'impressionnait, la douleur de la mère lui serrait le cœur, et il se sentait gêné, ayant peur de paraître mal élevé en remuant les pieds ou en parlant trop fort. En partant, la mère l'embrassa et lui donna cent francs. Sulphart qui sentait ses larmes prêtes à jaillir ne put pas dire merci et se sauva. Seule la concierge le vit pleurer.

— C'était mon copain, Gilbert, lui dit-il. Un brave gars...

La poche pleine, il partit pour Levallois pour payer son « quand est-ce » aux copains de l'usine. Dans la chaude atmosphère du café — la fumée, les voix cordiales, les verres qui trinquent — il sentit fondre son chagrin.

Renversé mollement sur la banquette de moleskine, il buvait son apéritif à petites gorgées en regardant s'envoler les légères bouffées de fumée bleue. Les consommateurs parlaient de la guerre, les journaux du soir ouverts devant eux, et cela l'ennuyait. Les armées, à présent, avançaient de dix kilomètres dans une journée, alors que de son temps il fallait peiner des semaines pour arracher quelques centaines de mètres en les couvrant de morts. Lorsqu'il prononçait les noms de ses batailles, des noms tragiques qu'on croyait immortels, on ne les connaissait plus : l'égoïsme de l'arrière les avait oubliés. Et il en ressentait une sorte de jalousie.

Pourtant, ce soir-là, il était heureux. Les paroles lui parvenaient à travers un brouillard, comme un inutile bavardage.

— Il n'y a qu'à attendre, braillait le patron, qui jonglait avec ses bouteilles au comptoir. Maintenant on est sûr de les avoir. On fera chez eux ce qu'ils ont fait chez nous.

— Mais tais-toi donc, protesta un ouvrier qui jouait sa journée au zanzibar. Ce qu'il faut, c'est la paix. C'est honteux de faire durer cette saloperie-là.

A cheval sur une chaise, l'air éreinté, les joues blêmes et les oreilles écarlates, un buveur, un peu saoul, mâchonnait son avis.

— Paix ou pas paix, c'est trop tard, c'est une défaite. Rien à faire, je vous dis, le coup est joué. Pour nous autres, c'est une défaite.

Sulphart leva la tête et dévisagea celui qui parlait ainsi.

— Moi, lui dit-il, je dis et je prétends que c'est une victoire.

Le buveur le regarda et haussa les épaules.

— Pourquoi ça, que c'est une victoire ?

Sulphart déconcerté chercha un instant, ne trouvant pas tout de suite les mots qu'il fallait pour exprimer son farouche bonheur. Puis, sans même comprendre la terrible grandeur de son aveu, il répondit crûment :

— J'trouve que c'est une victoire, parce que j'en suis sorti vivant...

17

Et c'est fini

Et c'est fini...

Voici la feuille blanche sur la table, et la lampe tranquille, et les livres... Aurait-on jamais cru les revoir, lorsqu'on était là-bas, si loin de sa maison perdue ?

On parlait de sa vie comme d'une chose morte, la certitude de ne plus revenir nous en séparait comme une mer sans limites, et l'espoir même semblait s'apetisser, bornant tout son désir à vivre jusqu'à la relève. Il y avait trop d'obus, trop de morts, trop de croix ; tôt ou tard notre tour devait venir.

Et pourtant c'est fini...

La vie va reprendre son cours heureux. Les souvenirs atroces qui nous tourmentent encore s'apaiseront, on oubliera, et le temps viendra peut-être où, confondant la guerre et notre jeunesse passée, nous aurons un soupir de regret en pensant à ces années-là.

Je me souviens de nos soirées bruyantes, dans le moulin sans ailes. Je leur disais : « Un jour viendra où nous nous retrouverons, où nous parlerons de nos copains, des tranchées, de nos misères et de nos rigolades... Et nous dirons avec un sourire : C'était le bon temps ! »

Avez-vous crié, ce soir-là, mes camarades. J'espérais bien mentir, en vous parlant ainsi. Et cependant...

C'est vrai, on oubliera. Oh ! je sais bien, c'est odieux, c'est cruel, mais pourquoi s'indigner : c'est humain... Oui, il y aura du bonheur, il y aura de la joie sans vous, car, tout pareil aux étangs transparents dont l'eau limpide dort sur un lit de bourbe, le cœur de l'homme filtre les souvenirs et ne garde que ceux des beaux jours. La douleur, les haines, les regrets éternels, tout cela est trop lourd, tout cela tombe au fond... On oubliera. Les voiles de deuil, comme des feuilles mortes, tomberont. L'image du soldat disparu s'effacera lentement dans le cœur consolé de ceux qui l'aimaient tant. Et tous les morts mourront pour la deuxième fois.

Non, votre martyre n'est pas fini, mes camarades, et le fer vous blessera encore, quand la bêche du paysan fouillera votre tombe.

Les maisons renaîtront sous leurs toits rouges, les ruines redeviendront des villes et les tranchées des champs, les soldats victorieux et las rentreront chez eux. Mais *vous* ne rentrerez jamais.

C'était le bon temps...

Je songe à vos milliers de croix de bois, alignées tout le long des grandes routes poudreuses, où elles semblent guetter la relève des vivants, qui ne viendra jamais faire lever les morts. Croix de 1914, ornées de drapeaux d'enfants, qui ressembliez à des escadres en fête, croix coiffées de képis, croix casquées, croix des forêts d'Argonne qu'on couronnait de feuilles vertes, croix d'Artois dont la rigide armée suivait la nôtre, progressant avec nous de tranchée en tranchée, croix que l'Aisne grossie entraînait loin du canon, et vous, croix fraternelles de l'arrière, qui vous donniez, cachées dans le taillis, des airs verdoyants de charmille, pour rassurer ceux qui partaient. Combien sont encore debout, des croix que j'ai plantées ?

Mes morts, mes pauvres morts, c'est maintenant que vous allez souffrir, sans croix pour vous garder, sans cœurs où vous blottir. Je crois vous voir rôder, avec des gestes qui tâtonnent, et chercher dans la nuit éternelle tous ces vivants ingrats qui déjà vous oublient.

Certains soirs comme celui-ci, quand las d'avoir écrit, je laisse tomber ma tête dans mes deux mains, je vous sens tous présents, mes camarades. Vous vous êtes tous levés de vos tombes précaires, vous m'entourez, et, dans une étrange confusion, je ne distingue plus ceux que j'ai connus là-bas de ceux que j'ai créés pour en faire les humbles héros d'un livre. Ceux-ci ont pris les souffrances des autres, comme pour les soulager, ils ont pris leurs visages, leurs voix, et ils se ressemblent si bien, avec leurs douleurs mêlées, que mes souvenirs s'égarent et que, parfois, je cherche, dans mon cœur désolé, à reconnaître un camarade disparu, qu'une ombre toute semblable m'a caché.

Vous étiez si jeunes, si confiants, si forts, mes camarades : oh ! non, vous n'auriez pas dû mourir... Une telle joie était en vous qu'elle dominait les pires épreuves. Dans la boue des relèves, sous l'écrasant labeur des corvées, devant la mort même, je vous ai entendus rire : jamais pleurer. Était-ce votre âme, mes pauvres gars, que cette blague divine qui vous faisait plus forts ?

Pour raconter votre longue misère, j'ai voulu aussi rire de votre rire. Tout seul, dans un rêve taciturne, j'ai remis sac au dos, et, sans compagnon de route, j'ai suivi en songe votre régiment de fantômes. Reconnaîtrez-vous nos villages, nos tranchées, les boyaux que nous avons creusés, les croix que nous avons plantées ? Reconnaîtrez-vous votre joie, mes camarades ?

C'était le bon temps... Oui, malgré tout, c'était le bon temps, puisqu'il vous voyait vivants... On a bien ri, au repos, entre deux marches accablantes, on a bien ri pour un peu de paille trouvée, une soupe chaude, on a bien ri pour un gourbi solide, on a bien ri pour une nuit de répit, une blague lancée, un brin de chanson... Un copain de moins, c'était vite oublié, et l'on riait quand même ; mais leur souvenir, avec le temps, s'est creusé plus profond, comme un acide qui mord...

Et maintenant, arrivé à la dernière étape, il me vient un remords d'avoir osé rire de vos peines, comme si j'avais taillé un pipeau dans le bois de vos croix.

Joseph Kessel

L'ÉQUIPAGE

Joseph Kessel a 18 ans quand il s'engage, en 1916
L'Équipage a paru en 1923

PREMIÈRE PARTIE

1

La cantine toute neuve, avec ses courroies bien serrées et le nom fraîchement peint *Aspirant Jean Herbillon*, encombrait le vestibule. Le signe du départ marquait la maison.

Le père, qui tordait sa chaîne de montre, regarda l'heure et, d'une voix trop ferme :

— Il faut descendre, Jean, dit-il.

— Alors, décidément, tu veux partir seul ? demanda la mère. En grand garçon ?

Le jeune homme baissa la tête pour ne point voir le difficile sourire.

— Oui, maman. J'aurai plus de courage. Vous aussi. Et puis, n'oubliez pas que Georges m'accompagne.

Ils ne dirent plus rien. Les bruits de l'avenue rendirent plus sensible le silence qu'ils se trouvaient impuissants à rompre. Ils attendirent avec avidité que cet adieu prît fin, que la porte se refermât sur une séparation qui pourtant les déchirait, tellement était intolérable l'instant où, désarmés, ils n'avaient ni la force d'avouer leur angoisse, ni celle de feindre.

Jean, surtout, comptait les secondes, ces dernières et lourdes secondes où tout était faux des sentiments exprimés, et le stoïcisme de son père et la vaillance de sa mère, et sa gaieté à lui. Il n'y avait de véritable que la souffrance de ses parents, étale et torpide, et son impatience de les quitter pour ne la plus subir. Il savait que, le seuil franchi, sa tristesse tomberait comme un voile gênant, arraché par la course vers l'action, l'avenir...

Une voix d'enfant retentit, note discordante et triomphale :

— Jean, la voiture est là. J'ai eu du mal à la trouver, tu sais.

— Je comptais sur toi, dit le jeune homme en souriant à son frère.

Il pressa le départ. Devant les visages soudain tendus, sa gorge s'était nouée et il ne voulut point qu'on le vît faiblir.

Il y eut quelques baisers maladroits, de fiévreuses et vaines paroles.

Les deux frères roulaient à travers des rues que la guerre et la nuit dépeuplaient. Une lueur bleuâtre filtrait des réverbères maquillés. Dans l'ombre de la voiture, le petit rivait son regard sur Jean et il ne savait trop ce qu'il admirait le plus en lui, du courage, des étoiles ailées au col ou du brillant fauve des cuirs. Jean, pour lui, était la guerre magnifique et telle qu'on la voit peinte dans les gravures.

Le jeune homme savourait pleinement cette adulation, car l'image qu'il se faisait de lui-même était presque aussi ingénue.

Il avait vingt ans. C'était son premier départ pour le front. Malgré les récits qu'il avait entendus au camp d'entraînement, malgré un sens assez aigu des réalités, sa jeunesse n'acceptait pas la guerre sans l'habiller d'une héroïque parure.

A la gare de l'Est, il affermit son képi, tira sa vareuse et dit à Georges :

— Conduis le commissionnaire au train de Jonchery, puis attendsmoi.

Des soldats couvraient les quais. Les joies de la permission éclairaient encore leurs visages. Jean passait parmi leurs groupes avec un sentiment de fierté fraternelle. Il était enfin l'égal de ceux qui partaient. Il les aimait pour leurs souffrances, surtout pour le signe que la mort dépose sur les hommes qu'elle guette. Et ce soir, comme son être lui paraissait contenir la même essence précieuse, il reportait sur lui un peu de cet amour et de ce respect.

Par instants, sa pensée allait à la ville noyée d'ombre avec une dédaigneuse pitié. Elle n'abritait que des hommes qui ne pouvaient pas ou ne voulaient pas se battre. Lui marchait parmi les guerriers.

Des bras l'enlacèrent. Un parfum familier l'enveloppa.

— Jean, mon chéri, murmura une voix essoufflée et tremblante, j'ai eu si peur de ne pas arriver.

Il porta sur la jeune femme ses yeux encore tout chargés du naïf enivrement qu'il avait de lui-même et dit :

— Je savais bien que tu viendrais.

Son ton était calme, presque indifférent, mais il celait une grande tendresse et un orgueil plus grand encore. Sans Denise, il eût manqué à son départ une nuance chaude. Il la regardait avec des yeux neufs. Il lui sembla qu'il dérobait pour la première fois son visage et son corps à la buée trouble de leur passion et qu'à la lueur des arcs il les apercevait dans une parfaite nudité.

Comme elle était fraîche ! Il ne trouvait que ce mot pour la peindre pleinement. La bouche, la nuque, les épaules, les hanches minces étaient comme lustrées d'une onde toujours nouvelle. Et sa pensée, aussi vive, avait le charme changeant de l'eau des sources.

Cependant la jeune femme avait pris son bras ; serrée étroitement contre lui, elle doublait son flanc d'une chair douce, et ils marchaient distraitement, coupant le flux des capotes délavées.

Avec Denise, Jean ne comptait pas les minutes ainsi qu'il l'avait fait chez lui. Près d'elle, il se sentait léger. Malgré l'imminence du départ, malgré le front auquel il appartenait déjà et dont les tentacules étaient visibles dans les trains obscurs, il avait l'impression que leur entretien avait le privilège d'une durée indéfinie, car la facilité souriante qui marquait leur union semblait empêcher toute angoisse.

Un coup de sifflet perça la rumeur de la gare. Denise se pressa plus fort contre le jeune homme et ce mouvement lui fit sentir enfin qu'ils allaient se quitter. Dans les yeux de sa maîtresse il ne lut ni peur ni chagrin, mais une adoration muette. Il s'inclina sur sa bouche, et bien que ce baiser fût celui du départ et qu'il pût, dans leur vie, être le dernier, le jeune corps, sous les lèvres fermes, se renversa faiblement.

Ils coururent vers le train qui frémissait. Aux portières se penchaient des torses arrachés à la paix de la ville. Georges, inquiet, fouillait le flux des uniformes flétris pour y retrouver — brillant comme un métal fourbi — la silhouette de son frère. Quand il l'aperçut enfin, accompagné d'une jeune femme, il dit plus militairement peut-être qu'il ne l'aurait voulu :

— Jean, ta cantine est placée. Monte vite.

Les wagons tressaillirent. Herbillon serra rudement la main du petit, baisa les doigts de son amie et sauta sur le marchepied, comme le train s'ébranlait. Jusque dans ce mouvement il mit une grâce voulue, tellement le souci de bien tenir un rôle se mêlait à son émotion.

Dans son compartiment, il fut surpris de ne trouver que des civils. Il lui parut singulier et choquant que, pour aller à leurs affaires ou leurs plaisirs, des hommes prissent le véhicule qui le menait au péril. Il avait pensé voyager avec des officiers, des camarades de l'héroïque école buissonnière que le front était encore pour lui. Et il se trouvait en présence d'un petit vieillard fripé, de trois adolescents prétentieux et d'une jeune femme au maintien trop réservé pour des yeux trop tendres.

Cette déception lui donna pourtant conscience de ses avantages nouveaux. Il s'assit dans le coin que son frère lui avait retenu, croisa insolemment ses jambes serrées de cuir éclatant et se mit à fumer une pipe qui s'éteignait sans cesse, car il n'avait pu apprendre à se servir d'un accessoire qu'il jugeait indispensable à l'esthétique de son personnage.

Le train, rivière ardente, fuyait parmi les rives d'ombre. Jean arrêtait parfois son regard sur celui de la jeune femme qui se détournait après un bref sourire. Elle avait des dents brillantes ; son chapeau versait jusqu'aux lèvres une pénombre secrète, mais sous la blouse de soie on devinait des seins fermes et libres. Cela suffit pour éveiller chez Jean le goût de la conquête et il émanait de son visage un désir si candide que le petit vieillard lui adressa un sourire de complicité. Mais, abaissant les paupières, l'inconnue feignit de dormir. Jean, déçu, sortit dans le couloir.

Il appuya son front contre la barre métallique de la fenêtre. Des lumières palpitaient dans la plaine ; des cours d'eau luisaient comme une soie profonde. Dans l'élan du train. Herbillon croyait entendre l'impétueux tumulte de son désir : arriver, arriver à l'escadrille. Depuis un an, son jeune orgueil, son amour de la gloire et du risque en avaient fait le but de son existence. Et maintenant qu'il était observateur breveté, qu'il avait effectué une dizaine de vols au camp du Plessis, qu'il connaissait les signaux de réglage et le télégraphe Morse, il brûlait de prendre place parmi les surhommes qu'il imaginait et dont il était sûr de se montrer digne.

Il était si noyé dans sa rêverie qu'il n'entendit point son compartiment se vider peu à peu, et qu'il tressaillit lorsqu'une voix, tout près de lui, demanda :

— Nous arrivons bientôt à Fismes, monsieur ?

Il aperçut alors presque contre son épaule la jeune femme qu'il avait renoncé à séduire. D'un coup, souvenirs et songes s'effacèrent. Comme la question était posée sur ce ton engageant qui n'exige pas de réponse précise, Jean, à son tour, demanda :

— Vous allez si près des lignes, madame ?

— Un oncle m'attend.

Son sourire montrait qu'elle n'essayait point de faire croire à cette parenté.

Ils revinrent dans leur compartiment. Jean offrit une cigarette qu'elle accepta. Elle riait facilement, avait un langage commun mais vif. Herbillon sut bientôt qu'elle allait rejoindre un commandant qui subvenait à son entretien, sans lui plaire. Après quelque défense, il obtint de l'appeler par son petit nom qui était Nelly et voulut pousser plus loin ses avantages.

Cependant le souvenir de sa maîtresse l'arrêta. Elle se montrait si douce et si fidèle. Allait-il la tromper, à peine quittée ? Mais un argument décisif eut raison de son scrupule. Il serait au front demain. N'avait-il pas droit à toutes les faiblesses ? Il enlaça la jeune femme qui ne résista point.

Quand Nelly le quitta, une lassitude légère ferma les yeux de l'aspirant qui savoura quelques minutes le souvenir d'un facile triomphe. Soudain, il eut le sentiment qu'une ombre s'asseyait près de lui. Avec un frisson, il regarda. Personne. Personne également dans le couloir, dans le wagon entier. Un grand silence, coupé de cahots espacés, s'abattit sur sa tête et il comprit que sa brusque solitude avait été pour lui comme une présence.

Le train roulait avec une précaution craintive, les lampes brûlaient en veilleuses, et, dehors, la nuit avait une densité de marbre noir. Le jeune homme murmura comme s'il venait seulement de saisir le sens du mot :

— Le front !

Collant son visage aux vitres il tâcha, sans y parvenir, de percer l'ombre dont la mante immense couvrait les tranchées proches et des milliers d'hommes en alerte.

Un coup sourd lui sembla retentir dans sa poitrine.

— Le canon, murmura-t-il encore, comme devant une nouvelle révélation.

Tendu, il écouta, pour ne point perdre une rumeur, une haleine de ces terres inconnues. Un pénible sentiment le dédoublait. Il avait quitté Paris depuis quelques heures à peine. Il croyait voir encore le visage de ses parents, presser le bras de son amie, il avait encore dans les yeux l'étalage bariolé d'un kiosque devant lequel, à la gare, il s'était arrêté. Et, en même temps, il se sentait déjà rivé aux lieux où l'on mourait. Par la même fenêtre où s'était encadrée la claire figure de Denise, il apercevait, maintenant, le front ténébreux et secret.

Doucement, tendrement presque, le train avançait comme s'il devinait que l'être humain devenait désormais très fragile. Dans ce bercement, ce silence, parfois martelé par un tonnerre lointain, l'ivresse qui, depuis le départ, avait étourdi le jeune homme, s'évaporait. Bientôt, il ne trouva plus rien en lui qu'une impression anxieuse de solitude et, dans son esprit désarmé, d'étranges questions s'insinuèrent. Quel besoin avait-il eu de s'engager ? De choisir l'arme la plus périlleuse ?

Il revit nettement un appareil en flammes qui s'était abattu près du terrain d'école et songea qu'un jour sa chair pourrait grésiller de même.

Que ce train était odieux de rouler si lentement ! Il semblait porter des cercueils. Et cette lueur falote des lampes et cette plaine écrasée par la nuit !

Herbillon, maintenant, s'accusait. Il savait bien ce qui l'avait poussé dans l'aviation. Ce n'était pas une soif d'héroïsme, mais de la vanité. Il s'était laissé tenter par la séduction de l'uniforme, des insignes glorieux, par le prestige de l'homme ailé sur les femmes. Elles, surtout, l'avaient décidé. Un mouvement de haine le souleva contre ces faibles et perverses créatures, pour lesquelles il allait donner sa vie. Denise lui parut détestable entre toutes pour ne l'avoir point dissuadé.

Cherchant avec une rancune brusque d'autres griefs, il se souvint qu'il ignorait tout de la jeune femme : ses amitiés, sa demeure, son nom même ; qu'il ne possédait aucun portrait d'elle et que, seule, l'alliance oubliée un jour à son doigt lui avait appris qu'elle était mariée. Ce mystère, qui avait été pour lui jusque-là d'un profond attrait, lui parut une marque indigne de méfiance et de froideur.

Il pensa que, par son aventure avec Nelly, il en avait tiré une juste vengeance et tâcha de dissiper son anxiété dans ce souvenir.

Mais le train glissait maintenant avec tant de prudence qu'on pouvait, semblait-il, le suivre au pas. Jean eut envie de descendre pour secouer l'insupportable langueur qui l'oppressait et ce désir lui fit percevoir sa détresse.

« J'ai peur », songea-t-il malgré lui.

Il essaya de se défendre, mais les arguments s'effaçaient devant le dégoût de lui-même dont il était plein. A quoi servait de se mentir ? Toutes ses révoltes contre lui et contre Denise venaient de la peur.

Lui qui riait en parlant de péril, qui tenait pour lâches ceux qui semblaient comprendre le mot de crainte — lui, l'aspirant Herbillon, il avait peur. Et cela avant même d'avoir touché le danger. La honte qu'il éprouva fut telle qu'il ne s'aperçut point qu'elle avait complètement effacé son effroi.

2

Le glaive large du soleil traversa les paupières d'Herbillon. Il se retourna, jaloux de son sommeil, mais le toit vibra sous un choc sonore, le dressant tout étourdi de lumière et de bruit.

Son premier regard se posa sur la pièce vide et sur la planche qui portait un pot à eau, sans comprendre. Quelle était cette cage sombre tapissée de papier goudronné ? Mais il aperçut sa cantine, fermée encore, et, cette maille retrouvée, toute la chaîne des souvenirs se renoua. C'était l'escadrille.

Il sauta du lit, se jeta sur son uniforme. La rumeur qui l'avait éveillé venait d'un moteur : on volait, il devait être tard. Avec désespoir, il pensa qu'on le croirait paresseux. A ce moment, la porte étroite livra péniblement passage à un soldat massif et maladroit comme un ours.

— Je suis l'ordonnance, dit-il. Mon lieutenant veut de l'eau chaude ? J'apporterai le café après.

Le soldat était borgne, ce qui donna de la timidité au jeune homme. Il répondit en hésitant :

— Non, merci. Je préfère l'eau froide.

Il réfléchit et se força d'ajouter :

— Vous auriez dû me réveiller plus tôt.

— Le capitaine a dit qu'on laisse dormir mon lieutenant, fit le soldat en clignant son œil unique.

— Ah, le capitaine... murmura Jean.

— C'est un homme qui sait les choses, continua posément l'ordonnance. Mon lieutenant aura bien le temps pour tout.

Le ton familier du soldat plaisait à l'aspirant. Mais il pensa qu'il devait se faire respecter.

— C'est bien, dit-il sèchement. Je ne déjeunerai pas ce matin.

Le soleil l'attirait et cette rumeur assourdissante qui tantôt se taisait, tantôt reprenait avec fureur et qu'il reconnaissait pour le tourbillonnement des hélices. Quand il quitta sa chambre, l'obscurité l'arrêta. Il se trouvait dans un étroit et long couloir plein d'ombre, sur lequel donnaient deux rangées parallèles de portes. Apercevant à sa gauche une trouée lumineuse, il marcha vers elle.

Il entra dans une vaste pièce où quatre fenêtres aspiraient la clarté. Elle était tapissée de carton à gaufrures et devant la toile cirée blanche, jonchée de fleurs bleues, qui couvrait une longue table, Jean eut un sentiment de fraîcheur et de gaieté. Il considérait un édifice de planches qui garnissait l'un des coins de la chambre lorsqu'il entendit :

— Le bar vous attire déjà, monsieur l'aspirant. Vous promettez.

La voix sonnait haute, mordante et si riche de joie qu'Herbillon en fut pénétré comme d'une onde chaude. Il se tourna d'un bloc. Devant lui, dans la gueule obscure du couloir, se tenait un jeune homme, les bras croisés derrière le dos. Il portait une tunique noire dont l'étoffe luisait autant que les boutons dorés. Elle enveloppait strictement un torse mince et fort, un cou étroit. La finesse élancée de ce corps répondait à celle du visage net, aux yeux étirés et ardents, au nez droit, à la moustache légère qui s'arrêtait aux commissures des lèvres.

« Il n'est pas beaucoup plus vieux que moi, se dit l'aspirant, et n'a pas de décorations. C'est un nouveau. »

Content de trouver un camarade qui ne l'intimidât point avant d'affronter les vieux officiers de l'escadrille, il se présenta avec désinvolture :

— Aspirant Jean Herbillon.

— Capitaine Gabriel Thélis, commandant l'escadrille, répondit le jeune homme.

Il tendit la main et Jean aperçut à sa manche trois filets d'or ternis. Il lui sembla que ses joues allaient crever sous l'afflux du sang qui lui monta d'un jet au visage et la rougeur qui lui brûlait la peau accrut encore son abominable confusion.

Oubliant qu'il n'avait pas de képi, il porta ses doigts à son front et, tendu, balbutia :

— Oh ! pardon, mon capitaine.

Un vol de pensées torturantes le traversait : il s'était conduit comme un fat ridicule ; au lieu de la vénération qu'il sentait maintenant pour ce chef juvénile, il avait montré une insupportable familiarité. Il devait être perdu à ses yeux.

Pendant qu'il se tenait raidi et le front en sueur, le capitaine ne le quittait pas d'un regard que le reflet du soleil patinait d'or. Et soudain la pièce fut emplie d'un beau rire clair et sain.

Des doigts fermes se posèrent sur l'épaule d'Herbillon et la voix qui l'imprégnait de bien-être dit :

— Assez de respect. Venez voir les appareils.

Ils furent vite sur le terrain situé tout près de leur baraque. Ceinturé par le ruban précis de la route et frangé par un rideau confus d'arbres lointains, le champ s'étalait large et plat pour s'arrêter brusquement sur deux chutes abruptes où s'abîmait le paysage. De la faille creusée au Nord montait une vapeur bleuâtre de rivière, au Sud une fumée grise de foyers humains. Jean situa de la sorte le cours de la Vesle et le village de Rosny. Il ne s'attarda point à cette étude. Son regard avide voulait épuiser en un instant tout ce que le terrain contenait, en puissance, de bataille et de vie hasardeuse. Il alla des hangars immenses, semblables à des cathédrales tronquées, aux groupes de mécaniciens dispersés, au vaste T de toile blanche étendu sur le sol pour marquer la direction du vent. A son profond étonnement, il trouva le terrain de guerre en tout point pareil à celui de l'arrière où il avait fait son instruction.

Cependant Thélis l'examinait. Dès le premier instant, Herbillon lui avait plu — malgré sa vareuse outrageusement neuve et son harnachement inutile de cuirs — par la franchise de ses traits, la volonté du front dur, la simplicité des yeux clairs et par tout l'élan qui animait son corps. Mais la nature ironique du capitaine ne pouvait manifester de sympathie qu'en plaisantant.

— Vous n'êtes guère matinal, le bleu, dit-il tout à coup.

Herbillon tressaillit.

— Je sais, poursuivit Thélis, vous êtes arrivé tard. Mais à votre place, je me serais levé avec le soleil pour voir partir les camarades.

Jean n'osa point répéter ce que lui avait dit l'ordonnance et baissa la tête. Impitoyable, le capitaine continuait :

— Vous êtes muet. Bon. Alors dites-moi ce qu'on vous a enseigné.

— Mais... tout, mon capitaine.

— C'est trop.

Herbillon, froissé, entreprit l'énumération de ses connaissances : T.S.F., réglages, photographie. Thélis l'interrompit.

— Savez-vous regarder ?

Cette fois, l'aspirant crut que le capitaine plaisantait, mais le ton net de Thélis effaça son sourire.

— Je ne veux pas être drôle, dit-il. On apprend à regarder, je vous assure. Il y faut même du temps.

Il l'interrogea encore sur plusieurs détails techniques et, à chaque réponse de Jean, grommelait :

— On verra, on verra, ce n'est pas si facile.

Mais la question que le jeune homme attendait sans cesse et qui lui paraissait essentielle — celle du courage —, Thélis n'y fit même pas allusion. Ce silence blessa Herbillon : il y vit un ménagement dédaigneux. Sa peur de la veille s'était complètement dissipée et, sur le plateau où le soleil et l'air vifs stimulaient l'envol des hommes, il se croyait inaccessible à l'effroi. Il voulut le prouver.

— Quand pourrai-je monter, mon capitaine ? demanda-t-il avantageusement.

— S'il fait beau, je vous emmènerai demain, répondit Thélis que la question ne parut point surprendre.

— Sur les lignes ? insista Jean.

— Non, sur Monte-Carlo.

Malgré sa moquerie, Herbillon dit encore :

— On se battra, n'est-ce pas, mon capitaine ?

Thélis le regardait avec une sorte de tendresse railleuse.

— J'espère bien que non, fit-il. S'il fallait se battre à chaque sortie, le métier ne vaudrait plus rien.

Le jeune homme retint un mouvement de surprise et de déception, mais le capitaine devinait tout ce qui se passait sous le front de l'aspirant : son désir de montrer sa bravoure, son ambition de gloire et de bataille, sa foi dans les prouesses quotidiennes. Il se rappela sa propre arrivée, trois ans plus tôt, à l'escadrille, et ses pensées, sœurs de celles qu'il lisait dans les yeux d'Herbillon. Il eut envie de lui expliquer beaucoup de choses, mais il savait que le jeune homme ne le croirait point et songea :

« C'est une bonne recrue. »

Sans s'apercevoir qu'il appliquait cette louange bien plus au jeune sous-lieutenant qu'il avait été qu'à l'aspirant qui se tenait devant lui.

— Vous avez du cran, j'en suis sûr, dit-il avec bonté. Les nouveaux sont toujours plus courageux que nous, les fatigués !

Soudain, il fronça le sourcil, jeta un coup d'œil sur le terrain et se dirigea rapidement vers un groupe réuni devant un hangar. Pour ne point rester isolé sur le vaste champ où il ne connaissait personne, Herbillon le suivit.

Ils furent bientôt près d'un bessonneau qui, un pan de toile relevé, laissait voir dans sa haute nef la masse confuse des avions. Des mécaniciens nonchalants bavardaient. Au milieu d'eux, assis sur un bidon d'essence, un gros lieutenant fumait une très vieille pipe. A l'arrivée du capitaine, les hommes se redressèrent ; l'officier, sans bouger, sourit largement.

— Beau temps, hein ? mon vieux Thélis. Tu ne voles pas ?

Il s'étirait avec béatitude, mais la bouche crispée de Thélis lui fit abandonner sa pipe.

— Es-tu de service pour te chauffer au soleil ? cria le capitaine. Regarde là-haut.

Il y avait de la colère dans sa voix, dans son regard noirci et Jean s'étonna de cet accent de chef sévère chez ce jeune homme affable et railleur. Mais le gros lieutenant ne s'émut point. Suivant le geste de Thélis, il leva les yeux vers l'indicateur du vent placé sur un hangar et fit avec placidité :

— Cette satanée brise change tout le temps.

Il fit signe à deux hommes et se dirigea vers le T gigantesque pour en modifier la direction. Quand il revint, Thélis grommela :

— Lézard obèse.

Puis, se tournant vers Jean, il présenta :

— Herbillon, voici mon vieux camarade Marbot, chef des observateurs et le meilleur d'entre eux.

Le jeune homme considérait avec respect celui que le capitaine recommandait ainsi et craignait que le lieutenant ne fût blessé d'avoir été réprimandé devant lui. Mais le gros homme dit :

— Merci d'avoir été là, jeune camarade. Thélis n'a pas voulu trop abîmer mon prestige à vos yeux, sinon, j'en aurais entendu de cruelles.

Thélis ne put s'empêcher de dire :

— Tu me connais bien, éléphant, mais, dis-moi, y a-t-il longtemps
que Berthier est parti ?

— Environ deux heures, mon capitaine, répondit un mécanicien.

— Il devrait être rentré. Je lui avais fixé une reconnaissance rapide.

Marbot, qui avait repris sa place sur le bidon, fit une grimace de
mépris :

— Il y a des gens qui n'en ont jamais assez.

— C'est vrai, répondit distraitement Thélis.

Il regardait avec une étrange émotion le ciel qui était d'un bleu tendre, l'horizon qui tremblait dans la fine lumière. Marbot haussa les
épaules.

— Tu as envie de voler, hein, toi aussi ? dit-il. Il n'y a pourtant pas
de mission.

— Je vais essayer mon nouveau moteur.

Herbillon tourna vers Thélis des yeux suppliants.

— Emmenez-moi, mon capitaine, fit-il.

— Je vous ai dit : demain, répondit sèchement Thélis. J'entends
qu'on me comprenne. En attendant, étudiez la carte, ce ne sera pas
sans utilité.

Tandis que le capitaine s'éloignait vers son appareil, Marbot dit à
Jean décontenancé :

— Ne vous tourmentez pas, mon vieux. Thélis est le meilleur garçon
qui soit sous le ciel, mais il a peur d'être trop jeune pour se faire obéir.
Voilà tout.

Herbillon n'aurait jamais imaginé un aviateur aussi gros et débraillé
que Marbot. Un uniforme bleu sale, trop vaste, flottait sur les membres
robustes du lieutenant ; un chandail de troupe gris enveloppait son cou ;
ses pieds s'agitaient doucement dans une paire de sabots. Avec sa pipe
ébréchée, entre ses petites dents jaunes, il semblait un paisible fermier
qui, la journée finie, rumine au soleil.

Comme s'il devinait les pensées du jeune homme, Marbot déclara :

— Faut être confortable avant tout. Une chambre, un cuisinier
savant, une bonne pipe et l'on est paré. Je vous enseignerai tout cela.
En s'arrangeant, on s'en tire même avec votre solde.

Il se mit à exposer le budget qu'il prévoyait pour Herbillon. Au
mess, les aspirants ne versaient que trois francs par jour. On lui donnerait une culotte et une vareuse de troupe que le tailleur accommoderait,
pour qu'il pût conserver son uniforme neuf. Il lui resterait, le tabac
payé, de quoi faire des économies.

Jean écoutait avec la crainte sourde que Marbot, à son tour, ne se
moquât de lui. Quoi ! c'étaient là les recommandations premières que
lui faisait son chef direct. Sur ce terrain où le brûlait une fièvre héroïque, il entendait des comptes de ménage. C'était une gageure !

Mais non, le gros lieutenant ne raillait point. Une manière d'attendrissement glissait même sur ses joues pleines, tandis qu'il supputait
la somme que l'aspirant pourrait réserver à ses permissions. Puis il se

tut comme s'il n'avait rien d'autre à communiquer au jeune homme. Celui-ci, malgré ses déboires avec le capitaine, demanda faiblement :

— Et pour le travail, quels conseils me donnerez-vous ?

Marbot savoura une bouffée profonde et répondit :

— Aucun. Il faut y passer pour savoir.

Un bourdonnement sauvage crispa ses traits d'une grimace.

— C'est Thélis, grommela-t-il, qui fait du bruit. Allez regarder, mon vieux. Cela doit encore vous amuser.

De la carlingue, la tête du capitaine surgit, joyeuse. Le vent de l'hélice soulevait ses courts cheveux noirs, dilatait ses lèvres d'un rire silencieux. Tantôt, il ralentissait le moteur, tantôt le lançait à pleine fougue. L'avion palpitait comme une bête impatiente et l'homme tremblait de la même avidité de l'espace.

Enfin, Thélis sauta sur le sol. Comme il avait revêtu, pour l'essai, un bourgeron de manœuvre, il sembla faire un instant partie des mécaniciens qui entouraient l'avion et avec lesquels il plaisantait librement. Puis il marcha vers Jean en demandant :

— Quelle heure est-il ?

— Plus de midi, mon capitaine.

— Et Berthier n'est pas là. Cet animal finira par m'inquiéter.

Le mot donna un étrange sentiment de plaisir à Herbillon. C'était le premier qui lui rappelât qu'il était au front et qui justifiât ses fiertés, ses rêves. Le visage du danger se montrait enfin. Il fut comme déçu lorsque Marbot, dont les petits yeux perçants avaient fixé dans le ciel un point pour lui invisible, cria :

— Le voici, mon capitaine.

Un biplan vira au-dessus du terrain et vint érafler le sol de sa béquille d'atterrissage. Le pilote sortit d'abord. Engoncé dans sa combinaison, casqué de cuir, les lunettes relevées sur le front, il semblait un scaphandrier de l'air. De ses traits Herbillon ne put distinguer qu'une cicatrice qui partait de la bouche pour s'enfoncer sous le passe-montagne. Il boitait.

— Vous en prenez à votre aise, Deschamps ! cria le capitaine.

Le pilote répondit avec un accent traînard de paysan tourangeau :

— Berthier voulait tout voir.

Il enleva son casque. Sa bouche était déformée par la balafre lie de vin qui montait jusqu'à l'oreille. Un poil blond mal rasé poudrait d'ocre sa face massive. Jean le trouva déplaisant, mais quand l'autre eut défait sa combinaison, il resta stupide devant les palmes et les rubans glorieux qui criblaient cette poitrine.

Une silhouette bizarre vint distraire son attention. Du siège de l'observateur se levait un corps qui, malgré l'enveloppement des fourrures et des lainages, paraissait maigre. Un cliquetis soulignait ses mouvements. Les mains tenaient un éventail capricieux de planchettes de nickel et de bois ; à l'épaule, aux poches de la combinaison, pendaient des instruments dont Herbillon n'arrivait pas à deviner la destination.

Le casque de liège et les lunettes elles-mêmes avaient une forme inusitée.

Jean observa que, du capitaine au dernier des mécaniciens, chacun accueillait ce camarade avec un sourire où se mariaient l'ironie et la tendresse et qui s'élargit encore lorsque Thélis interpella le personnage :

— Alors, Berthier, vous nous rapportez le mouvement perpétuel de là-haut ?

Du passe-montagne jaillit une voix qui fit naître chez Herbillon, et sans qu'il pût en définir la raison, un sentiment d'affectueuse douceur. Cette voix avait la limpidité naïve, l'ingénuité prenante qui font le charme des accents enfantins. Elle disait :

— Pardonnez-moi, mon capitaine. J'ai complètement oublié l'heure. Dans la Tranchée des Cannibales il y avait un point blanc que je voulais définir à tout prix.

— Et alors ?

— Je n'y suis pas arrivé, mon capitaine, ce sera pour la prochaine fois.

Marbot hocha gravement la tête.

— Pierre, Pierre, dit-il, tu me déshonores.

— Mais, gros, s'écria vivement Berthier, figure-toi...

— Non non, cria Thélis. Vous ne finiriez pas votre discours avant la nuit. Nous avons faim, nous. Courez au secteur faire le rapport et préparez-vous à payer le retard.

Deschamps, qui examinait soigneusement son appareil, passa sur son front un pouce informe et observa :

— C'est une sortie qui nous coûtera cher. Quatre accrocs aux ailes.

— Quatre bouteilles, dit Thélis. Vous vous êtes battus ?

Jean eut un mouvement.

— Non, fit Deschamps. Ce doit être un gros noir.

— Vous voilà renseigné, Herbillon, cria le capitaine. Un flacon par trou rapporté des lignes.

— Et vous savez, grogna Marbot, ce mécréant n'entend pas plaisanterie là-dessus. Quand toute votre solde y passerait !

Le soir de ce premier jour d'escadrille, Herbillon regagna sa chambre, ivre de fatigue.

La conversation de la table bourdonnait à ses oreilles comme une volée de balles ; dix visages, inconnus la veille, découpaient avec une obsédante précision leurs traits dans sa mémoire. Il tâchait de mettre l'étiquette d'un nom sur chacun d'eux et n'y parvenait point. Pour ceux qu'il avait connus sur le terrain il pouvait encore le faire : le capitaine et son rire fascinant, le gros Marbot, Deschamps le mutilé, Berthier et sa voix puérile, son regard nuageux !

Il se souvenait également du *toubib*, médecin pilote qui portait ses ailes d'or sur des parements de velours grenat. Une figure le hanta longuement : bec d'aigle, moustaches tombantes, d'Artagnan vieilli ; puis une autre, glabre, hautaine et pâle.

Un trait commun à tous le poursuivait singulièrement : l'éclat un peu hagard des yeux, lumière fiévreuse qui veillait dans tous les visages, qu'ils fussent placides ou nerveux, ardents ou tristes, sorte d'offrande qui s'élevait de ces hommes insouciants à la mort.

Regard brûlé chez Thélis, rêveur chez Berthier, terne chez Deschamps, vif sous la graisse chez Marbot ; ils portaient tous cette flamme trouble qui les embrumait et les attisait tour à tour. Jean mira son visage dans une glace et une grande fierté chauffa ses veines : il crut reconnaître en ses prunelles l'expression étrange et fraternelle.

Du coup, il fut rassuré. Ce regard-là démentait les propos qui l'avaient décontenancé le jour durant. Ses camarades avaient beau ne parler que de solde, de vin, de permissions et de femmes, leurs yeux chantaient leurs aventures. Blasés, ils l'étaient sans doute, mais par trop d'exploits. Lui entrait seulement dans l'épopée. Demain le capitaine l'emmènerait, sûrement il y aurait combat, ils abattraient peut-être un ennemi.

Déjà, il ébauchait la lettre qu'il écrirait alors à Denise.

Le lit de camp, étroit et dur, fut délectable à ses membres que des heures de station sur le terrain et dans le mess avaient rompus. Tout ce que les autres faisaient avec naturel et simplicité, sans y prendre garde, exigeait de lui une tension de tout l'être. Il surveillait sa démarche, sa voix, redoutant de montrer aussi bien une excessive timidité qu'une déplaisante superbe. De cet effort il était encore plus énervé que las et, malgré sa fatigue, il s'endormit très tard.

En rouvrant les yeux sur une clarté laiteuse, il crut que le jour n'était pas levé. La pensée qui, obscurément, avait habité son sommeil lui revint avec un halo de joie confuse : il volait ce matin. L'ordonnance Mathieu entra tenant un broc fumant.

— Comment ? fit Herbillon, cherchant des yeux sa montre.

— Il est dix heures, fit le soldat. Je ne vous ai pas réveillé, vu le temps. Pleine mélasse, mon lieutenant.

— Mais il faisait si beau hier, murmura le jeune homme.

— Le ciel change vite par ici, mon lieutenant. Il vous enverra peut-être du soleil tout à l'heure. Et puis, allez, mon lieutenant, vous serez bientôt content d'avoir un peu de brouillard le matin, comme tout le monde.

Sur ces mots Mathieu s'en alla, laissant Herbillon désespéré. Il avait mis tant d'espoirs autour de ce vol qui devait être sa véritable entrée dans l'escadrille. Après, il se fût considéré sinon comme l'égal des officiers chevronnés qui l'entouraient, du moins comme leur camarade plus jeune. Tandis que, maintenant, il allait rester le novice, le subalterne moral.

Ses yeux errèrent à travers la chambre qu'il n'avait pas eu le loisir d'examiner la veille. Il frissonna : un véritable cercueil tendu de noir et rapiécé, à la fenêtre, par le chiffon blême de la brume. « Je ne pourrai pas vivre ainsi, songea-t-il. Il faudra que j'égaye les murs. »

Ce désir fixa un but à son désœuvrement et il se leva, moins triste.

En apportant un bol de café, Mathieu demanda :

— Mon lieutenant veut des sabots ?

— Ah ! non, s'écria Jean avec répugnance, au souvenir de la silhouette débraillée de Marbot.

Mais en même temps, il réfléchissait : à quoi bon lacer des bottes ? Le matin sale, la chambre désolante ne disposaient point à l'élégance.

— Tout le monde en porte ? fit-il en hésitant.

— Presque, mon lieutenant.

Cela décida le jeune homme.

— Donnez-m'en une paire, dit-il.

Il cherchait dans sa cantine des gravures et des photographies pour mettre quelques taches claires sur l'insupportable bitume des murs, lorsqu'on frappa doucement à sa porte. Certain que c'était l'ordonnance, il ne se retourna point. Mais une voix, dont il reconnut au premier son le timbre charmant, demanda :

— Je ne vous gêne pas, monsieur ?

Pour toute réponse, Jean serra fortement la main de Berthier. Le lieutenant était couvert d'une peau de bique jetée sur un pyjama de toile grise.

— Vous devez vous ennuyer, fit-il. Les premiers jours sont difficiles.

— C'est vrai.

La réponse était montée aux lèvres d'Herbillon sans qu'il eût songé à la retenir. Pourtant il y voyait un aveu de faiblesse qu'il n'eût fait à nul autre. Mais sans le connaître, il savait avec certitude qu'à Berthier on pouvait ne cacher aucun sentiment, pourvu qu'il fût sincère. Il avait senti cela dès l'instant où il l'avait vu descendre de carlingue.

— Vous êtes déjà prêt, continua Berthier. On voit que vous arrivez. Vous prendrez vite nos habitudes de douce paresse. Pour l'instant, venez chez moi. Nous y serons mieux.

Jean le suivit dans le corridor où s'affairaient les ordonnances et pénétra dans une chambre en tout point pareille à la sienne, sauf qu'un poêle à pétrole l'emplissait d'une âcre et chaude haleine. Aux murs, des vêtements pendaient en désordre et partout, sur la table grossière, sur les planches mal clouées, sur les tabourets, sur le lit même s'amoncelaient des assemblages surprenants de métal et de bois, des fils de fer, des lambeaux de toile, des boulons, des vis, des pneumatiques éclatés.

Berthier, montrant ce chaos, eut le sourire d'un homme qui s'excuse d'une manie qu'il sait ridicule mais qui lui est très chère.

— C'est mon magasin, fit-il. Je rapporte ici tout ce que je trouve sur le terrain et m'en sers pour construire, pour inventer.

Puis s'animant, malgré lui, il plaida :

— On me plaisante, naturellement. Mais tenez, voici un tire-douilles spécial pour mitrailleuses que toute l'escadrille a copié. Et cette combinaison de planchettes extensibles et repliables, pour les cartes, ils disent qu'elle est incommode, mais quand je l'aurai perfectionnée, ils la voudront tous. Évidemment je suis un peu à l'étroit dans ma carlingue avec tout ce que j'emporte, mais, en définitive, je vous assure, c'est très pratique.

Il se mit à rire, en ajoutant :

— C'est Thélis qui se montre le plus féroce dans ses moqueries.

— Mais vous l'aimez bien ? demanda Herbillon, frappé par la tendresse dont Berthier avait enveloppé le nom du capitaine.

— Si je l'aime ! s'écria son camarade en élevant la voix. Mais, mon ami, il n'est personne ici qui ne voudrait mourir pour lui. Je ne sais pas comment vous expliquer cela. Ce garçon de vingt-quatre ans est notre âme, la vie de l'escadrille. Sa joie, son courage, sa jeunesse ! Il a la croix comme observateur, six palmes comme pilote, et n'en parle jamais. Il volerait dix heures par jour si nous le laissions faire. Et quel camarade, vous verrez !

La louange fervente se développait comme une parure, harmonieusement, autour du visage hardi qui du premier regard avait ému le jeune homme.

— Et les autres ? demanda-t-il.

— Tous charmants, dit Berthier, mais Thélis est sur un autre plan. Et chacun de nous le sait.

Ils conversèrent longuement. Jean apprit à connaître ses compagnons : le paysan Deschamps, engagé dans l'infanterie, réformé pour blessures, engagé dans l'aviation, réformé une seconde fois après un capotage dans la brume du soir qui lui avait brisé les côtes, arraché un pouce, déformé le visage, engagé encore et qui, depuis, avait abattu trois avions ; le capitaine Reuillard, observateur venu du train des équipages, vieux soldat naïf et coléreux ; André de Neuville, plein de morgue et de bravoure, très froid, très dur, le moins aimé des camarades ; le gros Marbot, ancien adjudant de carrière, entré dans l'aviation simplement pour la prime de vol qui lui permettrait d'épouser plus vite une fermière de Normandie, homme paisible qui n'aimait pas le risque inutile et qui, à l'occasion, était le plus sûr et le plus courageux des observateurs.

De tous, Berthier parlait avec une bienveillance involontaire, confiante, et de minute en minute il devenait pour Herbillon plus proche et plus cher.

La cloche sonnant le déjeuner interrompit leur entretien.

— Il faut que je m'habille vite, s'écria Berthier. Le capitaine n'aime pas le retard.

En pénétrant dans le mess où plusieurs officiers étaient déjà réunis, Herbillon fut salué par un cri unanime :

— Au bar, l'aspirant.

Comme il ne comprenait point, on lui expliqua qu'étant le plus jeune il était chargé de verser à boire et de percevoir le prix des consommations. Bousculé, étourdi, mais heureux de cette familiarité naissante, il prit place derrière l'échafaudage couvert de bouteilles.

Les bouches buvaient sec et parlaient haut. Les journaux venaient d'arriver et les nouvelles de Paris nourrissaient la discussion, mais tout était noyé dans cette gaieté sonore et facile qui est le privilège des écoliers et des soldats. Elle s'enfla encore lorsque le capitaine parut.

— A la bonne heure, on respecte les coutumes, dit-il en apercevant Herbillon au comptoir. Un vermouth, le bleu, et faites bonne mesure aux anciens.

A ce moment la silhouette de Marbot boucha l'entrée du couloir. Il était en chandail. Thélis se jeta vers lui en criant :

— Pas de mécano ici.

Marbot, sa pipe couleur d'encre aux lèvres, soupira :

— On est si bien sans vareuse.

— A l'amende, cria Deschamps.

— Non, fit avec une angoisse véritable le gros lieutenant. Vous n'allez pas me faire cela.

— Alors, habille-toi, obscène, dit Thélis impitoyable.

Marbot revenu, Deschamps proposa :

— Dis donc, mon capitaine, on devrait montrer au bleu le quadrille de l'escadrille.

Et, soudain, Herbillon, saisi par des bras solides, hissé par-dessus le bar, fut emporté dans une ronde sauvage et grossièrement rythmée qui ne cessa qu'à l'apparition du premier plat.

A table, il continua d'apprendre son métier de cadet. Il dut lire le menu et Thélis le prévint, fort sérieusement, que pour le suivant il aurait à le versifier ; tous les quolibets furent pour lui, on le menaça de toutes les corvées. Mais sous cet orage de moqueries, il se sentait fier et joyeux, car elles formaient le premier lien avec ce groupe d'hommes unis et dans lequel il brûlait de se fondre.

A la fin du repas, il était si bien pénétré de son rôle que, la sonnerie du téléphone crépitant, il courut vers l'appareil. Le corps d'armée demandait le chef d'escadrille.

Thélis obtint le silence d'un geste et prit l'écouteur.

Devant le front soucieux du capitaine, une attention inquiète remplaça la gaieté sur tous les visages. Soudain Thélis s'écria :

— Mais c'est impossible, voyons, mon colonel, par ce brouillard.

De nouveau s'établit un silence où l'on sentait que, par le sortilège d'un fil invisible, arrivaient de loin les décisions du sort. Thélis dit encore :

— Je vous assure, mon colonel, c'est pure folie.

Puis :

— On essaiera, mon colonel, mais je ne réponds de rien et ne prends que des volontaires. Sinon il me faut un ordre écrit.

Lourdement, il pendit le récepteur et Jean entendit courir des murmures dont il ne comprenait pas le sens.

— Naturellement, ces messieurs ne doutent de rien !

— Toujours pareils au corps d'armée !

— Qu'ils tiennent un seul jour le palonnier entre les jambes !

— S'ils avaient des yeux au moins !

Cependant le capitaine, s'étant approché d'une fenêtre, scrutait le ciel fangeux. Une crispation de colère tirait sa bouche qui, visiblement, hésitait à parler. Enfin il marcha vers la table et dit brièvement.

— On croit à un rassemblement de l'autre côté. Le général veut qu'on aille voir.

— Il n'a qu'à s'y faire conduire par son chauffeur, grommela Marbot.

— Tais-toi, cria rudement Thélis. Tu as bien vu que j'ai protesté, il n'y a rien à faire.

Il ajouta d'une voix plus basse et comme honteuse :

— Et l'on me défend de voler, de même qu'à Marbot, parce que... parce que... c'est ainsi.

Les derniers mots avaient été dits avec une sorte de fureur et chacun devina. Dans le brouillard, la mission était trop hasardeuse ; le commandement n'y voulait point risquer les chefs.

— Donc il me faut deux hommes et des meilleurs, continua Thélis. Je ne peux pas demander cela aux sous-officiers.

Dans le mess il y avait trois pilotes : le *toubib*, récemment arrivé, André de Neuville et Deschamps. Jean était sûr que ce dernier allait immédiatement répondre à l'appel. Mais le mutilé, qui fixait obstinément la table, murmura comme à la torture :

— Je ne peux pas, mon capitaine. Vingt Boches si tu veux, mais pas la bouillie.

Herbillon se souvint de l'effroyable capotage dans la brume que lui avait raconté Berthier.

Alors Neuville, sans dire un mot, se dirigea vers les hangars dont la masse grise semblait une des excroissances difformes de la brume. Il fallait encore un observateur. Marbot sortit de la pièce en criant :

— Je ne veux pas voir ça. Le plafond est à trente mètres.

Les yeux de Thélis rencontrèrent l'humble prière du regard d'Herbillon ; il dit très doucement :

— Non, mon petit, vous ne serviriez à rien.

Jean subissait son inexpérience comme une honte suprême, mais déjà Berthier se proposait :

— Mon capitaine, après Marbot je suis le plus vieux ici.

— Non, pas vous, s'écria Thélis. Je...

Il allait dire « Je vous aime trop ! » mais le sentiment profond qu'il avait de son métier de chef domina sa tendresse.

— Allez-y, mon vieux, fit-il fermement.

Dehors, le moteur bourdonnait déjà.

L'escadrille entière assista au départ. Jusqu'aux hommes de corvée, tous étaient venus et les yeux se portaient, stupéfaits, incrédules, vers l'horizon si proche qu'il bornait la vue de l'extrémité du plateau et que le poids du brouillard accablait.

Les mécaniciens qui, cambrés contre les ailes, retenaient l'élan de l'avion, allaient le lâcher quand Thélis se hissa d'un bond jusqu'à la carlingue de Berthier et cria :

— Si le plafond est le même sur les lignes, je vous défends d'aller plus loin. Vous m'entendez, hein ?

De Neuville fit un signe. L'appareil, libéré, se détacha du sol, la brume le dévora presque aussitôt. Les groupes se dispersèrent et il ne resta sur le terrain que Thélis, résolu à guetter le retour des camarades et Jean qui ne voulait pas quitter le capitaine.

Neuville n'avait pu virer pour prendre de la hauteur. A peine séparé de la terre, il avait eu le goût fade du brouillard sur les lèvres. Tout de suite, le pare-brise fut couvert d'une buée si épaisse que, pour se diriger vaguement, il dut le baisser. Le vent qui flagellait son front dispersait parfois la brume en nuées fines et les pourchassait comme un troupeau de cavales. Alors Neuville apercevait en bas des plaques vertes ou grises que le rideau laiteux recouvrait vite.

Il remonta son passe-montagne jusqu'au nez, baissa son casque jusqu'aux sourcils et pensa tout à coup :

— Je dois avoir une belle figure de lâche sous ce masque.

Il avait peur, mortellement peur. Tous ses camarades le croyaient intrépide ; seul, il savait combien sa chair était accessible à l'épouvante.

Elle vivait à ses côtés perpétuellement. Il ne pouvait monter en avion sans angoisse, ni même songer à un vol sans que son cœur devînt plus lourd et plus lent à battre.

Mais n'admettant point qu'un homme de sa lignée et de son élégance pût vivre dans la boue des boyaux et des sapes, il avait demandé cet emploi de pilote, dangereux entre tous, et dont son orgueil le poussait encore à accroître les risques. La lutte poignante qu'il soutenait sans cesse contre son effroi lui avait façonné ce visage pétrifié qui écartait de lui toute amitié.

Les doigts crispés sur le gouvernail de profondeur, il allait droit vers les lignes. Il écoutait le moteur avec une attention nerveuse, hanté par l'idée qu'une panne était pour eux un arrêt de mort, car il faudrait atterrir au hasard et dans l'espace d'un instant. A mesure qu'ils approchaient de l'Aisne le brouillard se faisait plus dense, plus bas, semblait pressé contre le sol où affleurait le dessin pâle des tranchées.

Neuville se tourna vers Berthier, chef de l'équipage, qui sourit et pointa sa main vers l'avant.

Lui aussi tremblait, mais d'une autre crainte, celle de manquer sa mission. Bien qu'il fût à l'escadrille depuis deux ans, il avait à chaque vol l'émoi d'un novice. Disposé au songe et le sachant, il redoutait de ne point saisir les choses dans leur pleine réalité et, descendant d'avion après avoir exténué son pilote, croyait toujours avoir laissé échapper un détail essentiel. Mais l'idée du péril, de la mort, ne l'effleurait même point, tellement son esprit ingénu était incapable d'imaginer une fin précise à ses rêveries.

Ils étaient sur les lignes. Entre la brume et le sol il y avait une sorte de couloir fuligineux où l'avion s'engouffra de plein jet. Il était si près de terre qu'on distinguait le creux des boyaux, le relief des parapets.

« Quinze mètres au plus ! songeait Neuville, les dents coincées. On doit tirer d'en bas. »

Mais sa main de vieux et adroit pilote ne tremblait point et l'appareil s'enfonçait sûrement en terre ennemie. Ils battirent ainsi tout le front entre Soissons et Reims, sans rien voir. Enfin, à regret, Berthier donna le signal du retour.

Sur le terrain, Thélis marchait à grands pas, suivi par Herbillon. Le capitaine mâchait des jurons refoulés lorsqu'une sorte de clarté joua sur son visage. Ouaté par le brouillard, un faible murmure venait de la Vesle. L'aspirant ne le distinguait pas de la rumeur du vent, mais à regarder Thélis, il comprit que l'avion rentrait.

Marbot, le *toubib*, tous les camarades couraient déjà sur le terrain. Le biplan jaillit de la brume.

— L'atterrissage ne sera pas commode, murmura Thélis encore soucieux.

Mais regardant le virage doux et sensible de l'appareil, il dit, ému par l'art de la manœuvre :

— Décidément Neuville est un as. Et quel cran !

Maintenant l'avion roulait vers les hangars. Arrivé à la hauteur du groupe qui l'attendait, Neuville descendit de sa carlingue, mais Berthier, dans la sienne, demeurait immobile. Le capitaine le secoua en riant.

— Allons, rêveur.

Il s'arrêta net, releva le visage de l'observateur. Les yeux étaient clos. Dans la combinaison, il y avait une déchirure, près de l'épaule.

— Neuville, cria Thélis, on a tiré sur vous d'en bas ?

— Je l'ignore, mon capitaine, le moteur parlait trop fort.

Sa voix était impassible, mais il gardait encore son passe-montagne pour laisser à ses traits qu'il savait décomposés le temps de remodeler leur froideur.

Avec précaution on retira Berthier de l'avion. Il respirait faiblement. A l'anxiété des visages tendus vers lui, Jean mesura l'affection pénétrante qu'il avait inspirée. Le docteur pilote défit la combinaison, la vareuse du blessé, regarda la plaie, se redressa très pâle.

— Hé bien ! lui demanda Thélis.

— Ici, je ne suis pas médecin, mon capitaine, mais pilote, cria le docteur d'une voix dure. On vous renseignera à l'hôpital.

Thélis ne répondit rien à ce refus trop vif. Comme chacun, il avait compris...

Jean ne put s'empêcher de penser à la gaieté qui, moins d'une heure auparavant, coulait à pleins bords dans l'escadrille.

Tant que la brume persista, il n'y eut pas de rires au mess. A table, les couverts moins serrés dissimulaient mal une place vide, la pièce était trop sonore. Mais à force de tendre leur énergie pour oublier Berthier, ses camarades y réussirent.

Seul, Jean, dont la sensibilité fraîche gardait des événements un sillage plus profond, ne voulait point chasser de sa mémoire l'unique entretien qu'il avait eu avec le mort, ni le visage aux paupières baissées, déjà raidi et doux encore. Il voulut en parler à Thélis, à Marbot, mais les deux hommes arrêtaient ses efforts d'un ton qui n'admettait point qu'il insistât. Ce semblant d'indifférence eût choqué l'aspirant si le vieux capitaine Reuillard ne lui avait tout expliqué d'un mot.

— Il n'y faut point penser, petit, dit-il, ou l'on n'aurait plus de courage.

Dans le silence qui effaçait volontairement le souvenir d'un camarade aimé palpitaient un instinct de défense et une joie secrète de vivre encore.

Quand le vent d'Ouest bouscula les nuages au-delà de Reims, laissant au-dessus du terrain un ciel propre et luisant, cette volonté d'oubli s'affirma. Bien qu'il n'y eût, en dehors des reconnaissances ordinaires, aucune mission à remplir, Thélis décida que toute l'escadrille prendrait l'air et Marbot lui-même, qui n'aimait point les vols inutiles, approuva la mesure, disant :

— Il faut laver les mauvais souvenirs.

Le terrain bourdonna, ruche monstrueuse. Le capitaine surveillait tout : les essais des moteurs, les départs, les atterrissages, les gestes des mécaniciens. Il trouvait une plaisanterie pour chaque pilote. Sa voix qui mordait sur les nerfs comme une flamme résonnait partout. Il courait des hangars aux appareils, aidait à lancer une hélice, à vérifier un carburateur. Soudain, comme enivré par le mouvement impétueux qu'il avait déchaîné, il roulait sur l'herbe avec son bel épagneul doré qui ne le quittait point, tous deux confondus dans la même allégresse animale. Ainsi, d'un avion à l'autre, il transmettait le feu qui le brûlait et chacun des équipages qui s'envolaient, cellule perdue dans le vaste ciel, sentait frémir entre lui et les camarades le lien que tressait le capitaine de tout son être ardent.

Ce jour-là, Herbillon fit son premier vol. Le soir approchait quand le capitaine lui fit le signe qu'il guettait anxieusement. Dans la crainte de retarder le départ, Jean avait apporté dès le matin tout son équipement sur le terrain. Il fut prêt avec une rapidité qui fit sourire Thélis et bondit dans sa carlingue.

Jusque-là il n'était monté que sur des appareils d'école, de lentes

machines d'où l'on voyait, comme d'un balcon, se dérouler le paysage.
Maintenant vibrait sous lui un avion de guerre, solide et prompt, construit pour les combats, engin de meurtre qui avait un profil de requin.
Mais comme l'ouverture où il insérait son corps était étroite, encombrée d'un tabouret, des cartes qu'il emportait et de la crosse des mitrailleuses jumelées ! Comment s'y mouvoir pour observer à l'aise et pour
se battre ?
Le capitaine lui demandant s'il était prêt, Herbillon baissa la tête, et
aussitôt une anxiété voluptueuse caressa tout son corps. L'avion roulait
avec de rapides cahots puis il n'y eut plus de secousses, mais un glissement doux. Ils avaient quitté le sol. Et le vent de la marche et le vent
de l'hélice le baignèrent de cette ivresse du large qui grise les marins,
au départ, sur la proue des navires.
Le capitaine prit de la hauteur au-dessus du terrain. A chaque virage,
l'horizon reculait, le relief fondait et quand les hangars ne furent plus
que des feuilles blanches, Thélis, montrant à Herbillon ses mitrailleuses, feignit d'appuyer sur la gâchette. L'aspirant comprit qu'il devait
essayer les armes. Il appuya contre sa poitrine la plaque d'acier qui
soudait les deux tubes et tira. Un crépitement net, joyeux, perça le
rythme du moteur. Deux traînées rouges fusèrent vers le ciel. Il cria
d'enthousiasme :
— Les balles lumineuses !
Une fusillade lui répondit, qui le dressa, prêt à tirer, mais dans le
chant des balles il reconnut la mesure sur laquelle on l'avait fait danser
au mess. Pour vérifier sa mitrailleuse, Thélis jouait le quadrille de l'escadrille. Il sourit à l'aspirant et une gaieté frémissante emplit celui-ci.
Il eut envie de rire, de chanter, de pleurer. Il s'admirait prodigieusement, car il se voyait beau, ardent, grave et portant le feu dans l'espace
infini. Il eût voulu que sa maîtresse et toutes les jeunes femmes de
l'univers le vissent en cette splendeur d'archange, toutes celles vers qui
allait son désir imprécis et poignant. Tout ce qu'il avait lu sur les aviateurs, toute la gloire dont son attente les avait nimbés, il le disposait
autour de son front en une couronne d'orgueil.
Sans discerner ce qui se mêlait d'artificiel à son exaltation, il s'accouda théâtralement à la tourelle des mitrailleuses, caressa la gâchette
de son gant fourré. Mais un regard vers le sol le tira de cette attitude.
Le terrain avait disparu et il ne reconnaissait plus rien. Fiévreusement,
il chercha les taches des hangars, sans les retrouver. Privé de son unique
point de repère, il saisit sa carte que le vent faillit lui enlever aussitôt.
Il dut mettre sa tête à l'abri dans la carlingue pour consulter le plan,
mais dès qu'il essayait de l'appliquer au paysage, il en perdait l'orientation. Comme pour chercher un appui, il regarda le capitaine, mais
devant cette nuque enveloppée de fourrure et de cuir, il comprit qu'il
était seul, que les deux mètres de fuselage qui le séparaient du pilote
étaient, en l'air, une infranchissable distance.
Alors il tâcha simplement de loger dans sa mémoire les formes des

lieux qu'ils survolaient pour leur donner à son retour un nom et une figure.

Des routes, nettes comme une bande de peinture fraîche, se nouaient autour des figures géométriques des champs et des bois. Les villages semblaient des osselets groupés par un cornet capricieux. Les rivières — couleuvres immobiles et bleues — dormaient entre des lignes vertes. Et ce furent les tranchées, damier gigantesque et fantaisiste, entrelacs de veines pâles dans un sol gris où s'enfonçait l'éperon de l'Aisne et de son canal. Thélis, inclinant l'avion, indiqua une sorte de cloque neigeuse, percée de lacs d'ombre, qui surgit entre les haubans. Jean reconnut la cote 108, car il avait vu des clichés du monticule éventré par les ruines de deux entonnoirs, où gîtaient coude à coude Français et Allemands. Ils étaient à la limite indéfinissable où commençait le ciel ennemi.

Ému, Herbillon songea :

« Nous allons chez *eux*. »

Aussitôt il se prépara au combat, et, croyant voir surgir, de tous les points de l'espace, des avions ennemis, il les défia mentalement.

Mais le vaste ciel était nu et, malgré le bruit du moteur, le jeune homme sentit le silence du crépuscule qui gonflait l'horizon. Le sol était rose et les tranchées devenaient des ruisseaux bleus. La cathédrale de Reims, parmi son peuple de maisons, ramassait sur sa détresse les derniers feux de ce soleil qu'Herbillon apercevait encore, alors qu'il avait disparu pour les regards terrestres.

Et Jean eut honte soudain du puéril orgueil qui l'avait agité. Il se trouva très faible, très humble et très petit. L'avion lui parut immobile, chétif, et il eut peur d'un châtiment terrible pour ceux qui osaient troubler l'agonie mystérieuse du jour.

Il ne sortit de cet enchantement que par un heurt brusque. Thélis piquait durement vers les tranchées ; une gerbe sanglante jaillit de sa mitrailleuse et s'enfonça dans les boyaux. Puis Herbillon fut de nouveau jeté contre la tourelle et, comme une fusée, l'avion monta.

Un bruit étouffé, dissous dans l'air, parvint alors aux oreilles du jeune homme qui se pencha. Sous le fuselage, une boule de fumée brune se balançait mollement. Une autre la doubla sur la gauche, une autre apparut au-dessus de l'appareil et toutes étaient denses et pommelées comme de jeunes arbres au printemps.

Thélis se retourna vers Herbillon pour voir l'effet que produisaient sur lui les premiers obus. Eût-il tremblé d'effroi, l'aspirant eût trouvé dans son orgueil un sourire de défi, mais il n'avait pour cela aucun effort à fournir. Les éclatements, loin de l'effrayer, lui plaisaient par leur éclosion imprévue, leur épanouissement régulier, et leur languissante ondulation qui en faisaient des ballonnets légers fondant en mèches grises.

Au geste insouciant du capitaine, il répondit par un geste joyeux, fier de sa bravoure. C'étaient là ces *gros noirs*, dont tant de vieux

pilotes parlaient avec respect ? Une forme harmonieuse, un bruit très
doux ! Y avait-il de quoi troubler un cœur de bonne trempe ?
Maintenant, ils étaient partout, en haut, en bas, sous la queue et
presque au bout des plans. Dans cette floraison qui s'évanouissait pour
renaître sans cesse, l'appareil manœuvrait. Cabré, à plat, jeté sur une
aile, piquant, il glissait entre les étranges bouées, tandis que Jean
cahoté, la main accrochée au rebord de la carlingue, suivait avec amu-
sement ce qui lui semblait un jeu de Thélis, sans comprendre un instant
que la vie et la mort en étaient les tableaux.
Soudain l'avion dansa brutalement. Malgré son inexpérience, l'aspirant sentit que cette fois ce n'était point par la volonté du capitaine. Il
ne savait comment expliquer cette impression, mais il y avait eu dans
l'appareil une manière d'abandon qui lui rappela qu'il était sur une
machine inerte, assemblage de fer, de toile et de bois, et non sur une
bête sensible et docile comme il lui avait semblé jusque-là.
En même temps le souvenir de la terre lui vint. Il la regarda, si
lointaine et détachée de lui, perdue dans une brume ténue qui commençait à s'épaissir. Et il éprouva le désir aigu d'y retourner.

3

A la même heure, Deschamps buvait chez les sous-officiers, laissant
tomber des paroles paresseuses que tous écoutaient avec respect.
Ce mess était, comme l'autre, garni d'une table et d'un bar. Mais
tout y portait une marque plus simple, plus négligée. La caserne s'y
retrouvait avec les planches disjointes, les bouts de cigares traînant sur
le sol, une haleine plus épaisse. Et les hommes, de visages plus massifs, de corps plus noueux vêtus de drap plus rude, se laissaient aller
davantage au flux de leurs sentiments qu'ils avaient moins de peine
à démêler.
Il y avait là trois pilotes : Virense, gros garçon cramoisi ; Brûlard,
mécanicien passé au pilotage ; Laudet, dont les cheveux gris casquaient
une figure jeune ; les deux mitrailleurs Gival et Malote, et Dufrêne le
photographe. Ils avaient tous volé, poussés par la fièvre de Thélis, et
en gardaient la trace dans leurs yeux plus brillants.
En leur compagnie, Deschamps se dilatait. Jusqu'à sa nomination de
sous-lieutenant, qui était récente, il avait vécu dans cette baraque,
mangé à cette table, bu de ce gros vin bleu qui maintenant emplissait
son verre. Le jour où le tailleur de l'escadrille avait cousu le galon
d'officier sur sa vareuse de troupe avait été le plus glorieux de sa vie.
C'était l'achèvement d'une ambition qu'il nourrissait secrètement, honteusement presque, et qui lui paraissait démesurée.
Mais, la première griserie dissipée, sa nouvelle existence le gêna,

comme un uniforme trop strictement coupé. A table, les voix étaient trop douces, les gestes trop réservés et il lui fallait surveiller les mouvements de ses mains épaisses, déformées par les travaux de la campagne et de la guerre. Ses plaisanteries sonnaient faux, il goûtait mal celles des autres. Et comme il manquait de simplicité, qu'il tirait de ses blessures et de ses exploits un juste orgueil, il souffrait d'une manière trouble et tenace.

Il ne retrouvait son équilibre que chez les caporaux et les sergents. Pour eux il était le grand homme, le signe vivant des honneurs auxquels ils pouvaient prétendre, et, chacun connaissant la façon dont il les avait mérités, leur admiration était pure d'envie. De tous, Brûlard, qui avait été son mécanicien, se montrait le plus exalté.

Un pilote, entrant, interrompit la conversation. Avant de parler, il but une large rasade.

— C'est bon, fit-il, après trois heures de réglage.

Virense demanda :

— Il y a encore quelqu'un en l'air, Verraux ?

— Le capitaine vole toujours. Je l'ai vu loin de l'autre côté, comme je m'en allais.

Il enleva lentement ses fourrures, le bas de soie qui lui servait de passe-montagne, et apparut mince, les cheveux lisses, les lèvres humides, avec des mouvements félins de rôdeur et d'amant. Puis il annonça :

— J'ai vu une tête nouvelle sur le terrain.

Il avait appuyé sur ces mots de manière à fixer l'attention de chacun. Seul Deschamps ne tourna pas la tête.

— C'est un lieutenant qui s'est mis à causer avec Marbot quand nous sommes descendus, reprit Verraux. Je crois qu'il vient chez nous.

Il regarda Deschamps qui demeurait immobile et lui demanda :

— Tu sais quelque chose, toi ?

Une contraction élargit la cicatrice du mutilé, mais il répondit froidement :

— J'en ai entendu parler. C'est le lieutenant Maury.

— Il paraît qu'il sera chef des pilotes, insista Verraux.

Cette fois, Deschamps ne put contenir sa colère.

— C'est vrai, cria-t-il, et c'est honteux. Il sort de l'école et parce qu'il a deux ficelles, on le met au-dessus de gars qui en ont vu d'autres.

Il frappa sur sa poitrine, faisant résonner les décorations qui ne le quittaient jamais.

Brûlard s'était levé, tirant avec des mains tremblantes sa petite moustache rêche.

— On va te faire ça, Louis ? s'écria-t-il.

— Le capitaine n'y peut rien, observa Verraux avec amertume. C'est la nouvelle circulaire : il faut un officier à deux galons pour commander les vieux pilotes.

— Qu'il essaye de me donner un ordre, fit Laudet paisiblement. J'aurai du sable dans le moulin.

— Et moi donc ! cria Brûlard.

— J'enraye mes mitrailleuses, dit Gival.

— Et moi, mon magasin, appuya le photographe Dufrêne.

Deschamps, ravi, écoutait l'objet de cette révolte. Depuis deux jours qu'il connaissait la nomination du nouveau, il était ulcéré. Confident du capitaine, pour lequel il avait un attachement de chien et une jalousie de femme, il avait été frappé cruellement par la nouvelle qu'un inconnu sans mérite allait rompre leur intimité.

— Allons voir sa tête, proposa-t-il.

Du terrain se levait en une poudre lumineuse la cendre bleutée du soir. Le champ était nu et le mécanicien qui attendait le retour de Thélis frissonnait sous la fraîcheur. Près des hangars les pilotes aperçurent un homme qui, la tête baissée, se promenait à pas lents. Sa haute taille était voûtée, le manteau très collant dessinait avec une impitoyable précision la maigreur étriquée du torse et l'asymétrie légère des épaules.

Entendant venir Deschamps et ses camarades, il marcha vers eux.

— Bonjour, messieurs, s'écria-t-il, je suis le lieutenant Claude Maury.

Et il tendit ses deux mains.

Mais Deschamps, imité par les autres, se contenta de porter les doigts à son képi, sans répondre.

Les bras de Maury retombèrent le long de son corps, inertes. En face du groupe d'où l'hostilité se dégageait comme une émanation sensible, il demeura hésitant, désemparé. Il boutonnait fiévreusement son manteau, cherchant en vain un mot, une attitude qui répondît à la froideur de ces hommes. Mais un moteur murmura dans le ciel tendre et les regards se tournèrent vers l'orient brumeux où naissait la forme d'un avion...

Le capitaine sauta le premier sur le sol. Herbillon fut vite auprès de lui et la même animation marquait leurs visages.

— Hé bien, le bleu, fit Thélis, avez-vous repéré la batterie qui nous a sonnés ?

— Pas du tout ! avoua Jean avec bonne humeur.

— La garce tire bien, je te l'avais dit, mon capitaine ! s'écria Deschamps, fier d'étaler aux yeux de l'intrus son intimité avec le chef.

Thélis avait aperçu la silhouette nouvelle qui s'avançait et son visage s'était figé. Il ne voulait point, par des plaisanteries, diminuer son prestige devant cet officier dont il ne connaissait rien.

Herbillon ne sut point si Maury lui inspira de la sympathie ou du malaise. Était-ce la bouche mince, taillée douloureusement entre des joues glabres, qui l'attirait ? Ou ce haut front couvert de fines veines bleues ? Mais, comment aimer ce teint grisâtre répandu sous la peau et cette distance excessive entre le nez et la lèvre supérieure ? Et ce corps gauche, cassé aux genoux, au bassin, aux épaules, prêtait-il à la pitié, à la répulsion ou au rire ?

Cependant, Maury renseignait le capitaine sur ses états de service.

Jean se mêla aux pilotes qui, d'une attention aiguë et malveillante, suivaient la conversation. Sur leurs visages, il déchiffra facilement une animosité primitive et que rien ne semblait pouvoir désarmer.

Quand Thélis emmena l'aspirant rédiger son rapport au secteur, l'ombre couvrait le terrain, mais assez légère encore pour qu'il y distinguât une haute silhouette qui restait immobile et abandonnée, comme une épave.

« Qu'y a-t-il de changé ici ? » pensa Herbillon en pénétrant dans le mess.

De Neuville tambourinait contre une vitre, Marbot mordillait son éternelle pipe, Deschamps, le *toubib*, Reuillard et les observateurs Charensole et Baissier discutaient les mérites rivaux de deux avions. Tout semblait dans l'ordre accoutumé.

Mais, apercevant Maury qui se tenait dans un coin, Jean comprit que cette nouvelle présence, tant qu'elle ne serait point absorbée par leur groupe familier, en briserait l'harmonie.

Il passa derrière le bar, demandant :

— Qui a soif, ce soir ?

Maury eut un mouvement vers lui, s'arrêta, puis, s'adressant à tous :

— Messieurs, dit-il, voulez-vous baptiser mon entrée parmi vous ?

La phrase était-elle trop recherchée, l'accent n'était-il pas assez direct ? Mais Herbillon sentit chez tous une hésitation qui s'accrut, lorsque Deschamps déclara d'un ton brusque :

— Merci, je ne bois pas.

Les autres vinrent s'accoter au bar comme à regret, et tout à coup Jean vit les lèvres étroites de Maury s'abaisser en un pli fugitif, mais si navré, qu'il sut que cet homme souffrait profondément de la gêne qu'il faisait naître.

Tout en préparant les mixtures demandées, il l'examina. Des plis aux tempes, des cheveux gris marquaient fortement les traits du nouveau camarade, mais il était surtout vieilli par une fatigue intérieure qui semblait frapper d'impuissance tous ses élans. Quand ils croisèrent leurs regards, celui de Maury ne se déroba point. Ce fut Jean qui, le premier, dégagea ses prunelles, car ces yeux très doux, très légers, pénétraient trop avant dans son être intime, le dépouillaient trop vite de ces voiles que l'on oppose à l'étranger.

L'alcool, ce soir, ne chauffait point la gaieté, la conversation traînait, insipide, et chacun attendait avec impatience Thélis pour qu'il dissipât le malaise.

Quand il parut, net, brillant, paré de cette joie qui le soulevait toujours en présence de ses compagnons, Maury lui-même eut un sourire de délivrance. Spontanément, il demanda :

— Quel âge avez-vous donc, mon capitaine ?

De l'admiration et une sorte d'hommage douloureux frémissaient dans sa voix. Mais rien ne pouvait déplaire davantage à Thélis que le rappel, par un étranger, de cette jeunesse qu'il croyait sa faiblesse. Il répondit sèchement :

— Nous sommes rarement vieux dans l'aviation.

A la façon brusque dont la tête de Maury s'affaissa, on l'eût pu croire frappée. Puis, machinalement, il promena son regard sur les officiers rassemblés. Thélis disait vrai : le plus âgé de ces hommes n'avait pas trente ans. Comme honteux, il effleura de la paume ses tempes grises.

Déjà, l'aspirant lisait le menu qu'il habillait de plaisanteries faciles et de rimes sans prétention. Le capitaine, dont l'humeur était mobile comme celle d'un enfant, louait en riant les efforts d'Herbillon et invita d'un geste affable Maury, lieutenant le plus ancien, à s'asseoir auprès de lui.

Avant que le dîner commençât, les serveurs disposèrent huit bouteilles cachetées sur la table.

— Quel est le fou ? demanda Thélis.

Voyant l'embarras d'Herbillon, il dit :

— C'est vous ?

— Je me suis permis, mon capitaine... pour ma première sortie.

— Mais ne vous excusez pas, mon vieux. Ce serait le comble.

— Certes oui, grogna Marbot, tout en débouchant avec précaution la première bouteille.

Il trempa ses lèvres dans le vin sombre et soupira :

— Dommage que ce soit si cher. J'en goûterais volontiers chaque jour.

Un rire général commenta sa tristesse, le repas fut attaqué gaiement. Maury sentit circuler entre ses camarades et lui un peu de cette fraternité animale qui naît de la chaleur et des plaisirs de la table. Le vin aidant, ses pommettes grises rougirent, une lueur fragile estompa la détresse de ses yeux.

Thélis félicitait l'escadrille de l'entrain qu'elle avait montré dans la journée, mais Marbot s'écria :

— Laisse-nous donc tranquilles. Tu en fais plus que nous. Tu es le premier à partir, le dernier à rentrer.

— C'est bien vrai, mon capitaine, appuya Deschamps. Je n'aime pas te savoir dehors quand la brume vient. J'aurais peur à ta place.

Maury, à ce mot, tourna la tête vers lui avec curiosité. Le mouvement fut pour le mutilé l'occasion de montrer la fureur dont il était plein.

— Oui, j'ai peur, vous entendez, vous là-bas, cria-t-il. Et j'attends que vous en ayez fait autant que moi pour me juger.

Une stupéfaction pénible pesa sur les officiers.

— Voyons, fit Claude, je ne vous ai rien dit.

Mais Deschamps, enragé par le reproche qu'il sentait dans les yeux de tous, ivre de rancune et de vin, avait perdu la réserve qu'il s'imposait à la table du capitaine.

— Je tiens à vous le dire, cria-t-il. Ce ne sont pas les plus braves qui croient les autres lâches.

Maury n'avait pas bougé ; ses lèvres tremblaient un peu aux commissures.

— Je vous défends, dit-il à voix basse mais ferme, de me parler ainsi.

— Oh ! Monsieur le chef pilote...

Un coup de poing, qui fit grelotter les verres, couvrit la voix de Deschamps. Le capitaine était debout, soulevé par une telle colère que tous baissèrent les yeux pour ne pas rencontrer les siens.

— Assez cria-t-il. Je ne veux pas de ces querelles d'ivrognes. Deschamps, aux arrêts, tout de suite, dans ta chambre, jusqu'au matin. Et vous, Maury, vous...

Il attendit que le mutilé fût dehors pour ajouter :

— Rien, vous avez eu raison.

Mais Claude se leva.

— Mon capitaine, dit-il, permettez-moi de me retirer. Je suis fatigué du voyage.

Thélis ne le retint pas. Il lui en voulait secrètement de l'avoir obligé à punir le meilleur de ses pilotes.

Le repas terminé, Thélis, de Neuville, le *toubib* et Charensole commencèrent leur bridge quotidien ; Marbot entreprit une réussite ; Baissier, qui avait pour le lendemain un réglage difficile, étudiait des photographies.

A l'ordinaire, Herbillon se tenait derrière le capitaine qui lui enseignait les finesses du jeu. Mais, ce soir, son attention était distraite, sa pensée accompagnait Maury.

Trop peu de jours s'étaient écoulés depuis son arrivée à l'escadrille pour qu'il pût songer sans émotion à la chambre dénudée où le nouveau camarade était allé terrer sa peine, après avoir lutté avec des forces débiles contre une inexplicable animosité. Sa pitié le poussait à le rejoindre. Mais ne blesserait-elle point cet homme plus âgé que lui et supérieur en grade ? Un souvenir le traversa, très doux et très cruel, qui fut décisif : celui de Berthier entrant dans sa chambre.

Il trouva Claude sur son lit, ployé, les mains lâches. Il avait dû s'y laisser tomber et rester sans mouvement. Lorsque l'aspirant entra, il ne bougea point. Il fallut que le jeune homme heurtât sa cantine pour lui faire lever la tête.

L'ampoule électrique, nue, blessait les yeux d'une lumière qui venait se casser net contre les murs qu'elle faisait plus noirs encore. Elle dévoila pleinement les traits de Maury, sans laisser à un pouce de chair la miséricorde de l'ombre. Et ce visage apparut comme détrempé de lassitude.

Maury en eut conscience ; d'un rude effort, il ne laissa plus paraître qu'un intérêt poli. Herbillon, en hésitant, commença l'entretien.

— Excusez-moi de vous déranger, dit-il. Mais je sais combien on est désemparé en débarquant.

Sans le vouloir, il avait mis dans cette phrase une douceur profonde et s'étonna de l'effet qu'elle produisit. Maury s'était dressé, et, saisissant les mains du jeune homme, s'écria :

— Quel bien vous me faites, mon petit, quel bien !

L'aspirant ne sut que répondre. Cet homme semblait porter une plaie secrète que chaque parole imprudente pouvait enflammer.

Claude se mit à marcher à travers la pièce avec des gestes brusques d'automate déréglé, livrant ainsi au jeune homme tous les défauts de son corps. Il cherchait visiblement à se maîtriser, à engager une conversation paisible, mais sans y réussir. Enfin, il demanda, le dos tourné et d'une voix dont il ne parvenait point à vaincre la vibration :

— Que leur ai-je donc fait, à tous ?

— Mais rien, voyons. C'est un simple malentendu.

— Non ! Non ! cria Maury. Deschamps me hait, je gêne les autres et jusqu'au capitaine...

— Ne dites pas de mal du capitaine, fit vivement Herbillon. Vous l'aimerez demain, j'en suis sûr.

Maury hocha la tête avec un sourire déchiré.

— Mais je l'aime déjà. Il porte une limpide noblesse qui ne peut tromper. Seulement, pourquoi...

— Vous a-t-il répondu sèchement ? interrompit Jean. Vous avez eu tort de lui parler de son âge.

— Et pourtant je ne pouvais lui faire plus belle louange.

Il reprit les mains de l'aspirant.

— Écoutez, je vous jure qu'il n'est rien pour moi de plus divin que la jeunesse.

Il ajouta, le visage envahi par cette étrange expression d'absence qui trahit les obsessions et comme si un double redoutable entrait en lui :

— Ni de plus terrible.

Son regard se posait, avec un mélange de joie et de crainte irraisonnée, sur les épaules harmonieuses d'Herbillon, sur son visage encore tendre.

— Ils vous ont aimé tout de suite ici ? demanda-t-il.

Il devina la gêne du jeune homme, passa de longs doigts sur son front.

— Je suis, dit-il sourdement, d'une sensibilité stupide ce soir. Ne me jugez pas là-dessus. Il est des jours où, vraiment, on est à bout.

Il reprit sa marche à travers la chambre, dont il parcourait en quelques enjambées l'espace exigu, de nouveau en quête d'une phrase propre à détourner cet étrange entretien vers un cours plus normal. L'aspirant ne pouvait le quitter du regard, comme fasciné par le mouvement mécanique et troublé par ce tourment intérieur qui glissait à travers ces propos décousus, ces aveux intermittents et fiévreux.

Enfin, ne pouvant plus supporter un silence que rien ne semblait devoir briser, il proposa :

— Si nous buvions quelque chose ?

Maury s'arrêta, ne comprenant point d'abord. Puis soudain :

— Mais naturellement, s'écria-t-il. J'aurais dû vous demander cela tout de suite. Je vous demande pardon. Que préférez-vous ?
Il s'agitait, tâchant de deviner, avant qu'il parlât, le désir de Jean. Mais sans le laisser répondre, il s'écria :
— Attendez ! peut-être aimez-vous le whisky ? J'en ai là ; on dit que c'est excellent.
Comme le jeune homme approuvait, il se baissa vers une de ses cantines, l'ouvrit avec des mouvements précipités. Herbillon vit qu'elle était remplie de livres.
Claude surprit son regard et, pour la première fois, l'aspirant aperçut aux lèvres de son étrange camarade un sourire véritable et chaud.
— J'en ai beaucoup, dit-il très doucement, penché sur les reliures.
Et, aussitôt, fébrile :
— Ils sont à votre disposition, vous savez. Quand l'envie vous en prendra, entrez ici, emportez ce qui vous plaira.
Herbillon nourrissait pour les livres cette rare et sensible tendresse qui peuple la vie de compagnons éternels. Maury la devina dans les paroles que le jeune homme choisit pour le remercier. Alors, soudain apaisés et unis, ils examinèrent les volumes.
Beaucoup étaient neufs, attendant l'épreuve, mais il y en avait d'usés qui montraient une dilection singulière. Claude expliquait ses préférences, citait des vers dont Herbillon disait la suite.
Une douceur profonde les rapprochait tandis que, dehors, le vent se levait avec des plaintes humaines.
Les yeux de Claude enveloppèrent Herbillon de reconnaissance et d'amitié. Puis, du fond de la cantine, il tira une bouteille intacte, la déboucha, emplit deux gobelets jusqu'aux bords. L'aspirant suivait ses mouvements avec inquiétude.
— Vous voulez que je sorte ivre ? demanda-t-il.
Claude répondit avec une confusion naïve :
— Je vais vous faire un aveu. Je n'ai jamais goûté de whisky ; je ne sais pas la quantité qu'il faut. Mais je veux devenir un véritable aviateur, boire, jouer. Vous m'enseignerez tout cela.
Une crispation déforma ses traits. Il ajouta, sans qu'Herbillon pût définir si c'était avec ironie ou amertume :
— C'est ainsi qu'on plaît aux femmes, n'est-ce pas ?

4

La brume habituait Herbillon à la paresse des matins nonchalants. De vagues remords luttaient contre le secret plaisir qu'ils lui versaient et qui lui semblait voisin de la lâcheté. Mais que faire contre un ciel qui depuis deux semaines persistait à traîner au ras des hangars ?

Dans la chambre, l'ordonnance vaquait à sa besogne ; l'eau chantonnait sur le poêle à essence et le jeune homme écoutait bruire le rythme devenu si familier qu'il croyait avoir vécu de lui pendant de longues années. Il se leva très tard et, sommairement vêtu, alla vers le mess où le vaguemestre avait dû déposer le courrier. Sur la table il ne restait que trois lettres, toutes à son adresse. Il s'étonna du mouvement avide avec lequel il les prit. C'étaient pourtant celles qu'il recevait chaque jour, les missives fidèles de ses parents, de son frère, de Denise, et dont il connaissait d'avance le ton affectueux, ardent ou puéril.

Pourtant, au poison triste que ce matin chacune de leurs lignes glissait en lui, il comprit que l'inaction forcée où il vivait avait rompu son équilibre moral et sentit tout à coup avec accablement quelle distance infinie représentaient les quelques heures de voyage qui le séparaient des êtres dont il tenait entre ses doigts la tendresse pour un instant fixée.

Se laissant aller à sa mélancolie, il envisagea plein d'amertume son existence qu'il avait rêvée héroïque et tissée d'imprévu. Rien de plus monotone, de plus vide que ces journées de paresse en sabots, écoulées en bavardages, en parties de cartes, en flâneries de la baraque au terrain, du terrain à la baraque. Les vols mêmes étaient réglés comme un travail de bureau et se passaient le plus souvent en tranquilles promenades. Il murmura :

— On dirait que nous sommes retirés à la campagne avant l'âge.

Il entendit le pas d'un camarade et, comme s'il craignait de révéler sa faiblesse par son prétexte, glissa dans sa poche les lettres qu'il tenait encore. Puis se redressant, il feignit de sourire.

Maury qui entrait ne s'y laissa point tromper.

— Le cafard ? dit-il affectueusement.

Il avait une voix si attentive que Jean avoua sans réticence :

— Je me sens bien seul ce matin.

— Ce matin uniquement ? Vous avez de la chance.

Avant de répondre il avait jeté un regard sur la table vide.

Jean se souvint alors avec fierté des enveloppes qui gonflaient sa vareuse et son destin lui parut beaucoup plus doux. Comme, timidement, Maury demandait s'il n'avait point vu de lettres pour lui, il ne put s'empêcher de dire :

— J'ai trusté les dernières.

Mais la souffrance qui marqua les traits de son camarade lui fit regretter ses paroles. Pour les effacer il proposa :

— Je vous emmène chez Florence, à Jonchery. Nous avons besoin de nous distraire.

Ils allaient s'engager dans la descente qui menait du plateau vers la Vesle lorsqu'une automobile les rejoignit. Le commandant Mercier, chef du secteur, qui s'y trouvait, leur offrit de les conduire. Cela dissipa complètement le malaise d'Herbillon. Un chef bienveillant le menait vers un cabaret tenu par une belle fille. N'était-ce point suffisant pour trouver la vie aimable ?

Le chauffeur freina devant une porte basse ; Claude et l'aspirant entrèrent dans le débit. Deux longues tables couvertes d'une toile cirée en guenille, des bancs boiteux, en formaient, avec le comptoir, tout l'ameublement. Comme il y faisait obscur, ils ne distinguèrent pas, dès l'abord, les figures de deux soldats attablés dans le fond. Mais l'un d'eux se leva, salua, et ils reconnurent la moustache nerveuse du sous-officier pilote Brûlard. Près de lui, Deschamps fumait.

Durant les deux semaines qui s'étaient écoulées depuis leur querelle, le mutilé avait eu le temps d'apprécier la réserve de Maury et son hostilité avait fondu. Jean voulut mettre à profit l'occasion de les réconcilier définitivement. Il prit Claude par le bras et l'entraîna vers les camarades.

Affable, Deschamps leur dit :

— Que buvez-vous ? Brûlard régale, il est nommé sergent.

Herbillon aimait le charme vulgaire et triste de l'endroit, sa chaleur purement matérielle, le repos du corps affalé, de la pensée vide et le geste de verser et de boire. Maury le regardait avec étonnement. Il ne pouvait comprendre que ce garçon, dont il avait pu juger la sensible finesse, prît plaisir à ce lieu grossier, malodorant, à ces entretiens communs. Lui s'y trouvait affreusement gêné. Tout lui paraissait répugnant et hostile, depuis les lithographies gluantes, jusqu'au vin rouge, avalé sans raison, par gorgées copieuses.

Un cri de Deschamps augmenta son malaise.

— Te voilà enfin, Florence !

Sur le seuil du cabaret venait d'apparaître, ses cheveux rouges défaits par une course rapide, une grande fille aux lèvres peintes. Des seins robustes et un peu haletants bosselaient son chandail bleu, la jupe très courte découvrait les jambes dont la chair apparaissait à travers les déchirures des bas de soie ravaudés. Elle semblait connaître le mutilé de longue date et vint s'asseoir auprès de lui.

Deschamps, par la nuque, l'attira. La placidité rustique avait fui de son visage bouleversé par un désir primitif. La lueur des yeux, la torsion des lèvres le révélaient si crûment que Maury se détourna, gêné comme devant une possession.

— J'ai un rapport à faire, dit-il. Il faut que je rentre.

Se levant en même temps que lui, Herbillon enfouit ses lèvres dans la nuque chaude de la fille.

Ils marchèrent en silence à travers les rues de la petite cité, animées par les automobiles de l'état-major. Un trouble naissait dans l'esprit d'Herbillon encore attaché à l'image de Florence pressée contre Deschamps. Maury, sans le regarder, demanda :

— Comment pouvez-vous embrasser une femme que tient un autre ?

— Deschamps n'est pas jaloux de Florence, voyons !

— Je le crois volontiers. Mais cela ne vous répugne point ?

— Pourquoi donc ? elle a une peau admirable.

— Vraiment, vous êtes attiré par des corps faciles et qui sont à tous ?

— Je vous avoue que toute silhouette de belle fille m'émeut.

— Mais enfin, il y a bien une femme que vous aimiez ?

— Certes.

Et le fantôme charmant de Denise accompagna le jeune homme sur la route boueuse.

— Et cela ne vous gêne point, reprit Claude, de penser à elle, après en avoir caressé une autre ?

Herbillon réfléchit et s'écria :

— Non, vraiment, pas du tout.

Un souvenir le fit sourire. Autant pour montrer la sincérité de ses paroles que pour donner un exemple de ses succès, il raconta son aventure dans le train quelques minutes après qu'il eut quitté sa maîtresse.

Maury l'écoutait avec une stupeur nuancée de confuse envie. Comme il était sain ce garçon qui ne connaissait de l'amour que la joie physique et comme, dans l'orgueil naïf de sa bonne fortune, il gardait une candeur fière ! Cependant Herbillon voulut désarmer la réprobation qu'il devinait chez son camarade.

— N'allez pas me croire, dit-il, capable seulement de sensualité. Il est des femmes pour tout. Aux unes le désir, aux autres la tendresse.

— Oui, fit rêveusement Maury. Le vieux mythe de Platon : l'Aphrodite vulgaire et l'Aphrodite céleste.

— Parfaitement, et toutes deux règnent sur moi.

— Hé bien ! non, je ne peux pas admettre cela, s'écria Claude. A reproduire les mêmes gestes sans qu'ils soient embellis d'un sentiment profond, l'on use la richesse d'amour véritable qui nous fut donnée.

Un frisson l'agita et il dit soudain, d'un accent pareil à celui des malades soumis à l'idée fixe et qu'Herbillon se souvint de lui avoir déjà entendu :

— Mais cet amour-là, croyez-vous qu'on le puisse discerner chez une femme ?

Sans attendre la réponse de l'aspirant interdit, il poursuivit à voix basse, monotone et dolente, tandis qu'une onde triste amollissait son visage :

— J'ai une femme, une jeune femme. Elle est mon livre le plus riche et le plus vaste, celui de mon bonheur. Elle est pour moi douce, amie. Mais j'ai toujours vécu en marge de mon désir. On dirait qu'une faculté d'adaptation, de réflexe que chacun possède naturellement, me fait défaut. Je suis trop conscient et il en va de même pour mon amour. Je cherche désespérément dans les yeux que je chéris cette étincelle, cette vibration profonde qui rassure et je ne les trouve point. Pour l'éveiller, tous les moyens me sont bons, jusqu'aux plus ridicules.

Le chemin montait durement, le vent se ruait contre leurs poitrines. Il s'arrêta pour parler plus vite :

— Ne riez point ! C'est pour cela que je suis parmi vous. Un jour, dans la boue de ma sape, un pilote est venu. Il était propre, ses bottes brillaient et même à mes yeux désabusés il avait le nimbe mystérieux que les ailes donnent à l'homme. Et j'ai pensé qu'ainsi je plairais mieux. Mais regardez-moi. Cet uniforme, cette élégance que vous portez si facilement, sur mon corps, semblent une dérision. Voilà quinze jours que je suis ici, je n'ai pas volé. Les camarades me reçoivent mal. Et ce matin, je n'ai pas de lettres.

Par cette phrase qu'il détacha violemment des autres, Maury livrait la raison profonde de ses confidences qui, malgré une intimité chaque jour plus étroite, avaient stupéfait Herbillon. Dans la solitude où Claude étouffait et qui était celle qui avait entouré sa vie, il éprouvait le besoin invincible de dire son tourment au seul homme peut-être qui fût venu à lui spontanément.

Telle était donc la douleur banale que cachait ce front hautain et riche de subtiles pensées ! A la grande pitié du jeune homme, un peu de mépris se mêla. Il ne comprenait point encore qu'on pût souffrir pour une femme.

Ils s'étaient remis en marche. Le vent dépouillait le ciel de ses nuages qui fuyaient vers l'est en cohortes massives.

— Allons, répondez-moi, dit nerveusement Maury. Votre amie est-elle mystérieuse ? A-t-elle des replis subits, des mutismes pires que des révoltes ? Son amour semble-t-il affaibli, tamisé par des rêves obscurs ? Découvrez-vous parfois, dans ses yeux, du regret ou une intolérable pitié ?

Alors, comme pour se venger de l'interrogatoire pressant, de la déception que Claude lui avait causée, et aussi dans le dessein confus de faire éclater devant un témoin anxieux la plénitude de son bonheur, Herbillon, à l'image tracée par Maury, opposa, trait pour trait, celle qu'il se faisait de sa maîtresse.

Il dit la joie parfaite de leurs rencontres, sa gaieté légère, sa fraîcheur, la qualité ingénue et fière de son abandon, et cet élan enfin qui la livrait.

Chaque mot enfonçait Maury plus profondément dans sa détresse.

— Assez, murmura-t-il. Cela ne sert à rien. Vous êtes trop jeune.

Une voiture de l'escadrille les croisa.

— Mon lieutenant, dit à Maury le chauffeur, vu l'éclaircie, le capitaine vous attend ainsi que le lieutenant Deschamps.

— Il est chez Florence, cria Herbillon.

— J'y allais, fit l'homme avec un sourire entendu.

Thélis avait déjà fait sortir les appareils des deux pilotes. Apercevant Claude, il cria de loin :

— Vous allez me promener sur les lignes, Maury.

Une fois de plus Herbillon l'admira. Si le capitaine emmenait toujours les observateurs arrivés sur le front pour éviter le danger de leur inexpérience à ses camarades, il ne confiait jamais un observateur aux nouveaux pilotes sans avoir contrôlé lui-même leur science et leur courage. Ainsi, tous les dangers de ces premières heures de vol où l'œil inhabile aperçoit trop tard l'ennemi meurtrier, où les mains gauches manœuvrent avec peine avions et mitrailleuses, étaient son privilège.

— Déjeunez sans nous, continua Thélis tourné vers Jean, et dites à Deschamps de nous rejoindre au-dessus du Chemin des Dames.

— Vous ne voulez pas que je monte avec lui, mon capitaine ?

— Non, monsieur l'aspirant, il fait équipage avec Gival. Vous ne méritez pas encore un autre pilote que moi.

Le repas venait de commencer, lorsque Deschamps entra, portant sa fourrure.

— Mon moulin renâcle, dit-il furieux. Il ne sera prêt que dans une demi-heure.

Il mangea peu, grommelant :

— Le Chemin des Dames est un mauvais coin. Le bleu ne saura pas se retourner.

— Allons, calme-toi, dit Marbot. Thélis en a vu de plus dures.

— Oui, mais c'est lui qui tenait le manche à balai.

Impatient, il s'en alla sur le terrain. Un moteur grondant au-dessus de la baraque apprit aux camarades qu'il était parti.

Le déjeuner achevé, Marbot, comme à l'ordinaire, alla fumer sa pipe devant la porte. Le vieux capitaine Reuillard, qui ne pouvait pas plier sa mémoire aux fantaisies des signaux Morse, s'installa près du manipulateur de T.S.F. Neuville, Charensole et le *toubib,* qui avaient l'habitude de jouer au bridge avec Thélis, demandèrent à l'aspirant de le remplacer pendant son absence.

Marbot, à ce moment, les appela.

— Venez voir, Maury rentre.

— Il rentre même bizarrement, fit Neuville. Il a coupé trop tôt les gaz.

L'appareil descendait lentement, insensiblement, comme si le pilote craignait de perdre trop vite sa hauteur.

— Il a sûrement une panne ou autre chose, dit Marbot.

Un cri joyeux leur échappa, lorsqu'ils virent sortir de l'appareil, enfin posé, Thélis et Maury. Le capitaine parlait avec animation.

— Très bien, l'atterrissage, mais là-bas, trop tard la spirale. C'est pourquoi il nous ont abîmés.

— Vous avez été sonnés ? demanda Marbot.

— De première, fit gaiement Thélis. Quatre fokkers sur nous. Ils nous ont crevé le radiateur. Heureusement nous étions haut et Maury est rentré comme un fin voilier.

— Il a de la chance, fit Herbillon. Un combat au premier vol.

— Ne pleurez pas, jeune homme, dit Marbot. Vous aurez votre compte de coups durs et vous n'en serez pas plus fier, je vous le garantis.

— Allons manger, s'écria Thélis. Je meurs de faim et vous autres...

Mais il s'arrêta.

— Et Deschamps ?

— Il est parti te rejoindre, voici un quart d'heure seulement, à cause de son moteur.

— Il va se cogner à la patrouille. Avec un autre je ne serais pas tranquille, mais il y voit clair.

Dans le mess, il aperçut les cartes distribuées.

— Commencez la partie, fit-il. Herbillon, tenez mon jeu pour l'instant et ne me déshonorez pas.

L'aspirant gagna et, très fier, le dit à Thélis qui se levait.

— Parfait, mon garçon, fit celui-ci. Maintenant laissez-moi défendre ma chance.

En tirant sa place, il dit :

— Deschamps doit encore me chercher là-bas.

Tandis que le jeu continuait, Herbillon s'approcha de Maury.

— Quelles sont vos impressions de premier combat ? demanda-t-il.

Claude allait parler, mais un tendre sourire passa sur ses lèvres et il murmura :

— Excusez-moi de ne pas vous le dire. Il est quelqu'un à qui je les veux confier avant tous.

Jean retourna vers le bridge. Thélis jouait avec cette fougue brûlante et enfantine qu'il apportait à toutes choses, qu'il s'agît de danser le quadrille de l'escadrille ou de se battre. Comme toujours, son ardeur donnait le ton aux autres et la partie, avec lui, semblait plus vivante et plus riche d'attraits.

Marbot, qui veillait à la porte, vint l'interrompre.

— Dis donc, Thélis, Deschamps ne rentre pas.

Un pli rida le front du capitaine, mais il dit :

— Voilà une semaine qu'il n'est pas sorti, il a envie de se promener.

Une chance insolente protégeait Neuville, et Thélis s'acharnait à le vaincre. Une heure coula rapide dans cette lutte. Soudain, au lieu de la nappe couleur de miel que le ciel jetait sur la table, une teinte blafarde se posa. Les yeux se portèrent vers le ciel. D'épaisses nuées le chargeaient de flocons livides.

— Deschamps ne va pas tarder, fit distraitement le capitaine.

Mais sa voix rendit un son étrange et qui l'étonna. Elle témoignait d'une inquiétude dont jusque-là il n'avait pas eu conscience et qu'il sentit également vigilante chez les autres. Personne cependant ne la montra, car on savait à l'escadrille qu'en évoquant le malheur on l'attire.

Le jeu les reprit, mais énervés et travaillés d'une crainte sourde. Les doigts se crispaient sur les cartes.

— On n'y voit guère, dit tout à coup le *toubib*.

— Le soir est venu rapidement, répondit Herbillon.

— C'est que nous avons déjeuné tard, observa Charensole.

Ils baissèrent la tête pour ne point échanger, fût-ce par le regard, une pensée qu'ils sentaient commune. Tous connaissaient l'invincible répugnance de Deschamps à voler dans les ombres crépusculaires et pourtant on n'entendait pas, même au loin, murmurer son avion.

Le silence ne fut rompu que par les exercices du capitaine Reuillard au manipulateur. Thélis, se tournant vers lui, dit très bas :

— Si vous cessiez, mon vieux. On croirait un appel de détresse.

Puis aux joueurs, fébrilement :

— Qu'est-ce que vous avez à vous taire ? Nous n'avons pas fini. Annoncez donc, *toubib* !

Sur les cartes en éventail les visages se penchèrent de nouveau. Cependant les dernières clartés faiblissaient. De grosses gouttes de pluie tombaient sur le toit de tôle comme sur un gong.

— Herbillon, venez ici, dit le capitaine.

Et, à son oreille, il murmura :

— Téléphonez — pas d'ici, du bureau —, téléphonez aux batteries, aux observatoires, au corps d'armée, partout, pour avoir des nouvelles.

Quand le jeune homme revint, les ampoules éclairaient la pièce. Bien que Thélis n'eût rien dit, chacun tourna vers Jean un regard trouble.

— On ne sait rien, fit-il, avec un geste qu'il ne parvint pas à rendre insouciant.

— Ils étaient quatre, Thélis ? demanda Marbot à mi-voix.

Le capitaine ne répondit point. La mort entra dans le mess.

Mais Neuville, en qui se glissait l'épouvante, voulut une diversion.

— Sans atout, dit-il.

Et machinalement, Charensole répliqua :

— Deux trèfles.

Il parut à l'aspirant que l'air manquait à toutes les poitrines, mais on ne pouvait ouvrir la porte. L'orage frappait la nuit.

Comme ils ne trouvaient pas d'autre occupation, la partie continua.

Deux jours de suite, ils furent assiégés dans la baraque frémissante par une tempête qui, sur le plateau, traînait ses hurlements. Le vent déchira les toits des hangars. Pour marcher sur le terrain il fallait le combattre ainsi que le courant d'un fleuve.

Durant ces deux journées, Thélis attendit des nouvelles de Deschamps. Il l'aimait profondément, rudement, d'une tendresse moins délicate sans doute qu'il n'avait aimé Berthier, mais plus forte, car elle était faite de mille souvenirs communs de beuveries, de reconnaissances, de luttes, trame palpable et quotidienne de trois années d'escadrille.

Lorsqu'il n'espéra plus, il fit afficher au mess cette note :

A la première éclaircie, patrouille de cinq avions.
Rechercher le combat.

Marbot lut cet ordre le premier et s'en fut trouver Thélis.

— Tu veux, dit-il, venger Deschamps, n'est-ce pas ?

Comme le capitaine se taisait, il poursuivit :
— Ce n'est pas notre métier. Nous ne sommes pas des chasseurs.
— Tu trembles, hein, Gélatine ? dit méchamment Thélis.
Le gros lieutenant haussa les épaules.
— Tu sais fort bien, répondit-il, que pour l'ouvrage utile je fais ce qu'il faut. Mais tu as tort de risquer ta peau et la nôtre par sentiment.
Les sourcils du capitaine frémirent, mais il se contint.
— C'est juste, observa-t-il. Je prendrai les volontaires. Mais je te préviens que tu ne partiras point. J'emmènerai Herbillon qui n'est pas fatigué.
— Ce qui fera deux fous ensemble. Bonsoir.
Mais Thélis, voyant son épaisse silhouette aborder avec précaution la porte étroite, cria :
— Marbot, écoute, Tu as raison et moi aussi. On ne s'en veut pas ?
Le gros homme le considéra longuement de ses petits yeux vifs.
— Il faut, dit-il enfin, que tu sois bien remué, mon pauvre vieux, pour t'excuser devant moi.
Il tapota l'épaule du capitaine, ce qui chez lui était la marque la plus forte d'émotion. Mais il ne proposa point de prendre part à la patrouille.
Le matin suivant, quand, à l'aube, son ordonnance le vint réveiller, Herbillon eut un sursaut de joie. Il allait, cette fois, voler pour se battre.
Dans sa hâte il ne s'habilla point et sur son pyjama passa directement la combinaison fourrée. Au mess il trouva Thélis rasé, poudré, brillant comme pour une fête. Des tranches de viande froide, une bouteille de vin rose attendaient sur la table.
Une brise molle, nocturne encore par la fraîcheur et l'arôme, s'enroulait autour de leurs fronts. Dehors, la clarté première luttait contre l'ombre dans le grand silence de la terre mouillée. Et nul repas ne parut meilleur à Jean que ces bouchées frugales, ce vin rugueux, partagés avec son héros dans l'attente du jour, de la gloire.
Sur le terrain, cinq avions vibraient. La voix monstrueuse des moteurs effaroucha la douceur du matin naissant. Autour d'eux l'air palpitait. Le ciel avait cette tendresse de fleur qu'il a seulement aux minutes où le soleil le touche de ses plus jeunes rayons. Les mécaniciens chantaient, les hélices bourdonnaient comme ivres de leur puissance.
Herbillon oublia tout pour goûter le bonheur d'être sain, d'être fort et de monter dans l'azur en même temps que l'aurore.
L'appareil du capitaine prit le premier de la hauteur et Jean vit monter vers lui, comme des fusées brunes, les camarades. Puis le groupe, formé en triangle, se dirigea vers les lignes.
L'ivresse du vol était encore neuve pour Herbillon. La respiration géante du moteur, le tourbillon de l'hélice, le vent furieux, tout cela l'étourdissait d'une vaste et brutale symphonie dont il commençait seulement à pénétrer les voix diverses.
Une indicible fierté gonflait sa poitrine de planer ainsi dans la soli-

tude du ciel, de voir le bloc rouge du soleil bondir à l'horizon et d'aller en chasseur dans les tranchées allemandes.

Pour achever son bonheur il aurait fallu ce combat que cherchait le capitaine, le crépitement des mitrailleuses, et, il en avait la certitude, l'orgueil de la victoire. Anxieusement, il scruta l'espace dans l'espoir d'y voir surgir des ailes aux croix noires.

Ce fut en vain. Ils croisaient depuis longtemps et le ciel d'une pureté de pierre précieuse était toujours vide. Sans doute cette reconnaissance se terminerait aussi paisiblement, aussi platement que ses autres missions.

Pour oublier son dépit il s'absorba dans la contemplation du paysage, essayant de démêler dans le lacis des boyaux, où les rayons obliques du soleil montant commençaient à verser des coulées mauves, ceux que le capitaine lui avait dit de retenir pour de futurs réglages. Mais ses yeux encore mal exercés n'arrivaient point à établir entre les lignes adverses une frontière fixe.

Il y travaillait avec ardeur lorsqu'une dure secousse le jeta contre le bord de sa carlingue. L'avion piquait, précédé d'une traînée rouge.

« Le capitaine fait un carton sur les tranchées allemandes », pensa Herbillon.

Maintenant l'appareil virait perpendiculairement, se redressait, montait d'un élan brutal, piquait encore, ballottait furieusement Herbillon en tous sens, meurtrissant ses épaules contre la tourelle.

Mais l'aspirant, habitué à ce que Thélis jouât ainsi avec lui, supportait d'un cœur paisible cette voltige aérienne.

Enfin l'appareil reprit son équilibre et le capitaine, tournant vers Herbillon un visage joyeux, lui montra un point derrière la queue du biplan.

Jean ne remarqua rien, sauf que tous les avions d'accompagnement s'étaient évanouis. Il crut que le capitaine lui demandait s'il n'avait pas peur de continuer la reconnaissance sans escorte et fit un geste d'insouciance.

Cependant cette disparition subite le laissa pensif.

« Il est peut-être arrivé quelque chose aux camarades, songea-t-il, tandis que le capitaine s'amusait à me faire danser. »

Et il conclut.

« Il faudra que je lui demande de ne plus plaisanter de la sorte. Il m'empêche d'observer. »

A ce moment précis, Thélis inclina fortement l'appareil et Jean aperçut, beaucoup plus bas, un avion qui semblait glisser vers l'arrière-front allemand. Son cœur battit.

— Un fokker !

D'un vigoureux élan il fit basculer sa tourelle et, ses mitrailleuses pointées sur l'ennemi, tira. Les balles encadrèrent d'assez près l'avion, mais un nouveau virage de Thélis le mit hors de vue.

« S'il m'avait laissé continuer, pensa Herbillon avec désespoir, je l'aurais descendu. »

Quand le capitaine atterrit, trois appareils étaient déjà sur le terrain.

Aussitôt qu'ils furent hors de leurs carlingues, Thélis dit à Herbillon :

— Hé bien, vous êtes content, vous l'avez, votre combat ?

L'aspirant, songeant aux quelques rafales qu'il avait lâchées, répondit :

— Ce n'est pas un combat, ce n'est rien du tout.

Le capitaine le contempla avec une sincère admiration.

— Compliments, le bleu ! Sept avions à nos trousses et un descendu, cela ne vous suffit point !

Une vague inquiétude s'insinua dans l'esprit de Jean, qui l'empêcha de répondre.

Le capitaine, vraiment, ne paraissait pas plaisanter. D'ailleurs, les autres équipages s'approchaient et l'aspirant entendit Brûlard crier :

— On l'a eu, n'est-ce pas, mon capitaine ?

— Oui, fit Thélis. C'est Neuville et Virense qui l'ont abattu.

Herbillon frappé de stupeur n'arrivait point à comprendre son infortune. Ainsi les acrobaties du capitaine, loin d'être une brimade, avaient été des mouvements de lutte, ainsi les camarades égaillés sous l'attaque brusque avaient fait un travail glorieux et lui, absorbé par le paysage, incapable d'observer dans la danse des appareils, il n'avait rien vu.

Une bouffée de honte lui rougit le visage, mais comme il n'avait pas encore enlevé son passe-montagne, on ne s'aperçut de rien.

Surmontant son malaise, il allait se mêler à la conversation quand le dernier appareil du groupe vint rouler sur le terrain. Le *toubib* en jaillit et courut vers les officiers assemblés près des hangars. Une fureur comique tordait ses lèvres. Dès qu'il fut auprès d'eux, il cria :

— Quel est l'animal parmi vous qui a failli me descendre ?

Personne ne répondit, mais Herbillon se sentit près de défaillir. Il ne lui restait même plus la consolation d'avoir effrayé un ennemi ; il avait tiré sur un camarade.

Cependant, le capitaine le montrait à tous en disant :

— Un fier cran, notre Herbillon. Le coup était dur, il n'a pas bronché.

5

Le soir, lorsque, selon son habitude, Maury se fut retiré de bonne heure après le dîner, Thélis réunit tous les observateurs.

— Il faut, leur dit-il, remplacer l'équipage Deschamps-Gival. Vous êtes trois disponibles : Reuillard, Charensole, Herbillon. Comme nouveaux pilotes, le sergent Duchêne et le caporal Boschot ne sont pas au

point. Mais Maury vaut un vieux routier. Qui veut monter avec lui ?
Les anciens, naturellement, choisissent d'abord.

Il regardait Reuillard, certain que le vieux soldat allait demander la
préférence, mais celui-ci se bornait à tirer sur sa moustache à l'arracher.
Les yeux étonnés de Thélis glissèrent de son visage osseux vers les
autres. Sur tous ils perçurent la même hésitation.

Marbot, qui suivait la scène avec intérêt, murmura :

— Ils n'en veulent pas, c'est clair. Il a une tête de guigne.

Le capitaine poussa un juron furieux, mais il était trop tard. Le gros
lieutenant avait donné une figure précise à la répugnance instinctive de
chacun et Thélis, qui connaissait la force de la superstition sur des
hommes qui jouaient chaque jour leur vie, comprit qu'il lui serait difficile de trouver un volontaire pour partager la chance de Maury. Il
essaya pourtant de lutter.

— Tu es un imbécile, dit-il froidement à Marbot. Maury pilote aussi
bien que moi et je voudrais avoir son calme.

Il n'y eut pas de réponse et Jean sentit que dans l'esprit de ses camarades et dans le sien propre se liait le même faisceau d'idées, grossières
mais invincibles : à sa première sortie, Maury avait eu un combat
malheureux et Deschamps était mort en essayant de le rejoindre.

Contre cela nul raisonnement ne tenait, mais personne n'osait en
faire l'aveu.

— Je préfère un gars plus jeune, murmura Reuillard. Quatre-vingt-
dix ans à deux, c'est trop lourd pour un seul coucou.

— Pour moi, dit Charensole, j'ai promis à Boschot, nous sommes
du même régiment.

Il allait continuer lorsque Claude parut.

Aussi maître qu'il fût de lui-même, Thélis ne put retenir un geste
vers ses camarades. Il ne fallait point la sensibilité de Maury pour
deviner l'embarras que son entrée faisait naître. Pour lui, ce fut une
oppression physique. Il murmura précipitamment, comme pour s'excuser :

— J'avais oublié mon livre sur la table.

Gauchement, cible des regards, il traversa la pièce et se retira, plus
voûté et plus pâle encore qu'à l'ordinaire.

L'apparition n'était point faite pour rassurer. Comment se confier à
des mains si débiles ? Comment lier son destin à celui de ce corps qui
semblait d'avance accepter le malheur ? Thélis, frappé lui-même, ne
savait par quel argument renouer l'entretien.

C'est alors qu'Herbillon se décida. Le passage de Maury, qui, chez
les autres, avait simplement confirmé une inquiétude, ranima chez le
jeune homme le sentiment de respect et de pitié qu'il éprouvait pour
Claude. Son imagination se représenta, trop vivement pour qu'il la pût
tolérer, la détresse de son ami rejeté encore, et de la plus cruelle façon,
de cette fraternité morale qu'il recherchait désespérément.

Certes, ce n'était point là le pilote qu'il avait rêvé pour le conduire aux luttes mémorables. Mais son aventure du matin lui conseillait la modestie et, de plus, n'était-ce point une occasion éclatante de montrer à Thélis son courage en lui demandant ce que refusaient les camarades ?

Sans distinguer ce qui, de la vanité ou de la pitié, le poussait davantage, il déclara :

— Je ferai équipage avec Maury, mon capitaine.

Ce fut à partir de ce moment que Thélis tutoya Herbillon.

Claude se jeta vers l'aspirant qui entrait dans sa chambre.

— Cela continue donc ? s'écria-t-il, cette hostilité, ce malaise...

Herbillon dit, feignant la surprise :

— Je viens finir votre whisky. C'est aujourd'hui l'occasion de nous enivrer. Je deviens votre passager perpétuel.

— Comment ? murmura Claude, interdit.

— Mais oui. Nous formons équipage.

Des yeux trop pénétrants se posèrent sur ceux du jeune homme, et plein d'une amertume infinie, Maury demanda :

— Les autres ont bien voulu vous livrer à mes soins ?

Puis il dit avec douceur et gravité, comme pour un serment :

— Ils ont eu raison.

Le printemps triomphait. L'air moins dense palpitait comme une flamme et, du haut des avions, la cathédrale de Reims semblait moins meurtrie. Claude et l'aspirant volaient beaucoup.

Ils connurent ensemble les départs de l'aube où la voix sauvage des appareils éveille le jour ; les retours au crépuscule quand, moteur calé, ils descendaient lentement avec la lumière ; les surveillances paisibles, simples promenades attentives ; les combats où la même inquiétude et la même espérance faisaient bruire leurs tempes. Ils partagèrent l'émotion physique des chutes brusques et la joie mathématique des acrobaties. Ils apprirent à sentir en même temps, sans la voir et par une singulière divination, l'approche de l'ennemi. Dans la furie de l'hélice et du vent qui étouffait la voix humaine, ils surent se comprendre d'un signe et souvent Maury, se tournant vers son compagnon, trouvait en ses yeux la réplique de sa pensée.

Alors ils comprirent vraiment ce que les camarades entendaient par équipage. Ils n'étaient pas simplement deux hommes accomplissant les mêmes missions, soumis aux mêmes dangers et recueillant les mêmes récompenses. Ils étaient une entité morale, une cellule à deux âmes qui battaient d'un rythme pareil. La cohésion ne cessait point hors des carlingues. Elle se prolongeait en subtiles antennes, par la vertu d'une accoutumance indélébile à se mieux observer et se mieux connaître. Ils n'avaient fait que s'aimer ; ils se complétèrent.

Leurs habitudes et leurs goûts n'en furent point changés. Ils étaient pour cela de natures trop différentes. Mais entre eux circula dès lors, invisible et sans défaillance, l'accord mystérieux qui, là-haut, dans l'air vif, chargé d'ivresse et de péril, modelait en même temps le sourire ou l'angoisse de leurs bouches.

Quand l'aspirant partit en permission, Maury le chargea de porter une lettre à sa femme.

DEUXIÈME PARTIE

1

La journée qui suivit l'arrivée d'Herbillon à Paris fut étrange.

Au milieu de la joie des siens, nuancée d'un respect attendri, dans les rues familières dont rien ne pouvait entamer le murmure, les visages de l'escadrille le poursuivaient. Thélis donnait des ordres. Marbot fumait sa pipe, la nuque étroite de Maury se penchait sur un livre. Le fragile soleil le faisait songer à la brume qui devait flotter au ras du sol gênant l'observation, et l'odeur des automobiles lui rappelait celle des avions.

Cependant il parlait beaucoup et fiévreusement, pour répondre à l'admirative curiosité qui le cernait. Mais une secrète dissonance lui gâtait le plaisir de ses discours.

On attendait de lui des récits, arrangés à la manière des livres et comme son imagination s'en forgeait elle-même avant qu'il ne partît pour le front. Il s'irritait obscurément de céder à cet espoir de merveilleux qui agitait ses auditeurs et de fausser, malgré lui, la peinture de sa vie d'escadrille. L'aurait-on cru d'ailleurs s'il l'avait retracée fidèlement, avec sa paresse et ses vols pour la plupart paisibles ? Le pathétique grossier des journaux avait trop nourri les imaginations pour qu'elles pussent accepter une si étonnante simplicité.

Mais tandis qu'il liait et dénouait dramatiquement les épisodes, une phrase de Maury sans rapport apparent avec ses paroles l'obsédait :

« Savez-vous ce qu'est une attaque à la baïonnette ? des clameurs, des corps portés par une force étrangère, une sécheresse atroce dans la gorge. Voilà tout. »

Cependant, à mesure que déclinait ce premier jour et que Jean prenait un contact plus étroit avec ses habitudes anciennes, les lignes dédoublées de ses sensations se mêlaient. Et le lendemain, lorsque dans sa garçonnière il enveloppa Denise de ses bras avides, il fut en permission, véritablement.

Sa maîtresse, en le revoyant, n'avait pas eu de cri, mais elle tremblait d'un si puissant et trouble émoi que Jean n'avait point reconnu le visage léger. Au bondissement de son cœur, il avait compris combien ce corps lui était doux et chère cette tête ardente. Ils s'étaient longuement écrit, mais se retrouvaient changés. Lui s'étonnait de découvrir sur les lèvres de Denise un goût si profond.

Elle ne pouvait croire que trois mois de vie nouvelle eussent gravé tant de décision sur un front encore tendre et allumé un étrange regard, plus perçant et plus vague, en des yeux naguère enfantins. Elle releva ses cheveux défaits pour le mieux contempler. Sous ces prunelles, Herbillon se sentit enfin tel qu'il rêvait d'être. Leur regard faisait refleurir l'image qu'il se faisait de lui-même lorsque Denise l'accompagnait à la gare et que son expérience avait lentement fanée. Auprès de son amie une gloire naïve étendit sur lui ses ailes. Et quand, parmi les caresses, il raconta sur le mode épique, et plus faussement que jamais, ses vols et ses combats, le récit lui en parut véridique.

Les entrevues suivantes atténuèrent cette gravité. Retombant dans le ton qui leur fut coutumier, leur amour eut de nouveau une nuance de jeu impudique et allègre.

Toutes les heures disponibles d'Herbillon coulaient auprès de Denise. Elle se montrait toujours prête à le rejoindre. Il marquait parfois la surprise heureuse que lui donnait cette parfaite liberté, mais, fidèle au mystère dont elle entendait envelopper sa vie, elle ne répondait que par un rire dont l'orgueilleuse insouciance disait l'exclusif empire que sa tendresse exerçait sur elle. Pourtant, Jean croyait alors saisir en ses yeux mobiles une flamme inquiète qu'il n'y connaissait point et comme une question qu'elle n'osait formuler...

Un matin, en s'éveillant, Herbillon eut un sentiment de regret. De son esprit confus, l'idée émergea que sa permission s'achevait le lendemain. A cette constatation pénible se mêlait le souvenir d'un devoir qu'il avait encore négligé de remplir. Il avait remis de jour en jour le soin de porter la lettre que Maury lui avait confiée et qui, depuis une semaine, attendait dans la poche de sa vareuse de voyage.

Il se jugea sévèrement et, comme son après-midi était occupé par Denise, il résolut de se rendre aussitôt à l'appartement de son ami.

Déjà, une curiosité impatiente se levait en lui. Il allait voir la femme qui avait chargé de tendresse et de souffrance l'existence de Claude. D'après le portrait qu'il en avait tracé, Herbillon imagina un visage grave et pâle, un front très net et, sur tous les traits, une expression de mystère.

— Il serait drôle que j'en devienne amoureux, se dit-il avec un sourire incrédule.

Il apporta le soin le plus attentif à son habillement, passa un vernis spécial sur ses bottes qu'il entretenait lui-même, coiffa son képi avec une minutieuse négligence et sortit, assez vain de sa personne.

La femme de chambre, en le priant d'attendre, le fit pénétrer dans un petit salon. La pièce, tendue de soie dorée très claire, respirait une accueillante gaieté. De grands vases blancs portaient une couronne ardente et rousse de soucis. Des coussins tendus d'étoffes précieuses et fanées se couvraient sur un divan bas.

Herbillon s'admirait dans la glace ovale, galonnée de vieil argent, lorsque le rythme d'un pas vif lui serra le cœur. Avant qu'il ait eu le temps de comprendre pourquoi, une jeune femme parut sur le seuil.

Un cri se brisa dans la bouche de Jean.

— Den...

Il venait de reconnaître sa maîtresse. Mais aussitôt la rencontre lui parut tellement inadmissible qu'il douta. Il subissait l'effet de quelque prodigieuse ressemblance ou bien ses yeux trop accoutumés à l'image de Denise l'apercevaient partout.

Mais la jeune femme demeurait dans l'embrasure de la porte et sa voix — quoique imperceptible — était bien celle qu'il craignait d'entendre lorsqu'elle dit faiblement :

— Je t'attendais.

Herbillon reculait lentement sans pouvoir arracher d'elle un regard égaré. Il cherchait un mot, un geste qui le pût tirer de la stupeur qui l'étourdissait. Elle cependant, toujours immobile, continuait.

— Claude m'a déjà demandé si tu étais venu.

Le nom de son ami sur les lèvres de sa maîtresse. La lettre qu'il avait dans sa poche... Les aveux sur la route de Jonchery. Les caresses dans sa garçonnière...

Tout ondoyait dans le cerveau du jeune homme, une lourdeur liait ses membres et le salon était plein de brume. Il balbutia, comme pour se convaincre de l'incroyable :

— Ainsi... Hélène Maury.

Elle baissa la tête. Jean essuya son front moite.

— Allons, explique, dit-il sourdement.

La jeune femme eut un geste d'impuissance : tout n'était que trop clair. Elle dit cependant :

— J'ai appris, par l'adresse d'abord, par ses lettres ensuite, que vous étiez à la même escadrille. Je croyais que tu n'ignorais plus rien.

— Quoi ? tu supposais que, sachant, je me tairais ?

— Je l'ai bien fait, moi.

De la révolte et une fierté obscure l'animaient ; tout à son anxiété de comprendre, Jean n'y prit garde... Il raisonnait pour lui seul.

— Comment pouvais-je savoir ? Tu m'as tout caché : jusqu'à ton vrai prénom ! Jusqu'au détail le plus infime !

— Mais il t'a parlé de moi, j'en suis sûre ! s'écria-t-elle.

Le regard de son amant se posa sur la jeune femme comme si jamais encore il n'avait scruté ses traits. Un murmure stupéfait coula de ses lèvres.

— De quels yeux t'a-t-il donc vue ? Mais il t'a décrite dix fois sans que jamais le moindre soupçon me vînt.

Accablé, il songeait à la méprise monstrueuse de son ami, ignorant encore qu'une femme a cent visages tous aussi véritables, car ce n'est pas elle qui les façonne mais ceux qui la regardent en la chérissant. Profitant de sa rêverie, elle se jeta soudain vers lui, l'entoura de ses bras nus :

— Embrasse-moi, Jean, supplia-t-elle.

Chaque nerf d'Herbillon tressaillit de révolte. Denise imaginait donc que, la première surprise dissipée, il allait la reprendre comme avant. Il défit brutalement les mains caressantes et d'une voix dure :

— Écoute, fit-il, tu ne sais donc pas combien il t'aime ?

L'humiliation assombrit les traits de la jeune femme, mais elle voulut trouver une raison flatteuse à ce refus.

— Tu es jaloux ? demanda-t-elle.

Un sourire insultant crispa le visage d'Herbillon. Denise ne voulait donc pas comprendre qu'une honte atroce, pareille à celle d'un inceste brusquement révélé, qu'un sentiment unique fait de respect et de pitié, de fraternité d'armes, se trouvait à jamais souillé, corrompu ! Et à l'instant même où il l'apprenait, elle osait le venir tenter de son corps dont il retrouvait avec une étrange haine la forme émouvante sous l'étoffe entrouverte.

Il lui sembla que le fantôme pitoyable de Maury était là qui suivait leur dialogue et tout frémit en lui de fureur indignée : sa jeune loyauté pure encore de compromis, son instinct de camaraderie, exalté par la vie d'escadrille, la fierté qu'il avait des confidences d'un homme supérieur à lui par le raffinement spirituel et sensible, sa nature fougueuse qui n'admettait point d'accommodement avec le destin.

— Il s'agit bien de jalousie, cria-t-il. Mais j'aimerais mieux cela, mille fois mieux, tu entends. Comment vais-je retourner là-bas, maintenant ?

— Ah ! c'est à lui que tu penses ! Je ne suis plus rien pour toi ! Ignorais-tu, par hasard, que j'avais un mari ?

Herbillon répondit avec sincérité.

— Je le croyais à l'arrière.

— Pourquoi ?

— Son âge.

— Qui te l'avait dit ?

Il ne trouva point de parade. Triomphante, elle reprit :

— Alors, sur une simple supposition que tu n'as même pas contrôlée et qui d'ailleurs n'excuse rien, tu t'absous, et moi tu me condamnes parce que le hasard t'a jeté sur Claude.

Un élan de rancune sourde lui fit négliger de poursuivre son avantage.

— Pourquoi est-il entré dans l'aviation ? s'écria-t-elle.

— Tais-toi ! dit Jean. C'est pour te plaire.

— La belle trouvaille !

Jean ne devina point que seul un amour primitif, éperdu, et dont il était l'objet, pouvait expliquer cette révolte contre une décision qui menaçait de l'éloigner d'elle. Il y vit une cruauté qui l'exaspéra.

— Vraiment, je ne te connaissais pas, fit-il avec froideur.

— Oui, parce que je riais pour te faire rire, parce que je ne voulais pas qu'une ombre t'effleurât, tu t'es imaginé que, comme toi, je jouais à l'amour.

— Mais comprends donc enfin ! Ton mari me chérit comme un frère.

— Tu n'y penserais pas si tu m'aimais, dit-elle très bas, en se laissant tomber sur le divan.

Sa colère avait fui, remplacée par une tristesse lasse. Des larmes embuaient ses prunelles. Jamais Herbillon ne l'avait vue pleurant. Il se sentit soudain désemparé, vide. N'avait-il pas été inutilement brutal ? De quoi était-elle coupable ? Il ne savait plus rien, sauf que sa nuque était douloureuse et qu'il ne pouvait pas laisser pleurer cette femme.

Il lui baisa doucement les cheveux puis, sans forces, s'assit auprès d'elle. Ils demeurèrent longuement silencieux. Avec gaucherie Denise referma le peignoir qui glissait, découvrant sa gorge. Ce mouvement de pudeur timide, qui s'alliait si mal à ce que Jean connaissait de sa maîtresse, le bouleversa de pitié pour elle, pour lui et aussi pour Claude.

Lisant dans ses yeux une peine poignante, elle dit, pleine d'un étonnement pensif :

— Tu l'aimes donc tant ?

Il hocha douloureusement la tête, voyant qu'elle subissait à son tour l'invisible présence de Claude.

Mais que répondre ? Certes le sentiment qu'il avait maintenant pour Maury ne ressemblait en rien à l'amitié fière et nette qu'il nourrissait avant de franchir le seuil de ce salon. Il s'y mêlait une répugnance qui la faisait grotesque, difforme.

C'était si lourd, si intolérable, qu'il se leva. Denise n'eut pas un geste pour le retenir.

— Tu pars, Jean ? dit-elle.

Et après une longue pause.

— Pour toujours ?

Il l'enveloppa d'un regard sans vie, murmurant :

— Je ne sais plus rien.

Il se retrouva dans la rue. Les passants avaient des visages translucides, les voitures roulaient sans bruit car il n'entendait que le bourdonnement de ses oreilles. Il allait au hasard parmi des ombres dont il faisait lui-même partie.

Cependant, un vague souvenir lui faisait presser le pas. Il devait déjeuner tôt, car il avait un rendez-vous ensuite. Mais avec qui ? Une pensée aiguë le traversa : Denise l'attendait.

Aussitôt la rumeur de l'avenue, suspendue jusque-là par il ne savait quel sortilège, se déversa dans sa tête. En même temps les hommes et les femmes qu'il croisait reprirent une consistance et une couleur charnelles. De se retrouver parmi les vivants il éprouva un allégement si vif, un si complet oubli, que l'idée de rencontrer bientôt sa maîtresse lui fut agréable. Il la revit telle qu'elle était hier encore, se complut à ses mouvements harmonieux et faciles, la fit sourire, s'étirer avec une langueur ardente, admira l'insouciance de ses yeux gris.

Cette image lui parut tout à coup très ancienne, la pièce dont il sortait lui revint à la mémoire. Et, au lieu du visage qu'il évoquait, un autre surgit, anxieux, trouble, qui n'avait avec le précédent qu'une parenté toute formelle. Il voulut l'anéantir. En vain. La vision neuve effaçait la première, s'appliquait sur elle ainsi qu'un masque, immobile d'abord, bientôt vivant. Il sut que jamais plus il ne retrouverait la figure qu'il avait si longtemps crue indélébile et sienne et songea qu'un matin suffit à tuer un visage dont aucune ligne pourtant n'a bougé.

Ses parents, lui trouvant un air défait, crurent que son départ imminent était la cause de sa tristesse. Pour la dissiper, ils simulèrent une gaieté qui n'éclaircissait point leurs regards et lui, pour les rassurer, usa de la même feinte.

Cependant, la pensée de son après-midi vide le terrifiait. Il se sentait incapable de lire. L'heure hypnotique des bars était encore lointaine. Ses yeux croisèrent ceux de son frère qui suivait tous ses gestes avec admiration.

— Que fais-tu après le déjeuner, Georges ? lui demanda-t-il brusquement.

— Je vais au lycée, tu le sais bien.

— Non, tu restes avec moi. Nous n'avons pas eu le temps de causer et je pars demain.

Il savait que ce congé imprévu ne pouvait être refusé s'il le demandait et, pour remplacer une présence qui peuplait ses jours, il avait besoin de la tendresse de l'enfant, à lui entièrement dévouée et comme amoureuse.

Malgré les protestations de son père, il emmena Georges au café, lui fit servir des liqueurs, le traitant en égal. Il lui parla de Thélis ainsi que d'une légende, sûr que le jeune garçon comprendrait mieux que personne l'âme ingénue et brûlante du capitaine. Il l'interrogea sur ses professeurs, ses camarades. De tout ce qui faisait la vie de son frère il était encore si près lui-même que son intérêt n'était point factice et qu'ils riaient des mêmes plaisanteries, vibraient des mêmes indignations.

Quand il ramena Georges, une douceur atténuait sa souffrance, car il avait, dans ce commerce enfantin, allégé le fardeau trop lourd encore pour lui de sa peine d'homme.

Durant toute la soirée, Herbillon put ne point songer à Denise. Il avait un dîner avec des camarades permissionnaires de sa promotion de Fontainebleau. Venant de leurs batteries camouflées, de leurs abris enterrés, ils écoutaient avec admiration les récits que leur faisait Jean de sa vie libre, pleine de confort et de risques, à l'escadrille. Mille commodités qui, là-bas, lui paraissaient insignifiantes, prenaient, comparées au sort de ses anciens camarades, figure de privilèges. Et le danger quotidien et mortel qui en était la rançon lui faisait considérer avec un dédain secret et ravi ces garçons rivés à la terre, ces comptables de tir, comme il les appelait intérieurement, et pour qui les hommes de l'air avaient trouvé l'expression générique et hautaine de *rampants*. Comme il était naturel, le dîner, malgré les ordonnances de police, ne se termina qu'à l'aube et dans l'ivresse.

Pourtant la première image qui passa, au réveil, dans la pensée encore fumeuse d'Herbillon, fut celle de Denise. Le débat qu'il avait réussi la veille à différer par des artifices ingénieux s'imposait à lui. Il lui fallait arrêter définitivement sa conduite envers sa maîtresse et envers Claude. Pour celui-ci il avait le temps de réfléchir encore, mais pour Denise il devait agir sans retard.

Ils ne s'étaient pas expliqués, leur dernière entrevue s'était déroulée en paroles incohérentes, en mouvements instinctifs. Pouvait-il rompre ainsi une liaison dont il subissait toujours le charme empoisonné ? Pourquoi ne point la revoir, et, tendrement, lui dire l'impossibilité de leur amour ?

Mais, par un étrange revirement, les raisons que naguère il estimait irréfutables lui semblèrent sans force, et prévoyant les réponses de Denise il se trouvait, d'avance, désarmé. Car la situation lui apparaissait sous une face nouvelle, non plus dans le plan de ses rapports avec Maury, mais sous l'aspect où sa maîtresse devait l'envisager.

A ses yeux, en vérité, rien n'était changé. Ce qui pour lui avait été une révélation déchirante servait depuis de longs mois de base à l'existence de Denise. Que son amant et son mari se fussent rencontrés à la même escadrille, qu'une affection profonde les eût liés, que la pratique de l'équipage eût soudé leurs nerfs en un même faisceau, qu'y pouvait-elle et en quoi cela devait-il l'éloigner de Jean ? Et comment pouvait-elle partager l'horreur d'une situation qu'elle avait acceptée dès le début et dont lui avait profité sans remords, lorsqu'il n'en connaissait point la victime ? Puisqu'il n'avait pas essayé de pénétrer en sa vie, puisqu'il s'était contenté de son corps et de son rire, qui donc lui donnait le droit de briser une tendresse qu'il venait de voir si véhémente et douloureuse ?

Et pourtant il ne pouvait plus s'y prêter. Cela, il le savait par une conviction intime, plus forte que tous les arguments. Mais dans l'impuissance où il était de la faire prévaloir devant sa maîtresse, et redoutant la souffrance qui l'accueillerait, il résolut de partir sans revoir Denise. Il ne restait d'ailleurs qu'à remplir quelques heures, puis l'escadrille l'absorberait.

Il passa cette dernière journée en compagnie des siens, tout imprégné de la tristesse languide qui suit les renoncements. Mais tandis qu'ils conversaient à mi-voix, parmi les ombres descendantes, celle de la mort glissa vers Herbillon. Des phrases de camarades se levaient en sa mémoire.

— Une escadrille se renouvelle vite.

— Plus on vole et plus on réduit sa chance.

Il avait, en quelques semaines et par une accalmie du front, vu disparaître Berthier, Deschamps, Gival. Rien ne justifiait la foi qu'il avait en son corps invulnérable. Un éclat de ces obus qui mouchetaient chaque fois sa route aérienne suffisait pour lui fermer les yeux. Son destin dépendait de l'adresse d'un chasseur allemand, d'une inclinaison — juste par hasard — de mitrailleuse, d'un caprice de moteur. Combien fragile était sa vie et vaine l'angoisse qui l'étreignait depuis deux jours ! Combien faible était sa chance, jumelée à celle de Maury, d'échapper aux embûches de l'air ! Et leur anéantissement simultané ne viendrait-il point tout résoudre bientôt ?

Mais en même temps que se faisait en lui ce travail funèbre, un désir profond comme l'instinct de vivre le dressa, impatient. Puisqu'il en était ainsi, que rien ne comptait auprès de la mort qui guette, n'avait-il point droit à tout, lui qui retournait vers elle, et pourquoi refuser du destin une offrande peut-être suprême ?

La nuit venait qui allume, plus vifs et plus rudes, les feux du désir. Elle le revit vers cette maison que la veille seulement il avait appris à connaître et hanté par la seule crainte de n'y point trouver Denise.

Lorsqu'elle aperçut sa bouche tremblante, ses fiévreuses paupières, elle se jeta vers lui plus emportée et plus belle que jamais.

2

De nouveau le train roulait Herbillon vers la ligne de combat. Mais il songeait à celui qui s'embarqua trois mois plus tôt avec un peu d'attendrissement et de dédain comme à quelque frère beaucoup plus jeune et très ignorant.

L'impatience d'arriver ne serrait plus sa gorge d'une angoisse enivrante. Les questions qui lors de son premier départ semblaient essentielles n'existaient plus pour lui. Il savait maintenant que l'on n'étonnait personne à l'escadrille par le courage, car brave ou non, chacun faisait honnêtement la même tâche périlleuse ; il savait que l'art de regarder valait plus que la témérité, que les fantaisies d'une balle folle faisaient un victorieux aussi bien qu'une victime et que la chance régissait les exploits. Le hasard dont il était le sujet passif lui inspirait une crainte dont il n'avait plus honte, sûr de ressaisir dans sa carlingue le sang-froid nécessaire et toute sa volonté de réussir.

Il se laissait cahoter sans mélancolie. Si l'expérience avait taraudé ses illusions héroïques, elle les avait remplacées par un sentiment de sécurité qui n'allait point sans douceur. A la gare de Jonchery l'attendait la voiture marquée du lapin blanc, totem de l'escadrille. Dans sa chambre familière, où les murs avaient, par ses soins, perdu leur maussaderie, Mathieu l'ordonnance aurait allumé la chanson crépitante du poêle à essence. Au réveil, il retrouverait les camarades. Le rire de Thélis animerait le mess ; la face réjouie de Marbot s'étonnerait des dépenses qu'il avait faites en permission ; le capitaine Reuillard de sa moustache grise tirerait des réflexions obscènes.

Il retournait dans une famille accueillante et nombreuse, la saine et rude famille des hommes seuls, où des lois élémentaires gouvernaient l'existence sans les charger d'inutiles soucis.

A mesure qu'il approchait du terme de son voyage, les images de Paris dont il vivait si fortement quelques heures plus tôt pâlissaient jusqu'à devenir indistinctes.

Il lui avait fallu un jour pour s'adapter à la permission, le front le reprenait avant qu'il n'y fût.

Le lendemain, comme les premiers instants qui suivent le sommeil gardaient l'aspirant dans le réseau de leurs songes, Maury pénétra dans sa chambre avec précaution. Par une défense inconsciente, Herbillon referma les yeux, mais à travers les cils il observa.

Claude s'était arrêté sur le seuil. De la robe de chambre qui cachait les défauts de son corps émergeait sa tête pensive, ennoblie par la lumière du matin. Il contempla longuement le visage immobile d'Herbillon et ce regard attendri versait dans l'âme du jeune homme un trouble sans cesse grandissant. Son remords, abîmé dans les dernières caresses de son amie, ressuscitait plus aigu. Il eut envie de crier :

— Vous ne pouvez plus me regarder ainsi.

Mais, timidement, Maury ferma la porte.

Aussitôt, Jean rouvrit des yeux lucides sur la réalité. Dans les prunelles de Claude brûlait une tendresse qu'il ne méritait plus. Il n'avait même pas pour se défendre l'excuse de l'ignorance, puisqu'avant de partir il avait commis une consciente et suprême trahison. Les sophismes dont il s'était alors étourdi tombaient dans cette chambre aux lignes froides, aux tons sévères de cellule. Ici tout était net, comme la mentalité des mœurs de l'escadrille et cela forçait à juger avec précision et clarté. La situation, qui, à Paris, semblait si complexe, se réduisait ici à des formes nues.

Le jeune homme résolut fermement de prier le capitaine de mettre fin à leur équipage et, s'il le fallait, de tout dire à Maury. C'était le seul parti auquel il pût s'arrêter dignement et peut-être même Claude pardonnerait-il.

Il imagina complaisamment cette scène faite de franchise et de générosité réciproques et pensa qu'elle convenait à la vie qu'il reprenait. N'en voyant pas le côté puéril, livresque et cruel, mais seulement pathétique, il se leva, délivré et plein de joie de revoir les camarades.

La réception fut celle qu'il avait prévue. Il était désormais celui qui revient occuper sa place à la table et aux luttes communes. On lui présenta les nouveaux arrivés : Narbonne, qui remplaçait Deschamps, et l'aspirant observateur Michel. Il apprit que Neuville avait reçu la croix et qu'aussitôt il avait été réclamé au ministère, que Brûlard avait été blessé, qu'à Jonchery Florence était soupçonnée d'espionnage.

Et la journée coula rapidement, dissipée en des habitudes où il s'encastrait avec un automatisme satisfait. Dans sa chambre il disposa des étoffes nouvelles rapportées de permission, rangea des livres, se rendit au terrain, visita les sous-officiers, s'installa dans l'existence qui pour quatre mois allait être sienne, à moins qu'un accident — probable, mais que son instinct n'admettait point — y vînt mettre fin.

Et quand, en sabots, une vieille vareuse couvrant mal son chandail râpé, il vint s'accouder au bar où le nouvel aspirant officiait, sa première conversation avec Marbot lui revenant à la mémoire, il s'avoua que le gros observateur avait eu raison, que l'essentiel, à l'escadrille, n'était ni les vols, ni les bravoures, ni la peur, ni même la mort, mais le confort et l'art de l'organiser.

Tandis qu'il fumait devant un verre de porto, une main, dont il reconnut la pression nerveuse, le toucha.

— Vous buvez seul, mauvais camarade, s'écria Maury. Vous n'avez pas trouvé un instant pour causer avec moi.

Herbillon esquissa un geste vague, mais le reproche de son ami le pénétra de honte. Il avait, en effet, évité de se trouver seul avec Maury et cela lui parut d'une insigne lâcheté. Puisqu'il devait avoir avec lui une explication nette, pourquoi user d'aussi pauvres moyens ?

Il répondit :

— Je remettais à ce soir notre entretien.

Sa voix porta la trace de l'effort qu'il faisait pour supporter le regard de Claude et du défi qu'il s'adressait à lui-même. Maury le remarqua mais, connaissant l'acuité maladive et parfois trompeuse de sa sensibilité, n'y voulut point prêter attention.

Des camarades entraient, apportant cette gaieté sans apprêt qui était comme la tonalité de cette grande pièce où vibrait l'âme sonore de l'escadrille. Le jeune homme, assailli de plaisanteries, se détourna de Maury.

La table desservie, Thélis demanda :

— Herbillon, tu reprends le bridge ?

L'aspirant hésita. Claude le fixait d'un regard suppliant. Allait-il différer encore la minute de l'aveu ? Il ne voulut point céder à sa faiblesse qui déjà se réjouissait de ce répit.

— Pas ce soir, mon capitaine, dit-il, je vais me coucher tôt.

Des railleries flatteuses sur l'emploi de sa permission commentèrent cette réponse tandis qu'il s'engageait dans le couloir.

Jusqu'à ce qu'ils fussent dans sa chambre, Claude, malgré l'impatience dont Herbillon le devinait tremblant, ne dit pas un mot, comme s'il n'osait point confier son émotion à des murs étrangers. Mais à peine la porte fut-elle refermée sur eux, avant que l'aspirant ait pu se composer un visage ni affermir sa résolution, Maury demanda :

— Comment trouvez-vous Hélène ? Comment vous a-t-elle parlé de moi ?

Devant ces yeux agrandis, devant ce corps qu'un mot imprudent pouvait, semblait-il, briser ainsi qu'une corde trop tendue, le jeune homme sentit que jamais il n'aurait la force inhumaine de parler. Les phrases qui, lorsqu'il était seul, lui avaient paru si nobles, si aisées, sa bouche maintenant se refusait à les livrer. Non, à un amour pareil mieux valait mentir, mentir avec ténacité, ruse et patience, mentir comme une femme éperdue plutôt que de laisser filtrer, fût-ce goutte à goutte, la vérité.

D'un coup il perçut de quelle impalpable matière étaient faits tant de silences qu'il avait jusque-là estimés ignominieux. Un immense mépris, une tristesse amère de la vie emplirent son cœur, cependant qu'avec prolixité, avec une manière de rage et d'enivrement dans le dégoût qu'il prenait de lui-même, il disait à Maury les vertus de sa femme et l'amour qu'elle avait pour lui.

Lorsqu'il eut terminé, le regard attentif de Claude était nuancé de surprise.

— Elle m'aime tellement ? demanda-t-il.

— Puisque je vous l'affirme, cria nerveusement Herbillon.

La dureté de sa voix frappa Maury qui observait que les paroles de l'aspirant ne lui donnaient point la joie qu'il était en droit d'attendre d'elles. Et Jean sentit chez Claude une étrange incrédulité.

Ils n'auraient su préciser la nature de leurs intuitions, mais ce n'était pas en vain que des heures de vol partagées leur avaient communiqué une secrète puissance de pénétration mutuelle.

Inconsciemment presque, Maury murmura :

— Vous ne me cachez rien ?

Une envie furieuse de sincérité s'empara d'Herbillon, mais le sentiment de son impuissance à parler s'était trop fortement rivé en lui.

— Votre maladie de douter s'étend donc jusqu'à moi ? fit-il avec un sourire forcé.

De tout autre l'argument n'aurait point porté. Mais Claude avait de la franchise d'Herbillon et de son amitié une idée si haute que la sérénité revint en lui.

— Maintenant, dit-il affectueusement, parlez-moi de votre amie. Elle vous paraîtra plus proche.

Jean se leva d'un bloc. Il avait pu, en ses propos, construire d'Hélène Maury une image abstraite et vide. Mais y joindre maintenant celle de Denise, qui pour lui demeurait vivante, chaude encore de trahison et de volupté, dépassait sa force.

— Excusez-moi, dit-il, je suis vraiment exténué.

Il sortit, trop brusquement sans doute, car Maury soudain eut très froid.

3

— Un couvert supplémentaire ! observa Herbillon entrant au mess avant le déjeuner.

Voyant que l'aspirant, son cadet, qui surveillait l'ordonnance de la table, disposait des coupes de champagne, il demanda :

— Tu attends un invité de marque, Michel ?

— Je ne sais rien. C'est l'ordre du capitaine.

— Alors, prenons un verre, en attendant.

Ils burent divers alcools qui chauffèrent leurs veines, les disposant aux confidences.

— Tu voudrais bien savoir la raison de ces apprêts ? demanda Michel.

— Mais tu l'ignores toi-même.

— Pas tout à fait, seulement Thélis m'a défendu de parler.

— Une surprise ?

— Pour quelques-uns.

Une timide silhouette s'encadra dans la porte ; une voix méridionale salua les jeunes gens. C'était Virense.

— Le capitaine m'a fait demander, dit-il.

— Vous déjeunez avec nous, répondit Michel.

Herbillon et le pilote regardèrent l'aspirant avec le même étonnement, car les sous-officiers mangeaient toujours à leur mess particulier. Michel, cependant, continuait, impassible :

— Le capitaine m'a recommandé de forcer les portions. Il paraît, mon vieux, que vous avez un rude estomac.

Thélis qui entrait entendit la phrase.

— Ne troublez pas ce garçon, cria-t-il. Virense est comme une fille rougissante. Servez-nous du porto dans les grands verres. Herbillon paiera.

— Tu carbures du mystère ce matin, mon capitaine, dit le jeune homme.

Thélis ne répondit qu'en lui meurtrissant l'épaule. La pièce peu à peu s'emplit et Jean crut voir sur tous les visages, sauf sur celui de Claude, un air de conspiration joyeuse.

— Allons, un quadrille de luxe, cria Thélis.

Tandis qu'emportés par un rythme burlesque et fou, bottes et sabots martelaient les planches, Herbillon songeait à la danse qui l'avait accueilli. La moitié de ceux qui l'exécutèrent avait déjà disparu. Il le constata sans mélancolie ; au contraire, cette pensée lui fit goûter plus âprement l'allégresse simple qui animait tous les corps et comme, à bout de souffle, Marbot implorait grâce, il réclama une nouvelle mesure.

Puis le repas commença. C'était l'heure qu'ils aimaient entre toutes. Appétits sains, dents brillantes, gaietés sonores, ils rapportaient du ciel périlleux une faim de nourriture et de rire, une amitié rude, un besoin de vivre chaudement que contentait la table autour de laquelle, coude à coude, ils dévoraient et criaient en même temps.

Le capitaine fit asseoir près de lui Virense et plaça Herbillon près de Maury, maintenant pilote le plus ancien. La cave de l'escadrille contenait quelques vins de choix. Thélis ordonna de les faire monter tour à tour.

— Quel est donc le Mécène ? demanda Jean.

— Bois ! fut la seule réponse qu'il obtint.

Les verres se vidaient dans le bruit ; la boisson attisait la joie coutumière. Il semblait à Herbillon que les regards se posaient sur lui, Claude et Virense avec un attendrissement narquois. Cela ne laissait point de l'intriguer, car il pensait que Thélis ménageait à ses dépens quelque énorme plaisanterie ; mais les cris, le vin et cette gaieté plus exaltée encore qu'à l'ordinaire ne lui laissaient ni le temps ni le moyen de deviner.

Quand le champagne, en bouillonnant, s'étala dans les coupes, le tumulte, d'un coup, tomba ; les regards se portèrent sur le capitaine qui, debout, appelait :

— Maury, Herbillon, Virense, approchez, verre en main.

Ils obéirent.

— Trinquons.

Posant sur la table sa coupe épuisée, il tira de sa poche trois feuilles, en prit une au hasard et lut :

« Citation à l'ordre de l'armée : Herbillon Jean-Pierre, aspirant observateur à l'escadrille 39. Le 15 mars, sous un feu violent des batteries anti-aériennes, mène à bonne fin un réglage difficile. Le 26, de concert avec son pilote, abat un drachen. Le 2 avril, assailli par deux avions, repousse l'attaque et termine sa mission. »

Thélis avait à peine achevé que Marbot clama :

— Allons, vous autres, un ban à faire trembler la baraque.

Pendant que la vaisselle résonnait, le capitaine fixait maladroitement une croix sur la vareuse d'Herbillon. Il lui piqua fortement la poitrine, et, tout à coup, Jean pensa :

— Je n'ai jamais eu si mal pour l'obtenir.

Maintenant Thélis lisait la citation de Virense et l'aspirant regagna sa place. Dans un engourdissement il vit tous les camarades venir heurter leurs coupes contre la sienne. Il répondait machinalement aux félicitations, mais il s'était comme détaché du groupe amical qui l'entourait et un sentiment bizarre de solitude remplaçait son animation récente.

C'était donc là ce dont il avait rêvé ainsi que d'une merveilleuse récompense ! Ce qu'il avait considéré avec un désir religieux sur l'uniforme des autres ! Thélis, son chef et son camarade adulé, le décorait de sa main et nulle fierté ne se levait en lui, pas même une émotion ! Était-ce la surprise qui tuait la joie lorsqu'elle aurait dû l'accroître !

Un instant d'examen loyal suffit à lui faire pénétrer la raison de son étonnante indifférence : il ne méritait point cette croix ou, du moins, il n'avait, pour la conquérir, rien accompli de rare. Il se rappela les termes de la citation. Certes, ils exprimaient des faits réels, mais ils supposaient un effort décisif, une intervention active du courage qui n'avaient point joué. En les pesant, il eut l'impression d'une tricherie de sa part.

Il avait bien achevé un réglage alors que les flocons noirs le serraient de si près qu'il lui avait semblé pouvoir les cueillir ; mais ils lui paraissaient tellement inoffensifs qu'ils ne le troublaient point. Il avait bien, avec Maury, mis le feu à un ballon captif, mais le ciel était alors net de tout ennemi et cela ne fut qu'un exercice de tir à la cible. Il avait bien été mitraillé par deux chasseurs allemands, mais leur maladresse fut surprenante et ils avaient sans raison abandonné le combat, lui laissant le champ libre pour finir sa reconnaissance.

En ces occasions il avait eu la chance d'être inaccessible à la peur comme aux éclats et aux balles, mais chacun de ses camarades sur le vaste front en faisait autant à chaque sortie. A ce compte ne devait-on pas les décorer tous et tous les jours ? Où était le mérite singulier, l'acte éclatant qui le désignait ?

Il tourna des yeux chargés d'inquiétude vers les visages familiers, pour y trouver une explication, mais il n'y découvrit qu'une affection paisible.

A ce moment, Claude revenait avec sa décoration. Et Jean découvrit sur le visage sensible l'indifférence douloureuse dont lui-même était plein. Il pensa :

« Lui saurait me dire. »

Jamais depuis son retour il ne s'était senti si près de Claude, ni aussi privé de ne pouvoir se confier à lui. Percevant cet élan confus, Maury espéra que l'incompréhensible malaise, qui s'épaississait entre eux chaque jour davantage, allait fondre enfin en cette heure qui, aux yeux de l'escadrille réunie, donnait ses lettres de noblesse à leur équipage.

— Cette croix, dit-il à mi-voix, n'a pour moi que la valeur d'avoir été reçue en même temps que la vôtre.

Avant que le jeune homme pût répondre, Thélis, qui avait aperçu Claude se pencher vers son observateur et qui aimait qu'un sentiment plus profond qu'une simple camaraderie unît les membres d'un équipage, cria :

— Maury, Herbillon, vous n'avez pas honte ? Vous avez oublié de trinquer. Et puis, lorsqu'on décroche une palme ensemble, il est d'usage ici de s'embrasser !

Claude se leva. Toute la tendresse qu'il nourrissait encore pour Herbillon palpitait obscurément dans ses prunelles. Son grand corps malingre se tendit vers Jean. Mais le jeune homme ne bougeait pas.

L'eût-il voulu, que le geste demandé par Thélis eût été pour ses forces impossible. Ses membres refusaient d'obéir. Il ne donnerait point sous le regard loyal du capitaine, en face de ses camarades, ce baiser de Judas. Jusque-là sa lâcheté ne s'abaisserait point.

— Tu dors ? cria Thélis.

Herbillon, obstinément, regardait la table.

— L'animal est ivre ! dit le capitaine stupéfait. Secouez-le.

Mais Claude était retombé sur sa chaise, évitant de frôler le jeune homme. Il dit dans un sourire contraint :

— N'insistez pas, je vous en prie, mon capitaine. Je sais qu'Herbillon n'aime pas les tendresses publiques.

— L'enfant est fou, ma parole, grommela Thélis.

Puis, remarquant la gêne qui avait suivi l'incident, il cria :

— La séance est levée. Qui m'accompagne à la nouvelle batterie de 105 ?

— Moi, fit Jean, arraché à sa torpeur affreuse par la crainte de se retrouver seul avec Maury.

— Bébé se réveille, fit le capitaine. Bébé veut montrer sa croix aux artilleurs ! Enfin, comme je n'ai rien à te refuser aujourd'hui, je t'emmène.

Jean croisa soigneusement sa peau de bique, tandis que Thélis lui criait :

— Ramasse tes esprits. Je suis plus dangereux au volant qu'en avion.

L'air brutal se refermait sur leurs visages, la voiture lancée par la main hardie du capitaine dansait sur la route défoncée. La vitesse, qui toujours enivrait Herbillon, chassa les troubles souvenirs, les remords. Thélis irradiait vers lui sa joie de vivre.

Par un bizarre changement d'humeur il goûta enfin le plaisir de sa décoration. Son imagination qui se plaisait aux visions théâtrales lui peignit sous les plus glorieuses couleurs cette course démente, où, jeunes, braves, élégants, deux aviateurs roulaient vers les lignes. Et pour qu'on la vît, il dégagea sa poitrine à la place où pendait la croix.

Sans souci des trous d'obus, des ponts branlants, des virages meurtriers, le capitaine poussait la voiture à la limite de sa puissance. Jonchery, encore vivant, Cormicy, ravagé, s'évanouirent à leurs yeux. Mais à un croisement de routes, Herbillon heurta du front le pare-brise. Thélis freinait furieusement.

Un piétinement sans cadence animait le chemin camouflé qui venait des tranchées toutes proches.

— Une relève, dit le capitaine. J'ai failli la couper en quatrième.

Les soldats passaient lentement. Leurs souliers difformes se posaient avec peine sur la terre dure. Le chargement pliait les dos. Toutes les faces, si disparates fussent-elles, portaient la même empreinte, on eût dit le même maquillage atroce et fraternel. Parmi la barbe qui rongeait les joues, les mêmes yeux s'ouvraient, immenses. Et il parut à Herbillon que ces yeux touchaient d'une haine jalouse leur automobile, leurs fourrures, leurs visages nets, bien nourris et tranquilles. Il songea brusquement au repas dont il sortait, au champagne... De sa main crispée, insensiblement, de peur que Thélis le remarquât, il cacha sa croix toute neuve.

4

Ils sautèrent en même temps de l'avion posé près des hangars. A voir la vibration qui parcourait leurs corps que la sécurité ne réussissait pas à détendre, Marbot comprit tout de suite.

— Un coup dur ? demanda-t-il.

— Cette fois, dit Herbillon, je crois bien que j'ai eu peur.

— Il n'y a pas de quoi te vanter, fit paisiblement le gros homme.

Jean et Maury parlèrent en même temps. Ils avaient été surpris par deux chasseurs, singulièrement habiles et tenaces. La mitrailleuse de Claude avait été faussée par une balle ; celles de l'aspirant n'avaient pu servir, les ennemis se tenaient toujours sous l'appareil. Ils avaient entendu siffler les balles incandescentes et c'était pur miracle qu'ils n'eussent point brûlé en l'air.

Marbot s'approcha de leur avion.

— Belle écumoire, remarqua-t-il. Vingt-huit trous dans le fuselage.

— J'ai mal au bras, dit soudain Maury.

Herbillon voulut défaire la combinaison de son pilote, mais s'arrêta. La manche était déchirée à la place que montrait Claude et la fourrure roussie.

— C'est le vent de la balle qui vous a meurtri, dit Jean.

— Et toi-même ton chandail est à jour, remarqua Marbot.

Jean regarda son torse. A sept endroits différents chandail et vareuse étaient percés.

Il aspira l'air avidement. Claude avait eu le même réflexe. Ils se regardèrent avec une impression hallucinante d'identité. La tension terrible qui venait de fondre en un bloc leurs craintes et leurs espérances persistait en eux. Il leur semblait qu'au geste de l'un devait continuer à répondre le mouvement complémentaire de l'autre. Le danger dont ils sortaient, plus pressant que tous ceux qu'ils avaient jusque-là courus ensemble, rendait plus parfaite encore qu'à l'ordinaire la fusion de leur instinct de vivre.

— Mais comment vous êtes-vous endormis ? s'écria Marbot. Vous avez pourtant bon œil tous les deux, il me semble.

De nouveau, ils croisèrent leurs regards, mais pour les détourner aussitôt, cette fois. Le songe qu'ils poursuivaient, là-haut, sous le ciel pâle, au moment où crépitèrent les premiers coups de feu, revint les visiter.

Maury pensa :

« Pourquoi les lettres d'Hélène cachent-elles une anxiété depuis le retour d'Herbillon, changé ? »

Et Jean :

« Claude me soupçonne-t-il déjà ? »

C'était la hantise qui souvent assoupissait aux heures de vol l'acuité de leur attention et de leurs sens. Mais comment l'avouer à Marbot ? Tous deux répondirent par une vague défaite.

Ils se dirigèrent vers leur baraque, échangeant quelques machinales réflexions sur leur combat. L'émotion pareille dont il avait chargé leur corps se dissipait difficilement. Mais cette communion d'espèce mécanique, loin d'apporter un apaisement au malaise méfiant qui s'emparait d'eux lorsqu'ils se trouvaient ensemble, ne faisait que l'accroître, car elle les rendait plus pénétrants pour des mouvements de leurs âmes qu'ils auraient voulu tenir secrets.

C'était l'heure des lettres. Au mess, les enveloppes décoraient la table de leurs couleurs vives. Dès la porte, ils distinguèrent celles qui leur appartenaient, mais Herbillon serra ses mâchoires pour ne rien laisser transparaître de l'émotion qui l'agitait : il y avait — et presque côte à côte — deux lettres de Denise, l'une pour Claude, l'autre pour lui. La sienne avait beau être d'une écriture déformée et d'un papier différent, il pensa que Maury ne s'y tromperait point. Un mouvement rapide le porta vers la table avant son compagnon. Il saisit le courrier, s'écriant pour expliquer sa hâte :

— Cela fait plaisir en venant du danger.

Pour se débarrasser de cette enveloppe qui crispait ses doigts il la froissa brutalement, la jeta sous la table.

Il allait passer dans sa chambre lorsque Maury le retint.

— Vous n'avez pas envie de vous réchauffer un peu ? dit-il en montrant le bar.

Puis, avec une ironie triste :

— Vous devenez bien sobre en ma compagnie.

Une mélancolie profonde s'empara du jeune homme. Il fallait que son compagnon désespérât vraiment de leur amitié pour vouloir la ranimer par des moyens si grossiers et qui lui répugnaient naguère, mais il n'eut pas la force de repousser ce misérable appel.

Cependant leur joie de la mort évitée, devenue inconsciente, accordait quelque répit à leur gêne mutuelle. Le vin qu'ils burent avait une saveur plus vivante que de coutume ; les meubles primitifs du mess leur donnaient une singulière tranquillité domestique. Une sorte d'équilibre superficiel maintenait en suspens leurs pensées douloureuses.

Maury, qui avait jusque-là retardé la lecture qui suffisait à changer pour lui la tonalité de la lumière, ouvrit la lettre de sa femme. Herbillon, noyé d'un bien-être animal, rêvait.

Sentant le regard de Claude appuyé sur son visage, il releva le front, et ne put réprimer un tressaillement. Les traits de Maury portaient un tel effroi mêlé à tant de désir de savoir, qu'il dit malgré lui :

— Vous avez de mauvaises nouvelles ?

— Pourquoi me demandez-vous cela ? cria presque Maury.

— Vous avez l'air si défait.

Claude sauta de l'escabeau qui le soutenait et se mit à marcher à travers le mess. Jean connaissait bien ces promenades d'automate mal construit et qui avaient pour but de dompter une émotion trop vive. Lorsque Maury s'arrêta, il avait réussi à tendre de calme son visage.

— Vous vous trompez, dit-il. Simplement, les balles m'ont énervé.

Il reprit la lecture de sa lettre mais artificiellement et trop vite, ainsi qu'on le voit faire au théâtre par de mauvais acteurs qui feignent trop grossièrement de découvrir une phrase qu'ils connaissent déjà. Et, brusquement, il dit :

— Hélène me demande de vos nouvelles.

Herbillon mit très longtemps à faire glisser la gorgée de vin qu'il avait dans la bouche.

— Votre femme est très aimable, murmura-t-il enfin.

— Le mérite vous en revient tout entier, car à l'ordinaire mes amis ne comptent guère pour Hélène.

— Oh ! c'est pure politesse, fit le jeune homme en serrant son verre à le briser.

— Non, je vous assure, insista Claude. Elle met à ses questions un intérêt dont je suis ravi puisque vous en êtes l'objet.

Il avait appuyé sur les dernières paroles avec tant d'amertume que Jean sortit sans répondre. Les yeux de Maury erraient comme hébétés à travers la pièce.

Absorbé par les travaux et les jeux quotidiens, Herbillon ne put, jusqu'au soir, réfléchir comme il l'eût désiré à cette conversation. Sa valeur tragique lui apparut seulement lorsqu'il fut seul dans sa chambre et que la nuit profonde isola la baraque. Depuis son retour il n'écrivait plus à Denise bien qu'elle continuât à lui adresser des lettres pleines d'une fervente soumission. A bout de patience elle avait voulu recevoir de ses nouvelles par Claude.

Était-ce un calcul de sa part pour l'obliger à répondre ou simplement la marque d'une intolérable anxiété ? Herbillon haussa les épaules. Que lui importait de savoir ce qui avait gouverné ce mouvement ? Il n'avait pas à s'en indigner, à s'en irriter même, alors qu'il persistait à partager le sort de Maury, à accepter son amitié agonisante et qu'il n'avait même pas cette audace en sa lâcheté de rassurer complètement la confiance de son camarade.

Ce qui comptait maintenant, c'était le soupçon qu'il avait surpris ce matin dans le regard de Claude. Jusque-là ses réticences et sa froideur, son refus surtout d'étreindre Maury le jour de leur décoration les avait enveloppés d'une sourde et perfide méfiance. Mais désormais elle allait cerner dans l'esprit de Claude un doute précis et se résorber en lui comme en un ferme noyau.

Son silence n'avait servi de rien. La logique des passions dont sa jeune tête ignorait encore et la marche et le poids l'entraînait vers le point fatal qu'il voulait éviter. Une révolte le saisit contre ce développement inflexible d'une situation qu'il se croyait encore maître de dénouer à sa guise. Ce dynamisme indépendant de lui l'épouvanta sans le convaincre de sa toute-puissance.

Claude ne saurait que si lui, Jean Herbillon, le permettait. Maury pouvait soupçonner, suivre la piste juste —, privé de ses paroles, il ne trouverait rien !

Mais alors, il fallait joindre la simulation au silence. Il fallait vaincre le malaise né de son revirement, capter de nouveau, insensiblement, la tendresse effarouchée de Claude, reprendre les longues causeries, écouter les confidences, en inventer. Il fallait renouer la correspondance avec Denise, disposer artificieusement les rets de la duperie pour endormir une douleur près de se connaître. La trahison devait être parfaite en son ignominie.

Mais était-il capable de cette feinte incessante, odieuse ? Et l'essayât-il, Claude sans doute ne s'y laisserait pas prendre. Ils s'étaient livrés trop entièrement l'un à l'autre, leur équipage avait fait de leurs réactions un alliage trop intime pour qu'un mensonge aussi lourd ne fût pas dépisté. Cette cohésion maudite qu'ils portaient comme une nerveuse tunique de Nessus ne permettait certes pas à Claude d'apprendre un fait matériel, mais sur une nuance d'âme il ne se trompait point.

Alors, que faire ? Le jeune homme enfouit sa tête dans ses paumes cherchant un compromis inaccessible entre la dissimulation complète et l'aveu.

Mais son esprit fatigué par l'émotion du combat soutenu, par la tension de sa lutte intérieure, n'était plus capable que d'un effort dispersé. Les pensées se fragmentaient, s'accrochaient à d'inutiles détails. Des images sans lien voguaient en un cortège confus. Bientôt il n'y eut plus rien en lui qu'une attente vide.

Soudain il fut atteint de l'étrange et nette sensation qu'il éprouvait lorsque, dans sa carlingue, il *savait* que Maury se tournait vers lui.

— Voilà que je rêve, murmura-t-il. Il faut dormir.

Il se leva, mais sans parvenir à dissiper son inquiétude. Il subissait vers Claude une attraction si matérielle qu'il fit sans en avoir conscience un pas vers la porte. Se reprenant, il commença lentement à se déshabiller. Les gestes machinaux l'engourdirent encore et de nouveau l'appel obscur contre lequel il se débattait revint avec tant de puissance qu'il ne douta plus. La chambre de Maury exigeait sa présence.

Il traversa le couloir, tourna sans bruit le loquet. Claude penché sur sa table confrontait de ses doigts tremblants deux enveloppes. Dans l'une d'elles, Herbillon reconnut aussitôt celle que, le matin, il avait jetée sous une banquette du mess.

Maury l'accueillit sans étonnement.

— Je pensais que vous viendriez, dit-il.

La nuit était fort avancée. Dans l'ombre ne passait aucun souffle. Ils conversèrent très bas, s'attachant davantage aux regards qu'aux paroles.

— Vous avez ramassé mon enveloppe, dit Jean. Pourquoi ?

— J'ai cru reconnaître une écriture.

— Celle de votre femme ?

Claude, sans répondre, attendit et l'aspirant était si las qu'il eut la tentation de ne plus se défendre. Mais devant son silence, Maury avec une prière honteuse, qui dégradait son visage, demanda :

— Ce n'est pas vrai, dites ?

Alors Herbillon mentit ; avec art, avec douceur, il montra la folie, la puérilité des soupçons. Il n'avait vu Hélène qu'une fois et si peu. Comment Maury pouvait-il admettre qu'une correspondance fût née d'un bref entretien et qui n'avait roulé que sur lui ? Et comment soutenir l'hypothèse qu'elle écrivait à un homme dont elle demandait des nouvelles à son mari ?

Claude écoutait avec une attention qui gonflait les filets bleus de son front. Il demanda :

— D'où vient alors cet éloignement pour moi que vous avez rapporté de Paris ?

Jean le fixa durement, et, scandant chaque mot :

— Il y a en vous quelque chose qui repousse. Ne me l'avez-vous pas dit ?

Quand Herbillon fut sorti, Claude eut, un instant, un sentiment de délivrance. Ensuite il murmura :

— Il a été trop cruel pour dire vrai.

Cependant la logique de l'aspirant était valable, irréductible même. Jean ne s'était rendu chez sa femme que la veille de son départ. Rien ne pouvait les avoir liés en un temps si court.

Mais avec détresse Claude pensa que ce n'était là que du raisonnement.

Pour ne pas briser un équipage qui avait fait ses preuves, Thélis refusa, à Jean qui l'en priait, de lui donner un autre pilote. Et l'aspirant n'ayant pas voulu que le capitaine apaisât le différend que celui-ci supposait entre Claude et lui, Thélis ajouta :

— Vous aurez le temps de vous réconcilier. Nous allons au repos à la fin de la semaine.

5

Les filles du village de Baïes étaient venues, parées, voir arriver les aviateurs. Et chacun d'eux en sautant de carlingue aperçut avec joie leur troupe bariolée, image des jours de repos qui allaient se suivre dans la paresse et la sécurité.

Le village était charmant, fait de maisons basses aux toits économes et penchées ainsi que des petites vieilles.

L'église ancienne s'habillait de lierre. Tout près un noble parc se composait autour d'un château dont les fenêtres étaient closes.

Le hasard des billets de logement mena Herbillon dans une grande chambre tapissée de papier à humbles fleurettes pâles où le bois lourd et poli des meubles sentait la cire fraîche. Abandonnant à Mathieu le soin de défaire sa cantine, l'aspirant s'en fut prendre les instructions de Thélis :

— Vous êtes en vacances, dit le capitaine aux camarades assemblés. J'en profite pour aller en permission. Maury prendra la sinécure du commandement. Amusez-vous et ne faites pas trop de bruit.

Les soldats emmenèrent des filles dans le grand parc où la chaleur de juillet tenait chaque feuille étalée et immobile.

Le conseil fut suivi fidèlement. Les avions restèrent enfermés dans les hangars et seuls, les très jeunes pilotes, pour séduire un cœur difficile, exécutèrent parfois au-dessus du terrain des acrobaties propres à leur rompre le cou.

Herbillon découvrit vite que Baïes offrait des ressources médiocres à son agrément. Quand il eut traîné ses bottes sur les herbes fléchissantes qui dormaient sous les arbres et qu'il eut essayé en vain de nouer une aventure avec les beautés assez malpropres du village, il se trouva devant la face odieuse de l'ennui. Il tenta de lire, mais s'apercevant que les mois qu'il avait passés dans le désœuvrement lui rendaient fatigant tout livre qui ne fût pas stupide, il regretta la vie mécanique de l'escadrille où les jours se dissolvaient en un vol monotone mais rapide.

Maury habitait la maison où s'étaient installés les bureaux. Il signait des papiers, assurait l'ordinaire de la troupe et se promenait longuement dans les allées solitaires du parc. Sa faculté de rêve, de réflexion et le doute qui l'absorbait lui rendaient insensible la fuite du temps. A force d'examiner sous tous les aspects ses rapports nouveaux avec Jean, il s'était arrêté à une explication qui calmait son inquiétude : il croyait que l'aspirant avait été simplement sensible au charme de sa femme et qu'il en souffrait.

Connaissant l'intransigeance juvénile d'Herbillon, Maury estimait que ce motif suffisait à Jean pour briser leur affection. Porté par sa nature aux suppositions les plus défavorables pour lui, il admettait même qu'Hélène n'eût pas subi sans émoi la séduction de l'aspirant, qu'il jugeait invincible. Mais certain que ce trouble, privé d'aliment, ne pouvait être que passager, il se rassurait peu à peu. Et il découvrit aux lettres de sa femme, empreintes pourtant d'une tendresse égale, un accent plus profond.

Le repos imposé à leur équipage et qui les rendait moins perméables l'un à l'autre contribuait à cet apaisement. Une sorte de trêve s'était établie entre eux.

Lorsque l'aspirant, qui traînait son désœuvrement accablé, rencontrait la haute silhouette de Claude, il éprouvait un impérieux désir de lui parler. Ils échangeaient quelques paroles, mais trop d'angoisses et de luttes intimes avaient rongé, meurtri leur affection pour qu'il pût reprendre avec Maury ces entretiens subtils où fondaient les heures.

Après l'avoir quitté il se retrouvait seul avec un ennemi d'autant plus intolérable qu'il emplissait un repos qu'il avait imaginé riche de fêtes.

Aussi eut-il un tressaillement de joie lorsque le sous-lieutenant pilote Narbonne vint lui proposer de fonder un poker stable.

Son camarade occupait dans le seul hôtel-café du village une chambre basse encombrée de photographies sous verre, de fleurs artificielles et d'images de piété. Le soir, Herbillon y trouva Charensole, Michel, Virense et le *toubib*. On lui raconta en riant que Marbot, pressenti, avait refusé avec une farouche véhémence. Une bouteille de cognac, une boîte de cigares, des paquets de cartes chargeaient la table. Déjà, la fumée changeait la couleur de la lumière des lampes, mais elle grisa le jeune homme comme une bouffée d'opium.

Il échappait aux soirs mornes, aux rues du village qu'il avait en deux soirs appris à connaître jusqu'à l'écœurement, à l'alcool solitaire absorbé sur une table poisseuse. Son évasion lui donnait un tel plaisir qu'il joua follement sans même s'enquérir de ce que valaient les jetons alignés devant lui. Narbonne, qui était riche, montrait une insouciance pareille. Leurs camarades en profitèrent. Se levant de table au moment où l'ombre lavait la tache d'encre que la nuit faisait aux vitres, Jean constata qu'il avait perdu toute sa solde. Comme ses parents lui envoyaient le double de son montant chaque mois, il ne regretta rien.

Il fut plus attentif le lendemain, mais sa nature impétueuse ne pouvait lutter à chances égales contre des hommes pour qui le jeu n'était qu'un divertissement passager. Lui aimait le risque pour le risque même, incapable de prendre de l'intérêt à un coup sans y engager plus qu'il ne pouvait raisonnablement le faire. Un vertige le saisissait en face de cette quintessence d'aventure brutale et rapide qu'est une combinaison de cartes.

Le sachant, il s'abstenait, à l'ordinaire, de jouer, mais une fois gagné par l'enivrement morbide, rien ne l'y put ravir.

De la salle du bas, montaient des refrains ivres et l'écho de querelles sans acrimonie. Le sang circulait plus abondant, plus nourri dans ses veines. Un coup hasardeux réussi le soulevait d'un orgueil immense, d'un sentiment de victoire auprès duquel pâlissait tout autre triomphe. Un bourdon fiévreux murmurait à ses oreilles et par tout son corps circulait cette béatitude spéciale, angoissante et artificielle, que versent les stupéfiants.

Dès lors, il fut la proie du jeu. Sa vie entière, cadre vide, oscillait autour de l'axe que formaient les heures qu'il passait chez Narbonne. Il se levait très tard ; l'après-midi coulait, incolore, sous ses yeux rougis par les veillées. La fatigue imbibait son corps, trompait l'ennui. A mesure que s'épaississait le crépuscule, l'appétit du risque le ranimait et plein d'une joie frelatée, mais puissante, il gravissait les marches qui menaient à la chambre où les cartes attendaient. Là, il n'avait qu'une crainte, voir la partie cesser. Tant qu'il se trouvait à la table magique, un lourd enchantement pesait sur lui.

Cependant, il perdait avec régularité et bientôt n'eut plus d'argent. Narbonne lui fit une avance accompagnée de conseils de prudence. Herbillon les écouta distraitement, mais il lui fut assez pénible de demander à son père de nouveaux subsides.

En trois parties, ils furent épuisés et Jean dut encore s'adresser à son camarade. Mais ce soir-là avant que la partie commençât, le *toubib* dit à Narbonne :

— Mercier m'a demandé d'être des nôtres.

Narbonne hésita. Le commandant Mercier, chef du secteur, entrant dans leur groupe jeune et libre, n'allait-il point par ses galons et son âge introduire une contrainte ? De plus, il était connu dans toute l'aviation pour un partenaire dangereux, lucide, hardi, aimant les enjeux considérables, très large mais gagnant toujours. Il pouvait déséquilibrer une partie qui, pour être assez chère, évitait les enjeux excessifs.

— Il y tient beaucoup ? demanda Narbonne.

— Beaucoup, répondit le *toubib*.

Le lendemain, Mercier s'asseyait à leur table. C'était un homme carré d'épaules, de front, de mâchoires. Son visage semblait un masque de bois avec des yeux très clairs, comme dépolis par une fureur sombre et mal contenue, un désir inapaisable du risque. Bien que, par ses fonctions, il dût ne jamais voler, il partait souvent, sur un appareil de chasse, patrouiller seul. On admirait son courage indomptable, mais personne ne l'aimait.

Il sut pourtant dissiper rapidement la gêne qui suivit son entrée et parut se prêter de bonne grâce à un jeu pour lui trop modeste. Au bout d'une heure, voyant qu'Herbillon et Narbonne perdaient, selon leur coutume, il s'écria :

— Vous jouez vraiment trop mal. On vous dépouille.

— Nous avons de l'entraînement, mon commandant, fit Narbonne.

— Non, je vous assure, j'ai honte, insista Mercier. Faisons plutôt un chemin de fer. Là, chacun peut se défendre.

— C'est un peu dangereux, fit avec timidité le *toubib*. On se laisse entraîner.

— Allons donc ! Commençons petitement. A un louis la banque.

Les officiers s'inclinèrent. Narbonne ouvrit le jeu. Sa banque sauta, du premier coup. Avec des fortunes diverses, elle passa de main en main et l'on put noter que Mercier se bornait à suivre le jeu sans y prendre part.

Quand ce fut son tour d'être banquier, il déplia négligemment un billet de cent francs et dit :

— Je n'ai pas de monnaie, messieurs, mais vous n'êtes pas forcés de couvrir ma mise.

Les joueurs étant nombreux, elle le fut facilement. Mercier gagna. Ses deux cents francs furent également tenus. Il gagna encore.

— Vingt louis en banque, dit-il paisiblement.

Quelques mains posèrent de faibles enjeux, mais Narbonne, pour faire plaisir au commandant, déclara :

— Je fais le reste.

Mercier eut encore le meilleur jeu.

Il regarda la somme, doublée, réfléchit.

— Je donne encore une fois, dit-il enfin.

— Je tiens, dit Narbonne.

Il perdit. Alors le commandant ramassa les billets, repoussa les cartes et fit en plaisantant :

— Qui rachète la banque ?

Narbonne, énervé, crut-il distinguer un défi dans la phrase, cherchait-il une revanche ou était-il simplement à cet instant inéluctable du jeu où s'oublie la valeur de l'argent ? Jamais il ne le sut, mais ses camarades, étonnés, l'entendirent s'écrier :

— Moi, mon commandant.

Et il étala seize billets de cent francs.

Mercier dit en riant :

— Je ne joue jamais le premier coup contre ma banque. A vous, messieurs !

On ponta, mais faiblement. Les cartes données, Narbonne abattit : il avait neuf.

— Allons, tant mieux ! fit Mercier.

Et les officiers virent passer dans ses prunelles l'éclat avide et cruel des heures d'envol.

— Banco, dit-il.

Il regarda son jeu et déclara :

— Je n'en veux plus !

Narbonne avait trois.

— Je crois que j'ai fait une mauvaise affaire, dit-il en prenant une carte.

Mais il retourna un cinq.

— Beau tirage, fit le commandant. Il me coûte cent louis. Vous en retirez ?

— Je continue.

— Alors, banco !

Narbonne abattit neuf. Mercier lui tendit quatre mille francs. Un grand silence se fit dans la pièce, car on savait le commandant riche seulement de sa solde. Mais le visage carré ne bougea point et la voix était très calme lorsqu'il dit :

— Cette main passe sept fois. C'est rare.

Narbonne, embarrassé, tambourinait sur la table. Il ne voulait point se retirer avec un gain si fort et, d'autre part, comment continuer une telle partie ? Il rencontra les yeux du commandant et crut discerner dans leur dure flamme une sorte d'imploration qui lui fit mal. Il proposa :

— Encore, mon commandant ?

— Volontiers.

Tous les regards se portèrent sur eux. L'enjeu était de huit mille francs et l'attrait morbide du gain brusque, de la fortune hasardeuse, de la somme engagée, semblait monter de la table en exhalaisons malsaines.

— Je veux bien une carte, dit Mercier.

Mais en voyant le roi que Narbonne lui tendit, il eut une crispation dans les mâchoires.

Le lieutenant avait six et partie gagnée, quand, à la surprise générale, il prit une carte.

« Il est fou, pensa Herbillon, ou bien il veut perdre. »

Narbonne tira un trois. Il avait encore amélioré son jeu.

— Je vous dois huit mille francs, mon cher, dit Mercier, et il fit mine de se lever.

— Mais non, mon commandant, je ne peux pas vous laisser ainsi, murmura Narbonne. Voulez-vous jouer votre dette ?

— Tout ou rien ! dit Mercier, d'une voix qui sonna dur dans la petite pièce.

Le *toubib* murmura à l'oreille d'Herbillon :

— A la rigueur, il aurait pu payer les huit mille. Les seize, jamais.

— Mais il est forcé de gagner, voyons. C'est mathématique.

Cette fois, les doigts de Mercier frémissaient légèrement en prenant les cartes. Il abattit huit. Narbonne avait neuf.

Le malaise fut tel que les jeunes gens baissèrent la tête pour ne pas voir la figure du commandant et les respirations retenues alourdissaient les poitrines. Mais Mercier dit sans attendre :

— Banco des trente-deux mille.

L'eût-il voulu, Narbonne ne pouvait se dérober. Et il gagna encore.

Et trois fois de suite, Mercier doubla la somme et perdit. Il devait un demi-million. Il semblait à tous le voir s'enfoncer dans un gouffre.

Que Narbonne persistât à accepter les mises, c'était une aumône

évidente du subordonné au chef. Et nul n'aurait pu dire qui était le plus
torturé : du commandant qui la recevait, malgré tous les usages, ou du
lieutenant qui, même, aurait triché pour perdre, s'il avait été sûr de ne
pas être vu.

Et pourtant, il allait continuer.

Mercier ne disait même plus : banco ! Narbonne ne l'interrogeait
même pas du regard. Il se bornait à donner les cartes, à les regarder, à
faire des tirages insensés et à gagner.

Car il gagnait toujours, poursuivi par une chance maudite, par un
acharnement prodigieux des cartes à se disposer de manière à lui donner la supériorité. C'était un défi à tous les calculs, à toutes les probabilités, à toutes les vraisemblances et il semblait que, la nuit entière, il
en irait de même.

Enfin — après avoir passé dix-huit fois — Narbonne eut le dessous.

Mercier se leva et sortit, sans un mot, sans toucher à l'argent qui
traînait sur la table et qui, de droit strict, lui appartenait.

On n'ébaucha pour le retenir ni une parole ni un geste.

Le matin même, l'escadrille apprit que le chef du secteur, ayant
voulu essayer son nouveau moteur, s'était tué au départ. Et, craignant
de livrer leurs pensées, les camarades, réunis au mess, dirent :

— Encore une perte de vitesse.

Quand ils se retrouvèrent chez Narbonne, les voix furent étouffées,
les paroles rares, mais le jeu fut mené avec furie. Il semblait que l'aventure de Mercier, loin de servir d'avertissement, attisât les passions. Les
sommes qui, la veille, avaient traîné sur cette même table laissaient une
sorte de vertige. La notion des valeurs en était faussée. Les visages
durcis, l'accent plus bref, trahissaient l'instinct primitif et cruel de la
victoire qui faisait oublier leur amitié à ces hommes unis par tant de
liens. On eût dit que la mort les surveillait de ses yeux pâles. Narbonne,
à qui sa fortune laissait une indifférence relative, avait parfois, en regardant ses camarades, un sentiment d'effroi.

Plus sensible encore que les autres à cette étrange influence du disparu, croyant étreindre en ses cartes l'essence même de sa vie soumise
au hasard, Herbillon étonna chacun par son audace insensée.

En rentrant dans sa chambre où les fleurettes passées des murs émergeaient déjà de l'ombre, il se jeta sur son lit sans même enlever ses
bottes et voulut s'endormir pour tout oublier. Il avait perdu, sur parole,
huit mille francs. Mais le sommeil fuyait sous la poussée obsédante
des visions de jeu.

Cœurs saignants, carreaux plats, trèfles mouchetés, piques dardant
leurs pointes funèbres, visages impassibles et mystérieux des rois, des
valets et des dames, ils défilaient sous les paupières brûlantes, sous le
front douloureux, cortège maudit, ronde ensorcelée.

S'épuisant en vain à lutter contre cette possession, le jeune homme
alla vers la fenêtre ouverte sur l'aube d'été. Du jardin monta comme

une vague l'arôme des œillets poivrés. A l'horizon une bande rose rongeait doucement le ciel obscur. Devant l'éveil du matin virginal, Herbillon se sentit misérable et marqué de souillure.

Comme la mort de Mercier avait fixé l'attention de l'escadrille sur les soirées de Narbonne, Claude n'eut point de peine à deviner pourquoi une expression hagarde dilatait le visage d'Herbillon. A la tendresse qui, malgré son angoisse latente, veillait chez lui pour le jeune homme, se joignit un sentiment de responsabilité. Le capitaine ne lui avait-il pas laissé la charge morale de ses camarades ?

Il prit le bras de l'aspirant et ce geste pénétra Jean de reconnaissance. Il avait en ce jour tellement besoin de secours et d'appui ! Et la pensée de Denise s'évanouissait dans la première conscience qu'il prenait de son désastre.

Ils cheminèrent en silence jusqu'au vaste parc où la chaleur et la lumière coulaient en ondes atténuées.

— Vous avez beaucoup perdu ? demanda Maury avec bonté.

— Trop !

— Il n'y a pas de quoi désespérer. Vous êtes jeune, désœuvré...

Il ajouta d'un ton qui enlevait tout reproche à sa remarque :

— Et vous vous sentez tout permis parce que la mort est notre plus proche compagne.

Ses paroles s'étalaient comme un onguent sur les souffrances d'Herbillon. Elles citaient l'excuse dont il n'osait plus se couvrir en ayant trop usé. Et il pensait amèrement que cette même excuse l'avait poussé une dernière fois vers la femme de celui qui maintenant le consolait.

Affaibli par son anxiété, ses insomnies, il murmura :

— Ah ! si nous étions restés les mêmes, je ne serais pas allé jusque-là.

Une émotion qu'il connaissait trop bien rendit lumineux le regard de Maury.

— Jean, dit-il, rien sur terre ne meurt tout à fait. Pour l'instant, promettez-moi de ne plus retourner chez Narbonne.

Il avait mis tant d'affection dans sa voix que le jeune homme, un instant, eut l'illusion que leur amitié était prête à renaître.

— Laissez-moi regagner, s'écria-t-il, et je vous jure que je m'arrête.

— Résignez-vous, cela vaut mieux.

— Je ne peux pas. Je dois trop.

— Combien ?

— Huit mille, dit Jean, à voix basse.

— Écoutez, fit Claude résolument. Je vous les prête. Vous me les rendrez peu à peu.

Aussitôt, il pâlit. D'un geste brutal, inconscient, Herbillon l'avait repoussé. La répulsion frémissante qui fit crier au jeune homme son refus réveilla chez Maury, plus âpre et plus certaine, cette épouvante qu'il croyait à jamais endormie.

6

A la mémoire du capitaine Thélis Vachon

Le repos fut rompu le jour même où Thélis revint de permission. L'escadrille recevait l'ordre de se porter sur un terrain aménagé à la hâte près de Coulommiers pour prendre part à la deuxième bataille de la Marne.

Quand le capitaine communiqua ces instructions aux camarades, l'échine des plus insouciants fléchit un peu sous la crainte. Ils se comptèrent du regard en pensant à ceux qui bientôt manqueraient, car aucun d'eux ne pouvait admettre qu'il fût marqué lui-même pour la fatale échéance. En même temps, une fièvre gagnait les plus jeunes, ceux qui n'avaient encore connu que des fronts calmes et qui attendaient des grands mouvements la moisson des exploits.

Herbillon, qui s'imaginait être un vieil observateur, fut également la proie de cet enthousiasme. Un vent purificateur passait sur lui. Qu'importaient et les pertes qu'il avait faites et le dégoût de lui-même dont il s'était imprégné auprès de la campagne où ils allaient entrer ? Le jeu continuait, mais avec la mort pour partenaire. Cette partie-là effaçait toutes les autres.

Une heure après la réunion chez le capitaine, les avions s'envolaient en groupe. Chaque appareil emportait, outre son équipage, un mécanicien pour que, dès l'arrivée au nouveau terrain, l'escadrille fût prête au travail.

Le bruit du canon les accueillit à l'atterrissage. La rumeur lointaine, appel et menace à la fois, faisait aux paroles comme aux gestes un fond grave. Des tentes blanchissaient sur le terrain ; chacune devait abriter un équipage.

En pénétrant dans la sienne où deux lits de camp étaient dressés côte à côte, Herbillon songea que son intimité physique avec Maury allait devenir plus étroite. Mais il chassa résolument le malaise qui, à cette pensée, s'insinuait en lui. Ce n'était pas l'heure de s'abandonner aux déchirements intimes. Il fallait tendre toutes ses forces pour la tâche qu'annonçait le grondement sourd de l'horizon.

Il rencontra Thélis qui venait du nouvel état-major. Jamais le jeune homme ne vit au capitaine visage si beau. Le feu du regard, tout l'élan du corps disaient la joie de l'effort, de la lutte, l'enivrement profond d'une grande œuvre à pétrir.

— Quelle chance j'ai ! cria Thélis. Sortir de permission pour tomber dans un pareil travail !

Trouvant dans l'émotion de l'aspirant le reflet de la sienne, il ajouta :

— Tu es content, hein, bleusaille ?

Il devint tout à coup sérieux :

— Mais ouvre grands les yeux, dit-il. Tu ne sais pas encore ce qu'est un secteur en feu.

Une ombre flotta dans ses prunelles comme si, d'avance, elles assistaient à l'hécatombe des camarades. Il dit d'une voix si timide que Jean la reconnut à peine :

— Souviens-toi d'une chose, Herbillon. Je suis très croyant. S'il m'arrivait de ne pas rentrer, qu'on dise une messe.

Sans laisser le jeune homme répondre, il courut à son appareil, car il partait, le premier, reconnaître la figure du front.

A son retour, la lumière fondait imperceptiblement. Une table fut dressée en plein air et l'on dîna de conserves, le cuisinier ne devant arriver que le lendemain avec du matériel roulant. Au cours du repas, Thélis distribua le travail. Deux avions reconnaîtraient chaque matin l'avance et les travaux ennemis, trois assureraient les réglages, deux effectueraient la patrouille du soir. Enfin, un équipage se tiendrait en alerte permanente pour remplir les missions d'urgence.

Herbillon et Maury prirent leur tour de surveillance un jour plus tôt qu'il n'était prévu au tableau de service. La veille, Charensole et Brûlard n'étaient pas revenus.

L'aspirant errait sur le champ sommairement déblayé parmi les moissons couleur de miel et songeait aux vols qu'il avait déjà faits sur le nouveau front. Ils avaient été calmes, malgré le tir dangereusement précis d'une batterie embusquée près de la Marne. Mais le péril latent qui guettait leur équipage avait tendu avec une rigidité plus grande que jamais les fils mystérieux qui le liaient à Claude et que le repos avait légèrement relâchés.

Ils retrouvaient les rythmes concordants de leurs émotions, mais aussi la morsure plus vive de leur souffrance. Herbillon devinait que Maury était parvenu à cette limite extrême du soupçon où tout apparaît comme possible. Sa raison venait buter encore contre ce qu'il estimait une impossibilité matérielle ; son instinct, lui, ne doutait plus. Et le jeune homme discernait chez Claude une affreuse certitude que celui-ci ignorait peut-être lui-même, mais qui répandait sur son visage une détresse d'animal touché à mort.

L'ombre d'un avion sur le sol vint détourner le cours de sa rêverie. Virense rentrait avec Michel. La douceur de l'atterrissage montra la science du pilote. Jean se dirigea vers l'appareil pour interroger les camarades. Mais aucun d'eux ne sortait des carlingues. Herbillon appela sans obtenir de réponse. Sourdement inquiet, il se hissa sur le marchepied du pilote et retint un cri. Le gouvernail, les parois, le coussin de cuir étaient couverts de sang et Virense affaissé sur le siège avait les yeux clos. Le regard du jeune homme plongea dans la carlingue de l'observateur : une manière de tas humain gisait sur les planches.

Devant cet appareil sinistre, qui était revenu, semblait-il, de lui-même déposer les deux corps inertes, Herbillon frissonna.

On sut plus tard que Virense, le poignet droit brisé par un éclat d'obus, avait eu la force de piloter son avion chargé d'un cadavre jusqu'au terrain et s'était évanoui aussitôt que les roues avaient touché le sol.

Narbonne qui devait partir grommela, les sourcils froncés :

— La mauvaise passe.

Il croyait fermement — et l'expérience générale confirmait cette foi — que la mort, comme le jeu, se plaisait aux séries. Néanmoins il fit signe gaiement au mitrailleur Sorgues qui montait avec lui.

Une heure passa. Tout à coup, Herbillon tressaillit, leva la tête. Dans le ciel embué de brume fine, il ne distingua rien et cependant l'air résonnait d'un faible crépitement.

— Maury ! appela le jeune homme.

Claude sortit de la tente et s'écria sans que Jean l'eût averti :

— Mais on se bat là-haut.

Ils écoutèrent quelques secondes et ne doutèrent plus. Des mitrailleuses claquaient à bord d'avions invisibles. Pâlis, ils échangèrent un regard.

Claude hésita :

— Ils sont au moins à cinq mille, dit-il. Nous n'aurons pas le temps.

Il avait à peine achevé que Jean lui meurtrit la main.

— C'est fini, murmura-t-il.

Du haut du ciel, de si haut qu'un instant encore Maury douta, une étincelle tombait. Elle grandit vertigineusement, hirondelle ardente, bloc de feu, avion en flammes.

Une troupe de pilotes et de mécaniciens avait surgi des tentes, des exclamations jaillissaient.

— Est-ce un Français ?

— Oui, un Salmson.

— Poursuivi jusqu'au terrain.

— Un des nôtres.

— Narbonne.

Perçant cette rumeur, Maury cria :

— Il ne tombe pas ; il pique volontairement. C'est clair, il est encore vivant.

Frappés d'angoisse impuissante, ils assistèrent à cette lutte suprême de leur camarade qui, par la vitesse de sa chute, essayait de toucher le sol avant l'embrasement total. Ils l'imaginaient écrasé contre le gouvernail de profondeur, le moteur lancé à pleine puissance, crispé dans sa volonté furieuse de jeter l'appareil sur ce champ que lui cachait la chevelure brûlante qui le précédait.

Des paroles que la raison ne contrôlait plus rythmaient ce combat désespéré.

— Pourvu que les ailes tiennent !

— On entend le moteur.

— Le voilà sur nous !

— Place ! Place !

Mais personne ne bougea. La torche ailée était à une dizaine de mètres au-dessus du terrain et tous pensaient avec épouvante à cet atterrissage dément, lorsqu'une clameur s'éleva unanime :

— Il saute !

Une masse enflammée se détacha de l'appareil et s'écrasa sur le sol. En même temps l'avion ardent, heurtant d'un choc sourd le champ de blé voisin, s'y enterrait à demi.

Herbillon et Maury se ruèrent les premiers vers le pilote. Ils ne trouvèrent qu'une boursouflure énorme. La peau glissait en lamelles laissant apparaître une chair noircie. Dans le visage tuméfié, tous les traits avaient fondu en une graisse grumeleuse. Ni Claude ni l'aspirant ne reconnurent leur camarade et l'horreur qu'ils éprouvèrent ne laissa pas de place à la pitié.

Mais un tremblement nerveux les agita. De cet amas informe, en qui rien ne rappelait celui qu'ils avaient vu partir une heure auparavant, une voix s'élevait, la voix familière, la voix qui résonnait au mess, à la table de jeu, qui riait avec tant de franchise. Loin de délirer, elle était animée d'une conscience lucide. Et de ses lèvres qui n'étaient plus qu'une pâte molle, cet étranger monstrueux et brisé fit, par la voix intacte de Narbonne, ses recommandations suprêmes.

Ce même jour, le corps d'armée chargea l'équipage alerté de photographier les ponts de la Marne.

La mission était dangereuse entre toutes. Thélis, qui était revenu des lignes et dont le front était chargé d'une fureur douloureuse, résolut d'assurer avec le *toubib* la protection de Claude.

Les trois avions furent vite en ciel ennemi. Maury scruta l'espace et se tourna vers Herbillon. Un regard leur suffit pour sentir battre au même pouls toutes leurs facultés. De la minute qu'ils choisiraient pour s'engager au-dessus de la Marne dépendaient et le succès de leur mission et leur vie. L'appareil, de Dormans à Château-Thierry, devait se tenir à la même hauteur, aller à la même vitesse afin d'assurer la régularité des clichés. Il fallait être sûr que des avions allemands ne les rejoindraient pas au cours de ce vol méthodique.

Une dernière fois les yeux de l'aspirant fouillèrent le ciel avec une attention minutieuse, n'apercevant aucun point suspect. Il y avait bien, vers la Vesle, quelques nuages qui pouvaient dissimuler des ennemis, mais comme il ne voulait pas prolonger indéfiniment une attente dangereuse, Herbillon fit un signe à Claude ; lentement l'appareil vira. Derrière lui, les deux avions de protection reproduisaient avec fidélité ses mouvements.

A travers le hublot ménagé sous les pieds de l'aspirant, parut la coulée bleue du fleuve. Il rentra la tête dans sa carlingue et confia son destin à Maury, car la manœuvre du massif appareil photographique qui gênait la liberté de ses gestes allait désormais l'absorber tout entier.

Sous ses yeux la Marne glissait lentement. Régulier comme une

machine, il pressait la détente, escamotait les plaques. Et, invincible-
ment, l'image de Denise l'accompagna. Il aurait voulu qu'elle le vît,
adroit et lucide, auréolé de périls mortels, exécutant une mission qui
aidait la victoire.

Dans sa carlingue, les doigts serrés sur le gouvernail, l'oreille aus-
cultant le souffle du moteur, les yeux fixés tour à tour sur les cadrans
et sur le ciel, Maury songeait à la même femme.

Et tous deux — âmes jumelles d'une cellule unique — liaient leur
savoir et leur divination pour mener à bien la même tâche. Ils avaient
beau souffrir l'un par l'autre, se haïr même, leurs sens, leurs nerfs
emmêlés aussi étroitement que les commandes de l'appareil, tressail-
laient d'une mesure égale. Rouages intelligents de la frêle et puissante
machine qui les emportait, le même fluide circulait en eux.

Un avertissement mystérieux tira Herbillon de son travail. En même
temps l'avion piqua.

Des nuages perfides jaillissaient des étincelles sombres. C'étaient
douze avions allemands, mais du premier regard Jean vit qu'il se trouvait hors de danger ; Claude ayant prévenu à temps l'attaque, l'ennemi
ne les pouvait rejoindre.

Cependant la joie de cette sécurité se dissipa aussitôt. Thélis et le
toubib qui avaient également discerné l'approche de la patrouille
funeste, mais qui n'avaient pas voulu abandonner l'avion qu'ils protégeaient, étaient encore au-dessus de la Marne, et, déjà, les chasseurs
allemands fondaient sur eux. Comme de sources ardentes ruisselaient
les balles, tandis que les deux appareils piquaient vers le sud. Mais les
monoplaces plus rapides les rejoignaient.

Un sentiment d'épouvante étreignit le jeune homme devant cet
essaim de guêpes sauvages acharnées à tuer. Pendant une seconde qui
fut longue comme une vie douloureuse, il hésita. Il avait échappé au
péril ; se mêler au combat ménageait une fin presque certaine. Et,
conscient pour la première fois du péril, il eut peur, misérablement.

Maury, tourné vers lui, attendait sa décision, respectant la discipline
stricte qui soumet l'équipage à l'observateur. Jean, alors, *écouta* ce qui
vibrait dans le cœur de Claude. Il le sentit d'abord, comme lui, indécis,
puis se dégageant de sa lâcheté et prêt à tout entreprendre pour secourir
les camarades.

Il leva la main dans la direction du combat, et, brutalement renversé,
l'avion monta vers l'espace rayé de balles incandescentes.

Toute crainte avait fui le jeune homme. Il ne pensait à rien. De son
esprit vide, des ordres mécaniques allaient à son corps. Il assura les
chargeurs de ses mitrailleuses, vérifia la souplesse de la tourelle mobile.
Une forme ailée bondit sous ses yeux, serrée par d'autres. Par petites
rafales sèches, régulières et rapides, ainsi qu'on le lui avait enseigné à
l'école, il tira. La mitrailleuse de Claude lui répondit.

C'est à l'atterrissage seulement qu'il reconstitua la scène : les chasseurs surpris par cette attaque, leur flottement qui dura un temps inap-

préciable, mais permit à Thélis de se dégager, la manœuvre heureuse de Maury pour fuir de nouveau. Mais sur le lieu du combat il vit seulement un avion aux croix noires tomber comme un bloc vers la Marne, pensa :

« Je l'ai abattu. »

Et se retrouva soudain à quelques mètres du sol, tandis que la patrouille ennemie se dirigeait vers l'ouest.

Les yeux de Claude étaient encore sur lui, qui l'interrogeaient. Leur mission n'était pas terminée, la moitié des clichés demandés manquant. Herbillon écouta le moteur bruire allégrement. Rien, dans l'appareil, ne s'opposait à ce qu'il reprît la tâche interrompue. Mais leur protection n'était plus là et les chasseurs allemands n'avaient pas disparu de l'horizon.

Cependant, il sentit de nouveau que le même désir naissait, irrésistible, chez Claude et chez lui. Il enleva les rouleaux épuisés de ses mitrailleuses, les remplaça par de nouveaux. Maury n'avait pas eu besoin d'autre indication et se dirigeait vers le fleuve.

Ils reprirent la hauteur qu'ils avaient avant l'attaque et, commençant par Château-Thierry, ils suivirent la Marne en sens inverse. A l'instant même où, dans le hublot, Jean aperçut le pont ruiné qui marquait le recoupement final de ses clichés, la patrouille ennemie revenait vers eux. Mais elle ne pouvait plus les atteindre et bientôt apparurent les tentes du terrain. Cependant il fallut qu'Herbillon aperçût l'ombre de l'avion se rapprocher pour avoir le sentiment d'être sauf.

Thélis qui les attendait les étreignit avec emportement, mais lorsqu'il sut qu'ils avaient, seuls, achevé leur mission, il dit simplement :

— Je ne sais pas si j'aurais risqué la chose.

Les deux hommes sentirent qu'aucune récompense ne vaudrait pour eux cette parole.

Le capitaine continuait à les considérer avec une émotion profonde :

— Maury, Herbillon, fit-il doucement. Depuis longtemps je sais qu'il y a une ombre entre vous. Mais si vous ne voulez pas gâter ma joie, embrassez-vous aujourd'hui.

Cette fois, ce fut Claude qui détourna la tête.

Après l'avoir, en quelques jours, réduite de moitié, le sort épargna l'escadrille. Mais tous ses membres durent fournir un effort hors de mesure avec la résistance humaine. Les yeux brûlaient plus grands dans les faces tirées, les nerfs vibraient ainsi que des cordes trop sèches. Seul, Thélis réussissait par son exemple à maintenir parmi ses hommes surmenés et que la fin des camarades avait chargés de lourds pressentiments une bonne humeur fiévreuse.

Il volait tout le temps, pour toutes les missions, changeant d'appareils, emmenant les nouveaux observateurs qui remplaçaient les disparus, suppléant à leur inexpérience par une habileté sans égale, un courage sans défaillance. Aucune prière, aucun avertissement ne le pouvait retenir. Il était à cette limite d'épuisement que peut vaincre seulement un mouvement forcené. On eût dit qu'il voulait s'enivrer de fatigue et de péril pour oublier l'holocauste et attirer sur lui seul l'attention de la mort.

Il y parvint.

Un matin, guidé par une main peu sûre, un avion vint briser son train d'atterrissage contre le remblai d'un chemin creux dans la campagne de Meaux.

C'était l'instant indécis où la nuit laisse encore traîner dans la clarté de l'aube avec ses dernières ombres sa suprême douceur. La paix la plus vaste et la plus recueillie se referma sur le sillage impétueux dont l'appareil avait troué l'air immobile.

De la carlingue arrière se dressa l'ombre massive de Marbot. Une traînée rouge coulait de son épaule. Il descendit péniblement et marcha vers l'avant de l'avion. Comme le moteur affaissé touchait le sol, il put mettre sa tête au niveau de l'orifice d'où émergeait tout à l'heure encore le casque du capitaine.

— Thélis, gémit-il faiblement. Mon vieux Thélis.

Il ne s'étonna point de ne pas entendre la voix de celui qu'il appelait. A bout de forces, il s'accouda au rebord de la carlingue. Des images brouillées, où se résumaient trois années de luttes et de joies communes, glissaient en lui, mêlées de sensations de douleur physique.

Leur première sortie alors que Thélis était encore sous-lieutenant... Qu'il avait mal au cou... Le soir où ils avaient forcé une cave à Reims... La tête lui tournait... La voix du capitaine plus mordante qu'un clairon... Ses jambes fléchissaient... Et sur la vision du rire avec lequel Thélis montait en avion, il s'évanouit...

Le temps coulait. La masse confuse que faisait l'appareil émergeait lentement à la lumière. Thélis eut enfin le sentiment que le gouvernail de profondeur lui écrasait la poitrine. Arc-bouté contre le siège, il se releva et les premiers feux du soleil l'éblouirent. Avec des gestes dont il n'avait plus la maîtrise, il se dégagea de la fourrure qui l'étouffait, puis, ramassant ses forces défaillantes, glissa de la carlingue vers la terre toute proche.

Là ses pieds butèrent contre un torse, il tomba sur les genoux, chuchotant :

— C'est toi, Marbot. Tire donc encore.

De nouveau le silence flottait sur la plaine.

Thélis, accroché au fuselage de l'avion, se redressa et demeura sans mouvement. Ses lèvres desséchées aspiraient l'air avec un râle.

Lentement, confusément, le capitaine comprenait qu'il vivait encore ; du combat il ne lui restait que le souvenir du bruit agonisant du moteur, d'un choc. Et il se mit en marche. Sans but, uniquement pour fuir l'appareil brisé, le corps de son camarade et l'odeur du sang répandu autour de lui.

Les champs le tentèrent par leur tranquillité.

Il ne pouvait songer à rien. Il sentait son cœur bruire en lui comme un insecte frêle. L'air spacieux de l'aurore distendait ses muscles et il éprouvait, à se mouvoir, une légèreté trompeuse qui le faisait trébucher à chaque pas. Comme il n'avait plus conscience de son corps, ses bras l'étonnaient par leur mouvement de balancier déréglé. Parfois, il s'asseyait, sans le savoir. De son flanc gauche coulait une source tiède, mais il ne s'en apercevait point.

Infinie lui parut cette marche hallucinée à travers la campagne déserte, mais le soleil était frais encore lorsqu'il tomba une dernière fois. Il avait soif, mordit l'herbe grasse de rosée, voulut se relever, n'y parvint pas. Alors, il s'étendit sur le dos, les bras en croix et le ruissellement qui chauffait ses hanches se fit plus rapide.

Soudain, le matin s'anima. Une plainte suave traînait sous le ciel. Timide, elle effleurait la terre à sa naissance. Puis elle devint plus profonde. Des appels nouveaux l'enrichirent et renforcée, soutenue, elle vibra pleine et légère. Thélis, sans reconnaître le chant des cloches qui, dans un couvent voisin, sonnaient la messe de l'aurore, accueillit leur voix comme une amie, très vieille berceuse des enfances.

Il ne reconnut pas davantage le chœur féminin qui accompagna le froissement de l'airain et du bronze, mais le sentit à la douceur divine qui le baigna.

Il ne gisait plus dans un champ où l'avait traîné un corps déchiré. Ce n'était pas le soleil qui, d'une bouche d'or, baisait son visage. Et la terre et le ciel s'étaient dissous en un fluide espace. Il sut que son existence avait pris fin, que le chant fondu des cloches et des voix humaines saluait son âme dépouillée.

Et dans la tendre mort le capitaine entra vivant encore.

Lorsque sa dépouille fut ramenée à l'escadrille, il n'y eut pas de plaintes parmi les camarades, mais ils sentirent tous que le sourire dessiné par une main trop ferme sur ces lèvres qui furent si joyeuses emportait un lambeau très cher, très pur et très noble de leur jeunesse.

7

Marbot ne voulut point se rendre à l'hôpital avant l'enterrement. Rongé de fièvre, un pansement grossier sur son épaule meurtrie, il veilla Thélis, ne permettant à personne d'approcher le corps inerte. Seul Herbillon obtint la faveur de passer quelques instants auprès de lui et d'entendre de sa bouche quel fut le dernier combat du capitaine contre cinq avions.

Quand l'aspirant quitta la tente sous laquelle reposait Thélis, il entendit les voix animées de Reuillard et du *toubib*. Maury venait d'être nommé chef de l'escadrille et cela irritait aussi bien le vieux capitaine que le médecin pilote ; car ils jugeaient, le premier, que ce poste devait revenir à son grade, l'autre, à son ancienneté dans l'aviation. A cette colère, Jean vit que déjà se désagrégeait la cohésion de l'escadrille. Son âme dormait là-bas, sous la blanche toile où veillait Marbot. Elle revécut un matin encore, celui des funérailles. Jusqu'au plus humble mécanicien, ils entourèrent tous la fosse où descendit le cercueil. Dans les yeux les plus durs et les plus insouciants, Herbillon vit germer les larmes difficiles à couler qui brûlaient les siens.

Lorsque tout fut terminé, l'aspirant revint au terrain avec Maury, car ils devaient voler ensemble. La même peine déchirante courbait leurs nuques, car tous deux — bien que d'un amour différent — aimaient également Thélis. Les premières minutes de cette douleur abolissaient tout autre sentiment. Et Claude murmura :

— Essayons d'être amis de nouveaux, Jean.

Herbillon leva sur lui un regard dépouillé de vie, tandis que Maury poursuivait :

— Ne pensons plus à rien. Qui sait ce que nous avons encore à vivre.

Comme pour imposer silence à tout ce qui se rebellait en eux entre leur amitié, il parla de Thélis. Et si grande était la tendresse dont ils l'avaient chéri qu'ils s'oublièrent pour ne songer qu'à leur capitaine. Mais cela poussa Claude à dire, pour montrer combien loin rayonnait la souffrance née de la mort de Thélis :

— J'ai reçu d'Hélène une lettre désespérée. Je ne pensais pas avoir su le lui faire tant aimer.

Une révolte secoua Herbillon. Il lui sembla qu'à se taire il trahirait la mémoire de Thélis et cria :

— C'est moi qui, dès mon arrivée ici...

Il n'osa pas continuer, mais Claude eut l'impression que se levait un dernier rideau ténébreux.

Ils n'échangèrent plus un mot avant de monter en avion.

Des aiguilles glacées criblaient les doigts de l'aspirant qui essayait de réduire par les rares mouvements de ses mains la souffrance intolérable du froid. Il savait qu'il lui faudrait endurer encore longtemps ce supplice, car ils revenaient d'une mission qui les avait conduits très loin dans les lignes allemandes et, pour diminuer le risque, volaient à six mille mètres d'altitude.

Il avait revu des paysages familiers : l'Aisne, la cote 108 et le plateau de Rosny que maintenant occupait l'ennemi. Mais la souffrance physique avait rapidement vaincu la mélancolie qui l'avait ému devant les lieux où il était né à la vie d'escadrille, où Berthier, Deschamps et Thélis lui étaient apparus, où il s'était lié si noblement avec Maury et où dormaient tant de ses illusions.

Une sorte de cangue lui écrasait les épaules, ses articulations paraissaient à jamais roidies. Le moindre geste exigeait un effort démesuré. Il avait l'impression que ses tempes cédaient sous une pensée à chaque instant plus rude et que de là venait le mal qui lui martelait la tête. Devant lui, le casque de Claude et son collet de fourrure ne bougeaient pas d'une ligne. Économe de ses mouvements, oppressé lui aussi par cette atmosphère où le cœur travaillait avec un pénible désordre, Maury veillait seulement à ce que l'appareil plus lourd ne s'enfonçât point.

Il semblait, tellement à cette hauteur les lignes du sol se déplaçaient peu, que l'avion, lancé à plein moteur, demeurait immobile. Le regard embrassait toujours le même horizon immense et comme immuable, toile verte, tendue à plat et couturée de fils gris — les routes, de fils azurés —, les rivières.

De temps en temps, Herbillon, tendant son énergie, se levait, inspectait l'espace, poussé par l'habitude plus que par sa volonté, car sa torpeur lui rendait indifférente l'idée du péril. Claude éprouvait un engourdissement semblable.

Mais si leurs membres étaient liés d'une paresse morbide, l'activité de leur esprit demeurait intacte. On eût dit seulement que l'abdication des corps lui donnait une lucidité cristalline et un détachement parfait de l'objet de ses réflexions. Leur pensée remuait avec froideur et comme des éléments abstraits les sentiments qui les faisaient, à l'ordinaire, tressaillir au plus profond de leur chair.

Ainsi Maury dressait rigidement l'équation de son malheur.

Il envisagea dans ses rapports les plus lointains son intimité avec celui dont il sentait la présence dans l'avion comme une partie indivisible de son être. Il revécut le premier soir où, portant sur son visage le réconfort de sa juvénile pitié, Herbillon était venu vers lui ; le développement de leur tendresse et la joie que lui donnait chaque jour la vue de ce corps élancé, comblé par le destin de tous les dons qui lui furent refusés. Il entendit résonner — sans amertume ni humiliation — les confidences par lesquelles il avait livré à Jean le plus secret de sa vie.

Il s'arrêta sur le portrait qu'en ce jour Herbillon avait tracé de sa maîtresse, le confronta point par point au visage d'Hélène, tel qu'il le connaissait. Aucun trait n'était semblable. Mais son intelligence, avertie par l'âge et la souffrance de penser, comprit que leurs natures étaient trop différentes pour se peindre — fût-ce d'un objet insensible — une image identique. De quelles nuances inconciliables ne devaient-ils point vêtir la figure mouvante et le regard d'une femme ?

Cependant leur existence commune continuait à se dérouler avec une précision rigoureuse. Ce fut l'équipage, l'accoutumance de leurs nerfs à réagir ensemble et les subtiles correspondances tressées entre leurs sens, la perfection de leur entente. Puis, la cassure de la permission. Avec le retour de l'aspirant où l'épouvante était née, son analyse

devint plus stricte encore, s'attacha aux faits aussi bien qu'à l'impondé-
rable.

Il revit cette gêne honteuse qui semblait impossible dans le regard
loyal qu'il aimait tant à surprendre ; cette nuit où, comparant misérablement des enveloppes, il savait que Jean viendrait. Seule une hantise
incessante et voisine du remords pouvait expliquer une apparition si
divinatrice.

Comment avait-il pu alors épuiser son doute en supposant chez Herbillon un frémissement amoureux à sa naissance ? Pour s'être contenté
d'une si pitoyable hypothèse, que son instinct de bonheur s'était montré
peu exigeant ! Comment n'avait-il point vu qu'une éclosion timide
n'aurait pu entamer leur amitié nouée si fortement ? Le démenti n'avait
pas tardé.

Sous le murmure des grands arbres, le refus terrifié de Jean avait
sonné comme un aveu. Mais lui avait eu peur encore d'accepter la
vérité, mettant son dernier espoir dans l'impossibilité matérielle de la
trahison. Il avait fallu, voici quelques minutes à peine, ce cri qui l'avait
déchiré, ce cri que maintenant perçait le halètement du moteur et le
bourdonnement atroce de ses oreilles.

A son esprit, sans pitié, la conclusion s'imposait, glacée ainsi que
cet air irrespirable.

Comme averti que le raisonnement de Claude touchait à sa limite
fatale, Herbillon, à cet instant, éprouva le besoin invincible d'agir, de
rompre à tout prix le douloureux enchantement où il sentait obscurément se dissoudre, maille par maille, le frêle tissu dont il avait essayé
d'envelopper sa trahison. Se dressant, il étira ses membres rebelles.
Son regard tomba d'aplomb sur la Vesle et il comprit qu'ils attein-
draient bientôt le ciel ami. Voici qu'apparaissait — et sous un angle
aigu — le drachen qui avait jalonné leur route.

Et soudain, il eut la tentation de l'abattre. Il ne s'avouait point qu'il
voulait échapper ainsi au carcan que l'atmosphère raréfiée serrait
autour de son corps en même temps qu'à la trouble angoisse que suscitait en lui la rigidité de Claude. Il crut que seul l'attirait le désir d'un
exploit audacieux et utile. D'un mouvement brutal il modifia le sensible équilibre de l'appareil. Dans les yeux de Maury qui, à regret, se
dirigèrent vers lui, Jean lut le froid décompte de leur détresse, mais il
montra le ballon captif. Claude répondit par un geste de machinale
approbation.

Déjà l'aspirant imaginait la chute volontaire où se brise tout à coup
le chant du moteur et siffle durement le tourbillon de l'hélice, l'angoisse vertigineuse et douce qui point le cœur, le tir flamboyant sur
la cible blanche du drachen et la descente du parachute, feuille lente
et frêle.

Il se ramassait dans sa carlingue pour offrir moins de prise au vent,
lorsque, une fois encore, glissa vers lui de la place de Claude le flux
mystérieux qui était en même temps leur salut et leur tourment. Il

releva la tête et vit le casque de Maury, incliné vers le sol. Suivant la même direction, ses yeux plus jeunes distinguèrent aussitôt ce que fixait l'attention de son pilote et, malgré le calme indifférent où le maintenait l'altitude, Jean ne sentit plus le froid.

De très bas montaient vers eux des taches brunes. On eût dit un vol de moucherons, mais il jetait parfois au soleil un éclat dur où l'aspirant reconnut le reflet des métaux. Une patrouille allemande guettait leur retour. Il compta cinq avions et pensa :

« Autant que pour Thélis. »

Ils s'élevaient, semblait-il, imperceptiblement, mais Herbillon, qui avait appris à juger les distances, sut qu'ils seraient rejoints avant d'avoir franchi la Marne. Une chance leur restait : les chasseurs étaient peut-être incapables de monter à leur hauteur.

Sans qu'un signe fût échangé entre eux, Maury essaya de cabrer l'avion pour s'élever plus haut encore, mais aux molles réactions de l'appareil, à l'essoufflement du moteur, ils virent qu'ils avaient atteint une altitude qu'ils ne pouvaient dépasser. Cependant les taches brunes grandissaient et discernant les ailes courtes, le profil ramassé des avions nouveaux, ils abandonnèrent l'espoir de les survoler. Au contraire, plus souples dans cet air que le pesant biplace, les chasseurs avaient, par la hauteur même, un avantage de plus.

Malgré le sceau de plomb posé sur ses membres, Jean raffermit ses chargeurs, baissa la tourelle. Cet effort lui ravagea la poitrine et il resta étourdi, mais debout et songeant :

« Maury devrait piquer. On se battrait plus à l'aise. »

Comme pour répondre à son désir, un souffle glacé brûla ses mains et le choc des abruptes descentes coupa son souffle oppressé. Claude exécutait la manœuvre que voulait Herbillon.

Le moteur, retrouvant un air plus dense, grondait comme un orage, la queue de l'avion dressée au-dessus de la tête du jeune homme semblait celle d'un poisson fabuleux, tandis qu'écrasé contre la paroi de sa carlingue, rivé à ses mitrailleuses, il guettait l'ennemi.

Maintenant, c'était avec une vitesse de songe que la patrouille venait à eux.

Les balles pourpres, les soubresauts de l'appareil, la voltige vertigineuse des avions allemands et cette plaque d'acier qu'il serrait contre sa poitrine comme un être vivant, telle fut — pour des secondes et des heures — l'essence vitale du jeune homme. Puis l'ivresse étonnée d'exister encore le souleva. Dans cette chute folle où Maury avait risqué de briser l'appareil, ils avaient franchi le barrage. La chance les avait couverts de son aile. La Marne bleuissait ; dans quelques instants ils allaient la franchir, sauvés.

Mais un cri jaillit de la bouche de Claude et, sans l'entendre, Herbillon eut le sentiment que son cœur s'épuisait. Venant du ciel français tombaient trois monoplaces barrés de croix noires. C'était le deuxième rideau de la patrouille et les chasseurs qui les avaient assaillis les premiers revenaient à l'attaque. L'espace peuplé d'ennemis éblouit le jeune homme. Pris entre les deux lignes agiles et terribles, ils ne pouvaient échapper. Maury essayait bien de trouver un défaut dans cette armature volante qui se déplaçait avec les mouvements rapides et brisés de la foudre, mais à chaque élan de leur appareil répondait une rigoureuse parade.

Herbillon, passif, attendait la fin de cet effroyable jeu. Combien dura-t-il ? Ils ne le surent ni l'un ni l'autre, mais tous deux comprirent enfin qu'ils allaient mourir.

Alors, chez Claude ce fut comme un spasme. Il voulait savoir. Il avait eu beau parvenir à une conviction abstraite, maintenant que sonnait la minute poignante de la fin, le doute se levait, irréductible, et qui balayait toute logique. Il eut, en cet instant suprême, l'espoir que son ami ne l'avait point trompé, que sa femme le pleurerait, fidèle.

Il ne pouvait disparaître sans emporter une certitude d'innocence ou un aveu de trahison. D'un geste familier, il se tourna vers Jean qui, debout, attendait son regard.

Les premières balles mettaient autour de leurs têtes un sillage de feu. Le vent ivre les heurtait de sa vague et le moteur cadençait d'une mesure surhumaine le rythme de leur sang. Et tout cela pénétrait en leur âme, dilatée par la mort entrouverte, l'emplissait du même souffle fatal. Ils ne furent qu'un être et qu'une pensée.

Ce qui hantait les yeux de Maury, Herbillon, sans effort, le sut. L'équipage allait disparaître et Claude exigeait la vérité. A l'homme qui en même temps que lui allait s'abîmer dans l'espace, Jean ne se reconnut pas le droit de rien dissimuler.

Mais, devant périr, il eut peur de sa haine. Il désira que sa mort lui fût fraternelle et que l'équipage y entrât réconcilié. Humblement, sous le regard immobile, il joignit les mains.

Puis, furieusement, il saisit la crosse des mitrailleuses.

D'un mouvement automatique, Maury coucha sur le flanc son appareil pour éviter d'être pris sous le fuselage par un chasseur qui montait, empanaché d'une gerbe d'étincelles. Autour de lui dansait la meute vorace. Son inconscient travaillait seul à lutter contre elle.

Il s'étonna comme en rêve de son adresse, car le geste d'Herbillon avait frappé chaque fibre de son être et il ne demandait qu'à mourir. Vite, vite qu'une balle vînt arrêter le tourbillon atroce de sa pensée !

Une telle colère déferlait en lui qu'il fut heureux d'entraîner dans sa perte le compagnon félon rivé à son destin et qu'il voulut la hâter.

Comme, de nouveau, un ennemi remontait vers lui, il jeta d'une saccade son appareil sur le chasseur. Il ne tirait même pas, sûr de le fracasser de sa masse.

Mais un souvenir le perça de sa flèche. Aucun camarade, sauf Herbillon, n'avait voulu de lui comme pilote. Allait-il ainsi reconnaître cette confiance généreuse ?

Un coup sauvage du gouvernail fit craquer l'avion. De l'Allemand, ils passèrent si près que Maury aperçut l'homme qui, abandonnant les commandes, attendait le choc. Les ennemis, épouvantés sans doute par cette manœuvre désespérée et craignant de toucher leur camarade, avaient suspendu le feu. Et la Marne était là, et derrière sa ligne bleue, le salut.

Mais Claude hésitait à diriger vers lui l'appareil.

Une morsure, tout à coup, lui déchira le flanc. Et lorsqu'il comprit qu'une balle le frappait, Claude sentit, avec stupeur, avec épouvante, se déchaîner en son cœur l'instinct de vivre.

Malgré l'aveu, malgré la fin de toute espérance et de toute douceur, il ne voulut pas mourir. Les lèvres percées par ses dents frémissantes pour vaincre la faiblesse qui le submergeait, la main roidie sur le levier qui miraculeusement gouvernait l'appareil, il piqua vers la terre de sécurité. La force qui ranime les bêtes à l'agonie lui fit choisir un champ propice, accomplir les gestes rituels.

Quand l'avion roula sur l'herbe drue, il se dressa vers Jean pour lui crier sa joie délirante. Mais dans la carlingue, les secousses de l'appareil ballottaient une tête qui portait à la tempe une sombre écume.

Le soleil versait à travers les volets clos une clarté mate aux reflets d'ambre.

Elle ne blessa point les yeux de Claude quand ils s'ouvrirent après seize jours d'inconscience. Près du lit ils aperçurent une forme assise et la tête penchée. Sa robe parmi la blancheur des murs faisait une tache d'ombre. A la courbe des épaules, à la simplicité de la coiffure, Maury reconnut Hélène.

Mais une volupté si tranquille et si lasse le baignait qu'il n'osa la briser par un geste et ferma ses paupières. Légère comme une caresse, la fièvre effleurait sa peau. Il ne désirait rien que prolonger sans terme cet instant où coulait divinement la félicité de sa vie reconquise.

Malgré lui pourtant il regarda Hélène qui n'avait point remué. De sa figure il ne voyait que le front lisse et la courbe nette des cheveux. Comme ils étaient près et qu'elle était pour lui lointaine, vague, sans importance ! Maury, en la contemplant, sentit naître l'envie sourde qu'un autre visage accueillît sa résurrection.

Une tête mâle et tendre s'estompa confusément dans les limbes de sa mémoire. Herbillon ! Mais pourquoi portait-il cette rouge corolle à la tempe ?

Son faible souffle devint plus pressé ! Le combat, la terreur de la mort, l'ivresse du salut et le désir immense de la partager avec son compagnon —, il revécut tout. Et puis, cette vision d'un corps abandonné qui l'avait anéanti.

A qui songeait Hélène immobile ? A Jean sans doute. Qu'elle avait raison ! Auprès des minutes où ils avaient plié ensemble sous le battement des ailes funèbres, que tous les soupçons et les souffrances jalouses fuyaient pitoyables ! Comment avait-il pu leur confier sa raison de vivre ?

Maintenant qu'il sortait du royaume des ombres et des âmes nues, il savait...

Herbillon ! Son jeune visage, son jeune corps ! Comme là-haut, dans le ciel funeste, il avait tristement joint les doigts !

La poitrine de Claude ne contint plus qu'une déchirante et suave pitié.

Quand Hélène, enfin, releva sa tête gravée d'un tourment profond, elle trouva un regard lumineux. Elle eut un mouvement vers lui, mais d'un signe des paupières il l'arrêta.

— Où l'ont-ils enterré ? demanda Claude si bas qu'elle dut se pencher pour l'entendre.

Comme poursuivant son propre songe, elle murmura :

— Près du capitaine.

— C'est bien.

Épuisé, il se tut. Une guêpe, comme une balle folle, tourbillonnait. Ses yeux la suivirent dans ses élans, puis, de nouveau, se posèrent sur Hélène. Des larmes, qu'elle retenait, brillaient entre les cils.

— Pleure, pleure, dit Claude. Je voudrais tant pouvoir.

Elle vit qu'il savait, et, honteusement, lui prit la main. Lui serra la paume fraîche. Alors elle fit tomber sa tête sur les draps et ses épaules se soulevaient.

La ligne du cou était si pleine, si ferme, et tant de jeunesse animait son désespoir que Claude sourit pensivement. Hélène oublierait avant lui l'aspirant Jean Herbillon.

La Vallée aux Loups.
4 septembre 1923.

II

DE L'AUTRE

Ernst Jünger, *Orages d'acier*

Arnold Zweig, *Education héroïque devant Verdun*

Ernst Jünger

ORAGES D'ACIER

Ernst Jünger a 19 ans en 1914
Orages d'acier (In Stahlgewittern) a paru en 1920
Traduit de l'allemand par Henri Plard

Les tranchées dans la craie champenoise

Le train fit halte à Bazancourt, petite ville de Champagne. Nous descendîmes. Pleins d'un respect incrédule, nous tendîmes l'oreille au rythme lent des laminoirs du front, mélodie qui, durant de longues années, allait nous devenir familière. Très loin, la boule blanche d'un shrapnell fondait dans le ciel gris de décembre. L'haleine du combat nous frôlait et faisait courir en nous un étrange frisson. Sentions-nous que nous allions presque tous être engloutis, en des jours où ce grondement sourd, derrière l'horizon, s'enflerait en tonnerre au roulement continu ? D'abord l'un, puis l'autre ?

Nous avions quitté les salles de cours, les bancs de l'école, les établis, et les brèves semaines d'instruction nous avaient fondus en un grand corps brûlant d'enthousiasme. Élevés dans une ère de sécurité, nous avions tous la nostalgie de l'inhabituel, des grands périls. La guerre nous avait donc saisis comme une ivresse. C'est sous une pluie de fleurs que nous étions partis, grisés de roses et de sang. Nul doute que la guerre ne nous offrît la grandeur, la force, la gravité. Elle nous apparaissait comme l'action virile : de joyeux combats de tirailleurs, dans des prés où le sang tombait en rosée sur les fleurs. *Pas de plus belle mort au monde* [1]... Ah ! surtout, ne pas rester chez soi, être admis à cette communion !

« En colonne par quatre ! » L'imagination enfiévrée se calmait, tandis que nous marchions à travers la lourde argile de la Champagne. Le sac, les cartouches, le fusil pesaient comme du plomb. « Raccourcissez le pas ! Serrez par-derrière ! »

Nous atteignîmes enfin le village d'Orainville, où le 73ᵉ fusiliers avait ses quartiers : c'était l'une des misérables bourgades de cette région : elle comprenait cinquante maisonnettes de brique ou de calcaire, avec un château isolé dans son parc.

Les allées et venues, dans la grand-rue, avaient de quoi surprendre des yeux accoutumés au bon ordre des villes. On ne voyait que peu de civils, craintifs et déguenillés, mais partout des soldats en tuniques usées, râpées jusqu'à la corde, avec des visages tannés par le grand air, presque toujours encadrés de longues barbes, qui baguenaudaient ou se tenaient par petits groupes au seuil des maisons : ils accueillirent « la bleusaille » à coups de plaisanteries. Sous un porche, une roulante allumée répandait une odeur de soupe aux pois ; elle était entourée de

---

1. Premier vers d'une chanson de soldats de la Première Guerre mondiale. *(N.d.T.)*

ravitailleurs aux gamelles tintinnabulantes. La vie semblait avoir pris ici un cours plus lent et plus incertain : sentiment que renforçait la décrépitude naissante du village.

Après une nuit passée dans une énorme grange, nous fûmes répartis dans la cour du château par l'adjoint du colonel, le lieutenant von Brixen. Je fus affecté à la 9ᵉ compagnie.

Notre premier jour de guerre ne devait pas finir sans nous laisser une expérience décisive : nous étions assis dans les salles d'école qu'on nous avait données pour quartiers, en train de déjeuner. Soudain, une série de grondements sourds et proches nous secoua, tandis que de toutes les portes, les soldats couraient vers l'entrée du village. Nous suivîmes leur exemple sans trop savoir pourquoi. Une seconde fois, nous entendîmes passer au-dessus de nos têtes comme des battements d'ailes et des ronflements qui se perdirent dans un fracas assourdissant. Je m'étonnai de voir les hommes, autour de moi, rentrer la tête dans les épaules, en pleine course, comme sous le coup d'une menace terrible. Tout cela me paraissait assez ridicule ; un peu comme quand on en voit s'affairer d'autres sans comprendre ce qu'ils font.

Le moment d'après, des groupes noircis apparurent dans la rue déserte, portant sur des bâches ou sur leurs mains croisées des ballots noirs. J'eus une sensation étouffante d'irréalité quand mes regards se fixèrent sur une forme humaine, ruisselante de sang, dont la jambe pendait du corps sous un angle bizarre, et qui poussait sans arrêt de rauques appels à l'aide, comme si la mort subite la tenait encore à la gorge. On la traîna dans une maison, à l'entrée de laquelle pendait le drapeau de la Croix-Rouge.

Que se passa-t-il à ce moment ? La guerre avait montré ses griffes et jeté son masque de bonhomie. Comme tout cela était mystérieux, impersonnel ! A peine songeait-on à l'ennemi, cet être énigmatique, malfaisant, quelque part derrière l'horizon. Cet épisode, entièrement neuf pour nous, eut sur nos esprits un effet si violent qu'il nous fallut un effort pour en saisir le contexte. C'était comme l'apparition d'un fantôme en plein midi.

Un obus avait crevé là-haut contre le portail du château, projetant sous la voûte une nuée de pierres et d'éclats, au moment même où ses occupants, alertés par les premiers coups, en sortaient à flots pressés. Il avait fait treize victimes, dont le chef de la clique, Gebhard, figure qui m'était bien connue par les concerts-promenades de Hanovre. Un cheval au piquet avait flairé le danger avant les hommes : il rompit sa longe quelques secondes plus tôt et s'enfuit au galop, indemne, jusque dans la cour du château.

Bien que le bombardement pût se reproduire à chaque instant, une curiosité insurmontable m'attira sur le lieu du sinistre. Près du point d'impact, un écriteau se balançait, où la main d'un plaisantin avait écrit ces mots : « Au rendez-vous des obus. » Le château devait donc être repéré comme un endroit dangereux. La rue était rougie de grandes flaques de sang ; des casques et des ceinturons criblés d'éclats étaient dispersés alentour. La lourde porte en fer de l'entrée était déchiquetée, trouée comme une passoire, la borne éclaboussée de sang. Je sentais mes regards comme aimantés, captifs de ce spectacle, tandis qu'il s'opérait en moi une profonde métamorphose.

En bavardant avec mes camarades, je constatai que cet incident avait déjà considérablement douché l'enthousiasme belliqueux de certains. Il m'avait fortement impressionné, moi aussi : je m'en aperçus aux nombreuses illusions auditives, en vertu desquelles le roulement de chaque voiture qui passait devenait le ronflement de mauvais augure de l'obus meurtrier.

Il devait d'ailleurs nous suivre pendant toute la guerre, ce tressaillement convulsif, à chaque bruit soudain et insolite. Qu'un train passât dans un bruit de ferraille, qu'un livre tombât à terre, qu'un cri retentît dans le noir — toujours, le cœur s'arrêtait une seconde, comme sentant la présence d'un grand péril inconnu. Ce fut la marque de ces quatre années passées dans l'ombre de la mort. Les dangers vécus avaient bouleversé cette région obscure, située plus loin que la conscience, et si profondément que chaque accroc dans l'ordre habituel faisait jaillir la mort à son guichet, gardienne et avant-courrière, comme dans ces horloges où elle se montre à chaque heure, au-dessus du cadran, avec son sablier et sa faux.

Le soir du même jour amena ce moment longtemps attendu où, lourdement chargés, nous nous mîmes en route vers nos positions de combat. Par les ruines du village de Bertricourt, fantastiquement dressées dans la pénombre, notre chemin nous mena jusqu'à un pavillon caché dans les sapins, *La Faisanderie*, siège des réserves régimentaires, dont faisait partie la 9ᵉ jusqu'à cette nuit-là. Elle avait pour chef de compagnie le lieutenant Brahms.

On nous accueillit, on nous répartit entre les groupes, et nous nous retrouvâmes bientôt dans un cercle de gaillards barbus, aux vêtements raides d'argile, qui nous souhaitèrent la bienvenue avec une gentillesse goguenarde. On nous demanda ce qui se passait à Hanovre, et si la guerre n'allait pas bientôt finir. Puis les propos, que nous buvions ardemment, revinrent avec un laconisme monotone aux retranchements, à la roulante, aux éléments de tranchées, aux tirs d'obus et autres sujets propres à la guerre de position.

Quelque temps après, un appel retentit devant la porte de l'espèce de hutte qui nous servait de domicile. « Tout le monde dehors ! » Nous rejoignîmes nos groupes, et, au commandement : « Chargez, l'arme au cran d'arrêt ! », nous enfonçâmes avec une volupté secrète un chargeur de cartouches à balles dans le magasin.

Puis nous partîmes en silence, en file indienne, à travers la campagne plongée dans la nuit, semée de boqueteaux sombres, dans la direction de l'ennemi. Parfois, un coup de feu isolé claquait, une fusée s'épanouissait en sifflant, pour laisser après un bref moment de lumière

spectrale des ténèbres plus épaisses encore. Cliquetis monotones des
fusils et d'outils de tranchée, interrompus par l'avertissement : « Faites
gaffe, barbelés ! »

Soudain, une chute carillonnante, des jurons : « Bon Dieu, tu peux
pas l'ouvrir, ta gueule, quand tu tombes sur un trou de marmite ? » Un
caporal s'en mêle : « Du calme, nom de Dieu, vous croyez que les
sagouins d'en face ont de la merde dans les oreilles ? » L'avance se
fait plus rapide. L'incertitude de la nuit, le papillotement des fusées
éclairantes, les lents vacillements des feux de file suscitent une nervosité qui nous maintient dans une singulière vigilance. Par instants, une
balle perdue passe avec un chantonnement frais et léger, pour s'égarer
au loin. Que de fois encore, après cette première expérience du feu, ai-
je marché ainsi, en proie à une émotion faite de mélancolie et d'énervement, à travers des paysages ravagés par la mort, vers la première
ligne !

Nous nous engouffrâmes enfin dans l'un des boyaux qui, comme des
serpents blancs, à travers la nuit, rejoignaient en méandres la position
de combat. Je m'y retrouvai solitaire et grelottant, entre deux traverses,
le regard tendu, rivé à une file de sapins, devant la tranchée, sous
lesquels mon imagination faisait danser toutes sortes de spectres, tandis
que parfois une balle perdue claquait à travers les branches et tombait
avec un trémolo. La seule distraction de ces heures interminables fut
l'arrivée d'un ancien qui vint me relever, et en compagnie de qui je
trottai, par un long boyau étroit, jusqu'à un poste de guetteur, où nous
nous mîmes de nouveau à scruter le *no man's land*. Je pus enfin, deux
heures durant, chercher au fond d'un simple trou dans la craie le sommeil de l'épuisement. Quand l'aube vint, j'étais blême et barbouillé
d'argile, tout comme les autres, et il me semblait avoir déjà passé des
mois de cette existence de taupe.

La position du régiment serpentait à travers le sol crayeux de la
Champagne, en face du village du Godat. Elle prenait appui à droite
sur un boqueteau mâchuré par les bombardements, le Bois des Obus,
puis courait en zigzag à travers d'immenses champs de betteraves à
sucre, où brillaient les pantalons rouges des morts des dernières attaques ; elle se terminait dans un val, par lequel des patrouilles nocturnes
maintenaient la liaison avec le 74ᵉ. Le ruisseau grondait au déversoir
d'un moulin en ruine, entouré d'arbres sombres. Ses eaux léchaient
depuis des mois les morts d'un régiment colonial français : leurs visages semblaient de parchemin noir. L'endroit était sinistre, la nuit, quand
la lune jetait par les déchirures des nuages des ombres furtives, et que
des bruits étranges semblaient se mêler au murmure de l'onde et aux
froissements des roseaux.

Le service était éreintant. La vie commençait à la tombée du jour,
alors que tout l'effectif se trouvait dans la tranchée. De dix heures du
soir à six heures du matin, deux hommes de chaque groupe pouvaient
dormir par roulement, si bien qu'on jouissait d'un sommeil nocturne

de deux heures, qui du reste se réduisait le plus souvent à quelques minutes, par suite d'un réveil anticipé, de corvées de paille ou d'autres occupations.

On était de garde dans la tranchée, ou bien on se rendait dans l'un des nombreux postes avancés, des trous d'hommes reliés à la position par de longs boyaux creusés dans la craie ; ce dispositif d'alerte fut bientôt abandonné, au cours de la guerre de position, car ces postes étaient trop insuffisamment protégés.

Ces gardes de nuit, interminables et épuisantes, étaient encore supportables par temps clair, et même quand il gelait ; elles devinrent un supplice lorsqu'il se mit à pleuvoir, comme le plus souvent en janvier. Quand l'eau traversait tout d'abord la toile de tente, déployée sur la tête, puis la capote et l'uniforme, et ruisselait pendant des heures le long du corps, on tombait dans une torpeur que n'éclairait même pas l'approche barbotante de la relève. L'aube se levait sur des formes épuisées, badigeonnées de craie, qui se jetaient, le visage blafard, sur la paille pourrie des abris suintants. Ah ! ces abris. C'étaient des trous taillés à même la craie, ouverts sur la tranchée, ayant pour toit une couche de planches et quelques pelletées de terre par-dessus. Lorsqu'il avait plu, l'eau en dégoulinait pendant des jours entiers ; un certain humour noir y avait fait suspendre des écriteaux tels que « Caverne à stalactites », « Aux douches pour hommes », et d'autres semblables. Si l'on voulait y prendre son repos à plusieurs, on était contraint d'allonger les jambes dans la tranchée, piège inévitable pour tous les passants. Dans ces circonstances, il ne pouvait être question non plus de repos durant la journée. Au reste, il fallait encore monter deux heures de garde, nettoyer la tranchée, aller au ravitaillement, au café, à l'eau et autres corvées.

On comprendra que cette existence inaccoutumée nous éprouvait rudement, d'autant que la plupart d'entre nous n'avaient jusqu'alors connu que par ouï-dire le travail véritable. Ajoutez-y que nous ne fûmes pas accueillis au front avec l'empressement que nous attendions. Au contraire : les anciens ne laissaient passer aucune occasion de nous « mettre en boîte » de la belle manière, et tous les empoisonnements, toutes les corvées imprévues tombaient tout naturellement sur les « enragés volontaires ». Cet usage, amené des casernes au front, disparut d'ailleurs après qu'une première bataille subie en commun nous eut donné le droit de nous considérer comme des anciens.

Les moments où la compagnie était tenue en réserve n'étaient guère plus réconfortants. Nous logions alors à *La Faisanderie*, ou au petit bois d'Hiller, sous des cabanes creusées dans la terre, ayant pour couverture des branches de sapin et dont le sol garni de fumier dégageait du moins par sa fermentation une tiédeur agréable. On se réveillait parfois au milieu d'une flaque, avec deux ou trois centimètres d'eau autour du corps. Quoique je n'eusse jusqu'à présent connu le rhumatisme que de nom, je sentais déjà, après quelques jours de cette trempette permanente, des douleurs dans toutes mes articulations. On avait en rêve le sentiment que des boules de feu se promenaient dans tous vos membres. Là non plus, les nuits n'étaient pas consacrées au sommeil, mais à approfondir les nombreux boyaux d'approche. Dans l'obscurité complète, il fallait, quand les Français ne nous envoyaient pas leur éclairage, s'attacher avec une infaillibilité de somnambule aux talons de l'homme de devant, si l'on ne voulait pas perdre le contact et passer des heures à errer dans le lacis des tranchées. Le sol se prêtait d'ailleurs à ces travaux : l'argile et l'humus ne recouvraient que d'une mince pellicule l'énorme couche de craie, dont les pelles de tranchée brisaient sans peine la texture lâche. Des étincelles vertes jaillissaient quelquefois, quand l'acier heurtait l'une des boules de pyrite, grosses comme le poing, dont la pierre était parsemée. Elles étaient faites de nombreux cristaux carrés, rassemblés en sphère, et avaient, une fois ouvertes, un éclat rayonnant et doré.

Le seul point clair, dans cette morne répétition, était l'arrivée vespérale de la roulante, à la corne du bois d'Hiller, où se répandait dès l'ouverture des marmites un savoureux fumet de pois au lard ou d'autres merveilles. Mais là aussi, les points noirs ne manquaient pas : c'étaient les légumes desséchés, auxquels des gourmets déçus avaient donné le nom injurieux de « barbelés en conserve » ou de « raclures de silo ».

Je retrouve même dans mon journal, à la date du 6 janvier, cette observation furibonde : « Ce soir, la roulante est arrivée cahin-caha pour nous livrer une vraie provende à cochons, sans doute une ratatouille de betteraves à porcs gelées. » Le 14, au contraire, m'inspire une envolée lyrique : « Délices de la soupe aux pois, délices d'une quadruple portion. Tourments de la satiété. Nous avons organisé un concours de boustifaille et avons discuté de la position dans laquelle on peut engloutir la plus grande quantité de nourriture. J'étais pour la station debout. »

On nous versait en abondance une gnole d'un rouge pâle, que nous recueillions dans les couvercles des gamelles et qui avait un franc goût d'alcool à brûler, mais qui, par ce temps froid et humide, n'était nullement à dédaigner. De même, on ne distribuait d'autre tabac que du caporal ordinaire, mais en grande quantité. L'image du soldat de ces jours-là, aux yeux du souvenir, c'est la sentinelle au casque à pointe recouvert d'un manchon gris, les poings enfoncés dans les poches de sa longue capote, debout derrière sa fente de tir et qui souffle les volutes de sa pipe par-dessus la crosse de son fusil.

Rien n'était plus agréable que les jours de repos à Orainville, qu'on passait à dormir tout son saoul, à nettoyer son équipement et à faire l'exercice. La compagnie était cantonnée dans une vaste grange, qui n'avait pour accès que deux escaliers du genre perchoir à poules. Bien que le bâtiment fût encore plein de paille, des poêles y brûlaient. Une belle nuit, je roulai tout contre l'un d'eux et ne fus réveillé que par les efforts de mes camarades, qui m'arrosaient copieusement. Je m'aperçus à mon grand effroi que le dos de mon uniforme était considérablement noirci, si bien que je dus me promener pendant quelque temps avec une sorte d'habit de soirée.

Un court séjour au régiment avait suffi à nous guérir radicalement de nos illusions premières. Au lieu des dangers espérés, nous avions trouvé la crasse, le travail, les nuits sans sommeil, tous maux dont l'endurance exigeait un héroïsme peu conforme à notre naturel. Mais le pire, c'était l'ennui, plus énervant pour le soldat que la proximité de la mort.

Nous espérions une attaque ; mais nous avions choisi pour faire notre entrée en scène cette période défavorable où tout mouvement s'était figé sur place. Même les petites opérations tactiques étaient suspendues, à mesure que les positions se consolidaient et que le feu des défenseurs gagnait en puissance de destruction. Quelques semaines avant notre arrivée, une compagnie isolée avait encore tenté, après une faible préparation d'artillerie, l'une de ces attaques limitées à travers une bande de quelques centaines de mètres. Des assaillants, quelques-uns seuls étaient parvenus jusqu'aux barbelés ennemis, et les Français les avaient tirés comme des lapins ; les rares survivants attendirent, terrés dans des trous, que la nuit tombât, pour revenir en rampant à leurs positions de départ, sous le couvert de l'obscurité.

Le surmenage perpétuel de la troupe venait aussi de ce que le commandement n'avait encore aucune expérience de la guerre de positions, où l'emploi du matériel humain exigeait une économie toute différente. Le nombre énorme des sentinelles, les travaux ininterrompus de retranchement étaient pour la plus grande part superflus, voire nuisibles. L'important, ce n'est pas la masse des retranchements, mais le courage et le mordant des hommes qui les garnissent. L'approfondissement progressif des tranchées a peut-être permis d'éviter bien des balles dans la tête, mais il a créé la manie de s'accrocher au dispositif de défense, un besoin de sécurité auquel on eut ensuite du mal à renoncer. Puis les efforts requis pour maintenir ces travaux en état devenaient de plus en plus absorbants. Le pire des malheurs qui pût nous arriver, c'était le dégel soudain, qui changeait les parois crayeuses des tranchées, fissurées par le gel, en une masse pâteuse et croulante.

Certes, nous entendions siffler des balles dans la tranchée, nous recevions aussi parfois quelques obus des forts de Reims ; mais ces petits incidents de la guerre restaient bien en deçà de notre attente. Néanmoins, quelque mésaventure venait parfois nous rappeler le sérieux mortel caché par ces semblants de hasards. Par exemple, le 8 janvier, un obus s'abattit sur *La Faisanderie*, tuant notre adjoint au chef de bataillon, le lieutenant Schmidt. On disait d'ailleurs que le commandant de l'artillerie française, qui dirigeait le bombardement de nos lignes, était le propriétaire de ce pavillon de chasse.

L'artillerie se trouvait encore au voisinage immédiat des positions :

une pièce de campagne avait même été amenée en première ligne et camouflée vaille que vaille sous des toiles de tente. Durant un entretien avec nos « artiflots », j'appris à ma grande surprise que le sifflement des balles les troublait beaucoup plus que l'explosion des obus. C'est toujours la même histoire : les dangers de notre métier nous paraissent plus compréhensibles et, partant, moins redoutables.

Dans les premières minutes du 27 janvier, vers minuit, nous poussâmes en l'honneur de l'empereur trois hourras, auxquels les Français répondirent par une fusillade.

Je fus, dans ces jours-là, le héros d'une mésaventure qui faillit bien mettre une fin prématurée et sans gloire à ma carrière militaire. La compagnie tenait l'aile gauche du secteur et je dus, vers le matin, descendre avec un camarade dans le creux du val, pour y prendre la garde à deux. Je m'étais, au mépris du règlement, emmitouflé la tête dans ma couverture, à cause du froid, et je m'appuyais à un tronc, après avoir déposé mon fusil auprès de moi, dans les broussailles. Soudain, j'entendis des frôlements derrière mon dos : je cherchai l'arme de la main — elle avait disparu ! L'officier de service s'était glissé derrière moi et l'avait subtilisée, sans que je m'en aperçusse. Pour me punir, il m'envoya, muni seulement d'une pelle de tranchée, à quelque cent mètres en avant, en direction des sentinelles françaises — cette inspiration de Peau-Rouge m'aurait, pour un peu, coûté la vie. Car pendant ma bizarre « garde aux arrêts », une patrouille de trois volontaires se glissa à travers la haute ceinture de roseaux, en froissant avec tant d'insouciance les hautes tiges qu'elle fut aussitôt repérée par les Français et prise sous leur tir. L'un d'eux, nommé Lang, fut touché, et on ne le revit plus jamais. Comme j'étais tout près, je reçus aussi ma part des feux de peloton, fort à la mode en ce temps-là, au point que les branches du saule sous lequel je me tenais me fouettèrent les oreilles. Je serrai les dents et restai par pur entêtement. On vint me rechercher à la nuit tombante.

Nous fûmes ravis d'apprendre que nous allions quitter définitivement cette position et nous arrosâmes notre départ d'Orainville un soir, dans notre vaste grange, par d'abondantes libations de bière. Le 4 février 1915, relevés par un régiment saxon, nous reprîmes la route de Bazancourt.

De Bazancourt à Hattonchâtel

A Bazancourt, un bourg sinistre de Champagne, la compagnie prit ses cantonnements dans l'école, qui reçut en quelques jours, grâce au surprenant amour de nos soldats pour l'ordre, l'allure d'une caserne en temps de paix. Nous y avions un sergent de semaine, qui nous réveillait ponctuellement, la corvée de chambre, et chaque soir appel par escouades. Tous les matins, les compagnies sortaient pour faire quelques heures d'exercices dans les champs en friche des environs. Mais, quelques jours après, je fus enlevé au mécanisme de ce service : mon régiment m'envoyait suivre un cours de perfectionnement à Recouvrence.

Recouvrence était un petit village, à l'écart des grandes routes, niché dans de gracieuses collines de craie, où l'on rassemblait de tous les régiments de la division un certain nombre de jeunes soldats pour leur donner une instruction militaire approfondie, sous la direction d'officiers et de sous-officiers d'élite. Nous autres du 73e devions beaucoup, sous ce rapport, à l'excellent chef qu'était le lieutenant Hoppe.

L'existence, dans ce trou perdu, consistait en un curieux mélange de vacheries de caserne et de liberté estudiantine ; c'est que la majeure partie de l'effectif peuplait encore, quelques mois auparavant, les salles de cours et les instituts des universités allemandes. Le jour durant, les élèves étaient rabotés militairement selon toutes les règles de l'art ; le soir, ils s'assemblaient avec leurs instructeurs autour de gigantesques tonneaux, fournis par l'intendance de Montcornet, pour s'y livrer à des beuveries tout aussi consciencieuses. Quand, aux premières lueurs du jour, les diverses sections jaillissaient de leurs bistrots respectifs, les petites maisons de calcaire donnaient le spectacle insolite d'un chahut estudiantin. Le directeur du cours, un capitaine, avait d'ailleurs l'habitude pédagogique de redoubler les jours suivants les exigences du service.

Il nous arriva même de rester sur pied quarante-huit heures d'affilée, et pour la raison que voici : nous avions la coutume déférente de fournir à notre capitaine, pour conclure la godaille, une escorte d'honneur jusqu'à son quartier. Or, un beau soir, ce fut un buveur épique, qui me faisait toujours songer au magister Laukhard, dont vint le tour d'assumer ces fonctions. Il s'en retourna bientôt et nous annonça d'un air radieux qu'il avait catapulté le « pitaine », non dans son lit, mais dans l'étable à vaches.

Le châtiment ne se fit pas longtemps attendre. Nous étions à peine de retour dans nos quartiers et allions nous étendre lorsqu'on battit le rappel devant le corps de garde. Nous bouclâmes nos ceinturons en pestant et courûmes au lieu de rassemblement. Le « pitaine » s'y trouvait déjà, d'une humeur de chien, et y déployait une activité peu commune. Il nous salua de cet ordre : « Service d'incendie : le corps de garde est en feu. »

Sous les yeux des habitants médusés, la pompe à incendie fut sortie de sa remise, le tuyau ajusté, le corps de garde inondé de jets d'eau savamment dirigés. Le capiston se tenait sur un escalier de pierre, bouillant d'une fureur sans cesse croissante, dirigeait l'exercice et fouettait notre ardeur en faisant pleuvoir de là-haut une grêle d'interjections. De temps à autre, il sonnait les cloches à quelque soldat ou civil qui lui avait particulièrement échauffé la bile, et ordonnait de l'emme-

ner prisonnier sur-le-champ. Les infortunés étaient traînés à la hâte
derrière la première maison venue et soustraits ainsi à ses regards.
Quand l'aube vint, nous étions toujours aux bras de la pompe, les
genoux flageolants. On nous permit enfin de rompre pour nous mettre
en tenue d'exercice.

Quand nous arrivâmes sur le champ de manœuvres, le « pitaine »
s'y trouvait déjà, rasé de frais, d'excellente humeur, pour se consacrer
à notre instruction avec une ardeur sans pareille.

Nos rapports étaient cordiaux. C'est là que je me liai étroitement,
relations qui devaient s'affermir sur bien des champs de bataille, avec
un bon nombre de jeunes soldats d'une rare valeur : ainsi avec Clément,
qui devait tomber à Monchy, avec le peintre Tebbe, qui devait tomber
devant Cambrai, avec les frères Steinforth, qui devaient tomber sur la
Somme. Nous habitions par groupes de trois ou quatre et faisions
popote ensemble. C'est surtout de notre dîner quotidien, œufs brouillés
et pommes de terre sautées, que j'ai gardé le meilleur souvenir. Le
dimanche, nous nous offrions un lapin, selon la coutume du pays, ou
un coq. J'étais chargé des achats pour le repas du soir : c'est à ce titre
que je me vis présenter par notre hôtesse, un beau jour, toute une série
de bons qu'elle avait reçus pour acquit de réquisition, véritable antholo-
gie d'humour populaire : la plupart disaient que le fusilier X... avait
accordé ses faveurs à la fille de la maison et avait dû réquisitionner
une douzaine d'œufs pour se remonter.

Les habitants étaient bien étonnés de voir que nous autres, simples
soldats, parlions tous plus ou moins couramment le français. Il en résul-
tait parfois des incidents fort drôles. C'est ainsi que j'étais un matin
avec Clément chez le barbier du village, lorsqu'un des clients qui attendaient leur tour cria à ce barbier, alors qu'il avait tout juste Clément
sous son rasoir-couteau, avec l'accent sourd des paysans champenois :
« Eh, coupe la gorge avec [1] ! », en se passant l'arête de la main tendue
sur le cou.

A son grand effroi, Clément répliqua d'un air flegmatique : « Quant
à moi, j'aimerais mieux la garder [1] », faisant montre ainsi de ce calme
qui sied au guerrier.

Vers la mi-février, nous autres du 73e fûmes surpris par la nouvelle
des lourdes pertes subies par le régiment devant Perthes, et affligés
d'avoir passé ces jours loin de nos camarades. La défense acharnée du
secteur du régiment, dans le « chaudron de sorcière », nous valut le
surnom glorieux de « lions de Perthes », qui nous suivit dans tous les
secteurs du front Ouest. On nous appelait aussi « les Gibraltar », à
cause du brassard bleu de Gibraltar, que nous portions en souvenir de
notre régiment d'origine, le régiment de la garde hanovrienne, qui avait
tenu cette forteresse contre les Français et les Espagnols de 1779 à
1783.

---

1. En français dans le texte. *(N.d.T.)*

La mauvaise nouvelle nous parvint en pleine nuit, alors que nous procédions, sous la présidence du lieutenant Hoppe, à nos libations habituelles. L'un des buveurs, le grand Behrens, celui-là même qui s'était débarrassé du capitaine dans la grange, voulut se retirer sous le coup de la première émotion, « parce qu'elle lui avait coupé le goût de la bière ». Hoppe le retint toutefois, lui faisant observer que ce n'était pas conforme aux habitudes de l'armée. Hoppe avait raison ; il tomba lui-même quelques semaines après, aux Éparges, à la tête de sa compagnie déployée en ligne de tirailleurs.

Le 21 mars, ayant passé un petit examen, nous revînmes au régiment, cantonné de nouveau à Bazancourt. Il fut détaché du Xe corps dans les jours suivants, après une grande revue et une allocution d'adieu par le général von Emmich. Nous prîmes le train le 24 mars et roulâmes jusqu'aux environs de Bruxelles, où on nous fondit avec le 76e et le 164e pour constituer la 111e division d'infanterie : c'est dans cette formation que nous allions faire tout le reste de la guerre.

Notre régiment fut cantonné au bourg d'Hérinnes, dans une contrée d'une placidité toute flamande. J'y fêtai avec bonheur, le 29 mars, mon vingtième anniversaire.

Quoique les Belges fussent au large dans leurs maisons, on fourra notre compagnie dans une vaste grange pleine de courants d'air où sifflait, durant les froides nuits de mars, le dur vent de mer de la région. A part cela, notre séjour à Hérinnes nous procura un bon repos : beaucoup d'exercices, mais le ravitaillement était abondant et les vivres bon marché.

La population, mi-flamande mi-wallonne, était très aimable avec nous. Je m'entretenais souvent avec le patron d'un estaminet, socialiste et libre-penseur fougueux, d'une nuance particulière à la Belgique. Il m'invita à festoyer le dimanche de Pâques et ne voulut même pas accepter de l'argent pour ses boissons. Nous eûmes bientôt tous fait nos connaissances et, dans nos après-midi de liberté, nous nous rendions en flânant jusqu'à l'une ou l'autre des grosses fermes dispersées dans la campagne, pour nous asseoir dans une cuisine brillante de propreté, autour de l'un de ces poêles bas dont le dessus rond portait toujours la grande cafetière. Nos conversations, pleines de bonhomie, avaient lieu en flamand et en bas-saxon.

Vers la fin de notre séjour, le temps se mit au beau, nous invitant à des promenades dans la région, accueillante et bien arrosée. La campagne, où s'étaient épanouies du jour au lendemain les grandes renoncules d'eau, était pittoresquement garnie de guerriers dévêtus qui, leur linge sur leurs genoux, se livraient avec ardeur, sous les peupliers des rives, à la chasse aux poux. Ce fléau m'avait à peu près épargné jusqu'à présent, mais je dus aider mon camarade Priepke, un exportateur hambourgeois, à entortiller autour d'une grosse pierre sa veste de laine, aussi peuplée que jadis le pourpoint de Simplicissimus, pour la plonger au fond d'un ruisseau. Comme nous dûmes quitter Hérinnes à l'improviste, elle a dû y moisir paisiblement.

Le 12 avril 1915, nous prîmes le train à Hal et roulâmes par un long détour, pour déjouer l'espionnage, le long de l'aile nord du front, jusqu'aux abords du champ de bataille de Mars-la-Tour. La compagnie prit ses quartiers, comme d'habitude, dans une grange, au village de Tronville, l'un de ces trous crottés fréquents en Lorraine, bâti de bric et de broc en cubes de pierre, aux toits plats et sans fenêtres. Nous devions, par crainte des aviateurs, nous tenir le plus souvent dans notre bourgade bondée de soldats ; nous rendions cependant visite aux lieux illustres et tout proches de Mars-la-Tour et de Gravelotte. A quelques centaines de mètres du village, la route de Gravelotte était coupée par la frontière ; le poteau-frontière français gisait en morceaux sur le sol. Le soir, nous nous offrions souvent le plaisir mélancolique d'une promenade en Allemagne.

Notre grange était si décrépite qu'il fallait jouer l'équilibriste pour ne pas tomber sur l'aire à travers ses planches vermoulues. Certain soir, tandis que notre groupe, sous la présidence de son brave caporal Kerkhoff, était occupé à se partager les rations sur une mangeoire, voilà qu'un énorme billot de chêne se détacha de la charpente et chut avec fracas. Par bonheur, il se coinça entre deux cloisons de torchis juste au-dessus de nos têtes. Nous en fûmes quittes pour la peur ; seule, notre belle portion de barbaque fut ensevelie sous les décombres soulevés par cette chute. A peine nous étions-nous blottis dans la paille, après ce fâcheux présage, qu'on martelait la porte de coups sonores, et que la voix de l'adjudant, criant l'alerte, nous chassait de notre couche. Tout d'abord, comme toujours en pareil cas, un instant de silence, puis un remue-ménage confus, un brouhaha : « Mon casque ! Où est mon sac à pain ? Pas moyen de passer mes bottes ! Tu m'as fauché mes cartouches ! Ta gueule, crétin ! »

On finit par être tous prêts et nous marchâmes jusqu'à la gare de Chambley, d'où nous gagnâmes en quelques minutes de train Pagny-sur-Moselle. Nous escaladâmes les hauts de Moselle dans la matinée et nous arrêtâmes à Prény, délicieux village montagnard, surmonté d'une ruine féodale. Cette fois, notre grange se trouva être un édifice de pierre, plein d'un foin parfumé de montagne ; ses lucarnes donnaient sur les collines mosellanes, plantées de vignes, et sur le bourg de Pagny, qui souvent recevait des obus et des bombes d'avion. Parfois, des projectiles tombaient dans la rivière, soulevant des colonnes d'eau hautes comme des tours.

La tiédeur du printemps nous ranimait et nous incitait, dans nos heures de loisir, aux longues flâneries à travers cet admirable paysage de coteaux. Nous étions si exubérants que, le soir, nous passions encore quelques instants à nous faire des niches avant de nous endormir tous. Une blague classique, entre d'autres, consistait à verser d'une gourde de l'eau ou du café dans la bouche des ronfleurs.

Le soir du 22 avril, nous quittâmes Prény et fîmes une marche de plus de trente kilomètres jusqu'au village d'Hattonchâtel, sans avoir un seul éclopé, malgré le poids du barda ; nous campâmes à droite de la fameuse « grande tranchée », en plein cœur de la forêt. Tout indiquait que nous allions être mis en ligne le lendemain. On nous distribua des paquets de pansement, une seconde ration de « singe » et des fanions de signalisation, pour l'artillerie.

Je restai longtemps assis, ce soir-là, dans cet état de songerie dont se souviennent les guerriers de tous les temps, sur une souche autour de laquelle foisonnaient des anémones bleuâtres, avant de regagner ma place sous la tente, en rampant par-dessus mes camarades, et j'eus dans la nuit des rêves confus, où une tête de mort jouait le rôle principal. Priepke, à qui j'en parlai le lendemain matin, espérait que ç'avait été un crâne de Français.

Les Éparges

La jeune verdure de la forêt luisait dans le matin. Nous suivîmes des sentiers cachés qui serpentaient jusqu'à une gorge étroite, derrière la première ligne. On avait annoncé que le 76ᵉ allait attaquer après une préparation d'artillerie de vingt minutes seulement et que nous serions en réserve, prêts à intervenir. Sur le coup de midi, notre artillerie ouvrit une violente canonnade qui se répercuta dans les gorges forestières. C'est là, que, pour la première fois, nous entendîmes cette expression chargée de sens : feu roulant. Nous restions assis sur nos sacs, agités et oisifs. Un homme de liaison s'élança vers le chef de compagnie. Paroles essoufflées : « Les trois premières tranchées sont entre nos mains, nous avons capturé six pièces ! » Un hourra jaillit comme une flamme. La passion du risque-tout s'éveillait.

L'ordre tant désiré finit par nous parvenir. Nous marchâmes en une longue file vers l'avant, où crépitait une fusillade confuse. Cette fois, ça y était ! Le long de la sente forestière, des coups sourds firent trembler des fourrés sous les sapins ; des branches et de la terre plurent sur nous. Puis l'avertissement de la mort courut à travers les rangs : « Des brancardiers à l'avant ! »

Nous ne tardâmes pas à passer devant la place touchée par le tir adverse. Les victimes étaient déjà évacuées. Des lambeaux sanglants d'uniformes et de chair pendaient aux broussailles, autour du point d'impact, spectacle bizarre, étouffant ; il me fit songer à la pie-grièche, qui embroche ses proies sur les épines.

Dans la grande tranchée, des groupes couraient vers l'avant. Des blessés réclamaient de l'eau, accroupis le long du chemin ; des prisonniers qui traînaient des civières se dirigeaient haletants vers l'arrière, des avant-trains ferraillaient, lancés au galop, à travers le feu. A droite, à gauche, des obus martelaient le sol meuble ; de lourds branchages s'abattaient. Au milieu du chemin, un cheval gisait mort, avec d'énormes blessures, ses entrailles fumantes auprès de lui. Parmi ces grandes images sanglantes, il régnait une gaieté sauvage, inconnue. Un réserviste barbu s'appuyait contre un arbre : « Allez-y, les gars, les Français se trottent ! »

Nous parvînmes au domaine de l'infanterie, labouré par le combat. Les alentours de la position de départ étaient déboisés par les projectiles. Dans le *no man's land* déchiqueté, les morts de l'attaque étaient étendus, la tête vers l'ennemi ; les uniformes gris ressortaient à peine sur le sol. Un géant au collier de barbe rousse souillé de sang regardait le ciel de ses yeux fixes, les mains agrippées à la terre molle. Un jeune gars se tordait dans un trou d'obus, avec sur le visage ces teintes terreuses qui annoncent la mort. Nos regards semblaient l'irriter ; d'un geste indifférent, il tira sa capote par-dessus sa tête et cessa de remuer.

Nous nous égaillâmes loin de la colonne. Sans cesse, des sifflements s'abattaient sur nous, avec de longues courbes tendues, des éclairs faisaient voler le sol de la clairière. J'avais déjà entendu assez souvent devant Orainville le miaulement des obus de campagne ; ici encore, il ne me sembla pas spécialement dangereux. L'ardeur avec laquelle notre compagnie avançait maintenant, sections déployées, sur le terrain arrosé de projectiles, avait au contraire quelque chose d'apaisant ; je pensai à part moi qu'un tel baptême du feu se passait bien mieux que je ne m'y étais attendu. Étrangement sourd au langage des faits, je cherchais d'un regard attentif à quelle cible pouvaient bien être destinés tant d'obus, sans me rendre compte que c'était déjà sur nous qu'on tirait si violemment.

« Des brancardiers ! » Nous avions déjà notre premier mort. Une balle de shrapnell avait ouvert la carotide au fusilier Stölte. Trois paquets de pansements furent en un rien de temps imbibés de sang. Il mourut, saigné à blanc, en peu de secondes. A côté de nous, deux pièces se mettaient en batterie, attirant un feu plus violent encore. Un lieutenant d'artillerie, cherchant des blessés vers l'avant, fut jeté à terre par une colonne de fumée qui jaillit soudain devant lui. Il se releva sans hâte et s'en revint avec un flegme marqué. Nous lui lancions des regards brûlants d'admiration.

Le crépuscule tombait quand nous reçûmes l'ordre de reprendre notre avance. Notre itinéraire nous mena, par des fourrés fouettés de balles, jusqu'à un boyau interminable que les Français en fuite avaient parsemé de paquetages. Près du village des Éparges, n'ayant plus de troupes devant nous, nous dûmes tailler une position dans la roche dure. Je finis par tomber dans un buisson pour m'y endormir. Parfois, je voyais encore, du fond de ma somnolence, les obus tracer leurs arcs au-dessus de moi, leurs fusées crachant des étincelles.

« Debout, mon gars, on s'en va ! » Je m'éveillai dans l'herbe humide de rosée. Nous revînmes en courant au boyau, à travers la gerbe sifflante d'une mitrailleuse, et nous occupâmes une position abandonnée par les Français à l'orée du bois. Une odeur douceâtre et un paquet accroché dans le réseau des barbelés mirent mon attention en éveil. Une chair de poisson, décomposée, luisait d'un blanc verdâtre dans l'uniforme en lambeaux. Me retournant, je sautai en arrière, saisi d'horreur : près de moi, une forme humaine était accotée à un arbre. Elle portait les cuirs brillants des Français et avait encore au dos le sac haut chargé, sommé d'une gamelle ronde. Des orbites caves, quelques touffes de cheveux sur le crâne d'un brun noir m'apprirent que je n'avais pas affaire à un vivant. Un autre était assis, le buste replié en avant sur ses jambes, comme s'il venait de s'écrouler. Les alentours étaient parsemés d'autres cadavres par douzaines, pourris, calcinés, momifiés, figés dans une inquiétante danse macabre. Les Français avaient dû tenir des mois auprès de leurs camarades abattus, sans pouvoir les ensevelir.

Dans les heures du matin, le soleil perça le brouillard et nous pénétra d'une tiédeur bienfaisante. Quand j'eus un peu dormi dans le fond du boyau, la curiosité me poussa à inspecter la tranchée isolée conquise la veille. Le sol en était couvert de monceaux de ravitaillement, de munitions, de pièces d'équipement, d'armes, de lettres et de journaux. Les abris avaient l'air d'une friperie après un pillage. Elle était jonchée des corps des braves défenseurs, dont les fusils étaient encore appuyés aux créneaux. D'une charpente aplatie par les obus, un tronc sortait, coincé entre ses poutres. La tête et le cou étaient arrachés, des cartilages blancs luisaient dans la chair d'un noir rougeâtre. J'avais du mal à comprendre. Un tout jeune garçon était couché auprès, sur le dos, les yeux vitreux et les poings raidis dans l'attitude de la visée. Étrange sentiment que de regarder de tels yeux morts, interrogateurs ; c'est un frisson dont je ne me suis jamais complètement débarrassé, de toute cette guerre. Ses poches étaient retournées, son porte-monnaie vidé était tombé auprès de lui.

Je flânai, sans être gêné par le tir, le long de la tranchée saccagée. C'était le court moment de la pause matinale, que je devais souvent retrouver dans les batailles, seul instant où reprendre haleine. J'en profitai pour tout examiner sans souci et tout à mon aise. L'armement, nouveau pour moi, l'ombre dans les abris, le contenu baroque des sacs, tout était neuf et plein de mystère. Je me fourrais des munitions françaises dans les poches ; je débouclais une toile, douce comme de la soie, je ramassais une gourde recouverte de drap bleu, pour tout jeter trois pas après. Une belle chemise rayée, auprès d'une cantine d'officier en vrac, m'incita à retirer en hâte mon uniforme et à me remonter en linge neuf des pieds à la tête. J'eus plaisir au chatouillement délicieux de la toile fraîche sur ma peau.

Équipé de frais, je cherchai un coin de soleil dans la tranchée, m'assis sur une poutre et ouvris avec ma baïonnette une boîte ronde de « singe » pour déjeuner. Puis je m'allumai une pipe et feuilletai les revues françaises, abondamment répandues, qui, comme je le vis à leur date, n'avaient été envoyées que la veille de Verdun aux tranchées.

Non sans un certain frisson, je me souviens que durant cette collation, je tentai de dévisser un drôle de petit appareil, trouvé à mes pieds sur le sol de la tranchée ; je crus reconnaître, Dieu sait pourquoi, une « lanterne d'assaut ». Bien plus tard seulement, je devais comprendre que l'objet que j'avais tripoté était une grenade dégoupillée.

Tandis que la lumière montait, une batterie allemande se mit à tirer d'une corne de bois, juste derrière la tranchée. L'ennemi ne tarda guère à lui donner la réplique. Je fus soudain éveillé de mon indolence par un grand craquement, dans mon dos, et je vis s'élever tout droit un cône de fumée. Peu familier encore avec les bruits de la guerre, j'étais incapable de débrouiller les sifflements et les chuintements, les pétarades de nos propres pièces et les explosions fracassantes des obus ennemis, dont la chute se précipitait constamment, pour m'en former une image claire. Je ne pouvais surtout pas m'expliquer pourquoi les projectiles pleuvaient de tous les côtés, si bien que leurs trajectoires sifflantes semblaient se croiser en désordre par-dessus le lacis de petits bouts de tranchée où nous nous étions dispersés. Cet effet dont je ne discernais pas la cause m'inquiéta et me fit réfléchir. En face du mécanisme du combat, j'étais encore un ignorant, un bleu — les manifestations de la volonté guerrière me paraissaient étranges et incohérentes, comme des chaînes d'événements sur un autre astre. Avec tout cela, je n'avais pas peur, à proprement parler ; sûr de n'être pas vu, je n'arrivais pas à croire qu'on me visât et que je pusse être touché. C'est pourquoi, revenu à mon groupe, j'observai le *no man's land* avec une grande indifférence. C'était le courage de l'inexpérience. Je notai dans un calepin, comme j'en eus plus tard l'habitude, en de telles journées, les heures où le tir d'artillerie mollissait ou s'intensifiait.

Vers midi, le tir prit la violence d'une danse effrénée. Sans cesse, des flammes bondissaient autour de nous. Des nuées blanches, noires et jaunes se confondaient. Entre tous, les obus à fumée noire, que les vétérans surnommaient les « américains » ou les « gros noirs », déchiquetaient tout avec une force de percussion terrifiante. Cependant, les fusées lançaient par douzaines leur singulier gazouillement de canaris. Avec leurs ouvertures dont l'air, en passant, tirait des arpèges, elles volaient comme des boîtes à musique en cuivre, ou comme une sorte d'insectes mécaniques, au-dessus du ressac prolongé des explosions. L'étrange était que les petits oiseaux, dans la forêt, n'avaient pas l'air de se soucier le moins du monde de ces cent bruits divers ; ils restaient paisiblement perchés au-dessus des traînes de fumée, dans les ramures hachées par les obus. Dans de brefs intervalles de calme, on percevait leurs appels et leurs trilles insouciants ; ils semblaient même excités par les ondes de bruit qui déferlaient autour d'eux.

Aux instants où le tir devenait plus dense, les occupants des tranchées s'encourageaient mutuellement à la vigilance par de brèves interjections. Dans le bout de tranchée que j'embrassais du regard, et des parois duquel s'étaient déjà détachés de gros blocs d'argile, on était prêt à toute éventualité. Les fusils étaient braqués, tout armés, dans les fentes de tir, et les tireurs scrutaient le *no man's land*. De temps à autre, ils jetaient un coup d'œil à droite et à gauche, pour s'assurer que le contact était bien maintenu, et souriaient quand leur regard tombait sur un visage familier.

J'étais assis avec un camarade sur une banquette taillée dans la glaise du parapet. Tout d'un coup, la planche par la fente de laquelle nous observions les approches éclata, et une balle d'infanterie s'enfonça dans l'argile, entre nos têtes.

Peu à peu, il y eut des blessés. Certes, on ne pouvait rien voir de ce qui se passait dans le lacis des boyaux, mais l'appel : « Des brancardiers ! », de plus en plus fréquent, montrait assez que le bombardement commençait à opérer. Parfois, une silhouette passait à la hâte, un pansement frais, visible de loin, autour de la tête, au cou ou à la main, et disparaissait en direction de l'arrière. Il s'agissait de mettre à l'abri la « fine blessure », car, selon une superstition de soldats, la blessure sans gravité n'est souvent que l'avant-courrière d'une autre, meurtrière.

Mon camarade, un volontaire du nom de Kohl, gardait ce flegme des Allemands du Nord qui semble créé tout exprès pour de pareilles situations. Il mâchonnait et tripotait un cigare qui ne voulait pas prendre, et avait, quant au reste, l'air un peu somnolent. Il ne se démentit même pas de son calme quand éclata soudain dans notre dos un crépitement pareil à celui de mille fusils. Il s'avéra que les projectiles venaient de mettre le feu à la forêt. De grandes flammes pétillantes léchaient les arbres.

J'étais, pendant tout ce temps, en proie à de bizarres soucis. J'enviais les vieux « lions de Perthes », et leur expérience du « chaudron de sorcière », à laquelle mon séjour de Recouvrence m'avait soustrait. Quand donc les « gros noirs » pleuvaient particulièrement dru dans notre coin, je demandais de temps en temps à Kohl, qui y avait été :

« Dis donc, maintenant, c'est comme à Perthes ? »

A ma grande déception, il répondait toujours, avec un geste nonchalant :

« Tu es loin du compte ! »

Au moment où le pilonnage devint si serré que notre banc d'argile commençait à vaciller sous les éclatements des monstres noirs, je recommençai à lui corner dans les oreilles :

« Dis donc, *maintenant*, c'est comme à Perthes ? »

Kohl était un soldat consciencieux. Il commença par se lever, parcourut du regard le spectacle, puis brailla, pour ma satisfaction intime :

« Oui, maintenant, ça va venir ! »

Cette réponse me remplit d'une joie puérile ; ne confirmait-elle pas que je prenais part pour la première fois à un combat réel ?

A ce moment, un homme passa la tête au coin de notre boyau :

« Suivez sur la gauche ! » Nous fîmes passer l'ordre et nous en allâmes le long de la position, noyée dans les vapeurs des tirs. Les ravitailleurs étaient tout juste revenus et des centaines de gamelles abandonnées fumaient sur le parapet. Mais qui songeait à manger ? Une foule de blessés, aux pansements sanglants, se frayaient un passage dans la direction inverse, l'énervement du combat inscrit sur leurs visages blafards. Là-haut, sur le rebord de la tranchée, on traînait hâtivement des civières vers l'arrière, l'une après l'autre. Nous sentions arriver un moment critique, dressé devant nous. « Attention, camarade, mon bras ! mon bras ! » « Grouille-toi, vieux, serre sur l'avant ! »

Je reconnus le lieutenant Sandvoss, qui pressait le pas, distrait et les yeux grands ouverts, sur la berge de la tranchée ; un long pansement blanc, enroulé autour de son cou, lui donnait une allure singulièrement gauche, et c'est pour cela sans doute qu'il me fit songer en cet instant à un canard. Je le vis comme dans l'un de ces rêves où l'inquiétant survient sous le masque du grotesque. Juste après nous passâmes devant le colonel von Oppen, qui, une main dans la poche de sa vareuse, donnait des instructions à son officier d'état-major. « Tiens, tiens, toute cette histoire a donc un sens », me dis-je soudain confusément.

La tranchée débouchait dans un bout de forêt. Nous nous arrêtâmes, incertains, sous d'immenses hêtres. Du taillis épais, notre chef de section, un lieutenant, jaillit soudain et cria au plus ancien des sous-officiers : « Egaillez vos hommes face au soleil couchant et faites-les mettre en position. Vous établirez une liaison avec mon abri, au bord de la clairière. » L'autre prit le commandement en râlant.

Nous nous déployâmes et nous étendîmes, aux aguets, dans une rangée de trous peu profonds, creusés à la pelle dans le sol. Nos échanges de plaisanteries furent coupés net par un beuglement qui nous secoua jusqu'aux moelles. A vingt mètres derrière nous, des mottes de terre jaillirent en tournoyant d'un nuage blanc et claquèrent à travers les branches hautes. L'écho en roula longtemps dans le sous-bois. Des regards éperdus se croisèrent, les corps se serrèrent, écrasés par un sentiment d'impuissance, contre le sol. Les détonations se succédaient en chapelets. Des gaz délétères s'infiltraient sous le taillis ; une fumée lourde enveloppait les cimes, des troncs et des branches se fracassaient contre la terre, des cris éclataient. Nous nous levâmes d'un bond et partîmes à l'aveuglette, harcelés par les éclairs et le souffle assourdissant des coups, d'arbre en arbre, cherchant à nous couvrir, tournant comme des bêtes traquées autour de troncs énormes. Un abri où coururent beaucoup d'entre nous et vers lequel je me dirigeais prit un coup au but qui fit voler son plafond de rondins, lançant en tourbillon à travers l'espace les lourdes pièces de bois.

Haletant, je bondis avec le sergent autour d'un gros chêne, comme un écureuil qu'on poursuit à coups de pierre. Machinalement, sans cesse fouetté par de nouvelles explosions, je courais derrière le gradé qui se retournait de temps à autre, me fixait d'yeux hagards et braillait : « Mais qu'est-ce qui se passe, bon Dieu, qu'est-ce qui se passe ?» Soudain, un éclair sauta des racines largement étalées, et un coup sur la cuisse gauche me projeta contre le sol. Je me crus atteint par une motte de terre, mais la chaleur du sang ruisselant ne tarda pas à m'apprendre que j'étais blessé. On découvrit plus tard qu'un éclat coupant comme un fer de lance m'avait blessé au gros de la jambe et que mon porte-monnaie avait atténué la violence du choc. Cette mince coupure qui, avant de trancher dans le muscle, n'avait pas transpercé moins de neuf feuilles de cuir épais, semblait faite au rasoir.

Je jetai mon sac et courus vers la tranchée dont nous venions. De toutes parts, des blessés convergeaient vers elle, hors des taillis bombardés. L'entrée était horrible à voir, obstruée par les blessés graves et les mourants. Un corps dénudé jusqu'à la ceinture, le dos ouvert, s'appuyait contre la paroi. Un autre blessé, à la nuque duquel pendillait un bout triangulaire de l'occiput, poussait des cris aigus, qui vous secouaient les nerfs. La grande souffrance régnait en ce lieu. J'y jetai un premier regard, comme par une fente infernale, dans les profondeurs de son empire. Et toujours de nouveaux coups !

Je perdis complètement la tête. Je me frayai brutalement mon chemin et finis par grimper, glissant deux ou trois fois en arrière dans ma hâte, hors du grouillement infernal de la tranchée, pour libérer mes mouvements. Je fonçai comme un cheval emballé au plus épais des taillis, à travers des sentiers, des clairières, jusqu'au moment où je tombai dans une portion de bois proche de la grande tranchée.

Le jour s'assombrissait déjà quand deux infirmiers survinrent, fouillant le secteur. Ils me hissèrent sur leur brancard et me portèrent jusqu'à un abri-ambulance, couvert de rondins, où je passai la nuit au milieu de nombreux blessés. Un major épuisé était debout dans ce fouillis de corps gémissants, pansait les plaies, administrait des piqûres, donnait des recommandations d'une voix paisible. Je me tirai sur le corps la capote d'un mort et sombrai dans un sommeil qu'un début de fièvre tissa de songes étranges. En pleine nuit, je me réveillai et vis le docteur qui poursuivait son travail à la lueur d'un falot. Un Français poussait à intervalles réguliers des cris perçants et, près de moi, quelqu'un grogna, furieux : « Encore un Français ! Ah ! ceux-là, quand ils ne peuvent pas gueuler, ils ne sont pas contents. » Puis je me rendormis.

Quand on m'évacua, le lendemain matin, un éclat traversa le gros drap de la civière entre mes genoux.

Je fus embarqué avec d'autres blessés dans l'une des voitures sanitaires qui faisaient la navette entre le champ de bataille et l'ambulance de campagne. Elle partit au galop, coupant la grande tranchée, que martelait encore un tir violent. Derrière les bâches grises, nous roulions en aveugles à travers le danger qui nous suivait de son pas pesant de géant.

Sur l'une des civières, avec lesquelles on nous avait enfoncés dans la voiture comme on enfourne des pains, un camarade atteint d'un coup dans le ventre souffrait atrocement. Il supplia chacun de nous de l'achever avec le pistolet de l'infirmier, pendu dans la voiture. Personne ne répondit. J'allais connaître plus tard ce qu'on ressent quand chaque cahot de la route tombe comme un coup de maillet dans une blessure grave. L'ambulance de campagne était établie dans une clairière. On avait étalé de longues jonchées de paille, qu'on avait camouflées sous des branches vertes. A l'afflux des blessés, il était visible qu'un combat d'importance était en cours. En voyant un major-général qui contrôlait au sein de cet affairement sanglant la marche des opérations, j'eus de nouveau cette impression, difficile à dépeindre, que l'on ressent lorsqu'on voit l'homme, cerné par les terreurs et les agitations de la zone élémentaire, poursuivre avec un sang-froid de fourmi l'édification de ses structures propres.

Nourri, désaltéré, réconforté, fumant une cigarette, j'attendis sur ma litière au milieu d'une longue file de blessés, m'abandonnant à cette légèreté intérieure qui s'empare de vous lorsqu'on a passé un examen, non sans accroc, certes, mais qu'on s'en est tiré malgré tout. Un bref entretien que je surpris auprès de moi me rendit songeur.

« Qu'est-ce qui ne va pas, camarade ?

— Un coup dans la vessie.

— Cela fait très mal ?

— Bah ! ce n'est rien. Mais se dire qu'on ne pourra plus revenir au front... »

Ce matin même, nous fûmes évacués sur la grande ambulance de triage installée dans l'église du village de Saint-Maurice. Un train-hôpital s'y trouvait déjà, prêt à partir ; il nous ramena en Allemagne en deux jours. De sa couchette, on apercevait durant le voyage les champs dont s'emparait le printemps. Nous fûmes soignés consciencieusement par un infirmier paisible, un chargé de cours de philosophie. Le premier service qu'il me rendit fut de fendre ma botte au moyen d'un couteau à plumes. Il y a des êtres qui ont, pour les soins à autrui, une vocation particulière ; aussi ressentais-je déjà comme un bienfait de le voir lire un livre à la lumière de sa veilleuse.

Le train nous déposa à Heidelberg.

Quand je vis les collines du Neckar couvertes de cerisiers en fleur, j'eus le vif sentiment de me retrouver chez moi. Comme ce pays était beau, et bien digne qu'on versât son sang et qu'on mourût pour lui ! Jamais encore je n'avais ainsi éprouvé son charme. Des pensées bonnes et graves me vinrent et j'entrevis pour la première fois que cette guerre signifiait plus qu'une grande aventure.

La bataille des Éparges fut mon baptême du feu. Il était tout autre que je ne l'avais imaginé. J'avais pris part à une grande opération guerrière sans voir un seul de mes adversaires. C'est seulement par la suite que je connus l'entrechoc, le combat qui culmine dans l'apparition des vagues d'assaut, en terrain découvert, peuplant pour quelques minutes décisives et mortelles le vide chaotique du champ de bataille.

Douchy et Monchy

Ma blessure fut guérie en quinze jours. Je fus affecté au bataillon de dépôt, à Hanovre, et j'y obtins une courte permission dans mes foyers, afin de reprendre l'habitude de la marche.

« Porte-toi donc volontaire pour un cours d'élèves-officiers », me proposa mon père, comme nous parcourions le verger, l'un des premiers matins, pour voir comment l'année s'annonçait ; et je me conformai à son désir, bien qu'il m'eût semblé beaucoup plus tentant, au début de la guerre, d'y prendre part sous l'uniforme du simple fusilier, responsable de sa seule personne.

Le régiment me détacha donc à Döberitz, pour suivre un cours de perfectionnement, dont je sortis aspirant six semaines après. A voir les centaines de jeunes gens qui affluaient là, représentants de tous les types des provinces allemandes, on comprenait que le pays n'était pas encore à court de bons combattants. Tandis qu'à Recouvrence, j'avais connu l'entraînement individuel, nous apprîmes également ici à mouvoir de petites unités sur le terrain.

En septembre 1915, je revins au régiment. Je descendis du train au quartier général divisionnaire, le village de Saint-Léger, et me mis à la tête d'un petit détachement de renfort que je menai jusqu'à Douchy, où le régiment avait ses quartiers de repos. Devant nous, l'offensive française d'automne était en plein progrès. Le front se dessinait, dans cet immense champ de bataille, comme une longue ligne ondoyante de vapeurs. Par-dessus nos têtes, les mitrailleuses des escadrilles crépitaient. Parfois, quand l'un des appareils français, dont les cocardes tricolores semblaient fouiller le terrain comme de grands yeux de papillons, nous survolait trop bas, je me planquais avec ma petite troupe sous les arbres des routes. Les canons anti-aériens traçaient de longs rubans d'ouate dans l'air ; çà et là, des éclats s'enfonçaient en sifflant dans la glèbe.

Cette petite marche allait me donner l'occasion d'employer sans plus tarder mon savoir tout frais. Il est probable qu'on nous avait repérés du haut d'un des nombreux ballons captifs, dont les enveloppes jaunes brillaient à l'ouest, car au moment même où nous allions tourner pour entrer dans le village de Douchy, le cône noir d'un éclatement se leva devant nous. L'obus avait touché l'entrée du petit cimetière du village, situé tout contre le bord de la route. Pour la première fois, je connus cette seconde où il faut répondre à un événement imprévu par une décision.

« A gauche, gauche — égaillez-vous, en avant, marche ! »

La colonne se dispersa au pas gymnastique à travers les champs ; je rassemblai mes hommes bien à gauche et les menai par un vaste détour jusqu'au village.

Douchy, la base de repos du 73^c, était un village d'importance moyenne et n'avait encore que peu souffert des combats. Ce cantonnement, dans la campagne vallonnée de l'Artois, devint pour le régiment, au cours de ses dix-huit mois de guerre de tranchées, dans cette région, une seconde garnison, un lieu de détente et d'affermissement après de dures journées de combats et de travaux en première ligne. Que de fois, nous avons soupiré de soulagement en voyant briller à travers les sombres nuits pluvieuses une lumière isolée, à l'entrée du village ! On avait enfin un toit sur la tête et sa couche simple, à l'abri des fâcheux, dans une pièce sèche. On pouvait dormir sans être contraint de repartir dans la nuit toutes les quatre heures et sans être poursuivi jusque dans ses rêves par l'attente d'une surprise. On se sentait renaître, le premier jour de repos, quand on avait pris un bain et décrotté son uniforme de la boue des tranchées. Dans les prairies, on faisait l'exercice et de la gymnastique, pour assouplir les articulations rouillées et ranimer l'esprit d'équipe chez les hommes, restés solitaires durant de longues veilles nocturnes. Cela rendait du mordant pour de longs jours riches en fardeaux. Aux premiers temps, les compagnies retournaient par roulement en première ligne, pour y passer la nuit en travaux de fortification. Cette double occupation, trop épuisante, fut ensuite abandonnée par ordre de notre chef, le très intelligent colonel von Oppen. La sécurité d'une position a pour garants l'allant et les réserves de courage de ses défenseurs et non le labyrinthe de ses voies d'accès ou la profondeur des tranchées de combat.

Aux heures de loisir, Douchy offrait à ses habitants en uniforme gris plus d'une source de divertissement. De nombreuses cantines étaient encore abondamment pourvues de victuailles et de boissons ; il y avait une bibliothèque, un café ; il y eut même plus tard, ingénieusement installé dans une vaste grange, un cinéma. Les officiers avaient leur mess et un jeu de quilles dans le jardin du curé. On célébrait souvent des fêtes de compagnie, où les chefs et la troupe se livraient à des duels bachiques, selon la bonne vieille mode allemande. N'oublions pas non plus les « kermesses au cochon », où les porcs de la compagnie, maintenus gros et gras par les déchets des roulantes, passaient de vie à trépas.

Comme la population était restée au village, on tirait le meilleur parti de l'espace disponible. On avait établi dans certains des jardins des baraquements et des abris d'habitation ; un grand verger, au milieu du village, avait été métamorphosé en lieu de culte, un autre, baptisé « place Emmich », en parc d'attractions. C'est là que se trouvaient, dans des abris en rondins, la boutique du barbier et l'infirmerie dentaire. Une prairie, à côté de l'église, servait de cimetière militaire ; une compagnie devait y aller presque tous les jours pour rendre les derniers honneurs à un ou plusieurs camarades, aux accents d'un choral.

C'est ainsi qu'une ville de garnison avait proliféré en un an, comme un gros parasite, sur la décrépitude du petit village. A peine discernait-on sous elle sa vieille physionomie du temps de paix. Dans l'étang du village, les dragons baignaient leurs chevaux ; dans les prairies, les soldats prenaient leurs bains de soleil. Toutes les institutions tombaient en ruine ; seuls, les accessoires du combat étaient impeccablement entretenus. Par exemple, les barrières et les haies étaient abattues, déplantées, pour faciliter les allées et venues, tandis qu'à tous les coins de rue brillaient de grands panneaux de signalisation. Cependant que les toits s'effondraient et que le mobilier était peu à peu débité en bois de chauffage, on posait des installations téléphoniques et des câbles d'électricité. On creusait, en partant des caves, des galeries dans la craie, pour offrir un abri aux occupants des maisons, lors des bombardements ; la terre et les déblais, entassés dans les jardins, renforçaient les défenses. Le village entier ignorait les clôtures et la propriété individuelle.

La population française était cantonnée à la sortie du village, du côté de Monchy. Des enfants jouaient sur le seuil des maisons branlantes et des vieillards se traînaient, voûtés, à travers cet affairement nouveau qui leur rendait étrangers les lieux où ils avaient passé leur existence. Les jeunes gens devaient se présenter à l'appel tous les matins, pour être répartis par notre commandant de place, le lieutenant Oberländer, dans les groupes chargés de cultiver l'aire du village. Nous n'allions voir les habitants que pour leur apporter notre linge à laver ou pour leur acheter du beurre et des œufs.

L'un des spectacles étranges de cette petite ville de garnison fut l'adoption de deux orphelins français par la troupe. Ces deux gamins, dont l'un pouvait avoir huit ans et l'autre douze, étaient tout vêtus de *feldgrau* et parlaient couramment l'allemand. Quant à leurs compatriotes, ils ne les connaissaient que sous le nom de *Schangels* [1], appris de nos soldats. Leur plus vif désir était de pouvoir un jour monter en ligne avec leur compagnie. Ils savaient faire l'exercice sans faute, saluaient les supérieurs, prenaient place à l'aile gauche de la compagnie lors des appels et demandaient une permission lorsqu'ils voulaient accompagner l'aide-cantinier à Cambrai pour ses achats. Quand le deuxième bataillon fut envoyé quelques semaines à Quéant pour l'instruction, l'un d'eux, nommé Louis, devait rester à Douchy, d'ordre du colonel von Oppen ; aussi ne le vit-on pas durant la marche ; mais à l'arrivée du bataillon, il bondit joyeusement hors du fourgon à bagages où il

---

1. Diminutif de Jean (prononcé à l'allemande), à nuance péjorative, comme *der Iwan* pour les Russes. *(N.d.T.)*

s'était caché. Il paraît que l'aîné fut plus tard envoyé en Allemagne, dans une école de sous-officiers.

A une lieue à peine de Douchy, le village de Monchy-au-Bois abritait les deux compagnies de réserve du régiment. Il avait été, à l'automne 1914, l'objet de combats acharnés ; pour finir, il était resté aux mains des Allemands et l'étroit demi-cercle de la bataille autour des ruines de cette bourgade, jadis opulente, s'était lentement figé. Maintenant, les maisons étaient brûlées ou écrasées par les tirs, les jardins en friche sillonnés par les obus, les arbres fruitiers brisés. Toute cette pierraille était organisée en position défensive : boyaux, barbelés, barricades et points d'appui bétonnés. Les rues pouvaient être prises sous le feu des mitrailleuses d'un bloc en béton établi à leur carrefour, la « forteresse Torgau ». Un autre appui de résistance était la « forteresse Altenburg », un ouvrage de campagne, à droite du village, où logeait une section des compagnies de réserve. Un troisième point important de ce dispositif était une galerie de mine, d'où l'on avait tiré jadis le calcaire des maisons et que nous n'avions découverte que par hasard. Un cuistot de compagnie, dont le seau était tombé au fond d'un puits, s'était fait déhaler jusqu'en bas et avait remarqué une cavité qui s'élargissait en caverne. On examina le site et, lorsqu'on eut foré une seconde entrée, l'ensemble fournit à un grand nombre de combattants un abri à l'épreuve des obus.

Sur la hauteur isolée qui dominait la route de Ransart, une ruine s'élevait, un ancien estaminet que nous avions surnommé « Bellevue », à cause des vastes perspectives qu'il donnait sur le front — j'avais une prédilection pour ce lieu, bien qu'il fût dangereusement exposé. De là, le regard portait au loin à travers la campagne dévastée, dont les villages morts étaient reliés par des routes où pas une voiture ne roulait, où pas une créature vivante ne se laissait voir. Au fond, les contours d'Arras, la ville abandonnée, s'effaçaient dans le lointain et, plus à droite, on voyait luire les entonnoirs de craie ouverts par les grandes explosions de mine, à Saint-Éloi. Même vide dans les champs envahis par les mauvaises herbes, où passaient de grandes ombres de nuages, et sur lesquels le réseau dense des tranchées étalait ses mailles jaunes et blanches, aboutissant aux boyaux d'accès comme à de longs cordons de tirage. Çà et là, isolée, la fumée d'un obus jaillissait en tournoyant et s'effilochait au vent, ou bien la boule d'un shrapnell flottait au-dessus de cette désolation comme un gros flocon blanc qui fondait peu à peu. Le visage de cette contrée était sombre et fantastique : la guerre en avait balayé la grâce et y avait imprimé ses traits d'airain, pour l'effroi du contemplateur solitaire.

L'abandon et le profond silence, qu'interrompaient parfois les coups sourds des canons, prenaient au triste aspect des destructions une force accrue. Sacs déchirés, fusils brisés, lambeaux d'uniforme, puis, en un contraste atroce, un jouet d'enfant, culots d'obus, entonnoirs creusés par l'explosion des projectiles, bouteilles, instruments aratoires, livres déchirés, meubles disloqués, des orifices dont l'ombre mystérieuse révélait une cave où peut-être des charognes étaient rongées par les bandes affairées des rats, un petit pêcher privé du mur qui le soutenait, étendant désespérément ses bras, dans les étables les squelettes du bétail, pendant encore à leurs chaînes, dans le jardin saccagé des tombes, et verdoyant au milieu d'elles, cachés dans les herbes folles, des oignons, de l'absinthe, de la rhubarbe et des narcisses, dans les champs voisins des meules de céréales, au faîte desquelles le grain avait germé et proliférait déjà et, courant à travers tout cela, un boyau d'approche à demi enfoui, autour duquel flottait une odeur de brûlé et de pourriture. Je me rendais souvent en ce lieu et songeais aussi à ceux qui, tout récemment encore, y avaient mené une existence paisible.

La position courait, comme je l'ai dit, en un demi-cercle étroit autour du village, auquel elle était reliée par une série de boyaux. Elle était divisée en deux sous-secteurs, Monchy-Sud et Monchy-Ouest. Ceux-ci, à leur tour, se composaient de six secteurs de compagnie, de A à F. Le dessin en arc de la position offrait aux Anglais de bonnes occasions de tir flanquant, qu'ils utilisaient avec adresse, nous infligeant de lourdes pertes. Ils se servaient à cette fin d'une pièce camouflée juste derrière leurs lignes, et tirant de petits shrapnells dont le coup de départ et l'impact se confondaient pour l'oreille. Soudain, sur toute la longueur de la tranchée, un essaim de balles de shrapnells s'abattait comme un éclair subit, tuant assez souvent une de nos sentinelles.

Nous devons faire tout d'abord une courte visite à la tranchée, telle qu'elle s'était développée à cette époque : elle donnera un contenu concret à quelques termes qui vont revenir constamment.

Pour arriver à la première ligne, qu'on appelle plus brièvement la tranchée, nous entrons dans l'un des nombreux boyaux d'accès, destinés à permettre la marche à couvert jusqu'à la position de combat. Ces boyaux, qui souvent ont des kilomètres de long, mènent donc vers l'adversaire, mais, pour éviter d'être pris en enfilade, ils sont tracés en zigzag ou en arcs de faible amplitude. Après un quart d'heure de marche d'approche, nous rencontrons la seconde ligne, parallèle à la première et dans laquelle la résistance doit se poursuivre quand la tranchée de combat a été conquise.

Quant à cette tranchée, elle se distingue au premier coup d'œil des faibles dispositifs de défense établis au début de la guerre. Il y a longtemps que ce n'est plus un simple fossé : son sol se trouve à deux ou trois hauteurs d'homme au-dessous du niveau du terrain. Les défenseurs s'y meuvent donc comme sur le plancher d'une galerie de mine ; lorsqu'ils veulent observer les approches ou tirer, ils doivent escalader par des marches ou des échelles de bois la banquette de tir, une longue banquette taillée dans la terre à une hauteur telle que ceux qui s'y tiennent debout dépassent d'une tête la couche de terre végétale. Le tireur isolé se tient dans un poste de guetteur, une niche plus ou moins fortifiée, la tête protégée par un parapet en sacs de sable ou par un bouclier d'acier. Les seuls regards sont donc de minuscules meurtrières, par lesquelles on passe le canon du fusil. Les grosses masses de terre tirées de la tranchée sont amoncelées derrière la ligne, en un parapet qui sert aussi de défense arrière ; c'est dans ce rempart de terre que sont établis les nids de mitrailleuses. Au-devant du boyau, au contraire, la terre est toujours soigneusement déblayée, afin de dégager le champ de tir.

Devant la tranchée s'étend, souvent sur plusieurs lignes de profondeur, et tout de son long, le réseau des barbelés, lacis complexe de fer barbelé, qui doit retarder l'approche de l'assaillant et permettre aux guetteurs, dans leurs postes, de le prendre sans hâte sous leur feu. Les mailles de ce réseau sont pleines d'herbes hautes, car les champs en friche se couvrent déjà d'une végétation nouvelle et toute différente. Les plantes sauvages, qui d'ordinaire fleurissaient isolées parmi les céréales, ont pris le dessus ; çà et là, des broussailles basses commencent à foisonner. Les sentiers, eux, sont déjà recouverts par la végétation ; mais ils se détachent encore nettement ; car les feuilles rondes du plantain s'y épanouissent. Ce désert est un séjour de choix pour les oiseaux, tels que les perdrix, dont on entend souvent l'appel étrange, dans les nuits, ou les alouettes, dont le concert résonne aux premières lueurs par-dessus les tranchées.

Pour ne pas être balayée de flanc, la tranchée de combat a un dessin sinueux ; elle revient vers l'arrière en dentelures régulières. Ces parties en retrait laissent saillir les traverses, qui doivent retenir les balles tirées de côté. Le combattant est donc couvert dans le dos par le parapet arrière, sur les flancs par les traverses, tandis que le remblai antérieur de la tranchée fait fonction de parapet.

Pour le repos, on a creusé des abris, qui se sont développés à cette époque, du simple trou dans la terre à la véritable pièce d'habitation, bien close, plafonnée de rondins, et dont les parois sont coffrées de planches. Les abris ont à peu près la hauteur d'un homme et s'enfoncent dans le sol de telle manière que leur plancher est au niveau du sol de tranchée. Leur plafond de rondins est donc recouvert d'une couche de terre assez épaisse pour résister aux coups de faible calibre. Mais quand on est pris sous un tir de gros calibre, cette couverture de terre joue facilement le rôle de trappe à souris : aussi préfère-t-on dans ce cas le fond de la tranchée.

Les galeries sont étayées de robustes châssis de bois : le premier est encastré dans la muraille antérieure de la tranchée, au niveau de son sol, et constitue l'entrée de galerie ; à chaque châssis suivant, on gagne trente centimètres en profondeur, de sorte que la sape se trouve rapidement à l'abri des tirs. On a construit de cette manière l'escalier de galerie ; au trentième gradin, on a donc déjà neuf mètres ou, en comptant la profondeur de la tranchée, douze mètres de terre sur la tête. Arrivé là, on enfonce des châssis un peu plus larges dans la même direction, ou en équerre par rapport à l'escalier : ils servent de bâti à la pièce d'habitation. Des liaisons transversales créent des boyaux souterrains ; des ramifications poussées vers l'ennemi servent de sapes d'écoute et de mine.

Il faut s'imaginer tout ce dispositif comme une énorme forteresse souterraine, qui s'étend, sans vie dirait-on, à travers le terrain, mais à l'intérieur de laquelle s'accomplit un service bien réglé de garde et de travail, et où chaque homme se trouve à son poste, quelques secondes après l'alerte. On fera bien de ne pas s'en peindre l'atmosphère sous des couleurs trop romanesques ; il y règne au contraire une certaine somnolence, une pesanteur telle qu'en créent les contacts intimes avec la terre.

On m'avait affecté à la 6ᵉ compagnie, et quelques jours après mon arrivée, je montai en ligne, comme chef de groupe : quelques mines aériennes des Anglais m'y souhaitèrent aussitôt la bienvenue. C'étaient des projectiles à manche, de fer mince, remplis d'explosifs, dont on pourra facilement s'imaginer la forme si l'on suppose des haltères de cent kilos privés d'une de leurs sphères. Leur impact était sourd, peu distinct, souvent aussi masqué par des tirs de mitrailleuse. J'eus donc l'impression d'une magie cruelle quand je vis soudain, tout près de moi, la tranchée illuminée de flammes, tandis qu'un souffle hostile nous secouait. Les hommes se hâtèrent de m'entraîner dans l'abri de notre groupe, que nous atteignîmes au dernier moment. Nous y ressentîmes cinq ou six fois encore le martèlement pesant des impacts. La mine ne s'enfonce pas réellement, elle « se pose » : cette méthode placide de destruction produit sur les nerfs un effet pire que toute autre. Quand je fis mon premier tour de tranchée en plein jour, le lendemain matin, je vis ces grosses boules à manche, vidées, partout pendues à l'entrée des abris, en guise de gongs pour les alertes.

Le secteur C, que tenait ma compagnie, était le plus avancé du régiment. Nous avions en la personne de notre chef de compagnie, le lieutenant Brecht, qui était accouru d'Amérique au début des hostilités, l'homme qui convenait à un tel poste. Il cherchait le danger et tomba dans l'action.

La vie des tranchées suivait un cours ordonné : je note ici la marche d'un jour pareil à ceux qui se suivirent, dix-huit mois durant, ceux-là seuls exceptés où le feu habituel prenait les proportions d'un « pilonnage » incontestable.

La journée des tranchées ne commence qu'à la tombée de la nuit. A sept heures, un homme de mon groupe me tire de ma sieste d'après-midi, que j'ai faite en prévision de ma garde nocturne. Je boucle mon ceinturon, j'y passe le pistolet lance-fusées et des grenades et je quitte mon abri plus ou moins confortable. A ma première ronde dans le secteur familier de ma section, je m'assure que tous les guetteurs sont bien à leur poste ; à mi-voix, on échange le mot de passe. Cependant, la nuit est venue, et les premières fusées s'élèvent, couleur d'argent, tandis que des yeux vigilants fouillent les approches de la position. Un rat fait tinter les boîtes de conserves jetées par-dessus le remblai. Un second se joint à lui en sifflant, et bientôt la nuit grouille d'ombres furtives, jaillies des caves en ruine du village ou des galeries démolies par les tirs. La chasse aux rats offre une distraction fort goûtée dans le vide des gardes. On dépose un petit bout de pain en guise d'appât et on pointe le fusil sur lui, ou bien on répand dans les trous de la poudre prise aux obus non éclatés et on y met le feu. Ils en bondissent alors en couinant, le poil roussi. Ce sont des créatures répugnantes, et je ne puis m'empêcher de penser toujours à leur activité secrète de charognards, dans les caves de la bourgade. Une nuit tiède où je marchais à travers les ruines de Monchy, ils ont débouché de leurs cachettes en bandes tellement inconcevables que le sol avait l'air d'un tapis vivant, que ponctuait par places le pelage d'un albinos. Quelques chats ont aussi émigré des villages détruits dans les tranchées ; ils aiment la société des humains. Un grand matou blanc, la patte de devant fracassée, hante souvent le *no man's land* et semble entretenir des intelligences dans les deux camps.

Mais je voulais parler du service des tranchées. On aime de telles digressions, on devient facilement bavard, pour remplir la nuit obscure et le temps interminable. C'est pourquoi je me suis arrêté auprès d'un soldat de ma connaissance ou d'un autre sous-officier, et je prête une attention profonde aux mille néants de ses propos. Il m'arrive souvent d'ailleurs, en ma qualité d'aspirant, d'être entraîné dans une conversation cordiale par l'officier de garde, qui se sent tout aussi peu à son aise que moi. Il prend même un ton de camarade, me parle bas et avec ardeur, déballe ses secrets et ses désirs. Et je me prête volontiers à ces confidences car, moi aussi, les lourdes murailles noires de la tranchée me pèsent ; moi aussi, j'ai ce besoin de chaleur humaine dans la solitude inquiétante des tranchées. Le paysage dégage dans la nuit un froid étrange — froid de nature toute spirituelle. C'est ainsi qu'on se surprend à frissonner lorsqu'on traverse l'un des secteurs inoccupés du boyau, où ne passent que des patrouilles ; et ce frisson devient plus fort quand, plus loin que le réseau des barbelés, on pénètre dans le *no man's land*, en proie à un malaise léger qui fait claquer les dents. L'usage que font les romanciers du claquement de dents est presque toujours inexact ; il n'a rien de violent, et rappelle plutôt un faible courant électrique. Souvent, on n'y prête pas plus attention qu'au fait de parler en rêve. D'ailleurs, il s'interrompt sitôt qu'il se passe vraiment quelque chose.

La conversation languit. Nous sommes fatigués. Nous nous accotons, somnolents, contre une traverse, et nous fixons le point rouge de la cigarette dans les ténèbres.

Quand il gèle, on va et vient en battant la semelle, si bien que le sol durci résonne de pas nombreux. Par les nuits froides, on entend des toux ininterrompues, qui portent loin. Ces quintes de toux sont souvent, lorsqu'on progresse en rampant à travers le *no man's land*, le premier indice des lignes ennemies. Parfois aussi, c'est un guetteur qui fredonne ou sifflote une chanson, contraste cruel, quand on s'approche de lui, à tâtons, avec des intentions meurtrières. Souvent, il pleut : on reste alors mélancoliquement, le col de la capote relevé, sous l'auvent des entrées de galerie, à écouter la chute régulière des gouttes. Que l'on entende les pas d'un supérieur sur le sol humide de la tranchée, et l'on se hâte de sortir, on s'éloigne un peu, on fait demi-tour, on claque les talons, et on se présente : « Sous-officier de service de tranchée. Rien à signaler dans le secteur. » Car il est interdit de s'abriter sous l'entrée des galeries.

Les pensées vaguent. On regarde la lune et on songe aux beaux jours paisibles du pays, ou à la grande ville, loin à l'arrière, où les gens sont en train de sortir à flots des cafés, et où tant de réverbères brillent sur l'affairement nocturne du centre. On a l'impression d'en avoir rêvé quelque part — à une distance infinie.

Puis voici que l'herbe est froissée devant la tranchée, que deux barbelés tintent doucement l'un contre l'autre. En un clin d'œil, les songes s'égaillent. Tous les sens sont tendus à faire mal. On grimpe sur la banquette de tir, on lance une fusée : rien ne bouge. Ce ne devait être qu'un lièvre ou une perdrix.

Souvent, on entend l'adversaire travailler à ses barbelés. On tire alors quelques coups rapides dans sa direction, jusqu'au moment où l'on a vidé le magasin du fusil. Non pas seulement parce que c'est l'ordre : on en éprouve une certaine satisfaction. « Les autres, maintenant, ont dû se planquer. Peut-être même que tu en as touché un. » Nous aussi, nous déroulons presque chaque nuit du barbelé et avons fréquemment des blessés. Alors nous pestons contre « ces salauds d'Anglais ».

En maints endroits de la position, par exemple à la tête des sapes, les guetteurs sont à trente mètres à peine l'un de l'autre. Il s'y noue parfois des relations personnelles ; on reconnaît Fritz, Wilhelm ou Tommy à leur façon de tousser, de siffler ou de chanter. De brèves apostrophes, qui ne manquent pas d'un certain humour primitif, volent d'une ligne à l'autre. « Hé, Tommy, t'es toujours là ? — Ouais ! — Alors, planque ta tête, je vais tirer ! »

De temps à autre, on entend aussi, après un souffle sourd, un bruit sifflant, une sorte de battement d'ailes : « Gare à la mine ! » On se précipite vers la plus proche entrée de galerie, en retenant son souffle. Les mines explosent tout autrement, d'une manière bien plus énervante que les obus. Elles ont quelque chose de dévorant, de sournois, une espèce de personnalité haineuse. Ce sont des êtres perfides. Les grenades à fusil en sont des éditions en petit format. Elles s'élèvent comme des flèches des lignes ennemies, portant des têtes de métal brun-rouge, qui, pour mieux se fragmenter, est divisé en carrés, à la manière des plaques de chocolat. Quand certains points de l'horizon s'illuminent, tous les guetteurs sautent à bas de leurs banquettes et disparaissent. Car ils savent de longue expérience où sont postées les pièces qui arrosent le secteur C.

Enfin, le cadran lumineux révèle que deux heures se sont écoulées. Vite, maintenant, réveiller la relève et rentrer dans l'abri. Peut-être les ravitailleurs ont-ils rapporté des lettres, des paquets ou un journal. On se sent tout drôle, lorsqu'on lit des nouvelles de l'arrière et de ses soucis pacifiques, tandis que les ombres de la bougie à la flamme vacillante volettent le long des coffrages de rondins bruts. Ayant gratté avec un copeau le plus gros de la boue qui couvre mes bottes, et l'ayant essuyé contre un pied de la table, bâtie vaille que vaille, je m'étends sur mon bat-flanc et fourre ma tête sous la couverture pour « piquer un roupillon » de quatre heures, selon l'expression consacrée. Au-dehors, les projectiles claquent, à des intervalles monotones, contre les défenses, une souris me trotte sur le visage et les mains sans troubler mon sommeil. La vermine, elle aussi, me laisse en paix : nous avons soumis l'abri à des fumigations énergiques, voici quelques jours seulement.

A deux reprises encore, on me tire de mon sommeil pour le service. Pendant ma dernière garde, un trait clair, derrière nous, à l'horizon est, annonce le jour nouveau. Les contours de la tranchée se précisent ; elle donne, dans la lueur grise de l'aube, un sentiment d'indicible désolation. Une alouette s'élance ; ses trilles m'agacent. Accoté contre une traverse, je fixe d'un regard morne les approches, funèbres dans leurs mailles de barbelés. Pourquoi faut-il que ces vingt dernières minutes n'en finissent pas ? Enfin, les gamelles de la corvée de café tintent dans le boyau d'approche : sept heures, la garde de nuit est terminée.

Je rentre dans l'abri, je bois mon café et me lave dans une boîte de harengs en conserve. Tout cela me ranime ; j'ai perdu l'envie de m'étendre. D'ailleurs, dès neuf heures, je dois de nouveau répartir les tâches dans mon groupe et mettre mes hommes à l'ouvrage. Nous sommes de vrais maîtres Jacques : la tranchée nous impose quotidiennement ses mille exigences. Nous fouissons de profondes galeries, nous édifions des abris et des appuis de béton, nous préparons des obstacles de barbelés, nous creusons des dispositifs pour l'écoulement des eaux, nous menuisons, nous étayons, nous nivelons, nous relevons et ravalons des pentes, nous comblons des latrines, bref, nous exerçons sans aide étrangère tous les métiers. Et pourquoi pas, après tout, puisque tous les états, toutes les corporations ont délégué leurs représentants parmi nous ? Ce que l'un ne peut pas faire, l'autre le sait. L'autre jour, un mineur m'a pris le pic des mains, comme je creusais le sol dans la galerie de notre groupe, en me disant : « Attaquez toujours la roche par en bas, la saleté d'en haut tombera toute seule ! » Comment n'ai-je pas connu, jusqu'à présent, une règle aussi simple ? Mais ici, projeté en plein centre d'un paysage dénudé, où l'on se voit tout d'un coup contraint de s'abriter des projectiles, de se protéger contre les intempéries, de bricoler pour soi-même sa table et son lit, de monter des poêles

et de bâtir des escaliers, on a vite appris à se servir de ses dix doigts.
On commence à estimer le travail manuel.

A une heure, on prend de grands récipients, qui furent jadis bidons
de lait et seaux à confiture, et on remonte le déjeuner de la cuisine,
établie dans une cave. La « becquetance » est d'une monotonie toute
militaire, mais encore abondante, à condition que les ravitailleurs
n'aient pas eu « la trouille » en route et n'en aient pas répandu la moitié. Après le repas, on dort ou on lit un peu. Arrivent à la longue les
deux heures de la garde de jour. Elles s'écoulent singulièrement plus
vite que celles de la nuit. On observe la position adverse, bien familière, à la jumelle ou au périscope de tranchée, et souvent aussi on a
l'occasion de « faire un carton » à la lunette, avec la carabine de précision, réservée au pointage sur les têtes. Mais il faut se méfier, car
l'Anglais, lui aussi, a de bons yeux et de bonnes jumelles.

Un guetteur s'écroule tout d'une masse, ruisselant de sang. Balle
dans la tête. Les copains lui arrachent de sa capote le paquet de pansement et le bandent. « C'est plus la peine, Willem ! — Mais quoi, vieux,
y respire encore ! » Arrivent les brancardiers pour l'emporter au poste
de secours. La civière cogne rudement contre les traverses disposées
en chicane. A peine a-t-elle disparu que tout reprend son cours habituel.
On jette quelques pelletées de terre sur la flaque rouge, et chacun
retourne à ses occupations. Seul, un bleu s'appuie encore, tout blême,
au revêtement de bois. Il essaie de comprendre ce qui s'est passé. Tout
a été si soudain, si affreusement surprenant, un attentat d'une indicible
brutalité. C'est impossible, cela n'a pu avoir lieu. Pauvre type, tu en
verras d'autres...

Mais souvent aussi, tout se passe joyeusement. Nombre de nos hommes y mettent une ardeur de Nemrod. Ils contemplent avec une volupté
de connaisseurs les effets de l'artillerie sur la tranchée adverse : « Mon
vieux, il est bon comme la romaine. — Bon Dieu, regarde comme ça
gicle ! Pauvre Tommy ! Sortez vos mouchoirs ! » Ils aiment tirer des
grenades à fusil et des mines légères contre les lignes ennemies, au
grand mécontentement des timorés. « Laisse donc tes c...ies, on
dérouille déjà assez comme ça. » Mais cela ne les empêche pas de
réfléchir constamment à la meilleure manière de projeter des grenades
avec une espèce de catapulte de leur invention, ou de rendre les
approches périlleuses au moyen d'une quelconque machine infernale.
Ils peuvent, par exemple, ouvrir une brèche étroite dans un obstacle,
en face de leur créneau, pour attirer au bout de leur fusil un patrouilleur
séduit par un passage aussi facile ; une autre fois, ils rampent jusqu'à
l'autre côté et attachent aux barbelés anglais une clochette qu'ils agitent
de leur propre tranchée, au bout d'une longue ficelle, pour affoler les
guetteurs anglais. Que voulez-vous ? la guerre les amuse.

L'heure du café de l'après-midi peut parfois prendre un charme
bonhomme. L'aspirant doit souvent y servir de vis-à-vis à un officier
de la compagnie. Tout se passe selon les règles ; il y a même deux

tasses de porcelaine qui luisent sur la nappe de toile à sacs. Puis l'ordonnance pose une bouteille et deux verres sur la table boiteuse. L'entretien devient plus intime. Il est curieux que même ici, ce soit le
prochain qui, le plus souvent, lui fournisse son sujet favori et en fasse
les frais. Il s'est même constitué une énorme masse de ragots de tranchée, que l'on déballe avec délices lors de ces visites d'après-midi. On
se croirait bientôt dans une petite ville de garnison. Les supérieurs, les
camarades, les subordonnés sont passés au crible d'une critique détaillée, et un nouveau bobard a fait en un rien de temps le tour des abris
des chefs de section, dans les six secteurs, de l'aile droite à l'aile
gauche. Les officiers observateurs, qui veillent comme des Argus sur
la position du régiment, armés de jumelles et de collections de croquis,
n'y sont pas tout à fait étrangers. Au reste, la position de la compagnie
n'est pas hermétiquement close : les allées et venues y sont animées.
Dans les heures calmes du matin, on voit surgir les états-majors, propa-
geant l'effarement, à la grande fureur du P. C.D.F., qui venait de s'étendre après sa dernière garde et qui, à l'appel fatal : « Le chef de division
est dans la tranchée !» jaillit de sa cagna en tenue réglementaire. Puis
arrivent l'officier du génie, celui des fortifications, celui du service
d'écoulement des eaux — tous se conduisent comme si la tranchée
n'avait été creusée qu'en vue de leur spécialité. L'observateur d'artillerie, qui vient régler un tir de barrage, se fait accueillir fraîchement : car
à peine est-il parti avec ses jumelles à ciseaux, qu'il brandit hors de la
tranchée comme un insecte ses antennes, et voilà que l'artillerie
anglaise se rappelle à notre bon souvenir, et c'est toujours le fantassin
qui trinque.

Puis se présentent les chefs de groupes de choc et de détachements
de travailleurs. Ils s'installent jusqu'à l'obscurité complète dans l'abri
du chef de section, boivent des grogs, fument, jouent à la loterie polo-
naise et finissent par tout nettoyer comme des sauterelles. Ensuite, un
petit bonhomme joue au fantôme dans la tranchée, se faufile derrière
les guetteurs, leur corne aux oreilles : « Alerte aux gaz !» et note le
nombre de secondes qu'il leur faut pour mettre leur masque. C'est
l'officier de la protection contre les gaz. En pleine nuit, on frappe à la
porte en planches de la cagna : « Vous pioncez déjà, mon vieux ? Vite,
signez-moi un reçu de vingt chevaux de frise et six châssis de galerie !» C'est la corvée de matériel qui arrive. On a donc, les jours tranquilles, des allées et venues incessantes qui finissent par arracher au
malheureux occupant des cagnas ce soupir : « Pourvu qu'on se fasse
un peu pilonner, pour être enfin tranquille !» Et, en effet, quelques
gros noirs contribuent au retour du bien-être ; on est un peu plus entre
soi, et la paperasse vous est épargnée.

« Mon lieutenant, permettez-moi de me retirer, je prends mon service
dans une demi-heure !»

Dehors, les remblais de terre luisent aux derniers rayons du soleil ;

la tranchée est déjà plongée dans l'ombre. La première fusée éclairante ne tardera pas à monter, et les guetteurs de nuit à prendre leur garde. La nouvelle journée du P. C. D. F. commence.

Chronique quotidienne de la guerre de tranchées

C'est ainsi que s'écoulaient nos jours, dans une monotonie sévère, interrompue par de brefs repos à Douchy. Mais la position n'en offrait pas moins de bien belles heures. Souvent, j'étais assis avec un sentiment de sécurité voluptueuse à la table de mon petit abri, dont les parois de planches mal rabotées, où pendaient les armes, me rappelaient le Far-West ; je buvais une tasse de thé, lisais et fumais, tandis que mon ordonnance s'activait devant le poêle minuscule, qui remplissait l'air d'une odeur de rôties. Quel combattant des tranchées ne connaît pas cet état d'âme ? Au-dehors, devant le poste du guetteur, on entendait résonner des pas lourds et réguliers ; des apostrophes monotones montaient, quand les sentinelles se croisaient dans la tranchée. A peine si l'ouïe émoussée percevait encore la fusillade incessante, le choc bref des projectiles contre les défenses, ou le sifflement de la fusée qui, par l'ouverture du puits d'éclairage, s'affaiblissait peu à peu, puis s'arrêtait. Je tirais alors mon calepin de mon porte-cartes et notais en mots brefs les événements de la journée. C'est ainsi que naquit à la longue, comprise dans mon journal, une chronique minutieuse du secteur C, ce petit fragment tout en angles du long front, où nous étions chez nous, où nous connaissions de longue expérience chaque sape enfouie sous les herbes folles, chaque abri en ruine. Les corps de nos camarades abattus reposaient autour de nous, dans les talus de glaise amoncelée ; pas de pied de terre où ne se fût joué un drame, pas une traverse derrière laquelle ne fût embusqué le destin, jour et nuit, prêt à cueillir au hasard une victime. Et pourtant, nous ressentions tous un attachement profond pour notre secteur ; nous y étions fortement enracinés. Nous le connaissions tel qu'il s'étirait, ruban noir, à travers la campagne enneigée, ou quand les friches en fleur d'alentour l'inondaient, à l'heure de midi, de parfums qui nous montaient à la tête, ou quand la pleine lune tissait ses pâleurs funèbres autour de ses recoins obscurs, où des bandes de rats sifflants menaient leur sabbat. Nous restions assis, tranquilles, par les longues soirées d'été, sur ses banquettes d'argile, quand le vent tiède emportait vers l'ennemi des martèlements affairés et une chanson de chez nous ; nous tombions sur ses poutres et ses barbelés déchiquetés, quand la mort pilonnait les tranchées de sa masse de fer et que des fumées nonchalantes traînaient au-dessus des remblais de terre éboulée. Le colonel a souvent voulu nous affecter à un secteur plus calme de la position régimentaire, mais chaque fois, la compagnie demandait comme un seul homme de pouvoir garder son secteur C. Je reproduis ici un extrait des observations que j'ai consignées en ce temps-là, durant les nuits de Monchy.

7 octobre 1915. — Me trouvais à l'aurore auprès du guetteur de mon groupe sur la banquette de tir, devant notre abri, quand une balle a déchiré le calot de l'homme d'avant en arrière, sans le blesser. Au même moment, deux sapeurs touchés dans les barbelés. L'un par ricochet, à travers les deux jambes, l'autre par une balle dans l'oreille. Le même matin, le guetteur de l'aile gauche a reçu un coup de feu à travers les deux pommettes. Le sang jaillissait en gros jets de la blessure. Pour comble de malheur, le lieutenant von Ewald est arrivé aujourd'hui dans notre secteur afin de prendre sous son commandement la sape N, qui n'est qu'à cinquante mètres de la tranchée. Comme il se retournait pour redescendre de la banquette, une balle lui a fracassé la nuque. Il a été tué net. Il est resté sur la banquette de grands morceaux d'os crânien. En outre, un homme a pris un coup léger dans l'épaule.

19 octobre. — Le secteur de la section « centre » a été arrosé d'obus de 150. Un homme plaqué par le souffle contre un poteau du coffrage. Il a de graves lésions internes, et de plus, un éclat lui a tranché l'artère du bras.

Dans le brouillard du matin, en réparant notre réseau, devant l'aile droite, découvert un cadavre français, ou pour mieux dire un squelette.

Cette nuit, deux de nos hommes blessés en déroulant du barbelé. Gutschmidt a les deux mains percées et un coup à travers la cuisse, Schäfer un coup dans le genou.

30 octobre. — Cette nuit, après une ondée, toutes les traverses se sont éboulées, se mélangeant à l'eau de pluie en une gadoue qui a fait de la tranchée un marais sans fond. Notre seule consolation était de constater que les Anglais n'étaient pas mieux lotis, car on voyait comme ils se hâtaient d'écoper l'eau hors de leurs tranchées. Comme nous sommes un peu plus haut qu'eux, nous leur avons envoyé en supplément l'eau que nous avons pompée dans les nôtres. Nous avons aussi mis les carabines à lunette en action.

Les parois de tranchée ont découvert en s'éboulant toute une série de cadavres, restes des combats d'automne dernier.

9 novembre. — Étais à côté du territorial Wiegmann devant la « Forteresse Altenburg », quand une balle égarée a fracassé sa baïonnette, qu'il s'était suspendue à l'épaule, et l'a grièvement blessé au bassin. Les projectiles anglais, avec leur pointe qui s'écrase facilement, sont de vraies balles dum-dum.

Au reste, le séjour dans ce petit fortin de terre, caché dans le terrain, que je tiens avec une demi-section détachée, laisse plus de liberté dans les mouvements que la première ligne. Nous sommes couverts, du côté du front, par un tertre en pente douce ; dans notre dos, le terrain se relève jusqu'au bois d'Adinser.

A quinze pas derrière l'ouvrage, on a établi nos feuillées, dont l'emplacement est, du point de vue tactique, médiocrement choisi : c'est une grande poutre reposant sur deux chevalets, sous laquelle est creusée une longue fosse. Le soldat aime s'y attarder à son aise, soit pour lire son journal, soit, à la manière des canaris, pour tenir une séance de bavardages en commun. C'est là que prennent naissance toute sorte de rumeurs obscures, qui courent le front et qu'on appelle pour cette raison « bobards de feuillées ». Dans le cas présent, l'agrément de ces séances est compromis, il est vrai, par le fait que l'endroit ne peut pas être pris sous tir direct, mais, par-dessus le monticule, sous tir plongeant. Quand le tir en frôle exactement la crête, les projectiles passent en bas, dans le creux, à hauteur de poitrine, et l'on est en sûreté si l'on se plaque au sol. Il arrive donc qu'on doive, deux ou trois fois au cours d'une même séance, plus ou moins vêtu, se jeter de tout son long pour laisser passer au-dessus de soi une rafale de mitrailleuse, comme une gamme. Ce qui naturellement donne lieu à diverses plaisanteries.

Parmi les divertissements offerts par ce poste, on trouve aussi la chasse à toute sorte d'animaux, et particulièrement aux nombreuses perdrix qui animent en bandes énormes les champs abandonnés. Faute de fusils à plomb de chasse, nous sommes contraints de nous approcher le plus près possible des « candidates à la gamelle » pour leur abattre la tête d'une balle ; sinon, il ne reste plus lourd du rôti. Il faut toutefois se garder de sortir du creux dans l'ardeur de la poursuite, ou bien on se change de chasseur en gibier pris sous le feu des tranchées adverses.

Quant aux rats, nous les attrapons dans des pièges à mâchoires robustes. Mais ces bêtes sont si fortes qu'elles essaient de s'enfuir en traînant le piège, d'où grand vacarme ; nous bondissons alors de nos cagnas pour les assommer à coups de trique. Même pour les souris, qui grignotent notre pain, nous avons inventé une méthode particulière de chasse : elle consiste à charger le fusil d'une cartouche vide, à quelques grains de poudre près, qui contient en guise de balle une boulette de papier.

J'ai enfin imaginé avec un autre sous-officier un autre sport, excitant, mais non sans danger. Nous ramassons par temps de brouillard les obus non éclatés, gros et petits, parfois des projectiles de près d'un quintal, qui ne manquent pas dans ces parages. Nous les alignons à quelque distance comme des quilles, pour les prendre sous notre tir, à l'abri derrière les créneaux. Pas besoin de carton : un coup au but, c'est-à-dire sur la fusée, s'annonce de lui-même par un fracas épouvantable, qui se multiplie quand nous avons « culbuté les neuf », autrement dit, quand l'explosion se transmet à toute une rangée d'obus.

14 novembre. — J'ai rêvé cette nuit que j'avais attrapé un coup à travers la main ; aussi me suis-je un peu méfié aujourd'hui.

21 novembre. — J'ai conduit de la « forteresse Altenburg » au secteur C un détachement de terrassiers, dont le réserviste Diener, qui est monté sur un saillant de la paroi pour jeter la terre, à la pelle, par-dessus le parapet. A peine était-il là-haut qu'un coup de feu tiré d'une sape lui a traversé le crâne et l'a étendu raide mort sur le sol de la tranchée. Il était marié et père de quatre enfants. Ses camarades sont restés longtemps encore aux aguets derrière les créneaux pour venger le sang versé. Ils pleuraient de fureur. Ils semblaient considérer l'Anglais qui avait tiré la balle mortelle comme leur ennemi personnel.

24 novembre. — Un homme de la compagnie de mitrailleuses a été gravement blessé à la tête dans notre secteur. Une demi-heure plus tard, une balle d'infanterie a ouvert la joue à un autre soldat de notre compagnie.

Le 29 novembre, notre bataillon fut muté pour quinze jours dans la petite ville de Quéant, comprise dans les arrières de la division, et qui devait plus tard gagner une sanglante renommée ; il avait à s'y exercer et à jouir des bienfaits du cantonnement. C'est durant notre séjour que j'appris ma promotion au grade de lieutenant et que je fus versé à la seconde compagnie.

Quéant et les bourgs des environs étaient les fiefs des commandants de place, pour la plupart des capitaines de cavalerie de réserve. Ils y vivaient en *gentlemen farmers*, comme ils en avaient l'habitude, et prenaient la guerre par ses côtés les plus agréables ; de longues beuveries nocturnes étaient au nombre de ces plaisirs. Nous y fûmes associés par notre commandant de place, qui se qualifiait de roi de Quéant, et nous efforçâmes de lui tenir tête selon nos forces. Il s'était installé confortablement ; quand il se montrait, il était salué d'un : « Vive le roi ! » On amenait la bière par tonneaux entiers ; le vin était interdit. L'un des sujets de conversation, entre buveurs, était la guerre féodale qu'il avait déclarée à son voisin, le roi d'Inchy.

Le 11 décembre, je me rendis à découvert jusqu'en première ligne pour me présenter au lieutenant Wetje, le chef de ma nouvelle compagnie, qui tenait le secteur C par roulement avec mon ancienne, la 6ᵉ. Quand je sautai dans la tranchée, je fus effrayé par les changements survenus dans la position durant mes quinze jours d'absence.

Elle était devenue, à force d'éboulements, un immense creux de terrain, rempli de boue, dont la garnison menait une triste existence barbotante. Je revis en pensée, avec mélancolie, la table ronde du roi de Quéant. Pauvres c... du front que nous étions ! Presque tous les abris s'étaient effondrés, et les galeries étaient noyées. Nous dûmes travailler sans reprendre haleine, les semaines suivantes, pour nous remettre sous les pieds un sol ferme. En attendant, j'habitais avec les lieutenants Wetje et Boje dans une galerie dont le plafond, malgré la bâche que nous avions tendue par-dessous, ruisselait comme un arrosoir, et d'où les ordonnances devaient remonter toutes les demi-heures l'eau à pleins seaux.

Quand je quittai la cagna le lendemain matin, trempé comme une soupe, je n'osai en croire mes yeux. Le terrain, jusqu'à présent marqué par une désolation funèbre, avait pris l'allure d'un champ de foire. Les occupants des tranchées des deux partis avaient été chassés par la boue sur leurs parapets, et il s'était déjà amorcé, entre les réseaux de barbelés, des échanges animés, tout un troc d'eau-de-vie, de cigarettes, de boutons d'uniforme et d'autres objets. La foule de corps en kaki jaillie des tranchées anglaises, naguère désertes, était aussi stupéfiante qu'un fantôme en plein midi.

Soudain, un coup de feu parti de l'autre bord, renversant l'un des nôtres mort dans la boue, fit disparaître les deux partis comme des taupes dans leurs boyaux. Je me rendis dans le segment de nos défenses situé en face de la tête de sape anglaise et criai vers la ligne adverse que je demandais à parler avec un officier. Et, de fait, quelques Anglais partirent vers leur arrière et ne tardèrent pas à me ramener de leur ligne principale un jeune homme qui, comme je pus l'observer à la jumelle, se distinguait d'eux par la plus grande élégance de sa casquette. Nous commençâmes à parlementer en anglais, puis, un peu plus couramment, en français, tandis que les hommes de troupe alentour prêtaient l'oreille. Je me plaignis de ce qu'un de nos hommes eût été tué d'un coup tiré en traître, à quoi il répondit que ce n'était pas sa compagnie, mais celle d'à côté qui l'avait fait : « Il y a des cochons aussi chez vous [1] », remarqua-t-il, quand quelques balles parties du secteur voisin claquèrent non loin de sa tête, sur quoi je me préparai à me planquer. Mais nous bavardâmes longtemps encore sur un ton où s'exprimait une estime quasi sportive, et pour finir, nous aurions volontiers échangé des cadeaux en souvenir.

Pour en revenir à une situation sans équivoque, nous nous déclarâmes solennellement la guerre sous trois minutes à compter de la rupture des négociations, et après un *Guten Abend !* de sa part et un « Au revoir [1] ! » de la mienne, malgré les regrets de mes hommes, je tirai contre sa plaque de blindage un coup de feu auquel répondit sur-le-champ un second qui faillit m'arracher le fusil des mains.

Ce fut la première fois où je pus, à cette occasion, examiner les approches de la sape, puisque d'ordinaire on ne pouvait même pas, dans cette position exposée, montrer le rebord de sa casquette. J'observai qu'un squelette français était étalé juste devant nos barbelés, ses os blanchis luisant à travers des haillons bleus d'uniforme. Aux écussons des casquettes anglaises, nous constatâmes ce jour-là que le régiment opposé au nôtre était celui d'Hindostan-Leicestershire.

Peu après cet entretien, notre artillerie lâcha quelques coups contre la position adverse, dont quatre civières furent emportées à découvert sous nos yeux. J'eus le plaisir de voir que personne de notre côté ne tira sur elles.

Vers Noël, le temps devint de plus en plus lamentable ; il fallut mettre des pompes en service dans la tranchée, pour venir en quelque mesure à bout de l'eau. Durant ce règne de la boue, nos pertes, comme de juste, s'élevèrent considérablement. C'est ainsi que je retrouve dans

1. En français dans le texte. *(N.d.T.)*

mon journal, à la date du 12 décembre : « Aujourd'hui, sept de nos hommes ont été enterrés à Douchy et nous avons déjà deux nouveaux morts. » Et le 23 décembre : « La boue et la saleté l'emportent. Ce matin, à trois heures, une charge géante a explosé à grand fracas dans l'entrée de ma cagna. J'ai dû mettre trois hommes au travail ; ils n'ont épuisé qu'à grand-peine l'eau qui se déversait en torrent dans l'abri. Notre tranchée est noyée sans remède, la gadoue vous monte au nombril, c'est à désespérer. A l'aile droite, un mort commence à se montrer — pour le moment, jusqu'aux jambes. »

Nous passâmes le soir de Noël dans la position et entonnâmes, debout dans la gadoue, des cantiques de Noël, que les Anglais étouffèrent sous les salves de leurs mitrailleuses. Le jour de Noël, nous perdîmes un homme de la troisième section, d'une balle dans la tête. Juste après, les Anglais firent une tentative de rapprochement amical en hissant sur leur parapet un arbre de Noël, que nos hommes, furibonds, balayèrent en quelques coups de feu, auxquels les tommies répondirent à leur tour par des grenades à fusil. Notre fête fut donc célébrée de manière bien inconfortable.

Le 28 décembre, je pris pour la seconde fois le commandement de la « forteresse Altenburg ». Ce jour-là, un éclat d'obus arracha le bras à l'un des meilleurs parmi mes hommes, le fusilier Hohn. Un autre, Heidötting, fut grièvement blessé par l'une des nombreuses balles perdues qui bourdonnaient autour de notre fortin d'argile, dans son pli de terrain. Mon fidèle August Kettler, lui aussi, le premier de mes nombreux ordonnances, tomba sur la route de Monchy, où il allait chercher mon repas, abattu par une explosion de shrapnell qui lui sectionna la trachée. Quand il était parti avec la gamelle, je lui avais encore dit : « August, tâche de ne rien ramasser en route. — Ne vous en faites pas, mon lieutenant ! » On m'appela et je le trouvai renversé, râlant, tout près de l'abri ; chaque fois qu'il respirait, l'air lui entrait dans la poitrine par sa blessure à la gorge. Je le fis ramener ; il mourut à l'ambulance quelques jours après. Cette fois-là, comme bien d'autres encore, j'éprouvai une douleur plus vive de ce que le blessé ne pouvait pas parler et fixait sur ses sauveteurs un regard impuissant de bête torturée.

Le chemin de Monchy à la « forteresse Altenburg » nous a coûté beaucoup de sang. Il suivait la pente arrière d'une faible ondulation de terrain, qui pouvait se trouver à cinq cents mètres derrière nos premières lignes. L'ennemi, qui avait dû constater par des photographies aériennes que le chemin était fréquenté, entreprit de le ratisser à la mitrailleuse, irrégulièrement, ou d'y balancer des paquets de shrapnells. On avait eu beau doubler ce chemin d'un boyau sur toute sa longueur et donner des ordres stricts pour qu'on en fît usage ; chacun s'en allait d'un pas traînant, à découvert, avec son insouciance habituelle, à travers la zone de danger. Dans la plupart des cas, tout se passait bien, mais le destin cueillait une ou deux victimes par jour, et ces pertes finissaient à la longue par prendre de l'importance. Une fois de plus, les balles perdues se donnaient rendez-vous de tous les points cardinaux dans les alentours des feuillées, de sorte qu'on était souvent obligé, sommairement vêtu et brandissant un papier-journal, de prendre la fuite dans la nature. On n'en laissait pas moins ces lieux indispensables dans leur situation exposée.

Janvier fut de nouveau un mois de travail fatigant. Chaque groupe commença par déblayer la boue dans les abords de son abri, à force de pelles, de seaux et de pompes, puis, après s'être remis sous les pieds un sol ferme, on chercha à reprendre le contact avec les groupes voisins. Dans le bois d'Adinser, où notre artillerie était en position, des détachements de bûcherons étaient occupés à dépouiller de jeunes arbres de leurs branchages et à les fendre en longues pièces de bois. Les parois des tranchées furent reprofilées et revêtues d'un solide coffrage. On creusa aussi de nombreux trous d'eau, des puits perdus et des fossés de décharge, de sorte que nous retrouvâmes peu à peu des conditions de vie tolérables. Les puisards étaient particulièrement efficaces : on les forait à travers la couverture d'argile imperméable, ce qui ménageait l'écoulement des eaux jusqu'à la couche poreuse de craie.

Le 28 janvier 1916, un homme de ma section fut blessé au ventre par les éclats d'un projectile qui s'écrasa sur son pare-balles. Le 30, un autre reçut une balle dans la cuisse. Quand la relève vint, le 1er février, les chemins d'approche subirent un tir violent. Un shrapnell tomba devant les pieds de mon ancien brosseur de la 6e compagnie, le fusilier Junge, mais sans exploser ; il s'éteignit en lançant une longue flamme droite, de sorte qu'il fallut évacuer le soldat avec des brûlures graves.

Vers cette même époque, un sous-officier de la 6e, que je connaissais bien, et dont le frère était tombé quelques jours auparavant, fut mortellement blessé par une mine sphérique qu'il avait découverte. Il avait dévissé la fusée et, ayant constaté que la poudre verdâtre tombée de l'engin brûlait sans accident, il plongea dans l'ouverture une cigarette allumée. La mine explosa, bien entendu, lui infligeant plus de cinquante blessures. Nous avions très souvent de cette manière, ou d'autres semblables, des pertes dues à l'insouciance que provoque la manipulation quotidienne des explosifs. J'avais un voisin peu rassurant à cet égard, le lieutenant Pook, hôte d'un abri solitaire, derrière l'aile gauche, dans le labyrinthe des boyaux. Il y avait traîné toute une quantité d'obus non éclatés et s'amusait à en dévisser les fusées pour les démonter comme de petites horloges. Je faisais régulièrement un grand détour pour éviter cette demeure de mauvais augure, toutes les fois que je passais par là. Mais quand nos hommes travaillaient les ceintures de cuivre des obus pour en faire des ouvre-lettres ou des bracelets, il se produisait assez fréquemment des accidents de ce genre.

Dans la nuit du 3 février, nous étions revenus à Douchy après une période fatigante dans les tranchées. Le lendemain matin, j'étais assis dans mes quartiers de la place Emmich, tout plongé dans l'atmosphère du premier jour de repos, à boire paisiblement mon café, quand soudain un gros monstre d'obus, avant-coureur d'un pilonnage du bourg, explosa juste devant ma porte, enfonçant une fenêtre dans ma chambre. En trois sauts, je fus à la cave, où les autres habitants de la maison s'étaient rendus avec une étonnante célérité, et offraient l'image d'un groupe pitoyable d'infortunés. Comme la cave dépassait à moitié du sol et n'était séparée du jardin que par un mur de faible épaisseur, tout le monde s'empilait dans un goulot de sape, étroit et peu profond, dont la construction n'avait commencé que dans ces derniers jours. Mon chien de berger se glissait en gémissant entre les corps serrés, mû par son instinct d'animal, pour gagner le coin le plus sombre. On entendait dans le lointain, à intervalles réguliers une série de détonations légères, auxquelles succédait, quand on avait compté à peu près jusqu'à trente, le hurlement sifflant de pesantes masses de fer, qui s'achevait tout autour de notre maisonnette en un fracas d'explosions. A chaque coup, un souffle désagréable nous parvenait par les soupiraux ; des mottes de terre et des éclats tombaient en grêle sur le toit de tuiles, tandis que dans l'écurie les chevaux affolés soufflaient et ruaient. Le chien accompagnait ce vacarme de ses gémissements et un gros homme de la clique braillait à chaque sifflement qui se rapprochait, comme si on allait lui arracher une dent.

Enfin, l'orage prit fin, et nous pûmes de nouveau nous risquer à l'air libre. La rue du village, toute saccagée, grouillait comme une fourmilière éventrée. Mes quartiers avaient piteuse apparence. Juste à côté du mur de la cave, la terre était labourée par places ; des arbres fruitiers étaient brisés, et sous la voûte de l'entrée s'étalait ironiquement un long obus, qui n'avait pas explosé. Le toit était comme une passoire. Un gros percutant avait emporté la moitié de la cheminée. A côté, dans le bureau du régiment, quelques éclats de bonne taille avaient criblé les cloisons et la grande penderie, déchiquetant les uniformes que chacun y gardait en vue des permissions.

Le 8 février, le secteur fut vigoureusement arrosé. Dès le petit jour, notre propre artillerie envoya dans l'abri de mon groupe de droite un obus qui, sans éclater, enfonça la porte, à la désagréable surprise des occupants, et culbuta le poêle. Cet incident, qui se termina mieux qu'on ne l'aurait cru, fut commémoré par une caricature où l'on voyait huit hommes à la fois se ruer par-dessus le poêle fumant vers la porte en morceaux, tandis que l'obus, dans un coin, clignait de l'œil d'un air mauvais. Pour ne pas changer, l'après-midi, nous eûmes trois abris d'écrasés, mais par bonheur un seul homme blessé légèrement au genou, car tout le monde, sauf les guetteurs, s'était replié dans les galeries. Le lendemain, le fusilier Hartmann, de ma section, reçut un coup mortel dans le côté, dû à la batterie de flanquement.

Le 25 février, nous fûmes particulièrement désolés de perdre un excellent camarade. La relève approchait quand on vint m'annoncer dans ma cagna que le volontaire Karg venait de tomber dans la galerie d'à côté. Je m'y rendis et trouvai, comme si souvent, un groupe à la mine grave rassemblé autour d'une forme immobile, qui gisait, les mains crispées, dans la neige souillée de sang, et dont les yeux vitreux restaient fixés sur le ciel d'hiver qui commençait à s'assombrir. Encore une victime de la batterie flanquante ! Karg s'était trouvé dans la tranchée lors des premiers coups et avait immédiatement bondi vers l'abri. Un obus percuta si malheureusement, tout en haut, le rebord d'en face de la tranchée qu'il projeta un grand éclat dans l'entrée de la galerie, bien qu'en principe elle fût totalement protégée. Karg, qui se croyait déjà en sûreté, fut atteint à la nuque ; il eut une mort rapide et inattendue.

La batterie flanquante était très active en ces jours-là. D'heure en heure, à peu près, elle tirait à la surprise une seule salve, dont les éclats balayaient exactement la tranchée. Dans les six jours du 3 au 8 février, elle nous coûta trois morts, trois blessés graves et quatre blessés légers. Quoiqu'elle dût être établie à quinze cents mètres de nous, tout au plus, nos artilleurs n'arrivaient pas à la réduire au silence. Nous essayâmes donc de limiter ses effets à des sections de tranchée aussi réduites que possible, en multipliant et en exhaussant les traverses. Quant aux points repérables depuis la hauteur, nous les camouflâmes sous des rideaux de foin ou de vieux lambeaux d'étoffe. Enfin, nous renforçâmes les postes de guetteur par des poutres ou des plaques de béton armé. De toute manière, la circulation dense à travers le secteur favorisait suffisamment la tactique de l'Anglais, qui consistait à « piquer » une victime de temps à autre sans trop se mettre en frais de munitions.

Au début de mars, nous étions venus à bout du pire de la boue. Le temps se mit au sec et la tranchée fut proprement coffrée. Tous les soirs, je restais assis dans mon abri devant mon petit bureau, à lire ou à bavarder, quand j'avais de la visite. Nous étions quatre officiers, en comptant le chef de compagnie, et nous vivions très en camarades. Chaque jour, nous prenions le café ou notre dîner dans la cagna de l'un ou de l'autre, l'arrosant souvent d'une ou de plusieurs bouteilles ; nous fumions, nous jouions aux cartes, assaisonnant ces délices de propos dans le style du front. Les jours de gala, il y avait du hareng avec des pommes de terre en robe de chambre, le tout au saindoux, mets savoureux. Ces heures de bien-être compensent dans le souvenir bien des jours remplis de sang, de crasse et de travail. Elles n'étaient d'ailleurs concevables que dans cette longue période de la guerre de positions, où nous nous étions totalement adaptés les uns aux autres et avions pris des habitudes presque pacifiques. Notre grand orgueil était notre activité de bâtisseurs, peu entravée par les ordres de l'arrière. Travaillant sans relâche, nous enfoncions dans la craie marneuse, l'une après l'autre, des galeries de trente marches, reliées par des boyaux de traverse, de sorte que nous pouvions aisément passer de l'aile droite à l'aile gauche de notre position à neuf mètres de profondeur. Mon ouvrage préféré était un couloir de soixante mètres, entre mon abri et celui du chef de compagnie, dont se détachaient à droite et à gauche, comme d'un corridor souterrain, des casemates à munition et d'habitation. Ce dispositif nous fut précieux au cours des combats ultérieurs.

Quand, après le café du matin (on recevait même le journal presque régulièrement au front), lavés de frais, le mètre pliant à la main, nous nous rencontrions dans la tranchée, nous comparions les progrès de nos secteurs, tandis que la conversation roulait sur le coffrage des galeries, les abris modèles, la durée du travail et autres sujets du même genre. Il était souvent question de mon « petit bobinard », une cabine avec couchette qui devait être creusée dans la craie sèche à partir du couloir de circulation souterrain, comme une sorte de terrier à renard, et où l'on aurait pu dormir en pleine fin du monde. Je m'étais mis de côté, pour m'y servir de sommier, du grillage à mailles fines, et pour en tapisser les murs une espèce particulière de toile à sacs de sable.

Le 1ᵉʳ mars, comme j'étais derrière une bâche avec le territorial Ikmann, qui fut tué peu après, un projectile éclata tout à côté de nous. Les éclats balayèrent la toile sans nous toucher. Quand nous l'examinâmes, nous constatâmes qu'elle avait été déchirée par plusieurs morceaux de fer terriblement longs et tranchants. Nous appelions ces objets « raclettes » ou « cartaches », parce qu'on n'entendait rien d'eux qu'une grêle d'éclats qui soudain sifflaient autour de vous.

Le 14 mars, un coup de plein fouet, tiré d'un 150, toucha le secteur voisin sur notre droite, tuant trois hommes et en blessant grièvement trois autres. L'un d'eux avait disparu sans laisser de trace, un autre était complètement noirci. Le 18, le guetteur, devant mon abri, fut touché par un éclat d'obus qui lui déchiqueta la joue et lui arracha le lobe d'une oreille.

Le 19, le fusilier Schmidt n° 2 fut grièvement blessé sur notre flanc gauche d'une balle dans la tête. Le 23, le fusilier Lohmann mourut à droite devant mon abri, également d'une balle dans la tête. Ce même jour, un guetteur vint m'annoncer qu'une patrouille ennemie s'était empêtrée dans nos barbelés. Je sortis de la tranchée avec quelques hommes, mais ne pus en trouver de trace.

Le 7 avril, sur le flanc gauche, le fusilier Kramer fut blessé à la tête par des éclats de balle de fusil. Cette sorte de blessure se présentait très fréquemment ; elle était due à la nature propre des balles anglaises, qui s'aplatissaient au moindre choc. Dans l'après-midi, les environs de mon abri furent arrosés pendant des heures entières par de gros calibres. La cheminée d'éclairage vola en éclats, et à chaque chute d'obus, une grêle d'argile durcie volait à travers son orifice, sans pour autant nous déranger à l'heure du café.

Nous eûmes ensuite un duel avec un Anglais fou d'audace, qui passait la tête par-dessus le remblai d'une tranchée distante de cent mètres au plus, et nous lâchait à travers nos fentes de tir des coups de feu pointés avec une extrême précision. Je répondis à son tir avec quelques hommes, mais une balle superbement ajustée s'écrasa contre le bord de notre créneau, nous éclaboussant les yeux de sable et me blessant au cou d'un petit éclat. Nous ne lâchâmes pas prise, toutefois, mais commençâmes à nous découvrir, à viser rapidement et à disparaître. Juste après, une balle éclata sur le fusil du soldat Storch, dont le visage, atteint par dix éclats, au bas mot, saignait par plusieurs blessures. Le coup suivant fracassa le miroir de notre périscope, mais nous eûmes la satisfaction de voir notre ennemi disparaître sans demander son reste quand quelques balles se furent enfoncées dans la banquette d'argile juste devant son visage. Aussitôt après, je démolis de trois coups de balle à noyau d'acier le bouclier derrière lequel s'était sans cesse montré cet enragé.

Le 9 avril, deux avions anglais survolèrent plusieurs fois notre position à basse altitude. Toute la compagnie jaillit des abris et se mit à tirailler frénétiquement en l'air. J'étais en train de dire au lieutenant Sievers : « Pourvu que nous n'ayons pas été repérés par la batterie flanquante ! » quand ses premiers saluts d'acier nous volèrent aux oreilles, nous forçant à sauter dans la première galerie venue. Sieves restait à l'entrée : je lui conseillai de se retirer plus loin, et, clac ! voilà qu'un éclat large comme la main, tout fumant encore, lui claqua devant les pieds sur l'argile. Nous reçûmes en supplément quelques mines à shrapnells, dont les sphères noires crevaient brutalement au-dessus de nos têtes. Un homme fut touché à l'épaule par un fragment gros à peine comme une tête d'épingle, qui pourtant lui causa d'assez vives douleurs. En réponse, je piquai dans la tranchée anglaise quelques « ananas », c'est-à-dire des mines qui faisaient songer par leur forme à ce fruit exquis. L'infanterie des deux côtés s'en tenait, par convention tacite, au fusil, et l'emploi d'explosifs provoquait un tir de revanche, avec redoublement de la quantité. Malheureusement, l'ennemi était le plus souvent si bien pourvu de munitions qu'il tenait le coup plus longtemps que nous.

Pour nous faire passer cette belle peur, nous vidâmes dans l'abri de Sievers quelques bouteilles de rouge ; elles me mirent tellement en train, sans que j'y prisse garde, que je regagnai mes pénates à découvert, en plein clair de lune. Bientôt, j'eus perdu le nord, je me retrouvai dans un immense entonnoir de mine, et j'entendis dans la tranchée adverse, toute proche, les Anglais travailler. Après avoir troublé leur quiétude en leur balançant deux grenades, je rentrai à la hâte dans notre tranchée, non sans m'être ouvert la main en tombant sur l'éperon dressé d'un de nos beaux « hérissons » : ils étaient faits de quatre ergots de fer aiguisé, disposés de telle manière qu'il s'en dressait toujours un verticalement. Nous les semions sur les pistes des patrouilleurs.

Ces jours-là, il régnait partout, devant les barbelés, une animation qui parfois n'était pas exempte d'un certain humour sanglant. C'est ainsi qu'un de nos hommes de patrouille fut pris sous le feu de nos guetteurs, parce qu'il bégayait et n'arrivait pas à sortir le mot de passe. Une autre nuit, un de nos hommes, qui avait bamboché jusqu'à minuit, à Monchy, dans la cuisine, escalada le remblai et se mit à ouvrir pour son compte personnel un feu à volonté contre nos lignes. Lorsqu'il eut épuisé ses munitions, il fut ramené et dûment passé à tabac.

Prélude à la bataille de la Somme

Vers la mi-avril 1916, je fus détaché à Croisilles, une petite ville située derrière le front de la division, pour y suivre un cours d'instruction que dirigeait notre chef de corps, le major-colonel Sontag. On y recevait une formation théorique et pratique sur une série de questions militaires. Nous avions un goût particulier pour les excursions tactiques à cheval, sous la conduite du commandant Jarotzky, un gros petit officier d'état-major, qui souvent bouillait de colère : aussi le surnommions-nous « la Cocotte-Minute ». Des sorties et des visites fréquentes aux organisations de l'arrière, dont la plupart avaient été improvisées sur place, nous donnèrent — habitués que nous étions à prendre de haut tout ce qui se trouvait derrière la première ligne — une idée de l'immense travail qui s'accomplissait dans le dos des troupes au combat. C'est ainsi que nous visitâmes les abattoirs, le dépôt et l'atelier de réparations d'artillerie à Boyelles, la scierie et le parc du génie dans la forêt de Boulon, la laiterie, l'élevage de porcs et les usines de récupération des déchets animaux à Inchy, le parc d'aviation et la boulangerie de Quéant. Le dimanche, nous nous rendions dans les villes voisines de Cambrai, de Douai et de Valenciennes, « pour revoir des femmes en chapeau ».

Je serais ingrat, dans ce livre qui contient tant de scènes sanglantes, si je passais sous silence un épisode où je jouai un rôle quelque peu comique. Cet hiver-là, notre bataillon étant l'hôte du roi de Quéant, j'avais dû, officier frais émoulu, faire pour la première fois la ronde des sentinelles. Je m'étais égaré à la sortie du bourg et, pour demander le chemin d'un petit poste établi dans une gare, j'étais entré dans une minuscule maison isolée. Je n'y trouvai d'autre habitant qu'une fille de dix-sept ans, prénommée Jeanne, dont le père venait de mourir et qui y demeurait seule. En me donnant mon renseignement, elle s'était mise à rire, et, à ma question, elle avait répondu : « Vous êtes bien jeune, je voudrais avoir votre avenir [1]. » Impressionné par les dispositions guerrières que dénotaient ces paroles, je l'avais surnommée en ce temps-là Jeanne d'Arc et, dans la période des combats de tranchées qui suivit, j'avais parfois songé à la maisonnette isolée.

Certain soir, à Croisilles, je me sentis soudain l'envie de m'y rendre. Je fis seller mon cheval et j'eus bientôt le bourg derrière moi. C'était

---

1. En français dans le texte. *(N.d.T.)*

un soir de mai, comme fait à souhait pour une telle escapade. Le trèfle fleurissait en lourds coussins d'un rouge sombre dans les prairies bordées de haies de prunelliers blancs, et à l'entrée des villages, les gros candélabres des marronniers en fleur flamboyaient dans le demi-jour.

Je traversai Bullecourt et Ecoust sans me douter que dans deux ans, au milieu d'un paysage entièrement transmué, je monterais à l'assaut des ruines sinistres de ces mêmes villages, qui ce soir-là reposaient si paisiblement dans le crépuscule, entre les étangs et les collines. Près de la petite station où j'avais naguère inspecté la garde, des civils étaient encore à décharger des bouteilles de gaz. Je les saluai et les regardai travailler. Puis j'aperçus bientôt la maisonnette avec son toit d'un rouge brun, tacheté de plaques rondes de mousse. Je heurtai aux volets, déjà fermés.

— Qui est là ?

— Bonsoir, Jeanne d'Arc !

— Ah ! bonsoir, mon petit officier Gibraltar[1].

Je fus accueilli aussi gentiment que je l'avais espéré. Ayant attaché mon cheval, j'entrai et dus prendre ma part du souper : des œufs, du pain blanc et du beurre, présenté de manière appétissante sur une feuille de chou. En de telles circonstances, on ne se fait pas longtemps prier, on se sert sans plus de façons.

Tout allait au mieux jusqu'à présent, mais voilà qu'après, quand je ressortis, une lampe de poche me braqua soudain son rayon au visage et un gendarme allemand me demanda mes papiers. Mon entretien avec les civils, l'attention avec laquelle j'avais examiné les bouteilles de gaz, ma physionomie, inconnue dans ce coin faiblement occupé, tout cela m'avait rendu suspect d'espionnage. Comme de bien entendu, j'avais oublié mon livret militaire et dus me laisser amener devant le roi de Quéant, qui, selon sa coutume, présidait encore sa table ronde.

On avait, chez le roi, l'esprit large quant à de telles escapades. Mon identité fut confirmée, et on m'accueillit en ami au sein de la société. Ce soir-là, le roi m'apparut sous un jour nouveau ; il était tard, et il parlait de forêts vierges, sous les Tropiques, où il avait pendant longtemps dirigé la construction d'une ligne de chemin de fer.

Le 16 juin, le général nous renvoya à nos corps, avec une brève allocution, d'où nous conclûmes qu'une grande offensive de l'ennemi contre le front Ouest se préparait, et que son aile gauche allait se trouver à peu près en face de nos positions. C'était la bataille de la Somme, qui projetait ses premières ombres. Elle devait marquer la fin de la première période de la guerre, la moins dure ; nous entrions désormais en quelque sorte dans une guerre nouvelle. Ce que nous avions connu jusqu'à présent, sans d'ailleurs le savoir, c'était la tentative de gagner la guerre par des batailles rangées d'ancien style et l'enlisement de cette tentative dans la guerre de positions. Maintenant, c'était la bataille

---

1. En français dans le texte. *(N.d.T.)*

de matériel qui nous attendait, avec son déploiement de moyens titanes-
ques. Celle-ci fit place à son tour, vers la fin de 1917, à la mêlée
organisée des blindés, dont la physionomie ne parvint cependant pas à
se dessiner dans tous ses détails.

Il y avait de l'offensive dans l'air, comme nous nous en aperçûmes
après notre retour au régiment, car nos camarades nous parlèrent d'une
agitation croissante dans le secteur. Les Anglais avaient à deux reprises,
sans succès, du reste, tenté un coup de main de patrouilles contre le
secteur C. Nous avions pris notre revanche dans une attaque minutieusement préparée de trois patrouilles d'officiers contre ce que nous appelions le Triangle des tranchées, et nous avions fait un certain nombre
de prisonniers. En mon absence, Wetje avait été blessé au bras par un
shrapnell, ce qui ne l'empêcha pas de reprendre le commandement de
la compagnie, peu de temps après mon retour. Mon abri avait changé,
lui aussi, dans l'intervalle : un coup au but l'avait réduit de moitié. Les
Anglais l'avaient nettoyé à coups de grenade, lors d'une des patrouilles
dont j'ai parlé. Mon remplaçant avait réussi à se hisser à l'air libre par
la cheminée d'éclairage, tandis que son ordonnance y était resté. Les
éclaboussures de sang se voyaient encore en grandes taches brunes sur
les planches du coffrage.

Le 20 juin, je reçus mission d'aller écouter devant la tranchée
adverse si l'ennemi avait des travaux de mine en train, et vers minuit,
je franchis avec l'aspirant Wohlgemut, le soldat de première classe
Schmidt et le fusilier Parthenfelder notre propre réseau de barbelés, qui
était assez élevé. Nous parcourûmes le début de la distance pliés en
deux, puis nous rampâmes l'un à côté de l'autre à travers la végétation
luxuriante des approches des lignes anglaises. Des souvenirs de ma
classe de troisième et de Karl May [1] me revinrent en mémoire, tandis
que je me traînais ainsi sur le ventre à travers des herbes couvertes de
rosée et des chardons en broussaille, attentif à ne pas provoquer le
moindre froissement, car, à cinquante mètres de nous, le boyau anglais
se détachait comme un trait noir de la pénombre. La salve d'une
mitrailleuse éloignée claqua et retomba presque à la verticale autour de
nous ; par instants, une fusée s'élevait, jetant sa lumière froide sur ce
coin de terre inhospitalier.

Tout à coup, nous entendîmes dans notre dos des froissements rapides ; deux ombres se faufilèrent entre les lignes. Tandis que nous nous
préparions à nous jeter sur elles, elles avaient déjà disparu comme par
magie. Sitôt après, le tonnerre de deux grenades dans la tranchée
anglaise nous apprit que deux des nôtres avaient croisé notre route.
Nous poursuivîmes notre avance lentement, à plat ventre.

La main de l'aspirant m'agrippa soudain le bras : « Attention à
droite, tout près, chut, chut ! » Et j'entendis aussitôt, à dix mètres de
nous, des frôlements multipliés dans les herbes. Nous avions perdu

---

1. Auteur de romans sur le Far-West et les Peaux-Rouges. *(N.d.T.)*

la direction et rampé le long des barbelés anglais ; l'ennemi avait dû nous repérer et sortait à son tour de ses lignes pour inspecter les approches.

On n'oublie pas de tels instants de reptation nocturne. L'œil et l'oreille sont tendus à l'extrême, le frôlement de pieds inconnus, dans l'herbe haute, qui se rapproche, prend une intensité menaçante. La respiration devient saccadée ; il faut faire un effort pour atténuer son halètement sifflant. Un petit claquement métallique : la sûreté du revolver vient d'être escamotée ; ce bruit traverse les nerfs comme un couteau. Les dents grincent sur le cordon de la grenade. Le choc sera bref et meurtrier. On tremble sous l'effet de deux sentiments contradictoires : l'émotion du chasseur, portée à son comble, et l'angoisse du gibier. On est un monde pour soi, tout imprégné de cet état d'âme sombre et épouvantable qui pèse sur le terrain désert.

Une file de silhouettes indistinctes parut juste devant nous, des chuchotements nous parvinrent. Nous tournâmes la tête de leur côté. J'entendis le Bavarois Parthenfelder serrer les dents sur la lame de son poignard.

Les autres firent encore quelques pas dans notre direction, mais se mirent ensuite à réparer leurs barbelés, sans nous avoir découverts. Nous reculâmes lentement en rampant, l'œil toujours fixé sur eux. La mort, qui se dressait déjà, aux aguets, entre les deux partis, s'enfuit désappointée. Après quelques instants, nous nous relevâmes et poursuivîmes debout notre chemin, jusqu'au moment où nous fûmes rentrés sans incidents dans notre secteur.

L'heureuse issue de cette promenade nous ravit tant qu'elle nous inspira l'idée de faire un prisonnier, et nous résolûmes de recommencer le lendemain soir. Je m'étais donc étendu l'après-midi, en prévision de ce coup de main, quand un craquement de tonnerre auprès de mon abri me fit bondir de ma couche. Les Anglais nous balançaient des mines sphériques, d'un tel poids, malgré la faible détonation du départ, que leurs éclats arrachaient sans peine les poteaux de coffrage, épais comme des troncs. Je descendis en pestant de « mon coucher [1] » et me rendis dans la tranchée ; quand je vis de l'autre côté l'une des boules noires à manche amorcer sa parabole, je fonçai dans la première galerie venue en criant : « Mine sur la gauche ! » Nous fûmes si abondamment arrosés, les semaines suivantes, par des mines de tout calibre et de toute espèce, que nous prîmes l'habitude, quand nous passions par la tranchée, d'avoir toujours un œil en l'air et l'autre sur la plus proche entrée de galerie.

Cette nuit-là, j'errai donc une seconde fois à tâtons, avec trois compagnons, entre les lignes. Nous nous traînions à la façon des phoques, sur les pointes des pieds et les coudes, et nous parvînmes ainsi à proximité des barbelés anglais, où nous nous cachâmes derrière des touffes

---

1. En français dans le texte. *(N.d.T.)*

d'herbes isolées. Quelque temps après, plusieurs Anglais apparurent, traînant un rouleau de fil barbelé. Ils s'arrêtèrent tout près de nous, déposèrent le rouleau, y donnèrent des coups de cisaille et commencèrent à s'entretenir à voix basse. Nous nous faufilâmes l'un jusqu'à l'autre et échangeâmes quelques répliques hâtivement chuchotées. « Balance-lui une grenade et rentre-lui dedans ! — Mon vieux, tu ne vois pas qu'ils sont à quatre ! — Le revoilà qui fait dans sa culotte ! — Ne déconne donc pas ! — Plus bas, plus bas ! » Mon avertissement venait trop tard : quand je levai les yeux, les Anglais étaient en train de se faufiler comme des lézards sous leurs barbelés et ils disparurent dans leur tranchée. L'atmosphère devint lourde. Cette pensée : « Dans une minute, ils auront mis une mitrailleuse en batterie » me fit venir un goût fade à la bouche. Les autres, eux aussi, avaient des inquiétudes analogues. Nous nous retirâmes en rampant sur le ventre, dans un grand cliquetis d'armes. La tranchée anglaise s'animait : galopades, chuchotements, allées et venues rapides. Pschtt ! une fusée. Les alentours s'éclairèrent comme en plein jour, tandis que nous nous efforcions de cacher nos têtes dans les touffes d'herbes. Seconde fusée. Sales moments à passer. On voudrait disparaître sous terre et être n'importe où, pourvu que ce soit ailleurs qu'à dix mètres des guetteurs ennemis. Encore une. Ping ! ping ! Le claquement assourdissant, sec, sans équivoque, de quelques coups de fusil tirés de tout près. « Zut ! nous voilà repérés ! »

Nous nous exhortâmes à haute voix, sans plus de précaution, à courir pour sauver notre peau, nous levâmes d'un bond et fonçâmes sous la pluie de balles qui tombaient maintenant vers notre position. Je butai après quelques pas et m'étalai dans un petit trou de marmite, sans aucune profondeur, tandis que les autres, me croyant touché, me dépassaient en courant. Je me plaquai contre le sol, rentrai la tête et les jambes et laissai les balles faucher l'herbe haute au-dessus de moi. Les masses de magnésium enflammé des fusées retombantes, dont certaines se consumaient tout près de moi, et que je cherchais à écarter à coups de casquette, n'étaient pas moins inquiétantes. Peu à peu, le tir mollit et, après un nouveau quart d'heure, je quittai mon refuge, d'abord lentement, puis aussi vite que mes pieds et mes mains purent me porter. Comme, entre-temps, la lune s'était couchée, je perdis bientôt mes repères et ne sus où se trouvait, ni le côté allemand ni le côté anglais. Les ruines du moulin de Monchy, faciles à reconnaître, ne se détachaient même plus sur l'horizon. Par instants, une balle de l'un ou l'autre côté rasait le sol avec une redoutable vivacité. Je finis par me jeter dans l'herbe et par décider d'attendre l'aube. Soudain, des chuchotements montèrent tout près de moi. Je repris la position du tireur et, en homme de sens, je commençai par lâcher une série de bruits naturels d'où l'on ne pouvait déduire si j'étais Allemand ou Anglais. J'avais l'intention de répondre à la première sommation en anglais par un jet de grenade. Mais, à mon grand plaisir, il s'avéra que j'avais devant moi mes hommes, en train de déboucler leurs ceinturons pour servir de support à mon cadavre. Nous passâmes encore un moment ensemble dans ce trou d'obus, assis, à nous réjouir de ces heureuses retrouvailles. Puis nous rentrâmes dans notre tranchée, que nous atteignîmes après trois heures d'absence.

Ce matin-là, je prenais le service de tranchée à cinq heures. Dans le secteur de la première section, je découvris l'adjudant H... devant son abri. Comme je m'étonnais de le voir si tôt debout, il me raconta qu'il était à l'affût d'un rat dont les grignotements et les frôlements le privaient de son sommeil nocturne. Tout en parlant, il examinait d'un air soucieux sa cagna, ridiculement petite, qu'il avait surnommée *Villa des poulettes*.

Comme nous étions ainsi l'un près de l'autre, nous entendîmes un coup de départ étouffé, sans importance particulière. H..., qui avait failli être aplati la veille par une grosse mine sphérique, était en conséquence très nerveux : il fila comme l'éclair vers la plus proche entrée de galerie, dégringola dans sa hâte les quinze premières marches assis et utilisa les quinze suivantes pour exécuter un triple saut périlleux. J'étais en haut, dans l'entrée et, de rire, j'oubliai la mine et la galerie, quand j'entendis l'infortuné gémir sur cette douloureuse interruption d'une chasse au rat ; il se frottait d'un air navré divers points du corps et tentait de se remettre un pouce foulé. Le déveinard m'avoua qu'au surplus il était justement en train de prendre son dîner, la veille, quand la mine l'avait fait sauter en l'air. D'abord, tout son repas s'était trouvé fichu et, pour comble de malheur, il avait subi une première dégringolade des plus brutales le long de l'escalier. Il arrivait tout juste de l'arrière et ne s'était pas encore habitué aux rudesses de notre ton.

Après cet intermède, je me rendis dans ma cagna, mais, aujourd'hui encore, je ne devais pas y trouver le sommeil réparateur. Dès le petit jour, notre abri fut arrosé de mines, à des intervalles de plus en plus brefs. Vers midi, j'en eus par-dessus la tête. Je mis en batterie avec quelques hommes notre lance-mines Lang et ouvris le feu sur la tranchée adverse — réponse bien faiblarde, il faut l'avouer, aux projectiles lourds dont on nous ratissait. Nous étions occupés, en sueur, sur l'argile d'un petit repli de terrain, recuite par le soleil de juin, à expédier de l'autre côté mine sur mine. Comme les Anglais ne semblaient pas sensibles à cette protestation, je me rendis avec Wetje au téléphone, par lequel, après réflexion, nous fîmes passer le S.O. S. suivant : « Hélène nous crache dans la tranchée, rien que des gros noirs ; il nous faudrait des pommes de terre, des grosses et des petites. » C'était un jargon que nous avions coutume d'employer quand il y avait danger que l'ennemi eût branché une table d'écoute sur notre ligne ; nous reçûmes bientôt la réponse consolante du lieutenant Deichmann : le gros brigadier à la moustache conquérante allait arriver en ligne avec quelques gamins. Juste après, notre première mine de cent kilos s'abattit dans un fracas de tonnerre sur la tranchée adverse, suivie de quelques salves d'artillerie de campagne, si bien que nous eûmes la paix pour le restant du jour.

Mais le lendemain vers midi, la danse reprit, sensiblement plus dure. Au premier coup, je me rendis par mon couloir souterrain dans la tranchée de seconde ligne et, de là, dans le boyau où nous avions dressé notre lance-mines. Nous ouvrîmes le feu de manière à répondre à chaque mine sphérique à nous destinée par une mine Lang. Après que nous eûmes échangé quelque quarante mines, le pointeur ennemi sembla nous viser personnellement. Bientôt, quelques projectiles s'enfoncèrent à droite, d'autres à gauche de nous, sans même interrompre nos activités, jusqu'au moment où l'un vint droit sur nous. Nous actionnâmes encore à la dernière seconde notre tire-feu et filâmes ensuite à toutes jambes. Je venais d'arriver à une tranchée fangeuse, coupée de barbelés, quand le monstre explosa juste dans mon dos. La violence du souffle me projeta par-dessus un paquet de barbelés dans un trou d'obus rempli de boue verdâtre, cependant qu'une averse de dures mottes de terre crevait sur ma tête. A moitié assourdi et mal en point, je me relevai. Mon pantalon et mes bottes étaient déchirés par les barbelés, mon visage, mes mains, mon uniforme encroûtés d'une boue tenace et mon genou saignait par une longue estafilade. Plutôt sonné, je me glissai à travers la tranchée jusqu'à ma cagna pour m'y remettre.

A part cela, les mines n'avaient pas fait trop de dégâts. La tranchée était endommagée par places, un lance-mines Priester en morceaux, et la *Villa des poulettes* avait reçu le coup de grâce d'un obus de plein fouet. Son malheureux propriétaire était déjà assis en bas, dans la galerie, sans quoi il aurait probablement, à cette occasion, exécuté son troisième saut périlleux dans l'escalier.

Tout l'après-midi, l'arrosage se poursuivit sans arrêt, aggravé dans la soirée par une quantité de mines cylindriques, jusqu'à prendre l'intensité d'un pilonnage. Nous appelions ces projectiles de fer en forme de rouleau le « linge sale », car on avait par moments l'impression qu'elles tombaient du ciel comme d'un panier à linge sale qu'on eût retourné. Le mieux, pour se représenter leur forme, est d'imaginer un rouleau à pâte muni de deux manches courts. Elles étaient, à ce qu'il apparaissait, projetées par des bâtis particuliers, construits d'après le principe du revolver, et se retournaient en l'air avec un grondement lourd, semblables de quelque distance à de longs salamis. Elles se succédaient de si près que leurs impacts rappelaient l'embrasement de fusées en série. Tandis que les mines sphériques produisaient une sorte de martèlement, elles donnaient plutôt l'impression de vous déchirer les nerfs.

Nous étions assis, tendus par l'attention, dans les entrées de galeries, prêts à accueillir chaque arrivant à coups de fusil et de grenade, mais le feu décrut au bout d'une demi-heure. Cette nuit-là, nous eûmes encore à subir deux bombardements-surprise, durant lesquels nos guetteurs restèrent en alerte à leur poste, inébranlables. Dès que le tir diminua, des fusées s'élevèrent nombreuses, illuminant les défenseurs qui jaillissaient des galeries, et un feu furieux vint convaincre l'ennemi qu'on était encore en vie dans nos tranchées.

Malgré ce pilonnage, nous ne perdîmes qu'un homme, le fusilier Diersmann, qui eut le crâne fracassé par l'explosion d'une mine contre sa plaque de protection. Un autre fut blessé dans le dos. De nouveau, le jour qui succéda à cette nuit blanche, de nombreux marmitages nous préparèrent à l'approche d'une attaque. Notre tranchée fut en peu de temps mise en bouillie et rendue presque impraticable par les bois brisés des coffrages ; une série d'abris furent en outre écrasés.

Le commandant de secteur envoya par carte ce message à la première ligne : « Rapport téléphonique anglais capté : les Anglais décrivent exactement les brèches de notre réseau et demandent des "casques d'acier". On ne sait encore si "casques d'acier" est une expression de code pour "mines lourdes". Tenez-vous prêts. »

Nous décidâmes en conséquence de faire bonne garde la nuit suivante et convînmes que tout homme qui ne crierait pas son nom à la première sommation serait abattu sur-le-champ. Tous les officiers avaient chargé leur pistolet signaleur d'une fusée rouge, afin de pouvoir alerter sans retard l'artillerie.

De fait, la nuit fut pire que la précédente. Ce fut surtout un pilonnage, vers deux heures un quart, qui dépassa tout ce que nous avions vu jusqu'à présent. Une grêle de projectiles lourds s'abattit autour de mon abri. Nous attendions debout, tout armés, dans l'escalier de galerie, cependant que la lumière des rats-de-cave se reflétait papillotante aux murs suintants et couverts de moisissures. Une lourde fumée bleue coulait par les entrées : la terre s'effritait des plafonds.

Boum ! — Nom de nom ! — Une allumette, une allumette ! — Préparez-vous tous ! Le cœur battait à se rompre. Des mains nerveuses dévissaient les capsules des grenades. « C'était le dernier ! Tout le monde dehors ! » Quand nous nous élançâmes vers l'entrée, une mine à retardement explosa, et son souffle nous projeta en arrière. Pourtant, alors que les derniers des oiseaux de fer s'abattaient encore, tous les postes de guetteurs étaient déjà garnis de leurs défenseurs. Un feu d'artifice de fusées inondait de lumière, comme en plein jour, les approches où pendaient des rideaux de fumée compacte. Ces instants où la troupe entière se tenait derrière le parapet avaient quelque chose de magique ; ils rappelaient la seconde où le souffle s'arrête, avant un tour de force essentiel, durant laquelle la musique se tait soudain, tandis qu'on donne le grand éclairage.

Pendant quelques heures, cette nuit-là, je restai debout, accoté à l'entrée de ma cagna, qui était tournée vers l'ennemi, contrairement à la règle, et consultai ma montre de temps à autre pour prendre des notes sur le pilonnage. J'observais le guetteur, un homme d'un certain âge, père de famille, qui se tenait plus haut que moi, totalement immobile, et parfois illuminé par l'éclair d'une explosion, derrière son fusil.

Le tir s'était déjà tu que nous perdîmes encore un homme. Le fusilier Nienhüser tomba soudain de son créneau et dégringola à grand bruit le long de l'escalier jusqu'au milieu de ses camarades, qui se tenaient en alerte. Lorsqu'ils examinèrent cet inquiétant visiteur, ils lui trouvèrent une petite blessure au front et un trou saignant au-dessus du téton droit. On ne sut jamais si la mort était due à sa blessure ou à sa chute brusque. C'est à la fin de cette terrible nuit que nous fûmes relevés par la 6ᵉ. En proie à l'humeur curieusement maussade que provoque le soleil du matin après les nuits blanches, nous nous rendîmes par les boyaux jusqu'à Monchy et, de là, jusqu'à la seconde ligne, établie à la lisière du bois d'Adinser, d'où nous eûmes une vue impressionnante sur le prélude de la bataille de la Somme. Les secteurs du front à notre gauche étaient enveloppés de nuages de fumée blanche et noire ; les impacts faisaient jaillir, l'un après l'autre, des geysers de boue, hauts comme des tours ; au-dessus d'eux, par centaines, claquaient les éclairs brefs des explosions de shrapnells. Seuls les signaux de couleur, appels muets à l'artillerie, révélaient qu'il restait dans les défenses des êtres vivants. Je vis là pour la première fois un tir qui pût se comparer aux spectacles naturels.

Le soir, comme nous voulions enfin rattraper notre retard de sommeil, nous reçûmes l'ordre de charger des mines lourdes à Monchy et fûmes contraints d'attendre toute la nuit une voiture en panne, tandis que les Anglais tentaient à diverses reprises de nous chasser à coups de gerbes de mitrailleuses tirées en l'air et de shrapnells qui balayaient la rue ; ils n'eurent heureusement aucun succès. Nous fûmes surtout irrités par un virtuose de la mitrailleuse, qui tirait ses salves si droit en l'air qu'elles retombaient à la verticale sous le seul effet de la pesanteur. Il était donc tout à fait inutile de se planquer derrière un mur.

Dans cette même nuit, l'adversaire nous donna un exemple de l'extrême précision de ses observateurs. En seconde ligne, à quelque deux mille mètres de l'ennemi, un tas de craie s'était amoncelé devant une casemate à munitions à laquelle on travaillait. Les Anglais en déduisirent, avec raison, malheureusement, qu'on tenterait de camoufler ce monticule durant la nuit et l'arrosèrent d'une gerbe de shrapnells qui, en effet, blessa grièvement trois de nos hommes.

Le matin, on me réveilla en sursaut pour me donner l'ordre de mener ma section faire du terrassement dans le secteur C. Mes groupes furent répartis à l'intérieur de la 6ᵉ compagnie. Je retournai avec quelques soldats à la forêt d'Adinser pour les y mettre à l'abattage du bois. Revenu en ligne, je rentrai dans ma cagna pour y souffler une petite demi-heure. Mais en vain : il était dit que ce jour-là je n'arriverais pas à me reposer en paix. A peine avais-je retiré mes bottes que j'entendis notre artillerie ouvrir à la lisière du bois un tir étrangement vif. En même temps, Paulicke, mon ordonnance, apparut à l'entrée de la cagna et me lança de là-haut : « Alerte aux gaz ! »

Je saisis en hâte mon casque, passai mes bottes, bouclai mon ceinturon, sortis en courant et vis au-dehors comme un énorme nuage de gaz qui roulait par-dessus Monchy, en rideaux blancs et épais et, poussé par un vent faible, dérivait vers la cote 124, située dans un creux. Comme ma section était pour la plus grande part en ligne, et qu'une attaque était vraisemblable, il n'était pas question de perdre du temps à réfléchir. Je sautai par-dessus le réseau de deuxième ligne, courus vers l'avant et me trouvai bientôt au milieu du nuage de gaz. Une âcre odeur de chlore m'avertit qu'il ne s'agissait pas là, comme je l'avais cru d'abord, d'un brouillard artificiel, mais bien de gaz de combat. Je mis donc mon masque, mais le retirai aussitôt, car j'avais couru si vite que je ne pouvais aspirer assez d'air par la cartouche ; du reste, les verres furent en un rien de temps embués et complètement opaques. Tout cela n'était guère conforme à l'instruction sur les gaz de combat, que j'avais assez souvent donnée moi-même. Me sentant des points dans la poitrine, j'essayai du moins de traverser le nuage le plus vite possible. Devant l'orée du village, je dus encore passer à travers un barrage roulant dont les obus, surmontés de nombreux essaims de shrapnells, traçaient une longue chaîne dans les champs où d'habitude personne ne passait jamais.

Le feu d'artillerie, en terrain aussi découvert, où l'on peut se mouvoir librement, n'a ni la même puissance matérielle ni le même effet moral que dans les agglomérations ou les tranchées. J'eus donc en un instant franchi la ligne de feu et me retrouvai à Monchy, où les shrapnells tombaient dru. Une averse de balles, d'enveloppes et de fusées d'obus sifflait et s'enfonçait en ratissant les branches des arbres fruitiers dans les jardins en friche, ou giflait les pans de mur.

Dans un abri des vergers, je trouvai assis mes camarades de compagnie, Sievers et Vogel ; ils avaient allumé un grand feu et étaient penchés au-dessus de la flamme purificatrice, pour échapper aux effets du chlore. Je leur tins compagnie et les imitai, jusqu'au moment où le tir décrut, puis me rendis vers l'avant par le boyau 6.

J'examinai au passage les petits animaux qui, victimes du chlore, parsemaient de leurs cadavres le fond de la tranchée, et me dis : le pilonnage va reprendre tout de suite et, si tu continues à flâner ainsi, tu vas te retrouver ici, à découvert, comme une souris prise au piège. Malgré cela, je m'abandonnai à mon incorrigible flegme.

Et, en effet, à peine avais-je cinquante mètres à faire jusqu'à l'abri de la compagnie quand je tombai dans un tir-surprise nouveau et bien plus féroce, tel qu'il semblait impossible de parcourir, sans être touché, cette brève partie de tranchée. Par bonheur, j'aperçus tout près de moi l'une des niches ménagées pour les hommes de liaison dans les parois des boyaux. Trois cadres de galerie — ce n'était pas grand-chose, mais cela valait mieux que rien. Je m'y planquai donc et laissai éclater l'orage au-dessus de ma tête.

Je semblais avoir choisi précisément le coin le plus éventé. Mines sphériques, légères et lourdes, mines-bouteilles, shrapnells, « raclettes », obus en tout genre — je n'arrivais plus à distinguer tout ce qui ronflait, vrombissait et crevait pêle-mêle. Je ne pus m'empêcher de songer à mon brave caporal, aux Éparges, et à son cri effrayé : « Mais qu'est-ce qui se passe, bon Dieu, qu'est-ce qui se passe ? » Parfois, l'oreille était totalement assourdie par un fracas infernal, accompagné de flammes. Puis voilà que des sifflements aigus, ininterrompus, donnaient l'impression que des centaines de morceaux d'une livre s'abattaient à la file avec une vitesse inconcevable. Puis un obus s'enfonçait en terre sans éclater, avec un bref et lourd ébranlement, tel que le sol alentour en était secoué. Les shrapnells explosaient par douzaines, gracieux comme des pois fulminants, répandant leurs billes en denses essaims, et les enveloppes arrivaient en miaulant à leur suite. Quand un obus s'abattait dans les environs, la boue pleuvait avec un bruit de grêlons, mêlée d'éclats dentelés qui se piquaient d'un coup sec dans le sol.

Mais ces bruits sont plus faciles à décrire qu'à subir, car l'instinct lie à chacun de ces grondements de fer vibrant l'idée de la mort — et c'est ainsi que je restai accroupi dans mon trou, les mains devant les yeux, tandis que toutes les manières dont je pouvais être atteint défilaient dans mon imagination. Je crois avoir imaginé une analogie qui rend fort bien le sentiment propre à une situation où je me suis trouvé souvent, comme tous les autres soldats de cette guerre : qu'on se représente ligoté à un poteau et constamment menacé par un bonhomme qui brandit un lourd marteau. Tantôt il arrive en sifflant, vous frôlant le crâne, puis il frappe le poteau si fort que les éclats en volent — c'est exactement cette situation que reproduit tout ce qu'on subit quand on est pris à découvert en plein milieu d'un pilonnage. Heureusement, il me restait toujours une petite assurance subconsciente, ce « tout va s'arranger » qu'on ressent aussi au jeu et qui, bien que sans fondement positif, a une action lénitive. De même, ce bombardement, lui aussi, prit fin à la longue, et cette fois je poursuivis mon chemin à toutes jambes.

En première ligne, tous les hommes étaient occupés, conformément aux instructions sur les attaques aux gaz, si souvent répétées lors des exercices, à graisser leurs fusils, dont les canons étaient complètement noircis. Un aspirant me montra d'une main mélancolique sa dragonne toute neuve, qui avait perdu son bel éclat d'argent et avait pris à la place une teinte d'un noir verdâtre.

Comme tout était resté tranquille chez l'adversaire, je repartis avec mes groupes. A Monchy, nous vîmes une file de gazés assis devant le poste de secours ; ils étreignaient leurs flancs, gémissaient et vomissaient, tandis que l'eau leur ruisselait des yeux. L'affaire n'était pas sans gravité, car quelques-uns moururent dans les jours suivants parmi d'atroces souffrances. Nous avions subi une attaque soufflante de chlore pur, un gaz de combat qui agit en corrodant et en brûlant les poumons. A dater de ce jour, je décidai de ne jamais sortir sans masque, car jusqu'à présent j'avais souvent laissé le mien dans l'abri pour emporter des tartines dans l'étui, comme dans une boîte de botaniste. J'en avais vu de mes yeux les conséquences. Sur la route du retour, j'entrai à la cantine pour un achat et j'y trouvai l'aide-cantinier éploré, au milieu d'un tas de provisions en capilotade. Un obus avait troué le plafond, avait crevé la cantine et transformé ses trésors en un mélange de confiture, de conserves répandues et de savon noir. Il venait de dresser avec une précision toute prussienne un état des pertes, qui se montait à 82 marks 58 pfennigs.

Le même soir, ma section, cantonnée jusqu'ici à l'écart dans la seconde ligne, fut ramenée vers l'avant, pour se tenir prête aux éventualités douteuses de la bataille, et se vit assigner pour logement la carrière souterraine. Nous arrangeâmes les nombreuses niches pour en faire des cabines de couchage et allumâmes un feu colossal, dont nous fîmes partir la fumée par la galerie du puits, à l'intense fureur de quelques cuistots, qui faillirent étouffer quand ils remontèrent leurs seaux. Comme nous avions reçu un grog bien tassé, nous nous assîmes en rond autour du feu pour chanter, fumer et boire.

Vers minuit, un vacarme infernal éclata dans l'arc des positions autour de Monchy. Les cloches d'alerte carillonnaient par douzaines, des centaines de fusils pétaradaient, et des fusées vertes et blanches s'élevaient sans relâche. Aussitôt, notre tir de barrage commença, des mines lourdes partirent, traînant derrière elles une queue d'étincelles brûlantes. Partout où, dans le fouillis des ruines, il restait des vivants, on entendait retentir cette mélopée : « Attaque aux gaz ! Attaque aux gaz ! Les gaz ! Les gaaaaz ! Les gaaaz ! »

Sous la lumière des fusées, un fleuve éblouissant de gaz roulait à travers les crêtes noires des murailles en ruine. Comme une forte odeur de chlore commençait à se répandre aussi dans la carrière, nous allumâmes aux entrées de grands feux de paille, dont l'âcre fumée faillit nous chasser de notre refuge et nous força de purifier l'air en agitant des manteaux et des bâches.

Le lendemain matin, nous pûmes relever avec étonnement dans le village les traces laissées par les gaz. Une grande partie des plantes de toute espèce était flétrie, les limaces et les taupes jonchaient le sol de leurs corps, et les chevaux des cavaliers de la liaison cantonnés à Monchy avaient l'eau qui leur coulait de la bouche et des yeux. Les balles et les éclats répandus un peu partout étaient givrés d'une belle patine verte. Même à Douchy, le nuage avait fait sentir ses effets. Les civils, qui commençaient à prendre peur, se rassemblèrent devant le logement du colonel von Oppen et demandèrent des masques à gaz. On les chargea sur des camions et on les écarta sur des localités situées plus en arrière.

Nous passâmes de nouveau la nuit suivante dans la mine ; le soir, je reçus la nouvelle que le café serait distribué à quatre heures un quart, un déserteur anglais ayant révélé qu'une attaque était prévue pour cinq heures. Et, de fait, le matin, les ravitailleurs revenant de la distribution nous avaient à peine tirés de notre sommeil qu'éclatait le cri d'alarme, déjà familier : « Alerte aux gaz ! » Au-dehors, une odeur douceâtre flottait en l'air ; nous apprîmes plus tard qu'on nous avait, cette fois-ci, gratifiés de phosgène. Dans l'arc de Monchy, le tir de destruction faisait rage, mais il ne tarda pas à s'affaiblir.

Un matin reposant suivit cette heure inquiète. Nous vîmes sortir de la sape 6 et arriver dans la rue du village le lieutenant Brecht, la main emmaillotée d'un pansement sanglant, accompagné d'un homme baïonnette au canon et d'un prisonnier anglais. Brecht fut reçu en triomphe au P. C. Ouest et raconta ce qui suit :

A cinq heures, les Anglais avaient soufflé leurs nuages de gaz et de fumée et avaient ensuite violemment pilonné la tranchée à coups de mine. Comme d'habitude, nos hommes avaient quitté le couvert alors que le tir durait encore et avaient eu plus de trente tués et blessés. Puis, dissimulées dans les nuages de fumées, deux fortes patrouilles anglaises étaient arrivées : l'une avait pénétré dans la tranchée et emmené un sous-officier blessé ; l'autre avait été écrasée sous notre feu dès avant nos barbelés. Un Anglais isolé, ayant réussi à franchir l'obstacle, fut saisi à la gorge par Brecht, qui, avant la guerre, était planteur en Amérique, et accueilli d'un *Come here, you son of a bitch !* Cet unique survivant fut régalé d'un verre de vin et contempla d'un regard mi-effrayé, mi-ahuri, la rue du village, naguère encore déserte, qui grouillait maintenant de ravitailleurs, de brancardiers, d'hommes de liaison et de badauds. C'était un grand gaillard, tout jeune, aux cheveux d'un blond doré et au visage frais de gamin. « Dommage de devoir tuer des gars pareils », pensai-je en le voyant.

Bientôt, un long cortège de brancards arriva dans l'ambulance de premier secours. De Monchy-sud, il vint aussi d'autres blessés en grand nombre, car l'ennemi avait également réussi une courte percée jusqu'au secteur E. L'un de ces intrus devait être un risque-tout. Il avait bondi sans se faire voir dans la tranchée et avait couru tout de son long derrière les postes de guetteurs, d'où les hommes surveillaient les approches. L'un après l'autre, les défenseurs, que leurs masques à gaz empêchaient de bien voir, furent assaillis par-derrière : après en avoir abattu un bon nombre à coups de matraque ou de crosse, il retourna, toujours invisible, jusqu'aux lignes anglaises. Quand on déblaya la tranchée, on retrouva huit sentinelles à la nuque fracassée.

Près de cinquante civières, sur lesquelles étaient étendus des soldats qui gémissaient, leurs pansements blancs imbibés de sang, étaient dressées devant quelques abris de tôle ondulée où le médecin faisait son office, les manches retroussées.

Un petit gars dont les lèvres bleues brillaient, signe funeste, dans un visage d'une blancheur de neige, balbutiait : « Je suis trop gravement... je ne pourrai plus jamais... je-vais-mourir. » Un gros sous-officier des infirmiers le regardait d'un air de pitié, en murmurant à deux ou trois reprises d'un ton consolant : « Allons, allons, mon vieux ! »

Bien que les Anglais eussent soigneusement préparé cette petite opération, destinée à entraver nos forces et à préparer l'offensive de la Somme, par de nombreuses attaques aux mines et des nuages de gaz, il ne leur resta dans les mains qu'un prisonnier, et blessé, tandis qu'ils laissèrent un grand nombre de morts devant nos barbelés. Il est vrai que nos pertes furent également considérables : le régiment eut, dans cette seule matinée, quarante morts, dont trois officiers, et beaucoup de blessés.

L'après-midi suivant, nous reprîmes enfin pour quelques jours la route de notre cher Douchy. Le soir même, nous arrosâmes l'heureuse issue du combat de quelques bouteilles bien méritées.

Le 1er juillet, nous eûmes le triste devoir d'ensevelir dans notre cimetière une partie de nos morts. Trente-neuf cercueils de bois blanc, sur les planches grossières desquels on avait écrit les noms au crayon, furent l'un après l'autre descendus dans la fosse. Le pasteur prêcha sur ce texte : « Ils ont combattu le bon combat », en commençant par ces mots : « Gibraltar, tel est votre symbole, et en vérité, vous avez résisté comme le rocher dans le ressac ! »

C'est au cours de ces journées que j'appris à estimer les hommes en compagnie de qui j'allais passer encore deux ans de guerre. Il s'agissait là d'un coup de main anglais qui fut à peine mentionné dans les communiqués, destiné à nous inquiéter dans un secteur extérieur à la grande offensive. Les hommes n'avaient au fond jamais rien d'autre à faire que quelques pas, c'est-à-dire à franchir le court espace qui sépare le poste de guetteur des entrées de galerie. Mais ces pas devaient être faits à la seconde même du feu le plus intense, qui prépare l'assaut, et qu'on ne peut saisir que par intuition. La vague obscure qui, dans ces nuits-là, sans qu'on pût crier des ordres, se jetait à travers les tirs furieux vers les parapets, donnait une image aussi noble que secrète de la confiance qu'on peut mettre en l'homme.

Mon souvenir garde avec une vivacité particulière le spectacle de la position éventrée, fumant encore, telle que je la traversai après l'attaque. Les sentinelles de jour avaient déjà repris leur place, mais les tranchées n'étaient pas encore déblayées. Par endroits, les postes de guetteurs étaient couverts de morts, et entre eux, comme ressuscitée de leurs corps, la relève était déjà derrière ses fusils. La vue de tels groupes provoquait un étrange arrêt de la pensée — comme si, pour un instant, s'effaçait la différence entre la vie et la mort.

Le soir du 3 juillet, nous revînmes en première ligne. Il faisait relativement calme, mais quelques indices minimes dénotaient qu'il devait y avoir quelque chose dans l'air. Près du moulin, on entendait frapper et marteler doucement et sans relâche, comme si l'on travaillait du métal. Nous captâmes souvent des coups de téléphone énigmatiques, destinés à un officier du génie anglais, en première ligne, et qui tournaient autour de bouteilles de gaz et de destructions par explosifs. De l'aube aux dernières lueurs du jour, des avions anglais verrouillaient l'arrière au moyen d'un barrage aérien serré. La moyenne des tirs quotidiens sur les tranchées était plus élevée qu'à l'ordinaire ; il y eut aussi d'étranges variations dans les objectifs, comme si de nouvelles batteries cherchaient à régler leur tir. Toutefois, nous fûmes relevés le 12 juillet sans qu'il se fût rien passé de désagréable et restâmes en réserve à Monchy.

Le 13 au soir, nos abris des jardins furent pris sous le feu d'une pièce de marine, du 240, dont les énormes obus arrivaient en ronflant, suivant une courbe fortement tendue. Ils explosaient avec un fracas vraiment épouvantable. La nuit suivante, nous fûmes réveillés par un feu nourri et une attaque aux gaz. Nous restâmes dans l'abri autour du foyer, le masque sur le visage, à l'exception de Vogel qui n'arrivait plus à retrouver le sien et courait dans tous les sens, fouillant tous les recoins, tandis que de mauvais plaisants, à qui il avait serré la vis, prétendaient sentir une odeur de gaz de plus en plus prononcée. Pour finir, je lui passai ma seconde cartouche filtrante, et il resta toute une heure à croupetons derrière le poêle, qui fumait furieusement, se tenant le nez bouché et tâchant de respirer à travers l'embout.

Ce même jour, je perdis deux hommes de ma section, qui furent blessés au village ; Hasselmann attrapa un coup de feu à travers le bras, Marschmeier eut la gorge traversée par une balle de shrapnell.

Il n'y eut pas d'attaque cette nuit-là ; cependant, le régiment eut encore vingt-cinq morts et beaucoup de blessés. Le 15 et le 17, nous subîmes deux autres attaques aux gaz. On nous releva le 17, et nous eûmes deux bombardements de gros calibres à Douchy. L'un d'eux nous surprit au milieu d'un rassemblement d'officiers, sur le commandement de von Jarotzky, dans un verger. Malgré le péril, rien n'était plus drôle que de voir le groupe s'égailler comme des moineaux, tous tomber sur le nez, foncer à travers les haies à une vitesse incroyable et se disperser, rapides comme la poudre, vers tous les couverts possibles.

Le 20 juillet, nous remontâmes en ligne. Le 28, je m'entendis avec l'aspirant Wohlgemut et les soldats de première classe Bartels et Birkner pour organiser une patrouille. Nous avions pour seul objectif de battre un peu le terrain entre les réseaux et de voir quelles surprises nous réservait le *no man's land*, car la position commençait peu à peu à devenir ennuyeuse. Dans l'après-midi, l'officier de la 6ᵉ qui devait me relever, le lieutenant Brauns, vint me rendre visite dans mon abri, m'apportant du bon bourgogne. Nous levâmes la séance vers minuit ; je montai dans la tranchée, où je trouvai mes trois compagnons déjà rassemblés dans l'angle sombre d'une traverse. Ayant fait choix de quelques grenades bien sèches, j'escaladai les barbelés, en belle humeur, tandis que Brauns me criait : « Et merde à tous ! »

En un rien de temps, nous nous glissâmes en tapinois jusqu'aux obstacles de l'ennemi. Juste devant, nous découvrîmes dans l'herbe haute un fil assez épais et bien isolé. Cette observation me parut importante, et je chargeai Wohlgemut d'en couper un bout pour l'emporter. Tandis qu'il s'escrimait dessus avec son coupe-cigares, faute d'autre instrument, j'entendis des tintements juste devant nous, dans les barbelés ; quelques Anglais se montrèrent et se mirent à y travailler, sans repérer nos corps plaqués dans les herbes.

Me souvenant des mésaventures de la dernière patrouille, je soufflai aussi bas que possible : « Wohlgemut, balancez-leur une grenade. — Mon lieutenant, je trouve qu'on devrait les laisser d'abord un peu travailler. — C'est un ordre, aspirant ! »

Ce mot magique ne manqua pas de produire son effet, même dans cette solitude. Mal à mon aise, comme qui s'est embarqué dans une aventure scabreuse, j'entendis auprès de moi le craquement sec du cordon qu'on tire et vis comment Wohlgemut, pour se découvrir le moins possible, lançait sa grenade comme une bille à ras du sol. Elle s'arrêta dans les broussailles, presque au milieu des Anglais, qui semblaient ne s'être aperçus de rien. Quelques secondes d'extrême tension passèrent. « Crrrac ! » Un éclair illumina des formes vacillantes. Braillant : *You are prisoners !* nous bondîmes comme des tigres au sein de la nuée blanche. En quelques fractions de seconde, il se déroula toute une scène confuse. Je braquai mon pistolet sur un visage qui luisait devant moi, dans l'obscurité, comme un masque blafard. Une ombre tomba à la renverse avec un hurlement nasillard, dans les barbelés. C'était un cri hideux, quelque chose comme : « Ouèèèèè », tel qu'un homme n'en pousse peut-être qu'en voyant un fantôme venir sur lui. A ma gauche, Wohlgemut déchargeait son pistolet, tandis que Bartels, dans son énervement, lançait au petit bonheur une grenade au milieu de nous.

Au premier coup de feu, le chargeur était tombé de la crosse de mon pistolet. J'étais là à brailler devant un Anglais qui s'appuyait, pétrifié d'horreur, contre le barbelé, et je pressais sans arrêt la détente, mais toujours en vain. Pas un coup de feu — c'était comme dans ces rêves où l'on se trouve paralysé. La tranchée, devant nous, s'animait. Des appels retentirent, une mitrailleuse se mit à pétarader. Nous sautâmes en arrière. Je m'arrêtai une dernière fois, dans un trou d'obus, et braquai mon pistolet sur une ombre qui me talonnait. Le raté fut, cette fois, une chance, car c'était Birkner, que je croyais filé depuis longtemps.

Nous galopâmes à toute vitesse vers notre tranchée. Au niveau de notre réseau, les balles sifflaient déjà si fort que je fus contraint de me jeter dans un trou rempli d'eau, tendu d'un filet de barbelés. Tandis que je me balançais sur mes fils de fer au-dessus de l'eau, j'entendais les balles me passer en bourdonnant par-dessus la tête, comme un gros essaim d'abeilles, cependant que des bouts de barbelés et des éclats de balles balayaient la pente du trou. Après une demi-heure, quand le feu eut cessé, je grimpai par-dessus nos obstacles et sautai dans la tranchée, salué d'exclamations joyeuses. Wohlgemut et Bartels s'y trouvaient déjà ; après une autre demi-heure, Birkner revint aussi. On se réjouit en commun de cette heureuse conclusion, tout en regrettant que le prisonnier de nos vœux nous eût une fois encore échappé. L'événement m'avait secoué les nerfs, mais je ne m'en aperçus pas avant d'être étendu dans l'abri, sur un bat-flanc, claquant des dents, incapable de m'endormir, malgré mon extrême fatigue. J'avais tout au contraire la sensation d'une alacrité très vive et très tendue, comme si, quelque part dans mon corps, une petite sonnette électrique eût carillonné sans arrêt. Le lendemain matin, c'est à peine si je pouvais marcher, ayant une longue griffure de barbelé à travers un de mes genoux, déjà marqué de plusieurs balafres historiques, et dans l'autre un petit éclat de la grenade qu'avait projetée Bartels.

Ces brefs coups de main, durant lesquels il fallait serrer les dents, étaient un parfait moyen de s'endurcir le courage et de varier la monotonie de l'existence dans les tranchées. Il faut avant tout que le soldat ne s'ennuie pas.

Le 11 août, devant le village de Berles-au-Bois, un cheval de selle noir qui errait entre les lignes fut abattu de trois coups de fusil par un réserviste. L'officier anglais qui l'avait laissé s'échapper a dû faire, à cette vue, un visage plutôt piteux. Cette nuit-là, l'enveloppe d'une balle d'infanterie atteignit à l'œil le fusilier Schultz. Les pertes s'aggravaient aussi à Monchy, car les murs rasés par les tirs d'artillerie offraient de moins en moins de protection contre les salves de mitrailleuses tirées au hasard. Nous commençâmes à couper le village de fossés et à dresser de nouveaux murs aux endroits les plus exposés. Dans les jardins en friche, les baies avaient mûri, et leur goût nous paraissait d'autant plus savoureux qu'on ne pouvait les ramasser sans s'exposer au vol bourdonnant des balles perdues.

Le 12 août amena le jour longtemps attendu où je pus, pour la seconde fois de cette guerre, partir en permission. Mais à peine m'étais-je un peu réchauffé dans l'atmosphère familiale qu'un télégramme me rappelait : « Revenir immédiatement. Prendre autres instructions chez le commandant de place de Cambrai. » Trois heures après, j'étais dans le train. Comme je me rendais à la gare, trois jeunes filles en robes claires me croisèrent, leurs raquettes sous le bras — adieu rayonnant de la vie, dont je me souvins longtemps encore au front.

Le 21 août, je me retrouvai dans cette région familière, dont les routes grouillaient de troupes, par suite du départ de la 111e et de la montée en ligne d'une nouvelle division. Le premier bataillon tenait le village d'Écoust-Saint-Mein, dont nous devions prendre les ruines d'assaut, deux ans plus tard.

Paulicke, dont les jours étaient comptés, m'accueillit joyeusement. Il me rapporta que les jeunes de ma section s'étaient déjà enquis une bonne douzaine de fois de savoir si je n'étais pas encore revenu. Cette nouvelle me toucha profondément et m'emplit de force ; elle m'apprit que dans les jours brûlants qui nous attendaient, je pouvais compter sur plus encore que la seule obéissance due à mon grade, et que je disposais aussi d'un crédit personnel.

Je fus cantonné pour la nuit avec huit autres officiers dans le grenier d'une maison abandonnée. Ce soir-là, nous restâmes longtemps éveillés, à boire, faute de liquides plus forts, le café que nous préparèrent deux Françaises dans la maison d'à côté. Nous savions que cette fois, nous allions entrer dans une bataille telle que le monde n'en avait encore jamais vu. Nous n'étions pas moins ardents que les troupes qui, deux ans plus tôt, avaient franchi la frontière, mais peut-être plus redoutables qu'elles, car nous avions l'avantage de l'expérience. Avec cela, nous étions de l'humeur la meilleure et la plus gaie, et des mots comme « reculer » étaient rayés de notre vocabulaire.

A voir les convives de cette joyeuse tablée, on devait se dire que les positions à eux confiées ne pourraient être occupées que si la mort y avait précédé l'agresseur.

Et ce fut bien ce qui se produisit.

Guillemont

Le 23 août, nous fûmes chargés sur des camions et amenés jusqu'au Mesnil. Bien que nous eussions déjà appris que nous serions mis en ligne au foyer légendaire de la bataille de la Somme, le village de Guillemont, le moral était excellent. Les blagues voltigeaient, accompagnées d'éclats de rires généraux, d'une auto à l'autre.

Au cours d'un arrêt, un chauffeur s'écrasa le pouce en mettant son auto en marche. La vue de cette blessure me causa, à moi qui ai toujours été sensible à ce genre de spectacles, une espèce de haut-le-cœur. Si j'en fais mention, c'est qu'il est d'autant plus curieux que j'aie été capable de supporter dans les jours suivants la vue de graves mutilations. Cet exemple montre que dans la vie, le sens de l'ensemble décide des impressions particulières.

Du Mesnil, nous marchâmes sous le couvert de la nuit jusqu'à Sailly-Saillisel, où le bataillon fit halte dans une grande prairie pour se débarrasser de ses sacs et préparer le barda d'assaut.

Nous entendions devant nous rouler et tonner des tirs d'artillerie d'une intensité insoupçonnée ; mille éclairs jaillissant inondaient l'horizon ouest d'une mer de flammes. Des blessés au visage blafard, aux traits creusés, se traînaient constamment vers l'arrière, souvent jetés dans le fossé à l'improviste par le ferraillement de pièces ou de colonnes de munitions qui passaient.

Un coureur d'un régiment wurtembergeois se mit à mes ordres pour conduire ma section jusqu'au fameux bourg de Combles, où nous devions provisoirement nous tenir en réserve. Ce fut le premier soldat allemand que j'aie vu sous le casque d'acier, et il m'apparut aussitôt comme l'habitant d'un monde nouveau et plus dur. Assis près de lui dans le fossé, je l'interrogeais avidement sur la situation dans les tranchées, et j'obtins en réponse le récit monotone de jours qu'on passait accroupi dans les trous d'obus, sans liaison ni voies d'accès, d'attaques ininterrompues, de champs couverts de cadavres, et de soifs démentes, de blessés mourant de faim, d'autres encore. Le visage figé, encadré par le bord d'acier du casque, et la voix blanche, qu'accompagnait le vacarme du front, nous firent une impression macabre. Quelques jours avaient suffi pour mettre sur ce coureur qui devait nous mener au royaume des flammes une empreinte qui semblait nous le rendre indiciblement étranger.

« Quand on tombe, on y reste. Rien à faire. Personne ne sait s'il reviendra vivant. On a tous les jours une attaque, mais ils ne passent pas. Chacun sait que c'est une question de vie ou de mort. »

Rien n'était resté dans cette voix qu'une vaste indifférence ; elle était recuite au feu. On peut aller à la bataille avec de tels hommes.

Nous marchâmes par une large route, qui s'étendait sous le clair de lune à travers le terrain sombre, vers le tonnerre de la canonnade, dont les rugissements, engloutissant tous les bruits, devenaient sans cesse plus énormes. Laissez ici toute espérance ! Ce paysage tirait un aspect particulièrement sinistre du fait que toutes ses routes luisaient sous la lune comme un lacis de veines claires, sans qu'on pût y apercevoir âme qui vive. Nous avancions comme par les allées d'un cimetière qui brillent vaguement à minuit.

Les premiers obus ne tardèrent pas à tomber sur la droite et la gauche de notre chemin. Les conversations baissèrent de ton, puis cessèrent enfin. Chacun prêtait l'oreille au long miaulement des obus, avec cette étrange surexcitation des sens qui donne à l'ouïe la plus vive acuité. Ce fut surtout la traversée de Frégicourt-Ferme, un hameau, devant le cimetière de Combles, qui nous mit pour la première fois à l'épreuve. La poche qui se resserrait autour de Combles y était déjà étranglée à l'extrême. Quiconque voulait entrer dans la ville ou en sortir était contraint d'y passer, de sorte que cette artère vitale était soumise sans interruption au plus lourd des martèlements, semblable aux rayons que concentre une lentille. Le guide nous avait déjà préparés à ce passage tristement célèbre ; nous le traversâmes au pas gymnastique sous la grêle des éclats.

Il flottait au-dessus des ruines, comme de toutes les zones dangereuses du secteur, une épaisse odeur de cadavres, car le tir était si violent que personne ne se souciait des morts. On y avait littéralement la mort à ses trousses — et lorsque je perçus, tout en courant, cette exhalaison, j'en fus à peine surpris — elle était accordée au lieu. Du reste, ce fumet lourd et douceâtre n'était pas seulement nauséeux : il suscitait, mêlé aux âcres buées des explosifs, une exaltation presque visionnaire, telle que seule la présence de la mort toute proche peut la produire.

C'est là, et au fond, de toute la guerre, c'est là seulement que j'observai l'existence d'une sorte d'horreur, étrangère comme une contrée vierge. Ainsi, en ces instants, je ne ressentais pas de crainte, mais une aisance supérieure et presque démoniaque ; et aussi de surprenants accès de fou rire, que je n'arrivais pas à contenir.

Combles ne présentait plus, pour autant qu'on pût s'en rendre compte dans l'obscurité, que le squelette d'une agglomération. De grandes quantités de bois, parmi les ruines, ainsi que des ustensiles de ménage, jetés à travers la rue, dénotaient que la destruction était toute récente. Après avoir franchi de nombreux monceaux de déblais, talonnés par un chapelet de shrapnells, nous parvînmes à nos quartiers : une grande maison, trouée comme une écumoire, que j'élus pour domicile avec trois groupes, tandis que mes deux autres s'installaient dans la cave d'une ruine en face.

Dès quatre heures, nous fûmes tirés de notre couche, faite de bouts de lits assemblés, pour recevoir des casques d'acier. Nous découvrîmes à cette occasion, dans un recoin de cave, un plein sac de grains de café — événement qui eut pour conséquence des préparations passionnées de moka.

Ayant déjeuné, je fis le tour du bourg. En quelques jours, l'action de l'artillerie lourde avait transmué un pacifique gîte d'étape en un spectacle d'horreur. Des maisons entières avaient été aplaties ou fendues en deux par un coup de plein fouet, si bien que les chambres avec leur mobilier pendaient comme des coulisses de théâtre au-dessus du chaos. Un fumet de cadavres sortait de beaucoup de ces décombres, car le premier bombardement avait aussi complètement surpris par sa soudaineté les habitants, et en avait enterré un grand nombre sous les ruines, avant qu'ils n'eussent pu sortir de chez eux. Une petite fille gisait devant un seuil au milieu d'une flaque rouge.

Un endroit violemment bombardé était le parvis de l'église détruite, en face de l'entrée des catacombes, de très anciennes galeries souterraines, avec des niches taillées à coups d'explosifs, où logeaient entassés presque tous les états-majors des unités combattantes. On racontait que les habitants avaient dégagé à coups de pioche, dès le début des bombardements, l'accès muré, qu'ils avaient caché aux Allemands pendant tout le temps de l'occupation.

Les rues n'étaient plus que des pistes étroites qui zigzaguaient à travers et par-dessus d'énormes monticules de poutres et de maçonnerie. Les légumes et les fruits pourrissaient dans les jardins retournés par les obus.

Après le déjeuner, que nous avions préparé à la cuisine, sur les vitres de réserve, dont nous avions abondance, et qui se termina comme de juste par un café bien tassé, je m'étendis à l'étage dans un fauteuil pour me reposer. J'appris par les lettres éparpillées sur le sol que la maison appartenait au brasseur Lesage. La chambre contenait des armoires et des commodes éventrées, une table de toilette renversée, une machine à coudre et une voiture d'enfant. Des tableaux lacérés et des miroirs brisés pendaient aux murs. Sur le plancher, à un mètre d'épaisseur, gisaient en désordre des tiroirs arrachés, du linge, des corsets, des livres, des journaux, des tables de nuit, des tessons, des bouteilles, des cahiers de musique, des pieds de chaise, des jupons, des manteaux, des lampes, des rideaux, des volets, des portes démontées de leurs gonds, des dentelles, des photographies, des tableaux, des albums, des caisses fracassées, des chapeaux de femme, des pots de fleurs, du papier de tenture, dans un pêle-mêle inextricable.

Par les volets déchiquetés, on avait vue sur le carré d'une place déserte, labourée par les obus, jonchée des branches de tilleuls fendus. Ce fouillis d'impressions était encore assombri par le tir incessant d'artillerie qui grondait comme la mer autour de la bourgade. Parfois, l'explosion gigantesque d'un obus de 380 dominait de son rugissement tout ce vacarme. Des nuées d'éclats balayaient alors Combles, fouettaient les branches des arbres ou pleuvaient sur les rares toits subsistants, en faisant dégringoler les ardoises.

Au cours de l'après-midi, le feu atteignit une intensité telle qu'il ne restait plus que le sentiment d'un tohu-bohu colossal, où s'engloutissait chaque bruit isolé. A partir de sept heures, la place et les maisons voisines reçurent à des intervalles d'une demi-minute des obus de 150. Beaucoup d'entre eux n'éclatèrent pas : leur choc bref, énervant, secouait la maison jusqu'à ses fondations. Et pendant tout ce temps, nous restâmes dans notre cave, assis dans des fauteuils recouverts de soie, autour de la table, la tête entre les mains, à compter les intervalles des explosions. Les blagues devinrent de plus en plus rares, et, pour finir, les plus hardis eux-mêmes se turent. A huit heures, la maison voisine s'effondra, ayant reçu deux coups en plein ; l'écroulement souleva un énorme nuage de poussière.

Entre neuf et dix heures, le feu prit une violence démentielle. La terre vacillait, le ciel semblait une marmite de géants en train de bouillir.

Des centaines de batteries lourdes tonnaient à Combles et tout autour ; des obus sans nombre se croisaient, hurlant et miaulant, au-dessus de nous. Tout était enveloppé d'une fumée épaisse, éclairée de lueurs funèbres par des fusées de couleur. Sous l'effet de violentes douleurs dans la tête et les oreilles, nous ne pouvions nous entendre qu'en braillant des mots sans suite. La faculté de penser logiquement et le sens de la pesanteur semblaient paralysés. On était en proie au sentiment de l'inéluctable et du nécessaire, comme devant la fureur des éléments. Un sous-officier de la troisième section devint fou furieux.

A dix heures, ce carnaval d'enfer s'apaisa peu à peu et se changea en un feu roulant où, à vrai dire, on ne pouvait encore distinguer les coups les uns des autres.

A onze heures, un homme de liaison survint avec l'ordre de rassembler les sections sur le parvis de l'église. Nous nous réunîmes alors aux deux autres sections pour monter en ligne. Une quatrième restait en arrière, sous le commandement du lieutenant Sievers, pour assurer le ravitaillement de la position. Ces hommes nous entourèrent, tandis que nous nous rassemblions, avec de brefs appels, à l'endroit exposé, et nous chargèrent de pain, de tabac et de viande en conserve. Sievers me força d'accepter une gamelle pleine de beurre, me serra la main et nous souhaita bonne chance.

Nous partîmes en colonne par un. Chacun avait l'ordre de serrer sur l'homme de devant. Dès la sortie du village, notre guide remarqua qu'il s'était égaré. Nous fûmes contraints de faire demi-tour, sous un tir violent de shrapnells. Puis nous suivîmes, le plus souvent au pas gymnastique, à découvert, un cordon blanc qui devait nous servir de fil d'Ariane et était découpé en tronçons par les tirs. Nous dûmes souvent nous arrêter, et aux pires endroits, quand le guide avait perdu la direction. Pour comble de bonheur, on avait interdit, afin de garder le contact, de se jeter par terre.

Voilà pourtant que la première et la troisième section, tout d'un coup, avaient disparu. En avant ! Les groupes s'empilèrent dans un chemin creux où les obus pleuvaient dru. Planquez-vous ! Une odeur d'une écœurante importunité nous apprit que ce passage avait déjà fait de nombreuses victimes. Nous courûmes, talonnés par la mort, et parvînmes ainsi à un second chemin creux, qui cachait l'abri du chef des troupes au combat, puis nous nous perdîmes et fîmes demi-tour dans une bousculade douloureuse de soldats énervés. A cinq mètres au plus de Vogel et de moi, un obus de taille moyenne s'abattit avec un choc sourd sur le revers du talus et nous arrosa de grosses mottes de terre, tandis que des frissons mortels nous couraient le long de l'échine. Le guide finit par retrouver sa route, grâce au repère que constituait un tas de cadavres curieusement disposés. L'un de ces morts était étalé, les bras en croix, sur la pente crayeuse du talus — quelle imagination aurait pu trouver un poteau indicateur mieux en accord avec ce paysage ?

En avant ! en avant ! Des hommes s'abattaient soudain dans leur course et nous les cinglions de menaces pour les forcer à tirer de leurs corps épuisés leurs dernières énergies. Des blessés tombaient, appelant à l'aide, sans que personne y prît garde, de droite et de gauche, dans les trous d'obus. On avançait toujours, les yeux rivés à l'homme de devant, le long d'un fossé qui ne nous venait qu'au genou, fait d'une chaîne d'énormes entonnoirs, où les morts se suivaient à la file. Le pied écrasait avec dégoût les corps flasques qui cédaient sous lui ; l'obscurité dérobait leurs formes aux yeux. Le blessé qui tombait en travers du chemin n'était pas moins destiné à être piétiné par les bottes de ceux qui poursuivaient en hâte leur route. Il s'agissait de sauver sa peau.

Et toujours ce fumet douceâtre ! Mon coureur de combat, le petit Schmidt, compagnon de bien des patrouilles périlleuses, commençait à vaciller, lui aussi. Je lui arrachai son fusil de la main, bien que le brave gars s'en défendît, même à un moment pareil.

Nous arrivâmes enfin à la première ligne, tenue par des hommes accroupis et serrés l'un contre l'autre, dans les trous, et dont les voix sans timbre vibrèrent de joie lorsqu'ils apprirent que la relève était là. Un adjudant bavarois me passa en quelques mots le secteur et le pistolet signaleur.

Le secteur de ma section occupait l'aile droite de la position régimentaire et consistait en un chemin creux, de faible profondeur, aplati par les pilonnages, qui s'enfonçait en terrain découvert à quelques centaines de mètres sur la gauche de Guillemont, et un peu plus près à droite du bois de Trônes. De l'unité voisine, à notre droite, le 76ᵉ d'infanterie, nous étions séparés par une brèche de cinq cents mètres, où personne ne pouvait tenir à cause de l'extrême violence du feu.

L'adjudant bavarois avait soudainement disparu et je me retrouvai seul, mon pistolet signaleur dans la main, au milieu de ce paysage funèbre d'entonnoirs, voilé d'une manière menaçante et mystérieuse par des traînées de brouillard qui stagnaient près du sol. Des bruits sourds, énervants, s'élevaient derrière moi ; ils provenaient d'un cadavre gigantesque en train de se décomposer.

Ne me rendant même pas compte de l'endroit où pouvait à peu près se trouver l'adversaire, je revins vers mes hommes et leur conseillai de se tenir prêts au pire. Nous restâmes tous éveillés ; je passai la nuit avec Paulicke et les deux coureurs de combat dans un trou qui pouvait bien avoir un mètre cube d'espace.

Quand vint l'aube, les environs inconnus se dévoilèrent peu à peu à nos yeux stupéfaits.

Le chemin creux nous apparaissait maintenant comme une série d'énormes entonnoirs, remplis de lambeaux d'uniformes, d'armes et de morts ; à perte de vue, le terrain environnant était complètement retourné par des gros calibres. Pas un seul petit brin d'herbe auquel pût s'accrocher le regard. Ce champ de bataille labouré était horrible. Les défenseurs morts gisaient pêle-mêle parmi les vivants. En creusant des trous pour nous terrer, nous nous aperçûmes qu'ils étaient empilés par couches les uns au-dessus des autres. Les compagnies qui avaient tenu bon sous le pilonnage avaient été fauchées l'une après l'autre, puis les cadavres avaient été ensevelis par les masses de terre que faisaient jaillir les obus, et la relève avait pris la place des morts. C'était maintenant notre tour.

Le chemin creux et le terrain de derrière étaient couverts d'Allemands, le terrain de devant d'Anglais. Des bras, des jambes, des têtes dépassaient des talus ; devant nos terriers, nous vîmes des membres arrachés et des corps sur lesquels on avait parfois jeté, pour échapper au spectacle perpétuel des visages défigurés, des manteaux ou bien des bâches. Malgré la canicule, personne ne songeait à recouvrir les cadavres de terre.

Le village de Guillemont semblait avoir complètement disparu ; seule, une tache blanchâtre parmi les entonnoirs signalait encore l'endroit où le calcaire de ses maisons avait été pilé. Devant nous, nous avions la gare, fracassée comme un jouet d'enfant, et plus loin derrière le bois de Delville, haché en copeaux.

Le jour s'était à peine levé qu'un Anglais qui volait bas s'en vint sur nous et se mit à tourner au-dessus de nos têtes comme un vautour, tandis que nous fuyions vers nos trous et nous y terrions. Mais l'œil perçant de l'observateur avait quand même dû nous repérer, car bientôt nous entendîmes retentir de là-haut, à de brefs intervalles, des appels de sirène, bas et prolongés. On eût dit les clameurs d'un être fantastique qui planerait sans pitié au-dessus d'un désert.

Quelque temps après, il sembla qu'une batterie eût capté ces signaux. L'un après l'autre, des obus à tir tendu arrivèrent, sifflants, avec une force inconcevable. Nous restions accroupis dans nos terriers, allumant de temps à autre un cigare, puis le jetant, nous attendant sans cesse à être ensevelis. La manche de vareuse de Schmidt fut ouverte par un éclat.

Dès la troisième salve, l'occupant du trou voisin du nôtre fut enterré sous un coup violent. Nous le déterrâmes aussitôt ; mais le poids des masses de terre l'avait mortellement épuisé, son visage était creux et ressemblait à une tête de mort. C'était le soldat de première classe Simon. Il était instruit par l'expérience, car lorsqu'au cours de la journée des hommes se mouvaient à découvert, visibles pour un avion, on entendait sa voix furieuse et on voyait son poing s'agiter par une ouverture de son trou, camouflé sous une bâche.

A trois heures de l'après-midi, mes guetteurs de gauche arrivèrent et me rapportèrent qu'ils ne pouvaient plus tenir, leurs trous étant aplatis par les obus. Je dus déployer toute mon autorité pour les renvoyer à leur poste. Il est vrai que je me trouvais à l'emplacement le plus dangereux, et c'est là qu'on dispose de la plus haute puissance de commandement.

Peu avant dix heures du soir, une trombe de feu s'abattit sur l'aile gauche du régiment et vint sur nous vingt minutes plus tard. En un rien de temps, nous fûmes complètement noyés dans la fumée et la poussière, mais les coups tombaient pour la plupart juste devant ou derrière la tranchée, si l'on veut bien attribuer ce nom à notre pli de terrain passé au rouleau compresseur. Pendant que l'ouragan se déchaînait autour de nous, je passai en revue le secteur de ma section. Les hommes avaient mis baïonnette au canon. Ils se tenaient debout, immobiles comme des statues, sur la pente avant du chemin creux, et scrutaient les approches. De temps à autre, à la lueur d'une fusée, je voyais des casques d'acier serrés l'un contre l'autre, les baïonnettes briller, lame contre lame, et sentais monter en moi la conscience d'être invulnérable. On pouvait nous écraser, non pas nous vaincre.

A la section voisine, sur notre gauche, l'adjudant H..., le chasseur malchanceux des rats de Monchy, voulut tirer une fusée blanche, mais se trompa, et une fusée rouge, pour tir de barrage, s'éleva en sifflant, signal retransmis de tous côtés. En un clin d'œil, notre artillerie entra en danse que c'en était un plaisir. L'un après l'autre, les obus de mortier tombèrent du ciel en hurlant, s'éparpillant sur les approches en éclats et en étincelles. Un mélange de poussière, de gaz suffocants et de fumets provenant des cadavres projetés en l'air déborda des entonnoirs. Cette orgie de destruction une fois terminée, le feu retomba à son niveau accoutumé. Le geste inconsidéré d'un seul homme avait mis en route l'énorme machine de la guerre.

H... était et resta un déveinard ; cette nuit même, en chargeant son pistolet signaleur, il se tira une fusée dans la tige de sa botte et dut être évacué avec des brûlures graves.

Le lendemain, il plut à verse, ce qui ne nous fut pas désagréable, car nos gosiers desséchés eurent moins à souffrir quand la poussière eut été noyée, et les grosses mouches d'un bleu noir qui s'étaient rassemblées en masses énormes aux lieux ensoleillés, comme des coussins de velours sombre, durent abandonner la place. Je restai assis presque tout le jour devant mon trou, à fumer, et, malgré le décor, je mangeai de bel appétit.

Le matin suivant, le fusilier Knicke, de ma section, attrapa, je ne sais d'où, un coup de feu qui lui traversa la poitrine et lui frôla aussi la moelle, de sorte qu'il ne pouvait plus mouvoir ses jambes. Quand je m'en vins le voir, il était couché dans un trou, résigné, comme quelqu'un qui avait fait ses comptes avec la mort. On le traîna le soir même à travers les tirs d'artillerie, et il eut encore une jambe cassée, à un moment où ses porteurs durent se planquer subitement. Il mourut au poste de secours.

Cet après-midi-là, un homme de ma section m'appela et me fit braquer mes jumelles sur la gare de Guillemont, par-dessus la jambe d'un Anglais, arrachée du corps. Par un boyau peu profond, des centaines d'Anglais progressaient, sans beaucoup se soucier des faibles salves d'infanterie que je fis aussitôt diriger sur eux. Ils atteignirent la gare. Ce spectacle montrait bien la disproportion des moyens que nous jetions dans le combat. Si nous avions risqué un coup de main semblable, nos détachements auraient été aplatis par le feu en quelques minutes. Tandis que pas un ballon captif ne se montrait de notre côté, plus de trente, au-dessus des lignes adverses, liés ensemble en une grosse grappe d'un jaune brillant, observaient avec des yeux d'argus chaque mouvement discernable dans le terrain pilonné, pour y envoyer aussitôt une grêle de fer.

Le soir, tandis que je donnais le mot de passe, un gros éclat d'obus me heurta l'estomac ; heureusement, il était à peu près à bout de course et tomba par terre, après avoir frappé violemment ma boucle de ceinturon. J'en fus si ébahi que seuls les appels inquiets de mes compagnons, qui me tendaient leurs gourdes, me rendirent conscient du danger.

Devant le secteur de la première section, avant la tombée du jour, deux ravitailleurs anglais apparurent : ils s'étaient égarés. Ils s'approchèrent le plus paisiblement du monde : l'un tenait à la main une grande gamelle ronde, l'autre un long bidon plein de thé. Tous deux furent abattus presque à bout portant ; l'un tomba avec le buste dans le chemin creux, tandis que ses jambes restaient accrochées au talus.

Vers une heure du matin, Schmidt me secoua pour me tirer d'un sommeil troublé. Je bondis, agité, et attrapai mon fusil. La relève était là. Nous lui remîmes ce qu'il restait à remettre et tournâmes le dos aussi vite que possible à ce repaire du diable.

A peine avions-nous atteint le boyau peu profond que le premier tir groupé de shrapnells éclatait parmi nous. Une balle traversa le poignet de mon homme de devant : le sang en jaillit avec impétuosité. Il se mit à vaciller et voulut s'étendre sur le bord. Je l'agrippai par le bras, le remis sur pied, malgré ses gémissements, et ne le lâchai que dans l'abri des infirmiers, à côté de celui du chef des unités combattantes.

Dans les deux chemins creux, il y avait une sale danse. Nous eûmes bientôt perdu le souffle. Le plus mauvais coin était un vallon dans lequel nous tombâmes, et où les shrapnells et les obus de petit calibre éclataient sans cesse en flammes. Brrrroum ! Brrrroum ! Le tourbillon de feu grondait autour de nous, lançait une pluie d'étincelles dans l'obscurité. Houiiiii ! Encore un tir groupé ! J'en eus le souffle coupé, car je m'aperçus quelques fractions de seconde d'avance, au miaulement toujours plus aigu, que la branche descendante de la trajectoire allait se terminer juste à côté de moi. Aussitôt après, une chute pesante secoua la terre près de la plante de mon pied, projetant en l'air les lambeaux de glaise molle. Et dire que c'est justement cet obus qui n'explosa pas !

De toutes parts, des troupes qu'on relevait, d'autres qui montaient en ligne, couraient à travers la nuit et le feu, certaines totalement égarées, gémissant d'énervement et de fatigue ; des apostrophes s'entrecroisaient, des ordres et, monotonement répétés, les longs appels au secours de blessés perdus dans le terrain, entre les entonnoirs. Je renseignai au passage des égarés, tirai des hommes des trous d'obus, abreuvai de menaces quiconque voulait s'étendre, criai continuellement mon nom pour maintenir tout le monde ensemble, et ramenai ainsi ma section jusqu'à Combles comme par miracle.

Il fallut encore nous rendre à pied, par Sailly et la Ferme du Gouvernement, jusqu'à la forêt d'Hennois, où nous devions bivouaquer. Ce n'est qu'alors que notre épuisement donna sa pleine mesure. La tête pendant vers le sol, mornes, nous nous traînâmes le long de notre route, souvent poussés contre le bord par des automobiles ou des colonnes de munitions. Dans ma nervosité maladive, j'étais intimement persuadé que ces véhicules qui passaient avec leur bruit de ferraille ne frôlaient la berge de si près que pour nous agacer, et je me surpris plus d'une fois la main sur la crosse de mon pistolet.

Après cette marche, nous fûmes encore obligés de dresser des tentes, et ce fut alors seulement que nous pûmes nous jeter sur le sol dur. Durant notre séjour dans ce camp forestier, il plut à verse. La paille, dans les tentes, se mit à pourrir, et nous eûmes de nombreux malades. Quant à nous, les cinq officiers de la compagnie, indifférents aux intempéries, nous passions les soirées sous la tente, sur nos cantines, devant quelques bouteilles pansues qu'on avait dénichées Dieu sait où. Le vin rouge, dans de telles situations, est le meilleur des remèdes.

La garde, l'un de ces soirs-là, prit d'assaut dans une contre-attaque le village de Maurepas. Tandis que les deux artilleries se déchaînaient à distance l'une contre l'autre, un orage terrible éclata, de sorte que, comme dans les combats homériques des dieux et des hommes, la fureur de la terre rivalisait avec celle des cieux.

Trois jours après, nous revînmes à Combles, où je m'installai avec ma section dans quatre petites caves. Elles étaient maçonnées de blocs calcaires, étroites, voûtées en tonneau et longues ; elles nous promettaient un abri sûr. Il semblait qu'elles eussent appartenu à un vigneron : c'est du moins ainsi que je m'expliquais qu'elles fussent pourvues de petites cheminées creusées dans la muraille. Lorsque j'eus aposté mes sentinelles, nous nous allongeâmes sur les nombreux matelas que nos prédécesseurs y avaient rassemblés.

Le premier matin, nous jouîmes d'une tranquillité relative ; je fis donc un petit tour à travers les jardins saccagés et pillai les espaliers, lourds de pêches juteuses. Dans mes flâneries, je tombai sur une maison ceinte de hautes haies, où avait dû vivre un amateur de beaux objets anciens. Les murs des pièces portaient une collection d'assiettes peintes, de bénitiers, des gravures et des saints de bois sculpté. De vieilles porcelaines s'empilaient dans de grandes armoires, de délicats volumes aux reliures de cuir, dont une précieuse édition ancienne du *Don Quichotte*, étaient éparpillés sur le plancher. Tous ces trésors étaient livrés à la destruction. J'aurais bien voulu emporter un souvenir, mais je me trouvais comme Robinson avec sa pépite d'or : ces objets étaient ici sans valeur. C'est ainsi que de gros ballots de soie magnifique s'abîmaient dans une manufacture, sans que personne y prît garde. Lorsqu'on songeait au verrou de feu tiré sur ce paysage, près de Frégicourt-Ferme, on renonçait sans peine aux bagages superflus.

Quand j'atteignis mon cantonnement, mes hommes, revenus d'une battue semblable à travers les jardins, avaient concocté, de viande en conserve, de pommes de terre, de petits pois, de carottes, d'artichauts et de verdures diverses, une soupe où la cuiller tenait debout. Pendant le repas, un obus tomba sur la maison et trois dans les parages, sans du reste nous déranger. Nous étions trop émoussés par l'excès de nos impressions. La maison avait déjà dû servir de décor à des scènes sanglantes, car sur un monticule de décombres, dans la pièce centrale, une croix grossière se dressait, portant une série de noms gravés dans le bois brut. Le midi suivant, j'allai prendre chez l'amateur de porcelaine un volume du supplément illustré du *Petit Journal*, puis je m'assis dans une pièce intacte, m'allumai un petit feu avec des débris de meubles, et me mis à lire. Je ne pus m'empêcher de hocher souvent la tête, car j'avais mis la main par hasard sur les numéros imprimés lors de l'affaire de Fachoda. Tandis que je lisais, les quatre obus familiers encadrèrent de leurs explosions notre maison. Vers sept heures, j'eus tourné la dernière page et me rendis dans le vestibule, à l'entrée de la cave, dont les occupants préparaient le souper sur un petit fourneau.

J'étais à peine au milieu d'eux qu'un coup sec éclata devant la porte, et au même moment je sentis un choc violent contre ma jambe gauche. Poussant le vieux cri des guerriers : « Touché ! » je descendis en trois bonds, ma pipe aux dents, l'escalier de la cave.

On se hâta de donner de la lumière et d'examiner mon cas. Comme toujours en de telles circonstances, je commençai par m'en faire rendre compte, tandis que je fixais le plafond, car on n'aime pas constater soi-même les dégâts. Un trou aux bords dentelés était ouvert dans la bande molletière, et un fin jet de sang en jaillissait. Du côté opposé, on voyait se bomber le bourrelet arrondi d'une balle de shrapnell prise sous la peau.

Le diagnostic ne posait donc pas de problèmes — le type même de la « fine blessure », ni trop légère, ni trop grave. C'était, à vrai dire, la dernière occasion de se faire un peu charcuter si l'on ne voulait pas manquer le train pour l'Allemagne. Le coup avait quelque chose de raffiné, car le shrapnell avait éclaté de l'autre côté du mur en briques qui fermait notre cour, sur le pavage. Un obus avait percé dans ce mur un œil-de-bœuf devant lequel était placé un laurier-rose en caisse. Ma balle avait donc volé, d'abord par l'œil-de-bœuf, puis à travers les feuilles du laurier-rose, avait traversé la cour et la porte de la maison pour chercher dans le corridor ma jambe, parmi les nombreuses qui s'y trouvaient. Il était exactement sept heures quinze.

Après m'avoir mis un pansement léger, mes camarades me portèrent de l'autre côté de la rue, où pleuvaient les obus, jusqu'aux catacombes, et m'y déposèrent sans plus attendre sur la table d'opération. Le lieutenant Wetje, accouru à la nouvelle, me tint la tête, et notre major se mit en devoir de m'extraire la balle au scalpel et aux ciseaux, en me traitant de veinard, car l'objet avait passé juste entre le tibia et le péroné, sans causer de lésion à aucun des deux os. *Habent sua fata libelli et balli*, remarqua l'ex-carabin en me confiant à un infirmier pour le pansement.

Tandis que j'étais étendu sur un brancard, en attendant la tombée de la nuit, dans une niche des catacombes, beaucoup de mes hommes vinrent à mon grand plaisir me dire au revoir. Mon chef vénéré, le colonel von Oppen, me rendit aussi une brève visite. Ils avaient de dures heures en perspective.

Le soir même, on me porta avec d'autres blessés jusqu'à la sortie du bourg et on me chargea dans une ambulance. Sans prendre garde aux cris de sa cargaison humaine, le conducteur fonça sur la route qui, comme toujours, près de Frégicourt-Ferme, était violemment bombardée, à travers les entonnoirs et d'autres obstacles, et finit par nous remettre à une auto, qui nous déchargea devant l'église du village de Fins. Le transbordement s'effectua en pleine nuit devant un groupe isolé de maisons, où un médecin militaire vérifia les pansements et décida de notre destination. A moitié délirant de fièvre, j'eus l'impression d'un homme encore jeune, aux cheveux tout blancs, qui touchait aux blessures avec une délicatesse infinie.

L'église de Fins était pleine de centaines de blessés. Une infirmière me raconta que dans les dernières semaines, on avait ravitaillé et pansé à cet endroit plus de trente mille hommes. Devant de tels chiffres, je me sentis bien quelconque, avec mon malheureux coup dans la jambe.

De Fins, je fus transporté avec quatre autres officiers dans un petit hôpital, installé dans une maison bourgeoise de Saint-Quentin. Quand on nous débarqua, tous les carreaux de la ville tremblaient : c'était l'heure même où les Anglais, déployant toutes les ressources de leur artillerie, s'emparaient de Guillemont.

Lorsque la civière voisine de la mienne fut sortie de la voiture, j'entendis l'une de ces voix atones qu'on n'oublie plus :

« Je vous en prie, tout de suite chez le docteur... Je suis très mal... J'ai un phlegmon gazeux. »

On appelait ainsi une forme terrible de gangrène qui parfois, après une blessure, détruisait la vie dans ses racines.

Je fus porté jusque dans une pièce où douze lits étaient dressés, si serrés qu'on eût dit une chambre toute remplie d'oreillers blancs comme neige. La plupart des blessures étaient graves, et il régnait ici un chahut auquel j'apportai, fiévreux comme je l'étais, ma part de délire. C'est ainsi que juste après mon entrée, un jeune garçon, la tête enturbannée d'un pansement, sauta tout debout de son lit et prononça un discours. Je crus à une blague, mais on le vit s'écrouler aussi soudainement qu'il avait bondi. On roula son lit hors de la pièce, par une petite porte sombre, au milieu d'un silence gêné. J'avais près de moi un officier du génie qui avait marché dans la tranchée sur une cartouche d'explosif, dont avait jailli sous le contact une longue flamme droite. On avait placé son pied mutilé par la flamme sous une cloche de gaze transparente. Au reste, il était de bonne humeur et heureux d'avoir trouvé en moi un auditeur complaisant. A ma gauche, un tout jeune aspirant était gavé de vin rouge et de jaune d'œuf ; il avait atteint le dernier degré de consomption qu'on puisse imaginer. Quand l'infirmière voulait faire son lit, elle le soulevait comme une plume ; on lui voyait sous la peau tous les os que l'homme porte dans le corps. Lorsque la sœur lui demanda, vers le soir, s'il n'allait pas écrire une gentille lettre à ses parents, je devinai ce que cela voulait dire, et, en effet, cette nuit même, son lit fut également roulé par la porte sombre jusque dans la chambre des agonisants.

Dès le lendemain, à midi, je me trouvai dans un train-hôpital qui m'emporta jusqu'à Gera, où je fus superbement soigné à l'hôpital militaire. Une semaine après, je filais déjà me promener le soir, mais devais prendre garde de ne pas rencontrer le médecin-chef.

C'est là que je plaçai tout l'argent que je possédais en emprunt de guerre, pour ne plus jamais le revoir. Quand je tins dans mes mains mes bons d'emprunt, je me souvins du beau feu d'artifice provoqué par l'erreur de fusée — spectacle qu'on ne pouvait sûrement pas se payer pour moins d'un million.

Revenons en esprit au terrible chemin creux pour contempler le dernier acte de tels drames. Nous suivrons les rapports des rares blessés survivants, et surtout celui de mon coureur de combat, Otto Schmidt.

Quand j'eus été blessé, mon adjoint, l'adjudant Heistermann, prit le commandement de la section pour la ramener quelques minutes plus tard aux paysages d'entonnoirs de Guillemont. A l'exception de quelques isolés, touchés lors de la montée en ligne et qui, lorsqu'ils pouvaient marcher, revinrent à Combles, la section disparut tout entière dans les labyrinthes ignés de la bataille.

Ayant pris la relève, elle se réinstalla dans les trous déjà connus. La brèche, sur son aile droite, s'était entre-temps tellement élargie, sous l'effet des tirs de destruction incessants, qu'on n'en voyait pas le bord. Des ouvertures s'étaient aussi produites sur l'aile gauche, de sorte que la position semblait une île cernée de larges fleuves de feu. Des îlots semblables, grands ou petits, mais qui n'arrêtaient pas de fondre, constituaient d'ailleurs l'ensemble du secteur, au sens large du terme. L'attaque rencontra un filet dont les mailles étaient trop distendues pour qu'il pût la retenir.

La nuit se passa donc dans une agitation croissante. Sur le matin, une patrouille du 76e parut, deux hommes qui avaient réussi, après des peines infinies, à reprendre le contact. Elle replongea aussitôt dans la mer de feu, et avec elle l'ultime rattachement au monde extérieur. Le feu, dont la violence croissait à toute heure, s'étendit à l'aile droite et élargit lentement la brèche, détachant de la ligne, l'un après l'autre, les nids de résistance.

Vers six heures du matin, Schmidt voulut pour déjeuner attraper sa gamelle, qu'il avait mise de côté, à l'entrée de notre vieux terrier, mais il n'en restait plus qu'une tôle d'aluminium toute trouée. Le bombardement recommença bientôt et se mit à prendre une violence qui devait présager sans équivoque une attaque imminente. Des avions se montrèrent et, comme des vautours qui guettent leur proie, décrivirent leurs cercles tout près du sol.

Heistermann et Schmidt, seuls occupants du minuscule terrier, qui jusqu'à présent avait tenu comme par miracle, comprirent que le moment était venu de se tenir prêts. Lorsqu'ils sortirent dans le chemin creux, qu'emplissaient la fumée et la poussière, ils se virent totalement seuls. Dans le courant de la nuit, le feu avait passé au rouleau les

derniers points à couvert épars entre eux et l'aile droite, et enseveli
leurs occupants sous des éboulis de terre. Mais à main gauche, le revers
du chemin creux se montrait tout aussi vide de défenseurs. Le reste des
unités qui le tenaient, dont les servants d'une mitrailleuse, s'étaient
rassemblés dans un abri étroit, recouvert seulement de planches et
d'une mince couche de terre, dont les deux entrées, ménagées dans le
revers du talus, s'ouvraient à peu près au milieu du chemin creux.
C'est ce dernier refuge que Heistermann et Schmidt cherchèrent aussi
à rejoindre. Mais en chemin, l'adjudant, dont c'était justement l'anniversaire, disparut, lui aussi. Il resta en arrière à un tournant et on ne le
revit jamais.

Le seul à revenir de l'aile droite pour se joindre au petit groupe de
l'abri fut un soldat de première classe, au visage bandé, qui s'arracha
soudain son pansement, inondant les hommes et les armes de son sang,
pour se coucher et mourir. Et pendant tout ce temps, la puissance du
feu ne faisait que croître ; à chaque moment, on s'attendait à un coup
en plein dans l'abri débordant d'hommes, où depuis longtemps personne ne parlait plus.

Un peu plus à gauche, quelques soldats de la troisième section s'accrochaient encore à leurs entonnoirs ; mais, d'une façon générale, la
position avait été écrasée à partir de son aile droite, cette ancienne
brèche, qui avait pris depuis longtemps les dimensions d'une rupture
de digue, s'étendant à perte de vue. Ces survivants durent être aussi les
premiers à apercevoir, après un dernier tir concentré, l'irruption des
pointes anglaises. En tout cas, les défenseurs de l'abri furent alertés par
des cris poussés sur leur gauche et qui signalaient l'ennemi.

Schmidt, qui avait rejoint l'abri plus tard que les autres et qui par
conséquent se trouvait le plus près de la sortie, fut le premier à
déboucher dans le chemin creux. Il bondit au milieu du cône d'éclaboussures soulevé par un obus. A travers le nuage qui se dissipait, il
distingua déjà, sur la droite, juste à l'emplacement de ce vieux terrier
qui nous avait si fidèlement protégés, des formes humaines accroupies,
en uniforme kaki. Au même instant, l'adversaire s'infiltrait par groupes
compacts dans la partie gauche de la position. Ce qui se passait au-
delà du talus, par-devant, restait invisible, caché par la profondeur du
chemin creux.

Dans cette situation sans espoir, les plus proches occupants de l'abri,
et surtout un certain adjudant Sievers, bondirent au-dehors avec une
mitrailleuse qu'ils avaient pu sauver et ses mitrailleurs. En quelques
secondes, l'arme fut mise en batterie au fond du chemin creux et braquée sur l'ennemi de droite. Mais tandis que le tireur avait déjà la
bande de cartouches dans le poing et le doigt sur le levier de chargement, des grenades anglaises roulèrent par-dessus le talus. Les deux
servants tombèrent, sans qu'une balle fût sortie du canon, à côté de
leur arme. Tous ceux qui bondissaient encore hors de l'abri étaient déjà

reçus à coups de fusil, si bien qu'en peu d'instants un vaste demi-cercle de morts couronna les deux entrées. Schmidt, parmi d'autres, fut abattu dès le premier paquet de grenades. Un éclat l'atteignit à la tête, d'autres lui ouvrirent trois doigts. Il resta étendu, le visage au sol, non loin de l'abri, qui servit longtemps encore de cible à un feu nourri de fusils et de grenades. Enfin, le silence revint ; les Anglais occupèrent aussi cette partie de la position. Schmidt, le dernier survivant peut-être des défenseurs du chemin creux, entendit des pas qui annonçaient l'approche des assaillants. Aussitôt après, des coups de feu retentirent à ras du sol, et les explosions de cartouches d'explosifs et de grenades à gaz : on nettoyait l'abri. Pourtant, vers le soir, quelques rescapés en sortirent sur le ventre : ils s'étaient tenus cachés dans un angle mort. Ce furent sans doute les quelques prisonniers qui tombèrent aux mains des troupes d'assaut. Ils furent rassemblés par des brancardiers qui les ramenèrent vers les lignes anglaises.

Bientôt après, Combles tomba aussi, après que la poche de Frégicourt-Ferme eut été étranglée. Les derniers défenseurs du bourg, qui s'étaient réfugiés dans les catacombes, furent abattus en disputant à l'assaillant les ruines de l'église.

Puis le silence s'étendit sur cette région jusqu'au moment où nous la reprîmes, au printemps de 1918.

Au bois de Saint-Pierre-Vaast

Après avoir passé quinze jours à l'hôpital et autant en permission, je revins au régiment, qui avait pris position près de Deuxnouds, tout à côté de cette Grande Tranchée que nous connaissions bien. Il n'y resta que deux jours après mon retour, et pas plus longtemps dans la bourgade vieillotte d'Hattonchâtel, perdue dans la montagne. Puis nous repartîmes de la gare de Mars-la-Tour pour le secteur de la Somme.

On nous débarqua à Bohain et nous prîmes nos cantonnements à Brancourt. Cette région, que nous touchâmes souvent encore par la suite, a une population agricole, mais un métier est dressé dans presque chaque maison.

J'avais mon logement chez un couple qui possédait une fort jolie fille. Nous nous partagions les deux pièces que comprenait la maisonnette, et le soir, je devais traverser la chambre de la famille. Dès le premier jour, le père me demanda de rédiger pour lui une dénonciation au commandant de la place, disant qu'un voisin l'avait empoigné à la gorge, rossé et menacé de mort en lui criant : « Demande pardon [1] ! »

---

1. En français dans le texte. *(N.d.T.)*

Un beau matin que je voulais sortir de ma chambre pour prendre mon service, la fille s'appuya de dehors contre la porte. Je crus que c'était l'une de ses plaisanteries et me mis de mon côté à m'arc-bouter fortement contre cette porte, que nos pressions opposées finirent par soulever de ses gonds, si bien que nous nous promenions à travers la pièce en la portant. Tout d'un coup, la cloison tomba et la belle apparut en costume d'Ève, pour notre embarras commun et la grande hilarité de sa mère.

Jamais je n'ai entendu personne d'aussi volubile dans l'invective que cette rose de Brancourt, accusée par une voisine d'avoir été pensionnaire dans une certaine rue de Saint-Quentin. « Ah ! cette pelure, cette pomme de terre pourrie, jetée sur un fumier, c'est la crème de la crème pourrie [1]... », glapissait-elle, écumante, les mains tendues devant elle, crispées comme des serres, courant à travers la chambre.

Le ton, dans ce trou de campagne, était d'ailleurs des plus soldatesques. Un soir, je voulus rendre une visite tardive à un camarade logé chez la voisine en question, une grosse beauté flamande, qu'on appelait Mme Louise. Je passai par les jardins, pour couper court, et vis par la petite fenêtre Mme Louise assise à sa table, en train de siroter le contenu d'une grande cafetière. Soudain, la porte s'ouvrit, et le bénéficiaire de cet agréable cantonnement entra dans la pièce avec la démarche d'un somnambule, et, à ma grande stupéfaction, pas plus habillé que lui. Sans dire un mot, il empoigna la cafetière et se fit adroitement gicler une fameuse portion de café du bec dans la bouche. Puis il ressortit sans plus de paroles. Sentant que je ne pouvais que troubler une telle idylle, je repartis sur la pointe des pieds.

Il régnait dans cette région une liberté de mœurs qui contrastait étrangement avec son caractère campagnard. C'était sans doute un trait propre aux tisserands, car dans les villes et les contrées que régit la broche, on rencontrera toujours un autre esprit que dans celles, par exemple, où domine la forge.

Comme nous étions répartis par compagnies entre les agglomérations, nous ne formions le soir qu'un cercle étroit. Notre société comprenait le lieutenant Boje, chef de la seconde compagnie, le lieutenant Heilmann, un dur-à-cuire, qui avait perdu un œil à la guerre, l'aspirant Gornick, qui se porta volontaire plus tard pour les attaques aériennes contre Paris, et moi-même. Tous les soirs, nous dînions de pommes de terre gros sel avec du goulasch en conserve, puis les cartes et quelques bouteilles de « Cavalier polonais » ou d'« Oranges vertes » faisaient leur apparition sur la table. Le beau parleur, ici, c'était Heilmann, un de ces hommes que rien n'épate. Il était logé dans le second cantonnement par ordre de splendeur, attrapait la deuxième blessure par ordre de gravité, ou prenait part au second enterrement par ordre d'importance. Il n'y avait que son pays, la Haute-Silésie, qui fît exception, car

---

1. En français dans le texte. *(N.d.T.)*

il possédait le plus grand village, la plus grande gare de marchandises et la mine la plus profonde du monde.

Dans les combats qu'on attendait, on m'avait réservé la conduite des reconnaissances, et je fus détaché auprès de la division avec une patrouille de deux sous-officiers et quatre hommes. De telles missions spéciales ne me plaisaient guère : je me sentais dans ma compagnie comme en famille, et je ne la quittais qu'à contrecœur avant une bataille.

Le 8 novembre, le bataillon roula sous une pluie battante jusqu'au village de Gonnelieu, qu'avaient évacué ses habitants. De là, ma patrouille fut envoyée à Liéramont et mise à la disposition du capitaine Böckelmann. Ce capitaine de cavalerie logeait avec quatre officiers chefs de patrouille, deux officiers observateurs et son adjoint dans le vaste presbytère, dont nous nous partageâmes les pièces. Dans la bibliothèque, l'un des premiers soirs, une longue discussion s'engagea au sujet des offres de paix allemandes, qui venaient d'être publiées : Böckelmann y mit fin d'une phrase : chaque soldat devait s'interdire de prononcer seulement le mot de paix, tant que durait une guerre.

Nos prédécesseurs nous mirent au courant de la position de la division. Notre tâche consistait à préciser son front, à vérifier ses liaisons et à nous rendre partout un compte exact des faits, afin de pouvoir, en cas de besoin, dépanner les unités et exécuter des missions spéciales. Le secteur qui me fut attribué s'étendait sur la gauche du bois de Saint-Pierre-Vaast, aux abords immédiats du « Bois sans nom ».

Le paysage nocturne était fangeux et désert, souvent traversé par les grondements des tirs groupés de gros calibre. Il était courant de voir s'élever des fusées jaunes, qui éclataient en l'air, laissant ruisseler une pluie de feu dont la couleur me rappelait le timbre d'un alto.

Dès la première nuit, je me perdis dans l'obscurité complète à travers les marais de la Tortille, où pour un peu je me serais noyé. Il se trouvait là des trous sans fond ; la nuit d'avant, un caisson de munitions attelé avait disparu sans laisser de traces dans un énorme trou d'obus, caché sous la vase de surface.

M'étant dépêtré de ce désert, je cherchai à l'aveuglette le Bois sans nom, dont les abords étaient soumis à un feu d'artillerie léger, mais ininterrompu. Je marchais vers lui avec une certaine insouciance, car le son mat des explosions me permettait de supposer qu'on y dépensait d'exécrables munitions. Mais tout d'un coup, une petite brise m'apporta une odeur douceâtre d'oignons frits, et j'entendis en même temps, depuis le bois, un concert de voix : « Les gaz, les gaz, les gaz ! » Cet appel prenait de la distance un accent particulier, délicat et plaintif, un peu comme quand on entend le cricri des grillons.

J'appris le lendemain matin qu'à ce même moment une partie des défenseurs du bois, dont les taillis retenaient longtemps les pesants nuages de phosgène, périssaient empoisonnés.

Les yeux larmoyants, je revins d'un pas trébuchant au bois de Vaux :

aveuglé par les verres embués de mon masque à gaz, je tombai de trou d'obus en trou d'obus. Cette nuit me fit, avec l'ampleur et l'hostilité de ses espaces, un effet sinistre. Quand on se heurtait dans cette obscurité aux sentinelles ou à des égarés qui cherchaient leur corps, on avait le sentiment glaçant de n'avoir plus affaire à des hommes, mais à des démons. On errait comme sur un immense tas de décombres au-delà des bords du monde connu.

Le 12 novembre, je fis ma seconde sortie en avant des lignes, espérant que j'aurais plus de chance ; j'étais chargé de reconnaître les liaisons dans la « Position des entonnoirs ». Le long d'une chaîne de sentinelles cachées dans des terriers, je marchai de relais en relais vers mon but.

La « Position des entonnoirs » n'avait pas volé son nom. Une crête, devant le village de Rancourt, était creusée d'innombrables cratères en ordre dispersé, tenus çà et là par quelques hommes. La plaine sombre, au-dessus de laquelle les obus se croisaient en sifflant, était morne et inquiétante.

Au bout d'un certain temps, je perdis le contact avec la ligne des entonnoirs et revins en arrière, pour ne pas me jeter dans les mains des Français. Je tombai sur un officier du 164ᵉ, que je connaissais, et qui m'avertit de ne pas m'attarder dans les lueurs de l'aube. Je traversai donc à la hâte le Bois sans nom, trébuchant à travers des trous d'obus peu profonds, sur des arbres déracinés et un fouillis à peu près impénétrable de branches abattues.

Quand je ressortis à l'orée du bois, le jour était levé. La plaine aux entonnoirs s'étalait devant moi, sans une trace de vie. Je m'arrêtai, surpris, parce qu'à la guerre les espaces sans hommes sont toujours suspects.

Soudain, le coup d'un tireur invisible partit et me blessa aux deux jambes. Je me jetai dans le premier trou de marmite venu et pansai mes blessures avec mon mouchoir. Une balle m'avait traversé le mollet droit et frôlé le gauche.

Avec d'extrêmes précautions, je regagnai le couvert en rampant, puis boitillai du bois, à travers le terrain battu d'obus, jusqu'au poste de secours.

Juste avant d'y arriver, j'appris une fois de plus par l'exemple de quelles infimes circonstances est faite la chance à la guerre. A cent mètres environ d'un carrefour vers lequel je me dirigeais, le chef d'un détachement occupé à des travaux de tranchées, dont j'avais fait la connaissance à la 9ᵉ, me héla. Nous bavardions depuis une minute à peine quand un obus creva en plein milieu du carrefour : sans cette rencontre, il m'aurait sans doute réglé mon compte. Ce sont des événements qu'on ne considère pas comme des hasards.

Quand la nuit fut venue, on me porta jusqu'à Nurlu sur un brancard. Le capitaine vint m'y prendre en auto. Sur la route, que balayaient les projecteurs de l'ennemi, le chauffeur serra subitement le frein. Un obstacle sombre nous barrait le chemin. « Ne regardez pas ! » me dit Böckelmann, qui avait passé son bras autour de moi. C'était un groupe d'infanterie, avec son chef, qui venait d'être écrasé par un coup de plein fouet. Les camarades étaient unis dans la mort comme des dormeurs paisibles.

Au presbytère, je pris encore part au souper, c'est-à-dire que du moins on m'étendit sur un sofa et que je savourai un verre de vin rouge. Mais ces joies pacifiques furent bientôt troublées quand Liéramont reçut sa bénédiction vespérale. Les tirs sur les agglomérations sont particulièrement désagréables ; c'est pourquoi nous nous hâtâmes de transporter nos pénates à la cave, après avoir écouté deux ou trois fois la mélodie sifflante des messagers métalliques, qui s'achevait par un craquement dans les jardins ou dans la charpente des maisons. Je fus, le premier, roulé dans une couverture et traîné jusqu'en bas. Cette nuit même, on m'évacua sur l'ambulance de Villeret, et de là sur l'hôpital militaire de Valenciennes.

Cet hôpital était installé non loin de la gare, dans le collège, et abritait plus de quatre cents blessés graves. Pas de jour où un cortège funèbre ne sortît du grand portail au son des tambours voilés. Toute la détresse de la guerre se concentrait dans la grande salle d'opération. Les médecins remplissaient devant une file de tables leur sanglant office. Ici, c'était un membre qu'on sectionnait, là un crâne qu'on trépanait, ou un pansement collé au corps qu'on défaisait. Des gémissements et des cris de douleur remplissaient la pièce inondée d'une lumière impitoyable, tandis que des infirmières en blanc couraient affairées d'une table à l'autre, portant des instruments ou de la charpie.

J'avais pour voisin de lit un adjudant qui avait perdu une jambe au combat, avec complications gangreneuses. Des accès de fièvre, désordonnés, alternaient avec des grelottements glacés, et la courbe de température faisait des bonds comme un cheval emballé. Les docteurs cherchaient à maintenir la vie au moyen de champagne et de camphre, mais il devenait de plus en plus évident que la balance penchait vers la mort. L'étrange fut que le mourant, qui, dans les derniers jours, avait été en fait déjà loin de nous, retrouva à l'heure dernière la pleine clarté de son esprit et fit quelques ultimes préparatifs. C'est ainsi qu'il demanda à l'infirmière de lui lire son chapitre préféré de la Bible, puis il nous dit adieu à tous, en s'excusant d'avoir si souvent troublé notre repos nocturne par ses accès de délire. Enfin, il chuchota d'une voix à laquelle il s'efforçait encore de donner une inflexion plaisante : « T'ast-y point un miot de pain, Fritz [1] ? », et quelques minutes plus tard, il était mort. Cette dernière phrase était une allusion à Fritz, notre infirmier, un homme entre deux âges, dont nous avions coutume d'imiter l'accent provincial, et si elle nous émut, c'est que nous sentîmes en

---

1. En dialecte souabe dans le texte. *(N.d.T.)*

elle un dernier effort du mourant pour nous égayer. J'appris ici pour la première fois que la mort est une affaire grave.

Je souffris, durant ce séjour, d'un accès de mélancolie, auquel contribuait aussi sans doute le souvenir de la froide étendue de limon des premiers âges dans laquelle j'avais reçu ma blessure. Tous les matins, je clopinais le long des berges d'un canal désert, parmi des peupliers dégarnis de leurs feuilles. Ce qui m'attristait surtout, c'était de n'avoir pu prendre part à l'assaut de mon régiment contre le bois de Saint-Pierre-Vaast, un fait d'armes éclatant, au cours duquel nous avions fait des centaines de prisonniers. Au bout de quinze jours, mes blessures s'étant plus ou moins refermées, je retournai au régiment.

La division tenait toujours la position où je l'avais quittée après ma mésaventure. Comme mon train entrait en gare d'Épéhy, une série d'explosions retentit au-dehors. Les restes tordus de wagons de marchandises, épars le long des voies, montraient qu'il n'y avait pas là de quoi plaisanter.

« Qu'est-ce qui se passe ? » me demanda mon vis-à-vis, un capitaine qui, visiblement, était frais arrivé de l'arrière. Sans perdre le temps d'une réponse, j'ouvris la portière du compartiment et me planquai derrière le remblai, tandis que le train roulait encore un peu plus loin. Heureusement, ces obus furent les derniers. Des voyageurs, pas un seul ne fut atteint ; seuls quelques chevaux furent tirés en sang du wagon à bestiaux.

Comme je ne pouvais pas encore bien marcher, on me donna les fonctions d'officier observateur. Le poste d'observation était installé sur la pente de colline, entre Nurlu et Moislains. Il comprenait une jumelle à ciseaux, installée à demeure, par laquelle j'examinais la première ligne, qui m'était familière. Dès que le feu se renforçait, qu'on tirait des fusées de couleur ou qu'il se passait quoi que ce fût d'insolite, il fallait alerter la division par téléphone. Jour après jour, je restais assis, grelottant, sur un petit siège, derrière mon double oculaire, dans les brouillards de novembre, et ne me procurais que par des exercices de repérage un médiocre divertissement. Quand les barbelés étaient coupés, j'avais à les faire réparer par mon détachement d'intervention. Je découvris en ces hommes, dont j'avais à peine remarqué jusque-là l'activité sur le champ de bataille, une espèce particulière de « travailleurs inconnus » dans la zone mortelle. Tandis que tous les autres se hâtaient en général de sortir du secteur bombardé, le détachement d'intervention s'y rendait aussitôt et d'office. Jour et nuit, il visitait les trous d'obus, encore chauds des explosions, pour rattacher deux bouts de barbelé : tâche aussi périlleuse que sans éclat.

Le poste d'observation était invisible dans le terrain. Du dehors, on n'en apercevait qu'une fente étroite, à demi dissimulée sous un tertre gazonné. Il ne tombait donc dans les parages que des obus perdus et je pouvais suivre de ma cachette sûre les allées et venues des isolés et des petits détachements, auxquelles on prend moins garde quand on traverse soi-même l'espace balayé par les tirs. J'y eus souvent, et notamment aux heures de pénombre, l'impression d'une vaste steppe peuplée d'animaux. C'est surtout quand de nouveaux arrivants se rendaient en nombre vers des points bombardés à intervalles réguliers, pour se plaquer soudain contre la terre, puis disparaître à toutes jambes, que s'imposait la similitude avec un morceau de nature traversé d'intentions mauvaises. Si l'impression était tellement vive, c'est sans doute que je contemplais les événements dans une parfaite quiétude, comme une sorte d'antenne avancée par l'état-major. A bien y regarder, je n'avais rien à faire qu'à attendre l'heure de l'attaque.

Toutes les vingt-quatre heures, un autre officier me relayait et je revenais au repos dans le village tout proche de Nurlu, où des quartiers relativement confortables étaient établis dans une grande cave à vin. Je me souviens encore par moments des longs soirs pensifs de novembre, que je passais à fumer ma pipe, seul devant la cheminée du petit caveau voûté en tonneau, tandis qu'au-dehors, dans le parc saccagé, le brouillard ruisselait des marronniers dépouillés et qu'à de longs intervalles l'écho d'une explosion déchirait le silence.

Le 18 novembre, la division fut relevée et je rejoignis mon régiment, qui se trouvait au repos dans le village de Fresnoy-le-Grand. J'y pris la place du lieutenant Boje, parti en permission, à la tête de la 2ᵉ compagnie. Le régiment jouit à Fresnoy de quatre semaines de repos complet et chacun s'efforça d'en profiter le plus possible. Noël et le Nouvel An furent célébrés par des réjouissances de compagnie, où la bière et le grog coulèrent à flots. Il restait encore, à la 2ᵉ compagnie, cinq hommes de ceux qui avaient fêté avec moi la Noël précédente, dans les tranchées de Monchy.

J'habitais avec l'aspirant Gornick et mon frère Fritz, qui était venu passer six semaines au régiment comme élève-officier, le salon et deux chambres à coucher dans la maison d'un petit rentier français. Je m'y dégelai un peu et souvent je ne rentrais qu'au petit jour dans mes quartiers.

Un beau matin que j'étais encore au lit, tout somnolent, un camarade vint me rendre visite dans ma chambre pour m'emmener au service. Tandis que nous bavardions un peu, il tripotait distraitement mon revolver, posé, comme d'habitude, sur la table de nuit, et la balle partit soudain, me frôlant le crâne. Si je mentionne cet incident, c'est que j'ai vu à la guerre toute une série de blessures mortelles dues au maniement imprudent des armes ; de pareils hasards sont particulièrement irritants.

Dans la première semaine, le général Sontag vint inspecter le régiment, le louer pour sa belle conduite lors de l'assaut contre le bois de Saint-Pierre-Vaast et y distribuer de nombreuses décorations. Tandis que je défilais au pas de parade, en tête de la 2ᵉ, je crus remarquer que le colonel von Oppen parlait de moi au général. Quelques heures après, je fus appelé au quartier du général, où il me remit la Croix de fer de première classe. J'en fus d'autant plus heureux que je m'attendais à part moi, quand j'avais suivi l'ordre, à recevoir une trempe pour une raison quelconque. « Vous aimez vous faire blesser de temps à autre, me dit le général quand je me présentai à lui, et c'est pourquoi j'ai pensé à mettre cet emplâtre sur vos blessures. » Le 17 juin 1917, je fus détaché de Fresnoy pour suivre, quatre semaines durant, au camp de Sissonne, près de Laon, un cours d'instruction pour chefs de compagnie. Le directeur de notre détachement, le capitaine Funk, nous rendit le service extrêmement agréable. Il avait le talent de déduire la foule des règlements particuliers de quelques règles simples : méthode toujours formatrice, en quelque domaine qu'on l'applique.

Le ravitaillement, pendant tout ce temps, fut au contraire des plus maigres. Les pommes de terre commençaient à se faire rares ; jour après jour, quand nous levions les couvercles des marmites, dans notre immense réfectoire, nous trouvions des rutabagas à l'eau. Bientôt, nous ne pûmes plus voir, même en peinture, ces légumes jaunâtres. Il faut pourtant avouer qu'ils valent mieux que leur réputation, mais à condition qu'on les fasse mijoter avec un bon morceau de viande de porc et qu'on n'épargne pas non plus le poivre. Or, c'était, bien entendu, ce qui nous manquait.

La retraite de la Somme

Vers la fin de février 1917, je rejoignis le régiment, qui se trouvait en position depuis quelques jours près des ruines de Villers-Carbonnel, et pris le commandement de la 8ᵉ compagnie.

La marche d'approche vers les tranchées menait en zigzag à travers la région lugubre et désertique des marais de la Somme ; un vieux pont croulant franchissait le fleuve. D'autres chemins d'approche passaient par d'étroites digues de rondins, dont étaient coupés les marécages qui s'étendaient dans la dépression ; il fallait y traverser à la queue leu leu de larges ceintures de roseaux, aux froissements secs, et des étendues d'eau silencieuse, luisante et noire. Quand les obus s'abattaient le long de ces passages, faisant jaillir l'eau fangeuse en geysers, ou que les salves des mitrailleuses balayaient la surface du marais, on ne pouvait que serrer les dents, car on marchait comme sur la corde raide, le long de laquelle il n'était pas question de chercher le couvert. Aussi quelques locomotives, auxquelles les bombes avaient donné des formes fantastiques, restées sur un tronçon de voie, à la crête de l'autre rive, et qui annonçaient le terme de notre passage, étaient saluées à chaque coup avec soulagement.

Dans la dépression, on rencontrait les villages de Brie et de Saint-Christ. Des clochers dont il ne subsistait qu'un mur étroit, avec des embrasures de fenêtre où se jouait le clair de lune, des monticules obscurs de décombres, d'où pointaient en désordre des pièces de charpente, et des arbres isolés, dépouillés de leurs branchages, dans de vastes étendues de neige, piquées de trous noirs par les explosions, tout cela bordait notre chemin comme des coulisses immobiles, métalliques, derrière lesquelles toute la méchanceté spectrale de ce paysage semblait se tenir aux aguets.

Après une longue période de fange, les tranchées de combat avaient été remises en ordre, vaille que vaille. Les chefs de section me racontèrent que pendant un certain temps, la relève ne s'était faite qu'à coups de fusées, pour ne pas exposer les hommes à la noyade. Une fusée tirée obliquement par-dessus la tranchée signifiait : « Je vous passe la garde » ; une autre, lancée dans la direction opposée : « Je la prends. »

Mon abri était creusé à quelque cinquante mètres derrière la première ligne, dans un boyau de traverse où, à part moi et mon petit état-major, logeait encore un groupe mis directement sous mes ordres. Il était sec et bien aménagé. Ses deux entrées, camouflées sous des bâches, contenaient deux petits poêles de fonte aux longs tuyaux, par lesquels des mottes de terre dégringolaient souvent, lors des pilonnages, avec un fracas inquiétant. Quelques couloirs en cul-de-sac s'embranchaient à angle droit sur la galerie : ils menaient à une série de minuscules alvéoles isolés. Je m'installai dans l'un d'eux. A part un bat-flanc étroit, une table et quelques caisses de grenades, sur lesquelles on pouvait s'asseoir, l'ameublement ne comprenait que quelques objets depuis longtemps familiers, mon réchaud à alcool, mon chandelier, ma gamelle et mes effets personnels.

C'est là que, tous les soirs, chacun de nous assis sur vingt-cinq grenades chargées, nous bavardions en toute tranquillité. J'avais pour société mes deux officiers de compagnie, Hambrock et Eisen, et je crois que les réunions souterraines de notre petit club, à trois cents mètres de l'ennemi, ne manquaient pas d'étrangeté.

Hambrock, astronome de son métier, grand amateur d'E.T.A Hoffmann, se répandait en de longs discours sur l'observation de Vénus, astre qui, disait-il, ne se voyait jamais de la terre dans son éclat le plus pur. C'était un tout petit bonhomme, dégingandé comme une araignée, rouquin, avec un visage parsemé de taches de son jaunes et verdâtres, qui lui avaient valu dans notre groupe le sobriquet de « marquis de Gorgonzola ». Il avait pris au cours de la guerre de curieuses manies : c'est ainsi qu'il avait accoutumé de passer sa journée à dormir et de ne s'animer que vers le soir, pour hanter de temps à autre, solitaire, les approches des tranchées allemandes et anglaises. Il avait aussi l'inquiétante marotte de se glisser sans bruit derrière un guetteur et de tirer tout d'un coup une fusée juste contre son oreille, « pour mettre son courage à l'épreuve ». Malheureusement, il était de santé bien trop délicate pour la guerre, et c'est pourquoi sans doute il mourut d'une blessure, en elle-même sans gravité, qu'il attrapa bientôt après devant Fresnoy.

Eisen n'était pas plus grand que lui, mais rondouillard et comme, fils d'un émigrant, il avait grandi dans le climat plus tiède de Lisbonne, il était sujet à des grelottements perpétuels. Pour y remédier, il avait coutume de se réchauffer la tête au moyen d'un grand mouchoir rouge à carreaux qui recouvrait son casque par en haut et était noué sous son menton. Il avait en outre la passion de s'accrocher tout un arsenal autour du corps — c'est ainsi qu'il portait, en plus d'un fusil qui ne le quittait jamais, un assortiment de couteaux, de pistolets, de grenades, plus une lampe de poche, passés dans son ceinturon, si bien qu'à le rencontrer dans la tranchée, on croyait au premier moment avoir affaire à quelque colporteur arménien. Il fut un temps aussi où il se fourrait quelques grenades sphériques dans les poches, jusqu'au soir où il nous narra un incident très désagréable, conséquence de cette manie. Il venait de farfouiller dans sa poche pour en tirer sa pipe, qui s'était prise dans l'anneau d'une de ses grenades et l'avait amorcée. Il avait eu la surprise d'entendre soudain la détonation sourde, sans équivoque, qui précède les trois secondes durant lesquelles se consume l'amorce de l'engin. Dans ses efforts épouvantés pour tirer la maudite grenade et la balancer loin de lui, il s'embrouilla si bien dans ses propres poches qu'elle aurait eu tout le temps de le déchiqueter si, par un hasard fantastique, ce projectile n'avait justement raté. A demi paralysé et trempé d'une sueur d'angoisse, il se trouva ainsi rendu à l'existence.

Ce ne fut d'ailleurs qu'un bref sursis qu'il obtint de cette manière, car lui aussi resta sur le terrain, quelques mois plus tard, à Langemark. Comme chez son camarade, la volonté, chez lui, suppléait aux faiblesses du corps : il était aussi myope que dur d'oreille et, comme il s'avéra bientôt lors d'un petit engagement, il devait d'abord se faire tourner par ses hommes dans la direction de l'ennemi avant de pouvoir remplir son devoir de guerrier.

En tout cas, les intrépides à faible santé valent mieux que les froussards robustes, comme les quelques semaines que nous passâmes dans cette position nous donnèrent maintes fois l'occasion de le constater à nouveau.

Bien qu'on pût qualifier ce secteur de paisible, de violents tirs groupés, qui pilonnaient de temps à autre nos tranchées à l'improviste, nous prouvèrent que l'artillerie ne manquait pas dans la région. De plus, l'Anglais était fort curieux, et il n'était pas de semaine qu'il ne cherchât à apprendre, par ruse ou par force, en nous envoyant de petites reconnaissances, ce qui se passait de notre côté. Des rumeurs couraient au sujet d'une « super-bataille de matériel », qui devait nous procurer au printemps de tout autres fêtes que celles auxquelles nous avait accoutumés la bataille de la Somme l'année précédente. Pour atténuer le poids du premier choc, nous préparâmes une vaste opération de décrochage. Je rapporte ici quelques événements de cette période :

1ᵉʳ mars 1917. — L'après-midi, à la faveur du temps clair, vive activité d'artillerie. C'est surtout une batterie lourde qui a presque entièrement aplati, guidée par des observateurs en ballon, le secteur de la 3ᵉ section. Afin de compléter mon plan de la position, j'ai pataugé cet après-midi jusqu'à ce secteur, à travers la « tranchée sans nom », complètement noyée. En chemin, je vis un énorme soleil jaune tomber à terre, traînant derrière lui un panache de fumée noire. Un avion allemand s'en était pris à notre gêneur, le ballon captif, et l'avait abattu en flammes. Poursuivi par le tir furieux de la D.C.A., il s'est échappé sans dommage, en virages audacieux.

Le soir, le soldat de première classe Schnau vint m'annoncer qu'il avait entendu, depuis quatre jours déjà, sous son abri de groupe, des bruits de pioche. Je transmis l'observation et reçus en renfort un détachement du génie, muni d'appareils d'écoute, qui pourtant ne releva rien de suspect. On dit plus tard que la position entière avait été minée.

Le 5 mars, aux premières heures de la matinée, une patrouille s'approcha de notre tranchée et se mit à cisailler notre réseau. Alerté par un guetteur, Eisen accourut avec quelques hommes et lança des grenades, contraignant l'adversaire à se retirer en laissant deux hommes sur le terrain. L'un, un jeune lieutenant, mourut aussitôt après ; l'autre, un sergent, était grièvement blessé au bras et à la jambe. Nous apprîmes par les papiers de l'officier qu'il s'appelait Stokes et appartenait au 2ᵉ fusiliers, le Royal Munster. Il était très bien habillé, et son visage convulsé par l'agonie avait des traits intelligents et énergiques. Dommage qu'il fût mort. Son carnet de poche contenait une foule d'adresses de jeunes filles, à Londres ; ce détail m'émut. Nous l'ensevelîmes derrière notre tranchée et lui plantâmes une croix sans ornement, où je fis marquer son nom avec des clous de soulier. Cet incident me fit bien voir que toutes les patrouilles ne se terminent pas aussi heureusement que les miennes, jusqu'à présent du moins.

Le lendemain matin, après une courte préparation d'artillerie, les Anglais attaquèrent à cinquante le secteur de la compagnie voisine, où commandait le lieutenant Reinhardt. Les assaillants s'étaient glissés jusqu'aux barbelés et, après avoir donné un signal lumineux, au moyen d'un frottoir que l'un d'eux portait à sa manche, pour faire taire les mitrailleuses anglaises, ils s'étaient élancés avec les derniers obus contre notre tranchée. Tous s'étaient noirci le visage de suie, pour trancher le moins possible sur l'obscurité.

Mais nos gens les reçurent si résolument qu'un seul pénétra dans la tranchée. Celui-ci courut d'un élan jusqu'en seconde ligne où, ayant refusé de se rendre à nos sommations, il fut abattu. Seuls, un lieutenant et un sergent étaient parvenus à franchir le réseau. Le lieutenant tomba, bien qu'il portât une cuirasse sous son uniforme, car une balle de pistolet que Reinhardt lui tira à bout portant lui enfonça une plaque de blindage dans le corps. Le sergent eut les deux jambes presque arrachées par des éclats de grenade, mais n'en garda pas moins jusqu'à la mort, avec un flegme stoïque, sa courte pipe entre ses dents serrées. Là encore, comme partout où nous nous heurtâmes aux Anglais, nous eûmes une impression favorable d'audace et de courage viril.

Dans cette matinée de succès, je flânais à travers ma tranchée en observant le lieutenant Pfaffendorf, à un poste de guetteur, qui dirigeait de là-haut, l'œil aux oculaires d'une jumelle à ciseaux, le feu de ses lance-mines. M'approchant de lui, je repérai aussitôt un Anglais qui marchait à découvert derrière la troisième ligne ennemie et, dans son uniforme kaki, se détachait nettement sur l'horizon. J'arrachai le fusil des mains du guetteur le plus proche, mis la hausse à six cents mètres, visai soigneusement, un peu en avant de la tête, et pressai la détente. Il fit encore trois pas, tomba sur le dos et roula jusque dans un trou d'obus, d'où nous vîmes longtemps encore par nos oculaires briller sa manche brune.

Le 9 mars, les Anglais assaisonnèrent une fois de plus notre secteur selon toutes les règles de la balistique. De bon matin, tiré de mon sommeil par un violent tir d'artillerie, je saisis mon pistolet et m'élançai au-dehors, encore tout somnolent. Quand j'écartai la bâche à l'entrée de ma cagna, il faisait noir comme dans un four. Les flammes aveuglantes des obus et les jets sifflants de boue me réveillèrent aussitôt. Je galopai à travers la tranchée sans rencontrer âme qui vive, jusqu'à un escalier de galerie où un groupe sans chef était accroupi, serré comme des poules sous l'averse. Je les pris avec moi et donnai l'alerte à la tranchée. J'entendais quelque part, à mon grand plaisir, la voix piaulante du petit Hambrock, qui s'activait déjà de son côté.

Le bombardement se poursuivit après le petit déjeuner. Cette fois, l'Anglais martelait la tranchée lentement, mais systématiquement, à coups d'obus de gros calibre. Je finis par en avoir assez ; par un couloir souterrain, je me rendis chez le petit Hambrock pour voir ce qu'il avait à boire et faire une partie de dix-sept et quatre. Vint un moment où nous fûmes interrompus par une explosion énorme, tandis que les mottes de terre déboulaient par la porte et le tuyau de poêle. Le goulot de l'abri était écrasé, le boisage aplati comme une boîte d'allumettes. Parfois, une odeur poisseuse d'amandes amères entrait par la cheminée d'aération ; est-ce que les autres lançaient des gaz au cyanure ? Alors, à la bonne nôtre ! Je dus aller quelque part et fus dérangé par les gros calibres, si bien que je fus contraint de m'y reprendre à quatre fois. Juste après, l'ordonnance arriva en courant pour nous annoncer que les latrines avaient été mises en petit bois par un coup de plein fouet, ce qui provoqua, de la part d'Hambrock, une réflexion admirative sur ma veine. « Si j'étais resté dehors, lui dis-je, je serais peut-être aussi grêlé que vous à cette heure. »

Le feu cessa vers le soir. J'inspectai la position, dans cet état d'âme que je ressentais toujours après les gros bombardements et que je ne saurais mieux comparer qu'à la détente qui suit un orage. La tranchée était vilainement arrangée : des tronçons entiers étaient comme aplatis au rouleau, cinq entrées de galerie enfoncées. Nous avions plusieurs blessés : j'allai les voir et les trouvai relativement en forme. Un mort était couché au fond, recouvert de sa toile de tente. Un long éclat lui avait arraché la hanche gauche, tandis qu'il se tenait en bas, dans l'escalier de galerie. Nous fûmes relevés ce soir même.

Le 13 mars, je reçus du colonel von Oppen la mission flatteuse de tenir le secteur de compagnie avec une patrouille de deux groupes, jusqu'au repli du régiment sur l'autre rive de la Somme. Chacun des quatre secteurs de première ligne devait être ainsi gardé par une patrouille de cette force, dont le commandement était confié à des officiers. Les secteurs étaient, de l'aile droite à l'aile gauche, sous les ordres des lieutenants Reinhardt, Fischer, Lorek et sous les miens.

Les villages que nous traversâmes en remontant en ligne offraient le spectacle de grands asiles d'aliénés. Des compagnies entières poussaient des murs ou halaient dessus pour les abattre, ou bien, perchées sur les toits, elles fracassaient les tuiles. On coupait les arbres, on enfonçait les carreaux ; partout alentour, des nuages de fumée et de poussière s'élevaient d'énormes tas de décombres. On voyait des hommes s'agiter frénétiquement, avec les costumes qu'avaient abandonnés les habitants, ou en robes de femme, des hauts-de-forme sur la tête. Ils découvraient avec l'intuition du destructeur la maîtresse-poutre de la maison, y fixaient des cordes et halaient, criant en cadence, jusqu'au moment où tout s'effondrait dans une grêle de pierres. D'autres brandissaient de grands marteaux et mettaient en miettes tout ce qu'ils rencontraient, des pots de fleurs sur les appuis de fenêtres aux verrières délicates d'une serre.

Jusqu'à la position Siegfried, chaque village n'était plus qu'un monceau de ruines, chaque arbre abattu, chaque route minée, chaque puits empoisonné, chaque cours d'eau arrêté par des digues, chaque cave crevée à coups d'explosifs ou rendue dangereuse par des bombes cachées, chaque rail déboulonné, chaque fil téléphonique roulé et emporté, tout ce qui pouvait brûler avait flambé : bref, nous changeâmes le pays en désert, en prévision de l'avance ennemie. Ces spectacles faisaient songer à une maison de fous, comme je l'ai dit, et provoquaient des sentiments analogues, mi de comique, mi de dégoût. Ils furent aussi, et l'on ne tarda pas à s'en apercevoir, funestes pour la discipline. Ce fut la première fois où je vis à l'œuvre la destruction préméditée, systématique, que j'allais rencontrer jusqu'à l'écœurement dans les années suivantes ; elle est en corrélation étroite avec les doctrines économiques de notre temps et rapporte au destructeur lui-même plus de tort que de profit. Les villages auraient été de toute manière anéantis dans les combats qui suivirent, mais d'une manière plus digne du soldat.

Parmi les surprises préparées pour nos successeurs, quelques-unes étaient d'une méchanceté raffinée. C'est ainsi qu'on tendait à l'entrée des maisons et des galeries des fils métalliques, presque invisibles, fins comme des crins, qui déclenchaient au moindre contact des charges d'explosifs. En de nombreux endroits, des puits étroits furent creusés dans les rues ; on y enfouissait un obus ; le tout était recouvert d'un madrier de chêne, puis de terre. Un clou, planté dans le madrier, dépassait juste au-dessus de la fusée de l'obus. L'épaisseur de la planche était calculée de telle sorte que les détachements d'infanterie pouvaient y passer sans risques, mais dès que le premier camion ou que la première pièce d'artillerie le traversait, le madrier se courbait et l'obus sautait. Les plus perfides étaient les bombes à retardement, enterrées au fond de la cave d'édifices isolés, qu'on laissait intacts. C'étaient de grosses bombes, séparées en deux parties par une cloison de métal. L'une des chambres était remplie d'explosif, l'autre d'un acide. Une fois qu'on avait dissimulé ces œufs diaboliques, l'acide rongeait durant des semaines la cloison métallique et amorçait la bombe. L'une d'elles fit sauter l'hôtel de ville de Bapaume au moment même où les autorités s'y étaient rassemblées pour célébrer par une grande fête l'entrée des troupes anglaises.

Le 13, la 2ᵉ compagnie évacua donc la position, que je pris en charge avec mes deux groupes. Cette même nuit, un simple soldat, Kirchhof, fut abattu d'une balle dans la tête. Le curieux, c'était que ce projectile mortel fût le seul tiré par l'adversaire dans un espace de plusieurs heures.

Je pris toutes les dispositions imaginables pour faire illusion à l'ennemi sur notre force réelle. Par-ci, par-là, on jetait quelques pelletées de terre par-dessus le remblai de la tranchée et notre unique mitrailleuse devait tirer une salve, tantôt de l'aile droite, tantôt de l'aile gauche. Pourtant, notre tir rendait un son bien grêle quand des observateurs survolaient la position à basse altitude, ou qu'un détachement de terrassiers traversait les arrières de l'ennemi. Aussi, il ne se passait pas de nuit que des patrouilles ne parussent à des points divers, devant notre tranchée, pour éprouver la solidité de notre réseau.

L'avant-dernier jour, je faillis être victime d'un accident inepte. L'obus non explosé d'une pièce anti-aérienne dégringola en sifflant d'une hauteur considérable et creva contre le parapet, auquel je m'étais appuyé sans méfiance. Je fus projeté par le souffle dans l'ouverture d'une galerie qui bâillait juste en face, et où je me retrouvai, fort décontenancé.

Le 17 au matin, nous remarquâmes qu'une attaque devait être imminente. Dans la tranchée anglaise de première ligne, fortement embourbée et vide à l'ordinaire, on entendait un clapotis de bottes. Les rires et les cris d'une troupe nombreuse décelaient que nos gaillards avaient aussi dû s'humecter sérieusement l'intérieur. Des formes sombres s'approchaient de nos barbelés ; nous les chassions à coups de fusil ; l'une s'écroula en poussant des plaintes et ne bougea plus. Je formai mes hommes en hérisson autour de la bouche d'un boyau de liaison et m'efforçai d'illuminer à coups de fusées les approches, sous le feu d'artillerie et de lance-mines qui venait soudain d'éclater. Nous étant vite trouvés à court de fusées blanches, nous déchaînâmes en l'air un vrai feu d'artifice de fusées de couleur. A cinq heures, quand le moment de l'évacuation fut venu, nous démolîmes enfin les abris à la grenade, pour autant que nous ne les avions pas encore truffés de charges explosives, tirées de nos dernières réserves de munitions. Dans ces dernières heures, je n'osais déjà plus toucher ni caisse, ni porte, ni seau d'eau, craignant de sauter en l'air à l'improviste.

Au moment prescrit, les patrouilles, déjà engagées en partie dans des combats à la grenade, décrochèrent en direction de la Somme. Quand nous eûmes, les derniers, traversé les marais, des détachements du génie firent sauter les ponts. Nos positions étaient toujours soumises au pilonnage. Ce n'est que quelques heures après que les premiers éclaireurs ennemis parurent sur la Somme. Nous nous rabattîmes derrière la position Siegfried, à laquelle on travaillait encore ; le bataillon prit ses cantonnements au village du Haucourt, situé sur le canal de Saint-Quentin. Je logeais avec mon ordonnance dans une toute petite maison proprette, dont les habitants avaient laissé leurs ustensiles et leur vaisselle rangés dans les commodes et les placards.

Le premier soir de repos, j'invitai mes amis à un vin chaud assaisonné de toutes les épices trouvées chez le propriétaire de ma maison, car notre service de patrouilles nous avait valu, entre autres marques d'estime, quinze jours de permission.

Au village de Fresnoy

Cette permission, que je pris quelques jours plus tard, ne fut cette fois pas troublée. Je retrouve dans mon journal cette note brève, mais éloquente : « Très bien passé ma permission ; n'aurai pas de reproches à me faire après ma mort. » Le 9 avril 1917, je rejoignis la 2ᶜ, qui avait ses quartiers au village de Mérignies, dans les environs de Douai. La joie des retrouvailles fut gâchée par une alerte qui me valut la mission de convoyer le train de combat jusqu'à Beaumont. Par les ondées et les rafales de neige, je chevauchai à la tête de la file de voitures, qui se traînait le long de la route, jusqu'à notre destination, que nous atteignîmes à une heure du matin.

Ayant casé vaille que vaille gens et chevaux, je m'enquis d'un gîte pour moi-même, mais trouvai la moindre place occupée. Enfin, un fonctionnaire de l'intendance eut l'heureuse inspiration de m'offrir son lit, tandis qu'il veillait à côté du téléphone. Pendant que je m'y jetais, botté et éperonné, il me raconta que les Anglais avaient enlevé aux

Bavarois la colline de Vimy et un grand bout de terrain. Malgré ses dispositions hospitalières, je m'aperçus bien que la transformation de son petit village tranquille de l'arrière en rendez-vous de troupes combattantes lui déplaisait extrêmement.

Le lendemain matin, le bataillon marcha vers la canonnade jusqu'au village de Fresnoy. J'y reçus l'ordre d'établir un poste d'observation.

Je fis choix avec quelques hommes d'une maisonnette au bord ouest du village, à travers le toit de laquelle je fis ménager une ouverture tournée vers le front. Nous transportâmes nos pénates à la cave ; en la débarrassant, nous mîmes la main sur un sac de pommes de terre, supplément agréable à nos maigres rations. Knigge put donc me cuire tous les soirs des pommes de terre en robe de chambre gros sel. De plus, le lieutenant Gornick, qui tenait avec quelques hommes de garde le village de Willerval, déjà évacué, me fit parvenir entre camarades, comme reste des réserves d'un camp de vivres, qu'on avait dû abandonner à la hâte, une grande boîte de saucisson de foie et quelques bouteilles de vin rouge. Un détachement que j'envoyai aussitôt « resquiller », équipé de voitures d'enfant et de véhicules du même genre, pour mettre ces trésors en sûreté, dut malheureusement revenir les mains vides, car les Anglais avaient déjà atteint la lisière du village, en lignes compactes de tirailleurs. Gornick me raconta par la suite qu'à la découverte des réserves de pinard, le village, déjà pris sous le feu de l'ennemi, était devenu le théâtre d'un débridement bachique qu'il avait eu le plus grand mal à refréner. En de telles occasions, nous prîmes l'habitude, les fois suivantes, de fracasser à coups de pistolet les dames-jeannes et autres récipients du même calibre.

Le 14 avril, je fus chargé de monter au village une tête de transmissions. A cette fin, on mit à ma disposition des coureurs, des cyclistes, des téléphones, une station de télégraphe optique, une de câbles télégraphiques, des pigeons voyageurs et une chaîne de relais lumineux. Je cherchai le soir même une cave appropriée, avec des galeries rayonnantes, et me rendis ensuite pour la dernière fois dans mon ancien gîte, à la lisière ouest du village. La journée avait été fort chargée et j'arrivais fatigué.

Dans la nuit, je crus entendre à quelques reprises des explosions sourdes et les cris de Knigge, mais j'avais tellement sommeil que je me contentai de grommeler : « Laisse tirer ! » en me retournant sur ma couche, bien que la poussière fût aussi dense dans la pièce que dans un moulin à craie. Le lendemain matin, je fus réveillé par le neveu du colonel von Oppen, le petit Schultz, qui me cria : « Dites donc, mon vieux, vous ne savez pas encore que votre maison est aplatie ? » Quand je me levai pour inspecter les dégâts, je dus en effet constater qu'un obus de gros calibre avait explosé contre le toit, fracassant toutes les pièces, plus mon observatoire. Si la fusée avait été seulement un peu moins sensible, on aurait pu « nous ramasser à la cuiller et nous enterrer dans la gamelle », comme on disait élégamment au front. Schultz me raconta que son homme de liaison lui avait dit à l'aspect de la maison détruite : « Il y avait un lieutenant qui habitait là-dedans, on va voir s'il y est encore.» Knigge n'en revenait pas de voir quelqu'un dormir aussi profondément que moi.

Nous prîmes possession de notre nouvelle cave dans le courant de la matinée. En cours de déménagement, nous faillîmes être écrasés sous les ruines du clocher, qu'un détachement du génie fit sauter sans crier gare, pour empêcher l'artillerie adverse de s'en servir comme point de repère. Dans un village voisin, on avait même oublié d'avertir deux guetteurs postés à la fenêtre du clocher. Par miracle, on put les tirer des débris de la charpente sans qu'ils eussent une blessure. Ce matin-là, plus d'une douzaine de clochers volèrent en l'air dans les environs immédiats.

Nous nous installâmes assez convenablement dans notre vaste cave, en y traînant des meubles empruntés aux châteaux et aux chaumières, selon qu'ils nous tombaient sous la main. Ce qui ne nous plaisait pas était débité en bois de chauffage.

Dans ces jours-là, une série de violents combats aériens se déroula au-dessus de nos têtes ; ils se terminaient presque toujours par la défaite de l'Anglais, car l'escadrille Richthofen croisait au-dessus de la région. C'étaient souvent cinq ou six avions à la file qui étaient forcés d'atterrir ou abattus en flammes. Un jour, nous vîmes l'occupant projeté en une longue courbe et tombant du ciel comme un point noir séparé de sa machine. Mais il y avait aussi du danger à rester le nez en l'air : c'est ainsi qu'un homme de la 4e compagnie fut blessé mortellement au cou par la retombée d'un éclat.

Le 18 avril, je rendis visite à la 2e compagnie dans sa position établie en arc de cercle autour du village d'Arleux. Boje me raconta qu'il n'avait encore qu'un blessé, car la méthode routinière des artilleurs anglais permettait, à chaque bombardement, d'évacuer le secteur pris sous leur feu.

Je lui souhaitai bonne chance et partis du village au galop, par crainte des chutes constantes de gros obus. A trois cents mètres derrière Arleux, je m'arrêtai pour examiner les nuages soulevés par leurs coups ; selon qu'ils écrasaient des briques ou faisaient jaillir la terre des jardins, les nuées étaient teintes de rouge ou de noir, mêlé au blanc délicat des explosions de shrapnells. Mais quand quelques tirs groupés d'obus légers arrosèrent les pistes étroites qui reliaient Arleux à Fresnoy, je renonçai à ma chasse aux impressions et me hâtai de filer, pour ne pas me faire « bigorner », selon l'expression technique alors en usage à la 2e compagnie.

De telles promenades, que j'étendais parfois jusqu'à la petite ville d'Hénin-Liétard, n'étaient pas rares, car les quinze premiers jours, malgré mon nombreux personnel, je n'eus pas un seul message à transmettre.

A partir du 20 avril, Fresnoy reçut les obus d'un 305, qui arrivaient avec un rugissement infernal. Après chaque coup, la bourgade était enveloppée d'un gros nuage roux d'acide picrique, qui s'étalait en champignon. Même les obus qui n'explosaient pas provoquaient de petits tremblements de terre. Un homme de la 9ᵉ, surpris dans la cour du château par un tel projectile, fut lancé par-dessus les arbres du parc et se rompit en retombant tous les os du corps.

Un beau soir, je me rendais à bicyclette d'une hauteur au village lorsque j'y vis monter le nuage roux bien connu. Je descendis et m'installai dans un champ pour attendre en paix la fin du bombardement. Trois secondes environ après chaque chute d'obus, j'entendais l'énorme explosion, qu'accompagnaient des sifflements et des gazouillis à plusieurs voix, comme à l'approche d'une bande épaisse d'oiseaux. Puis des centaines d'éclats pleuvaient, faisant voler en poussière le sol sec du champ. Le jeu se répéta à plusieurs reprises et, chaque fois, je guettais, dans une curiosité mi-anxieuse mi-voluptueuse, l'arrivée relativement lente de ces éclats.

Dans les après-midi, le village était soumis au feu de calibres extrêmement variés. Malgré le danger, j'avais peine à m'arracher de ma lucarne, car c'était un spectacle fascinant que de voir des détachements isolés et des coureurs de combat progresser à toutes jambes, se plaquant souvent contre terre, à travers le terrain bombardé, tandis que des fontaines de terre jaillissaient à droite et à gauche d'eux. A jeter ainsi un coup d'œil dans les cartes du destin, on oubliait sans peine sa propre sécurité.

Comme je descendais au village après la fin d'un de ces exercices de pointage, car c'était probablement de cela qu'il s'agissait, une cave fut écrasée par un dernier obus. Nous ne sortîmes de la pièce enfumée que trois cadavres. A l'entrée, un mort était étalé, l'uniforme en lambeaux ; sa tête était arrachée et le sang en avait coulé dans une flaque d'eau. Lorsqu'un brancardier le retourna pour prendre ses effets personnels, je vis comme dans un cauchemar que le pouce restait seul, dressé en l'air, au bout du bras mutilé.

L'activité d'artillerie s'aggravait de jour en jour et ne laissa bientôt plus de doutes sur l'imminence d'une attaque. Le 27, je reçus le message téléphonique : « 67 à partir de 5 a. m. », ce qui signifiait en code : « Vigilance accrue à partir de cinq heures du matin. »

Je me couchai donc tout de suite, pour mieux résister aux fatigues du lendemain, mais comme j'allais m'endormir, un obus tomba dans la maison, enfonça le mur de l'escalier de la cave et renversa toute la muraille dans la pièce. Nous bondîmes sur nos pieds et courûmes à l'abri.

Comme nous étions accroupis dans l'escalier, las et moroses, à la lueur d'une chandelle, le chef de mes signaleurs, dont la station avait été fracassée ce même après-midi, avec ses précieuses lampes de signalisation, arriva hors d'haleine et m'annonça : « Mon lieutenant, la cave n° 11 a reçu un coup au but, il y a encore des hommes sous les décombres !» Comme j'avais deux cyclistes et trois téléphonistes logés dans cette maison, j'accourus à la rescousse avec quelques soldats.

Je trouvai dans l'abri un soldat de première classe avec un blessé, et appris ce qui suit : quand les premiers coups se rapprochèrent de façon suspecte, quatre des cinq occupants décidèrent de descendre à l'abri. L'un y bondit tout de suite, l'autre resta tranquillement étendu sur son lit, tandis que les autres commençaient par enfiler leurs bottes. Comme souvent à la guerre, le plus prudent et le plus indifférent s'en étaient tirés sans trop de mal ; l'un n'avait pas une égratignure, le dormeur, un éclat dans la cuisse. Les trois autres furent déchiquetés par l'obus, qui creva le mur de la cave et éclata dans le coin opposé.

Après ce rapport, j'allumai un cigare à tout hasard et pénétrai dans la pièce enfumée, au centre de laquelle un amoncellement confus de bois de lit en morceaux, de paillasses et d'autres pièces de mobilier s'élevait presque jusqu'à la voûte. Ayant fiché quelques bougies dans les joints de la muraille, nous nous mîmes à notre triste besogne. Nous attrapâmes les membres qui sortaient des décombres et tirâmes les cadavres. L'un avait eu la tête arrachée : le cou était planté sur le tronc comme une grosse éponge sanguinolente. Chez l'autre, un os fendu sortait d'un moignon de bras et l'uniforme était imbibé du sang versé par une grande blessure à la poitrine. Les entrailles du troisième coulaient de son ventre ouvert. Quand nous le tirâmes, une planche hachée d'éclats s'enfonça dans l'horrible blessure avec un vilain bruit. L'un des plantons fit une remarque à ce sujet et fut rappelé à la décence par Knigge, qui lui dit : « Ferme-la, c'est pas le moment de déc...er !»

Je dressai la liste des objets de valeur que nous trouvâmes sur les corps. C'était un travail lugubre, mais il fallait bien en venir à bout. Les flammes rougeâtres des chandelles papillotaient à travers la buée épaisse, comme pour éclairer quelque rite secret, tandis que mes hommes me tendaient les portefeuilles et les objets d'argent. La fine poussière jaune des briques s'était déposée sur le visage des morts, lui donnant la rigidité de masques en cire. Nous jetâmes des couvertures sur leurs restes et nous hâtâmes de quitter la cave, après avoir emmailloté notre blessé dans une toile de tente. Avec ce conseil stoïcien : « Serre les dents, camarade !» nous le traînâmes sous un feu dément de shrapnells jusqu'au poste de secours.

Revenu à mon domicile, je me remis au moyen d'un cherry-brandy. Le feu ne tarda pas à s'aggraver et nous nous réunîmes vivement dans l'abri, car nous venions tous de voir les effets de l'artillerie dans les caves et nous en avions gardé l'exemple dans les yeux.

A cinq heures quatorze, le feu monta en quelques secondes jusqu'à un degré de violence inouï. Notre service de renseignement avait donc bien prévu ce qui allait se passer. Notre abri tanguait et vibrait comme un navire dans la tempête ; tout à l'entour, on entendait gronder les murailles qui éclataient et le fracas des maisons voisines qui s'effondraient sous les obus.

A sept heures, je captai un message lumineux de la brigade au 2ᵉ bataillon : « La brigade demande des éclaircissements immédiats sur la situation.» Une heure après, un coureur mortellement épuisé m'apporta ce rapport : « L'ennemi a occupé Arleux, le parc d'Arleux. Ai lancé une contre-attaque avec la 8ᵉ compagnie ; pas de nouvelles jusqu'à présent. Capitaine Rocholl.»

Ce fut la seule nouvelle, très importante, il est vrai, que j'eusse transmise avec mon grand équipement durant les trois semaines de mon séjour à Fresnoy. Au moment où mon activité prenait une importance primordiale, l'artillerie m'avait mis hors de service presque tous mes appareils. Moi-même, j'étais sous la cloche de feu comme une souris prise au piège. L'organisation de ce poste de renseignement avait donc été peu rationnelle ; la centralisation y était excessive.

Cette surprenante nouvelle me fit comprendre pourquoi, depuis pas mal de temps, des balles d'infanterie tirées d'assez près claquaient contre les murs.

A peine avions-nous fait le compte des lourdes pertes subies par le régiment que le pilonnage reprit avec une puissance accrue. Knigge, le dernier à se replier, se tenait encore sur la plus haute marche de notre abri lorsqu'un craquement de tonnerre nous annonça que les Anglais venaient enfin de réussir à écraser notre cave. Le brave Knigge reçut un lourd moellon dans le dos, mais n'eut pas d'autre mal. Là-haut, tout était en miettes. Le jour pénétrait jusqu'à nous à travers deux bicyclettes enfoncées dans l'entrée de l'abri. Nous nous réfugiâmes, assez penauds, sur la dernière marche, tandis que sans cesse des ébranlements sourds et des éboulements de pierres nous démontraient l'insécurité de notre refuge.

Comme par miracle, le téléphone répondait encore ; je décrivis notre état au chef des communications divisionnaires et reçus l'ordre de me replier avec mes hommes dans l'abri des infirmiers, proche du nôtre.

Nous rassemblâmes donc l'indispensable et nous mîmes en demeure de quitter l'abri par la seconde issue, encore intacte. Malheureusement, les hommes de la compagnie de téléphonistes, manquant d'expérience guerrière, hésitèrent si longtemps à quitter le couvert de l'abri pour le feu que cette entrée, elle aussi écrasée par un gros calibre, s'écroula à grand fracas. Par bonheur, personne ne fut touché ; seul, notre petit chien hurlait lamentablement et resta désormais introuvable.

Nous n'avions plus d'autre solution que d'écarter les vélos qui barraient la sortie de la cave ; nous rampâmes à quatre pattes par-dessus les décombres et gagnâmes le large à travers une fente dans le mur. Sans nous attarder à contempler les changements incroyables survenus à cet endroit depuis quelques heures, nous courûmes vers la lisière du village. Le dernier avait à peine quitté le portail de la cour quand la maison s'effondra sous un coup particulièrement violent.

Le terrain, entre la lisière du village et l'abri-ambulance, était barré par un verrou de feu continu. Les gros et petits calibres, percutants, fusants, à retardement, non éclatés, culots et shrapnells s'unissaient en un pandémonium qui affolait les yeux et les oreilles. Cependant, des troupes de renfort, évitant par la droite et la gauche la marmite infernale du village, se hâtaient vers l'avant.

A Fresnoy, les geysers de terre, hauts comme des clochers, se suivaient à la file, et chaque seconde semblait vouloir renchérir sur la précédente. Comme par magie, les maisons étaient l'une après l'autre aspirées par le sol ; les murs crevaient, les pignons croulaient et des charpentes sans toiture étaient projetées en l'air, fauchant à travers les toits voisins. Des essaims d'éclats dansaient au-dessus de blanches traînées de fumée. L'œil et l'oreille étaient comme fascinés par cette destruction tourbillonnante.

Dans l'abri des infirmiers, nous tînmes encore deux jours, douloureusement serrés, car, outre mes hommes, il était habité par deux états-majors de bataillon, des détachements de relève et les inévitables « égarés ». Les allées et venues fiévreuses aux entrées, grouillantes comme des fentes de ruche, ne passèrent naturellement pas inaperçues. Bientôt, des obus pointés avec précision s'abattirent toutes les minutes sur le sentier qui les longeait, faisant de nombreux blessés, de sorte que l'appel aux brancardiers ne cessait pas. Ces tirs continus me démolirent quatre bicyclettes que nous avions couchées par terre auprès d'une entrée. Tordues en formes bizarres, elles furent éparpillées dans tous les sens.

A l'entrée, raide et muet, roulé dans une toile de tente, ses grosses lunettes de corne encore sur le nez, gisait le chef de la 8e compagnie, le lieutenant Lemière, que ses hommes avaient porté jusqu'ici. Il avait pris un coup dans la bouche. Son frère cadet devait mourir quelques mois après de la même blessure.

Le 30 avril, mon successeur du 25e, qui relevait le nôtre, reprit mes missions et nous partîmes vers Flers, lieu de rassemblement du 1er bataillon. Laissant sur la gauche le four à chaux « Chez Bontemps », arrosé de gros calibres, nous allâmes en flânant le long du sentier, par un merveilleux après-midi, jusqu'à Beaumont. Nos yeux jouissaient de nouveau de la splendeur terrestre, heureux d'avoir échappé à l'insupportable étroitesse de l'abri et les poumons se délectaient de l'air tiède du printemps. Le tonnerre des canons derrière nous, nous pouvions dire : « Un jour créé par Dieu, le grand maître du monde, pour d'autres passe-temps que les jeux de la mort. »

A Flers, je trouvai les quartiers qui m'étaient attribués occupés par quelques adjudants de l'arrière, qui me refusèrent la place sous prétexte qu'ils devaient réserver la chambre pour un certain baron de X... ; ils avaient compté sans l'humeur d'un P. C.D.F. las et énervé. Je fis enfoncer la porte par mes compagnons sans autre forme de procès et, après une courte mêlée, sous les yeux des habitants, accourus pleins d'effroi, en toilette de nuit, ces messieurs dégringolèrent du haut en bas de l'escalier. Knigge poussa la politesse jusqu'à balancer à leur suite leurs hautes bottes. Après cet assaut, je montai dans le lit réchauffé par mes adversaires, dont j'offris la moitié à mon ami Kius, qui errait sans cantonnement. Le sommeil, dans ce meuble dont nous avions depuis longtemps perdu l'habitude, nous fit tant de bien que, le matin suivant, nous nous réveillâmes « en grande forme ».

Comme le 1ᵉʳ bataillon n'avait subi que peu de pertes durant les combats des derniers jours, l'humeur était des plus gaies quand nous marchâmes jusqu'à la gare de Douai. Nous avions pour point de destination le village de Serain, où nous devions passer quelques jours au repos. Nous trouvâmes d'excellents cantonnements chez une population accueillante et, dès le premier soir, on entendit dans plus d'une maison le vacarme joyeux des fêtes de retrouvailles entre camarades.

Ces libations entre survivants d'une bataille comptent parmi les plus beaux souvenirs d'un ancien du front. Même lorsqu'il en était tombé dix sur douze, les deux rescapés se retrouvaient devant une bouteille, le premier soir de repos, vidaient un verre en silence à la mémoire des camarades morts et discutaient plaisamment de leurs expériences communes.

Le lendemain matin, j'appris par l'ordre du jour du régiment qu'on venait de me confier le commandement de la 4ᵉ compagnie. C'est dans cette compagnie qu'était tombé devant Reims, à l'automne 1914, le poète de la Basse-Saxe, Hermann Löns, volontaire à près de cinquante ans.

Contre les Hindous

Dès le 6 mai 1917, nous reprîmes notre marche vers Brancourt, que nous connaissions bien et, le lendemain, nous gagnâmes par Montbrehain, Ramicourt et Joncourt la position Siegfried, que nous n'avions quittée qu'un mois auparavant.

Le premier soir fut orageux ; de violentes ondées cinglaient le terrain inondé. Mais une série de beaux jours chauds ne tarda pas à nous réconcilier avec notre nouveau séjour. Je savourais à grands traits la splendeur du paysage, sans me soucier des boules blanches des shrapnells et des cônes soulevés par les obus, auxquels je prenais à peine garde. Ces dernières années, la notion d'activité accrue le long du front s'était fermement associée à celle du printemps ; les présages d'une grande offensive en étaient aussi inséparables que les primevères et la verdure naissante.

Nos lignes dessinaient une demi-lune avancée devant le canal de Saint-Quentin ; derrière, s'étendait la fameuse position Siegfried. Je n'ai jamais pu comprendre pourquoi nous devions nous terrer dans des tranchées de craie, étroites et imparfaites, tandis que nous avions dans le dos ce rempart gigantesque.

La première ligne serpentait à travers un terrain ombragé de bouquets d'arbres, paré des couleurs du printemps à son début. On pouvait se mouvoir sans risques devant et derrière les tranchées, car de nombreuses gardes avancées couvraient la position. Ces petits postes étaient le cauchemar de l'ennemi et, certaines semaines, il ne se passait pas de nuit qu'il ne tentât de les débusquer par ruse ou par violence.

Pourtant, la première période de ce retour en lignes s'écoula dans un calme bienfaisant ; le temps était si beau que nous passions les nuits tièdes étendus dans l'herbe. Le 14 mai, nous fûmes relevés par la 8ᵉ compagnie et, laissant à notre droite Saint-Quentin en flammes, nous nous installâmes à notre cantonnement de repos, Montbrehain, un gros village qui n'avait encore que peu souffert de la guerre et nous offrit des quartiers très confortables. Le 20, nous occupâmes comme compagnie de réserve la position Siegfried. Nous avions là de vraies vacances : toute la journée, nous restions assis dans les nombreuses logettes creusées sur le glacis, ou bien nous nous baignions et canotions dans le canal. Ce fut dans ce temps-là qu'étendu dans l'herbe, je lus avec un extrême plaisir tout l'Arioste.

Ces forteresses modèles ont pour inconvénient les fréquentes visites de supérieurs qui, surtout dans les tranchées, ôtent à la vie beaucoup de son agrément. Il est vrai que mon aile gauche, qui touchait au village de Bellenglise, déjà fort « amoché », n'avait pas à se plaindre d'une privation de tir. Dès le premier jour, l'un de mes hommes attrapa une balle de shrapnell qui lui resta dans la fesse droite. Quand, alerté, j'accourus au lieu de l'accident, je le trouvai déjà tout réjoui, attendant les brancardiers, assis sur sa fesse gauche, en train de boire le café accompagné d'une gigantesque tartine de confiture.

Le 25 mai, nous relevâmes la 2ᵉ compagnie à la ferme de Riqueval. Celle-ci, jadis centre d'une grande exploitation agricole, servait à tour de rôle de gîte à l'une des quatre compagnies qui occupaient la position. De là, on devait détacher trois groupes pour tenir trois nids de mitrailleuses dispersés par-derrière. Ces points d'appui disposés en damier, en arrière de la position, représentaient les premiers essais de défense élastique.

La ferme était située à quinze cents mètres tout au plus en arrière de la première ligne ; pourtant, ses bâtiments étaient encore tout à fait intacts. Comme les abris restaient à creuser, elle était d'ailleurs comble. Les allées du parc, bordées d'épine rose en fleur, et le charme des environs donnaient à notre existence, malgré la proximité du front, une teinte de ces gaietés de la vie champêtre auxquelles le Français s'entend si bien. Un couple d'hirondelles avait fait son nid dans ma chambre et commençait dès les premières heures du matin à nourrir bruyamment son insatiable progéniture.

Le soir, je prenais ma canne et me promenais par les sentiers étroits, qui déroulaient leurs arcs à travers un paysage vallonné. Les champs envahis par les mauvaises herbes portaient des fleurs à l'odeur plus forte et plus sauvage. Parfois, au bord du chemin, on tombait sur des arbres isolés, sous lesquels les paysans avaient dû faire halte au temps de la paix, inondés de fleurs blanches, roses ou rouge sombre, spectacle magique au sein de la solitude. La guerre avait posé sur la face de ce paysage, sans en abolir la grâce, des teintes héroïques ou mornes ; son opulence fleurie n'en paraissait que plus capiteuse et plus rayonnante. Il est plus facile d'aller se battre au sein d'une pareille nature que dans un village froid et désolé d'hiver. Ici, même une âme simple entrevoit que sa vie est enfouie dans une sécurité profonde, et que sa mort n'est pas une fin.

Cette idylle s'acheva pour moi le 30 mai, car le lieutenant Vogeley, revenu de l'hôpital, reprit le commandement de la 4ᵉ compagnie. Je rejoignis donc ma vieille 2ᵉ, en première ligne.

Notre secteur était tenu par deux sections, de la voie romaine à ce que nous appelions la Tranchée de l'artillerie ; le chef de compagnie était établi avec la 3ᵉ derrière une petite pente, à deux cents mètres environ en arrière. C'est là que s'élevait aussi une minuscule baraque de planches, où je m'installai avec Kius, confiant en la dispersion des tirs anglais. L'un des côtés prenait appui sur un petit versant de colline, parallèle à la direction des tirs ; les trois autres pouvaient être pris en flanc par l'artillerie ennemie. Chaque matin, quand le bonjour des Anglais balayait le terrain, on pouvait entendre à peu près le dialogue suivant entre l'occupant du bat-flanc supérieur et celui de la couchette du bas :

« Dis donc, Ernst ?

— Hein ?

— Je crois qu'ils tirent !

— Bah ! restons encore un peu couchés ; je crois bien que c'étaient les derniers coups. »

Un quart d'heure plus tard :

« Dis donc, Oscar ?

— Oui ?

— Ils n'en finissent pas, ce matin ; on dirait qu'une balle de shrapnell vient de percer la cloison. Levons-nous tout de même. Il y a longtemps que l'observateur d'artillerie d'à côté a fichu le camp ! »

Dans notre insouciance, nous avions toujours retiré nos bottes. Le temps de les passer, et l'Anglais avait presque toujours fini, lui aussi, et nous pouvions nous asseoir joyeusement à notre table, ridiculement petite, pour boire le café, que la chaleur rendait suret, et allumer le cigare matinal. L'après-midi, on prenait un bain de soleil devant la porte, sur une toile de tente, au nez et à la barbe de l'artillerie anglaise.

Sous d'autres rapports aussi, notre cagna était riche en divertissements. Quand on tirait voluptueusement sa flemme sur les sommiers de fil de fer, d'énormes vers de terre se balançaient à la paroi taillée dans la pente, pour filer dans leur trou à la moindre alerte, avec une vivacité incompréhensible. Une taupe bougonne reniflait l'air de temps à autre au bord de son trou, et contribuait pour sa part à l'animation de notre interminable méridienne.

Le 12 juin, je fus chargé d'occuper avec vingt hommes l'avant-poste rattaché au secteur de la compagnie. Nous quittâmes la position dans la journée et, par une piste qui zigzaguait à travers le terrain ondulé, nous sortîmes dans le soir tiède. Le crépuscule était tellement avancé que le coquelicot, dans les champs en friche, se fondait avec le vert clair de l'herbe en une teinte riche et imprécise. Sous la lumière qui baissait, ma couleur préférée ressortait avec une vigueur croissante : c'est le rouge presque noir, qui rend à la fois ardent et mélancolique.

En flânant, sans bruit, chacun plongé dans ses pensées, nous traversâmes le tapis de fleurs, l'arme en bandoulière, et fûmes en vingt minutes rendus à destination. On nous passa les consignes à voix basse ; j'apostai mes guetteurs en silence, puis la troupe relevée disparut dans l'obscurité.

Le poste prenait appui sur une pente raide, garnie d'une série de terriers sommairement creusés. Dans notre dos, un boqueteau embroussaillé se perdait dans la nuit, séparé de la pente par une bande de prairies de cent mètres de large. Par-devant et sur le flanc droit, deux collines s'élevaient, à travers lesquelles courait la ligne anglaise. L'une d'elles portait une ruine baptisée d'un nom prometteur : « Ferme de l'Ascension ». Un chemin creux, entre ces collines, menait droit vers l'ennemi.

C'est là qu'en inspectant les sentinelles je tombai sur le sergent-major Hackmann et quelques hommes de la 7ᵉ ; ils étaient sur le point de partir en patrouille. Bien qu'en fait je n'eusse pas le droit de quitter mon poste, je me joignis à eux en simple curieux.

Nous passâmes, en appliquant une méthode d'approche que j'avais imaginée, deux obstacles de barbelés qui barraient le chemin, et parvînmes à la crête de la colline sans rencontrer une sentinelle, ce qui nous surprit. De là-haut, nous entendîmes les Anglais en train de faire du terrassement à droite et à gauche de nous. Je compris par la suite que l'adversaire avait replié ses guetteurs pour ne pas les blesser lors de l'attaque-surprise sur notre avant-poste dont je vais parler tout de suite.

La méthode d'approche que je viens de mentionner consistait à faire progresser alternativement, à plat ventre, chaque homme de la patrouille, sur un terrain où nous pouvions à chaque instant nous heurter à l'ennemi. De la sorte, il ne s'en trouvait jamais qu'un d'exposé à être cueilli par le destin, en danger d'être tué par un tireur en embuscade, tandis que les autres, en arrière, restaient prêts à intervenir.

Nous nous glissâmes autour de plusieurs groupes occupés à des travaux de tranchée, malheureusement séparés de nous par des obstacles infranchissables. Le sergent-major, un drôle de corps, nous proposa de se faire passer pour déserteur et de négocier avec la sentinelle ennemie jusqu'à ce que nous l'eussions cernée ; après une courte délibération, où nous rejetâmes ce projet, nous nous faufilâmes de nouveau jusqu'à notre avant-poste.

De telles sorties avaient une action stimulante ; le sang circule plus vite, les pensées se pressent. Je décidai de passer en songeries la nuit tiède, et m'aménageai donc en haut de la pente, dans l'herbe fournie, une couche que je tapissai de ma capote. Puis je m'allumai une pipe, aussi discrètement que je pus, et laissai la bride sur le cou à mon imagination.

J'étais dans le plus beau des châteaux en Espagne quand des frôlements étranges, dans le boqueteau et la prairie, me firent sursauter. Les sens sont toujours aux aguets devant l'ennemi, et il est curieux qu'en de tels instants, des bruits parfaitement ordinaires vous disent tout de suite et sans équivoque : Attention, il se passe quelque chose !

Au même moment, le guetteur le plus proche arriva hors d'haleine : « Mon lieutenant, voilà soixante-dix Anglais qui avancent vers le bois ! »

Je m'étonnai un peu de cette précision numérique, mais me dissimulai à tout hasard avec les quatre hommes les plus proches dans l'herbe haute, au sommet de la pente, pour attendre la suite des événements. Quelques secondes plus tard, je vis une troupe d'hommes traverser furtivement la prairie. Tandis que mes hommes braquaient leurs armes sur elle, je criai d'en haut un léger : « Qui vive ? » C'était le sergent Teilengerdes, un vieux dur à cuire de la 2ᵉ, qui rassemblait son groupe fort excité.

Les autres groupes accoururent aussi au rassemblement. Je les fis se déployer en tirailleurs, leur ligne appuyée d'un côté sur la pente et de l'autre contre le boqueteau. En une minute, les hommes eurent mis baïonnette au canon. Il me parut bon de vérifier l'alignement ; en de telles occurrences, rien ne vaut la minutie. Quand je voulus rappeler à l'ordre un homme qui se tenait un peu en arrière de la ligne, il me rétorqua : « Je suis un brancardier. » Mon gaillard était ferré sur le règlement. Apaisé, je commandai l'exécution du mouvement.

Comme nous traversions la bande de prairies, une grêle de balles de shrapnells siffla par-dessus nos têtes. C'était l'adversaire qui nous prenait ainsi sous une cloche de feu serré, pour nous couper de nos arrières. Nous nous mîmes involontairement au pas gymnastique pour gagner l'angle mort de la colline, devant nous.

Tout d'un coup, une silhouette sombre se dressa dans les herbes devant moi. J'amorçai une grenade et la lançai sur elle avec un cri d'alarme. Effrayé, je reconnus à l'éclair de l'explosion le sergent Teilengerdes, qui avait pris de l'avance sans qu'on s'en aperçût et venait de buter sur un barbelé. Par bonheur, il s'en tira sans blessure. En même temps, l'explosion plus sèche de grenades anglaises retentit près de nous et le tir de shrapnells prit une densité inquiétante.

Ma ligne de tirailleurs se disloqua et disparut en direction de la pente, où le feu était vif, tandis que je gardais ma place avec Teilengerdes et trois fidèles. Soudain, l'un me poussa du coude : « Les Anglais ! »

Comme en rêve, de la prairie éclairée par les gerbes d'étincelles, un double cordon de formes agenouillées me sauta aux yeux dans la seconde même où elles se levaient pour progresser. Je distinguai nettement la silhouette de l'officier qui, à l'aile droite, commandait ce mouvement. Amis et adversaires furent comme paralysés par cette rencontre subite et imprévue. Puis nous tournâmes les talons ; c'était tout ce qui nous restait à faire — sans que l'ennemi, pétrifié, tirât sur nous.

Nous nous redressâmes d'un bond et courûmes vers la pente. Je trébuchai sur un fil perfidement dissimulé dans l'herbe haute et m'étalai, mais je n'en arrivai pas moins sans autres incidents et, ayant retrouvé mes hommes, très énervés, je les disposai tant bien que mal en tirailleurs, serrés au coude à coude.

Nous étions étendus de telle sorte que la cloche de feu nous recouvrait comme un panier tressé fin. Selon toute probabilité, notre avance avait dérangé le détachement chargé de nous déloger au moment où il tentait de nous tourner. Nous tenions un chemin de terre, en contrebas de la pente, un peu défoncé par les charrois. La petite dépression creusée par les roues était cependant assez profonde pour nous garantir à peu près des coups de fusil, car dans le péril, on se presse contre la terre comme contre une mère. Nos fusils étaient braqués sur le boqueteau ; nous avions donc les lignes anglaises dans notre dos. Cette circonstance m'inquiétait plus que tout ce qui pouvait se passer dans le bois ; aussi, durant les événements qui suivirent, j'envoyai de temps à autre un éclaireur vers le haut de la pente.

Le feu s'arrêta soudain ; il fallait nous attendre à une attaque. L'oreille s'était à peine accoutumée au silence que des craquements et des froissements multipliés glissèrent à travers les fourrés du boqueteau.

« Halte ! Qui vive ? Avance à l'ordre ! »

Nous répétâmes la même sommation en hurlant le vieux cri de ralliement du 1er bataillon, *Lüttje Lage* [1], expression qui désigne un demi accompagné d'un petit verre d'alcool, familière à tous les Hanovriens ; mais nous n'obtînmes d'autre réponse que des cris incompréhensibles. Je me décidai enfin à faire ouvrir le feu, bien que quelques-uns d'entre nous prétendissent avoir distingué des paroles allemandes. Mes vingt fusils balayèrent le boqueteau de leurs balles ; les culasses claquèrent, et bientôt nous entendîmes dans les fourrés les gémissements de blessés. J'avais dans la bouche un mauvais goût d'incertitude, car il n'était pas impossible que nous eussions tiré sur des compatriotes accourus en renfort.

Aussi fus-je rassuré de voir par instants des éclairs jaunes jaillir vers

---

1. « Un petit coup » (bas-saxon). *(N.d.T.)*

nous ; il est vrai qu'ils ne tardèrent pas à s'arrêter. Un des hommes reçut une balle dans l'épaule et fut pansé par le brancardier.

« Arrêtez le tir ! »

Je répétai le cri de ralliement. Puis je rassemblai mes bribes d'anglais et criai quelques sommations enjôleuses : *Come here, you are prisoners, hands up !*

Immédiatement, de l'autre bord, cris confus, dont les nôtres prétendaient qu'on aurait dit : « Vengeance, vengeance ! » Un tirailleur isolé se montra à l'orée du bois et marcha vers nous. Un homme commit l'erreur de lui crier : « Le mot de passe ! », sur quoi il s'arrêta, indécis, puis fit demi-tour. Un éclaireur, bien entendu.

« Descendez-le ! »

Une douzaine de coups de feu ; la forme s'écroula et glissa dans l'herbe haute.

L'intermède nous emplit de satisfaction. A la lisière du bois, on entendit de nouveau ce brouhaha confus et étrange ; on eût dit que les assaillants s'exhortaient réciproquement à attaquer ces mystérieux défenseurs.

Tous nos nerfs tendus, nous fixions du regard le bord sombre du bois. Le jour commençait à poindre, un brouillard léger s'élevait des prairies.

Un spectacle s'offrit à nous tel que nous n'eûmes plus guère l'occasion d'en voir, dans cette guerre des armes à longue portée. Une file de silhouettes se détacha de l'obscurité du sous-bois et sortit à découvert dans la prairie. Cinq, dix, quinze, toute une chaîne. Nos mains tremblantes armèrent les fusils. Ils s'approchèrent à cinquante mètres, à trente, à quinze... Feu à volonté ! Les fusils claquèrent pendant plusieurs minutes. Les étincelles rebondissaient quand les noyaux de plomb s'écrasaient sur les armes et l'acier des casques.

Soudain, un cri : « Gare sur la gauche ! » Un groupe d'assaillants se jetait sur nous, de l'extrême gauche, un géant à leur tête, qui braquait un revolver sur nous et brandissait un casse-tête blanc.

« Pour le groupe de gauche, face à gauche ! »

Mes gens se tournèrent d'un bond et reçurent les arrivants debout. Quelques-uns des adversaires, dont leur chef, tombèrent sous les coups hâtivement tirés ; les autres disparurent totalement, aussi vite qu'ils étaient venus.

C'était le moment voulu pour la contre-attaque. Baïonnette au canon, en poussant des hourras furieux, nous montâmes à l'assaut du petit bois. Des grenades volèrent à travers les broussailles denses, et en un rien de temps nous eûmes reconquis notre avant-poste sans avoir réussi, à vrai dire, à saisir notre souple adversaire.

Nous nous rassemblâmes dans un champ de blé voisin et nous entre-regardâmes, blêmes, les traits tirés par cette nuit blanche. Le soleil s'était levé, resplendissant. Une alouette s'élança du sol et nous agaça de ses trilles.

Tandis que nous nous tendions nos gourdes et allumions une cigarette, nous entendîmes l'ennemi s'éloigner par le chemin creux, avec quelques blessés qui gémissaient tout haut. Nous aperçûmes même un instant son cortège, mais pas assez longtemps, malheureusement, pour lui retirer à tout jamais l'envie de revenir.

Je décidai d'inspecter le champ de bataille. Dans la prairie, des appels et des cris de douleur à l'accent exotique s'élevaient. Ces voix nous rappelèrent les coassements des grenouilles qu'on entend dans les prés après un orage. Nous découvrîmes dans l'herbe haute une file de morts et trois blessés qui, soulevés sur leurs coudes, nous suppliaient de les épargner. Ils semblaient convaincus que nous allions les égorger. A ma question : « Quelle nation [1] ? », l'un répondit : « Pauvre Radschpoute [1] ! »

Nous avions donc devant nous des Hindous venus d'au-delà des mers pour se fracasser la tête dans ce coin perdu contre des fusiliers hanovriens. Pauvres types !

Leurs corps graciles étaient vilainement arrangés. A ces courtes distances, la balle d'infanterie prend des effets explosifs. Certains avaient été touchés une seconde fois, alors qu'ils étaient déjà tombés, de sorte que la trajectoire de la balle pouvait se suivre à travers tout le corps. Aucun d'eux n'avait moins de deux blessures. Nous les ramassâmes et les traînâmes vers nos positions. Ils braillaient comme si nous allions les tuer ; mes hommes leur fermèrent la bouche et les menacèrent du poing, ce qui aggrava leur angoisse. L'un d'eux mourut en route, mais nous l'emportâmes tout de même, car on touchait une prime pour chaque prisonnier, mort ou vif. Les deux autres cherchaient à se concilier nos bonnes grâces en criant tout le temps : « Anglais pas bon [1] ! » Je n'ai jamais bien compris pourquoi ces gens parlaient français. Je suppose qu'ils avaient dû rester longtemps au cantonnement en France. Le cortège, où les plaintes des blessés se mêlaient à nos voix joyeuses, avait une allure archaïque, qui, pendant quelques moments, me bouleversa. Ce n'était plus la guerre, c'était un spectacle du fond des âges.

Dans la position, nous fûmes reçus en triomphe par la compagnie, qui avait entendu le vacarme du combat et avait été prise sous un violent tir de barrage ; notre capture fut contemplée avec l'étonnement qu'elle méritait. J'y parvins à calmer quelque peu nos prisonniers à qui on avait dû raconter des histoires horribles sur notre compte. Ils commencèrent à se dégeler et me donnèrent leurs noms : l'un d'eux s'appelait Amar Singh. Leur corps, c'était le I^{st} Haraina Lancers, un bon régiment. Puis je me retirai avec Kius dans notre baraque et me fis régaler par lui d'œufs sur le plat en l'honneur de la journée.

Il s'avéra du reste qu'outre les blessés, nous n'avions perdu qu'un homme, disparu dans des circonstances mystérieuses. Il s'agissait d'un soldat qui n'était presque plus bon à se battre, parce qu'il avait gardé d'une blessure ancienne une poltronnerie morbide. Nous ne nous aper-

---

1. En français dans le texte. *(N.d.T.)*

çûmes de son absence que le lendemain ; je supposai que, pris de peur, il s'était enfui dans l'un des champs de blé et s'y était fait abattre.

Le lendemain soir, je reçus l'ordre d'occuper à nouveau le poste avancé. Comme l'adversaire avait pu s'y installer entre-temps, je pris le boqueteau en tenaille avec deux détachements ; l'un était sous le commandement de Kius, l'autre sous le mien. C'est là que j'appliquai pour la première fois une méthode particulière de progression vers un point dangereux : elle consistait à décrire un arc de cercle de vaste rayon autour de lui, les hommes marchant à la file indienne. Si l'on trouvait la position occupée, il suffisait d'un simple quart de tour à droite ou à gauche, et l'on disposait d'une ligne de feu qui prenait l'ennemi de flanc.

Les deux détachements se rencontrèrent au pied de la pente, sans aucun incident — à ce détail près que Kius faillit me tirer une balle en armant son pistolet.

L'ennemi ne se montra pas ; seulement, dans le chemin creux, que j'avais été reconnaître avec le sergent-major Hackmann, un guetteur nous héla, lança une fusée éclairante et nous lâcha un coup de feu. Nous repérâmes ce jeune impertinent en vue de notre prochaine sortie.

Au lieu où nous avions repoussé l'attaque de flanc, la nuit précédente, trois morts gisaient encore. C'étaient deux Hindous et un officier blanc, portant deux étoiles d'or aux pattes d'épaule, donc un lieutenant. Il avait pris une balle dans l'œil. Le projectile lui avait traversé la tempe en ressortant et avait fracassé le rebord de son casque, que j'emportai en trophée. Sa main droite étreignait encore son casse-tête, éclaboussé de son propre sang, la gauche un lourd Colt à six coups, dont le barillet ne contenait plus que deux balles chargées. Il nous avait donc manqués de peu.

Les jours suivants, on découvrit encore un certain nombre de corps cachés sous les fourrés du boqueteau — signe des lourdes pertes de l'adversaire qui rendirent ce lieu plus lugubre que jamais. Un jour que je me frayais un chemin, tout seul, à travers les broussailles, je fus surpris par un bruit léger, des sifflements et des gargouillis. Je m'approchai et tombai sur deux cadavres qui semblaient rappelés par la canicule à une vie funèbre. La nuit était lourde et silencieuse ; je restai longtemps, comme fasciné, devant ce spectacle troublant.

Le 18 juin, l'avant-poste reçut une nouvelle attaque ; cette fois les événements prirent un tour moins favorable ; les défenseurs, pris de panique, détalèrent en s'égaillant et ne purent plus être rassemblés. L'un d'eux, le sergent Erdelt, perdant la tête, courut droit vers la pente, débdula de haut en bas et se retrouva au milieu d'un tas d'Hindous aux aguets. Il lança des grenades autour de lui, mais fut aussitôt saisi au col par un officier hindou, qui lui cingla le visage avec un nerf de bœuf. Puis on lui prit sa montre. A coups de crosse et de bourrades, on le fit se mettre en route ; il réussit pourtant à s'enfuir, profitant d'un moment où les Hindous se plaquaient à terre, sous le tir rasant de notre mitrailleuse. Après avoir erré quelque temps derrière le front ennemi, on le vit revenir dans nos lignes, le visage marqué de grosses balafres.

Le soir du 19 juin, je partis en patrouille de notre position, qui finissait à la longue par nous peser sur les nerfs, en compagnie du petit Schultz et de dix hommes, armés d'une mitrailleuse légère, pour rendre une visite au guetteur qui s'était si crânement signalé à notre attention la dernière fois, dans le chemin creux. Schultz avança avec ses gens par la droite, moi par la gauche, à partir du chemin creux ; nous étions convenus de nous prêter mutuellement assistance, si l'un des groupes déclenchait un tir. En rampant, nous arrêtant de temps à autre pour tendre l'oreille, nous nous frayâmes un passage à travers l'herbe et les genêts.

Soudain, nous entendîmes le cliquetis d'une culasse qu'on tire en arrière et qu'on referme. Nous étions comme collés au sol. Tout habitué des patrouilles sait ce que représente la succession des sentiments désagréables qui remplissent les secondes suivantes. On a provisoirement perdu sa liberté d'action et on est obligé d'attendre ce que va faire l'ennemi.

Un coup déchira le lourd silence. Je restai plaqué sous un genêt, dans l'expectative. A ma droite, un homme balança des grenades d'en haut dans le chemin creux.

Puis une ligne de feu s'enflamma devant nous. Les pétarades terriblement sèches des coups révélaient que les tireurs n'étaient qu'à quelques pas devant nous. Je vis que nous étions tombés dans une dangereuse souricière et ordonnai la retraite. Nous bondîmes sur nos jambes et revînmes sur nos pas en courant, à une vitesse folle, tandis que le tir de fusils reprenait sur notre gauche. Au milieu de ces claquements de salves, j'abandonnai tout espoir de rentrer indemne. L'esprit était dans l'attente continuelle d'une balle dans le corps. La mort nous avait aux abois.

Un détachement s'élança de gauche contre nous avec des hourras aigus. Le petit Schultz m'avoua plus tard avoir eu l'impression qu'un grand diable d'Hindou lui courait derrière en brandissant un couteau, et qu'il l'aurait pour un peu attrapé au col.

Je m'étalai soudain, et par-dessus moi le sergent Teilengerdes. J'y perdis mon casque, mon pistolet et mes grenades. En avant, rien qu'en avant ! Enfin, nous atteignîmes la protection de la pente et déboulâmes. En même temps, Schultz arriva avec ses hommes. Il me rapporta, tout essoufflé, qu'il avait du moins châtié à coups de grenade le guetteur impertinent. Juste après, on traîna jusqu'à nous un homme blessé de coups de feu dans les deux jambes. Tous les autres étaient indemnes. Le plus grand malheur, c'était que le porteur de la mitrailleuse, un bleu, avait buté sur le blessé et avait laissé tomber l'objet.

Tandis que nous discutions encore avec animation et projections une seconde approche, voici que l'artillerie ouvrit le feu sur nous d'une manière qui me rappela tout à fait la nuit du 12, entre autres par la confusion qui se propagea sur-le-champ. Je me retrouvai sans arme, sur la pente, seul avec le blessé, qui se traînait sur ses deux mains, pour ramper jusqu'à moi, et gémissait : « Mon lieutenant, ne m'abandonnez pas ! »

Je dus le laisser seul, quelque peine que j'en eusse, pour aller organiser la défense du poste. Nous occupâmes une ligne de trous de guetteurs à l'orée du bois et fûmes bien heureux quand le matin se leva sans qu'il se fût rien produit de particulier.

Le soir suivant nous retrouva au même endroit, avec l'intention de récupérer notre mitrailleuse, mais, comme nous nous approchions en rampant, une série de bruits suspects nous avertit qu'un fort détachement devait à nouveau nous guetter.

Nous reçûmes en conséquence l'ordre de reprendre de force l'arme perdue : nous devions, la nuit suivante, après une préparation d'artillerie de trois minutes, attaquer les sentinelles ennemies et chercher la mitrailleuse. J'avais de prime abord craint que cette perte ne nous valût des ennuis ; mais je fis contre mauvaise fortune bon cœur et j'aidai moi-même dans l'après-midi à régler le tir de quelques batteries.

A onze heures, je me retrouvai avec Schultz, mon camarade d'infortune, sur ce coin de terre sinistre où nous avions déjà récolté tant d'heures mouvementées. L'odeur de décomposition, dans cet air lourd, avait crû jusqu'à devenir presque intolérable. Nous arrosâmes les morts de chlorure de chaux, que nous avions emporté dans des sacs. Les taches blanches luisaient dans l'obscurité comme des suaires.

Le coup de main commença par un tir de nos propres mitrailleuses, dont les balles nous sifflèrent autour des jambes et fouettèrent la pente. D'où violente dispute entre moi et le petit Schultz, qui avait dirigé le pointage des mitrailleuses. Nous nous réconciliâmes néanmoins lorsqu'il me découvrit derrière un buisson, en tête à tête avec une bouteille de bourgogne que j'avais prise comme viatique dans cette aventure incertaine.

Le premier obus arriva en sifflant à l'heure dite. Il s'enfonça à cinquante mètres derrière nous. Avant même que nous eussions pu nous étonner de ce résultat bizarre, un second atterrit à nos côtés dans la pente, nous éclaboussant d'une pluie de terre. Et par-dessus le marché, je ne pouvais même pas râler, car c'était moi qui avais dirigé les réglages d'artillerie.

Après ce prélude peu engageant, nous progressâmes, plutôt pour l'honneur qu'avec un espoir de succès. Nous eûmes la chance que les sentinelles eussent, de toute évidence, changé d'emplacement, sans quoi nous aurions sans doute été gratifiés d'une réception salée. Malheureusement, nous ne retrouvâmes pas la mitrailleuse ; mais, à vrai dire, nous ne la cherchâmes pas longtemps.

Schultz et moi, en nous retournant, nous nous sommes dit vertement ce que nous pensions, moi du pointage de ses mitrailleuses, lui de mes coordonnées de tir. Mes repères étaient si précis que je n'y comprenais goutte. Plus tard seulement, j'appris que tous les canons tirent plus court la nuit et qu'en indiquant la hausse, j'aurais dû ajouter cent mètres. Puis nous délibérâmes de la partie essentielle de toute l'entreprise, la rédaction du rapport. Nous nous en tirâmes de telle manière que tout le monde fut satisfait.

Le lendemain, nous fûmes relevés par des troupes d'une autre division, ce qui mit fin aux escarmouches.

Nous revînmes provisoirement à Montbrehain et marchâmes de là jusqu'à Cambrai, où nous passâmes presque tout le mois de juillet.

L'avant-poste fut définitivement perdu dans la nuit qui suivit la relève.

Langemark

Cambrai est une petite cité paisible et somnolente de l'Artois, au nom de laquelle s'attachent bien des souvenirs historiques. Des ruelles étroites et vieillottes courent en dédale autour de l'énorme hôtel de ville, des portes rongées par les siècles et des nombreuses églises, dont l'une, la plus grande, a vu prêcher Fénelon. Des clochers pesants se dressent au milieu d'un fouillis de pignons pointus. De larges avenues mènent au jardin public, bien entretenu, qu'orne un monument à Louis Blériot.

Les habitants sont gens tranquilles et cordiaux, qui mènent dans leurs grandes maisons, simples d'apparence, mais richement meublées, une existence toute de bien-être. Beaucoup de rentiers y passent le soir de leur vie. La petite cité est surnommée avec raison « la ville des millionnaires », car juste avant la guerre, on y comptait quarante de ces Crésus.

La grande guerre arracha ce trou de province à son sommeil de Belle au bois dormant et le mua en foyer de luttes gigantesques... Une vie nouvelle, nerveuse, ébranla les pavés inégaux et fit tinter les petites fenêtres, derrière lesquelles étaient apostés, aux aguets, des visages inquiets. Des étrangers vidèrent les caves garnies avec amour, se jetèrent dans les immenses lits d'acajou et, de leurs allées et venues, troublèrent le calme contemplatif du rentier.

Les compagnies étaient cantonnées dans une caserne ; les officiers avaient leurs logements rue des Liniers. Cette rue prit de notre présence une allure de Quartier latin ; bavardages généraux aux fenêtres, chansons nocturnes, petites aventures, tels étaient nos passe-temps.

Tous les matins, nous partions pour l'exercice sur la grande esplanade qui touche au village de Fontaine, qui depuis devint célèbre. Je

---

1. En français dans le texte. (N.d.T.)

ne participai pas au service de bataillon, car le colonel von Oppen m'avait donné mission de constituer et d'entraîner une troupe de choc. Les volontaires s'étaient présentés en nombre ; je donnai la préférence aux compagnons de mes reconnaissances et de mes patrouilles.

Mon gîte était confortable ; mes hôtes, un couple d'orfèvres très aimable, les Plancot-Bourlon, laissaient rarement passer un déjeuner sans m'envoyer dans ma chambre quelque bon morceau. Nous occupions nos soirées ensemble devant une tasse de thé, à jouer au jacquet et à bavarder. Bien entendu, une question épineuse revenait souvent sur le tapis : pourquoi faut-il que les hommes se fassent la guerre ?

Au cours de ces heures, le brave M. Plancot nous narra maints bons tours des bourgeois de Cambrai, toujours de loisir, toujours facétieux, qui avaient en temps de paix provoqué de grands éclats de rire dans les rues, dans les estaminets et au marché, et qui me rappelèrent vivement le délicieux oncle Benjamin.

C'est ainsi qu'un jour, un plaisant avait envoyé à tous les bossus des environs une invitation à comparaître devant un certain notaire pour une importante affaire d'héritage. Caché à une fenêtre de la maison d'en face, il se délecta à l'heure prescrite, avec quelques amis, de ce spectacle : dix-sept nabots furieux et braillards assaillant de leurs récriminations l'infortuné notaire.

Une bonne histoire était celle d'une mijaurée sur le retour qui demeurait en face et se distinguait par un col de cygne bizarrement tordu de côté. Vingt ans auparavant, elle était célèbre par son envie de se marier coûte que coûte. Six jeunes gens se concertèrent, et chacun d'eux reçut de la belle la promesse, volontiers accordée, qu'elle les autorisait à demander sa main à ses parents. Le dimanche suivant, on vit arriver un landau colossal où étaient assis les six galants, chacun d'eux avec un bouquet à la main. Dans son effroi, la demoiselle s'enferma chez elle et alla se cacher, tandis que les prétendants se livraient dans la rue à mille et une facéties, pour le divertissement du voisinage.

Ou bien l'anecdote suivante : un jeune Cambrésien, connu par ses mauvaises plaisanteries, arrive au marché et demande à une paysanne, en montrant du doigt un fromage blanc, rond et saupoudré d'appétissante ciboulette :

« Combien ce fromage ?

— Vingt sous, monsieur. »

Il lui paie ses vingt sous.

« Et maintenant, le fromage est à moi ?

— Bien sûr, monsieur !

— Je peux donc en faire ce que je veux ?

— Mais comment donc ! »

Vlan, il lui aplatit le fromage dans la figure et s'en va.

Le 25 juillet, nous dîmes adieu à cette charmante petite ville et partîmes vers le Nord, pour la Flandre. Nous avions lu dans les journaux qu'une bataille d'artillerie y faisait rage depuis des semaines et dépassait même en violence celle de la Somme.

Nous fûmes débarqués à Staden, sous le tonnerre lointain des canons, et marchâmes à travers le paysage inconnu jusqu'au camp de la Misère. A droite et à gauche de la grand-route, qui semblait tirée au cordeau, verdoyaient des champs fertiles, plus hauts que la route, comme des plates-bandes de maraîchers, et des prairies opulentes, ceintes de haies. Des fermes bien propres étaient dispersées à travers le paysage, avec des toits bas de chaume ou de tuiles, et des murs où séchaient des feuilles de tabac suspendues en bottes. Les paysans que nous croisions étaient de race flamande et s'entretenaient dans une langue rude, aux consonances familières. Nous passâmes l'après-midi dans les jardins de fermes isolées, soustraits à la vue des aviateurs ennemis. Parfois, les énormes obus de pièces de marine ronflaient au-dessus de nos têtes, annoncés de loin par leur gargouillis, et s'enfonçaient dans les environs. L'un d'eux tomba dans un des nombreux ruisseaux et tua quelques hommes du 91e, qui s'y baignaient.

Vers le soir, je dus me rendre avec mon détachement de fourriers jusqu'à la position du bataillon de réserve, pour préparer la relève. Nous traversâmes la forêt de Houthulst et le village de Koekuit, à la recherche du bataillon et dûmes en route « rompre la cadence » à plusieurs reprises, sous l'effet d'obus de gros calibre. Dans l'obscurité, j'entendis la voix d'un bleu, encore peu au courant de nos coutumes : « Le lieutenant ne se planque jamais.

— Il sait ce qu'il fait, lui rétorqua un ancien de ma troupe de choc. Quand l'obus est pour nous, il est le premier par terre. » C'était exact. Nous ne nous planquions plus au sol qu'en cas de nécessité, mais alors sans traîner.

Nos guides, qui n'avaient pas l'air très sûrs de leur affaire, nous amenèrent à travers une « tranchée en superstructure », qui n'en finissait pas de serpenter vers le front. C'est ainsi qu'on appelle les retranchements qui ne sont pas creusés dans le sol, à cause des ruissellements d'eau souterraine, mais érigés à même la terre, au moyen de sacs de sable et de gabions. Puis nous frôlâmes un bois sinistrement déplumé, d'où, à ce que nous racontèrent les guides, quelques jours auparavant, l'état-major d'un régiment avait été délogé par la bagatelle de mille obus de 240. « On dirait qu'ici, on n'y va pas avec le dos de la cuiller », songeai-je.

Après avoir tourné en rond par des fourrés épais, nous restâmes plantés là, déconcertés, lâchés par nos guides, sur un bout de terre couvert de roseaux, encadré de mares dont le miroir sombre reflétait le clair de lune. Des obus s'enfonçaient dans le sol mou, et la vase soulevée claquait en retombant. L'infortuné guide, sur qui se concentrait notre fureur, finit par revenir, prétendant avoir retrouvé le chemin. Mais il nous égara pour la seconde fois, jusqu'à un abri d'infirmiers, au-dessus duquel deux shrapnells s'épanouissaient en boules à intervalles réguliers ; leurs balles et leurs culots fouettaient les branchages. Le major de service nous prêta un brancardier qui nous accompagna jusqu'au château des Souris, P. C. du chef de la réserve.

Sans perdre de temps, je me rendis à la compagnie du 225ᵉ qui devait être relevée par notre 2ᵉ, et trouvai, après de longues recherches parmi les trous de marmite, quelques maisons en ruine, discrètement renforcées à l'intérieur de plaques de béton armé. L'une d'elles avait été aplatie la veille par un coup au but, et ses occupants écrasés comme dans une trappe à souris par la chute de la plaque du toit.

Je passai le reste de la nuit dans le fortin de béton bondé qui servait de P. C. au chef de compagnie, un brave ancien du front, qui se distrayait comme il pouvait, avec son ordonnance, au moyen d'une bouteille de gnôle et d'une grosse boîte de viande marinée, s'arrêtant souvent pour écouter en hochant la tête les tirs d'artillerie, qui s'enflaient sans cesse. Il avait coutume, à chaque fois, de soupirer après son beau temps de Russie et de râler à propos de l'épuisement de son régiment. Pour finir, mes yeux se fermèrent.

Mon sommeil fut lourd et anxieux ; les obus brisants qui pleuvaient, dans l'obscurité impénétrable, autour de la maison, provoquaient au sein de ce paysage mort un sentiment indescriptible de solitude et d'abandon. Je me pressai involontairement contre un homme, étendu sur un bat-flanc auprès de moi. A un certain moment, un coup violent me fit bondir. Nous examinâmes les murs à la lampe, pour voir si la maison était trouée. Il s'avéra qu'un petit calibre avait crevé contre la muraille.

L'après-midi suivant, je restai au château des Souris, en compagnie du chef de bataillon. Les obus de 150 se succédaient sans intervalle auprès du P. C., tandis que le capitaine, son adjoint et l'officier de liaison jouaient d'interminables parties de skat et faisaient circuler une bouteille à eau minérale remplie de tord-boyaux. Parfois, il déposait ses cartes pour expédier un coureur, ou bien entamait d'un air soucieux une discussion sur la résistance aux bombes de notre bloc bétonné. Bien qu'il nous contredît vivement, nous lui démontrâmes que nous ne tiendrions pas contre un coup au but tombant verticalement.

Le soir, le feu habituel grandit et prit une violence de délire. Des fusées de couleur s'élevaient sans interruption des lignes. Des hommes de liaison, couverts de poussière, vinrent annoncer que l'ennemi attaquait. Le combat d'infanterie commençait, après des semaines de pilonnage. Nous arrivions donc au bon moment.

De retour au P. C. du chef de compagnie, j'attendis l'arrivée de la 2ᵉ, qui fit son apparition sur les quatre heures du matin, au cours d'un tir nourri. Je pris le commandement de ma section et la menai jusqu'à son poste, un bloc de béton recouvert par les décombres d'une maison démolie, qui se dressait, indiciblement solitaire, au milieu d'un immense champ d'entonnoirs, dont la désolation était affreuse.

A six heures du matin, le lourd brouillard flamand s'éclaircit, nous découvrant le spectacle de ces alentours sinistres. Juste après, un essaim d'avions ennemis apparut, scrutant le terrain pilonné, lançant des signaux de sirène, tandis que des fantassins égarés essayaient de se planquer dans les trous d'obus.

Une demi-heure plus tard commença un marmitage qui mugit autour de notre île de naufragés comme une mer fouettée par un typhon. La forêt des cônes d'éclatement, autour de nous, prit l'épaisseur d'une paroi tourbillonnante. Serrés l'un contre l'autre, accroupis nous attendions à chaque instant le coup qui nous fracasserait, nous balaierait radicalement avec nos blocs de béton, et mettrait notre refuge au niveau du désert criblé d'entonnoirs.

La journée s'écoula parmi ces énormes pointes de tir, auxquelles nous pouvions nous préparer durant de longs intervalles.

Le soir, un coureur épuisé se montra et me remit un ordre selon lequel la 1re, la 3e et la 4e compagnie devaient être prêtes à dix heures cinquante pour une contre-attaque, tandis que la 2e attendrait la relève, puis pénétrerait en ordre dispersé dans la première ligne. Voulant rassembler mes forces pour les heures qui m'attendaient, je me couchai, sans soupçonner que mon frère Fritz, que je croyais toujours à Hanovre, montait à l'attaque avec un groupe de la 3e, à travers la trombe de feu, et passait tout près de ma cahute.

Mon sommeil fut longtemps troublé par les gémissements d'un blessé que deux Saxons perdus parmi les trous de marmite, et qui s'étaient endormis, au comble de l'épuisement, avaient déposé chez nous. Lorsqu'ils se réveillèrent, le lendemain matin, leur camarade était mort. Ils le portèrent jusqu'au prochain trou d'obus, le recouvrirent d'un peu de terre et s'éloignèrent, laissant derrière eux l'une des innombrables tombes solitaires et ignorées de cette guerre.

Je ne sortis qu'à onze heures d'un sommeil profond, me lavai dans mon casque et envoyai prendre les ordres du chef de compagnie, qui, à ma grande surprise, avait déjà vidé les lieux sans nous laisser le moindre message. Ainsi vont les choses à la guerre : on y voit des négligences que personne n'oserait même rêver de commettre sur le champ de manœuvres.

Tandis que j'étais encore assis sur mon bat-flanc, à râler et à me demander ce que j'allais bien pouvoir faire, un homme de liaison du bataillon survint et me transmit l'ordre de me mettre aussitôt à la tête de la 8e compagnie.

J'appris que la contre-attaque du 1er bataillon, la nuit d'avant, avait été repoussée avec de lourdes pertes, et que ses restes se défendaient dans un boqueteau situé devant nous, le bois Dobschütz, ainsi qu'à sa droite et à sa gauche. La 8e compagnie avait reçu mission de s'infiltrer en renfort dans le boqueteau, mais s'était éparpillée avec de lourdes pertes dans le terrain d'approche, sous le tir de barrage. Comme son chef, le lieutenant Budingen, était parmi les blessés, j'étais chargé de la ramener dans la bataille.

M'étant séparé de ma section orpheline, je me mis en route avec l'homme de liaison à travers le paysage désolé, balayé par les shrapnells. Une voix désespérée nous retint un moment, comme nous courions, le dos rond. Au loin, une forme qui dépassait à demi d'un entonnoir agitait dans notre direction son moignon sanglant. Nous l'envoyâmes dans la cahute que nous venions de quitter et reprîmes notre course.

Je ne trouvai plus de la 8ᵉ qu'un petit troupeau démoralisé, accroupi derrière une rangée de blocs de béton.

« Les chefs de section au rapport ! »

Trois sous-officiers se présentèrent et déclarèrent impossible d'avancer pour la seconde fois vers le bois Dobschütz. Et, de fait, les gros calibres dégringolaient devant nous comme une paroi de feu. Je commençai par faire rassembler les sections derrière trois blocs de béton ; chacune d'elles ne comptait plus que quinze à vingt hommes. A ce moment, le feu gagna aussi sur nous. Il s'ensuivit une confusion indescriptible. Contre le bloc de gauche, un groupe vola en l'air ; le bloc de droite prit un coup de plein fouet et enterra sous ses tonnes de décombres le lieutenant Büdingen, qui s'y trouvait encore avec sa blessure. Nous étions comme dans un mortier où s'abattraient à la file de pesants coups de pilon. On se regardait, le visage d'une pâleur mortelle ; on entendait retentir sans cesse le cri de surprise de soldats touchés.

Dans ces conditions, il importait peu que nous restions couchés, ou que nous détalions vers l'arrière, ou foncions vers l'avant. J'ordonnai donc de me suivre et sautai en plein milieu du feu. Je n'avais fait que quelques bonds quand un obus me cingla de terre et me projeta dans l'entonnoir le plus proche. Il était presque inexplicable que je n'eusse pas été touché, car les coups pleuvaient si dru qu'ils semblaient s'abattre sur le casque et les épaules, et qu'ils fouissaient la terre sous les pieds comme de grosses bêtes. Si je courus à travers eux sans être seulement frôlé, c'est que sans doute la terre labourée et relabourée engloutissait les projectiles avant qu'ils n'eussent percuté sa résistance. Leurs cônes jaillissaient donc, non sous la forme de buissons étalés, mais de peupliers en fer de lance. D'autres ne soulevaient qu'une cloche plate de terre. Je ne tardai pas aussi à noter que la fureur du feu s'atténuait quand on progressait vers l'avant. Après m'être dégagé tant bien que mal, j'inspectai le terrain du regard. Il était vide.

Enfin, deux soldats apparurent dans un nuage de fumée et de poussière, puis encore un, puis de nouveau deux. C'est avec ces cinq hommes que j'atteignis mon but sans autre accident.

Dans un nid de béton à moitié fracassé, je trouvai assis le lieutenant Sandvoss, chef de la 3ᵉ compagnie, et le petit Schultz avec trois mitrailleuses lourdes. Ils me firent fête et m'offrirent un coup de cognac, puis m'expliquèrent la tournure des événements, qui n'était rien moins que réjouissante. L'Anglais était niché juste devant nous ; il n'y avait de contact ni sur la droite, ni sur la gauche. Nous reconnûmes tous que ce coin n'était bon que pour de vieux durs-à-cuire, blanchis dans l'odeur de la poudre.

Sandvoss me demanda tout à trac si j'avais des nouvelles de mon frère. Qu'on s'imagine mon souci quand j'appris qu'il avait pris part à l'attaque de nuit et qu'il était porté manquant. Il m'était de tous le plus cher ; je voyais s'ouvrir à moi la conscience d'une perte irrémédiable. Juste après, un homme arriva pour me prévenir que mon frère était couché blessé dans un abri voisin. Il me montra de la main un blockhaus désolé, couvert d'arbres déracinés, et déjà évacué par ses défenseurs. Je courus à travers une clairière, pris sous un feu précis d'infanterie, et j'entrai. Quelle rencontre ! Il était étendu dans une pièce où flottait un fumet de cadavres, au milieu d'une foule de blessés graves. Je le trouvai bien mal en point. Deux balles de shrapnell l'avaient touché lors de l'attaque, l'une lui perforant le poumon, l'autre lui fracassant l'articulation de l'avant-bras droit. Ses yeux brûlaient de fièvre ; un masque à gaz ouvert lui pendait sur la poitrine. Il ne pouvait qu'à peine se mouvoir, parler et respirer. Nous nous serrâmes la main et échangeâmes nos récits.

Il allait de soi qu'il ne pouvait rester à cet endroit, car l'Anglais pouvait l'attaquer à tout moment, ou donner d'un obus le coup de grâce au nid de béton, déjà gravement endommagé. Le meilleur service fraternel était de le faire évacuer immédiatement vers l'arrière. Quoique Sandvoss protestât contre toute diminution de notre potentiel de combat, je chargeai mes cinq compagnons de transporter Fritz jusqu'au poste de secours, dit « l'œuf de Colomb », et d'en ramener les hommes pour évacuer le reste des blessés. Nous le ficelâmes dans une bâche et passâmes une longue perche à travers, puis deux hommes la prirent sur leurs épaules. Une dernière poignée de main, et le triste cortège s'ébranla.

Je suivis du regard la charge oscillante qui s'en allait en serpentant à travers une forêt de colonnes, hautes comme des clochers, que soulevaient les obus. Je sursautais à tous les coups, jusqu'au moment où le petit cortège eut disparu dans les vapeurs du combat. Je me sentais, à la fois, représentant de notre mère, et responsable devant elle du sort de mon frère.

Après avoir encore un peu tiraillé des entonnoirs à l'orée du bois, contre les vagues d'assaut anglaises, qui arrivaient peu à peu, je passai la nuit avec mes compagnons, dont le nombre s'était accru dans l'intervalle, et les servants d'une mitrailleuse, parmi les ruines d'un bloc de béton. Des obus brisants d'un poids extraordinaire pleuvaient sans relâche aux alentours ; le soir, l'un d'eux me manqua de très peu. Vers le matin, le pointeur de la mitrailleuse se mit à faire pétarader son engin, voyant s'approcher des formes sombres. C'était une patrouille de liaison du 76e d'infanterie, dont il abattit un homme. De telles erreurs se produisaient fréquemment dans ces jours-là, sans qu'on se creusât longtemps la tête à leur sujet.

A six heures du matin, nous fûmes relevés par des groupes de la 9ᵉ, qui me transmirent l'ordre de me retrancher dans le château des Rats. En m'y rendant, j'eus encore un aspirant mis hors de combat par une balle de shrapnell.

Le château des Rats nous apparut sous les espèces d'une maison criblée d'éclats, doublée intérieurement de blocs de béton, toute proche du lit marécageux du Steenbeek. Elle méritait bien son nom.

Nous y emménageâmes, épuisés, et nous jetâmes sur les bat-flanc garnis de paille, jusqu'au moment où un déjeuner copieux et la pipe revigorante qui le suivit nous eurent en quelque mesure remis sur pied.

Aux premières heures de l'après-midi, un pilonnage de gros et de plus gros calibres commença. De six à huit, les explosions se succédèrent sans interruption ; l'édifice était secoué par les coups atroces des obus qui s'enfonçaient dans les environs sans éclater, et menaçait ruine. Pendant ce temps, les conversations classiques sur la sécurité de notre abri allaient leur train. Nous considérions la couverture de béton comme assez sûre ; mais comme le château se dressait tout près de la rive abrupte du ruisseau, nous redoutions d'être minés en dessous par un gros calibre à tir tendu et projetés dans le creux du ruisseau, en même temps que nos blocs de béton.

Quand le feu reflua, vers le soir, je me glissai par une hauteur tendue d'un filet bourdonnant de balles de shrapnells jusqu'à l'abri des infirmiers, « l'œuf de Colomb », pour m'enquérir de mon frère auprès du major, qui était en train d'examiner la jambe horriblement déchiquetée d'un mourant. J'eus la joie d'apprendre qu'on l'avait envoyé à l'arrière en relativement bon état.

Tard dans la soirée, les ravitailleurs se montrèrent, apportant à la petite compagnie, réduite à vingt hommes, de la soupe chaude, de la viande en conserve, du café, du pain, du tabac et de la gnôle. Nous mangeâmes solidement et fîmes passer à la ronde la bouteille d'« alcool à 98 ». Puis nous nous adonnâmes au sommeil, qui fut fréquemment interrompu par les nuées de moustiques, montant de la rivière, les obus et des attaques aux gaz occasionnelles.

Après cette nuit troublée, je dormais si profondément que mes hommes furent obligés de me réveiller, le matin, au moment où le renforcement du tir commença à leur sembler inquiétant. Ils me rapportèrent que des isolés revenaient de l'avant, disant que la première ligne était évacuée et l'adversaire en pleine progression.

Selon le principe militaire : « Avant toute chose, commencer par déjeuner solidement », je me sustentai tout d'abord, puis m'allumai une pipe et allai voir ce qui se passait au-dehors.

Je n'avais que des perspectives limitées, car les environs étaient enveloppés d'épaisses vapeurs. Le feu grossissait de minute en minute, et atteignit bientôt ce sommet où l'énervement, ne pouvant croître plus longtemps, fait place à une indifférence presque joyeuse. Des mottes de terre pleuvaient sans cesse en averse sur notre toit ; à deux reprises, ce fut la maison même qui fut sonnée. Des obus incendiaires lançaient en l'air de lourds nuages d'un blanc de lait, dont ruisselaient jusqu'à terre des gerbes d'or. Un bout de cette masse phosphorique tomba avec un claquement sur une pierre, à mes pieds, et brûla encore durant plusieurs minutes. Nous apprîmes plus tard que ceux qu'elle avait atteints s'étaient roulés par terre sans pouvoir éteindre le feu. Des obus à retardement s'enfonçaient en vibrant dans le sol, soulevant des cloches plates de terre. Des traînées de gaz et de brouillard dérivaient pesamment à travers le terrain. Devant nous, tout près, des tirs de fusil et de mitrailleuse claquèrent, signe que l'ennemi devait déjà être proche.

En bas, dans la vallée du Steenbeek, un groupe se frayait un chemin à travers la forêt mouvante de geysers boueux en éruption. Je reconnus notre chef de bataillon, le capitaine von Brixen, qui s'appuyait sur deux infirmiers, le bras en écharpe, et courus vers lui. Il me cria à la hâte que l'ennemi avançait et me conseilla de ne pas m'attarder plus longtemps à découvert.

Bientôt, les premières balles d'infanterie claquèrent dans les entonnoirs environnants ou s'aplatirent contre les restes des murailles. Des formes furtives, de plus en plus nombreuses, se perdaient derrière nous dans la fumée, tandis que des tirs furieux de fusil attestaient l'acharnement de ceux qui continuaient à tenir vers l'avant.

L'heure était venue. Il fallait défendre la place. Je répartis mes hommes derrière les créneaux et postai le pointeur de la mitrailleuse à une fenêtre. Un entonnoir fut choisi pour poste de secours et j'y établis un infirmier, qui eut tout de suite beaucoup d'ouvrage. Je ramassai enfin sur le sol un fusil abandonné et me pendis au cou une ceinture de cartouches.

Comme notre petit groupe était infime, nous tentâmes de le renforcer des nombreux hommes qui battaient le terrain sans chef. La plupart déférèrent de bonne grâce à mes sommations, tandis que d'autres poursuivaient leur course, après s'être arrêtés un moment, surpris, quand ils avaient vu qu'il n'y avait rien à gagner chez nous. Je fis pointer les fusils sur eux. Attirés comme magnétiquement par les orifices des canons, ils s'approchaient d'un pas traînant, quoiqu'on vît à leur tête que s'ils nous tenaient compagnie, c'était bien à leur corps défendant. On en venait alors aux prétextes, aux palabres, aux exhortations plus ou moins cordiales. « Mais je n'ai pas de fusil ! — Eh bien, attendez que nous ayons un tué ! »

Durant un dernier et énorme *crescendo* du feu, qui frappa plusieurs fois les ruines de la maison et fit sonner les tuiles pleuvant du ciel sur nos casques d'acier, je fus projeté à terre par l'éclair d'un coup terrible. A la stupéfaction de mes hommes, je me relevai indemne.

Quand cette immense trombe fut passée, un certain calme revint. Le feu sauta par-dessus nous et resta accroché sur la route de Langemark à Bikschote. Nous ne nous sentîmes pas rassurés pour autant. Jusqu'à présent, les arbres nous avaient empêchés de voir la forêt ; le danger nous avait assaillis si violemment et sous tant de formes que nous n'avions pu nous inquiéter de lui. Mais quand la tempête eut cessé de faire rage au-dessus de nous, chacun trouva le temps de s'armer pour ce qui devait inévitablement suivre.

Et qui suivit ! Les fusils, devant nous, se turent. Les défenseurs étaient tombés. Il surgit de la fumée une ligne serrée de tirailleurs. Mes hommes firent feu, accroupis derrière les ruines ; la mitrailleuse claqua. Comme effacés d'un revers de main, les assaillants disparurent dans les entonnoirs, nous immobilisant par leur feu. A droite et à gauche, de forts détachements continuaient à progresser. Nous fûmes bientôt cernés par une couronne de tireurs.

La situation était sans espoir ; il était absurde de sacrifier tout ce monde. Nous devions nous débrouiller pour nous sortir de là. Le difficile, maintenant, c'était de faire relever mes hommes, acharnés à leur tir.

Profitant d'un long nuage de fumée qui traînait dans le val, nous nous échappâmes, à certains moments par des ruisseaux dont l'eau nous montait plus haut que la hanche. Bien que la poche fût presque refermée, nous nous défilâmes, avec précaution. Je fus le dernier à quitter le petit fortin, soutenant le lieutenant Höhlemann qui perdait son sang par une grave blessure à la tête, et expédia sa malchance en quelques plaisanteries.

En passant par la route, nous rencontrâmes la 2ᵉ compagnie. Kius avait été mis au courant de notre situation par des blessés et, tant de son propre mouvement que sur les instances de ses hommes, il s'était mis en route pour nous sortir de ce mauvais pas. Il l'avait fait sans ordre. Cela nous émut et nous emplit d'une exubérance joyeuse, un de ces états d'âme où l'on voudrait arracher des arbres.

Nous décidâmes, après une brève délibération, de nous arrêter là et d'attendre l'assaut de l'ennemi. Là encore, les artilleurs, les signaleurs optiques, les téléphonistes qui erraient à travers le champ de bataille et d'autres isolés ne se laissèrent convertir que de force à l'idée que dans ces circonstances, eux aussi devaient prendre le fusil et s'aligner parmi les tireurs. A force de prières, d'ordres et de coups de crosse, nous réussîmes à créer une nouvelle ligne de feu.

Nous nous assîmes ensuite dans une esquisse de tranchée pour déjeuner. Kius tira de son étui son inévitable appareil et prit des photographies. Sur notre gauche, à la sortie de Langemark, des mouvements se produisirent. Nos hommes tirèrent sur des formes qui couraient en tous sens, jusqu'à ce que je l'eusse interdit. Juste après, un sous-officier parut et nous rapporta qu'une compagnie de fusiliers de la garde s'était retranchée le long de la route et que notre tir lui avait infligé des pertes.

Je fis alors avancer nos gens sous une fusillade nourrie jusqu'à la hauteur des autres. Quelques-uns tombèrent ; le lieutenant Bartmer, de la 2ᶜ, fut grièvement blessé. Kius resta à mes côtés et finit sa tartine tout en avançant. Quand nous eûmes occupé la route, d'où le terrain s'abaissait jusqu'au Steenbeek, nous remarquâmes que les Anglais allaient juste en faire autant. Les premières silhouettes en kaki étaient déjà arrivées à vingt mètres. A perte de vue, les approches étaient pleines de lignes de tirailleurs et de colonnes par un. Ils grouillaient déjà autour du château des Rats. Dans leur affairement, ils étaient pleins d'insouciance. L'un portait au dos un rouleau dont se débobinait un fil téléphonique. Il était clair qu'ils n'avaient encore rencontré que de faibles tirs et qu'ils progressaient gaillardement. Nous bloquâmes sans tarder leur avance, bien qu'ils arrivassent avec une supériorité numérique considérable. Nous tirions rapidement, mais en visant. Je vis un gros soldat de première classe de la 8ᵉ appuyer avec le plus grand flegme son canon de fusil sur une souche déchiquetée ; à chaque coup, c'était un assaillant qui tombait. Les autres s'arrêtèrent, médusés, et commencèrent à sauter de-ci de-là sous le tir, tandis que de petits nuages de poussière s'élevaient entre eux. Certains furent touchés ; le reste rampa jusqu'aux trous de marmite, pour s'y tenir caché jusqu'à la tombée de la nuit. L'avance avait été rapidement enrayée ; ils l'avaient payée cher.

Vers onze heures, des aéroplanes aux ailes ornées de cocardes piquèrent sur nous et furent chassés par un feu vif, auquel ils répondirent de là-haut. Au milieu de ces pétarades confuses, je ne pus m'empêcher de rire quand un homme se présenta devant moi et voulut faire homologuer officiellement sa victoire sur un avion qu'il prétendait avoir abattu en flammes, à coups de fusil.

Nous avions à peine occupé la route que j'avais fait rapport au régiment et réclamé du renfort. Dans l'après-midi, nous vîmes arriver des sections d'infanterie, des hommes du génie et des mitrailleuses pour nous soutenir. Selon la tactique du vieux Fritz, tout fut intégré à la première ligne, déjà bondée. De temps à autre, les Anglais abattaient des hommes qui traversaient imprudemment la route.

Vers quatre heures, on se mit à nous arroser très désagréablement de shrapnells. Les charges étaient lancées « au petit poil » sur la route. Sans aucun doute, les aviateurs avaient déjà repéré notre nouvelle ligne de résistance et des heures difficiles s'annonçaient.

En effet, un violent pilonnage de petits et de gros calibres ne tarda pas à se déclencher. Nous étions couchés, pressés les uns contre les autres, dans le fossé trop rempli et droit comme un cordeau. Le feu nous dansait devant les yeux, des branches et des mottes de glaise s'abattaient en sifflant sur nous. A ma gauche, un éclair flamboya, laissant derrière lui une fumée épaisse et étouffante. Je rampai à quatre pattes jusqu'à mon voisin. Il ne bougeait plus. Le sang lui dégouttait de nombreuses blessures ouvertes par des éclats minces et déchiquetés. Sur la droite, nous avions aussi des pertes.

Tout se calma une demi-heure après. Nous nous hâtâmes de creuser des trous profonds dans la dépression plate du fossé, pour avoir du moins, au cas d'une seconde attaque, une protection contre les éclats. Nos bêches heurtèrent des fusils, des bouts de ceinturon et des douilles de 1914 — signe que ce n'était pas la première fois où ce sol buvait du sang.

Durant le crépuscule, l'adversaire se rappela consciencieusement à notre souvenir. J'étais accroupi avec Kius dans un trou qui nous avait coûté plus d'un cal. Le sol tanguait comme un pont de navire sous les chutes d'obus les plus proches. Nous nous attendions à la fin de tout.

Le casque tiré sur le front, je mâchonnais le tuyau de ma pipe, fixant la route, dont les pierres lançaient des jets d'étincelles, sous la chute des morceaux de fer, et tentais avec succès de m'inspirer un courage philosophique. Des pensées fort bizarres me trottaient dans la cervelle. C'est ainsi que j'étais vivement préoccupé d'un roman de quatre sous en langue française, *Le Vautour de la Sierra*, qui m'était tombé dans les mains à Cambrai. Je murmurai à plusieurs reprises un mot de l'Arioste : « Un grand cœur ne sent pas d'horreur devant la mort, à quelque instant qu'elle vienne, pourvu qu'elle soit glorieuse. » Cela provoquait une agréable espèce d'enivrement, telle à peu près qu'on en jouit sur les balançoires de la foire. Quand les obus laissaient un peu la paix à nos oreilles, j'entendais résonner auprès de moi des bribes de la belle chanson sur l'auberge de la *Baleine noire*, à Ascalon, et me disais que mon ami Kius était cinglé. A chacun son spleen.

Vers la fin du bombardement, un gros éclat me frappa la main. Kius m'éclaira de sa lampe de poche. Nous découvrîmes une estafilade superficielle.

Passé minuit, il se mit à crassiner ; les patrouilles d'un régiment qui s'était déployé entre-temps, poussant jusqu'au Steenbeek, ne trouvèrent que des entonnoirs remplis de boue. L'ennemi s'était replié derrière le ruisseau.

Épuisés par les fatigues de ce jour mémorable, nous nous établîmes dans nos trous, à l'exception des guetteurs, chargés de faire bonne garde. Je me tirai par-dessus la tête la capote en lambeaux du mort, mon voisin, et tombai dans un sommeil agité. Vers le petit matin, je m'éveillai pour me retrouver dans une situation affligeante. Il pleuvait à seaux et les rigoles de la route se déversaient au fond de mon cagnard. J'édifiai un petit barrage et écopai mon refuge avec le couvercle de ma gamelle. Comme les ruisseaux s'enflaient, j'exhaussai et rehaussai encore mon parapet, jusqu'au moment où le faible édifice céda sous la pression croissante et où un torrent d'eau sale remplit en gargouillant le cagnard jusqu'au bord. Tandis que je m'efforçais de repêcher dans la boue pistolet et casque d'acier, mon tabac et mon pain s'en allèrent à la dérive le long du fossé, dont les autres occupants étaient aussi mal lotis que moi. Grelottants, gelés, sans un poil de sec, nous restâmes debout, conscients d'être livrés au prochain bombardement sans le moindre couvert, dans la gadoue de la route. Ce fut une matinée pitoyable. J'y pus observer qu'aucun tir d'artillerie n'est capable de briser la volonté de résistance aussi radicalement que le froid et l'humidité.

Dans le cadre général de la bataille, néanmoins, cette « drache » bien belge fut pour nous un vrai présent des dieux, car elle changea le sol labouré par les obus en un champ de boue. L'adversaire dut amener son artillerie à travers la zone marmitée, devenue marécage, tandis que nous pouvions faire rouler nos voitures de munitions par des routes intactes.

A onze heures du matin, alors que le désespoir s'était déjà emparé de nous, un ange sauveur nous apparut en la personne d'un homme de liaison qui nous apporta l'ordre de rassemblement du régiment à Koekuit.

Nous vîmes au cours du repli combien les liaisons avec l'avant avaient dû être difficiles le jour de l'attaque. Les routes étaient parsemées d'hommes et de chevaux. Près de quelques avant-trains troués comme des râpes, douze chevaux horriblement mutilés bloquaient le chemin.

Dans une prairie détrempée par la pluie, au-dessus de laquelle planaient en nuages les boules laiteuses de shrapnells isolés, les restes du régiment se rassemblèrent. Il y avait là une troupe pas plus nombreuse qu'une compagnie, serrée autour d'un groupe d'officiers. Quelles pertes ! Sur deux bataillons, presque tous les officiers et hommes de troupe. Les survivants restaient, le regard morne, sous la pluie battante, attendant les fourriers. Nous nous séchâmes dans un baraquement de bois, tassés autour d'un poêle chauffé à blanc, et un solide déjeuner nous rendit du courage à vivre.

Sur le soir, des obus tombèrent dans le village. L'un des baraquements fut atteint et un certain nombre d'hommes de la 3ᵉ compagnie périrent encore. Malgré le bombardement, nous nous étendîmes de bonne heure, avec pour seul espoir de n'être pas chassés de nouveau sous la pluie en vue d'une contre-attaque ou d'une soudaine opération défensive.

L'ordre de repli parvint à trois heures du matin. Nous marchâmes jusqu'à Staden, par la grand-route couverte de cadavres et de voitures en miettes. Le feu avait fait rage jusque loin à l'arrière ; nous trouvâmes le cratère d'une seule explosion entouré de douze morts. Staden, si animé encore à notre arrivée, montrait déjà bien des maisons démolies par les obus. La grand-place, déserte, était parsemée d'ustensiles de ménage en morceaux. Une famille quitta le bourg en même temps que nous, traînant derrière elle une vache, pour toute richesse. C'étaient des gens du peuple ; l'homme avait une jambe de bois, la femme tirait par la main les enfants en larmes. Le vacarme confus, dans notre dos, soulignait la tristesse de ce spectacle.

Les restes du 2ᵉ bataillon furent cantonnés dans une ferme isolée, qui se cachait parmi des champs opulents. C'est là qu'on me remit le commandement de la 7ᶜ compagnie, avec laquelle j'allais partager jusqu'à la fin de la guerre les bons et les mauvais jours.

Nous passâmes la soirée devant la cheminée, garnie de carreaux de faïence anciens, à nous réconforter d'un grog bien tassé, tout en prêtant l'oreille au tonnerre de la bataille, qui recommençait à croître. Dans le communiqué d'un journal tout récent, une phrase me sauta aux yeux : « Nous sommes parvenus à contenir l'ennemi sur la ligne du Steenbeek. »

Il était étrange d'apprendre que nos actes apparemment désordonnés, dans l'obscurité de la nuit, avaient reçu une notoriété publique et le sens d'un destin. Nous avions pris notre large part à l'arrêt de l'offensive, entreprise avec des moyens énormes. Si colossales que fussent les masses d'hommes et de matériel, le travail, aux points décisifs, n'était jamais accompli que par quelques poignées de combattants.

Nous montâmes bientôt nous coucher au fenil. Malgré une distribution généreuse du grog somnifère, la plupart des dormeurs avaient des cauchemars et se roulaient par terre, comme s'ils avaient dû revivre une fois encore la bataille des Flandres.

Le 3 août, abondamment munis de bétail et des produits agricoles de la région évacuée, nous nous mîmes en marche vers la gare du bourg voisin, Gits. A la buvette de la gare, le bataillon, réduit à presque rien, mais qui avait déjà retrouvé la meilleure humeur du monde, prit le café, que deux grosses serveuses flamandes assaisonnèrent à la joie générale de réflexions extrêmement salées. Selon la coutume du pays, elles nous tutoyèrent tous familièrement.

Quelques jours après, je reçus d'un hôpital de Gelsenkirchen une lettre de Fritz. Il m'écrivait qu'il garderait sans doute un bras raide et un poumon pas fameux.

J'emprunte à ses notes le passage suivant qui complète mon récit et rend avec vivacité les impressions d'un « bleu » jeté dans le fracas de la bataille de matériel :

« Rassemblement pour l'attaque ! » Le visage de mon chef de section s'est penché au-dessus du petit terrier. Les trois hommes, à côté de moi, arrêtèrent leur conversation et se redressèrent en sacrant. Je me levai, affermis mon casque et sortis dans le demi-jour.

Il faisait un temps brumeux et frais ; le tableau, depuis hier, avait changé. Le feu d'artillerie s'était déplacé et pesait maintenant, avec des grondements sourds, sur d'autres parties du gigantesque champ de bataille. Des avions vrombissaient en l'air ; l'œil qui les suivait anxieusement s'apaisait à la vue des grandes croix de fer peintes au revers de leurs ailes.

Je courus vers un puits, resté étrangement clair parmi les ruines et les décombres, et remplis ma gourde.

Les hommes de la compagnie se rassemblèrent par sections. Je me suspendis en hâte quatre grenades au ceinturon et rejoignis mon groupe, dont deux hommes manquaient à l'appel. A peine avait-on pris le temps de noter leurs noms que tout se mit en mouvement. Les sections passèrent à la file indienne à travers les entonnoirs, contournèrent des poutres, se serrèrent contre des haies et marchèrent, par des chemins serpentants, dans le cliquetis et le fracas des armes, vers l'ennemi. L'offensive fut exécutée par deux bataillons ; un bataillon du régiment voisin fut mis en ligne en même temps que nous. L'ordre était bref et concis. Des formations anglaises, qui s'étaient infiltrées au-delà du canal, devaient être rejetées sur l'autre rive. J'avais reçu dans cette opération la tâche de m'incruster avec mon groupe dans les positions conquises et d'arrêter la contre-attaque.

Nous parvînmes devant les ruines d'un village. Dans la plaine flamande, couturée d'horribles cicatrices, se dressaient noires et fendues les souches d'arbres isolés, restes d'une grande forêt. D'énormes traînes de fumée dérivaient en l'air et tendaient le ciel vespéral de nuées sombres et lourdes. Au-dessus du sol dépouillé, si impitoyablement déchiré et redéchiré, flottaient des gaz étouffants qui, jaunes et bruns, erraient nonchalamment.

On donna l'alerte aux gaz. Juste à ce moment, un tir écrasant commença — les Anglais avaient repéré l'attaque. La terre jaillissait en jets rugissants et une grêle d'éclats balayait le sol comme une ondée. Pendant un moment, chacun s'arrêta, pétrifié, puis tous s'égaillèrent. J'entendis une dernière fois la voix de notre chef de bataillon, le capitaine Böckelmann, qui criait de toute sa voix un ordre que je n'arrivai pas à saisir.

Mes hommes avaient disparu. Je me retrouvai dans une section inconnue et m'élançai avec les autres vers les ruines d'un village que les obus inexorables avaient rasé jusqu'au sol. Nous arrachâmes nos masques à gaz de leurs étuis.

Tout le monde se jeta par terre. J'avais près de moi, à genoux, le lieutenant Ehlert, un officier que je connaissais déjà depuis la bataille de la Somme. Un sous-officier était étendu près de lui, en guetteur. La force du tir de barrage était terrifiante ; j'avoue qu'elle dépassait même mes imaginations les plus audacieuses. Un mur de feu oscillait, jaune, devant nous ; une grêle de mottes de glaise, de bouts de tuiles et d'éclats d'acier pleuvait sur nous et faisait jaillir des casques des étincelles claires. J'avais le sentiment que la respiration était devenue plus pénible, comme si l'air, dans une atmosphère saturée de fer massif, n'était plus tout à fait suffisant pour les poumons.

Je fixai longtemps du regard ce chaudron infernal, qui avait pour limite visible la flamme aveuglante au trou des canons des mitrailleuses anglaises. L'essaim aux mille têtes de ces projectiles qui s'abattaient sur nous était imperceptible pour l'oreille. Je me rendis compte que notre attaque, préparée par un barrage roulant d'une demi-heure, était écrasée dans l'œuf par la puissance de ce tir de barrage. Par deux fois, à un bref intervalle, une explosion colossale engloutit tout le vacarme.

C'étaient des mines du plus gros calibre qui éclataient. Des champs de décombres volèrent tout entiers en l'air, tourbillonnèrent et retombèrent avec le crépitement d'une grêle d'enfer. A un cri d'alarme que me lança Ehlert, je regardai vers la droite. Il leva la main gauche, me montra l'arrière et se leva d'un bond. Je me mis pesamment debout et le suivis en courant. Mes pieds me brûlaient encore comme du feu, mais la douleur poignante avait diminué.

J'avais à peine fait vingt pas qu'au moment où je sortais d'un entonnoir, je fus aveuglé par le flamboiement d'un shrapnell qui, à dix pas de moi tout au plus, explosait jusqu'à trois mètres de hauteur. Je ressentis deux chocs sourds contre ma poitrine et mon épaule. Je laissai tomber mon fusil, machinalement, m'écroulai, la tête en arrière, et roulai dans l'entonnoir dont je venais de sortir. J'entendis encore vaguement la voix d'Ehlert qui, passant en courant, s'écriait : « Fichu ! »

Il ne devait pas voir le lendemain ; l'attaque rata et, lors de la retraite, il fut tué avec tous ses compagnons. Un coup de feu dans la nuque mit fin à l'existence de ce brave officier.

Quand je repris conscience, après un évanouissement d'une certaine longueur, le calme était un peu revenu. Je cherchai à me redresser, car j'étais étendu la tête en bas, mais sentis une vive douleur à l'épaule, qui augmentait à chaque mouvement. J'avais le souffle court et saccadé ; mes poumons ne pouvaient absorber assez d'air. Contusions à l'épaule et au poumon, songeai-je, en me souvenant des deux coups sourds et indolores que j'avais reçus. Je jetai mon barda, mon ceinturon et aussi, dans un état de totale indifférence, mon masque à gaz. Je gardai mon casque sur la tête et pendis ma gourde aux crochets de ceinturon de ma tunique.

Je parvins enfin à me tirer de l'entonnoir. Mais, à une distance d'environ cinq pas, que je parcourus en rampant péniblement, je restai couché sans mouvement dans un trou voisin. Une heure après, je tentai encore de sortir en rampant, car le terrain était de nouveau arrosé de feux roulants de petit calibre. Deuxième échec. J'y perdis ma gourde, remplie d'une eau précieuse, et succombai à un épuisement infini, dont m'éveilla longtemps après une soif ardente.

Il se mit à crassiner. Je parvins à puiser dans mon casque un peu d'eau bourbeuse. J'avais perdu tout sens de l'orientation et n'arrivais pas à me faire du tracé du front une image nette. Les entonnoirs se succédaient ici à la file, tous plus grands les uns que les autres et, du fond de ces fosses creuses, on ne pouvait voir que des parois d'argile et le ciel gris. Un orage montait : ses coups de tonnerre furent dominés par le bruit d'une reprise des feux roulants. Je me pressai contre la paroi du cratère. Une motte de glaise m'atteignit à l'épaule : de lourds éclats volaient au-dessus de ma tête. Peu à peu, je perdis aussi le sens du temps ; je ne savais si c'était le matin ou le soir.

Il y eut un moment où deux hommes passèrent, traversant le terrain en longues foulées. Je les hélai en allemand, puis en anglais ; ils se perdirent dans le brouillard comme des ombres, sans prêter attention à moi. Enfin, trois autres vinrent de mon côté. Je reconnus en l'un d'eux le sous-officier qui, la veille, s'était trouvé couché non loin de moi. Ils m'emmenèrent vers une cabane des environs — bondée de blessés que soignaient deux infirmiers. J'étais resté treize heures dans l'entonnoir.

Le feu terrible de la bataille poursuivait son œuvre, comme des marteaux-pilons et des laminoirs gigantesques. Les obus tombaient l'un après l'autre auprès de nous, couvrant fréquemment le toit de sable et de terre. On me pansa, on me donna un autre masque à gaz, du pain avec une épaisse confiture rouge et un peu d'eau. L'infirmier avait pour moi des soins de père.

Les Anglais commençaient à s'infiltrer. Ils progressaient par bonds et se planquaient dans les entonnoirs. Les cris et les sommations nous parvenaient du dehors.

Tout d'un coup, éclaboussé de glaise des brodequins au casque, un jeune officier entra en courant. C'était mon frère Ernst, dont on avait annoncé la mort la veille, à l'état-major du régiment. Nous nous saluâmes d'un sourire un peu bizarre, un peu ému. Son regard parcourut la pièce et revint vers moi, plein d'inquiétude. Les larmes lui montèrent aux yeux. Bien que nous appartînmes au même régiment, cette rencontre dans l'immense champ de bataille avait quelque chose de miraculeux, de bouleversant, et le souvenir m'en est toujours resté précieux et vénérable. Quelques minutes après, il me quitta, puis revint, amenant les cinq survivants de sa compagnie. On me coucha sur une bâche, à travers les cordons de laquelle on passa un jeune arbre, pour m'emporter loin du champ de bataille.

Les porteurs se relayaient deux par deux. Le petit convoi courait tantôt vers la droite, tantôt vers la gauche, et évitait en zigzaguant les obus, qui tombaient en masse. Contraints de se planquer rapidement, les porteurs me jetèrent à terre deux ou trois fois, si bien que je me heurtai durement au sol des entonnoirs.

Nous finîmes par arriver à un abri revêtu de béton et de tôle, qui portait le nom bizarre d'« œuf de Colomb ». On me traîna au sous-sol et on m'étendit sur un bat-flanc de bois. Deux officiers que je ne connaissais pas étaient assis dans cette pièce, en silence, et écoutaient l'ouragan de l'artillerie. L'un était, comme je l'appris par la suite, le lieutenant Bartmer, l'autre un médecin auxiliaire nommé Helms. Jamais boisson ne m'a paru aussi délicieuse que le mélange d'eau de pluie et de vin rouge qu'il me versa dans la bouche. La fièvre me saisit comme un incendie. J'étouffais, j'aspirais l'air convulsivement et j'étais torturé, comme par un cauchemar, par l'idée que le plafond bétonné de l'abri m'écrasait la poitrine et que je devais le soulever péniblement à chaque inspiration.

L'aide-major Köppen entra, tout hors d'haleine. Il avait couru à travers le champ de bataille, poursuivi par les obus. Il me reconnut, se pencha sur moi, et je vis comme son visage se contractait en une grimace qui voulait être un sourire rassurant. Mon chef de bataillon le suivait et, quand cet officier sévère me tapota l'épaule, doucement, je ne pus m'empêcher de sourire, car il me semblait qu'après cela, c'était l'empereur en personne qui allait tout de suite entrer pour demander de mes nouvelles.

Les quatre hommes s'assirent ensemble, burent dans leurs quarts et se mirent à chuchoter. Je m'aperçus qu'à un certain moment, ils parlaient de moi, et saisis des mots sans suite, tels que « frères, poumon, blessure » ; je me cassais la tête pour comprendre le sens général de leurs paroles. Ils commencèrent alors, mais tout haut, à discuter l'allure de la bataille.

Dans l'affaiblissement mortel où je me trouvais, il s'insinuait maintenant la conscience d'un bonheur qui prenait sans cesse plus de force et qui, des semaines entières, ne me lâcha plus. Je songeais à la mort sans que cette pensée m'inquiétât. Tous mes liens au monde me semblaient si simples que j'en étais stupéfait, et c'est en me disant : « Tu es en règle » que je glissai dans le sommeil.

Regniéville

Le 4 août 1917, le train nous débarqua au fameux village de Mars-la-Tour. La 7ᵉ et la 8ᵉ compagnie prirent leurs quartiers à Doncourt, où nous menâmes durant quelques jours une existence parfaitement contemplative. Seul, le bas niveau des rations me causa plus d'un embarras. Il était strictement interdit de fourrager dans les champs : néanmoins, les gendarmes militaires me rapportaient presque chaque matin les noms de quelques soldats qu'ils avaient trouvés la nuit en train d'arracher les pommes de terre, et que je ne pouvais éviter de punir — « pour leur apprendre à se laisser pincer », motif que je leur donnais, mais officieusement.

Je ne fus pas le dernier, ces jours-là, à constater d'expérience que bien mal acquis ne profite jamais. Tebbe et moi avions ramassé dans un château abandonné de Flandre une calèche digne d'un prince et étions parvenus, durant le trajet, à la soustraire aux regards inquisiteurs. Nous avions mijoté de nous offrir une magnifique virée jusqu'à Metz, pour y vider une fois encore la coupe des délices terrestres. Nous attelâmes donc un bel après-midi et partîmes. Malheureusement, la voiture n'avait pas de frein, étant destinée aux plaines flamandes, et non aux pentes lorraines. Nous n'avions pas quitté le village que la voiture s'emballa et fut bientôt lancée dans une course folle, qui ne pouvait que mal finir. Le cocher fut le premier à sauter en bas, suivi de Tebbe, qui tomba de tout son long dans un tas d'instruments aratoires et n'en bougea plus. Je restai seul sur les coussins de soie, fort mal à mon aise.

Une portière s'ouvrit et fut arrachée comme un rien par un poteau télégraphique. Pour finir, la voiture déboula sur une pente raide et se fracassa contre le mur d'une maison. A mon vif étonnement, je constatai, quand je quittai par une fenêtre le malheureux véhicule, que je n'avais aucun mal.

Le 9 août, la compagnie fut inspectée par le chef de division, le major général von Busse, qui la félicita pour sa belle tenue au feu. Le lendemain après-midi, nous fûmes chargés en train et amenés jusqu'aux environs de Thiaucourt. De là, nous nous rendîmes à pied jusqu'à notre nouvelle position, qui s'étendait sur les collines boisées des Hauts de Lorraine, en face du village détruit de Regniéville, connu par plus d'un communiqué.

Le premier matin, je visitai mon secteur, qui me sembla singulièrement étiré pour une seule compagnie, et qui consistait en un lacis inextricable de tranchées dont beaucoup à demi ruinées. La première ligne avait été écrasée en maint endroit par les mines tripodes à ailettes, dont on se servait beaucoup par ici. Ma cagna se trouvait à quelque cent mètres en arrière, donnant sur la tranchée de communication, comme on l'appelait, près de la route qui sortait de Regniéville. Pour la première fois depuis longtemps, nous nous trouvions à nouveau opposés à des Français.

Un géologue aurait été ravi par cette position. Les boyaux d'approche passaient successivement à travers six couches, du calcaire corallin à la « marne de Gravelotte », où était creusée la tranchée de combat. La roche, d'un brun jaune, grouillait de fossiles : le plus fréquent était un oursin plat, en forme de petit pain, dont le test saillait par milliers aux parois de tranchée. Je ne pouvais traverser le secteur sans en rapporter dans mon abri plein mes poches de coquilles, d'oursins et d'ammonites. La marne avait aussi l'avantage de résister sensiblement mieux que l'argile ordinaire aux intempéries. Par places, la tranchée était même soigneusement maçonnée et le sol bétonné sur de longues sections, si bien que les plus lourdes masses d'eau de pluie s'écoulaient facilement.

Ma cagna était profonde et ruisselante. Elle avait une particularité qui ne me réjouit guère : c'est que dans la région, au lieu des poux habituels, on trouvait leurs parents, beaucoup plus agiles. Ces deux espèces entretiennent, à ce qu'il semble, les mêmes rapports hostiles que le hamster et le rat domestique. Le remède ordinaire, le changement de linge, ne servait à rien : ces parasites bons sauteurs s'embusquaient perfidement dans la paille des lits. Poussé au désespoir, le dormeur arrachait enfin ses couvertures de sa litière pour se livrer à une battue consciencieuse.

Le ravitaillement, lui aussi, laissait fort à désirer. A part la soupe claire de midi, il n'y avait par jour qu'un tiers de pain, avec un à-côté ridiculement chiche, qui consistait le plus souvent en confiture avariée.

La moitié était dévorée à tous les coups par un rat gros et gras que je traquai souvent sans succès.

Les compagnies de réserve et au repos se tenaient dans des groupes de cabanes, d'aspect primitif, cachées au fond des bois. J'aimais surtout mon cantonnement de la position de réserve, le camp de la Souche, plaqué dans l'angle mort contre la pente d'un ravin, dans la forêt. J'y avais mes pénates dans une minuscule cabane, à demi enfoncée dans la pente, autour de laquelle foisonnaient dru les noisetiers et les cornouillers. La fenêtre donnait sur le dos d'une montagne, en face, couverte d'arbres, et sur une étroite bande de prairies, traversée d'un ruisseau, au fond du val. Je m'y divertissais à nourrir d'innombrables araignées porte-croix, qui avaient tissé leurs grandes roues dans les broussailles. Une collection de bouteilles variées, empilées contre le mur arrière, révélait que plus d'un ermite avait dû y passer des heures de vie contemplative, et je m'efforçai pour ma part de ne pas laisser tomber en désuétude cette estimable coutume. Quand les brouillards du soir, se mêlant à la fumée lourde et blanche de mon feu de bois, montaient du val et que j'étais assis à croupetons devant la porte ouverte, à la tombée du crépuscule, entre l'air frais de l'automne et la chaleur du feu, une boisson pacifique me semblait convenir à cette heure : du vin rouge et du cognac-flip en quantités égales dans un verre pansu. Je lisais un livre et continuais à tenir mes notes à jour. Ces fêtes paisibles me consolaient aussi de ce qu'un officier plus ancien dans son grade, venu du bataillon de réserve, avait pris le commandement de ma compagnie, me reléguant de nouveau dans l'emploi de chef de section et l'ennuyeux service de tranchée. Selon ma vieille habitude, je tâchais de me dérober par de fréquentes patrouilles aux interminables gardes.

Le 24 août, le capitaine Böckelmann fut blessé par un éclat d'obus — c'était le troisième chef de bataillon qu'eût perdu le régiment en peu de temps.

Durant le service de tranchée, je me liai avec le sous-officier Kloppmann, homme d'un certain âge et marié, qui se signalait par son humeur guerrière. Il était de ces êtres en qui l'on ne pourrait trouver, quant au courage, pas le moindre point faible, et comme on n'en rencontre qu'un entre cent. Nous convînmes d'aller un peu regarder ce qui se passait dans les tranchées françaises et leur fîmes notre première visite le 29 août.

Nous rampâmes vers une brèche des obstacles ennemis que Kloppmann avait taillée à coups de cisaille la nuit d'avant. A notre désagréable surprise, les barbelés étaient rafistolés ; nous les traversâmes quand même, en faisant pas mal de bruit, et descendîmes dans la tranchée. Après nous être longtemps tenus aux aguets derrière la première traverse venue, nous nous glissâmes de proche en proche, suivant un fil téléphonique, qui se terminait à une baïonnette fichée en terre. Nous trouvâmes la position barrée de plusieurs barbelés, une fois même par une sorte de grille, mais vide d'occupants. Ayant tout examiné de près, nous revînmes par le même chemin et refermâmes soigneusement la brèche pour dissimuler notre visite.

Le lendemain soir, Kloppmann alla de nouveau tourner autour du même endroit, mais fut reçu à coups de fusil et de grenades en forme de citron, que nous appelions « les œufs de cane » et dont l'une s'enfonça tout près de sa tête plaquée contre le sol, sans exploser. Il fut contraint de prendre en hâte la poudre d'escampette. Le soir suivant, nous repartîmes à deux et trouvâmes la tranchée de première ligne occupée. Nous épiâmes les guetteurs et repérâmes leurs postes. L'un d'eux sifflotait une gentille mélodie. Pour finir, on nous tira dessus et nous battîmes en retraite.

Comme j'étais revenu dans la tranchée, je vis soudain paraître mes camarades Voigt et Haverkamp, visiblement éméchés, qui avaient conçu l'étrange projet de quitter le sympathique camp de la Souche pour se rendre à travers la forêt, où l'on n'y voyait goutte, jusqu'en première ligne, ou, comme ils disaient, de faire une patrouille. J'ai toujours eu pour principe que chacun est maître de risquer sa peau où il lui plaît et les laissai donc escalader la berge de la tranchée, bien que l'adversaire fût encore agité. En fait, toute leur patrouille consista à ramasser les parachutes de soie des fusées françaises et à se pourchasser en folâtrant devant les barbelés ennemis, en agitant ces linges blancs. Bien entendu, on leur tira dessus, mais ils revinrent sans mal après un bon bout de temps. Bacchus les avait pris sous sa garde.

Le 10 septembre, je me rendis du camp de la Souche au P.C. de combat du colonel pour déposer une demande de permission. « J'avais déjà songé à vous, me répliqua le colonel von Oppen, mais le régiment doit entreprendre une reconnaissance avec attaque, dont je voudrais vous confier l'exécution. Choisissez les hommes qui vous conviennent et exercez-vous avec eux en bas, dans le camp de Souslœuvre. »

Nous devions nous infiltrer en deux points dans la tranchée ennemie et tâcher d'y faire des prisonniers. La patrouille se divisa en trois groupes, deux troupes de choc et un détachement de protection, chargé d'occuper la première ligne et de couvrir nos arrières. Je pris, avec la direction de l'ensemble, le commandement de la troupe de gauche, et mis celle de droite sous les ordres du lieutenant von Kienitz.

Quand je demandai des volontaires, j'eus la surprise de voir — car nous étions tout de même à la fin de 1917 — se présenter dans presque toutes les compagnies du bataillon près des trois quarts de l'effectif. Je choisis mes compagnons comme d'habitude, en parcourant le front et en cherchant les « têtes sympathiques » ; les refusés en furent tout chagrins.

Ma troupe était de quatorze hommes, moi compris, parmi lesquels l'aspirant von Zglinitzky, les sous-officiers Kloppmann, Mevius et Dujesiefken et deux sapeurs, tous casse-cou notoires.

Dix jours durant, nous nous exerçâmes au lancer de grenades et répétâmes notre coup de main contre des défenses qui reproduisaient notre objectif. Ce fut miracle qu'avec les excès de zèle, je n'eusse que trois blessés par des éclats avant le début de l'opération. A part cela, nous étions dispensés de service, si bien que l'après-midi du 22 septembre, j'étais maître d'une bande de sauvages, mais bien en main, quand je me rendis dans la seconde ligne, où nous devions loger cette nuit-là.

Le soir, Kienitz et moi allâmes à travers l'obscurité du bois jusqu'au P. C. du bataillon, où le capitaine Schumacher nous avait invités au « dernier gueuleton du condamné ». Puis nous nous étendîmes dans notre abri pour y prendre quelques heures de repos. C'est un curieux sentiment que de savoir qu'on devra le lendemain matin entrer dans une danse mortelle, et d'écouter encore avant de s'endormir ses voix intérieures, de régler ses comptes avec soi-même.

A trois heures, on nous éveilla ; nous nous levâmes, fîmes notre toilette et commandâmes notre déjeuner. J'entrai dès le premier moment dans une colère bleue ; mon ordonnance avait mis dans les œufs sur le plat, que je m'offrais en l'honneur du jour et en guise de réconfort, tant de sel qu'ils en étaient immangeables. Joli début.

Nous repoussâmes nos assiettes et reprîmes pour la centième fois tous les détails de ce qui pourrait nous arriver. De temps à autre, nous nous versions quelques cherry-brandies, tandis que Kienitz nous racontait des blagues vieilles comme Adam. A cinq heures moins vingt, nous rassemblâmes les hommes et les conduisîmes jusqu'aux abris de soutien de première ligne. On avait déjà taillé des brèches dans le barbelé et de longues flèches dessinées à la chaux indiquaient comme de grandes aiguilles nos objectifs. Nous nous séparâmes après nous être serré la main et attendîmes la suite des événements.

J'avais fait choix d'un costume de travail approprié à la circonstance ; devant la poitrine deux sacs à sable, chacun contenant quatre grenades à manche, celles de gauche percutantes, celles de droite fusantes ; dans la poche droite de la tunique, un pistolet suspendu par une longue courroie ; dans la poche droite du pantalon, un petit pistolet Mauser ; dans la poche gauche de la tunique, cinq grenades sphériques, dans celle du pantalon une boussole lumineuse et un sifflet à roulette ; au ceinturon un porte-mousqueton pour amorcer les grenades, un poignard, une cisaille à barbelés. Dans la poche intérieure de ma tunique, j'avais mis un portefeuille garni et mon adresse civile ; dans celle de derrière une gourde remplie de fil-en-quatre. Nous avions décousu les pattes d'épaule et le ruban de Gibraltar, pour ne pas donner à l'ennemi d'indications sur notre corps. Comme signe de reconnaissance, nous portions à chaque bras un brassard blanc.

A cinq heures moins quatre, la division voisine, sur notre gauche, ouvrit un tir de diversion. A cinq heures juste, le ciel s'enflamma derrière notre front et les obus tendirent leurs arcs bruissants au-dessus de nos têtes. Je me tenais avec Kloppmann à l'entrée de l'abri et fumais un ultime cigare ; mais nous fûmes contraints de nous planquer, car un grand nombre de coups tombaient trop court. Nous comptâmes les minutes, montre en main.

A cinq heures cinq juste, nous sortîmes de l'abri et traversâmes les barbelés par les chemins ouverts d'avance. Je courais en tête, brandissant une grenade, et vis aussi la patrouille de droite s'élancer aux premières lueurs du jour. Le réseau ennemi était faible ; je bondis pardessus en deux enjambées, mais butai sur un rouleau de fil barbelé qui le doublait et culbutai dans un trou de marmite dont Kloppmann et Mevius me tirèrent.

« Allons-y ! » Nous sautâmes dans la première tranchée, sans rencontrer de résistance, tandis qu'à droite commençait bruyamment un duel à la grenade. Sans nous en préoccuper, nous sautâmes par-dessus un barrage en sacs de terre, nous cachâmes en nous planquant dans les entonnoirs, puis ressortîmes devant une file de chevaux de frise, qui barraient les approches de la seconde ligne. Comme celle-ci était aussi entièrement abandonnée et ne présentait aucune chance de faire des prisonniers, nous poursuivîmes sans traîner notre avance par un boyau coupé d'obstacles. J'envoyai tout d'abord les sapeurs en avant pour les déblayer ; mais, comme le rythme ne me satisfaisait pas, je repris la tête. Nous n'avions pas de temps à perdre en feux d'artifice.

En débouchant dans la troisième ligne, nous fîmes une trouvaille qui nous coupa le souffle : un mégot de cigarette encore allumé, par terre, attestait la présence toute proche de l'ennemi. Je fis signe à mes hommes, étreignis plus fortement ma grenade et me glissai à travers la tranchée, bien aménagée, aux parois de laquelle s'appuyaient de nombreux fusils. Dans ces situations, la mémoire s'empare de la moindre bagatelle. C'est ainsi que l'image d'une gamelle s'y grava à cet endroit, comme en rêve : une cuiller était dedans. Cette observation allait me sauver la vie vingt minutes plus tard.

Tout à coup, des ombres s'enfuirent devant nous. Nous courûmes à leur suite et tombâmes dans un cul-de-sac, dans la paroi duquel s'ouvrait une entrée de galerie. Je me postai devant et criai : « Montez ! » Pour toute réponse, une grenade fut projetée au-dehors. C'était, de toute évidence, un projectile à amorçage retardé : j'entendis la petite détonation et eus le temps de sauter en arrière. Elle se fracassa à hauteur de ma tête contre le mur du fond, mit mon calot de soie en haillons, me fit plusieurs blessures à la main gauche et m'emporta la pointe du petit doigt. Le sergent du génie qui se trouvait à côté de moi eut le nez perforé. Nous battîmes en retraite de quelques pas et bombardâmes l'endroit dangereux à coups de grenade. Dans l'excès de son zèle, l'un de nous balança dans l'entrée une fusée incendiaire, rendant toute autre attaque impossible. Nous fîmes donc demi-tour et suivîmes la troisième ligne dans la direction opposée, pour nous emparer enfin d'un ennemi. Partout, des armes jetées à terre et des pièces d'équipement. La question : « Mais où peuvent donc bien être tous les propriétaires de ces fusils ? D'où nous épient-ils ? » montait en nous, de plus en plus inquiétante, mais nous nous enfonçâmes résolument, grenades prêtes et pistolets braqués, dans le profond de ces tranchées désertes, voilées de vapeurs de poudre.

Notre itinéraire, à partir de ce point, ne m'est devenu compréhensible qu'après coup, à la réflexion. Sans nous en rendre compte, nous tournâmes dans un troisième boyau et pénétrâmes, déjà en pleine zone du tir de barrage déclenché par les nôtres, dans la quatrième ligne. De temps en temps, nous ouvrions à la hâte l'un des coffres encastrés dans la paroi et nous fourrions une grenade dans la poche en guise de souvenir.

Quand nous eûmes couru un certain nombre de fois dans un sens, puis dans l'autre, à travers les tranchées, personne ne sut plus où nous étions au juste, ni dans quelle direction se trouvaient les lignes allemandes. Tout le monde commença peu à peu à s'énerver. Les aiguilles des boussoles lumineuses dansaient entre les mains tremblantes et, quand nous cherchâmes l'étoile polaire, notre agitation était si grande que toutes les connaissances du lycée nous lâchèrent. Un brouhaha de voix dans les tranchées voisines nous apprit que l'ennemi était revenu de sa première surprise. Il ne pouvait manquer de repérer bientôt notre position.

Nous avions fait une fois de plus demi-tour quand, courant à la queue du groupe, j'aperçus soudain l'embouchure d'un canon de mitrailleuse en train d'osciller au-dessus de moi. Je bondis vers elle, butant sur le cadavre d'un Français, et je vis le sous-officier Kloppmann et l'aspirant von Zglinitzky s'affairer autour de l'arme, tandis que le fusilier Haller fouillait un cadavre pour lui prendre ses papiers. Sans nous soucier des alentours, nous manipulions fiévreusement la mitrailleuse, afin de rapporter au moins cette prise. J'essayai de dévisser les vis d'assemblage ; un autre tentait de cisailler la bande-chargeur ; pour finir, nous empoignâmes l'engin avec son trépied, pour le ramener sans le démonter. A ce moment, voici que d'une tranchée parallèle, du côté où nous supposions que se trouvaient nos propres lignes, une voix ennemie se fit entendre, très énervée, mais menaçante : « Qu'est-ce qu'il y a [1] ? » Une boule noire, qui se détachait vaguement sur le clair-obscur du ciel, vola d'une courbe raide vers nous. « Gare ! » Un éclair jaillit entre Mevius et moi ; un éclat s'enfonça dans sa main. Nous nous dispersâmes, nous égarant de plus en plus dans le dédale des tranchées. Je n'avais plus avec moi maintenant que le sergent du génie, dont le nez ruisselait de sang, et Mevius, avec sa main blessée. Seule, la confusion régnant chez les Français, qui n'osaient pas encore sortir de leurs trous, retardait notre fin. Mais ce n'était plus qu'une question de minutes, avant que nous ne nous heurtions à un détachement supérieur en nombre, qui nous eût avec plaisir expédiés *ad patres*. L'atmosphère n'était pas à la générosité.

J'avais déjà abandonné tout espoir de sortir vivant de ce guêpier

---

1. En français dans le texte. *(N.d.T.)*

quand je poussai soudain un cri de joie. Mon regard venait de rencontrer la gamelle à la cuiller ; maintenant, je m'y retrouvais. Le jour était déjà levé ; il n'y avait plus une seconde à perdre. Nous galopâmes à découvert, sous les premiers sifflements de balles, vers nos lignes. Dans la tranchée avancée des Français, nous nous heurtâmes à la patrouille du lieutenant von Kienitz. Quand nous entendîmes crier : « *Lüttje Lage* ¹ *!* », nous sûmes que nous avions surmonté le pire. Malheureusement, je tombai de haut sur un blessé grave qu'ils avaient au milieu d'eux.

Kienitz me raconta en hâte qu'il avait chassé à coups de grenade, dans la première tranchée, des Français occupés au terrassement, et qu'en poursuivant son avance, dès le début, il avait eu des morts et des blessés, dus au tir de notre propre artillerie.

Après quelques moments d'attente, nous vîmes apparaître deux autres de mes hommes, le sous-officier Dujesiefken et le fusilier Haller, qui me rapporta du moins une fiche de consolation. Il était tombé au cours de ses pérégrinations dans un boyau écarté et y avait découvert trois mitrailleuses abandonnées ; il en avait dévissé une de son trépied pour l'emporter. Comme la lumière montait encore, nous courûmes à travers le *no man's land* jusqu'à notre tranchée de première ligne.

Des quatorze hommes partis avec moi, il n'en revenait que quatre, et la patrouille de Kienitz, elle aussi, avait de lourdes pertes. Dans mon découragement, je fus un peu rasséréné par la réflexion du brave Dujesiefken, un paysan d'Oldenburg, qui, comme je me faisais panser la main dans l'abri, raconta les événements à ses camarades, devant l'entrée, et conclut par cette phrase : « Mais le lieutenant Jünger, maintenant, je le respecte ; ah ! fieu, comment qu'il te sautait les barricades ! »

Là-dessus, nous revînmes à travers le bois, presque tous avec la tête ou la main bandée, jusqu'au P. C. du régiment. Le colonel von Oppen nous souhaita le bonjour et nous fit verser du café. Bien qu'affligé de notre échec, il nous exprima pourtant son estime. Ce fut notre consolation. Puis on m'embarqua dans une auto et on m'envoya à la division, qui réclamait un rapport circonstancié. J'avais encore les oreilles bourdonnantes des explosions furibondes des grenades et n'en goûtai que plus passionnément la volupté de filer à toute vitesse sur la grand-route, appuyé aux coussins.

L'officier d'état-major de la division me reçut dans son bureau. Il était fort bilieux et je m'aperçus qu'il tentait de me coller la responsabilité de l'échec. Quand il mettait le doigt sur la carte et me posait des questions de ce genre : « Mais pourquoi n'avez-vous pas tourné à droite dans ce boyau ? » je voyais bien qu'un méli-mélo où des notions comme la droite ou la gauche n'ont même plus de sens lui était tout simplement inconcevable. Pour lui, toute l'affaire était un plan, pour nous, une réalité intensément vécue.

---

1. Cri de ralliement. Voir note 1 page 617. *(N.d.T.)*

Le chef de la division m'accueillit cordialement et eut bientôt dissipé ma mauvaise humeur. Au déjeuner, j'eus ma place à côté de lui, avec ma tunique râpée et ma main bandée ; je m'efforçai de replacer nos actions du petit matin sous leur véritable jour, et j'y parvins.

Le lendemain matin, le colonel von Oppen vint voir une seconde fois les hommes de la patrouille, distribua des croix de fer et donna à chacun des participants quinze jours de permission. Dans l'après-midi, les morts, qu'on avait réussi à ramener, furent enterrés au cimetière militaire de Thiaucourt. Des soldats de 70 y reposaient parmi les victimes de cette guerre-ci. L'une de ces vieilles tombes était ornée d'une pierre moussue, portant cette inscription : « Loin des yeux, éternellement près du cœur ! » On avait gravé sur une grande dalle de pierre :

Heldentaten, Heldengräber reihen neu sich an die alten,
Künden wie das Reich erstanden, künden wie das Reich erhalten [1].

Le soir, je lus dans le communiqué français : « Un coup de main allemand, près de Regniéville, a échoué ; nous avons fait des prisonniers. » C'étaient des loups qui s'étaient égarés dans la bergerie. De ce rapport laconique, j'eus la joie de pouvoir conclure que parmi les camarades disparus, il se trouvait des survivants.

Quelques mois après, je reçus une lettre d'un des manquants, le fusilier Meyer, qui avait perdu une jambe ce jour-là, dans un duel à la grenade ; après avoir longtemps erré, lui et trois de ses camarades avaient été attaqués par l'ennemi ; grièvement blessé, il avait été fait prisonnier, quand les autres furent tombés, et parmi eux le sous-officier Kloppmann. Il est vrai que Kloppmann était de ces hommes qu'on ne peut concevoir prisonniers.

Quelques jours plus tard, les lieutenants Domeyer et Zürn sautèrent avec un petit groupe, après quelques tirs de shrapnells, dans la première ligne des Français. Domeyer se heurta à un territorial à la barbe de fleuve qui, à sa sommation : « Rendez-vous [2] ! », répliqua avec fureur : « Ah ! non [2] » et se jeta sur lui. Au cours d'un duel acharné, Domeyer lui perça la gorge d'un coup de pistolet et dut comme moi rentrer sans prisonniers. Seulement, on avait gaspillé pour mon coup de main des munitions d'artillerie qui, en 70, auraient suffi pour une bataille entière.

Cette marche à l'aveugle, par les tranchées inconnues, sous la froide lumière de l'aube, était sinistre, comme dans un rêve de labyrinthe. Actuellement encore, je me sens le cœur serré quand j'y reviens en pensée.

---

1. « Des prouesses nouvelles, de nouvelles tombes prennent place derrière celles d'autrefois, proclament comment l'Empire est né, proclament ce qui le maintient. »
2. En français dans le texte. *(N.d.T.)*

Retour en Flandre

Le jour même où je rentrai de permission, nous fûmes relevés par des troupes bavaroises et prîmes tout d'abord nos quartiers non loin de là, dans le village de Labry.

Le 17 octobre 1917, nous fûmes embarqués dans un train et, après un trajet d'un jour et demi, nous foulâmes à nouveau le sol flamand, que nous n'avions quitté que deux mois avant. Nous passâmes la nuit dans la petite ville d'Isegem et nous rendîmes à pied, le lendemain, jusqu'à Roulers, ou Roeselare, comme on l'appelle en flamand. La ville se trouvait au premier stade de la destruction. On vendait encore dans les boutiques, mais la population logeait déjà dans les caves et les liens de la vie bourgeoise étaient déchirés par de fréquents tirs d'obus. Une vitrine pleine de chapeaux de femme, en face de mes quartiers, donnait une impression de gratuité fantastique. La nuit, des pillards essayaient de cambrioler les demeures abandonnées.

Dans mon logement, situé sur l'Ooststraat, j'étais seul occupant des pièces au-dessus du sol. La maison appartenait à un drapier qui s'était enfui au début de la guerre en la confiant à la garde d'une vieille gouvernante et de sa fille. Toutes deux avaient pris en charge une petite fille abandonnée qu'elles avaient trouvée errant par les rues, lors de notre avance, et dont elles ne connaissaient même pas le nom ni l'âge. Elles avaient grand-peur des bombes et me supplièrent presque à genoux de ne pas allumer de lumière en haut, pour ne pas attirer les méchants aviateurs. Il est vrai que je n'eus pas non plus envie de rire, le jour où, debout près de la fenêtre avec le lieutenant Reinhardt, observant un Anglais qui filait à ras des toits, dans les rayons des projecteurs, j'entendis une bombe géante exploser non loin de la maison ; le souffle fit voler à nos oreilles les éclats des carreaux.

On m'avait réservé, pour les combats imminents, la fonction d'officier éclaireur, et on m'avait détaché à l'état-major du régiment. Pour me faire indiquer mon poste, je me rendis, avant même d'être envoyé en ligne, jusqu'au P. C. du 10ᵉ régiment de réserve bavarois, que nous allions relever. Je trouvai en son chef un officier cordial, bien qu'il eût un peu bougonné en me recevant, lorsqu'il vit mon « ruban de casquette rouge », contraire au règlement, puisqu'il aurait dû être cousu sous un ruban gris, pour ne pas attirer les funestes balles dans la tête.

Deux coureurs de combat m'accompagnèrent jusqu'à la tête de communications, d'où l'on avait, disait-on, une excellente vue d'ensemble. Nous avions à peine quitté le P. C. qu'un obus fit rejaillir le sol des prairies. Mais mes guides s'entendaient fort adroitement à éviter le feu, qui devint vers midi un roulement continu, dans ce terrain coupé de nombreux boqueteaux de peupliers. Ils progressaient à travers le paysage, où l'automne avait mis ses reflets dorés, avec l'instinct propre au vieil habitué des batailles de matériel, qui savent découvrir un chemin à peu près sûr, même sous le tir le plus dense. Au seuil d'une ferme isolée, qui portait les traces de bombes récentes, nous aperçûmes un mort tombé sur le visage. « Encore un qui s'est fait poisser », remarqua le brave Bavarois. « Sale endroit », dit l'autre, promenant à la ronde un regard investigateur, et il se hâta de le dépasser. La tête de communications était établie au-delà d'une route fortement arrosée, qui menait de Passendale à Westrozebeke, et j'y trouvai une centrale analogue à celle que j'avais commandée à Fresnoy. Elle était installée auprès d'une maison réduite à un tas de décombres, et si peu protégée que le premier coup au but d'un peu gros calibre devait l'écraser. Je me fis renseigner sur l'ennemi, la position et ses accès par trois officiers qui y menaient en commun une existence de troglodytes et se réjouissaient fort d'être bientôt relevés, puis je revins par Roodkruis et Oostnieuwkerke à Roulers, pour y faire mon rapport au colonel.

En me promenant par les rues de la ville, j'étudiai les noms accueillants de nombreux petits estaminets, où s'exprimait si justement toute la bonhomie flamande. Qui ne se sentirait attiré par une enseigne portant ces inscriptions : *De Zalm* (le saumon), *De Reiger* (le héron), *De nieuwe Trompete* (la trompette neuve), *De drie Koningen* (les trois rois), ou *Den Olifant* (l'éléphant) ? L'accueil aux sons robustes du flamand, avec le tutoiement familier, suffit déjà à vous mettre à votre aise. Dieu veuille que cet admirable pays, qui a si souvent déjà servi de théâtre au choc des armées, ressuscite aussi de cette guerre avec ses vertus anciennes.

Ce soir-là, la ville fut de nouveau bombardée. Je descendis à la cave, où les femmes s'étaient serrées, tremblantes, dans un coin, et allumai ma lampe de poche pour rassurer la petite fille, qui criait de peur parce qu'une explosion avait éteint la lampe. J'y vis à nouveau combien l'être humain tient à son sol natal. Malgré toute la crainte du danger que ressentaient ces femmes, elles se cramponnaient de toutes leurs forces à cette terre qui pouvait à tout instant devenir leur tombeau.

Le matin du 27 octobre, je partis avec ma patrouille de quatre hommes pour Kalve, où l'état-major du régiment devait prendre la relève au cours de la matinée. Le front grondait de tirs violents, dont les éclairs changeaient le brouillard en une vapeur bouillonnante d'un rouge de sang. Comme nous entrions à Oostnieuwkerke, une maison, touchée par un gros obus, s'écroula avec fracas, à côté de nous. Des morceaux de moellons roulèrent à travers la route. Nous tentâmes de contourner l'agglomération, mais dûmes la traverser, ne connaissant pas le chemin de Roodkruis et de Kalve. Tout en me hâtant de passer, je le demandai à un sous-officier qui se tenait à une entrée de cave. Pour toute réponse, il se fourra les mains dans les poches et haussa les épaules. Comme je n'avais pas de temps à perdre, je bondis sur lui et lui arrachai le renseignement en lui mettant mon pistolet sous le nez.

Ce fut la première fois où je rencontrai au front un homme qui me fît des difficultés, non par frousse, mais, de toute évidence, par pur dégoût de la guerre. Bien que ce dégoût se fût naturellement accru et généralisé dans ces dernières années, une telle manifestation, en plein combat, n'en restait pas moins très insolite, car la bataille lie, tandis que l'inaction disperse. Au combat, on est sous le coup de nécessités objectives. C'est au contraire lors des marches, au milieu des colonnes, lorsqu'elles quittent la bataille de matériel, qu'on pouvait le plus nettement observer comme la discipline s'effritait.

A Roodkruis, petite ferme auprès d'un embranchement, la situation devint critique. Des avant-trains étaient lancés au galop sur la route où pleuvaient les obus, des troupes d'infanterie traversaient le terrain en zigzag, sur ses bas-côtés, et des blessés sans nombre se traînaient vers l'arrière. Nous croisâmes un jeune artilleur qui avait un long éclat dentelé enfoncé dans l'épaule comme un fer de lance brisé. Il marchait les yeux baissés, pareil à un somnambule.

Nous tournâmes sur la droite pour rejoindre le P. C. du régiment, qu'encerclait une couronne de feu. Non loin de là, deux téléphonistes déroulaient leur câble dans un champ de choux. Un obus chut tout près de l'un d'eux ; nous le vîmes tomber et le crûmes hors de combat. Pourtant, il se releva sur-le-champ et poursuivit son travail, après avoir vérifié son fil. Comme le P. C. ne comprenait qu'une minuscule bloc de béton, à peine suffisant pour le chef du régiment, son adjoint et son officier d'ordonnance, je cherchai un abri dans les parages. Je m'installai avec les officiers des transmissions, des gaz et des lance-mines dans une baraque en bois légère qui n'incarnait pas précisément l'idéal d'un abri à l'épreuve des bombes.

Dans l'après-midi, je marchai jusqu'à la position ; la nouvelle nous était parvenue que l'ennemi avait attaqué le matin notre 5e compagnie. Mon chemin me conduisit, par la tête des communications, jusqu'à la Ferme du Nord, une ferme avec dépendances, endommagée par les bombardements, sous les ruines de laquelle logeait le chef du bataillon de réserve. De là, un sentier, ou pour mieux dire l'esquisse d'un sentier, menait jusqu'au commandant des troupes en ligne. Les violentes ondées des derniers jours avaient changé le champ d'entonnoirs en un désert de boue, qui prenait surtout dans la vallée du Paddebeek une profondeur mortelle. Mes courses me firent passer devant bien des morts qui gisaient seuls et oubliés ; souvent, la tête seule, ou une main, sortaient de la surface de la vase. Des milliers de soldats dorment ainsi sans qu'un monument érigé par une main amie orne leur dernière demeure.

Après la traversée extrêmement fatigante du Paddebeek, que je ne pus réussir qu'à la faveur de quelques peupliers couchés par les obus, je découvris dans un trou de marmite gigantesque le chef de la 5e, le lieutenant Heins, au sein d'un petit troupeau de fidèles. La ligne d'entonnoirs longeait une pente et, n'étant pas inondée, elle pouvait être considérée comme habitable par des soldats peu exigeants. Heins me raconta qu'une ligne de tirailleurs anglais s'était montrée le matin et, prise sous le feu, avait disparu. Elle avait de son côté abattu quelques égarés du 164e, qui s'étaient débandés à son approche. A part cela, rien à signaler ; je revins donc au P. C. de combat, où je fis mon rapport au colonel.

Le lendemain, notre déjeuner fut interrompu de la façon la plus brutale par quelques obus plaqués juste à côté du mur de planches, et dont les geysers de boue tambourinèrent, en un lent roulement, sur le toit de carton goudronné. Tout le monde se précipita hors de la porte ; je m'enfuis jusqu'à une ferme proche où la pluie me contraignit d'entrer. L'événement se reproduisit le soir même, mais cette fois, je restai devant la baraque, car le temps était au sec. L'obus suivant atteignit de plein fouet la ferme, déjà croulante. Voilà bien les jeux du hasard à la guerre. Plus qu'ailleurs, on peut y dire : petites causes, grands effets.

Le 25 octobre, nous fûmes chassés dès huit heures de nos baraques, dont celle qui se trouvait en face de la nôtre reçut un coup en plein dès le second obus. D'autres projectiles s'enfoncèrent dans les prairies détrempées par la pluie. Ils semblèrent s'y éteindre, mais y ouvrirent des entonnoirs de bonne dimension. Instruit par les expériences de la veille, je choisis dans un grand champ de choux, derrière le P. C. régimentaire de combat, un entonnoir solitaire, propre à inspirer confiance, auquel je ne m'arrachais jamais qu'après un intervalle de sécurité suffisamment long. C'est durant ce jour que je reçus une nouvelle qui m'affligea beaucoup, celle de la mort du lieutenant Brecht, tombé comme officier éclaireur de la division, dans le champ d'entonnoirs à droite de la Ferme du Nord. C'était l'un des rares combattants qui fût nimbé, même en cette bataille de matériel, d'un rayonnement particulier, et qu'on tînt pour invulnérable. A l'annonce de tels deuils, on sentait involontairement se glisser en soi la pensée que comme lui on n'en avait peut-être plus pour longtemps.

Les heures de la matinée du 26 octobre furent remplies par un feu roulant d'une intensité plus qu'ordinaire. Notre artillerie, elle aussi, voyant des signaux monter de l'avant, pour demander un tir de barrage, redoubla de fureur. Le moindre boqueteau, la moindre haie étaient truffés de pièces derrière lesquelles des artilleurs à moitié assourdis faisaient leur office.

Comme des blessés en route pour l'arrière donnaient des renseignements confus et exagérés sur une offensive anglaise, je fus envoyé vers l'avant avec mes quatre hommes, à onze heures, pour recueillir des données plus précises. Il nous fallut traverser un feu nourri. Nous croisâmes de nombreux blessés, dont le lieutenant Spitz, chef de la 12e, avec un coup dans le menton. Nous étions à peine devant la cagna du chef des troupes au combat que nous recevions un tir ajusté de mitrailleuses, signe que l'ennemi avait dû enfoncer nos lignes. Ce soupçon fut confirmé par le commandant Dietlein, chef du 3ᵉ bataillon. Je trouvai ce vieil officier en train de quitter en rampant l'entrée de son abri bétonné, dont les trois quarts étaient sous l'eau, et tâchant de repêcher son fume-cigare en écume de mer, perdu dans la boue.

L'ennemi s'était infiltré dans la première ligne et emparé d'une crête d'où il pouvait prendre sous son feu la vallée du Paddebeek, où était établi le chef des troupes au combat. Après avoir porté sur ma carte, en quelques traits de crayon rouge, ce changement de situation, je repris avec mes hommes le pas gymnastique à travers la boue. Nous nous hâtâmes de bondir à travers la région balayée par le tir ennemi, jusqu'à l'abri du prochain pli de terrain, puis de là, plus lentement, jusqu'à la Ferme du Nord. Les obus s'abattaient à droite et à gauche dans le bourbier, soulevant de colossales montagnes de vase, entourées d'écla-boussures sans nombre. La Ferme du Nord était prise sous un tir d'obus brisants ; nous dûmes la dépasser de bond en bond. Ces projectiles explosaient avec un vacarme particulièrement cruel et assourdissant. Ils pleuvaient par salves, à des brefs intervalles. Il s'agissait de gagner chaque fois du terrain par un saut rapide, pour attendre ensuite dans un entonnoir la prochaine explosion. Dans ce laps de temps qui sépare le premier hurlement lointain de l'éclatement tout proche, la volonté de vivre se concentrait avec une violence particulièrement douloureuse, puisque le corps devait attendre son destin sans abri et sans mouve-ment.

Des shrapnells étaient mélangés aux gros calibres, et l'un d'eux pro-jeta sa charge au milieu de nous, dans un concert de claquements. Un de mes compagnons reçut un coup sur le bord arrière de son casque et fut plaqué au sol. Après être resté un instant prostré, il se releva et poursuivit sa course. Les alentours de la Ferme du Nord étaient cou-verts d'une foule de cadavres horriblement déchiquetés.

Comme nous nous adonnions avec zèle à notre mission d'éclaireurs, nous parvînmes souvent à des endroits qui, l'instant auparavant, étaient encore inaccessibles. C'est ainsi que nous jetâmes un coup d'œil dans l'histoire secrète du champ de bataille. Nous tombions partout sur les traces de la mort ; il semblait presque qu'on ne pût trouver âme qui vive dans ce désert. Ici, derrière une haie dépenaillée, un groupe gisait, les cadavres encore recouverts par la terre fraîche qui avait plu sur eux après l'éclatement ; là, deux coureurs étaient étendus auprès d'un entonnoir dont montait encore le fumet poisseux des gaz de l'explosion. A un autre endroit, c'étaient de nombreux corps, dispersés sur un petit espace : un détachement de porteurs, tombés au centre d'une trombe de feu, ou bien une section de réserve égarée, qui y avait trouvé sa mort. Nous faisions notre entrée, embrassions d'un coup d'œil les secrets de ces coins mortels et disparaissions à nouveau dans la fumée.

Quand nous eûmes enfin traversé à la hâte le vallon fortement arrosé qui s'étendait derrière la route de Passendale à Westrozebeke, je pus faire mon compte rendu au colonel.

Le lendemain matin, on m'envoya vers l'avant dès six heures, avec mission de constater si le régiment avait maintenu ses contacts, et en quels points. Je rencontrai en chemin l'adjudant-major Ferchland, chargé de transmettre à la 8ᵉ compagnie l'ordre d'avancer jusqu'à Goudberg et de colmater la brèche, s'il y en avait une, entre nous-mêmes et le régiment établi sur notre gauche. Pour remplir ma mission dans les plus brefs délais, je ne pouvais mieux faire que de me joindre à lui. Nous découvrîmes après d'assez longues recherches le chef de la 8ᵉ, mon ami Tebbe, dans un secteur inhospitalier du champ d'entonnoirs, non loin de la tête de transmissions. Il montra fort peu de joie à la perspective d'exécuter en plein jour un mouvement aussi facile à repérer. Durant notre conversation laconique, sur laquelle pesait l'indicible froideur du champ d'entonnoirs, à la lumière du matin, nous allumâmes un cigare et attendîmes que la compagnie se fût rassemblée.

Nous avions à peine fait quelques pas que nous reçûmes des crêtes d'en face un tir d'infanterie, et que nous dûmes sauter, égaillés, d'entonnoir en entonnoir. Quand nous passâmes la pente suivante, le feu s'était concentré de telle sorte que Tebbe fit occuper une ligne de trous de marmite, pour attendre le couvert de la nuit. Il passa le secteur en revue, tout en fumant son cigare, et répartit ses groupes.

Je décidai de poursuivre ma marche vers l'avant, pour préciser l'importance de la brèche, et commençai par prendre un peu de repos dans l'entonnoir de Tebbe. L'artillerie ennemie commençait déjà, en châtiment de notre avance téméraire, à pointer son tir sur notre bande de terrain. Un obus brisant, qui fit trembler le bord de notre refuge, éclaboussant de terre ma carte et mes yeux, me donna le signal du départ. Je dis au revoir à Tebbe et lui souhaitai bonne chance pour les heures qui venaient. Il me cria de derrière : « Que le bon Dieu fasse venir le soir, le matin arrivera bien tout seul ! »

Nous traversâmes avec circonspection le val du Paddebeek, balayé par les tirs, nous cachant derrière les frondaisons de peupliers noirs couchés par le bombardement, et utilisant leurs troncs en guise de passerelles. De temps à autre, l'un de nous disparaissait dans la boue jusqu'aux hanches, et si ses camarades ne lui étaient venus en aide et ne lui avaient tendu la crosse de leurs fusils, il s'y serait infailliblement enlisé. Je choisis pour point de ralliement un groupe qui entourait un fortin de béton. Devant nous, une civière traînée par quatre brancardiers progressait dans la même direction. Mis en éveil par le fait qu'on ramenait un blessé vers l'avant, je pris mes jumelles et aperçus une série de silhouettes en uniforme kaki, aux casques plats. Au même instant, les premiers coups de feu claquèrent. Comme il était impossible de nous planquer, nous revînmes en courant sur nos pas, talonnés par les projectiles, qui faisaient rejaillir la boue autour de nous. Cette chasse à courre dans le marais fut extrêmement fatigante ; mais quand, tout hors d'haleine, nous nous offrîmes un moment en cible aux Anglais, une salve d'obus brisants nous rendit notre alacrité première. Elle eut du moins l'avantage de nous dérober à leur vue, grâce à sa lourde fumée. Le plus désagréable, dans cette galopade, c'était la perspective d'être immanquablement changé par la moindre blessure en enlisé. Nous courions sur les crêtes des entonnoirs comme sur les parois étroites des logettes dans un gâteau de cire. Des filets de sang, à la surface de certains trous de marmite, révélaient que déjà plus d'un homme s'y était englouti. A bout de forces, nous atteignîmes le P. C. de combat du régiment, où je remis mes croquis et rendis compte de la situation. Nous avions reconnu la brèche ; Tebbe devait monter en ligne dans la nuit afin de la combler.

Le 28 octobre, nous fûmes de nouveau relevés par le 10ᵉ régiment de réserve bavarois et cantonnés dans les villages à l'arrière du front, toujours prêts à intervenir. L'état-major s'installa à Most.

Le soir de ce jour nous trouva dans la salle d'un estaminet abandonné, en train de fêter la promotion et les fiançailles du lieutenant Zürn, qui venait de rentrer de permission. En châtiment de cette insouciance, nous fûmes réveillés le lendemain matin par un énorme feu roulant, qui, malgré la distance, arriva même à enfoncer mes carreaux. Aussitôt après, on donna l'alerte. De toute évidence, il s'était présenté dans la brèche des difficultés nouvelles. Le bruit courait que l'Anglais s'était infiltré par elle dans la position du régiment. Je passai le jour, attendant des ordres, auprès de l'observatoire du commandement d'armée, dont les environs étaient soumis à un faible tir dispersé. Un obus léger entra par la fenêtre d'une petite maison, dont jaillirent comme des diables trois artilleurs blessés, couverts de poussière de brique. Trois autres restèrent sous les décombres.

Le lendemain matin, je reçus du chef du régiment bavarois l'ordre suivant : « Des attaques répétées de l'ennemi ont encore réduit les positions du régiment sur notre gauche et élargi la brèche entre les deux régiments. Pour parer au risque de voir tourner par la gauche la position régimentaire, le 1ᵉʳ bataillon du 73ᵉ fusiliers est passé hier à la contre-attaque, mais il semble qu'il ait été dispersé par un tir de barrage et n'ait pu progresser jusqu'à l'ennemi. Ce matin, le 2ᵉ bataillon a été envoyé à l'attaque contre la brèche. On est jusqu'à présent sans nouvelles de l'opération. Reconnaître la position du 1ᵉʳ et du 2ᵉ bataillon. »

Je me mis en route et tombai dès la Ferme du Nord sur le capitaine von Brixen, chef du 2ᵉ bataillon, qui portait déjà dans sa poche le croquis de son déploiement. Je le recopiai, et après cela, j'avais en fait rempli ma mission, mais je ne m'en rendis pas moins jusqu'au fortin bétonné du chef des troupes au combat, pour me procurer une vue d'ensemble par moi-même. Le chemin était bordé de morts, dont les visages blêmes sortaient d'entonnoirs pleins d'eau, ou qui étaient déjà encroûtés de vase au point qu'on devinait tout juste la forme humaine.

Malheureusement, le brassard de Gibraltar brillait à la manche de la plupart d'entre eux. Le chef des troupes au combat était un capitaine bavarois, Radlmaier. Cet officier extrêmement actif me décrivit en détail ce que le capitaine von Brixen m'avait déjà sommairement rapporté. Notre 2ᵉ bataillon avait subi de lourdes pertes, et parmi bien d'autres, l'adjoint au chef de bataillon et le chef de la 7ᵉ compagnie étaient restés sur le champ de bataille. Cet adjoint, Lemière, était le frère du chef de la 8ᵉ compagnie, tombé en avril devant Fresnoy. Les deux frères étaient du Liechtenstein et servaient comme volontaires dans notre armée. Tous deux périrent de la même blessure, un coup de feu à travers la bouche.

Le capitaine me montra un bloc de béton, à deux cents mètres du nôtre, qui avait été défendu la veille avec un acharnement tout particulier. Juste après l'attaque, le chef de ce petit fortin, un adjudant, avait repéré un Anglais qui ramenait trois Allemands prisonniers. Il abattit l'Anglais et renforça de ces trois hommes son effectif. Lorsqu'ils furent à bout de munitions, ils déposèrent devant la porte un Anglais soigneusement pansé comme enseigne de paix, mais purent cependant battre en retraite sans être vus, sous le couvert de l'obscurité.

Un autre fortin bétonné, où commandait un lieutenant, fut sommé de se rendre par un officier anglais ; pour toute réponse, l'Allemand bondit au-dehors, saisit l'Anglais au collet et le traîna dans le fortin sous les yeux de ses hommes médusés.

Ce jour-là, je vis de petits groupes de brancardiers, drapeaux de la Croix-Rouge déployés, se mouvoir à découvert dans la zone des feux d'infanterie, sans qu'un seul coup fût tiré contre eux. De telles images ne se montraient au combattant, dans cette guerre souterraine, que dans les cas où la détresse avait atteint un paroxysme insoutenable.

Mon retour fut gêné par un gaz irritant, provenant d'obus anglais, et qui sentait les pommes pourries. Il s'était fixé au sol et montait en traînées de vapeur, faisant pleurer les yeux. Lorsque j'eus remis mon rapport au P. C. de combat, je rencontrai tout près du poste de secours les civières de deux officiers de mes amis, grièvement blessés. L'un était le lieutenant Zürn, que nous avions fêté, deux jours plus tôt, dans notre joyeux cercle. Aujourd'hui, il gisait, à moitié dévêtu, avec ce teint d'un jaune cireux qui présage une mort certaine, sur une porte arrachée de ses gonds, et me fixa de ses yeux vitreux quand je m'approchai de lui pour lui serrer la main. L'autre, le lieutenant Haverkamp, avait eu les os du bras et de la jambe tellement fracassés par des éclats d'obus que l'amputation était vraisemblable. Il était couché, pâle comme un mort, les traits pétrifiés, sur sa civière, et fumait des cigarettes qu'il se faisait allumer et fourrer dans la bouche par ses porteurs.

Nous avions eu de nouveau, ces derniers jours, des pertes effrayantes en jeunes officiers. La seconde bataille des Flandres était monotone ; elle se déroulait dans un élément visqueux et boueux, mais l'usure en hommes y était considérable.

Le 3 novembre, nous prîmes le train dans cette gare de Gits qui nous était familière depuis la première bataille des Flandres. Nous y revîmes les deux Flamandes, mais elles aussi avaient perdu leur bonne humeur. Nous fûmes amenés pour quelques jours à Tourcoing, une ville imposante, sœur de Lille. Pour la première et dernière fois de la guerre, chaque homme de la 7ᵉ y dormit dans un lit de plumes. J'habitais une chambre luxueuse dans l'hôtel d'un magnat de l'industrie, rue de Lille. J'y goûtai avec un extrême sentiment de bien-être le premier soir, au fond d'un fauteuil-club, devant le feu allumé dans l'inévitable cheminée de marbre. Tous consacrèrent ces quelques journées à jouir d'une existence durement conquise. On pouvait à peine concevoir encore qu'on eût échappé à la mort. La vie refluait en vous.

La double bataille de Cambrai

Les beaux jours de Tourcoing furent courts. Nous passâmes encore un peu de temps à Villers-au-Tertre, où on nous incorpora des réserves fraîches, et nous partîmes le 15 novembre 1917 pour Lécluse, quartier assigné à tout bataillon au repos dans la position à laquelle nous étions affectés. Lécluse est un gros village de l'Artois, ceint d'étangs. Ses vastes jonchaies hébergeaient des canards et des foulques ; les eaux grouillaient de poisson. Bien que la pêche fût strictement interdite, on entendait souvent sur l'eau, la nuit, des bruits mystérieux. Un beau jour, le commandant de place m'envoya du reste quelques livrets militaires de soldats qu'on avait pincés en train de pêcher à la grenade. Mais je n'en fis pas un drame, plus soucieux de maintenir le moral de mes hommes que d'entretenir les lieux de pêche des Français ou la table du maître et seigneur de l'endroit. Depuis lors, une main discrète déposa presque tous les soirs devant ma porte un brochet gigantesque. Le midi suivant, j'offrais alors un repas à mes deux officiers, avec pour plat de résistance le « brochet à la Lohengrin [1] ».

Le 19 novembre, j'inspectai en compagnie de mes chefs de section les tranchées que nous devions occuper dans les prochains jours. Elles étaient établies devant le village de Vis-en-Artois. Toutefois, nous n'y fûmes pas envoyés aussi vite que nous l'attendions, car nous eûmes des alertes presque toutes les nuits et fûmes expédiés en renfort, soit dans la position Wotan, soit comme couverture de l'artillerie, soit au village de Dury. Il était clair, pour des guerriers expérimentés, que tout allait bientôt tourner mal.

---

1. Ainsi baptisé par Jünger à cause de l'anonymat du héros wagnérien et de la condition qu'il impose à Elsa : ne jamais lui demander son nom. *(N.d.T.)*

De fait, nous apprîmes le 29 novembre par le capitaine von Brixen que nous devions participer à une contre-attaque de grande envergure contre la poche créée par la bataille de tanks, devant Cambrai, où notre front avait été enfoncé. Nous avions beau nous réjouir de pouvoir échanger pour une fois le rôle de l'enclume contre celui du marteau — nous nous demandions si les hommes, encore épuisés par les Flandres, pourraient soutenir cette épreuve. Mais j'avais confiance en ma compagnie.

Nous fûmes embarqués en camion dans la nuit du 30 novembre au 1er décembre. Ma compagnie subit à cette occasion ses premières pertes : un homme laissa tomber une grenade qui, pour une raison inconnue, explosa, blessant grièvement un camarade à côté de lui. Un autre tenta de se faire passer pour fou, afin d'échapper à la bataille. Après de longues palabres, les sérieuses bourrades d'un sous-officier lui rendirent la raison et nous pûmes monter en voiture. Je constatai en cette circonstance qu'il n'est pas facile de tenir ce rôle jusqu'au bout.

Nous roulâmes, serrés comme des harengs, jusque tout près de Baralle, où nous attendîmes des ordres pendant des heures, dans un fossé, au bord de la route. Malgré le froid, je m'étendis dans une prairie et dormis jusqu'à l'aube. Comme nous nous étions préparés à l'attaque, nous fûmes un peu déçus d'apprendre que le 225e, auquel on nous avait adjoints, renonçait à notre soutien dans cette opération. Nous devions, tandis qu'elle se déroulait, nous tenir prêts à la renforcer, dans le parc du château de Baralle.

A neuf heures, notre artillerie déclencha des tirs pesants, qui prirent entre onze heures quarante-cinq et onze heures cinquante la densité d'un feu roulant. La forêt de Bourlon, qu'on n'attaquait pas de front, vu la force de ses retranchements, mais qu'on laissait de côté, disparut sous des nuages de gaz d'un vert jaune. A onze heures cinquante, nous vîmes à la jumelle des lignes de tirailleurs se dresser dans le paysage désert, troué d'entonnoirs, tandis que vers l'arrière des batteries attelaient et s'élançaient au trot vers de nouvelles positions. Un avion allemand descendit en flammes une saucisse anglaise, dont les observateurs sautèrent en parachute. Il exécuta encore quelques évolutions autour de ces Anglais suspendus en l'air et les arrosa de balles traçantes — signe que la violence impitoyable de la guerre s'aggravait.

Après avoir passionnément suivi l'attaque depuis la colline du parc, nous vidâmes une gamelle de nouilles, nous étendîmes à même le sol pour faire la sieste, et reçûmes à trois heures l'ordre d'avancer jusqu'au P. C. de combat du régiment, caché dans l'écluse d'un lit de canal asséché. Nous parcourûmes cette distance section par section, sous de faibles tirs dispersés. Du P. C., la 7e et la 8e compagnie furent envoyées au commandant des réserves pour relever deux compagnies du 225e. Les cinq cents mètres que nous avions à franchir dans le lit du canal étaient pris sous un tir de barrage serré. Nous courûmes sans perdre personne, groupés en un noyau dense, jusqu'à notre but. De nombreux morts révélaient que plus d'une compagnie avait déjà payé à cet endroit son péage de sang. Les renforts se plaquaient contre les berges, et les hommes étaient occupés à creuser fiévreusement des trous individuels dans les parois maçonnées du canal. Comme toutes les places étaient prises, et que l'endroit, facilement repérable, attirait le feu, je conduisis ma compagnie dans un champ d'entonnoirs, non loin de là, sur la droite, et remis à chacun le soin de s'installer. Un éclat tinta contre ma baïonnette. Je choisis avec Tebbe, qui avait suivi notre exemple avec sa 8ᵉ, un trou de marmite à notre convenance, que nous masquâmes d'une toile de tente. Nous allumâmes une chandelle, dînâmes et fumâmes nos pipes en bavardant, tout grelottants. Tebbe, qui gardait quelque chose du dandy, même dans ces parages, me raconta une longue histoire à propos d'une fille qui, à Rome, avait posé pour lui. Cela réchauffa l'entonnoir et l'illumina.

A onze heures, je reçus l'ordre de monter jusqu'à l'ancienne première ligne et de me tenir à la disposition du chef des troupes au combat, qui prenait notre commandement. Je rassemblai ma compagnie et me mis à sa tête. Il ne tombait plus que quelques gros obus isolés, dont l'un éclata aussitôt devant nous, bienvenue infernale, emplissant tout le lit du canal d'une lourde et sombre fumée. Les hommes se turent, comme saisis à la nuque par un poing de fer, et me suivirent en hâte, butant sur les barbelés et les pierres des décombres. C'est un sentiment sinistre qui s'insinue en vous quand vous traversez en pleine nuit une position inconnue, même quand le feu n'est pas particulièrement nourri ; l'œil et l'oreille du soldat, entre les parois menaçantes de la tranchée, sont mis en éveil par les illusions les plus étranges ; tout est froid et déconcertant, dans un monde maudit.

Nous finîmes par découvrir l'étroit débouché de la première ligne dans le canal et nous faufilâmes à travers des tranchées bondées jusqu'au P. C. de combat du bataillon. J'entrai et trouvai une cohue d'officiers et d'hommes de liaison, au milieu d'une atmosphère à couper au couteau. On me fit savoir que l'attaque n'avait pas donné beaucoup de résultats dans ce secteur, et qu'elle reprendrait le lendemain matin. Le moral, dans cette pièce, n'était guère à l'optimisme. Deux chefs de bataillon se lancèrent dans une longue palabre avec leurs adjoints. De temps à autre, des officiers des armes spéciales jetaient quelques bribes de discours dans la discussion, du haut de leurs bat-flanc, bourrés comme des cages à poulets. La fumée des cigares devenait étouffante. Des ordonnances tentaient au milieu de la presse de couper des tartines pour leurs officiers. Un blessé, qui arrivait hors d'haleine, provoqua un émoi passager en annonçant une attaque à la grenade de l'ennemi.

Je pus enfin noter mon ordre d'attaque. Je devais nettoyer le chemin du Dragon le lendemain à six heures, et de là, aussi loin que possible, la position Siegfried. Les deux bataillons du régiment en ligne devaient attaquer à sept heures, sur notre droite. Ce décalage m'inspira le soupçon qu'on n'était pas sûr du coup et qu'on nous destinait le rôle de cobayes. Je protestai contre la dispersion de l'attaque et obtins de pou-

voir aussi, avec ma compagnie, ne monter en ligne qu'à sept heures.
Le matin suivant montra que cette modification était d'une grande
importance. On n'est pas gâté, quand on est mis sous les ordres du chef d'un
autre corps. Comme je ne voyais que vaguement où pouvait se trouver
le chemin du Dragon, je demandai en partant une carte, dont, à ce
qu'on me dit, on ne pouvait se dessaisir. J'en pensai ce que je voulus
et sortis respirer un peu d'air frais.

Après que j'eus rôdé longtemps à travers la position, avec mes hommes pesamment chargés, un soldat découvrit au coin d'un petit boyau
menant vers l'avant et barré par des chevaux de frise un écriteau qui
portait une indication à demi effacée : « Chemin du Dragon.» J'y pénétrai donc ; j'entendis après quelques pas le brouhaha de voix étrangères.
Je revins sans bruit, à la dérobée. J'avais rencontré la pointe du coin
offensif poussé par les Anglais, qui, de toute évidence, était à peine
protégée. Je fis verrouiller la tranchée par un groupe.

Juste à côté du chemin du Dragon, un trou gigantesque s'ouvrait
dans la terre, un piège à tanks, semblait-il, où je rassemblai toute la
compagnie pour lui expliquer notre mission et placer les sections en
vue de l'attaque. Mon topo fut à plusieurs reprises interrompu par des
obus légers. Il y eut même une fois où l'un d'eux s'enfonça, mais sans
éclater, dans la paroi de derrière. Je me tenais en haut, sur le bord, et
voyais à chaque coup, au-dessus de moi, la révérence profonde et unanime des casques d'acier, qui brillaient sous le clair de lune.

Pour éviter la catastrophe d'un obus de plein fouet, je renvoyai la
première et la seconde section dans la position et, gardant avec moi la
troisième, je m'installai dans la fosse. Des rescapés d'un détachement
qui s'était fait étriller la veille dans le chemin du Dragon énervèrent
mes hommes en leur racontant qu'à cinquante mètres, une mitrailleuse
anglaise barrait la tranchée, et que l'obstacle était infranchissable. Je
convins donc avec les chefs de section qu'on se planquerait de droite
et de gauche à la première résistance, et qu'on exécuterait ensuite une
attaque convergente à la grenade.

Je passai ces heures interminables pelotonné contre le lieutenant
Hopf dans un trou. A six heures, je me levai et pris mes dernières
positions, dans cet étrange état d'âme qui précède toute offensive. On
a une drôle de sensation au creux de l'estomac, on bavarde avec les
chefs de groupe, on essaie de blaguer, on court de-ci, de-là, comme
avant une revue par le général en chef ; bref, on cherche à s'occuper
le plus possible pour échapper au ver rongeur des pensées. Un homme
m'offrit un quart de café réchauffé sur la flamme d'un Mirus, qui me
pénétra jusqu'aux moelles, comme par miracle, d'assurance.

A sept heures précises, nous nous mîmes en mouvement dans l'ordre
convenu, en une longue file. Nous trouvâmes le chemin du Dragon
vide de défenseurs ; une pile de tambours à munitions derrière une
barricade révélait que la mitrailleuse tant redoutée avait été enlevée.

Notre mordant en fut aiguisé. Nous nous enfonçâmes dans un petit chemin creux, après que j'eus verrouillé par un piquet de surveillance une tranchée bien aménagée qui s'embranchait vers la droite. Le chemin creux devenait de moins en moins profond, et pour finir, nous nous retrouvâmes en plein champ aux lueurs du petit matin. Nous fîmes demi-tour et pénétrâmes dans la tranchée de droite, où l'attaque manquée avait laissé des traces. Le sol était couvert de morts et de pièces d'équipement anglaises. C'était la position Siegfried. Tout d'un coup, le chef des groupes de choc, le lieutenant Hoppenrath, arracha le fusil de la main d'un homme et tira. Il était tombé sur un guetteur anglais qui, ayant lancé quelques grenades, prit la fuite. Nous continuâmes à progresser, jusqu'au moment où, peu après, survint une nouvelle résistance. Des grenades volèrent des deux côtés, éclatant en explosions multipliées. Les troupes de choc passèrent à l'action. Les projectiles allaient d'homme en homme, le long d'une chaîne de mains ; des tireurs d'élite s'embusquaient derrière les traverses pour viser les lanceurs ennemis ; les chefs de section surveillaient les alentours à découvert, pour repérer à temps une possible contre-attaque, et les servants des mitrailleuses légères plantaient leurs armes aux endroits favorables.

Après un bref combat, des voix excitées s'élevèrent de l'autre côté, et avant de bien comprendre ce qui se passait, nous vîmes les premiers Anglais venir vers nous, les bras en l'air. L'un après l'autre, ils sortirent de derrière la traverse et débouclèrent leurs armes ; nos fusils et nos pistolets étaient braqués, menaçants, sur eux. C'étaient tous de jeunes gars, robustes, en uniformes neufs. Je les fis passer devant moi en leur criant l'ordre : « *Hands down !* » et chargeai un groupe de les emmener. La plupart montraient par leur sourire confiant qu'ils ne s'attendaient pas à des atrocités de notre part. D'autres essayaient de se concilier nos bonnes grâces en nous tendant des paquets de cigarettes et des tablettes de chocolat. Je vis avec la joie croissante d'un Nemrod que nous avions fait une prise considérable ; le cortège n'en finissait pas. Nous avions déjà dénombré cent cinquante hommes, et il s'en montrait toujours de nouveaux, les bras levés. J'arrêtai un officier et l'interrogeai sur la suite du tracé de la position et sur les effectifs qui la tenaient. Il me conduisit au chef de compagnie, un *captain* blessé, qui se trouvait dans un abri voisin. J'y fis la connaissance d'un jeune homme de quelque vingt-six ans, aux traits fins, qui s'appuyait au châssis de galerie, le mollet traversé d'une balle. Quand je me présentai, il porta à sa casquette sa main où brillait une chaînette d'or, me donna son nom et me tendit son pistolet. Ses premières paroles me montrèrent que j'avais affaire à un homme : *We were surrounded about.* Il se sentait obligé d'expliquer à son adversaire pourquoi sa compagnie s'était si vite rendue. Nous nous entretînmes en français de choses et d'autres. Il me raconta que plusieurs blessés allemands, que ses hommes avaient pansés et ravitaillés, étaient étendus dans un abri voisin. Quand je lui demandai quelle était la force des défenseurs de la position Siegfried,

plus loin derrière, il refusa de me renseigner. Lorsque j'eus promis de
le faire ramener à l'arrière, ainsi que les autres blessés, nous nous serrâmes la main et nous séparâmes.

Hoppenrath, à l'entrée de l'abri, m'annonça que nous avions fait près
de deux cents prisonniers. Jolie performance pour une compagnie de
quatre-vingts hommes. Après avoir aposté des sentinelles, nous explo-
râmes la tranchée conquise, qui regorgeait d'armes et d'objets d'équipement. Aux postes de guetteur, on trouvait mitrailleuses, lance-mines,
grenades à main et à fusil, gourdes, vestes fourrées, water-proofs, toiles
de tente, boîtes pleines de viande, de confiture, du thé, du café, du
cacao, du tabac, des bouteilles de cognac, des outils, des pistolets, des
pistolets signaleurs, du linge, des gants, bref tout ce qu'on peut imaginer. J'intercalai dans le programme, comme un vieux chef de lansquenets, une petite récréation destinée au pillage, afin de donner aux
hommes le temps de souffler et d'examiner d'un peu plus près toutes
ces splendeurs. Moi non plus, je ne pus résister à la tentation de me
faire préparer par mon ordonnance, dans une entrée d'abri, un petit
déjeuner, et je me bourrai une pipe d'excellent *navy cut*, tandis que je
griffonnais mon rapport au chef des troupes au combat. Par précaution,
j'envoyai une copie à notre chef de bataillon.

Une demi-heure après, nous nous rassemblâmes à nouveau, en pleine
euphorie — je ne nierai pas que le cognac anglais y eût tant soit peu
contribué — et nous nous glissâmes de traverse en traverse le long de
la position Siegfried.

Un blockhaus encastré dans la tranchée tira sur nous et, pour
reconnaître la situation, nous montâmes au plus proche poste de guetteur. Tandis que nous échangions quelques balles avec les occupants
du fortin, un homme fut plaqué au sol comme par une poigne invisible.
Un projectile avait traversé le sommet de son casque et ouvert un long
sillon dans la voûte crânienne. Le cerveau se soulevait et retombait
dans la blessure à chaque pulsation, mais il put cependant s'en retourner seul vers l'arrière. Je dus encore lui intimer l'ordre de jeter son
sac, qu'il voulait absolument emporter, et le supplier de marcher très
lentement et très prudemment.

Je demandai des volontaires pour briser cette résistance par une attaque à découvert. Les hommes s'entre-regardèrent, hésitants ; seul, un
lourdaud de Polonais, que j'avais toujours considéré comme l'idiot de
la compagnie, grimpa hors de la tranchée et marcha d'un pas pesant
vers le blockhaus. J'ai malheureusement oublié le nom de ce simple,
qui m'apprit qu'on ne connaît pas un homme avant de l'avoir vu au
danger. Après lui, ce fut l'aspirant Neupert, suivi de son groupe, qui
sauta hors de la tranchée, tandis qu'en même temps nous progressions
au fond. Les Anglais lâchèrent quelques coups, puis détalèrent, abandonnant le blockhaus. L'un des hommes de l'aspirant était tombé en
plein élan et gisait à quelques pas du but, le visage contre le sol. Il

avait reçu l'une de ces balles en plein cœur qui vous étendent dans une position pareille à celle du sommeil.

En poursuivant notre avance, nous nous heurtâmes à la résistance acharnée de lanceurs de grenades invisibles et fûmes, au cours d'une assez longue tuerie, repoussés jusqu'au blockhaus. Nous nous y barricadâmes. De même que les Anglais, nous laissions dans le bout de tranchée disputé un certain nombre de morts. Parmi eux se trouvait malheureusement le sous-officier Mevius, en qui j'avais appris à estimer, la nuit de Regniéville, un combattant audacieux. Il était étendu, le visage dans une flaque de sang. Quand je le retournai, je vis bien, à un grand trou dans son front, qu'il n'y avait plus rien à faire. Je venais d'échanger quelques mots avec lui ; soudain, je m'aperçus qu'il ne répondait plus à mes questions. Quand je tournai la traverse, quelques secondes après, il était déjà mort. Cette fin avait quelque chose de fantastique.

Lorsque l'ennemi se fut un peu replié de son côté, une fusillade acharnée commença, durant laquelle un fusil Lewis, en position à cinquante mètres, nous força à baisser nos têtes. Une mitrailleuse légère, de notre bord, releva le défi. Pendant une demi-minute, les deux armes pétaradèrent l'une contre l'autre, s'arrosant mutuellement de balles. Puis notre pointeur, le soldat de première classe Motullo, s'écroula, frappé à la tête. Bien que la cervelle lui coulât sur la figure jusqu'au menton, il était encore conscient lorsque nous le portâmes au plus proche abri. Motullo, un homme mûr, était de ceux qui ne se seraient jamais présentés comme volontaires ; mais lorsqu'il fut étendu derrière sa mitrailleuse, j'observai, les yeux rivés à son visage, que malgré les salves qui l'éclaboussaient, il ne penchait pas la tête d'une ligne. Quand je m'informai de son état, il parvint à me répondre en phrases cohérentes. J'eus l'impression que cette blessure mortelle ne lui causait pas de douleurs, que peut-être même il n'en avait pas conscience.

Le calme revint un peu, progressivement, car les Anglais, eux aussi, dressaient une barricade. A midi, nous vîmes paraître le capitaine von Brixen, le lieutenant Voigt ; ils me félicitèrent des succès de la compagnie. Nous nous assîmes dans le blockhaus, déjeunâmes sur les provisions anglaises et discutâmes de la situation. Entre-temps, je parlementais en criant avec quelque vingt-cinq Anglais, dont les têtes sortaient de la tranchée, à cent mètres devant nous, et qui semblaient disposés à se rendre. Mais, dès que je me hissais à découvert, je recevais des balles de plus loin derrière.

Tout à coup, un mouvement se produisit auprès de la barricade. Des grenades volaient, des coups de fusil claquaient, des mitrailleuses bégayaient. « Les voilà ! Les voilà ! » Nous bondîmes derrière les sacs de sable et tirâmes. L'un de mes hommes, le soldat de première classe Kimpenhaus, sauta sur le sommet de la barricade, dans l'ardeur du combat, et tira de là-haut dans la tranchée jusqu'au moment où deux graves coups dans le bras le balayèrent. Je notai son nom et eus la joie de pouvoir le féliciter quinze jours après, quand il reçut la Croix de fer de première classe.

A peine étions-nous revenus de cet intermède à notre déjeuner qu'un vacarme infernal éclata de nouveau. Il se produisit l'un de ces incidents bizarres qui modifient soudain une situation de manière imprévisible. Les braillements venaient d'un adjudant du régiment voisin, sur notre gauche, qui voulait prendre contact avec nous et brûlait d'une redoutable agressivité. L'ivresse semblait avoir déchaîné jusqu'à la folie furieuse sa bravoure native. « Où sont les tommies ? Bande de chiens, rentrez-leur dedans ! Allons-y, qui est-ce qui vient avec moi ? » Dans sa fureur, il culbuta notre belle barricade et fonça vers l'ennemi, s'ouvrant un chemin à coups fracassants de grenade. Son homme de liaison se glissait devant lui dans la tranchée et descendait au fusil ceux qui avaient échappé aux explosifs.

Le courage, la vie jetée en enjeu communiquent toujours l'enthousiasme. Nous aussi, nous fûmes saisis d'une folle hardiesse et, ramassant quelques grenades, nous rivalisâmes d'ardeur à donner, comme lui, une démonstration de *furor teutonicus*. Je me joignis bientôt au furieux, déchaîné dans la position, et les autres officiers, suivis des hommes de ma compagnie, ne se firent pas non plus longtemps prier. Même le chef de bataillon, le capitaine von Brixen, se trouva parmi les premiers, un fusil à la main, et abattit par-dessus nos têtes plusieurs lanceurs de grenades ennemis.

Les Anglais se défendirent vaillamment. Chaque traverse fut disputée. Les boules noires des grenades Mill croisaient en l'air nos grenades à manche. Derrière chaque traverse que nous prenions d'assaut, nous trouvions des cadavres ou des corps encore palpitants. On se tuait au jugé. Nous aussi, nous avions des pertes. Près de l'agent de liaison, un éclat de fer s'abattit, sans que l'homme pût l'éviter ; il s'écroula, tandis que son sang coulait en gouttes pressées de nombreuses blessures.

Nous passâmes par-dessus son corps et poursuivîmes notre avance. Des craquements de tonnerre marquaient notre chemin. Des centaines d'yeux étaient braqués dans ce paysage mort, aux aguets, derrière les fusils et les mitrailleuses. Nous étions déjà loin devant nos lignes. De toutes parts, des projectiles sifflaient autour de nos casques ou s'écrasaient avec un choc dur contre les berges de la tranchée. Toutes les fois qu'une des masses de fer en forme d'œuf dépassait la ligne d'horizon, l'œil s'emparait d'elle avec ce don de voyance que l'homme acquiert seulement dans les instants où se décident la vie et la mort. Durant ces moments d'attente, il fallait chercher à gagner un point d'où l'on pût voir le plus possible du ciel, car ce n'est que sur son fond pâle que le fer noir et cannelé des boules mortelles se détachait avec une netteté suffisante. Alors, on lançait sa grenade et on bondissait en avant. A peine si l'on frôlait du regard le corps de l'ennemi, mollement écroulé ; il était hors jeu ; un nouveau duel commençait. L'échange de grenades rappelle l'escrime au fleuret ; il faut y faire des bonds comme dans un ballet. C'est le plus mortel des combats singuliers, qui prend fin seulement quand l'un des deux adversaires vole en l'air. Il peut d'ailleurs arriver que tous deux tombent.

Je pus, durant ces minutes, voir sans frémir les morts par-dessus lesquels je sautais à chaque pas. Ils gisaient tous dans cette position détendue et abandonnée, propre aux instants où la vie se retire du corps. Au cours de ces bonds, j'eus une discussion avec l'adjudant, qui était un véritable enragé. Il réclamait la première place et me sommait de ne pas lancer de projectiles, mais de me borner à les lui tendre. Parmi ces appels brefs et terribles qui servent à régler le travail et à avertir des mouvements de l'ennemi, j'entendais de temps à autre sa voix : « Il n'y a qu'*un* lanceur ! J'ai été instructeur au bataillon de choc ! »

Une tranchée qui s'embranchait vers la droite fut nettoyée par les hommes du 225ᵉ, qui progressaient à notre suite. Des Anglais pris au piège tentèrent de s'échapper à découvert, et tombèrent sous le feu qui se concentra aussitôt sur eux de toutes parts.

Les autres, qui nous avaient à leurs trousses, commencèrent aussi à trouver la position Siegfried malsaine. Ils tentèrent de s'en échapper par un boyau qui tournait vers la droite. Nous bondîmes sur les banquettes de guetteurs et y jouîmes d'un spectacle qui nous arracha des cris de triomphe. La tranchée par laquelle ils avaient voulu nous brûler la politesse revenait vers la nôtre, comme le bois recourbé d'une lyre, et n'en était éloignée aux endroits les plus étroits que de dix mètres à peine. Ils étaient donc obligés de repasser près de nous. De nos perchoirs, nous pûmes parfaitement distinguer les casques d'acier des Anglais, qui trébuchaient de hâte et d'énervement. Je balançai une grenade aux pieds de l'homme de tête, si bien qu'ils s'arrêtèrent, interdits, et furent coincés par leurs poursuivants. Les grenades volèrent alors à travers l'air comme des boules de neige, enveloppant tout d'une épaisse fumée blanche. D'en bas, on nous passait sans cesse de nouveaux projectiles. Les éclairs jaillissaient au milieu des Anglais aux abois, projetant des haillons d'uniforme et des casques. Les cris de fureur et d'angoisse se mêlaient. Les yeux en feu, nous sautâmes sur le rebord de la tranchée. Les fusils de tout le secteur se braquèrent sur nous.

Au milieu de ce tourbillon, je fus jeté à terre par un coup terrible. Dégrisé, je m'arrachai mon casque et j'aperçus, à mon épouvante, deux grands trous dans son métal. L'aspirant Mohrmann, qui accourut à la rescousse, me rassura en me certifiant qu'on ne voyait qu'une estafilade sanglante à mon occiput. La balle d'un tireur éloigné avait perforé mon casque et frôlé mon crâne. A demi assommé, je revins vers l'arrière d'un pas chancelant, la tête hâtivement bandée, pour quitter ce foyer du combat. A peine avais-je dépassé la traverse suivante qu'un homme arriva en courant dans mon dos et m'annonça d'une voix entrecoupée que Tebbe venait de tomber au même endroit, d'une balle dans la tête.

Cette nouvelle m'atterra. Je me refusais à concevoir qu'un ami aux hautes vertus, avec qui j'avais partagé pendant des années joie, peine et danger, et qui m'avait encore crié une plaisanterie, voici quelques minutes, eût trouvé sa fin dans un minuscule morceau de plomb. Ce n'était, hélas, que trop vrai.

Vers ce même moment, dans cette portion meurtrière de tranchée, tous les officiers et un tiers des hommes de ma compagnie étaient déjà hors de combat. Les balles dans la tête pleuvaient comme grêle. Parmi d'autres, le lieutenant Hopf tomba ; c'était un homme déjà mûr, instituteur dans le civil, un maître d'école allemand, au meilleur sens du terme. Mes deux aspirants et bien d'autres encore furent blessés. Malgré tout, la 7ᵉ compagnie tint la position conquise sous le commandemant du lieutenant Hoppenrath, le dernier officier de la compagnie, jusqu'à la relève.

Sur le chemin du retour, je m'arrêtai auprès du capitaine von Brixen, engagé avec quelques hommes dans un tir contre une série de têtes qui saillaient au bord d'une tranchée parallèle, proche de la nôtre. Je pris place entre lui et un autre tireur et observai les impacts. Dans cet état de songe qui suit le choc proprement dit de la blessure, je ne pensais pas que mon pansement se voyait de loin, comme un turban blanc.

Soudain, un nouveau choc au front me projeta au fond de la tranchée, tandis que mes yeux étaient aveuglés par le sang ruisselant. Mon voisin s'écroula au même instant et commença à gémir. Coup à la tête, entre la tempe et le bord du casque. Le capitaine craignit d'avoir perdu en ce même jour son second chef de compagnie, mais, lorsqu'il m'examina de plus près, il ne releva que deux plaies superficielles à la naissance des cheveux. Elles devaient provenir de l'écrasement du projectile, ou des éclats du casque en acier de l'autre blessé. Cet homme, qui portait dans son corps le métal de la même balle que moi, me rendit visite après la guerre ; il était ouvrier dans une usine de cigarettes et resta, depuis ce coup, en mauvaise santé, et bizarre.

Affaibli par cette nouvelle saignée, je me joignis au capitaine, qui regagnait son P. C. Nous traversâmes au pas de course le violent barrage de feu, à l'orée du village de Mœuvres, et gagnâmes l'abri dans le lit du canal, où je me fis panser et piquer contre le tétanos.

L'après-midi, je m'assis dans un camion et roulai jusqu'à Lécluse, où je fis mon rapport au colonel von Oppen pendant le dîner. Après avoir vidé une bouteille de vin avec lui, à moitié assoupi, mais en excellente forme morale, je pris congé de lui et je me jetai avec soulagement, au soir de cette prodigieuse journée, sur le lit que m'avait préparé mon fidèle Vinke.

Le surlendemain, le bataillon fut cantonné à Lécluse. Le 4 décembre, le chef de la division, le major général von Busse, fit une allocution aux bataillons qui avaient pris part à la bataille ; il y mentionna tout particulièrement les mérites de la 7ᵉ compagnie. Je la fis défiler devant lui, la tête bandée. J'avais le droit d'être fier de mes hommes. A quatre-vingts à peine, ils avaient conquis une longue portion de tranchée, s'étaient emparés d'une masse de mitrailleuses, de lance-mines et de matériel, et avaient fait deux cents prisonniers. J'eus la joie de pouvoir annoncer une série de promotions et de décorations. C'est ainsi que le lieutenant Hoppenrath, chef des groupes de choc, l'aspirant Neuper, qui avait pris le blockhaus d'assaut, et aussi Kimpenhaus, l'audacieux défenseur de la barricade, purent accrocher à leur tunique une Croix de fer de première classe bien méritée.

Au lieu d'empoisonner les hôpitaux avec ma cinquième double blessure, je la laissai se refermer lors d'une permission de Noël. La fente, à l'arrière du crâne, ne tarda pas à se cicatriser ; l'éclat dans le front se perdit dans la chair, pour tenir compagnie à deux autres, souvenirs de Regniéville, l'un dans la main gauche, l'autre dans le lobe de l'oreille. C'est pendant cette permission que j'eus la surprise de recevoir du front l'ordre de la Couronne de Hohenzollern.

Cette croix d'émail bordée d'or, mon casque d'acier et une coupe d'argent, avec l'inscription : « Au vainqueur de Mœuvres », que m'offrirent les trois autres chefs de compagnie du bataillon, sont mes souvenirs de la double bataille de Cambrai. Elle entrera dans l'histoire comme la première tentative de rompre par de nouvelles méthodes l'encerclement mortel de la guerre de positions. J'avais donc ramené mon casque troué et l'ai conservé, comme pendant de cet autre que portait le lieutenant de lanciers hindous, lorsqu'il menait ses hommes à l'attaque contre nous.

Au bord du Cojeul

Avant même que je ne fusse parti en permission, le 9 décembre 1917, après quelques jours de repos, nous relevâmes la 10e compagnie en première ligne. La position s'étendait, comme je l'ai déjà rapporté, devant le village de Vis-en-Artois. Mon secteur était limité à droite par la route d'Arras à Cambrai, à gauche par le lit embourbé d'un ruisseau, le Cojeul, à travers lequel nous maintenions la liaison avec la compagnie voisine par des navettes de patrouille, la nuit. La position ennemie était soustraite à nos regards par un pli de terrain qui s'élevait entre les deux tranchées de première ligne. A part quelques patrouilles, qui tâtaient les barbelés la nuit, et le bourdonnement d'une dynamo établie non loin de nous, dans la ferme de Saint-Hubert, l'infanterie adverse ne donnait pas signe de vie. Nous avions, par contre, le désagrément de fréquentes attaques par mines à gaz, qui nous causaient de nombreuses pertes. Elles étaient projetées par plusieurs centaines de tubes de fer, enfouis dans la terre, et qui se déchargeaient au moyen d'une commande électrique, en une seule salve flamboyante. Dès que cette bande de feu s'élevait, on annonçait l'alerte au gaz, et celui qui n'avait pas mis son masque lorsque pleuvaient les mines passait un mauvais quart d'heure. A certains endroits, le gaz arrivait presque à la densité absolue, de sorte que le masque même ne servait plus de rien, faute d'oxygène qu'on pût respirer. C'est ainsi qu'il fit beaucoup de victimes. Mon abri s'enfonçait dans la paroi abrupte d'une gravière, qui bâillait derrière nos positions et recevait presque chaque jour un tir violent. Derrière elle se dressait, silhouette noire, la charpente en fer d'une sucrerie détruite.

La gravière était un lieu sinistre. Parmi les entonnoirs, remplis de matériel d'armée hors d'usage, étaient plantées de guingois les croix de tombes à l'abandon. La nuit, on n'y voyait pas à un mètre devant soi, et il fallait attendre de l'extinction d'une fusée à l'envol de la suivante pour ne pas choir du sentier sûr qui courait sur des caillebotis de fer à travers la vase du val du Cojeul.

Quand je n'avais rien à faire dans la tranchée de guetteurs en construction, je passais mes journées dans mon abri glacial, à lire un livre et à battre la semelle sur les châssis pour me réchauffer. Le même rôle était dévolu à une bouteille de menthe verte, cachée dans une niche du calcaire, à laquelle mes plantons et moi-même avions fréquemment recours.

Si cependant nous avions fait monter de la gravière, dans le ciel morne de décembre, la moindre fumée, l'endroit serait vite devenu inhabitable, car l'ennemi semblait jusqu'à présent considérer la sucrerie comme siège de mon P. C. et gaspillait la majorité de ses projectiles sur cette vieille ferraille. C'est ainsi que la vie ne revenait dans nos membres gourds qu'à l'heure du crépuscule. Le petit poêle était allumé et répandait, avec une fumée épaisse, une chaleur bienfaisante. Bientôt, les gamelles des ravitailleurs revenus de Vis tintaient dans l'escalier : on les attendait avec impatience. Alors, quand le cycle éternel des navets, du gruau et des légumes évaporés était coupé de haricots ou de nouilles, le moral ne laissait plus rien à désirer. J'étais souvent réjoui, à ma petite table, par les propos naïfs des plantons qui, perdus dans les nuages de leur tabac, étaient accroupis autour du poêle, d'où une gamelle de grog répandait des parfums robustes. La guerre et la paix, le combat et le pays, les quartiers de repos et les permissions étaient discutés avec toute la placidité de la Basse-Saxe, et sur d'autres sujets aussi, je cueillais au vol pas mal de fortes maximes. C'est ainsi que le coureur de combat, partant en permission, nous fit ses adieux en ces mots : « Les gars, c'est rudement bath de te retrouver la première nuit dans ton lit avec ta bonne femme qui se plaque contre toi ! »

Le 19 janvier, nous fûmes relevés à quatre heures du matin et marchâmes sous une épaisse tempête de neige jusqu'à Gouy, où nous devions séjourner un certain temps pour nous préparer aux tâches de la grande offensive. Les instructions pour l'entraînement des hommes, émises par Ludendorff et diffusées jusqu'au niveau des chefs de compagnie, nous apprirent que la tentative de frapper un grand coup pour emporter la décision ne saurait plus tarder.

Nous répétâmes les formes presque oubliées du combat de tirailleurs et de la guerre de mouvement, et nous exerçâmes avec zèle au tir de fusil et de mitrailleuse. Comme tous les villages à l'arrière du front étaient combles, jusqu'à la dernière mansarde, chaque talus servait de support à une cible, si bien que les balles bourdonnaient parfois pardessus le terrain comme au combat. Avec sa mitrailleuse légère, un pointeur de ma compagnie descendit un jour de sa selle le chef d'un autre régiment, en plein commentaire de manœuvre. Par bonheur, le blessé s'en tira avec un coup sans gravité dans la jambe.

Deux ou trois fois, j'entrepris avec ma compagnie des exercices d'attaque réelle à la grenade sur des systèmes de tranchées complexes, pour mettre à profit nos expériences de la bataille de Cambrai. Là aussi, il y eut des blessés.

Le 24 janvier, le colonel von Oppen nous fit ses adieux pour prendre en Palestine le commandement d'une brigade. Il était depuis l'automne 1914 à la tête du régiment, dont l'histoire est étroitement liée à son nom. Le colonel von Oppen était un vivant exemple de l'existence des chefs-nés. Il eut toujours autour de lui une sphère d'ordre et de confiance. Le régiment est la dernière formation où l'on se connaisse encore personnellement ; c'est, dans une certaine mesure, la plus vaste des familles militaires, et la marque d'un tel chef s'imprime insensiblement, à des milliers d'hommes. Malheureusement, son adieu : « Au revoir, à Hanovre» ne devait pas être exaucé ; il mourut bientôt du choléra asiatique. J'avais déjà reçu la nouvelle de sa mort quand une dernière lettre de lui me parvint. Je lui dois beaucoup.

Le 6 février, nous déménageâmes une fois de plus, revînmes à Lécluse et fûmes cantonnés le 22 pour quatre jours dans le champ d'entonnoirs, à gauche de la route Dury-Hendecourt, pour travailler la nuit à fortifier la première ligne. En visitant la position, qui s'étendait en face des décombres d'un ancien village, Bullecourt, je me rendis parfaitement compte qu'une partie de l'immense offensive dont on parlait à mots couverts, avec passion, tout le long du front Ouest, devait avoir lieu à cet endroit.

Partout, on travaillait dans la fièvre, on creusait des galeries, on traçait de nouveaux chemins. Le terrain était semé de petits écriteaux plantés en plein champ, et qui portaient des hiéroglyphes mystérieux : ils marquaient sans doute la position future des batteries et des postes de commandement. Nos aviateurs faisaient sans cesse des vols d'interception pour soustraire aux appareils ennemis la vue du sol. Afin de donner à tout l'effectif un repère de temps précis, on descendait tous les jours, à midi juste, une boule noire des ballons captifs, pour la remonter à midi dix.

Vers la fin du mois, nous fûmes ramenés dans nos anciens cantonnements de Gouy. Après plusieurs exercices dans le cadre du bataillon et de la compagnie, nous répétâmes par deux fois sur une vaste position, indiquée par des bandes blanches, une percée par la division tout entière. Le chef de division tint ensuite une harangue dont chacun put conclure que l'attaque éclaterait dans les prochains jours.

Je me souviens avec plaisir du dernier soir où, assis ensemble autour de notre table ronde, nous nous entretînmes, le sang à la tête, de la guerre de mouvement qui nous attendait. Si, dans notre enthousiasme, nous changions en vin notre dernière pièce de monnaie, qu'avions-nous à faire de l'argent ! Nous nous retrouverions bientôt, soit de l'autre côté des lignes ennemies, soit dans un monde meilleur.

Le capitaine fut obligé de nous rappeler que les arrières, eux aussi, voulaient vivre ; sinon, nous aurions fracassé contre les murs, ce dernier soir, les verres, les bouteilles et la porcelaine. Nous ne doutions pas que le grand plan ne réussît. En tout cas, ce ne serait pas nous qui le ferions échouer ! La troupe, elle aussi, était en forme. Quand on l'entendait parler avec son humour sec de Basse-Saxe des « courses en plat à la Hindenburg » qui l'attendaient, on savait qu'elle s'y mettrait comme toujours : coriace, sûre, et sans vaines criailleries.

Le 17 mars, nous marchâmes après la tombée de la nuit depuis ces cantonnements, qui nous étaient devenus chers, jusqu'à Brunemont. Toutes les routes grouillaient de colonnes qui progressaient sans relâche, de pièces innombrables et de voitures en files interminables. Pourtant, il régnait un ordre strict, conforme à un plan de marche soigneusement établi. Malheur au détachement qui ne s'en tenait pas exactement aux horaires et aux chemins prévus ; il était plaqué dans le fossé et devait attendre des heures durant, avant de pouvoir s'insérer dans une place vide. Une seule fois, nous fûmes pourtant pris dans la presse, où le cheval du capitaine von Brixen s'embrocha sur un timon ferré et en mourut.

La grande bataille

Le bataillon fut logé au château de Brunemont. Nous apprîmes que nous devions avancer dans la nuit du 19 mars, pour prendre nos positions de départ, des abris creusés dans le champ d'entonnoirs, auprès de Cagnicourt, et que le jour J de la grande offensive était le *21 mars 1918 au matin*. Le régiment avait mission de percer entre les villages d'Écoust-Saint-Mein et de Noreuil, et d'avancer le premier jour jusqu'à Mory. Ce secteur avait fait partie de nos arrières, lors des combats de position devant Monchy ; il nous était donc familier.

Je détachai en éclaireur le lieutenant Schmidt, que nous n'appelions jamais autrement que « le petit Schmidt », à cause de sa gentillesse ; il devait réserver des quartiers à la compagnie.

A l'heure dite, nous sortîmes de Brunemont. Près d'un carrefour où nous attendaient nos groupes de guides, les compagnies se séparèrent pour progresser en éventail. Quand nous fûmes à la hauteur de la seconde ligne, où nous devions nous installer, il s'avéra que nos guides s'étaient égarés. Commencèrent alors des zigzags dans le champ d'entonnoirs faiblement éclairé, au sol détrempé, et des questions à d'autres groupes, tout aussi peu renseignés. Pour ne pas épuiser complètement mes hommes, je commandai la halte et envoyai les guides dans diverses directions.

Les groupes formèrent les faisceaux et se tassèrent dans un énorme trou d'obus, tandis que je m'asseyais avec le lieutenant Sprenger au bord d'un plus petit, d'où l'on avait vue dans le grand cratère, comme d'un balcon. Depuis quelque temps déjà, les flammes d'éclatements isolés avaient jailli à quelque cent pas de nous. Un nouveau projectile tomba à moindre distance ; les éclats fouettèrent les parois d'argile. Un homme se mit à crier, affirmant être blessé au pied. Tout en tâtant sa botte boueuse pour retrouver le trou d'entrée, j'invitai les groupes à s'égailler entre les entonnoirs voisins, et ils s'y préparèrent.

A ce moment, voici qu'un nouveau sifflement retentit haut en l'air : chacun sentit, la gorge serrée : celui-là, c'est pour nous. Puis un fracas énorme, assourdissant — l'obus s'était abattu juste au milieu de nous.

A demi assommé, je me relevai. Dans le grand entonnoir, des bandes de cartouches de mitrailleuses, allumées par l'explosion, lançaient une lumière d'un rose cru. Elle éclairait la fumée pesante où se tordait une masse de corps noircis, et les ombres des survivants qui s'enfuyaient dans toutes les directions. En même temps, de nombreux et atroces cris de souffrance et des appels à l'aide s'élevèrent.

Cette rotation de la masse sombre, au fond du chaudron fumant et rougeoyant, ouvrit durant une seconde, comme la vision d'un cauchemar infernal, le plus profond abîme de l'épouvante.

Après un instant où je restai paralysé, comme figé par l'horreur, je me levai d'un bond et courus à travers la nuit. C'est seulement dans un trou d'obus où j'étais tombé que je saisis ce qui venait de se passer. Ne plus rien entendre, ne plus rien voir ! Seulement fuir d'ici, jusqu'au fond de l'obscurité ! Mais à quoi bon ? Il fallait bien m'occuper d'eux, c'est à moi qu'ils étaient confiés. J'entendis l'autre voix : « C'est toi qui es le chef de compagnie ! » et me contraignis à revenir vers cette scène d'horreur. Je rencontrai en chemin le fusilier Haller, qui s'était emparé de la mitrailleuse, près de Regniéville, et l'emmenai.

Les blessés poussaient encore leurs cris affreux. Quelques-uns se traînèrent vers moi sur le ventre et gémirent, lorsqu'ils reconnurent ma voix : « Mon lieutenant ! mon lieutenant ! » L'un des bleus que je préférais, Jasinski, à qui un éclat avait fracassé la cuisse, se cramponnait à mes jambes. Maudissant mon impuissance à porter secours, je lui tapai sur l'épaule, désemparé. De tels moments se gravent en vous.

Je fus obligé de remettre le soin des malheureux au seul brancardier survivant, pour conduire hors de la zone de danger la petite troupe qui s'était rassemblée autour de moi. Moi qui, une demi-heure auparavant, étais encore à la tête d'une compagnie sur le pied de guerre, j'errais maintenant avec quelques hommes complètement abattus à travers le lacis des tranchées. Un gosse qui, quelques jours auparavant, sous les brocards de ses camarades, avait pleuré à l'exercice, à cause des caisses de munitions, trop pesantes pour lui, traînait fidèlement ce fardeau qu'il avait sauvé de l'horrible scène, tout le long de notre cruel chemin. Ce trait me bouleversa. Je me jetai à terre et éclatai en sanglots convulsifs, tandis que les hommes m'entouraient, l'air sombre.

Quand nous eûmes parcouru à la hâte, pendant plusieurs heures, et vainement, des tranchées où stagnaient l'eau et la vase, nous rampâmes morts de fatigue, jusqu'à quelques niches à munitions taillées dans les parois. Vinke étendit sur moi sa couverture mais je ne pus fermer l'œil et attendis l'aube dans un état d'atonie totale, en fumant cigare sur cigare.

Les premières lueurs du jour découvrirent dans le champ d'enton-noirs une animation inconcevable. Des détachements sans nombre ten-taient d'arriver à temps dans leurs abris. Des artilleurs traînaient des munitions, des lanceurs de mines tiraient leurs véhicules ; les télépho-nistes et les signaleurs optiques établissaient leurs relais. Une vraie foire, à mille mètres de l'ennemi, qui, inexplicablement, semblait n'en rien remarquer.

Je tombai enfin sur le chef de la compagnie de mitrailleuses, Fallens-tein, un vieil habitué du front, qui put m'indiquer nos abris. Ses pre-miers mots furent : « Qu'est-ce qui vous est arrivé, mon vieux ? Vous êtes tout jaune. » Je conduisis mes gens dans un grand abri, auprès duquel nous étions passés une douzaine de fois dans la nuit, et où je retrouvai le petit Schmidt, qui ne savait encore rien de notre malheur. J'y retrouvai aussi les guides. Depuis ce jour, j'ai toujours fait moi-même le choix des guides, et avec la plus grande prudence. A la guerre, on apprend à fond son métier ; mais les leçons se paient cher.

Quand j'eus installé mes compagnons, je partis pour le lieu des hor-reurs de la nuit précédente. L'endroit était à donner la chair de poule. En cercle autour de l'impact et de sa trace calcinée, plus de vingt cada-vres noircis gisaient, la plupart si déchiquetés qu'ils en étaient méconnaissables. Plus tard, nous dûmes porter disparus quelques-uns des morts, comme on ne retrouvait rien d'eux.

Des soldats des sections de tranchées voisines étaient en train de tirer de cet horrible magma les affaires des morts, souillées de sang, pour y chercher un butin. Je les chassai et donnai à mon homme de liaison la mission de ramasser les portefeuilles et les objets de valeur, afin de les faire parvenir aux familles. Nous dûmes néanmoins les aban-donner dès le lendemain au moment de l'assaut.

A ma grande joie, le lieutenant Sprenger sortit d'un abri voisin avec une troupe d'hommes qui y avaient passé la nuit. Je fis avancer les chefs de groupes au rapport et appris que nous comptions encore soixante-trois hommes. C'est avec plus de cent cinquante que j'étais parti la veille au soir, plein d'entrain. Je réussis à identifier plus de vingt morts et plus de soixante blessés, dont beaucoup succombèrent par la suite à leurs mutilations. Ces recherches m'obligèrent à de nombreuses courses sur les tranchées et les entonnoirs, mais elles détournèrent ma pensée des images affreuses qui l'obsédaient.

Ma seule et faible consolation était que le désastre eût pu être pire encore. Par exemple, le fusilier Rust s'était trouvé si près du point d'impact que les sangles de sa caisse de munitions avaient pris feu. Le sous-officier Peggau, qui d'ailleurs tomba dès le lendemain, se trouva entre deux camarades qui furent complètement déchiquetés, tandis qu'il s'en tirait sans une égratignure.

Nous passâmes le reste du jour dans l'abattement, le plus souvent à dormir. Je fus fréquemment appelé chez le chef de bataillon, car il restait toujours quelque point à régler avant l'offensive. Le reste du temps, je poursuivis avec mes deux officiers, étendu sur un bat-flanc, une conversation à propos de niaiseries, pour échapper aux pensées qui me torturaient. Nous jouissions ainsi d'un délai de grâce, et notre refrain constant était : « Dieu merci, le pire qui puisse nous arriver, c'est de nous faire tuer. » Une petite allocution par laquelle je m'efforçai de réconforter mes hommes, qui restaient accroupis, muets, dans l'escalier de l'abri, ne parut pas leur faire beaucoup d'effet. Au reste, je n'étais guère d'humeur à encourager les autres.

A dix heures, un homme de liaison nous transmit l'ordre de nous mettre en route pour la première ligne. Un animal sauvage qu'on traîne hors de sa tanière, un marin qui voit s'abîmer sous ses pieds la planche de salut, doivent ressentir à peu près ce que nous éprouvâmes quand nous dûmes dire adieu à l'abri sûr et tiède pour sortir dans la nuit inhospitalière.

L'agitation y régnait déjà. Nous courûmes à travers la tranchée Félix sous un tir vif de shrapnells et parvînmes sans pertes à l'avant. Tandis que nous serpentions en bas, à travers les tranchées, l'artillerie roulait déjà sur des passerelles au-dessus de nos têtes, pour aller se mettre en position. Le régiment, dont nous devions constituer le bataillon de pointe, avait reçu un secteur extrêmement étroit. Tous les abris furent combles en un clin d'œil. Les isolés se creusèrent des trous dans les berges de la tranchée, afin de se protéger en quelque mesure du feu d'artillerie qui précéderait l'assaut. Après de longues palabres, chacun finit par trouver sa petite place. Une fois encore, le capitaine von Brixen réunit les chefs de compagnie pour la discussion. Quand nous eûmes pour la dernière fois vérifié la concordance de nos montres, nous nous serrâmes la main et nous séparâmes.

Je m'assis sur un escalier d'abri à côté de mes deux officiers, pour attendre l'heure H, cinq heures cinq, où devait commencer la préparation d'artillerie. Le moral s'était un peu éclairci, car la pluie avait cessé et la nuit étoilée promettait un matin sec. Nous passâmes notre temps à fumer et à bavarder. On déjeuna à trois heures, et on se tendit les gourdes à la ronde. Aux premières lueurs de l'aube, l'artillerie ennemie prit une telle activité que nous craignîmes que l'Anglais n'eût éventé la mèche. Quelques-unes des nombreuses piles de munitions dispersées à travers le terrain volèrent en l'air.

Peu de temps avant l'heure H, on diffusa le radiogramme suivant : « S. M. l'empereur et Hindenburg se sont rendus sur le théâtre des opérations. » Il fut salué d'applaudissements.

L'aiguille avançait toujours ; nous comptâmes les dernières minutes. Enfin, elle atteignit cinq heures cinq. L'ouragan éclata.

Un rideau flamboyant monta en l'air, suivi d'un rugissement soudain, tel que nous n'en avions jamais entendu. Un tonnerre à rendre fou, qui engloutissait dans son roulement jusqu'aux coups de départ des plus grosses pièces, fit trembler le sol. Le grondement mortel des innombrables canons, derrière nous, était si terrible que même les pires batailles que nous avions subies nous semblaient en comparaison un jeu d'enfant. Ce que nous n'avions osé espérer se produisit : l'artillerie ennemie se tut ; elle avait été annihilée d'un seul coup gigantesque.

Nous ne tînmes plus dans nos abris : debout sur les défenses, nous contemplâmes, éberlués, le mur de feu haut comme une tour, dressé sur les tranchées anglaises, et qui se voilait de nuées ondoyantes, rouges comme du sang.

Ce spectacle fut gâché par des larmoiements et une sensation de brûlure dans les muqueuses. Les vapeurs de nos obus à gaz, refoulées par le vent contraire, nous enveloppaient d'une violente odeur d'amandes amères. Je remarquai, soucieux, que beaucoup de mes hommes commençaient à tousser, à suffoquer, et s'arrachaient finalement le masque du visage. Je m'efforçai donc de retenir mes premières quintes de toux et de ménager mon souffle. Les vapeurs se dissipèrent peu à peu, et une heure après, nous pûmes ôter les masques.

Le jour s'était levé. Derrière nous, l'énorme vacarme ne faisait que croître, bien qu'une aggravation parût impossible. Devant nous, une muraille de fumée, de poussière et de gaz, impénétrable au regard, s'était dressée. Des inconnus couraient à travers la tranchée, nous hurlant à l'oreille des interjections joyeuses. Fantassins et artilleurs, sapeurs et téléphonistes, Prussiens et Bavarois, officiers et hommes de troupe, tous étaient subjugués par la violence élémentaire de cet ouragan igné et brûlaient de monter à l'assaut, à neuf heures quarante. A huit heures vingt-cinq, nos lance-mines lourds entrèrent dans la danse : ils étaient dressés tout près, à de courts intervalles, derrière la tranchée de première ligne. Nous vîmes les énormes mines voler en arcs tendus à travers l'air et retomber de l'autre côté, provoquant comme des explosions volcaniques. Leurs impacts se succédaient comme une chaîne serrée de cratères crachant des flammes.

Les lois naturelles mêmes semblaient suspendues. L'air tremblait comme aux jours brûlants d'été, et ses papillotements faisaient danser de-ci de-là des objets immobiles. Des bandes d'ombre noire filaient à travers les nuages de fumée. Le vacarme était devenu absolu : on ne l'entendait plus. On ne notait que confusément comme des mitrailleuses, dans notre dos, lançaient par milliers leurs essaims de plomb en plein ciel.

La dernière heure de la préparation devint plus dangereuse que les quatre autres, durant lesquelles nous nous étions promenés insoucieusement à découvert. L'ennemi mit en action une batterie lourde, qui lança coup sur coup dans notre tranchée bondée. Pour l'éviter, je me repliai sur la gauche et rencontrai l'officier d'ordonnance, le lieutenant Heins, qui s'enquit du baron von Solemacher : « Il faut qu'il prenne tout de suite le commandement du bataillon — le capitaine von Brixen vient d'être tué. » Bouleversé par cette affreuse nouvelle, j'allai vers l'arrière et m'assis dans un trou profond. Ce court bout de chemin m'avait déjà fait oublier l'événement. Je marchais en somnambule, comme perdu dans un rêve, à travers l'ouragan. Le cerveau ne se cramponnait plus à la réalité que par un chiffre, neuf heures quarante.

Debout devant mon trou, mon compagnon de Regniéville, le sous-officier Dujesiefken, me supplia de revenir dans la tranchée, car la moindre chute d'obus devait m'ensevelir sous des masses de terre. Une explosion lui coupa la parole, il tomba sur le sol, une jambe arrachée. Tout secours était vain. Je sautai par-dessus son corps et courus vers la droite : j'y rampai jusqu'à un terrier où deux sapeurs avaient déjà cherché asile. Dans le cercle étroit qui nous entourait, les obus lourds continuaient à faire rage. On voyait soudainement des mottes de terre noire jaillir en tourbillon d'un nuage blanc ; l'explosion était engloutie par le fracas général. D'ailleurs, à mieux dire, on n'entendait plus rien du tout. Dans la petite section de tranchée, sur notre gauche, trois hommes de ma compagnie furent mis en pièces. L'un des derniers coups, un obus qui n'éclata pas, tua de plein fouet le pauvre petit Schmidt, qui était encore assis dans l'escalier de l'abri.

Je me tenais devant mon terrier avec Sprenger, la montre en main, et attendais le grand moment. Les restes de la compagnie s'étaient rassemblés autour de nous. Nous réussîmes à égayer les hommes et à les distraire par des plaisanteries d'une épaisse naïveté. Le lieutenant Meyer, qui vint voir ce qui se passait au coin de la traverse, me raconta plus tard qu'il nous avait crus fous.

A neuf heures dix, les patrouilles d'officiers chargées de surveiller le déroulement de l'opération quittèrent la tranchée. Comme les deux positions étaient à plus de huit cents mètres l'une de l'autre, nous devions nous rassembler, avant même que la préparation d'artillerie eût pris fin, et nous planquer aux aguets dans le *no man's land*, de manière à pouvoir sauter à neuf heures quarante dans la première ligne des ennemis. Sprenger et moi escaladâmes donc le parapet, quelques minutes plus tard, suivis des hommes.

« On va leur montrer maintenant de quoi la 7ᵉ est capable ! — Maintenant, je me fiche de tout ! — Vengeance pour la 7ᵉ ! — Vengeance

pour le capitaine von Brixen !» Nous sortîmes nos pistolets et franchîmes nos barbelés, à travers lesquels les premiers blessés se traînaient
déjà vers l'arrière.

Je regardai à droite et à gauche. La ligne de partage de deux peuples
offrait un singulier spectacle. Dans les trous de marmite, devant la
tranchée ennemie, que fouissait à chaque moment la tourmente de feu,
sur un front qui se prolongeait à perte de vue, massés par compagnies,
les bataillons de choc attendaient. A la vue de ces masses accumulées,
la percée me parut chose faite. Mais trouverions-nous en nous la force
de disperser les réserves adverses, de les isoler pour les détruire ? J'en
avais la conviction. Le combat final, l'ultime assaut semblait venu. Ici,
le destin de peuples entiers était jeté dans la balance ; il s'agissait de
l'avenir du monde. J'avais, bien que par la seule intuition, conscience
de la gravité de l'heure, et je crois que chacun sentit à ce moment-là
fondre tout ce qui en lui était personnel, et que la crainte sortit de lui.

L'atmosphère était étrange, brûlante d'une extrême tension. Des officiers, tout debout, se lançaient nerveusement des plaisanteries. Nous
échangions des signaux fraternels. Je vis Solemacher au milieu de son
petit état-major, en manteau, comme un chasseur qui attend la battue
par un jour frais, une pipe demi-longue au fourneau vert dans la main.
Souvent, une mine lourde tombait trop court, soulevant un geyser haut
comme un clocher, et arrosait de terre les hommes attentifs, sans qu'un
seul courbât seulement la tête. Le tonnerre du combat était devenu si
terrible que personne n'avait plus l'esprit clair. Il avait une puissance
étouffante, qui ne laissait plus de place dans le cœur pour l'angoisse.
La mort avait perdu ses épouvantes, la volonté de vivre s'était reportée
sur un être plus grand que nous, et cela nous rendait tous aveugles et
indifférents à notre sort personnel.

Trois minutes avant l'assaut, mon ordonnance, le fidèle Vinke, agita
dans ma direction une gourde pleine. J'y bus une profonde gorgée.
C'était comme si j'avais avalé de l'eau. Il ne manquait plus que le
cigare des offensives. Le souffle éteignit par trois fois l'allumette.

La fureur montait maintenant comme un orage. Des milliers d'hommes avaient déjà dû tomber. On en avait la sensation : les brouillards
rouges étaient traversés de souffles spectraux. Le feu avait beau se
poursuivre : il semblait retomber comme s'il perdait sa force.

Le *no man's land* grouillait d'assaillants qui, soit isolément, soit par
petits paquets, soit en masses compactes, marchaient vers le rideau
embrasé. Ils ne couraient pas, ni ne se planquaient quand les immenses
panaches s'élevaient au milieu d'eux. Pesamment, mais irrésistiblement, ils marchaient vers la ligne ennemie. Il semblait qu'ils eussent
cessé d'être vulnérables.

Le grand moment était venu. Le barrage roulant s'approchait des
premières tranchées. Nous nous mîmes en marche.

Parmi les masses qui s'étaient levées, on se trouvait pourtant solitaire ; les formations s'étaient mélangées. J'avais perdu les miens des

yeux ; ils s'étaient fondus comme une vague dans le ressac. Seuls, Vinke et un engagé pour un an [1], nommé Haake, étaient à côté de moi. Ma main droite étreignait la crosse de mon pistolet, et la main gauche une badine de bambou. Je portais encore, bien que j'eusse très chaud, ma longue capote et, comme le prescrivait le règlement, des gants. Quand nous avançâmes, une fureur guerrière s'empara de nous, comme si, de très loin, se déversait en nous la force de l'assaut. Elle arrivait avec tant de vigueur qu'un sentiment de bonheur, de sérénité me saisit.

L'immense volonté de destruction qui pesait sur ce champ de mort se concentrait dans les cerveaux, les plongeant dans une brume rouge. Sanglotant, balbutiant, nous nous lancions des phrases sans suite, et un spectateur non prévenu aurait peut-être imaginé que nous succombions sous l'excès du bonheur.

Nous traversâmes sans difficulté un lacis de barbelés en morceaux et sautâmes dans la première tranchée, qui était à peine discernable. La vague d'assaut passa en dansant, comme une file de fantômes, à travers des vapeurs blanches, errantes, par-dessus des creux aplatis comme au rouleau. Il n'y avait plus un seul ennemi ici.

Contre toute attente, une mitrailleuse se mit à cracher contre nous de la seconde ligne. Je bondis avec mes compagnons dans un trou d'obus. Une seconde après, un craquement terrible retentit, et je tombai la face contre terre. Vinke m'attrapa par le col et me retourna sur le dos : « Vous êtes blessé, mon lieutenant ? » On ne trouva rien. L'engagé avait un trou dans le haut du bras et affirmait en gémissant qu'une balle lui était entrée dans le dos. Nous lui arrachâmes son uniforme pour le panser. Un sillon régulièrement tracé indiquait qu'un shrapnell s'était abattu sur le bord de l'entonnoir à la hauteur de nos visages. C'était miracle que nous fussions encore en vie. Ceux de l'autre côté étaient encore plus forts que nous ne l'avions cru.

Pendant ce temps, les autres nous avaient dépassés. Nous nous lançâmes à leur suite, abandonnant le blessé à son sort, après avoir planté près de lui un bout de bois avec un haillon de charpie blanche, comme signal pour les ambulanciers qui suivaient les vagues d'assaut. En avant et à gauche de nous, le haut remblai du chemin de fer Écoust-Croisilles, que nous avions à traverser, surgit de la fumée. De meurtrières et de fenêtres d'abris, ménagées dans le ballast, le feu des fusils et des mitrailleuses crépitait aussi dru que si l'on avait secoué un sac plein de petits pois. Et ce feu était bien ajusté.

Vinke, lui aussi, avait disparu. Je suivis un chemin creux, sur le talus duquel bâillaient des abris défoncés par les obus. J'avançais furieuse-

---

1. *Einjähriger.* Dans l'Allemagne d'avant 1914, les jeunes gens pourvus d'un certificat de fréquentation d'un établissement secondaire ou du diplôme de bachelier pouvaient ne faire qu'un an de service, à condition de s'armer et de s'équiper à leurs frais, et de devancer l'appel. *(N.d.T.)*

ment à travers le sol noir, labouré par les tirs, où traînaient encore en fumées les gaz asphyxiants de nos obus. J'étais tout à fait seul. C'est alors que je tombai sur le premier ennemi. Une forme en uniforme brun était accroupie à vingt pas devant moi, au milieu de la dépression martelée par le feu roulant, les mains appuyées au sol. Nous nous aperçûmes quand je tournai tout d'un coup. Je le vis sursauter ; il tint ses yeux fixés sur moi, tandis que je m'approchais, l'arme braquée. Il devait avoir commandé dans cette section de tranchée, car je vis des décorations et des insignes de grade à la tunique par laquelle je l'empoignai. Avec un gémissement, il porta la main à sa poche, pour en tirer, non pas une arme, mais une photo. Elle le montrait sur une terrasse, entouré d'une nombreuse famille.

J'ai par la suite considéré comme un grand bonheur de m'être dominé et d'avoir passé mon chemin. C'est justement cet adversaire qui depuis m'apparut souvent en rêve. Cela me fit espérer que ceux qui me suivaient lui laissèrent aussi la vie.

Des hommes de ma compagnie bondirent d'en haut dans le chemin creux. Je brûlais. J'arrachai ma capote et la jetai. Je me souviens encore d'avoir crié deux ou trois fois très énergiquement : « Voilà le lieutenant Jünger qui retire sa capote », et que les fusiliers en rirent comme si j'avais fait la plus fameuse des plaisanteries. Là-haut, tout le monde courait à découvert, sans se préoccuper des mitrailleuses qui tiraient de quatre cents mètres, tout au plus. Moi aussi, je m'élançai à l'aveuglette contre ce remblai qui crachait le feu. Dans un quelconque entonnoir, je sautai sur une forme humaine, vêtue de manchester brun, qui déchargeait son pistolet. C'était Kius, en proie à un état d'âme semblable au mien, et qui me tendit en guise de salut une poignée de munitions.

J'en conclus que l'infiltration à travers la ligne des trous d'obus avait dû se heurter à une certaine résistance, car je m'étais fourré dans la poche, avant de partir, une bonne réserve de balles de pistolet. Il est probable que les restes des défenseurs refoulés hors des premières lignes s'y étaient établis, et qu'ils surgissaient tantôt ici, tantôt là, parmi les assaillants. Mais, pour cette partie de terrain, je n'ai gardé aucun souvenir personnel. Je la traversai en tout cas sans me faire blesser, et pourtant, non seulement les tirs des entonnoirs s'entrecroisaient, mais les projectiles du remblai pleuvaient sur les deux partis, amis et adversaires, bourdonnant comme un essaim. Ils devaient y disposer de réserves presque inépuisables de munitions.

Notre attention se fixait maintenant sur le remblai, qui se dressait devant nous comme la muraille menaçante d'une forteresse. Le terrain labouré de coups qui nous en séparait était peuplé d'Anglais égaillés par centaines. Les uns cherchaient encore à atteindre le remblai, d'autres étaient engagés dans des corps à corps. Kius me rapporta par la suite quelques détails que j'écoutai avec le sentiment qu'on éprouve quand on entend narrer par un tiers des folies commises en état d'ivresse. C'est ainsi qu'il avait pourchassé un Anglais à coups de grenade tout le long d'un bout de tranchée. Quand il fut à bout de munitions, il poursuivit sa chasse, « pour forcer l'adversaire », à coups de motte de terre dure, tandis que debout, en haut, sur le parapet, je me tenais les côtes de rire.

Parmi des aventures de ce genre, nous parvînmes sans nous en rendre compte au pied du remblai, qui crachait du feu sans relâche, comme une grande machine. Là, ma mémoire recommence à fonctionner, et se saisit d'une situation des plus favorables. Nous n'avions pas été touchés, et maintenant que nous étions tout contre sa pente, le remblai se changeait pour nous d'obstacle en couverture. Je vis, comme sortant d'un rêve profond, que des casques allemands s'approchaient à travers le champ d'entonnoirs. Ils poussaient comme une moisson de fer dans le sol labouré par le feu. Je m'aperçus en même temps que juste à côté de mon pied, le tube d'une mitrailleuse lourde dépassait d'une fenêtre camouflée d'une toile à sac. Le vacarme était si violent que nous reconnûmes seulement aux vibrations de son canon que l'arme lâchait des salves. Le défenseur n'était donc plus qu'à une longueur de bras de nous. Ce fut sa perte. Une buée brûlante montait de l'arme. Elle devait avoir fait déjà beaucoup de victimes, et continuait à faucher. Le canon ne se mouvait qu'à peine ; le pointage était réglé.

Je fixai, fasciné, ce bout de fer brûlant et vibrant qui semait la mort et me frôlait presque le pied. Puis je tirai à travers la toile. Un homme se dressa près de moi, l'arracha et balança une grenade dans l'ouverture. Une secousse, et la fumée blanche qui jaillit, nous en apprirent l'effet. Le procédé était brutal, mais sûr. L'arme se tut ; le canon ne se mouvait plus. Nous courûmes le long de la pente pour faire subir le même sort aux plus proches meurtrières. De cette manière, nous ouvrîmes une brèche dans le front. Je levai la main pour avertir nos hommes, dont les balles, tirées de tout près, nous tintaient aux oreilles. Ils répondirent joyeusement à mon signal. Nous escaladâmes alors le remblai, en même temps qu'une centaine d'autres. Ce fut la première fois à la guerre où je vis se heurter des masses humaines. Les Anglais défendaient, sur la face arrière du remblai, deux tranchées établies à contre-pente. Des coups de feu furent échangés, à quelques mètres de distance ; des grenades volèrent en arc.

Je sautai dans la première tranchée ; m'élançant derrière la première traverse venue, je me heurtai à un officier anglais, à la vareuse déboutonnée, dont pendait sa cravate, par laquelle je l'empoignai pour le plaquer contre un parapet de sacs. Derrière moi, la tête chenue d'un commandant apparut ; il me cria : « Abats ce chien ! »

C'était inutile. Je passai à la tranchée inférieure, qui grouillait d'Anglais. On se serait cru au milieu d'un naufrage. Quelques-uns lançaient des « œufs de cane », d'autres tiraient avec des Colts, la plupart s'enfuyaient. Nous avions désormais l'avantage. Je pressais comme en rêve la détente de mon pistolet, alors que depuis longtemps je n'avais plus de balles dans le canon. Un homme, à côté de moi, jetait des grenades parmi les fuyards. Un casque d'acier plat s'éleva en tournoyant. Le sort du combat fut réglé en une minute. Les Anglais sautèrent hors de leur tranchée et s'enfuirent à travers champs par bataillons entiers. De la crête du remblai, un feu de poursuite furieux éclata. Les fuyards tombaient en pleine course, et en quelques secondes, le talus en fut couvert. C'était le mauvais côté de ce remblai. Des Allemands, eux aussi, l'avaient déjà franchi. Debout près de moi, un sous-officier contemplait la mêlée. Je lui pris son fusil et tirai sur un Anglais engagé dans un corps à corps avec deux Allemands. Ceux-ci restèrent un instant stupéfaits de ce secours invisible, pour poursuivre leur avance aussitôt après.

Le succès produisait un effet magique. Bien que depuis longtemps il ne pût être question de formations régulières, qu'on eût pu commander, il n'existait plus pour tout homme qu'une direction : en avant !

Je choisis pour objectif une petite hauteur où se voyaient les décombres d'une maison, une croix de bois et un avion détruit. D'autres se joignirent à moi ; nous formions une meute qui, dans sa hâte, pénétra dans le mur de feu de notre propre barrage roulant. Nous fûmes obligés de nous jeter dans un entonnoir, en attendant que le feu se fût reporté vers l'avant. Je découvris auprès de moi un jeune officier d'un autre régiment, qui, comme moi, jubilait tout seul de voir si bien réussi ce premier assaut. Notre enthousiasme commun nous rapprocha dans ces quelques instants comme si nous nous étions connus depuis des années. Le bond suivant nous sépara pour toujours.

Même dans ces moments terribles, il se produisit un intermède comique. Un homme, non loin de moi, épaula pour tirer comme à la battue sur un lièvre qui sauta tout d'un coup à travers les lignes. L'inspiration était si surprenante que je ne pus m'empêcher de rire. Car aucun jeu ne peut être si terrifiant qu'un risque-tout n'y jette de surcroît son atout personnel.

Près de la maison en ruine, un petit élément de tranchée était creusé, et les mitrailleuses le peignaient, d'un val situé au-delà. Je pris mon élan, y sautai, et le trouvai vide de défenseurs. Juste après, je vis surgir Oskar Kius et von Wedelstädt. Un coureur de Wedelstädt, arrivé le dernier, s'écroula en plein saut et resta étendu, mort, avec une balle dans l'œil. Quand Wedelstädt vit tomber cet homme, le dernier de sa compagnie, il s'appuya la tête au rebord de la tranchée et se mit à pleurer. Lui non plus ne devait pas survivre à ce jour.

Le val contenait une position très forte, dans un chemin creux, et devant elle, contre les deux bourrelets d'un pli de terrain, deux nids de mitrailleuses. Le barrage roulant avait déjà dépassé cette position ; l'ennemi semblait s'être ressaisi et tirait à pleins tubes. Nous étions séparés de lui par une bande de terrain large de plus de cinq cents mètres, au-dessus de laquelle les salves ronflaient comme des essaims. Après avoir soufflé un moment, nous sautâmes avec quelques hommes hors de notre bout de tranchée et progressâmes vers l'ennemi. C'était défier la mort. Après quelques bonds, je me retrouvai seul, avec un compagnon, devant le nid de mitrailleuses de gauche. Je vis distinctement derrière le petit repli de terre une tête sous un casque plat, près d'une mince colonne de vapeur qui s'élevait dans l'air. Je m'approchais en bonds très courts, pour ne pas donner à l'adversaire le temps de me viser, et courais en zigzag, pour l'empêcher de fixer son tir. Toutes les fois que je me plaquais à terre, l'homme me lançait un chargeur que je tirais jusqu'à épuisement des munitions, comme dans un duel. « Des cartouches, des cartouches ! » Je me retournai et le vis se tordre de douleur, couché sur le flanc.

De la gauche, où la résistance n'était pas si opiniâtre, quelques hommes se montrèrent, qui pouvaient presque atteindre les défenseurs à coups de grenade. Je pris mon élan pour un dernier bond et, butant sur un barbelé, je tombai dans le morceau de tranchée. Les Anglais, pris de toute part sous le feu, s'enfuyaient vers le nid de droite, laissant leurs armes derrière eux. La mitrailleuse disparaissait à demi sous un énorme tas de douilles de laiton. Elle fumait et était encore brûlante. Mon adversaire était couché devant elle — un Anglais taillé en athlète, à qui une balle dans la tête avait arraché un œil. Ce colosse, avec son grand globe oculaire blanc, pendant devant un crâne noirci de poudre, était affreux à voir. Comme j'étais presque mort de soif, je ne m'attardai pas, mais cherchai de l'eau. Une entrée d'abri m'attira. J'y jetai un coup d'œil et aperçus un homme assis en bas, en train de faire passer sur ses genoux et de trier des bandes de cartouches. De toute évidence, il n'avait encore aucune idée des changements de la situation. Je le pris tranquillement au bout du guidon de mon pistolet, mais au lieu de l'abattre aussitôt, comme la prudence l'ordonnait, je lui criai : « *Come here, hands up !* » Il se leva d'un bond, me fixa d'un air ahuri et disparut dans l'ombre de l'abri. Je balançai une grenade derrière lui. L'abri devait avoir une seconde issue, car un inconnu apparut derrière une traverse et remarqua laconiquement : « Ceux qui viennent de tirer sont liquidés. »

Je découvris enfin une boîte de fer-blanc pleine d'eau destinée à rafraîchir les canons de mitrailleuse. Je bus à longs traits ce liquide huileux, en remplis une gourde anglaise et en donnai aussi aux autres, qui soudain garnirent mon bout de tranchée.

Qu'il me soit encore permis de mentionner, à titre de curiosité, que la première pensée qui m'occupa après mon entrée dans ce nid de mitrailleuses fut celle d'un refroidissement dont je souffrais ce jour-là. L'enflure des amygdales m'a toujours inspiré des soucis quant à ma santé ; aussi me tâtai-je le cou et je constatai, rassuré, que le bain de vapeur de premier ordre que je venais de subir m'en avait débarrassé.

Cependant, le nid de mitrailleuses de droite et les défenseurs du chemin creux, à soixante mètres devant nous, opposaient encore une résistance acharnée. Nous tentâmes de retourner contre eux la mitrailleuse anglaise, mais avec si peu de succès qu'au cours de cette tentative, une balle me siffla tout près de la tête, frôla un lieutenant de chasseurs qui se tenait derrière moi et blessa très vilainement un homme à la cuisse. Les servants d'une mitrailleuse légère, plus heureux, mirent leur arme en batterie au bord de notre petite tranchée en demi-lune et lâchèrent une salve dans le flanc des Anglais.

Cet instant de surprise fut mis à profit par la vague d'assaut de droite : ils coururent de front vers le chemin creux, avec en tête notre 9e, encore intacte, sous le commandement du lieutenant Gipkens. De tous les trous d'obus, des formes se levèrent, brandissant des fusils, et montèrent avec de terribles hurlements à l'assaut de la position ennemie, d'où les défenseurs sortirent en grand nombre, les bras en l'air.

Les Anglais se hâtèrent de fuir dans cette posture vers nos arrières, pour échapper à la fureur de la première vague, et surtout d'un homme de liaison de Gipkens, en proie à un délire meurtrier. J'assistai, pétrifié par l'attention, au premier choc, qui eut lieu tout près du bord de notre petit retranchement. Il fut suivi, comme un coup de tonnerre, par quelques instants d'insensibilité totale.

Le chemin creux ainsi conquis était bordé d'armes, de pièces d'équipement et de provisions, comme si on venait de les sortir des coffres. Parmi elles, des morts gisaient, en uniformes gris et bruns, et des blessés gémissaient. Des soldats des régiments les plus divers y avaient afflué et s'étaient agglomérés, poussant des clameurs confuses, en une masse épaisse. Des officiers leur montraient de leurs cannes le prolongement du pli de terrain, et l'énorme corps de bataille s'ébranla avec une étonnante indifférence.

Le pli de terrain se perdait dans une colline où des colonnes ennemies commençaient à se montrer. Nous progressâmes, nous arrêtant par instants pour faire feu, jusqu'au moment où nous fûmes contenus par un tir violent. C'est une impression désagréable que d'entendre les balles claquer dans le sol à côté de sa tête. Kius, qui nous avait rattrapés, ramassa un projectile écrasé qui avait terminé sa trajectoire juste devant son nez. A ce même moment, un homme, loin sur notre gauche, attrapa contre son casque un coup de feu dont tout le pli de terrain retentit. Nous profitâmes d'un répit pour gagner l'un des trous d'obus, qui, par ici, se faisaient déjà rares. Les officiers survivants de notre bataillon s'y retrouvèrent ; il était maintenant sous les ordres du lieutenant Lindenberg, car le baron von Solemacher, lui aussi, était malheureusement resté sur le remblai avec un coup mortel dans le ventre. Sur le versant droit de la gorge, le lieutenant Breyer, détaché du 10e chasseurs à notre régiment, se promenait, pour notre joie à tous, la canne à la main et une longue pipe verte de chasseur au bec, la carabine en bandoulière, comme à la chasse au lièvre.

Nous nous racontâmes sans vain luxe de paroles nos aventures et nous tendîmes les gourdes et les tablettes de chocolat, puis l'avance fut reprise « à la demande générale ». Les mitrailleurs, sentant sans doute leur flanc menacé, avaient disparu. Nous avions dû gagner jusqu'à présent trois ou quatre kilomètres. Le creux grouillait maintenant de troupes d'assaut. De l'arrière, à perte de vue, elles arrivaient en lignes de tirailleurs, en files ou en colonnes par groupes. Nous étions malheureusement trop tassés ; dans l'assaut, nous n'avions, par chance, aucune idée précise de la gravité de nos pertes.

Nous parvînmes à la colline sans rencontrer de résistance. Sur notre droite, des silhouettes en kaki sautèrent hors d'un élément de tranchée. Nous suivîmes l'exemple de Breyer qui, sans ôter sa pipe de sa bouche, s'arrêta un moment pour les viser, puis poursuivit son avance.

La colline était truffée d'une série d'abris disposés irrégulièrement sur sa pente. Ils ne furent pas défendus ; il est probable qu'on n'y avait pas encore pris garde à notre approche. Peut-être quelques-uns d'entre eux étaient-ils inoccupés. Tantôt, des vapeurs qui en jaillissaient nous montraient qu'on les enfumait au passage ; tantôt, leurs occupants en sortaient, blêmes et les bras en l'air. On leur fit livrer leurs gourdes et leurs cigarettes, puis on leur montra la direction de l'arrière, dans laquelle ils s'enfuirent à toutes jambes. Un jeune Anglais s'était déjà rendu à moi lorsqu'il fit soudain demi-tour et redisparut dans son abri. Comme il persistait, en dépit de mes sommations, à ne pas vouloir quitter sa cachette, nous mîmes fin à ses hésitations de quelques grenades et poursuivîmes notre route. Un étroit sentier se perdait au-delà de la crête. Un poteau indicateur nous apprit qu'il menait à Vraucourt. Tandis que les autres s'attardaient auprès des abris, je passai la crête avec le lieutenant Heins.

De l'autre côté du vallon, on distinguait les ruines du village de Vraucourt. Devant elles, des éclairs jaillissaient d'une batterie de campagne, dont les servants, à l'aspect et sous le feu de la première vague d'assaut, se replièrent sur le village. Les défenseurs d'une série d'abris aménagés dans un chemin creux en sortirent également et s'enfuirent. J'en abattis un au moment où il bondissait hors du premier abri.

Suivi de deux hommes de ma compagnie, qui s'étaient entre-temps présentés à moi, j'avançai dans le chemin creux. Il se trouvait sur sa droite une position défendue, d'où nous reçûmes un feu nourri. Nous nous repliâmes dans le premier abri, au-dessus duquel les balles des deux partis ne tardèrent pas à se croiser. Mon Anglais était étendu devant — un jeune garçon à qui ma balle avait traversé le crâne de part en part. Il gisait là, le visage détendu. Je me contraignis à le regarder dans les yeux. Je suis souvent revenu en pensée à ce mort, et plus fréquemment d'année en année. Il existe une responsabilité dont l'État ne peut nous décharger ; c'est un compte à régler avec nous-mêmes. Elle pénètre jusque dans les profondeurs de nos rêves.

Sans nous laisser troubler par le feu qui s'aggravait, nous nous installâmes dans l'abri et fîmes main basse sur les provisions abondantes, car notre estomac nous rappelait que nous n'avions encore rien pris de toute l'attaque. Nous trouvâmes du jambon, du pain blanc, de la confiture et une cruche de grès, pleine de liqueur au gingembre. Après m'être sustenté, je m'assis sur une boîte à biscuit vide et lus quelques revues anglaises pleines de sorties d'un goût douteux contre *the Huns*. Nous finîmes par trouver le temps long et revînmes de bond en bond jusqu'à l'entrée du chemin creux, où s'était rassemblée une foule de soldats. Nous vîmes de là un bataillon du 164ᵉ, déjà parvenu sur la gauche dans les parages de Vraucourt. Nous décidâmes de nous porter à l'assaut du village et revînmes vers l'avant en hâte, par le chemin creux. Juste à l'orée du village, notre progression fut arrêtée par notre propre artillerie ; elle poursuivit stupidement son tir sur le même point jusqu'au lendemain matin. Un obus de gros calibre éclata en plein milieu du chemin creux, nous tuant quatre hommes. Le reste se sauva.

Comme je l'appris par la suite, l'artillerie avait ordre de poursuivre le tir au maximum de sa portée. Cette instruction incompréhensible nous arracha de la main les fruits de la victoire. Nous dûmes rester plantés, furibonds, devant le mur de feu.

Pour y chercher une brèche, nous repartîmes vers la droite, où un chef de compagnie d'un régiment hanséatique, le 76ᵉ, montait à l'assaut contre la position de Vraucourt. Nous nous joignîmes d'enthousiasme à son détachement, mais à peine avions-nous percé que notre propre artillerie, une fois de plus, nous délogea. Nous repartîmes trois fois à l'attaque, et trois fois nous dûmes nous replier. Nous occupâmes en sacrant quelques trous d'obus où un incendie de prairie, allumé par les tirs, et qui fit périr bien des blessés, nous gêna extrêmement. En outre, des balles de fusil anglaises tuèrent quelques hommes, dont un soldat de première classe, Grutzmacher, de ma compagnie.

Le crépuscule tombait lentement. Par endroits, la fusillade se ranimait une dernière fois avec violence, puis s'éteignait peu à peu. Les combattants épuisés cherchaient où passer la nuit. Les officiers criaient leurs noms jusqu'à l'enrouement, pour rallier les compagnies dispersées.

Douze hommes de la 7ᵉ s'étaient rassemblés autour de moi durant la dernière heure. Comme le froid tombait, je les ramenai au petit abri et les envoyai chercher les couvertures et les manteaux des morts. Quand je les eus tous casés, je cédai à ma curiosité, qui me poussait vers le creux, devant nous, où s'était postée l'artillerie adverse. Il s'agissait d'une récréation personnelle ; aussi emmenai-je le fusilier Haller, que ses instincts portaient aux aventures. Nous marchâmes, le fusil armé, vers le creux, que pilonnait encore notre artillerie, et inspectâmes tout d'abord un abri dont, à ce qu'il paraissait, des officiers d'artillerie anglais s'étaient retirés peu de temps auparavant. Sur une table on voyait se dresser un énorme phono qu'Haller mit aussitôt en marche. La mélodie allègre qui se déroulait du cylindre nous fit une impression macabre. Je jetai la boîte au sol, d'où elle lança encore quelques sons nasillards, avant de se taire. L'abri était confortablement aménagé ; il n'y manquait même pas une petite cheminée, et des fauteuils rangés autour en demi-cercle. *Merry old England !* Comme de juste, nous ne nous gênâmes pas et ramassâmes ce qui nous plaisait. Je fis choix d'une musette, de linge, d'une petite gourde pleine de whisky, d'un porte-cartes et de quelques brimborions de Roger et Gallet, tendres souvenirs, sans doute, d'une permission à Paris. On voyait bien que les habitants avaient pris le large en toute hâte.

Une pièce voisine contenait une cuisine dont nous contemplâmes l'approvisionnement avec une respectueuse stupéfaction. Il y avait là une caisse entière d'œufs frais, dont nous gobâmes sur-le-champ un bon nombre, car c'est à peine si nous les connaissions encore par ouï-dire. Sur les étagères s'empilaient des boîtes de viande, d'autres, rondes, pleines d'une exquise confiture concentrée, puis des bouteilles d'extrait de café, des tomates et des oignons, bref, les délices du gourmet.

Ce spectacle me revint souvent encore en mémoire, plus tard, quand nous passâmes des semaines entières dans les tranchées, avec de maigres rations de pain, des soupes claires et de la confiture peu consistante.

Après un coup d'œil sur l'enviable situation économique de l'adversaire, nous quittâmes l'abri pour entrer dans le creux, où nous découvrîmes deux pièces d'artillerie toutes neuves, abandonnées. De grands tas de gargousses fraîchement vidées révélaient qu'elles avaient dit leur mot lors de l'attaque. Je ramassai un bout de calcaire et les marquai au numéro de ma compagnie. Mais j'appris à nos dépens que le droit du vainqueur n'était guère respecté par les détachements qui nous suivirent ; chacun effaça les marques des autres et les remplaça par les siennes, tant qu'à la fin ce fut une compagnie de travailleurs qui se les adjugea.

Puis, comme notre artillerie persistait à nous envoyer du fer aux oreilles, nous revînmes vers les autres. Notre première ligne, qu'avaient entre-temps tracée des troupes de renfort, courait à deux cents mètres derrière nous. J'apostai deux sentinelles devant l'abri et ordonnai aux autres de garder l'arme au bras. Après avoir réglé la relève, un peu mangé et noté en style télégraphique les événements du jour, je m'endormis.

A une heure, nous fûmes réveillés par des hourras et un feu nourri sur notre droite. Nous empoignâmes nos fusils, jaillîmes hors de la pièce et prîmes position dans un grand trou d'obus. Quelques Allemands égarés revenaient de l'avant, et on tirait sur eux de nos lignes. Deux d'entre eux restèrent dans le chemin. Avertis par cet incident, nous attendîmes que l'agitation, derrière nous, se fût un peu calmée, puis nous hélâmes nos lignes, pour nous faire reconnaître, et revînmes vers elles. Nous y trouvâmes le chef de la 2ᵉ, le lieutenant Kosik, qui ne pouvait dire un mot, victime d'un refroidissement, et était blessé au bras ; il avait avec lui quelque soixante hommes du 73ᵉ. Comme il fallait qu'il se rendît à l'arrière pour se faire panser, je pris le commandement de sa troupe, où se trouvaient trois officiers. Il restait encore du régiment, outre ce groupe, les deux détachements, tout aussi disparates, de Gipkens et de Vorbeck.

Je passai le reste de la nuit avec quelques sous-officiers de la 2ᵉ dans un petit creux dont nous sortîmes raides de froid. Le matin, je déjeunai sur les provisions conquises et détachai des courriers à Quéant pour aller chercher du café et des vivres à la roulante. Notre artillerie reprit son maudit tir inepte et nous envoya, en guise de salut matinal, un bon coup dans un entonnoir où logeaient quatre hommes de la compagnie de mitrailleuses. Aux premières lueurs du jour, un chef de section de ma compagnie, le sergent-major Kumpart, vint encore renforcer notre troupe avec quelques hommes.

A peine m'étais-je un peu chassé des os, en battant la semelle, le froid de la nuit, que je reçus l'ordre d'attaquer sur la droite, avec les restes du 76ᵉ, les retranchements de Vraucourt, que nous avions déjà occupés en partie. Dans l'épais brouillard du matin, nous montâmes jusqu'à la position de départ, une hauteur au sud d'Ecoust, où gisaient beaucoup de morts de la veille. Comme le plus souvent, en présence d'ordres confusément rédigés, il y eut une palabre entre les responsables de l'opération, à laquelle la salve d'une mitrailleuse anglaise mit fin en nous sifflant autour des jambes. Chacun sauta dans le premier trou d'obus venu, sauf le sergent-major Kumpart, qui resta sur place, gémissant. Je courus vers lui avec un ambulancier pour le panser. Il avait attrapé un coup de feu sérieux dans le genou. Nous tirâmes de la blessure, au moyen d'une pince à branches courbes, plusieurs éclats d'os. Il mourut quelques jours après. Cet accident m'affecta particulièrement : Kumpart avait été mon instructeur à Recouvrence, trois ans auparavant.

Au cours d'une discussion avec le capitaine von Ledebur, qui avait pris le commandement de nos formations composites, j'exposai l'absurdité d'une attaque frontale, puisqu'on pouvait à bien moindres frais prendre en flanc par la gauche les retranchements de Vraucourt, qui se trouvaient déjà en partie entre nos mains. Nous décidâmes d'épargner l'assaut aux hommes, et la suite nous donna raison.

En attendant, nous nous installâmes donc dans les trous de marmites sur la hauteur. Le soleil perça peu à peu, et des avions anglais parurent : ils arrosèrent nos trous à la mitrailleuse, mais furent bientôt chassés par les nôtres. Dans le vallon d'Ecoust, une batterie monta prendre son emplacement, spectacle insolite pour des anciens du front ; elle fut d'ailleurs vite écrasée sous les obus. Un seul cheval arracha ses traits et partit en galopant à travers champs ; la bête furieuse, dans cette vaste plaine déserte, où pendaient les nuages alternés des obus, était d'un fantastique funèbre. Les avions ennemis n'avaient pas disparu depuis longtemps quand nous reçûmes les premiers tirs. Quelques shrapnells crevèrent d'abord, puis de nombreux obus de petit et de gros calibre. Nous étions présentés là comme sur un plateau. Quelques froussards aggravèrent encore le feu en courant dans tous les sens, affolés, au lieu de laisser passer l'orage, plaqués au sol de leurs entonnoirs. Dans ces situations-là, il faut être fataliste. C'est ce principe que je m'inculquai, tout en savourant le merveilleux contenu d'une boîte de confiture de groseilles à maquereau, prise sur l'ennemi. Je passai aussi une paire de bas de laine écossaise que j'avais trouvée dans l'abri. Cependant, le soleil montait lentement dans le ciel.

Depuis quelque temps, on pouvait observer du mouvement sur la gauche, dans la position de Vraucourt. Nous vîmes soudain, juste devant nous, la trajectoire en arc et la fumée blanche de grenades à manche allemandes. Le moment était venu.

Je commandai l'avance, ou pour mieux dire je marchai simplement sur la position en levant le bras droit. Sans trop nous faire canarder, nous parvînmes à la tranchée adverse et sautâmes dedans, joyeusement acclamés par un groupe de choc du 76ᵉ. Le nettoyage à la grenade se déroula lentement, comme devant Cambrai. L'artillerie ennemie ne fut malheureusement pas longue à s'apercevoir que nous étions en train de grignoter obstinément ses lignes. Une grêle violente de shrapnells et d'obus de petit calibre nous surprit encore en pleine progression, mais tomba surtout sur les renforts qui affluaient à découvert vers la tranchée. Nous nous aperçûmes que les canonniers nous arrosaient à vue. Ce fut un fameux coup de fouet, car nous nous efforçâmes de venir à bout de l'adversaire le plus vite possible, pour arriver en deçà de la portée des pièces.

Les retranchements de Vraucourt semblaient s'être encore trouvés en construction, car certains éléments de tranchée n'étaient esquissés que par le déblaiement de la couche herbue. Quand nous sautions par-dessus ces éléments, le tir de tout le secteur se concentrait sur nous. De même, nous prenions à notre tour l'adversaire sous notre feu, lorsqu'il traversait ces défilés de la mort, si bien que ces ébauches de tranchée ne tardèrent pas à être semées de corps. Ce fut une curée furieuse, sous les nuages de shrapnells. Nous passions à la hâte devant des corps encore chauds, robustes, sous les kilts courts desquels luisaient des genoux vigoureux, ou nous rampions par-dessus eux. C'étaient des highlanders, et l'allure de leur résistance montrait bien que nous avions affaire à de vrais hommes.

Quand nous eûmes ainsi gagné cent mètres environ, la pluie toujours plus dense de grenades à main et de fusil nous contraignit de nous arrêter. La situation menaçait de s'inverser ; elle commençait à « sentir mauvais » ; j'entendis des apostrophes nerveuses :

« Voilà les tommies qui contre-attaquent ! »

« Bouge pas ! »

« J'allais seulement vérifier le contact ! »

« Des grenades à l'avant ; des grenades, des grenades ! »

« Gare, mon lieutenant ! »

C'est justement dans les corps à corps de tranchées que de tels retournements sont redoutables. Une petite troupe de choc s'élance en tête, tirant et lançant ses grenades. Quand les grenadiers bondissent en avant, puis en arrière, pour échapper aux effets destructeurs de leurs propres projectiles, ils se heurtent aux suivants, qui arrivent en masses trop compactes. Il n'est pas rare alors que le désordre se mette chez l'assaillant. Quelques-uns tentent peut-être de se replier à découvert et s'écroulent sous le feu des tireurs d'élite, ce qui aussitôt encourage considérablement l'adversaire.

Toutefois, comme dans chaque moment de panique, il suffit de quelques intrépides pour l'enrayer, et c'est ainsi qu'ici encore, une poignée d'hommes se rassembla derrière une large traverse : ils examinaient les approches sans se soucier de ce qui se passait dans leur dos. La tranchée restait ouverte, couloir commun à nous-mêmes et aux highlanders. Nous échangeâmes des projectiles à quelques mètres avec un adversaire invisible. Il fallait du courage pour garder la tête droite sous les coups de fouet des balles, tandis que le sable de la traverse volait en l'air. Un homme du 76ᵉ, à côté de moi, un docker de Hambourg, taillé en hercule, tira balle sur balle, l'air égaré, sans songer à se couvrir, jusqu'au moment où il s'effondra, inondé de sang. Une balle lui avait traversé le front, avec un choc pareil à celui d'une planche qui tombe à plat. Il s'écroula, ramassé sur lui-même, dans son coin de tranchée, et resta accroupi, la tête appuyée contre la paroi. Son sang coulait sur le sol comme d'un seau. Ses râles ronflants s'espacèrent de plus en plus, puis cessèrent. J'empoignai son fusil et pris sa place au feu. Un bref répit se produisit enfin. Deux hommes, que nous avions encore vus couchés devant nous, tentèrent de courir à découvert vers l'arrière. L'un tomba dans la tranchée avec une balle dans la tête, l'autre ne put y parvenir qu'en rampant, ayant un coup dans le ventre.

Nous nous assîmes pour attendre au fond de la tranchée et fumâmes des cigarettes anglaises. De temps à autre, des grenades à fusil bien ajustées arrivaient en sifflant sur nous. Nous pouvions les voir venir et, sauf les blessés, les éviter. L'homme au coup dans le ventre, un tout jeune garçon, était couché parmi nous et s'étirait presque voluptueusement comme un chat aux rayons tièdes du couchant. Il passa du sommeil à la mort avec un sourire d'enfant. Ce fut un spectacle devant lequel nulle impression triste ou désagréable ne me troubla, et je ne fus ému que d'un sentiment fraternel de sympathie envers le mourant. Les plaintes de son camarade, elles aussi, s'espacèrent peu à peu. Il mourut au milieu de nous, en grelottant par accès.

A plusieurs reprises, nous tentâmes de franchir les fragments ébauchés en nous courbant le plus possible et en rampant par-dessus les corps des highlanders, mais nous fûmes à chaque coup repoussés par les tireurs d'élite et des lancers de grenades à fusil. Chacun des coups que je vis était mortel. C'est ainsi que la partie antérieure de la tranchée s'emplit peu à peu de victimes ; par contre, des renforts affluaient constamment de l'arrière. Bientôt, il y eut en batterie derrière chaque traverse une mitrailleuse, légère ou lourde. Elles nous permirent d'exercer sur la partie anglaise de la tranchée une pression toujours croissante. Moi aussi je me postai derrière l'un de ces « moulins » et tirai jusqu'à ce que mon index fût noir de poudre. C'est là qu'a dû être atteint, parmi d'autres, cet Écossais qui m'écrivit après la guerre, de Glasgow, une lettre charmante, où il décrivait avec précision le lieu de sa blessure. Quand l'eau des manchons de refroidissement s'était évaporée, on faisait passer les caisses à la ronde et on les remplissait par le plus naturel des procédés, parmi des plaisanteries peu distinguées. Les armes ne tardèrent pas à être chauffées au rouge. Le soleil était bas sur l'horizon. Il semblait que le second jour des combats fût achevé. Pour la première fois, j'examinai attentivement les alentours et envoyai à l'arrière un rapport et un croquis. A cinq cents mètres de nous, notre tranchée coupait la route de Vraucourt à Mory, camouflée sous les panneaux de toile. Le long d'une pente, par-derrière, des détachements ennemis couraient à travers le terrain où pleuvaient les obus. Le ciel vespéral, sans nuages, fut traversé par une escadrille aux fanions noir-blanc-rouge. Les derniers rayons du soleil, déjà descendu derrière l'horizon, la baignèrent, comme un vol de flamants, d'un rose délicat. Nous déployâmes nos cartes de combat et en étalâmes sur le sol le côté blanc, pour leur signaler jusqu'à quelle distance nous avions enfoncé le dispositif ennemi.

Une brise du soir fraîche annonçait une nuit de froid sec. Je m'accotai à la paroi, emmitouflé dans un manteau anglais bien chaud, et m'entretins avec le petit Schultz, le compagnon de ma patrouille contre les Hindous, qui s'était montré, en vieux camarade, là où l'affaire était la plus chaude. Aux postes de guetteurs, des soldats de toutes les compagnies, aux visages juvéniles et marqués par la fatigue, observaient sous le rebord du casque les positions ennemies. Je les voyais, de la pénombre de la tranchée, droits et immobiles comme sur des tourelles de tir. Leurs chefs étaient tombés ; ils se plaçaient d'eux-mêmes à l'endroit voulu. Dans un poste avancé comme le nôtre, où l'on sentait venue la détente après un jour sanglant, il régnait une grande assurance.

Nous nous organisions déjà en vue de la défense nocturne. Je déposai à côté de moi mon pistolet et une douzaine d'« œufs de cane » anglais, et me sentis prêt à affronter tout intrus, fût-ce l'Ecossais au crâne le plus dur.

C'est alors que des grenades éclatèrent de nouveau sur la droite et qu'à gauche s'élevèrent des signaux lumineux allemands. Le vent nous apporta, du fond du crépuscule, le vague et faible écho de hourras poussés par des voix nombreuses. Ce fut le feu aux poudres. « Ils sont tournés, ils sont tournés ! » Dans l'un de ces moments d'enthousiasme qui précèdent les grandes actions, tous sautèrent sur les fusils et attaquèrent la tranchée devant nous. Après un bref échange de grenades, un détachement de highlanders s'enfuit vers la route. Plus moyen de se contenir. On eut beau nous crier des avertissements : « Gare, la mitrailleuse de gauche tire encore ! » — nous sautâmes hors de la tranchée et eûmes en un clin d'œil atteint la route, qui grouillait de highlanders éperdus. Ils cédèrent sous ce choc terrible, mais se heurtèrent dans leur fuite à un obstacle de barbelés long et dense. Ils hésitèrent puis s'élancèrent le long du réseau. Dans le tonnerre de nos hourras, ils étaient contraints d'aborder sous un feu nourri cette course mortelle. C'est à ce moment que le petit Schultz arriva avec ses mitrailleuses. La route offrait un spectacle de Jugement dernier. La mort fauchait à droite et à gauche. Les cris de guerre, qui s'entendaient de loin, le feu dense des armes à main, les chocs sourds des grenades éperonnaient les agresseurs et pétrifiaient leurs adversaires. Durant ce long jour, le combat avait couvé comme un feu que l'air attisait enfin. Notre supériorité croissait à chaque instant, car derrière l'assaut des troupes de choc étirées, les réserves suivaient comme un coin épais.

Quand je fus à la hauteur de la route, je la dominai, de notre côté, du haut d'un talus. La position des Écossais courait sur son autre bord à travers le fossé, qu'ils avaient approfondi ; elle se trouvait donc, par rapport à nous, en contrebas. Pourtant, dans ces premières secondes, nos regards furent détournés d'elle : la vision des highlanders qui tombaient tout le long du barbelé effaçait tous les autres détails. Nous nous jetâmes à plat ventre en haut du talus et tirâmes.

Tandis que je m'escrimais en jurant contre une culasse bloquée, je sentis qu'on me tapait violemment sur l'épaule. Je me retournai et aperçus le visage furibond du petit Schultz. « Ils tirent encore, les salauds ! » Je suivis le geste de sa main et ne distinguai qu'alors, dans le petit lacis de tranchées que seule la route séparait de nous, une ligne de formes humaines : les unes chargeant, les autres la crosse contre la joue, en proie à une activité fiévreuse. Déjà les premières grenades volaient sur la droite, projetant haut en l'air le buste de l'un d'eux.

La raison commandait de rester sur place et de mettre l'ennemi hors de combat en quelques coups de feu. Il nous présentait une cible facile à atteindre. Au lieu de cela, je jetai mon fusil et m'élançai, les poings serrés. Par malheur, je portais toujours mon manteau anglais et mon calot au ruban rouge. Je me trouvais donc déjà du côté adverse et, qui pis est, en uniforme ennemi. En pleine ivresse de la victoire, je sentis un coup sec contre ma poitrine, à gauche ; puis tout devint noir. Fichu !

J'étais certain d'avoir été touché au cœur, mais ne ressentais dans l'attente de la mort ni douleur ni angoisse. Je vis en tombant les cailloux blancs et polis dans la glaise de la route ; leur ordonnance était chargée de sens, nécessaire comme celle des étoiles, et dévoilait de grands mystères. Elle me parut familière et passionnante, plus que la tuerie qui se poursuivait autour de moi. Je tombai sur le sol, mais à ma grande surprise, je me relevai aussitôt. Ne pouvant découvrir de trou dans ma tunique, je ramenai mon attention vers l'ennemi. Un homme de ma compagnie s'élança vers moi : « Mon lieutenant, votre manteau, jetez-le ! » et m'arracha ce dangereux vêtement.

Un nouveau hourra déchira l'air. De droite, où l'on s'était battu à la grenade tout l'après-midi, une série d'Allemands accoururent à la rescousse par la route, ayant à leur tête un jeune officier en manchester brun. C'était Kius. Il eut la chance de buter sur un fil tendu comme piège au moment précis où une mitrailleuse anglaise crachait sa dernière salve. C'est ainsi que les balles passèrent au-dessus de lui — si près que l'une fendit le portefeuille qu'il portait dans sa poche de pantalon. Les Écossais furent alors liquidés en quelques instants. Les alentours de la route étaient couverts de corps, tandis que les rares survivants s'enfuyaient, poursuivis par notre feu.

Dans les quelques secondes de mon évanouissement, le petit Schultz, lui aussi, avait été saisi par son destin. Comme je ne l'appris que par la suite, emporté par un délire qu'il m'avait communiqué, il avait bondi dans la tranchée pour y donner libre cours à son ardeur. Quand un Écossais qui avait déjà débouclé ses armes le vit se ruer sur lui, il ramassa par terre un fusil abandonné et l'abattit à bout portant.

Je me retrouvai, bavardant avec Kius, dans le bout de tranchée conquis, où roulaient les fumées des grenades. Nous discutions de la manière de nous emparer des pièces qui devaient être en batterie tout près de nous. Soudain, il m'interrompit : « Es-tu blessé ? Tu as le sang qui te coule de dessous ta tunique ! »

En effet, je me sentais bizarrement léger et j'avais une impression d'humidité sur la poitrine. Nous ouvrîmes la tunique et constatâmes qu'une balle m'avait traversé la poitrine de côté, sous ma Croix de fer, au-dessus du cœur. On distinguait nettement le petit trou rond d'entrée à droite et celui de sortie, un peu plus grand, à gauche. Comme j'avais abordé la route en angle aigu, pour la traverser de gauche à droite, l'un des nôtres m'avait sans aucun doute pris pour un Anglais et m'avait tiré dessus à une distance de quelques pas. Je soupçonnais fortement celui qui m'avait arraché la capote, mais si l'on peut dire, il avait cru bien faire, et la faute m'en revenait.

Kius me pansa et ne put qu'avec peine me décider à quitter en cet instant le champ de bataille. Nous nous séparâmes en nous criant : « On se reverra à Hanovre ! »

Je fis choix d'un compagnon et revins une fois encore sur la route, où le tir était violent, pour y chercher mon porte-cartes, que mon officieux inconnu m'avait arraché en même temps que mon manteau anglais, et qui contenait mon journal de guerre, puis je revins vers l'arrière en traversant la tranchée dont nous avions forcé le passage.

Notre cri de guerre avait été si violent que l'artillerie ennemie était tout d'un coup entrée dans la danse. Le terrain, derrière la route, mais surtout la tranchée elle-même, étaient pris sous un tir de barrage d'une densité rare. Comme j'avais bien assez d'une seule blessure, je me déplaçais par bonds, de traverse en traverse.

Soudain, un fracas assourdissant éclata contre le rebord de la tranchée. Je reçus un coup sur le sommet du crâne et basculai en avant, étourdi. Quand je revins à moi, j'étais suspendu la tête en bas par-dessus le traîneau d'une mitrailleuse lourde, et je contemplais d'un œil fixe, au fond de la tranchée, une flaque rouge qui s'agrandissait à une vitesse inquiétante. Le sang giclait si irrésistiblement que j'abandonnai tout espoir. Mais comme mon compagnon affirmait ne pas voir encore de cervelle, je me relevai et poursuivis ma course. J'avais payé cher la légèreté avec laquelle j'allais au combat sans casque.

Malgré cette double saignée, j'étais extrêmement excité et conjurais tous ceux que je croisais dans la tranchée, comme en proie à une marotte, de courir vers l'avant et de prendre part au combat. Nous eûmes bientôt échappé à la portée des petites pièces et ralentîmes notre allure, car il eût fallu une déveine exceptionnelle pour être touché par les « gros noirs » qui tombaient encore de-ci, de-là.

Dans le chemin creux de Noreuil, je passai devant le P. C. de combat de la brigade, me fis annoncer chez le major-général Höbel, à qui je fis rapport sur nos succès, et le priai d'envoyer des renforts pour soutenir les troupes d'assaut. Le général me raconta qu'on me donnait pour mort depuis hier déjà dans les P. C. Ce n'était pas la première fois de cette guerre. Peut-être quelqu'un m'avait-il vu tomber à côté du shrapnell qui avait blessé Haake, lors de l'assaut contre la première ligne.

J'appris que nous avions gagné du terrain plus lentement qu'on ne l'avait prévu. Il était clair que nous avions eu affaire à des troupes d'élite anglaises ; notre coup de boutoir avait transpercé des positions centrales. Le remblai avait été à peine entamé par notre feu ; nous l'avions conquis contre toutes les règles de l'art militaire. Mory n'avait pas été atteint. Nous aurions peut-être réussi à nous en emparer, dès le premier soir, si notre artillerie ne nous avait barré le chemin. L'ennemi s'était renforcé durant la nuit. En tout cas, nous avions fait ce qui était humainement possible et presque plus encore ; le général fut le premier à le reconnaître.

A Noreuil, tout contre la route, un haut amoncellement de caisses de grenades était en flammes. Nous nous hâtâmes de le dépasser, avec des sentiments très mélangés. Derrière le village, un chauffeur m'offrit une place sur son camion à munitions vide. J'eus une vive empoignade avec le chef du train des équipages, qui voulait faire jeter en bas de la voiture deux Anglais blessés, alors qu'ils m'avaient soutenu durant la dernière partie de notre trajet.

Sur la route de Noreuil à Quéant, le trafic était incroyablement dense. Qui n'a pas vu les files interminables de camions qui ravitaillent un grand combat ne peut s'en faire une idée. Passé Quéant, la presse s'accrut et prit des proportions fantastiques. J'eus une pensée mélancolique lorsque je passai devant la maisonnette de la petite Jeanne d'Arc, dont on pouvait à peine encore distinguer les fondations.

Je m'adressai à l'un des officiers régulateurs, reconnaissables à leurs brassards blancs, qui me procura une place dans une auto de tourisme en route pour l'ambulance de Sauchy-Cauchy. Nous dûmes parfois attendre des demi-heures entières, quand des embarras de voitures et d'autos obstruaient le trafic. Quoique les médecins, dans la salle d'opération de l'ambulance, fussent débordés de travail, le chirurgien me dit son étonnement de l'heureuse nature de mes blessures. Celle de la tête, elle aussi, avait son entrée et sa sortie, sans que la voûte osseuse eût été touchée. Plus que des blessures, que je n'avais ressenties que comme des chocs sourds, j'eus à souffrir du traitement que m'infligea un aide-infirmier, après que le major eut passé sa sonde avec une élégance enjouée à travers les deux canaux de mes coups de feu. Ce traitement consistait en un énergique rasage des bords de ma blessure à la tête, exécuté avec un rasoir émoussé, et sans savon.

Après avoir, cette nuit-là, dormi à poings fermés, je fus évacué le lendemain matin jusqu'au centre de triage de Cantin, où je retrouvai à ma grande joie le lieutenant Sprenger, que je n'avais plus revu depuis le début de l'attaque. Il était blessé à la cuisse par une balle d'infanterie. J'y retrouvai également mes bagages — nouvelle preuve qu'on pouvait se fier à Vinke. M'ayant perdu des yeux, il avait été ensuite blessé le long du remblai. Mais avant de se rendre à l'ambulance, et de là à sa ferme de Westphalie, il n'eut de cesse qu'il ne sût entre mes mains les effets que je lui avais confiés. Je le reconnus bien à ce trait : il était moins mon ordonnance qu'un camarade plus âgé. Bien souvent, quand le ravitaillement devint rare, je trouvai sur ma table un morceau de beurre « de la part d'un homme de la compagnie qui n'a pas voulu dire son nom », mais dont l'anonymat n'était pas difficile à percer. Il n'était pas, comme par exemple Haller, en proie à l'esprit d'aventure, mais il me suivait au combat comme jadis un vassal son suzerain, et il tenait le soin de ma personne pour son office propre. Bien après la guerre, il me demanda ma photo, « pour pouvoir parler à ses petits-fils de son lieutenant ». Je lui dois d'avoir jeté un regard dans les énergies paisibles que le peuple jette dans le combat, en la personne du réserviste.

Après un court séjour à l'ambulance bavaroise de Montigny, je fus chargé à Douai dans un train-hôpital et roulai jusqu'à Berlin. Là, cette sixième double blessure guérit aussi parfaitement, en quinze jours, que toutes les précédentes. Mon seul ennui était d'avoir dans les oreilles l'impression d'une sonnerie constante et suraiguë. Elle s'affaiblit au cours des semaines suivantes et finit par disparaître tout à fait.

C'est seulement à Hanovre que j'appris, comme je l'ai dit, la mort du petit Schultz, tombé avec bien d'autres de mes amis au cours du corps à corps. Kius s'en sortait avec une blessure au ventre, sans gravité. En même temps, la cassette à plaques qui contenait une série de photos de notre assaut contre le remblai avait été fracassée.

A nous regarder arroser nos retrouvailles dans un petit bar de Hanovre, en compagnie de mon frère, avec son bras raide, et de Bachmann, avec son genou raide, on ne se serait guère imaginé que quinze jours plus tôt, nous nous étions quittés au son d'une tout autre musique que celle des bouchons qui sautent.

Cependant, une ombre tomba sur ces journées, car nous pûmes bientôt conclure des communiqués que l'offensive avait été enrayée et que, stratégiquement parlant, elle se soldait par un échec. C'est ce que me confirmèrent les journaux français et anglais que je feuilletai dans les cafés de Berlin. La grande bataille marqua aussi un tournant dans ma vie intérieure, et non pas seulement parce que désormais je tins notre défaite pour possible. La formidable concentration des forces, à l'heure du destin où s'engageait la lutte pour un lointain avenir, et le déchaînement qui la suivait de façon si surprenante, si écrasante, m'avaient conduit pour la première fois jusqu'aux abîmes de forces étrangères, supérieures à l'individu. C'était autre chose que mes expériences précédentes ; c'était une initiation, qui n'ouvrait pas seulement les repaires brûlants de l'épouvante. Là, comme du haut d'un char qui laboure le sol de ses roues, on voyait aussi monter de la terre des énergies spirituelles.

J'y vis longtemps une manifestation secondaire de la volonté de puissance, à une heure décisive pour l'histoire du monde. Pourtant, le bénéfice m'en resta, même après que j'y eus discerné plus encore. Il semblait qu'on se frayât ici un passage en faisant fondre une paroi de verre — passage qui menait le long de terribles gardiens.

Avances anglaises

Le 4 juin 1918, je rejoignis mon régiment, au repos dans les environs immédiats de Vraucourt, qui, désormais, se trouvait loin en arrière du front. Notre nouveau chef, le commandant von Lüttichau, me confia la direction de ma vieille 7ᵉ compagnie.

Quand j'arrivai dans mes quartiers, les hommes coururent à ma rencontre, me déchargèrent de mes bagages et me reçurent en triomphe. On eût dit que je rentrais au bercail familial.

Nous logions dans un kraal de baraques en tôle ondulée, au milieu d'un paysage de prairies retournées à l'état sauvage, dans le vert desquelles luisaient d'innombrables fleurs jaunes. Cette steppe, que nous avions surnommée « la Valachie », était peuplée de hordes de chevaux à la pâture. Lorsqu'on sortait devant le seuil des cabanes, on était saisi par cette impression inquiétante de vie qui doit s'emparer par moments du cow-boy, du Bédouin et de tout autre homme vivant dans la solitude. Le soir, nous faisions de longues promenades alentour des baraques et cherchions des œufs de perdrix ou des armes enfouies dans l'herbe, souvenirs de la grande bataille. Un après-midi, je me rendis à cheval jusqu'à ce chemin creux si âprement disputé, deux mois plus tôt, près de Vraucourt ; les bords en étaient semés de croix où je lus bien des noms familiers.

Le régiment reçut bientôt l'ordre d'occuper la première ligne d'une position couvrant le village de Puisieux-au-Mont. Nous fîmes en auto un trajet de nuit jusqu'à Achiet-le-Grand. Nous dûmes souvent nous arrêter, quand les cônes lumineux des fusées à parachute lancées par les avions de bombardement nocturne arrachaient aux ténèbres le ruban blanc de la route. Au près et au loin, les sifflements multiples des lourdes torpilles aériennes s'engloutissaient dans les chocs répercutés des explosions. Alors, les bras hésitants des projecteurs tâtonnaient le ciel sombre, à la recherche des cruels oiseaux de nuit, des shrapnells s'épanouissaient comme des jouets gracieux, et des balles traçantes se suivaient en une longue chaîne comme des loups de feu.

Un tenace fumet de cadavres pesait sur le terrain conquis, tantôt plus, tantôt moins importun, mais toujours excitant pour les sens, comme un message venu d'un royaume des morts.

« Le parfum des offensives », remarqua près de moi la voix d'un ancien du front, comme nous semblions passer durant plusieurs minutes à travers une allée de fosses communes.

D'Achiet-le-Grand, nous marchâmes le long du remblai qui s'en allait vers Bapaume, puis, à travers champs, vers la position. L'échange de projectiles était vif. Comme nous faisions un moment la pause, deux obus de moyen calibre tombèrent auprès de nous. Le souvenir de l'inoubliable nuit d'horreur du 19 mars nous donna des jambes. Juste derrière la première ligne, une compagnie qu'on venait de relever attendait, menant grand bruit ; le hasard nous fit passer devant elle juste au moment où quelques douzaines de shrapnells la réduisirent au silence. Lançant une bordée d'injures, mes hommes se jetèrent tête baissée dans le premier boyau venu. Trois d'entre eux durent revenir en sang vers le poste de secours.

A trois heures, j'arrivai épuisé dans mon abri, dont l'étroitesse oppressante me présagea une série de jours dépourvus de charme.

La lueur rougeâtre d'une chandelle brûlait au milieu d'une vapeur à couper au couteau. Je trébuchai sur une série de jambes et suscitai de la vie dans la cagna en criant la formule magique : « Voilà la relève ! » D'une niche en forme de four, il sortit un chapelet de jurons, puis se montrèrent l'un après l'autre une face mal rasée, une paire de pattes d'épaule rongées par le vert-de-gris, un uniforme en piteux état et deux masses de glaise, au sein desquelles je supposai la présence des bottes. Nous nous assîmes ensemble à la table branlante et réglâmes les formalités de la remise du secteur, où chacun tenta de « barboter » à l'autre une douzaine de rations de réserve et quelques pistolets signaleurs. Sur ce, mon prédécesseur se hissa à l'air libre par l'étroit couloir de l'abri, en prophétisant que « ce merdier » ne tiendrait pas le coup trois jours de plus. Je restai, nouveau maître après Dieu du secteur A.

La position, que j'inspectai le lendemain, n'avait rien de très réjouissant. Juste à l'entrée de l'abri, deux hommes « de corvée de jus » vinrent vers moi : ils avaient été atteints par une charge de shrapnell dans le boyau d'approche. Quelques pas plus loin, le fusilier Ahrens vint me rapporter qu'il avait été blessé par ricochet. Nous avions devant nous le village de Bucquoy et Puisieux-au-Mont dans le dos. La compagnie était établie, sans échelonnement, dans l'étroite première ligne, séparée sur sa droite du 76ᵉ d'infanterie par une grande brèche sans défenseurs. L'aile gauche du secteur s'étendait jusqu'à un petit bois haché par les obus, le boqueteau 125. Selon les ordres reçus, on n'avait pas creusé de galeries. Nous devions, non nous enterrer, mais garder l'esprit d'offensive. C'est pourquoi nous n'avions pas non plus de réseau de barbelés devant les positions. Les hommes logeaient deux par deux dans de petits terriers garnis de ce qu'on appelait les tôles Siegfried, des tôles ondulées, en segments d'ovale, d'un mètre de haut à peu près, dont nous revêtions ces niches étroites en forme de four à pain.

Comme mon abri était situé dans un autre secteur que le mien, je commençai par chercher une nouvelle demeure. Une espèce de cabane, dans un segment de tranchée croulant, me parut propre à mon usage, lorsque je l'eus mise en état de défense en y traînant toute sorte d'instruments de massacre. J'y menai avec mon ordonnance une vie d'ermite, en pleine nature, dérangé seulement de temps à autre par des hommes de liaison qui portaient jusqu'à cette grotte perdue les minutes de la guerre des papiers. On pouvait alors lire en hochant la tête, entre deux obus, parmi d'autres affaires d'importance, que le commandant de place de X... avait perdu un fox-terrier taché de noir et répondant au nom de Zippi ; à moins qu'on ne se plongeât dans le procès intenté par Mlle Makeben, bonne à tout faire, au soldat de première classe Meyer, pour paiement d'une pension alimentaire. Les croquis et les rapports fréquents, à remettre à une date précise, nous procuraient également les distractions nécessaires.

C'est aussi vers ce moment qu'a dû se passer l'affaire du Stangol. Les latrines devaient être arrosées de chlorure de chaux en solution et celui-ci brassé avec du Stangol. On devait demander, selon les besoins, les quantités nécessaires. Un quintal de chlorure de chaux et trois kilos de Stangol parurent à notre chef des quantités suffisantes pour ses compagnies. Puis il s'avéra que « Stangol » était une faute de frappe pour « Stangen » (des perches).

Mais revenons à mon abri, que j'avais baptisé *Villa Wahnfried* [1]. Mon seul souci me venait de la couverture, qui, il fallait bien le reconnaître, n'était que relativement à l'épreuve des bombes — c'est-à-dire, aussi longtemps qu'aucun coup ne tombait sur elle. Je me consolais toutefois en songeant que je n'étais pas mieux loti que mes hommes. Tous les midis, mon ordonnance déployait à mon intention une

---

1. *La Paix dans l'illusion* (nom de la villa de Wagner à Triebschen). *(N.d.T.)*

couverture dans un trou d'obus, vers lequel nous avions creusé un couloir, pour le transformer en solarium. Il est vrai que mon bronzage était interrompu de temps à autre par la chute des obus dans les parages ou par le gazouillement des éclats de tirs aériens.

La nuit, des bombardements de gros calibre éclataient sur nous comme des orages d'été, brefs et dévastateurs. Je restais alors étendu, avec une impression bien particulière et peu fondée de sécurité, sur mon bat-flanc capitonné d'herbe fraîche, et écoutais les explosions d'alentour, dont les ébranlements faisaient ruisseler le sable des parois. Ou encore je sortais et examinais de la banquette des guetteurs le paysage nocturne, plein de mélancolie, qui formait un contraste lugubre avec les fantômes de feu auxquels il servait de salle de bal.

Dans de tels instants, il se glissait en moi un état d'âme qui jusqu'à présent m'était resté étranger, un brassage profond de ma sensibilité, né de la durée imprévue de cette existence enfiévrée au bord de l'abîme. Les saisons se succédaient, l'hiver revenait, puis l'été, et l'on se trouvait encore au combat. On s'était lassé, et accoutumé au visage de la guerre ; mais c'est précisément cette accoutumance qui faisait apparaître tous les événements dans une lumière atténuée et insolite. On n'était plus tellement aveuglé par la violence des phénomènes. On sentait aussi que l'esprit dans lequel on était monté au front s'était usé et ne suffisait plus. La guerre proposait les plus profondes de ses énigmes. Ce fut une époque étrange.

La première ligne avait relativement peu à souffrir du tir ennemi, sans quoi elle fût vite devenue intenable. C'étaient surtout Puisieux et les dépressions voisines qui subissaient le bombardement ; il s'épaississait, dans les heures de la soirée, en attaques-surprises d'une densité extraordinaire. Le ravitaillement et la relève en étaient fortement compromis. De-ci, de-là, des coups fortuits faisaient sauter un maillon de notre chaîne.

Le 14 juin, je fus relevé à deux heures du matin par Kius, qui était également revenu au front et avait pris la tête de la seconde compagnie. Nous passâmes notre temps de repos le long du remblai, près d'Achiet-le-Grand ; nos baraques et nos cagnas étaient installées à son abri. Les Anglais nous envoyaient fréquemment des projectiles lourds à tir tendu, qui firent des victimes, dont l'adjudant de la 3e compagnie, Rackebrand. Il fut tué par un éclat qui traversa la paroi de la baraque légèrement bâtie où il s'était installé un bureau, sur la crête du remblai. Quelques jours plus tôt, nous avions déjà eu un grave accident : un aviateur avait lancé sa bombe au milieu de la clique du 76e, qu'entourait un cercle d'auditeurs. Parmi les victimes, il se trouvait aussi de nombreux militaires appartenant à notre régiment.

Dans les parages immédiats du remblai, de nombreux tanks percés de balles étaient restés, semblables à des navires échoués, et je les examinai attentivement au cours de mes promenades. Je rassemblai aussi de temps à autre ma compagnie autour d'eux, pour lui donner des instructions sur la manière de les arrêter, la tactique et les points vulnérables de ces éléphants de la bataille technique, dont les apparitions se faisaient toujours plus fréquentes. Certains portaient des noms humoristiques, menaçants ou bénéfiques, des symboles et des peintures de guerre ; il n'y manquait ni le trèfle à quatre feuilles, ni le cochon porte-bonheur, ni la tête de mort blanche. L'un d'eux se distinguait aussi par une potence d'où pendait un nœud largement ouvert ; celui-ci était baptisé « Judge Jeffries ». Mais tous étaient mal en point. Le séjour dans la cabine, étroite et fracassée par les projectiles, avec son fouillis de tubes, de bielles et de fils métalliques, avait dû être bien oppressant lors des attaques, quand ces colosses, pour échapper aux jets de flamme de l'artillerie, se traînaient à travers le champ de mort d'une marche sinueuse, semblables à de maladroits coléoptères géants. Je songeais vivement aux Israélites dans la fournaise. En outre, le terrain était couvert de nombreux squelettes calcinés d'avions, signe que la machine se montrait, de plus en plus puissante, sur le champ de bataille. Un après-midi, la gigantesque cloche blanche d'un parachute se déposa non loin de nous : un aviateur venait de sauter avec elle de son appareil en flammes.

Dès le matin du 18 juin, la 7e fut obligée, la situation étant incertaine, de se replier sur Puisieux, pour s'y mettre à la disposition du commandement des troupes combattantes, et assurer les transports de matériel, ainsi que des missions tactiques. Nous nous installâmes dans des caves et des abris à la sortie du bourg, du côté de Bucquoy. Juste au moment de notre arrivée, un groupement d'obus lourds s'enfonça dans les jardins environnants. Pourtant, je ne pus me retenir de prendre mon déjeuner sous une petite tonnelle, à l'entrée de ma cagna. Quelques instants après, un nouveau grondement s'enfla. Je me plaquai sur le sol. Des flammes jaillirent auprès de moi. Un ambulancier de ma compagnie, nommé Kenziora, qui passait justement avec quelques gamelles d'eau, s'écroula, l'abdomen perforé. Je courus à lui et le traînai, avec l'aide d'un signalisateur, jusqu'à l'abri du poste de secours, dont l'entrée s'ouvrait heureusement tout près de l'impact.

« Alors, vous aussi, vous aviez fait un bon petit déjeuner ? » demanda le major Köppen, le type même du vieux médecin militaire, qui m'avait déjà charcuté à plusieurs reprises, tout en lui pansant une grande blessure dans le ventre.

« Oui, oui, une grande gamelle de nouilles », geignit l'infortuné, qui sans doute croyait entrevoir dans ce détail une lueur d'espérance.

« Eh bien, vous voyez... » dit Köppen, cherchant à le rassurer, tout en hochant la tête à mon intention, d'un air très significatif.

Mais les blessés graves ont d'extraordinaires capacités d'intuition. Kenziora gémit soudain, tandis que de grosses gouttes de sueur lui perlaient au front : « Le coup est mortel... je le sens... j'en suis sûr. » Malgré ce pronostic, je pus lui serrer la main six mois plus tard, quand nous fîmes notre entrée à Hanovre.

L'après-midi, je me promenai tout seul à travers les ruines, seul reste de Puisieux. Le village avait déjà été pilonné, lors des batailles de la Somme, si bien qu'il n'était plus qu'un monceau de décombres. Trous de marmite et pans de murs étaient recouverts d'une épaisse verdure, où éclataient de tous côtés les disques blancs du sureau, ami des ruines. De nombreux éclatements récents avaient déchiré cette housse et dénudé de nouveau la terre, si souvent retournée, des jardins. La grand-rue était bordée des épaves de l'avance enrayée. Voitures criblées de balles, munitions jetées à terre, armes d'infanterie rouillées et les vagues contours de chevaux à demi décomposés, tout proclamait le néant des choses dans la lutte pour la vie. L'église, qui jadis se dressait au point culminant du village, ne se dessinait plus que comme un tas confus de pierrailles. Cependant que je cueillais un bouquet de merveilleuses roses redevenues sauvages, les explosions d'obus m'incitèrent à la prudence, sur ce théâtre de la Danse macabre.

Quelques jours après, nous relevâmes la 9ᵉ compagnie dans la ligne principale de résistance, située à quelque cinq cents mètres derrière la première ligne. Trois hommes de ma 7ᵉ furent blessés dans l'opération. Le lendemain, le capitaine von Ledebur fut touché, non loin de mon abri, par une balle de shrapnell dans le pied. Quoiqu'il fût phtisique au dernier degré, il n'en remplissait pas moins sa tâche au combat. Il fallait donc qu'il fût abattu par cette blessure sans gravité. Il mourut peu de temps après à l'hôpital militaire. Le 28, le chef de mes ravitailleurs, le sergent Gruner, fut atteint par un éclat d'obus. C'était la neuvième perte à la compagnie en un bref espace de temps.

Après avoir passé une semaine en première ligne, nous dûmes occuper pour la seconde fois la ligne principale de résistance, car le bataillon qui allait nous relever était presque fondu sous les coups de la grippe espagnole. Parmi nos hommes aussi, plusieurs, chaque jour, se faisaient porter malades. Dans la division d'à côté, cette grippe décimait les effectifs au point qu'un aviateur ennemi y jeta des billets où l'on pouvait lire que l'Anglais se chargerait de la relève, si ce corps n'était pas bientôt retiré du front. Pourtant, nous apprîmes que l'épidémie gagnait de plus en plus de terrain chez l'adversaire. Chez nous, l'insuffisance du ravitaillement en aggravait les effets. C'étaient surtout les jeunes qui en mouraient, souvent en une seule nuit. De plus, nous étions constamment sur le qui-vive, car un nuage de fumée noire planait sans cesse au-dessus du boqueteau 125, comme par-dessus une cocotte infernale. Le pilonnage y était si dense que par un après-midi sans aucun vent, les gaz des explosions empoisonnèrent une partie de la 6ᵉ compagnie. Il fallut descendre dans les abris comme des plongeurs, munis d'appareils à oxygène, pour en remonter leurs occupants sans connaissance. Ils avaient des visages d'un rouge cerise et respiraient avec effort, comme dans un cauchemar.

Un après-midi, en parcourant mon secteur, je découvris plusieurs caisses enterrées, pleines de munitions anglaises. Voulant étudier la construction d'une grenade à fusil, je la dévissai et en retirai la capsule explosive. Il resta un fond, que je pris pour l'amorce. Or, cet objet, quand je tentai de le vider au moyen d'une aiguille, s'avéra être une seconde capsule, qui explosa à grand fracas, m'emportant le bout de l'index gauche et me causant quelques lésions sanglantes au visage. Le même soir, comme je me tenais debout à découvert avec Sprenger sur le toit de ma cagna, un obus lourd s'abattit dans les parages. Nous discutâmes de la distance, que Sprenger évaluait à dix mètres, et moi à trente. Pour voir jusqu'à quel point je pouvais me fier à mon intuition dans ce domaine, je pris la mesure et trouvai le trou d'obus, dont l'aspect dénotait une sorte de projectile assez redoutable, distant de vingt-deux mètres de notre point d'observation. On est facilement porté à sous-estimer la distance, de même qu'on surestime en général la longueur des serpents.

Le 20 juillet, je me retrouvai à Puisieux avec ma compagnie. Je passai tout l'après-midi debout sur un pan de mur, à observer l'allure du combat, qui donnait une impression fort inquiétante.

Le boqueteau 125 était souvent plongé par des grêles denses d'obus dans une fumée épaisse, tandis que s'élevaient et retombaient des fusées vertes et rouges. Parfois, l'artillerie faisait silence ; on entendait alors le bégaiement de quelques mitrailleuses et l'explosion étouffée de grenades lointaines. De mon observatoire, l'ensemble avait presque l'air d'un jeu gracieux. Il manquait la majesté de la grande bataille et pourtant, on sentait le corps à corps acharné de deux forces têtues.

Le boqueteau semblait une blessure enflammée, sur laquelle se concentrait l'attention de formations cachées. Les deux artilleries jouaient avec lui comme deux fauves qui se disputent une proie ; elles arrachaient les troncs de ses chênes et en jetaient les morceaux en l'air. Il n'était jamais tenu que par quelques hommes, mais il prolongeait sa résistance, et c'est ainsi qu'il devenait, visible au loin dans ce paysage mort, un exemple de ce que même le plus colossal affrontement n'est jamais que la balance où l'on pèse, aujourd'hui comme toujours, le poids de l'homme.

Vers le soir, je fus appelé chez le commandant des groupes d'interception ; j'appris que l'ennemi avait pénétré sur l'aile gauche dans le lacis de nos tranchées. Pour dégager un peu nos approches, on avait décidé que le lieutenant Petersen nettoierait avec la compagnie de choc la Tranchée de la Haie, et moi, avec mes hommes, un chemin d'approche qui courait parallèlement à elle, dans un val.

Nous partîmes à l'aube, mais subîmes déjà dans notre position de départ un tel tir d'infanterie que nous renonçâmes pour le moment à exécuter l'opération prévue. Je fis occuper militairement le chemin d'Elbing et rattrapai dans une énorme abri-caverne ce que j'avais perdu de sommeil nocturne. A onze heures du matin, je fus réveillé par des claquements de grenades sur notre aile gauche, où nous tenions une barricade. J'y courus et trouvai le spectacle habituel de la barricade disputée. Les nuages blancs des grenades roulaient autour de l'obstacle ; à quelques traverses en arrière, de chaque côté, une mitrailleuse crachait ses salves. Dans l'intervalle, des hommes, qui bondissaient vers l'avant ou l'arrière, courbés en deux. Le petit coup de main des Anglais était déjà repoussé, mais il nous avait coûté un homme qui, déchiqueté par des éclats de grenades, gisait derrière la barricade.

Le même soir, je reçus l'ordre de ramener la compagnie sur Puisieux, où je trouvai à mon arrivée une instruction m'enjoignant de prendre part avec deux groupes, le lendemain matin, à une petite opération. Il s'agissait d'attaquer à trois heures quarante, après une préparation d'artillerie et de mines qui durerait cinq minutes, et de dégager la tranchée du val, comme nous l'appelions, du point rouge K au point rouge Z. L'ennemi s'était infiltré dans cette tranchée d'approche, comme en beaucoup d'autres, et s'y était retranché derrière des barricades. Malheureusement, l'opération dont était chargé le lieutenant Voigt, de la compagnie de choc, avec un commando d'assaut, ainsi que moi-même, avec deux groupes, avait visiblement été définie au seul vu de la carte, car la tranchée du val, qui serpentait le long d'un lit de rivière, était en de nombreux points exposée aux tirs jusqu'en son fond. Je n'approuvais pas toute cette histoire ; en tout cas, je retrouve dans mon journal, après la copie de l'ordre, la note suivante : « Eh bien, nous décrirons tout cela demain, espérons-le. Je me réserve pour plus tard, faute de temps, la critique de l'instruction de combat, car je suis assis dans un abri du secteur F, il est minuit, et on me réveillera à trois heures. »

Mais les ordres sont les ordres et c'est ainsi que Voigt et moi nous trouvâmes avec nos hommes, à trois heures quarante, dans l'aube naissante, près du chemin d'Elbing, parés pour l'attaque. Nous occupions une tranchée qui nous montait au genou, et d'où notre regard plongeait comme d'un balcon étroit dans le val ; il commença, à l'heure prévue, à s'emplir de feu et de fumée. L'un des grands éclats qui s'élevaient en ronflant de ce chaudron jusqu'à notre base de départ blessa le fusilier Klaves à la main. Une fois de plus, le même spectacle s'offrait que j'avais si souvent enregistré avant les offensives ; l'image d'une troupe aux aguets dans le petit jour, qui exécute aux coups trop courts une inclinaison profonde et générale, ou se jette à terre, tandis que la tension croît — image qui captive l'esprit comme un cérémonial terrible et silencieux, prélude aux sacrifices humains.

Nous partîmes à cinq heures et profitâmes de ce que le bombardement avait étendu par-dessus la tranchée du val un voile épais. Peu avant le point Z, nous rencontrâmes une résistance que nous brisâmes à coups de grenade. Comme nous avions atteint notre objectif et n'étions guère friands d'autres combats, nous édifiâmes une barricade et laissâmes derrière elle un groupe armé d'une mitrailleuse.

Le seul plaisir que je pris à l'histoire, je le dus au comportement des hommes appartenant à la troupe de choc, qui me rappelèrent le vieux Simplicissimus. Je fis connaissance à cette occasion d'un type nouveau de combattant — le volontaire de 1918, fort peu modelé, de toute évidence, par la discipline, mais brave d'instinct. Ces jeunes casse-cou aux tignasses farouches, en bandes molletières, se prirent violemment de querelle à vingt mètres de l'ennemi parce que l'un d'eux en avait traité un autre de dégonflé, se mirent à jurer comme des lansquenets et à se vanter démesurément. « Mon vieux, encore une veine qu'on ne soit pas tous à ch... dans nos frocs comme toi ! » cria l'un, pour finir, et nettoya à lui tout seul cinquante mètres supplémentaires de tranchée. Dès l'après-midi, le groupe de la barricade se replia. Il avait subi des pertes et n'avait pu tenir plus longtemps. Je les avais déjà crus perdus et fus surpris que quelqu'un eût pu revenir vivant, en plein jour, par le long boyau qu'était la tranchée du val.

Malgré ces contre-attaques et bien d'autres, l'ennemi s'était solidement enfoncé dans l'aile gauche de notre première ligne et dans les boyaux de communication qu'il avait barricadés, menaçant la ligne principale de résistance. Cette cohabitation, sans la séparation du *no man's land*, devenait à la longue fort inconfortable ; on sentait bien qu'on n'était pas en sûreté, même dans ses propres tranchées.

Le 24 juillet, je me rendis pour information dans le nouveau secteur C de la ligne principale de résistance, que je devais prendre en charge le lendemain. Je me fis montrer par le chef de compagnie, le lieutenant Gipkens, la barricade de la Tranchée de la Haie ; elle avait cette particularité qu'elle consistait du côté anglais en un tank immobilisé par le feu, et qui était encastré dans la position comme un fortin d'acier. Nous nous assîmes pour examiner les détails sur une banquette taillée dans une traverse. En plein entretien, je sentis soudain qu'on m'agrippait et qu'on me jetait de côté. L'instant d'après, une balle s'écrasait dans le sable de mon siège. Par un heureux hasard, Gipkens avait observé comme un fusil sortait lentement d'une meurtrière de la barricade ennemie, à quarante mètres de nous, et je devais mon salut à ses yeux perçants de peintre, car à une telle distance, le premier crétin venu était capable de me descendre. Nous nous étions assis sans le savoir dans le boyau mort, entre les deux barricades, et étions donc aussi visibles pour les guetteurs anglais que si nous avions pris place à une table en face d'eux. Gipkens avait agi vite et comme il le fallait. Quand je revins en esprit, par la suite, à cette situation, je me demandai si je n'aurais pas été paralysé un instant par la vue du fusil. J'appris qu'en cet endroit, qui semblait si peu dangereux, trois hommes de la 9e compagnie étaient déjà tombés d'un coup dans la tête ; le lieu était malsain.

Cet après-midi-là, des feux d'infanterie dont la violence n'avait rien d'extraordinaire me firent sortir de mon abri, où j'étais en train de lire en buvant paisiblement mon café. Vers l'avant, des signaux s'élevaient en une succession monotone, comme les grains d'un chapelet, pour demander un tir de barrage. Des blessés qui clopinaient vers l'arrière me racontèrent que les Anglais avaient forcé la ligne principale de résistance, dans les secteurs B et C, et qu'en A ils s'étaient infiltrés dans les approches. Juste après, nous reçûmes une triste nouvelle : les lieutenants Vorbeck et Grisshaber étaient tombés en défendant leur secteur, le lieutenant Kastner était grièvement blessé. Un autre officier fut curieusement frôlé au cours de cette opération par un coup de feu qui, sans autre blessure, lui trancha le téton gauche comme au scalpel. A huit heures, le lieutenant Sprenger, qui avait commandé par intérim la 5ᵉ, arriva également dans ma cagna, avec un éclat dans le dos, se réconforta d'un « coup d'œil dans la bouteille », dite aussi « périscope », et se rendit au poste de secours avec cette citation : « Arrière, arrière, don Rodrigue !» Son ami, le lieutenant Domeyer, le suivit, la main ensanglantée. Il se retira sur une citation sensiblement plus courte [1].

Le lendemain matin, nous occupâmes le secteur C, qu'on avait entretemps nettoyé des ennemis. J'y trouvai des hommes du génie, Boje et Kius avec une partie de la 2ᵉ, Gipkens avec les restes de la 9ᵉ compagnie. Huit morts allemands gisaient dans la tranchée et deux Anglais, avec à leur casquette cet écusson : *South Africa, Otago Rifles*. Tous étaient fort abîmés par des éclats de grenade. Leurs visages convulsés portaient de vilaines blessures.

Je fis ouvrir la barricade et déblayer la position. A onze heures quarante-cinq, notre artillerie lança un feu violent sur nos vis-à-vis : nous reçûmes plus d'obus que les Anglais. La poisse ne se fit pas longtemps attendre. L'appel : « Des infirmiers !» vola à droite et à gauche dans la tranchée. J'y courus et je trouvai devant la barricade, dans la Tranchée de la Haie, les restes informes de mon meilleur chef de section. Il avait pris en plein dans les reins le coup d'un de nos propres obus. Des haillons d'uniforme et de linge, que le souffle de l'explosion lui avait arrachés du corps, pendaient au-dessus de lui aux branches déchiquetées de la haie d'aubépines à laquelle cette tranchée devait son nom. Je fis jeter une bâche par-dessus son corps pour nous épargner ce spectacle. Juste après, trois hommes furent de nouveau blessés au même endroit. Le soldat de première classe Ehlers, assourdi par le souffle, se tordait sur le sol. Un autre eut les deux mains traversées au niveau des poignets. Il partit en chancelant vers l'arrière, les bras passés sur les épaules d'un brancardier. Ce petit cortège avait quelque chose d'un bas-relief héroïque, car le sauveur marchait courbé, tandis que le blessé se tenait tout droit, bien qu'avec effort ; c'était un jeune garçon aux cheveux noirs et au beau visage résolu, qui avait pris une pâleur de marbre.

Je détachai coureur sur coureur vers les postes de commandement et demandai instamment qu'on arrêtât le feu, ou bien qu'on envoyât des officiers d'artillerie dans la tranchée. Pour toute réponse, un lance-

---

1. Probablement le fameux « mot de Götz de Berlichingen » (dans la première version du *Götz* de Goethe) : « Lèche-moi le... », qui tient dans le folklore allemand la même place que dans le nôtre le mot de Cambronne. *(N.d.T.)*

mines de gros calibre entra dans la danse et acheva de transformer la tranchée en abattoir.

A sept heures quinze, je reçus un ordre transmis très lentement, par lequel j'appris qu'un violent tir d'artillerie allait être déclenché, dès sept heures trente, et qu'à huit heures deux groupes de la compagnie d'assaut, sous le commandement du lieutenant Voigt, devaient forcer la barricade de la Tranchée de la Haie. Ils refouleraient l'adversaire jusqu'au point rouge A et se mettraient en liaison sur leur droite avec un groupe de choc, qui attaquerait parallèlement. Deux groupes de ma compagnie étaient chargés d'occuper la portion de la tranchée conquise.

Tandis que l'artillerie ouvrait déjà le feu, je pris en toute hâte mes dispositions, triai mes deux groupes et eus une brève conversation avec Voigt, qui monta à l'assaut quelques minutes après, conformément à l'ordre. Comme cette histoire m'avait plutôt l'air d'une promenade vespérale, qui ne pouvait mener bien loin, je suivis mes deux groupes en flâneur, le calot sur la tête, une grenade à manche sous le bras. Au moment de l'attaque, qui se révéla par des nuages d'explosifs, les fusils de tout le secteur concentrèrent leur tir sur la Tranchée de la Haie. Nous bondîmes, pliés en deux, de traverse en traverse. L'avance fut régulière : les Anglais s'enfuirent, laissant un mort, jusqu'à une ligne plus en retrait.

Pour expliquer l'incident qui suivit, je dois rappeler que nous progressions, non dans une position retranchée, mais dans l'un des nombreux boyaux d'approche où s'étaient infiltrés les Anglais, ou pour mieux dire les Néo-Zélandais — car, comme je ne l'appris qu'après la guerre, par des lettres venues des antipodes, nous avions affaire ici à un détachement d'Anzacs. Ce boyau d'approche, c'est-à-dire la Tranchée de la Haie, suivait une crête que doublait, en contrebas, à gauche, la tranchée du val. Celle-ci, que j'avais nettoyée avec Voigt le 22 juillet, avait été, comme je l'ai dit, évacuée par le groupe que nous y avions laissé ; elle était donc maintenant occupée, ou en tout cas contrôlée par les Anzacs. Les deux boyaux étaient reliés par des tranchées de traverse, mais, quand on était au fond de la Tranchée de la Haie, on ne voyait pas ce qui se passait dans le val.

Je marchais donc en queue du détachement qui progressait et j'étais d'excellente humeur, car je n'avais vu de l'ennemi, jusqu'à présent, que des silhouettes isolées, fuyant à découvert. Le sous-officier Meyer marchait devant moi, en serre-file de son groupe, et en avant de lui, les méandres de la tranchée ne me permettaient d'apercevoir de temps à autre que le petit Wilzek, de ma compagnie. C'est dans cet ordre que nous dépassâmes un couloir étroit qui, s'élevant du fond du val, débouchait en fourche dans la Tranchée de la Haie. Entre ses deux orifices, il subsistait, comme un delta, un bloc de terre intact qui pouvait avoir cinq pas d'épaisseur. Je venais de passer devant la première sortie, tandis que Meyer se trouvait déjà à la hauteur de la seconde. Dans ce genre de carrefours, on envoie en général, lors des combats

de tranchée, des sentinelles chargées de les verrouiller. Voigt avait
négligé de le faire, à moins que dans sa hâte il n'eût pas pris garde au
couloir. Toujours est-il que j'entendis soudain le sous-officier pousser
un cri de vive émotion, et que je le vis épauler son fusil pour tirer le
long de ma tête dans la seconde sortie du couloir.

Comme le bloc de terre me bouchait la vue, je ne compris rien à ce
qui se passait, mais je n'eus qu'un pas à faire en arrière pour jeter un
coup d'œil dans la première sortie. J'y découvris un spectacle qui, je
l'avoue, me pétrifia. J'avais auprès de moi, presque à portée de la main,
un Anzac colossal. En même temps, j'entendis retentir dans le creux
les vociférations d'assaillants encore invisibles, qui s'élançaient à
découvert pour nous couper la retraite. L'Anzac qui venait de surgir
ainsi dans notre dos, comme par magie, et en face duquel je restais
figé, fut pour son malheur aveugle à ma présence. Toute son attention
se concentrait sur le sous-officier, au coup de feu duquel il répondit en
lançant une grenade. Je vis comme il arrachait du côté gauche de sa
tunique l'un de ces projectiles en forme de citron pour le projeter sur
les talons de Meyer, qui tentait d'échapper à la mort en fonçant vers
l'avant. Au même moment, j'amorçai ma grenade à manche, seule arme
que j'eusse sur moi, et, en un arc bref, je la déposai aux pieds de
l'Anzac, plutôt que je ne la balançai. Je ne pus plus observer ses derniers moments, car c'était l'ultime instant où je pusse espérer rejoindre
ma position de départ. Je bondis donc vers l'arrière en toute hâte et vis
encore se redresser derrière moi le petit Wilzek, qui avait eu le bon
sens de plonger sous l'arc de la grenade ennemie, en sautant vers moi,
et en passant devant Meyer. Un œuf de fer lancé à notre suite lui
déchira son ceinturon et le fond de sa culotte, mais sans le blesser. Tant
le verrou qu'on tirait derrière nous était épais ! Pendant ce temps, Voigt
et les quarante autres assaillants étaient encerclés et perdus. Sans rien
deviner de l'étrange incident dont j'avais été témoin, ils se sentirent
poussés par-derrière vers la mort. Des cris de fureur et de nombreuses
explosions nous apprirent qu'ils vendaient chèrement leur vie.

Pour tenter de les dégager, j'entraînai le groupe de l'aspirant
Mohrmann vers l'avant, par la Tranchée de la Haie. Nous fûmes toutefois contraints de nous arrêter par un barrage de mines-bouteilles, qui
pleuvaient dru comme grêle. Un éclat me vola contre la poitrine et
s'écrasa contre la boucle de mes bretelles. C'est alors qu'éclata un tir
d'artillerie d'une extrême violence.

Des fontaines de terre jaillissaient autour de nous hors de vapeurs
colorées, et le grondement sourd de projectiles explosant loin au-dessous du sol se mêlait à un grincement clair et métallique, tel que le son
d'une scie circulaire qui débiterait des blocs de bois. Des masses de
fer arrivaient en ronflant, en trajectoires d'une inquiétante brièveté, tandis que gazouillaient et vrombissaient des nuées d'éclats. Comme il
fallait s'attendre à une attaque, je mis l'un des casques d'acier dispersés

par terre et revins en courant, avec quelques compagnons, dans la tranchée de combat.

En face, des silhouettes se levaient. Nous nous jetâmes sur le parapet bouleversé par les tirs et fîmes feu. A côté de moi, un tout jeune bleu tripotait, les mains fiévreuses, le levier d'armement d'une mitrailleuse sans arriver à sortir un seul coup de son canon, jusqu'au moment où je lui arrachai l'arme des mains. Quelques coups partirent, puis l'arme s'enraya de nouveau, comme dans un cauchemar ; mais les assaillants disparurent dans les tranchées et les trous d'obus, tandis que le feu s'intensifiait. L'artillerie ne distinguait plus de partis.

Quand je me rendis dans mon abri, suivi de mon agent de liaison, un quelque chose s'enfonça dans le mur entre nous, m'arracha le casque de la tête avec une violence peu commune et le projeta au loin. Je crus avoir encaissé toute une charge de shrapnells et me réfugiai, à demi étourdi, dans mon terrier, contre le bord duquel un obus s'écrasa quelques secondes après. Il emplit la petite pièce d'une vapeur épaisse, et un long éclat fracassa une boîte de concombres qui se trouvait devant mes pieds. Pour éviter d'être enterré, je retournai en rampant dans la tranchée et exhortai d'en bas mes deux coureurs et mon ordonnance à faire bonne garde.

Ce fut une demi-heure pénible ; la compagnie, déjà réduite, fut une fois de plus passée au crible par la mort. Quand la vague de feu eut reflué, je parcourus la tranchée, examinai les dégâts et constatai que nous n'étions plus qu'à quinze. Impossible de tenir une position aussi étendue avec un pareil effectif. Aussi remis-je à l'aspirant Morhmann, avec trois fusiliers, la défense de la barricade, et occupai avec les autres un trou d'obus profond, derrière le parapet d'arrière. De là, nous pouvions, soit intervenir dans la lutte pour la barricade, soit encore, au cas où l'ennemi s'infiltrerait dans la tranchée, le prendre d'en haut sous un feu de grenades. Toutefois, la suite des opérations se borna à des escarmouches prolongées, à coups de mine légère et de grenade à fusil.

Le 27 juillet, nous fûmes relevés par une compagnie du 164e. Nous étions à bout de forces. Le chef de cette compagnie fut blessé dès la montée en ligne ; quelques jours plus tard, mon abri fut écrasé par un obus, ensevelissant mon successeur. Nous poussâmes tous un soupir de soulagement lorsque nous eûmes tourné le dos à Puisieux, autour duquel grondaient, montant dans le ciel, les orages d'acier du grand combat final.

Ces coups de pointe révélèrent jusqu'où croissait la force des adversaires, qui affluaient des contrées les plus lointaines. Nous avions de moins en moins d'hommes à leur opposer, presque des enfants, bien souvent ; de plus, l'équipement et l'instruction leur faisaient défaut. Avec la meilleure volonté du monde, nous ne pouvions, comme au début d'un déluge, qu'obturer çà et là des brèches en y jetant nos corps. Quant aux grandes contre-attaques, telles que l'avait encore été celle de Cambrai, nos forces n'y suffisaient plus.

Plus tard, quand je revins dans mes réflexions à la manière dont les Anzacs avaient surgi triomphalement à découvert et avaient poussé les nôtres dans le défilé mortel, je fus frappé de voir qu'ils avaient exactement repris la tactique qui nous avait valu notre grand succès devant Cambrai, le 2 décembre 1917. Nous avions contemplé l'une des inversions d'image de la Chambre rouge.

Mon dernier assaut

Le 30 juillet 1918, nous prîmes nos cantonnements de repos à Sauchy-Lestrée, une perle de l'Artois, sertie d'eaux claires. Quelques jours après, nous repartîmes pour Escaudœuvres, un faubourg ouvrier, à l'air morose, que l'élégant Cambrai a pour ainsi dire exclu de son sein.

J'habitais, rue des Bouchers, la pièce de parade d'une maison ouvrière, telle qu'on en trouve dans le nord de la France. Pour meuble principal le traditionnel lit géant ; une cheminée portant sur sa tablette des vases de verre rouge et bleu ; une table ronde, des chaises ; quelques chromos du Familistère, des « Vive la classe » et « Souvenirs de première communion », des cartes postales aux murs ; tout cela, avec d'autres objets du même goût, constituait l'ameublement. La fenêtre prenait jour sur un cimetière.

Les nuits claires de pleine lune favorisaient les visites d'avions ennemis ; la violence croissante des attaques nous donnait une idée de la supériorité matérielle de l'adversaire. Nuit après nuit, plusieurs formations nous survolaient et jetaient des bombes d'une puissance explosive inquiétante sur Cambrai et ses faubourgs. J'étais moins dérangé par le fin vrombissement de moustique des moteurs et par les chapelets des explosions, prolongés en de longs échos, que par la cavalcade de mes hôtes, qui descendaient épouvantés à la cave. Il est vrai qu'un jour avant mon arrivée, une bombe s'était abattue devant la fenêtre, avait jeté par terre, tout étourdi, le propriétaire de la maison, qui dormait profondément, avait arraché une colonne du lit et criblé les murs d'éclats. Mais c'est justement ce précédent qui m'inspirait une certaine assurance, car je partageais un peu la superstition des vieux guerriers, selon lesquels c'est dans l'entonnoir tout fraîchement ouvert qu'on est le plus en sûreté.

Après un jour de repos, la routine de l'instruction reprit son cours. Exercices, théorie, appels, discussions, inspections occupaient une grande partie de la journée. Nous passâmes toute une matinée à arbitrer une affaire d'honneur. Le ravitaillement était, une fois de plus, maigre et de médiocre qualité. Pendant tout ce temps, il n'y eut comme ration du soir que des concombres, auxquels l'humour sec des hommes appliquait un sobriquet expressif : « Saucisses de jardinier. »

Je me consacrai surtout à la formation d'une petite troupe de choc, car j'avais distingué de plus en plus clairement, au cours des engagements antérieurs, que les rapports numériques, dans nos forces combattantes, se modifiaient petit à petit. Pour le choc proprement dit, on ne pouvait plus compter que sur un petit nombre d'hommes, en qui s'était formé un type de guerrier d'une trempe particulièrement dure, tandis que la masse des suiveurs ne pouvait tout au plus entrer en ligne de compte que pour son potentiel de feu. Dans ces conditions, on aimait souvent mieux être à la tête d'un groupe résolu que d'une compagnie de dégonflés.

Je consacrais mes loisirs à la lecture, au bain, au stand et à l'équitation. Il m'arrivait fréquemment dans un seul après-midi de tirer plus de cent cartouches sur des bouteilles ou des boîtes de conserves. Dans mes promenades à cheval, je ramassais des tracts lancés par paquets que le S.R. de l'ennemi commençait à répandre, projectiles de la guerre psychologique, en quantités de plus en plus élevées. Ils contenaient la plupart du temps, avec des insinuations politiques et militaires, des peintures idylliques des splendeurs de l'existence dans les camps de prisonniers anglais. « Et, entre nous soit dit », ajoutait l'un d'eux, « comme il est facile de s'égarer quand on revient dans l'obscurité du ravitaillement ou du terrassement ! » Un autre reproduisait même le poème de Schiller sur la libre Albion. On laissait dériver ces tracts au-dessus du front, par vent favorable, sous de petits ballons libres ; ils étaient liés par paquets à des fils, et un cordon inflammable les en détachait au bout d'un temps donné. Une prime de trente pfennigs par tract prouvait bien que le commandement croyait aux dangers de leur action. Il faut ajouter que ces frais étaient récupérés sur la population des territoires occupés.

Un après-midi, je montai à bicyclette et roulai jusqu'à Cambrai. La gentille cité vieillotte s'était vidée. Boutiques et cafés étaient fermés ; les rues semblaient mortes, malgré le flot d'uniformes gris qui s'y écoulait. Je retrouvai M. et Mme Plancot, qui m'avaient si bien hébergé l'année précédente, et à qui ma visite fit le plus grand plaisir. Ils me racontèrent qu'à Cambrai, la situation avait empiré sous tous les rapports. Ils se plaignirent particulièrement des fréquentes visites d'avions, qui les forçaient, et souvent plusieurs fois par nuit, à dégringoler et à remonter leurs escaliers, tout en disputant s'il valait mieux mourir de la bombe même dans la première cave ou périr écrasé sous les décombres dans la seconde. Ces vieux bourgeois aux mines soucieuses me firent sincèrement pitié. Quelques semaines plus tard, quand les pièces d'artillerie entrèrent en jeu, ils durent abandonner précipitamment la maison où ils avaient passé leur vie entière.

Le 23 août, vers onze heures de la nuit, je fus réveillé en sursaut par des coups violents frappés à la porte, alors que je venais de m'assoupir paisiblement. Un homme de liaison m'apportait un ordre de marche. La veille, déjà, nous avions entendu déferler sur le front le roulement

et le martèlement monotone d'un feu d'artillerie d'une violence insolite, et ce bruit nous avait avertis, au service, pendant les repas et les
parties de cartes, qu'il y avait peu de chances que notre repos se prolon-
geât. Nous avions créé, pour ce bouillonnement lointain de la canonnade, un terme d'argot militaire, au son expressif : *es wummert* (ça
grognonne).

Nous fîmes en hâte nos paquetages et nous rassemblâmes sur la route
de Cambrai, tandis qu'un orage crevait en ondée. On nous avait fixé
pour point de ralliement Marquion, que nous atteignîmes vers les cinq
heures du matin. La compagnie fut logée dans une grande ferme, entourée d'une file d'écuries en ruine, où chacun se logea tant bien que mal.
Avec mon unique officier de compagnie, le lieutenant Schradel, je me
faufilai dans un réduit de briques, qui, comme nous l'apprit une âcre
odeur, devait avoir servi d'étable à chèvres en des temps moins agités.
Il n'avait plus pour hôtes que quelques gros rats.

L'après-midi, colloque d'officiers, au cours duquel nous fûmes avertis que nous allions monter en ligne cette nuit même, à droite de la
grand-route Cambrai-Bapaume, non loin de Beugny. On nous mit en
garde contre une attaque des nouveaux tanks, rapides et bons manœu-
vriers.

Je répartis ma compagnie en ordre de combat dans un petit verger.
Debout sous un pommier, j'adressai quelques mots à mes hommes,
qui m'entouraient en demi-cercle. Leurs visages avaient une expression
grave et ferme. Il n'y avait pas grand-chose à dire. Ces derniers jours,
avec une constance dont seul peut rendre compte le fait que toute l'armée possède, à côté de son unité stratégique, une unité morale, il s'était
formé chez tous les hommes, me semble-t-il, l'idée que nous étions en
train de descendre la pente. A chaque attaque, l'ennemi mettait en ligne
un équipement de plus en plus puissant ; ses coups devenaient plus
rapides et plus durs. Chacun savait bien que nous ne pouvions plus
vaincre. Mais l'adversaire devait voir que l'esprit viril n'avait pas
encore disparu.

Sous une lumière spectrale, nous traversâmes dans un bruit de ferraille le terrain bouleversé, l'année précédente, par la bataille de Cambrai, puis notre colonne serpenta entre deux remblais de décombres à
travers les grand-rues de bourgades bizarrement pilonnées. Juste avant
Beugny, on nous débarqua et on nous mena à nos bases de départ. Le
bataillon prit position le long d'un chemin creux, près de la route Beu-
gny-Vaulx. Dans la matinée, un coureur transmit l'ordre de faire avancer la compagnie jusqu'à la route de Frémicourt à Vaulx. Ces avances
échelonnées me convainquirent que des scènes sanglantes nous attendaient avant le soir.

Je menai mes trois sections en zigzag, à la file indienne, à travers le
terrain que des avions tournoyants arrosaient de bombes et d'autres
projectiles. Parvenus au but, nous nous répartîmes dans les trous de

marmite et les terriers, car des obus isolés tombaient par-dessus la route.

Je me trouvais si mal portant, ce jour-là, que je m'étendis tout de suite dans un petit bout de tranchée et m'y endormis. Une fois réveillé, je lus *Tristram Shandy*, que j'avais dans mon porte-cartes, et passai ainsi l'après-midi étendu au soleil tiède, avec l'indifférence d'un malade.

A six heures un quart, un coureur vint appeler les chefs de compagnie chez le capitaine von Weyhe.

« Grave nouvelle, messieurs : nous attaquons. Le bataillon monte à l'assaut à sept heures, après une préparation d'artillerie d'une demi-heure, en prenant pour base de départ la lisière ouest de Favreuil. Point de direction : le clocher de Sapignies. »

Après un bref débat et une énergique poignée de main, nous courûmes à nos compagnies, car le feu devait être ouvert dans dix minutes et nous avions encore une grande distance à parcourir. Je mis mes chefs de section au courant et ordonnai le rassemblement.

« Les groupes en colonne par un, avec vingt mètres d'intervalle. Point de repère obliquement à gauche : les cimes des arbres de Favreuil. »

Un signe favorable du moral qui régnait encore dans la troupe fut que je dus désigner d'office un homme pour rester en arrière et avertir la roulante. Personne n'avait voulu se porter volontaire.

Je marchais avec mon état-major de compagnie et l'adjudant Reinecke, qui connaissait fort bien la région, loin en tête de ma compagnie. Les explosions de nos pièces jaillissaient de derrière les haies et les ruines. Le feu ressemblait plutôt à de furieux aboiements qu'à un raz de marée qui eût tout emporté. Je voyais derrière nous mes groupes avancer dans un ordre impeccable. Près d'eux s'élevaient les petits nuages des bombes aériennes ; des charges sphériques, des enveloppes d'obus et les ailettes de shrapnells passaient avec des rugissements infernaux dans les intervalles des étroits rubans de soldats. Nous avions sur notre droite Beugnâtre, pris sous un tir serré, d'où les éclats de fer déchiqueté volaient en vibrant jusqu'à nous, s'enfonçant avec un claquement bref dans le sol argileux.

L'avance devint encore plus inconfortable, passé la route de Beugnâtre à Bapaume. Tout d'un coup, un chapelet d'obus brisants éclata devant, derrière et parmi nous. Nous nous égaillâmes d'un bond et nous plaquâmes dans les entonnoirs. Je tombai le genou dans le produit de la frousse d'un prédécesseur et, en hâte, je me fis nettoyer au couteau, vaille que vaille, par mon ordonnance.

Les nuages de nombreuses explosions enserraient la lisière du village de Favreuil ; parmi eux, des geysers de terre brune montaient et retombaient en une alternance rapide. A la recherche d'une position, j'avançai jusqu'aux premières ruines et donnai ensuite de ma canne le signal de me suivre.

Le village était bordé de baraquements criblés d'obus, derrière lesquels se rassemblaient peu à peu des tronçons du 1er et du 2e bataillon. Pendant le dernier bout de chemin, une mitrailleuse fit quelques victimes. J'observai de mon poste la fine ligne de petits nuages de poussière soulevée, où parfois l'un des arrivants se prenait comme au filet. Entre d'autres, le sergent-major Balg, de ma compagnie, attrapa un coup à travers la jambe.

Une silhouette en manchester brun traversa avec flegme le terrain bombardé pour venir me serrer la main. Kius et Boje, le capitaine Junker et Schaper, Schrader, Schläger, Heins, Findeisen, Höhlemann et Hoppenrath se tenaient derrière une haie balayée par le plomb et le fer, et préparaient l'attaque par une grande palabre. Nous avions lutté maints jours de colère sur le même champ de bataille, et, cette fois aussi, le soleil, déjà bas sur l'horizon, allait encore briller sur notre sang à presque tous.

Des détachements du 1er bataillon vinrent occuper le parc du château. Du 2e bataillon, seules ma compagnie et la 5e avaient traversé au complet, ou peu s'en fallait, le rideau de flammes. Nous nous frayâmes un chemin parmi les entonnoirs et les maisons en ruine jusqu'à un chemin creux, à la lisière ouest du village. Chemin faisant, je ramassai un casque pour me le plaquer sur la tête — geste que je ne faisais d'habitude que dans les situations très critiques. A mon grand étonnement, Favreuil était tout à fait désert. Il était clair que les défenseurs avaient évacué leur secteur, car, parmi les ruines, il montait déjà du sol cette atmosphère d'étrange nervosité, propre, en de tels instants, à un lieu dont personne n'est maître.

Le capitaine von Weyhe était déjà couché, solitaire et grièvement blessé, dans un trou d'obus du village, mais nous n'en savions rien. Il avait décidé que la 5e et la 8e compagnie attaqueraient en tête, la 6e en seconde ligne et la 7e en troisième. Mais comme on ne voyait venir ni la 6e, ni la 8e, je résolus de passer à l'attaque sans plus me soucier de cet échelonnement.

L'heure H, sept heures, était arrivée. A travers un décor de maisons éventrées et de moignons de troncs, je vis une ligne de tirailleurs déboucher à découvert sous de faibles feux d'infanterie. Ce devait être la 5e.

Je rangeai la troupe pour l'attaque sous le couvert du chemin creux et donnai l'ordre de progresser en deux vagues. « Distance cent mètres. Je resterai moi-même entre la première et la deuxième vague. »

Nous partîmes pour notre dernier assaut. Que de fois, ces dernières années, nous avions marché dans ce même état d'âme vers le soleil couchant ! Les Éparges, Guillemont, Saint-Pierre-Vaast, Langemark, Passendale, Mœuvres, Vraucourt, Mory ! Une nouvelle fête sanglante nous attendait.

Nous sortîmes du chemin creux comme au champ de manœuvres, à part que « moi-même », comme le disait élégamment la formule de mon ordre, je me trouvai tout d'un coup en plein champ à côté du lieutenant Schrader, en avant de la première vague. Je me sentais un peu mieux, mais tout de même « pas dans mon assiette ». A ce que me raconta par la suite Haller, lorsqu'il vint me voir avant de s'embarquer pour l'Amérique du Sud, son voisin lui avait dit : « Tu sais, je crois qu'aujourd'hui, le lieutenant va y rester ! » Cet homme étrange, dont j'aimais l'esprit emporté et destructeur, m'apprit à cette occasion des faits auxquels je vis, non sans surprise, que le cœur du chef est pesé par l'homme de troupe comme sur des balances d'orfèvre. En effet, je me sentais très affaibli, et je tenais de prime abord l'attaque pour manquée. Pourtant, c'est à elle que je songe avec le plus de plaisir. Il lui manquait l'impétuosité débordante de la grande bataille, mais je me sentais par contre entièrement étranger à ma propre personne, comme si je m'étais observé de loin à la jumelle. Pour la première fois dans cette guerre, je pus entendre siffler à mes oreilles les petits projectiles comme s'ils frôlaient un objet inanimé. Le paysage avait une transparence de verre.

C'étaient encore des balles perdues qui claquaient autour de nous ; peut-être les murs du village, à l'arrière-plan, nous protégeaient-ils contre des vues trop nettes. La canne à la main droite, le pistolet dans la gauche, j'avançais à grands pas et, sans trop m'en rendre compte, je laissai la ligne de tirailleurs de la 5e compagnie en partie derrière moi, en partie sur ma droite. Tout en progressant, je sentis que ma croix de fer s'était détachée de ma poitrine et était tombée sur le sol. Schrader, mon ordonnance et moi, nous commençâmes à la chercher avec ardeur, bien qu'il semblât que des tireurs invisibles nous eussent pris pour cible. Enfin, Schrader la sortit d'une plaque d'herbe, et je la rattachai.

Le terrain s'abaissait. Des silhouettes indistinctes s'agitaient sur un fond de glaise brun-rouge. Une mitrailleuse crachait sur nous ses gerbes de balles. J'avais de plus en plus conscience que tout cela était inutile. Malgré tout, nous nous mîmes au pas de course, tandis que le tir se réglait sur nous.

Nous bondîmes par-dessus quelques trous de tireurs et éléments de tranchée tracés à la hâte. Juste au moment où je sautais par-dessus une tranchée creusée un peu plus soigneusement, un choc poignant contre la poitrine brisa mon élan, comme le vol d'un oiseau. Poussant un grand cri, une clameur par laquelle il me sembla exhaler tout l'air de mes poumons, je tournoyai sur moi-même et tombai dans un tintement de métal.

Cette fois, mon compte était bon. A l'instant même où je me sentis atteint, je compris que la balle avait tranché la vie à sa racine. Sur la route de Mory, j'avais déjà senti la main de la mort — cette fois-ci, elle serrait plus fort et plus nettement. Tandis que je m'écroulais pesamment sur le sol de la tranchée, j'avais la certitude d'être irrévocablement perdu. Et, chose étrange, ce moment a été l'un des très rares dont je puisse dire qu'ils ont été vraiment heureux. Je compris dans cette seconde, comme à la lueur d'un éclair, ma vie, dans sa structure la plus secrète. Je ressentais une surprise incrédule de ce qu'elle dût se terminer en ce lieu précis, mais cette surprise était empreinte d'une grande gaieté. Puis j'entendis le tir s'affaiblir peu à peu, comme si je coulais à pic sous la surface d'une eau grondante. Là où j'étais maintenant, il n'y avait plus ni guerre, ni ennemi.

Notre percée

J'ai souvent vu les rêveurs perdus, dans leurs lits de blessés, devenus étrangers au fracas de la bataille, à l'exaltation violente des passions humaines, qui continuaient à déferler autour d'eux ; et je puis dire que leur secret ne m'est pas resté tout à fait étranger.

Le temps où je demeurai couché, totalement inconscient, ne peut avoir beaucoup duré, si on le mesure à l'horloge — il a dû correspondre environ au moment qu'il fallut à notre première vague pour atteindre la tranchée où j'étais tombé. Je me réveillai avec le sentiment d'un grand malheur, enserré par d'étroites parois de glaise, tandis que l'appel : « Des brancardiers ! Le chef de compagnie est blessé ! » courait le long d'une file de corps pliés en deux.

Un homme mûr, d'une autre compagnie, se pencha au-dessus de moi ; il avait un bon visage ; il déboucla mon ceinturon et ouvrit ma tunique. Deux taches rondes luisaient, au milieu du pectoral droit et dans mon dos. Je me sentais comme paralysé, enchaîné à la terre, et l'air brûlant de l'étroit boyau me baignait d'une sueur d'agonie. Mon bon Samaritain me rafraîchit en m'éventant avec mon porte-cartes. J'espérai, suffocant, l'obscurité.

Soudain, depuis Sarpignies, un ouragan de feu éclata. Il n'était pas douteux que ce roulement ininterrompu, ces miaulements et martèlements réguliers visaient à autre chose qu'à enrayer notre attaque, si malencontreusement entreprise. Au-dessus de moi, je fixais le visage du lieutenant Schrader, raidi sous le bord du casque ; il tirait et rechargeait comme une machine. Nous commençâmes une conversation qui me fit songer à la scène de la tour dans *La Pucelle d'Orléans*. Mais il faut avouer que je n'avais pas le cœur à plaisanter, car j'avais la claire certitude d'être perdu.

Schrader n'avait que rarement le loisir de me lancer quelques bribes de phrases ; déjà, je ne comptais plus. Sensible à mon impuissance, je cherchais à lire sur son visage comment tout allait là-haut. Il était évident que les assaillants gagnaient du terrain, car je l'entendais attirer l'attention de ses voisins, d'une voix de plus en plus émue, et de plus en plus fréquemment, sur ces cibles qui devaient se mouvoir tout près de nous.

Soudain, comme quand une digue crève, lors d'un raz de marée, un cri de terreur s'enfla : « Ils ont percé sur la gauche ! Nous sommes encerclés ! » et ce cri courut de bouche en bouche. A ce moment redoutable, je sentis que mon énergie commençait à se ranimer, comme un brandon. Je réussis à cramponner deux de mes doigts, à hauteur de mes bras, au trou qu'avait creusé une souris ou une taupe dans la paroi de tranchée. Je me hissai lentement, cependant que le sang accumulé dans le poumon ruisselait de mes blessures. A mesure qu'il s'écoulait, je me sentais soulagé. La tête nue, la chemise ouverte, le pistolet au poing, je contemplai le combat.

Parmi des traînées de fumée blanchâtre, une file d'hommes lourdement chargés courait vers l'avant. Quelques-uns tombèrent et restèrent sur la place ; d'autres déboulèrent comme des lièvres blessés. Les derniers furent absorbés par le champ d'entonnoirs, à cent mètres de nous. Ils devaient appartenir à un contingent tout récent, qui n'avait pas encore l'épreuve du feu, car ils manifestaient le courage total de l'inexpérience.

Comme tirés au bout d'une ficelle, quatre tanks rampèrent par-dessus la crête d'un pli de terrain. En quelques minutes, l'artillerie les eut écrasés contre le sol. L'un d'eux se fendit en deux moitiés comme un jouet de fer-blanc. A droite, le courageux aspirant Mohrmann s'écroula en poussant un cri d'agonie. Il avait une bravoure de jeune lion ; je m'en étais déjà aperçu devant Cambrai. Un coup en plein front l'avait abattu, mieux ajusté que celui qu'il m'avait pansé naguère.

L'affaire ne semblait pas encore perdue. Je chuchotai à l'aspirant Wilsky de ramper vers la gauche et de balayer la brèche à coups de mitrailleuse. Il revint presque aussitôt m'annoncer qu'à vingt mètres de nous, tout le monde s'était déjà rendu. Le coin était défendu par des détachements d'un autre régiment. Jusqu'alors, je m'étais cramponné de la main gauche à une touffe d'herbe comme à une barre de gouvernail. Les Anglais avaient en partie enfoncé les éléments de tranchée qui touchaient au nôtre sur la gauche ; ceux qui suivaient cette vague les dépassaient, baïonnette au canon. Avant que j'eusse bien saisi l'imminence du péril, j'en fus distrait par une nouvelle et plus vive surprise : d'autres assaillants se déplaçaient dans notre dos, accompagnés de prisonniers, les bras en l'air, et nous attaquaient par-derrière. L'ennemi avait donc dû s'infiltrer dans le village aussitôt après notre départ pour l'assaut. En ce moment, il tirait les cordons du sac ; il nous avait coupés de nos bases.

La scène s'animait de plus en plus. Un cercle d'Anglais et d'Allemands nous entourait, nous invitant à jeter nos armes. Il régnait la même confusion que sur un navire qui sombre. J'exhortai d'une voix faible mes voisins à poursuivre leur résistance. Ils tiraient sur les adversaires et sur les nôtres. Une guirlande de figures hurlantes ou muettes se refermait autour de notre petite troupe. A gauche, deux colosses anglais fourrageaient à coups de baïonnette dans un bout de tranchée d'où s'élevaient des mains implorantes. Parmi nous, on entendait aussi des voix stridentes : « Cela n'a plus de sens ! Jetez vos fusils ! Ne tirez pas, camarades ! » Je lançai un coup d'œil aux deux officiers, debout à côté de moi dans la tranchée. Ils me répondirent d'un sourire, d'un haussement d'épaules, et laissèrent glisser à terre leurs ceinturons. Il ne me restait plus que le choix entre la captivité ou une balle. Je rampai hors de la tranchée et marchai d'un pas vacillant vers Favreuil. On eût dit l'un de ces cauchemars où l'on se sent les pieds collés au sol. La seule circonstance favorable était peut-être la confusion, telle que d'un côté on échangeait déjà des cigarettes, tandis que de l'autre on continuait de s'entr'égorger. Deux Anglais, qui ramenaient un groupe de prisonniers du 99ᵉ vers leurs lignes, me barrèrent la route. Je plaquai mon pistolet sur le corps de l'un d'eux et appuyai sur la détente. L'autre déchargea son fusil sur moi sans m'atteindre. Ces efforts violents chassaient le sang de mes poumons, en spasmes clairs. Je pus respirer plus librement et commençai à courir le long du bout de tranchée. Derrière une traverse, le lieutenant Schläger était accroupi au milieu d'un groupe de tireurs. Ils se joignirent à moi. Quelques Anglais, qui traversaient le terrain, s'arrêtèrent, mirent un fusil-mitrailleur Lewis en batterie et tirèrent sur nous. Sauf moi-même, Schläger et deux de nos compagnons, tous tombèrent. Schläger, qui était myope comme une taupe et avait perdu ses lunettes, me raconta plus tard qu'il n'avait rien vu de toute l'affaire que mon porte-cartes qui se soulevait et s'abaissait. La grande saignée que j'avais subie me donnait la liberté et la légèreté de l'ivresse ; rien ne m'inquiétait, que la perspective de m'écrouler trop tôt.

Nous finîmes par arriver devant une levée de terrain en demi-lune, à droite de Favreuil ; une demi-douzaine de mitrailleuses y crachaient leurs salves pêle-mêle sur les nôtres et l'adversaire. Il devait donc rester à cet endroit une ouverture, ou tout au moins un îlot de résistance dans le sac ; notre bonne fortune nous y avait conduits. Des projectiles ennemis s'écrasaient contre le sable du retranchement, des officiers hurlaient des ordres, des soldats fous d'énervement allaient et venaient en tourbillon. Un sous-officier de brancardiers de la 6ᵉ compagnie m'arracha ma tunique et me conseilla de m'étendre aussitôt, si je ne voulais pas être saigné à blanc dans quelques minutes.

On me roula dans une toile de tente et on me traîna le long de la lisière de Favreuil. Quelques hommes de ma compagnie et de la 6ᵉ m'accompagnaient. Le village grouillait déjà d'Anglais, et il était inévitable que nous fussions bientôt canardés de tout près. Des balles s'enfonçaient en claquant dans des corps humains. Le brancardier de la 6ᵉ qui portait l'extrémité arrière de ma toile fut abattu d'un coup dans la tête ; je tombai avec lui.

La petite troupe s'était jetée à plat ventre et, parmi les coups de fouet des balles, elle rampa vers le creux de terrain le plus proche.

Je restai seul sur le champ de bataille, ficelé dans ma toile, à attendre avec une quasi-indifférence le coup de feu qui mettrait fin à cette odyssée. Et pourtant, même dans cette situation sans espoir, je n'étais pas abandonné ; j'étais observé par mes compagnons, qui bientôt firent de nouveaux efforts pour me tirer d'affaire. J'entendis près de moi la voix du soldat de première classe Hengstmann, un grand gars blond de Basse-Saxe : « Je vous prends sur mon dos, mon lieutenant ; ou on perce, ou on y reste ! »

Nous ne pûmes malheureusement percer ; trop de fusils étaient braqués sur nous à la lisière du village. Hengstmann prit le pas de course, tandis que je me cramponnais des deux bras à son cou. Il éclata aussitôt une série de pétarades, telles qu'on en entend au polygone quand on est de service près de la cible de tir à cent mètres. Après quelques sauts, un fin gazouillement métallique annonça un coup bien ajusté qui fit s'écrouler Hengstmann, très doucement, sous mon corps. Il tomba sans bruit, mais je sentis comme la mort s'emparait de lui, avant même que nous eussions touché le sol. Je me libérai de ses bras, qui m'étreignaient encore fermement, et je vis qu'une balle lui avait traversé le casque et les tempes. Ce brave était le fils d'un instituteur de Letter, près de Hanovre. Dès que je pus de nouveau marcher, j'allai voir ses parents et leur racontai sa fin.

Cet exemple peu encourageant n'empêcha pas un second sauveteur de tenter, une fois encore, de me tirer d'affaire. C'était Strichalsky, sergent-ambulancier. Il me prit sur ses épaules et, tandis qu'une nouvelle salve sifflait à nos oreilles, il me porta sans accident jusqu'au creux de terrain le plus proche. Le crépuscule tombait. Mes camarades cherchèrent la toile de tente d'un mort et me portèrent à travers un bout de terrain désert, où explosaient, proches ou lointaines, des étoiles rayonnantes, aux pointes aiguës. Je fis l'expérience terrifiante qu'on ressent lorsqu'on est contraint de respirer convulsivement. L'odeur de la cigarette qu'un homme fumait à dix pas devant moi faillit m'étouffer.

Nous parvînmes enfin à un poste de secours sous abri, où mon ami, le major Key, opérait déjà. Il me prépara une exquise limonade et me plongea d'une piqûre de morphine dans un sommeil réparateur.

Le lendemain, le retour suivit son cours ordinaire, d'étape en étape. La course furieuse en auto jusqu'à l'ambulance soumit ma volonté à une ultime et dure épreuve. Puis je fus remis aux mains des infirmières, et repris ma lecture de *Tristram Shandy* au passage où l'ordre d'attaque l'avait interrompue.

De nombreux témoignages de sollicitude m'adoucirent cette période des rechutes, caractéristique des blessures au poumon. Des hommes de troupe et des officiers supérieurs de la division vinrent me rendre visite. Ceux qu'on avait engagés dans l'assaut de Sapignies étaient, hélas, tous morts ou, comme Kius, prisonniers des Anglais. Au moment où les premiers obus de l'ennemi, qui gagnait lentement du terrain, tombèrent sur Cambrai, les vieux Plancot m'envoyèrent une lettre aimable, une boîte de lait condensé, dont ils s'étaient privés à mon intention, et le seul melon qu'eût produit leur potager.

Ma dernière ordonnance ne fit pas non plus exception aux usages de ses nombreux prédécesseurs ; cet homme resta auprès de moi, bien qu'il ne touchât pas de ravitaillement à l'ambulance et dût mendier sa nourriture à la cuisine.

Pour chasser l'ennui du séjour au lit, on cherche à se distraire comme on peut ; c'est ainsi qu'un jour, je tuai le temps en faisant le compte total de mes blessures. Je constatai qu'abstraction faite de bobos comme les contusions ou les estafilades, j'avais attrapé au total un minimum de quatorze blessures, soit cinq balles de fusil, deux éclats d'obus, une balle de shrapnell, quatre éclats de grenade et deux éclats de balles de fusil, qui m'avaient laissé, compte tenu des trous d'entrée et de sortie, une somme exacte de vingt cicatrices. Dans cette guerre où le feu s'en prenait déjà plutôt aux espaces qu'aux hommes, j'avais tout de même réussi à m'attirer personnellement onze de ces projectiles. Aussi pus-je accrocher sans confusion à ma tunique la Médaille d'or des Blessés, qui me fut conférée dans ces jours-là.

Deux semaines après, je me trouvais dans le lit bien suspendu d'un train-hôpital. La terre allemande était déjà marquée des premières teintes de l'automne. J'eus le bonheur d'être débarqué à Hanovre et installé au couvent des Clémentines. Parmi les nombreux visiteurs qui ne tardèrent pas à se présenter, j'eus un plaisir particulier à revoir mon frère ; il avait encore grandi depuis sa blessure, mais le côté droit, sérieusement mutilé, n'avait pas suivi cette croissance.

Je partageais ma chambre avec un jeune aviateur de l'escadrille Richthofen, nommé Wenzel, l'un de ces longs corps à l'allure aventureuse que ne cesse de produire notre pays. Il faisait honneur à la devise de son escadrille : « Increvables, mais cinglés ! » et avait déjà descendu en combat aérien douze adversaires, dont le dernier lui avait auparavant fracassé l'humérus d'une balle.

Je fêtai ma première sortie avec lui, mon frère et quelques camarades, qui attendaient leur train de soldats, au mess du vieux régiment de la Garde hanovrienne. Comme on mettait en doute notre aptitude au combat, nous nous crûmes obligés d'honneur à faire de divers côtés l'escalade d'un fauteuil colossal. Mal nous en prit : Wenzel se cassa le bras, et le lendemain matin, je me trouvai au lit avec quarante de fièvre, et pis encore : la courbe de température exécuta même des offensives suspectes en direction de cette ligne rouge, passé laquelle l'art d'Esculape se déclare impuissant. Avec de telles températures, on perd le sens du temps ; tandis que les infirmières défendaient ma vie, je restais étendu, en proie à des rêves fiévreux qui souvent sont pleins de gaieté.

Ce fut l'un de ces jours-là, le 22 septembre 1918, que je reçus du général von Busse le télégramme suivant :

« Sa Majesté l'empereur vous a conféré la Croix Pour le Mérite. Au nom de la division tout entière, je vous adresse mes félicitations [1]. »

---

1. L'Ordre Pour le Mérite a été fondé par Frédéric II en 1740 ; de 1810 à 1918, il n'a été conféré qu'à titre militaire ; il existe une classe des Lettres et des Arts depuis 1842. Jünger ne dit pas, mais il nous est permis d'ajouter qu'il était un des quatorze lieutenants, de toute l'armée allemande, à qui ait été remise cette très haute distinction ; le feld-maréchal Hindenburg trouvait même imprudent d'accorder un pareil honneur à un jeune officier de vingt-trois ans et demi. (N.d.T.)

Arnold Zweig

ÉDUCATION HÉROÏQUE
DEVANT VERDUN

Arnold Zweig a 26 ans en 1914
Éducation héroïque devant Verdun (Erziehung vor Verdun)
a paru en 1935
Traduit de l'allemand par Blaise Briod

Afin de faciliter la lecture du récit, nous avons adopté la terminologie de l'armée française pour la désignation des différents grades de l'armée allemande, bien qu'il n'y ait pas toujours correspondance exacte entre ces termes. C'est ainsi que *Leutnant* a été traduit par lieutenant, alors que dans la plupart des armes, *Leutnant* correspond au sous-lieutenant français ; adjudant pour *Feldwebel* et adjudant-chef pour *Feldwebel leutnant* ne sont aussi que des approximations, car le Feldwebel allemand a parfois les fonctions d'un sergent-major ; *Unteroffizier* a été traduit par sous-officier bien qu'il corresponde plutôt à caporal-chef. *(N.d.T.)*

LIVRE PREMIER

Dans les bois

1

Une gamelle d'eau fraîche

La terre est une étendue tachetée de jaune et de vert, imprégnée de sang, sur laquelle s'emboîte un ciel inexorablement bleu, hermétique comme une trappe à souris, afin que l'humanité n'échappe pas aux tourments que lui vaut sa nature animale.

On se battait depuis le milieu de mai. On était maintenant à la mi-juillet, et l'artillerie continuait de défoncer le terrain entre Fleury et le fort de Souville. Passait et repassait un roulement d'explosion dans l'air obscurci par des andains de fumée — poison pour les poumons —, par des nuages de poussière, de terre pulvérisée, de blocs de pierre et de gravats errant dans l'atmosphère. Des légions de balles pointues vrillaient l'espace en sifflant, des éclats de fer tantôt énormes et tantôt minuscules criblaient l'espace, inlassablement. La nuit, en deçà des lignes, le pays flambait et hoquetait sous le martèlement des projectiles ; le jour, l'éther frissonnait au crépitement des mitrailleuses, au craquement des grenades à main, aux hurlements, aux plaintes des hommes perdus. Et le vent d'été passait et repassait, balayant la poussière des attaques, séchait la sueur des combattants qui, les yeux fixes et les mâchoires serrées, se hissaient hors de leurs abris — le vent d'été emportait ironiquement les gémissements des blessés, le dernier souffle des mourants.

Dans cette zone, les Allemands ont déclenché leur attaque à la fin de février. La guerre, qui depuis deux ans fait rage entre les peuples de l'Europe, a bien commencé au sud-est du continent ; mais c'est la France — son peuple, sa terre et son armée — qui porte le plus lourd fardeau de la dévastation ; et bien qu'en cet instant même on se batte ferme dans la Bukovina, le long de l'Adige et de l'Isonzo, c'est sur les deux fleuves de France, la Somme et la Meuse, que la lutte se poursuit avec le plus d'âpreté. Et la bataille, sur les deux rives de la Meuse, a pour enjeu la forteresse de Verdun.

Une troupe de prisonniers français, encadrée de fantassins bavarois, s'avance sur la route qui, de l'ancien village d'Azannes, conduit à la gare de Moirey encore debout. C'est dur de marcher entre ces baïonnettes, dur de s'en aller en captivité chez un adversaire qui, dans son invasion de la Belgique et de la France, a prouvé que les vies humaines lui étaient peu, et celles des siens comme des vies étrangères. En Allemagne, on a faim, tout le monde le sait ; en Allemagne on maltraite les prisonniers, on bafoue les lois de la civilisation, tous les journaux l'attestent. Saloperie de penser qu'il ait fallu tomber aux mains des Allemands juste en ce moment, juste avant la fermeture, avant qu'ils aient dû lâcher le morceau ici, parce que, sur la Somme, la violence de l'attaque franco-anglaise leur a tout de même coupé le sifflet. Bien sûr, on est sorti sain et sauf de la gueule de l'« enfer », et si on sait y faire, on pourra encore tenir, pendant les quelques mois de captivité ; mais ça n'est pas moins empoisonnant d'être emmené comme un troupeau de bétail. On a laissé derrière soi les ravines — les forêts de naguère ne sont plus que des champs d'entonnoirs —, les coteaux de la Meuse, la descente sur Azannes ; ici c'est déjà une terre de salut ; en bas, sur la droite, coule un ruisseau, puis le pays s'élève, et voici les sommets arrondis et verts de la campagne lorraine. Si au moins on avait à boire ! La chaleur, la poussière, la sueur tourmentent les quarante ou cinquante soldats qui s'avancent par rangs de quatre, en gris-bleu, casque d'acier ou calot à deux pointes.

A gauche de la route, quand on a tourné le coin, deux grands bassins d'eau claire vous font signe. Des soldats allemands y lavent leur batterie de cuisine. Les Français lèvent la tête, se redressent, accélèrent le pas. Les gardes bavarois savent aussi ce que c'est que la soif et leur laisseront bien le temps de boire ou de remplir leurs bidons. Car enfin, les hommes des deux armées ne sont ennemis jurés que pendant les combats ; et puis, chez les Français, on sait depuis longtemps que les *Armierer*, qu'on appelle aussi *Schipper*, sont des soldats sans armes, jeunes et vieux du Landsturm, gens inoffensifs. Ils sont bien soumis à la discipline de l'armée, dont ils portent l'uniforme, mais on ne leur enseigne pas le maniement des armes, de sorte qu'ils n'ont jamais d'avancement. Peu importe ce qu'ils étaient dans la vie civile — instituteurs ou commerçants, cigariers ou journalistes —, on les occupera, bien qu'inaptes au service proprement dit, à construire des positions ou des voies ferrées, à charger des munitions ou des rouleaux de barbelé — jusqu'à ce qu'ils soient blessés, qu'ils tombent malades ou qu'ils soient tués —, ou bien jusqu'à ce que la guerre prenne fin.

Un vaste baraquement se détache en noir contre le ciel bleu, dominant la route poudreuse ; des escaliers y conduisent. De plus en plus nombreux, des Armierer accourent, le spectacle les attire, et puis c'est le repos de midi. Et plus il y a de mains, plus vite on sera servi. En un clin d'œil, tout un essaim gris-bleu d'hommes assoiffés a cerné les bassins, des visages bruns couverts de barbe se tendent, des douzaines de bras s'allongent, des quarts, des gamelles et des visages plongent dans le flot qui joue, transparent et ridé, au fond des bassins. Ah ! que l'eau française vous fait du bien et vous paraît savoureuse quand on se l'envoie une bonne fois dans un gosier desséché. Les Armierer eux aussi l'ont bien vite compris. Gamelles pleines, ils s'échelonnent le long des rangs, l'aluminium et le fer-blanc d'Allemagne tintent amicalement contre l'aluminium et le fer-blanc de France, les vareuses blanches ou gris clair encadrent les tuniques de drap sombre.

— Allons, pressez ! crie le sous-officier qui conduit le peloton, avancez.

Cette halte n'est pas prévue dans l'horaire — mais il ne prend pas cela au tragique. Personne n'a grande hâte à rejoindre son corps de troupe en première ligne, quand ce corps a ses positions de combat près de Douaumont. Lentement les hommes désaltérés s'éloignent de la fontaine, sèchent leurs barbes trempées d'eau, se rangent au milieu de la route. Leurs yeux sont plus clairs. Deux années de guerre ont fait naître, chez les Allemands et les Français du front, une certaine estime réciproque et même de la sympathie. Ce n'est qu'à l'arrière, à commencer par les étapes que, de part et d'autre, une foule d'individus s'acharnent à aiguillonner la haine et la colère, afin que le matériel humain ne risque pas d'être insensiblement gagné par le dégoût de la guerre.

L'un des Armierer qu'on reconnaîtrait de loin au poil noir et luisant qui orne ses joues et son menton — il s'appelle Bertin — contemple avec satisfaction l'un de ses sous-officiers, Karde, le libraire de Leipzig, qui offre un cigare à un Bavarois, lui tend son briquet et l'interpelle en saxon. Chargé de sa gamelle d'eau, Bertin se fraye un passage à travers le groupe, adresse quelques mots à deux camarades, Pahl et Lebehde, et se faufile jusqu'aux derniers rangs où les hommes tentent vainement d'écarter les camarades qui les empêchent de boire. Pareils à un peuple d'animaux harassés, d'allure étrange et pourtant familiers, ils allongent le cou hors de leurs tuniques dégrafées, pestent et supplient en des accents gutturaux. Ils accueillent avec des yeux reconnaissants les trois hommes qui viennent s'occuper d'eux.

— Hé les hommes, faites place, crie Bertin en revenant de la fontaine, la gamelle d'une main et de l'autre, le couvercle rempli d'eau.

Mais voilà le pépin : là-haut, vers les baraquements, trois officiers ont surgi, qui observent la scène. Le gros colonel Stein visse en hâte son carreau, on voit sa bedaine surplombant des jambes en cerceau ; il est flanqué à droite par son adjoint, le lieutenant Benndorf, à gauche par le chef de compagnie, l'adjudant-chef Grassnick, et à respectueuse distance, l'adjudant Glinsky lance des regards venimeux vers le groupe de la fontaine. Furieux, le colonel pointe sa cravache vers les visages tout dégoulinants d'eau qui se sont rafraîchis dans le clair miroir des bassins. Combien de temps cela a-t-il duré ? Trois minutes ou quatre ? Ni les uns ni les autres ne perdent le moindre détail de la scène.

— Saloperie, mâchonne le colonel, qui leur a donné l'ordre de venir boire ici ? Qu'ils aillent donc tremper leur museau ailleurs.

Et, portant la main à sa moustache, il lance un commandement :

— Sous-officiers, en route !

Le colonel Stein a le commandement du parc de munitions de Steinberg qui s'étend aux flancs de la colline ; le lieutenant Benndorf est son aide de camp tandis que Grassnick n'est que le sous-lieutenant de la compagnie de munitionnaires attachée au parc. Ces trois messieurs étant au front en 1914, ils ont été blessés (Benndorf marche encore en s'appuyant sur une canne) et ce sont eux qui ont voix au chapitre ici. Le colonel peut donc s'attendre à être obéi.

Pourtant une voix d'homme ne porte pas très loin, en terrain découvert, quand le vent n'est pas favorable. C'est pour cela sans doute que le commandement reste tout d'abord sans effet, si contraire que ce soit aux lois naturelles. Mais le sous-officier Glinsky, faisant tanguer ses fesses, se lance jusqu'à la balustrade et hurle, le corps à demi penché en avant :

— Halte-là, formez les rangs et en avant !

Il a le ton qui convient, Glinsky. Le sous-officier bavarois porte instinctivement la main à la garde de sa baïonnette pendue au ceinturon. Dommage qu'on voie là-haut scintiller des épaulettes, sans quoi ce cochon de Prussien aurait avalé quelques savoureuses aménités bavaroises. Alors, se tournant brusquement vers sa troupe :

— Formez les rangs, en colonne de marche !

Quand on est prisonnier, il vaut mieux s'aviser de comprendre même ce qu'on ne comprend pas, et d'ailleurs certains de ces Bavarois savent quelques bribes de français. Lentement, les premiers rangs se poussent en avant. Les Armierer se démènent pour que les derniers Français aient aussi à boire. Paisiblement la colonne se forme.

Le visage du colonel Stein a passé au rouge brique : voyez-vous ces gens qui sabotent son commandement ! — Là-bas, à la gare de Moirey, les wagons — minuscules jouets — s'accrochent pour former le train qui doit transporter les prisonniers et revenir le plus tôt possible avec des chargements de gaz ; ces gaillards auront tout le temps de pomper.

— Arrêtez-moi cette foire ! ordonne-t-il, sous-officiers, coupez l'eau !

Tous les hommes du parc connaissent les deux robinets de laiton qui commandent les canalisations de plomb près du bassin d'alimentation. Aussitôt Glinsky se met en branle.

Ceux des hommes qui se trouvent par hasard à proximité accueillent cet ordre en grommelant, avec indifférence ou en ricanant. Mais il en est un à qui ces mots sont allés au cœur. Le soldat Bertin est devenu blanc sous sa barbe noire. Il ne voit pas la fontaine de la gare de Moirey, il ne voit que cette torture de passer devant une fontaine sans avoir pu s'y désaltérer. Il vient de remplir ses ustensiles d'eau toute fraîche. Il devrait, bien entendu, la verser dans la poussière, comme le font quelques-uns de ses camarades, Otto Reinhold, par exemple, un tout brave petit homme, ou encore Pahl, le typo. Mais Bertin sait que dans les derniers rangs, il y a encore toute une série d'assoiffés qui attendent. Justement les voilà qui s'avancent le long des bassins, avec trois Bavarois dans le dos, presque au pas cadencé. Leurs mains creuses, leurs quarts vides, personne ne pourra désormais les remplir.

— Rien à faire, on n'en tire plus, et, ce disant, l'Armierer et aubergiste Lebehde désigne les deux bassins qui se vident en cet instant.

— Est-ce possible ! grommelle l'ouvrier du gaz Halezinsky, et ça s'appelle des hommes.

Et, haussant les épaules, il montre sa gamelle vide aux derniers Français du groupe.

La gamelle du soldat Bertin est en aluminium, bosselée et noire à l'extérieur, éclatante de blancheur à l'intérieur ; elle est remplie d'une eau savoureuse. Il s'avance le long de la colonne de marche, distribuant son eau — toujours reconnaissable de loin à sa barbe noire — avec des gestes tranquilles. A un canonnier qui, les yeux torturés, n'avance que ses mains creuses, il tend le couvercle rempli ; à un autre il apporte jusqu'à la bouche la gamelle elle-même.

— Prends, camarade, dit-il, et le canonnier s'en saisit et s'abreuve tout en continuant de marcher.

Puis il rend la gamelle. Le référendaire Bertin a toute chance, si rien ne vient à la traverse, de devenir un monsieur d'un certain âge ou même un vieillard. Mais le regard de ces yeux bruns, dans cette peau jaunâtre encrassée par la fumée des tirs, cerclés de noir par l'épuisement, jamais il ne l'oubliera.

— Es-tu Alsacien ? demande le Français.

Bertin sourit. Il faut donc être Alsacien pour se montrer convenable avec un prisonnier français.

— Mais non, répond-il en français, je suis Prussien.

Puis, prenant congé :

— Pour vous, la guerre est finie.

— Merci, bonne chance, répond le Français, et il va rejoindre le peloton.

Mais tandis que lentement les Schipper s'égrènent le long de l'escalier, Bertin reste sur place et, satisfait, le cœur réchauffé, il suit du regard le dos gris-bleu qui s'éloigne. Si maintenant on envoie ces gens-là travailler la terre en Poméranie ou en Westphalie, ils sauront au moins qu'on ne les bouffera pas. Quant à ce qu'il vient de faire, il peut en répondre et il en répondra. Qu'est-ce qu'il pourrait lui arriver de si grave ? Il n'a qu'à ne pas trop se montrer dans le prochain quart d'heure ou jusqu'à la reprise du service. La tête pleine d'agréables pensées, il grimpe les escaliers de bois, sa gamelle où les Français ont bu se balance gentiment au bout de ses doigts. Tout à lui-même et flânant, il dépasse Pahl, le typo, sans remarquer son long regard étonné.

Mais Pahl se laisse devancer, car pour aujourd'hui, il ne tient guère à être vu en compagnie de ce camarade. Mainte et mainte fois, il l'a pris pour un mouchard qui se mêlait aux ouvriers du parc pour les écouter et les donner. Mais cet homme n'est pas un mouchard, ça non. Il est tout le contraire : l'imprudence même. Aussi vrai que Wilhelm

Pahl connaît les Prussiens, il va prendre quelque chose celui-là —
quoi ? il ne semble guère s'en soucier, le camarade. Mais le typo Pahl,
lui, s'y intéresse énormément. Il se tient là, dans le soleil, sorte de
grand gnome, large d'épaules, les bras trop longs, le cou trop court, de
petits yeux gris clair, et il suit du regard l'homme qui a obéi à son
cœur — chez les Prussiens !

2

« Appel »

Pendant l'après-midi de cette journée mémorable, à travers le vaste
parc, avec ses pyramides d'obus, ses talus de gazon, ses bosquets et
ses tentes, un commandement a passé : « Six heures, appel ! » Appel ?
Pour quoi faire ? Est-ce que, depuis quinze jours, on n'a pas eu quatre
inspections ? — pour les chaussures, pour le linge, pour les vareuses
d'exercice, pour les tuniques de campagne et les cravates ? Est-ce que
l'énorme compagnie de Schipper — cinq cents hommes — n'est pas
dès longtemps, avec ses singeries de garnison, la risée de tous les artilleurs, pionniers, radiotélégraphistes et convoyeurs, à la ronde ? Ils
savent tous que ces enfants-là n'ont ni père ni mère, et que ces hommes
déjà mûrs, ces travailleurs hors pair, on les traite comme de stupides
recrues dans les casernes de France : beau cirque, entrée libre ! — Le
long des wagons, près des réservoirs d'essence, des tas d'obus et de
provisions de cartouches, on n'entend que récriminations et jurons.
Mais personne ne songe à faire un rapprochement entre l'appel de six
heures et les événements de l'après-midi.

Dans le langage savoureux de l'armée allemande, l'« Appel » signifie le rassemblement solennel des effectifs dans la cour de la caserne.
Tout ce qui a forme humaine doit comparaître là, même les greffiers
du bureau et les malades sans gravité du « Quartier ». Donc, à six heures moins dix minutes exactement, la compagnie remplit de ses trois
sections disposées en fer à cheval, le terrain libre entre les baraquements. La cérémonie de l'appel nominal est terminée, tout le monde
est là, sauf le chef de la compagnie qui se fait attendre encore. Bien
que les Armierer soient minutieusement équipés et rangés par ordre de
taille, depuis le géant Hildebrandt à l'aile gauche extrême de la première section, jusqu'à Vehse, Strauss et Naumann II, les petits de l'extrême droite, une chose essentielle manque à ce spectacle ; et jamais
l'adjudant-chef Grassnick ne s'en consolera : les tuniques déparent le
tableau. Lourdes livrées bleu foncé avec parements rouges — la bigar-
rure a commencé à Kustrin. Puis sont venues s'y ajouter quelques douzaines de vareuses café au lait, taillées dans le drap de capote destiné
aux fonctionnaires militaires. En Serbie, on a reçu une cargaison de
tuniques d'infanterie, gris-brun, roussies aux coutures par suite de mul-

tiples massacres de poux. Enfin à Rosenheim, en Bavière, au cours du trajet qui les a conduits ici, le dépôt a distribué encore quelques douzaines d'uniformes d'artilleur, en drap vert à parements noirs. Pendant le travail et en colonne de marche, cela ne gêne guère. Mais il vaut mieux ne pas risquer de parades avec de tels jeux de couleurs. Les casquettes grises ni les épaulettes de cordon bleu ne peuvent arranger les choses. Et c'est dans cet appareil que circulent plus d'un demi-million d'Allemands — Landsturm sans armes, ouvriers, commerçants, intellectuels ; au physique, à peine terminés, légèrement façonnés par le drill, esclaves des unités de combat : soldats et pourtant pas soldats, têtes de turc, souffre-douleur et indispensable noyau des troupes.

— Compagnie, garde à vous ! — fixe ! Les yeux à gauche !

La compagnie se fige. D'un pas tranquille, l'adjudant-chef Grassnick s'approche — le « Panje von Vranje » comme on l'appelle dans la troupe, en souvenir de la petite cité montagnarde de Serbie où il eut ses beaux jours. Le tailleur de la compagnie a tout mis en œuvre pour faire de cet homme un véritable officier. Impeccable, la tunique épouse la forme du dos, la haute casquette grise, avec sa cocarde d'argent surmonte, expressive, le visage rubicond, et les épaulettes ressemblent fort à celles d'un authentique lieutenant. Mais pour les vrais officiers, il n'est qu'un sergent d'un certain rang, et voilà pourquoi il flotte, solitaire, dans le vide qui sépare la troupe de la classe des dirigeants.

— Repos ! coasse-t-il. Attention !

Il prend connaissance des rapports et Glinsky lui passe une feuille que le greffier Sperlich vient de lui remettre avec dévotion et raideur. Grassnick donne lecture du document, un ordre du jour de la 5e armée. La troupe attentive apprend que des transfuges alsaciens ont révélé la grande offensive du 5 mai, trahison confirmée par des prisonniers français. Dans ces circonstances, la troupe est, une fois de plus, tenue à la plus stricte réserve dans les conversations en chemin de fer, dans les lettres aux familles.

La compagnie se tient là, sans sourciller. Seigneur Dieu, pense-t-elle, naturellement que les Français, ces idiots, ne se sont pas encore aperçus que l'armée allemande dépose des cadeaux d'anniversaire aux pieds de ses maîtres et seigneurs — attaques victorieuses, tranchées conquises. Et bien sûr que personne ne sait, de l'autre côté, que le Kronprinz est né un 6 mai. Aussi faut-il que des transfuges, et encore des Alsaciens, mettent le général Pétain au courant des prochaines offensives. Il y a, dans la compagnie, deux Alsaciens, un jeune et un vieux, tous deux excellents ouvriers et fort bons camarades ; aussi les mots de « traîtres alsaciens » sont-ils du tact le plus parfait. Il n'y a pas à dire, les Prussiens ont bouffé le tact à la cuillère. Mais maintenant, le Panje von Vranje semble bien en avoir fini avec sa voix grinçante de sous-off, Dieu lui soit en aide, *Amen !*

— Malheureusement, poursuit nonobstant l'adjudant-chef Grassnick en agitant la main, malheureusement, cet après-midi, il s'est passé dans ma compagnie un fait sans précédent. Armierer Bertin : trente pas en avant, marche, marche ! La compagnie entière a tressailli, comme une meute de chiens dresse tout à coup l'oreille. Attention ! signifie ce mouvement, voilà notre affaire. Un organisme géant de cinq cents cœurs est très sensible à l'aiguillon de l'honneur ou de la honte, et il peut arriver que chacun des éléments ait à répondre pour tous. — Il faut à Bertin une seconde avant qu'il ait compris. Il rougit, puis pâlit sous sa barbe noire, et c'est seulement alors qu'il se met en marche. Il ne s'était guère attendu à être ainsi pêché dans la foule de ses camarades comme une grenouille au bec d'une cigogne. Mais un soldat doit être prêt à tout, et l'adjudant-chef Grassnick saura bien le lui faire entendre.

— Vous ne pouvez donc pas écouter ? claironne-t-il dans le vaste silence qui accompagne toujours un verdict. Demi-tour, marche, marche !

Obéissant comme un chien dressé, le référendaire Bertin regagne son rang par un long détour au flanc de l'aile droite de sa section, la troisième, et s'arrête, le souffle dur, à la place qu'il vient de quitter.

— Armierer Bertin, trente pas en avant, marche, marche !

Dans ses bottes noires et brillantes, il s'élance une fois encore en avant, les bras légèrement serrés sur les côtés et s'arrête au bout de trente pas, à la droite du chef de la compagnie. Grassnick lui jette un regard de côté, le toise, puis lance :

— Rompez ! et le soldat fait demi-tour.

La sueur a coulé sur ses lorgnons, peut-être aussi que le sang lui bat dans les yeux. Tout autour de lui, la compagnie se dresse comme les trois parois d'une salle qu'on vient d'échafauder : gris clair, gris-brun, bleu laiteux, gris-vert — les rangs de ses camarades et la bande rougeâtre que forment leurs visages éclairés par le soleil. « Pénible, d'être le centre d'une telle multitude de regards, mais là, il n'y a rien à faire, songe Bertin. Mais aussi, pourquoi ne t'es-tu pas fait raser cette satanée barbe, quand Karl Lebehde te le disait — cette suie noire, la marque distinctive ? Maintenant, écope pour ton originalité. Et puis, laisse tranquillement jacasser le gaillard. Devant la loi du soldat comme devant la loi humaine, ce que tu as fait est bien. Consoler les prisonniers, est-il dit dans la Bible, rafraîchir ceux qui ont soif. Quoi qu'il arrive, on est en règle avec soi-même, avec l'ordre moral de son moi. Et malgré tout, pas moyen d'éviter ce léger tremblement dans les genoux ; chance que le pantalon soit ample et dissimule. »

— Cet homme, coasse Grassnick, d'une voix qu'il s'ingénie à rendre grinçante, cet homme n'a pas rougi de faire boire des prisonniers français dans sa propre gamelle, quand bien même le colonel avait clairement fait connaître sa désapprobation. Je laisse à chacun le soin de qualifier comme il convient une attitude aussi indigne. Un tel homme est tout simplement un opprobre pour la compagnie.

« Nous voici donc au pilori », songe notre barbu, et il ne peut empêcher que son front et son nez ne tournent au gris jaunâtre, et ses oreilles, qu'il a légèrement écartées, lui démangent comme au temps de l'école, quand l'instituteur Kosch les lui avait tirées. Mais comme il est en règle avec lui-même, pourquoi n'aurait-il pas pitié de son supérieur, là, à sa gauche ? Un greffier municipal de Lusace déguisé en officier, et que les huiles n'ont jamais pris au sérieux, voilà ce qu'il est, et pourtant c'est lui qu'on charge de débiter des phrases d'une voix grinçante avec de longues pauses, des phrases pleines de conviction qui lui vont comme un tablier à une vache.

— Oui, l'entend-il grasseyer encore, une telle conduite est d'autant plus déplorable qu'il s'agit d'un homme instruit, dont on aurait pu attendre mieux. Mauvais exemple pour ses camarades. Heureusement qu'il n'y a pas lieu de juger toute la compagnie d'après ce modèle. L'esprit de la compagnie est bon, on le sait fort bien en haut lieu. Aussi ne sera-t-il pas nécessaire de prendre des mesures plus sévères pour mettre fin une fois pour toutes au retour d'incidents de ce genre.

« Peut-on mettre fin au retour d'incidents ? » se demande Bertin ; mais il respire mieux. Un groupe de canonniers du parc contemplent dédaigneusement la scène. De l'ouest, une brise légère apporte l'odeur du foin. Là-bas, de l'autre côté du ruisseau, sous une vaste tente, on panse des chevaux d'artillerie harassés ; les soldats du train fauchent dans la prairie l'herbe haute et sucrée — réserves pour l'hiver. Bertin se perd à demi dans ce mirage d'un monde pacifié, bordé, encadré des sourds grondements et craquements des tirs, derrière l'horizon. « Eh bien, voilà de quoi s'occupe notre compagnie devant Verdun, songe-t-il ; pourquoi un homme comme moi se trouve-t-il mêlé à un tel tas d'ordures ? » Il se tient là, face à la troupe, noir et blafard, les talons joints, les mains à la couture du pantalon et il laisse passer sur lui le flot des paroles finales : qu'il sache du moins qu'il est passible du conseil de guerre. Mais il s'était bien comporté jusqu'ici, on passerait l'éponge une fois encore et qu'il se le tienne pour dit.

— Rompez.

Ça aurait pu tourner plus mal, pense la compagnie, et Bertin est du même avis tandis que, semblable à un terrier qu'on vient de lâcher, il regagne sa place entre Otto Reinhold, le petit homme débonnaire, et le typographe Pahl. Reinhold le frôle du coude et ricane imperceptiblement.

— Compagnie, garde à vous ! Rom... pez !

Quatre cent trente-sept hommes font demi-tour et s'élancent, dans un brouhaha de pas, vers leur récréation du soir. Pas un mot sur ce qui vient de se passer. Il y a du linge à laver, un pantalon à raccommoder, le repas du soir à aller chercher, les lettres à écrire, à moins qu'on ne préfère jouer aux cartes — mais faire ce qu'on veut, être un homme, être libre. Plus lentement que les autres, Werner Bertin se dirige vers les cantonnements. Peut-être qu'en ce moment il se sent le cœur un peu vague. Il va tout d'abord s'allonger pour une demi-heure, ensuite il ira déposer sa barbe chez le coiffeur Naumann (Bruno). En finir avec cet attribut, être comme tout le monde — basta. Du groupe des sous-officiers encore réunis, les yeux ronds, inexpressifs du sieur Glinsky l'accrochent au passage. A droite, au-dessus du secteur du Kronprinz, et à gauche, dans la direction de Romagne, dorées par les derniers rayons, les saucisses des ballons captifs pendent dans la lumière du soir.

3

Lueurs

La lourde nuit de juillet pèse sur l'abri de la troisième section, sur le sommeil de ces quelque cent trente hommes harassés d'un lourd travail. En trois couches superposées, sur des sommiers de fer et des sacs remplis de sciure de bois, ils se retournent, grognent, transpirent, se grattent, sans se réveiller. La compagnie est sérieusement empouillée. Elle était sortie toute propre et comme régénérée du vaste établissement d'épouillage de Rosenheim, et avant de s'installer dans ces crasseux baraquements, elle a déblayé le terrain et sorti des wagons de saleté laissée par ses prédécesseurs. Mais les poux jaunâtres, patiemment tapis dans les coutures des sacs de même couleur, ont attendu leur heure — et maintenant cette heure est venue. Les poux sont comme les galonnés et le destin, des créatures supérieures avec qui on se tient sur ses gardes, tout en étant bien forcé de s'en accommoder peu ou prou. La longue baraque, sans la moindre ouverture à l'extérieur, s'aère par des bouches de ventilation que le docteur Bindel, médecin civil en uniforme — sur les instances de Bertin et du sous-officier infirmier Schnee —, a fait pratiquer dans le toit par les menuisiers de la compagnie. A vrai dire, tout autre que des soldats estimerait peut-être que personne ne pourrait dormir et refaire ses forces là-dedans. Mais le civil se tromperait. On peut dormir ici, cent trente hommes l'attestent, et les rats qui gambadent dans les couloirs l'attestent, eux aussi, qui ne réveillent personne, à moins qu'ils ne s'avisent de happer un orteil au passage. Mais, en général, ils préfèrent aux lieux élevés le séjour que leur offre le soubassement des baraques. C'est plus sûr.

Deux points de lumière brillent dans le hangar. Abritée par la vareuse, la capote et le sac suspendus, une cartouche de stéarine fichée dans une capsule de fer-blanc brûle au chevet de Bertin qui lit encore. Quatre hommes plus loin, et un étage au-dessus, le typographe Pahl est étendu et fume un cigare. Il fume afin de pouvoir réfléchir à son aise, et sa pensée tourne autour du soldat Bertin.

Le camarade d'en dessous est plongé dans sa lecture, mais ce n'est pas pour son plaisir. Sans doute qu'il est en train de jouer à l'écrivain une fois de plus ; il corrige des épreuves. La poste de campagne lui a apporté les premiers placards d'un nouveau livre qui s'imprime justement à Leipzig. Il a montré au camarade Pahl — qui est du métier — les feuilles aux grandes marges, qui sortent d'une bonne maison de la place. Il n'a que les soirs et les nuits pour corriger les fautes d'impression et amender son texte, en ornant les marges de ces signes qu'une vénérable tradition a dès longtemps fixés. Il avait pensé qu'après le stupide « Appel » de tout à l'heure, il n'y aurait guère moyen de se reprendre. Mais comme il aura désormais chaque jour son paquet d'épreuves, il s'est ravisé... Ces écrivains, les histoires qu'ils font avec leur virgules et leurs deux points, Pahl ne le sait que trop, et aussi leur chasse éperdue aux répétitions. Et Bertin a bien raison de mettre ses phrases en ordre, même en ce moment où son temps et ses forces sont accaparés par tout autre chose.

Les Allemands lisent beaucoup, à l'heure qu'il est, même les livres des auteurs jeunes, surtout ceux-là ; depuis un siècle, à ce que Bertin prétend, on n'avait jamais vu une telle proportion de jeunes écrivains. Le printemps dernier, son roman *L'Amour dans le dernier regard*, avec ses belles capitales gothiques, avait fait tout à coup un nouveau tirage, et les rentrées du recueil de nouvelles ne seront pas de trop pour sa femme. Voilà ce que le typographe Pahl a appris au cours de leurs entretiens pendant la soupe du soir. La technique de l'impression l'intéresse fort : les noms familiers des caractères, le pour et le contre de la composition à la main ou à la machine, jusqu'au travail de correction. Et pourtant c'est de l'auteur qu'il se soucie avant tout — dans un sens, à vrai dire, des plus arbitraires, et tout accidentel. Couché là, fumant un cigare de la compagnie, il examine en pensée les « qualifications » du camarade Bertin, à la veille du combat de boxe qui semble lui être dévolu. Le sous-officier Böhne, qui a gardé, de son ancien état de facteur, la sociabilité bonhomme et qui sympathise avec le parti, a glissé tout à l'heure à l'oreille de Pahl ce qui se préparait pour le lendemain. Les idées marchent lentement, au pas, dans le cerveau de Pahl. Depuis qu'il a vu le camarade tout seul, debout devant le carré de la compagnie, sous le crépitement des phrases de Grassnick, beaucoup de choses se sont éveillées dans son esprit. C'est donc Karl Lebehde qui avait raison : le camarade Bertin s'est fait couper la barbe quelques heures trop tard — respect pour la psychologie d'un aubergiste. Mais l'esprit positif d'un typographe n'est pas non plus à dédaigner ; il possède de la chose militaire une connaissance précise car elle s'appuie sur une connaissance précise de la société humaine...

D'après lui, le but de la société humaine consiste à avoir à sa disposition un nombre d'ouvriers toujours suffisant, au salaire le plus bas possible, de manière que l'ouvrier ne tire pas profit lui-même du bénéfice qu'on réalise, qu'il ne puisse vendre le produit de ses capacités et que pourtant il se consacre sans réserve à la bonne marche de la production. Pour y parvenir, il faut, en temps de paix, créer et entretenir toute une série de conditions préalables. En temps de guerre, ces conditions sont simplifiées de façon quasi géniale : quiconque ne peut fournir un travail de qualité est envoyé aux tranchées, avec la perspective d'une mort héroïque. Comme il s'en est avisé à temps, le typographe Pahl s'est dérobé aux tentatives qu'on a faites pour le « revendiquer », en d'autres termes pour le maintenir à son poste dans l'imprimerie du pays. Il a renoncé en faveur de camarades mariés. Mais au fond, il a soigneusement pesé les deux contraintes qui s'offraient, et il a préféré la liberté relative du Schipper à l'esclavage du journal. A d'autres le soin d'aider à déverser sur le peuple les torrents de mensonges des profiteurs de guerre.

Wilhelm Pahl se sent un pur produit de la division des classes, de leur action et réaction. Il est venu au monde avec un corps sans beauté, un visage tordu — c'est le destin, bien qu'à vrai dire, le soleil de la montagne et une gymnastique orthopédique (égale : aisance des parents ou assistance mieux comprise de la société) eussent peut-être amélioré aussi ses qualités corporelles. L'un des six enfants du tourneur Otto Pahl, il fait ses classes primaires à l'école de Schöneberg. On s'aperçoit bientôt que le marmot a une excellente tête. Il pouvait aller plus loin si des parents avisés ou une entraide sociale mieux comprise se fussent approprié ce capital d'esprit et de savoir. Mais, fils du tourneur Pahl, il termine son temps d'étude à l'âge de quatorze ans, et tout ce que l'intervention de ses maîtres arrive à obtenir, c'est une place d'apprenti dans une imprimerie. Comme il ne peut devenir ni explorateur ni naturaliste, il se met de bonne heure à examiner les perspectives de sa propre existence : impossible de rien changer à la situation de fortune de ses parents : force lui est donc de s'affilier à ceux qui projettent de transformer la société. Il se met à l'école du parti ouvrier, il devient un élément conscient d'une masse qui, gagnant de jour en jour, possédera l'avenir. Pour tenir cette masse en respect, la société a besoin de cette masse elle-même. En Allemagne et partout, cette société envoie sous l'uniforme des milliers de prolétaires et, poursuivant l'œuvre de l'école, les dresse afin qu'ils soient utilisables contre leur propre intérêt et prêts à s'anéantir eux-mêmes en tuant leurs frères ouvriers. En période de paix, ce n'est là qu'une possibilité ; en temps de guerre, c'est l'affreuse, la scandaleuse réalité. Aussi n'est-il guère besoin d'explication pour comprendre que le typographe Pahl haïsse la chose militaire et méprise la guerre comme un produit de l'inépuisable stupidité des masses. Et en même temps, il comprend la guerre : elle est indispensable à la société dans sa lutte pour la conquête des marchés mondiaux, elle aiguille vers l'extérieur les tensions intestines, et les armées de prolétaires qui demain pourraient se lever contre les classes dirigeantes, elles les jette dans le massacre réciproque sur les champs d'honneur.

Le typographe Pahl ferme les yeux. Il ferait bon pouvoir déjà s'endormir, mais il ne peut pas. La luminosité de ses thèses le tient éveillé... Le militarisme donne des signes de nervosité, bien que rien de très net ne permette de supporter que les prolétaires aient percé à jour la trompeuse diversité des uniformes et des langages. Dieu sait comment les gros ont interprété le geste de cette innocente brebis de Bertin. Quoi qu'il en soit, la représentation solennelle de tout à l'heure montre bien qu'ils se servent de lui pour enrayer toute velléité de fraterniser avec des prisonniers français — car c'est là tout ce qu'ils ont vu dans l'incident. Or, en l'occurrence, ce brave Bertin n'a agi que par bonté de cœur, par camaraderie — peut-être sentimentale, et pas un instant il ne songe à désavouer la guerre comme telle. Il est bien trop le produit des lycées et de l'Université. Là encore, Karl Lebehde a vu juste. Respect pour le camarade Lebehde.

Mais maintenant le « camarade » Bertin n'aura plus le choix. Il ne lui reste qu'à devenir un vrai « camarade ». Wilhelm Pahl s'en rend compte cette nuit, c'est pourquoi il ne peut dormir, et c'est afin d'étayer sa thèse qu'il se tient éveillé. D'ailleurs, voici ce que le sous-officier Böhne lui a confié : demain matin, un nouveau corps de troupe va monter en ligne. Deux canons à longue portée sont restés dans un fossé entre la forêt des Fossés et la côte du Poivre ; il s'agit d'aller les retirer dès demain, avant qu'une batterie d'obusiers (des Bavarois) puisse y établir ses positions. Mais tandis que d'ordinaire, les détachements du front étaient recrutés parmi les solides gaillards de la première et de la deuxième section, on a eu l'étrange idée d'envoyer les faiblards des neuvième, dixième et onzième escouades, qui jusqu'ici avaient travaillé dans le parc des munitions. Or le délinquant Bertin fait partie de la dixième escouade, comme Pahl est de la neuvième, et les sous-officiers qui doivent les accompagner sont les trois chefs de celles-ci.

— Y voyez-vous quelque chose, Pahl ? a demandé Böhne en riant. Si vous étiez un malin, vous y verriez clair.

Wilhelm Pahl n'est pas un malin, mais il y a vu clair tout de même : il s'agit d'une punition collective. Dans le régime militaire prussien, il arrive qu'on inflige désagréments et préjudices à des formations entières, quand un seul individu s'est rendu coupable de quelque peccadille, afin de tourner contre lui la mauvaise humeur des camarades et de lui empoisonner ainsi la vie à longue échéance. Voilà pourquoi Glinsky avait réuni les sous-officiers après l'« Appel ».

Dans un monde honnête et normal, par exemple dans une entreprise, une faute est effacée dès qu'elle a été expiée par une punition. Dans un monde malhonnête, l'armée du régime des castes, par exemple — une telle punition n'est que le début du calvaire d'un homme. A partir d'aujourd'hui, Bertin ne sera pas plutôt sorti d'une mauvaise passe qu'il dégringolera dans la suivante. Cela ira par étapes, il y aura peut-être des temps d'arrêt, mais progressivement, à petits coups répétés, Bertin se familiarisera avec les rigueurs de l'existence. Aussi sûr et certain que la propagation de l'espèce quand on couche ensemble. Jusqu'ici, de son propre aveu, ça n'a pas été si mal avec sa compagnie. Qu'il ne tienne pas à être plus favorisé que n'importe lequel des autres Armierer, c'est son idéalisme, et l'idéalisme, Wilhelm Pahl le sait, c'est encore un de ces trucs, et des plus délicats, avec lesquels la société empêche les types de valeur de suivre leurs intérêts et les amène à servir les classes dirigeantes, sans salaire, pour l'honneur. Car si la compagnie et les chefs du parc soupçonnent un écrivain juif et futur avocat d'être socialiste, c'est qu'ils sont plus malins que le soldat Bertin lui-même et qu'ils comprennent ce que, en définitive, il a voulu manifester par ses sentiments et son esprit de camaraderie. Il y a évidemment en Bertin quelque chose qui sait bien de quoi il retourne ; mais il n'en est pas conscient lui-même. Son être conscient — combien de fois ne l'a-t-il pas déclaré — croit à la nécessité des guerres et à la bonne cause de l'Allemagne. Et du moment que la majorité du parti est du même avis, on ne saurait en faire grief à Bertin. Quoi qu'il en soit, la méfiance — d'ailleurs bien fondée — est de rigueur avec tous les jeunes gens de cette espèce, tant qu'ils n'ont pas démontré par des actes de quel bois ils se chauffent. Pourtant, dans le cas particulier, ce serait joliment souhaitable de pouvoir s'assurer de cet homme.

Ainsi donc, quand il était au pilori, dans la clarté du soleil, serviteur de la classe dirigeante, il avait encore dans la tête, par honnêteté, les boniments qu'on lui avait enfilés. Puissance et importance de l'éducation : on le voyait une fois de plus. Eh bien, maintenant, on allait lui en faire de l'éducation. Les Glinsky, les Grassnick, les colonel Stein, tout l'appareil de l'armée s'y emploierait. Mais lui, Pahl, le typographe, il veillerait de son côté à donner le coup de barre et la pointe nécessaire à cette éducation ; il en était capable. Un homme comme ce Bertin pourrait rendre des services incalculables à la classe ouvrière. Un écrivain, dont on imprime un nouveau livre en pleine guerre. Wilhelm Pahl, il est vrai, n'avait rien lu de lui, mais il l'avait entendu parler. On voyait tout de suite que cet homme pouvait, avec des mots, exprimer ce qu'il voulait, il n'était pas emprunté, même devant une assemblée. Pahl se remémore certains discours que Bertin avait tenus en Serbie, pendant le travail, entouré de quelque quarante ou cinquante Armierer du plus mauvais poil. Quant à lui, Wilhelm Pahl, il ne pouvait élaborer ses idées qu'en présence d'un ou deux amis de confiance ; conscient de sa laideur, de sa bosse, de son cou trop court, de son nez épaté et de ses yeux de porc, il ne pouvait décidément s'affirmer en public. Et c'est justement le hic pour entraîner la classe ouvrière en avant. Mettre ensemble les dons du référendaire Bertin et les idées du typographe Pahl, ça ferait un outil qui ne serait pas à négliger ! Chez Pahl : la haine, son indignation de la justice bafouée, la justice des classes. Si tout cela pouvait s'enflammer dans le cœur d'un camarade Bertin, si son courage intraitable, son mépris des risques personnels pouvaient s'ébranler dans la bonne direction — alors ça donnerait quelque chose. Avec ça, on ferait du bon travail. Peut-être déjà pendant la guerre, mais sûrement après. Pour l'heure, le pouvoir était aux mains des gros. La classe dirigeante — les officiers — disposaient de soixante millions d'Allemands et de toutes leurs pensées, capacités et volontés. Il fallait être des brebis idéalistes dans le genre de Bertin pour songer que jamais ce pouvoir serait abandonné par ceux qui le détenaient aujourd'hui.

Quant à savoir comment on arriverait à le leur reprendre, ce n'était pas l'affaire de ce soir ni de la semaine prochaine. Non, lui, Wilhelm Pahl, aurait tout le temps d'y voir clair, en s'y appliquant avec sa lenteur habituelle. Certes il ne s'en remettrait pas au bon plaisir de ces messieurs de la majorité du parti, pour résoudre la question du : comment, quoi et quand. Ce n'était pas en vain que Wilhelm Pahl portait, dans la compagnie, l'honorable surnom de « Liebknecht » ; il avait vis-à-vis de ceux qui votaient les crédits de guerre, la même opinion que cet homme solitaire qui avait payé d'une condamnation aux travaux forcés sa courageuse intervention au Reichstag et sur la Potsdamer Platz, le jour du 1er Mai. De-ci de-là, des camarades s'étaient avisés de faire grève à la suite de l'incident — bon signe. Pour le moment, on jouait à la guerre devant Verdun, et la lutte pour la suprématie de l'Europe, voire de la terre, pouvait bien coûter quelque chose.

Le cigare touchait à sa fin, Pahl éprouvait une lassitude heureuse, le sommeil lui ferait du bien et ne serait pas long à venir. Voilà, c'étaient des « réflexions de guerre », différentes à vrai dire de celles que de dignes professeurs couchaient dans les journaux par amour de la patrie, et dont Wilhelm Pahl avait confié un échantillon aux enfers, en pâture aux vers grouillants des vastes latrines. Le 420 aussi se taisait, depuis hier déjà ; il menait un tel vacarme dans la forêt de Thil que même ici, à dix-huit cents mètres de distance, les baraquements tremblaient. Un éclatement de la pièce, disait-on, avait mis un terme à ses jours et à ceux de toute l'équipe des servants. Probable qu'ils furent plutôt surpris quand tout à coup l'obus, aussi gros qu'un enfant de huit ans, éclata, déchirant le canon et crachant fer et feu sans attendre d'être arrivé là-bas, chez les Français. Qu'est-ce que c'était donc que cette guerre ? Une gigantesque entreprise de l'industrie de démolition, avec danger de mort à tout bout de champ pour tous les intéressés. Et voici que, pour anéantir les canons, il n'y avait plus même besoin des aviateurs français, qui devenaient d'ailleurs de jour en jour plus insolents... Ah ! l'autre aussi éteignait sa lumière. Le mégot du cigare tomba en crissant dans une boîte de fer-blanc ; on y avait mis un peu d'eau pour que ça n'empeste pas. Pahl se moula dans les creux de sa paillasse, tira la couverture, colla sa joue contre sa tunique pliée. Bertin, il le savait, utilisait pour cet office un riche coussin pneumatique en tissu caoutchouté. Oui, mon brave, fourre-toi plutôt de la graisse dans les nerfs, ça pourra toujours te servir. Pour la première fois, Pahl se sentit une sorte de sympathie irritée pour le copain.

Les hommes ronflaient plus bruyamment que les canons. A moins qu'on ait cessé le tir ? Est-ce que la société aurait refermé sa gueule de fer ? Les linotypes ne clapotent plus là-bas, il s'est donc arrêté le roulement de la grande rotative qui en écrasait par milliers pour former les lettres d'un nouvel alphabet qui allait composer les phrases de l'avenir ? Plus un tramway ne passe sur la chaussée de la grand-rue de Schöneberger, c'est le repos dominical.

4

Christoph Kroysing

— Magnifique ! s'écria Bertin le matin suivant. Le soleil étincelait sur la rosée et la marche en campagne libérait l'escouade de Böhne des détestables promiscuités administratives de la compagnie. Eh bien, Bertin « réagissait » à cette expédition en première ligne d'une manière bigrement différente de celle que Glinsky et ses pairs avaient escomptée. Pour lui, cette marche était une excursion dans la vie pour de bon, il tremblait de joie à l'idée qu'enfin on allait vivre. Son être prêt à tout absorber comme une éponge sèche s'offrait impatiemment à l'avenir. Quelque chose en lui tirait sur une invisible corde. Il n'était plus que regard, écoute, qui-vive, en ce matin-là.

Le parc de munitions de Steinberg, situé au carrefour des routes de Flabas à la gare de Moirey, et de Damvillers à Azannes, avait plusieurs voies d'accès au front ; pour atteindre la forêt des Fossés, le chemin le plus court passait par un village entièrement démantelé par le bombardement, tout béant de ses toits et de ses murs crevés — ce village avait nom Ville. L'heure était merveilleusement matinale, le soleil était bas, derrière les hommes qui marchaient ; dans la lumière du matin, étincelaient le feuillage d'un fourré et la lessive mise à sécher dans la cour du quartier des canonniers. Là, tout le monde était logé dans les caves : Ville était une cité de caves et toute garnie par les états-majors des armes spéciales et de l'infanterie.

Dans la verte vallée où ils s'engagèrent après un tournant de la route, dominée par les collines, ils rencontrèrent les premiers morts. Ils reposaient, tranquilles, sous leurs toiles de tente couleur de rouille ; un pionnier coiffé de son casque d'acier montait la garde. Pendant la minute qui suivit, on n'entendit plus une parole dans les rangs. Mais bientôt une claire forêt de hêtres les enveloppa, le jeune feuillage des couronnes se détachait, gorgé de lumière, sur le ciel pur ; un ruisseau poussait en sens inverse ses ondes transparentes ; des soldats du train abreuvaient des chevaux et remontaient la colline en portant des baquets remplis, sur de larges civières de bois, puis disparaissaient derrière des baraquements noirs. Là-haut fumaient les grêles cheminées des cuisines. La forêt n'avait presque pas souffert des obus, mais on y avait coupé beaucoup de bois et pratiqué des chemins en tous sens. Cependant, plus la troupe avançait, plus il y avait de troncs déchiquetés, d'arbres décapités ; on voyait à distance luire le bois rouge des hêtres dans l'enchevêtrement vert des jeunes pousses, des feuillages, des buissons de ronces. Des noisetiers et des cerisiers sauvages formaient un épais sous-bois ; gris argent, les troncs élancés des hêtres à l'écorce lisse étaient assaillis de tous côtés par des douzaines de rejetons, à peine gros comme un doigt ou comme le bras, qui n'avaient eu souci que de s'élancer pour boire la lumière et n'être point étouffés par les couronnes avides des anciens. Dans ce fouillis sauvage filtrait la lumière oblique, et les oiseaux menaient leur tapage. Puis, le ravin tourna vers le sud, et il n'y eut plus, tout à coup, que des arbres décapités, laissant pendre de larges lambeaux d'écorce ; partout la roche avait été mise à nu, fracassée par les obus et, sur les bords de trous gigantesques, l'herbe et la broussaille poussaient, à demi recouvertes par la glaise.

Un peu plus tard, il pouvait être huit heures, ils franchirent un haut plateau, parsemé d'entonnoirs comme une vaste passoire, les uns pareils à de puissants cratères. Désolé, telle une steppe brun clair, le pays ravagé s'étendait vers le sud. Soudain, sans crier gare, des arbres de fumée se déployèrent au-dessus de leurs têtes, un fracas foudroyant coucha les hommes dans les entonnoirs les plus proches. Aucun d'eux ne connaissait la direction de leur route, ne savait s'il se couvrait du bon côté. Chez le jeune Bertin, il n'y eut plus en cet instant qu'une immense jubilation : cette fois ça y était. Dans son corps de vingt-sept ans, le cœur battait de jeunesse : mais peut-être fut-ce là sa chance. Son cœur le lança en avant ; le coup suivant n'avait pas encore éclaté qu'il se trouvait couché auprès du sous-officier Böhne et du chef artificier Schulz, qui avaient le commandement de la troupe. Pour la première fois, des éclats d'obus et des blocs de terre passèrent en sifflant au-dessus des Armierer épouvantés. Lorsqu'ils se rassemblèrent à la lisière du champ — « debout, marche, marche ! » dans les intervalles des coups — personne n'avait été touché. Pourtant ils étaient pâles quand ils atteignirent les rails du chemin de fer à essence, dans la tranchée suivante, dissimulée en cet endroit par des treillis de fil de fer entrelacés de feuillage. Ils étaient à peine arrivés, que la riposte de l'artillerie allemande passa en tonnant et en sifflant au-dessus de leurs têtes. Un peu plus loin, ils rencontrèrent des canonniers des batteries lourdes qui les regardèrent en ricanant. Bertin éprouva quelque honte pour ses camarades aux visages marbrés de rouge et aux nez gris.

— Allons ! allons !

Böhne presse ses hommes, les fait descendre la pente toute balafrée d'entonnoirs et marquée de pas. Au bas de la côte, un artilleur à cheval inspecte la lisière de la forêt et disparaît sous le couvert des hêtres. Il appartient sans doute à la batterie qui doit prendre ses positions ici. Dans la tranchée, deux pièces à long canon pointées vers l'horizon comme des lunettes d'approche ; déjà une troupe de pygmées s'agite à l'entour. Les rails s'arrêtent à mi-hauteur de la colline de protection ; il s'agit de prolonger la voie jusqu'à l'emplacement de la batterie pour que la petite locomotive puisse, cette nuit même, remorquer l'affût et le canon de la première pièce et les ramener à l'arrière. Telle est l'explication qu'un jeune sous-officier bavarois donne à Böhne. Bertin se prend à regarder cet homme jeune, ce visage basané et sympathique, ces yeux chauds sous le casque. Sans doute un volontaire de 1914 qui a attrapé cette année même une blessure et les galons, et qui a maintenant le commandement d'une escouade. Bertin est sensible à sa manière de s'exprimer qui lui rappelle ses années d'études dans une université du Sud et qui, plus que le parler schleswicois de ses compatriotes, évoque pour lui le pays natal. — La besogne est simple : voici de hautes piles de rails, et pendant que les Prussiens prolongeront la voie jusqu'aux canons, ses hommes auront eu le temps de démonter les pièces et de dégager les affûts de leurs paliers. Tout doit être terminé vers midi, sans quoi Franz vous fourrera du plomb dans le potage. Lui connaît la combine : il est cantonné avec ses hommes, là-haut dans ce tohu-bohu de démolitions qu'on appelle la ferme des Chambrettes. Chaque matin, Franz, qui a repéré la position, leur bousille la voie ; alors ses hommes sortent de leurs trous, changent les traverses et le boulot reprend. Il a trente hommes et deux infirmiers, parce que, de-ci de-là, il y a un peu de casse quand l'un ou l'autre ne sait pas se défiler assez vite. — Tout en parlant, il abrite ses yeux de la main, pour guetter le ballon captif. Il suffit de s'y connaître pour voir à la coloration pâle de la saucisse qu'il n'y a guère à craindre pour le moment : l'observateur ne distingue rien à cause de la brume qui s'élève du sol et parce que le soleil du matin le frappe en plein visage.

Et on se met à l'ouvrage : pendant qu'une partie des hommes aplanit le terrain au pic et à la pelle, le gros de la troupe apporte les châssis des rails, les emboîte les uns dans les autres, comme font les enfants avec leurs chemins de fer — les assujettit en terre au moyen des grilles rivées aux traverses. Jaune-brun, désolée, la colline fait le gros dos vers les hauteurs — touffes d'herbes entre les entonnoirs, ici et là, un chardon, une camomille, une couronne de dent-de-lion. Et à chaque pas il faut prendre garde aux éclats d'acier, petits ou grands, qui jonchent le sol de toutes parts et qui, avec leurs dents de scie, n'ont rien d'hygiénique pour le cuir des chaussures. « On doit avoir ferraillé par là », pense Bertin tout en soulevant des mottes de glaise avec sa pioche. Le soleil tape dur sur les dos courbés ; depuis longtemps les vareuses ont été enlevées et entassées dans un coin. Le sous-officier Böhne les lorgne du coin de son œil clair et vigilant. Il arpente le terrain inégal, en battant l'air de sa canne ; tout heureux de cette expédition qui pourrait bien lui valoir la croix de fer, satisfait aussi du travail de ses gens, qui avance ferme, à la surprise du jeune Bavarois. « Oui, se dit Bertin qui les entend parler, les ouvriers hambourgeois et berlinois se débrouillent mieux que les autres. » Mais au fait, est-ce qu'il se tromperait ou bien serait-ce à dessein que le jeune homme à la cocarde bleu et blanc se tient à proximité de Bertin ? Ne l'a-t-il pas observé tout à l'heure avec une certaine insistance ? A moins qu'on ne soit porté à ces imaginations quand par hasard on rencontre quelqu'un dont la physionomie vous est sympathique. Derrière les pionniers, grinçant et freinant, le premier lorry, bientôt suivi d'un autre, est lâché sur la pente. Au bout d'une petite heure, ils sont arrivés aux pièces. A grand renfort de jurons, de billes de bois et de madriers, les lourds instruments d'acier — canons et affûts — sont hissés sur les wagons tremblants ; puis trente hommes en file indienne se cramponnent aux cordes et tirent le convoi vers la hauteur. Chacun d'eux a l'épaule droite ou gauche sciée par la corde : pareils aux esclaves des Chaldéens ou des Égyptiens, ils gravissent en haletant le long chemin qui monte à la station assez comiquement dénommée Hundekehle, comme un arrêt de tramway de Berlin-Grünewald. A l'improviste, un lieutenant à cheval débouche sur leur parcours ; il porte un appareil photographique ; il fait arrêter les hommes au milieu de la pente et « prend » le double convoi de hâleurs rangés le long de leur câble comme des poissons mis à fumer sur leurs ficelles. Là-dessus, on entend retentir le cri des terrassiers pour la soupe. Car là-haut dans la baraque de tôle ondulée qui, outre son nom citadin, possède aussi un téléphone, on vient d'apprendre que les lorries destinés au deuxième canon ne pourraient être envoyés aujourd'hui ; on a donc tout le temps de s'installer quelque part, à l'ombre, de boire un coup, de manger un morceau et de griller une cigarette.

Une lourde chaleur tremble sur le vallon jaunâtre que ferme le ciel bleu.

— C'est la forêt des Fossés.

Au moment où, cherchant de l'ombre, Bertin passe près de l'emplacement des canons, il entend la voix du jeune Bavarois et suit des yeux le geste circulaire de son bras gauche. Grisâtre et balafrée, la pente s'élève toute semée de troncs encore debout. Ces bois déchiquetés, tachés de blanc et d'ocre, portent encore de petites feuilles vertes ; quelques fûts ressemblent encore à des hêtres décapités, mais la plupart ne sont que des squelettes, colonnes hérissées, creusées et striées par les éclats d'obus et les balles.

De vieilles racines aux doigts gris s'enchevêtrent dans les vastes entonnoirs ; abattus vers le sol, soulevant de gigantesques pans de terre, les grands arbres pourrissent, dont le sommet est dès longtemps écrasé dans l'humus. La roche crayeuse, le terreau labouré, d'un brun sombre, et le feuillage persévérant peignent en trois couleurs ce tableau de dévastation : ici, l'homme, en quelques mois, a ravagé ce que la nature avait élaboré pendant des générations d'hommes. Seuls quelques coins abrités ont gardé leurs arbres intacts, qui dispensent de l'ombre.

C'est là que Bertin s'est étendu, la tête sur son képi, les jambes dans un trou d'obus dont la terre sèche s'éboule. Il suit nonchalamment le jeu du vent dans le feuillage luisant et sombre. Combien de temps ce reste de la nature et de la création va-t-il encore demeurer sous le soleil et sous la lune, accroché à cette pente de la forêt des Fossés ? Et ces colonnes de hêtres, lisses et tachetées de vert ? La nouvelle batterie aura soin d'abattre aussi ce dernier vestige de végétation, parmi le

chaos désolé de troncs, de terre remuée et de branches. « Dommage ! »
pense Bertin. Sa pensée est étrangement loin des hommes. Un léger
vent d'ouest apporte le claquement d'un tir, l'écho d'une mitrailleuse.
Et pourtant, le soleil, l'ombre, le paysage sont, pour un homme de l'âge
de Bertin, plus chargés de sens et de suggestions que les éclats d'obus
et les bacilles du tétanos. En ce moment, il joue avec un chat en
maraude, qui silencieusement a surgi d'un buisson de ronces. Ses yeux
vert bouteille sont rivés sur le bout de saucisse lové dans un papier
transparent de graisse à portée de la main gauche de Bertin. Il en vient
un miraculeux parfum de fumée et de viande de choix. Bien entendu,
un chat qui connaît son métier n'est pas affamé en temps de guerre.
Les rats pullulent dans ces parages et le pelage de la bête est bien tendu
sur les muscles métalliques. Mais là une ivresse gourmande l'attire :
un bond, un coup de dent pour cette main d'homme, un coup de griffe
dans la saucisse ; un seul trait le long du hêtre penché, jusqu'aux
fourches supérieures... Mais le chat domestique redevenu sauvage
connaît les ruses des grands garnements du village avec qui il a maintenant affaire. Ils ne jettent plus de cailloux, mais dans l'air passent en
sifflant des choses qui claquent, et leurs bâtons sont terminés en pointes
aiguës et brillantes. Il s'est accroupi, indécis, tantôt prêt à bondir, tantôt
mollement abandonné parmi les pousses et les épines de ronces. Bertin
chérit la solitude — privilège si rare pour les soldats — et les bêtes
plus encore. Il épie le chat à travers ses lorgnons. Qu'il est beau dans
sa sauvagerie ainsi ramassée ! Bertin revoit tous les chats qu'il a eus
dans son enfance à Kreuzburg, et qu'il a perdus — perdus on ne savait
comment. (Pour les bonnes gens du Schleswig, les peaux de chats sont
considérées comme le plus sûr remède contre les rhumatismes.) Et
pourtant, il hésite : ne ferait-il pas mieux de garder son rond de saucisse
pour le repas du soir ? « Nous voilà passablement bas, se dit-il, nous
en sommes à balancer entre le caprice d'un rond de saucisse et l'amour
d'un chat. » Eh bien ! non, il n'aura que la peau, décide-t-il. Il prend
la saucisse, d'un seul coup il l'enveloppe dans le papier. Le chat s'est
mis en garde, et s'enfuit dans un glissement de félin.

— Vous lui avez fait son affaire, dit une voix qu'il connaît déjà, une
voix jeune, avenante, et deux jambes serrées dans des molletières gris-
vert se balancent au bord d'un trou d'obus, face aux jambes de Bertin.

Mais lui s'est levé d'un bond, car un sous-officier est toujours un
sous-officier et a droit au respect, même pendant la sieste de midi.

La montre indique bien onze heures, mais le soleil marque midi, et
tout le paysage alentour lui donne raison : ces deux hommes semblent
être les seules créatures éveillées dans ces parages. Le chat est accroupi
à trois pas de là, indistinct entre deux racines de la grosseur du bras,
tachetées gris sur gris, exactement comme son pelage. Les deux jeunes
gens s'examinent avec une mutuelle sympathie. — Ne préfère-t-il pas
s'allonger ? Bertin refuse. On peut dormir partout ; mais ici, il entend
vivre, garder les yeux ouverts et fumer sa pipe du déjeuner. Il tire de

sa musette une délicate bouffarde d'écume et d'ambre, déjà bourrée ; le Bavarois abrite le briquet avec sa coiffure — une casquette fantaisie, travail soigné ; Bertin distingue les initiales : C.K. imprimées sur le cuir de la jugulaire. Oui, c'est un jeune homme de bonne maison : ces cheveux divisés par une raie, ce front large, ces poignets et ces doigts aux attaches fines.

Comment se fait-il qu'il soit ici ? demande le Bavarois au Berlinois, et il allume une cigarette.

Bertin ne saisit pas :

— Service, répond-il avec une certaine surprise.

— Vous faites du service comme n'importe qui. N'a-t-on rien trouvé de mieux pour vous ?

— Je ne goûte pas spécialement l'atmosphère des bureaux, répond Bertin en souriant.

— Vous aimez mieux le service au grand air, avec la chance de vous faire photographier, repartit le sous-officier avec le même sourire.

— Exactement.

Et la connaissance est faite. Ils se disent leurs noms ; le sous-officier s'appelle Christoph Kroysing et vient de Nuremberg. Ses yeux déchiffrent avidement le visage de Bertin. Pendant le court silence qui suit, quelques claquements métalliques — viennent-ils de la cote 300 ou 375 ? — remettent en mémoire les notions de temps et d'espace. Puis le jeune Kroysing tressaille légèrement. A mi-voix, d'un ton neutre :

— Pourriez-vous me rendre un service ? demande-t-il à Bertin.

Personne ne les voit. Un hêtre gigantesque, qui semble avoir été frappé par la foudre, dresse ses racines comme un rempart. Déjà aucun des deux hommes ne s'aperçoit que le chat, familiarisé avec les us et coutumes des bipèdes sans cervelle, emporte entre ses dents la précieuse rondelle de saucisse avec son papier.

Christoph Kroysing raconte. Depuis neuf semaines, il loge avec ses gens dans les caves de la ferme des Chambrettes, et si tout marche selon les vœux de M. le receveur Niggl, et de sa bande, il restera là jusqu'à ce qu'il y ait de la casse. C'est qu'il a commis une bêtise de première classe... Il a abandonné ses études dès son premier semestre universitaire, poursuit-il, et s'est engagé ; blessé assez gravement, il a eu de l'avancement et il se trouve maintenant au front avec la division de renfort, où l'on a besoin de tous les hommes en état de servir. Mais il est déjà désigné pour l'école d'officiers, l'automne prochain ; au printemps il sera premier-lieutenant et voici qu'il lui prend la mauvaise idée de ne pouvoir admettre la façon dont les sous-officiers en usent avec leurs hommes. Ils se sont réservé leur propre cuisine, avalent les meilleurs morceaux de la subsistance de la troupe : la viande fraîche et le beurre, le sucre et les pommes de terre et surtout la bière, tandis que les hommes doivent se contenter des maigres nouilles, des légumes secs et de la viande de conserve — et avec cela un travail de chien et un régime de permissions dérisoire. Tout cela heurte au vif le jeune Kroysing, dans ses traditions de famille. Depuis un siècle ses ancêtres ont donné à l'Etat de Bavière des fonctionnaires supérieurs et des juges, et partout où siégeait un Kroysing, les affaires marchaient selon le droit et l'équité. Et c'est pourquoi il a commis la bévue d'écrire une longue lettre bourrée de réclamations, à son oncle Franz, une grosse légume de la M.E.D.-5, à Metz. Naturellement, la censure s'est demandé ce qu'un sous-officier pouvait bien avoir à communiquer au chef de la Direction militaire des chemins de fer (M.E.D.) ; on retourne la lettre au bataillon avec ordre de citer son auteur devant le conseil de guerre. A cette nouvelle Kroysing a bien ri : on n'avait qu'à l'interroger, il parlerait et pour ce qui est des témoins, il ne serait vraiment pas emprunté d'en trouver. Mais son frère, cantonné avec ses pionniers à Douaumont, n'était pas de cet avis. Il vint le voir, lui fit une scène, lui représentant l'étendue de sa gaffe : personne n'ouvrirait la bouche pour lui, une fois que le conseil de guerre l'aurait sous sa griffe. Et de toute manière, il ne pouvait rien faire pour son frère Christoph — ce furent ses dernières paroles. Chacun devait avaler sa soupe jusqu'au fond de l'assiette et puis, on ne manquerait pas d'aller fouiller à la loupe dans les affaires de l'aîné. Ils n'avaient jamais eu de bons rapports, dans leurs années d'enfance ; l'aîné, qui avait cinq ans de plus que lui, se croyait toujours lésé et il se payait par des brutalités, comme cela arrive entre frères. — Mais la compagnie ne voulait pour rien au monde entendre parler d'une enquête. Elle devait en avoir une peur bleue — et le conseil de guerre restait étrangement muet.

— Voilà pourquoi ils m'ont collé à la ferme des Chambrettes, ajoute Kroysing en terminant. Ils espèrent que les Français finiront bien par leur rendre le service qu'ils attendent, et l'affaire sera classée. Voilà déjà neuf semaines que j'examine chacun des visages qu'on expédie dans ce trou à poux...

Bertin est là, le visage mouvant et tacheté par l'ombre des feuilles de hêtre, mais au-dedans de lui quelque chose rit de bonheur. Chance d'avoir été envoyé ici ! Il y avait là quelqu'un en train de s'empêtrer dans la vilenie, et il pouvait lui tendre la main, l'en sortir.

— Et maintenant que puis-je faire ? demande-t-il simplement.

Kroysing le regarde avec reconnaissance : seulement faire parvenir quelques lignes à sa mère, il les remettra à Bertin à leur prochaine rencontre.

— Votre courrier n'est pas suspect, n'est-ce pas ? Quand vous écrirez à la maison, vous mettrez ma lettre dans la vôtre et vous la ferez jeter à la poste de chez vous. Ma mère télégraphiera à mon oncle Franz, et le reste ira tout seul.

— Entendu, dit Bertin. On saura bientôt quand nous reviendrons ici... Il semble qu'on crie quelque chose, vous entendez ?

« Rassemblement ! » — L'appel arrive jusqu'à eux.

— Il vaut mieux qu'on ne nous voie pas ensemble. Je vais tout de suite écrire ma lettre. Je vous suis si reconnaissant. J'espère bien avoir l'occasion de vous le prouver un jour.

Il serre la main de Bertin, ses yeux brillent, des yeux bruns d'enfant, très écartés ; d'un geste raide il porte la main à sa casquette et disparaît entre les troncs des hêtres. Il s'en faut de peu qu'il ne bute contre le chat revenu flairer la place dans l'espoir dérisoire d'y trouver une seconde rondelle de saucisse. Bertin se lève, s'étire, respire profondément, heureux. Ce coin est une merveille. Les cadavres d'arbres sont beaux et les trouées blanches dans le sol, la roche crayeuse, les redoutables éclats de gros calibres, fichés dans le sol pareils à des couteaux à dents de scie. Comme un gamin, il dévale jusqu'à l'emplacement du deuxième canon ; ses camarades sont déjà là dans leur tunique d'exercice et avec leurs musettes, et le sous-officier Böhne les met en rang pour le départ. Bertin a trouvé son semblable, scellé un pacte, et peut-être aussi une amitié... D'un sourire il répond aux murmures de ses camarades qui prétendent qu'on va être saucé sur le chemin du retour, simplement parce qu'il a baguenaudé si longtemps. Après-demain, quand ils reviendront, ils le tiendront à l'œil. « C'est donc pour après-demain », se dit Bertin en gagnant sa place pour l'appel.

Le sous-officier bavarois lui aussi forme ses hommes pour le départ, salue en agitant la main et crie :

— Au revoir ! A après-demain.

Son salut arrive à chacun d'eux, mais Bertin sait à qui il est réservé.

5

Ça va vite, parfois

Vers le milieu de la nuit, Christoph Kroysing sort en se courbant, par le couloir du souterrain — qui était autrefois la cave de la ferme des Chambrettes —, il se redresse, fait quelques pas. Élancée, enfantine, sa silhouette se détache sur le ciel pâle. Il est là, les mains dans les poches, sans ceinturon et sans coiffure ; ses cheveux, que la raie divise toujours, retombent en mèches du côté droit, presque jusqu'à l'œil. L'effroyable nuit de Walpurgis qui hurle au-dessus de sa tête est pour lui familière ; dans une hâte échevelée, les sorcières d'acier se ruent vers leur sabbat. Les coups de canon longs grondent et craquent, comme un passage de lourds wagons. A intervalles de quatre ou cinq minutes, les puissants mortiers balaient l'air de leurs tonnes de métal dans un hululement dévastateur. Le sifflement des petits obus de campagne croise le roulement des cent cinquante de trois ou quatre modèles différents — l'arme principale de l'armée — qui rayent l'air nocturne de leur trajectoire tendue. Et en réponse, claquent et grondent et tonnent les soixante-quinze, les cent, les deux cents, et les redoutables trois cent quatre-vingts des Français, crachés par le fort invisible de Marre, au-delà de la Meuse, et qui prennent de flanc les positions allemandes. A l'avant, ça doit marcher gentiment, aujourd'hui. Dans le petit secteur que l'on domine de la cote 344, derrière la croupe de Douaumont, les régiments de combat se sont battus à coups de grenades à main, à la mitrailleuse et à l'arme blanche, pour tenter de se déloger les uns les autres — et maintenant, c'est le reflux. Les Allemands, entre Thiaumont et Souville, ont de nouveau avancé de quelques pas, mais les Français tiennent bon. En ce moment notre artillerie martèle leurs positions et la leur, à son tour, martèle l'artillerie allemande pour permettre à son infanterie de souffler un peu. C'est l'épreuve et la contre-épreuve des fronts, et Christoph Kroysing a souvent pensé qu'on n'en verrait la fin que le jour où les derniers Français et les derniers Allemands sortiraient des tranchées appuyés sur des béquilles pour s'exterminer avec leurs couteaux de poche, ou à coups de dents et de griffes. Car le monde est devenu fou, une orgie de folie peut seule expliquer ce carnage obstiné, ce sang qui gicle, ces chairs qui cèdent, ces os qui craquent. Et dire que sur les bancs de l'école, on leur enseignait que l'homme était un être raisonnable ! On peut tranquillement taxer tout cela de pure mascarade, y compris les messieurs barbus qui avaient l'audace d'endoctriner des élèves et qu'on devrait assommer en douce à coups de tibias. — *Tu aimeras ton prochain comme toi-même. Dieu est amour. La loi morale au-dedans de nous, et la voûte étoilée au-dessus de nous. Il est doux et honorable de mourir pour la patrie. Le droit et les lois sont les colonnes de l'État. Gloire à Dieu dans les cieux très hauts et paix sur la terre à tous les hommes de bonne volonté.* — Eh bien ! il avait toujours été de bonne volonté, et maintenant il était là.

Si l'on veut avoir une échappée au sud et à l'ouest, il faut se payer un petit risque. Dans l'enceinte qui entoure la ferme, Kroysing connaît une brèche, une sorte de siège qu'il appelle sa loge. Bien sûr, pendant la brève minute qu'il faut pour franchir l'ouvrage de maçonnerie, une marmite a le temps d'atterrir : mais tant pis ! Il s'élance, et le voici maintenant à couvert, il reprend haleine, sourit.

La clarté indécise de la nuit étoilée et sans lune devient toujours plus transparente et peu à peu l'oreille aussi décompose l'ordonnance des bruits. Les ravins, dans la direction de Douaumont, sont en ce moment sous un feu nourri. Le long de la côte du Poivre, claque le tir des fusils et des mitrailleuses. Sur la pente du village de Louvemont, les flammes rouges des obus jaillissent, s'éteignent, puis on entend les éclatements. Là, au bas du ravin, on devine des cuisines de campagne, des chars de munitions des troupes du génie avec leurs rouleaux de barbelé, leurs poteaux, leurs outils, qui essaient d'avancer, des chevaux, des chars, des hommes. Non, les Français n'épargnent plus les munitions, à voir ces buissons ardents rouge foncé qui s'épanouissent en cet instant dans la vallée, sur la gauche, à quelques centaines de mètres en avant, où l'on ne distingue rien et où passe un chemin très fréquenté qui conduit au bois de l'Herbe.

Sur la lisière sud de la forêt de Vauche, que longe la route conduisant à Douaumont, tout une chaîne de petits volcans tambourine et pétarade sans répit et au-dessus de Douaumont, sur la tête du frère Eberhard et de ses hommes, une grande vapeur rouge stagne lourdement. C'est le grondement persistant de la forge de Verdun. C'est là qu'on pilonne l'épine dorsale de l'armée, là que s'élèvent à l'horizon les fusées rouges et vertes, joli feu d'artifice parmi les cris désespérés de l'infanterie. Là, les projecteurs blancs des Français déploient une douce lumière, balaient lentement le terrain, et sous leurs fuseaux il est si facile de s'entretuer. Christoph Kroysing connaît tout cela par le menu — chemin des Dames, hauteurs de Lorette, sucrerie de Souchez... toutes les douces heures de la guerre de 1914 et 15, quand il était encore fantassin et qu'il offrait sa chair pour la patrie. Maintenant, il est plutôt spectateur, la place qu'il occupe en ce moment lui suffit, petite loge de murs abattus autour de laquelle sifflent les bons rats. L'horizon, déployé devant lui en un arc gigantesque, s'irradie et tonne, vibre de lueurs d'orage et replonge dans le noir, et la distance n'empêche guère que les éclats et les grondements, bien qu'affaiblis, n'apportent jusqu'à lui toute leur férocité, dominés par l'orchestre des obus allemands. Les batteries de la forêt des Fossés, du bois de Chaume, de Wavrille, travaillent à plein rendement. Canonniers à demi nus, troupes de servants, observateurs dans les arbres, téléphonistes à leurs appareils : équipe de nuit. Il les connaît toutes ces satanées forges à obus. Après-demain, la nouvelle forge s'installera tout près d'ici et attirera la riposte française sur ce vallon tranquille. Dommage pour le petit bout de forêt qui est encore debout. Dommage pour tout homme qu'on va jeter aux chiens. Dommage pour lui, Christoph Kroysing qui, à vingt et un ans, doit apprendre que la bassesse humaine et son instinct de conservation sommeillent aussi peu que la guerre et qu'il sera plus difficile d'échapper à ceux-là qu'à celle-ci. Il est là, adossé au mur démantelé, le visage enfantin caressé par les cheveux, les mains appuyées aux joues amaigries, mi-accroupi, mi-assis. « C'est donc ainsi que ça se passe, devant Verdun ? songe-t-il ; guère de changement durant toutes ces semaines, on n'a fait qu'avancer un peu, et la terre que nous avons gagnée nous pourrions la recouvrir de cadavres. » Mais c'est ainsi également sur la Somme où les Français et les Anglais organisent la même boutique... Un coup vient d'éclater là-bas, à la cote 344, de vives lumières jaillissent, rouge incandescent, empanaché de fumées ; il vaudrait peut-être mieux ne pas rester plus longtemps dehors ; mais il n'ira pas dormir avec le même désespoir qu'avant-hier encore, bloqué par la canaille qui renifle son courrier ; il relit la lettre qu'il a écrite à ses parents. Non, il se sent revivre, il a retrouvé son cran — une libération encore jamais éprouvée. Ils ont compté sans la camaraderie des honnêtes gens, qui existe même dans l'armée. Demain ou après-demain, le camarade

Bertin sera là. Déjà, dans la poche de sa tunique, contre son cœur, le froissement de la lettre qu'il a écrite cet après-midi avec son brave stylo ; puis encore quelques jours de sages précautions : et d'en haut, de l'arrière, la main des puissants s'étendra, le sortira, lui, Christoph Kroysing, de sa cave à rats. Car même si les dieux ont abdiqué et que la direction du monde semble n'être plus que cette course d'engrenages, l'armée allemande compte partout, isolés ou en groupe, des hommes qui entendent balayer l'injustice, des hommes qui ne se possèdent plus quand ils découvrent, preuves en main, que passées les tranchées de première ligne, commencent déjà la vilenie, l'égoïsme, la trahison.

« Comme la rosée est forte, songe-t-il en se levant, les muscles des jambes douloureux ; et comme les étoiles sont claires dans le ciel. Est-ce que là-haut, on joue la même comédie insensée ? Sans doute. Même matière, même esprit, en haut et en bas.» Dans la demi-clarté, les rats glissent sur le sol, tout pareils à de maigres chats ; demain il faudra à tout prix en abattre quelques douzaines. Ils auraient beau faire plus grasse chère à l'avant, ils ne s'éloignent pas des ruines de l'écurie où ils sont nés.

Fatigué, la tête lourde, mais totalement consolé, Christoph Kroysing regagne le souterrain où ronflent ses camarades. Ça ne pue pas peu entre ces murs humides ; mais de la lettre qu'il sent dans sa poche en se déshabillant, viennent de doux effluves qui dissipent tout malaise. Et tandis qu'il plie sa tunique et qu'il y repose sa tête, comme chaque nuit, l'enfant Kroysing sourit dans l'obscurité.

Dès l'aube, Franz déchaîne sur les rails sa bénédiction coutumière du matin : tonnerres, fusées d'éclats, crépitements de fer et panaches de terre. Aussitôt après, les Bavarois surgissent de leurs taupinières et contemplent les dégâts. Cette fois, il a bousillé d'un coup deux châssis ; pauvres Bavarois, on ne fait que leur donner du boulot. Dans la vapeur du matin, là-haut, un avion français décrit un cercle puis disparait vers l'est.

« Merveilleuse journée d'été », se dit Christoph Kroysing. Il est en forme aujourd'hui, comme il ne l'a pas été depuis longtemps. C'est bleu — un air à filer d'ici ! Qu'est-ce qu'on dirait d'un tour d'inspection à la station Hundekehle pour voir s'ils n'auraient pas, aujourd'hui déjà, amené les wagons pour emporter la seconde pièce ? Prudemment il dégringole la pente, tantôt le long de la voie et tantôt sautant de traverse en traverse. Il arrive que Franz crache encore un petit supplément de ces obus que les Allemands appellent *Ratschgranate* parce qu'ils vous arrivent dessus avant même qu'on ait perçu la détonation, et ce secteur-là est décidément trop confortable comme cible. Mais Kroysing se sent aujourd'hui prêt à braver tous les dangers. Ça peut avoir ses bons côtés de rester en position soixante jours d'affilée : on apprend le terrain par cœur, qu'on le veuille ou non. Et pour la première fois aussi il retrouve des fleurs sur les bords des entonnoirs : ombelles lilas, bleuets d'été tout bleus, et un pavot rouge comme une petite tache de sang mobile. A Hundekehle, l'air brûlant tremble déjà sur la tôle ondulée. Pas le moindre wagon ; ce ne sera donc pas aujourd'hui qu'on viendra chercher le second canon ; dommage, en somme... A l'ombre de la cahute du chemin de fer, assis, le dos appuyé à la tôle, les jambes étendues en avant, une demi-douzaine de fantassins, avec un aide-major, dorment, couverts de poussière et de terre. Leurs attitudes déjetées indiquent un épuisement surhumain ; à l'intérieur, un jeune lieutenant téléphone, il est tout aussi surmené, mais il doit se tenir éveillé, il est responsable. Il désire savoir comment il pourrait expédier à l'arrière deux mitrailleuses et les effets de ses hommes. Puis il sort sous la lumière aveuglante du soleil ; toise en clignotant le sous-officier bavarois, lui offre une cigarette, se renseigne. Il estime qu'il doit réveiller ses gens ; à peine endormis, ils n'entendent plus rien, et tant qu'ils drogueront dans ce satané trou, ils doivent se tenir éveillés, prêts à sauter dans tous les coins pour se mettre à couvert dès qu'une marmite leur arrive dessus. Maintenant ils se reposent et se repaissent de silence. Relevés à deux heures du matin, ils arrivent de la côte du Poivre, leur corps de troupe, qui a pris le chemin habituel par Brabant, a été bousillé. Lui, lieutenant Mahnitz et son aide-major, le docteur Tischauer, avaient compris d'emblée qu'il valait mieux passer d'entonnoir en entonnoir et se trotter à travers champs pour regagner l'arrière, plutôt que de recevoir son compte quand on rêve déjà de permission. Il rit de bon cœur. Ils ont de sacrées journées derrière eux, mais maintenant ça sera plus calme puisque la bataille de la Somme occupe les Allemands aussi bien que les Français. Ils ont joliment gagné leur repos et, pour l'heure, ils ne sentent plus qu'une discrète fringale de café brûlant.

Christoph Kroysing s'offre aussitôt à satisfaire ce désir. Heureux d'avoir été compris, le lieutenant appelle un *Gefreite*, qui s'est déjà rendormi, et le charge d'expédier les effets et les deux mitrailleuses par le prochain convoi à destination du parc de Steinberg, où il attendra de nouvelles instructions. Ils se lèvent tous et, les pieds douloureux, le dos courbaturé, ils descendent le long de la voie ferrée, parlant à mi-voix. Peut-être aura-t-on la chance de se laver un peu chez les pionniers et surtout de se mettre quelque chose sous la dent. Leur allure nonchalante, leurs uniformes couverts et recouverts de taches disent assez toute la familiarité qui les lie à « l'économie » de cette zone ; ils tiennent toujours, pour ainsi dire, l'oreille haute, attentifs à l'imprévu. Il est huit heures et demie, le Français ne doit pas voir grand-chose de son ballon captif, mais la prudence est la mère de la caisse de porcelaine, comme on dit dans la troupe ; pour que le café soit prêt à temps, le sous-officier Kroysing prendra les devants, les camarades hessois n'ont qu'à suivre tout lentement. Pas de danger pour le moment, « il » n'a encore jamais tiré à cette heure-ci.

Quel jour peut-il bien être au calendrier ? Peu importe. De toute manière ce n'est pas un bon jour pour Christoph Kroysing. Sur le désir du ministère des Affaires étrangères, le haut commandement de l'armée française a autorisé la visite des fortifications de Verdun aux journalistes étrangers, correspondants de pays neutres ; il l'a fait à contrecœur et pas pour longtemps. Mais en cet instant, Axel Krog, collaborateur distingué et consciencieux d'importants quotidiens suédois, se trouve auprès de la batterie d'en face qui n'a jamais tiré à des heures incongrues, et où cette visite a provoqué des sentiments assez divers : hostiles, ironiquement amusés, bienveillants. « M. Krog a longtemps fait partie de la colonie suédoise de Paris, un grand admirateur de la France », explique l'officier du service de presse de l'état-major. « Alors, qu'il s'engage dans la Légion étrangère », marmonne le canonnier Lepaile avec le plus pur accent des faubourgs. Mais l'artillerie française est la meilleure du monde. Pas seulement depuis Bonaparte, le seul artilleur parmi les grands généraux. Il faut donner à M. Krog la matière d'un impressionnant article pour la Suède où la propagande allemande s'étale sans vergogne. Il n'aura qu'à se rendre auprès de l'officier de la cabine d'observation et il pourra assister, muni d'une lunette d'approche, à un petit tir en règle, avec obus de faible calibre, pointé sur quelques Allemands isolés. — Là-bas, voyez-vous, c'est une voie ferrée pour le transport de l'essence, il y a eu cette nuit relève à la côte du Poivre et les Boches utilisent cette déclivité de terrain pour faire replier leurs troupes. Or les canonniers n'ont que mépris pour ce qu'on dit dans les journaux, ils désavouent ceux qui veulent prolonger la guerre, et puis il faudra nettoyer les canons une fois de plus ; mais, en fin de compte, il s'agit de montrer ce dont la trente-troisième brigade est capable. Les pièces un et deux sont prêtes et attendent la cible, le gibier autorisé qui doit se montrer à deux kilomètres et demi, dans le champ de tir.

Christoph Kroysing saute gaillardement par-dessus les trous d'obus, il trotte confiant, le long des rails. Quand une affaire tourne du bon côté, elle le fait à fond. Il a maintenant le choix : va-t-il remettre sa lettre à ce charmant garçon de lieutenant, ou la confiera-t-il seulement demain au camarade Bertin ? Étrange de vérifier à ses dépens la loi de l'alternative. Tout en y songeant, il a atteint l'échancrure de la vallée ; plane, le désert brun clair s'étend devant lui. Encore soixante-dix, quatre-vingts pas jusqu'à l'abri.

Quoi ? Kroysing s'est retourné ; mais tandis qu'il regarde encore autour de lui, éclate dans son dos et se déchire le fer brûlant de l'obus. Livide, épouvanté, indemne par miracle, il fait deux bonds pour se terrer dans le prochain entonnoir. Mais c'est alors que la pièce numéro deux dit son mot ; noir et jaune, hurlant, le coup éclate devant Kroysing, le retourne sur lui-même et l'abat. « Mon Dieu ! mon Dieu ! mon Dieu ! pense-t-il tandis qu'il perd connaissance en venant donner du menton sur le rail — maman, maman, maman. »

Aux côtés de l'observateur, le journaliste suédois est devenu blanc, il remercie avec effusion : un tir vraiment admirable, mais il ne tient pas à en voir davantage. Pendant ce temps, les Hessois descendent au pas de course, le long de la voie, le lieutenant en tête. Ils ont vu bien vite que le jeune Bavarois n'était plus guère entraîné à ce genre d'exercice, sans quoi il se serait glissé derrière les voies dès le premier coup ; avec ces obus rasants on ne plaisante pas. Maintenant il se sont arrêtés, faisant cercle autour de celui qui est couché là et d'où coule un flot de sang. L'aide-médecin Tischauer se penche avec précaution. Plus rien à faire. Une piqûre de morphine, c'est tout ce qu'il y aurait encore à tenter. Comme avec un tranchet de boucher, les éclats ont haché l'omoplate et l'articulation du bras, sectionné les grosses veines et probablement aussi l'aile du poumon. A quoi bon le faire revenir à lui ? A la lisière du bois, des soldats se montrent, ébahis — qu'est-ce qu'il a pris à Franz de ferrailler à pareille heure ? — on les fait venir à grands gestes et le lieutenant Mahnitz, le cœur chaviré, contemple celui qui est couché là, inerte, avec qui il n'y a pas cinq minutes il bavardait si gaiement, et qui maintenant commence à gémir comme une bête en train de crever ; à demi couché, appuyé sur les bras, il dit, comme se parlant à lui-même et cependant pour tous ses hommes, immobiles, muets et sales :

— Se demande quand cette satanée cochonnerie finira jamais !

6

Vers Billy

Le lendemain, pendant la marche — cette fois on contournait les hauteurs de la Meuse —, les Schipper s'entretenaient des événements de la veille : chance qu'on soit resté chez soi hier, ça avait chauffé par là, vers midi, on avait dû transporter quelques grands blessés à Billy. Bertin ne prêtait à ces propos qu'une oreille peu crédule ; il attendait Kroysing. Est-ce qu'il arriverait plus tard ? Était-il déjà descendu et se trouvait-il près des pièces d'artillerie ? La répartition du travail avait amené Bertin dans le voisinage de deux Bavarois occupés à enlever la glaise, le long des nouveaux rails, pour faciliter la marche quand on halerait le canon.

— Et votre sous-officier Kroysing, où est-il ? demanda Bertin au Bavarois le plus proche, une pousse d'été à cheveux roux, à la pomme d'Adam particulièrement saillante.

Sans relever la tête, le Bavarois interrogea à son tour pour savoir ce que Bertin lui voulait.

— Rien de particulier, il me revenait, voilà tout.

— Mon brave, fit le Bavarois, notre sous-officier Kroysing ne reviendra plus jamais à personne — et il arracha une pelletée de glaise.

Bertin, tout d'abord, ne comprit pas — il fut si longtemps à ne pas comprendre, que l'autre lui lança, furieux : Est-ce qu'il aurait de la crotte dans les oreilles ? Nettoyé, Kroysing, il saignait comme un bœuf quand le lorry était venu le prendre pour l'emmener à Billy, à l'hôpital. Bertin ne répondit rien, il restait là, tenant sa pelle des deux mains, pâle, toussa à plusieurs reprises. Étrange, étrange. Et c'est comme ça, et on ne crie pas, on ne se débat pas...

— C'est ça la guerre, tu n'y peux rien, mon vieux. Est-ce le Bavarois qui avait dit cela ? — Il l'avait dit et il crachait maintenant pour s'éclairer la voix. C'était arrivé hier matin, ça l'avait atteint à l'épaule gauche : aujourd'hui c'est ton tour, demain ce sera le mien, on ne le reverrait plus. — Il continuait de travailler.

— Tu le connaissais le sous-officier Kroysing ? demanda le Bavarois après un temps de silence, en relevant son visage tout mouillé de sueur.

— Oui, c'était un ami, et s'il y en avait beaucoup de sa trempe dans l'armée, ça irait joliment mieux.

— Pour sûr, fit le Bavarois, les yeux tout illuminés dans son visage de paysan ; un sous-off de ce calibre, jamais tu n'en retrouveras, même que tu te mettrais trois jours en chasse. Et même qu'il y en a plus d'un qui se frotte les mains depuis hier après-midi...

Puis il rentra la tête dans son col déboutonné, comme s'il en avait trop dit. — Il n'avait pas à se gêner avec lui, glissa Bertin à voix basse, il était au courant.

— Ça va, dit le Bavarois qui se détourna.

Mais pendant le repos de midi, le Bavarois se montra de nouveau, en compagnie d'un autre terrassier de petite taille, le visage maigre, les yeux noirs au regard étonné. Tous deux portaient le calot de campagne bravement enfoncé sur l'oreille, la tunique ouverte. Ils encadrèrent Bertin : trois Schipper se baladent sous les ombrages, disparaissent pour aller faire un somme. Entre les troncs hérissés et sans couronne, fiché en terre comme un petit guéridon, le reste d'un pesant obus qui s'était éventré sur les bords en éclatant tournait vers le ciel sa base ronde comme une assiette soutenue par un pied de métal, large comme la main et de l'épaisseur d'un doigt.

Tiens, c'était justement ici. Voilà comment était le monde. Oui, des gens comme Kroysing ont crevé.

— Celui-ci, dit le Bavarois, était le « Putz » du sous-officier Kroysing, il avait aidé à découper la tunique pendant le pansement. Quelque chose était tombé de ces lambeaux sanglants, et personne, dans la section, ne tenait à le garder ; si le camarade voulait l'avoir, il n'avait qu'à dire, ça avait dû être une lettre.

Bertin acquiesça, étrangement bouleversé de la sécurité avec laquelle la volonté du mort — ou du moribond — s'imposait. Et le Bavarois lui tendit du bout des doigts un carré boursouflé, d'une matière brun-rouge, encore à demi collante, comme une mince tablette de chocolat, où se dessinaient indistincts des traits d'écriture d'un bleu violacé. Bertin a pâli, mais il prend ce dernier message, cette dernière mission, qu'il glisse dans la poche latérale de sa musette. Tandis qu'il laisse retomber le sac de toile gris-bleu le long de sa hanche, il le trouve plus lourd, un froid singulier, un léger frémissement parcourt le corps de celui qui avait cru rencontrer un ami et qui n'a plus trouvé qu'une mission incertaine et chargée de possible enchaînements. Pauvre petit Kroysing ! Quand tout à coup, comme une racine qui aurait pris vie, le chat gris surgit devant Bertin et pose sur lui le regard effronté de ses yeux vert bouteille, il se sent pris d'une colère sauvage ; en jurant il lui lance le premier éclat qu'il peut saisir, manque naturellement le but et s'aperçoit que les deux Bavarois le contemplent avec surprise. — Ça vit, une chose pareille ne cesserait pas de vivre !

Au début de l'après-midi, un homme s'arrête, hésitant, devant le bureau de la compagnie. A moins d'un ordre, on se passe volontiers de venir là, car seuls les protégés de l'agent Glinsky peuvent s'attendre à y trouver quelque agrément ; les types convenables aiment mieux faire un détour. Mais le soldat Bertin s'avance pourtant jusqu'à la porte revêtue de papier goudronné, frappe, entre, prend la position réglementaire. Son visage tendu, le petit pli qui se creuse au-dessus du ressort de son lorgnon indique qu'il se passe quelque chose chez cet homme. Mais M. Glinsky, un cigare entre ses lèvres épaisses, le regard éteint de ses yeux en boule, est depuis longtemps étranger à de telles nuances. Trop longtemps, au civil, il a dû se préoccuper des sentiments de ceux qui venaient se faire assurer chez lui et dont les primes étaient son gagne-pain. Maintenant c'est la guerre, c'est l'État qui pourvoit à son entretien, maintenant il peut se rattraper et il n'y manque pas. Lui-même n'a jamais su (mais bien Mme Glinsky) à quel point il a souffert de la créature malléable qu'il était ; la vie lui est aujourd'hui d'autant plus douce.

Le soldat Bertin, c'est l'homme à la fontaine ou bien l'homme à la barbe tondue. Pour l'instant, Glinsky préfère le second ; quant au premier, il ne se fera pas faute d'y revenir au cours de l'entretien.

— Qu'est-ce qu'il veut, l'homme à la barbe tondue ? lance-t-il dans l'atmosphère chaude et moite de la salle.

L'homme à la barbe tondue demande un laissez-passer, pour se rendre à Billy. Comme les correspondances ne sont pas sûres, il aura peut-être besoin de toute la soirée pour rentrer.

Les deux secrétaires ricanent dans leur coin. Bien sûr que, dans des cas exceptionnels, le soldat peut avoir droit à un laissez-passer après les heures de service. On n'est pas des détenus, on ne porte pas de chaîne aux pieds. Mais le pouvoir est le pouvoir et la faveur est la faveur, et le camarade n'aura pas ce qu'il demande. Il n'ira pas à Billy aujourd'hui.

Bertin connaît les deux secrétaires. Sperlich, bête et bon, avait été une sorte de gratte-papier. Querfurth, avec sa barbiche de chèvre et ses yeux en circonflexe derrière ses lunettes de presbyte, était dessinateur aux ateliers Borsig à Tegel. Sous le régime de l'ancien adjudant-chef, c'étaient encore des camarades d'un commerce agréable, mais la saleté est contagieuse, la société de Glinsky les a contaminés. Il sent que ces trois-là sont contre lui ; ce ne sera pas commode de les avoir.

Quelle affaire l'appelle à Billy ? demande Glinsky avec une feinte cordialité.

Bertin doit se rendre au lazaret pour y voir un grand blessé de ses amis, qu'on y a transporté hier. Au souvenir du choc que lui a donné cette nouvelle, son gosier se serre, deux fois, trois fois ; peut-être aussi que sa voix tremble imperceptiblement.

— Ah ! lance négligemment l'honorable Glinsky, un blessé à l'hôpital, je m'étais déjà imaginé que c'était une blanchisseuse ou une grue.

Bertin entend le bourdonnement des grosses mouches engluées sur la bande gommée qui pend du plafond bas. La compagnie sait qu'il est marié depuis peu ; on pourrait donc s'attendre à quelque protestation, à un mouvement d'humeur. Bertin n'y songe pas. Il veut aller voir Kroysing et il ira, et quand on désire quelque chose avec une telle obstination, ce n'est pas un Glinsky qui vous en empêchera. Aussi contemple-t-il tranquillement la peau blafarde et bureaucratique, le nez fouineur de son vis-à-vis, sans articuler un mot de repartie. Et c'est fort sage. Le silence de Bertin semble tranquilliser le sieur Glinsky. Il se cale confortablement sur son siège : qui donc a l'honneur de recevoir la visite de M. l'écrivain ? Ce doit être pour le moins un prisonnier français ? Bertin a un sourire involontaire : il fallait bien s'attendre à une remarque de ce goût-là.

Non, explique-t-il, il s'agissait d'un engagé volontaire, le chef de l'escouade de la ferme des Chambrettes, le sous-officier Kroysing, un grand blessé de la veille.

Dans le visage blafard de Glinsky, la bouche et les yeux s'ouvrirent, non sans joie. L'histoire du conseil de guerre s'est colportée bien loin à la ronde et, naturellement, un homme comme Glinsky sympathise avec tous ceux des camarades bavarois qui se sont sentis menacés. Mais en un clin d'œil il s'est ressaisi :

— Vous pouvez vous épargner cette course. Votre homme est mort depuis longtemps, enterré cet après-midi.

Bertin comprend qu'il ment. Le bureau de la I-X-20 n'a guère de communication avec le bataillon des Schipper, les sous-officiers des deux corps de troupe n'échangent des nouvelles que lors de leurs rencontres aux grands entrepôts de Maugiennes ou de Damvillers. Mais que répondre à ce mensonge ? Pas moyen de dire que, puisqu'il en est ainsi, on tiendrait à se rendre sur la tombe du défunt.

— Ah ! fit-il d'une voix hésitante, mort et enterré ?

— Oui, repartit Glinsky avec emphase, et maintenant filez à votre poste, l'homme à la fontaine, et montrez-moi votre postérieur. Rompez !

Bertin fait demi-tour et sort. Quant au sieur Glinsky il a hâte de se mettre en communication avec l'adjudant Feicht, des Bavarois, pour lui souhaiter bonne chance et prompte liquidation de l'affaire en cours. Dans le soleil, Bertin, songeur, met un pied devant l'autre. S'il ne peut se rendre à Billy muni d'un laissez-passer, eh bien ! il ira sans cela. Il s'agit simplement de prendre conseil d'un homme compétent. Voici justement le sous-officier Böhne qui passe en se frottant les mains. Derrière lui s'avance l'aubergiste Lebehde, l'un de ses hommes, porteur d'un bidon de café extra-fort, dont il se propose d'agrémenter une partie de skat en compagnie de Böhne et de quelques camarades. Car les escouades retour du front ont une dispense de service : ainsi l'a ordonné le parc, et la compagnie ne saurait rien y changer. Les bons yeux d'éléphant du sous-officier Böhne deviennent graves tandis que Bertin lui raconte à mi-voix ce qui vient de se passer. Le terrible « accident du travail » dont le jeune Bavarois a été victime a fortement impressionné Böhne, père de deux enfants ; Karl Lebehde, en apprenant la décision du bureau, se contente de hausser les épaules.

— Il y a bien des chemins qui mènent à Billy, remarque-t-il.

Entre-temps, la porte du baraquement s'est refermée sur eux, la grande salle est tranquille, peu de monde ici. Dans un coin, à droite, les *Gefreiter* Naglein et Althans attendent déjà leur café et leur partie de cartes.

— Que je sois brûlé si le souci de la camaraderie n'a plus cours chez les Prussiens ! fait Althans.

Le « souci de la camaraderie » est le mot de prédilection de l'adjudant-chef Grassnick, et ceux qui sont là le savent. Quant au *Gefreite* Naglein, c'est un timoré, petit cultivateur de l'Altmark, mais le *Gefreite* Althans a toute la hardiesse qui manque à son collègue. Réserviste au corps maigre, il est sorti depuis peu de son régiment d'infanterie avec lequel il a fait l'attaque de février dans la région ; une grave blessure entre les côtes l'a immobilisé de longs mois dans les pansements. Il montre volontiers, à qui veut le voir, le trou profond au bas de la cage thoracique. Il est chargé d'une sorte de service de courrier — sans jouer précisément au planton — pour assurer la liaison entre le bataillon cantonné à Damvillers et la compagnie. C'est pourquoi il dispose en tout temps d'une pièce qui n'est pas établie à son nom mais au porteur. Il la tient dans le revers de sa manche de tunique qui est là derrière lui, accrochée à un clou. Compris ?

Quelques minutes plus tard, l'Armierer Bertin dégringole par les raccourcis vers le parc, passe devant les colonnes qui déchargent et transportent les munitions. Il a un verre de bon café dans le coffre et quelque chose d'autre dans la manche de sa tunique. Le chef artificier Schulz, du parc des canons de campagne, et ses deux aides ont toujours quelque bon prétexte pour motiver une course à Romagne, Mangiennes ou Billy.

7

L'aîné

— Sous-officier Kroysing, parfaitement. On l'enterre à cinq heures et demie. On a indiqué à Bertin un escalier qui descend sous terre. Dans la cave blanchie à la chaux, trois cercueils attendent, dont l'un est ouvert. C'est là que repose ce qu'on peut encore contempler de Christoph Kroysing, son visage tranquille. Des toiles humides suspendues et un ventilateur vrombissant rafraîchissent l'atmosphère du local où cependant on respire avec effort. Mais Bertin l'a bien vite oublié. Il se tient là, auprès du cercueil de son ami, le plus récent, le plus infortuné. « Un enfant, brun et beau, songe-t-il selon les paroles de la Bible, et aussitôt après, dans un élan solennel : ô Dieu, qu'est-ce que l'homme pour que tu te souviennes de lui, et le fils de la terre pour que tu prennes garde à lui ? Car l'homme... est comme l'herbe et fleurit comme la fleur des champs, et passe... » Les longues paupières dans le visage jaunâtre, et les sourcils allongés s'inscrivent comme des signes musicaux au-dessus de l'ovale éteint des joues, les lèvres étroitement serrées s'incurvent en un pli amer, mais la largeur et la voussure émouvantes du front s'élèvent des tempes jusqu'à la douce chevelure. « Kroysing — pense Bertin, le regard sur ce visage altier —, jeune homme, un homme, tu leur as donc fait ce plaisir ; tu t'es donc laissé balayer ainsi ? Et les mères espèrent encore que leurs prières servent à quelque chose, sans parler des espoirs des pères, des tâches de l'avenir... » Dans un coin se dressent des tréteaux attendant d'autres cercueils ; Bertin en a pris un, s'est assis, et, hochant la tête, dans le ronron du ventilateur, il retourne à ses souvenirs : vertes, luisantes, les feuilles de hêtres se sont mises à briller et voici les troncs déchiquetés comme du cuivre en décomposition ; ils étaient assis au bord de l'entonnoir, une paire de brodequins de campagne à côté d'une paire de bottines à guêtres, des éclats rouillés disparaissaient à demi dans la terre, le chat gris, de ses yeux vert bouteille fixait, quémandeur, la main de Kroysing. Tout cela était passé, si inexorablement passé, comme le timbre de cette voix qu'il entend pourtant encore frapper ses oreilles : « Vous êtes le premier depuis soixante jours à qui je puisse parler de ces choses, et si vous le voulez, vous pouvez m'être d'un grand secours. » Si Bertin le voulait ! Et où donc menait le secours humain ? — Ici...

Replié sur lui-même, hochant sa tête aux cheveux ras, il se tenait là, ses petits yeux chargés de pensées, songeant à l'étrange édifice qu'est le monde.

Avec précaution on a ouvert la porte, un autre soldat a pénétré dans la cave, sec et si grand qu'il doit presque se baisser pour entrer. Les cheveux blonds, la raie à gauche, pas de clous sous ses semelles. Bertin ne s'avise pas tout d'abord que cet uniforme rongé de mites appartient à un officier, tant les épaulettes et la dragonne sont engrisaillés. Puis il se lève d'un bond, prend la position, les mains à la couture du pantalon.

— Pour l'amour de Dieu, pas de simagrées devant le cercueil, fait l'autre d'une voix profonde. Vous étiez de son escouade ?

Et, s'approchant du gisant :

— Te voilà donc là, Christel.

« Tu as toujours été un joli gars, songe-t-il, mais tranquillise-toi, tôt ou tard, nous serons tous étendus comme toi, mais pas si confortablement... »

Bertin n'avait guère rencontré deux frères aussi différents l'un de l'autre. Le lieutenant de génie Eberhard Kroysing, ses deux mains osseuses jointes sur la visière de sa casquette, ne cherche pas à dissimuler les deux larmes qui coulent de ses yeux. Bertin se recule doucement, jetant encore un regard attendri sur le visage de l'enfant mort, la gorge serrée d'une tristesse à laquelle il ne permet pas de s'exprimer.

— Restez, restez donc, a murmuré la basse profonde du lieutenant Kroysing. De toute manière, on ne va pas tarder à mettre le couvercle. Allez donc voir si les porteurs arrivent déjà.

Bertin a compris, il se détourne. Le lieutenant baise au front son petit frère... « J'ai bien des choses à me faire pardonner, mon petit, pense-t-il ; ce n'était pas si simple de pousser à côté de moi, au-dessous de moi. Mais aussi, pourquoi étais-tu tout le portrait de papa ? »

De fait, des pas approchaient. Deux infirmiers apparurent, tout d'abord sans le moindre ménagement, habitués à leur besogne, puis un peu plus doucement quand ils aperçurent l'officier ; ils commencèrent par emporter les deux autres cercueils, de grossières caisses de sapin. Bertin les aide à franchir la porte et à gravir les marches, afin de laisser les deux frères seuls.

Quand les étrangers furent sortis, Eberhard Kroysing tira de sa poche ses petits ciseaux à cigare et coupa une mèche de cheveux sur le front de son frère — pour leur mère.

Soigneusement, il la glissa dans son portefeuille. Le dialogue avec le petit ne finissait plus : « Était-ce bien nécessaire, Christel, d'être si envieux de ma collection de timbres ? Peut-être serions-nous arrivés à une vraie amitié d'hommes. Qu'il est doux et bon de voir des frères vivre en bonne intelligence, a dit le docteur Luther ; beau souhait ! Notre famille n'a pas de chance. La belle tombe du cimetière protestant de Nuremberg n'aura plus notre visite. Tu vas être ici, en terre catholique et moi, après le coup de grâce, je serais sûrement bouffé par les rats. Allons, fermons la boîte — permets qu'on te rende ce dernier service, petit. » Alors, la gorge serrée par un sanglot, les yeux secs, il dépose encore un baiser sur la bouche glacée, rabat soigneusement le couvercle sur la longue caisse, et de ses mains expertes il le visse aux

quatre angles. Lorsque Bertin revient avec les deux infirmiers, un officier passe devant eux, le pas ferme, la casquette sur la tête et monte
vers la lumière oblique du soleil.

L'enterrement — un événement quotidien, pauvrement enveloppé
d'un semblant de solennité. La bénédiction fut donnée par un aumônier
militaire dont le surplis cachait mal l'uniforme. Des délégations de
camarades des soldats morts viennent rendre les honneurs sous les
ordres de sous-officiers ; les Armierer bavarois avaient apporté une
couronne de rameaux de hêtre, dernier adieu du secteur de la ferme des
Chambrettes dont aucun n'avait obtenu la permission de se rendre à
l'enterrement. Les trois cercueils étaient déposés les uns au-dessus des
autres dans la fosse étroite. Bertin eut un soupir de soulagement : le
petit Kroysing, placé en dernier lieu, n'aurait pas à supporter jusque
dans la mort le fardeau de ses semblables. Comme les deux autres
étaient des canonniers-conducteurs, leurs camarades déchargèrent pour
tous trois leurs salves sur la tombe commune. Puis le cortège se dispersa en hâte dans les cantines de Billy afin de ne point laisser échapper
l'occasion, si rare, de s'approvisionner de chocolat et de conserves,
tout en avalant quelques spiritueux.

Un sous-officier du lazaret s'approcha du lieutenant Kroysing ; la
compagnie avait réclamé les effets de son frère et les avait déjà fait
prendre ; et il lui tendit un bulletin que Kroysing regarda distraitement
et fourra dans sa poche. La scène avait duré quelques secondes, mais
Bertin avait eu le temps de prendre une décision. D'un pas ferme, il
s'approcha du frère de son ami et demanda à lui parler. Eberhard Kroysing le toisa avec une légère ironie. Ces pauvres Schipper profitent de
la première rencontre venue avec un officier, pour l'entretenir de leurs
petites misères ou pour leur glisser une requête. Celui-là, un universitaire sans doute, et un juif, voulait lui soutirer une permission ou quelque chose dans ce goût-là.

— Filez, l'homme, lança-t-il, et un peu vite, sinon vous allez perdre
vos camarades.

— Je n'appartiens pas à cette troupe, répondit Bertin avec calme, et
je voudrais avoir dix minutes d'entretien avec mon lieutenant. Il s'agit
de son frère, ajouta-t-il.

Le village de Billy avait été sérieusement bombardé et sommairement ravaudé. Le long du trajet par les rues du bourg, tous deux restèrent silencieux, perdus dans leurs pensées qui les ramenaient à la tombe
fraîchement recouverte.

— Gentil, tout de même, qu'ils lui aient envoyé une couronne,
remarqua Kroysing.

— ... Ses hommes de la ferme des Chambrettes, où il est tombé.
C'est là que j'ai fait sa connaissance — avant-hier matin.

— Il y a si peu de temps que vous le connaissez et vous êtes venu
à son enterrement ? Eh bien ! il faudra que je remercie votre adjudant.

Bertin sourit faiblement.

— Ils m'ont refusé la permission, mais je suis venu de mon propre chef.

« Drôle d'histoire », songea Kroysing tandis qu'il pénétraient dans le « casino » des officiers, sorte d'auberge pour les gradés, où le service était assuré par des soldats.

Quelques-uns de ces messieurs aux épaulettes scintillantes toisèrent, surpris, le lieutenant de sapeurs et le Schipper qui allèrent discrètement s'installer en face l'un de l'autre, à une petite table logée dans l'embrasure de la fenêtre. Des relations de camaraderie entre officiers et soldats n'étaient guère vues d'un bon œil — elles étaient en somme interdites. Mais les mœurs des tranchées ne concordent pas toujours avec les règlements de l'administration des Étapes. Le long sapeur avec la croix de fer de première classe n'avait pas la mine de quelqu'un qui se laisse faire la leçon.

Non, dès les premières phrases de Bertin, Eberhard Kroysing n'avait pas du tout une tête à ça... Avait-il su que son frère avait eu des ennuis avec sa compagnie ? — Certainement, mais quand on est fourré dans son camp de sapeurs à Douaumont, jour après jour, sous le feu des Français, on ne pouvait guère s'intéresser aux petites chicanes qui se passent dans un autre corps de sous-officiers. D'ailleurs, le vin était excellent, Bertin était du même avis ; il but et demanda ensuite si le lieutenant n'avait pas eu l'idée de voir une relation entre ces chicanes et la mort de Christoph Kroysing ? Le lieutenant ouvrit de grands yeux :

— Dites donc, fit-il d'une voix sourde, il en tombe chaque jour comme des marrons d'un arbre. Si on voulait chaque fois voir des coïncidences !...

— Puis-je, pour enchaîner, vous raconter comment j'ai fait la connaissance de votre frère et ce qu'il m'a dit entre quatre yeux ?

Eberhard regarda son verre de vin ; il le tenait entre ses doigts en lui imprimant un léger mouvement tournant, tandis que Bertin, les yeux fixés sur son visage, ajoutait posément une phrase à l'autre. La poitrine appuyée contre la petite table de marbre, un peu trop élevée pour les sièges bas, il sentait clairement la répulsion que le jeune officier éprouvait pour lui, mais se taire, il ne le pouvait pas. De la grande salle arrivaient jusqu'à eux les rires bruyants des buveurs.

— Pour vous parler net, dit enfin Eberhard Kroysing, je ne crois pas un mot de tout cela. Non pas que je vous soupçonne de mentir. Mais Christoph était un mauvais sujet. Il s'en croyait trop. Une âme poétique, vous voyez ça d'ici, un poète.

— Un poète ! répéta Bertin, tout saisi.

— Du moins, ce qu'on appelle ainsi — il faisait des vers, de jolis vers, il travaillait aussi à une pièce de théâtre, un drame, disait-il, une tragédie quoi ! Chez ces gens-là, des riens se logent dans leur cerveau et s'y tiennent. Des préjudices, des soupçons. Mais moi, cher monsieur, je suis l'homme des réalités, mon domaine c'était la construction des machines, et là il n'y a pas de place pour de telles chimères.

Bertin regardait attentivement devant lui. Que quelqu'un pût demeurer aussi sceptique quand le ton et la personne du narrateur auraient convaincu n'importe qui dès le premier instant, cela le déroutait.

— Je ne veux pas dire, poursuivit Eberhard Kroysing, que mon petit frère était un fou et un bavard, mais vous autres soldats, vous avez trop facilement la manie de la persécution. Vous voyez partout de méchantes gens prêtes à vous attraper. Là, vous auriez dû attendre des preuves, jeune homme.

Bertin réfléchit :

— Une lettre de votre frère serait-elle pour vous une preuve, mon lieutenant ? Une lettre que ma femme devait faire parvenir à votre mère ? Une lettre où l'affaire était exposée, afin que votre oncle de Metz pût intervenir ?

Eberhard Kroysing avait levé les yeux, il les tenait rivés à ceux de son interlocuteur :

— Et qu'est-ce que mon oncle devait faire dans cette histoire sur laquelle vous semblez si bien renseigné ?

— Simplement mettre en mouvement le conseil de guerre et citer Christoph pour qu'il soit entendu.

— Et depuis combien de temps le garçon était-il à la ferme des Chambrettes ?

— Depuis plus de deux mois, sans interruption ni répit.

Eberhard Kroysing tambourinait sur la table :

— Donnez-moi cette lettre, dit-il.

— Je l'ai dans ma musette, répondit Bertin. Je ne pouvais naturellement pas savoir que je rencontrerais ici son frère.

Eberhard Kroysing eut un sourire de dépit :

— Ça n'était pas si bête. Je n'ai reçu la nouvelle que par une voie détournée, c'est l'état-major de notre bataillon qui me l'a apprise, et si les Français n'avaient pas été exceptionnellement raisonnables, j'aurais bien pu manquer mon affaire. Mais c'est égal, je veux cette lettre.

Bertin hésita :

— Malheureusement, je dois encore faire une réserve. Il avait la lettre dans la poche quand la chose est arrivée ; le papier est complètement imprégné de sang, illisible.

— Son sang, articula Eberhard Kroysing. Il reste donc quelque chose de lui sur terre. Mais ça non plus, ça ne fait rien. On a des procédés chimiques pour ces choses-là. Mon ordonnance s'en charge en un tournemain. J'avoue — et son front s'assombrit — que je ne me suis pas assez occupé du petit. Nom de nom, grogna-t-il, j'avais d'autres soucis. Je m'imaginais que le conseil de guerre s'était prononcé depuis longtemps et avait tout arrangé. Que des frères se fassent tant de mauvais sang les uns pour les autres, c'est de la blague. A moins qu'ils se détestent et se fassent la guerre. Qu'en pensez-vous ?

Bertin réfléchit et approuva : non, c'était bien la même chose pour lui. Il n'avait de nouvelles de son frère Fritz que par ses parents, et le gaillard était pourtant avec le 57ᵉ, tantôt dans les Flandres, tantôt à Lens, tantôt dans les Carpates, et en ce moment il se trouvait dans le plus sale coin de la bataille de la Somme, et qui sait s'il vivait encore ? L'amour fraternel, ce n'était qu'un cliché. Les frères luttaient toujours pour avoir les faveurs et le premier rang dans la famille, et Caïn et Abel, tout comme Romulus et Rémus, étaient bien les types de ces couples de frères, sans parler des maisons seigneuriales germaniques, où il était presque de règle qu'on crevât les yeux à son frère, qu'on le fourrât dans un cloître, si encore on ne l'assassinait pas.

— Restons-en là, conclut le lieutenant Kroysing ; une auto de chez les convoyeurs doit venir me prendre pour que je puisse dès ce soir regagner ma cave d'enfer. Nous passerons par votre parc. Et si je puis obtenir la certitude qu'il me faut, alors j'arriverai bien à mettre en branle le conseil de guerre compétent. Et après, tout le reste. Je ne suis pas un méditatif. Mais si ces messieurs ont vraiment manigancé pour enlever ainsi le petit Christoph à notre mère et l'envoyer attendre la résurrection au troisième étage de cette noble tombe, alors ils verront à qui ils ont affaire.

Ils attendirent l'arrivée de la voiture devant le mess. Le ciel tendait son vert transparent au-dessus des hauteurs de Romagne. Bertin avait faim. Il comptait bien que l'un ou l'autre de ses copains lui aurait gardé quelque chose à se mettre sous la dent. Sinon, le biscuit du régiment était un régal pour qui avait transmis le message d'un ami mort. Nul mieux que le lieutenant Eberhard Kroysing ne pouvait demander des comptes sur l'assassinat de son frère.

Le chauffeur, dans sa veste de cuir, lançait la voiture découverte à un train d'enfer sur les routes blanches, afin d'arriver encore de jour à la zone de feu où ils devaient rouler tous phares éteints. Au bout d'une demi-heure à peine, ils s'arrêtaient près des bassins du baraquement de Steinberg. Bertin ne fit qu'un saut pour gagner ses quartiers et fut bientôt de retour ; il tendit au lieutenant un objet qui ressemblait à un morceau de carton rigide, enveloppé de papier blanc. Eberhard Kroysing s'en saisit avec des doigts précautionneux.

Au cours d'une des nuits suivantes, l'Armierer Bertin fit une expérience dont la réalité ne lui apparut que le lendemain.

Comme beaucoup de myopes, il a l'ouïe d'un animal qui aspire, flaire, et fouille à la ronde le monde incertain et menaçant. Et comme l'homme perçoit les bruits, même dans le sommeil — car depuis les temps des glaciers et des forêts, le danger s'avance à la faveur de l'ombre —, Bertin a eu grand-peine à s'accoutumer au sommeil collectif. Suffocante, la nuit de juin fermente au-dessus de la vallée qui se creuse entre Moirey et Chaumont telle une auge de boucher que la Thinte remplit de vapeur. La lueur laiteuse de la lune presque pleine

répand une clarté trompeuse ; bon temps pour les aviateurs ; les sentinelles ne veilleront pas en vain cette nuit.

Peu après une heure, les mitrailleuses se mettent à crépiter furieusement ; à quelques kilomètres au-delà de la vallée de la Thil, rauques,
avec des rougeoiements d'étincelles, les shrapnels aboient dans l'air.
Ça devait arriver — n'empêche que depuis une semaine, les tout prudents de la troupe, quelques canonniers du parc et deux ou trois Schipper, le typo Pahl est du nombre, ont établi leurs quartiers de nuit dans
les anciens abris, le long du remblai de la route. Le camp de Kap alerte
le camp de Moirey. Les Français ne vont pas précisément nous lancer
des pains d'épice cette nuit, à une heure. Les téléphonistes du parc de
Steinberg dépêchent un des leurs auprès du sous-officier de garde. Attaque de bombes sur un parc qui abrite en ce moment près de trente mille
charges, dont plus de cinq mille obus à gaz — et la compagnie dort
dans ses baraquements ! Les corps de garde s'élancent, tandis que se
rapproche la douce musique ailée des moteurs français, et font irruption
dans les chambrées endormies : « Attaque d'avions ! Tout le monde
dehors avec les masques à gaz ! Pas de lumière. Rassemblement derrière les cuisines. » Derrière les baraques des cuisines, le sol s'abaisse
insensiblement, de sorte qu'un mamelon de terre sépare désormais les
hommes du dangereux amoncellement de munitions.

Nombre de Schipper dorment chaussures aux pieds ; il ne leur faut
pas plus de quelques secondes pour s'éveiller, se mettre debout, enfiler
leur capote ou leur tunique, leur caleçon ou leur pantalon et marteler
le plancher de bois dans un effroyable vacarme. Grandes ouvertes,
vides, les baraques restent seules dans la nuit pâle et grise. Le bruit des
semelles cloutées est couvert par le feu de protection des mitrailleuses
et des canons. Les fuseaux blancs des projecteurs balayent l'espace
pour aider à démolir, là-haut, l'essaim bourdonnant des mouches ; trois
avions ou cinq. Comme ils volent haut ! Retenant leur respiration, dispersés de toutes parts sur la pente sud, les Schipper sans défense,
couchés dans l'herbe humide ou contre la dure glaise, écoutent et regardent vers le ciel d'où l'orage bientôt va fondre. Ça y est, cette fois-ci,
c'est pour eux. Un sifflement ténu déchire l'espace, deux notes puis
d'autres et toujours plus fort et tout aussitôt, éclair et tonnerre dans la
vallée, puis un ébranlement sourd qui se propage au-delà. Mais sur le
point touché, pendant l'espace d'une seconde, il semble que la terre ait
fait jaillir le feu de ses entrailles, puis l'obscurité se referme d'un coup
sur la vallée. Neuf fois la vallée retentit : puis la traînée de vapeur
s'étend et soustrait les Français au feu de la défense : les avions s'éloignent vers l'ouest, peut-être afin de lancer une nouvelle décharge au-
delà de la Meuse.

— Cette fois — la voix du soldat Halezinsky trébuche en s'adressant à son ami et voisin Karl Lebehde —, ça a de nouveau raté.

— Crois-tu ? repartit Lebehde avec quelque doute, tandis que, l'âme
tranquille, il allume une cigarette. Je croirais plutôt qu'ils en avaient à

la gare, Auguste, et qu'elle en a encaissé un. Quant à nous, comprendstu, ils s'en occuperont la prochaine fois.

Ce serait joliment épatant de pouvoir dégringoler la pente, maintenant, dans les trous de bombe fraîchement creusés, il doit y avoir des éclats et des têtes d'obus encore chauds, de quoi se faire du pognon ; demain matin, ceux du chemin de fer auront depuis longtemps nettoyé le terrain. Mais les sous-officiers font rentrer leurs hommes.

Pendant ce temps, les baraques se sont aérées et rafraîchies ; il est une heure et demie, quatre bonnes heures encore à dormir, ce n'est guère de refus. Halezinsky arrive à son box, l'éclaire pour en chasser les rats éventuels. Mais la lumière électrique tombe sur le lit voisin. Or ce lit n'est pas vide, quelqu'un dort là :

— Karl, appelle-t-il doucement, d'une voix pleine de surprise, pigemoi ça, en voilà un qui a le sommeil plutôt dur !

Presque dévotieusement, les deux hommes contemplent le dormeur Bertin. Il n'a pas entendu l'alarme, l'attaque, les explosions de bombes qui, à quelque soixante-dix ou quatre-vingts mètres au-delà de la route, ont détruit la voie ferrée et bouleversé les champs. Le matin suivant, il sera le seul à ne pas croire au rapport de la nuit et à déclarer qu'on ne l'aura pas à ce prix-là ; et il prendra sur son repos de midi pour aller examiner les trous de bombes qui ont ravagé le gazon pendant la nuit et dont chacun est assez grand pour y fourrer la cabine de téléphone tout entière ; il se penchera pour toucher la voie ferrée arrachée par le bombardement et constater qu'entre les deux rails, les creux ont été fraîchement comblés. Ainsi, son moi endormi a pu faire reculer si loin le monde de la guerre qui pourtant tenait en réserve une mort semblable à celle du petit Kroysing. A quelques kilomètres en avant, des mitrailleuses balayent la terre déchirée, des milliers d'hommes se cachent dans les tranchées ou derrière des abris, afin de survivre aux gerbes d'obus qu'on leur destine, couverts de terre, éraflés ou criblés par des éclats de métal, déchiquetés par des tirs directs, empoisonnés par des gaz. Mais ici, à la distance d'un mille et demi, un homme de quelque trente ans, doté d'une ouïe parfaite, n'est pas tiré de son sommeil par une attaque aérienne, mais reste plongé dans le plus profond refuge qui soit accordé à l'homme, refuge parent de l'évanouissement et de la tombe.

LIVRE DEUXIÈME

La résistance

1

Carrefour

Toutes les localités, grandes et petites, du district de la Meuse, ont été transformées par les Allemands en autant de points d'appui, où ils se sont installés comme chez eux. De là, bien sûr, on admirait les exploits du front, les privations et le cran des premières lignes qui se débattaient dans la boue et le feu ; mais on ne perdait pas de vue, pour autant, les intérêts de sa petite personne. Plus on allait vers l'arrière, plus la guerre revêtait les apparences d'une administration. Un corps de fonctionnaires en uniformes de soldat régnait là en maître absolu ; ces messieurs n'aimaient pas trop entendre parler de restitutions ultérieures. Ils réquisitionnaient ce dont ils avaient besoin et payaient avec du papier timbré que la France aurait à escompter par la suite. La correction, le service impeccable, la chose militaire, telles étaient à leurs yeux les valeurs suprêmes. Qu'ils dussent, dans des maisons évacuées, mener un genre de vie tout paysan et primitif, sans les commodités de l'eau chaude au robinet, la baignoire de faïence, les fauteuils de cuir, cela leur paraissait un sacrifice dont le peuple et la patrie auraient un jour à les dédommager : c'était leur guerre.

Le village de Damvillers, modestement groupé le long de la ligne de son tortillard, le Meusien, n'était qu'un village entre cent, sans influence sur les destinées du pays. Mais cela aussi avait changé depuis qu'au lieu des paysans français en blouse bleue et sabots de bois, c'était des soldats allemands qui maintenant foulaient la chaussée et les planchers de leurs souliers ferrés et que MM. les officiers y circulaient dans leurs bottines reluisantes. Plusieurs étaient à Damvillers en permanence, d'autres pour un temps, d'autres encore y étaient amenés pour un jour, par l'ennui de l'existence et les besoins de leur service. Ainsi, par exemple, le major Jansch était des premiers, le capitaine Niggl de ces derniers.

L'ennui de l'existence... L'État allemand avait confié ses destinées aux officiers — de l'active ou de la Landwehr —, et dans les étapes, principalement à des officiers de réserve ou du Landsturm, gros messieurs portant épée au côté et casque sur le chef. La pointe luisante de ce casque représentait en quelque sorte le sommet de leur existence humaine ; rien ne pouvait dépasser ce niveau aux yeux du percepteur

Niggl, de Weilheim, à ceux du maître secondaire Psalter de Neuruppin, ou du rédacteur Jansch de Berlin-Steglitz, bien que ce dernier fût un cas spécial puisqu'en sa qualité de rédacteur de l'hebdomadaire de l'armée et de la flotte, il jouait au soldat même dans le civil. En temps de paix, ils touchaient dans les 300 marks par mois. Mais maintenant, tant que durerait la guerre, le trésorier leur alignerait le triple sur la table, le premier de chaque mois, sans compter que le manger, le boire et le fumer ne coûtaient guère et que le logement et la correspondance étaient gratis. Avec ça on peut tenir, pas vrai ?

Ainsi va la vie pour des centaines de ces messieurs à Crépion, Wavrille, Romagne, Chaumont, Jametz et Vittarville, partout où le pays est occupé. C'est pourquoi, à leur gré, la guerre ne saurait durer trop longtemps en dépit des bâillements assidus, de ce fonctionnement à vide et des épuisantes petites besognes. Dès les postes de la police de campagne, placés aux carrefours des routes, là où commence le service territorial, c'est le désert du train-train quotidien, à l'écart de toute vie intellectuelle, loin des femmes, des enfants, de toute lutte pour l'existence — ni science, ni art, ni gramophone, ni cinéma, ni théâtre, à peine un peu de politique. Le service des Étapes est aussi indispensable que la circulation du sang maternel pour l'enfant à naître : il le nourrit, le fait vivre, lui apporte sans arrêt tous les aliments dont il a besoin.

« Renfort », c'est le mot magique de la territoriale, tout repose sur son indiscutable compétence, depuis la paille pour les chevaux jusqu'aux munitions pour les fusils, des trains de permissionnaires au pain de munition. Sans elle, ceux de l'avant ne pourraient pas tenir une semaine. Aussi la voit-on s'enfler du sentiment de son inégalable importance. Chaque ordonnance en regorge, chaque sergent-major, et plus encore MM. les officiers. Ils font leur service, mangent bien, boivent le bon vin du pays, s'épient les uns les autres et se rendent mutuellement de petits services à charge de réciprocité.

Et voilà pourquoi le major Jansch, commandant du bataillon d'Armierer X-20, fait cliqueter ses éperons sur les escaliers qui conduisent chez le lieutenant Psalter. Un major se rend auprès d'un lieutenant, et ce major — Jansch le Grand — va voir ce lieutenant du train, Psalter, au nez épaté, cheveux noirs, rasé de près, balafres et yeux de myope — serait-ce que le monde est près de crouler ? Nenni. Un lieutenant du train dispose des moyens de transport : un major des Schipper n'a pas un mot à lui dire. Et s'il a un service à lui demander, il doit y mettre les formes de l'amabilité. Le commandant de la gare de Damvillers est du club des officiers du parc de Moirey, qui sont sur un pied de guerre avec le major Jansch. Celui-là serait bien capable de s'enquérir de l'origine et de la destination de chacune des caisses de vin que le major Jansch voudrait expédier chez lui — si tant est qu'il s'agit de bouteilles de vin ! Voudrait-on peut-être, avec ces bouteilles, lui creuser une fosse dans laquelle le major glisserait sans bruit ? (ce n'est qu'afin de pouvoir l'atteindre plus sûrement qu'on s'était entendu avec Grassnick pour classer momentanément la malheureuse histoire de la fontaine et des prisonniers français). Aussi les marchandises du major Jansch doivent-elles partir d'une autre gare. Et maintenant, un enfant au berceau comprendrait pourquoi M. Jansch, le regard mielleux, prend place à côté du bureau de son camarade Psalter, pour causer avec lui ou, selon son expression, pour bavarder. M. Jansch est un personnage maigre, dans la cinquantaine, au profil de corbeau avec de longues moustaches effilées. Mais l'autre siège est occupé par un deuxième personnage, aux grosses joues, une expression bonasse autour de la petite barbiche, et de la ruse dans les yeux mouillés. C'est le capitaine Niggl des Schipper bavarois, qui ont leurs quartiers en deçà de la croupe de Romagne ; lui aussi est venu pour une petite affaire chez le lieutenant Psalter, qui fait faire connaissance à ses deux hôtes. Il est simplement de passage à Damvillers et comme il n'a pas une minute à perdre, il demande à pouvoir être « traité » rapidement. Le « mal » dont il souffre et qui est de la plus haute importance pour chacun de ses hommes, a trait à la bière — quatre tonneaux d'authentique munichoise Hornschuh, que le capitaine Niggl a obtenus de son beau-frère pour ses quatre compagnies —, en fait, l'envoi est destiné aux régiments d'infanterie des deux divisions de combat bavaroises. Mais les Schipper peuvent bien avoir leur tour et on avait fini par le comprendre en haut lieu ; or les quatre tonneaux se trouvent depuis la veille à la gare de Dun. Et pour peu que ceux de l'infanterie aient vent de la chose, adieu ma brune ! Un tonneau de bière vaut bien une petite irrégularité. Mais si les convoyeurs du lieutenant Psalter amènent le butin sain et sauf jusqu'à l'état-major du bataillon, on organisera une tournée et MM. les camarades y seront invités. Pour les Schipper, on verra bien à baptiser un peu cette bière de guerre, pas de mal à ça.

Le major Jansch écoute avec répugnance : la bière ne lui dit rien — amère comme du fiel — ni le vin rouge acide que les Français refilent aux béjaunes sous le nom de bordeaux. A lui, il faut du doux, un coup de porto ou vermouth, et encore... Ses goûts le portent ailleurs. Mais il se cache son désaveu et va même jusqu'à inviter le Bavarois pour l'apéritif de midi, s'il a terminé ses affaires d'ici à onze heures. Or M. Niggl a encore un point à liquider à la Kommandantur ; il doit faire remettre des documents au conseiller Mertens du tribunal militaire à Montmédy et aucun de ses hommes n'a pu s'en charger. Mais Damvillers y envoie régulièrement des ordonnances et il se trouvera bien quelqu'un pour cette commission. Entre-temps, le lieutenant Psalter a fait d'une pierre deux coups et réglé l'affaire Jansch et l'affaire Niggl par téléphone. Dans l'après-midi, l'un de ses camions emmène à Vilosnes un détachement de pionniers qui traversera le secteur. Le chauffeur aura tout le temps de venir prendre les caisses du major, de les emporter à Dun où il chargera les tonneaux pour le compte du capitaine Niggl. On se quitte, pleinement satisfait.

A onze heures et quart, le major Jansch pénètre dans le mess ; peu après M. Niggl s'y faufile à son tour. Le vaste local est désert, les chefs des Étapes et les généraux de la 5ᵉ armée tiennent à ce que les heures de service soient observées. D'ailleurs, le travail ne manque pas, car la bataille de la Somme exige de jour en jour plus de batteries, de troupes et de convois — la 4ᵉ armée ne cesse de réclamer des renforts, le secteur de Verdun a largement fait sa part ; les sacrés Français ne laissent pas toute la besogne aux Anglais, loin de là, ils avancent même davantage et ce serait le diable s'ils atteignaient Péronne. Car le jeu paradoxal de la guerre se joue à coups de lambeaux de terre et à coups de tonneaux de bière ; il y va de la victoire ou de la défaite — aussi bien que des caisses d'œufs du major Jansch dont il prétend qu'elles contiennent une commande de vin rouge.

Une agréable et tranquille fraîcheur règne dans le bâtiment, dont le premier étage est réservé aux officiers. Le major Jansch est rapidement servi ; c'est un client redouté, et en même temps blagué pour son avarice. Aujourd'hui, il s'est fait accompagner d'une nouvelle victime condamnée à ses discours, un Bavarois. Ils sirotent sagement leur porto et le Bavarois fume un long cigare de choix — « Vainqueur de Longwy » — qui vaut bien ses 30 pfennigs, 14 pour les officiers. Le major Jansch ne fume pas.

Les deux messieurs en tunique grise ne sont pas longs à s'entendre, y compris certaines réticences de part et d'autre. M. Jansch voit dans le camarade Niggl un homme dont il aimerait à découvrir la couleur politique... La guerre a fêté, quelques semaines auparavant, son deuxième anniversaire, mais elle ne doit pas se terminer avant que nous ayons vaincu sur tous les points et que nous puissions dicter les conditions de paix. Malheureusement, il y a, chez nous, beaucoup de gens qui ne le comprennent pas, qui rêvent de conciliation parce qu'un certain hypocrite d'Indien, Wilson, leur a servi cette pommade. — Oui, approuve Niggl, il y en a quelques-uns de cet acabit à Munich, mais pas beaucoup. Ainsi les social-démocrates et les pacifistes — des Souabes à grandes perruques. Un peuple de fous, de pantins de carnaval, de quoi faire rire les honnêtes gens.

Le major Jansch plisse le front, boit un coup : il n'est pas d'accord ; de tels individus doivent être coffrés, le plus tôt sera le mieux. — Le capitaine Niggl ne dit pas non ; à moins qu'on ne les enrôle parmi les Schipper... qu'en pense son compagnon ? — Et il coule un petit œil malin vers son voisin.

Le major Jansch réprouve en silence pareille assimilation. Avant son licenciement, il avait été de longues années un parfait capitaine de garnison ; actuellement il a sous ses ordres deux mille hommes de confiance et travailleurs, quatre adjudants-chefs de moyenne valeur comme chefs de compagnies, et il ne veut pas entendre parler de détenus dans l'armée. Avec ses états de service, même le meilleur chef ne décrocherait pas la E.K.I. [1]. Oui, malheureusement, il ne l'a pas et, à

---

1. *Das eiserne Kreuz I* : la croix de fer de première classe.

voir comment vont les choses, il ne risque pas de recevoir jamais cette distinction. Trop de jalousie et de méchanceté partout. Là-dessus, n'importe quel officier en aurait long à raconter, pas vrai ? Niggl l'accorde volontiers, mais sans conviction. Il est probablement satisfait de lui-même, il y a longtemps que ça n'a pas marché si bien pour lui. Il vient de liquider une affaire délicate, désagréable pour tous ceux qu'elle concernait, et maintenant, pour les initiés, le capitaine Niggl est une fois de plus reconnu comme le père de son bataillon... Voilà : la 3ᵉ compagnie a de nouveau perdu un homme dans les dernières semaines, un sous-officier est tombé au champ d'honneur, Niggl a eu le douloureux devoir d'avertir la famille. Depuis quelques mois, le jeune homme était menacé du conseil de guerre et Niggl est arrivé à faire traîner l'enquête en longueur, jusqu'à ce que la mort vienne clore l'affaire. Coup de hasard, naturellement. Oui, le bataillon occupe des postes très exposés. Il n'y avait qu'un moyen, n'est-ce pas, c'était de tenir à l'écart de la compagnie l'oiseau qui salissait le nid. Ne prétendait-il pas refuser à ses camarades le droit de toucher à la viande, au rhum et au sucre ! Et alors, le Franz n'a pas eu de repos qu'il n'ait descendu le sous-officier Kroysing.

Le major Jansch écoute attentivement le tranquille bavardage du Bavarois qui n'est pas habitué au porto. Il faut de la discipline, la subordination avant tout. Un sous-officier qui calomnie ses camarades, ça vous gâte le moral de la troupe. Mais rien n'est plus dangereux que le mécontentement qui se glisse dans l'armée et dont les politiciens sont responsables, avec leurs discours et leurs enquêtes indiscrètes. Les gaillards ont sans cesse quelque chose à critiquer dans l'armée allemande ; tantôt c'est l'ordinaire qui ne leur plaît pas, tantôt le régime des permissions, tantôt le droit de requête. Comment un chef arrive-t-il à tenir sa troupe en main, quand ses hommes savent que des civils peuvent à tout moment se mêler de ses affaires ! Seule la ligue pangermaniste a toujours su ce que le Reich doit à ses défenseurs. Est-ce que le capitaine connaît la ligue pangermaniste ?

Oh, repartit Niggl avec insouciance, que peuvent bien faire les ligues et les revendications ? Ses hommes de la 3ᵉ se tiennent bien et font leur travail sagement. On a su très vite à qui Franz avait accordé la mort héroïque. Et pourtant il y avait juste deux mois qu'il était à ce poste. Il n'y avait pas moyen de lui donner une permission, dans la bataille de Verdun, ça ne va pas comme ça au doigt et à l'œil, et on ne trouve pas si facilement des volontaires. Et comme il voulait devenir officier et faire son cours en automne, sa place était au front, pas vrai ? Et puis, maintenant, il y avait encore son frère qui s'était présenté, un lieutenant, un du génie. Il réclamait les effets de son frère. Pas moyen de lui remettre ces affaires : elles revenaient aux parents qui habitent Nuremberg, et on les avait déjà expédiées ; trop ponctuelle dans les questions de service, la 3ᵉ compagnie. Trois millions de colis que la poste de campagne expédie chaque jour, oui parfaitement, alors, dans le tas, il y en a qui traînent et d'autres qui se perdent... Et ainsi tout s'est bien terminé, et il peut remettre le dossier au conseiller Mertens. Le major Jansch est assis, les doigts dans sa longue moustache, et de ses yeux étonnés il contemple le Bavarois. Il a quelque chose celui-là, mais quant à savoir quoi, pas moyen de le deviner. Une chose est parfaitement claire : les exigences du service offrent, en cas de besoin, des échappatoires que lui, un vieux hibou de garnison, n'aurait jamais trouvées de lui-même. Il en prend bonne note. Lui, Jansch, il voit toujours trop loin et trop en grand ; il n'est pas trop fier d'avoir appris quelque chose, même d'un Bavarois plein de bière. Il remercie son compagnon de l'agréable demi-heure qu'il lui a fait passer ; Niggl, en effet, s'essuie le museau ; il prend congé ; il a rendez-vous à midi moins un quart avec l'aumônier de division, le Père Lochner, qui désire l'emmener dans sa voiture. Ce n'est pas avec ce saint homme qu'il pourrait avoir une conversation de ce genre ; le monde terrestre ne peut tracer à sa guise, ni même utiliser les voies de Dieu. — On se quitte sur ces mots. Le Bavarois sort, le Prussien s'attarde encore un instant, fait inscrire quatre verres de porto et un cigare — 114 pfennigs — le cœur lourd, car il est très regardant, mais il finit par se consoler : ce qu'il a pu apprendre sur l'intelligence et la mentalité du Bavarois, cela valait bien 114 pfennigs. Plongé dans ses réflexions, les mains derrière le dos, il descend lentement l'escalier, et sort sous un soleil dur.

2

« Oderint dum metuant »

Le conseiller au tribunal militaire Carl Georg Mertens était le fils du célèbre juriste allemand dont le commentaire du droit civil avait éclairci les plus importants points de droit et fixé des formulations universellement appliquées. L'ouvrage s'appelait simplement « le Mertens » ; l'auteur avait été reçu plusieurs fois par l'empereur. Le fils avait grandi à l'ombre de la célébrité paternelle. Excellent érudit, il avait été assez rapidement nommé professeur d'histoire du droit ; il était plus épris de l'histoire de la civilisation que du droit, mais il aurait fallu être fou pour dédaigner les avantages que comportait le seul nom de Mertens dans le monde des juristes allemands. Au début de la guerre, il s'était engagé avec enthousiasme et ferveur. Puis le désenchantement était venu. Il s'était pris à songer à sa « nature » des temps de paix et, non sans quelque hésitation, il avait accepté son transfert à un tribunal militaire. Il aimait les livres, souffrait d'être privé de bonne musique. Afin de pouvoir jouer à quatre mains, il avait choisi pour collaborateur un avoué juif très bon pianiste ; lorsqu'il eut découvert le musée de la petite ville de Montmédy, avec ses pastels et ses peintures du maître lorrain Bastien-Lepage, il se sentit largement dédommagé. Il lisait beaucoup, perfectionnait son français dans les romans de Stendhal. Ainsi passaient agréablement les jours de Montmédy. Dans cette existence de paisible érudit, que les maigres affaires de droit laissaient plutôt froid, survint le lieutenant de génie Eberhard Kroysing, et tout fut bouleversé.

Il apparut un matin vers les neuf heures, dans son uniforme culotté, son E.K.I. (croix de fer de première classe) et son casque d'acier avec lequel contrastait curieusement l'éclat neuf des gants de cuir brun-rouge. Il demanda à parler au conseiller du tribunal militaire en personne. Étant donné l'animosité de tout le personnel des Étapes à l'égard des soldats du front, les greffiers déplorèrent — non sans mauvaise foi — que M. le conseiller ne commençât son service qu'à dix heures et que son remplaçant, le sous-officier Porisch, fût encore retenu par l'interrogatoire d'un prisonnier français. Kroysing sourit :

— Vous n'avez pas la vie trop dure par ici, à ce qu'il me semble. On vous enverra bien un jour le Franz sur le dos — celui qui n'est pas prisonnier, s'entend.

Il rentra sa colère ; quand on prétend faire triompher sa volonté dans la jungle des Étapes, il est prudent de se conformer aux us et coutumes de ces Indiens territoriaux. Or Eberhard avait un dessein bien arrêté : il voulait voir le dossier de son frère. Et il éprouvait une profonde méfiance pour tout et pour tous, dans ces bureaux. « Entre elles, les corneilles ne s'arrachent les yeux que si on les y contraint », pensait-il. Certainement, ces coquins de la magistrature se sentaient par avance du côté des coupables de la compagnie de Christoph — plutôt que de son côté à lui, Eberhard Kroysing, qui venait jeter le trouble dans leur idyllique tranquillité.

Le secrétaire Sieck, un *Gefreite*, qui avait reçu sa croix de fer et sa blessure vers la fin d'août 1914, aux combats de Longwy, se prit de pitié pour ce grand sec d'officier. Il lui assura que M. le conseiller Mertens arriverait ponctuellement à dix heures ; le lieutenant voudrait-il, en attendant, visiter le musée, aller admirer la vue que l'on a de la citadelle ? Kroysing toisa avec ironie l'homme aux lunettes, quelque peu bavard :

— A dix heures, bon ! Mettez donc une note sur le bureau de M. le conseiller : lieutenant Kroysing, pour renseignements. J'espère que vos archives sont en ordre.

Il salua et sortit. Voici longtemps qu'il n'avait passé une heure à se promener par les rues. A tout instant il hochait la tête : tout était intact, épargné par les obus. Paisible cité provinciale. Petits magasins, petits cafés. La vie civile des braves bourgeois et bourgeoises continuait donc. Kroysing pénétra dans des boutiques, dépensa de l'argent : mouchoirs, chocolat, cigarettes, papier à lettres. On se montrait réservé, laconique. « Qu'ils nous haïssent, pourvu qu'ils nous craignent », pensa-t-il en latin, tandis qu'il gravissait enfin la pente raide menant à la citadelle, pour contempler une fois encore un pays intact, baigné dans la lumière de l'été. Il songeait avec admiration à cette langue latine qui exprimait cette pensée en trois mots — *oderint dum metuant* [1] — alors qu'il en fallait neuf en allemand.

Kroysing, appuyé au large parapet, avait au-dessous de lui les prairies encadrées de haies, la grande voie ferrée qui mène au Luxembourg, et celle du petit tacot qu'il avait pris à Azannes, le matin même. Une furieuse colère le saisit à la vue de ce gras et pesant univers d'une fausse paix. Il n'était pas homme à envier l'agrément d'autrui parce que lui-même en avait moins. Mais quand on songeait qu'il avait fallu se décarcasser de Douaumont à quatre heures du matin, se traîner à travers cette terre atteinte de folie et de lèpre, pour passer maintenant une heure à jouir de la belle vue comme un lycéen amoureux, il n'y avait plus qu'à flanquer des grenades à main dans le tas.

De la petite porte pratiquée dans le grand portail de la citadelle, un officier sortit, serviette sous le bras, la coiffure posée avec insouciance sur le crâne rasé. Au cigare logé dans le coin de la bouche, tout initié eût aussitôt reconnu l'avoué Porisch qui, déguisé en soldat, se dirigeait vers la ville après son interrogatoire du prisonnier. Quand il aperçut l'officier, il retira son cigare de la bouche, serra sa serviette contre sa hanche et, en guise de salut, releva la tête d'un air maussade tandis que de ses yeux ronds aux arcades incurvées, il cherchait les yeux du lieutenant. Kroysing eut un signe de tête dédaigneux — peu s'en fallut qu'il ne lui administrât une raclée.

Entre-temps, le secrétaire Sieck avait eu pitié de l'homme du front et avait dépêché à l'appartement de M. le conseiller au tribunal militaire une ordonnance munie du billet qui aurait dû être déposé sur le bureau, selon le désir de Kroysing. Le conseiller Mertens ne pénétrait souvent que vers onze heures dans les locaux peu engageants de ses services. Aucune ligne téléphonique ne les reliait à son appartement. Il ne désirait pas être importuné en dehors des heures de bureau. Il avait découvert la peinture française et, avec l'aide du musical M. Porisch et le secours d'anthologies artistiques et d'histoires de l'art, il cheminait paisiblement dans les domaines de la peinture, remontant de Bastien-Lepage à Corot, puis descendant jusqu'à Manet et aux impressionnistes. — Le nom de Kroysing inscrit sur ce billet ne lui disait rien. « Arrive du front, dispose de peu de temps », avait-on ajouté. C. G. Mertens, en homme bien élevé, n'aimait pas à faire attendre. Porisch l'aurait bien vite renseigné. Pendant son petit déjeuner, il se souvint vaguement que le dossier Kroysing concernait un sous-officier. C'était donc un chef de compagnie qui voulait prendre une journée de bon temps à Montmédy. Les pensées du professeur Mertens mettaient parfois un certain temps avant de se préciser.

A dix heures une, Eberhard Kroysing gravissait, tantôt deux à deux, tantôt trois à trois, les marches de l'escalier démodé. Il s'était attendu

---

1. « Qu'ils me haïssent, pourvu qu'ils me craignent. »

à rencontrer un épais et confortable fonctionnaire militaire ; la vue de
l'intellectuel distingué, à lunettes d'or et dont la tête rappelait le vieux
Moltke, le laissa un instant interdit. Au lieu de se camper rondement
et d'en remontrer à ce pourceau des Étapes, il se sentit tout aussitôt
enclin aux bonnes manières. Le tranquille regard de ces yeux bleus
l'assurait par avance qu'on ne se montrerait nullement malveillant à
l'égard de son frère. Il exposa en quelques mots son désir. C.G. Mertens
tenait la tête de côté, prêtant l'oreille à la voix profonde qui semblait
résonner dans la poitrine de l'officier.

Il ne s'agissait donc pas d'un chef de compagnie en quête d'un bon
prétexte, mais d'un frère du sous-officier Kroysing, contre lequel une
plainte avait été déposée, plusieurs mois auparavant. Le conseiller
Mertens n'en savait pas plus long, l'affaire n'avait pas dépassé le stade
de l'enquête préliminaire.

— C'est mon collaborateur qui s'occupe actuellement de l'affaire
— M. l'avocat Porisch, un élève de mon père. Je précise, mon lieutenant, car M. Porisch porte l'uniforme de sous-officier, et les confusions
seraient fâcheuses.

« Eh ! vieux singe, pensa Eberhard Kroysing, qui est donc ton père,
et qu'est-ce que cela peut bien me faire ? Occupe-toi plutôt de tes
dossiers. » Mais il dit à haute voix :

— Nous avons tous été quelque chose d'autre, monsieur le conseiller, moi, par exemple, j'étais ingénieur, de l'école technique de Charlot-
tenbourg. Mais nous sommes pour l'heure dans notre peau et nous
essayons de faire pour le mieux.

M. Mertens ne répondit point ; il sonna et, s'adressant à l'ordonnance
qui se figea au garde-à-vous, près de la porte :

— Priez donc M. Porisch de venir, j'ai à lui parler.

« Ah ! c'était donc lui », songea Eberhard Kroysing quand il le vit
entrer — yeux ronds, dans un visage rond, un cigare à la main gauche,
tandis que la droite pianotait. « Chance que je ne lui aie pas fait
d'affront. »

— Nous nous sommes déjà vus, dit-il quand on les présenta.

— Le sort nous a fait signe, confirma M. Porisch.

— Il arrive aussi qu'on passe sans se voir, fit Kroysing.... J'aurais
quelques renseignements à vous demander sur l'affaire de mon frère.

L'avocat Franz Porisch avait bonne mémoire et il le prouva. Le dossier du sous-officier de réserve Christoph Kroysing avait été communiqué, voici plusieurs mois — fin avril — à son corps de troupe, un
bataillon d'Armierer cantonné dans le voisinage de Mangiennes.
Comme les choses traînaient et qu'il semblait impossible que l'audition
des inculpés et de l'accusé prît autant de temps, on avait à deux reprises
réclamé le dossier. Le bataillon avait répondu chaque fois qu'il ne
savait pas où cette pièce était restée : on l'avait fait suivre en son temps,
de la 3e compagnie à l'unité de dépôt de Kroysing, à Ingolstadt.

— A Ingolstadt ? répéta Eberhard Kroysing, le corps raidi, les deux jambes verticales, les mains posées à plat sur les cuisses.

« Il fait penser à une statue de Ramsès, avec son nez en fer de hache, ses lèvres minces et ses yeux qui vont me fricasser, mon petit Porisch », songe le professeur Mertens, qui commence à être subjugué par son hôte.

— *Relata refero*, articula l'avocat Porisch, je répète ce qu'on nous a communiqué. Il y a dix jours environ le dossier nous a été retourné avec d'autres procès-verbaux, par la voie du service ; il portait l'inscription : « Accusé, tombé au front » avec la date et le sceau de la compagnie. Là-dessus, le bataillon nous a téléphoné pour nous demander si nous avions l'intention de classer le dossier. A quoi nous avons répondu oui, naturellement, parce qu'un dossier classé est un beau dossier et on a plaisir à le contempler.

A ce moment, il s'avisa que c'était le frère de l'accusé qui était là, assis devant lui, le frère d'un soldat tombé au front, d'un mort et, de stupeur laissant choir son cigare dans le cendrier, il se leva d'un bond, s'inclina et bégaya :

— Mes condoléances, au fait, toutes mes condoléances.

Le conseiller se leva, tendit la main par-dessus la table, afin de témoigner aussi sa sympathie.

Eberhard Kroysing les toisa l'un et l'autre, il avait bonne envie de leur flanquer son poing dans la figure. Ces individus avec leurs traînasseries avaient tout simplement trempé dans l'assassinat. Mais il se contint, se leva à demi de son siège, toucha une main molle d'intellectuel et demanda sans autre explication s'il pourrait voir le dossier. Le sous-officier se leva, gagna la porte, disparut. Tandis que Mertens le considérait en silence, afin de ne pas gêner le flux des impressions, Kroysing, comme transi, songeait : « Le petit Christoph n'a rien inventé et le Schipper, à l'enterrement, n'a pas blagué, ils ont bel et bien assassiné Christoph, ils ont chargé les Français de la besogne. A Ingolstadt ! Une belle ville de sapeurs avec tous ces ponts. Pendant ce temps, le petit était à la ferme des Chambrettes, attendant la citation. Et il était coupé de Dieu et du monde. Et moi, le cochon, je lui ai laissé bouffer tout le morceau. Complot d'une douzaine de saligauds contre le petit Christoph. »

Il prit entre ses doigts le plus mince dossier qui fût jamais parvenu à un conseil de guerre : quelques feuillets, à commencer par un rapport du poste V de la censure, puis la lettre de Christoph à l'oncle Franz avec la belle écriture familière du frangin, quelques pages du procès-verbal de la compagnie (à la décharge du corps des sous-officiers), le rapport de l'unité de dépôt d'Ingolstadt, d'après lequel Chr. Kroysing (actuellement au front) avait passé dans la ville pour la dernière fois en février, et avait été inscrit au bataillon Niggl dans les premiers jours de mars ; puis un long intervalle, et, à la mi-juillet, la note de l'infirmerie de campagne de Billy : « Transporté ici, gravement blessé » ; et le jour suivant : « Enterré à Billy, croix n° D 3321, avec deux autres sous-officiers. »

Un grand calme régnait dans la pièce, dont la nudité gris clair n'était animée que par un rayon de livres, une vieille gravure de Napoléon III, contre la paroi, sous verre, avec un cadre doré, et sur le bureau, la photographie du célèbre professeur Mertens, qu'Eberhard Kroysing ne connaissait point. De la rue venaient un roulement de tambour, des sifflets — une compagnie du dépôt de recrues de Montmédy se rendait à la place d'exercice. Kroysing, le cœur battant, lisait la lettre de son frère, les phrases irritées et claires, chargées de ressentiment contre l'injustice du monde ; le tort qu'on faisait à ses hommes l'empêchait de dormir... « Ne pas s'attendrir, surtout pas cela », pensa Kroysing. Chance que ces étrangers soient là, à le regarder, qu'il faille se tenir. Il aurait fait un bon chef de compagnie, le brave Christel, et plus tard un citoyen qui aurait su se rendre utile. — Puis, refermant le dossier, il demanda à ces messieurs si rien ne les avait frappés dans tout cela.

Mertens feuilleta le dossier, puis le passa à Porisch — ils n'avaient rien remarqué d'extraordinaire. Il arrivait souvent qu'on mît longtemps à signaler l'absence d'un homme qu'on avait expédié à l'avant. C'est justement ce qui rend notre jurisprudence si lente.

— Justement, repartit le lieutenant de sapeurs, le visage attentif, la voix pleine de déférence, et vous ne pouviez connaître le petit détail que voici : mon frère est tombé près de la ferme des Chambrettes, à moins d'un mille de sa compagnie, et cette compagnie elle-même l'avait fourré là au début de mai, sans lui accorder une seule permission, jusqu'au jour où il est si heureusement tombé.

Les deux juristes le regardaient interloqués.

— Mais, fit doucement observer M. le conseiller, cela ne nous dit toujours pas pourquoi le dossier a été envoyé à Ingolstadt.

L'avocat Porisch avait la pensée plus rapide :

— *Temps gagné, tout gagné*, dit-il de sa voix large ; *arrange-toi seulement à avoir de bons copains dans les bureaux*.

Le lieutenant Kroysing agita sa grande main :

— Bravo... Puis la mort passa, dit Wilhelm Busch.

Aucun des trois n'ignorait les strophes brèves et les dessins concis où le mordant humoriste Wilhelm Busch dépeint sans emphase ni humeur les cruautés de la vie.

Le conseiller Mertens eût préféré s'occuper de Corot, dont les paysages poétiquement transposés lui parlaient un si clair langage. Mais voici que dans son royaume, et avec son concours, un fait inaccoutumé avait surgi, une irrégularité avec issue mortelle, à ce qu'il semblait. Son visage blafard se colora : « Avait-il bien entendu ? » Il retraça le cours de l'affaire qu'on venait d'élucider.

— S'il en est ainsi, ajouta-t-il doucement, nous ne pouvons considérer l'affaire comme close, nous devons poursuivre l'enquête.

— Permettez, déclara l'avocat Porisch, s'il en est ainsi, nous sommes en présence d'un nouveau délit et d'une nouvelle pièce du dossier ; nous portons plainte pour homicide volontaire sur la personne du sous-officier Kroysing, par... mais au fait, par qui ?

Tous trois se turent. L'événement se dressait devant eux ; dépourvu de toute espèce de clarté. Qui accusait-on ? Quelle preuve pouvait-on administrer ? Que s'était-il réellement passé ? Sur quel point l'intention malveillante pouvait-elle être attestée ? Les exigences du service avaient voulu que le sous-officier Kroysing fût cantonné à la ferme des Chambrettes, tout de même que le lieutenant Kroysing était cantonné à Douaumont, et des dix milliers de soldats allemands dans les tranchées. Sans trêve ni repos, la guerre n'a pas cessé d'engloutir des hommes, qui tous étaient à la place que le commandant leur assignait. Qui pouvait prouver que l'ordre qui retenait Kroysing à son poste était inspiré par des intentions criminelles, afin que le « cas » fût liquidé ? On pouvait relever une erreur à la charge de la 3ᵉ compagnie. Mais il était à prévoir qu'on s'en tirerait là-bas en alléguant qu'un greffier inexpérimenté avait transmis en toute bonne conscience le dossier à Ingolstadt, où l'on attendait le sous-officier Kroysing par un prochain convoi.

Voilà ce qui ressortait de la conversation de ces trois hommes. Il n'y avait plus de sonate de Brahms dans la tête du sous-officier Porisch, plus de Corot dans les délectations du professeur Carl Mertens : une injustice, un crime peut-être se profilait en contours incertains et les fascinait. Les coupables étaient bien couverts, les exigences du service les protégeaient. Comment les atteindre ? Mais il fallait les atteindre et on les atteindrait. De toute manière, le lieutenant Kroysing, — il s'en rendait compte maintenant — pouvait compter sur ces deux hommes et par-delà sur l'appareil de la justice. Il se sentit brusquement très fort.

— Messieurs, dit-il avec reconnaissance, tandis que ses yeux gris, chaleureux et presque délivrés, allaient du civil blond au civil brun, je vous remercie. Nous allons secouer cet enfant jusqu'à ce qu'il tombe du berceau. Je vois déjà : il nous faut un aveu. Sans un aveu des auteurs, nous n'arriverons pas à réhabiliter mon frère. Et j'entends le réhabiliter. Je le dois à mes parents et à mon oncle Franz, et même au pauvre petit, bien que cela doive lui être plutôt kif-kif, et pourtant il était assez mal en point dans son cercueil. Je possède encore une dernière lettre de lui, mais certains obstacles en ont jusqu'ici retardé la lecture. Peut-être la voix de la tombe nous désignera-t-elle notre adversaire. Et alors je me charge d'obtenir l'aveu. Il y a aussi un témoin que mon frère a appelé à l'aide la veille de sa mort. Malheureusement, j'ai négligé de lui demander son nom. Mais celui-là, je n'aurai pas de peine à le repêcher. Nous sommes pour ainsi dire voisins — tout se joue, en gros, autour du vieux bonhomme, ce fort de Douaumont où je loge moi-même.

Le sous-officier Porisch ouvrit de grands yeux :

— Mon lieutenant est à Douaumont ? (Dans son effroi, il avait repris le langage du service.) Est-ce qu'on arrive à vivre là-bas ?

— Comme vous voyez, repartit Kroysing.

— Sous le feu des Français ?

— Pas tout le temps, reprit la voix profonde.

— Pourtant... des blessés et des morts sans arrêt, n'est-ce pas ?

Kroysing sourit :

— On s'y fait. Moi je n'ai jamais rien eu.

— Nous autres, nous ne nous faisons aucune idée de cette vie.

— Pas belle, à votre point de vue — merveilleuse, au mien. Un magnifique morceau de désert retourné de fond en comble, et Douaumont au milieu, comme la carapace martelée d'un gigantesque tortue. On est tassé là-dessous, on rampe et on sort par le trou que fait le cou de la tortue, et on joue avec le sable, ou quelque chose dans ce goût-là. D'ailleurs vous voyez sûrement tout cela sous un jour beaucoup plus inconfortable que ça n'est en réalité. Il va tenir encore un fameux coup, le vieux Douaumont.

— Sous le tir plongeant, fit doucement l'avoué Porisch.

— Mais oui, continua le lieutenant Kroysing, on s'y fait aussi. Mais si je venais à attraper quelque chose de sérieux, je vous indiquerais un remplaçant ou un successeur, avec nom et adresse. Notre affaire ne doit pas être abandonnée pour si peu. — Je vous remercie, messieurs, répéta-t-il, en se levant. J'ai maintenant une petite guerre privée à mener, au milieu de la grande. Mais chacun de nous ne continue-t-il pas de cultiver son dada, s'il en a le temps et que le service n'en souffre pas ? Car enfin je dois encore payer ma dette aux Français pour mon frère. Il faut dire — et ses longues et minces lèvres s'abaissèrent dans un plissement ironique — que pour cette besogne je dépasse le petit frère de quelques longueurs ; une ou deux mines à faire sauter, vous savez, un peu de gaz, une ou deux grenades à main, et enfin le blockhaus d'Herbebois que nous enfumerons avec des bombes. De l'autre côté on a un grand respect pour notre uniforme. Mais jusqu'ici, c'était simplement un devoir de service. Maintenant, entre les voisins et moi, il y a quelque chose d'un peu plus personnel.

Il enfila le gant de sa main gauche, coiffa son casque, tendit sa main osseuse au conseiller et, cette fois-ci, également au sous-officier, enfila son gant droit et conclut :

— Ne vous étonnez pas, messieurs, si vous n'entendez pas parler de moi pendant assez longtemps ; à moins que je fasse le grand saut, je reviendrai sûrement vous voir.

Puis, après leur avoir souhaité bon appétit, il s'éloigna.

Restés seuls, les deux hommes se regardèrent :

— C'est un type, articula Porisch, résumant ainsi leur sentiment à tous deux ; je ne voudrais pas être dans la peau de celui qui a livré le petit au feu des Français.

Le conseiller Mertens hocha doucement la tête, sa fine et blonde tête d'intellectuel :

— Tout ce qui arrive ! dit-il d'un ton réprobateur. Comme les hommes gaspillent les hommes !

3

Les exigences du service

Lorsqu'il redescendit l'escalier, le lieutenant Kroysing n'avait plus la même allure. Il ne se hâtait plus, mais à chaque marche qu'il laissait derrière lui, un plan se formait dans son esprit. Agir strictement dans les cadres du service — c'est bien ce qu'il ferait. Du moment que, entre les mains des chefs des Schipper, les exigences du service avaient eu raison du sous-officier Kroysing, ces « exigences » auraient aussi le pouvoir, entre les mains du lieutenant Kroysing, de provoquer un aveu. Ces individus étaient tout, sauf des hommes ; ils n'en avaient que l'apparence, mais ce n'était que du fer-blanc et creux. Il suffisait d'opérer une légère pression pour leur faire sortir ce qu'ils avaient dans le ventre. — Il regardait les choses d'un œil tranquille et satisfait, quand il referma la grande porte de chêne brun et que — signe de bien-être absolu — il se mit à fredonner un air.

Le camion, avec ses deux chauffeurs vêtus de cuir, freina aussitôt quand un officier coiffé du casque d'acier leva sa main gantée de brun-rouge. — Mon lieutenant avait de la chance, le camion appartenait à la section du lieutenant Psalter ; il rentrait presque à vide : les deux permissionnaires avec paquetage complet, assis sur leurs coffres, ne comptaient guère. Mais ce n'était pas facile de procurer un siège au lieutenant :

— Si mon lieutenant veut prendre place deux minutes à côté de moi ? proposa l'un des chauffeurs, nous allons chercher des sacs de poste et nous pourrons alors lui offrir un petit fauteuil.

— Fauteuil me plaît, dit Kroysing avec un sourire, tandis qu'il se hissait sur le camion.

« C'est un type, pensa le chauffeur, et il n'est sûrement pas d'ici. » Lorsqu'on eut chargé les colis de la poste de campagne, Kroysing resta toutefois sur le siège avant.

... Les conducteurs du camion roulaient partout, connaissaient tous les chemins, toutes les localités de quelque importance, les voies d'accès à la zone de combat. C'étaient des bourlingueux, comme on dit en mer, et bien que plutôt réservés avec les officiers, des gars prêts cependant à dire de bons mots, à sortir un jugement sec, ou quelque boniment, sans quitter des yeux le ruban aveuglant de la route.

Eberhard Kroysing tantôt partait d'un rire sonore, tantôt approuvait, se frottait les mains — et ouvrit de grands yeux lorsque — « déjà ? »

— la voiture s'arrêta devant la ferme où le capitaine Lauber avait établi ses quartiers avec la section de sapeurs de la division.

— On a rigolé tout son soûl, fit-il au chauffeur, et maintenant il va falloir reprendre le sérieux de la vie.

Ici, on connaissait le lieutenant Kroysing, on l'appréciait à sa juste valeur. Les différentes armes forment de petits mondes, ayant leur jargon à eux, leurs secrets, et lorsqu'un lieutenant de sapeurs arrivait chez les fantassins, il faisait figure d'étranger, comme une chèvre parmi les moutons. — Mais là, il était chez lui. Kroysing avait faim ; il avait déjà accepté une tranche de pain et de saucisse que lui avaient offerte les chauffeurs du camion et il fut tout heureux quand le capitaine Lauber l'invita à sa table. Il prenait ses repas avec les officiers de son état-major et quelques autres du voisinage, dans un petit réfectoire aménagé dans un logement évacué. Il n'y avait là que des officiers des troupes techniques, radiotélégraphistes, commandants des batteries de défense aérienne — à peine une douzaine d'hommes, tous profondément attachés à leur travail, qu'ils accomplissaient avec compétence et un sens aigu de leurs responsabilités. Le capitaine Lauber, Wurtembergeois au teint brun, doyen du groupe, avait établi un petit code des usages : interdit de parler du service pendant l'heure du repas ; défense de faire de la politique, de boire plus d'une demi-bouteille de vin. En dehors de cela, tout était permis. Les différences de rang ne comptaient pas, et même un adjudant, même les juifs étaient admis. — Les sapeurs, les artilleurs, toutes les troupes techniques étaient traitées en sous-ordre dans l'armée allemande et fort au-dessous de la cavalerie et de l'infanterie ; dans leurs rangs, on ne voyait ni princes ni nobles ; au cours des manœuvres, ils ne trouvaient jamais leur compte, leur formation et leur situation n'avaient guère été favorisées pendant le temps de paix. Seules les deux années de guerre avaient révélé ce que pouvaient valoir les sapeurs : quand il s'agissait de jeter un pont sur la Meuse, sous le feu de l'ennemi ; de creuser des tranchées, d'ouvrir une voie dans la broussaille des barbelés — armés d'une pelle et de cisailles, tandis que les balles crépitaient autour d'eux ; de fouiller le terrain, de pratiquer des sapes, d'établir des positions ; de lancer des grenades à main, grosses comme une tête d'enfant, de manipuler les satanées bombes à gaz, les lance-flammes qui les brûlaient tout vifs, pour peu qu'une balle atteignît l'engin — qui était là ? Le sapeur, toujours le sapeur. Les lieutenants de sapeur, comme Kroysing, avaient pris part à d'innombrables attaques et en avaient réchappé sains et saufs par la grâce de Dieu. Et ces téléphonistes qui, sous le feu destructeur de l'ennemi, installaient, réparaient inlassablement l'indispensable réseau de liaison avec les sapes les plus avancées ; et les artilleurs chargés de leur encombrant matériel — tous avaient été, jusqu'à avant-hier, les parents pauvres de l'armée. Hier même, dans les régiments féodaux, où, par excès de distinction, on ne possédait pas d'arrière, et encore aujourd'hui.

Le repas fut tout empreint de cordialité. Puis, tandis que les uns se retiraient pour faire un somme, et que d'autres prenaient leur café, le capitaine Lauber proposa une partie d'échecs à son hôte qui était excellent joueur. Le café était bon, le cigare savoureux ; il aurait bientôt terminé sa partie et pourrait regagner ses quartiers avant que le Français ait commencé son arrosage du soir. Ça valait encore la peine d'être né. Chaude et nuageuse, la journée d'août couvait le moutonnement des collines qui s'élevaient doucement vers le ciel. Le capitaine Lauber et son hôte se promenaient, tuniques ouvertes, dans le long verger étroit où le paysan chassé par la troupe récoltait naguère ses pommes ; au milieu du gazon, s'élevaient les pommiers au tronc frêle, dont les branches feuillues ployaient sous le poids des fruits encore verts...

— Tout comme à Göppingen, en Souabe, remarqua le capitaine ; sauf que chez nous les pommes deviennent rouges alors qu'elles seront jaunes ici. C'est la seule différence. Et c'est pourquoi on se fait la guerre.

Eberhard Kroysing se plaisait dans la compagnie de ce supérieur intelligent. Il devait modérer son pas aux côtés du capitaine de taille moyenne, mais il le faisait bien volontiers : pour négocier n'était-on pas cent fois mieux en plein air, à l'ombre mouvante du feuillage, que là-bas dans cette salle paysanne ? Le capitaine Lauber, tout en chassant les mouches qui persistaient à se poser sur son crâne — il avait les cheveux coupés court, grisonnants aux tempes et clairsemés au sommet de la tête —, s'enquérait de la situation en première ligne : « Comment cela va-t-il là-bas, voyons, sans phrases, entre hommes ? » C'était la première chose qu'il voulait connaître, avant que le lieutenant Kroysing lui parle de ses propres soucis. — Eberhard Kroysing haussa les épaules : ses propres soucis ? Il n'en avait pas. Il venait justement pour parler de tout cela, sans phrases. L'infanterie, voilà ce qui le préoccupait, il fallait lui venir en aide — les pauvres bougres n'avaient pas de quoi rigoler. Sur tous les points de la vallée, guettés de droite et de gauche, enveloppés de sévères attaques, terrés dans leurs trous — dans ce qu'on appelle leurs positions. Trente fois les Français avaient attaqué, trente fois et plus les Allemands avaient repoussé l'assaut, toujours avec les sapeurs auprès d'eux. Mais ça ne pouvait pas durer. Le mois d'août touchait à sa fin. Si tout allait bien, on avait encore devant soi six ou tout au plus huit semaines de temps sec. Mais ensuite, un nouvel ennemi s'attaquerait aux hommes : la pluie.

Ils allaient et venaient, Kroysing passant inlassablement à la gauche du capitaine, chaque fois qu'ils faisaient demi-tour. La sueur humectait ses cheveux assez longs ; il les séchait de sa main qu'il essuyait à sa culotte de cheval, et poursuivait. Lui qui, depuis la fin de janvier, était toujours demeuré dans le même secteur, dans ce pays transformé en océan de boue sans rive, et sans fond, il connaissait son affaire. En ce moment, le moral de la troupe était rongé par le feu ininterrompu de l'ennemi, les combats incessants, les pertes effroyables. Pas de corvée de soupe, pas de transport de munitions sans morts et sans blessés ; pas d'avance en groupes sans que les effectifs soient décimés, dispersés, les nerfs à bout, une fois la position conquise. Et arrivés là, pas de cantonnement convenable où ils pussent se refaire un peu et dormir. Le seul endroit sûr de toute la région, c'était toujours le vieil oncle, le fort de Douaumont. Les Français avaient beau l'arroser, le fort se trouvait encore à trois kilomètres en deçà de la ligne de combat proprement dite et c'est ces trois kilomètres qui faisaient le lard dans les choux. Mais quand la pluie s'en mêlerait...

Le capitaine Lauber reniflait, grognait :

— Ha, ho, hum, hum, il y a quelque chose à faire.

Le ton didactique, la précision avec lesquels Kroysing exposait la situation éveillaient son esprit de contradiction. Mais il était trop équitable, trop loyal : sans la connaissance précise de chaque repli du terrain, sans les suggestions, par conséquent, des officiers de sapeurs, ceux de « la haute » n'auraient pas d'éléments pour tirer leurs plans. Car ils étaient à l'arrière, et plus ils avaient de galons, plus ils étaient éloignés du front. A cet égard, les Annibal et les César étaient bien en avance sur nos troupes glorieuses.

— Alors, que proposez-vous, jeune homme, à parler franc et sans détour ?

— Renforcer la garnison de Douaumont d'un bataillon entier d'Armierer, répondit Kroysing sans paraître insister, l'air réfléchi, en regardant la pointe de son soulier qui jouait avec une pomme véreuse.

Le fort de Douaumont était vaste, il y avait de la place, on y était en sûreté. Pas une fissure dans les casemates, dans les voûtes des longs couloirs. Seule la superstructure avait souffert, la maçonnerie de briques, le remblai, les cours, les ouvrages de terre. Mais le béton tenait. Il avait bien reçu dans les deux mille obus de gros calibre — trois mille peut-être, depuis le 21 février. Mais les collègues français de la partie, respect pour eux.

Le capitaine Lauber tirait violemment sur sa pipe. Il examinait la chose. Lui aussi, d'ailleurs, était de la partie — ingénieur des mines ; il avait été trois fois à Douaumont, mais jamais il n'était descendu dans les souterrains. Kroysing avait-il une idée de l'épaisseur du revêtement de béton ? Le lieutenant hocha la tête : le temps n'avait jamais été assez calme, trop de ferraille dans l'air. Mais il estimait que la couverture de béton devait avoir dans les trois mètres. Et puis, ça ne ferait pas une mauvaise impression, si le capitaine venait un jour inspecter le parc où ses hommes travaillaient, et par la même occasion, procéder aux relevés nécessaires. Les yeux du capitaine Lauber brillaient : c'était une bonne idée d'envoyer encore quelques centaines de Schipper à Douaumont pour soulager les troupes de combat. Naturellement avec leur état-major, leurs chefs de compagnies et de bataillons. Il y avait, à l'arrière, bien assez de ces messieurs qui se la coulaient douce. Et leurs hommes étaient d'excellents éléments pour le front, sachant manier les barbelés et le bois de tranchées, transporter des munitions, faire des travaux de sape et de terrassement, presque aussi bien que les fantassins. — Eberhard Kroysing écoutait avec un singulier plaisir ce qu'il n'aurait su mieux dire lui-même. Le capitaine Lauber aurait-il quelqu'un en vue ? Qui allait-on envoyer ? Il n'en soufflerait mot, naturellement, ces messieurs de l'état-major n'aiment guère à montrer leurs cartes. (De fait, M. Jansch s'était présenté à l'esprit du capitaine Lauber, Jansch, le politicien, le vantard, qu'il avait déjà une fois éloigné de Lille. Cette fois, ça ne jouait pas, hélas. L'artillerie, son ami Reinhart, avait besoin de ses hommes. Dommage.)

— Au fait, enchaîna Kroysing, mes hommes travaillent avec un bataillon bavarois. Son état-major est à Mangiennes et les compagnies un peu plus en avant, ou, pour mieux dire, pas tout à fait aussi en arrière.

Puis ayant, sans effort, cueilli une pomme à une branche élevée, il la lança en l'air, la rattrapa : de toute manière, ces Armierer sont, en partie, dans la zone du front et considérés comme troupes de renfort. Quant au gros du contingent, il passera les semaines des mois prochains sur les pentes un peu plus élevées, pour y construire des abris secs. Nous allons prendre contact avec l'infanterie et d'ici huit jours, le programme de travail sera arrêté. Entre-temps, mon capitaine pourra faire passer l'ordre au bataillon Niggl et faire miroiter les décorations et autres marques honorifiques pour allécher les cadres de la troupe.

— Ils fermeront le bec et marcheront, repartit le capitaine Lauber. D'ailleurs, les états-majors de l'arrière, la bonne vie paisible des Étapes donnaient de la bile aux gaillards du front. Qu'est-ce que diraient nos gens des premières lignes qui, pendant des quatre et cinq mois, ont été houspillés de droite et de gauche, refoulés, renforcés, remplacés, s'ils venaient à l'arrière et pouvaient être témoins de la vie qu'on mène ici ?... Oui, chacun de nous sait comment relever le moral de la troupe. Mais là encore, il vaut mieux ne pas approfondir.

Les deux officiers se dévisagèrent. Bien sûr qu'il valait mieux se taire. Ils songeaient au chef de l'armée, à l'héritier du trône, au fils de l'empereur qui parfois, lorsque des compagnies de combat montaient en première ligne, s'était montré en costume blanc de tennis, leur faisant signe avec sa raquette. On avait photographié ces scènes, on en avait vu des reproductions dans les journaux. Tous les officiers n'avaient pas compris qu'on agît de la sorte.

Le capitaine Lauber soupira. C'était un bon soldat, prêt à sacrifier son dernier souffle pour la victoire allemande. Le lieutenant Kroysing prenait congé, c'était bien ; il devait trouver une voiture — bien entendu — pour le ramener à sa tanière. De grands secteurs du pays étaient sous le feu à longue portée.

Quand le capitaine Niggl eut entre les mains, sur un simple billet, sa condamnation à mort — l'échange de son agréable séjour de Mangiennes contre le fort de Douaumont —, il crut d'abord qu'il avait mal lu.

Un bataillon d'Armierer n'avait pas d'adjudant, pas d'état-major en somme ; un adjudant-chef et quelques secrétaires, c'est tout ce dont il disposait pour liquider les affaires courantes. Et puis, M. Niggl était fonctionnaire royal de Bavière ; dans sa confortable casaque d'intérieur, qu'on pouvait à peine appeler un uniforme, il était assis là, en bonne intelligence avec Dieu, avec son patron saint Aloys et lui-même ; et les yeux hagards, il fixait ce carré de papier signé du capitaine Lauber, à la demande du général des pionniers, et par lequel on l'expédiait, lui Niggl, parmi les morts. Voyons, qu'est-ce que cela signifiait ? songeait-il, portant la main à son cœur, son cœur bavarois épaissi de bière. Ça ne se passerait pas ainsi ! Il était capitaine du Landsturm, père de famille, il avait la charge de deux enfants mineurs et de son épouse Kreszenzia, née Hornschun. On avait dû confondre, comme il était si souvent arrivé pendant cette guerre. Les hommes sont des hommes, on peut se tromper. Quoi qu'il en fût, il fallait aller voir le capitaine Lauber, ça s'arrangerait. Il replia la feuille, la glissa dans son porte-feuille de renne qu'il fourra dans sa poche. Pas besoin que quelqu'un d'autre voie cela pour le moment. On écarte aisément un danger tant qu'on n'en a pas encore parlé.

Il s'en alla, la poitrine gonflée d'un calme factice, une certaine assurance dans le regard rusé, au-dessus des joues adipeuses. Lorsqu'il revint, c'était un homme à qui la gravité de la vie avait fait signe. Lauber était devenu brun de colère, le cochon de Souabe, le bandit : pour qui se prenait-il, Niggl ? Était-il là pour la forme, comme ornement ? Il n'était tout de même pas assez beau pour cela, le capitaine Niggl. S'imaginait-il donc être le seul père de famille de toute l'armée allemande, là-bas à l'avant ? Il n'allait pas se laisser moquer par ses hommes, un peu de cran voyons, et qu'il donne le bon exemple à ses braves Schipper. Un soldat combattait tout autrement s'il voyait que son supérieur — qui chaque mois touchait la grosse paie — partageait avec lui au moins le danger. Le surlendemain à trois heures du matin, il se mettrait en marche avec sa 3ᵉ compagnie, le parc de sapeurs de Douaumont lui enverrait des guides. Il serait dès lors sous les ordres de ce parc, inscrit au 10ᵉ corps d'armée, il ferait partie de la garnison de Douaumont et il aurait l'occasion de se distinguer, de faire des expériences. D'ailleurs la fin de la guerre n'était ni pour aujourd'hui ni pour demain et on n'avait souscrit d'assurance sur la vie pour aucun officier allemand, qu'il soit à Mangiennes, à Damvillers ou à Douaumont. La 4ᵉ compagnie resterait à l'arrière ; la 1ʳᵉ et la 2ᵉ seraient dirigées sur Douaumont dès que les travaux l'exigeraient. Les travaux : des cantonnements secs pour l'infanterie, c'était l'épine dorsale de la défense et cela pouvait lui valoir une décoration. Décidément rien à faire : lui, Aloys Niggl, de Weilheim en Haute-Bavière, devrait renoncer à son confort et jouer les héros.

Faible clair de lune, le croissant, à son deuxième quartier, ne s'est

levé que vers minuit. Dans un profond silence, trois colonnes d'Armierer lourdement chargés de sacs, d'outils, de paquets ou de caisses,
s'avancent à travers la forêt de Spincourt. Ils connaissent la route pour
l'avoir entretenue eux-mêmes ; la forêt, des hêtres sur un sol humide,
est sournoisement épaisse ; ici épargnée par les obus, là déchiquetée,
selon les fluctuations du front et les positions de l'artillerie. Les visages
sont blafards, désespérés, plusieurs bouches tremblent à tel point
qu'elles ne peuvent tenir le cigare ou la cigarette, plus d'un valet de
ferme ou fils de petit paysan récite son chapelet, seuls quelques voyous
des villes, au verbe haut, commentent l'événement. L'horizon est fermé
par la hauteur 310 au-dessous de laquelle ils doivent, à sept heures du
matin, rejoindre les guides, à la croisée de la route de Bezonvaux.
Chacun de ceux qui forment cette colonne mouvante voudrait, d'ici là,
pouvoir étirer la durée, allonger les minutes, insérer de nouvelles divisions du temps. La journée de liberté qu'on leur a accordée, personne
ne l'a goûtée, et l'air frais, humide, après la chaleur du jour, aucun
d'eux ne le savoure. Ils imaginent Douaumont comme une montagne
toute craquante de feu dans laquelle ils vont être engloutis. Et le bruit
a couru qu'une formidable explosion avait démantelé le fort — plus de
mille hommes pulvérisés sans qu'on sache comment. Et la chose peut
se renouveler chaque jour : tout un bataillon de morts, ont dit les
sapeurs avec lesquels ils doivent aller camper là-bas. Aussi nul ne se
hâte de mettre un pied devant l'autre.

Vers trois heures, les yeux se sont dès longtemps accoutumés à
l'obscurité. Les hommes sont assis depuis une demi-heure en bordure
de la route, qui sur sa caisse, qui sur son sac où les deux couvertures
roulées, la capote et les espadrilles forment de gros bourrelets. On prête
l'oreille à la rumeur qui vient de la cote 310, où dansent des lueurs
tantôt rouges, tantôt blanches. Puis, trois silhouettes efflanquées surgissent, on distingue le casque d'acier ; le petit tambourin qui contient les
masques à gaz ; tous trois tiennent à la main une canne cueillie dans la
forêt — c'est leur seul équipement. Ils ont un regard de pitié pour le
formidable chargement des Schipper ; un sous-officier s'annonce au
capitaine Niggl qui a déjà renvoyé son cheval à l'arrière — les sapeurs
se mettent à la tête des trois colonnes et l'on avance par des sentiers
durcis sous combien de pas.

Dans les trous d'eau, le ciel sombre se reflète. Les pas dans les pas,
les Schipper marchent appuyés sur leurs bêches. Une grande paix leur
vient de ces trois sapeurs : ils n'ont pas à se faire de souci, rien à
craindre à pareille heure, notre infanterie en a jusqu'ici et le Français
item. Quant aux morts qui pourrissent devant Souville, à Thiaumont,
autour des ruines de Fleury, ceux-là ne feront plus de mal à personne.

— Le pays s'abaisse, s'incline ; dans une vaste déclivité, on aperçoit
pendant un court instant l'horizon incandescent — des fusées ; le crépitement des mitrailleuses leur parvient, on dirait le bruit des marteaux
d'une machine à river. Sans relâche, les derniers s'efforcent en titubant

de garder le contact, afin de ne pas rester en arrière, de n'être pas surpris par le jour. Le vent nocturne apporte des odeurs douces et pestilentielles ; des taches noires, informes, creusent tout alentour la lourde obscurité ; la lune oblique comble les fossés de lueurs et d'ombres. Puis, toujours plus haute, une montagne pareille à une tour ferme l'horizon et l'on grimpe le long de ses flancs au moment où les premiers souffles du matin font frissonner les hommes fatigués. C'est la cote 388, annoncent les sapeurs ; le long rempart tout creusé de cratères, et qui n'est plus un rempart, se nomme toujours le fort de Douaumont. Dans la nuit du vaste souterrain — maçonnerie démantelée, consolidée par des sacs de sable — une haute silhouette est là, le béret rejeté en arrière. Des yeux avides inspectent la colonne qui s'avance.

Quelle est donc cette odeur qu'on renifle avec répugnance ? Odeur des murailles défoncées, d'excréments, de fumée, de poudre et de sang desséché.

LIVRE TROISIÈME

Dans la montagne creuse

1

La Bauge

Comme un troupeau de chevaux qui pour boire allongent le col vers le fleuve, les hauteurs de la Meuse s'inclinaient de droite et de gauche vers les méandres du cours d'eau. Derniers replis des Argonnes, coupoles et hauts plateaux s'ordonnent de l'ouest à l'est. Vert était le pays, vert et riche en ruisseaux qui comblaient les vallons de marais : entre les troncs élancés des hêtres, des aulnes et des frênes, dans le sous-bois tout peuplé de ronces et de buissons fleuris, fouillait le sanglier, nichait le canard sauvage. Aux croisées des grands-routes, sur les hauteurs défrichées, des villages s'étaient construits, et le long des ruisseaux, des moulins s'étaient élevés ; les paysans lorrains actifs et instruits cultivaient les fruits et les céréales, faisaient l'élevage du bétail et des chevaux. La région qui s'étend entre la Meuse et la Moselle était depuis mille ans fertile et généreuse, les Celtes, les Romains et les Francs avaient apprivoisé ces terres que bordait agréablement la verte et blanche Champagne.

Depuis un millénaire et demi, la cité de Verdun gardait le passage de la Meuse, à l'endroit où le fleuve bifurque. Sa citadelle dominait d'anciennes églises, de vieux cloîtres, aux rosaces féeriques, aux ferventes ogives. Dans ses rues, c'était le brouhaha de la petite ville française, où l'on travaille les produits de la riche campagne. Les quelque quinze mille habitants vivaient du travail de leurs mains et de l'ingéniosité de leurs cerveaux dès longtemps façonnés par la civilisation : broderies, friandises, toiles de lin, fonderies, machines et meubles. Ils jetaient l'hameçon le long des bras du fleuve, priaient devant des autels ornés de fleurs, prenaient leur apéritif, leur café, se rendaient à des noces en habits de fête, et par les rues ou dans les cours, jouaient leurs enfants aux têtes brunes ou blondes.

Un réseau de fortifications encerclait la ville, formant plusieurs anneaux — travaux modernes et anciens, d'un diamètre de plus de quinze kilomètres et de plus de cinquante au pourtour. Car face à la ville, à l'est, à bonne distance, mais tout proche par la menace, se dressait ce colosse de l'Empire allemand, voué à la glorification de la guerre. Depuis 1792 et 1870, la forteresse de Verdun connaissait les canons allemands et les casques à pointes. En 1914, pour la troisième fois, elle était menacée d'un assaut auquel avait paré la victoire française de la Marne, avec l'aide des Anglais et de la Pucelle d'Orléans qui chérissait sa patrie lorraine, le proche village de Domrémy.

Le 21 février 1916, après de minutieux préparatifs, des obus balayèrent les rues de la ville, écrasant les passants, faisant sauter des crânes d'enfants, fauchant des vieilles sur leurs escaliers ; incendies, fumée, tumulte, dévastation féroce. Des bombes jetées par des avions éclataient dans les quartiers que n'avaient pu atteindre les tirs à longue portée. Plus de mille canons, dont sept cents de la lourde et de la grosse artillerie, crachaient jour et nuit des cataractes de fer et de tonnerre sur le secteur choisi comme objectif de l'attaque : rive droite de la Meuse, rive est, région située entre Consenvoye et la plaine de la Woëvre, dont l'ensemble formait un arc de cercle de trente kilomètres. Puis, sortant de leurs trous et de leurs tranchées, les divisions allemandes s'étaient lancées à l'attaque. Elles avaient compté sur la surprise de cette attaque, mais partout elles se heurtèrent à une résistance : résistance du sol amolli par la neige, des marais remplis d'eau ; résistance des épaisses forêts, bataillon silencieux de troupes de renfort, pareils à des guerriers antiques soudés les uns aux autres par les lianes, les infatigables buissons de ronces, les touffes de framboisiers ; résistance des positions fortifiées, des blockhaus, des barbelés ; résistance de l'infanterie française, chasseurs et canonniers. Au bout de quatre jours, dès la première semaine, le monde entier savait : l'attaque inopinée de Verdun avait échoué. Six corps d'armée, près de deux cents mille Allemands s'étaient heurtés, brisés là devant, sans avoir rien gagné. Bien que la chute du fort de Douaumont eût alerté l'univers et laissé croire aux Allemands que la victoire était proche, le triomphe ne vint pas. On ne s'emparait pas de la forteresse de Verdun par surprise.

Les Allemands ne voulurent pas capituler pour autant. Les exploits de leurs troupes effaçaient les légendes des siècles passés. Elles avaient ravagé des forêts, occupé des hauteurs, vidé des blockhaus, nettoyé des fossés. Elles avaient bravé la grêle des shrapnels, les couteaux des éclats d'obus ; acharnées et furieuses, excitées et pleines d'abnégation, elles avaient fouillé de leurs baïonnettes les corps des Français, prodigué leurs grenades à main. Leurs colonnes de pointe avaient aperçu, par-delà Douaumont, des hauteurs de Souville, les toits des premiers faubourgs de Verdun. Encore un effort, disaient les chefs, et nous l'aurons. — Ils le disaient en mars, en avril, ils le disaient en mai et en juin, et jusqu'à la mi-juillet, puis ils ne le dirent plus. Les troupes ne savaient pas pourquoi on n'avançait pas. On les remplaçait, on les remettait en ligne, on perdait des hommes et encore des hommes, des renforts arrivaient, des soldats toujours plus jeunes. Si Verdun tenait, ce n'était pas de leur faute. Ils avaient quitté leurs mauvais cantonnements à l'heure prescrite ; les canonniers en sueur, à demi assourdis par leur propre tir, avaient pointé leurs pièces sur les sapes et les tranchées des Français, comme on le leur avait commandé ; l'infanterie s'était lancée, comme on le lui avait ordonné et enseigné, vers les tranchées des Français et s'en était emparée ; elle s'était ruée dans la chair et dans le sang des Français, donnant elle-même sa chair et son sang, sa sueur, ses nerfs, son intelligence et sa vaillance, son courage et son obéissance. On leur avait dit à tous qu'ils défendaient leur patrie, et ils l'avaient cru. On leur avait dit aussi que les Français étaient à bout, et ils l'avaient cru de même — encore un effort, encore un coup ! Une fois de plus ils s'étaient élancés en avant, leurs corvées de nourriture étaient tombées, les soldats du train avaient été tués, les canonniers avaient bravé le feu adverse. De nouvelles troupes arrivaient, attaquaient, divisions bavaroises, garde prussienne, infanterie wurtembergeoise, régiments du duché de Bade et de Haute-Silésie. Et enfin on s'aperçut que ça n'allait guère. Qui avait commis la faute ? Où fallait-il la chercher ? On avait gaspillé et gaspillé des munitions, tué, saccagé, perdu et capturé des hommes et encore des hommes. Les pertes de l'armée française se chiffraient par un quart de million d'hommes, dont plus de sept mille officiers ; celles de l'armée allemande étaient supérieures. Les beaux villages avaient passé à l'état de ruines, puis de décombres et enfin de gravats informes ; les forêts trouées, puis fauchées, étaient devenues des cimetières où pointaient encore les fûts déchiquetés des arbres abattus — puis des déserts. Et ces déserts s'étendaient de Flabas et Moirey jusque par-delà le village de Souville, par monts et par vaux, en tous sens — paysage lunaire tacheté de blanc, parsemé de cratères, de part et d'autre de la Meuse. Mais la cité de Verdun, protégée par son fort, était encore debout. Des attaques la menaçaient, la contre-attaque la couvrait, la guerre piétinait sur place.

Dans le courant du mois d'août, l'Armierer Bertin s'était familiarisé avec ces régions dévastées qui, sur la carte, portaient toujours le nom de la forêt des Fossés, de la forêt de Chaume, de la forêt de Wavrille. Il avait beaucoup changé, depuis le début de juillet ; il portait souvent une barbe de plusieurs jours, mais son visage s'était bruni, durci, ses lèvres ne restaient plus si souvent entrouvertes, et derrière ses lorgnons, ses yeux avaient pris quelque chose de réfléchi, de plus mûr. Ces deux derniers mois l'avaient plongé dans un flot d'événements qui l'avaient usé, et les pensées qui tant de fois l'avaient ramené à la mort de Kroysing s'étaient émoussées, de même que l'aspect des étendues illimitées jonchées de cadavres d'arbres auquel il s'était si complètement accoutumé que son pied évitait de lui-même les innombrables éclats d'acier. Mais là, le meilleur des mondes révélait une fissure, là les glorieuses nécessités de la condition terrestre se manifestaient sous un jour assez extraordinaire. Il avait fui maintes fois les obus et les shrapnels et s'était souvent aussi trouvé au beau milieu de l'averse de fer. Mais il se fiait à la chance. Pourtant il était écrit qu'il en verrait bien d'autres encore et qu'il sentirait encore de plus rudes piquants sur la peau et dans sa conscience, avant de parvenir à la connaissance de la réalité.

Un jour, au cœur de la forêt des Fossés, son nom retentit le long des pentes d'un vallon. Lui était agenouillé, en train de visser un rail de la voie ferrée qui devait permettre d'amener les munitions jusqu'aux affûts des 150 de combat ; surpris, il cria :

— Présent.

Les mains dans les poches, un jeune sous-officier du génie s'avançait. Bertin interrogea du regard ce visage allongé, au nez enfantin. — Il avait vraiment l'air d'un petit singe fort avisé, le petit sous-officier Süssmann, qui apparaissait tous les deux jours, passait la revue, puis disparaissait de nouveau ; il ne soignait guère ses bandes molletières et ne portait pas même de ceinturon. — La cigarette au coin de la lèvre, il s'assit à côté de Bertin :

— Ça n'a pas été facile de vous dénicher.

— Possible, fit Bertin en maniant sa clef anglaise, pas moyen de serrer davantage...

Comme c'était bien qu'il eût appris à manier toute espèce d'outils dans l'atelier de son père ; aujourd'hui il ne s'en tirait pas trop mal. Le sous-officier vérifia le travail : les éclisses tenaient bien sur les travées.

— *All right !* mais ce n'est pas pour cela que je suis venu. Je dois vous amener chez le lieutenant.

— Lequel ? demanda Bertin.

Süssmann lui jeta un regard :

— Mon lieutenant Kroysing, naturellement. Ça n'a pas été facile du tout de vous découvrir, vous ne lui aviez pas dit votre nom.

Bertin se leva :

— Ah ! vous êtes donc dans sa troupe ?

— Mais oui.

Ils posèrent le châssis suivant, retirant d'un sac des éclisses et des écrous.

— Ça ne soigne guère les mains, fit Bertin en examinant ses doigts, mais ça vaut mieux que le bureau de la compagnie.

Il s'accroupit de nouveau ; Süssmann vissait les boulons, comme s'il n'eût pas été un « supérieur ». Un coup de vent fit pleuvoir sur leurs têtes un essaim de feuilles jaunies.

— Et maintenant, qu'est-ce qu'il pense de son frère — au cas où vous seriez au courant ?

— Les remords ont les dents longues, repartit Süssmann. Il doit avoir appris bien des choses, sinon la compagnie de son frère et l'état-major du bataillon ne seraient pas au fort de Douaumont.

Bertin le regarda sans comprendre :

— Le capitaine Niggl ?

— A Douaumont. Un hasard. Le Douaumont est une grande garnison. Il y a plusieurs demeures dans la maison de mon père. Et maintenant le lieutenant demande si vous voulez assister à la lecture de la lettre.

— Et ma compagnie ? fit Bertin avec un certain doute.

Süssmann jeta sa cigarette :

— Le lieutenant Kroysing est une grosse légume dans la région, et plus on approche du front, plus il est grand. Vos gens ne l'ignorent pas. Le tout est de savoir si vous voulez risquer le coup : on peut dire que Douaumont est tout à fait calme en ce moment, même les voies d'accès. Mais bien sûr, notre point de vue n'est pas le vôtre.

— Comment le savez-vous ? répondit Bertin. Il m'est arrivé, autrefois, de vouloir me distinguer. Mais maintenant, après quinze mois passés chez les Prussiens... (Tous deux se mirent à rire.) Mais, au besoin, je me trouverais pas trop mal chez vous ; seulement, comment se rend-on là-bas ?

— Nous vous conduirons, répondit simplement Süssmann ; et il expliqua à Bertin ce qu'on attendait de lui.

Toutes les voies de ravitaillement étaient sous le commandement du parc du génie, et ce n'était pas peu. On logeait en partie dans des souterrains, en partie dans des baraques de tôle ondulée. Pendant tout le mois d'août, ça n'avait pas été une rigolade, mais depuis quelque temps le calme était venu, on accordait des permissions. On avait besoin d'un téléphoniste pour un poste de chemin de fer, dans la Bauge, à l'est de Bonzevaux, non loin des batteries d'artillerie lourde d'Ornes. Ils avaient demandé un homme à la compagnie de Bertin, mais le menuisier qu'on leur avait donné, dur d'oreille et froussard par surcroît, ne faisait pas l'affaire.

Bertin pouffa : il connaissait bien le menuisier Karsch ! Et pourtant la compagnie ne manquait pas d'hommes intelligents.

— Mais moi, poursuivit-il, vous ne m'aurez jamais, on ne détache pas des juifs, c'est contre nature.

Süssmann répliqua sur un ton de reproche qu'il n'y avait pas de quoi rire : tout juif doit en tout temps défendre l'égalité de droit pour chacun.

— Défendez-la contre Jansch et consorts, lança Bertin en plissant le front, nous sommes dix juifs dans la compagnie, et pas un n'est employé de bureau. Le major Jansch est ce qu'on appelle un journaliste national.

— Ce n'est pas ça qui l'avancera, répondit Süssmann avec mépris, Kroysing vous demande, vous et pas un autre. Quinze jours en pleine forêt, dans une petite cabane, huit heures de service, seize heures votre propre maître.

— Entendu ! dit Bertin.

— Quinze ! cria la voix du sous-officier Böhne.

De tous côtés on vit déboucher des Armierer, balançant leur gourde, leur gobelet et leur sac à pain attachés à une longue courroie. (Seul le masque à gaz ne les quittait jamais, logé dans son petit tambour d'aluminium ; on tirait beaucoup au gaz, dans ces parages.) Bertin alla chercher sa vareuse, accrochée à un éclat d'obus fiché à hauteur d'homme dans le tronc d'un hêtre. Süssmann l'accompagnait. Tout en marchant, Bertin s'informait de son nouvel emploi, voulait savoir si la cabane recevait beaucoup de pruneaux. — Süssmann hocha la tête : la cabane n'avait pas de défense, elle était située dans un repli du terrain ; mais à soixante pas sur la gauche et à cent pas sur la droite, le tir des Français défonçait le terrain. Toutefois, depuis que les Bavarois s'étaient emparés de la forêt de Fumin et de Vaux-Chapitre, et que les alpins avaient pris d'assaut Thiaumont, les batteries françaises avaient reculé. — Bertin tira de sa musette du biscuit de campagne, un couteau et une boîte de miel artificiel. Il en offrit à son compagnon, mais celui-ci, secouant la tête :

— Je préfère un déjeuner chaud, dit-il, puis il alluma une cigarette. Pas de beurre, demanda-t-il encore, pas de saindoux ?

— Pas chez nous, fit Bertin.

— A Douaumont, on est comme des coqs en pâte, en comparaison de votre ordinaire.

— Il y a combien jusque chez vous ? demanda Bertin.

— Trois quarts d'heure s'« il » ne tire pas, mais s'il tire, il faut vous coucher à terre jusqu'à ce qu'il cesse. Et jamais sans masque à gaz.

— Nous, nous sommes habitués à manger d'étranges choses, nous autres juifs, dit Bertin tout en mâchant.

Süssmann fumait :

— J'ai déjà mangé de tout, autrefois.

— Moi aussi, fit Bertin, mais le saindoux n'y figurait pas.

— Le temps viendra, où nous nous en lécherons les doigts ; ça va être sérieux, cet hiver.

— En somme, quel âge avez-vous, sous-officier Süssmann ? si vous me permettez cette question.

— Seize ans et demi quand les troupes du génie m'ont enrôlé comme volontaire ; comptez.

Bertin posa son couteau ouvert sur ses genoux, s'arrêta de mâcher :

— Un enfant... Moi je vous donnais vingt-cinq ans.

— J'ai déjà quelque chose derrière moi, remarqua Süssmann. Je vous raconterai ça un jour ou l'autre... Donc, vous vous tiendrez prêt à partir demain matin. Appelez-nous vers six heures. Nous avons une ligne directe avec vous, si les fils n'ont pas été coupés par le tir. Kroysing sera content. Il semble tenir particulièrement à vous, parce que vous n'avez pas hésité à faire confiance à son frère...

Bertin haussa les épaules :

— Ce n'était pas bien malin, il fallait être son frère pour être aussi aveugle.

Süssmann se leva, lissa les plis de sa tunique :

— Donc, à demain après-midi.

Il fit un signe de tête et s'éloigna entre les arbres.

Surpris, Bertin le suivit des yeux, puis s'étendit de tout son long sur le sol chaud de la forêt, en mangeant son pain noir, les yeux tournés vers le firmament. Et tandis que, tout en tirant sur son cigare, il se laissait envahir avec une sorte de bonheur par la lumière dorée du ciel, il réfléchit que jusqu'ici on ne lui avait rien demandé qui fût au-dessus de ses forces. Il flottait encore dans l'illusion, la guerre ne lui avait pas encore mis son poing sous le nez, comme au pauvre petit Kroysing. Et l'on pouvait se demander ce qu'il adviendrait de l'aîné qui avait attiré les malins dans son propre royaume. Les mouvements de la vie s'effectuent par à-coups. La guerre, de jour en jour, le serrait de plus près. La prochaine station était donc la cabane de la Bauge, la suivante, Douaumont. Pourquoi pas ? Un écrivain n'avait pas le droit de se dérober à l'hameçon du sort... Ses yeux se fermèrent, il voyait des poissons d'argent, ouvrant bêtement leurs gueules, voguant dans le bleu, tous dans une certaine direction ; la main qui tenait le cigare retomba à terre, il ne pouvait rien lui arriver, les poissons non plus n'avaient rien à craindre. Il dormait déjà.

Le lendemain à deux heures de l'après-midi, le soldat Bertin, son paquetage prêt, se rend au bureau de la compagnie. On a pris la peine de soigner son uniforme — un ceinturon qui vous sangle notre homme, un de ces calots gris avec l'insigne et la croix de laiton qui avaient traîné jusqu'ici dans quelque magasin prussien.

Il fait chaud, en France, vers la fin d'août. L'adjudant Glinsky ne demanderait pas mieux que de dormir, mais il ne peut pourtant pas se dispenser de souhaiter en personne un bon voyage à l'Armierer Bertin. Le col ouvert, il se repaît de la vue du soldat planté devant lui. Tout est en ordre : le pantalon gris dans les bottes noircies, la tunique d'infanterie, le sac au paquetage irréprochable, un soulier logé de chaque côté de la capote roulée. Puis il s'assied à califourchon sur une chaise, voilà. Il sait — et Bertin sait aussi — que si cet ordre de marche avait appelé l'Armierer dans un village de l'arrière, la compagnie aurait pour le moins essayé de le soustraire à cet appel. Mais comme c'est pour l'avant, nul ne connaît les hasards de la vie. Les pionniers veulent de ce télégraphiste — à votre service, messieurs.

— Repos ! Vous êtes un homme instruit, commence Glinsky, je puis donc me dispenser d'un discours. (« Oh ! de la flatterie, pense Bertin, qu'est-ce qu'il médite ? ») Vous avez pas mal de revanche à prendre, espérons que vous ferez bien votre affaire.

Bertin, tout à fait militaire, répond :

— Très bien, sergent.

Mais, en affectant ce ton soumis, il s'attend à une petite allusion, à une pointe et il espère pouvoir aussi, de son côté, y aller d'une petite phrase qui rappelle au sieur Glinsky la permission qu'il lui a refusée, pour se rendre au lazaret de Billy. Bon enfant. Glinsky poursuit :

— C'est une petite faveur qu'on vous fait là, quinze jours de bonne vie dans l'armoire au téléphone. Tâchez de nous revenir sain et sauf. On vous fera suivre votre courrier ; mais, dites donc, nous avons l'adresse de votre famille ?

« Ah ! pense Bertin, presque amusé, ça commence à sortir, mon petit. » Car cette dernière petite question... Sans doute pour le cas où il lui arriverait quelque chose. Bertin fait la bête et déclare avec entrain et insouciance : « Certainement, sergent », et laisse venir son homme.

— Ce doit être un de vos bons amis, reprend Glinsky en lui lançant un regard d'intelligence, qui vous a procuré ce filon. Le petit sous-officier Süssmann, sans doute.

Encore du venin dans cette allusion à la connivence qui doit exister entre juifs, tout au moins dans l'idée que se font des juifs les gens de la catégorie de Glinsky. Mais voilà qui prépare la pointe de Bertin :

— Non, dit-il en plongeant tranquillement son regard dans les yeux de Glinsky, ces yeux gris, ces yeux somnolents de dogue. Je pense que c'est le lieutenant Kroysing, du parc des pionniers de Douaumont, qui a arrangé la chose.

Ça y est. Notre homme, à califourchon sur la chaise, reste la bouche ouverte :

— Comment s'appelle ce lieutenant ? dit-il en se levant.

— Kroysing, répète Bertin avec déférence. Eberhard Kroysing, le frère d'un jeune sous-officier qui est tombé à la mi-juin.

— Et il a son unité à Douaumont ? interroge Glinsky qui ne s'est pas encore ressaisi.

— Précisons, sergent, répond Bertin, seulement le service du génie rattaché au fort.

Il n'a pas besoin d'en dire davantage, car Glinsky a l'esprit rapide. Il y a donc quelque chose sous roche dans ce transfert des Schipper bavarois à Douaumont (le fait s'est colporté), il se l'explique maintenant, quoique de façon imprécise, étrange.

— Rompez, lance-t-il tout à coup. Pour les moyens de transport, vous vous débrouillerez.

Bertin fait demi-tour et quitte le bureau avec soulagement. Quant à son itinéraire, il l'a préparé depuis longtemps.

A deux heures dix, il dépose son sac sur le plancher de la cabine téléphonique du parc pour se faire expliquer le fonctionnement du système. Les camarades se montrent des plus complaisants : voici des jours qu'ils tremblent d'être désignés pour remplacer le permissionnaire de la Bauge ! « Ah, l'ami, c'est un jeu d'enfant, tu as devant toi les huit volets des stations, et derrière, ceux qui te relient avec le parc du génie, le prochain poste d'aiguillage et le groupe d'artillerie. Et pour la manœuvre, les nouveaux copains te l'expliqueront en deux minutes. Et pas de danger, tu sais ; quand la ligne est coupée par le tir, c'est les autres qui doivent sortir pour la réparer.» Ils se gardent bien d'ajouter qu'en pareil cas, c'est peut-être le nouveau venu qui devra courir jusqu'au parc des pionniers pour annoncer que la ligne est coupée. « D'ailleurs, tu trouveras des pays, là-bas, des camarades de Haute-Silésie.» Bertin ne se soucie guère que d'un seul régiment de Silésie, le 57 de l'active, le régiment de son petit frère. Avant-hier encore, il a reçu une lettre de sa mère ; derrière l'écriture pâle, la crainte se lisait : peut-être que déjà il n'y avait plus de Fritz Bertin. L'automne précédent, il avait été blessé une première fois.

Vers trois heures, on lui fait savoir que les obus de 210 sont chargés et le convoi prêt à partir. Bertin accroche son sac sur une épaule, et le bâton à la main, dévale la pente, répondant aux adieux mi-curieux, mi-moqueurs des camarades de la troisième section. Pour une fois, l'événement fait le beurre de tous : ceux qui restent sont heureux de pouvoir demeurer là, et Bertin est heureux de partir. Les canonniers silésiens, gaillards osseux aux visages surmenés, ne font aucune difficulté : « Flanque ton sac sur les marmites et attelle-toi.» Bertin cache son dépit ; il n'avait pas prévu qu'il devrait se mettre à cette besogne. Et tandis qu'un peu consterné, il contemple les obus trapus couchés sur les lorries en forme de berceaux, comme des nouveau-nés cylindriques, il découvre avec émerveillement que Glinsky ne lui a pas fait la plus petite impression — pas de trouble, pas la moindre peur. Grandiose nouveauté !

Au fond d'un vallon désert, la voie ferrée bifurquait vers l'est. La Bauge, lui dirent-ils, débouchait sur la droite, c'était le troisième chemin, assez étroit, signalé par des bandes vertes. Il trouverait facilement. Bertin fila rapidement, malgré le sac et la longue capote. C'était la première fois qu'il était seul sous ce ciel pur, dans le soleil étincelant. A tout instant, la mort pouvait descendre de ce firmament d'été et l'atteindre. Il dut se ressaisir. Il maudissait sa bêtise d'obéir ainsi à un commandement, simplement pour ne pas décevoir Eberhard Kroysing. Partout des traces de pas entre les trous d'obus : qui pourrait s'y reconnaître ? La sueur embuait ses verres ; d'une main tremblante, il se mit à les essuyer. Ce silence de mort l'angoissait, chaque coup qui résonnait sur la crête l'angoissait. Lorsque là-haut, un avion surgit, il fut tenté de se jeter à terre, étant trop myope pour distinguer si l'avion était allemand ou français. Il se hâtait, serrant les dents sur son tuyau de pipe, suivi de son ombre bossue, pareille à l'un de ses ancêtres qui, du temps de Marie-Thérèse, avait traîné son ballot de ferme en ferme dans les montagnes de Silésie autrichienne. Il comptait les échancrures du terrain, sur sa droite ; il en avait déjà dépassé une, la suivante s'ouvrait là, et là-bas, dans la vapeur du soleil, deux autres lui faisaient signe. Il consulta sa montre, comme si elle pouvait lui porter secours, son cœur battait ferme sous le poids du sac et de la solitude. S'il n'avait été dès longtemps habitué à dominer les résistances qui surgissaient en lui, il n'aurait pas exécuté l'ordre qu'il avait reçu. Il se reposa un instant au bord du prochain trou d'obus, avala quelques gorgées du café tiède que contenait sa gourde, ralluma sa pipe, se forçant à respirer calmement. Il était enfin enveloppé de cette solitude tant désirée. Il s'insultait, se traitait d'âne bâté, probable qu'il ressemblait au paysan débarqué de la province, pour la première fois perdu dans le tohu-bohu de la grande ville ; les autos le terrorisent, les tramways, les gens qui se hâtent, il n'ose demander son chemin, il tombe de la lune, et quand enfin il se décide à ouvrir la bouche, il se trouve à deux pas du but. Ainsi Bertin, les yeux clignotants, la main en abat-jour : là, sur la droite, ce pouvait être l'entrée de la Bauge. Il se mit en route et arrivé dans le fond du vallon, il ralentit le pas. Devant lui se dessinait un enchevêtrement de verdure, écheveau emmêlé, déchiqueté, troncs brisés recouvrant les jeunes pousses, feuillage jauni le long des branches et sur les couronnes abattues ; de tous côtés des entonnoirs crevassaient le terrain. Ce devait être le travail des batteries allemandes, car le versant était orienté vers le nord. Le versant sud avait été ravagé par le tir des Français. Tout à coup, devant son nez, surgit un écriteau, avec une flèche : « la Bauge ! » « Tonnerre ! » murmura-t-il, à la fois délivré et inquiet. Il se faufila entre les troncs couchés et trouva un sentier. Aussitôt après, un hululement se fit entendre, Bertin était déjà couché à terre, étroitement serré contre un hêtre, son sac vint donner contre sa nuque. Un choc sourd sur le versant de la montagne, derrière lui, puis un deuxième. Il attendit, pas d'éclatement. Les Français essayaient les nouvelles munitions américaines, qui ne valaient rien ; seul le hurlement des obus, ce son déchirant, l'avait couché à terre et, les mains souillées, il reprit sa route. Les cadavres des arbres lui parurent horribles. Comment referait-on jamais cette nature dévastée ? Il avait marché une minute à peine, qu'au détour du vallon une forêt intacte, forêt de toujours, la verdure l'environnait, et l'ombre, des oiseaux appelaient dans les hautes couronnes des hêtres. A côté des troncs tachetés de soleil montaient des faisceaux de jeunes pousses, minces comme les doigts, comme des bras d'enfants, si élevés que là-haut leur feuillage se déployait dans la lumière. Des ronces étendaient le réseau de leurs sarments et offraient leurs fleurs tardives, leurs fruits rosés et violacés. Luisantes et vertes, les feuilles lancéolées et l'épine-vinette s'entrelaçaient, les palmes des fougères se balançaient au-dessus des mousses et des pierres. C'était un miracle, une forêt de montagne, comme dans les promenades des vacances, à la maison. Qu'il faisait bon s'asseoir ici, le sac appuyé à une pierre, la canne entre les mollets, ne penser à rien, respirer l'air frais, tonique, glissant entre les fûts des arbres.

Cinquante minutes plus tard, Bertin gagnait la voie ferrée des convois à essence, une voie de garage, et il arrivait à un blockhaus. Enfin, il s'annonça à un *Gefreite* barbu qui se tenait assis devant la porte, occupé à tailler un bâton :

— Te voilà ! fit le soldat sans s'émouvoir, et Bertin reconnut à son accent que c'était un Badois, comme le camarade pieds nus et en bras de chemise qui apparut, tout heureux que le troisième soit venu les rejoindre.

On demanda à Bertin s'il savait jouer au skat. — Bien sûr. — S'il apportait beaucoup de poux, parce qu'on pouvait se tenir propre, ici.

— Dieu merci, fit Bertin.

Les deux hommes du Landsturm auraient pu, au besoin, assumer à eux seuls le service : ils n'avaient qu'une crainte, c'était d'être relevés. Le standard téléphonique du service du chemin de fer ne comportait en effet que huit volets, mais il fallait que quelqu'un fût là en permanence nuit et jour. Bertin tâta son nouveau lit, accrocha son sac à un clou, déroula sa couverture, déballa ses affaires : objets de toilette, plumes, papier et pipes, la photo de sa femme dans un petit cadre rond. Le voilà installé pour quinze jours.

Avant dix heures — suivant les conseils du *Gefreite* Friedrich Strumpf, gardien de parc de Schwetzingen, non loin de Heidelberg — il se mit en communication avec les sapeurs de Douaumont. Quand le Badois entendit qu'il se faisait annoncer au lieutenant Kroysing, il regarda Bertin avec méfiance : le nouveau semblait avoir des relations plutôt distinguées. Ce fut le sous-officier Süssmann qui vint à l'appareil : le lieutenant Kroysing le faisait saluer ; lui, Süssmann, viendrait le chercher le lendemain, dans l'après-midi. D'ici là, bonne chance.

— Voilà qui est fait, dit Bertin, puis il se mit en devoir de rassurer ses camarades.

Il leur offrit des cigares, tout en leur racontant ses souvenirs de l'été 1914 ; il s'était baigné dans le Neckar, et justement il avait visité le parc du château de Schwetzingen, avec sa mosquée — construite par l'électeur Karl Theodor, n'est-ce pas ? —, les merveilleux oiseaux qu'on élevait dans une volière, et le petit pavillon chinois, le bassin de marbre ; en cinq minutes il avait gagné le cœur de Strumpf, l'ancien gardien de parc rayonnait. Maintenant il montrait à Bertin la photo de ses deux enfants, un garçon avec son sac d'école, une fillette de dix ans qui tenait un chat dans ses bras, et il se mit à lui expliquer le caractère du troisième compagnon, le rouquin, un ouvrier d'une fabrique de tabac de Heidelberg — assez colérique, ne supportant pas la contradiction, mais un bon camarade quand on savait le prendre.

Bertin passa l'après-midi à s'initier à son nouveau service, s'informant de la position des batteries qu'on entendait tonner dans le voisinage, s'orientant : Douaumont au sud-ouest ; au nord-est, derrière eux, au-delà de la longue pente, les gorges de l'Orne et, à l'est, Bezonvaux. A leur gauche, une batterie de canons frettés, puis, à trois quarts d'heure en avant, les obusiers de campagne ; c'est de là qu'on leur apportait le courrier. Si les canonniers ne se montraient pas pendant quelques jours, il fallait leur téléphoner. C'étaient des gars plutôt maussades, des Polaks de la frontière russe, les mots leur sortaient de la gueule comme des cailloux, il n'y avait que le lieutenant de sortable et il s'ennuyait à crever. Schanz, qu'il s'appelait.

Tandis qu'ils étaient assis pour le repas du soir — thé au rhum et pain rôti avec des tranches de lard — Bertin occupé à faire griller sa tartine enfilée à une baguette, on entendait hurler, craquer, chanter et crépiter la canonnade ; cela s'apaisait puis reprenait, se taisant un instant et reprenant encore. Les deux Badois n'y prenaient pas garde : c'était la bénédiction du soir lancée par les 150 pointés sur Thiaumont et par-delà. Un son désagréable, mauvais, contre nature, qui s'annonçait de loin. Bertin se tenait là, profondément impressionné. Mais ce qu'il entendait, ce n'était point le rugissement d'un engin fabriqué par les hommes et dont le but et l'emploi fussent l'affaire des hommes. C'était le grondement d'une force séculaire, semblable à une avalanche dont les lois de la nature, et non les hommes, étaient responsables. La guerre, cette entreprise des humains, lui apparaissait encore comme une tempête déchaînée par le sort, le déploiement d'éléments destructeurs, échappant à la critique et ne pouvant être imputé à quiconque.

2

Voix de la tombe

Le lendemain, vers midi, Erich Süssmann avait surgi brusquement, scrutant les lieux de ses yeux perçants ; il promit aux deux Badois de leur renvoyer à temps leur nouveau camarade. Tels deux jeunes gens en balade, ils s'éloignèrent, franchirent la voie ferrée, le ruisseau, gravirent la colline à travers les broussailles et les buissons tout tachetés de soleil. Le sous-officier Süssmann connaissait par leur nom toutes les forêts environnantes — ici le bois de Vauche, là le Moyemont, et plus loin le Hassoule avec ses gorges. Chacune de ces forêts avait coûté des flots de sang, au sens strict du mot. Ils s'étaient engagés dans un étroit chemin quand brusquement Bertin prenant Süssmann par l'épaule :

— Là, un Français !

A quelques pas, un bleu horizon leur tournait le dos, le casque d'acier sur la nuque, pressé contre un buisson comme s'il allait reprendre sa marche à l'instant. Süssmann eut un rire bref :

— Mon Dieu, oui, un Français. Il est là pour indiquer le chemin qui mène vers la batterie des obusiers. Vous n'avez pas besoin d'avoir peur : pas moyen d'être plus mort que celui-là.

— Et on ne l'enterre pas ?

— Cher monsieur, où donc vous êtes-vous attardé ? Dans la Bible, sans doute, ou dans *Antigone*. Il fallait un poteau indicateur, et voilà, on a pris ce qu'on avait sous la main.

Bertin jeta un regard de côté quand ils passèrent près du mort qu'un long éclat d'obus, pareil à une épée, avait cloué au fût d'un arbre tronçonné. Bertin eut honte. Il éprouvait un besoin invincible de jeter de la terre sur ce casque, sur ces épaules, d'expier sa mort, de le rendre au sol maternel. Ses regards scrutaient le visage décharné, les mains desséchées. « Grand Dieu ! songeait-il, c'était peut-être un jeune père ; sur ses épaules, il avait porté un enfant, pendant sa dernière permission... » Bertin avançait en silence, aux côtés de Süssmann. Ils passèrent le long des tas de munitions, recouverts de bâches vertes. A gauche, au-dessous du chemin qu'ils suivaient, la voie ferrée réapparaissait ; bientôt après, parmi les troncs d'arbres amoncelés, surgit le tube d'une pièce dont l'affût était solidement engagé dans le terrain. Alors seulement Bertin remarqua les fûts abattus, reliés entre eux par des câbles, rembourrés de sacs de sable et camouflés de toile peinte de taches bleues, brunes et verdâtres. Un amoncellement de douilles se rouillaient à quelque distance, ferraille sans emploi. Süssmann s'entretint avec la sentinelle qui se promenait sans fusil. Il n'y avait pas de courrier aujourd'hui ; ce serait peut-être pour demain.

Enfin se dressa devant eux le versant de la colline que couronnait le fort. Tout un morceau de l'édifice avait été arraché par l'explosion. La terre — jamais Bertin n'avait rien imaginé de pareil. On eût dit un fragment de peau rongé par la lèpre, vu au microscope — blessure après blessure, escarre dentelée et pus, tel apparaissait le sol arraché. Il avait perdu toute structure, toute consistance, il semblait brûlé, des restes de racines couraient de-ci de-là pareils à des vers. Dans un fossé, pourrissaient des grenades à main ; « C'est juste, pensa Bertin, il y avait eu de l'eau par là ». Des lambeaux d'étoffe flottaient accrochés aux fouillis de fils de fer, une manche avec des boutons, des étuis à cartouches, les restes d'un ruban de mitrailleuse, partout des excréments et des tas de boîtes de conserve, nulle trace de fragment humain. Soulagé, Bertin en fit la remarque, mais Süssmann hocha la tête :

— Au début d'avril, il devait y avoir des morts par là, mais nous ne pouvions pas les laisser empuantir l'air plus longtemps. On les a enfouis dans de grands fossés, un peu partout.

— Depuis quand êtes-vous donc ici ?

— Depuis toujours ! Et Süssmann eut un sourire. Tout d'abord, nous l'avons pris d'assaut, ensuite ce fut le formidable chahut dans ses entrailles ; ensuite, je me suis absenté pour quelques semaines et je suis revenu.

— Qu'est-ce que vous appelez le grand chahut ?

— L'explosion, repartit Süssmann. Drôle de monde, je vous en réponds. J'avais déjà traversé la mort ; c'est moitié moins terrible.

Alors on se demande : à quoi bon ? Pour qui faisons-nous tout cela, les uns et les autres ?

Bertin s'arrêta : toute réponse qui lui venait à l'esprit lui semblait impossible ; ici toute parole sentait le pathos ranci.

— Oui, jeune homme, railla son petit guide, vous aussi vous laissez votre éloquence à la maison : les gens de votre espèce, je les vois toujours comme des individus tombés d'un ballon et qui ont besoin de quelques éclaircissements sur la planète où ils se promènent maintenant.

— Merci, je vous remercie, fit Bertin sans aigreur. Si les Français nous en laissent le temps...

— Pourquoi pas ? reprit Süssmann, ils sont dans le chocolat tout comme nous. Ils ne bougent pas le petit doigt.

La montée devenait une grimpée en montagne, la canne n'était pas de trop. Quand, passé le pont du chemin de fer, ils eurent franchi les fils de fer, Bertin renifla l'odeur sourde des murs démolis et les senteurs de matières étranges ; Süssmann se mit à rire :

— Ah ! c'est le parfum de Douaumont, on ne l'oubliera guère. (La garde ne les avait pas interpellés.) Si vous rencontrez des officiers, ô étranger, vous devez saluer, ici : « Service commandé ».

— Pour le moment, je ne distingue rien du tout, répondit Bertin, et sa voix résonna dans le sombre tunnel.

A droite et à gauche, s'ouvraient des voûtes piquées de petites ampoules électriques.

— Nous sommes dans l'aile nord-ouest, précisa Süssmann. Fin mai, les Français ont bien failli nous danser sur le crâne ; mais ça n'a pas réussi.

Des Armierer passèrent, chargés d'outils en faisceaux ; un groupe de sapeurs solidement crottés fit signe à Süssmann :

— Ceux-ci vont dormir aujourd'hui ; d'ailleurs nous nous sommes faits à la vie des animaux nocturnes. Étrange comme on se fait à tout. Au fond, les ressources de la nature humaine sont illimitées.

— Et que faites-vous ?

— Mais vous le savez bien, la voie ferrée. C'est notre récréation. Pour aujourd'hui je me suis contenté d'une balade. Je dois vous reconduire ce soir, et demain matin j'irai voir vos collègues de la forêt des Fossés.

— Saluez-les de ma part.

Bertin sourit.

Le parc du génie occupait une moitié d'aile du formidable pentagone. Personne ne fumait, car il n'y avait pas seulement des rouleaux de fil de fer, du bois de soute ; Bertin avait aperçu au passage les corbeilles d'osier à deux anses remplies de cartouches de mines, rangées la pointe en bas, des caisses de fusées. Un sous-officier avec une barbe de plusieurs semaines distribuait précisément des fusées à des fantassins. Il comptait les cartouches, les disposait sur un madrier repo-

sant sur deux tonnelets. Derrière lui, une porte ouverte laissait voir des rangées de bidons :
— Huile pour les lance-flammes, expliqua Süssmann.
— Vous en avez des provisions ! s'exclama Bertin.
— Entrepôt pour la résurrection, avoua Süssmann. Nous occupons une bonne partie de la taupinière, qu'en dites-vous ?
Plus loin, dans la lueur indécise des lampes, les Schipper bavarois déposaient leurs outils.
— Ils ont maintenant douze heures de repos, remarqua Süssmann ; le lieutenant veille à ce qu'on ne leur colle aucune besogne dans les heures libres. Oui, M. le capitaine Niggl a de petites surprises.
— Et à combien de mètres sous terre cela se passe-t-il ?
— Suffisamment profond pour le samedi et le dimanche ; nous avons trois mètres de béton sur la tête, et toute une caserne, des tours blindées, des abris de mitrailleuses — bref, tout le confort... C'est là qu'habite notre lieutenant.
Bertin pénétra dans une niche, s'immobilisa. Le lieutenant Kroysing se tenait à une fenêtre, vaste meurtrière en face de laquelle s'élevait une muraille trouée de deux échancrures faites par des obus.
— Coup d'œil sur la verdure, fit-il en riant, et il salua Bertin ; de là je vois même un bout du ciel.
Bertin le remercia du poste agréable qu'il lui avait procuré, mais Kroysing ne voulut rien entendre : il n'avait pas agi par amabilité, pas du tout ; il fallait qu'il restât au moins un homme qui pût expliquer toute l'histoire au conseiller Mertens de Montmédy, à qui il appartenait de réhabiliter le sous-officier Kroysing :
— Mon père se consolera de la mort de Christoph, et de la mienne aussi par-dessus le marché, si j'arrive à mes fins. C'est pourquoi il faut marcher la main dans la main. Mais pas d'exception, comprenez-vous, pas une. Si l'on raconte en Bavière — et cela se dit — qu'un Kroysing n'a échappé au conseil de guerre que par la mort, le père se sentira honni, déshonoré, et cela doit lui être épargné.
Bertin contemplait avec sympathie ce visage tanné, qui lui paraissait plus maigre encore que la dernière fois...
— Triste, dit-il à mi-voix, qu'on ait encore à se battre pour son compte personnel avec l'infamie !
Eberhard Kroysing n'était pas de cet avis. Ce n'était pas si mauvais, c'était du sport, de la revanche. Et en cet instant, Bertin vit un visage aussi impitoyable que la terre, cette terre qui n'était que décombres et fossés.
La pièce baignait dans une clarté économe. Le sous-officier Süssmann revenait, tenant une écuelle d'eau chaude. Kroysing alla prendre dans un tiroir quelques feuilles de papier-buvard blanc : il lui avait fallu quinze jours pour se les procurer. Puis, du bout de ses longs doigts, il déplia un mouchoir blanc qui enveloppait les pages rigides de la lettre de son frère, et les plongea dans l'eau. Trois têtes, deux

brunes et une blonde, se penchaient sur l'eau qui se teinta de rose, puis de brun-rouge ; peu à peu la coloration se déposa au fond de la cuve.

— Attention maintenant, fit Süssmann, laissez-moi faire.

L'opération était délicate : il s'agissait de ne pas détruire le papier, de ne pas décolorer l'encre, de pouvoir déplier la lettre, de choisir le moment critique. Le petit Kroysing s'était servi d'une carte lettre, l'écriture couvrait le recto et le verso d'un feuillet ainsi que l'intérieur de l'enveloppe. Prudemment, Süssmann baignait la lettre. Maintenant l'eau se colorait en brun.

— Puis-je la jeter ? demanda-t-il.

— Dommage, fit Kroysing, que je ne puisse la faire boire à personne.

En silence, Süssmann vida sa cuvette dans l'évier et lava la lettre à l'eau fraîche ; les feuillets se décollaient déjà. Quand il n'y eut plus de coloration, les pages furent posées entre les buvards ; l'écriture n'était effacée qu'en quelques endroits.

— Bonne encre, prononça Kroysing d'une voix sans timbre. Le petit aimait quand ça marquait noir. Voulez-vous m'écouter ?

« C'est si loin, songeait Bertin, le souffle entrecoupé, qui aurait cru que cela fût possible ? »

Ma bien chère maman — Kroysing lisait — *pardonne-moi de te faire de la peine avec cette lettre. Jusqu'ici j'ai dépeint ma situation sous un jour plus rose qu'elle n'est en réalité. Vous nous avez appris à dire la vérité, et, dans la recherche de ce qui est juste, à ne céder devant personne ; tu appelais cela : craindre Dieu plus que les hommes. Et bien que je ne croie plus en Dieu, comme tu le sais sans doute, cela ne veut pas dire que tout ce qui nous a été inculqué dès l'enfance soit par là même aboli. Ainsi j'ai écrit, au mois d'avril, à oncle Franz, une lettre dans laquelle je lui exposais la façon dont nos sous-officiers organisaient le ravitaillement de leurs hommes et la bonne vie qu'ils se faisaient aux dépens de leurs soldats. Oncle Franz sait combien il importe que le sentiment de la justice soit respecté en toute chose, si l'on veut maintenir le moral de la troupe. Or ce qui se passe ici, il le qualifierait de pure cochonnerie. Cette lettre a été ouverte par notre censure. Papa t'expliquera comment il se fait qu'on ait, là-dessus, intenté une action en justice militaire, non pas contre les sous-officiers, mais contre moi, et pourquoi on n'a pas voulu que notre bataillon soit appelé à témoigner. C'est à la suite de cela qu'on m'a fait rejoindre la plus dangereuse de nos positions. Petite mère, si tu savais combien j'ai le cœur serré de devoir t'écrire cette phrase. Tu vas te ronger de soucis, tu ne dormiras plus, tu me verras déjà sous la terre. N'en crois rien, petite mère, laisse-moi faire appel à la sagesse de ton cœur. Il y a deux mois déjà que je suis ici, dans la cave d'une grande ferme, et il ne m'est rien arrivé. Et il n'y a donc pas de raison pour qu'il se passe quoi que ce soit à l'avenir. Seulement, ça ne peut pas durer éternellement, sinon, je finirais par encaisser quelque chose. Aussi je te prie de télégraphier aussitôt à oncle Franz. Il doit me faire convoquer d'urgence par le conseil de guerre de Montmédy. Il doit donner mon adresse exacte au tribunal, car je soupçonne fort que le capitaine Niggl a manigancé une petite saleté, me prétendant indispensable, ou quelque chose dans ce goût-là.*

— Tu avais vu juste, mon petit, marmonna l'aîné, et il tourna la page.

Il ne faut pas qu'il traîne, mais qu'il téléphone d'urgence au tribunal et m'assiste en tout et pour tout. Il peut le faire sans scrupule : je suis exactement ce que j'étais il y a deux ans quand je me suis présenté comme volontaire. Mais le sentiment de ma responsabilité, toutefois, ne m'a pas permis de voir et de me taire. J'ai bien essayé de faire appel à Eberhard, mais il est terriblement accaparé par son service, et puis, en sa qualité d'officier, il ne peut guère être mêlé à mon affaire. Voici quelques semaines que je ne sais rien de lui. Cette lettre, je ne vous l'adresse pas non plus directement, mais par l'amical intermédiaire d'un Schipper — un universitaire — dont je n'ai fait la connaissance qu'aujourd'hui. Et maintenant, chère petite maman, agis promptement et adroitement, telle que nous te connaissons, toi, le bon esprit de notre foyer. Tu n'as pas eu la vie facile avec nous. Mais quand nous reviendrons, quand ce sera la paix, alors seulement nous saurons ce que vaut la vie, combien il fait bon être à la maison, être tout les uns pour les autres. Car beaucoup de choses se sont révélées comme étant de la fichaise, beaucoup plus que vous ne pouvez supposer, beaucoup plus qu'il n'est permis, et nous allons tout rebâtir à neuf, afin d'épargner au monde le retour de ce que nous devons maintenant voir de nos propres yeux, faire de nos propres mains et souffrir dans nos corps. Mais les parents et les enfants — notre amour pour vous et votre amour pour nous — voilà qui n'a pas bougé, à quoi on peut se fier, et c'est là-dessus que je termine. Toujours et du plus profond, votre fils Christoph.

P.S. — *Pour papa un baiser particulièrement cordial. Qu'il m'écrive une fois lui-même.*

Les deux assistants se taisaient. Le léger bourdonnement de l'artillerie quotidienne vibrait contre la vitre close.

— A tout prendre, conclut Eberhard Kroysing, tandis qu'il glissait la lettre entre deux buvards neufs, nous sommes en ce moment aussi profond sous terre que celui qui a tracé ces lignes. Avec une petite différence qui donnera un peu de fil à retordre à M. le capitaine Niggl.

Tout à coup, Bertin sursauta : un hurlement bref, sauvage, puis, tout proche, un craquement formidable suivi de l'écho assourdi par les murs ; sitôt après un second.

— Mes auxiliaires, fit Kroysing en souriant.

3

Le capitaine Niggl

M. le capitaine Niggl... Avec un mélange de dignité chatouillée et de répulsion, il s'était, après son arrivée au fort, étendu sur un lit de fer qui, toutefois — réconfort infini —, se trouvait abrité sous une voûte blanchie à la chaux d'une amicale épaisseur. A tout instant, il abordait l'officier adjoint au commandant de place, lui posant toujours la même question : en somme, le Douaumont, c'était tout de même une bicoque de tout repos, n'est-ce pas ? Et on avait comme ça un bon rembourrage de ciment sur la tête... Après avoir dormi là pendant quelques semaines, il recevrait sûrement la croix de fer de première classe et il serait pour tous les temps un grand homme à Weilheim, et pas seulement à Weilheim. Ainsi allaient ses pensées. Il avait pu constater que les hommes de la 3ᵉ compagnie étaient installés dans une gigantesque caserne de la même aile, qu'ils avaient avalé du café chaud, du pain et des conserves après leur marche de nuit, qu'ils allaient dormir tranquillement sur trois rangées superposées de tablettes de fer, et qu'au matin, ils organiseraient gentiment leurs quartiers. Mais dès l'aube, les Français se chargèrent de l'avertir, lui et les siens, que cette nouvelle contrée ne devait pas être mise en parallèle avec celle qu'ils avaient quittée. Tandis qu'ils allaient à la recherche des latrines, deux de ses hommes avaient débouché dans la vaste cour qui s'ouvrait au sud et qu'il était prudent, à certaines heures, de ne pas franchir ; ils s'apprêtaient à choisir un endroit pour se soulager quand ils furent abattus par le premier obus du matin, un projectile d'une batterie à longue portée, bien connue des habitués du fort. La terreur ne fut pas mince et le capitaine vit là un présage qui l'accabla. Il y avait beaucoup de choses pour l'accabler. L'air était pénible à respirer, les tunnels, contrairement à ceux des autres ailes, étaient tout noircis de fumée ; les installations électriques étaient toutes récentes, un couloir latéral se trouvait complètement bouché par un mur de construction récente aussi, bien qu'il se composât de vieux débris de maçonnerie. Les voûtes sonores ne plaisantaient guère, l'organisation du service n'avait rien d'engageant : travaux de mineurs pendant que l'artillerie française poursuivait son duel avec l'artillerie allemande ; travaux de terrassiers durant la nuit, dans un silence absolu et avec interdiction de fumer, bien que le front français fût à près de trois kilomètres du fort. Le commandant de place, un capitaine prussien, poli et laconique, n'était pas un habitué de la bouteille, et moins encore les officiers de l'infanterie qui cantonnaient au fort avec un bataillon de relève — enfin les radio-télégraphistes et les téléphonistes pas davantage. Le lieutenant d'artillerie, qui avait sous ses ordres les tourelles du fort, était un peu plus abordable. Mais quand

Niggl montait là-haut, il rentrait la tête à tout instant, comme une tortue qui se réfugie sous sa carapace, et cela n'était point du goût des artilleurs. Quant à l'officier de génie qui commandait les travaux de la 3e compagnie, il ne l'avait pas encore rencontré. Les adjudants avaient pris contact, le lieutenant avait inspecté la troupe, mais le capitaine Niggl pouvait, à bon droit, attendre que le personnage en question lui fît le premier une visite.

Et c'est ce qu'il advint. Dans la matinée, entre dix et onze, notre capitaine écrivait à sa femme une lettre tout émaillée de ronflantes descriptions en style administratif, lorsqu'on frappa à sa porte : le lieutenant des pionniers entra. La chambre du capitaine Niggl était en tous points pareille à celle du lieutenant, à cela près qu'elle était située à l'autre extrémité du fort, à une distance de trois cents mètres par conséquent. Le lieutenant dut se courber un peu pour entrer ; long et maigre, il s'avança jusque dans la lumière de la fenêtre près de laquelle le capitaine s'était installé pour écrire. Surpris, celui-ci se leva pour saluer son hôte. Mais les premiers mots de son interlocuteur lui coupèrent la respiration :

— Capitaine, vous permettez que je me présente : Kroysing, Eberhard Kroysing. J'espère que nous allons collaborer dans les meilleurs termes.

Ce fut dit d'une voix paisible, officielle, tandis que les yeux scrutaient le visage de Niggl. La carrière de fonctionnaire finit par donner de l'empire sur soi-même ; poliment, le capitaine offrit un siège au visiteur. Mais par-devers soi, il voyait se dessiner de menaçantes correspondances.

— Kroysing ? répéta-t-il.

Et le long lieutenant s'inclina :

— Exactement. Le nom vous est connu, mon capitaine ?

— Nous avions un sous-officier, dans la 3e compagnie...

— C'était mon frère, interrompit le lieutenant.

Le capitaine Niggl reprit, plein de compassion : Hélas, hélas, la mort enlevait toujours les meilleurs. Un modèle d'exactitude dans l'accomplissement de ses devoirs, le sous-officier Kroysing, il serait devenu la parure du corps des officiers. Quelques mois encore, et il aurait pu partir en permission — l'école d'officiers, ensuite tout se serait arrangé. Et juste avant cela, les Français l'avaient fauché !

Le lieutenant s'inclina, remercia : Oui, à la guerre, on ne choisit pas ; les parents finiraient bien par se consoler. La dernière fois qu'il avait vu son frère, il avait été question d'une affaire de tribunal militaire. Mais c'était à la fin d'avril ou au début de mai, si ses souvenirs étaient exacts, en tout cas après la formidable explosion et pendant les terribles combats dans la direction de Thiaumont-Fleury ; il n'avait pu s'occuper de la chose et n'avait d'ailleurs pas parlé plus de vingt minutes avec son frère. Mais que s'était-il passé au juste ?

Le capitaine Niggl demanda tout d'abord comment il se faisait que le jeune homme se trouvait dans un corps de troupe prussien, du moment que la famille Kroysing était pourtant bien bavaroise, de Nuremberg ? s'il avait bonne mémoire. — Le lieutenant lui expliqua les raisons de cette incorporation, mais, revenant au fait, il demanda ce qu'avait été, en réalité, cette enquête judiciaire.

— Rien, rien en somme. La censure s'était montrée par trop pointilleuse et le sous-officier Kroysing, le brave garçon, avait malheureusement écrit quelques mots imprudents à un haut fonctionnaire militaire. Mais, pour l'heure, le capitaine Niggl ne se rappelait pas les détails. Il avait été terriblement contrarié de devoir ouvrir une enquête... un aussi brave soldat. Mais cela ne dépendait pas de lui, et, de toute manière, le jeune Kroysing serait sorti de là sans la moindre tache. Ah ! personne ne se représente les dangers auxquels les Schipper sont sans cesse exposés. Au reste, le lieutenant savait-il que, pas plus tard qu'hier matin, deux de ses hommes avaient été bousillés, exactement comme le jeune Christoph, quelques mois auparavant ?

Le lieutenant nota au passage que Niggl avait dit « Christoph » en parlant de son frère, mais il ne se trahit pas... Il était certain, lui aussi, que le conseil de guerre aurait réhabilité son frère. Mais où se trouvait le dossier, en ce moment, auprès de qui pouvait-on obtenir cette satisfaction ? — Ça, le capitaine Niggl ne pouvait le savoir, la chose avait suivi la voie du service, la voie ou va toute chair. Peut-être l'adjudant Feicht, de la 3ᵉ compagnie, pourrait-il donner des éclaircissements. — L'adjudant Feicht, répéta le lieutenant. Et les effets de son frère ? Toutes sortes d'objets de valeur, dont certains dataient du temps de l'arrière-grand-père, conseiller à la Cour royale de Bavière, des effets personnels qui seraient, pour la mère, des souvenirs, une consolation. Et il y avait des papiers, des notes, peut-être des poèmes. Il était arrivé à Christoph d'en écrire. La mère désirerait sans doute faire éditer une petite plaquette pour les parents, les amis — bref, où cela traînait-il ? — Profondément étonné, le capitaine Niggl répondit que tout avait dû rester à l'infirmerie et être, conformément au règlement, expédié au domicile du défunt. — Non, cela ne s'était pas passé ainsi. L'infirmerie avait fait savoir au lieutenant Kroysing, le jour de l'enterrement, que ces effets avaient été retirés par la compagnie qui voulait les expédier elle-même. — Eh bien ! voilà qui prouvait que le bureau de la 3ᵉ compagnie prenait un soin tout maternel des intérêts de ses hommes. Ainsi le colis avait dû partir aussitôt pour Nuremberg. — Dans ce cas, le lieutenant Kroysing n'avait plus qu'à exprimer tous ses remerciements. Avec la permission du capitaine Niggl, il s'informerait chez lui pour savoir si l'envoi était arrivé à destination et il rendrait compte au capitaine des résultats de sa démarche. Pour l'instant, il ne voulait pas l'importuner davantage : il l'avait interrompu dans son travail, pour une affaire toute privée. Mais, encore une question de service : le capitaine Niggl ne pourrait-il, à l'occasion, pour encourager ses hommes, se rendre avec eux au travail du matin ou, la nuit, les accompagner au chantier de réfection du fort ? Cela ferait la meilleure impression, et ce ne serait pas sans effet en haut lieu. Du danger, il y en avait au-dehors comme au-dedans. Là-dessus, il s'inclina et quitta l'officier — son doyen de service et son supérieur — en faisant le salut militaire : les talons joints, les doigts à la casquette. Il ne lui tendit pas la main. Le receveur Niggl, de Weilheim, suivit des yeux le lieutenant, puis s'épongea. Tout à coup, il se prit à penser qu'il était ici, prisonnier comme dans une trappe, peut-être déjà dans sa tombe. Pourquoi donc cet idiot de sous-officier Kroysing n'avait-il pas l'allure de son frère, si redoutable, d'ailleurs ? Pourquoi avait-il ce visage de gamin et s'était-il conduit comme un butor ? Mais l'aîné, malheur à qui se trouvait sous ses yeux, à qui tombait entre ses mains. Il faudrait être bouché pour croire que le hasard l'avait envoyé ici, lui, Niggl, justement lui et justement sa 3ᵉ compagnie. Cet homme savait quelque chose, quoi ? On ne pouvait le dire. Et maintenant il voulait le faire sauter, lui, Niggl, dans cet enfer où un homme disparaît comme un rien — éclat d'obus ou balle. Non, ce compte-là, il fallait le barrer d'un trait. Il allait écrire aussitôt au capitaine Lauber : on était en train de régler une affaire privée par la voie du service. Ni lui ni ses gens du landsturm n'étaient à leur place ici, Lauber devait s'en rendre compte. Ou bien ne ferait-il pas mieux d'en parler tout d'abord à Simmerding et à Feicht ? Où se trouvaient les effets de Kroysing ? Étaient-ils encore dans les caisses et les coffres de la compagnie, parce que personne n'avait encore trouvé le temps d'examiner les manuscrits du défunt ? Les gaillards se seraient-ils partagé le butin ? Mais non, rien ne pressait. Avant que Kroysing ait reçu une réponse de chez lui, on aurait tout le temps d'aviser. Le plus urgent était de mettre au clair les intentions de l'adversaire, d'établir ce qu'il savait au juste.

Le plus urgent : rester calme. Pas étonnant qu'il perdît si vite son sang-froid, dans ce trou à fumier de Douaumont. En somme, à y regarder de près, la conversation de tout à l'heure n'avait rien que d'insignifiant. C'était lui, Niggl, qui avait attribué à l'autre ce dessein de vengeance, parce qu'il se trouvait dans cette forteresse du diable. Rien de suspect dans tout cela : tout naturel, cette question sur le dossier de l'affaire et sur les effets du frère. Et il ne s'était guère préoccupé du cadet, le lieutenant ; et il serait allé pêcher justement la compagnie de son frère et son chef de bataillon, pour se venger ? Bêtise, insondable bêtise. Le brave Kroysing était mort, qu'y faire ? Il y avait toujours eu des compagnies d'Armierer à Douaumont. Si tout cela n'était pas dû au hasard, c'est qu'il n'y avait pas de hasard ; et alors le prêtre avait raison qui faisait planer sur le monde un Dieu plein de zèle, occupé à surveiller les malfaiteurs et à protéger les innocents. Mais avec le bon Dieu, on savait comment s'en tirer. On allait à confesse, on faisait la pénitence que le prêtre ordonnait et on faisait un pied de nez au diable, et surtout à son délégué, au grand sec, à ce cochon de Prussien, qui n'était pas même un Prussien mais une imitation de Nuremberg. Non, mon brave Niggl, il n'y a rien de rien dans tout ça. Tu vas maintenant écrire ta lettre, sans rien laisser voir à ta femme et à tes enfants.

La journée ne se passa pas trop mal pour le capitaine Niggl, mais les tirs de midi l'effrayèrent ; il avait décidé d'accompagner ses hommes la nuit suivante, s'était fait apporter des cartes et se consolait à la pensée des kilomètres qui le séparaient des Français. Vers cinq heures, un de ses chefs de compagnie pénétra dans sa chambre, avec toutes les marques d'une terreur panique. Après avoir refermé la porte, l'adjudant-chef Simmerding, en bégayant, lui demanda s'il savait comment s'appelait le commandant du parc des sapeurs. Niggl, fanfaron, le tranquillisa : naturellement qu'il le savait, et depuis longtemps ; un homme très sociable, le lieutenant Kroysing, on allait faire du bon travail avec lui.

— Mais pourquoi n'en avoir rien dit à Feicht ? miaula Simmerding. Ils étaient maintenant dans un beau pétrin ! — Et il tendit à Niggl un télégramme de service, blanc et bleu, où les téléphonistes ont l'habitude de transcrire les dépêches : « Effets Christoph pas reçus. »

Longtemps, Niggl garda les yeux fixés sur ce papier.

— D'où tenez-vous cela ? finit-il par demander d'une voix sans timbre.

— C'est le petit juif Süssmann qui l'a apporté, avec prière d'en prendre connaissance et de le rendre.

A plusieurs reprises, Niggl baissa la tête. Toutes ses illusions volontaires étaient à l'eau. Avec un gaillard qui, en souriant, lançait des télégrammes comme des décharges électriques, il n'y avait pas à plaisanter.

— C'est vous qui aviez raison, mon ami, dit-il, et j'étais un âne. Un homme dangereux, le sieur Kroysing, il s'agit d'avoir l'œil et d'être sur nos gardes. Nous allons commencer par tout expédier à la poste.

Mais la main qui rallumait le cigare tremblait et quand Simmerding grommela : « Ça avancera les choses ! » il ne sut que répondre.

Trois jours plus tard, le capitaine Niggl, la tête dans les épaules, circulait dans les couloirs sonores. Durant ce court intervalle, la compagnie avait eu de nouveau deux morts et trente et un blessés. Par deux fois, des obus français avaient explosé dans les rangs... Et bien que la colonne de marche ressemblât plutôt à un défilé épars qu'à une formation serrée, les Armierer et leurs chefs avaient l'impression que, sitôt hors de la forteresse, ils étaient livrés sans défense à l'ennemi et que chacun devait à tout instant s'attendre à tout. Et cependant, le capitaine Niggl s'en allait là-bas : il se bouchait les oreilles des deux mains car d'un couloir latéral sur lequel donnaient les salles de pansement, des cris déchirants parvenaient jusqu'à lui. C'étaient les mêmes cris que le jour où l'on avait ramené les deux nouveaux morts et les neuf blessés. Brusquement, le brouillard du matin, l'amical brouillard du matin s'était déchiré, et l'on pouvait présumer ce qui allait se passer. M. Niggl n'était pas accoutumé à la course, son ventre se secouait, ses bras se démenaient inutilement. Mais il courait. Dans la lueur des ampoules électriques, dans la lumière sourde, il fuyait les gémissements déchaînés de la chair torturée.

4

Répétition générale

Eberhard Kroysing éprouvait dans son âme une sorte de danse, de bercement, quand il songeait au capitaine Niggl ; l'air, cet air gris et pestilentiel qui flottait entre les murs du fort, lui semblait secrètement étinceler. Il prenait son temps. Il y aurait fort à faire, les jours prochains, car brusquement, au cours de la nuit, la pluie s'était mise à tomber, et beaucoup y voyaient le début des déluges d'automne. Les nuages de plomb tamisaient une pluie fine et pénétrante, le matin, au réveil, le terrain luisait déjà de ses innombrables marécages ; surprise, la guerre s'était tue.

— Süssmann (Kroysing, étendu sur son lit, fumait la pipe tout en parlant), ce matin nous terminons notre peinture (un graphique au crayon de couleur, le plan d'installation de dix nouveaux lance-mines était déployé sur la table), mais cet après-midi, il nous faut aller voir les dégâts. Si la pluie ne s'arrête pas, nous aurons mal calculé notre affaire et commencé trop tard nos préparatifs.

Süssmann déclara avec assurance que ça ne durerait pas : Tout juste une averse, comme à Berlin, prophétisait-il. Mais elle est gentille : « hâtez-vous », dit-elle. « Qu'est-ce qu'attendent les 1re et 2e compagnies ? » dit-elle.

— Sur ce point, elle a raison, s'écria Kroysing, et elle mérite un schnaps, pour ne pas dire un cognac ; Süssmann, sortez donc un flacon, nous allons boire par procuration.

Süssmann sourit, alla prendre dans le petit placard la haute bouteille encore à demi pleine, et deux gobelets, les déposa sur le rayon de fer à la tête du lit. Le lieutenant versa la liqueur dorée dont le parfum se répandit dans la pièce, et se mit à boire lentement avec satisfaction, tout perdu dans la boisson, consolation des hommes.

— Écoutez-moi bien, mon cher, lança-t-il vers le plafond, vers midi, quand M. le capitaine aura fait son somme, courez à son bureau et demandez-lui, avec une grâce inimitable, ce que deviennent les deux compagnies. Et ensuite, entre parenthèses, et tout modestement, faites-vous donner le registre de la poste. La 3e compagnie doit avoir inscrit quelque chose le jour où elle a confié les effets de mon frère aux flots tumultueux de la poste de campagne. Car, mon cher Süssmann, cet envoi s'est égaré. Un certain pour cent de paquets et de lettres *doit* se perdre, ne serait-ce que pour satisfaire le calcul des probabilités. Et que les petites affaires de Christoph soient du nombre, c'est le hasard, naturellement. Nous autres, les Kroysing, nous avons toujours eu de la malchance.

Süssmann eût préféré s'échapper aussitôt, mais Kroysing ne tenait pas à rester seul :

— Si notre ami Bertin a le cran d'un soldat du front, il viendra nous montrer son nez légèrement tordu cet après-midi même, fit Kroysing en bâillant. Est-il homme à s'y risquer ?

Süssmann déclara que ce ne serait que par modestie s'il décidait de rester dans sa cage. Il lui avait téléphoné le matin même pour l'en dissuader, mais voilà, l'oiseau s'était échappé. Il avait eu le service de nuit et sa journée étant libre, il était allé retrouver un camarade d'école qu'il avait déniché dans l'escouade des obusiers de campagne : ensuite, à ce que lui avait dit Strumpf, il devait se rendre au fort de Douaumont.

— Ça m'aurait bien étonné, ajouta Süssmann, qu'il n'ait pas une connaissance parmi tous ces Silésiens, le brave garçon.

— Pourquoi donc le plaisantez-vous ainsi ? demanda Kroysing.

— Comme si tout n'était pas pour moi un sujet de plaisanterie ! Mais ceci dit, je donnerais bien quelque chose pour voir entassées en une fois toutes les idées que Bertin se fait au sujet de tout et de tous.

Kroysing devint attentif :

— Le tenez-vous pour un poltron ? Cela ne m'irait guère.

Süssmann hocha la tête :

— Pas le moins du monde. Ai-je dit poltron ? J'ai dit : rempli d'idées. Ce garçon serait plutôt un risque-tout, par naïveté, par désir de tout connaître, le diable en apprendrait avec lui. Il n'a peur que des galonnés, de la chose militaire, vous savez. Devant les obus, pas le moindre trac, mais il prend la colique devant n'importe quel bureau de compagnie, devant la première épaulette. Pauvre bougre !

Kroysing se retourna sur son lit, s'étendit à plat ventre, s'appuyant sur les coudes :

— Vous n'y comprenez rien. L'homme habituel — c'était la pensée de Frédéric II — doit craindre ses supérieurs infiniment plus que l'ennemi, sinon aucune attaque ne réussirait. D'ailleurs, j'imagine qu'avec une bonne formation militaire, il ne resterait plus trace de cette panique chez Bertin. Qu'est-ce que des types de ce genre fabriquent parmi les Schipper ? Faites-moi un plaisir, Süssmann : observez-le. S'il est capable de faire quelque chose de mieux, je serais heureux de l'appuyer. Intelligent, il l'est, quant à la formation, il a eu le temps d'en apprendre suffisamment là dehors, et c'est un garçon très bien. Tout dépend de son allant, de son cran. Vous savez ce que j'entends par là. Et s'il en a, on en fera un sous-officier, par la voie ordinaire, puis un lieutenant, tout comme vous.

Süssmann fit claquer sur la table le crayon rouge qu'il était en train de promener sur une carte de la poste de campagne :

— Il faudrait, dans ce cas, qu'il commence par demander sa mutation.

— Sans doute.

— Il n'en fera rien, affirma Süssmann. C'est là justement qu'interviennent ses idées. Nous en avons parlé la dernière fois que nous nous sommes rencontrés. C'est un pur ; il s'est engagé volontairement pour l'ouest, au moment où on l'avait affecté à un convoi vers l'est, et cette ânerie lui a valu d'être collé au bataillon Jansch, et les remords rongent les lis de son âme ! Plus jamais d'engagement volontaire, telle est désormais sa devise — pas si mauvaise, vous l'avouerez.

Kroysing, le menaçant de son poing, repartit :

— Coquin ! les volontaires en premier ! C'est de la meilleure tradition prussienne et dans notre arme, c'est un point d'honneur. N'avez-vous pas appris à l'école l'histoire du sapeur Klinke et des remparts de Düppel ? « Je m'appelle Klinke, j'ouvre la porte », chante votre compatriote Fontane, et il devait en savoir quelque chose.

Tous deux riaient quand Süssmann ajouta :

— Les poètes disent tout ce qu'ils veulent.

— Ne dites pas de mal des poètes, fit Kroysing en manière d'avertissement, voici le nôtre qui approche.

De fait, un coup timide fut frappé à la porte, et Bertin entra, assez trempé et les chaussures abondamment crottées. On le félicita de l'heureuse idée qu'il avait eue de venir. Kroysing lui fit verser un verre de cognac, se leva en son honneur, lui donna de quoi fumer — du hollandais — et se mit à arpenter la pièce, dans son veston d'appartement — soie noire molletonnée —, un peu usé déjà ; il alla se tremper le visage et tandis qu'il se séchait, il lui raconta le doux entretien qu'il avait eu avec le capitaine Niggl. Bertin époussetait ses lunettes, mouillées de pluie et troubles ; imprécis, dans la fumée du tabac, flottait devant ses yeux de myope le visage de Kroysing, la serviette qui se balançait de-ci de-là. Il n'avait pu dormir, après la lecture de la lettre, racontait-il, les termes du testament s'étaient gravés en lui avec le son de la voix du... du... il avala... défunt, dont il se souvenait maintenant avec une incroyable netteté. Quel individu devait être ce Niggl pour désirer se débarrasser d'un garçon aussi exceptionnel que Christoph ?

Kroysing, enfilant sa tunique, se faufila entre les meubles et ses hôtes jusqu'à la table près de la fenêtre :

— Un homme tout à fait ordinaire, dit-il de sa voix profonde, un comme il y en a des millions, un coquin de tous les jours.

— Et que comptez-vous en faire ?

— Je m'en vais vous le dire, répondit Kroysing. En premier, je le mets sous pression, et l'ambiance m'y aidera : cette taupinière fort suggestive, et les Français. Deuxième temps : il me signe un aveu, comme quoi il a maintenu mon frère à la ferme des Chambrettes jusqu'à ce qu'il soit tué — dans l'intention d'empêcher l'enquête judiciaire.

— Il ne signera jamais, fit Süssmann.

— Oh ! repartit Kroysing en levant les yeux, il le fera. Je serais moi-même curieux de savoir par quels détours il en viendra là, mais cela sera. Je me sens redevenir un jeune homme, altéré de vengeance et d'action. Haïr, ce qui s'appelle haïr, poursuivre un individu, pendant des mois, c'était de notre âge. Il se peut que la guerre ait ressuscité en nous le chasseur des premiers âges qui boit son thé de quatre heures dans le crâne de son ennemi. Après deux ans de cette vie-là, rien d'étonnant.

— Vous trouvez cela bien ? interrogea Bertin stupéfait.

— J'appelle bien tout ce qui prolonge ma vie et détruit l'ennemi, déclara Kroysing, en choisissant avec soin un crayon vert pour dessiner la position des nouveaux lance-mines (il avait déjà indiqué en bleu ses propres positions, en rouge les françaises et en brun le modelé du terrain), et il reprit :

— Nous ne sommes pas un pensionnat de jeunes filles. Les mensonges sur l'esprit du front et sur la grande camaraderie peuvent avoir du bon, être nécessaires pour jouer la comédie à ceux de l'arrière et d'en face. Le désintéressement total, vous savez, ça peut être très suggestif pour les reporters, les correspondants de journaux et les lecteurs. En réalité, nous nous chamaillons tous pour faire place nette dans notre « sphère d'action ». La lutte de tous contre tous, voilà qui était la formule juste.

— Probable que je m'en suis aperçu, fit sèchement le petit Süssmann.

— Précisément (Kroysing cligna de l'œil de son côté), chacun de nous, d'ailleurs, bien que de façon moins éclatante que vous. Et celui qui ne s'en est pas encore aperçu, celui-là n'a pas encore été à la guerre.

Bertin reprit, avec une gravité dissimulée sous un léger sourire :

— Vous pensez réellement que le désir de se faire remarquer, la carrière ?...

— Vous n'y êtes pas, repartit Kroysing. J'ai parlé de « la sphère d'action » de chacun et je le répète, une action qui s'exerce vis-à-vis de tous les autres — à chacun son empreinte digitale. L'un collectionne des décorations, son âme gît dans son magasin de ferblanterie, l'autre veut faire carrière et pète de joie à l'idée d'avoir un mot de plus à dire. Vous avez toute une masse de gaillards qui ne pensent qu'à la rafle ; ceux-là pillent les villages français ou bien se répartissent les effets des soldats tombés. Notre ami Niggl voulait avoir la paix.

— Et mon lieutenant, que désire-t-il dans son for intérieur ? questionna Süssmann avec une comique grimace de petit singe.

— Il ne le dira pas, impertinent que vous êtes, répondit Kroysing en souriant. Admettez que j'aie voulu me faire craindre par les hommes de ma tribu.

Et sur un ton plus grave, il ajouta :

— Évidemment, jusqu'ici personne encore n'avait craché dans ma soupe comme cet individu.

Après un court silence, Bertin avança modestement :

— Alors, je dois être anormal. Je n'ai pas d'autre ambition que celle de faire mon service le mieux possible, et que d'espérer une paix prochaine et convenable, afin de pouvoir retourner auprès de ma femme et reprendre mon travail.

— Une femme, le travail, une paix convenable (Kroysing raillait), vous aurez encore des surprises et, d'ailleurs, vous le ferez accroire à d'autres. — Qu'est-ce que c'est que ça ?

Tous trois s'étaient dressés comme des cierges, prêtant l'oreille. Un fracas déchirant fonçant sur eux, un effroyable hurlement : puis un craquement formidable, un tonnerre des temps préhistoriques se rua dans le fort : pas aussi proche qu'ils l'avaient craint.

— Dehors ! allons voir, cria Süssmann.

— Assis, commanda Kroysing.

Devant la porte, on entendait une course précipitée. Il prit le téléphone :

— Appelez-moi dès que vous saurez quelque chose.

La voix du téléphoniste tremblait encore de frayeur. Kroysing considéra ses hôtes d'un œil scrutateur et satisfait. Bertin s'étonnait de sa propre conduite. Süssmann, les mains tremblantes, décidait que ce devait être un 380 long, ou encore un 420 allemand qui avait visé trop court. La sonnerie du téléphone retentit : très gros calibre, trajectoire inclinée, aile ouest. Dégâts très importants de l'enceinte extérieure. — Kroysing remercia. Un 420 ? Impossible, on ne fait pas une erreur de trois kilomètres en moins.

— Attention ! le numéro deux.

Cette fois, tous trois baissèrent la tête, Süssmann glissa sous la table, personne ne respirait. L'air déplacé criait derrière la marmite d'acier toujours plus près, tout près, là : un éclair jaune dans la fenêtre, des débris de plâtre et de couleur tombèrent sur la table, la lumière s'éteignit, les chaises eurent un soubresaut.

— Ça y est ! commenta Kroysing d'une voix tranquille.

Plus clair, plus violent et plus fort, le coup avait éclaté au-dessus de leurs têtes.

— Manqué ! fit Süssmann en se relevant, sans la moindre honte, ayant été le seul à se comporter comme la situation l'exigeait.

— Je serais bien surpris (Kroysing s'animait), si ce n'était pas la tour blindée de l'angle nord-ouest qui a pris, cette fois.

Il demanda la communication avec ce poste, et ses deux compagnons purent voir un sourire de satisfaction se dessiner sur son visage :

— Une sacrée nation, ces Français. Tirer, ils s'y entendent, mais pour fortifier ils sont un peu là, la tour a reçu le coup en plein et n'a pas bougé ; un nouveau calibre, paraît-il, plus fort que le 380 du fort de Marre, un mortier. Un nouveau type, par conséquent ; sans doute une commande pour la Somme.

— Et c'est nous qui prenons le tir d'essai, remarqua Süssmann tandis que Kroysing redemandait la communication avec la tour.

On lui fit savoir que la tour avait dû être évacuée à cause des gaz de l'explosion ; mais tout n'avait pas été sauvé : plus moyen de pivoter.

— Si ce n'est que cela... conclut Kroysing.

Puis il envoya Süssmann et Bertin, munis de lampes électriques de secours, auprès des Schipper, pour savoir comment ils avaient réagi. Ils n'eurent pas à faire un long chemin. Les Bavarois remplissaient le couloir de leur casemate de jurons, de cris, de pleurs, se poussant de tous côtés. C'est tout juste si leurs sous-officiers parvenaient à les empêcher de se précipiter dans la cour. A l'entrée du couloir transversal, à peine éclairé par la lumière pâle du jour, se tenait le capitaine Niggl, la lèvre inférieure entre les dents, sans coiffure, la tunique dégrafée et des chaussons aux pieds. L'adjudant-chef Simmerding se fraya un passage jusqu'à lui, pendant que l'adjudant Feicht, la voix enrouée, tentait de rassurer les hommes.

— Ils sont complètement affolés, haletait Simmerding, ils ne veulent pas rester ici. « On est du Landsturm sans armes, et non pas des soldats du front », disent-ils.

— Pas si bête, répondit Niggl à mi-voix ; son regard fixe se mit à étinceler quand il vit surgir Süssmann.

Malheureusement, l'attitude militaire du sapeur ne lui donnait aucune prise : ses gens avaient été surpris en plein sommeil, quelques-uns étaient tombés de leur lit, il y avait des contusions, un poignet luxé et, naturellement, un choc nerveux. La saleté devait être tombée directement sur leur casemate. Süssmann exposa les faits, de manière à être entendu des hommes ; si la tour B avait résisté à ce coup, c'était la meilleure preuve de la solidité de la coupole. Il s'agissait d'un nouveau modèle, un 420 probablement, il ignorait à quel point il était proche de la vérité en improvisant de la sorte, et les camarades ne devaient pas, au nom du ciel, interrompre leur sommeil pour cela ; qu'ils rentrent dans leur casemate et se couchent. On leur distribuerait une ration de rhum pour la peur. Dans leur besoin d'être rassurés, les Schipper s'étaient rapprochés, tendant l'oreille, ils connaissaient le petit sous-officier et le nom du lieutenant Kroysing était parvenu jusqu'à eux ; pour beaucoup de ces cervelles obscures, un rapprochement s'était fait entre le sous-officier Süssmann et la confiance qu'ils témoignaient au sous-officier Kroysing, lui aussi jeune et blond. C'est pourquoi ses paroles portaient. Ces hommes ne demandaient qu'à se rassurer. Süssmann glissa un regard sur ses trois ennemis, il devina tout ce qui s'agitait derrière ces visages : allait-il réclamer maintenant le registre de la poste ? Trop osé. Ils auraient eu de bons motifs pour refuser. Il fallait les laisser revenir à d'autres sentiments. Ce serait pour après la soupe de midi. Il claqua des talons, fit demi-tour et disparut avec Bertin dans le tunnel obscur. La conduite électrique avait dû être coupée quelque part.

5

Entre voisins

Vers la fin de l'après-midi, le capitaine Niggl fit venir l'adjudant Feicht dans sa chambre. On n'y voit guère, les électriciens travaillent toujours sur la ligne ; la lumière avare d'une cartouche de stéarine posée sur la table projette sur la paroi l'ombre confuse du capitaine. Il est assis sur son lit, il a dormi, il accompagnera ce soir son détachement affecté aux travaux de fortification ; pour le moment, il est en veston d'intérieur, porte des chaussettes de laine grise tricotées par sa femme, et des pantoufles, des pantoufles de Weilheim, noires et dont chacune s'orne d'un edelweiss brodé. L'adjudant attend, debout contre la porte. Le capitaine, d'une voix lasse, l'invite à « tourner la clef et à s'asseoir là, sur l'escabeau ». Le sergent obéit et contemple son supérieur d'un œil plein de sympathie. Lui aussi, il a eu sa part.

Feicht et Niggl sont du même pays. Feicht, originaire de Tutzing, marié dans cette localité, était caissier sur un de ces bateaux de plaisance qui font le service sur le Wurmsee ou le Starnberger. Quand les touristes de l'Allemagne du Nord venaient en troupe visiter la région, quand, massés sur le pont, ils admiraient les arbres séculaires de la rive, l'eau transparente, les mouettes décrivant dans l'espace leurs cercles argentés, il aimait à se montrer en veston de marin galonné d'or ; coiffé de sa casquette pleine de dignité, il faisait les honneurs du paysage. Flatté, il s'entendait appeler « mon capitaine » par les Berlinois ou les Saxons ; on lui posait les questions les plus stupides... Ludwig Feicht se délectait de cette vie estivale sur le lac allongé, sa face rouge et large rayonnait de bien-être ; il avait deux enfants à Tutzing, et quand il était absent, sa femme Thérèse tenait à elle seule un commerce d'alimentation et de *delikatessen* où elle servait les nombreux touristes de la région. Maintenant encore, et justement à cette heure, Tutzing voyait affluer la multitude des Prussiens affamés qui s'empiffraient de lait bavarois et de spécialités de l'endroit, en échange des nouveaux billets de 20 marks bleus ou bruns. Et jusqu'à ce jour, Ludwig Feicht avait été satisfait de la vie. Même son transfert à Douaumont, il l'avait accepté avec une certaine résignation, comme un homme à qui il ne peut rien arriver de fâcheux. Mais depuis quelques heures, cet état d'esprit avait changé du tout au tout. Que les Français lui aient fait ce coup-là : qu'il leur ait suffi de ces deux obus pour tout bouleverser, cela lui avait ôté le souffle. Rentrer à la maison sain et sauf, avec de jolies économies, tel avait été son programme. Maintenant, tout cela chancelait.

— Feicht, commença le capitaine d'une voix nouvelle, oppressée (et dans le dialecte de leur petite patrie de la Haute-Bavière, semée de lacs), vous allez répondre à mes questions, non pas dans les formes réglementaires ou militaires, mais comme à un voisin, vous saisissez, avec lequel on se trouverait dans une fâcheuse histoire, comme un gars de Turtzing le ferait à un de Weilheim qui aurait maille à partir avec un Nurembergeois. Nous sommes, comme qui dirait, dans une petite gargotte du pays et voici que débouche un satané gaillard de Nuremberg, un saligaud qui nous demande des comptes.

Feicht l'écoutait, penché en avant, les coudes appuyés sur les genoux. Voilà ce que c'était. Voilà ce qui l'avait amené dans cette taupinière d'enfer ! Il s'était toujours moqué des prêtres et de l'Église, avait carotté sans scrupule la compagnie de navigation, l'argent était son second amour en ce monde. Mais il aurait dû se garder de toucher aux affaires du mort.

— Capitaine, fit-il de sa voix enrouée, je sais déjà de qui il s'agit.

Niggl opina de la tête. Bien entendu, un homme aussi avisé que son voisin devait connaître la marche du monde. Mais aussi, qui aurait jamais imaginé que ce doux agneau, le sous-officier Kroysing, avait pour frère cette créature du diable. Ce gaillard maniait la pince et il la tenait ferme, il ne fallait pas songer à lui faire lâcher prise.

— Oui, répondit Feicht en agitant la main droite, d'un geste que l'adjudant qu'il était ne se fût jamais permis en d'autres circonstances, il savait à quoi s'en tenir. Le lieutenant Kroysing lui était apparu comme une écrevisse, bien capable de trancher d'un coup le crayon qu'on s'amuserait à fourrer dans sa pince. Il n'y avait qu'une chose à faire, abandonner le crayon ou plonger l'écrevisse dans l'eau bouillante.

— Voyez-vous, Feicht, c'est le hic, nous ne pouvons pas flanquer l'écrevisse dans l'eau bouillante, mais peut-être qu'il y tombera de lui-même, quand il sortira avec ses lance-mines, notre long échalas. Peut-être qu'on pourrait donner un coup de pouce, en l'éclairant avec une lampe de poche, juste au moment où nous sommes à couvert et lui en dessus. Mais tant que nous n'y réussirons pas, il faudra lui laisser le crayon ? Avez-vous la liste ?

Feicht l'avait.

— Savez-vous où se trouvent les divers objets ?

Feicht, sans changer de couleur, réfléchit un instant : oui, il savait où ils se trouvaient.

— Quant aux papiers, ils sont avec les miens. Je m'en vais les sortir et les déposer ici, empaquetés, sur mon lit. Pendant notre absence, vous faites un bon emballage du tout — de tout, voisin ! Vous comptez la solde jusqu'au jour du décès, il ne doit pas manquer un pfennig. A-t-on encore la signature du chef de compagnie sur l'inventaire des effets ?

Feicht eut un signe d'acquiescement.

— Le paquet sera déposé ce soir sur la table du lieutenant Kroysing. S'il a des questions à poser, je me charge de répondre. Nous devons être parés sur tous les points, Feicht (les yeux chargés d'arrière-pensées, il dévisageait son massif subordonné), nous jouons la partie la plus faible, pour le moment. Et maintenant, portez-vous bien, voisin. Dites à Dimpflinger de me procurer un solide quartier de viande, même si c'est du singe. Je veux tenir le coup. Nous verrons bien qui rira le dernier.

Feicht, à la vue de cet homme en pantoufles, dans son veston à boutons de corne, assis sur son lit, se sentit pris d'une profonde sympathie. C'était un pays, il ne livrerait pas ses gens au Nurembergeois, à ce chiffonnier, à ce grand sec. Il se leva et, abaissant son regard vers le capitaine, il dit d'un ton cordial :

— Entendu, mon capitaine, même si on se casse la tête, celui qui remet son sort entre les mains du receveur de Weilheim, celui-là n'a encore perdu ni femme ni enfant. Et quand nous serons tous rentrés chez nous, Feicht saura auprès de qui et de quelle manière il pourra s'acquitter de son dû.

— Allez maintenant, Feicht.

L'adjudant s'avança vers la porte, tourna la clef, joignit les talons, redevenu soldat des pieds à la tête. Ils s'étaient compris sans avoir eu besoin de tout dire.

Quand il s'agit de partager un butin, l'adjudant s'attribue la part du lion et en cède une partie au secrétaire qui a liquidé l'affaire, ainsi qu'à l'ordonnance de la poste et à l'un ou l'autre des sous-officiers à qui il veut faire plaisir. C'est très douloureux de devoir restituer les cadeaux qu'on a reçus, mais quand un puissant l'ordonne, le sage ne s'y refuse point ; il y a toujours des compensations.

Seul dans la grande pièce qui lui tient lieu de bureau et de chambre, ainsi qu'au commandant de compagnie, Ludwig Emmeran Feicht fait l'inventaire des effets que le sous-officier Kroysing, déjà presque oublié, a laissés, après sa mort en juin dernier. Le bulletin de la compagnie est sur la table, la lumière électrique brille de nouveau gaiement, la porte est fermée à clef, un verre de rouge et une pipe bien bourrée adoucissent les rigueurs de la besogne. Le coup a été manqué — on n'avait pas pensé à mal. Feicht a enfilé ses pantoufles, il fait quelques pas dans la pièce, dispose tous les objets en bon ordre, campe son épaisse carrure à califourchon sur une chaise et vérifie les effets. Les prenant l'un après l'autre, il fait au fur et à mesure, de son crayon bien épointé, une petite coche sur la liste. Primo une veste de cuir, assez usée mais encore portable ; celle-ci avec (secundo) le porte-plume réservoir à griffe d'or, revenait au secrétaire Dillinger ; il a ouvert de grands yeux quand il a dû les rendre, mais il a compris. Étrange comme toute la compagnie a compris qu'il y avait encore quelque histoire dans l'air au sujet du sous-officier défunt, quand son long sec de frère a surgi à l'horizon. Ils ont éprouvé tout d'abord un malin plaisir, ces braves Schipper, mais maintenant ils voient la chose d'un tout autre œil... Quand ils se rendent à l'infirmerie auprès de leurs camarades blessés, ils songent avec amertume : c'est au lieutenant Kroysing que nous devons ça. Peut-être quelques-uns vont-ils un peu plus loin et rendent-ils le bureau de la compagnie responsable de ce malheur. Mais cette idée n'a pas beaucoup de force, les obus français en ont davantage ; meurt qui meurt, rien à faire. Et le Français pourvoit à la discipline, et le soldat soutient le soldat.

Pipe, blague à tabac, couteau à pain — le sous-officier Prangl les a gentiment rapportés. Le couteau avait un manche en corne de cerf et la lame se logeait solidement dans la fente comme un petit poignard. La pipe — un beau travail nurembergeois —, le petit Kroysing ne l'avait guère fumée et il la portait toujours dans un étui de cuir. Maintenant elle va moisir dans un tiroir, dommage. Attendri, l'adjudant Feicht contemple le solide bec d'ébonite, la tête de bruyère polie, le large tuyau où s'engage un petit tube d'aluminium, puis il assemble de nouveau les pièces, remet la pipe dans son étui, et fait une petite coche sur la liste. Le portefeuille bourré de feuillets, un cahier de notes, un petit carnet de cuir avec le calendrier de 1915, un carnet de blanchissage de format allongé, avec des notes encore — des poésies ! Avec des vers qui riment à la suite ! Ludwig Feicht eut une moue dédaigneuse. Les gaillards qui fabriquent des vers feraient mieux de ne pas se mêler d'autre chose. S'il leur arrive malheur, ils n'ont à s'en prendre qu'à eux-mêmes. Mais maintenant venait l'essentiel, la sacoche de cuir, la montre, la bague. Dommage, cette bague, il la destinait à sa femme, il lui en aurait fait la surprise à la prochaine permission ; une belle pierre verte, une émeraude, et l'anneau lui-même, bien travaillé, en forme de serpent qui se mord la queue. La montre, il l'aurait portée au poignet, ou bien à une longue et mince chaîne d'or, en sautoir, d'une poche à l'autre du gilet, en passant par la boutonnière. Fichu !... En somme, il n'était pas trop mal tombé dans ce corps de troupe, mais ce n'était rien en comparaison des fantassins et des dragons qui, au début de la guerre, avaient pénétré dans la riche Belgique, dans le Luxembourg, dans la France du Nord. Ils en avaient fait un butin, ceux-là ! Les magasins d'horlogerie à Liège, les bijouteries à Namur et même dans les petites villes, en province. Et ce n'était pas les Bavarois qu'on avait lancés là-dessus, mais les Rhénans, les Saxons. D'ailleurs, n'était-ce pas justice et bon droit, depuis toujours, que le soldat empoche quelque chose là où il risque sa vie pour la patrie ? Est-ce que les gros font autre chose quand ils veulent avaler des provinces entières, la Belgique, la Pologne, la Serbie, et ici même ce beau coin de terre ? Celui qui ne s'enrichit pas à la guerre ne s'enrichira jamais ; et quel gaspillage ça aurait été de laisser fondre de belles montres, les chaînes, les bracelets, les colliers et les bagues, et les broches, si les petites villes avaient été incendiées jusque dans leurs fondations... Mais la guerre n'était pas encore finie, il pouvait se passer bien des choses encore, toute la France — qui sait ? — serait grande ouverte, si nous avons la victoire, et nous devons avoir la victoire... Et c'est pourquoi, consolé, il restituait à l'heureux héritier cette montre suisse avec son joli boîtier d'or guilloché. Elle marchait

bien, il était là pour en témoigner. L'argent, il compte les billets —
76 marks et 80 pfennigs — adieu ! les beaux vêtements neufs qu'il
aurait pu payer à ses enfants. Mais à quoi bon : la brave Thérèse se
faisait de gentils revenus avec les Allemands du Nord, qui n'avaient
rien à manger chez eux. La dernière rubrique portait : linge de corps.
Ludwig Feicht trempa sa plume dans l'encrier et inscrivit une remarque, avec de petits astérisques avant la signature protectrice du commandant de compagnie : « Selon la volonté du défunt, distribué à des
camarades indigents. » Point.

Soigneusement enveloppé dans la veste de cuir, le petit tas d'objets
reposait sur la table grise. Alors, l'adjudant, consciencieux, alla prendre
dans son coffre un grand papier huilé de couleur orange, consolidé d'un
réseau de fils, emballa le tout, mit une ficelle, ayant soin que l'étiquette
demeurât bien visible au centre, prit la cire à cacheter et le cachet de
la compagnie, apposa deux gros cachets rouges sur les effets du sous-
officier Kroysing. Il ne toucha rien à l'adresse qui portait : « Au bureau
de la 3ᵉ compagnie », et comme expéditeur, il inscrivit : le dépôt de
poste de la direction des Étapes 5. Le papier d'emballage avait servi à
expédier, de Pologne à Verdun, un paquet de lettres restées en
souffrance pendant la semaine qu'avait duré le transfert du bataillon.
On pouvait encore l'utiliser avec profit. Ludwig Feicht remplit un bulletin jaune ainsi libellé : « Retour : adresse insuffisante et pas de double
dans le colis » d'une écriture anguleuse, et examina les tampons : ils
étaient admirablement illisibles.

Maintenant, il pouvait proposer à son capitaine le texte d'une petite
lettre d'accompagnement : ce colis avait bien été adressé à M. le
conseiller supérieur Kroysing, mais, par une erreur du secrétaire Dillinger, on avait inscrit, au lieu du domicile de Nuremberg, Ebensee,
Schilfstrasse 28, l'adresse de la poste de campagne de la compagnie.
Une belle ânerie, n'est-ce pas ? Dillinger avait attrapé une verte
semonce, il s'en était fallu de peu qu'on ne lui flanquât trois jours
d'arrêts ; mais la pitié avait prévalu sur le droit : la femme de Dillinger
venait d'accoucher, le mari était en pensée dans son pays. Si la compagnie n'avait pas brusquement été « transférée », le paquet serait déjà
depuis longtemps à Nuremberg. Voici, monsieur le lieutenant. Mon
lieutenant a-t-il encore une observation à formuler ? Le caissier de
bateau, Ludwig Feicht, reprit le pinceau du pot à colle, colla la fiche
de retour à l'angle droit de l'adresse, la frotta légèrement avec le talon
de sa pantoufle pour simuler le passage par la poste, apposa le tampon
de la compagnie de manière qu'on ne distinguât que quelques fragments du cercle et une étoile, le papier huilé ne prend pas l'encre et le
tampon n'a pas été encré. Puis, les mains au dos, il contemple son
œuvre : elle est tout à la louange du maître. Le capitaine sera satisfait.

Au cours de la sortie de nuit, dans l'obscurité épaisse, Simmerding
et Niggl se rencontrent à la queue de la colonne de marche. Bien que

le capitaine Niggl ait une demi-bouteille de bordeaux dans l'estomac, il flaire avec répugnance les vapeurs d'alcool qu'exhale son chef de compagnie. Ce n'est pas qu'il désapprouve le principe — chacun et lui-même cherchent un réconfort dans la boisson ; il désapprouve l'excès. Les deux hommes cheminent en silence, Simmerding, les épaules voûtées et le cou rentré, fait peine à voir, et Niggl songe que son compagnon est du même pays que lui et il commence, à mi-voix, par lui demander s'il est remis de sa frayeur de midi.

— Ça va, répond Simmerding.

— Bon, reprend Niggl, c'est fort bien, car la désagréable histoire à propos des effets du petit Kroysing est maintenant liquidée, grâce à l'adjudant Feicht.

— Ah ! fait Simmerding en lançant un regard oblique à son capitaine, ha, ha ! Alors le brave Feicht a ressuscité le petit Kroysing, hé ? Il l'a comme ça renfilé dans les rangs de la compagnie ? Sinon, le grand là-bas n'aurait pas été content.

— Simmerding, reprend Niggl d'un ton calme, sans se laisser décontenancer par cette sortie, tâchez de vous ressaisir. L'affaire est encore loin d'être bouclée.

Simmerding s'est arrêté, les poings hors des larges manches de sa capote :

— Bouclée, elle est bouclée depuis longtemps. L'histoire de Christoph Kroysing m'a fait de la peine, à moi. Vous le savez. Du chagrin jusqu'ici, et il porte sa main à sa bouche. Je voudrais me fracasser la tête de m'être laissé empiler dans la troupe de la ferme des Chambrettes et dans la comédie des dossiers, dans votre comédie.

— Personne ne vous y a contraint, repartit Niggl froidement. Faites donc attention de ne pas trop vous éloigner de votre compagnie. Et dites quelques *Ave Maria* pendant cette nuit.

Des premiers rangs de la colonne arrivent, monotones, les : « Attention, barbelés à terre. Attention, barbelés à hauteur d'homme. »

6

Bête traquée

Quand le lieutenant Kroysing rentra chez lui et tourna le commutateur, il s'arrêta brusquement de siffler. — Il était toujours heureux de retrouver la voûte hospitalière du fort, voûte hospitalière ! Il riait lui-même quand de telles expressions lui venaient à l'esprit ; il avait le sens de l'ironie. Les longues heures de marche sur le chemin en lacets qui menait aux positions de l'infanterie, l'esprit constamment en éveil, rafraîchi par mainte expérience et qu'il fallait garder clair si l'on voulait échapper aux obus français — tout cela le mettait en joie dès que le bruit de ses pas résonnait contre les parois de pierre. C'est pourquoi il sifflait. Mais cette fois, il s'arrêta au beau milieu de l'ouverture des *Maîtres chanteurs*. Stupéfait, il contemplait l'étonnant présent de la poste, posé sur la table, avec un billet plié entre le papier huilé et la ficelle. « Hé, hé, qui est-ce qui pénètre ici ? » songea-t-il en accrochant son casque à la patère ; il suspendit au-dessous, avec soin, son masque à gaz, jeta sur le lit son ceinturon avec le poignard, le lourd pistolet et la lampe de poche, il s'assit à côté pour retirer ses guêtres et ses chaussures. En toute autre circonstance, il aurait sonné pour réveiller son ordonnance, le sapeur Dickmann qui possédait une seule vertu, celle de faire des rôties et de confectionner un café comme personne. Mais il voulait être seul avec ce paquet : tout en se courbant pour changer de chaussures, il ne le quittait pas des yeux, comme s'il eût craint de le voir s'évanouir de façon aussi mystérieuse qu'il était tombé là. « Oui, pensa-t-il, voilà ce qu'on appelle une victoire. » Victoire numéro deux. La petite guerre privée entre le lieutenant Kroysing et le capitaine Niggl portait ses fruits. « Étrange, fit-il en s'avançant vers la table, jamais je n'aurais supposé que cela pût être l'un de ces chers colis postaux qui viennent nous rejoindre jusqu'ici. Je m'étais joliment trompé sur le compte du sieur Niggl. »

Il se mit à lire le billet d'accompagnement, signé de Feicht, adjudant, examina d'un œil soupçonneux le papier d'emballage. Rien ne prouvait que ce paquet eût été retourné par la poste, des cercles et des étoiles — bon pour impressionner les écoliers. Mais rien ne prouvait le contraire. La conjuration contre le petit avait été menée par des soldats avisés ; ils ne se laissaient pas aisément démonter, ils s'entendaient à monter leur coup et sacrifiaient le secrétaire Dillinger, c'est régulier. Si lui, Kroysing, donnait dans le piège et demandait une sanction, le prétendu délinquant irait aux arrêts, mais ces arrêts se changeraient en permission à la prochaine occasion, pour le récompenser de son silence. Ces petits chemins de traverse ne prenaient pas avec un renard comme Kroysing. Ses yeux gris, obstinés, transperçaient la paroi jusqu'au but — le capitaine Niggl ; celui-là n'en avait pas fini avec lui.

Il prit son couteau, coupa la ficelle, défit le paquet. Dans le gilet de cuir qu'il connaissait bien — brun, comme du velours au toucher — il y avait tout ce qui restait encore sur terre de Christoph Kroysing, et qui, sans doute, avait déjà été distribué à ses ennemis : la montre, le stylo, la bourse, la bague, le portefeuille, le carnet, la pipe... La respiration pénible, se contenant avec effort, les poings sur la table, Eberhard contemplait tout l'avoir du petit. Il n'avait pas été un bon frère pour lui. On n'aime pas son cadet, on veut être le premier dans le cœur de ses parents ; on ne veut pas partager ses prérogatives avec quiconque, on entend garder pour soi toute leur tendresse. Comme on ne peut pas se débarrasser du puîné, on se contente de le mettre au pas. Malheur à lui s'il n'obéit pas. Est-ce qu'une chambre d'enfant ne peut pas devenir un petit enfer ? Qu'y faire ? C'était ainsi partout et pas seulement chez les Kroysing. Et si les parents s'en mêlent, c'est encore pis pour le plus faible... Cela continua, puis vint la détente, quand insensiblement, on se détache de la maison ; des sphères différentes avaient absorbé les deux frères, une froide indifférence de l'aîné à l'égard du cadet. Plus tard seulement, aux vacances d'étudiants, on découvre tout à coup chez le petit frère, un homme, un cœur amical, un camarade. Puis c'est la guerre, on se transforme peu à peu en sauvage et justement quand enfin on pense qu'à la Noël, une permission vous réunira, vous permettra de célébrer la fête, les quatre ensemble, c'est trop tard. Entre-temps, quelques saligauds ont chargé les Français de supprimer le petit pour s'épargner des désagréments. Le compte avec les Français, il se chargerait de le régler, mais en ce moment, à toutes les parois de cette cellule de cloître, s'inscrivaient les mots : « Trop tard » — partout, au plafond, à la fenêtre, sur le plancher, dans l'air — « trop tard ». Rien de plus naturel que ce soit justement chez les peuples guerriers que se perpétue la croyance en un au-delà, à une survie, à un au revoir. Le cerveau élémentaire et toujours en action du combattant ne peut se faire à l'idée que celui qui vous est enlevé d'un coup ait disparu pour jamais ; l'imagination s'y refuse. L'ennemi devait vivre afin que le triomphe qu'on avait conquis sur lui demeurât éternellement. Le frère devait survivre afin qu'on pût lui rendre ce dont on l'avait privé dans les jours de jeunesse.

Il prit la petite montre, la remonta et la mit à l'heure. Il était dix heures et demie. Du lointain venaient le bourdonnement et les crépitements du tir. Ce devait être dans la région du fort de Vaux, où les combats se renouvelaient sans cesse, où les Français consolidaient de jour en jour leurs positions. Pourtant, dans la pièce tranquille, le tic-tac de la montre se percevait. Le cœur du petit, on ne pourrait plus jamais lui rendre son tic-tac. Du moins lui avait-il livré des victimes expiatoires ; il ne lâcherait pas Niggl qu'il n'ait obtenu son aveu. Alors, le conseiller Mertens agirait, contre le capitaine Niggl bien entendu, et celui-là n'échapperait pas. Sans doute aurait-il pu insulter le percepteur Niggl devant témoins, dans l'enceinte du fort, et le gifler, le prendre à la gorge, des deux mains. Mais la guerre interdisait le duel, et si agréable qu'eût été de voir s'avancer l'autre, obèse et vacillant, vers un pistolet, la voie du droit était la seule possible et, somme toute, la seule efficace. Il exterminerait l'existence du sieur Niggel jusque dans ses fondements, même si le gaillard survivait. Il n'aurait plus de quoi rigoler dans ce monde. Il serait dégradé ; plusieurs années de prison, de travaux forcés peut-être, le déshonoreraient, l'État le destituerait de son emploi, et comme il ne connaissait que l'administration bavaroise, il se verrait, avec sa famille, privé de tout gagne-pain. Il irait ouvrir un commerce de papeterie à Buenos Aires ou à Constantinople : mais partout où il retrouverait des officiers du pays ou de leurs relations, ce serait un homme mort, objet de mépris pour sa femme, de haine pour ses enfants. « Es-tu satisfait, Christoph ? Oui, je sais, tu es doux, tu ne tiens pas à scalper tes ennemis, mais moi j'y tiens. Ce ne sera pas pour cette nuit, ni pour après-demain, mais nous l'aurons. Et nous mettrons Bertin comme lieutenant à ta place. »

Il résista à la tentation de feuilleter les carnets de son frère, mit en lieu sûr les effets enveloppés dans le gilet de cuir, s'étira, se mit au lit et éteignit la lumière.

LIVRE QUATRIÈME

Aux confins de l'humanité

1

Répercussions en profondeur

Dans la nuit et vers le matin, quand, du haut de saucisses, on ne distingue pas le terrain, les cuisines roulantes tentent d'arriver à proximité des positions d'infanterie. Retranchées dans un abri quelconque, elles distribuent la nourriture chaude, dont les hommes ont été privés longtemps — c'est une épaisse soupe aux haricots, avec des quartiers de viande, du gruau gris-bleu, ou des pois jaunes au lard, dans des bidons d'étain que les corvées de ravitaillement traînent jusqu'aux tranchées. L'opération a ses dangers. Le soldat se bat mieux quand il a sa soupe chaude dans l'estomac ; les batteries les plus avancées guettent les cuisines roulantes.

Le matin de bonne heure, vers six heures et demie, au moment où la brume se déchire pour quelques instants, les Français de Belleville ont repéré les Schipper du capitaine Niggl, occupés aux travaux de réparation. Les Français savent, depuis longtemps, que les Allemands sont en train de fortifier leurs positions de l'arrière ; ils relèvent sur leurs cartes la ligne probable de ces points d'appui, car voici des semaines qu'ils préparent l'assaut qui leur rendra Vaux et Douaumont. C'est pourquoi ils économisent leurs munitions, améliorent leurs routes d'approche, les voies d'accès pour leurs batteries de campagne. La structure du front allemand a ses qualités, mais elle manque de souplesse ; la liaison entre l'artillerie et les observateurs de l'infanterie fonctionne beaucoup mieux chez les Français, elle est plus rapide, plus intelligemment comprise. Quelques minutes à peine s'écoulent entre le moment où l'on a découvert l'emplacement probable des cuisines et celui où les obus éclatent au-dessus du terrain, fouettant l'air qui s'est de nouveau embrumé, crevant sur les Schipper qui, épouvantés, se dispersent en courant de tous côtés. Il n'y a en tout que huit blessés, parce que le Français, dans son erreur, allonge rapidement son tir sur le vaste entonnoir qui, de Douaumont, s'ouvre vers le sud, et que sont censés parcourir les hommes de corvée. Cependant, la compagnie ne rentre au fort qu'à neuf heures et demie, et les nerfs du capitaine Niggl sont à bout.

Il avait été enchanté, profondément satisfait de la façon dont Feicht avait opéré, avec cette invention du dépôt et sa lettre d'accompagnement. Maintenant on pouvait attendre, d'une âme tranquille, le bon plaisir de M. le lieutenant. Il s'était même résigné au surcroît de travail, de souci, et au branle-bas qu'avait provoqués l'arrivée de ses deux premières compagnies. Douaumont, maintenant, regorge de troupes, et ses Bavarois ne peuvent même pas se plaindre : ils partagent la destinée d'un nombre toujours croissant de bataillons d'Armierer. La bataille de la Somme n'a pas seulement enlevé au secteur de la Meuse-Rive est, la moitié de ses batteries — les incisives de sa denture — elle va lui enlever des unités entières d'infanterie ; on les remplacera par des Armierer et des territoriaux. On a beau penser que des Armierer ne sont pas à leur place ici, Niggl sait fort bien à quoi on les destine : ils remplaceront les régiments d'infanterie aux lignes de l'arrière, pour l'établissement des positions de renfort, et ils déchargeront les fantassins des lourdes corvées de transport. Mais en attendant, ses hommes sont pourchassés comme des lièvres à travers champs et sa liste de pertes est triplée ! Passe encore pour cette fois. Le sous-officier Pangerl a eu une balle dans le derrière, cinq hommes, plus ou moins endommagés, ont eu la veine d'attraper tout juste une blessure qui leur permet de rentrer chez eux ; les deux autres ont l'air d'être débarrassés à tout jamais de la tunique grise, bénédiction ! Tout cela agite l'âme du capitaine, tandis qu'il se tourne et se retourne sur sa couche pour se rattraper sur son sommeil matinal. Il a des poux, il n'a plus son bain chaud dont il avait pris l'habitude, depuis qu'il portait l'uniforme d'officier en terre étrangère ; chez lui, à Weilheim, il se baignait moins souvent. Ne voilà-t-il pas que ces animaux sanguinaires le torturent, comme un simple soldat ?... En fin de compte, il est dix heures et demie, il parvient à s'endormir car sa « cellule », comme il l'appelle, reste dans l'obscurité, même en plein jour, et il se met à rêver de toutes sortes de choses, sans lien entre elles, désagréables pour la plupart. Et la façon dont il est tiré de son sommeil lui en ôte tout le bénéfice.

Si un projectile s'abat sur l'abri où tu dors, tu te réveilles d'un coup — ou tu ne te réveilles plus. Mais s'il s'abat à proximité, à cinquante mètres à droite ou à gauche, c'est d'abord le miaulement abominable de son approche qui s'enfonce dans ton âme — le temps de perdre conscience et d'attendre l'explosion, tout en restant engourdi de sommeil —, c'est ce fragment de minute — ces cinq battements de ton cœur qui trébuche — qui entame, comme un corrosif, la substance intime de ta vie. A la même minute, exactement comme l'autre jour, une seconde batterie de 400 règle son tir sur le fort de Douaumont, en visant, cette fois, l'angle opposé du pentagone. Le premier coup pénètre à trente mètres à droite du fort, dans la pente déchiquetée. M. Niggl, plongé dans son sommeil, a manqué le premier temps, bien que son subconscient soit aux aguets. Hélas ! il s'achemine déjà, sans s'en douter, vers cet état où c'est l'élément proprement destructif qui provoque la réaction, premier symptôme de l'usure. Il est éveillé par le choc et par le roulement de l'explosion, qui fait trembler les fondements du fort. « Tamponnement de deux trains, pense-t-il dans son demi-sommeil, je suis dans le wagon-lit Augsbourg-Berlin, conférence de fonctionnaires pour nommer Hindenburg citoyen d'honneur de Weilheim. » Mais le voilà qui s'éveille : non, il n'est pas dans un wagon-lit, au contraire, il est dans le lieu le plus maudit de l'Europe. « Ça, c'était du gros calibre, la réédition de l'autre jour. Pas d'erreur, les Français effectuent un tir de réglage, à compter d'aujourd'hui on n'aura plus une minute de repos. Voilà, ça va revenir, ça fonce déjà, notre dernière heure va sonner. Ah ! très saint Aloysius, priez pour nous, maintenant et à l'heure de notre mort ! Mais je ne suis pas en règle, mon âme sera brûlée dans le feu éternel. Où trouver un prêtre ? Qu'on m'amène un confesseur ! Et voilà, Jésus ! Voilà que ça s'approche en miaulant, ça traîne derrière soi une queue de cris infernaux ! C'est le diable qui approche en hennissant et piaillant. Où, où va porter le coup ? Cachons-nous sous la couverture ! Le fracas de la détonation, l'écho qui roule dans les couloirs et galeries du fort est le signe de la délivrance. Pour cette fois, le coup a porté plus loin. A en juger d'après l'écho, cela doit être à l'aile nord-est, au parc des sapeurs. C'est là qu'habite l'adversaire. » Tremblant de tous ses membres et couvert d'une sueur froide, Niggl reste aux écoutes dans son lit : on passe en courant devant sa porte, il entend des bruits de bottes, des appels. Ne va pas t'imaginer, Aloys Niggl, que cela finira aussi bien pour toi : le Français n'ira pas chercher le second frère, après le premier, sans qu'on pousse un peu à la roue. Ses cheveux lui tombent sur les yeux, une mouche boit sa sueur et l'importune. Enfin, le secrétaire Dillinger, au comble de l'agitation, vient lui faire son rapport : Coup portant sur le parc des sapeurs. Sans résultat. Nonchalamment, en écartant les cheveux de son front, le capitaine se renseigne ; il veut savoir si le lieutenant Kroysing connaît déjà les nouvelles pertes de la compagnie, s'il est au fort en ce moment. Dillinger répond par l'affirmative. Le lieutenant venait d'être appelé en conférence avec le commandant de la place, au moment où le premier obus s'abattait. Chacun savait que le second allait porter, mais le lieutenant était parti quand même et, pour raccourcir, il avait pris par la cour intérieure qui, ensuite, avait été jonchée d'éclats d'obus, de gros morceaux d'un certain calibre. Un malheur aurait pu arriver, et combien facilement !

— On s'en serait bien tiré, dit le capitaine, mais il ajouta aussitôt : Que le bureau voulût bien s'enquérir d'un aumônier catholique qui pût réconforter les hommes dans leur grande détresse.

Dillinger rayonnait : le bureau s'en occuperait sur l'heure. La division saxonne qui tient le secteur est protestante, mais avec un peu de finesse, on tournerait la difficulté.

— C'est bien, Dillinger, fait le capitaine, vous m'avertirez dès que la chose sera arrangée.

L'Armierer Bertin, quand il apprit qu'il y avait des morts et des blessés chez les Bavarois, pâlit sous sa peau brune, en songeant avec effroi au lieutenant Kroysing. On était au mois de septembre. Jamais le front n'avait été aussi calme dans ce secteur. Les Allemands avaient de bonnes raisons pour ne point attaquer, mais le fait que les Français ne bougeaient pas davantage aurait dû faire réfléchir. C'était un septembre enchanteur. Dans le coin de forêt, intacte sur un parcours de soixante mètres, de petites feuilles jaunes luisaient dans une lumière douce ; les soirées étaient plus longues, on jouait au skat ; les deux paisibles Badois se relayaient avec Bertin au standard du téléphone. Depuis qu'il croyait avoir aperçu dans le bois des chats maraudeurs, Frédéric Strumpf, gardien de parc à Schwetzingen, se mettait en chasse, son fusil d'infanterie à l'épaule, pour se procurer une peau de chat contre ses rhumatismes. Chaque fois, il revenait bredouille et plus pauvre de deux cartouches : ces damnées bêtes ne voulaient pas se tenir tranquilles. Cependant, des piles de madriers, courts et longs, s'entassaient au fond du ravin. La période des pluies approchait. Des équipes du génie, avec des Armierer, s'apprêtaient à surélever le niveau des voies ferrées.

Presque chaque matin, ou dans l'après-midi, quand la visibilité était mauvaise, Bertin s'acheminait vers la position des obusiers de campagne, pour aller chercher le courrier : « C'est toi qui as les jambes les plus jeunes, camarade, ça te fait une distraction de courir à travers champs. » Bertin en effet y trouvait plaisir. Et puis, le lieutenant, chef de la batterie, était un compatriote, une connaissance : Paul Schanz, quelques années plus tôt, avait passé son bachot avec la classe de Bertin. Il venait alors de la Pologne russe, où son père était contremaître dans une mine de charbon russe. Après leur première rencontre, le lieutenant s'était adouci, avait pris confiance ; bientôt il demanda à Bertin de prolonger sa visite, de faire une partie d'échecs. Assis à l'entrée de l'abri, une caisse posée entre eux, ils déplaçaient paisiblement les pièces noires et blanches, ils se racontaient des choses d'autrefois et d'aujourd'hui, ils parlaient de la paix, imminente, croyaient-ils, pour le commencement de 1917 au plus tard. Bertin s'initiait au fonctionnement de l'obusier léger, il apprenait à connaître les instruments de pointage, la portée, le rendement du canon. Le lieutenant Schanz, correctement rasé, avec sa peau lisse et son rire de gamin, lui dévoilait les diverses négligences de ses soldats, habitude, ou dégoût : c'est qu'ils en avaient soupé de cette saloperie et ils ne se donnaient plus la peine de chercher à dissimuler les reflets de la lueur des coups, ces damnés gars, ils ne voulaient plus nettoyer les canons, ils avaient laissé leurs carabines dans le camp de repos, pour les empêcher de rouiller ; partout, en effet, de minces filets d'eau coulaient dans les rochers.

Quant à lui, il ne disposait même pas du nombre réglementaire de cartouches à mitraille, pour le cas où on en viendrait aux mains.

— Et à quoi bon de la mitraille par ici ? Les Français n'y viendront pas : nous veillons au grain, et pour les obus et les shrapnels, jamais nous n'en aurons assez...

La batterie ne tirait plus guère. Ordre strict d'économiser les munitions. Il fallait en outre ne pas donner l'éveil aux Français. Sur toutes les hauteurs, dans les deux camps adverses, des sections de repérage au son étaient aux aguets, des soldats intelligents, avec de bons yeux, et qui, en chronométrant l'intervalle entre la décharge du canon et la percussion du projectile, calculaient la distance d'une position d'artillerie. C'est par cette méthode, et à l'aide des saucisses, que s'inscrivaient jour après jour, sur les cartes des deux fronts, les positions ennemies repérées ; le jour viendrait où l'on ferait usage de tout cela. Bertin pointait la lunette prismatique de l'observatoire du lieutenant Schanz, habilement dissimulé au bas du rocher, tandis qu'un baril attaché à la cime d'un hêtre, à une distance de quatre-vingts mètres sur le côté, égarait les aviateurs français. Il voyait des pentes, des plis de terrain cicatrisés, des êtres minuscules qui se mouvaient, tout cela avec un relief extraordinaire, des remblais de terre, de petites grottes. Parfois, de petits nuages s'élevaient et le vent les emportait. La côte de Belleville, expliquait Schanz : derrière l'horizon, une batterie française était en position, probablement à quatre cents mètres en arrière — cinq mille cinq cents mètres de canon à canon.

— Je voudrais bien savoir si, de l'autre côté aussi, un Schanz comme moi est aux aguets dans quelque trou, et s'il a lui aussi, notre batterie dans son viseur.

Bertin ne pouvait quitter l'instrument magique :

— Tout pour la destruction, et il hochait la tête, puis se collait aux deux verres à monture grise. Quand se servira-t-on de ces miracles pour construire ?

— Quand ? Mais après la paix, bien entendu ; dès que ces drôles-là se seront rendu compte qu'ils ne peuvent nous prendre à la gorge.

Eh bien ! oui, sur ce point-là, tous deux étaient d'accord. Et tout en reprenant le chemin de l'abri, dans l'air léger et ensoleillé, ils songeaient à ce que serait alors leur existence. Paul Schanz voulait entrer dans l'administration des puits de charbon de la Haute-Silésie, où son père travaillait : il y avait là des possibilités de travail considérables. Les mines, selon son père, étaient exploitées d'une façon irrationnelle, le boisage insuffisant, les équipes sans cesse menacées par l'eau et le grisou.

Le plus souvent, Bertin ne restait qu'une demi-heure, il avait hâte d'aller jusqu'au fort. Un jour qu'il s'était rendu chez Kroysing avec Süssmann, tout en parlant des pertes qu'avaient subies les compagnies de Niggl, le jeune sous-officier avait ouvert le feu en disant à son lieutenant :

— Notre poète est épouvanté de la charge qui pèse sur la conscience du lieutenant Kroysing.

Bertin, qui savourait les premières bouffées d'une pipe fraîchement bourrée, soutint tranquillement le regard étonné des yeux gris de Kroysing. Il devina tout de suite qu'il fallait placer ses mots avec précaution pour ne pas irriter l'officier :

— Quatre morts, dit-il, et tant de souffrances, cela ne peut pas vous laisser indifférent, vous non plus.

— Et pourquoi pas ? demanda Kroysing.

— Est-ce que cela demande une réponse ? riposta Bertin.

— Est-ce moi qui suis responsable de la guerre ? Je ne pense pas. De même, ce n'est pas moi qui suis responsable de la composition de la compagnie Niggl, c'est une formation comme une autre. En dernier ressort, c'est le Kronprinz qui est responsable du fait que ces gens soient sous mes ordres. Que me voulez-vous ?

Bertin entendait laisser de côté, pour le moment, ces vastes horizons, s'arrêter à un détail, peut-être accidentel, à savoir : qui avait entraîné ces hommes dans le fort et pour quel motif ?

-— Raison de service, cria Kroysing.

Bertin recula, le sang lui monta à la tête, il se tut. Il ne releva pas le fait que celui qui crie a tort, mais il décida de prendre congé au plus tôt. Kroysing, le front barré d'un pli, se mordait les lèvres, regardant devant soi en mâchant sa rancune, puis, fixant son visiteur effrayé :

— Pardon, dit-il, mais vraiment votre naïveté me met hors de moi.

— Dommage, fit Bertin, votre tabac était si bon, et voilà que ma naïveté me l'a gâté.

Kroysing jugea que cet homme était bougrement susceptible, mais que c'était bien, que cela compensait la sensiblerie qui venait de l'irriter.

— Monsieur, reprit-il en raillant, vous êtes un œuf sans coque. Que diriez-vous d'une goutte de réconciliation ?

Il ouvrit la petite armoire à droite, derrière lui — il n'avait qu'à étendre le bras —, brandit la bouteille et remplit les verres.

— A votre santé ! Allons, raccommodons-nous !

Bertin dégusta son cognac par petites gorgées, Süssmann avala la moitié de son verre, Kroysing engloutit le sien avec une jouissance profonde :

— Ah ! dit-il, ça vaut la peine. On peut faire la guerre sans femmes, sans munitions, même sans positions, mais non pas sans tabac et certainement pas sans alcool...

Bertin, s'efforçant de maîtriser son amour-propre, essaya de donner le change en s'étendant sur les mérites de l'eau-de-vie de pruneaux serbe, qui pouvait soutenir la comparaison avec ce cognac. Kroysing prit un air intéressé : quand il en aurait assez du front ouest, le *slivovic* serait bien capable de le pousser du côté de la Macédoine. Le malaise cependant ne put se dissiper. Les yeux du petit Süssmann, songeurs, allaient de l'un à l'autre :

— Non, ce n'est pas de cette façon-là que vous vous mettrez d'accord. En somme, c'est moi qui ai tout déclenché, c'est donc à moi de réparer. Notre écrivain estime que, ayant eu à régler une affaire privée avec le capitaine, vous êtes allé dénicher ces Armierer pour les fourrer dans le fort de Douaumont, et que, par conséquent, c'est vous qui êtes responsable de leurs accidents. N'est-ce pas cela ?

Bertin confirma d'un signe de tête.

— A vos yeux, reprit Süssmann, les Bavarois n'étaient que des accessoires du capitaine. Le projecteur moral de notre poète les amène maintenant dans son faisceau lumineux : et voilà des morts et des blessés, des hommes pour tout dire. A vous maintenant, mon lieutenant ! conclut-il en écrasant sa cigarette.

Kroysing réfléchit un instant, puis :

— Le sous-officier Süssmann est cité à l'ordre du jour parce qu'il a replacé les pions dans le bon ordre. Mais voyons un peu ces hommes : ont-ils seulement levé le petit doigt pour venir en aide à mon frère ? Pas le moins du monde. Et pourquoi mon frère s'est-il attiré la disgrâce de Niggl et consorts ? Pour ces hommes. Ils sont donc d'une façon générale, complices de sa mort. C'est de la même façon toute générale que je les ai expédiés dans une localité un peu plus dangereuse que celle où ils étaient. Cette responsabilité, je l'assume : de toute manière, dans l'intérêt du service, l'une ou l'autre des compagnies de Schipper aurait dû y passer. J'ai choisi celle-là.

Bertin reprit un coup de cognac, réfléchit :

— Je crains, dit-il, qu'il y ait dans ce calcul quelque chose qui ne joue pas. Les morts et les blessés pèsent trop lourd, comparés au degré de complicité ; le Schipper est frappé individuellement, alors que la culpabilité de la compagnie était collective, et il faut encore tenir compte du fait que le simple soldat est privé de ses droits.

— Eh bien ! que les sinistrés s'arrangent avec ceux qui ont échappé ! fit Kroysing d'un ton bref, moi, ça ne me regarde pas. Je ne joue pas à la Providence. Mais vous-même, de quelle façon comptez-vous vous en tirer avec la « part » qui vous est échue dans cette affaire ?

Le visage de Bertin eut une expression de surprise.

— Voilà l'ange innocent, dit Kroysing en riant, allons ! Il faut qu'on vous mette le nez dessus. Et qui fut le premier à déclencher tout cela, hein ? Qui donc m'a fait sortir de ma coupable indifférence ? Par qui ai-je appris ce qu'on avait machiné contre mon frère ?

Bertin, perplexe, cherchait Süssmann du regard, puis l'expression victorieuse de Kroysing, et puis la voûte qui mettait entre le ciel et lui sa masse de pierre imperméable.

— Je n'y avais pas songé, avoua-t-il honnêtement, il doit y avoir quelque chose de vrai dans tout cela. On ne peut embrasser d'un seul coup d'œil l'enchevêtrement des causes et des effets. Cependant je ne l'ai pas voulu.

— Eh bien ! ni moi non plus. Mais dites-moi, cher monsieur, si quelqu'un vous avait dévoilé mon caractère dangereux, vous seriez-vous abstenu de me renseigner ? Est-ce que votre intention n'était pas plutôt de m'amener à réparer les torts, en ma qualité de frère de la victime ?

— Oui, admit Bertin, tout en faisant son examen de conscience, c'était bien à peu près ce motif. Pas très clair, vous savez. Il s'était passé quelque chose de terrible. Le monde était désaxé. Mais quelle folie si, parce qu'on essaie de le remettre d'aplomb, il se désaxe encore davantage.

— C'est bien cela, fit Kroysing, mais voyez-vous, c'est aussi qu'il a de petits vices de construction, ce monde, comme nous disons dans notre métier... Des courts-circuits partout. Si nous construisions un moteur avec une telle insouciance, nous serions expédiés au ciel au lieu d'arriver jusqu'à nos nouveaux lance-mines.

— Mais où est le défaut ? demanda Bertin qui se passionnait. Il y a là quelque chose qui ne va pas, et qu'il faut remettre d'aplomb pour que notre vision du monde ne vole pas en éclats.

— Et pourquoi ne volerait-elle pas en éclats, dit Süssmann étonné, cette précieuse vision du monde ? La vôtre n'a-t-elle pas volé en éclats ? poursuivit-il en montrant du doigt Kroysing — et la mienne ? Il n'y a que celle de MM. les écrivains et prophètes qui mérite des regrets... Quatre morts et quelque quarante blessés, et cela à Douaumont ! Si ce n'était pour vous une vieille rengaine, mon lieutenant, on ferait bien de raconter à notre poète l'histoire de cette montagne creuse. Je le lui ai promis, d'ailleurs.

— Certainement, approuva Kroysing. Et tout en écoutant, je suivrai les réactions du récit sur le visage de notre écrivain. En avant, Süssmann !...

— Quand le Seigneur, notre Dieu, eut détourné sa face de la terre, quelques milliers d'années après que les eaux du déluge se furent retirées, et que les humains eurent pullulé comme des fourmis, le 21 février de l'an 1916, ils sortirent des tranchées d'assaut, pionniers en tête...

Süssmann cligna des yeux, et continua sur le même ton :

— Or, pendant les quatre jours qui suivirent, des légions et des légions de martyrs gris et de martyrs bleu horizon moururent, comme il était écrit, et ils étaient dispersés en grand nombre entre le bois des Caures et les hauts de Meuse, et leurs âmes allaient grossir les cohortes célestes.

2

Le petit Süssmann

— Nous étions couchés à terre, au bord du glacis, et nous contemplions le fort de Douaumont, couvert de neige et qui se taisait — nous, un détachement de pionniers, avec les hommes d'une section du 24ᵉ. Le sol était gelé, mais nous avions chaud, nous avions bu et de plus nous avions peur. Pas un coup ne partait de chez nos vis-à-vis, comprenez-vous ? Quelle menace ! Qui aurait pu imaginer, je vous le demande, que le fort était sans garnison, sans défense — Douaumont, la pierre angulaire de Verdun ! Des obus français déchiquetaient la forêt derrière nous, mais ils venaient d'ailleurs. Notre artillerie bombardait le village de Douaumont et le réseau de barbelés qui le protégeait, et dans la même direction, une mitrailleuse française crépitait encore. Cependant, le bloc de pierre lui-même ne disait rien. Nous avions beau être enveloppés dans nos capotes, nous étions complètement trempés : ce n'est pas amusant d'enfoncer continuellement dans de la boue gelée, nous aurions voulu enfin de la terre sèche sous nos pieds — ah ! changer de vêtements, allumer son poêle ! Notre artillerie continuait de marteler les pentes dénudées des casemates — jamais la moindre riposte !

« Alors, nous nous lançâmes en avant, le premier lieutenant en tête, nous franchîmes les barbelés — ils n'étaient heureusement pas électrisés — et, par le diable, notre peloton escalada la carapace du monstre. Nous voilà au sommet. Et nous comptions bien entrer. Tandis que nous discutions et que nous scrutions les profondeurs, non sans appréhension, nous aperçûmes un groupe qui sortait avec précaution d'une galerie, humant l'air. Et avant d'avoir eu le temps de tirer sur eux, nous vîmes que c'était un peloton allemand. Les deux officiers se dévisagèrent... et je crois bien qu'à l'heure qu'il est, ils discutent encore pour savoir lequel est le conquérant authentique de Douaumont. Arrivés à l'intérieur, nous fîmes prisonniers les défenseurs de Douaumont — une vingtaine de canonniers qui servaient la tourelle. Ils avaient tiré quatre nuits et quatre jours de suite, et maintenant ils dormaient — les impolis, n'est-ce pas ? Au moment de notre arrivée ! Nous avons eu la bonne grâce de leur pardonner. Telle fut la prise de Douaumont par l'héroïque premier bataillon du 29ᵉ. Que celui qui ne veut pas le croire paie la tournée.

Kroysing, amusé, considérait le visage perplexe de Bertin, assis là, dans sa tunique, les cheveux coupés ras, comme un vrai soldat, mais qui, semblait-il, avait toujours pris pour du bon argent la pompe et les lauriers du commandement supérieur, et qui désirait vivre dans un univers d'exploits héroïques, comme un enfant dans son livre de contes...

C'était donc là cette fameuse prise de Douaumont — sous les yeux de Sa Majesté...

Un grand rire ébranla les voûtes :

— Mon cher, s'écria Kroysing, ayez pitié de nous !

Süssmann, pouffant de rire comme un lutin, déclama :

— Où était Douaumont, et où était l'empereur ?

— Messieurs, dit Bertin sans s'offusquer, c'est ce que disait le communiqué. Nous le lisions devant le tableau noir de la Kommandantur de Vranje, une petite localité de montagne, au nord de Koumanovo, en Macédoine ; il y avait là une foule de Feldgrau sous un grand soleil de printemps et j'entends encore un jeune lieutenant de hussards s'écrier à côté de moi : « Épatant, on en aura bientôt fini avec cette saleté ! » Comment voulez-vous que je sache comme ce haut fait s'est passé en réalité ?

— Mon cher, s'écria Kroysing, et ses yeux brillaient dans la lumière de son troisième verre de cognac, vous ne saurez donc jamais que tout cela c'est de la blague — blague à l'arrière, blague à l'avant, blague chez nous et blague chez ceux d'en face ? Nous bluffons et ils bluffent, ils n'y a que les morts qui ne bluffent pas, les seuls qui soient décents dans tout ce théâtre...

— Rien n'est vrai, déclara Süssmann, et tout est permis. Connaissez-vous cette devise ? La devise des Assassins ?

Bertin avait de la culture, il connaissait les Assassins, cette secte du Moyen-Age oriental dont le cheikh se nommait le Vieux de la Montagne.

— Dieu merci, fit Kroysing, un peu rassuré, nous avons de la culture, il ne nous reste qu'à essayer de comprendre comment est fait ce monde où des jeunes gens comme vous s'en vont en trébuchant — Perceval dans des bottes de Schipper. Dans nos parages, mon cher, c'est la même devise : Rien n'est vrai de ce qui est imprimé, y compris la Bible, et tout est permis de ce que les hommes — vous et moi compris — veulent faire pourvu qu'ils en aient le courage. Mais je ne veux pas interrompre ce petit-là, il vous fera voir comment les choses se passent ici.

— Or donc, nous tenions en tout cas Douaumont et nous y restions. Non loin de nous, au bas de la pente, la première ligne et dès lors le chahut allait commencer, les contre-attaques ! Pas plus tard que fin avril, les Français nous marchaient déjà sur la tête. Ils avaient repris tout le sommet de la carapace, sauf l'angle nord-ouest, mais les mitrailleuses portées dans les créneaux et les flanquements les empêchaient de descendre ; et puis des renforts arrivèrent, et ils durent reculer. C'est à ce moment-là que nous avons su par des prisonniers que nous devions notre chance de fin février à un gâchis authentiquement militaire. Sur la droite et sur la gauche de Douaumont, deux divisions fraîches s'étaient emparées du secteur, chacune était persuadée que l'autre tenait le fort, la division relevée n'avait rien eu de plus pressé que de filer à l'arrière, jusqu'à la côte de Belleville, et n'avait pu renseigner personne sur la situation. Et si, à ce moment-là, nous avions disposé des réserves fraîches, nos chances de victoire auraient bel et bien continué de rouler, dépassant Fleury et Souville, et qui sait si Verdun, à l'heure qu'il est, serait encore français ! Oui, mais nous aurions eu une sale passe quand même — mais de la satisfaction en plus, et des communiqués magnifiques. Cependant les Français jalousaient notre chance. Il nous fallait attaquer Thiaumont et Fleury, et nous en étions encore là quand survint la grande explosion qui me donna l'occasion de faire connaissance avec l'au-delà. — A votre santé !

Il vida son verre, Kroysing le remplit derechef et les yeux inquiets, fixés sur un coin de la chambre, Süssmann continua de sa voix indifférente de gamin :

— Douaumont, à ce moment-là, on était au début de mai, était le plus solide point d'appui du front, bourré de soldats, d'approvisionnements, de munitions, d'équipements de sapeurs, pourvu d'une vaste infirmerie.

« La grande attaque du 5 mai fut manquée. Une rafale d'obus arrosait le fort, mais au-dessous, la vie grouillait. Nous avions alors notre parc du côté opposé, où les Schipper sont en train de dormir à cette heure. C'était donc là qu'étaient empilées nos mines et nos réserves d'huile pour les lance-flammes ; les jouets les plus inoffensifs — fusées lumineuses, etc. — attendaient alignés le long du couloir ; de l'autre côté, il y avait les caisses avec nos grenades sphériques à main. Sur la droite du couloir, des degrés conduisaient à l'infirmerie. Les médecins y travaillaient jour et nuit ; les brancardiers circulaient, apportant les grands blessés et les blessés légers ; les hommes qui n'avaient eu que des chocs ou qui avaient été ensevelis étaient assis le long des parois, sommeillant ou dormant ; on leur distribuait la soupe, ils mangeaient et se sentaient transportés au septième ciel. Mais, comme on sait, l'enfer touche de près au ciel, et puis quelques déments doivent avoir été de la partie, car, à l'abri de nos caisses de munitions, deux ou trois de ces idiots de Bavarois s'étaient mis à chauffer la nourriture au moyen d'une grenade à main. Et pour que la cuistance soit meilleure, ils invitèrent le diable à leur table. Le premier venu peut dévisser une grenade d'infanterie, et faire chauffer sa nourriture avec la charge de poudre, à condition qu'il ait deux pierres pour y placer sa gamelle et que tout ce qui l'entoure soit inoffensif. Or, le malheur veut que mes Bavarois attrapent une grenade défectueuse, et pan ! toute la saleté leur saute dans la figure. Cela aurait pu s'arrêter là — des cris, quelque trois ou quatre morts en plus et des blessés — ça n'aurait pas compté dans la bataille de Fleury. Mais le diable s'arrange pour que les éclats volent par la porte ouverte sur le dépôt de munitions et se mettent à béqueter un de nos paisibles lance-flammes. Ces engins contiennent un mélange d'huiles légères et lourdes — ça s'écoule, ça se vaporise et, mélangé à l'air, ça devient un explosif. Cela, mes yeux l'ont encore vu ; d'où est tombée la brindille pour l'allumer, je n'en sais rien — une cigarette allumée suffisait. « Au feu »... cinq, huit, dix cris montent du groupe qui entoure les cuisiniers à grenade, en même temps quelques pièces lourdes font rage sur la voûte, et l'huile brûlante touche aux caisses de fusées, faites de bois de pin bien sec. Dans la même seconde, nous courions déjà, nous courions en avant. Les types intelligents ne disaient rien, ceux qui avaient peur hurlaient. Vous avez vu la longue galerie où je viens de rencontrer le capitaine ? Je crois qu'elle a quatre-vingts mètres de long. De tous les souterrains latéraux on accourait vers cette galerie, on se battait pour sa vie, avec son voisin de file, avec son camarade. Malheur à celui qui trébuchait, malheur à celui qui se retournait ! Nous, ceux du parc, nous étions acculés tout au fond, devant nous les blessés légers, les Bavarois relevés, dans le souterrain voisin les Schipper, en avant les fantassins — un conglomérat de dos, de nuques, de têtes, de poings et tout cela mugissant d'angoisse. Des détonations, une fumée épaisse, la chaleur, la puanteur de fusées qui explosaient, une pyrotechnie aux mille feux. Ç'allait être le tour des obus, et ce fut le tour des obus ; mais en premier lieu ce fut le tour de nos grenades à main, quelque chose de sourd se mit à gronder dans les souterrains, une secousse comme un tremblement de terre nous ébranla tous en nous jetant contre les parois. J'avais fait quarante mètres dans la galerie, et je tombai. Ou plutôt, je ne tombai pas, je m'évanouis, je perdis connaissance, appuyé contre la paroi, et je restai suspendu je ne sais combien de temps, entre les hommes coincés, acculés là — puis, avec eux, je dois m'être affaissé peu à peu. C'est alors que l'explosion a dû se produire, qui acheva tout ce qui était encore en vie, dans les couloirs latéraux, dans les casemates, dans l'infirmerie — tout. Quant à moi, les gaz asphyxiants m'avaient étranglé. J'étais effectivement mort, quant à toute réaction consciente. Tant qu'on est encore en mesure d'éprouver de l'angoisse, c'est effroyable : les poumons luttent pour aspirer de l'air frais et n'arrivent qu'à aspirer toujours plus de ce poison, de cette saleté, la gorge brûle, les oreilles bourdonnent, c'était une délivrance de s'éteindre... Voilà, à votre santé !

Il but une petite gorgée. Bertin vida enfin son verre, et Süssmann, allumant une cigarette, reprit, émergeant, eût-on dit, d'un lointain passé :

— C'est sous la pluie que je repris connaissance. J'étais étendu, sous le ciel libre, couché sur les pavés et les décombres de la cour intérieure ; mes premiers regards rencontrèrent des nuages gris. Je me sentais, au-dedans, comme écorché et brûlé, mais je vivais. Je mis probablement un certain temps avant d'en donner les signes ; je voyais des hommes à masques qui retiraient des corps de soldats du tunnel noirci, dont l'ouverture était drapée encore d'un panache de fumée noire. Je voulus regarder l'heure, ma montre avait disparu. J'avais coutume de porter à la main gauche une petite bague, héritée de ma grand-mère — la bague était partie également. Je cherchai mon étui à cigarettes — disparu à tout jamais. On avait défait ma tunique, déchiré ma chemise, j'étais étendu, la gorge nue, c'était là probablement ce qui m'avait réveillé et sauvé. Mais ma bourse, qui contenait une assez forte solde, s'était également évanouie. Je me soulevai, les pavés humides étaient agréables aux mains ; à droite, à gauche, devant moi, derrière moi, rien que des morts. Des visages bleuis par l'asphyxie, noircis, une masse sinistre. Quatre cents hommes, rangés en colonnes de compagnie, occupent un certain espace — là, il y en avait beaucoup plus, et les brancardiers en apportaient toujours. Ils m'avaient dévalisé, mais je leur faisais cadeau de mon bric-à-brac, je respirais de nouveau. Je ne voudrais pas être pendu, je ne voudrais pas non plus être asphyxié, jamais je n'ouvrirai le robinet à gaz — et nos attaques aux gaz asphyxiants me donnent des nausées, rien que d'y penser. Non, un éclat décent, à la tête, où un bon coup au cœur, c'est tout ce que je souhaite.

— Je boutonnai ma tunique, je remontai même mon col, et je me levai en chancelant. J'avais des vertiges, je toussais, et cela me faisait mal, j'avais des maux de tête atroces, mais c'était tout. Le médecin qui me vit le premier ouvrit de grands yeux : « Voilà qui s'appelle avoir de la chance, mon gars ! » A ce moment-là, j'étais déjà sous-officier, mais je l'avais complètement oublié ; « Volontaire Süssmann, présent ! » dis-je pour m'annoncer. Certains prétendent que je riais comme un idiot, mais je crois que c'est de la calomnie. On me fit boire, avaler de l'aspirine et respirer quelques gorgées d'oxygène et je pus enfin, pendant quelques minutes, faire mon rapport. Je ne savais pas grand-chose de ce qui était arrivé, mais cela suffit pour qu'on décidât aussitôt de ne pas poursuivre l'évacuation du cratère éteint. Notre capitaine fit retransporter les morts à l'intérieur du souterrain ; quant à moi, je dormais déjà dans un beau lit de l'ambulance nouvellement installée.

« Quand je me réveillai pour la seconde fois, j'étais en somme tout à fait remis. Je ne toussais plus ; au fond de la gorge, je sentais encore comme un anneau de chair à vif, ma tête bourdonnait, mais c'était tout. Par la suite, je vis une équipe du génie qui murait le souterrain. C'est là derrière qu'ils reposent, les locataires défunts de Douaumont, l'effectif d'un bataillon, pas loin de mille, tout ce qui garnissait le fond de cette aile — Bavarois, Schipper, sapeurs, toute l'infirmerie.

« Telle fut l'explosion du Douaumont. Elle ne fut pas mentionnée dans les communiqués. Si vous le voulez, je vous conduirai tout à l'heure sur les lieux, vous direz une prière pour l'âme des morts. Depuis lors, je regarde les choses de plus près, et elles ne me paraissent plus très belles. Et maintenant, je crois qu'il est temps de regagner nos pénates...

— C'est juste, fit Bertin... Et vous avez continué votre service tout de suite après ? comme si de rien n'était ? demanda-t-il en s'étirant.

Süssmann répondit de façon bourrue : A quoi pensait-il ! Évidemment il avait été gratifié d'un congé de convalescence, une quinzaine de jours au mois de mai, chez sa mère ; et pas un mot de tout cela, les civils ne tiennent pas à ce qu'on vienne leur abîmer avec la réalité l'image qu'ils se font, eux, de la guerre. D'ailleurs, le mot d'ordre était : « Se taire ! »

— Parfaitement, remarqua Kroysing, c'est ce qu'il faut. « Qui en sait trop, meurt tôt », dit le peuple. Et maintenant, qu'a répondu le capitaine Niggl, à l'intérêt compatissant que je prenais à sa santé ? Pourra-t-il sortir ce soir avec la troupe ?

Le sous-officier Süssmann relata, d'une mine contrite, que le capitaine se sentait encore éprouvé, que le médecin-major lui avait ordonné — ou permis — le lit, que trois adjudants-chefs, commandants de compagnie, s'offraient à le remplacer.

Kroysing, tout aussi contrit, repartit :

— C'est grand dommage, je regrette infiniment de devoir tarabuster ainsi un vénérable officier. Je suis décidément un individu par trop antipathique. Quand vous reviendrez, mon cher monsieur, et il se leva en tendant la main à Bertin, son état se sera encore aggravé.

Le sous-officier Süssmann mit sa casquette, voulant accompagner Bertin un bout de chemin. Il ajouta que le central téléphonique avait, par ordre de son bureau, cherché et déniché pour le capitaine, un aumônier catholique qui arriverait prochainement, si toutefois le Frantz continuait à se montrer aussi prévenant. Un sourire glissa sur les lèvres de Kroysing :

— Monsieur veut faire sa confession, cela ne peut nuire à quiconque commence à se ramollir par le dedans — à devenir blet, comme on dit en parlant de pommes ou de poires. Merci Süssmann, dans ces conditions, c'est moi qui accompagnerai la troupe ce soir.

3

Le Père Lochner

— L'hiver s'annonce dur, fit Strumpf en sortant de son poste, à quelques jours de là.

Un ciel bleu resplendissait entre les échancrures du brouillard, du soleil ! Les branches des hêtres, touchées d'or, étaient chargées de faînes, et partout, dans le feuillage des jeunes sorbiers, aux rameaux de l'épine-vinette, dans les ronces des églantiers, des baies rouges luisaient. Un couple d'écureuils, peu soucieux des roulements du canon, maraudait dans les cimes des arbres et chassait une pie bariolée qui poussait des cris courroucés.

— Nous n'avons que faire d'un hiver dur, rétorqua en patois badois Kilian, son camarade.

Bertin, assis devant son standard, entendait Frédéric Strumpf maugréer sur les grands froids que la nature compensait par une abondance de fruits pour les oiseaux et les bêtes sauvages, comme si quelqu'un s'occupait de ces innocentes créatures. Kilian s'en gaussait ; il était libre penseur, darwinien, déclara-t-il fièrement, et ne trouvait, en toute chose, que la confirmation de la lutte pour l'existence. Il entendait que les hivers rigoureux fussent adoucis pour les femmes et les enfants. Lui, confortablement assis sous le soleil d'automne, ravaudait une chaussette grise. Il pouvait bien faire ce métier, pendant que sa femme le remplaçait à la manufacture de tabac et s'occupait des deux enfants. Bertin, le casque d'écoute passé sur la tête, lui répondait par signes : dans l'armée chacun, et lui-même, était ainsi relié à l'arrière par de multiples fils. Une sonnerie dans l'appareil : le parc des pionniers du bois des Fossés donnait des ordres pour les aiguillages, ou s'enquérait des équipes de construction, du nombre des wagonnets, sur la voie de garage. Le trafic du petit chemin de fer l'amusait : en partant de ce minuscule rouage d'un immense engrenage, on arrivait à concevoir toute la dépense d'intelligence humaine qu'exigeait l'organisation du front, tout ce qu'il y avait à mettre au point pour obtenir au moment voulu un déclenchement souple et précis. Les deux Badois étaient contents de lui, cependant son esprit d'aventure leur faisait hocher la tête. Bertin retournait constamment à Douaumont ; Karl Kilian saisissait mieux que son collègue plus âgé : c'était naturel, pour un journaliste qui, plus tard, serait à même de révéler la vérité.

Bertin le savait : ce bon temps allait prendre fin. Dans quelques jours le permissionnaire serait de retour, et lui devrait faire ses paquets, rentrer au baraquement étouffant et bruyant, réintégrer sa compagnie — l'atmosphère des Grassnick et des Glinsky, où toutes les antennes de l'âme seraient écrasées comme l'herbe où se vautre un âne. Là, dans la solitude, il se remontait, il dormait au grand air, il savourait le soleil, il avait des loisirs, et il mangeait avec appétit l'ordinaire que Frédéric Strumpf s'entendait à apprêter avec toutes sortes d'assaisonnements. Les heures de veille, face à l'appareil silencieux, en compagnie d'un livre, dans cette solitude et dans ce silence, il redevenait lui-même. Au-delà des pages imprimées, il voyait le petit Kroysing emporté à la dérive, loin, bien loin dans le courant des événements, et le frère aîné, cet être violent, qui pataugeait au milieu du courant — aujourd'hui jusqu'aux genoux, demain jusqu'aux hanches... Si jamais quelqu'un avait eu besoin de la guerre pour se réaliser, pour manifester son génie individuel, mettre à l'épreuve son envergure, comme il disait, c'était bien Eberhard Kroysing. Peut-être était-ce dans la soif d'une telle expérience que toute une jeunesse allemande avait fui la mesquinerie de la vie d'avant-guerre, pour se jeter éperdument dans la guerre indomptable. Kroysing, Süssmann, Bertin, eux tous. Tous, en 1914, avaient eu l'impression qu'enfin la vraie vie allait commencer, la vie dangereuse, qui trempe l'âme. Et voilà où ils en étaient aujourd'hui, plongés jusqu'au cou dans les réalités répugnantes et contraints d'en venir à bout. Qui aurait prédit au lycéen Süssmann ce qu'il éprouverait après deux ans de guerre et par quels chemins il aurait passé... ah ! mon garçon !

Mais tiens ! voici justement la voix enjouée de Süssmann dans l'écouteur... Les salutations de la compagnie, du détachement du bois des Fossés, tout au moins, avec lequel il avait travaillé dur pas plus tard qu'hier. Deux Berlinois en particulier : l'un, un drôle de joufflu, avec des taches de son et des yeux intelligents — « Lebehde », pensa Bertin ; l'autre, un bossu, fielleux — c'est Pahl ! Ils lui faisaient dire qu'il y avait beaucoup de nouveau dans la compagnie, qu'il fallait se dépêcher de revenir, pour assister, par exemple, à l'entrée en fonctions d'un nouvel adjudant-chef, ce qui ne devait pas être désagréable à Bertin. « Quel fumier ! » songeait Bertin de mauvaise humeur, et dire qu'à partir de la semaine prochaine, il faudrait de nouveau respirer cet air-là jour après jour !... « Eh bien (citant Schiller), les beaux jours d'Aranjuez allaient être finis pour lui. »

— Vous viendrez tout de même prendre congé de nous, lança Süssmann, Kroysing a toutes sortes de choses à vous dire. Il vous demande de passer la nuit prochaine avec nous.

— Entendu, fit Bertin un peu surpris.

A l'entrée du fort, Bertin fut pris dans le remous de l'infanterie de relève ; un bataillon attendait la tombée de la nuit pour mettre au repos (!) la troupe qui tenait les tranchées. Grande distribution de nourriture, ce serait la dernière fois, pour des semaines et des semaines peut-être, que la vapeur montait des gamelles. Dans un coin de la cour, des sous-officiers, penchés sur des sacs de poste, criaient les noms de leurs hommes : « Wädchen ! » — « Présent ! » — « Sauerbier, Klotzsche, Frauenfeind... » — « Présent ! » Bertin, se faufilant entre eux, humait leur odeur, voyait leurs faces amaigries, exténuées. Il se sentait presque coupable avec son allure énergique, presque soignée. Leur patois saxon, un peu chantant, enlevait à leurs paroles ce qu'elles avaient d'amer. Sous leurs bonnets de police — ils ne portaient le casque qu'en première ligne —, dans leurs tuniques râpées, ils avaient l'air vieillot, plus semblables, dans l'ensemble, à une classe de gamins en excursion qu'à la muraille vivante qui, dans le jargon des journaux, protégeait, sur le sol français, la patrie allemande... C'était l'après-midi, vers quatre heures et demie, le soleil, à grands flots dorés, coulait à l'intérieur de l'immense pentagone et dans l'entaille profonde qui menait aux casemates. Bertin louvoyait patiemment à travers les groupes ; entre les grenades à main, les équipements d'assaut, les masques à gaz placés à terre, les fusils en faisceaux. Un groupe d'hommes déjà rassasiés l'arrêta pour lui demander du feu. Bertin s'attarda un instant : sa casquette en toile cirée grise, à croix de laiton, attirait leur curiosité : avec ses lunettes, celui-là devait savoir quand la guerre serait finie. Le dégoût se lisait sur leurs visages, ils ne s'en cachaient pas. Mais Bertin savait que cela ne les empêcherait pas de sacrifier leurs dernières forces. Comme à l'ordinaire, leurs jours de repos n'avaient rien eu de reposant ; consolidation des positions de l'arrière, inspection de toutes sortes, exercice pour rétablir la discipline. La seule différence avec la période en première ligne, c'est qu'on avait de la nourriture chaude, un sommeil tranquille et de l'eau pour se laver. C'était déjà quelque chose, mais ce n'était pas beaucoup. Bertin les voyait grouiller parmi les décombres gris des ouvrages extérieurs qui, mangés par la lèpre, semblaient depuis longtemps à bout de résistance. Les trous d'obus touchaient aux trous d'obus. Des mottes de gazon jauni s'accrochaient à l'ombre des remparts, partout les revêtements de tuiles étaient arrachés ; il ne restait que de vagues remblais de terre amoncelée, hérissés d'éclats d'acier, spectacle d'autant plus surprenant, quand on songeait à la forteresse souterraine, inébranlable. Il en était de même pour ces fantassins : troupeaux épuisés de la mort, ouvriers de la destruction, tous avaient cette indifférence que l'industrie et la machine confèrent à l'homme. Et pourtant, dans leur âme, ils étaient intacts : sans enthousiasme et sans illusions ; ils se lanceraient en avant, mus par le seul espoir de revenir sains et saufs au bout de dix jours. Et puis, de nouveau ils se lanceraient en avant, se replieraient, jusqu'à ce qu'une blessure les délivre, ou bien la mort... Mais ils n'aimaient pas penser à cela. Ils avaient la volonté de vivre. Pour le moment, ils ne pensaient qu'à dormir encore quelques heures.

Bertin, obsédé par ces destinées, descendit et disparut, en longeant les sacs de sable, dans les entrailles du fort.

Dans la chambre de Kroysing, un visiteur était assis, un monsieur. Une espèce de chapeau de cavalier à ailes relevées était posé sur le lit. Des parements violets au col, l'ovale brun d'une grosse figure, une bouche très petite, pas de barbe, une paire d'yeux clairs au regard énergique — c'était un ecclésiastique. Un aumônier à Douaumont, la croix d'argent au cou ! Bertin savait qu'il fallait saluer ces messieurs comme des officiers et qu'ils y tenaient beaucoup. Il aurait préféré se retirer immédiatement, mais le lieutenant Kroysing, assis comme toujours à sa table de travail, s'écria chaleureusement :

— Enfin, vous voilà, mon cher ! Dois-je faire les présentations ? Mon ami Bertin, licencié en droit, actuellement déguisé en Schipper ;

— le R.P. Benedict Lochner, actuellement déguisé en cavalier.

Le Père rit avec bonhomie ; sa main était grasse, mais vigoureuse :

— Vous ne devriez pas parler de cavalier, mon lieutenant, je suis venu à motocyclette.

Il passa sa main dans ses cheveux blonds et rares, épongea sa tonsure avec son mouchoir et but une gorgée de cognac. Son jovial parler rhénan, sur ses lèvres fines, faisait une impression étrange.

— Mon ami Bertin peut entendre ce que nous avons à discuter, mon Père, reprit Kroysing, je dirais même que personne n'est plus désigné pour assister à notre entretien et dire son mot. Il a parlé à mon pauvre frère, la veille de l'« accident », il a appris de sa propre bouche ce qui pesait sur lui, il lui a promis son aide — le seul de tous, dans ce désert, ou plutôt dans cette vallée de larmes —, et cela, je ne l'oublierai pas, à l'heure même de ma mort. Le fait qu'il est juif ne vous offusquera pas, j'en suis sûr ; à côté de moi, païen protestant, c'est vous et lui, plutôt, qui êtes de la même lignée.

Bertin, assis sur le lit de Kroysing, était assez déprimé : il aurait voulu être seul avec Kroysing. Le Père, avec ses yeux intelligents, le dévisageait — un crâne bien conformé, un commencement de calvitie au sommet de la tête. « Vrai, pensa-t-il, ce jeune homme me rappelle un moine, sur ce tableau fameux, je ne sais plus... une peinture italienne, je crois. Peut-être qu'il me facilitera la tâche, ou qu'il me la rendra plus lourde. Toujours est-il qu'il est fatigué et chargé.» Et, à haute voix, il déclara qu'il ne savait pas trop de quel œil le capitaine Niggl verrait un entretien à trois.

Bertin voulut se lever. Kroysing l'arrêta d'un geste de son long bras :

— Il n'en est pas question, vous restez. Si vous voulez remettre à plus tard notre entretien, mon Père, je suis d'accord. Bertin est aujourd'hui ici pour la dernière fois, il doit rejoindre sa compagnie de pouilleux et j'ai l'intention de lui faire un cadeau d'adieu, un peu étrange j'en conviens. Je me rends cette nuit en première ligne, nos lance-mines sont bétonnés, les officiers du secteur ont à me parler. Je suppose, Bertin, que vous voudrez bien courir le risque. Cette fête-là, chacun devrait l'avoir vue.

Bertin rougit : bien sûr qu'il viendrait ; quand Süssmann lui avait parlé de cette invitation, il avait cru à une beuverie, il préférait cette promenade. Le Père déclara qu'une occasion pareille se présentait rarement et qu'il en profiterait, lui aussi, si c'était permis. Kroysing, haussant les sourcils, considéra le long vêtement de drap fin, la culotte à la coupe large, les chaussures à lacets, presque élégantes :

— Ne serait-ce pas dommage pour votre costume ?

Et sur la vive protestation du Père, il reprit :

— Vous trouverez là-bas une foule de chrétiens, des luthériens à vrai dire, mais sur le terrain, toutes les différences disparaissent. Pour la mitrailleuse, le juif et l'athée sont les bienvenus, tout comme le catholique et le protestant. La position que nous allons voir a été relevée hier ; nos gars du fort sont moins bien tombés, je crois, leur position est à droite, plus à l'ouest. Allons-nous ajourner notre entretien ? Je préférerais vous entendre maintenant.

Heureux d'avoir trouvé un prétexte, Bertin se leva :

— Puisque nous ne dormirons pas cette nuit, dit-il, je me ferai donner un lit par Süssmann, l'homme a besoin d'un instant de repos.

Quand la porte se fut refermée derrière lui, le Père dit pensivement :

— Ce n'est pas une vie facile pour un homme cultivé. On est toujours surpris de voir à quel point nos juifs s'adaptent à la vie militaire.

— Pourquoi pas ? riposta Kroysing, ils font ce que font tous les autres, et souvent beaucoup mieux ; ils tiennent à nous en donner la preuve. Et d'ailleurs, je ne connais pas de livre plus guerrier que l'Ancien Testament, avec ses tonnerres et son soufre.

Le Père détourna habilement la pointe qu'il percevait dans cette remarque et vira dans les vérités générales : en effet, la guerre de position avait balayé beaucoup de préjugés et pas seulement la prévention contre les juifs. On s'était aussi méfié, naguère, du soldat venant des districts industriels. Et maintenant !

— Maintenant, approuva Kroysing, c'étaient les citadins, surtout ceux des grandes villes, qui formaient l'épine dorsale de la défense. Ils craignaient moins les machines que les gars de la campagne. Ces derniers avaient peut-être fourni un matériel humain de meilleure qualité, pendant la première année, mais à présent, la guerre de tranchée demandait une intelligence plus vive, une adaptation plus rapide.

— ... Et puisque nous en sommes là, mon lieutenant, qu'est-ce donc qui ne va pas entre vous et le capitaine Niggl ? fit Lochner sans transition.

Kroysing adossé à sa chaise bougonna :

— Faut qu'il vous en ait parlé, puisqu'il vous a demandé d'intervenir.

— Nous avons parlé, en effet, répondit le Père, en pétrissant ses mains, il donne l'impression d'un homme qui se tourmente. Il prétend que vous êtes en désaccord avec lui, à propos de votre frère qu'il n'aurait pas, selon vous, utilisé ou traité comme il convenait.

— Il ne vous en a pas dit davantage ? interrogea Kroysing sans sourciller.

— Non, du moins je n'ai pu en deviner plus long. Ces Bavarois sont tous d'origine paysanne et quand ils parlent, ils ont une façon de disposer les mots qui vous en laisse entendre plus ou moins, selon que vous êtes familiarisé ou non avec leur façon de s'exprimer.

Kroysing alluma une cigarette :

— Admettons qu'il ait menti, mais comment concilier cela avec la considération qu'il vous doit en tant qu'ecclésiastique, et avec les châtiments de l'enfer qu'il s'attire par là ?

Le Père Lochner éclata d'un rire franc :

— J'ai passé deux ans à Kochl, au pied des montagnes ; je n'ai pu pénétrer très avant dans l'âme de ces gens, il faudrait une vie pour cela. J'ai toutefois acquis quelques notions : en confession, pas un d'eux ne m'aurait menti, et pourtant on peut s'exprimer là de façon assez générale. Dans la vie de tous les jours cependant, ils auraient été assez renards pour me mentir, et pour mettre à profit ma qualité d'ecclésiastique.

— Bien, fit Kroysing, vous ne voyez pas les choses de la façon partiale que je craignais.

— Ce serait insensé de ma part. L'homme est un être très précaire, et le seul avantage que le catholique ait sur vous c'est d'avoir conscience du péché originel et de compenser un peu son insuffisance par les dons surnaturels de nos sacrements et de l'Église.

Kroysing était tout ensemble irrité et ravi. Il dissimula toutefois sa colère. Niggl avait-il vraiment présenté leur différend comme une bagatelle ? Possible.

— Que pensez-vous, mon Père, de ce qui s'est passé entre le roi David et son général en chef Urie ? Pardonnez-moi de vous le demander ainsi à brûle-pourpoint.

Le Père tressaillit :

— C'était un meurtre, un meurtre prémédité, cynique, pour l'amour d'une femme, et la maison de David l'a expié. Déjà le petit-fils issu de ce mariage a perdu la majeure partie de son royaume, malgré le repentir de David et les mérites de Salomon.

— Eh bien ! jeta Kroysing nonchalamment, quelles peines éternelles et temporelles va-t-on infliger à la maison de Niggl ? Car c'est exactement là le péché pour lequel je poursuis le capitaine. La seule différence, c'est que la femme au lieu de s'appeler Bethsabée, s'appelle « l'honneur de la 3ᵉ compagnie ».

Le Père Lochner s'était figé dans une attitude toute ecclésiastique :

— Si vous avancez de pareilles accusations, mon lieutenant, il faut donner des précisions.

Kroysing était ravi. Il avait troublé la sérénité du prêtre.

— Je ne demande pas mieux, dit-il.

Il ouvrit un tiroir, y prit deux papiers, remit le premier à l'aumônier et le pria de lire.

Le Père mit cérémonieusement ses lunettes d'écaille puis il lut la dernière lettre de Christoph Kroysing. Il la lut en articulant les mots de ses lèvres, et en déplaçant ses yeux d'un mot à l'autre, ce que Kroysing remarqua non sans satisfaction.

— J'espère que l'état du papier et de l'écriture ne vous gênent pas, monsieur l'aumônier. Quand nous avons reçu cela, c'était un peu collé ; vous en voyez les traces là au coin.

— C'est du sang ? demanda le Père en tressaillant, c'est épouvantable ! Mais, monsieur le lieutenant, sans vouloir vous blesser, ne pouvez-vous fournir d'autres preuves ? Vous l'avouerai-je, le capitaine Niggl fait tout de même une impression si bon enfant !

— Mon cher monsieur, railla Kroysing, vous croyez encore aux apparences ? N'avez-vous pas constaté, depuis deux ans que vous êtes de la partie, que le pouvoir illimité ne convient pas à tout le monde ? Et que cette brave moyenne a besoin d'une douce pression moyenne, pour rester en forme ? L'autorité dévolue à la caste guerrière place ces messieurs dans un air trop raréfié ; alors les Niggl et consorts passent la mesure. Un commis-voyageur en vins et un percepteur quelque peu avisés se paieront, sans le moindre scrupule, des exploits de haute lice, à la manière du roi David — sauf à se retrancher rapidement derrière le dos des autres, dès qu'ils sentent le poing vengeur sur leur nuque.

Il avait levé sa main droite, les doigts repliés comme une serre.

— Venez donc aux faits, demanda le Père Lochner tourmenté.

4

Deux subordonnés

Fatigués, Süssmann et Bertin étaient couchés, l'un au-dessus de l'autre, sur des sommiers d'un lit à plusieurs étages, dans un ancien corps de garde. Chacun fumait sa cigarette en soliloquant. Bertin, placé au-dessous, était un peu agité à la perspective de la nuit qui leur était réservée.

— Est-ce que ces messieurs de la faculté divine ne vous donnent pas, à vous aussi, une certaine inquiétude — tous, les nôtres aussi ?

— J'en vois rarement, grommela Süssmann.

— Nous autres, nous les voyons parfois. Là, devant Verdun, notre compagnie a eu un service de Pentecôte, tout le monde était tenu d'y assister, il n'y a pas six mois de cela. Le prêtre parlait de la descente du Saint-Esprit ; c'était dans la tente des munitions de réserve ; à gauche et à droite il y avait les paniers à croix jaunes et vertes.

— Ça c'est fort, fit Süssmann.

Bertin n'avait pas à préciser que les croix jaunes et vertes désignaient deux des trois espèces d'obus à gaz asphyxiants.

— J'admets, à sa décharge, qu'il était myope, dit Bertin sans ironie.

— Mais, riposta Süssmann, tout ce qui profite à la patrie n'est-il pas, selon les principes prussiens, agréable à Dieu ? Nous autres juifs, d'ailleurs, nous ferions mieux de nous taire, ajouta-t-il d'un ton plus sérieux, notre Dieu de l'Ancien Testament s'arrange à merveille de cette guerre.

— Oui, fit Bertin impassible, et je me livre à ma colère, et mon ombre à minuit s'allonge sur Assur et tous se terrent dans les cavernes et le roi de Syrie, je le force dans son palais de Damas et je frappe le premier-né de Misraïm, dans le Sud, et je brandis l'épée et la lance et, tel le sabot du coursier sauvage, je foule la maison d'Ammon et les murailles de Moab, dit le Seigneur Dieu.

— En somme, un Dieu de tout repos ! commenta Süssmann ; où se trouve ce passage ?

— Dans mon cœur, répondit Bertin, je pourrais tout aussi bien l'avoir inventé tout à l'heure.

— Voilà ce qu'on retire de la fréquentation d'un poète, fit Süssmann distraitement.

Il suivait du regard une araignée, une grande araignée noirâtre, qui avait tendu sa toile sur l'ouverture d'une cheminée d'aération et qui, agacée par la fumée des cigarettes, courait en tous sens.

— ... Un poète (Bertin continuait de penser à haute voix), un poète, un témoin, un auteur. Pour la couleur, nous avons coutume de nous servir des godets de la fantaisie, nous avons besoin de l'imagination, de la structure savante. Nous n'économisons ni les dieux ni les déesses, et nous estimons que la fable plausible est plus nécessaire que la vérité. Or, de nos jours, dans notre situation, le vrai se trouve être plus impérieux que le plausible. Regardez, Süssmann, pendant quatre mois notre compagnie a trimé dur, au parc Steinberg, jour après jour, sans qu'il soit arrivé quoi que ce soit d'important. Or, le premier jour où l'on m'envoie à l'avant, je rencontre le petit Kroysing, et il me demande de l'aider. Vous trouvez cela plausible, vous ? Oserais-je inventer de pareilles choses ? Eh bien, cela se trouve être du vrai. Et cela continue dans le vrai. Le lendemain, ni plus tôt ni plus tard, le petit est amoché ; le surlendemain, je me mets à sa recherche, je veux expédier sa lettre, le sauver, et voilà qu'il est déjà mort et que son bataillon a obtenu ce qu'il voulait. Or, depuis ce moment-là, mes yeux sont grands ouverts. Le poète n'y est donc pour rien, jusqu'à nouvel ordre. Tant que les vibrations de cette guerre se prolongeront, un témoignage consciencieux sera la mission la plus importante du survivant. Celui qui restera sur le carreau aura de toutes manières fait son possible.

— Et moi ? (Une voix résonna contre la voûte.) J'ai déjà tout donné, j'étais déjà mort. Les éclats de nos propres grenades ont sifflé autour de ma tête, j'en suis sorti par mégarde. Mais dites, je pourrai au moins mettre moi-même le point final, n'est-ce pas ?

— Mon cher Süssmann (Bertin essayait de l'apaiser), personne ne vous en demandera davantage.

— Merci de votre sauf-conduit ! (La grêle voix de gamin coupait l'air.) Je ne m'en soucie pas. Ce que je veux savoir c'est le sens, la raison d'être de tout cela. Cela vaut-il la peine ? Est-ce que tout cet intolérable tohu-bohu prépare au moins une société nouvelle ? Une maison plus habitable que la vieille maison prussienne ? D'où cela est-il venu, où cela mène-t-il, qui en profitera ?

Bertin était effrayé. N'était-ce pas à lui de poser de pareilles questions ? Lui, cependant, s'était donné tout entier à l'heure présente, il était en état de totale réceptivité. « Le diable sait, pensait-il, comment il se fait que j'identifie avec tant de conviction le fait d'exister et le droit à l'existence. Autrefois ce n'était pas ainsi. Je comprendrai peut-être plus tard. »

— Si du moins tout pouvait se résoudre par des réflexions aussi inoffensives, reprit le lycéen Süssmann, mais depuis que je vous ai raconté mes aventures, certaines idées ne me laissent plus de repos. Hier, j'ai interrogé à fond votre chef artificier : il prétend que des obus mis au cran de sûreté — les obus français comme les nôtres — ne peuvent éclater que dans des conditions particulières. Pourtant, au moment dont je vous parle, il y avait grande fête, les planchers démolis jusqu'aux canalisations, les embrasures des fenêtres arrachées, le choc qui nous a jetés contre les parois... si ce n'étaient pas les obus de la batterie abandonnée, alors ?

Il s'arrêta comme quelqu'un qui tourne interminablement autour du même point énigmatique, incapable de prendre part réellement à une conversation quelconque.

— Ne croyez pas que je m'attarde dans le soleil de mon passé glorieux, reprit-il, mais les Français qui sont des messieurs prévoyants, n'auraient-ils pas construit des chambres de mines pour pouvoir, au besoin, flanquer en l'air leurs propres forts ? Et nos Bavarois n'auraient-ils pas, en passant, pu mettre le feu à l'une d'elles ?

Il eut un frisson et, glissant de son lit, il surgit brusquement, tout blême, devant Bertin.

— Je ne voudrais pas passer par là une seconde fois. Se promener sur une mine chargée quand l'imprudence de n'importe quel idiot peut fermer le circuit et vous envoyer naviguer dans l'espace.

Bertin se dressa et plongea ses yeux dans les yeux interrogateurs de ce gamin de dix-neuf ans, qui possédait le jugement d'un homme mûr, mais qui tout à coup était pris de panique :

— Asseyez-vous, Süssmann, dit-il. Admettez la chose. Alors, vous êtes aussi menacé dans votre sommeil que vous le seriez, vous et vos camarades, en première ligne. Est-ce que ça modifie essentiellement votre situation ? Je ne le pense pas. Cela ne fait que l'aggraver de quelques nuances. Cela importe-t-il à un homme comme vous ?

— Eh bien ! dit Süssmann, ses regards rivés au sol, cherchant au travers du béton des chambres de mines dissimulées, remplies d'explosifs, de paquets de dynamite ; vous avez beau dire, vous n'êtes que de passage, ici.

— Non, repartit, Bertin, ce n'est pas cela. J'ai l'impression d'être destiné à quelque chose — disons : à être le reporter de vos souffrances et de vos exploits, pour la génération qui suivra. Ce n'est pas par hasard que nous nous sommes rencontrés ici, vous, avec votre histoire dans la tête, les deux Kroysing avec la leur. Vous pouvez être sûr qu'on en dira des mensonges sur cette guerre, comme jamais on n'en aura dit à propos d'aucune autre fête des nations. Celui qui s'en tirera aura à dire la vérité, et quelques-uns de ceux qui ont quelque chose à dire s'en tireront. Pourquoi pas vous ? Pourquoi pas moi ? Pourquoi pas Kroysing ? Caves de mines ou non, Süssmann, ce que vous avez enduré suffit, la mort ne viendra pas deux fois vous chercher.

Süssmann, buté, avança les lèvres, puis il rit et frappa Bertin sur l'épaule :

— Et moi qui pensais que nous n'avions pas, au front, un rabbin militaire de valeur. Vous vous êtes simplement trompé d'habit, Bertin.

Bertin se mit à rire lui aussi :

— Si vous saviez combien mes parents auraient désiré me voir dans cette tenue, si la lecture et la manie du doute ne m'avaient pas perdu. Un homme d'Église doit avoir la foi, comme le Père qui est en ce moment chez le lieutenant a foi en la croix. Et moi je n'ai pas la foi.

Süssmann respira :

— Et pourtant, vous parlez de sécurité et de prédestination ? Quel sceptique vous faites, mon révérend.

Et presque avec tendresse il ajouta :

— Voilà ce que des mots peuvent faire. Je me sens presque de la foi, maintenant — la conviction que si nous nous tuons de fatigue, là-bas en première ligne, ce sera quand même bon à quelque chose, et que les gaillards de l'avant que nous allons voir ne sont pas des fous.

5

« ... *Donnera sa signature* »

Le Père Lochner ne trônait plus sur son tabouret d'un air aussi enjoué et sûr de soi.

— Posez vos conditions, mon lieutenant, dit-il à voix basse, j'essayerai, dans la mesure du possible, d'amener le capitaine Niggl à les accepter.

Le lieutenant Kroysing prit sur la table la seconde feuille, de petit format celle-là, et lut à haute voix : « Le soussigné avoue que, dans l'intention de ménager la réputation de la 3ᵉ compagnie de son bataillon et d'éviter une action en justice militaire, il a, de connivence avec les cadres de la compagnie, intentionnellement provoqué la mort du sous-officier Christoph Kroysing. Douaumont, 1916. » Manquent le jour, le mois et la signature.

Le Père Lochner, les mains jointes et tendues en avant, s'écria :

— Par la miséricorde de Jésus, personne ne signera une chose pareille, ce serait du suicide !

Kroysing haussa les épaules :

— C'est une réparation. Quand on aura remis ce papier, avec la signature, à Mertens, conseiller au tribunal de guerre de Montmédy, chez qui est déposé le dossier de mon frère, l'affaire suivra son cours comme Dieu voudra, et M. Niggl et ses hommes pourront gagner des cantonnements plus tranquilles, si toutefois l'intérêt du service le permet. Mais tant qu'il n'aura pas signé, mon Père, cet homme restera dans ma taupinière inoffensive, que son âme se fige ou non de terreur.

— Mais c'est du chantage, s'écria le Père, de la violence, de la contrainte !

Kroysing eut un sourire satisfait et, avec ses yeux de loup :

— C'est la loi du talion, mon Père.

Et sa voix résonnait dans sa poitrine.

Le Père réfléchissait, comme s'il se fût trouvé seul.

— J'admets tout cela, finit-il par soupirer, ce n'est pas vous, mon lieutenant, qui m'avez engagé dans l'engrenage de cette affaire. Ce n'est pas votre faute si je suis venu ici en aumônier inoffensif, et si je me trouve tout à coup placé devant les abîmes les plus effroyables de l'âme humaine ; plus encore, si je ne m'arrête pas là — que j'intervienne, prenne parti, et doive convenir qu'un fils de mon Église s'est comporté en meurtrier sur la personne de votre frère — une cochonnerie, même si votre frère n'avait été que dans la bonne moyenne des gens, alors que sa lettre révèle au contraire l'âme noble et digne d'amour que le Créateur avait enfermée dans ce corps. On ne saurait réparer une telle perte, ni pour ses parents, ni pour son frère, ni pour la nation. Mesurée à cela, toute vengeance terrestre tourne à la caricature. N'est-ce pas absolument évident pour vous ? Alors que voulez-vous ?

Eberhard Kroysing fronça ses sourcils :

— Si nous prenons pour point de départ l'inefficacité du châtiment, le fait qu'il ne peut rétablir ce qui a été détruit, nous n'irons pas loin. Je vous propose de simplifier les choses. Je désire laver la réputation des Kroysing, que le capitaine Niggl a souillée. Nous laisserons de côté tout le reste.

Le Père respira. Il ne comprenait pas comment il avait pu prendre avec tant de sympathie le parti d'un individu aussi pitoyable que Niggl. Ce n'était pas — il se reprenait, discipliné — parce que l'individu était pitoyable, mais parce que cette âme chétive avait besoin de pitié, arrivée à ce degré d'aberration.

— Je le savais bien, dit-il, soulagé, ce sont toujours des questions de forme qui, en dernière analyse, empêchent deux hommes raisonnables de s'entendre. Permettez-moi donc d'établir un texte qui réhabilitera complètement votre famille sans anéantir le capitaine Niggl.

Il avait déjà sorti un bout de papier, dévissait son stylo. Mais Kroysing arrêta le geste d'un regard :

— Pardon, mon révérend Père, grommela-t-il poliment, j'en appelle ici à Ponce Pilate, qui répondit : « Ce que j'ai écrit, je l'ai écrit » (le Père avait laissé retomber sa main). Je suis physicien, ingénieur. Le capitaine Niggl a déclenché contre mon frère un mouvement giratoire qui l'a projeté dans le néant selon une trajectoire tangentielle. Or, le mouvement n'est pas arrêté pour autant. Il entraîne Niggl lui-même, pour le projeter dans le néant selon la même trajectoire. Ou, si vous préférez : il s'agit de ruptures d'équilibre. Mon frère, tel un poids, a pesé dans la balance du bien. J'essayerai, pour compenser, de supprimer à mon tour un élément contraire, ou même trois. J'espère, conclut-il, mériter pour tout cela la couronne de citoyen.

Le Père Lochner frissonna devant cette féroce supériorité et cet esprit étincelant. Il se dressa. Ses yeux petits dans sa figure grassouillette prirent l'expression inexorable d'un confesseur, la mâchoire inférieure s'avança, sa bouche, dans la lumière de la lampe électrique, ne fut plus qu'un trait mobile.

— Mon lieutenant, dit-il, nous sommes seuls ici, tous les deux. Notre conversation depuis longtemps a quitté le terrain sur lequel on négocie en uniforme. Ce que je vais dire me livre entre vos mains, il n'est pas un supérieur dans mon Église qui prendrait ma défense, si vous faisiez rapport au Commandement suprême de l'armée, déclarant que l'aumônier Lochner, de l'ordre de Saint-François, a émis telle et telle opinion devant vous. Mais ce qui doit être, doit être. La maladie de notre peuple, maladie morale, n'est en rien influencée par l'existence ou la non-existence du capitaine Niggl. J'étais en Belgique avec nos Rhénaniens, au moment de l'invasion, du déchaînement de la violence contre la neutralité et le droit. Ce que j'ai vu, ce que nos hommes accomplissaient avec fierté comme leur service et leur devoir, c'était le meurtre en série, le rapt, la violence, les actes incendiaires, la profanation des églises, tous les vices de l'âme humaine. Ils agissaient par ordre, et ils obéissaient avec délices, parce que le démon de la destruction habite l'âme humaine à jamais, et aussi l'âme allemande. J'ai vu les cadavres des vieillards, des femmes et des enfants, j'ai vu incendier de petites villes parce qu'il fallait terroriser un peuple plus faible que le nôtre, pour frayer passage à nos troupes. Allemand, je frémissais d'horreur, chrétien, je pleurais à chaudes larmes.

— Ils auraient dû renoncer à leur sale guerre de francs-tireurs, fit Kroysing assombri.

— Qui a pu donner des preuves de ce genre de guerre ?

Le Père s'était levé, il arpentait la pièce en diagonale.

— Nous l'avons affirmé, les Belges l'ont nié. Nous étions accusateurs, accusés et juges tout à la fois. Nous n'avons pas voulu accepter les enquêtes des neutres, tant pis pour nous. Cependant il existe en Belgique un homme, une conscience implacable — et en tant que catholique, et membre d'un ordre, je suis fier qu'il soit un prince de notre très sainte Église — c'est le cardinal Mercier. Il l'a repoussée de façon irréfutable, cette légende des francs-tireurs. Et le soldat qui est en vous fera droit à ce que j'avance ; même si des civils belges avaient pris part à la lutte, ce que personne n'admet, notre conduite en Belgique ne fut pas moins d'une barbarie féroce. Non pas une guerre entre puissances chrétiennes, mais l'irruption des barbares dans un pays catholique. Croyez-vous, monsieur, que cela se terminera sans que l'âme allemande en subisse la répercussion ? Sans qu'elle éprouve le contrecoup du meurtre des milliers d'innocents — les maisons mises à feu et à sang, les habitants poussés dans le brasier à coups de pied et de crosse, les prêtres pendus dans les clochers, le massacre des habitants massés, à la mitrailleuse, à la baïonnette ? Et le flot de mensonges que nous avons ensuite engendré pour effacer tout cela ? Nous avons péché contre notre âme, comme jamais peuple civilisé n'a péché. Que me voulez-vous avec votre Niggl ? Quand nous serons sortis de cette guerre, nous serons gravement malades. Nous devrons nous soumettre à un traitement dont on ne peut encore spécifier la nature. Les autres peuples, évidemment, n'auront rien à nous reprocher — ni les Américains avec leurs nègres, ni les Anglais avec leur guerre des Boers, les Belges avec le Congo, les Français avec le Tonkin et le Maroc, ni même ces braves Russes. Mais tout cela ne nous donne point de sauf-conduit. C'est pourquoi je vous dis : abandonnez votre cause au Seigneur, et contentez-vous de ce que le capitaine Niggl...

— ... donne sa signature, interrompit le lieutenant. Voyez-vous, poursuivit-il en bourrant sa pipe (un gros fourneau à tuyau courbe qui allait durer longtemps), voyez-vous, mon Père, ce que vous avez osé, vous l'avez osé parce que vous me connaissez. Votre courage vous honore, votre franchise me plaît, votre compétence m'en impose. Mais, d'une façon générale, je vous plains. Pourquoi ? parce que dans tout cela vous essayez d'étayer une fiction — fiction qui compte, il est vrai. Mais ce n'est tout de même qu'une fiction : celle des puissances chrétiennes, de la civilisation chrétienne. Je ne sais pas si, à l'époque de la paix, nous avions des raisons pour qualifier nos empires de chrétiens. Futur ingénieur, je suis le serviteur des entrepreneurs, je dépends entièrement des gens qui possèdent l'argent nécessaire pour installer des machines et payer des ouvriers, avant que cela puisse rapporter quoi que ce soit, et je ne me demande pas si le christianisme et le capitalisme peuvent marcher la main dans la main. Ce qui est sûr, c'est que, sur la terre entière, ils font comme si cela était, et jusqu'à présent aucun prêtre ne s'est suicidé pour cela. Car en vous évadant dans la pauvreté, la chasteté et l'obéissance, vous n'y changez rien. C'est s'embusquer, sinon pis. Donc, ne parlons pas de la paix. Mais à vous entendre soutenir que cette guerre-là, cette petite affaire que nous avons déclenchée, il y a deux ans, a quelque chose à faire avec le christianisme, cela m'afflige. Je sais ce que vous voulez dire (et il se mit à réfuter les objections du Père). Vous entretenez dans les âmes de nos hommes, les vestiges du christianisme, vous les réconfortez dans leur misère, et vous leur apportez ainsi plus que tout autre homme ne pourrait leur donner ; or c'est ce réconfort-là — et dans un même état d'abandon — que Bertin, ce chétif Armierer, a donné à mon frère, alors que pas une âme n'avait eu pitié de lui. Pour en revenir à notre sujet : nous vivons à une époque nettement barbare, nous commettons le meurtre, et tous les moyens nous sont bons. Nous nous servons des éléments, nous exploitons des lois de la physique et de la chimie, nous calculons de sublimes paraboles, pour que les trajectoires d'obus s'y conforment. Nous étudions scientifiquement la direction des vents pour pouvoir diffuser nos gaz asphyxiants. Nous avons conquis l'air pour arroser la terre de nos bombes, et, par la vie de mon âme, je ne voudrais pas périr par une saleté de ce genre. Dans une demi-heure, quand nous aurons pris la soupe, chacun de nous va fourrer son casque sur sa tonsure — il inclina en souriant son crâne allongé et montra ses cheveux rares — et nous nous rendrons dans le monde des réalités positives et de la civilisation européenne. Comme disait tout à l'heure le lycéen Süssmann, qui est déjà mort une fois : Rien n'est vrai, et tout est permis. Là où nous irons, c'est ce principe qui règne ; le principe « Aimez vos ennemis, bénissez ceux qui vous maudissent » est effacé.

Telle est la mesure des choses. De même que l'eau tend toujours vers le point le plus bas, l'âme humaine est attirée par le point le plus bas auquel, collectivement, elle peut atteindre impunément. C'est ça le paganisme, monsieur. Et j'en suis un honnête représentant. Et si je me tire de cette guerre, ce qui n'est point écrit dans les étoiles, je m'engage à faire partager cette sorte de réalité par mon entourage. Dans l'antagonisme irréconciliable de la réalité et du christianisme, en l'an de grâce 1916, je choisis la réalité.

Le Père Lochner le regarda, intimidé. Il n'ajouta rien, il prit le papier sur la table, le plia et se dirigea vers la porte. Puis, se retournant :

— Je voudrais, mon lieutenant, pouvoir soulager un jour l'amertume de votre âme.

— Alors, dans une demi-heure, conclut Kroysing le païen.

6

Un billet qui revient

Tandis qu'à l'ouest, les dernières lueurs du couchant se noient dans une brume enfumée, trois hommes et un gamin, coiffés du casque d'acier, se tiennent devant la sortie sud de Douaumont, et dévisagent le paysage bouleversé, qui devant eux s'incurve en larges ondulations. A leur air martial sous le galbe de leur couvre-chef d'acier, on les prendrait pour des cavaliers du Moyen-Age, et tel est bien l'état d'esprit du jeune Bertin. Il a dressé la tête, l'esprit d'aventure s'est emparé de lui, ces heures s'inscriront avec un relief incomparable sur toutes les autres heures de sa vie. A gauche, au pied d'Hardaumont, une mare luit comme une bûche ardente. Le reste de ce monde bouleversé flotte dans les vapeurs mauves du soir. Au sud-ouest, une ceinture de nuages effilés ferme l'horizon, comme une couronne de lauriers. Les trois hommes et le gamin scrutent le ciel : à l'est, un large croissant de lune, couleur de laiton, se lève, entouré d'un halo. Le gamin — le sous-officier Süssmann, le plus expérimenté de tous — la désigne du pouce :

— Dans trois jours la lune change, ce sera la fin du beau temps.

Le Père Lochner, vêtu de sa pèlerine et dont le visage aux formes pleines contraste avec les traits amaigris de ses compagnons, lui demande si l'on redoute les attaques par les nuits sombres.

— Quelque chose de pire, mon révérend Père, répond Süssmann, la pluie.

— M'est avis qu'on pourrait s'en passer encore un mois, grommelle Eberhard Kroysing derrière eux. Il s'en faut de beaucoup que nous soyons prêts.

— Elle pourrait attendre, mais elle n'en fera rien ! dit le petit ; d'ailleurs, d'une façon générale, ce pays est peu complaisant pour ses conquérants.

Les quatre hommes, si différents par le rang et l'expérience militaire, se mettent à descendre lentement la pente. Malgré le crépuscule qui monte, on distingue encore les pistes, les yeux se sont accoutumés. Chacun a son bâton ; les deux simples soldats ont rabattu les pans de leur capote, les deux officiers se drapent dans leurs pèlerines. Le vent est chargé d'une fraîcheur humide qui s'accentuera durant la nuit. Süssmann connaît le terrain aussi bien que le chemin de son lycée de Berlin, c'est lui qui fait le guide. Bertin, l'esprit tendu, le suit, puis vient l'aumônier et Kroysing ferme la marche.

De la terre, montent des odeurs fétides, relents de décomposition qui vous frôlent au passage, des souffles sulfureux et malsains. Süssmann, de sa voix maussade de gamin, signale les fils de fer sous lesquels il faut se courber. Il interprète les odeurs : cadavres enterrés à la diable, déchets insuffisamment recouverts, obus à gaz qui ont imprégné le terrain, tas de boîtes de conserve où pourrissent des restes de nourriture. Il explique à Bertin que, sous le soleil et dans le vent, ces émanations puent encore plus fort, venant de tout ce terrain remué et décomposé qui s'étend sur deux kilomètres, jusqu'aux lignes françaises, et à égale distance, jusqu'à l'enceinte fortifiée de Verdun. Il explique que leur chemin coupe en diagonale la position des tirs de barrage, l'ouvrage Adalbert, qu'ensuite le chemin sera plus dangereux : entre les villages de Douaumont et de Fleury, l'ancienne route court droit au front — tentation permanente pour l'artillerie de campagne française — relèves, hommes de corvée, liaisons, tout ce qui se tient sur deux jambes. Un silence sinistre, coupé seulement par la course des rats qui se sauvent, irrités. La colonne longe maintenant les réseaux de fils de fer où s'agitent des lambeaux d'étoffe et de papier. Avant de quitter le boyau pour changer de direction, on distingue une masse noire, informe, prise dans les fils de fer. Aussitôt après, les quatre hommes rencontrent un groupe de soldats haletants, on échange quelques mots : ce sont les guides qui montent en courant vers le fort, pour ramener le bataillon de relève. Le silence a paru suspect à tel point que le régiment a avancé d'une heure et demie le départ quotidien. Les tranchées, Bertin s'en avise tout d'un coup, sont occupées, ces petits mamelons, ce doit être des casques. Quarante pas plus loin, on dévale une falaise, c'est une position de barrage. A leur gauche, une silhouette observe le sud. On sent chez le guetteur une telle tension que les nouveaux arrivants en éprouvent le cauchemar. La respiration est devenue difficile. Ne pourrait-on s'asseoir là, le dos contre la terre fraîche ? Faut-il vraiment descendre ce champ en friche, que survolent des traînées de brouillard ? Süssmann et Bertin ont une demi-minute d'avance sur leurs compagnons. Süssmann parle de ces brouillards qui montent de la Meuse et qui parfois provoquent des alertes aux gaz — mieux vaut une fois de trop que le contraire. Au gauche, c'est la ferme de Thiaumont, un peu plus en avant, l'ouvrage de Thiaumont, une côte sombre touche au ciel nocturne. Les occupants de la tranchée sont clairsemés ; Bertin songe que la responsabilité des événements possibles doit user les nerfs de ces quelques hommes officiers et adjudants en second des états-majors de compagnie, du commandement du bataillon. Évidemment, on n'a pas ici cette sécurité qui, à Douaumont, recouvre comme d'un vernis le service quotidien. Sa générosité d'esprit s'émousse : pour la première fois depuis ses jeunes années, il retrouve dans l'air une présence hostile.

Il a fait des expériences de toutes sortes, il s'est habitué au maniement quotidien des engins de guerre ; des morts, ça n'a rien de nouveau pour lui, ni les obus qui s'abattent ni les bombes d'avions ; et puis, pendant ces deux années, on lui en a raconté ! L'idée qu'il est en guerre, dans la guerre, lui est aussi familière que son uniforme. Mais parce qu'il est lui-même dépourvu d'hostilité et qu'en pensant aux Français, il ne se sent nulle rage destructrice, aucune haine de nation à nation, il y a un trou dans sa vision de la guerre : l'expérience vitale. C'est à ce moment seulement — et sa poitrine est oppressée au point d'avoir la respiration coupée — qu'il sent cela : il existe des hordes humaines qui se guettent, s'observent dans la nuit pour s'entretuer ; bien loin, de l'autre côté, coiffé d'un casque un peu plus aplati, le soldat français se blottit contre le parapet de la tranchée, les yeux tournés vers le nord, pour tirer sur lui, Bertin, qui s'approche. Là-bas, comme ici, un ordre collige dans l'obscurité des grappes d'hommes et les soude en formation d'assaut, les déploie en files de tirailleurs, toujours prêts à charger. Non pas de bon cœur, ni d'un élan joyeux vers la mort, mais chargeant parce que l'ordre a été donné, jusqu'à marcher sur le corps de l'ennemi. « Nous sommes allés loin, songe-t-il avec amertume, nous autres Européens de 1916 ! Au printemps 1914, nous nous réunissions avec ces mêmes Français, Belges et Anglais, pour des fêtes de sport, pour des congrès scientifiques. Nous avons tressailli de joie lorsque, au lendemain d'une catastrophe minière, des trains de sauvetage allemands filaient à toute allure vers la France, et que les équipes françaises accouraient en terre allemande. Et maintenant nous voici transformés en équipes de meurtre, les uns comme les autres. Qu'est-ce qui se cache derrière cet envoûtement ? N'avons-nous pas honte, nom de Dieu ? » En ce moment, Kroysing et l'aumônier, dont le visage a pâli, apparaissent au tournant du chemin.

— En avant, dit Kroysing, un peu nerveux, je suis sûr que nous aurons quelque chose cette nuit.

Le petit Süssmann flaire l'air comme un chien de chasse.

— Pas par ici, dit-il avec assurance.

Il escalade les gradins du parapet de la tranchée, il passe debout le long des barbelés, il conduit Bertin par les passages étroits, qui traversent en zigzaguant le réseau de fer, hérissé de piquants.

— Du bon travail de Schipper, remarque Süssmann, comme pour flatter Bertin.

Une hauteur se dresse maintenant aussi à leur gauche ; ils sont au fond de la vallée et parcourent rapidement des champs d'entonnoirs, évitant la grand-route qui, bien que démolie, fait encore une traînée claire dans le noir. On tourne de nouveau : devant eux, blanches et lointaines, des fusées éclairantes montent dans l'air embrumé, jaillissant en verticale, ou demeurent suspendues et répandant une lueur laiteuse. Des fils téléphoniques les accompagnent par instants, mais leur itinéraire change sans cesse de direction, bien qu'ils descendent toujours vers le sud. Ils longent des remblais de terre qui tantôt les cachent à mi-corps et tantôt ne laissent dépasser que leurs casques. Et tout à coup, comme une étincelle qui provoque la décharge d'une trop haute tension entre deux pôles électriques, des coups de fusil claquent en avant, les balles des mitrailleuses cinglent comme des coups de fouet. Bertin, l'espace d'une seconde, voit des enchevêtrements de lueurs rouges passer sur la vallée, puis un poing l'abat contre un remblai de terre. Un sifflement, comme les cris de mille rats, passe sur leurs têtes, crépite, invisible, et les arrose de terre.

— Fausse alerte, fit Süssmann à côté de lui.

— Y en a qui ont crevé d'une fausse alerte, grommelle une voix dans le trou voisin.

Les deux soldats perçoivent des chuchotements inquiets, mais sans saisir un seul mot, car le crépitement furieux des mitrailleuses se poursuit, mais ce sont les mitrailleuses allemandes, cette fois.

— Mon lieutenant, je reste ici, gémit le Père Lochner à l'oreille de Kroysing.

— C'est ce que vous pouvez faire de plus idiot, répond Kroysing avec fermeté, vous êtes là au beau milieu de la zone des shrapnels.

— Mais je n'en puis plus, geint l'autre, voyez, mes jambes se dérobent.

— Bah, mon révérend Père, une petite crise de nerfs ! Un coup de cognac va vous remettre d'aplomb.

Il lui tend sa gourde et quand il la débouche, un parfum de cognac passe dans l'air.

— Buvez, ajoute-t-il doucement comme une mère ; puis, avec une nuance de raillerie : Cette gourde n'a jamais touché que des gens bien portants.

L'ecclésiastique palpe le feutre de la gourde, les mains tremblantes, il l'approche des lèvres, avale deux gorgées, trois, une chaleur coule dans son estomac.

— Voilà, ça vous fera du bien, dit Kroysing en rattachant la gourde à son ceinturon. Vous auriez dû prendre votre dose avant de partir.

Kroysing s'aperçoit que l'ecclésiastique fouille sous sa pèlerine, qu'il saisit d'une main sa croix d'argent et de l'autre lui tend quelque chose de blanc, plié en deux.

— Vous ferez mieux de garder votre papier sur vous, dit-il, il pourrait être dangereux pour vous s'il tombait entre les mains de votre adversaire.

— Dieu me damne, s'écrie Kroysing en lui arrachant le papier qu'il enfile dans ses guêtres de cuir, au-dessous du genou, merci bien, on aurait pu croire à un chantage en effet. Mais vous le lui direz de vive voix, n'est-ce pas, mon révérend Père ?

— Si nous en revenons sains et saufs, répond Lochner qui retrouve un peu d'assurance. L'eau-de-vie est un don de Dieu.

Kroysing grommelle avec satisfaction que trois choses sont nécessaires à la conduite de la guerre : de l'eau-de-vie, du tabac et des hommes. Puis sa haute silhouette grise se penche au-dessus du parapet — fausse alerte ! « Belle vertu que la gratitude, pense-t-il. Quelle imprudence ! Avec ce papier en main, Niggl pouvait fournir la preuve irréfutable que je l'ai attiré à Douaumont pour une vengeance personnelle, pour le forcer à mettre sa signature au bas de mon papier ! » Il essuie la sueur qui coule de son casque.

— Ça va ? demande-t-il à son voisin.

Celui-ci pousse un profond soupir :

— Ça va.

— Eh bien alors, en avant !

Ils descendent les derniers mille mètres en rampant, pour rester à couvert. Chaque fois que les lumières blanches montent en face, ils s'arrêtent si le boyau où ils se trouvent n'est pas suffisamment profond. Étroite, tortueuse, tant de fois démolie par les obus, ou ensevelie sous des éboulis, la piste les conduit à l'avant ; ce sont tantôt des tranchées, tantôt des sortes de taupinières énormes, des fragments de souterrains, où des trous noirs indiquent l'entrée des abris. Enfin, trempés de sueur, ils aperçoivent des dos de soldats, de gamins-soldats, la lueur lisse des casques allemands. Et tout d'un coup, ils se trouvent à côté d'une mitrailleuse. Un sous-officier de pionniers, qui les attendait, est assis là, fumant sa pipe.

— Ponctuel, mon lieutenant, dit-il. Tout va bien. Le bataillon est en somme déjà installé. Ces messieurs attendent le lieutenant dans l'abri principal.

Il parlait à mi-voix, avec une certaine familiarité, à laquelle Kroysing semblait habitué. Puis, soucieux, il reprit :

— Dans le secteur d'en face, on a l'air de préparer quelque chose, le Français est bigrement silencieux, il doit être aux écoutes, pour guetter la relève, et les nouveaux ne sont pas encore arrivés.

— Il faudra les berner un peu, répondit Kroysing. Vous, mon Père, vous feriez bien de vous étendre un instant, il y aura de la place dans le poste de secours le plus proche ; je viendrai vous chercher plus tard.

Il disparut avec l'un des guides, et Lochner avec un autre.

Bertin suivit Süssmann à travers le vallon au-dessus duquel s'étendait un tronçon de la voie lactée, comme un flocon effiloché de brume lumineuse. Des fantassins passaient à côté d'eux, ils surgissaient d'un abri pour s'enfoncer dans un autre. Les uns travaillaient à la pioche, élargissant le boyau qui, plus loin, passait par un grand entonnoir. Tout cela en silence, avec le moins de bruit possible. Au-delà de cet emplacement, dans un ancien trou d'obus, un canon gros et court dont Bertin ne connaissait pas le modèle était posé sur un affût. Tout à côté débouchait, en obliquant, un souterrain fraîchement creusé. Ils s'assirent sur un tas de grands projectiles rangés dans des paniers d'osier à deux anses, c'était les mines légères.

— Si ce sont les légères, fit Bertin, j'aimerais bien voir les lourdes. Un parapet de fils de fer et de branches tressées camouflait les lance-mines, les dérobant à la vue des avions.

On leur servit du café chaud qu'on était allé chercher dans l'abri. Süssmann proposa d'y descendre ; Bertin demanda à rester en haut : la terre froide et humide, l'odeur qui montait de ce trou l'écœuraient. Il contemplait avec effroi les petits Saxons maigriots, immobiles à leur poste, leurs visages minables, et si peu nombreux. C'était donc là le front, le rempart gris des héros, qui protégeait les conquêtes de l'Allemagne ? Tout en sirotant avec précaution son café chaud, il interrogea Süssmann : Ces abris-là pouvaient-ils soutenir un bombardement ? Süssmann se contenta de rire. Ils pouvaient tenir contre les éclats, voilà tout, à la rigueur, ils résisteraient à un 75. Ils ne résisteraient pas à dix 75. Si la pluie y pénétrait... Et levant la tête vers la lune qui dans son halo fauve répandait une lueur pâle, il affirma qu'on aurait la pluie, qu'on pouvait y compter comme sur la paie. Le bataillon — un peu plus de sept cents hommes — avait à sa disposition douze mitrailleuses légères et six lourdes, avec cela il tenait une étendue qui était le double de celle du mois dernier. Le Français, en revanche, continuait de porter en première ligne des divisions fraîches, les retirant après un certain temps pour les mettre au repos, il les nourrissait bien, n'épuisait pas leurs nerfs à force de mauvaise nourriture — pénurie de graisse, marmelade détestable, pain composé en partie de déchets indigestes. Les quatre lance-mines étaient destinés à remplacer deux batteries qu'on avait enlevées. Tout cela était mûr pour la paix, seulement cela n'avait guère un air de paix. Des hommes en casque ou en bonnet passaient continuellement à côté d'eux, en trébuchant, en étouffant des jurons ; par-delà le remblai de terre, une menace que tous pressentaient venir comme une nuée de ténèbres. Deux cents mètres de terrain ne comptent pas pour une balle. L'infanterie les parcourt en cinq minutes, au pas de charge, l'obus en un clin d'œil. Voilà enfin la guerre, monsieur Bertin, vous êtes servi. Vous y êtes pris comme la mouche dans la glu. Votre cœur bat la chamade, bien que l'ennemi reste coi. Une douce lumière se répandit, projetant de l'ombre dans la tranchée ; la fusée avait-elle passé inaperçue ? Il y aurait sûrement quelque chose cette nuit. Bertin le sentait, ses genoux et ses mains tremblaient, pris d'une agitation contagieuse. Il voulut sortir de l'abri, escalader la marche taillée dans le parapet. Süssmann lui conseilla de ne pas faire le fou. D'en face, avec des jumelles de nuit, on distinguerait fort bien son visage clair sur le fond de terre brune. Dans ce secteur-là il n'y aurait rien, mais plus loin, dans le bataillon voisin, au cours de la relève, si le Français guettait... Tout d'un coup — le cœur de Bertin s'arrêta net — la mitrailleuse qu'ils avaient dépassée se mit à faire rage, chargeant dans la nuit noire avec une indicible méchanceté. Bertin ne voyait pas le feu de départ. Trois, quatre mitrailleuses du même modèle firent chorus à ce vacarme. Maintenant, tout près d'eux, des fusées montaient, déployaient leurs globes lumineux, versant une étrange lumière rouge sur les faces des soldats accroupis. Un miaulement féroce passa sur leurs têtes et éclata avec fracas, à une grande distance en avant.

— Tir de barrage, cria Süssmann dans l'oreille de Bertin, une feinte, on veut les mettre dedans.

A la façon dont les deux Saxons s'étaient collés à terre, Bertin s'aperçut qu'ils avaient eu peur, eux aussi : l'artillerie tirait souvent trop court. Si le Français répondait, si la farce prenait... ? Ça prenait ! Au-delà des lignes allemandes, un feu foudroyant éclata, projetant des lueurs éblouissantes. Des artilleurs, avec leur appareil de pointage, émergeaient de l'abri. Protégés par le parapet des lance-mines, ils visaient les feux de bouche des batteries françaises, ils criaient des chiffres. Depuis combien de temps durait ce vacarme dans la nuit étoilée — détonations, gerbes de feux, miaulement d'approche des projectiles, et leur roulement sourd ? Bertin n'y tenait plus, ses oreilles bourdonnaient, l'abri tout à l'heure répugnant devenait un refuge ; il descendit quelques marches en trébuchant, écarta une toile de tente — lumière : des hommes assis ou couchés sur des sommiers en fil de fer, leurs armes à portée de la main, une cartouche de stéarine brûlant sur une caisse. L'air enfumé du souterrain était à peine respirable. A la vue des visages des pionniers, des artilleurs, des tirailleurs saxons, il faillit se trouver mal. Jusque-là, on les avait ornés de belles fictions, d'honneurs ; or, dans ce tombeau d'argile, étayé de madriers, aucune illusion ne résistait, ce n'était que foules perdues, forces sacrifiées, de ce marché mondial qu'on approvisionnait en matériel humain. Bertin, assis sur une planche, sous terre, à deux cents mètres de l'ennemi, constatait en bâillant de fatigue, que là encore on ne faisait que du service, rien d'autre que du service. Au-dessus de lui, la terre résonnait sourdement, des mottes se détachaient des parois, une pluie de terre pulvérisée filtrait entre les travées, et tandis que les fantassins continuaient tranquillement à fumer leurs cigarettes, il se demanda comment il était parvenu à cette vision de la vérité — d'une vérité qui vous faisait mal, qui vous ôtait la force de supporter la vie ! On ne pouvait admettre que ce fût partout comme dans sa compagnie. Il en parlerait à Kroysing. N'était-ce pas Eberhard Kroysing, là-bas, qui franchissait la porte ? Mais non, c'était le petit Kroysing, avec sa casquette de sous-officier et son bon sourire... Eh bien ! oui, dans les caves de la ferme des Chambrettes, c'était ainsi. Les machines à saucisses crépitaient, on allongeait des boyaux — une nouvelle ordonnance sur l'emploi de la chair humaine...

Le sous-officier Süssmann, amusé et apitoyé à la fois, contemplait le visage de Bertin qui s'était endormi d'un coup, son casque était tombé, Süssmann le ramassa, le balança dans la main : ce jeune gamin-là s'était bien tenu, somme toute.

— La relève du bataillon, en avance d'une heure et demie, s'est effectuée sans difficultés notables.

7

Le cadeau

Vers onze heures, dans l'obscurité, Süssmann éveilla Bertin. La bougie, consumée, s'était éteinte. Bertin rêvait d'un orage d'une violence inouïe sur les rives de l'Ammersee ; les éclairs soulevaient la surface des eaux, et les coups de tonnerre se répercutaient contre les parois des rochers de l'autre rive.

— Debout, mon vieux, fit Süssmann, grand feu d'artifice, ça vaut la peine !

Bertin comprit tout de suite où il était ; sa tête était douloureuse, l'air du dehors lui ferait du bien. La tranchée était remplie d'hommes qui regardaient vers l'arrière. Un bruit d'orgues, un tonnerre à mille voix emplissait la nuit. Dans le secteur voisin, des flammes jaillissaient au-dessus du terrain. Un déluge de décharges descendait, méthodiquement dirigé sur les pistes d'approche. Les projectiles faisaient jaillir des nuées circulaires de vapeur et de terre. Leur miaulement d'approche, leurs sifflements mauvais, leur crépitement, leurs détonations enragées faisaient trembler le cœur de Bertin qui pressait le bras de Süssmann, ravi d'extase devant la violence déchaînée de l'instinct destructeur de l'homme. Délices de la toute-puissance dans le mal. A côté de lui, un sous-officier saxon, maigre, avec des lunettes, surprit Bertin par le calme de ses paroles :

— Voilà ce dont nous sommes capables.

Bertin vit le visage mal rasé sous le casque, les pommettes étroites, les yeux intelligents, les deux rubans, noir et blanc, et vert et blanc à la boutonnière supérieure : il se sentit soulevé par une vague de fierté et d'admiration pour ses camarades, pour ces soldats allemands, leur loyauté, leur résignation, leur bravoure à dents serrées, eux qui avaient fait l'expérience de tout.

Le premier bataillon ne fut heureusement pas arrosé plus longtemps. Dans dix minutes, d'ailleurs, lança Süssmann à l'oreille de Bertin, tout serait fini. Alors — Bertin le savait — l'artillerie allemande entrerait en danse ; de part et d'autre, on avait des comptes à régler, ça serait un nouveau jour de l'anticréation. Le jeune Saxon, cependant, allumait tranquillement sa pipe, les autres se passaient son briquet. Le vacarme s'apaisait, on pouvait de nouveau s'entendre. Seuls quelques obus éclataient encore au-dessus de l'ouvrage Adalbert. Le Saxon était d'avis que c'étaient les 100 à longue portée — ils devaient avoir reçu récemment des munitions dont ils cherchaient à se débarrasser. Évidemment, acquiesça le voisin, ils ne veulent pas avoir à les ramener chez eux, des fois que la paix éclaterait cette nuit. Le jeune sous-officier se récria : pas de si tôt, on aurait le temps de siroter encore quelques cafés d'ici là. Il y avait encore trop de décorations à prendre ou à recevoir avant qu'on permette à la paix d'éclater. Et pas seulement des décorations, ajouta le voisin. Bertin était tout oreilles : les gens d'ici parlaient exactement comme Pahl, comme le restaurateur Lebehde, comme l'ouvrier du gaz Halezinsky, comme Vehse le petit Hambourgeois. Dans la livide obscurité revenue, les visages luisaient comme des masques, sous la ligne précise du casque. Les hommes de service avaient repris leur guet, les autres commençaient à se disperser dans les abris. Le Saxon aux lunettes, avisant le calot de Bertin, se demandait quels personnages Süssmann et son lieutenant avaient amenés en premières lignes, lorsque parut le Père Lochner aux larges épaules, dépassé par le long Kroysing. Süssmann allongea un coup dans la jambe de son voisin, qui comprit tout de suite :

— C'est que, voilà, je suis théologien, je n'ai jamais quitté Halle de ma vie.

— Un confrère ? demanda Lochner avec candeur.

— A vos ordres, monsieur l'abbé, fit le Saxon au garde-à-vous.

Süssmann réprima une grimace : « ordre » et « abbé » rimaient plutôt mal. Le Père ne s'aperçut de rien. Il voulut dire une bonne parole au jeune homme :

— Dieu continuera d'avoir sa main sur vous.

Et il s'apprêtait à poursuivre sa route quand le jeune théologien, de sa voix polie, repartit comme pour approuver :

— J'aime à le croire. Pour le moment, rien ne nous arrivera, mais à la veille de l'armistice, nous autres, nous tomberons.

Lochner tressaillit, il ne répondit pas et voulut s'en aller. Les Saxons se bourraient les côtes. Kroysing proposa à son compagnon de rentrer.

— Encore dix minutes et un cognac, fit le Père Lochner.

Kroysing acquiesça :

— Quand parlerez-vous à Niggl ? dit-il en décrochant sa gourde.

Une expression suppliante passa sur le visage de Lochner :

— Demain matin, avant de m'en aller.

Kroysing tournait la tête sur son long cou, tel un phare ; il cherchait Bertin :

— Il faut que je rassemble mes poussins, fit-il.

Süssmann lui indiqua la direction :

— Monsieur étudie le *no man's land*.

Bertin avait passé sa tête dans l'ouverture du parapet, au-dessus du lance-mines. Les mains en visière, il interrogeait la nuit, où les barbelés luisaient d'une lueur blanchâtre. Les éclairs des explosions ne l'éblouissaient plus. Très loin, sur la droite, les obus allemands crevaient. De l'autre côté, c'était le néant informe, qui menaçait tout en attirant. Il se rappela un matin d'excursion, avec sa classe, à la Drei-Kaiser-Ecke, où, au-delà de Myslowits, le territoire de l'empereur d'Allemagne touchait à ceux de l'empereur d'Autriche et du tsar. Une rivière, la Przemsa, aux eaux vertes, serpentait entre leurs domaines. Rien ne distinguait les deux rives — une plaine plate et verte, un pont de chemin de fer, un chemin sablonneux, la forêt tout au fond. Seul, l'uniforme du cosaque de frontière différait de la tenue du douanier allemand. Et pourtant le jeune écolier avait pressenti l'«étranger», au-delà de la rivière, sa menace et son attirance — l'étranger où le langage n'était plus compréhensible, où les mœurs étaient différentes, les hommes sans culture, peut-être dangereux. « Des frontières, pensait Bertin, des frontières.» Ah ! la vieille rengaine ! Qui avait tendu sa gamelle à un Français altéré — et avait bien fait ? Et maintenant cela, ici ? Il désespérait de jamais percer jusqu'à la vérité.

Kroysing regarda son protégé avec bienveillance. Il l'avait amené, entre autres, pour voir comment il se comporterait au bord de l'abîme. Pas de doute, il savait se débrouiller, celui-là. « Qu'il retourne d'abord à sa compagnie moisie, et ma proposition lui viendra comme un message du ciel.»

— Qu'avez-vous à hocher la tête ? demanda-t-il derrière son dos.

— Je ne vois rien, répondit Bertin en descendant avec précaution.

— Votre raison aurait pu vous prévenir.

— On préfère se fier à l'évidence plutôt qu'à la raison.

— Eh bien ! s'il en est ainsi, reprit Kroysing, nous pouvons aller nous coucher.

Sur le chemin du retour, la lune et les étoiles éclairaient le terrain aux ombres déchiquetées. Bertin, ragaillardi par son sommeil, respirait avec délices l'air qui fraîchissait. L'âcre fumée de la poudre n'était pas chassée de ce côté, le vent de la nuit la poussait vers le fleuve. Après une demi-heure de marche silencieuse, Kroysing toucha l'épaule de Bertin, l'arrêta un instant.

— Je ne sais pas, dit-il, si nous nous reverrons demain matin. Vous irez dormir chez Süssmann, je suppose, et vous filerez de bonne heure. Vous avez vu les gentilles surprises que le Frantz nous prépare ici. Aujourd'hui, ça s'est bien passé, demain peut-être que la foudre tombera. C'est pourquoi je voudrais vous parler encore de notre petite affaire de famille. J'ai dans mon tiroir quelques objets qui ont appartenu à mon frère, et quelques papiers qui doivent être remis au conseiller du tribunal de guerre, Mertens, dès qu'un certain personnage aura signé un petit papier sans importance. Si, à ce moment-là, j'étais par hasard empêché, je compte sur vous. Cela vous va-t-il ?

Bertin, après un instant de réflexion, répondit :

— Ça va.

— Parfait, dit Kroysing. Il ne me reste donc qu'à exécuter une dernière volonté de mon frère, qui vous envoie son stylo par mon intermédiaire.

La grande main de Kroysing lui tendit un mince petit bâton noir. Bertin sursauta. Ses yeux, sous le bord du casque, cherchaient timidement ceux du compagnon dont la face guerrière s'estompait dans le crépuscule.

— Je vous en prie, dit-il à voix basse, pas pour moi, il revient à vos parents.

— Il vous revient à vous, fit Kroysing d'une voix tranquille, j'exécute un testament.

Bertin, en hésitant, prit le cadeau des doigts de Kroysing, le considéra, dissimulant les pensées superstitieuses qui montaient en lui.

— J'espère qu'il vous servira plus longtemps qu'au petit et qu'il vous rappellera la reconnaissance des Kroysing, chaque fois qu'il touchera le papier. Écrivain, stylo, ça ne fait qu'un.

Bertin le remercia de quelques mots mal assurés. Il sentait l'objet dur et long sous sa tunique, une pression étrange et nouvelle. Les Kroysing le tenaient.

LIVRE CINQUIÈME

Dans le brouillard

1

Octobre

La terre est une plaque rouillée, surmontée d'une coiffe d'étain, d'où la pluie tombe sans arrêt depuis un mois.

Aux environs du 20 octobre, quatre Armierer, fatigués et de mauvaise humeur, reviennent de la gare de Moirey. Le chef-artificier, Knappe, a trié avec eux — travail fastidieux — des chargements de poudre. Maintenant ils sont au repos. Ils aimeraient fumer une cigarette, ou une pipe, mais il n'en est pas question. L'après-midi du lendemain, on aurait la paie et ensuite chacun toucherait son tabac pour les dix jours suivants. D'ici là, il faudrait s'arranger. Bertin, par exemple, a promis à chacun de ses trois camarades l'une de ses trois cigarettes : délicat de la gorge, il ne supporte pas le papier. Frissonnant et de mauvaise humeur, les quatre hommes arpentent la chaussée. La route est couverte d'une couche de bouillie blanchâtre, haute d'un pouce. Les hommes se sont enveloppés de toiles de tente qui leur font de courtes pèlerines à capuchon — il ne peut plus arriver grand-chose d'en haut. Mais ils ont derrière eux un jour de corvée dans le bois des Fossés, qui a transpercé la toile raide. Les vareuses d'exercice sont également humides, seule la tunique qu'ils portent en dessous est encore sèche. Ces quatre hommes entièrement différents ont travaillé en volontaires avec le chef-artificier : le restaurateur Lebehde, finaud, qui espérait attraper quelque chose à fumer chez les soldats du chemin de fer, le cultivateur Przygulla, l'homme-lige de Lebehde, et le petit bonhomme, Otto Reinhold, qui ne voulait pas abandonner ses partenaires au skat, enfin Werner Bertin, qui s'est joint à leur groupe pour des raisons étroitement liées avec sa randonnée aux premières lignes.

Le chef-artificier Knappe est un de ces individus maigres, aux joues creuses, à la barbe rare et blonde, scrupuleux sans défaillance et qui, sous une apparence de tuberculeux, sont capables d'atteindre leurs quatre-vingts ans. Le restaurateur Lebehde lui, viendra à bout de ce qu'il croit être juste, sans beaucoup de paroles, à force de persuasion et d'énergie — gardant toujours son sourire bienveillant au coin de l'œil. Le cultivateur Przygulla se serait développé plus avantageusement, il aurait l'esprit plus vif, si à l'âge de neuf ou dix ans, on avait opéré cet enfant de ses végétations dans le nez. Tel qu'il est, avec sa respiration difficile, ses lèvres épaisses à demi ouvertes, il a l'air d'un *minus habens*. Otto Reinhold, lui, est la gentillesse même, sa mine affable, sa bouche édentée, ses yeux bleu pâle lui donneraient un air de vieille fille, si, sur sa lèvre supérieure, sa moustache bien taillée ne révélait sa virilité. C'est, au demeurant, un maître ferblantier très achalandé de la Turmstrasse, à Berlin-Moabit.

Le sapeur Bertin, c'est l'avis de tous, a beaucoup changé depuis qu'il est allé « là-bas, à l'avant ». Il ne peut oublier les visages émaciés des Saxons, leur peau usée, leurs yeux brûlés par l'insomnie ; il ne peut oublier que « là-bas, à l'avant » il pleut depuis un mois dans les tranchées, que ceux des premières lignes n'ont guère de nourriture chaude, qu'ils sont, en revanche, couverts d'une croûte qui fait une carapace sur leurs mains, leurs vêtements, leurs bottes. Leurs abris se remplissent d'eau, à chaque pas on enfonce dans une couche d'argile gluante, qui fait cloc, cloc. Tous les trous changés en mares, les routes d'accès au front, les communications transversales, dès longtemps impraticables, si l'on en jugeait d'après les normes humaines. Mais là-bas, à l'avant, il règne d'autres lois que les lois humaines. Et c'est pour cela qu'aujourd'hui Bertin a fait volontairement des heures supplémentaires. Il s'en est expliqué à son camarade Pahl, mais celui-ci se refuse à partager de telles idées : ceux de l'avant n'ont qu'à réfléchir aux causes et aux effets de leur métier. Au surplus, on est fatigué, on a faim, on voudrait fumer, on a hâte de se débarrasser de ses affaires mouillées, près du poêle chaud. Il doit être entre quatre et cinq heures, le crépuscule précoce s'épaissit par l'humidité de l'air. Comme par hasard, la pluie a cessé. Mais attendons le soir.

Au bout de la route, à l'endroit où naguère des prisonniers français s'étaient avancés, une auto surgit. Elle approche rapidement, phares éteints, comme il est prescrit dans la zone. Lebehde, la main sous la visière de la casquette, examine le véhicule qui approche. Il interpelle Przygulla :

— Dis, mon vieux, n'a-t-il pas un chiffon au-dessus de son phare, le type qui rapplique ?

Mais le « type » est déjà tout près, le chiffon est devenu un fanion carré, mi-partie blanc et noir, bordé de rouge. C'est une grande voiture touriste, gris-beige, qui fonce à toute allure ; deux officiers sur le siège du fond.

— Mes enfants, s'écrie Przygulla, effaré, au garde-à-vous ! C'est le Kronprinz !

Un simple soldat salue la famille impériale en se plantant immobile au bord de la route, et en suivant des yeux les occupants de la voiture. Les quatre hommes fatigués se conforment à la règle : ils se rangent dans la boue, les mains appliquées contre les cuisses, et ils attendent les éclaboussures inévitables du véhicule. Le chauffeur, simple soldat comme eux, ne peut se permettre de ralentir pour épargner ces quatre territoriaux en casquette de toile cirée — une heure de nettoyage ! Et vlan ! la voiture passe en trombe. Mais un fait mémorable s'est produit. Tandis que l'un des officiers, svelte, le menton dans son col de fourrure, levait son gant à la hauteur de son képi, l'autre, se penchant de côté, a jeté quelque chose sur la route, quelque chose que la rapidité de la course a fait voler en arrière. Et déjà l'auto file, diminue, tout est fini.

Eh bien ! non, tout n'est pas fini. Dans la boue gisent quatre petits carrés, quatre paquets de carton — des cigarettes sans doute, que Son Altesse emporte dans ses déplacements pour les distribuer aux soldats, et que son adjudant a jetées à ces quatre soldats. Tout étonnés, ruminant ce qui vient de se passer, ils sont debout, au milieu de la route ; ils suivent des yeux la voiture qui disparaît, tout en lorgnant le cadeau inattendu. Le Kronprinz, que vient-il faire ici ? On dit bien qu'il s'occupe de la troupe, mais l'armée hausse les épaules — on sait trop combien peu la bataille de Verdun le dérange dans ses allures seigneuriales —, il joue avec ses lévriers, avec de jolies Françaises, avec des infirmières, ou bien avec ses partenaires de tennis, cependant que, depuis sept mois, toutes les races d'Allemagne saignent pour lui. Quoi qu'il en soit, il vient de passer en auto, lançant des cigarettes aux soldats, et si on ne se dépêche pas de les ramasser, l'humidité va les abîmer. Déjà, avec un bêlement joyeux, Otto Reinhold se penche, prêt à se salir les mains pour ses camarades.

A cet instant, une main lui saisit le poignet :

— Laisse ! ordonne le restaurateur Lebehde, d'une voix autoritaire, pas pour nous. Si on a quelque chose à nous donner, on peut prendre son temps. Intimidé, penaud, Reinhold cherche des yeux le visage charnu, semé de taches de son, il voit une bouche serrée, des yeux colère. De ses larges godillots, Lebehde réduit en bouillie le premier paquet de cigarettes, puis il s'achemine vers l'escalier qui, des auges à eau, monte vers les baraques. Il est suivi en silence par Bertin et Przygulla, le petit bonhomme Reinhold réprime un grognement de regret. Trois boîtes solitaires tachent encore la boue — une trentaine de cigarettes. « Diable ! pense Bertin, ça signifie quelque chose. » Ce Lebehde est un gaillard. Pas un qui se soit rebiffé, tous ont obéi. Peut-être que Przygulla ou Reinhold reviendront furtivement, un peu plus tard, mais ce sera tout. Et Bertin, en gravissant l'escalier, se demande avec étonnement ce qu'il aurait fait sans Lebehde. Il a ri en philosophe, en être supérieur, quand les cadeaux ont jailli de la voiture. Au surplus, il ne tient pas aux cigarettes. Cependant il est assez sincère pour convenir que, nom de Dieu ! il les aurait ramassées, pour ne pas les laisser perdre... Le Kronprinz a passé — quelle étrange expérience. Sûrement qu'il s'est soulagé, en première ligne, de quelques douzaines de croix de fer, et que maintenant il se hâte vers Charleville, sans se douter que le restaurateur Lebehde vient de le désavouer.

Le Kronprinz poursuit sa route dans le crépuscule, lèvres serrées. Il est profondément irrité par des événements qui sont plus forts que lui, et irrité contre lui-même qui est plus faible que les événements. Il s'est rendu au front pour constater une fois de plus qu'il avait raison, sans parvenir à imposer ses idées ; il a été mis en minorité et, une fois de plus, il n'a pas eu le cran nécessaire pour leur plaquer tout le barda, à ces bonzes, pour laisser là la voiture, en sortir. Il faut dire que c'est une voiture d'un confort séduisant, fort bien capitonnée. Mais que faire si, en son nom, des décisions stratégiquement fausses sont prises, que l'histoire lui imputera par la suite ? L'avant-veille, à Pierrepont, sur la ligne de Longuyon-Metz, les généraux s'étaient assemblés, sous la présidence de l'empereur, en présence des représentants du nouveau commandement suprême, qui, depuis la fin d'août, s'ingérait dans l'ensemble des opérations. La situation alarmante devant Verdun avait fait l'objet de la conférence. Lui, général des armées prussiennes, avait eu la confirmation de toutes ces convictions secrètes — d'abord l'erreur fondamentale d'avoir mené une offensive sur un front trop réduit, deuxièmement le fait qu'on lui avait promis des troupes et qu'au moment où les forces de premier choc étaient décimées, on n'avait pas envoyé ces renforts. Pour n'avoir pas, dès le commencement, lancé simultanément l'offensive sur les deux rives de la Meuse, et à effectifs doublés, on avait permis que les enfants de nombreuses mères fussent fauchés au champ d'honneur, en pure perte. Puis, on n'avait pas tenu compte de la résistance des Français qui, tout en reculant, ne cessaient de combattre. On était ainsi arrivé à Douaumont — et pas plus loin — toutes réserves épuisées. Puis, tout d'un coup, on avait eu suffisance de troupes pour conquérir, mois par mois, au prix de pertes inouïes, de pauvres lambeaux de terrain, ce qui n'avait d'ailleurs point empêché les Français de préparer leur offensive sur la Somme, et de l'exécuter. On était dès lors devant l'alternative, soit de reconnaître franchement l'échec devant Verdun, et par là de sauver la vie et la santé de milliers et de milliers de gars allemands, ou de sauver la façade, les apparences, en prolongeant les souffrances des soldats et en remplissant les hôpitaux. Le prince s'adossa au fond de la voiture et ferma les yeux. Il eut la vision superposée des têtes des vieux généraux de l'avant-veille et des jeunes visages des fantassins de tout à l'heure. Selon les oscillations de son cœur, c'étaient tantôt les uns, tantôt les autres, qui remontaient à sa vue. La pluie ne tombait que depuis un mois et déjà le chiffre des malades atteignait le trente pour cent des fusils, et quelquefois davantage : coups de froid, fièvre, il allait falloir rapatrier et soigner des multitudes. Tout cela parce que les positions étaient mauvaises. Elles étaient données par les combats acharnés qui s'étaient livrés depuis le mois de juillet ; elles n'avaient pas été choisies, ni aménagées pour y passer l'hiver. Surélevées comme elles étaient, repérées, pilonnées, submergées de boue, elles ne pouvaient servir ni de points de départ pour les futures attaques, ni pour appuyer la défense si jamais le Français préparait une nouvelle attaque entre Tavannes et la côte du Poivre. L'artillerie était enlisée partout où elle ne disposait pas de voies étroites. Aussi avait-il vivement approuvé ceux de ces messieurs qui avaient fait valoir la nécessité de reporter les positions à l'arrière, d'abandonner le terrain gagné les derniers mois, de s'organiser sur la ligne Hardaumont-fort Douaumont-côte du Poivre, et, le moment venu, de « raccourcir » le front, et de laisser aux Français toute la cuvette de fange de l'avant — tiens mon vieux amuse-toi là-dedans !

Le prince frissonna. Il serra la couverture autour de ses jambes, frotta nerveusement les épaules contre les capitons. De l'aile du nez vers les coins de la bouche, deux lignes se dessinaient qui lui prêtaient une vague ressemblance avec le Grand Frédéric, son arrière-grand-oncle. Malheureusement cette approximation n'avait aucune chance de triompher du mal. Le commandement du groupe d'armées Meuse-Est avait détaché ses officiers les plus compétents pour démontrer qu'une telle solution ne supprimait ni la longueur des routes d'approche, ni l'impossibilité d'installer des réserves, ni les difficultés du ravitaillement et du transport des munitions. Trop avisé, le Français, pour se laisser attirer dans ce terrain argileux ! Donc, la ligne passant par les hauteurs de la Meuse ne valait rien non plus comme base d'une nouvelle offensive. Non, il fallait faire table rase, évacuer tout le terrain qu'on avait conquis avec tant de peine, se replier à peu près jusqu'aux lignes de départ de l'attaque de février, s'appuyer sur la voie ferrée d'Azannes, on ne pourrait même pas tenir le bois des Fossés et la cote 344. Voilà qui était raisonnable... et tout aussi impossible. Étant donné la tournure qu'avaient prise les événements, en cette année 1916, le prestige de la dynastie des Hohenzollern ne supporterait pas cette retraite. La bataille de la Somme — pourriture, le front est, sous la morsure de Broussilov —, archi-pourriture, les Autrichiens — la vieille rengaine : pris de court dans la vallée de l'Adige, des régiments entiers avaient passé à l'ennemi, ils en avaient soupé des Habsbourg, les Tchèques ! On n'avait d'ailleurs qu'à se reporter à l'année 1908, à l'annexion de la Bosnie par Aehrenthal pour comprendre que toute cette guerre avait commencé par une affaire de politique intérieure des Habsbourg. Aujourd'hui, les Roumains entraient en ligne — quinze corps d'armée —, pas une bagatelle ! Quelles sombres perspectives pour l'Allemagne ! Et ajouté à cela, un retrait à l'ouest ? Impossible ! le soldat allemand se serait pris à douter de ses chefs, auxquels il faisait encore aveuglément confiance, et à l'intérieur de l'Allemagne, les conséquences eussent été incalculables. L'Allemagne se préparait à affronter son hiver le plus dur, on allait réduire la ration de pain à une demi-livre ; pour le soldat aussi viendraient les mois de disette. Pour soutenir le peuple, il ne restait que le moral : la foi dans la dynastie impériale, dans l'armée invaincue, dans la certitude du succès final. Avouer que la bataille de Verdun avait été livrée en vain, c'était du même coup sacrer Karl Liebknecht grand prophète, c'était déclencher l'attaque de la majorité à la Diète fédérale, menacer la dynastie et le Haut Commandement de l'armée ; il faudrait rendre compte du « sang inutilement versé ». Était-ce possible ? Non, assurément pas. Était-ce évitable ? Oui, à condition de ne pas bouger, de rester là, d'imposer au soldat allemand ce nouveau sacrifice. Le soldat allemand l'accomplirait, il mourrait avec joie pour la gloire de la patrie ; sans murmurer, tout l'hiver, il resterait debout dans la fange pour monter la garde contre l'ennemi héréditaire. Surtout pas de faiblesse, pas de fausse humanité ! L'Allemand désirait être mené, il aimait la main forte, et alors il irait décrocher les étoiles du ciel.

La figure ridée de vieux gentilhomme qui avait formulé tout cela avec conviction, ses petits yeux, sa voix qui hachait les mots, le Kronprinz eut un sourire. Il y en avait eu d'autres qui avaient fait opposition : von Lychow, par exemple, qui depuis quelque temps commandait sur la rive gauche de la Meuse, mais leurs arguments ne pouvaient tenir. C'était de la raison pure ; or, avec la raison pure on n'arrive pas à décrocher les étoiles du ciel. Lui, le prince, pendant que les généraux discutaient, il avait contemplé son père, le « Seigneur de la guerre ». Eh bien ! papa s'y entendait à vous édifier une façade acceptable, à jouer le président princier de ce conseil de guerre, à prendre le regard de l'aigle. Mais son fils ne s'y trompait pas : ce visage était affaissé, des rides se dessinaient autour des yeux, il avait peine à garder son expression impériale, confiante. Son fils avait deviné ce que les fils sont seuls à deviner : de cette guerre, il s'était fait une idée toute différente, le brave papa, au moment où il l'avait déclenchée avec tant d'élan. Il l'avait conçue plutôt à l'image de ses manœuvres, n'est-ce pas ? Mais ce n'était pas ainsi que marchaient les choses, Votre Majesté, elles marchaient même tout autrement. Il avait cru, pour commencer, qu'il serait son propre chef d'état-major, beau rêve d'une paix trompeuse ! Puis il avait fallu débarquer ce bon Moltke, et aujourd'hui c'était le tour de Falkenhayn, pourtant plus souple, et il avait fallu faire appel aux deux nouvelles divinités, qu'il ne pouvait supporter. Des demi-mesures, rien que des demi-mesures ! Qu'on abandonne enfin tout scrupule vis-à-vis des soi-disant neutres, qu'on lance aux poissons tout ce qui était à portée des torpilles — les cargaisons qui ravitaillaient l'Angleterre et la France, et en six mois la guerre serait terminée. Messieurs les Américains et leur Wilson protesteraient tant qu'ils voudraient, ils enverraient leur armée — soyez les bienvenus, messieurs —, de la nourriture pour nos obusiers de campagne, rien d'autre.

La voiture filait bon train, moteur parfait, ressorts d'acier allemand de première qualité. L'affaire de Roumanie une fois expédiée, papa risquerait une offre de paix, pour calmer le pape. Ça ne ferait de mal à personne. Car, bien entendu, on ne toucherait pas à la Belgique, elle resterait allemande, tout comme le bassin minier de Longwy et de Briey. Pour peu qu'on y réfléchît et qu'on examinât la carte, l'offensive de Verdun ne constituait que la garantie stratégique de ces conquêtes, au moment de la conclusion de la paix. Évidemment, on n'en parlerait à personne, même pas à messieurs les députés qui faisaient hommage de leurs mémoriaux d'annexion au Grand Quartier général. Bien entendu, les décisions militaires seraient dictées par des motifs purement militaires. C'est à cet effet que ce pauvre Falkenhayn avait inventé la fameuse « guerre d'usure » quand le premier assaut de la forteresse avait échoué. Au point de vue militaire, Verdun était une forteresse comme les autres, derrière laquelle les Français, appuyés sur Châlons, tenaient en réserve une nouvelle ligne de défense. Mais au point de vue politique, pour l'avenir de l'Allemagne, pour son industrie, Verdun était unique, irremplaçable. Et c'est pourquoi le Kronprinz, l'héritier du trône, eut un soupir, il fallait en demeurer là, passer l'hiver dans les anciennes positions.

La nuit était tombée. Précédée de larges cônes lumineux, la voiture marchait à toute allure dans la nuit, vers cette lueur à l'horizon qui annonçait Charleville — l'appartement confortable, bien chauffé, la table servie. Ces réflexions avaient ragaillardi le prince, il se sentait de bonne humeur et, se tournant vers son adjudant qui devait avoir sommeillé un peu :

— Nous aurions pu faire un détour, mon cher. Un café chez sœur Claire, à l'hôpital de Dannevoux, pas mal, hein !

Son interlocuteur empressé approuva aussitôt — évidemment ç'eût été plus agréable que de jouer au vieux Goethe avec son Roi des Aulnes en galopant dans la nuit et dans le vent :

— Votre Altesse Impériale aurait pu tout aussi bien rester chez elle.

Retraite ou pas, que pourrait-il nous arriver de grave ? *It's a long way to Tipperary...* chantent les Tommies ; et nos Feldgrau : *Denn dieser Feldzug — Ist ja kein Schnellzug...*

Ce qui doit arriver, et pour bientôt, a été fixé d'avance et dès longtemps. Ce sont quatre Français d'origine bourgeoise, qui ont arrêté le plan. Jusqu'au matin du 24, les pièces françaises tirent comme à l'ordinaire. Puis, de 600 bouches se déclenche un feu roulant, une muraille d'acier s'abat sur la zone des tranchées. Le feu, soudain, se tait, comme si l'infanterie allait charger. Et 800 canons allemands — plus de 200 batteries — se déchaînent pour juguler l'attaque supposée. Et c'est bien là ce qu'ils doivent faire. Ces batteries figurent depuis des mois sur les cartes d'artillerie françaises ; on les tient à présent et on leur tombe dessus. Des obus s'abattent, fracassent les affûts, arrachent bras et têtes des artilleurs. Les plafonds des abris s'effondrent et se remplissent d'une fumée âcre. Les observateurs tombent des cimes des arbres, ou s'écrasent contre les parois de leurs trous. Entre la côte du Poivre et Damloup, la Mort égorge ceux qui ont égorgé, les cognées d'acier font crouler les forges d'obus. De fait, au moment où l'attaque est lancée, le 24 à midi, il n'y a plus, sur une étendue immense, que 90 batteries pour répondre au feu ennemi.

Le feu ennemi ! les Allemands, jusqu'ici, ont enduré le pire — sept divisions affaiblies, quelque soixante-dix mille hommes dispersés et perdus dans le terrain ravagé. Ils ont souffert la faim, sont resté accroupis dans la boue jusqu'à mi-corps, ils s'y sont terrés parce que c'était le seul moyen de se couvrir ; ils n'ont pas dormi, ils ont lutté contre la fièvre à force d'aspirine, et ils ont tenu. Et maintenant ils sont déchiquetés. L'air n'est plus qu'un roulement de tonnerre, la foudre tombe dru. Impossible de quitter les tranchées, qui ne sont plus des tranchées ; impossible d'y rester, car elles se sont mises à bouger ; houleuses, elles jaillissent vers le ciel et retombent dans les gouffres d'un enfer qui s'ouvre sans répit. On se réfugie dans les abris et ces abris croulent, les obus bouchent les souterrains profonds, ensevelissant les occupants, déjà à bout de nerfs s'il leur reste quelque vitalité physique. En deçà des tranchées, le barrage des canons de campagne fait gicler l'acier tranchant comme des couteaux ; dans les tranchées mêmes, les tirs verticaux des plus forts calibres et des mortiers plongent sans arrêt. Les mitrailleuses sont balayées, les nouveaux lance-mines sont ensevelis dans la boue et fracassés, et les fusils s'enrayent dans ce déluge d'argile et d'éclats d'acier.

Eh bien ! oui, en février les Allemands ont inventé la guerre du matériel, mais ils ont omis de la faire breveter — les Français l'ont depuis longtemps adoptée et maintenant ils y sont passés maîtres. Leur artillerie, étroitement liée à l'infanterie, travaille méthodiquement, exactement d'après la carte et l'horaire, et même quand il n'y a pas de visibilité. Par un double mur de feu elle couvre l'infanterie qui charge ;

elle dispose, à 160 mètres en avant de ses fantassins, d'une zone meurtrière de shrapnels, et à 70 ou 80 mètres, d'une seconde zone d'obus. La progression est minutieusement calculée : 100 mètres de terrain fangeux, impraticable, doivent être franchis en quatre minutes.

A onze heures quarante, le front français s'ébranle dans un brouillard épais qui n'a pas daigné se lever ce jour-là ; une blancheur laiteuse, imperméable, couvre la région. On aurait pu se passer de toutes ces fumées pour noyer la zone de combat. Personne n'a vu le soleil du 24 octobre. Les yeux révulsés, vitreux, les morts allemands sont couchés — face aux dieux et à leurs desseins impénétrables. Effarés, à bout de résistance, les vivants attendent leur sort. Vingt-deux bataillons allemands sont balayés avant même que l'attaque ait commencé : les survivants réclament le barrage avec insistance. De leurs mains qui tremblent, ils tirent des fusées rouges : Barrage ! Mais elles sont absorbées par la nuée laiteuse. Les artilleurs encore valides — officiers, adjudants, pointeurs — attendent auprès de leurs pièces, ils ne voient rien. A l'avant, le feu vient de cesser, chacun sait qu'en ce moment le Français charge ; ce sont des obus qu'il faudrait lui lancer dans les jambes, mais dans quelle direction ? Aucune lueur rouge ne fuse dans le brouillard, aucun appel téléphonique ne peut franchir le réseau démoli. On n'a prévu ni signaux acoustiques ni liaison directe avec l'infanterie, seuls les commandements d'unités ont le droit de donner des ordres à l'artillerie.

Les minutes s'écoulent. Dans les tranchées, les hommes regardent fixement devant eux : c'est de là qu'« ils » doivent venir, de l'avant. Ne les entend-on pas ? Ne les voit-on pas ? Va-t-on attendre de se faire abattre, privé d'artillerie ? La patrie ne peut en demander plus qu'on n'a enduré. Isolément ou en groupes, ils jettent les fusils, pataugent dans la fange et dans le brouillard, ils sortent parmi les barbelés rompus, enchevêtrés, balayés, ils glissent, trébuchent dans les trous d'obus et levant les mains, quand ils le peuvent : « Camarade ! » crient-ils dans le brouillard, « Camarade ! »

Camarade, le mot est compris de tous ; celui qui crie « Camarade », en levant les mains, se rend et on l'épargne ; celui qui en abuse trouve la mort et beaucoup d'autres avec lui. Camarade ! et voici qu'émergent du brouillard les capotes bleu horizon, glissant et trébuchant eux aussi, ils arrivent baïonnette au canon, et sous le casque, des visages noirs, brun café au lait, les régiments coloniaux de la France, du Sénégal, de la Côte Somalie, du Maroc. Ailleurs ce sont des Bretons, des Méridionaux, des Parisiens du Boulevard, des paysans de la Touraine. Pour eux tous, la France est une mère, ils savent tous qu'en délivrant le sol français, ils défendent une modeste liberté de pensée et de volonté. Ils ne songent pas à jouer au guerrier enthousiaste, jurant et raillant, ils grimpent de leurs positions d'assaut, sombres, les dents serrées, pâles et décidés. Mais ils y sont de toute leur âme, les vifs soldats de la France. A eux aussi on a dit : « Encore cet effort, et vous y serez ! »

Ils laissent passer en silence les prisonniers allemands qu'on emmène à l'arrière et franchissent les lignes allemandes, se portant à l'assaut de leurs objectifs, dont Vaux et Douaumont sont les centres. Ils pénètrent dans les moindres ravins, déferlent sur les pentes du bois de la Laufée au bois de Vaux-Chapitre, de l'ouvrage de Thiaumont au ravin de la Dame, du bois de Nawé aux carrières d'Haudromont. Sur leur aile gauche, les Allemands perdent les réseaux de tranchées qui portent des noms de généraux : Clausewitz, Seidlitz, Steinmetz, Kluck ; au centre, l'ouvrage Adalbert et tout ce qui naguère portait le nom de Thiaumont ; sur leur aile droite, les ravins, positions du Poivre. Les trois divisions françaises poursuivent l'attaque en profondeur, ils prennent d'assaut les abris et les positions des réserves allemands, ils se jettent, l'arme au clair, sur les batteries, prenant enfin leur revanche de longs mois d'attaques brusquées et de cataractes de shrapnels. Parviendront-ils à rompre totalement les lignes de défense allemandes ?

En plusieurs points du secteur, le front est resté intact. Sur la falaise, au nord de Douaumont, dans le bois de la Caillette, à l'est du bois de Fumin, sur les hauteurs de Vaux, les Allemands s'agrippent au sol ; avec leurs grenades et leurs mitrailleuses intactes, ils se jettent sur les Français. Les combats se prolongent durant la journée entière. La nuit vient. Cette résistance a rehaussé la gloire de l'armée allemande, mais elle est sans objet. De toute manière, l'artillerie française reprendra dès le lendemain ses jeux terribles auxquels on n'aura plus rien à opposer. Avant-hier encore inférieure en nombre, elle est aujourd'hui maîtresse du champ de bataille. Sur le versant oriental de Douaumont, elle installe ses canons à longue portée et rase à larges bordées les casemates de Vaux ; de son peigne de feu, elle racle le bois de la Caillette, elle ouvre le passage à l'infanterie, elle démolit les revêtements de Vaux. Des batteries de campagne progressent de flanc, puis prennent pied sur la pente roide, coupent toutes les communications avec l'arrière, comme un chirurgien tranche de son scalpel un bras fracassé qui n'est plus rattaché au corps que par la peau et des tendons. Repliez-vous, soldats allemands, vous avez fait votre possible. Ce que le Français aurait dû prendre en quatre heures, il l'a fait en deux heures, ou ailleurs il y a mis quatre jours. Il a fait prisonniers sept mille des vôtres, il en a tué et blessé trois fois autant — vous avez fait assez pour 53 pfennigs par jour et les gisements de minerai de Briey et de Longwy. Dans le brouillard que vous n'avez pu percer, vous avez donné vos dernières forces, vous avez obéi à des ordres — sensés ou non — que vous n'avez pu contrôler. Posnaniens, Bas-Silésiens, Brandebourgeois, Westphaliens, Saxons — c'est le repos qu'il vous faut. Et ce repos, vous le tenez — le repos de la mort. Protestants, libres penseurs, catholiques, juifs, de l'argile et du brouillard de Verdun vos cadavres surgissent déformés et pour être à nouveau engloutis dans le monde de l'éphémère, effacés dans l'ingratitude des peuples, c'est à peine si le pâle reflet de vos souffrances vacille encore dans la mémoire de ceux qui ont été vos camarades. Cependant, qu'adviendra-t-il de Douaumont ? Depuis le 23, la fumée des tirs plane sur Douaumont comme un grand velum noir.

2

La trouée

Dans les jours qui précèdent la bataille décisive, le détachement du bois des Fossés, avec la régularité d'un pendule, effectue chaque matin sa sortie, et l'après-midi sa rentrée. Pour empêcher la boue de s'introduire par le haut, on serre la partie supérieure des bottes avec de la ficelle — et allez-y ! Surélever des rails déjà enfouis dans la boue, ça ne fait pas partie des travaux les plus agréables de ce monde. Mais on n'est pas repéré. Avec cette soupe au lait qui nage au-dessus des têtes, le Frantz s'abstient sagement de tirer des shrapnels...

Ça avait été dur de passer du ravin de la Bauge au parc de Steinberg. On reconnaît les gens qui sont de mauvaise humeur à la manière dont ils regardent devant eux, les sourcils froncés et le pli amer des lèvres, tandis que leurs jambes travaillent la bouillie épaisse de la route. Ça fait glouglou, ça gicle jusqu'au-dessus des genoux, quand, par inadvertance, perdu dans ses pensées, on n'a pas repéré de son gourdin le trou qui se dissimulait dans la boue. Tous ces jours derniers, le pendule a oscillé sans accroc. Aujourd'hui cependant... On vient d'arriver à la hauteur de Ville, et voici que le vent apporte une rumeur sourde. Très loin, dans la zone invisible, une pièce de gros calibre a mugi, après des semaines d'un silence trompeur. Tandis qu'ils écoutent, se regardent, là-bas, derrière l'horizon, d'un seul coup, comme la pluie qui se met à crépiter sur un toit, lointaine, terrible, la canonnade de Verdun s'est déchaînée comme dans les pires mois de l'été... Les Français ! Écrasés, ils se remettent en marche. Quand ils rentrent aux baraques, l'horizon semble bouillonner. La rumeur sourde les accompagne dans les cuisines, elle les retient encore tandis qu'ils lavent leurs gamelles et qu'on distribue le repas du soir. En allant se coucher, Bertin pense à Kroysing, à Süssmann, à ce pitoyable fripon de Niggl, aux Saxons dans leurs tranchées pleines d'eau ; il soupire et se détourne.

Dans la nuit, l'orage s'enfle de plus belle, c'est comme le grondement d'une cataracte qui martèle les lointains par-delà les collines. L'escouade qui se met en marche l'entend, puis vient la réplique des nôtres, un coup, toutes les deux minutes, il n'y a plus d'obus. C'est un soulagement dans les rangs des Schipper quand, au début de l'après-midi, on fait passer : « Tous les hommes au déchargement des munitions ! » La compagnie, bien sûr, attend son boulot pendant deux longues heures : on échange ses impressions, ses opinions. Enfin, deux locomotives apparaissent poussant une file de wagons : quarante, cinquante... les Schipper ont cessé de compter. On les répartit en équipes, ils crachent dans leurs mains, c'est leur tour ! Des soldats entraînés à cette besogne escaladent les wagons découverts et d'un tour de main, chargent sur les épaules de chaque homme un panier d'osier. Courbés sous la charge insolite, les hommes marchent avec précaution sur les planches glissantes. On se décharge des lourds projectiles, on les entasse entre des mottes de gazon, les plus lourds pèsent quatre-vingt-cinq livres. Au retour, on redresse sa carcasse, on se prépare à supporter un nouveau fardeau. Avant même que la nuit tombe, on éclaire les wagons avec des lampes de mineur ; leur reflet étroit éclaire d'en bas les figures des trois hommes entre les portes à coulisses. Bertin les voit qui se penchent et se relèvent, tandis que les autres passent en file ininterrompue, présentent leurs épaules, se chargent du lourd panier, puis, continuant leur chemin, disparaissent dans le crépuscule. L'homme n'est plus qu'un numéro, une épaule munie de deux jambes. Dans le piétinement des bottes cloutées, les réflexions qui pourraient traverser le cerveau de l'un ou de l'autre sont submergées. Vers onze heures, quand les derniers wagons sont vides, Karl Lebehde, l'homme trapu, en a porté autant que Bertin, plus frêle, ou que Pahl le bossu.

Le jour suivant se lève, d'une blancheur opaque ; l'air est froid et humide. Le soleil ne se montrera pas au-dessus du parc et de ses piles de munitions. A quelques mètres de distance, les cuisiniers qui distribuent le café ont l'air, dans les nuages de vapeur et leurs chaudrons, de démons pâles et immatériels, versant à chacune des âmes défuntes une louche de Léthé. Puis les détachements se mettent en marche : le détachement du ravin de l'Orne, de la cote 310, du Chaume, du bois des Fossés. A peine deux heures plus tard, ils sont de retour, l'enfer est déchaîné à l'avant, pas moyen de s'y risquer. Au-dessus du camp, plane, immobile, la couche d'ouate, elle assourdit les bruits, transforme le parc en île. Les hommes sont heureux de rester dans les baraques et de se reposer.

Tout à coup, vers midi, le bruit court que le Français a rompu les premières lignes, que Douaumont est tombé, que le front est disloqué. Un quart d'heure s'écoule et une vague d'inquiétude s'empare des hommes. On fait l'appel des sous-officiers et des gradés ; ils reviennent avec les soldats, pâles, taciturnes : on leur a donné des munitions, dans une demi-heure on fera l'appel pour le tir. Les Schipper n'ont guère envie de rire. Si l'on en est déjà à enrôler leurs paisibles sous-officiers, on finira bien par les lancer eux aussi, avec pelles et pioches, dans la trouée que les Français ont opérée. L'ouvrier du gaz Halezinsky résume l'opinion générale :

— Allez, les gars, s'ils n'ont rien de mieux que nous, qu'ils fassent la paix.

Cependant, après dîner, le moral s'améliore ; cet isolement complet éveille chez les hommes une sécurité trompeuse. A deux heures et demie, ils sont envoyés à leurs travaux ordinaires. Mais auparavant on avait convoqué dans le parc des canons de campagne tous les soldats qui connaissent les premières lignes, Bertin est du nombre. On a besoin de guides. Dans le poste du chef artificier Schulz, des adjudants et des officiers de l'artillerie de campagne s'empressent autour de la carte, tandis que les caissons des pièces font leur plein de munitions, et que des obus supplémentaires sont chargés sur de petits wagonnets. On va mettre en ligne de nouvelles batteries provenant des camps d'exercice de l'arrière. Un pigeon et des coureurs ont apporté des nouvelles — c'est un jour noir. Sans hésitation, le chef artificier attache Bertin aux canonniers qui, sur voie étroite, précéderont les batteries avec les chargements d'obus. Il devra prendre exactement le même chemin qu'il a suivi pour se rendre au poste téléphonique du ravin de la Bauge. Ce nom fait jaillir une étincelle dans l'âme de Bertin — Kroysing, Süssmann ! S'ils ont dû se replier, c'est de ce côté-là. Le temps de courir à la baraque pour prendre capote, masque et toile de tente, musette et gants — on manœuvre plus facilement les wagonnets avec des gants. Dès son arrivée là-bas, il a ordre de demander le parc avec l'appareil du poste, pour savoir si le raccordement fonctionne, car pour l'instant on ne répond pas.

Les nouveaux canonniers ont des galons au col : ils font partie de la division de réserve, des Poméraniens. Dans les wagonnets, les obus de campagne sont couchés et leurs douilles allongées font penser à des cartouches d'un énorme fusil. Grinçant et cahotant, le long convoi de munitions s'avance dans le néant. Jamais encore Bertin n'avait eu de façon si aiguë l'impression de provoquer l'inconnu : cramponné au premier wagonnet, il laisse derrière lui, plongée dans le demi-jour, la contrée familière. Il n'y a pas de droite, il n'y a pas de gauche ; devant lui, un mètre et demi de voie, derrière lui, deux wagonnets que l'on distingue et un que l'on ne distingue plus, à côté, deux canonniers, au fond, des formes qui se brouillent, et des vagues rumeurs. Rien que du silence autour d'eux. Leurs têtes semblent toucher la nue. Leurs pieds, entraînés à tous les terrains, bondissent d'eux-mêmes de pierre en pierre, ou sur les planches qui longent la voie. Pas un seul tir. Les Allemands ignorent où les restes de leur infanterie se sont reformés, où les Français se concentrent en ce moment. Une seule chose est certaine, c'est que Douaumont est perdu et que, s'il le peut, le corps d'armée lancera une contre-attaque appuyée par l'artillerie. Bertin a appris cette nouvelle pendant les quelques minutes d'attente chez le chef artificier. Mais il a appris également, et cela lui a donné de l'espoir, que Douaumont avait été évacué spontanément au cours de la nuit. Spontanément — il est permis d'avoir quelque doute à ce sujet. Or, un Kroysing ne s'éloigne pas de son poste, sauf en cas d'absolue nécessité... Est-il trois heures, ou cinq heures ? Le temps semble se dissoudre, comme se dissout l'espace dans une buée jaunâtre.

Le ravin de la Bauge... Est-ce bien ici ? Des appels, des cris, des jurons, des questions : « 4ᵉ compagnie !» — «Où, du diable, se rassemble ma section !» — «Brancardiers, brancardiers !» — «Le deuxième bataillon, tout ce qui reste du deuxième !» — «Adjudants, sous-officiers, aux ordres !» Ce paradis de hêtres et de sorbiers, dans un beau silence automnal, cette fois a eu sa part. Des uniformes gris fourmillent vaguement dans la forêt ravagée. Le petit ruisseau a inondé le fond du ravin, obstrué par des troncs abattus. A l'endroit où Bertin quitte la voie principale pour monter par le sentier familier, ce ne sont plus que moignons d'arbres déchiquctés, hêtres coupés en deux, cimes abattues. Des hommes, debout dans l'eau, travaillent à dégager le lit du ruisseau, à détacher des rails grotesquement tordus, à construire des ponts avec des madriers empilés. D'un commun accord, pionniers, sapeurs et fantassins saxons se sont mis à la besogne. Dans l'enchevêtrement des ordres qu'on lance, Bertin croit reconnaître une voix. Sur la pente du ravin, quelques arbres restés intacts marquent un endroit abrité. Assis, accroupis ou couchés, des hommes épuisés sont là — figures grises, grands pansements à la tête et aux bras. Des tuniques déchirées, des pantalons en lambeaux, des créatures qui semblent avoir été tirées de l'argile ; et le sang fait de grandes taches sombres. Le petit qui dirige les travaux, la main gauche dans un pansement soutenu par des courroies de musette, est bel et bien le sous-officier Süssmann. En ce moment, il fait déblayer l'aiguillage que le ruisseau refoulé a recouvert de boue et de détritus.

— Mon vieux, dit-il, quand Bertin l'interpelle, c'est ainsi qu'on se retrouve, place Savigny !

Ses yeux n'ont plus d'inquiétude, mais ses cheveux sont roussis, et sa figure est noircie par la fumée. Sans demander d'autres explications, Bertin s'enquiert du lieutenant.

— Il est là-dedans, fait Süssmann en désignant le poste, il téléphone.

— J'ai reçu l'ordre de vérifier les communications, d'appeler le camp.

Et Bertin le regarde encore bouche bée.

— Allez-y toujours, les fils viennent d'être raccommodés, il n'y a pas dix minutes.

Le toit en tôle du blockhaus porte le poids d'une moitié de hêtre qui a gardé sa couronne de feuilles jaunes. Dans un fouillis de branches et de tronc, à côté de la cabane, trois hommes sont étendus sur des toiles de tente, couverts de boue jusqu'aux cuisses, les capotes raidies de glaise. A la coupe de leurs uniformes, on reconnaît des officiers. Ils sont comme suspendus sur les ressorts naturels des branches. Ils se reposent. Leurs visages défaits — l'un d'eux a l'air d'un gamin — ressemblent étrangement, avec leurs yeux fermés, à des masques moulés dans un plâtre souillé d'éclaboussures. Et pourtant, ces moulages parlent, nonchalamment, en dialecte saxon, sans qu'aucun de leurs traits bouge.

— Si ce fou de sapeur, là-dedans...

— Vous le croyez fou ?

— Assurément. Vous avez vu ses yeux ? Et sa façon de montrer ses dents ? Reprendre Douaumont...

— Si l'ordre de reprendre Douaumont est confirmé, est-ce que vous marcherez ?

Le plus âgé, le menton hérissé d'une barbe de plusieurs jours, se tait longuement. Au fond du ravin, l'eau délivrée coule dans son ancien lit. Il finit par répondre :

— Bien sûr qu'il est fou et il va sans dire que cela n'aurait aucun sens. Mais voudriez-vous prendre la responsabilité d'un échec en vous opposant à reprendre l'offensive ? Parce que, vous savez, dans ce chien de brouillard, une surprise pourrait réussir.

— Je parie trois contre cent qu'elle raterait.

— Évidemment, trois contre cent — un contre cinquante plutôt. Si on avait de la terre ferme sous les pieds, mais...

— Et puisque nous sommes tous persuadés que ce serait une folie, nous en serons tous les trois et nous entraînerons nos hommes dans le pétrin, uniquement parce que nous craignons les responsabilités.

— Ne dites pas d'absurdités, Seidewitz, une fois pour toutes ; c'est l'usage, un fou fait beaucoup de fous.

En ouvrant la porte, Bertin devine que ses braves territoriaux se sont défilés au bon moment à l'arrière, avant que le tir s'abatte sur le ravin. Devant l'appareil, une longue silhouette est penchée, les écouteurs fixés à la tête, tripotant les volets et criant rageusement de vains « allô ! ». Bertin ferme doucement la porte, s'approche, et, malgré toute l'horreur de la journée, ne peut se dispenser d'une plaisanterie ; il claque bruyamment des talons pour appeler l'attention :

— Mon lieutenant permet que j'essaie ?

Kroysing sursaute, féroce, puis il rit en montrant ses dents de loup.

— Eh bien ! en voilà de la chance, c'est votre métier !

Et il dépose les écouteurs sur la petite table.

Bertin n'a pris que le temps de jeter son képi sur le lit de Strumpf, il vérifie les communications que le petit appareil peut encore donner avec ses quelques volets : central téléphonique — en ordre, à l'avant, direction de Douaumont — coupé, à l'arrière, par l'intermédiaire du camp du Cap — en ordre. Le téléphoniste de cette dernière station répond à l'appel, quelque peu étonné ; il donne la communication avec le parc de Steinberg. Une petite dispute s'engage. Le téléphoniste de service, Schneider, qui aime à faire l'important, conseille à Bertin de rappliquer en vitesse et de ne pas se défiler de la corvée de munitions. Un joli esprit qui règne dans la compagnie, à l'arrière ! Bertin le prie de ne pas radoter et de donner immédiatement la communication avec Damvillers. Qu'avait-il à fiche à Damvillers ? reprend la voix à l'autre bout du fil. Au lieu de répondre, Bertin passe l'appareil à Kroysing. Le lieutenant se penche sur le microphone, dangereusement calme :

— Si tu continues à nous faire chanter une demi-seconde de plus, je te fous au rapport pour trahison, espèce de cochon. Damvillers, à l'instant, compris ? Dans la cahute enfumée du parc, le sapeur Schneider faillit tomber de son tabouret. Ça, ce n'est plus la voix insignifiante de Bertin, c'est la voix d'un fauve, dont la griffe pourrait être dangereuse.

— A vos ordres ! monsieur le commandant, parvient-il à bégayer en établissant la communication.

— Ici le commandant du génie, capitaine Lauber. Kroysing s'installe devant l'appareil, il s'annonce, on a compris. Bertin, debout à côté de lui, bourre sa pipe. Comme l'entretien fait mine de se prolonger, il étend un journal sur le paillasson, et se couche à l'instar des Saxons, là-dehors. Ces hommes, tout crépis de boue sèche, éteints d'épuisement, il aurait fallu les exposer au casino de Damvillers ou dans une salle de concert, à Dresde, pour montrer un peu aux gens les réalités de la guerre. Mais à quoi bon ?

Singulière conversation téléphonique. Très soulagé, le capitaine Lauber s'entretient avec le lieutenant Kroysing, heureux qu'il soit encore en vie, qu'il puisse le renseigner. D'où lui téléphone-t-il ? — D'un poste d'aiguillage de voie étroite, dans le ravin de la Bauge. C'est le poste téléphonique le plus proche de l'arrière, en venant de Douaumont. Il a tout de suite pensé que si quelque chose était debout après ce diable de feu roulant, ce devait être ce poste-là. Que le capitaine lui permette d'être bref : le Douaumont avait eu sa part, jamais encore le Français n'avait lancé un calibre pareil et à cette dose, les nouveaux mortiers de 400 devaient être de la partie. Sur cinq points, la superstructure avait été pilonnée, un incendie avait éclaté dans le parc des pionniers, de nouveau ces damnées munitions lumineuses qui avaient pris feu les premières et avaient dégagé une fumée énorme. L'infirmerie elle aussi avait pris quelque chose — pauvre tas de cadavres ! Avec cela, guère d'eau pour éteindre le feu, les conduites avaient été démolies, ses hommes — sans rire, mon capitaine — avaient essayé de combattre l'incendie avec l'eau de Seltz, puisque de toute façon les malades n'en avaient plus besoin, mais la dose d'acide carbonique était trop faible. Les troupes du fort, Schipper compris, avaient eu des pertes considérables. Tout cela s'était passé dans le courant de l'après-midi et de la soirée d'hier. Dans la nuit cependant — et Kroysing se permet de déclarer que c'était incompréhensible — l'ordre avait été donné d'évacuer Douaumont. Sa voix avait pris le timbre sourd qui lui est habituel, à peine si l'on percevait une fureur contenue. Le capitaine Lauber a dû poser une question, témoigner quelque surprise. Non, répond Kroysing, s'il avait été commandant du fort, il n'aurait pas pris cette mesure. Seules les casemates supérieures avaient été endommagées par les 400 — la maçonnerie, les revêtements en tuiles. Les souterrains bétonnés étaient intacts, les hommes y étaient en sécurité. Les gaz, bien sûr la fumée, rien à boire, des embêtements de toutes sortes. Mais ce n'est pas pour ça, diable, que l'on abandonnait Douaumont,

Douaumont qu'on avait acheté au prix de cinquante mille morts et qu'on tenait depuis le 25 février ! Danger d'explosions ? Oui, des foyers de mines qu'on ignorait, mais il fallait courir le risque, c'était bien le moins qu'on pût faire pour la patrie ! Lui, Kroysing, s'était opposé de toutes ses forces à l'évacuation du fort. Encore au moment où la plupart des détachements de la garnison étaient sortis, il avait supplié, juré. C'était de la folie de n'y laisser que le capitaine P. et ses quelques observateurs d'artillerie. Lui, il était pour la logique. Ou bien Douaumont, vu le danger des explosions, n'était pas un lieu de séjour pour des soldats allemands, et alors pas non plus pour des artilleurs ; ou bien on en avait besoin comme point stratégique, dans ce cas on le défendait, que diable ! Il avait épuisé sa salive à force d'insister, et finalement il avait obtenu, le matin même, qu'on revînt sur cette stupide décision. Des mitrailleuses avaient été mises en position, on avait concentré des troupes. A onze heures et demie, les Français venaient à peine de cesser le tir, qu'il était sorti avec quelques troupiers éprouvés pour ramener ceux qui s'étaient défilés ; mais avant qu'il ait pu en réunir trente ou quarante, au-dessus du village de Douaumont, dans ce chien de brouillard, que déjà les Marocains pénétraient dans le fort. Ils avaient conquis cette position de première importance sans coup férir. (Kroysing en aurait pleuré de rage. Bertin fut bouleversé de le voir dans cet état.) Kroysing ne pouvait admettre que cette évacuation fût définitive. Insuffisamment renseignés, impressionnés par un peu de fumée, les gens de l'arrière avaient agi prématurément. Le capitaine ne pourrait-il demander qu'on passât immédiatement à la contre-attaque ? Les Français n'avaient pas encore organisé leur occupation ; ils avaient fait une trouée profonde, jusqu'aux arrière-lignes allemandes, mais ils devaient avoir rencontré de fortes résistances au sud-est de Douaumont. Dans cette direction, l'artillerie n'avait pas ralenti le feu, des mitrailleuses donnaient encore. N'était le brouillard, le tir de barrage n'aurait commencé qu'une demi-heure trop tard ; il y avait encore des chances. Quant à lui, sauf contrordre, il allait pousser une reconnaissance dans la direction de Douaumont, avec des fantassins, et des sapeurs, en prenant le ravin pour point de départ... La voix qui résonnait sous le toit bas se tut un instant. Kroysing écoutait, retenant sa respiration. — « Dieu soit loué » reprit-il, et une seconde fois « Dieu soit loué ! » Il donnerait ces instructions aux Saxons. Au-dessus du village de Douaumont, il restait certainement des points de résistance, c'est sur cette base qu'on opérerait la concentration. Pouvait-il rallier des unités d'Armier s'il en rencontrait ? On aurait besoin de tout le monde pour remettre en état les routes, déblayer, construire des abris. En conclusion, il ferait son possible, et s'il réussissait, il en rendrait compte aussitôt. Et sur ce, il remercia le capitaine et lui fit ses adieux.

Un instant il demeura immobile, puis, reposant les écouteurs, se tourna du côté de Bertin, les épaules en avant, les bras entre les jambes :

— Avez-vous du tabac, Bertin ? demanda-t-il, et il bourra sa grosse pipe à tête ronde.

Le crépuscule était tombé dans le blockhaus aux petites fenêtres. Les yeux clairs de Kroysing brillaient dans sa figure éclaboussée.

— Et le capitaine Niggl ? demanda Bertin à mi-voix.

— ... S'est défilé, pour le moment. Sans donner sa signature, vous voyez ça d'ici ? (La flamme de son briquet éclaira un instant ses traits durs.) Depuis quelque temps, et surtout ces quatre derniers jours, il s'était complètement ratatiné, usé comme de la cendre de cigarette. Nous avions eu un petit entretien particulier. Tout semblait marcher, ma famille allait être réhabilitée. Ses cheveux avaient grisonné sur les tempes, triste sire ; il pleurnichait, parlait de ses enfants, demandait grâce. Je lui proposais de le laisser sortir, lui et ses hommes, en échange de sa signature. Et voilà cet ordre d'évacuation qui nous tombe dessus, et mon gaillard se défile ! Il me glisse dans les mains au moment où j'allais le tenir. Ah ! je n'y comprend rien (il hocha la tête), fallait-il que ces cochons de Français viennent au secours de ce piteux individu, qu'ils jettent la panique dans les caboches de l'arrière, pour leur faire lâcher Douaumont ! Mais (et il se redressa de toute sa longueur, les poings fermés), il ne m'échappera pas. Je n'abandonne pas la partie. Il ne peut pas être bien loin, M. Niggl, je le retrouverai. Mais avant cela, j'ai un compte à régler avec ces messieurs d'en face qui ont enfumé mon terrier. Ils ont voulu lancer leurs sacrés régiments juste dans mon royaume. Eh bien ! attendez, conclut-il en remettant en place son ceinturon, avec son lourd pistolet, une caisse de pétards vous attend quelque part... Il y a longtemps que je désire rembourser les coups qui ont tué Christoph — après avoir obtenu la signature de Niggl, il est vrai —, eh bien ! l'ordre sera renversé, voilà tout. Vous m'accompagnerez un bout de chemin, Bertin ?

Bertin se leva en se grattant l'oreille. Des coups frappés à la porte le dispensèrent de répondre ; deux soldats entraient, suivis du petit Süssmann qui secouait l'eau de ses bottes.

— Plutôt sombre, fit une jeune voix que Bertin crut avoir déjà entendue.

Il alla prendre la bougie de Frédéric Strumpf et donna de la lumière. C'étaient deux artilleurs de campagne, un lieutenant et un adjudant qu'ils avaient vus au parc.

— Bien installé, à ce que je vois, mon vieux, fit le lieutenant en s'adressant à Kroysing ; puis, s'avisant de sa méprise, il se présenta.

Le jeune artilleur aux galons de la Garde cherchait son guide. Kroysing se mit à rire : Voulait-il parler de son ami Bertin, arrivé une demi-heure plus tôt ? avec des munitions d'artillerie ?

— Si fait, répondit le lieutenant von Roggstroh, c'est vous que je cherche. Ce sous-officier pense que vous pouvez nous indiquer le chemin le plus court pour arriver à une position d'artillerie, des 105, obusiers de campagne. Qu'en dites-vous ?

Bertin venait d'en parler avec le lieutenant Kroysing et il était prêt à l'accompagner ; mais sa compagnie lui avait téléphoné à l'instant de rentrer immédiatement. Il allait mettre le lieutenant en communication avec le parc, deux mots suffiraient. Il déplaça une fiche, prit l'écouteur, mais le camp du Cap était occupé.

— C'est égal, dit le lieutenant, je vous ferai un papier ; vous avez ce qu'il faut pour écrire ?

Les Badois n'avaient pas mis longtemps à faire leurs paquets, une lettre commencée « Ma chère Fanny » était encore dans le tiroir. Von Roggstroh ôta son gant, et écrivit en belles gothiques lisibles : « J'ai réquisitionné le porteur de cet ordre, comme guide. » Il signa de son nom et de son grade, plia le papier que Bertin glissa dans le revers de sa manche. Kroysing le fouillait du regard, tandis que Bertin endossait sa capote mouillée, bouclait son ceinturon et s'apprêtait à partir :

— Regardez-moi ce Schipper, dit-il, depuis des mois que nous sommes collés ensemble, croiriez-vous que j'ai déteint sur lui le moins du monde ?

Le regard de von Roggstroh allait de l'un à l'autre, si dissemblables.

— Déteindre ? Cela prend du temps.

Kroysing, tout en vérifiant sa lampe électrique, marmonna :

— Il y met trop de temps, celui-là, il n'a qu'à faire acte d'obéissance, tout comme mon frère aurait fini par le faire.

— Voilà bien votre idée fixe, dit Bertin.

— Ah, fit von Roggstroh, attentif, vous voulez que votre ami fasse son école d'officier ?

— Vous y êtes, confirma Kroysing, l'esprit absent, les yeux levés vers le toit de tôle, sans voir le reproche qui se lisait dans les yeux de Süssmann.

Bertin ne put se défendre d'une appréhension : voulait-on faire de lui le remplaçant de Christoph Kroysing ?

— C'est sérieux ? demanda-t-il.

Kroysing le regarda avec de grands yeux, et haussa les épaules. Sur le seuil, il se retourna :

— Ce que je pense, c'est que vous devez cela à l'État prussien, voilà, et il poussa la porte dont les gonds miaulaient.

Ils débouchèrent dans l'air froid et humide du ravin. Un feu flambait sur la rive gauche. Bertin vit des ombres qui passaient, gesticulaient ; d'autres hommes, couchés, se chauffaient devant la flamme. Les trois officiers saxons s'étaient assis dans leurs hamacs de branchages ; ils fumaient en grelottant. Kroysing approcha, la main au casque. On parlementa. Puis des coups de sifflet retentirent, des soldats se rassemblaient, des pelotons se concentraient sur la rive droite. Kroysing revint, soulagé, soulevé d'un nouvel élan :

— Ces messieurs sont décidés, expliqua-t-il à Roggstroh, à entreprendre des reconnaissances dans la direction de Douaumont, à nettoyer la grande cuvette si c'est nécessaire, et à rétablir la liaison. Ils ont plus de cents fusils ; on pourra faire quelque chose avec ça. Et maintenant puis-je vous adresser une demande, mon ami ? Si vous trouvez un canon intact, tirez direction Douaumont, 1 500 mètres, 1 700 mètres, 2 000 mètres, tout ce qui pourra sortir de vos tuyaux. Imaginez ce que ce serait de reprendre la vieille masure !

— Vous en voyez la possibilité ? demanda l'autre.

— Tout est possible, répondit Kroysing, il suffit d'un peu de cran et de beaucoup de chance. Et s'adressant à Süssmann : En avant, dit-il, vous connaissez le terrain, vous allez prendre la tête, avec toutes les précautions nécessaires, bien entendu.

Süssmann esquissa un claquement de talons :

— Adieu Bertin, et il lui tendit la main, je me demande où nous nous retrouverons. Comme cadeau d'adieu, je vous fais hommage de ce calot. (Il enleva son casque, se dressa sur la pointe des pieds, le posa sur la tête de Bertin, et repliant la casquette de toile cirée du Schipper, il la mit sous son bras.) Là-bas, à l'avant, j'en aurais trois pour un. Il faut que votre tête reste sauve !

Et il s'en alla, les cheveux coupés ras, un vrai gamin.

— C'est là que nos chemins bifurquent, dit Kroysing, en aspirant l'air, ses grandes narines ouvertes : Ça sent l'hiver, nous aurons un joyeux Noël. Entendez-vous ?

Venant de l'inconnu, de l'imperméable brouillard, on percevait des secousses sourdes, comme ouatées.

— Il recommence, le coquin ; nous avions attiré le ciel un peu trop bas au-dessus de notre tête, nous avions déjà la victoire en poche, ça n'est jamais bien. Allez, adieu Bertin, et toujours le nez raide, jeune homme. Bonne année à tous, et vive la guerre !

Il salua, pivota et, de plus en plus diffus, ne fut bientôt qu'une ombre, un spectre démesuré qui s'éloignait à pas menaçants. Les trois hommes le suivirent des yeux jusqu'à ce qu'il fût absorbé par le brouillard.

— En avant, dit Roggstroh, la nuit ne sera guère plus sombre.

Ils franchirent le ravin sur les ponts en planches qu'on venait de construire, puis s'engagèrent dans le sentier défoncé, montant à la batterie. De temps à autre, le lieutenant allumait sa lampe de poche ; c'est ainsi qu'il fit jaillir de l'ombre le visage du « guide », de ce soldat français toujours épinglé à son hêtre par son éclat d'obus. Une fois de plus, Bertin songeait : « De la terre sur sa tête ! »

— Vous vous en payez de belles, par ici ! dit le lieutenant.

Comme de grands oiseaux nocturnes, des obus allemands passaient en gémissant au-dessus de leurs têtes, on ne savait d'où ils venaient, où ils allaient. Bertin se disait, non sans trembler, que le lieutenant Schanz devait être mort, sinon on l'entendrait déjà « donner son concert » comme il disait. La rumeur d'un combat s'enflait de quart d'heure en quart d'heure, retentissait dans une direction indéterminée...

à l'avant, plutôt vers la gauche. Tout à coup, le feu de l'infanterie s'en mêla, les hommes de Kroysing sans doute.

— Nous tenons le bois de la Caillette, dit le lieutenant, nous tenons également les forts de Vaux et de Damloup, du moins à ce qu'on prétendait il y a dix heures. Vous qui connaissez la région que commandent nos positions, dans quelle situation est-elle par rapport à Douaumont ?

— Guère avantageuse, répondit Bertin, Douaumont commande toute la région.

Arrivés au sommet en file indienne, tâtant le terrain de leurs bâtons, ils entendirent plus distinctement le combat d'artillerie, mais toujours sans voir quoi que ce soit. A ce moment, un homme émergea du brouillard, un gradé, pantelant et essoufflé. Il avait été coupé de son unité, ils étaient là un petit groupe, le dernier de l'aile gauche. Perdus dans ce désert de vapeur, de trous, de terre détrempée, ils s'étaient battus avec le terrain, s'attendant à tout instant à être engloutis dans les entonnoirs remplis de boue. Le lieutenant décida de prendre ces hommes avec lui, c'étaient des Brandebourgeois de la cinquième division de réserve. On les rejoignit une minute plus tard. Ils étaient là, immobiles, craignant que le sentier ne les menât directement dans la gueule des Français. Maintenant, délivrés, ils trottaient derrière l'officier, comme des enfants qui auraient perdu leur mère dans la forêt et suivraient une mère étrangère. A les entendre, il n'y aurait plus âme qui vive dans la région. Les Français avaient surgi à l'improviste, après ce tir effroyable, mais on les avait refoulés.

Eux aussi, ils en avaient jusque-là, fit l'un des quatre titubant de sommeil et tout couvert de boue. Celui qui tombe par ici, Français ou Allemand, peu importe, est noyé dans la boue, et il décrivit un grand geste circulaire de ses deux bras.

Tout à coup, avec des miaulements et un fracas de tonnerre, un tir de shrapnels français éclata, on entendait crever les projectiles, sans voir la moindre lueur. Évidemment ça donnait dans la grande cuvette. « Ça, c'est pour Kroysing », pensa Bertin, hébété. Enfin, une ombre se dressa devant eux, était-ce un arbre fracassé, un remblai de terre, ou un rocher ? Bertin, la respiration coupée, dit aux autres :

— C'est par là, à droite, quelques pas à descendre. Rien à craindre ici, ni obus ni balles.

Et il disparut en courant. On l'entendit crier :

— Schanz, lieutenant Schanz !

Un gémissement venant de l'infini sembla lui répondre, ou était-ce l'écho ? Haletants, les hommes qui le suivaient arrivaient sur le terrain de la batterie. Ils circulaient avec leurs lampes ; à droite, à gauche, en avant, les cônes de lumière coupaient le brouillard. Les pierres et les revêtements en terre des flanquements avaient été projetés en l'air ; au-dessus du chemin, des fragments de fil de fer pendaient à ce qui avait été des arbres. Des morts aux corps déchiquetés, démembrés, jonchaient le sol. Un coup portant avait renversé la pièce lourde, numéro quatre. L'abri des canonniers, éventré, béait comme une caverne de tuf, une mare de sang devant l'entrée. La pièce voisine semblait intacte, la culasse manquait. Derrière, le tas de munitions avait été projeté de tous côtés, démolissant un second abri. Une rafale d'obus devait avoir pulvérisé les deux autres pièces ; le numéro un, canon baissé, ressemblait à une bête, tombée à genoux.

— Les Français ont passé par là, remarqua le gradé de l'infanterie en soulevant un casque aplati et l'éclairant de sa lampe.

A terre, des canonniers gisaient ; deux d'entre eux tenaient encore leurs pelles, un autre serrait l'écouvillon de ses poings.

— Mais où est passé notre guide ?

— Le voici, s'écria le caporal d'infanterie en éclairant Bertin accroupi qui contemplait un corps étendu, la poitrine trouée d'un coup de baïonnette et criblée de balles.

Il tâtait le pouls de l'officier dont le poing droit serrait le pistolet par le canon, comme une massue. Les cheveux blonds et soyeux semblaient vivants au toucher, mais les yeux du lieutenant Schanz ne voyaient plus. Bertin scrutait ses traits de ses yeux de myope.

— Retire ta lampe, dit-il, je vois suffisamment sans lumière.

— Chacun n'a pas son destin ainsi étalé devant soi, articula Roggstroh.

Bertin se tut ; délicatement il ferma les yeux du mort, avec précaution, comme s'il craignait de lui faire mal. Dans sa poitrine, un vide s'était creusé, sans paroles, sans douleur. « Y a-t-il un sens à tout cela ? N'avons-nous pas tous eu la foi en un Père céleste, et, à l'âge adulte, n'avons-nous pas cru à une organisation rationnelle de la vie ? Et à présent ? A quoi bon ? Ne croyez-vous pas que tout pourrait être autrement ? Il aimait tant la vie... »

Maintenant, de toutes parts, des gémissements arrivaient jusqu'à eux, un cri étouffé sortait d'un abri, on geignait du côté de la pièce démolie. « Ma jambe ! » cria une voix avec l'accent silésien. « Psiakrew, vous m'écrasez les os ! » Un de ceux qu'on croyait morts, étendu près des blessés qui gémissaient, se prenait la tête à deux mains. Adossé à la roue, il bégayait quelques explications : il avait reçu un coup de crosse sur la tête. Des diables bruns avaient surgi tout d'un coup ; ils devaient avoir emporté leurs morts et leurs blessés. Mais auparavant déjà, des obus, rien que des obus dans l'air. Le poste de secours et son abri en avaient pris leur part. Le lieutenant s'était défendu jusqu'au bout, jusqu'au moment où lui, le canonnier, avait eu son coup.

— Il est maintenant couché à terre, dit le lieutenant.

Il donna l'ordre de rassembler les morts, de secourir les blessés dans la mesure du possible. Bertin qui claquait de froid dit, hésitant :

— Je crois que je dois rentrer.

Le lieutenant le regarda.

— Au fait, que faites-vous parmi les Armierer ? Le pionnier avait raison, vous devriez donner votre démission, chez nous vous pourriez devenir quelque chose.

— Je crois que plus jamais je ne m'inscrirai comme volontaire. Il ne faut pas regimber sous l'aiguillon.

— Calé en Écritures saintes, dit le lieutenant, une ombre de mépris dans la voix. Eh bien ! dépêchez-vous de rentrer, de toute manière, vous ne vous perdrez pas.

Bertin, qui désirait garder l'estime du lieutenant, fit remarquer que la vie d'un Schipper n'avait rien d'enviable.

— Je le sais, mais des gens comme vous doivent prendre des responsabilités, ils ne doivent pas disparaître dans la masse.

Bertin savait qu'il avait assumé une grande responsabilité, mais cette responsabilité, il était impossible d'en parler ici. Pour la dernière fois, il regarda Schanz, étendu à terre. La poitrine était ouverte, mais la tête blonde reposait comme s'il dormait. « J'emporte votre image, Paul Schanz. »

Il resta debout auprès de lui, le temps de reprendre souffle, et puis, s'arrachant à cette vision, il s'annonça au lieutenant, reçut l'autorisation de partir, tourna les talons, et, enjambant le corps avec précaution, s'enfonça dans le brouillard. Vingt pas plus loin, le brouillard l'avait enveloppé, effaçant le monde, plus de ponts pour vous conduire nulle part, plus de ponts pour aboutir de nulle part, Bertin frissonna. Courbé comme un vieux, utilisant sa lampe avec économie, il avançait, épuisé, à bout de forces. Il en avait assez, il lui fallait une permission, il avait droit à dix jours, on lui en avait donné quatre, en juin, on lui en devait donc six ; demain, après-demain, au plus tard, il ferait sa demande. Il s'arrêtait de temps en temps, sa main osseuse à l'oreille, écoutant le bruit sourd. Il venait des hauteurs de Vaux, d'Hardaumont, du ravin d'Hassoule.

L'homme qui cherche son chemin dans l'obscurité, ou les yeux bandés, a toujours tendance à dévier vers la gauche. Ce fut à cette loi qu'obéit un groupe de cent fusils qui s'avançait en file, sapeurs en tête, du ravin de la Bauge vers la grande cuvette découverte. Kroysing ne fut pas long à s'isoler. Comment se serait-il aperçu que le serpent humain qui rampait derrière lui perdait sa direction, s'infléchissait vers la gauche ? — Or, la gauche du ravin de la Bauge, ce n'est pas Douaumont, mais l'arrière. Mais Kroysing a son guide en lui, et son guid(e) devant lui : le lycéen Süssmann qui passe et repasse entre les équip(es) au travail et le fort, qui explore le plateau et la zone limitrophe com(me) autrefois il explorait le chemin de son école. Kroysing le voit à pe(ine) mais il l'entend, léger cliquetis de son équipement, ou bien un av(ertis)sement : « Trou d'obus à gauche ! Attention, des rails ! — Obu(s) éclaté. — Des piquets ! — A droite terrain ferme. » Le gamin p(âle) se redresse, Kroysing patauge. Ses yeux pénètrent dans le cré(puscule) gris-jaune qui s'appesantit de plus en plus. Sa main se crisp(e) crosse de son pistolet. Son cœur rage de ne pouvoir fouailler, déchirer ce brouillard. Serrées, ses dents broient quelque chose qui n'existe pas, mâchent ce brouillard. « Nous avons attiré le ciel trop bas au-dessus de nous. » Comme un écho, ces mots lui reviennent. Pourquoi cette idée l'a-t-elle abordé tout à l'heure ? Mais il sait que c'est juste — non, faux plutôt. Nous ne l'avons pas attiré assez bas encore, ce ciel, nous ne l'avons pas arraché avec tous ses fantômes et ses chimères. Il écoute, essaie de repérer Süssmann, se retourne pour percevoir le piétinement des Saxons. « Tout cela n'est rien, pense-t-il, de la merde. » Tant qu'on ne peut commander au temps, dissiper toute cette chiennerie de brouillard, forcer la visibilité, rien ne compte, il vaudrait mieux ne pas faire la guerre. Au fait, entend-il les Saxons, ou ne les entend-il pas ? Ce silence — est-ce une hallucination ? Le Français, avec son sacré tir dans le bois de la Caillette, va-t-il anéantir son effort ? La sueur mouille les coins de sa bouche. « Süssmann, Süssmann », crie-t-il, et le voilà déjà empêtré jusqu'aux genoux dans un trou. Il se débat, lève sa main gauche qui tient le pistolet, enfonce son gourdin dans un sol qui cède, lutte en sauvage pour ne pas trébucher. « Süssmann ! » Rien. Du revers de la main, il essuie sa bouche, écoute : un piétinement, très loin, à l'arrière ? Des appels lointains à sa droite ? Il comprend que son entreprise a échoué. Les Saxons avaient raison. C'est lui qui payera en crevant quelque part, dans un entonnoir. Et pan ! Un vacarme, un sifflement de shrapnels. « C'est la grêle, pense-t-il, avec un enjouement féroce. » Remontez votre col, monsieur Kroysing ! C'est la grêle en effet, par chance, elle ne tombe pas près de lui. Qui d'ailleurs pourrait savoir si le tir des Français est trop long ou trop court ? Qui ? L'aviateur, évidemment. L'aviateur lui peut savoir, l'aviateur est capable de tant de choses. Il est supérieur à l'ennemi, ou plutôt, c'est un être d'un ordre supérieur, un échelon de plus dans la lente évolution du vertébré qu'on appelle homme. Et tandis qu'il est là, enraciné dans la terre — car où se réfugier devant les balles dont il n'entend que les miaulements ? — tandis que ses chevilles s'ankylosent dans le sol, que l'eau remplit ses bottes, tandis qu'il est là, tendu comme une martre prête au bond, une idée s'empare de lui : « Non, ce n'est pas le ciel qui est l'obstacle, c'est la terre, la terre, ce fumier sur lequel nous sommes nés, sur lequel nous sommes condamnés à ramper jusqu'à ce que nous mourions et que nous replongions en lui. Ah non ! pense-t-il en luttant pour dégager ses pieds et reprendre sa route, sais-tu à quoi tu es bonne, terre ? A n'être qu'un tremplin, rien de plus. C'est avec les pieds qu'il faut écraser ton visage, prendre essor, s'envoler. Chance que nous ayons inventé les sacro-saints moteurs, nous, les seigneurs du feu et des explosions ! » A ce moment sa décision est prise, il sera aviateur. Attendez que cette saloperie soit finie, qu'un poing de fer ait aplati le nez du Français. Alors quelqu'un que je sais abandonnera ce métier de peur, et passera dans l'aviation. Ramper dans la fange, c'est bon pour s Bertin et les Süssmann, pour des gens dépourvus d'instincts — pour des vieux. Lui, Kroysing, il se transformera en dragon d'airain. Il aura sous lui un échafaudage fragile, deux ailes larges, une hélice tourbillonnante et il s'enlèvera au-dessus de la mer de brouillard comme l'alouette du dimanche, non pas pour égrener des chants, mais pour déchaîner des rafales de bombes. Il provoquera le duel, ce duel d'où il n'y en a qu'un qui revienne. Il se redressa de toute sa hauteur et son pistolet au ciel, il menaça l'air où sifflaient les shrapnels.

LIVRE SIXIÈME

L'usure

1

Ce juif, que va-t-il chercher ?

La guerre est à son point culminant. Les augures, jusqu'ici favorables aux Allemands, semblent avoir imperceptiblement modifié leur avis. Pour une nation récemment arrivée à sa stabilité politique, l'Allemagne a fait des miracles. De son bras gauche, le géant teuton a repoussé les Russes qui saignent par douze blessures ; de son bras droit, il a frappé sur les deux escrimeurs les plus valeureux des derniers siècles : l'Anglais devant qui Napoléon succomba, le Français qui, sous ce même Napoléon, fut la terreur des armées. Son pied droit écrase la nation guerrière des Serbes, comme si jamais elle ne devait se relever ; son pied gauche vient de porter au Roumain un coup qui l'a abattu net. Lui, terreur des Romains de la forêt de Teutonie, pense être le maître de l'avenir. A peine quelques douzaines d'hommes, dispersés dans le monde entier, savaient-ils que le géant, sous son casque de fer, avait le cerveau faible, incapable de comprendre le présent et que, dans sa rapacité et comme dans les contes de fées, il laisserait échapper les biens accessibles, convoitant l'impossible pour le fourrer dans son sac et l'emporter sur son dos.

Pauvre cerveau... Dans la nuit qui suivit la journée néfaste, la contre-attaque des Saxons n'a pu s'effectuer, pas plus que celle des Brandebourgeois et des Silésiens. On ne laissa point paraître l'abattement, c'eût été un défaitisme fatal au moral de la troupe. D'ailleurs, dans les états-majors on n'attachait qu'une importance secondaire à l'offensive française. On passe en revue les fautes commises, on emprunte à l'ennemi son idée d'une zone mobile en première ligne, la liaison plus étroite de l'infanterie et des batteries. On porte haut la tête, ivre de soi, tandis que le commandant en chef du secteur français prépare l'attaque future qui réussira car elle repose sur un raisonnement clair et sur l'appréciation exacte de la réalité : on prendra d'assaut les Hauts-de-Meuse. Mais on n'en est pas encore là. Pour l'instant, à Damvillers, au mess des officiers, on voit apparaître jour après jour des messieurs pleins d'activité. On remarque des figures nouvelles, entre autres celle du capitaine Niggl. Niggl déambule avec modestie — l'état-major et la 3ᵉ compagnie de son bataillon cantonnent actuellement à Damvillers — en fait, il porte le lourd fardeau de la gloire. C'est un héros, le capitaine Niggl ! A Douaumont, il a tenu jusqu'à la dernière minute, à la tête de ses braves Schipper bavarois, il va certainement obtenir la croix de fer de première classe, peut-être même sera-t-il nommé commandant, si le cabinet du roi entre dans ses vues, ou bien, au jour anniversaire du roi Louis, on lui remettra une haute décoration bavaroise. Quant à sa croix de fer, il la moissonnera le 18 janvier, jour de la fête de l'ordre, ou le 27, anniversaire de l'empereur. En attendant, Monsieur se promène, trapu, le visage un peu amaigri, les yeux rusés mais pleins de triomphe. Ses cheveux ont grisonné aux tempes, ils sont même devenus blancs, mais il est demeuré vainqueur. Il ne s'est pas laissé abaisser par un lieutenant mégalomane, lui ! — par ce malfaiteur, aujourd'hui porté disparu. Il a plié, mais il n'a pas cédé. Il se payera une grasse permission, il sera chez lui pour la Noël, il préparera la crèche avec l'Enfant-Jésus, le bœuf, l'âne ; il redorera l'étoile de Bethléem. Certains papiers sont sûrement restés dans ce trou de Douaumont, et les Français pourront se torcher le derrière avec. Il a été éprouvé, mais il a tenu bon.

Avec quelle jovialité il circule dans les rues de Damvillers ; l'endroit lui plaît, même sous la pluie. Ceux qu'il fréquente se sentent honorés par sa présence, le major Jansch aussi.

Aujourd'hui, Niggl est assis dans le cabinet de travail de Jansch, autour de lui les journaux, les classeurs, les grandes cartes. Il est doux au major Jansch d'être admiré par le héros de Douaumont.

A Damvillers, on n'aime guère le rédacteur Jansch et ses prétentions politiques. Mais pour Niggl, ces perspectives sont nouvelles, éblouissantes. Ainsi, Niggl, jusqu'à ce jour, savait-il quelque chose de la conjuration des francs-maçons contre l'Allemagne ? Pas un mot. Et cependant la Loge du Grand Orient, au service de la France, a ameuté le monde entier contre l'Empire germanique — sinon la Roumanie aurait-elle commis la folie de s'attaquer au vainqueur de la Guerre mondiale ? Et que disait-il du rôle de la presse juive, de ces juifs qui jour après jour répandaient leur poison sur les Allemands ? Et Lord Northcliffe ? Ce juif de presse qui, avec ses journaux empestés, a inondé le monde d'atrocités fictives. En le créant lord, les Anglais ont su ce qu'ils faisaient. Hearst en tête, les Américains aussi se payent une bonne demi-douzaine de ces sales juifs. On les trouve partout, ces cochons. Même lui, Jansch, en a un dans son bataillon. Ce cochon s'est donné le nom de Bertin, personne ne sait comment ? Probablement qu'il n'y a même pas dix ans, il s'appelait Isaaksohn et venait tout droit de Lemberg. Ce rien du tout a eu le toupet de réclamer six jours de permission qu'on lui aurait refusés en été. À ce moment-là, il est allé se marier avec une Sara quelconque — encore une combine de juif rusé pour profiter des ordonnances légales. Il avait eu sa permission — le minimum évidemment — quatre jours. Et le voici qui réclame ses six jours de rabiot, sous prétexte qu'il est en campagne depuis août 1915. Inouï ! Or, je vous le demande un peu, où serait-il sinon en campagne ? Mais par bonheur, il a trouvé son maître. Il prendra la garde immédiatement. Cela lui donnera le temps de réfléchir, car ils sont d'une arrogance, ces juifs ! Tant que cette canaille aura les mêmes droits que les races supérieures, les pur-sang authentiques, l'Allemagne ne prendra pas son essor.

Niggl, lui, n'a rien contre les juifs. Ceux de son district se tiennent bien — l'armée bavaroise d'ailleurs n'a pas fait de mauvaises expériences avec ses officiers juifs. Il sait que certains Prussiens ont cette idée fixe, les Autrichiens surtout. En Bavière, il n'y a eu que le docteur Sigl pour taper sur les juifs, mais celui-là détestait encore plus les Prussiens. Quant à lui, il a connu pire, mais c'étaient des protestants.

L'après-midi de novembre, une pluie fine tisse un réseau gris sur les toits de Damvillers. Dans le bureau du bataillon, les lampes sont allumées depuis longtemps. Le personnel attend les permissionnaires de la première compagnie qui doivent arriver sous la conduite de M. Bertin. Au lieu de Bertin, ce sera le gradé Niklas qui partira. Il est assis près du poêle, modeste, tout heureux dans sa tunique proprette. On a arrangé l'affaire afin que ceux de Moirey, et surtout Bertin, ne soupçonnent rien, car bien entendu on ne laisse jamais partir plus de dix hommes à la fois. La farce va marcher. Les permissionnaires seront là à quatre heures. Il faut qu'ils se hâtent pour attraper encore le train à Damvillers et avoir, à Montmédy, la correspondance pour Francfort.

Quand Niggl, par l'entrebâillement de la porte, aperçut le soldat Bertin, qui seul ne partirait pas en permission, son intérêt s'aviva brusquement. Cette figure-là, il l'avait déjà vue. Elle n'était pas comme aujourd'hui, pâle dans la lueur d'une lampe, elle était brune, reposée — c'était à Douaumont. L'homme qui demeure là immobile tandis que l'adjudant lui annonce d'une voix sèche que le bataillon n'a pas agréé sa requête — cet homme fait partie de la dangereuse bande de Kroysing — l'homme du chantage. En ce temps-là, il ne quittait pas le petit sous-officier Süssmann, autre juif. Hé, hé, s'il y avait vraiment quelque chose de fondé dans ces histoires de juifs ? Si Jansch avait raison ? De toute manière, il faut que cet homme disparaisse. Qu'il sache peu ou beaucoup, ou rien du tout, il ne faut pas qu'il parle. Niggl aura l'œil sur lui. Mais ce qui importe avant tout, c'est de savoir où se trouve Kroysing. « Porté disparu », avait dit le capitaine Lauber avec de si profonds regrets, en présence d'un Niggl poliment affligé. Est-il vraiment disparu ? Toujours est-il qu'il faut commencer maintenant par se débarrasser des complices. Que Bertin n'aille pas en permission — c'est parfait. Et il n'ira pas en permission, non, pas avant que son tour revienne. Le printemps, l'été, d'ici là tant de choses peuvent advenir. Le capitaine Niggl, une expression de bonhomie bourrue sur le visage, savoure le spectacle que le commandant Jansch lui a offert. Merci, monsieur mon camarade. Avez-vous remarqué la tête qu'il faisait, cet homme ? Bah ! ça lui fera du bien à ce porteur de lunettes, ce sieur... Bertin ? Bertin, eh bien ! ce Bertin il a un extérieur plutôt désagréable, des oreilles décollées, de vraies oreilles de criminel. Le percepteur des finances Niggl s'y connaît en criminologie. Après tout, c'est peut-être sur les juifs qu'il faut avoir l'œil. Le sujet vaut qu'on l'approfondisse. Peut-être aussi ferait-il bien de s'inscrire à la ligue pangermanique, car il est évidemment nécessaire de se lancer dans la lutte contre les francs-maçons et de batailler pour la guerre sous-marine intégrale.

Le soldat Bertin s'engage sur la route de Moirey. Au-dehors comme au-dedans de lui tout est uniformément gris. A sa droite et à sa gauche des étendues de champs détrempés — dans sa poitrine, un cœur détrempé. La pluie lui fouette le visage, coule entre son menton et le col relevé de sa capote, mouille son cache-nez. Ce n'est pas la fatigue qui l'accable si fort, qu'il enfonce lourdement dans les flaques d'eau. Il a derrière lui sa journée de travail réglementaire — construction de voies dans un terrain marécageux entre Gremilly et Ornes, là où le nouveau front exige de nouvelles voies étroites. Tout heureux, vivant dans ce bonheur de l'attente, il a lié des fascines, aidé à construire le terrassement des rails. Ils ont travaillé dans l'eau jusqu'aux chevilles. Qu'importe, il partait en permission ! Demain soir, il serait auprès de Lénore — six jours à redevenir un homme dans sa chère présence. On avait mangé vite, nettoyé les équipements ; les bagages, ils avaient été faits la veille — on avait roulé et bouclé les couvertures, on s'était présenté au bureau en tenue irréprochable. Là, sans même un mot d'avertissement, ils l'avaient laissé partir à Damvillers avec les neuf autres. Ils l'avaient désigné comme chef d'équipe, chargé de renseigner les postes de surveillance ou les officiers trop curieux. Et puis... précipité dans l'abîme. Ils ont fait ça par pure ignominie — peu importe l'instigateur. En dernier lieu, c'est Jansch qui a décidé de tout. C'est de lui qu'est venue la réponse : « On ne souffre point d'exceptions dans l'armée allemande, personne ne part en permission deux fois l'an. » Quelle blague ! Et les fils à papa, et les ordonnances qui partent en congé deux, trois fois. Oh ! bien sûr, cela ne s'appelle pas toujours « permission », cela s'appelle service commandé et cela sert à expédier certaines caisses qui contiennent ce qu'on sait. Ah ! si Metzler était encore là. Mais il y a longtemps qu'ils l'ont transféré à l'infanterie. Qu'est-ce que Goethe disait : « ... Que personne ne se plaigne de l'ignominie — l'ignominie étant toute-puissante, quoi que l'on dise... Et il faut la boire jusqu'à la lie. » Comme ils rigoleront au bureau de la compagnie : « Tiens, le voilà qui revient déjà de sa perm, celui-là. » Et tous les commentaires. Et lui à qui il ne sera même pas permis de dormir pour ronger sa peine, il lui faudra prendre la garde, aller et venir sous la pluie pendant de longues heures de la nuit, et tout ce temps pour réfléchir. Sa détresse l'étreint, il avance péniblement sur la route, cette route que la voiture du Kronprinz parcourait si élégamment, voici quelques semaines. Ah ! si la compagnie avait nettement refusé sa demande, certes il aurait souffert, mais il se serait résigné. Est-ce que cela ne fait pas partie de la détresse générale ? Mais eux ils se sont offert un spectacle, ils l'ont humilié exprès ; croient-ils donc qu'il n'a pas remarqué la porte entrouverte et dans l'entrebâillement ces yeux et ce nez qui lentement avaient surgi — le coup de Jarnac, celui qui vous abat net.

Le vent siffle dans les arbres, la route descend, elle longe une falaise. Au fond, c'est la gare de Moirey, sur sa droite, noirs contre le ciel sombre, les baraquements. Bon, il s'agit de se ressaisir, de se composer un visage indifférent. Tout de même, quel idiot il avait été en juin, quand il avait pris congé de sa jeune femme et qu'il était monté en wagon, si sûr qu'il se rendait chez lui, dans l'ordre qui était le sien. Et voilà son chez-lui ! A qui cette heure donnait-elle raison ? Elle donnait raison aux lieutenants Kroysing et von Roggstroh. Bertin n'était pas à sa place, non il ne faisait pas partie de cet ignoble clan, il lui suffirait d'adresser une requête et la voie serait libre. Mais dans cette même heure, Bertin dut reconnaître que la voie n'était pas libre. Il était et restait condamné au métier de Schipper. Et comme un condamné, il dut se cramponner à la balustrade, en montant les escaliers de bois conduisant au bureau, et sur ce bois mouillé les clous de ses semelles glissaient.

Le lendemain il se fit porter malade. Il avait passé une nuit étrange, secoué de frissons et de cauchemars. Il était sûr d'avoir de la fièvre ; le thermomètre indiqua 37°4. — Pas grand-chose, fit le jeune aide-major, mais Bertin était un intellectuel, il lui accorderait un jour d'infirmerie. « Ah ! pensait Bertin, en se mettant au garde-à-vous, si j'étais garçon de salle ou typo, malgré ma fièvre il me faudrait bien sortir dans l'humidité, aller au travail. » La santé et la maladie dépendent donc de la classe à laquelle on appartient ? Le camarade Pahl serait d'accord.

Cette journée, il la passa à se reposer, à dormir, à écrire — il expliqua à sa femme que sa requête n'avait pas été agréée, mais durant toute cette journée passée dans le domaine paisible et propre du sergent-infirmier Schneevogt, il ne s'avisa pas que cette manière de voir lui était nouvelle. Et pourtant, quelque chose s'était éveillé en lui, point encore assez net pour le préserver des maux à venir. Car la menue gent des bêtes de proie a bon flair, elle aime à foncer sur un gibier blessé, dans cette jungle qu'est la société humaine.

2

Signes

Les semaines passaient. Jour après jour, dès avant le lever du soleil, les détachements occupaient leurs postes ; poser des rails, construire des voies, tantôt dans la région marécageuse d'Ornes, tantôt dans les ravins et sur les pentes de la région du bois des Fossés. Des tirs de barrage les guettaient, de rares obus crevaient dans le crépuscule — quatre, huit, très peu — assez toutefois pour lancer à trente pas de Bertin un éclat qui ouvrait le ventre du soldat Przygulla. Plus tard, dans le bois des Fossés, c'est un avion allemand qui fonçait, et de la carlingue on tirait un pilote agonisant, le dos criblé de balles. Le temps d'abriter le blessé derrière un repli du terrain, et déjà les obus incendiaient le grand oiseau fragile. Jour après jour, l'obscurité, le froid, l'humidité qui enveloppent les hommes, les vident : gris, ils se détachent sur le fond gris comme des mouches sans vigueur, dans la toile d'une araignée immense.

La nuit, quand ils se tassaient sous leurs couvertures à cause du vent et de la fumée du poêle qui les faisait tousser, rien ne différenciait Bertin de ses compagnons. Symboliquement parlant, il ne fumait plus de pipe d'ambre. Ils allaient tous s'en rendre compte. Dès le début d'octobre, il avait été décrété par le commandement du parc, que les détachements en service extérieur accorderaient, à tour de rôle et à chaque soldat, un jour libre afin que les hommes pussent demeurer en forme. Le premier-lieutenant Benndorf veillait jalousement à l'observance de cette mesure, ce qui mettait en rage ceux du service intérieur du parc qui n'en bénéficiaient pas. On le vit bien le matin où le sous-officier Kropp, un garçon de ferme de la Uckermark, aperçut Bertin encore endormi dans son baraquement, tandis que tous les autres étaient au travail. Sa face jaune soudain allumée de rouge, il hurla qu'il le signalerait. Bertin sourit et se tourna de l'autre côté.

Cette journée-là, 12 décembre, Bertin ne fut pas seul à la noter, le monde entier devait s'en souvenir. On venait de laver les gamelles, des soldats massés devant le communiqué qu'on venait de placarder lisaient à mi-voix le texte mal imprimé : l'Allemagne offrait la paix ! Pendant deux ans elle s'était vaillamment défendue contre ses adversaires ; depuis dix jours, notre infanterie occupait Bucarest. Dès lors, on pouvait risquer une démarche libératrice, sans crainte d'aucun malentendu. Bertin, portant sa gamelle par l'anse, ses yeux myopes cherchant vainement à lire le texte, écoutait, posait des questions... C'était, c'était le plus grand jour de sa vie — la paix ! Le souffle qui soulevait le monde entier dilatait sa poitrine. Ce bonheur ne dura que jusqu'à l'instant où il eut saisi dans son entier la teneur du message impérial. Or, dans cette déclaration, il manquait le mot qui eût permis au premier venu de mesurer le sérieux ou la fumisterie d'une telle démarche : la restitution de la Belgique, la réparation des régions dévastées. En dépit de tous ses efforts, il avait beau relire le texte, il ne parvenait pas à découvrir une seule proposition que les puissances ennemies pussent accepter sans humiliation. Après des « Écoute ! » enthousiasmés et des « Laisse-donc ! » grincheux, les soldats peu à peu s'en allaient. La casquette enfoncée sur l'oreille droite, une cigarette derrière l'oreille gauche, un canonnier bavarois s'approche de lui :

— Eh bien, camarade, ça ne te plaît pas ? A moi non plus.

Il jeta un regard circulaire, s'assura qu'il n'y avait aucun sous-off' dans le voisinage, et conclut qu'on ne pouvait savoir quel sale coup les grosses légumes de Berlin camouflaient sous cette offre de paix.

Bertin à son tour s'éloigna, songeur. Contre la paroi de carton goudronné, la feuille blanche luisait solitaire sous la lumière de midi. Et quand, à la tombée du crépuscule, les camarades revinrent du bois des Fossés, la nouvelle, avec des pour et des contre, se mit à circuler. Sous une forme très peu différente, il y eut la même défiance, la même hostilité. Bertin fut frappé par cet accord soudain entre Bavarois, Berlinois, Hambourgeois, et la joie qu'il avait éprouvée au début lui parut bien étonnante. Il surprit les yeux de Pahl fixés sur lui, le regard de Lebehde : dissimulant son embarras, il se mit à leur raconter de quelle manière stupide le nommé Kropp s'était conduit avec lui. Pahl et Lebehde échangèrent un regard. L'un et l'autre furent sur le point de lui conseiller de s'occuper à l'instant de cette affaire, d'avertir le bureau du parc, mais ils se turent. Leur ami Bertin faisait partie de cette espèce d'hommes qui ne peuvent s'instruire que par leur propre expérience. Le voici qui s'était encore laissé berner par cette proposition de paix.

Bertin parti, les deux autres demeurèrent en face l'un de l'autre, assis à leur table près de la fenêtre, où le soir de décembre tombait. Remplie de fumée, la baraque bourdonnait de ce bruit assourdi des hommes qui bavardent. Entre les lits, des tuniques et des vareuses pendaient, des mouchoirs fraîchement lavés séchaient sur les tuyaux du poêle.

Lebehde, empaqueté dans son chandail de laine marron, aux pieds ses pantoufles à rayures vertes, Pahl dans ses chaussures à lacets et sa veste grise, ils ressemblaient ainsi à des pères de famille qui avant d'aller dormir se proposent d'achever un petit travail : Lebehde comptait ravauder des chaussettes, Pahl voulait écrire une lettre. Mais Lebehde avait aussi l'intention de bavarder avec Pahl et celui-ci, comme toujours, céda.

... Donc le détachement Böhne venait de commencer aujourd'hui une nouvelle voie étroite, qui déboucherait dans les ruines de la ferme des Chambrettes. Pahl, lui, depuis deux semaines, fait partie, avec deux ou trois autres, de l'équipe de réserve du caporal Näglein, qui travaille dans une région moins exposée des ravins du bois des Fossés. On avait l'intention de dissimuler parmi ces décombres deux obusiers de 150.

Et qui était arrivé sur ces entrefaites ? Le petit sous-officier Süssmann, avec sa figure de singe et ses yeux inquiets, qui venait de la position située derrière la côte du Poivre — et ça justement aujourd'hui ! Que de fois Bertin avait demandé de ses nouvelles et s'était informé de son lieutenant quand il rencontrait des sapeurs de Ville — et toujours en vain ! Et c'était lui aujourd'hui qui était là — les rôles avaient changé — lui qui interrogeait, qui apportait des salutations, qui racontait comment ils étaient sortis à peu près indemnes de la catastrophe de Douaumont ; depuis lors, à l'aile droite de la côte du Poivre, près de la Meuse, ils ne pouvaient guère bouger, tant les fronts étaient rapprochés. Toutes leurs communications avec l'arrière avaient été déplacées vers l'ouest, leur courrier ne passait plus comme autrefois par Montmédy. C'est pourquoi le lieutenant Kroysing s'adressait à Bertin : il avait une lettre à faire expédier à Montmédy, au tribunal de guerre, et un paquet à diriger sur un bureau de poste, dans l'intérieur.

— Tu y es, mon fils ?

Le lieutenant, évidemment, ne tenait pas à faire passer par la poste de campagne et à la censure, des envois qui portaient le nom de Kroysing. A la longue, on apprend à se méfier.

Süssmann avait tiré de sa musette deux petits paquets, l'un plat, l'autre arrondi et mou ; ce dernier contenait, paraît-il, toute la succession du petit Kroysing.

— Moi, continua Lebehde, je me sentais tout drôle, comme pris de frousse — pense donc, la ferme des Chambrettes, où le petit sous-officier Kroysing avait passé les derniers mois de sa vie, jour et nuit. C'est en bas, à droite, dans le fond de la vallée, si je me souviens bien, que Bertin lui avait promis d'expédier sa lettre. Et voilà mon Süssmann qui surgit et qui reprend la succession en venant embêter Bertin. Et avec ça, y a pas à dire, c'est une affaire de malheur, il n'en sortira jamais rien de bon pour personne. Alors moi j'ai agi en type bien élevé, je ne dis pas non, je me charge de la marchandise...

— Et où est-elle ?

— Toi, mon petit, tu finiras par te casser le cou, avec ton étourderie de gosse. Süssmann à peine parti, je me suis mis à réfléchir. Qu'aurais-tu fait à ma place ?

— J'aurais bousillé le truc.

— Pourquoi ?

Pahl pressa son menton contre sa poitrine et, plongeant son regard dans les yeux de Lebehde :

— Parce qu'il ne faut pas que Bertin trafique tout le temps avec des lieutenants, il ne manque pas une occasion de retomber dans sa naïveté.

— Eh bien ! voilà ce que j'ai trouvé après mûre réflexion. Toute chose doit prendre fin un jour ou l'autre — et celle-ci a fait son temps. Les affaires emballées dans ce paquet, à qui pouvaient-elles faire du bien ? Pas aux parents toujours. J'ai encore dans les oreilles les jérémiades des vieilles femmes quand on leur envoyait de tels cadeaux. Et d'ailleurs, leurs seigneuries de Nuremberg, elles n'en seront pas plus pauvres si le paquet disparaît. Colis postal égaré, voilà tout ! Et faut-il encourager les gens qui se croient permis de confier une commission à quelqu'un, en trouvant tout naturel que ce quelqu'un ferme les yeux, fasse le facteur tout simplement ? Donc je me suis faufilé dans l'abri qui était autrefois la cave de la ferme des Chambrettes. La pluie avait tout inondé, faisant pourrir le fumier. Tu piges l'odeur qu'il y avait là-dedans ! Comme je m'approchais de ce trou à purin, deux yeux me saluent. Je pense naturellement au petit Kroysing, mais pas sérieusement — le jour où on a distribué la superstition à travers le monde, je ne devais pas être là. Moi qui ai l'habitude des caves de restaurant, je pense tout de suite qu'un chat doit être logé là, à me regarder. Ma lampe me donna raison : un chat tigré, qui avait dû s'engraisser en bouffant des rats, ou bien se faire engrosser.

» — Ne te dérange pas ma fille, que je lui ai dit, tu voudras bien garder ces quelques bagatelles.

» Et je glissai le paquet entre la paille et le mur. Une fois dehors, je me collai une bonne tasse d'air entre les côtes. Et maintenant, dis-moi un peu, ai-je bien fait ?

— Très bien, fit Pahl.

— Maintenant, pour les papiers, est-ce que notre ordonnance des postes... Sinon, Karl, dix pères de famille partent demain en permission de Noël.

— Tiens, déjà ?

— Tu trouveras parmi eux le camarade Naumann Bruno, un type de confiance. Il jettera la lettre à la gare de Montmédy, dans la boîte de la ville. Personne ne saura d'où cela sera venu.

Lebehde tendit la main à son ami :

— Voilà qui est fait, dit-il avec solennité, mais alors, en vitesse.

Dans le salon de coiffure de Naumann Bruno (on avait coutume d'ajouter le prénom pour le distinguer de l'idiot de la compagnie, Naumann Ignace), dans le salon de coiffure de Naumann Bruno, tout était silence, chaleur, clarté, avec un parfum de savon à l'amande. Le sous-officier Karde, qui s'était fait couper les cheveux, était encore assis sur le fauteuil. La petite maison d'édition Karde, de Leipzig, était en chômage et son directeur se tourmentait pour sa femme et ses enfants, tout comme un ouvrier. On aimait cet homme grave et plein d'humanité, dans la troupe, bien qu'il fût, en politique, du côté des adversaires, les « nationaux-allemands ». A peine entré, Lebehde mit la compagnie en gaieté, faisant pouffer Karde qui était en train d'examiner sa coupe entre deux miroirs. Puis Lebehde prit place pour se faire raser. Karde boucla son ceinturon, paya ses 20 pfennigs, salua et partit.

— Ferme la porte, Bruno, dit Lebehde, je vais te donner une preuve de ma confiance ; tu jetteras ça demain, dans la boîte de la gare de Montmédy. Je le fourre dans ton tiroir en attendant. Et maintenant, montre donc au camarade Pahl la lettre de ta bourgeoise avec la coupure de journal qui enveloppait le blaireau qu'elle t'envoyait.

Le visage de Naumann, aux épaisses joues rouges, se contracta, bien que pas un instant il ne mît en doute la discrétion de Pahl, dit Liebknecht.

— C'était plutôt risqué de la part de ma femme. Chaque soir, j'ai envie de brûler ce chiffon, chaque matin je me dis que ce serait dommage.

Il ouvrit un carton usé, y prit des lettres soigneusement classées, et se mit à lire à mi-voix :

— « Il y a beaucoup de nouveau, mais pas chez moi. Je passe presque tout mon temps dans ma chambre. La forêt et les champs sont nus, mais pour la nourriture, toujours la même chose. La vallée et la montagne ne se rencontrent pas, mais bien les gens. J'ai enveloppé le blaireau que je t'envoie, et ça va pas mal t'irriter. »

Pahl avait écouté attentivement, se demandant pourquoi on lui lisait ce passage inoffensif. Il prit le feuillet, le coiffeur se pencha sur son épaule, et du bout de son rasoir, relia d'un tiret deux couples de mots. Et voici que deux mots se détachèrent : *Zimmerwald, Kiental*. Il tressaillit.

— Tonnerre, dit-il.

Les ouvriers qui étaient au fait des événements politiques savaient que les chefs des minorités socialistes de plusieurs pays s'étaient rencontrés dans les localités suisses de Zimmerwald et de Kiental. Le délégué de l'Allemagne était le député Georges Ledebour, homme d'un certain âge, estimé même par ses ennemis politiques. Les deux plus fortes têtes, le député Liebknecht et l'écrivain Rosa Luxemburg, déjà à cette époque n'obtenaient plus le visa des nouveaux passeports. En 1915, l'Assemblée avait voté une déclaration adressée aux organisations ouvrières de tous les pays : la guerre mondiale n'était que la conséquence inévitable des tensions économiques et de l'esprit de conquête qui formaient la structure même de l'État capitaliste. Les journaux allemands de toutes couleurs avaient raillé les gens de Zimmerwald, ces isolés qui ne voyaient rien aux réalités du monde, alors que tout autour, dans l'Europe entière, on se battait pour la victoire ou pour la mort, et que le dernier des paysans s'en rendait compte ; l'ouvrier n'avait rien à voir dans la question de la guerre ou de la paix. A bas la guerre ! « Dites-le aux Français ! » s'écriait-on dans les journaux allemands. « Faites-le savoir aux Allemands », disaient les journaux français. Puis le silence s'était refermé sur l'événement insignifiant auquel Mme Naumann faisait allusion. Le coiffeur ouvrit en hésitant le tiroir de la table de sapin, où il serrait ses rasoirs. Il était tapissé de vieux journaux. Il prit une feuille un peu jaunie, on voyait qu'elle avait été froissée, puis soigneusement repassée.

— « Où est le bien-être qu'on nous a promis au début de la guerre ? lut Pahl, déjà maintenant les véritables conséquences de la guerre sautent aux yeux : la misère et les privations, le chômage, la mort, la sous-alimentation, les épidémies. Pendant des années et des années encore, les dépenses de guerre absorberont les énergies des peuples, anéantiront les conquêtes pour lesquelles vous avez durement combattu et qui devaient vous apporter une existence plus humaine. Ravages spirituels et moraux, catastrophes économiques, réactions politiques — voilà les bénéfices de cette terrible mêlée des peuples.»

Le visage de Pahl était devenu gris. La laideur de ses traits se faisait transparente sous le coup de l'émotion. Il y avait donc un pays où l'on pouvait penser, dire et imprimer cela ? Les ténèbres n'étaient pas complètes, il y avait encore une étincelle de vérité qui palpitait... Obsédé, attiré malgré lui, Naumann avait relu le passage par-dessus l'épaule de Pahl. Mais se ressaisissant :

— Dépêche-toi, fit-il, à tout moment quelqu'un peut entrer.

Lebehde cependant, avait passé une serviette dans l'encolure de son chandail, il humectait ses joues :

— Laisse-le lire puisque, nous autres, nous sommes au courant.

Naumann s'approcha du fauteuil, prit le blaireau et dit à Pahl :

— Nous sommes décidément fous. Ferme le tiroir, retire le verrou, continue ta lecture, mais colle ton papier dans un numéro du *Lokalanzeiger*.

Pahl obéit et plaça la feuille dangereuse sur le compte rendu du journaliste Goldwasser, qui relatait la visite de la Kronprinzessin à l'hôpital Sainte-Cécile de Potsdam.

— « Dans cette situation intolérable... »

Il lit, et tout en lisant, il les voit assis autour de la table, tous ces représentants des peuples qui souffrent, délibérant sur la déclaration de guerre, contre la haine, la folie nationaliste, la prolongation de la guerre. Ils proclamaient l'union, au-dessus des frontières politiques, l'entraide des classes ouvrières opprimées. Ils faisaient serment d'engager la lutte pour la paix, pour une paix qui extirperait toute violation des droits des peuples et de leurs libertés. Leurs aspirations se fondaient sur le droit des peuples à l'autonomie. Ils conjuraient les classes opprimées de sauver la civilisation et, devoir primordial, de lutter pour l'idéal du socialisme, d'apporter dans la guerre implacable des classes la même bravoure qu'ils mettaient, depuis le début de la guerre, à se battre les uns les autres.

Dehors, on s'essuyait longuement les bottes — quelqu'un qui avait probablement marché à côté du lattis de bois qui permettait de franchir la cour sans plonger dans la boue rougeâtre qui la recouvrait toute. Pahl plia son journal et tranquillement le mit sous son bras.

— Donne-le-moi, dit-il à Naumann, j'en aurai grand soin.

— Tu peux le garder, trop content d'en être débarrassé.

La porte s'était ouverte, le sous-officier Kropp entra, promenant un regard hargneux sur les deux clients qui l'avaient précédé. Mais le typographe Pahl déclara aimablement qu'il reviendrait, qu'il avait plus de temps à sa disposition que M. Kropp, et d'ailleurs demain était encore un jour. Et il prit congé.

Dehors il s'arrêta, ferma les yeux et respira. Il avait entendu un appel et il l'avait compris. Les étoiles étaient voilées par les nuages, mais elles étaient là. Et aussi sûrement qu'elles étaient là, aussi sûrement la victoire de la raison allait éclater pour la classe ouvrière qui combattait. Oui, c'était le moment d'agir. Si, par hasard, le bureau de la compagnie ne mentait pas, si vraiment les hommes aptes au service ne pouvaient plus être appelés pour une activité quelconque à l'intérieur, il fallait faire le sacrifice et renoncer à être apte au service... Quelques doigts de la main, ou quelques orteils, avec toutes les précautions nécessaires, s'entend, à cause des sanctions... Les lois de la classe dirigeante ont à leur solde des centaines d'yeux, l'intelligence a quelque chose de plus : des ailes. Une bonne chaleur lui vient du journal qu'il presse contre son cœur, et se répand dans son corps. Il voudrait courir, danser, crier, chanter : « Peuples de l'Europe, attention aux signaux ! »

Quand Lebehde, rasé de frais, arriva dans la baraque, il raconta que cette brute de Kropp, de son propre aveu, s'était fait couper les cheveux uniquement pour faire bonne figure devant le chef de compagnie, quand il emmènerait Bertin en punition. La bêtise humaine était décidément inépuisable dans ses inventions toujours nouvelles.

3

« Écrire » !

A partir de ce moment les choses commencent à revêtir la réalité aiguë des rêves. Il y a de l'inquiétude dans l'air ; lorsque, le dîner fini, deux groupes de punis se rangent devant la bicoque de l'adjudant-chef Grassnick : à gauche le sous-officier Kropp, aux cheveux coupés ras, le soldat Bertin, près duquel se tient son chef d'escouade, le sergent Schwerdtlein, prêt à intervenir en sa faveur, à droite le sous-officier Böhne, auquel son cher camarade Näglein a joué le tour de faire un rapport sur deux embusqués de sa compagnie ; l'ébéniste Karsch, qui est dur d'oreille, et le petit tapissier Vehse. Par peur des obus, les deux hommes se sont terrés dans un abri, ils n'ont rejoint leurs camarades qu'au retour. C'est la seconde fois que cela arrive à Karsch : il a une peur bleue de ces oiseaux d'acier qui, avec un bruit vorace, se jettent sur le ventre des hommes. Böhne tourmente sa moustache, il est furieux contre Näglein qui a voulu faire du zèle avec ce rapport, au lieu de lui abandonner l'affaire.

Autour du camp, des roulements sourds, mais ce ne sont plus les batteries allemandes, ce sont les obus ennemis. Quelque chose se passe. Mais qui se doute de la réalité ? C'est à la pointe de leurs baïonnettes que les Français vont répondre aux offres de paix de l'empereur.

Comme leurs effectifs et leurs canons sont plus nombreux qu'il y a huit semaines, ils sont certains d'atteindre leur objectif : la ligne qui part de la côte du Poivre, coupe le bois des Fossés, la ferme des Chambrettes, aboutit à Bezonvaux, forme un front réduit à travers les Hauts-de-Meuse, ce front dont, à Pierrepont, ces messieurs de l'état-major allemand avaient jaugé toute l'importance. L'attaque s'amorce lentement — quand elle atteindra son point culminant, on s'en apercevra peut-être au parc des munitions. Pour le moment, c'est encore le calme sourd.

Vers deux heures trente, l'adjudant-chef Grassnick paraît à la porte de sa baraque fort agréablement tendue d'une toile de tente d'un gris-bleu tendre. Bertin étudie avec beaucoup de calme cette entrée en scène — veste de fourrure sous la tunique ouverte (le tailleur de la compagnie l'a très habilement confectionnée et pour un prix dérisoire), culottes sélect, casquette haute, monocle calé dans le visage rouge et gras. Un regard coulé de biais, le léger ricanement de satisfaction, indiquent que le Panje de Vranje a pris connaissance avec joie du rapport Bertin. Solennel, à côté de son maître, dans l'embrasure de la porte, voici le bouledogue de M. le chef de compagnie : large poitrail, jambes solides, poil brun clair avec taches blanches — animal qu'on hait parce qu'il dévore à lui seul double ration réglementaire de viande, aussi n'est-il pas autorisé à sortir seul de crainte qu'il ne finisse dans une marmite. M. l'adjudant-chef est radieux. Personne n'ignore qu'après-demain il part en permission et qu'il ne sera de retour qu'à Nouvel-An. C'est pourquoi, au lieu de mettre les deux embusqués aux arrêts, il les harangue d'une voix éraillée, les accuse de traîtrise envers leurs camarades, et leur colle une heure d'exercice, sac au dos. Böhne soulagé, rayonne, Bertin attend. Lorsque Kropp en bégayant a terminé son rapport, Bertin ouvre la bouche pour s'expliquer.

— Je sais, coupe M. Grassnick... complètement innocent, n'est-ce pas ?

Puis, son sourire de biais s'accentuant :

— Trois jours d'arrêts simples. Rompez !

Bertin fait demi-tour. M. Grassnick disparu, le sergent Schwerdtlein s'approche, puis à voix basse :

— Vous pouvez faire appel, mais seulement après la purge.

Bertin remercie, il réfléchira. Si, de toute manière, il doit purger sa peine, le recours n'a rien de pressé. Schwerdtlein s'éloigne. Il ne comprend ni la punition injuste ni le calme avec lequel elle est acceptée.

En mai ou juin, il ne se souvient plus, Bertin a fait une bêtise qu'il ne commetrait plus aujourd'hui. L'adjudant-chef a daigné jouer avec lui une partie d'échecs, le soldat Bertin n'a pas résisté à la tentation de le faire mat en trois coups. Il a compris tout de suite qu'il péchait contre un certain ordre du monde, mais il n'a pas pu s'en empêcher. Le tour que lui joue l'adjudant règle une dette ancienne. Si Grassnick a pensé l'atteindre, il se trompe, car pour Bertin voici comment s'ordonne en ce moment l'ordre du monde : il fait meilleur parmi les troncs charbonnés et trempés du bois des Fossés que dans le grouillement d'une compagnie ; il fait meilleur entre les murs d'une cellule que parmi les arbres du bois des Fossés.

Trempés et fourbus, les Schipper viennent de sortir du parc, ils s'attroupent. De la côte du Poivre jusqu'à Louvemont le feu des Français se déchaîne — les coups portent, s'abattent maintenant sur la route de Ville, sur le bois des Caures, sur les ruines de Flabas. Tels des fantômes, on voit surgir des arbres de fumée.

Les Schipper contemplent le spectacle sans inquiétude : le tir des Français n'atteindra pas le parc et ses quarante mille obus.

Dans la cellule où on l'a enfermé, Bertin a dormi douze heures, presque sans remuer. Un pli amer tire sa lèvre, le nez pointe du visage maigre, le menton petit disparaît sous la couverture grise. Au matin, il se retrouve les os raidis, mais l'esprit reposé, prêt à pas mal de réflexions. Sans doute valait-il mieux rester couché encore un peu, avoir froid, méditer, réfléchir, trouver enfin qui on était, plutôt que de se lever, de se laver, de bavarder avec les copains. Il était collé là comme du fumier, n'importe quelle botte pouvait piétiner ce fumier. Mais si cette botte appartenait à la pourriture de la pourriture, alors il était préférable d'être le fumier, si c'était un fumier pensant. Cette prison était un don des dieux, il fallait mettre ce don à profit pour y voir clair.

Ceux de l'escouade de garde déjeunaient, ils invitèrent Bertin. Les visages paraissaient soucieux. Jamais, depuis les grands combats de mai et de juin, l'artillerie n'avait tant ferraillé. Dans le roulement des coups de départ, on entendait nettement les répons féroces des obus ennemis.

— Voici ce que vos copains nous ont remis pour vous, dit le gros sous-off' Büttner, dont rien ne parvenait à ébranler le calme.

Sous un banc, proprement emballé dans le couvercle de sa gamelle, Bertin trouva sa ration de la veille, un peu de beurre, du fromage, son buvard, son carnet de toile cirée noire et, enveloppés dans du papier, cinq cigares. « Ils prennent soin de moi, ils sont derrière moi », pensa Bertin, et il eut chaud au cœur. S'il demandait de la lecture, ou s'il désirait sa pipe, Büttner fermerait les yeux. Du café brûlant, cela faisait du bien quand on avait grelotté toute la nuit. Et qu'importait d'avoir froid ! Est-ce que des milliers d'hommes n'auraient pas donné des années de leur vie s'ils avaient pu, dans les douze heures qui venaient de s'écouler, s'en tirer simplement avec un coup de froid. On chauffait partout maintenant, une chaleur agréable circulait dans le baraquement... Qui donc aurait pu discerner le détenu de ses geôliers ?

Rentré dans sa cellule, Bertin se permit de fumer un cigare — mauvais tabac — mais un cigare tout de même. Dehors, une grande agitation régnait. On allait, on venait, personne ne s'aviserait de regarder sa lucarne. Il s'allongea, ferma les yeux, il pouvait enfin prendre tout son souffle, comme s'il était seul au monde. Il fallait donc passer à l'état de détenu pour se retrouver soi-même ?

Tandis qu'il était là à paresser, voici que le visage hâlé, sous la visière de la casquette, le regard insistant, les cheveux sombres, des épaules chargées, une silhouette apparut derrière ses paupières ; le bras gauche se dissimule ; comme frappé par un rayon de soleil, le ruban d'une croix de fer luit à une boutonnière. « Kroysing, dit Bertin s'adressant à l'ombre dont le regard pèse sur lui, Kroysing, j'ai fait pour vous ce que j'ai pu. Je suis un pou, vous le savez bien, un vulgaire Schipper qui, depuis l'affaire de la gamelle, est surveillé étroitement. Pourtant, j'ai pu retrouver votre frère, je lui ai transmis vos dernières volontés. Nous avons lu votre lettre. Votre frère Eberhard s'est engagé dans votre sillage — il n'a obtenu aucun résultat. Quant à moi, il vous faut me laisser en paix maintenant. Si jamais il fut au monde un soldat impuissant, c'est bien moi. Je ne puis écrire à votre mère, n'est-ce pas, pas plus qu'à votre oncle... Pas moyen de lui écrire »... « Écrire », dit l'écho silencieux. — Figure hâlée, sourcils droits, cils longs, yeux bruns, pleins de compréhension, vous m'avez traqué. Sa tombe — terrain marécageux dans la région de Billy... pas étonnant qu'il s'en échappe. Écrire, et pourquoi non ? Bertin avait du temps devant lui. Autrefois, tout ce qui le tourmentait, il l'avait coulé dans une forme, il en avait tiré de petites figurines gravées dans l'ivoire des mots — précisément le public était en train de lire une douzaine de ces petites œuvres. Ce revenant-là ne trouverait de repos que si Bertin le couchait dans des phrases. Il avait un bloc, un stylo d'origine mémorable, que les copains — probablement Strauss le négociant — avaient emballé avec les cigares. « C'est donc pour cela que je l'ai reçu », pensa-t-il avec effroi.

L'écrivain Bertin enfila sa capote, s'enveloppa les jambes d'une couverture, en mit une autre sur ses épaules, s'appuya contre la paroi de la baraque, posa ses pieds sur le sommier, et son bloc sur ses genoux. Ainsi, la lumière du jour, qui pénétrait avec de l'air glacé, tombait sur le carré de papier. La main gauche qui tenait le bloc était transie — il enfila un gant. Et il commença sa nouvelle — Les Kroysing. Il écrivit jusqu'à midi. Son escouade lui envoya à manger, il mit ses pages en lieu sûr, prit sa soupe, lava sa gamelle puis se cala de nouveau sur son sommier, s'emmaillota et reprit son stylo. Le miracle de l'inspiration était sur lui. Sa plume filait, la fièvre de la création le réchauffait. Il maudit le crépuscule qui venait trop tôt l'interrompre. Il serra ses pages sans titre — Les Kroysing, nouvelle — et il frappa contre la porte pour qu'on le laissât sortir.

Le forgeron Hildebrandt vint lui ouvrir.

— Mon vieux, fit-il, il doit se passer quelque chose là-dehors !

Bertin n'avoua pas qu'il n'avait rien entendu. Dans la baraque du corps de garde, les hommes discutaient avec animation. Les batteries n'avaient pas ralenti leur tir et l'on entendait toujours le bouillonnement sourd des obus qui éclataient. Les Français allaient sans doute attaquer, dès cette nuit peut-être, ou vers le matin seulement. De vagues nouvelles circulaient — des batteries téléphonaient à tout instant pour vérifier les communications. Certaines, qui avaient appelé encore le matin même, se taisaient depuis midi. Après avoir subi de lourdes pertes, des caissons de l'artillerie de campagne venaient d'arriver par la route de Ville. En ce moment, ils chargeaient des munitions dans le parc des canons de campagne situé dans la partie la plus basse et la plus abritée du terrain. Hildebrandt leur avait parlé : ils étaient déjà gris de peur car ils devaient retourner là-bas avec leurs convois, sans quoi leurs batteries seraient à sec. Pour beaucoup, c'était signer leur arrêt de mort. Mais rien à faire, les caissons chargent, les caissons vont repartir. Les escouades sortent du parc en longues files de soldats gris, de soldats bruns ; ils ont revêtu leurs toiles de tente, il pleut. Bertin a de la chance d'être aux arrêts.

Toutes sortes de bruits circulent — attaques françaises partant de Douaumont — toute la région est sous le feu des batteries lourdes. Un joli morceau de terrain qu'ils vont reprendre aujourd'hui... (C'est en effet toute cette portion de la rive droite qu'on a conquise de mars à septembre, au prix de monceaux de cadavres — toute cette terre, jadis forêts et ravins : le bois de Chaufour, le bois d'Hassoule, la Vauche, l'Ermitage, le bois des Caurières, le bois d'Hardaumont, tout.) Le petit Vehse s'est approché de Bertin :

— La réponse à l'offre de paix ! dit-il découragé.

Et l'on voit dans ses yeux toute l'espérance qu'il avait conçue. Jeune marié, il s'en ira en permission fin février, début mars.

Bertin s'est procuré une chandelle, avec le concours d'Hildebrandt. Il se fait enfermer dans sa cellule, écoute encore un instant l'océan qui déferle derrière le bois des Caures, puis il pose le carré de tôle dans l'ouverture de la fenêtre et se met au travail. La chandelle suffira, on s'abîmera un peu les yeux, quelle importance ? La guerre est un métier malsain, une myopie augmentée d'une demi-dioptrie, ça pourra toujours servir pour les prochains conseils de révision. L'écheveau est tout d'abord emmêlé, puis le fil se dégage, et maintenant se dévide. Bertin fait revivre Christoph Kroysing, l'ami d'un jour. Quelle douleur de lui faire endurer ainsi, une seconde fois, les affres de la mort ; il compte arriver jusque-là pour aujourd'hui. Demain, ce sera la joie qui règne dans le cœur de l'adjudant, du chef de compagnie et du chef de bataillon maintenant délivrés du témoin de leurs bassesses. Il faudra trouver des noms pour les Feicht, les Simmerding et les Niggl, sans oublier ce cher Glinsky. Pour le moment, ça suffit, les yeux lui font mal, il grelotte dans cette humide obscurité. On lui apporte son dîner, il fume, les yeux dans le noir et frissonnant de tous ses membres. Il essaye de se réchauffer, en respirant à fond, et voici qu'il tombe dans un lourd sommeil, tandis que le fracas des obus se rapproche de plus en plus.

« Ils tirent dans le bois de Thil. » — « Ils tirent sur Flabas, sur Chaumont... » — « Tout à l'heure, ce sera notre tour. »

Un bruit de voix excitées remplit la salle du corps de garde : Bertin sort de sa cellule, reposé et frissonnant, il a magnifiquement dormi, rêvant des carrières de sable du temps de son enfance. 15 décembre aujourd'hui. La pluie a cessé de tomber, le ciel sombre annonce des nuits encore plus froides que les précédentes. Bertin estime que le froid d'aujourd'hui pouvait suffire.

La compagnie est menacée, c'est un fait ; et à ce compte-là, M. le chef de compagnie pourrait bien remettre sa permission à plus tard : quatre cents vies humaines sont confiées à sa garde et logées — si l'on peut dire — entre des montagnes d'obus, des entassements de caissons de poudre, qui s'élèvent à hauteur de maison. Jusqu'ici on n'a pas trouvé le temps de construire des refuges pour les hommes. Comment les charpentiers, maçons et menuisiers auraient-ils pu édifier les temples coquets pour les divinités du bureau, s'il leur avait fallu aménager encore des souterrains pour les troupiers ? Le secrétaire Querfurth à la barbe de chèvre accourt, les yeux pleins d'effroi : Büttner et ses hommes seront encore de garde aujourd'hui. Ils grognent pour sauver les apparences, mais ils sont trop heureux de couper à la corvée d'obus.

— Vous pouvez vous retirer dans votre cellule, dit Büttner à Bertin, mais nous ferons mieux cependant de ne pas vous enfermer, on ne peut savoir ce qui arrivera.

Bertin lui jette un regard reconnaissant et obéit. Il reprend son manuscrit, hoche la tête, peu satisfait. Il ne parvient pas à juger ces pages encore trop récentes. Mais à regarder l'écriture, ces lignes toujours plus serrées, on peut voir que le récit a jailli comme un torrent. En se relisant, il éprouve la même émotion que la veille. « L'écrivain est un veinard », se dit-il. N'importe où sur la terre entière, il peut installer son atelier, se mettre au travail et puiser dans la matière brute, toujours disponible — la vie — ce qui rend heureux ou malheureux, l'humeur contre le monde et soi-même, la promesse de jours plus heureux. Mais pour l'instant, c'est le monde extérieur qui l'attire de toute sa force. Il grimpe sur son sommier et passe sa tête à la petite lucarne. De nouveaux wagons de munitions ont dû arriver. La compagnie tout entière, dans un martèlement de bottes, disparaît par les escaliers de bois qui mènent au parc, le long de la route de Flabas. En face de lui, un peu à droite, c'est le bureau de la compagnie. D'autres personnages, que malheureusement il ne peut entendre, font leur sortie à ce moment. Mais il devine ce qui se passe. Voici d'abord, en casquette et en capote, botté et éperonné, le chef de la compagnie ; derrière lui, son ordonnance Mikoleit, coiffé d'un képi à visière et trimbalant un énorme coffre à poignées. Bertin, dans sa surprise, s'est heurté au linteau de la fenêtre... Grassnick, Grassnick qui file en permission quand même ! Il est suivi de l'adjudant Susemihl qui transpire d'agitation. Et c'est à lui qu'on laisse le commandement de la compagnie, à ce brave agent de police de Thorn qui a fait ses douze ans pour assurer son avenir et celui des siens. Voyons un peu : l'élégant adjudant Pohl va-t-il partir également ? N'est-ce pas lui qui nous faisait des conférences, en Serbie, sur la responsabilité du soldat, le devoir qu'on accomplit jusqu'au bout ? Et voilà mon instituteur qui se défile ! Bertin sent une étrange amertume sur sa langue. Le Panje de Vranje agite les bras, désigne des points du terrain, dans la direction de Chaumont et Flabas, probablement qu'il rassure Susemihl et ses trois ou quatre sous-officiers et leur fait un tableau réconfortant de la situation, et de la position avantageuse du parc. Plus de doute, les rats quittent le vaisseau prêt à couler. Et voici le sergent Pfund, également en tenue de départ des pieds à la tête — long sabre et moustache cirée. Il porte une cassette de fer qui contient la cagnotte de cantine de la compagnie. Pendant neuf mois, on a prélevé d'autorité un groschen sur la paie de chaque soldat, pour l'achat de vivres destinés à la cantine de compagnie ; il est entendu, en revanche, qu'on remboursera aux hommes les bénéfices réalisés au bout d'un certain temps. Le sergent Pfund se dispose à effectuer ce remboursement, mais d'une certaine façon : il se rend à Metz où il a des copains et il achètera là-bas tout un bric-à-brac bon marché — couteaux de foire, mouchoirs rouges, briquets de dernière qualité — le reste ira dans sa poche. « Carambouillage, se dit Bertin, voilà un coup de filet qui en vaut la peine ; personne de nous n'osera ouvrir la bouche, moi pas plus qu'un autre, et pourtant chacun serait bien content d'avoir ces quelques marks. » Bertin fera un jour l'addition de ces prélèvements sur la solde du troupier, mais pour l'instant il ne veut rien perdre du spectacle qu'il a sous les yeux (à raison de 10 pfennigs par tête et par dix jours, cela fait 1 269 marks dans la caisse de fer).

Le temps va se lever. Un soleil blafard brille sur la garde du sabre de Grassnick, joue sur son monocle. Il fait ses adieux avec dignité car, en gare de Moirey, on forme précisément un convoi composé de fourgons vides et de quelques wagons où l'on distingue comme des taches blanches aux portières. Bertin a la vue trop basse pour en apercevoir davantage, et bien lui en prend car ces blancheurs vagues sont les pansements des blessés qu'on ramène de la région d'Azannes.

Un nuage épais plane sur Chaumont en flammes. Les quatre personnages descendent l'escalier, les voilà sur la chaussée : Grassnick, qui tient son chien en laisse, Pohl, Pfund avec sa cassette, l'ordonnance avec la valise de l'adjudant-chef. Une vingtaine de permissionnaires les rejoignent, ce sont des Schipper — en permission régulière ceux-là — qui doivent avoir attendu ces messieurs sur la chaussée. Bertin se sent à l'étroit dans sa cellule, il va prendre l'air et flâner un moment au soleil. Entre-temps, le corps de garde s'est calmé. Bien qu'il ne soit pas encore une heure, le repas est déjà prêt, « rapport aux permissionnaires », et toute la compagnie festoyera en leur honneur : haricots blancs et bœuf bouilli.

Après le repas, les hommes de garde restent au soleil avec leur détenu, ils sentent sur leurs mains et sur leurs visages la douce chaleur. A l'horizon, vers le sud-ouest, une saucisse s'élève : les Français observent la région. Le vent d'est pousse devant lui le fracas des obus et les sourds répons de l'artillerie. Bertin décide de poursuivre son travail. Il esquisse deux ou trois courts chapitres dont l'un s'intitulera : « Chez les Kroysing. » A Bamberg, dans une famille de hauts fonctionnaires, on apprend soudain la mort du fils cadet tombé au champ d'honneur. Il s'agira de montrer cette douleur authentique, étouffée sous la rhétorique ampoulée de la grande Époque. Quel nom donnera-t-il au pauvre Kroysing ? Naturellement il faudra transposer tout cela.

Dans sa cellule, tandis qu'il mâchonne son cigare et qu'il imagine la tiède chaleur du soleil sur le toit, il perçoit le miaulement bien connu. Ça approche, ça hulule et puis le fracas du choc. Bertin tressaille : ce coup-là a porté dans le parc, il en est sûr... Pas possible qu'ils fichent le camp... Pan ! un second... un troisième. L'explosion mugit, le tas de munitions est touché ! Bien que Bertin ne puisse voir que la route et le fond de la vallée, il grimpe sur son sommier. Par les escaliers, par les passerelles, les hommes de la compagnie courent, se précipitent. Ils se sauvent. « C'est bien », pense Bertin. Leurs chefs sont partis, les voilà qui fuient à leur tour. Quatrième, cinquième obus — des hommes hurlent. Un hululement assourdissant le chasse de son sommier, le pousse hors de sa cellule. Pâle et tranquille, l'industriel Büttner se tient au milieu de ses hommes ; ils enfilent leurs bottes en vitesse. On entend des cris aigus : « Ils nous ont ! » Le coup suivant porte plus près encore.

— Vous feriez bien de prendre vos affaires, dit Büttner en ouvrant le placard.

Bertin remplit ses poches de tout ce qu'on lui a confisqué la veille. Le parc se vide, des torrents de soldats gris passent en trombe, se dirigent vers les baraques — dans les nuits froides on a besoin de couvertures. Du doigt, Büttner indique la porte ouverte, laissant ainsi à son détenu le choix de se joindre aux fuyards. Bertin refuse et remercie. Ici, du moins, on est à l'abri des éclats d'obus. Apparaît l'infirmier Schneevoigt. Avec ses hommes, trois Berlinois, un Hambourgeois, ils se hâtent vers le parc, on les voit courir dans la zone de feu. — « Ah ! cela fait du bien tout de même, dans ce sauve-qui-peut, de voir des gens qui font leur devoir ! »

Noires, blanches, d'énormes masses de fumée surgissent du parc, c'est là la poudre qui flambe. Une côte de douze mètres, en pente douce, sépare la baraque de la zone de feu ; eh bien ! la fumée se chargera d'indiquer aux canonniers d'en face où il vaut la peine de poivrer la sauce. De l'embrasure de la porte, Bertin aperçoit le premier-lieutenant Benndorf, l'adjudant du parc qui monte l'escalier du bureau, et dégringolant la colline, l'infirmier Schneevoigt tout pâle, suivi de deux hommes, entre lesquels une toile de tente creuse une poche.

— Qu'est-ce que vous portez là ? interroge la voix d'enfant de Büttner, par-dessus la tête de Bertin.

Le vieux Schneevoigt ne peut répondre, sa gorge fait un mouvement et son visage ne tranche plus sur le gris de sa moustache, il se contente de lever le poing vers la colonne de fumée.

— C'est le petit Vehse, répond à sa place l'un des brancardiers, c'est fini.

Et puis Hildebrandt accourt, il lui faut des paquets de pansement : entre les tas de munitions, il y a encore trois morts : Hein Foth, l'homme le plus crasseux de la compagnie, Schmidt le paysan ; ces deux avaient bondi droit sur l'obus — et un certain Reinhold, emporté par une marmite... Bertin sursaute :

— Otto Reinhold ? le petit Otto Reinhold ?

— C'est un des copains de Kustrin, si c'est de lui que tu parles, répond Hildebrandt. Un homme de son escouade ! Schmidt, Foth aussi étaient ses voisins. S'il n'avait pas été aux arrêts, Bertin eût été avec eux. Mais on n'a guère le temps de réfléchir. Cependant, le vieux Schneevoigt a retrouvé sa voix :

— Décampez donc ! Nous avons douze blessés sur la route, vous avez envie d'en être ?

Il se hâte vers l'infirmerie. Deux nouveaux brancardiers apportent une toile de tente, brune celle-là.

Büttner rassemble ses hommes :

— Selon toute probabilité, la compagnie a dû se replier, nous sommes donc inutiles ici, je ne vous retiens pas.

Ils bouclent leurs ceinturons, roulent leurs couvertures. Bertin disparaît dans sa cellule. Rapide, tout en empaquetant ses affaires, il prend congé des parois de planches, de son sommier, de sa lucarne. Il ne les oubliera pas — ils l'ont replongé dans son existence d'autrefois. Les hommes se tassent en grappes contre la porte. De nouveau, on apporte une toile de tente. Schneevoigt est agenouillé à côté d'un tas qui se confond avec l'ombre... Un nouveau coup s'abat sur le parc. Tous se baissent, rentrent la tête, les nuages de l'explosion s'échevèlent derrière la fenêtre, des grêles d'éclats et de mottes de terre battent les parois. Alors, du bureau, une voix claire s'élève :

— Tous les hommes dehors, en avant pour le parc ! Éteindre la poudre !

Le premier-lieutenant Benndorf se dresse là, luttant avec son manteau. Il a réussi à enfiler la manche droite, sa canne pointe du côté de l'immense colonne de fumée. Les hommes du poste reculent insensiblement ; bien qu'ils ne fassent pas partie de l'équipe des pompiers, ils sont forcés de sortir, d'obéir à l'ordre. Bertin surtout s'y sent poussé, il ne sait pourquoi, il ne peut que constater en lui un sentiment dominateur : le sens de sa responsabilité sur des choses qui ne le concernent pas — jeter ses couvertures, obéir à l'officier qui, Bertin en est sûr, va se lancer dans la zone du feu... Mais qu'arrive-t-il ? Le premier-lieutenant s'est bel et bien mis en mouvement, il se hâte en clopinant du côté de la route, se détourne une fois encore et, du haut de l'escalier, crie : « Éteindre les tas de poudre ! » et disparaît dans la direction de la route. Là — Bertin n'en croit plus ses yeux — une auto grise et arrêtée. Sur le siège arrière, un visage cramoisi — le colonel Stein à n'en pas douter — deux bras qui s'agitent éperdument, une bouche grande ouverte, un appel. Le premier-lieutenant arrive, se jette sur le siège, et avant même que la porte ait claqué, l'auto démarre à toute allure, direction Damvillers. Un étonnement sans borne écarte les dents de Bertin, puis, se frappant les cuisses, il éclate de rire. Büttner, qui l'a suivi, conclut avec le plus profond mépris :

— Et maintenant adieu, je t'ai vu !

— Rassemblement de la compagnie à Gibercy ! leur crie en passant un téléphoniste qui a fait irruption hors du central.

L'instant d'après un nouveau coup éclate, sur la crête de la colline cette fois. Les éclats balayent en sifflant la baraque du corps de garde. Un torrent de Schipper se déverse par l'escalier dans une sourde rumeur. Ce sont les derniers héros de la I-X-20 qui évacuent leur parc.

4

L'appel

« Rassemblement de la compagnie à Gibercy. » Bertin, en capote et bonnet de police, son paquet sous le bras, s'est arrêté à mi-hauteur de l'escalier. Tout à l'heure, un nouveau coup va éclater derrière lui. Jusqu'ici, il sait où il en est. Ses idées sont claires — ce n'est plus un soldat brimé, un mouton, mais un homme expérimenté qui voit les choses en face et les juge. Le village de Gibercy se trouve derrière les collines. Il y a là-bas de vastes camps abandonnés. Mais le chemin d'accès franchit une large cuvette, facile à repérer, exposée au tir des obus commandé par le ballon captif. Quel est le point le plus bas du terrain du parc ? Sûrement l'ancien moulin, transformé en établissement de bains, puis en parc des canons de campagne. Les munitions de ces pièces sont les plus dangereuses, dans les dépôts, car la fusée est fixée à l'obus...

Bertin s'avance en courant, il descend l'escalier, il longe le talus de la route, il passe sur les planches, entre les tertres gazonnés qui séparent les pyramides d'obus. C'est au bord de la Thinte qu'est cantonné le chef artificier Schulz, avec ses hommes — le petit Strauss et Fannrich. La baraque est vide, les occupants ont filé. « Tant pis, songe Bertin, j'y suis, j'y reste. » Un poêle chauffé, un lit de camp avec des couvertures, du bois sec, et dans les boîtes de ce brave Strauss, du café, du sucre, des cigares. Il y a de quoi faire du café pour des familles entières ; on moud les grains sur un journal, avec une bouteille vide comme rouleau. Bertin prête l'oreille : fracas assourdi du tir qui semble se régler sur les petits détachements qui, tout à l'heure, ont escaladé la pente. Comme il fait bon flâner dans un appartement qui n'est pas le vôtre, en écoutant l'eau qui commence à bouillir ! A droite, on a la pièce de Fannrich et de Strauss, à gauche le sanctuaire de M. Schulz, tendu de toile de tente ; au milieu un petit vestibule, avec table et téléphone. Logement confortable — avec échappée sur la rivière, du soleil dans l'après-midi, pas de compagnie, pas de commandement, rien... « Comme ils couraient, se dit Bertin en jetant la poudre de café dans l'eau et tout en remuant avec un morceau de bois — comme ils se sauvaient ! Il faut être juste, se reprend-il, et il accroche sa tunique à côté de la capote, tandis que la fumée du cigare barboté se mêle au parfum du café — il faut être équitable, mon vieux. Galonnés ou pas, les hommes ne peuvent rien contre les obus... » Benndorff a son affaire depuis longtemps, il boite, Stein également — sa blessure remonte à ces époques légendaires où des colonels étaient blessés devant l'ennemi, en plein champ de bataille. Il fut même un temps où Panje von Vranje restait bravement campé sur son cheval jusqu'à ce que le dernier homme de sa colonne fût à couvert. Combien de temps avait passé depuis ? Neuf mois. Voilà l'œuvre du service des Étapes !

Le ciel s'est obscurci, la pluie bientôt va tambouriner sur la vitre. « Eh bien ! voilà qu'on éteint la poudre sans moi, et tout le monde est satisfait, » se dit Bertin... Quatre morts, plus d'une douzaine de blessés ! Les chefs de la compagnie en permission, les officiers du parc partis en auto — drôle de monde, allez ! Voilà qui inviterait à la réflexion, mais Bertin n'est pas Pahl. Au diable toute cette mascarade ! Strauss a des bouquins, payons-nous une heure de lecture ! Évasion du monde, soit. Il parcourt des revues, des brochures. Il pourrait aussi reprendre sa nouvelle, mais pour l'heure, il préfère s'isoler de tout ce qui rappelle le présent. Il finit par s'arrêter à un conte, *Le Vase d'or* de E.T.A. Hoffmann. Dehors, la pluie tombe. Bertin, tout en sirotant son café, baigne dans un rêve sans frontières, hors du temps, dans un monde peuplé de génies, de salamandres, de conseillers de cour et fantômes... Et tout à coup, la sonnerie stridente du téléphone le fait sursauter, l'arrache brusquement à son rêve. Mais, au fait, pourquoi répondrait-il, ça ne le regarde pas. Les trois hommes que cela regarde sont sans doute dans quelque abri de la route de Flabas, à jouer au skat. N'empêche que Bertin est déjà assis devant l'appareil, il prend l'écouteur :

— Personne ne répond ? fait une voix à côté du téléphoniste.

— Allô, allô !

— Parc Steinberg, dit Bertin en hâte.

— Ils sont là, mon lieutenant (c'est la voix du téléphoniste).

— Allô, vous n'êtes donc pas fichus ! On assurait que vous étiez fricassés !

— Mais non, ça va, nous avons évidemment été marmités, mais nous sommes encore là.

— On peut donc s'approvisionner chez vous ? répond la voix.

— Ça dépend du calibre, répond Bertin.

— Nom de Dieu, est-ce que tu tombes de la lune, rétorque l'autre, tu demandes le calibre de notre canon de campagne ?

« Ah ! se dit Bertin, les téléphonistes ont donc honnêtement établi une liaison avec ce poste avant de filer. A l'autre bout du fil, c'est donc bien une batterie de canons de campagne. Une autre voix maintenant est venue à l'appareil, une voix d'officier à coup sûr. Mais cette voix, je la connais, où donc l'ai-je entendue, se demande Bertin ; je me suis conduit comme un idiot.» Et il se met à faire un rapport détaillé de la situation : le bombardement avait surtout donné dans les munitions lourdes, la compagnie s'était repliée, le poste de commandement du parc avait été reporté à l'arrière, probablement à Damvillers.

— Reporté à l'arrière, je vois. Et comment se fait-il que vous vous trouviez à l'appareil ?

— Un hasard, mon lieutenant.

Bertin ne trouve rien de mieux et persiste à chercher un visage, un nom qui corresponde à cette voix.

— Fameux hasard, fait la voix : toujours est-il que vous ne vous êtes pas « replié » avec la compagnie. Cela vous sera compté. Nous arriverons vers cinq heures, cinq heures et demie... Eh bien non, nous ne bougerons pas, dit l'officier à l'adresse de ses hommes, Dieu nous protège : un des hommes du parc a du moins gardé sa tête... Dites-moi, (il s'adresse de nouveau à Bertin), j'ai l'impression que nous nous sommes déjà rencontrés ? N'êtes-vous pas l'homme aux lunettes du ravin de la Bauge... Comment vous appelez-vous ?

Bertin a une subite illumination :

— C'est au lieutenant von Roggstroh que j'ai l'honneur ?...

— Eh bien, vous voyez, vous ne m'avez pas non plus oublié, mais dites-moi votre nom.

Bertin se nomme, s'excuse. C'est par hasard, en effet, qu'il se trouve au parc des canons de campagne, il n'en connaît pas le service.

— Aucune importance, jette le lieutenant, n'empêche que je vous proposerai pour la croix de fer, dernier des Mohicans, aussi vrai que nous nous sommes arrêtés ensemble auprès de l'officier mort, dans cette sacrée position des obusiers. Je savais bien que vous n'étiez pas un Schipper ordinaire.

Une bouffée de chaleur envahit Bertin. Il proteste : le parc lui avait simplement paru être le refuge le plus sûr ; il ne méritait pas de décoration pour si peu.

— C'est parfait, riposte le lieutenant, avez-vous jamais vu que quelqu'un reçoive la croix parce qu'il la méritait ? Au revoir, jeune héros. A cinq heures, cinq heures et demie.

Et il raccroche.

Bertin, perplexe, reste un instant encore à l'appareil, puis à son tour, pose l'écouteur. Est-ce le café noir ou est-ce la joie qui le fait trembler ? L'esprit de bassesse qui souffle dans le bataillon a dès longtemps éteint toute étincelle en lui. Éteint ? Non, simplement couvert — car le voici en flammes. Qu'aurait fait la batterie s'il avait pris la fuite comme les autres ? Quatre pièces sans munitions, autant mettre en position quatre machines à coudre ! Grâce à lui... hasard, réflexion ou paresse ? Chacun sa manière. Qu'ils me donnent la croix, la guerre ne sera pas terminée demain. Pour la fête de l'empereur, le 27 janvier, Grassnick, une fois de plus, se verrait forcé d'amener Bertin devant le front de la compagnie, et de l'honorer d'un glapissant discours.

Quand, au crépuscule, le chef des munitions Schulz, accompagné des Schipper Strauss et Fannrich, ouvrit la porte de sa baraque, il trouva installé vers le poêle un Bertin tout ragaillardi, qui fumait tranquillement sa pipe.

— Eh bien, vous n'avez pas été trop malheureux, fit Strauss.

— Que diable fichez-vous dans mon sanctuaire ? dit Schulz stupéfait.

— J'ai pensé que c'était là l'endroit le plus sûr. Les Français n'auraient pas eu le mauvais goût de tirer là-dedans.

Schulz retira sa capote :

— Le goût !... fit-il, railleur. Mon cher, il suffisait que ce sacré canon à longue portée qui nous a gratifiés d'un Noël prématuré lève la hausse d'un seul millimètre et vous dégringoliez aux enfers avec tout le bataclan — et avec éclat !

Bertin s'assit sur le lit :

— Vraiment ? demanda-t-il perplexe.

— Comme je te le dis, fit Fannrich, en versant de l'eau sur le marc de café.

Bertin était consterné, se défendait : du moins avait-il su se rendre utile.

— En préparant le café, dit Strauss.

— En parlementant avec des batteries, rétorqua Bertin.

Schulz tressauta, l'interrogea, l'écouta avec attention :

— Chance que vous ayez été d'une ingénuité insurpassable (il respirait), qui sait ce qui aurait pu arriver. Mais dépêchez-vous d'aller faire votre rapport à Gibercy. Si Susemihl vous embête, qu'il s'adresse à moi.

Bertin était déçu, il aurait préféré rester.

— Susemihl ne me fera pas d'histoire, le lieutenant von Roggstroh s'en occupera. Au fait, s'il me demande, vous voudrez bien lui expliquer pourquoi j'ai dû partir.

— Le lieutenant aura autre chose à faire, repartit Schulz avec impatience ; vous n'avez pas trouvé le rhum ?

— Malheureusement pas, vous en avez ? et Bertin se leva.

— Et maintenant, en vitesse, mon gars, sinon la nuit sera tombée avant que la compagnie vous serre dans ses bras.

Bertin dut bientôt convenir que le chef artificier connaissait mieux son monde que lui. A Gibercy, Susemihl tomba sur Bertin enfin retrouvé. Bertin sut se défendre — son calme, les noms dont il se réclamait, en imposèrent. Mais son élan, la fougue qui l'avaient ramené dans l'obscurité jusqu'à son camp, retombèrent dans le morne chaos quotidien, faisant place à une implacable lassitude. La compagnie de Gibercy enterra ses morts — un cinquième cercueil s'était ajouté aux autres : Degener avait succombé à ses blessures. Dans la lumière grise des jours les plus brefs de l'année, la colonne s'avançait sur la route de Damvillers ; là, elle reçut les ordres du bataillon — commandant Jansch, jaune et bilieux ; elle se reporta vers Moirey, pour transférer le parc — quelques camions lourdement chargés de munitions, planches, piquets, rouleaux de fil de fer, toiles — tout dégouttants de boue glacée ; elle passa une journée à Damvillers dans des cantonnements glacés de courants d'air, puis se transporta à Moirey, où elle reçut l'ordre de réinstaller le parc exactement au même endroit.

Ils passèrent donc la Noël et le Nouvel-An dans les baraques mêmes, d'où ils avaient fui naguère, après des pertes sanglantes. Le soir de Noël, Susemihl prononça un discours devant le sapin illuminé, faisant une allusion confuse à la paix, dont l'ennemi ne voulait pas. Pfund distribua ensuite les cadeaux de Noël — couteaux grossiers, mouchoirs brodés de rouge, pommes, noix, cigarettes ; la fausseté que trahissaient ses yeux et tout ce bric-à-brac écœurèrent les plus clairvoyants. Évidemment, la fête aurait été manquée si le Kronprinz n'avait pas fait cadeau à chacun de ses braves combattants de Verdun, d'un étui à cigares ou de cigarettes laqué noir, et orné du portrait du donateur. Mais tout cela avait déjà passé au second plan, quand les hommes regagnèrent leurs cantonnements. Quelques bougies brûlaient, posées dans des couvercles de gamelle. Les hommes sont couchés, les uns silencieux, les autres chuchotant entre eux. Bon nombre de camarades leur ont faussé compagnie, dont on n'entendra plus parler. Jour après jour, on s'est frotté les uns aux autres, on s'est disputé, réconcilié — et les voici maintenant enterrés en terre française. Et après le Nouvel-An, ils seront remplacés... Pourtant, ils ne seront plus jamais remplacés — ils gardent leur place, invisibles, toujours là, à côté de leurs voisins de file, auprès de leurs compagnons de skat. Personne ne parle d'eux, pas plus qu'on ne discute les événements du jour, sauf s'ils prêtent à rire ou à trembler. Tout ce que ces hommes éprouvent, tout ce que le monde éprouve dans cette guerre, passe dans les sphères de leur subconscient et réapparaîtra tôt ou tard, fantômes qui hanteront leur âme. Extérieurement, ils doivent être constamment en éveil pour accomplir leur service de chaque jour, et s'ils laissent percer des impulsions, des émotions, celles-ci découlent d'un ordre de sentiments pour ainsi dire légitimes — leur femme, leurs enfants. Ils portent bien le deuil de ceux qui sont tombés, mais indirectement, dans une sorte de tristesse généralisée. Telle apparaît, avec cette dominante et ces harmoniques, la figure hâlée de Halezinsky, toute mouillée de larmes devant les photos de sa femme et de ses enfants. Lebehde est le seul qui n'a souci que de son moi individuel et garde son insouciance tranquille, tandis qu'il prépare, tout en lançant de bons mots et des regards enjoués, le punch qui va bientôt parfumer la baraque.

— Sûr que c'est triste, triste, dit-il à Bertin, mais qu'y faire, si le sort nous a marqués pour fumer un jour les cigarettes du fils aîné de Guillaume ? Il a sorti l'étui de métal où s'inscrivent les mots : « 5ᵉ armée. Noël 1916.» Il prend une cigarette, puis, de son couteau neuf, il détache habilement le portrait du prince de sa monture. Ça va tout seul.

— Ça fait mieux sans ce truc, et, récitant un vers, dont il ignore l'origine, mais que Bertin connaît fort bien : « Quand chacun s'aime, Karl ne saurait être seul à haïr » *(Don Carlos)*. T'entends comme ils s'aiment là-dehors ?

Dehors, c'est le roulement sourd des batteries. C'est la nuit de Noël — Les Allemands y sont sentimentalement fort attachés, mais il se font un devoir de mettre un frein à ce luxe de sentiments, par une rude virilité. Leurs canons distribuent leurs étrennes d'acier, et les Français, bon gré mal gré, les imitent. Paix sur la terre ! chante l'Évangile — Guerre sur la terre ! tonitrue la réalité. Et cela continue dans le déclin hâtif de l'année. Sous un ciel encore couvert, le vent d'est souffle, glacial.

Quand Bertin sort une dernière fois, avant d'aller dormir, il scrute le ciel de ses yeux de myope et, avec la meilleure volonté du monde, il ne peut découvrir le moindre signe d'une paix prochaine. Dans quelques jours, on écrira 1917, la guerre touche à son quatrième millésime. Bertin ne prête plus l'oreille à la voix de Kroysing, il ne sait plus rien de la croix de fer et du lieutenant von Roggstroh, il n'entend que la misère de sa femme et de ses parents. Il n'y a plus de joie à vivre, plus de joie à être soldat, il n'y a plus qu'à voir comment on se tirera de là, il faut se faire petit et laid, s'effacer.

Il s'en revient, les épaules voûtées, il va retrouver le refuge de la masse. Les hommes, du moins, ont encore quelque chaleur à dispenser entre eux.

5

Le professeur Mertens se désiste

C'est un après-midi de Saint-Sylvestre, morose et brève, qui pèse sur les rues de Montmédy. Sans joie, l'habitant cache ses préparatifs de fête, ses emplettes : dans les mess et les cantines, au contraire, on s'en donne à cœur joie : une fois encore, les sapins de l'Argonne s'allumeront, on servira à profusion un alcool largement baptisé ; on chantera des lieds sentimentaux ou des chansons de marche autour des tables. L'an de grâce 1916 — qui restera l'année héroïque dans les annales de la nation allemande — se terminera dignement.

Telles sont du moins les réflexions de M. Porisch, tandis que, sanglé dans sa tunique galonnée, il contemple avec une sollicitude quasi maternelle le visage amaigri de son chef, les coins ridés de sa bouche. Le conseiller Mertens est allongé sur son divan, la couverture remontée jusqu'au cou.

— Puis-je faire quelque chose pour M. le conseiller ? demande Porisch, sa serviette sous le bras, prêt à se retirer.

— Certainement, Porisch, vous pouvez me rendre un service : en passant au mess, demandez qu'on veuille bien m'excuser pour ce soir. Je ne ferais que gêner ces messieurs. Demain vers midi, quand tout le monde aura dormi, le médecin-major Koschmieder m'obligerait en venant me voir.

Porisch acquiesça. Il allait complimenter son chef et se montrer aussi raisonnable, mais avisant sur la table un document revêtu d'une chemise orange, il demanda :

— Dois-je prendre ceci ?

— Vous pouvez me le laisser, Porisch, peut-être y jetterai-je un coup d'œil. Dites-moi, va-t-on tirer beaucoup, à minuit ?

Porisch gonfla ses joues :

— L'ordre a été donné d'interdire ce stupide gaspillage de munitions, mais les Bavarois, comme je les connais, ne pourront s'empêcher de tirer des pétards. Ils y sont habitués. Ce n'est pas un ordre qui peut changer les hommes.

Mertens ferma les yeux, en signe d'assentiment, puis, levant son regard vers son subordonné :

— C'est juste, Porisch, les hommes ne changeront pas, ou alors avec une telle lenteur que nous autres, nous ne pourrons attendre.

Dégageant son bras, il lui tendit la main :

— Quoi qu'il en soit, je vous souhaite une bonne année, aussi bonne que possible, dans les circonstances actuelles.

Ému, Porisch lui fit ses vœux aussi et s'en alla. Il devait garder, des années encore, disait-il, le souvenir du contact de ces doigts spiritualisés et des fines attaches qu'il serrait dans sa lourde patte.

Quand la porte se fut refermée, Mertens respira, ses yeux cernés s'animèrent légèrement. Porisch ? c'était un homme de bonne volonté, mais un homme cependant, et Mertens ne supportait plus l'espèce humaine : les visages de cette sorte d'animaux lui donnaient des nausées — tous les trous de ces masques, la caverne de la bouche, les fosses du nez, les creux où se logeaient les yeux, les oreilles par où entrait le son, mais non la compréhension. Triste affaire pour un être humain, quand il a perdu l'estime de l'espèce — dont il est — et perdu au point de ne plus trouver d'accès à la vie, ni à la sienne ni à celle d'autrui. Que restait-il à faire quand on en était arrivé là ?

Une nouvelle année commençait — horrible perspective. La nuit du Nouvel-An de 14 à 15, il l'avait passée décemment avec sa compagnie de réserve, dans les neiges étincelantes de la Pologne, le cœur plein d'espoir — espoir d'un grand renouveau de l'Europe, au lendemain de cette guerre, et d'une paix prochaine. L'année d'après, il était chez lui, en permission ; il avait écouté des conversations soucieuses et graves, autour d'une table où fumait le punch, à la lumière des bougies, dans le paisible intérieur du conseiller Stahr, le dernier ami de jeunesse de son père qui fût encore de ce monde. Il y avait déjà un deuil dans cette maison — le fils cadet, tombé au début de la guerre. Mais quelle tenue, dans cette douleur, quelle dignité et quels engagements devaient contracter les survivants, devant l'holocauste de toute une jeunesse !

— Tant de morts, qui étaient les assises du pays, toute une noblesse, avait dit, dans son toast, le vieillard aux cheveux argentés, tandis que le vent apportait le chant des cloches de la cathédrale et de toutes les églises de Berlin-Ouest. Le nouvel Empire aura à faire pour se montrer digne d'eux.

Et l'on avait bu à l'instauration d'une Allemagne plus libre et dégagée de ses préjugés. Et Mertens avait cru à tout cela.

Il frissonna, tira le plaid sous son menton — ce plaid lui venait de son père — un tissu vert foncé, d'une soyeuse laine écossaise, à longues franges, qui se confondait maintenant avec la pénombre de la chambre, dans les ténèbres uniformes. Il avait perdu la foi, il avait perdu l'espoir — une seule année avait suffi pour lui arracher toute illusion, toutes les belles fictions que les poètes doraient à merveille, et qu'un philosophe, Schopenhauer, avait déchirée de toute l'amertume de son âme, pour dégager par-delà toute la douleur du monde. Si ce Schopenhauer, fils d'un négociant de Dantzig, n'avait pas eu en lui une vieille femme criarde, chargée d'une haine sans frein pour tout ce qui n'était pas lui — quel réconfort serait venu de cet homme ! Mais il ne pouvait secourir personne — tous ses dons fusaient en étincelles dans la nuit, comme le feu d'artifice des Bavarois dans la nuit du 31, et sa phrase magnifique ne laissait que le vide, la nuit sans limites.

Mertens se redressa, ses yeux, tout en cherchant le commutateur, s'arrêtèrent sur le document orange, tache plus claire sur la table sombre. Il tressaillit, la bouche fade, et se laissa retomber. C'est par là que tout avait commencé. Cette insignifiante affaire du sous-officier Kroysing avait tout déclenché — mouvement imperceptible mais qui avait suffi, car le subconscient était déjà aux aguets. Il ne s'agissait plus maintenant de cas isolés, mais de l'homme, dans sa totalité, dont la cause était mûre, prête à être jugée devant le tribunal spirituel, d'un homme dont la vie avait été illuminée par la recherche du droit et de la vérité, incarnée dans la figure de son père. Et aujourd'hui, il en était arrivé à ne plus pouvoir entendre certains mots, sans être pris de nausée : le mot peuple, tout d'abord — il n'y avait plus d'hommes, il n'y avait plus que le peuple, la masse, le troupeau — suivre, obéir. Tu dois obéir, peu importe à qui. Déjà Aristote le savait, et à plus forte raison, Platon. *Zoon politikon* — à quoi se ramenait cette définition, sinon à une lamentable et irrémédiable dépendance ? Avec cette seule différence, toutefois, que les deux Grecs et tous leurs disciples d'Europe déduisaient de cette donnée fondamentale l'obligation morale — pour l'individu voulant vivre d'une vie spirituelle — d'améliorer la condition misérable de l'humanité en rétablissant l'équilibre à force de sagesse et de jugement, de convertir l'humanité par la bonté, la patience et la discipline de soi-même.

Sans interruption, depuis la renaissance de la raison humaine en Italie, sous Laurent le Magnifique, les Églises et les esprits du siècle s'étaient efforcés d'accomplir cette mission — religions, réformes, révolutions — pour aboutir à cette guerre où le sommet de cette évolution s'éclairait d'un chatoiement de lumières hurlantes : l'esprit européen éclatait dans le luxe des uniformes — il n'y avait plus que des peuples, *peoples* et *nations*, sous la pourpre, le noir, le blanc des égoïsmes sacrés, et la civilisation n'avait plus d'autre souci que de tuer d'après la technique la plus savante, ou de camoufler sous de belles phrases, l'insatiable esprit de conquête.

Carl Georg Mertens sentait son cœur peser dans sa poitrine, lourd comme un lingot ; il rejeta ses couvertures, et d'un pas qui vacillait un peu, se mit à arpenter la pièce. Il habitait l'appartement que la Kommandantur avait mis à sa disposition, en chassant le propriétaire... Depuis quand cette maison était-elle debout ? Depuis plus de cent ans à coup sûr... Elle était neuve encore quand brillaient sur l'Allemagne les noms de Goethe, de Beethoven, de Hegel, et l'Europe vivait à l'ombre des drapeaux de Napoléon Ier, qui avait racheté les ravages de ses campagnes par de saines idées politiques et un code magnifique. Aujourd'hui, à cent ans d'intervalle, il ne restait de ces conquêtes que le relâchement des mœurs, l'anéantissement de toute valeur individuelle, la destruction véhémente d'une culture qui, depuis la guerre de Trente Ans, avait commencé de renaître. Si son père avait assisté à cette glorification d'une guerre, par les intellectuels de l'Allemagne unanimes ! Une guerre dont ils ne savaient rien, et que pourtant ils voulaient embellir, fausser, transformer, à force de mensonges, jusqu'à ce qu'elle fût conforme à leur conception du monde. Les juristes et les théologiens, les philosophes et les médecins, les économistes, les professeurs d'histoire, et surtout les poètes, les penseurs, les écrivains — les uns, par les discours, les autres, par les journaux — tous s'employaient à tromper le peuple, ils accouraient pour affirmer ce qui n'était pas, pour nier ce qui était — innocents et ignorants, enflés de certitude, sans faire le plus petit effort pour vérifier l'exactitude des faits, avant d'apporter leur témoignage.

Le professeur Mertens, bien que myope, s'adaptait aussitôt à l'obscurité et parvenait à se diriger sans lumière. Il s'approcha du placard, passa une robe de chambre chaude, mit ses pantoufles, puis parcourut les trois pièces de son appartement, ouvrant des tiroirs et les refermant, fouillant dans son secrétaire ; il finit par trouver ce qu'il cherchait, le déposa dans sa chambre à coucher, et l'y laissa. Ces dernières heures de l'année lui avaient ouvert les yeux, il fallait balayer les illusions, même les plus chères, même celles qu'il avait sur son père, par exemple. L'illustre Gotthold Mertens — descendant de pasteurs protestants et de fonctionnaires du Mecklembourg — aurait-il su se dérober aux fictions que la patrie échafaudait pour dissimuler la noirceur de l'esprit de conquête ? Non et non.

Il aurait, aux premiers jours de la guerre, lancé la jeunesse au combat ; il aurait, en toute loyauté et convaincu des nécessités de l'heure et de la mission de l'Allemagne, exalté la grande image de la destinée, parlé d'obligation sacrée, ébranlé les cœurs, appelé le peuple à tenir coûte que coûte, dans l'accomplissement du devoir, et se serait lui-même consacré au service du pays. Et si son fils, ayant ouvert les yeux à la réalité des faits, lui avait parlé sans détours, comment Gotthold Mertens aurait-il réagi ? En public il se serait tu ; il aurait cherché, par des conversations confidentielles, par des rapports circonstanciés, à influencer le chancelier du Reich qui avait été son élève. Peut-être aurait-il capitulé devant le haut commandement de l'armée, tout en cherchant une consolation dans les exemples des époques passées, risquant des allusions voilées au génie de l'histoire du droit européen, à ce génie attaché à refréner les passions, à consolider les assises du droit, à protéger le citoyen pacifique, à élever le niveau moral. Mais son fils ne croyait plus à tous ces nobles idéaux. Un lieutenant de pionniers lui avait ouvert les yeux ; depuis six mois, toujours plus circonspect, il avait appris à voir et à juger. Et maintenant ce même lieutenant et son frère assassiné lui donnaient le coup de grâce — avec les quelques feuillets de deux pauvres lettres.

En passant en revue toute cette période, il devait reconnaître que les livres d'art avaient contribué à aiguiser son sens de la vérité. Les créations des peintres ne mentaient pas. Leur respect du réel, l'impulsion puissante qui les poussait à exprimer avec ferveur la forme du paysage ou de l'homme, telle qu'ils la percevaient, tout cela l'avait rendu plus perspicace à l'endroit des faux-semblants et des mensonges de circonstance, à l'égard des vérités partielles, dont se contentaient les hommes, dans la politique comme dans les communiqués quotidiens. Mais lui, Mertens, ne pouvait plus se contenter. Il lui avait été donné d'ouvrir les yeux, il n'avait plus le pouvoir de les refermer. Jusqu'au moment où, dans une lumière brutale, le fait se détacha, nu et désenchanteur : il n'était plus possible d'être associé encore à tout cela ; jusqu'à ce que le dégoût, littéralement, le tuât... Les femmes n'avaient guère joué de rôle dans sa vie, ni les jouissances et les distractions coutumières des hommes. Il avait aimé les voyages, mais, après les ravages de la guerre, où donc un Allemand pourrait-il se montrer sans rougir ? Il avait servi l'esprit et la vérité — il les voyait violés et vilipendés. Il ne lui restait plus que la musique, mais cette puissance élémentaire et douloureuse n'était plus de force à le retenir. Derrière les murs des salles de concert, le monde de la barbarie commençait pour toujours ; au-dessous des harmonies de cinquante violons et violoncelles retentissaient les gémissements des réfugiés et des morts, de tous ceux qui avaient été dépouillés de tout droit. Plus jamais il ne verrait se dresser la baguette d'un chef d'orchestre sans penser à tous ces cerveaux dociles qui, à la cadence du mensonge officiel, suivaient, suivaient, suivaient...

Quand on lui avait soumis le cas du lieutenant Kroysing, il avait été surpris d'abord, puis indigné. Les difficultés de la procédure ne le rebutaient guère, on pouvait croire qu'on obtiendrait satisfaction ; elle ne serait pas facile à obtenir, mais elle était accessible. Depuis une quinzaine de jours il savait qu'elle était inaccessible. La pièce envoyée par le lieutenant de sapeurs n'avait pas fourni l'élément dont tout dépendait. La prise de Douaumont, ensuite, avait évidemment rayé Kroysing de la liste des vivants — son unité l'avait porté disparu. Puis des semaines de recherches s'étaient écoulées, pleines d'espoir — le lieutenant Kroysing était vivant : on avait fini par le découvrir dans un abri de la côte du Poivre ; le commandant des sapeurs avait reçu son rapport. Mais, il y avait quinze jours de cela, une nouvelle offensive des Français avait occupé les hauteurs de la Meuse et les tranchées allemandes. Depuis lors, plus trace de Kroysing. Le dernier témoignage d'un de ses sous-officiers avait été qu'on l'avait vu s'enfoncer et disparaître dans un entonnoir sous les salves des obus français. Une fois de plus, il était porté disparu, mais sans espoir. Comment, d'ailleurs, acquérir la moindre certitude, dans une région balayée par les mitrailleuses françaises ? Non, les frères Kroysing étaient bel et bien retranchés des vivants... Si on ne pouvait faire éclater la justice, fût-ce pour l'individu, au sein de son propre peuple, alors pouvait-on espérer l'établir entre deux peuples ? Jamais !

— Jamais, articula à mi-voix le conseiller Mertens, dans la pièce obscure.

Et il entendit vibrer les cordes de son piano à queue, faisant un léger écho au mot irrévocable.

Il frissonna... Devant la cheminée de marbre noir et blanc, la Kommandantur avait fait poser un de ces bons petits calorifères qui défiguraient et chauffaient aujourd'hui les appartements de nombreuses maisons allemandes. Mertens poussa un fauteuil vers la lueur rouge qui traversait le mica de la porte nickelée, il s'assit et, les doigts écartés, offrit ses mains à la chaleur réconfortante. Il lui revenait des fragments de poèmes, des vers de poètes qui vivaient encore, ou pour lesquels on s'était passionné, on s'était disputé, à l'époque où, jeune étudiant, il pénétrait dans les félicités de la science et de l'esprit...

Cris des corneilles qui filent
De leur vol bruissant vers la ville,
Il va neiger bientôt.
Heureux celui qui a encore une patrie...

Lui n'avait plus de patrie. A quoi bon se leurrer encore ? Il aurait pu choisir un autre jour pour se désister définitivement, et à tout jamais. Mais voilà, tout s'arrangerait à merveille. Jusqu'à demain à midi, personne ne viendrait le déranger. Et si ces messieurs se mettaient à boire, comme d'habitude, personne ne viendrait même à midi. Le médecin-major Koschmieder avait dit un jour, en passant, que si on avait réellement besoin de lui, on devrait l'appeler deux fois, trois fois au besoin. Comme on n'avait pas à craindre d'honoraires, dans l'armée, ces messieurs se portaient volontiers malades pour se distraire. Il avait tout son temps pour décider ce qu'il allait faire, peser le pour et le contre. Donc l'affaire Kroysing lui avait ouvert les yeux. Puis le bruit avait couru — non sans contestations et dénégations — que les Allemands n'avaient épargné ni le meurtre ni l'incendie, en envahissant le Luxembourg, petit pays sans défense, quasi leur allié. Dans l'esprit de C. G. Mertens, l'historien s'était éveillé — l'homme des constatations irréfutables, des sources vérifiées. Le Luxembourg était proche, une auto de service était toujours à sa disposition ; il avait passé plusieurs dimanches, plusieurs jours de semaine, dans la zone envahie ; d'abord en uniforme, puis en civil. Au premier coup d'œil, les ruines, les dévastations pouvaient fort bien être attribuées à des combats réguliers. Mais par la suite, le silence impénétrable des maires, des habitants, l'avait frappé. On le soupçonna évidemment d'être un agent provocateur. Seules les croix des cimetières déposaient librement leur témoignage — décorations en fer forgé, du plus mauvais goût, avec des plaques de porcelaine, portant la photographie du défunt. Mais le nombre inquiétant de ces croix de pacotille ! et leurs dates qui toutes commémoraient les semaines d'août et de septembre 1914 ! A Arlon, enfin, il avait fait la connaissance d'un professeur américain, délégué de la Croix-Rouge des États-Unis, qui, sous la surveillance d'un officier, parcourait la région dévastée, recueillant des documents, pour mettre un frein à la propagande d'atrocités que l'Agence Reuter et la presse anglaise lançaient à la tête du citoyen américain et des juifs germanophiles des États-Unis. Ce fut seulement après une conversation de quatre heures — de neuf heures du soir à une heure du matin — que le professeur Mac Corvin fut convaincu que Mertens, à la différence d'Encken et d'autres savants allemands, était demeuré inébranlablement fidèle à lui-même. Alors il lui avait ouvert son cœur. Dans le Luxembourg seul, plus de treize cent cinquante maisons avaient été incendiées, huit cents citoyens fusillés. En Belgique et dans la France septentrionale, les mêmes procédés avaient eu des conséquences encore plus graves. Les correspondants des journaux avaient certainement exagéré, sur certains détails, mais quant au fond, leurs rapports ne pouvaient être contestés.

Un mois plus tard, nouveau choc dans l'esprit déjà tendu de Mertens. Le *Gefreite* Himmke, de la manutention de Montmédy, s'était vanté de ses hauts faits, pendant la bataille de la Marne, au moment où les Allemands incendiaient Sommeilles — exploits commis, avec quelques camarades, sur la personne de la grand-mère, de la mère et des petits-enfants d'une famille réfugiée dans la cave de leur maison ; résultat, six morts. Croyant faire le malin, le bavard insistait sur le bien-fondé de ses allégations, s'entêtant à citer des témoins pour prouver qu'on leur avait ordonné ces actes incendiaires. Le conseiller Mertens avait poussé l'enquête dans le même sens, avec une passion secrète. Les officiers du tribunal appartenant à l'unité de Himmke interprétaient tout différemment le cas, et ce fut à leur avis que se rangea l'autorité supérieure des Étapes. Ce n'était pas pour ce crime — que ces messieurs désapprouvaient — qu'il fallait punir l'accusé, mais plutôt pour s'en être vanté, pour avoir donné du retentissement à l'affaire et créé une opinion défavorable sur notre façon de conduire la guerre. « Évidemment, nous savons fort bien qu'on a fait quelques mauvaises plaisanteries, avait jeté incidemment un de ces messieurs, mais quant à en parler... ; il mériterait une bonne raclée, ce cochon. » Sur ce, quelques jours plus tard, vers le soir, tandis que Himmke se rendait à son ancien poste de travail pour prendre le reste de ses effets, il avait été enlevé par des cavaliers inconnus, et avait reparu le jour suivant, à l'ambulance de Montmédy, dans un état épouvantable... Eh bien ! c'était la guerre. Si l'on se plaçait au point de vue de l'histoire du droit — et, le visage éclairé par la lueur du poêle, il eut un sourire — il fallait distinguer deux plans : d'une part, l'intégrité du droit qui demeurait intacte, d'autre part le droit aux représailles et aux vengeances, découlant des avantages de n'importe quelle unité ou partie belligérante ; les deux tendances étaient enchevêtrées avec art, de sorte qu'en apparence et dans les formes, il existait, extérieurement, un semblant de civilisation européenne, tandis qu'en dedans, c'était la dictature des instincts et des passions, dont l'asservissement avait formé la genèse de la civilisation européenne. Un droit unique — voilà ce qu'exigeaient la Bible et la conscience humaine. Deux, cinq interprétations possibles du droit — voilà ce qu'admettaient les maîtres contemporains et les usages courants de l'époque. Ce qui, avant 1914, était tenu à l'écart, dans la jurisprudence des États de l'Europe, était depuis lors arrivé au pouvoir, régnait avec insolence, quoique toujours démenti — et aucune puissance ne se manifestait, qui eût pu l'arrêter, le condamner, le supprimer. Tout cela était à l'unisson des déportations de Belges, qui, ces derniers mois, avaient alarmé l'opinion européenne, y compris le conseiller Mertens, à l'unisson du camp de concentration de la citadelle de Montmédy, du cas Kroysing, de la guerre des sous-marins. Cent mille civils, arrachés arbitrairement à leurs foyers, déportés en Allemagne pour y travailler en esclaves au service des perturbateurs du droit et de la paix. Les efforts désespérés des neutres pour réparer cette injustice digne des marchands d'esclaves arabes et des princes nègres de l'Afrique — et tout cela au profit d'industriels allemands ou d'unités qui manquaient d'ouvriers. Les vagues bruits qui circulaient sur l'inquiétante mortalité dans les camps de concentration... Comment répondre de tout cela ? Comment le mettre en harmonie avec la culture allemande, avec la perfection à laquelle on était arrivé dans la représentation des classiques, aux grands théâtres de Berlin, de Dresde, de Munich ? Mon Dieu !

Quant au camp de prisonniers français de la citadelle, il avait été aménagé pour exercer des représailles afin de faire cesser les abus que certains correspondants prétendaient avoir constatés en France dans les camps de prisonniers allemands. Le gouvernement français avait démenti, l'administration militaire allemande avait cru aveuglément à ces racontars. Et l'on avait tendu aux trois quarts de la hauteur d'homme, un réseau de fil de fer au-dessus d'une cour réservée aux soldats français. Les prisonniers étaient contraints de circuler en se courbant — spectacle atroce. En vain Mertens, à qui sa qualité conférait une certaine influence, avait-il demandé la suppression de ce lieu de torture : « Que messieurs les Français apprennent tout d'abord à se comporter convenablement avec les Allemands », lui avait-on répondu. L'esprit critique avait disparu de ce monde ; quand on réclamait des preuves on vous répondait en haussant les épaules. Cet enquêteur — type du vieux Moltke — était surmené, se disait-on ; qu'il se hâte de partir en permission. N'en doutez pas, il partirait — encore devait-il choisir le moment.

Une sorte d'horreur émanait de ce monde qui s'acheminait vers le pire, car il n'avait plus de place pour les puissances purificatrices et expiatrices de l'âme — plus d'Église, plus de prophètes, plus de recueillement. Il ne restait plus que l'orgueil monstrueux pour remplir l'univers — et il remplirait aussi la paix si jamais les perspectives s'en offraient. Mertens, lui, n'avait plus qu'à partir — il faisait tache dans ce monde. Chaque année, dans la nuit du Nouvel-An, dans les grandes villes comme dans les petites, un certain nombre d'individus passaient de vie à trépas de par leur propre volonté — pourquoi pas lui ? C'était une attitude décente, de vivre et de mourir pour la grande civilisation que l'on avait aimée — de le faire en silence, sans y mettre d'éclat. Seul le moyen lui donnait quelque souci.

Il se leva, il se sentait mieux. Il alluma des lampes voilées d'abat-jour, les bougies du piano, une lampe de chevet. Il but un verre, un second verre de la liqueur française qu'il offrait à ses visiteurs. C'était agréable. Il réunit les objets qu'il avait préparés tout à l'heure — l'arme de service, d'un noir mat, un pistolet dernier modèle, les tubes de narcotique dont il avait fait collection depuis quelque temps. En Allemagne, on ne les donnait que contre ordonnance, en France on laissait plus de liberté aux citoyens, même pour mourir. Comme officier prussien, en face de la mort, il était tenu de choisir l'arme de son rang. Comme homme cependant, comme intellectuel à qui répugnait toute violence, toute destruction, il préférait le poison... Toute sa vie, il avait marqué trop d'égards aux usages de son milieu. Fallait-il en avoir encore et accomplir ce que la tradition attendait de lui ? Ou bien, dans la dernière des actions humaines, agirait-il selon sa volonté de son jugement ? La réponse venait d'elle-même. S'il avait eu moins d'égards, moins vécu en fils bien élevé, s'il s'était montré moins sensible à son ambiance, s'il avait ouvert la lutte, comme tant de ses amis de jeunesse — qui sait comment sa vie se fût écoulée ? Eût-elle nécessairement abouti à ce dernier port, qui est silence ? Grande était la Diane des Éphésiens, la déesse-mère Cybèle, mais grande aussi la musique, force consolatrice, source mystérieuse de l'être, qui s'exprime dans les correspondances mystérieuses des nombres réglant le cours des planètes et les harmonies, dans ces mesures et proportions par quoi l'inconnu se mesure. Tout n'était que vibration, modulation. A en croire les physiciens, tout phénomène se ramenait aux vibrations de l'éther, fluide inconnu, dont les champs de force transformaient la matière, les corps solides, en une substance vibrante, immatérielle, donc spirituelle. N'était-ce pas une transformation en quelque chose qui s'apparentait de très près à la musique — ou qui était la musique même ? A la base de ces combinaisons de colonnes d'air qui émettaient des sons ou de cordes qui vibraient, n'y avait-il pas quelque chose qui déjà n'avait plus rien du son et de l'air ? N'était-ce pas pénétrer dans les arcanes des sublimes mathématiques que d'approcher de l'essence de la musique, et de fondre en elle ? Peut-être avec elle, avec la consolation qu'elle apportait, pouvait-on accéder à une existence véritable, dissimulée derrière l'existence terrestre, et plus réelle que celle de la chair et des nerfs ? Quoi qu'il en fût, il savait maintenant qu'il s'en irait sur les ondes de la musique. Il placerait ses tubes de narcotique à côté du piano, il en absorberait distraitement, ainsi, à sa guise. Il entrerait dans un univers de consonances et d'harmonies inconnues, en franchissant le porche de ses musiques préférées — celles qui étaient ténébreuses et problématiques, mais en même temps d'une magnifique actualité —, tel le *Quatuor en la mineur* de Brahms.

Le piano à queue, qu'on avait placé pour lui dans cet appartement, venait de Paris ; l'instrument était vieux, certaines touches rendaient un son un peu grêle, mais l'ensemble avait quelque chose d'assourdi et de riche. Il prépara son breuvage avec de l'eau chaude qu'il prit dans un thermos, remua longuement, tout en songeant à ses neveux auxquels il léguait la majeure partie de ses biens terrestres, à la pauvre bibliothèque d'une petite université où il avait passé quelques mois heureux, dans un site de montagnes peu fréquenté ; le legs de la bibliothèque Mertens serait une source précieuse pour l'histoire du droit. Tout un flot d'idées lui venait — par exemple, qu'avec un peu de savoir-faire, il aurait pu aménager ce calorifère de façon à dégager de l'oxyde carbonique — cela lui eût épargné toute initiative personnelle. Eh bien ! — et il eut un sourire — ce serait pour la prochaine fois. Il ouvrit le cahier des quatuors de Brahms, transposés pour piano, et commença à jouer. La musique, en sourdine, remplit la maison silencieuse, filtra au-dehors. Un passant, de temps à autre, levait la tête ; tel d'entre eux s'arrêtait un instant, mais l'air humide et glacial, inhospitalier, le poussait plus loin.

Un sourire de félicité transfigurait le visage de Mertens, il balançait la tête, le corps, dans un rythme d'extase, le cœur gonflé d'un indicible bonheur. L'homme en qui ces sons avaient vécu, avant d'être inscrits sur la portée — grand fumeur de cigares, plutôt épais, les cheveux trop longs, le nez retroussé, et une barbe — cet homme avait été habité par un ange. Au moment où les harmonies avaient résonné en lui, félicité de l'au-delà, les nuances de son âme devaient être plus douces que les somptueux Rembrandt ou Grünewald. Sur seize cordes tendues, cette révélation s'était épanchée — danse d'esprits bienheureux, exécutée par dix doigts qui bientôt retomberaient inertes et glacés, mais qui maintenant jouaient. Douceur de la brise printanière se levant sur les prés, et en même temps, arcanes ténébreux de l'âme, monde en décomposition, d'où jaillissaient ces fleurs dans la lumière. Cette musique, c'était une fois de plus le monde, mais un monde libéré des vices de notre nature animale, qui étouffent ce qu'il y a de plus pur, de plus délicat. Il était doux de s'en aller enfin pour jamais, par la porte inconnue, dans le pays inconnu, emporté sur les ailes de la seule félicité qui ne lui eût jamais menti. Il prit une gorgée de son breuvage auquel il avait mélangé de la liqueur, et entama la deuxième phrase. Gravité des adieux... ses doigts glissaient doucement sur les touches, son oreille se tendait vers les sons, sa bouche se contractait, grave, distante. La terre s'éloignait, les êtres, les arbres se dressaient encore sur la face du monde, mais lui ne s'en apercevait plus. Emporté dans le flux de l'atmosphère, il ne vit pas qu'il touchait à l'espace qui commençait là, au-dessus de sa tête, et s'étendait, continu, jusqu'aux autres planètes... Par quels sentiers et de quel pas, ayant franchi ces entraves mortelles, et doucement ouvert la porte ultime, s'avancerait-il vers les prairies nouvelles, et les villes bâties par des créatures inconnues, avec les matières de l'esprit — reconnaissance, bienfait, bonté, vaillance, solitude, charité pour le prochain, joie de donner — tout ce qui, noblesse ou grandeur, pouvait sourdre de l'âme humaine — de celle d'un nègre comme de celle de Napoléon ou de Nietzsche ? Il était doux d'éprouver cette lassitude — lassitude de la vie et de la mort, de l'être et du non-être... Le commencement du menuet exigeait un certain effort, mais alors le seuil était franchi — danse des génies de l'air, leur pas monocorde, autour duquel évoluaient les flammes des feux follets. Qu'importait si, pour l'allegro, les doigts obéissaient encore ? On percevait l'intention du compositeur, on l'entendait avant même qu'elle eût passé dans les sons, avant toute réalisation. Et quand le maître en personne vint au secours de son élève, C. G. Mertens, ce fut simplement dans l'ordre des choses. La redingote noire, le ventre un peu proéminent et le cigare au coin de la bouche, il s'assit au piano et se mit à jouer ce qu'il avait écrit et ce qui avait été sa pensée, tandis que Mertens se reposait un instant. « Socrate et ses amis buvaient... » Cela s'était-il passé différemment ? Son cœur ne débordait-il pas de la même douceur grave ? Les esprits des cordes vibrantes dansaient le menuet dans la lumière argentée de la lune, dans la nuit des montagnes, caressés par le souffle du vent qui venait des pins maritimes — promontoires et baies lentement se balançaient sous son regard... « et tandis que les têtes s'inclinaient sur les coussins. » — Laissez que je me rappelle le passage — « un adolescent survint »... — Le voici qui s'avançait, calme et beau, soulevant la portière de la chambre, entre deux sveltes jeunes filles, jouant de la flûte — et maître Brahms, fixant sur lui ses yeux obliques, prononça en latin : *Tu as aimé la justice, haï l'injustice — c'est pourquoi...* « Mais que me veut-il, se dit Mertens, effrayé, je ne meurs pas en exil ! Qui pourrait s'endormir plus paisiblement que moi, dans ce fauteuil ? »

LIVRE SEPTIÈME

Les grands froids

1

Le Pélican

La terre est une dalle de pierre sous un ciel de glace.

L'hiver a mordu, sur toute l'étendue du continent : dans ses mâchoires rigides, il enserre les hommes et les choses, impitoyablement. A Potsdam, par exemple, où les parents de Mme Bertin ne chauffent que deux pièces de leur villa, le thermomètre descend jusqu'à − 34° pendant la nuit. En France et en particulier sur les hauteurs de la Meuse, le froid est moins vif : − 17°, mais c'est déjà très suffisant.

Depuis le début de janvier, les vieux et demi-vieux de la compagnie sont tous rentrés de leurs permissions, assez impressionnés par l'accueil qu'on leur a fait de divers côtés et par les changements qu'ils ont trouvés chez eux. Le parc a été une fois de plus arraché et replanté ailleurs, arraché encore et cette fois définitivement replanté. C'est maintenant la forêt de la ferme des Mureaux qui l'abrite, derrière la montagne, une forêt épaisse, intacte ; et l'on doit installer de nouvelles voies ferrées pour relier ce coin protégé à la gare de Romagne. Quand tout sera terminé, les aviateurs français auront dès longtemps flairé, photographié et repéré par des déductions précises la forêt dénudée, il faudra donc — vite, vite — reporter toute l'installation dans une nouvelle contrée, dans les gorges avoisinant le village d'Étraye. Mais on n'en est pas encore là : les travaux viennent de commencer pour la pose de la voie normale.

Sous la conduite avisée du sergent Schwerdtlein, une escouade d'ouvriers pour le gros œuvre a été envoyée à Romagne, afin d'avancer le travail à la rencontre des sapeurs de la ferme des Mureaux. La compagnie est logée dans une maison de pierre et ne connaît ni semaine ni dimanche. Dès l'aube, quand le froid est le plus piquant, les Armierer chargent les pesants rails de six mètres sur leurs lorries, d'autres les traverses de chêne, d'autres encore le balast. Assis sur leur matériel, ils roulent jusqu'à l'extrémité du tronçon déjà installé. Là, on décharge — et ça pèse dur sur l'épaule — on nivelle le terrain, enfonce les traverses, installe les rails. La pose des écrous, avec les lourdes clefs, est confiée à des sapeurs wurtembergeois, des hommes du Landsturm qui viennent de Damvillers et accomplissent leur devoir avec une raisonnable amertume. Durant la plus grande partie de la journée, tous aident aux Russes à préparer le tracé. Des Russes ? Mais oui. Des prisonniers russes ont été affectés au corps des Armierer ; ils sont plus de soixante-dix, et personne ne sait où ils campent ; individus affamés, vêtus de manteaux couleur de terre, patients, adroits, et dont la surveillance est laissée aux Prussiens du Landsturm, de préférence à ceux d'entre eux qui écorchent quelques mots d'un idiome slave. Avons-nous déjà dit que Bertin se trouve dans le peloton de Schwerdtlein ? Inutile de spécifier que cette troupe n'a rien d'agréable. Et pourtant il est là, plus patient que jamais, un peu morne à vrai dire et sans espoir d'une croix de guerre, et cependant un homme qui par deux fois a échappé à la mort. Il a passé cinq jours dans le peloton de Karde qui était chargé d'expertiser les obus de réserve qui avaient été partiellement détériorés par le tir ennemi ; le dixième jour, celui de l'accident, il avait été expédié à Romagne dès le matin ; à midi, un obus frappait à mort son voisin de dortoir. Deux jours plus tard, un avion lâchait son œuf sur le camp, ne détruisant toutefois que les latrines des officiers, mais tout le faisceau d'éclats transperça la paroi de la deuxième baraque, où personne ne couchait jamais, excepté Bertin. De tels hasards font réfléchir et vous enseignent la résignation, sans compter que le même avion, à ce qu'on racontait, avait fait semblable visite au camp de Montmédy où il avait envoyé dans l'autre monde un — ou plusieurs ? — galonnés. Heureux donc celui qui peut passer la nuit en lieu sûr, à Romagne, et, le jour, se réchauffer en maniant la pioche.

La glaise est dure comme du marbre. Quand le froid est par trop vif, on peut parfois se reposer auprès d'un feu que les Russes les plus débiles ont la permission d'entretenir. En cet endroit, les ramures intactes de la forêt tissent leur réseau contre le ciel. Le parcours de la nouvelle voie est dessiné par les troncs abattus, les racines arrachées et la tranchée. Lorsqu'on a, pendant la journée, prélevé la croûte gelée de dix centimètres et mis à nu la glaise plus molle, le soleil se couche ; et il suffit de la nuit pour congeler une nouvelle épaisseur de dix centimètres et, le jour suivant, le même jeu recommence.

Mais la pire besogne, redoutée de tous, c'est le déchargement des wagons de pierres. On est perché sur le tas, pouvant à peine remuer les pieds, on enfonce la fourche à larges dents dans les cailloux rétifs, qu'on dirait collés à la colle forte, et, d'un mouvement toujours identique, on les lance sur la voie. Heureux celui qui est chargé de les enfoncer et de les niveler avec la pioche, car il peut bouger, celui-là, et faire circuler le sang. Trois hommes peuvent tout juste prendre place sur un wagon, sans se gêner les uns les autres. Aujourd'hui les trois Armierer Lebehde, Pahl et Bertin déchargent un wagon de cailloux. Mais tandis que Lebehde est assez vigoureux pour manier sans effort la pesante fourche, Bertin et Pahl peinent dur. Ils ont retiré leur capote et, vêtus de la vareuse d'exercice passée sur la tunique de campagne, avec un chandail de laine sur la chemise de flanelle, ils suent et gèlent tout à la fois. Ils sont tous trois liés d'amitié, et Karl Lebehde ne laisserait jamais échapper une pointe à l'égard des deux camarades plus faibles, qui lui laissent la plus grosse partie du travail. Mais c'est pour cela, précisément, que, par convenance, eux ne sauraient flâner. Le bruit métallique, le cliquetis des cailloux est entrecoupé d'appels, d'encouragements et de jurons. Ainsi passe tout un jour, de l'aube au coucher du soleil, et les pensées des hommes ne tournent que pour une part minime autour de cette activité. Elle tourne autour de la guerre sous-marine, illimitée, inévitable, de la déclaration de guerre des États-Unis, qui ne va pas tarder et que Bertin taxe de folle et d'erronée — selon le mot d'ordre imposé aux journaux par le commandement suprême de l'armée. Elles tournent autour de mille velléités particulières, désirs, calculs. Désirs étranges, parmi d'autres. Chance que les cerveaux ne soient pas en verre. Ainsi, l'Armierer Bertin serait joliment effaré s'il pouvait se rendre compte de la gravité avec laquelle le camarade Pahl se ronge pour savoir s'il doit sacrifier une parcelle de son corps fragile afin d'en ramener au moins le reste au pays. Aussi bien ni Pahl ni Lebehde ne l'ont-ils encore initié à leurs projets. Ce Bertin n'est pas sûr, non qu'il ne soit un type convenable, mais il est faible, faible. Ne s'est-il pas payé une boîte de conserve qu'il est en train de s'administrer en douce, sans en offrir à ses copains ? Autrefois, il n'était pas ainsi, on le lui resservira. La disette sévit, on se vole les paquets de nourriture entre escouades ; ne soyons donc pas trop délicats, nous autres — telle est la devise de Karl Lebehde. Mais sur ce point, Pahl est plus sévère vis-à-vis de Bertin, il a une désillusion à digérer. Les conserves, c'est très bon, mais la solidarité vaut mieux encore : Bertin néglige les devoirs de camaraderie depuis qu'il prend ses repas du soir sur son lit. Mais cela changera. Pour le punir on ne l'a pas averti, quand il s'est agi d'une certaine lettre que le sous-officier Süssmann avait confiée en décembre au camarade Lebehde. Au lieu de se fâcher et de se montrer blessé, Bertin a demandé tout tranquillement s'ils avaient pris soin de faire parvenir le message. Il semble décidément que bien des choses lui sont devenues indifférentes, qui l'eussent bien autrement préoccupé, il y a trois mois encore. C'est que la vie est dure, ce n'est pas une petite fête avec punch et pains d'épice ; la fierté, l'amour-propre et le sentiment de l'honneur sont rongés des mites, la houppelande des nobles intentions et des grands principes perd son poil, et il ne reste plus qu'une peau de lapin, bleue et chauve.

Au vrai, l'Armierer Bertin ne va pas fort, chaque jour un peu moins fort. Le travail pénible dans l'air glacial a vidé ses dernières réserves, et les incidents heureux, qui ne manquent guère, n'ont pas de suite immédiate.

Un soir qu'il était déjà étendu sur son lit, on vit arriver dans la salle où les hommes de l'escouade Schwerdtlein raccommodaient leurs effets ou jouaient aux cartes un personnage rondelet, le nez épaté, les yeux en boules de loto derrière des lunettes — apportant avec lui une bouffée d'air glacial. Il inspecta les lieux, dans la lumière crue de la lampe d'acétylène, contempla le poêle de fonte, le long tuyau sur lequel on avait mis du linge à sécher, les fenêtres nues, munies de bourrelets de papier contre le vent et le froid ; puis il déclara qu'il cherchait un certain référendaire Bertin, mais sans doute s'était-il trompé de baraque. De tous côtés, on s'était levé ; comme il portait une capote doublée de fourrure, on l'avait pris pour un officier qui venait passer la revue. Mais le sous-officier Porisch les arrêta d'un geste : pas de singeries, les amis ! Il salua le camarade Schwerdtlein, posa une boîte de cigarettes sur la table — il avait gagné la partie.

Cependant, Bertin avait levé la tête, considérant l'étranger de ses yeux ensommeillés, et s'annonça. Là-dessus, le sous-officier Porisch expliqua qu'il ne venait pas ici pour le bouffer, bien qu'il fût du tribunal militaire de Montmédy, mais qu'il n'avait besoin que de quelques renseignements sur un cas dont le tribunal établissait précisément le dossier. Et comme l'objet principal de son voyage comportait un but auxiliaire, il demandait à son collègue de vouloir bien renfiler ses bottes et de l'accompagner jusqu'à la gare, où un camarade — encore un Berlinois — avait besoin de ses services.

Aux mots de tribunal de Montmédy, Bertin avait sauté à bas de son lit, on l'entendit s'exclamer :

— Aha !

Il avait repris tout son entrain, et en quelques minutes il fut équipé, prêt à sortir.

— Maintenant, nous allons nous en appuyer un, fit le sous-officier Porisch en accompagnant la phrase du geste approprié.

— Ne me le renvoie pas fin soûl, cria le sous-officier Schwerdtlein, demain matin, six heures, on se dégrouille, par ici.

La compagnie, narquoise, fit chorus.

Précautionneusement, ils descendirent les marches de l'escalier mal éclairé et couvert de verglas. Les rues luisantes de glace s'allongeaient, mortes, sous un mauvais vent d'est.

— Tâchons de nous réchauffer, gémit Porisch, mes minces chaussures sont tout ce qu'il y a de moins pratique pour ces expéditions polaires.

Bertin, tout ragaillardi par l'air coupant de la nuit, eut un sourire : cet homme portait des chaussures de civil, bien coupées et de cuir fin.

— Mais, en somme, où me conduisez-vous ? demanda-t-il en accélérant le pas.

— Chez mon frère de couleur Fürth, repartit Porisch, qui reprenait son souffle par à-coups ; et maintenant, mieux vaut fermer nos clapets si nous ne voulons pas nous congeler la luette.

Le sous-officier Fürth n'était pas un inconnu pour Bertin, mais ses airs importants lui avaient toujours déplu. On rencontrait partout — et dans l'armée aussi — de ces individus des grandes villes, verbeux et qui ne pouvaient rien penser sans en avertir aussitôt les populations. Dans sa chambre, le sous-officier Fürth n'était pas de moitié aussi insupportable.

Il était à tu et à toi avec Porisch et il tendit la main à Bertin comme s'il eussent été de vieux copains. Sur sa joue droite couraient deux fines balafres, l'une droite, l'autre en zigzag ; Bertin fut surpris de retrouver immédiatement dans sa mémoire le nom spécifique que l'on donnait à ces estafilades dans le langage des duels d'étudiants. D'ailleurs, l'aménagement et la décoration de la pièce étaient à l'unisson : un vaste canapé de bois jaune recouvert d'un tissu tabac occupait la paroi du fond ; au-dessus, peintes sur une feuille de papier, les armes de son corps d'étudiants, décorées de banderoles rouge, blanc, noir ; une casquette d'étudiant au-dessus de deux sabres français en sautoir ; à droite et à gauche, découpées dans des revues, des photos de messieurs barbus en costume d'étudiant, fixées à la paroi, avec des punaises. Étonné, Bertin comprit : celui-là venait donc de ce monde disparu des universités allemandes, où les jeunes gens se groupent en sociétés pour discuter, se battre et jouir de leur jeunesse — en réalité pour nouer des relations et s'assurer la protection des « Anciens » dans leur carrière future. Comme les différentes castes de la bourgeoisie allemande excluent les jeunes juifs de même catégorie sociale, pour de transparents motifs de race et de croyance, ceux-ci avaient constitué leurs propres corporations, avec ou sans chrétiens, à moins qu'ils n'eussent préféré, tel Bertin, se lancer dans la grande armée des étudiants libres, où l'on ne vous questionne pas sur vos origines et sur la fortune de vos parents, où l'on ne fait état que de vos capacités personnelles. Bertin se trouvait donc chez un de ces étudiants portant les couleurs de sa corporation, mais qui, en sa qualité de membre de la fédération des juristes universitaires, était au nombre des protégés des grands professeurs de l'époque, de l'éminent Gotthold Mertens, qui avait vu le jour dans un pauvre presbytère de Grüstow en Mecklembourg.

Le thé fumait sur la table, à côté d'un flacon de rhum et d'une boîte de cigares. Fürth, muni d'une longue pipe, rayonnait :

— Il me semble que je suis, ce soir, dans une de nos tavernes de Munich ou de Fribourg. On avait aussi, là-bas, de ces nuits hyperboréales, sans neige. Tu es décidément un chic type, Pogge, d'être venu me faire tes adieux.

Bertin devina que « Pogge » était le sobriquet qu'on donnait à Porisch dans la corporation d'étudiants — un vieux mot de bas-allemand qui signifie grenouille, et qui définissait à merveille l'allure du sous-officier.

— Ce n'est pas tout à fait ça, ou du moins à moitié, fit-il : je venais chez toi, mais aussi chez lui (désignant Bertin) et avant tout pour moi. Parce qu'il faut que je parle. Parce que je ne puis ni ne saurais garder la chose pour moi... Mais, dis-moi, est-ce que ces murs ont des oreilles, Pélican ? (« Pélican », Bertin ne put s'empêcher de rire : encore un sobriquet joliment trouvé — on voyait aussitôt le grand nez de Fürth, ses petits yeux d'oiseau, tout ronds, son menton fuyant.) Rapprochez-vous...

— Mais auparavant, une bonne lampée de cette boisson du pôle, réclama le Pélican.

— Bien dit, fit Porisch en se mouchant à fond.

Est-ce que Bertin se trompait ou bien voyait-il réellement une buée dans les yeux du gros camarade ?

Donc : Carl Georg Mertens, ci-devant conseiller au tribunal militaire de Montmédy, s'était empoisonné. Il n'y avait eu, contrairement à ce qu'avaient annoncé les journaux, ni accident ni carambolage d'auto et pas davantage de bombe lâchée par un avion.

— C'était trop, pour lui, voyez-vous, grognait Porisch. Il n'était pas fait pour la grossièreté de cette vie et il nous a flanqué son billet, pour que des individus à la peau plus épaisse et aux pattes plus rudes le ramassent — des individus plus entraînés à ramasser la crotte. C'était un gentleman — personne d'autre que moi ne peut soupçonner à quel point c'était un gentleman. Et de plus, son père l'avait fichtrement mal équipé pour la vie... Être le fils du vieux Mertens, ça aussi, c'était un boulot.

Et maintenant Porisch se libérait d'un poids de plusieurs semaines, et ses phrases coulaient sans ordre de sa bouche, mélangées à la fumée du cigare, coupées d'allusions obscures, de bons mots. Ce furent les déportations belges qui l'arrêtèrent le plus longtemps, parce qu'il avait contribué à recueillir des précisions à ce sujet ; Fürth se montra, sur ce point, beaucoup mieux informé que l'Armierer Bertin, réduit à se faire une opinion avec des coupures de journaux et qui, au surplus, ne se sentait plus guère, depuis des années déjà, dans la peau d'un référendaire. Il se tenait là, accoudé, dans son chandail bleu. De petites gorgées de punch lui réchauffaient le ventre. Il comprenait enfin ce qui avait déjà éveillé son attention, dans la région de Romagne : ces civils en minces costumes du dimanche qui, appuyés sur de lourdes pelles, demeuraient immobiles dans le froid glacial, le long de la route, sans essayer de se réchauffer en travaillant. C'étaient des civils belges, lui avaient raconté les soldats du Landsturm qui les surveillaient et qui d'ailleurs avaient dès longtemps renoncé à les faire travailler. Ils étaient affamés, ils gelaient sur place, mais ils ne bougeaient pas le petit doigt. Cette vision avait profondément impressionné le soldat Bertin ; on appelait ça les « recrutements forcés », d'un mot qui cachait la réalité. Il n'avait toutefois point approuvé le sauvage mépris avec lequel ces Belges jugeaient ceux de leurs compatriotes qui s'entretenaient en flamand avec leurs surveillants, leur faisaient du feu, réchauffaient leur café et acceptaient du pain en échange. « C'était la guerre, pensait-il, ces gens ne devraient pas être si pointilleux, si fiers. » Le vaincu devait s'arranger avec le vainqueur et ne pas se charger de souffrances superflues. Maintenant, colorées par l'indignation de Mertens défunt, ces choses prenaient un autre visage. Mais Porisch poursuivait.

— Jusqu'au dernier moment, l'affaire Kroysing l'a préoccupé. C'est donc vous que ça intéresse, à présent, dit-il, et ses yeux étaient tristes. Vous n'aviez pas indiqué d'expéditeur, mais une note jointe aux papiers vous désignait ; elle était de la main de Kroysing, l'aîné, ce long sec de lieutenant dont Mertens et moi avions gardé le souvenir — pas moyen de le confondre avec un autre. Vous, en votre qualité d'ami de son frère défunt, vous deviez, au besoin, apporter votre témoignage. Là-dessus, nous n'avons plus entendu parler de lui ; nos recherches nous le donnèrent pour « disparu ». Puis, quatre jours après le transfert de C. G. Mertens, dans le wagon qui devait le transporter à Berlin pour être inhumé au cimetière de la Matthäikirche, Kroysing fait savoir à notre bureau qu'il est à l'ambulance de Dannevoux et qu'il a l'intention de poursuivre l'affaire, dès qu'il sera guéri.

— Il vit ? s'écria Bertin, qui s'était dressé comme un cierge.

— Stupéfiant ! Et maintenant j'ai une question à vous poser. Vous êtes bien l'homme qui a fait la connaissance du petit Kroysing la veille de sa mort ?

Bertin, muet, tendu, fit signe que oui.

— Vous n'appartenez donc pas à sa compagnie et vous n'avez pas non plus relevé le plus petit indice ?

— Non.

— Merci, conclut Porisch avec lassitude, cela ne peut donc être d'aucune utilité dans l'affaire ; le successeur provisoire de mon maître est un juge très moyen, sec, qui expédie *ad acta*, c'est-à-dire au diable, toute histoire superflue. Il n'y a pas de lieutenant au monde qui y puisse quelque chose, pas même celui-là... Il a l'air d'être en acier, ce Kroysing, ajouta Porisch en hochant la tête.

Bertin fit un signe d'assentiment : c'était tout à fait ça ; en acier, et qui plus est, toqué, possédé.

Le Pélican, autrement dit l'avocat Alexander Fürth, bureau de consultation à la Bülowstrasse, et domicile à Berlin — Wilmersdorf — voulait des explications. Porisch et Bertin lui rapportèrent ce qu'ils savaient et ce qu'ils pensaient du cas. Le Pélican s'écria :

— Mais soyez bien heureux que tout cela soit enterré. A qui donc cela profiterait-il, si un chameau venait à passer par là et broutait l'herbe qui pousse là-dessus ?

Mais l'avoué Porisch gonfla les joues : ce cas avait été le dernier de la carrière d'un homme juste, d'un homme autour de qui l'air était pur, et il ne voulait pas laisser tomber cette affaire, sans plus, dans l'énorme et désolant tas d'immondices que le cours journalier de la vie rejette sans trêve sur la rive !

— Bon, déclara Fürth, ça change le truc. Notre hôte (il se tourna un instant vers Bertin) doit être averti : qu'il tienne ses doigts à l'écart de cette sauce au beurre, s'il ne veut pas attraper des cloques. Je vous ai souvent aperçu au boulot, dès l'aube, et je me suis étonné que nous n'ayez pas depuis longtemps cherché un autre filon, soit dit en passant. Quant à toi, mon brave Pogge, je puis tout au plus te communiquer un renseignement, sans savoir, du reste, si tu pourras en tirer parti...

— ... Un mot, fit Bertin en l'interrompant (sous l'effet du rhum et de la cordialité de l'entretien, replongé qu'il était dans les jours d'autrefois où il considérait d'un œil apitoyé les étudiants en couleurs comme des spécimens attardés dans le cours de l'évolution humaine, avec leurs cicatrices artificielles et leurs costumes bariolés de danseurs), le plus important serait de repérer l'ambulance de Dannevoux.

Le Pélican eut un regard réprobateur, mais Porisch approuva la remarque. En silence, Fürth alla prendre une carte dans son placard et la déplia sur la table : on trouva bien Romagne, Flabas, et même Crépion et Moirey, mais pas de Dannevoux. Embarrassés, ils considéraient la feuille teintée de couleurs — la cité de Verdun, l'emplacement de Douaumont, le cours ravagé de la Meuse, lorsque, de l'ongle pointu du petit doigt, le Pélican désigna un point : Dannevoux.

— Mais qui serait allé le chercher là ? s'exclama Bertin, il est sur la rive gauche.

C'est vrai, au-delà de la ligne sinueuse du fleuve, le monde se continuait : mais à quoi bon avoir fait cette découverte, du moment que la localité se trouvait dans une autre zone de commandement ? Solennel, le Pélican se renversa sur son siège, croisa les bras :

— Je ne sais si c'est pour toi une chance ou une malchance, mon vieux Pogge. Toujours est-il que je puis te dire que là-bas, dans le corps d'armée de Lychow, Mopsus se trouve être conseiller au tribunal militaire. Tu connais Mopsus ?

L'avocat Porisch ouvrit de grands yeux : naturellement qu'il le connaissait, l'avocat Posnanski, pas seulement parce qu'il figurait sur la liste des « Anciens » — il le connaissait personnellement.

— Mais, poursuivit-il, comment sais-tu qu'il perche là-bas ?... Sur la rive gauche...

— A Esnes ou à Montfaucon, précisa le Pélican.

— Je n'ai pas trop de temps, reprit Porisch, mais je m'en vais de ce pas chez mon lieutenant et je lui conseille de s'adresser à Mopsus. S'il y a quelqu'un qui peut le guider dans l'affaire, c'est lui.

— En effet, confirma Fürth.

Bertin bâilla ; il était fatigué et d'ailleurs qu'avait-il de commun avec ces gens aux noms bizarres ? Demain matin, il lui faudrait de nouveau transporter des rails.

— Je ne puis te cacher, ajoutait le Pélican, que le lieutenant sera battu aux points, son adversaire a une sérieuse avance.

— Je donnerais bien quelque chose (et Bertin eut un nouveau bâillement) pour savoir ce qui se passe chez les Prussiens quand les points s'équilibrent de part et d'autre.

Il n'y eut pas de réponse : les deux autres attendaient qu'il se retirât. Pour remplir l'intervalle, Porisch raconta que parmi les papiers de Kroysing se trouvait un cahier noir que personne ne pouvait déchiffrer car les élèves de Mertens ignoraient la sténographie. Et les deux camarades de rire au souvenir des colères du vieux Mertens quand, du haut de la chaire, il apercevait, au début du semestre, de nouveaux venus qui s'efforçaient de sténographier son cours, il tonitruait ; ses leçons s'adressaient à des auditeurs et non à des greffiers. Bertin sursauta : quelle heure pouvait-il bien être ? Fürth avoua que le moment approchait où il devrait regagner ses quartiers. Sa voix était douce, elle n'avait rien de tranchant ; il le pressa de revenir se réchauffer ici aussi souvent qu'il le voudrait, le contraignit d'accepter quelques cigares ; et, quand Porisch lui eut secoué les mains à plusieurs reprises, lui souhaitant un bon hivernage, Fürth lui donna de la lumière jusqu'au bas des escaliers.

Rentré dans la pièce, le Pélican chargea le poêle avec du charbon des chemins de fer, puis, ayant bourré sa pipe :

— Il a joliment besoin d'heureux souhaits. Ici nous sommes toujours informés du sort qu'on réserve à ces Schipper avant qu'ils le sachent eux-mêmes.

— Dis-moi, interrogea Porisch, quelle est ta fonction ici ?

— En théorie je suis sous-officier du chemin de fer. Mais en pratique, je suis le commandant de la gare de Romagne et je m'appuie tout le boulot. Mon lieutenant se soûle, me laisse turbiner et signe. Ce régime nous convient à merveille, à lui comme à moi, parce que je sais tout et je file en permission comme si je ne m'appelais pas Fürth mais Fürst (prince) — et il partit d'un gros rire. La semaine prochaine, ce garçon va être remplacé, ainsi que sa troupe, par les hommes de la 4e compagnie du même bataillon, et il disparaîtra de mon secteur. Ils vont attraper un sacré service sous les ordres d'un sergent hambourgeois, le nommé Barkopp. D'où je tiens le tuyau ? De Barkopp lui-même qui, avant-hier, s'était appuyé du schnaps à dose massive et titubait comme de juste.

Cependant, Bertin arpentait les rues sonores, dans la nuit neigeuse. L'air piquant le ranimait, le thé au rhum lui avait fait grand bien et le comique Pélican l'avait un peu rasséréné. Il cultiverait cette relation ; quoi qu'il en soit, cette soirée lui avait apporté la consolation de savoir qu'Eberhard Kroysing était vivant. Chance, quand des blessures graves donnent le droit d'entrée au repos — on le paye volontiers. Il allait lui écrire à la prochaine occasion ; peut-être pas tout de suite, mais quand Kroysing irait mieux — il ne voulait pas se donner des airs de pleureuse. Si seulement il pouvait faire moins froid, que le travail fût moins dur et que cette année 1917 lui donnât une permission, et alors il suivrait les conseils de Kroysing et il relèverait le nez.

Avant le coup de neuf heures, il arrivait au quartier, transpirant ; tout le monde ronflait déjà paisiblement et personne ne savait ce qui allait survenir, car les dieux s'étaient disputés et avaient jeté les dés sur les hommes mortels.

2

Quand les dieux se disputent

Si le lieutenant von Roggstroh, en plus de l'officier bienveillant qu'il était, avait été doublé d'un officier expérimenté, il aurait commencé par chercher à savoir si dans l'entourage de Bertin tous ses supérieurs avaient été suffisamment pourvus de marques honorifiques. Malheureusement il n'en fit rien. Sa proposition arriva après le Nouvel-An au bureau du bataillon de Damvillers, après avoir passé au bureau du parc, de telle sorte que le colonel Stein et le major Jansch furent invités presque au même moment à remettre la croix de fer de deuxième classe au soldat Bertin du corps des Armierer.

Les deux officiers qui, nous l'avons vu, ne pouvaient pas se sentir, figuraient aussi deux types d'hommes diamétralement opposés : le colonel Stein était un vieux cavalier, corpulent, prompt à s'emporter, avec une petite dose de bonhomie ; le major Jansch était maigre, aigri, frétillant, mais sachant se dominer. En lisant le rapport rédigé par le lieutenant von Roggstroh — neveu d'un propriétaire influent de la Prusse orientale — sur la conduite et les actes de l'Armierer Bertin, nos deux officiers eurent la même pensée : en se donnant un peu de peine, les faits ainsi exposés devaient pouvoir se métamorphoser en une croix de fer de première classe, et cela pour eux-mêmes.

— Écoutez-moi, avait dit le colonel Stein à son conseiller et adjudant ; en tout bien tout honneur, il est impossible, impossible, vous disje, qu'un petit major de terrassiers de Damvillers se permette de disposer ainsi d'une croix de guerre. Nous étions dans le parc, nous avons pris part au bombardement. Nous étions les plus directement mêlés à cet engagement, nous ne nous laisserons pas couper l'herbe sous les pieds.

« *Nous*, c'est-à-dire toi », pensa le premier-lieutenant Benndorf, mais il n'en dit rien. Il se contenta de demander :

— Et quel est l'homme que le lieutenant désigne pour cette décoration ?

— Il ne l'aura pas cette fois, fit brusquement le colonel ; nous d'abord. Une permission fera bien mieux son affaire. Et puis que viennent fabriquer ici ces Schipper ? Je ne les connais pas et ils ne me connaissent pas.

— Pardon, repartit Benndorf en se rapprochant de la fenêtre de la triste pièce où on les avait logés, pour une fois mon colonel fait erreur. Cet homme, vous le connaissez.

— Me souviens pas d'avoir eu cet honneur, marmonna le colonel.

Le premier-lieutenant poursuivit, non par malveillance, mais parce qu'il désirait avoir son mot à dire afin de soulager un peu sa déconvenue d'être ainsi passé par profits et pertes dans cette affaire de décoration :

— Cet homme vous l'avez vu, et même vous avez voulu le faire punir le jour où l'on amenait une troupe de Français auxquels les Schipper ont donné à boire. Mon colonel ne s'en souvient pas ? Il y avait là cet individu à barbe noire qui ne se gêna pas pour faire boire un de ces Français dans sa propre gamelle. Il se nommait Bertin.

Le colonel se souvenait vaguement et sans colère :

— Ah ! c'est lui ! fit-il en allumant une cigarette. Il fait de jolis zigzags, alors, tantôt ceci, tantôt cela. Mais si vous croyez vraiment que le nommé Jansch spécule aussi sur cette affaire, je vous proposerai d'aller lui faire une visite et on l'en fera gentiment démordre. Je lui offrirai un caisson de chocolat, et notre bonhomme, ravi, oubliera l'empereur et le Bon Dieu, sans parler de la croix de fer de première classe, qu'il ne faudrait tout de même pas se laisser barboter.

Les petits travers du major Jansch ne pouvaient passer inaperçus dans ce trou de Damvillers, et son goût pour les douceurs donnait prise à ses ennemis, sans qu'il s'en doutât. Mais il n'allait pas tarder à s'en apercevoir.

Quand on lui annonça la visite de son ennemi, le major Jansch se hérissa d'avance. Il était en train de dessiner, pour son hebdomadaire de l'armée et de la flotte, la carte future de l'empire allemand, qui englobait non seulement Lützelburg, Nanzig et Werden, mais encore la Hollande, la Suisse, Milan avec la Lombardie, la Courlande, la Livonie et l'Estonie jusqu'à Dorpat. Il est juste d'ajouter, pour le profane, que Lützelburg, Nanzig et Werden s'appelaient encore provisoirement — ô honte ! — Luxembourg, Nancy et Verdun. Mais les membres de la fédération pangermanique et de la « ligue contre l'hégémonie du judaïsme » se faisaient un devoir de remettre en honneur les bonnes appellations allemandes. Il fit disparaître sa carte, lissa sa moustache, rajusta sa tunique et s'avança à la rencontre de ses visiteurs.

La pièce était surchauffée et cet air renfermé n'était pas du goût du colonel ; il demanda, avec un aimable sourire, de pouvoir ouvrir la fenêtre. Le major Jansch, le regard acide, acquiesça — mais cela ferait des histoires car le colonel avait l'habitude de parler haut et tout le monde serait aussitôt renseigné sur leurs affaires. Mais, tant pis : lui, Jansch, était paré, il ne reculerait pas.

Pendant trois minutes, les deux coqs se lancèrent l'un sur l'autre, mais ce n'était que les plumes qui volaient. Le colonel ne pouvait imaginer que le major eût sérieusement compté sur la décoration proposée. On savait bien, voyons, qu'il n'avait jamais quitté ce bon village de Damvillers, et ce n'était pas à Damvillers qu'on pouvait attraper une croix de fer de première classe. D'une voix calme et glaciale, M. Jansch rétorqua que chacun devait combattre au poste qui lui avait été assigné, et ne point faire irruption ici, à Damvillers, au moment où le parc de munitions confié à sa garde se mettait à flamber.

Le colonel Stein partit d'un formidable éclat de rire : magnifique, ce major qui se posait en prédicateur de morale et reprochait aux autres de s'être retirés à l'abri quand lui-même n'avait jamais risqué son nez dans le voisinage d'un obus. Il y avait vraiment là de quoi vous faire monter à l'arbre. Le major était d'avis que cela n'avait rien à faire avec les arbres. Le lieutenant von Roggstroh avait désigné pour la décoration un homme du bataillon et non un homme de la compagnie du parc. Le commandant du parc allait-il encore s'approprier les distinctions qui revenaient à la I-X-20 ? Ça serait du propre ! Il en avait assez de ces sempiternelles immixtions et de ces prérogatives usurpées. Dans les affaires de service, personne n'avait rien à lui dire et dans son bataillon, c'était à lui de désigner ceux qui devaient recevoir une décoration. Il n'y avait pas à toucher à cette règle.

— Dommage, fit le colonel Stein, qui restait confortablement assis sur sa chaise, dommage, *Herr Kamerad,* que vous soyez aussi *intransigeant,* moi qui m'étais proposé de me mettre d'accord avec vous moyennant un caisson de chocolat ; vous en auriez eu plus de profit que d'une décoration qu'on ne peut guère se fourrer dans le bec.

Le major Jansch le prit de haut. Malheureusement, le colonel Stein, qui tournait le dos à la fenêtre, avait aperçu la grande boîte de fer-blanc garnie de sucreries belges qui trônait sur le plancher, à la droite du major. Jansch la ferma d'un coup sec et, bouillant de colère :

— Êtes-vous venu ici pour me dire des bêtises ? « Intransigeant », dites-vous — comme si la langue allemande n'était point assez bonne pour qu'on la respecte ? Va-t-on, en pleine guerre, s'acoquiner avec le monde entier ?

Surpris, le colonel Stein se tourna vers le premier-lieutenant Benndorf :

— Qu'est-ce qu'il me chante avec ces bêtises ? demanda-t-il comme si M. Jansch avait disparu de l'horizon. Veut-il parler de *Sottisen* ? Alors ce petit mot aurait du sens et de l'à-propos, car en fait de bêtises, il n'y en a qu'un qui en débite ici.

Le major Jansch pâlit, puis son visage se couvrit de plaques rouges, puis pâlit de nouveau ; il avait peine à reprendre son souffle. Il s'agissait de se dominer, de modifier l'atmosphère de la discussion à son profit. On allait attendre le retour de l'ami Niggl, dont la permission expirait bientôt. Le colonel Stein n'avait-il pas eu déjà maintes citations ? reprit-il d'un ton quasi suppliant, il n'en était pas réduit à voler l'agneau de la veuve. L'homme dont il était fait mention dans la proposition appartenait à la I-X-20, et n'importe quel bureau verrait bien que cet homme n'avait pas bravé le feu des canons pour le colonel Stein mais pour l'honneur de la troupe où il était incorporé : le jour où un canonnier du parc attirerait l'attention d'officiers étrangers, eh bien ! ce serait le tour du colonel. Si l'on s'en tenait au droit et à l'équité...

Hors de lui, le colonel Stein se leva brusquement de son siège :

— « L'agneau de la veuve ! » cria-t-il ; « le droit et l'équité ! » nous verrons bien à quel corps de troupe vous faites allusion, monsieur ! En vertu du droit et de l'équité, j'aurais dû citer devant le conseil de guerre un homme qui avait attiré l'attention d'officiers étrangers ! Mais oui, en présence de mille paires d'yeux et au mépris de mon ordre exprès, cet individu avait fraternisé avec un prisonnier français, lui avait donné à boire dans sa propre gamelle. A ce moment-là, Benndorf m'avait demandé de faire passer la grâce avant le droit. Mais si vous vous mettez à chicaner, moi je tire la grande cloche. Et alors c'est vous qui commencerez à danser, mon cher.

Le major Jansch pâlit de nouveau. La colère lui tordait les entrailles. Quoi donc ? On lui avait caché ces incidents ? Si cet ivrogne de Stein disait la vérité et la mettait à profit, c'est pour le coup que sa croix de fer de première classe lui passerait devant le nez. On ne badinait pas sur les questions de discipline et d'intelligence avec l'ennemi. La voix calme, Jansch s'adressa au premier-lieutenant Benndorf qui, adossé à la paroi, les bras croisés, fit le récit de l'incident. Jansch, après l'avoir écouté attentivement, déclara qu'on n'aurait jamais dû lui celer la chose et que les coupables seraient punis de leur silence à la manière prussienne. Quant à la croix, il n'y renonçait pas pour autant, loin de là, et l'on verrait bien qui finirait par l'obtenir.

Le colonel Stein se leva :

— C'est bon, dit-il, on verra.

Et il paria une tonne de chocolat contre une tonne de schnaps que ce serait lui et pas un autre qui sortirait vainqueur de ce tournoi. Il se coiffa de sa casquette, prit congé et s'en alla ; dans le couloir, il vitupérait déjà son adjudant pour l'avoir si mal secondé :

— Vous, avec toute votre fraternité humaine, allez-vous enfin m'expliquer ce que le dénommé Bertin peut bien avoir à faire avec ma croix de guerre ?

Il ne fut pas peu surpris de voir son compagnon s'arrêter au milieu des escaliers et partir d'un éclat de rire. Puis il se frappa le front et fit chorus avec Benndorf parce que, en définitive, ne s'était-il pas pris aux cheveux avec Jansch pour rien de moins que la citation de l'ex-barbu !

Là-haut, dans son cabinet, le major Jansch, épuisé, avait refermé la fenêtre. Il se fourra un bonbon dans la bouche, un long bâton rose framboise qui avait un goût de fruit, et il se mit à arpenter la pièce. Cela n'annonçait rien de bon. Le sergent-major avait dû écouter, le secrétaire Diehl aussi, et l'ordonnance de la poste, et même l'ordonnance Kuhlmann ; et tous tiraient leurs conclusions sur la conduite à tenir désormais. Il étaient installés dans un local bien chauffé, les pieds au sec et aussi bien nourris qu'on pouvait l'être cet hiver-là. Aucun d'eux n'avait la moindre envie de se faire mal noter et d'être ainsi versé à la troupe des Schipper qui besognaient durement chaque jour sur le terrain balayé par les tirs. Le sergent et l'ordonnance, purs esclaves, étaient prêts à se plier à tous les caprices de M. le major. Les deux autres tenaient simplement à rester en dehors du jeu : ce pauvre Bertin n'avait décidément pas de chance ; dès qu'on lui venait en aide, on se faisait du tort — primo, l'histoire de la gamelle d'eau, puis la permission sabotée, maintenant l'affaire de la croix de fer de deuxième classe, qui aurait fait le bonheur de tout autre, et encore le réchauffage — si l'on peut dire — de la gamelle d'eau, dans la dispute des deux galonnés — le plus solide y perdrait ses plumes.

... Pourquoi attendre le retour de l'ami Niggl ? Il était déjà là, installé sur son siège et murmurait, insinuant, ses conseils — c'est-à-dire un Niggl imaginaire, une réminiscence de Niggl, forgé par la fantaisie du major Jansch, cette fantaisie dont il faisait usage par habitude et vantardise. Il tenait ce don de ses années d'enfance — cette échappatoire, faudrait-il dire. C'est ainsi que, dans ses pensées, à l'aide de ces personnages de rêve longuement médités, il se vengeait de ses ennemis, pardonnait d'un cœur clément à ceux qui le méconnaissaient, donnait des conseils à l'empereur, qui ne les suivait pas, prince au vues courtes, et sauvait sa patrie, lui, Jansch, un modeste major ; c'était un plan stratégique fulgurant qui anéantissait l'armée italienne, l'armée des traîtres et livrait passage aux armées allemandes qui pénétraient en France par Turin et la Savoie, détruisaient Lyon et Avignon ; puis c'était le soulèvement des Petits-Russiens opprimés en Ukraine, et l'arrivée des Allemands qui se posaient en libérateurs. Rien n'arrêtait ce petit homme, pas même la pensée que la réalité cheminait sans se soucier de ses rêves. Il voyait en ce moment le soldat Bertin, ligoté à un arbre, depuis des heures, dans le froid coupant, affaissé dans ses liens, sans connaissance — et le major se repaissait de ce châtiment mérité. Cependant que trottait dans sa tête la vision du rusé compagnon Niggl qui avait si paisiblement débarrassé le bataillon de ce gêneur. Mais M. Niggl proposait encore autre chose d'infiniment plus habile à son génial camarade Jansch : il suffisait d'inscrire, sur la feuille envoyée par le lieutenant von Roggenstock, une petite remarque toute sèche : l'intéressé, sur l'ordre du commandant de bataillon, venait d'être transféré au parc des canons de campagne. Ensuite, au cours d'une soirée des officiers du groupe, le capitaine Niggl élèverait sur le pavois les mérites de M. le major. Mais le soldat Bertin devait disparaître dans quelque service avancé et pas précisément de tout repos. Et il y resterait jusqu'à ce qu'il lui arrive quelque chose. Parce que ce juif, qui savait tenir une plume, ne devait pas être emprunté pour faire accréditer toutes sortes de mensonges, au cas où il serait interrogé. Les joues en feu, le major Jansch entend les conseils qui lui viennent du fauteuil vide. Ce poste avancé, on allait le créer très prochainement, tout près de la rive gauche de la Meuse ; il aurait pour fonction de recueillir les munitions perdues, les obus non éclatés, les grenades à main abandonnées, de les examiner et de les renvoyer à l'arrière. Le chef artificier Knappe avait déjà organisé la chose, en petit, pour le parc de munitions, et, voici quelques jours à peine, il avait eu une formidable explosion à signaler — deux morts et sept blessés, dont un excellent sous-officier, plein de zèle et de feu pour sa patrie. L'impression avait été déplorable et l'on avait aussitôt décidé de transférer cette manutention à bonne distance du parc, en direction des premières lignes, sous le commandement du sergent Barkopp, personnage plutôt taré. Voilà la société qui convenait à B... En souriant, M. Jansch reconduit jusqu'à la porte son visiteur imaginaire, lui serre la main avec reconnaissance. Puis, ayant, réellement cette fois, fermé la porte, il se précipite vers sa table à écrire sur un billet, au crayon bleu : « Penser à B... », dépose le billet dans le tiroir du haut et sonne pour faire venir l'ordonnance Kuhlmann. C'est l'heure du repas, M. le major a travaillé dur et, en dépit de ses sucreries, il a faim.

3

Le prix d'achat

On appelle *Blindgänger* les obus qui, en raison d'un vice de fabrication ou parce que le sort en a décidé ainsi, n'ont pas éclaté. Ils demeurent sur le terrain, pareils à de gros œufs de Pâques, allongés en attendant qu'on les découvre — tantôt nombreux au même endroit, tantôt clairsemés. C'est pourquoi le peloton affecté à leur récolte doit se disperser sur de vastes étendues, repérer tout d'abord les projectiles puis conduire de l'un à l'autre un homme du métier qui décidera si l'on peut se risquer à y toucher ; on réunit ensuite les obus par petits tas, puis on en fait des monceaux plus importants à proximité d'une voie ferrée par où ils seront acheminés vers l'office de contrôle qui sondera leurs cœurs et leurs reins. Peu à peu, ils remplissent un wagon, puis deux, puis trois, et à ce moment-là, la charge fait déjà ses frais de transport. Durant la période insouciante de la première année de guerre, la récolte des obus non éclatés était l'affaire des canonniers et des Schipper qui, avec les ceintures de cuivre, parfois volumineuses, confectionnaient toutes sortes de souvenirs de guerre ; cette industrie florissante payait les artisans du danger auquel ils s'exposaient en retirant les bracelets d'or rouge. Mais depuis lors, comme il arrive toujours, un monopole d'État avait supplanté l'initiative privée.

Les Schipper du sergent Barkopp se dispersent sur le haut plateau qui, dans ses fossés et ses cratères, recèle plus d'une ressource. Les allées et venues, bien entendu, n'échappent pas aux Français qui arrosent le terrain tantôt de shrapnels, tantôt d'obus. Il y a quelques jours, nos hommes ont découvert le cadavre grimaçant du fantassin Franz Reiter d'Aix-la-Chapelle, paisiblement étendu sur le dos et qui n'avait en poche qu'une carte illustrée, à son nom, et naturellement pas de chaussures. Pensifs, Lebehde, Pahl et Bertin — tous trois affectés à ce détachement — se sont arrêtés devant la dépouille de Reiter, jusqu'à ce que Karl Lebehde ait secoué ses compagnons pour aller plus loin, tout en constatant avec mélancolie :

— On peut aller où on veut, il y a toujours quelqu'un qui nous a devancés. Tu n'as pas de chance, Wilhelm.

Il fait allusion au lamentable équipement pédestre de Wilhelm Pahl, dont les bottes sont depuis des semaines chez le cordonnier de la compagnie à Étraye. En attendant de pouvoir aller les retirer, il porte des souliers dont les semelles n'existent plus. Épuisé de faim et replié sur lui-même, tout cela semble le laisser indifférent. Mais les apparences sont trompeuses.

Toute l'escouade du sergent Barkopp respire la misère. Les sous-vêtements des hommes, brûlés par des produits de nettoyage corrosifs, reprisés cent fois, ne tiennent plus et ne réchauffent plus. Leurs tuniques ont pris une teinte brunâtre, leurs pantalons, déchirés en plusieurs endroits par les fils barbelés, sont raccommodés avec de la laine ou du fil de toutes couleurs. C'est à peine s'ils luttent encore contre les poux qu'ils logent à demeure et ils ne se demandent plus ce que le lendemain leur réserve : que pourrait-il leur apporter ? On ne lit plus, on ne joue plus aux échecs, il n'y a plus d'harmonica, plus d'accordéon pour leur verser l'illusion de la gaieté. Quand la tombée du jour a mis fin à la besogne, on se réunit dans les baraquements, on tape le carton, à moins qu'on ne s'entoure la tête d'un chiffon pour aller mendier. Les vivres que touche un bataillon sont tout d'abord passés au tamis par l'état-major du bataillon, puis par les cadres de la compagnie et leurs protégés et ensuite par les cuisines des compagnies elles-mêmes : et c'est seulement alors, s'il reste encore quelque chose, qu'on songe aux détachements en service extérieur. A ce régime, il est clair que nos gens doivent aller mendier s'ils veulent avoir quelque chose à se mettre sous la dent. Les plus solides écrèment soir après soir les environs. Ils repèrent les bons coins, mais n'en soufflent mot à personne : c'est tantôt une cuisine de campagne d'une batterie, d'une compagnie d'infanterie en position de réserve, d'une troupe du train (toujours les mieux servies), d'une colonne avancée, tantôt, si on a de la chance, une cuisine d'ambulance. Une ambulance est naturellement la source de toutes les voluptés, l'oubli paradisiaque. Et qui donc cracherait sur une échelle de gruau agrémentée de miettes de bœuf, quand elle vous tombe amicalement dans la gamelle ?

Les psychologues de la trempe d'un Karl Lebehde ont tôt fait de recueillir un trésor d'aperçus sur le caractère des sous-officiers de cuisine et de leurs aides ; ils savent discerner les cas où il suffit de faire la queue et de tendre sa gamelle en silence ; où il faut y aller d'une modeste prière, ou d'un bon mot qui éveille la compassion ; où il s'agit de sortir une cigarette pour recevoir sa prébende. Les cigarettes sont fournies par Bertin qui, en échange, partage les repas qu'elles ont procurés à son camarade ; Wilhelm Pahl reçoit sa part gratis et à tous coups ; il doit l'absorber sous l'œil et avec les encouragements de l'éloquent aubergiste Lebehde — mais il n'en retire aucune joie ; une dure détermination le préoccupe. Aucun de ces hommes ne respire librement ; tout sont rongés de la certitude que la guerre ne finira jamais. Tous se sentent maintenant dans l'étreinte d'une main impitoyable ; et le seul qui soit heureux, c'est Naumann II, l'idiot de la compagnie. Eh oui, ce petit numéro toujours ricanant, avec ses mains et ses pieds gigantesques, ses puissantes oreilles et ses yeux bleus, la compagnie s'en est également débarrassée en le fourrant dans l'escouade Barkopp, sans doute en raison de son intelligence et de son adresse à manier des explosifs... Or le sergent Barkopp bourrant gentiment l'épaule de l'aimable fou, emballeur et garçon de courses d'une maison de commerce de Steglitz, l'a fait photographier par l'artificier en chef Knappe, un obus dans les bras et riant, la bouche fendue jusqu'aux oreilles ; puis il lui a notifié une fois pour toutes son service de quartier : « Et en avant avec ton balai, mon fils. » Et Naumann II obéit, avec son allure de guingois et sa soumission indéfectible à l'autorité incarnée dans la personne du sergent Barkopp et de tous les hommes envers qui la nature s'est montrée moins marâtre qu'à son égard.

Barkopp, au civil aubergiste de port, se révèle un très habile chef d'escouade. Grâce à Knappe, il s'est bien vite initié à toutes les particularités qui distinguent un obus dangereux d'un obus inoffensif. Son coup d'œil rapide voit tout, et il n'a pas été long à former une poignée d'hommes tout aussi habiles dans ce genre d'exercice : « Plutôt en laisser un de trop que d'en ramasser un de trop », telle est sa devise. Les marmites spécialement dangereuses sont entourées de piquets — on trouve partout du fil de fer rouillé ou des branches — et si c'est nécessaire, on plonge le projectile dans un fossé rempli d'eau, où cet individu suspect sera mis hors d'état de nuire. Et c'est ainsi qu'aucun accident ne s'est encore produit jusqu'à présent.

Barkopp se montre particulièrement friand des dépôts de munitions abandonnés par une batterie détruite ou transférée. Dans les replis de terrain, dans les coins abrités, on a parfois la chance de tomber sur un de ces emplacements ; dans toute l'étendue de la zone de combat, les

Allemands ont laissé de ces trésors, personne n'accorde même un regard à ces réserves abandonnées sur place : il faut bien que les successeurs aient quelque chose à faire. Il a beaucoup observé, notre Emil Barkopp, la disgrâce de la compagnie l'a expédié un peu partout ; il a vu de ses propres yeux comment, aux premières pluies, les canonniers enfonçaient des obus dans la boue pour former un palier résistant, posant par-dessus des corbeilles à munitions, puis une nouvelle couche d'obus de tout repos, sur lesquels ils s'asseyaient, mangeaient et dormaient. Il envoie ses éclaireurs de tous côtés. Où y a-t-il quelque chose qui se prépare ? Nul n'en sait rien, sauf lui et le chef artificier Knappe, le maigre et pensif à la barbe pointue. Personne ne possède de cartes ni d'idées précises sur les sinuosités du front. Tout ce qu'ils savent, c'est qu'ils sont à proximité immédiate de la Meuse et qu'ils peuvent, du jour au lendemain, passer d'une rive à l'autre.

Le gros du I-X-20 est cantonné dans les gorges des environs d'Étraye où le commandement du parc a installé, en fin de compte, son dépôt de munitions. Mais les détachements s'échelonnent actuellement sur tout le secteur à l'est de la Meuse, et celui de Barkopp est le plus à l'ouest. Vilosnes, et Sivry avec ses ponts, ont des points de liaison entre eux, mais c'est tout. Les Français tirent aussi bien de la droite que des hauteurs de la rive gauche, où les deux camps se surveillent l'un l'autre, immobiles depuis l'été.

Une lumière ocrée, puis de plus en plus blafarde, erre sur le haut plateau. L'Armierer Bertin, au cours d'une de ces chasses, s'est avancé un peu trop loin, la nuit sera bientôt là. Il accélère le pas, saute de droite et de gauche, trouve un chemin et reprend haleine. Mais la batterie française, qui occupe l'ancienne position allemande, connaît aussi ce chemin et y dépêche encore quelques obus. Dans l'air glacial, on perçoit à l'avance le coup de départ et quand le projectile s'abat, Bertin s'est déjà collé à terre, aussi plat qu'une punaise. Mais tandis que dans un bourdonnement sourd de gros coléoptères, les éclats volent au-dessus de lui, il se livre à un rude combat. A quoi bon cette stupide dérobade ? Pour quelle fin prolonge-t-il ainsi sa vie, d'une fois à l'autre ? Ne devrait-il pas, en définitive, tendre la main à la destinée, pour qu'elle l'emmène, n'importe où, lever le derrière pour que l'un de ces lambeaux d'acier se fiche dans sa chair ? Souvent il a hésité à se faire écraser le pied par le premier lorry venu ; mais il ne peut s'y résoudre. Seulement, si cela continue encore quelques mois de ce train-là, il ne répond plus de rien. Pour le moment, il se blottit encore contre la terre, il s'accroche à la vie. Et voici que la bénédiction du soir est achevée ; il se débarrasse de la poussière qui colle à ses vêtements, rajuste solidement son bonnet, s'élance pour aller retrouver de la nourriture et de la chaleur. Il est difficile de le nier, bien qu'il ne le remarque pas encore lui-même : de tous ses camarades, c'est de Naumann Ignace, le garçon de peine, qu'il est le plus proche.

Sur la terre poudreuse, siffle le vent de glace venu des neiges du Nord et des continents d'Est. A chaque monticule il se démène, à chaque arête il se déchire, gémit, heurte les troncs des arbres, hurle et s'en va criant toujours. Entre la terre décolorée et le ciel gris, il règne seul, honni, poursuivi, déchirant son corps aux pointes rouillées des barbelés, avec la volupté de la mort. Il se coupe au métal des boîtes de conserve éventrées et passe en grinçant sur elles : il ne peut s'arrêter, tant il a hâte de se jeter dans les plaines plus chaudes des mers occidentales ; mais il chicane chaque fissure des vêtements, pourchasse les papiers jusqu'à ce qu'ils se cachent au fond des fossés, se moque des rats qui guettent, inquiets et affamés, à l'entrée de leurs trous, car le monde entier s'est changé en pierre, et s'élance encore, large sur les terrains découverts, étroit par les chemins creux, magnifique tel un héritier qui vilipende ses dernières ressources, sachant que, quoi qu'il fasse, son règne va bientôt finir.

Deux Schipper sont venus chercher un abri contre ses atteintes, au fond d'un fossé. Ils sont assis sur un bloc de glace — à ce qu'ils croient ; mais en fait, ils sont installés sur la base d'une quille de glace dont la tête est fichée en terre et dans laquelle, enveloppé comme un fœtus dans le ventre de sa mère, dort du dernier sommeil un soldat allemand qui restera là, jusqu'au retour des beaux jours. Alors, on le découvrira, on recouvrira d'un peu de terre ces restes d'ossements et d'uniforme et l'on plantera une croix faite de deux planches : « Ici repose un brave soldat allemand. » ... Si l'on prend la peine de faire tout cela, car à ce moment, les premières tanks pointeront à l'horizon, les premières escadrilles d'avions américains viendront relayer les escadrilles françaises, et sur le front occidental, ça chauffera. De tout cela, nos deux Schipper ne savent rien encore ; les jambes ballantes, ils s'en remettent à l'épaisseur de leurs vêtements, auxquels ils ajoutent de vieux journaux apportés par Karl Lebehde. Les mendiants connaissent bien les propriétés du papier qui protège du froid ; et les deux camarades ont l'air de mendiants, empoussiérés, délavés, ficelés de gris, les visages gelés pointant hors du passe-montagne, nez violets et yeux rougis.

Wilhelm Pahl et Karl Lebehde parlent sur un ton assourdi ; ils ne chuchotent pas précisément, mais ils font en sorte que personne ne puisse entendre des voix. L'expression tendue, une hâte, une certaine angoisse sur leurs traits, donnent à penser qu'il s'agit d'un événement inaccoutumé. Karl Lebehde tient à la main un instrument pointu et rouillé, une aiguille affûtée, qui a dû séjourner un certain temps dans l'humidité, car elle est couverte de rouille rouge.

— Karl, gémit le camarade Pahl, si seulement je pouvais n'avoir pas une telle frousse. Tout d'abord la douleur, moi qui suis si sensible. Puis l'ambulance, et s'ils y mettent le couteau — avec ça qu'ils n'ont pas de chloroforme à revendre — alors on souffre cent fois plus. Et puis, qui sait comment on arrive à marcher sans orteil... ou avec un traîneau de cul-de-jatte ?

— Mon petit, répond Karl Lebehde, quand on veut acheter quelque chose, il faut y mettre le prix. On ne s'en tire pas autrement, dans cette vallée terrestre. Amène-toi, mon petit, aboule ton peton et laisse ton oncle te faire des chatouilles.

— Crie encore plus fort, pour que Barkopp ou le vieux Knappe viennent assister à l'opération.

Karl Lebehde sait fort bien qu'il n'y a personne dans le voisinage. Mais comme la mutilation qu'il veut pratiquer, à la demande de son ami, est poursuivie avec un acharnement sanguinaire par le code pénal de l'armée bourgeoise, parce que c'est le seul moyen vraiment efficace d'échapper au dressage de l'État capitaliste, il se lève et, le visage au vent, il regarde de tous côtés. C'est le matin, vers dix heures et demie, pas une âme dans les environs, personne qui puisse voir sortir de terre cette tête et ces mains. Tranquillisé, il glisse de nouveau au fond du fossé :

— Bien bête de marcher dans toutes tes combines ! Tu voulais simplement gagner du temps, mon vieux.

— Oui, c'est vrai. Je me sens rongé de pétoche. Dieu sait comme ça finira.

La voix de Lebehde prend les accents rassurants d'une mère qui veut entraîner son petit chez le dentiste.

— Voyons, Wilhelm, en ce qui me concerne, tu peux combien facilement abandonner ton projet ! Les ouvriers allemands sont trop veules pour toi. Quand on a été élevé derrière un comptoir, qu'on a entendu ce qu'ils rabâchent d'un bout de l'année à l'autre, toujours la même rengaine.

— Ne dis rien contre les ouvriers berlinois, Karl.

— Si, Wilhelm, si. Nos camarades sont des types, ceux de Hambourg aussi, rien à dire. Et en ce moment, ils sont peut-être montés parce qu'ils ont le ventre tenaillé par la faim, et ils t'écouteront, toi et les quelques-uns qui travaillent les gens de chez vous, et ils descendront dans la rue, démoliront tout et réclameront la paix. Et alors quoi ? On en arrêtera un millier, quatre-vingt-dix iront au bloc et on augmentera la ration des autres et tout sera bouclé.

— Et tu crois que les ouvriers berlinois ne savent pas depuis longtemps de quoi il retourne, et qu'ils vont s'en laisser remonter par les Russes qui, à ce que disent les journaux, secouent la flemme de leur Douma en organisant des grèves monstres et des émeutes de la faim devant les boulangeries ?

— Oui, c'est vrai. (Karl Lebehde voulait enchaîner et déployer toute son éloquence pour détourner l'attention de son camarade.) Pour les camarades russes, je n'en sais pas plus long que toi, mais si vos gens du *Vorwärts* ne nous ont pas trompés depuis toujours, il y a de petites différences. Par exemple, l'oppression a toujours été plus forte que chez nous, et la faim plus grande, et la Sibérie toujours proche et la bourgeoisie montée contre le tsarisme, et l'opinion mondiale contre lui. Et la belle défaite avec les Japonais en 1905. Et un sérieux entraînement à la lutte des classes, une division nette : vous êtes là et nous sommes ici, et pas de pont entre nous. Tandis que chez vous, tout était dans le beurre, et la petite persécution des socialistes sous le régime de Bismarck depuis longtemps oubliée, et le mouvement ouvrier à force de victoires et de mirages de l'État futur, ne savait plus qu'un prolétaire, le dimanche, est toujours un peu moins qu'un bourgeois en semaine. Et quand les jobards faisaient retentir leurs discours noir, blanc, rouge, tous les cœurs de prolétaires étaient remués et jusqu'à August Bebel lui-même qui versait sa part d'amour de la patrie, mettait son fusil sur l'épaule et marchait contre la Russie — pendant que les jobards rigolaient. Mais pourquoi riaient-ils ? Il disait pourtant vrai. Et c'était la paix, le militarisme n'était pas grand-chose et il se tenait à sa place, et la caisse du parti était le plus gros porte-monnaie du pays. Voilà la différence, tu comprends. De rien on ne tire rien.

Wilhelm Pahl avait écouté avec attention, les deux jambes étendues devant lui, heureux de cette diversion. Sous la semelle gauche, la fente béait, la droite était trouée sous le gros orteil. Karl Lebehde contemplait ces fissures de ses petits yeux tachetés d'or. A la dérobée, il saisit l'aiguille rouillée qu'il avait, le matin même, fixée dans un manche de bois.

— De rien, on ne tire rien, répéta Pahl, et c'est bien pour cela que l'un de nous doit commencer et aller au secours des camarades restés au pays. Et j'ai pensé au signal de la Russie, je me suis rendu compte que le temps était venu ; alors je t'ai demandé de me faire ça. En y pensant, ça me paraissait tout simple. Mais le jour où j'ai essayé de marcher sur un barbelé rouillé, j'ai bien vu que le premier pas était le plus difficile. Mais tant que cela, je ne l'aurais jamais cru. Tu vas te moquer, Karl, mais en ce moment, il me semble que ce serait plus simple si je m'en chargeais moi-même. C'est comme quand on se rase : ça fait plus mal quand c'est un autre qui vous coupe.

Karl Lebehde sourit :

— Bon, mon petit, vas-y.

Wilhelm Pahl était étendu, la tête en arrière, le dos contre la fente du fossé, et sur son visage, une expression de souffrance qui fit pitié à son camarade.

— C'est aussi qu'on est trop affaibli, dit-il. Pas de graisse dans le corps, et le froid, et l'esprit engourdi tout le jour, et la nuit, les poux qui ne nous laissent pas dormir, et pas d'eau chaude pour laver son linge. C'est à crever, Karl.

Celui-ci fermait les yeux :

— Si tu n'avais pas été là, à faire tes tournées dans les cuisines, il y a beau temps que je n'aurais plus assez de moelle dans les os pour me lever le matin... Aïe ! hurla-t-il tout à coup, les yeux grands ouverts, qu'est-ce que tu fais ?

Karl Lebehde désigne du doigt le soulier de Pahl :

— C'est déjà fini, dit-il doucement. Tu en as un bon centimètre dans la chair, mon fils. Maintenant, tu vas rester cinq minutes sans bouger. Pour le reste, c'est l'affaire du Bon Dieu qui a inventé la circulation du sang.

L'opéré pâlissait, un effroi rétrospectif le secouait :

— Heureusement que c'est passé, tu as bien fait ton affaire. J'ai un peu mal au cœur. Mais il fallait ça. Et puis, après tout, c'est une bagatelle. Notre cause, la cause du prolétariat, mérite de bien autres sacrifices.

— Voilà, tu reprends des couleurs, Wilhelm. L'esprit est prompt, mais la chair est faible, ajouta-t-il en plaisantant. Et ce soir tu diras à Barkopp que tu as marché sur un fil de fer barbelé.

— Ne lui ai-je pas répété l'autre jour, pour la trois ou quatrième fois, qu'il me fallait des souliers ou des bottes ; et comme il a ricané : des bottes neuves !

— Et si demain, tu n'arrives pas à te mettre debout, tu feras du service de chambre avec Naumann II.

— Mais voilà, je pourrai me lever, je ne sens déjà plus grand-chose. Dis-moi, est-ce que ça suffit vraiment ?

— Ne t'inquiète pas. D'ici un jour ou deux, ça s'enflammera, tu ne pourras pas désirer mieux. Et si le docteur te demande pourquoi tu ne t'es pas fait plus tôt porter malade, eh bien, Barkopp lui expliquera qu'au détachement, on n'a ni père ni mère pour nous soigner, et qu'on ne nous a même pas donné un sanitaire. Ce qui est la vérité pure et simple. D'ailleurs on ne sent aucune douleur quand on a les pieds gelés du matin au soir.

Sur ces mots, il retira brusquement l'aiguille, l'examina, lança au loin le manche de bois et, de son talon, enfonça l'aiguille d'acier dans la glace.

— Et maintenant, va nous trahir, ma petite, murmura-t-il.

Wilhelm Pahl avait repris son teint habituel, encore un peu gris, mais plus aussi exsangue que tout à l'heure. Il se leva avec précautions, ça allait à peu près. Il boiterait un peu, moitié à cause de la douleur, moitié pour donner le change au sergent et plus tard au médecin. Les deux camarades se hissèrent hors du fossé, frissonnèrent dans le vent, et reprirent leur chasse aux obus.

— Et tu serais joliment content de pouvoir emmener Bertin en Allemagne ?

Pahl fit signe que oui. Il serrait les dents, une douleur insinuante se faisait sentir :

— Ne vois-tu pas comme il baisse de jour en jour ? Il ne va plus tenir bien longtemps et le jour où il se réveillera de sa flemme, je veux bien bouffer mes semelles de souliers s'il ne fait pas un camarade un peu là.

— Encore un peu de patience, Wilhelm, et tu n'auras plus besoin de bouffer de la semelle, mais tu vivras comme un coq en pâte. A l'infirmerie de Dannevoux, je suis un habitué de la petite porte de la cuisine ; eh bien, ils ont un toubib de première force, à ce qu'il paraît. Et quand j'aurai glissé au sous-off' de cuisine que tu es mon ami, tu verras comme il te soignera.

Au-dessus d'eux, bravant le froid aigu, un avion filait vers l'est. Penché hors de la carlingue, prêt à déclencher son appareil photographique, un jeune sous-officier français scrutait le terrain. Les deux fourmis qui trottent sur le champ mort ne lui ont pas échappé, il suffirait d'une bombe pour les bousiller. Mais aujourd'hui, il doit photographier la gare de Vilosnes-Est, qu'on utilise de nouveau pour le transport des munitions. Ce n'est là, d'ailleurs, qu'une partie de sa mission : les rives de la Meuse, les pentes qui descendent du haut plateau et ses vallées sont des sujets qui donnent bien en photo, et aussi de bons objectifs pour les bombes. Le jeune peintre français Jean-François Rouard n'a rien d'une nature sanguinaire. Il préférerait infiniment être assis dans quelque atelier bien chauffé de Montparnasse ou de Montmartre et continuer le mouvement de la jeune peinture française à laquelle Picasso et Braque ont ouvert des voies nouvelles. Mais, du moment qu'il est soldat, il voudrait recueillir tout le profit possible de ces stériles années de guerre. Même lâcher des bombes, entendre et voir sauter en l'air des wagons entiers. Pour l'heure, il se contente de prendre des vues, son œil sûr vise, les plaques largement exposées tombent l'une après l'autre dans le magasin. Les toits de Dannevoux collés le long de la voie et les wagons minuscules viendront bien sur l'épreuve. Perspective des prises de vues en avion, qui comporte des lois nouvelles et des ressources imprévues pour l'établissement des cartes topographiques. La peinture n'y trouvera pas son compte, il le sait bien ; mais au point de vue stratégique et à celui de l'aviation, le triangle Sivry-Vilosnes-Dannevoux avec les anneaux de la Meuse et ses ponts, cela fera un fameux objectif. L'aviateur qui sera chargé de torpiller ce train de munitions pendant la nuit ne devra pas s'endormir.

4

Chemin d'hiver

L'endurance de l'homme a ses limites. Certes, on est parfois long à s'en apercevoir pour son propre compte ; le plus souvent, ce sont les autres qui s'en avisent avant vous. Chez certains êtres, l'enfance a laissé une sorte de souffrance sacrée qui leur donne une figure de martyr ou de héros de l'endurance, à faire frémir l'univers. Mais quand cela vient à flancher, tout s'écroule d'un coup, de par la désagrégation imperceptible de toutes les ressources intellectuelles et morales.

Sur la route de Vilosnes à Sivry, un homme s'avance d'un pas alerte dans la douce lumière dorée de midi, en cette fin de février. Il siffle comme s'il voulait rivaliser avec les moineaux, les loriots et les mésanges. Il a, bien sûr, une mission à remplir, il ne se balade pas dans la nature pour son plaisir : il fait décidément trop froid. La mission de notre gai voyageur, on la connaîtra en examinant de plus près les objets qu'il porte à la main droite : une grenade à main française, de forme ovoïde, et une longue fusée d'obus en laiton, dont l'extrémité ressemble à un champignon.

— Allez donc porter ça à Knappe, a dit le sergent Barkopp à l'Armier Bertin, pour qu'il flaire un peu ces engins. Mais tenez-les dans la position où je vous les donne, vous savez ce que c'est.

Bertin sait en effet que ces fusées sont des plantes dangereuses, pour un rien elles vous sautent dans les mains quand on les change de position, s'il se trouve que l'aiguille de percussion a du champ pour frapper un point fusible au sommet ou à la base de l'engin, suivant la position qu'elle a prise au départ du canon ou du lancer.

Tout d'abord, il a bravement tenu ces instruments dans la main droite. Mais bientôt le froid mord les doigts immobiles et il n'y a pas de gant qui puisse les réchauffer. Et ça finit par être stupide ; il voudrait tout de même détendre son bras, sans compter que sous ce ciel d'un bleu tendre, des vers vous trottent par la tête, qu'on aimerait noter au passage. Tant pis, il fourre les deux engins dans ses poches de pantalon, l'un à droite, l'autre à gauche, en veillant que le bas reste bien en bas et le haut en haut. Mais s'il allait glisser et tomber ? La chaussée qui longe la Meuse est couverte de glace, et plus loin, près de Sivry, il va falloir traverser le fleuve sur un pont qui repose sur des pontons — il y a cent occasions de faire un mauvais pas. Mais pourquoi se tourmenter ? Bertin veut se réchauffer les mains ; entre le sergent Barkopp et le chef artificier Knappe, il entend redevenir un particulier. Être seul, quelle merveille, se promener, rêver, n'est-ce pas là tout ce dont l'homme a besoin ?

Les pensées se croisent et s'entrecroisent. La route accompagne le cours d'eau, fleuve idyllique bordé d'arbres et de buissons, et gelé à blanc. De la rive voisine arrive de temps à autre le bruit clair et métallique d'un tir. La rive gauche est signalée par les mots : « Cote 304 » et « Mort-Homme ». Là-haut, les Français et les Allemands se guettent et se bombardent à coups de grenades à main. Mais, à ce qu'on vient d'apprendre, les Français ont dirigé leur tir sur Romagne, dont la gare les gêne. Tant pis. A Romagne, on pouvait encore se procurer de quoi manger. Mais voilà, les trente hommes de notre détachement crèvent de faim, comme toute l'armée allemande. Dès que, sur le chemin d'Étraye, un train d'artillerie est touché par une marmite et que des chevaux restent sur le terrain, de tous les trous d'alentour on voit accourir des fantassins, des pionniers, des artilleurs, des Schipper qui se ruent sur les bêtes encore chaudes et détachent avec leurs couteaux la maigre viande attachée aux squelettes ; dans des seaux, dans des gamelles, on transporte le tout en triomphe jusqu'au petit poêle en fonte et on se régale. Les règlements proscrivent bien la consommation de la viande suspecte ou interdite, mais que peut-on faire contre la faim qui tenaille les Schipper ; et puis, une intoxication par la viande avariée, c'est l'infirmerie, où l'on est mieux qu'ici. Tous les liens de l'amitié sont, pour les mêmes motifs, depuis longtemps coupés : si un homme reçoit encore un envoi de comestibles, il fera bien de le consommer aussitôt, sans quoi il n'en retrouvera plus trace, à la fin de la journée de travail, qu'il l'ait caché dans son sac, dans son lit ou ailleurs. Eh oui, ainsi va la vie. Mais ça ne durera plus longtemps. Un miracle, les affaires de Russie ; d'après tous les journaux, ce n'est plus la crise, c'est l'effondrement, là-bas. Les coups de l'Allemagne ont porté, le peuple ne marche plus, il pose des revendications démocratiques, et ça, c'est le commencement de la fin. Il est vrai que des types comme Halezinsky, un pessimiste, Lebehde, un raisonneur, et ce bon Pahl, toujours craintif, sont d'un avis opposé. A les croire, les missions militaires françaises, anglaises et japonaises en Russie tiendraient précisément depuis lors toutes les ficelles et ne feront qu'envenimer encore la guerre. Mais les Russes ne seront pas si bêtes, allez, ils flanqueront quelque chose à leurs alliés et jetteront leurs fusils. Nous, à Pâques, nous pourrions fort bien être à la maison, et si ce n'est pas à Pâques, ce sera pour la Pentecôte. Et c'est pourquoi Bertin sourit, tandis qu'il trébuche sur les aspérités de boue gelée qui couvre la chaussée.

Le chef artificier Knappe a ouvert de grands yeux quand l'Armierer Bertin lui a tendu calmement les deux engins. Il lui demande, à mi-voix, s'il ne serait pas le diable, par hasard. Avec mille précautions, il les transporte dans son laboratoire, tout en priant Bertin de disparaître pour une demi-heure.

Le petit M. Knappe a toujours été maigre, mais jamais ses joues n'avaient été si creusées. « Ça sent également la faim, par ici, songe Bertin en se retirant, il n'y a qu'à regarder ce type-là. Mais M. Knappe a de tout autres motifs pour maigrir — l'amour du pays et le désespoir. C'est un ingénieur-constructeur de première force ; d'après quelques illustrations empruntées à des revues, il a fait les plans d'un de ces chars de combat que l'Entente utilise depuis peu, et où les roues sont remplacées par des chenilles permettant de circuler sur tous les terrains. Il a soumis son projet en haut lieu, et on lui a répondu avec ironie qu'on laissait volontiers ces sortes de jouets à l'ennemi ; le fantassin allemand n'en a que faire et M. le chef artificier est prié de se consacrer aux affaires de son service en laissant le reste aux soins de l'état-major général. M. Knappe ne s'en est pas remis, il dort mal, perd l'appétit, n'a plus de goût pour les échecs : comment tout cela finira-t-il ?

Au bout d'une demi-heure, Bertin est de retour. On ne parle plus de la grenade à main, mais Knappe lui tend, du bout des doigts, la fusée de laiton :

— Voilà, vous allez laisser tomber cet instrument dans le fleuve, du haut du pont. Mais prenez garde de ne pas la retourner, sinon, vous avez pris votre dernier café.

Un peu refroidi par la gravité du ton et du regard, Bertin se retire. Il s'acquitte de sa mission, mais l'eau ne s'est pas plutôt refermée sur la cartouche, que déjà ses pensées ont pris un autre chemin. Les canonniers avec qui il vient de prendre un café lui ont donné une nouvelle dont ils ne pouvaient soupçonner l'importance : le village, assez épargné par les obus, sur les hauteurs dominant Vilosnes-Est, comment s'appelle-t-il ? Oui, c'est cela, Dannevoux ; et les baraquements qui s'élèvent à l'extrémité de l'agglomération et que l'on aperçoit tout juste encore de la Meuse abritent la grande infirmerie de Dannevoux. C'est donc là, au-dessus de la voie ferrée où le détachement Barkopp charge et décharge ses wagons, là que vit Eberhard Kroysing. Il s'agit d'aller le voir, de pouvoir lui serrer la main, de voir ce qu'il a pu sauver de son corps et de ses membres, après la bataille de décembre. Justement, le camarade Pahl, qui a un empoisonnement du sang au pied, a été transporté là-bas voici trois jours : bon prétexte pour motiver une visite à Dannevoux, si ses supérieurs lui posent des questions. Une belle journée, une bonne promenade — une gentille grenade à main, pour concilier les exigences du service — les exigences auxquelles Kroysing attachait une si grande importance — et un bon café entre amis.

LIVRE HUITIÈME

Avant la fermeture

1

L'île heureuse

La bataille de Verdun s'était engagée et avait été perdue, mais personne ne le disait. Tous les communiqués allemands s'étaient donné le mot, ils avaient inventé la « guerre d'usure », fardé la réalité, et les grands enfants avaient ajouté foi à ces contes. Les matières premières, les réserves d'aliments de première nécessité étaient réduites à l'extrême, « délayées » et mélangées à des succédanés. Mais ce qui avait encore suffi pour le deuxième hiver de guerre n'était plus là pour le troisième. Trop peu de beurre, de viande, de pain — qu'on avait beau « allonger » avec du son et des pommes de terre. Peu ou pas de légumes frais ou secs ; aucun pays ne livrait de pâtes, de flocons d'avoine et de semoule. Le cuir, la toile, les tissus de laine s'épuisaient ; il fallait des bons pour se procurer les diverses pièces de vêtement, encore étaient-elles fortement dosées de ces nouvelles matières destinées à remplacer le coton et la laine. Quand il n'y eut plus de fruits et de sucre dans les fabriques de confiture, on invita les enfants à recueillir les noyaux de fruits pour faire de l'huile. Le papier remplaçait les tissus, servait à fabriquer le fil et la ficelle. Les journaux et les livres de cuisine foisonnaient de recettes miraculeuses pour changer en nourriture d'insipides mixtures où n'entraient que de la pomme de terre, des raves et de l'eau salée. Sans vitamines, sans hydrate de carbone, sans albumine, et pourtant vigoureux, voilà ce que prêchaient les physiologues et les médecins pour accréditer la victoire finale dans une guerre dès longtemps perdue. En dépit de la terre entière, du bon sens, de l'histoire, en dépit du cours des événements durant les derniers siècles, on marchait à la victoire. Au blocus anglais, les dirigeants répondaient par une mesure tout aussi efficace : le torpillage de toutes les voies de fret sur toutes les mers ; et dans six mois, l'Angleterre viendrait demander la paix. Et le peuple y croyait.

Lorsque Bertin, avec la permission du sergent Barkopp, arriva à l'infirmerie de Dannevoux, un dernier rougeoiement enfumé traînait encore dans le ciel du soir. Le visiteur tardif fut assez mal reçu, on l'envoya de droite et de gauche et, après maints conciliabules, il finit par gravir un petit escalier de bois et déboucha dans un corridor blanchi à la chaux qui devait desservir les salles des grands blessés. Des gémissements lui arrivaient à travers les parois, des odeurs d'iodoforme et de lysol lui soufflaient au visage, il faillit se trouver mal. Par une porte grande ouverte, on distinguait des bourrelets de pansements blancs, une rangée de lits, une jambe surélevée, les dos de deux infirmiers. Tout cela s'imposait, se gravait en vous avec tout le poids de sa signification. Mais Bertin se fermait comme une huître dans un courant d'eau importun, et il découvrit enfin, à l'extrémité d'un second couloir, à gauche, la salle 3 des soldats et, à droite, la chambre 19 qu'il cherchait.

Eberhard Kroysing accueillit Bertin avec une joie non dissimulée. Rayonnant, il s'assit sur son lit, tendit son bras puissant et fit disparaître la main de Bertin dans la sienne. Sa voix profonde remplissait la pièce :

— Mon vieux Bertin ! cria-t-il, c'est bien votre action la plus remarquable en cette année nouvelle et elle doit vous assurer une éclatante récompense en paradis, dont vous avez été — comme nous tous — retranché jusqu'ici. Et maintenant, débarrassez-vous de vos pelures, mon oignon gris, et allez accrocher votre pouilleuse dans le couloir ; vous trouverez un portemanteau, à droite de la porte.

Lorsque Bertin demanda, avec méfiance, si on ne barbotait rien dans ce pays, un rire formidable partit en même temps de trois lits, et il l'entendit encore quand il eut refermé la porte. Mais il retira avec soumission son passe-montagne, sa capote, sa vareuse d'exercice et rentra dans la pièce vêtu de sa tunique. La chambre sentait les pansements, les blessures, la fumée de cigarette et le savon. Mais il faisait chaud, clair, propre — monde qui parut à Bertin paradisiaque et enviable et il aurait pu penser, à la réflexion, qu'elle était peut-être folle, l'époque qui réclamait la torture, le sang et les plaies pour droits d'accès à un si modeste bien-être. Mais ses observations n'allaient pas jusque-là : l'univers de la guerre avec ses valeurs bouleversées lui était devenu par trop habituel. Au surplus, Kroysing l'avait aussitôt accaparé tout entier. Il le fit asseoir sur son lit, le présenta aux deux lieutenants Mettner et Flachsbauer comme un ami qu'il avait hérité de son pauvre frère — et cela sans prendre garde que Bertin donnait tous les signes de la faim, du froid, du tourment. Comment il se portait, lui ? Magnifiquement. Raconter ce qui lui était arrivé ? Ce n'était pas son métier, mais le métier de Bertin, chacun sa partie. Oui, la dernière fois qu'ils s'étaient rencontrés, c'était au-delà de la Bauge ; depuis lors, il avait été pas mal saucé. Comme on n'avait pu reprendre le Douaumont, on avait élu domicile à la côte du Poivre, creusé des sapes et juste au moment où on allait envoyer quelque chose de solide aux Français, le raffut du 15 décembre avait éclaté, coupant net la plaisanterie. Pour son compte, Kroysing s'était sans doute ankylosé, à force de drogues, dans le fort et dans les sapes et il avait perdu l'agilité nécessaire pour la guerre de campagne, sans quoi il n'aurait pas attrapé cette sale histoire. Il s'était jeté dans un trou trop peu profond, au moment où les sacrés obus de la batterie avancée l'avaient eu : complètement gelé, couvert de glace, il avait laissé sa jambe droite hors du trou et un joli éclat lui avait brisé le tibia, sans se laisser arrêter par la bande molletière, mais en épargnant toutefois le péroné. Et maintenant, la fracture s'arrangeait, grâce à l'habileté de l'étonnant médecin et des soins de premier ordre. Ce qu'il ferait une fois rétabli, il n'en savait rien encore. Mais c'était maintenant le tour de Bertin : tout d'abord comment se portait notre vieil ami M. le capitaine Niggl ? Ici, dans le groupe ouest — à l'ouest de la Meuse — on était aussi mal renseigné sur le secteur est que s'il s'agissait d'Honolulu.

Eh bien ! oui, Bertin avait maintes choses à raconter : primo, les avancements de M. le capitaine Niggl et l'immense considération qu'ils lui avaient apportée.

— La croix de guerre de première classe, hurla Kroysing, à ce cochon de froussard, à ce tas de crottin tremblant !

Et tandis qu'il riait, toussait, s'étranglait, la porte s'ouvrit — trois bandeaux de cheveux blonds sur un front et une voix, avec l'accent rhénan :

— Jeunesse, pas tant de tapage. Le chef pourrait bien vous administrer quelque chose.

— Sœur Claire, cria Kroysing, restez donc, venez écouter.

La sœur hocha la tête :

— Plus tard, peut-être.

Kroysing, assis dans son lit, était pâle, les yeux étincelants. Puis il se mit à expliquer à ses deux compagnons de chambre comment il avait tenu son homme, cloué à Douaumont. Les deux lieutenants blaguèrent son emportement. Bertin se tenait immobile et maigre, au bord du lit. En souriant, il fit allusion à la proposition du lieutenant von Roggstroh et à la façon dont elle avait été liquidée. Mais Kroysing enchaînait : Un tel individu allait passer major ? et on ne ferait rien pour s'y opposer ? Attendons.

Puis s'adressant à Bertin :

— Vous, ça vous va bien. Pourquoi restez-vous collé à ces Armierer pouilleux ? Pourquoi ne voulez-vous pas voir que les sapeurs de Sa Majesté ont besoin de renfort, d'officiers, de chefs ? N'avez-vous pas honte, avec les capacités que vous avez, de rester collé à ce travail de manœuvre ? Non, mon cher, pour vous, nous n'avons aucune pitié. En cinq minutes, vous pourriez sortir de votre misère : il suffit d'adresser une demande à mon honorable régiment, ci-devant bataillon, et pour le reste, j'en fais mon affaire. Pour commencer, vous aurez une bonne période dans les environs de Berlin, et votre jeune femme n'en sera pas fâchée, à ce que je crois. On vous fera cadeau d'un uniforme convenable et vous sortirez sous-officier. Vous avez déjà douze mois de front derrière vous ?

— Quinze, rectifia Bertin, si l'on compte les forts de Lille.

— Et quand nous vous reverrons, vous aurez le grade de votre ami Süssmann... Et bientôt vous serez le lieutenant Bertin. Tâchez donc de retrouver du bon sens, faites un retour sur vous-même.

Bertin l'écoutait et le discours de ce grand blessé lui apparaissait, en cet instant, dicté par la raison même. Que pouvait-il trouver, en effet, dans cette classe d'esclaves ? Y avait-il une voie plus sûre pour redevenir un homme ? Naturellement, Lénore quittait leur appartement et venait habiter près de lui, dans le Brandebourg... Le temps d'un éclair, il fut happé par ce rêve : quelle ascension hors des tortures sans fin, sans issue, sans allégement... Kroysing s'aperçut que ses paroles avaient porté :

— Eh bien ! en avant, fit-il, dites oui.

Le lieutenant Flachsbauer, dans le lit placé contre la même paroi, scrutait la physionomie de Bertin, émerveillé du spectacle que ce gaillard de Kroysing organisait devant leurs yeux.

— Cher monsieur (la voix venait du lit du lieutenant Mettner), ne vous laissez pas bourrer le crâne. Vous prendrez votre décision après l'heure des pansements.

Et, ce disant, il tendit mélancoliquement vers Bertin un moignon de bras tout empaqueté dans de la gaze.

— Mettner, s'écria Kroysing, vous appelez ça de la camaraderie ? Allez-vous débaucher une recrue qui était déjà aux trois quarts gagnée ?

Je ne me serais jamais attendu à cela de votre part. Je ne vous le pardonne pas.

— Pardonné ou non, repartit flegmatiquement Mettner... si vous jouez déjà le recruteur, mon ami, offrez donc aussi à votre victime quelque argument substantiel pour son estomac ; ou bien aurais-je mal interprété vos sentiments, monsieur le candidat ?

Bertin approuva en souriant, et tandis qu'il décrivait, non sans humour, la « soupe de conserve » baptisée « soupe du Kronprinz », qu'on leur servait jour après jour, le lieutenant Mettner avait quitté la pièce dans son uniforme de malade, à rayures bleues et blanches — un homme parmi les autres.

— C'est le valide de la chambrée, fit Kroysing en manière d'excuse.

Moqueur, Flachsbauer considérait ses gestes larges, son attitude dominatrice, et son interlocuteur, maigre et humble, dont il voulait faire un officier.

Le manchot, qui rapportait une écuelle de soupe, frappait à la porte. Bertin alla ouvrir, remercia et se mit à manger. Le potage se composait de viande de bœuf, qu'on avait tirée d'une vache qui n'était plus dans la force de l'âge, et les pâtes qui teintaient le breuvage de jaune tenaient leur couleur du safran plutôt que des œufs. Mais telle qu'elle était, salée à point et relevée de persil, cette soupe était la meilleure qu'il eût avalée depuis sa permission de mariage. Il aurait été un autre homme s'il avait toujours été nourri de la sorte. Il était assis, le dos courbé, l'assiette posée sur les genoux, le visage dans l'ombre, et il manœuvrait sa cuillère en silence, et chacun des trois spectateurs lisait dans l'attitude et l'expression de Bertin la satisfaction que lui procurait ce repas ; mais quant à ses pensées, personne ne pouvait les deviner, et si on les devinait, du moins ne le montrait-on pas.

— Je savais, fit Bertin en posant sa cuillère et relevant la tête, que j'avais abordé à l'île heureuse.

— Avec un billet d'entrée pas trop bon marché, répondit le gros Mettner.

— Pas aussi cher que le vôtre, reprit Bertin.

Le lieutenant Mettner le regarda :

— Voilà qui reste à prouver, fit-il songeur. Quelle est votre profession ?

— Juriste, répondit Bertin.

— Ne soyez pas si modeste, coupa Kroysing, il est de plus écrivain.

— Bon, poursuivit Mettner. Eh bien, tel que vous me voyez, je suis mathématicien, élève de Max Klein, de Göttingen, et pas le plus mauvais. En ce moment on a des loisirs, n'est-ce pas ; eh bien je m'étais mis à résoudre une équation du troisième degré. Jeune homme ! je ne la comprends plus. A peine si je sais encore ce qu'est un logarithme. Voilà où j'en suis.

Les autres riaient ; cependant Mettner, sans se laisser distraire, poursuivait :

— Considérez maintenant que vous avez dégringolé encore plus bas que nous et que vous devrez ensuite tout recommencer par le commencement. Nous n'avons perdu que l'entraînement, notre raison s'est obscurcie, notre jugement est passablement fichu, nos connaissances se sont évaporées. Pour ce qui est des mœurs, de la civilisation, il nous faudra tout réapprendre, et ce sera un boulot, croyez-moi. Ou bien pensez-vous avoir encore quelque respect pour la vie humaine après tout ce qui s'est fait par ici ? Est-ce que vous n'empoignerez pas votre revolver quand votre propriétaire vous refusera de réparer vos persiennes ? En ce qui me concerne, j'en éprouverais sûrement l'envie. Et quand le facteur me sortira du lit en tirant la sonnette, je me sentirai le plus violent désir de saisir ma carafe sur ma table de nuit et de la lui envoyer dans les fesses. Tel je suis, moi, Hermann Mettner, natif de Magdebourg et pas le moins du monde sanguinaire. Mais vous, monsieur le juriste, qui depuis vingt mois vous rompez les os et répétez « à vos ordres », voici ce qui vous attend : admettez que, jusqu'à la fin de la guerre, il ne vous arrive rien d'autre que de rester dans cet uniforme. Une fois démobilisé, vous garderez l'habitude de l'obéissance. Vous ne broncherez pas, quoi qu'on exige de vous, et si on le fait avec politesse et grâce, vous fondrez comme du beurre. Et tout est déjà arrangé pour que vous trouviez quelqu'un qui vous décharge du poids de vos propres décisions. Et le jour où le gagne-pain aura repris son cours normal, dans un bureau ou ailleurs, vous découvrirez que vous avez, pendant la guerre, gaspillé toute votre petite personnalité ; alors vous vous souviendrez d'un certain Mettner qui, lui, n'avait perdu que son bras droit, et il y aura des pleurs et des grincements de dents, sinon pire.

— J'ai dit, annonça Kroysing d'un ton moqueur. Mon cher Mettner, vous êtes très intelligent et nous vous écouterons encore tant que le jour durera. Et si vous tenez à dégoûter mon brave Bertin du service, ça m'est bien égal. Mais si je vous engueule, ne le prenez pas en mauvaise part. Parce que, voyez-vous, je suis une gueule de guerre, moi, et s'il n'y a plus rien à faire chez les sapeurs, il me reste peut-être l'aviation. Ce monsieur-là n'a pas encore le droit de songer à lui et à sa personnalité : c'est à l'Allemagne qu'il doit penser. Chaque jour nous enlève des camarades, tantôt pour une chose utile, tantôt pour rien du tout. Mais si quelqu'un a du courage, le sens du devoir et du commandement, il doit s'enrôler, nom de nom, dans le meilleur corps d'officiers de Sa Majesté, jusqu'à ce que sonnent les cloches de la paix. Ce qu'il adviendra de lui ensuite, l'Allemagne y pourvoira : notre pays fera bien les choses... A présent, bonne nuit, messieurs, et fermez vos écoutes. Car maintenant, c'est le tour de mes affaires privées.

Flachsbauer et Mettner se tournèrent contre la paroi. Le lieutenant Mettner avait dès longtemps renoncé à influencer celui qui était son aîné et par surcroît infiniment trop impulsif. Quant à Flachsbauer, son approbation allait régulièrement à celui qui avait eu le dernier mot.

Bertin regardait avec insistance le dos de Mettner ; il aurait aimé en savoir davantage. Il avait entre-temps pensé plusieurs fois à sa nouvelle de Kroysing, sans trouver moyen de la juger bonne ou mauvaise. Mais peut-être était-elle mauvaise... et lui incapable d'en décider. C'était donc déjà l'effet des deux ans de guerre : elles avaient rongé, émoussé son talent, sa personne... Qu'allait-il devenir ?... Une vague d'angoisse le submergea. Ne pas réfléchir davantage, disait une voix au-dedans de lui ; sauve ton âme ! Si tu commences à réfléchir, tu feras mal ton service demain, tu laisseras tomber un de ces obus non éclatés et tu voleras en éclats. Tu n'as qu'un seul devoir : rester en vie. Avale beaucoup de potages comme celui-là, écoute le lieutenant Mettner et ne fais pas de bêtise pour plaire à quelqu'un... Montmédy ? — Ah oui, Kroysing demandait s'il y avait du nouveau par là-bas. Bertin se passa la main dans les cheveux. Il y avait plusieurs semaines qu'il était sans nouvelles. Les papiers que Kroysing lui avait transmis par Süssmann avaient dû parvenir là-bas. Mais depuis l'accident du conseiller Mertens...

— Ça touche toujours ceux que ça ne devrait pas, gronda Kroysing, étendu sur son lit, son nez projetant une ombre aiguë contre la paroi de la baraque ; comme si cette satanée bombe ne pouvait pas nous bousiller le héros Niggl ! Eh bien ! non, elle va chercher un type de valeur et le plus indispensable.

Bertin approuva en silence. Quelque chose l'incitait à éclairer ce vaillant Kroysing sur la mort de cet indispensable ; mais il y renonça par égard pour celui qui leur avait été repris. Il n'en savait pas davantage, dit-il, se décidant à mentir.

— Eh bien ! moi, j'en sais un peu plus, fit Kroysing. Son sous-officier est venu me voir, ce M. Porisch de Berlin. Un curieux apôtre, mais bien intentionné, il n'y a pas à dire. Il a commencé par me faire entendre que le successeur de M. Mertens se garderait bien d'ouvrir le dossier mort. Et il m'a donné un conseil.

Machinalement, Bertin mit sa pipe à la bouche, téta... Il revoyait le visage de Porisch, boursouflé, blafard, et aussi le sous-officier Fürth, le Pélican, sa taule de Romagne avec les sabres en sautoir... Les choses ne pouvaient en rester là :

— Porisch est intelligent, dit-il.

— C'est juste, marmonna Kroysing. Voici l'affaire, je dois porter plainte contre Niggl, auprès du tribunal de guerre du groupe ouest — je suis dans l'arrondissement — division de Lychow, poste de campagne, etc. — J'ai inscrit ça sur un papier. Je dois m'adresser à un certain docteur Posnanski, conseiller au tribunal, tout d'abord confidentiellement : exposer le cas en quelques mots, vous indiquer comme témoin, lui demander de venir me voir, lui proposer une consultation à trois, afin de ne pas me faire passer pour un chicaneur aux yeux de mes gens, au cas où les preuves paraîtraient insuffisantes à la justice militaire.

— La proposition me semble bonne, observa Bertin.

— Je suis de votre avis, poursuivit Kroysing. Mais avant de me lancer là-dedans, j'avais le devoir de vous avertir. Vous pourriez avoir des désagréments. Un simple Schipper qui s'en prend à un commandement de bataillon peut s'attendre à tout. Je n'avais pas votre adresse, et puis ma jambe me donnait du mal — au reste, j'avais appris à patienter, chez les Prussiens. Mais à présent, vous voilà ici et je vous pose la question : êtes-vous de la partie ?

— A tout coup, répondit Bertin sans la moindre hésitation. Ce que j'ai promis à votre frère, je ne vais pas m'y dérober. Et maintenant, si vous le permettez, nous en resterons là. J'ai encore à voir mon camarade Pahl, qui se trouve dans la salle 3.

Kroysing lui tendit la main :

— Vous vous défilez avant que j'aie pu vous remercier. Très bien, très bien, je sais à quoi m'en tenir. Ma lettre partira demain. Et où peut-on vous atteindre ?

Bertin, déjà debout, lui indiqua l'emplacement de sa baraque, près de Vilosnes-Est. Dès la nuit tombée, il serait toujours à sa disposition :

— Et qu'arrivera-t-il (et ce disant, il boutonna sa tunique) si la voie juridique ne nous permet pas d'atteindre M. Niggl ?

— Alors, je prends les frais du voyage à mon compte. Tant qu'il vivra, tant que je serai encore de ce monde, pas de répit, pas de merci, et même si je devais aller le sortir de son bureau, ou de son lit, ou des latrines. Celui qui a fait disparaître un Kroysing doit en rendre compte à l'autre Kroysing, devant son pistolet ou sous sa fourche à fumier, et il n'y échappera pas. Et maintenant, allez retrouver votre camarade. Comment s'appelle-t-il ?

— Pahl, répondit Bertin, Wilhelm Pahl — et je serais content si vous vouliez bien vous occuper de lui. Bonne nuit.

Quand Bertin eut quitté la pièce, le lieutenant Mettner se mit sur le dos :

— Vous allez perdre ce jeune homme, mon cher Kroysing, si vous le citez comme témoin contre un capitaine.

— Puis-je éteindre la lumière, mon cher Mettner ? demanda Kroysing avec beaucoup de politesse.

Mettner sourit, sans se fâcher :

— Je vous en prie, mon cher Kroysing ; Flachsbauer dort déjà depuis longtemps, le bienheureux !

2

La chair torturée

— Pour une fois qu'il a une visite, ce n'est pas malheureux. (Ainsi parlait sœur Marie, qui faisait en ce moment le service de la salle 3 — cas bénins.) Il ne veut pas, il ne veut pas se remettre. Il faut croire qu'il se ronge sans répit. Tâchez de lui parler, de le convaincre ; il n'y avait rien de grave dans son cas. Vous allez me remplacer un instant, je vous rapporterai tout à l'heure quelque chose à manger.

Et, agitant la tête, elle quitta la salle pleine d'ennui pour aller tailler une bavette avec ses collègues, dans la cuisine.

Le lit de Pahl était près de la fenêtre ; sur les dix-huit lits de la salle, quatorze étaient occupés. Trois ampoules électriques placées en file éclairaient la pièce, la dernière était voilée d'un abat-jour bleu.

— Viens t'asseoir tout près, fit Pahl d'une voix faible, ils dorment tous et la garde est sortie. Peut-être n'aurons-nous plus jamais l'occasion de causer ainsi ensemble, sans témoins.

Bertin considérait le visage étrangement hagard du typographe Pahl, comme s'il le rencontrait pour la première fois. Il rappelait ces visages qu'on voit dans les grandes descentes de croix du Moyen-Age — livides et éteints. Sur ses joues poussait un duvet gris-brun qui accentuait le front volontaire, le nez écrasé, les yeux étonnamment clairs. A la lèvre supérieure, une mince moustache se dessinait, qui reproduisait la ligne des sourcils et accusait les plis de la bouche. La couverture, remontée jusqu'au menton, dissimulait son cou trop court, et de toute la silhouette familière, il ne restait plus que cette face labourée par la souffrance.

— Tout est très bien, ici, les gens aussi, et la nourriture est convenable. Mais ce qu'ils m'ont fait, ça, je n'arrive pas à m'en remettre. Jusqu'à mon dernier jour, je crois.

Bertin hochait la tête avec sympathie. Décidément, ce Wilhelm Pahl n'était plus le même homme. Mais, qu'est-ce qu'il était donc arrivé ? Ce qu'il arrive, depuis des mois, à tous les « cas bénins » : le chirurgien lui avait enlevé le gros orteil — c'était le fin moment. L'empoisonnement du sang gagnait déjà la partie moyenne du pied. On avait étendu Pahl sur le billard, on l'y avait maintenu de force, et l'opération avait commencé :

— Complètement éveillé, mon vieux, tout à fait conscient, sans la moindre pitié.

Et encore, le médecin-chef l'avait engueulé de faire tant d'histoires pour un rien du tout ; Pahl devait être joliment content de s'en sortir à si bon compte, parce que toute la jambe était déjà enflée, striée de noir et de rouge ; et si on devait en couper un morceau, ce serait aussi sans chloroforme. Heureusement, la première intervention avait suffi. Mais le médecin-chef n'en revenait pas : l'opéré n'arrivait pas à se remettre. Quand on changeait le pansement, il se raidissait de toute son énergie, serrait les dents sans dire un mot, mais il tremblait de tous ses membres et il s'évanouissait presque. Le docteur avait parlé de traumatisme psychique, vraisemblablement préparé par des impressions d'enfance en raison de sa difformité. Mais si la guérison s'accentuait, le patient reprendrait goût à la vie.

— Ah ! soupirait Pahl, qu'il y ait des choses pareilles dans le monde, qu'on puisse se permettre de torturer ainsi un homme, qu'on puisse ainsi le triturer jusqu'au cœur, jusqu'au cerveau, et recommencer en sens inverse... Ça ne va pas avec le monde peint en bleu, et le soleil, le chant des oiseaux par là-dessus. Ça ne va qu'avec la société, où tout n'est que brutalité. Ça ne va qu'avec le régime de la classe opprimée : être condamné depuis sa naissance à trimer et à crever pour les autres, et quand on a les plus beaux dons qui pourraient servir au bien de l'humanité, c'est le même prix... (Il se tut, ferma les yeux.) L'abattoir, reprit-il en balançant la tête, toujours l'abattoir ; la seule différence, pendant la guerre, c'est qu'on le voit partout. C'est pour l'abattoir qu'on nous met au monde, pour lui qu'on nous élève, qu'on travaille, et en fin de compte, c'est là qu'on nous envoie pour mourir. Et on appelle ça vivre.

Il respirait péniblement, ses mains se posèrent sur la couverture, pâles comme la cire. Sous la paupière droite, des larmes glissèrent. « Mon Dieu, songea Bertin, et moi qui viens d'avoir les yeux humides pour une écuelle de soupe ! »

— Il ne faut plus fabriquer d'abattoirs, reprit la voix faible, parmi les ronflements des autres, à commencer par les abattoirs visibles.

— Pour autant que cela est en notre pouvoir, approuva Bertin.

— C'est uniquement dans notre pouvoir. Seules les victimes de l'injustice peuvent supprimer l'injustice. Seuls les opprimés mettront fin à l'oppression. Seuls ceux qui sont la cible des munitions arrêteront la fabrication des munitions. Celui qui peut tirer profit, pourquoi irait-il supprimer la misère ? Il n'y a aucun intérêt.

Bertin fut heureux de pouvoir contredire Pahl afin de le détourner de son obsession. La liberté ! lança-t-il. Celui qui saurait s'y prendre renoncerait librement à un tiers de sa puissance pour se contenter des deux tiers. Mais Pahl n'était pas d'accord : ça ne s'était jamais passé ainsi. Chacun préférerait garder dans son poing les trois tiers. Et le prolétariat serait forcé de régler les comptes avec la classe capitaliste, sur cette base-là.

Bertin pensa : « La souffrance durcit » ; et il reprit à haute voix :

— Il y a pourtant des capitalistes très convenables.

— Peuh ! Il faut commencer par extirper l'injustice du monde. Quand ils t'auront coupé un doigt, tu passeras le reste de ta vie à faire cesser ce genre d'opération. Ça fait tant de bien de pouvoir se soulager de tout cela en causant, dans cette cambuse où il ne circule que des sœurs de charité et des bouchers et où les camarades n'ont rien d'autre en tête que la soupe du matin et de midi et la question de savoir si les sœurs couchent avec les médecins ou avec les officiers. J'en suis parfois excédé. Ah ! elle nous a bien arrangés, la classe dirigeante !

Bertin, à la dérobée, consulta sa montre. Pahl s'en aperçut et approuva : quand on travaille, on a besoin de sommeil. La bonne sœur allait bientôt revenir ; il s'agissait de se mettre d'accord vivement. Bertin se laisserait-il enrôler et entrerait-il dans le service de la presse, le jour où Pahl pourrait se remettre au travail et lui procurer une place ?

Bertin regardait devant lui : comme cet homme torturé était sûr de son affaire et de la possibilité de l'y enrôler ! Mais Pahl ne se dissimulait-il pas les difficultés ? Pahl s'impatientait :

— Et une fois à Berlin, tu viendras chez nous, tu prendras la parole à un de nos meetings ou à une de nos séances. Et tu nous rédigeras des tracts pour faire réfléchir enfin les ouvriers des fabriques de munitions. C'est entendu ?

Bertin gardait les yeux fixés sur le visage travaillé et cireux du typographe Pahl qui — plus difforme encore que naguère — était décidé à s'opposer aux misères du monde. Mais qu'avaient-ils tous à le tirailler de tous côtés, Kroysing à droite, Pahl à gauche. Pourquoi ne lui laissait-on nul repos afin qu'il pût savoir ce que voulait son moi ? Tourmenté, il crispa son poing : qu'on me laisse donc devenir moi-même ! Mais Pahl prit ce geste pour un assentiment :

— Bon, murmura-t-il, bravo !

Sœur Marie avait ouvert la porte, Bertin se leva :

— Quand tu t'y mets, Wilhelm, dit-il en souriant.

— Reviens bientôt, fit Pahl avec le même sourire autour des lèvres.

« Comme cela l'embellit », pensa Bertin. La sœur lui tendit un petit paquet : une tranche de lard entre deux morceaux de pain blanc, expliqua-t-elle.

— Personne ne refuserait, dit Bertin en la remerciant, je l'avalerai déjà en route.

— Les bonnes actions sont récompensées, conclut Pahl.

3

L'homme et le droit

Chaque semaine, le conseiller Posnanski mettait ces messieurs de l'état-major du groupe Meuse-Ouest au désespoir par son savoir et ses reparties. Comment auraient-ils soupçonné que Montfaucon, où ils avaient leurs quartiers, avait fourni au poète Henri Heine, dans sa *Châtelaine Jeanne de Montfaucon*, le prétexte de blaguer ses confrères Fouqué, Uhland et Tieck ? Non point que Posnanski se fût attendu à trouver des collègues familiarisés avec ces connaissances. Pourtant on n'aimait guère à faire figure de béotien et des officiers plus susceptibles que l'adjudant premier-lieutenant Winfried prenaient fort mal les sorties du conseiller.

— Je n'ai rien contre les juifs, grommelait alors le chef de brigade, général von Hessta (dont la famille d'origine hongroise était entrée au service de la Prusse en 1835), rien, tant qu'il se tiennent tranquilles et ferment le bec. Mais quand ils se mettent à tourniquoter autour des bouquins comme un chien devant un tas de sable — allez vous coucher.

Si de telles remarques arrivaient aux oreilles du docteur Posnanski,

on voyait trembler les coins de sa bouche, qu'il avait plus écartés que
chez le commun des mortels, il fermait un œil et de l'autre pointait
obliquement vers le ciel : « Voilà ce qui arrive quand des néophytes
viennent se mêler à nos mœurs guerrières. Attendez donc qu'ils aient
joué du Prussien depuis aussi longtemps que nous. A la bataille de
Fehrbellin, ils n'y étaient pas, de la bataille de Mollwitz jusqu'à celle
de Torgau, ils étaient dans le camp adverse, et à Waterloo, je ne les ai
pas aperçus davantage — et c'est un de ces petits coqs qui voudrait
déjà avoir son mot à dire ?» Au demeurant, ses amis appréciaient en
lui un certain calme philosophique qu'il tirait de sa connaissance de la
lente marche de la civilisation, de tout le temps qu'elle mettait à pénétrer, avec la vitesse d'un escargot, jusqu'au cœur de l'homme.

   — Si je devais croire que tout va continuer comme maintenant, sous
la lune changeante, je prendrais de la mort-aux-rats pour mon déjeuner
de demain, et le soir même je vous dirais bonjour, du pays de la quatrième dimension !

   Telle était la profession de foi qu'il venait de faire au premier-lieutenant Winfried. Ils étaient assis dans les caves de la mairie d'Esnes où
des affaires d'importance les avaient amenés. Il s'agissait de la relève
de la division de Lychow, qui si elle se repliait actuellement vers le
front russe, pouvait du moins inscrire à son tableau d'honneur certains
lieux mémorables de la bataille de la Somme. Elle laissait son secteur
dans un état de défense en tout point remarquable, avec tout un réseau
de tunnels creusés dans le roc. Car le divisionnaire Lychow demandait
tout de ses gens, mais rien qui fût inutile, et cela, on le savait, depuis
le fantassin jusqu'aux chancelleries des états-majors, qui d'ordinaire
aiment à se faire une opinion indépendante quant à la valeur de leurs
chefs. Oui, le vieux Lychow avait, aujourd'hui encore, toute la
confiance de ses hommes. Et lorsque, le 17 août, les Français réussirent
à s'emparer de la rive gauche de la Meuse, plusieurs personnes de
l'entourage du Kronprinz déclarèrent que ça ne se serait pas passé ainsi
avec Lychow...

   Pour l'heure, cependant, les deux officiers s'entretenaient d'affaires
fort différentes, entre autres d'un vol avec effraction dans le dépôt de
ravitaillement d'Esnes, qu'aucun des états-majors de troupe ne voulait
prendre à son compte. Mais après avoir feuilleté le registre des causes
en suspens, Posnanski demanda à pouvoir se rendre à l'infirmerie de
Dannevoux, pour raison de service.

   Tandis qu'il gravissait l'escalier étroit, lentement dans une demi-
obscurité, car il avait la vue très basse, il songeait à l'étrange loi de la
dualité des cas : en deux jours, deux requêtes lui étaient adressées de
la même infirmerie. Dans la première le médecin-chef voulait porter
plainte sur l'état de la chaussure d'un certain bataillon d'Armierer, et
demandait quelle était la voie à suivre ; dans la seconde, un lieutenant
blessé désirait un entretien au sujet d'un obus dont son jeune frère avait
été victime. Solidement appuyé à la balustrade, au-dessus de la cour

encombrée de ruines, Posnanski songeait à cette inextinguible soif de justice au cœur de l'homme qui, en pleine guerre — où dès longtemps tout principe de civilisation avait broyé et foulé comme cette mairie de province, là sous ses yeux — s'obstinait à s'insurger contre des faits qui en temps de paix eussent évidemment crié vers le ciel, mais qui maintenant pouvaient passer et peser comme de petites irrégularités. Mais c'était bien qu'il en fût ainsi, car seul ce besoin irréductible permettait de franchir le gouffre de ces années et de préparer une ère où il vaudrait la peine de vivre.

Après avoir réglé l'affaire du médecin-chef — qui avait produit les chaussures défectueuses comme pièces à conviction — il demanda à celui-ci de lui indiquer un endroit où l'on pût s'entretenir sans être dérangé. Un endroit tranquille, c'était assez difficile à trouver, expliqua le médecin-chef. Les baraques étaient utilisées jusque dans leurs moindres recoins. Mais il avait une idée : l'une de ses infirmières — la plus intelligente, soit dit en passant — avait réclamé une pièce pour elle seule — ce n'était qu'un cagibi minuscule avec une fenêtre et un lit. Et comme elle avait des protections — c'était la femme d'un lieutenant-colonel — on lui avait cédé le réduit où les infirmiers voulaient déposer leurs sceaux et leurs balais. On avait taillé une fenêtre dans la paroi de la baraque et sœur Claire, rayonnante, s'y était installée.

— Une de ces femmes silencieuses au cœur chaud, qui ont eu maintes traverses et savent par là même ce dont les autres ont besoin, précisa le docteur Münnich.

A cette heure chacun était à son poste et la pièce devait être disponible. Depuis quelques jours la température avait monté et ces messieurs ne gèleraient pas tout à fait, car, bien entendu, il n'y avait pas de feu dans ce cagibi.

Sœur Claire ne fut pas précisément enchantée qu'on lui demandât sa chambre ; mais elle acquiesça, non sans y avoir pénétré la première et retourné contre la paroi une photo accrochée au-dessus du lit ; le crucifix, placé au chevet, resta en place. Le blessé Kroysing n'aurait qu'à s'étendre sur le matelas, l'un de ces messieurs s'assoirait auprès de lui, l'autre resterait debout. Ce dernier serait naturellement Bertin, qu'on avait convoqué par téléphone, alors qu'il venait de rentrer du travail, recru de fatigue et mort de faim. La présence de l'officier supérieur — le conseiller Posnanski portait un uniforme à haut col, à écusson bleu-rouge, épaulettes d'officier et sabre d'honneur — le troubla à tel point qu'il ne dit tout d'abord pas un mot et se décida seulement ensuite à demander, en hésitant et bégayant, un morceau de pain, avec la permission de s'asseoir par terre. Posnanski, déjà défavorablement impressionné par la stupeur de Bertin, le fut une fois de plus en voyant son coreligionnaire piteusement assis sur le plancher, les jambes allongées et occupé à émietter son quignon de pain dans la soupe : il empêchait ainsi les gens mieux élevés de fumer et de se mettre à l'aise. Avec ses oreilles écartées, sa denture défectueuse, ça n'était guère un ornement de l'armée prussienne. Kroysing, qui attendait avec anxiété le résultat de cette rencontre décisive, avait fait valoir toute l'importance qu'il attachait au témoignage de Bertin (... « et voici mon ami Bertin qui s'est entretenu avec mon frère encore la veille de sa mort et qui vous exposera leur entretien... »).

Kroysing, qui avait tout de suite été sympathique à Posnanski, commença de parler. Étroite et blanche comme une cabine de navire, la pièce fut aussitôt remplie de fumée dès que Bertin eut posé sa cuillère. Posnanski avait placé son étui à cigarettes sur la petite table de chevet de sœur Claire, en faisant signe à ses deux compagnons de se servir. La voix profonde de Kroysing vibrait dans les nuages de tabac ; de temps à autre, Posnanski posait des questions, Bertin prêtait l'oreille... Oui, c'était l'histoire du sous-officier Kroysing et de son frère le lieutenant qui bataillait avec le nain Niggl dans les souterrains de Douaumont. Et à présent, lui, Bertin, fumait un de ces tabacs qu'il n'avait plus jamais savouré depuis le jour de ses noces, et ses noces, elles se passaient de l'autre côté de l'Achéron, sur la terre où sa belle et douce épouse maigrissait de jour en jour, car les dieux et les déesses mouraient de faim, à l'âge du fer. Quels étaient ces vers des Edda nordiques qu'il avait lus à l'université, où il est question de l'accomplissement du destin ? « La pluie m'inondait, la rosée me couvrait, j'étais mort depuis longtemps. » S'agissait-il de Christoph Kroysing, du sous-officier Süssmann ou de Paul Schanz ? Quant à lui, il était assis comme un mendiant sur le plancher, dans la chambre d'une femme étrangère, prêt à s'endormir... Fatigue de printemps, la lune croissait, le train de marchandise aussi grandissait, sur la voie de garage, dans la gare de Vilosnes-Est...

— Hum ! murmura Posnanski, notre témoin dort.

En effet, Bertin avait plongé en avant, les bras autour des genoux, la tête appuyée dessus.

— Ne l'éveillez pas encore, fit Kroysing, il n'a guère la vie rose.

Et il lui raconta, en quelques mots, dans quelles circonstances il avait fait la connaissance de Bertin, à quel travail de manœuvre il était réduit, les injustices qu'il avait eu à supporter. Pour un référendaire doublé d'un écrivain, c'était une existence de chien. Personne n'aime être délogé de sa classe... Aux mots de « référendaire » et d'« écrivain », Posnanski avait dressé l'oreille :

— Bertin, répéta-t-il, incrédule, quasi effrayé, Werner Bertin ?

— Pst ! souffla Kroysing.

Mais déjà le dormeur s'était redressé à l'ouïe de son nom, comme frappé d'un coup :

— A vos ordres, mon lieutenant.

Puis, ouvrant les yeux :

— Ah ! je vous demande pardon... Nous avons transporté à dos d'homme des caisses de poudre humide, le sol vous colle aux pieds dans cette boue.

Posnanski le regardait toujours, sans avoir pu se ressaisir :
— Est-ce vous qui avez écrit *Le Nommé Hilsner* ?
— Comment connaissez-vous ce bouquin ? Il est interdit.
— Et *L'Amour au dernier regard* ?
— Voyez-vous ça ! s'écria Bertin, brusquement tout ragaillardi.
— Et *L'Échiquier, Douze Récits* ?
— En la personne du conseiller au conseil de guerre, je salue le premier lecteur de ce livre.
— Eh oui, fit Posnanski en opinant de la tête, les avocats, et les gens de la Bourse et les dames lisent tout, vous le savez bien.
Bertin eut un rire joyeux : il avait cru jusqu'ici que c'étaient les écoliers et les étudiants qui donnaient le plus gros contingent de lecteurs. S'il en était ainsi, repartit Posnanski, les écrivains n'auraient plus qu'à mourir de faim, ce qu'il fallait en tout cas éviter.
— Et maintenant, mon collègue, faites votre rapport, je vous prie. Que s'est-il passé avec le sous-officier Kroysing, et que savez-vous de lui ?

Quand Bertin eut terminé, il se fit un silence aussi épais que la fumée qui remplissait la pièce.
— Ne vous faites pas trop d'illusion, commença Posnanski. D'homme à homme, je vous crois sur parole, vous et M. Bertin. Comme juriste et juge, je me verrai obligé de monter en épingle le défaut de la cuirasse — si l'on peut se permettre d'aussi fâcheuses métaphores — à savoir que le témoin ne peut produire que ce que lui a dit votre frère. Mais qui nous prouve que votre frère a donné un exposé objectif des faits ? Qu'il ne les a pas colorés à sa manière, prenant pour des persécutions des dispositions uniquement commandées par les nécessités du service ? Si M. Niggl avait signé, mais fait valoir devant le tribunal que cette signature lui aurait été extorquée sous la pression de circonstances où sa vie était en danger : on aurait pu lever l'objection précédente, étayer l'opinion subjective de votre frère par le témoignage de M. Bertin et d'autres dépositions de la 3e compagnie, et prouver ainsi ce dont nous sommes convaincus. Voyez-vous (et, ce disant, il se leva, arpentant la pièce de la fenêtre à la porte et de la porte à la fenêtre, les mains au dos et le crâne chauve penché en avant), nous sommes à la limite. Là est la vérité, et du même coup la vraisemblance, du même coup l'argument convaincant. Vous êtes pour moi des garants suffisants de l'exactitude des faits, et les faits eux-mêmes, hélas, ne me paraissent que trop plausibles. Mais prouver ce que vous dites devant un tribunal rétif, composé d'officiers, camarades de caste de l'accusé : ça, mes amis, c'est tout autre chose.
Kroysing s'était mis sur son séant, laissant pendre sa jambe pansée hors du lit, ce qui lui était défendu :
— Et voilà comment l'histoire devrait finir, sans tambour ni trom-

pette ? Tonnerre ! Alors il vaut peut-être la peine de nourrir des juristes pour la société humaine !

— Que la société les nourrisse et les nourrisse bien, comme vous le remarquez, elle y a certainement tout bénéfice. Mais, pas d'animosité, mon cher lieutenant, et prenons un moyen terme, car un bon compromis est déjà la moitié de la vie. Je me ferai envoyer les pièces et j'examinerai le cas. En attendant, réfléchissez pour savoir si vous désirez déposer chez nous une plainte contre Niggl et consorts, pour abus de pouvoir, avec issue mortelle. Mangez bien, dormez bien, occupez-vous surtout de votre guérison, et écrivez-moi votre décision. Si vous voulez lutter pour votre droit, c'est bien, je suis de la partie et le jeune homme aussi sans doute, bien que, de nous tous, c'est lui qui court les plus grands risques. Mais la lutte ne sera pas facile. Si la preuve ne peut être administrée, vous ne serez guère avancé et vous en supporterez les conséquences.

Kroysing se leva, mit l'un de ses pieds dans une pantoufle, l'autre jambe était enveloppée de pansements jusqu'au genou, et il quitta la pièce, appuyé sur deux béquilles.

— Et maintenant à nous deux, fit Posnanski, prenant le ton d'un homme d'affaires. Vous n'allez naturellement pas rester où vous êtes.

Et, après un instant :

— Je dois me séparer de mon secrétaire. Je vous prends.

Bertin, assis sur son plancher, les yeux écarquillés, avec sa capote élimée, son écharpe, et sa casquette minable posée à côté de lui, se mit à bégayer :

— Mais, ma préparation, l'état où je suis... J'ai eu grand-peine, tout à l'heure, à saisir votre exposé.

— Mon vieux, conseilla Posnanski, dites vite oui. Une telle aubaine ne se présente pas tous les jours. Savez-vous taper à la machine ? Non ? En deux semaines vous y arriverez. Donnez-moi l'adresse de votre incorporation. Et ainsi cette soirée n'aura pas été inutile.

Et comme Bertin, déconcerté, ne bougeait toujours pas — une chose si inouïe pouvait donc arriver, si simplement ? (sérieusement ahuri, songeait Posnanski avec compassion) —, il ajouta :

— Mais, je vous en prie, n'en parlez à personne, sinon tout ratera, comme nous le savons, nous autres gens superstitieux. Et combien de permissions avez-vous, dans cette geôle ?

— Quatre jours, répondit Bertin.

Ce qu'il sentait là, sous sa main, ce plancher restait un plancher. Il ne rêvait donc pas.

— Puis-je, répétait-il en hésitant, pour vous remercier, vous donner un compte rendu de ma rencontre avec le petit Kroysing ? Je l'ai fait, poursuivit-il comme pris en faute, sous forme de nouvelle ; ou plutôt, ça doit donner une nouvelle. Le seul travail que j'aie tenté depuis que je suis soldat. Si vous vouliez garder ces quelques pages...

Posnanski lui tendit la main :

— Les garder ? Pas de cadeau, cher monsieur. Mais les lire, en tout cas.

4

Sœur Claire

Un coup frappé à la porte et sœur Claire entra, précédant le long Kroysing. Mais reculant aussitôt, elle s'écria en russe : « Mon Dieu ! » et demanda s'il y avait peut-être quelqu'un ici, qu'on ne voyait pas. Puis elle s'élança jusqu'à la fenêtre, l'ouvrit, rabattit les persiennes de papier goudronné.

— On pourrait au moins éteindre la lumière, grommela une voix mauvaise, si on désire admirer le paysage.

Et Kroysing tourna le bouton.

— Toujours ces mœurs de Douaumont, fit sœur Claire. Les aviateurs français ont mieux à faire que de venir se balader par ici.

— Si seulement elle n'était pas si jolie, fit Kroysing pour s'excuser auprès des autres.

Doux et tendre, dans le crépuscule, le paysage flottait, encadré par l'étroite fenêtre. On distinguait la vallée baignée des vapeurs de la nuit printanière ; la lune, au début de sa course, de mystérieuses étoiles piquant la brume, et légèrement argentés, les méandres de la Meuse entre les rives sombres, tachetées de clair. Seul un léger roulement décelait la présence du front. Tous quatre, ils avançaient la tête vers le carré de jour, aspirant avec avidité l'air pur du printemps proche. La Meuse était encore prise, mais le souffle du vent, déjà tiédi, était annonciateur.

Sœur Claire joignit les mains :

— Si les hommes n'étaient pas si fous, soupira-t-elle. Je dois toujours faire effort pour ne pas voir dans ce paysage un coin de la Moselle, quelque part près de Trèves... Est-ce que l'ennemi n'aurait pas pu y mettre un peu du sien ? Ainsi tout serait arrangé pour Pâques et on pourrait commencer à oublier la guerre.

— Pas cela, fit Bertin.

Et, les yeux fixés sur sœur Claire :

— Ne pas oublier, voulais-je dire. Les hommes oublient beaucoup trop vite.

Il se tut, sentant qu'il ne pouvait exprimer sa pensée.

— Non, non, plaisanta Posnanski, nous ne l'oublierons pas, la guerre, nous la farderons patriotiquement et nous l'embaumerons, avec de petites joues roses, pour les générations futures.

— Là, je vous attends ! grogna Kroysing. Mais veuillez, pour le moment, écouter ma modeste expérience.

Et il se mit à raconter comment, au printemps 1915, sur le front des

Flandres, on fit les premiers bombardements au gaz, sans précaution et sans masques, attendant le vent favorable, pour asphyxier les Tommies d'en face ; la curiosité ironique des Anglais et des Français qui suivaient les manipulations de ces flacons empoisonnés... et qui tournèrent au bleu et au noir, dès que se leva le vent d'ouest.

— Mais c'est là, conclut-il, un épisode désagréable que nous voulons bien oublier : nous le réserverons pour la prochaine fois, quand on ne tirera plus qu'au gaz.

— Vous êtes un dégoûtant, Kroysing, fit sœur Claire, vous nous empoisonnez tout. Est-ce que cela ne suffit pas quand j'ai passé tout le jour à m'occuper de votre saleté et de vos blessures ? Sans que vous veniez tout gâter, pour cinq minutes que je voudrais passer à me rafraîchir le cœur devant la création du Bon Dieu ! La prochaine guerre ! Il n'y aura pas de prochaine guerre. Si quelqu'un vient, après cet assassinat, nous l'assommerons avec nos balais.

— Dieu vous entende, appuya Posnanski avec conviction.

— Il n'y aura pas de nouvelle guerre, opina Bertin, les dirigeants pourront la faire tout seuls ; aucun de nous, les hommes, ne s'en mêlera.

— N'est-ce pas ! s'écria sœur Claire, en essuyant une larme du revers de l'index.

Elle avait songé à son mari, le lieutenant-colonel Schwerzens, officier d'état-major très qualifié qui, depuis l'hiver 1914, vivait avec sa belle-mère, la vieille Mme Pidderit, retiré dans un pavillon de chasse d'une vallée bavaroise, rongé d'une grave dépression nerveuse qui le minait de jour en jour davantage. Seul le médecin-chef était au fait de la situation de sœur Claire. Aux yeux de tous, elle passait pour être la femme d'un capitaine incorporé dans quelque unité du front est, et l'on prétendait qu'elle avait un flirt avec un haut personnage.

Kroysing haussa les épaules, un sourire moqueur sur les lèvres :

— Eh bien ! nous avons l'honneur d'assister aux obsèques de la dernière guerre. En somme, elle n'a pas eu la vie longue, la pauvre — quelque cinq mille ans, une paille ! Elle naquit avec les Assyriens et les anciens Égyptiens, et c'est nous qui, à présent, la menons en terre. Car c'est nous que l'on avait attendus pour cela. Les gens de la guerre de Trente Ans, ceux de la guerre de Sept Ans et des guerres napoléoniennes n'entendaient rien à l'affaire. Nous, les hommes de 1914, c'est nous les bons. Nous surtout.

— Bien sûr ! firent sœur Claire et Bertin d'une même voix.

Bertin ne put se dérober à la vision d'une tombe autour de laquelle ils se penchaient tous les quatre, en fossoyeurs, la pelle à la main — Kroysing, la sœur, le gros conseiller et lui-même — sous un ciel couvert, lançant la terre hors de la fosse. Et au fond du trou, un ventre gonflé, un visage gras et sans poil, une grimace sur les joues boursouflées et autour des yeux clos — et l'on ne savait si ce visage était sinistre ou satisfait de sa délivrance.

Sœur Claire, cependant, avait refermé les persiennes, puis la fenêtre :

— Maintenant, donnez de la lumière, et je vous chasse.

Tous clignèrent des paupières sous la clarté qui vint frapper les parois.

— Nous vous remercions de votre hospitalité, dit le conseiller Posnanski en se penchant sur la main de sœur Claire, une main allongée et forte, durcie par le travail.

Sous la coiffe qui faisait songer à une nonne, une mèche de cheveux flottait, d'un blond cendré, des yeux d'un beau dessin luisaient, de douces lèvres, résolument fermées, attiraient. « Sacrément beau contraste, pensa Kroysing, entre son visage de madone et sa bouche appétissante. Sûr qu'il y a eu quelque chose avec le Kronprinz.» Il éprouva le besoin de conquérir ses bonnes grâces :

— Qu'est-ce qu'on me donne, sœur Claire ?

— Rien du tout, des coups, voilà ce que vous aurez, interrompit sœur Claire.

— ... Si je vous sers encore un extra, sur le pas de la porte ? Permettez que je vous présente mon ami Werner Bertin...

Sœur Claire resta plantée au milieu de la chambre, la bouche entrouverte, les mains en avant.

— ... L'auteur du roman que tout le monde lit en ce moment : *L'Amour au dernier regard.*

Les yeux expérimentés de sœur Claire parcoururent le visage grisbrun de Bertin, les joues tirées, la barbe de chaume, le col crasseux qui semblait négligé, pas brossé, pouilleux. Et quand il se mit à rire, embarrassé, on vit qu'une dent manquait à la mâchoire supérieure, et à côté du trou, une incisive cariée, et ses cheveux coupés court étaient clairsemés au sommet du crâne. Et pourtant quelque chose dans la ligne des sourcils, la forme du front, des mains, disait que Kroysing ne plaisantait pas. C'était donc l'homme qui avait écrit cette tendre histoire d'amour.

— C'est vous ! dit-elle en lui tendant la main, pas possible. Et une de mes amies qui m'a écrit, voici trois mois, qu'elle avait fait la connaissance de l'auteur, un lieutenant de hussards, un homme charmant.

Bertin, indigné, finit par rire, et Kroysing et Posnanski rirent à leur tour de son indignation. Et telle une joyeuse société qui se lève de table, ils quittèrent la cellule monacale de sœur Claire. Maintenant, on pourrait enfin dormir, conclut-elle ; d'ailleurs, Bertin devait revenir le lendemain, elle avait congé.

— On se reverra donc, fit Posnanski pour clore cette mémorable entrevue.

5

Contre-proposition

Lorsque le conseiller au tribunal militaire descendit de voiture dans le parc de château de Montfaucon, il décida, après quelques hésitations, de faire disparaître dans le fossé le paquet qui contenait les chaussures de l'Armierer Pahl, afin que le transfert de l'Armierer Bertin au tribunal de guerre ne rencontrât pas de difficultés. Mais il aurait pu se dispenser de ces scrupules. Une pièce de service circule parfois pendant des semaines, mais il suffit parfois de quelques jours. Or celle qui concernait Bertin passa très rapidement du groupe ouest au groupe est et fut aussitôt lorgnée de travers ; l'adjoint du commandant de troupe apposa une remarque au crayon bleu : le bataillon d'Armierer X-20 était-il en mesure de céder des hommes ? Ce qui signifiait : veuillez répondre que la chose n'est pas possible. Indépendamment des animosités courantes, le transfert de la division Lychow sur le front russe était, en l'occurrence, un facteur déterminant, car la rivalité des fronts florissait alors. Le nouveau commandement suprême n'avait pu encore modifier cet état de choses ; on ne se concédait mutuellement que les échecs, selon le mot du général Schieffenzahn.

Quand le major Jansch eut sous les yeux l'imposante feuille munie des timbres de service gris-bleu et violet des deux groupes hostiles, il commença par retirer de sa bouche un bonbon jaune et le colla sur le rebord d'une soucoupe placée à sa droite. Mais ayant compris, en lisant le texte bref et poli tapé à la machine, qu'on voulait lui prendre un de ses hommes, et justement celui-ci, il fut pris d'une telle colère que le secrétaire Diehl fut terrorisé jusqu'aux entrailles. Mais tout aussitôt, la question inscrite au crayon bleu tranquillisa le major : il en percevait le sens.

— Écrivez, dit-il à son secrétaire.

Il se leva, joignit les mains derrière son dos, dans l'attitude que l'on prête à Bonaparte, et se mit à arpenter la pièce en long et en large, tout en dictant, avec maints amendements, reprises et suppressions. En fin de compte, le texte fut ainsi conçu : « Pièce retournée pour les motifs suivants : la 1re compagnie occupe, en détachements d'importance variable et fort dispersés, un territoire situé entre la ferme des Mureaux et Vilosnes-Est. Elle est à tel point affaiblie par les pertes et les maladies qu'on ne saurait envisager le départ d'un seul homme sain et de bon rendement, si on ne fournit aussitôt un remplaçant. Le bataillon propose de céder, dès sa guérison, pour le poste vacant auprès du tribunal militaire, le soldat Pahl, actuellement à l'infirmerie de Dannevoux. P., typographe de son métier, est parfaitement capable, connaît la machine à écrire et, par suite de la perte d'un orteil, est inutilisable pour toute autre occupation que celle du bureau. » Ces jolis messieurs avaient mal calculé leur affaire. Le secrétaire Diehl quitta la pièce du major et descendit l'escalier qui menait au bureau. Sa principale occupation consistait à traîner, vaille que vaille, ce métier d'esclave asservi à ce gueulard et suceur de bonbons jusqu'à la fin de la guerre, jusqu'au retour auprès de sa femme et de son enfant, à Hambourg. Il avait la plus grande sympathie pour Bertin et lui souhaitait tout le bien du monde. Il le voyait à sa place partout ailleurs que dans cette troupe de ramasseurs d'obus ; et voilà qu'on lui soufflait sous le nez une bonne occasion d'en sortir. Diehl s'arrêta près de la fenêtre du palier, à mi-hauteur de la rampe d'escalier, pour lire une fois encore la requête du tribunal militaire. Il n'entendait rien aux zizanies des deux commandements de groupe, mais la réponse du major Jansch lui disait quelque chose de plus... Rien à faire, conclut-il en se dirigeant vers le bureau : Bertin avait décidément toutes les malchances. Mais sans doute avait-il dû faire des démarches pour obtenir ce transfert et s'il était avisé à temps du refus qu'on y opposait, peut-être... peut-être pourrait-il encore trouver une issue ? Mais Diehl ne voyait guère comment. Instituteur primaire, au civil, Diehl avait le plus grand respect pour les livres et pour ceux qui les écrivent ; il sentait qu'il devait tenter un moyen de venir en aide à Bertin. Au moment où il tourna le bouton de la porte et pénétra dans la pièce qui sentait l'homme et le tabac, sa décision était prise. Il s'installa devant sa machine, glissa, en même temps que la feuille de service, un carbone et une pelure — comme il se doit. Mais la pelure serait mise sous enveloppe et portée à Bertin pendant le repos de midi : le destinataire saurait ce qui lui restait à faire... la machine clapotait, clapotait. Puis le tout fut retiré, l'original glissé dans le portefeuille pour la signature, et la pelure disparut dans le tiroir. Tout marchait sur des roulettes. Le secrétaire Diehl ne s'aperçut pas qu'il respirait plus profond que de coutume.

Pendant ce temps, le major Jansch avait demandé la communication avec son ami Niggl... Oui, ils étaient devenus amis, il avait biffé la ligne de démarcation du Main, la Prusse et la Bavière ne faisaient plus qu'un seul royaume, qui se vouait résolument à l'écrasement de ses adversaires. Chaque matin, ils se communiquaient leur satisfaction à voir baisser encore le tonnage du trafic, à entendre craquer l'Empire mondial britannique sur ses bases ; chaque matin, la discipline se relâchait davantage dans les rangs des Français, les Italiens se rendaient ridicules avec leurs attaques manquées et quant à la grandiloquence des Américains, ça faisait hausser les épaules. Les Russes étaient à fond de cale, la révolution épuisait leurs dernières forces ; on était tranquille de ce côté-là, et il n'y aurait plus qu'à cueillir la victoire. Viendrait ensuite le tour des francs-maçons et des spéculateurs, des jésuites, socialistes et juifs. Plein d'admiration, Niggl buvait les paroles de son ami. Rien à redire à ce tableau magistral. Mais pour ce qui était des francs-maçons et des juifs, il restait pas mal de mauvaise herbe à arracher. Certes, reprit M. Jansch, il y avait encore du pain sur la planche, parce que ceux-là se tiennent comme poix et soufre, et on voyait bien ce qu'ils voulaient, cela s'inscrivait en lettres de feu au ciel de la Révolution russe. N'était-ce pas les banquiers juifs qui, poussés par l'Alliance israélite, avaient juré la perte du tsarisme, et lancé, dix ans plus tôt, les Japonais contre le puissant empire de Russie ? Le premier coup n'avait pas réussi, mais maintenant... — Mais alors, repartit naïvement l'ami Niggl, l'Allemagne avait donc fait le travail des juifs en se battant contre la Russie ? — Le major Jansch fut pris de court... On ne pouvait pas tout à fait dire cela. Mais on avait une fois de plus la preuve de l'infernale habileté des juifs, et en même temps de leur insondable stupidité, car en Allemagne, ils tombaient sur un adversaire bien supérieur qui les perçait à jour et ne les raterait pas. Pas plus tard qu'aujourd'hui, lui, Jansch, avait eu toutes les peines du monde à faire échouer une attaque juive. Il se trouvait qu'un juif remplissait les fonctions de conseiller au tribunal militaire du groupe ouest — un scandale, voilà le mot ; cet individu n'a pas plus tôt découvert un coreligionnaire parmi les Schipper du bataillon — un juif écrivain, qu'il entend le cueillir, sans doute pour se défaire d'un brave Allemand ; et le commandant, sans se méfier de rien, avait donné sa bénédiction. Mais on faisait bonne garde, et M. l'écrivain Bertin serait noir avant d'avoir passé d'un travail utile à la paresse orientale. C'était le même individu, Niggl devait se souvenir, qui leur avait déjà fait une histoire, au sujet d'une permission. Maintenant, il essayait une autre ficelle. — A l'autre bout du fil, le capitaine Niggl — prochainement major Niggl — toussotta, bégaya, s'excusa pour un instant, on venait lui demander quelque chose. L'accouplement « Bertin » et « tribunal militaire », lui avait coupé le souffle. Il revit nettement les horribles tunnels de Douaumont, la haute silhouette de l'insolent Kroysing, qui malheureusement n'avait attrapé qu'une blessure sans danger, à la jambe. « Diable, diable, pensat-il, par le saint crucifix, qu'il ne se relève jamais, le chien, le salaud. » Il ferait mettre un cierge aussi gros que le bras, au cloître d'Ettal ou à l'église d'Alt-Oetting, si jamais celui-là tombait pour de bon, avec toute sa bande. — Puis il redemanda la communication afin de savoir comment l'affaire avait été réglée. — M. Jansch, faisant passer son bonbon dans la joue droite, raconta en ricanant l'offre généreuse avec laquelle il leur avait cloué le bec : un brave blessé, un typographe chrétien. D'ailleurs on savait que Son Excellence Lychow revenait au front est. Dans quinze jours, dix jours même, tout serait arrangé.

6

Veillée

Mc Posnanski reçut le même après-midi les pièces du dossier Kroysing et la décision négative du bataillon d'Armierer I-X-20. A Montfaucon, il n'y eut personne qui ne se prit à rire à la vue de ce dernier document, personne, sauf le premier-lieutenant Winfried, adjudant et neveu de Lychow : il n'entendait pas qu'on se permît d'importuner son oncle avec de telles histoires. Mais le plus clair, c'est qu'on devrait en rester à cette décision.

— Si le docteur Posnanski s'imagine qu'on va s'atteler à cette histoire, il peut chercher ailleurs, et se découvrir un autre remplaçant pour secrétaire.

Ce n'était pas l'avis du sergent Pont, entrepreneur de bâtiments du Bas-Rhin :

— J'ai l'idée que ce M. Bertin ne nous sera pas épargné, c'est mon nez qui me le dit, et il se passa le pouce sur cette large protubérance. Les avocats sont sorciers.

— Posnanski se débrouillera tout seul, repartit Winfried. Je ne laisse pas arriver les saletés jusqu'à Son Excellence : il est déjà dans son cher pays d'Est. Si les Français ne nous jouent pas de mauvais tour, dans quinze jours nous serons tous partis et le groupe est pourra verser une petite larme en notre honneur.

Mc Posnanski, à la nuit tombante, était assis à la table ronde du salon un peu froid, qui d'ailleurs était la propriété du pharmacien Jovin et de son épouse, mais qui avait été réquisitionné par la Kommandantur de Montfaucon et affecté au logement du docteur Posnanski. Beaucoup de meubles, de multiples objets d'art d'un goût démodé ; une lampe à haut pied d'albâtre et abat-jour de soie festonnée dispensait une lumière économe. Les tableaux accrochés aux parois présentaient les échantillons de la famille de Mme Jovin, des paysans qui, lors de la répartition des biens de la noblesse, au lendemain de la Révolution, avaient pris à temps leurs dispositions. Les époux Jovin avaient un fils sur le front, une fille mariée à Paris, constamment menacée par les zeppelins. Leur commerce avec leur hôte forcé se bornait à une vingtaine de paroles par jour. Mme Jovin se louait des habitudes de cet Allemand — si différent de ses prédécesseurs — « des habitudes presque françaises », disait-elle à son mari, qui l'arrêtait d'un « oh la la ! » sans acrimonie. M. Posnanski passait une grande partie de la journée à la maison, buvait du café noir et le soir son vin rouge ; c'était un hôte sédentaire, travailleur, économe, modeste, l'intrus le plus convenable qu'on eût pu rêver, mis à part son effroyable tabagie qui imprégnait les rideaux, les portières et les stores, les Gobelins et les tapis.

Posnanski, dans sa robe de chambre brune, posait de temps en temps son cigare sur le cendrier d'étain, allongeait ses pieds sous la table ; la seule pièce de son vêtement qui rappelât l'uniforme était le pantalon gris à lisière rouge. Il avait enlevé son faux col, dégrafé sa chemise et son large cou flottait librement. Les pièces du dossier Kroysing couvraient la table de noyer. L'affaire Bertin demeurait pour l'instant en dehors de son champ visuel : on l'arrangerait plus tard, ou on ne l'arrangerait pas. Comme les valeurs spirituelles n'avaient plus cours et qu'on ne pouvait compter sur la bonne volonté, il était probable qu'on échouerait. Un homme de loi doit être versé dans la connaissance de l'illégalité, et ne pas se laisser impressionner par l'injustice. Déjà, il avait exposé le point de vue juridique de l'affaire Kroysing au frère et plaignant. Il n'avait pas trouvé, dans ces papiers, un élément de preuve qui permît de conclure à des intentions criminelles de la part des supérieurs du jeune Kroysing. On aurait pu, s'il n'y avait eu que cette affaire au monde, interroger individuellement tous les hommes du détachement et, en s'y prenant adroitement, arriver jusqu'à établir pourquoi on n'avait pas accordé de permission au jeune Kroysing pour aller déposer devant le tribunal, pourquoi on avait envoyé le dossier se promener à Ingolstadt. Alors on aurait cité Bertin, produit la lettre testamentaire. Puis l'éloquence de l'avocat eût amené les juges à se convaincre qu'on ne pouvait souffrir de tels agissements sans leur donner la sanction qu'ils méritaient. L'avocat Posnanski se faisait fort de réussir, pourvu qu'il eût derrière lui une opinion publique qui aurait pris fait et cause pour cette affaire, qui, semaine après semaine, aurait passionnément discuté pour savoir si c'était le sentiment du devoir ou la corruption qui allait triompher — en temps de paix, s'entend ! En temps de paix... Posnanski se renversa sur sa chaise et renifla avec dégoût. En temps de paix, l'affaire Kroysing aurait abouti à une victoire certaine, au triomphe sur tous les points. Mais le cas pouvait-il se présenter en temps de paix ? Naturellement. Prenons, à la place du bataillon en cause, une grande entreprise industrielle qui habille et nourrit elle-même ses ouvriers, les loge et leur assure l'assistance médicale : il y aurait la même possibilité de corruption et d'accaparements aux dépens de la masse ouvrière, que dans le bataillon prussien. Mettons ensuite le jeune Kroysing dans la peau d'un stagiaire, futur ingénieur qu'on aurait affecté aux travaux les plus dangereux jusqu'à ce qu'un accident du travail supprime le témoin de ces irrégularités. Il suffisait qu'on aidât un peu aux circonstances de l'accident, avec la connaissance du métier et quelque ruse — et l'on reproduisait trait pour trait l'enchaînement des faits, tel qu'il s'était produit dans l'esprit de Posnanski. Mais malheur aux chefs dans l'entreprise desquels l'incident serait arrivé. Chez un peuple bien gouverné, ils auraient tous fait de la prison ; dans un État sapé par les revendications des exploités, un soulèvement des masses aurait menacé jusqu'aux fondements mêmes de la bourgeoisie ; en Angleterre ou en France, c'eût été le signal de nouvelles élections et les promesses d'un nouveau régime. Même dans la patrie allemande, un tel événement aurait eu d'importantes répercussions politiques. Aucun des partis au pouvoir n'eût voulu tendre la main aux coupables... En temps de paix. Tout était silence, dans la maison. Quelque part, derrière les tentures inusables, le frôlement d'une souris. Posnanski avala une gorgée de vin — il buvait dans un gobelet de porcelaine reposant sur trois pattes de lion en miniature et où le bordeaux rouge tournait au noir. Puis il se leva et se mit à marcher tout en suivant son idée. Oui, cela se passerait ainsi dans les régions industrielles, les grandes villes. Mais examinons maintenant le cas pour des ouvriers agricoles, dans l'ombre des grandes propriétés et des terres de la noblesse, en Prusse orientale ou occidentale, en Poméranie ou dans le Mecklembourg : l'enquête serait plus difficile à mener, la menace plus grande pour l'avocat et les témoins, mais l'issue serait la même. Les propriétaires terriens, protestants conservateurs de l'Elbe, les seigneurs féodaux, catholiques de Bavière : eux aussi abandonneraient à leur sort leurs frères de caste qui se seraient montrés mauvais administrateurs. Mais, dans une guerre, les injustices s'accumulaient, exercées de peuple à peuple, la violence perpétrée de front à front — à de telles hauteurs qu'un seau d'ordures disparaissait purement et simplement. Les intérêts de la vie au sens strict du mot, la question d'être et de durer étaient seuls en cause pour les dirigeants — et par conséquent pour les dirigés — à tel point qu'on devait avouer que le droit de l'individu à la vie et à l'honneur était ajourné jusqu'à nouvel ordre, jusqu'à l'heure où l'on aurait replacé la civilisation sur une voie nouvelle. Évidemment, cela revenait à un recul vers l'époque des invasions barbares, une défaite décisive, sous l'angle de la loi mosaïque. Les agissements honteux du sieur Niggl, la désinvolture avec laquelle on se jouait d'une vie humaine, on les voyait se déployer en grand et pour des motifs à peine plus louables, sur tous les fronts par maintes grandes nations... pas de cas individuels, M. l'avocat. Il ne restait plus qu'à conseiller au lieutenant Kroysing d'attendre le retour de la paix pour réhabiliter son frère, quitte à s'assurer entretemps le témoignage du plus grand nombre de camarades du sous-lieutenant Kroysing...

La silhouette du jeune Christoph ne quittait plus Posnanski. Il avait lu la lettre, prêtant l'oreille à cette voix d'outre-tombe. Puis, dans un recueillement toujours plus profond, il avait feuilleté le carnet noir, qui contenait des notes, des fragments de vers, des pensées détachées, des idées, des impressions, des questions. Posnanski s'était tout d'abord attelé à cette lecture par une sorte de sport : amateur de sténographies, il en connaissait tous les systèmes et abréviations et s'était déjà distingué, sur les bancs de l'école, dans le déchiffrage d'écritures manuscrites étrangères. La graphie même de ces traits au crayon lui avait dit quelque chose : celui qui les avait tracés était un être clair et simple, et le contenu de ces pages avaient confirmé cette impression. Le petit

Kroysing était quelqu'un. Il s'était engagé dans la lutte contre l'injustice non pour des fins égoïstes mais parce que c'était de l'injustice une vilaine tache sur le corps de la communauté humaine, qu'il aimait. Oui, ce jeune homme avait pour son pays un amour singulièrement pur. Il ne défigurait point la physionomie de son peuple pour le représenter comme un peuple viril : il en voyait les faiblesses.

Je ne comprends pas, écrivait-il, *pourquoi nos gens se laissent faire ; ils ne sont ni obtus ni dépourvus du sentiment de la justice : ils ressentent au contraire toute espèce d'offense, presque à la manière d'une femme. Sommes-nous donc un peuple féminin ? Ne sommes-nous faits que pour savoir ce que nous souffrons, et, tout au plus, pour le dire ? Eh bien ! moi je n'en suis pas.* Il discernait clairement que la haute culture morale des grands écrivains et penseurs allemands avait sa racine dans le peuple... *Mais cette racine m'apparaît comme un de ces longs filaments tortueux contournant de multiples obstacles, qui n'arrive que tardivement et fort loin de son point d'origine, à pousser une belle plante vers la lumière. Je voudrais que nous eussions une courte et forte racine pivotante et au-dessus, une saine pousse tout hérissée de piquants et de dards contre la violence.* Ailleurs, il se désole de voir *que la beauté de la vie qui se manifeste dans un lever de soleil, un ciel étoilé, et même dans le ton bleu d'une journée, semble n'avoir aucune influence sur les mœurs des Allemands. Pendant quelques minutes à peine, ils savourent la nature, et retombent ensuite à des habitudes qui auraient tout aussi bien pu se développer dans des cavernes souterraines. Mais Goethe et Hölderlin, Mörike et Gottfried Keller semblent ne jamais cesser de savoir qu'il existe des verdures, des vents, des nuages, des fleuves. L'haleine du paysage les accompagne jusque dans leur cabinet de travail, dans leur bureau, dans leur chaire. Voilà pourquoi ils sont libres. Voilà pourquoi ils sont grands.*

« Oui, mon jeune ami, pensait Posnanski, vous dites là une chose très juste et très importante. On ne peut expliquer cet état de fait par les nécessités du gagne-pain. Dommage qu'on ne puisse plus parler de tout cela avec vous. Des gens de votre espèce nous manqueront. Vos vers son charmants, chargés de sève, très jeunes encore. Mais admettons que l'engagé volontaire Hölderlin, le sous-officier Henri Heine, le lieutenant von Liliencron, le sergent-major C.F. Meyer aient été tués à votre âge — avec ou sans le concours de la malveillance, peu importe ; ou que le petit cadet Novalis soit mort à quatorze ans d'un coup de froid pris au cours d'une marche d'exercice — sans parler de l'élève officier Schiller, qui aurait pu mourir à dix-huit ans en se baignant dans un torrent de montagne... Est-ce que l'héritage laissé par eux eût été différent du vôtre ? Pas le moins du monde. Et pourtant, combien nous serions aujourd'hui plus pauvres et plus misérables ! Nous ne saurions pas même ce que nous aurions perdu. Oui, soupira Posnanski, voilà qui ne serait pas un mince sujet de concours et je donnerais bien un louis à celui qui me le traiterait : les peuples existent-ils pour leur élite ou les élites pour leurs peuples, de sorte que le premier Niggl venu ait le droit de manigancer ces turpitudes. Et c'est pourquoi nous allons voir ce que M. Bertin a retiré de sa rencontre avec vous, Kroysing. »

7

« Christoph Kroysing », nouvelle

Sur ce, il prit le manuscrit que lui avait remis Bertin. Il se versa un nouveau verre de vin, alluma encore un mince hollandais, considéra d'un œil critique l'écriture un peu crispée de Bertin et se prit à lire, bientôt pris, entraîné dans un autre univers. La lampe brûlait douce-ment, la souris grattait toujours derrière la tenture, sous les fenêtres, des gens passaient en bavardant : mais Posnanski était à présent dans la forêt des Fossés, sous les arbres déchiquetés, dans un vallon où deux pièces d'artillerie abandonnées tendaient leurs longs cous vers le ciel ; il apercevait, parmi les uniformes gris des manœuvres, le visage hâlé et sympathique du jeune Kroysing, son front bombé, ses yeux tranquilles.

En fait de nouvelle, ce récit ne se soutenait guère, il ne comportait pas de caractère savamment dessiné, pas d'intrigue se dénouant par des incidents inattendus. Parfois, certains accrocs de style, que la hâte excusait, certaines expressions violentes, là où un tour plus modéré eût donné un accent plus pénétrant. Mais le récit évoquait la silhouette que l'auteur avait très justement saisie, il exposait le fait, sans fard et sans pitié, il secouait la torpeur du monde. Il ne laissait subsister aucun doute, enfin, sur les vrais responsables de cette mort. Non, derrière les misérables chefs des Schipper, se déployait, gigantesque, l'ombre des puissants — de tous ceux qui osèrent provoquer et perpétrer l'assassi-nat de l'Europe, de tous ces rétrogrades qui ne connaissaient leurs voi-sins que pour se jeter sur eux, et ne proclamaient le suprême triomphe, dans le tournoi des peuples pour la possession de la terre, que par la bouche des canons.

Autre chose encore vous mettait aussitôt en confiance : dans cette première rédaction, Bertin ne s'était pas soucié de trouver des noms pour ses personnages. Ce héros s'appelait tout simplement Christoph, d'autres noms n'étaient indiqués que par des initiales ; au bas de la troisième page, une remarque de l'auteur : *Il faudra leur trouver de meilleurs noms.* Mais si indispensable que fût l'invention pour atteindre l'effet artistique, pour dépouiller l'événement réel de son caractère accidentel et manifester l'essentiel, il fallait avouer que l'insouciance avec laquelle les noms et les circonstances avaient été laissés dans leur forme primitive atteignait directement le lecteur solitaire, devant cette première ébauche. Posnanski était agacé et réjoui : sous aucun prétexte il ne fallait laisser tomber ce Bertin si dépourvu de prétentions. Il appartenait, avec le jeune Kroysing et avec lui, Posnanski, à la même équipe : celle de ceux qui de tout temps et sans relâche ont entrepris de remettre le monde sur la bonne voie, et cela avec des moyens qui en eux-mêmes sont en quelque sorte déjà des rétablissements — la conscience du droit, une raison nette, un style. On avait beau rire, c'était ainsi : celui qui ne veut se servir de ces moyens déchaîne inévitablement la colère du principe mauvais et de ses esclaves, des hommes de violence, qui se plaisent à écraser. Ce principe de violence et de destruction, Posnanski en voyait l'image dans le feu qui brûlait au fond de la pièce, encadré par la cheminée. C'est le feu qui, uni au fer, avait fondu les canons, lui encore qui ricane dans les explosions, lui qui avait tué le petit Kroysing et blessé son aîné. Il menaçait encore Bertin, sous les apparences des obus qu'il maniait, il guettait Posnanski, il guettait tous les hommes, toutes les femmes. L'homme n'avait pas su apprivoiser le feu qui lui était venu du ciel ; de même la raison, la lumière du ciel et la morale, nées sur le Sinaï, il les avait traitées comme un gamin. Le feu avait détruit Kroysing et détruisait jour après jour des milliers d'autres Kroysing. Dans la logique du mouton, il ne restait plus qu'à y engouffrer le reste du genre humain, du moment qu'en de telles années, ça ne servait à rien de s'occuper des individus. Mais Posnanski sait que cela sert à quelque chose, que l'individu n'attend pas la fin de l'incendie, mais oppose le principe constructeur au principe destructeur.

Dans le cas de Kroysing, il n'y a rien à faire pour le moment ; et Posnanski range soigneusement les papiers de formats inégaux dans la chemise brun-rouge qui porte le sceau des registres de Montmédy ; il y insère également la nouvelle. Mais le cas Bertin n'en restera pas là. Pour sauver un homme, il existe des moyens sérieux ; il en est aussi de comiques — des moyens rectilignes et d'autres en zigzag ; il en est de propres et d'inconvenants. Tous sont permis. Un seul ne l'est pas : le moyen inefficace qui ne ferait que mettre l'intéressé dans le plus grand péril. Le bon sens et le souvenir de sa dernière conversation avec le premier-lieutenant Winfried disaient à Posnanski qu'il ne devait pas compter sur Lychow, pour le moment, et tout au plus sur l'adjudant (en quoi il se trompait). Mais il y avait quelqu'un qu'on pouvait atteler hardiment à l'affaire ; c'était Eberhard Kroysing. Il serait aisé de lui faire comprendre à quel point la future réalisation de ses projets contre le sieur Niggl était tributaire du témoin Bertin.

Assis au bord de son lit, en caleçons, il atteignait péniblement ses jarretières, par-dessus la courbe imposante de son ventre ; et il conclut, le visage congestionné et la bouche tordue par l'effort : premier point, régler l'affaire Bertin.

Il était déjà en costume de nuit sous sa couverture, il avait éteint sa lumière, quand il s'aperçut que la lampe brûlait encore dans le salon. « Toujours ce feu qui vient à la traverse de mes projets, songea-t-il avec ironie.» Il se leva, se rendit au salon, et quand l'obscurité fut complète, il constata que la lune, toute claire, lui faisait signe à travers les fenêtres.

Durant son sommeil, dans un étrange paysage, le visage de Christoph Kroysing lui apparut en songe, ce visage qu'il n'avait jamais vu. Entouré d'un foisonnement de plantes exotiques, il surgissait, pareil à la face d'un homme qui se fraye un passage à travers une forêt vierge... où reposait le dormeur — Posnanski, occupé à régler la circulation d'une fourmilière, cherchant, avec le concours de fourmis blanches, à reproduire la configuration dont la place ronde de la Kaiser-Wilhelm-Gedächtniskirche lui offrait le modèle devant sa fenêtre. Énorme, comme s'il était vu selon la perspective des fourmis, le visage du jeune sous-officier s'encadrait entre des feuilles d'agave terminées par une épine ; il contemplait le travail d'un Posnanski enfant et déjà obèse. La bouche souriait, au-dessous du large front et des cils arqués : « Je suis malheureusement retenu, comme vous le voyez, mon cher collègue », disait sa voix qui venait des hauteurs. — « Vous êtes tous les mêmes, répondait Posnanski, vous nous laissez tout le travail. » — « Ah ! mon pauvre gars, reprenait la voix, ne comprends-tu pas que je ne puis obtenir de permission ? » Et Posnanski reconnut le feu qui grésillait dans les astres : « Cent ans de purgatoire sont bien vite passés », fit Posnanski pour le rassurer. Et le prisonnier des plantes approuva : « Les années de guerre comptent double. » — « Je m'adresserai en attendant à votre remplaçant, mon cher collègue », dit Posnanski dans un appareil téléphonique qu'il tenait à la main et qui était à présent attaché à un long fil de soie ; et des lointaines régions supérieures, de quelque chose qui ressemblait à une sorte de lune mais toujours relié à la lampe de bureau de Posnanski par une interminable radicelle verte, le prisonnier fit entendre : « Convenu. »

8

Au secours !

Ce fut une chance pour le soldat Bertin que l'ordonnance postale de la première compagnie d'Étraye-Est n'arrivât jamais qu'au début de l'après-midi. Sinon, il aurait bien pu rester sur le carreau ce jour-là. Il n'y avait plus grand-chose à écraser dans son âme : mais ce misérable restant de courage et de présence d'esprit fut anéanti par le message de Diehl. Il ne mit pas longtemps à comprendre, à saisir l'enchaînement des faits. C'était la fin de tout. Un bonheur inespéré... mais comme il s'agissait de lui, Bertin, tout échouait. Infect, à vomir, à se battre, à crever. Y a-t-il au monde un homme qui tenterait encore quelque chose dans ces conditions-là ? Jamais. Une seule issue : filer tout de suite retrouver Kroysing, sœur Claire, des gens qui le connaissaient, qui comprenaient qu'il n'était pas fait pour continuer à transporter des caisses de poudre humides qui, sèches, pesaient déjà quatre-vingt-dix-huit livres, à se courber sous leur fardeau qui vous chassait le sang dans la tête.

Il se débarbouilla hâtivement, s'annonça au sergent Barkopp, courut plus qu'il ne marcha pour gravir la pente de la colline, déjà plongée dans la pénombre. Mais le chemin lui était familier et le terrain, de jour en jour plus mou, se durcissait encore chaque soir par le gel. Insensible au charme que la brume apportait à cette fin d'après-midi, avant-veille du printemps, il composait déjà dans sa tête une longue lettre à sa femme, comme si elle eût détenu le pouvoir de lui venir en aide. Il y songeait encore lorsqu'il atteignit le but de sa course et tandis qu'il échangeait quelques prévisions sur le temps avec le portier de l'infirmerie. Bien que cet appel au secours dénotât une certaine puérilité, il en éprouvait du réconfort. Il allait exposer son affaire à Kroysing et à ses deux camarades de chambrée, avec cette ironie négligente qui lui paraissait de rigueur pour conserver l'estime du jeune officier.

Depuis sa dernière visite, la communauté de chambre et de sort avait permis aux lieutenants Mettner et Flaschsbauer de connaître peu à peu, puis par le menu, les circonstances qui avaient réuni Kroysing et Bertin, et jusqu'à l'histoire de la croix de fer barbottée. Les deux officiers connaissaient trop les voies du service pour s'en étonner. Ils estimaient que Bertin s'était admirablement comporté et, dans le cas présent, ils le dissuadèrent de toute réclamation intempestive ou autres stupidités. Il n'avait qu'à laisser tranquillement au tribunal militaire le soin de riposter.

La pièce, blanchie à la chaux, avec ses trois lits de fer, semblait plus confortable que les jours précédents. On avait disposé dans un vase des chatons de saule et des branches d'aulne, piquées de leurs premiers bourgeons verts — une attention de sœur Claire pour les trois lieutenants, pour tous les trois. Elle se défendait soigneusement d'une légère préférence pour l'un d'eux, ce grand gosse toujours bavard et qui avait de si étranges reparties. Une jalousie teintée d'humour était née entre les trois hommes et apportait une couleur nouvelle, un élément tonique à leur existence. Sœur Claire, pour sa part, était heureuse de leur être un réconfort ; en apparence elle ne les prenait au sérieux ni les uns ni les autres ; ils lui racontaient, de-ci de-là, tel ou tel trait de leur vie et parfois elle venait s'installer chez eux, avec un ouvrage.

Depuis l'arrivée des beaux jours, on pouvait laisser la fenêtre ouverte plus longtemps et fumer ainsi tout son soûl ; mais en même temps, l'air du printemps déjà proche éprouvait sérieusement les blessés. Bertin était donc arrivé entre cinq et six, à l'heure du repos obligatoire pour tous les malades : défense de parler, de fumer, de lire — la flemme. Ces soldats, après des mois de surmenage, sont comme les enfants, ils arrivent à dormir à n'importe quel moment de la journée. Bertin, assis sur un escabeau, était un peu piteux. Qu'allait-il faire en attendant ? Mais bientôt sœur Claire allait le tirer d'embarras.

Elle approchait, de son pas léger — tant d'autres infirmières martèlent le plancher comme des dragons. « Elle a vraiment la beauté d'une nonne », pensa Bertin quand il la vit s'arrêter dans l'encadrement de la porte, surprise de le trouver ici, mais heureuse ; elle rougit légèrement :

— C'est bien d'être venu, fit-elle, mais pour l'instant, vous allez vider les lieux.

Bertin se leva docilement et lui demanda s'il pourrait aller écrire une lettre dans sa chambre. Quels yeux merveilleux elle avait, cette femme — cette dame plutôt, pour se servir d'un mot qui ne prenait plus guère son sens intégral qu'au jeu d'échecs.

— J'ai bien mieux à vous offrir, promit-elle. Venez par ici. Au revoir dans une heure, messieurs.

Bertin reçut l'ordre de prendre sa capote et sa casquette. Puis il suivit sœur Claire jusqu'à une aile séparée du baraquement principal ; ça sentait l'humidité, la vapeur chaude et une légère odeur d'acide sulfurique. Ouvrant une porte, ils pénétrèrent dans un local dont le sol était recouvert d'un clayonnage de bois comme on en voit dans les établissements de bains. Un géant, vêtu de la blouse d'infirmier, se leva de sa chaise ; il lui manquait une main, remplacée par un crochet.

— Pechler, voici mon protégé. Vous allez lui donner une baignoire comme pour un général et le débarrasser de toutes ses « abeilles ». Dans une heure environ, il doit se retrouver dans la chambre 19.

— Bon, bon, marmonna M. Pechler, un général, j'en ai pas encore eu dans l'établissement.

Bertin, dans sa baignoire de zinc remplie d'eau chaude, enveloppé dans la demi-obscurité de la cabine, entendait M. Pechler vaquer à ses affaires... Ne pas oublier de lui donner la pièce pour le remercier. Depuis neuf mois il n'avait pas goûté la volupté profonde d'un bain chaud ; ce n'était pas dans un ruisseau et rarement sous la douche, qu'on avait l'occasion de se défaire de sa vieille peau. Quelle détente, quel abandon à un état voisin du sommeil, mais de saveur plus rare. Et quel réconfort de rencontrer une femme dont on n'attendait rien et qui n'attendait rien de vous, simplement reconnaissante d'avoir lu un livre que vous aviez écrit par hasard. Est-ce que le froid allait jamais céder, qui s'était incrusté jusque dans la moelle de ses os ? Est-ce que jamais tout ce qu'il avait vécu, la colère, l'immense, l'universelle détresse à la pensée de l'infernale stupidité et méchanceté contre lesquelles il avait buté, est-ce que jamais cela pourrait se traduire en paroles, en paroles qu'on pût croire ! Il était parti, comme tous les autres, décidé à ne pas se soustraire au sort universel, à monter sur la brèche, pour la patrie. Maintenant, il était las. Il ne voulait que le repos, tourner le dos à ce morceau d'immondices, d'hostilité qui s'attaquait impunément à l'esprit et aux défenseurs de l'esprit, pour les faire tomber et les mettre en terre. Ne plus rien voir ni savoir des exigences du service, se cacher derrière des livres et plonger dans le jeu de l'imagination. Traduire en comédies ce qui s'était démasqué en ce monde, en un sourire sur le cours des choses, un sourire qui, tel un tendre reflet du ciel, s'arrêterait un instant sur la multitude bigarrée des créatures attachées à la croûte terrestre. Là-bas, non loin, s'étendait la forêt des Ardennes que Shakespeare avait animée de ses inoubliables personnages — errants, bannis, êtres mélancoliques et douces jeunes filles, jeunes et vieux, ducs et musiciens. Comme il se sentait brusquement attiré vers tout cela, tandis qu'il fondait dans la chaude humidité ! Mais de cette divine musique, il ne se rappelait plus aucun vers. Il avait tout oublié : en revanche, il connaissait par le menu comment un portefaix courbe son échine, bande les muscles de ses épaules, s'arc-boute ; en revanche il avait appris tous les arts de l'ouvrier, le maniement des outils et l'usage des mains, des muscles, et il était devenu le compagnon de travail et de lit de ceux sur qui la société se repose de toute la besogne. En revanche il avait assisté à tous les modes de la destruction, à l'opiniâtreté et à l'endurance des hommes dans la boue, dans la faim, dans le péril ; au meurtre réciproque, devenu industrie ; il avait vu des monceaux de ruines, des ruisseaux de sang, des cadavres raidis de froid, le tremblement des blessés sous les vagues de la fièvre, et la mystérieuse impossibilité de trouver une issue qui n'aboutît pas à la mort, mais eût débouché dans la paix. Il savait déjà que tout cela devrait reposer longtemps encore en lui, des années et des années, avant de pouvoir être exprimé. Était-ce d'ailleurs exprimable ? Cela ne dérobait-il pas à la forme, comme cette eau autour de lui, dans laquelle il ouvrait et refermait ses doigts ?... Mauvaise, la nouvelle de Kroysing, et quel idiot il avait été de la confier au docteur Posnanski.

Mais c'était le moment de se lever, de se débarrasser du savon qui le recouvrait ainsi qu'un vêtement usé : il fallait remonter vers le présent, tourner le dos aux rêves d'autrefois et de plus tard, comme on s'éloigne d'une douche trop froide, liquider encore cette nouvelle affaire, sa stupide petite affaire privée, à quoi, hélas, sa vie était accrochée.

9

Tout au beurre

Durant cette heure de repos, sœur Claire était assise dans sa chambre et écrivait à ses deux enfants qui, dans le home où on les avait placés, avaient une vie et une éducation plus heureuses qu'avec des parents dont le mariage avait été détruit par la guerre. Elle avait aussi l'intention d'écrire à son mari, auprès duquel, malgré toute la tendresse qu'elle lui gardait, la vie commune n'était plus possible. Mais qui aurait supporté sans humiliation d'entendre les accusations égarées qu'il portait contre le Kaiser, prétendant qu'il avait déclenché (et déjà perdu) la guerre en compagnie de cette stupide Autriche, par peur des pangermanistes ? Qui aurait pu se dominer, quand un homme autrefois si intelligent s'enflammait à l'idée que seule la haine germanique portait la responsabilité de la guerre ? Peut-être se trouverait-il plus tard un médecin qui saurait délivrer le lieutenant-colonel Schwerzens du poids de ses idées noires et extirper de son âme ce dard empoisonné ! Et Clara Schwerzens était toute prête à le reprendre par la main, à ramener les enfants et à recommencer la vie en oubliant le passé. Mais en attendant, il fallait en demeurer là : lui, enterré dans sa retraite, elle, active, au service du pays. Elle ne se donnait pas le moins du monde pour une martyre, Clara Schwerzens, fille d'une excellente famille rhénane, aujourd'hui simplement sœur Claire ; elle avait reconquis une nouvelle jeunesse, dans le désarroi de la guerre ; plus libre et plus active aussi, elle aimait son service, mais sans négliger sa féminité ; elle savait qu'on ne vivait qu'une fois, et que la vie était éphémère. En ce moment, elle écrivait à ses enfants, s'appliquait à bien mouler ses lettres. Tout à l'heure, elle irait faire son repassage dans la chambre des lieutenants.

On frappa avec précaution à la porte. Une infirmière annonça mystérieusement qu'un conseiller Kostanski — ou quelque chose dans ce goût-là — désirait prendre congé de sœur Claire. Elle leva les sourcils, haussa les épaules : qu'il entre. Aussitôt la volumineuse carrure de Posnanski s'encadra dans l'entrée. Sœur Claire s'assit sur le lit et lui abandonna l'escabeau : son départ pour le front était-il déjà si proche ? Oui, c'était bien une visite d'adieu, mais là n'était pas l'essentiel. Il remarqua en passant que cette coiffure de nonne lui allait fort bien et qu'elle n'en devait jamais porter d'autre. Non, l'objet principal de sa visite... il avait une question à lui adresser, une prière plutôt. Ils étaient en âge, l'un et l'autre, de parler franchement et sans détour. Voici : le lieutenant Kroysing l'avait mis au courant d'une affaire très délicate et d'ailleurs émouvante concernant les circonstances de la mort de son jeune frère. C'est en relation avec cette affaire qu'il avait été amené à s'intéresser au soldat Bertin, estimant que des hommes de cette valeur devraient être affectés à d'autres besognes qu'au transport de munitions et qu'on devait tâcher d'en conserver quelques-uns pour l'après-guerre. Or il avait cru remarquer que le sort de Bertin n'était pas non plus indifférent à sœur Claire.

— Je crois bien, dit-elle en souriant ; je l'ai précisément mis à tremper dans un bain bien chaud, le pauvre pouilleux.

— Parfait. Et peut-être savez-vous déjà comment on a accueilli ma demande de transfert de cet honorable gentleman à notre petit tribunal militaire ?

— Pas le moins du monde.

Sur ce, Posnanski se mit en devoir de lui exposer l'histoire, en remontant aux chicanes des héros de la guerre de Troie. Et maintenant, si le général Lychow n'avait pas été complètement accaparé par ses préparatifs de départ pour le front est, le commandement de l'ouest aurait fait droit à la demande de Posnanski. Mais quand les dieux étaient occupés, les nains pouvaient se payer des triomphes, et ils ne s'en privaient pas, à moins que de plus puissants ne s'avisent d'intervenir.

— De plus puissants qu'un divisionnaire ? fit sœur Claire avec surprise, où irez-vous les chercher ?

— Nous en connaissons un, tout près d'ici, répondit Posnanski.

Sœur Claire rougit :

— C'est un stupide racontar, dit-elle en se levant.

— Chère madame, reprit Posnanski tout en restant assis, permettez que j'ignore encore pendant deux minutes votre protestation. Vous avez eu peut-être aussi vous-même l'impression que M. Bertin a subi une sérieuse contrainte depuis un certain temps déjà et qu'il n'est pas en très bon état en ce moment. Admettons qu'il puisse encore tenir une demi-année, si un obus ne vient pas avant lui enlever la lumière du jour. On a, maintenant, à sa disposition un poste convenable qu'il rejoindrait ces jours prochains. Pourquoi voudrions-nous envelopper de détours et de préjugés une chose qui est toute simple, humaine, et par surcroît utile à notre cause ? L'homme ne peut vivre sans cancans, et les états-majors tant supérieurs que suprêmes, constituent une société qui a ses prérogatives et du même coup, ses propres cancans. Mais dans les racontars, il n'y a jamais qu'un tout petit point qui soit vrai, et je crois, par exemple, que le Kronprinz a eu l'honneur de vous être présenté, et de prendre une tasse de thé dans votre maison et à votre table. Est-ce trop vous demander que de vous prier de vous adresser à ce haut personnage — pas aujourd'hui, ni demain, mais disons dimanche prochain, et de solliciter une faveur qui, à notre avis, concerne la communauté spirituelle tout entière et pas seulement une connaissance personnelle ? Si vous étiez à Berlin, ne le feriez-vous pas sans la moindre peine et sans y trouver à redire ?

Sœur Claire s'était rassise, le rouge de ses joues n'était plus qu'un reflet rosé, elle regardait la pointe de ses souliers, ses chevilles dans les gros bas de laine noire.

— Je n'aimerais pas vous rencontrer devant un tribunal comme avocat de la partie adverse, dit-elle en relevant la tête.

— Chère madame, je m'en garderais bien, on ne gagne pas de procès contre sainte Geneviève.

Sœur Claire secoua la tête avec impatience :

— Nous parlons comme des idiots, dit-elle. Ce que vous me proposez n'est pas faisable. Nous ne sommes pas à Berlin, ici, le Kronprinz n'est pas un monsieur et moi pas davantage une dame : je suis infirmière, c'est-à-dire tout au plus un sous-officier, et le Kronprinz est le général en chef et commandant de tout un front. J'espère que vous vous rendez compte que vous me demandez là quelque chose de simplement monstrueux.

— Pour votre malheur, chère madame, vous avez à faire en ce moment à un civil — un civil prussien, il est vrai, mais enfin un civil.

Je suis convaincu que le Kronprinz — un être humain comme vous et moi — vous baisera la main avec reconnaissance si vous risquez cette monstruosité, comme vous dites. Que lui demandez-vous, en définitive ? De charger son adjudant de prononcer quelques formules salvatrices, comme dans un conte de fées.

Et comme sœur Claire se taisait toujours, il reprit, comme en haussant les épaules :

— Nous n'allons tout de même pas penser qu'après la guerre, les philistins et leurs jugements auront seuls droit de cité. Je me permets de croire — et vous aussi, n'est-ce pas ? — qu'un roman comme *L'Amour au dernier regard* vaut bien qu'on surmonte ses scrupules.

Un long silence se fit. Sœur Claire comtemplait calmement le visage guère beau de son interlocuteur et lui, tout aussi calme, contemplait son beau visage. Elle le sentait : cette grenouille ne connaissait point les préjugés et connaissait les chemins des hommes. A ses yeux, on ne saurait rougir d'avouer ce qu'on avait eu le courage de faire. Mais il n'en était pas moins désagréable, pour une femme sensible, d'apprendre le rôle qu'elle jouait dans les bavardages du monde et de savoir que sa vie privée, qui ne regardait personne, était un sujet de conversation. Si elle consentait : Bon, je téléphonerai au Kronprinz — elle donnait crédit à la rumeur publique. La prudence exigeait qu'on n'en fît rien, le tact aussi, les devoirs d'une femme du monde et les conventions sociales. Personne, parmi les gens qui comptent, ne lui en voudrait d'avoir eu des relations d'amitié avec un si haut personnage. Toute femme qui en avait eu connaissance enviait Clara Schwerzens, ci-devant Claire Pidderit, ou bien la clabaudait. Mais on ne devait point avouer, il fallait garder un front net, sauvegarder l'honneur de la famille. Et voilà justement ce que cet homme ne comprenait pas. Il était là, dans sa tunique ceinturée d'une courroie jaune, et son regard, un regard socratique au-dessus des joues épaisses, disait : Pourquoi faire tant d'histoires quand on est si belle ? A quoi bon dresser une paroi de carton entre nous deux ? Faut-il se montrer plus bête que la vie ? N'était-ce pas beau ce que tu as vécu ? Et si ce ne fut pas très beau, si l'on n'en peut seulement dire : oui, c'était... gentil — ne devait-on pas, au milieu des incertitudes du lendemain qui planaient sur le monde entier, se montrer heureux de tous les petits bonheurs qu'on avait eus ?... Sœur Claire s'aperçut qu'elle souriait, libre et légèrement ironique, qu'elle souriait de ses propres hésitations. Alors elle tendit la main à Posnanski et dit simplement :

— Je vous remercie, monsieur le conseiller. Je vais y réfléchir. Mais pour l'instant, je vais aller pêcher mon protégé dans sa baignoire.

Quand sœur Claire entra chez le maître baigneur Pechler, l'oiseau, comme il disait, s'était déjà envolé. Bertin s'était rendu auprès de Pahl : il se reprochait de l'avoir négligé, depuis quelque temps. Et il se tourmentait, se demandant comment il lui ferait part de son désir d'entrer au tribunal militaire.

Deux Schipper se rencontrèrent près du lit de Pahl : Lebehde et Bertin, tous deux peut-être l'âme également lourde, mais le corps restauré : l'un sortait de son bain comme ressuscité, l'autre avait passé à la cuisine, et ça avait aussi du bon. Ils furent d'accord pour déclarer que Wilhelm était méconnaissable. Il restait assis, pendant des demi-heures entières, il reprenait vie.

— Ça vous étonne, vous autres ? Eh bien oui, ça a donné le tour. Le plus mauvais moment, c'est encore le matin, quand on change le pansement — et son front se plissait — être étendu ainsi et savoir : maintenant, on va te torturer, rien à faire.

Bertin se demandait avec angoisse ce qu'il répondrait quand ce martyr commencerait, plein d'espoir sans doute, à lui parler de leur future collaboration à Berlin. Peut-être arriverait-on à tourner en plaisanterie cette histoire qui, grâce à l'amabilité du major Jansch, concernait aussi Pahl, maintenant.

— Maintenant, je vais m'étendre un peu, fit Pahl en blaguant ; on va pouvoir s'en raconter de bonnes. Depuis ces séances de pansement, poursuivit-il, je sais ce que ça devait être au Moyen-Age, quand on disait : demain, à neuf heures, on me remettra à la question ; ou bien quand on attendait le jour de l'exécution. Quelle torture de devoir se laisser faire comme un nourrisson dans les langes ; l'effroyable douleur qui vous prenait au ventre et aux reins. Plus besoin d'exécution, voyez-vous, de pendaison, de guillotine, de peloton ou de tout autre système qu'on range sous le nom de peine capitale. Il suffit d'être humilié dans son propre corps mis à la discrétion des autres. Mais, à propos, y a-t-il du nouveau en Russie ?

Bertin et Lebehde ne savaient rien que tout le monde ne connût. Tous trois avouaient leur surprise de voir avec quelle énergie, quelle persévérance la Russie menait les événements. Bertin, en particulier, qui, de Kreuzbourg, avait par deux fois passé la frontière avec ses camarades de classe et suivi les cours facultatifs de russe organisés par son école. Personne n'aurait pensé que ce peuple en viendrait là, quand on connaissait sa passivité et sa fidélité au tsar. On aurait dit que le soleil lui-même se levait et se couchait par la seule volonté du « petit père », et maintenant... il continuait à faire son office même sans le secours des aigles impériales et à éclairer la petite mère Russie.

— Un jour, toutes les coupes seront pleines.

— La nôtre aussi, répondit Pahl.

Et il lança un regard à Bertin.

Mais Bertin ne voulait pas le suivre sur cette voie-là. Justement, il lui revenait un incident dont il avait été le témoin, aux jours de Romagne, quand il travaillait avec les prisonniers russes. Il y avait là, pendant le repos de midi, auprès du feu, un gaillard à dents de poisson et barbe blonde qui distribuait des quignons de pain à ses camarades, non par générosité mais contre argent comptant : 10 pfennigs la tranche, un joli prix. Un jeune Russe, le bonnet sur la nuque, les cheveux sur le front lui tendit son argent, prit le morceau de pain, et le tenant en l'air, il ouvrit la bouche comme pour l'avaler. Mais au lieu de cela, il proféra tranquillement : « Quand nous serons rentrés chez nous, toi, mon vieux, nous aurons ta peau, tiens-le-toi pour dit. » On vit le vendeur de pain devenir légèrement plus gris, sous sa peau sale et brune, et ses yeux clairs s'arrêtèrent sur les visages qui faisaient cercle tandis qu'il répondait : « Si c'est la volonté de Dieu, Grigori, je te ferai tuer avant. » Mais le jeune homme, mâchant à pleines joues, se contenta de rire, hochant la tête : « Vous avez entendu, camarades ? Prenons garde à nos koulaks. » Des rires et des murmures coururent parmi les assistants, beaucoup sans doute ne voulaient pas se mettre mal avec l'usurier qui, d'un geste indifférent, vendait sa marchandise, vérifiait la monnaie qu'on lui tendait et la glissait dans sa poche. Il n'avait jeté qu'un bref regard vers la baïonnette du gardien, mais ce regard n'avait pas échappé à Grigori : « Non, fit celui-ci en riant, aucun cosaque ne te défendra contre nous. » — « Si cela plaît à Dieu, personne ne me protègera », repartit patiemment le barbu : c'était un homme dans la force de l'âge, maigre, et qui sans doute savait admirablement maîtriser ses appétits, préférant vendre son pain. Cette scène qui s'était déroulée sur terre française, dans un froid tout sibérien, était restée gravée dans la mémoire de Bertin, de par son étrange sauvagerie ; depuis la révolution, elle prenait une signification plus profonde.

— Si le mouvement a pris chez les paysans, ça pourrait bien réussir et durer, dit-il pensivement. En France aussi, les choses ont commencé avec les paysans, en 1789. Il rampaient alors par les champs comme des animaux, cherchant quelque nourriture, créatures déchues à forme humaine, ont dit les historiens du XIXᵉ siècle. Les seigneurs vendaient la récolte pour pouvoir mener la grande vie à Paris. En Russie, peut-être en arrivera-t-on là, mais chez nous, où tout est si bien organisé ?

— Nous sommes précisément en train d'inventer la famine organisée, fit Pahl.

Et Karl Lebehde, ses mains aux doigts épais jointes sur son ventre :

— Avez-vous lu ce qui se passe chez nous, le samedi quand tous les Berlinois s'en vont parcourir le pays sac au dos, pour s'approvisionner ; et ils jurent quand un gendarme veut leur faire déballer leur sac. Mais je vais te dire, il n'y a pas beaucoup de gendarmes qui reprennent leur butin aux pauvres bougres, et ils savent bien pourquoi. Si ça dure encore une année...

— Encore une année ! s'écrièrent Bertin et Pahl d'une seule voix.

— Écoutez donc, reprit Bertin, anéanti à la perspective effroyable d'une guerre sans fin et tout chargé de commisération pour ses compagnons du destin. Depuis quelques jours, quelque chose me travaille et me tiraille de droite et de gauche, tantôt rempli d'espoir, tantôt complètement déprimé. Vous allez me dire ce que vous feriez à ma place, et toi, Wilhelm, ça te concerne tout spécialement.

Et il leur exposa l'affaire du tribunal, et leur fit lire le double de la réponse du major Jansch. A sa grande surprise, Pahl déchira tranquillement la mince pelure :

— Ce qu'ils veulent n'arrivera pas, et ce qu'ils ne veulent pas se fera, conclut-il. Tu ne peux croire comme cela tombe du ciel. Non, monsieur le major, vous êtes dans l'erreur. Moi et mon orteil, nous allons rentrer en Allemagne, et toi, mon vieux, tâche de trouver un appui, serait-ce dans la lune : une fois casé au tribunal on saura bien t'en tirer.

Bertin se sentit brusquement allégé, honteux d'avoir différé cet aveu. Il voulait agir loyalement avec ceux qui lui faisaient confiance. Et maintenant, il était prêt à entrer dans la lutte, armé contre tous les obstacles qui pourraient encore se dresser sur sa route. C'est pourquoi il n'y eut plus qu'un clair sourire sur son visage quand l'infirmière entra, demandant lequel des deux se nommait Bertin : on l'attendait depuis longtemps à la chambre 19.

Pahl et Lebehde le regardèrent s'éloigner — son dos, son début de calvitie :

— Nous lui avons fait tort, à Romagne, Karl.

Mais Karl répondit sans s'émouvoir :

— Il vaut mieux faire du tort que de le subir, et d'ailleurs le camarade Bertin n'avait rien remarqué.

Le conseiller Posnanski prit congé de Kroysing dans les termes les plus cordiaux. Les camarades de chambre approuvèrent les motifs qui dictaient sa ligne de conduite ; il leur confia qu'il avait trouvé, en sœur Claire, l'intermédiaire tout désigné pour solliciter une intervention en haut lieu, afin d'obtenir le transfert de Bertin. Mais comme elle avait demandé à réfléchir, il chargeait Kroysing de l'amener à prendre une détermination. Kroysing rougit et, tandis qu'il promettait de faire le nécessaire, Bertin entra dans la pièce, impatient de savoir, par la bouche de Posnanski, si tout était vraiment perdu. On plaisanta sa pusillanimité, Kroysing déclara d'un ton péremptoire qui résonna comme un commandement de régiment que Bertin était définitivement déféré au tribunal militaire pour manque de cran. Posnanski l'assura qu'en fait, d'utiles démarches avaient été entreprises. Et lui serrant la main, il lui répéta qu'il comptait sur lui, ajoutant qu'il prenait simplement quelques jours d'avance et se rendait en attendant à Berlin pour y passer son temps de permission.

— Bonne chance, fit Kroysing, et mes salutations à la petite ville.

— Entendu, repartit Posnanski, mais laquelle entre tant ?

— Celle qui est entre l'École technique et la place Wittenberg, celle où trottent tant de jolies jambes.

— Bon, dit Posnanski, en faisant le geste d'écrire sur sa paume.

— Mais ce n'est pas tout, ça : le dossier des pièces, où reste-t-il ? demanda Bertin.

— Vous ferez un excellent secrétaire, monsieur le référendaire, observa Posnanski avec sérieux ; je les laisse à mon remplaçant. Et, là-dessus, il prit congé. Bertin l'accompagna jusqu'à la voiture. Quand il fut de retour, Kroysing lui demanda si la grenouille ne lui avait rien communiqué d'important.

— Non, répondit Bertin.

Il n'avait fait que lui donner quelques précisions sur le personnel de l'état-major avec qui il aurait à faire tout d'abord. Kroysing parut soulagé. Aucun des quatre initiés n'avait donc laissé échapper ne fût-ce qu'une allusion à la personne chargée de suivre l'affaire en l'absence du conseiller. Posnanski avait estimé que moins un homme est prévenu, plus il agit efficacement. Quant aux trois officiers, frappés par la réponse de Bertin, ils gardèrent le silence, mus par un curieux esprit de corps. Ils appartenaient à l'infirmerie, sœur Claire aussi, mais non pas Bertin : le secret de la « personne haut placée » était un secret de leur bande. Cela ne regardait pas les étrangers. Enfin et surtout, ils voulaient partager avec cette femme un secret, faute d'autre chose. Jusqu'ici, ses relations avec le Kronprinz n'avaient été qu'un racontar ; maintenant c'était une réalité, que les trois hommes enviaient à leur chef. Depuis quelque temps, ils ne voyaient plus en elle une infirmière, tous trois se sentaient enveloppés par le charme qui émanait de cette femme.

Car le soldat, dans une longue guerre, si viril qu'il se montre dans sa conduite, retombe au niveau de l'enfance dans l'ordre de ses fonctions essentielles. Il ne mange plus avec le couteau et la fourchette, il puise à même la soupière. Il ne va plus seul aux W.-C., mais il s'assied en compagnie aux latrines, comme dans une chambre d'enfant. Il réduit son vouloir dans les plus étroites limites et obéit sans réserve et sans explication, comme le petit enfant obéit à une grande personne qui a sa confiance ou qui le contraint. Les mouvements de son âme — la haine, l'amour, l'approbation ou le désaveu — s'adressent aux supérieurs, qui tiennent lieu de parenté, et aux camarades, qui font office des frères et sœurs. Dans cette existence d'enfance intégrale, où la destruction joue un rôle aussi important que dans une chambre d'enfant, il n'y a place, pour les rapports entre homme et femme, que dans l'imagination. De plus, le soldat comme l'enfant échappent à la lutte pour le pain quotidien, à tout rapport avec le salaire et l'activité productrice, avec la peine, le travail et la rémunération, qui apparaissent si intimement liés à la condition masculine. Et c'est ainsi que les forces érotiques sont beaucoup plus actives en temps de paix que dans la guerre destructrice où elles se reportent facilement sur les êtres de même sexe — complétant ainsi l'image de l'enfance. Mais, après le violent ébranlement et les tourments corporels des premières semaines d'hôpital, il se produit habituellement une sorte de nouvelle naissance, une maturation assez semblable à ce qui se manifeste après les tortures de la puberté chez les sauvages ; et regardant le monde avec des yeux nouveaux, les hommes jeunes s'aperçoivent qu'il existe des femmes, et la fièvre les prend. Bertin, à qui la consécration de cette nouvelle naissance avait été refusée, n'était, aux yeux des trois initiés, qu'un « nouveau » de quinze ans. Les secrets des grandes personnes ne le regardaient pas.

10

Un ennemi des hommes

Quand sœur Claire se rendit à la chambre 19, pour y faire son repassage, ainsi qu'elle l'avait promis : qui donc était ce personnage qui tenait sa planche à repasser, un sourire de connaissance et de joie sur un visage rond ? Il avait bien un pansement blanc autour du cou, mais c'était toujours les mêmes pans flottants de sa soutane et les parements rituels, au col : le Père Lochner, aumônier divisionnaire de l'autre rive.

— Mon lieutenant, s'écria-t-il en rhénan, comme autrefois, je suis ravi de vous voir.

Et, après avoir posé contre la paroi la longue planche à fourreau blanc, il s'approcha de Kroysing et prit sa main droite entre les siennes. Il salua hâtivement Bertin, se présenta aux deux autres patients, s'assit sur l'un des lits, regarda sœur Claire établir un pont entre l'appui de la fenêtre et la table, tandis que Bertin, agenouillé sur la table, était en train de visser une prise de courant pour le cordon du fer électrique. Pendant un instant, la pièce fut plongée dans l'obscurité ; Bertin entendit alors qu'on lui murmurait à l'oreille : « Je n'abandonne pas votre affaire.» Lorsque, quelques secondes plus tard, le courant fut rétabli, sœur Claire était de nouveau près de son tas de linge, le visage impassible. « C'est très gentil de sa part », songea-t-il tandis qu'il prenait place sur un tabouret pour écouter la conversation entre Kroysing et le Père Lochner. Mais sans doute attachait-elle trop d'importance à son pouvoir. Posnanski avait promis de se faire remplacer par un personnage qui devait certainement avoir le bras plus long que celui auquel sœur Claire pouvait recourir. Mais il ne se creusa pas la tête plus longtemps. Il faisait bon se laisser aller à la douceur du moment, se sentir rafraîchi par le bain, débarrassé de ses poux. Car tout à l'heure, il allait falloir nourrir une nouvelle cohorte de ces petits animaux qui vous attendaient dans votre paillasse ou dans celle du voisin. Les poux étaient inévitables comme le destin, on ne leur échappait pas, aussi longtemps qu'on vivait cantonné dans la collectivité des dortoirs et des misères de la guerre. Et puis, il ne devait pas oublier qu'il avait promis à sœur Claire de mettre quelques mots sympathiques sur son exemplaire de *L'Amour au dernier regard.*

Donc, le Père Lochner était venu à l'infirmerie pour se faire ouvrir un abcès à la nuque : oui, il avait pris cette décision et il aurait ainsi le

plaisir de recourir une ou deux fois encore à l'obligeance des médecins... Ces médecins qui reniaient Dieu, ne glorifiaient-ils pas, eux
aussi, l'œuvre de Dieu par l'habileté de leurs mains ? — Kroysing était
agacé par la présence joviale du Père, un élément étranger qui venait
troubler le charme secret de cette heure. C'était déjà assez ennuyeux
de devoir partager avec ses camarades la vue de sœur Claire, le va-et-
vient de son fer à repasser, cette occupation servile d'une jeune femme,
qu'on regardait avec plus de sans-gêne et qu'on pouvait aborder plus
hardiment, depuis que son secret avait été dévoilé. Mais le Père
Lochner rayonnait d'un tel enthousiasme, à retrouver là, devant lui, le
lieutenant Kroysing, sorti sain et sauf des effroyables aventures de
Douaumont.

— ... Sain et sauf ! s'écria Kroysing, en montrant sa « patte de derrière » enveloppée de pansements.

— Ça n'est rien, en comparaison des terribles possibilités auxquelles vous avez pourtant échappé.

— Je vous remercie, ça me suffit.

Obstinément, le Père Lochner revenait aux milliers et milliers
d'hommes qui avaient sacrifié leur vie pour la patrie, tandis que lui
s'en était tiré admirablement ; maintenant, il allait revoir son pays,
reprendre son métier dans l'une des grandes industries de guerre.

— Certes, repartit Kroysing, je vais reprendre mon métier, et vivement. Mon métier, c'est de jouer au soldat et je passe dans l'aviation.

— Oh ! fit le Père Lochner, plein d'admiration, cela vous honore.
Et pourtant vous avez fait plus que votre devoir, vous pourriez songer
à vous-même et à votre avenir.

— Peuh ! Il n'est pas question de mon devoir mais de mon plaisir.
Vous savez bien quel païen je fais ; toute ma religion c'est de tuer. Au
lieu de continuer à droguer sur terre, je préfère monter dans les nuages
et décharger des éclairs sur le crâne de mes ennemis.

Attristé, le Père Lochner baissa le front : il avait espéré, après tant
d'épreuves, retrouver un Kroysing animé d'un esprit plus pacifique.
Mais pour son... différend personnel — il ne savait s'il pouvait parler
librement... ?

— Mon histoire avec le sieur Niggl ? Pas besoin de gazer ici, tous
ceux-là sont des compagnons de misère, des initiés. Sauf votre respect,
mon cher Père, c'est la chasse impitoyable ! Et même si l'individu doit
être bientôt major...

— Il l'est, interrompit le Père Lochner, à chacun les conséquences
de ses actes.

Il se fit un silence, sœur Claire posa un instant son fer sur le support
de métal. Tous contemplaient cet homme qui proclamait la vengeance
du sang, balayait d'un coup l'Ancien et le Nouveau Testament qui
tous deux avaient remplacé l'arbitraire de l'individu ou du clan par des
principes de droit et une juridiction publique. Puis le fer électrique
reprit son va-et-vient. Le Père Lochner, les mains jointes :

— Eh bien ! il faut remettre l'avenir entre les mains de la Providence qui fera, espérons-le, pour le mieux en ce qui concerne le lieutenant Kroysing.

Pourvu que, le soir venu, il puisse exhaler son âme aussi tranquillisé et calme que ce petit sous-officier qui, il y a trois jours, à l'infirmerie de Douaumont...

Kroysing, qui jusqu'ici était demeuré allongé, se souleva lentement : « Est-ce que le Père veut dire qu'il aurait assisté à la mort de son ami Süssmann ? » Le Père Lochner fit signe de la tête : c'était bien ce jeune sapeur qui les avait conduits aux positions de l'infanterie, lui-même.

— Impossible, gémit Kroysing, il était parti pour le Brandebourg, au cours d'instruction.

Mais le Père, avec une tendre insistance, confirma sa première déclaration : le jeune sous-officier avait sans doute été renvoyé au front car, depuis le début de l'année, les cours se faisaient de plus en plus fréquemment dans les étapes.

Bertin s'était levé, comme attiré par un aimant, il avait passé devant sœur Claire et, appuyé au chevet du lit de Kroysing, il se penchait vers le Père Lochner :

— Süssmann, dit-il simplement, notre petit Süssmann.

D'après le récit du Père, l'événement s'était passé à l'heure de l'exercice, pendant qu'on apprenait aux bleus le maniement des grenades à main. L'un d'eux, un homme d'un certain âge, n'arrivait pas à se tirer d'affaire ; Süssmann était sorti de son abri pour lui montrer une fois encore le maniement du projectile, le futur sapeur lui ayant affirmé que l'engin n'était pas encore réglé pour l'éclatement. Mais tandis que Süssmann s'approchait, l'homme avait laissé tomber la grenade et avait filé. L'explosion s'était produite aussitôt et la malheureuse recrue, un journalier mecklembourgeois, avait reçu la moitié de la décharge — il était mort sur le coup — et Süssmann, atteint par l'autre moitié, n'était mort que le soir de son arrivée à l'infirmerie. Le rabbin l'avait assisté dans ses derniers moments. Entre deux piqûres de morphine, il avait dicté quelques phrases, dont l'une concernait le lieutenant Kroysing : « Écrivez à mes parents que ça a servi à quelque chose, et au lieutenant Kroysing, que ça n'a servi de rien ; tout est fichaise. » A part quelques paroles égarées pendant l'agonie, ce fut une mort exemplaire, le départ d'un soldat dont la patrie garderait certainement un souvenir reconnaissant.

Kroysing s'était tourné vers Bertin :

— Notre petit Süssmann, répéta-t-il plaintivement. Avoir échappé deux fois au tonnerre de Douaumont et se faire nettoyer par un Mecklembourgeois. Et lui qui était si sûr, mais si sûr que la mort l'avait vomi et qu'il survivrait aux juifs éternels. Non, je ne veux plus rien savoir aujourd'hui.

Et il se tourna contre la paroi.

Bertin restait immobile, les bras pendants. Personne n'était sûr de rien, et c'était toujours les meilleurs qui écopaient. Oui, le Pélican avait

raison, là-bas, dans sa chambre surchauffée, un beau fumier qu'il resterait en Allemagne, si ça continuait ainsi. Les yeux chargés d'effroi, il
regardait la pièce et son aimable intimité ; l'odeur du linge repassé se
mêlait au parfum des cigarettes. Des lignes se dessinaient vers l'avenir,
chacun avait ses plans : lui s'en allait vers le tribunal de la division,
Kroysing vers l'aviation, le lieutenant Mettner regagnait sa salle de
cours de mathématiques, le lieutenant Flachsbauer retournait à la fabrique de son père. Sœur Claire et le Père Lochner savaient aussi exactement où ils désiraient aller, tout comme Pahl, dans la salle voisine, qui
comptait organiser des grèves en Allemagne. Tant de projets, de désirs !
Et toujours l'incertitude du présent, de l'existence, à chaque instant une
tuile tombait sur le crâne du passant. En Haute-Silésie, un ecclésiastique était mort parce que, dans le voisinage, une pompe hydraulique,
dépassant la pression maxima, avait sauté, expédiant jusque sur le toit
de la cure son volant qui avait écrasé M. le curé au milieu de son repas.
Mais de ces accidents, la guerre avait fait un système, les dirigeants
avec ruse, les décuplant, les centuplant de jour en jour. Et l'extraordinaire, ce n'était pas d'être atteint, mais d'en réchapper... On frappait à
la porte :
— Tu rentres avec moi ? demandait Karl Lebehde.

11

Le printemps vient

A quelques jours de là, un matin, sœur Claire, en repoussant les
volets de sa fenêtre, sentit que le printemps était là : demain, 21 mars.
Elle se tint un instant, dans sa chaude robe de nuit en flanelle à rayures
bleues et roses, les mains passées derrière la nuque, pressant ses abondantes tresses d'un blond cendré, puis se pencha en avant, pour apercevoir la grande étoile, Vénus, dans le ciel du levant teinté de vert. Elle
regardait au loin, les bandes dorées à l'horizon, la vallée baignée de
brume, et sur la gauche, là-bas, les bois de Consenvoye. « Décidément,
les hêtres se couvrent déjà, pensa-t-elle, tandis que des coups métalliques se percevaient dans la distance. Si l'année pouvait être ce qu'elle
promet ! Aujourd'hui, mardi, le Père Lochner viendra pour la dernière
fois faire changer son pansement. Vais-je lui parler, sera-ce pour
aujourd'hui ? Kroysing est un être extraordinaire, avait-il dit la semaine
dernière, et il lui avait annoncé brutalement la mort terrible de son ami
Süssmann pour tâcher de l'ébranler, pour lui montrer les limites de
l'homme et le faire rentrer en lui-même. Hélas ! cela n'avait guère
avancé les choses, et cette âme d'acier devrait encore traverser bien
d'autres tourments avant d'apprendre l'humilité en face de l'inconnais-
sable et d'être par là accessible à la souffrance et à la grandeur des
créatures. Oui, Kroysing n'était pas le premier venu, mais le Père

Lochner non plus, qui avait passé par beaucoup d'écoles de la vie contemplative et de la vie active ; c'était même surprenant de voir comment il savait s'y prendre avec les athées le plus durs, avec un Kroysing comme avec un Pahl. Le Père Lochner trouvait même Pahl presque encore plus attachant que Kroysing, ce qui n'était point l'avis de sœur Claire. Entre elle et Kroysing, rien n'avait encore été exprimé, aucune allusion même, à peine des regards, une certaine gêne. Est-ce qu'un mariage était possible avec un tel homme ? Elle réservait son opinion jusqu'au moment où elle aurait pu s'en ouvrir au Père Lochner. Mais comment, oh ! lourde croix, arriver à dissoudre son mariage, obtenir tout au moins une annulation fondée sur l'état du conjoint, ce pauvre neurasthénique qu'était Peter Schwerzens, point fait pour résister au poids de la vie, qu'il supportait néanmoins en silence ? Là-bas, dans la vallée d'Hinterstein, il vivait dans sa cellule comme un ermite de la forêt, penché sur des cartes, des documents, des copies de communiqués de journaux français, anglais, suisses, s'efforçant comme un damné de refaire la bataille de la Marne, d'examiner ce qui s'était passé et ce qui aurait dû se passer. Elle n'entendait pas grand-chose à tout cela, elle avait toujours été heureuse de la supériorité intellectuelle de son mari. Mais elle, Clara Schwerzens, qui avait mis au monde deux enfants, s'en était fait passer un et en avait « évité » d'innombrables, elle n'avait encore jamais touché la corde de la femme, comme elle la sentait maintenant vibrer en elle ; et alors, elle ne voulait plus d'un homme délicat et raffiné, plus de mari inexpérimenté, mais un homme, un vrai — qui fût dangereux, moqueur, affirmatif, qui au besoin cracherait à la face de la mort. Trop avisée pour affirmer qu'elle ne saurait vivre sans Kroysing, elle s'avouait pourtant qu'elle vivrait doublement avec lui. Et lui, l'ingénieur, se doutait-il de toutes les portes qui s'ouvriraient devant lui, par son union avec une fille de la famille Pidderit ? Avec un gaillard qui n'avait pas voulu rendre Douaumont, l'armée des ouvriers de l'usine Pidderit ne se comporterait plus comme avec ses deux frères ou avec les directeurs — on lui obéirait. Après cette guerre et tous les sacrifices qu'elle leur aurait demandés, les ouvriers, à juste titre, réclameraient des compensations à l'État ; seul celui qui les connaissait, qui savait les prendre, pourrait en faire façon. Son père, après sa visite au grand quartier général et chez le Kronprinz (avec lequel elle était encore en relation d'amitié à ce moment-là) avait parlé avec mépris de ces fous assez imprudents pour barrer la route aux plus élémentaires revendications des ouvriers : égalité du droit de vote direct et secret en Prusse. Le vieillard s'entendrait très bien avec Eberhard Kroysing. Elle le voyait déjà dans la famille, ce grand gaillard dont la voix profonde vous faisait chanceler. Et, hochant la tête, se jugeant elle-même, elle s'approcha de son lavabo, regretta pour la première fois que sa glace fût si minuscule et se hâta de faire sa toilette avant de commencer une journée bourrée de travail.

Pour Eberhard Kroysing, l'heure du pansement n'était plus un sujet d'effroi. La journée commençait par le petit déjeuner qui, de matin en matin, devenait moins folichon ; mais on n'y pouvait rien changer. Il remplaçait le condiment de son aquatique café au lait, des maigres beurrées et de la bouillie d'avoine, par tout ce qu'il rêvait de voir sur la table du déjeuner quand la guerre serait glorieusement terminée et qu'une situation lucrative lui permettrait de manger à sa faim et à son goût. Restait à savoir si sœur Claire, quand elle serait sa femme, se contenterait des modestes revenus d'un ingénieur.

Mais, quoi qu'il en soit, chez les Kroysing, on aurait au petit déjeuner une pomme, une calville, jaune, tendre, parfumée ; puis deux œufs, du beurre frais, des rôties et un café, un de ces cafés ! de petits grains ronds et savoureux, fraîchement grillés, et qui ne devaient, après la mouture, n'entrer en contact avec aucune pièce métallique ; lent arrosage à l'eau bouillante, trois minutes d'infusion et le flot odorant coulerait dans la tasse du maître de la maison ; on ajouterait une cuillère de crème et du vrai sucre. Et sur le pain onctueux, de la viande crue hachée et salée à point, mélangée à des oignons râpés, légèrement relevée de graisse d'oie et d'une pointe de poivre. Et toute la gamme des fromages... Tout ce que les peuples du monde sont arrivés à faire avec le lait — et tout cela, pour que des guerriers viennent le leur ravir. Étonnant comme ils avaient su savourer toutes les joies du pillage, de la rapine et de la tuerie. Depuis quelque temps, c'était son tour de tuer et de conquérir. Et maintenant, selon les lois séculaires, il allait enlever la plus désirable des femmes — la plus belle et la plus exquise de toutes les femmes du clan. Non pas à la force du poignet — les temps n'étaient pas encore parvenu à ce stade de progrès — mais par la réflexion et la persuasion, avec la force de la volonté et de toutes les ruses — c'est avec la fureur de la conquête qu'elle demandait à être gagnée. Et il s'en chargerait. Le seul rival sérieux avait été expulsé du champ clos — le camarade Mettner. Il partait le jour même pour se rendre dans un institut orthopédique d'Allemagne — tel avait été le coup de grâce — pour la confection d'une prothèse du bras, disait la feuille de route. Mais peut-être le mathématicien à la chevelure écumeuse avait-il senti que Claire n'éprouvait pour lui qu'un sentiment de camaraderie et de compassion — trop peu pour lui, pensait-il sans doute. Ah ! tu peux courir, mon vieux, tu trouveras bien une fille de ton goût, et Kroysing ne viendra pas mettre de bâton dans les roues.

De fait, le lieutenant Mettner avait passé son uniforme et attendait que Mehlhose, le gardien, eût bouclé et apporté ses bagages.

— Je serais heureux d'avoir encore de vos nouvelles, Kroysing, dit-il. Je trouve dommage que vous ne rentriez pas, vous aussi, dans la vie civile. Vous avez de grands dons ; en d'autres temps, vous auriez fait un de ces ingénieurs entreprenants qui, dans le vaste monde, se battent avec les fleuves déchaînés et les cascades, guerriers créateurs, ou créateurs guerriers, comme vous voudrez. Aujourd'hui...

— Je serai aviateur, trancha Kroysing. Du reste, je suis entièrement satisfait de votre division du travail : vous pour la paix, moi pour la guerre. Vous préparez l'avenir, j'assure le présent.

Mettner hocha la tête :

— Je crains, mon cher Kroysing, que l'aviation ne vous convienne guère.

— Comment donc ! C'est là que je déploierai toutes mes ressources, quand, habitué à manœuvrer dans une de ces caisses du diable, je ferai mon raffut avec une mitrailleuse et que je lancerai mes bombes sur le crâne et sur les toits de mes contemporains. Et alors, le petit Français ne se baladera plus avec autant d'insolence.

Et, ce disant, il désignait un avion qui passait à bonne hauteur, insecte noir dans le ciel clair du printemps.

Le peintre Jean-François Rouard arrosera, cette nuit, le convoi de munitions et les baraquements de Vilosnes-Est, puis, pointant vers l'est, il sectionnera le tronçon ferré au passage de Damvillers. Il en a reçu l'ordre, voici une demi-heure ; la pleine lune donnera un éclairage parfait ; demain ou après-demain, le temps pourrait se mettre à la pluie. Il connait bien le parcours, mais il veut s'entraîner, mesurer le temps. Les Allemands vont chercher à reprendre Bezonvaux qui fait un trou sérieux dans leurs positions. Ils ont amené deux régiments — on a pris des hommes qui portaient les numéros 83 et 47 —, des troupes solides qui n'ont pas fait une si brusque apparition pour une simple plaisanterie. Mais avant qu'ils aient pu s'installer, on va déranger les plans de ces messieurs, et leur réserver une chaude réception. Jean-François Rouard est un risque-tout — sur la toile, avec les femmes et sur les gares, peu importe. Tendu, la pipe aux dents, en veston et culotte de cuir, il écoute le ronron de son brave moteur, fait des signes à son pilote et inscrit les temps de son parcours.

Pendant ce temps, le lieutenant Mettner a pris congé de Kroysing ; à midi, il attrapera son train à Montmédy ou à Sedan, c'est selon — mais il ne veut pas s'attarder davantage ici. Les adieux à sœur Claire se feront dans la salle commune n° 3 — ce sera bref et cordial, sans contrainte, et désormais MM. Flachsbauer et Kroysing se partageront seuls la chambre 19. Avec une tranquillité philosophique, Kroysing contemple le lit vide de Mettner : il va pouvoir y étaler ses cartes. Bonne journée, qui le débarrasse de son rival, et puis le printemps est là, on peut laisser la fenêtre ouverte, on se sent en humeur de chanter, de tirer avec ardeur sur sa pipe. Et aujourd'hui, on va mettre une certaine dame en face d'un : « à prendre ou à laisser » ; et pour preuve de sa rupture avec le passé et de sa décision à vivre la grande vie aux côtés d'un certain M. Kroysing, elle trouvera enfin le temps, ce soir, de téléphoner à ce haut personnage, pour le plus grand bien de ce garçon un peu stupide et timide qui va rappliquer vers la fin de l'après-midi et viendra s'asseoir ici, un peu mal à l'aise comme toujours.

Les soldats du détachement Barkopp ne saluent l'arrivée du printemps qu'avec un enthousiasme modéré. La moitié de la France leur colle aux jambes, à ce que prétend Karl Lebehde. Et c'est vrai, d'énormes mottes de terre adhèrent aux semelles des troupiers qui traversent les champs. Grâce au dégel, on a pu parvenir jusqu'aux corbeilles de munitions et aux obus qui remplissaient le fond d'une fosse et qui avaient dû servir aux canonniers comme palier d'affûts. Ce sera un sacré boulot de les sortir de leur gaine de boue et de les transporter jusqu'à la prochaine station de la voie ferrée. Mais le sergent Barkopp a promis que le lendemain serait jour de repos, parce que, d'ici à la nuit tombée, le dernier wagon serait plein ; le convoi sera au complet et partira pendant la nuit. Les cinq hommes de l'escouade retirent les obus de la boue, les nettoyent, grattent prudemment le terrain avec leurs pioches : les culots sont glacés, gluants et lourds, et il ne faut pas avoir peur de s'abîmer les mains. Mais quand, par les journées de grands froids, on s'est réchauffé les mains avec son urine, on n'hésite guère à empoigner la boue glacée.

— Tu sais déjà qu'on est de garde, cette nuit ? demande Lebehde à son voisin Bertin.

— Bon ! Mais qui est le troisième ?

— Le long de Stuttgart. Ils en mettent un coup, avec leurs caisses de poudre. Lui m'a déjà fait savoir qu'il demandait à passer en premier, pour pouvoir s'allonger avant minuit.

— Et bien, je prends le numéro deux.

— Il ne me reste plus qu'à passer troisième, fait Lebehde avec un bon sourire ; comme ça, je serai le premier à lorgner le printemps, très honoré de cette rencontre. Ici Lebehde, à qui ai-je le plaisir ? Ici Printemps. Très heureux monsieur Printemps, j'ai déjà survécu à une quarantaine de vos semblables et j'espère bien que vous, encore, vous ne me boufferez pas. Ce soir, je ne monterai pas chez Wilhelm ; j'ai l'intention d'aller prendre contact avec la nouvelle cuisine de campagne des gaillards d'Oldenbourg, qui doivent monter en première ligne demain.

— Moi, j'ai une visite de politesse à faire, dit Bertin en nettoyant un obus.

— Eh bien, reprit Lebehde, je ne suis peut-être pas un monstre, je t'accompagne. Qui sait quand nous reverrons le vieux Wilhelm ? On va bientôt transférer notre oiseau à Berlin. Ah ! je serai joliment soulagé quand je le saurai chez lui.

— Tu voudrais être à sa place ?

Et tandis que Karl Lebehde saisissait maintenant le lourd projectile et le soulevait avec effort :

— Personne ne peut le dire. Tantôt c'est oui, tantôt c'est non, suivant mon humeur du moment. Quand Barkopp m'a agacé, je ne veux plus rien savoir et je me dis : « Allons, mon Karl, réfléchis un peu, amoche-toi, et prends le chemin de Wilhelm. » Mais quand j'ai pu attraper une bonne soupe, je me dis que je puis avoir les avantages de la vie d'hôpital à meilleur compte et je reste, garçon. Parce que, vois-tu, je me fais parfois toutes sortes d'idées en pensant au vieux Karl. Des fois que le feu prendrait dans la cambuse, qu'est-ce qu'il deviendrait, ce nourrisson ? (Et il hocha la tête.) Donc tu prends le numéro deux, et tu viens me chercher ensuite.

Dans l'armée prussienne, les tours de garde sont de deux heures, alternant avec quatre heures de repos. Comme le numéro un commence à huit heures, le numéro deux a son tour de dix à minuit et de quatre à six. Les aviateurs français arrivaient vers onze heures, tantôt un quart d'heure plus tôt, tantôt un quart d'heure plus tard.

12

Lettres

Le soldat Pahl reprend certainement goût à l'existence. L'infirmerie, il fallait s'y attendre, offre, cela va sans dire, les caractères de l'État capitaliste. Là, les médecins, les officiers et les sœurs, ici les patients de la troupe, et entre deux les infirmiers qui finissent par comprendre, quoique, trop lentement, à quel front ils appartiennent — au front des peinards, des patients de troisième classe, des assistés en uniforme. Mais il faut être juste : on ne vous tourmentait pas plus qu'il n'était nécessaire, le manger faisait ce qu'il pouvait pour être fortifiant, le ton de la maison était gai, cordial, un peu trop évangélique au gré de Pahl. Mais le genre chrétien valait encore mieux que le genre Vieille Prusse. De jour en jour, on se ressaisissait plus facilement après le pansement du matin ; la plaie était maintenant tout à fait saine. Et si la patrie ne fournissait plus que des bandages de papier et de la cellulose au lieu de coton hydrophile, personne ne pouvait se plaindre d'être moins bien traité que le voisin, dans la chambre des officiers : tous étaient soumis à la loi du blocus. On vous apportait à manger cinq fois par jour, et des aliments sains, qui pour nos braves troupiers appartenaient depuis longtemps au domaine de la fable : du lait, qu'on ne sortait pas des boîtes mais d'une vache vivante, du pain blanc fait avec du vrai fro-ment, du vrai sucre et même du porc authentique : l'infirmerie élevait des cochons et des lapins. Pahl aimait ces viandes-là et les sœurs comme les infirmiers remarquaient qu'il se reprenait à plaisanter et qu'un sourire enfantin éclairait alors mystérieusement son vilain visage aux yeux perçants. Avec les officiers aussi, Pahl avait pu s'entretenir, ce qui ne lui était encore jamais arrivé depuis son enrôlement ; ils étaient venus lui faire visite avec une des sœurs, sœur Claire, on avait fait l'éloge de son camarade Bertin, et Pahl n'était pas resté en arrière. Il avait le don de dire tout nettement ce qu'il pensait, mais sans humeur, avec ce nouveau sourire, un vrai sourire de ressuscité, qui prévenait en sa faveur. Cet ingénieur Kroysing était un curieux bonhomme. Pahl connaissait l'histoire du frère. Mais il se demandait — et il avait posé la question — si le capitaine Niggl n'aurait simplement obéi à un mot d'ordre de la Société en retenant le petit Kroysing impitoyablement à la ferme des Chambrettes — un mot d'ordre qui n'était pas formulé par écrit — il s'agissait de faire un exemple en éliminant un traître de la classe, de placer l'intérêt de l'État au-dessus de ce qu'on appelle l'humanité. Le lieutenant Kroysing était revenu, et Pahl, triomphant, avait fini par le voir entrer tous les jours dans la salle commune, s'asseoir sur son lit, et causer. La réputation de Pahl, homme réfléchi, s'était répandue au lazaret, bien plus que ce n'avait été le cas dans sa compagnie. C'est que, dans les maisons de malades, les hommes ont beaucoup de temps et peu de dérivatifs venant du monde extérieur ; on pourrait faire des romans de toutes les conversations qui se déroulent entre les hôtes de ces établissements fermés, tandis que les paroles qu'échangent les hommes d'action servent plutôt à dissimuler les pensées et à faire marcher le travail. Or l'ingénieur Kroysing, précisément, n'était pas un ingénieur mais un patient et c'est pourquoi il avait écouté, non sans hocher la tête et très intéressé pourtant, les questions que lui avait posées le typographe sur un ton à la fois plaisant et poli. Embarrassantes, les questions de Pahl. Qu'est-ce que pensait, par exemple, l'ingénieur Kroysing, du système qui donnait la propriété de l'invention à l'entreprise qui occupait l'invention et non à son auteur ou à la communauté ? Était-ce sensé, à son avis ? — Pas du tout, répondait Kroysing ; il aurait voulu que tous les ingénieurs du monde, en commençant par ceux d'un pays, s'unissent et revendiquent la participation aux bénéfices de l'invention. Mais il ne se faisait pas d'illusion : il serait bien difficile de grouper tous les ingénieurs sous le même chapeau, tant ils étaient acharnés dans la concurrence. Tout ce qui restait à faire, c'était de persuader à ces messieurs qu'ils avaient besoin de l'ingénieur Kroysing, comme lui avait besoin d'eux ; et l'on pouvait s'en remettre à ces directeurs de fabrique, quand il s'agissait de peser les intérêts en présence...

C'en étaient des conversations ! Les patients de la salle 3 tendaient le cou, tandis que le petit bossu avançait ses thèses et ses objections et que le long lieutenant rayonnait de joie, ne voulant pas lui laisser le dernier mot. Acculé, il avait fini par déclarer qu'il se fichait de l'association et que celui qui ne savait pas se tirer d'affaire tout seul, on n'avait qu'à le laisser nager. Quant à lui, il n'était certainement pas de la catégorie de ceux qu'on battait, et c'était l'essentiel. L'homme véritable, c'est celui qui faisait seul son chemin, d'après le vieux proverbe : Aide-toi et le ciel t'aidera, et si ce n'est pas lui, ce sera les pompiers. Mais, avait objecté Pahl, on en revenait à la nécessité d'une association organisée — les pompiers — à une institution de solidarité et d'entraide dans la lutte pour l'existence. Aucun des deux n'abandonnait son point de vue ; Pahl avait pour lui la raison, les faits ; pour Kroysing, il prenait son plaisir à la joie qu'il donnait en mordant de droite et de gauche, tel un chien de berger : il mettait sa personne dans le jeu comme étant le meilleur argument. Pour finir, on s'arrêta à la formule suivante : ils reprendraient la discussion après la guerre, Pahl à la tête d'une horde d'esclaves, Kroysing sous les dehors d'un satrape de chefs de tribus. Et on verrait bien qui aurait raison, qui serait le plus fort, le plus sûr de l'avenir, qui s'entendrait le mieux à remplacer toutes les vies détruites. Kroysing se faisait fort d'arriver par le militarisme, Pahl de métamorphoser le militaire en prolétariat armé. On se quitta plein de bonne humeur — et de pensées qu'on ne montrait point.

Les pensées de Pahl, tandis qu'il se retournait de côté et d'autre sur son lit, le visage vers le carré bleu de la fenêtre, s'en allaient toujours en droite ligne vers l'ouest : comment arriverait-on à éveiller chez cet ingénieur et tous ses pareils le souvenir de leurs sentiments de jeunesse, d'êtres trop bons pour vilipender leurs dons ; comment les amener à faire un retour sur eux-mêmes, à voir qu'ils s'étaient livrés, en serviteurs, à la divinité de la propriété privée, cette propriété qui avait arraché toutes les matières premières et les forces de la nature, le despotisme et la force armée, à celle qui les possédait à l'origine — la communauté ? Pahl voyait se dresser à l'horizon toute l'humanité indigente qui attendait la libération, et il était épouvanté, lui si faible encore, de la tâche formidable qui l'attendait au pays. Bertin lui avait expliqué un jour que si le christianisme avait triomphé, c'est qu'il avait éveillé chez la femme, chez l'esclave, le prisonnier de guerre et l'enfant, la conscience de ce qu'ils étaient ; il avait libéré leur pouvoir d'agir et il avait nourri les foules. Sur ce point, comme sur beaucoup d'autres, les christianisme avait été le pionnier du socialisme. Pahl verrait-il le temps, vingt ans après la guerre, où quelques peuples affranchis montreraient au monde les gigantesques forces constructives qui subsistaient en eux, après ce chaos de la destruction ?

Quand Kroysing regagna sa chambre, sœur Claire était en train de faire le ménage, tandis que le lieutenant Flachsbauer avait été transporté dans la salle de massage pour faire quelques exercices ; il serait absent au moins une demi-heure. Kroysing, tumultueux, plein d'une ardeur fougueuse, s'assit sur son lit et regarda cette femme qui était en train d'asperger le plancher avec de l'eau lysoformée.

— Eh bien ! Claire, dit-il sans préambule, qu'allons-nous faire ?

Les beaux yeux de nonne se levèrent, effrayés : n'apprendrait-elle donc jamais à cacher ses sentiments ?

— Monsieur désire ? dit-elle, prenant l'attitude d'une servante, par ironie vis-à-vis d'elle-même et de lui.

Il la contempla agacé :

— Laissez tout cela, déblayons le terrain et examinons les choses sous toutes leurs coutures. Si j'étais un contremaître et vous une boniche, il y a longtemps que nous nous serions mis d'accord, et nous pourrions aussitôt discuter la façon dont nous entendons nous marier. Notre situation est plus compliquée parce que nous sommes des gens du monde.

Sœur Claire sentait l'angoisse grandir en elle :

— Pour le moment vous allez vous étendre sur votre lit, mon lieutenant, laisser reposer votre jambe et ne plus dire de choses dont vous ne mesurez pas les conséquences.

Mais aussitôt elle eut honte de ce mouvement de recul un peu apprêté. Kroysing, docile, s'allongea et lui lança son regard le plus hardi.

— Claire, fit-il, vous savez ce qu'il en est. Il y avait, dans cette chambre, trois hommes qui vous aimaient. L'un est déjà parti, le plus raffiné mais le plus faible aussi ; quant à l'insolent Flachsbauer, il peut tranquillement passer le reste de ses jours à penser à vous, puisqu'il ne vous a pas obtenue, ça ne lui fera que du bien. Mais moi, je suis celui qui vous épousera, ou qui sera jeté aux ordures comme un vieux soulier.

Sœur Claire eut un geste de défense :

— Vous êtes un extorqueur, un étau pris de folie.

Mais Kroysing hocha la tête :

— Je fais le point, tout simplement. Je suis fou de vous, sœur Claire — non pas seulement ainsi, mais aussi comme cela. Quand j'imagine que je vous aurais près de moi, jour et nuit, pendant ces vingt années qui nous restent, je ne sais pas ce qui me retient de sauter sur mes jambes et de me battre avec les murs. Vous le savez bien, vous n'êtes pas sournoise, vous êtes une vraie femme, sensée. Je ne roule pas les yeux au ciel devant vous, je ne tourniquotte pas autour de vous en jouant des airs de flûte ou de violon, je ne vous caresse pas les jambes, je ne vous prends pas par la taille...

— ... Vous attraperiez quelque chose, mon lieutenant...

— Mais je ne dors plus très bien et je ne sais comment tout cela va finir. Pour le moment, je ne suis encore qu'un simple lieutenant de sapeurs, mais d'ici huit ou dix mois, je serai l'aviateur Kroysing, que tout le monde connaîtra — ou bien un tas de ruines.

Sœur Claire le regarda, éblouie, ferma les yeux, fit deux pas dans la direction du lit, les rouvrit, s'aperçut qu'elle avait un torchon mouillé dans les mains, l'entoura autour du balai et termina son récurage. Pendant ce temps, il continua de parler et elle sentait que son regard suivait chacun de ses mouvements :

— Quand la guerre sera finie et que nous en serons sortis sains et sauf, toi, sans avoir rien attrapé, moi sans m'être cassé le cou ou ma grande gueule — quand nous serons rentrés à la maison, dans l'Allemagne fêtant sa victoire : qu'est-ce que j'aurai à t'offrir ? Le petit bossu d'à côté, Pahl, n'a pas si tort : quelles perspectives s'ouvrent à un ingénieur ? Quand j'étais gosse, je voulais devenir capitaine de vaisseau dans la marine marchande ; je me voyais sur la passerelle, contemplant mon bateau de la proue au gouvernail, commandant de la pointe du mât à la quille, sans songer, bien sûr, que, dans tout cela, pas un rivet n'appartenait au capitaine.

Aujourd'hui, je sais qu'un capitaine est une sorte d'ingénieur de transport peu payé, qui ne peut faire de grands sauts, bien qu'il ait la permission de faire voyager sa femme gratis en première classe tout autour du monde. Qu'ai-je donc à vous offrir réellement, à part moi ? Un gentil appartement de quatre pièces à Nuremberg ou Augsbourg, d'agréables beaux-parents, déjà vieux, et, si tout va bien, une voiture, à condition que mon usine me l'offre. Mais ça, je crois que j'y réussirai.

Sœur Claire retrouva en cet instant son esprit primesautier qu'elle avait perdu au cours de ses quinze années de mariage :

— Vraiment ? demanda-t-elle avec innocence. Ce serait nécessaire en effet. Parce que, voyez-vous, sans voiture — non, mon lieutenant, sans voiture je ne pourrais être heureuse.

Kroysing donna dans le panneau :

— Bien sûr, fit-il, l'air soucieux, je le pensais bien. Qui sait l'existence à laquelle vous étiez habituée avant de venir ici ? On dit que vous êtes d'une famille fortunée et que vous avez pour mari un officier d'état-major. Il vous faudrait joliment dégringoler, Claire, et tout le monde n'en est pas capable.

Sœur Claire devait se rappeler exactement, par la suite, le bonheur doux, insensé qui l'avait comblée en ce matin du 20 mars. Comment cet homme jeune l'avait demandée, gravement, sans grandes phrases et avec une sorte d'évidence aussi naturelle que la guérison qui s'accomplissait dans sa jambe broyée.

— Vous êtes tout à fait aimable, lieutenant Kroysing, de songer à l'existence de mon pauvre mari.

— Il y a le divorce, remarqua-t-il sèchement.

— Il y a le catholicisme, fit-elle sur le même ton.

Kroysing s'assit sur son lit, la fixa du regard :

— Claire, dit-il d'une voix enrouée, vous n'allez pas me dire que rien n'est possible entre nous, seulement parce qu'il vous est arrivé de vous marier il y a quelques années.

— Enfant, dit sœur Claire — il y a quelques années ! Il y a quinze ans ! (Elle souligna le chiffre.) On ne se sépare pas simplement parce qu'on en trouve un plus jeune qui vous veut. Il y a toute une vie vécue ensemble et qui appelle le respect, des égards, occupe une place dans l'âme. On n'est pourtant pas une petite sotte qui se trotte par le monde avec un petit bagage et file dans vos lits. Non, cher ami, il y a une mesure dont il faut tenir compte, des voix contradictoires, de très grands obstacles. Et si je devais prendre vos propositions au sérieux...

— Claire, cria-t-il en se levant sur une jambe, la jambe malade repliée, une main appuyée sur le lit et l'autre tendue vers elle.

Triste, mais avec un sourire de bonheur, elle se déroba lentement vers la porte :

— Il faut me laisser réfléchir, dit-elle persuasive.

— Toujours réfléchir — la voix était presque irritée. Un jour elle demande à réfléchir avant un coup de téléphone qui doit sortir mon ami du pétrin. Maintenant elle veut réfléchir pour savoir si elle va m'épouser et si elle peut dissoudre son mariage. Voyez-vous, chère et très réfléchie madame, je suis pour les solutions rapides. Si vous êtes prête à m'épouser, vous téléphonerez au Kronprinz d'ici à minuit. Si vous ne voulez rien de moi, vous n'aurez qu'à me dire ce soir que vous préférez téléphoner demain. C'est convenu ?

Elle approuva de la tête et demanda à répéter sa leçon. Mais Kroysing, sur sa seule jambe saine, fit deux bonds démesurés, l'entoura de ses longs bras, pressa ses lèvres sur sa bouche entrouverte, la sentit devenir faible contre sa poitrine, puis se ressaisir ; il la délivra de son étreinte et dit :

— Ce qu'on a, on l'a, en tout cas, et il regagna son lit à cloche-pied.

Elle reprit son seau et son balai et s'en alla sans rien dire, comme une jolie servante qui se serait laissé embrasser.

Kroysing sentait son cœur battre à grands coups dans sa poitrine. « Elle téléphonera, pensa-t-il triomphant, ce soir elle téléphonera et s'appellera Mme Kroysing, aussi vrai que je m'appelle M. Kroysing.» Et tout aussitôt il lui vint à l'idée qu'elle allait certainement exposer le cas au Père Lochner. Il s'agissait de prendre les devants. Personne n'eût pu nier qu'en cet instant, le sieur Niggl lui fût totalement indifférent. Il se mit à dire par-devers soi : il sacrifierait sa vengeance d'un cœur lourd, si sœur Claire l'épouse et que le Père Lochner lui aide à trouver une solution pour son mariage actuel.

Le travail de la matinée, dans une infirmerie de campagne, occupe chacun des instants de ceux qui ont à charge d'adoucir les misères humaines ou de rendre l'usage de leurs membres aux hommes qu'un choc ou une blessure a momentanément paralysés. Que l'on voie tout ce travail — comme dans les yeux de Pahl — aboutir à la remise en état des esclaves du travail et de la lutte, au profit de la classe dirigeante, ou — comme dans l'esprit de Kroysing — à la levée des dernières forces de l'Allemagne pour le combat à mort — cela ne change rien à la réalité. La cérémonie, parfois effroyable, du pansement, passe de salle en salle, avec son concert de gémissements, de grincements de dents, de jurons, d'engueulades, d'encouragements, tandis que les sœurs transportent leurs baquets remplis de pansements souillés. On pratique des cautérisations quand la guérison fait fausse route, donnant lieu à des excroissances, et les hommes tremblent de douleur. D'autres, plus heureux, se torturent dans les salles d'exercice, pour réapprendre l'usage des membres auquel l'amour maternel les avait initiés. La matière humaine, ce mystérieux tissu de cellules animé d'une âme, contient, dans son entéléchie, le signe indéniable par quoi l'homme est appelé à transformer la surface de la terre, soumis à une contrainte pareille à celle qui pousse les oiseaux, les mouches et les abeilles à se reproduire. Il semble parfois que la planète elle-même soit comme forcée de s'acheminer vers un état préétabli de capacité, dans une ivresse de ses éléments et de ses forces, afin de mettre à la disposition de ses créatures raisonnables des conditions de vie plus parfaites.

C'est peut-être pour cela qu'elle excite ses quelque deux milliards de cellules, qu'on nomme l'humanité, à un excès d'activité et de lutte, harcelant infatigablement les plus grands, les plus intelligents, les plus avancés, et poussant à la résistance, les inférieurs, les instinctifs, les sauvages, afin que jaillissent, des plus doués comme des plus méchants, des inventions nouvelles, des essors nouveaux, des moissons plus riches. L'aviation, la chimie, la médecine et la stratégie : on les voit s'élancer vers de véritables sauts de panthère ; de nouvelles voies de communications mènent à des régions jusqu'ici inaccessibles, des groupes humains se connaissent qui autrefois ne soupçonnaient même pas qu'ils fussent ensemble sur la même planète. Des sociétés s'effondrent ; et ceux-là sont vaincus qui ne parviennent pas à mettre en action toutes les forces disponibles de leur territoire dans la lutte pour l'existence. Et il reste encore la ressource de payer d'ingratitude les services rendus, de se dérober aux promesses faites, d'annuler les droits reconnus. Et pourquoi pas ? Ce sens de la morale est passablement étiolé, on ne sait plus guère à quoi il sert ; il est plus aisé de discerner le sens de la technique : elle sert à tuer.

Le prêtre et l'ingénieur s'entendent à merveille sur un tel principe : chacun tient l'autre pour le porteur de notions moins importantes. Mais il est un point sur lequel ils se rencontrent : obscurément ils perçoivent que dans le ménage du monde, les hommes ont pour tâche — et ce n'est pas la moindre — de s'occuper des individus. Car, ils le remarquent, la nature ne travaille qu'avec des espèces, des races, de grands groupes ; elle fait donc d'autant plus un devoir à l'être raisonnable de veiller à la condition de l'individu parce que l'homme, dans la lutte pour l'enrichissement de la patrie, a besoin d'individualités qui confèrent un sens à la fertilité terrestre et à la lutte pour l'existence.

Pendant que le prêtre et l'ingénieur sont ainsi à discuter, le travail, la vie, se poursuivent autour d'eux, le médecin-chef expérimente les effets de l'eau courante comme auxiliaire de la guérison des chairs malades ; tout un peuple de poules blanches et beiges caquettent et picorent dans la cour, sous la conduite des coqs, les cochons grognent dans leurs étables et les lapins belges aux longues oreilles trottent de droite et de gauche, sous le clair soleil de mai, ignorants de leur triste destinée. Dans les cuisines on prépare le repas de plusieurs centaines d'hommes ; une sœur supérieure haute en couleur, et le nez sur son registre, aligne des chiffres ; des chevaux tirent un camion du train, chargé de provisions, qui apporte aussi, dans un grand sac, le courrier. Encore du travail — triage, distribution, lecture. Le typographe Pahl a aussi sa lettre, qu'il lit avec un sourire caustique : son rapatriement est en cours, et comme il n'est pas nécessaire d'avoir tous ses orteils pour travailler dans une imprimerie, la rente que lui fera la patrie reconnaissante ne sera pas considérable, mais il sera désormais un pensionné, et ça ne pourra jamais aller tout à fait mal... — Le lieutenant Flachsbauer reçoit son courrier, le lit, soupire et le fourre sous son oreiller. La lettre adressée au lieutenant Kroysing vient de sa mère à qui M. Kroysing père a confié une fois pour toutes le soin d'écrire à son fils. Elle est toute à la joie de le savoir bientôt dans un hôpital de Nuremberg. Elle le supplie de hâter ce moment. Elle a fait de mauvais rêves, elle est suspendue à chacune de ses nouvelles. Il lui semble que son fils ne sera vraiment sauvé des griffes meurtrières de la guerre que lorsqu'il sera dans ses bras. Kroysing, le front plissé, trouve que là-bas, dans le pays, on pourrait bien laisser le superlatif aux femmes de ménage. Les griffes de la guerre ! Verdun a dit son mot, lui n'a plus rien à craindre des obus français. Et contre les aviateurs, la croix rouge qui flotte sur le toit l'abrite de son insigne protecteur. A propos d'aviation, il ne parlera de son projet que de vive voix, et après une solide permission.

Nous comptons fermement, mon cher enfant, que tu resteras en Allemagne et que, si c'est possible, tu reprendras ton métier, tout près de nous. Nous regrettons bien souvent l'éloignement qui s'était fait entre nous, avant la guerre. C'était peut-être dans l'ordre naturel de ton développement, mais maintenant, mon cher garçon, mon grand long Hardi, tu dois songer que tu es notre unique enfant et nous aider à reprendre goût à la vie. La maison paternelle n'est que la maison des parents, bien qu'elle soit aussi la maison d'enfance. Et nous avons déjà donné notre petit Christoph. Je ne suis pas une mère héroïque, je t'avoue franchement que je voudrais, que je pourrais toujours pleurer ton frère, si doué, si cher, au cœur si bon, comme je ne cesserais de pleurer tout aussi amèrement si c'était toi qui avais été frappé, si notre grand, fier et viril Hardi ne grimpait plus les escaliers de la maison avec ses longues jambes. Je ne pleure pas, parce que c'est vain de pleurer et parce que ça ne fait que rouvrir la blessure saignante au cœur de ton père, sans qu'il puisse d'ailleurs rien pour moi. Si vraiment la patrie a encore besoin de nouvelles victimes pour obtenir la victoire, d'autres pères et mères peuvent faire ce sacrifice, nous avons été assez durement éprouvés. Parfois je me demande si jamais je tiendrai dans mes bras des petits-enfants, au-dessus du berceau — la seule joie véritable qui soit encore réservée à la vieille femme que je suis.

« Mais oui, pense Kroysing, des petits-enfants lui apporteront un nouveau courage. » Il va falloir le lui écrire tout de suite. Ce n'est pas en vain que tout à l'heure, tandis qu'ils philosophaient ensemble, élevant des tours ou creusant des sources, il avait offert le scalp de Niggl au Père Lochner s'il lui aidait à vaincre certaines difficultés dont sœur Claire lui parlerait après le déjeuner. Le marché était honnête et le Père Lochner a semblé l'apprécier à sa juste valeur.

Et il se met en devoir de répondre à sa mère, sans plus tarder. Il se sent plein d'amour et de tendresse ; tout est oublié de l'irritation qu'avait pu lui causer certain passage de la lettre ; il est de bonne humeur, les paroles tendres lui viennent d'elles-mêmes, tandis que, penché de biais sur la table, mal installé, il commence, de sa grande écriture, la lettre à sa mère — la dernière.

LIVRE NEUVIÈME

Le feu du ciel

1

Consultation

A pas menus et agités, le Père Lochner arpente la cellule monacale de sœur Claire qui l'a invité à prendre une tasse de café après le repos de midi.

— Qu'est-ce que j'apprends, sœur Claire, qu'est-ce que j'entends — et dire que je ne le tiens pas de vous mais de ce grand sauvage lui-même !

La petite pièce sent agréablement le bon café — le seul luxe que sœur Claire ne se refuse ni à elle-même ni à ses amis. Elle est assise sur son lit, tranquille, ses yeux, presque sévères, tournés vers le prêtre qui s'agite.

— Que vous le teniez de lui ou de moi, cela n'importe guère, et s'il a exagéré, je suis encore là pour modérer l'éclairage dont il vous a ébloui. Approuvez-vous ou désapprouvez-vous ?

L'ecclésiastique s'est assis sur son tabouret, il remue son café pour faire fondre le sucre, le petit doigt levé :

— C'est ce qu'on appelle empoigner le taureau par les cornes. C'est du sœur Claire tout pur. Savez-vous qu'on a perdu avec vous une abbesse de grand couvent ? Il y a mille ans toute une province, toute une contrée aurait vécu de votre lumière et de vos consolations.

— En ce moment vous parlez nègre, Père Lochner, et seulement pour n'avoir pas à me répondre. Mais vous devez répondre.

— L'aimez-vous ? interrogea précautionneusement le Père Lochner.

— Oui, répondit sœur Claire, je l'aime, je l'aime profondément, ce grand diable d'homme. Mais j'aime aussi mon mari, j'aime aussi mes enfants, je ne suis pas folle, mon inclination n'est pas telle que je ne puisse encore la balayer s'il le faut. Supposé qu'à votre sentiment les difficultés positives soient trop grandes, le préjudice causé à mon mari et aux enfants trop sensible, je dirai ce soir même à Kroysing que ça ne va pas comme nous le voudrions et que, si nous survivons à la guerre, nous devrons trouver une autre forme d'amitié ou nous séparer définitivement.

Le Père Lochner haussa les sourcils, effrayé par-devers lui de la netteté, de la maturité qu'il y avait dans ces paroles d'une dame du monde, en costume d'infirmière et au beau visage de nonne. Il reprit, sondant toujours le terrain :

— Croyez-vous que le lieutenant-colonel Schwerzenz puisse se rétablir ? Croyez-vous pouvoir reprendre véritablement la vie commune avec lui, véritablement lui être quelque chose ?

— Justement, je ne le crois pas, dit sœur Claire. Ma mère m'écrit de la petite maison du Hinterstein qu'il est plus que jamais absorbé dans ses études, penché sur ses cartes, complètement ensorcelé par le rôle qu'il a eu dans la bataille de la Marne, mort à toute autre vie ; il ne participe au présent que de façon distraite, de loin, demande rarement des nouvelles de ses enfants, qu'il appelle toujours ses petits-enfants, mais il est resté vigoureux, gardant un excellent appétit et faisant de grandes promenades — mais ce sont des marches militaires et il ne voit, en route, que des terrains stratégiques, des problèmes de tactique. « Un puits de science militaire, voilà ce que je suis devenue », écrit la pauvre femme — l'être le plus sage qui se puisse trouver — et toute sa crainte est pour le jour où Schwerzenz voudrait s'enfuir pour se rendre chez l'empereur ou au Reichstag, ou même aller haranguer le peuple sur la place publique et lui exposer la part qu'il a prise à la bataille de la Marne — ce qui, dans l'exaltation où il est, se terminerait dans un asile d'aliénés.

— Terrible, dit le Père Lochner ; quel noble esprit est ici aboli !

— C'est dans *Hamlet* n'est-ce pas ? Oui, un noble esprit, certes, mais si je ne puis plus parvenir jusqu'à lui...

— Alors, le mariage chrétien n'est plus possible avec lui, conclut le Père Lochner.

Et il vida sa tasse de café. Un silence. Puis sœur Claire demanda si elle pouvait continuer :

— Je ne suis pas femme à me plaindre. Mais je ne me soucie pas non plus de l'opinion des gens. Je dois toutefois ajouter que l'état présent où il se trouve n'est que le degré extrême d'une évolution qui avait débuté il y a plusieurs années déjà et qui exista, en somme, toujours en puissance. Mon mari vivait dans sa profession comme un savant ou un moine, il était soldat de corps et d'esprit, sinon il n'eût jamais choisi cette voie. Mais tout être vivant lui était trop peu — moi comme les autres. Avant la guerre, je me disais qu'il devait en être ainsi, je ne voyais pas qu'il en fût autrement pour mon père, pour mes frères. Mais j'ai changé.

— Je comprends, repartit le Père Lochner tout en contemplant le flot de café fumant qui coulait dans sa tasse sur un nouveau morceau de sucre ; la guerre vous a mis sous les yeux la condition humaine sous toutes ses formes, il vous a révélé le royaume de ce monde dans sa plénitude et sa malédiction, et l'œuvre de salvation à laquelle vous deviez participer. Vous ne pouvez plus rester inactive. Mais, sœur Claire, comment entrevoyez-vous l'effet d'un nouveau mariage sur vos enfants ?

Sœur Claire enleva sa coiffe et, de ses mains fortes, arrangea ses cheveux :

— Je suis convaincue, dit-elle, qu'un beau-père jeune et actif comme Kroysing ne pourrait avoir sur eux qu'une influence salutaire — si l'on en juge par la raison humaine. Mais il y a chez les enfants des passions, des flux, d'imprévisibles forces qui peuvent tout modifier ; les jeunes sont des êtres qui ont leur royaume propre, opaque, jusqu'à un certain point, et ne se laissant pas influencer, j'en sais quelque chose. Il faut en tenir compte.

— L'homme n'est pas une compagnie d'assurances, reprit le Père Lochner en épongeant de son mouchoir son crâne chauve ; votre bonne intention, votre noble conviction suffisent.

— Je les ai l'une et l'autre, Dieu sait !

— Alors, votre mariage avec le lieutenant-colonel Schwerzenz devrait pouvoir être annulé, à mon avis, si vous le désirez, et je ferai ce qui dépend de moi, pour vous y aider.

— Eh bien ! oui, je le veux, dit sœur Claire, et elle remit sa coiffe.

— Seigneur ! (Le Père Lochner consultait sa montre.) Il est l'heure de reprendre votre travail, et moi je dois prendre congé de tous les pauvres diables qui veulent se soulager le cœur — catholiques ou non. Je commence par la salle 1 et je voudrais terminer par la salle 3 ; je désire avoir un peu de temps pour Pahl. Et après le dîner, le chef m'a invité à boire une bouteille avec lui. Vous voyez mon programme.

Sœur Claire boutonnait sa blouse d'infirmière :

— Nous avons des chances de nous rencontrer.

Et tandis qu'elle avait les doigts occupés à agrafer son tablier elle ajouta, comme en passant :

— Vous savez que Kroysing est protestant ?

— Oh ! dit le Père Lochner en levant les mains à la hauteur de la table, il vaut mieux traiter le cas en lui-même. Une fois votre mariage dissous ou annulé, une nouvelle page commence, sur laquelle il ne nous appartient pas de discuter ici. Je voudrais simplement avouer — ajouta-t-il avec un sourire, se sentant fautif — que moi non plus je ne me prête pas sans arrière-pensée à cet office. Kroysing m'a fait la promesse, il vous en parlera lui-même, d'agir en chrétien, et de pardonner à un ennemi ou tout au moins de ne pas se venger ; il renoncera à ouvrir un procès effroyable qui soulèverait la Bavière entière et pèserait lourdement sur notre Église. Et c'est pourquoi, sœur Claire, je veux remercier la très sainte Vierge de ce que maintes choses se soient ainsi apaisées et de ce que personne ne soit lésé, si vous êtes heureuse.

— On ne peut demander plus, en ce monde.

2

L'homme

Vers la fin de l'après-midi, Bertin arriva en compagnie de Karl Lebehde. Au chevet de Pahl, une curieuse société s'était réunie : plusieurs malades, les uns debout, d'autres assis sur les lits, d'autres appuyés contre la paroi, écoutaient. Kroysing prit un siège et étendit sa jambe malade sur le matelas de Pahl ; il lui revenait à la mémoire les discussions d'étudiants, avec leur inutile violence qui visait à blesser. Mais le Père Lochner, qui avait l'expérience des mineurs de la Ruhr, des ouvriers du pont de Cologne et des tourneurs de boutons d'Elberfeld, ne l'entendait pas de cette oreille. Attiré par le regard de Pahl, il se proposait de mener la discussion, mais ce n'était point si facile. Au moment où Kroysing était entré avec le médecin-chef en blouse blanche, on discutait de l'origine et du sens de la fête de Pâques : Pahl y voyait l'expression de la joie du printemps, chez les animaux et les hommes, et la fièvre de la fécondité symbolisée par l'œuf de Pâques ; le Père Lochner déclarait au contraire, sur la foi de l'histoire, que cette fête remontait à la guerre d'indépendance du peuple prolétaire des juifs contre l'exploitation des Égyptiens, sous la conduite d'un rejeton de la classe dirigeante ou de la catégorie des fonctionnaires, tout comme Mirabeau l'avait été ou, aujourd'hui, l'avocat Kerensky en Russie. Ils avaient donc changé de front, constata Kroysing amusé ; le Père Lochner avait été trop fin et Pahl restait Pahl, les yeux clairs, réfléchi.

Quand Bertin et Lebehde firent leur entrée, le débat avait tourné et l'on s'était engagé dans un problème plus général : on parlait du salut, de la mort expiatoire au Golgotha, du « mal» et de la nature humaine, de la divinité. Une ardeur était dans l'air, prétendait le Père Lochner, le désir de paix s'affirmait de jour en jour plus impérieux, depuis que l'empereur avait en quelque sorte scellé le mot de paix avec l'aigle impériale. Le pape et l'empereur, le professeur Wilson et les chefs ouvriers de tous les pays unissaient leurs efforts pour rendre la paix au monde, sans y parvenir. Qu'y avait-il donc ? Qui s'opposait à l'œuvre du salut ? En tout cas pas les soldats. Ils en avaient plein le dos, n'est-ce pas ? Et si aujourd'hui à midi, la trompette sonnait le « fini, n-i, ni», on aurait plutôt du mal à réunir au son du tambour encore un Allemand, un Français, et un Anglais pour une partie de skat. Rire général, approbations sur tous les bancs.

Seul, Pahl ne riait pas. Il s'était assis sur son oreiller, la tête appuyée au montant du lit :

— Malheureusement, commença-t-il prudemment, les gros messieurs ont mis certaines conditions à leur volonté de paix, comme le dresseur de chiens qui tient en laisse un animal étranger. Le chien est

étranger et c'est malheureusement la partie adverse qui doit remplir les
conditions et, voyez-vous ça, le chien est méchant, il ne veut pas ce
que veut le dresseur, et c'est pourquoi la paix doit encore rester dans
la niche.

— Pas de politique ! réclama le médecin-chef.

Le grand espace entre ses yeux, le front carré, les cheveux en brosse
conféraient à sa personne quelque chose de décisif que venait adoucir
sa voix calme et posée.

— Peuh ! Monsieur le major, fit Kroysing, laissez donc la chair blessée politiquer en paix, nous n'allons pas nous prendre aux cheveux.

— Certes pas, appuya le Père Lochner, remarquez, je vous prie, que
je suis le seul ici qui porte un semblant d'uniforme.

— ... L'Église militante, interrompit Kroysing.

— ... Et il me serait difficile de lever une armée pour la guerre
uniquement avec des hommes en tenue de malades. Et cependant je
suis pour la guerre ; parfaitement, l'Église militante. Mais pas une
guerre entre canons et infanterie, mais une guerre contre l'infatigable
adversaire qui, à lui seul, est capable d'éloigner la paix du monde et
de tenir le soldat à l'écart... Et pourtant, reprit-il après un instant, nous
devons croire que la mort du Christ a déjà détourné de nous la pire
bestialité, sinon nous n'aurions plus qu'à faire nos paquets et à ouvrir
le robinet du gaz.

— Vous pensez donc, dit Kroysing, que ça serait encore pire que ça
n'est, sans cet événement, en admettant qu'il ait vraiment eu lieu.

— Pas de discussion religieuse ! proféra le médecin-chef, non sans
quelque ironie.

— Que cela ait eu lieu ou non, peu importe, en somme, estimait
Pahl, comparé au crédit que cet événement a rencontré. D'ailleurs, on
peut éviter sur ce point toute discussion théologique du moment que
c'est là un fait reconnu par tous, tant chrétiens que juifs ou athées.
Mais — et un sourire malicieux glissa dans son regard — il faudrait
entendre là-dessus le camarade Bertin. Car depuis l'exode hors du pays
d'Égypte jusqu'au procès de Jésus de Nazareth devant le gouverneur
de Judée, tout s'est déroulé parmi les Juifs.

Bertin eut un sourire gêné. Il était le seul juif de toute l'assistance.
Il était fier de cette aspiration vers le salut, vers l'attente messianique
d'un monde meilleur qui, depuis les jours de Nabuchodonosor, commandait toute l'évolution spirituelle de sa race. Il aurait pu, autrefois,
exposer aisément et avec compétence la lutte que menèrent les prophètes avec les puissants de la terre et les masses rétives, pour relever le
niveau moral de la vie entre les hommes. Mais maintenant : « Tonnerre,
pensait-il, suis-je assez abruti », tandis qu'il se préparait à répondre
à Pahl :

— Eh bien ! oui, dit-il, ce que les Grecs ont exprimé dans leurs
tragédies, la lutte de l'homme avec le destin, cela aussi s'est joué durement et pour de bon chez les Juifs, notamment dans la lutte des pro-

phètes contre la chair récalcitrante de leur propre peuple. Ils ne l'ont pas ménagé, leur peuple, ils l'ont même appelé d'un assez vilain nom, à cause de la raideur de son cou. Mais en réalité, tous les peuples semblent bien se comporter avec la même raideur, mais ils n'en parlent pas, tout simplement. Il y a quelque chose — et il regarda devant lui, oppressé — qui s'oppose à la délivrance, au salut. Et c'est pourquoi le diable joue un si grand rôle dans tous les cultes et de tout temps, alors même que les chrétiens enseignent qu'on lui a cassé les plus méchantes dents. On pourrait ici se ranger à l'avis des poètes, de M. von Goethe par exemple, qui estiment que la force qu'on lui a laissée est encore pleinement suffisante pour aujourd'hui et demain.

Pahl et Kroysing attendaient mieux et le Père Lochner n'était pas satisfait non plus. Ceux-ci ne voulaient pas entendre parler de ces personnifications superstitieuses, alors que le Père Lochner trouvait qu'on devait au contraire payer un plus large tribut encore à la réalité du diable.

— Oh malheur ! fit Bertin, me voilà donc déjà dans les orties. Les uns ne veulent pas de diable du tout, et pour vous, Père Lochner, il n'est pas encore assez réel. Comment me sortir de là ?

— Je m'en vais vous le dire, marmonna Kroysing : laissez de côté tous ces épouvantails pour enfants. Nous n'avons pas besoin de rébus.

Quant à Pahl, il ne fit aucune remarque, mais il se promit bien de faire la leçon à Bertin pour s'être embarqué dans des antiquailles à double sens et qui feraient rire aux éclats le premier ouvrier venu. Mais Karl Lebehde prit la parole, ce qu'il avait jusqu'ici évité de faire dans cette société.

— Si l'homme du gaz se présente, commença-t-il, et qu'il veuille se faire payer la note de janvier, alors que le mois de mars est venu entre-temps sans laisser dans la caisse la monnaie nécessaire, eh bien ! ma femme dira aussi que l'homme du gaz est le diable en chair et en os ; car l'appartement ne possède qu'un réchaud à gaz, la ville y a pourvu, et si elle coupe le gaz, on peut imaginer ce qu'on aura comme cuisine. Et c'est ainsi que pour ma femme le diable est vraiment apparu. Si ma femme est bête, elle s'en prend à l'homme du gaz, comme s'il y pouvait quelque chose. Mais si ma femme n'est pas bête — et je lui aurais d'ailleurs expliqué la chose — elle verra bien où se loge le diable. Parce qu'il y en a un quelque part : est-ce qu'il siège à l'usine à gaz ? Non. Dans la ville de Berlin ? Pas davantage. Serait-il dans l'administration provinciale ? Qui sait ! Dans l'État de Prusse ? Les Anglais le croient, comme si tous leurs hommes du gaz étaient des anges. Alors il est chez les Blancs ? C'est bien l'idée des Indiens et des nègres. On finira par revenir à l'opinion du Père Lochner — le diable étend ses griffes sur le monde entier et il vous le tient bien.

— Doucement, doucement, dit Pahl, tu as peut-être brûlé quelques stations, Karl.

— Non, intervint le Père Lochner, il n'en a pas sauté une. La dureté de la vie, le manque d'amour du prochain, la société déchristianisée — l'âme populaire exprime tout cela avec les cornes et les sabots, la froide ironie et la queue velue du Malin — il n'y a pas lieu de s'en irriter. Les sages Égyptiens écrivaient en images et les peuples restent toujours des enfants, et les Égyptiens et les poètes pensent en images. Ne sont fous que les gens qui veulent prendre toutes les images au pied de la lettre et qui font comme si les autres étaient bêtes. Et pourtant personne, en voyant un orage, n'ira croire que l'éclair est un fil de fer rougi à blanc et lancé en zigzag, bien qu'en apparence ce soit ainsi.

— Et voilà comment nous arrivons au salut, remarqua sèchement Kroysing.

Quelques-uns des hommes se mirent à rire. Le grand lieutenant les avait toujours de son côté. Il ne s'en laissait pas conter par les discutailleurs.

— Le diable est par conséquent le système capitaliste, ajouta-t-il.

Le Père Lochner plissa le front.

— Je vous en prie, dit-il d'une voix sévère. N'importe quel autre régime économique sans amour peut dégénérer de façon tout aussi diabolique. Tout dépend des forces à la base, c'est de ces forces que parle la fête de Pâques, vers elles que tend la religion quand elle travaille l'âme humaine.

Brusquement, sœur Claire fit irruption dans la salle, une clarté blanche émanait de son grand tablier et de sa coiffe empesée. Elle chuchota quelques chiffres à l'oreille du médecin, en suivant des yeux son tableau de température, une longue bande de papier qui tremblait dans sa main. Le docteur approuvait de la tête, à la plupart des chiffres, pour certains il fronçait les sourcils, pour trois ou quatre, il secoua la tête, comme irrité :

— Le diable, c'est la chair opiniâtre, fit-il, cette sacrée vie organique dont nous ne viendrons jamais à bout. Et le salut, la délivrance — si je puis m'exprimer sans phrases, c'est et ce sera toujours la mort.

Et les voilà tous qui protestent :

— Impossible !

Ce sont presque des cris.

— La mort, mais c'est précisément la plus gigantesque stupidité, qui n'est apparue dans le monde qu'avec le péché, lança le Père Lochner. Elle foule et piétine tout sous ses grosses pattes, elle arrache le sol sous les pas de milliers d'espoirs à peine nés.

— Rien en faveur de la mort, telle est la devise du soldat, approuva Kroysing. La mort, c'est sa malédiction, celui qui meurt laisse la patrie et la bonne cause en panne. Mais qu'y pouvait-il si la lutte éternelle, le désir inextinguible du combat se trouvaient enracinés dans la chair des hommes ? — et toutes les religions tenaient compte de cette poussée. D'ailleurs, si on lui donnait le choix, il préférait encore être l'Allemand éternel à errer sur la terre comme le Juif éternel, et se jeter dans toutes les batailles, être mêlé à toutes les victoires.

— Tout cela est très bien, s'écria Pahl, et ses yeux clairs étincelaient
— à condition qu'il y ait une idée là-derrière, qu'on se batte pour
délivrer toute la couche humaine créatrice, de l'oppression, de l'exploitation, de l'injustice. C'est pourquoi on travaillait à ce que l'esprit de
lutte se propage sur la terre entière, pour créer une assise nouvelle
d'où les générations futures puissent s'élancer et s'ouvrir une voie plus
raisonnable — tous les Pahl, les Bertin, les Kroysing à leur poste et
selon leurs capacités, pour le bien de l'humanité et pour son salut.
— Nous y revoilà, fit Kroysing, toujours le salut.
Mais Bertin, pâle et tremblant, reprit :
— S'il y avait au monde quelque chose qui fût le diable, c'était
l'emploi de la force physique, l'écrasement en lui-même, la fureur de
tuer, de réduire au silence. Ce n'était point la mort qui était le mal : la
mort recelait à coup sûr une merveilleuse et profonde et hallucinante
séduction — se reposer comme les aïeux reposaient, n'avoir plus à
comprendre, à répondre, à demander. Ce qui était diabolique, c'était de
tuer, d'éteindre, le coup de hache qu'assenait le bourreau. Chaque être,
dans la nature, s'en va vers sa fin comme s'éteint une bougie : cela est
bon et beau, il n'y a rien à reprendre. Mais si l'on arrache à l'homme,
à des générations tout entières, le droit à la vie, si on leur retire de
dessous leur derrière la chaise qu'un plus fort veut avoir pour lui, alors
tous les moyens doivent être mis en œuvre pour se défendre, pour
abattre et se liguer avec ceux qui sont pareillement menacés.
« Il est devenu fou », pensa sœur Claire.
— Repos ! cria-t-elle, fermeture générale !
Un murmure se fit parmi les hommes : ils voulaient en entendre
davantage, le jeune gaillard avait raison, chacun avait le droit de vivre.
— Avec de telles idées, vous n'aurez pas la vie facile chez les Prussiens, dit le Père Lochner avec animosité, mais plein de respect aussi.
— Si vous voulez être contre la violence, il vous faut commencer
par être contre la vie, jeune homme, ajouta le médecin-chef. Votre
révolte ne tient pas compte des phénomènes vitaux. L'homme fait
souffrir, c'est sa première occupation. Avant la naissance, pendant la
naissance et après la naissance — peu importe. C'est avec violence
qu'il se jette dans le monde, le petit marmot, ou plus exactement qu'on
l'y pousse, quand son heure est venue. Poussée, pression, sang et cri :
voilà comment il se présente, le jeune héros, vous, moi, nous tous. Et
comment réagit-il ? Quelle est la première action par quoi nous
saluons l'existence ?
— Nous crions, demanda Bertin, nous crions de colère, nous nous
révoltons contre cette mise au monde ?
Le sourire qui se dessina sur les lèvres du médecin était indéchiffra-
ble :
— Je ne sais (il plaçait ses mots avec soin dans le silence) si vous
allez être content. Vous désirez une confirmation du principe de la
révolution, et je vous l'apporte, d'une certaine manière. Mais il n'a rien

d'appétissant et il dépasse sûrement vos desseins. Parce que, voyez-vous, pour que le nouveau-né crie, on lui donne des claques : les coups sont sa première expérience... Et pourtant, ce n'est pas là sa première manifestation : pendant que le nourrisson franchit la porte du monde extérieur, il éprouve de l'angoisse, pour autant qu'on peut le constater — il salue l'existence par ses excréments. Je savais que ça ne vous plairait guère, il n'a rien d'héroïque, n'est-ce pas, cet acte révolutionnaire.

Bertin aurait eu maintes objections à faire : la raison qui établit des distinctions, la pensée agissante, l'atténuation de la souffrance par une technique toujours plus perfectionnée de l'obstétrique. Mais l'entretien avait pris un tour beaucoup trop catégorique. D'ailleurs les auditeurs s'écartaient avec déférence pour laisser passer le médecin. En s'éloignant, il jeta encore un regard sur l'assistance :

— J'espère que ce qui a été dit ici ne dépassera pas les murs de cette salle.

— Ce n'est guère une salle, fit sœur Claire en riant, ce n'est qu'une misérable baraque. Il suffirait de lancer un bouton de culotte sur le toit pour la voir s'effondrer.

Et elle s'en alla à la suite du docteur.

On prenait congé. Pahl serra la main de Bertin, qui devait se défiler en vitesse avec Lebehde : ils étaient de garde cette nuit.

— Va faire ta garde, lui dit Pahl, d'un ton presque tendre, et qu'on te revoie bientôt. Tu leur as joliment tenu tête, camarade. A nous deux, nous allons bien savoir tirer d'affaire le nourrisson.

Lebehde se proposait de recommander à Bertin d'être plus prudent à l'avenir, bien qu'il n'ait pas été aussi surpris que les autres des discours de son camarade. « En voilà un qui est mûr, pensait-il, après tout ce qu'il a vu. »

— Attends-moi dehors, Lebehde, fit Bertin, il faut que j'aille radoucir un peu mon lieutenant pour qu'il ne me bouffe pas à notre prochaine rencontre.

Tandis qu'il s'éloignait lentement vers la porte, en soutenant Kroysing, il s'excusa : il ne savait pas ce qu'il lui avait pris de se mettre ainsi en colère. Autrefois, les ecclésiastiques l'avaient toujours irrité, mais c'était la première fois que ça le reprenait.

— C'est comme ça que vous me plaisez, grogna Kroysing. Vous semblez en avoir gros sur le cœur, mon cher.

Ils étaient arrivés dans le couloir ; la porte du cagibi aux balais s'ouvrit, sœur Claire s'avança vers eux et dit, regardant Bertin :

— Cher monsieur, il y a le feu chez vous, vivement qu'on éteigne ça. Ce soir je vais téléphoner à quelqu'un à votre sujet.

Elle fit une révérence et s'éloigna. Kroysing restait immobile — étrange, comme son poing pesait tout à coup sur l'épaule de Bertin.

— Ce serait donc le salut, dit Kroysing, essoufflé — le vôtre, du moins.

3

Le pain des affamés

A dix heures moins une, l'aubergiste Lebehde, déguisé en soldat de Landsturm, le bonnet de toile cirée à croix de laiton sur le front, remet à son camarade Bertin un long fusil, le fusil d'infanterie 91, à culasse perfectionnée :

— Tiens, camarade, voici la crécelle, et bonne chance.

Les deux hommes ont revêtu leur capote ; celle de Lebehde forme autour des hanches des rotondités insolites. Il s'en explique, tandis qu'ils font quelques pas jusqu'aux baraques où loge l'escouade Barkopp : il a pris la liberté de tâter d'un peu plus près les énormes sacs de papier chargés sur les wagons français, et quelle n'a pas été sa surprise :

— Goûte-moi ça.

Et il lui met devant la bouche un objet dur, aux arêtes vives. Bertin en prend un morceau entre ses dents, avec précaution : du pain blanc, du biscuit dur et rassis. Surpris, il regarde Lebehde, qui approuve de la tête :

— Du pain blanc, mon vieux, pour les prisonniers français en Allemagne, pour qu'ils ne meurent pas de faim. C'est la Croix-Rouge qui les ravitaille. Elle ne s'occupe pas de nos femmes, c'est notre affaire à nous.

Lebehde tape sur ses poches.

— Une fameuse bouillie que ça donne, ce truc-là.

— Ce morceau de bois ? interroge Bertin.

— Idiot, reprend Lebehde avec compassion ; trempé dans du café et passé à la poêle avec un peu de beurre et de mélasse... Et si ta bourgeoise le pile et le fait revenir pour le mettre dans un moule — le lièvre de Pâques n'aura pas mieux en fait de pouding. Une farine de cette qualité ! Va demander à l'impératrice, et si elle est bien tournée elle t'avouera qu'il y a un bon bout de temps qu'elle n'a rien mangé de pareil.

Et, tout en continuant ses rêves gastronomiques, Lebehde a saisi la poignée de la porte ; mais, avant d'entrer, il se détourne une dernière fois :

— Si tu ne leur avais pas servi le bon plat de tout à l'heure, à ceux de l'hôpital, je ne t'aurais pas donné le tuyau ; parce que, tu sais, depuis quelque temps, tu ne nous offres plus rien de ta musette.

Bertin, stupéfait, retourne à son poste de ronde, le fusil en bandoulière, et il commence son va-et-vient entre les deux voies de garage de la petite gare de Vilosnes-Est.

Très douce, la nuit de printemps s'étend sur l'échancrure de la vallée qui s'ouvre vers le fleuve et que domine, à droite, la pente de la colline où s'abrite, invisible, l'hôpital de Dannevoux. Le sol s'attache aux semelles, mais l'air humide vous paraît embaumé, en comparaison de la fumée et de la puanteur qui règne dans la baraque des hommes. La gare de Vilosnes-Est ! C'est là qu'au printemps de l'année dernière les Armierer de l'adjudant-chef Grassnick ont débarqué, arrivant de Serbie. Une année déjà, et même un peu plus. Il n'est pas encore sûr que ce temps touche déjà à sa fin ; et pourtant sœur Claire a promis de téléphoner ce soir à une certaine personne. Il n'est plus si bouché qu'aux premiers jours de ses visites à l'hôpital, le soldat Bertin. A certaines allusions, il a cru comprendre qu'il avait dû y avoir quelque chose entre cette belle dame et le Kronprinz, ce qui changeait toute l'histoire. Pourquoi pas ? Va-t-on se mêler de la vie privée des grandes personnes ? Le Kronprinz n'était pas aimé dans l'armée. Il refusait de s'exposer aux désagréments qui étaient imposés, sur son ordre, à des dizaines à des centaines de milliers. Ça se payait : certains paquets de cigarettes étaient restés dans la boue de la route Moirey-Azannes. Mais il passait aussi pour être un galant homme, incapable de ne pas se comporter aimablement avec une femme qu'il aurait connue d'assez près. L'intercession de sœur Claire permettait d'espérer... fifres et tambours à la gloire de Dieu. Et le major Jansh aurait beau se dresser sur la pointe des orteils, ce petit crapaud venimeux, il aurait beau cracher de toute la force de ses poumons : la dragée était trop haute pour lui.

Plein d'espoir, Bertin franchit les voies pour continuer son va-et-vient entre les deux rangées de wagons : à droite, les cinq wagons de marchandises, remplis de poudre humide, d'obus défectueux ou non éclatés, et sur la gauche, à une certaine distance, les lorries ouverts, abrités sous de grandes bâches. Il enfila les mains dans les poches de sa capote et se remit en marche. Bénédiction, ces deux heures de veille, de réflexion. Du diable s'il comprenait ce qui s'était passé dans la salle d'hôpital. Il avait ronchonné, comme n'importe quel soldat du reste : ronchonner, ça fait partie de l'obéissance. Mais tout à l'heure : en présence d'inconnus et de supérieurs, il avait été pris d'une telle fureur que Pahl l'en avait félicité et que le médecin-chef, cet homme réfléchi, avait demandé que ces paroles ne franchissent pas les murs de la salle 3. Qu'est-ce qu'il lui arrivait ? Il avait vingt-huit ans, mais il se sentait vieux de cent ans. Ne s'était-il pas engagé, fort de la bonne cause de l'Allemagne, brûlant d'ardeur à la pensée de vivre cette grande époque, tremblant seulement à l'idée d'être refusé pour faiblesse corporelle ? Et maintenant, deux ans à peine s'étaient écoulés que déjà tout était brûlé, consumé. Nu et grimaçant, le monde s'étendait autour de lui, un monde où ne régnait que la violence, la force élémentaire du poing. Ce n'était plus la justice d'une cause, mais la botte massive qui régissait tout. Un martèlement de bottes, voilà ce qu'elle était cette guerre : la botte allemande contre la botte française, la russe contre l'allemande, l'autrichienne contre la russe, l'italienne contre l'autrichienne ; et la bottine britannique, plus solide que toutes les autres, mais de coupe plus élégante, distribuant ses coups de tous côtés, et elle s'entendait à l'ouvrage. Mais maintenant, c'était la bottine américaine qui se levait — le monde devenait une maison de fous. Tous les bons éléments de la paix se perdaient dans les joncs : il ne restait qu'un monde d'adjudants — heureux encore si l'on en sortait vivant.

Tout en remuant ces pensées, Bertin était arrivé près des wagons à pain sous leurs grandes bâches grises et brunes. Il souleva la bâche du lorry du milieu et tâta de la main : magnifique ! Des sacs de papier, ouverts sur le côté et déjà soulagés d'une partie de leur contenu. En hâte, le soldat de garde Bertin remplit, lui aussi, les poches de sa capote — non sans regarder autour de lui, se sentant fautif, et rentrant les épaules. Mais la lune était seule à le voir, lointaine et petite, là-haut dans un cercle sans brume dont elle perçait la légère coupole de vapeur posée sur la vallée.

La sentinelle Bertin a des gants, pas besoin de mettre ses mains dans ses poches, ces poches de capote, profondes comme des outres, taillées dans une solide doublure. Demain, il enverra les biscuits à Lenore et lui transmettra la recette de Lebehde. Ça ne va pas fort, à la maison ; comment en serait-il autrement ? Dans toute l'Allemagne c'est pareil, du moins à ce qu'on prétend. Le courrier de la semaine dernière avait apporté maint sujet de réflexion, mais on n'avait guère eu le temps d'y songer. Maintenant on peut s'y mettre et Bertin s'occupe tout d'abord de son beau-frère David, le futur compositeur, qui écrit à sa sœur, de son camp de recrues : *Ici, on vous dresse à faire une besogne qui ne pourrait s'accomplir que dans la liberté, et pour comble on appelle ce dressage la liberté...* Oui, David est un jeune homme qui voit clair, parfois, et pas seulement en matière de notes ou sur une portée musicale — les fils télégraphiques de Beethoven, comme il disait un jour. De son frère Fritz, Bertin n'a pas non plus de nouvelles bien réconfortantes ; le régiment a déjà quitté la Roumanie et se trouve actuellement — mystère — dans l'Eisacktal, dans le Sud tyrolien, et ça ne signifie rien de bon pour personne, ni pour les Italiens. Le vieil empereur François-Joseph est mort et son successeur Charles s'est rendu au front, comme on le dit si bien, n'empêche que tout le gros turbin sera pour les Prussiens, comme toujours (que ces Prussiens soient de Bavière, de Wurtemberg ou de Hesse) — bref Mme Lina Bertin n'a point encore de quoi être rassurée, au contraire. Pour son aîné, toutefois, elle va bientôt pouvoir cesser de trembler, bien que chacun sache que le petit Fritz a toujours été et reste le préféré. Sœur Claire, une lectrice reconnaissante, aura ce soir — peut-être est-ce déjà fait — une conversation importante et Mme Bertin sera délivrée de ses tourments.

C'est petit, une chambrette, étroit, un lit. Pourtant il arrive souvent et un peu partout que deux personnes y tiennent place ; même les grandes jambes du lieutenant Kroysing s'y adaptent merveilleusement, bien que l'une d'elle soit enveloppée d'un pansement rigide. A quelques parois de distance, le lieutenant Flachsbauer dort comme un bienheureux et tout seul dans sa chambre.

— Ne devrais-je pas aller maintenant téléphoner ?

— Quelle idée !

Un léger rire dans la voix féminine :

— Mais je t'ai promis de le faire ce soir encore.

— Ce soir est encore long. Il vient à peine de commencer.

Encore le même rire, ténu, ensorcelant. Certes jamais un tel rire n'avait encore résonné sous ce toit de zinc. Une veilleuse dans un vilain gobelet de verre fait jouer sa faible clarté sur la couverture ; elle brille dans les yeux tranquilles de sœur Claire, sur le front et le long de l'arrête du nez de Kroysing.

— Nous devons être sages. N'oublie pas, mon lieutenant, que ton trésor est une servante. Elle doit être debout avant l'aube et avoir dormi tout son soûl. Il me faut mes sept heures.

— Chère petite servante, ne peux-tu pas téléphoner après onze heures ?

— Entre dix et onze. Bon, un peu avant onze heures. Mais alors tu retourneras dans ta turne, compris ?

Elle se soulève pour le regarder d'en haut, d'un œil sévère, avec ses tresses tombantes, ses lèvres rieuses et la merveilleuse ligne irréelle de ses épaules, qui semble commencer au lobe de l'oreille et glisser le long des bras, invitant aux caresses. Kroysing laisse errer sa longue main le long de cette ligne.

— Claire, dit-il, Claire.

— Qu'y a-t-il, mon garçon ?

— Je suis si stupidement heureux. Sortir ta chère jambe de dessous la couverture et poser ton pied sur le carreau glacé, tous les Bertin du monde ne valent pas ce sacrifice.

Elle allonge sa jambe hors de la couverture et ses orteils frétillent, leurs ombres dansent contre la paroi.

A quelle allure passe le temps quand on est de garde ? A l'allure que veut la sentinelle. Le cours de sa vie, la révolution des astres et la montée, les éclairs des pensées remplissent la durée à son gré, tandis qu'il va, qu'il vient. Étrange, pourtant, comme parfois une idée vient se heurter sans répit, le visage toujours voilé, à une mince paroi qui la repousse à chaque fois, jusqu'à ce qu'enfin elle trouve un point faible et pénètre. Bertin, les yeux heureux, savoure la nuit lunaire qui l'enveloppe, le grand silence, le léger passage de bruits indistincts. Quelque part, très loin, un camion roule, bandages d'acier au lieu de caoutchouc. Quel que soit le mouvement du front, d'ici on n'en perçoit rien, car l'artillerie a cessé de ferrailler et les hauteurs voisines absorbent le feu de l'infanterie. Il fait clair, si clair : on distingue chaque traverse, les aiguilles là-bas, des paniers à munition crevés, les cailloux entre les rails. Est-ce que c'était bien, en somme, de se remplir les poches avec ce pain sec et fade ? Est-ce que Lebehde n'a pas commis une faute grave en volant la marchandise dont il avait la garde ? Et lui, Bertin, n'a-t-il pas commis le même délit ? Un délit militaire qualifié — s'il est découvert. Et pourtant, n'importe quel supérieur se contenterait de rire si quelqu'un venait s'en accuser ou en accuser un tiers. Car quelle importance y a-t-il à voler de la nourriture pendant la guerre qui n'est qu'un vaste et systématique pillage ininterrompu, vol de son propre peuple et de ses voisins, qui se poursuit depuis bientôt trois ans, jour et nuit, à chaque seconde ? Un petit chapardage ne signifie rien. Le soldat doit avoir ce dont il a besoin, et une armée a précisément besoin de beaucoup de choses et pour longtemps, et comme elle ne produit rien, elle est bien forcée de voler. Si elle pratique le système avec habileté, elle le fait durer longtemps, si elle agit sans discernement — la rafle à grande échelle par exemple — elle est plus vite au bout de son rouleau. Exactement le cas de l'adjudant Pfund, qui a disparu brusquement voici quelques jours, dirigé sur Metz avec une épaisse et vaste tache sur son livret de service. La famine règne et le major Jansch a dû, en grinçant des dents, entamer ses provisions ; il a cherché une victime et il l'a trouvée : M. Pfund et ses audacieuses emplettes de Noël — lisez : détournements qui ont asséché la caisse de la compagnie et privé les hommes de la ration supplémentaire, que toutes les autres cantines offrent d'habitude : fromage, rollmops, biscuits, chocolats. Le médecin s'est plaint, le parc s'est plaint ; au groupe Est, ces plaintes ont fait la plus mauvaise impression, et l'on parle aussi d'une paire de chaussures accompagnée d'une lettre un peu là — tout juste ce qu'il faut pour envoyer un adjudant au diable. Depuis trois jours, un nouveau sergent tient le ménage de la compagnie. Le sergent Duhn, un homme tranquille aux yeux gris et perçants, qui n'avait jamais fait parler de lui, mais qui a obtenu ce qui fut refusé à l'arriviste Glinsky : l'épée et les galons du budget. Bertin prête l'oreille à ses pensées, passe son pouce dans la courroie de son fusil et, d'un pas alerte, reprend sa marche et s'approche des wagons de pain.

Les voici, l'emballage défait à un coin, exposés à la discrétion de ceux qui en ont la garde. « Admirable, pense Bertin, l'image même de la société. » L'État, protection des faibles devant les puissants, se place résolument du côté de la force, et vole ses protégés en faveur de la force, dans les limites voulues, bien entendu, de manière que les affamés ne meurent pas tout à fait de faim et ne se mutinent pas contre les voleurs. La mutinerie est interdite, les faibles doivent se tirer d'affaire et présenter leurs revendications individuellement. Aujourd'hui, j'ai poussé à l'émeute, la cause des faibles est ma cause, et me voilà les poches pleines de pain blanc que j'ai volé aux faibles pour ma femme. Partage ton pain avec les affamés, dit la Bible. Vole leur pain aux affamés, dit la charte de la guerre : et je m'y mets en plein. Que s'est-il passé ? Le soldat Bertin vole en ce moment le pain que les femmes des prisonniers français destinent à leurs époux. Et pourtant, il n'a pas la moindre intention de restituer le bien volé. Parce que sa femme, elle aussi, a faim. L'été dernier encore, au début d'octobre encore, il a donné la moitié de son pain de soldat à des prisonniers russes, nonobstant les ordres de ses supérieurs. Les yeux qu'ils avaient, quand ils ont fait disparaître le pain dur et noir dans leurs poches ! La sentinelle Bertin remet son fusil sur l'épaule, mais il a, cette fois, les mains au dos et s'en va, courbé, les yeux vers le sol, étonné, déconcerté. Tonnerre de tonnerre !

A cette heure, au-delà de Verdun, la cité demi-détruite, demi-consumée, un avion s'apprête à partir. Pâle sous la clarté lunaire et à vrai dire l'estomac un peu serré, le peintre Jean-François Rouard, en compagnie des monteurs, inspecte l'appareil, la tension des surfaces portantes, le gouvernail de profondeur, le gouvernail latéral, la suspension des bombes. Pareilles à des chauves-souris, elles pendent, la tête en bas sous le ventre de la machine — deux à gauche, deux à droite. « Tous ces trucs-là sont encore bigrement fragiles », songe-t-il ; pas étonnant. Il n'y a pas même huit ans que Blériot passait la Manche ; et combien de temps, en somme, que Pégoud faisait frémir les populations avec ses loopings, ses plongées et ses vols la tête en bas ? Hochant la tête, les mains dans les poches, Rouard s'émerveille des hommes, car ce qui nous terrorisait naguère n'est plus aujourd'hui que l'école et l'outil de l'aviateur militaire. « A bas la guerre, se dit-il, ce n'est qu'une vaste saloperie, mais tant que le Boche voudra piétiner notre terre, nous devons lui administrer la dose nécessaire sur sa tête carrée. » Puis il s'enquiert de la réserve d'essence. Il pense être de retour dans une demi-heure, si tout marche bien, et il va frapper trois coups sur le tronc du pommier dénudé qui, à quelques pas du hangar, veine le ciel du dessin de ses ramures. Mais voici, sortant de la pénombre de l'abri, son ami et pilote, Philippe. Il est allé se soulager avant de se faire ficeler sur la machine. Il approche de son pas balancé. Fils d'un pêcheur breton, il tient dans sa main un chapelet bénit à grains d'ivoire qu'il va suspendre à un clou, à droite de son siège. Rouard lui fait signe de la tête, Philippe répond de même. Une amitié d'hommes n'en demande pas davantage, un pacte silencieux où s'est gravée déjà la mort, sous un avion en flammes.

Le lieutenant Kroysing s'étire, au bord du lit de celle qu'il a si difficilement conquise, s'habille, baise les deux mains de sœur Claire, lui souhaite une bonne nuit et boitille aussi doucement qu'il peut pour regagner sa chambre. Il fait nuit noire, le lieutenant Flachsbauer ronfle, on perçoit, venant de l'autre côté du couloir, le même concert à plusieurs voix dans la salle des hommes. Kroysing, en tâtonnant le long de la paroi, se glisse jusqu'à son lit, dépose sa béquille et s'enfile dans sa caisse à puces. Son cœur bat, rassasié, comblé d'un indicible bonheur. Il a conquis un bien qui le place désormais au-delà de tous les hommes : il pourra être maintenant ce qu'il a désiré : capitaine aviateur, ingénieur en chef, la tête et la volonté qui commandent à une vaste entreprise. Cette femme qui est, en ce moment, en train de faire sa toilette, qui va ensuite ouvrir prudemment sa porte, longer le corridor, sa lampe électrique à la main, pour aller, sur sa demande, téléphoner à un homme dont Kroysing n'est plus qu'un souvenir dans la vie de cette femme qui a longtemps hésité et qui rit encore même lorsqu'il la prend dans ses bras — cette femme est pour lui d'un tel élan, un tel souffle sous ses ailes, un tel levier dans sa vie qu'il ne peut rien imaginer au-delà de cette félicité. Il n'a pas pu garder le fort de Douaumont, parce que des faiblards se sont mis à la traverse ; mais cette femme, il la gardera et avec elle, le chemin vers l'avenir. Totalement apaisé, il ferme les yeux et s'abandonne, souriant. Il voudrait rester éveillé, pour entendre son retour ; il est encore plein d'entrain, il va simplement rêvasser un peu. Demain, elle se remettra à transporter des pansements souillés. Qu'importe ; ça aussi, c'est la vie. Il fredonne, en pensée, une mélodie, une chanson d'étudiant ; les paroles sont de Schiller : *Amis, bel éclat des dieux...*

Tandis qu'elle suit le long corridor de la baraque III, tourne à l'angle et longe le couloir encore plus interminable des baraques II et I, sœur Claire se demande si ce n'était pas fou de laisser la lumière électrique brûler dans sa chambre. Elle a ouvert la fenêtre — elle n'aime pas dormir dans la fumée de la lampe à huile ; il fallait bien que la chambre s'aère jusqu'à son retour. Elle voudrait trouver un moyen différent de respirer, absorber jusqu'à la pointe des pieds le bonheur, avec la pure haleine de Dieu. Si seulement elle pouvait être sûre que la persienne est bien fermée ; il y a toujours un violent courant d'air qui se glisse entre la fenêtre et la paroi de bois. Il ne faut pas faire d'imprudence ; sœur Claire est un vieux soldat, elle sait que les imprudences sont là pour qu'on les commette. N'empêche qu'il eût été plus intelligent, préférable et plus raisonnable et plus sage de retourner sur ses pas et d'aller éteindre la lumière. Mais voilà — et elle sourit au-dedans d'elle-même — on ne fait pas toujours ce qui est prudent et sage, mais le plus souvent ce qui est sage et parfois ce qui est commode. Or elle est suffisamment fatiguée, elle doit avoir toute sa présence d'esprit pour conduire l'entretien de tout à l'heure, et puis il faudra un certain temps pour obtenir la communication : les minutes sont précieuses. Et si le contrevent s'ouvre ? Il suffirait que quelqu'un passât justement pendant le quart d'heure où elle sera absente : on verra que sœur Claire, malgré l'interdiction, a laissé sa lampe allumée sans boucher soigneusement sa fenêtre. « Ah ! tant pis, laissons cela, se dit sœur Claire en pénétrant dans la cabine téléphonique, je suis si heureuse, j'ai trouvé pour mari un homme si épatant, il ne peut rien m'arriver. »

La station interurbaine de l'hôpital de Dannevoux avait été placée, pour des raisons bien compréhensibles, dans la partie du baraquement la plus proche de l'entrée du village. Elle est desservie par de grands blessés dont la vue a été sérieusement compromise ; avant la guerre, on eût rangé ces soldats dans la catégorie des aveugles. L'un d'eux ne distinguait plus que la clarté et l'ombre ; l'autre ne voyait plus que d'une partie de l'œil gauche, le troisième ne percevait que la frange du champ visuel tandis que les objets placés directement sous ses yeux restaient dans la pénombre. Le médecin-chef les avait choisis parmi ses patients pour en faire des téléphonistes. Ils se sont rapidement familiarisés avec leur nouvel emploi, ces trois cavaliers de naguère, et aucun d'eux n'a hâte de rentrer en Allemagne pour se balader comme des aveugles. Quand sœur Claire ouvre la porte du standard tout empesté de fumée, le cuirassier Keller la reconnaît aussitôt à sa voix. Comme il travaille depuis longtemps dans la maison, il a eu fréquemment l'occasion de donner la communication qu'on lui demande, et, comme d'habitude, il commence par ces mots :

— Prenez place, ma sœur, ça va demander un petit bout de temps.

Puis il parlemente avec de lointains personnages, qu'il n'a jamais vus mais qui lui sont des plus familiers pourtant. Dans le halo fumeux de la petite lampe, sœur Claire attend, accoudée. Mais le sommeil la prend ; elle tire son étui à cigarettes et se met à fumer. Ses yeux tombent sur un petit monogramme gravé dans le métal et, au-dessous, une minuscule couronne — elle sourit. L'objet d'or est à sa place ici, le donateur sera bientôt au bout du fil.

Le prince héritier de l'Empire allemand est particulièrement aimable pour les hôtes qu'il reçoit et, ce soir, il est de la plus brillante humeur. Il avait à sa table un chroniqueur militaire suisse et ils ont longuement et savamment discuté des progrès de la 5e armée durant les derniers jours de la bataille de la Marne. Il y avait en outre, autour de la petite table ronde, un chroniqueur de guerre et un peintre, qui tous deux sont correspondants de journaux allemands. L'adjudant attaché à la personne du Kronprinz complète la société. Il n'y a pas de dames. Une ordonnance est entrée, a murmuré quelques mots à l'oreille de l'adjudant qui, se tournant vers l'hôte, lui fait savoir qu'on le demande au téléphone pour affaire de service. Le ton sur lequel il transmet ce message, et dont la particularité échappe aux convives, a produit son effet ; le Kronprinz se lève avec vivacité, s'excuse et passe dans la pièce voisine. Il ne sait pas exactement qui le réclame à cette heure — la princesse, peut-être, ou l'un de ses fils, rien de désagréable en tout cas. Mais avant qu'il ne se soit assis à sa table, l'adjudant l'a rejoint, lui a dit deux mots, puis s'est retiré. Aussi sa première parole, en prenant le téléphone, est-elle :

— C'est vraiment exquis.

Aucune femme n'est insensible à une telle amabilité, une Allemande encore moins, qui n'est pas gâtée sous ce rapport. Aussi commence-t-elle, moqueuse : sait-il bien pour qui il se met ainsi en frais ?

Il rit doucement, l'appelle par le petit nom qu'il lui donnait autrefois, ne semble pas se souvenir que leur dernière rencontre date de près d'un an. Sœur Claire ne pourrait-elle faire un saut jusqu'ici, il a chez lui des amis charmants, et comme toujours ça manque de dames, la voiture serait dans deux minutes sur la route de Dannevoux.

Sœur Claire rit. Le téléphoniste aveugle est auprès d'elle, mais justement le voici qui se lève et sort pour aller regarder un peu les étoiles. Elle peut désormais parler librement : le Kronprinz est certainement un grand général de campagne, mais il n'a pas la plus petite idée du service sous les ordres de son chef à elle ; elle serait enchantée de voir arriver la voiture, mais Sa Majesté devrait y prendre place et venir visiter l'hôpital. Elle lui présenterait un officier, lieutenant du génie, qui pourrait lui raconter des choses étonnantes sur les derniers jours, dans le fort de Douaumont.

Le Kronprinz, taquin, lui demande si elle porte un intérêt particulier à ce monsieur. La réponse vient, moqueuse, et le rouge monte aux joues de sœur Claire — mais son interlocuteur ne peut s'en apercevoir. Il s'enquiert ensuite de la santé du lieutenant-colonel Schwerzenz — peut-il faire quelque chose pour lui ? — et apprend avec regret qu'il n'y a pas de changement et qu'on ne peut s'attendre à une amélioration tant que la guerre durera. Mais c'est bien un service que sœur Claire vient quêter, pour une personne qui d'ailleurs n'est pas de son entourage. En des termes d'un charme tout féminin, et dans le plus pur rhénanien, elle décrit avec enjouement la carrière militaire de l'écrivain et référendaire Bertin qu'il s'agit de tirer d'affaire en l'affectant au tribunal militaire de la division Lychow où l'on a besoin d'un remplaçant.

Cette femme lui plaît, il retrouve ses traits et son charme avec une étonnante précision. La bouche toute proche du récepteur, il la prie de s'intéresser un jour à lui avec autant d'élan et de persuasive éloquence. On se ferait les idées les plus folles si l'on ne savait pas exactement qui est sœur Claire.

« Mon Dieu, répond sœur Claire, dans un hôpital, où, en certaines périodes, il y a tant de « sorties », on apprend à apprécier la valeur des individus un peu mieux que les auteurs des communiqués de guerre. » (Dans le langage impitoyable de la médecine, sortie signifie toujours entrée dans la mort.)

Le Kronprinz joue l'effroi devant la menace de sœur Claire, mais aujourd'hui, il se trouvait que c'était tout à fait dans la note de venir en aide à un écrivain : il en avait trois à sa table ; et il prend note du nom et de l'incorporation de Bertin, sur son bloc.

Sœur Claire, heureuse d'avoir pu le mener jusque-là, prend le ton d'une exquise et tutélaire gouvernante : il ne devait pas traîner les choses, comme il en avait malheureusement l'habitude, mais prendre aussitôt les dispositions nécessaires, ne souffrir aucune objection et faire voir à un certain major quel était le véritable chef de la 5ᵉ armée.

Le Kronprinz est ravi : cette femme est vraiment épatante, il la reverra un de ces prochains jours, visitera l'hôpital de Dannevoux, fera connaissance avec le lieutenant du fort de Douaumont et expédiera dès ce soir le télégramme à la compagnie de Schipper. Et tandis qu'il promet tout cela de la façon la plus aimable, il se souvient qu'il a des invités ; il se lève ; à demi-incliné, il prend congé de sœur Claire et annonce sa visite pour le dimanche suivant. Il entend la voix paisible qui le remercie et s'excuse : elle doit se retirer, on demande la ligne d'urgence — alerte d'avion.

Le Kronprinz est un peu effrayé : il souhaite que les batteries envoient quelque chose à cet audacieux Français, et il raccroche. Songeur, il allume une cigarette, se hâte de retourner s'asseoir à la table ronde brillamment éclairée où le champagne vient d'être servi. Ces avions, décidément, rendent la guerre inélégante.

Depuis quelques secondes, le cuirassier Keller se tient auprès de sœur Claire, désignant le signal lumineux de la seconde ligne. A côté d'autres motifs, le hennissement d'un cheval l'avait fait sortir tout à l'heure. Les chevaux sont sa passion et rien ne le désole tant que l'absence de ces braves bêtes dans les écuries de l'hôpital. Il a reconnu ce hennissement : c'est celui de son cheval, *Egon*, qui sert maintenant de monture au prêtre, dans ses allées et venues entre son cantonnement et l'hôpital. Qui sait s'il ne pourra pas le tenir un instant à la bride, caresser son poil lisse, sentir sa bonne odeur, toujours si chère aux cavaliers. Il ne s'est pas trompé : dans la douce clarté de la lune, le maître baigneur Pechler vient de faire sortir la monture qui a salué joyeusement son retour vers l'étable familière. Le Père Lochner fait ses adieux au médecin-chef, secoue une fois encore ces deux mains qui l'ont si bien soigné et souhaite bénédiction et prospérité à toute la charitable maison. Puis il saute en selle allègrement, en dépit de sa légère obésité, et, le chapeau aux larges ailes hardiment planté sur sa tête, enveloppé de son grand manteau, il s'élance en direction de Dannevoux où il doit passer la nuit. Le sauternes était excellent, la conversation, animée et combative, était revenue aux opinions sceptiques que le médecin avait exprimées l'après-midi même, dans la salle des malades, au chevet de ce typographe intelligent et si laid — comment s'appelait-il ? Pahl, c'est bien ça. Oui, quand on a jeûné pendant des semaines, le vin le plus léger vous monte vite à la tête. Mais cela vous réjouit le cœur, on le disait déjà dans les saintes Écritures, le vin console les affligés, redonne de la vigueur aux paralytiques et verse un doux sommeil aux justes ; d'ailleurs, avec les vingt minutes de route, en allant au pas — il est près de onze heures — on aura une nuit tranquille et bénie. Comme deux longs rubans, les deux routes s'allongent jusqu'à leur bifurcation, là-bas : l'une conduit à Dannevoux, l'autre tourne à droite et descend sur Vilosnes-Est. Le docteur Münnich qui, dans sa tunique, ressemble maintenant plutôt à un major qu'à un médecin d'état-major, suit un instant des yeux la silhouette du pacifique cavalier ; puis il fait rentrer ses gens et regagne son poste. Il est encore à méditer sur l'étrange opposition qu'il y a entre la stature de cavalier du bon Père et la croix d'argent qu'il porte à son cou, quand son assistant Keller ouvre précipitamment la porte et la referme aussitôt.

Keller a des raisons de se hâter : il a déjà entendu la sonnerie de son téléphone, alors qu'il était encore dehors. Il saisit fébrilement l'écouteur : on lui apprend, de la station d'Esnes, qu'un avion s'avance sur la région — transmettez.

Entre-temps, la sonnerie du téléphone retentit aussi dans la cabine de la gare de Vilosnes-Est. Ça sonne et sonne encore, mais personne ne l'entend. Ceux du chemin de fer, des vieux de la Landwehr qui ont travaillé dur toute la journée, dorment du sommeil du juste. Ils ont passé un accord avec les Schipper : leur poste de garde doit les avertir en cas d'alerte. Mais est-ce que le poste de garde des Schipper entend les efforts désespérés de la vieille sonnerie ? Personne ne dort à proximité du téléphone. Les soldats du chemin de fer aiment leurs aises : avec les Schipper, ils préfèrent les baraques plus vastes en deçà de la gare. Pour les cas d'attaque par avions, des abris ont été aménagés dans la montagne, où l'on peut aller se mettre en lieu sûr ; encore faut-il être averti à temps. L'appareil continue de crachoter et de crachouiller. Mais où est la garde de l'escouade Barkopp ? Va-t-il donc laisser ses camarades endormis filer dans l'éternité si jamais cet avion du diable a la fantaisie de passer par là ?

Bertin, avec son fusil, est toujours planté entre les deux voies ; pas si loin pourtant qu'il ne puisse entendre, mais trop perdu dans ses pensées. Il était occupé de son sort et se prenait en pitié. S'il avait été raisonnable, il se serait laissé enrôler pour l'Est, au lieu de persister à s'engager volontairement pour l'Ouest. Il serait demeuré ce qu'il est, un type propre et aurait pu tout aussi bien faire son devoir là-bas. Mais l'Est l'effrayait : les poux, la neige, le froid, les villes arriérées, les effroyables routes et dans les villes tout un peuple de juifs — des juifs orientaux avec de sales habitudes. Il payait un peu trop cher, cependant, cette légère faute. Pourquoi un juif n'avouerait-il pas qu'il n'aime pas certains juifs, mais qu'il déteste le militarisme prussien ? — son drill et son organisation, sa propreté, l'uniforme de guerrier et l'esprit de guerre, la grandeur militaire de ses fières traditions et son invincible force brutale ? N'avait-il pas été élevé à cette école ! Et maintenant, après deux ans de service, il était là, celui qui vole le pain des affamés. Depuis lors, on en avait démasqué du charlatanisme, par exemple : il est doux et honorable de mourir pour sa patrie. Mais non, voyons, c'était toujours infect de sacrifier une vie jeune avant qu'elle ait montré ce dont elle était capable. Mais c'était parfois nécessaire, que diable ! On ne pouvait pas exposer femmes, enfants, vieillards, à l'invasion des hordes de barbares, comme celle des Mongols et des Tartares qui n'avaient cessé d'attaquer la patrie silésienne. Hé ! hé ! M. Bertin, nous avons été un mouton, avec notre patriotisme prussien, un jeunet qui allait courir les aventures sans s'apercevoir qu'on s'engageait au service et dans le piège de l'ennemi du genre humain, de l'adversaire éternel, de la force. On s'en avisait un peu tard, alors qu'on était descendu au niveau du Baskir pillard dont nos manuels d'histoire parlaient avec effroi. Car le Baskir et ses pareils n'avaient fait, eux aussi, que ravir aux paysans et citadins de Silésie la nourriture pour la mettre sur leur propre table afin d'apaiser leur faim. Bertin, un Baskir — quel camouflet !

C'est alors qu'il entendit la sonnerie. Du coup, il fut éveillé, complètement conscient. Il poussa la porte, alluma sa lanterne de poche : personne dans la cabine de service. Il arracha l'écouteur : Alerte aux avions, faites passer ! Il pensa : cinq wagons d'explosifs ! La vie de cinquante hommes était à la merci de sa vigilance. La sentinelle Bertin saute comme un lapin par-dessus les rails et les traverses, s'embarrassant dans sa carabine, pénètre en trombe dans la baraque des cheminots :

— Dehors, dehors, un avion !

Il a soin de laisser la porte ouverte, l'air froid réveillera plus vite les dormeurs. Déjà, il a fait demi-tour, et s'élance pour aller secouer ses camarades. Il n'a pas la moindre peur pour lui-même, il se sent vivre, au contraire, ivre de vivre cette étrange nuit. Le voici dans l'embrasure de la porte, il entend le sergent Barkopp qui ronchonne contre les courants d'air, et il frappe le plancher de la crosse de son fusil, chassant impitoyablement les derniers restes de sommeil : ce n'est pas en vain qu'un certain Armierer avait un jour dormi comme un bienheureux pendant une alerte semblable. Il y avait alors cent cinquante mètres de terrain entre les munitions et les hommes, cette fois-ci, trente. Il prête l'oreille. Un chant ténu s'annonce, indéniable et mauvais. Déjà, de la région de Sivry, un projecteur balaie les hauteurs ; sa langue de caméléon dont l'extrémité s'élargit cherche l'insecte. Un second manœuvre son fuseau, sans doute posté derrière la gare principale de Vilosnes ; un troisième à Dannevoux. Aux flancs de la colline, une mitrailleuse entre en action. Gare-toi, Franz ! Les rubans de lumière se croisent autour de toi, mais bientôt les shrapnels au rouge sombre vont filer vers toi ou bien les gerbes verticales des balles pointues vont te transpercer — dans tes toiles, dans tes bras, dans ton moteur ou dans ton cœur, dans ton réservoir d'essence ou dans tes poumons, peu importe. On va te descendre avant que tu aies pu lâcher ta ponte de Pâques. En vitesse, à peine équipés, un groupe d'Armierer passe dans le clair de lune. Les trous sombres des souterrains les engloutissent. La plupart se tassent contre la paroi du fond, vers l'endroit le plus sûr, mais là les cheminots fument déjà leurs cigarettes. Les Schipper n'ont qu'à chercher un abri plus loin. Un seul homme reste dehors : Bertin. Il veut voir, il veut assister, être témoin. Le sergent Barkopp l'apostrophe avec bonhomie : ne tient-il pas à rentrer, il va pleuvoir tout à l'heure ? Bertin, les yeux dans l'ombre de sa visière, refuse : ce n'est pas encore le moment. Où donc est le Français ? Se dirigeait-il vers Stenay où doit se trouver le quartier général du Kronprinz ? Malheur à toi, mon vieux Franz, si tu me bousilles quelqu'un là-bas, avant qu'il ait eu le temps d'ordonner mon transfert au tribunal de guerre de la division de Lychow !

Là-haut, dans le ciel, à quelque douze cents mètres, Jean-François Rouard se penche, armé de ses jumelles de nuit, et observe. Le paysage est bigrement changé, de nuit. La clarté argentée de la lune — mensonge de poète : voilée de gris, une vallée s'étend au-dessous de lui, on distingue à peine le cours de la Meuse. Il aurait pu attendre un peu avant de jouer à l'aviateur de bombardement. Mais un ordre était un ordre et il fallait bien commencer un jour, passer de la photo à quelque chose de plus sérieux. Semblables à des chauves-souris dormant la tête en bas, accrochées à la poutre d'un grenier, les quatre bombes sont toujours là, surpendues sous le corps de l'appareil. Ah ! si on en était déjà débarrassé ! Grands dieux, où donc la Meuse faisait-elle son coude, où s'ouvrait l'échancrure du terrain avec ses voies ferrées ? Une lampe de poche éclaira son tableau horaire, la carte, la montre ; continuer tout droit. Couvert par le bruit du moteur, l'éclatement d'un shrapnel ne s'entend pas à bord, mais on le voit quand on fouille du regard, en se penchant, pour découvrir un signe qui mette fin à cette paralysante incertitude, à cette folle et fiévreuse agitation du premier raid nocturne. Si le tableau horaire dit vrai, encore deux secondes en ligne droite, puis une descente, pour viser mieux, puis un coup d'élévateur — et que le diable emporte le cadeau qu'on lâche, la vie est une saloperie, il faut en prendre son parti et se rendre compte si on a visé juste, au risque d'être soi-même atteint. Là, en avant, à gauche, une lumière, minuscule tache claire sur le sol. Sûr qu'il a quelqu'un entre les rails. Un léger coup à l'épaule de son pilote modifie à peine la course de l'appareil.

En bas, le sabbat de sorcières bat son plein. Les coups partent, des projectiles s'élèvent en hurlant, éclatent, les mitrailleuses crépitent, les projecteurs tâtonnent, le chant du moteur et de l'hélice se fait plus distinct. A présent, Bertin tremble d'excitation ; posté à l'entrée de la galerie, il est tout yeux, tout oreilles, tout attention, emporté dans le furieux fracas de la lutte qui déchire la nuit. Une véritable folie s'est emparée de lui. Il y a quelques heures, il fulminait contre la force brutale et maintenant il s'enivre de cette force. « Est-ce possible ? se demande-t-il, est-ce que ça peut aller de pair ? » Ne faut-il pas être un vulgaire adjudant pour frémir ainsi de volupté en entendant les explosions se déchaîner et l'avion, là-haut, poursuivre sa course obstinément jusqu'au but, dont je suis ? En plus d'un voleur, serais-je devenu un assassin ? Mais, halte-là ! ai-je eu besoin de cette initiation pour en arriver là ! N'ai-je pas toujours été cela ? N'ai-je pas brimé mes frères et sœurs comme Glinsky m'a brimé ? N'ai-je pas, comme Jansch l'a fait avec moi, écrasé un être plus faible et meilleur que moi — ma femme, Lenore ? ... Où est-il ? Des bosquets de pins l'entourent, gris-vert sous le ciel d'un bleu éteint. C'est le bois qui se trouve entre Wilkersdorf et Tamsel, dans le Brandebourg — sable jaune et au loin, les champs de seigle à demi-levé. Il porte l'uniforme, depuis trois mois déjà, et il doit se comporter en homme, car elle se refuse encore, là sous le ciel pâle. Il l'a forcée, il enfonce ses épaules dans la mousse, et elle est faible et hors d'elle ; il la violente, la terrorise, comme il a tout à l'heure terrorisé le gamin qui voulait les suivre. Était-ce un acte d'homme, cette violence et tout ce qui s'en est suivi, de misère, de tourment et d'horrible expérience ? Un acte d'adjudant, voilà ce que c'était ! Écraser au lieu de gagner, bousculer au lieu de séduire, ordonner au lieu de conquérir — de l'adjudant tout pur. Des tonnes d'acier, des cataractes d'explosions, des rouleaux de fumée vénéneuse, des poutres qui craquent, des gerbes sifflantes d'éclats et de balles : il n'y avait, là derrière, que de la faiblesse irritée, le premier venu n'avait qu'à presser sur un bouton. En juillet 1914, Bertin ne l'avait pas fait. Mais en juillet 1915, avoue...

Bertin se colle à la poutraison de la galerie : là-bas, les contours des wagons se dessinent, à peine distants de quarante mètres, encore tout paisibles sur leurs roues, sournoisement tranquilles sous la sournoise clarté de la lune. Mais avant que le sergent ait eu le temps d'ouvrir la bouche pour lui demander ce qu'il avait, un coup sourd ébranla la montagne — puis un second. Des éclats de pierre tombèrent de la voûte. Le feu de l'artillerie redoubla, les mitrailleuses accélérèrent le tir, mais le bourdonnement de l'hélice ne cessait pas, il s'éloignait seulement. Les cheminots étaient toujours serrés au fond de leur grotte, les Schipper plus loin, dans l'ombre. Bertin, complètement réveillé, se tenait auprès d'eux. On se mettait à parler de tous côtés avec agitation, enfin rassuré : beaucoup de bruit pour rien. Il avait manqué le convoi de munitions, trompé par la propulsion de la course, et avait lâché ses bombes derrière Dannevoux ou en deçà ; la deuxième bombe devait être tombée sur la route, à en juger d'après le bruit.

Lentement, Bertin dépliait ses genoux douloureux. Encore une demi-heure de garde, et il pourrait aller dormir, quatre heures à rester emmailloté dans sa couverture comme une chrysalide en qui se préparait une grande métamorphose. Son deuxième tour, de quatre à six, pouvait être un bienfaisant répit, au chant des oiseaux, avec le lever du soleil, le temps de se ressaisir. Mais cette dernière demi-heure serait dure. Il tremblait de tous ses membres ; il alluma hâtivement sa pipe, sans prêter l'oreille au bavardage des camarades. Le sergent Barkopp les poussait vers leurs cantonnements : ils auraient tout le lendemain pour causer, c'était jour de repos. Bertin fumait toujours, malgré la défense, quand il quitta l'abri en compagnie de Lebehde et de Hildebrandt qui allait le relever à minuit. Karl Lebehde s'arrêta et se détournant il scruta la crête de la colline où rougeoyait une lueur — une vieille grange, sans doute, que la bombe avait incendiée, ou un tas de bois, proposa le long Souabe. Karl Lebehde ne répondit rien, tournant la tête de droite et de gauche sur son cou trop court ; il jeta un dernier regard, puis rentra. Bertin frissonnait. Tout à coup, son fusil pesa neuf livres... Oui, le jour avait été long ; vers minuit, la nature disait : arrêtez ! Mais lui, il était encore de service, rien à faire. Ses poches, gros sacs bourrés, tiraient sur ses épaules.

4

La tuile tombe du toit

Le lieutenant Kroysing, dans son lit placé contre la paroi extérieure de la pièce, dort déjà à moitié. A peine une légère lueur de conscience le rattache encore au monde des vivants ; sa réalité appartient au rêve. Il est en plein vol, le lieutenant aviateur Kroysing : au-dessus de la Manche, un bourdonnement l'enveloppe — un vent de mer et le magnifique roulement de moteur. Au-dessous de lui, les vagues grises de la mer du Nord se soulèvent en vain ; en vain les longues pièces de marine crachent au-dessous de lui. Il voit, en songe, les obus qui montent, la pointe en avant, puis se balancent devant lui pour replonger ensuite. Les balles des mitrailleuses ne font pas le même jeu. Elles arrivent comme des abeilles, se posent comme des étoiles sur les ailes de l'appareil et le transforment en papillon ; mais ce n'est pas un papillon ordinaire, c'est la terrible tête de mort, un avion de tir, le péril des cités ; au-dessous de lui, s'étend une ville anglaise, il n'y a que des Anglais là-dedans, elle ressemble à Nuremberg ; voici le château d'Albert le Grand, on va lui descendre quelque chose dans la cheminée. Déjà la main saisit la commande des bombes : un shrapnel éclate tout à côté, et d'un coup Kroysing est éveillé. Il y a du bruit dans cette chambre. En effet, il semble bien qu'un avion rende visite à la gare voisine, car toutes les batteries sont en action. Sur le moment, l'envie le prend de sauter hors du lit et de donner l'alarme : Tout le monde dehors ! Mais il se ravise, honteux — on est à l'hôpital et non au... Il n'a pas le temps d'achever sa pensée. Il s'est assis, il n'est plus qu'oreilles, il « voit » l'ennemi, l'ennemi qui est un camarade. Attends encore trois mois, mon vieux, et je te revaudrai cette visite de nuit. A travers tous les bruits, il entend le moteur qui approche dans l'obscurité, il l'entend malgré les ronflements du lieutenant Flachsbauer. (Le pauvre, il rampe dans son sommeil comme dans d'épaisses couvertures ; sa fiancée est gravement malade — appendicite purulente, peu d'espoir de guérison ; et lui, méfiant comme ils le deviennent tous à l'hôpital, soupçonne que l'infection se loge dans un autre organe.)

Quelle solide alarme de défense ! Hors du lit, ouvrons la fenêtre : les rubans blancs s'étirent dans le ciel ; là-bas, le feu de la batterie, rouge-noir, un shrapnel éclate, un second. Comme le moteur perce le crépitement des mitrailleuses ! Kroysing sonde la nuit, le corps à demi-penché en dehors : rien que le ciel, les fuseaux de lumière, quelques étoiles. Au-dessous de la fenêtre, une silhouette passe, presque aussi haute que lui, puis revient au bout de quelques secondes ; une voix assourdie, presque aussi basse que la sienne :

— Gare-toi, camarade !

Et l'homme disparaît de nouveau. Kroysing ne s'en occupe guère : cet avertissement s'adresse à Bertin, n'est-il pas de garde juste en ce moment ? Mais le garçon a du sang-froid, Kroysing a pu s'en apercevoir en maintes circonstances, il saura veiller sur les baraques. Au fait, est-ce que la musique là-haut n'a pas changé ? Sûrement. Elle est un peu plus forte, elle s'approche de Kroysing. On ne voit pas grand-chose de cette satanée fenêtre, qui donne sur Dannevoux. Mais un vieux soldat ne va pourtant pas sortir ainsi, contre l'ordre du médecin. Un peu calmé, Kroysing rajuste son pyjama et veut se retirer de la fenêtre. Mais qu'est-ce encore ? Le gaillard de là-haut s'approche décidément. Est-ce qu'il rêve encore, Kroysing, son rêve a-t-il continué mais en retournant la situation, comme il arrive parfois ?

— C'est un hôpital, ici, grommelle-t-il, tu ne vas pas planter ton œuf dans un lit.

Tout à coup, une certitude le transperce en plein cœur : le gaillard va se tromper, il va, sans s'en douter, bousiller un hôpital, dans quelques secondes ce sera fait si nos gens ne l'ont pas descendu avant. « Décrochez-moi cette charogne, espèce de salopards, tirez, mais tirez donc, tas d'empotés ! » Brusquement, le moteur s'est tu. Est-ce qu'ils l'ont touché ? Kroysing laisse retomber ses bras, délivré.

Alors celui qui est dans le noir, cramponné à sa fenêtre, dans son costume de nuit, le soldat de carrière à qui tout est familier, entend un dur sifflement — le cri strident que la bombe lance dans sa chute. Le destin implacable habite cette note aiguë : j'apporte la destruction, le feu... Vol plané, le moteur s'est tu, maintenant, il pétarade de plus belle. Il faut près de six secondes à une bombe pour atteindre le sol, de cent quatre-vingts mètres de haut. Mais elle ne tombe pas sur un troupeau de moutons sans berger. Un homme qui a maintenant deux jambes saines ouvre la porte de la salle 3 et hurle :

— Dehors, dehors, attaque d'avion.

Après les hommes, la femme. Un saut jusqu'à sa porte : la chambre est vide, tout éclairée. La fenêtre entrouverte. Et tandis que dans la salle 3 une meute de cris s'élève, que l'électricité s'allume — et qu'une forme apparaît à l'extrémité du couloir, Kroysing entend sur le toit le signal de mort qui précède immédiatement le fracas de l'explosion. Fou de rage, il saisit la carafe d'eau près du lit de sœur Claire, la flanque au plafond dans les fesses de la mort : « Tiens, lâche, cochon ! » Et l'explosion s'abat sur sa tête en lambeaux de sang.

Flamme, flamme. La bombe est tombée sur le couloir, entre la chambre 19 et la salle 3. Parmi les fugitifs, sept ou huit sont simplement boulés dans le tas, morceaux de tôle, fragments de poutres, tisons embrasés, carton goudronné en flammes volent de tous côtés et presque au même instant, l'aile extrême du baraquement prend feu comme un véritable bûcher. A coups de poing et de pied, de tout leur corps, les blessés se sont rués vers la troisième porte de la salle. Dans la vapeur brûlante des tourbillons noirs et blancs, ce sont des cris stridents, les gémissements désespérés d'hommes écrasés, foulés, l'épouvantable hurlement de ceux que les flammes lèchent, enveloppent. Bienheureux ceux que les éclats de la bombe ont tués net. Dans son lit, couvert de planches embrasées, le corps du typographe Pahl se détend. Son corps seulement : la tête intelligente dont le peuple des travailleurs avait si grand besoin, l'explosion l'a écrasée comme un misérable œuf de poule sous le sabot d'un cheval. Cette fois, le coup l'a nettoyé en plein sommeil, comme il aurait pu arriver au camarade Bertin, neuf mois plus tôt, pour le grand émerveillement de Pahl et de Lebehde. Et maintenant, de cette tête, il ne reste que des éclaboussures sanglantes, et ce corps sera bientôt réduit en cendres, avec le lit et la salle entière.

Entre-temps, le médecin-chef, le maître baigneur Pechler, les gardes de nuit et les infirmiers sont accourus. Une chance, remarque le médecin tout en faisant apporter les extincteurs et dérouler les tuyaux de pompe — une chance que ce soit tombé sur la salle 3, des blessures légères. De la salle 1, personne n'aurait pu s'échapper. Enveloppés dans des couvertures, les occupants de l'aile en flammes ont gagné la partie protégée du baraquement. La sœur supérieure dénombre en hâte les survivants. Déjà les jets d'acide carbonique fusent hors des bidons rouges des extincteurs, tandis que les convalescents aident aux téléphonistes à prolonger la conduite d'eau et que le maître baigneur, grand spécialiste de l'hydrothérapie, met tout en œuvre pour diriger bientôt sa lance dans le brasier. Sur le lit de la supérieure, sœur Claire est étendue, sans connaissance. Comment se fait-il que cette femme, d'ordinaire si pleine de sang-froid, ait été ébranlée de terreur jusque dans les fibres de son âme ? Mystère. Peut-être a-t-elle subi, après coup, l'effroi d'avoir échappé par miracle à la mort. Car c'est justement dans ce coin que tout s'est donné. Pourtant, il y a quelqu'un qui s'en est fort bien tiré : le lieutenant Flachsbauer est sorti de là sain et sauf. Cette bombe qui crève le toit, éclate dans le couloir, consume le plancher : cette explosion l'a épargné. Elle l'a simplement éveillé, tiré de son lit, fait comprendre qu'il se passait quelque chose. Il a enjambé la fenêtre, pendant que la maison brûlait déjà au-dessus de lui, il s'est laissé glisser le long de la paroi extérieure, avec la plus grande tranquillité, presque flegmatique et sans même attraper une écharde. « C'est ainsi, songe-t-il, quand on ne tient pas à la vie, quand on est écœuré parce qu'une petite qu'on aime s'est fait passer un gosse chez une avorteuse, un gosse qui n'était pas de lui.» Comme si ça avait tant d'importance : enceinte ou pas, un enfant de M. X... ou Y..., scène des parents ou commérage des voisins. Pourvu qu'on soit en vie ; qu'on puisse continuer de respirer, de voir avec ses yeux, d'entendre avec ses oreilles, de penser avec son cerveau, de sentir avec son nez — quand tout cela pourrait n'être que vapeur de goudron et chair carbonisée. Un miracle qu'il soit sauvé, vrai de vrai. Il le lui écrirait dès demain, à sa petite bécasse, il lui dirait pour Dieu de ne pas s'en faire, pourvu qu'elle guérisse.

Vingt minutes après l'explosion de la bombe, des camions de la Kommandantur de Dannevoux arrivent sur les lieux de l'incendie, une escouade du grand cantonnement, des pionniers munis de piques et de haches, des fantassins armés de pelles. La partie antérieure de la salle commune et les chambres des sœurs peuvent être sauvées ; mais l'eau et la terre qu'on y a jetées les rendent inutilisables.

La deuxième bombe... Raidi d'épouvante, un cavalier solitaire s'est arrêté sur la route qui mène à Dannevoux, s'est retourné sur sa selle quand les arcs blancs ont rayé la voûte du ciel et que le jeu assourdissant des mitrailleuses et des canons a commencé. Sous son chapeau à larges ailes, le Père Lochner est certain qu'aucun danger ne menace de là-haut ; toute sa crainte est pour les autres, pour ces Armierer cantonnés au bas de la côte, qui d'ailleurs n'appartiennent pas à sa division mais qu'il doit aller visiter avant Pâques. Il y a, paraît-il, quelques Polonais catholiques dans le nombre. Tout à coup, un culot de shrapnel s'enfonce dans la terre en sifflant, à côté de lui. Attention ! Le grand spectacle que les petits hommes ont mis en branle contre les puissances de l'orage céleste comporte quelque danger. L'espace d'une seconde, précieuse entre toutes, le Père Lochner hésite : lâchera-t-il la bride à sa monture et filera-t-il vers Dannevoux, ou fera-t-il demi-tour pour aller s'abriter à l'hôpital, en attendant que l'orage ait cessé ? Pour son malheur, il ne fait ni l'un ni l'autre. Il se tient immobile, en plein milieu du carrefour, la route qui descend la pente lui fait signe de fuir vers ce repli protecteur, dans l'ombre que projette la colline. La monture, infiniment plus intelligente que son maître, tire impatiemment sur la bride, elle veut partir. Il suffirait d'un signe pour qu'elle s'élance. Le Père Lochner a grand-peine à la faire tenir en place. Il finit par descendre de selle, tient la bête tremblante au bridon, lui parle pour l'apaiser, tout en regardant le ciel. Et c'est alors qu'il aperçoit, à cent mètres à peine au-dessus de lui, gris et blanc dans la lumière crue des réflecteurs, le corps de l'appareil, ses ailes qui forment une croix avec le fuselage ; tout apparaît maintenant avec une hallucinante netteté, à l'instant où le Français veut parfaire son attaque avant de reprendre de la hauteur et de s'éloigner. Dans le nombre infime de ceux qui virent la bombe avant qu'elle ne les tue, il y aura ce prêtre solitaire, Benedict Lochner, de l'ordre de saint François, aumônier de régiment au front Est. Car il est tout aussi militaire de détruire une route qu'une voie ferrée, et c'est pourquoi le peintre Rouard saisit le levier au moment où il distingue la route qu'il croise avec son appareil. Et le Père Lochner voit. Il voit, dans le faisceau du projecteur, une goutte claire se détacher du monstre, comme une goutte de sueur ou d'excrément, et tomber. Il est à genoux, aux pieds de son cheval, les mains crispées sur sa croix d'argent. L'avion a déjà été repris par la nuit ; les yeux fermés, tandis que son cheval *Egon* tend le cou vers lui en mâchonnant son mors, il remplit sa poitrine de prières : que son Père qui est dans les cieux le sauve, que la sainte Vierge miséricordieusement le prenne sous sa garde, que le Fils de Dieu, qui a tant souffert, prenne et recueille son âme :

— Entre vos mains, Seigneur, je remets mon esprit, dit la voix sans timbre.

Puis, dans une hâte folle, la prière tirée des Écritures :

— Notre Père.

Il ne prie pas en latin, comme il en a l'habitude, ce sont des paroles allemandes qui se pressent dans sa bouche, elles couvrent l'approche stridente de la bombe. Et, détachée des images de son enfance, il voit la majesté de la Trinité s'incliner au-dessus des nuages peints, le Père avec sa barbe, les plis de son manteau, étendre ses mains, bénissantes, à sa droite, le Fils, au-dessus, la colombe dans l'auréole ; et arrivé au passage : « Et pardonnez-nous nos offenses comme nous pardonnons à ceux qui nous ont offensés », une masse rouge s'abat en hurlant devant lui. La chauve-souris de l'aviateur Rouard a creusé un trou dans la chaussée, à douze mètres de là, lançant des charges de terre dans la vallée et distribuant tout alentour un essaim d'éclats. Ils frappent avec la même violence déchaînée la pente inerte de la côte et la chair frémissante de l'homme et de la bête. Le Père Lochner est atteint à la poitrine, le cheval, au cou et aux jambes. Un cri — la dernière chose qui arrive aux oreilles du prêtre, mais il ne sait si ce cri vient de lui ou de l'animal qui s'effondre et le recouvre. Ils mêlent leurs râles, leurs gémissements et leur sang ; au matin, des fantassins venant de la position hocheront la tête, surpris qu'une bombe d'avion puisse creuser d'aussi beaux trous et constateront que cette fois c'est un aumônier de régiment qui a été touché. Et sans pitié, ils sortiront leurs gamelles et leurs couteaux et se tailleront de savoureux quartiers de viande dans les flancs du malheureux *Egon*, pour la grillade du soir.

5

Les survivants

Pâle, le major Jansch arpente son bureau dans ses pantoufles de feutre — de douillettes pantoufles car des vents coulis glissent sur le parquet. Livide et furieux, il a engueulé son ordonnance Kuhlmann, l'a menacé de le renvoyer à son régiment parce que le chocolat était trop chaud. Livide et furieux, il a écrasé une araignée qui avait l'audace de se trouver sur son passage. Livide et furieux... Ses gens du bureau savent à quoi s'en tenir : si l'ami Niggl ne vient pas le calmer, personne ne se hasardera à l'approcher de la journée. Personne, sauf le caporal Diehl, l'instituteur de Hambourg, car celui-là triomphe et jubile pour le motif même qui met M. Jansch sens dessus dessous. Le caporal Diehl a pu voir enfin que le monde ne marchait pas toujours au gré de la ruse et de la bassesse ; même chez les Prussiens, il arrivait parfois que la puissance se mît au service des faibles. Un tel miracle vous redonne de l'épine dorsale, et s'il le faut, Diehl s'aventurera dans la caverne du lion.

Mais ce ne sera pas nécessaire. Dehors le printemps s'annonce capricieux et changeant ; mais le major Jansch ne s'en aperçoit pas. La colère l'en empêche. Ce fut tout d'abord, à la nuit, une attaque d'avion ; la gare de Damvillers a subi des dégâts. M. le major a entendu l'éclatement de deux bombes, des profondeurs de sa cave où il s'était abrité. Et puis, la preuve est faite depuis tout à l'heure, que les juifs sont toutpuissants, même dans l'armée prussienne et même si pendant un an, deux ans, ils se sont entendus à donner toutes les apparences de l'impuissance. Quand ça leur chante, les voilà partis. Tu crois, noble Germain, que tu les as mis à l'ombre, mais ils n'ont qu'à presser sur un bouton, et voici un Hohenzollern qui ouvre la porte dissimulée dans la tenture, joue les anges sauveurs et disparaît avec son protégé, et l'orchestre entonne la marche du *Messie* de Händel : « Réjouis-toi, fille de Sion ».

Jansch enfonce le menton dans le col de sa tunique, tire des deux mains sa longue moustache, croque un bonbon à la framboise et creuse une profonde sape dans sa philosophie du monde. Rien à faire avec les Hohenzollern, il l'a toujours su. Bien inégaux, les descendants des burgraves de Nuremberg, trop sang-mêlé pour donner des caractères stables, d'authentiques pères du peuple et régents. Toujours l'élément originel pourri qui perçait au travers de la dureté et du caractère qui s'étaient péniblement formés dans l'ambiance prussienne, brandebourgeoise. Tous avaient signé de mauvais traités de paix, tous avaient fait de mauvaises affaires et trafiqué avec les juifs. Après Frédéric le Grand, ça n'avait été que de mal en pis. Le sang guelfe et français qui l'avait engendré coulait à plein dans les veines de ses successeurs. Guillaume II et surtout son fils, le petit-fils de l'Anglaise : voilà les vrais. Quand Frédéric III mourut de son cancer du larynx au bout de quatre-vingt-dix-neuf jours — son père le lui avait raconté — toute la bourgeoisie prit le deuil ; mais en secret, la vieille Prusse poussa un soupir de soulagement : il n'aurait plus manqué que ce libéral au tableau. Puis, juste deux ans après, il arriva ce qui n'aurait jamais dû se produire : le renvoi de Bismarck. A compter de cet acte de trahison jusqu'à la chute de la constitution de la vieille Prusse — que la ligue pangermaniste annonçait en écumant de rage — les événements s'enchaînaient en suite logique : celui qui avait congédié le chancelier de fer comme un laquais infidèle méritait d'avoir ce Bethmann-Hollweg, ce chancelier de paperasse philosophique — et la malédiction qui lui sortait de la bouche chaque fois qu'il l'ouvrait. Tel fut le père ; mais le fils ne donnerait rien de mieux, ne sauverait rien, bien qu'il applaudît à tout coup aux initiatives des pangermanistes. Cet homme léger faisait toujours le contraire de ce qu'on attendait, comme le montrait l'exemple d'aujourd'hui. La vengeance devait venir, tout homme avisé s'en rendait compte même en pleine nuit avec des lunettes noires. Ces gens avaient fini leur temps.

La voilà, la pièce à conviction qui témoigne de la ruine de toutes les espérances : sur papier de l'armée allemande, strié de bleu ; le Kronprinz général en chef du groupe d'armée a fait télégraphier par son quartier-maître que le soldat Bertin de la 1re compagnie, affecté à l'état-major du groupe Lychow, devait rejoindre immédiatement. L'exécution de l'ordre devait être annoncée télégraphiquement. Fini, Jansch. Aucune croix de fer de première classe ne décorera ta poitrine. Le juif, quand il connaîtra tes intentions et qu'on le questionnera sur cette affaire, il pourra rigoler et raconter des histoires — et tout sera fini... La sonnerie du téléphone — « Le bureau de la compagnie : un télégramme, du Kronprinz ! » Les secrétaires tremblent, s'empressent, pour la forme : « L'ordre sera exécuté le jour même, Bertin, soldat du Landsturm, sera envoyé dès ce matin à Étraye-Est. Ses papiers seront établis aussitôt, sa feuille de route préparée : il pourra partir ce soir encore, le bataillon peut annoncer en haut lieu que l'ordre a été exécuté ». — Le major a appris à se maîtriser, dans la vie : « Doucement, doucement avec les jeunes chevaux, exhorte-t-il. La 1re compagnie, comme toutes les autres, manque d'hommes, n'est-ce pas ? Il fallait tout d'abord se renseigner sur le lieu actuel de rassemblement du groupe Lychow ; on aurait la nouvelle dans la journée. En attendant, il pouvait encore faire du service, service de nuit par exemple, soulager un de ses camarades dans son travail. N'y avait-il pas, cette nuit encore, un convoi à acheminer vers le front ? L'adjudant Duhn avait-il bien compris ? » Il avait compris. M. le major raccrocha l'appareil... Il se fait parfois des miracles. On avait le droit de s'agripper au moindre fétu de paille. Les Français continuaient d'arroser les voies de communication. Peut-être le sieur Bertin recevra-t-il encore quelque chose sur le nez ?

A vrai dire, une autre source de tourment, intarissable celle-là, l'inondait. La fête de Pâques approchait irrévocablement. Dans quinze jours — tel était le désir de Frau Major — M. Jansch devait partir en permission. Pour la grande majorité des soldats de l'Europe entière, c'était le bonheur suprême : pour lui, ce n'était qu'aigreur. Qu'est-ce qu'il lui manquait en campagne ? Il était un maître, il avait des valets et des serviteurs qui avaient les meilleurs motifs de trembler devant lui. Une maison entière était à ses ordres. Les habitants de tout un pays soumis devaient mettre leur voix au diapason de la déférence quand ils s'adressaient à lui ou à ses pareils, sinon, on les envoyait au diable. Ici, pas d'opposition à craindre. Mais à la maison... Il poussa un soupir. Pas un instant de paix, on lui tombait dessus à tout instant pour des vétilles, il fallait, jour après jour, disputer sa tranquillité. Il n'aimait pas les femmes, à tous égards des créatures impossibles, des voix piailleuses qui vous allaient sur les nerfs. Un appartement de trois pièces dans le faubourg de Steglitz, à la Windhorststrasse. Ce nom à lui seul l'irritait quand il s'avisait de son sens. Ce n'est pas le bonheur quand y règnent Frau Major Jansch et Agnès Durst, la servante saxonne, et que le mari doit constamment sauver ses papiers de leur folie de l'ordre. Car on ne comprenait rien à son travail, là-bas, on le méprisait : au sein de la famille, on le mesurait à sa valeur marchande et l'on ne cachait pas un léger dédain. « On », c'est-à-dire la bonne, l'épouse, et même le fils. Son fils Otto viendrait aussi en permission et cela ne faisait qu'accroître son malaise... Le lieutenant Otto Jansch, d'un de ces régiments d'infanterie anonymes, qui combattaient en masses et mouraient en masses, sans recueillir d'honneurs. Pourtant, lors des combats de la fin de 1915, en Pologne méridionale, ce même fils s'était distingué, peut-être par inadvertance plutôt que par une action d'éclat. Depuis lors, il portait la croix de fer de première classe, et son père ne l'avait pas, perdant ainsi presque toute autorité sur lui. Pourtant, son ami Niggl s'était donné toutes les peines du monde pour le faire rentrer dans les bonnes grâces de ces messieurs du parc — il n'avait pas sa décoration et ne l'aurait jamais ; pourtant, la nouvelle était arrivée de la mort héroïque d'un certain lieutenant von Roggstroh, tombé après le petit engagement contre Bezonvaux ; le coup avait réussi, mais les pertes avaient été nombreuses. Un homme charmant, paraît-il, ce petit Roggstroh, d'excellente famille ; maintenant, il ne gênait plus personne. Avant-hier, hier encore, la croix de fer semblait vouloir monter à l'horizon, comme l'étoile du matin ou du soir. Mais depuis aujourd'hui, tout était fini.

Le major Jansch avança la main vers le téléphone, puis la laissa retomber. A quoi bon ? Mieux valait sortir, aérer son tumulte, aller retrouver son camarade Niggl. Il sonna son groom : il voulait s'habiller, sortir à cheval.

Dans les rues de Damvillers, il fait un temps de printemps, les moineaux piaillent dans le clair soleil, des hirondelles croisent dans le ciel transparent, des soldats, sans capote, se hâtent de tous côtés. Du haut de sa selle, le major Jansch les tient à l'œil pour voir s'ils saluent avec assez d'énergie. Sur la prairie, en deçà du village, où des soldats font l'exercice, le claquement rythmé des mitrailleuses résonne dans le stand. Le major Niggl n'est pas chez lui, il s'est rendu à cheval auprès du capitaine Lauber. Le major Jansch hésite un instant, puis se décide à aller rejoindre son ami. Il ne prise guère le capitaine Lauber, dans l'ensemble, tous ces Souabes se valent : tous démocrates, des adversaires par conséquent. Mais dans l'état d'esprit où il est, il maîtrise son aversion, fait faire demi-tour à son alezan et prend la route qui conduit à l'état-major des sapeurs. Le capitaine Lauber est affaissé dans un coin de son canapé ; à l'autre bout, plein de commisération, le major Niggl. Pour l'hôte rare qu'est le major Jansch, on avance un siège, on sert un verre d'eau de cerise, on ouvre un caisson de cigares. Non, le capitaine Lauber lui-même ne fumera pas non plus aujourd'hui, ça ne lui dit rien. Une horrible nouvelle est arrivée de l'hôpital de Dannevoux : l'avion qui a ferraillé la nuit dernière au-dessus de la gare de Damvillers a lâché une bombe sur l'hôpital. Atteinte au droit des gens, bien entendu. Les Français ne manqueront pas de plaider l'erreur quand les délégués de la Croix-Rouge protesteront. Peut-être qu'ils puniront l'aviateur ou qu'ils le déplaceront, peut-être aussi ne feront-ils rien du tout. Ce n'est toujours pas ça qui ramènera le lieutenant Kroysing à la vie. Le major Niggl balançait un crâne plein de regrets : chargés de compassion, ses petits yeux clairs cherchent les yeux sombres du capitaine. Serait-ce vraiment le lieutenant Kroysing avec lequel il a combattu au fort de Douaumont ? Le capitaine Lauber fait signe que oui : il n'y avait qu'un lieutenant de ce nom dans l'armée. Il n'y avait qu'un officier de cette trempe, on pouvait toujours chercher. Il avait placé en lui de grandes espérances et l'avait chargé de lourdes tâches. C'était de ce métal qu'on forgeait les ressorts qui tiennent le front. De tels individus assurent l'avenir d'un peuple : affable, toujours attentif aux misères de la troupe, inflexible dans l'accomplissement du devoir, donné tout entier à la chose qui lui était confiée. Et à peine avait-on eu le temps de se féliciter qu'il fût sorti sain et sauf des décombres de Douaumont et qu'il eût réchappé sans de trop graves dégâts de l'affaire du 14 décembre, qu'une stupide bombe d'avion venait le bousiller dans son lit. Sale journée ! Le monde n'est qu'une pelletée de fumier aux yeux du capitaine Lauber. Cette guerre aérienne ravale la guerre à un métier de chauffeurs, de photographes et de lanceurs de bombes — c'est le moment que ça finisse et qu'on remplace tout cela par quelque chose de plus intelligent où ce ne seraient plus toujours les meilleurs qui sont nettoyés. Défendre sa patrie avec des méthodes intelligentes et des hommes courageux, contre un adversaire courageux, c'était fort bien. Il avait souvent discuté avec son ami Reinhart, se demandant si l'artillerie lourde ne mettrait pas fin à ce genre de guerre. Mais pour l'aviation, pas la peine d'en parler, ça ne résistait pas à l'examen, c'était trop bête, ouste ! Et maintenant, il fallait rayer encore le lieutenant Kroysing de la liste ; peut-être sera-ce bientôt notre tour ? Lui n'avait pas d'objection, le premier avion venu pouvait tranquillement lui démolir le crâne. Oui, mais en attendant, il fallait bien continuer le boulot, faire son service, ne pas regarder à droite et à gauche.

Les deux visiteurs s'étaient levés. Le major Niggl serra la main du Souabe avec effusion. Entre le lieutenant Kroysing et lui, ça n'avait pas toujours été facile — ce sont des choses qui arrivent entre camarades. Mais qu'on nous l'ait enlevé de cette manière, c'était à vomir, et il comptait que le camarade Lauber serait bientôt remis de cette épreuve et qu'il verrait le monde sous un jour plus favorable. Hochant la tête, presque voûté, il gagna la porte et sortit. Dehors, les deux chevaux attachés à la bride se caressaient gentiment, l'un d'eux avait passé son cou sur l'encolure du voisin. Le major Jansch suivait, tout éberlué d'admiration pour son collègue Niggl. Pendant des années encore, chaque fois qu'il rencontrait son ami, cette impression lui revenait en mémoire.

6

L'héritage

Dans une baraque vide, chaque mot résonne d'une façon désagréable. Pour s'entendre, le mieux est de parler à voix basse. Bertin a reçu son ordre de marche du sergent Barkopp lui-même : qu'il emballe immédiatement ses affaires et rejoigne la compagnie. Lebehde a tenu à lui aider à faire son paquetage. Ce qui s'est passé la nuit précédente et dont on a été constater les effets au cours de la matinée engage les deux camarades à ne pas se quitter de la journée. Le temps est magnifique, le trajet jusqu'à Étraye-Est sera dur, mais beau. L'aubergiste Lebehde et le référendaire Bertin ont étendu la capote de ce dernier sur un sommier, plié les manches à l'ordonnance, et maintenant ils roulent le vêtement pour en confectionner une saucisse d'égale épaisseur, aussi serrée que possible : pas de plis, pas de bosses. Ils ont eu la garde de nuit et leur visage est pâle. C'est vers huit heures, ce matin, que les cheminots ont apporté la nouvelle de l'incendie de Dannevoux. Ni l'un ni l'autre n'a même commencé à réaliser que Wilhelm Pahl n'est plus. Bertin hoche la tête, tout en faisant son travail, et il ne cesse d'avoir devant les yeux une banderole qui flotte, portant ces trois mots : Pahl et Kroysing... Pahl et Kroysing. S'il y regardait de près, il verrait en lui un étonnement sans bornes, un étonnement d'enfant à l'idée du pouvoir illimité de destruction dont l'existence dispose en ce monde. Kroysing et Pahl... Pahl et Kroysing... Un monde de fantoches, un monde extraordinairement burlesque.

Sur la peau blafarde du visage rond de Lebehde, les taches de rousseur se détachent aujourd'hui avec une précision toute particulière. Ses doigts épais roulent la capote méticuleusement.

— Je pense qu'on est en train de creuser une fosse commune au cimetière de Dannevoux, pour ceux de cette nuit. Ils ne doivent plus tenir beaucoup de place.

— C'est égal, répond Bertin un peu à côté, elle s'en moque bien, la terre. (Il imagine un mélange d'os en vrac, les uns carbonisés, les autres blancs, des crânes sans maxillaire, des mâchoires sans crâne. Pahl avait les mains très petites pour un adulte, Kroysing très longues.) Crois-tu qu'ils mettront le lieutenant avec les hommes ?

— Hum ! tout compte fait, répond Lebehde, je pense que oui. Le médecin-chef est un type intelligent, et une fosse demande moins de travail que deux. Et le jour de la résurrection, vois-tu, l'ange de service saura bien faire le triage.

Et, changeant de sujet :

— C'est bien que tu décampes, tu ne pourrais faire mieux.

Bertin hausse les épaules, penche sa maigre tête. Il se sent fautif d'abandonner ses camarades, il est bien loin de songer à dissimuler sa mauvaise conscience. Cependant, Lebehde contemple son œuvre, la capote forme un boyau parfait, l'empereur n'aurait pas honte d'en boucler un pareil sur son singe. Puis, avec l'aide de Bertin, il l'assujettit autour du sac — il s'agit de tirer ferme sur les extrémités — et il boucle la courroie de droite, Bertin celle de gauche. Il s'est toujours demandé, poursuit-il, pourquoi le camarade Bertin ne s'était pas défilé depuis longtemps déjà.

— Mais vous êtes ma compagnie, marmonne Bertin en fixant la courroie du haut.

Lebehde le regarde, les yeux étonnés : Qu'est-ce que sa présence ici pouvait leur apporter, à eux et à quiconque au monde ? Et qui lui avait jamais demandé de se soucier à tel point de cette camaraderie ? Bertin se redresse, met les mains dans ses poches et, la tête penchée de côté, contemple son sac... Ç'avait toujours été son sentiment, répond-il lentement ; il n'avait jamais eu d'autre idée. Quant à son impuissance à modifier le cours des choses où il était engagé, il préfère n'en point parler ; Lebehde ne l'apprécierait guère. Ce dernier prend une cigarette dans le paquet de Bertin, dont il va hériter de toute manière : d'ailleurs, dit-il, il faisait grand cas de tels sentiments.

— Wilhelm, reprit-il tout à coup, en voilà un qui comprendrait ça, les sentiments sont faits pour les gens distingués ; je me dis parfois que tous nos sentiments, ils les ont pris à leur usage. Écoute, je vais te le confier, camarade, pour nous autres, c'est très important ce que nous pensons. Plus nous pensons — plus nous y voyons clair — et plus c'est profitable pour nous. Je pense que tu ne seras pas offensé si je te mets dans le nombre, camarade.

Bertin n'est pas offensé, oh non, il se sent au contraire très touché, incroyablement rasséréné de cet enrôlement.

— Pendant toute cette matinée je me suis creusé la tête pour savoir où nous avions fait une fausse manœuvre, Wilhelm et moi, où se loge le trou dans notre calcul. Et je me suis dit : nous n'aurions pas dû prendre les devants. Toi et moi, nous voilà sains et saufs, avec nos têtes tout entières, et nous pouvons nous en servir. Tandis que pour Wilhelm, c'est la fosse commune, et les ouvriers berlinois devront s'en tirer sans lui. Ce qui me console, c'est qu'ils s'en sortiront sans lui. Avec Wilhelm, ça serait allé plus vite, pas de doute. Il avait la tête claire, le garçon, et il avait vraiment tout fait ce qu'on peut faire quand on n'a pas été bien inspiré dans le choix de ses parents. Il savait apprécier la plaisanterie et ne se laissait pas tourner en bourrique ; il savait que les gros ne nous accorderaient jamais rien et que nous leur donnons un caisson de cigares quand ils nous font l'honneur d'une allumette. Et pourtant, tu vois, il avait mal calculé son affaire, le résultat est là. Alors, où était l'erreur ? Peux-tu me le dire ?

Bertin est en train de plier la couverture qui doit être assujettie sous le couvercle du sac. Il ne suit qu'à contrecœur les questions de Lebehde, parce qu'il est pris tout entier par le Pahl vivant, sa manière de sourire, son amour pour la belle phrase, pour son quartier de Berlin, le quartier des journaux avec ses salles de machines, les énormes rouleaux de papier blanc cerclés de lattes de bois, pour l'odeur de l'encre d'imprimerie, de la feuille fraîchement imprimée ; pour les promenades du dimanche à Treptow, au Müggelsee, pour le gris argenté des pins. Comment songer déjà à rechercher la faute de calcul qui a coûté la vie à Pahl ? Est-ce donc qu'il y avait eu un calcul quelconque ?

— Je crois bien, confirme Lebehde ; ce n'est pas le hasard qui a privé Wilhelm de son orteil, mais tout un plan réfléchi et une aiguille appointée et soigneusement rouillée.

Bertin reçoit cet aveu la bouche béante. Pourquoi on ne l'avait pas mis dans le secret, peu importe, maintenant. Le fait est que Wilhelm a voulu, que Lebehde a exécuté, commencé — et qu'il doit en partager la responsabilité. Bertin croit rêver. Eberhard Kroysing a suivi son frère dans la mort, il ne le verra plus jamais, Pahl non plus, qui s'est fait mutiler, ni le Père Lochner — et sœur Claire, qu'est-elle devenue ? C'en est trop, beaucoup trop pour un seul homme qui n'a que deux oreilles et un cœur et dont l'esprit est encore tout occupé par ce qu'il a ruminé durant ses heures de garde. Il faudra du temps, du temps pour mettre tout cela en ordre. Il regarde ses ongles sales et finit par demander à Lebehde s'il trouve qu'on doit tenir compte de tels hasards — car les aviateurs n'ont pas l'habitude de bombarder les ambulances et c'est par conséquent le hasard qui a décroché cette bombe. Lebehde n'hésite pas à répondre affirmativement. Ce n'est pas lui qui veut qu'on tienne compte du hasard, mais la cause elle-même, comme les faits l'ont prouvé. La cause réclame la plus grande prudence, du moment que l'adversaire ne connaît nulle pitié et tire parti des plus petits avantages — sans parler des grands. L'adversaire — le régime capitaliste de la guerre — on l'a minimisé et c'est là qu'est déjà la faute.

— Vois-tu, poursuit-il mystérieusement, tu as débité là-haut toutes sortes de belles histoires contre la force, mais est-ce qu'elle s'en est souciée ? Elle a frappé et a fait de nous des survivants. On peut en conclure ceci ou cela. Toujours est-il que si je n'avais jamais négligé de penser à mon métier — et là j'aurais dû y songer — j'aurais vu clair bien plus tôt. Parce que, mon vieux, que fait un bon aubergiste ? Il vend de la bière et met de la bonne humeur autour de lui, c'est tout ? Voire ! Mais fermer à temps la boutique et flanquer dehors les chahuteurs, une fois qu'ils ont vidé leur querelle — ça aussi c'est dans le métier, et j'ai toujours tenu à la bonne conduite et aux convenances. Et j'ai ainsi usé de la force pour le bien de la communauté. Comprends-tu ?

Et comme Bertin réfléchit trop longtemps, il balance sa grosse tête et poursuit :

— Continue tes discours contre la violence des autres. Plus la guerre se prolonge, plus le monde s'abrutit. Mais un ordre et un fusil derrière, ça, chacun le comprend. Voilà ce qu'un certain Lebehde a appris et, maintenant, il va rentrer au pays en vitesse ; la compagnie ne me gardera pas plus d'un mois encore.

Et c'est pourquoi il juge que Bertin a raison de partir — pour lui-même et pour la cause — de s'en aller vers l'est où il n'y a plus de raids d'avions. Il a appris à ses dépens de quoi il retourne ; dans son nouveau poste, il complètera son initiation. Toute la question à étudier désormais est celle-ci : réussira-t-on à déraciner une monstrueuse injustice ? Un tribunal, c'est un comptoir où l'on sert aux clients de la justice et de l'injustice. Et Lebehde est très heureux de ce changement pour Bertin.

— Ah ! vois-tu, tout ce que tu aurais pu déjà dire dans les journaux ! Tandis que dans l'armée, combien de temps aurais-tu pu parler aux camarades ? Trois mois, au grand maximum. Ils auraient vite fait de te saisir au collet et de t'expédier ailleurs, et la vieille cochonnerie recommencerait par le commencement. Non, camarade, dépêche-toi d'aller flairer ton nouveau coin, avec tes yeux, tiens ta langue et essaie de combattre l'injustice en petit. On verra ce que ça donnera quand nous nous reverrons après la guerre. Holzmarktstrasse 47, Berlin. Je te verserai un bon verre et m'est avis qu'on s'entend toujours avec ça. Et maintenant, départ. Je te remplacerai à l'enterrement. Et pendant que le curé débitera son affaire, je réfléchirai à la façon dont nous obtiendrons la force qui, en définitive, rendrait toute force inutile.

Ils se serrent les mains — l'une est épaisse, l'autre mince. Le menton de Karl Lebehde — Bertin s'en avise pour la première fois — est le double du sien, et sa bouche étroite est enchâssée entre ce menton et le nez, comme dans les statues ou les bustes des généraux antiques.

7

La boucle se referme

L'Armierer Bertin n'est plus un gamin. Il n'a pas l'intention de faire à pied le trajet qui le ramène à Étraye. A quoi donc serviraient les camions à chevaux ou à moteur ? Dans le code du soldat il vaut mieux qu'un autre se salisse les bottes à votre place, car personne ne viendra vous les nettoyer. D'ailleurs, les hommes du parc sont toujours heureux de prendre en charge un compagnon pour bavarder en route. Le compagnon Bertin est plutôt laconique en comparaison du conducteur — un gaillard qui a poussé avec les chevaux et toujours travaillé aux champs — qui sait tout ce qui se cache de bavardage derrière le silence des citadins.

Bertin, plein d'un étonnement silencieux, voit que le sort — ou le hasard si l'on veut — le ramène justement sur cette même route qu'il a parcourue en arrivant dans la région de Verdun. Il y a de cela presque exactement une année ; tout en marchant, un soldat dépliait une lettre de sa fiancée ; elle allait, disait-elle, lui obtenir une permission pour son mariage ; et là-dessus, la première pièce d'artillerie lourde avait lancé sa charge à travers les airs, vrai dragon de la forêt primitive. Le printemps était plus avancé, l'hiver n'avait pas été aussi froid. Mais, extérieurement, c'était toute la différence.

Mais l'impression que tout, pour finir, se répétait, il ne devait l'éprouver dans sa plénitude qu'au moment où, arrivé au bureau de la compagnie, l'adjudant Duhn lui signifia assez sèchement que, la nuit même, il devrait se rendre à Romagne-Ouest avec quatre lorries de poudre et prendre livraison en route, au parc des sapeurs de Damvillers, de trois lorries de fusées et de munition légère. En compensation, il aurait le droit de se reposer à volonté pendant l'après-midi — et il ne s'en priva pas, après avoir fait un tour dans les cantonnements et aux abords. Ce parc d'Étraye, disposé en étages sur le versant de la gorge, donnait plus de mal à ses occupants que le vieux Steinberg, sur la route de Moirey ; aussi n'était-il pas facile de le faire sauter. Partout, Bertin retrouvait de vieilles connaissances, Halezinsky, le sous-officier Böhne. Il retrouva également le petit Strauss, ce gaillard intelligent de la vallée de la Moselle — tout heureux de le revoir, mais aigri par le dur hiver de famine et tourmenté de cette paix qu'on n'atteindrait jamais. Bertin fit un somme réparateur de trois heures, sur le lit de Strauss, se procura une capote, afin de n'avoir pas à défaire la sienne si admirablement roulée, et alla s'annoncer au parc non sans avoir copieusement cassé la croûte — rôti de viande de cheval, prélevé sur la cuisine privée de l'artificier barbu Schulz.

La lune se levait à tout autre endroit que la veille, au moment où le petit train à essence se mit en marche. Strauss avait encore apporté une couverture à Bertin, qui se cala dans une sorte de fauteuil composé de caisses de poudre chargées à bloc. Il était pris de stupeur en voyant avec quelle exactitude la boucle se refermait : la voie ferrée conduisait en biais, par terrain couvert, à Damvillers où les sapeurs accrochèrent leurs trois lorries. Puis, mètre par mètre, rail après rail, le train reprenait sa route inverse dans le passé, le long des jours vécus, emmenant avec lui un homme emmitouflé, qui ne savait plus s'il dormait ou s'il était éveillé, s'efforçant de tenir ses yeux grands ouverts, et les refermant de nouveau. Cette route, il l'avait suivie le jour d'octobre où le major Jansch lui avait soufflé sa permission de six jours. C'est à ce tournant que la voiture du Kronprinz avait disparu à leurs regards. C'est dans ces renfoncements de terrain que Wilhelm Pahl, prédestiné à mourir, frappé par une bombe, avait passé la nuit, quand les raids d'avions, en juillet et avril, rendaient les cantonnements peu sûrs. N'était-ce pas lui qui sortait de l'ombre, en cet instant, et s'inclinait, les bras en croix sur la poitrine comme une ombre vaporeuse, riant jaune, d'avoir été vaincu ? Ne se levaient-elles pas, tels des fantômes de vapeur, flottant de-ci, de-là, blanchâtres, les âmes des soldats morts : le pauvre petit Vehse, Otto Reinhold, le brave petit bonhomme, le gros bêta de Wilhelm Schmidt, l'ouvrier agricole analphabète et le terriblement pouilleux Hambourgeois Hein Foth, débardeur de charbon ? Là-bas s'élevait naguère la tente des cartouches, où l'on travaillait dur et discutait ferme. Sur la droite, là-haut, les baraquements du camp abandonné se dressaient toujours contre le ciel ; mais qu'était devenu le parc de l'artillerie mobile qu'un ruisseau traversait si gaiement ? Un étang avait pris la place et de nouvelles cabanes d'une buanderie s'échelonnaient sur la pente. Puis le convoi passa le long du cours d'eau, tandis que, à droite de celui-ci, s'ouvrait le chemin de Ville vers les gorges de la forêt des Fossés. A gauche, par-dessus Chaumont, le petit sous-officier Süssmann faisait signe de la tête, des yeux intelligents de singe dans un visage flamboyant ; glissant dans les airs, le lieutenant d'artillerie von Roggstroh passa, avec un visage de gamin intrépide et son nez droit et court ; et Bertin sut alors que lui aussi était tombé. Mais voici que surgissait, gigantesque, semblable à une colonne de vapeur rougeoyante, la silhouette du sous-officier Christoph Kroysing ; il le saluait aussi, de la ferme des Chambrettes où les Français s'étaient depuis longtemps installés... A droite, on distinguait maintenant les restes d'arbres et des groupes de couronnes abattues : le bois de Thil. Tout à coup, des obus éclatèrent entre les troncs ; flammes rouge sombre, éclairs jaunes ; Bertin ne fut pas peu effrayé ; il dormait et n'avait pas entendu le coup de départ. Mais avant qu'il ait pu sauter à bas de son trône de caisses, le sapeur du dernier wagon l'avait rassuré : les obus s'arrêtaient à cent cinquante mètres au moins ; les Français avaient beau faire, ils n'arrivaient pas jusqu'ici. Bertin cependant se méfiait encore, il restait attentif, présent, mais seuls quelques crépitements de mitrailleuse hachaient le silence, et le tchouc-tchouc-tchouc de la bonne petite loco. Il s'appuya de nouveau en arrière, contemplant les masses du paysage qui se groupaient à sa droite. Là-bas, c'était la route qui conduisait à Azannes et Gremilly ; près d'un feu — qui n'existait pas — le jeune ouvrier agricole Przygulla était accroupi, soufflant sur les braises, tendant ses mains vers la flamme. Comme toujours, il avait la bouche ouverte, à cause de ses végétations dans les fosses nasales, et ses yeux de poisson examinaient le savant M. Bertin, qui était tellement plus bête que lui, Przygulla, quand il avait eu les entrailles arrachées et que le Schipper Schammes l'avait porté comme un enfant jusqu'à l'ambulance. Oui, disait le lieutenant Schanz, nous qui sortons de l'école prussienne, nous avons encore diablement besoin d'épreuves avant d'arriver à la raison. Bertin frissonna, referma plus étroitement sa capote, leva le col.

Le convoi s'immobilisa un instant. A cet endroit, la voie tournait à gauche vers Romagne, en prolongation de la tranchée que le groupe Schwerdtlein avait construite avec les prisonniers russes, durant les semaines de grand froid. Le sapeur et ses lorries devaient continuer seuls leur route par des régions peu sûres. La tête du convoi — Bertin et ses quatre wagons — vira, s'engageant dans l'obscurité. Bertin suivait des yeux les trois lorries des sapeurs... Alors une haute silhouette se dressa comme pour les recevoir, un rire, des dents de loup, tandis qu'une longue main faisait un signe d'adieu. « Voilà, pensa Bertin, il est revenu à son fort de Douaumont, pour hanter ces lieux de son ombre... » Pas aussi désagréable que vous croyez, mon nouvel état — c'était la voix profonde d'Eberhard Kroysing, qui, bourdonnante, arrivait des lointains — j'ai préféré brûler l'étape de capitaine volant pour atterrir directement sous forme de décombres. Vous n'allez pas m'oublier, quand même, petit farceur ? « Rien à craindre », fit Bertin en lui-même ; il sursauta lorsque le train freina brusquement. Sortant d'un souterrain pratiqué dans la montagne, un soldat du train s'avança, prit les papiers que lui tendait Bertin. Le souterrain se nommait Romagne-Ouest : Bertin pouvait attendre au chaud et regagner son parc vers cinq heures, avec les wagons vides. Sous la voûte, une lampe d'acétylène brûlait, un petit poêle chauffait, une odeur de café parfumait l'atmosphère ; Bertin s'en vit offrir un plein quart... Depuis combien de temps avait-on dû faire cette nouvelle installation ? Depuis que les Français avaient lentement démoli la vieille gare de Romagne. Avec tout ce marmitage, le grand Berlinois avait aussi été nettoyé, le fameux sous-officier de la Kommandantur de la gare ; Bertin l'avait-il connu ? Et comment ! Tous ceux qui avaient eu à faire à la gare le connaissaient, c'était l'âme de l'assiette au beurre, la main droite des officiers du chemin de fer. Alors, lui aussi était mort ? Pauvre Pélican ! Dans cette nuit, il n'y avait que des morts, décidément ; il vaudrait mieux ne plus demander de nouvelles de personne, par exemple de Friedrich Strumpf. C'était bougrement inconfortable de repartir d'ici sous les espèces d'une créature vivante. Allez, bonne nuit.

Vers huit heures, rasé de frais et après un bon déjeuner chez le petit Strauss, le soldat du Landsturm Bertin se fit délivrer ses papiers au bureau de la compagnie : feuille de route, carte de subsistance, bulletin d'épouillage, pièce d'identité. Bertin, y était-il dit, devait se présenter, lors de son entrée en service, au tribunal militaire de la division von Lychow à Merwinsk. Où se trouvait ce patelin — quelque part dans l'Est — et comment on y arrivait — on le renseignerait à la Schlesischer Bahnhof de Berlin. Comme le voyage était long, on l'autorisait à emprunter des express. Ses arriérés de solde, ses frais de subsistance exactement comptés lui furent payés en billets de 5 et 10 marks battant neufs. Il abandonna sa ristourne de cantine en faveur de l'employé du gaz Halezinsky. Le secrétaire Querfurth, à la barbe de chèvre, en prit note. Puis on se serra la main :

— Bonne chance, camarade.

— Bonne santé à tous, répondit Bertin.

A sa profonde surprise, il sentit quelque chose qui lui serrait la gorge. Ç'avait été une sacrée compagnie, deux années durant elle l'avait dressé, traité avec toujours plus de malveillance et d'injustice, mais quoi ? C'était sa compagnie, ce qui vous tient lieu de tout — père et mère, femme, métier, logement et université ; elle l'avait nourri et vêtu, conduit et élevé ; ç'avait été sa seconde maison paternelle, la maison du père État et de la mère Germania, et à présent il fallait s'en séparer et plonger dans l'inconnu, dans l'incertain. On pouvait bien se permettre d'avoir un léger voile sur les yeux ; l'essentiel était que personne ne s'en aperçût.

Personne ne s'en aperçut. Quand, une demi-heure plus tard, le train de la Meuse, cahotant, se mit en branle pour Montmédy, un Armierer bruni passa la tête à la portière ; derrière lui, petit, toujours plus petit, s'effaçait le pays qui l'avait façonné par le soleil et par la pluie, été comme hiver, jour et nuit. Quelle avait été la conclusion du petit Süssmann au moment de mourir ? « Pour mes parents : ça avait servi à quelque chose. Pour le lieutenant Kroysing : ça n'avait servi de rien. » La vérité était entre ces deux pôles, quelque part, mais, comme avait dit un sage, pas au milieu.

8

Chant d'adieu

Le faubourg d'Ebensee près Nuremberg rit dans le clair soleil de juin. C'est par lui que la ville touche aux forêts séculaires de conifères et d'essences feuillues, au pied du Jura franconien. La Schilfstrasse à Ebensee est bordée de petites villas ; d'une auberge proche viennent les flonflons d'une danse : rythmes de musique moderne américaine, fox-trott ou shimmy.

Un couple s'avance — on dirait un couple d'amoureux — le long de la clôture blanche qui sépare le trottoir des jardins. Lui est vêtu d'un costume gris-bleu — tissu d'été légèrement élimé et coupe d'avant-guerre ; le cou, dont on voit saillir la pomme d'Adam, est libre dans le col Schiller de la chemise blanche. La maigre ossature de ses joues, ses oreilles un peu décollées, ses cheveux pas très courts font moins

mauvais effet dans cette tenue civile que dans l'uniforme ; ses petits yeux clignotent derrière les verres épais de ses fortes lunettes neuves.
— Numéro 26 ; le 28 est le prochain. Écoute, Lene, j'ai peur. Je ne suis pas du tout sûr de me décider à entrer.

Lenore, en robe d'été d'un jaune doux qui s'arrête juste au-dessous du genou, pose sa main étroite sur la sienne, comme pour le protéger :
— Tu n'y es pas obligé, personne ne te force, Werner. Tu es venu de ton plein gré. Regarde donc là-bas, ce drapeau en berne.

Bertin examine le jardin du n° 28 : sur la hampe peinte en blanc, à mi-hauteur, le drapeau noir, blanc, rouge pend immobile. Ce morceau d'étoffe qu'il a vu flotter pendant quatre ans sur des édifices d'Uskub et de Kowno, à Lille et Montmédy, et le long de toutes les rues d'Allemagne, et qui doit maintenant disparaître, le voilà hissé en signe de deuil, et c'est à peine si le vent en agite les plis entre les cerisiers feuillus et les deux sapins qui s'élèvent à gauche et à droite de la pelouse.
— Enfin, quelqu'un qui tient compte de cette journée ! dit-il. Maintenant je suis sûr que c'est ici. Arrives-tu à lire ce qu'il y a sur la plaque de cuivre ?

Lenore parvient à déchiffrer, du trottoir d'en face, en mettant sa main en abat-jour — son chapeau à larges ailes est accroché à son bras :
— Kroysing, lit-elle.

Un monsieur maigre, très grand, les mains au dos, s'avance sur l'allée qui fait le tour de la pelouse ; il marche comme un homme qui bien souvent, plongé dans ses pensées, a fait ce même circuit. Il apparaît un instant à la clôture — redingote noire, col dur à coins rabattus et cravate noire — fait demi-tour et disparaît, toujours du même pas, de l'autre côté de la maison.

Werner Bertin presse la main de Lenore :
— C'est lui. Eberhard Kroysing lui ressemblait, comme une réplique de ce visage. Ah ! si ce stupide bastringue pouvait se taire !

On est en juin 1919, le 29. A toutes les terrasses d'auberges d'Allemagne, on danse en cette journée de dimanche. Le calendrier indique : « Pierre et Paul », les deux apôtres ; aujourd'hui, avec la terre entière, l'Allemagne fête la signature du Traité de Versailles, qui a eu lieu la veille. La guerre est définitivement terminée, le blocus ne tardera pas à être levé. Bertin et Lenore et même le vieux M. Kroysing n'auront plus les joues aussi maigres. C'est le jour où l'effroyable et sanglante plaie de ces quatre ans est proclamée guérie ; et pourtant, Bertin voudrait que l'Allemagne prît la chose plus au sérieux, qu'elle rentre en elle-même, se recueille, soit émue. On en perçoit bien quelques indices dans la bourgeoisie : ici, le drapeau est en berne entre les sapins noirs. Mais les gens dansent, ils n'y songent pas, personne ne s'avise qu'aujourd'hui une nouvelle page s'ouvre au livre de la destinée terrestre. L'Allemagne danse. Tout ne peut qu'aller mieux désormais. Le fusil a été jeté dans un coin — tout pousse au travail, tout n'est que volonté d'oubli parmi les hommes, on se lance avec des cris de joie dans le bonheur de cette chaleur estivale. Après tant d'années de misère, de larmes et d'horreurs, on a bien le droit d'être un peu fou. Le jeune romancier Bertin et sa femme sont en route pour le sud de l'Allemagne où ils vont reprendre des forces, dans un cadre qui leur est cher, et dans une lumière plus bienfaisante. Mais Bertin s'est promis, avant de disparaître dans les montagnes, de rendre visite aux parents des deux Kroysing, et de leur révéler dans quelles circonstances leurs deux fils sont morts, combien misérable et inutile fut leur fin, et qu'il n'y eut ni mort héroïque ni sacrifice grandiose, mais que seule la bassesse et un hasard stupide leur ont enlevé les soutiens de leurs vieux jours. On peut faire ces aveux avec prudence, un écrivain sait trouver les mots ; mais eux ne doivent pas être trompés plus longtemps, les pauvres, mais au contraire être désormais de ceux qui veulent en finir avec la phraséologie patriotique et qui n'entendent consentir à la guerre que s'il s'agit de repousser des bandes de pillards. Et voici maintenant le drapeau en berne qui s'agite, et le personnage semblable à un Eberhard Kroysing en vieillard qui s'arrête de nouveau à la clôture du jardin, le visage amer, pétrifié ; il regarde, de l'autre côté de la rue, ce couple d'amoureux, hausse les épaules avec humeur, fait demi-tour et se dirige vers la maison. A la porte du perron, au-dessus de quelques marches d'escalier, une vieille dame est apparue, un mouchoir à la main. Elle le porte à ses yeux, d'un geste qui doit lui être devenu habituel :

— Alfred (la voix est sombre, il y demeure comme l'écho des pleurs depuis longtemps épuisés), le thé est servi.

Le vieux fonctionnaire lui répond d'un signe de tête, monte les degrés et disparaît avec elle dans la maison. La fenêtre qui donne du côté d'où vient la musique a été fermée brusquement. Sur le toit rouge de la villa, le jour des saints Pierre et Paul étincelle, le jour des récoltes prochaines. La pointe du drapeau noir, blanc, rouge touche presque le gravier qui forme, au pied du mât blanc, un petit disque jaune au milieu de la pelouse.

— Je renonce, fait Bertin, d'un air résolu. Viens, nous irons dans la forêt. Nous ne sommes pas ici pour rouvrir de vieilles blessures et les envenimer. Le gouvernement de la République, quand nous aurons une Constitution, saura éclairer les esprits. D'ailleurs, il y a encore quelques personnes qui n'oublient pas et qui empêchent les autres d'oublier, je te l'assure.

Lenore Bertin n'approuve pas tout à fait cette dérobade. « Ce qu'on a décidé de faire, on le fait », pense-t-elle. Mais il ne faut pas le contredire, il est si irritable maintenant ; il devrait en somme aller se reposer dans un sanatorium, mais il ne veut pas en entendre parler. Et alors, pour une femme avisée, il ne reste plus qu'à suivre son mari, ce mari qu'elle aime, qui a tenu si vaillamment, et qui garde une confiance pleine et entière en la sagesse des gouvernements, ce cher et fort garçon, ce cœur ardent, plus qu'à le suivre dans la forêt qui dresse ses couronnes de feuillage comme une frontière entre le pays et le ciel.

— Cette prairie, dit Bertin en passant son bras sous le sien, on pourrait la tenir de là, sous le feu d'une mitrailleuse, contre deux compagnies ; elles ne passeraient pas le ruisseau là-bas. Et la lisière de la forêt donnerait une fameuse position pour une batterie de barrage. Cette prairie est toute bleue de cardamines. A la lisière de la forêt, des taches de soleil jouent sur les troncs gris.

— C'était ainsi, reprend Werner Bertin comme en rêve, appuyé à l'épaule de sa femme, exactement ainsi, mais les forêts étaient beaucoup plus denses devant Verdun, quand nous sommes arrivés.

— Et tu en es revenu, de ces forêts, c'est l'essentiel, répond doucement Lenore.

Secrètement, elle craint qu'il ne faille du temps encore, avant que son ami, son mari, ne quitte ces forêts ensorcelées, ces broussailles, pour se retrouver dans le présent. La guerre continue à le travailler toujours, creusant et bouillonnant, frappant et criant. Mais — elle soupire doucement — cela ne se voit pas, personne ne s'en aperçoit, Dieu soit loué.

Comme un simple couple d'amoureux, ils disparaissent dans la forêt, entre les ombres et les lueurs verdoyantes, et la clarté de la robe jaune pâle est plus longue à s'éteindre que le bleu passé du veston.

III

UN AUTRE REGARD

Jérôme et Jean Tharaud,
La Randonnée de Samba Diouf

Jérôme et Jean Tharaud

LA RANDONNÉE DE SAMBA DIOUF

Jérôme Tharaud a 40 ans en 1914, Jean 37 ans
La Randonnée de Samba Diouf a paru en 1922

A André Demaison

1

La dépêche toucha Dakar. De là, elle courut à travers le pays, du Cayor au Kidougou, du Diolof au Saloum, du Sine au Damantang, de Podor à Kankan ; elle franchit les collines rougeâtres et les montagnes du Fouta ; elle traversa les sables semés d'arbres de kadde, qui ne demandent pour leur vie que trois jours de pluie par an, les champs d'arachides et les rizières, et la brousse aux arbres malingres où dans les hautes herbes sèches s'allument les grands incendies, et les plaines marécageuses coupées de forêts épaisses, séjour de l'antilope, de la hyène, des singes et des chiens de prairie qui mettent en fuite le lion lui-même. Quand elle arriva au bureau du télégraphe où Baboukar Kamara et le boy Modi M'Benga étaient en train de faire la sieste, elle s'inscrivit d'elle-même sur la bandelette bleue, sans réveiller les dormeurs ; et lorsqu'il ouvrit un œil, Baboukar Kamara trouva devant lui le télégramme mystérieusement tombé du ciel. Il le déchiffra aussitôt et, lançant sa babouche sur le boy toujours endormi :

— Ouaï ! Ouaï ! dit-il, Modi M'Benga, les Toubabs [1] font la guerre dans leur pays ! Cours porter ça au bureau du commandant !

— Tu dis une chose, Kamara, qui dépasse ma tête ! fit le boy en enfilant son m'boubou [2].

— C'est ce qu'ils viennent de m'envoyer, répliqua l'employé noir en achevant de transcrire le télégramme. Le pays des Toubabs doit être chaud maintenant ! Je voyais bien depuis longtemps que le feu était au pied de l'herbe. Le vent sec a passé dessus — d'un coup de langue il mouilla la dépêche —, et la flamme est sortie, dit-il.

Le boy courut jusqu'à la porte, mais dès qu'il fut dehors, retrouvant son indolence habituelle, il traversa nonchalamment la place, où le charmeur de serpents promenait, en quête d'un public, son sac plein de vipères cornues.

— Où vas-tu, Modi M'Benga ?

— Ouaï ! Ouaï, Kemo Sounkari ! Les Toubabs font la guerre dans leur pays !

---

1. Nom donné aux Européens par tous les Noirs de l'Afrique occidentale.
2. Vêtement flottant à manches larges.

— Tu dis une chose effroyable !

— Je ne dis que la vérité, vieil homme !

Et, toujours du même pas sommeillant, il continua sa promenade vers le bureau du commandant.

Plus vite que l'eau de la rivière après les grandes tornades, plus vite que le feu attisé par le vent d'est, la nouvelle bondissant de village en village se répandit dans la contrée. C'était à la saison des pluies. Depuis cinq semaines déjà, l'eau ne cessait de tomber sur la haute forêt ruisselante, sur la brousse, sur les clairières où les femmes courbées sous l'averse travaillaient à piquer le riz, tandis que dans les champs de mil les hommes arrachaient les plantes dévorantes qui, sous ce tiède déluge, naissent et se développent avec une rapidité prodigieuse. Plus de sentiers. Des herbes, où se seraient perdus un cheval et son cavalier, avaient poussé tout le long des chemins et, retombant sous la charge de l'eau, les avaient fait disparaître. Mais le cri que le boy avait jeté au charmeur de serpents s'ouvrit des routes mystérieuses à travers la masse de pluie. On en parla chez les Sérères, chez les Ouolofs et chez les Malinkés ; il franchit les rivières, passa chez les Diolas, les Toucouleurs et les gens du Fouladou ; et les Mandingues, voyageurs infatigables qui, à pied ou à cheval, promènent leurs marchandises de l'Est à l'Ouest, du Nord au Sud, répandirent la nouvelle chez tous ces Noirs de langue, de race et de mœurs différentes, que des vicissitudes à peu près inconnues ont poussés, depuis des siècles, dans ces cantons de l'Afrique occidentale, au bord du grand fossé de la mer... Puis les Diolas retournèrent à leurs rizières, les Sérères à leurs champs de mil, les paresseux Balantes, accroupis dans la fumée de leurs cases, se remirent à regarder tomber l'eau, en buvant le dolo [1] fermenté, et les Mandingues recommencèrent de palabrer sur la valeur des graines, la prochaine récolte et les emprunts qu'ils pourraient faire pour subsister jusque-là.

Dans le pays des Niôminkas, au village de Niômi, à mi-chemin des deux grands fleuves qui coulent au sud du pays de Dakar, les Anciens causaient sous le m'bar, le hangar recouvert de paille dont le toit descend jusqu'à terre et où, dans la saison des pluies, les gens viennent passer les longues heures de la journée. Un petit feu qui brûlait au milieu l'emplissait de fumée. Dans un coin, le forgeron réparait des outils, et le bruit des soufflets en peau de chèvre, qu'un enfant gonflait et dégonflait tour à tour, accompagnait d'un rythme monotone les conversations paisibles. Dehors, on entendait le bruit mat de l'eau sur la paille détrempée du toit, et l'orchestre assourdissant des crapauds et des grenouilles qui sont, avec les moustiques, les musiciens infatigables de ces régions submergées.

---

1. Hydromel.

Ce jour-là, les causeurs étaient nombreux. Il y avait le chef du village, le vieux Bakari Silla, d'un âge extraordinairement avancé, et qui plusieurs fois par jour répétait cette phrase : « En vérité, dans tout le pays, je puis lever le doigt et dire : Je suis l'aîné ! » Ses membres débiles ne pouvaient supporter le pagne le plus léger, aussi était-il à peu près nu. Près de lui, son petit-fils, qui lui-même avait le poil blanc, tenait sa tabatière et sa pipe. Il y avait encore Demba N'Dour, le chasseur d'antilopes, retenu au logis, car les herbes de la brousse étaient trop hautes maintenant pour qu'on pût apercevoir le gibier ; Allassane N'Diaye, l'heureux père de cinq filles, dont les dots allaient l'enrichir et lui donner le prestige d'un homme qui peut s'appuyer sur cinq gendres ; Bounama Seck, le griot ; Boukar Diop, le marchand de parfums, de bougies, de tabac et d'allumettes ; Massiré N'Gom le forgeron, aussi habile à fabriquer une pioche qu'un bijou d'argent ou d'or, collier ou bracelet de pied ; Massamba Dieng, le tisserand, dont le métier, qu'il prenait soin de ne jamais graisser, invitait par son grincement les femmes à entrer dans sa case pour lui commander de l'ouvrage ; Lam Maran le sorcier, et Famara Yafa le cordonnier, qu'on disait appartenir à cette espèce de gens qui se changent en bêtes la nuit, pour courir dans la forêt.

Survint un colporteur qui, en pénétrant sous le m'bar, fit les salutations d'usage.

— Avez-vous la paix ? dit-il.

— La paix seulement ! répondirent les gens assis.

— Tous les gens de Niômi ont-ils la paix ?

— La paix seulement ! Et toi, voyageur, d'où viens-tu ?

— C'est de Kaolack que j'arrive ; et je dis qu'on m'a dit, là-bas, que les Toubabs font la guerre dans leur pays.

— Tu parles de l'enfer ! dit quelqu'un.

— Tu as dit un malheur, fit un autre.

— Les Toubabs font la guerre aux Noirs ? demanda le tisserand, que le bruit de son métier avait rendu un peu sourd.

— Non, c'est entre eux qu'ils font la guerre, répéta le colporteur.

— Être fils de la même mère ne veut pas dire qu'on s'entende ! opina sentencieusement le vieux Bakari Silla.

— Les Toubabs sont tous blancs, remarqua le père des cinq filles (qui avait servi en qualité de matelot sur les bateaux qui font de la fumée), mais ils ne se ressemblent pas. Ils ne s'aiment pas plus entre eux qu'un Ouolof n'aime un Mandingue, ou qu'un Toucouleur n'aime un Soninké !

— Être fils de la même mère ne veut pas dire qu'on s'entende ! déclara de nouveau le vieux Bakari Silla.

Il y eut un moment de silence, comme pour laisser à cette pensée le temps de pénétrer les cerveaux. Dehors, on entendait toujours le bruit mat de la pluie sur la paille du toit, et le concert sans fin des crapauds et des grenouilles. Des éclairs annonçaient l'orage. A chaque instant retentissaient les claques vigoureuses que les causeurs s'appliquaient sur les cuisses, pour écraser les moustiques qui les piquaient jusqu'au sang.

— La guerre des Toubabs sera dure ! reprit le chasseur d'antilopes. Les Toubabs sont les seuls hommes que j'aie vu tuer un oiseau en plein vol, ou une antilope à la nage, quand on n'aperçoit plus que sa tête hors de l'eau.

— Les morts ne pourront pas se compter, ajouta le sorcier, car les Toubabs ignorent les térés [1] qui préservent des balles.

— Je les ai vus se servir de fusils qui tiraient cinq fois sans être rechargés, poursuivit le chasseur. Même si tu te caches derrière les plus gros arbres, tu n'es pas à l'abri de ces fusils.

— En vérité, l'univers se déplace ! dit le vieux Bakari Silla. J'ai fait la guerre du temps où l'on se battait l'un devant l'autre et où le sabre était le plus fort. Mais, depuis ce temps-là, la poudre et le fusil sont devenus les maîtres du sabre. Et les Toubabs ont avec eux des secrets qui viennent de l'enfer !

— J'ai entendu raconter par des gens qui revenaient de Dakar, fit à son tour le forgeron en tenant levé son marteau, qu'ils se servent d'engins qu'ils appellent kanou [2] et qui font du bruit au départ et aussi à l'arrivée.

— Je dis que le kanou est la chose la plus merveilleuse des Toubabs ! proclama le père des cinq filles. S'ils n'avaient eu que le fusil et le sabre, jamais ils n'auraient été nos maîtres !... Vous avez tous entendu parler d'Éli, le roi du Walo ? Il avait juré que jamais les Toubabs n'entreraient dans son pays. Mais, au premier coup de kanou, il ne dit mot et prit la fuite. Seul, son cheval qui refusait d'avancer, l'arrêta sur le bord du lac que vous connaissez tous, à l'endroit que depuis ce temps on nomme l'Arrêt du cheval.

— Tu n'as pas dit toute la vérité, Allassane N'Diaye ! reprit le chasseur d'antilopes. Les Toubabs, c'est vrai, sont les maîtres du fusil et du kanou, mais ils sont aussi bien malins pour tenir leur sabre mince et courbe. J'ai vu, dans le Cayor, la guerre de Samba Laobé Fal. C'était un homme parmi les hommes ! Son sabre, tu ne pouvais pas le voir quand il jouait avec. Pourtant, il était moins rapide que celui du Étnant de Sipahis [3] qui lui avait donné rendez-vous à la sortie de Tivaouane, pour la dernière palabre qui devait terminer leur guerre. Mais quand ils furent l'un en face de l'autre, le sang monta aux yeux de Samba Laobé Fal et son caractère sortit de lui-même. Et comme il était à cheval, et le Toubab aussi, il tira son sabre sur l'Étnant. J'étais jeune et n'avais encore porté d'autre arme que l'arc et les flèches de bois, avec lesquelles je m'essayais sur les petites bêtes de la brousse qui entoure notre

---

1. Amulettes.
2. Canon.
3. Lieutenant de spahis.

village. La frayeur et la surprise laissèrent mes jambes attachées par terre. Ce ne fut pas long ! Le sabre de Samba Laobé s'agitait comme la queue du lion en colère, et je crus que, d'un grand coup, il allait fendre le Étnant. Mais celui-ci n'était pas encore destiné à mourir, car sa botte seulement fut tranchée. Et c'est là que finit la guerre de Samba Laobé Fal ! Je n'ai même pas vu le geste du Toubab, qui n'avait pas l'air de remuer ; mais la pointe de sa lame mince et courbe perça le corps de Samba et sortit de l'autre côté. Les vingt cavaliers qui l'avaient accompagné s'enfuirent en poussant des cris et en tirant des coups de fusil derrière eux. Mais le cri du vanneau n'effraie pas la brousse. On ne les revit plus. La guerre de Samba Laobé Fal était finie !

— En vérité, déclara le forgeron après un moment de silence, le Toubab dont tu parles était protégé, Demba N'Dour, parce que j'ai entendu dire que Samba Laobé était un homme parmi les hommes !

— La guerre sera courte chez les Toubabs ! affirma le marchand de bougies et de parfums.

— Elle ne durera pas longtemps, fit une autre voix dans la fumée.

A ce moment, un violent coup de tonnerre roula sur la forêt, et l'on entendit craquer un arbre énorme foudroyé.

— Avez-vous la paix ? dit en entrant sous le m'bar un grand jeune homme puissamment charpenté, tout ruisselant de pluie, et qui portait des filets sur son épaule.

— La paix seulement, Samba Diouf ! répondirent les gens assis.

— Que j'en perde la vie ! reprit le nouvel arrivant, mais j'ai failli être emporté par le vent dans la rivière !

— Prends garde, mon ami, les caïmans d'hivernage sont mauvais !

— Nous nous connaissons depuis longtemps, riposta le pêcheur. Et je préfère encore les caïmans d'hivernage qui savent éviter les filets, à ces jeunes caïmans du printemps qui manquent d'expérience et déchirent tout ce qu'ils rencontrent.

Là-dessus, ayant ramassé ses engins, il alla les étendre sur le chaume du m'bar et revint s'asseoir près du feu, dans le cercle des causeurs.

— Sais-tu, Samba, que l'univers se déplace ? lui dit le faiseur de talismans en lui passant sa pipe allumée.

— Et qu'est-il arrivé ?

— Les Toubabs font la guerre dans leur pays !

— Les Toubabs sont fous ! répliqua le jeune homme. Dieu leur a donné les richesses, ils sont nos maîtres à tous, pourquoi donc se font-ils la guerre ? S'ils étaient comme moi, ils ne feraient la guerre qu'aux poissons.

— Par Dieu ! déclara le cordonnier, tu as bon caractère, Samba !

— Les Toubabs sont fous ! répéta le pêcheur. Pour acquérir la richesse, ce n'est pas la peine de se battre. Ainsi moi, je suis en train de devenir riche sans bouger.

— Que nous dis-tu encore, Diouf ?

— Je parle pour dire que, ce matin, j'ai trouvé au débarcadère un homme du pays des Foulahs, qui m'a dit que Baba Dialo, le frère de ma mère, était mort, me laissant pour héritage six vaches, dont deux pleines, l'une de quatre mois, l'autre de six, deux taureaux, deux jeunes bœufs, trois génisses, des moutons et des chèvres (dont le pêcheur se garda bien de préciser le nombre, car cela porte malheur au troupeau).

— Tu es rempli de chance, Diouf ! dit le marchand d'allumettes de bougies et de parfums. Six vaches, dont deux pleines, l'une de quatre mois, l'autre de six, deux taureaux, deux jeunes bœufs, trois génisses et des chèvres, c'est une richesse ! Cela vaut la peine d'aller là-bas.

— Cela vaut la peine d'y aller, reprit le chasseur d'antilopes. Mais nous ne sommes pas à la saison où l'on fait voyager les bêtes.

— Le pays des Foulahs est loin ! dit le vieux Bakari Silla.

Parmi tous ces propos, les Toubabs et leur guerre avaient été oubliés. On parla du bétail, du mil, de la prochaine récolte. La grande nouvelle apportée par le colporteur mandingue s'était échappée des esprits comme la fumée sortie par la paille du toit se dissipait dans l'air mouillé. Et les quelques réflexions échangées sur ce sujet paraissaient avoir épuisé ce que la guerre entre les Blancs pouvait suggérer de pensées à ces Noirs du village de Niômi, perdus dans un déluge de pluie, au milieu de leurs petits champs conquis sur la brousse et la forêt.

Pendant quatre mois, la pluie tomba inlassable, obstinée, avec des accès de fureur qui la précipitaient tout à coup en cataractes furibondes. Les fleuves sortirent de leurs lits, les bas-fonds furent submergés, les gués devinrent impraticables. L'eau emplit les rizières où s'étaient abattus une foule d'oiseaux aquatiques, les marabouts ardoisés, les hérons gris, les bécasses, les courlis, les ibis et le canard armé qui porte des ergots à ses ailes. Dans les champs, malgré les cris des enfants juchés sur de légers miradors, les singes pillards venaient manger les premières graines d'arachide. Dans la forêt, le fusil du chasseur ne réveillait plus d'échos. C'était le bon temps pour l'antilope qui trouve partout à brouter et à boire, et n'a plus besoin de se rendre au bord des marécages où le danger la guette. Les serpents cachés dans les herbes se faufilent sans crainte ; le boa inoffensif se réveille pour changer de peau et quêter sa subsistance, car le lièvre, le rat, l'écureuil et autres petits animaux dont il fait sa nourriture, ont cessé de hanter les lieux humides où, pendant la saison sèche, il avait élu domicile. Les grands fauves, qui ne peuvent plus que dépister malaisément leurs proies disséminées dans la forêt mouillée, s'approchent la nuit des troupeaux parqués à l'entrée des villages sous la garde des bergers. Réveillés dans leurs cases, les gens entendent la panthère pousser son grognement, et la hyène japper d'une façon sinistre, et le lion qui rugit quand il emporte l'épaule ou la cuisse d'une bête attachée à son piquet. Alors, dans un demi-sommeil, chacun pense à ses bœufs, à ses génisses, à ses chèvres et souhaite que la bête abîmée soit la bête du voisin...

En attendant la fin des pluies, Samba Diouf, le pêcheur, arrachait les herbes voraces qui envahissaient son champ, ou bien il pêchait au filet les carpes, les brochets, les mulets qui peuplent la rivière en quantités innombrables, ou bien encore, la nuit, quand l'averse faisait trêve et que la lune éclairait le ciel, il se tenait sur son radeau à l'affût du lamantin. Dès que l'énorme mammifère aux seins et au ventre de femme émergeait du marigot pour venir brouter les feuillages dont il est très friand, le pêcheur, d'un bras vigoureux, lui lançait son harpon auquel se trouvait attaché un flotteur de bois léger ; puis, s'élançant dans sa pirogue, il donnait la chasse au flotteur qui courait sur l'eau du fleuve et, lorsque la bête épuisée remontait à la surface pour respirer un peu d'air, il l'achevait à coups de matraque.

Au bout du quatrième mois, un grand combat se livra dans les airs entre la pluie et les vents. L'eau d'abord parut triompher, mais enfin les alizés l'emportèrent. Un bref instant, dans l'atmosphère lavée le ciel apparut d'un bleu pur. Les arbres et les choses se montrèrent avec leur relief et les différences d'aspect qu'ils prennent dans l'éloignement. Puis, peu à peu, une brume légère supprima l'horizon et fit voir toute la nature comme peinte sur une toile grisâtre ou collée sur quelque verre dépoli. De chaque côté des sentiers, on avait relevé et noué les hautes herbes ; le cheval, le chameau et le piéton pouvaient cheminer à leur aise ; et maintenant, au lieu d'aller presque nus comme ils le faisaient sous la pluie, par crainte de mouiller leurs vêtements, les gens du pays de Niômi avaient repris leurs m'boubous de cotonnade. A l'heure où le soleil s'incline, Samba Diouf se rendit sous le n'taba, l'arbre à l'épais feuillage, où, durant la saison sèche, les Anciens se rassemblent pour bavarder et fumer. Il fit les salutations d'usage, prit place sur les nattes, et après avoir tiré quelques bouffées de la pipe que lui passa le forgeron :

— L'eau du ciel s'est arrêté, dit-il. Dans mon esprit, et si Dieu le permet, je pense me mettre sur le sentier demain, au second chant du coq, pour aller chercher mon héritage dans le pays des Foulahs.

— Tu as raison, Samba ! déclara le sorcier. C'est demain vendredi : il n'y a pas de jour plus favorable pour entreprendre un voyage.

— Le pays des Foulahs est loin ! fit le vieux Bakari Silla. J'y suis allé quand j'étais jeune, l'année où la machine à fumée des Toubabs a traversé les terres. J'ai passé des rivières larges comme la mer, des forêts qui en plein soleil sont plus sombres que la nuit, et des plaines toutes blanches de sel. J'ai rencontré sur ma route des gens d'une grande hospitalité, d'autres aussi qui voulaient me manger, d'autres qui voulaient me retenir et me faire adorer leurs dieux, d'autres dont j'igno-rais la langue et qui ne savaient pas la mienne, au point que j'aurais pu leur dire : « Viens ici que je te tue ! » et qu'ils se seraient approchés. Mais tout cela est loin, car dans tout le pays je puis lever le doigt et dire : « Je suis l'aîné ! » Depuis ce temps, les Toubabs sont venus. Ils ont changé bien des choses. Toi, sans doute, Samba, tu pourras voyager tranquille. Dieu veuille que Dieu t'accompagne en paix !

A quoi le tisserand ajouta :

— Je suis allé dans le Pakao, sur le chemin des Foulahs, l'année de la maladie des bœufs. Et j'ai gardé un mauvais souvenir des Mandingues du Pakao. J'ai travaillé chez eux dans de nombreuses familles, j'ai usé deux navettes et refait trois fois mon métier, mes mains et mes bras se fatiguèrent à tisser leur mauvais coton, et quand je suis parti, mon ventre était vide, mon m'boubou troué. Ils me rassasièrent de paroles, et je n'emportai pour tout cadeau que deux chèvres sans cornes. Dieu veuille que tu les évites, et que Dieu t'accompagne en paix !

— Et moi je suis allé là-bas, l'année de la guerre de Fodé Kaba, pour réparer les fusils et forger les sabres, commença le forgeron.

Et il se mit à chanter :

— *Fils d'Ali et fils de Badara, tous les impies s'inclinent devant toi...*

» Fodé Kaba me traita bien. Il m'a donné l'esclave qui pile en ce moment mon mil et deux vaches pleines de cinq mois. Fodé Kaba était un homme ! Il m'a donné encore un cheval pour me ramener ici. Dieu veuille que Dieu t'accompagne en paix !

— Samba, dit le griot, évite avec soin de passer chez les Balantes : ils te voleraient jusqu'à ton pantalon ! Évite aussi les Floups : ils te griseraient de vin de palme, te mangeraient la nuit, et ton esprit s'en irait dans les bêtes immondes qu'ils élèvent. Dieu veuille que Dieu t'accompagne en paix !

— Si tu voyages après que le soleil est tombé, ajouta le cordonnier (qui, pour courir dans les ténèbres sous la forme d'une hyène, devait savoir bien des choses), écarte ton chemin des pierres fréquentées par les Génies. Invoque le nom de Dieu en traversant les vallées profondes : elles sont fréquentées par les Esprits ailés ou habillés de blanc. Mais si tu rencontres un oiseau dont les ailes sont doubles, suis-le sans peur, il éloigne les oiseaux malfaisants. Dieu veuille que Dieu t'accompagne en paix !

— Évite aussi, dit le chasseur d'antilopes, le pays rempli de marais dont les bêtes à poil s'éloignent. Ces marais sont si larges que l'oiseau qui a sa mère sur un bord n'a pas de frère sur l'autre rive. Je ne l'ai pas vu, mais on m'a dit qu'en traversant ces marécages, le perroquet emporte dans ses pattes une branche sèche pour se reposer dessus. Que Dieu te montre la terre solide, et puisses-tu arriver en paix !

De l'autre côté du tronc d'arbre où il était assis, le sorcier dit à son tour :

— Avant de te mettre sur ton chemin, tu viendras dans ma case, Diouf. Je te donnerai une corne d'antilope naine qui écartera de toi les dangers. Dieu veuille que Dieu t'accompagne en paix !

Alors le chef du village leva le doigt et dit.

— Samba Diouf est notre fils. C'est un homme, et il ne craint rien.

Le soleil, s'inclinant de plus en plus, semblait avoir porté le feu dans la brume où il allait disparaître. Tout était aussi rouge que si le village avait brûlé, et l'eau du marigot elle-même. Les gens qui revenaient des champs portaient des gerbes dans les greniers construits, par crainte de l'incendie, un peu à l'écart du village ; des femmes en sortaient, qui venaient de piler le mil ou de décortiquer le riz ; d'autres arrivaient de la fontaine, leurs calebasses sur la tête, et toutes disaient aux gens assis :

— Passez-vous la soirée en paix ?

— En paix seulement ! répondaient les gens assis.

Samba Diouf, ayant aperçu sa jeune sœur Khouré qui rentrait des greniers, quitta les nattes du n'taba et, penchant sur l'enfant sa haute taille :

— Va dire à Yamina Sédi que j'irai chez elle ce soir.

Puis il revint s'asseoir sous l'arbre, juste au moment où une vieille femme disait à l'Ancien du village :

— Parle-moi, Bakari Silla, les Toubabs se font-ils toujours la guerre ?

Le vieux répondit :

— Je le pense.

Un autre ajouta :

— On le dit.

— Tu le sais, Bakari Silla, poursuivit alors la vieille, les vieillards ne dorment guère. Cette nuit, entendant du bruit, je me suis levée et j'ai vu sortir du puits un Esprit habillé de blanc. J'ai couru bien vite à ma case et, quand je me suis retournée, le Génie s'en allait vers le pays des Toubabs.

— Ce que tu as vu cette nuit n'est pas une chose sans importance ! dit simplement l'Homme sans âge.

Les feux de la brume pâlissaient. Les eaux du marigot avaient cessé d'être rouges. On ramassa les tabatières sur les nattes. Appuyé sur son petit-fils au poil blanc, le vieux Bakari Silla quitta le premier l'assemblée.

— Dieu veuille que la nuit te soit douce ! dirent ensemble les hommes assis.

— Paix et paix ! répondit l'Ancien.

Sur le même souhait, tous les gens prirent congé les uns des autres. Il n'y eut bientôt plus personne sous l'ombre épaisse du grand arbre, dont les chauves-souris par centaines commençaient de s'envoler.

Samba Diouf rentra dans sa case, prit le repas du soir, sans beaucoup de paroles (car celui qui parle ne mange pas), changea le m'boubou qu'il portait dans la journée pour un m'boubou de cotonnade fine avec des broderies de soie jaune ; puis, ayant répandu sur lui un flacon de « Cœur de Jeannette », que les factoreries vendaient cette année-là avec un grand succès, il s'en alla chez le marchand de bougies, d'allumettes et de parfums.

La lune éclairait toute chose, comme si l'on eût été en plein jour. Dans la forêt prochaine et sur les arbres qui bordaient le marigot, chouettes, grands-ducs et vanneaux joignaient leurs cris aux bêlements des boucs, aux meuglements des veaux, à l'aboi des chiens à la lune ; et parmi tous ces bruits, au loin sur la rivière, pareil au glouglou saccadé d'une barrique qui se vide, le chant d'amour du caïman.

— C'est une bougie et trois noix de kola que je viens chercher, Boukar, dit le pêcheur en entrant chez le marchand d'allumettes.

— Tu vas donc visiter la fille des Sédi ? interrogea le boutiquier (car c'est l'usage de porter en présent une bougie et des noix de kola quand on fait la cour à une femme).

— Tu dis la vérité, mon ami.

— Et tu n'as besoin de rien d'autre, avant de te mettre en chemin pour le pays des Foulahs ?

— Les provisions que j'ai faites aujourd'hui sont suffisantes. N'oublie pas qu'un âne trop chargé ne peut faire une longue route.

— Alors, va en paix, dit le marchand, et salue pour moi les Sédi.

— Paix et paix ! répondit Diouf.

Et laissant traîner derrière lui le parfum « Cœur de Jeannette », qui se mêlait aux senteurs des fumées et aux fauves odeurs du troupeau communal parqué à la lisière du village, il se dirigea vers les cases de la famille des Sédi.

Les chiens aboyèrent quand il franchit la palissade qui entourait les huttes, dont les chaumes pointus se hérissaient dans la nuit claire.

— Qui est là ? cria une voix un peu traînante et chantante.

— Moi, Samba Diouf !

Et, retirant de ses pieds ses sandales, il les plaça devant la porte, la pointe tournée vers le dehors.

Un négrillon se montra sur le seuil, prit les sandales du visiteur, les tourna la pointe vers la porte, indiquant de cette façon qu'on attendait sa visite, et, ce geste rapidement fait, il s'esquiva à toutes jambes dans un autre coin de l'enclos.

Samba Diouf entra dans la case, remplie d'une telle fumée qu'elle en était tout à fait noire.

— Sédi, demanda-t-il, ta journée a-t-elle été bonne ?

— Très bonne, en vérité, Diouf ! fit dans l'obscurité une vague forme vêtue de blanc.

— Toute ta maison est-elle en paix ?

— En paix seulement ! répondit la forme blanche.

Le pêcheur vint s'asseoir près d'elle sur la claie de bambou placée dans le fond de la case, puis se penchant sur le feu qui charbonnait, il en fit jaillir la flamme, alluma sa bougie et la planta sur le sol, en rassemblant la terre autour.

Alors la lumière éclaira le visage de la fille des Sédi. Elle avait le teint clair, couleur de cuivre rouge, des yeux allongés, un nez fin, des lèvres presque minces, une de ces figures en tout semblable à celles qu'on voit peintes sur les sarcophages d'Égypte. Son père en effet était de cette race peuhl, venue il y a très longtemps des lointains rivages du Nil. Par sa mère, elle appartenait à la race des Ouolofs et cela se voyait tout de suite parce que sa tête était rasée, à l'exception de quatre touffes posées sur son crâne poli comme quatre pompons crépus, et dont chacune rappelle une pensée que la tête d'une femme ne doit jamais oublier. Le toupet de devant dit : « Aime, mais ne t'y fie pas. » Celui de derrière : « Un beau-fils n'est point un fils. » Celui de droite : « Le Roi n'est jamais un parent. » Et le quatrième : « Les Anciens méritent d'être laissés au village. » La gravité de ces préceptes n'enlevait rien de leur aspect comique aux quatre pompons de cheveux posés sur le crâne tondu de la charmante Yamina. Ils lui donnaient un air puéril, bien que sa camisole blanche aux rayures indigo se gonflât sur des seins déjà formés. Ses manches courtes, festonnées de rouge, s'arrêtaient tout de suite au-dessous de l'épaule, laissant voir deux bras admirables, d'une finesse d'attache qu'aurait pu envier l'antilope. Une panthère dans sa deuxième année n'a pas les dents plus blanches que n'en montrait cette fille des hommes en mangeant les noix de kola que lui avait apportées son ami. Et sous le pagne, un triple rang de verroteries invisibles arrondissait, pour le plaisir des yeux, ses hanches qui, sous cet ornement, prenaient une appétissante ampleur.

Près de cette enfant déjà femme, le pêcheur de lamantins faisait un contraste puissant. La courte flamme de la bougie n'arrivait pas à l'éclairer tout entier, depuis son crâne entièrement rasé et plus noir que les ténèbres, jusqu'à ses pieds qui, à force de patauger dans l'eau, s'étaient élargis, écrasés comme des pattes de canard. C'est à peine si l'on distinguait son nez largement épaté, ses lèvres aussi noires que le reste du visage ; on ne voyait que l'émail de ses yeux légèrement injecté de sang, et ses dents quand il parlait.

— Diouf, lui demanda Yamina, le fruit est-il tombé parce qu'il était mûr, ou bien parce qu'on a secoué l'arbre ?

— Sédi, répondit-il, l'une et l'autre raisons m'ont amené ce soir dans ta case. D'abord, quand je te vois mon cœur est rafraîchi. Ensuite, je pars demain, au jour, pour le pays des Foulahs, chercher les vaches, les bœufs, les taureaux, les génisses, les moutons et les chèvres que le frère de ma mère m'a laissés en héritage.

— Les vaches et les bœufs sont-ils en nombre ? demanda la jeune fille.

— Ils sont un peu nombreux, assez pour fournir à ton père la dot qu'il réclame. Et je pourrai aussi changer les bracelets légers que tu portes à tes chevilles contre des bracelets pesants que t'envieront les femmes du village.

— Si Dieu le veut ! répondit-elle. Mais le pays des Foulahs est loin !

Tu vas traverser des peuples que je ne connais pas, mais dont j'ai entendu parler. On m'a dit que Bakari Faye, le mari de Dana San, qui était parti là-bas, n'avait jamais reparu. Personne n'a jamais su si quelque belle jeune fille de ce pays l'y avait retenu, ou, si, comme on l'a dit, il avait eu les mains et les jambes coupées par des gens qui vont tout nus.

— Tu sais que les Diouf n'ont pas plus peur des hommes que des bêtes, répondit le pêcheur. C'est toi qui donneras aux Diouf les enfants que nous espérons. Je ne resterai pas longtemps en route, et je serai de retour ici avant que la récolte soit venue.

Tout en parlant, le jeune homme avait ranimé le feu, car les soirées sont fraîches après la saison des pluies. La flamme se mit à crépiter, éclairant la case enfumée et la paille du toit noircie comme si on l'eût passée au goudron. Dehors, on entendait toujours le glouglou du caïman qui s'était rapproché. A la porte le chien se mit à aboyer. La jeune fille l'apaisa par quelques cris gutturaux, puis elle alla chercher de l'eau dans la grande jarre de terre posée sur trois piquets à l'entrée de la case, vida dans une calebasse un flacon d'alcool de menthe, y jeta un petit pain de sucre et, revenant s'asseoir sur la natte, elle reprit de sa voix chantante :

— Samba, j'ai entendu dire que dans le pays des Foulahs, il se tissait des pagnes comme on n'en trouve point par ici.

— En vérité, répondit-il, je vendrai les chèvres que m'a laissées Baba Dialo, mon oncle, pour te rapporter le plus beau !

— Samba, j'ai aussi entendu dire que, dans le pays du Sonkodou, il y a des étoffes peintes de couleurs que nous ne connaissons pas. Passeras-tu par le Sonkodou ?

— En vérité, j'y passerai ! Et je vendrai les moutons que m'a laissé le frère de ma mère pour te rapporter des étoffes teintes de couleurs que nous ne connaissons pas.

Pendant ce temps le sucre était fondu et, tour à tour, ils buvaient l'eau sucrée et croquaient les noix de kola qu'ouvrait la jeune fille, et dont elle offrait les deux parts à son ami dans sa main rougie de henné à l'intérieur et aux ongles.

— Samba, j'ai encore entendu dire qu'un forgeron de Dian Dian Bouré forgeait des colliers de perles d'or creuses qui rendent les femmes plus belles. Passeras-tu à Dian Dian Bouré ?

— En vérité, j'y passerai, et je vendrai des bœufs, et, s'il le faut, une génisse, pour te rapporter un collier.

— Diouf ! dit alors la jeune fille, tu es un homme parmi les hommes ! Et c'est toi seulement que j'aime !

Puis ils demeurèrent sans rien dire, l'un à côté de l'autre, mâchonnant leurs noix de kola et se passant la calebasse.

Enfin le pêcheur se leva.

— La bougie est presque brûlée, dit-il, et je dois encore aller chez

Lam Maran prendre la corne de gazelle qui me protégera contre les dangers du chemin.

— Diouf, je n'ai confiance qu'en toi ! Et, lorsque tu seras parti, je ferai des aumônes pour qu'aucun malheur ne t'arrive.

Elle posa sa petite main dans la large main durcie par la pagaie et le harpon.

— Dieu veuille que Dieu te garde en paix jusqu'à mon retour, Yamina !

— Dieu veuille que Dieu t'accompagne en paix, Samba !

Et le pêcheur s'éloigna, réveillant sur son passage, derrière les palissades, tous les chiens du village, dont les abois se mêlèrent pendant longtemps aux ululements monotones des oiseaux de nuit dans la forêt et au glouglou du caïman.

Les pilons des vieilles femmes qui écrasaient le mil dans les mortiers d'acajou sonores retentissaient déjà parmi les chants du coq et les cris des aigles pêcheurs, quand Samba Diouf se mit en route, de ce pas souple et allongé des Noirs, qui semblent rebondir sur leurs pieds élastiques, pareils à ceux des chameaux.

Pendant deux jours il marcha vers le Sud, dans un pays où le nom de Diouf était encore reconnu quand il traversait un village, et où les gens l'invitaient dans sa langue à partager leur repas. Le deuxième jour, au sortir de la forêt, il trouva devant lui une nappe d'eau si étendue qu'on ne distinguait pas l'autre rive. Il crut voir le bord de la mer et qu'il s'était trompé de chemin. Avisant alors un vieillard étendu dans une pirogue tirée à sec sur le rivage, il se dirigea vers lui, et tous deux échangèrent les salutations d'usage :

— As-tu la paix ?
— La paix seulement !
— Toute ta maison a-t-elle la paix ?
— La paix seulement. Et toi, voyageur, d'où viens-tu ?
— Je viens du village de Niômi.
— Et où sont les gens de Niômi [1] ?
— Ils sont là-bas !
— Les gens de Niômi ont-ils la paix ?
— La paix seulement !
— Dieu en soit loué ! Comment te nommes-tu ?
— Diouf, de la famille des Diouf.
— Diouf, as-tu la paix ?
— Paix et paix ! Comment te nommes-tu ?
— Dabo, de la famille des Dabo.
— Dabo, as-tu la paix ?
— La paix seulement ! Et maintenant, Diouf, que dis-tu ?

---

1. Question qui rappelle le temps où les villages se déplaçaient sans cesse.

— Est-ce la mer qui est devant nous ?

— En vérité, cette eau est salée comme la mer, mais c'est la rivière de Bandioul. Est-ce que tu vas voyager de l'autre côté de la rivière ?

— Je vais dans le pays des Foulahs.

— Le pays des Foulahs est loin ! fit l'homme de la maison des Dabo. Je ne sais si tu connais les gens qui habitent là-bas, continuat-il en montrant l'horizon où l'on n'apercevait que la masse énorme de l'eau, mais ils sont semblables à la barre qui est à l'entrée de la rivière. Qu'il fasse du vent ou qu'il n'en fasse point, elle est toujours agitée.

Cependant la mer qui montait dans l'immense estuaire du fleuve baignait maintenant la pirogue. Bientôt elle se trouva à flot, et les deux hommes commencèrent de pagayer. Dès qu'ils eurent gagné le large, le vent du Nord se leva. Le passeur se fit une voile d'un pagne disposé sur deux bambous, pagayer devint inutile, et la conversation continua.

— Dabo, dis-moi la vérité. Est-ce que jeter l'épervier est profitable ici ?

— Dans notre rivière, dit Dabo avec orgueil, les poissons ne finissent plus !

— Tu dois dire la vérité, fit Samba. Mais pardonne-moi, ami, je n'ai jamais eu l'occasion de venir sur vos rivières. Faites-vous sécher le poisson au soleil et à la fumée ?

— Nous le faisons, dit le passeur ; et si tu vas dans le pays de Kassa, tu verras que les gens se servent pour monnaie de poissons secs, comme nous faisons chez nous avec des bandes de cotonnade, et comme vous le faites, vous autres, avec des mesures de mil.

— Dis-moi encore la vérité, ô Dabo ! Votre rivière a-t-elle des lamantins ?

— Non, mon ami, répondit le passeur sur un ton de regret. Notre rivière est trop large et trop profonde.

— Vous manquez donc de quelque chose qui dépasse ce qu'il y a de meilleur ! déclara le Niôminka.

Sous le vent favorable, la pirogue avait atteint l'autre rive. Les deux hommes sautèrent sur la berge et Diouf, ayant gratifié le vieillard d'une menue monnaie et des compliments habituels, poursuivit son chemin à travers le pays des gens qui ne parlaient plus sa langue.

On a beau être prévenu, la nouveauté surprend toujours. Dans cette contrée, hommes et femmes allaient nus ou à peu près, mais au lieu d'habiter des cases, ils vivaient dans des maisons bien bâties, avec de hauts murs de pisé, des montants de bois le long des portes, et un toit qui atteignait les premières branches des grands arbres : « Ils vont nus, pensa Samba Diouf, mais ils bâtissent bien ! »

Reconnaissant à son m'boubou qu'il était un étranger, des gens qui prenaient leurs repas lui firent signe de venir s'asseoir et de manger avec eux. Bien que le mil qu'on prend sans rien dire ne soit jamais un bon mil, ce fut avec plaisir qu'il plongea sa large main dans la calebasse de ses hôtes et but le vin de palme qu'on recueille en abondance de ce côté de la rivière. Puis il reprit son chemin, ayant ainsi complété sa pensée : « Ils vont nus, mais ils bâtissent bien et ils boivent sans fin du vin de palme. »

Il marcha jusqu'au soir ; et avant même d'apercevoir le village où il devait passer la nuit, il entendit des coups de feu qui ne le rassurèrent pas, puis un tam-tam qui lui fit augurer qu'on célébrait là-bas quelque fête. Et, en effet, il trouva tous les habitants en liesse, rassemblés sur la place autour de calebasses remplies de nourriture jusqu'aux bords. D'ailleurs, pour être en fête, ils n'en étaient pas moins nus comme de véritables sauvages. Un seul homme portait un m'boubou. Samba se dirigea vers lui, et son bonheur fut grand d'entendre cet homme habillé l'interpeller dans sa langue et lui dire :

— Approche-toi, voyageur, et viens partager notre repas.

— Diouf, du village de Niômi, fit-il en s'asseyant.

— Touré, du Touré Counda, répondit l'homme au m'boubou.

Et les politesses terminées, Touré demanda au Niôminka ce qui l'amenait dans ces parages.

— Je vais dans le pays des Foulahs recueillir les bœufs et les génisses que m'a laissés en héritage Baba Dialo, le frère de ma mère, répondit le pêcheur de lamantins.

— Le pays des Foulahs est loin ! affirma l'homme au m'boubou.

— En vérité, fit Samba, je suis dans ce pays comme quelqu'un qui aurait perdu sa langue.

— Moi, repartit Touré, j'ai à ma disposition plusieurs langues dans ma bouche. Je voyage à travers des contrées différentes pour vendre à ceux qui les habitent les objets qu'ils n'ont pas, et j'achète la gomme qui coule de l'arbre à caoutchouc, parce que les Toubabs la recherchent.

— Ami, remarqua le pêcheur, je crois que tu ne feras pas fortune en vendant des pagnes aux gens d'ici ! Que leur vends-tu ? Des parfums ?

— Par ma vie ! reprit le colporteur, ils ne recherchent point les parfums ! Hommes et femmes ne se lavent jamais, et ne sentent pas leur odeur.

— Hum ! fit Samba. Ils parlent une langue que je ne comprends pas, ils vont nus, ils sentent mauvais, mais ils bâtissent bien et boivent abondamment du vin de palme.

Et ce disant, il plongea une écuelle dans une calebasse remplie de la liqueur du palmier, la vida d'un seul trait, et demanda au colporteur :

— Toi qui connais les usages des habitants de ce pays, dis-moi la raison qui les pousse à tirer ainsi des coups de feu, à frapper sur leurs tambours, à se gorger de nourriture et à se réjouir de toute manière.

— C'est, répondit Touré, parce qu'un homme de chez eux est mort.

Et d'un signe de tête il attira le regard du Niôminka vers une sorte d'estrade, faite de claies de bambou posées sur des piquets un peu au-dessus du sol, et qu'ombrageaient des feuillages.

Alors, non sans étonnement, Samba Diouf distingua parmi les feuilles un personnage assis, les mains sur les genoux, et maintenu dans cette position par des pieux fichés en terre. Ses paupières étaient fermées. Un foulard rouge, passé sous son menton et noué sur le sommet de sa tête rasée, empêchait sa mâchoire de retomber. Il n'avait pour tout vêtement qu'un collier de coquillages, des bracelets aux chevilles et aux bras, et un rang de verroteries qui lui faisait une ceinture sur le ventre. A la couleur grise de sa peau on devinait que son décès remontait à plusieurs jours.

— Ces gens sont tout à fait insensés, dit Samba. Et j'ai tout lieu de croire que ce sont à peine des hommes, puisqu'ils se réjouissent quand on meurt.

— C'est leur affaire, dit le colporteur mandingue.

Et il apprit à Diouf que tout le village festoyait avec les bœufs qu'avait laissés le défunt.

— Par ma mère, dit Samba, c'est un bonheur pour moi que le frère de ma mère ne soit pas mort chez ces gens-là ; ils auraient dévoré tout mon troupeau !

— Ils t'auraient laissé les génisses, rectifia le colporteur.

— Et va-t-il pourrir ici ? demanda encore Samba, en montrant de la tête le cadavre sur son estrade.

— Quand son dernier bœuf sera mangé, dit Touré, on l'enfouira dans la terre.

— En vérité, le monde est grand ! fit le pêcheur de lamantins. Et celui qui n'a vu que son pays n'a rien vu...

Il continua son voyage en compagnie du colporteur qui descendait, lui aussi, vers le Sud, et dont il avait pris une partie du bagage sur sa tête. Ils traversèrent une forêt dont les arbres espacés faisaient au-dessus d'eux, à plus de vingt coudées, un toit qui ne laissait passer qu'une lumière aussi verte que les feuilles. Sous ces arbres, il y en avait d'autres plus petits mais innombrables et couverts de fleurs brillantes. Des lianes s'emmêlaient en tous sens, chargées de fleurs, elles aussi, qui embaumaient le jasmin. On ne voyait aucun oiseau, on n'entendait aucun chant. Mais de grands singes orangés qui, au dire de Touré, même pour boire ne touchaient jamais la terre, se poursuivaient de liane en liane, animant de leurs bonds et de leurs cris cette forêt triste par son silence, malgré ses fleurs et ses parfums.

Puis ce fut une autre forêt, qui ne ressemblait aucunement à celle qu'ils venaient de traverser. Plus droits que des colonnes de pierre, les arbres portaient à leur sommet une aigrette d'immenses feuilles rondes, et à une telle hauteur, qu'au jugement du Niôminka la balle de son ami Demba N'Dour aurait eu peine à y frapper un oiseau. Si loin que la vue s'étendît, les yeux n'apercevaient que ces fûts gigantesques, également droits et distants les uns des autres.

— Une forêt où tous les arbres sont pareils, en vérité, dit le pêcheur, je crois que c'est la fin du monde !...

Pourtant, au-delà de la forêt, il y avait encore un village. Les voyageurs y arrivèrent en même temps qu'une troupe de femmes qui marchaient en poussant des cris et se déchiraient le visage.

— Ouaï, ma mère ! s'écria Diouf, un malheur leur est tombé dessus !

— Je ne le pense pas, dit Touré. Et je puis te dire que ces femmes crient et se déchirent le visage parce qu'une d'elles a mis au monde un enfant.

— Hum ! fit Samba. Dans ce pays, on frappe le tambour parce qu'un individu est mort, mais on pleure quand un enfant vient au monde. En vérité, ces gens sont fous !

— Ignorer est mauvais, mais ne pas se renseigner est pire ! déclara sentencieusement le colporteur mandingue. Ces femmes connaissent dans leur esprit que des malheurs qui ne finissent plus attendent l'enfant qui vient de naître, et elles veulent apitoyer les Génies.

— Tu dis sans doute la vérité, fit Samba. L'univers est plus large que nos têtes, et la sagesse n'habite pas toute dans la même maison.

— Par la vérité même ! dit Touré, en bon musulman qu'il était, l'univers est plus large que nos têtes ! Mais si large que soit l'univers, rien n'est inconnu pour Dieu.

Le jour suivant, à l'heure où le soleil s'incline, Samba Diouf et son compagnon reniflèrent dans la forêt une si forte odeur de charogne, qu'on eût dit que les bêtes d'un troupeau frappé par la maladie étaient mortes près de là. En même temps, un grand bruit de sabar [1] arrivait à leurs oreilles, comme apporté par cette odeur. Et plus ils avançaient, plus le vacarme grandissait, et la puanteur aussi. Enfin ils atteignirent la clairière d'où venaient ce tapage et cette odeur nauséabonde. On célébrait ici la fête de la prophétesse Ayoun Pène, et tout le pays soumis à sa puissance, rassemblé autour des cases qu'elle habitait avec ses serviteurs, chantait, dansait et frappait le tambour. Un peu à l'écart dans la forêt, on égorgeait, en l'honneur des Esprits qui inspiraient la Prophétesse, des bœufs, des chèvres et des cochons grassement nourris d'amandes de palme. Les meuglements et les cris horrifiés se mêlaient aux mélopées et au bruit du sabar. Sur la place, des quartiers de bêtes putréfiées étaient suspendus à des piquets, et chacun venait arracher des morceaux à cette viande.

— En vérité, dit le pêcheur, ceux-ci sont encore les plus fous que nous ayons rencontrés ! Car c'est une chose naturelle de manger du poisson séché, mais il faut être semblable aux singes pour manger de la chair en pourriture.

La nuit tombait. Les rayons de la lune, filtrant à vingt mètres du sol à travers le dôme serré des feuilles et des branches, éclairaient les fûts gigantesques des acajous, des fromagers, des ébéniers, des bois de rose

---

1. Sorte de tambour.

et des kaïlcédrats. Au pied de ces hautes colonnes, les dévots d'Ayoun Pène faisaient cuire dans des marmites du riz et de la viande pourrie qu'ils avaient arrachée aux bêtes sacrifiées ; et ces centaines de petits feux, vacillant comme des veilleuses sous l'énorme voûte de feuillage que l'ombre et la lune mêlées faisaient paraître plus haute encore, donnaient à ce coin de forêt un air de temple fantastique.

— Comment se peut-il, dit Samba, que ces gens adorent une femme ? Si je le raconte dans mon pays, on ne me croira pas. Nous autres, Niôminkas, nous faisons des offrandes à des pierres et à des arbres sacrés, nous connaissons aussi la force du soleil et celle de la lune, mais que des hommes adorent une femme et que cette femme soit leur reine, cela ne peut m'entrer dans l'esprit.

— Tu dis vrai, répondit Touré. Mais je ne me fatigue pas la tête avec ces histoires-là. Le besoin de dormir me tue ! J'ai un ami dans le village. Il nous donnera dans sa case des nattes pour y passer la nuit. Nous y serons mieux en vérité que dans cette forêt broussailleuse...

Le troisième jour du voyage, le Mandingue prit congé du Niôminka.

— Je ne te conseille pas de me suivre, ô Diouf ! lui dit-il, car mes affaires m'appellent dans le pays des Balantes. Pour qui ne connaît pas ces gens-là, il y a danger à circuler chez eux. Je te conseille moins encore de traverser leur pays, lorsque tu reviendras avec les bœufs, les génisses et les chèvres que le frère de ta mère t'a laissés en héritage. Ces Balantes ont tellement l'habitude de dépouiller les passants, qu'une fille de leur race n'épouserait jamais un garçon qui n'a pas volé au moins un bœuf, la nuit, dans un village. Prends plutôt le chemin qui passe par Karantaba. Tu ne rencontreras sur ta route que des rivières peu larges et profondes, et pour les traverser tu auras tout au plus à te mouiller un pied. Dieu veuille que Dieu t'accompagne en paix !

— Ami, répondit le pêcheur, si ton chemin te conduit une fois à Niômi, arrête-toi devant ma case, je te donnerai une journée de ma pêche.

Puis partageant avec le colporteur la noix de kola de l'amitié :

— Dieu veuille que Dieu t'accompagne en paix ! dit-il.

— Paix et paix ! répondit Touré en élevant la main.

Et chacun suivit sa voie.

Tandis que l'héritier de feu Baba Dialo continuait son chemin et voyait passer sous ses yeux des pays différents et des hommes divers dans leurs langages et leurs mœurs, Baboukar Kamara, l'employé du télégraphe, regardait se dérouler la petite bande bleue où s'inscrivent les signes par lesquels les Toubabs font connaître toutes leurs pensées. Il venait de recevoir la dépêche d'une maison de Dakar à une factorerie de la contrée, et la bande avait cessé de tourner, quand tout à coup elle reprit sa course et se mit à marcher un bon moment, comme il arrive toutes les fois que le Gouvernement a quelque chose à faire savoir, que ce soit utile ou non.

Baboukar Kamara considéra d'abord avec indifférence le déroulement du papier bleu, puis ses yeux étonnés suivirent de plus près le message, et quand enfin la bande s'arrêta :

— En vérité, dit-il tout haut, aujourd'hui les mères vont pleurer !

— Pourquoi dis-tu que les mères vont pleurer ? demanda Modi M'Benga.

Sans répondre à la question, Baboukar Kamara plia le télégramme et dit :

— Porte ça au bureau du Commandant !

Trois jours plus tard, tous les chefs de village se trouvaient réunis devant la véranda du Manso — le Manso, c'est-à-dire le roi, en l'espèce l'Administrateur qui commandait la région.

Accompagné d'un Noir qui lui servait d'interprète, le Manso s'avança sur le perron, et dans le parler des Toubabs il prononça ces paroles :

— Vous savez tous que la France fait la guerre à ses ennemis les Allemands. Nous les avons battus dans de nombreux combats. Notre bras est invincible. Mais pour obtenir une victoire rapide, la France fait appel à tous ses fils, à quelque race qu'ils appartiennent. C'est une mère qui compte sur tous ses enfants ! Aucun de vous n'ignore les bienfaits qu'elle vous a apportés. La discorde ne vous trouble plus, les guerres ont cessé entre vous, et les sauvages traitants ne vous emmènent plus en esclavage. Vous pouvez circuler librement dans tout le pays et commercer sans crainte d'être dévalisés en chemin. Tout cela, vous ne l'ignorez pas, c'est à la France que vous le devez. Le moment est venu de lui prouver votre reconnaissance. Aussi voilà ce que j'ordonne. Chaque village fournira un homme par chaque centaine d'habitants qui figurent au recensement. Ces hommes partiront pour Dakar la semaine prochaine. Ils seront bien traités, bien payés, bien nourris. Tant que durera leur absence, nous nous occuperons avec sollicitude de leurs femmes et de leurs enfants, et nous leur ferons des pensions. Et lorsqu'ils reviendront, ils jouiront de grands avantages que nous vous ferons connaître en temps opportun. Allez ! la France compte sur vous, comme vous pouvez compter sur elle !

A côté du Manso, l'interprète noir, tête baissée et le sourcil contracté, semblait s'efforcer de ne pas perdre un seul mot de ce discours, pour le transmettre fidèlement aux chefs de village assemblés. Quand l'Administrateur eut fini sa harangue, il prit la parole à son tour :

— Le commandant Toubab a dit : La guerre des Toubabs français n'est pas encore finie. Ils ont tué des ennemis qu'on ne peut plus compter, mais il en reste beaucoup à tuer ! A eux seuls ils pourraient exterminer tous les Toubabs alamans. Mais ils veulent que nous les aidions, parce que leurs ennemis sont puissants. Au deuxième jour de la semaine prochaine, il faudra que chaque village amène un homme par cent habitants, pour être envoyé chez les Toubabs. Chacun des hommes fournis par les villages recevra du Roi des Toubabs une grande somme d'argent. Mais si vous désobéissez, si vous n'envoyez pas les hommes que vous devez envoyer, vous serez frappés d'une amende en bœufs et en argent, que je n'ose pas vous dire ! Il tombera sur vos têtes des jours de prison que je ne peux pas compter. Allez, et que chacun le sache dans toutes les cases du pays !

Sur ces mots, les chefs de villages et ceux qui les accompagnaient quittèrent la maison du Manso et s'éloignèrent par des sentiers différents.

Les Mandingues de Karantaba n'avaient qu'à passer la rivière pour se retrouver chez eux. Ils s'entassèrent dans leur pirogue, les jeunes debout, les vieux assis, et traversèrent le fleuve, si large à cet endroit que d'une rive à l'autre on ne peut apercevoir un homme.

Les gens attendaient leur retour, accroupis sur les nattes du n'taba, fumant, prisant et devisant, tout en tressant des corbeilles.

— Avez-vous la paix ?

— La paix seulement ! répétèrent tour à tour ceux qui étaient restés et ceux qui revenaient.

— Vous êtes allés à Manso Kounda. Que vous ont-ils dit là-bas ?

— Ils nous ont fait appeler pour nous dire que la guerre des Toubabs continue et qu'ils veulent que nous les aidions.

— Mais notre récolte n'est pas vendue !

— Nous avons nos bêtes à garder !

— Ils ne demandent chez nous que cinq hommes, et cinq parmi les plus jeunes, remarqua le chef du village, Fodé Bakari Tambadou.

— Moi, j'irais bien, fit quelqu'un, car je n'ai pas peur de la guerre ! Mais on m'a dit qu'il fait très froid dans le pays des Toubabs, et que si tu craches par terre, ton crachat devient un caillou.

— Dieu m'est témoin, fit un autre, que je ne crains ni la guerre ni la mort ! Mais je ne veux pas mourir de froid, et le froid me tuerait.

— Moi, j'ai entendu dire que dans le pays des Toubabs il n'y a pas de lune sans pluie.

— Moi, on m'a dit que si la terre de leurs champs colle aux pieds, leurs routes sont si dures qu'elles usent le sabot d'un cheval en une semaine.

— Moi, proféra un adepte du Prophète, on m'a raconté que les Toubabs ne se nourrissent que de graisse de porc. Le Manso a-t-il promis qu'on nous donnerait à manger notre riz du matin et notre mil du soir ?

— Je ne suis pas comme vous autres, déclara un des vieux de l'assemblée, et si ma barbe n'était pas blanche, je voudrais aller voir le pays des Toubabs. Il paraît que chez eux les chevaux sont plus grands que nos chameaux et que leur tête touche les premières branches des arbres. J'aurais voulu monter ces chevaux fameux !

— On voit bien, répliqua un des plus jeunes, que c'est pour toi que Koth Barma chantait : « Il faut laisser les vieillards dans le village. » — Nous sommes dans la main de Dieu et des Toubabs, reprit l'adepte du Prophète. Et je parle pour dire que faire la guerre chez les Toubabs, cela vaut mieux que s'ils la faisaient chez nous !

— Nous avons jusqu'au deuxième jour de la semaine prochaine pour obéir à l'ordre du Manso, reprit Bakari Tambadou. D'ici là, peut-être que la guerre sera finie et que nous n'aurons pas à envoyer nos fils, ni à payer une amende en vaches, en bœufs et en argent. Là-dessus, ils se séparèrent, car l'heure de manger le mil était venue. Mais peu de jeunes gens, ce soir-là, se rassemblèrent autour de la calebasse familiale. Presque tous, ils avaient gagné rapidement la forêt.

La semaine passa. Personne ne vint annoncer que la guerre des Toubabs était finie, et le jour approchait où chaque village devait fournir les hommes réclamés par le Manso.

Trois garçons de Karantaba s'étaient seulement présentés. L'un n'était pas fâché de quitter le pays, parce que sa femme ne montrait pas un caractère facile, qu'elle avait la voix plus aigre que celle de l'oiseau-trompette, et qu'on trouvait dans son couscous plus de sable que de mil. Un autre, que ses dettes fatiguaient, partait lui aussi volontiers, pensant qu'à son retour personne n'oserait rien réclamer à un compagnon de guerre des Toubabs. Un troisième, qui avait volé un bœuf dans un village voisin, redoutait quelque vengeance et craignait les sortilèges. Un quatrième, griot de son métier, promettait de s'engager la semaine suivante, heureux de voir du nouveau, et sachant bien dans sa cervelle que, chez les Toubabs comme ailleurs, les griots ne portent point d'armes et se contentent d'encourager les guerriers par leurs chants. Restait à désigner la cinquième recrue. Et le vieux Tambadou songeait non sans inquiétude que, s'il voulait garder sa place à la tête du village, il allait être forcé d'envoyer son propre fils de l'autre côté de la mer.

Sur la natte de bambou où il était assis avec quelques Anciens, il se mordait le dessus des doigts et se tirait les poils de la barbe, quand il vit s'avancer un homme qui n'était pas du pays.

— Diouf, fils de Diouf, du village de Niômi, et Mandingue par ma mère, fit l'étranger après les saluts d'usage.

Les Mandingues de Karantaba invitèrent le nouveau venu à s'asseoir au milieu d'eux et, comme il comprenait leur langue, la conversation s'engagea :

— Et maintenant, Diouf, où vas-tu ?

— A Kolda, dans le pays des Foulahs.

— Le pays des Foulahs est loin !

— Pourrai-je y arriver ce soir ?

— Ami, dit l'Ancien du village, l'heure est déjà passée où les corps ne font plus d'ombre. Tu devrais voyager la nuit, mais notre brousse est épaisse et jamais nous n'y pénétrons après que le soleil est couché. Demeure plutôt chez nous. Le village est ton village. Tu t'assoiras devant notre calebasse. Le mil et le riz ne tarissent point ici. Justement, ce matin, nous avons tué un bœuf, ta chance te permettra de manger de la viande.

— En vérité, dit Samba, je n'avais jamais voyagé, mais je vois bien que si la terre est grande et si les hommes sont dissemblables, il y a partout de braves gens... Mais la soif me tue !

On lui montra au pied de l'arbre une jarre d'eau posée sur une fourche à trois branches, il y plongea la petite calebasse, et tandis qu'il s'abreuvait :

— Je crois, lui dit Faba Cissé, le vieillard qui l'autre jour parlait d'aller chez les Toubabs monter leurs chevaux fameux, je crois qu'au pays des Niôminkas, vous buvez indifféremment le vin de palme et le vin de mil ?

— Le vin de palme est inépuisable chez nous, dit Samba avec orgueil, et le vin de mil ne tarit point... Mais vous autres, à Karantaba, buvez-vous du vin de palme ou de mil ?

— Pardonne-moi, ô Diouf, le vin de palme ne manque pas chez nous, mais c'est seulement l'eau que nous buvons, car nous suivons la voie du Prophète, que la bénédiction soit sur lui !

Fatigué de sa longue course, le voyageur s'était couché sur les nattes, en ramenant avec soin ses pieds sous son m'boubou pour se protéger des moustiques. Et tandis qu'il sommeillait, Faba Cissé prenant la manche du vieux Bakari Tambadou, l'entraîna à l'écart, du côté des greniers à mil.

— Cet étranger, dit-il, c'est Dieu qui nous l'envoie ! Comme ton fils, il est assez fort pour porter un bœuf de deux mois sur sa tête. Et mieux vaut que ce soit un homme de Niômi qu'un garçon de chez nous qui traverse la mer pour aller chez les Toubabs.

— Tu dis vrai, ô ami, répondit Tambadou. Et cela, en vérité, est déjà venu dans mon esprit. Mais quelle chose, je te le demande, pourrait faire consentir cet étranger qui va chercher un héritage à se détourner de son chemin pour aller chez les Toubabs, car il me semble qu'il n'est pas fou et que sa tête ne tombe pas encore entre ses jambes ?

— Tu ne comprends pas le chemin que je veux lui faire prendre ! répliqua Faba Cissé. Ce Diouf est un de ces impies, tu l'as bien entendu, qui boivent jusqu'à perdre la tête et ne plus reconnaître leur père et leur mère. Envoie chercher chez Monna Badhji — un impie comme lui — une bagane de vin de palme et, lorsqu'il sera ivre, nous l'attacherons avec ces cordes et nous le conduirons au Manso.

— O mon ami, tu es rusé ! mais l'étranger non plus ne manque sans doute pas de cervelle, et il dira au Manso qu'il n'est pas de notre village !

— Il ne sera pas le seul à crier ce mensonge, tu peux en être certain !

Et qu'il soit de Karantaba ou d'ailleurs, qu'est-ce que cela peut faire aux Toubabs ?...

Ce soir-là, dans l'enclos où s'élevaient les cases de l'Ancien du village, le pêcheur de lamantins fit honneur au riz et au bœuf qui étaient devant lui en abondance. Longuement il expliqua à ses hôtes pourquoi il s'était mis sur le chemin du Fouladou, et ceux-ci lui souhaitèrent de trouver en bon état ses génisses et ses bœufs, et de les ramener heureusement à Niômi, sans en perdre dans les rivières ni se faire voler dans la forêt. Une bagane de vin de palme était à portée de sa main, et Samba, tout en parlant, emplissait et vidait sa calebasse avec d'autant moins de scrupule que Tambadou et les gens de sa maison ne buvaient que de l'eau. Bientôt sa langue s'épaissit dans sa bouche ; tout se brouilla autour de lui, et il tomba dans le sommeil de la mort.

Vers le matin, il fit le rêve que des cordes l'attachaient au tronc même d'un de ces palmiers, dont la veille il avait bu la liqueur. Sa poitrine était oppressée. Il voulut étendre un bras, mais son bras resta collé à son corps. Il ouvrit alors un œil, et constatant avec surprise que des bandes de cotonnade l'entouraient des pieds à la tête, il se réveilla d'un coup et se mit à chercher dans son esprit s'il avait fait du tort à quelqu'un, volé une bête ou la femme d'un habitant du pays. Et il commença de crier.

Pendant longtemps, seuls les coqs et le bruit des pilons dans les mortiers lui répondirent. Enfin il entendit des pas et vit entrer Bakari Tambadou, escorté de Faba Cissé.

— As-tu la paix ? lui demanda Tambadou.

— Ouaï ! Qui m'a donc attaché ? Je n'ai ni tué ni volé, je n'ai fait tort à personne, et je vais dans le pays des Foulahs pour chercher mon héritage.

— Doucement ! ne crie pas si fort, ô Diouf ! répondit Faba Cissé. Tu es dans la main de Dieu. Lui seul et nous savons de quoi tu t'es rendu coupable. Mais les Toubabs sont nos maîtres, et c'est devant le Manso que tu t'expliqueras.

— Un homme ivre ne sait ce qu'il fait, ajouta l'Ancien du village. Et ce qui est pis encore, il ne peut s'en souvenir.

— Par ma mère ! gémit Samba, qu'ai-je donc fait, j'ai donc perdu la mémoire ?

— Ne te fatigue pas la tête, et laisse ton esprit en repos, répliqua Faba Cissé. Le Manso te le dira.

Et les deux compères s'éloignèrent, laissant l'infortuné pêcheur se débattre dans ses liens comme un poisson dans un filet.

Quelques instants plus tard, de robustes gaillards venaient prendre Samba par la tête et par les pieds, pour le jeter au fond d'une pirogue, où se trouvait un passager qui chantait à pleine voix.

— Tu as de la chance, lui dit Diouf, de pouvoir chanter ainsi, au lieu que moi je suis attaché comme quelqu'un qui a volé son prochain !

— Ne te fatigue pas la tête, repartit le chanteur. On nous emmène tous les deux à la maison du Manso.

— Et pourquoi, demanda Samba, n'es-tu pas aussi attaché ?

— Je vais faire la guerre chez les Toubabs !

— Et pourquoi m'ont-ils attaché ?

— Parce que tu vas, toi aussi, faire la guerre chez les Toubabs !

— Mais je ne suis pas de ce pays ! se récria le Niôminka. Et je ne dois aller faire la guerre chez les Toubabs que si le sort me désigne parmi les gens de mon village.

— Il n'arrive que ce qui doit arriver, et tu n'es pas encore trépassé !

— Non, mon ami, mais par ma vie ! j'ai l'air d'un homme bien malade !

— Si malade qu'il soit, reprit l'autre, un malade peut toujours étrangler un mort...

Et il se remit à chanter.

La pirogue glissait sur la large rivière. Des bancs de carpes et de mulets s'écartaient à son passage et se reformaient derrière elle. Comme pour narguer le pêcheur, un énorme lamantin sortit à demi hors du fleuve son corps luisant de sirène, puis disparut en soulevant de grosses lames avec sa queue. Et longtemps le pauvre Samba suivit, au remous qu'il faisait dans les eaux lourdes, la fuite du puissant animal, sur lequel tant de fois il avait jeté son harpon dans le marigot de Niômi. Enfin, l'ayant perdu de vue, il revint à ses pensées qui, se poussant l'une l'autre, l'amenèrent à proférer ces paroles :

— Si seulement j'avais été à Niômi, j'aurais eu le temps de voir mon sorcier, qui m'aurait donné des térés contre les dangers de la guerre.

— Moi, je n'ai pas besoin de téré ! déclara le griot. J'ai emprunté de l'argent à toutes les vieilles du village, et ainsi je suis bien sûr qu'elles feront toutes des prières pour que je revienne sain et sauf, afin de leur payer mes dettes.

Cependant la pirogue avait atteint l'autre rive. Les gardes indigènes qui se trouvaient au débarcadère se saisirent du prisonnier, le débarrassèrent de ses liens et le poussèrent devant eux, toujours criant et protestant, vers la maison du Manso.

Attiré par ce tapage, le Commandant en personne apparut sur le perron.

— Quel est cet énergumène qui crie comme un veau qu'on égorge ? demanda-t-il à l'interprète.

— C'est un homme de Karantaba qui a été désigné par le sort pour aller à la guerre, et qui refuse de partir.

— Qu'on lui fasse passer la visite ! Et s'il est reconnu bon, qu'on l'expédie par le courrier de demain.

Telle fut la sentence du Manso.

Samba suivit les gardes au poste de police et, là, il put tout à son aise s'abandonner à ses plaintes.

— Certes, gémissait-il, je ne crains point d'accompagner les Toubabs à la bataille ! Je suis de la race des Niôminkas, et nous n'avons peur de rien ! Les Toubabs sont nos maîtres et ce qu'ils veulent est certainement juste ! Mais je ne vois pas pourquoi ces Mandingues de malédiction, ces fils de plusieurs dizaines de pères, ces chacals, ces chiens pourris m'ont pris pour remplacer un de leurs propres enfants, alors que toute ma famille habite au village de Niômi ! Dieu veuille que les cases de ces bâtards de singes brûlent avec toutes les récoltes ! Que tout leur pays se dessèche ! Que toutes leurs femmes soient stériles et que la maladie s'abatte sur leurs troupeaux ! Car tous ceux qui m'ont approché peuvent dire que je n'ai jamais diminué la liberté de personne, et eux m'ont traité comme un esclave !

A quoi les gardes indigènes qui assistaient chaque jour à quelque scène de cette sorte, répondaient sans impatience :

— De quoi te plains-tu, étranger ? Quand tu reviendras de la guerre, les vaches et les chèvres que tu allais chercher à Kolda auront fait des petits, et ton troupeau sera augmenté. Tu recevras aussi l'argent que le Manso te donnera au retour, et si ta chance te permet de laisser un de tes membres dans le pays des Toubabs, tu toucheras encore de l'argent, et tu n'auras plus besoin de travailler pour le reste de ta vie.

— Que m'importe l'argent ! répondait le prisonnier. Mon filet, mon harpon et ma pirogue suffisaient à me fournir tout ce qui m'était nécessaire. Et avec le troupeau que le frère de ma mère m'a donné en héritage, je pouvais acheter à son père la plus belle fille de Niômi !

— Si tu pleures en entrant et en sortant d'une case, fit un des gardes en lui frappant avec bonhomie sur l'épaule, tu ne sauras jamais combien il y a de poutres dans le toit. Viens manger avec nous, en attendant que tu te gaves de la viande du Gouvernement et que tu boives son vin et son café, en quantités que tu n'as jamais connues !

— Je ne refuse pas de manger la nourriture du Gouvernement ! dit Samba. Mais je n'aurais pas voulu y être forcé par ces bâtards, fils de bâtards, que sont les Mandingues de Karantaba !

Ayant ainsi exhalé sa colère, mais déjà soumis au destin, il s'approcha de la bagane pleine de riz nouveau, arrosé d'huile de palme, et pour la première fois sa main, creusée en forme de cuiller, fit un trou large et profond dans la nourriture du Gouvernement.

Le lendemain, en compagnie d'une vingtaine d'autres Noirs enrôlés comme lui, et malgré ses protestations qui, pour être cent fois répétées, n'avaient rien perdu de leur violence, Samba fut conduit au bateau qui fait le service du fleuve.

— Ouaï, ma mère ! criait-il, je veux bien aller chez les Toubabs et faire la guerre avec eux, mais avant de partir, j'aurais voulu revoir mes parents !

— Ce sont des paroles d'enfant ! lui répondit un garde noir en le poussant dans le bateau à fumée.

Lentement d'abord, le vapeur s'éloigna de la berge ; puis ayant pris le courant, il descendit rapidement la rivière. L'eau était lourde et jaune. D'un côté de l'immense nappe s'étendait une plaine couverte de roseaux géants, où se réfugient les antilopes pour fuir les dangers de la brousse, dont on apercevait la lisière sombre à l'horizon. Des outardes au vol pesant passaient au-dessus des roseaux, effleurant leurs panaches, tandis que les marabouts au ventre blanc, aux ailes noires, après avoir pêché abondamment dans les mares, s'élevaient pour digérer à leur aise à des hauteurs vertigineuses. Sur l'autre bord, dont le vapeur s'était rapproché davantage, la forêt précipitait l'avalanche de ses arbres gigantesques, qui se bousculaient avec violence afin d'atteindre la rivière. Les premiers arrivés penchaient avidement, au-dessus de l'eau jaunâtre, leurs branches et leurs lianes enchevêtrées dans un tel chaos végétal qu'on eût dit une mêlée, où sans cesse d'autres géants forestiers, chargés de ramures et de lianes, venaient prendre la place de ceux qui s'étaient abreuvés. Déracinés par les eaux et par cette furieuse poussée, les palmiers de la rive se couchaient sur le fleuve, offrant leurs troncs rugueux au repos des jeunes caïmans, et leurs palmes abandonnées au courant semblaient des algues flottantes. L'obsédant parfum de jasmin qu'envoyaient les lianes fleuries se mêlait par bouffées aux odeurs de l'huile chaude et de la fumée du bateau. A chaque embarcadère le vapeur s'arrêtait, juste le temps de prendre à bord les petits paquets d'hommes fournis par les villages, puis aussitôt il continuait sa route et descendait plus loin ramasser encore quelques Noirs arrachés à leurs champs, à leur brousse, à leur forêt, pour s'en aller là-bas, de l'autre côté de la mer, faire la guerre chez les Toubabs...

A mesure que l'estuaire s'élargissait, les grands arbres s'éloignaient du fleuve, laissant la place à des berges vaseuses où les palétuviers formaient une longue ligne vert sombre, d'une égalité monotone. Leurs branches, qui tombaient dans la boue pour y prendre racine, étaient chargées de grappes d'huîtres que la marée couvrait et découvrait tour à tour. Les macreuses et les plongeons, habitués des marécages qui s'étendent derrière cet épais rideau de verdure, se levaient au bruit du bateau par troupes innombrables ; et les pélicans, dérangés dans leur farniente à fleur d'eau, s'en allaient pesamment en file, comme les destroyers d'une escadre. Dans le ciel, les aigles pêcheurs fonçaient vertigineusement sur les bancs de poissons qui remontaient la rivière, saisissant dans leurs serres une carpe ou un brochet qu'ils emportaient dans les airs avec de grands cris de victoire. Des bandes d'oies et de canards sauvages barraient le fleuve de leur vol ; et, sous les palétuviers, d'étincelants martins-pêcheurs, poursuivis par le bateau à fumée, changeaient inlassablement de place, faisant glisser d'une branche à l'autre l'éclat rapide de leur plumage azuré.

Accroupi sur le pont, Samba regardait, sans les voir, passer toutes ces choses dans la chaleur accablante. Lassé de se plaindre et de gémir, et d'injurier dans son cœur les Mandingues de Karantaba, il s'abandonnait au destin, tandis que près de lui, indéfiniment, le griot chantait sur un ton de mélopée la chanson des piroguiers :

> *Eh ! l'eau de la mer est belle !*
> *Mais Dieu m'en préserve !*
> *Car je puis mourir de soif, en la regardant.*
> *Dieu m'en préserve !*
> *L'eau de la mer est belle...*

2

— Aujourd'hui, les Alamans vont savoir que le lion est plus fort que le taureau !

Ainsi parlait Samba Sarr, troisième de son rang dans la 7ᵉ compagnie du 113ᵉ bataillon de tirailleurs sénégalais, au matin d'un jour pluvieux, en quittant le camp du Courneau dans la forêt d'Arcachon, pour aller faire la guerre aux Toubabs.

— Tu dis vrai, Samba Sarr, répondit Samba Diouf, qui marchait à son côté, mais la pluie gâte notre départ !

En effet, depuis deux heures qu'ils traversaient les bois de pins, la pluie n'avait cessé de tomber, alourdissant les sacs, les couvertures roulées, les musettes et tout le barda, auquel s'ajoutait le coupe-coupe sans lequel un homme de race noire ne se croirait pas armé.

La boue giclait sous leurs godillots énormes, dont les bouts se cassaient et se dressaient vers le ciel, car l'Intendance, prévenue que les pieds de ces gens d'Afrique étaient d'une largeur anormale, avait fait fabriquer pour eux des chaussures gigantesques, sans réfléchir que si la marche pieds nus leur avait élargi la plante, il n'y avait aucune raison pour qu'elle eût allongé le pied. Aussi le bataillon couvrait-il, sur la route, de vastes pans du sol mouillé.

— En vérité, reprit Samba après un moment de silence, la pluie gâte notre départ ! Mais Dieu favorise les Toubabs, car il leur a donné la pluie à toutes les saisons, tandis qu'à nous il ne l'envoie que dans la saison d'hivernage.

Aucune voix ne fit écho à la remarque du pêcheur. Chacun courbait le dos sous l'averse, gardant pour lui ses pensées, s'il en avait. On n'entendait que le bruit des bidons heurtant les baïonnettes, le juron d'un sous-officier pour obtenir l'alignement ou morigéner un traînard, le giclement de la boue sous les semelles de l'Intendance, et le doux bruit soyeux, obstiné, de la pluie qui remplissait l'étendue.

C'était cinq mois de leur vie que ces Noirs laissaient derrière eux, dans ce camp d'instruction enclos de tous côtés par la barrière des pins maritimes. Cinq mois où ils avaient pivoté dans le sable, appris à s'aligner, à se compter, à manier un fusil, et aussi les quelques mots de français nécessaires pour comprendre les ordres et se comprendre entre eux, car ils étaient de races et de parlers différents. Il y avait là des Bambaras de la vallée du Niger et du Haut Sénégal, fiers d'avoir secoué autrefois le joug de leurs maîtres Toucouleurs, pour s'allier aux Toubabs lors de la conquête du Levant, et qu'on reconnaissait à leurs joues traversées de trois balafres. Il y avait des Ouolofs, plus noirs que tous les autres Noirs, qui se vantaient, eux aussi, de connaître les Toubabs depuis plus longtemps que tout le monde et qui, des confins de la Mauritanie aux collines rouges de Popinguine, de Yang-Yang à Dakar, et de N'Diourbel à Saint-Louis, remplissent l'intérieur et la côte de leurs fanfaronnades et du bruissement de leurs m'boubous empesés qu'agitent leurs bras prétentieux. Il y avait des Mandingues, agriculteurs et guerriers, qui sous des noms divers peuplent l'immense pays du Niger au Saloum, de Bafoulabé à la Guinée, et formaient hier encore, sous leur roi Samory Touré, ce grand empire contre lequel ont lutté Joffre, Archinard, Gallieni, Combes et Gouraud. Il y avait des Sérères aux pommettes saillantes, aux jambes maigres, au corps musclé, exceptionnellement vigoureux, prompts à la colère mais braves gens, bons travailleurs mais ivrognes, très amateurs de chevaux et de fusils, et les seuls Noirs de l'Afrique capables de se tirer une balle sous le menton pour une déception amoureuse ou une affaire d'honneur. Il y avait des Toucouleurs, marqués suivant leur caste de petites étoiles au front et sur les joues, aussi habiles à chasser l'éléphant que l'oiseau, et qui se souviennent du temps où leur roi Amadou Lamine avait soumis à son sabre tous les peuples ses voisins. Il y avait des Soninkés, des Khassonkés au nez busqué et au parler guttural, des Soussous, des Timnés de la Guinée, agriculteurs et marins, des Lebous de Dakar et de Rufisque, adroits à manier les pirogues, et des gens du Fouladou, qui avaient abandonné pour le casque de fer leurs hauts bonnets blancs tronconiques, bordés de soies multicolores.

Il y en avait qui venaient du Mossi et du Massina, où les villes sont si vastes qu'on s'y perd, où les demeures ont des toits en terrasse, où les portes sont en bois plein, où les chevaux sont grands et rapides comme le vent. Il y avait des chercheurs d'or de la Falémé, qui lavent le sable des rivières ou vivent au fond de puits innombrables, qui font ressembler leur pays à une vaste écumoire. Il y avait des Floups, abrutis par la crainte des Génies et les pratiques de la magie, et dont la seule pensée durant toute leur vie est de grossir le troupeau qu'on sacrifiera à leur mort pour le festin funéraire. Il y avait des Baoulés, sortis de l'ombre des forêts où ils vivent en compagnie des grands singes, et dont la voix ressemble à l'aboiement des chiens qui gardent la nuit l'entrée des cases. Il y avait des Gouros et des Abbeys, qui habitent les rochers et enterrent leurs morts près de leurs huttes de pierres amoncelées, pour les soustraire à l'appétit des voisins ; des Manos de la haute Sassandra, qui ne laissent jamais pénétrer d'étrangers sur leur territoire ; des natifs du lointain Kidougou, où les hommes, indifférents au soleil et à la pluie, ne s'habillent que d'un bambou creux, retenu par une ficelle passée autour des reins, et où les femmes n'ont comme vêtement qu'une touffe de feuillage pour les protéger des mouches ; des Bobos, originaires des plateaux du Soudan entre la Rivière Noire et la Rivière Rouge, et qui, plus indifférents encore aux intempéries des saisons, ne s'habillent pas du tout. Il y en avait enfin dont il était impossible de dire d'où ils venaient, quels étaient leurs usages et quelle langue ils parlaient, car ils appartenaient à des débris de races qui formaient tout juste un village perdu au milieu des marécages, dans une clairière de forêt... Et tous, gens du Nord et gens du Sud, du Sénégal et du Niger, de l'intérieur et de la côte, Bambaras, Ouolofs, Mandingues, Toucouleurs, Sérères, Soninkés, Khassonkés, Soussous, Timnés, Lebous, habitants du Massina et de la Falémé, Floups, Gouros, Abbeys, Baoulés, Manos de la haute Sassandra, et ceux encore dont on ignorait la race et le pays, tous ces Noirs qui, pour des yeux non exercés, se ressemblaient comme des frères, mais qui, là-bas, en Afrique, vivaient séparés les uns des autres par des milliers de kilomètres, et que séparaient plus encore des différences de religion, de langue, de mœurs, de coutumes, d'habits, tous ces gens pour lesquels toute différence quelle qu'elle soit est une raison d'hostilité, se trouvaient, ce matin-là, rassemblés sur cette route, marchant au même pas, coude à coude, par la volonté des Toubabs !

Toujours sous la pluie, ils arrivèrent à la station où ils devaient s'embarquer. Et lorsque, escouade par escouade, ils furent casés dans les wagons, le train se mit en marche, emportant ce morceau d'Afrique à travers la campagne de juin.

A mesure qu'ils avançaient au milieu d'un pays varié et merveilleusement cultivé, la surprise s'emparait de tous ces gens qui n'avaient jamais travaillé qu'un petit champ de mil ou un fond de rizière, péniblement gagné sur la brousse ou la forêt. Et pour mieux voir, ils se pressaient aux fenêtres des wagons.

Le caporal Lamine Cissé qui, dans le pays de Kassa, avait été l'élève des missionnaires de Mgr Jalabert, et qui savait beaucoup de choses qu'on apprend dans les livres des Toubabs, dit en montrant les vignobles :

— Les Toubabs n'ont pas à grimper sur les arbres, comme nous le faisons, nous autres, pour recueillir le vin de palme, ils n'ont qu'à se baisser car ceci est l'arbre à vin.

— En vérité, dit Samba, je prenais cela pour des plaines herbeuses !

Dans la nappe uniforme des feuillages, de longues allées régulières se découvraient tout à coup quand le vignoble se présentait perpendiculairement à la voie, et cette subite transformation de la vaste prairie en une série d'allées droites et profondes les étonnait comme un tour de sorcier. Puis les vignes se firent plus rares, la campagne doucement vallonnée se couvrit de moissons diverses, de vergers, de bois, de prés, que traversait à tout moment une rivière ou un ruisseau.

— Les arbres sont moins hauts que chez nous, mais ils sont innombrables ! déclara un berger peuhl au teint clair. Ils sont plus verts et plus touffus, et Dieu, en vérité, a donné à ce pays la richesse, car tous les arbres portent des fruits et des fruits qu'on peut manger !

— Parle-moi, capolar [1], demanda Demba Ouade le chasseur de crocodiles, dont la peau était si noire que ses camarades eux-mêmes l'appelaient le Ouolof noir. Leurs rivières ont-elles des caïmans ?

— Je ne le pense pas, répondit Lamine Cissé ; mais on dit que dans ces rivières, les poissons ne finissent plus.

— Et regarde ! cria le berger peuhl en montrant par la portière des bœufs qui tiraient une charrue. Par la vérité même, les Toubabs sont rusés ! Ils boivent le lait de leurs vaches et ils les font aussi travailler !

— Oui, répliqua Samba Sarr le chamelier, mais leurs deux bœufs ensemble ne sont pas plus vaillants que mon chameau !

Et devant tous ces champs couverts de cultures et de moissons, où l'on ne voyait presque personne : « C'est donc les Génies, s'exclamaient-ils, qui font pousser ces richesses ?... » Ou bien tout au contraire, à la vue de tant de villages et de villes qui passaient sous leurs yeux, ils s'étonnaient de la multitude des Blancs, car habitués chez eux à n'en voir que très peu, ils s'étaient imaginé que la race des Toubabs était puissante mais peu nombreuse, et ils disaient avec admiration :

— Là-bas, dans nos pays, nous n'avons vu que les petits-fils des Blancs ; mais en vérité toute la famille est ici, et elle est innombrable !

— Puisqu'ils sont innombrables, reprit le berger peuhl, pourquoi nous ont-ils appelés pour faire la guerre avec eux ?

— Tu es jeune, Arouna Dia, et tu n'es qu'un enfant, répondit Lamine Cissé. Et tu n'as pas connu le temps où les rois étaient les maîtres, et où tu ne savais jamais, le soir, en t'endormant dans ta case, si on ne te trouverait pas, le lendemain, avec la tête coupée, et si ta femme et tes enfants ne seraient pas emmenés en esclavage. Mais aujourd'hui tu peux t'endormir en paix, et tes enfants continuent de vivre à l'endroit où ils sont nés. Tu peux porter les habits que tu veux, sans rendre jaloux les fils du roi. Si on te frappe, tu te plains au tribunal. Chacun peut avoir de l'honneur. Et lorsque tu voyages, tu trouves des puits sur ta route, et tu peux conduire ton troupeau d'une seule main. C'est pour cela que les Toubabs nous demandent de les aider maintenant.

— Lamine, opina Samba Sarr, c'est la vérité seule que tu dis. Et si lourde qu'elle soit, la vérité est toujours la vérité !

Le soir tombait. Du compartiment voisin venaient des relents de vin

---

1. Caporal.

rouge et des cris gutturaux pareils à des aboiements. Le chamelier jeta un regard par-dessus la cloison, puis se rasseyant, il dit :

— Ces fils de chiens de Baoulés, quand ils causent, on croirait en vérité que tout le pays est en bataille ! Je ne sais pas si nous devons rester longtemps dans ce carrosse, mais notre chance veut que nous n'ayons pas avec nous de ces sauvages qui sentent mauvais, crient comme des chacals et mangent des choses immondes. Je préfère encore la bête que je tue dans la brousse à ces bœufs qui nous sont venus du Sud.

— Par ma mère ! dit Lamine Cissé, seuls les Toubabs sont capables de commander ces gens-là ! J'aime mieux être capolar avec des hommes comme vous, que sarzent[1] avec ces animaux malfaisants.

— C'est malheureux, reprit un Toucouleur, habitué à porter dans son pays un pantalon de douze mètres d'étoffe quand il allait à pied et de trente mètres quand il allait à cheval, c'est malheureux de vivre avec des gens qui chez eux s'en vont tout nus !

— Ce que tu dis n'est pas possible, ô Bakari Sédi ! s'écria le berger peuhl. Que j'en perde la vie, mais il n'y a que les singes qui ne s'habillent pas !

— Je puis te dire, Arouna Dia, intervint de nouveau le chamelier, car je les ai vus dans leurs villages, qu'ils ont un morceau de bambou retenu sur leur ventre par une corde de palmier. Et encore ce n'est pas la honte qui leur fait porter ce bambou, mais la peur des épines et des mouches.

— Il est mauvais que les Toubabs apprennent à tous ces bœufs du Sud les mêmes choses qu'à nous-mêmes, dit un colporteur mandingue. Ces sauvages ont toujours été les esclaves de nos pères, et maintenant ils vont se croire nos pareils !

— Cela n'est pas à craindre, fit dédaigneusement un tailleur de pirogues. L'esprit de ces gens-là n'atteindra jamais au nôtre. Ils ont la cervelle gluante !

— Tu ne dirais pas cela, Demba Ba, si tu savais l'histoire du chevreau, déclara le chamelier sérère.

Et dans le silence de l'escouade que troublaient seuls le rire épais et les hoquets des sauvages Baoulés :

— Il y avait une fois... commença Samba Sarr.

Et suivant la coutume, il marqua un temps d'arrêt. Alors, suivant la coutume aussi, toute l'escouade reprit en chœur :

— Il y a eu certainement...

Et le chamelier continua :

— Il y avait une fois un chevreau qui paissait avec ses frères au bord de la forêt. Il s'était lié d'amitié avec un singe qui habitait dans les arbres, et un jour qu'il lui parlait, il lui dit : « Ami singe, toi que Dieu créa si agile, apprends-moi à grimper comme toi sur les arbres.

---

1. Sergent.

Les herbes sont plus sèches que les feuilles du baobab, et je voudrais brouter ces feuilles fraîches, que seul peut atteindre le long cou du chameau. — Volontiers ! » répondit le singe, qui n'aime que les fruits des arbres et auquel il était indifférent que le chevreau mangeât des feuilles. Et il montra à son ami la manière de s'y prendre pour grimper après les troncs et les branches. Et je dis que le chevreau profita si bien de la leçon que, dès le premier jour, il atteignit cinq fois sa hauteur. A ce moment survint le chien du troupeau. Le chevreau, quand il le vit, oubliant l'arbre et le singe, ne fit qu'un bond jusqu'à terre pour venir folâtrer avec le vieil ami de sa famille, et tous deux s'en allèrent ensemble. Le lendemain le chevreau revint à la forêt, et de nouveau il rencontra le singe. « Ami singe, as-tu la paix ? lui dit-il. — La paix seulement ! fit le singe. — Veux-tu continuer, je te prie, à m'apprendre à grimper aux arbres ? » Le singe alors répondit : « O chevreau, j'ai de l'amitié pour toi, et j'ai toujours vécu en paix avec les chèvres et les boucs, tes parents. Volontiers, je t'apprendrais à m'accompagner sur les arbres, mais hier je t'ai vu causer en ami avec le chien qui me déteste. Si je t'enseigne mes secrets, tu les lui enseigneras à ton tour. Et comme le chien et le chacal sont les grands ennemis de ma race, c'en sera fait de notre sécurité dans les arbres de la forêt. » Et le singe n'enseigna plus le chevreau, qui ne sait rien que sauter sur les racines, sans arriver jamais aux branches...

— C'est une fable que tu nous a racontée, dit avec mépris le berger peuhl.

— Oui, répliqua le chasseur de crocodiles, mais une fable que tout le monde répète ressemble fort à la vérité ! Je dis qu'il est mauvais d'apprendre aux autres ce qui peut vous faire du tort, car ceux qui jusqu'ici nous ont suivis, demain voudront être nos guides.

La nuit était tout à fait tombée. Après de profondes lampées aux bidons de deux litres et des attaques aux conserves, au pain et au fromage dont les musettes étaient pleines, Samba Diouf et le caporal, appuyés l'un contre l'autre, commencèrent à dormir et à ronfler. Le colporteur mandingue avait tiré de sa poche un jeu de cartes portugaises, et une partie s'engagea entre lui, le chasseur de caïmans, le peuhl et le chamelier. Ceux qui ne dormaient pas regardaient, à la lueur du quinquet, les cartes jetées avec passion sur la couverture de laine, tandis que le chasseur d'éléphants, ayant pris dans son barda son petit violon monocorde, modulait d'une voix de tête à laquelle il mettait une sourdine :

Fatou Kamara, son collier musqué,
Quand tu ne l'as pas près de toi,
Tu le désires.
Mais les perles de la ceinture d'une femme
Mangent tout le travail d'un homme,
Travaille encore...

Et sa mélopée se mêlait au son d'un fifre soudanais, quand le fifre, le violon et la chanson du Toucouleur n'étaient pas recouverts par le tapage des Baoulés et le ronflement des dormeurs.

Pendant deux jours et une nuit, la machine à fumée emporta le bataillon noir de ville en ville, et de pays en pays.

— En vérité, la France est immense ! disaient-ils.

A quoi d'autres répondaient :

— Crois-tu que nous sommes toujours en France ?

— Le monde est large ! dit le chamelier. Et le chemin que les Toubabs m'ont fait suivre, si je devais le faire avec mon chameau, cela durerait plus d'une saison !

— J'ai entendu parler entre eux les officiers toubabs, annonça Lamine Cissé. Ils disent que demain, au premier chant du coq, nous arriverons sur le lieu de la guerre.

— Qu'on arrive vite et que nous fassions la guerre ! s'accorda pour dire toute l'escouade. Celui qui mourra mourra, mais ceux qui en réchapperont iront revoir leur pays...

Le matin du troisième jour, après des arrêts sans nombre sur des voies de garage, à des bifurcations perdues dans la campagne, par une de ces froides aubes humides, bien connues de tous ceux qui ont bivouaqué dans la vallée de la Meuse, le 113ᵉ bataillon noir, engourdi par le froid et des heures d'immobilité, descendit des carrosses avec tout son barda et s'aligna sur le quai dans le même ordre qu'au départ. Au loin on entendait des coups sourds, espacés, qui secouaient brutalement l'air glacé, pareils à un bruit de sabar dans un village écarté.

Samba en fit la réflexion :

— Oui, répondit Lamine Cissé, mais c'est un sabar de guerre !

Des sous-officiers de la gare, le képi au ruban blanc sur l'oreille, circulaient le long de la voie, dévisageant avec curiosité les tirailleurs derrière leurs faisceaux d'armes.

— Où est la guerre, mossié sarzent ? dit Samba Diouf à l'un d'eux en rectifiant la position.

— T'en fais pas ! C'est pas tes oignons, mon vieux ! répondit l'autre en riant.

Étonné de ces paroles au sens caché pour lui, Samba se retourna vers l'élève de Mgr Jalabert :

— Qu'a-t-il dit, capolar ?

— Je ne sais pas, répondit Lamine Cissé, mais je crois qu'il a dit que ta voie n'est pas là.

— En vérité, répliqua Diouf, les Toubabs dépassent mon esprit ! ils nous mènent faire la guerre et ils ne nous disent pas où est la guerre. C'est pourtant bien notre voie, puisqu'ils m'ont pris sur mon chemin pour me conduire jusqu'ici !

Depuis un mois, le 113ᵉ bataillon sénégalais, campé dans un bois de l'Argonne, tirait les pierres d'une carrière à quelques kilomètres du front. Cette occupation fastidieuse n'était guère du goût de ces Noirs peu habitués à la peine, et qui n'arrivaient pas à saisir pourquoi on les occupait ainsi, tandis que leurs fusils et leurs coupe-coupe demeuraient inutiles sous les tentes-abris et dans les baraques de bois. Aussi, à tout moment s'arrêtaient-ils dans leur travail pour échanger leurs réflexions sur les troupes qui passaient, l'interminable défilé des camions automobiles, la multitude des chevaux, leur force et la hauteur de leur taille.

— Si leurs chevaux sont si grands, comment sont leurs éléphants ? disaient-ils.

— Pour nourrir tous ces hommes et ces chevaux, le roi des Toubabs doit avoir beaucoup d'argent !

— Mais où est le roi des Toubabs ? Nous ne le voyons jamais !

A quoi Lamine Cissé répondait par ces mots qui apaisaient complètement la curiosité de l'escouade :

— Le roi des Toubabs est à Paris.

Aussitôt que dans l'air retentissait le ronflement d'un moteur, toutes les têtes se levaient, cherchant à découvrir le point imperceptible d'où s'échappait le bruit ; et quand ils l'avaient aperçu, leur surprise s'exprimait en rires d'enfant. Bouche bée ils suivaient la chose ailée et les petits nuages de fumée qui se formaient tout autour. « Je te dis, déclarait l'un, qu'il voit le camp du Courneau. — Espèce de bœuf ! affirmait l'autre, je te dis qu'il voit jusqu'à Dakar ! » Et si l'avion montait plus haut encore : « Il voit sûrement notre village ! » disaient-ils avec nostalgie. Puis lentement, sur l'injonction d'un caporal ou d'un sergent, ils se remettaient à leur tâche, en continuant d'échanger les mêmes éternels propos :

— Je ne sais pas si Dieu donnera aux Toubabs la puissance dans l'autre vie, mais certainement il leur a donné la puissance sur cette terre !

— Tu dis vrai, Dieu a donné aux Toubabs les trois moyens de posséder le monde : avoir, savoir et pouvoir. Rien ne leur est inconnu des secrets de l'univers, sauf celui de faire un nez.

Et ils parlaient ainsi, car pour eux le nez c'est la vie, puisque c'est par là qu'on respire.

Leur journée achevée, ils regagnaient le camp ; et le soir après la soupe, si la lune éclairait, ils organisaient des danses dans cette clairière de l'Argonne, comme dans leur brousse africaine. Une race dansait, et aussitôt toutes les autres faisaient cercle autour d'elle pour regarder le spectacle. Tantôt c'étaient les Soudanais qui, s'accompagnant de la flûte ou du tambour, ou d'une simple marmite, exécutaient un pas guerrier. Le sabre nu en main, fendant l'air de coups de taille ou feignant d'esquiver leur adversaire, ils mimaient un duel à mort, se courbaient, se redressaient, rampaient à ras de terre pour bondir tout à coup, en faisant avec leur lame de terribles moulinets. Et cela durait jusqu'au moment où ils abattaient sur le sol un ennemi imaginaire et roulaient eux-mêmes épuisés, au milieu des cris de l'assemblée, tandis que la flûte énervée perçait la nuit de notes suraiguës, et que la marmite de campement était parfois défoncée sous les coups redoublés du musicien.

Et après la danse du sabre, d'autres jetaient en l'air leurs fusils comme un fétu, le rattrapaient, le faisaient tournoyer avec une vitesse prestigieuse, épaulaient vaguement, en poussant des cris gutturaux, et excités par la musique et la voix des spectateurs, ne s'arrêtaient plus de jongler et de lancer toujours plus haut leurs Lebel.

Les Ouolofs, eux, se livraient à des danses lascives, avec des torsions de reins et de hanches, le dos de la main tourné vers le ciel, frappant le sol de leurs talons, au bruit accéléré du tam-tam... Les Toucouleurs s'accompagnaient eux-mêmes, avec leur violon monocorde, et chantaient, en dansant, des mélopées nostalgiques sur Menda, sur Dénané ou quelque autre belle fille de leur pays :

Comme l'antilope se promène
Le matin, dans la plaine,
Ainsi est Dénané,
Comme l'antilope qui se promène,
Le matin, dans la plaine...

Et tous les autres Toucouleurs soutenaient le chant à mi-voix, en prolongeant la fin de chaque vers d'un long murmure assourdi.

Les Baoulés sauvages se balançaient en monôme et en cercle, se tenant tous par la taille, et piétinaient le sol comme des éléphants. Les gens du Fouladou mimaient la danse du mouchoir ou du pagne avec des gestes que les mots ne peuvent dire. Et bien que ces danses aussi variées que les races dont se composaient le bataillon n'eussent pas le même attrait pour tous, chez tous elles éveillaient le vague regret de leur pays et les souvenirs qu'écartaient de leur esprit, pendant le reste du jour, les tâches qu'on leur faisait accomplir, et le mugissement lointain de la bête furieuse qu'ils n'avaient jamais vue et qui s'appelait la guerre.

Il y avait aussi des soirs où les luttes remplaçaient les danses. Pieds nus et ne gardant sur eux que leur pantalon retenu par un mouchoir serré, Ouolofs et Sérères échangeaient leurs défis et en venaient aux mains. Luttes brutales où tout est permis, où l'on saisit son adversaire comme on peut, et où c'est la rapidité, le croc-en-jambe, la surprise qui assurent la victoire. Sous la clarté de la lune, la sueur faisait briller de puissants torses magnifiques, bâtis en forme de vase, larges d'épaules, minces de taille, avec une épine dorsale profondément creusée, et des muscles qui faisaient saillie d'un bout à l'autre des reins. C'était une chose bien étrange de voir ces hommes, qui dans la carrière de pierres paraissaient si indolents, se transformer soudain en superbes animaux d'une agilité surprenante. Dès qu'un des adversaires avait touché le sol, la lutte était finie, et alors éclataient des cris perçants qui dominaient le bruit du tam-tam et des flûtes. Puis le vainqueur esquissait un pas de danse et, pour l'accompagner, la musique redoublait d'ardeur.

Peu à peu, l'énervement du combat gagnait les autres spectateurs. Des Foulahs plus nerveux, des Mandingues plus rusés, des gens du Sud plus brutaux, se provoquaient de la voix et du geste. Une main ouverte lancée en avant indiquait au vainqueur qu'il avait un adversaire pour se mesurer avec lui. Le défi accepté, tous deux s'avançaient l'un vers l'autre, se dandinant sur leurs jambes longues, minces, ramassant en chemin une poignée de poussière qu'ils se jetaient en signe de provocation. A ce geste, les Ouolofs, toujours farauds et méprisants, ajoutaient des injures. Puis ils commençaient à se battre, et chacun des assistants prenait parti pour sa race. Dans toutes les langues de l'Afrique s'échangeaient des invectives, et comme ils ne se comprenaient pas, chaque parole était considérée par les gens d'une autre race comme une insulte adressée à leur père ou à leur mère — chose qui ne se pardonne pas et doit s'expier tout de suite par des coups et par du sang. Alors Ouolofs, Mandingues, Toucouleurs, Bambaras, Sérères, Bobos et Baoulés se jetaient les uns sur les autres, prenant prétexte de ces jeux pour satisfaire d'antiques rancunes sucées avec le lait, et que la promiscuité du camp n'avait fait qu'exaspérer. Flûtes et tam-tam s'arrêtaient, car les musiciens eux aussi lâchaient leurs instruments pour se mêler à la bataille. Et dans le silence qui succédait au vacarme de la musique et des cris, on n'entendait que le bruit sourd des coups qu'ils se portaient dans les flancs, brutalement et sans mot dire, de peur que le poste de police vînt troubler le bonheur qu'éprouvait chaque race à en assommer une autre...

Tous les quinze jours, des lettres arrivaient au bataillon. Comme celles qu'ils envoyaient eux-mêmes, elles étaient rédigées en français par quelque scribe de là-bas, qui mêlait au parler noir ses expressions épistolaires. Dans l'escouade de Samba Diouf, c'était naturellement l'élève des Missions qui les traduisait à ses hommes. « Lamine Cissé, sois bon ! lui disaient-ils. Lis-moi ma lettre, toi qui connais l'écriture des Toubabs. » Et le caporal traduisait :

Demba Diouf à Samba Diouf, 113ᵉ bataillon sénégalais :
Nous avons reçu ta lettre et le mandat de neuf gourdes, deux francs et une pièce de cinquante centimes, et nous savons que tu es en bonne santé. Que Dieu te garde ! Et la nôtre est bonne aussi. Avec ton argent j'ai payé les dix mesures de mil que je devais à Arafan Toumané et j'ai acheté pour ta sœur Khouré deux mouchoirs, et pour ta mère douze écheveaux de coton. Nous avons aussi reçu neuf gourdes du Commandant Toubab pour les trois derniers mois de ton service. J'ai vendu la

récolte d'arachides, mais comme le mil a été pauvre, nous sommes obligés d'acheter beaucoup de riz dans les boutiques, et même du poisson, car tu n'es plus là pour nous apporter ta pêche du matin. Le prix de tout a augmenté, et quand nous n'avons plus d'argent, nous mélangeons à notre riz des feuilles de baobab et des fleurs de m'besab qui aigrissent le ventre. Si ces fils de chiens de Mandingues ne t'avaient pas envoyé le premier au service, les vaches de ton oncle de Kolda nous auraient beaucoup aidés. Je suis trop vieux pour aller moi-même les chercher. Le pays des Foulahs est loin ! Nous pensons que tu reviendras bientôt et que tu n'as pas trop froid. Dieu veuille que Dieu te ramène près de nous. Ta mère te salue, ta sœur Khouré te salue, Yamina Sédi te salue, tous ceux du village te saluent.

Diouf

Ou bien encore :

Matar Benga à Samba Diouf et que Dieu te protège parce qu'il est tout-puissant !

Des gens qui arrivent de Kolda m'ont dit que tu t'étais engagé chez les Toubabs pour faire la guerre, et je pense que tu as la paix. Moi aussi. Mais aujourd'hui que tu manges la nourriture du Gouvernement et que tu touches l'argent du roi des Toubabs, je te demande de m'envoyer ce que tu me dois depuis la saison des pluies, où je t'ai prêté un pantalon de trente coudées de tissu. Tu devais me payer à la saison des vents du Nord avec du poisson sec. Tout est cher maintenant et il faut beaucoup d'argent pour vivre. Aussi je pense que tu vas m'envoyer par un mandat de la poste les deux gourdes, trois fiftins et un pikini que tu me dois. Tous les gens de Niômi te saluent.

Matar Benga, boutiquier à Niômi

— Dieu veuille que ce boutiquier meure ! dit Samba. Moi, je fais la guerre, et lui, il est dans sa boutique ! Il attendra que je revienne lui apporter son poisson sec... Mais pardonne-moi, capolar, j'ai encore un autre papier.

Yamina Sédi à Samba Diouf.
Je te salue et suis contente de ta dernière lettre. Mon cœur était plein de tes paroles, et je pense toujours que tu reviendras sans tarder du pays des Toubabs. N'oublie pas que l'oiseau est sur la haute branche de l'arbre, mais que ses yeux ne quittent jamais la terre. Depuis que tu es parti, je pense toujours à toi et j'ai hâte que tu reviennes, car l'enfant ne s'aperçoit que le lait est bon que lorsqu'il a quitté le sein. Des étrangers sont arrivés du pays de Bandioul, qui eux ne vont pas à la guerre parce qu'ils sont sujets des Toubabs anglais. L'un d'eux m'a demandée à mon père et a voulu donner pour moi soixante dérems et un cheval de l'intérieur, presque aussi grand que les chevaux dont tu nous parles dans ta lettre. Il a voulu me faire forger des brace-

lets de pieds et de mains. Mais je n'ai pas voulu. Ma mère voulait,
mais je n'ai pas voulu. Et mon père non plus n'a pas voulu, car moi
je ne pense qu'à toi, et mon père n'a pas oublié que tu es le meilleur
pêcheur de la rivière, et que depuis que j'étais petite tu l'as aidé à
cultiver son champ. Mais je voudrais que tu reviennes vite de la guerre
des Toubabs ! Je suis allée à la ville où sont les boutiques des Toubabs,
et j'ai vu des mouchoirs brodés et des pagnes de belle couleur. Seule-
ment je n'ai plus assez d'argent pour acheter ces choses, et en atten-
dant que tu puisses revenir chercher tes bœufs au pays des Foulahs, il
faudrait que tu m'envoies par un mandat de la poste le plus que tu
pourras, car tout est très cher ici. Je pense que tu peux le faire. On dit
que le roi des Toubabs vous donne tout ce qu'il vous faut. Les gens de
Niômi te saluent, mon père te salue, ma mère te salue, tous mes parents
te saluent.

Et les journées s'ajoutaient aux journées, et les Noirs piochaient toujours d'un bras mou dans la carrière, en disant au bruit lointain du
canon :

— Si seulement notre sabre arrivait jusqu'aux Alamans, ils n'existe-
raient bientôt plus !

A quoi d'autres répondaient :

— Dieu veuille que cela arrive vite, et que nous puissions ensuite
retourner dans nos pays voir nos pères, nos mères et nos femmes, et
manger notre riz au poisson sec !

— Levez-vous ! cria le chasseur de crocodiles qui, ce matin, faisait
la corvée de café.

Personne ne bougea dans la longue baraque, où les hommes se pelo-
tonnaient sous les couvertures et les capotes. Toutes les sueurs de la
nuit, qui s'exhalaient de cet entassement de corps couverts de laine,
mêlaient leurs terribles odeurs à de plus atroces encore, rendant l'air
irrespirable pour tout autre que des Noirs. Incapables de mesurer ce
que leur estomac pouvait contenir de nourriture et de vin, beaucoup
étaient pris d'affreux malaises, et la plupart n'osaient sortir pour satisfaire aux besoins de la nature, de peur d'être surpris par les Esprits
nocturnes, déjà redoutables chez eux et plus à craindre encore dans un
pays qu'ils ne connaissaient pas, mais que tout les portait à supposer
peuplé d'innombrables Génies malfaisants.

— Les poux des Baoulés ne vous empêchent donc pas de dormir !
cria de nouveau Demba Ouade.

Les hommes, paresseusement, se dressèrent sur les paillasses, le bonnet de police rabattu sur les visages où, dans le demi-jour, on ne voyait
briller que les dents et le blanc des yeux. Ils tendaient leurs quarts
de fer-blanc, et d'un bout à l'autre de la chambrée commencèrent de
s'échanger les réflexions matinales :

— Crois-tu que les Toubabs finiront la guerre aujourd'hui ?

— Que je ne boive plus jamais de café, si c'était aujourd'hui le dernier jour !

— Fous ! comment voulez-vous que la guerre ait une fin, tant que nous n'y serons pas allés !

— Le café des Toubabs est bon, mais j'aimais mieux le lait aigri que ma femme me préparait le matin, et qui rafraîchit l'estomac.

— Moi, je préfère un douran [1] réchauffé, avant d'aller dans mon champ.

— Et moi, du mil sucré, car je suivais les préceptes de mon père. Jamais rien de chaud ne rentrait dans son ventre, et il a vécu très vieux.

— Que les Toubabs meurent, eux et leur café ! Je n'ai jamais demandé à manger leur nourriture ! Qu'ils nous ramènent dans notre pays.

— Tout cela, mes garçons, ce ne sont que des paroles et vous y fatiguez vos têtes ! Buvons le café des Toubabs et suivons leur chemin, puisque c'est eux qui sont nos maîtres...

Ainsi se croisaient les propos, tandis que du fond de la baraque s'élevait un concert de grognements : c'étaient les Baoulés qui injuriaient Demba Ouade, et dans leur langage de chien lui reprochaient d'avoir trop largement distribué le café à tous ceux de sa race, ne leur laissant, à eux, que la bouillie de la marmite.

L'arrivée d'un sergent rétablit magnifiquement le silence. En un clin d'œil tout le monde fut debout, chacun au pied de sa paillasse, et les caporaux commencèrent l'appel de leurs escouades, la longue litanie des noms qui variaient avec les pays. Chez les gens de Guinée, c'étaient des Kamara, des Cissé, des Cissoho ; chez les gens du Soudan, des Guité, des Diaité, des Keïta, des Tarahoré ; chez les Mandingues, des Basama, des Konté, des Sounkaré, des Dramé, des Toumané, des Doumbouya, des Tomboudou ; chez les Ouolofs, des Dieye, des N'Diaye, des Dieng, des Diop ; chez les Sérères, des Baro, des N'Dour, des N'Gour, des N'Diouf, des Sarr ; chez les Baoulés, des Kouassi, des Kouadio, des Kouafi, des Kouami, des Koudou... tous ces noms, précédés de prénoms qui variaient, eux aussi, avec la religion et la race. A l'appel du caporal, les plus civilisés répondaient en français : « Per-zent ! » tandis que les Bobos, les Monos, les Gouros, les Yakoubas et autres sauvages du Sud répondaient simplement « Zan ! »

Quand ce fut le tour de Samba Diouf, sans bouger de la paillasse où il s'était recouché après avoir vidé son quart de café chaud, fièrement il répondit : « Malatte ! »

Une heure plus tard, les bras ballants, investi, pour ainsi dire, de sa dignité de malade, et toussant d'ailleurs assez fort, il prenait rang dans la longue procession de ceux qui, chaque jour, portaient leur gerbe au grenier du major, car le proverbe dit : « Les malades sont le grenier à mil du médecin ».

---

1. Riz à l'arachide.

Dans l'air humide et froid, toussant, crachant et grelottant, le col de la capote frileusement relevé, le bonnet de police enfoncé jusqu'aux oreilles, les jambières mal roulées autour de leurs maigres mollets, on avait peine à reconnaître dans ces pauvres diables frissonnants, et d'aspect si misérable, les robustes garçons qui, la veille, dansaient et luttaient au clair de lune. Par petits groupes, ils pénétraient dans la salle attenant à la grange qui servait d'infirmerie et à l'appel de leur nom se présentaient au major.

Habiles à imiter les gestes et le parler des Toubabs, les Ouolofs n'étaient pas embarrassés pour expliquer leurs maux imaginaires ou non. Mais la plupart se contentaient de désigner du doigt leur tête, leur poitrine, ou leurs reins, ou bien d'exhiber quelque plaie à l'aine, au pied ou à la jambe. Le major palpait les peaux noires, ses yeux de verre devinaient les maladies invisibles, et ses oreilles écoutaient, à l'intérieur de ces grands corps, le petit bruit du mal ou les mensonges de la ruse. Les uns, il les envoyait pour un ou deux jours dans la grange ; les autres, il leur faisait réintégrer la compagnie ; mais quelquefois il ne résistait pas au plaisir de récompenser, par vingt-quatre heures de paresse, la mimique de quelque farceur qui avait apporté une minute de drôlerie cocasse dans sa longue journée fastidieuse. Parfois aussi, son diagnostic se méprenait sur le cas d'un de ces malades incapable d'expliquer où il souffrait, et l'on voyait alors le malheureux non reconnu, écrasé par son mal et la fatalité, doublement étranger au milieu des Toubabs et de ses frères d'autres races, s'en aller seul à l'écart, pareil aux bêtes de la forêt, et pleurer comme un enfant.

— Akonan Kouami ! appela l'infirmier qui présentait les malades.

A l'appel de ce nom, on vit s'avancer vers la table un être étrange, chétif, les yeux doux, avec un sourire atone montrant des dents limées en scie, et qui portait sur toute sa personne le profond mystère des forêts dont il était sorti.

— Et toi, qu'as-tu ? demanda le major.

Sans répondre, Akonan Kouami posa un doigt sur son ventre.

— Monsieur le major, expliqua l'interprète, cet homme vient d'un patelin qu'aucun de nous ici ne connaît et dans tout le bataillon il est le seul à parler sa langue.

Le major le palpa, prescrivit une purge et l'envoya pour trois jours dans la grange.

— Samba Diouf ! cria l'infirmier.

— Malatte ! dit-il en montrant sa poitrine.

Le major le fit déshabiller et, appliquant l'oreille contre son dos large et musclé, écouta s'il disait la vérité.

Samba Diouf n'avait pas menti : l'intérieur parlait comme sa bouche.

— Teinture d'iode et deux jours de repos, déclara le major.

Sur quoi, l'infirmier noir s'empara du pêcheur de lamantins et, à grands coups de pinceau, se mit à le badigeonner, sans que la peau changeât de couleur. Puis, lui aussi, on l'expédia dans la grange.

Elle était remplie de malades couchés ou assis sur la paille, parmi lesquels ses yeux cherchèrent à reconnaître quelqu'un. Apercevant un Toucouleur à la peau claire, au nez busqué, et un Khassonké, reconnaissable aux balafres de son visage, il alla s'étendre près d'eux, car il comprenait leur langue.

— Ami, dit-il au Toucouleur, comment te nommes-tu ?

— De mon prénom je me nomme Ahmadou, de la famille des Modi.

— Et moi, Samba, de la famille des Diouf. Notre village est au bord de l'eau et pêcher est mon travail. Et toi, ami ? dit-il en s'adressant au Khassonké.

— Comme toi, je me nomme Samba, et mon père s'appelait Kangado. Je travaille à Cayor, chez les Toubabs, dans leurs magasins. Mais aujourd'hui j'ai honte, car je ne fais presque rien, et mon corps est fatigué. Moi qui montais trois sacs de riz à quatre fois ma hauteur, en chantant les louanges de ma maîtresse et en sautant sur un pied, voilà que maintenant je ne puis plus porter mon propre corps. En vérité j'ai honte, ô Diouf !

— Cela ne mérite pas d'avoir honte, répondit le Niôminka, car moi que tu vois, qui passais toute la journée et souvent la nuit dans l'eau, et qui ne redoute pas plus les Génies de la rivière que les Génies de la forêt, ma poitrine me fait mal et je tousse parfois comme un enfant... Mais toi, Toucouleur, je ne vois pas le mal qui est tombé sur toi.

— Ce n'est rien, mon ami, répondit Ahmadou Modi. Mon bras s'est abîmé en luttant, la nuit dernière, avec un homme du Fouladou. En vérité, je suis plus fort que trois de ses semblables réunis, mais ces fils de l'enfer ont des moyens que je ne connais pas. Mon bras s'est retourné, et je n'ai jamais pu savoir comment ce chien de Foulah avait fait. Mais cela n'est qu'une surprise et je ne crains personne sur la terre ! J'ai marché du levant au couchant, et j'ai poursuivi l'éléphant en portant mon fusil avec ses charges et ma nourriture pour plusieurs jours. Et mes pieds que tu vois ont couru tous les chemins, des fleuves du haut jusqu'à la mer, et traversé toutes les rivières du Fouta-Djalon et du Fouta-Toro. Rien ne m'est inconnu dans notre monde. Les Toubabs seuls m'ont montré des choses que je ne connaissais pas...

Ainsi, tout le long de la journée, la conversation continua sur la paille de cette grange, comme sur les nattes du n'taba, revenant aux éternels sujets : le gibier qu'ils chassaient, les poissons qu'ils pêchaient, les diverses sortes de mil dont ils ensemençaient leurs champs, la vente des dernières récoltes dont on leur parlait dans les lettres, leur père, leur mère et leurs enfants, le Toubab qui était leur ami et qui leur avançait des semences et du riz dans les moments difficiles, les dettes qu'ils avaient laissées, et dont cette guerre de damnation avait au moins pour avantage de suspendre le remboursement, et vingt autres choses encore.

Bien qu'il fût interdit de fumer sur la paille, les pipes allumées se dissimulaient dans les mains et sous les couvertures. Ceux qui ne fumaient pas mâchonnaient leur tabac, et le plus grand nombre dormait — ce qui est encore l'occupation la plus agréable pour un Noir.

Le soir vint. Après la soupe, il y eut une recrudescence de bavardage et de fumée, puis chacun s'arrangea du mieux qu'il put pour dormir, et on n'entendit bientôt plus qu'un bruit de paille remuée par des corps cherchant le sommeil, quelques accès de toux, et le pas du Toucouleur qui allait et venait dans la grange, en égrenant son chapelet car il était musulman.

— Eh ! Toucouleur, pourquoi ne te couches-tu pas ? lui demanda un Ouolof que la fièvre tenait éveillé.

— Cela n'est pas encore entré dans mon esprit, fit l'autre d'un air absorbé.

Et s'arrêtant un instant :

— Je ne crains rien dans le jour, mon ami, ajouta-t-il. Mais les bêtes de nuit, mon père ne m'a jamais appris à ne pas les redouter !

— De quelles bêtes as-tu peur ici ?

— Cela n'a pas besoin d'être dit. Nous sommes dans la main des Toubabs, et ce qui sort de la bouche peut souvent faire du mal au corps.

— Que dis-tu là encore, Toucouleur ?

— Oui, je suis Toucouleur, c'est vrai. Mais si vous autres, Ouolofs, qui vivez au bord de la mer, vous avez appris avant nous à connaître les Toubabs, rien ne nous est inconnu, à nous autres Toucouleurs, des choses de l'intérieur du pays. Et ce que je sais, je le sais.

Et il se remit à marcher dans l'allée bordée par les planches qui maintenaient la litière de paille, égrenant toujours son chapelet et murmurant à chaque grain : « Asta fourlaï ! Dieu me pardonne ! »

Quand sa promenade l'eut ramené à la hauteur de la paillasse où était couché Samba Diouf, celui-ci l'interpella à son tour :

— Dis-nous la vérité, Ahmadou, nous t'en prions ! Quelle chose te trouble l'esprit ?

Alors le géant noir, montrant d'un geste du menton une forme étendue dans le fond de la grange et qu'éclairait vaguement la lanterne :

— Je dis que je dis que celui-là est de la race de ces gens qui se changent en bête la nuit, et qui mangent des hommes !

— Tu dis une chose infernale ! firent d'une seule voix le Niôminka, le Ouolof et le Khassonké.

Et leurs regards se portèrent avec effroi sur Akonan Kouami, le pauvre diable dont personne ne connaissait la langue, dont nul ne pouvait dire la contrée d'où il venait, et qui, accroupi sur la paille, le dos appuyé à la muraille, les genoux remontés sous le menton, tordu par un mal mystérieux, faisait de terribles efforts, comme pour s'arracher à lui-même.

— Ce que raconte le Toucouleur vaut la peine d'être cru, murmura le Khassonké, car les gens de sa race ont parcouru tous les pays, et j'ai entendu dire qu'il y a dans notre bataillon des hommes qui se changent en bête et qui mangent les hommes la nuit.

— En vérité, fit le Ouolof, les Toubabs sont les rois, car seuls ils sont capables de nous obliger à dormir à côté de pareilles gens ! Mais je dis qu'ils auraient dû mettre tous ces bœufs du Sud ensemble, au lieu de nous mélanger avec des sauvages comme eux !

— Pardonne-moi, Ahmadou Modi, remarqua alors Samba Diouf, mais peut-être que nous fatiguons nos têtes mal à propos à cause de ce fils de chienne. Dans mon village de Niômi, où habitent mon père et ma mère, et dans lequel je suis né, j'ai un ami parmi les miens, cordon-nier de son état, et qui a, dit-on, le pouvoir de se transformer, la nuit, en hyène à sa volonté. Cela, mes yeux ne l'ont pas vu, mais je l'ai entendu dire. Il a d'ailleurs bon caractère, et le rire et la plaisanterie, c'est avec son travail tout ce qu'il peut faire pendant le jour. Et nous ne connaissons pas qu'il ait mangé une femme ou un enfant. On dit qu'il n'use de son pouvoir que pour se promener de village en village, sans être reconnu des animaux. Tout au plus va-t-il mordre un âne qui lui a envoyé une ruade, ou enlever le veau d'un voisin.

— Il n'y a plus dans nos pays des gens qui tuent les autres pour se nourrir de leur chair, déclara un Sérère attiré par le bruit de la conversa-tion. Mais mon père m'a dit souvent que les Balantes se nourrissent volontiers de la viande des hommes morts et que, plus dans le Sud, les Abbeys et les Yakoubas tuent leurs ennemis pour les manger. C'est pourquoi, dans ces pays, on enterre les morts sous les cases, pour empêcher qu'on ne vienne les voler pendant la nuit.

— Vous êtes pareils à des enfants qui ne connaissent rien des choses de ce monde ! reprit le Toucouleur. Si celui-là, fit-il en désignant de nouveau du menton le malheureux qui se tordait toujours en proie à son mal inconnu, si celui-là était un de ces hommes qui se nourrissent de la chair des hommes, il ne serait pas à craindre. Tu peux toujours lutter avec ton semblable, même s'il est plus fort que toi, et te défendre tant que tu as un nez. Mais contre les bêtes sorties de ces gens de malédiction, tu ne peux pas te protéger. Quand tu essaies de les frapper, le fer le plus dur s'émousse et se retourne contre toi, car en vérité ces bêtes ne sont pas des bêtes mais des Génies. Ils ne mangent pas les corps, et tu peux mourir à côté d'eux sans qu'il te manque un morceau d'ongle. C'est ton souffle qu'ils respirent ! Ils boivent la cervelle des enfants attachés à leur mère, ils tarissent le lait des femmes, ils sucent le sang des animaux, mangent ton âme de loin, et te dessèchent la cervelle sans que tu t'en aperçoives. Ce n'est pas d'eux-mêmes qu'ils font cela, mais cela leur vient de leurs parents, et ils ne peuvent se retenir de le faire. Seule, la mort peut les arrêter. Vous voyez donc, conclut le Toucouleur, que vous parlez comme des enfants ; et moi qui me tiens debout au milieu de vous, ce que j'ai vu, je l'ai vu, et ce que je sais, je le sais.

— Pardonne-moi, Ahmadou Modi, fit un nouveau venu (car à tout moment des malades inquiets venaient grossir le nombre des causeurs), pardonne-moi, mais depuis que je suis arrivé chez les Toubabs, je suis soldat à la neuvième compagnie. J'ai souvent passé la nuit dans la même baraque qu'Akonan Kouami, et jamais je n'ai entendu dire que personne ait eu la cervelle desséchée à la neuvième compagnie.

— Je crois ce que tu dis, répliqua Ahmadou Modi. Mais si ce fils de démon n'a pas encore fait de mal, c'est qu'il craignait l'esprit des Toubabs. Aujourd'hui son sang s'est tourné, et il y a du mauvais sur nos têtes.

— Par la vérité même ! murmura une voix dans les demi-ténèbres, je ne pensais pas être venu faire la guerre chez les Toubabs pour être mangé par une bête immonde, sortie du corps d'un de ces hommes qui habitent les pays que nous ne connaissons pas, et qui se changent en bête la nuit !

— Je ne sais pas, reprit un autre, ce qui nous arrivera, mais tu as dit une vérité que personne ne peut contredire.

De proche en proche, l'inquiétude avait gagné tout le monde. Une silencieuse panique s'était emparée de ces Noirs, comme si un avion avait rôdé au-dessus d'eux, menaçant de laisser tomber la mort. Cette grange perdue de l'Argonne n'abritait plus à cette heure quelques nègres malades, mais les terreurs sans nombre qui hantaient les premiers hommes, la foule des Génies des forêts et des eaux, le peuple innombrable des Esprits qui s'étaient embarqués avec eux sur les navires des Toubabs...

La lanterne mourante laissait toujours apercevoir dans l'ombre la silhouette inquiétante, déformée et bizarre, pliée en deux à la manière des singes, et qui paraissait faire effort pour accoucher de la bête redoutable dont elle était possédée. Puis la lampe baissa, s'éteignit. Personne n'osa la rallumer, et tous restèrent dans les ténèbres, persuadés que la lumière ne s'était pas éteinte d'elle-même, mais qu'un Esprit l'avait soufflée. Les uns après les autres, ceux qui se trouvaient dans le fond de la grange avaient abandonné leur paille pour chercher une place ailleurs. La chambre tout entière se tassait à présent du côté de la porte, comme pour se mettre sous la sauvegarde du fusil de la sentinelle. Dormir, il n'en était plus question. Chacun se plaçait en silence sous la protection du téré que lui avait donné son sorcier.

Le lendemain, tous les malades voulaient quitter l'infirmerie.

— Ah ça ! qu'ont-ils donc ce matin ? demanda le major qui, pour la première fois, se voyait obligé de retenir ses clients.

— Je n'en sais rien, répondit l'interprète. Ils disent tous qu'ils sont guéris.

Samba Diouf fut de ceux qui obtinrent la permission de regagner leur compagnie. Après l'angoisse de la nuit, il trouva presque du plaisir à piocher dans la carrière. Le soir, au moment de la soupe, le bruit se répandit dans l'escouade qu'un des malades était mort.

— En vérité, dit Samba, le Toucouleur avait raison ! Et j'ai bien fait de revenir parmi vous. Peut-être que cette bête immonde m'aurait sucé la cervelle.

Or, c'était Akonan Kouami qui avait trépassé dans la journée. Le Génie malfaisant qui habitait son corps misérable n'en voulait qu'à lui seul. Personne ne sut jamais à quel mal avait succombé ce soldat noir, de langue et de race inconnues. Mais comme sur les registres d'une infirmerie bien tenue on ne saurait mourir sans motif, en face du nom du tirailleur le major écrivit un nom de maladie, aussi mystérieux et barbare que le pauvre Akonan Kouami lui-même.

Non, les Noirs n'étaient pas heureux ! L'automne était venu. La pluie ne cessait de tomber, le vent gémissait dans les bois, et la boue alourdissait les godillots trop vastes, mal ajustés sur les jambes trop maigres. Sous la bise et les averses, les plus grands corps se recroquevillaient, se faisaient petits dans les capotes, et l'on aurait dit que les langues s'étaient gelées dans les bouches. Plus de conversations, plus de plaisanteries. Tout le monde piochait en silence dans les pierres de la carrière. Les yeux se détournaient des chefs, par crainte de laisser voir des choses qu'il n'était pas bon de montrer, et même chacun évitait de regarder son voisin pour ne pas avoir la honte de lui découvrir sa misère. Et ils continuaient de piocher, en songeant que, là-bas, chez eux, au temps de l'hivernage, ils restaient paisiblement à bavarder sans rien faire, dans la fumée tiède des cases.

Le feu, la nourriture chaude, l'abri de la baraque, c'était au long du jour tout ce qu'ils désiraient, dans ce désert de froid et de boue. Le soir, pressés les uns contre les autres, ils accumulaient sur eux effets et couvertures, et s'endormaient fiévreusement au bruit des toux qui secouaient les poitrines, la cervelle vide et glacée, le corps tout contracté par les plaintes du vent et le bruit de l'eau qui faisait son lugubre tam-tam sur la tôle. Les danses, les luttes qui les avaient distraits durant les nuits claires de l'été, et où, certains soirs encore, dans les embellies d'automne, ils auraient pu trouver divertissement et chaleur, ils n'y songeaient même plus. Ils ne communiaient entre eux que par une tristesse prostrée et l'angoisse de l'hiver qui allait tomber sur leurs têtes. Comme engourdies elles-mêmes par le froid, les haines de races s'apaisaient ; et lorsqu'une place était vide autour du pauvre feu qu'ils allumaient dans les baraques (on n'avait pas encore monté les poêles), ils ne s'inquiétaient guère maintenant si c'était un Ouolof ou un Baoulé qui la prenait. Seule la chaleur de ces feux leur redonnait un peu de vie et réveillait les palabres.

— Le vin des Toubabs, disait l'un, ne passe plus dans ma gorge, et leur viande, si grasse soit-elle, je lui préfère mon poisson sec !

— Moi, je sais bien pourquoi les Toubabs ne nous envoient pas faire la bataille ! Ils sont jaloux de nous et craignent que, si nous y allons, la guerre soit terminée sans eux.

— Je crois que tu te trompes, mon ami, car je n'ai jamais entendu dire que le maître fût jaloux du travail de son esclave, et que les rois aient peur des succès de leurs compagnons.

— Ne vous disputez pas sur ces histoires-là, mes garçons ! Quand le coup de fusil partira, tout le monde saura que je suis là, et peut-être quand nous serons là-bas, trouverons-nous qu'il fait trop chaud...

Et après ces propos ou d'autres tout pareils, quelqu'un tirait de sa capote l'éternel jeu de cartes qui apporte l'oubli. Autour du feu la partie commençait, une sorte de baccara très simple où le point le plus fort est dix-sept et où l'as compte pour cinq. Ils gagnaient avec jactance et perdaient avec sang-froid. L'un d'eux, plus heureux ou plus habile à favoriser la chance, empochait tout l'argent, mettant fin à la partie. Ou bien une ronde de nuit faisait souffler la bougie et, dans l'ombre, les mains les plus prestes raflaient rapidement les enjeux.

Un soir qu'à leur habitude Samba Diouf et son escouade conversaient près du feu dans le mugissement du vent, Samba Sarr le chamelier tira sa pipe de sa bouche et dit à Lamine Cissé :

— Je parle pour dire, Lamine Cissé, que tu es notre capolar et que les Toubabs t'ont fait notre guide. Moi, je sais en vérité passer le licol à mon chameau, je sais le charger, le bourrer des feuilles du m'boul qui l'engraissent à souhait, et lui donner le sel qu'il vient chercher dans ma main. Je dis qu'il n'y a pas de bête mieux soignée que mon chameau, et rien d'un chameau ne m'est inconnu. Je ne veux donc rien t'apprendre, capolar, à toi qui as mangé le pain des Toubabs, qui sais lire dans leurs livres et qui connais bien des choses qui nous sont cachées. Ta peau est noire comme la nôtre, mais tu approches du savoir des Toubabs. Je ne veux donc pas t'enseigner le chemin que tu dois suivre. Mais va trouver demain le Toubab capitaine, et dis-lui ce qui est dans nos esprits. En vérité la mort n'est rien. Si c'est pour aider les Toubabs à faire la guerre qu'on nous a conduits ici, qu'ils nous fassent lever ! Notre sabre est coupant et notre main est solide ! Je te le dis encore, et tu le sais, Lamine, la mort ne nous importe pas. Qu'on nous fasse livrer la bataille ! Celui qui mourra mourra, mais celui qui en réchappera, qu'on le renvoie dans son pays. La guerre seule nous a amenés ici, et non pas le travail d'esclave que nous avons fait jusqu'à présent !

Ainsi parla le chamelier. Ceux qui pouvaient comprendre son langage l'approuvèrent bruyamment, ceux qui n'avaient pas compris se firent traduire ses paroles et, de bouche en bouche, de dialecte en dialecte, son discours fit le tour de la chambre. Quelques hommes des compagnies voisines, qui étaient venus visiter des amis, rapportèrent ces propos dans leurs baraques. Et le lendemain au réveil, ce ne fut pas seulement Lamine Cissé, mais tous les caporaux du bataillon, qui vinrent trouver l'adjudant-chef.

— Mon l'adjudant, dit l'élève de Mgr Jalabert, tu es notre père et notre mère. C'est toi qui te tiens entre nous et les officiers Toubabs, et nous devons te dire tout ce qui est dans notre cœur. Les garçons sont fatigués de tirer des pierres de la carrière ! Ils disent que cela n'est pas la guerre, et que c'est la guerre seulement qui les a conduits ici. Ils disent qu'on ne leur fait pas faire un travail d'hommes libres, mais le travail des esclaves ! Toi, mon l'adjudant, qui est l'un des premiers guerriers des Toubabs et qui as gagné tes médailles à la guerre, tu dois comprendre que quelque chose de mauvais n'est pas dans nos cœurs, mais seulement des paroles de paix. Qu'on livre la bataille ! Ceux qui mourront mourront, et les autres, qu'on les renvoie dans leur pays !

— C'est tout ce que tu as à raconter ?

— C'est seulement la vérité qu'il a dit, approuvèrent les autres caporaux. Les garçons sont fatigués !

— C'est bien, rompez ! fit l'adjudant.

Au rapport du matin l'adjudant-chef, s'étant mis au garde à vous, dit aux officiers rassemblés :

— Mon commandant, les caporaux des quatre compagnies sont venus me trouver ce matin. Ils déclarent que les hommes en ont assez de tirer les cailloux de la carrière et qu'ils demandent à être envoyés au feu. Je dois vous dire, mon commandant, que l'esprit des hommes n'est pas bon. Ils se plaignent du froid, de la pluie, des corvées, et prétendent que ce n'est pas pour travailler comme des esclaves qu'ils sont venus faire la guerre.

— Bien ! répondit le commandant.

A son tour, dans la soirée, il vit le colonel et lui dit :

— L'esprit des hommes du bataillon n'est pas mauvais, mon colonel. Mais voilà déjà trois mois qu'ils cassent des cailloux dans la carrière du bois Saint-Pierre. Ils sont maintenant tout à fait habitués au bruit du canon, et je crois qu'il serait utile de les changer d'occupation et de les faire monter en ligne.

— Parfait ! répondit le colonel.

Et le jour même, il envoya son rapport au général de brigade, commandant les E.N.D., les Éléments non divisionnés.

L'esprit des hommes du 113ᵉ bataillon de tirailleurs sénégalais que j'ai l'honneur de commander est tout à fait remarquable. Ces hommes, entraînés pendant cinq mois au camp d'Arcachon et qui, depuis trois mois, se sont habitués au bruit du canon, ne craignent plus le feu. Ils brûlent de se mesurer avec l'ennemi et, solidement encadrés par des régiments d'infanterie coloniale, ils rendront les plus grands services. Ce sont eux-mêmes qui demandent à prendre les tranchées ; je suis heureux d'avoir à vous signaler un état d'esprit aussi satisfaisant, dont on est en droit d'espérer les meilleurs résultats.

Trois jours plus tard arrivait du corps d'armée l'ordre de faire monter en ligne le 113ᵉ bataillon de tirailleurs sénégalais.

Ils quittèrent un matin le bois Saint-Pierre et, à la nuit tombante, Ouolofs, Bambaras, Toucouleurs, Sérères, Mandingues, Foulahs, Soninkés, Gouros, Baoulés, Yakoubas, gens du Nord et gens du Sud, un par un, ils entrèrent dans les boyaux qui conduisaient aux tranchées. Toujours orgueilleux, les Ouolofs balançaient leur barda sur leurs larges épaules, voulant paraître indifférents au vacarme du canon qui faisait trembler la terre, et aux lueurs effrayantes des fusées qui zébraient le crépuscule. Les Bambaras, eux aussi, portaient la tête haute, pour montrer que leur race avait toujours connu la guerre des Blancs, qu'elle leur était familière et qu'ils n'ignoraient pas la manière des Toubabs. Les Toucouleurs proféraient des injures obscènes contre les fils de trois sous qui avaient creusé ce sentier si étroit et glissant, et contre les fils de moins encore qui marchaient en tête du bataillon, et qu'il fallait suivre en courant, comme s'il était raisonnable de courir au-devant de la fatalité ! D'un pas pesant, les Mandingues suivaient leur chemin en silence, attentifs à l'endroit où ils posaient leurs pieds, et réfléchissant aux moyens de se tirer de l'aventure au meilleur compte possible. Les Foulahs, la gorge sèche, puisaient du courage à leur bidon, songeant vaguement que la panthère ou les buffles qu'ils chassaient dans les hautes herbes étaient moins redoutables que ces Toubabs qui, sans se voir, s'envoyaient la mort dans l'espace. Les Sérères qui, pendant la grande halte s'étaient gorgés de vin, avançaient dans l'inconscience d'une demi-ivresse mais d'un pas ferme encore car habitués dans leur pays à boire le vin de palme et l'eau-de-vie de mil, ils tenaient merveilleusement l'alcool. Les yeux agrandis par l'effroi, les gens du Sud n'osaient lever la tête pour ne pas attirer sur eux le feu du ciel, et ils s'en allaient le front bas, les épaules courbées, entre les deux parois de terre, dans cette nuit grondante qui ne représentait pour eux qu'une bataille d'Esprits malfaisants.

Au beau milieu de la relève, trois obus éclatèrent sur le boyau. Des Gouros, terrifiés et se croyant déjà morts, se couchèrent de tout leur long. Il fallut les piquer avec des baïonnettes pour les mettre debout. Plutôt que de bouger, ils aimaient mieux, disaient-ils, que le bataillon marchât sur eux. Il y eut dans la colonne un arrêt, des altercations, des cris. Finalement, les sous-officiers poussèrent les Gouros dans un refuge ; le bataillon reprit sa marche, et en passant devant les malheureux qui vomissaient d'épouvante, les hommes des autres races disaient : « En vérité, ces gens-là salissent la peau des hommes noirs ! Ils ne connaissent point la honte[1] ! »

Après trois heures de marche, le bataillon finit par arriver à la hauteur des sapes qu'il devait occuper. Compagnie par compagnie,

---

1. Par la suite, ces mêmes Gouros se montrèrent excellents soldats.

escouade par escouade, les tirailleurs disparurent dans les trous sombres.

Lamine Cissé compta son monde : il ne lui manquait personne, tous les garçons étaient là.

— Eh bien ! fit dans l'obscurité le colporteur mandingue, que pensez-vous de cette guerre ?

— Elle me dépasse, répondit le berger peuhl.

— Je crois que les Toubabs nous ont conduits aux portes de l'enfer ! déclara le constructeur de pirogues.

— Cela va au-delà de tout ce qu'on pourrait raconter ! dit le chasseur d'éléphants.

Et comme le chamelier essayait de se frayer un passage pour remonter dans la tranchée :

— Ne fais pas cela ! lui cria le caporal. Tu pourrais y laisser ton nez !

— En vérité, répliqua Samba Sarr, je préfère perdre la vie que de ne pas savoir ce qui m'est caché.

Il grimpa l'escalier de terre et de rondins qui conduisait au boyau, leva la tête au-dessus du parapet, regarda longuement, dans la nuit éclairée par les fusées, le terrain nu qui s'étendait devant lui, et revint trouver ses compagnons.

— Eh bien, Samba Sarr, qu'as-tu vu ?

— Rien en vérité, fit-il. Des arbres qui n'ont pas de branches, du feu qui monte en l'air, et le bruit qui continue.

Il redescendait l'escalier lorsqu'un bruit de pas et de voix se fit entendre au-dessus d'eux.

— Qu'y a-t-il encore, Samba Sarr ?

— Rien, répondit de nouveau le chamelier en jetant un regard dans la tranchée, ce sont des Toubabs qui passent. Je crois qu'ils portent un homme mort.

— En vérité, fit quelqu'un, en voilà un qui ne manque pas de chance ! Je dis qu'il n'aura plus froid !

— Pitié pour sa mère ! fit un autre.

Et le chasseur d'éléphants :

— Eh ! mes garçons, vous avez fui le froid mais je sais que je puis dire que bientôt nous aurons trop chaud ici !

— Ce qui est mauvais ne dure pas, ajouta le chasseur de crocodiles. Ce que nous faisons, faisons-le vite, et qu'on nous renvoie chez nous !...

Mais de nouveau, dans la tranchée, les corvées recommencèrent, à peu près comme au bois Saint-Pierre ou dans le camp d'Arcachon : corvées d'eau, corvées de soupe, corvées de vin, corvées de grenades, travail de la pelle et de la pioche pour entretenir les boyaux. Les coupe-coupe et les fusils restaient toujours inutiles, et la seule différence avec ce qu'ils avaient déjà fait, c'est qu'ici, à tout moment, on recevait la mort sans la rendre.

Certes, la vie dans ces trous, ce n'était pas encore la guerre telle qu'ils pouvaient l'imaginer. La guerre dont leurs parents leur avaient toujours parlé, c'était la guerre en plein soleil, l'approche en silence autour d'un village, l'embuscade derrière les arbres et, tout à coup, les guerriers qui s'élancent en criant, les palissades renversées, la ruée dans la brèche, le combat autour des cases, le fusil qu'on décharge et qu'on ne recharge plus, les coups de sabre sur la chair nue, les hurlements des femmes qui s'enfuient dans la forêt, les colliers et les bracelets arrachés, les vieilles égorgées comme un bétail inutile, les jeunes emmenées en esclavage, les huttes incendiées, et le soir, le retour avec les troupeaux et les captifs, les femmes qui s'avancent au-devant des vainqueurs, les danses, les tambours et les chants du griot qui célèbre les exploits de la journée...

— J'ai failli perdre mon esprit ! annonça Samba Sarr en rentrant dans la sape. Et moi qui ne crains pas la mort, j'ai maintenant quelque chose qui m'effraie.

— Parle, lui dirent les autres, tu nous brûles le sang !

— Sur le chemin que je suivais, continua le chamelier, mes yeux ont vu une chose qui a crevé mon cœur. Une balle de kanou a fait un trou plus large qu'un grenier d'arachides et déterré deux Toubabs. Et si tu passais par là, tu verrais des jambes et une tête qui n'ont pas de sépulture. Les bêtes viendront les manger bientôt !

— C'est là seulement ce que tu dis ! Cela ne valait pas la peine de nous faire peur, répondit Arouna Dia qui suivait la religion du Prophète. Celui qui meurt est mort, et où qu'on puisse l'enterrer, il n'en est pas diminué s'il réjouit Dieu dans l'autre monde.

— Cela ne va pas avec mon caractère, répliqua le chamelier. Je te le dis encore, la mort, je ne la redoute pas. Mais je préférerais tous les malheurs de la vie à celui d'être sans sépulture ! Tu peux aller à M'Badane où je suis né. Tu verras, non loin du village, l'endroit où sont enterrés tous nos pères et nos grands-pères. Et si tu ne l'as pas vu, je vais te dire, Arouna Dia, de quelle manière, chez nous autres Sérères, nous enterrons nos parents.

Et longuement le chamelier raconta comment, dans son pays, lorsqu'un homme était mort, on creusait un large trou profond où l'on enfouissait tout entière la case du défunt. Au milieu de sa case, lui-même était placé debout, soutenu par un piquet, avec son collier de perles rouges et ses armes, et des calebasses d'eau et de mil, et tout ce qui lui était nécessaire durant le long voyage qu'il allait faire dans l'autre vie. Ensuite on recouvrait le tout avec des arbres et de la terre.

— Et de cette façon, conclut le chamelier, nous continuons après la mort à vivre dans les cases que nous avons toujours habitées.

— J'ai entendu raconter, dit à son tour le colporteur mandingue, que certaines gens enterraient leurs morts dans les rochers, le plus haut possible sur les montagnes.

— C'est au pays des grands chevaux, précisa le Toucouleur, du côté du Soleil Levant, dans la contrée du Massina. Mais celui qui part pour ce pays ne sait jamais s'il reviendra, car le Massina est loin !

— Chaque race a ses habitudes, déclara le berger peuhl, et je ne pourrais pas dire où est le bien et où est le mal.

— Laissez donc tout cela, mes garçons, s'écria Demba Ba le constructeur de pirogues. Vous parlez tous de la mort, quand nous avons encore notre nez ! Même dans la guerre des Toubabs, si méchante qu'elle soit, celui-là seul meurt qui est marqué pour la mort. Mais celui qui n'est pas marqué peut marcher au milieu du feu, et rien de mauvais ne l'atteindra.

L'arrivée d'un sergent interrompit ces propos.

— Deux hommes pour la corvée d'eau ! cria-t-il dans la sape.

Lamine Cissé désigna Samba Diouf et le constructeur de pirogues.

Les garçons s'équipèrent, gravirent l'escalier de rondins, et à peine étaient-ils dehors qu'on entendit un grand fracas. Presque aussitôt Samba Diouf reparaissait dans l'abri.

— Lamine, dit-il paisiblement, tu devrais envoyer un autre garçon avec moi. Quelque chose est arrivé à la tête de Demba. Il est tombé et ne peut se relever.

Le caporal sortit dans le boyau et découvrit à quelques pas le malheureux Demba Ba, accroupi, la tête pendante, essuyant d'un geste machinal le sang qui lui coulait sur les yeux. Son casque avait roulé à terre, et au-dessus du front, sur le crâne rasé, on pouvait voir un trou où l'on aurait passé les quatre doigts de la main repliés.

— Je crois qu'ils l'ont touché, dit Lamine.

Diouf repartit pour la corvée, tandis que le caporal, aidé de Samba Sarr, prenait le blessé sous les bras et le descendait dans la sape, en attendant les infirmiers.

On l'avait étendu par terre sur une couverture déployée, et tous les hommes de l'escouade le regardaient d'un air tranquille, assez pareil à de l'indifférence, qui en était peut-être en effet, mais qui venait aussi, et plus profondément, de leur résignation au destin.

— L'accident qui tue ne s'annonce pas, dit quelqu'un.

— Il remue, constata le colporteur.

— Tant mieux ! fit le chasseur de crocodiles. On assure qu'être couché et se débattre sur le sol n'a rien de commun avec la mort.

— Nous sommes dans la main de Dieu et des Toubabs, et notre souffle n'a plus beaucoup de valeur, opina gravement un disciple du Prophète.

Le pauvre tailleur de pirogues, dont les lèvres s'étaient crispées dans un rictus qui découvrait ses dents et ses gencives, tirait à lui la couverture, avec le geste instinctif de toutes les races du monde qui se voilent la face devant la mort.

— Il a peut-être froid, remarqua le berger peuhl.

— Ce n'est pas le froid qui le gêne, répliqua le chasseur d'éléphants.

Demba Ba avait fini par ramener sur son visage un pan de la couverture de laine. Ne trouvant rien à dire, ses camarades se taisaient, et l'on n'entendait plus que les hoquets du moribond et ses mâchoires qui claquaient.

Samba Sarr brisa le silence :

— Peut-être a-t-il soif, dit-il ; je vais lui donner mon bidon.

Mais le Ouolof noir l'arrêta :

— Ne fais pas cela, chamelier ! Demba suit la loi du Prophète et n'est pas, comme toi, un buveur de vin !

— Cela seul peut lui donner de la force et, par ma vie ! votre Prophète ne pourra me le reprocher.

Le chamelier alla chercher son bidon, releva la couverture, et approchant le goulot des lèvres presque blanches :

— Sa peau devient plus claire, dit-il. Il ne va pas durer longtemps.

Et en effet, la peau du tailleur de pirogues avait pris une teinte d'un gris sale, là où le sang ne la souillait pas. Ses yeux vitreux ne regardaient nulle part. Il paraissait ne pas souffrir. Machinalement, il aspira le vin qui se mêla au sang sur ses joues. Et comme si cet effort avait suffi pour rompre en lui l'équilibre de la vie, dans un dernier hoquet il rejeta ce qu'il venait d'avaler, son corps entier eut un tressaillement, ses mâchoires grincèrent plus fort, et il s'immobilisa.

— Je crois bien qu'il est mort, annonça le chamelier.

Et rebouchant son bidon :

— Un nez est vite tombé, fit-il.

— O Cissé capolar, sois bon, lis-moi ma lettre. Je pense qu'elle vient de notre pays.

— Dieu veuille qu'elle contienne de bonnes choses, Diouf, répondit Lamine Cissé, car tu es un homme juste et droit, et je ne souhaite pas que rien de mauvais te tombe sur la tête.

Le caporal ouvrit la lettre.

— C'est ton père qui l'envoie, dit-il.

— Je l'en remercie, fit Samba.

Et le caporal lut :

Diouf à Samba Diouf.

Que Dieu t'accorde la paix et te conserve en bonne santé. La mienne est bonne et celle de tes parents aussi. Ta mère et moi, nous avons bien reçu les seize dérems que tu nous as envoyés par le mandat de la poste. Nous avons été bien contents. Je voulais acheter, comme tu me l'as demandé, un pagne pour la fille des Sédi, mais nous avons vu tous (et on en cause dans le village) qu'un dioula [1] *qui vient du Levant et*

---

1. Colporteur.

qui transporte sur sa tête, parmi ses marchandises, les colliers qui plaisent aux femmes et les mouchoirs teints à l'indigo du pays de N'Galam, marche autour de sa case ; et si tu restes encore longtemps dans le pays des Toubabs, nous ne savons pas si ses parents n'accepteront pas les cadeaux de ce dioula. Mais ne crains rien ! Nous prendrons soin qu'on nous rende la génisse que tu avais donnée comme avance de dot et qui est pleine maintenant, ainsi que la jument dont tu as fait présent à son père, et le bracelet de main que tu as fait forger pour elle à Massiré N'Gom le forgeron. Donc ne trouble pas ta tête avec cela ! Nous n'avons pas ensemencé le terrain sur le chemin de M'Bakor, car il y avait trop d'arbres à couper, et maintenant que tu n'es plus là, je n'ai pas assez de force pour nettoyer tout ce champ. Mais j'ai ensemencé d'arachides et de mil les champs qui touchent la rizière ; ta mère et tes sœurs ont pu repiquer le riz, et ton jeune frère, qui est seul, peut garder les deux champs contre les singes et les voleurs. La vache à la corne cassée a eu une génisse, mais au milieu de la saison des pluies la hyène nous a enlevé un veau et a mordu notre âne à la cuisse. Heureusement il n'en mourra pas. Les gens de Niômi te saluent, ta mère te salue, tes sœurs te saluent et te font dire de leur envoyer des tissus de soie de France. On dit que c'est bien moins cher qu'ici, et tu dois en trouver facilement dans le pays où tu es, et dans le pays des Alamans, si vous avez pénétré dans leurs magasins. Tous tes parents te saluent.

Ton père, Diouf.

— Pardonne-moi, Cissé capolar, reprit le Niôminka lorsque le caporal eut fini sa lecture. Je crois que j'ai aussi reçu une autre lettre. Achève d'être bon. Et comme personne ne nous dérange en ce moment, lis-moi encore ce petit papier qui est arrivé en même temps.

— Ce n'est que pour toi seul, Samba, que je ferai cela ! répondit l'ancien élève de Mgr Jalabert pour augmenter le prix de son intervention amicale.

Et de nouveau il lut :

Yamina Sédi à Samba Diouf, tirailleur en France.

Je souhaite que tu sois en bonne santé. Quant à moi et à toute ma famille, nous sommes en paix. J'ai reçu les trois dérems que tu m'as envoyés, mais tout est cher ici, et les pagnes que j'achetais six fiftins coûtent maintenant cinq dérems. Et autrefois l'eau ne passait pas au travers, mais aujourd'hui tu pourrais en faire une moustiquaire ! Ainsi tu aurais pu envoyer plus d'argent. Samba, je ne pense qu'à toi et tu es le mari que mon père et moi nous avons accepté. Mais je crois que tu dois être content d'habiter dans le pays des Toubabs et que tu te trouves bien avec les femmes aux oreilles rouges, car jamais je n'ai entendu dire qu'une guerre durait si longtemps. Je crois que tu pourrais revenir si tu voulais. Mais j'ai aussi entendu dire que vous aviez gagné de grandes batailles, tué des ennemis que l'on ne peut plus compter, et alors, dans ma tête courte, j'ai pensé que tu avais pris pour toi deux ou trois de ces femmes des Alamans qui, dit-on, sont comme des ânes au travail, blanchissent bien le linge, et mettent bas des enfants qui ne finissent plus. Je pense que tu te trouves bien dans le pays des Toubabs où le vin ne manque jamais, et où le pain ne coûte pas cher. Nous sommes dans la main de Dieu, et ce qui doit arriver, arrive seul. Mon père te salue, ma mère te salue, tous mes parents te saluent. Je te salue.

Yamina Sédi.

Pendant cette lecture, Samba n'avait cessé de se mordre le dessus des doigts, ou de les faire claquer l'un sur l'autre, marquant ainsi son impatience.

— Voilà ! dit le caporal. Ce qu'il y avait dans tes lettres, je te l'ai dit, ô Diouf.

Et dans une pensée charitable, pour détourner l'esprit du Niôminka des nouvelles qu'il venait de recevoir :

— Si ton père te voyait, ajouta-t-il en riant, il ne te demanderait pas de lui envoyer de la soie, alors que nous n'avons sous les yeux d'autres étoffes que le drap de nos capotes et la toile de nos chemises ! En vérité, là-bas ils ne se doutent point de ce qui se passe ici, et ce n'est pas la peine de l'écrire, car ils ne le croiraient pas.

— Que j'en perde la vie ! répondit le pêcheur de lamantins qui poursuivait sa pensée, il est mauvais de se fier aux femmes. Ce que la fille des Sédi me reproche, elle est sans doute sur le point de le faire !

— Ne pense pas à ces choses, reprit le caporal en lui remettant ses papiers.

Et le Niôminka, pensif et mordant toujours ses doigts, redescendit dans la sape.

Au fond du trou, le chamelier criait, vociférait et se mordait, lui aussi, le dessus des doigts avec rage.

— Qu'est-ce donc qui te tombe dessus ? lui demanda Samba Diouf.

— Ce qui m'arrive est trop fort pour être dit ! répondit le chamelier.

— Parle quand même, Samba Sarr. Peut-être je pourrai t'aider.

— Tu ne le pourras point, car mon chameau est mort !

— Et de quoi est-il mort ? reprit l'autre oubliant pour un instant le malheur qui menaçait sa propre tête. Ton jeune frère lui a-t-il laissé manger des feuilles de fak ou des fruits du khéver ?

— Non, fit Samba Sarr d'un air sombre. Ils disent que c'est un homme du village voisin qui lui a coupé le tendon d'une patte de derrière, en lui jetant sa faucille à la volée, parce qu'il pâturait dans son champ. Ils disent aussi que les vieux du village l'ont frappé d'une amende de quarante-sept dérems, pour payer l'animal. Que ce fils de chien meure avant que je revienne ! ou je lui fendrai les reins, à lui et à ses quarante-sept dérems !

— Tu lui fendras peut-être les reins, dit le griot de Karantaba qui avait pris dans l'escouade la place du tailleur de pirogues ; mais quand tu reviendras, tes quarante-sept dérems, personne ne pourra plus les voir !

Et de plus belle, le chamelier recommença de jurer qu'il étriperait le père, la mère et tous les grands-parents de celui qui avait tué son chameau, prenant l'escouade à témoin que sa viande eût dû faire crever de la colique tous ceux qui s'en étaient nourris !

Quant au chasseur d'éléphants, la lettre qu'il avait reçue lui avait fait au contraire grand plaisir, en lui apportant la nouvelle qu'on avait interdit la vente de la poudre et du plomb, et cela apaisait quelque peu ses regrets de ne pas faire parler le fusil à tous les échos de sa forêt.

— Et toi ? demanda-t-il au chasseur de crocodiles qui n'avait encore rien dit. Que se passe-t-il dans vos pays ?

— Rien, mon ami, répondit énigmatiquement Demba Ouade. Il n'y a que des fous qui sont restés là-bas...

Toute cette nuit, le canon retint les Noirs éveillés. A l'approche du jour, de minute en minute, le fracas augmentait, et les tornades de la saison des pluies, quand sous les coups du tonnerre les puissants acajous craquent et s'abattent dans la forêt, écrasant tout autour d'eux, n'étaient qu'un jeu d'enfant auprès de cet orage qui éclatait sur leurs têtes.

— Eh ! les garçons ! dit un sergent indigène en entrant dans la sape. Je crois bien que c'est aujourd'hui que nous allons connaître les Alamans !

— Dieu veuille qu'il dise vrai ! fit avec humeur Samba Sarr que la mort de son chameau avait rendu irritable. Tout vaut mieux, en vérité, que ce que nous faisons en ce moment !

— Ne te presse pas, mon ami, repartit le griot. Si c'est plus chaud que ce que nous connaissons, ce sera brûlant !

— Si chaud que ce soit, poursuivit le chamelier, que cela finisse vite. Ce qui est douloureux ne dure point, comme on dit chez nous.

— Une seule chose est à craindre dans cette affaire, affirma le berger peuhl. Mourir n'est rien, être diminué, cela seulement est quelque chose...

— Je n'aimerais pas avoir la main coupée, déclara le chasseur de crocodiles.

— Ni même un doigt, ajouta Samba Diouf, car si ton pouce tombe, ta main n'est plus qu'une cuiller.

— Ne dis pas cela, fit Samba Sarr. Ce qu'un malade refuse en grognant, un mort le prendrait avec joie.

— Aujourd'hui, reprit le griot, je saurai donc si les vieilles femmes qui m'ont prêté de l'argent ont bien fait des prières pour que je revienne les payer, et si leurs prières me serviront.

— Moi, intervint le chasseur d'éléphants, j'ai quelque chose de meilleur que les prières de tes vieilles. Que j'en perde la vie ! mais j'ai payé d'une génisse et d'un mouton un téré qui me vient de Chir Bala M'Baki lui-même, à qui rien n'est caché de ce qui a été, de ce qui est et de ce qui sera.

— Moi, expliqua le chasseur de crocodiles, j'ai bien sur ma poitrine et à ma ceinture deux térés qui n'ont pas de semblables contre les balles et les sabres, et un troisième au bras contre les armes qui assomment. Mais je préférerais me laver dans le sang des Alamans, après quoi je ne les craindrais pas plus que les caïmans de ma rivière, car je me suis graissé le corps avec le sang des caïmans et c'est pourquoi je ne crains pas d'entrer dans la demeure du père des caïmans lui-même !

— Aujourd'hui on saura qui est le mieux protégé ! dit l'élève de Mgr Jalabert en faisant le signe de la croix. Mais, pour le moment, mettre en fuite ces chiens d'Alamans, voilà le travail qu'on nous commande.

— Ne t'inquiète pas, capolar ! fit le colporteur mandingue. Quand ils vont nous voir, ils partiront et ils demanderont pardon !

— Tous ces Alamans, s'écria Diouf, et leur fils de chien de Guillaume, je voudrais qu'ils meurent dans le feu et qu'ils aient la colique sur la terre et après leur mort, car c'est à cause d'eux que nous sommes loin de nos parents et que nous souffrons du froid.

— C'est la mort seule qui doit être leur part ! reprit le caporal. Nous ne devons pas en laisser un seul vivant après cette bataille. J'ai lu sur les papiers des Toubabs qu'ils disent que nous sommes les fils de la forêt, que nous ne connaissons pas nos pères, que nos mères ne sont pas mariées, que nous sommes des fils d'incestes, et que c'est une honte de se battre avec nous. Voilà en vérité ce qu'ils disent !

Ce ne fut qu'un cri dans l'escouade :

— Ils ont insulté nos mères ! La mort seule est leur part ! Que personne ne pardonne !

Au-dessus de la sape, le vacarme continuait toujours. Samba Diouf fut envoyé porter un pli à la troisième compagnie qui se trouvait sur la gauche. Il passa devant les Toucouleurs et les Mandingues, dont se composait presque uniquement la 4e compagnie, et qui déjà se répandaient dans les boyaux pour l'attaque. L'appréhension du péril donnait à leurs visages une couleur d'un jaune sale.

— Vous aurez mal au ventre aujourd'hui ! leur dit en riant le Niôminka, et votre pantalon se mouillera !

A quoi les Mandingues répondaient avec leur aménité coutumière :

— C'est aujourd'hui qu'on te sortira les tripes !

— Oui, mais avant qu'ils me touchent, vous mourrez tous, vous aussi !

— Fils de chien ! C'est toi qui mourras, avec les dix pères qui t'ont engendré !

Et Samba, continuant son chemin, atteignit la 3e compagnie, formée en majeure partie de Baoulés que leurs gradés faisaient placer dans la tranchée de départ à grands renforts de bourrades et de cris. Plus encore qu'à l'ordinaire, l'hébétude se lisait sur leurs visages, et un rictus d'inquiétude découvrait leurs dents limées en scie.

— *Lô ragal à ragal*, leur jeta Diouf au passage, *bé teil sa tat fété sà guénaw* [1].

Mais comme les autres ne comprenaient pas sa langue, cette plaisanterie ne trouva aucun écho.

Dans les boyaux, le silence et l'immobilité avaient remplacé maintenant l'agitation de tout à l'heure. Samba rejoignit son escouade qui, elle aussi, avait quitté la sape pour se ranger derrière le parapet. Il prit sa place habituelle entre le chamelier et le colporteur mandingue.

Celui-ci qui appartenait pourtant à la religion du Prophète, mais qui s'était peu à peu abandonné au plaisir des boissons fermentées, emplissait son quart de sangara, l'eau de feu dont la veille on avait augmenté la ration. Comme l'exige la politesse, avant d'y tremper ses lèvres, il passa le quart à son voisin de droite pour qu'il en bût une lampée, puis le vida presque en entier, et offrit le reste à Samba. Tout cela sans mot dire, car les gorges étaient serrées et l'on s'attendait à quelque chose qu'on n'avait encore jamais vu. Samba fit à son tour les honneurs de son bidon, tandis que le chasseur de crocodiles et quelques autres de l'escouade, qui s'en tenaient rigoureusement aux préceptes du Prophète, mâchonnaient les noix de kola qui donnent l'énergie et qui trompent la faim.

Et tout à coup, ce furent des mains levées, le cri : « En avant, mes garçons ! » dans toutes les langues de l'Afrique occidentale. Les uns avançaient en bon ordre, jetant devant eux leurs grenades avec autant de sang-froid que s'ils avaient fait l'exercice dans le camp du Courneau. Les autres, dans une course aveugle, s'élançaient vers la mort qu'ils allaient donner ou recevoir, en criant : « Aoua ! Alaoua ! Aïtia ! Aïlentia ! » D'autres, dont les gradés étaient déjà par terre, tourbillonnaient au hasard sous les rafales de mitrailleuses et les éclats d'obus qui soulevaient la terre et les cailloux autour d'eux.

« Aïtia ! Aïtia ! » criait Samba. Et il courait droit devant lui, trébuchant dans les trous, se relevant, reprenant sa course, se heurtant à d'autres Noirs qui couraient comme lui, se relevaient ou ne se relevaient pas. Il avait lâché son fusil, et une grenade d'une main, son coupe-coupe de l'autre, il allait, hurlant toujours : « Aïtia ! » Dans son élan il franchit les fossés, sans même voir les hommes habillés de capotes gris-vert qui étaient couchés au fond. Au milieu des éclatements et des balles qui sifflaient autour de lui, il arriva sur un autre fossé, et cette fois il vit dedans des hommes qu'il ne connaissait pas. Alors, brandissant son coupe-coupe, il se jeta sur eux. Dans un éclair il aperçut près de lui le chamelier, qui faisait tournoyer son couteau et

---

1. De quoi as-tu peur, as-tu peur ? Jusqu'à présent ton derrière est toujours derrière toi.

détachait à la volée la tête d'un grand gaillard blond. Du sang lui gicla au visage, l'aveuglant à demi et l'empêchant de voir où sa lame venait d'entrer. A ce moment, il lui sembla qu'une hyène le mordait à l'épaule, et soudain il se trouva transporté à des milliers de lieues de l'endroit où il était à l'instant... Tous les arbres de la forêt qui entourait son village s'abattaient avec fracas et lui écrasaient la poitrine. Une armée innombrable de tailleurs de pirogues frappait les troncs à coups de hache. Et il se disait en lui-même : « Comment ces fils de chiens ne m'ont-ils pas prévenu pour que j'aie le temps de sortir de la forêt ! » Mais sous les haches des tailleurs de pirogues, les arbres gigantesques continuaient de tomber sur lui, et leurs branches étaient si serrées que la nuit se fit sur sa tête. Il criait, mais sa propre voix, il ne l'entendait plus, car elle était couverte par les cognées qui frappaient, les arbres qui croulaient, les cris perçants des singes, et l'effrayant tapage des buffles, des hyènes et des panthères qui s'enfuyaient en grognant. Puis tout à coup le tumulte cessa. Une fois encore il essaya de soulever la masse des arbres, et il retomba sur le sol, vaincu par le poids de la forêt.

3

Samba Diouf maintenant ne rêvait plus.

Couché dans des draps blancs, par la fenêtre grande ouverte il apercevait le fort Saint-Jean, le phare et les mâts des navires dans le vieux port de Marseille. Depuis deux mois il était là, soigné pour diverses blessures, dont la plus grave, à l'épaule, rendait son bras gauche inerte, pareil à une branche morte. D'un côté, il avait pour voisin la muraille, qui entend tout et ne répond jamais ; de l'autre un soldat russe, qui ne le comprenait pas davantage, mais avec qui tout au long de la journée il faisait la conversation. Au parler chantant du Russe, différent à son oreille du parler habituel des Toubabs de France, il avait connu tout de suite que son voisin, bien qu'il n'eût pas la peau noire, n'était pas de la même race que les autres blessés de la salle. Et comme le paysan de la steppe l'écoutait avec patience, il s'imaginait vaguement que celui-ci le comprenait et qu'il était seulement empêché de lui répondre dans sa langue. D'ailleurs, qu'importait de se comprendre ! Samba n'était même pas effleuré du regret de ne pas savoir ce que lui racontait le Russe, quand son voisin, pris à son tour du besoin de parler, lui faisait des confidences. Et à tous deux il suffisait de trouver des oreilles complaisantes et des yeux qui avaient l'air de s'intéresser aux histoires tout à fait inintelligibles qu'ils se contaient l'un à l'autre.

La même infirmière leur apportait des tisanes, des rafraîchissements, des oranges. Il n'échappait pas à Samba qu'elle s'attardait plus volontiers à côté de son lit, pour lui adresser quelques mots qu'il saisissait plus ou moins, mais que son sourire lui rendait clairs. Il était triste quand une autre infirmière la remplaçait dans la journée, il était gai quand il la voyait reparaître dans la salle, et de vagues pensées s'étaient mises à se promener dans son esprit. Ni sa mère, ni ses sœurs, ni Yamina n'auraient pris pour lui tant de peine s'il avait été malade. « Je n'ai rien à donner, pensait-il, à cette belle fille des Toubabs, et cependant elle m'entoure de soins. Est-ce seulement pour le merci de Dieu ? Cela dépasse mon esprit. » Et bien qu'il demeurât toujours très poli et respectueux, le souvenir lui revenait d'histoires, racontées sous le m'bar, de femmes blanches qui avaient aimé des Noirs, et même en avaient emmené dans leur pays. Il y avait aussi, disait-on, des Noirs qui avaient trouvé leur chance avec des femmes blanches dans les expositions des Toubabs. Mais ces idées qu'il remuait en lui-même restaient secrètes au fond de son esprit, c'est-à-dire qu'il n'en parlait pas à son voisin le Russe, car les choses de femmes ne se racontent point.

— Makhouré ! s'écria-t-il un matin, en voyant passer devant son lit un certain Makhouré N'Diaye, entré à l'hôpital pour de vagues douleurs intestinales, et qu'on gardait depuis des mois parce qu'il lisait et parlait le français, ce qui rendait de grands services aux médecins et surtout aux malades dont il traduisait les lettres.

Makhouré se dirigea vers Samba avec la suffisance d'un Ouolof originaire d'une des quatre communes qui ont, au Sénégal, le privilège d'élire un député. Et Samba lui tendant une lettre :

— Je crois, dit-il, que j'ai reçu un papier de notre pays. Pardonne-moi, Makhouré N'Diaye, et lis-moi ce qui est dedans.

— Par Dieu, je le ferai ! répondit le Ouolof. Dieu veuille qu'il ne contienne que des choses de paix !

Je ne t'ai pas écrit depuis longtemps, disait le chasseur d'antilopes, *car ton père me donne de tes nouvelles, et chaque fois qu'il t'a écrit, je lui ai dit de te saluer. J'ai peu de choses à t'annoncer, parce que mon fusil ne parle plus. Les Toubabs nous ont retiré la poudre, et je pense que c'est pour que vous en ayez davantage afin de tuer vos ennemis. Dieu veuille qu'elle vous serve à quelque chose et que votre main soit adroite ! J'ai dit au boutiquier qui réclame ce que tu lui dois pour l'étoffe de ton pantalon, que tu n'étais pas mort et que tu reviendrais le payer. J'ai aidé à réparer le grenier à mil que tu avais construit, il y a quelques saisons, et j'en ai refait la couverture avec de la paille neuve. Je ne te dis pas cela, ô Samba, pour que tu me remercies, mais parce que nous sommes deux amis qui respirons par le même nez. C'est pour cela aussi que je puis te dire ce qui se passe dans la maison de Yamina. Tu y as laissé ton cœur et ton esprit, mais, comme on dit, il faut aimer les femmes et ne pas avoir confiance en elles. Leur langue est rapide, mais leur tête légère. Elles sont comme certains oiseaux qui ne couchent jamais sur la même branche. Mais de ce que je te dis, il ne faut pas te tourmenter la tête. Il n'y a que ce qui doit être qui est, et ce qui est ne peut pas diminuer un homme comme toi. Le colporteur qui tournait autour de sa maison a mangé de son riz et de son mil, et je crois maintenant que son bouc suit la chèvre de Yamina. Il est tard dans la nuit quand il quitte sa case. Je ne puis pas encore affirmer qu'elle a manqué à sa parole, mais elle porte les bijoux et les bagues de cet étranger. Et que Dieu me pardonne si ce n'est pas la vérité ! mais la vieille Sokhna a vu sur sa figure que son ventre la fatiguait. Les gens de Niômi te saluent, mon frère te salue, mon père te salue, tous tes parents et amis te saluent. Je te salue.*

Demba N'Dour.

Makhouré N'Diaye, ayant lu, remit à Samba son papier en lui disant simplement :

— Dieu veuille que tu retournes bientôt dans ton village, Diouf !

Sur quoi le Niôminka, sans répondre, lui tendit une autre lettre qui, celle-là, venait de son père. Mais il avait l'esprit si occupé ailleurs qu'il n'en écouta la lecture que d'une oreille distraite. Au reste, à son habitude, le vieillard ne l'entretenait que de la cherté de toutes choses, et pour finir lui demandait de l'argent, faisant valoir cette raison, sur laquelle il n'insistait pas, que désormais il était inutile d'en envoyer à Yamina.

Samba sortit de dessous son traversin un petit sac de toile d'où il tira cinquante centimes. Tout en protestant vivement qu'il ne voulait rien accepter, car ils étaient tous frères, l'électeur de Saint-Louis fit promptement disparaître la piécette dans sa poche, et s'éloigna toujours digne, le calot sur l'oreille, dans son complet gris d'hôpital, qui avait pris sur sa personne une élégance de livrée.

Alors, non sans amertume, le pauvre Niôminka se prit à réfléchir que depuis des années il cultivait le champ de son futur beau-père, qu'il lui avait fourni du poisson en abondance, et qu'aujourd'hui la fille des Sédi le trahissait pour quelques pagnes, des bracelets et des noix de kola que lui avait donnés un homme qui n'était pas du pays ! Pendant ce temps, le Russe lui racontait Dieu sait quelles histoires de son village lointain. Et Diouf, pour la première fois abandonnant son caractère et sa politesse habituels, se retourna vers la muraille en murmurant avec humeur :

— Je n'écouterai plus les paroles de ce fou !

Un nouveau courrier arriva. Samba Diouf regarda ses lettres, les palpa, les tourna entre ses doigts et, finalement, ayant glissé ses papiers dans sa capote, il s'en alla, perplexe et se frottant le nez, s'asseoir sur un banc du jardin.

L'air tout à fait indifférent et amical à la fois, l'électeur de Saint-Louis s'approcha aussitôt, s'informa de son bras, bavarda de choses et d'autres, pour en venir à ces mots fallacieux, qu'il lui dit sans le regarder :

— Que se passe-t-il dans vos pays ?

— Chez nous donc, rien qui ait de l'importance, répondit évasivement Samba sans le regarder davantage.

— Cela vaut mieux que des choses pénibles ! répliqua le Ouolof les yeux toujours ailleurs, et d'un ton aussi détaché que si l'idée de gagner cinquante centimes ne l'avait jamais effleuré.

Et sur ces mots il s'éloigna, en quête d'un autre tirailleur qui, celui-là, n'aurait pas de secrets à garder.

Samba resta seul sur le banc, avec ses lettres remplies de choses qu'il eût bien voulu savoir. Toute une semaine il se frotta le nez, s'écrasa la joue avec le pouce, se mordit le dessus des doigts, se tira les poils de la barbe, et la conversation du Russe ne le distrayait guère du souci qui l'obsédait ! Bien des fois, quand Makhouré N'Diaye passait devant son lit ou dans une allée du jardin, en lui adressant un salut imperceptiblement narquois, bien des fois il fut sur le point d'arrêter le Ouolof pour lui montrer ses papiers. Et peut-être allait-il s'y résoudre, lorsque sa chance lui fit apercevoir, dans la cour de l'hôpital, un sien Toubab qu'il avait connu naguère au bataillon, et qui avait rendu maints services à lui et à ses camarades, parce qu'il connaissait leur langue.

Il l'attendit au passage, et se mettant au garde à vous :

— Ouaï ! mon Toubab, lui dit-il avec son plus large sourire, il y a longtemps que je ne t'ai pas vu ! Je croyais que tu nous avais quittés, et cela faisait mal à mon cœur. As-tu seulement la paix ?

— La paix seulement, Diouf ! répondit l'officier, car je crois bien que c'est Diouf ton nom ?

— Ouaï ! mon Toubab, tu es bon ! reprit Samba en se passant la main sous le menton.

Compliment que le Toubab traduisit en répondant :

— Qu'est-ce que tu veux encore de moi ?

— Ouaï ! répéta Samba en se frottant le nez, j'ai entendu dire que tu étais bon !

— Allons, Diouf, qu'est-ce qui t'arrive ?

Fouillant lentement dans sa poche, Samba en retira ses lettres.

— Ouaï ! fit-il, c'est quelque chose comme un papier, mon Toubab !

— Fais-moi voir, dit l'officier.

Et affectant soudain l'air bourru :

— Mais pourquoi viens-tu me fatiguer, et ne te fais-tu pas lire tes lettres par Makhouré N'Diaye, qui a été élevé par les Pères et qui sait lire le français ?

— Ouaï ! ne te fâche pas, Toubab ! En toi seulement j'ai confiance. Il y a des choses dont j'ai peur d'avoir honte devant la face de mon semblable.

— Et devant moi donc ?

— Je ne le crains pas, car vous autres, Toubabs, êtes bien élevés et ne vous mêlez pas de nos affaires.

— En vérité, tu es rusé ! Donne-moi tes lettres que je les lise.

Il y en avait de son père, de ses parents, de ses amis, mais aucune de Yamina. Et personne ne lui disait rien sur la fille des Sédi, hormis le chasseur d'antilopes qui, après lui avoir parlé de différentes choses du village, ajoutait :

Et maintenant, l'homme qui avait approché ta fiancée et qui était entré dans sa case, on ne l'a plus revu depuis le jour où le Commandant Toubab fit battre le tambour dans le pays pour dire que tous les hommes au-dessous de trente-cinq ans devaient se réunir en palabre avec les chefs de village. On ne sait pas ce qu'il est devenu. Mais j'ai su par un bruit de derrière la palissade qu'il avait pris la route du Sud, dans la nuit, emportant sur sa tête toutes ses richesses, et qu'il était passé sur le territoire des Toubabs portugais, car là on ne fait pas de soldats...

— En vérité, dit Samba pour dissimuler l'impression que lui causait cette lecture, en vérité, mon Toubab, ce Demba N'Dour est mon ami et nous respirons par le même nez ! Pour aller à la ville où il trouve quelqu'un qui écrive sa lettre, il est obligé de se lever, le matin, au premier chant du coq, et de marcher jusqu'à ce que le soleil soit au-dessus de sa tête. En vérité, Demba N'Dour a pour moi de l'amitié !

— Et moi donc, Samba Diouf, je n'ai pas pour toi de l'amitié ?

— Ce n'est pas la même chose. Toi, tu es mon Toubab.

— Alors, continua l'officier (qui voyait bien que malgré son sourire le pauvre garçon était troublé), puisque je suis ton Toubab, je vais te dire une chose, Diouf. Un véritable homme ne se fatigue pas la tête pour des questions de femme. Et je te dis encore ceci : il vaut mieux être trompé avant qu'après le mariage.

— Tu dis la vérité, fit Samba. Et que j'enterre ma mère ! tu as les oreilles rouges, mais ton cœur est noir comme le nôtre, et tu nous connais bien ! C'est pour cela que je n'ai confiance qu'en toi !

A ce moment, une sonnerie retentit dans la cour de l'hôpital. Et Samba, quittant son Toubab, se rendit où le clairon l'appelait, avec la lenteur d'un blessé qui connaît ses prérogatives et sait qu'hormis la soupe, en quelque endroit qu'il aille sa présence est inutile.

Ce matin-là, sur l'hôpital, les drapeaux flottaient au vent de la mer ; des têtes coiffées du calot bleu ou du bonnet de coton se pressaient aux fenêtres ; dans la cour, un bataillon formait la haie sur trois côtés ; la musique jouait *Sambre-et-Meuse* et, par le portail grand ouvert, un général arriva au galop, avec tout son état-major.

Une petite troupe d'officiers et de soldats se tenaient sur deux rangs, en avant du front des troupes ; et parmi eux, Samba Diouf, au second rang, derrière les officiers. La musique cessa de jouer. Le général descendit de cheval et tira son épée. Samba le vit venir à longues enjambées, suivi d'un capitaine qui portait une boîte, tandis que tambours et clairons faisaient un grand sabar de fête. Puis le sabar s'arrêta, et le général s'approchant du premier officier, qui était un colonel, lui cria quelque chose à pleine voix, comme si le colonel était sourd ; ensuite il lui mit sur la poitrine une des médailles qui se trouvaient dans la boîte, le frappa avec son sabre sur l'une et l'autre épaule, et, après l'avoir frappé, il l'embrassa sur les joues... Et le général fit ainsi avec chacun des officiers. Il fit de même avec les hommes qui se trouvaient au second rang, mais après les avoir frappés, au lieu de mettre sa joue sur leur joue, il leur serrait simplement la main.

A présent, le général se tenait devant Samba. A lui aussi il cria quelque chose, et le Niôminka, les yeux fixes, les bras le long du corps (tous les deux si immobiles qu'on n'aurait pu distinguer le bras mort du bras vivant), entendit le nom des Diouf au milieu d'autres paroles auxquelles il ne comprenait rien. D'ailleurs eût-il été mieux instruit du parler des Toubabs, que l'émotion, la fierté, l'espérance qu'après cette fête on le renverrait dans son pays, l'auraient empêché de rien comprendre... Le général accrocha sur sa capote une médaille à ruban jaune, et serra sa main valide, qui par bonheur était la droite, car sa chance avait voulu que ce fût sa petite main, sa main gauche, qui fût abîmée. Puis il passa au suivant. Et quand il eut embrassé toutes les joues, serré toutes les mains, et qu'il n'y eut plus de médailles dans la boîte, le régiment, au son de la musique, défila devant ceux qui venaient d'être décorés.

Quelques instants plus tard, dans une des allées du jardin, tous les Noirs de l'hôpital se pressaient autour de Samba.

— Tu es plein de chance, ô Diouf, lui disait d'un ton affectueux, où l'on sentait un peu d'envie, l'électeur de Saint-Louis. Moi qui connais Dakar, Rufisque et tout le bord de la mer, moi dont le grand-père était l'ami des premiers Toubabs qui sont descendus au Sénégal et qu'on appelle Hilaire et Porom [1], moi qui connais le père et la mère des Toubabs, j'ai eu en vérité des galons à cause de mes connaissances, mais je n'ai pas eu la médaille qui te rapportera une pension. Tu vas sans doute grandir ta tête parmi nous, et tu ne voudras plus parler à ton semblable !

— Je me souviens, dit un Sérère en prenant entre ses doigts la décoration de Samba, avoir vu une médaille qui ressemblait à celle-là sur la poitrine d'Abdou Khali, notre chef du M'Badane. Il a la peau noire comme nous, mais il mange à la table des Toubabs, et ils lui parlent comme à un ami.

---

1. Makhouré N'Diaye veut certainement parler de MM. Hilaire Morel et Prom qui, vers 1830, fondèrent les premiers comptoirs du Sénégal.

— Le roi n'est pas un parent, c'est vrai ! remarqua sentencieusement un homme de Bir, mais quand il t'accorde ses faveurs, il te rapproche de lui.

— Tu seras, déclara un Mandingue de Sédiou, comme le lieutenant Sidi qui, chez nous, ne vit plus que de la pension des Toubabs, et à toutes les fêtes attache à son m'boubou ses quatre décorations. Quand il marche sur la place publique avec sa petite lance, les hommes s'écartent en le saluant, les enfants arrêtent leurs jeux, et les femmes lui souhaitent la paix, à lui et à toute sa famille.

— Samba, reprit l'homme de Bir, quand tu reviendras dans ton pays, les hommes en te parlant enlèveront leur coiffure, et les femmes en t'adressant la parole baisseront les yeux.

— Et quand tu auras affaire au Manso, ajouta un Lebou de Tiaroje, tu n'attendras pas à la porte jusqu'à ce que le soleil soit bas, car les gardes te salueront et te feront entrer le premier.

— Quand tu sortiras dans les rues, renchérit un Soussou de la Guinée, les Toubabs eux-mêmes auront du respect pour toi, et personne maintenant ne te traitera comme un serviteur !

Et sans malice (car ils étaient tous fiers de voir un homme de leur race distingué par les Toubabs), un Ouolof de Rufisque entonna la chanson qu'on chante sur la côte, pour se moquer de ceux qui singent les hommes aux oreilles rouges :

Tu es allé à Gorée,
Tu as appris à l'école,
Maintenant tu peux converser avec le Roi.
Mossié qui vient de France,
Ne se lève plus de bonne heure,
Et il n'en a plus honte !
Bonzour, Mossié !
C'est maintenant toi
Qui fais marcher le chemin de fer !...

Des rires énormes accueillirent cette galéjade africaine, qui les transportait tous si loin d'ici, dans leur pays.

— Tu as la bouche immense, Massiré ! disaient-ils. Et tu chantes comme un griot musicien !

A ce moment passa dans l'allée l'infirmière de Samba, accompagnée d'un officier qui portait sur sa casquette une belle ancre dorée, et dans lequel on reconnaissait tout de suite un de ces Blancs du bord de la mer, qui approchent les fils du Roi et n'ont rien de commun avec les cultivateurs de pommes de terre de l'intérieur du pays.

Apercevant son Noir, la jeune fille s'en approcha aussitôt pour lui dire un mot d'amitié. Et Samba comprit bien qu'elle le félicitait, mais il comprit aussi que ce jeune Toubab qui se tenait près d'elle était certainement le garçon que sa chance allait lui donner pour mari...

Alors, une seconde, juste le temps d'un éclair, assombri dans son triomphe :

« Par ma vie ! pensa-t-il en la regardant s'éloigner, les femmes blanches n'aiment que les Toubabs ! Mais elles ont le cœur généreux. Et ce que cette femme faisait pour moi, elle le faisait, en vérité, pour le merci de Dieu ! »

Pendant huit jours, à tout moment, on l'appela dans le bureau pour les formalités du départ, lui et les grands blessés qui devaient s'embarquer sur le prochain transport. Et un matin, tous les Noirs qui pouvaient quitter leur lit, les uns le bras en écharpe, les autres appuyés sur des béquilles, les autres la tête enveloppée de bandages, qui cachaient des entailles bien autrement profondes que les balafres rituelles qu'ils portaient depuis leur enfance pour marquer leur origine et leur race, tous, à travers la cour de l'hôpital, accompagnèrent ceux qui partaient, faisant des souhaits de bon voyage ou donnant des commissions :

— Si tu passes par Bandiol, salue mes parents ! disait l'un.

— Si tu passes à Diaola, salue mes parents ! disait l'autre.

— Si tu vas à Gorée, salue ma famille des Diaye ! dit le sergent Abdou Faye. C'est eux qui m'ont donné ma femme !

Et d'autres ne disaient rien, comme ce Pélé Noumo, de la race des Bobos et du village de Bobo Dioulasso, parce qu'il savait que son pays est à douze journées de cheval de Sikasso, qui est à quinze jours de cheval de Bamako sur la rivière Diéliba, et qu'il était bien sûr qu'aucun de ceux qui s'en allaient aujourd'hui ne passerait là-bas saluer son père et sa mère.

— Tu ne manques pas de chance, ô Diouf ! déclara l'homme de Bir. Ils t'ont abîmé un bras, mais ils t'ont laissé ton nez ! Tu peux marcher sans qu'on te porte et tu vas revoir nos pays, tandis que notre vie reste entre les mains des Toubabs, et nul ne sait parmi nous celui qui échappera à cette calamité !

— Notre vie est entre les mains de Dieu, et ce qu'il décide seul arrive ! répliqua le Niôminka qui, à force de vivre avec des adeptes du Prophète, finissait par parler comme eux. J'espère que votre chance vous ramènera, vous aussi, bientôt dans vos pays, car je crois que ces garçons à qui nous faisons la guerre, nous les avons bien fatigués !

— Hum ! fit le Soussou de la Guinée, une source éloignée laisse mourir de soif !

— Tu dis vrai ! repartit Samba. Mais mon père disait aussi qu'un jour de plus ne fait pas pourrir l'éléphant !

Et tous, de quelque race qu'ils fussent, de l'intérieur ou du bord de la mer ; qu'ils se nourrissent de poissons secs ou de mets accommodés sans sel ; qu'ils adorassent des Génies ou des pierres ; qu'ils fussent musulmans ou qu'ils n'eussent seulement jamais entendu le nom du Prophète ; que là-bas, dans leur pays, ils allassent nus ou habillés ;

qu'ils eussent pour habitation une case aux murs de paille, de terre ou de bambous, ou bien des trous dans les rochers ; quelle que fût leur façon d'enterrer leurs morts et de se marier, de vivre et de mourir ; toutes ces choses qui, chez eux, les séparaient profondément et les dressaient les uns contre les autres, toutes ces choses, à cette minute, ils les avaient oubliées ; et devant le petit groupe de leurs semblables qui franchissait la porte, toutes leurs pensées, si diverses qu'elles fussent à l'ordinaire, prenaient la même direction, s'en allaient toutes au même endroit, là-bas, derrière la mer, au-dessous de la ligne où le soleil se couche...

Deux heures plus tard, après la soupe, le Soussou de la Guinée, le Lebou, le cultivateur de l'intérieur, l'homme de Bir et un autre de Guet N'Dar venaient s'asseoir à l'extrémité du jardin, sur un banc où l'on découvrait la rade et les navires immobiles.

— Espérons, fit l'homme de Bir, qu'ils auront un bateau à plusieurs cheminées.

— Pour moi, dit le Soussou, j'aimerais mieux un bateau à plusieurs mâts.

— Tu n'y connais rien, mon garçon ! intervint le Lebou dont les pieds avaient trempé depuis l'enfance dans l'eau du fond d'une pirogue. Les bateaux à fumée des Toubabs ne se servent pas de leurs mâts. Et moi qui suis ici debout et qui te parle, je puis te dire que j'ai vu une fois dans ma vie, à Dakar, un bateau du roi des Toubabs qui avait trois cheminées. Je n'ai jamais rien vu de plus fort ! J'en ai vu de plus longs qui étaient aux Toubabs taliani[1], j'en ai vu de plus grands qui étaient aux Toubabs qui se ressemblent tous, car ils ont tous les yeux clairs et leur chevelure est comme de l'herbe sèche[2] ; mais aucun de leurs bateaux n'avait six cheminées. En vérité, les Toubabs de France sont des hommes !

— Tu dis peut-être la vérité, concéda le Soussou ; mais ce que tu racontes, je ne l'ai jamais vu. Les plus grandes fumées des mers que j'aie rencontrées sur mon chemin n'avaient que deux cheminées.

— Ce n'était, fit le Lebou en crachant, que des bateaux de pauvres gens !

Dans le port, des coups de sirène, qui montaient jusqu'à la terrasse, appelaient les remorqueurs à la manœuvre. Aux panaches de vapeur, au pavillon qu'on venait de hisser sur un mât, ils reconnurent le navire qui allait emporter leurs compagnons.

— C'est un bateau à trois cheminées ! annonça avec autorité le Lebou.

— Ils seront vite arrivés ! ajouta le Ouolof de Guet N'Dar.

Cependant le transport avait levé ses ancres. Lentement, il se

---

1. Italiens.
2. Les Anglais, sans doute.

détachait de la foule des autres navires et on le voyait s'avancer parmi les embarcations qui allaient et venaient dans la rade, pareil à une oie sauvage au milieu des nénuphars. Au moment où il s'échappait du port, et où le même sentiment de regret rendait les lèvres plus lippues, le cultivateur de l'intérieur, qui n'avait jamais vu la mer avant que les Toubabs l'eussent enlevé à ses champs et qui croyait comme à sa religion que les vagues étaient des mains qui voulaient lui saisir les pieds, dit d'une voix lourde et monotone :

— Une seule chose trouble mon esprit. Comment les Toubabs peuvent-ils faire nager un fer qui est plus lourd que celui de ma hache ?

L'homme de Guet N'dar et l'homme de Bir échangèrent entre eux un regard.

— En vérité, dit l'un, cet homme ne connaît rien dans l'univers !

— Ce n'est qu'un bœuf ! répondit l'autre.

Et la conversation tomba.

Les regards ne quittaient plus le bateau, qui maintenant gagnait le large en se profilant sur les blanches falaises du Rove. Bientôt il ne fut plus qu'un point noir, qu'ils perdaient parfois de vue et qu'ils retrouvaient à nouveau avec des éclats de joie enfantine. Puis, quand les yeux les plus perçants n'aperçurent plus rien sur la mer, les soldats noirs abandonnèrent la terrasse, et comme le navire lui-même s'était effacé sur l'horizon, le souvenir de leurs camarades abandonna leurs esprits.

4

Quand Baba Dialo était mort, laissant au fils de sa sœur (car il n'avait pas d'enfant mâle) six vaches, deux taureaux, deux jeunes bœufs, trois génisses et des chèvres, les Anciens du village de Kolda avaient confié la garde du troupeau au mari de sa fille aînée, un certain Amadou Si. Et cet Amadou, ayant appris que Samba Diouf était parti faire la guerre chez les Toubabs, se disait en cultivant son champ, ou bien en passant l'archet courbe sur son petit violon monocorde : « Dieu veuille que les Toubabs le tuent ! En vérité sa mère est bien une de nos parentes, mais que j'en perde la vie ! son père est un de ces impies qui ne connaissent pas le Prophète et adorent les arbres et les pierres ! Lui-même avait laissé son esprit dans une bagane de vin de palme, quand les gens de Karantaba l'ont envoyé chez le Manso. Qu'il brûle au feu où il s'est chauffé ! Dieu veuille que les Toubabs le tuent... » Mais à ceux qui lui demandaient des nouvelles du Niôminka, et comment allait son troupeau : « Dieu le lui garde ! répondait-il. Le jour où il reviendra le chercher, il le trouvera augmenté. Et j'espère que ce jour-là n'est pas loin ! »

En attendant, il envoyait en Guinée portugaise l'un ou l'autre de ses fils vendre tantôt une génisse, tantôt un bœuf ou un taureau du troupeau de Samba ; et le lendemain, sous les arbres du n'taba, il se plaignait que le lion ou la hyène lui eussent mangé une bête, et pour montrer qu'il disait vrai, il en exhibait la queue.

— Ta chance s'est levée, Amadou ! répondaient les gens du village, car le malheur destiné à ta maison s'est heureusement détourné sur la tête de l'étranger. En vérité, ta chance s'est levée !

Et le soir, d'une case à l'autre, le plus sérieusement du monde mais sans se regarder en face, ils se disaient entre eux :

— En vérité, Amadou n'a pas de chance ! Il arrive du malheur à beaucoup de ses bêtes. Toutes, sans doute, ne sont pas à lui. Néanmoins il n'a pas de chance !

— En vérité, Amadou n'a pas de chance ! La maladie et les bêtes de la brousse ne laissent pas en paix son troupeau. Si l'homme du pays de Niômi ne vient pas bientôt chercher l'héritage du frère de sa mère, il ne trouvera que des vaches qui ne peuvent plus être pleines, et des bœufs qui ne peuvent plus engraisser.

— Il trouvera aussi les queues des veaux et des génisses que le lion et la hyène lui ont tués ! ajoutait quelqu'un sans rire.

Et les propos allaient leur train, et le malheur continuait de s'acharner sur les bêtes de défunt Baba Dialo, lorsqu'un jour, au moment où le soleil s'incline, un enfant accourut tout essoufflé chez Amadou.

— As-tu la paix ? lui dit-il.

— La paix seulement ! Que veux-tu ?

— Un étranger demande à te parler, et il porte les habits du Gouvernement.

— Qu'il vienne ! répondit Amadou saisi d'un mauvais pressentiment.

Et il vit entrer dans sa case un grand gaillard habillé d'un vêtement qu'on aurait dit taillé dans des couvertures de laine passées au jus de palétuvier, un bonnet de même couleur sur la tête, des médailles sur la poitrine, et chaussé de souliers dont les semelles avaient assez de fer pour armer un bois de lance.

— Diouf, fils de Diouf et de la sœur de défunt Baba Dialo ! dit l'étranger après les salutations d'usage.

— Je remercie Dieu qui t'amène ! fit à son tour Amadou Si en lui prenant la main avec empressement. Voici près de trois saisons des pluies que nous attendons ton arrivée. Qu'est-ce donc qui t'a empêché de venir chercher ton héritage ?

— Rien d'autre que la guerre des Toubabs !

— Leur guerre a donc duré si longtemps ?

— Elle n'est pas encore terminée. Mais ils m'ont abîmé le bras, et ma guerre à moi est finie.

— Tu dis vrai, fit Amadou. Les Toubabs t'ont abîmé, mais tu reviens comblé de faveurs ! ajouta-t-il en touchant les médailles accrochées sur sa poitrine. Tu peux aller partout à côté des Toubabs, et quelque jour on me dira que tu es chef d'un grand village, et peut-être chef de la province !

— Tout cela je ne l'ai point désiré ! dit Samba avec modestie. Ce qui m'est arrivé m'est arrivé ! Mais j'aurais préféré que ces fils de femmes de mauvaise vie qui vivent à Karantaba ne m'aient pas pris traîtreusement, quand je me suis reposé chez eux sur la route de ton pays, en venant chercher mon héritage.

— Que dis-tu là encore, mon ami ! J'ai bien appris, en effet, que ces chiens de Karantaba avaient envoyé un homme qui n'était pas de chez eux faire la guerre chez les Toubabs. Mais que j'en perde la vie, je n'aurais jamais cru que c'était toi !

— C'était moi, en vérité, et jusqu'à ce que je meure, je ne l'oublierai jamais !

— Par ma mère ! ils ont fait là une chose bien défendue ! se récria Amadou Si en détournant de plus en plus son regard. Ces Mandingues ne sont pas des hommes ! Leurs langues sont habiles, mais leurs entrailles sont noires ! Ils vendraient leur père et leur mère, s'ils pouvaient en retirer un profit. Même pour un œuf ils se disputent, et ils fatiguent les juges avec toutes leurs histoires de vols et de divorces. Leurs femmes, ils ne les choisissent point, ils les prennent encore dans le sein de leur mère : c'est pour cela qu'ils sont si laids et qu'ils ont les dents mal plantées et noires comme du bois pourri !

— Tu les connais bien ! fit Samba. Et si le Manso les avait connus comme toi, il n'aurait pas suivi leur parole !

— Ce sont des gens qui ne sont bons en rien ! poursuivit de plus belle Amadou, heureux d'avoir trouvé un sujet de palabre agréable à son hôte et qui pour un moment encore écartait son esprit des bœufs et des génisses qu'il venait lui réclamer. Ils empruntent comme ils mangent, et au jour de payer, ils oublient toujours le compte de ce qu'ils ont emprunté. Quand ils rencontrent leurs créanciers, ils leur parlent d'une façon orgueilleuse, en tirant les poils de leur barbiche. Plus ils sont vieux, plus ils sont audacieux ! Chacun d'eux veut faire l'homme riche, mais ils ne sont riches que de dettes. Les interprètes des tribunaux deviennent gras avec ces gens-là...

Et tandis qu'il continuait de prodiguer ses injures aux Mandingues de Karantaba, Samba Diouf regardait les bambous de la toiture en se tapotant les doigts, car il commençait à trouver toutes ces histoires un peu longues. A la fin son parent se vit obligé de lui dire :

— Mais ne veux-tu point voir tes bœufs ?

— Je ne suis pas pressé, fit l'autre dont le regard se perdit de nouveau dans les ombres du toit.

— D'ailleurs, reprit Amadou Si en considérant à son tour les bois enfumés de la case, tu ne pourrais voir ce soir ton troupeau. L'herbe est rare en cette saison, et mes fils ont conduit le bétail loin d'ici. Ils reviendront trop tard dans la nuit pour qu'on puisse séparer les bêtes.

— Tu dis, sans doute, la vérité ! fit Samba.

Et à partir de ce moment rien ne l'intéressa plus, pas même le couscous de mil accompagné de lait aigri que les femmes posèrent devant lui. Ce qui ne l'empêcha d'ailleurs point de faire avec sa main un bon trou dans le plat, car il ne mentait pas celui qui a dit le premier : « Voir l'œil dans la calebasse ne dégoûte pas de manger la tête du mouton. »

Le lendemain, au chant du coq, le Niôminka était debout.

Dans la cour, Amadou faisait déjà sa toilette, c'est-à-dire que s'étant rincé la bouche, il se crachait l'eau dans les mains, s'en lavait la figure et s'essuyait ensuite avec un doigt, à la manière des chats qui se passent la patte sur le museau. Samba en fit autant. Puis les deux hommes partirent ensemble pour aller voir le troupeau.

A peu de distance des cases, tout le bétail du village, un millier de têtes environ, était parqué, selon l'usage, chaque bête attachée à son piquet par un lien d'écorce de baobab, même les toutes jeunes pour les empêcher de téter. Et Samba se réjouissait de voir des animaux en si parfait état, le poil luisant, l'œil humide et bien ouvert, le ventre rebondi, chargé d'une graisse abondante.

Amadou Si pria son hôte de l'attendre un instant. Il reparut bientôt avec deux vaches de chétive apparence, l'œil atone, le poil sec comme une natte soudanaise, la queue profondément enfoncée dans la croupe — de ces bêtes enfin dont on destine la viande à nourrir les travailleurs étrangers ou bien à purger une dette.

— Mais ce sont les grands-mères des vaches que tu m'amènes là ! s'écria Samba Diouf. J'avais entendu dire que Baba Dialo était un homme riche, et je ne pensais pas qu'un homme riche pût avoir des bêtes pareilles !

— Ce sont celles qu'il m'a laissées, fit simplement Amadou Si. Et ce qu'il m'a laissé, je te le donne.

Cependant, la remarque de Samba avait produit quelque effet, car les trois vaches que son parent lui présenta ensuite étaient en moins piteux état. Il tourna tout autour, leur souleva la queue, leur passa la main sur les flancs et dit en hochant la tête :

— Par la vérité même ! la chance n'était pas sur les vaches du frère de ma mère, car je n'en vois pas qui soient pleines. Sans doute ont-elles déjà mis bas ?

Comme s'il n'avait rien entendu, Amadou, l'air affairé, allait çà et là dans le troupeau et, tour à tour, il amena deux taureaux, deux jeunes bœufs, trois génisses et un veau.

— Et où est la sixième vache ? demanda le Niôminka.

— Que j'en perde la vie ! répondit Amadou, celle-là était pleine, mais la hyène l'a tuée ! Nous avons retrouvé ses restes dans le bois, et je t'en montrerai la queue. Avec celle qui te manque, tu as bien devant toi les treize bêtes que le frère de ta mère t'a laissées en héritage.

— Tu dis vrai, repartit Samba. Mais où sont les petits de toutes ces vaches et de toutes ces génisses qui, depuis bientôt deux ans, ne sont pas restées sans mettre bas ?

— C'est ce que tu as sous les yeux !

— Alors, où sont les mères ? dit Samba.

— O Diouf, ne te presse pas ainsi ! Ce qu'il y a dans cette affaire, je vais te le dire entièrement ! Aussi malins que soient les hommes, aussi rusés que soient les gardiens, aussi savants que soient les sorciers, les bœufs habitent la brousse, et la brousse et les bœufs sont inséparables, et dans la brousse les bêtes sauvages ne finissent point ! Si tu restais ici quelques jours, tu ne pourrais dormir à cause des cris de la hyène et des miaulements de la panthère. L'herbe ne va pas chercher les bœufs, ce sont les bœufs qui vont trouver l'herbe. Mais le lion les y trouve aussi ! Quand la plaine est grasse et humide, et que les herbes sont hautes, les bêtes s'y enfoncent jusqu'aux cornes, et c'est alors que les animaux sauvages peuvent le mieux les surprendre. Je te le dis encore, Samba ! Si rusé que soit l'homme, la hyène qui a faim est encore plus rusée que lui ! Et je vais te dire autre chose, mon ami ! Une nuit, après la saison des pluies, un de nos bergers a eu les entrailles arrachées par la patte d'une panthère. Ah ! Diouf, en vérité nous sommes tous dans la main de Dieu, et le bétail aussi ! Ce qui arrive à nos bœufs tous les mois est arrivé à ton troupeau. Comment aurait-il pu se faire que les malheurs qui tombent sur nos bêtes ne soient pas aussi tombés sur celles de Baba Dialo ? Tu peux remercier Dieu qui t'a comblé de biens, et quand tu vas rentrer dans ton pays, tu seras un grand possesseur ! En vérité, si j'avais plus de richesses et si mes bœufs étaient en nombre, je t'aurais remplacé tête pour tête tous les animaux qui te manquent. Mais j'ai gardé les queues des bêtes que la brousse t'a mangées, et tu pourras les apporter à la sœur de Baba Dialo, ta mère, pour lui montrer que c'est seulement la vérité que je dis !

Pendant tout ce discours, les yeux du Niôminka allaient d'un animal à l'autre, et comparant son chétif héritage au reste du troupeau : « Certes, se disait-il en lui-même, si j'étais dans mon pays et si les Anciens de mon village devaient juger la chose, je n'accepterais pas les mensonges de ce chien pourri ! Mais les gens du Fouladou ne valent sans doute pas mieux que les gens de Karantaba ! Ils me donneront toujours tort, car je ne suis qu'un étranger. Qui n'a que son œil pour tout arc ne peut tirer et tuer la bête. Et celui qui n'a pas sa mère, il faut qu'il tète sa grand-mère. Que ce fils de dix pères me donne des liens pour attacher mes bœufs et que je le quitte au plus tôt ! »

— Le bien que tu m'as fait, Amadou, dit-il enfin, certainement Dieu te le rendra. Mais la saison des pluies est sur nous. Les nuages qui portent l'eau commencent à paraître dans le ciel. Je ne puis demeurer plus longtemps avec vous. Et si tu me prêtes un de tes garçons pour m'aider à pousser mes bêtes, j'arriverai plus vite à la rivière de Bandioul.

— Deux, si tu le désires ! fit l'autre avec empressement. Tu n'en trouveras pas de meilleurs pour diriger les bœufs où ils veulent !

— Je le sais mieux que toi ! dit Samba.

Et le jour même, accompagné du plus jeune fils de son hôte, circoncis l'année précédente, il reprit le chemin de son pays.

Pendant deux jours, ils cheminèrent tantôt sur des plateaux de pierres rouges qui brillaient au soleil comme un miroir de métal, tantôt à travers des vallons où les animaux se dispersaient pour brouter l'herbe des bas-fonds. Dans la forêt, le peuple exubérant des singes poussait sur leur passage des cris perçants et rageurs : singes rouges à favoris, qui ne voyagent que précédés d'éclaireurs, tant ils sont couards de leur nature ; petits singes verts à figure noire, qui s'en vont à la queue leu leu sur des pistes fréquentées d'eux seuls, et qui au moindre bruit s'élançant sur les lianes continuent leur file indienne à toute vitesse dans les arbres ; singes orangés dont les mains ne touchent jamais la terre ; et les plus laids de tous mais les plus vigoureux, les maîtres de la forêt aérienne, les singes à tête de chien, qui insultent le passant avec des branches mortes, ne refusent pas le combat s'ils se sentent en nombre, attaquent l'antilope endormie et en font un festin quand sa chair a pourri dans le linceul de feuilles sèches dont ils recouvrent son cadavre. Dans la brousse aux arbres malingres les pintades sauvages s'envolaient devant eux, tandis que les perdreaux, écrasés par la chaleur, se contentaient de s'écarter un peu, dressant très haut la tête pour voir quels étaient ces intrus qui troublaient leur solitude. Quelquefois un phacochère, s'échappant d'un fourré, mettait la panique dans le troupeau. Des antilopes de toute taille et de tout pelage s'enfuyaient à leur approche, les unes fauves au derrière blanc, d'autres zébrées et mouchetées, les cornes en forme de lyre, d'autres grandes comme de jeunes chevaux, les cornes épaisses et recourbées en arc sur l'échine, d'autres dont les bois en tire-bouchon, aiguisés comme des poignards, auraient fait la charge d'un enfant de douze ans, d'autres enfin toutes fluettes, plus petites que la plus petite chèvre, et d'une grâce charmante. Tout cela bondissait à la portée d'un jet de pierre, puis se retournant aussitôt, dressait la tête en l'air, l'œil vif, les naseaux frémissants, et, rassuré à la vue de la paisible caravane, se remettait à brouter.

Le troisième jour, au fort de la chaleur, la plus maigre des vaches maigres qui, depuis le début du voyage, suivait péniblement les autres, se laissa de plus en plus distancer. Ses yeux s'étaient voilés, sa langue pendait hors de sa bouche, et sa queue, qui tombait sur ses jambes comme une corde inutile, n'avait plus la force de chasser les innombrables mouches que le troupeau traînait avec lui et qui se ramassaient sur elle. On avait beau la piquer de l'aiguillon, la malheureuse ne faisait quelques pas que pour s'arrêter aussitôt. Elle finit par trébucher et ne se releva plus. Pendant une heure Samba et le fils d'Amadou tapèrent dessus à tour de bras pour la remettre sur pied. Peine perdue : la bête était à bout de souffle. Alors éclata la colère que contenait depuis long-temps dans son cœur l'héritier de Baba Dialo :

— En vérité, s'écria-t-il en s'arrêtant de taper sur la vache pour menacer de sa trique son jeune compagnon, vous êtes des fils de fem-mes de mauvaise vie, et ton père ne connaît pas le nombre de ses pères !

— Ouaï, l'homme ! riposta le garçon. Pourquoi insultes-tu mes parents ?

— Pourquoi ! se récria Samba. Parce qu'ils m'ont volé et trompé ! Et si tu n'étais pas un enfant, je te fendrais les reins, car dans votre famille vous n'avez pas d'honneur !

— Ne te fâche point, ô Diouf ! dit le fils d'Amadou en l'appelant, pour le calmer, par le nom de son père. Et que ton cœur se repose ! Ce qui arrive n'est pas ma faute. Je ne suis qu'un enfant et les hommes âgés ne me demandent pas conseil.

— Par ma vie ! reprit Samba, tu es jeune, mais ta langue est miel-leuse, et tu ne pourrais point jurer que tu n'as pas aidé ton père à me changer mes vaches !

C'était l'heure accablante où tout le peuple de la brousse n'a plus le courage de bouger, où l'antilope reste accroupie au milieu des hautes herbes, et où les singes, loin de la terre brûlante, cherchent quelque fraîcheur dans les hauts bouquets des palmiers. La malheureuse vache battait le sol avec sa tête, le sable lui entrait dans les naseaux, elle ne faisait même plus un effort pour le souffler.

— Allons-nous-en ! dit Samba en laissant retomber sa trique. La voir crever ne sert à rien !

Et touchant la bête du pied une dernière fois, il l'abandonna aux mouches.

Le lendemain matin, au réveil, c'est en vain qu'il appela le fils d'Amadou Si. Le garçon avait disparu, et la meilleure génisse avec lui ! Où le retrouver maintenant ? Comment courir à sa poursuite dans ce pays inconnu ? Que ne l'avait-il assommé, ce fils de chien pourri, comme il avait manqué le faire devant la vache agonisante ! « En vérité, se disait-il, ces damnés bœufs ne m'ont causé jusqu'ici que du souci et ont brouillé ma tête ! C'est à cause d'eux que depuis des lunes qu'on ne peut plus compter, j'ai quitté mon village et que j'ai vu l'uni-vers se déplacer. Si la route est encore longue, je n'en ramènerai pas un seul ! »

Pendant deux jours encore il chemina dans la brousse, en poussant des cris rauques pour faire avancer son troupeau. Enfin il arriva au bord de la rivière de Bandioul, et devant l'immense nappe jaunâtre qui marque les confins de son pays, il oublia dans sa joie les Mandingues de Karantaba, et la traversée de la mer, et la guerre chez les Toubabs, et tous les désagréments que lui avaient donnés ses bêtes. Et en lui-même, obscurément, il remerciait les choses et les êtres mystérieux qui l'avaient protégé, le Dieu des musulmans qui avait fait du bien à beaucoup de gens du bataillon, et les dieux familiers de ses ancêtres Sérères, le M'boul sacré au pied duquel les femmes de Niômi viennent répandre à la tombée du soir, sous les ramures largement étalées, un peu de farine de mil délayée dans du lait aigri, et le gros rocher rouge qui émerge du vallon de Baline, et le sorcier qui avait fabriqué ses térés, et la corne d'antilope que lui avait donnée Lam Maran, et le marabout d'un village voisin qui avait enfermé dans un habile talisman son nom avec celui des Génies bienfaisants, et la vieille femme de son village qui, le jour où il était né, n'avait pas vu de malédiction dans sa nuit...

Il fit marché avec un piroguier pour passer la rivière qui n'était large à cet endroit que de sept ou huit kilomètres.

— Patron des bœufs, lui dit un homme en le voyant embarquer son troupeau dans la faya [1] du passeur, ton chargement est bien lourd pour la saison ! Il y a eu du vent ces jours-ci. Je crains qu'il ne te fatigue encore.

Et du menton il lui montra de légers nuages épars qui se groupaient dans un coin du ciel.

— Ne crains pas cela, dit Samba. Moi aussi, je connais les cieux ! La pluie n'est pas encore sur nos têtes, et il me tarde d'être arrivé car je suis depuis longtemps en chemin... Partons, dit-il au piroguier.

Celui-ci démarra la barque engagée dans la vase, et Samba prit la barre en s'excusant de ne pouvoir pagayer.

— J'ai honte, patron du bateau ! dit-il. Je tiens la barre comme une femme ou un enfant qui n'a jamais porté de vêtement. Mais pardonne-moi, je n'ai plus qu'une main ! J'ai honte, je te le dis encore, car moi que tu vois assis à l'arrière de ta pirogue, j'étais le premier pêcheur de mon pays. Aucun filet ne m'était inconnu, et non plus aucune ruse pour attraper les poissons de ma rivière. Je lançais mieux que personne la ligne de fond garnie de trois hameçons, et je savais frapper le lamantin, la nuit, au clair de lune, sans jamais manquer mon coup. Pardonne-moi, patron du bateau, mais ils m'ont tué mon bras !

— Ne te tracasse pas la tête, patron des bœufs ! Tu m'as bien payé, et tu parais un homme juste et maître de la vérité. Fais ce que tu peux, c'est encore une aide. De mon côté, je ferai le nécessaire, et nous arriverons en paix.

Le calme était complet. Dans l'atmosphère un peu trouble on ne sentait aucun souffle. Pas une ride sur l'immense plaine d'eau. Les premières pluies n'avaient pas encore établi les courants d'hivernage, et c'est à peine si la marée faisait sentir son remous. Cependant les animaux, qui jusque-là s'étaient tenus tranquilles au fond de la faya, commencèrent à donner des signes de malaise et d'inquiétude ; les taureaux piétinaient, les bœufs soufflaient bruyamment. Samba Diouf et

---

1. Lourde pirogue de charge.

le batelier relevèrent en même temps la tête. Du côté de l'est, l'horizon s'était subitement éclairci. Le ciel bas et voilé était devenu en un instant d'un bleu profond et sans nuage. Et cette soudaine embellie s'accompagnait étrangement d'un puissant murmure assourdi.

— Le vent arrive, dit Samba, et, je crois, un grand vent. Mais si tu forces, patron du bateau, nous aurons le temps d'atteindre l'autre bord avant qu'il nous ait rejoints.

— Plantons le mât, dit le piroguier, et hissons la petite voile. Il faut que nous arrivions à temps, car en cette saison la tornade ne vaut rien.

Et sortant son couteau, il fit le geste de fendre l'air en deux, comme les vieux navigateurs tiraient jadis le canon afin de briser les orages.

Autour de la pirogue, on ne sentait encore que les premiers mouvements de l'air bousculé par l'ouragan qui s'annonçait ainsi de très loin. La puissante rumeur grandissait ; d'énormes volutes de nuages, amoncelés les uns sur les autres, roulaient sur l'horizon ; et par grandes foulées cette cavalerie d'apocalypse bondissait, en mugissant, dans le ciel qu'elle semblait dévorer. Tous les oiseaux qui volaient sur l'estuaire avaient subitement disparu. On ne voyait d'autre aile que la voile gonflée qui emportait vertigineusement les deux hommes et le troupeau. Du côté qu'ils avaient quitté, la surface argentée de la rivière se ternissait sous le hérissement de milliers et de milliers de petites vagues sombres, et cette noirceur d'encre, lancée à leur poursuite, accourait derrière eux, rapide comme une inondation, un nouveau fleuve dans le fleuve. Bien qu'ils fussent déjà éloignés de plus d'une lieue de la rive, des tourbillons leur jetaient au visage du sable, des feuilles, des brindilles, des débris de toutes sortes qui précédaient la tempête et fuyaient devant elle. Et dans cette poussière aveuglante, l'ouragan les rejoignit tout à coup.

C'était un vent épais, d'une seule masse, eût-on dit, et qu'on aurait pu, en effet, couper avec un couteau. Les ténèbres s'étaient faites ; tout le ciel, d'un noir de poix, s'était replié sur leurs têtes ; l'air était devenu glacé, les bêtes s'agitaient de plus en plus.

— Par ma vie ! s'écria Samba, nous serons vite arrivés si le mât ne rompt pas !

Mais juste à ce moment on entendit un craquement. Le mât cassa au ras du banc, qui lui-même se fendit en deux, et la voile tomba sur l'avant, une moitié dans l'eau, et l'autre retenue par les cornes des bœufs.

Le piroguier se jeta sur sa pagaie ; mais les rouleaux d'air invisible foulaient et soulevaient la rivière, et de grosses vagues s'écroulaient dans la faya surchargée. Pour l'empêcher d'aller au fond, il s'arrêta de pagayer, et bondissant de banc en banc, son couteau à la main, il coupa vivement les entraves des bêtes, afin de leur permettre de sauter pardessus bord. Alors il y eut dans la pirogue une effroyable confusion d'animaux se bousculant, se ruant les uns contre les autres, s'envoyant des coups de pieds et de cornes, avec des meuglements d'épouvante et de fureur. Malgré les efforts de Samba qui, de sa main valide, tenait toujours la barre, le bateau vint en travers de la lame et se mit à rouler. Deux vaches se jetèrent à l'eau, nagèrent un instant et disparurent. Puis ce fut un mouton, une chèvre, une génisse que le roulis envoya dans la rivière où, après une courte lutte, les pauvres bêtes s'engloutissaient à leur tour.

Comme si des trous profonds s'étaient creusés dans l'atmosphère, le vent ne formait plus maintenant une masse dure et compacte, mais cessait par instant, pour reprendre de plus belle et frapper à coups de massue tout ce qui se trouvait devant lui. Ces coups eux-mêmes s'espacèrent. Entre la rivière bouleversée et le ciel qui paraissait s'effondrer sous le poids de l'eau qui le chargeait, le formidable courant d'air avait juste la place de se frayer un passage. Des éclairs jaillirent des ténèbres, quelques gouttes de pluie commencèrent à tomber, et presque tout de suite le ciel se déchira, des trombes d'eau s'écrasèrent sur la rivière, et la faya fut emportée dans des ténèbres glacées.

Le passeur et Samba, devenu presque indifférent au sort de son troupeau, ne pensaient plus qu'à vider avec des calebasses l'eau qui emplissait la pirogue. Battus du vent et de la lame, noyés sous ce déluge et menacés de couler à tout moment, ils allaient à la dérive lorsqu'une secousse brutale les renversa sur le dos. Avertis par leur instinct, les bœufs avaient déjà sauté dans les boues de la berge où la faya venait d'échouer. Une génisse, quelques chèvres et les deux hommes en firent autant. Dans la forêt qui bordait la rivière, les arbres craquaient et se brisaient. Et le petit groupe tremblant des hommes et des bêtes, n'osant y pénétrer, attendit sous des cataractes que l'ouragan fût passé.

Enfin, au bout d'une heure, la tornade s'éloigna pour dévaster d'autres contrées, ne laissant derrière elle qu'un brouillard de pluie fine qui, s'évanouissant lui aussi, découvrit dans un air d'une limpidité admirable une forêt rafraîchie, sortie des ténèbres et du fracas avec un visage nouveau, d'où s'était effacée en un instant la fatigue de huit mois d'été.

— Tu t'es donné beaucoup de mal pour tes bêtes, patron des bœufs ! dit le piroguier. Et voilà que presque toutes ont été mangées par la rivière !

— Tu dis vrai, gémit Samba, et je n'ai tant voyagé que pour faire de la viande à poissons et à crocodiles.

Et comme le patron du bateau lui offrait de l'accompagner jusqu'au village le plus proche :

— Pardonne-moi, répondit-il, mais ne te fatigue pas encore à suivre mon chemin. Un seul bras suffit maintenant pour conduire ce troupeau de malheureux !

Il arriva le soir à Niômi.

En dehors de l'enceinte, les animaux revenus du pâturage étaient déjà rassemblés. Samba appela le gardien, lui remit ses bêtes épuisées, puis, ayant chaussé ses souliers qu'il portait jetés sur l'épaule, il pénétra dans le village, du pas assuré d'un homme qui a été le compagnon de guerre des Toubabs.

Sur le fond du ciel blafard éclairé par la lune, les toits pointus des cases se détachaient en dents de scie, les uns d'un jaune clair si le chaume était neuf, les autres noirs si la paille était vieille, et d'autres tout ruineux dont on ne voyait que les carcasses. Çà et là, quelques baobabs géants élevaient dans la nuit leurs branches presque sans feuillage, pareilles à des bras énormes, terminés par des doigts courts. Et au milieu des paillotes s'arrondissait en dôme la masse épaisse du n'taba, aux feuilles larges comme des assiettes, où s'abrite pendant le jour la conversation des oisifs, mais qui sans doute, à cette heure déjà tardive, ne devait plus être hanté que par le vol des roussettes, les chauves-souris à gueule de chien.

Samba revit avec plaisir le tas d'immondices où les femmes ont coutume de jeter les cendres et les ordures, et dont la hauteur témoignait de l'ancienneté du village. Une odeur de fumées traînantes, de nourriture et d'huile chaude caressait agréablement son nez ; les chiens hurlaient derrière les palissades ; sous le n'taba, il entendit les voix de quelques causeurs attardés.

— Êtes-vous en paix, ce soir, les gens du village ? cria-t-il.

— Quel est celui qui parle ? fit quelqu'un.

— Moi, Samba Diouf, répondit le pêcheur.

Et aussitôt les causeurs d'accourir autour de lui.

— Ouaï ! disaient-ils. C'est donc toi, Samba Diouf !

— C'est moi seulement !

— As-tu la paix, Samba ?

— La paix seulement !

— Sais-tu que tu nous a étonnés ?

— Peut-être ! Et comment se portent vos maisons ?

— La paix seulement y habite. Mais tous te regrettaient, ô Diouf !

— Que la nuit vous soit douce ! Je vais revoir les gens de ma famille.

— Tu vas les étonner, Samba ! Attends que nous y allions avec toi.

Et tous ensemble ils le suivirent jusqu'à l'enclos paternel.

Le vieux Diouf était dans sa cour, quand il franchit la palissade.

— Père, as-tu la paix ? dit-il.

Et le vieillard, levant les bras :

— Notre Samba est revenu ! Notre Samba est revenu !

Et toute la maisonnée, sortant de toutes les paillotes, courait au-devant de Samba, et tous, grands et petits, serraient sa main valide et lui demandaient sans fin :

— As-tu la paix ? As-tu la paix, ô Samba ?

— Dépêchez-vous ! criait sa mère d'une voix suraiguë, votre grand frère a faim ! Il a dû oublier le goût de notre mil ! Mais laissez-le !

Demain nous lui ferons un riz à l'huile de palme, et nous verrons bien si sa bouche préfère la nourriture des Toubabs aux plats que nos mères nous ont appris !

Et les calebasses arrivaient, les unes avec du mil au poisson qui restait du repas du soir, les autres avec du lait aigri, les autres avec du manioc qu'on avait cuit sous la cendre. Et la main de Samba plongeant dans le couscous, roulait prestement des boulettes qu'il engloutissait aussitôt avec une rapidité merveilleuse.

Accroupis sur leurs talons, les enfants suivaient tous ses gestes, de sa bouche à la calebasse et de la calebasse à sa bouche, puis baissaient vivement les yeux de peur de l'avoir trop regardé. Les plus hardis touchaient sa capote et disaient :

— Que j'en perde la vie, mais ces habits sont lourds à porter !

— Restez tranquilles, les enfants ! répondait entre deux bouchées l'ancien soldat du 113ᵉ. Ce qu'on mettait dessus était bien plus lourd encore !

A tout moment, des parents ou des amis de la famille franchissaient la palissade pour saluer le nouvel arrivé. Et dans la foule qui emplissait l'enclos des propos divers circulaient. Les uns assuraient que le troupeau ramené par Samba allait au-delà de cent cornes ; d'autres prétendaient au contraire qu'il rapportait peu de bétail, mais que le reste suivait sous la garde d'un homme du pays des Foulahs ; d'autres croyaient savoir qu'il avait vendu en chemin la plus grande partie de ses bêtes, car le pays des Foulahs est loin, et c'est une chose malaisée, surtout quand on n'a plus qu'un bras, de conduire un grand troupeau ; d'autres enfin, qui avaient quelque parent à la guerre, s'étonnaient qu'il rentrât seul et que sa guerre à lui fût finie.

Tout à coup, les gens s'écartèrent. Escorté de quelques Anciens et soutenu par son fils au poil blanc, le vieux Bakari Silla, le chef du village, s'avançait dans l'enclos, tout courbé sur son bâton. Vivement une jeune fille approcha un escabeau pour faire asseoir le vieillard et, après les salutations d'usage :

— Tu arrives du pays des Toubabs, Samba ? demanda Bakari Silla.

Et Samba répondit :

— C'est de là que je viens, mais les Toubabs m'ont laissé à mon retour là où ils m'avaient pris et j'en ai profité pour aller chercher les bœufs que m'a laissés le frère de ma mère.

— Samba, reprit l'Ancien, dans le pays des Toubabs, tu as certainement rencontré des jeunes gens de notre village et des villages voisins. Lorsque tu étais déjà sur le chemin des Foulahs, Mapaté Diop, Kemo Dafé, Bakari M'Bodj, Mademba Salle sont partis, comme l'a commandé le Manso. Ils ont touché l'argent du roi des Toubabs et sont allés faire la guerre. Ils ont écrit quelquefois. Il y en a qui n'écrivent plus. Mais toi, Samba, tu as dû les rencontrer certainement.

— Homme vieux, répondit Samba, depuis que j'ai touché la terre de notre pays, tous les gens chez qui je suis passé m'ont demandé la même chose. Mais seul celui qui n'est pas allé au pays des Toubabs peut poser de pareilles questions. Je suis fatigué aujourd'hui, néanmoins, je puis te dire qu'il est difficile de rencontrer son semblable sur la terre des Toubabs. Un parent peut chercher son parent des jours et des jours, et ne le trouve pas. Le pays des Toubabs est grand ! Et les Toubabs eux-mêmes, que nous croyons peu nombreux parce que quelques-uns seulement viennent ici, ils sont en nombre qu'on ne peut pas compter, comme les fourmis rouges et les fourmis noires dans la forêt. Leurs villes sont vastes comme des pays ; et quand ils sont rassemblés, tu peux jeter une pièce de cuivre, elle ne touche pas la terre.

— L'univers est grand ! dit le vieux.

Et tous les Anciens hochaient la tête, sentant que Samba était devenu plus ancien qu'eux.

— L'univers est grand ! reprit Bakari Silla. Et probablement, ce que tu as vu dépasse nos courtes cervelles. Mais il t'a été facile de reconnaître les gens de chez nous, car on ne peut confondre les hommes aux oreilles rouges avec les hommes aux oreilles noires.

— Pardonne-moi, vieil homme ! mais il y a là encore quelque chose qui t'est caché. Nous avons été réunis de tous les pays des hommes noirs, et celui qui m'aurait dit, avant de voir ce que j'ai vu, qu'il y avait tant d'hommes à la peau noire comme nous qui ne sont pas nos parents, qui parlent des langues différentes de la nôtre, et qui habitent si loin de nous, en vérité, je ne l'aurais jamais cru !

— Par la vérité elle-même, déclara le tisserand, les Toubabs sont remplis de force pour réunir ainsi ceux qui sont si éloignés sur la terre !

— Cela dépasse la parole ! poursuivit Samba Diouf. C'est pour cela que je n'ai rencontré personne de notre pays, car il y avait des milliers de nos semblables rassemblés dans de nombreux bataillons, et nous étions en tel nombre que les noms ne suffisaient plus et qu'on nous marquait par des chiffres. Comme j'avais été engagé avec les gens du Sud, à cause de la trahison de ces fils de chiens de Mandingues, je me trouvais parmi des hommes qui se nourrissent de viandes qu'on ne peut pas nommer, mangent leurs aliments sans les cuire, ne connaissent point chez eux les habits, et qui étaient devenus fiers de porter ceux du roi des Toubabs. Il y en avait du fond de l'Est, il y en avait des grands fleuves du Nord, il y en avait des bords de la mer, il y en avait de l'intérieur du pays. Et là dedans, ni maîtres, ni esclaves, ni patrons, ni serviteurs. Les Toubabs vous mettent tous sur le même rang, et personne ne s'assoit plus haut que son voisin s'il n'a pas les galons de capolar ou de sarzent. Mais cela en vérité n'est pas facile à atteindre ! Moi, je n'ai eu que le temps d'avoir ces choses-là. Ils m'ont touché, j'ai cru être mort ; ils m'ont soigné à l'hôpital, ils m'ont donné une médaille, et être ici me paraît meilleur que les galons de sarzent !

— C'est donc que tu as fini ta guerre ? intervint le forgeron. Comment se fait-il qu'elle ne soit pas finie aussi pour les autres ? Quand nous nous sommes battus avec Fodé Kaba, ce ne fut pas long ! Il y eut des hommes tués qu'on ne pouvait compter, mais tous les autres rentrèrent en même temps.

— La guerre des Toubabs ne va pas ainsi, Massiré. Tu marches et tu ne sais pas où tu vas, tu reviens en arrière et on te dit que tu avances. Celui qui veut savoir se fatigue la tête et ses idées se brouillent. Chacun suit la voie qu'on lui dit, et personne ne sait pourquoi. En vérité, Massiré N'Gom, la guerre des Toubabs ne va pas comme la nôtre ! Tu fais la bataille pendant des lunes en restant à la même place, tu ne vois pas celui que tu combats, et tout le jour et toute la nuit les kanous envoient des balles qui éclatent au départ et aussi à l'arrivée. Tu en reçois plus que tu ne peux compter, et celles que tu reçois font tant de bruit en éclatant, que tu ne peux parler à celui qui te touche car il ne t'entendrait pas. Et il y a encore bien d'autres choses qui viennent de l'enfer et que je ne peux pas dire. Cela surmonte la parole ! En vérité, celui qui n'a pas vu la guerre des Toubabs, sa tête ne peut pas l'imaginer. Et je pourrais rester des nuits à vous raconter ce que j'ai vu, je n'en finirais point, ou bien vous diriez que je mens, ou bien vos têtes ne le comprendraient pas.

— En vérité, s'exclamaient tous les Anciens, les Toubabs ne font pas des choses insuffisantes, et ils embarrassent l'esprit des hommes !

— Dieu leur a donné le monde ! déclara le père des cinq filles. Et ils en sont les maîtres, car ils possèdent tous les secrets.

— Dis-moi la vérité, Samba, demanda le chasseur d'antilopes. Comment sont les Toubabs qui font la guerre aux Toubabs de France ? Sont-ils pareils à eux, ou ne leur ressemblent-ils pas ?

— Je ne les ai point vus, mon ami ! Ils m'ont touché, mais je n'ai jamais vu la couleur de leurs cheveux. On dit qu'ils ont les cheveux blancs, la peau de la figure très rouge, et que beaucoup ont deux yeux en plus des leurs [1]. Mais je te dis seulement la vérité, Demba N'Dour : ils m'ont touché, mais je n'ai pas eu le temps de regarder leur visage.

— Par ma vie ! dit le sorcier, tu nous racontes des choses surprenantes ! Sans doute ont-ils des térés qui les cachent à la vue des autres, et celui qui les fait est un homme très fort.

— Ce n'est pas mon idée, répliqua Samba Diouf, car les Toubabs ne croient pas aux térés, et d'ailleurs aucun téré ne peut empêcher la balle d'un fusil des Toubabs de percer la peau d'un homme. Mais tous se cachaient dans des trous où nous ne pouvions les voir et où il faut aller les chercher. J'y suis allé, j'ai fait tourner mon coupe-coupe, j'en ai frappé, ils m'ont touché eux aussi, mais je te le dis encore, je ne les ai pas vus !

— On m'a dit, reprit le chasseur, que vous aviez des fusils que l'on charge par derrière. J'en ai vu un pareil dans les mains d'un Toubab qui ne manquait jamais son gibier. Vous ont-ils donné des fusils semblables ?

---

1. Evidemment, Samba entend par là que les Allemands portent des lunettes.

— Nous n'avions que ceux-là ! Mais je n'ai pas eu le temps de tirer. Nous lancions seulement des morceaux de fer gros comme des œufs de crocodile, d'où l'on sortait une petite bague et qui éclataient sitôt qu'ils avaient touché la terre. Notre bras les lançait comme un kanou.

— En vérité, Samba, déclara Demba N'Dour, tes yeux ont vu des choses que j'aurais désiré voir.

— Et la nuit ? questionna un des Anciens. Le froid vous empêchait-il de dormir ?

— De ceux qui faisaient la guerre aucun n'osait dormir, car les Toubabs allumaient toute la nuit des lampes dans le ciel. Ils les lançaient en l'air avec un petit fusil, et deux fois à la hauteur du plus grand benténier elles s'allumaient toutes seules, et la nuit devenait comme le jour.

— En vérité, fit une voix, les Toubabs sont puissants, ils peuvent changer la nuit en jour !

— Tout cela n'est rien, reprit Samba. Le jour comme la nuit, ils passaient au-dessus de nous avec des machines qui volent, et du haut desquelles les Toubabs Alamans voyaient tout le pays des Toubabs de France, et les Toubabs de France tout le pays des Toubabs Alamans.

— Ce doit être des ballons, opina le père des cinq filles. J'en ai vu un à Dakar, quand j'étais jeune. Il montait si haut dans le ciel qu'on ne pouvait apercevoir les hommes qui se trouvaient dedans.

— Il y en avait comme tu dis, Allassane N'Diaye, mais ils étaient attachés par des cordes, tandis que ceux dont je te parle étaient pareils à de grands aigles ou à des marabouts dans le ciel.

— Et le roi des Toubabs ? demanda l'Ancien du village. Sans doute l'as-tu vu, Samba ?

— Vieil homme, il n'y a que lui dont on parle ! Mais ni moi, ni personne, nous ne l'avons jamais vu. Nous avons vu quelques-uns de ses envoyés, ils en parlaient beaucoup, mais ils ne l'ont jamais amené.

— J'ai entendu dire, fit quelqu'un, qu'il était à Paris.

— Il y a de nos semblables qui sont allés à Paris, mais là-bas, ils n'ont jamais rencontré le roi des Toubabs. Ils ont vu des maisons hautes comme des collines, ils en ont même vu une dont la tête disparaît dans les nuages, ils sont rentrés dans des carrosses qui marchent sous la terre et qui ne font pas de fumée ; ils ont vu des magasins où il n'y a personne pour te servir : tu mets ton argent dans un trou, et les plats à manger viennent tout seuls, comme si des Génies se trouvaient enfermés dans les murs de la maison. Ils ont vu encore des choses qu'il faudrait des lunes et des lunes pour vous raconter, mais ils n'ont pas vu le roi des Toubabs !

— Et la guerre que tu as laissée derrière toi, est-ce qu'elle ne finira point, Samba ?

— Personne ne peut savoir quand elle finira. Les deux ennemis ne connaissent pas la crainte, et leur nombre est incalculable ! Il en meurt chaque jour assez pour remplir toutes les cases du Sine et du Saloum réunis, mais il en reste toujours, comme si ceux qui meurent le soir se relevaient le matin. Ajoutez et mélangez à cela que toutes les races de l'univers sont rassemblées dans le pays des Toubabs. Mais des hommes qui n'ont pas les oreilles rouges, c'est nous les plus nombreux et dont le cœur est le plus solide, et pour cette raison, les Toubabs de France détruiront les Toubabs Alamans !

— Parle-moi encore, mon ami ! dit le vieux Bakari Silla. Les Toubabs de France sont-ils aussi audacieux que nous dans la bataille ?

— Sache, vieil homme, que les Toubabs de France sont entre tous les Toubabs ceux qui désirent le plus les richesses ; ils te font tout payer très cher, mais quand leur cœur s'échauffe, leur vie ils la donnent pour rien !

— Et tes bœufs ? demanda quelqu'un.

— Je suis fatigué ce soir, et ceci est une autre palabre, fit évasivement le pêcheur. Demain, nous arrangerons cela avec les gens de ma famille.

— Tu as raison et tu dis vrai, déclara le vieux Diouf. Et tu dois être fatigué, car le pays des Foulahs est loin !

Sur ces mots, les gens accroupis se relevèrent et prirent congé.

En chemin, ils se disaient entre eux :

— Samba a vu des choses que personne n'avait vues encore. En vérité, aller dans le pays des Toubabs faire la guerre n'est pas agréable, mais celui qui revient ne manque pas de choses à raconter à ses semblables !

— Oui, répondaient les jaloux, mais je crois bien que Samba est en train de grandir sa propre tête !

— On n'a pas vu ce soir le père de Yamina Sédi, remarqua le marchand de bougies et de parfums.

A quoi Bounama Seck le griot répondit :

— Celui qui a un pou dans son pantalon se gratte et le cherche chez lui...

Quand il ne resta dans sa case que les parents les plus âgés, le vieux Diouf dit à son fils :

— Tu viens du Fouladou, Samba ?

— C'est de là que je viens.

— Et où est le troupeau ?

— J'ai mis les bêtes parmi les autres.

— Le troupeau est-il comme on l'avait dit ?

— Il ne l'était déjà plus quand on me l'a remis, car il y a des mauvaises gens partout ! Mais il ressemblait encore à quelque chose qui a une tête.

— Et maintenant ? demanda le vieux, inquiet.

— Un malheur qui dépasse l'esprit m'est tombé dessus en chemin ! Le vent m'a pris sur la rivière, et la rivière a mangé presque tout ce qui restait du troupeau !

— Tu as donc oublié chez les Toubabs qu'il faut prendre des précautions quand vient la saison d'hivernage ! dit le vieillard avec aigreur. Voilà des lunes et des lunes que tu t'es mis en chemin, et tu ramènes juste quelque chose qui n'a pas d'importance !

— La chance ne t'a pas accompagné, ô Samba ! ajouta un des parents.

— Les bœufs ne te vont pas ! dit un autre.

Et un troisième :

— Tu aurais mieux fait de garder tes filets, mon ami, et de rester sur ta pirogue !

— Ouaï ! s'écria le tirailleur, vous me reprochez tous le malheur qui m'a fatigué, et vous ne me demandez seulement pas comment ma petite main est morte à la guerre ! Et pourtant cette main qui ne m'est plus d'aucune utilité, je la préférerais à tous les bœufs du Fouladou !

— Tu as raison, Samba ! dit la vieille mère Diouf qui venait d'entrer dans la case pour replacer les calebasses sur les étagères de bambou. Vous le fatiguez tous à cause de ses bœufs, mais nous buvons assez de lait sans les vaches que la rivière a mangées. Le mil ne manque point chez nous, et les bœufs que Samba a ramenés, aussi petits, petits qu'ils soient en nombre, seront toujours en quantité suffisante pour faire la dot de Yamina, si Samba en veut encore !

A ces mots, le jeune homme redressa la tête et dit :

— Qu'y a-t-il encore avec Yamina ? On m'a écrit qu'elle n'était pas restée toujours assise au même endroit. Mais en ce temps ! et là où je me trouvais, mon chemin n'était pas dans les choses de femmes. Dites-moi ce qu'il y a, car je ne veux pas faire ce qui n'est pas dans la voie.

— Allons nous coucher, dit le vieux sans répondre à la question. Le pays des Foulahs est loin, et tu as été longtemps en route. Ne te tracasse pas la tête, et demain, si tu ne vois pas le père de Yamina Sédi, tu iras à sa maison, et ce qui doit être sera.

— Tu dis vrai, père. En vérité, l'envie de dormir me tue, et il y a longtemps que je n'ai dormi sous votre ombre. Passez donc la nuit en paix, et que la nuit vous soit douce !

— Paix et paix ! dirent les parents.

De très bonne heure le lendemain, Samba se rendit chez les Sédi. Pas de si bonne heure cependant que le père de Yamina n'eût déjà fait un tour du côté du troupeau et constaté que le pêcheur n'avait pas ramené quelque chose d'excellent du pays des Foulahs.

Dès qu'il aperçut dans sa cour l'héritier de Baba Dialo, il l'aborda avec les marques de la satisfaction la plus vive :

— Pardonne-moi, Diouf, lui dit-il, si je n'ai pas été hier au soir te saluer dans ta maison. Je ne suis rentré qu'à la nuit, et c'est alors qu'on m'a dit que tu étais revenu.

— Tu le vois, répondit Samba, les Toubabs ne m'ont pas tué ! Ma petite main est morte seulement.

— Ouaï ! fit l'autre comme s'il n'en savait rien encore, un malheur est tombé sur toi, et tu ne pourras plus travailler !

— Pardonne-moi, Sédi. Mon autre main pourra toujours nourrir ma propre bouche. Et je ne parle pas de la pension que, quatre fois par année, me donnera le roi des Toubabs.

— Tu dis peut-être vrai, mais tu n'es plus tout de même le Samba que nous connaissions, et tu ne pourras plus m'aider à cultiver mon champ.

— O Sédi, je vois bien ce qui te gratte ! La dot de ta fille, tu as peur que je ne puisse pas la payer. Mais si c'est là ce que tu crains, tu pouvais ne pas m'attendre et donner Yamina en mariage au colporteur qui s'est approché d'elle, pendant que je faisais la guerre dans le pays des Toubabs.

— Samba, reprit le vieux, tes oreilles ont écouté les dires des gens qui ne sont pas d'accord avec moi, et ce sont leurs paroles qui font lever ta colère ! Apprends donc, mon ami, que les hommes comme toi, qui ont de l'âge, ne doivent pas prêter d'importance à ce que font les jeunes gens.

— C'est seulement la vérité que tu dis. Mais ce que les jeunes gens ne savent pas, les Anciens devraient bien le leur apprendre. Beaucoup des choses qui ne sont pas droites seraient ainsi évitées.

— Tu ne peux pas empêcher, mon garçon, le chevreau qui ne tète plus d'aller courir dans la brousse.

— Quand on dit cela, Sédi, c'est qu'il n'y a pas de berger !

— Ne parle pas de berger, Diouf ! Vois dans quel état, toi-même, tu as ramené le troupeau que t'a laissé le frère de ta mère !

— Que sais-tu encore là-dessus ? demanda Samba avec humeur.

— Ce que je sais, je le sais. Et les bœufs et les génisses dont tu nous avais parlé, tu n'en as pas ramené la dixième partie !

— Tu as donc été voir le troupeau ?

— J'ai vu ce que j'ai vu. Et ce que j'ai vu ne fait pas la dot d'une fille de famille pauvre.

— Je ne discuterai pas ces choses avec toi, répliqua le pêcheur. Mais pendant des années j'ai cultivé ton champ, je t'ai donné du poisson pour toi et ta famille, et les foies de lamantins, je te les ai toujours réservés. Si j'ai couru après ces bœufs, c'est encore à cause de ta fille, car chez nous le lait de nos vaches nous ne le finissons jamais. Et la pension du roi des Toubabs vaut bien les bêtes que la rivière a mangées.

Prudemment, le vieux Sédi jugea bon d'arrêter là l'entretien.

— O Samba, répondit-il, être allé dans le pays des Toubabs, cela t'a donné un caractère que je ne reconnais plus ! Nous ne pouvons causer ensemble. C'est seulement ton affaire et l'affaire de Yamina. Va la trouver, et ce qui est entre vous, essayez de le délier.

Samba se dirigea du côté de l'enclos où habitaient les femmes.

Il appela Yamina.

— Je suis là ! répondit dans une case une voix traînante et chantante qu'il reconnut aussitôt.

Courbant sa haute taille, il passa sous la porte, et le spectacle qui s'offrit à sa vue, ce fut la croupe rebondie, bien sanglée dans un pagne, d'une femme assise sur ses talons, en train de brasser un couscous, et qui portait, à califourchon sur son dos, un enfant solidement amarré par une bande de cotonnade.

Elle aussi avait reconnu la voix qui l'appelait, mais elle n'en laissa rien paraître et, s'étant retournée, elle dit d'un air étonné :

— Ouaï ! C'est donc toi, Samba Diouf ! Samba, as-tu la paix ?

— La paix seulement ! répondit le pêcheur.

Et après un temps de silence, pendant lequel ses yeux ne se détachaient pas du poupon, dont la tête pendait comme un fruit sur le dos de sa mère :

— Quant à toi, Yamina, je vois que tu as aussi la paix, car, en vérité, rien ne te manque !

— Que veux-tu dire ? fit-elle arrogamment, et toujours sans se lever.

— Et celui-ci donc, qui est-il ? répliqua Diouf en montrant le nourrisson.

— C'est mon enfant, fit-elle avec simplicité.

— Ce qu'on m'avait écrit était donc vrai, Yamina ? Je ne l'avais pas cru, mais maintenant plus rien de la vérité ne m'est caché.

A ces mots, la jeune femme se releva prestement, remonta d'un coup de reins le poupon qui avait glissé et, tout en resserrant sur ses reins la bande de cotonnade qui attachait l'enfant, elle dit d'une voix agressive :

— C'est ta faute, Samba ! Si tu ne m'avais pas abandonnée, comme tu l'as fait pendant deux ans, cela ne me serait pas arrivé !

— Tu as la langue pointue et mauvaise, et celui qui t'entendrait pourrait croire que j'ai suivi mon caractère en allant faire la guerre chez les Toubabs ! J'ai failli mourir aussi bien sur leur terre que sur la nôtre, et voilà que tu me dis maintenant que c'est moi qui ai voulu te quitter pendant deux années ! Par ma vie, Yamina, tu ne manques pas de moyens !

— Et de quels moyens ai-je besoin ? répondit-elle de plus en plus arrogante et d'une voix suraiguë. Je croyais que je ne te reverrais plus et que tu ne reviendrais jamais du pays des Toubabs !

— Tu savais bien, dit Samba, que j'étais parti seulement pour aller chercher les bœufs qui devaient payer ta dot. Et ce sont ces chiens crevés du village de Karantaba qui m'ont envoyé faire la guerre sur l'autre bord de la mer !

— Tout cela, ce ne sont que des paroles ! répliqua aigrement la jeune femme. Tu as mangé la nourriture des Toubabs, tu parles le toubab et grasseyes comme eux, et parce que tu sais dire : « Bonzour, Mossié ! », tu grandis ta tête au-dessus de la mienne !

Le pêcheur voulut parler, mais elle, toujours irritée :

— Et je suis sûre aussi que tu as fréquenté les femmes des Toubabs ! Voilà pourquoi tu me diminues maintenant. Et c'est ce que je vois avec ma tête courte !

— Si je l'avais voulu, riposta non sans orgueil l'ancien soldat du 113ᵉ, j'aurais pu faire ce que tu dis, car j'en ai rencontré de plus belles que toi, qui m'ont dit des choses agréables.

— Tu es fou, Diouf ! s'écria-t-elle avec un petit rire forcé. Ces femmes se sont moquées de toi ! Tu sais bien qu'une femme aux oreilles rouges n'épouse pas un homme à la peau noire. Ce que tu me racontes là est une plaisanterie, Samba !

Pendant cette conversation, le poupon s'était réveillé, et de sa petite tête il frappait le dos de sa mère. D'un mouvement plein de souplesse, celle-ci le fit tourner autour d'elle, le passa sous son bras et lui donna le sein. C'était un gros garçon au teint clair, bien nourri et bien gras, la tête ronde et rasée de frais, qui tétait goulûment de ses fortes lèvres rouges, tout en regardant l'étranger avec de grands yeux blancs. Et cela émut chez Samba la tendresse naturelle qu'ont tous les Noirs pour les enfants.

— Ton fils, Yamina, il est bien ! dit-il à la fille des Sédi.

— Diouf, fit-elle avec hauteur, sache que je n'enfante pas quelque chose de laid !

Et tandis que le marmot tétait, le pêcheur regardait la mère qu'il avait laissée presque enfant, et dont la croupe et les hanches étaient magnifiquement développées. Maintenant il avait sous les yeux une belle femme épanouie, les épaules larges, la poitrine bombée, la peau bien tendue sur tout le corps par la bonne santé, ce qui rendait son teint plus clair encore. Tant de séductions réunies ne le laissaient pas insensible.

— Depuis ton enfance, Yamina, reprit-il en baissant la voix, je cultive le champ de ton père, je lui ai procuré de lourdes récoltes d'arachides et de mil, et j'ai porté tous les jours à ta mère du poisson frais. Tout cela méritait que tu ne m'oublies pas et que je n'aie pas travaillé pour la brousse toute nue.

— Samba, dit-elle d'une voix doucereuse sans répondre à ces paroles, je vois que les Toubabs t'ont donné des médailles, mais qu'est-il arrivé à ta petite main ? Tu ne la remues pas et tu la laisses sous ton m'boubou. L'auraient-ils par hasard touchée ?

— Ils l'ont touchée, répondit le pêcheur. Et même ils l'ont tuée.

— Ouaï, ma mère ! tu as dit un malheur ! Comment pourras-tu travailler, jeter le filet et le harpon, et cultiver ton mil ?

— Tu parles pour dire une chose pénible, répliqua-t-il un peu honteux. Mais si je ne peux plus maintenant servir sur l'eau et jeter le filet, je peux toujours pousser l'outil dans le champ, et quatre fois par an je toucherai chez le Manso l'argent du roi des Toubabs.

La jeune femme ne répondit pas, comme si elle remuait dans sa tête les choses que venait de dire Samba. Puis faisant passer lestement son poupon du sein droit au sein gauche :

— Et les pagnes que tu avais promis de me rapporter du pays des Foulahs ? demanda-t-elle d'un air distrait. Me les as-tu rapportés ?

— Je n'en ai plus retrouvé comme on en faisait avant la guerre, dit-il en détournant les yeux.

— Et les bracelets que tu devais me faire forger au pays de /Dian Dian Bouré, les as-tu aussi oubliés ?

— Le forgeron aurait mis trop de temps pour les forger, et j'étais pressé de revenir et de ramener mon troupeau.

— Et où sont les bœufs ? fit-elle.

— Ils sont là-bas, répondit-il en désignant d'un geste vague l'endroit où l'on parquait les bêtes.

— Les bœufs sont-ils en nombre ?

— Ils sont ce que Dieu a voulu.

— Et combien y en a-t-il ?

Mais c'était là une de ces questions auxquelles, en général, on ne se soucie guère de donner une réponse pour ne pas attirer un malheur sur les bêtes, et dans le cas particulier, Samba n'avait aucun désir de fournir des précisions.

— Tu les verras dans le troupeau ! Et maintenant, ajouta-t-il, je retourne chez les miens m'occuper de beaucoup de choses qui me sont arrivées à cause de ma longue absence.

— Reviendras-tu à la maison ? demanda-t-elle soudainement radoucie.

— Peut-être nous nous reverrons, dit-il.

Et se courbant sous la porte :

— Passe la journée en paix, Yamina !

— Paix et paix ! répondit-elle quand il était déjà dehors.

Ce soir-là, une belle lune ronde s'était levée au-dessus de la forêt, et l'on aurait pu ramasser à sa clarté une pièce de monnaie tombée à terre. Soudain retentirent allégrement les coups précipités du petit tambour au son grêle. Alors, ce fut dans toutes les paillotes un grand remue-ménage. Les femmes se hâtaient d'éteindre les foyers allumés pour la cuisine et de ranger leurs ustensiles sur les étagères de bambou, en criant après les enfants qui n'en finissaient plus de racler du doigt les calebasses. Puis s'étant lavé les mains pour ne pas salir leurs toilettes, elles sortirent des coffres des camisoles fraîches, les pagnes bleus de Saint-Louis, et ceux de Bissao et des îles du Sud aux fils de coton multicolores, les mouchoirs de soie ou de madras, que les unes nouaient sans élégance, et que les autres arrangeaient artistement sur leur tête à la manière des grandes coquettes de Fatik ou de Kaolack, les colliers de perles d'or creuses, les bracelets d'or de N'Galam et les verroteries de bazar. A mesure qu'elles étaient prêtes, femmes et jeunes filles se rendaient hors du village, à l'endroit où l'on frappait le sabar, et ce n'était qu'un cri : « C'est Samba qui donne la fête ! L'honneur qu'il avait en partant, il ne l'a pas laissé au pays des Toubabs ! »

A présent, les deux tambours de Bounama Seck et de son fils menaient ensemble leur tapage, l'un grave, l'autre clair, tandis que d'une voix suraiguë le vieux griot chantait la louange de Diouf :

> *Samba, tu es un homme !*
> *Et le voyage au pays des Toubabs*
> *T'a grandi, en vérité...*

Et les tambours battaient, battaient.

> *Que tu ailles ou que tu viennes,*
> *Tes richesses ne tarissent point.*
> *Io ! Samba, tu es le parent du roi !*
> *Que tu ailles ou que tu viennes,*
> *Tes richesses ne tarissent point...*

Et le griot s'arrêtait un instant pour chercher l'inspiration. Puis il reprenait de plus belle :

> *Amadou Lamine et Samba Laobé Fal*
> *N'ont jamais eu de guerriers comme Diouf !*
> *Et si Sanor l'avait eu,*
> *Jamais on n'aurait brisé*
> *Le royaume de M'Badane !*

Et après une pause, pendant laquelle le tam-tam faisait rage :

> *Eh ! Diouf ! Eh ! Diouf !*

Et la voix du griot semblait maintenant percer le ciel :

> *Ils ont tué un de tes bras,*
> *Mais celui qui te reste est plus fort*
> *Que les deux des autres hommes !*
>
> *Io ! Samba, les Diouf*
> *Ont un homme dans leur famille,*
> *Aucun n'est plus grand que lui !*
>
> *Io ! Diouf ! Quand ils l'ont vu*
> *Les Alamans ont fui.*
> *Ils ont tué son bras,*
> *Mais lui, il en a tué*
> *Qu'on ne peut plus compter !*
>
> *Eh ! Samba ! Il ne pourra plus*
> *Tuer de lamantins,*
> *Mais il a tué des ennemis*
> *Pour toute sa vie. C'est un homme !*

Io ! Diouf ! Son honneur est grand,
Et il en a donné à toute sa famille...

Pendant que le griot chantait, tous les gens du village avaient formé le cercle, les femmes au premier rang et les hommes derrière. La lune éclairait vivement la blancheur des camisoles et faisait briller sur les peaux noires les perles d'or et les verroteries. Une femme se détachant du cercle s'était mise à piétiner sur place, un de ses bras écarté du corps, une main inlassablement agitée autour de son poignet flexible, tandis que de son autre main elle tenait relevé son pagne afin de dégager ses jambes. Excitée par la musique, une autre femme était venue se placer devant elle, et toutes deux, luttant de frénésie dans leur piétinement forcené, finirent par tomber hors d'haleine, en poussant un cri strident. Mais déjà une autre danseuse s'élançait dans le cercle et, à partir de ce moment, le vertige ne s'arrêta plus. Tantôt, c'était une jeune fille qui, n'ayant pas à relever son pagne arrêté aux genoux, dansait, les deux bras étendus ; tantôt, c'était une mère de famille qui, faute d'avoir pu confier son enfant à personne, trépignait et se démenait, portant sur le dos son poupon dont la tête endormie se balançait au rythme du sabar ; tantôt, c'était une petite fille qui chantait en se trémoussant et se déhanchant de son mieux :

Je ne puis pas, je ne puis pas,
Je n'en ai pas la force !
Mais l'an prochain, l'an prochain,
Je me marierai, je me marierai !

Et les danseuses se succédaient sans relâche, se laissaient choir sur le sol pour repartir avec une ardeur nouvelle, tandis qu'un grand gaillard, brandissant sur sa tête une lanière d'hippopotame, élargissait le cercle des curieux, en criant d'un air féroce qui faisait rire tout le monde : « Ecartez-vous ! ou je tue quelqu'un ! »

Tout à coup Samba Diouf vit bondir dans le cercle la fille des Sédi. Elle avait laissé dans sa case l'enfant du colporteur étranger ; sa camisole blanche, d'où sortaient ses bras nus, tombait en plis bien empesés sur ses hanches chargées de ses pagnes et de ceux de sa mère, qu'elle avait empruntés pour se donner plus d'ampleur ; ses pieds frappaient le sol avec rapidité ; sa main gauche, relevant les multiples étoffes dont elle était chargée, découvrait un de ses genoux et sa droite s'agitait sans trêve comme une feuille tournoie sous le vent.

— Sur ma vie ! dit le cordonnier qui tenait amicalement Samba par la manche de son m'boubou, entre toutes ces femmes il n'y en a pas une qui la vaille !

— Hum ! répondit le chasseur d'antilopes qui, de l'autre côté de Samba, le tenait aussi par la manche. C'est bien ainsi que pensait le colporteur mandingue qui est venu la voir dans sa case et qui a disparu le lendemain.

— Ce qui est fait est fait, reprit le cordonnier. Mais que j'en perde mon nez si l'on trouve dans tout le pays une femme qui sache comme elle préparer la nourriture, blanchir les vêtements et les lustrer avec le taparka [1] !

— Tu dis la vérité, Famara ! répliqua Demba N'Dour. Je veux qu'on m'enterre aujourd'hui si j'ai oublié les nourritures que j'ai souvent mangées dans la maison des Sédi ! Mais ce qui remplit le ventre n'est pas toujours suffisant pour rafraîchir l'esprit. Et quand ton esprit est en repos, toutes les nourritures te semblent bonnes, tandis que s'il est échauffé, tous les plats te semblent pesants.

— Ce que tu dis, ô Demba, peut donner à réfléchir, acquiesça le cordonnier. Mais seul le bon caractère porte la paix dans une maison, et c'est peut-être parce que Yamina a eu trop bon caractère qu'elle a prêté l'oreille aux dires habiles du dioula. Mais que j'aille brûler dans le feu de l'autre vie, si je n'aime pas mieux une femme à l'oreille facile mais de bon tempérament, qu'une femme qui ne s'écarte pas de la voie, mais dont les yeux sont courroucés et qui crie toujours comme un ânier ou un chamelier de l'intérieur !

— Tu as bon caractère, Famara et le rire seul te fait montrer les dents ! riposta le chasseur. Mais tu oublies qu'un bâtard n'est point un fils.

— Un fils est toujours un fils, et d'où qu'il vienne c'est une richesse ! Samba est au moins sûr que jamais sa femme n'aura la honte de s'habiller en mendiante et d'aller demander l'aumône de maison en maison, comme font les femmes infécondes, afin que cesse leur stérilité.

— Samba Diouf est un homme ! déclara Demba N'Dour après un moment de silence. Il a dépassé l'âge de l'enfance. Il a vu beaucoup de choses. Chacun cultive son champ à sa façon et sème ce qui lui fait plaisir. Chacun cherche ses poux à l'heure où il lui plaît. Il a de l'âge. Il n'est pas fou. Il doit savoir ce qu'il a à faire ; et moi qui suis son ami, comme toi, Famara, nous savons une seule chose : ce qu'il fera sera bien fait.

Le pêcheur, sans rien dire, écoutait ses deux amis. Lorsque Demba N'Dour parlait, il trouvait qu'il disait vrai ; lorsque Famara Yafa prenait à son tour la parole, il trouvait qu'il n'avait pas tort non plus ; et quand Yamina dansait, il se disait à part lui qu'aucune des femmes qu'il avait vues au pays des Toubabs n'avait une croupe aussi plaisante que la fille des Sédi...

Le sabar continuait toujours. Les hommes maintenant s'y mêlaient, bondissant parmi les femmes avec des contorsions et des gestes d'une joyeuse indécence ; et celles-ci, pour exciter les tambours, s'arrachant un collier, un bracelet, le foulard de soie qui couvrait leur haute chevelure, ou bien un de leurs pagnes, le jetaient à la tête des griots.

---

1. Sorte de massue pour repasser le linge.

Cela dura tant que la lune fut assez haute dans le ciel. Lorsqu'elle tomba sur l'horizon, les gens regagnèrent le village, où les abois des chiens, énervés eux aussi par le tapage, semblaient continuer la musique maintenant que les tambours s'étaient tus. De temps en temps, sur le sentier, une femme, ressaisie par le délire, se détachait d'un groupe et se remettait à trépigner, et les jeunes gens, pivotant eux-mêmes, s'amusaient à pousser des cris aigus.

Samba paya les musiciens puis il accompagna chez eux Demba N'Dour et le cordonnier, et lui-même, d'un pas nonchalant, s'achemina vers sa case.

Mais arrivé devant la palissade qui bordait l'enclos paternel, au lieu d'entrer, il s'arrêta. Longuement ses yeux cherchèrent dans l'ombre si l'on ne voyait plus personne. La solitude était complète. Un grand silence régnait sur le village. Les chiens avaient cessé d'aboyer ; on n'entendait que les grenouilles au bord de la rivière, et le hululement monotone des oiseaux de nuit dans la forêt... Alors, d'un geste décidé, relevant son m'boubou sur son épaule, il prit le chemin qui conduisait à la maisonnée des Sédi.

Ce même soir, là-bas, sur l'autre bord de la mer, Bambaras, Toucouleurs, Ouolofs, Mandingues, Soninkés, Bobos, Gouros, Baoulés, Yakoubas, gens du Nord et gens du Sud, tout le 113ᵉ bataillon noir s'élançait une fois de plus à l'assaut des Alamans. Et Samba Sarr le chamelier et le caporal Lamine Cissé, seuls survivants de la 7ᵉ escouade où avait servi Samba Diouf, tombaient ensemble, frappés du même obus, sur la terre des Toubabs.

ANNEXE

Préface de Roland Dorgelès
à l'édition de 1964
des *Croix de Bois*

Cinquante ans après

Cinquante ans !

Cinquante ans déjà...

Pour nous qui avons vécu ces heures exaltantes, ce passé est tout proche. Le temps d'un battement de paupières et il revit, les événements se raniment, les visages disparus renaissent. C'est une page d'histoire que nous ne nous résignons pas à tourner.

Donc, depuis une semaine, Paris vivait dans la fièvre. Au gré des télégrammes parvenant des quatre coins de l'Europe, on passait de l'angoisse à l'espoir — Ultimatum à la Serbie... Médiation anglaise... Refus de Berlin... Recours à La Haye... Mobilisation russe... Etat de guerre en Allemagne — puis le samedi premier août dans l'après-midi, à l'heure suffocante des orages, la terrible nouvelle a éclaté comme un éclair.

— Ça y est ! C'est affiché à la mairie, m'a crié un passant qui courait.

Je n'ai fait qu'un bond jusqu'à la rue Drouot et, fendant la cohue qui déjà emplissait la cour, je me suis approché de la fascinante feuille blanche collée à la porte. D'un regard j'ai lu le message, puis l'ai relu, posément, mot à mot, pour m'assurer que c'était vrai. *« Le premier jour de la mobilisation sera le dimanche deux août. »* Rien que trois lignes, hâtivement écrites d'une main qui tremblait. C'était le faire-part d'un million et demi de Français.

Les gens qui avaient lu se retiraient, effarés, tandis que d'autres affluaient, mais ce silencieux accablement n'a pas duré. Soudainement un vent héroïque a redressé les têtes. Quoi ? C'était la guerre ? Eh bien soit, allons-y ! Sans que nul ait donné le signal, la *Marseillaise* a jailli de milliers de poitrines, des gerbes de drapeaux sont apparues aux fenêtres et des cortèges hurlants ont déferlé sur les boulevards. Chaque colonne brandissait sa pancarte : « Volontaires alsaciens... Volontaires juifs... Volontaires polonais. » Ils s'acclamaient l'un l'autre sous les bravos de la foule et ce torrent humain, grossi à chaque carrefour, allait tournoyer place de la Concorde, devant la statue de Strasbourg encadrée de bouquets, pour refluer vers la République, où ceux de Belleville et du faubourg Saint-Antoine hurlaient à s'en briser la voix le refrain des grands jours : « Aux armes citoyens ! » Mais c'était cette fois mieux qu'une chanson.

Pour accomplir ma tâche de reporter, j'ai parcouru la ville dans tous les sens. Sur le Cours-la-Reine j'ai vu défiler des cuirassiers aux crinières de légende et, rue La Fayette, des fantassins en tenue de guerre à qui les femmes jetaient des fleurs et des baisers. Dans une gare de triage j'ai vu charger des canons au long cou maigre enguirlandés de branchages et de lauriers, tandis que des pioupious en pantalon rouge s'entassaient gaiement dans des wagons à marchandises qu'ils couvraient de défis et de caricatures. Jeunes et vieux, civils et soldats flambaient du même enthousiasme. C'était comme une fête de la Fraternité.

Fourbu, mais encore frémissant, j'ai regagné l'*Homme Libre* et suis entré en rafale dans le bureau de Clemenceau, notre patron.

— Que dit Paris ? m'a-t-il demandé.

— Il chante, monsieur le Président !

— Alors, tout ira bien...

Son vieux cœur de patriote ne s'était pas trompé : rien n'a terni cette fabuleuse journée. Tout cependant était à craindre. Le monde ouvrier, bouleversé par l'assassinat de Jaurès, pouvait demander vengeance. La veille, à la brasserie du Croissant, quelques instants après l'attentat, je m'étais penché sur le corps du tribun étendu sur deux tables de marbre ; j'avais lu la colère sur le visage des travailleurs surgis des imprimeries voisines. Un ordre, un geste et c'eût été l'émeute ; mais un compagnon de Jaurès, dressé dans la voiture où l'on allongeait le grand corps, a adjuré ces hommes, dont beaucoup pleuraient, de contenir leur fureur et, tête basse, les dents serrées, ils ont regardé en silence s'éloigner dans la nuit le premier tué de la guerre.

Moins de vingt-quatre heures plus tard, voyant leur vieux rêve de paix écroulé, ils se rueraient sur les boulevards pour manifester, mais cette fois ce ne serait pas l'*Internationale* qu'ils entonneraient, ce serait la *Marseillaise*. Ils ne crieraient pas « A bas la guerre ! » mais « A Berlin ! »

Qu'avaient-ils à défendre, ces patriotes aux mains noires ? Pas même une bicoque, un arpent de labour, à peine une enjambée de concession au cimetière de Pantin ; pourtant ils allaient partir, comme leurs rivaux d'hier, une chanson héroïque aux lèvres et une fleur au fusil. Plus de pauvres ni de riches, de prolétaires ni de bourgeois, de ligueurs de droite, ou de militants de gauche : il n'y avait plus que des Français.

Dès le lendemain, des milliers d'hommes pressés de se battre se bousculaient devant les bureaux de recrutement pour s'engager. Des hommes qui auraient pu rester chez eux, entre leur femme et leurs gosses, ou auprès d'une maman qui les suppliait. Mais non. Pour eux, le mot Devoir avait encore un sens, et celui de Patrie reprenait sa splendeur.

Le temps de fermer les yeux ils me sont apparus, ces volontaires de la grande journée, puis je les ai revus sous le vieux képi ou le casque bleu, criant « Présent ! » quand on demandait les hommes pour un coup de main, ou se lançant à l'assaut, baïonnette au canon, et je me suis interrogé, j'ai questionné leurs ombres sanglantes.

— Dites-moi, camarades de l'éternel silence, auriez-vous assiégé les bureaux d'engagement avec le même entrain, vous seriez-vous battus avec le même courage si vous aviez su que cinquante ans plus tard ces hommes à polo gris ou au casque d'acier qu'on vous ordonnait de tuer ne seraient plus des ennemis et qu'il faudrait leur tendre les bras ? L'héroïque « En avant ! » que vous poussiez en franchissant le parapet ne vous serait-il pas rentré dans la gorge ? Au fond de la tombe où vous gisez, ne regrettez-vous pas votre sacrifice ? « Pourquoi nous sommes-nous battus ? Pourquoi nous sommes-nous fait tuer ? » C'est la rumeur d'un million et demi de voix qui s'élève des entrailles de la terre, et nous, les survivants, ne savons quoi répondre.

Ceux qui s'offraient vaillamment au massacre étaient-ce donc des dupes ? Les trompait-on en leur apprenant, dès l'enfance, que mourir pour la patrie était le sort le plus beau ? Faudrait-il piétiner les frontières pour lesquelles on se faisait tuer ? Le Devoir change-t-il sans cesse au caprice du vent ? Autant de questions qu'on n'ose poser à ces têtes aux orbites creuses. Je voudrais leur crier : « Non, votre sacrifice n'a pas été vain ! Votre vaillance a sauvé non seulement le pays mais l'univers entier, que l'Allemagne eût écrasé sous son talon de fer ; la dernière victoire n'est qu'une fille de la vôtre et les Grands d'à présent restent vos débiteurs. » Mais à quoi bon ? On ne console pas les morts avec des discours...

Instruits par les événements, nous savons aujourd'hui qu'il faut oublier. La France et l'Allemagne sont enfermées dans l'Europe comme des fauves dans une cage ; si elles ne s'accordent pas elles s'entredévoreront jusqu'à la fin des temps. Même si le cœur est muet, la raison nous l'ordonne : nous devons barrer d'un trait les années de guerre et celles de l'occupation. Oui, je veux oublier.

Mais eux, dont la jeune bouche est à jamais scellée, eux qui donnèrent leur vie pour reprendre à l'ennemi un lambeau de terre française, pardonneraient-ils aussi ?

Je n'éprouve aucune haine pour les durs guerriers que j'ai vus de mes yeux lâcher sur moi un coup de feu ou lancer une grenade, ils faisaient leur terrible métier, comme moi le mien, mais tous nos morts sont-ils pareillement apaisés ? Je le demande à mon cousin que je suis allé déterrer de mes mains, près de Château-Thierry. Il portait à la nuque un trou noir : la trace de la balle tirée lâchement par-derrière alors qu'il venait d'être fait prisonnier. Tendrais-tu ta main, ta main décharnée de squelette à ton meurtrier ?

Et toi, tendre René Blum, toi, fier François de Tessan, mes amis les plus chers, morts dans les camps nazis, auriez-vous le funèbre courage de murmurer : « C'en est assez, soyons amis » ?

Certes, nous avons tous eu devant nous d'autres hommes que des bourreaux. Pour fléchir ma rancœur je veux évoquer ce blessé exsangue que nos brancardiers déposèrent à la fin de la nuit devant le poste du colonel, à la Marnière. Les hommes de son coup de main s'étaient glissés sans bruit jusqu'à notre barbelé, un mouchoir noué au bras pour ne pas s'entretuer dans l'obscurité, et, arrivés à la chicane, ils avaient bondi en hurlant. Lui s'était écroulé sur notre parapet, blessé au ventre, et maintenant, inerte sous la couverture brune, il ne gémissait plus. Comme les brancardiers guettaient son dernier souffle il a fait l'effort de rouvrir les paupières et, d'une voix sourde, a supplié : « Je veux mourir les yeux tournés vers mon pays. » Un agent de liaison qui comprenait l'allemand a traduit et, soulevant le moribond par les épaules, les camarades contenant leurs larmes l'ont placé face aux lignes. Dans le ciel gris se fanaient les dernières fusées. Il a longuement regardé cette pâle frontière puis, murmurant peut-être adieu, il est lourdement retombé. On n'a pas eu à lui fermer les yeux...

Après lui, j'en appelle un autre. Pas moribond, celui-ci ; même pas blessé. Solide, au contraire, et presque provocant. Fait prisonnier entre les lignes alors qu'il était en patrouille on l'avait amené au colonel pour être interrogé. Elevé dans une institution de Neuilly il parlait parfaitement notre langue mais refusait de répondre. On lui demandait quels régiments occupaient son secteur. « Je ne sais pas. » S'il arrivait des renforts ? « Je ne sais pas. » Si l'on creusait des sapes d'attaque, si l'artillerie de Brimont changeait ses emplacements. « Je ne sais pas. » Le colonel finit par se fâcher : « Si tu ne parles pas, je te fais fusiller ! » La menace n'ébranla pas le prisonnier. Alors, notre chef, changeant de tactique, rompit le pain encore chaud que l'ordonnance venait de rapporter du village voisin et lui en tendit un quignon :

— Il est beau, hein, le pain de France. Il te fait envie. Eh bien, mange !

Le soldat affamé s'est mis au garde-à-vous.

— Merci, mon colonel. J'aime mieux le pain noir...

De tels hommes, peut-on les mépriser ? Peut-on leur imputer les crimes des égorgeurs à croix gammée ? Je me le demande anxieusement ; je le demande au camarades des *Croix de bois* qui combattaient à mes côtés. A ce copain de la mitraille, un gars normand, je m'en souviens, qui, le brouillard s'étant soudainement dissipé sur la plaine de Loivre, venait d'apercevoir dans les lignes allemandes des hommes de corvée qui, se croyant invisibles, étaient sortis des boyaux pour aller plus vite et se dirigeaient vers leur tranchée à travers champs.

— Feu ! Une rafale en fauchant ! ordonna notre lieutenant.

Le mitrailleur hésita une seconde puis, résolument :

— Non, mon lieutenant. Ils ne sont pas armés. On ne tire pas sur des hommes de soupe.

L'officier insista, menaça, parla de refus d'obéissance. Rien à faire. Notre têtu avait sa conception des lois de la guerre et refusait de tirer sur des hommes sans défense. Ceux-ci, se voyant découverts, ont pris le pas de course et ont sauté dans une sape. Le savez-vous, pauvres diables de Prussiens ou de Bavarois, que si vous êtes encore vivants vous le devez à ce franzose buté qui risquait pour vous le conseil de guerre ?

De ces exemples j'en pourrais citer d'autres. La nuit de Noël où patrouilleurs français et allemands se sont rejoints entre les lignes, fusil à la bretelle, et se sont serré la main en échangeant des vœux qu'ils ne comprenaient pas. L'état-major a flétri ces tentatives de fraternisation et menacé de sanctions sévères. Du côté allemand la répression a sans doute été pire. Pourtant ces soldats n'étaient pas des mutins qui refusaient de se battre. Ils l'ont prouvé six semaines plus tard dans une attaque féroce, le jour du Mardi gras, qui laissa sur le terrain des centaines de cadavres. Peut-être ceux-là mêmes, qui, la nuit de Noël, se serraient la main...

Pour me soutenir j'en appelle aux morts. A Edmond Adam, commis des Ponts et Chaussées, volontaire pour l'infanterie, simple sapeur devenu lieutenant, tué en Champagne à la fin de la guerre. Entre deux coups durs il griffonnait des poèmes dans son abri, et, s'ils sont ignorés, moi je ne les oublie pas. Celui surtout qu'il dédiait au combattant d'en face :

> Je ne t'en veux pas trop, tu sais,
> Voilà quatre ans que tu fais ce boulot
> derrière ton créneau...
> Ben, nous, voilà quatre ans aussi que l'on travaille
> à tricoter ces grandes mailles de réseaux,
> et les couper, la veille des attaques,
> pour passer à travers et te chasser
> de tes tranchées.
> Tu vois, on est voisins
> d'atelier, presque copains.
> On turbine pour deux maisons rivales.
> Bah ! peut-être qu'elles se valent,
> on n'en sait rien...

Oui, copains, il a écrit le mot... Celui-là, j'en suis sûr, eût pardonné.

Sans doute n'ai-je pas sa grandeur d'âme : j'hésite encore. La main que je voudrais tendre reste crispée dans ma poche. Non au souvenir de mon propre ressentiment, mais à la pensée de ceux qui les maudirent en agonisant. « Tu n'as pas le droit », pourraient-ils me reprocher.

Cette idée me tourmentait, peu avant la dernière guerre, quand je me trouvais à Berlin. J'avais été convié à la dernière séance d'un congrès d'Anciens Combattants que présidait le duc de Saxe-Cobourg-Gotha et, un orateur ayant prononcé mon éloge, on me poussa à la tribune. Ne voulant pas, ne pouvant pas leur parler de réconciliation, je leur ai dit :

— Ainsi qu'on vient de vous l'apprendre, j'appartiens à une génération qui, en août quatorze, a quitté ses champs, ses usines, ses comptoirs, ses écoles, pour courir aux frontières en criant : « A Berlin ! » (Ici, je pris un temps.) Excusez-moi de me présenter au rendez-vous avec vingt-deux ans de retard.

Ils auraient pu prendre cela pour une bravade et me huer, mais le général von Arnim, assis au premier rang, a donné le signal des applaudissements et tous ont suivi. Du haut de l'estrade je regardais ces hommes vieillissants et croyais les reconnaître. N'étaient-ils pas les mêmes, avec leurs cicatrices et leurs rubans, que ceux que je retrouvais chaque printemps, à la chapelle des Invalides, pour la messe de mon régiment ? Oui, « *des voisins d'atelier : presque des copains* », le poète l'a écrit.

Comme nous, en août quatorze, pris de frénésie, ils ont parcouru les avenues pavoisées de Munich et de Hambourg, agitant des drapeaux, brandissant des pancartes. Leur *Marseillaise* à eux c'était le *Deutschland über alles,* et au lieu de crier : « A Berlin ! » ils clamaient : « Nach Paris ! » Les deux routes menaient aux mêmes charniers...

Eux aussi, cinquante ans plus tard, doivent s'interroger sur leurs raisons de se battre et mesurer l'inutile horreur de ces égorgements. Eux aussi se demandent à cette heure si nos deux pays sont condamnés à se haïr perpétuellement et à payer leurs ruines par la ruine du voisin. Alors je fais un effort, j'essaie de l'offrir, cette main qui résiste. Je m'oblige à croire que les hommes de mon âge ont connu les dernières guerres, que les nations de demain, enfin réconciliées, ne formeront plus qu'un grand bloc uni pour des tâches pacifiques. Je me le répète : « Tous frères ! » Je l'écris pour m'en persuader. Mais j'aime trop mon pays pour admettre qu'il puisse se défaire et n'être plus qu'un canton dans une Europe aplanie. Je le veux toujours pareil à ce qu'il était sur ma géographie de petit garçon, joliment rose, sillonné de rivières bleues, protégé par de sombres montagnes, et portant au côté un bandeau de deuil sur les provinces perdues que nous devrions délivrer. Cette carte gravée en moi, rien ne pourra l'effacer. De même je reste fidèle à l'Histoire dont les faits glorieux nous émerveillaient, et suis fier que les hommes de mon âge y aient ajouté un chapitre digne du passé. Et si tous les peuples doivent fusionner un jour dans le moule uniforme où ils se confondront, je me raccroche à l'espoir que dans des siècles et des siècles, des maîtres liront encore aux enfants, comme un conte de fées : « Il était une fois, entre le Rhin et la côte atlantique, un vaillant petit pays qui s'appelait *la France.* »

Roland Dorgelès
2 août 1964.

Repères chronologiques

1914

28 juin	L'archiduc d'Autriche François-Ferdinand est assassiné à Sarajevo.
28 juillet	L'Autriche-Hongrie déclare la guerre à la Serbie.
1er août	Mobilisation générale en France et en Allemagne. L'Allemagne déclare la guerre à la Russie.
2 août	Ultimatum de l'Allemagne à la Belgique.
3 août	L'Allemagne déclare la guerre à la France. Les Allemands entrent en Belgique.
4 août	Le Royaume-Uni déclare la guerre à l'Allemagne.
6 août	L'Autriche-Hongrie déclare la guerre à la Russie.
8-10 août	Offensive française en Lorraine.
11-12 août	La France et le Royaume-Uni déclarent la guerre à l'Autriche-Hongrie.
19-20 août	Echec de l'offensive française en Lorraine.
20 août	Les Allemands sont à Bruxelles.
21-23 août	Echec de la **Bataille des frontières** (Ardennes, Charleroi). La France est envahie. La Ve armée française et le corps expéditionnaire anglais font retraite à marche forcée.
26 août	Remaniement du gouvernement. « Union sacrée » avec l'entrée de ministres socialistes (Jules Guesde et Marcel Sembat). Millerand prend le ministère de la Guerre. Le général Gallieni est nommé gouverneur de Paris.
27-30 août	Front oriental : victoire allemande face aux Russes à Tannenberg.
29 août	Bataille de Guise. Les Français font face à l'aile droite allemande.
31 août	Les Allemands (von Klück, von Bülow) sont à Compiègne.
2 septembre	Les Allemands atteignent Senlis. Le gouvernement quitte Paris pour Bordeaux. Au lieu de foncer sur Paris, l'armée de von Klück s'oriente vers le Sud-Est.

3 septembre	Von Klück passe la Marne à Château-Thierry.
4 septembre	Gallieni, informé du mouvement tournant des Allemands par des observateurs aériens, convainc le général Maunoury d'attaquer le flanc droit de von Klück.
5 septembre	Charles Péguy est tué à Villeroy.
6-9 septembre	**Bataille de la Marne**. Contre-offensive générale sur un front de 180 km (Joffre). Les Français attaquent sur les ailes. Au centre le général Foch résiste à de violentes attaques allemandes dans les marais de Saint-Gond. Le 9 le général von Moltke ordonne le repli.
8-10 septembre	Front oriental : victoire allemande aux lacs Mazures.
10-13 septembre	Retraite des Allemands vers l'Aisne, la Vesle et l'Argonne.
Septembre	**Course à la mer** sur le front nord.
1ᵉʳ-9 octobre	Bataille d'Arras.
15 oct.-15 nov.	**Bataille des Flandres** (l'Yser, Ypres) sur un terrain volontairement inondé par les Belges.
6-10 novembre	Les Allemands prennent Dixmude. Combats incessants en Argonne.
Décembre	Combats en Artois, en Champagne. Le front se stabilise de Nieuport à Belfort. Il passe par Arras, Lassigny, Reims, Verdun, Saint-Mihiel, Pont-à-Mousson, Saint-Dié.

1915

Les Allemands font porter leur effort sur le front oriental : offensives en Lituanie *(février)*, Galicie *(mai-juin)*, dans la boucle de la Vistule (juillet). Guerre d'usure sur le front occidental.

1ᵉʳ février	Les Allemands décident la guerre sous-marine.
15 fév.-18 mars	Tentative de percée en Champagne. Reims est bombardé.
19 février	Attaque du détroit des Dardanelles par une flotte franco-britannique. Un corps expéditionnaire débarque sur la presqu'île de Gallipoli.
Mars-décembre	Offensives et contre-offensives dans les Vosges.

10 avril	Les Français reprennent l'éperon des Eparges, occupé par les Allemands depuis septembre 1914. Ils y repousseront toutes les contre-offensives.
22 avril	**Deuxième bataille d'Ypres.** Première utilisation des gaz asphyxiants par les Allemands à Langemark.
4 mai-18 juin	Deuxième bataille d'Artois. Lourdes pertes françaises.
7 mai	Un sous-marin allemand coule le *Lusitania.*
23 mai	L'Italie entre en guerre aux côtés des alliés.
25 sept.-14 oct.	Troisième bataille d'Artois.
25 sept.-7 oct.	Offensive française en Champagne. Faibles résultats. Lourdes pertes.
3 décembre	Joffre devient commandant en chef.

1916

Janvier	Les dernières troupes alliées quittent les Dardanelles.
21 février	Début de la **bataille de Verdun.** Après une intense préparation d'artillerie (7 h 15-16 h), les Allemands attaquent sur la rive droite de la Meuse.
22 févr.-7 mars	14 000 soldats français sont acheminés quotidiennement par la Voie sacrée sur le front de Verdun. 160 000 obus tirés chaque jour.
23-24 février	Les Allemands prennent Brabant, L'Herbebois, Hautmont, Samogneux, Louvemont, Champneuville.
25 février	Les Allemands s'emparent de Douaumont. Le général Pétain prend le commandement du secteur de Verdun.
Mars	Violents combats sur la Meuse – pour le Mort-Homme, la cote 304, les bois des Corbeaux, de la Caillette et des Caures. Attaques contre le fort de Vaux. Douaumont change de mains à plusieurs reprises.
Avril-mai	Vive offensive allemande sur la Meuse. Combats acharnés sur tout le front de Verdun.
20 avril	Contre-attaque française sur le Mort-Homme.

18 mai	Les Allemands prennent Cumières.
22 mai	Les Français reprennent momentanément Douaumont.
26 mai	Les troupes allemandes épuisées perdent une partie des tranchées gagnées.
31 mai-1er juin	Bataille du Jutland.
1er juin	Les Allemands attaquent Vaux et prennent la ferme de Thiaumont.
7 juin	Les Allemands s'emparent du fort de Vaux.
21 juin-21 juillet	Offensive allemande au nord de Verdun.
Juillet-novembre	**Bataille de la Somme**.
3 août	*Le Feu* commence à être publié en feuilleton dans *L'Œuvre*.
4 août	Les Français reprennent Fleury.
29 août	Le général von Hindenburg est nommé chef d'état-major général des armées en campagne.
3 septembre	Echec de la dernière offensive allemande.
15 septembre	Sur la Somme, les Anglais utilisent pour la première fois des chars d'assaut.
24 oct.-2 nov.	Après une préparation d'artillerie de plusieurs jours, contre-offensive française (général Nivelle). Douaumont et Vaux sont repris.
15-18 décembre	Bataille de Louvemont. Les Français repoussent les Allemands. Ils ont conservé Verdun.

1917

8 janvier	Grèves en France.
31 janvier	Les Allemands annoncent la guerre sous-marine totale.
3 février	Les Etats-Unis rompent leurs relations diplomatiques avec l'Allemagne.
8-12 mars	Révolution en Russie.
15 mars	Abdication de Nicolas II.
2 avril	Entrée en guerre des Etats-Unis.
16 avril	Déclenchement de l'offensive Nivelle sur l'Aisne. Les troupes françaises s'emparent des premières positions sur le **Chemin des Dames**, mais échouent

devant les secondes. Enormes pertes. Première utilisation des chars d'assaut français.

17 avril — Mouvements d'indiscipline dans l'armée française, annonçant les mutineries de mai et juin.

13 juin — Le général Pershing, commandant du corps expéditionnaire américain, arrive en France.

31 juil.-
10 nov. — **Troisième bataille d'Ypres.**

Août-décembre — Dégagement définitif de Verdun.

24 octobre — Défaite italienne à Caporetto.

6 novembre — Les Bolcheviks prennent le pouvoir en Russie.

16 novembre — Clemenceau président du Conseil et ministre de la Guerre.

3 décembre — Début des négociations de Brest-Litovsk.

1918

3 mars — Allemands et Russes signent la paix de Brest-Litovsk. Les Allemands se retournent vers le front occidental.

21 mars — Offensive allemande en Picardie.

23 mars-15 août — Les Allemands bombardent Paris.

2 avril — Premières interventions américaines.

14 avril — Le général Foch reçoit le titre de commandant en chef des forces alliées en France.

9 avril — Offensive allemande en Flandres.

27 mai — Offensive allemande sur le Chemin des Dames et Château-Thierry.

9-14 juin — Offensive allemande sur l'Oise.

15 juillet — Offensive allemande de part et d'autre de Reims.

8 août — Offensive franco-britannique en Picardie.

8-13 août — Les Allemands sont refoulés sur les anciennes lignes de 1916.

12-15 septembre — Offensive américaine (Pershing) sur Saint-Mihiel.

15 septembre — Offensive à Salonique.

26 sept.-15 oct. — Offensive générale, de la Meuse à la mer. Des troupes franco-belges reprennent les côtes de Flandres.

Octobre	Epidémie de grippe espagnole (dont mourra Apollinaire).
5 octobre	Sous la pression d'Hindenburg et de Ludendorff, le nouveau chancelier allemand amorce la négociation d'armistice avec le président Wilson.
29 octobre	L'armée italienne écrase les Autrichiens à Vittorio-Veneto.
31 octobre	Les Turcs signent l'armistice à Moudros.
30 oct.-6 nov.	Les armées du Nord et les Britanniques atteignent l'Escaut.
8 novembre	Première rencontre des Allemands et des alliés à Rethondes.
9 novembre	L'empereur Guillaume II abdique.
11 novembre	Signature de l'armistice.

Dictionnaire des auteurs

Henri BARBUSSE. Fils du journaliste Adrien Barbusse et d'une Anglaise, Henri Barbusse est né le 17 mai 1873 à Asnières. Ce garçon sensible fera des études brillantes de littérature et de philosophie tout en composant de la poésie et des contes. Ses premiers essais dans ce domaine lui vaudront l'amitié de Catulle Mendès, dont il épousera la plus jeune fille, Hélyonne. Il publie un premier roman poétique, *Les Suppliants*, en 1903. Mais son premier métier sera celui de journaliste, avant qu'on ne lui confie la rédaction en chef de *Je sais tout*. Engagé dans la voie du pacifisme, il connaît un vif succès avec son second roman, *L'Enfer*, salué en ces termes par Anatole France : « Voilà enfin le livre d'un homme. » Le 4 août 1914, il écrit à *L'Humanité* : « Voulez-vous me compter parmi les socialistes antimilitaristes qui s'engagent volontairement dans la présente guerre ? » Lorsque, après avoir combattu sur le front, il sera réformé, auréolé déjà du succès de son roman *Le Feu* (Prix Goncourt 1916), Barbusse fondera en compagnie de Paul Vaillant-Couturier et de Jean Duclos l'Association Républicaine des Anciens Combattants, s'engageant dans un militantisme de paix qui le conduira plus tard à parcourir le monde. Son troisième roman, *Clarté* (1919) reprendra le thème du *Feu* de manière plus littéraire avant qu'il n'aborde des thèmes plus généraux. Deux ouvrages consacrés à Jésus, une biographie de Zola, son maître à penser, l'accompagneront sur la route d'un socialisme universel, concrétisé par la création, avec Romain Rolland, du Mouvement contre le Fascisme. Il meurt à Moscou en août 1935.

Roland DORGELÈS. Né le 15 juin 1886 à Amiens, il vient de bonne heure à Paris suivre les cours de l'Ecole des Arts Décoratifs. Il débutera dans la carrière littéraire en même temps que ses amis Henri Béraud, Pierre Mac Orlan et Francis Carco. De 1910 à 1914, il donne des contes à différents journaux, dans une veine à la fois populiste et réaliste qui sera celle des *Croix de bois*. Il a 28 ans à la mobilisation. Bien que réformé, il s'engage dès les premiers jours de la guerre dans un régiment d'infanterie. Il sera deux fois blessé et cité avant de passer, en 1916, dans le personnel navigant de l'aviation. L'année suivante paraît sa première œuvre, composée en collaboration avec Régis Gignoux, *La machine à finir la guerre*, un roman satirique à la Wells. Mais c'est bien sûr *Les Croix de bois* – livre commencé en 1917 mais refusé pendant deux ans par de nombreux éditeurs et qui obtint le Prix Femina en 1919 – qui feront de lui, définitivement, l'un des plus célèbres romanciers de 14-18. Viendront ensuite *Saint-Magloire* – l'histoire d'un missionnaire aux prises avec l'égoïste société de l'après-guerre –

puis *Le Réveil des morts*, autre peinture de la France durement touchée par le conflit récent, puis *Sur la route mandarine*, où il évoque l'Indochine, et enfin *Partir*, un roman ayant pour cadre la vie à bord d'un paquebot. En 1945, dans *Carnet d'identité*, Dorgelès fera le portrait de la France pendant l'occupation nazie. Deux ans avant sa mort à Paris, en mars 1973, il reviendra à ses premières amours montmartroises dans *Le Marquis de la dèche*.

Ernst JÜNGER. Né le 28 mars 1895 à Heidelberg, Ernst Jünger est devenu peu à peu, au fil de ce siècle, une légende. Philosophe plus encore que romancier, il a fait de la totalité de son œuvre une sorte d'immense journal intime, y consignant d'admirables expériences des limites mêmes de l'humanité. Son engagement et ses combats durant la guerre de 14-18 – à peine transfigurés dans *Orages d'acier* – se retrouvent dans *La Guerre, notre mère* (1920), *Le Boqueteau 125* (1922) et *Feu et sang* (1923). Les articles publiés à Berlin durant les années vingt exalteront un nationalisme qui le rendra désormais suspect, quand bien même Jünger ne fut jamais un militant de l'idéologie montante. Ensuite, il voyagera, principalement autour de la Méditerranée, composant des œuvres détachées de tout engagement : *Le Cœur aventureux* (1928), *La Mobilisation totale* (1931)... A l'avènement de Hitler, Jünger s'exile dans le Harz, enfermé dans une tour d'ivoire qu'il quittera pourtant quelque temps pour prendre part à la campagne de France, puis occuper un poste important au quartier général allemand à Paris. C'est durant cette période qu'il commence son *Journal*, la pièce maîtresse de son œuvre.

Tous les livres qu'il publiera ensuite témoigneront de sa passion déchirée pour l'Histoire des deux pays qui se disputent son amour – l'Allemagne et la France –, mais aussi de son goût pour les drogues, de sa fascination pour l'entomologie. Celui que Malraux a qualifié de « plus grand prédicateur de notre temps » poursuit encore à ce jour sa route immobile dans son manoir forestier de Souabe, dialoguant avec les mythes et les souvenirs d'une Histoire dont il incarne superbement les contradictions et les instants sublimes.

Joseph KESSEL. Né en Argentine le 10 février 1898 de parents russes, il retrouve d'abord ses grands-parents fixés dans l'Oural puis, à l'adolescence, émigre en France. Ses études secondaires auront pour cadre le lycée de Nice puis Louis-le-Grand à Paris. En 1914, il commence une licence de lettres à la Sorbonne et fréquente quelque temps une école d'art dramatique. En 1916, il s'engage dans l'aviation. *L'Equipage* est son premier roman (1923), suivi de *Mémoires d'un commissaire du peuple* et des *Rois aveugles*, tous deux parus en 1925, le second lui valant le Grand Prix du Roman de l'Académie française en 1927. Joseph Kessel mêlera par la suite sa vie d'écrivain à celle d'un homme d'action, se forgeant une image unique au sein de notre littérature. Ses principaux centres d'intérêt seront la Russie rouge, l'Afrique et l'Amérique, en vérité le monde entier, dans sa diversité géographique et humaine. Il puisera dans ses innombrables voyages la matière de romans comme *Dames de Californie* (1928), *Au grand Socco* (1952), *Le Lion* (1958) ou *Les Cavaliers* (1967). Résistant pendant la Seconde Guerre, combattant au sein des Forces françaises libres, il est l'auteur, avec Maurice Druon, du *Chant des Partisans*. Un sens inné de la fraternité le fera s'intéresser aussi à tous les déshérités – *La Tour du Malheur*, 1950 – puis reprendre en point d'orgue sa fidélité au judaïsme. Il est mort en 1979.

Jérôme et Jean THARAUD. Prénommés en réalité Ernest et Charles, Jérôme et Jean Tharaud sont nés respectivement le 2 mai 1874 et le 7 mai 1877 à Saint-Junien dans la Haute-Vienne. Elèves au lycée d'Angoulême, puis au lycée Sainte-Barbe à Paris, ces deux inséparables épousèrent très vite la philosophie de leur condisciple Charles Péguy, dont l'exemple teinte leurs premières œuvres. Celles-ci, *Le Coltineur débile* (1898) et *La Lumière* (1900), portent aussi la forte empreinte du symbolisme. C'est Jérôme qui, au retour d'un séjour en Bulgarie puis en Europe centrale et en Orient, va décider du goût prononcé du duo pour l'exotisme. Car, si leur *Dingley, l'illustre écrivain* (Prix Goncourt 1906) prend pour cible le paganisme à leurs yeux condamnable d'un Kipling, la plupart des livres qu'ils produiront ensuite sont aux couleurs d'un orientalisme souvent subtil, même s'il paraît forcément démodé aujourd'hui. *Rabat ou les heures marocaines* (1918), *Marrakech ou les seigneurs de l'Atlas* (1922), *L'An prochain à Jérusalem* (1924), sont autant de récits-reportages aux scènes enlevées, séduisantes comme les pages de *La Randonnée de Samba Diouf*, et qui font d'eux des parents proches de Pierre Loti. Ils furent tous deux élus à l'Académie française, Jérôme en 1936, Jean en 1946. Jean Tharaud est mort en 1952, Jérôme l'année suivante, ensevelis depuis, l'un et l'autre, dans un commun oubli.

Arnold ZWEIG. Né à Glogau, en Silésie, le 10 novembre 1887, de l'union d'un marchand juif et d'une descendante d'une grande famille espagnole, établie en Allemagne depuis le XVIIe siècle, Arnold Zweig fréquentera les universités de Breslau, Berlin et Göttingen, étudiant la sociologie, la linguistique, la littérature, l'histoire de l'art et la philosophie... En 1909 paraît son premier livre, la chronique d'une famille juive émigrant d'Allemagne en Palestine. Mobilisé en 1915, il combat dans le nord de la France, puis en Serbie, avant de revenir pour quinze longs mois à Verdun. De mai 1917 à l'issue de la guerre, il est affecté au service de presse du commandement des armées allemandes sur le front de l'Est (où est située l'action de son plus célèbre roman, *Le Cas du sergent Grischa*, 1927).

Fixé à Munich, Zweig doit quitter la ville en 1923, après le putsch de Hitler. Dix ans plus tard, alors qu'il poursuit l'écriture de sa tétralogie *La Grande Guerre des hommes blancs* (1927-1937), il vit à Berlin. Mais les nazis l'obligent une fois encore à partir. Un premier périple lui fait découvrir successivement l'Autriche, la Suisse et la Provence. Puis, il décide de se rendre en Palestine, avec sa femme et leurs deux fils. En 1948, il peut enfin regagner l'Europe, choisissant de s'installer en Allemagne de l'Est. Il y sera député à la Chambre du Peuple et, de 1950 à 1953, président de l'Académie des arts de la RDA. Il est mort à Berlin le 26 novembre 1968.

F. R.

Cartes

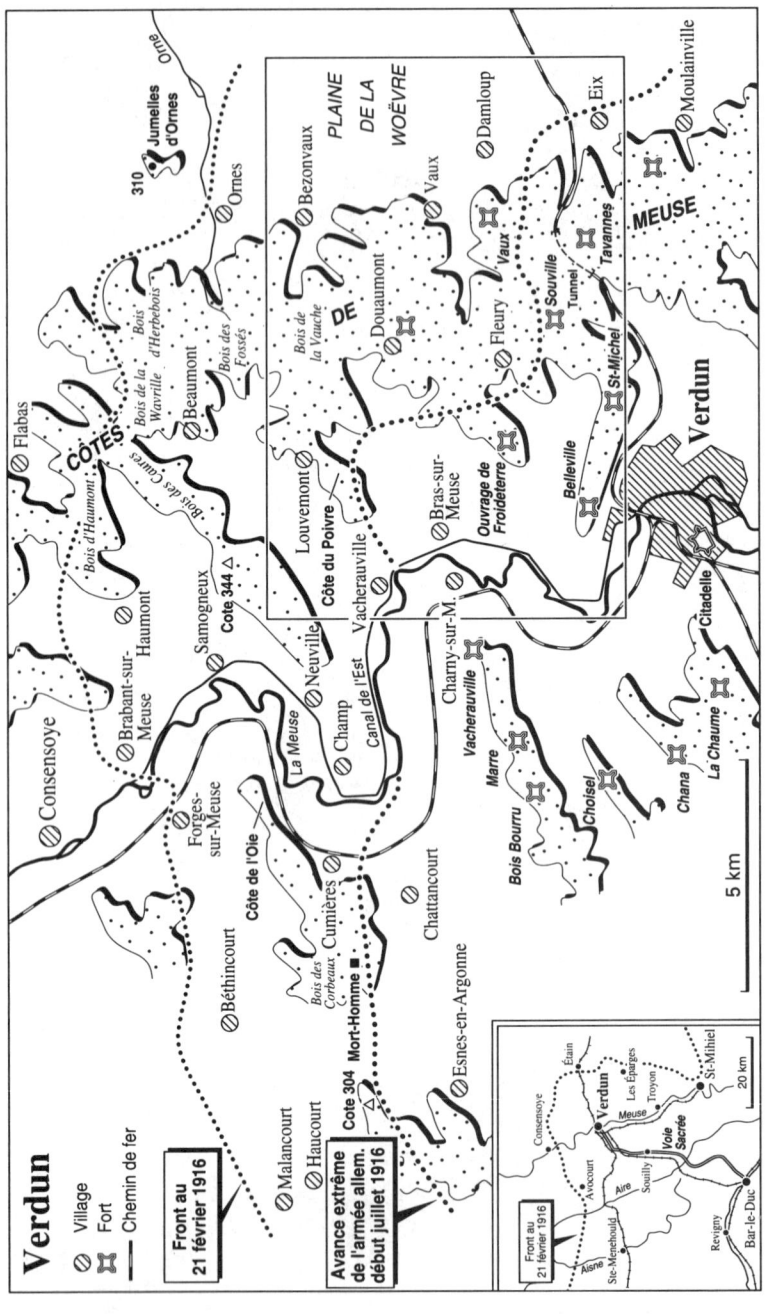

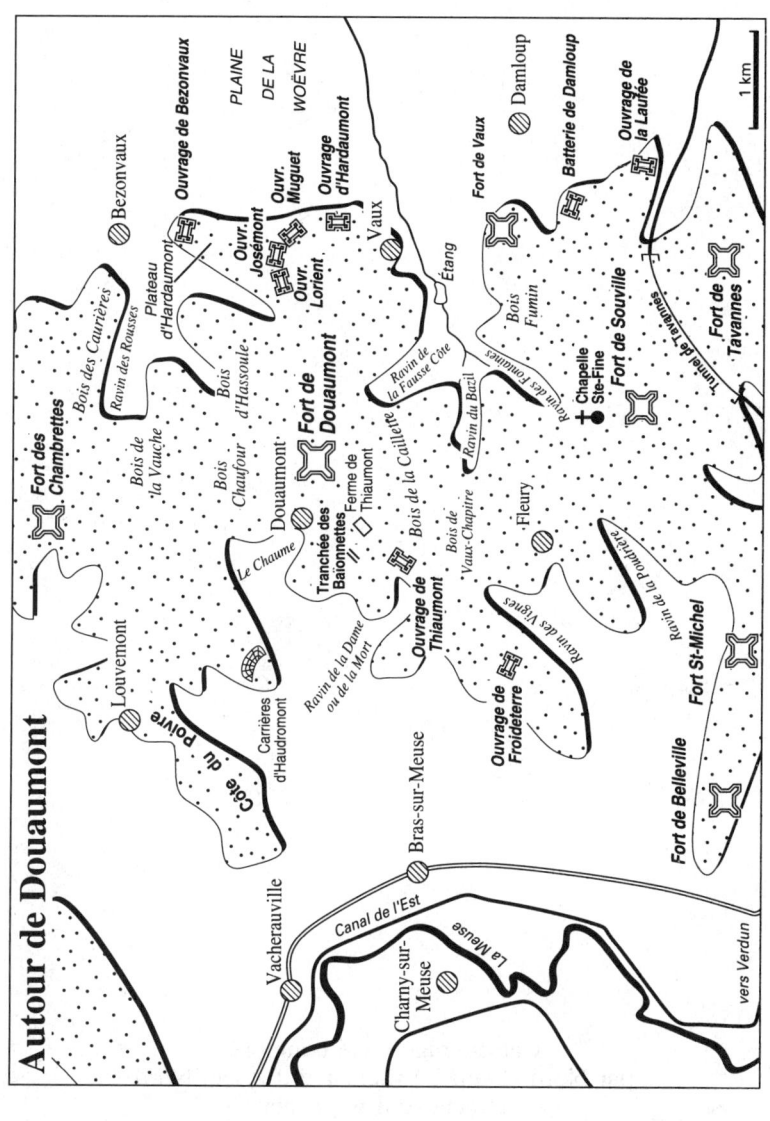

Autour de Douaumont

Cet ouvrage a été composé
par Nord Compo, Villeneuve-d'Ascq, Nord
et achevé d'imprimer
par Maury-Eurolivres S.A.
45300 Manchecourt
pour Omnibus
12, avenue d'Italie, 75013 Paris.